U0924911

Yilin Classics

ТИХИЙ ДОН

静静的顿河

（上）

[苏联] 米哈依尔·肖洛霍夫 著

力冈 译

译林出版社

图书在版编目（CIP）数据

静静的顿河 /（苏）肖洛霍夫著；力冈译. —南京：译林出版社，2020.5（2025.1重印）
（经典译林）
ISBN 978-7-5447-7751-3

Ⅰ.①静… Ⅱ.①肖… ②力… Ⅲ.①长篇小说－苏联 Ⅳ.①I512.45

中国版本图书馆 CIP 数据核字（2019）第 078869 号

"Тихий Дон" М. А. Шолохова
На титуле и обложке Произведения Издательство обязуется проставить оповещение об авторском праве.
本作品中文出版权由尤里·帕夫洛维奇·马诺欣授权，由译林出版社出版。
著作权合同登记号 图字：10-2015-105 号

静静的顿河 ［苏联］肖洛霍夫 / 著 力 冈 / 译

责任编辑 冯一兵
责任印制 颜 亮

原文出版 Издательство «Молодая гвардия», 1980г.
出版发行 译林出版社
地 址 南京市湖南路 1 号 A 楼
邮 箱 yilin@yilin.com
网 址 www.yilin.com
市场热线 025-86633278
排 版 南京展望文化发展有限公司
印 刷 南京爱德印刷有限公司
开 本 880 毫米 × 1230 毫米 1/32
印 张 46.625
插 页 12
版 次 2020 年 5 月第 1 版
印 次 2025 年 1 月第 13 次印刷
书 号 ISBN 978-7-5447-7751-3
定 价 128.00 元

CONTENTS · 目录

美好的悲剧形象

——论“顿河”主人公格里高力

肖洛霍夫的长篇巨著《静静的顿河》问世后约半个世纪以来，对这部作品的争论从未停止过。先是争论作家和作品的属性：肖洛霍夫是哪个阶级的作家，《静静的顿河》是什么性质的作品？等到作家和作品被肯定了，又争论起小说中心人物格里高力的典型性。等到这一中心人物的典型性被认定以后，又争论起这一人物的悲剧实质。而所有争论的悲剧实质，实际上是悲剧成因。

可以看出，中心议题的改变，是《静静的顿河》被认识和承认的过程。正确的意见一步步取得胜利。然而，直到今天，仍将着眼点放在悲剧本身及其成因方面，而没有看到作者通过悲剧手段塑造美好形象的主旨，仍说明某些评论者没有足够的胆识接触这部作品的实质。

这部作品的实质，这部作品的核心是什么呢？作者肖洛霍夫说得很清楚，就是要表现人的魅力。人的魅力就是人性美和性格美，特别是中心人物格里高力的人性美和性格美。作家说到做到，他在作品中确实非常成功、非常有力地表现了中心人物的人性和性格美。

为什么一些评论者偏偏不看重这一点，为什么不从这一点着眼去分析《静静的顿河》的思想和艺术呢？

理论界和政界一样，长时期有左倾思想的影响。因为格里高力有过历史污点，小说中的红军和红色政权容不得他，现实中的一些理论家们也容不得他。不能理解，一个“反动军官”会有什么“魅力”；不能理解，这样一个悲剧人物会是一个美好形象。

我国作家邓九刚写了一篇小说，就叫《人的魅力》。在小说中借用高尔基夫人的口说:“如果我是阿克西妮亚,我也会爱上格里高力。”邓九刚不是一位理论家,但他以作家的敏感和胆识深深感受到格里高力的人性美和性格美,触及这部作品的精髓。

作为《静静的顿河》新译本的译者,我在翻译过程中也深深爱上了格里高力这个人物。

怎么能不喜爱这样的人物呢?格里高力具有强烈、深厚的人性和美好的男子汉性格,而且这一切表现在他身上是那样鲜明,那样自然,那样生动。

作者首先揭示格里高力的人性美,写他在爱情上的热烈、执著和勇于追求的精神。受到压抑后,他携情人离家出走,表现了他的反抗精神和勇于追求自由的精神。爱情是人性的重要一面。格里高力和阿克西妮亚的真挚爱情,作为书中贯彻始终的故事线索,成为表现他的人性美的重要一环。

揭示格里高力的性格的另一条主线,是他在战争中,在社会、政治生活中的表现。

格里高力和很多哥萨克小伙子一样,应征参加了俄德战争。他在战场上第一次杀人,心情异常沉重。因为“秃子”屠杀俘虏,他要和“秃子”拼命。俄军士兵轮奸波兰使女,他冲上前去解救,结果被捆起来,扔在马槽里。军官要凌辱他,他毫不胆怯地反抗。他厌恶战争,渐渐对战争有了认识,皇亲大人向他授勋,他用很不礼貌的方式加以拒绝。通过格里高力在俄德战争中的所作所为,作者为我们描绘出一个善良、正直、有血性、勇于追求真理的小伙子形象。

肖洛霍夫是现实主义艺术家,也写了格里高力性格的另一面,写了他身上的“哥萨克历史积淀”。他受伤后回了一趟家乡,家乡人对他这样一个军官表示了很大的尊敬,激发了他的哥萨克精神。因此他“作为一个好样的哥萨克又上了前方;一面咒骂战争的荒谬,一面忠实地保持着哥萨克的声名”。在书中借用格里高力的回忆,写了他那种勇猛慓悍的哥萨克气质。然而这些情节只是虚写,三言两语交代过去。同样是回忆,一回忆到战场上救护对头冤家司捷潘的事,作者竟放开笔实写起来,而且用了鲜明的对比手法,着意渲染,写得十分动人。因为这个情节和另外几个情节不同,不是表现他的勇猛慓悍,而是表现他的善良和光明磊落的胸怀。一写到他的优秀品质,作者就情不自禁,控制不住自己的笔。前面三个情节只占了不到一页的篇幅,这一个情节却占去两页多,反映了作者的用心和偏爱。

格里高力从战场上回来,第一个参加了红军。然而他又看到红军领导人滥杀俘虏,他要和红军领导人拼命,并愤而离开红军,回到家乡。这仍然是由于他那善良、正直的本性,然而也反映出他认识上的局限,见树不见林,对红军的本质没有认识。

在这里,我们看到的是一个善良、正直、纯朴、有血性的小伙子,带着一颗迷惘的心又回到了家乡。

格里高力参加顿河暴动,是多种因素造成的,有主观因素,也有客观因素。主观因素是他对红军与白军的本质区别没有认识,公然表示既不满白军,也不满红军,发了一些牢骚,以致地方红色政权把他当成敌人。这是他认识上的错误。另外,与他的中农阶级本质也有关系。他过着自给自足的日子,不是缺吃少穿,不要求改变现状、反对动乱,只求安宁。他没有投身革命的强烈要求。与贫农相对而言,这是他作为中农的弱点。客观因素是乱捕滥杀的左倾路线没有争取他,而是把他当做敌人,步步紧逼,要抓他,要杀他。所以,暴动开始,他参加暴动,进行反抗。这是官逼民反。乱捕滥杀逼出来的暴动,不是暴动者的错误。君令臣死,臣不能不死;父叫子亡,子不得不亡,是封建奴化思想。不应该提倡这种思想。所以,格里高力参加暴动,除个别的客观、主观因素外,带有求生、自卫的因素,反抗的因素。就性格而言,这也有好的成分。

格里高力参加暴动以后,依然完整地保持着他的优秀品格。他依然是善良的:红军杀了他的哥哥,他曾发誓为哥哥报仇,捉住红军一个不留,然而他终不忍心。他在战斗中杀了几名水兵,内疚、痛苦得发了疯。他听说关押了红军家属,立即只身冲入监牢去解救。他依然是清白的:在抢劫成风并受到鼓励的暴动中,他自己不抢劫,也不准手下士兵抢劫,因此被撤了职。他依然是个胸怀坦荡、讲义气的男子汉:米沙是他自幼的好友。虽然米沙杀了他的哥哥,但他一听说米沙被暴动军俘虏,便连夜赶来解救,一路上拼命赶马,把马都赶死了。他依然是个有血性的汉子:在白军将军和洋人面前,处处显露出一副铮铮铁骨。他虽然当了暴动军师长,依然保持着朴素的劳动者本色,丝毫没有做官向上爬的心思。有一次,暴动军司令库金诺夫要他去执行一项任务,给他戴高帽子,他欣然受命;等库金诺夫说出完成这项任务后,将为他请功,给他升官,他却恼了,怎么都不干了。有一段描写尤其生动感人:参谋长考佩洛夫说他是"一个极其偶然闯入军官界的军官","没有文明人必须具备的那些特点",并举了许多事例。他以为格里高力这位师长听了这些话会发怒的,就朝格里高力瞥了一眼,却看到格里高力不出声地大笑着呢。格里高力笑完了以后,说:"我才不想学你们那些待人接物的态度和礼节。这些玩意儿我跟老牛打交道一点儿也用不着。如果上帝保佑,我能活下去的话,我就要天天跟老牛在一块儿,我用不着奉承老牛,用不着说:'劳驾,白头顶,请您拉犁吧!对不起,花皮!请允许我给您整一整皮绳,好吗?牛大人,牛先生,我诚惶诚恐地请您顺着犁沟走!'对待老牛就要干脆利落:嗬!哦!……"

格里高力参加暴动以后,他的思想发展也是向上的。因为他参加暴动不是投机取巧、见风使舵,也不是怀着阶级仇恨,只因为他有着刚强、正直、善良、求实的品格,他的思想认识逐渐端正,逐渐深化,对白军、红军的本质渐渐有了认识。有一次他和参谋长考佩洛夫争论。他说,英国人帮助白军和中国人帮助红军不相同。考佩洛夫问他,二者有什么不同。他说不上来,但他觉得就是不同。这说明他不是从形式上看问题,而是从本质看问题了。说明他的思想发生了根本的变化。他渐渐认识到自己错了,也认识到,不靠拢任何一方,是不可能的。事实上暴动军已经渐渐投入白军的怀抱。他想洗手不干,投靠红军,只怕得不到红军的饶恕。家庭悲剧一次又一次发生,个人在悲剧道路上越陷越深,然而,他一旦有了清楚的认识,思想再没有走下坡路,而是从此一直向上。悲剧越发展,他的思想越明确,越深刻,越坚定。等到白军跨海外逃,他也有可能外逃的时候,他作了坚定的抉择:留下来投奔红军。这是他思想的胜利,是刚强的抉择。参加红军后,他决心将功赎罪,英勇作战,得到布琼尼的表彰。然而极左路线容不得他这个有过历史污点的人,将他清洗回家,他也不怨尤,一心回家做一个和平居民。地方红色政权却又不容他,他逃出去躲避,落入匪帮,而不甘心做土匪,脱离匪帮,携阿克西妮亚外逃。阿克西妮亚被打死。当初哥哥被杀,他发誓要报仇。如今他视同生命的情人被打死,他却只是悲痛,只觉得天空和太阳都成了黑的,再没有萌发疯狂的报复心。他毅然回归故里,将所剩枪支弹药扔入顿河,朝自己的家门口走去。这时候依然有危险,然而他不再逃避,而是迎着危险走去。这表明他思想的坚定、性格的刚强。

有些评论家认为格里高力"忽而站在这一边,忽而站在那一边","反反复复,摇摆不定"。其实,他的思想发展的低谷只是在他离开波得捷尔柯夫的红军部队到参加暴动这一阶段。这是一个哥萨克中农在复杂的政治环境中可能有的思想动荡。而参加暴动之后,思想就渐渐向上发展,再没有下落,再没有反复,一旦有了真正的觉悟,千难万险,"虽九死而不悔"。

处污泥而不染,益见其高洁、纯真。历经磨难、曲折而不摧,益见其刚强、坚毅。格里高力长期在暴动军中,而且当了师长,有可能成为死心塌地的白党分子,有可能混入上层。然而正因为他具有刚强、正直、善良、纯朴的性格,他和白党格格不入。他丝毫不想向上爬,不巴结上级,不买上司的账,不依靠洋人,既不想当官,又不想发财。一次次悲剧性遭遇,一次次打击,格里高力依然是格里高力,他的精神既未崩溃,又未堕落,一直保持着纯朴、善良、真诚、勇于追求真理的本色。他的思想没有走下坡路,而是向上、向前发展。悲剧越来越悲,他可走的道路越来越狭窄,然而他的思想越来越端正,越来越深刻,他的性格越来越强化,越来越鲜明。他的思想、性格都在顽强地成长,健康地成长。

掩卷之后,浮现在眼前的是一个多么刚强,多么坚毅,多么善良、纯朴,多么正直的男子汉呀!

小说本是故事。故事本是为了开心解闷的。后来渐渐赋予故事以教育意义,有了主旨,也就是有了主题思想。在一个时期内,人们习惯了着重表现主题思想的作品。而实际上,有些作品,特别是一些不朽的名著,不是着重表现主题思想,而是通过人物在故事中的行动和态度,刻画人物性格,塑造人物形象的;不是通过主题思想来教育人,而是通过人物形象来感染人。主题思想是理性的,未必都能起久远的作用;人物形象具有长久的生命力,长久的审美价值。名著之所以不朽,首先不在于主题思想,而在于所创造的具有永恒审美价值的人物形象。

就以我国的古典小说《三国演义》来说,感人的是那一个个扣人心弦的故事和一个个栩栩如生的人物形象。不论哪个时代的读者,都会从中获得美的享受,受到感染和熏陶。正因为这些故事和人物具有永恒的审美价值,这部书成为不朽的名著。聪明睿智的诸葛亮、大义凛然的关云长、英勇绝伦的赵子龙等许多人物,永远是读者喜爱的形象。一代代读者受到这些人物的感染和熏陶。很难一一细说《三国演义》的明确的主题思想。作为历史小说,其思想倾向尊刘反曹,也是不符合民族统一的历史潮流的。作者选取的立场和角度尽管不符合历史潮流,却有利于表现人物性格。刘备一伙人不占天时,不得地利,正是在这种环境下,更显出人和之可贵。只有在困境中,才更能表现人物之智慧、刚强、仁义和勇敢。给读者以审美享受和感动读者的,正是这样一些人物的性格和形象,而不是孤立存在的人物行为的社会效果。从封建传统来看,诸葛亮、关云长等人维护刘汉王朝的行为是正确的,而从今天的角度看历史,他们的行为就不见得正确了。然而他们的形象依然能给今天的读者以美的感受,依然能感动今天的读者。

文学名著是不朽的,感人的艺术形象是永远感人的,其审美价值是永恒的,不论历史潮流如何,不论社会制度如何变化。

所以,只是紧跟潮流而人物形象苍白的概念化作品,往往如昙花一现;而创造出真实感人形象的作品,却有持久的生命力。

另外,作家选取题材表现人物性格,所选取的题材是有利于表现性格的,不一定是处处符合社会政治、法律、道德准则的。如苏联当代著名作家艾特玛托夫的中篇小说《查密莉雅》在世界文坛上获得极高的声誉。在我国,1961年译成中文在《世界文学》上发表后,前后十次收入各种文集和丛刊,受到我国读者和文学界的热烈赞誉。这部作品说的是一个什么故事呢?说的是少妇查密莉雅背弃在前方的丈夫,跟情人私奔。一个有夫之妇背弃自己的军人丈夫,是不符合道德、法律准则的。然而故事叙述人、查密莉雅的小叔子谢依特看到嫂子与情人的真挚爱情,希望他们幸福,因而忍受了失去好嫂子的损失和痛苦,同情他们私奔,从而表现了深厚感人的人性。这样的作品不是好的政治、法律教科书,却是表现人性的好作品。读者接受人物形象的感染,而不是重复人物的行为。电影《城南旧事》表现一个小孩子深切同情小偷。同情的对象是理应受到谴责的,然而错误的同情益发显示出同情心之纯真与深厚,因而益发感人。这是有胆识的作家可贵的艺术经验。

正因为《静静的顿河》不是按照政治教科书模式写出的作品,不是着意表现主题思想,而是着意表现人物性格,塑造人物形象,所选的题材是有利于表现人物性格的,而不是按照政治教科书的要求去取材,在教条主义统治的历史时期,必然引起无尽无休的争论。然而也正因为是这样写出的一部作品,越来越显示出其强大的生命力。

许多伟大作家按照人物性格的发展规律来写人物在所经历事件中的所作所为,而不是按照事先想好的故事结局或主题思想来设计人物的行动。普希金在谈到《叶甫盖尼·奥涅金》的创作时说:“我没有想到塔吉雅娜会嫁人。”托尔斯泰谈到《安娜·卡列尼娜》的创作时说:“我没有想到安娜会自杀。”鲁迅也说过:“我没想到阿Q那么快就被枪毙。”这些文学大师说的都是自己严格遵循人物性格发展规律进行创作的情形。肖洛霍夫说得更妙:“格里高力返回故土……这是我的一大发现!”就是说,这不是事先想好的小说结局,也不是偶然想得的神来之笔,而是格里高力性格发展的必然,作者只是发现这一点罢了。

如果探讨《静静的顿河》的艺术经验的话,最可贵的艺术经验就是:作家运用严格的现实主义手法,而不是运用现实主义加浪漫主义的手法,严格按照性格发展的规律,而不是按照什么主题思想,去写性格的发展。这是传统的艺术手法,也是许多伟大作家运用得十分成功的、有力的艺术手法。然而,在奉行社会主义现实主义艺术方法的历史时期,就成了一只“白乌鸦”。许多人不习惯,不理解,致使《静静的顿河》长期遭受各种各样的误解。

肖洛霍夫写格里高力,正是按照他的性格发展的逻辑,写他在种种经历中的所作所为。遇到暴动,具有这种性格、这种认识的格里高力在这种环境下就参加暴动,而参加暴动后格里高力仍按自己性格发展的逻辑行事,没有沉沦,没有同流合污,精神没有崩溃,在白军军官中成为一只格格不入的“白乌鸦”。软弱的人在逆境中有可能改变或失去好的性格特征;刚强的格里高力却在逆境中完整地保持其性格特征,而且按自己的轨道不断向前发展,思想、性格都在积极和健康地成长。如果说他没有跨海外逃而投红军是他思想上的飞跃,那么,他在大赦之前返回故土便是他思想发展的高峰,性格的成熟了。正如作者肖洛霍夫说的:“格里高力返回故土,他仍然有着一颗活生生的心灵。这表现了他的刚强!”这不是故事发展的高潮,却是思想性格发展的高潮;不是故事的圆满结局,却是思想、性格发展的圆满结局。作者就选在这里结束全书。

悲剧被称为“艺术皇冠”。悲剧最能激发人的感情,引人深思。此外,悲剧还最能显示人的性格。肖洛霍夫用严肃的现实主义态度,写格里高力这样一个好男子在社会主义革命中走了悲剧性道路,使人惋惜,使人深思;写他在悲剧性的逆境中保持着自己的良心和良知,在逆境中将他的美好品质鲜明有力地显示出来,格外感人,使人感到格外壮美。

肖洛霍夫有意着重描写格里高力在悲剧性逆境中的表现,而对他在顺境中的表现,反而不实写。如格里高力没有跨海外逃而毅然参加布琼尼的骑兵部队后,精神焕发,英勇作战,一心要“把过去的罪过赎回来”。他的传令兵普罗霍尔说:“他的样子大变了,自从参加了红军,他就快活起来,把一张脸都吃圆了。”又说他作战十分英勇,“打过仗以后,布琼尼在队伍前面亲自和他握手,并且向连队、向他表示感谢”。他参加红军之后的表现,本来可以用浓墨重彩描写一番,然而作者却只是借普罗霍尔之口,几笔交代过去。只是虚写,没有实写。这不是出自偶然。作者有自己的考虑。也许,如果实写格里高力参加红军后意气风发、英勇作战的情景,会冲淡悲剧气氛。作者不愿将悲剧写成人物转变的正剧,而是有意让人物品格在一幕幕悲剧中经受严峻的考验,在悲剧中揭示人物性格深层的美。也只有始终保持悲剧气氛,才能激发人的感情和心灵,才能发人深思。从这一点也可以明显看出作者用悲剧手段塑造美好形象的意图。

长期以来,人们对于文艺为革命服务理解得极其狭隘,认为文艺作品应当是用文艺形式表现的政治教科书。正面人物只能走革命的道路,做革命的事情。只有革命者才是正面人物,美好形象。所以,出现了《静静的顿河》这样的作品,人们就不能理解了。

有些研究者不看重作者本人的表白,不研究格里高力的性格美,却着重研究格里高力的悲剧及其成因,不把格里高力的悲剧性经历看做表现他的性格的手段,而是一味地从他的悲剧中寻找他的性格缺陷。这是颠倒本末。

事实是,肖洛霍夫用悲剧手段塑造了一个美好的男子汉形象。这是一个有血有肉的、具有长久审美价值的不朽的形象。高尔基说,肖洛霍夫“在小说中往往不能将自己的立场同主人公格里高力的立场区分开来”。是的,格里高力性格中有作者自己的性格,也有作者的理想。正因为作者和格里高力一样,也有刚强、正直、勇敢、善良和求实的性格,才敢于在极左路线统治时期言人之不敢言,写人之不敢写。也正因为这样,这部作品经住了时间的考验,成为不朽的名著。

今天,思想界出现了空前活跃的局面。应该用新的眼光,拨开庸俗社会学的迷雾,去深入认识这部作品的实质了。我不是理论家,只是一名译者,在翻译本书过程中深有所感。愿将自己的感想和看法说出来,作为引玉之砖。

力冈　一九八八年三月于安徽师大

主要人物表

格里高力·潘捷莱耶维奇·麦列霍夫(爱称:格里沙、格里什卡)
潘捷莱·普罗柯菲耶维奇·麦列霍夫——格里高力的父亲
娃西丽萨·伊莉尼奇娜(简称:伊莉尼奇娜)——格里高力的母亲
彼特罗·潘捷莱耶维奇·麦列霍夫(爱称:彼佳)——格里高力的哥哥
妲丽亚——彼特罗的妻子
杜尼娅——格里高力的妹妹
司捷潘·阿司塔霍夫——麦列霍夫家的邻居
阿克西妮亚(爱称:阿克秀莎)——司捷潘的妻子,格里高力的情人
娜塔莉亚(爱称:娜塔什卡)——格里高力的妻子
米伦·格里高力耶维奇·柯尔叔诺夫——娜塔莉亚的父亲,富农
卢吉尼奇娜——娜塔莉亚的母亲
米佳——娜塔莉亚的哥哥
格里沙加爷爷——娜塔莉亚的爷爷
谢尔盖·普拉托诺维奇·莫霍夫——商人
伊丽莎白·谢尔盖耶芙娜(爱称:丽莎)——莫霍夫的女儿
叶甫盖尼·尼古拉耶维奇·李斯特尼次基——沙皇时代的军官
尼古拉·阿列克塞耶维奇·李斯特尼次基——叶甫盖尼的父亲,退休将军,大地主
萨什卡老爹——李斯特尼次基家的老马夫
奥西普(约瑟夫)·达维陀维奇·施托克曼——共产党员
“杰克”——莫霍夫家的磨坊工人

伊万·阿列克塞耶维奇·科特里亚洛夫——磨坊里的机器匠
米沙·柯晒沃依——哥萨克贫农
普罗霍尔·泽柯夫——哥萨克农民
安尼凯——哥萨克农民
贺里散福——哥萨克农民
伊里亚·彭楚克——共产党员
安娜·波古德柯——女共产党员,彭楚克的爱人
贾兰沙——具有进步思想的乌克兰人
波得捷尔柯夫——党外布尔什维克,顿河苏维埃主席
科尔尼洛夫——反革命白军头目
佛明——哥萨克,曾参加红军,后叛变,成为土匪头子
库金诺夫——哥萨克暴动军司令

不是犁头开垦出这沃野千里……
开出千里沃野的是战马铁蹄，
千里沃野种的是哥萨克头颅，
装扮静静顿河的是年轻寡妇，
静静的顿河靠千万孤儿点缀，
顿河的波浪本是滴滴父母泪。

啊，静静的顿河呀，我们的父亲！
顿河呀，你的水为什么这样浑？
唉，我静静的顿河水怎能不浑？
冰冷的水流在我顿河底翻腾，
白色的鱼儿在水中搅动不停。

——哥萨克古歌

静静的顿河,养育我们的父亲河呀,
亲爱的河,俄罗斯百姓的河呀,
有多少话儿把你赞颂,
把你赞颂,为你唱歌,
以前呀,你流得那样欢畅,
那样欢畅,又那样清亮,
可是如今呀,你泥沙滚滚,
从上到下都是这样浑。
亲爱的静静的顿河开言说:
“我的水怎么能不浑,
我放走了我的好男儿,
我放走了顿河哥萨克。
没有他们,陡峭堤岸就被冲垮,
没有他们,滩上就翻滚起黄沙。”

——哥萨克古歌

卷 一

一

麦列霍夫家的院子,就在村子的尽头。牲口院子的小门朝北,正对着顿河。从绿苔斑斑的石灰岩石头丛中往下坡走八俄丈,便是河沿:那星星点点的贝壳闪着珍珠般的亮光,水边的石子被河水冲得泛出灰色,就像一条曲曲弯弯的花边儿;再往前,便是奔腾的顿河水,微风吹动,河面上掠过一阵阵碧色的涟漪。往东,为打谷场作篱的一排红柳外面,是一条"将军大道",大道中间是白色野蒿,还有受尽马蹄践踏,依然十分旺盛的褐色车前草。十字路口是一座小教堂,教堂背后便是笼罩着腾腾气流的原野。向南望去,是一道石灰岩的山梁。西面,是一条街道,这条街穿过一个广场,直通河边滩地。

上次俄土战争期间,哥萨克麦列霍夫·普罗柯菲回到村里。他从土耳其带回一个老婆——一个裹着披巾的瘦小女人。她总是把脸遮得严严的,难得露一露她那忧愁的、带点儿蛮气的眼睛。丝披巾流露着不可接近的神秘意味,那鲜艳夺目的绣花叫妇女们十分眼馋。这个被掳来的土耳其女人跟普罗柯菲家里的人都合不来,所以不久麦列霍夫老头子就把儿子分了出去。老头子一直耿耿于怀,至死都没有跨过儿子的家门。

普罗柯菲很快就安好了新家:请木匠搭了一座木房,又自己动手围了一个牲口院子,快到秋天的时候,便带着他的驼背的外国老婆搬往新居。他和她跟在装着家产的大车后面,在村子里走着,全村大人小孩都跑了出来。男子汉们不出声地窃笑,妇女们大声地喊叫,一群肮脏的孩子跟在普罗柯菲后面起哄,但是他敞着小褂,就像犁地时那样慢慢走着,黑黑的大巴掌握住老婆那柔嫩的小手,毫不在乎地昂着他那淡白色乱发的头,只有两边腮上鼓起和蠕动着两个大包,以及一直不动声色因而显得像石头一样的两道眉毛中间渗出了汗珠儿。

从那时候起，村子里就难得看到他了，就连集日里他也不肯出来。他住在紧靠顿河边自己的小房子里，过着与人不相往来的日子。村子里议论起他的古怪。放牛的孩子们说，他们好像看到，每天傍晚，太阳快落山的时候，普罗柯菲就抱起老婆，一直抱到鞑靼冈上去，把她放到土冈顶上，跟她一起背靠着一块被千年风雨侵蚀得千疮百孔的石头坐下来，一股劲儿地望着草原；一直要望到晚霞完全消失，普罗柯菲才把老婆用大衣包起，抱回家去。村里人纷纷猜测，为这种古怪行动寻找解释，妇女们连说闲话的时间都没有了。关于普罗柯菲的老婆也有各式各样的说法：有的说她漂亮得要命，有的说她丑得出奇。直到最勇敢、最爱刨根问底的娘们儿玛芙拉装做讨新鲜酵母到普罗柯菲家里去过一趟之后，才真相大白。普罗柯菲到地窖里去取酵母，玛芙拉趁这个机会看了个一清二楚：原来普罗柯菲弄到的土耳其老婆是一个顶不起眼的女人……

过了一会儿，红着脸、歪披着头巾的玛芙拉就站在胡同口对着一群妇女咋呼起来：

“谁知道他看上她哪一点！平平常常，女人罢咧……屁股不像屁股，肚子不像肚子，简直像一根棍儿。不如咱们的姑娘饱满。身子细得像马蜂，一折就断；两只眼睛又黑又大，我的天啊，两眼一瞪，就像个魔鬼。大概快要生孩子啦，真的！”

“要生孩子啦？”妇女们吃惊地说。

“看样子，早就不是姑娘，养过几个孩子啦。”

“脸蛋儿怎样？”

“脸蛋吗？黄黄的。眼睛蔫不拉唧的，看起来，在外乡外土日子过得不怎么甜。你们猜，她穿着什么……穿着普罗柯菲的裤子哩。”

“当真？……”妇女们一齐惊愕得失声叫道。

“我亲眼看到的，她穿的是男人裤子，只是没有镶绦，一定是他的便裤。她上身是一件老长的布衫，布衫下面便是男人裤子，裤腿掖在袜筒里。一看到她那种样子，我吓呆了……”

村子里悄悄流传着一种说法，说普罗柯菲的老婆会兴妖作怪。阿司塔霍夫家的儿媳妇（阿司塔霍夫家也住在村头，紧靠着麦列霍夫家）起着誓说，好像是在三一节的第二天，她在天亮之前亲眼看到普罗柯菲的老婆披散着头发，光着脚，到他们家牛棚里挤过牛奶。从那时起，牛的乳房就干瘪得像小孩子拳头那样大，不再出奶，不久牛就死掉了。

那一年，发生了前所未见的牛瘟，顿河边圈牛的沙滩上，每天都要出现一些大牛和小牛的尸体。牛瘟传到了马群中。村镇牧场上牧放的马群越来越稀疏。于是大街小巷流传起可怕的谣言……

哥萨克们举行过村民大会之后,直奔普罗柯菲家。

主人走到台阶上来迎接。

“诸位老人家,因何事光临舍下?”

人群朝台阶移动着,没有一个人讲话。

终于,一个略带酒意的老头子领先喊道:

“把你的妖精给我们拖出来!我们要审问她!……”

普罗柯菲连忙朝房里奔去,但是到过道里就被追上了。有一个诨号叫“车杠”的大个子炮兵抓住普罗柯菲的脑袋,一面朝墙上撞,一面说:

“放老实点,反抗是没有用的!……不干你的事,我们是要干掉你老婆。一定得把她除掉,不除掉她,全村的牲口都得死光。你要放老实些,要不然我把你脑袋撞碎!”

“把母狗拖出来!……”人们在台阶边吆喝着。

一个和普罗柯菲同团当过兵的哥萨克,将土耳其女人的头发缠在一只手上,另一只手捂住她那张开喊叫的嘴,飞速地将她从过道里拖了出去,摔到人们的脚下。一声尖利的叫喊穿透了吼叫的人声。

普罗柯菲冲破六个哥萨克的包围,奔进正房,从墙上扯下一把马刀。哥萨克们你拥我挤地从过道里退了出来。普罗柯菲在头顶上挥舞着寒光闪闪、响声嗖嗖的马刀,飞身跳下台阶。哥萨克们立刻阵脚大乱,四散奔逃。

普罗柯菲在仓房旁边追上了那个跑得很慢的、诨号“车杠”的炮兵,从背后斜劈下去,从左肩一直劈到腰部。哥萨克们撞倒篱笆桩,穿过打谷场,朝田野奔去。

半个小时之后,重新鼓起勇气的人们才悄悄走进院子。两个前哨战战兢兢地走进了过道。普罗柯菲的老婆躺在厨房门槛上,浑身是血,头很别扭地向后仰着,牙齿疼得朝外龇着,咬得出血的舌头在上下牙之间翻动着。普罗柯菲的头不住地晃动,眼睛直愣愣的,正用羊皮袄包裹一块哇哇直叫的肉团子——早产的婴儿。

* * *

普罗柯菲的老婆当天傍晚就死了。孩子的祖母,普罗柯菲的母亲,很可怜这个不足月的孩子,就把他抱回家去。

家里人把婴儿放到烘热的锯末里,用马奶喂他,过了一个月,认为这个黑黑的、带土耳其血统的孩子能够活下去了，便抱到教堂行了洗礼，给他取了个同祖父一样的名字——潘捷莱。十二年后，普罗柯菲刑满归来。一部修剪得整整齐齐、间有若干白毛的红胡子和一身普通的俄罗斯服装，使他变成了陌生人，不像一个哥萨克了。他把儿子领回去，又把家业恢复起来。

潘捷莱长成一个黑黑的、天不怕地不怕的小伙子。他的脸和他那匀称的身材都很像母亲。

普罗柯菲给他娶了一个街坊的女儿——一个哥萨克姑娘。

从那时候起，土耳其人的血就和哥萨克的血交流起来了。从此村子里出现了高鼻子的、分外俊美的哥萨克麦列霍夫家族，诨称土耳其佬。

潘捷莱埋葬了父亲，便一心一意振兴家业：翻修了房屋，将半亩左右的闲地圈进了宅园，盖了几座铁皮顶的棚屋和仓房。铁瓦匠遵照主人的吩咐，用剩余的铁皮剪成一对铁公鸡，装在仓房顶上。铁公鸡那逍遥自在的神态，使麦列霍夫家的院子里平添了无限喜气，呈现出一派自给自足和富裕康乐的景象。

到了垂暮之年，潘捷莱·普罗柯菲耶维奇胖了起来，身子粗了，背有点儿驼了，不过，看起来还是一个蛮结实的老头子。骨头干硬了，走起路来一瘸一拐的（年轻时参加沙皇阅兵典礼，骑马摔断了左腿），左耳朵上戴着一只半月形的银耳环，胡须和头发直到老年还是黑的，发起火来连命都不要。显然，这种情况使他的妻子过早地出现了老态——他的妻子当年是很漂亮的，如今已经臃肿不堪，满脸都是蛛网般的皱纹了。

已经娶了亲的彼特罗很像母亲：个头儿不高，蒜头鼻子，乱蓬蓬的小麦色头发，褐色的眼睛；但是小儿子格里高力却很像父亲：虽然比哥哥小六岁，却比哥哥高半个头，生着同父亲一样的鹰钩鼻子，在微微上挑的眼眶里，嵌着一对热情的扁桃形蓝眼睛，高高的颧骨上紧紧绷着一层棕红色皮肤。格里高力也和父亲一样有点儿驼背，甚至笑起来也和父亲一样粗犷。

父亲的爱女杜尼娅是一个长胳膊、大眼睛的未成年姑娘，再加上彼特罗的妻子妲丽亚和一个小孩子——麦列霍夫家一家人就齐了。

二

黎明时淡灰色的天空闪烁着寥落的晨星。风从黑云里钻了出来。顿河上的晨雾像一根烟柱似的移动着，碰到石灰岩的山冈，便顺着山坡铺展开去，又像一条灰色的无头蛇似的钻进了峡谷。左岸的河岔、沙滩、山沟、苇塘和露珠晶莹的树林都沐浴在通红通红的寒冷的朝霞里。太阳还在地平线下面懒洋洋的不肯升上来。

麦列霍夫家里，潘捷莱·普罗柯菲耶维奇第一个醒来。他一面走，一面扣着绣有许多小十字的衬衫领子，来到台阶上。满院子的青草都蒙上了银色的朝露。他把牲口放到小胡同里去。妲丽亚穿了衬裙跑去挤牛奶。露水溅在她那白嫩的光腿肚上，很像新鲜的奶汁。院子里草地上留下一行烟黄色的脚印。

潘捷莱·普罗柯菲耶维奇看着被妲丽亚踩倒的青草慢慢挺立起来，便走进正房。

庭园里的樱桃花凋谢了，萎蔫的粉红色花瓣落在开着窗户的窗台上。格里高力正趴着睡觉，一只手伸到床外。

“格里什卡，钓鱼去不去？”

“你说什么？”格里高力小声问，两条腿已经从床上搭拉下来。

“走，钓鱼要趁早。”

格里高力一面哼哧着，从衣架上扯下一条便裤穿上，将裤脚掖到白毛袜筒里，半天才穿好皮靴，因为好几次都把靴后跟穿歪。

“鱼食儿妈妈煮了没有？”他哑着嗓子问，一面跟着父亲朝过道里走去。

“煮好啦。你去解船，我一会儿就来。”

老头子把冒着热气的香喷喷的麦粒儿装好揣到小褂里，把落在地上的麦粒儿仔细地扫到手掌上，然后跛着左腿，一瘸一拐地向坡下走去。格里高力还迷里迷糊地坐在船上。

“往哪儿去？”

“往黑土崖。到咱们前天去过的那棵倒在水里的树旁边试试看。”

船尾在岸边泥土上划了一下，小船就落到水里，离了河岸。激流把小船冲得摇摇晃晃，看架势就要把小船掀翻了。格里高力并不划动双桨，只用一支桨掌握航向。

“你划呀。”

“等漂到河当中再划。”

小船穿过激流，向左岸驶去。村子里传来公鸡的叫声，鸡声通过水的折射，显得十分悠远。小船擦着壁立在水边的黑色石砾质土崖，来到一处河湾里停住。离岸五俄丈的地方，便是倒在水里的榆树露出水面的蓬乱的树枝。回旋的水流在榆树周围旋起一圈圈褐色的泡沫。

“解开钓丝，我来撒食儿。”父亲小声对格里高力说，一面将手伸进冒热气的罐子口。

麦粒儿撒到水里，发出清脆的溅水声，就像有人轻轻发出了“咝”的声音。格里高力将几颗煮涨的麦粒儿穿到钩子上，咧嘴笑了。

“大鱼儿，小鱼儿，都来吃食儿！”

钓丝一圈一圈地落到水面上，又像弦一样向水里伸去，钓钩刚一接触到河底，钓丝又松弛下来。格里高力用脚踩住钓竿的一头，竭力不叫身子摇动，伸手去摸烟荷包。

“爹，恐怕钓不到……月亮还没圆呢。”

“带着火柴吗？”

“带着。”

“给我点个火儿。”

老头子抽着烟，望了望沉树后面冉冉上升的太阳。

“鲤鱼可不管这一套。有时候月亮不圆也会出来。”

“倒霉，光是一些小鱼儿吃食。”格里高力叹了一口气。

小船旁边的水啪地向上一冒，随即又落了下去，一条两俄尺长、好像红铜铸成的鲤鱼，用弯弯的大尾巴划开水面，扑腾朝上一跳，水珠儿溅了一船。

“有门儿！”潘捷莱·普罗柯菲耶维奇用袖子擦了擦胡子上的水珠儿。

在沉入水中的榆树旁边，胳膊一般粗的树枝中间，同时跳出两条鲤鱼；还有一条,多少小一点儿,在空中打着旋儿,一下又一下、顽强地撞击着土崖。

* * *

格里高力焦急地嚼着已经湿透的烟卷头儿。还不耀眼的太阳已经升到半棵橡树高了。潘捷莱·普罗柯菲耶维奇撒完了所有的麦粒儿,很不开心地咬紧嘴唇,呆呆地望着一动不动的钓竿尖儿。

格里高力吐掉烟卷头儿,恨恨地望着烟卷头儿迅速地飞出去。他心里在骂父亲,因为父亲一大早就把他叫醒,不叫他睡够。因为空着肚子抽烟,嘴里发出一股烧猪鬃那样的臭味。他弯下腰,正要用手去捧水——这时候,离水面半俄尺的钓竿梢儿微微晃了晃,慢慢向下弯去。

"上钩啦!"老头子出了一口气。

格里高力精神一振,提了提钓竿,但是竿梢儿迅速地钻进水里,钓竿在手里弯成一个圈儿。有一股很大的力量,像一架绞车,将绷得紧紧的红柳条钓竿朝下拖。

"抓紧!"老头子哼哼着,把船从岸边摇开。

格里高力拼命提钓竿,但是提不起来。叭的一声,老粗的钓丝断了。格里高力因为失去平衡,晃了几下。

"像一头公牛!"潘捷莱·普罗柯菲耶维奇小声嘟哝说,一面往鱼钓尖儿上穿鱼食儿,老是穿不上。

格里高力激动地笑着,拴好新钓丝,又抛了出去。

鱼钩刚刚到达河底,竿梢儿就弯了。

"是它,鬼东西!……"格里高力惊叫起来,一面吃力地将冲向激流的大鱼从河底朝上拉。

钓丝琤琤响着划开水面,钓丝起处,水跟着上来,很像一块斜斜的淡绿色的布。潘捷莱·普罗柯菲耶维奇用短粗的手指掴动着捞网的木把儿。

"把它拉到水面上!抓紧,要不然会挣脱的!"

"没事儿!"

一条金红色的大鲤鱼来到水面上,搅起一阵泡沫,将圆圆的大脑袋一扎,又沉入水底。

"好大的劲儿,手都叫它扯麻了……哼,等着瞧吧!"

"格里什卡,抓紧!"

“抓紧啦——啦!”

“小心点儿,别让它钻到船底下! ……小心点儿!”

格里高力喘着粗气,把平躺着的鲤鱼拉到了船边。老头子刚要探身用捞网去捞,但是鲤鱼又使出最大的力气,扎进了水底。

“把它的头提起来! 让它喝点风,它就老实啦。”

格里高力提起鱼头,又把折腾得没有了力气的鲤鱼拉到小船边。那鲤鱼一面大张着嘴喘气,一面拿头朝起毛的船舷上一撞,就不动了,只有那忽闪忽闪的鱼翅闪着橙黄色的金光。

“缴枪啦!”潘捷莱·普罗柯菲耶维奇得意地说,一面拿捞网去捞。

又坐了半个钟头左右。捕捉鲤鱼的战场上没有动静。

“把钓竿收起来吧,格里沙。大概咱们只能钓到这一条啦,不会再来啦。”

收拾完毕。格里高力划动了小船。船行了一半路程,格里高力从父亲脸上的表情看出,父亲要对他说点什么,但是老头子却一声不响地望着散布在山脚下的本村一户一户的人家。

“你,格里高力,我有两句话……”他一面摸索着放在脚底下的麻袋上的绳结,一面犹豫不决地开口说,“我看出来,你好像跟阿司塔霍夫家的阿克西妮亚……”

格里高力脸涨得通红,扭过头去。衬衫领子勒进肉绷绷的、被太阳晒黑了的脖子,勒出一道白印儿。

“你小心点儿,小伙子,”老头子已经是很严厉和气冲冲地往下说了,“我不是随便跟你说着玩儿的。司捷潘是咱们的邻居,我不准你跟他老婆胡搞。这种事会惹祸的。我事先提醒你:我要是看到了,就把你打死!”

潘捷莱·普罗柯菲耶维奇把手攥成疙疙瘩瘩的拳头,眯缝着凸出的眼睛,直看着儿子脸上的血色慢慢退了下去。

“都是胡扯!”格里高力嘟哝说,声音十分低沉,好像是从水底发出来的,并且对直地看了看父亲发青的鼻梁。

“你给我住嘴!”

“别人还会说什么好话……”

“住嘴,狗崽子!”

格里高力埋头划船。小船飞跑起来。船尾后面哗哗直响的水打起了漩涡。

路上两个人再没有说话。船快要靠岸的时候,父亲又提醒说:

“小心点儿,别忘了,要不然,从今天起就不准出去玩。不准离开家门一步。

就这样！”

格里高力没有说话。在系船的时候，他问道：

“这鱼交给家里人吗？”

“拿去卖给买卖人吧，”老头子语调缓和了，“你换烟抽吧。”

格里高力咬紧嘴唇，跟在父亲后面走着。“爹，随你怎样发狠，你就是把我的腿拴起来，我今天也要出去玩。”他一面拿眼睛恶狠狠地盯住父亲那扁平的后脑勺，一面想。

格里高力在家里仔细地把沾在鱼鳞上的沙子洗掉，拿一根小柳条穿进鱼鳃。

他在大门口碰上了柯尔叔诺夫家的米佳。米佳跟他同岁，是他的老朋友。米佳一面走，一面玩着带饰物的皮带头，两只圆圆的、带点儿蛮横神情的眼睛，在狭窄的眼缝里闪着黄澄澄的油光，两个瞳人像猫眼似的向上竖着，因此米佳的目光显得又灵活又不可捉摸。

“你带着鱼往哪儿去？”

“这是今天钓的。去卖给买卖人家。”

“给莫霍夫家，是吗？”

“是的。”

米佳拿眼睛估量了一下鲤鱼的分量。

“有十五磅吧？”

“十五磅半。我称过啦。”

“带我一块儿去，我帮你卖。”

“走吧。”

“请客不？”

“小意思，有什么好说的。”

人们做完祷告，纷纷来到街上。

诨号“沙米尔”①的三弟兄并排在路上走着。

一只胳膊的老大阿列克塞走在中间。勒得很紧的制服领子使他那肉绷绷的脖子挺得笔直，像弯弯的小楔子似的稀稀拉拉的小胡子神气活现地朝两边翘着，左眼睛不住地眨巴着。很久以前，阿列克塞打靶时步枪在手里炸了，枪栓的小铁块打坏了他的左腮。从那时起，一只眼睛就无缘无故眨个不停；一道青色的伤痕

① 沙米尔：十九世纪高加索山民宗教民族主义战争的首领。

穿过左腮，一直通到鬓角。右臂一直断到肘部。但是阿列克塞用一只手也能巧妙地卷烟卷儿，而且卷得丝毫不差：他把烟荷包夹在凸出的胸膛上，用牙撕下要用的纸片，把纸片卷成漏斗形，把烟丝扒进去，然后神不知鬼不觉地用手指卷起来。别人还没有来得及回头看一下，阿列克塞已经眨巴着眼睛叼起卷好的烟卷，向人借火了。

虽然只有一只胳膊，他却是本村第一个拳斗家。他的拳头也并不怎么特别，平平常常，只有药葫芦那样大。可是，有一次在耕地的时候，他对公牛生起气来，鞭子又找不到，就用拳头捶了一下，公牛就倒在犁沟里，耳朵出血，半天才爬了起来。两个弟弟，一个叫马尔丁，一个叫普罗霍尔，连极小的地方都很像阿列克塞。都是矮个儿，都跟橡树一样粗，只不过他们的胳膊都是成双的。

格里高力跟沙米尔家三弟兄打了招呼，米佳却把脑袋扭得咯吧响，走了过去。有一次谢肉节时举行拳斗，阿列克塞·沙米尔毫不怜惜米佳的嫩牙齿，挥拳一击，米佳就把两个槽牙吐在被铁鞋掌划得凹凸不平的灰白色冰面上了。

阿列克塞走到他们跟前，眼睛一连眨巴了五六下。

“把这玩意儿卖了吧！”

“卖给你。”

“什么价钱？”

“一对公牛，外加一个老婆。”

阿列克塞眯缝着眼睛，甩起半截胳膊：

“有意思，嘿，有意思！……哈哈哈，还要老婆哩……有一头小母猪，你要不要？”

“你自个儿留着配对儿吧，不然的话沙米尔家就要绝种啦。”格里高力回敬道。

教堂旁边的广场上有许多人。一位教会长老正在人群里把一只鹅举在头顶上，吆喝着：“半卢布！有人出过价钱啦。谁还肯多出？”

鹅扭动着长脖子，鄙夷地眯缝着珍珠般的眼睛。

旁边的一堆人当中，有一位胸前挂满十字章和奖章的白发老头儿正在手舞足蹈地讲话。

“我家的格里沙加爷爷在讲土耳其战争呢，”米佳朝那边瞟了一眼，“咱们去听听好吗？”

“等咱们听完了，鲤鱼就臭了，会胀得老大。”

“胀大了，分量会加重，对咱们有利。”

广场上有一座消防棚,棚里晾着一些断了提手的救火水桶。消防棚过去,便是莫霍夫家绿色的房顶了。格里高力从消防棚旁边经过时,吐了一口唾沫,捂起鼻子。有一个老头子,一面扣着裤子上的纽扣,用牙咬着腰带,从一个救火水桶后面走了出来。

“憋得冒泡儿啦?”米佳挖苦说。

老头子扣好最后一个纽扣,拿下嘴里的腰带。

“干你什么事?”

“该给你抹一鼻子,再加一胡子! 叫你那老婆子一个礼拜都洗不清。”

“我来给你抹,下流货!”老头子生气了。

米佳站了下来,眯起一双猫眼睛,好像被阳光照的。

“哼,你算上流的啦。滚吧,老狗! 你倒是没个完啦。你不滚,我用皮带抽你!”

格里高力一面笑着,来到莫霍夫家的台阶前。密密匝匝的野葡萄的阴影清清楚楚地投在栏杆上。台阶上是一片带光斑的轻轻摆动的凉荫。

“喂,米佳,看人家过的日子……”

“门把手都是镀了金的。”米佳推开阳台的门,噗哧笑道:“那位老人家要是跑到这儿来,就热闹啦……”

“谁呀?”阳台上有人朝他们问道。

格里高力怯生生地打头朝前走。鲤鱼尾巴扫着油漆地板。

“你们找谁?”

藤摇椅上坐着一位姑娘。她手里端着一碟子草莓。格里高力望着嚼过草莓的、饱满的、粉红色的心形嘴唇,一声不响。姑娘低下头,打量着两位来人。

米佳帮格里高力说话了。他先咳嗽了一声。

“你们家买鱼吗?”

“鱼吗? 我这就去说一声。”

藤椅摇了两下,她站起身来,两只光脚穿着绣花拖鞋啪哒啪哒地朝前走去。太阳射透了白色的连衫裙,于是米佳看见了圆滚滚的腿那模糊的轮廓和衬裙上宽宽的波浪形花边。他惊讶地看到,一双光腿肚子是那样白,那样滑腻,只有两个圆圆的脚后跟上的皮肤是乳黄色的。

米佳推了推格里高力。

“咦呀,格里什卡,瞧那裙子……像玻璃一样,什么都看得清清楚楚。”

姑娘从过道的门里走出来,轻盈地坐到藤椅上。

“你们到厨房里去吧。”

格里高力踮着脚尖朝房里走去。米佳却站着不动,眯起眼睛,望着姑娘头上将头发分成两个金色半圆形的那道白印儿。姑娘用调皮而不安的眼睛打量了他一下。

“您是本村人吗?”

“是本村的。”

“是谁家的?”

“柯尔叔诺夫家的。”

“您的名字叫什么?”

“米佳。”

她仔细看了看自己的粉红色脚指甲,迅速地把两条腿蜷了回去。

“你们两个是谁逮的鱼?”

“是格里高力,我的好朋友。”

“您也常常逮鱼吗?”

“只要高兴,我也去逮。”

“用钓竿逮吗?”

“也用钓竿逮,照我们的说法,叫做钓鱼。”

“我也很想去逮鱼。”她沉默了一会儿,说道。

“那好说,要是您高兴,咱们就去。”

“怎么去法呢? 去就去吧,一言为定啦?”

“钓鱼可要起早啊。”

“我起得来,不过得有人把我叫醒。”

“叫醒是可以的……可是,你父亲呢?”

“父亲怎样?”

米佳笑了。

“他会把我当贼……还要放狗咬我。”

“没有事! 我一个人睡在拐角的屋子里。就是这个窗户。”她用手指了指。“你要是来叫我,敲敲我的窗户,我就起来了。”

厨房里传出说话的声音:那怯生生的,是格里高力的声音;那紧锣密鼓的,是女厨子的声音。

米佳玩弄着哥萨克皮带上发了乌的银片,一声不响。

“您娶亲了吗?”姑娘带着隐隐的笑容,问道。

“怎么?”

“没什么,随便问问。”

“没有,还是光棍儿。”

米佳的脸一下子红了,可是她却笑吟吟的,玩弄着落在地板上的一颗温室里生长的草莓,问道:“怎么回事儿,米佳,姑娘们喜欢您吗?”

“有的喜欢,有的不喜欢。”

“您说说……为什么您的眼睛很像猫眼睛?”

“像……猫眼睛?”米佳终于窘住了。

“就是的,像猫眼睛。”

“这恐怕是从娘胎里带来的……我是没有办法的。”

“究竟为什么不给您娶亲呢?”

米佳窘了一会儿,接着便恢复了常态,他觉得她的话里隐隐有一种讥笑意味,就闪了闪发黄的眼睛,说:

“我的媳妇还没有长大呢。”

她惊讶得将眉毛向上一挑,脸都红了,并且站了起来。

一阵脚步声从街上来到台阶上。

她那亲热的、带有开玩笑意味的笑,使米佳像碰到荨麻一样,浑身痒酥酥的。这时候,主人谢尔盖·普拉托诺维奇·莫霍夫从容不迫地踏着刷刷直响的肥大的软羊皮靴,气派十足地挺着肥胖的身躯,从退到一旁的米佳面前走了过去。

“找我的吗?”他连头都没有扭,一面走,一面问道。

“爸爸,是送鱼来的。”

格里高力空着手走了出来。

三

鸡叫头遍以后，格里高力才玩够了回到家来。一进过道，酸酸的啤酒花味和辛辣的薄荷香气就扑进鼻子。

他踮着脚走进正房，脱了衣服，把带镶绦的礼服裤子很仔细地挂好，画过十字，躺了下来。地上是一片金色的朦胧月光，窗棂在上面画了个十字。角落里，用绣花手巾罩着的镀银的圣像闪着黯淡的光。床头衣架上，一群被惊动的苍蝇一个劲儿地嗡嗡叫着。

他正要朦胧入睡，可是哥哥的小孩子在厨房里哭了起来。

摇篮像没有上油的大车一样咯吱咯吱响了起来。妲丽亚用睡意朦胧的声音嘟哝着：

“别哭，你这个坏孩子！又不睡，又不安全。”她小声唱了起来：

小傻瓜，吹喇叭，
你上哪儿去啦？
我去看大马。
看的什么马？
那马金鞍金镫，
还挂一串金铃……

格里高力在有节奏的催人入睡的咯吱声中正要睡去时，想了起来：“彼特罗明天就要入营去啦。剩下妲丽亚和孩子……我们收割庄稼的时候，大概他不会回来的。”

他把脑袋埋进热烘烘的枕头里，歌声一个劲儿地往耳朵里钻：

你的马在哪儿啊？
站在大门外头哪。
大门在哪儿啊？
叫大水冲跑啦。

一声嘹亮的马嘶把格里高力震醒。他听声音就知道这是彼特罗的战马。

因为睡意未退，手指没有劲儿，半天才扣好纽扣，又差点儿在涓涓流水般的歌声中睡去：

鹅在哪儿啊？
钻到芦苇里啦。
芦苇在哪儿啊？
姑娘们砍掉啦。
姑娘们在哪儿啊？
姑娘都出嫁啦。
哥萨克在哪儿啊？
都上战场去啦……

困得浑身无力的格里高力好不容易摸进了马棚，把马牵到了小胡同里。碰到蜘蛛网上，弄得脸上痒酥酥的，睡意一下子跑掉了。

一条波光粼粼、谁也不能走的月光路斜斜地穿过顿河。顿河上雾气腾腾，天空繁星点点。马在后面小心谨慎地挪动着四条腿。河边的斜坡很不好走。从对岸传来鸭子的嘎嘎叫声，岸边泥水里有一条鲶鱼在捕捉小鱼小虾，旋来旋去，打得水劈啪直响。

格里高力在水边站了很久。河边有一种潮乎乎的、并不难闻的霉烂气味。马嘴上滴下一粒粒小小的水珠儿。格里高力心里甜滋滋的，无牵无挂、快快活活、无忧无虑。他一面往回走着，望了望日出的地方，那晦暗的瓦青色已经消散了。

他在马棚旁边碰到了母亲。

"是你吗，格里什卡？"

“还能是谁?”

“马饮过了吗?”

“饮过啦。”格里高力懒洋洋地回答说。

母亲用围裙兜着生炉子用的干牛粪块,向后挺着身子,拖着两条老迈无力的光腿,嚓嚓地走着。

“你最好去把阿司塔霍夫家两口子叫醒。司捷潘要跟咱们家彼特罗一块走呢。”

格里高力精神一振,身上好像装上了强劲的、跳动不停的弹簧。浑身痒酥酥的,好像有许许多多小虫儿在爬。他跑过三道门槛,就咚咚地跑上阿司塔霍夫家的台阶。门没有上闩。司捷潘睡在厨房里铺开的一张车毯上,他的腋下是老婆的脑袋。

在渐浓的晨曦中,格里高力看到阿克西妮亚那撩到膝盖以上的内衣,看到了像桦树皮一样白嫩的、毫不羞耻地叉开的两条腿。他看了一下子,就觉得口里发干,心咕咚咕咚要跳出来。

他像小偷一样用眼睛扫了扫,用一种极不自然的声音沙哑地喊道:

“喂,谁在这儿? 起来吧!”

阿克西妮亚哼哼哧哧地醒了过来。

“哎哟,是谁呀? 哪一个呀?”她急急忙忙摸索起来,一只光胳膊夹在两腿中间,将内衣朝下拉。枕头上留下一滴睡梦中流出的口水;女人黎明时候是睡得最香的。

“是我。我妈要我来叫醒你们……”

“我们一下子就起来……我们这屋子里没办法下脚……因为有蛇蚤,我们睡在地上呢。司捷潘,起来吧,你听见吗?”

格里高力从声音听出来,她很不好意思,便赶紧走了出来。

* * *

村子里应征春季入营的有三十名哥萨克。集合地点是大操场。快到七点钟时,就有几辆带帆布篷的大车朝大操场赶来,哥萨克步兵和骑兵都穿着帆布春装,全副武装。

彼特罗在台阶上匆匆忙忙地缝着裂开的马缰绳。潘捷莱·普罗柯菲耶维奇在彼特罗的马跟前转悠着,时不时地往马槽里撒两把燕麦,喊一声:

“杜尼娅，干粮袋缝上了吗？猪肉放过盐了吗？”

满面红光的杜尼娅像小燕子一样穿过院子，从厨房朝屋子里走去，一面笑着，一面摆手回答父亲的喊叫：

“爹，你管你的事吧，我会给哥哥装得好好的，管保到天边也撒不掉。”

“马不吃吗？”彼特罗一面往麻线上涂唾沫，一面朝马点了点头，问道。

“吃着哩。”父亲郑重其事地回答说，一面用粗糙的手掌检查着马鞍毡垫。一块小木片或者一根草棍儿粘在毡垫上，虽说是件小事情，可是跑一阵子，就会使马背磨出血来。

“枣红马吃饱啦，爹，牵去饮饮吧。”

“叫格里什卡牵到河里去饮。喂，格里什卡，把马牵去！”

一匹高大、健壮、额上带白星的顿河马活泼愉快地朝前走去。格里高力把马牵到板门外，用左手轻轻摸了摸马背，骑了上去，马就快步跑了起来。在下坡处他想把马拢住，可是马已经跑溜了腿，越跑越快，跨着大步朝坡下跑去。格里高力向后仰着，几乎是躺在马背上，这时他看到一个女人挑着水桶正在下坡。他把马朝旁边一勒，拖着漫天的灰尘，直冲到水边。

阿克西妮亚一摇一晃地朝坡下走来，老远就大声嚷道：

“疯鬼！差一点儿叫马踩着我！你等着瞧吧，我去告诉你爹，就说你骑起马像疯子一样。”

“算了吧，好嫂子，别骂啦。你把男人送去入营以后，也许你家里的事还用得着我呢。”

“我才用不着你哩！”

“等割起庄稼来，你还要来求我呢。”格里高力哈哈笑着说。

阿克西妮亚站在跳板上，灵活地将扁担一摆，汲了一桶水，把被风吹得鼓起来的裙子夹在两膝中间，看了格里高力一眼。

“怎么样，你的司捷潘要走了吧？”格里高力问道。

“干你什么事？”

“瞧你……怎么，问问也不行吗？”

“要走啦。怎么样？”

“那么，你要守活寡啦？”

“守就守呗。”

马已经将嘴提起，咻咻地吸着直向下淌的水，一面朝顿河对岸望着，一面用前蹄踢打河水。阿克西妮亚将另一只水桶汲满，她将扁担在肩上顺了顺，就轻轻摇晃着朝坡上走去。格里高力牵起马跟了上去。风吹得阿克西妮亚的裙子扑扑直抖,一个个毛茸茸的小发卷儿被吹得不停地在黑糊糊的脖子上晃动着。沉甸甸的发髻上那花缎子绣花缠头巾通红通红的,掖到裙子里的粉红色女褂一点褶儿都没有,紧绷绷地裹住那笔挺的脊背和丰满的双肩。阿克西妮亚朝坡上走,身子向前弯着,小褂背后一道长长的脊梁沟清清楚楚地显露出来。格里高力看到女褂上因为胳肢窝里出汗退色而出现的两个褐色圆圈儿。他注视着她的每一个动作,又想跟她说话了。

"大概,你会想你男人的吧? 嗯?"

阿克西妮亚一面走着,一面扭过头来,笑了笑。

"怎么会不想呢? 你快点娶媳妇吧,"她一面喘气,一面断断续续地说,"娶媳妇吧,娶了媳妇,就知道想不想了。"

格里高力赶了赶马,来到她跟前,看了看她的眼睛。

"可是有些娘们儿,送走自己的男人还高兴呢。我们家的妲丽亚,彼特罗不在家,会胖起来的。"

阿克西妮亚的鼻孔一张一合地喘着粗气;一面撩着头发,说:

"那就男人不是男人,成了吸血虫啦。真的,快给你娶媳妇了吧?"

"我不知道我爹的意思,恐怕要等到服过役以后吧。"

"你还小呢,别娶媳妇。"

"为什么?"

"麻烦透啦。"她蹙着眉头看了看,不张嘴地微微笑了笑。这时格里高力第一次发现,她的嘴唇是那样妖媚,那样丰润。

他一面梳理着马鬃,一面说道:

"娶亲我一点不想。就这样才会有人爱我呢。"

"是不是有苗头啦?"

"我有什么苗头……等你送走了司捷潘……"

"你别跟我胡缠!"

"你要打人吗?"

"我要告诉司捷潘……"

"我不在乎你的司捷潘……"

"等着瞧吧,好汉子,我叫你吃吃苦头!"

"别吓唬人吧,阿克西妮亚!"

"我不是吓唬人。你该去找姑娘们。让她们给你绣手绢儿,不要老是看着我。”

“我就是要看。”

“那你就看吧。”

阿克西妮亚妥协地笑了笑，朝路边跨了两步，想从马旁边绕过去。格里高力把马一横，拦住去路。

“放我走，格里什卡！”

“我不放。”

“别胡闹，我还得去给当家的收拾收拾呢。”

格里高力笑嘻嘻地逗弄着马，那马捯动着四条腿，把阿克西妮亚挤到了陡崖跟前。

“放我走，鬼东西，有人来啦！别人看见了，会怎么想？”

她用惊骇的目光朝两边瞧了瞧，皱着眉头、头也不回地走了过去。

彼特罗正在台阶上跟家里人作别。格里高力上好了马鞍。彼特罗手扶马刀，匆匆跑出门来，从格里高力手里接过马缰。

马觉察出要上路了，惶惶不安地捯动着四条腿，在嘴里来来回回地嚼着马嚼子，嚼得直冒泡沫。彼特罗一只脚伸进马镫，两手扳住鞍鞒，对父亲说：

“爹，掉毛的马可别使坏了。到秋天，可以卖掉。该给格里高力弄一匹马啦。大草原上的青草，记住，不要卖掉：看现在的牧场，你自己也知道，将来能收割到怎样的干草。”

“好吧，上帝多多保佑，一路平安！”老头子画着十字说。

彼特罗熟练地一跨，他那敦实的身躯就上了战马。用手抻了抻上衣后面被腰带勒出的褶子，马就朝大门口走去。马刀把儿随着马的脚步上下跳动着，经阳光一照，熠熠闪光。

妲丽亚抱着孩子跟着走了出来。母亲站在院心里，用袖子擦着眼睛，又用围裙的边儿擦了擦哭红了的鼻子。

“哥哥，饼子，把饼子忘啦！……土豆馅饼！……”

杜尼娅像山羊一样蹦到了大门口。

“傻东西，你嚷什么？”格里高力十分心烦地对她吆喝道。

“饼子没有带！”杜尼娅靠在门上哼哼起来，眼泪滚到油糊糊、火辣辣的腮上，又从腮上滴到家常穿的小褂上。

妲丽亚用手掌遮着眼睛，注视着被灰尘罩住的丈夫的白色上衣。潘捷莱·普罗柯菲耶维奇摇晃着大门上一根腐烂的柱子，朝格里高力看了看。

“大门你要修一修啦，还要在角上栽一根柱子。”他想了想，又像报告一件新闻似的说：“彼特罗走啦。”

格里高力隔着篱笆看到，司捷潘也要走了。穿起绿色毛布裙子的阿克西妮亚给他牵过马来。司捷潘微微笑着，对她说了句什么。他不慌不忙、拿出当家人的姿态吻了吻妻子，一条胳膊好久都没有从她肩上放下来。因为干活儿和太阳晒黑了的胳膊，搭在阿克西妮亚的白褂子上，显得像煤炭一样黑。司捷潘脊背朝格里高力站着；隔着篱笆可以看见他那紧绷绷的、刮得很漂亮的脖子，可以看见他那宽宽的、多少有点下垂的两肩；当他的头朝妻子俯下去的时候，还可以看见他那上翘的亚麻色胡子尖儿。

阿克西妮亚不知为什么笑着，并且不以为然地摇了摇头。司捷潘一踏上马镫，高大的乌骓马就晃动起来。乌骓马迈着急促的步子出了大门，司捷潘坐在鞍上，好像栽在上面似的，阿克西妮亚抓住马镫，跟他一起走着，并且朝上仰着头，恋恋不舍、难分难解，像小狗对主人那样望着他的眼睛。

他们就这样从邻居的房子前面走了过去，一拐弯，就不见了。

格里高力用眨也不眨的眼睛目送了他们很久。

四

傍晚，大雷雨要来了。村子的上空笼罩着褐色的浓云。被风吹皱了的顿河，把密密层层的一道道波浪朝岸边推来。村外树林后面，一道旱闪划破天空，稀疏的雷声震撼着大地。一只老鹰展开翅膀，在浓云下面盘旋着，一群乌鸦哇哇叫着追逐它。西方一片浓云，夹带着寒气，顺着顿河飘过来。河边滩地后面的天空黑沉沉的，十分可怕；草原沉默不语，好像在等待什么。村子里到处是关护窗的乒乓响声；老奶奶们做过晚祷出来，一面画着十字，一面急匆匆地往家走；大操场上空有一根灰色的尘土柱徐徐晃动着,被春天的干热烤焦的大地上已经落下第一阵雨点。

杜尼娅晃悠着两条小辫儿在院子里跑了一阵子,关上鸡窝的小门儿,就忽闪着鼻翼,在院心里站了下来,就像一匹马遇到了障碍似的。孩子们在街上玩得正欢。邻居家八岁的米什卡一只腿蹲在地上,打着旋儿。他父亲那顶大得不得了的制帽在他头上旋转着,遮住了他的眼睛。他尖声喊叫着:

快下雨,快下雨!
我们跑到树丛里,
拜耶稣,
求上帝。

杜尼娅十分羡慕地望着米什卡那一双裂了许多口子的光脚丫儿尽情地踩着泥巴玩儿。她也很想到雨地里去蹦蹦跳跳,去把头淋湿,好叫头发长得密密的、弯弯的;也像米什卡的伙伴那样,到路边土堆里去脚朝天倒竖起来,又勇敢地倒在蔷薇丛里。但是母亲正在窗户里望着,而且还气嘟嘟地吧哒着嘴呢。杜尼娅叹了一口气,跑进屋里。雨下得又猛又密。一个焦雷就在房顶上炸了开来,炸出的碎片又朝顿河对岸滚去。

父亲和浑身是汗的格里高力正在过道里,从耳房里拖出一张缠着的大鱼网。

“要粗线和钩针,麻利点儿!”格里高力朝杜尼娅喊道。

厨房里点起了灯。妲丽亚坐下来补鱼网。老奶奶一面摇着孩子,一面嘟哝说:

“老东西,你总是喜欢想怪花样。躺下睡觉好啦,煤油一天比一天贵,你还要点。这会儿还打什么鱼?你们发什么疯?说不定还会叫大水冲走呢,瞧,院子里的水已经不得了啦。哎哟,哎哟,又是雷又是闪!我主耶稣,圣母娘娘保佑……”

一道耀眼的蓝光射了进来,厨房里静了片刻,可以听见雨点打在护窗上的沙沙响声,紧跟着就是咔嚓一个焦雷。杜尼娅哇呀叫了一声,将头埋到鱼网里。妲丽亚对着门和窗画了几个小小的十字。

老奶奶用恐怖的眼睛望着正在脚下跟她亲热的小猫。

“杜尼娅!把它撵出去,该死的……圣母娘娘,饶恕我这个有罪的人吧。杜尼娅,把猫轰到院子里。去,你这妖精!滚吧……”

格里高力把网上的一根短棍儿掉在地上,不出声地笑得浑身直打哆嗦。

“喂,你们咋呼什么？住嘴!”潘捷莱·普罗柯菲耶维奇喊道。“娘们儿,快点补吧！前几天我还说过,叫你们看看鱼网。”

“这会儿有什么鱼。”老奶奶正想说说呢。

“你不懂,就住嘴！这会儿正好在沙滩上逮鲟鱼。鱼害怕风浪,这会儿都朝岸边跑。浑水大概已经下来啦。喂,杜尼娅,跑出去听听:土沟里流水了吗?”

杜尼娅很不乐意地侧着身子朝门口走去。

“都是谁去啊？妲丽亚不能去,奶会受凉的。”老奶奶还是不肯罢休。

“我和格里什卡,另一张网——把阿克西妮亚叫上,另外再叫上一个娘们儿。”

杜尼娅气喘吁吁地跑了进来。雨点儿还挂在睫毛上,不住地哆嗦着。她身上发出一股湿漉漉的泥土气息。

“土沟里有水啦,水流得轰轰响哩!”

“你跟我们去吗?”

“还有谁去?”

“还要叫上两个娘们儿。”

“我去!”

“好,你披上斗篷,快去叫阿克西妮亚。她要是去,让她再叫上玛拉什卡·福罗洛娃!”

“那娘们儿不怕冻,”格里高力笑着说,“她身上的油,就像肥猪身上那样厚。”

“你最好带上点干草,格里什卡,”母亲劝他说,“放在心口下面,不然肚子会受凉。”

“格里什卡,弄点干草吧,你妈说的是实话。”

杜尼娅很快就领着两个女的来了。阿克西妮亚穿一件破褂子,腰里扎一根绳子,下面是一条蓝色衬裙,她个头儿显得矮了,也细了。她一面跟妲丽亚说笑,一面从头上解下头巾,把头发紧紧地挽成一个鬏儿,又仰起头,裹好头巾,然后冷淡地扫了格里高力一眼。肥胖的玛拉什卡在门口扎着袜子,用伤风的喉咙沙哑地说:

“口袋带上了吗？我的天,咱们今天要变鱼了。”

大家来到院子里。雨点密密麻麻地朝泡软的土地上倾注着,打得一个个水洼里纷纷冒泡儿,又汇成一股一股的流水朝顿河流去。

格里高力走在最前面。有一种不明原因的愉快心情催促他往前走。

“小心,爹,这儿有一道沟。”

“好黑啊!”

“走稳,阿克秀莎,靠着我,下黑牢咱们一块儿。”玛拉什卡哑着喉咙哈哈笑道。

“你瞧瞧,格里高力,好像是到麦丹尼柯夫码头了吧?”

“就是的。”

“就在这儿……下网……”潘捷莱·普罗柯菲耶维奇顶着呼呼叫的风,大声喊道。

“听不见,大叔!”玛拉什卡哑着喉咙喊。

“撒网,准能行……我打深处下网。我说,我打深处……玛拉什卡,聋鬼,你朝哪儿拉呀?我去深处下!……格里高力,格里什卡!就让阿克西妮亚打岸上下吧!”

顿河上一片咆哮声、怒吼声。风把斜斜的雨帘撕成碎片。

格里高力一面用脚试探着河底,半截身子下到水里。一股挡也挡不住的冷气一直爬到胸部,像一道铁箍似的箍得心脏紧紧的,波浪像鞭子一样,不住地抽打着脸,抽打着紧紧眯起的眼睛。鱼网像球一样鼓胀着向深处沉去。格里高力穿着毛袜的两只脚在河底沙里直打滑。网绳老是要从手里挣脱……越走越深,越走越深。一道坎子。两脚站都站不住。水流一阵一阵地把人往河中心冲,把人直往里面吸。格里高力使劲用右手划着朝着边上走去。黑咕隆咚的、轻轻晃动的深水,使他从来没有这样害怕。一只脚高兴地踩到了松软的河底。有一条鱼撞到膝盖上。

“打深地方绕过去!”从一片黑糊糊的地方传来父亲的声音。

鱼网一歪,又要往深处沉,水流又在冲着脚下的泥土,于是格里高力仰着头在水里游了起来,不住地朝外吐水。

“阿克西妮亚,还活着吗?”

“眼下还活着。”

“雨小啦,好像要停了吧?”

“小雨要停,可是大雨马上就要来啦。”

“你小声点儿,我爹听见,会骂的。”

“你怕你爹啊,也算是……”

沉默了一会儿。水像黏黏的面团,人在里面动一动都很困难。

“格里高力,河边好像有一棵沉树。要绕过去。”

一个巨大的浪头,把格里高力冲了很远。河水轰隆轰隆地拍溅着,好像是一块巨石从悬崖上落到了水里。

“啊……啊……”阿克西妮亚不知在岸上什么地方尖声喊叫着。

格里高力吓坏了,从水里钻出来,朝叫声游去。

“阿克西妮亚!”

只有风声和河水轰隆轰隆的流动声。

“阿克西妮亚!”格里高力吓得浑身发冷,叫喊道。

“哎——嗨!! ……格——里——高——力!”远处隐隐传来父亲的声音。

格里高力拼命朝前划着。有什么东西直缠腿,用手一抓,原来是鱼网。

“格里高力,你在哪儿呀? ……”阿克西妮亚带着哭腔喊道。

“刚才你怎么不答应? ……”格里高力生气地喊叫着,一面连手带脚往岸上爬。

他们两个蹲下来,浑身打着哆嗦,动手去解乱成一团的鱼网。破裂的云块缝隙里钻出了月亮。河边滩地那边,雷声沉闷地响着。大地还没有吸尽的雨水在闪闪发光。大雨洗过的天空又明净又清澈。

格里高力一面解鱼网,一面注视着阿克西妮亚。她脸色煞白,但是微微向外翻的两片红嘴唇已经在笑了。

“一个浪头把我朝岸上打来,”她喘着气说道,“我的魂都吓掉了。吓死我啦!我以为你淹死了呢。”

他们的手碰在了一起。阿克西妮亚试探着把自己的一只手伸进他的上衣袖子。

“你的袖子里好暖和,”她诉苦似的说,“我可是冻坏了。浑身都疼。”

“这是该死的鲶鱼撞的窟窿!”

格里高力把鱼网中间的窟窿撑开,窟窿直径有一俄尺半。

有一个人从沙滩上跑来。格里高力猜出那是杜尼娅。还离很远就朝她喊道:

“你有线吗?”

“有。”

杜尼娅气喘吁吁地跑到跟前。

“你们干吗在这儿坐着? 爹要我来叫你们赶快到沙滩上去。我们在那儿逮到满满一口袋鲟鱼啦!”杜尼娅的声音中有一种毫不掩饰的得意味道。

阿克西妮亚磕打着牙齿,补好网上的窟窿。为了让身子暖和暖和,他们大步朝沙滩上跑去。

潘捷莱·普罗柯菲耶维奇用泡得起皱并且像淹死的人那样涨得老粗的手指在卷烟卷;他一面蹦跳,一面夸耀说:

“一网就逮了八条,又一网……”他停了停,抽起烟来,不说话,拿脚踢了踢口袋,叫人自己去看。

阿克西妮亚好奇地看了看。口袋里有扑棱扑棱的声音,那是活鲟鱼在蹦。

“你们怎么没逮到?”

“鲶鱼把网撞破啦。”

“补好了吗?”

“马马虎虎,把网眼儿连了连……”

“好吧,咱们拖到拐弯处就回家。拖着走,格里什卡,你在想什么心思?”

格里高力迈动两条麻木的腿。阿克西妮亚浑身哆嗦得厉害,格里高力通过鱼网就觉察出她在打哆嗦。

“别哆嗦啦!”

“能不哆嗦倒是好,可是我连气都喘不上来啦。”

“这一下子来啦……给我上来吧,该死的鱼!”

一条大鲤鱼在网里蹦跳着。格里高力加快脚步,拉紧网绳,收着鱼网;阿克西妮亚弯起腰朝岸上跑。向后退去的水在沙滩上哗哗响着,鱼在扑棱扑棱地跳动。

“咱们走滩地回家吗?”

“走树林子近一些。喂,你们那里怎么样,快收拾好了吗?”

“你们走吧,我们赶得上。我们还得把网涮一涮。”

阿克西妮亚皱着眉头,拧了拧裙子上的水,把装了鱼的口袋搭到肩上,几乎在沙滩上跑了起来。格里高力背着鱼网。走了百十步,阿克西妮亚哎呀一声,说:

“我没劲儿啦!两条腿都冻木啦。”

“这儿有一堆去年的干草,是不是可以钻进去暖和暖和?”

“去就去。要不然不等到家就冻死啦。”

格里高力把草堆上盖的东西掀到一边,掏了一个洞。压实的干草发出一种热烘烘的霉烂气息。

“钻到里面去吧,就像热炕头一样。”

阿克西妮亚扔下口袋,钻进去,直到干草抵着脖子。

“这可真是天堂!”

格里高力冻得打着哆嗦，挨着躺下来。阿克西妮亚那湿漉漉的头发散发出一股温柔醉人的气息。她把头一仰，躺了下去，用半张开的嘴唇均匀地呼吸着。

“你的头发气味真像醉花儿。知道吧，就是一种小小的白花儿……”格里高力弯下身子，小声说。

她没有说话。她望着弯弯的残月，目光显得迷茫而又深沉。

格里高力从口袋里抽出手来，突然搂住她的头。她猛烈地挣扎着，欠起身来。

“放开我！”

“别做声。”

“放开，不然我可要嚷啦！”

“阿克西妮亚，你敢嚷……”

“潘捷莱大叔！……”

“是迷路了吗？”潘捷莱·普罗柯菲耶维奇在山楂树丛里回答，离得非常近。

格里高力咬紧嘴唇，从草堆上跳下来。

“你喊什么？是迷路了吧？”老头子一面朝跟前走，一面又问道。

阿克西妮亚站在草堆跟前，整理起歪到了后脑勺上的头巾，头上在冒着热气。

“迷路倒是没有，可是真把我冻死啦。”

“嘿，真是妇道人家，瞧，这儿有草堆。暖和暖和吧。”

阿克西妮亚笑了笑，弯下身去拿口袋。

 五

入营的集合地点是谢特拉柯夫村。从本村到那里有六十俄里。彼特罗·麦

列霍夫和司捷潘·阿司塔霍夫坐在一辆大车上。跟他们一起的还有同村的三个哥萨克;一个是菲多特·包多甫斯柯夫——是一个年轻的、有点儿像加尔梅克人的麻脸哥萨克;一个是贺里散福·托金——是御林军阿塔曼团的第二期兵,外号叫"基督儿子";还有一个是炮兵伊万·托米林,他是往彼尔西阿诺夫镇去的。喂过一次料之后,就把贺里散福的两寸马①和司捷潘的大青马套到车上。其余三匹马都没有卸鞍,跟在车后面走。赶车的是贺里散福,他跟大多数阿塔曼团的士兵一样,身强力壮,又有点儿傻里傻气。他把脊背弯得像车轮子一样,坐在前面,挡住射进车篷的光线,用粗喉咙大嗓门儿吆喝着马。彼特罗·麦列霍夫、司捷潘和炮兵托米林抽着烟,躺在罩着一块新帆布的大车里。菲多特·包多甫斯柯夫在后面步行;可以看出,他那两条加尔梅克式的罗圈腿走在灰尘飞扬的大路上,并不觉得劳累。

贺里散福的车子走在最前头。后面还跟着七八辆大车,车后都拴着卸了鞍的和没有卸鞍的马。

大路上一片哄笑声、叫喊声、悠扬的歌声、赶马声以及空马镫的撞击声。

彼特罗的头枕在干粮袋上。他躺着,捻着黄黄的长胡子。

"司捷潘!"

"干吗?"

"……咱们来唱支军歌,好不好?"

"太热啦。喉咙干得冒烟。"

"附近村子里可没有酒店,别瞎想啦!"

"好吧,你开头。算啦,你不行。嘿,你们家的格里什卡才真是个高音歌手呢!拉起长声来,哪里像唱歌,简直是一条银线。我跟他常在游戏场上一起唱。"

司捷潘把头仰起,清了清嗓子,用低沉而宏亮的声音唱了起来:

啊,朝霞呀,红通通,
你很早就升上天空……

托米林学女人的样子,拿一只手托住腮,用细声细气、如怨如诉的嗓门儿跟着唱了起来。彼特罗微微笑着,把一撮小胡子放到嘴里,看着这个胸粗气壮的炮

① 两寸马即高两俄尺零两俄寸的马。哥萨克参加沙皇军队,必须自带马匹,马的高度不得低于两俄尺零半俄寸。——作者注

兵憋得鬓角上的青筋凸了出来。

年轻的姑娘，她呀，
很晚才出门，挑着水桶……

司捷潘跟贺里散福头靠头躺着，他用一只手托着头，转来转去；那紧绷绷的漂亮的脖子通红通红的。

“贺里散福，帮帮腔！”

小伙子呀，不怠慢，
拉出马呀，加上鞍……

司捷潘那凸出的大眼睛里射出的含笑的目光又转向彼特罗，于是彼特罗吐出嘴里的小胡子，也跟着唱了起来。

贺里散福张开他那胡子拉碴的大嘴，拼命吼叫着，震得车篷的帆布顶直哆嗦：

骑上枣红马呀，
就把那姑娘赶……

贺里散福把一只老长的光脚板横放着，等着司捷潘再往下唱。司捷潘闭起眼睛——那出汗的脸躲在阴影里——亲亲热热地领着大家唱，声音有时低得像耳语，有时高得像钢铁声：

姑娘呀姑娘，请你让让吧，
让我在河里饮饮马……

贺里散福又用洪钟般的声音把许多人的声音压下去。后面几辆车上有许多声音加入合唱，车轮磨得车轴吱扭吱扭响着，马匹被灰尘呛得不住地打着喷嚏，悠扬、嘹亮的歌声像春水一样在大路上空流动着。有一只白翅膀的凤头麦鸡，从快要枯竭的草原水泊中晒成棕色的湖苇丛里飞了出来。那麦鸡一面叫着，一面向一处洼地飞去，还不住地扭头，用碧玉般的小眼睛望望撑着白篷的大车行列，望望荡起一路灰尘的马匹，望望穿着落满灰尘的白上衣在路边走的人们。麦鸡朝洼地落去，黑黑的胸脯冲到萎蔫的、被野物踩乱的草上，再也看不到大路上的情景了。可是车辆仍旧在大路上轰隆轰隆前进着，鞍下已经汗水淋漓的马匹依旧很不情愿地迈动着四条腿；只是那些穿灰上衣的哥萨克很快就离开自己的车子，跑到最前头一辆车子跟前，围成一堆，笑得直捧肚子。

司捷潘挺起身子站在车上，一只手扶住帆布篷顶，另一只手轻轻挥动着，用短促、轻快、绕口令式的调子唱了起来：

别在我身边坐，
别在我身边坐，
别人会说你爱我，
说你爱我，
说你找我，
说你爱我，
说你找我，
可我不是寻常人家姑娘……

几十个粗大的声音半路上接了上去，闹哄哄地唱了起来，歌声随着大路上的尘土飞扬开去：

可我不是寻常人家姑娘，
不是寻常人家姑娘——
我是贼家姑娘，
我是贼家姑娘——
贼家姑娘不寻常，
我爱的是公爵家儿郎……

菲多特·包多甫斯柯夫吹起口哨；马匹弯着四条腿，把套绳拉得笔直；彼特罗从车篷里朝外探着身子，又笑，又挥舞军帽；司捷潘笑嘻嘻的，顽皮地摇晃着肩膀；尘土像一道土冈似的在大路上移动着；贺里散福解开老长的上衣上的腰带，头发乱蓬蓬的，浑身大汗淋漓，蹲下身子跳着朝前走，两条腿像飞轮一样旋转着；

他皱着眉头，哼哼着，学着小孩子的样子；灰绸子一般的土路面上，留下他的一双光脚踩出的许多奇形怪状的大脚印。

六

一行人在一座上部很宽、顶上是一层黄沙的土冈旁边停下来过夜。

黑云从西方涌来。黑色的云片上洒下雨点。大家把马牵到水塘里去饮水。塘边的柳树被风吹得垂头丧气地弯下了腰。水面上是停滞不动的绿萍和粼粼的细波，水里映照着纵横飞驰的闪电。风吝啬地洒着雨点，好像是往大地的一只脏手里撒施舍的金钱。

大家把马腿绊了起来，让马自己吃草，派三个人担任守卫。其余的人生起火来，把锅吊在车辕杆上。

贺里散福在煮饭。他一面用勺子在锅里搅着，一面对坐在周围的哥萨克们讲往事：

"……一座土冈，很高，大概就跟这座差不多。我对我去世的爹说：'咱们不经任何许可，就挖这座土冈，阿塔曼①会不会不叫咱们挖呢？'"

"他在这儿瞎扯什么？"从马匹那里回来的司捷潘问道。

---

① 阿塔曼：帝俄时代，哥萨克中所选出的各级长官都这样称呼。顿河军区的长官就叫军区阿塔曼，各镇的长官就叫镇阿塔曼，哥萨克军队出征时要选举特别的阿塔曼，叫出征阿塔曼。从广义上来说，这个词的意思就是首领。随着顿河哥萨克的独立性完全丧失，所有哥萨克军队的阿塔曼这一称号已经归皇位继承人所有了；实际上哥萨克军队都是由派任的阿塔曼在领导了。——作者注

译者按：后文中"阿塔曼"这个词将根据具体情况译为"村长"、"乡长"、"将军"等。

“我在讲我跟我去世的爹寻找金银财宝的事呢。”

“你们在哪儿找过金银财宝?”

“这个吗,老兄,就在菲琪索夫山谷后面。你是知道的,那儿有一座梅尔库洛夫冈……”

“不错,有的……”司捷潘蹲下来,将一块小木炭放在手掌上。将烟卷凑在木炭上,吧嗒着嘴吸了半天,将木炭在手上翻转了好几次。

“好,听我说。于是我爹说:‘走,孩子,咱们就去挖挖梅尔库洛夫冈。’他听爷爷说过,这个土冈埋藏着金银财宝。可是金银财宝并不是每个人都能弄到手的。我爹就对上帝许愿,说:你要是把金银财宝赏给我,我要盖一座很漂亮的教堂。这一下子我们就拿定了主意,出了门,朝土冈奔去。那是镇上的公地,除了阿塔曼,别人都不会起疑。我们到了那里,天还没有黑。我们一直等到天慢慢黑下来,才把马绊住,我们就带着铁锹爬到冈顶上。就从冈顶正当中挖起。挖了一个四五尺深的坑,土地因为年深月久已经板结,简直跟石头一样。我浑身已经湿透。我爹一直在小声祷告着。可是,伙计们,信不信,我肚子里却咕噜咕噜直响……夏天嘛,不用说,吃的就是那么一些玩意儿;除了酸牛奶就是克瓦斯……肚子里难受得要死,憋都憋不住,直放屁!我去世的爹说:‘呸,你这坏小子!我在祷告,你却连屁都憋不住,叫人连气都没法子喘。滚,滚到冈下去吧,要不然我用锹把你的头砍下来。就因为你这个坏小子,金银财宝会钻进地里去。’我到冈子脚下躺了下来,肚子疼得厉害,像针扎一样,可是我那去世的爹是个身强力壮的汉子,他还在一个人挖呢。他挖到了一块石板,就把我喊了去。我于是用铁棍撬了撬,把石板掀起……伙计们,信不信,那天夜里有月亮,可是石板下面还是亮闪闪的……”

“哼,贺里散福,你瞎扯!”彼特罗忍不住说道,一面笑着,一面揪着胡子。

“怎么‘瞎扯’? 滚你娘的!”贺里散福提了提肥大的裤子,对听众扫了一眼。“不是的,不是瞎扯! 是真事,千真万确!”

“快往下说吧!”

“是这样,伙计们,亮闪闪的。我一看,原来是烧剩的煤炭。大概有四担。我爹说:‘下去,孩子,把炭掏出来。’我爬了下去。掏呀,掏呀,掏这种该死的玩意儿,一直弄到天亮。天亮了,于是我一看,是他,他来了。”

“谁?”躺在马衣上的托米林问道。

“阿塔曼嘛,还能是谁。他坐轻马车来了。他说:‘不像话,谁叫你们干的?’我们一声不吭。他于是把我们抓起来,送到镇上。前年还传我们去过堂,可是我爹有先见之明，及早死掉了。只好书面上报，说此人已不在人世。”

贺里散福把一锅热气腾腾的稀饭拿下来，到大车上去拿勺子。

“你爹怎么回事儿？许过愿盖教堂，为什么后来没有盖？”司捷潘等他拿勺子回来，问道。

“你好糊涂，司捷潘，挖到的是煤炭，他会去盖教堂吗？”

“既然许了愿，就应当盖。”

“关于煤炭，没有许什么愿，至于金银财宝嘛……”

火焰被笑声震得抖了起来。贺里散福从锅上抬起他那傻里傻气的脑袋，还没有弄清是怎么回事儿，他那浑厚的哈哈大笑声就压倒了别人的笑声。

七

阿克西妮亚十七岁嫁给了司捷潘。她是从沙土地带，从顿河那边的杜布洛夫村嫁过来的。

在出嫁前一年的秋天，她在草原上离村八俄里的地方耕地。有天夜里，她的父亲——一个五十岁的老头子——把她的手捆起来，强奸了她。

“你要是露出一句，我就宰了你；你要是不说出去，我给你买一件长毛绒褂子和一双长筒套靴。你给我记住：一有什么苗头，我就宰了你……”他对她连哄带吓唬。

当天夜里，阿克西妮亚只穿一条撕破的衬裤，跑回村里。她倒在母亲的脚下，呜呜地哭着把事情讲了……母亲和哥哥——哥哥是阿塔曼团的士兵，刚刚退伍回来——套起车，把阿克西妮亚带上，就朝父亲奔来。为八俄里的路程，哥哥几乎把马赶死。他们在停车的地方找到了父亲。他醉醺醺的，睡在一件铺开的褂子上，旁边有一个空酒瓶。阿克西妮亚眼看着哥哥从车上抽下一根车杠，用脚把睡着的父亲踢醒，简单地问了几句，就用包了铁皮的车杠朝老头子的鼻梁打去。他和母亲两人把老头子打了有一个半钟头。一向温顺而且上了年纪的母亲发狂地狠揪已经失去知觉的丈夫的头发，哥哥拼命用脚踢。阿克西妮亚躺在大车底下，把头蒙起来，一声不响地哆嗦着……天亮前，把老头子拉回家。他怨声怨气地哞哞哼叫着，拿眼睛在房里到处扫，寻找躲藏起来的阿克西妮亚。血从扯掉了耳翅的耳朵里直往枕头上涌。傍晚他就死了。家里人对外人说，他是喝醉了酒从车上滚下来跌死的。

可是过了一年，媒人就坐着漂亮的四轮马车来向阿克西妮亚求亲了。司捷潘个头儿高高的，脖子挺挺的，身材十分匀称，姑娘一下子就看中了，双方就定好在秋天开斋时节举行婚礼。秋末的一天，已经开始冷了，到处能听到愉快的冰响声，这一对年轻人举行了婚礼；从此阿克西妮亚就成了阿司塔霍夫家的少当家的。婆婆是一个身材高大的老人家，害过一种很厉害的妇女病，害得身子佝偻起来，吃过喜酒以后的第二天，她一大早就把阿克西妮亚叫醒，把她带到厨房里，胡乱拨动着火叉，说：

"听我说，我的好儿媳妇，我们娶你来，不是叫你享清福和睡大觉的。你先去挤牛奶，然后到灶上来做饭。我老了，没有力气操持了，你就把家管起来吧，家里事情都是你的了。"

也就在这一天，司捷潘在仓房里有计划地把年轻的妻子狠狠打了一顿。朝肚子上打，朝胸膛、朝脊背上打；打得叫人看不出来。从这时起，他就经常到外面去喝酒，跟守活寡的风流娘儿们鬼混，几乎每夜都出去，每次出去，都把阿克西妮亚锁到仓房里或者小屋子里。

在生孩子以前的一年半时间里，他一直是对她又打又骂。生孩子以后，他安生一些了，但还是不怎么心疼她，依然很少在家里过夜。

家务繁重，养的牲口又多，阿克西妮亚十分劳累。司捷潘懒得干，他总是把头一梳，就出去找伙伴们抽烟、打牌，扯扯东家长西家短。照料牲口是阿克西妮亚，屋里屋外也都是她。婆婆帮不了什么忙。忙活一下子，就要躺到床上，把焦黄的嘴唇抿成一条缝，用疼得直打翻的眼睛望着顶棚，哼哼着，缩成一团。在这种时候，她那到处是难看的大黑痣的脸上就会冒出无数的汗珠儿，眼睛里汪着泪水，而且泪珠儿会一颗又一颗、连续不断地流下来。阿克西妮亚就放下手里的活儿，躲到角落里，又害怕又怜悯地望着婆婆的脸。

一年半以后，婆婆死了。那一天早晨，阿克西妮亚的产前阵痛开始了。但是快到中午的时候，孩子出生前一小时，婆婆走着走着，死在旧马棚的门口。接生婆为了让醉醺醺的司捷潘不要到产妇跟前来,从房里跑了出去,这才发现阿克西妮亚的婆婆已经蜷着腿躺在地上了。

生过小孩以后,阿克西妮亚跟丈夫亲近了,但她对他并没有感情,纯粹是一种女人的怜悯心,再就是一种习惯。孩子不到一周岁就死了。生活又恢复原来的样子。当麦列霍夫家的格里什卡拦路调戏她的时候,她心慌地感觉到,这个黑黑的、和蔼可亲的小伙子有一股吸引力吸引着她。他顽强地、带着牛那样的倔劲儿拼命地追求她。这种顽强劲儿搅得阿克西妮亚心慌意乱。她看出,他不怕司捷潘;她内心感觉到,他是不会善罢甘休的;她理智上不希望这样,拼命抵抗,可是她自己发觉,不论是过年过节,还是在平时,她都更仔细地打扮自己,尽管自己不承认,实际上却总想经常让他看到。每当格里什卡的两只黑眼睛直勾勾、火辣辣地盯着她的时候,她心里又温暖又愉快。每天清早起来去挤牛奶,她都要笑,而且,还不明白是为什么,心里就念叨起来:“今天有高兴的事。什么事?格里高力……格里什卡……”这种占据了她的心的新感情使她很害怕,心里觉得好像是踏着三月里千疮百孔的冰面穿过顿河,战战兢兢,提心吊胆。

送司捷潘入营以后,她决心尽量跟格里高力少见面。那次拉网捕鱼以后,她又把这一决心加固了一番。

八

在三一节的前两天,村里人在分草地。潘捷莱·普罗柯菲耶维奇参与了分草地的事。他回来吃午饭,哼哧哼哧地脱掉靴子,一面舒舒服服地搔着走胀了的腿,一面说:

“分给咱们的一块靠近红土崖。草不怎么太好。上面一头一直抵到树林子,有些地方光光的,一根草都没有。冰草这儿一片,那儿一片。”

“什么时候割?”格里高力问道。

“三一节就开镰。”

“你们带妲丽亚去吗?”老奶奶皱着眉头问道。

潘捷莱·普罗柯菲耶维奇将手一甩,那意思是说:你少啰嗦!

“用得着,就带。快去弄饭吃吧,站着干什么,瞎操心!”

老奶奶砰的一声揭开锅盖,从锅里盛出烧好的菜汤。吃饭时,潘捷莱·普罗柯菲耶维奇把分地的事讲了很久,说村长老奸巨猾,差点儿把参加村会的人都蒙混过去。

“那一年他也使过坏点子,”妲丽亚插嘴说,“大家都在量地分地,可是他一个劲儿地调唆玛拉什卡·福罗洛娃抓阄。”

“老畜生。”潘捷莱·普罗柯菲耶维奇一面嚼着,一面骂道。

“爹,谁去搂草和堆草呢?”杜尼娅畏畏缩缩地问。

“你不能去吗?”

“爹,我一个人弄不过来。”

“就叫阿司塔霍夫家的阿克西妮亚跟咱们一块去干吧。前些天司捷潘求咱们替他割一割。应该帮帮忙。”

第二天早晨,米佳·柯尔叔诺夫骑着一匹上了鞍的白腿儿马来到麦列霍夫家门前。雨点滴滴答答地落着。村子上空黑云密布,米佳在马上弯下身子,开了板门,走进院子。老奶奶在台阶上冲他嚷了起来。

“你这坏小子,跑来干什么?”她很不客气地问道。她不喜欢这个爱打架、愣头愣脑的米佳。

“伊莉尼奇娜大婶,你怎么啦?”米佳一面往栏杆上拴马,一面惊异地问道。“我是来找格里什卡的。他在哪儿?”

“在棚子里睡觉呢! 你怎么,腿瘫了吗? 不能走着来吗?”

“大婶,你管得真宽!”米佳不高兴地说。他甩着他那挺漂亮的鞭子,抽打着亮闪闪的皮靴筒子,摇摇晃晃地朝棚子里走去。

格里高力睡在一辆卸去前辕的大车上。米佳像瞄准时那样眯起左眼,用鞭子抽了格里高力一下。

“起来,庄稼佬!”

“庄稼佬”是米佳最厉害的一种骂人话。格里高力像弹簧一样蹦了起来。

“你干什么?”

“不早啦!”

“别闹,米佳,再闹我要生气啦……”

“起来,有事。”

“什么事?”

米佳蹲在车杠上,用鞭子敲打着靴子上的干泥巴,说:

“格里什卡,我真咽不下这口气……”

“怎么回事儿?”

“他娘的,”米佳狠狠骂了一句,“他神气得真不像话,一个骑兵中尉,就不得了啦!”

他气得直咬牙,急急匆匆地说着,两条腿打着哆嗦。格里高力站了起来。

“哪一个骑兵中尉?”

米佳抓住他的上衣袖子,换了小声说:

“赶快备上马,咱们到河边滩地上去。我要给他一点颜色看看!我就是这样对他说的:‘来吧,先生,咱们来试试看!’他说:‘把你所有的好朋友都叫来吧,我叫你们都输给我,因为我这匹马的妈妈是在彼得堡军官赛马会上得过奖的。’可是,叫我看,他的马连同马的妈妈,都算个屁!我就骑儿马,也叫他赶不上!”

格里高力匆匆穿好衣服。米佳跟着他前前后后转悠着,气得结结巴巴地讲着:

“这个骑兵中尉是到买卖人莫霍夫家来做客的。等等,他姓什么来着?好像是姓李斯特尼次基。这个人块头很大,挺有气派。戴着眼镜。哼,去他娘的!戴眼镜也没有用,儿马我都叫他赶不上!”

格里高力笑着备上一匹留着配种的老马,为了不让父亲看到,走场院的大门出来,来到野外。两人骑马朝山脚下的河边滩地奔去。马蹄哒哒响着,踩得烂泥四处飞溅。滩地上,一棵干枯的杨树旁边,有一些骑马的人在等着他们。李斯特尼次基中尉骑的是一匹漂亮、劲壮的骒马;还有七八个本村的小伙子,也都骑在马上。

“从哪儿起跑?”中尉扶了扶夹鼻眼镜,一面打量着米佳的儿马那筋肉强壮的胸部,一面向米佳问道。

“从白杨树跑到皇家塘。”

“皇家塘在哪儿?”中尉的近视眼眯缝起来。

“那就是,先生,就在树林子跟前。”

十来匹马排成一排。中尉把鞭子举到头顶上。他一边肩膀上的肩章像小山包一样耸了起来。

“等我喊到‘三’——就放马！好不好？一、二……三！”

中尉俯在鞍鞒上，一只手按着制帽，一马当先冲了出去。他有一小会儿跑在其余的人前面。米佳带着一张慌得发白的脸在马镫上站了起来，格里高力觉得过了好长好长时间，米佳那举在头上的鞭子才落到儿马的屁股上。

从白杨树到皇家塘有三俄里。在半路上，米佳的儿马身子挺得像箭一样直，追上了中尉的骒马。格里高力的马很不带劲儿地跑着。他一开始就落在后面，于是就让马迈着兔子那样的小步跑着，他兴致勃勃地注视着越跑越远、像松散了的链子一样拉开了距离的骑手们。

皇家塘旁边，有一道春水冲积成的长长的沙丘。那黄黄的、像驼峰一样的沙丘顶上，长着许多萎蔫的尖叶子蛇葱。格里高力看着中尉和米佳一下子跨上沙丘，并且翻了过去，其余的骑手也都跟着他们一个一个地飞了过去。等他的马来到水塘跟前，十来匹大汗淋漓的马已经站成一堆，下了马的小伙子们围住了中尉。米佳那股高兴劲儿压也压抑不住。他的每一个动作都流露出洋洋得意的神情。使格里高力感到意外的是，中尉好像一点也不觉得难为情：他靠在一棵树上，抽着纸烟，用小指头指着自己那匹汗流如洗的骒马，说：

“我骑着它已经跑了一百五十俄里啦。昨天才从车站回来。如果这马歇过劲儿来，柯尔叔诺夫，你决不会赶得上我。”

“很可能是这样。”米佳宽宏大度地说。

“咱们这一带没有比他的儿马更快的啦。”最后跑到的一个满脸雀斑的小伙子羡慕地说。

“马是匹好马。”米佳用一只激动得发抖的手拍了拍马脖子，傻笑着，看了看格里高力。

他们两个离开其余的人，从山脚下走，不走大街。中尉冷冷地跟他们道了别，将两个手指头朝帽檐一伸，就转身走了。

已经来到胡同里，快要走到自家的院子跟前了，格里高力看到，阿克西妮亚迎着他们走了过来。她一面走，一面撕一根树条子上的叶子；一看见格里高力，就把头垂了下去。

“有什么怕丑的，难道我们光着屁股？”米佳喊叫道，又挤了挤眼睛。“我的绣球花儿，哟，好甜呀！”

格里高力朝前面望着，差不多要从她身边走过的时候，突然用鞭子朝慢步走着的马身上抽了一下。那马蜷起后腿，朝上一踢，溅了阿克西妮亚一身泥浆。

“咦……坏透了！”

格里高力让发了急的马猛一转身，冲着阿克西妮亚走来，他问道：

“为什么不问好？”

“你不配！”

“就因为这，才给你溅点儿泥，叫你别神气！”

“让开！”阿克西妮亚在马脸前面挥动着两手，喊叫道。“你为什么拿马撞我？”

“不是撞你，是拦你。”

“反正一样，你让开！”

“你为什么生气，阿克秀莎？当真为前些天在滩地上的事情生气啦！……”

格里高力对着她的眼睛看了看。阿克西妮亚想说点什么，但是她那黑眼睛角上忽然挂起了泪珠儿；嘴唇凄楚地哆嗦了几下。她慌忙吞下眼泪，小声说：

“别缠我啦，格里高力……我没有生气……我……”她走了。

惊愣的格里高力在大门口赶上了米佳。

“今天你出来玩吗？”米佳问道。

“不去。”

“怎么回事儿？是不是她叫你去睡觉？”

格里高力用手掌揉了揉脑门儿，没有回答。

九

三一节过后，村里各家院子里只剩了撒在地上的香薄荷、踩成了碎末子的干树叶，还有插在大门口和台阶旁、已经起了皱和失去翠绿色彩的橡树和水柳树枝儿。

割草是从三一节开始的。从清早起，草场上就到处闪耀着女人们过节穿的裙子、艳丽的绣花围裙、五颜六色的花头巾。全村的人一齐出来割草。割草的男人和搂草的女人都穿得像过年一样。自古以来都是这样。从顿河岸到很远的赤杨林边,正被洗劫的草场在镰刀下颤动和叹息着。

麦列霍夫家的人出来晚了。他们出来割草的时候,差不多有半个村子的人已经在草场上了。

“早觉睡得太久啦,潘捷莱·普罗柯菲耶维奇!”已经汗流浃背的几个割草人嚷嚷说。

“不能怪我,全怪娘们儿!”老头子无可奈何地笑了笑,挥动生皮编成的皮鞭赶着牛。

“你好,老哥!晚到啦,伙计,晚啦……”一个戴草帽的高个子哥萨克摇晃着脑袋,在路边砸镰刀刃。

“草会干掉吗?”

“跑快些,还来得及;跑慢了,草就干掉啦。你的一片在什么地方?”

“在红土崖下面。”

“好啦,把老牛赶快些,要不然今天到不了啦。”

阿克西妮亚坐在大车后面,用头巾将整个的脸裹起,挡住太阳。她给眼睛留了一条小缝儿,就从这条缝儿里看着坐在对面的格里高力,她的神情很冷淡、很严肃。妲丽亚也裹着头巾,穿着新衣服,将两条腿搭拉在车沿上,用她那长长的、露出很多青筋的乳房喂着快要在手上睡去的小孩子。杜尼娅颠颠晃晃地坐在车沿木杆上,用无忧无虑的眼睛打量着草场和路上遇到的人。她那张高高兴兴、晒得又黑又亮、鼻子两边有少数雀斑的脸好像在说:“我高兴和愉快,是因为今天的天蓝湛湛的,万里无云,这个日子就很高兴、很愉快;因为心里也是这样蓝湛湛的,又宁静,又没有杂念。我很高兴,别的我什么都不想。”潘捷莱·普罗柯菲耶维奇用手扯着厚棉布褂的袖子,擦了擦帽檐下流出的汗。棉布褂紧紧绷在他那弯着的背上,有些地方已经被汗水湿透了。太阳透过灰羊羔皮一般的云片,把扇形的、朦胧的折光投射在原野、草场、村庄和顿河两岸远方的银色山峰上。

这时已经渐渐热起来。被风撕碎的云片很不带劲地爬着,连在大路上拉车的潘捷莱·普罗柯菲耶维奇的牛都超不过。潘捷莱·普罗柯菲耶维奇很为难地举着鞭子,摇晃着,好像是下不了决心:朝瘦削的牛屁股上打下去呢,还是不打?那牛看样子很清楚这一点,也就不肯跨大步子,还是慢慢腾腾、试探似的迈动着弯弯的腿,不住地甩打着尾巴。闪着橙色光泽的土黄色牛虻在牛身上打着圈圈儿。

已经割掉了草的、靠近村边场院的草地上,出现了许多淡绿色的点子;还没有割的地方,微风吹在绿得透着墨光的缎子般的草地上,发出轻轻的沙沙声。

"这就是咱们分到的一片。"潘捷莱·普罗柯菲耶维奇用鞭子指了指。

"咱们从树林子那边割起吗?"格里高力问。

"也可以从这一头割起。我已经用锹在这一头铲了个记号。"

格里高力卸下累得够戗的牛。老头子晃动着耳环,前去寻找记号,就是他在地边铲的那个三角记号。

"把镰刀拿来吧!"他一会儿就挥着手喊叫道。

格里高力蹚着青草走了过去。一道轻轻晃动的痕迹,从大车跟前跟着他向草地伸去。潘捷莱·普罗柯菲耶维奇对着远处一座钟楼的白色尖顶画了个十字,就拿起了镰刀。他的鹰钩鼻子闪着亮光,好像是刚刚油漆过的;那瘪下去的黑黑的腮帮子上汪着汗水。他微微一笑,黑黑的大胡子里一下子就露出无数密密的白牙齿,他将皱皱巴巴的脖子朝右扭了扭,就挥动了镰刀。砍下的草成一个很大的半圆形倒在他的脚下。

格里高力跟在他后面,半闭着眼睛,用镰刀将草砍倒在地上。在他眼前,女人们的裙子像七彩缤纷的虹霓,但他的眼睛寻找的只是一条,一条绣花边的白裙;他朝阿克西妮亚望了望,又挥动镰刀,跟上父亲。

阿克西妮亚在他的脑海里不肯退去;他半闭起眼睛,心里在吻她,对她说一些不知从哪里来的温柔甜蜜的话,然后抛开这些念头,数着"一、二、三"往前走;脑海里又浮现出往事的片断:他们俩坐在潮湿的草堆脚下……小鹧鸪在沟里啾啾地叫……滩地上空一轮明月……稀疏的水滴从树棵子上往小水洼里落,就像现在这样:一、二、三……真好,嘿,真好啊!……

停放车辆的地方响起了笑声。格里高力回头看了看:阿克西妮亚正弯下身子,对躺在大车底下的妲丽亚不知说了点什么,妲丽亚将两手一挥,两个又一齐笑了起来。杜尼娅坐在辕杆上,用尖细的嗓门儿唱着歌。

"割到那丛树棵子跟前,我把镰刀砸一砸。"格里高力心里想道,接着就感觉到镰刀砍着了一个软乎乎的东西。弯下腰一看:脚底下有一只小野鸭正吱吱叫着一瘸一拐地朝草丛里钻去。在做窝的小坑旁边还有一只小野鸭,已经被镰刀砍成了两半;其余的小鸭都啾啾叫着,四面散开,钻进了草丛。格里高力把砍成两半的小鸭放在手掌上。脱壳才几天的棕黄色小鸭的绒毛里还冒着热气。那张着的扁扁的小嘴上还带着粉红色的血泡,小小的眼睛顽皮地眯缝着,还很热和的小爪子轻轻哆嗦着。

格里高力看着手掌上小小的死肉团子，突然产生了一种强烈的怜悯心情。

"格里什卡，你捡到什么啦? ……"

杜尼娅踩着一排排割倒了的草，蹦蹦跳跳地跑来。两条小辫子在她胸前晃来晃去。格里高力皱着眉，扔下小鸭，懊恼地挥起镰刀。

匆匆吃过午饭。猪肉加哥萨克的命根子——用口袋从家里装来的酸牛奶渣——就是全部午饭了。

"不用回家啦，"潘捷莱·普罗柯菲耶维奇在吃饭的时候说，"把牛放到树林里去吃草，明天，不等太阳把露水晒干，咱们就割完啦。"

吃过午饭，妇女们就开始搂草。割倒的草已经蔫了，干了，散发出一种细细的、醉人的香气。

天黑了，割草停下来。阿克西妮亚搂起最后剩下的几摊草，就到停车的地方去做饭。她整天都在拼命嘲笑他，拿仇恨的眼睛望着他，好像是因为受了莫大的、难以忘怀的凌辱在对他进行报复。格里高力愁眉苦脸并且有点儿萎靡不振地把牛赶到河边去喝水。父亲一直注视着他，也注视着阿克西妮亚。他恨恨地望着格里高力，说：

"你吃过晚饭，就看牛去。要看好，别叫牛跑到草场上来。把我的粗呢褂带上。"

妲丽亚把孩子放到大车底下，跟杜尼娅一起到树林里去捡干树枝。

一弯新月升起后，在草场上空，在高高的、黑洞洞的天上移动着。飞蛾像雪花一样在火堆上面纷纷飞舞。在火堆旁铺开一块粗麻布，大家就坐下来吃晚饭。稀饭在一只熏黑的军用锅里翻滚着。妲丽亚用衬裙的下摆擦了擦勺子，对格里高力喊道：

"来吃饭吧!"

格里高力披着粗呢褂从黑暗处钻出来，来到火堆跟前。

"你为什么这样阴沉?"妲丽亚笑着问。

"看样子是要下雨啦，腰疼呢。"格里高力想开开玩笑，把话岔开。

"他不愿意看牛，真的。"杜尼娅笑着说。她往哥哥跟前凑了凑，跟他说起话来，但不知怎的，话却谈不下去。

潘捷莱·普罗柯菲耶维奇很带劲儿地喝着稀饭，牙齿咬得没有煮烂的米粒儿咯吧咯吧响。阿克西妮亚吃着，连眼睛也不抬，听了妲丽亚的玩笑话，只勉强笑了笑。因为心里不平静，脸上起了红晕，两颊火辣辣的。

格里高力第一个站起来，朝着牛走去。

“当心点儿,别叫牛糟蹋别人家的草!”父亲在背后对他喊道。老头子呛了一下,喀喀地咳嗽了半天。

杜尼娅憋住笑,憋得腮帮子鼓鼓的。火堆快要灭了。阴燃的树枝向坐着的几个人周围散发着烧焦的枝叶那种蜜一般的气息。

* * *

半夜里,格里高力偷偷地走近了停车的地方,离着有十来步站了下来。潘捷莱·普罗柯菲耶维奇在大车上有起有落地打着呼噜。黄昏时没有浇灭的余火,在灰烬中一闪一闪的,就像孔雀那金色的眼睛。

一个裹得紧紧的灰色的人影离开大车,踌躇不决地慢慢朝格里高力移动。走了两三步,就站住了。是阿克西妮亚。是她。格里高力的心怦怦地、紧张地跳将起来;他蹲下身子,走了过去,敞开衣襟,把柔顺的、热乎乎的阿克西妮亚搂到怀里。她两腿发软,浑身打着哆嗦,牙齿抖得咯咯响。他猛地一下把她抱起——就像饿狼扑食儿那样——一面在敞开的怀里尽情地亲热着,一面气喘吁吁地抱着往前走。

“噢咦,格里沙……格里什卡!……你爹……”

“别做声!……”

阿克西妮亚一面向下挣,一面在粗呢褂里呼吸着羊毛的腥气,跟后悔作着痛苦的搏斗,差不多是用低低的呻吟声叫道:

“放下我,现在还有什么……我自己走!……”

十

女人晚熟的爱情不像鲜红的郁金香，而是像如火如荼的盘根草。

自从割草以后，阿克西妮亚完全变了样子。好像有人在她脸上做了一个记号，烫了一个烙印。婆娘们一遇到她就阴阳怪气地龇龇牙，在背后对着她直摇头，姑娘们都嫉妒她，可是她却骄傲地和高高地昂着她那幸福然而承受着羞辱的头。

不久，大家就都知道格里高力的风流韵事了。起初大家悄悄地谈论这件事，都还是将信将疑，但是有一天黎明时候，村子里牧人“翘鼻子”库齐卡看见他们俩在西沉的月亮朦胧的光照下躺在风车旁不高的黑麦丛里，打这以后，闲话就像汹涌浑浊的波浪一样翻腾开了。

闲话也到了潘捷莱·普罗柯菲耶维奇的耳朵里。在一个星期天，他上莫霍夫的铺子里去。人多得挤都挤不进去。他一走进去，好像都在给他让路，大家都在笑。他挤到柜台跟前，那儿正在卖布。东家莫霍夫亲自动手给他拿货物。

“普罗柯菲耶维奇，怎么好久没见啦？”

“总是忙啊。家里事情做不过来。”

“哪儿会呢？有那样的好儿子，还做不过来？”

“儿子算什么：彼特罗已经入营了，只有我跟格里什卡在家里忙活啦。”

莫霍夫把棕红色的大胡子朝两边捋了捋，意味深长地朝挤成一堆的哥萨克们斜看了一眼。

“可不是嘛，老哥，这事你为什么一直不肯讲呢？”

“什么事呀？”

“怎么什么事？要给儿子娶亲了，可是你都不吱一声。”

“给哪个儿子娶亲?”

“你那格里高力没娶过亲啊。”

“眼下还不打算给他娶亲。”

“可是我听说,你要娶个儿媳妇,要娶…… 司捷潘 · 阿司塔霍夫家的阿克西妮亚。”

“我? 娶活人妻……你这是说的什么话,老掌柜,是说笑话吧? 是吗?”

“哪儿是笑话! 我是听别人说的。”

潘捷莱 · 普罗柯菲耶维奇摩平了柜台上摊开的一块布料,就猛地转过身,一瘸一拐地朝门口走去。他径直朝家里奔去。他一面走着,像牛那样歪着脑袋,把露出一条条青筋的手攥成拳头;瘸腿也瘸得更厉害了。他经过阿司塔霍夫家门前时,隔着篱笆朝里边望了望:打扮得漂漂亮亮、显得更加年轻的阿克西妮亚正提着一只空水桶、屁股一扭一扭地朝房里走去。

“喂,等一等! ……”

潘捷莱 · 普罗柯菲耶维奇像发了疯似的闯进门去。阿克西妮亚站下来,等着他。他们一同走进房里。打扫得干干净净的地面上铺了一层红红的沙土,堂前大板凳上放着刚出炉的烤饼。正房里发出一股旧衣服的气味,不知为什么还有茴香苹果的气味。

一只大头大脑的花猫走到潘捷莱 · 普罗柯菲耶维奇脚底下,想跟他亲热亲热。猫拱起背,十分亲热地在他的靴子上蹭了蹭。潘捷莱 · 普罗柯菲耶维奇一脚把猫踢到大板凳腿上,一面看着阿克西妮亚的眉毛,喊叫道:

“你是怎么搞的? ……嗯? 你男人的脚印还热乎着,你的尾巴就歪了! 你们干出这种事,我要把格里什卡活活打死,还要写信给你那司捷潘! ……让他知道知道! ……哼,你这个骚货,把你打得太少啦! ……从今天起,不许你踏进我家院子跟小伙子勾搭。司捷潘是要回来的,我也不答应……”

阿克西妮亚眯缝起眼睛听着。忽然毫不害臊地撩了一下裙子的下摆,一股妇人裙子底下的气味扑进潘捷莱 · 普罗柯菲耶维奇的鼻子。她撇着嘴,龇着牙,挺着胸脯冲他走来。

“你是我的公公吗? 嗯? 是公公吗? ……你凭什么来教训我? 去教训教训自家的大屁股娘们儿吧! 到自己家里发威风去! ……你这个瘸鬼,我还没瞧上眼呢! ……滚出去,别在这儿吓唬人!”

“等着瞧吧,浑蛋娘们儿!”

“没有什么好等的,我不会给你生孩子的! ……你怎么来的,还怎么给我出去！至于你那格里什卡，只要我愿意，我连骨头都把他吞下去，也用不着对你说一声！……来吧！你咬不掉我的什么！是的，我爱格里什卡。怎么样？你要打人，是不是？……给我男人写信？……你就是给官家派的阿塔曼写信，格里什卡也是我的！是我的人！我的人！现在我抓在手里，以后还要抓在手里！……”

阿克西妮亚挺起胸脯（胸脯在紧紧的女褂下面扑扑地跳着，就像小鸟落进套索时那样）向已经气馁的潘捷莱·普罗柯菲耶维奇逼过来，一双黑眼睛火辣辣地盯着他，说出来的话一句比一句厉害，一句比一句泼辣。潘捷莱·普罗柯菲耶维奇哆嗦着眉毛，向门口退去，摸到放在角落里的拐杖，一面摇着手，用屁股把门顶开。阿克西妮亚一面把他从过道里往外赶，一面像发了疯一样气急败坏地大声喊叫着：

“那种苦日子我过够了！……你们杀了我也不怕！格里什卡是我的！是我的！”

潘捷莱·普罗柯菲耶维奇的嘴巴在大胡子里面咕哝着，一瘸一拐地朝家里走去。

他在正房里找到了格里什卡。一句话没说，举起拐杖朝他的脊梁打去。格里高力将身子向下一弯，架住了父亲的胳膊。

“爹，为什么事？”

“有事！狗——崽——子！……”

“什么事？”

“别糟害邻居！别叫你老子丢人！狗东西，别跟娘们儿勾勾搭搭！”潘捷莱·普罗柯菲耶维奇沙哑地说，一面拖着格里高力在正房里转，用劲夺着拐杖。

“不许你打人！”格里高力低沉地哼哧一声，咬紧牙，把拐杖夺了过去，放在膝盖上用劲一折，那拐杖喀嚓一声成了两截……

潘捷莱·普罗柯菲耶维奇紧握拳头，朝儿子脖子上打去。

“我把你送到村会上打死！……哼，你这个狗杂种，该死的东西！”他两脚乱蹬乱踹，想用脚踢。“我把傻丫头玛尔芙什卡娶给你！……我这就去办！……你等着瞧吧！……”

母亲听到吵闹声跑了出来。

“孩子他爹，孩子他爹！……消消气吧！……有话慢慢说！……”

但是老头子闹上了劲儿，对老奶奶也照顾一下子，掀翻了放着缝纫机的小桌，大吵大闹了一顿，才跑到院子里去。格里高力还没来得及把打架时扯破了袖子的褂子脱下来，房门砰的一声开了，潘捷莱·普罗柯菲耶维奇又满脸怒气地出现在门口。

“给狗崽子娶亲！……”他像马那样跺着脚，眼睛盯着格里高力那肉嘟嘟的脊背。“给你娶亲！……明天就找媒人去说！我到了这种地步：因为儿子，人家当面笑话我！”

“先叫我有件褂子穿，然后再娶亲吧。”

“我要给你娶！……给你娶个傻丫头！……”他砰地将门一带，那噔噔的脚步声顺着台阶下去，声音就消失了。

 十一

谢特拉柯夫村外的原野上，排列着一排排带帆布篷的大车。一片白房顶的整齐的小市镇不知不觉地迅速发展起来，已经有几条笔直的小街，市镇中心有一片小广场，还有岗哨在广场上巡逻。

军营里过起了每到五月都要过的、年年一样的生活。每天早晨，看马的哥萨克小队把马匹赶到营地上。开始刷马、备马、点名、排队。统辖各营的是一位校官——喜欢大喊大叫的波波夫中校，他喊叫得十分响亮，那些训练年轻哥萨克的军士们在操练时也都扯着嗓子喊叫。在山冈后面进行钳击，巧妙地迂回包抄“敌军”。用火铳打靶。年轻一些的哥萨克在兴致勃勃地比赛劈刺，年长一些的则想方设法逃避训练。

很多人因为炎热和喝酒喉咙都哑了，但是在长长的一排排带篷的大车上方回荡着芳香醉人的风，金花鼠在远处吱吱叫着，草原伸展得离人住的地方和白色房顶上的缕缕炊烟更远了。

在出营前一星期，炮兵伊万·托米林的亲兄弟安得列的老婆来了。她带来了很多家里做的奶油小面包、各种各样吃的，还带来了一大堆村子里的新闻。

第二天清早她就走了，带走了哥萨克们对家里人的问候和嘱咐。只有司捷潘·阿司塔霍夫什么话都没有托她带。前一天他病了，用酒在治疗呢，所以不仅没有看到安得列的老婆，连天日都没有见到，也没有去参加训练。这会儿军医根据他的要求，给他放血，往胸膛上放了十来条蚂蟥。司捷潘只穿一件衬衣，靠着自己的大车轮子坐着——带白罩的制帽擦着了车轮上的油泥，弄脏了——噘着嘴，看着蚂蟥把嘴插进他胸前凸成了半圆形的肌肉里，吸黑血吸得胀了起来。

团军医站在一旁，吸着烟，从稀稀拉拉的牙齿缝里朝外喷着烟气。

"轻快一些吗？"

"胸膛不那么闷了。心里好像舒服一些……"

"用蚂蟥——是最有效的疗法！"

安得列·托米林走到他跟前，挤了挤眼睛。

"司捷潘，我有句话想跟你说。"

"说吧。"

"咱们到别处去一下子。"

司捷潘哼哼着站了起来，跟安得列走到一旁。

"好，有话说吧。"

"我老婆来啦……今天走的。"

"噢……"

"村子里都在讲你老婆……"

"说些什么？"

"说得很难听。"

"怎么回事儿？"

"说她跟麦列霍夫家的格里什卡勾搭上啦……敞开地搞。"

司捷潘脸色煞白，把蚂蟥从胸膛上扯下来，用脚踩死。他踩死最后一条蚂蟥，扣上衬衣领子，又好像害怕什么似的，重新把领子解开……煞白煞白的嘴唇再也不能安静：哆哆嗦嗦，咧一咧，咧出一个怪样子的笑容，噘一噘，噘成一个发青的圆疙瘩……安得列觉得，司捷潘好像是在嚼一种很硬的、咬也咬不动的东西。司捷潘脸上渐渐有了血色，用牙齿从里面咬住的嘴唇呆然不动了。他摘下制帽，用袖子擦了擦白帽罩上沾的车轮油泥，声音老大地说：

"你肯告诉我，多谢。"

"我是想提醒你一下……请你别见怪……据说，家里的事情就是这样的……"

安得列带着遗憾的心情拍了拍裤腿，就朝没有卸鞍的马走去。营里人声响成一片。比赛劈刺的哥萨克们回来了。司捷潘阴森地、聚精会神地打量着帽子上黑色的油迹，站了一会儿。一条没有踩死、还剩下一口气的蚂蟥爬到了他的长筒靴上。

十二

再有十来天，哥萨克们就要从营里回来了。

阿克西妮亚沉醉在她那晚熟的、痛苦的爱情中，如癫似狂。格里高力不顾父亲的威吓，一到夜里就悄悄地到她那里去，天亮前回家。

两个星期的工夫，他弄得疲惫不堪，就好像一匹马跑了一次力不胜任的长途。

因为一夜一夜地不睡觉，他那颧骨高高的脸上的皮肤发了青，一双干涩的黑眼睛从凹进去的眼眶里无精打采地向外望着。

阿克西妮亚走路的时候，不用头巾裹着脸，眼睛下面两个深坑阴沉沉地发着乌色；她那微微有点儿肿、有点儿向外翻的、妖媚的嘴唇不安地和不示弱地笑着。

他们的如胶似漆的关系是那样不同一般，那样明目张胆。他们被情欲的火焰疯狂地燃烧着，既不避人，也不怕难为情，街坊们眼看着他们的脸一天一天地消瘦，而且发出乌色，现在人们每遇到他们，不知为什么都不好意思看他们了。

格里高力的伙伴们，原来因为他跟阿克西妮亚的关系常常拿他开玩笑，现在都一声不响了，每次碰到面，都觉得跟格里高力在一起很别扭，很拘束。妇女们心里嫉妒阿克西妮亚，嘴里责骂阿克西妮亚，怀着幸灾乐祸的心情等待司捷潘回来，等着看热闹，等得都不耐烦了。她们在纷纷猜测这事的结局。

假如格里高力去找守活寡的阿克西妮亚，能够做出瞒着人的样子，假如守活寡的阿克西妮亚跟格里高力同宿，适当地保守着秘密，同时又不拒绝别的男人，那样的话，这种事也就没有什么了不起的、刺眼的地方了。村子里谈上一阵子也就算了。但是他们却几乎毫不避人地过了起来，他们的关系非同小可，不像一种临时关系了，因此村里人都认定这是犯罪的，是不道德的，并且全村都有点儿不怀好意地等待着：司捷潘一回来，就有戏看了。

在正房里床的上方扯着一根细绳。绳上穿着一些白色和黑色的空线轴。挂这些线轴是做装饰的。苍蝇就在线轴上过夜，蜘蛛也从线轴上往天花板上拉网。格里高力躺在阿克西妮亚凉丝丝的光胳膊上，朝上望着那一串线轴。阿克西妮亚用另一只手，用她那干活儿弄得很粗糙的手指头，抚弄着格里高力仰着的头上那硬得像马鬃一样的鬈发。阿克西妮亚的手指发出一股新鲜牛奶的香味；每当格里高力转过头，将鼻子扎到阿克西妮亚的腋下，就有一股像未发过酵的啤酒花气味的、浓烈的、甜甜的女人汗味儿朝鼻孔里直扑。

正房里，除了一张四角都有旋成的小圆球的、油漆过的木床以外，靠近门口还放着一只老大的铁皮箱子，里面装的是阿克西妮亚的嫁妆和日常穿的衣服。堂前放着一张桌子，墙上挂着司柯别列夫将军的油画像，这位将军正跃马前进，一面面毛了边的军旗在他面前倒下；还有两把椅子，椅子上方是圣像，圣像上搭着一些花花绿绿的、寒伧的彩纸条。旁边的墙上，挂着落满苍蝇屎的照片。照片上是一群哥萨克：那乱蓬蓬的头发，那露着表链子的挺起的胸膛，那出鞘的马刀——那是司捷潘和过去跟他一起服现役的一些伙伴。衣架上挂着没有收起的司捷潘的一件军服。月光从窗隙里钻进来，晃晃悠悠地照射着军服肩章上那两道下士军阶的白色银条。

阿克西妮亚叹着气，在格里高力鼻梁上方的两眉中间吻着。

“格里沙，我的心肝啊……”

“你怎么啦？”

“就剩下九天啦……”

“九天还能过一阵子呢。”

“到时候，格里沙，我可怎么办啊？”

“我怎么知道。”

阿克西妮亚尽量控制着叹息，又抚摩和拨弄起格里高力那乱蓬蓬的头发。

“司捷潘会打死我……”不知她是在发问，还是在肯定地说。

格里高力没有说话。他很想睡觉。他用劲睁开老往一块儿粘的眼皮，看到阿克西妮亚那闪着蓝光的眼珠正盯着他。

“我男人一回来,大概你就要扔掉我吧?你怕他吗?”

“我为什么怕他,你是他老婆,你才怕他哩。”

“现在跟你在一块儿,我不害怕,可是到白天我仔细一想,心里就慌了……”

格里高力打着哈欠,把头来回滚着,说:

“司捷潘一回来,可不是闹着玩的。哦,我爹打算给我娶亲啦。”

格里高力微微笑着,还想说点什么,但是他感觉到:搂着他的头的阿克西妮亚的那只胳膊不知为什么忽然松松地软了下去,落进枕头里,可是过了一会儿,哆嗦了几下以后,又硬了起来,恢复了原来的样子。

“说的是谁家的姑娘?”阿克西妮亚低声问道。

“刚刚准备去说。我妈好像是说去柯尔叔诺夫家,说他们家的娜塔莉亚。”

“娜塔莉亚呀……娜塔莉亚这姑娘很漂亮……漂亮得很。好啦,你娶她吧。昨天我还在教堂里看到她……她打扮得很漂亮……”

阿克西妮亚说得很快,但是声音含混,她那些没有气力、没有抑扬顿挫的话叫人听不清楚。

“我要她的漂亮当屁用。我要是能娶你就好啦。”

阿克西妮亚猛然把胳膊从格里高力的头底下抽了出来,用干涩的眼睛望着窗户。窗外月色昏黄,板棚投下一片浓浓的阴影,蟋蟀起劲地叫着,顿河边有水牛在哞哞地叫,那抑郁、低沉的声音通过独扇的小窗户传进房来。

“格里沙!”

“你又想什么啦?”

阿克西妮亚抓住格里高力那两只很硬、很不听摆弄的胳膊,将他的胳膊紧紧按在自己胸前,按在冻木了的冰冷的腮上,用呻吟的声调喊叫道:

“你这活冤家,为什么要缠上我?我可怎么办啊!……格里什卡!……你把我的心都揉碎啦!……我完啦……司捷潘回来,我拿什么话来说呢?……谁又肯替我出头?……”

格里高力没有做声。阿克西妮亚伤心地望着他那漂亮的、长长的鼻子,望着那被阴影遮着的眼睛、没有说话的嘴唇……感情的洪流一下子冲垮控制感情的堤坝:阿克西妮亚疯狂地吻他的脸、脖子、胳膊和胸膛上那一撮硬扎扎的拳曲的黑毛。她在热吻的间隙中气喘吁吁地小声嘟哝着,格里高力也感觉出她是打着哆嗦在说话:

“格里沙,我的心肝……宝贝儿……咱们跑掉吧。我的好人儿!咱们什么都扔掉,说走就走。男人我扔掉,什么都扔掉,只要有你就行……咱们到矿上去,跑得远远的。我会照应你,心疼你……我有一位亲叔叔在巴拉莫诺夫矿上当矿警,他会帮咱们一把的……格里沙!只要你说句话就行。”

格里高力把左边眉毛皱成三角形,想了想,突然睁开两只火热的、非俄罗斯型的眼睛。眼睛在笑,是讥笑。

“你真糊涂,阿克西妮亚,真糊涂!你说了半天,全是傻话。你想,我能离开家到哪儿去?再说,我今年就要入伍啦。不行啊……除了本乡本土,我哪儿也不去。这儿是大草原,喘口气也舒服,到外面又怎样呢?去年冬天我跟我爹到车站去过一趟,那儿真够人受的。火车头呜呜直叫,烧煤炭那种气味非常难闻。人家在那儿怎么过——我不知道,也许人家对这种煤烟气味已经闻惯啦……”格里高力吐了一口唾沫,又说了一句:“除了村子,我哪儿也不去。”

窗外昏暗下来,是一片云彩遮住了月亮。满院子昏黄的月色渐渐淡了,平铺在地上的阴影渐渐消失,已经分不清篱笆外面那黑糊糊的东西是什么:是去年砍下来的干树枝,还是紧靠着篱笆的老蓬蒿。

房里也越来越昏暗,挂在窗边的司捷潘的哥萨克军服上那下士军阶的银条也不发亮了,格里高力在灰沉沉的阴影中也没有看到,阿克西妮亚的肩膀在轻轻哆嗦着,用两手紧紧抱住的头一声不响地在枕头上跳动着。

十三

从安得列的老婆走的那一天起,司捷潘脸上的气色就变得十分难看了。两道眉毛耷拉到眼睛上,一道又深又清楚的皱纹斜斜地穿过额头。他很少跟伙伴们讲话,常常为一点小事儿发火、吵嘴。无缘无故地跟司务长普列沙科夫吵了好几次,对彼特罗·麦列霍夫几乎瞧都不瞧。以前联系着他们的友谊纽带断了。司捷潘怀着沉重的积怨,就像马驮着骑手走下坡路一样,越来越收不住腿。到回家的时候,他们已成了仇人。

只要有什么事稍一触发,他们之间在最近一个时期出现的一种模模糊糊的敌对关系就会发生爆炸。他们从营里回家,还是五个人一块儿走。车上套的是彼特罗和司捷潘的马,贺里散福骑着自己的马。安得列·托米林正在打摆子,他盖着军大衣躺在车篷里。菲多特·包多甫斯柯夫懒得赶车,所以彼特罗就赶车。司捷潘在大车旁边走,用鞭子抽打着路边大蓟那红红的花儿。下起雨来。很稠的黑泥像树胶一样在车轮上打着转转儿。浓云罩住的天空像秋日天空那样,变成了灰色。夜幕降临了。不论怎样仔细看,都看不到村落的灯火。彼特罗毫不心疼地用鞭子抽打着马匹。这时司捷潘就在黑暗中叫了起来:

"你是怎么回事儿……自己的马你舍不得打,我的马你却一个劲儿地在抽?"

"你看仔细点儿。谁的马不用劲,我就赶谁的马。"

"最好我来把你套上,土耳其佬是很会拉车的……"

彼特罗扔开缰绳。

"你想干什么?"

"你坐着吧,别动。"

"那你就给我住嘴。"

"你干吗找他发起火来?"贺里散福骑着马朝司捷潘走来,瓮声瓮气地说。

司捷潘不说话了。黑暗中也看不清他的脸。大家都一声不响地走了有半个钟头。烂泥被车轮轧得噗唧噗唧响着。好像从筛子里漏下来的雨点懒懒地敲打着帆布篷顶。彼特罗撩开缰绳,抽起烟来。他在脑子里挑选最难听的话,准备再吵起来时对司捷潘说出来。恼得他直发狠,真想把司捷潘这个坏小子痛骂一顿,狠狠地刺他几句。

"闪开一点儿,让我到车篷里去。"司捷潘轻轻推了推彼特罗,跳上车踏板。

就在这时,车子突然歪了一下,不走了。两匹马咚咚地直蹬直踹,在烂泥里直打滑,马掌下迸出火星。车辕横木被拉得轰隆轰隆直响。

"嘚儿儿儿儿!……"彼特罗一面从车上往下跳,一面吆喝。

"怎么一回事儿?"司捷潘惊慌起来。

贺里散福骑马来到跟前。

"鬼东西,受伤了吗?"

"点个火。"

"谁有火柴?"

"司捷潘,把火柴拿来!"

一匹马在前面呜噜呜噜地直挣扎。有人划着了火柴。一个橙黄色的小光圈闪了一下,马上又黑了下来。彼特罗用哆嗦着的双手摸到了倒下去的马的脊背。扯了扯缰绳。

"喔!……"

那马出了一口气,向旁边倒去。车辕哐啷响了一声。司捷潘跑过来,将几根火柴捏在一起,划着了。是他的马仰面朝天躺着呢。一条前腿插在一个土拨鼠旧洞里,一直插到膝盖。

贺里散福手忙脚乱地卸下马套。

"把腿给它拔出来!"

"把彼特罗的马卸下来,喂,快点儿!"

"站好,该死的!嘚儿儿儿儿!……"

"鬼东西,还尥蹶子哩!到一边去!"

好不容易使司捷潘的马站了起来。浑身是泥的彼特罗拉着马嚼子,贺里散福跪着在烂泥地上爬,摸索着那条站了起来的、很不灵活的马腿。

"八成是断啦……"他瓮声瓮气地说。

菲多特·包多甫斯柯夫用手拍了拍直哆嗦的马背。

"喂,牵着走几步瞧瞧。是不是还能走?"

彼特罗扯住缰绳朝自己身边拉了拉。那马蹦了一下,右前腿不敢着地,并且叫了起来。安得列一面将胳膊伸进大衣袖子,一面在旁边难受地跺着脚。

"倒霉!……一匹马完啦,唉!……"

一直没有做声的司捷潘好像就等着这话呢。他把贺里散福往旁边一推,就朝彼特罗扑去。他本来是照着头上打的,但是打偏了,打在肩膀上。两个人互相抓住,一起跌倒在烂泥里。不知是谁的上衣哧地响了一声。司捷潘把彼特罗按在地上,用膝盖抵住他的头,抡起拳头就打。贺里散福嘴里骂着娘,将他们拉开。

"为什么打人?……"彼特罗一面朝外咳着血,喊叫着。

"赶啊,狼心狗肺的家伙!专门拣好地方走吧!"

彼特罗从贺里散福手里挣了出来。

"不许动!给我老实点儿!"贺里散福用一只手将他按在车上,吼叫道。

套上了菲多特·包多甫斯柯夫那匹个头儿矮小、但是十分有劲的马,跟彼特罗的马一起拉。

"你骑我的马走!"贺里散福像下命令似的对司捷潘说。

他自己爬进车篷,跟彼特罗坐在一起。

他们来到格尼洛夫村时,已经是半夜了。他们在村边一户人家门前停下来。贺里散福前去借宿。他毫不理会咬住他的大衣下摆的大黄狗,咚咚地走到窗前,打开护窗板,用手指弹了弹玻璃。

"老乡!"

沙沙的雨声和汪汪的狗叫声。

"老乡!喂,行善的人啊!行行好,让我们住一宿吧。行吗?我们是当兵的,从营里回来的。几个人吗?我们一起五个人。啊,好,多谢了。进来吧!"他转过身朝大门口喊道。

菲多特把几匹马牵进院子。他碰在院心里放着的一个猪食槽上,绊了一跤,骂了一声。把马拴到棚子底下。安得列磕打着牙齿走进屋子里。彼特罗和贺里散福就在车篷里过夜。

天一亮他们准备动身。司捷潘从屋子里走出来,一个老态龙钟的驼背老婆子在他后面一小步一小步地挪动着。正在套车的贺里散福可怜起她来:

"哎哟,老大娘,你怎么驼成这个样子啦!大概在教堂里磕头挺方便,再稍微一弯腰,就够到地面了。"

"老总,我的好伙计,我磕头很方便,你身上挂两条狗很方便……各人有各人的方便。"老奶奶冷冷地笑了笑,露出一排密密的、一个也没有虫蛀的细牙,贺里散福看了十分吃惊。

"真有你的,这样一嘴好牙,简直像梭鱼牙齿。要是能可怜可怜我,送给我十来颗就好啦。我还年轻轻的,就没法子嚼东西啦。"

"我的好人,牙齿给了你,那我还剩什么呢?"

"大娘,给你安几颗马牙就行啦。你反正快死啦,阴曹里是不看牙口的:小鬼不是茨冈人出身。"

"胡扯够啦。"安得列笑着爬进车篷里。

老奶奶跟司捷潘来到棚子底下。

"哪一匹?"

"这匹大青马。"司捷潘叹着气说。

老奶奶把拐杖放在地上,用男子汉一样的、果敢有力的动作扳起受伤的马腿,用细细的、伸不直的手指头在马的膝盖上摸索了半天。马疼得抿着耳朵,龇着褐色的牙根,后腿蹲了下去。

"没有断,老总,没断。留在我这里,我能治。"

"能治好吗,老大娘?"

“治好吗，那谁能知道，我的好人……大概能治好吧。”

司捷潘把手一摆，就朝大车走去。

“你留下不留下呢？”老奶奶眯缝着眼朝他问道。

“留下就留下吧。”

“她能治。你留下的马是三条腿，她能给你治得一条腿都不剩。真找到个驼子兽医。”贺里散福哈哈大笑。

十四

“……我想他啊，好大娘。我眼看着一天一天地瘦啦。都来不及把裙子往瘦里缝，还没过一天，裙子又肥啦……他从我家门前一过，我的心就扑腾成一片……真想趴在地上，亲亲他的脚印……是不是他用妖法迷住我啦？……好大娘，救救我吧！都要给他娶亲啦……救救我吧，好大娘！你要什么，我都给你。把我最后一件小褂剥掉都行，只求你救救我！”

德萝兹季哈老奶奶用发亮的、被皱纹圈住的眼睛望着阿克西妮亚，听着她讲的这些痛苦话，不住地摇脑袋。

“是谁家的小伙子呀？”

“潘捷莱·麦列霍夫家的。”

“是土耳其佬吗？”

“是他家儿子。”

老奶奶嚅动着瘪嘴唇，过了一阵子才回答说：

“小嫂子，明天早点儿来。天一亮你就来。咱们到顿河水边去。把相思病冲掉。从家里带一把盐来……就这样。”

阿克西妮亚用一条黄色的小头巾裹住脸，弯下腰走出门去。

她那黑糊糊的身影在夜幕下渐渐消失。靴底单调地哒吧哒吧响着。脚步声也渐渐听不见了。村边有几个人在扯着嗓子你争我抢地唱歌。

阿克西妮亚一夜都没有睡,天蒙蒙亮就来到德萝兹季哈家窗前。

"大娘!"

"谁呀?"

"是我,大娘。起来吧。"

"一下子就好。"

她们顺着小胡同来到顿河边。在汲水的地方,跳板旁边,一辆被扔掉的大车的前半截泡在水里。水边的沙子凉得扎人。湿漉漉的冷雾正从顿河水面上腾腾升起。

德萝兹季哈用干瘦如柴的手抓住阿克西妮亚的手,将她拉到水边。

"盐带来了吗? 拿来。你对着太阳出来的地方画十字。"

阿克西妮亚画着十字,懊恼地望着东方那幸福的玫瑰色。

"用手捧水喝,多喝点儿。"德萝兹季哈指挥说。

阿克西妮亚喝了一通水,把上衣袖子都弄湿了。老奶奶像一只黑蜘蛛似的,面对缓缓涌来的波浪撇开两腿,蹲了下去,小声念叨起来:

"从河底冒出来的冰冷的水啊……情欲像火一样……到了心里就成了野兽……相思病就是妖魔……至圣至贤的圣母呀……用圣十字架……把上帝的奴仆格里高力……"声音断断续续传到阿克西妮亚耳朵里。

德萝兹季哈将盐撒在脚下一小片一小片潮湿的沙上,又往水里撒了一点,剩下的全撒到阿克西妮亚怀里。

"往身后泼水。快点儿!"

阿克西妮亚照着做了。她带着郁闷和懊恼的神情打量了一下德萝兹季哈那褐色的腮帮子。

"怎么,完了吗?"

"好,去睡一会儿早觉吧。完啦。"

阿克西妮亚气喘吁吁地跑回家里。几头牛在院子里哞哞叫着。麦列霍夫家的妲丽亚睡足了觉,脸上红扑扑的,两道眉毛弯成很好看的弧形。她正在把自家的牛往牛群里赶。她微笑着,打量了一下从旁边跑过的阿克西妮亚。

"睡得好啊,嫂子!"

"托福托福。"

"这么早到哪儿去啦?"

“到一个地方去，有点儿事。”

晨祷的钟声响了。清脆、悠扬的铜钟声阵阵传来。牧童在胡同里将鞭子甩得劈啪直响。

阿克西妮亚连忙将牛赶了出去，又把牛奶弄到过道里去过滤。用围裙擦了擦露出半截的两条胳膊；她一面想着心事，一面往直冒泡沫的过滤桶里倒牛奶。

街上响起刺耳的车轮吱嘎声。一阵马嘶声。阿克西妮亚放下奶桶，朝窗外望去。

司捷潘手扶马刀，正朝大门口走来。还有一些哥萨克骑着马正你追我赶地向广场奔去。阿克西妮亚将围裙在手里揉成一团，坐到板凳上。脚步声上了台阶……进了过道……到了门口……

司捷潘在门口站下来，那样子显得瘦了，陌生了。

“哼……”

阿克西妮亚摇晃着她那高大、丰满的身躯，迎上前去。

“你打吧！”她拉长声音说，并且侧着身子站了下来。

“哼，阿克西妮亚……”

“我不瞒着，我有罪过。司捷潘，你打吧！”

她把脑袋缩到肩膀里，身子缩成一团，只用两手护住肚子，面对他站着。在她那呆呆的、吓得变了样子的脸上，一双陷在黑圈里的眼睛直瞪着，眨都不眨。司捷潘摇晃了一下，从旁边走了过去。肮脏的上衣散发出一阵男人的汗味和路边野蒿的苦味。他没有脱帽，就躺到了床上。躺了一会儿，才动了动肩膀，褪下武装带。那一向很神气地向上翘着的淡褐色胡子这会儿无精打采地向下耷拉着。阿克西妮亚没有转头，侧眼望着他。她有时哆嗦一下。司捷潘把两脚架在床靠背上，靴子上黏糊糊的稀泥巴很不情愿地向下滴着。他望着顶棚，用手指头揪弄着毛毛的皮穗头。

“早饭还没有做吧？”

“没有……”

“弄点什么东西来吃吧。”

他喝着碗里的牛奶，不住地嘲着胡子。他吃一口面包嚼上半天，腮帮子上两个绷着肉红色皮肤的大包不停地蠕动着。阿克西妮亚在炉边站着。她带着惶恐的神情望着丈夫那两只露着脆骨的小耳朵，那两只耳朵在咀嚼时一上一下地动个不停。

司捷潘离开饭桌，朝前走了两步，画了个十字。

“把事情讲讲吧,家里的。”他很干脆地提出了要求。

阿克西妮亚低着头收拾饭桌,没有做声。

“你讲讲,丈夫不在家,你是怎样守着的,你守住贞节了吗? 嗯?”

狠狠的一拳打在她头上,阿克西妮亚站不住脚,栽倒在门槛上。她的背撞在门框上,她低低地哎呀了一声。

司捷潘迅猛地照头上一击,不仅能把一个柔弱的女子打倒在地,就连威武、健壮的武士也能打倒。不知是因为恐怖提起了精神,还是女人的韧性使她忍住了疼,反正她躺了一会儿,喘了几口气,就四肢撑着地站了起来。

阿克西妮亚撑着地站起来的时候,司捷潘在屋子当中抽着烟,打着哈欠。等他把烟荷包扔到桌子上,她已经砰的一声把门带上跑了。他追了出去。

阿克西妮亚浑身是血,一阵风似的朝隔开他们家和麦列霍夫家院子的篱笆跟前跑去。司捷潘在篱笆跟前追上了她。他的一只黑黑的大手像鹞鹰一样落到她的头上。他用手指紧紧抓住她的头发,用劲一扯,将她扯倒在地上,她倒在灰堆里——那是阿克西妮亚天天烧过锅以后掏出来倒在篱笆边的灰。

这是怎么回事,为什么丈夫倒背着手,用皮靴拼命踢自己的老婆呢? ……一只胳膊的阿列克塞・沙米尔从这里路过,看了看,眨了眨眼睛,笑得咧开了乱蓬蓬的小胡子:一眼就看出,司捷潘为什么事惩治自己的结发妻子。

阿列克塞本想站下来看看(谁碰到这种事都想看,因为总是热闹事嘛),看看会不会打死她,但是不好意思看。不管怎样,他总不是娘们儿呀。

从远处看司捷潘,很像是一个人在跳哥萨克舞。格里高力从正房窗孔里乍一看到司捷潘在蹦跳,也是这样想的。可是等他仔细一看,就从房里奔了出来。他将攥得麻木了的拳头紧紧贴在胸前,踮起脚尖朝篱笆跑去;跟在他后面的是彼特罗的吧嗒吧嗒的皮靴声。

高高的篱笆格里高力像鸟一样一飞而过。他跑着从背后朝正在踢人的司捷潘打去。司捷潘摇晃了一下,转过身子,像只狗熊似的朝格里高力冲来。

麦列霍夫家弟兄两个一齐上前拼打起来。他们像鹰啄死野物一样凶猛地朝司捷潘直扑。格里高力有几次被司捷潘那沉甸甸的拳头打得滚在地上。对付已经完全成年的司捷潘,他气力还不够。但是矮矮的彼特罗却十分灵活,像风中芦苇一样,见拳头打来,就把身子一弯,脚底下还是站得稳稳的。

司捷潘闪动着一只眼(另一只眼已经肿得像没有熟透的李子一样了),朝台阶退去。

贺里散福来向彼特罗借马笼头,才把他们拉开。

“站开!”他摇晃着铁钳一样的大手。“站开,要不然咱们去见村长!”

彼特罗小心地把血和半颗牙齿吐在手掌上,嘶哑地说:

“咱们走,格里什卡。咱们跟他总有碰到一起的时候……”

“你可不要落到我手里!”到处是瘀青的司捷潘在台阶上发狠说。

“好啊,好啊!”

“用不着什么好不好,我要把你的五脏揍出来!”

“你是当真,还是说着玩儿?”

司捷潘飞快地下了台阶。格里高力冲上前去迎他,但是贺里散福一面把他朝门外推着,一面说:

“谁要是再打,我就像对付小鸡一样,把脖子给扭断!”

从这一天起,麦列霍夫兄弟和司捷潘·阿司塔霍夫之间的仇怨就变成了一个难分难解的结子。

要到两年以后,由格里高力·麦列霍夫在东普鲁士的司托雷平城下来解这个结子。

十五

“告诉彼特罗,让他套上骒马和他那匹儿马。”

格里高力走到院子里。彼特罗正在把大车从棚子底下朝外拉。

“爹叫你套上骒马和你那匹马。”

“不用他说,咱们也知道。叫他少啰嗦!”彼特罗一面拉着车辕杆,一面回答说。

潘捷莱·普罗柯菲耶维奇神态庄严,就像做弥撒时的教会长老,他正在喝菜汤,浑身冒着热汗。

杜尼娅机灵地打量了格里高力一眼，在她那弯弯的睫毛的淡淡阴影里隐藏着少女调皮的微笑。伊莉尼奇娜又利落又庄重，披着过年过节才拿出来的淡黄色披肩，嘴角上隐隐露出当妈妈的担心神情，她朝格里高力看了一眼，又转过身对老头子说：

“算了吧，孩子爹，别拼命灌啦。你简直像个饿死鬼！”

“连汤都不叫喝啦。真是催命鬼！”

彼特罗那麦黄色的长胡子往门里伸了伸。

“请吧，轿车套好啦。”

杜尼娅扑哧一笑，用袖子捂住脸。

妲丽亚从厨房里走过，打量着要去求婚的格里高力，动了动弯弯的柳叶眉。

媒人是守寡的娃西丽萨姨妈，她是伊莉尼奇娜的堂姐，是一个很圆滑的娘们儿。她第一个坐到车上，转悠着圆得像河边鹅卵石一样的脑袋，笑着，嘴边上露出歪歪斜斜的黑牙齿。

“娃西丽萨，你到了那儿可别龇牙，”潘捷莱·普罗柯菲耶维奇提醒她说，“你这口牙说不定会把事情弄糟……往你嘴里安的牙齿全是喝醉了酒的：一颗往这边歪，另一颗偏偏又歪到那边……”

“嗨，大妹夫，又不是给我说亲。人家又不会相我。”

“话是这么说，不过还是不笑为好。你那牙齿太不像样子……真不体面，看着简直叫人难受。”

娃西丽萨生气了，但这时彼特罗开了大门。格里高力理好生皮气味很浓的皮缰绳，跳上赶车的座位。潘捷莱·普罗柯菲耶维奇和伊莉尼奇娜并排坐在车后面，活像一对新夫妻。

“抽它们几鞭子！”彼特罗放开手里的马嚼子，叫道。

“我叫你撒欢儿，妈的！”格里高力咬住嘴唇，用鞭子抽了直摆耳朵的儿马一下。

两匹马拉直套绳，轻快地拉动了车子。

“当心！可别恋住了回不来啦！”妲丽亚尖声叫道，但是车子猛地一摇晃，在高低不平的土路上颠簸着，顺着大街轰隆轰隆地跑了起来。

格里高力斜探着身子，使劲用鞭子抽彼特罗那匹上了套直撒欢的战马。潘捷莱·普罗柯菲耶维奇用手抓住长胡子，好像是害怕被风扯掉、吹走似的。

“骒马抽几鞭子！”他拿眼睛两边望着，朝格里高力的脊背探了探身子，哑着嗓子说。

伊莉尼奇娜用带花边的女褂袖子擦着被风吹出的眼泪,眼睛一眨一眨地看着格里高力背后那被风吹得鼓了起来的棉绸蓝褂子在轻轻地抖动。迎面来的哥萨克都闪到一旁,从后面对他们望上半天。很多狗从家里跑了出来,跟着马前前后后地打圈子。狗叫声在新换了轴瓦的车轮的吱嘎声中是听不到的。

格里高力既不心疼鞭子,也不心疼马匹,十分钟之后,村子落在后面,村边几户人家的果园就绿油油地出现在周围。柯尔叔诺夫家宽敞的房子。木板围墙。格里高力勒了勒缰绳,车子就像说话说了半句突然不说了一样,一下子停住吱嘎,在一座油漆光亮、雕着细花的大门前停了下来。

格里高力留在马跟前,潘捷莱·普罗柯菲耶维奇一瘸一拐地朝台阶走去。像红色罂粟花似的伊莉尼奇娜和紧紧闭起了嘴唇的娃西丽萨在衣裙窸窣声中跟在他后面稳步向前走去。老头子走得很急,害怕失去一路上鼓起来的勇气。他在高高的门槛上绊了一下,碰疼了瘸腿,疼得皱着眉头,咚咚地走上了干干净净的踏板。

他差不多是跟伊莉尼奇娜一起走进房里的。他跟老伴站在一块儿很吃亏,她比他足足高出两俄寸半,所以他从门口朝前跨了一步,像公鸡那样蜷起一条腿,摘下帽子,对着笔迹模糊的黑色圣像画了个十字。

"您好啊!"

"托福托福。"主人从板凳上欠起身来答礼。他是一个身材不高、老态龙钟、脸上有很多麻子的哥萨克。

"米伦·格里高力耶维奇,我们前来府上拜访啦!"

"欢迎欢迎!玛丽亚,给客人搬座儿。"

上了年纪的、胸部平平的女主人为了礼貌,把凳子掸了掸,推到客人跟前。潘捷莱·普罗柯菲耶维奇坐到凳子边上,用手绢擦着黑黑的、汗湿的额头。

"我们来府上是有事的。"他单刀直入地开口说。

话说到这里,伊莉尼奇娜和娃西丽萨也撩了撩裙子,坐了下去。

"请说吧,有什么事情?"主人笑着问。

格里高力走了进来。四面看了看。

"早安。"

"托福托福。"女主人曼声回答道。

"托福托福。"男主人也回答道。他那麻脸透出了棕红的颜色:这时候他才猜出客人的来意。"你去吩咐一下,把客人的马牵到院子里。给马弄些草料。"他朝老伴说。

女主人走了出去。

“我们找您有件小事……”潘捷莱·普罗柯菲耶维奇接着说下去。他摩弄着乱蓬蓬的松脂色大胡子,激动得耳环直晃。“府上有位姑娘,还未出嫁;我们家有个小厮,还未说亲……咱们有没有缘分结合呢?很想知道,你们家现在要不要把她嫁出去呢?要是还没有定亲的话,咱们能不能结个亲呢?”

“这事儿还难说……”主人搔了搔谢了顶的脑袋。“说老实话,我们还不想在今年开斋期间把她嫁出去。目前事情忙不过来,再说她岁数还不算大。才满十八岁。是这样吧,玛丽亚?”

“是啊。”

“现在正是鲜花一朵,还要拖到什么时候,老姑娘蹲在家里的还少吗?”娃西丽萨开言了。她在凳子上直咕哝(从过道里偷来揣到怀里的笤帚扎得她很难受。据说,媒人在姑娘家能偷到笤帚,是不会说不成的)。

“一开春就有媒人到我家来求亲啦。我家姑娘是蹲不下去的。这姑娘没说的,样样拿得起来:不论是地里活儿,还是家里活儿……”

“要是遇到好样的人,也可以嫁出去啦。”潘捷莱·普罗柯菲耶维奇在娘们儿吱吱喳喳的谈话中间插进去说。

“嫁出去不是难事,”男主人搔了一下脑袋,“随时都可以嫁出去。”

潘捷莱·普罗柯菲耶维奇以为是回绝了,便发起急来。

“当然,这是自家的事情……找女婿就像请神甫,到哪儿去找都容易。可是,比如说,您也许要找买卖人家或者别的什么人,那就完全不同了,原谅我直说。”

事情眼看着要吹了:潘捷莱·普罗柯菲耶维奇扑哧扑哧地喘着粗气,脸涨得像紫萝卜,姑娘的母亲咕哒咕哒地直叫起来,就像带小鸡的母鸡见了老鹰一样,但是在这紧要时刻娃西丽萨出来解围了。她用又短又快、和气得不得了的语调一句接一句地说了起来,就像拿盐往烧坏的地方撒,果然将伤口糊住了。

“都是自己人,事情好说!事情是件大事,要好好地来办,为了孩子们好……就拿娜塔莉亚来说吧,这样的姑娘大白天打着灯笼也找不到呀!针线活儿,灶上活儿,样样拿手!要说相貌嘛,好人啊,你们自己瞧瞧嘛。”她对着潘捷莱·普罗柯菲耶维奇和气嘟嘟的伊莉尼奇娜将两手一摊,画了个好看的圆圈。“他做个女婿也没有说的。我一看到他,心里就扑腾扑腾很难受,因为他太像我那死去的多纽沙了……再说,他们家也是勤俭人家。普罗柯菲耶维奇——你在周围十里八里打听打听——可是个远近有名的善人……说实在话,咱们还能跟自家孩子作对,能处心害他们吗?”

媒人那甜言蜜语传进潘捷莱·普罗柯菲耶维奇的耳里,他觉得甜极了。他一面听着,一面钦佩地想:“嘿,这个妖精!真会花言巧语!说起话来就像织袜子。不管线怎样打圈圈,她都能马上分得清,理得好。换一个娘们儿,会说些不三不四的话把人气坏的……真是的,我佩服佩服!”他欣赏着媒婆,媒婆正一个劲儿地夸奖姑娘和姑娘的一家,一直夸奖到五服以外的亲族。

“有什么好说的呢,咱们都是希望自己的孩子好啊。”

“问题是,现在嫁出去好像早点儿啊。”主人脸上露出了笑容,口气和缓了。

“不早啦!实在话,不早啦!”潘捷莱·普罗柯菲耶维奇劝他说。

“早也好,晚也好,总是要分手的呀……”女主人抽搭了几声,一半是做样子,一半出自真情。

“把姑娘叫来,米伦·格里高力耶维奇,让我们看看哪。”

“娜塔莉亚!”

姑娘在门口胆怯地站住了,用黑糊糊的手指头慌乱地揪弄着围裙的角。

“过来吧,过来吧!还不好意思呢。”母亲鼓励说,并且她那模糊的泪眼露出了笑意。

格里高力坐在一只沉重的、上面有很多退了色的蓝花的箱子旁边,抬眼朝她看了看。

在黑色积尘一般的针织头巾下面,是一双大胆的灰眼睛。在丰润的腮上有两个浅浅的粉红色酒窝,那酒窝因为发窘和忍着笑不住地颤动着。格里高力把目光移到她的手上:那是干活儿磨粗糙了的两只大手。紧紧裹住丰满、柔美身躯的绿色小褂里面,两个不大的、结实实的处女乳房天真地和令人爱怜地向上、向两边凸着,两个小小的奶头像纽扣一样向上支着。

格里高力的眼睛从她的头看到那两条好看的长腿,一下子就把她看了个遍。他像牲口贩子买马时相马那样,仔细看了一遍,心里想:“很漂亮。”接着他的目光就跟她向他投来的目光碰到了一起。她那单纯、真诚、多少有点不好意思的目光好像在说:“看吧,我就是这个样子。你觉得我怎样,就算怎样。”——“是个漂亮姑娘。”格里高力用眼睛和微笑回答说。

“好啦,去吧。”主人摆了摆手。

娜塔莉亚在掩身后的门的时候,朝格里高力看了一眼,露出微笑和好奇的神情。

“这样吧,潘捷莱·普罗柯菲耶维奇,”主人和老伴交换了下眼色以后,开口说,“你们回去商量商量,我们自己家里也一起商量商量。然后咱们再定夺:是不是咱们可以结成亲家。”

下台阶的时候，潘捷莱·普罗柯菲耶维奇约定说：

“下一个星期天我们来吧。”

把他们一直送到大门口的主人故意没有说话，就像什么也没有听到似的。

十六

司捷潘在从安得列嘴里听到阿克西妮亚的情形以后，在心里孕育着烦恼和仇恨的同时，明白了，尽管他跟她过的日子很不好，尽管难忘这种奇耻大辱，但他还是怀着爱中有痛苦、爱中有恨的心情爱着她的。

每到夜里，他盖着军大衣躺在大车上，把两条胳膊交叉放在脑袋上，想着怎样回到家里，怎样跟妻子相会，就觉得好像有一只毒蜘蛛在心里乱爬乱抓……他躺着，脑子里想着上千种惩罚办法，恨得直咬牙。他跟彼特罗打了一场，发泄了不少恼恨。回到家已经是无精打采，因此阿克西妮亚很轻易地过了关。

从那一天起，阿司塔霍夫家里就好像住下了一个看不见的死人。阿克西妮亚走路踮着脚尖，说话声音低低的，但是在她的眼睛里，被恐怖的灰烬遮盖住的火星还隐隐燃烧着，那是格里什卡烧起的熊熊大火留下的火星。

司捷潘每次仔细观察她，就与其说是看出，不如说是感觉出这一点。他很痛苦。一到夜里，当蝇群在壁炉上面沉沉入睡，阿克西妮亚哆嗦着嘴唇铺床的时候，他就用黑糊糊、毛烘烘的手捂起她的嘴，打她一顿，不顾羞耻地追问她和格里高力发生关系的详情细节。阿克西妮亚在羊皮气味很浓的硬板床上滚来滚去，吃力地喘着粗气。司捷潘把她那柔软得像揉熟的面团似的身子折腾够了以后，又用手到她的脸上去摸眼泪。但是阿克西妮亚的脸干得像用火烤过似的，司捷潘只摸到她的上下颌一张一合地嚅动着。

“你说不说?”

“不说!”

“打死你!”

“打死我好啦! 行行好,打死我吧……我省得受罪啦……不是人过的日子……”

司捷潘咬紧牙,用劲拧妻子胸膛上因为出汗变得凉丝丝的细皮肉。

阿克西妮亚哆嗦着,哼哼着。

“怎么,疼吗?”司捷潘高兴了。

“疼。”

“我呢,你以为我不疼吗?”

他很晚才睡。睡梦中还攥紧那疙疙瘩瘩的黑手指头,摇晃着。阿克西妮亚用胳膊肘支住身子,对着丈夫那漂亮的、睡着了变了样子的脸看上半天。她把头伏在枕头上,小声嘟哝起来。

她几乎看不到格里什卡了。有一次在顿河边碰到了他。格里高力赶着牛饮过了水回家,正在上坡,摇晃着一根红红的树条子,眼睛望着脚底下。阿克西妮亚迎面朝他走去。她一看到他,就觉得手里的扁担变得冰凉了,一阵热血涌上了两个鬓角。

后来她每想起这次会面,都很难相信这不是做梦。她差不多走到格里高力身边的时候,他才看见她。听到她故意弄响的水桶声,他抬起头来,哆嗦了两下眉毛,傻笑了一下。阿克西妮亚一面走,一面从他的头顶上望着碧色的、波浪滚滚的顿河,望着更远处那高低不平的沙滩。

她的脸红了一下,接着眼里就涌出了泪水。

“阿克秀莎!”

阿克西妮亚走过去几步,又好像受到当头一击,低下头站住了。格里高力用树条子狠狠抽了两下落在后头的褐色公牛,连头都没有转,问道:

“司捷潘什么时候出去割黑麦?”

“就要去……正在套车呢。”

“等他走了,你到河边我们家的葵花地里来,我也去。”

阿克西妮亚晃荡着水桶朝顿河走去。河边的泡沫曲曲弯弯地向前伸去,好像在碧波的边上镶了一道美丽的黄色花边。正在逮鱼的一群白鸥喳喳叫着,在顿河上飞来飞去。

一条小鱼在水面上溅起银色的雨点。河对岸,一片白色的沙滩后面,一株株老柳树那在风中泛着灰白色的树顶神态庄严地巍然高耸着。阿克西妮亚放下水桶去打水。她左手撩着裙子,下到没膝深的水里。河水刺得被袜带勒得起皱的地方痒酥酥的,于是阿克西妮亚笑了,这是司捷潘回来以后她第一次笑,笑得很轻,不很舒畅。

回头看了看格里什卡:他还是摇着树条子,好像是在赶牛虻,慢慢地朝坡上爬去。

阿克西妮亚的眼里涌出了泪水,她用模糊的泪眼亲切地看着他那强壮的、走起来矫健有力的双腿。格里高力那肥大的裤脚掖在白色毛袜里,裤缘显得非常红。在他背后靠近肩胛骨的地方,肮脏的小褂上新撕破的一块小小的布片忽闪忽闪地飘动着,露出一块三角形的黄褐色皮肉。阿克西妮亚用眼睛亲着曾经属于她的可爱的身体的这一小块;眼泪落到微笑着的煞白的嘴唇上。

她把水桶提到沙滩上,正要用扁担钩子去钩桶梁,这时她看见了格里什卡那尖头靴子留在沙滩上的脚印。她偷偷地向四面望了望——一个人也没有,只有远处码头边有几个小孩子在洗澡。她蹲下去,用手抹掉脚印,然后把扁担挑在肩上,一面笑着自己,急急忙忙朝家里走去。

被轻纱一般的薄云遮住的太阳在村子上空移动着。有些地方,在乱蓬蓬的、马群一般的白云缝隙里,露出清爽的、牧场一般的蓝湛湛的天;可是整个村子,那晒热的铁皮房顶,那尘土飞扬、行人稀少的街道,那长满被干旱烤黄了的杂草的一座座院落,都笼罩在死沉沉的暑气中。

阿克西妮亚一路上朝干裂的地面泼洒着桶里的水,摇摇晃晃地来到台阶跟前。戴了宽边草帽的司捷潘已经把马套到割麦机上。他一面调整上了套还在打盹的骒马的肚带,朝阿克西妮亚看了一眼。

“往水盆里倒点水。”

阿克西妮亚往水盆里倒了一桶水,手碰在铁箍上,觉得很烫。

“要放点冰在里面。水要发烫的。”她望着丈夫汗湿的脊背说。

“到麦列霍夫家去弄点吧……别去啦!……”司捷潘想了起来,接着喊道。

阿克西妮亚走去关那开着的小门。司捷潘垂下眼睛,抓起鞭子。

“哪儿去?……”

“去关小门。”

“回来,下流货……我说过:别去啦!”

她急急忙忙走到台阶跟前,想把扁担挂起来,但是手直打哆嗦,不听使唤,扁担滚到了门槛上。

司捷潘把帆布斗篷扔到前面座位上;他一面朝座位上走,一面抖开缰绳。

“把大门开了。”

阿克西妮亚打开大门以后,大着胆子问道:

“你什么时候回来?”

“要到傍晚。跟安尼库什卡搭伙一起割。你给他也带点饭。他从铁匠店回来,就到地里去。”

割麦机的小轮子吱嘎吱嘎地叫着,在松软的土地上滚着,出了大门。阿克西妮亚走进屋里,将手按在心口上站了一会儿,便披上头巾,朝顿河边跑去。

“哦,万一他回来呢? 那可怎么办?”她想到这里,非常害怕。她站了下来,好像看到脚底下就是深渊,回头看了看,又几乎像飞一样朝顿河边的滩地跑去。

一家家篱笆。一片片菜园。一大片黄黄的朝着太阳的葵花。正在开白花的绿油油的土豆。那是沙米尔家的娘们儿,因为耽误了,现在还在锄土豆地里的草呢;那弯弯的、穿着粉红女褂的脊背;锄头轻轻扬起,马上又落到灰色的垅沟里。阿克西妮亚一口气跑到麦列霍夫家菜园。她四面看了看,拨开顶门的树枝,推开园门。她顺着一条踏出的小路走进葵花茎叶织成的青纱帐里。弯下身,钻到最稠密的地方,沾了一脸金色的花粉;撩起裙子,坐到爬满野牵牛花的地上。

仔细听了听:静得能听到耳朵里的响声。上面有一只野蜂在寂寞地嗡嗡叫着。空心的、长满硬毛的葵花秆儿一声不响地吮吸着大地的乳汁。

坐了有半个钟头,她以为他不会来了,心里觉得很难受,便一面理着头巾下面的头发,站了起来,已经想要走了——这时候园门长长地吱嘎了一声。接着是脚步声。

“阿克秀莎!”

“这儿来……”

“啊哈,你来啦。”

格里高力擦得叶子沙沙响,走了过来,挨着坐下。两个人沉默了一会儿。

“你脸上弄的是什么?”

阿克西妮亚用袖子擦了擦香喷喷的黄色花粉。

“大概是葵花上的。”

“还有呢,这儿,眼角上。”

她擦好了。两人的眼光碰到了一起。接着她哭了起来,算是回答格里高力没有说出口的问话。

“不得了啦……我完啦,格里什卡。”

“他究竟怎么啦?”

阿克西妮亚恼恨地撕开女褂领子。像处女那样结实的两个粉红色乳房突露了出来,上面是一块挨一块的青紫伤。

“你不知道他怎么样吗?……他天天都打我!……吸我的血!……你也很好……像牙狗一样,折腾够了,就不管事了……你们都是一路货……”她用哆嗦的手指头按着按扣,惊慌地——他是不是生气了?——朝扭过头去的格里高力看了一眼。

“你想怪谁呢?”他咬着一根草,慢吞吞地问。

他的无动于衷的声调使阿克西妮亚非常生气。

“难道不怪你吗?”她激动地叫道。

“母狗要是不愿意,牙狗是不会跳上去的。”

阿克西妮亚两手捂住脸。经这又狠又准的一击,她的怨恨劲儿下去了。

格里高力皱着眉头,斜着眼朝她看了看。她那食指与中指之间的缝隙里渗出了泪水。

葵花丛中有一道斜斜的、夹带着细尘的阳光,照在晶莹的泪珠上,晒干泪珠在皮肤上留下的湿道道儿。

格里高力没有经受住眼泪。他坐在地上十分不安地转动起来,把裤子上一只黄蚂蚁狠狠地往下一打,又匆匆朝阿克西妮亚看了一眼。她坐在那里,动也没动,只是手背上不再是一颗泪珠,已经是三颗泪珠一颗接一颗地滚动着了。

“哭什么?生气了吗?阿克秀莎!好啦,别急……别哭啦,我想跟你说句话。”

阿克西妮亚把手从泪湿的脸上放了下来。

“我是来找你商量的……你为什么这样?……我已经够受啦……可是你……”

格里高力脸红了,心想:我真是落井投石……

“阿克秀莎……我是说着玩儿的,好啦,别生气……”

“我不是来扯住你的……你别怕!”

这会儿她自己也相信,她到这里来,不是要扯住格里高力不放;但是,当她顺着顿河朝滩地上跑来的时候,连自己也莫名其妙地想:“我要劝劝他!不叫他娶亲。我以后又靠谁啊?!”想到这里,她想起了司捷潘,便很刚强地摇了摇头,驱逐这种来得很不妥当的念头。

“这么说,咱们的事完啦?”格里高力问道。他用胳膊肘支着上身,趴到地上,一面朝外吐着谈话时嚼烂的粉红色的牵牛花。

“怎么完啦?”阿克西妮亚吓了一跳。“这是怎么回事儿?”她凝神看着他的眼睛,又问了一句。

格里高力翻着蓝蓝的、凸出的眼白,把眼睛转向一旁。

干燥、缺水的土地散发着尘土和太阳的气息。风沙沙响着,吹得葵花的绿叶上下翻动。有一小会儿,太阳被毛烘烘的云彩边儿遮住,昏暗下来,于是像烟一样的阴影投在原野上、村子上、阿克西妮亚低下的头上、喇叭形的粉红色牵牛花上,接着又晃晃悠悠地飘走了。

格里高力叹了一口气——这口气带有长长的嘶声——并且仰面躺了下来,两边肩胛骨贴在烫人的地面上。

“这样吧,阿克西妮亚,”他慢慢地、一个字一个字地说道,“心里真乱,就好像有什么东西在里面乱咬。我的主意是……”

一阵吱吱嘎嘎的大车声传到了菜园里。

“拐过去,秃头顶!拐弯!拐弯……”

吆喝声很响,阿克西妮亚听了连忙趴到地上。格里高力抬了抬头,小声说:

“把头巾扯下来。太显眼了。可别叫人看见。”

阿克西妮亚扯下头巾。葵花丛中缓缓流动的热风吹得她脖子上那柔软的金色鬈发不住地抖动。渐渐走远的大车的吱嘎声越来越小了。

“我的主意是这样,”格里高力提了提精神,开口说,“过去的事已经过去了,有什么好责怪的呢?要想想以后怎么样……”

阿克西妮亚竖起耳朵听着,等着他往下讲,把从蚂蚁嘴里抢出来的小草扯成了好几截。

她朝格里高力的脸上看了看,看到他的眼睛里露出冷漠、慌乱的神情。

“……我的主意是,咱们结果掉……”

阿克西妮亚摇晃了一下,用哆嗦的手指抓住结实的牵牛花蔓。她张大了鼻孔,等着他把话说完。恐怖和焦急的火焰热辣辣地烧着她的脸,烤干了她嘴里的唾沫。她以为格里高力要说“……结果掉司捷潘”,但是他很不耐烦地舔了舔干燥的嘴唇(干嘴唇说话很不灵便),说:

“……咱们结果掉这种关系吧。嗯?”

阿克西妮亚站了起来,朝园门口走去,胸膛碰得黄色的葵花盘直摇晃。

“阿克西妮亚!”格里高力压低声音喊道。

他听到的是园门长长地吱嘎了一声。

十七

割完黑麦，还没来得及运到场院上，又到了割小麦的时候，黏土地上、坡地上，一片金黄，麦叶子被晒得卷成小喇叭，衰老的麦秆渐渐干枯。

人们都在夸好年景。麦穗沉甸甸的，麦粒儿又大又饱满。

潘捷莱·普罗柯菲耶维奇跟老伴商量了一下便决定：要是向柯尔叔诺夫家求亲的事能成的话，就把婚事排到救主节最后一天。

还没有去讨回话，因为收割庄稼的日子到了，这时候大家都像盼着过节一样。

星期五出发去割小麦。割麦机上套了三匹马。潘捷莱·普罗柯菲耶维奇在刨大车杠，修理车辆，准备拉庄稼。彼特罗和格里高力前去割麦。

格里高力扶着哥哥坐在前座走着，皱着眉头。腮上鼓起两个小包，从下颌斜着朝两边颧骨哆哆嗦嗦地蠕动着。彼特罗知道：这种样子表明格里高力正在冒火，这时候他什么样发疯的事都能干出来；但是彼特罗仍然偷偷笑着。继续逗弄弟弟。

"真的，她对我说啦！"

"哼，说就说好啦。"格里高力咬着胡子，呜噜呜噜地说。

"她说：我从菜园里回来，听到麦列霍夫家菜园里好像有人说话呢。"

"彼特罗，住嘴！"

"她说……是啊，是有人说话。我就隔着篱笆朝里面一望……"

格里高力不住地眨巴眼睛。

"你住嘴不住？嗯？"

"这就怪了，让我讲完嘛！"

“小心点儿，彼特罗，咱们会干起来的。”格里高力站下来，警告说。

彼特罗动了动眉毛，转过身背朝马坐着，脸对着在后面走的格里高力。

“她说，隔着篱笆往里面一望，他们一对儿正抱在一起躺在那里呢。我问：谁呀？她说：就是阿司塔霍夫家的阿克西妮亚和你弟弟嘛。我说……”

格里高力抓起割麦机后面放的一把短叉子，就向彼特罗扑去。彼特罗丢开缰绳，从座位上跳起来，踉踉跄跄地朝马前头跑去。

“嗬，该死的！……你疯啦！嗬！嗬！瞧那模样……”

格里高力像狼一样把牙一龇，把叉子扔了过去。彼特罗向地上一趴，叉子从他头顶上飞过去，扎进带石子的干硬的土地里足有一俄寸深，还当当地摇晃了几下。

彼特罗的脸发了青，拉着被叫声吓惊了的马的笼头，骂道：

“浑账，会叉死人的！”

“叉死你才好呢！”

“你这浑蛋！疯子！你的性子跟爹一模一样，地地道道的蛮子。”

格里高力把叉子拔起来，又跟着动了起来的割麦机往前走。

彼特罗朝他招了招手。

“过来。把叉子给我。”

彼特罗把缰绳换到左手里，用右手抓住雪亮的叉齿。

他用叉柄照着毫无提防的格里高力的背上敲了一下。

“要是有皮带，抽你一顿就好啦！”他望着跳到一边去的格里高力，遗憾地说。

过了一会儿，他们抽起烟，互相看了看，哈哈大笑起来。

贺里散福的老婆正赶着车在另一条道上走，她看到了格里高力用叉子叉哥哥。她在车上欠起身来，可是看不清他们弟兄两个究竟是怎么一回事，因为割麦机和马遮住了。她还没进胡同，就朝一个娘们儿吆喝道：

“克里莫芙娜！快去告诉土耳其佬潘捷莱，就说他们家两个儿子在鞑靼冈前用叉子打架呢。打起来啦，格里什卡呀，他可是个不要命的家伙！拿起叉子就朝彼特罗腰上戳，彼特罗也马上还他一下子……当场流了好多血，吓死人啦！”

彼特罗这时扯着嗓门在吆喝用劲拉车的马，打着响亮的口哨。格里高力把一只落满了灰土的黑糊糊的脚踩在割麦机横梁上，把叶片甩出的一道道干泥条子往下剥。三匹马被马蝇咬得到处是血，不住地甩尾巴，很不合套地拉着车往前走。

原野上，一直到淡蓝色的天边，到处都有人在活动。割麦机的刀片吱咯吱咯响着,原野上到处是一堆堆割倒的庄稼。土拨鼠模仿秧鸡,在坟头上吱吱喳喳叫着。

“再割两趟,咱们抽支烟!”彼特罗扭过头,在叶片的吱咯声和挡板的哒哒声中叫喊道。

格里高力只是点了点头。嘴唇叫风吹得有些干裂,张起来很困难。为了容易挑起沉甸甸的麦把子,他把叉子攥短些;呼哧呼哧地喘着粗气。汗湿的胸膛发起痒来。帽子底下流出咸渍渍的汗水;汗水流进眼睛,像肥皂水一样杀得眼睛很难受。兄弟俩勒住马,喝了一通水,抽起烟来。

“有一个人骑着马顺大路跑来啦。”彼特罗手搭凉棚,朝前望着说。

格里高力定神一看,吃惊地挑起了眉毛。

“是爹,没有错。”

“你糊涂啦!他骑什么?马全套在割麦机上啦。”

“就是他。”

“你看迷糊啦,格里什卡!”

“真的,是他!”

过了一会儿,甩平了前后腿飞跑着的马和马上的人都看得清清楚楚的了。

“是爹……”彼特罗又惊惶又大惑不解地在原地捯动起两只脚。

“恐怕是家里出事啦……”格里高力说出了两个人共同的想法。

潘捷莱·普罗柯菲耶维奇在相距百十步的地方勒了勒马,马换成小跑。

“我——揍——死——你——们……两个狗崽子!……”他还离得很远,就吆喝起来,在头顶上挥舞着皮鞭。

“他是怎么回事儿?”彼特罗惊呆了,把自己的麦黄色胡子的一半都塞到嘴里。

“躲到割麦机后头!天啊,他要用鞭子抽咱们呢。等咱们分辨清楚,他都打过了……”格里高力笑着说,为了防备万一,也跑到了割麦机后面。

汗流如洗的马顺着割掉了小麦的地段一颠一颠地小跑着。潘捷莱·普罗柯菲耶维奇耷拉着两条腿(他骑的是无鞍马),摇晃着鞭子。

“杂种,你们在这儿干什么?!”

“割麦呀……”彼特罗两手一摊,担心地朝鞭子瞅了一眼。

“谁用叉子叉谁的?为什么打架?”

格里高力转身背朝着父亲,小声数着被风吹散的云片。

“你怎么啦?用什么叉子?谁打架啦?……”彼特罗眨巴着眼睛,捯动着两只脚，从上到下地看着父亲。

“这是怎么搞的，他妈的，她像只母鸡一样跑来叫唤说：‘你家孩子用叉子打架呢！’嗯？这是怎么回事儿？……”潘捷莱·普罗柯菲耶维奇气呼呼地摇晃着脑袋，扔掉缰绳，从直喘粗气的马的背上跳了下来。“我抓过谢米什金家一匹马，就跑来啦。是怎么一回事儿？……”

“这是谁说的？”

“一个娘们儿……”

“爹，她是胡扯！这该死的娘们儿准是在车上睡觉，大概她是做梦看到的。”

“瞧这娘们儿！”潘捷莱·普罗柯菲耶维奇尖声叫了起来，吹着自己的大胡子。“克里莫芙娜这只母鸡！你呀，瞧——着吧！……哼！我揍死这母狗！……”他跺起脚，那条瘸的左腿一拐一拐的。

格里高力憋住笑，憋得直打哆嗦，眼睛望着脚底下。彼特罗摸着出汗的头，眼睛还一直盯着父亲。

潘捷莱·普罗柯菲耶维奇暴跳了一阵，安静下来。他坐到割麦机上，把麦子往下拨，跑了两趟，便一面骂着娘骑上马去。上了大路，赶过两辆拉麦子的大车，就一阵风似的进了村子。田垅上留下了他忘记带走的那根编得很细、花纹很漂亮的鞭子。彼特罗拿在手里转悠着，摇了摇脑袋，对格里高力说：

“好家伙，要是真的打到咱们身上，可够受的。瞧，这家伙真不是玩儿的！伙计，一鞭子下去就能打残废，脑袋都能打下来！”

十八

柯尔叔诺夫家是鞑靼村的头等富户。有十四对公牛、一群马，有普罗瓦里养马场的良种母马、十五头母牛，闲散牲口不计其数，羊群里有几百只羊。而且外表也很可观:房子不比莫霍夫家的差,有六间屋,房顶盖铁皮,墙壁装护板。杂用房舍都盖的是漂亮的新瓦;花园有一俄亩半,还带着一片树林。人还要什么呢?

所以,潘捷莱·普罗柯菲耶维奇第一次去求亲,是很胆怯的,心里是不愿意去的。柯尔叔诺夫是不会给自己的女儿找格里高力这样的女婿的。潘捷莱·普罗柯菲耶维奇明白这一点,怕碰钉子,不愿意向脾气古怪的柯尔叔诺夫老汉弯腰;但是伊莉尼奇娜天天磨他,就像铁锈蚀铁一样,到末了,老头子的倔劲儿给磨掉了。潘捷莱·普罗柯菲耶维奇答应了,而且去了,可是心里一直在骂格里什卡,在骂伊莉尼奇娜,在骂世上的一切。

应该去第二趟,去讨回话了:正在等着星期天,就在这时候,在油漆成铜绿色的柯尔叔诺夫家的房顶下面,悄悄地发生了内讧。媒人走后,姑娘听了妈妈的问话,回答说:

"我喜欢格里什卡,别人我谁也不嫁!"

"傻丫头,偏找这样的女婿,"父亲开导她说,"他的好处只有一点,就是黑得像个茨冈人。乖孩子,我怎么能给你找这样一个女婿呀?"

"爹,我不要别的人……"娜塔莉亚红着脸,流下泪来。"别人我不嫁,别人都不要来说。要不然的话,就把我送进大熊河河口修道院去好啦……"

"他是个浪荡鬼,色迷,专门找不三不四的娘们儿,"父亲拿出了王牌,"他的坏名声全村都知道。"

"那不算什么!"

"你觉得不算什么,在我就更不算什么了!这样的事,在我不过像是丢掉一袋面粉。"

娜塔莉亚是他的大女儿,他对她十分钟爱,所以在选女婿方面不强迫她。去年开斋期间,就从很远的楚茨康河畔来过好儿起求亲的,都是一些信旧教的哥萨克大户人家;从霍派尔河畔和旗尔河[①]畔也来过求亲的,但是娜塔莉亚没有看中那些求婚的小伙子,所以媒人的一番心血都落空了。

柯尔叔诺夫老头子心里很喜欢格里高力那种哥萨克式的勇猛,喜欢他那种肯操持家务和爱干活儿的劲头。老头子在格里高力赛马夺得头奖的时候,就认定他是全乡最出色的小伙子;但是把姑娘嫁给一个家境不富裕而且名声很坏的人,是一件很不痛快的事。

---

① 霍派尔河是顿河左边的支流,旗尔河是顿河右边的支流。——原注

“是个很能干的小伙子，模样儿也挺不错嘛……”夜里老伴儿小声对他说，一面抚摩着他那到处是黑斑和红红的硬毛的手，“孩子的爹，娜塔莉亚为了他，全身都瘦干啦……他很称她的心。”

老头子翻过身，背对着老伴那干瘦、冰凉的胸膛，气嘟嘟地说：

“啰嗦起来没有完，住嘴吧！你就是把她嫁给傻子巴沙，干我屁事？心眼儿少一些就是了！‘模样儿挺不错嘛’……”他呜噜呜噜地说。“怎么样，能靠他的模样儿收到粮食？……”

“怎么能说收粮食……”

“当然啦，他的人品跟你有什么相干？只要模样儿像个人就行。可是我呢，说实在话，把女儿嫁给土耳其佬，面子上实在不好看。要是人家像个人家，不好了……”柯尔叔诺夫老汉自得起来，在床上蹦了蹦。

“人家是勤俭人家，日子也还过得宽裕嘛……”老伴小声说，一面紧紧贴到丈夫那结实的脊背上，抚摩着他的手，安慰他。

“喂，妈的，离远点儿！你就没有别的地方啦？我又不是怀犊的母牛，干吗老是摩弄我？娜塔莉亚的事随你怎样好啦。你就是把她嫁给一个光头尼姑也行！……”

“自己的孩子应当心疼嘛。孩子会享福，也会发财的……”老伴对着他那长满了毛的耳朵沙哑地说。

老头子两腿蹬了几下，抵到墙上，并且呼噜呼噜的，就像睡着了一样。

求亲的来得使他们感到措手不及。刚做过弥撒，求亲的就坐着马车来到大门口。伊莉尼奇娜踩着踏板，差一点把马车弄翻过来，可是潘捷莱·普罗柯菲耶维奇却像只小公鸡似的从车上跳下来；虽然坐麻了两腿，但不使人看出来，精神抖擞地咔哒咔哒朝房门口走去。

“是他们！他娘的，又来啦！”柯尔叔诺夫老汉朝窗外望着，叹着气说。

“我的好人啊，我刚才做好饭，围裙还没有解呢！”女主人吱吱哇哇地叫了起来。

“这样才美呢！人家大概不是来说你的，癞皮马，没人要！……”

“生来就不正经，到老就更疯啦。”

“好啦好啦，快给我住嘴吧！”

“你也该换件干净褂子，脊梁上的肉都露出来啦，不怕丑吗？瞧你这脏鬼！”老伴趁求亲的在院子里走的时候，上下打量着柯尔叔诺夫老汉，一面骂着。

“瞧着吧，就穿这件小褂人家也认得我。我就是披块破席片，人家还是要跟咱们结亲。”

“近来好啊!”潘捷莱·普罗柯菲耶维奇在门口打着趔趄,哇哇地叫道,叫过后又觉得声音太响,有些不好意思,又一次对着圣像画了个十字。

“您好。”主人招呼说,一面气嘟嘟地打量着前来求亲的客人。

“今天天气很好啊。”

“谢天谢地,不算坏。”

“天气好,日子就好过些啦。”

“是这样的。”

“是这样……”

“嗯……”

“这不是,我们又来啦,就是说,米伦·格里高力耶维奇,是来听一听,府上是怎么定的,咱们能结亲呢,还是不能……”

“请进,请进。请坐,请坐。”女主人鞠着躬很客气地说,她那带褶儿的长裙子边儿在砖地上扫着。

“请不要多礼。”

伊莉尼奇娜撩了撩窸窣响着的罗缎女袍,坐了下来。柯尔叔诺夫老汉将胳膊肘撑在铺了新胶布的桌子上,一声不响。胶布发出一股难闻的潮湿的橡皮气味,还有一股不知是什么气味;胶布那带花饰的四个角上画着已经去世的几位沙皇和皇后,那神态都十分庄严;中间是几位戴白帽的公主,还有落满苍蝇屎的沙皇尼古拉二世。

柯尔叔诺夫老汉打破沉默:

“好吧……我们决定把姑娘嫁出去。要是咱们有缘的话,就结亲吧……”

话说到这里,伊莉尼奇娜从她那袖子上带褶的毛料女褂那深不可测的底下,像变戏法似的掏出一个高高的白面包,放到桌上。

潘捷莱·普罗柯菲耶维奇不知为什么想画个十字,但是他那粗硬的、像钳子一样的手指刚做出要画十字的样子,举到一半,就改变了样子:黑黑的大拇指不顾主人的本意,不知不觉地伸到中指和食指中间,变出了羞人姿势的这几个手指偷偷地溜到鼓绷绷的蓝褂子大襟里面,抓住带红塞子的酒瓶的瓶口,从里面掏了出来。

“来,这会儿可以叫亲家了,好亲家,咱们来祷告上帝,来喝一杯,再来谈谈咱们的孩子和条件……”

潘捷莱·普罗柯菲耶维奇十分感动地眨巴着眼睛,看着亲家公那一张麻脸,用马蹄一样的大巴掌照着瓶底亲热地拍了两下。

一个钟头之后,两位亲家公已经坐得非常近乎了,以至于麦列霍夫老汉那松脂色的拳曲胡子常常碰着柯尔叔诺夫老汉那红红的直胡子。潘捷莱·普罗柯菲耶维奇美滋滋地喷着酸黄瓜的气味,谈起条件来了。

“我的好亲家,”开头他低低地、瓮声瓮气地说,“我的好亲家啊!”马上就把声音提高到喊叫的程度,“亲家啊!”他露出又黑又钝的牙齿,吼起来了。“你们要的定礼叫我真受不了啊!你想想看,好亲家,你想想看,你叫我多么为难啊:一双带套鞋的长靴子,这是一;一件顿河式皮袄,这是二;两件毛料长袍,这是三;一条绸子头巾,这是四。这一下子就叫我破——产——啦!……”

潘捷莱·普罗柯菲耶维奇把两手宽宽地朝外一摊,他那御林军哥萨克制服肩上的缝裂了开来,一缕灰尘冒了出来。柯尔叔诺夫老汉低着头,望着洒满了酒和酸黄瓜汁的胶布。他看了看上方用别出心裁的花纹凑成的文字:“全俄的君主”。又看下面:“尼古拉皇帝圣颜……”再往下,粘着一块土豆皮。他仔细看了看画:看不到皇帝的脸,因为上面放着空酒瓶。柯尔叔诺夫老汉虔敬地眨巴着眼睛,想好好看看那腰系玉带的华贵的皇服,但是皇服上密密麻麻地粘了许多滑腻的黄瓜子。在一群色调完全一样的女儿簇拥下,戴宽边女帽的皇后露出骄矜的神情。柯尔叔诺夫懊恼得要流泪了。心想:“现在你真够神气的,就像出了笼子的母鹅,可是总有一天你也要嫁女儿的,到那时候我来瞧瞧……到那时候大概你要气得跳起来啦!”

潘捷莱·普罗柯菲耶维奇像只大黑蜂一样在他耳边嗡嗡叫着。

他抬起被眼屎糊住的眼睛,望着潘捷莱·普罗柯菲耶维奇,仔细听着。

“就为了给你的女儿,现在也可以说是为我的女儿啦……为了给你我的女儿操办这份聘礼……又是带套鞋的靴子,又是顿河式皮袄……我家就得把牲口赶出去卖掉啊。”

“心疼吗?”柯尔叔诺夫老汉用拳头敲了敲桌子。

“现在说不上心疼不心疼啦……”

“心疼吗?”

“别急嘛,亲家……”

“要是心疼,那就算啦!……”

柯尔叔诺夫老汉扎煞着汗津津的手在桌上一扫,把酒杯子扫到地上。

“你的女儿以后还要过日子,而且还要创家立业呀!”

“听便吧!聘礼非要不可,不然的话,咱们就不是亲家!……”

“牲口要卖掉啊……”潘捷莱·普罗柯菲耶维奇直摇头。耳朵上的小环哆嗦着，微微地闪着光。

“聘礼非要不可！……她也有几箱子嫁妆嘛，如果她合了你们的心意，就请你尊重我的意思！……这是咱们哥萨克的风俗。自古就是这样，咱们要遵守古礼……”

“我尊重你的意思！……”

“你要尊重。”

“我尊重！……”

“说到创家立业，让他们年轻人去创吧。我们创立了家业，所以过得不比别人差，你管他们个屁，让他们也自己去创吧！……”

两位亲家公的胡子交织成杂色的篱笆。潘捷莱·普罗柯菲耶维奇为了解一解接吻的气味，吃了一条干瘪的酸黄瓜，因为高兴，也因为心疼，他哭了起来。

两位亲家母互相拥抱着坐在大箱子上，唧唧喳喳地说着话，声音一个比一个高。伊莉尼奇娜脸红得像樱桃，亲家母喝得脸发了青，好像霜打过的一只冻梨。

“……这样的孩子天底下难找！她对你会又听话又孝顺，这丫头是一点非分的事也不会做的。一句话，我的好亲家母呀，顶顶撞撞的话她是不敢说的。”

“咦呀……我的好亲家母，”伊莉尼奇娜用左手托着腮，右手托着左胳膊肘，打断亲家母的话，“我家那小狗崽子，我对他说过多少次啦！上个星期天晚上，他又要去，趁他往荷包里装烟，我对他说：不听话的畜生，你什么时候才能丢开她啊？我这么大年纪啦，你往我脸上抹黑要抹到哪一天啊？司捷潘一下子会把你的脖子拧断的！……”

米佳在厨房里正从上面的门缝里朝正房里张望，娜塔莉亚的两个小妹妹在下面唧唧咕咕地说话。

娜塔莉亚坐在远处厢房里一条宽板凳上，用窄窄的衣袖在擦眼泪。已经来到门口的新生活使她感到害怕，又神秘得使她着急。

正房里第三瓶酒快要喝完了；给新夫妇完婚已经定在救主节第一天。

十九

柯尔叔诺夫家里正忙着筹办婚事。给新娘子赶做各种衣物。娜塔莉亚天天熬夜,给新郎编织传统的细羊毛烟色围巾和绒手套。

她的妈妈一天到晚趴在缝纫机上,帮着从镇上请来的女裁缝做活儿。

米佳跟父亲和几个雇工一起从地里回来,脸也没洗,也没有把干活儿穿的笨重的靴子从长满茧子的脚上脱下来,就走到正房里娜塔莉亚的跟前,靠着她坐下来。戏弄妹妹是他最开心的事。

"你打东西啦?"他直截了当地问,对着织围巾的毛茸茸的绒线挤了挤眼睛。

"我打东西,跟你有什么相干?"

"打吧,打吧,傻丫头,他才不会感谢你呢,只会给你一顿耳刮子。"

"为什么?"

"为了叫你好受。我可是了解格里什卡,我跟他是好朋友。他是一条很凶的狗,咬了人,还不说为什么。"

"别胡扯啦!别以为我不了解他。"

"可是我了解得更透。我们一块儿上过学的。"

米佳一面看着自己那被叉子刮出一道道血印的手,重重地、故作伤心地叹了口气,把高高的脊背弯得低低的。

"你嫁了他,可就完啦,娜塔什卡!最好还是蹲在家里做姑娘。你看上他哪一点?嗯?他很可怕,你骑不了这匹劣马,他还有点儿蠢……你再仔细瞧瞧:他可是个很——坏——的小子!……"

娜塔莉亚生气了,吞着眼泪,把可怜巴巴的脸伏到围巾上。

"顶要命的是他不会心疼人……"米佳毫不心软地刺激她说。"你哭什么呀?

娜塔什卡,你真糊涂。把亲事退掉吧!我这就去备马,去对他们说:今后别来啦……”

格里沙加爷爷解救了娜塔莉亚:他一面用疙疙瘩瘩的拐杖试探着地面的牢固,一面摩挲着像乱麻一样的黄胡子,走了进来;他用拐杖捅了米佳一下,问道:

“坏小子,你跑到这儿干什么?”

“我来看看她,爷爷。”米佳辩白说。

“什么?来看看?坏小子,给我从这儿滚出去。开步走!”

爷爷摇摇晃晃地迈着两条干瘦的腿,举着拐杖,朝米佳逼去。

格里沙加爷爷在世上已经生活了六十九年。他参加过一八七七年的俄土战争,在古尔柯将军麾下当过传令兵。后来因为失宠,被调到团里。因为在普列弗纳和罗士契战役中的战功,他得过两枚乔治十字章和一枚乔治奖章。他老来头脑还十分清楚,并且诚实不苟,热情好客,所以在村里受到大家的尊敬。他现在在儿子家里安度晚年,把有限的余年消磨在回忆里。

夏天,他从太阳出山到落山,都坐在墙根下的土台上,用拐杖画着地面,低着头,想着许多模糊的形象、片断的念头,透过遗忘的迷雾闪现出来的往事的微弱反光……

那退了色的哥萨克制帽断裂的帽檐的黑色阴影,投在紧闭着的双眼的黑色眼皮上;被阴影一遮,脸上的皱纹显得更深了,白胡子变成了灰胡子。那纵横交叉地握着手杖的手指上、手腕上、凸出的青筋里,流动着流得很慢的、像凹地里的黑土一样的黑血。

血一年一年地凉了。格里沙加爷爷对心爱的孙女娜塔莉亚诉苦说:

“有毛袜子,可是脚还是不暖和。孙女,你再给我打一双厚点儿的吧。”

“爷爷,你怎么啦,现在是夏天啊!”娜塔莉亚笑着,坐到墙根下的土台上,看着爷爷那黄黄的、皱皱巴巴的大耳朵。

“这有什么法子,好孩子,虽然现在是夏天,可是我的血就像地底下的土,冰凉冰凉的。”

娜塔莉亚望着爷爷手上那像网络一般的青筋,想了起来:她还是小姑娘的时候,大人在院子里挖井,她从吊桶里弄了一些潮湿的泥土,做了一些沉甸甸的泥娃娃和长角的牛。她十分真切地想起当时她的手碰到五俄尺深处挖出的冷冰冰的死泥时的感觉,于是她望着爷爷那到处是棕红的黏土色老斑的手,心里怕了起来。

她觉得,爷爷手上流着的不是红色的鲜血,而是深紫色的泥浆。

“你怕死吗，爷爷？”她问道。

格里沙加爷爷扭了扭皱皱巴巴、露着干筋的细脖子，好像是从破制服硬领里挺出来似的；发了绿的白胡子尖动了动。

“我盼望死呢，就像盼着好朋友来一样。该当死啦……活也活了很多年，也报效过皇上，这一辈子酒也喝了不少啦。”他那龇着白牙的嘴微笑着，眼角上的皱纹哆嗦着，他又补充了后面几句。

娜塔莉亚抚摩了几下爷爷的手，走开了；他依然弯着腰，用磨光了把手的拐杖画着地面，穿着打了很多补丁的灰制服坐在墙根下的土台上，那喜气盈盈的红色领章，在紧紧的硬领上开心地、调皮地笑着。

他听到给娜塔莉亚说婆家的消息，表面上很镇定，但是心里又难受又懊恼：娜塔莉亚吃饭时总是把最好的一块肉挑给他，娜塔莉亚给他洗衣服，织补衣服，打袜子，补裤子和褂子——因此，爷爷听到这个消息以后，两天来总是板着脸阴沉地看着她。

“麦列霍夫家是有名的哥萨克。去世的普罗柯菲就是一条好汉。可是他的两个孙子又怎样呢？嗯？”

“两个孙子也还好吧。”娜塔莉亚的父亲支支吾吾地回答说。

“格里什卡可是个不懂礼貌的坏小子。前两天我从教堂里出来，他碰到我连招呼都不打。如今对老年人太不敬重啦……”

“他是个挺和善的小伙子呀。”娜塔莉亚的母亲也出来维护未来的女婿了。

“是吗？你说他是个和善的小伙子？那倒也罢了，能这样就好。只要娜塔莉亚称心就行……”

格里沙加爷爷几乎全没有参与订亲的事，他偶尔从内室里走出来，在桌旁坐一坐，很费劲儿地往变细了的嗓子眼儿里灌进一杯酒，身子有点暖和了，觉得有点酒意了，就走出去。

两天来他一声不响地望着又幸福又惶惶不安的娜塔莉亚，嘟哝着嘴，抖动着一绺绺白中带绿的大胡子；两天后，他的态度显然软化了。

“娜塔什卡！”他喊道。

娜塔莉亚走了过来。

“你怎么，好孩子，大概很高兴吧？是吗？”

“爷爷，我自己也不知道。”娜塔莉亚坦白地说。

“嗯，嗯……嗯，嗯……你呀……好吧，耶稣保佑你，上帝保佑你。”他又懊恼和难过地责备她说：“你太没有耐性啦，坏东西，等我死了，你再出嫁也不晚……

你走了,我的日子真不好过啊。"

在厨房里偷听他们说话的米佳说道:

"爷爷,你也许能活一百岁呢,她能等到那时候吗?你可真会骗人上当!"

格里沙加爷爷脸红得发了青,气得呼哧呼哧地直喘,用拐杖和脚在地上跺着:

"闭嘴,坏东西,狗崽子!滚!……滚!……哼,你这个不要脸的!……偷听起来啦,该死,该死!……"

米佳笑嘻嘻地跑掉了,可是格里沙加爷爷又气了半天,骂了米佳半天,他那穿了短毛袜的两条腿的膝盖直打哆嗦。

娜塔莉亚的两个小妹妹——十二岁的小姑娘玛丽什卡和八岁的捣蛋鬼、小淘气格莉普卡——焦急地盼望着结婚的日子。

柯尔叔诺夫家的两个长工也按捺不住心中的高兴。他们盼望东家让他们吃一顿丰盛的喜酒,还希望在喜庆日子里歇两天工。其中的一个,高得像井上的提水吊杆,是一个包古查尔的乌克兰人,他的姓十分古怪,姓盖奇一巴巴。他每半年大喝一顿,一喝就把自己的全部家当和工钱喝光。他那种很厉害的酒瘾早就上来了,但是他忍着,把开怀畅饮安排到婚期。

另外一个是个大骨骼、黑脸膛的哥萨克,是米古林镇上的人,名叫米海伊,到柯尔叔诺夫家还不久;他的家被一场大火烧得精光,他就来这儿当了长工,跟盖奇柯(盖奇一巴巴简称盖奇柯)结交之后,有时也喝起酒来。他非常喜欢摆弄马;他一喝了酒就哭,抹得那尖尖的、没有眉毛的脸上到处都是眼泪,缠着东家说:

"东家!我的好东家!等你嫁姑娘,叫我米海伊赶车好啦。我赶车才漂亮呢!我赶着车从火上过去,连一根马鬃都烧不掉。我也有过几匹马来……唉!……"

一向阴沉着脸、不肯搭理人的盖奇柯,不知为什么却跟米海伊要好起来,并且老是这样跟他开玩笑:

"米海伊,听见吗?你是哪个镇上的?"他搓着长得可以及膝的两手一面问,一面又变换着腔调回答:"'我是米古林镇的呀。'——'你为什么这样浑?'——'我们那儿都是这种料嘛。'"

他总要为他说了无数遍的笑话声嘶力竭地大笑一通,用手拍着自己的干得咚咚响的长腿肚子,米海伊就恨恨地望望盖奇柯那刮得光光的脸和喉咙上直抖动的喉结,骂他两声"害人虫"和"霉气鬼"。

婚礼定在开斋期第一天。只剩下三个星期了。圣母升天节那天,格里高力来看望未婚妻。他在小屋里圆桌旁坐了一会儿,跟姑娘们——未婚妻的几个女伴——嗑了一会儿葵花子和榛子,就起身回家。娜塔莉亚送他出来。到了棚子底下,格里高力那上了漂亮的新马鞍的马正在槽边吃草,她把手伸进怀里,然后红着脸,用脉脉含情的眼睛望着格里高力,将一个软软和和、带着她那姑娘胸膛的热气的布团儿塞到他手里。格里高力接过赠物,朝她龇了龇尖尖的白牙,问道:

“这是什么?”

“等会儿看吧……我给你绣了个荷包。”

格里高力犹豫不决地把她拉过去,想吻她,但是她用两手使劲撑住他的胸膛,身子柔软地仰到后面,并且很害怕地朝窗户看了看。

“她们会看到的!”

“看到就看到好啦!”

“不好意思……”

“这是头一回。”格里高力解释说。

她拉住缰绳,格里高力皱着眉头,一只脚踩住锯齿形的马镫。他在马鞍上坐稳,就朝外走。娜塔莉亚打开大门,用手搭个凉棚,望着他的背影:格里高力十分英俊地骑在马上,微微向左歪着身子,威风凛凛地挥舞着马鞭。

“只有十一天啦。”娜塔莉亚在心里算了算,舒了口气,笑了。

二十

小麦冒出嫩绿的尖芽儿,渐渐长大;过了一个半月,白嘴鸦连头藏进去,叫人看不见了;小麦吸收着土地的奶水,吐出了穗儿;然后开了花,麦穗上裹了一层金色的花粉;麦粒儿吮吸着又香又甜的乳汁,鼓胀起来。主人来到原野上一看,高兴得不得了。忽然不知从哪里来了一群牲口,牲口跑进麦地里,到处乱踩,把沉甸甸的麦穗踩到地上。牲口所到之处,小麦被踩得乱糟糟的……看着又刺眼,又伤心。

阿克西妮亚的心情就是这样的:格里什卡的沉重的生牛皮靴子踩在她那怒放着金花的感情上。一切都化成灰烬,一切都糟蹋得不成样子,完了。

阿克西妮亚从麦列霍夫家的葵花园子里出来,她的心就像一座废弃了的、长满滨藜和野蒿的场院,又空虚,又凄凉。

她走着,咬住头巾的角儿,喉咙里憋得难受,直想叫出来。她走进过道,倒在地上,泪如泉涌,十分难受,脑子里顿时黑洞洞的一片空虚,连气都喘不上来……后来这些过去,心底上还是有一样尖尖的东西隐隐地在扎、在搅。

被牲口踩倒的庄稼会站起来的。露水滋润,太阳照晒,踩倒在地上的庄稼秆儿慢慢起来了;先是像一个被重载压伤的人那样弯着身子,后来就挺起身子,抬起头来,太阳又像原来那样照晒着它,风又像原来那样吹得它摇摇摆摆……

每天夜里,阿克西妮亚一面拼命跟丈夫亲热,一面想着另外一个人,恨和强大的爱在心里纠结在一起。她的妒火烧起来,她就在心里迎着新的侮辱和原有的羞耻往前冲:决意把格里什卡从幸福的、既没有尝过痛苦又没有尝过爱情欢乐的娜塔莉亚手里夺回来。每天夜里她反复想着一堆一堆的主意,在黑暗中眨巴着干涩的眼睛。右胳膊上枕着睡着了的司捷潘的好看的头,他那长长的鬈发偏到了一边。他半张着嘴在喘气,一只黑糊糊的手放在妻子的胸膛上,因为干活儿裂了许多小口子的铁硬的手指头不停地动着。阿克西妮亚在想,在琢磨,反复地思索。只有一个主意是拿定了:把格里什卡从所有的人手里夺回来,像从前那样,用爱情把他包起来,占有他。

而在心底上,有一样尖尖的东西,就像留在心上的一根蜂刺,不停地在戳那流着脓水的疼处。

这是在夜里。一到白天,阿克西妮亚就把心思放到操持家务上了。有时在什么地方碰上格里什卡,她总是脸色煞白,移动着为他消瘦了的柔美身躯从旁边走过,直勾勾地望着他的眼睛那黑黑的深处。

格里什卡跟她会面之后,就感到揪心的烦恼。他常常无缘无故地冒火,朝杜尼娅、朝母亲发脾气,常常拿起马刀,跑到后院里,砍篱笆桩子,砍得浑身大汗,腮上鼓起的两个大包不停地动着。一个星期就砍了一大堆。潘捷莱·普罗柯菲耶维奇闪动着耳环和黄黄的眼白,骂起来:

“浑账东西,砍那么多,足够两道篱笆用的啦!哼,真能干,你是他妈的乱折腾！你去比赛砍木桩好啦……别急，伙计，等你去当兵，会叫你砍个够的！……到了那儿，像你这样的家伙，很快就会给制得服服帖帖的……”

二十一

为了迎娶新娘子，套起了四辆双套马车。像过节一样穿了新衣的人们，簇拥在麦列霍夫家院子里的马车周围。

男傧相彼特罗穿了黑色的翻领上衣和带绦的蓝裤，左袖子上缠着两条白手帕，小麦色的胡子底下一直带着明朗的笑容。他紧靠新郎坐着。

“格里什卡，别怕丑！把头像公鸡一样抬起来，干吗无精打采的？”

马车周围乱糟糟的，一片喧闹声。

“伴郎哪儿去啦？该出去啦。”

“大哥！”

“嗯？”

“大哥，你坐第二辆车吧。你听见吗？大哥？”

“车上装弹簧了吗？”

“不装弹簧大概也不会把你颠碎。软和着呢！”

妲丽亚穿一条深红色的毛布裙子，身子又柔软又苗条，就像一根红柳树条儿，她扬了扬两条画得弯弯的眉毛，推了推彼特罗。

“告诉爹，该走啦。人家那边正等着呢。”

潘捷莱·普罗柯菲耶维奇不知从哪里一瘸一拐地走了过来，彼特罗跟他小声说了几句话以后，就指挥起来：

“都上车吧！我这辆车带新郎坐五个人。安尼凯，你赶车。”

大家都上了车。满面红光、喜气洋洋的伊莉尼奇娜开了大门。四辆马车争先恐后地上了大街。

彼特罗跟格里高力并排坐着。妲丽亚在他们对面挥舞着一条带花边的手绢。每遇到坑洼或者土墩,悠扬的歌声就要断一下子。哥萨克制帽上的帽箍红红的,制服和翻领上衣有蓝色的,有青色的,袖子上都缠了白手绢,女人的绣花头巾像散落的彩虹,花裙子五彩缤纷。每辆车后面拖着像轻纱拖裙一样的灰尘。迎亲的人马在前进。

赶车的安尼凯是麦列霍夫家的街坊,是格里高力的远房兄弟。他把身子弯得低低的,差不多就要从位子上摔下去,劈劈啪啪地挥着鞭子,尖声吆喝着,浑身冒汗的马拉紧套绳,拉得像弦一样直。

"狠抽！再抽！……"彼特罗吆喝着。

安尼凯没有胡子,有点像阉人。他不住地朝格里高力挤眼睛,皱着光光的、像女人一样的脸,做出微笑的样子,尖声吆喝着,用鞭子照马身上直抽。

"闪——开！……"新郎的舅舅伊里亚·奥若金大声叫着,他要超车。在他背后,格里高力看到杜尼娅那笑盈盈的脸,看到那黑黑的腮蛋子上下颠动着。

"不行,别急！……"安尼凯站起来喊叫,并且尖尖地打了一声唿哨。

马疯狂地大跑起来。

"你要——要摔——摔下去啦！……"妲丽亚一面在车上颠着,一面尖声叫喊,用两只手抱住安尼凯的漆皮靴子。

"给我到后边去！……"伊里亚舅舅在一旁吼道。他的声音淹没在一阵轰隆轰隆的车轮声中。

另外两辆大车,也满载着花花绿绿、叽叽哇哇直叫的人堆并排在路上飞跑起来。马匹披着大红的、天蓝的、粉红色的马衣,马头和马脖子上戴着纸花和绸结,系着铃铛,在坑坑洼洼的大路上飞跑着,汗沫一团一团地往下掉,被风吹鼓起来的马衣在湿淋淋的马背上啪哒啪哒地响着,已经湿得斑斑点点的了。

一大群孩子在柯尔叔诺夫家门口守候着迎亲的人马。一看到大路上的灰尘,就拥进了院子。

"来啦!"

"车子来啦!"

"已经看——到——啦!"

孩子们一齐围住迎面来的盖奇柯。

"你们挤啥？滚,讨嫌的小麻雀！唧唧喳喳,耳朵都吵聋啦!"

"南蛮子,焦油桶,我们就来惹惹你！南蛮子！……南蛮子！……焦油贩子！……”孩子们唧唧喳喳乱叫，围住盖奇柯那像麻袋一样肥的裤子直跳。

盖奇柯低下头，像望井底似的望着又叫又跳的孩子们，挠了挠长长的、紧绷绷的肚子，大大咧咧地笑了。

四辆大车轰隆轰隆地进了院子。彼特罗领着格里高力上了台阶，前来迎亲的人们一齐跟在后面。

过道里的厨房门关着。彼特罗上前敲了敲。

“我主耶稣，宽恕我们吧。”

“阿门。”门里面答应了一声。

彼特罗又敲门，把话说了三遍，里面也低声答应了三遍。

“能进去吗？”

“欢迎欢迎。”

门开了，女方媒人是娜塔莉亚的干娘，是一个很漂亮的寡妇。她一面鞠躬，一面用甜甜的微笑迎接彼特罗。

“请喝一杯，伴郎，别见外。”

她递过一杯还没有变醇的浑浑的克瓦斯。彼特罗撩开胡子，喝了下去，在一片轻轻的笑声中呷呷叫了两声。

“哼，媒婆儿，请我喝这玩意儿！……等着瞧吧，我的小乖乖，我请你尝点儿别的东西，叫你哭个够！……”

“请别见怪。”媒婆鞠了一躬，送给他一个调皮而撩人的微笑。

在傧相和媒婆斗嘴的时候，按照规矩，向新郎家里的人各敬了三杯酒。

娜塔莉亚已经穿好结婚礼服，戴起了面纱，坐在桌子后面，被保护起来。玛丽什卡手里举着擀面杖，格莉普卡神气活现地摇晃着筛子。

已经出了汗并且有了酒意的彼特罗恭恭敬敬地用酒杯端给她们每人一个半卢布银币。媒婆朝玛丽什卡挤了挤眼睛，玛丽什卡用擀面杖在桌上一敲：

“太少啦！新郎我们不卖！……”

彼特罗又用酒杯端上一些丁当响的小银角子。

“不卖！”两个小妹妹用胳膊肘捅着低下了头的娜塔莉亚，发狠说。

“这还有什么说的！出的价钱已经够高啦。”

“卖了吧，丫头们。”柯尔叔诺夫老头子下命令说。他微笑着挤到桌子跟前。他那用热牛油梳平了的红头发还散发着汗臭气和牲口粪的气味。

围坐在桌边的新娘的亲戚和家里人都站起来让座儿。

彼特罗把手绢的一头塞到格里高力手里，跳到板凳上，绕着桌子把他牵到坐在圣像下面的新娘跟前。娜塔莉亚用羞得出了汗的手捏住手绢的另一头。

大家都坐到桌旁吃了起来,用手撕着炖鸡肉,在头发上揩着油腻的手。安尼凯啃着鸡屁股,黄油顺着光光的下巴直往领子里流。

格里高力带着十分遗憾的心情望着拴在手绢上的他的和娜塔莉亚的汤匙,望着花瓷碗里正在冒热气的面条。他很想吃,肚子里很不高兴地、小声地咕噜咕噜响着。

妲丽亚跟伊里亚舅舅坐在一起,大嚼着。伊里亚舅舅用结实的牙齿在啃羊肋骨。大概他悄悄地对妲丽亚说了下流话,因为妲丽亚眯起了眼睛,哆嗦着眉毛,红着脸,偷偷笑着。

大家都放开量吃,吃了很久。像松脂气味的男人热汗气味跟扑鼻的女人香汗气味混到了一起。在箱子里放了很久的裙子、披肩和男子上装还散发着樟脑气味,还有一种很难闻的甜味——老奶奶穿破了的套袜就是这种气味。

格里高力斜眼望了望娜塔莉亚。这时他才第一次发现,她的上嘴唇有点肿,像帽檐一样遮着下嘴唇。他还发现,在她右腮的颧骨底下,长着一颗深棕色的痣,痣上还有两根金色的细毛;他看了不知为什么觉得很不舒服。他想起了阿克西妮亚那披着柔软鬈发的滑润的脖子,就觉得这会儿好像有人把扎人的干草屑撒进他的小褂领子,撒到了汗津津的背上。他打了个寒噤,暗暗怀着苦闷的心情望着吧嗒吧嗒、呼哧呼哧地大吃大喝的人们。

等大家离开饭桌的时候,有一个人呵着肉汤气味和小麦面包发酵的酸气,在他跟前俯下身去,往他靴筒里撒了一把小米:这是为新郎祛除灾祸。回家的时候,一路上小米直硌脚,紧绷绷的上衣领子勒得喉咙十分难受,被结婚仪式折腾得够戗的格里高力怀着冷冷的、无限懊恼的心情,自言自语地低声咒骂着。

二十二

在柯尔叔诺夫家歇过气来的马匹，使出最大的力气，朝麦列霍夫家跑来。一团一团的汗沫从皮套上往下直掉。

赶车的都已经喝得醉醺醺的，都毫不心疼地鞭打着马匹。

老人们出来迎接娶亲的人马。潘捷莱·普罗柯菲耶维奇手捧圣像，油亮的长胡子泛着黑黑的银光。伊莉尼奇娜站在旁边，她那薄薄的嘴唇像石头一样，动也不动。

格里高力和娜塔莉亚浑身被撒满了啤酒花和麦粒儿，两人走过来接受祝福。潘捷莱·普罗柯菲耶维奇在给他们祝福的时候，流下了眼泪，他觉得不该让人看到他这种弱点，因此有些慌乱，而且皱了皱眉头。

新夫妇进了房。因为喝酒、坐车和太阳晒而满脸通红的妲丽亚跑到台阶上，冲着从厨房里跑出来的杜尼娅嚷道：

“彼特罗在哪儿？……”

“没看到。”

“该上教堂啦，他这个该死的，不知跑到哪儿去啦。”

喝过了头的彼特罗正躺在卸去了车辕的大车上哼哼着。妲丽亚像只鹰一样上前抓住他。

“胀死你啦，糊涂蛋！该上教堂啦！……快起来！”

“你滚吧！我用不着听你的！你算什么官儿？”他理直气壮地说，一面用两手在地上乱摸，把鸡屎和碎草搂成一堆。

妲丽亚一面哭着，将两个手指头伸进他嘴里，压住他那说胡话的舌头，让他轻快些。她又冷不防往呆呆的彼特罗头上浇了一瓢井水，顺手撩起马衣给他擦干，便带着他上教堂。

一个钟头之后，格里高力就和烛光下显得分外美丽的娜塔莉亚并排站在教堂里了。他手里捏着蜡烛杆儿，心不在焉地用眼睛扫了一下嘁嘁喳喳的、厚厚的人墙，脑子里回响着撵也撵不走的一句话："不能随便逛荡啦……不能随便逛荡啦。"脸上虚肿的彼特罗在后面咳嗽着，杜尼娅的眼睛在人群里闪动着，闪过一张张似熟悉而又不熟悉的面孔；各种声音高低不一的合唱和助祭那又慢又长的呼喊声传进耳朵。格里高力木木的。他绕着经台走，几次踩到鼻音很重的维萨里昂神甫那穿歪了的靴后跟，等到彼特罗悄悄拉了拉他的衣襟，他才停下来；他望着摇摇晃晃的蜡烛火苗，克制着已经使他昏昏沉沉的睡意。

"交换戒指。"维萨里昂神甫温和地看了看格里高力的眼睛，说道。

交换了戒指。"快完了吧？"格里高力碰到彼特罗从旁边投来的目光，便用眼睛问。彼特罗收住笑，嘴角动了动："快啦。"然后格里高力对着妻子那湿润的、没有滋味的嘴唇吻了三下，教堂里就冒起熄灭了的蜡烛的难闻的烟气，人们就挤进门廊，脚步杂沓地朝大门口走去。

格里高力握着娜塔莉亚那粗糙的大手，来到教堂门前的台阶上。不知道是谁把制帽给他扣到头上。南面吹来夹着野蒿气味的暖洋洋的微风。原野上送来阵阵清爽气息。顿河那边，忽远忽近地飞驰着蓝蓝的闪电，要下雨了。教堂的白色围墙外面，不住地倒换着蹄子的马匹的挂铃好像在唤人似的亲切地响着，跟闹哄哄的人声混到了一起。

二十三

送新郎、新娘上教堂的车子走过以后，娘家的人才来到。在娘家的人未到之前，潘捷莱·普罗柯菲耶维奇走到大门外，一再地朝大街上张望，但是这儿一丛、那儿一丛长着扎人的杂草的灰色大路空荡荡的，一个人也没有。他再望望顿河那边，那边的树林一片黄色；对岸水荡里，已经成熟的乱蓬蓬的芦苇疲倦地弯下了腰，芦苇下面是一片片的水薹。

初秋时那种忧郁的、蓝蓝的色调和暮色融和在一起，笼罩住村庄、顿河、一道道石灰岩山梁、顿河左岸那隐藏在紫色烟雾中的树林、原野。大道拐弯的路口边，隐隐露出小教堂的尖顶。

隐隐约约的车轮轧轧声和狗叫声传进了潘捷莱·普罗柯菲耶维奇的耳朵。两辆大车从广场上来到大街上。前面一辆车子里，米伦·格里高力耶维奇跟妻子卢吉尼奇娜摇摇晃晃地并排坐在软垫上，他们对面坐的是穿了新制服、挂了乔治勋章和十字章的格里沙加爷爷。赶车的米佳很随便地坐在赶车座位上，没有拿出掖在座位底下的鞭子抽打已经在拼命跑着的、吃得饱饱的大青马。米海伊在第二辆车上，身子向后仰着，拼命地勒缰绳，要使飞跑着的马换成小跑。他那没眉毛的、尖尖的脸变成了紫红色，断成了两半的帽檐底下流出一道道的汗水。

潘捷莱·普罗柯菲耶维奇开了大门，两辆大车一前一后地进了院子。

伊莉尼奇娜像只母鹅一样从台阶上跑了下去，裙子边儿把门口积的粪土都扫了起来。

"欢迎欢迎，我们的好亲家！欢迎你们光临，寒舍增光！"她那高大的身子弯了下去。

潘捷莱·普罗柯菲耶维奇歪着头，宽宽地张开两只胳膊，说：

"热诚欢迎你们，好亲家！请进请进！"他喊了一声，叫人把马卸掉，随即朝亲家公走去。

米伦·格里高力耶维奇用手掸了掸裤子上的尘土。他们互相寒暄了一番，便朝台阶走去。格里沙加爷爷因为车子走得太快，颠得够戗，所以落在了后面。

"请进吧，亲家，请进！"伊莉尼奇娜让着。

"别费神，谢谢……我们自己走好啦。"

"请进吧，盼你们很久啦。快拿把笤帚来，给太亲翁扫扫衣裳。这一阵子到处是灰土，简直叫人气都不能喘。"

"一点儿不错，天气太干燥啦……所以灰土太多……不用烦神，亲家母，我一会儿就来……"格里沙加爷爷朝脑筋迟钝的亲家母鞠着躬，倒退着朝棚子走去，躲到了油漆得锃亮的风车后面。

"你缠着老人家干什么，糊涂娘儿们！"潘捷莱·普罗柯菲耶维奇在台阶边拦住伊莉尼奇娜，对她喝道。"他要撒尿，老年人尿多，可是你……哼，妈的，真糊涂！……”

“我怎么会知道呢?”伊莉尼奇娜不好意思地说。

“应该动动脑筋嘛。好啦,老人家不用你管啦。去吧,你陪亲家母去。”

酒席上,已有醉意的客人们闹哄哄地说着醉话。把娘家人让到正房里的席上。不久,新夫妇从教堂里回来了。潘捷莱·普罗柯菲耶维奇斟着酒,眼睛里涌出了泪水。

“来吧,亲家,为咱们的孩子们干一杯。愿他们诸事如意,像咱们老一辈一样,情投意合……愿他们终生幸福、健康……”

给格里沙加爷爷斟的一大杯酒,有一半倒进了他那乱蓬蓬的、泛绿的大胡子护着的嘴里,另一半倒进了制服的硬领子里面。有时大家碰杯对饮,有时自斟自饮。闹闹哄哄,像赶集一样。坐在桌子尽头上的尼基弗尔·柯洛维金是柯尔叔诺夫家的远亲,是阿塔曼团的老兵,他举起一条胳膊,吼叫道:

“苦啊!①”

“苦——啊! ……”酒席上的人都跟着喊。

“哎呀,苦啊! ……”挤得水泄不通的厨房里也响应了。

格里高力皱着眉头亲了亲妻子那淡而无味的嘴唇,用带恨意的目光朝四下里望着。

一张张通红的脸。醉得迷迷糊糊的、十分放肆的目光和笑容。一张张嘴津津有味地咀嚼着,醉唾沫从嘴里直往绣花桌布上流。用一句话来说:喝上劲儿了。

尼基弗尔·柯洛维金龇着他那残缺不全的牙齿,举起胳膊。

“苦啊! ……”

他那阿塔曼团蓝制服袖子上的三道弯弯的金杠儿——超期服役的袖章——皱了起来。

“苦——苦——啊!”

格里高力恨恨地望着柯洛维金那豁牙的大嘴。柯洛维金在喊“苦啊”的时候,还从牙齿之间的大豁子里伸出带唾液的紫红色舌头,伸得像小喇叭。

“亲嘴吧,人家喊呢……”彼特罗小声催促说,动了动在酒里泡成了一缕一缕的小胡子。

---

① 俄罗斯风俗:结婚时喊“苦”,就是要求新郎新娘接吻。

满脸通红、已经有醉意的妲丽亚在厨房里唱起歌儿来。别人也跟着她唱。歌声传进正房里。

小小河上有座桥，
过河不用把船摇……

歌声响成了一片，贺里散福的声音像打雷一样，压倒别人的声音，震得窗玻璃直哆嗦：

谁要给咱们端来好酒，
咱们要喝得一滴不留。

厨房里是一片尖细的女声：

唱哑啦，唱哑啦，
我的嗓门儿倒啦。

有一个苍老的男声在为她们助威，那声音紧绷绷的，就像桶箍一样：

唱哑啦，嗨，唱哑啦，
我的嗓门儿倒啦。
唉，再不能去人家花园里唱歌。
再也尝不到绣球花的甜果。

“伙计们，放开量喝吧！……”
“来尝尝羊肉。”
“别乱伸爪子嘛……瞧，你男人拿眼睛看着你呢。”
“苦——苦——啊！”
“伴郎真放肆，瞧他跟媒婆那股热乎劲儿。”
“哼，算了吧，你不要拼命叫我们吃羊肉……也许我要吃鲟鱼呢……我就吃，这鱼真肥。”
“普罗什卡老哥，咱们用大杯干一杯！”

“胸膛里已经冒火啦……”

“谢苗·高尔杰耶维奇!”

“什么事?”

“谢苗·高尔杰耶维奇!”

“滚你的蛋吧!”

厨房里的地板一拱一拱地摇晃起来,鞋后跟哒哒地响了起来,一只玻璃杯掉到了地上;杯子的响声淹没在一片咚咚声中。格里高力从席上客人的头顶上朝厨房里一望,只见妇女们在一片鼓噪和尖叫声中转着圈儿跳起舞来。她们扭着肥大的屁股(没有一个瘦小的,每个娘们儿都穿了五至七条裙子),摇晃着绣花手绢,弯着胳膊肘在跳舞。

手风琴声撩人地敲打着人的耳鼓。手风琴奏着一支婉转动听的、低音的哥萨克舞曲。

“来一支圆舞曲! 圆舞!”

“让开一点儿,诸位女宾!”彼特罗一面推着跳舞跳松了的娘儿们的肚子,央求说。

格里高力精神一振,对娜塔莉亚挤了挤眼睛。

“你看,彼特罗要跳哥萨克舞啦。”

“他跟谁跳?”

“没看见吗? 要跟你妈妈跳。”

卢吉尼奇娜两手叉腰,左手还捏着一条小手绢。

“去嘛,快,不然我就去啦! ……”

彼特罗迈着碎步走到她面前,行了一个十分漂亮的屈膝礼,又回到原处。卢吉尼奇娜提起裙子下摆,好像要跨过水洼似的,用鞋尖嚓嚓地往前走了几步,就在一片喝彩声中像男子一样甩开两腿跳了起来。

手风琴奏起了低调的快拍子,彼特罗一听到这种拍子,立刻动了起来:他哎嗨一声,蹲下身子,两手拍打着靴筒,嘴角咬住胡子尖,盘腿跳了起来。他的两腿哆嗦着,弄得两个膝盖十分滑稽地频频抖动着;在额头上,汗湿的头发跟随着脚步来回摆动着。

拥挤在门口的许多人的脊背遮得格里高力看不到彼特罗。他只听到钉了铁掌的靴后跟连成片的劈啪声,就像是在燃烧松木板,还有醉醺醺的客人们助兴的叫喊声。

终于,米伦·格里高力耶维奇和伊莉尼奇娜跳了起来,他跳得又在行又认真，就跟他做一切别的事情一样。

潘捷莱·普罗柯菲耶维奇站在一张凳子上，摇晃着瘸腿，咂着舌头。他的腿没有去跳舞，可是他那不肯安静的嘴唇却在跳，那耳环也在跳。

喜欢跳哥萨克舞的都跳了，连那些弯腿弯得很不地道的也跳了。

一片叫嚷声：

“别在旁边捣蛋！”

“步子跨小点儿！嘿，你呀！……”

“两条腿挺灵活，就是屁股不听使唤。”

“快点，快点！”

“咱们这地方数他跳得好。”

“给我果子汤，不然我……”

“得气肿病啦，畜生。跳舞去，不然我用瓶子敲你！”

有些醉意的格里沙加爷爷搂着邻座客人的宽阔的脊背，像蚊子一样对着他的耳朵嗡嗡地说着话儿：

“您是哪一年入伍的？”

他的邻座是一位像老过了头的橡树一样的、说话有点不清楚的老人家。老人家摆了摆手，瓮声瓮气地说：

“是一八三九年，孩子。”

“什么？哪一年？”格里沙加爷爷竖起了皱皱巴巴的耳朵。

“一八三九年，我对你说过啦。”

“您贵姓？什么地方人？”

“马克西姆·包加推廖夫，巴克兰诺夫团的司务长。我是……是红土崖村人。”

“是麦列霍夫家的亲戚吗？”

“怎么？”

“我是问，是亲戚吗？”

“啊哈，我是新郎的外公。”

“是巴克兰诺夫团的吗？”

老人家用没有神的眼睛看了看格里加沙爷爷，在光光的牙床上滚着一块没有嚼烂的肉，点了点头。

“这么说，您参加过高加索战争啦？”

“我在去世的巴克兰诺夫——愿他在天堂安息——在他手下当过兵，出征过高加索……我们团里都是百里挑一的哥萨克……都是大个头儿,不过腰都是弯着的……胳膊都是老长的,肩膀也宽得很,如今的哥萨克横着身子才有那样宽……真的,孩子,那时候的人个个了不起……有一次在切连吉村,去世的将军大人赏了我一顿鞭子……"

"我参加过土耳其战争呢……听见吗?真的,我参加过。"格里沙加爷爷挺了挺干瘪的胸膛,亮了亮乔治勋章。

"天刚亮的时候,我们占领了那个村子,可是到中午,号兵吹起了警号……"

"轮到我们报效沙皇啦。罗士契城下那一仗,我们这一团,也就是顿河哥萨克第十二团,遇上了他们的精兵……"

"号兵吹警号啦……"巴克兰诺夫团的老兵不听格里沙加爷爷的,只顾接着往下说。

"他们的精兵就跟咱们的阿塔曼团的兵一样。真的。"格里沙加爷爷慷慨激昂,气呼呼地直挥手。"他们也在报效他们的皇上,他们的头上都戴着白口袋。听见吗?头上都戴着白口袋呢。"

"我就对一位同事说:季摩沙,这是咱们要撤退啦,把墙上的毡揭下来,咱们把这毡捆到鞍后面皮带上……"

"我得到两枚乔治勋章!因为我有战功!……我活捉过一个土耳其少校……"

格里沙加爷爷流着眼泪,用干巴巴的拳头朝巴克兰诺夫团的老爷爷那干得咚咚响的熊腰上敲了敲;但是巴克兰诺夫团的老爷爷正叉着一块鸡肉往樱桃酱里蘸,把樱桃酱当成了姜汁,眼睛无神地看着撒了许多面条的桌布,吧嗒着瘪嘴:

"你看,孩子,鬼叫我干出这样的坏事……"老爷爷的眼睛直愣愣地看着桌布上的白皱褶,好像他看的不是撒得到处是酒和面条的桌布,而是白雪皑皑的高加索山峦。"以前我可是从来没拿过人家的东西……以前我们占领过吉尔吉斯人的村子,房子里的东西有的是,可是我并不眼红……人家的东西就是鬼给的东西……可是你瞧,这一回……看到一条毡……还是毛了边儿的……我就想,拿来做马衣吧……"

"各种各样的玩意儿我们也都见过。我们也到过海外不少地方。"格里沙加爷爷打算看看老爷爷的眼睛,但是那深深的眼眶长满了一绺绺白色的眉毛和睫毛,就像小山沟里长满了野草一样;格里沙加爷爷看不到他的眼睛,因为完全被硬扎扎的白毛遮住了。

格里沙加爷爷巧施妙计;他想用故事中最紧张动人之处吸引对方的注意力,

所以不用铺陈,干脆就从中间讲起:

“捷尔辛采夫大尉命令:各排列成纵队放马前进,冲啊!”

巴克兰诺夫团的老爷爷就像战马听到军号声一样,抬起了头;他用疙疙瘩瘩的拳头朝桌上一擂,小声喊道:

“巴克兰诺夫团的弟兄们,长枪在前,大刀跟上!……”喊到这里,他的嗓门儿突然高了起来,昏暗的瞳人闪起亮光,重燃起当年燃烧过、老来已经熄灭的火焰。“巴克兰诺夫团的好汉们!……”他大张开嘴,露出黄黄的光牙床,吼叫道。“前进……冲啊!冲啊!……”

他又精神又带劲儿地望着格里沙加爷爷,也不用肮脏的衣袖去擦那杀得下巴痒酥酥的泪水。

格里沙加爷爷的劲头儿也上来了。

“大尉对我们发出这样的命令,并且挥舞起指挥刀。我们就飞马朝前冲去,他们当时排成这样的阵势,”他用指头在桌布上画了一个不等边四边形,“朝我们发射。我们朝他们攻了两次,他们一直在抵抗。突然从侧翼,从小树林里出现了他们的马队。我们的连长下了命令。我们掉转右翼,排好阵势,向他们冲去。两军相交,混战起来。什么样的马队能抵得住哥萨克?他们果然抵挡不住,就朝树林里窜去,一面惨叫着……我看到,有一位敌军的军官骑着栗色马正在我前头飞跑。那是一位很威武的军官,黑胡子朝下垂着,一个劲儿地回头看我,并且正在从枪套里往外掏手枪。枪套是拴在马鞍上的……他打了一枪,没有打中。于是我把马一夹,追了上去。起初我想砍死他,可是后来改变了主意。一条性命啊……我用右胳膊拦腰把他抱住,他就这样,请看,他就这样从马鞍上飞了下来。他咬我的手,可是我还是把他擒住了……”

格里沙加爷爷得意洋洋地看了看邻座:邻座已经把只剩了骨头的大头垂到胸前,在一片喧闹声中睡着了,而且舒舒服服地打起了呼噜。

卷 二

一

谢尔盖·普拉托诺维奇·莫霍夫的家世，是有悠久历史的。

彼得大帝在位时期，有一次，一艘官船满载着干粮和火药，沿着顿河向亚速海开去。在顿河上游，离霍派尔河口不远的地方，有一个叫齐高那克的“贼”镇，镇里的哥萨克夜间袭击了官船，把睡梦中的押运兵全都杀死，把干粮和火药抢劫一空，又把船弄沉。

一支军队奉圣旨从沃罗涅日开来，把那个叫齐高那克的“贼”镇烧光，对参加过抢劫官船的哥萨克格杀不赦，把抓住的雅基尔卡大尉和另外四十名哥萨克吊到水上绞刑架上绞死，并且为了震慑下游经常骚动的许多村镇，还让这些吊着死人的绞架顺流朝顿河下游漂去。

十余年后，齐高那克镇那一座座房舍当年冒过炊烟的地方，又住上了外来的和一些劫后余生的哥萨克。市镇又兴旺起来，并且修起了一道防护围子。从那时候起，便有沃罗涅日派的一名皇监和皇探来到这里——那是一个叫莫霍夫·尼基什卡的汉子。他沿街叫卖哥萨克日常生活中各种各样的必需品，如刀柄啦、烟草啦、打火石啦；他收买和出售赃物；每年到沃罗涅日去两次，表面上是去办货，实际上是去报告，说一说，镇上目前还算太平，哥萨克们没有筹划新的骚乱。

就从这个莫霍夫·尼基什卡起，姓莫霍夫的商人世家就一代代传了下来。他们在哥萨克的土地上牢牢地扎下了根。就像野草一样，在镇上结籽，将根扎得深深的，叫你拔都拔不掉；他们虔敬地保存着已经相当破烂的、当年沃罗涅日督军派遣他们的祖先到经常骚乱的镇上来时授予的委任状。如果不是谢尔盖·普拉托诺维奇的祖父在世的时候，一场大火把这张委任状连同藏在神龛里的木匣子一起烧掉了的话，这张委任状也许会保存到今天的。祖父因为赌博，弄得倾家荡产;后来家产刚刚有起色,却又被一场大火烧光,所以谢尔盖·普拉托诺维奇不得不从头干起。他埋葬了瘫痪的父亲以后,就做起小本生意。起初是走村串户,收购猪鬃和鹅毛。有五六年的时间,他过着十分穷苦的日子,一文钱一文钱地对邻里乡亲们进行蒙骗和榨取,可是后来却不知怎地一下子由鹅毛小贩谢廖什卡变成了谢尔盖·普拉托诺维奇①,在镇上开了一个小杂货铺,娶了一位疯疯傻傻的神甫的女儿,得到相当丰厚的陪嫁,又开了一家布店。谢尔盖·普拉托诺维奇经营布匹生意正好赶上好时候。因为顿河左岸的砂石土地又硬又贫瘠,左岸的哥萨克已经在遵照军区政府的命令,整村整村地向右岸迁移了。一个新的克拉司诺库次克镇出现了,并且兴旺起来;在以前地主土地的边界上,在旗尔河、黑河、弗罗洛福克河的两岸,在草原洼地上,直到跟乌克兰村镇为邻的地方,都出现了新的村庄。人们以前为了买东西,要跑到五十俄里以外,有的还要跑远些,可是现在,你瞧,有了布店,那新的松木货架上摆满了崭新的布匹绸缎。就像拉一架三组的手风琴那样,谢尔盖·普拉托诺维奇把他的生意场面拉得大大的,除了布匹绸缎以外,凡是农村简朴的生活中需要的东西,如皮革品、盐、煤油、针线纽扣之类,全都出卖。近来还卖起了农业机械。阿克塞工厂里出产的割麦机、播种机、犁、风车、选种机,整整齐齐地排列在绿色门面的、夏季里依然很凉爽的店铺旁边。捞别人口袋里的钱是不容易的,可是精明的谢尔盖·普拉托诺维奇靠做生意显然捞了不少钱。三年以后,他开了一座粮栈,又过了一年,原配妻子去世后,又修起了一座机器磨坊。

他把鞑靼村和附近一些村庄紧紧握到他那长着稀疏的漆黑放光的硬毛的黑糊糊的手掌里。没有一家不欠谢尔盖·普拉托诺维奇的债。那绿底黄边的欠据,有买打麦机欠的,有为女儿办嫁妆欠的(姑娘出嫁的时候到了,可是巴拉蒙诺夫粮栈里把收购小麦的价钱压得很低,所以就到这里来央告:"普拉托诺维奇,赊点给我吧!")有各种各样原因欠的……磨坊里九个工人,铺子里七个伙计,家里四个用人——这二十张嘴都是靠买卖上的收入吃饭的。原配妻子给他留下两个孩子:一个是女儿丽莎,还有一个是男孩子,比女儿小两岁,瘦弱多病,萎靡不振,名字叫符拉季米尔。继室安娜·伊万诺芙娜是个骨瘦如柴、窄鼻子的女人,没有生过孩子。她那过了时的没有发泄过的母爱和积累的怨恨(她在快满三十四岁的时候才嫁给谢尔盖·普拉托诺维奇)一概发泄到前妻留下的两个孩子身上。

① 谢廖什卡是谢尔盖的卑称,谢尔盖·普拉托诺维奇是尊称。

后母的神经质性格，对孩子们的教养没有带来好影响，而父亲对他们的关心，并不比对马夫尼基塔或女厨子的关心多一点儿。不是做生意就是外出，所以他一点空闲时间都没有。不是去莫斯科，就是去尼日尼，去乌留平斯克，或者到各镇集市上去。两个孩子在没有人照料的情况下一天一天地长大。感觉迟钝的安娜·伊万诺芙娜从来不想窥视孩子们心灵的深处，她的家务繁重，顾不到这些。因此姐弟二人长大后彼此很不亲近，性格也各不一样，不像是一母所生。符拉季米尔长成一个性格孤僻、萎靡不振的小伙子，总是愁眉苦脸，一副老气横秋的样子。丽莎经常跟使女和厨娘厮混，那厨娘是个老于世故的浪荡娘们儿，丽莎过早地看到了生活中背阴的一面。成年女人唤醒了她的病态的好奇心，所以当她还是一个执拗而腼腆的少女的时候，就为所欲为，渐渐长大了，更像森林中无人管束的一丛野蛇莓。

岁月不慌不忙地过去。

老的照例一年一年地衰老；年轻的像幼苗一样一年一年地长大。

有一次喝晚茶的时候，谢尔盖·普拉托诺维奇向女儿看了一眼(丽莎这时已经中学毕业，已经出落成一个很有风韵的漂亮姑娘)，觉得说不出的惊奇；看着看着，那茶碟和琥珀色的香茶就在手里抖动起来：真像死去的母亲呀。天啊，像极啦！“丽莎，来，把脸转过来！”他过去竟没有看到，女儿从小就出奇地像母亲。

……符拉季米尔·莫霍夫是中学五年级的学生，是一个瘦瘦的、脸色焦黄的小伙子。他在磨坊的院子里转悠着。他和姐姐不久前一起回来度暑假。他像往常一样，一回来就到磨坊里看看，到满身面粉的人群中挤一挤，听听碾盘和齿轮有节奏的轧轧声、皮带转动的沙沙声。他听着搬运粮食的哥萨克们恭恭敬敬地小声唤他“少东家”，心里美滋滋的。

符拉季米尔小心地绕过院子里一堆一堆的牛粪和一辆一辆的大车，走到大门口，他又想起，还没有到机器房去呢，于是又走了回来。

碾工季莫菲、绰号“杰克”①的过磅工和给碾工做徒弟的一口白牙的年轻小伙子达维德卡，都把裤腿卷到膝盖以上，正在机器房门口红色油罐旁边拌和一大堆泥。

“啊——啊，东家！……”“杰克”带着嘲弄的口吻同他打招呼。

“你们好。”

---

① 扑克牌里的“J”。这是形容此人的身形的。

“你好，符拉季米尔·谢尔盖耶维奇！”

“你们这是干什么！……”

“我们在和泥。”达维德卡吃力地在散发着牛粪气味的黏泥里捯动着两脚，恼恨地冷笑说。“你爹舍不得花钱去找老娘们儿，就拿我们寻开心。你爹真是个守财奴！”他又补充说，一面噗唧噗唧地捯动着两只脚。

符拉季米尔脸红了。他对这个永远带笑的达维德卡，对他这种轻蔑的腔调，甚至对他的一口白牙，都感到无比恼恨。

“怎么是守财奴？”

“就是守财奴。他太吝啬啦。自己拉的屎都要吃回去。”达维德卡很不客气地说，并且笑了笑。

“杰克”和季莫菲赞赏地笑着。符拉季米尔感到恼得如针扎。他冷冷地打量了一下达维德卡。

“你，怎么……就是说，不乐意干啦？”

“你来试试，来和和泥，就知道是什么滋味啦。哪一个傻瓜乐意干这种活儿？顶好是把你爹弄到这儿来，让他饱饱地吃上一肚子！”

达维德卡摇摇晃晃，十分吃力地转圈儿走着，把脚提得高高的，这会儿已经是毫无恼意地、开心地笑了。符拉季米尔在想点子，想着制服人的愉快。对付的办法有了。

“好吧，”他一个字一个字地说，“我去告诉我爹，就说你不乐意干啦。”

他斜着眼睛朝达维德卡的脸上看了一眼，他的话产生的效果使他吃了一惊：达维德卡的嘴唇可怜巴巴地、很不自然地笑着，另外两个人的脸也阴沉下来。有一小会儿，三个人都一声不响地拌和着淌来淌去的黄泥。末了，达维德卡把眼睛从一双脏脚上移开，带着讨好意味地、发急地说：

“我是闹着玩儿的呀，沃洛佳①……真的，是说着玩儿的……”

“我要把你说的话告诉我爹。”

符拉季米尔为自己、为父亲、为达维德卡那可怜巴巴的笑感到难受，眼里含着泪水，从油罐旁边走了过去。

“沃洛佳！……符拉季米尔·谢尔盖耶维奇！……”达维德卡十分害怕地喊着，从泥里跳了出来，裤腿一下子落到了直到膝盖都是泥浆的两条腿上。

---

① 沃洛佳是符拉季米尔的爱称。

符拉季米尔站了下来。达维德卡气喘吁吁地跑到他跟前。

“不要告诉你爹。是说着玩儿的……原谅我这个糊涂蛋……真的,我有口无心!……说着玩儿的……”

“好吧,我不说!……”符拉季米尔皱着眉头说了一声,就朝大门口走去。

怜悯达维德卡的心情占了上风。他怀着轻松的感觉,贴着白色的栅栏朝前走去。从磨坊院子角上的铁匠房里传来玩耍似的铁锤声:那一下是打在铁上的——又低沉又柔和,那两下——打一下又蹦一下——是打在当当响的铁砧上的。

“你干吗要碰他?”“杰克”的压得低低的声音传进了越走越远的符拉季米尔的耳朵,“不碰他,就不会冒臭气。”

“瞧吧,这家伙多坏,”符拉季米尔恼了,心里想道,“骂起人来啦……对我爹说呢,还是不说?”

他回头一看,看到达维德卡依然龇着满口白牙在笑,于是下定了决心:“我去说!”

广场上,店铺旁边,停着一辆大车,还套在车上的马拴在木桩上。孩子们在轰消防棚顶上那一群叽叽喳喳的灰麻雀。从阳台上传来大学生包亚雷什金的洪亮的男中音,还有一个人的声音,那声音带颤音,还有点沙哑。

符拉季米尔走上台阶,野葡萄的叶子在他头上轻轻晃动着。野葡萄将台阶和阳台密密地遮住,从曲曲弯弯的瓦蓝色飞檐上耷拉下来,很像一顶顶绿色的镶边帽子。

包亚雷什金摇晃着剃得光光的、泛着紫色的脑袋,正在跟坐在他旁边的年轻然而留着大胡子的教师巴兰达说话:

“虽然我是一个哥萨克农民的儿子,并且对一切特权阶级怀着天生的憎恨,可是我读了这本书,就对这个没落的阶级同情得不得了。我自己差点儿要成为贵族和地主啦,我十分高兴地注视着他们的妇女中的典范人物,时时关心她们的利益——一句话,真他妈的出奇!老兄,这就是天才作品的伟大力量!连你的信仰都能改变。”

巴兰达揉搓着丝带的穗头,讪笑着,仔细看着自己的衬衫前襟上绒线绣的红色花边儿。丽莎懒洋洋地躺在安乐椅上。看样子,她对谈话一点也不感兴趣。她用一如往常的、若有所失而又若有所寻的眼睛百无聊赖地望着包亚雷什金那有着一道道剃刀痕的淡紫色脑袋。

符拉季米尔行了个礼,走了过去,敲了敲父亲的房间。谢尔盖·普拉托诺维奇坐在皮凉椅上，正在翻阅六月号的《俄罗斯富源》。地板上放着一把发了黄的骨制裁纸刀。

“你有什么事？”

符拉季米尔缩了缩脑袋，慌忙理了理身上的衬衣。

“我到磨坊里去过……”开头他还犹豫不决，但是他想起达维德卡那龇着白牙的笑，便一面望着父亲那紧紧绷着茧绸背心的圆肚子，决绝地说下去：“……我听到达维德卡说……”

谢尔盖·普拉托诺维奇仔细听完他的话，说：

“把他辞掉。你去吧。”说完，便哼哧哼哧地弯下腰去拿裁纸刀。

每天晚上，村里的知识分子都在谢尔盖·普拉托诺维奇家里聚会，有包亚雷什金——是莫斯科工业学校的学生；有自尊心很强、肺病也很严重的瘦弱的教师巴兰达；有他的姘头、女教师玛尔法·盖拉西莫芙娜——是一个不见老的、圆滚滚的姑娘，总穿着一条看来有失观瞻的衬裙；还有邮政所长——是一个古怪、迂腐的单身汉，浑身都是火漆味和廉价香水气味。有时候，在又是地主又是贵族的父亲的庄园里小住的青年骑兵中尉叶甫盖尼·李斯特尼次基也来聚会。他们每天晚上坐在阳台上喝茶，东扯西拉地闲聊，等到实在没什么可聊的时候，不一定哪一位客人就把主人家那镶了宝石的贵重的留声机开起来。

有时在重大的节日里，谢尔盖·普拉托诺维奇要装装门面：邀请一些客人，拿出名贵的酒，端上特地从巴泰斯克弄来的新鲜鲟鱼子和上等的菜肴。其余的时候他过得很刻苦。只有在一样事情上他不吝啬，那就是买书。谢尔盖·普拉托诺维奇喜欢读书，喜欢用他那像牵牛花一样抓住不放的劲头儿去钻研一切。

他的合伙股东叶梅里扬·康斯坦丁诺维奇·阿杰平是个淡黄头发、尖下巴胡、眼缝朝里凹的人，他很少上这儿来。他娶的是一个还了俗的大熊河河口修道院里的修女，跟她过了十来年夫妻生活，生了八个孩子，他大半时间是在家里度过的。叶梅里扬·康斯坦丁诺维奇本是团队书记出身，他把军队里那种阿谀奉承的腐败习气带到了家庭里。孩子们在他面前都踮着脚走路，小声说话。每天早晨，孩子们洗过脸，都到饭厅里，在一座像黑棺材一样的大挂钟底下站成一排，母亲站在后面，一听到卧房里传出父亲的干咳声，就用高低不一、装腔作势的声调喊道：“主啊，拯救你的人们吧。”然后喊：“我们的父亲啊。”

等祈祷完毕，叶梅里扬·康斯坦丁诺维奇这才穿好衣服，走了出来，眯缝着多层眼皮的眼睛，像大主教一样伸出一只肉嘟嘟的光手。孩子们依次走过去吻手。叶梅里扬·康斯坦丁诺维奇吻过妻子的脸，然后开口说话，“ч”音他总是发不清楚的：

“波莉次(奇)卡，擦(茶)沏了吗？”

“沏上啦，叶梅里扬·康斯坦丁诺维奇。”

“斟一杯酽一点儿的。”

他主办店里的会计事务。他在一页页的账簿上，在用粗体字写的抬头“借方”和“贷方”下面，都密密麻麻地写满了熟练的草体字。他常常装模作样地将金丝夹鼻眼镜架在疙疙瘩瘩的鼻子上，阅读《市场新闻》。他对待店员十分客气。

“伊万·彼特罗维次(奇)，请你给这位捷(扯)块塔甫里亚印花布。”

妻子叫他叶梅里扬·康斯坦丁诺维奇，孩子们叫他爸爸次(奇)卡，店伙们就叫他“擦擦”①。

两位教士——维萨里昂神甫和潘克拉季教长——都跟谢尔盖·普拉托诺维奇没有来往，因为他们有宿怨。而且两位教士彼此也很不和睦。潘克拉季教长又喜欢一意孤行，又喜欢搬弄是非，坑害别人也很有本事；维萨里昂神甫是跟一个乌克兰女管家同居的单身汉，因为生过梅毒，鼻子瓮声瓮气的，他生性和蔼，不喜欢教长那种狂妄自大和惟恐天下不乱的性格，跟他很疏远。

除了教师巴兰达，其余的人在村子里都有自己的宅院。莫霍夫家那包了红色木板、房顶漆成蓝色的大房子就在广场上，他家对面，进出广场的要道口上，便是门面很大的商店，商店有可以穿堂而过的大门，还有一块退了色的招牌，招牌上写的字是：

“莫霍夫·谢·普与阿杰平·叶·康合股商号。”

跟商店接连着的，是一座又矮又长、带有地窖的棚子，再过去二十几俄丈远，便是教堂的圆形砖围墙和带圆顶的教堂，那圆顶很像一个熟透了的绿洋葱头。在教堂那边，是巍然耸立的学校的白墙和两座很漂亮的房子：其中一座是天蓝色的，围着同样颜色的栅栏，那是潘克拉季教长的；另一座是深棕色的(为了表示彼此不同)，有雕花的板墙，有宽大的阳台，那是维萨里昂神甫的。从一条街的拐角到另一条街的拐角，有一座二层楼房，那是阿杰平家的分外精致的房子；再过去便是邮政所了，然后便是一座座哥萨克的草房子和铁顶房屋，还有坡度很小、房脊上站着生锈的铁公鸡的磨坊房顶。

人们爱关起里里外外的护窗过日子，与外面的世界隔离开来。一到晚上，如

---

① “爸爸奇卡”是“爸爸”的亲昵叫法。孩子们受他的影响，“ч”音也发不准，所以叫成了“爸爸次卡”。店伙们叫他“擦擦”，也是讥笑他发音不准。

果不出门访亲问友的话,就闩起门窗,放开铁链子锁着的狗,寂静无声的村子里就只有更夫打梆子的哒哒声了。

二

八月底,米佳·柯尔叔诺夫在顿河边无意中遇见了谢尔盖·普拉托诺维奇的女儿丽莎。他刚从顿河对岸回来,正要把船往树桩上拴的时候,看到一只油漆过的小船轻飘飘地在水上滑行着。小船顺流而下,向码头驶来,划船的是包亚雷什金。他的光脑袋上的汗亮闪闪的,额头和两边鬓角上的筋都鼓了起来。

米佳一下子没有认出丽莎。草帽的灰色阴影遮住了她的眼睛。她用晒得黑黑的双手将一束黄色的睡莲紧紧抱在胸前。

"柯尔叔诺夫!"她看到米佳,摇了摇头。"为什么你说话不算话?"

"怎么不算话?"

"记不记得,你答应跟我一块儿去逮鱼?"

包亚雷什金把桨放下,把腰挺了挺。小船的船头凭着惯性的力量爬到岸上,压得岸边的砂石咯吱咯吱直响。

"记得吗?"丽莎笑着,从船上跳下来。

"没工夫呀,太忙啦。"米佳解释说,一面屏住气注视着朝他走来的姑娘。

"不行啦!没劲儿啦!……伊丽莎白·谢尔盖耶芙娜①,我划不动啦!您另请高手吧,我不能给您效劳啦!真不得了,咱们在这该死的水上划了多久啦。手上都磨出血泡啦。真不是玩的。"

---

① 伊丽莎白·谢尔盖耶芙娜是丽莎的尊称。

包亚雷什金那老长的光脚板重重地踏在有尖有棱的碎石子上,用皱巴巴的学生帽帽顶擦了擦额头上的汗。丽莎没有回答他,只管走到米佳跟前。米佳笨拙地握了握她伸给他的手。

“咱们什么时候去逮鱼?”她仰着头,眯缝着眼睛问道。

“要是去的话,明天也行。已经打完了场,这会儿有工夫啦。”

“又是骗我吧?”

“哪儿话,不骗你!”

“你一早就来吧?”

“天不亮就去。”

“我等着你。”

“我去,真的,一定去!”

“没有忘记敲哪一扇窗户吧?”

“找得到的。”米佳笑着说。

“我恐怕不久就要走了,很想逮一回鱼。”

米佳一声不响地在手里摆弄着生了锈的船锁的钥匙,看着她的嘴唇。

“话说完了吗?”包亚雷什金望着手上一个带花纹的贝壳,问道。

“马上就来。”

她沉默了一会儿,然后,不知为什么笑了笑,问道:

“你家办过喜事,不是吗?”

“是我妹妹出嫁。”

“嫁给谁啊?”她没等回答,就诡秘而亲热地笑了笑。“你来吧!”又像第一次在莫霍夫家的阳台上那样,她的笑使米佳像碰着了荨麻似的,浑身痒酥酥的。

他用眼睛一直把姑娘送到小船边。包亚雷什金叉开两腿,把小船推下水去;丽莎含着笑,从他的头顶上望着玩弄着钥匙的米佳,朝米佳点了点头。

小船划出五六俄丈远以后,包亚雷什金小声问道:

“这小子是谁?”

“熟人。”

“心上人吗?”

听到他们谈话的米佳却因为桨架的吱嘎声没有听清后面的回答。他看到包亚雷什金把身子向桨上一压,又向后一仰,笑了起来,但是看不到丽莎的脸,因为她是背朝他坐着的。帽子上一条紫色的缎带滑到她那斜斜的光肩膀上,被微风吹得轻轻抖动着,越来越模糊,吸引着他的迷离的视线。

很少去钓鱼的米佳,从来没有像这天晚上这样热心地准备过。他劈了些干柴,在菜园里煮起小米饭,很快就重新拴好滑脱的钓绳。

米海伊看着他在准备,向他要求说:

“带我去吧,德米特里①,你一个人很不方便。”

“我一个人能行。”

米海伊叹了口气。

“咱们很久没有一块儿去钓鱼啦。这会儿准能钓到十几斤重的大鲤鱼。”

米佳被饭锅里冲出来的像热气柱一样的蒸汽熏得皱起眉头,没有答话。他准备停当,便朝正房走去。

格里沙加爷爷坐在窗前,将一副铜边的圆眼镜架在鼻子上,正在读福音书。

“爷爷!”米佳肩膀靠在门框上,唤了一声。

格里沙加爷爷从眼镜上面朝他瞪了瞪眼睛。

“什么事?”

“头遍鸡叫以后,你把我叫醒。”

“这么早你上哪儿去?”

“去钓鱼。”

很喜欢吃鱼的爷爷,装做不赞成的样子:

“你爹说,明天要打大麻子。你倒想自在。哼,还钓鱼呢!”

米佳离开门框,使了个点子:

“我反正没什么。本来想钓条鱼给爷爷吃,既然要打大麻子,那我就不去啦。”

“等一等,你要上哪儿去?”格里沙加爷爷吓了一跳,摘下眼镜。“我跟你爹说一声,没事儿,你去好啦。钓些鱼腌腌吃倒是不坏,明天恰好是星期三。我叫醒你,去吧,去吧,浑账小子!你龇什么牙?”

半夜里,格里沙加爷爷一只手提着粗麻布裤子,另一只手握着拐杖探索着道路,走出门来。他像一个摇摇晃晃的白影子一样穿过院子,来到仓房里,直到拐杖头碰到在车毯上打呼噜的米佳。仓房里充满了刚打出的粮食气味、老鼠屎气味和无人住的地方那种又酸又陈腐的蜘蛛气味。

米佳睡在粮囤边一张车毯上。他没有一下子醒过来。格里沙加爷爷先是用

---

① 德米特里是米佳的尊称。

拐杖轻轻地捅了捅他,小声喊道:

“米佳! 米琪卡! ……喂,坏小子,米琪卡!”

米佳重重地打了几声呼噜,把腿蜷了蜷。老人家狠了狠心,把拐杖的粗头儿抵到米佳的肚子上,像钻子一样钻了起来。米佳哎呀一声,抓住拐杖,醒了过来。

“睡成糊涂虫啦! 像你这样睡法,真不像话!”爷爷骂道。

“别做声,别做声,轻点儿。”米佳一面在地上摸索着靴子,带着睡意小声说。

他来到广场上。村子里的鸡已经在叫二遍了。他在街上走着,经过维萨里昂神甫家门前时,听到鸡窝里有一只公鸡拍打了几下翅膀,用主祭神甫那样的粗喉咙叫了几声,几只母鸡也惊惶地小声咕哒咕哒叫了起来。

更夫正在商店门前台阶的最下一级上打盹,鼻子埋在暖暖和和的羊皮袄领子里。米佳走到莫霍夫家的栅栏跟前,把钓竿和装鱼食儿的小袋子放下,为了不叫狗听见,轻轻地踮着脚上了台阶。他拉了拉门把手——门是闩着的。他爬过栏杆,走到窗户跟前。窗子半开着。从黑洞洞的屋子里传出睡得暖烘烘的姑娘身体的香甜气息和又神秘又香甜的香水气味。

“伊丽莎白·谢尔盖耶芙娜!”

米佳觉得自己喊得很响。他等了等,没有声音。“要是敲错了窗户,那可怎么办? 万一老头子睡在这儿呢? 那我就倒霉啦! ……他会开枪的。”米佳心里想着,用手紧紧抓住窗上的把手。

“伊丽莎白·谢尔盖耶芙娜,起来钓鱼去。”

“要是敲错了窗户,那我就上钩啦! ……”他又想道。

“起来,还不快起来!”他发急地说,并且把头探进屋子。

“啊? 谁呀?”黑暗中有人惊恐地小声答话了。

“去不去钓鱼啦? 是我,柯尔叔诺夫。”

“啊——啊,我马上就起来。”

屋子里窸窣响了起来。她的犹带睡意的、温柔的声音好像散发着薄荷香味。米佳看到一个窸窣响着的白影子在房里活动着。

“唉,要是跟她睡一觉才美呢……却要去钓鱼……坐在那里,还要冻僵呢……”他闻着卧房里的气味,迷迷糊糊地想。

窗口出现了裹着白色头巾的、笑盈盈的脸。

“我从窗户里爬出去。把手给我。”

“爬过来吧。”米佳用手搀着她。

她挽住他的手,面对面地看着他。

“我动作快吧?”

“不慢。咱们准有希望。”

他们朝顿河走去。她用粉红色的手掌揉了揉微微有些肿胀的眼睛,说道:

“我睡得正香呢。应当再睡一会儿。咱们去得太早啦。”

“正是时候。”

他们顺着紧靠广场的一条小胡同来到顿河边。夜里不知从哪里来了大水,拴在昨天还歪倒在陆地上的树桩上的小船,正在摇晃着,周围都是水了。

“要脱鞋啦。”丽莎用眼睛测量着到小船的距离,叹了一口气。

“我来把你抱过去好吗?”米佳提议说。

“不合适吧……我还是脱鞋吧。”

“合适,要舒服些。”

“不要。”她不好意思地推却说。

米佳用左胳膊搂住她的大腿,轻轻抱了起来,哗啦哗啦地蹚着水朝小船走去。她不由自主地搂住他那黑黑的、硬邦邦的脖子,轻轻地、格格地笑了起来。

米佳在村子里妇女们捶衣裳的一块石头上绊了一下,得到一个意想不到的短吻。她哎呀一声,把嘴紧紧贴到米佳那干裂的嘴唇上,米佳在离灰色的船帮两步远的地方站住了。水灌进了靴筒,冰得两脚够戗。

他解开小船,用劲将小船推离了树桩,顺势跳上船来。他站着划,每一下都划得很短。河水在船尾咕咕响着,像哭一样。小船翘着船头,从容地划破急流,向对岸驶去。钓竿乒乒乓乓跳动着。

“你往哪儿划呀?”她回头望了望,问道。

“上对岸去。”

小船在砂石陡岸边停了下来。米佳连问都不问,就用手将她抱起,抱进了岸边的山楂丛里。她咬他的脸,乱抓了一阵,闷声闷气地叫了两声,觉得浑身渐渐没有力气,就恼恨地哭了起来,不过没有眼泪……

九点钟左右他们才返回。橙色的雾气笼罩住天空。风在顿河上漫舞,吹起层层波浪。小船跳荡着,爬过一道道波浪,从水深处翻上来的带泡沫的冷水珠儿溅在丽莎那煞白的脸上,有些往下流,有些就挂在睫毛上和露在头巾外面的一绺绺头发上。

她疲倦地眯着失神的眼睛,用手指掰着带到船上来的花枝儿。米佳划着船,没有看她,他的脚下有不大的一条鲤鱼和一条鳊鱼,鱼嘴还保持着临死时抽搐的样子,带黄圈的眼睛瞪得大大的。米佳的脸上露着负疚的表情,还有满足中夹杂着惶恐的表情……

“我把你送到谢苗诺夫码头。你从那儿回家要近些。”他一面说,一面顺水掉转船头。

“好。”她小声答应说。

岸上一个人没有。落满灰尘的菜园篱笆闷闷地立在顿河岸上,热风一吹,空气中到处是晒热的篱笆枝条气味。被麻雀啄得不成样子的沉甸甸的葵花头儿熟透了,垂得低低的,毛茸茸的葵花籽不住地往下掉。滩地上重新长出的嫩草绿油油的。远处有几匹马在撒欢儿,马脖子上的铃铛悠扬、愉快地响着,热烘烘的南风一阵阵向顿河吹来。

米佳拎起鱼,递给正要下船的丽莎。

“你把这鱼带回去吧。拿着!”

她惶恐地扬了扬睫毛,把鱼接过去。

“好,我走啦。”

“好吧……”

她抬着手,拎着用柳条穿着的鱼,朝前走去。她露出可怜巴巴的样子,不久前的骄矜和快乐都丢失在山楂丛里了。

“伊丽莎白!”

她回过头来,那眉毛弯曲处隐隐露出气恼和疑惑的神情。

“回来一下子。”

等她走到跟前,他歉疚地说:

“刚才咱们没看到……哎,裙子后面……有一小片……红红的……”

她的脸刷地一下红了,一直红到肩膀。

米佳沉默了一会儿,出主意说:

“你从后院走。”

“不管怎么样,反正都要经过广场。都怪你,叫我穿这脏裙子。”她带着懊恼和忽然涌来的痛恨心情望着米佳的脸,小声说。

“是不是让我来用树叶染成绿的?”米佳提出了简单易行的办法,他看到她眼里涌出的泪水,感到惊讶……

……一阵新闻像风吹树叶一样,簌簌地在村里传了开来:“柯尔叔诺夫家的米佳把莫霍夫老头子的女儿搞上啦!”妇女们在晨牧时间往外赶牛的时候,站在狭窄的、在灰色尘雾中慢慢移动的提水吊杆的阴影下,从桶里往外倒水的时候,在顿河边石板上捶衣裳的时候,都在议论这件事。

“这都是因为没有亲娘啊。”

“老子只顾忙自己的事,后娘是睁一只眼,闭一只眼……”

“前天,打更的‘断指头’达维德卡说:‘半夜里,我看见有一个人往边上那个窗户里爬。我心想,哎呀,莫霍夫家来贼啦。所以,我就跑过去,正要喊:什么人?警察,快来!可是,我一看,却是他,米佳。’”

“如今的姑娘们,一搂她们的脖子,就会跟着走……”

“米佳对我家的米基什卡夸口说:‘我要去求亲啦。’”

“让他先把鼻涕揩揩干净吧!”

“听说,起初她还不愿意呢,是他硬干的……”

“算了吧,大嫂!……”

流言飞语在大街小巷传播着,首先玷污了姑娘的清名,就像一扇新门被涂上了浓浓的焦油。

流言落到了谢尔盖·普拉托诺维奇那谢了顶的头上,打得他抬不起头来。一连两天他没有去商店,也没有去磨坊。住在下层的女仆,只有在开饭的时候才请他出来吃饭。

第三天,谢尔盖·普拉托诺维奇吩咐将带花斑的灰马套到跑车上,他坐上车,对见到的人矜持而威严地点点头,跑车就朝镇上驶去。一辆漆得锃亮的维也纳式轿车紧跟着刷刷地驶出院子。赶车的叶麦里扬唾沫直冒地抽着粘在花白胡子上的弯烟斗,理好蓝色的丝缰,一对大青马就撒着欢,嘚嘚地拉着车子在大街上跑了起来。在像一堵墙一样的叶麦里扬的脊背后面,便是脸色苍白的丽莎。她将一只小小的提箱抱在怀里,很不开心地笑着;她向站在大门口的符拉季米尔和继母挥了挥手套。从店里一瘸一拐走出来的潘捷莱·普罗柯菲耶维奇向莫霍夫家的男仆尼基塔问道:

“小姐上哪儿去?”

尼基塔因为对十分平常的人类弱点抱着宽容的态度,就回答说:

“上莫斯科念书去,要上大学啦。”

第二天,发生了一件事,这件事人们在顿河边,在提水吊杆的阴影下,在往外赶牛的时候,翻来覆去议论了很久……这天天黑以前(放牧的牲口群已经回来了),米佳来到谢尔盖·普拉托诺维奇家里(他是有意去晚一点,为的是不叫别人看到)。他不是随便来走走,是来向谢尔盖·普拉托诺维奇的女儿伊丽莎白求亲的。

在这以前,他跟她一共相会过四次。在最后一次相会的时候,他们之间有过这样一番谈话：

“嫁给我吧，丽莎，好吗？”

“胡扯！”

“我会心疼你、怜惜你的……我们家里有人干活儿，你可以坐在窗前看书。”

“你好糊涂。”

米佳很生气，没有再说话。这天夜里他回家很早。第二天早晨，他就对万分惊愕的米伦·格里高力耶维奇说：

“爹，给我娶亲吧。”

“等等吧。”

“真的，我不是说着玩儿的。”

“着急啦？”

“就算这样吧……”

“你迷上哪一家的姑娘啦？是傻丫头玛尔芙什卡吧？”

“你请媒人到谢尔盖·普拉托诺维奇家去。”

米伦·格里高力耶维奇把皮匠用的家伙仔细地放到板凳上（他正在修理皮套），哈哈大笑起来。

“孩子，我看，你今天太高兴啦。”

米佳硬是坚持自己的意思，就像公牛牴墙那样，于是父亲大发雷霆。

“浑账！谢尔盖·普拉托诺维奇有十几万家产；他是大老板，你呢？……你给我滚，不要发昏，要不然我用皮套先把你这个新郎官抽一顿！”

“咱们家有十四对牛，有这样一大片家产，再说，他是个庄稼佬，咱们可是哥萨克。”

“滚吧！”不喜欢多说话的米伦·格里高力耶维奇十分干脆地下命令说。

米佳只得到了格里沙加爷爷的同情。格里沙加爷爷用拐杖哒哒地捣着地面，颤颤巍巍地走到儿子面前。

“米伦！”

“啥事？”

“你为什么拆台？……既然姑娘跟小伙子般配……”

“爹，说实话，您简直是个孩子！米佳已经够糊涂啦，您更是少有……”

“住嘴！”格里沙加爷爷用拐杖在地上捣了捣。“难道咱们配不上他们？能有一位哥萨克的儿子向他的女儿求亲，他该认为是荣耀的事。把女儿嫁给咱们，他还巴不得呢。咱们在全州是出名的人家。不是穷光蛋，是有家业的！……这可不含糊！……去吧，米佳，没什么好说的！叫他拿磨坊做陪嫁。去求亲吧！”

米伦·格里高力耶维奇呼哧呼哧地喘着粗气，到院子里去了。米佳决定等到傍晚，亲自前去。因为他知道，父亲的犟劲儿就像长在地上的榆树：你折一下，它就弯一下；你要折断——休想。

他吹着口哨走到莫霍夫家大门口，可是到了大门口就胆怯了。他踌躇了一会儿，就进了院子。他在台阶上向穿着沙沙响的新浆过的围裙的女仆问道：

“东家在家吗？”

“在喝茶呢。等一等吧。”

他坐下，等着，抽完一支烟卷儿，用指头蘸了点唾沫，把烟卷儿熄灭，把烟头儿在地板上捻碎。谢尔盖·普拉托诺维奇一面掸着背心上的面包屑，走了出来；一看到米佳，就皱起了眉头。

“请进吧。”

米佳迈步走进充满烟草和书卷气味的书房，觉得在家里积攒的勇气，只够走到书房门口用的。

谢尔盖·普拉托诺维奇走到桌子跟前，皮靴后跟咯吱一响，他转过身来。

“有什么事？”他的手指头在背后不住地划着写字台的台板。

“我是来问问……”米佳遇到他那逼视的眼睛的冷光，打了个寒噤，“您能不能把伊丽莎白嫁给我？”

米佳又失望，又恼恨，又胆怯，脸上不禁冒出了汗珠儿，汗珠儿不多，就像干旱时候的露水。

谢尔盖·普拉托诺维奇的左眉毛打着哆嗦，上嘴唇往上直翻，露出白牙和红红的上腭。他伸着脖子，身子向前探着。

“什么？……什——么？……坏蛋！……滚出去！……我把你送到村长那里去！哼，你这个狗崽子！下——流——货！……”

米佳听到这气急败坏的喊叫，反而有了胆量，他对直地看着红中透青的血涌上谢尔盖·普拉托诺维奇的脸。

“请不要见怪……我是想补救我的过失。”

谢尔盖·普拉托诺维奇翻滚着因为充血和含泪肿胀起来的眼睛，抓起十分沉重的铁烟灰缸，摔到米佳的脚底下。烟灰缸一蹦，打在米佳左腿的膝盖骨上，但是他顽强地忍住疼，猛地将门拉开，因为又恼又疼，所以发着狠，龇着牙，大声叫道：

“随您的便吧，谢尔盖·普拉托诺维奇，您要怎样就怎样好啦，我可是实心实意……她这样的姑娘谁还会要呢？所以我想保全她的名声……要不然，嚼烂了的东西谁还吃呢？连狗都不理。”

谢尔盖·普拉托诺维奇用一块皱巴巴的手帕捂着嘴，追了出来。他拦住通往大门口的道路，于是米佳就在院子里跑了起来。谢尔盖·普拉托诺维奇便朝站在院子里的车夫叶麦里扬挤了挤眼睛。米佳正在抽便门上闩得很紧的门闩，放出来的四条恶狗就从棚子角落里冲了出来，一看到生人，就在打扫得干干净净的院子里摆开了阵势。

谢尔盖·普拉托诺维奇一九一〇年从尼日尼的市场上带回了一对小狗：一公一母。这两条狗都是黑颜色，卷毛，大嘴巴。一年以后，都长得跟一岁的牛犊一样高，起初撕扯路过莫霍夫家门口的娘们儿的裙子，后来学会把娘儿们扑倒在地，咬她们的大腿，直到咬死潘克拉季教长的一头牛犊和阿杰平的两只阉猪，谢尔盖·普拉托诺维奇才下令将狗锁了起来。每到夜里把狗放开，另外，每年春天还有一次放开狗，让狗进行交配。

米佳还没有来得及转过脸来，最前面的一条名叫巴洋的狗就把前爪搭到他的肩上，用牙紧紧咬住他的棉袄，嘴巴闭得死死的。几条狗又撕又扯，像黑球一样团团乱转。米佳用两手拼命抵挡，竭力撑持着，免得跌倒在地上。他无意中看到叶麦里扬叼着直冒火星的烟斗溜进厨房，砰的一声关上新油漆的厨房门。

谢尔盖·普拉托诺维奇站在台阶的角上，背靠着下水管，紧紧攥着长满油亮的硬毛的白白的拳头。米佳摇摇晃晃地抽开门闩，可是他那血糊糊的两腿后面，还紧紧跟着汪汪直叫、发出热烘烘的狗臭味的狗群。他掐住巴洋的喉咙，掐死了；另外三条狗是几个过路的哥萨克好不容易帮他打退的。

三

娜塔莉亚嫁到麦列霍夫家是挺合适的。米伦·格里高力耶维奇对孩子们教导有方；虽说家境富裕，虽说有雇工干活儿，他还是要他们做事情，养成干活儿的习惯。吃苦耐劳的娜塔莉亚很合公婆的心意。伊莉尼奇娜内心里不大喜欢爱打扮的大媳妇妲丽亚，而娜塔莉亚一进门就得到婆婆的疼爱。

"睡会儿吧，睡会儿吧，我的乖孩子！你起来干啥？"婆婆在厨房里不停地迈动着两条肥腿，亲热地说。"去吧，去睡会儿早觉，我一个人能行。"

一早就起来、想帮助婆婆做饭的娜塔莉亚就又回到房里睡了。

连治家很严的潘捷莱·普罗柯菲耶维奇有时也对妻子说：

"听着，老婆子，别叫醒娜塔莉亚。光是白天的活儿就够她受的啦。她还要跟格里什卡一块儿去耕地呢。妲丽亚要抽一顿，狠狠地抽。她是个懒娘们儿，坏娘们儿……只会搽胭脂，描眉毛，他娘的。"

"头一年就让小两口好好地亲热亲热吧。"伊莉尼奇娜想起自己在劳累中度过的一生，叹着气说。

格里高力对新婚生活渐渐有些习惯了，腻了，过了三四个星期，他又害怕又恼恨地意识到，他跟阿克西妮亚的旧情还没有断绝，还留着一点东西，就像心上留着一根刺。这种痛苦他一下子还摆脱不掉。他在新婚欢乐中曾经轻松地摆摆手，表示不理不睬，认为可以断绝、可以忘却的东西，却是牢牢地生了根……旧情他并没有忘掉，而且一想起来就扎心地疼。还在结婚以前，有一次在场院上打麦子的时候，彼特罗问他：

"格里什卡，你跟阿克西妮亚怎么办？"

"你说什么？"

“恐怕你舍不得丢掉她吧?”

“我一丢掉,就会有人捡起来的。”格里高力当时笑着说。

“哼,你要小心点儿,”彼特罗咬着嚼湿了的胡子说,“不然的话,你娶亲娶得可不是时候……”

“心宽体胖,百事能忘。”格里高力开着玩笑回答说。

可是后来的情形并不是这样,每天夜里,当格里高力履行职责去跟妻子亲热,用炽烈的青春火焰温存她的时候,她表示的却是冰冷和羞答答的顺从。娜塔莉亚对床笫生活抱应付态度,她从娘胎里带来的就不是热情奔放的血液,所以格里高力一想起在爱情中如癫似狂的阿克西妮亚,就叹着气说:

“娜塔莉亚,你老子恐怕是从冰窟窿里把你捞上来的……你太冷啦。”

阿克西妮亚每次遇见他,都要慌乱地笑笑,用眼睛失神地望着,说几句酸溜溜的话:

“你好啊,格里什卡! 跟新媳妇过得热和吧?”

“过得马马虎虎……”格里高力总是用含含糊糊的话支应过去,并且总想赶快躲开阿克西妮亚那脉脉含情的眼睛。

看样子,司捷潘已经跟妻子和好了。他上酒馆去得少了,有一天傍晚在场上扬小麦的时候,他自从闹纠纷以来第一次提议说:

“阿克秀莎,咱们来唱支歌好不好?”

他们背靠着一堆刚刚打出、还夹杂着灰土的小麦坐了下来。司捷潘唱起军歌。阿克西妮亚也用圆润的、带胸音的高声唱了起来。他们唱得十分和谐,就像婚后头两年一样。头两年,有时小两口披着红色的晚霞从田野上回来,司捷潘在车上摇晃着,唱着古老的民歌,歌声悠扬而凄怆,就像那荒无人烟、野草萋萋的草原大道。阿克西妮亚把头靠在丈夫那圆鼓鼓的胸膛上,跟着他唱。马拉着大车吱嘎吱嘎地前进,辕杆轻轻摇晃着。村子里的老人们老远就侧耳倾听着歌声。

“司捷潘娶了个金嗓子老婆。”

“嘿,瞧小两口唱的……真和谐!”

“司捷潘也是一副好嗓门儿,就跟铜钟一样。”

老爷爷们坐在墙根下,目送着烟雾朦胧的血红的落日,隔着街交谈着:

“唱的是下游的歌。”

“这支歌呀,老哥,是格鲁吉亚人编的。”

“去世的基留什卡就喜欢这支歌。”

格里高力每天傍晚都听到阿司塔霍夫夫妻在唱歌。在打麦子的时候(他们家的场院跟司捷潘的场院紧挨着),他看到阿克西妮亚依然像从前那样有精神,好像很幸福的样子。至少他觉得是这样。

司捷潘跟麦列霍夫家的人不打招呼。他用叉子在场上来来回回地翻着,翻一下就摆动一下宽宽的、向下耷拉的肩膀,偶尔跟妻子说几句玩笑话,阿克西妮亚也笑着,忽闪着头巾下露出来的黑眼睛。格里高力闭上眼睛,她那绿裙子还是在眼前不住地晃动。一股神秘的力量在扭他的脖子,要他的头转向司捷潘家的场院那一边。他没有发觉,娜塔莉亚一面帮着公公摊麦捆,一面用苦恼和嫉妒的眼睛捕捉丈夫每一道忘情的目光;他没有看见,正赶着马转圈儿的彼特罗在盯着他,鼻孔一翻一翻的,脸上带着隐隐的、不出声的笑。

土地被石磙子压得发出轰隆轰隆的吼声。在沉闷的轰隆声伴奏下,格里高力想着一些模糊的念头;许多恍恍惚惚、零零碎碎的想法,一个个从脑子里溜走,他想留都留不住。

打场的声音,赶牲口的吆喝声,鞭子的尖啸声,风车的哒哒声,从远远近近的场院上传到河边滩地上,才渐渐消失。因为庄稼上场好像肥胖起来的村子,在顿河边伸展开来,好像一条赤练蛇躺在路边,经九月的凉爽的干风一吹,呆住不动了。在每一家篱笆围着的院子里,在每一座房子的房顶下面,生活都不停息地进行着,各有各的生活,色彩缤纷,有苦的,也有甜的,格里沙加爷爷着了凉,正在闹牙疼;谢尔盖·普拉托诺维奇羞愤交加,手里不住地揉搓着分成两半的大胡子,独自一个人哭着,牙齿咬得咯咯响;司捷潘对格里高力怀恨在心,每天夜里睡梦中都要用铁硬的手指在破被上乱抓;娜塔莉亚常常跑到棚子里,倒在牛粪堆上,身子哆嗦成一团,为自己的幸福受侵犯痛哭一场;贺里散福在集市上喝掉一条小牛,事后心里感到有愧;格里高力预感到欲望难以满足,痛苦又重新回来,心里十分烦闷,不住地唉气叹气;阿克西妮亚一面跟丈夫亲热,一面用眼泪浇着那不肯熄灭的对丈夫的仇恨。

被解雇的碾粉工人达维德卡整夜整夜地坐在"杰克"的土坯房里,"杰克"忽闪着愤恨的眼睛,对他说:

"哼,没什么了不起的!很快就会宰掉他们!革他们的命,还算便宜的。要叫他们尝尝一九〇五年的滋味,那时候咱们再算账!咱们的账一定要算!……"他恶狠狠地用伤痕斑斑的手指头比画着,不住地动肩膀,不让披在肩上的上衣掉下来。

日和夜交替着在村上飞过,时光一个星期一个星期地流过,一个月一个月地逝去。风在吹,天要变的时候山在吼叫,透出秋日碧色的清澈的顿河水心平气和地朝大海流去。

十月底的一个星期天，菲多特·包多甫斯柯夫赶着车往镇上去了。

四

他用口袋带去四对喂肥的鸭子，在集市上卖掉；在布店里给老婆买了一段花格子布，已经准备往家走了（一只脚已经踩在轮子上，拉住了马辔头），这时候，有一个不是本镇的陌生人来到他跟前。

“您好啊！”那人用黑糊糊的手指碰了碰黑色的帽檐，跟菲多特打招呼。

“你好！”菲多特眯起加尔梅克型的眼睛，慢吞吞地说，一面等待着那人的下文。

“您是哪里人？”

“是村子里的，不是这镇上的。”

“是哪一个村子的？”

“是鞑靼村的。”

陌生人从旁边的口袋里掏出一只银质的、盖上镌刻着小船的烟盒；一面请菲多特抽香烟，一面继续问下去：

“你们的村子很大吗？”

“谢谢，我刚刚抽过。我们的村子吗？是一个很大的村子。大概有三百来户人家。”

“有教堂吗？”

“当然有啦。”

“有铁匠吗？”

“你是问打铁的？也有打铁的。”

“磨坊里有铁匠炉吗?”

菲多特勒了勒急着要走的马,很不高兴地打量了一下那顶黑呢帽和那张白白的大脸上一条条直伸进短短的黑胡子里的皱纹。

“您要干什么?”

“我要搬到你们村里去住。我刚到乡长那里去过。您是空车回去吗?”

“是空车。”

“能捎个脚儿吗? 不过我不是一个人,还有老婆和两只大箱子,两只箱子有八普特重。”

“行。”

讲好了两个卢布的车钱,菲多特就把车赶到雇车人暂住的卖面包的娘们儿芙洛丝卡家,他让那个瘦弱的、淡黄头发的女人坐到车上,把两只铁皮大箱子放在车后。

他们出了镇。菲多特不住地咂着嘴,用鬃缰轻轻抽打着劲壮的小马,不时地扭一扭他那方方的、后脑勺扁平的脑袋:他抑制不住自己的好奇心。两位乘客挺文雅地坐在后面,都没有说话。菲多特先要了一支香烟抽起来,然后开口问道:

“你们是从哪儿来的?”

“从罗斯托夫。”

“是在那里生的吗?”

“您问的是什么?”

“我问:你们是什么地方人?”

“噢——噢,是的,是的,是那里人,是罗斯托夫人。”

菲多特将古铜色的颧骨抬得高高的,凝神望了望远处的荒草丛:宽阔的草原大道向长长的山坡伸去,菲多特那锐利而老练的加尔梅克型眼睛看到,在离大道半俄里远处,褐色的干枯草丛里,有几只野雁的头隐隐地在晃动。

“没带枪,不然的话,咱们可以去打打野雁啦。瞧,在那儿晃悠呢……”他用手指了指,叹着气说。

“我看不见。”男乘客眨巴着视力很弱的眼睛,坦率地说。

菲多特目送着野雁跑进山沟里,又转过脸朝着两位乘客。男乘客中等身材,瘦瘦的,紧靠着肥大的鼻梁的两只眼睛里透露出机智的神采。他说话时常常带笑。他的妻子裹着一条毛线头巾,正在打盹。菲多特看不清她的脸。

“你们为什么要搬到我们村里来?”

“我是一个铁匠,想开一个铁匠铺。我也能做木匠活儿。”

菲多特带着不相信的神气打量了一下他那一双大手，那人觉察到这一目光，又补充说：

“并且我还是‘津格尔’公司推销缝纫机的代理人呢。”

“请问，您贵姓？”菲多特问道。

“我姓施托克曼。”

“大概不是俄国人吧？”

“不，是俄国人。我的祖父是拉脱维亚人。”

一会儿工夫，菲多特就弄清楚了，这位铁匠约瑟夫·达维陀维奇·施托克曼以前在“阿克塞”工厂做过工，后来在库班呆过，再后来又在东南铁路修理厂做过工。除了这些以外，喜欢打听的菲多特还打听出人家的一大堆生活琐事。

一直来到官家森林，才没有什么问的了。菲多特在路边泉水坑里饮过了浑身大汗的马，就在车上打起盹来，因为赶了半天车，车子又颠，他困倦了。离村子只有五六俄里了。

菲多特将缰绳缠在手上，耷拉着腿，舒舒服服地靠在车上。

他想打瞌睡却没有打成。

“你们的日子过得怎样？”施托克曼一面在车上颠簸和摇晃着，一面问道。

“凑合着过，马马虎虎。”

“怎么，哥萨克们对于生活一般还满意吗？”

“有些人满意，有些人不满意。不可能所有的人都满意。”

“是的，是的……”铁匠表示赞同这种说法。沉默了一会儿，他又拐弯抹角地提出一些别有含义的问题：

“你是说，大家都丰衣足食啦？”

“够吃够用。”

“恐怕还要服兵役吧？是吗？”

“当兵吗？……我们习惯啦，只要活着，就要当兵。”

“糟糕的是，一切东西都要哥萨克自己筹办。”

“可不是吗，这一点真他妈的要命！”菲多特提起了精神，担心地朝那个把头扭向一边的女乘客看了一眼。“这样的官府实在够人受的……我服兵役的时候，卖掉几头牛，才买了一匹马，可是牵去一看，说是不合格。”

“不合格？”铁匠装出吃惊的样子。

“是这样的，这话一点不假。他们说，马腿坏啦。我说：‘请你们仔细看看，这匹马的腿跟那些得过奖的马的腿是一样的，只不过跑起来像公鸡……这叫做公鸡步。'我好说歹说，全不行，他们不肯通过。这一下子我就倾——家——荡——产——啦！……"

谈得上了劲儿。菲多特兴奋地从车上跳了下来，兴致勃勃地讲起村里的事情，骂村长分配草地不公正，称赞波兰的一些做法，在他服兵役的时候，他们的团就在那里驻扎过。铁匠将眼睛眯成一道缝儿，用锐利的目光上上下下打量着在大车旁边走的菲多特，用带铜箍的骨烟嘴抽着清淡的烟丝，不时地笑笑；但是那道斜着横穿过白白的、饱满的额头的皱纹在缓慢而吃力地活动着，好像是内心的思想活动在里面推动。

他们来到村里，已是傍晚时候。

施托克曼听从菲多特的主意，来到寡妇卢凯什卡·波波娃家里，租了她的两间屋子住下来。

"你从镇上拉回来的是什么人呀？"一群娘们儿向菲多特问道，她们已经在门口等了一阵子了。

"一个代理人！"

"什么袋里袋外的？"

"傻娘们儿，嘿，好傻！我是说，是代理人，是卖机器的。长得俊俏的，他可以奉送，至于呆头呆脑的，就像你玛丽亚大婶这样的，就得拿钱去买了。"

"你这个蟹爪子鬼倒是长得好看。瞧你那张加尔梅克鬼脸！……马都不敢到你跟前：见了你就怕。"

"加尔梅克人和鞑靼人是草原上最漂亮的人，大婶儿，你可没法比！……"菲多特且战且退。

铁匠施托克曼就在斜眼睛的长舌妇卢凯什卡家里住了下来。他还没来得及过夜，全村的娘们儿已经沸沸扬扬地议论开了。

"听到了吗，大嫂？"

"什么事呀？"

"加尔梅克佬菲多特拉来一个德国人。"

"真的？……"

"我敢当着圣母娘娘起誓，是真的！还戴着呢帽，姓施托波尔，也许是施托卡尔……"

"恐怕是警察局来的吧？"

"是税务局的，好嫂子。"

"咦——咦，嫂子们，大家都是瞎扯。听说，他是个会计，跟潘克拉季教长的儿子一样。”

“巴什卡,乖孩子,你到卢凯什卡家里跑一趟,偷偷地问问她,就说:‘婶子,你家来的是什么人呀?’”

“快去,好孩子!”

第二天,来人去见村长。

已经做了两年多村长的菲道尔·马内次柯夫将黑漆布封面的身份证在手里翻了半天,然后文书叶高尔·莎尔柯夫又翻了翻,看了看。他们交换了一下眼色,村长就按照当年做司务长时的老习惯,很威风地将手一摆:

“住下吧。”

来人行了个礼,就走了。有一个星期他没有露面,就像田鼠钻进洞里一样。他用斧头砍呀,砍呀,在夏天的厨房里修起一座铁匠炉。娘们儿关心他的那股热和劲儿已经冷了下来,只有孩子们一天到晚死乞白赖地趴在篱笆上,带着毫不掩饰的好奇心观察着这个陌生人。

五

在圣母节的前三天,格里高力跟妻子一起出去耕地。潘捷莱·普罗柯菲耶维奇这几天有病;他拄着拐杖,腰疼得哼哼着,走出来送他们去耕地。

“格里什卡,你就把牧场那边紧靠着红凹地的那两块地耕一耕好啦。”

“好吧。可是柳树崖下面还有一块地,那块地怎么办?”格里高力小声说。他因为钓鱼哑了嗓子,用一块手巾裹住喉咙。

“圣母节以后再说吧。这两块够耕的啦。红凹地跟前那两块地足有一圈①半,不要贪多。”

“彼特罗不来跟我们一块耕地吗?”

“他跟妲丽亚要去磨坊。要趁早去,要不然磨面的就多起来啦。”

伊莉尼奇娜往娜塔莉亚怀里塞了几个软软和和的面包,小声说:

“是不是把杜尼娅带去帮着赶牛?”

“两个人行啦。”

“好吧,乖孩子,当心点儿。基督保佑。”

杜尼娅弯着细细的腰,端着沉甸甸的一盆湿衣服走出院子,到顿河边去刷洗。

“娜塔莎,好嫂子,红凹地那儿雀酸梅才多呢,掐点儿回来!”

“我掐,我掐。”

“住嘴,淘气鬼!”潘捷莱·普罗柯菲耶维奇扬了扬拐杖。

三对公牛拉着仰放着的犁,顺着大道,划着因为秋旱缺雨变得硬邦邦的地面前进。格里高力不时地紧一紧扎在脖子上的手巾,在路边走着,咳嗽着。娜塔莉亚跟他并排走着,背上的干粮袋不住地磕打着她的背脊。

村外田野上清爽爽的,十分宁静。牧场那边,一道弯弯的丘冈后面,许多人在犁地,鞭声响成一片;可是在这里,在这大道上,却是一片片青青的、矮矮的野蒿,被羊咬得乱糟糟的野木樨,弯成了祷告姿势的苦菜,往上便是明朗、清澈、凉爽的天空,天空还飘着一道道银光闪闪的蛛丝。

送走耕地的人以后,彼特罗和妲丽亚便准备去磨坊。彼特罗在仓房里吊起一只大筛子,筛起了麦子。妲丽亚就装口袋,往车上搬。

潘捷莱·普罗柯菲耶维奇将马套到车上,细心地理好套绳。

“快好了吗?”

“马上就好。”彼特罗在仓房里答应道。

* * *

磨坊里已经很拥挤了。院子里到处都是大车。磅秤周围挤得水泄不通。彼

---

① 一圈等于四公顷。——作者注

特罗将缰绳扔给妲丽亚,从车上跳了下来。

“快轮到我的号头了吗?”他问站在磅秤旁边的“杰克”。

“还要等一阵子呢。”

“现在是几号在磨?”

“三十八号。”

彼特罗走出去搬口袋。这时候磅秤房间里吵了起来。有一个沙哑、凶狠的声音在吼叫:

“你睡过了号,现在你想往前插?滚开,南蛮子,要不然我揍你!”

彼特罗从嗓音上听出这是“马掌”亚可夫。他仔细听了听。磅秤房里叫喊声越来越大,好像就要把房子胀破。

咚地响了一声,一个不很年轻的长胡子的塔甫里亚人①从门里跌了出来,黑色的便帽歪到了后脑勺上。

“凭啥打人?”他捂着腮帮子,叫道。

“我拔掉你的牙!……”

“哼,等着瞧吧!”

“你要是有种,来吧!……”

“马掌”亚可夫(他在当兵的时候,有一次给马钉掌,马撒起欢来,一蹄子踢到他的脸上,踢断了鼻梁,踢裂了嘴唇,脸上留下马掌印子;长好的伤疤呈椭圆形,发青,还有一些黑色的小点子,那是马掌上铁刺的痕迹,他的绰号“马掌”就是由此而来)这个身强力壮的剽悍的炮兵,一面挽着袖子,从里面跑了出来。一个身穿粉红色褂子的高大的塔甫里亚人从背后狠狠地捅了他一拳。“马掌”晃了两下,但脚跟还是稳住了。

“老乡们,人家打哥萨克啦!……”

一批一批前来磨粉的哥萨克和塔甫里亚人,就像从袖筒里抖搂出来似的,争先恐后地从磨坊跑到塞满车辆的院子里。

一场群架在大门口打了起来。大门被潮水般的人体挤压得咯吱咯吱直响。彼特罗扔下口袋,啊呀叫了一声,就小步朝磨坊跑去。妲丽亚在车上欠起身来,看到彼特罗所向披靡,一直冲进垓心;等彼特罗被打到墙根下,被打倒在地,并且被人用脚乱踩的时候,她才哎哟叫了起来。米佳·柯尔叔诺夫挥舞着一根铁门

---

① 塔甫里亚人是指那些遵照叶卡捷琳娜二世命令,从克里米亚(即塔甫里亚)附近的南部地区迁移到顿河流域的乌克兰人的后代。——作者注

闩,连蹦带跳地从机器房的角落里跑了出来。

那个从背后捅了“马掌”一拳的塔甫里亚人冲出重围,一只撕烂的粉红色袖子像打断的鸟翅膀一样在他背后晃悠着。这个塔甫里亚人将身子弯得低低的,两手划着地面,跑到旁边一辆大车跟前,顺手抽出一根车杠。磨坊院子里声嘶力竭、带拖腔的叫喊声响成一片:

“啊——啊——啊——啊……”

“呜——呜——呜——呜……”

“啊——呀——呀——啊——啊!……”

咔嚓声。咚咚声。哎哟声。嗡嗡声……

沙米尔家三兄弟从家里跑来了。一只胳膊的阿列克塞的脚绊在有人扔下的缰绳上,在门口跌了一跤;他跳起来,把左边的空袖筒紧紧按在肚子上,跨过密集的大车辕杆。他的弟弟马尔丁那掖在白袜筒里的裤腿挣了出来;他弯下腰,想把裤腿塞进去,但是磨坊跟前发出了一声呼号。有一个人的叫声就像狂风卷起的蛛丝,高高地飞到了磨坊那坡度不大的房顶上。马尔丁便直起身子,跟着阿列克塞向前冲去。

妲丽亚在车上看着,急得扳着手指头,呼哧呼哧地喘着粗气;周围妇女们在尖叫,在哭喊,马匹惊骇得贴起耳朵,牛哞哞直叫,拼命往大车上靠……脸色苍白的谢尔盖·普拉托诺维奇嘟哝着嘴唇,踉踉跄跄地从旁边走过去,他的肚子像圆鸡蛋一样在背心里面来回乱滚。妲丽亚看到,那个穿着撕烂的粉红色褂子的塔甫里亚人用车杠把米佳·柯尔叔诺夫打倒在地,接着自己也仰面倒下,劈裂的车杠从手里飞了出去,对准他的后脑勺狠狠打了一拳的一只胳膊的阿列克塞又一脚把他踩住。一个一个的酣斗场面,像花花绿绿的碎布片一样在妲丽亚眼前闪过。她看到米佳·柯尔叔诺夫跪在地上,用铁门闩朝着一旁跑过的谢尔盖·普拉托诺维奇狠狠捅了一下,她一点也没有感到奇怪;谢尔盖·普拉托诺维奇扬了一下直摇晃的双手,就像虾子一样朝磅秤房爬去;很多人用脚踹他,把他踹了个仰面朝天……妲丽亚哈哈狂笑起来,她那两道描得黑黑的弯眉毛笑得更弯了。她一眼看到彼特罗,这才收住狂笑:彼特罗摇摇晃晃地从乱纷纷、闹哄哄的重围里冲了出来,倒在一辆大车底下,嘴里直吐血。妲丽亚喊叫着朝他奔去。这时很多哥萨克手执木棒从村里跑来,有一个人还挥舞着铁棍。

这场群架渐渐发展到骇人听闻的规模。不像在酒馆里发酒疯,也不像在开斋节那样排成排斗殴了。一个被打破了头的年轻的塔甫里亚人躺倒在磅秤房的门口;他的两腿大劈着,满头都是黑黑的血块,一绺绺血染的头发耷拉到脸上;看样子，他已经踏上清净乐土了……

塔甫里亚人被逼到了土坯房里，像羊群一样，挤成了一堆。如果不是一位年长的塔甫里亚人心生一计，结局会很惨的。他跑进土坯房里，从炉子里抽出一根直冒火花的劈柴，跑出门来，朝着存有一千多普特磨好的面粉的棚子跑去。灰烟像轻纱一样在他肩膀头上缭绕着，大白天显得不很亮的火星四处乱飞。

“我要放——火——啦！”他狂吼一声，就举着劈啪直响的劈柴往芦苇棚顶跟前凑。

哥萨克们都哆嗦了一下，站住了。一阵阵的干旱风从东方吹来，一直把土坯房顶上的灰烟吹到挤成一堆的塔甫里亚人身上。

只要有一颗大点儿的火星落到棚顶那干燥、厚实的芦苇上，全村就会笼罩在烟海里……

哥萨克人群里响起一阵低沉而短促的轰轰声。有人已经倒着向磨坊退了，可是那个塔甫里亚人还在摇晃着劈柴，摇得火滴从灰白色的烟团里直往下掉，一面嚷着：

“我要放火啦！……放——火——啦！都给我从院子里出去！……”

本来够丑的脸上又添了多处青紫伤的肇事者“马掌”亚可夫，头一个离开磨坊院子。哥萨克们跟着他急急忙忙朝村外拥。

塔甫里亚人都扔下口袋，把马套到车上，人站在车上，一面抖着皮缰绳的乱结，一面打着马冲出院子，轰隆轰隆地朝村外跑去。

一只胳膊的阿列克塞还站在院心里；那只扎着袖口的空袖子在细长的肚子上直晃荡，一只眼睛眨巴着，一边腮抽搐着，像没完没了地抽筋似的。

“哥萨克们，上马！……”

“追呀！……”

“他们跑不过那道冈子！……”

米佳·柯尔叔诺夫歪着身子，正要冲出院子。聚集在磨坊外面的哥萨克们又像一阵波浪一样，闹哄哄地骚动起来。但就在这时候，一个以前谁也不曾发现的头戴黑呢帽的陌生人，从机器房里快步来到跟前；他用眯得细细的、像刀锋一样锐利的眼睛扫视着人群，扬起一只手来。

“请等一等！”

“你是什么人？”“马掌”的眉毛像跳舞似的动了几下。

“他是从哪儿钻出来的？”

“把他捆起来！”

"哼！……"

"呸——呸！……"

"等一等，乡亲们！……"

"秃尾巴狗才是你的乡亲哩！"

"这个庄稼佬！"

"屎壳郎挡道！"

"亚可夫，揍他！"

"把他的眼珠子给揍出来！……照眼珠子打！……"

那人腼腆地、但是毫无惧色地笑了笑，摘下帽子，用一种非常随便的姿势擦了擦额头，用笑彻底解除了人们的武装。

"怎么一回事儿呀？"他挥了挥折叠起来的呢帽，指着磅秤室门口已经浸进土里的黑血问道。

"打南蛮子呢。"一只胳膊的阿列克塞很和气地回答说，眼睛眨巴了几下，腮帮子也动了动。

"为什么打呀？"

"为了排队的事。不该往前插。""马掌"一面往前跨，并且用力一抹，抹去鼻子下面的血块子，一面解释说。

"给他们一点颜色看看！"

"喂，追上去才是……到了草原上，没法子放火啦。"

"咱们的胆子太小啦，也许他不敢呢？"

"一个人在走投无路的时候，放把火是件很平常的事。"

"南蛮子一个个可都是气性很大呀。"阿丰卡·奥捷洛夫笑了笑说。

那人用帽子朝他点了点。

"你是什么人？"

阿丰卡从打出了豁子的嘴缝里轻蔑地啐了一口唾沫，他注视着飞出的唾沫落地之后，一只脚向前跨了跨。

"我吗，我是哥萨克；你呢，是不是茨冈人？"

"不是的。咱们都是俄罗斯人。"

"胡说！"阿丰卡强硬地说。

"哥萨克本来都是俄罗斯族。这一点你知道不知道？"

"可是我要对你说：哥萨克的祖先就是哥萨克。"

"古时候，许多农奴从地主家逃出来，迁移到顿河上落了户，后来就把他们叫做哥萨克。"

"你走吧,好心人,别管这里的事!"一只胳膊的阿列克塞把肿起来的手指攥成拳头,用克制着的凶狠腔调劝他说,那一只眼睛也更紧密地眨巴了几下。

"咱们成了外来的下等人啦!……哼,瞧吧,这小子想叫咱们变成庄稼佬呢!"

"这是什么人?阿丰卡,嗯?"

"是新搬来的一个人,住在斜眼卢凯什卡家里的。"

追赶的机会错了过去。哥萨克们乱哄哄地议论着刚才的一场群架,各自散去。

夜里,在离村八俄里的田野上,格里高力裹着厚实的粗布褂,很苦闷地对娜塔莉亚说:

"你真像个陌生人……你就像这月亮一样,既不冷,又不热。我不爱你,娜塔什卡,你不要生气。我本来不愿意说这些,可是不成,很明白,这样是过不下去的……我很可怜你,这些天咱们好像也亲近了一些,可是心里什么也没有……空空的。就像现在的田野一样……"

娜塔莉亚仰望着高不可攀的星空,望着在他们头上飘过的像透明的华盖一样的云片,没有做声。从那黑沉沉、蓝魆魆的高空里,传来迟归的飞鹤那银铃般的叫唤声。

蓑草散发着愁惨惨、死沉沉的气息。在一处高地上,耕地人生起的火堆闪耀着通红的火光……

天亮前,格里高力醒来。粗布褂上落了有两俄寸的雪。一层银光闪闪、白得透青的新雪覆盖了原野,他们附近有许多清晰的爪印,那是新雪后摸不清道路的兔子留下来的。

六

很久以来就是这样:如果一个哥萨克没有同伴,独自驾车在去米列洛沃镇的路上走,只要遇到乌克兰人(从下亚布洛夫村到米列洛沃镇这七十五俄里之内,全是乌克兰人的村庄)而不让路的话,就要被乌克兰人痛打一顿。因此,去车站都是好几辆大车结队同行,这样,如果在草原上遇到乌克兰人,打起架来就不怕了。

"喂,南蛮子!让路!下等货,住在哥萨克的土地上,还不想让路吗?"

这对于乌克兰人也不是件快活事,因为他们常常往顿河边的巴拉蒙诺夫粮栈运小麦。在路上会无缘无故地打起来,只不过因为是"南蛮子",既然是"南蛮子",那就该打。

几百年前,有人精心地在哥萨克土地上播种了等级差别的种子,并且加以培育、照料,于是这种种子发出了茁壮的幼芽:这片土地在斗殴中流下了不少哥萨克和外来户——俄罗斯人和乌克兰人的血。

磨坊里打过群架以后,又过了两个星期,乡警察局长和一位侦察官来到村里。

首先传讯的是施托克曼。侦察官是一位哥萨克贵族出身的青年文官。他一面在公事包里翻着,一面问道:

"您搬来此地以前,住在什么地方?"

"住在罗斯托夫。"

"在一九〇七年,您为什么事坐牢的?"

施托克曼用眼睛扫了扫公事包和侦察官低垂的头上那偏分的、满头碎屑的头发。

“因为妨碍秩序。”

“嗯……那时您在哪里做事?”

“在铁路修理厂。”

“职业?”

“铁匠。”

“您是不是犹太人?是不是改信耶稣教的?”

“不是的。我想……”

“我不想知道您在想什么。您流放过吗?”

“是的,流放过。”

侦察官把头从公事包上抬了起来,咕哝了几下刮得光光的、生了不少粉刺的嘴唇。

“我劝您离开这里……”又自言自语地说:“而且,这件事我也要尽力而为。”

“为什么,侦察官先生?”

他以问题回答问题:

“在磨坊里打架那一天,您对本地的哥萨克说了些什么话?”

“说的是实在话……”

“好吧,您可以走啦。”

施托克曼走到莫霍夫家(来往官员总是住在谢尔盖·普拉托诺维奇家,不住客店)的阳台上,耸耸肩膀,回头看了看那两扇油漆的大门。

七

冬天没有一下子就站稳阵地。圣母节以后,落下的雪融化了,牲口又被赶出去牧放。刮了一个星期的南风,又暖和了,大地恢复了原来的模样,一种迟开的毛茸茸的小花儿在原野上开放起来，鲜亮鲜亮的。

回暖的天气一直持续到米海洛夫节，后来严寒袭来，下了一场大雪；一天比一天冷，又下了两俄寸半的雪，在空旷的菜园地上，篱笆被埋到了顶，那一行行圆圆的兔子爪印儿从篱笆上穿过，就像姑娘的绣花针脚。街道上一个人也看不到。

烧牛粪块的白烟在村子上空连成一片，路边的灰堆上，来来回回奔跑着飞到人们住处来的白嘴鸦。爬犁开辟出来的冬季道路，弯弯曲曲地穿过村子，像一条退了色的灰带子。

有一天，在广场上开起了村民大会：分配和砍伐烧柴的时候到了。在村公所的台阶旁，穿着大大小小皮袄的人拥拥挤挤，毡靴声咯吱咯吱地响个不停。因为天冷，人们拥到了村公所里面。那些银髯飘拂的可敬的长者，分坐在村长和文书的两边，年轻些的哥萨克们，各色胡子的和没有胡子的，都挤成一堆，从暖暖和和的羊皮领子里发出嗡嗡的议论声。文书在纸上写满密密麻麻的字，村长隔着肩膀看着他，低低的嗡嗡声在村公所的冷屋子里响成一片：

"如今的草啊……"

"哦，哦……草甸子上的草倒还可以喂牲口，田野上的就太不成样子啦。"

"以前，古时候，放牲口可以放到圣诞节。"

"这对加尔梅克人可真好！"

"可不是……"

"村长戴着狼脖圈呢，你瞧，他的头都扭不动啦。"

"他妈的吃得太肥啦，简直像头骟猪！"

"老哥，你要把冬天吓跑吗？瞧，你的大皮袄多么厚……"

"人家茨冈人这会儿都把皮袄卖掉啦。"

"在圣诞节期间，茨冈人睡在草原上，什么都不盖，只披着鱼网，连小肠头都露在外面；一个茨冈人醒来，指头一伸，从网眼里露了出来，就骂起娘来：'哎哟，它娘的，天好冷啊！'……"

"天啊，道路都要滑起来啦。"

"连公牛都非钉铁掌不可。"

"前几天我在鬼沟砍过白柳，还算好。"

"查哈尔，你把裤裆扣好……冻掉了那玩意儿，老婆就不要你啦。"

"喂，阿甫杰伊奇，你充当公牛了吧？"

"我没干。巴兰卡·姆雷欣娜要干。她说，我是个寡妇，什么都可以干。我说,忍着点儿吧,实在忍不住就找头小牛……”

“哈——哈——哈——哈!”

“咯——咯——咯——咯!……”

“诸位老人家!柴禾的事怎么办啊?……安静点儿!”

“我是说,实在忍不住就找条小牛当……干亲家……”

“安静点儿!请大家安静点儿!”

大会开始了。村长一面摩平汗湿的分配名单,一面高声念着分柴禾人的姓名,不住地呵着热气,用小指头弹着胡子上的冰凌。后面,在乒乓直响的门口,是呵出的热气、拥挤的人群和擤鼻子的抽搭声。

“不能定在星期四砍!”伊凡·托米林拼命要压倒村长的嗓门儿,一面歪着戴炮兵蓝制帽的脑袋,揉着通红的耳朵。

“怎么一回事儿?”

“耳朵要揪下来啦,炮手!”

“咱们可以给他缝上一对牛耳朵。”

“星期四全村有一半人要去拉干草。瞧你们定的!……”

“你可以在星期天去嘛。”

“诸位老人家!……”

“没啥好说的!”

“就这样好啦!”

“咕——咕——咕——咕!……”

“哈——哈——哈——哈!……”

“嘎——嘎——嘎——嘎!……”

马特维·卡叔林老头子从摇摇晃晃的桌子上探过身子,用光溜溜的杨木拐杖朝托米林这边直捣,气呼呼地大叫起来:

“你运什么草……哪儿的话!……全是骗人……你一向就爱捣蛋。小老弟,你想捣蛋还不够格呢!……哼!……你呀!……哼……”

“你不要倚老卖老……”一只胳膊的阿列克塞在后排伸了伸头,插嘴说,眼睛眨巴了几下,丑腮也哆嗦了一阵。

六年来,为了多耕一小块地,他一直在跟卡叔林老头子作对。每年春天他都要打老头子一顿。其实卡叔林老头子多占他的土地只有麻雀爪子那样大——皱紧眉头吐一口唾沫,唾沫就能从这边飞到那边。

“住嘴,丑鬼!”

“可惜离得太远，我在这儿够不到你，不然的话我抽你一顿，准能叫你淌红鼻涕！”

“瞧你吧，缺胳膊、眨眼睛的丑鬼！……”

“你们又吵起来啦，住嘴吧！……”

“你们到外面去，到外面干去。真话。”

“算啦，阿列克塞，瞧，老头子打哆嗦啦，连头上的帽子都抖起来啦。”

“谁要是吵闹，送去关起来！……”

村长用拳头在吱吱嘎嘎直响的桌子上擂了一下。

“我马上把看守叫来！别吵啦！……”

闹声渐渐小下来，滚到后排，消失了。

“星期四天一亮就去砍柴。”

“诸位老人家，怎么样？”

“就这样好啦！”

“上帝保佑！”

“如今的人不爱听老年人的话啦……”

“不怕他们不听。有法子收拾他们。我家的阿列克萨什卡，在分家的时候，冲上来想打架，抓住了我的衣裳。我马上抽了他一顿，说：‘我马上去报告村长和长辈，狠狠揍你一顿……’他老实了，软了下来，就像春水冲倒的小草。”

“还有，诸位老人家，收到乡长一道命令，”村长换了腔调，并且扭了扭头，因为制服硬领卡着下巴，勒得脖子很难受，“本星期六，青年都要到镇上去宣誓。傍晚要在乡公所门前集合。”

潘捷莱·普罗柯菲耶维奇在紧靠门口的一扇窗户跟前，像仙鹤一样蜷着那条瘸腿，站在亲家公身边。米伦·格里高力耶维奇身穿皮袄，敞着怀，坐在窗台上，在枣红色的胡子里面暗暗笑着。短短的灰白色睫毛上挂着一层毛茸茸的霜，褐色的大麻子冻得充上了血，变成了灰色。年轻一些的哥萨克在周围拥拥挤挤，笑着，挤着眼睛；那在人群中间踮着脚尖晃来晃去的，是扁平而光秃的后脑勺上歪戴着阿塔曼团银十字蓝顶皮帽的阿甫杰伊奇——他和潘捷莱·普罗柯菲耶维奇是同年，但总不见老，脸上总是红扑扑的，就像晚熟的苹果，他的绰号叫“牛皮大王”。

阿甫杰伊奇过去在御林军阿塔曼团当过兵。他去当兵的时候是阿甫杰伊奇·西尼林，回来就变成“牛皮大王”阿甫杰伊奇了。

他是本村头一个进阿塔曼团的人，因而新奇感害了他：他本来是个跟大家一样的小伙子，只是从小有一点喜欢信口开河的毛病，可是当兵回来以后，就云天雾地地瞎吹起来。他从回来的第一天起，就讲起他在皇宫里当差时的许多奇闻和他在彼得堡所干的许多惊天动地的事迹。听得发呆的听众起初都相信他，一齐张大了嘴，听得十分认真，可是后来就清楚了，原来阿甫杰伊奇是瞎吹，本村有史以来还没见过这样瞎吹的；大家当面笑他，揭穿他编造的那些奇闻怪事，但是他的脸红都不红(也许红过的，只是因为脸上总是红红的，所以看不出来)，还是继续瞎吹。老来吹得更厉害了。别人要是挑三拣四地问他，他就生气，跟人打架，如果别人不做声，只是笑他，他就拼命地瞎吹，别人笑不笑，他根本不在乎。

在经营家务方面，他是一个能干而勤劳的哥萨克，样样事情都做得有条有理，而且在某些地方很有心计，可是一谈起他在阿塔曼团当兵的事……任何人都要把两手一摊，笑得蹲到地上，把肚子都笑破。

阿甫杰伊奇这时站在当中，一摇一晃地踏动着两只穿成了圆筒的毡靴；他望着拥拥挤挤的哥萨克，用沉重有力的声调瓮声瓮气地说：

"如今的哥萨克全是废料。个头儿又小，又没有本事。随便哪一个你都能用鼻涕把他打成两截。一句话，就是不像样。"他轻蔑地笑着，用毡靴将吐出的唾沫碾了碾。"我在维奥申镇上看到过一副死人骨头，那才像个哥萨克的样子——真了不起！……"

"阿甫杰伊奇，你在哪儿掘到死人骨头的？"光嘴巴的安尼凯一面用胳膊肘捅捅旁边的人，一面问道。

"老同事，看在快要过节的分上，别瞎吹了吧。"潘捷莱·普罗柯菲耶维奇皱了皱鹰钩鼻子，抖了抖耳环。他不喜欢胡吹。

"老弟，我从来不吹牛。"阿甫杰伊奇用真诚感人的声调说，并且回头看了看笑得像打摆子一样直打哆嗦的安尼凯，觉得很奇怪。"我看到死人骨头，是在帮我小舅子盖房子的时候。一开始挖地基，就挖到一个坟。大概，那地方靠近顿河，又在教堂旁边，古时候曾经是坟地。"

"死人骨头又有啥好说的呢？"潘捷莱·普罗柯菲耶维奇一面准备往外走，一面不满意地问道。

"一条胳膊——有这么长……"阿甫杰伊奇把两条长胳膊一伸，"那头呀——真的，我不瞎吹——跟军用锅一样大。"

"阿甫杰伊奇，顶好还是给青年人讲讲你在圣彼得堡捉强盗的事吧。"米伦·格里高力耶维奇提议说，一面掩着皮袄大襟，从窗台上溜下来。

"那没有什么好讲的。"阿甫杰伊奇谦虚起来。

"讲讲吧!"

"请你讲讲!"

"赏个脸吧,阿甫杰伊奇!"

"事情嘛,嗯,是这样的。"阿甫杰伊奇咳嗽了两声,从裤袋里掏出了烟荷包。他朝弯起来的手掌里倒了一撮烟丝,把两个从烟荷包里掉出来的铜币又放进去,志得意满地扫了听众一眼。"监牢里跑出了一个在押的江洋大盗。这儿搜,那儿搜——没有。官府里上上下下闹了个人仰马翻。这一下跑掉啦,完啦!夜里,值班的武官来传我,我去了……什么事呢……他说:'你到皇上寝宫里去……皇上亲自召见你。'我,不用说,有点儿怕;走进宫去,行了一个礼,这位仁德的君主用手拍了拍我的肩膀,说:'伊万·阿甫杰伊奇,孤家治下的头号大盗逃走啦。你上天入地,都要给我找到,不然就不要来见我!'我说:'遵旨,吾皇万岁,万万岁!'嗯……伙计们,这可是个难题啊……我从御马监里挑选了三匹千里马,就出发了。"阿甫杰伊奇抽起烟,扫视了一下听众垂下去的脑袋,透过遮住了他的脸的浮云一般的烟雾,兴致勃勃地高声讲了起来:"我快马加鞭,白天追,黑夜追。到了第三天,才在莫斯科郊外追到。我把他捆得结结实实,装上马车,就顺原路而回。回到宫里已经是半夜,我带着满身的泥水,直接去见皇上。这一下文武百官、王公大臣们都不放我进去,可是我进去了。嗯……我敲了敲宫门。'我皇陛下,小臣要见驾。'里面有人问:'是哪一个呀?'我说:'是我——伊万·阿甫杰伊奇·西尼林。'里面忙乱起来,我听到皇上亲自叫喊:'玛莱亚·菲多罗芙娜!玛莱亚·菲多罗芙娜快起来,生上茶炊,伊万·阿甫杰伊奇来啦!"

后排爆发出雷鸣般的笑声。正在念寻找失踪和离群牲口启事的文书,念到"左腿踝子骨以下包着袜子",就念不下去了。村长像鹅一样伸长脖子,看着笑得直摇晃的人群。

阿甫杰伊奇扯下帽子,皱着眉头,莫名其妙地望望这个,又望望那个。

"笑死人啦!"

"哈——哈——哈——哈!……"

"哎哟,肚皮破——破啦!……"

"咯咯咯咯……"

"阿甫杰伊奇,秃毛狗,哈哈哈!……"

"'生上茶炊,阿甫杰伊奇来啦!'嘿,好家伙!"

村会开始散了。上了冻的木板台阶声音长长地、连续不断地吱嘎吱嘎响着。在村公所门口踩实了的雪地上,司捷潘·阿司塔霍夫正跟荷兰式风磨的主人——一个高个子、长腿的哥萨克——转来转去地在摔跤暖和身子。

“从掌柜的头上跨过去!”围观的哥萨克们出主意说。“司捷潘,把他吃下的麸子全给抖搂出来!”

“你凭力气干不过他! 咦,真不机灵!”卡叔林老汉着急地喊着,像麻雀一样忽左忽右地蹦着,因为看得出神,一点没有理会挺不好意思地挂在他那红中透青的鼻子尖上的又大又亮的一滴鼻涕。

八

潘捷莱·普罗柯菲耶维奇开会回来,一直走进他跟老伴住的那间耳房。这几天伊莉尼奇娜身子不舒服。她那水肿的脸上露出疲惫和疼痛的神情。她躺在鼓膨膨的鸭绒褥子上,背靠着竖起来的枕头。她听到熟悉的脚步声,便扭过头来,脸上带着多年来养成的严肃表情,看了丈夫一眼,将目光停在呼气呼潮了的、一直抵到丈夫的嘴的拳曲的下巴胡上,停在跟下巴胡连成一片,潮湿得粘到一起的上嘴胡上,她用鼻孔闻了闻,但闻到的是老头子身上的寒气和羊皮的酸味。“今天他没有喝酒,”她满意地想道,于是把没有打好后跟的袜子连同钩针往自己圆滚滚的肚子上一放,问:

“砍柴的事怎么样?”

“定在星期四。”潘捷莱·普罗柯菲耶维奇捋了捋胡子,“星期四一早就动手,”他又说了一遍,一面坐到靠床的柜子上。“嗯,怎么样? 身上是不是轻快一点儿了?”

伊莉尼奇娜的脸色阴沉下来。

“还是那样……骨节里像针扎一样,疼得很。”

“早就对你这个混蛋娘们儿说过,叫你秋天不要下水。既然知道自己有毛病，就别去胡折腾！”潘捷莱·普罗柯菲耶维奇用拐杖在地上画着大圆圈，发起火来。“家里娘们儿还少吗？还有你那该死的麻，偏要去泡麻，这会儿好啦……哎哟——哟，你就受着吧……哼！”

“麻也不能糟蹋掉啊。媳妇们都不在家；格里什卡带媳妇去耕地，彼特罗也带妲丽亚出去啦。”

老头子对着抄起的手掌哈着气，将身子俯到床上。

“娜塔什卡怎么样？”

伊莉尼奇娜提起精神，带着十分担心的神情说了起来：

“怎么一回事——我不知道。前两天又哭啦。我走到院子里，一看——仓房的门有人开啦。我心想，我去把门关上。就走进去，她正站在粮囤跟前呢。我问她：‘你怎么啦，好孩子，怎么啦？’她说：‘妈妈，头有点疼。’真话是问不出来的。”

“也许是病了吧？”

“不是的，我仔细问过啦……恐怕不是有人说坏话，就是跟格里什卡闹别扭……”

“他是不是……又在往她那儿跑呢？”

“你怎么啦，老糊涂啦！瞧你说的！”伊莉尼奇娜惶恐地拍了一下手。“还有司捷潘呢，他是呆子吗？我没有看见，没有。”

老头子坐了一阵子，就出去了。

格里高力正在自己房里用锉刀锉带螺纹的钓钩上的弯钩。娜塔莉亚给钓钩涂上熬过的猪油，又仔细地用破布将钓钩一个一个地包起来。潘捷莱·普罗柯菲耶维奇一瘸一拐地从旁边走过，留神看了看娜塔莉亚。在她那黄得像秋天的树叶一样的脸上，只有淡淡的一层红晕，显得非常憔悴。这一个月来，她瘦了许多，眼睛里出现了一种异样的、令人怜悯的神情。老头子在门口站了下来。“唉，他对不起媳妇啊！”他又朝俯在板凳上的娜塔莉亚那梳得光光的头看了看，心里想道。

格里高力坐在窗前，用锉刀一下一下地锉着，他的头发在额头上一下一下地跳，就像乱蓬蓬的黑马鬃。

“你他妈的给我放下！……”老头子一阵怒火涌来，涨红了脸，大喝了一声，又夹了夹拐杖，撑住胳膊。

格里高力吓了一跳，大惑不解地抬起眼睛看了看父亲。

“爹，我想把两个头儿锉尖些。”

“算了吧，听见没有？收拾一下砍柴的家伙吧！”

“马上就好。”

“爬犁上的板条子一根都没有钉上，他倒锉起鱼钩来啦。”老头子的语气已经平和些了。他说过这话，又在门口捯动着脚站了一会儿（看样子，他还想说点什么），就走了出去。剩下的火气找彼特罗发去了。

格里高力正要穿上皮袄，就听到父亲在院子里嚷起来：

“牲口到现在还没有饮，不成材的东西，你干什么的？……篱笆跟前这一垛草，是谁抽开的？叫你不要动尽边上这一垛，我对你说过没有？……该死的东西，你们把顶好的草都早早地糟蹋掉，到春天耕地的时候，叫牛吃什么？……”

星期四，离天亮还有两个钟头，伊莉尼奇娜就叫醒了妲丽亚。

“起来吧，该生火啦。”

妲丽亚穿着一件小褂跑到灶前。她在小洞里摸到火柴，生起火来。

“你快点做饭。”头发散乱的彼特罗抽着烟，不住地咳嗽着，催促妻子说。

“舍不得叫醒娜塔什卡，不知道她要睡到什么时候呢，没良心的。怎么，我就该撕成两半啦？”睡眼惺忪、一肚子怨气的妲丽亚带着睡意嘟哝说。

“你去叫叫她。”彼特罗说。

娜塔莉亚自己起来了。她穿上小褂，就到棚子里去弄干牛粪块。

“带点儿引火柴来！”大嫂下命令说。

“叫杜尼娅挑水去，听见吗，妲丽亚？”伊莉尼奇娜很吃力地在厨房里移动着脚步，哑着嗓子说。

厨房里又是新鲜啤酒花气味，又是皮马套气味，还有人身上的暖烘烘的气味。妲丽亚来来回回地跑着，跑得毡靴嚓嚓直响，弄得铁锅丁丁当当；她将袖子挽到胳膊肘以上，两个小奶头在粉红色的小褂底下扑扑直跳。婚后生活没有使她憔悴，没有使她消瘦：她高高的、细细的，腰软得像柳树条儿，很像一个未过门的姑娘。走起路来袅袅婷婷，肩膀摇来摆去。遇到丈夫喝叫，她总是微微地笑笑；在两片薄薄的、娇嗔的嘴唇底下，总是露着密密实实的细牙。

“晚上就该把牛粪块放进去。在锅膛里一夜就能烘干。”伊莉尼奇娜不满意地嘟哝说。

“忘啦，妈妈。该我们受罪。”妲丽亚代表大家回答说。

饭做好了，天也亮了。潘捷莱·普罗柯菲耶维奇不顾稀饭烫嘴，匆匆忙忙地吃过早饭。愁眉苦脸的格里高力慢慢地嚼，腮上凸起的两个大包不住地动着。彼特罗却开起玩笑，背着父亲学妹妹吃饭的样子，杜尼娅因为牙疼把脸蛋子捂着呢。

村子里响起爬犁的嚓嚓声。在灰蒙蒙的晨曦中,有几辆牛车朝顿河边走着。格里高力和彼特罗走出来套爬犁。格里高力一面走一面围软软和和的围巾——这是新娘送给新郎的礼物——吞吸着寒冷而干爽的空气。头顶上响起一阵深沉而洪亮的叫声,一只乌鸦从院子上空飞过,翅膀慢慢扇动的沙沙声在冷清清的寒空里显得非常清晰。彼特罗看着乌鸦飞过去,说:

"到南方,找暖和地方去啦。"

在绯红、愉快、像姑娘笑脸一般的云彩后面,一弯细细的月牙挂在天空。烟囱里冒出的炊烟笔直地向上冲去,像个一只胳膊的人伸出胳膊,去够那高不可攀的、金色的、尖尖的月牙儿。

麦列霍夫家对面的顿河还没有封住。贴边的地方已经冻实了,在一片一片的积雪中间,冰面显得绿莹莹的,没有被急流带走的河水在冰底下嬉戏,冒着白泡,河中心再过去一些,靠近左岸,从黑土崖下朝外冒水的地方,有一片又可怕又诱人的深水,在周围一片冰雪当中,显得黑魆魆的;留下来过冬的野鸭,像一颗颗黑黑的麻子一样,在这片水面上钻上钻下的。

过了广场,便是渡口。

潘捷莱·普罗柯菲耶维奇没有等两个儿子,驾着老牛拉的爬犁头里走了。彼特罗和格里高力停了一会儿,也跟着出发了。他们在下坡的地方赶上了安尼凯。安尼凯腰里系着宽宽的绿色腰带,将装了新把子的斧头插在爬犁上,自己跟牛并排走着。他的老婆,一个瘦小多病的女人,赶着爬犁。彼特罗离得老远就喊道:

"伙计,看样子,你带着老婆去啦?"

爱说爱笑的安尼凯跨着舞步走到爬犁跟前。

"带着,带着。带着暖暖脚儿。"

"她身上热气可不多,太瘦啦。"

"我好草好料地喂她,可是她就是不长膘。"

"咱们分的柴是在一段地上吗?"格里高力也从爬犁上跳下来,问道。

"你要是给我点儿烟抽,就算在一段地上。"

"你呀,安尼凯,生来就是吃别人的东西长大的。"

"偷来和要来的东西,比什么都甜。"安尼凯打着哈哈,笑得他那女人一般的光脸起了皱纹。

他们一起走着。在挂满花边似的霜雪的树林子里,一片白茫茫。安尼凯赶着爬犁在前面走,不住地用鞭子抽打垂在路上的树枝儿。银针似的、松软的雪一团一团地往下掉,落得紧紧裹着身子的安尼凯老婆的身上到处都是。

“别胡闹啦,鬼东西!”她一面抖身上的雪,一面嚷道。

“你叫她鼻子扎到雪堆里去!”彼特罗叫着,为了让牛加快步子,晃了晃鞭子,想朝牛肚子底下打。

在往娘儿沟拐弯的地方,碰上了司捷潘·阿司塔霍夫。他赶着两头卸了套的公牛朝村子里走,跨着大步,走得那钉了掌的毡靴吧嗒吧嗒直响。他那罩了一层霜的拳曲的头发,从歪戴着的皮帽子里耷拉下来,就像一嘟噜白葡萄。

“喂,司捷潘,迷路了吗?”等他来到跟前,安尼凯喊道。

“迷路啦,真他妈的倒霉!……爬犁朝下一滑,撞在树根上,滑木断成了两截。非回去不可。”司捷潘又骂了几句粗话,便在长长的睫毛底下气汹汹地眯缝起明亮而强横的眼睛,从彼特罗身旁走过。

“爬犁扔下啦?”安尼凯回过头来喊道。

司捷潘把手一摆,甩了一鞭,把朝荒地里走的牛赶过来,又朝跟在爬犁后面的格里高力狠狠地看了一眼。快到前面一条沟边的时候,格里高力看到扔在路上的爬犁,爬犁旁边还站着阿克西妮亚。她用左手掩着顿河式皮袄的大襟,望着大路,望着迎面而来的爬犁。

“让开,要不然我就撞上去啦!咳,你呀,可惜不是我的老婆!”安尼凯放声大笑起来。

阿克西妮亚笑着闪到一旁,坐到歪倒在地上、缺一根滑木的爬犁上。

“你老婆跟你坐在一块呢。”

“她硬粘住我,就好比苍耳子粘在猪尾巴上,不然的话我就可以把你带上啦。”

“谢谢吧。”

彼特罗来到她跟前的时候,回头瞥了格里高力一眼。格里高力一面走,一面很不平静地笑着;他的每一个动作中都流露着慌乱和期待的神情。

“你好呀,大嫂。”彼特罗用手套挨了挨帽子,打招呼说。

“托福托福。”

“爬犁坏了,是吗?”

“坏啦。”阿克西妮亚曼声回答,不看彼特罗,却站起来,转身对着快走到跟前的格里高力。“格里高力·潘捷莱耶维奇,有两句话要对您说……”

格里高力转身朝着她,对已经走过去的彼特罗说了一声:

“替我照应一下牛。”

“嗯，好的。”彼特罗歪嘴笑了笑，咂了咂被烟熏得很苦的小胡子。

他们面对面一声不响地站了一会儿。阿克西妮亚担心地四下里望了望，就把潮湿的黑眼睛移到格里高力身上。她又害羞又高兴，脸上火辣辣的，嘴唇都烧干了。她的呼吸又快又短促。

安尼凯和彼特罗的爬犁已经隐没到棕色的小橡树林子后面。格里高力对直地看了看阿克西妮亚的眼睛，看到她的眼睛里燃烧着娇嗔和失望的火焰。

“唉，格里沙，不管你怎么样，反正我没有你就没法活。”她果断地说，说完就紧紧闭起嘴唇，等着他回答。

格里高力没有做声。寂静像铁箍一样箍住了树林。静得一点声息都没有，连耳鸣声都能听得见。大路上爬犁滑出的平平的印子，天空一片片灰色的云块，树林无声无息，睡得死沉沉的……突然一声又响又近的乌鸦叫，好像把格里高力从短暂的沉睡中叫醒过来。他抬起头来，看到一只黑黑的、羽毛黑中带蓝的乌鸦蜷着腿，不出声地飞着，像告别似的扇动着两只翅膀。格里高力连自己也意想不到地说：

“会暖和的。往暖和地方飞呢……”他身子猛地一动，哑着嗓子笑起来。“好啦……”他用沉醉的眼睛里垂得低低的瞳人偷偷地四下扫了扫，一把将阿克西妮亚拉到怀里。

九

一到晚上，斜眼卢凯什卡家施托克曼住的那间屋子里就坐满了各种各样的人：常来的有贺里散福，有披着油污的上装从磨坊里来的“杰克”，有已经闲了三个月的尖舌头达维德卡，有机器师伊万・阿列克塞耶维奇・科特里亚洛夫，皮匠菲里卡有时候也来，而每天必到的常客则是米沙・柯晒沃依，这是一个还没有服过现役的年轻哥萨克。

起初是打扑克牌，后来有一次施托克曼神不知鬼不觉地拿出一本涅克拉索夫的小书。大家念了念，都觉得很有意思。后来又念尼基丁的书，到圣诞节的时候，施托克曼又让大家念一本没有封面的破旧小册子。负责念书的教会小学毕业生柯晒沃依轻蔑地打量了一下这本油污的小册子，说：

“拿来切面条倒是不错。油太厚啦。”

贺里散福嘎嘎地大笑，达维德卡笑得满脸开花，但是施托克曼等大家笑过，说道：

“念念吧，米沙。这本书是讲哥萨克的。很有意思。”

柯晒沃依把金黄色的头发朝桌前一耷拉，一个字一个字地念道：

“《顿河哥萨克简史》。”他扫了大家一眼，皱起眉头，等候大家的反应。

“念呀。”伊万·阿列克塞耶维奇说。

念了三个晚上。念到普加乔夫的事，念到自由自在的生活情形，念到司捷潘·拉辛和康德拉季·布拉文的事。

后来念到近代的事情。不知名的作者用辛辣而通俗易懂的文笔嘲笑哥萨克的贫困生活，讽刺各种制度和统治方法，讽刺沙皇政府和哥萨克，说哥萨克本身已经成为专制君主雇佣的鹰犬。于是大家都激动起来，一齐争论起来。贺里散福头顶着天花板的斜柱，大声叫了起来。施托克曼坐在门口，叼着带铜箍的烟嘴在抽烟，只用眼睛笑着。

“说得很对！很公道！”贺里散福吼道。

“把哥萨克弄到这种可耻的地步，可不是哥萨克本身的过错。”柯晒沃依困惑不解地把两手一摊，那长着黑眼睛的漂亮的脸也皱了起来。

柯晒沃依矮墩墩的，肩膀和屁股一样宽，因此成了一个长方形；生铁一般牢固的脖根上长着结实的、砖红色的脖子，奇怪的是，这根脖子上长着一颗不太大的、轮廓十分好看的头，那没有光泽的脸很有点女人的样子，那小小的嘴巴露出倔强的神气，浓浓的金黄色鬈发底下是一双黑黑的眼睛。机器师伊万·阿列克塞耶维奇是一个又高又粗的哥萨克，他争论得很凶。他那粗大身躯的每一个细胞都浸透和灌满了哥萨克传统的血液。他忽闪着凸出的圆眼睛，向贺里散福猛烈攻击，维护哥萨克的尊严。

“你简直成了庄稼佬啦，贺里散福，别强辩啦，毫无道理嘛……你身上的哥萨克血，一桶里面只有一滴。你是你妈跟沃罗涅日的鸡蛋贩子生的。”

“你混蛋！……哼，伙计，你太糊涂啦，”贺里散福瓮声瓮气地说，“我说的是实在话。”

“我没有在阿塔曼团当过兵，”伊万·阿列克塞耶维奇挖苦说，“在阿塔曼团当过兵的人，才不是大傻瓜，就是浑蛋……”

“别的军队里也有浑蛋，浑得还厉害些呢。”

“住嘴，庄稼佬！”

“庄稼佬不也是人吗？”

“他们是用树条子扎的，用树皮蒙的，所以才叫庄稼佬。”

“老兄，我以前在彼得堡当差的时候，各种各样的人都见过。就有过这样一回事儿。”贺里散福说，并且把“事儿”说得特别重。“我们当时担任皇宫的守卫，在宫里站过岗，又到宫外巡逻。骑着马在宫墙上巡逻；两个往那边，两个往这边。碰到一起，就问一声：‘平安无事吗？没有什么骚乱吗？’‘没有事。’说完就又分头巡逻，想站下来说说话都不行。就连人的模样儿都要挑选挑选：叫两个人站在门口，比一比身量，必须一般高才行。黑头发的跟黑头发的配对儿，白的就配白的。不光是头发，脸的模样儿也要相像。就因为这种不讲理的规矩，有一次理发匠把我的胡子都染了。那一次轮到我跟尼基佛尔·梅希里亚柯夫一起站岗，他是我们连里一个捷皮金镇的哥萨克，是个红胡子鬼，谁知道他那胡子是怎么搞的，一直到鬓角，都像着了火一样。找来找去，几个连里都找不到长这种胡子的；于是连长巴尔金就对我说：‘你到理发室去，马上把你的胡子上上下下都染一染。’我去了，好啦，给我染了……等我对着镜子一照，自己都吓呆啦：像着了火一样！简直就像着了火！我把胡子往手心里一抓，好像手指头都烫得疼。噢呀！……”

“喂，你信口开河，离题太远啦！你开头说什么来着？”伊万·阿列克塞耶维奇打断他的话。

“说的是各种各样的人，没有离题。”

“那你就说下去好啦。不然光讲自己的胡子，我们听个屁。”

“我说的是：有一次轮到我骑着马巡逻，我跟一个同伴一起走着，拐角处忽然跑出很多大学生。黑压压的一大片。他们一看到我们，就喊了起来：‘嘎——啊——啊！’接着又喊了一次：‘嘎——啊——啊！……’我们还没有回过神来，就把我们包围住了。一个学生问：‘哥萨克，你们骑马到处转，干什么？’我就说：‘我们是巡逻，你放开缰绳，别抓着！’我于是抓住马刀。这个学生说：‘老乡，你别多心，我是卡敏镇人，是在这儿上大学的……’还说了一些别的话。于是我们又往前走，这时一个大鼻子学生从钱包里抽出一张十卢布钞票，说：‘两位哥萨克，请你们喝几杯，共同纪念先父吧。’他把十卢布钞票递给我们，又从皮包里抽出一张相片,说:‘这就是先父,拿去做个纪念吧。’好吧,我们就接了过来,不接是不好意思的。大学生们都走了开去,并且又喊起来:‘嘎——啊——啊!’就这样喊着朝涅瓦大街去了。连长带着一排人出了皇宫后门,朝我们奔来。他来到我们跟前,问:‘怎么回事儿?’我就说:‘一群大学生围住了我们,说起话来,我们本想遵照军事条令举刀砍他们,可是后来他们让开了,我们也就走了。’等到换了班,我们便对司务长说:‘卢基奇,这是我们收到的十个卢布,我们要拿来买酒喝,敬祝这位老人家灵魂安息。’并且把相片给他看了看。司务长到晚上弄来不少酒,我们痛痛快快地喝了两天两夜,到后来才知道是上了圈套:那个大学生骗了我们,给我们的相片不是他爸爸的,而是一个领头造反的德国人的。我可是诚心诚意地接下这张相片,还挂到床头上做纪念,我看到,相片上是一个白胡子老头儿,人挺和善,像个买卖人,可是连长仔细一看,却问道:‘这张相片你从哪儿弄来的,蠢东西?’‘是这么回事儿……’我于是说了一遍。他大骂我一通,又打我耳刮子,打了一下,又是一下……并且吼了起来:‘知道吗,这是他们的头领卡尔……’他的姓我不记得啦……咳,姓什么来着,我的记性真差……”

“是卡尔·马克思吗?”施托克曼脸上露着笑,提醒他说。

“哦,哦!……就是他,就是卡尔·马克思……”贺里散福高兴起来。“就是他让我们差点儿遭殃……有时候阿列克塞太子跟少傅们也到我们警卫室里来。他们也可能看到。他们万一看到了,那可怎么办?”

“你总是说庄稼佬好。瞧,他们把你骗得好苦。”伊万·阿列克塞耶维奇嘲笑说。

“可总是喝了十个卢布的酒啊。虽然是为那个大胡子卡尔喝的,可是酒总是喝啦。”

“为他喝酒很值得。”施托克曼微笑着,摩弄着熏黄了的骨头烟嘴上的铜箍。

“他做过什么好事吗?”柯晒沃依问道。

“下一次我来说说,今天太晚啦。”施托克曼用手掌拍了拍烟嘴,把已经熄灭的烟丝磕出来。

在斜眼卢凯什卡家的小屋子里,经过长期的筛选和挑拣,形成了一个由十个哥萨克组成的核心团体。施托克曼是这个团体的灵魂,他顽强地朝着只有他清楚的目标前进。他像小虫儿钻大树一样,一点一点地给他们灌输一些简单易懂的概念和观点,使他们对现有的制度产生憎恶和仇恨。起初他也遇到不信任,就像碰上了冷冰冰的钢铁,但是他不退缩,而是一点一点地钻透了……

十

维奥申镇坐落在左岸带慢坡的沙土地上，紧靠着顿河。这是顿河上游最古老的一个市镇，是彼得大帝时代焚毁的齐高那克镇上的一些居民迁移到这里来，改名为维奥申镇的。这个镇从前曾经是沃罗涅日和亚速海之间水上要道的路标。

顿河在维奥申镇对面就像鞑靼人的弓似的弯了起来，好像要向右拐弯，可是到了巴兹基村跟前又威风凛凛地伸直了身子，带着绿中透蓝的流水，擦过右岸石灰岩的山崖和接连不断的村庄，擦过左岸稀稀拉拉的市镇，向蓝蓝的亚速海奔去。

顿河在霍派尔河河口镇对面跟霍派尔河汇合，在大熊河河口镇对面跟大熊河汇合，以下水势就大了，两岸人烟稠密的村镇也多起来，进入繁荣地区了。

维奥申镇里里外外都是淤积的黄沙土地。是一个没有生气、没有果园的光秃秃的市镇。广场上有一座古老的大教堂，因为年代久远变成了灰色，六条街道顺着顿河排了开来。在顿河从镇边向巴兹基村拐弯的地方，有一道水泊，就像一只袖子伸向白杨树丛里，水泊有顿河水浅时那样宽。水泊的尽头也就是镇的尽头。在金色刺草丛生的小广场上，还有一座教堂，绿色的圆顶，绿色的屋顶，跟水泊对岸丛生的绿杨相映成趣。

维奥申镇以北，是一片淤积的黄中带红的沙土地，有一些长得很不旺盛的小松树，水沟里的水是淡红色的，因为土壤是红色的。在春水冲积的沙土地上，在远处零零落落的沙砾滩上，是稀稀拉拉的村庄、园地、红红的柳丛。

十二月里的一个星期天，从本乡各村来的五百名青年哥萨克黑压压地集合在老教堂对面的广场上。教堂里的弥撒快做完了，已经敲起了唱赞美诗的钟。

一位上士——是一个威武而年迈的哥萨克，戴着超期服役的袖章——下令“站队”。闹哄哄的人群扩展开来，排成了长长的、很不整齐的两行。几个中士顺着行列跑来跑去，把弯曲得像波浪一样的队伍排排整齐。

“各队注意——意！”一个中士拉着长声喊道，接着用手做了一个不很明确的姿势，又喊道：“每队成两路！……”

乡长服装整齐，穿着崭新的军官大衣，在踢马刺的丁当响声中走进了教堂大门，紧跟在他后面的是军事监督。

格里高力·麦列霍夫跟米佳·柯尔叔诺夫站在一起，小声说着话。

“一只靴子夹脚，简直受不住。”米佳说。

“忍着点儿，就能升大官。”

“马上就要把咱们带进去啦。”

好像是要证实这话似的，上士一面向后退着，用靴后跟转了一下。

“向右——转！”

刷——刷，五百双穿皮靴的脚发出了整齐的响声。

“右转弯，开步——走！”

队伍开进敞开着的教堂大门，从头上摘下来的皮帽子一齐闪动着，脚步声一直响到教堂的圆顶。

格里高力站着，没有去听神甫念的誓词。他看着米佳的脸；米佳疼得皱着眉头，被靴子夹得很疼的那只脚不住地动着。格里高力那举着的一只手都麻了，脑子里各种念头乱七八糟地翻腾着。他走到十字架跟前，一面吻着被很多嘴上的唾沫弄湿了的银片，一面想着阿克西妮亚，想着妻子。一段短短的往事像曲折一现的闪电一样闯入了脑际：树林，褐色的树干披着华丽的白衣，好像套上了豪华的银马套；阿克西妮亚那黑黑的眼睛在毛茸茸的头巾下面闪着湿润而多情的亮光……

又回到广场上。重新排好队伍。一位中士擤了擤鼻涕，悄悄地在制服里子上揩了揩手指头，便开始讲话：

“现在你们已经不是小孩子啦，已经是哥萨克啦。你们已经宣过誓，应当知道自爱自重。现在你们已经长大成人，应当珍惜自己的荣誉，听从父母的教训等等。你们以前是小孩子，打过架，恐怕还在大街上揪过头发，可是从今以后，就要想想将来报效国家的事啦。再过一年，你们就要去服现役啦，”说到这里，中士又擤了擤鼻涕，把手上的鼻涕摔了摔，一面往手上戴漂亮的兔毛手套，一面结束了讲话，“你们的父母该给你们料理料理啦。要准备一匹战马，别的一切也都要准备……现在就这样吧,弟兄们,回家去吧!”

格里高力和米佳在桥头上等到同村的小伙子们来齐,就一同上路了。他们顺着河岸走。巴兹基村上空炊烟缭绕,钟声悠扬。米佳拄着半截疙疙瘩瘩的木棍,一瘸一拐地走在大家的后面。

“把靴子脱掉吧。”一个小伙子劝他。

“脚会冻坏的。”米佳站了下来,犹豫地说。

“穿着袜子走嘛。”

米佳坐到雪地上,费了很大的劲才把一只靴子从脚上脱了下来。他瘸着那只脱掉了靴子的脚向前走去。松软的雪覆盖的大路上,出现了清清楚楚的针织厚毛袜印子。

“咱们走哪一条路?”个子矮矮的、呆头呆脑的阿列克塞·别士尼亚克问。

“顺着河边走。”格里高力代表大家回答。

他们走着,一面说着话,一面互相往路旁推着玩儿。

大家讲好条件,把每个人都推倒在雪堆上一次,并且大家都压在上面,堆成一堆儿。来到巴兹基村和格罗木柯夫村之间,米佳第一个看到一只正在过河的狼。

“伙计们,狼,瞧!……嘘!……”

“啊——呦——呦——呦——呦!……”

“呜嘿!……”

那狼摇摇晃晃地跨着懒洋洋的步子,跑了几俄丈,便在离对岸不远的地方斜着身子站住了。

“套住它!……”

“哈!……”

“嘘,该死的!……”

“米佳,它这是看着你穿着袜子走路,觉得稀奇呢。”

“瞧,斜着身子站着,怕套呢。”

“脖子都不敢扭啦。”

“看啊,看啊,它走啦!……”

好像用天然石雕成的大灰狼,把尾巴伸得像棍子一样,在那里站了一会儿。后来急急忙忙地向旁边一跳,朝岸边柳树林子里跑去。

他们回到村里,天已经黑下来。格里高力踏着冰来到自家的胡同口,走到牲口院子门口。院子里停着卸掉了牲口的爬犁;一群麻雀在篱笆跟前的柴禾堆里吱吱喳喳叫着。闻到了家常生活气味、焦糊气味和牲口院子里的水蒸气气味。

格里高力一面上台阶，一面朝窗户里望了望。一盏挂灯把厨房里照得一片昏黄，彼特罗站在灯光下，背对着窗户。格里高力用笤帚扫了扫靴子，在一片热气笼罩下走进了厨房。

“我回来啦。嗯，你们都好吧？”

“你好快啊。大概冻坏了吧？”彼特罗又慌忙又着急地招呼说。

潘捷莱·普罗柯菲耶维奇将胳膊肘支在膝盖上，低着头坐着。妲丽亚用脚踩着嗡嗡响的纺车在纺线。娜塔莉亚站在桌子旁边，背对着格里高力，连头都没有扭。格里高力迅速地在厨房里扫了一眼，将目光停留在彼特罗身上。从他那焦虑不安的脸上可以看出来：家里出事了。

“宣过誓啦？”

“宣过啦！”

格里高力慢慢地脱衣服，以争取时间，脑子里飞快地搜索着可能造成这种清静和冷脸相迎场面的各种意外事。

伊莉尼奇娜从正房里出来，脸上也带着慌乱不安的神情。

“是娜塔莉亚的事。”格里高力想道，一面挨着父亲在板凳上坐了下来。

“把饭给他端来。”伊莉尼奇娜用眼睛看着格里高力，对妲丽亚说。

妲丽亚停住嗡嗡叫的纺车，轻轻摇摆着肩膀，扭动着苗条的身腰，朝灶前走去。厨房里静极了。一只刚下过羔的母羊正带着小羊羔在地炉跟前呼噜呼噜地取暖。

格里高力喝着菜汤，偶尔拿眼睛看看娜塔莉亚，但是看不到她的脸，因为她侧面朝着他，而且她在打毛线，头垂得很低。潘捷莱·普罗柯菲耶维奇头一个忍受不了这种全家沉默的局面；他喀喀地、很不自然地咳嗽了几声，开言说：

“娜塔莉亚要走啦。”

格里高力把面包屑往一块儿扫着，没有做声。

“这是因为什么？”父亲问道，一面拼命哆嗦着下嘴唇（这是马上要大发雷霆的先兆）。

“我不知道因为什么。”格里高力眯缝起眼睛，把碗推开，画着十字，站了起来。

“可是我知道！……”父亲提高了嗓门儿。

“别吵嘛，别吵。”母亲插嘴说。

“我可是知道因为什么！……”

“我看,这没有什么好吵的。”彼特罗从窗前走到屋子中间。“这是缘分事儿:愿意呢,就一块儿过下去;要是不愿意,就各走各的路。”

“我不怪她。虽说这是败坏门风、伤天害理的事,可是我不怪她:她没有过错,过错全在这个狗崽子身上!……”潘捷莱·普罗柯菲耶维奇指着靠在灶上的格里高力说。

“我对不起谁呢?”

“你心里没有数吗?……你不知道吗,狗崽子?……”

“我不知道。”

潘捷莱·普罗柯菲耶维奇跳起来,把板凳踢翻,直冲到格里高力跟前。娜塔莉亚织的袜子掉在地上,钩针丁当向上一跳;灶旁的小猫听到响声跳了起来,歪着脑袋,弯起爪子推毛线团,一直把毛线团滚到大柜子跟前。

“我现在告诉你,”老头子沉着地、一个字一个字地说:“你要是不跟娜塔莉亚在一块儿过,就给我滚出去,想到哪儿就到哪儿!我的话算数!你滚吧,想到哪儿就到哪儿!”他又用平静的语调说了一遍,便走开去,把板凳扶起。

杜尼娅坐在床上,瞪着滚圆的、惶恐的眼睛。

“爹,我有两句话要说,不是为了气您,”格里高力的声音颤颤的,十分低沉,“不是我要娶亲,是您给我娶的亲。我不喜欢娜塔莉亚。她要是想走,就让她回娘家好啦。”

“你也给我走!”

“我也走!”

“滚你妈的蛋!……”

“我走,我走,不用着急!”格里高力伸手去拉扔在床上的小皮袄袖子,跟父亲一样地冒起火来,气得鼓起鼻孔,浑身哆嗦着。

在他们身上流着同样的、掺杂着土耳其成分的血,所以在这种时候,他们出奇地相像。

“你上哪——哪儿去啊?”伊莉尼奇娜难受得叫起来,抓住格里高力的胳膊,但是他使劲把母亲推开,飞快地抓起从床上掉下来的皮帽子。

“叫他滚,狗东西!叫他滚,该死的!滚,滚,滚!……”老头子吼叫着,把门敞开。

格里高力跑到过道里,他最后听到的是娜塔莉亚的号啕大哭声。

夜晚村子里十分寒冷。黑漆漆的天上落下一片片针状的雪花,顿河上的冰像放大炮一样轰隆轰隆地破裂着。格里高力喘着粗气跑到大门外。在村子的另一头,有许多狗用各种各样的腔调吠叫着;一道道黄黄的灯光射入黑暗中,显得雾蒙蒙的。

格里高力漫无目的地在街上走着。司捷潘家的窗户黑得像漆一样。

“格里沙!”娜塔莉亚那伤心的叫唤声从大门口传来。

“滚你的吧,讨人嫌的东西!”格里高力咬牙切齿地在心里说,一面加快了脚步。

“格里沙,回来吧!”

格里高力一见到胡同口就踉踉跄跄地走了进去,最后一次听到因为离远了显得很低沉的痛苦呼唤声:

“格里什卡,我的亲人啊!……”

他很快穿过了广场,在岔路口停下来,脑子里想着熟识的伙伴们的名字,盘算着在谁家可以借宿。

格里高力选中了米沙·柯晒沃依家。他家住在村外山脚下;母亲、米沙本人和一个小妹妹、两个小弟弟——全家就是这样几个人。他走进院子,敲了敲土坯房的小窗子。

“谁呀?”

“米沙在家吗?”

“在家。你是谁?”

“是我,格里高力·麦列霍夫。”

一会儿,从第一个甜梦中醒来的米沙开了房门。

“是你吗,格里沙?”

“是我。”

“你半夜跑来干什么?”

“让我进去,到屋里再细谈。”

格里高力在过道里抓住米沙的胳膊肘;他恨自己一时找不到适当的话来解释,只小声说道:

“我在你家里睡一宿……我跟家里人吵架啦……你家里怎么样,睡得下吗?……我好说,随便什么地方都行。”

“地方是有的,进来吧。为什么吵架呀?”

“唉,兄弟……以后再说吧……你们的门在哪儿?我看不见。”

给格里高力在大板凳上搭了一个铺。他躺了下来,用皮袄蒙起头,为的是不去听米沙母亲的嘁喳声,她是跟女儿睡在一张床上的。

“家里这会儿怎样呢？娜塔莉亚会不会走呢？好啦，生活要换个样子啦。往哪儿去呢？”他很快地想到一个念头：“明天叫上阿克西妮亚，一块儿上库班去，离开这儿远远的……远远的，远远的……”

在格里高力闭着的眼睛前面，闪过一座座以前从未见过的、带有异乡情调的草原丘冈、村庄、市镇。一座座丘冈、灰茫茫的道路闪过，便是神话般蔚蓝、亲切的地方，还有阿克西妮亚那后来怒放的爱情花朵。

他想着一些即将到来的不可知的事情，心神不宁地睡去。在入睡以前，他拼命地搜索一种在脑子里蠢蠢欲动、晃动不定的东西，却怎么都想不起来。一些念头在朦胧的状态中又平稳又顺利地前进着，就像一只小船顺流而下，可是忽然撞在什么东西上，好像是搁浅了；觉得很闷，很不自在；他翻来覆去，反复地猜想：“怎么回事儿呢？是什么东西挡道呢？”

早晨他醒来，才想了起来：“要入伍啦！我跟阿克西妮亚能跑到哪里去呢？春天就要入营受训，秋天就要入伍了……就是这事挡道。”

吃过早饭，他把米沙叫到过道里。

“米沙，你到阿司塔霍夫家去一趟。告诉阿克西妮亚，叫她天一黑就到风磨那里去。”

“司捷潘要是在家呢？”米沙为难地说。

“你想想点子，装做有事。”

“我去一趟。”

“去吧。就说我说的，叫她一定来。”

“好吧。”

黄昏时候，格里高力坐在风磨底下，对着袖筒抽着烟。风磨后面，风在干枯的玉米茎叶中间劈劈啪啪、嗞嗞啦啦地吹着。一块撕破的布片在停着的风磨叶片上扑哒扑哒响着。格里高力觉得，好像有一只大鸟扑打着翅膀在头顶上盘旋，飞又飞不掉。阿克西妮亚没有来。西方日落后的天空呈现着淡紫色和暗黄色，东方来的风越来越急，越来越大，黑暗追逐着躲在柳树丛中的月亮，涌了上来。风磨顶上红黄色中夹杂着片片蓝色的天空死沉沉的；村子上空回荡着忙碌的白天的嘈杂声音的余波。

格里高力一连抽了三根烟卷，他把最后一个烟头插到踩实了的雪里，怀着又生气又烦恼的心情四下里望了望。已经隐没的从风磨到村子里去的小路显得像焦油一样黑。看不到一个从村子里出来的人。格里高力站了起来；他伸了伸腰，伸得肩膀咯吧响了两下，便朝挤眉弄眼地在召唤他的米沙家窗户里的灯光走去。

他在牙齿缝里吹着口哨,快要走到米沙家院子跟前时,几乎跟阿克西妮亚撞了个满怀。看样子,她是跑来的,或者是走得太急促,所以喘着粗气,她那鲜嫩而冰冷的嘴里喷出来的不知是风的气息,还是远处细微而清新的干野草气息。

“等了你老半天,以为你不来了呢。”

“好不容易才把司捷潘打发出去……”

“你叫我冻死啦,该死的娘们儿!”

“我身上很热乎,我给你焐一焐。”她敞开顿河式皮袄毛茸茸的大襟,将格里高力包起来,就像蛇麻草缠住了橡树。“喊我来干什么?”

“等一等,给我焐焐手……有人走路。”

“你好像跟家里人吵架了吧?”

“我跑出来啦。已经在米沙家里呆了一天一夜……现在像条丧家狗一样了。”

“你现在打算怎么办?”阿克西妮亚把搂着格里高力的两条胳膊松开,冷得哆嗦着裹了裹皮袄大襟。“格里沙,咱们到篱笆跟前去。干什么要站在路当中?”

他们走到边上。格里高力把一堆积雪拨开,背靠在冻得咯吱咯吱响的篱笆上。

“娜塔莉亚回娘家去啦,你不知道吧?”

“我不知道……她应当走。要不然在这里住着有什么意思?”

格里高力把阿克西妮亚冻得冰凉的一只手塞进自己的袖子;他用手握住她的窄窄的手掌,问道:

“咱们怎么办呢?”

“亲爱的,我不知道。你要我怎么办,我就怎么办。”

“能扔下司捷潘吗?”

“毫不含糊。马上走都行。”

“咱们俩不管到哪儿找点事做,都能过下去。”

“格里沙,跟你一块儿去做牛做马都行……只要跟你在一块儿。”

两个人一起暖和着又站了一会儿。格里高力不愿意走,转过头,迎风站着,哆嗦着鼻孔,合上眼皮,没有抬眼睛。阿克西妮亚将脸埋在他的腋下,吮吸着他腋下那种亲切、醉人的汗味,在她那妖媚的嘴唇上荡漾着高兴的、如愿以偿的笑,这笑没有让格里高力看到。

“明天我到莫霍夫家去,也许可以在他那里找点事情做。”格里高力说着,握住了阿克西妮亚那指缝里出汗的手上面的腕子。

阿克西妮亚没有做声。她没有抬头。刚才嘴上的微笑就像被风刮走了似的,像一只被追得走投无路的小野物一样,两只瞪大的眼睛里充满了忧虑和恐怖。“说出来呢,还是不说?”她想起自己已经怀孕,心里想道。“应该说出来。”她刚刚下了决心,可是马上就害怕得哆嗦了一下,又把这可怕的念头赶跑了。她凭女性的本能感觉出,现在还不是说这话的时候,她懂得,这样会永远失去格里高力的,而且她也拿不准,在肚子里蠕动的孩子究竟是他们两个中哪一个的,所以多了一个心眼儿:她没有说。

“你哆嗦什么?冷吗?”格里高力问道,一面用皮袄大襟把她裹了裹。

“有点儿冷……格里沙,该回去啦。司捷潘要是回来,一看到我不在家,会起疑心的。”

“他上哪儿去啦?”

“我好不容易把他打发到安尼凯家里打牌去啦。”

他们分手了。格里高力的嘴唇上还留着她的嘴唇的醉人气息,那不知是冬天的风的气息,还是春雨浇过的野草那种遥远而神秘的气息。

阿克西妮亚拐进了小胡同;她弯着腰,几乎跑了起来。在不知谁家的一口井的对面,牲口把秋天的泥巴地踩得稀烂的地方,她一只脚在冻实的土疙瘩上滑了一下,扑通一声摔倒了,只觉肚子钻心一样地疼,便紧紧抓住了篱笆桩子。疼痛过去,可是腰侧却有一样活东西转来转去,又凶猛又强烈地跳动起来,一连跳动了好几下。

十一

第二天早晨,格里高力来到莫霍夫家里。谢尔盖·普拉托诺维奇刚从店里回来喝茶。他和阿杰平一起坐在裱糊着橡树花纹的贵重花纸的饭厅里,慢慢地喝着深红色的酽茶。格里高力把帽子放在堂前，走进饭厅里。

“我来找您的，谢尔盖·普拉托诺维奇。”

“噢，你好像是潘捷莱·麦列霍夫的儿子呀。”

“是的。”

“你有什么事？”

“我想求求您，能不能让我做个长工？”

格里高力听到吱呀一声门响，转过头去。一位身穿绿色制服、戴着中尉肩章的青年军官，手里拿着一张折成四折的报纸，从大厅里走了出来。格里高力认出他就是去年赛马时输给米佳·柯尔叔诺夫的那个军官。

谢尔盖·普拉托诺维奇一面给军官推过一把椅子，一面说：

“怎么，你父亲穷啦，要儿子出来做雇工？”

“我不跟他一块儿过啦。”

“你分出来啦？”

“是的。”

“我倒是高兴收留你，我知道你们一家都是吃苦耐劳的人，可惜我这里没地方好安插。”

“怎么一回事儿？”中尉朝桌子跟前坐了坐，望着格里高力，问道。

“这个小伙子想找事情做。”

“会照应马吗？赶单辕车行不行？”中尉用茶匙在杯子里搅着，问道。

“行，我家就用过六匹马拉的单辕车。”

“我需要一个车夫。你的条件呢？”

“我要的工钱不高……”

“要是这样的话，明天你就到我父亲的庄子上来吧。知道李斯特尼次基·尼古拉·阿列克塞耶维奇的庄子在哪儿吗？”

“我知道，就这样吧。”

“离这儿十二俄里。你明天一早去，到那儿再谈吧。”

格里高力踌躇了一下子，已经抓住了门把手，又说道：

“劳驾，请您出来一下，我还有话要跟您说……”

中尉跟着格里高力来到幽暗的过道里。透过毛玻璃从阳台上射进来的微弱光线，变成了粉红色。

“怎么回事儿？”

“我不是一个人……”格里高力的脸涨得通红。“我还带一个娘们儿。是不是也给她找点什么事干?"

"老婆吗?"中尉扬了扬被亮光照成了粉红色的眉毛,笑着问道。

"别人的老婆……"

"哦,是这么回事儿呀。那好吧,让她在厨房里打杂吧。可是,她的男人在哪儿呢?"

"就在这里,是本村的。"

"怎么,你把有夫之妇拐出来啦?"

"是她自己跑出来的。"

"倒是一桩风流韵事。好吧,明天你来。现在请便吧,老弟。"

早晨八点钟左右,格里高力来到李斯特尼次基家的庄园亚戈德庄。一座很大的庄院,四周围着泥灰剥落的砖墙,院子里纵横交错地散布着许多房屋棚舍:一座瓦顶的厢房,厢房正中有砖砌的字样"一九一〇年",有下房、浴室、马棚、鸡窝、牛棚、长长的仓房、车棚。主房又大又古老,坐落在丛丛花木中间,靠院子的一面是花坛。房子后面,已经落光了叶子的一大片白杨和柳树,像一道灰墙似的矗立着,树顶上有不少白嘴鸦的老巢,好像一顶顶棕色的皮帽。

在门外迎接格里高力的是一群黑色的克里米亚种猎狗。一条瘸腿的老母狗,眼睛里像老奶奶一样流着泪水,第一个走过来把格里高力上上下下闻了一遍,然后垂下干瘦的头,跟在他后面。女厨子正在下房里跟一个满脸雀斑的年轻丫头吵嘴。一个厚嘴唇、高身量的老头子坐在门口抽烟,喷出来的烟气像罩子一样,把他罩在里面。丫头把格里高力带进房里。堂前有一股狗臭味和没有干透的兽皮气味。桌子上放着双筒猎枪的枪套和一个猎袋,猎袋上的绿丝穗头已经残缺不全了。

"少爷叫你上他房里去。"丫头从旁边的门里探出头来说。

格里高力担心地看了看自己的脏靴子,便朝门口走去。

中尉躺在靠窗放着的一张床上;被子上放着一个装着卷烟纸筒和烟丝的盒子。中尉卷好一根卷烟,扣起白衬衣领子,这才说:

"你真早啊。等一等吧,我父亲一会儿就来。"

格里高力在门口站了下来。过了一会儿,堂前咯吱咯吱响的地板上,响起嚓嚓的脚步声。一个浑厚而低沉的声音对着门缝问道:

"还在睡吗,叶甫盖尼?"

"您请进吧。"

走进来的是一个穿着黑色的高加索毡靴的老头子。格里高力从侧面看了看他，首先进入眼帘的是一条歪歪扭扭的细鼻子和鼻子下面那抽烟熏黄了的宽宽的半圆形白胡子。老头子个头儿很高，瘦瘦的，肩膀宽宽的。那长长的骆驼绒上衣穿在身上显得松松的，领子像绳套一样紧紧勒着他那皱皱巴巴的棕色脖子。两只失去神采的眼睛离鼻梁很近。

“爸爸，这就是我给您找的车夫。是一个好人家的小伙子。”

“谁家的？”老头子用沉雷一般的声音嗡嗡地问道。

“麦列霍夫家的。”

“哪一个麦列霍夫家？”

“是潘捷莱·麦列霍夫的儿子。”

“我认识普罗柯菲，潘捷莱我也认识。瘸得很厉害，不是吗？”

“一点不错，是瘸子。”格里高力站得笔直。

他想起了父亲讲过的俄土战争的英雄——退休的李斯特尼次基将军的一些事。

“为什么要出来帮工？”上面又响起轰隆声。

“我不跟父亲在一块儿过啦，大人。”

“如果你靠伺候人混日子，算得上一个什么样的哥萨克呢？父亲把你分出来，难道什么都没有给吗？”

“是的，大人，没有给。”

“那就是另外一回事儿了。你跟妻子一块儿出来帮工吗？”

中尉猛然咯吱咯吱地晃了两下床。格里高力瞥了一眼，看到中尉在挤眼睛，直点头。

“是的，大人。”

“不要什么大人不大人的。我不喜欢！工钱——一个月八卢布。这是给两个人的。你妻子就给家里干活的和短工们做饭。同意吗？”

“好吧。”

“明天就到庄上来吧。就住在以前车夫住的那间下房里好啦。”

“您昨天打围怎么样？”儿子问老头子，同时两只窄窄的、毛茸茸的脚也踩到地毯上。

“从响谷里撵出一只狐狸，一直追到树林子里。老东西不见了，猎狗扑了个空。”

“卡兹别克还瘸吗？”

“它原来是骨头脱了节。你快起来吧，叶甫盖尼，饭要凉啦。”

老头子转身朝着格里高力，弹了一下干得皮包骨头的手指。

"开步——走！明天八点钟以前到这儿来。"

格里高力走出大门。那群猎狗正躺在仓房后面一块没有雪的地方晒太阳。那条眼睛像老奶奶一样的老母狗小步跑到格里高力跟前，在他背后闻了一通，便无精打采地垂下头，一步一步地跟着他走，一直把他送到第一个山谷口，然后才回去。

十二

阿克西妮亚老早就把饭做好，把灶里的炭火扒了扒，把烟囱堵上，等到把碗碟洗好，就透过小窗户朝院子里望了望。司捷潘正站在靠着麦列霍夫家的篱笆脚下的一堆檩条跟前。他那硬邦邦的嘴唇角上叼着已经熄灭了的烟卷；他正在檩条中间挑选合适的柱子。板棚的左角塌下来了，必须栽上两根结实的柱子，再把原来的芦草盖上。

早晨一起来，阿克西妮亚的两个腮蛋子就红扑扑的，眼睛放射着青春的光彩。这种变化没有躲过司捷潘的眼睛；在吃早饭的时候，他问道：

"你怎么啦?"

"我怎么?"阿克西妮亚的脸一下子全红了。

"你的脸光闪闪的，好像擦了一层素油。"

"锅膛里的火烤的……头都烤昏啦。"她转过脸去，眼睛偷偷地朝窗外扫了扫：米沙·柯晒沃依的妹妹来了没有?

米沙的妹妹天快黑的时候才来。等得疲惫不堪的阿克西妮亚一下子振作起精神。

"你找我吗，玛沙?"

“你出来一下。”

司捷潘正对着砌在白炉壁上的破镜子梳头,又用牛角小梳子梳理栗色小胡子。

阿克西妮亚担心地朝丈夫看了一眼。

“你好像要上哪儿去吧?”

司捷潘没有马上回答,他把小梳子放进裤子口袋,从炉龛里拿出一副纸牌和烟荷包,这才说:

“到安尼凯家里去坐一会儿。”

“你什么时候才能赌够呢? 打起牌来,命都不要,没有哪一夜不赌。天天都要赌到鸡叫。”

“好啦,够了,别啰嗦啦。”

“又是去打二十一点吗?”

“别啰嗦起来没有完啦,阿克秀莎。瞧,人家等着你呢,去吧。”

阿克西妮亚侧身来到过道里。红扑扑的脸上到处是雀斑的玛莎笑嘻嘻地在门口迎住她。

“格里高力回来啦。”

“怎么样?”

“他叫你天一黑就上我们家去。”

阿克西妮亚抓着玛莎的手,把她朝门口推了推。

“小声,小声点,好妹妹。他怎么样,玛莎? 是不是他还有别的话?”

“他说,叫你把要带走的东西都带上。”

阿克西妮亚浑身又像火烧,又打哆嗦,望着门口,捯换着两只脚,头来回转悠着。

“天啊,我怎么搞呀? ……嗯? 太仓促啦……唉,我怎么办? 等等,你告诉他,说我就来……噢,他在哪儿等我呀?”

“在我们家里。”

“哎呀,不行! ……”

“好吧,不要紧,我告诉他,叫他出来好啦。”

司捷潘穿好上衣,凑到挂灯上吸烟。

“她来干什么?”他一口烟抽过,问道。

“谁呀?”

“柯晒沃依家的玛莎呀。”

“噢，她找我有事……要我给她裁一条裙子。”

司捷潘一面吹着烟卷上的黑灰，朝门口走去……

“你先睡吧，别等我啦！”

“那好吧。”

阿克西妮亚趴在结满冰花的窗子上，在大板凳跟前跪了下来。正往外走的司捷潘的脚步声在通往篱笆门的小路上咯吱咯吱地响了起来。风卷起烟卷上的火星并且吹到了窗户上。阿克西妮亚透过玻璃上圆圆的一片没有冰花的地方，借着烟卷的闪光，有一小会儿看到了紧压着硬邦邦的耳朵的皮帽边儿和黑糊糊的腮。

她匆匆忙忙地把自己当年的嫁妆：裙子啦，褂子、头巾啦，从箱子里翻了出来，放进一条大披巾里，又喘着粗气，瞪着慌乱的眼睛，到厨房里最后看了一遍，把灯熄掉，便跑到台阶上。麦列霍夫家有人出来看牲口。阿克西妮亚等到脚步声没有了，才把门钩儿挂到门鼻儿上，夹紧包袱，朝顿河边跑去。一绺一绺的头发从绒毛头巾底下耷拉下来，擦得两腮痒酥酥的。她来到柯晒沃依家后门口，已经没有力气了，她十分吃力地挪动着两条灌了铅一般的腿。格里高力正在门口等她。他接过包袱，一声不响地带着她朝草原上走去。

穿过了场院，阿克西妮亚放慢脚步，拉了拉格里高力的袖子。

“等一下子。”

“有什么好等的？月亮一下子还出不来，应当赶快走。”

“等等吧，格里沙。”阿克西妮亚弯下腰站住了。

“你怎么啦？”格里高力俯下身子看着她。

“没什么……肚子有点疼。刚才拿东西弄的。”阿克西妮亚舔着火烧火燎的嘴唇，眯着疼得直冒火星的眼睛，紧紧按住肚子。她弯着腰可怜巴巴地站了一会儿，然后一面把耷拉下来的头发往头巾里面塞着，一面又往前走。

“好，没事啦，走吧！”

“你也不问问我把你带到哪儿去。万一到前面崖头上，我把你推下去呢？”格里高力在黑暗里笑着说。

“我反正都一样。已经闹成这样子啦。”阿克西妮亚的话音中带着很不愉快的笑……

这天夜里，司捷潘跟往日一样，半夜里才回家来。他走进马棚，把被马扒成一堆的干草扔进槽里，摘下马笼头，就走上台阶。“她恐怕是串门子去啦。”他一面摘门钩，一面想道。他走进厨房，把门掩好，擦着一根火柴。他今天是赢家（赌的是火柴)，所以心平气和，就想睡觉。他点上灯，看了看厨房里丢得乱七八糟的东西，没有想到是怎么回事。等他来到正房里，才有点吃惊起来。箱子大开着，像黑洞洞的大嘴一样，地上扔着在慌乱中忘记带走的老婆的一件旧女褂。司捷潘急忙脱下皮袄，跑到厨房里把灯端来，在正房里看了一遍，全明白了。他把灯一摔，不自觉地从墙上扯下马刀，紧紧握住刀柄，握得手指甲都发了青——用刀尖挑起阿克西妮亚忘记带的那件淡青底色、淡黄色印花的女褂，向上一甩，将刀嗖地一挥。在空中将女褂斩成两半。

他脸色煞白，像疯了似的，就像狼有气不能发泄一样，把斩碎的淡青色布片朝天花板上乱扔；舞着那嗖嗖直响的飞快的钢刀，在空中将布片斩得粉碎。

然后，他扯断刀穗，把刀扔到屋角里，走到厨房里，坐到桌子跟前。他歪着头，用哆哆嗦嗦的铁硬的手指在没有擦净的桌面上抚摩了半天。

十三

从来就是祸不单行。这天早晨，因为盖奇柯一时疏忽，米伦·格里高力耶维奇的一头良种公牛竟牴伤了一匹上等骒马的脖子。盖奇柯脸色煞白，惊慌失措地跑进房来，浑身哆嗦得像打摆子一样。

“糟了，老掌柜！公牛，该死的公牛，真该杀……”

“公牛怎么啦？啊？”米伦·格里高力耶维奇吓了一跳。

“把骒马脖子弄坏啦……用角牴的……我看……”

米伦·格里高力耶维奇连衣服都没有穿，就跑到院子里。米佳正在井旁边用棍子狠狠地打那头五岁口的红毛公牛。那公牛将脖子下面耷拉着的皱皱巴巴的皮肉贴在地上，拖着在雪地上转，来来回回扭动着垂得很低的头，用腿将雪往后蹬得远远的，像螺丝一样拧着的尾巴周围飞舞着银色的雪粉。它挨了打并不逃跑,只是低沉地哞哞叫着,直蹬后腿,好像要跳起来似的。

它的声音越来越大,变成了呜呜的怒吼。米佳打它的头,打它的腰,声嘶力竭地骂着粗话,丝毫不理睬在后面拉住他的腰带的米海伊。

"算了吧,少东家!……看在救主耶稣面上!……它会抵你的!……老东家,你怎么不管呀?……"

米伦·格里高力耶维奇朝井边跑去。骒马无精打采地耷拉着脑袋,站在篱笆跟前。胯骨旁那又黑又深的凹沟已经汗湿透了,随着呼吸来来回回地动着,鲜血从脖子上往雪地上,往胸前圆滚滚的肉疙瘩上直流。背上和两侧那浅棕色的皮毛像起伏的波浪一样轻轻颤动着,胯沟不住地哆嗦着。

米伦·格里高力耶维奇跑到马前头去看。在分成了两截的脖子上,伤口正冒着粉红色的热气。伤口又长又深,手掌都可以放进去;呼吸的时候一抽搐,那节节疤疤的喉咙管都露了出来。米伦·格里高力耶维奇用手抓住马头上的鬃毛,把垂得低低的马头提了起来。它那闪闪发光的紫色瞳人直盯着主人的眼睛,好像是在问:"这一下该怎么办呢?"米伦·格里高力耶维奇明白这个没有说出声的问题,就叫喊道:

"米佳!叫人煮橡树皮。喂,麻利点儿!"

盖奇柯跑去剥橡树皮,跑得那脏脖子上的三角形喉结直哆嗦。米佳回头看着在院子里打转转的公牛,走到父亲跟前。那红红的公牛在白茫茫的雪粉伴随下,在院子里打着圈圈儿,气势汹汹地、不住声地吼叫着。

"抓住马鬃!"父亲命令米佳。"米海伊,快去拿根小绳子来!快,该打的东西!……"

把骒马那柔滑的、长着稀稀拉拉长毛的上嘴唇缠了起来,为的是叫马不感到疼痛。格里沙加爷爷来到跟前。这时端来一花碗用橡树皮熬的汤。

"凉一凉,太烫啦。听见没有,米伦?"

"爹,您行行好,到屋里去吧!在这儿您会着凉的!"

"我叫你凉一凉再给它喝嘛。你想把马烫死吗?"

把伤口洗干净了。米伦·格里高力耶维奇用冻僵的手指头把一根粗线穿到大针上,亲自缝起来。伤口变成了一行很漂亮的针脚。米伦·格里高力耶维奇还没有离开井台,卢吉尼奇娜就从屋里跑来了。她那苍白、干瘪的两腮皱了起来,露出惶恐的神情。她把丈夫叫到一旁。

"娜塔莉亚回来啦,孩子的爹!……哎呀,我的天啊!"

"回来又怎样?……"米伦·格里高力耶维奇发急地说,他那白脸上的麻子变成了灰白色。

“因为格里高力……女婿从家里跑掉啦!”卢吉尼奇娜大张开两条胳膊,就像白嘴鸦要起飞时那样;两手在大襟上一拍,就尖声叫了起来:“要叫村里人笑话死啦!……当家的呀,天啊,多么倒霉啊!……哎呀,噢呀!”

娜塔莉亚裹着头巾,穿着小棉袄,站在厨房当中。两颗泪珠儿汪在鼻梁旁边,还没有掉下来。她的脸蛋子像炉壁一样红。

“你干什么来啦?”父亲一面往厨房里走,一面责问。“男人打你了吗?闹别扭啦?……”

“他跑掉啦,”娜塔莉亚打了一下哽,把冲到喉咙口的哭声咽下去,轻轻晃了两下,跪到父亲的面前。“我的爹呀,我这一辈子完啦!……叫我回来吧!格里什卡跟他的相好的跑掉啦!……剩下我一个人啦!我的爹呀,我叫人家欺负够啦!……”娜塔莉亚一连声地数落起来,一说起来就没完没了,并且用祈求的目光朝上望着父亲那一团红胡子。

“有这等事,哼,等着瞧吧!……”

“在那儿过不下去啦!把我接回来吧!……”

娜塔莉亚很快地爬到大箱子跟前,把哭得直打哆嗦的头一下子用手抱了起来。她的头巾溜到了背上,梳得光光的修直的黑发披散到苍白的耳朵上。沉痛的时候要哭,就像春旱时需要雨一样;母亲把娜塔莉亚的头放到自己干瘪的肚子上,边哭边数落,东一句西一句,唠唠叨叨,七扯八拉;米伦·格里高力耶维奇却耐不住了——一下子冲到台阶上。

“牵两匹马把爬犁套上!……套上辕马!……”

一只公鸡正在台阶旁边郑重其事地跟母鸡交配,听到高声喝叫吓了一跳,从母鸡身上跳下来,摇摇晃晃、一瘸一拐地从台阶跟前朝仓房走去,一路上咕哒咕哒叫着,表示很不高兴。

“快套上!……”米伦·格里高力耶维奇用靴子狠踢台阶上的雕花栏杆,直到盖奇柯慌慌张张地从马棚里牵出两匹铁青马,一面走着一面把马套上,他才离开那踢得不像样子的栏杆,走进屋里。

米佳和盖奇柯一起去取娜塔莉亚的东西。盖奇柯一不留神,爬犁撞倒了一头没有来得及从路上躲开的小猪,因为他在想着自己的心事:“也许,因为出了这件事,东家会忘记骒马的事吧?”他高兴起来,松了松缰绳。

“这黑心肠的家伙,他才不会忘呢!……”又出现了一个念头,于是盖奇柯脸色阴沉下来,撇了撇嘴。

“跑快点,鬼东西! ……我揍死你!”他集中精神甩手一鞭,特意朝马的要害处打去。

十四

叶甫盖尼·李斯特尼次基中尉在御林军阿塔曼团当差。他在军官赛马时落马,跌断了左前臂。出了军医院后,请了一个半月的假,就到父亲的亚戈德庄上来了。

多年丧偶的老将军独身一个住在亚戈德庄上。在上一世纪①的八十年代,他的夫人死在华沙郊外。有人朝这位哥萨克将军开枪,打中了将军夫人和车夫,轿车上打了许多窟窿,将军却安然无恙。夫人留下了当时只有两岁的儿子叶甫盖尼。这事发生以后不久,他就呈请辞职,搬到亚戈德庄上来住(他的四千俄亩土地,还是他的曾祖父因为参加一八一二年的卫国战争得到的封地,都在萨拉托夫省),过起了清心寡欲的日子。

儿子一长大,他就把儿子送进中等武备学校,自己一心经营家业:繁殖起良种牲畜,他从皇家养马场买来千里马做种马,让这些马跟英国的和顿河普洛瓦里养马场的良种母马交配,就得到特别的马种。他在自己的哥萨克份地和买来的土地上养牲口,用别人的手种庄稼,冬天和秋天带上猎狗去打猎,有时也一个人关在洁净的客厅里,一连喝上几个星期。使他伤脑筋的是,他的胃病非常厉害,遵照医生的严格限制,他不能把嚼过的食物咽下去;嚼一阵,把汁水嚼出来,然后把嚼烂的东西吐到一个银盘子上,这盘子一直由庄稼汉出身的年轻仆人维尼阿

---

① 这里是指十九世纪。

民伸着手在旁边托着。

维尼阿民傻头傻脑,黑糊糊的,圆圆的脑袋上长的好像不是头发,而是一片黑黑的天鹅绒。他在李斯特尼次基老爷跟前已经干了六年。起初叫他端着银盘子站在将军跟前,他看到老头子把嚼得湿漉漉、灰糊糊的东西吐了出来,不能不感到恶心,到后来也就习惯了。

庄子里的用人,除了维尼阿民以外,还有厨娘鲁凯莉亚、苍老的马夫萨什卡、专管牧放牲口的季杭、刚来上工的车夫格里高力和阿克西妮亚。虚胖、麻脸、大屁股、很像一块没有发起的黄面团一样的鲁凯莉亚,一开头就不叫阿克西妮亚干灶上的活儿。

"到夏天老爷雇短工的时候,你再来做饭吧,眼下我自己忙得过来。"

阿克西妮亚的职掌是每星期把各个屋子里的地板擦三次,喂养几群家禽,打扫家禽棚舍。她干活儿十分热心,尽量使大家都满意,连鲁凯莉亚也不例外。格里高力大部分时间是在宽敞的木头马棚里跟马夫萨什卡一同度过。老头子已经活到须发全白了,但还是叫萨什卡。从来没有人尊称过他的父名,至于他的姓,恐怕连他服侍了二十多年的李斯特尼次基老爷都不知道。他年轻时候是当车夫的,可是到了晚年,力气和眼力都不行了,就改做马夫。他身材短小,满身都是白中泛绿的长毛(连手上也长着白毛),鼻子在小时候就被木槌打扁了,他总是到处眨巴着天真无邪、眼圈红红的眼睛,带着孩子般纯真的笑。毁坏了他那端正的面孔的,不光是一道上翻的扁鼻子,还有被直通下面的一道伤疤弄得不像样子的下嘴唇。在他当兵的时候(萨什卡是包古查尔出生的俄罗斯人),有一回喝醉了,他抓起一瓶王水,当成了普通的烧酒,那火一样的药水穿透下嘴唇,一直向下巴流去。药水流过的地方,留下了一道斜斜的、不再长毛的、可笑的粉红色伤疤,好像是一只看不见的小野兽舔了舔萨什卡的大胡子,留下了那细细的锯齿形舌头的印子。萨什卡常常喝酒解闷儿,酒一下肚,他就要在庄园的院子里走来走去,想到哪儿就到哪儿,有时在老爷卧室的窗户下面站站,在自己那可笑的鼻子前面滑稽地转悠着手指头。

"尼古拉·阿列克塞耶维奇!尼古拉·阿列克塞耶维奇,听见吗?"他厉声唤道。

老爷这时候如果在卧室里,就会走到窗前来。

"你吃饱啦,不值一钱的东西?"老爷对着窗口大声喝道。

萨什卡提着直往下掉的裤子,不住地挤眼睛,诡秘地笑着。笑容斜斜地穿过他整个的脸:从眯起的左眼直到右嘴角以下的粉红色的伤疤。这笑容是横着的,但也是愉快的。

“尼古拉·阿列克塞耶维奇,老爷,我可是了解你啊!……”萨什卡一面蹦跳着,竖起又细又脏的手指头比画着。

“快去睡会儿吧,”老爷用熏黄的手指捻着耷拉下来的胡子,无可奈何地笑着说。

“什么都瞒不了我萨什卡!”萨什卡大笑着,朝花坛走去。“尼古拉·阿列克塞耶维奇,你呀……跟我一样。我和你,就像鱼和水一样。鱼喜欢钻水底,咱们俩喜欢上……场院。咱们都是财主,嘿!……”萨什卡叉着两条腿,张开两只手拍了拍。“大家都知道咱们,全顿河省都知道。咱们……”萨什卡的声音中露出伤感和拉近乎的意味。“咱们呀,老爷,什么都好,就是咱们的鼻子是臭的!”

“为什么?”老爷稀奇地问道,脸笑得变成了瓦灰色,上下胡子都抖动着。

“因为喝酒啊!”萨什卡清清楚楚地说,一面不住地眨巴眼睛,用舌头舔着顺着粉红色伤疤的沟往下流的唾沫。“你呀,尼古拉·阿列克塞耶维奇,别喝酒啦。要不然咱们就完蛋啦!咱们会把家产喝光的!……”

“去吧。给你,拿去醒醒酒吧。”

老爷从窗户里扔出一个二十戈比的硬币。萨什卡在半空中接住,藏到帽子底下。

“好啦,再见吧,将军。”他叹了一口气,转身就走。

“马你饮了吗?”老爷老早就堆起笑,问道。

“啰嗦鬼!狗崽子!”萨什卡红着脸,声嘶力竭地大叫起来。他气得像打摆子一样直哆嗦。“萨什卡会忘记饮马吗?嗯?我就是要死,也要爬着去弄桶水来饮饮,可是他,哼,真想得出!……真也是!……”

萨什卡觉得受了不应有的委屈,气嘟嘟的,骂着娘,挥舞着拳头,做出要打人的样子,走了开去。他发酒疯,跟老爷称兄道弟,都没有事;所以没有事,是因为萨什卡是一个难得的好马夫。冬天和夏天他都睡在马棚里,睡在空栏格子里;谁也没有他会服侍马,他又是马夫,又是马医;每年春天,百花盛开的时候,他就去采集各种药草,在草原上、在干涸的山谷里和潮湿的山沟里挖掘药用草根。马棚里的墙上,高高地挂着一捆捆各种各样叶子的干药草:早春草——是治气肿的,蛇眼草——是治毒蛇咬伤的,阔叶草——是治坏腿病的,生长在树林里柳树根旁边的一种白色小草——是治劳伤的,还有许多不知名字的别的一些药草,那都是可以给马医治各种各样疾病的。

在马棚里萨什卡睡的栏格子里,冬天和夏天都有一股清香扑鼻的气味像蛛网悬在那里一样。木板床上铺着压得像石头一样的干草,干草上蒙的是马衣,床上还放着萨什卡的棉袄,那棉袄里里外外都是马汗味。除了棉袄和一件熟皮小皮袄以外,萨什卡再没有别的家私了。

季杭是一个厚嘴唇、大个头儿、傻里傻气的哥萨克,跟鲁凯莉亚一块儿过,时常无缘无故地暗中怀疑她和萨什卡有关系。每月总有一回,他抓住萨什卡油污的小褂扣子,把他拉到后院里。

“老人家,你别盯着我那个娘们儿啦!”

“这可难说……”萨什卡意味深长地挤挤眼睛。

“你别跟她来往啦,老人家!”季杭恳求说。

“我呀,老弟,就喜欢麻子呢。酒可以不喝,麻子娘们儿可不能不要。麻子越多,越喜欢咱们哥们儿。”

“老人家,你这么大岁数,该害臊才是,可是你不害臊……你呀,哼,还是大夫,还给马治病,还是个懂道理的人呢……”

“我这个大夫可是什么事都干。”萨什卡还是不肯让步。

“别跟她来往吧,老人家!不能这样啊。”

“我呀,老弟,一定要把这个鲁凯莉亚弄到手。你跟这个妖精分手吧,我迟早要夺过来!她是一块葡萄干馅饼。只不过葡萄干抠出来啦,所以才有点儿麻子。我就喜欢这样的!”

“那你就瞧着吧……你可别叫我碰上,我碰上了就把你宰掉。”季杭一面说,一面叹着气从烟荷包里掏出几个铜币。

每个月都是这样。

亚戈德庄上的生活就像吃了昏睡药一样安宁。庄园坐落在一座干涸的山谷里,离大道很远,十分僻静,一到秋天就跟车站和村庄断绝来往。冬天的夜里,躲在黑松林里过冬的狼就出来打食儿,跑到像凸出的沙嘴一样伸进树林里的土冈上,嗥嗥地直叫,吓得马心惊肉跳。季杭常常跑到树林里,用老爷的双筒猎枪打狼,这时鲁凯莉亚就用粗布衣服裹住那厚得像炉壁一样的脊背,瞪着那被肉嘟嘟的麻腮挤成了一条缝的小眼睛,朝黑暗里望着,一动不动地等候着枪响。这时候傻里傻气、秃头秃脑的季杭在她心目中就成了英雄和勇猛无敌的好汉,等到下房的门一响,季杭随着一团热气闯了进来,她才往床里面靠一靠,嘴里不住地说着甜蜜的话,亲亲热热地把冻坏了的心上人搂到怀里。

夏天,在亚戈德庄上一直到很晚还能听得见干活的人的喧闹声。老爷种着四五十俄亩各种各样的庄稼,每年要雇短工来收割。叶甫盖尼夏天有时候到庄上来，在花园里和树林里走走，散散心。早晨就手持钓竿，坐在池塘边钓鱼。他个头儿不高，胸部十分饱满。他留着哥萨克式头发，向右边梳着。军官服一穿，显得非常精神。

格里高力刚带着阿克西妮亚来到庄上的头些日子里，常常到少东家房里去。维尼阿民常到下房里来唤他；他低着毛茸茸的脑袋，笑着说：

"走吧，格里高力，到少爷房里去，他叫我唤你呢。"

格里高力走进去，在门口站了下来。少爷露一露稀稀的大牙齿，用手指指椅子。

"坐吧。"

格里高力坐到椅子边上。

"我们家的马你喜欢吗？"

"都是好马。那匹灰马特别好。"

"你要常常骑骑这匹马。小心点儿，不要大跑。"

"萨什卡老爹对我说过啦。"

"那匹'大力士'怎么样？"

"是那匹枣红马吗？这匹马我说不准。有一只蹄子裂开啦，该换换掌啦。"

少爷眯缝着锐利的灰眼睛，问道：

"春天你要入营了吧？"

"是的。"

"我去跟村长说说，你就可以不去啦。"

"那我太感激啦。"

两个人都沉默了一会儿。中尉解开制服领子，搔了搔白得像女人一样的胸脯。

"怎么，你不怕阿克西妮亚的丈夫把她夺回去吗？"

"他不要她啦，不会来夺。"

"谁告诉你的？"

"我到镇上去买马掌钉子，看到一个同村的人。他说，司捷潘到处瞎嚷嚷，说'阿克西妮亚我才一点不稀罕呢。让她走好啦，我再找一个好点儿的'。"

"阿克西妮亚是个漂亮娘们儿。"中尉若有所思地朝格里高力的眼睛上面望着，嘻嘻地笑着说。

"这娘们儿是不错。"格里高力附和说，并且皱了皱眉头。

叶甫盖尼的假期快满了。胳膊已经不用绑扎，可以随便活动和举起，只是胳膊肘还不能打弯儿。

假期的最后几天,他常常到格里高力住的下房里来坐坐。阿克西妮亚已经把脏得长了青苔的小屋子粉刷得干干净净,把窗户也擦洗了,地面也用碎砖铺了。在这间缺少摆设、喜气盈盈的小屋子里,洋溢着有了女人的舒适气氛。地炉里也冒起腾腾的热气。中尉披起罗曼诺夫式蓝呢子皮袄,就朝下房里走来。他专门挑在格里高力忙着侍弄马的时候来。先到厨房里,跟鲁凯莉亚开开玩笑,然后转身就到另一间屋子来了。他坐在地炉旁边的凳子上,弓起脊背,嬉皮笑脸地看着阿克西妮亚。他一来,阿克西妮亚就不知如何是好,打袜子的针在手里不住地哆嗦。

"过得好吗,阿克秀莎?"中尉一面问,一面抽纸烟,喷得满屋子都是青烟。

"谢谢啦。"

阿克西妮亚抬了抬眼睛,碰到中尉那不用言语在诉说心意的、毫不掩饰的目光,脸刷地一下红了。她看到叶甫盖尼·尼古拉耶维奇那火辣辣、亮闪闪的眼睛,觉得又懊恼又不痛快。她驴唇不对马嘴地回答着各种无聊的问题。一心想快点儿走开。

"我走啦,要给鸭子撒点儿食啦。"

"坐一会儿吧,早着呢。"中尉笑着说,并且抖动起紧紧裹在马裤里的两条腿。

他问阿克西妮亚过去的事问了老半天,用他父亲那样的声音低声细气地说一些双关的话,用清亮得像泉水一样的眼睛传送情意。

格里高力做完了事情,回到下房里。中尉这才熄掉刚才眼睛里燃烧着的欲火,请他抽支烟,起身走出去。

"他坐在这儿干吗?"格里高力不看阿克西妮亚,低声问道。

"我怎么知道呢?"阿克西妮亚想起中尉的目光,很不自然地笑了笑。"他进来,就往这儿一坐,你瞧,格里什卡,就这个样子,"她摹仿中尉坐的姿势,学着弓了弓腰,"他坐啊,坐啊,坐得真烦人,膝盖还来回不住地摇晃呢。"

"怎么,是你招他来的?"格里高力凶狠地眯着眼睛说。

"我才不稀罕他呢!"

"哼,叫他小心点儿,要不然我一脚把他踢到台阶下面去。"

阿克西妮亚笑着看了看格里高力,不知他当真说的,还是说着玩儿。

十五

在大斋的第四个星期，冬寒的势头过去。在顿河上，岸边的冰出现了毛边儿，面上已经开始融化的河水出现了一个一个的小孔，膨胀起来，变成了灰白色。一到晚上，山就发出低沉的嗡嗡声，根据老年人的说法，这是严寒的兆头，可实际上解冻的天气一天天来到了。每天清晨，地面有一层薄薄的霜冻，快到中午就融化了，到处散发着早春的气息，还有冻樱桃树皮和霉湿的干草气味。

米伦·格里高力耶维奇着手准备春耕，一天到晚在棚子底下忙活着，安装耙齿，跟盖奇柯一起做了两顶新车篷。格里沙加爷爷在大斋的第四个星期开始做斋戒祈祷。他从教堂回来，脸都冻青了，向儿媳妇诉苦说：

“神甫把我折腾死啦，真是个饭桶，念起经来就像鸡蛋贩子赶车那样，慢吞吞的。真倒霉！”

“爹，您到复活节前一星期再去做祷告好啦，到那时候天气就暖和啦。”

“你给我把娜塔什卡叫来。叫她给我打一双厚点儿的袜子，穿这种露后跟的袜子，就连大灰狼也要冻僵的。”

娜塔莉亚住在娘家，像个临时居住的过客；她总觉得，格里高力会回到她身边的，她一心一意地等着他，不相信理智明明白白告诉过她的事；每天夜里，她忧愁难支，因为受到意想不到的、不应有的欺凌，觉得无限委屈，十分伤心。除此之外，又添了一件事，娜塔莉亚怀着非常恐惧的心情盼着这件事快点过去，每天夜里她急得在自己的闺房里走来走去，就像一只被打伤的麦鸡在山沟里草丛中乱窜。她一回来，米佳就用异样的目光看她，有一天，他在过道里把娜塔莉亚拉住，直截了当地问：

“你想格里高力吧？”

“干你什么事?”

“我想帮你治治相思病……”

娜塔莉亚看了看他的眼睛,猜出他的心思,心里十分害怕。米佳忽闪着绿色的猫眼睛,像切口似的两个瞳人在过道的黑暗中亮晶晶的。娜塔莉亚把门一拉,跑到格里沙加爷爷住的厢房里,站了老半天,听着自己的心惶惶不安地跳动着。第二天,米佳又到院子里去缠她。他往牲口槽里扔草,弄得他那直直的头发上,那西班牙羊皮帽上,到处都是绿色的草叶。娜塔莉亚在猪食盆边驱赶抢吃猪食的狗。

“娜塔什卡,你不要自己找罪受……”

“我喊爹啦!”娜塔莉亚用手抵挡着,大声说。

“你呀,真傻!”

“走开,该死的! ……”

“好啦,嚷嚷什么?”

“走开,米佳! 我马上去告诉爹! ……你拿我当成什么? 咦——咦,真不要脸! ……地上有缝,你还不钻进去!”

“地上好好的,没有缝儿嘛。”米佳为了说明地上好好的,用脚跺了跺,并且叉起腰。

“米佳,你别碰我!”

“这会儿我不碰你,到夜里我来。真的,夜里我一定来。”

娜塔莉亚战战兢兢地回到房里。晚上她在大柜子上搭了个铺,让小妹妹陪着自己睡。整夜里她翻来覆去,用惊恐的眼睛朝黑暗处盯着。她准备一听到什么动静,就放声大喊起来,但是打破沉寂的只有睡在隔壁的格里沙加爷爷的呼哧声和睡在旁边的小妹妹偶尔的鼾声。

日子像抖开的线团一样,一天天过下去,她的痛苦无尽无休。

米佳还没有忘掉很久以前求婚时所受到的侮辱,总是愁眉苦脸,一肚子怨气。天一黑就出去玩,很少有早回家的时候,往往是天亮时候才回家。他常跟不三不四的娘们儿鬼混,常去司捷潘家打二十一点。米伦·格里高力耶维奇暂时没有做声,注视着他。

复活节前有一天,娜塔莉亚在莫霍夫的商店旁边碰上了潘捷莱·普罗柯菲耶维奇。他先把她叫住:

“等一下子。”

娜塔莉亚站了下来。她一看到公公那长着鹰钩鼻子的、大致轮廓很像格里高力的脸，就难受起来。

“为什么你不来看看我们这两个老的？”老头子很不好意思地望着她说，好像自己很对不起娜塔莉亚似的。“老婆子很挂念你：不知道你在那儿怎么样……嗯，近来你怎样？”

娜塔莉亚驱除了不必要的窘急心情，恢复了常态。

“谢谢……”她哽了一下（想叫爹），脸一红，叫道：“潘捷莱·普罗柯菲耶维奇。”

“你为什么不来看看我们呀？”

“家里有事……很忙。”

“我们那格里什卡呀，唉！……”老头子难受地摇了摇头。“他把我们害苦了，小畜生……本来你们过得多好啊……”

“没什么好说的，爹……”娜塔莉亚用高亢而冲动的声音尖声说，“看起来，没有这份命啊。”

潘捷莱·普罗柯菲耶维奇看了看娜塔莉亚那泪汪汪的眼睛，急得不知如何是好。她的嘴唇哆嗦着，极力忍着，不叫眼泪掉下来。

“再见吧，好孩子！……你不要为了他难过，不要为了这个狗崽子难过，他连你的一个手指甲都不值。也许，他会回来的。只要我看到他，到那时候我来收拾他！”

娜塔莉亚把头缩进肩膀，走了开去，好像挨了打似的。潘捷莱·普罗柯菲耶维奇在原地踏着步子呆了半天，好像马上要大跑起来似的。娜塔莉亚在街口转弯的时候，回头看了看：公公正吃力地拄着拐杖，在广场上一瘸一拐地走着。

十六

在施托克曼处聚会的次数少些了。春天要到了。村里的人都在为春天的农活儿做准备;常来的只有磨坊里的“杰克”、达维德卡和机器师傅伊万·阿列克塞耶维奇。复活节前的那个星期四,向晚时候,他们集合在铁匠作坊里。施托克曼坐在铁匠案子上,用小锉子在锉一枚用半卢布银币做成的戒指。一缕夕阳射进窗来。地上印下一个朦朦胧胧、红中带黄的方块。伊万·阿列克塞耶维奇手里玩弄着一把老虎钳子。

“前两天我去找过东家,跟他谈了谈活塞的事。要送到米列洛沃去,到那里可以弄好,我们能有什么办法? 裂缝已经有这样宽啦。”伊万·阿列克塞耶维奇用小指头不知是对谁比画着裂缝的宽度。

“那儿好像有个工厂吧?”施托克曼一面问,一面锉着,手指头上落满细细的银粉。

“有个钢厂。去年我曾经去过。”

“工人很多吗?”

“多得不得了。四五百人。”

“嗯,他们怎么样?”施托克曼在锉着,脑袋一颠一晃的,因此说出来的话就成了一个字一个字的,就像结巴说的话一样。

“他们倒是过得很舒服。这可不是无产阶级啦,简直是……废料。”

“这是为什么呢?”“杰克”问道。他跟施托克曼坐在一起,将短短的手指头交叉着放在膝盖下面。

磨粉工人达维德卡的头发里落满了面粉,变成了满头白发,他在作坊里来回走着,皮靴踩得沙沙响的刨屑像泡沫一样四处飞溅,他面带笑容,倾听着那清脆的、带有香味的沙沙声。他觉得好像是在红叶遍地的山沟里走,树叶软软和和的,树叶下面那潮湿的山沟土地还带着青春的弹性。

“这是因为,他们都很富裕。每个人都有自己的房子、老婆,应有尽有。并且他们有一半是洗礼派教徒。厂主本人就是他们的传教士,所以他们彼此彼此,扯都扯不清。”

“伊万·阿列克塞耶维奇,什么叫洗礼派教徒?”达维德卡听到这个生疏的字眼儿,便问道。

“洗礼派教徒吗?他们信奉上帝有自己的一套规矩。就像旧教徒那样。”

“各种傻瓜发疯的方式各不相同。”“杰克”加了一句。

“噢,刚才我说,我去找谢尔盖·普拉托诺维奇,”伊万·阿列克塞耶维奇把刚才说开了头的事说下去,“‘擦擦’阿杰平在他那儿坐着呢。他说:‘你在过道里等一等。’我就坐下来,等着。我隔着门听见了他们说的话。东家对阿杰平说,很快就要跟德国人打仗啦,还念了一本小册子上的一段话,可是,你知道吗,‘擦擦’怎样说?他说:‘你说要打藏(仗),我可不赞层(成)你的说法。’”伊万·阿列克塞耶维奇学阿杰平学得很像,逗得达维德卡张开大嘴,发出嘎嘎的笑声,但是,一看到“杰克”那厌恶的脸色,就不笑了。

“他说:‘德国人不会跟俄国打(仗)的,因为他们次(吃)的粮食靠我们供应。’”伊万·阿列克塞耶维奇继续转述他听来的谈话。“这时候又有一个人插嘴说话,从声音上我没有听出是谁,后来才知道那是李斯特尼次基老爷的儿子,是一个军官。他说:‘德国和法国为争葡萄地会打仗的,我们打仗毫无来由。’”

“奥西普·达维陀维奇,你以为怎样?”伊万·阿列克塞耶维奇向施托克曼问道。

“我可不会预言。”施托克曼模棱两可地回答说,一面聚精会神地望着伸出的手上的已经做好的戒指。

“他们要是打起仗来,咱们都要上战场。不管你愿意不愿意,都要去,强迫你去。”“杰克”发表议论说。

“是这样,伙计们,就是这么回事儿……”施托克曼说着,轻轻地从伊万·阿列克塞耶维奇手中抽出老虎钳。

他说得很严肃,显然是要把事情透彻地说一说。“杰克”把从案子上溜下来的两腿蜷舒服些,达维德卡的嘴巴张圆了,露出了沾满唾沫的密密的牙齿,施托克曼用他素有的洪亮声音、明确的语句简单扼要地讲了讲资本主义国家争夺市场和殖民地的斗争。快要讲完的时候,伊万·阿列克塞耶维奇激动地打断了他的话：

“等一等，这跟咱们有什么相干？”

“他们一打起来，倒霉的就是你和你这样的弟兄们啦。”施托克曼笑着说。

“你真是个小孩子，”“杰克”挖苦说，“有句老话：‘主子打架，奴仆保不住头发。’”

“哦——噢。”伊万·阿列克塞耶维奇皱起眉头，思索起他实在想不通的一大难题。

“这个李斯特尼次基为什么要跑到莫霍夫家里去？是不是想搞搞他的女儿呀？”达维德卡问道。

“已经叫柯尔叔诺夫家的小子搞烂啦。”“杰克”说得非常难听。

“听见吗，伊万·阿列克塞耶维奇？那个军官在那儿转悠什么？”

伊万·阿列克塞耶维奇猛地一抖，好像有人用鞭子朝他膝盖下面抽了一下。

“啊？你说什么？”

“你睡着啦，大叔！……在讲李斯特尼次基呢。”

“他是上车站去。对啦，还有一件新闻哩：我从里面出来，看到台阶上有一个人，你们猜是谁？是格里高力·麦列霍夫。他手里拿着鞭子站在那里。我问：‘你在这儿干什么，格里高力？’‘我送李斯特尼次基少爷上米列洛沃车站去。’”

“他在他们家赶车呢。”达维德卡插嘴说。

“吃起老爷的残羹剩饭来啦。”

“‘杰克’，你就像条锁在链子上的狗，见人就咬。”

大家沉默了一会儿。伊万·阿列克塞耶维奇站起来要走。

“你不是忙着去做祷告吧？”“杰克”最后一次挖苦说。

“我每天都祷告。”

施托克曼送走了这些常客，锁上作坊的门，朝房里走去。

复活节前夜，黑压压的浓云涌上天空，淅淅沥沥地下起雨来。村子上的天空阴沉欲坠。还在黄昏时候，顿河上的冰发出长长的轰隆声，开始碎裂了，有一块浮冰被大量的碎冰一挤，刷的一声抢先从水里跳了出来。一下子就有四俄里的河面开了冻，一直到村子往下第一个拐弯的地方。流冰开始了。在有节奏的教堂钟声伴奏之下，顿河上大量的浮冰互相冲撞着，震撼着两岸，以铺天盖地之势向下流去。在顿河向右拐弯的河曲里发生了流冰壅塞。流冰往上涌的轰隆声和咔嚓声一直传到村子里。在到处是融雪水洼的教堂院子里，聚集了不少年轻小伙子。教堂里嗡嗡的祈祷声慢悠悠地穿过敞开的大门，来到台阶上，又从台阶上来到院子里；在带格子的窗户里，闪耀着欢乐的节日的灯光；在院子里，小伙子们摩挲着轻声尖叫的姑娘，接吻，悄悄地在讲风流事儿。

教堂更房里住下了不少哥萨克，都是来参加复活节祈祷的，有从附近的村子里来的，也有从远处村子里来的。又累，更房里又闷，很多人都弄得疲惫不堪，有的睡在大板凳上，有的就睡在窗台下面的地上。

有人坐在断门槛上抽烟，谈论天气和冬麦地。

“你们村上什么时候下地干活儿？”

“大概要在佛明节下地。”

“行，你们那儿是沙土地嘛。”

“是沙土，凹地这一头是碱土。”

“这会儿地都泡松啦。”

“去年我们耕地，地就像脆骨一样，松脆得不得了。”

“杜恩珈，你在哪儿呀？”更房台阶下面有一个尖嗓子叫道。

教堂的便门跟前有一个沙哑的粗嗓门儿嘟哝说：

“偏偏跑到这儿来亲嘴，你们真是……给我滚开，下贱东西！你们憋不住啦？”

“你配不到对儿吧？去亲亲我们家的母狗好啦。”黑暗处有一个年轻人的脆嗓子回敬道。

“母——狗？我叫你试试……”

急急的逃跑的脚步声、哎哟声和姑娘裙子的窸窣声。

清脆的屋檐滴水声；那个慢吞吞、像黑胶泥一样黏黏糊糊的声音又说话了：

“前天到普罗霍尔那儿去买犁，给他十二卢布，他不干。这家伙就是不肯让点价钱……”

顿河上一片节奏均匀的窸窣声、沙沙声和哗啦声。好像村外有一个健壮有力、像杨树那样高大的盛装妇人拖着她那无比肥大的衣裾在下面走。

半夜里，外面漆黑一团的时候，米佳·柯尔叔诺夫骑着无鞍马来到教堂门口。他下了马，把缰绳缠到马鬃上，用手拍了拍跑上了劲的马。他听着马蹄的吧哒声，站了一会儿，便一面勒着腰带，朝教堂里走去。他在台阶上摘下帽子，俯下他那剃成不整齐的圆圈式的头，拨开妇女，朝祭坛挤去。左边黑压压的一群是男子，右边那五颜六色的是盛装的妇女。米佳用眼睛找到了站在第一排的父亲，便走了过去。他抓住父亲正举着画十字的胳膊，对着他那长满了毛的耳朵小声说：

“爹，出去一下。”

米佳哆嗦着鼻孔,穿过各种各样气味织成的密密实实的帷幕。这里有呛人的蜡烛烟气,有出汗出得娇柔无力的女人身上的气味,有存放太久的衣服(有些衣服只是在圣诞节和复活节才从箱子底下拿出来穿一下)发出的那股像墓穴里的气味,有潮湿的靴子皮气味、樟脑气味,还有斋戒时期饿得肚子里冒酸水的气味。

来到台阶上,米佳把胸膛贴到父亲的肩膀上,说:

"娜塔莉亚要死啦!"

十七

格里高力把叶甫盖尼送到米列洛沃车站,在柳树节①那天才回来。开冻的天气一下子把积雪都化光了;两天的工夫,路上就到处是烂泥了。

离开车站二十五俄里,在一个叫赤杨疙瘩的乌克兰人住的小镇上过小河的时候,差点儿把马淹死。他是在傍晚时候来到镇上的。昨夜一夜之间小河就开冻了,浮冰也已流尽,灌进了一股股褐色融雪水的小河涨了起来,河水翻着泡沫,涌向街头。

有一座小店,原是去车站的路上可以歇马的,却在河对岸。夜里河水可能还要上涨,于是格里高力决定过河。

他来到前一天从冰上过河的地方,只见河水漫过了两岸,变宽了的河道里奔腾着肮脏的流水,有一段断篱笆和半边车轮子在河中心轻飘飘地旋转着。在积雪已经化尽的沙地上,露出爬犁拖出的新鲜印子。格里高力勒住满身大汗,汗沫

① 柳树节是复活节前的一个星期日。

顺着腿裆往下滚的马,从爬犁上跳下来,察看爬犁印子。滑木划出的印子像两条细细的带子。快到水边,印子微微向左一弯,就伸进了水里。格里高力用眼睛量了量到对岸的距离:至多二十俄丈。他走到马跟前检查马套。这时候,有一个上了年纪的、头戴狐皮帽的乌克兰人从尽边的院子里出来,朝格里高力走来。

"这儿能过吗?"格里高力用缰绳朝翻腾的褐色流水指了指,问道。

"能过。今天早晨还有人过呢。"

"深吗?"

"不深。也许能淹到爬犁吧。"

格里高力提起缰绳,举起鞭子,对着马简短地吆喝一声:"喔!"……两匹马打着响鼻,闻着流水,很不情愿地走动了。

"喔!"格里高力在座位上欠起身来,抽了一鞭。

套在左边的一匹宽屁股的枣红马晃了晃脑袋——反正这条命豁出去啦!——一下子拉直了套绳。格里高力侧眼朝脚下看了看:水已经淹到爬犁旁边的木杆。起初只是淹到马的膝盖,后来一下子就淹到胸膛。格里高力想转回去,但是两匹马朝下一落,打了一声响鼻,就漂浮起来。水流冲动了爬犁的后部,拖着马掉转了方向,头朝着急流。河水从马背上滚过,冲得爬犁轻轻摇晃着迅速地向后倒退。

"哎呀呀!……哎呀呀,把马拉住!……"那个乌克兰人一面在岸上跑着,大声叫了起来,并且不知为什么还摇晃着从头上摘下来的那顶狐皮帽。

格里高力声嘶力竭地吆喝着,不住地抽打马匹。河水在渐渐下沉的爬犁后面旋出许多小小的漩涡。爬犁猛地撞在一根伸出水面的木桩(冲毁的小桥桥桩)上,滴溜溜地翻了过来。格里高力哎呀一声,连头栽进水里,但是他没有松开缰绳,河水猛烈地冲着他的皮袄大襟,冲着他的两腿,死死地拖着他,在轻轻晃动的爬犁周围转来转去。他用左手抓住滑木,松开缰绳,喘着粗气,两手捯换着,朝前面的横梁凑过去。他已经用手指头抓住横梁的铁皮包头了,可是就在这时候,那匹逆流泆着水的枣红马使劲用后腿蹬了一下他的膝盖。格里高力吐着水,两手乱抓了一阵,抓住了套绳。水冲得他难以接近马匹,抓住套绳都十分吃力。他浑身冻得像千万根针在扎一样,好不容易挣扎到枣红马的头跟前,枣红马那两只血红的眼睛放射出来的疯狂、怕死的目光,一下子就钻进格里高力那长长的瞳孔。

滑腻的皮缰绳几次从格里高力手里滑脱;他几次泆着水过去,抓住缰绳,但缰绳还老是从手里往外滑;有一次去抓缰绳的时候,脚忽然挨到了地面。

"喔——喔!!!"他伸直了身子,向前冲去,一下子撞到马胸膛上,栽倒在冒着泡沫的浅水里。

两匹马把他撞倒以后,像一阵旋风似的把爬犁从水里拉了出来;马已经没有了力气,湿漉漉的脊背上冒着热气,不住地哆嗦着,走了几步就站住了。

格里高力没有觉得疼,一下子跳了起来;冷气像发烫的面团似的糊在他身上。格里高力哆嗦得比马还厉害,他觉得这会儿两条腿软软的,就像吃奶孩子的腿。他一下子猛醒过来,把爬犁翻转过来之后,就赶着马大跑起来,让马暖和暖和。他像冲锋一样冲进街里,一见到敞开的大门,就赶着马冲了进去,也没有放慢速度。

这一家的主人是个热心人。他叫儿子去照应马,自己帮着格里高力脱下衣服,并且用丝毫不许违抗的口气命令妻子:

"生起火炕!"

格里高力躺在炕头上,在自己的衣服烤干以前,一直穿着主人的裤子;晚上喝过素菜汤,就躺下睡了。

天不亮他就上了路。还要走一百三十五俄里的路,所以必须抓紧时间。春天的草原道路是危险的:每一条沟、每一道山谷里都是哗哗奔流的化雪水。

马走了很长的一段黑黑的、光秃秃的道路。他趁着早晨寒冷,把爬犁一直赶到离大道四俄里的一处塔甫里亚人居住的地方,在岔路口停了下来。满身大汗的马身上冒着腾腾的热气,后面的土地上是锃亮的爬犁印子。格里高力将爬犁扔下,把两匹马的尾巴结在一起,骑上一匹马,带着另一匹马往前走。在柳树节那天早上回到亚戈德庄上。

老爷听他仔细讲过路上的情形,便出来看马。萨什卡正牵着马在院子里溜,气嘟嘟地看着凹下去的马肋。

"马怎么样?"老爷一面往跟前走,一面问道。

"这还用问吗?"萨什卡没有停下来,哆嗦着白中带绿的大胡子,嘟哝说。

"没有使坏吧?"

"没有。枣红马脖子底下叫颈圈磨破了一块,不要紧。"

"你去歇歇吧。"老爷朝着在旁边听候吩咐的格里高力摆了摆手。

格里高力朝下房里走去,但是到夜里才得到休息。第二天一早,身穿天蓝色缎纹布新褂子、脸上总是带着笑容的维尼阿民来了。

"格里高力,老爷喊你。马上去!"

将军正穿着毡便鞋在大厅里来回走着。格里高力咳嗽一声,在大厅门口捯换着两只脚站了一会儿,咳嗽第二声——老爷抬起头来。

“你有什么事?”

“维尼阿民喊我来的。”

“哦,是的。去把那匹儿马和‘大力士’备好。告诉鲁凯莉亚,不要喂狗。打围去!”

格里高力转身走了几步,老爷又把他叫回去,说:

“听见吗? 你跟我一块儿去。”

阿克西妮亚把一个没有盐的圆面包塞进格里高力的皮袄口袋,小声埋怨说:

“饭都不叫人吃,黑心肠!……不得好死。格里沙,你顶好把围巾围上。”

格里高力把备好的马牵到花坛跟前,打了两声口哨,把狗唤来。老爷穿着一件蓝呢子夹克,腰上系着一条镂孔皮带,走了出来。肩上挂着一只带软木塞的轻铁军用水壶;他手上提着猎人用的短柄长鞭,那螺旋形的鞭梢像长蛇一样拖在身后。

格里高力拉住马缰,看着老头子轻轻一跃,那瘦骨嶙嶙的老躯就骑到了马上,是那样灵活,格里高力感到十分吃惊。

“跟在我后面。”将军用戴着手套的手亲热地理着马缰,简短地吩咐说。

格里高力骑上一匹四岁口的儿马,那儿马像公鸡一样昂着头,撒着欢,在一旁跟着向前走去。儿马的后蹄还没有钉掌,所以,一走到薄冰上就打滑,就蹲下身了,四蹄一齐用劲。老爷在“大力士”宽宽的脊背上轻轻摇晃着,身子微微向前弯,但是骑得十分牢靠。

“咱们上哪儿?”格里高力来到跟前,问道。

“上赤杨沟。”老爷用浑厚的嗓门儿回答说。

两匹马好好地走了一阵子。儿马不老实起来,像天鹅那样扭着短短的脖子,用凸出的眼睛斜瞅着骑在身上的人,老是想咬人的膝盖。等他们上了山坡,老爷放“大力士”大跑起来。几条狗跟在格里高力后面跑着,散成一条短短的散兵线。那条黑色的老母狗向前跑着,它那鹰钩鼻子都碰到了儿马的尾巴尖子。儿马气呼呼地蹲了蹲身子,想踢一下这讨厌的老狗,但是老狗停了下来,用伤心的老奶奶眼睛盯着回过头来的格里高力的眼睛。

半个钟头的工夫,跑到了赤杨沟。老爷顺着沟沿跑去,沟沿上到处是乱蓬蓬的枯草。格里高力朝下面跑去,一面十分小心地注视着冲得到处是深坑的沟底。他偶尔朝老爷看看。透过铁灰色的光秃而稀疏的赤杨树丛,可以看到老头子那清楚得像图画一样的身影。他伏在鞍头上,两腿站在马镫上,用哥萨克皮带勒着的呢茄克在他背上鼓了起来。几条狗结成一群,在高低不平的沟坡上走着。格里高力在马上探了探身子,跨过化雪水冲出的一道深沟。

“抽口烟吧。我这就松开缰绳,好掏烟荷包。”他想道,一面扯下手套,伸手到口袋里去摸卷烟纸。

“放狗追啊!……”呼叫声在山沟外面响了起来,那声音就像是一声枪响。

格里高力猛地抬起头来,只见老爷跳上一道很陡的山冈,高高地扬起鞭子,放马大跑起来。

“放狗追啊!”

一只灰褐色的、腿窝里的毛还没有换掉的狼,在芦苇丛生、一片泥泞的沟底飞快地跑着,那狼滑滑跌跌,身子贴着地面。跳过一条小沟,狼停了下来,猛一转身,看到了猎狗。几条狗排好阵势,成马掌形包围过来,切断了逃往沟口树林子里的去路。

那狼像弹簧一样摇晃了几下,腾身一跳,跳上一个土包——一个多年的田鼠窝——飞快地朝树林子跑去。老母狗使出有限的力气,几乎是迎面朝狼扑过去,一条十分高大、名叫“鹞子”的白色公狗——是一条最好、最厉害的猎狗——也从后面追了上去。

狼愣了一会儿,好像拿不定主意似的。格里高力拼命抖着马缰,从沟底往上走,有一会儿工夫没有看到狼,等他跑上一个小丘,狼已经在远处晃动着了;几条黑狗在一片黑土田野上的草丛里跑着,那颜色跟土地的颜色混到了一起;稍远处,老爷正用鞭把儿抽打着“大力士”,绕过一处陡崖,斜刺里跑了出来。狼夺路朝旁边一条山沟逃去,狗紧追不放,包围上去;格里高力在远处看起来,那条叫“鹞子”的白狗好像一块白布片,几乎挂到了狼腿窝里的毛团上。

“放——狗——追——呀!……”格里高力又听到了喊叫声。

他放儿马飞跑起来,很想看清前面的情形,却看不清楚:眼睛被泪水糊住,耳朵里灌满了跑出的风的尖叫声。格里高力追狼追得上了劲儿。他伏在马脖子上,像旋风一样狂跑着。等他跑到山沟跟前,狼不见了,狗也不见了。过了一会儿,老爷追上了他,老爷猛地把“大力士”一勒,叫道:

“跑到哪儿去啦?”

“一定是进山沟啦。”

“你从左边绕过去!……追!……”

老爷用鞋后跟朝竖着身子直蹦的马的肋下一磕,马就向右边跑去。格里高力拉紧了缰绳,朝洼地里冲去;他大喝一声,就飞到了洼地对面。他又用鞭子抽,又吆喝,赶着浑身大汗的儿马跑了一俄里半。又黏又湿的泥巴粘到了马蹄上,烂泥巴溅了一脸。一条顺着山势蜿蜒伸展开去的长山沟向右一拐，分成了三条岔沟。格里高力跨过一条横沟，看到几条狗像黑色的链子一样在原野上追狼，就顺着平缓的山坡朝前跑去。看样子，狼本来想朝山沟中心跑，因为山沟中心的橡树和赤杨特别稠密，狗不让狼往里面跑。在山沟中心分成三个岔，也就是山沟缓缓向下分成三条黑灰色岔沟的地方，狼一下子跑到了平地上，拉开百十丈的距离以后，就赶紧跑下一条干涧，那里面到处是乱蓬蓬的多年的荒草和干枯的大蓟。

格里高力站在马镫上注视着狼，不住地用袖子擦着被风吹得很难受的眼睛里流出的泪水。他仓促中向左边看了一眼，一下子认出了自己家的田地。这是一块斜方形的肥地，秋天他跟娜塔莉亚一块儿耕过的。格里高力特意驱马经过这块耕地，就在儿马磕磕绊绊、摇摇晃晃穿过这块耕地的不大一会儿工夫，格里高力心中那打猎的热乎劲儿渐渐凉了下来。他催赶气喘吁吁的儿马已经不那么带劲儿了，他朝老爷瞅了瞅——看他是不是回头看——就让马换成了碎步。

在远处，红凹地旁边，有一座空着的耕地人的帐篷。旁边，丝绒一般光闪闪的新耕地上，有三对公牛拉着犁慢慢走着。

“是我们村里的人。这是谁家的地呢？……好像是安尼凯家的。”格里高力心里想着，眯缝起眼睛打量着，想认一认那几条牛和掌犁的人。

“抓——住！……”

格里高力看到，有两个哥萨克扔下犁，跑过来拦截想朝洼地里跑的狼。有一个哥萨克——高个子，头戴红边的哥萨克帽，帽带扣在下巴底下——挥舞着从牛套上抽出来的一根铁条。就在这时候，狼把屁股往很深的垄沟里一插，突然坐了下来。白牙狗“鹞子”因为跑得太猛，收不住腿，从狼身上飞了过去，前腿一弯，跌倒了；老母狗想要停下来，屁股擦了一下凸起的田垄，没有停住，一下子撞到狼身上。狼用劲晃了晃脑袋，老母狗就扑通一声摔到了一边。几条狗结成黑黑的一大团，扑在狼身上，晃来晃去地在耕地上拖了几丈远，并且像皮球一样滚动起来。格里高力比老爷早跑到半分钟，他跳下马鞍，把攥着猎刀的手向背后一闪，扑通跪到地上。

“瞧这家伙！……在底下！……往喉咙上戳！……”拿着铁条跑过来的哥萨克用熟悉的声音气喘吁吁地喊道。他呼哧呼哧地喘着粗气，趴到格里高力旁边，揪住咬住狼肚子的牙狗脖子上的毛将狗拉开，用手紧紧攥住狼腿。格里高力拨开一丛丛竖起来的、在手底下动来动去的硬毛，摸到了喉咙管，干脆利落地戳了一刀。

“狗！……狗！……把狗赶开！……”脸色发青的老爷一面从马鞍上往软软

和和的耕地上跳,一面上气不接下气地哑着嗓子吆喝道。

格里高力好不容易把狗赶开,回头看了看老爷。

旁边不远处站着司捷潘·阿司塔霍夫。他戴着哥萨克帽,漆皮帽带扣在下巴底下;手里转悠着铁条,变成了灰白色的下巴颏和眉毛都在哆嗦着。

“好小子,你是哪儿来的?”老爷朝他问道,“是哪个村上的?”

“鞑靼村的,”司捷潘等了一会儿才回答说,并且朝格里高力跨了一步。

“姓什么?”

“阿司塔霍夫。”

“那好啊,伙计,你什么时候回家去?”

“今天夜里。”

“你把这条死狼给我们拉回去。”老爷用脚踢了踢狼,那狼还在作垂死的挣扎,不时地咬咬牙齿,一条挺直了的后腿向上伸着,踝骨上有一团褐色的乱毛。“要多少钱,我给你。”老爷许过条件,便一面用围巾擦着通红的脸上的汗珠,走到一旁去,歪了歪身子,把系着军用水壶的窄窄的皮带从肩上摘下来。

格里高力走到儿马跟前。他一只脚踏上马镫的时候,回头看了看。司捷潘浑身不住地哆嗦着朝他走来,脖子一鼓一鼓的,两只沉甸甸的大手紧紧按在胸前。

十八

在四旬斋第五周的星期五夜里,妇女们在柯尔叔诺夫家的邻居皮拉盖雅家里坐着玩儿。皮拉盖雅的丈夫加甫里拉·麦丹尼柯夫从罗兹[①]写信回来,说要请假回来过复活节。皮拉盖雅把墙都粉刷了,在星期一就把屋子里收拾得整整齐齐,从星期四就开始盼着,常常跑到门外张望,瘦瘦的皮拉盖雅不戴头巾,带着一脸惶惶不安的神情,每次要在篱笆旁边站上半天;她把手遮在眼睛上,张望着——他回来没有呢,是不是出事啦?她快要生孩子了,这孩子是合法的:去年夏天加甫里拉从团里回来,给老婆带回一块波兰花布,在家里住了几天,就是说:跟老婆睡了四夜,到第五天就大喝了一通,用波兰话和德国话骂人,并且一面哭着,一面唱起一支哥萨克古歌,那歌子唱的是波兰,还是在一八三一年编的。朋友们和兄弟们都来给他送行,和他一块儿围坐在桌上,饭前一同喝酒,跟着他唱歌:

都说波兰是个好地方,
我们看到的是一片荒凉。
波兰是一个小小的酒店,
酒店的老板就是国王。
三个小伙子在酒店里把酒喝,
一个是普鲁士人,一个是波兰佬,
还有一个是顿河的哥萨克。
普鲁士人喝酒给的是银元,
波兰人喝酒给的是金币,
哥萨克喝酒不给钱;
他在酒店里摇摇晃晃,
把刺马针弄得丁当直响,
刺马针丁当响,还要勾引老板娘:
“老板娘,小心肝,跟我回家乡,
回到静静的顿河上。
我们过日子不像你们这样:
不用种,不用收,不用织,不用纺,
不用织,不用纺,天天游玩闲逛。”

---

① 罗兹是波兰的一个重要城市。

吃过饭，加甫里拉就告别了家里人，走了。从那天起，皮拉盖雅就时常朝自己的小褂底摆看看。

她对柯尔叔诺夫家的娜塔莉亚讲到自己怀孕的原因，是这样说的：

“在加甫里拉快回来的时候，大妹子，我做了一个梦。好像我在河边滩地上走，前面是这家的老牛，就是去年夏天救主节丢掉的那一头；那牛在前面走着，奶水从奶头上直往路上滴……我心想：‘哎呀，我怎么没挤干净呢？’我醒来后，德萝兹季哈奶奶来讨啤酒花，我把梦里的事对她说了，她就说：‘你弄一块蜡，放到牛栏里去，就从蜡烛上掰一块下来，团成团儿，埋到新鲜牛粪里，要不然，你准倒霉。’我赶快去弄，可是没有蜡烛，本来有一支蜡烛，孩子们弄去了，大概是引洞里的毒蜘蛛去了。这么一来，加甫里拉就回来了，这就倒霉了。在他回来以前，这三年我舒舒服服的，可是这会儿你瞧……”皮拉盖雅用指头戳着自己凸起来的肚子，伤心地说。

皮拉盖雅等丈夫等得很烦恼，一个人也觉得寂寞，所以在星期五就邀了街坊上几个妇女来消磨时间。娜塔莉亚也带着没有打好的袜子（春天到了，格里沙加爷爷觉得更冷了）来了，她嘻嘻哈哈，十分热闹，听着别人说笑话，用不着笑也笑，她只是不想叫人看出，她想丈夫想得很苦恼。皮拉盖雅把露着青筋的光脚丫儿从炕上耷拉下来，跟泼辣的年轻媳妇福萝霞逗着玩儿。

“福萝霞，你怎么打你男人的？”

“你不知道怎么打吗？照背上打，照头上打，打到哪儿算哪儿。”

“我不是问这个，我是问：你们怎么打起来的？”

“就这么打起来的。”福萝霞很不开心地回答说。

“你抓住你男人跟别的娘们儿睡觉，你没有做声吗？”马特维·卡叔林的儿媳妇——一个瘦长的娘们儿慢慢腾腾的拉长声音问道。

“说说吧，福萝霞。”

“没有什么好说的！……偏要说这种事……”

“别抹不开，这儿都是自己人。”

福萝霞把葵花籽壳吐在手里，笑了笑，说：

“我早就对他留心了，那一天有人告诉我说：你男人正在磨坊里跟顿河对岸的一个娘们儿磨面呢……我跑去一看，他们正在碾子旁边呢。”

“怎么，娜塔莉亚，你男人的事没听说过吗？”卡叔林的儿媳妇打断了话头，向娜塔莉亚问道。

“他在亚戈德庄上呢……”娜塔莉亚小声回答。

“你还想不想跟他在一块儿过?”

“她也许还想,就是他不懂她的心意。”女主人插嘴说。

娜塔莉亚觉得一阵热血涌到脸上,就要流出泪来。她把头垂到袜子上,皱着眉头看了大家一眼,看到大家一齐望着她,她知道自己羞红了的脸色瞒不过她们,便故意让毛线团从膝盖上掉到地上,她弯下身去,用手在冰冷的地面上摸索起来,但是她做得很不自然,所以大家都看出来了。

“别把他放在心上,好妹子,只要是个女人,不愁找不到主儿。”一个娘们儿带着明显的怜悯神情劝道。

娜塔莉亚装出的快活劲儿,像风吹火星一样不见了。妇女们谈起近几天的一些传闻和闲话。娜塔莉亚打着袜子,一声不响。她好不容易坐到散场时候,心里想着还没有拿定的主意走了出来。她因为自己这种不明不白的处境(她还不相信格里高力会永远不回来,所以原谅他,等待着他)感到羞耻,羞耻心推动着她下决心——决心瞒着家里人往亚戈德庄寄一封信给格里高力,探一探他是永远不回来了呢,还是回心转意了。她从皮拉盖雅家里回来已经很晚了。格里沙加爷爷坐在小屋里,正在看一本滴满蜡烛油的、皮封面的破旧《圣经》。父亲正在厨房里拾掇鱼网,听米海伊讲很久以前的一宗人命案子。娜塔莉亚的母亲安顿好孩子们以后,自己也在炕上睡了,一双黑脚板抵到了门上。娜塔莉亚脱掉衣服,随便在几个房间里走了一阵子,在大厅里,木板隔成的角落里,有一堆留作种子的大麻籽,还有老鼠的吱吱叫声。

她在爷爷的屋子里呆了一小会儿。在供桌旁边站了站,呆呆地望着圣像下面放的一摞福音书。

“爷爷,你有纸吗?”

“什么样的纸?”爷爷眼镜上面的皱纹挤成了密密麻麻的一绺。

“能写字的。”

格里沙加爷爷在圣诗集里面翻了翻,抽出一张皱皱巴巴的纸,上面还带着发霉的圣诞蜜糕气味和神香气味。

“有铅笔吗?”

“找你爹要去。去吧,好孩子,别搅我。”

娜塔莉亚向父亲要了一段铅笔头。她坐在桌子跟前,十分难受地反复想着早已想好,搅得心里隐隐作痛的一些话。

第二天早晨,她应许给盖奇柯一瓶酒,要他把信送到亚戈德庄上。信是这样写的:

格里高力·潘捷莱耶维奇!

请你写封信,告诉我,我怎么过下去呢,我这一辈子全完了呢,还是没有?你从家里走掉,连一句话都没有对我说。我没有做过对不起你的事,我一直以为你会叫我离开,告诉我,你永远不回来了,可是你离开村子什么也不说。

我想,你是一时气愤走掉的,所以盼望你能回来,但是我并不想拆散你们。让我一个人给踩到泥里,总比两个人受苦好些。你最后可怜可怜我,给我写封信吧。等我知道了你的意思,我也好想个主意,要不然我成了拦路石了。

格里沙,看在基督面上,不要生我的气吧。

娜塔莉亚

愁眉苦脸的盖奇柯觉得很快就要有酒喝了,就把马牵到场院上,避着米伦·格里高力耶维奇,给马上了鞍,骑上马摇摇晃晃地跑了出来。他骑马的姿势一向很笨拙,跟哥萨克很不一样,两只破袖子里面的胳膊肘在马奔跑时朝下耷拉着,他放马大跑起来,正在胡同口玩耍的一群孩子跟在后面拼命喊叫起来:

“南蛮子!……南蛮子!”

“南蛮子,油篓子!”

“摔下来啦!”

“狗骑篱笆啦!……”孩子们在后面叫着。

快到黄昏时候他才带着回信回来。他带回的是一小片蓝色的包糖纸;他从怀里把纸片掏出来,对娜塔莉亚挤了挤眼睛。

“我的好姑娘呀,路真难走啊!颠死人啦,把我盖奇柯的五脏都颠出来啦!”

娜塔莉亚看过信,脸变得煞白煞白的。每读一个字,就像有一样尖东西朝心上狠戳一下……

纸片上是几个洇开的字:“你一个人过吧。麦列霍夫·格里高力。”

她好像再也信不过自己的力气,急急忙忙回到房里,躺到床上。卢吉尼奇娜为了早一点做早饭,为了准时把复活节吃的奶渣糕烤出来,正在生火准备过夜。

“娜塔什卡,来,帮我忙一忙!”她唤女儿。

“妈妈,我头疼。想躺一会儿。”

卢吉尼奇娜把头探进门来,说:

“你顶好喝点盐水，好吗？喝了马上就会轻快些。”

娜塔莉亚用干干的舌头舔了舔冰凉的嘴唇，没有做声。

她连头带脸埋进一条厚羊毛头巾里，一直躺到晚上。她那蜷缩成一团的身子轻轻哆嗦着。等她起身来到厨房里的时候，父亲和爷爷已经准备上教堂了。她的鬓角上，梳得平平正正的黑头发旁边，冒着光闪闪的汗珠儿，眼睛里闪着一种病态的油光。

米伦·格里高力耶维奇一面扣他那肥大的裤子前裆里长长的一排纽扣，一面侧眼看着女儿。

“孩子，你好像要生病啊。跟我们一块儿去做复活节早祷吧。”

“你们先走吧，我随后就来。”

“快散场的时候去吗？”

“不，我这就穿衣裳……我得穿衣裳，穿好衣裳就去。”

男子们都走了。家里只剩下卢吉尼奇娜和娜塔莉亚。娜塔莉亚无精打采地从大箱子跟前走到床前，用失神的眼睛回头望着箱子里翻乱了的一堆衣服，十分痛苦地想着心思，嘴里嘟哝着。卢吉尼奇娜以为娜塔莉亚是拿不定主意穿什么衣裳，就用一个当妈妈的大方态度出主意说：

“孩子，就穿我那条蓝裙子吧。现在你穿正合身。”

娜塔莉亚在复活节前没有做新衣裳，所以卢吉尼奇娜想起女儿在做姑娘的时候，喜欢在过节时候穿她那条窄下摆的蓝裙子，她以为女儿是在为挑选衣服伤脑筋，所以硬是要女儿穿她的裙子。

“穿吗？怎么啦，我给你拿来。”

“不用。我就穿这一条。”娜塔莉亚细心地抽出自己的一条绿裙子，这时她忽然想了起来，那一次格里高力以未婚夫身份来看她，在凉棚底下头一次飞吻了她一下，使她非常害羞，那时候她穿的就是这条裙子，她觉得就要大哭起来，憋得浑身直哆嗦，把胸膛压到掀开的箱子盖上。

“娜塔莉亚！你怎么啦？……”母亲把两手一扬又一拍。

娜塔莉亚强压住就要迸发出来的哭叫声；她克制住自己，发出了没有表情的咯呀咯呀的笑声。

“今天我这是怎么啦……”

“哎哟，娜塔什卡，我看出来……”

“你看出什么来啦，妈妈？”娜塔莉亚在手里揉着绿裙子，忽然气呼呼地说。

“你看，你这样下去可不好……应当改嫁。”

“算了吧！……嫁一回够啦！……”

娜塔莉亚走到自己的房里去换衣裳，很快又回到厨房里，她已经穿戴好，身子依然像做姑娘时那样细细的，脸色青白，不愉快的红晕中透出青色。

“你一个人去吧，我还没收拾好呢。”母亲说。

娜塔莉亚往翻袖口里塞了一块手绢，就走了出来。风从顿河上吹来流冰的沙沙声和淡淡的、令人神清气爽的春水潮湿气息。她用左手提着裙子下摆，绕过街上一个个闪着珍珠般亮光的小水洼，来到教堂里。她一路上想方设法恢复自己以前那样的平静心情。想想过节的事。断断续续、模模糊糊地想着各种各样的事情，然而她的心硬是要转回去想那一小片揣在怀里的蓝色包糖纸，去想格里高力和那个幸福的女人，那个女人这会儿正在傲慢地嘲笑她，也许还要可怜她呢……

她走进教堂的院子。小伙子们拦住了她。娜塔莉亚绕了过去，听到他们说：

“她是谁家的？你猜到了吗？”

“这是柯尔叔诺夫家的娜塔什卡嘛。”

“听说，她是个石女。所以她男人不要她啦。”

“瞎说，她跟她公公，跟瘸子潘捷莱搞上啦。”

“原来是这么回事儿啊！这么说，格里什卡是因为这事儿从家里跑出去的啦？”

“不然又为什么呢？她这就……”

娜塔莉亚在很不平整的石板地上打着趔趄，走到台阶跟前。许多难听的脏话像石头一样叽叽咕咕地从背后向她飞过来。娜塔莉亚在台阶上一群姑娘的吃吃笑声中从另一个小门里走了出来，像醉汉一样摇摇晃晃地朝家里跑去。她在自己家的大门口喘了口气，就咬紧已经咬得出血的、肿起来的嘴唇，两脚在裙子底摆里面磕磕绊绊地走进门去。在满院子紫丁香般的茫茫夜色中，敞着的棚子门显得黑洞洞的。娜塔莉亚发了发狠，鼓起仅剩的一点力气，跑到棚子门口，急急忙忙跨进门去。棚子里十分干爽，可以闻到皮缰绳的气味和陈干草气味，娜塔莉亚既没有思想，也没有知觉，只是苦恼得不得了，苦恼就像利爪在挠她那受尽羞辱的、绝望的心，她摸索着走到角落里。她握住镰刀把，按下刀头（她动作十分沉着、十分准确），把头向后一仰，拿出使她十分高兴的决心，用刀刃使劲在喉咙管上一划。她感到一阵火烧火燎的疼痛，就像挨了一棒似的，跌倒在地上，她觉得，也可以说是模模糊糊地意识到，她开了头的事还没有做完，于是用手和脚撑起身子，然后跪下来；她心慌意乱（流到胸膛上的血使她很害怕），不知为什么用哆嗦的手指头把纽扣一扯，把小褂敞了开来。她用一只手拨开紧绷绷、硬邦邦的乳房，用另一只手握住镰刀，让刀尖抵在胸膛上。她爬到墙根前，把镰刀安把子的钝头抵在墙上，然后把两手放到头上，头向后一仰，胸膛使劲往前顶，顶……她清清楚楚地听到和感觉到身子被戳通时那种难听的、像切白菜一样的声音；剧烈的疼痛一阵猛似一阵地像火一样从胸膛烧到喉咙口，像丁当直响的针一样扎进耳朵……

正房的门吱嘎响了一声。卢吉尼奇娜用脚探着门槛走出门来，走下台阶。钟楼上传出有节奏的钟声。顿河上有许多巨大的冰块竖立起来漂流着，发出无休无歇的咔嚓声。高高兴兴的、满槽的、解放了的顿河水，把自己身上的冰枷锁往亚速海送去。

十九

司捷潘走到格里高力跟前，抓住马镫，紧紧靠在汗水淋淋的马肋上。

“哼，格里高力，你好啊！”

“托福托福。”

“你想怎么样？嗯？”

“什么我想怎么样？”

“你拐走别人的老婆，就……自个儿享用起来啦？”

“放开马镫。”

“你别害怕……我不揍你。”

“我不怕，你别来这一套！”格里高力涨红了两颊，提高嗓门儿说。

“现在我不跟你打架，我不愿打架……不过，格里什卡，你记住我的话：我早晚要宰掉你。”

“吓不倒人!”

“你好好记住我的话。你太欺负人啦! ……你叫我没法过下去……你看,”司捷潘往上伸了伸两只黑黑的手,说,“我在耕地,可是自己也不知道耕地有什么意思。我一个人要这么多地干什么?我随便怎样都可以把冬天凑合过去。我就是寂寞得要死……格里高力,你太欺负人啦! ……”

“你别对我诉苦,我不懂。饱汉不知饿汉饥嘛。”

“这话倒是不错。”司捷潘赞同这话,一面朝上看着格里高力的脸,忽然像孩子一样天真地笑了起来,笑得眼角裂成了许多细细的皱纹。“伙计,我有一件事很后悔……后悔极啦……你还记得前年谢肉节咱们打群架的事吗?”

“那是什么时候?”

“不是打死弹毛匠那一回,许多光棍汉跟有老婆的人打架,还记得吗?你记得我怎样追你吗?那时候你还很嫩,你在我面前就像一棵青芦苇。我那时候可怜你,要是跑上去给你一下子,就会把你揍成两截! 你跑得很快,身子像弹簧一样,只要抡起皮带照你腰上抽一下,你的小命早完啦!”

“别着急,咱们还会有碰在一起的时候。”

司捷潘用手擦了擦额头,在想着什么事。

老爷拉着“大力士”的缰绳,朝格里高力喊道:

“走吧!”

司捷潘依然用手抓住马镫 ,跟儿马并排走了起来。格里高力留心他的每一个动作。他在马上看到司捷潘那耷拉着的亚麻色上嘴胡和很久没有刮过的、像毛刷子一样浓密的下巴胡。下巴上系着的漆皮帽带有许多地方开裂了。他的脸因为沾满了灰土,变成了灰色,还有一道道斜斜的印子,那是汗水流过的痕迹,因而这张脸有些模糊不清,显得很陌生。格里高力望着他,就像站在山上眺望遥远的、笼罩在茫茫雨幕中的原野。司捷潘的脸色十分难看,露出消沉、疲惫和苦闷的神情。他没有告别,就站住不走了。儿马慢步朝前走着。

“等一等。怎么样……阿克秀莎怎样?”

格里高力一面用鞭子敲打着粘在靴底上的泥巴,一面回答说:

“很好。”

他勒住儿马,回过头去看了看。司捷潘把两腿叉得宽宽的,站在那里,露着牙齿,在嚼一棵野草。格里高力不由得怜悯起他来,但是嫉妒心又挤走了怜悯心;他在吱咯吱咯直响的鞍垫上转过身子,叫道:

“她不会想你想瘦的,你放心好啦!”

“真的?”

格里高力照着儿马两耳中间抽了一鞭子,就跑了起来,没有回答他。

二十

怀孕第六个月,这事再也瞒不住的时候,阿克西妮亚就对格里高力说了。她一直瞒着,是因为害怕格里高力不相信她肚子里的孩子是他的;由于时间越来越迫近,她感到忧虑和害怕,她的脸黄黄的,她在等待着什么。

头几个月她一吃肉食就要呕吐,但是格里高力往往觉察不到,即使有时觉察到了,也猜不到是什么原因,所以没有特别留意。

是在傍晚时候谈的。阿克西妮亚十分激动地说出来以后,就拼命在格里高力脸上寻找变化,但是格里高力把脸掉过去朝着窗户,心烦地咳嗽着。

“你以前怎么不说呢?”

“我怕,格里沙……怕你丢掉我……”

格里高力用手指头在床背上敲着,问:

“快生了吗?”

“大概在救主节……”

“是司捷潘的吧?”

“是你的。”

“不见得吧?”

“你自己算算嘛……这是从砍柴那时候……”

“你不要说谎,阿克秀莎!就算是司捷潘的,这会儿你又能到哪儿去呢?我是老老实实地问问。”

阿克西妮亚流着恼恨的眼泪,坐在板凳上,抽抽搭搭地用发急的声音小声说：

“我和他过了这么多年，什么都没有！……你自己想想吧！……我又不是有病的女人……可见，这孩子是你的，可是你……”

这件事格里高力再没有谈起过。在他对待阿克西妮亚的态度中，掺进了新的一股戒备、疏远和轻微的嘲讽、怜悯心情。阿克西妮亚寡言少语，无心求欢。一个夏天的工夫，她的脸色变得没有过去那样好看了，但是怀孕几乎一点没有损坏她那好看的身段：她整个身体十分丰满，所以凸起来的肚子不很显眼；变得温柔美丽的双眼使瘦削的脸别添了一种风韵。给雇工做饭的活儿她做起来很轻松。这一年雇工少一些，做饭的活儿也就轻一些。

萨什卡老爹带着老年人那种顽皮的缠劲儿天天跟在阿克西妮亚左右。也许是因为，她像个女儿一样时时关心他：给他洗衣服，补衣服，吃饭时给他拣软的、好吃的，所以萨什卡老爹在服侍好马以后，就给厨房里挑水，揉烂煮好喂猪的土豆，干了这一样，又干那一样，并且蹦来蹦去，常常把两手一摊，露出光光的牙花子，说：

“你心疼我，我也不欠人家的情！阿克秀什卡，我把心掏给你都行。我没有女人的照应就完啦！虱子早把我吃掉啦！你要什么，只管说好啦。”

因为叶甫盖尼·尼古拉耶维奇的说情，格里高力没有入营受训，他割草，有时给老爷赶车到镇上去一趟，其余的时间就是跟他去打野鸭子，或者骑马去赶野雁。轻松、饱暖的生活毁了他。他懒了，胖了起来，显得比实有的年龄老了一些。只有一件事使他放心不下，那就是不久就要入伍了。既没有马，又没有装备，靠父亲又不大靠得住。格里高力把自己的和阿克西妮亚的工钱领到手就积攒起来，连烟也戒了，指望用自己攒的钱来买一匹马，不去求父亲了。老爷也答应帮他一些。格里高力预料父亲什么都不会给他，这件事不久就证实了。六月底，彼特罗·麦列霍夫来看弟弟，在谈话中提到，父亲仍然十分生他的气，有一天还说过，决不给他预备战马，说：让他去参加地方部队好啦。

“哼，这事儿让他不要闲操心吧。我可以骑自己的马去入伍。”格里高力把“自己的”说得特别重。

“你打哪儿弄到马呢？变得出来吗？”彼特罗咬着胡子，笑着问。

“不用变，我能讨得到，要不然偷也能偷到。”

“好样的！”

“我可以用工钱去买嘛。”格里高力正色解释说。

彼特罗坐到台阶上，详细地询问了干的活儿、饮食和工钱；对一切都点头称

是,一直在咬着嚼湿的胡子,问完了,临别时对格里高力说:

“你顶好还是回家去过,伺候别人犯不着。你以为能发大财吗?”

“我不想发大财。”

“你想跟自己的女人过下去吗?”彼特罗改变了话题。

“跟哪一个自己的?”

“跟这里的。”

“眼下是这样想,怎么啦?”

“没什么,我不过问问罢了。”

格里高力出来送他。末了,他问道:

“家里怎么样?”

彼特罗一面解着拴在台阶栏杆上的马,一面笑着说:

“这会儿你的家不是一个了,就像兔子,有好几个窝儿。我们过得马马虎虎,不坏。妈妈可是很想你。牲口草现在已经弄到家啦,堆了三大垛。”

格里高力心情激动地打量着彼特罗骑来的短耳朵老骒马。

“这马没有下驹吗?”

“没有,兄弟,原来是匹不产驹的骒马。跟贺里散福换来的那匹红骒马倒是下驹了。”

“下了一匹什么?”

“一匹小公马。这匹小公马真是无价之宝! 腿长长的,拐子骨很端正,胸膛也很漂亮。长大了一定是一匹良马。”

格里高力叹了一口气。

“彼特罗,我很想念咱们的村子。我很想念顿河,这儿连流水都看不到。真是个讨厌的地方!”

“常回去看看吧。”彼特罗哼哼了两声,把肚子压到尖尖的马背上,撩起了右腿。

“一定回去。”

“好啦,再见吧!”

“一路平安!”

彼特罗已经出了院子;他忽然想了起来,朝着站在台阶上的格里高力大声说:

“娜塔莉亚她……我忘啦……出事啦……”

像鹰一样在院子上空打转转的风,没有把这句话的后面一部分送进格里高力的耳朵;彼特罗连人带马被浓浓的灰尘罩住,格里高力没有听清他的话,就摆了摆手,朝马棚走去。

这一年的夏天很早。雨水少,庄稼熟得早。刚刚割完黑麦,大麦就熟了,一片金黄色,麦穗像刘海一样耷拉下来。四个外地来的短工和格里高力一同去割麦。

阿克西妮亚早早地做好厨房里的活儿,要求格里高力带她一块儿去。

"还是在家里呆着吧,为什么偏要去呢?"格里高力劝她说,但是阿克西妮亚硬是要去,匆匆披上头巾,跑出大门,就去追赶短工坐的大车。

阿克西妮亚怀着忧虑和高兴得着急的心情在等待着的事情,格里高力模模糊糊觉得有点害怕的事情,就在割麦的时候发生了。阿克西妮亚在耙麦子,感觉到一点苗头,就扔下耙子,躺到一堆麦子旁边。过了一下子,肚子就疼起来了。阿克西妮亚咬住发青的舌头,平平地躺下来。短工们在割麦机上吆喝着马,从她身边绕过去。一个年轻短工,脸黄黄的,像是用木头刨成的,满脸皱纹,一只烂鼻子,他走过的时候,朝阿克西妮亚喊道:

"喂,你怎么啦,偏找这么块好地方晒太阳?快起来,不然要晒化啦!"

格里高力从割麦机上换了下来,走到她跟前,问:

"你怎么啦?……"

阿克西妮亚歪了歪不听使唤的嘴唇,沙哑地说:

"肚子一阵一阵地疼。"

"我叫你不要来,你偏他妈的来!好啦,现在怎么搞呢?"

"格里沙,别——别骂啦……哎哟!……哎哟!……格里沙,套车呀!快回家吧……我怎么能在这儿呢?这儿都是男子汉……"阿克西妮亚疼得像被铁箍紧紧勒着似的,呻吟起来。

格里高力跑去牵那匹在洼地里吃草的马。格里高力还没有套好车,把车赶过来,阿克西妮亚就爬到了一边,用四肢撑着身子,把头插进灰扑扑的大麦堆里,疼得直嚼带芒的麦穗,嚼过了又往外吐。她用肿胀的、陌生的眼睛莫名其妙地望着跑过来的格里高力,哎哟了几声,又用牙齿死死地咬住揉成一团的围裙,免得叫短工们听见她那像牲口一样的、难听的叫喊声。

格里高力把她抱到车上,赶着车就朝庄上走。

"哎哟,别走啦!……哎哟,要死啦!……颠——颠死啦!……"阿克西妮亚粗声粗气地喊叫着,披头散发的脑袋在车板上来回滚动着。

格里高力一声不响地用鞭子抽打着马,抖得缰绳在头顶上打着圈圈儿,也不回头朝后面看，声嘶力竭的呼叫声像一阵阵巨浪似的从后面扑来。

阿克西妮亚用两手紧紧按住两腮，狂乱地转动着睁得大大的、疯子一般的眼睛，身子在大车上不住地颠动着，大车在坑坑洼洼、没有轧平的道路上左右摇晃着。马在飞跑；马轭在格里高力眼前平稳地跳动着，马轭的拱背跳得遮住了高挂在天空、像水晶一样明亮得耀眼的白云。阿克西妮亚有一会儿工夫停止了一声接一声的、尖厉的呼叫。车轮轧轧响着，阿克西妮亚那不听摆布的头碰得车后面的厢板咚咚直响。格里高力一下子没有理会到她忽然不叫是怎么一回事儿，等他回过神来，回头看了看，只见阿克西妮亚的脸歪歪扭扭，十分难看，一边腮紧紧贴在车厢板上，正在张着嘴呼哧呼哧地喘气，就像一条鱼被扔到了岸上。额头上的汗像小河一样，直往凹下去的眼窝里流。格里高力把她的头扳起来，把自己的皱皱巴巴的帽子垫到她的头底下。阿克西妮亚斜着眼睛看了看，咬着牙说：

"格里沙，我要死啦。唉……不行啦！"

格里高力哆嗦了一下。一阵凉气一直传到他那汗湿的脚指头。他吓慌了，想说几句鼓励和亲热的话，却不知说什么好；嘴唇硬僵僵地哆嗦着，歪到了一边，从嘴里冲出这样一句话：

"瞎说，傻东西！……"他摇了摇头，弯下腰，几乎把身子对折起来，攥住阿克西妮亚一条蜷得很别扭的腿。"阿克秀莎，我的心肝宝贝儿！……"

阿克西妮亚松快了一小会儿以后，等到再疼起来，更比以前疼上十倍。阿克西妮亚觉得下坠的肚子里有个东西在往外挣，就把身子弯成弧形，格里高力听着她那十分可怕的、越来越高的叫声，觉得直扎耳朵。他像发了疯似的催赶着马。

在车轮轰隆声中，他隐隐听到一声长长的，细细的呼喊：

"格——里——沙！"

他勒了勒马，回过头来，只见阿克西妮亚摊开两条胳膊，躺在血泊里，裙子底下有一个哇哇叫的活物在蠕动……发愣的格里高力从车上跳下来，两腿像被拴住了一样，磕磕绊绊地向大车后头走去。他望着阿克西妮亚那直冒热气的嘴，不等听清她的话，就猜到了她的意思：

"把脐带咬——咬断……从小褂上抽——抽根线……扎——扎起来……"

格里高力用哆哆嗦嗦的手指头从自己的粗布小褂上抽出几根线，紧紧地眯缝起眼睛，一下子把脐带咬断，用线把流血不止的脐带头儿结结实实地扎住。

二十一

李斯特尼次基老爷的庄园亚戈德庄，就像长在一条开阔的干谷边上的肉瘤。风从两面来，有时从南面，有时从北面；太阳在淡蓝加乳白色的天空飘过；夏天刚刚过去，秋天的落叶就沙沙响起来，冬天也带着严寒和风雪跟了上来，可是亚戈德庄上永远过着单调无聊的日子；在这里过的与世隔绝的日子，天天一个样，就像一个个的孪生兄弟。

一群红眼圈的黑鸭子一年到头一拐一拐地在院子里转悠，不住地呷呷叫；一群珠鸡一年到头在院子里乱跑，就像一个个的玻璃球；美丽的孔雀一年到头在马棚顶上用小猫一样的嗓门儿喵喵尖叫着。老将军喜欢各种各样的禽鸟，就连一只打伤的仙鹤，他也养了起来，到十一月里，那鹤听到在天空自由飞翔的伙伴们隐约的呼唤，就发出嘹亮、凄厉、扣人心弦的呼叫声。但是鹤飞不起来了，被打断的翅膀僵直地耷拉着。可是老将军在窗前望见仙鹤弯下头，又蹦又跳，想从地上飞起来的时候，他就张开白胡子遮着的大嘴笑了，洪亮的笑声在空荡荡的、洁净的大厅里到处回荡着。

维尼阿民总是高高地昂着毛茸茸的头，抖着大腿，一天到晚坐在堂屋里的柜子上，一个人玩纸牌，玩得入迷。季杭也总是因为他的麻子情人而嫉妒萨什卡，嫉妒长工们、格里高力，嫉妒老爷，甚至嫉妒起仙鹤，因为仙鹤也受到这位温柔的寡妇的悉心照应。萨什卡老爹还是常常喝得晕乎乎的，到老爷窗前去讨两个银角子。

在这许多日子里，只有两件事惊动了沉闷得发霉的空气，一件是阿克西妮亚生了孩子，还有一件是丢了一只大公鹅。对于阿克西妮亚生的女孩子，大家说过一阵，很快就不说了；至于鹅，在庄外沟里发现了鹅毛(很明显，是叫狐狸拖去了)

以后,也就不说了。

老爷每天早晨醒来,总要把维尼阿民唤来。

“你做梦了吗?”

“当然做啦,做了一个好奇怪的梦。”

“讲讲吧。”老爷手里卷着烟卷,简短地吩咐说。

于是维尼阿民就讲起来。如果讲的梦没有趣味或者十分可怕,老爷就要生气:

“唉,浑账,畜生!糊涂蛋做梦也是糊里糊涂的。”

维尼阿民学起乖来,编造起开心和有趣的梦。他简直感到成了很大的负担:每天要发明新梦,早几天就要坐在柜子上,一面啪啪地往小毯子上摔着跟他的脸一样滑润和油腻的纸牌,一面编造叫人开心的梦。他的眼睛呆呆地盯着一个点,脑子里在编造新梦,一直弄到连一个真正的梦都不做了。他每次醒来,都要使劲回想回想,但是想来想去,脑子里漆黑一团,又黑又光,光得像刨过的一样,别说是梦,连一张人脸都没有梦见。

维尼阿民那有限的才思常有枯竭的时候,可是老爷一听出他重复已经说过的梦,就要生气。

“你这坏小子,梦见马的事,星期四已经讲过啦。你他娘的是怎么回事?……”

“尼古拉·阿列克塞耶维奇,我又梦见啦。说实在的,我又梦见了一回。”维尼阿民毫不心慌地撒谎说。

十二月里,格里高力和一个看门的伙计一同被叫到维奥申乡乡公所。他领了一百卢布的买马钱,还拿到一张要他在圣诞节第二天到曼柯沃镇征兵站去报到的通知单。

格里高力从乡公所回来,心里十分慌乱:圣诞节快到了,他还什么都没有准备呢。用官家发的钱和自己攒的钱,在奥布雷夫村花一百四十卢布买了一匹马。他是跟萨什卡老爹一块儿去买的,买到的是一匹挺合适的马:六岁口,浑身枣红色,屁股向下溜;只有一样不明显的毛病。萨什卡老爹捋着胡子说:

“买不到更便宜的啦,长官是看不出毛病来的。他们没有那么大的本事。”

格里高力骑着买来的马从那里回来,试了试小跑和大跑的脚步。在圣诞节前一星期,潘捷莱·普罗柯菲耶维奇亲自到亚戈德庄上来了。他没有把套在爬犁上的骒马赶进院子,而是拴在篱笆上,便一瘸一拐地朝下房里走来,一面捋着胡子上的冰凌,那大胡子贴在皮袄领子上,很像一块黑黑的磨刀石。格里高力从窗户里看到父亲,心里十分慌张。

“怎么回事儿?! ……我爹来啦! ……”

阿克西妮亚也不知为什么把小孩子裹了裹,朝摇篮跑去。

潘捷莱·普罗柯菲耶维奇带着一股冷气进了屋子;他摘下皮帽,对着圣像画了个十字,一面用眼睛慢慢地四下打量着。

“你们日子过得好啊!”

“爹,你好。”格里高力一面从板凳上站起,一面回答问候,然后向前跨了两步,在屋子当中站住。

潘捷莱·普罗柯菲耶维奇伸出一只冰凉的手让格里高力握了握,就坐到板凳头上,一面裹着皮袄大襟,一面用眼睛打量着站在摇篮旁边发呆的阿克西妮亚。

“你准备入伍吗?”

“不去怎么行?”

潘捷莱·普罗柯菲耶维奇没有说话,用探询的目光打量了格里高力半天。

“把衣裳脱脱吧,爹,恐怕冻坏了吧?”

“还好。不要紧。”

“我来把茶炊端上来。”

“谢谢。”老头子用手指甲刮着皮袄上老早溅上的一点泥巴,说:“我给你送东西来啦:两件军大衣,一副马鞍,一条裤子。你去拿进来……都在那儿。”

格里高力光着头走出门去,从爬犁上搬进来两只大麻袋。

“什么时候出发?”潘捷莱·普罗柯菲耶维奇一面问,一面站起身来。

“圣诞节第二天,怎么,爹,你就走吗?”

“我想早点赶回去。”

他同格里高力告过别,仍然用眼睛打量着阿克西妮亚,向门口走去。他已经抓住门把手了,又向摇篮扫了一眼,说:

“妈妈叫我向你问好,她的腿生毛病啦。”他沉默了一会儿,然后鼓了鼓劲儿,好像在举一样重东西似的,说:“我也要去,把你送到曼柯沃镇上。你收拾收拾吧。”

他一面把厚厚的手套往手上戴,一面走了出去。阿克西妮亚因为受了白眼,脸色灰白,一声不响。格里高力在屋里走来走去,斜眼望着她,特意来来回回地踩着一块咯吱咯吱直响的地板。

圣诞节第一天,格里高力赶着车送老爷到维奥申镇上去。

老爷做过祈祷，在他的一个堂妹——一个女地主家里吃过早饭，就吩咐套车。

格里高力还没有把一大碗油糊糊的猪肉汤喝完，就站起来，朝马棚里走去。

轻便的城市型爬犁上套的是一匹灰毛色、黑斑、名叫“快腿”的奥勒尔大走马。格里高力扯紧缰绳，把马牵了出来，匆匆忙忙地将马套上爬犁。

风卷起松松的、凉得扎人的积雪，银色的雪粉咝咝地满院子飞舞。花坛外面的树上挂着轻柔的、像流苏一样的白霜。风把霜吹离枝头，霜向下落，松散开来，经阳光一照，放射出虹霓般的、像童话里那种光怪陆离的色彩。屋顶上，黑糊糊的烟囱里冒出的烟被风吹得歪歪倒倒的，有几只冻得瑟瑟发抖的寒鸦在烟囱旁边哇哇叫着。寒鸦听到脚步声，惊得飞了起来，像几个灰蓝色的棉花球似的在屋子上空盘旋了一阵子，就朝西边的教堂飞去，一只只瓦蓝色的寒鸦，在清晨淡紫色的天空里显得非常清楚。

“去说一声，套好啦！”格里高力朝着跑出来的一个使女喊道。

老爷一面把胡子往貉绒皮袄领子里埋着，走了出来。格里高力给他把腿盖好，把丝绒缘边的狼皮车毯扣起来。

“狠狠地抽！”老爷用眼睛点了点大走马。

格里高力坐在赶车座位上，身子向后仰着，伸直的两手拉得缰绳紧绷绷的，他斜着眼睛担心地望着每一道滑溜的斜坡，他还记得有一次在下过头场雪的路上走，因为爬犁猛颠了一下，老爷就照着他的后脑勺打了结结实实的一拳，那一拳真不像一个老头子打的。直到来到桥边，顺着顿河往前走，格里高力这才放松缰绳，用手套揉了揉被风吹得发麻的两腮。

下午两点钟才赶回亚戈德庄。老爷一路上没有说话，只是偶尔弯起手指头敲敲格里高力的脊背，说：“停一下！”就转过身去，背着风卷起烟卷来。

已经在下坡往庄里走的时候，老爷问道：

“明天一早就走吗？”

格里高力侧过身子，好不容易张了张冻僵的嘴唇。

“一搅走。”他把“早”说成了“搅”。他那冻得发僵的舌头好像肿了起来，紧紧贴在牙花子上，说话都不清楚了。

“钱都领到了吗？”

“都领到啦。”

“不要挂念老婆，她的事你放心好啦。你到军队里要好好地干。你爷爷当年是个很像样的哥萨克。希望你……”老爷的声音低了下去（他为了避风，把脸藏进了皮袄领子),“希望你也能像你爷爷和你父亲那样。你父亲是在沙皇阅兵时得过赛马头奖吧?”

“是的,父亲得过。”

“嗅,就要这样嘛。”老爷好像是在警告他,用严厉的口气结束了谈话,把整个的脸都藏进皮袄里。

格里高力把马交给萨什卡老爹,就朝下房走去。

“你父亲来啦!”萨什卡老爹一面给马披马衣,一面在背后对格里高力喊道。

潘捷莱·普罗柯菲耶维奇正坐在桌旁吃肉冻。“快醉啦。”格里高力用眼睛打量着父亲变得和颜悦色的脸,心里判断说。

“回来啦,老总?”

“冻死啦,”格里高力拍打着两手回答说,又朝阿克西妮亚说:“给我解开帽带,手不听使唤啦。”

“算你倒霉,风故意找你麻烦。”父亲嚼得耳朵和胡子直摆动,一面唠叨说。

这一次他和气多了。他毫不见外地、痛痛快快地吩咐阿克西妮亚说:

“再切一些面包来,别舍不得。”

他离开桌子,在去门口抽烟的时候,好像无意中把摇篮摇了两下;他把大胡子伸进小帐子里,问道:

“是男孩子吗?”

“是个丫头,”阿克西妮亚替格里高力回答说,接着,她看到一缕不满意的神色从老头子脸上飘过,一直隐没到大胡子里,便赶紧补充说:“长得挺好看,完全像格里高力。”

潘捷莱·普罗柯菲耶维奇十分认真地打量了一番露在一团破布外面的黑黑的小脑袋,不无自豪地认可说:

“是我们家的骨血……哈……真不简单!……”

“爹,你怎么来的?”格里高力问。

“坐爬犁来的,套的是小骒马和彼特罗的马。”

“你套一匹马来好啦,咱们再把我那匹马套上。”

“不用,让你的马空身走吧。马倒是一匹挺不错的马。”

“你看过啦?”

“稍微看了看。”

他们因为彼此都想着同样的事情,心情十分激动。谈论的却是各种各样不值得谈的事情。阿克西妮亚没有插嘴,愁眉苦脸地坐在床上。两个鼓膨膨的乳房把小褂的领口都撑开了。生过孩子以后,她胖了不少,显示出一种幸福和充满信心的新姿态。

他们很晚才睡下。阿克西妮亚紧紧贴在格里高力身上,泪水和没有吸干的奶头流出的奶水把他的小褂湿了一大片。

“我想你会想死的……我一个人怎么过啊?”

“别怕。”格里高力同样用小声回答说。

“夜又长……孩子又不睡……我又想你想得要命……还得了吗,格里沙,一去就是四年!”

“听说,古时候当兵要当二十五年呢。”

“我管它古时候干啥……”

“好啦,别说啦!”

“当兵拆散人家好日子,真该死!”

“等有了假期,我会回来的。”

“等有了假期,”阿克西妮亚一面抽抽搭搭地哭,一面往小褂上擤鼻涕,一面像回声一样哼哼着接话说,“等你回来,顿河的水恐怕都要流干啦……”

“别哭啦……好比秋天下雨,算不了什么,你也会是这样。”

“把你换成我试试看。”

格里高力在天快亮的时候才睡着了。阿克西妮亚喂过孩子,用胳膊肘支起身子,眼睛眨也不眨地看着格里高力脸上发黑的线条,默默地和他告别。她想起了她在自己房里劝他上库班去的那一夜;那一夜也是只有一轮明月和被月光照得雪亮的院子。

明月依旧,可是格里高力现在又是那样又不是那样了。他身后已经有一段很长的、一天天踏出来的小路……

格里高力翻了一下身,含含糊糊地说:

“在赤杨村……”又不做声了。

阿克西妮亚想睡一下,但是思潮就像风吹干草堆一样,把睡意吹散了。一直到天亮她都在想着格里高力梦中说的这句没头没尾的话,寻找着各种各样的答案……结满冰花的窗户上刚刚出现麻麻的亮点儿,潘捷莱·普罗柯菲耶维奇就醒来了。

“格里高力,起来,天亮啦!”

阿克西妮亚跪起来,穿上裙子;她叹着气,摸索火柴摸索了半天。

等到吃完早饭,收拾停当,天也大亮了。晨光闪闪烁烁,有如蓝色的水波。

好像插进雪里的篱笆，显得清楚齐整，就像一排牙齿；马棚顶黑糊糊的，遮住紫丁香般柔和的、雾蒙蒙的天空。

潘捷莱·普罗柯菲耶维奇出去套爬犁。格里高力挣脱疯狂地吻他的阿克西妮亚，去跟萨什卡老爹和其余的一些人告别。

阿克西妮亚把小孩子裹了裹，就出来送他。

格里高力亲了亲女儿湿乎乎的额头，就朝自己的马走去。

“坐爬犁吧！”父亲勒着马，喊叫道。

“不，我骑马吧。”

格里高力故意不慌不忙地勒了勒马肚带，骑上马去，理着缰绳。阿克西妮亚用手指头捅了捅他的腿，一连声地反复说：

“格里沙，等一等……我有话要跟你说……”她心慌意乱，浑身打着哆嗦，皱着眉头在想什么话。

“好啦，再见吧！把孩子照应好……我走啦，你看，爹已经走很远啦……”

“等一等，我的亲人！……”阿克西妮亚用左手抓住冰凉的马镫，右手紧紧按住裹在衣襟里的孩子，眼巴巴地看着他，那睁得大大的、一眨不眨的眼睛里流出来的眼泪，就腾不出手去擦了。

维尼阿民从屋里走了出来。

“格里高力，老爷叫你。”

格里高力骂了一声，扬了一下鞭子，就出了院子。阿克西妮亚跟在他后面跑着，那穿着毡靴的双脚一下又一下地插进院子里一处一处的雪堆里，又十分吃力地拔出来。

格里高力在山头上追上了父亲。他镇定了一下，回头看了看。阿克西妮亚在大门口，把裹在衣襟里的小孩子紧紧抱在胸前，风吹得她那红绸头巾扑扑抖动，头巾的角儿在肩头打着圈圈儿。

格里高力来到爬犁跟前，一起缓缓地往前走。潘捷莱·普罗柯菲耶维奇转身背对着马，问道：

“这么说，你不想跟你老婆过啦？”

“老话……早说过啦……”

“就是说，你不想啦？”

“可以说，是这样。”

“你没听说，她寻过短见吗？”

“听说过。”

“听谁说的?”

“我送老爷到镇上去,见到过咱们村里的人。”

“你不怕上帝怪罪吗?”

“说实在的,爹,有什么办法呢……大车上掉下去的东西,掉了就掉啦。”

“你别跟我讲他妈的鬼话！我是好心好意和你说的。”潘捷莱·普罗柯菲耶维奇气冲冲地一口气说了出来。

“我已经有了孩子,还有什么可说的呢？这会儿破镜已经不能重圆啦。”

“你小心……养的会不会是人家的孩子呢?”

格里高力的脸刷地一下白了:父亲触动了他那没有愈合的创伤。自从孩子生下来以后,格里高力一直疑心重重,心里十分痛苦,虽然他不叫阿克西妮亚看出来,也欺骗着自己。到了夜里,等阿克西妮亚睡了,他常常走到摇篮跟前,仔细端详,在孩子那黑糊糊、红扑扑的脸蛋上寻找跟自己相像的地方,但是每次看过了,还是像原来那样没有把握。司捷潘的皮肤也是深褐色,几乎是黑色的——怎么能知道,从孩子的心脏里流出来,奔流在皮肤下一道道发青的血管里的血,究竟是谁的呢？有时候他觉得女孩子很像他,有时候觉得她像司捷潘像得不得了。他对她一点感情也没有,要说有感情的话,只有一种厌恶的感情,因为他把临产时浑身抽搐的阿克西妮亚从田野上拉回来的时候,曾经感到十分伤脑筋。有一次(当时阿克西妮亚正在厨房里做饭),他把孩子从摇篮里抱出来,给她换尿布,换着换着,觉得一阵刺心的难受。他偷偷地弯下身子,用牙咬了咬孩子那红红的、撅着的脚指头。

父亲毫不顾惜地戳了他的痛处,格里高力把手掌放到鞍头上,低声回答说:

“不管是谁的,我总不能扔掉。”

潘捷莱·普罗柯菲耶维奇没有转身,朝马身上抽了一鞭子。

“娜塔莉亚那一下子毁啦……头歪啦,好像是得了偏头风。一条很要紧的筋割断啦,所以脖子歪到了一边。”

他没有再说下去。爬犁划开积雪,沙沙地前进着;格里高力的马紧紧跟在后面,马蹄哒哒响着。

“她究竟是怎么回事儿,这会儿怎么样啦?”格里高力问道,一面十分细心地从马鬃里住外抠一颗被汗渍透的苍耳子。

“总算是活过来啦。躺了七个月。三一节的时候眼看着就要死啦。潘克拉季教长都给她举行过涂油仪式了……可是后来又苏醒过来。从那时候起就一天天好转,后来就起床了。她拿镰刀往心窝里戳,可是手一哆嗦,戳歪了,要不然就完啦……”

“往下坡走。”格里高力扬了扬鞭子，在马镫上站了起来，放马朝爬犁前面跑去，马蹄翻起的积雪，一块一块地飞到爬犁上。

“咱们要把娜塔莉亚接回来！”潘捷莱·普罗柯菲耶维奇一面赶车，一面高声说。“一个娘们儿是不愿住娘家的。前几天我看到过她，我叫她到咱们家来。”

格里高力没有答话。直到进前面的村子，他们都没有说话，而且潘捷莱·普罗柯菲耶维奇再也没有提这件事。

这一天他们走了七十多俄里。第二天（很多人家已经上灯了），他们来到曼柯沃镇。

“维奥申乡来的人在哪儿？”潘捷莱·普罗柯菲耶维奇见到人就问道。

“顺大街往前走。”

他们住宿的宅子里，已经住下五个新兵和送他们入伍的父亲。

“你们是哪几个村子上的？”潘捷莱·普罗柯菲耶维奇一面问着，把马朝棚子底下牵去。

“旗尔河边的。”黑暗处有个粗喉咙回答说。

“哪一个村上的呢？”

“有卡耳根村的，有纳波洛夫村的，有李霍维多夫村的，你们是哪个村上的？”

“我们是‘咕咕村’①上的。”格里高力笑着回答说，一面卸着马鞍，摸了摸鞍底下出了汗的马背。

第二天早晨，维奥申乡的乡长杜达列夫把维奥申乡的新兵带到体格检查处。格里高力看到了自己村子里跟他同年的伙伴们；米佳·柯尔叔诺夫骑着一匹浅棕色的高头大马，一副崭新、漂亮的马鞍，一条华丽的马肚带，马笼头还戴着银饰，还在清早他骑马到井边去的时候，看到格里高力站在住所的大门口，他就用左手按着歪戴着的帽子，不打招呼就跑了过去。

新兵在乡公所的冷屋子里按着次序脱掉衣服。好几个军队里的文书和一个军监助理跑来跑去，穿着漆皮短靴的军区司令的副官在旁边来来回回地走着；他那嵌着黑宝石的戒指和漂亮的黑眼睛里那通红、凸起的眼白，使他的皮肤和肩章的穗带显得分外白。屋子里传出医生的说话声和零星插话。

“六十九。”

---

① “咕咕村”是鞑靼村的别名。“咕咕”是布谷鸟的叫声。

“巴维尔·伊万诺维奇，给我一支化学铅笔。”门口有一个带醉意的声音沙哑地说。

“胸围……”

“嗯，嗯，很明显这是遗传。”

“梅毒，记下来。”

“干什么要用手捂着？又不是大姑娘。”

“体格有点……”

“……村里这种病多得很。必须另外对待。我已经报告过上级啦。”

“巴维尔·伊万诺维奇，请您看看这一个。体格怎样？”

“嗯——我来看……”

格里高力跟楚加林村一个红头发、高个头儿小伙子一块儿脱衣服。门里走出一个文书，他背后的制服皱着，声音清脆地说：

“潘菲洛夫·谢瓦斯季扬、格里高力·麦列霍夫。”

“快点！”红头发小伙子吓得小声对格里高力说，一面红着脸脱袜子。

格里高力带着满脊背的鸡皮疙瘩走了进去。他那黑黑的身子闪着老橡树一般的光泽。他望着自己两条腿上那密密麻麻的黑毛，觉得很不好意思。角落里的磅秤上站着一个脱得精光、颧骨很高的小伙子。有一个人，看样子像个医士，拨了拨砝码，喊道：

“四普特零十封特。下来。”

这种有伤大雅的体格检查使格里高力觉得很不耐烦。一个穿白衣的白发医生用听诊器在他身上听了一遍；另一个年轻点的医生翻了翻他的眼皮，又看了看舌头；第三个戴着玳瑁眼镜的医生，把袖子卷到胳膊肘以上，搓着手，在格里高力身后转悠了一会儿。

“到磅秤上去。”

格里高力跨到带凸纹的、冰冷的磅秤上。

“五普特零六封特半。”过磅医士丁丁当当地拨了几下砝码，报出了数字。

“见鬼啦，不是特别高大嘛……”白头发医生鼻子哼哼着说，一面抓住格里高力的手，拉着他转了两个圈子。

“出——奇——啦！”另外那个年轻些的医生结结巴巴地打着嗝说。

“多重？”坐在桌旁的一个人惊愕地问。

“五普特零六封特半。”白头发医生回答说，他还没有把扬起的眉毛放下来。

“送到御林军去行吗？”军区军事监督把梳得光溜溜的黑脑袋凑到旁边一个

人的耳朵上,问道。

“一副强盗相……太野啦。”

“喂,转过身去!你这背上是什么?”一个戴上校肩章的军官不耐烦地用指头敲着桌子,叫喊道。

白头发医生含含糊糊地嘟哝了两句,格里高力转过身,背朝着桌子,好不容易抑制着浑身的哆嗦,回答说:

“是今年春上冻的。是些小疖子。”

检查完毕,几个军官坐在桌旁商量了一下,就决定了:

“到战斗部队去。”

“麦列霍夫,你到十二团去。听见吗?”

把格里高力放了出来。他朝门口走的时候,听到一阵不满意的嘁喳声。

“不——行——啊。您想想,皇上要是看到这副相貌,那会怎么样?单是他的眼睛……”

“是个杂种!大概是东方种。”

“再说,身体也不干净,有疖子……”

在门外等候体检的同村的小伙子们一齐围住格里高力。

“喂,格里什卡,怎么样?”

“分配到哪儿啦?”

“大概是到阿塔曼团吧?”

“你有多重?”

格里高力一条腿站着,另一条腿伸进裤腿,不耐烦地回答说:

“去吧,还问个屁!分配到哪儿吗?到十二团。”

“柯尔叔诺夫·德米特里、卡耳根·伊万。”一个文书探出头来喊道。

格里高力一面扣着小皮袄上的扣子,从台阶上跑了下来。

春风送暖,正是融雪天气,大路上有些化尽了雪的地方在冒着热气。母鸡咯咯叫着在大街上穿来穿去。鹅在水洼里嬉戏,水面上泛起一阵阵斜斜的涟漪。橙红色的鹅掌在水里闪着红光,好像严霜打过的秋天的树叶。

过了一天,开始检查马匹。不少军官在广场上走来走去;一名兽医和一名手执量马尺的医士,忽闪着军大衣的大襟走了过来。各种毛色的战马在教堂的墙外排成长长的行列。维奥申乡乡长杜达列夫从磅秤那里滑滑跌跌地跑到广场中间放的一张小桌子跟前,一个文书在小桌上记录着检查和过磅的结果,军事监督也走了过来,一面向一名年轻中尉解释着什么,生气地跺着脚。

格里高力的号码是一百零八号,他把马牵到磅秤跟前。量过了马身上所有的部分,过了磅,马还没有来得及走下秤台,兽医又带着素有的那种权威神气,扳起马的上嘴唇,看了看马嘴;他又用劲按着,摸了摸马胸部的筋肉,又像蜘蛛爬一样,十分用劲地捯换着手指头,一直朝腿部摸下去。

他按了按膝关节,敲了敲筋头上的韧带,捏了捏距毛上的骨头……

他对提心吊胆的马听了半天,摸了半天,就忽闪着白大褂子走开了,周围留下石碳酸那种酸涩气味。

格里高力的马没有选上。萨什卡老爹的指望落空了,精明的医生就有那么大的"本事",发现了萨什卡老爹说过的那一点不易看出的毛病。

焦急的格里高力跟父亲商量了一下,过了半个钟头,瞅了个空子,把彼特罗的战马牵到磅秤上。医生几乎没有检查,就通过了。

格里高力就在不远处找到一块干些的地方,把马衣铺在地上,把自己所有的东西都放在上面;潘捷莱·普罗柯菲耶维奇在后面牵着马,跟另外一个老头子说着话,那个老头子也是送儿子入伍的。

一位白发将军从他们旁边走过。将军高高的身材,身穿浅灰色军大衣,头戴银白色羊羔皮帽。他的左侧朝前偏着,摇晃着一只戴白手套的手。

"这就是军区司令。"潘捷莱·普罗柯菲耶维奇在后面捅了捅格里高力,小声说。

"看样子,是位将军吧?"

"玛凯耶夫少将。是个很厉害的家伙!"

司令后面跟着各团和各连来的一群军官。一位肩膀和臀部都很宽阔、穿着炮兵制服的上尉,对身边一位御林军阿塔曼团的高个子漂亮军官大声说:

"……真他妈的怪事!一个爱沙尼亚小村子,村上的人大部分都是白皮肤的,这个姑娘却截然相反,而且还不止她一个呢!我们做过各种各样的推测,后来才知道,在二十年以前……"军官们走了过去,离格里高力铺开马衣放东西的地方越来越远,格里高力背着风,好不容易听到了淹没在军官们的笑声中的、炮兵上尉的最后一句话:"……原来是你们阿塔曼团的一个连在这个村子里驻扎过。"

一个文书用哆哆嗦嗦、沾满了化学墨水的手指头扣着上衣的纽扣,跑了过去,军监助理在后面朝着他气势汹汹地叫着:

"要三份,快给我办!我把你关起来!"

格里高力好奇地打量着文武官员们一张张陌生的脸。一名副官从旁边走过,用烦闷、湿润的眼睛朝他看了一下,一遇到他凝视的目光,就转过脸去;一名老中尉不知为什么十分激动,用黄黄的牙齿咬住上嘴唇,几乎是跑着来追副官。格里高力看到,中尉那红眉毛上头的青筋在突突地跳动,扯得眼皮一抖一抖的。

格里高力脚下铺的是一张没有披过的马衣,上面井井有条地放着他的东西:一副马鞍,包着铁皮的鞍架漆成了绿色,上面缝有前袋和后袋,两件军大衣,两条裤子,一件制服,两双靴子,内衣,一封特零五十四佐洛特尼克干粮,一筒罐头,一袋炒米,还有一个骑手所需要的一定数量的其他食品。

在开着口的后袋里可以看到一套——四只蹄子用的——马掌、裹在油布里的马掌钉、装着两根针和一团线的针线袋、手巾。

格里高力最后一次看了看自己的装备,蹲下来,用袖子擦了擦马鞍扣带油污的边儿。主持检查的人员,从广场的一头,顺着哥萨克们挨着马衣排成的行列慢慢走来。司令和军官们仔细检查哥萨克们的装备,不时地撩起浅灰色军大衣的下摆,蹲下去,翻翻袋子,看看针线包,掂掂干粮袋的分量。

“伙计们,瞧那个高个子家伙,”站在格里高力旁边的一个小伙子用手指着那个军区军事监督说,“他翻得多带劲儿,就像一条狗在刨黄鼬洞。”

“咦,咦,不得了! ……把口袋都翻过来啦!”

“一定是不合规格,要不然他也不会找麻烦。”

“他是怎么回事儿,好像是在数马掌钉子吧? ……”

“简直像条狗!”

说话声渐渐停了,检查的人渐渐来到跟前,再过来几个人就轮到格里高力了。军区司令左手拿着手套,右手摇晃着,胳膊肘弯都不弯。格里高力打了个立正,父亲在后面咳嗽了几声。风把马尿和融雪气味吹得广场上到处都是。好像醉得很不痛快的太阳当头照着。

一群军官在格里高力旁边那个哥萨克跟前检查着,并且一个一个地向他走来。

“姓什么,叫什么?”

“格里高力·麦列霍夫。”

军事监督抓住扣带把他的军大衣提起来,闻了闻大衣里子,匆匆数了数纽扣;另外一个戴少尉肩章的军官,用指头捏了捏上等呢子做的裤子;还有一个军官把腰弯得叫风把大衣下摆吹到了背上,他在袋子里摸了摸。军事监督用小指和大拇指小心翼翼,好像是挨到烫手的东西似的,拨着油布上的马掌钉,吧嗒着嘴数了数。

“为什么只有二十三颗钉子？这是怎么回事儿？”他气呼呼地扯了扯油布的角儿。

“不会少的，大人，是二十四颗。”

“怎么，我是瞎子吗？”

格里高力慌忙抻开折着的油布角儿，是这个角儿盖住了第二十四颗钉子。他那又黑又粗糙的手指头轻轻地碰了军事监督那又白又嫩的手指头一下。监督把手一缩，好像被扎了一下似的，并且在灰大衣腰上擦了擦；厌恶地皱起眉头，戴上手套。

格里高力注意到这一点；他直起身子，冷笑了一下。他们的目光碰到了一起，军事监督的腮尖子红了红，高声喝道：

“你看什么？哥萨克，你看什么？……”他的两腮、颧骨上还有一道刮脸划出的血印子，从上到下都红了。“扣带为什么不像样子？这又是怎么回事儿？你是哥萨克还是庄稼佬？……你父亲在哪儿？”

潘捷莱·普罗柯菲耶维奇拉了拉马缰，向前跨了一步，用瘸腿叭地一碰，打了个立正。

“你没有当过兵吗？……”监督因为打牌输了钱，早晨一起来就一肚子的火，这会儿就向他发作起来。

军区司令走了过来，监督才不叫了。司令用靴尖踢了踢鞍垫，嗯了一声，就朝下一个走去。格里高力分到的那个团的一位迎接新兵的军官，很有礼貌地把东西翻了翻，包括针线袋在内，全翻过了，才最后一个倒退着离开，因为他在背着风点烟。

过了一天，从柴尔特柯沃车站开出的一辆火车，拖着一列装满哥萨克、马匹和粮秣的红色车厢，向里斯基—沃罗涅日方向开去。

在其中一节车厢里，格里高力靠着木槽站着。车厢的门敞开，陌生的平坦的原野从车厢门外滑过，灰蒙蒙的、色调柔和的丛林在远处旋转着。

马匹咯吱咯吱地嚼着干草，觉得脚底下摇晃不定，不住地捯动着四蹄。

车厢里到处是野蒿气味、马汗气味和春天融雪的气味，在遥远的天际出现了一片丛林，灰蒙蒙，雾绰绰，远不可及，有如黄昏时不很亮的星星。

卷 三

一

一九一四年三月，一个阳光和煦的化雪日子，娜塔莉亚回到了婆家。潘捷莱·普罗柯菲耶维奇正用毛茸茸的灰白色树条子修补公牛碰坏的篱笆。屋檐上滴着水，一条条冰锥闪着银光，墙头上一道道旧的流水印子像焦油一样黑。

黄黄的、和煦的阳光，像一头温和可爱的牛犊，安安生生地躺在解了冻的山冈上，土地渐渐松软了，顿河边一座山冈伸出的几道山嘴上，已经长出翡翠般碧绿的嫩草。

又瘦又变了样子的娜塔莉亚走到公公背后，弯下她那难看的歪脖子。

“爹，您好。”

“娜塔什卡吗？你好，好孩子，你好！”潘捷莱·普罗柯菲耶维奇忙乱起来。一根树条子从手里掉了下来，弯了弯，就伸直了。“你怎么不来呀？好，进屋去吧，你瞧瞧，你妈看到你有多高兴啊。”

“爹，我回来啦……”娜塔莉亚含含糊糊地摆了一下手，转过脸去。“您要是不撵我的话，我就住下不走啦……”

“你这是什么话，这是什么话，好孩子！我们能把你当成外人吗？格里高力来信还问到你……孩子，他要我们打听你的情形呢。”

两个人朝屋里走去。潘捷莱·普罗柯菲耶维奇又慌忙又高兴地一瘸一拐地走着。

伊莉尼奇娜搂住娜塔莉亚，泪珠子一串一串地往下落，她一面擤着鼻涕，一面说：

“你有个孩子就好啦……有了孩子，他就恋家啦。好啦，坐下吧。我这就去拿饼来给你吃，好吧？”

“不用，妈。我现在……回来啦……”

杜尼娅满面红光，从院子里跑进了厨房，一下子就搂住了娜塔莉亚的两膝。

“没良心的！你把我们都忘啦！……”

“傻丫头，你疯啦！”父亲故作严厉地喝道。

“你长得这么大啦……”娜塔莉亚说着，拉开杜尼娅的两条胳膊，一面朝她的脸上望着。

大家都一起说起话来，一会儿互相抢着说，一会儿都沉默不语。伊莉尼奇娜用手托着腮，痛苦地打量着变了样子的娜塔莉亚，心里十分难受。

“住下来不走了吧？”杜尼娅扯着娜塔莉亚的手，问道。

“谁知道他怎么样……”

“那有什么好说的，结发妻子能到哪儿去住？别走啦！”

伊莉尼奇娜毫不含糊地说，她把桌上满满一瓷盘子甜饼推了推，叫儿媳妇吃。

娜塔莉亚是犹豫了很久，才回到婆家来的。父亲劝她，数落她，骂她，不叫她来，可是她在身体复原之后，一看到自己家里人就很不自在，觉得自己在娘家差不多成了外人。寻短见的事使她跟家里人疏远了。潘捷莱·普罗柯菲耶维奇在送格里高力入伍以后，一直在想方设法要她回来。他打定了主意要把她接回家来，让她跟格里高力和好。

就从那一天起，娜塔莉亚在婆家住了下来。妲丽亚表面上没有表示出什么不满；彼特罗的态度又和蔼又亲热；娜塔莉亚虽然有时会遇到妲丽亚的白眼，但她有了公婆的疼爱和杜尼娅那种火热的情谊，心里也就满足了。

娜塔莉亚回到婆家的第二天，潘捷莱·普罗柯菲耶维奇就让杜尼娅按照他的意思给格里高力写了一封信。

爱子格里高力·潘捷莱耶维奇，你好！

你的父亲和母亲娃西莉萨·伊莉尼奇娜诚心诚意地向你问候，并祝你幸福。你的哥哥彼特罗和嫂子妲丽亚·玛特维耶芙娜也向你问候，祝你健康、平安；还有你妹妹杜尼娅等家里人都向你问好。你在二月五日发的信，已经收到了，我们收到信都很高兴。

如果像你信中写的，马蹄常常碰伤的话，你就抹点猪下水熬的油，你该知道，如果不打滑，或者，比如说，路上没有冰的话，后蹄就不要钉掌。你的妻子娜塔莉亚·米伦诺芙娜现在住在咱们家，她很健康、平安。

母亲给你寄了一些樱桃干和一双毛袜子,还有猪油和一些吃的东西。我们都很好,都很健康,可是妲丽亚的小孩子死了,这是要告诉你的。前几天我和彼特罗换了棚子上的草,他嘱咐你把马看好,要好好地爱护。母牛都下了犊,老骒马已经发奶啦,看样子,肚子里已经有驹啦。是跟镇上的养马场里那匹叫做"顿河佬"的公马交配出来的,在大斋的第五个星期可望生驹。知道你干得很好,上级经常夸奖你,我们都很高兴。你好好干吧。你为皇上好好干,皇上是不会亏负你的。不过娜塔莉亚现在要在咱们家住下去了,这一点你要好好地想想。还有一样倒霉的事:谢肉节时候,野兽咬死了三只羊。好啦,祝你健康,一切顺利。不要忘了你的妻子,这是我为父的命令。她是个和善的女子,而且是你的结发妻。你不要败坏门风,要听父亲的话。

你的父亲

潘捷莱·麦列霍夫上士

格里高力的那个团驻扎在离俄奥边境线四俄里的拉齐维洛沃庄上。格里高力很少给家里人写信。接到报告娜塔莉亚回到婆家的来信,他回信很谨慎,只说向她问好;信的内容支支吾吾、含含糊糊。潘捷莱·普罗柯菲耶维奇叫杜尼娅和彼特罗把信念了好几遍,猜度着字里行间格里高力没有说出的意思。复活节前,他在一封信中直截了当地提出了一个问题,他问格里高力,退伍回来以后,是跟妻子一块儿过呢,还是仍旧跟阿克西妮亚过。

格里高力很久没有回信。三一节以后,家里才收到他一封短信。杜尼娅念得很快,字尾念得含糊不清,潘捷莱·普罗柯菲耶维奇不去管那许许多多问好和询问的话,费力地琢磨着信里的意思。格里高力的信尾才提到娜塔莉亚的事:

……您要我说说,今后我是不是还跟娜塔莉亚过,可是,爹,我只能告诉您,切开的面包是合不起来的。您知道,我已经有了孩子,这会儿我对娜塔莉亚还有什么好说的呢?将来的事,我什么都不能说,而且我也无心谈这件事。前几天在边境上捉住一个贩私货的人,我们也都见过这个人,他说,很快就要跟奥地利人打仗啦,他们的皇上好像亲自到边境上来过,察看过,从哪里发动进攻,占领哪些地方。一旦打起仗来,也许我就活不成啦,所以将来什么事都很难说。

* * *

娜塔莉亚在公婆家里干着活儿，一天天地过下去，心里不由自主地增长着希望，希望丈夫回来，她那颓丧的精神就靠这种希望支撑着。她没有给格里高力写过一封信，但是家里人谁也没有她盼他的信盼得那样焦急和痛苦了。

村子里的人们还像往常一样，按照牢不可破的一套规矩过着日子：服过兵役的哥萨克们回到了家里，在平常的日子，做做家常的活儿，不知不觉也就把时间消磨过去，每到星期天，一清早就一家家成群结队拥到教堂里去；哥萨克们穿起制服和过节穿的裤子；妇女们穿起紧身花褂，带皱纹的袖子上还打着褶子，那花花绿绿的长裙子底摆沙沙地扫着尘土。

方方的广场上，竖立着一根一根的车辕杆，马在嘶叫，各种各样的人来来往往；一些种园子的保加利亚人在消防棚旁边卖蔬菜，菜摊子摆得长长的；菜摊子后面是一群一群的孩子，孩子们瞪大眼睛望着戴红边制帽和花花绿绿的女人头巾的人群，望着傲慢地扫视着市场的那些卸了驮的骆驼；骆驼嚼着胃里倒出来的草料，嚼得唾沫往外直冒，天天拉水车实在够饿，这会儿正好歇一歇，那一双双眼睛呆呆地望着，就像一对对绿莹莹、死沉沉的铅球儿。

每天黄昏时候，街道上脚步杂沓，娱乐场上歌声嘹亮，人们在手风琴伴奏下蹁跹起舞，直到深夜，村边上最后的歌声才在暖洋洋的旱风中渐渐消散。

娜塔莉亚不到娱乐场上去，她很喜欢听杜尼娅天真无邪地讲一些事情。杜尼娅不知不觉已经长成一个亭亭玉立的美丽姑娘。她像早熟的苹果，成熟得很早。这一年，她脱离了逝去的童年。年长的女伴们接收她参加了姑娘们的圈子。杜尼娅长得很像父亲：身材短短的，皮肤黑黑的。

她已经过了十五个春天，那细细的、不够丰满的身材还没有完全发育起来。在她身上又可笑又天真地掺和着儿童和正在发育的少女的东西：两个像拳头一般大的、小小的乳房在小褂底下鼓膨膨的，明显地胀大起来，肩膀也渐渐丰满起来；可是在那长长的、微微上挑的眼眶里，蓝蓝的眼白包着的一对黑眼珠儿依然闪着羞涩而顽皮的光彩。她从娱乐场回来，就要单独找娜塔莉亚讲讲她那些并不奥秘的秘密。

“娜塔莎，好嫂子，我想给你讲点事儿……”

“好啊，你说说吧。”

“米沙·柯晒沃依昨天跟我在粮仓旁边的橡树下坐了整整一晚上。”

“你怎么脸红啦？”

“没有的事!”

“你去照照镜子看——就像火烧的一样。”

“哼,不说啦！你笑话我……”

“说吧,说吧,我不啦。”

杜尼娅用黑黑的手掌搓了搓发烧的腮蛋子,用手指头按着鬓角,无缘无故地发出了清脆的笑声。

“他说:‘你呀,真像一朵天蓝色的小花儿！……’”

“是吗?!”娜塔莉亚为别人的欢乐而欢乐,忘记了自己的欢乐已经破灭、已经成为过去,她用鼓励的语调说。

“我对他说:‘别瞎说,米沙!’他就发起誓来啦。”杜尼娅的笑声像银铃一样响遍了整个屋子,头不住地摇晃着,两条编得紧紧的黑辫子像两条蝎虎一样,在她的背上和肩上跳来跳去。

“他还说了些什么?”

“他说:送块手绢给我做纪念吧。”

“你给他啦?”

“我说:不行,不给你。你找你那美人儿要去吧。他跟叶罗菲耶夫家儿媳妇要好呢……她是个不三不四的女人,很不正经。”

“你离他远点儿。”

“我已经够远啦,”杜尼娅抑制着就要迸发出来的笑声,又说:“我们散场回家,三个姑娘在一块儿,醉醺醺的米海伊老爹从后面撵了上来。他嚷嚷说:‘亲亲我吧,我的好姑娘,我给每个人两个铜板。’他正要朝我们扑过来,纽尔卡拿树条子朝他额头上一抽,我们撒腿就跑!”

这一年的夏天干得像火烤一样。村边的顿河水越来越浅,以前急流滚滚的地方,如今成了浅滩,牛可以走过河去,连脊背都湿不了。一到夜里,浓烈、闷热的暑气就从山头上涌进村里,风把晒焦的野草那种刺鼻的气味吹得空气中到处都是。河汊里的野草枯死了,腾腾的热气像看不见的帐幕一样,笼罩住顿河两岸。每天夜里,顿河对岸浓云密布,雷声又大又清脆,可是雨就是不往热烘烘的大地上落,闪电空闪着,只是把天空划成许多尖角形的蓝块块儿。

一到夜里,夜猫子就要飞到钟楼上号叫。村子上空到处回落着可怕、颤抖的叫声,夜猫子还常常从钟楼上飞到被牛犊踩得乱七八糟的坟地上,在长满荒草的褐色的坟头上哀号。

“要遭殃啦。”老年人听到夜猫子在坟头上哀叫,就预言说。

"要打仗啦。"

"那一次跟土耳其人打仗以前,就这样叫过。"

"也许,又要闹霍乱呢?"

"夜猫子从教堂飞到死人头上,反正没有好事情。"

"哎哟,我主耶稣呀,慈悲慈悲吧……"

一条胳膊的阿列克塞的弟弟马尔丁·沙米尔,在坟地围墙脚下守候这可恶的夜猫子,守候了两夜,可是人眼看不见的神秘的夜猫子毫无声息地从他头上飞了过去,落到坟地另一头的十字架上,撕心裂肺的叫声又飞到了沉睡的村子上空。马尔丁骂了几句粗话,朝着天空低垂的黑云放了一枪,就离开了。他就住在附近。他老婆是一个胆小、多病、像母兔一样多产的女人,每年都要生孩子,丈夫一进门,她就骂起来:

"浑蛋,你真浑蛋!夜猫子碍你什么事?上帝要是怪罪又怎么办?我现在怀着孩子,要是因为你这鬼东西我生不出来,那可怎么办?"

"哼,你住嘴吧!不要怕,会生出来的!你已经生滑溜啦。这该死的玩意儿叫得人心里不是滋味儿,要它在这儿干啥?这魔鬼一叫,祸事就到。一打起仗来,就要抓我去当兵,可是你生了这么一大堆。"马尔丁朝角落里指了指,角落里铺着一张车毯,那儿又有老鼠的叫声,又有并排睡着的几个孩子的鼾声。

潘捷莱·普罗柯菲耶维奇在集市上跟老人们聊天的时候,郑重地说:

"我家格里高力来信说,奥国的皇上到边境上来过啦,并且下了命令,要把所有的军队集结到一处,准备进攻莫斯科和彼得堡。"

老人们回想起以往的几次战争,纷纷推测起来:

"从年景上来看,不会有仗打。"

"这跟年景没什么关系。"

"恐怕是学生要闹风潮啦。"

"这种事咱们事先都想不到。"

"就跟日俄战争那时候一样。"

"你给儿子买马了吗?"

"有什么好着急的……"

"瞎说!"

"要跟谁打仗?"

"跟土耳其人,争夺海面。海无论如何是划不开的。"

"那有什么难的?把海划成一块一块的,就像咱们划草地一样,分吧!"

谈着谈着，开起玩笑来，老头子们这才散了。

草地上的草急等着人们去割，顿河对岸各种各样的草眼看就要老了，那都是一些纤弱、没有后劲儿的草，不像草原上的。同是土地，可是草从中吸取到的养分不大一样；山冈那边的草原上，全是硬邦邦的黑土地，跟石头一样，马群在上面跑过，连一个马蹄印儿都看不到；土地坚硬，上面长的草也强壮而有生命力，长得能抵到马肚子；在顿河边和顿河对岸潮湿而松软的土地上，长出的草就很不旺盛、很不像样子，有时牲口都懒得吃。

全村子里都在砸镰刀，刨搂草耙子，妇女们忙着做克瓦斯，准备慰劳割草的人，就在这时候，发生了一件惊动全村的事：乡警察局长带着一个侦察员和一个军官来了，那个军官身穿制服，满嘴黑牙，大块头，从来还没有露过面。他们找到了村长，邀集了几个作证人，就直奔斜眼卢凯什卡家。

侦察员将带帽徽的帆布制帽拿在手里。一行人顺着街道左边的篱笆走着，路上铺着斑斑点点的阳光，侦察员用落满灰尘的皮鞋踩着斑斑点点的阳光，询问着像公鸡一样往前直跑的村长："外来户施托克曼在家吗？"

"在家，大人。"

"他在干什么事情？"

"谁都知道，他是个铁匠……木匠活儿也能做。"

"没发现他有什么不轨的事吗？"

"一点也没有。"

警察局长一面走，一面用手指头挤眉心里的粉刺，他气喘吁吁，呢子制服里面冒着热气，满嘴黑牙的军官用麦秆剔着牙齿，眼角上因为红肿变柔和了的皱纹皱了起来。

"哪些人常上他那里去？"侦察员用手拉了拉直往前跑的村长，问道。

"是的，常有人去。有时候去打牌。"

"都是些什么人？"

"多数是磨坊里的，是一些干活儿的。"

"究竟是些什么人？"

"机器匠，过磅的，磨粉的达维德卡，咱们哥萨克也有几个人常去。"

侦察员站了下来，等着落在后面的军官，用帽子擦了擦鼻子上的汗。他用手指头转悠着制服上的扣子，对军官说了几句话，就用一个指头向村长招了招。村长屏住气，踮着脚跑了过来。他的脖子上那纵横交错的青筋鼓了起来，不住地咳嗽着。

“带两个村丁，去把他们抓起来。带到村公所去，我们随后就到。明白了吗？”

村长站直了身子，上身软了下来，一条最粗的筋像根青带子一样落到制服硬领上，他嗯了一声，转身走了。

施托克曼穿着一件衬衣，敞着领口，背朝门坐着，正用手锯在一块胶合板上锯一道弯弯的条纹。

“请站起来。您被捕啦。”

“怎么回事儿？”

“您住两间屋子吗？”

“是的。”

“我们要在您这儿搜查一下。”军官的刺马针在门口的小地毡上挂了一下，然后他走到小桌跟前，眯缝着眼，拿起首先看到的一本书。

“请把这个柜子的钥匙拿出来。”

“侦察员先生，我犯了什么罪？……”

“等会儿还有时间跟你谈。作证的，来吧！”

施托克曼的妻子从另一间屋子里朝外探了探头，没有把门带上。侦察员和书记走了进去。

“这是什么？”军官伸出手举着一本黄封面的书，小声问。

“书呀。”施托克曼耸了耸肩膀。

“俏皮话你留着，等遇到更合适的场合再说吧。现在我请你用另外的方式回答问题。”

施托克曼抑制着冷笑，靠在炉子上。警察局长扭过头看了看军官，又把目光转到施托克曼身上。

“您研究这个吗？”

“有点兴趣。”施托克曼用小梳子把黑胡子分成很均匀的两半，然后生硬地回答说。

“是——这——样。”

军官翻了一会儿，把书扔到桌上；又匆匆翻看了第二本，把第二本书放到一边；又念了念第三本书封面的字，然后转过脸朝着施托克曼。

“你在什么地方还藏着这一类的书？”

施托克曼好像瞄准一样，眯起左眼。

“所有的书都在这儿啦。”

“胡说!”军官摇晃着一本书,凶狠地喝道。

“我要求……”

“搜!”

警察局长一只手按着马刀,走到大柜子跟前,一个麻脸的哥萨克村丁正在翻柜子里的衬衣和外衣,看样子,他见到这种场面吓慌了。

“我要求您客气一点。”施托克曼用眯缝着的眼睛盯着军官的鼻梁,把刚才被打断的话说完。

“住嘴吧,先生。”

在施托克曼跟妻子住的屋子里,凡是能搜的地方,全搜了。作坊里也搜过了。细心的警察局长还弯起指头在墙壁上敲了敲。

押着施托克曼朝村公所走去。施托克曼一只手放在他那旧上衣襟上,另一只手不住地甩着,好像是要甩掉沾在手上的泥巴。他在街中心走着,后面跟着一个村丁;其余的人都贴着篱笆在阳光斑斑点点的小路上走着。侦察员还是用他那滨藜染绿了的皮鞋踩着斑斑点点的阳光,只不过帽子不是拿在手里,而是稳稳地扣在苍白的耳朵上了。

施托克曼是最后一个被审问的。已经审问过的人集合在堂屋里,由村丁看管着。他们是:还没有来得及洗去手上油污的伊万·阿列克塞耶维奇、很不自然地笑着的达维德卡、披着上衣的“杰克”和米沙·柯晒沃依。

侦察员一面在粉红色的公文包里翻着,一面向站在桌子对面的施托克曼问道:

“因为磨坊里的凶杀案,我审问过您,那时候您为什么不招认您是社会民主工党党员?”

施托克曼一声不响地望着侦察员的脑袋上方。

“这一点已经查清楚啦。您要为自己做的事负应有的责任。”侦察员因为他不开口,火了起来,大声喝道。

“请您开审吧。”施托克曼不耐烦地说,一面瞅着一张空凳子,要求允许他坐下。

侦察员没有说什么,他沙沙地翻着文件,皱着眉头看着施托克曼泰然自若地坐了下来。

“您是什么时候到这里来的?”

“去年。”

“是组织派您来执行任务的吗?”

“没有什么任务。”

“您从什么时候成为你们党的党员的?”

“您问的是什么?”

“我是问,”侦察员把“我”字说得特别重,“您从什么时候成为俄国社会民主工党党员的?”

“我想……”

“对于您想什么,我一点没有兴趣。您还是回答我的问题吧。拒不招供是没有好处的,甚至是有害处的。”侦察员抽出一份公文,用食指将公文按在桌子上。“这是罗斯托夫来的证明,证明您是该党的党员。”

施托克曼用眯得细细的眼睛向白白的纸片上扫了一眼,目光在上面停了一会儿,于是,一面用两手摩挲着膝盖,刚强地回答说:

“一九○七年入党。”

“好的。您不承认,是你们的党把您派到这里来的吗?”

“不是派来的。”

“不是派来的,您又是为什么到这里来的呢?”

“这里很需要有人做铁匠活儿。”

“为什么您偏偏选中了这个地区呢?”

“也就是因为上面说的原因。”

“您现在跟你们的组织有联系吗? 或者说,在这段时间里有过联系吗?”

“没有。”

“他们知道您到这里来了吗?”

“想必知道。”

侦察员噘着嘴,用贝壳做的铅笔刀在削铅笔;他没有看施托克曼。

“您跟你们党里的什么人通过信吗?”

“没有。”

“搜查时发现的那封信,是怎么回事?”

“那是一个朋友的信,他恐怕跟任何革命组织都没有关系。”

“您得到过罗斯托夫方面的什么指示吗?”

“没有。”

“磨坊里的工人在您家里聚会,有什么目的?”

施托克曼耸了耸肩膀,好像是对问题的荒谬表示惊奇。

“只不过因为冬夜太长,在一块儿坐坐……只不过消磨消磨时间。打打牌……”

“念过禁书嘛。”侦察员提示道。

“没有。他们都是一些不大识字的人。”

“可是磨坊里的机器匠和所有其他的人都不否认这个事实。”

“这不是实情。”

“我觉得,您连一点起码的道理都不懂……”施托克曼听到这个地方,笑了,侦察员放低说话的调门儿,压住火气把话说下去:“您的头脑简直不正常!您矢口否认,对自己没有好处。很明显,是你们的党把您派到这里来的,要您在哥萨克中间进行分化工作,以便把他们从政府手里争取过去。您暗地里玩的什么牌,难道我不知道?反正这不能减轻您的罪……”

“这是您的猜想。允许抽烟吗?谢谢您。这是猜想,而且是毫无根据的猜想。”

“请问,这本小书您给到您家里来的工人读过吗?”侦察员把手掌放到一本小书上,遮住书名。上端露出白纸黑字的作者姓氏:普列汉诺夫。

“我们读过一些诗。”施托克曼舒了一口气,把夹在指头中间的带箍的骨头烟嘴捏紧,抽了一口烟……

第二天早晨,晦暗而阴沉,一辆双套邮车向村外驶去。施托克曼坐在车子后面,把长胡子埋在矮矮的、油糊糊的大衣领子里,打着盹儿。两边挤着几个带马刀的村丁。其中一个麻脸、鬈发的,用疙里疙瘩的脏手抓住施托克曼的胳膊肘,用恐惧的白眼睛斜看着他,左手按着油漆剥落的马刀鞘。

邮车拖着滚滚的灰尘在大街上奔驰着。一个裹着头巾的瘦小妇人,靠在麦列霍夫家院子外面的场院篱笆上,等候着他们。

邮车从旁边飞驰过去,妇人把双手抱在胸前,跟着车子跑去。

“奥西普!……奥西普·达维陀维奇!哎呀,怎么办啊?!……”

施托克曼想朝她招招手,可是麻子村丁在车上颠了一下之后,用肮脏的手指头按住他的胳膊,凶狠地、声嘶力竭地喝道:

“坐好!动一动,我把你砍了!……”

他在他这平平常常的一生中,头一次看到一个反抗皇上的人。

 二

从曼柯沃—卡里特文镇到拉齐维洛沃庄的一段很长的路,已经落到了后面,消逝在灰蒙蒙的雾气中。格里高力打算回想一下已经走过的路,但是什么都无法去想;一座座红色的车站建筑物从眼前闪过,车轮子在摇摇晃晃的车厢下面哒哒响着,马粪气味,干草气味,看不到头的铁轨从火车头下面向前伸去,青烟有时朝车门里探一探头,站台上出现大胡子宪兵的脸,忽而在沃罗日,忽而在基辅……

在他们下车的小站上,有很多军官,还有一些身穿灰色长袍、脸刮得很光的人,他们讲着叫人听不懂的外国话。费了老半天时间,才顺着跳板把马匹从车厢里牵出来,军用车的副官命令给马上了鞍,他便带了三百多名哥萨克到兽医站去。马匹经过了仔细的检查,然后就是编连队了。一些司务长和军士来来回回地跑着。浅棕色的马编为第一连;灰马和浅黄色马编为第二连;深棕色的马编为第三连;格里高力编在第四连里,这个连里的马是金黄色和枣红色的;第五连的马都是浅红色;第六连的马都是铁青色。各连司务长又把哥萨克们分成排,然后才领着他们朝分散在各个村庄和镇市的连队驻地走去。

眼睛突出、威风凛凛的司务长柯尔根,佩戴着超期服役的袖章,骑着马从格里高力身边走过,问道:

“你是哪个乡的?”

“维奥申乡的。”

"秃尾巴[①]吗?"

格里高力在别的乡哥萨克们的一片低低的笑声中,一声不响地忍受了这一侮辱。

从大道上了公路。头一次见到公路的顿河马,一踏上公路,又甩耳朵,又打响鼻,就好比走在冰封的小河上似的,后来习惯了,才丁丁当当地踏着还没有磨平的新马掌,放开步子走了起来。在异国波兰的土地上,是横七竖八的一条条很不旺盛的林带。这一天又暖和,又晦暗,雾气腾腾,太阳也好像跟顿河的太阳不一样,这儿的太阳躲在云雾织成的纱幕后面。

拉齐维洛沃庄坐落在离小站四俄里的地方。纵马飞奔的兵车司令和一个传令兵在半路上超过了哥萨克们。半个钟头就到了庄上。

"这是什么村子?"米佳金乡的一个矮小的哥萨克指着花园里一丛光秃的树木,向司务长问道。

"村子? 米佳金乡的乡下佬,以后别说村子啦! 这不是你那顿河军州啦。"

"这又是什么呢,大叔?"

"我算你的什么大叔? 哟,好一个侄子! 这个吗,我的老弟呀,是乌卢索娃公爵夫人的庄园。咱们第四连就驻扎在这儿。"

格里高力闷闷不乐地抚摩着马脖子,用脚紧紧地踩住马镫,看了看那讲究的二层楼房,看了看那木栅栏和一些奇形怪状的房舍。他们从花园旁边走过,光秃的树木用同样的语言在跟风悄悄说着话儿,这和已经离远了的顿河土地上的情景是一样的。

昏昏沉沉、烦闷无聊的生活一天天过下去。年轻的哥萨克们因为没有活儿可干,起初觉得十分苦闷,只有在空闲的时候说说话儿,排遣排遣心头的烦恼。连队住在几座大瓦房里;哥萨克们都睡在靠窗搭起的铺上。每天夜里,从窗框上脱落下来的糊缝纸嘘嘘叫着,就像远方的牧笛。格里高力在多种腔调的鼾声中,倾听着窗纸的嘘嘘声,觉得又苦恼又心烦,就像石头压在心上。这种细细的嘘嘘声就像针一样扎在心上;此时此刻,格里高力恨不得马上爬起来,跑到马棚里,骑上枣红马,直赶得马嘴里的唾沫一团一团地往无声的大地上掉,一直跑回家去。

早晨五点钟,起床去喂马和刷马。在拴马桩前给马喂燕麦的这短短的半个钟头里,哥萨克们三言两语地交谈着。

---

① 每个乡镇都有自己的诨名:维奥申乡的诨名就叫"公狗"。——作者注

“伙计们啊,这儿真可恶!”

“真叫人受不了!”

“司务长这狗东西! 逼着人洗马蹄子。”

“这会儿家里正在吃油饼,过谢肉节呢……”

“这会儿摸摸姑娘才好呢,唉!”

“弟兄们,我今天做了一个梦,好像我跟我爹在草甸子上割草,周围密密麻麻的都是人,就像场院外面的野菊一样,”十分和善的普罗霍尔·泽柯夫忽闪着亲切的、像小牛那样的眼睛,说道,“我们一割,草就一个劲儿地往下倒……我的心都欢蹦起来啦! ……”

“我老婆这会儿一定会说:‘我那尼古拉在干什么啦?’”

“哈——哈——哈! 老弟,她也许正在跟公公玩‘人摞人’游戏呢。”

“滚,你这家伙……”

“男人不在家,又没有野食儿吃,哪一个女人都忍受不住。”

“有什么好伤心的? 好比牛奶罐子,等咱们退伍回去,咱们又可以用了。”

叶高尔·莎尔柯夫是全连有名的爱说爱笑、爱说下流话的人,脸皮又厚,说话又粗野,他挤了挤眼睛,嬉皮笑脸地讲开了:

“这事儿很明显,你爹是不会放过儿媳妇的。他像一条很壮的牙狗。有这么一回事儿……”他用眼睛扫视了一下听众。“有一个老家伙扒灰扒惯啦,总想找儿媳妇,可是儿子又碍事。你们猜,他想了个什么点子? 夜里他走出去,故意把大门开了,牲口全跑了出去。他就对儿子说:‘你这不成材的东西,怎么把大门开啦? 瞧,牲口全跑出去啦,快给我撵去!’他心想,等儿子一出去,他就趁机会找儿媳妇干去,可是儿子发起懒来,小声对老婆说:‘你去撵吧。’媳妇就去了。儿子就躺着,听着;老头子从炕上爬起来,跪着朝床爬去。儿子也不是呆子,从板凳上拿起一根擀面杖,等候着。老头子爬到了床边,刚刚用手一摸,儿子就举起擀面杖照他的秃脑袋打去。并且还吆喝着:‘该死的东西! 滚开! 又来嚼衣服啦!……’本来他们家的牛犊是睡在屋子里的,而且的确也常常到床边去嚼衣服。儿子就装做打牛犊,把老子打了一顿,又躺下去,一声不响了……老头子又爬到炕上躺下来,揉起头上的疙瘩,疙瘩已经有鹅蛋那样大了。躺了一会儿,才问道:‘伊万,伊万呢?’‘爹,你有什么事?’‘你刚才打谁啦?’儿子说:‘打牛犊啦。’老头子眼泪汪汪地对他说:‘你打起牲口,手这样狠,以后你他妈的怎么能当家?’”

“你真会瞎编。”

“该把你这个麻子的嘴锁起来。”

"你们在这儿嚷嚷什么？走开!"司务长走来喝道;于是哥萨克们一面笑着，开着玩笑,各人走到各人的马跟前。吃过茶点以后,就去下操。军士们要改掉他们的家常动作。

"肚子缩回去,喂,你呀,猪肚子!"

"向右看齐,开步——走……"

"全排,立正!"

"开步走!"

"喂,左翼排头,你妈的,怎么站的？……"

军官老爷们都站在旁边,抽着烟,看着军士们在大操场上把哥萨克们赶过来又赶过去,有时候对军士们的做法过问一下。

军官们都打扮得十分漂亮,服装笔挺,穿着漂亮的灰大衣和十分合身的制服,格里高力看着他们,就觉得在他和他们之间有一道不可逾越的、无形的高墙;墙那边是另外一种安闲自在、不同于一般人的讲究生活,既不肮脏,又没有虱子,也不怕司务长打嘴巴子。

来到庄园第三天发生的一件事,不仅给格里高力,而且给所有的年轻哥萨克留下了很不愉快的印象。大家在练习编队;那个长着一双亲切的牛眼睛、时常梦见他十分留恋的遥远的故乡的小伙子普罗霍尔·泽柯夫的马,是一匹脾气很坏、很难驾驭的马,在训练时踢了司务长的马一下子。踢得不重,司务长的马的左腿上只是破了一点皮。司务长就驱马朝他冲去,扬起鞭子,狠抽他的脸,一面吆喝着:

"你的眼睛哪儿去啦？……眼睛哪儿去啦？我揍你这个狗崽子！罚你给我值三天班……"

正在对排长们下命令的连长看到这个场面,转过头去,摩弄着刀穗子,百无聊赖地打了一个长长的哈欠。普罗霍尔用大衣袖子擦了擦肿起的脸上的一道血印,嘴唇不住地哆嗦着。

格里高力一面让马跟上队伍,一面望着军官们,可是军官们谈笑风生,好像什么事也没有。又过了几天,格里高力在饮马时把水桶掉进了井里,司务长像老鹰一样朝他扑了过来,举起了手。

"别动！……"格里高力望着井里泛着层层波纹的水,低声说。

"什么？坏蛋,爬下去,给我捞上来！我要狠狠打你的嘴巴！……"

"我可以捞上来,可是你别动一动!"格里高力没有抬头,慢腾腾地说。

如果在井边还有别的哥萨克的话,就会有另一种结局:司务长毫无疑问会狠狠地打格里高力一顿，可是这时候哥萨克们都在围墙跟前喂马，听不见他们的话。司务长一面朝格里高力逼过去，一面回头望着哥萨克们，不住地翻着凶狠的、气疯了的眼睛，声嘶力竭地吼道：

"你把我怎么样？你怎么跟长官说话？"

"谢苗·叶果罗夫，你别太过分了！"

"你吓唬起人来啦？……我来叫你哭个痛快！……"

"就是这话，"格里高力的头离开井栏，"如果你敢打我的话，我非把你打死不可！明白吗？"

司务长惊愕地张着鲤鱼一样的方方的大嘴，不知道怎样回答。打人的时机放了过去。格里高力那白得像石灰一样的脸色，说明他不是好惹的，所以司务长给弄得张皇失措。他踩着马槽引水沟边的泥巴，滑滑跌跌地离开了井边，已经走出一段路了，又转过身来，摇晃着小榔头一样的拳头，说：

"我去报告连长！这就去报告！"

但是不知为什么他一直没有对连长说，可是有两三个星期的工夫，他专门跟格里高力过不去，遇到一点小事都要找找茬儿，没有轮到格里高力站岗也要派他去站岗，也不拿眼睛看他。

沉闷、单调的生活日程消磨着人的生气。一天到晚，只要没吹熄灯号，都要练习步兵操、骑兵编队，整理装备，刷马和在拴马桩前喂马，背诵杂七杂八的"军事条令"，一直到十点钟，点过名，派过岗哨以后，才站队做祷告。司务长用铅球一样的眼睛打量着长长的队列，用生来就沙哑的声音喊了起来："我们的父。"

到早晨，老一套又开始了；一天天日子不同，然而又十分相像，就跟孪生兄弟一样。

在整个庄园里，除了总管的老妻以外，只有一个女的，那就是总管家里的年轻貌美的使女——一个叫福兰妮亚的波兰姑娘。全连的人都盯着她，军官们也不例外。她经常从屋子里往厨房跑，掌厨的是一个没有眉毛的老厨子。

分成几个排在操练的整个连队，都艳羡地和挤眉弄眼地注视着福兰妮亚那窸窣响的灰裙子。福兰妮亚觉察到哥萨克们和军官们都直勾勾地看着她，就好像在三百只眼睛送出的秋波中上足了油似的，勾魂摄魄地抖动着大腿，一会儿从屋子里往厨房里跑，一会儿又从厨房里往屋子里跑，逐次地对每个排、逐个儿地对每个军官先生微笑。大家都得到她的青睐，但是，据说只有一个满头浓浓的鬈发的中尉获得了令人羡慕的成绩。

快到春天的时候，发生了一桩事。这一天格里高力在马棚里值班。他不时地走到马棚的一头去看看,有几匹军官的马在那儿很不老实,因为跟一匹骒马拴在一块儿了。正是午休时候。格里高力刚刚用鞭子把大尉的白腿马赶开,就到栏格里来看自己的枣红马。枣红马正咯吱咯吱地嚼着草料,蜷着一条训练中碰伤的后腿,用红红的眼睛斜看着主人。格里高力正在给马调理马笼头,就听见马棚黑暗的角落里有脚步声和闷声闷气的喊叫声。听到这种不平常的叫闹声,他感到有些惊异,就擦着一个个的栏格往前走去。突然进入黑糊糊的过道,眼睛什么都看不清楚。这时马棚的门砰的一声关上了,不知是谁压低了声音小声喊:

"快点儿,伙计们!"

格里高力加快了脚步。

"什么人?"

正摸索着向门口走去的中士波波夫跟他撞了个满怀。

"是你吗,格里高力?"他抓住格里高力的肩膀,小声说。

"等一等。这是怎么一回事儿?……"

中士抱歉地格格一笑,抓住格里高力的袖子。

"这儿……站住吧,你上哪儿去?"

格里高力挣出手来,把门开了。一只剪过尾巴的花母鸡正在空旷无人的院子里走来走去,还不知道厨子明天就要拿它给总管老爷烧汤,一边走一边刨着粪堆,若有所思地咯咯叫着,好像是在考虑把蛋生在什么地方。

阳光射进格里高力的眼睛,他的眼睛花了一会儿。听到马棚黑暗的角落里的闹声大了起来,他用手遮住眼睛,转过身来,用手摸索着墙壁,朝那里走去。马棚门口迎面的墙上和马槽里晃动着反射的光斑。格里高力被刺眼的亮光照得眯缝着眼睛,往前走着。他迎面撞上了废话大王莎尔柯夫。莎尔柯夫一面走,一面扣着直往下掉的裤子上的纽扣,摇晃着脑袋。

"你怎么啦?……你们在那儿干什么?……"

"你快去吧!"莎尔柯夫从他那脏嘴里朝格里高力的脸上喷着一股很难闻的气味,小声说,"那儿吗……那儿妙极啦!……弟兄们把福兰妮亚拉到那儿去啦……好开心……"莎尔柯夫笑了一声,就被格里高力一推,脊背咚的一声撞在马棚的木头墙上,不笑了。格里高力朝响声跑去,在他那睁得大大的、习惯了黑暗的眼睛里露出恐怖的神情。在堆放马衣的那个角落里,密密麻麻地拥挤着许多哥萨克,都是第一排的。格里高力一声不响地推开许多哥萨克,挤到了前面。福兰妮亚一动不动地躺在地上,两条在黑暗中发白的腿毫无遮盖地、宽宽地叉着,脑袋用马衣包着,撕破的裙子撩到了两个乳房以上。一个哥萨克歪嘴笑着,也不看同伴们，退到墙边去，让位给下一个。格里高力向后一冲，朝门口跑去。

“司——务——长！……”

一些人在门口撵上了他，从背后扳着他，用手捂住他的嘴。格里高力把一个人的制服从领口一直撕到底边，还朝另外一个人的肚子上踢了一脚，但是大家还是把他按倒了，并且像对付福兰妮亚那样，用马衣将他的头包住，捆住他的两手，为了不叫他听出声音，都一声不响地把他抬过去，扔到空马槽里。格里高力被马衣上臭烘烘的毛的气味呛得十分难受，试着叫了几下，用脚蹬了几下槽帮。他听到角落里的低语声、哥萨克们进进出出的开门和关门声。过了二十来分钟，才给他松了绑。门口站着司务长和别的两个哥萨克。

“你把嘴闭紧！”司务长一个劲儿挤着眼睛，朝一旁望着，说道。

“不准乱说，要不然……把你的耳朵割下来！”另外一个排的绰号“木头疙瘩”的哥萨克笑着说。

格里高力看到，两个人抬起一个灰团子——福兰妮亚（她的两腿弯成尖角形，一动不动地在裙子下面搭拉着），爬到马槽上，那里有一块木板没钉牢，掉了下来，墙上出现了一个大豁口，就把她从豁口里扔了出去。墙外就是花园。每一个栏格上面，都有一个小小的、上部熏黑了的肮脏的窗口。哥萨克们乱哄哄地爬到槽帮上，想看看落在墙外的福兰妮亚怎么样；还有几个人急急忙忙朝马棚外面走。与生俱来的好奇心也打动了格里高力。他抓住一根横梁，两手一用劲，靠近了窗口，两脚找到可站的地方后，便朝下面望去。几十只眼睛从一个个黑糊糊的小窗户里一齐朝躺在墙脚下的姑娘望着。她仰面躺着，两条腿像剪刀一样时而叉开，时而并到一起，手指头在墙脚下正在融化的积雪里乱抓。格里高力看不见她的脸，但是听得见站在窗口的哥萨克们的屏气声和干草的清脆而柔和的咯吱声。

她躺了老半天，后来才用手和脚一齐撑着站了起来。两条胳膊软绵绵的，不住地打哆嗦。格里高力清清楚楚地看到了这种情形。她摇摇晃晃地站了起来，披头散发，变了模样，完全成了另外一个人，用眼睛朝着一个个的窗口望了老半天。

她用一只手抓住一丛丛的忍冬，另一只手扶着墙、撑着墙，朝前走去……

格里高力从上面跳下来，用手不住地搓着喉咙；他憋得透不过气来。

在门口，有一个人——他都不记得是谁了——郑重其事、明明白白地对他说：

“你要是对谁吱一声，说真的，我们就宰了你！明白吗？”

下操的时候，排长看到格里高力的大衣纽扣被扯掉了，就问：

“谁揪你了？这还成什么样子？”

格里高力看了看扯掉的纽扣在呢子上压出的小圆圈儿；他想起那件事，心里像针扎一样，差点儿哭了出来，很长时间以来，这还是第一次。

三

原野上笼罩着黄黄的、灼人的阳光。已经成熟、但还没有收割、像波浪一样的小麦，冒着腾腾的热气，像黄尘一样。割麦机上上下下都热得烫手。人热得头都不敢抬。蓝中带黄的天空像一个热得发烫的大罩子。麦田边上，到处是红中透黄的草木樨花儿。

全村的人都来到田野上。正在割黑麦。人们十分吃力地赶着割麦机上的马，又闷又热，尘土又呛人，哼哧哼哧，简直喘不上气来……顿河上偶尔吹来的阵风卷起一股股灰尘；腾腾的热气像披纱一样罩住刺目的太阳。

彼特罗不时地从割麦机上下来，从早晨起，他已经把一只老大的桶里的水喝了一半。喝一阵热烘烘、令人作呕的水，过一会儿嘴里就又发起干来，汗衫和衬裤全都湿透，脸上的汗不住地往下淌，耳朵里响着不绝如缕的颤音，说的话就像苍耳子一样，卡在喉咙里吐不出来。妲丽亚用头巾包住脸，敞着小褂，在堆燕麦。两个变成褐色的乳房中间的胸沟里，汪着一颗一颗的汗珠儿。娜塔莉亚赶着拉割麦机的马。她的两腮晒得红红的，像红皮萝卜一样，眼里含着泪水。潘捷莱·普罗柯菲耶维奇顺着垅沟走着，浑身像洗了澡一样。永远不肯干的湿衣服粘在身上十分难受。好像从他脸上垂到胸前的不是大胡子，而是融化的黑黑的车轮油。

“你洗澡啦，普罗柯菲耶维奇？”贺里散福赶着车从这儿路过，在车上叫道。

“湿透啦!”潘捷莱·普罗柯菲耶维奇挥了挥手,用小褂前襟擦着肚子上汪着的汗水,一瘸一拐地朝前走去。

“彼特罗,”妲丽亚喊道,“哎呀,别割啦!”

“等一等,把这一趟割到头。”

“等这股热劲儿过去再割吧。我不干啦!”

娜塔莉亚把马勒住,呼哧呼哧地喘着粗气,好像一直是她在拉割麦机,不是马在拉。妲丽亚朝他们这边走来,被靴子磨破的两只黑糊糊的脚在麦茬子当中慢慢挪动着。

“彼特罗,水塘离这儿不远啦。”

“哼,还不远呢,有三俄里!”

“顶好去洗洗澡。”

“不等走到那儿,就……”娜塔莉亚叹了一口气。

“为什么偏偏要走着去呢? 咱们把马卸下来,骑马去!”

彼特罗担心地看了看正在堆燕麦的父亲,摆了摆手,说:

“卸下来吧,娘儿们!”

妲丽亚把马卸下,十分轻巧地跳上了马背。娜塔莉亚笑着噘起两片干裂的嘴唇,把马牵扯到割麦机跟前,踩着割麦机的座位往马上爬。

“腿跨过来。”彼特罗扶着她骑了上去。

三个人都上了马。妲丽亚露着两个膝盖,头巾歪披到后脑勺上,一马当先地朝前跑去。她骑在马上像个男子汉一样,彼特罗忍不住在背后对她吆喝道:

“喂,小心,不要磨破裤裆!”

“没事儿!”妲丽亚摆了摆手。

在跨过大道的时候,彼特罗朝左边看了看。远处有一团时时变换形状的灰尘,从村子那边顺着灰扑扑的大道迅速地滚过来。

“有人骑马跑来啦。”彼特罗眯起眼睛说。

“跑得好快! 你看,扬起的灰好大呀!”娜塔莉亚稀奇起来。

“怎么一回事儿? 妲什卡?”彼特罗朝着跑在前面的妻子喊道。“等一等,咱们来看看那个骑马的。”

那一团灰尘掉进洼地里,等到从洼地里出来,就变成了一个有蚂蚁那样大的清楚的点子。

骑马人的身影从灰尘中渐渐露了出来。过了五六分钟,显得更清楚了。彼特罗将一只肮脏的手放在干活戴的草帽帽檐上,凝神望着。

"这样疯跑，一下子就能把马跑坏。"

他皱起眉头，把手从帽檐上放了下来，一丝慌乱的神情从脸上飘过，停在耸起的两条眉毛中间。

这会儿已经可以清清楚楚地看到骑在马上的人了。那人骑着马一冲一冲地大跑着，左手扶着制帽，右手摇摇晃晃地举着落满灰尘的小红旗。

彼特罗让开路，那人从他身边飞驰过去，那马擦身而过时，可以听见它向肺里吸热空气时响亮的呼哧声。那人大张开灰石头一样的四方大嘴，喊道：

"紧急动员！"

一团黄黄的汗沫，落到他的马的马掌在灰土里留下的印子上。彼特罗目送着那个骑马的人。他的脑子里只留下这样的印象：筋疲力尽的马喘气十分吃力，还有，从后面朝马望去，湿漉漉的马屁股泛着钢铁一样的光泽。

彼特罗还没有彻底领悟到，一场劫难已经来到眼前，只是呆呆地望着在灰土里颤动着的马汗泡沫，望着像起伏的波浪似的一直伸到村边的原野。四面八方的哥萨克们都骑上马从黄黄的麦茬地里朝着村子奔去。原野上，直到那座黄黄的、雾蒙蒙的山冈，到处都是骑马人荡起的灰尘。许多骑马人上了大道以后，就成群结队地往前跑，像一条灰白色的土尾巴似的向村子里伸去。凡是应该入伍的哥萨克，都丢下活儿，卸下割麦机上的马，骑上马朝村子里奔去。彼特罗看到，贺里散福从大车上卸下他那匹御林军军马，就叉开两条长腿，回头望着彼特罗，飞跑起来。

"这是怎么回事儿？"娜塔莉亚惊叫着，恐怖地看着彼特罗，正是她的目光——就像枪口下的兔子的目光——使彼特罗惊醒过来。

他跑回停车的地方；不等马停住就跳下马来，把干活儿时脱下来的长裤子穿上，朝父亲挥了挥手，跟许多人一样，消失在一片灰尘之中。在热气腾腾的原野上，游动着许许多多这样的灰点儿。

四

广场上，灰扑扑的人流越来越密集。那一排一排的，是马匹、哥萨克的装备、有各种号码的肩章的制服。戴蓝制帽的阿塔曼团的哥萨克，都比普通部队的哥萨克高出一个头，他们来来回回地走着，就像荷兰鹅夹在一群矮小的家禽当中。

酒馆关了门。军事监督脸色阴沉，忧心忡忡。各条街道的篱笆跟前都站着许多盛装的妇女。形形色色的人群中到处传着一个词儿——“动员”。一张张醉醺醺、火辣辣的脸。惊慌的情绪也传给了马，马在尖叫，在打架，在愤怒地长嘶。广场上空灰尘弥漫，广场上到处是空酒瓶和廉价糖果的包糖纸。

彼特罗牵着上了鞍的马。教堂的围墙边，有一个阿塔曼团的黑脸大汉，一面在扣肥大的蓝裤子上的纽扣，一面咧着大嘴、龇着白牙在笑，他旁边有一个矮小的女人——不知道是他的老婆，还是相好的——像只灰鹌鹑一样唧唧咕咕地在说话。

“你跟那个婊子鬼混，我他妈的要好好收拾你！”那女人发话说。

她醉醺醺的，乱蓬蓬的头发上沾着许多葵花籽壳，花头巾的角儿已经松了开来。黑脸大汉一面勒腰带，一面蹲下身来对着她笑；他那皱巴巴的裤裆下面，可以走过一头一岁的小牛，不会碰到裤裆。

“别再说啦，玛什卡。”

“你这该死的牙狗！色鬼！”

“有什么办法呢？”

“你这不要脸的东西！”

旁边有一个红胡子司务长在跟一个炮兵争论：

“没什么大不了的事！咱们呆几天，就各自回家啦。”

“万一真是打仗呢?”

“哼,你也不用脑袋瓜想想! 哪一个国家敢跟咱们打仗?”

旁边还有人东扯西拉、漫无边际地在说话;一个不算年轻的漂亮汉子发急说:

“咱们不管他们的事。让他们打去,咱们的庄稼还没有收完呢!”

“真倒——霉! 瞧,把人都弄到这儿来,这会儿可是要紧时候,一天都耽误不起。”

“割倒的庄稼都要叫牲口糟蹋掉了。”

“我们已经开始割大麦啦。”

“奥国的皇上好像叫人刺死啦?”

“刺死的是皇太子。”

“老乡,你是哪一团的?”

“喂,老同事,你他妈的发财啦!”

“哈,司捷什卡,你从哪儿来?”

“村长说,把大家集合起来,是防备万一。”

“好啦,哥儿们,这一下子就够受啦!”

“他们要是能再等一年,我就超过第三批入伍年龄啦。”

“你呢,老人家,为什么来啦? 你也没有超过入伍年龄吗?”

“他们杀起人来,连老头子也饶不过。”

“酒店也关门啦!”

“嘿,你这个笨蛋! 玛尔福特卡那儿有的是酒!”

检查的人开始检查了。三个哥萨克把一个浑身是血的醉醺醺的哥萨克送往村公所。他向后挣着,撕着自己的小褂,瞪着圆滚滚的大眼睛,声嘶力竭地叫着:

“我要把他们这些庄稼佬揍死! 顿河哥萨克不是好惹的!”

周围的人一面朝旁边躲,一面赞许地笑着,表示同情。

“揍他们!”

“为什么把他抓起来?”

“他打伤了一个庄稼佬。”

“庄稼佬该打!”

“我们还要揍他们呢。”

“伙计,一九〇五年,我去镇压过他们。才热闹哩!”

“一打起仗来,又要叫咱们去镇压他们啦。”

“够啦！叫他们去招募志愿兵吧。叫警察去吧，咱们实在心里不忍。”

在莫霍夫商号的柜台前面，拥拥挤挤，你推我搡。醉醺醺的托米林·伊凡缠住了两位老板。谢尔盖·普拉托诺维奇摊着两手，亲自在劝导他；他的合股人叶梅里扬·康斯坦丁诺维奇，也就是“擦擦”，一面向门口倒退，一面说：

“嗯，怎么搞的……说亲（真）的，简齐（直）不层（成）体统！小伙计，快去报告村长！”

托米林在裤子上摩擦着汗湿的手掌，将胸膛对着愁眉苦脸的谢尔盖·普拉托诺维奇。

“你放债盘剥大家，坏东西，现在你怕啦？活该！我要揍你嘴巴子，你告我去吧！你强占了我们哥萨克的地盘。哼，你这个狗杂种！坏蛋！”

村长一个劲儿地对围在周围的人说宽心话：

“打仗？不会的，不会打仗。军事监督老爷说，这是为了做做样子。你们可以放心。”

“好极啦！我回家就上地里去。”

“活儿全停下来啦！”

“请问，官长们是怎么想的？我还有一百多亩庄稼没收割呢。”

“季莫什卡，你告诉我家里人，就说明天我们就回去啦。”

“那边是不是在看戏报？咱们也去看看。”

广场上沸沸扬扬，一直闹到很晚的时候。

* * *

过了四天，一列列红色的军车满载着一团一团的哥萨克和一连一连的炮兵朝俄奥边境开去。

仗打起来了……

在马槽旁的栏格子里，是马的呼噜声和新鲜马粪气味。车厢里，依然是谈话声、歌声，唱得最多的歌曲是：

正教徒的静静的顿河
涌起波涛，奔腾咆哮。
静静的顿河闻风而动
起来响应君王的号召。

在一座座车站上，闪过一道道注视着哥萨克裤缘的好奇而敬佩的目光，闪过一张张没有洗去干活儿时沾上的厚厚的污垢的脸。

打仗了！……

一张张报纸在声嘶力竭地呼号……

在一座座车站上，妇女们朝着哥萨克们乘坐的列车挥手绢，微笑，扔纸烟和糖果。只是快到沃罗涅日的时候，才有一个醉醺醺的老铁路工人，探头朝彼特罗·麦列霍夫和另外三十多个哥萨克坐的车厢里望了望，歪了歪细长的鼻子，问道：

"你们去啦?"

"老大爷，跟我们一块儿去吧。"一个人代表大家回答说。

"你去做……炮灰吧！"并且带着不以为然的神情摇了老半天头。

五

六月下旬，格里高力所在的团出去演习。依照师部的命令，这个团以行军的速度开到了罗夫诺城。在这个城市周围驻下了两个步兵师和一部分骑兵。第四连驻扎在符拉基斯拉夫村。

两个星期以后，这时候连队经过长期演习，疲劳不堪，已经在扎包伦镇上驻下来休息，连长波尔柯夫尼柯夫上尉骑着马从团部跑了回来，格里高力和本排的哥萨克们正躺在帐篷里休息。他看到，连长骑在汗淋淋的马上，顺着狭窄的街道跑了过去。

院子里的哥萨克们都动了起来。

"是不是又要出发啦?"普罗霍尔·泽柯夫说出了自己的推测，并且带着等待的心情留心听着。

排里的一个中士把针(他正在缝撕破的裤子)别到帽里子上。

“一定是要出发。”

“歇都不叫人歇,妈的!”

“司务长说,旅长要来。”

“哒——哒——哒! 的——的——哒——的——哒! ……”号兵吹起了警号。

哥萨克们都跳了起来。

“烟荷包哪儿去啦?”普罗霍尔到处找了起来。

“备——马!”

“烟荷包去它的吧!”格里高力一面跑,一面喊道。

司务长跑进了院子。他一只手扶住马刀,朝拴马桩跑去。大家都在条令规定的时间里备好了马。格里高力拔起帐篷的桩子;中士小声对他说:

“交火啦,小伙子!”

“你瞎说吧?”

“说的是真话,是司务长说的!”

帐篷拔掉了。连队在街上排好了队。

连长骑着上了劲儿的马,在队伍前面转来转去。

“排成纵队! ……”他那洪亮的声音在队伍上空回荡着。

马蹄哒哒响了起来。连队飞跑着从镇上开出来,上了大道。第一连和第五连也变换着步伐从库斯钦村向小站开去。

过了一天,这一团人在离边境三十五俄里的维尔巴车站下了车。车站上的白桦树后面朝露似火。将是一个晴朗的早晨。火车头在铁轨上轰隆轰隆地响着。露水未干的铁轨在闪闪发光。战马打着响鼻,顺着跳板从车厢里走下来。水塔后面,一片呼唤声和粗嗓门儿的口令声。

第四连的哥萨克们牵着马在过交道口。紫丁香般的朦胧的晨曦中回荡着嘈杂的人声。一张张脸发着乌青色,马的轮廓若隐若现。

“这是哪一连?”

“你是谁家的牲口,怎么走错了群啦?”

“浑蛋,我揍死你! 你怎样跟长——官说话?”

“对不起,大人! ……我看错人啦。”

“过去,过去!”

“发什么呆？火车头过来啦，快走。”

“司务长，你那第三排在哪儿？”

“弟——兄——们，打起精神来！”

可是队伍里在轻轻地小声说着话：

“还打起精神呢，奶奶的，都两夜没睡啦。”

“谢姆卡，给我抽一口，从昨天晚上就没抽烟啦。”

“你抽马鸡巴去……”

“缰绳都咬断啦，下流东西！”

“我的马前掌掉啦。”

另外一个连向一旁拐弯，拦住第四连的去路。

骑兵的侧影，像用黑墨画的一样，在蓝灰色的天空衬托下，显得十分清楚。队伍四个人一排前进着。一支支长矛晃动着，好像去了头、落了叶的葵花秆子。偶尔能听到马镫的丁当声和马鞍的咯吱声。

“喂，老乡们，你们这是上哪儿去呀？”

“去给干亲家庆寿。”

“哈——哈——哈——哈！”

“住口！说什么话！”

普罗霍尔·泽柯夫用手扶住铁皮包的鞍头，看着格里高力的脸，小声说：

“麦列霍夫，你不害怕吗？”

“有什么可怕的？”

“怎么不可怕，说不定今天咱们就是去打仗。”

“打仗就打呗。”

“我可是有点怕。”普罗霍尔坦率地说，并且十分慌乱地用手调整着露水打湿了的缰绳。“我在火车上一夜都没有睡。怎么都睡不着。”

连队的半截轻轻晃荡起来，走慢了，第三排也走慢了，马匹小步走起来，贴在腿上的长矛也晃晃悠悠，晃动得不那样厉害了。

格里高力松开缰绳，打起盹来。他觉得：好像不是马矫健地迈动着前腿，摇摇晃晃地驮着他走，而是他自己在一条暖洋洋的黑道上走，走起来格外轻松、格外快活。

普罗霍尔在他耳边说了一句什么话，说话声跟马鞍的咯吱声和嘚嘚的马蹄声混到了一起，没有搅动他这种朦朦胧胧、无忧无虑的瞌睡。

正走在一条小路上，静得能听到耳朵里的响声，令人昏昏欲睡，道路两旁已经成熟的燕麦，因为落满了露水，显得灰蒙蒙的。马匹把头直朝低矮的燕麦上伸，不住地挣着，想把缰绳从哥萨克手里挣出来。一道柔和的阳光钻到了格里高力那因为失眠而肿起的眼皮底下。格里高力抬了抬头，又听见普罗霍尔那依然单调得像车轮吱嘎声一样的说话声。

远处的燕麦地后边突然传来一声轰隆的巨响，格里高力惊醒了。

“放炮啦！”普罗霍尔几乎叫了起来。

他的一双牛眼睛一下子吓黑了。格里高力抬起头来，只见本排中士的灰大衣随着马背的颠动一上一下地颠动着，两旁一块块没有收割的燕麦地好像呆了似的，百灵鸟在电线上蹦跳着。连队骚动起来，密集的炮声就像一股电流通到了每个人身上。波尔柯夫尼柯夫上尉听到炮声，打起精神，带领连队飞跑起来。过了一家空酒馆旁边的交叉路口，开始遇上难民的车辆。一个服装讲究的龙骑兵连，从第四连旁边飞驰而过。一个留着浅褐色连鬓胡、骑着枣红马的骑兵大尉带着嘲笑的神情打量了哥萨克们一眼，用刺马针踢了马一下。一个榴弹炮连陷在一片又是水又是泥的洼地里。赶炮车的人拼命在抽打马匹，炮手们在一旁急得直转圈儿。一个高大的麻脸炮兵从酒馆里抱来一抱木板，看样子是从板墙上拆下来的。

第四连赶过了一个步兵团。步兵们背着卷起的军大衣，快步走着，阳光照在他们那锃亮的钢盔上，闪闪放光，照得他们的刺刀刃雪亮雪亮的。最后的一个连里，有一个矮小而胆大的上等兵，朝格里高力扔来一团泥巴。

“招打！对奥地利人就要这样！”

“别胡闹，鬼东西！”格里高力用鞭子将扔来的泥巴劈碎。

“哥萨克们，替我们向奥地利人问候！”

“你们也会跟他们见面的！”

先头部队里在唱一支黄色歌曲；一个像女人一样大屁股的步兵，用手拍着短靴筒子，在队伍旁边倒着走。军官们在笑着。浓烈的、已经来到眼前的危险气氛，使他们和士兵们亲近了，他们变得平易近人了。

步兵队伍、辎重队、炮队、救护队像一条条毛虫似的从空酒馆向郭洛维希克村爬去。已经感觉到战斗来临时死亡迫近的气氛。

团长卡列金上校在别列斯切契克村附近赶上了第四连。还有一位中校跟他在一起。格里高力一直拿眼睛看着上校那挺拔的身材，听到中校十分激动地对他说：

“华西里·马克西莫维奇，军用地图上没有标出这个村子。我们会陷入不利的局面。”

格里高力没有听到上校的答复。一位副官骑马跑到他们跟前，又跑了过去。他的马的右后腿有点瘸。格里高力不由自主地判断着副官那匹马的品种。

远处，一溜慢坡的田野下边，出现了一个小村子。团队忽快忽慢地前进着，马匹全都大汗淋漓。格里高力用手摸了摸枣红马汗淋淋的脖子，向两边张望着。村子后面露出树林的顶端，像许多绿色的尖刀，直插蓝色的天空。树林后面响着隆隆的炮声；这时候炮声震动了骑兵们的神经，使战马竖起了耳朵；在炮声间歇时便是密集的枪声。树林后面远处的榴霰弹硝烟在慢慢消散，一阵一阵的枪声渐渐转移到树林右方，枪声忽而低沉，忽而猛烈。

格里高力紧张地听着枪炮声，他的神经越来越紧张起来。普罗霍尔·泽柯夫在马鞍上坐也坐不安，不住地唠叨着。

“格里高力，放枪啦，简直像孩子们用小棍儿敲打栅栏，对吗？”

“你住嘴吧，唠叨鬼！”

连队进了村子。各家院子里都有一些士兵来来回回地走着，屋子里乱糟糟的：家家都在准备逃难。所到之处，人们的脸上都露出惊慌不安和张皇失措的神色。格里高力经过一家院子的时候，看到几个士兵在棚子底下生起一堆火，可是这一家的主人——一个高高的、满头白发的白俄罗斯人——正愁眉苦脸地想着飞来的横祸，他从旁边走过，丝毫没有理会。格里高力看到，他家里的人把套着红枕套的枕头和各种各样的破烂东西一齐往大车上扔，老头子却小心翼翼地搬来一个毫无用处的破车轮子，那玩意儿大概在地窖里放了有十来年了。

格里高力看到，有些妇女把花盆和圣像装到车上，而把有用的和值钱的东西丢在屋子里，看到她们这样颠三倒四，他觉得十分奇怪，有人把鸭绒褥子里的鸭绒抖搂出来，鸭绒像雪片一样沿街飘散开去。烧火烧出来的焦煳气味和地窖里的霉味叫人十分难闻。在村口他看到一个犹太人迎面跑来。那人的嘴咧成一条细细的长缝，好像马刀砍出来的，哆哆嗦嗦地喊着：

“哥萨克先生！哥萨克先生！哎呀，我的老天爷啊！”

一个圆脑袋、小个头儿的哥萨克摇着鞭子骑着马飞跑过去，丝毫没有理会犹太人的叫喊。

“站住！”第二连连长对那个哥萨克吆喝道。

那个哥萨克伏在鞍头上，钻进了小胡同。

“站住，浑账东西！哪一团的？”

那个哥萨克的圆脑袋紧紧贴到马脖子上。他像赛马一样，催马狂跑起来，跑到一道很高的栅栏跟前，让马直立起来，十分敏捷地跃了过去。

“大人，这儿驻的是第九团。不用问，一定是他们团里的。”司务长向上尉报告说。

“去他妈的。”连长皱了皱眉头，转过脸去对那个抓住马镫的犹太人说：“他拿你什么东西啦？”

“军官先生……我的表，军官先生！……”犹太人转过红红的脸，对着来到跟前的好几位军官，一个劲儿地眨巴着眼睛说。

第二连连长用脚将马镫一踹，朝前走去。

“德国人要来啦，反正他们也要抢去的。”他暗暗笑着，一面朝前走，一面说。

犹太人无可奈何地站在街心里。他的脸不住地抽搐着。

“把路让开，犹太佬！”连长厉声喝道，并且扬起了鞭子。

在一片马蹄嘚嘚声和马鞍咯吱声中，第四连从他身边走了过去。哥萨克们都带着嘲笑的神情斜眼看着无可奈何的犹太人，议论起来。

“要是不拿东西，咱们哥儿们就没有法子活啦。”

“哥萨克啥东西都要。”

“见了就拿。”

“这家伙真灵活……”

“嘿，那么高的栅栏，一下子就蹦过去啦，真像一条猎狗！”

司务长柯尔根走在连队后面，他在哥萨克们的一片笑声中，将长矛一挺，喝道：

“滚开，要不然我戳死你！……”

犹太人惊恐地张了一下嘴，就跑开了。司务长追过去，从背后抽了他一鞭子。格里高力看到，犹太人打了一个趔趄，用手捂着脸，转过身对着司务长。鲜血从他那细细的手指头缝里哗哗地流了出来。

“为什么打人？……”犹太人带着哭腔叫喊道。

司务长瞪着两个笑得发光、圆得像制服扣子一样的鹰眼睛，一面往前走，一面回答说：

“因为你没长眼睛，浑蛋！”

村后是一片狭长的沼地，沼地里到处是黄黄的睡莲和香蒲，工兵正在这里架一座很宽的桥。不远处停着一辆小汽车，马达轰隆轰隆响着，车身颤动着。司机在车子旁边忙活着。一位肥胖的白发将军，身子向后仰着，半躺在座位上。将军留着三角形的下巴胡，腮上的肉都耷拉了下来。一旁站着第十二团团长卡列金

上校和工兵营的营长,他们的右手都举在帽檐上。将军一只手捏着军用包的皮带,对着工兵营营长怒气冲冲地大声吼叫:

“命令你们昨天就要完工。住嘴!运送架桥材料的事,你们应当早有打算。住嘴!”将军呵斥道,尽管工兵营营长的嘴闭得紧紧的,只不过嘴唇有些哆嗦罢了。“现在我的车子怎么过去啊?……我问您,大尉,我怎——么——过去?”

坐在他左边的一位黑胡子年轻将军,擦着火柴,微微笑着抽起雪茄烟来。工兵大尉弯着身子,指着桥边不知什么东西。第四连从旁边走了过去,到了桥边,就下到沼地里。马腿陷进黑褐色的泥里,一直陷到膝盖以上,雪白的松木片从桥上往哥萨克的身上乱飞。

中午时候穿过了边界,马匹从倒在地上的彩条界标上跳了过去。右边传来隆隆的炮声。远处出现了一座庄园的红色瓦屋顶。太阳用直射的光线燎烤着大地。又咸又苦的尘土像云一样飞腾起来,又慢慢落下。团长下令派出前哨。第四连的第三排,在排长谢苗诺夫中尉率领下出发了。分成许多连队的全团人马依然留在灰蒙蒙的尘土中。一支由二十多名哥萨克组成的小分队,撇开村庄,顺着布满了干硬的车辙的大道奔驰起来。

中尉带领小分队走了三俄里,就停下来,查看地图。哥萨克们都凑在一块儿抽烟。格里高力下了马,正要给马松肚带,可是司务长朝他瞪了一眼:

“妈的,我抽你一顿!……上马!”

中尉抽起烟来,把望远镜从套子里掏出来,擦了半天。他们面前是正午的阳光烤热了的平原。右边是参差不齐的树林的边缘,一条道路直插进树林。离他们一俄里半远处,有一个小村子,村边有一条小河,有陡立的河堤和镜子一般的水面。中尉用望远镜看了半天,用眼睛探索着死静、无人的街道,然而街道上无声无息,就像坟地上一样。只有一道令人神往的蓝湛湛的流水。

“大概那就是科罗列甫卡村吧?”中尉眼睛看着那个小村子,问道。

司务长走到他跟前,没有说话。他的脸上的表情却在不出声地说:“您料事如神。我们都微不足道。”

“咱们到那里去吧。”中尉收起望远镜,好像牙疼似的皱着眉头,犹豫不决地说。

“不会遇上他们吧,大人?”

“咱们小心点儿。喂,出发。”

普罗霍尔·泽柯夫往格里高力跟前靠了靠。他们的马并排走着。他们提心吊胆地进了空旷无人的街道。每一个窗口好像都会射出枪弹,每一个大开着的棚子门望上去都使人产生孤立感,使人脊梁上生鸡皮疙瘩。眼睛像磁石一样盯着一道道的篱笆和水沟。他们像贼一样进了村子——就像狼在寂静的冬夜里进入人家的院子——但是街道上一个人影子也没有。静得使人发呆。一座房子的开着的窗户里传出挂钟天真无邪的鸣声,钟声当啷一响,就像枪声,格里高力看到,走在前面的中尉哆嗦了一下,慌忙抓住手枪套。

村子里一个人也没有。小分队蹚着水过河,河水抵到马肚子,马匹虽然戴着嚼子,挨着骑马人的鞭子,还是高高兴兴地在水里走着,一面走一面喝水。格里高力十分眼馋地看着搅浑了的河水;这可望而不可及的河水实在吸引人。如果可能的话,他最好从马上跳下来,不脱衣服就躺下来,听着像梦话一般的流水声,让河水冰一冰脊背和汗湿的胸膛。

站在村外一座土冈上,可以看到一座城市:一条条整整齐齐的街道,一座座砖瓦房,一处处花园,还有教堂的尖顶。

中尉走到冈顶上凹下去的地方,把望远镜举到眼睛上。

"是他们!"他叫了一声,左手指头不住地抖动着。

先是司务长,接着是哥萨克们,一个一个地走上太阳晒得蒸人的冈顶,眺望了一阵子。街道上人来人往,从这里望去,人显得很小;车辆在小巷子里拥拥挤挤,骑马人闪来闪去。格里高力眯起眼睛,用手遮住阳光,向前看去;他连敌军的灰制服都看清了。城边是一条条新挖的战壕,战壕上面有许多人。

"他们的人好多啊……"普罗霍尔惊愕地、慢腾腾地说。

其余的人都没有说话,把同样的感觉压在心里。格里高力倾听着心脏越来越快的跳动声(好像有一个十分沉重的小人儿在胸膛的左边原地跑步),才意识到,他看到这些敌人时的感觉,跟他在演习中看到"敌人"时的感觉完全不同。

中尉用铅笔在战地手册上做了一些记录。司务长把哥萨克们都赶下冈去,叫他们下了马,他又回到中尉跟前。中尉用手指头向格里高力招了招。

"麦列霍夫。"

"有。"

格里高力揉着骑马骑麻了的两条腿,走上土冈。中尉递给他一张折成四折的纸。

"你的马比别人的好。你赶快到团长那里去一趟。"

格里高力把纸放进胸前的口袋,一面往下巴上扣着帽带,走下土冈,来到马跟前。

中尉看着他的背影,一直等到格里高力骑上马去,才转过眼睛去看手表。

格里高力把报告送到的时候,他们的团正朝科罗列甫卡村开来。

卡列金上校对副官下了命令,副官就朝第一连跑去。

第四连穿过了科罗列甫卡村,一到村外,就像参加演习那样,迅速摆好了阵势。谢苗诺夫中尉也带着第三排的哥萨克从土冈那边跑了过来。

连队摆成马掌形的阵势。因为马蝇在咬,马头直摇晃,马嚼子丁当直响。在这寂静的晌午时分,第一连的马蹄声闷声闷气地咚咚响着,他们也已经来到村边几户人家的门前。

波尔柯夫尼柯夫上尉骑着直蹦直跳、体态匀称的战马,跑到队伍前面;他勒紧缰绳,将手插进腰刀系带里。格里高力屏住呼吸,等待命令。第一连也在左翼轻微地轰隆轰隆响着,他们在摆阵势,准备作战。

上尉从刀鞘里抽出马刀,马刀闪着青色的寒光。

"全——连——准——备!"上尉的马刀向右一摆,向左一摆,又向前一落,在耸起的马耳朵的上空停住。格里高力在心里把这个无声的口令翻译出来:向左散开,前进……"长矛准备,马刀准备,冲啊!"上尉发出简短的口令,并且放开了战马。

大地在众多的马蹄践踏下,发出喑哑的呻吟声。格里高力刚刚端平长矛(他在最前面的一排),他的马就被洪水般的大队人马裹住,也驮着他拼命飞跑起来。前面是波尔柯夫尼柯夫上尉的身影在田野的灰色背景下一起一伏地晃动着。皮楔形的黑黑的新耕土地,以不可阻挡之势迎面飞来。第一连发出震天动地的呐喊声,第四连也跟着呐喊起来。马匹把四条腿蜷成一团,然后又伸展开来,一跳就是几丈远。格里高力透过满耳朵的尖叫声,听见了还离得很远的噼噼啪啪的枪声。第一颗子弹嗖的一声从高空飞过,那长长的啸声划破玻璃一般的晴空。格里高力腋下紧紧夹着发烫的长矛杆,手掌都出汗了,好像涂了一层黏液似的。听到纷纷飞来的子弹的啸声,他把头伏到湿漉漉的马脖子上,难闻的马汗气味直往他的鼻子里钻。他好像透过蒙着一层汗气的望远镜镜片,看到了褐色的战壕,看到许多人朝城里跑去。机关枪不停地吐着子弹,子弹的呼啸声像扇子一样在哥萨克头顶上铺了开来;哥萨克们在前面飞跑,马蹄下面飞起浓浓的灰尘,像一团一团的棉絮。

在格里高力的胸腔里,冲锋之前跳得十分急促的东西,现在好像麻木了,除了满耳朵的啸声和左脚趾的疼痛以外,他什么感觉都没有了。

吓得失去常态的思想在脑子里乱成沉重、呆滞的一团。

第一个落马的是梁霍甫斯基少尉。普罗霍尔的马撞到了他的身上。

格里高力回头看了看,脑子里永远留下了他看到的场面;普罗霍尔的马从伸开胳膊腿躺在地上的少尉身上跳过去以后,龇了龇牙,脖子一扭,也摔倒了。普罗霍尔也被摔出了马鞍,从马身上飞了下来。普罗霍尔那匹马的红红的牙根和龇着的两排牙齿,以及普罗霍尔栽倒在地、被后面来的马践踏的情形,就像用金刚刀划玻璃一样,清清楚楚地印到格里高力的脑子里,很久都抹不掉。格里高力没有听到普罗霍尔喊叫,但是看到他的脸紧紧贴在地上,嘴歪着,一双牛眼睛凸了出来,就知道他曾经拼命喊叫过。又有人倒下。几个哥萨克连人带马一齐倒下。格里高力透过被风吹出来的模糊的眼泪,望着面前灰灰的一大群从战壕里跑出来的奥地利人。

排成马掌形阵势从村边冲过来的第四连,现在都一截一截、一簇一簇地散了开来。前面的人,包括格里高力在内,一齐朝战壕冲去,其余的人也跟着往前冲。

一个奥地利人,高个子,白眉毛,军便帽压在眼睛上,跪下一条腿,皱起眉头,几乎是用枪口抵着格里高力放了一枪。子弹的热力把脸蛋子都烫疼了。格里高力用劲勒了勒马缰,挺起长矛刺去。他刺得太猛,矛头穿通那个跳起来的奥地利人以后,矛杆又穿进去一半。格里高力刺过之后,还没有来得及把矛拔出来,就觉得长矛在抖动,在哆嗦,又看到那个奥地利人身子向后一仰(只看见那没有刮过的尖下巴),用抽搐的手指头乱抓、乱挠矛柄,而且那渐渐倒下的身子死死地把长矛拖住,格里高力只好把长矛放开。他松开手指,用麻木的手抓住了马刀的把儿。

奥地利人一齐朝城郊的街道上跑去。哥萨克的马腾空跳起,朝身穿灰制服的密密麻麻的敌军扑去。

格里高力在丢开长矛以后,起初有一会儿工夫,自己也不知为什么拨转了马头。这时他看到龇牙咧嘴的司务长从他身边飞跑过去。格里高力用马刀平着打了马一下,马就将脖子一扭,驮着他在大街上飞跑起来。

一个奥地利人,连步枪都丢了,军便帽攥在手里,正昏昏沉沉、摇摇晃晃地贴着花园的铁栏杆跑着。格里高力看见了奥地利人那平平的后脑勺,看见了他脖子上那汗湿的领子边儿。格里高力追了上去。他被周围一片疯狂的喊杀声激励着,举起了马刀。那个奥地利人正贴着栏杆跑,格里高力用刀砍很不顺手,就探了探身子,斜过马刀,朝奥地利人的太阳穴刺去。那人叫都没有叫,就用手捂住伤口,脊背一下子靠到栏杆上。格里高力收不住马,一下子跑了过去;他又拨转马头,跑了回来。奥地利人那吓得拉长了的方脸变成了铁青色。他的两手垂了下来,灰土色的嘴唇不住地哆嗦着。马刀从他的太阳穴上往外拔时,划开一片皮肉;皮肉耷拉在腮帮子上,像一块红布。鲜血哗哗地往制服上淌,像一道弯弯曲曲的小河。

格里高力的目光遇上了奥地利人的目光。两只充满死亡恐怖的眼睛呆呆地望着他。奥地利人的膝部慢慢弯了下去,喉咙里咕噜咕噜响着。格里高力皱紧眉头,举起了马刀。他把刀抡圆了,一下子就把脑壳劈成两半。奥地利人把手一扬,就摔倒在地上,好像滑倒了似的;分成两半的脑壳,噗哧一声砸在马路的石头上。马吓了一跳,打了一声响鼻,就驮着格里高力跳到街心里。

街上的枪声渐渐稀疏。一匹满身大汗的马拖着一个死哥萨克从格里高力身边跑过。死哥萨克的一只脚挂在马镫里,所以马就拖着这个血糊糊、赤条条的死尸在石头上滚来滚去。

格里高力看到的只是一条红色的裤綵和拖得稀烂的草绿色军便服,军便服已经成为乱糟糟的一团,拖在脑袋后面。

脑袋昏昏沉沉,像灌了铅一样。格里高力下了马,摇晃起脑袋,刚刚赶到第三连的哥萨克们从他身旁飞跑过去。有人用军大衣抬着伤号走过,有人赶着一群奥地利俘虏匆匆跑过。俘虏们拥拥挤挤地跑着,像一群灰色的牲口,他们那钉着铁掌的皮鞋哒哒响着,又不和谐,又扎耳朵。他们的脸在格里高力眼里汇合成一个土黄色的凝冻的点子。格里高力扔下马缰,自己也莫名其妙地走到被他砍死的那个奥地利士兵跟前。那个士兵就躺在挺讲究的铁栅栏下,伸着一只褐色的脏手,好像是在讨东西。格里高力看了看他的脸。他觉得这张脸很嫩,差不多是一张小孩子的脸,虽然留着小胡子,虽然他的嘴撇着,冷冷的,显得很痛苦(不知是因为疼痛,还是因为以前的日子过得不愉快)。

“喂,走!”一位不熟识的哥萨克军官骑马从街心里走过,喊了一声。

格里高力看了看他那蒙上一层灰土的白帽徽,就踉踉跄跄地朝马跟前走去。他的步子又乱又重,好像肩上扛着他扛不动的东西;他又厌恶,又困惑,心里十分烦闷。他用手抓住马镫,老半天没有抬起变得十分沉重的腿。

六

鞑靼村和附近一些村第二批入伍的哥萨克们,出发后的第二天,在叶亚村过夜。鞑靼村下头来的哥萨克和上头来的是分开来住的。所以,彼特罗·麦列霍夫、安尼凯、贺里散福、司捷潘·阿司塔霍夫、伊凡·托米林和另外几个人就住在一座房子里了。房东是一位年老体弱的高个子老大爷,曾经参加过俄土战争。这位老大爷跟他们聊了起来。哥萨克们已经在厨房里和正房里打好地铺,躺了下去,抽起了睡前的最后一次烟。

“看样子,你们是去打仗吧,老总们?”

“是去打仗,老大爷。”

“恐怕这一次战争不像土耳其战争了吧?现在好厉害的家伙都用上啦。”

“一个样。一样的浑蛋!以前怎样把老百姓送去打土耳其战争,现在还是那样把老百姓送去打这次战争。”托米林恨的不知是哪一个,嘟哝着说。

“老弟,你这可是瞎说。这一次战争可不一样。”

“那当然。”贺里散福一面用指甲掐灭烟卷儿,一面打着哈欠,懒洋洋地说。

“咱们准能打赢。”彼特罗·麦列霍夫打了一个哈欠,在胸上画了一个十字,就把军大衣盖到身上。

“孩子们,现在我奉劝你们几句话。我真心诚意奉劝你们,你们要记住我的话。”老大爷说。

彼特罗撩开军大衣,留神听着。

“你们要记住一点:要是想活着,要是想从你死我活的战争中生还,就不能忘记天理良心。”

“天理良心是怎么回事儿?”躺在边上的司捷潘·阿司塔霍夫问道。他笑了笑，表示不信这一套。自从听到打仗那时候起，他就眉开眼笑了。他喜欢打仗，大家都惶惶不安，别人也痛苦起来，他的痛苦就轻些了。

“是这样的：打仗的时候不要拿人家的东西——这是一。千万不要动妇女，还有，应当记住这样一些符咒。”

哥萨克们都转过身来，一齐说了起来：

“这会儿自家的东西不丢掉就算不错啦，别说拿人家的东西。”

“为什么不能动妇女？不管愿意不愿意，就蛮干，那是不行的，这我明白，可如果是两相情愿呢？”

“能忍得住吗？”

“就是这话！”

“符咒，又是什么样的符咒？”

老大爷严肃地扫了大家一眼，给大家做了总的回答：

“妇女无论如何不能动。决不能动！如果动了妇女，就要掉头，或者挂花，等你明白过来，那就晚啦。符咒我可以告诉你们。土耳其战争从头到尾我都参加了，死神就在我背后，就像天天背着个褡裢一样，可是我活了下来，就是因为有这种符咒。”

他走到堂前，在神龛里翻了翻，拿出一张旧得发脆、发黄的纸来。

“这就是。都起来，抄一抄。恐怕明天不等鸡叫你们就要出发吧？”

老大爷用手把沙沙响的旧纸摊在桌子上，就走到一边。安尼凯第一个爬起来。风从窗缝里吹进来，吹得灯火直摇晃，摇晃不定的灯影子在他那女人一样的光脸上闪来闪去。除了司捷潘以外，大家都坐着抄符咒。安尼凯最先抄完，他把这张从练习簿上扯下来的纸揉成一团，捆在十字架上面的线带上。司捷潘摇晃着腿，取笑他说：

“你给虱子修了一座养老院。虱子没有本事在线带上做窝，多亏你给它们修了一座纸房子。真不赖！”

“你是英雄好汉，你不信，就别多嘴！”老大爷声色俱厉地打断他的话头，“你不要碍人家的事，人家相信，你不要笑话。没有什么好笑的事，倒笑话起来！”

司捷潘笑了笑，没有做声；安尼凯为了打破僵局，就问老大爷：

“符咒有的地方提到大矛，还提到箭，这是怎么一回事儿？”

“这进军符——不是咱们这时候的人编的。这是我的先祖父从他的祖父手上得到的。说不定这道符在那以前早就有了。古时候人打仗都要用大矛和弓箭。”

他们自己挑选,看中哪一道,就抄那一道。

避枪符

我主保佑。山上有块白石头像马。水进不了石头,箭和枪子也进不了我身,进不了我的伙伴的身和我的马身。锤子碰到砧子就跳开,枪子碰到我的身子也跳开;箭就像磨盘一样,光打转转,到不了我的身上。太阳和月亮光照千秋,我也靠太阳和月亮永远健壮。好比山后的城堡,城门上了锁,我把钥匙扔到海里,扔到白色热石头阿勒陀尔底下,那石头谁都看不见,不论男巫,还是女巫;不论修士,还是修女。水不会从海洋跑出去,黄沙没法子数清,什么都没法子伤害我这个上帝的奴仆。为了父,为了子,为了圣灵。阿门。

避战争符

有一个海洋,海洋上有一块叫阿勒陀尔的白石头,白石头阿勒陀尔上有一个万代长存的石头人。我这个上帝的奴仆和我的伙伴都穿了石头衣服,从东遮到西,从地下遮到天上;刀和剑砍不进,剑尖和矛尖刺不进,钢梭镖、铁梭镖、刀、斧和大炮,全都无用;铅弹和各种百发百中的武器都打不到;什么样的箭都射不进,不论是装老鹰毛的、天鹅毛的、鹅毛的、鹤毛的、秧鸡毛的、乌鸦毛的;在战争中安然无恙,不论是土耳其战争、克里米亚战争和奥地利战争;安全逃脱敌人的追赶,追赶的不论是鞑靼人、立陶宛人、德国人、锡兰人、加尔梅克人。圣父和天神们,保佑我这个上帝的奴仆吧。阿门。

进军符

至圣至尊的圣母娘娘和我们的主耶稣基督。主啊,保佑我们吧,我这个上帝的奴仆和跟我在一起的同伴们现在去冲锋陷阵,请用云彩遮盖我们,用你那天上的石头仙城保护我们吧。圣德米特里·索隆斯基,你要把我这个上帝的奴仆和我的同伴们护得严严实实:恶人不能用枪打,不能用矛刺,不能用钺劈和刺,斧背不能砸,斧刃不能砍,马刀不能劈和刺,尖刀不能刺和削,不论老的、少的,不论皮肤黄的、黑的,不论异教徒,不论术士、妖道,都无可奈何。我这个孤苦伶仃、有罪的上帝的奴仆,现在面临了劫难。大海里布洋岛上有一根铁柱子。铁柱子上有一个拄着铁杖的铁人,他会摄走铁器、钢刀、发青的锡弹和铅弹以及各种各样的火器:“铁器,去吧,你从地里出来的,还回到地里去，别碰上帝的奴仆和我的同伴，别碰我的马。箭杆回到树林里去，羽毛从鸟身上来，还回到鸟身上去，鱼鳔回到鱼身上去。”用金盾牌保护我这个上帝的奴仆吧，叫刀斧劈不到我，枪子、炮弹打不到我，长矛刺不到，大刀砍不到。我的身体比铠甲还坚固。阿门。

哥萨克们把抄好的符咒揣到贴身的衬衣里带走了。他们把符咒拴在十字架的线带上，拴在母亲用来表示祝福的物件上，拴在包着一撮家乡泥土的小包上，但是带符咒的人并没有躲开死神。

在加利西亚和东普鲁士的田野上，在喀尔巴阡山和罗马尼亚，凡是燃烧过战火、哥萨克的战马的铁蹄到过的地方，到处都留下腐烂的尸体。

七

顿河州上游各乡——叶兰乡、米古林乡、维奥申乡、嘉桑乡——的哥萨克，历来都是编入野战军第十一、十二团和御林军阿塔曼团的。

但是在一九一四年，维奥申乡一部分征集入伍的哥萨克，不知为什么编进了以叶尔玛克·季摩菲耶维奇命名的顿河哥萨克第三团，这一团原来里面是清一色的大熊河河口州的哥萨克。米佳·柯尔叔诺夫也和另外一些人一起进了第三团。

这个团跟骑兵第三师的一部分人马一起驻扎在维尔诺。六月里，许多连队出城放马。

这一天阴沉沉的。游云像马群一样涌上天空，遮住了太阳。第三团排成行军的队形前进着。乐队奏着军乐。军官老爷们头戴草绿色制帽，身穿单薄的制服，成群结队地骑马走着。他们的头顶上飘荡着纸烟冒出的青烟。

道路两旁，许多男子汉和打扮得漂漂亮亮的妇女们在割草，他们手搭凉棚在看哥萨克的队伍。

马都出了很多汗。腿裆里汪着黄黄的汗沫，从东南方吹来的微风没有把马汗吹干，倒是又送来几分闷热。

半路上，在离一个小村子不远的地方，有一匹周岁的小儿马跑进了第五连队伍里。小儿马从村子里跑出来，看见密密层层的马群，就长嘶一声，朝队伍跑来。它那还没有脱掉嫩毛的尾巴被风吹得歪到了一边，尘土像灰色的泡泡儿一样从它那又圆又光的蹄子下面直往上冒，又像揉蘑菇一样落了下去。它跑进打头的一个排，傻里傻气地把头拱进司务长的马的腿裆里。司务长的马撅了撅屁股，但是没有踢，看样子是心疼小儿马。

"滚远点儿，浑账！"司务长扬了扬鞭子。

哥萨克们看到小儿马那种亲热、可爱的样子，都乐得笑了起来。却没有想到，小儿马在这一排的队伍里横冲直撞起来，整个排都被冲乱了，再也保持不住原来那种整齐、密集的队形。哥萨克们抽打马匹，可是马匹都犹豫不决地乱踏着步子。小儿马被这些马一挤，就横着走起来，而且老是咬靠近它的马。

连长飞跑过来。

"这是怎么一回事儿？"

不懂规矩的小儿马所到之处，一匹匹的战马歪歪斜斜，不住地打着响鼻，哥萨克们都笑着用鞭子抽小儿马，整个排被搅得乱糟糟的，后面的队伍渐渐拥了上来，怒气冲冲的排长离开连队的队尾，从路旁跑了过来。

"怎么一回事儿？"连长拨马来到人群密集的地方，大声喝道。

"有一匹小儿马……"

"钻到我们队伍里来啦……"

"这鬼东西赶都赶不走！……"

"用鞭子抽嘛！有什么好心疼的？"

哥萨克们都很不好意思地笑着，紧紧地勒着马缰，控制着搅得很不安生的马。

"司务长！中尉先生，这他妈的是怎么搞的？把你这一排整顿整顿，真够瞧的！……"

连长退到一旁，他的马后腿踩空了，掉进了路旁小沟里。他用刺马针踢了马一下子，马就跳到了小沟对面，跳上到处是滨藜和金黄色野菊的土埂。远处有一伙军官停了下来。一位中校仰起头，喝军用水壶里的水，他的一只手安详而亲热地放在很漂亮的铁皮鞍头上。

司务长叫队伍让开，他一面骂着粗话，一面把小儿马赶下大路。这个排又合拢起来。一百五十双眼睛都在望着：司务长站在马镫上，跟在小儿马后面飞跑着，可是小儿马忽而停下来，把半边粘着干粪的肮脏身子靠在司务长那匹高高的马身上，忽而又扬起尾巴跑了开去，司务长的鞭子怎么也打不到它的脊背，老是打到尾巴尖上。那尾巴一挨到鞭子就耷拉下去，可是过一小会儿，又神气活现地迎风摆动起来。

全连都笑了起来。军官们都在笑。就连大尉那阴沉的脸上也出现了似笑非笑的神情。

打头的一排的第三列，是米佳·柯尔叔诺夫、维奥申乡卡耳根村的哥萨克伊万柯夫·米海依尔和霍派尔河河口乡的考积玛·克留奇柯夫。肥头大耳、肩宽腰圆的伊万柯夫沉默不语；克留奇柯夫的绰号叫“骆驼”，是个驼背的、脸上有些碎麻子的哥萨克，他老想找米佳的茬儿。克留奇柯夫是个“老”哥萨克，也就是服现役已经到了最后一年的哥萨克，根据团内的不成文法，他和一切“老”哥萨克一样，有权支使和管教年轻的哥萨克，可以因为任何一件小事用皮带抽打年轻的哥萨克。有这样的规定：一九一三年入伍的哥萨克有了过失，打十三皮带；一九一四年入伍的有了过失，就打十四皮带。司务长和军官们都很赞赏这样的规矩，认为这样可以使哥萨克们养成尊敬长者的观念，不仅要尊敬官长，而且要尊敬年长的。

不久以前才领到上等兵肩章的克留奇柯夫骑在马上，驼着背，像鸟一样拱着肩膀。他眯起眼睛，望着一大片灰色的云彩，模仿着有点咬舌头的连长波波夫大尉的口音，向米佳问道：

“喂……告树(诉)我，凯(柯)尔叔诺夫，咱们连讲(长)叫希(什)么？”

米佳因为倔强和不服帖的脾气，挨过不止一次皮带，这会儿脸上勉强装出恭敬的表情。

“老哥萨克先生，连长叫波波夫大尉。”

“叫希么？”

“叫波波夫大尉，老哥萨克先生！”

“我问的不是杰(这)个，你告树我，咱们克(哥)萨克都叫他希么？”

伊万柯夫担心地朝米佳挤了挤眼睛，笑得翻开了带豁子的嘴唇。米佳回头一看，看到波波夫大尉从后面走了过来。

“喂，快告树我！”

"就叫波波夫大尉嘛,老哥萨克先生。"

"我揍你十市(四)皮带。快说,坟(浑)蛋!"

"我不知道,老哥萨克先生!"

"等咱们到了放马的地方,"克留奇柯夫用自己本来的口音说,"我要揍你一顿,问你,你就得说!"

"我不知道嘛。"

"浑蛋,怎么,你不知道大家给他起的外号?"

米佳听到大尉的马轻轻悄悄地在后面走着,就没有做声。

"说不说?"克留奇柯夫气势汹汹地眯缝起眼睛。

后面几列的人都小声笑了起来。克留奇柯夫不明白笑的是什么,只知道是在笑自己,就火了起来:

"柯尔叔诺夫,你小心点儿!……等咱们到了放马的地方,我揍你五十皮带!"

米佳耸了耸肩膀,拿定了主意。

"黑尾巴老鸹!"

"好,这就对了。"

"克留——奇——柯——夫!"大尉在后面喝道。

老哥萨克先生在马上哆嗦了一下,上身挺得笔直。

"坟蛋,你杰(这)是胡究(诌)希(什)么?"波波夫大尉一面赶着马往克留奇柯夫跟前走,一面说。"你杰是拿希么来教年轻哥萨克,嗯?"

克留奇柯夫眨巴了几下眯缝着的眼睛。他的脸一下子变得像红布一样。后面的人都哈哈大笑起来。

"我去连(年)教训过哪一个?我杰(这)个小儿(指)甲碰过哪一个脸皮?……"大尉把又长又尖的小手指甲伸到克留奇柯夫的鼻子前头,小胡子也哆嗦起来。"以后别叫我听见杰(这)种伐(话)!等(懂)吗,我的老季(弟)?"

"是,大人,我懂!"

大尉让马放慢脚步,跨到一旁,勒住马,让连队到前面去。第四连和第五连都大跑起来。

"全连,放马前近(进)!……"

克留奇柯夫一面调理武装带,一面回头看了看已经落在后头的大尉,把长矛拿拿好,丧气地摇了摇脑袋。

"哼,瞧这个黑尾巴老鸹!他从哪儿钻出来的?"

笑出了一身汗的伊万柯夫说：

“他早就跟在咱们后面啦。他全都听见啦。好像他闻出味道,知道要说他的。”

“你怎么不给我使个眼色,浑蛋?”

“我才不管呢。”

“你不管？好,脱光屁股打你十四皮带!”

各个连队都分散到附近的地主庄园里去驻扎。白天就给地主们割三叶草和草场上的草,夜里把马腿绊起来分片牧放,大家都在烟气腾腾的火堆旁打牌,讲故事,打打闹闹。

第六连在给一个波兰大地主史耐杰尔干活儿。军官们都住在厢房里,天天打牌,酗酒,成群成群地追逐总管的女儿。哥萨克们在离庄园三俄里的地方扎了野营。每天早晨总管老爷都要坐跑车到他们这里来。这个肥胖而体面的小贵族揉着他那坐麻了的肥腿,在车上站起来,而且总要挥着那漆皮帽檐的白帽,跟“哥萨克”们打招呼。

“来和我们一块儿割草吧,老爷!”

“来干干活儿,把肥油抖搂掉一些吧!”

“来拿拿镰刀吧,要不然就要瘫啦！……”穿白衬衣的哥萨克行列中有人喊道。

总管老爷用花边手绢擦着红红的秃头顶,从容自若地笑着,跟司务长一块儿去分配下一片要割的草地。

中午,饭送来了。哥萨克们洗洗脸,就去吃饭。

吃饭的时候都不说话,可是在饭后半个小时的休息时间里大家都拼命说话。

“这儿的草太赖啦。简直没办法跟咱们草原上的草比。”

“冰草几乎一点没有。”

“这会儿咱们顿河上的草已经割完啦。”

“咱们很快也要割完。昨天月亮带圈圈儿呢,要下大雨啦。”

“这波兰佬真是小气鬼。咱们给他干活儿,该赏瓶酒给咱们喝喝。”

“哎哟哟！要他的酒,就跟要他的命一样……”

“哦,弟兄们,越有钱,越小气,谁知道是怎么一回事儿?”

“你问皇上去。”

“谁看到总管老爷的女儿啦?”

“怎么样?”

“是个肉嘟嘟的妞儿!”

“是一块肥羊肉啦?”

“就是,就是……”

“能尝尝鲜就好啦……”

“听说有皇族来求过亲,是不是真的?”

“普通老百姓能吃到这样一块肥肉吗?”

“伙计们,前几天听到谣传,好像咱们要举行总检阅啦。”

“猫没有事儿干,就要拿老鼠消遣……”

“喂,你算了吧,塔拉斯!”

“给我抽一口,行吧?”

“见鬼,真不长眼睛,找叫花子讨起饭来啦!”

“瞧,老总们,菲道特加的嘴吧嗒得多好看,可就是抽不出火来。”

“就剩下烟灰啦。”

“嘿,老弟,你睁眼看看,那火劲儿才大呢,完全比得上娘儿们那股火劲儿!”

他们趴在地上抽烟。光光的脊背晒成了红的。旁边有五个老哥萨克钉着一个年轻哥萨克在问:

“你是哪个乡的?”

“叶兰乡。”

“这么说,是山羊群①里的啦?”

“是的。”

“你们那儿用什么驮盐?”

克留奇柯夫躺在不远处的马衣上,闷闷地把细细的小胡子往指头上缠着。

“用马驮。”

“还用什么驮?”

“用牛。”

“比如说,从克里米亚驮石斑鱼,用什么?有一种牛,背上长着老大的包,你可知道那叫什么?”

“骆驼。”

“啊哈——哈——哈——哈!……”

---

① 叶兰乡别名“山羊乡”。

克留奇柯夫懒洋洋地站起来，像骆驼一样弓着背，伸着大喉结的、紫红色的脖子，朝那个说走了嘴的年轻哥萨克走去，一面走一面解皮带。

“趴下来！”

每天傍晚，在乳白色的夏季暮霭中，田野上火堆边歌声不断：

哥萨克骑上铁青的骏马
朝遥远的异国进发，
远离了自己的故乡……

清脆的男高音唱到这里，许多宽广的男低音用柔和而浓重的悲伤调子接唱下去：

再也不能回老家。

高音又一步一步地升高，声声扣人心弦：

他那年轻的妻房
从早到晚望着北方。
她早也盼，晚也盼，
盼着心上人从远方飞降。

很多声音都加入合唱，因此歌声又浑厚又醉人，就像波列西耶地方的啤酒一样。

山那边大雪飞舞，
冬季里寒风凛冽，
松树、枞树瑟瑟发抖，
雪底下是哥萨克的尸骨。

大家唱的是哥萨克生活中平淡无奇的事情。

唱衬腔的男高音发着颤声，就像四月里融雪时候天上飞的百灵鸟：

哥萨克临死时又央告又请求，
请求给他堆一座大坟头。

许多忧伤的低音一起唱下去：

让坟头上也像故乡一样，
长出鲜艳夺目的红绣球。

在另一堆火旁边，人要少一些，唱的是另外一支歌：

哎哟，从白浪滔天的亚速海
朝顿河开来一艘艘大船。
那是年轻的阿塔曼
率领大军回家转。

再过去一些，还有一堆火，全连有名的好口才正在那里编离奇古怪的故事，被烟呛得直咳嗽。大家都全神贯注地听着，只有在故事中的主人公特别巧妙地逃脱了恶人和妖魔设下的圈套的时候，才会有人在火光中把手一晃，朝靴筒上一拍，用呛得直咳嗽的声音欢叫道：

"嘿，真有两下子，妙极啦！"

讲故事的人又滔滔不绝地说下去……

……团队来到草甸子上一个星期之后，波波夫大尉把连里的铁匠和司务长唤去。

"马匹紧（怎）么样？"他问司务长。

"不坏，大人，简直好极了。脊梁上的沟都平啦。都吃肥啦。"

大尉把黑胡子捻成箭头形（绰号"黑尾巴老鸹"就是由此而来），说：

"坛（团）长命令，要把马茎（镫）和马嚼子都镀上锡。最高统帅要来坛（团）里进行剪（检）阅啦。不论马鞍，不论一切别的登（东）西，都要放刚（光）。哥萨克的样子要叫人看着很舒服，很高性（兴）。老弟，希（什）么时候能搞好？"

司务长看了看铁匠，铁匠看了看司务长，两个人又一齐看了看大尉。

司务长说：

"星期日以前搞好，行吗，大人？"他毕恭毕敬地用手指头摸了摸抽烟抽得起了绿霉的胡子。

“你要给我扫(小)心!”大尉严厉地警告说。

司务长和铁匠领命走了。

从这天起,就开始准备大检阅。伊万柯夫·米海依尔是卡耳根村一个铁匠的儿子,他本人也是一个很能干的铁匠,就帮着连里铁匠往马镫和马嚼子上镀锡,其余的人也都加劲地刷马,刷马笼头,用碎砖打磨马笼头上的小链子和马具上的各种金属物件。

一个星期以后,全团到处都亮得像崭新的小银币一样。从马蹄到哥萨克们的脸,全都光闪闪的。星期六,团长格列科夫上校在团里视察了一遍,对于各位军官和哥萨克们的热心准备和整齐美观的军容说了一些感谢的话。

七月天像抖搂的棉纱团一样,一天一天地过去。哥萨克的马匹因为吃足了青草,一天比一天肥壮起来;只是哥萨克们天天心神不定,惴惴不安地在纷纷猜测;关于大检阅的事,一点消息都听不到……在闲话、放马和训练中又度过了一个星期。像当头一棒似的来了一道命令:向维尔诺开拔。

傍晚到达维尔诺。各连又接到第二道命令:把装着哥萨克衣物的箱子送进军需仓库,准备随时出发。

“大人,这是怎么回事儿?”哥萨克们心里很纳闷,想从排长们嘴里打听到实情。

军官们也都耸耸肩膀。他们自己还想花点本钱打听打听呢。

“不知道。”

“是皇上要来看咱们演习吗?”

“眼下还不清楚。”

军官们的这样一些回答都没有使哥萨克们安下心来。七月十九日将近黄昏时候,团长的传令兵对他的朋友——正在马棚里值班的六连的哥萨克穆雷恒小声说:

“打仗啦,大叔!”

“你可是瞎说?”

“真的。你可不能说呀!”

第二天一早,全团人马排成了营纵队。兵营里一扇扇窗子的玻璃上都蒙着一层灰尘,显得昏暗无光。全团人都骑在马上,等候着团长。

波波夫大尉骑在腰部细细的战马上,站在第六连的前面。他用戴白手套的左手勒着缰绳。马勾着弯弯的脖子,歪着头,用嘴巴在胸部筋肉上挠痒。

上校从营房的房角后面骑马走了出来，让马侧着身子停在队伍前面。副官优雅地扎煞着白嫩的手指头，掏出了手绢，但是擤鼻涕却没有来得及。上校的声音打破了紧张而肃静的空气。

“哥萨克们！……”他威风凛凛地一下子把大家的注意力全吸引到自己身上。

“这一下子来啦。”每个人都这样想。焦急而激动的心都紧张地跳了起来。米佳·柯尔叔诺夫懊丧地用靴后跟踢了一下直捯动四蹄的马。伊万柯夫在他旁边，呆呆地骑在马上，像打哈欠似的张着带豁子的嘴，龇着参差不齐的牙齿，在听着。克留奇柯夫在他后面，佝偻着脊背，眯缝着眼睛；再过去是像马那样扎煞着两只耳朵的拉平；拉平后面可以看到谢高里柯夫那刮得凸凸棱棱的喉结。

“……德国向我们宣战啦。”

整整齐齐的队伍里响过一阵簌簌声，就像一阵风轻轻地吹过熟透了的大麦田。忽然传来一阵刺耳的马嘶声。许多睁圆了的眼睛和张得方方的、黑洞洞的大嘴一齐转向第一连那边：左翼第一连里有一匹马在嘶叫。

上校又说了一些话。他字斟句酌，试图唤醒大家的民族自豪感，但是在一千多名哥萨克的眼睛里，不是敌人的绸旗子刷刷地倒在脚下，而是自己家常的、血肉相连的一切在旋转，在叫喊，在哭诉——是老婆、孩子、情人、没有收割的庄稼、荒凉的乡村……

“两个小时以后上兵车。”这是钻进每个人脑子里的唯一的一句话。

聚集在不远处的一些军官的妻子，都用手绢捂着脸在哭，哥萨克们解散后，一群一群地向营房里跑去。霍浦洛夫中尉用两手几乎把他那金发的、怀孕的波兰妻子抱了起来。

一团人唱着歌向车站开去。歌声压倒了军乐声，军乐声半路上羞答答地停了下来。军官的妻子们坐在马车上，人行道上晃动着五颜六色的人群，马蹄蹚起团团的灰尘，一个领唱的歌手，把自己的和别人的痛苦置之不顾，拼命抖着左肩，直抖得蓝色肩章像打摆子一样直哆嗦，唱起一支酸溜溜的哥萨克民歌：

美丽的姑娘呀，我捉了一条梭鱼……

全连哥萨克都有意排遣郁积，就在新换过掌的马蹄声伴奏下，唱着心爱的歌儿向车站，向红色的列车走去：

梭鱼呀，梭鱼，我捉了一条梭鱼。
美丽的姑娘呀，我烧好了鱼汤。
鱼汤呀，鱼汤，我烧好了鱼汤。

团副官因为笑和心情激动，满脸通红，从连队后面朝歌手们跑来。领唱的歌手向上扬了扬缰绳，嬉皮笑脸地朝着人行道上给哥萨克送行的密密麻麻的一群一群的妇女挤了挤眼睛，有两滴咸咸的东西顺着他那红铜色的脸膛朝黑黑的小胡子流去，那并不是汗。

美丽的姑娘呀，
媒人喝过了我的鱼汤……
我请了媒人，请了媒人，
媒人喝过了我的鱼汤……

火车头在轨道上喘着气，一声声叫着，表示要动身了。

兵车……兵车……兵车……兵车数也数不清！

沸腾起来的俄罗斯，把穿着灰大衣的自己的血液，顺着国家的动脉，顺着铁路，输向西部边境。

八

在陀尔绍克镇上，这一团人马按连队分了开来。根据师部命令，第六连分配到步兵第三军团去听调度，该连以行军的队形开到皮里加里耶镇以后，就派出了岗哨。

边境线还由我们的边防军守卫着。许多步兵和炮兵正朝边境线上开来。七月二十四日向晚时候,第一〇八戈列博甫团的一个营和另外一个炮兵连开到了镇上。在附近的亚历山大罗夫庄园里,有九名哥萨克由排里一位军士率领着在放哨。

二十六日夜里,波波夫大尉把司务长和一个姓阿司塔霍夫的哥萨克叫了去。

阿司塔霍夫回到排里已是深夜时候。米佳·柯尔叔诺夫刚刚饮过马回来。

"是你吗,阿司塔霍夫?"他唤了一声。

"是我。克留奇柯夫和弟兄们在哪儿?"

"在那边屋子里。"

阿司塔霍夫是一个黑头发、大块头、相当粗壮的哥萨克,他迷迷糊糊地走进了屋子。谢高里柯夫正坐在桌边煤油灯下,用麻线缭磨烂了的缰绳。克留奇柯夫倒背着手站在炉边,指着躺在床上害水肿病的房东波兰佬,对伊万柯夫直挤眼睛。他们刚刚笑过,伊万柯夫那笑红了的脸蛋子还哆嗦着。

"弟兄们,明天天一亮就要去放哨。"

"往哪儿去?"谢高里柯夫问道。他出神地望了望,还没有搓成麻线的麻掉到了地上。

"上留波夫镇。"

"都是谁去?"米佳·柯尔叔诺夫走进来,把水桶放在门口,问道。

"我去,另外 ,谢高里柯夫、克留奇柯夫、瓦尔契夫、波波夫,还有你,伊万柯夫,都跟我去。"

"那么,我呢,巴甫雷奇?"

"米佳,你留下来。"

"好,滚你们的蛋吧!"

克留奇柯夫离开炉边。他伸着懒腰,浑身骨关节咯吧咯吧响着,向房东问道:

"打这儿去留波夫镇有多远?"

"四公里。"

"这很近,"阿司塔霍夫说着,坐到板凳上,脱下靴子。"这儿可有什么地方烤烤包脚布?"

天麻麻亮,就出发了。一个光脚丫儿的姑娘正在镇口井边用水桶打水。克留奇柯夫勒住马。

“给点儿水喝,好姑娘!”

姑娘一只手撩着麻布裙子,两只粉红色的脚丫儿在水洼里吧嗒吧嗒地走着;浓浓的睫毛底下的眼睛在笑着,递过一桶水来。克留奇柯夫喝起水来,他那托着沉重的水桶的手,紧张得哆嗦着;水珠儿不住地往下掉,吧嗒吧嗒地落在红色的裤绦上。

“多谢多谢,灰眼睛的姑娘!”

“不用客气。”

她接过水桶,就一面回头看着,微笑着,一面走了开去。

“你笑什么,跟我一块儿走吧!”克留奇柯夫在马鞍上闪了闪身子,好像是在让地方。

“走吧!”阿司塔霍夫一面朝前走,一面喊道。

瓦尔契夫带着取笑的神气看了克留奇柯夫一眼,说:

“你看上她啦?”

“她的腿是红的,跟鸽子腿一样。”克留奇柯夫笑着说,于是大家像听到口令一样,一齐回头看了看。

姑娘撇开红扑扑、圆滚滚的腿,撅起那绷得紧紧的、分成两半的屁股,朝井口弯下身去。

“能娶她才好呢……”波波夫叹了口气。

“给你一鞭子,叫你过过瘾吧。”阿司塔霍夫说。

“鞭子可不行……”

“你想找母马啦?”

“一定得把他骟了!”

“咱们来给他扎起来,就像对付公牛那样。”

哥萨克们笑哈哈地放马跑了起来。来到附近一座小山冈上,就看到了坐落在洼地和山坡上的留波夫镇。在他们背后,太阳从山冈后面升了起来。路旁电线杆的磁瓶上落着一只百灵鸟。

阿司塔霍夫因为刚刚在教导队受过训练,就担任了哨长。他选定了靠国境一边村头上一户人家作为驻地。房东是一个头戴白毡帽、脸刮得光光的、罗圈腿的波兰佬,他把哥萨克们领到棚子里,指给他们拴马的地方。棚子后头,稀稀拉拉的篱笆外面,是一片绿油油的三叶草。一片隆起的高地,一直伸展到附近一座树林子脚下,树林子过去是灰茫茫的庄稼地,有一条道路穿过庄稼地,那边也有绿油油的一大片三叶草。轮到谁放哨,谁就在棚子后面小沟边用望远镜瞭望。

其余的人都躺在阴凉的棚子里。棚子里到处是陈粮食气味、糠灰气味、老鼠屎气味和土锈那种甜甜的霉味儿。

伊万柯夫钻到黑暗的角落里，靠在犁上，一直睡到傍晚时候。把他叫醒的时候，太阳已经快下山了。克留奇柯夫捏住他脖子上的一块肉揪着，说：

“公家的伙食你吃得太饱啦，瞧，这膘太厚啦！起来，懒家伙，望望德国佬去！”

“别胡闹，考积玛！”

“起来！”

“快放开！别胡闹……我马上起来。”

他爬了起来，眼睛红红的，眼皮还肿着。他扭了扭扎扎实实地长在短脖子、宽肩膀上的大头，抽着鼻子（在潮地上睡觉，受凉了），绑好子弹带，拖着步枪朝门口走去。他把谢高里柯夫换下来，对好望远镜的焦距，对着西北的树林那边望了半天。

在那边，灰茫茫的庄稼在风中一起一伏地波动着。一抹红红的夕阳射在赤杨林伸出的一个翠绿的角儿上。镇外小河（小河像一条美丽的浅蓝色弧线）里，洗澡的孩子们在叽叽哇哇地乱叫。有一个女人在低声呼唤：“司塔秀，司——塔——秀！到我这儿来！”谢高里柯夫卷好烟卷儿，一面走一面说：

“晚霞这样红。要起风啦。”

“是要起风。”伊万柯夫应声说。

到夜里，马都下了鞍。镇上灯火熄灭，鸦雀无声。第二天早晨，克留奇柯夫把伊万柯夫从棚子里叫了出来。

“咱们到镇上去。”

“干什么？”

“弄点东西吃，喝两杯。”

“恐怕弄不到。”伊万柯夫表示怀疑。

“我说能弄到。我问过房东啦。就在那个屋子里……看见吗……那座小瓦房？”克留奇柯夫用黑黑的手指头指了指。“那儿有人卖啤酒，去吗？”

他们朝那儿走去。阿司塔霍夫从棚子门里探出头来，朝他们喊道：

“你们上哪儿去？”

克留奇柯夫仗恃自己的军衔比阿司塔霍夫高，不理他那一套。

“一下子就回来。”

“回来吧，弟兄们！”

"别乱叫!"

一个留着长长的鬈发、翻眼皮的犹太老头子躬身迎接两位哥萨克。

"有啤酒吗?"

"已经没有啦,哥萨克先生。"

"我们给钱。"

"圣母马丽亚,我可从来不说谎话……哎哟,哥萨克先生,请相信我这个诚实的犹太人吧,啤酒没有啦!"

"你这个犹太佬,胡说!"

"真的,哥萨克老爷! 我已经说过啦。"

"你要的是这个……"克留奇柯夫不耐烦地打断他的话,伸手到裤袋里掏出一个破钱包。"你给我们拿酒来,要不然我就不客气啦!"

犹太人用小指头把银币压在掌心里,垂下翻成喇叭形的眼皮,走进了过道。

过了一会儿,他拿来一瓶伏特加,瓶子潮乎乎的,上面还带着大麦壳。

"你说没有嘛。哎呀,你这个老人家!"

"我是说——啤酒没有啦。"

"弄一点小菜来。"

克留奇柯夫用手朝瓶底一拍,冲开瓶塞,满满地倒了一杯,酒一直漫到杯子边上的豁口。

他们喝得半醉,才走了出来。克留奇柯夫手舞足蹈,并且朝一个个的窗户晃着拳头,窗户都大开着,像黑黑的眼窝。

阿司塔霍夫正在棚子里打哈欠。马匹在墙外咯吱咯吱地啃着青草。

黄昏时候,波波夫去送报告。这一天平安无事地过去。

黄昏。夜晚。黄黄的月亮升到了镇的上空。

屋后的果园里,偶尔会有熟透的苹果从树上掉下来。能听到那柔和的扑通声。将近半夜的时候,伊万柯夫听到街上有马蹄声。他从沟里爬出来,定神望了望,但是一片云彩把月亮遮了起来;四周一片灰糊糊的,什么都看不见。

他推醒了睡在棚子门口的克留奇柯夫。

"考积玛,有马队来啦! 快起来!"

"从哪儿来的?"

"来到镇上啦。"

他们走了出来。从大街上,五十俄丈以外,传来清脆的马蹄声。

"咱们到园子里去。在园子里可以听得更清楚。"

他们从屋边跑进果园,卧倒在篱笆脚下。低低的说话声。马镫丁当声。马鞍咯吱声。越来越近。看到了骑马人模糊的轮廓。

每四匹马一排。

“什么人?”

“你想要什么人?”前排有人高声答话。

“什么人? 我开枪啦!”克留奇柯夫咔嚓一声,拉了拉枪栓。

“吁,吁……”一个人勒了勒马,走到篱笆跟前。“我们是边防部队。你们是不是放哨的?”

“是放哨的。”

“哪一团的?”

“哥萨克三团。”

“你在那儿跟谁说话,特里申?”黑暗中有人问。

走到篱笆跟前的那人回答说:

“大人,这是哥萨克在放哨。”

又有一个人来到篱笆跟前。

“哥萨克,你们好!”

“您好。”伊万柯夫顿了顿,回答说。

“你们来这儿很久了吗?”

“昨天才到。”

第二个来到跟前的人划着了火柴,抽起烟来,于是克留奇柯夫看清了他是穿着边防军制服的一位军官。

“我们这个边防团从边境上撤下来啦。”军官一面吸着纸烟,一面说。“你们要注意,现在你们是最前方的部队啦。敌人也许明天就要推进到这里。”

“大人,你们这是往哪儿去?”克留奇柯夫问道,手指头还没有离开扳机。

“我们要到离这儿两俄里的一块地方,去跟我们的骑兵连会合。喂,弟兄们,走吧! 两位哥萨克,再见!”

“一路平安!”

风把遮在月亮上的云彩吹开,于是黄黄的、静静的月光洒到镇上,洒到果园里的树上、凹凸不平的棚子顶上,洒到已经走上高地的队伍身上。

早晨,瓦尔契夫到连里去送报告。阿司塔霍夫跟房东交涉好,出不大的代价,给马割些三叶草。从昨天夜里马就没有卸鞍。哥萨克们知道这会儿已经是跟敌人面对面了,觉得很害怕。以前,他们知道前面有边防军守护着,还没有这种孤立和无依无靠的感觉;等到知道国境线上已经没有人了,这种感觉就异常强烈地表现了出来。

房东家的草地离棚子不远。阿司塔霍夫派伊万柯夫和谢高里柯夫去割草。房东戴起白毡帽,把他们领到自家的草地上。谢高里柯夫就割,伊万柯夫把湿漉漉、沉甸甸的青草搂到一堆里,再用草绳捆起来。这时候,正用望远镜望着通往国境的大路的阿司塔霍夫,看见一个小孩子从西南方田野上跑来。那孩子就像一只褐色的、没有脱过毛的小兔子一样,从一个小土丘上滚下来,老远就挥舞着小褂的长袖子,喊叫起来。他渐渐来到跟前,一面喘着粗气,把两只眼睛睁得圆圆的,一面喊叫着:

“哥萨克,哥萨克,德国人来啦!德国人从那边来啦!”

他用长袖筒指了指,于是手持望远镜的阿司塔霍夫在镜头里看到远处有一股密集的骑兵。他眼睛没有离开望远镜,就大声喊道:“克留奇柯夫!”

克留奇柯夫从歪歪斜斜的棚子门里跑了出来,一面回头望着。

“快去,把弟兄们都叫来!德国人来啦!德国人的侦察队!”

他听到克留奇柯夫的跑步声,这会儿在望远镜里已经清清楚楚地看到在一片红红的草地那边移动着的那股骑兵了。

他连他们的马的枣红色和制服的藏青色都看清楚了。他们有二十几个人,挤成一团。不成队形地走着;他们从西南方向来,而不是从瞭望哨瞭望的西北方向来。他们横穿过大路,顺着盆地边上的一条岭子斜着走过来,留波夫镇就坐落在这个盆地里。

伊万柯夫噘着嘴巴,把咬疼的舌头伸了出来,哼哧哼哧地用着劲,用草绳在捆青草。瘸腿的房东波兰佬站在他旁边,抽着烟斗。波兰佬将双手插进腰带里,眼睛躲在帽檐底下,皱着眉头在看谢高里柯夫割草。

“这算什么镰刀?”谢高里柯夫一面骂,一面气嘟嘟地挥舞着像玩具一样的小镰刀。“你就是用这镰刀割草吗?”

“我就是用这镰刀。”波兰佬用舌头舔着咬得到处是牙印子的烟嘴,回答说,并且从腰带里抽出一个手指头。

“拿你这镰刀去割老娘们儿的阴毛,倒是不错!”

“哦,是不错。”波兰佬应声说。

伊万柯夫噗哧一笑。他还想说点什么,可是,他一回头,看到克留奇柯夫朝草地上跑来。克留奇柯夫一只手扶着马刀,摇摇摆摆地在高低不平的耕地上跑着。

“别割啦!”

“又要干什么?”谢高里柯夫把镰刀往地里一插,问道。

“德国人来啦!”

伊万柯夫手里的草绳掉到了地上。房东弯下身子,两手几乎抓到了地面,好像有子弹在他头上喊叫似的,朝家里跑去。

他们刚刚跑回棚子,气喘吁吁地跳上马去,就看见有一连俄国步兵从皮里加里耶方面朝镇上开来。哥萨克们跑去迎他们。阿司塔霍夫向连长报告说,有一支德国人的侦察队顺着一道岭子从镇外开过。大尉严峻地朝落了一层灰尘的自己的靴子尖扫了一眼,问道:

“他们有多少人?”

“二十来个。”

“你们去截住他们,我们就从这里对他们射击。”他转身对着连队,下令摆阵势,并且领着队伍跑步散了开来。

等到哥萨克们跑到岭子上,德国人已经赶到了他们前头,正放马飞奔,切断了去皮里加里耶的道路。跑在前面的是一位军官,他骑的是一匹浅红色的短尾巴马。

“追! 不要叫他们过下一道岗哨!”阿司塔霍夫发出命令。

在镇上加入了他们的队伍的一名边防军骑兵,落到了后面。

“你怎么搞的? 跑不动啦,老弟?”阿司塔霍夫转过身,吆喝道。

那名边防军骑兵摆了摆手,扭过头慢步朝镇上走去。哥萨克们放马飞跑起来。这会儿不用望远镜,都能清清楚楚地看到德国龙骑兵的藏青色制服了。德国人放马小跑着,朝第二道岗哨奔去,第二道岗哨就在离镇三四俄里的一座庄园里;他们还时不时地回头望望哥萨克们。他们和哥萨克们之间的距离眼看着一点一点地在缩短。

“开枪!”阿司塔霍夫一面从马上往下跳,一面声嘶力竭地喊道。

他们把缰绳缠在手上,站着打了一排枪。伊万柯夫的马用后腿站了起来,把主人碰倒了。伊万柯夫跌倒的时候,看到有一个德国人落马了:先是懒洋洋地朝旁边一歪,然后两条胳膊一扎煞,一下子就跌了下来。其余的德国人也没有勒马,没有从枪套里抽出马枪,而放马大跑起来。他们散了开来。风吹得他们的长矛上的小布旗儿不住地忽闪着。阿司塔霍夫头一个跳上马。一齐放马朝前赶去。德国侦察队一个急转弯,向左拐去,哥萨克们紧紧追着,从落马的德国兵身边跑过,跑了有四五十丈远。再往前便是一片丘陵地,中间是一条条浅浅的小谷、一道道锯齿状的土崖。德国人从一条小谷里出来，刚刚爬上对面的土坡，哥萨克们就下了马，从背后朝着他们打了一梭子，在快到第二道岗哨时，又打倒了一个。

“倒啦！”克留奇柯夫喊着，将脚插进马镫。

“咱们的人就要从庄子上出来啦！……这儿是第二道岗哨……”阿司塔霍夫嘟哝着，又用熏黄的手指头往枪膛里压了一梭子子弹。

德国人换成平稳的步子奔跑着。他们经过庄园的时候，朝里面望了望。但是里面空空荡荡的，一座座瓦屋顶上洒满了阳光。阿司塔霍夫在马上打了一枪。略微有些落后了的一个德国人摇了摇脑袋，用刺马针踢了马一下。

事后才知道：第二道岗哨的哥萨克们，因为发现离庄园半俄里处电线被割断，昨天夜里就撤走了。

“不能叫他们过下一道岗哨！”阿司塔霍夫转身朝着其余的人喊道。

这时候伊万柯夫才发现，阿司塔霍夫的鼻子脱了一层皮，一小片薄薄的皮耷拉在鼻孔上。

“他们怎么不还手呢？”伊万柯夫扶了扶背上的步枪，纳闷地问道。

“不用着急……”谢高里柯夫像打呼噜的马一样喘着粗气，说道。

德国人跑下前面的一处洼地，连头也没有回。小谷那一边是黑黑的一片耕地，这一边是乱蓬蓬的荒草和稀稀拉拉的树棵子。阿司塔霍夫勒住马，把帽子向后推了推，用手背擦了擦一粒一粒的汗珠子。他回头看了看其余的人，吐了一口唾沫，说：

“伊万柯夫，你到洼地边上去，看看他们在哪儿。”

伊万柯夫的脸已经像红砖一样，脊背上汗淋淋的，他下劲地舔了舔干硬的嘴唇，就朝前走去。

“能抽口烟就好啦。”克留奇柯夫用鞭子轰着马蝇，小声说道。

伊万柯夫在马镫上欠着身子，朝洼地里张望着，让马小步往前走。起初他看到的是晃动的长矛尖子，后来忽然出现了掉转马头、从洼地斜坡下面冲上来的德国人。一名军官神气活现地举着大刀，跑在最前面。伊万柯夫拨转马头的刹那间，脑子里印下了军官那张没有胡子的阴沉的脸和他那挺拔的骑马姿势。德国人的马蹄声像冰雹一样打在他的心上。伊万柯夫觉得背上掠过一股阴森彻骨的冷气。他拨过马头，一声没响就往回跑。

阿司塔霍夫没有来得及叠好烟荷包，就一塞，塞到了口袋外面。

克留奇柯夫一看到伊万柯夫背后的德国人，就头一个跑起来。右翼的几个德国人上前拦截伊万柯夫,用惊人的速度朝他追上来。他一股劲地用鞭子抽马,不住地回头看。他那灰土色的脸歪歪扭扭地抽搐着,眼睛从眼眶里凸了出来。阿司塔霍夫伏在鞍头上,在前面跑着。克留奇柯夫和谢高里柯夫的马后面扬起一团团褐色的尘土。

"完啦!完啦!要追上啦!"伊万柯夫的头脑吓蒙了,没有想到还手;他那肥大的身子缩成一团,脑袋伏到马鬃上。

一个高身量、红头发的德国人追上了他。挺起长矛朝他背上刺来。矛尖穿透皮带,斜着刺进他身体有半俄寸深。

"弟兄们,回来呀!……"伊万柯夫狂喊了一声,从鞘里抽出了马刀。他架开朝他肋部刺来的第二矛,欠起身来。照着从左边跑过来的德国人的背上砍了一刀。他被包围了起来。一匹高大的德国马的胸膛一下子撞到他的马的肋上,几乎把他的马撞倒,伊万柯夫十分真切地面对面看到了敌人的凶相。

阿司塔霍夫第一个来到。敌人把他挤到了一边。他龇着牙,脸色变得像死人一样,抡着马刀,十分灵活地在马背上来来回回地转悠着。伊万柯夫的脖子被刀尖划了一下。一个高大的龙骑兵从左面朝他逼上来,寒光闪闪的大刀抡得使人眼花。伊万柯夫用马刀架住;钢刀跟钢刀相碰,发出刺耳的丁丁声。后面有人用长矛挂住了他的武装带,拼命地扯,想把武装带从他肩上扯下来。在高高扬起的马头后面,是一张汗淋淋、火辣辣、不算年轻的德国人的雀斑脸。这个德国人抖动着长长的下巴,胡乱抡着大刀,想劈伊万柯夫的胸膛。大刀够不到,德国人于是扔掉大刀,伸手去抽挂在马鞍上的黄色枪套里的马枪,两只惊慌失神、不住地眨巴着的棕眼睛直盯着伊万柯夫。他还没有抽出马枪,克留奇柯夫的长矛就隔着一匹马刺到了他身上,于是这个德国人一面撕扯胸前的藏青色制服,一面向后仰,惊恐地叫了一声:

"玛因高特①!"

旁边有七八个龙骑兵围住了克留奇柯夫。他们想活捉他,但是他让马直立起来,左冲右突,用马刀拼命抵挡,一直到马刀被打落。他又从身边一个德国人手里夺过一支长矛,就像演习时那样,施展起长矛。

德国人急忙向后退了退,用大刀抵挡着长矛。就在一块不大的楔形亚黏土瘠薄耕地上,许多人麇集在一起,沸沸扬扬、晃来晃去地混战,就好像被风吹的。

① 德语:我的天啊。

哥萨克和德国人都吓得发了狂,乱砍乱刺:背上,胳膊上,马身上,兵器上,碰到什么算什么。吓得昏了头的马匹一股劲儿猛冲乱撞。伊万柯夫定了定神,对准朝他冲来的一个长脸、灰发的龙骑兵的脑袋上砍了几下,但是马刀砍在钢盔的斜面上,滑了开去。

阿司塔霍夫冲开包围圈,带着一身鲜血跑了出去。德国军官追了过来。阿司塔霍夫从肩上扯下步枪,枪口几乎抵到他身上,一枪把他打死。这一枪成了一场混战的转折点。德国人在混战中已经被打得浑身是伤,如今失去了长官,立刻土崩瓦解,向后退却。哥萨克们没有去追他们,也没有在后面朝他们开枪。哥萨克们一直朝皮里加里耶镇上的连部奔去;德国人抬起一个落马的伤号,朝边境方向退去。

走了有半俄里,伊万柯夫摇晃起来。

“我简直……要摔下去啦!”他勒住马,但是阿司塔霍夫却扯了扯缰绳:

“走快点!”

克留奇柯夫把脸上的血抹了抹,摸了摸胸膛。制服上透出一片片殷红的鲜血。

来到第二道岗哨驻扎过的庄园跟前,他们分成了两路。

“往右边走。”阿司塔霍夫指着庄外赤杨丛中碧绿的泥沼地,说道。

“不,往左边!”克留奇柯夫犟了起来。

于是分道而行。阿司塔霍夫和伊万柯夫到镇上比较晚。同连的哥萨克们都在镇外等着他们。

伊万柯夫扔掉缰绳,跳下马来,摇晃了两下,跌倒在地上。好不容易把马刀从他那僵了的手里抽了出来。

一个小时以后,几乎全连的人都来到打死德国军官的地方。哥萨克们脱下他的靴子、衣服,解下武器,拥拥挤挤,看着死者已经变黄了的那张年轻而阴沉的脸。霍派尔河河口乡的塔拉索夫赶紧从死者身上解下带银链子的怀表,当场就卖给了排里的一名军士。从皮夹子里找到不多的钱,还有一封信,信封里有一绺淡黄色的头发和一个姑娘的相片,那姑娘嘴角上带着骄矜的微笑。

九

这件事后来成了了不起的军功。克留奇柯夫是连长喜欢的人，根据连长的报告，他得到一枚乔治勋章。他的同伴们全被埋没了。这位英雄被送到师部里。因为彼得格勒和莫斯科有许多贵妇人和军官老爷前来瞻仰他的英姿，又把其余的三枚勋章也给了他，以后他就留在师部里，一直逍遥到战争结束。贵妇人齐声赞叹，拿出贵重的香烟和糖果慰劳这位顿河哥萨克。起初他只是对她们空唱唱高调，可是后来，在师部里一些戴军官肩章的吹拍大王的有效影响下，就把这种事当成了捞油水的职业：大讲他的"功勋"，拼命地添油加醋，吹起牛来一点都不觉得害臊，贵妇人们也都兴高采烈，怀着钦慕的心情看着这位哥萨克英雄的强盗相的麻脸。皆大满意，皆大欢喜。

皇上来到大本营，也把克留奇柯夫传去觐见。头发黄中带红、睡眼惺忪的皇上，就像相看一匹马一样，把克留奇柯夫打量了一遍；皇上眨巴了几下嘟噜着的无神的眼皮，拍了拍他的肩膀。

"好样的哥萨克！"然后就转身吩咐侍从："把矿泉水拿给我喝。"

克留奇柯夫那一头乱发的头经常在报纸和杂志上出现。还出了印着克留奇柯夫头像的纸烟。下戈罗得的商界人士还送给他一支金枪。

阿司塔霍夫打死的那个德军军官的制服被剥了下来，钉在一块宽大的胶合板上，封・连卡姆普夫将军叫伊万柯夫和擎着这块胶合板的一名副官也坐上汽车，让汽车从奔赴前线的队伍前面开过，将军还发表了慷慨激昂的演说。

然而，实际的情形却是这样：许多还不能完全无动于衷地消灭同类的人在生死场上相遇，怀着恐怖欲狂的心情互相拼杀，肉搏，乱砍乱刺，直弄得自己和马匹血肉模糊，听到杀人的枪声，惊恐万状，四散奔逃，等到散开的时候，精神上都带了重伤。

这就是所谓的功勋。

十

前线还没有形成那种许多里长的、难攻难破的长蛇阵。国境线上时常发生骑兵冲突和战斗。宣战以后的头些天,德国司令部伸出许多触角——派出许多强悍的骑兵侦察队,这些侦察队从岗哨旁边溜进来,刺探部队的部署和人数,弄得我们的军队惶惶不安。布鲁西洛夫的第八军的阵地前面,是卡列金将军率领的第十二骑兵师在活动。右翼,第十一骑兵师越过奥地利边境以后,又向前推进。该师部分人马在攻占列士纽甫和勃罗迪以后,就停了下来,因为奥地利人又来了援军,新来的匈牙利骑兵不断地向我们的骑兵猛冲,使我们的骑兵惶惶不安,于是缩进了勃罗迪城。

格里高力·麦列霍夫自从列士纽甫城下那次战役以后,觉得又厌恶,又痛心,心情十分沉重。他明显地消瘦下去,体重减轻了。在行军的时候,在休息的时候,不管是睡熟还是打盹的时候,他常常模模糊糊地看见他在铁栏杆旁边砍死的那个奥地利人。他经常梦见第一次拼杀的情景,甚至在梦中都不寒而栗,觉得曾经握过矛杆的右手在打哆嗦;等到清醒过来,就赶快驱赶梦境,用手捂住眯得紧紧的眼睛。

战马践踏着成熟的庄稼,田野上到处是带尖刺的铁蹄印子,整个加里西亚地区就好像下过一场大冰雹。步兵那沉甸甸的靴子踩得土路结结实实,踩得公路坑坑洼洼,踩得秋天的烂泥到处飞溅。

凡是进行过战斗的地方,大地那愁苦的脸被炮弹打得像麻子一样。那些钢铁碎片因为想念人血的美味,想得在地里生了锈。每天夜里,地平线后面,大片大片的红光伸向天空,村庄,城镇,到处火光闪闪,就像远方的闪电。八月里,正是果子成熟、庄稼登场的时候,天空却阴沉沉的,十分昏暗,在难得的晴朗日子里,却又闷又热,令人疲惫不堪。

八月眼看就要过去。果园里的树叶黄油油的,还在从叶柄上吸取黄得发红的汁水,好在临死前红一阵子,远远看去,就好像树上到处是伤口,到处流着红黄色的血浆。

格里高力很有兴趣地注视着同连伙伴们发生的变化。普罗霍尔·泽柯夫刚从后方医院回来,腮上留下了一个疤疤瘌瘌的马蹄印子,嘴角上还隐隐流露着痛苦和困惑的神情,那一双和善的牛眼睛眨巴得更厉害了;叶高尔·莎尔柯夫不管在什么场合都要咒骂,骂的话十分难听,十分下流,比以前更加粗野,而且不管是什么他都骂;格里高力的同村人叶麦里扬·格洛舍夫,是一个严肃认真的人,不知为什么脸色变得像炭一样黑,有时候傻笑几声,那笑不是发自内心的,是忧伤的。每个人的脸上都发生了变化,各人用各人的方式在心中孕育和培养着战争撒下的种子。

他们这个团从火线上撤下来,休整三天,由从顿河区开来的增援部队进行补充。他们这个连正要到地主的池塘里去洗个澡,这时候从离庄园三俄里的车站上开出老大的一支骑兵。

等到第四连的哥萨克们来到塘边,从车站开出来的那支人马已经来到山坡的脚下,这会儿可以很清楚地看出这支骑兵是哥萨克了。普罗霍尔·泽柯夫正在塘边弯着身子脱衣服;他伸了伸头,仔细看了看。

"咱们的人,顿河上来的。"

格里高力眯着眼睛,望着朝庄园里开去的马队。

"后备队来啦。"

"看样子是来补充咱们的。"

"一定是把第二批入伍的征集来啦。"

"看见吗,伙计们?那不是司捷潘·阿司塔霍夫吗?看,就在第三排里!"格洛舍夫叫了起来,并且爽朗地、嘎嘎地笑了一阵。

"他哥哥也来啦。"

"瞧,那是安尼凯!"

"格里什卡!麦列霍夫!是你哥哥,就是他。看出来了吗?"

"看出来啦。"

"你得请我客,鬼东西,是我头一个看出来的。"

格里高力把颧骨上的皱纹皱得紧紧的，凝神望去，仔细认了认彼特罗骑的马。“买了一匹新的。”他想着，把视线移到哥哥的脸上。他很久没有见到哥哥了，哥哥的脸大大变了样子，晒黑了，麦黄色的胡子剪得短短的，眉毛被阳光晒成了银色。格里高力就像在演习时那样，摘下帽子，摇晃着手，迎着哥哥走去。衣服脱掉一半的哥萨克们，也都跟着他离开塘边，蹚着一丛丛脆弱的空秆白芷和结实的牛蒡草向前拥去。

这个后备连正绕着果园，开往他们这个团驻扎的庄园。领队的是一名大尉，已经上了年纪，身子很结实，头发刚刚理过，嘴上刮得光光的，显得很威风，嘴角像木头一样硬邦邦的。

“这家伙一定很厉害，很凶。”格里高力心里想着，朝哥哥笑着，匆匆地打量了一眼稳稳骑在马上的大尉和他骑的马，那马的鼻子高高的，显然是加尔梅克种。

“全连注意！”大尉用清亮的、洪钟一般的声音喊道。“成排纵队，右转弯走！”

“你好，大哥！”格里高力朝彼特罗笑着，兴高采烈地喊道。

“托福托福。这一下子到你们这里来啦。喂，怎么样？”

“挺好。”

“还活着哩？”

“眼下还活着。”

“家里人都问候你。”

“家里他们都怎样？”

“都很好。”

彼特罗一手撑在强壮的浅红色战马的屁股上，整个身子转向后面，用含笑的眼睛望着格里高力，越走越远，直到许多落满尘土的脊背——有熟人的脊背，也有陌生人的脊背——渐渐把他遮住。

“你好，麦列霍夫！村里人都问候你。”

“你也到我们这儿来啦？”格里高力看到那一头浓浓的金发，认出是米沙·柯晒沃依，就龇着牙笑了。

“也来啦。咱们就像一群鸡，拥到一块儿啄米粒儿来了。”

“你会啄够的！还不如说啄你的肉呢。”

“啄就啄吧！”

叶高尔·莎尔柯夫只穿着一件小褂，用一条腿从塘边蹦了过来。他侧歪着身子，叉着腿，撑着裤子，一条腿想往晃晃荡荡的裤腿里伸。

“老乡们，你们好！”

“哟,哟,哟,这不是叶高尔·莎尔柯夫吗?!”

“哎呀,你这匹儿马,腿给绊起来啦?”

“我妈在家里怎么样?”

“你妈好好的。”

“她问候你。她要给你带东西,我没有带,太累赘啦。”

叶高尔脸上带着异常严肃的表情听过了回答,就光着屁股坐到草地上,遮着伤感的脸,打哆嗦的腿怎么都穿不进裤腿。

衣服脱掉一半的哥萨克们,都站在漆成天蓝色的栅栏外面;栅栏那边,顿河上来的后备连顺着栗子树下的小路开进院子。

“老乡,你好!”

“哦,你好像是亚历山大老哥吧?”

“就是的。”

“安得列扬! 安得列扬! 你这个笨蛋,不认识我啦?”

“喂,老总,你老婆问你好!”

“托福托福。”

“勃里司·别罗夫在哪儿?”

“是哪一连的?”

“好像是第四连。”

“他是什么地方的?”

“是维奥申乡河湾村的。”

“你找他干什么?”另外一个插进这短促的谈话。

“有事。我给他捎来一封信。”

“他呀,老哥,前几天在拉伊布罗得城下阵亡啦。”

“这话是真的? ……”

“是真的! 我亲眼看见的。子弹打进了他胸膛的左边。”

“你们这儿有黑河上来的人吗?”

“没有,进去吧。”

后备连全部进了院子,排着队在院心里站了下来。哥萨克们又一齐回到塘边去洗澡。

过了不大一会儿,刚刚开到的后备连的哥萨克们也来到塘边。格里高力跟哥哥挨着坐下来。塘边的黏土地湿漉漉的,气味十分难闻。靠近塘边的水很浑,到处是碧绿的水草。格里高力一面挤衬衣缝儿里和皱褶儿里的虱子,一面说起话来：

“彼特罗，我心里难受得要命。我这会儿就像一个半死不活的人……好像在磨盘底下碾过一阵，磨盘把我碾够了，又吐了出来。”他的声音带着怨气，打着哆嗦，一道深深的皱纹（彼特罗刚刚发现，心里吓了一跳）斜穿过额头，这条陌生的皱纹令人十分惊愕，觉得他变了，跟以前不一样了。

“怎么一回事儿？”彼特罗一面问，一面脱小褂，他那白白的身子和脖子上晒的一道整整齐齐的黑印子全露了出来。

“你看是怎么回事儿，”格里高力发起急来，因为愤恨，声音也高了起来，“叫人互相残杀，太残酷啦！人变得比狼还坏。穷凶极恶。我这会儿觉得，如果我咬了一个人，他也会变成疯子。”

“你已经……杀过人了吗？”

“杀过啦！……”格里高力几乎叫了起来，他把小褂揉成一团，摔到脚底下。随后用手指头在喉咙上揉搓了半天，好像是要把卡在喉咙里的话捋出来，一面朝旁边看着。

“你说说吧。”彼特罗吩咐说，一面转过脸，躲开他的眼睛。

“我的良心实在受不了。我在列士纽甫城外用长矛刺死了一个。那是火劲儿上来啦……不那样不行……可是，我砍死另一个，又是为什么呢？”

“怎么回事儿？”

“就是说，我无缘无故砍死了一个人，所以我一想到他，心里就十分难受。每天夜里都梦见他，甩都甩不脱。可是，这能怪我吗？”

“干这种事你还不习惯。不用急，以后会成为家常便饭的。”

“你们这个连是补充连吗？”格里高力问道。

“为什么是补充连？不是补充连，我们是二十七团的。”

“我还以为是来增援我们的呢。”

“我们这个连编进了一个步兵师，我们现在就是去赶那个师，不过后备队也跟我们一块儿来啦，这些年轻的是补充你们的。”

“是这样啊。好，咱们来洗洗澡吧。”

格里高力匆匆脱掉裤子，走到塘边埂上。他的皮肤呈现出深棕色，挺拔的身子微微有些佝偻，在彼特罗看来，分别以后他老了。他扎煞开两条胳膊，头朝下扎进水里：迟钝的绿色水波在他上面合拢起来，又扩散开去。他用两手轻轻地划着水，懒洋洋地摆动着肩膀，朝着塘中心一群哈哈大笑的哥萨克游去。

彼特罗老半天才摘下贴身的十字架和缝在母亲赠物上的符咒。他把十字架上的线带塞到小褂里面，带着担心和厌恶的神情朝水里走去，水淹到胸膛，淹到肩膀，他才哎呀一声，扎到水里，游着水去追格里高力；他们一前一后，一同朝对面长满树棵子的沙土塘沿游去。

动作渐渐慢下来，渐渐轻了，格里高力一面划着水，一面心平气和地说起话来，没有刚才那股火气了：

“虱子把我咬死啦。很想家。我这会儿能回家看看才好呢。要是有翅膀，我马上就飞回去。哪怕能看一眼也好。喂，家里怎么样？”

“娜塔莉亚在咱们家呢！”

“怎么样？”

“她还好。”

“爹和妈怎么样？”

“很好。可是，娜塔莉亚一直在盼着你呢。她总以为，你会回到她身边。”

格里高力的鼻子哼哧哼哧响着，嘴里往外吐着水，没有说话。彼特罗扭过头，想看看他的眼神。

“你在信里哪怕问候问候她也好啊。这娘们儿可是一心想着你。”

“她怎么……还想破镜重圆吗？”

“这怎么说才好呢……人是靠希望活着的嘛。她可是个好娘们儿呀。规规矩矩、守身如玉。要说乱搞或者别的什么，她可没有这种事。”

“她顶好改嫁。”

“你这话可真怪！”

“一点不怪。就应该这样。”

“这是你们的事。这事儿我管不了。”

“杜尼娅怎么样？”

“嘿，出挑成大姑娘啦！这一年工夫她长得叫你认不出啦。”

“当真？”格里高力高兴起来，惊异地问道。

“一点不假。能嫁人啦，可是到时候咱们连胡子尖都沾不到一滴酒啦。也许咱们还会死呢！”

“这事儿可难说！”

他们爬到沙土地上，挨着躺了下来，用胳膊肘撑着身子，在热烘烘的太阳底下晒着。米沙·柯晒沃依从水里探出半截身子，从一旁游过。

“格里什卡，到水里来！”

“等一下子，我躺一会儿。”

格里高力一面把一只小甲虫往沙里埋,一面问道:

"你可听说阿克西妮亚怎么样?"

"宣战以前,我在村子里见过她。"

"她回村里干什么?"

"到她男人那儿取东西来。"

格里高力咳嗽了一声,用手掌的边儿搂了一堆沙,把甲虫埋了起来。

"没有跟她说话吗?"

"光是打了打招呼。她胖乎乎的,挺高兴。看样子,吃东家的饭过得挺自在。"

"司捷潘怎么样?"

"把她的东西都给她啦。对她挺不错。不过你可要提防他,小心点儿。有几个人告诉我,说司捷潘有一回喝醉了,发话说:一到战场上,就给你一枪。"

"噢。"

"他不会放过你的。"

"我知道。"

"我新买了一匹马。"彼特罗改变了话头。

"把牛卖掉啦?"

"把掉毛的两头卖啦。卖了一百八十卢布。买马用了一百五十卢布。马好极啦,是在楚茨坎买的。"

"庄稼怎么样?"

"挺好。这不是,还没有来得及收割,就把我们弄来啦。"

话题转到家务方面,情绪不那么紧张了。格里高力如饥似渴地吞食着家里来的消息。这会儿他一心想着家里的事,又像当年那个任性而单纯的小伙子了。

"好啦,咱们再凉快凉快,就穿衣裳吧。"彼特罗说着,把潮湿的肚子上的沙往下拂,身子哆嗦着。他的背上和胳膊上的皮肤都起了不少水疱。

哥萨克们成群结队地离开池塘。走到面向果园的庄院栅栏跟前,司捷潘、阿司塔霍夫追上了他们。司捷潘一面走,一面用骨头小梳子梳着耷拉下来的头发,把头发往帽子底下塞;他跟格里高力走齐了。

"伙计,你好啊!"

"你好。"格里高力站了一下,用多少有点发窘的、带有歉疚神情的目光望着他。

"没有忘记我吧?"

“差不多忘啦。”

“我可是记着你。”司捷潘冷笑着说。他没有停,走了过去,抱住了在前面走的一个戴中士肩章的哥萨克的肩膀。

天一黑下来,师部就来了电话,命令开上阵地。全团在一刻钟之内收拾停当;刚刚补充齐的一团人马唱着军歌出发,去堵匈牙利骑兵冲开的一个缺口。

在分手的时候,彼特罗把一张折成四折的纸塞到弟弟的手里。

“这是什么?”格里高力问道。

“给你抄了一张符。你带着……”

“管用吗?”

“你别笑话,格里高力!”

“我不是笑话。”

“好啦,兄弟,再见吧。祝你平安。你不要冲到别人前头,不然的话,死神可是专门找急性子人！以后多多保重吧!”彼特罗喊道。

“不是有护身符吗?”

彼特罗摆了摆手。

一直走到十一点钟,一点都没有注意警戒。后来司务长们才向各连传下命令:脚步要尽可能轻些,不准抽烟。

远方树林上空升起一颗颗信号弹,带着淡紫色的烟团。

十一

一本不大的日记本,封面是精制的山羊皮,颜色很像橡树皮。日记本的角已经磨损,折起,看样子,已经在主人的口袋里呆了很久。每一页都写满了疙疙瘩瘩的斜体字……

……这一段时间,我很想动笔写一写。想写一点类似大学生"日记"的东西。首先要写写她:二月里,不记得是哪一天了,她的同乡大学生包亚雷什金介绍我跟她认识了。我是在电影院门口碰到他们的。包亚雷什金在介绍的时候说:"这是我的同乡,维奥申乡的。季莫菲,你要喜欢她,赏识她。丽莎是一个不同寻常的姑娘。"我记得,我当时含含糊糊地说了句什么,就握住了她那柔软的、汗津津的手。我跟伊丽莎白·莫霍娃就这样认识了。我一眼就看出,她是一个堕落的姑娘:这样的女子的眼睛最能说明问题。说实在的,她给我的印象不怎么好,首先是她那热乎乎、汗津津的手,使我很不愉快。我从来还没有见到有谁的手这样出汗;再就是眼睛,实际上那倒是一双很美的眼睛,具有柔和的胡桃颜色,但同时又是一双使人很不舒服的眼睛。

瓦霞,我的好友,我特意把字写得整整齐齐,甚至写得活灵活现,为的是将来有一天,等这本"日记"到了谢米巴拉丁斯克,到了你的手里(有这样一种想法:等到我和伊丽莎白·莫霍娃之间的这段私情一结束,我就把"日记"寄给你。你读到这份记录,也许会十分开心),你对这件事会有一个确切的印象。我要按事情的先后顺序来记。就这样,我跟她认识了,我们三个人一同去看一部哀怨绝伦的片子。包亚雷什金没有说话(他说,他的一个"臼齿"坏啦),我也没有多少话好说。我们原来是同乡,也就是说,我们的乡跟他们的乡是紧挨着的,我们一起回忆了美丽的草原风光以及其他等等,说完这些话,就沉默下来。如果可以这样说的话,我沉默是很自然的,她对于我们翻来覆去地讲空话,丝毫没有感到不舒服。我听她说,她是医学院二年级的学生,出身于商人家庭,很喜欢酽茶和阿司莫罗夫烟厂出的烟草。你看,关于结识这位胡桃色眼睛女郎的资料真是太贫乏了。在分手的时候(我们把她送到电车站),她请我到她那里去玩。我记下她的地址。想在四月二十八日去看她。

四月二十九日

今天我去看她,她端出茶和酥糖招待我。真是一个好奇的姑娘。说话很俏皮,也相当聪明,只是她身上有一股阿尔齐巴舍夫①味道,老远就可以叫

① 阿尔齐巴舍夫(一八七八——一九二七),俄国"颓废派"作家。

人闻出来。我从她那里回来已经很晚了。我填着烟丝,想着一些与她根本不相干的东西,特别是想到钱。我的西服已经破旧得不成样子,可是又没有“资本”。总而言之,很伤脑筋。

五月一日

今天发生的事是特别值得记一记的。我们正无忧无虑地游玩散心的时候,在索柯里尼克区碰到了一件事:一些警察和哥萨克,有二十来个人,正在驱赶五一节工人示威游行的队伍。一个喝醉了的工人用棍子打了哥萨克的马一下子,那个哥萨克就用皮鞭抽起他来。(不知为什么大家都把皮鞭叫做“那盖鞭”,其实,本来的名字已经够好的啦,何必呢? ……)我走过去,去打抱不平。说实在的,我当时真是义愤填膺。我不仅打抱不平,而且说那个哥萨克不过是一只蠢鸟,还说了别的一些不客气的话。那个哥萨克举起鞭子,就要朝我打来,但是我十分强硬地说,我就是卡敏乡的哥萨克,我也可以打得他头破血流。幸亏那个哥萨克也是个好心肠的人,还很年轻;看样子,当兵还没有变坏。他说,他是霍派尔河河口乡人,而且会拳术。我们和和气气地走开了。如果他要对我施展起他的身手,那就会大打一场,这对于我的身份,尤其是不体面的。我上前打抱不平,是因为伊丽莎白跟我在一块儿,有她在场,我就产生了一种十分孩子气的“立功”的愿望。只觉得自己变成了一只好斗的公鸡,并且觉得帽子底下竖起了红红的鸡冠……你看,多么荒唐!

五月三日

心里乱糟糟的。一句话归总:没有钱。裤子分叉的地方,也就是后裆下面,破得很厉害,裂了一条大缝,就像顿河岸边熟过了头的西瓜。缝了缝,希望能缝住,结果还是不行。像这样缝,连西瓜都能缝得住的。瓦洛季卡·斯特列日涅夫来过。明天我去上课。

五月七日

收到父亲寄来的钱。他在信里骂了我几句,可是我一点也不觉得羞愧。我爹还不知道,儿子的道德支柱已经腐烂了……我买了一套西服。连马车夫都注意起我的领带。在特维尔大街一家理发店里理了理发。从理发店出来,我就像一个容光焕发的服饰用品商店的伙计了。在胜利花园街拐角上,有一个警士朝我笑了笑。这家伙笑什么？我这样子跟他有点差不多嘛！可是三个月以前呢？不过，往事不值得重提……偶然在电车窗户里看见了伊丽莎白。她摇了摇手套，笑了笑。我的样子怎样？

五月八日

“老老少少都谈情说爱。”①我马上想起达吉雅娜②的丈夫那张得像炮口一样的嘴。我恨不得从楼座上朝他嘴里吐一口唾沫。可是我脑子里又响起这句话，特别是这句话的后面一部分：“都——谈——情——说——爱……”我的下巴也哆哆嗦嗦地动起来，也要打哈欠，大概这是条件反射。

不过，我是在年轻时候谈恋爱。写到这里，我的头发都竖了起来……我到伊丽莎白那里去过。我文绉绉地、转弯抹角地讲了起来。她装出不懂的样子，想把话引到别的方面。是太早了吧？唉，妈的，都是这套西服坏事！……我对着镜子照了照——挺英俊嘛：我心想，好吧，说出来吧。我的正常推理的习惯，不知为什么往往胜过其他一切。如果现在不求爱，再过两个月就晚啦；裤子一穿旧，在要紧的地方起了毛，不管怎样花言巧语都没有用了。我写着写着，不由得高兴起来：在我身上何等鲜明地融合了当代优秀人物的一切美好感情呀。又有温柔、炽热的恋情，又有“清醒的理性的声音”。除了别的许多好处之外，还能将各种美德融为一体。

我仍然停留在事前的准备阶段。是受到了房东太太的干扰。房东太太把她叫到走廊上，我听到房东太太向她借钱。她没有借，其实她是有钱的。这一点我确实知道，我也想象出她用真诚的声调回绝时的脸，想象出她那显得十分诚挚的胡桃色眼睛。于是我那谈情说爱的热乎劲儿消散了。

五月十三日

我已经完全坠入情网。这是丝毫不容怀疑的。各种条件都已具备。明天我就要去求爱。不过目前我还是没有把握。

五月十四日

不料事情急转直下，没有按照预想的方式进行。天下着雨，是一个和

① 普希金的诗体小说《叶甫盖尼·奥涅金》中的一句。

② 达吉雅娜是《叶甫盖尼·奥涅金》中的女主人公。她的丈夫是一位老将军。

暖、宜人的日子。我们在莫霍夫街上走着,斜风吹在人行道的石板上,发出尖尖的哨音。我说着话儿,可是她一声不响地走着,低着头,好像在想心事。一道一道的雨水从帽子上流到她的腮上,她的样子很美。我现在来记一记我们的谈话:

"伊丽莎白·谢尔盖耶芙娜,我已经把我的心情说给您听啦。该您说话啦。"

"您的感情是不是真实的,我有些怀疑。"

我愣愣地耸了耸肩膀,而且说起了傻话,说要起誓,或者用别的什么方式来表明心迹。

她说:"听我说嘛,您说起话来,用的全是屠格涅夫小说中人物用的字眼儿。您顶好说干脆一点儿。"

"再干脆没有啦。我爱您。"

"还有呢?"

"该您说话了。"

"您是想要我答应吗?"

"希望您回答。"

"您要明白,季莫菲·伊万诺维奇……我能对您说什么呢?我有点儿喜欢您……不过,您的个头儿……"

"我还可以长嘛。"我保证说。

"可是咱们太不熟识啦,是不是合得来呢……"

"咱们在一块儿吃上几十斤盐,彼此就了解啦。"

她用粉红色的手掌擦了擦腮上的雨水,说道:

"好吧,咱们就一块儿过过吧。咱们过一阵子,试试看,不过您要给我一点时间,我好把过去的情人打发掉。"

"这人是谁?"我问道。

"您不认识他。是一个医生,专治花柳病的。"

"您什么时候能脱身?"

"我看,到星期五就行。"

"咱们住在一块儿吗?就是说,住在一个屋子里吗?"

"是的,这样要方便些。您搬到我这里来吧。"

"为什么?"

"我这屋子住起来很舒服,又干净,房东太太又是个讨人喜欢的人。"

我没有反对。我们在特维尔大街街口分手。我们接起吻来,叫一位太太大大地吃了一惊。

下面的一天,又为我准备着什么呢?

五月二十二日

我过着蜜一般的日子。"蜜一般的"心情今天暗淡下来,因为丽莎对我说,我该换件衬衣啦。的确,我的衬衣已经穿得很不像样子了。可是钱呀,钱呀……我们花的是我的钱,我的钱本来就不多。非得找点工作不可了。

五月二十四日

今天拿定主意给自己买一件衬衣,可是丽莎叫我花了一笔意外的钱。她非要去一家上等饭馆里吃一顿,还要买一双丝袜。饭也吃了,袜子也买了,可是我完了:我的衬衣吹了!

五月二十七日

她使我耗尽了精力。我身子空了,就像一根光光的葵花秆子。这简直不是一个女人,是一团烟雾腾腾的火。

六月二日

今天我们九点钟醒来。喜欢乱动脚趾的坏习惯,闹出了下述的结果:她揭开被子,对着我的脚看了半天。她简单明了地总结了自己观察的结果:

"你这不是脚,是马蹄子。比马蹄子还不如!脚指头上还有这么多毛,呸!"她像打摆子一样厌恶地耸了耸肩膀,盖起被子,转过身去朝着墙。

我非常窘。我蜷起腿,扳了扳她的肩膀。

"丽莎!"

"别碰我!"

"丽莎,这可是太不像话了。我又不能改变我的脚的样子,脚又不是定做的。至于毛吗,毛又不听人的话,到处都生长。你是个学医的,应当懂得大自然发展的规律。"

她转过脸来朝着我。胡桃色的眼睛射出凶光,变成了巧克力颜色。

"请您今天就去买点去汗粉:您的脚有一股死尸气味!"

我跟她讲理说,她的手也是经常出汗的嘛。她一句话也没有说,可是在我的心上,用高雅的文体来说,落上了一片阴影……这问题不在于脚,也不在于脚上长毛……

六月四日

今天我们在莫斯科河上划船。谈起顿河风光。伊丽莎白今天很不像话:她总是拿恶言恶语对待我,有时十分粗暴。我要是用同样的态度对待她,那就是准备决裂,我还不希望这样。不管怎样,我对她越来越迷恋了。她实在是一个娇生惯养的女子。要从根本上改变她的性格,我怕我的影响很不够。她是个可爱、任性的姑娘。同时又是个见过很多世面的姑娘,那样的世面我只是听说过罢了。在回家的路上,她把我拉进一家药房,她笑着买了些滑石粉,还买了一点不知什么鬼玩意儿。

"这可以给你去去汗气。"

我格外殷勤地鞠了一躬,向她道谢。

很可笑,但这也算不了什么。

六月七日

她的才智真是贫乏得可怜。在其他方面她倒是可以教教任何人。

每天临睡时我都要用热水洗脚,要洒花露水,还要撒一种不知是什么的鬼玩意儿。

六月十六日

她越来越使人不能忍受。昨天她发了一次神经病。跟这样的女人很难共同生活下去。

六月十八日

毫无共同之处！我们各想各的。连接我们的唯一的东西是床。这种日子不是人过的日子。

今天早晨,她从我口袋里掏钱去买点心,摸到了这本小日记本。她抽了出来。

"你这是什么?"

我一阵燥热。她要是翻上一两页,那可怎么办?我回答了她,并且自己都没有想到,回答的声调那样自然。

“数学笔记本。”

她毫不在意地把日记本又塞进我的口袋，就走了。要小心点儿。咱们私下里说的一些俏皮话，可不能让旁人看见。

只有我的好朋友瓦霞看到，这才是开心的事。

六月二十一日

伊丽莎白使我感到吃惊。她才二十一岁，怎么就会堕落到如此地步？她的家庭是什么样子，她受的是什么样的教养，是谁给她的影响？这些问题都是我非常感兴趣的。她漂亮得不得了。她为自己的身材和相貌的完美感到非常自豪。除了自我欣赏，别的什么也没有了。有几次我试着跟她严肃地谈了谈……叫她改变思想，比叫一个旧教徒相信上帝不存在还难。

一块儿过下去越来越不可能，越来越没有意思。不过我还不慌着决裂。说实在的，不管怎样，我还是喜欢她的。她已经在我心上生了根。

六月二十四日

原来问题极简单。我们今天说了说心里话，她说，我不能满足她性的要求。还没有正式决裂，大概还要过几天。

六月二十六日

真该到养马场里给她找一匹公马。

只有公马能满足她！

六月二十八日

想到就要跟她分离，我心里很难受。她就像一团水藻，牢牢把我缠住。今天我们坐车到麻雀山去。她靠车窗坐着，阳光透过窗檐的镂花倾泻到她的鬈发上。头发呈现出赤金色。这诗情画意，眼看着全完了！

七月四日

我扔掉了工作。伊丽莎白扔掉了我。今天我跟司特列日涅夫一块儿喝啤酒。昨天我们喝过伏特加。我和伊丽莎白，跟一切文明人一样，很有礼貌地分开了。既没有打架，又没有吵嘴。今天我在德米特洛夫街看到她跟一个穿马靴的年轻人在一起。她十分冷静地向我还礼。这日记该到此结束了——可记的东西已经没有了。

七月三十日

简直是意想不到地又拿起笔来。打仗了。狂热一下子迸发出来。每一颗脑袋都发出爱国主义的气味,就像生了蛆的狗发出臭味那样,一里路以外都能闻得到。同学们都无比愤慨,可是我却高兴起来。想念……"失去的天堂"想得我实在难受。昨夜我在梦中还与伊丽莎白亲亲热热。她留下了使人伤感的痕迹。能散散郁积最好。

八月一日

叫嚣使人腻了。又是老样子,苦闷。就像婴儿噙着奶头一样,我把苦闷噙在嘴里,尝着苦闷的滋味。

八月三日

有办法了！我去打仗。愚蠢吗？很愚蠢。可耻吗？

算了吧,因为我无路可走了啊。我苦闷极啦。两年以前我就没有这种厌世的心情。难道我老了吗？

八月七日

我现在是在车厢里记日记。这会儿才离开沃罗涅日。明天要在卡敏车站下车。我下定决心:为"信仰、沙皇和祖国"而战。

八月十二日

为我举行了盛大的欢送会。村长喝得醉醺醺的,发表了慷慨激昂的演说。他演说完了,我小声对他说:"安得列·卡尔波维奇,您是个糊涂虫!"他十分惊愕,气得脸都发了青。他恶狠狠地哑着嗓子低声说:"您还受过教育呢。您莫不是我们在一九〇五年用鞭子抽过的那种人?"我回答说,我感到很遗憾,"还不是那种人"。我父亲哭着,过来吻我,还流着鼻涕。可怜的好父亲啊！我是无可奈何呀。我跟他开玩笑,要他跟我一块儿上前线,他怕得叫了起来:"你怎么啦,家里事怎么办?"明天我就要上车站了。

八月十三日

有些地方庄稼还没有收割。小土包上的土拨鼠吃得肥嘟嘟的。极像廉价画片上考积玛·克留奇柯夫的长矛上挑着的德国佬。我活到这么大,学过数学和其他一些精密科学,从未想到,我会成为这样一个“沙文主义者”。我到了团里,要跟哥萨克们聊聊。

八月二十二日

在一个车站上,我头一次看到一批俘虏。有一名身材挺拔、姿势像运动员一样的奥地利军官,被押送到车站上。有两个在月台上散步的小姐朝他笑了笑。他一边走,一边十分得体地向她们行礼,并且向她们抛了一个飞吻。

虽然被俘虏了,他的脸还是刮得光光的,十分风流,黄色的皮绑腿光闪闪的。我目送着他:真是一个又漂亮又年轻的小伙子,一张脸又可爱又可亲。遇到这样的人,手连马刀都举不起来。

八月二十四日

难民,难民,难民……各条线路上都挤满了装载难民和士兵的列车。

第一列救护车开了过去。停车的时候,车厢里跑出一个年轻的步兵。他脸上扎着绷带。我们谈了一阵子。他是被霰弹打伤的。他打坏了一只眼睛,大概可以不当兵了,他高兴得不得了。他在笑。

八月二十七日

我来到自己的团里。团长是一个很好的老头儿,是顿河下游的一个哥萨克。这儿已经闻到血腥气味。听说后天就要上战场了。我们这第三连第三排——都是康斯坦丁诺夫乡的哥萨克,都是一些呆头呆脑的小伙子。只有一个小伙子又爱说笑话,又喜欢唱歌。

八月二十八日

我们出发了。今天前方炮声响得特别厉害。使人感觉,好像大雷雨就要来了,远处是滚滚的雷声。我甚至都闻了闻:是不是有雨的气息?但是天空像缎子一样,一片云彩也没有。

我的马昨天在厨车的轮子上碰伤了一条腿,瘸了。一切都很新鲜,很不平常，我不知道该干什么、该写什么才好。

八月三十日

昨天没有工夫记。今天我在马上写。摇摇晃晃，铅笔底下爬出来的字都歪歪扭扭，奇形怪状。我们三个人一块儿带了草绳去割草。

这会儿两位弟兄在捆草，我趴在地上补记昨天的事情。昨天司务长派我们六个人去侦察（他用轻蔑的口吻称呼我"大学生"："喂，大学生，你的马有一个掌要掉啦，你没有看见吗？"）。我们穿过一个烧掉了一半的小镇。天气酷热。人和马都汗漉漉的。糟糕的是，哥萨克夏天都要穿呢裤子。在镇外沟里我看到一个被打死的人。是一个德国兵。身子仰面躺着，两条小腿都在沟里。一只手压在脊梁下面，另一只手攥着一梭子步枪子弹。旁边并没有步枪。那情景可怕极了。这会儿我回想起我看到的情景，就觉得有一股凉气顺着肩膀爬……他的姿势是这样的：好像耷拉着腿在沟沿上坐了一阵子，后来就躺下休息了。灰制服，钢盔。看得见呈花瓣状的钢盔皮里子，好像是纸烟里加了一层衬纸，不叫烟丝撒出来。我第一次看到这样的情形，吓呆了，所以我都没有看清他的脸。只看到许多黄黄的大蚂蚁在他那发黄的额头上和呆滞的、眯缝着的眼睛上爬。哥萨克们从旁边走过时都画十字。我看了看制服右边的一小片血。子弹是从右肋穿进去的。我走过时，又看到子弹从左边穿出的地方——血迹更大，地上流的血更多，制服也裂成了好几片。

我浑身打着哆嗦，从旁边走了过去。情形竟是这样……

绰号"笑话大王"的一名上士，看到我们情绪消沉，想给我们提一提神，讲了一桩风流趣事，可是他自己的嘴唇都在打哆嗦……

离小镇半俄里的地方，是一座烧毁的工厂的墙，砖墙都被烟熏成了黑色。我们害怕顺着大路一直走，因为大路就从烧毁的工厂旁边经过，我们决定绕着走。我们朝一旁走去，就在这时候，墙里面朝我们开起枪来。说来惭愧，我听到第一声枪响，几乎跌下马来。我紧紧抓住鞍头，不由得弯下身子，扯了扯马缰。我们擦着打死的德国兵躺的那条沟边朝镇上奔去，一直跑过了镇，才回过神来。后来又拨转马头走了回来。下了马。留下两个人看守马匹，我们四个人朝镇边那条沟走去。我们弯下身子，顺着沟往前走。我老远就看见打死的德国兵的两条腿，脚上穿着短筒黄靴子，膝部弯成了直角。我屏住气从他旁边走过，就像是从一个睡着的人身旁走过，怕把他弄醒似的。他身子底下的青草被压得潮乎乎、绿油油的……

我们在沟里卧倒，过了几分钟，从烧毁的工厂的墙后面一个跟一个地走出九个德国枪骑兵……我是从他们的服装上认出来的。一个军官朝旁边闪了闪，用尖利的喉音喊了两声，他们这一小队人马就朝着我们冲来……弟兄们在喊我呢，叫我去帮他们捆草。我去了。

八月三十日

我想说完，我是怎样第一次朝着人开枪的。那是在德国枪骑兵向我们冲来的时候（这会儿我眼前仿佛又出现了他们那灰绿色的制服，那又像蝎虎又像毒蛇一样的颜色，那闪闪发光的漏斗形圆筒军帽，那晃来晃去、带小旗的长矛）。

枪骑兵骑的都是深褐色的马。不知为什么我把视线转移到沟边土埂上，看到一只不大的翠绿色甲虫。我眼看着甲虫变大了，大到惊人的程度。我的胳膊肘撑在土埂的干土粒儿上，那甲虫摇晃着青草，朝我的胳膊肘爬来，爬上我的绿色军便服的袖子，很快地爬到步枪上，又从步枪上爬到皮带上。我观察过甲虫的旅行，这才听到绰号“笑话大王”的上士的猛喝声：“开枪！您怎么啦?”

我把胳膊肘放稳，眯起左眼，我觉得我的心就要膨胀起来，也要变得像那只翠绿色甲虫那样大。瞄准器切口里的准星在灰绿色制服的背景上不停地抖动着。“笑话大王”就在我旁边放了一枪。我扣了一下扳机，就听见我的枪弹啸叫着飞了出去。看来是我瞄低了，子弹在小土墩上蹦了一下，打起一股灰尘。这是第一次朝着人开枪。我不再瞄准，不看前面的任何东西，打了一梭子。我最后一次扳动枪栓，只听到咔嚓一声，我忘记已经没有子弹了，这时候我才看了看德国人。他们还是那样整齐地朝后跑去。军官殿后。他们还是九个人。我看着军官那深褐色马的屁股和枪骑兵圆筒形军帽顶上的金属片儿。

九月二日

在托尔斯泰的《战争与和平》里，有一处谈到，两个敌对军队之间的界线——好像也就是划分生者与死者的不可知的界线。尼古拉·罗斯托夫所在的骑兵连一开始冲锋，罗斯托夫心里就在推断这条界线在哪里。今天我特别清楚地想起了小说中的这一段，因为今天黎明时我们向德国骠骑兵发起了冲锋……从早晨起,他们的部队就在占优势的炮火支援下,向我们的步兵步步进逼。我看到,我们的步兵——大概是二四一和二七三步兵团——仓皇逃窜。这两个团没有炮火掩护就发起进攻,因而被敌人的火力打退,几乎有三分之一被消灭,进攻一失利,士气全完了。德国骠骑兵紧紧跟在我们的步兵后面追赶。我们的团本来是停在林中小道上作后备的,这一下子也只好出动了。这事儿我记得很清楚。夜里两点多钟我们从梯士维契村出发。黎明前的黑暗越来越浓。可以闻到浓烈的松针气味和燕麦气味。全团分成一个一个的连队前进着。从小道上向左一转,走进了庄稼地。马匹一面走一面打响鼻,马蹄踩得燕麦上圆滚滚的露珠儿直往下掉。

穿着军大衣还觉得有点凉。我们的团在庄稼地里走了很久,过了一个钟头,才从团部里跑来一个军官,向团长传达了一道命令。我们的老团长用很不满意的声调转发了命令,于是我们的团就来了一个直角形的转弯,开进了树林子。我们变成排纵队,一齐拥挤在狭窄的林中小道上。我们的左方正进行着战斗。德国的炮队正在打炮,从声音上判断,他们的大炮很多。炮声震天动地;好像芳香的松针都在我们头顶上燃烧起来了。在太阳出来之前我们只是听着。后来是一阵一阵的"乌拉"声,那喊声有气无力,很不带劲儿,很不响亮,接着是一阵寂静,只能听见机枪清脆的响声。这时候各种想法乱糟糟的;这时候我能想象得特别清楚、特别真切的,就是排成散兵线向前进攻的我们的步兵的各种各样的脸。

我看到,头戴保护色平顶军帽、脚穿粗笨的深筒步兵靴的一个个布袋般的灰色人影,在秋日的田野上移动着,又听到那一心要把这些浑身出汗的活人变成死尸的德国机枪发出的清晰而有点嘶哑的咯咯笑声。两个步兵团被击溃了,扔掉武器就跑。一个德国骠骑兵团紧追不放。我们就在他们的侧翼,相距三百俄丈或者还不到三百俄丈。一声令下,我们立刻摆好阵势。我只听到像勒马时那样沉着、镇定的喊声:"前——进!——"我们就飞跑起来。我的马耳朵贴得紧紧的,恐怕用手掰都掰不开。我回头看了看——团长和两名军官就在我后面。这一下来到生死线上了。大疯狂的时刻到了!

德国骠骑兵践踏着自己的溃乱的队伍,向后退去。我眼看着柴尔涅曹夫中尉砍死一个德国骠骑兵。又看到,六连的一个哥萨克追赶一个德国人,追得发了疯,砍起了德国人的马屁股。一片一片的皮肉从飞舞的马刀上往下掉……啊,这真是难以想象!这不知该叫什么!等我们打完仗回来,我看到柴尔涅曹夫的脸色又镇静,又愉快,聚精会神——他坐在那里打纸牌呢,不是坐在马上了,这是在杀了人以后。柴尔涅曹夫中尉肯定前程远大。真有本事!

九月四日

我们在休息。第二军第四师正向前线开拔。我们驻扎在柯北林诺镇上。今天早上,骑兵十一师的队伍和乌拉尔的哥萨克用强行军的速度从镇上通过。西方在进行战斗。炮声不绝。午饭后我到军医院去了一趟。我看到运伤兵的车辆来了。几个看护兵一面扶着伤兵下车,一面笑着。我走过去。一个麻脸的高个子士兵一面叫疼,一面笑着,在看护兵的搀扶下从车上爬了下来。他对我说:“瞧吧,哥萨克弟兄,他们往我屁股上撒起豆粒儿来啦。我中了四颗霰弹子儿。”一个看护兵问道:“榴霰弹是在后面爆炸的吗?”“怎么会在后面,我是拿屁股进攻的。”从房里出来一个护士小姐。我朝她望了望,不由得打了一个寒噤,连忙趴在大车上。她太像伊丽莎白了。也是那样的眼睛、面孔、鼻子、头发,连声音也像。这是不是我的错觉呢?这会儿也许我觉得任何一个女子都跟她相像。

九月五日

拴着马喂了一昼夜,现在又要往那里去了。我身上一点劲儿都没有了。号兵在吹备马号。这会儿我要是朝他开上一枪才开心呢!……

连长派格里高力·麦列霍夫去跟团部联络。格里高力经过不久前发生过战斗的地方时,看见公路边上有一个阵亡的哥萨克。那哥萨克躺在那里,淡黄头发的头紧紧贴在马蹄踏碎的石子路面上。格里高力下了马,捂住鼻子(死人身上发出臭烘烘的死尸气味),搜了搜他的身上。在裤子口袋里搜出了这本小笔记本、一截化学铅笔和一个钱包。他摘下子弹带,朝那张灰白、潮湿、已经开始腐烂的脸匆匆打量了一眼。鬓角和鼻梁都湿漉漉、黑糊糊的,额头上有一道斜斜的皱纹,好像在呆呆地、聚精会神地沉思,皱纹里的尘土也发黑了。

格里高力从死者口袋里掏出一条麻纱手绢,用手绢盖住死者的脸,就朝团部走去,偶尔回头望一望。到了团部,他把日记本交给了几个书记,几个书记就一块儿看起这本日记,一块儿嘲笑别人命短,嘲笑一个人生前的种种俗念。

十二

骑兵第十一师在占领了列士纽甫以后，又攻克了司坦尼斯拉夫契克、拉得基微罗甫、勃罗迪，八月十五日，在卡敏克—司特鲁米罗窝城下摆开了阵势。后面在调动着部队，步兵队伍集结到各个重要的战略地区，各级指挥部和辎重队集中到中心地点。战线像一条催命的绳索，从波罗的海边拉了过来。指挥部里在制订大规模进攻的计划，将军们埋头在研究地图，传令兵们跑来跑去传送作战命令，千千万万的士兵前去拼命……

侦察兵报告，敌人的大股骑兵朝城边开来。在大道旁边的一些小树林里发生过几次冲突，哥萨克的侦察队常常跟敌人的侦察队发生接触。

格里高力·麦列霍夫自从跟哥哥分别以后，在所有行军的日子里，一直想找到精神上的支柱，好恢复原来的平静心情，免得整天十分痛心地苦苦思索，然而他找不到这种精神支柱。从最近开来的后备连里调了一些第三批征集的哥萨克到团里来。其中有一个嘉桑乡的哥萨克阿列克塞·乌留宾编进了格里高力这个排里。乌留宾高个子，背有点驼，下颏伸了出来，胡子像加尔梅克人的头发，他那快活而无所畏惧的眼睛总是在笑；虽然年纪不大，头顶已经光秃秃的，只有那凸凸棱棱的光脑壳的两边还长着几撮稀稀拉拉的红毛儿。他来的第一天，哥萨克们就送给他一个绰号——“秃子”。

在勃罗迪城下进行过一次战役之后，这个团休息了一昼夜。格里高力和“秃子”住在一间房子里。他们聊了起来。

“麦列霍夫，你是个掉了魂的家伙。”

“怎么是掉了魂的？”格里高力皱着眉头问道。

“一点没有精神，像个病人一样。”“秃子”解释说。

他们给马拌好草料,靠在长了青苔的旧栅栏上抽烟。骠骑兵排成四路纵队从街上走过,很多人家的栅栏脚下都躺着没有掩埋的尸体(进攻奥地利军队的时候,在城郊发生了巷战),烧毁的犹太教堂的瓦砾堆里还冒着浓烟。在这充满绚丽色彩的近黄昏时候,城市呈现出残破和一片空虚的景象。

"我好好的。"格里高力对"秃子"望都没望,吐了一口唾沫,说。

"你瞎说！我看出来啦。"

"你看出什么来啦?"

"你没见过世面,怕啦,是不是?是怕死吗?"

"你是个糊涂虫。"格里高力轻蔑地说过这话,皱着眉头仔细看了看手指甲。

"告诉我:你杀过人了吗?""秃子"仔细注视着格里高力的脸色,一个字一个字地问道。

"杀过啦。怎么样?"

"心里难受吗?"

"难——受?"格里高力冷笑了一下。

"秃子"从鞘里抽出马刀。

"要不要我把你的脑袋砍下来?"

"砍下来又怎样?"

"我杀死你,连气都不叹一声——我可没有什么软心肠!""秃子"的眼睛笑着,但是格里高力听他的声音,又看到他的鼻孔一个劲儿地抖动,就知道他说的是真话。

"你真野,真怪。"格里高力仔细打量着"秃子"的脸,说道。

"你的心太软啦。巴克兰诺夫刀法,你会吗?你瞧着!"

"秃子"选定了长在花圃里的一棵老桦树,佝偻着腰,用眼睛瞄着,对直地朝桦树走去。他那两条青筋嶙嶙、手腕特别粗壮的长胳膊一动不动地耷拉着。

"瞧着!"

他慢慢举起马刀,蹲下身去,猛然使出神力,斜斜地砍了一刀。桦树在离根两尺的地方被砍断,树枝在没有玻璃的窗框上刮了两下,在屋墙上划了许多道印子,一棵树就倒在了地上。

"看见了吗?你好好学一学。以前有一个巴克兰诺夫将军,听说过吗?他有一把马刀,里面灌了水银,抡起来很重,可是一刀劈下去,能把一匹马劈成两截。好厉害!"

格里高力老半天都没有学会这种复杂的刀法。

“你的力气不小,可是使起刀来很笨。应当这样用刀。”“秃子”教起来,他那斜着劈下的马刀碰到什么,什么就变成两截。

“劈起人来就要胆大。人软和得就像面团一样。”“秃子”眉飞色舞地教导他说。“你不要去管怎么回事儿和为什么。你是哥萨克,你只管劈下去,什么都不要问。在打仗的时候杀敌人——这是天经地义的事。每杀一个人,上帝就赦免你一桩罪过,就像杀死一条毒蛇一样。牲口,牛啦,还有别的什么啦,没有必要是不能杀的;可是人,你只管杀好啦。人是坏东西……是妖孽,生在世界上是祸害,就像毒蘑菇一样。”

听了格里高力的反驳,他皱了皱眉头,倔强地闭起了嘴。

格里高力十分吃惊地看出来,所有的马都无缘无故地怕“秃子”。他一朝拴马桩跟前走,许多马都竖起耳朵,挤成一堆,好像走来的不是一个人,而是一只野兽朝着马群走来。那一次在司坦尼斯拉夫契克城下作战,连队来到一处又是树棵子又是泥沼的地方,只好下了马。派几个人把马牵到低洼的地方,掩蔽起来。派“秃子”去看马,但是他斩钉截铁地拒绝了。

“乌留宾,你这狗杂种,你拿什么架子?为什么不去看马?”排里的上士朝他发起火来。

“马都怕我。这是实在话!”“秃子”眼里隐隐露出常有的那种笑意,解释说。

他从来没有干过看守马匹的事。他对自己的马是很心疼的,照料得很周到,但是格里高力常常看到:只要他一朝马跟前走,虽然他的两手习惯地紧紧贴在大腿上,动都不动,但是马背就哆嗦起来,像一阵波浪掠过:马害怕呢。

“你说,老哥,为什么马都怕你?”有一回格里高力向他问道。

“谁知道这些马是怎么回事儿,”“秃子”耸了耸肩膀,“我是很心疼马的。”

“马闻到气味能认出醉汉,马怕醉汉,可是你又不喝酒。”

“我的心是硬的,马能感觉出来。”

“你的心是狼心,也许什么心都没有,是把一块石头当成心放进去了。”

“也许是这样。”“秃子”欣然表示赞同。

在卡敏克—司特鲁米罗窝城下,有一天第三排的哥萨克都跟着排长出去侦察:头一天有一个捷克士兵跑了过来,向司令部报告了奥地利军队的部署情况,并且说出了他的估计,他估计要在哥罗莎—司塔文茨基这段战线上进行反攻;因此需要日夜注视敌军向前推进时可能要走的大路;排长派了四个哥萨克,由排里的上士率领,留在树林边上监视大路,自己就带着其余的人朝士兵那边已经露出瓦屋顶的一个小村走去。

格里高力·麦列霍夫、上士和三名新来的哥萨克——西兰琪叶夫、“秃子”和米沙·柯晒沃依——留在树林边上，旁边就是一座古老的尖顶小教堂，耶稣受难的十字架已经生了锈。

“弟兄们，下马。”上士下令说。“柯晒沃依，你把几匹马牵到那几棵松树后头——嗯，是的，就是那几棵，那几棵密实些。”

哥萨克们躺在一棵干枯的断松树下抽起烟来；上士手持望远镜注视着。离他们十来步，就是像波浪一样一起一伏的没有收割的黑麦，黑麦的粒儿已经掉光了。掉光了粒儿的麦穗一齐弯下头去，凄凉地沙沙响着。哥萨克们懒洋洋地说着话儿，躺了有半个钟头。从城的右方不断传来隆隆的炮声。格里高力爬到黑麦地里，选了几个还有粒儿的麦穗，搓了搓，嚼起了干硬的熟透了的麦粒儿。

“好像奥地利人来啦！”上士小声喊道。

“在哪儿？”西兰琪叶夫身子抖了一下。

“瞧，从树林子里出来啦。向右边看！”

一伙儿骑马的人从远处一片小树林子里走了出来。他们停下来，站在伸得远远的树林的一角上，对着田野观察了一阵子，然后朝着哥萨克这方向走来。

“麦列霍夫！”上士喊道。

格里高力爬到松树跟前。

“让他们走近点儿，咱们一齐开枪。弟兄们，把枪准备好！”上士十分紧张地小声说。

骑马人向右转弯，小步走了过来。格里高力他们四个人一声不响地躺在松树下，屏住呼吸。

“……哎呀，班长！”一阵风吹来，送来一个年轻人的响亮的声音。

格里高力抬头一看：六个匈牙利骠骑兵，都穿着绣了彩绦的漂亮上衣，挤成一堆走了过来。最前面一个，骑着大青马，手里握着马枪，粗声粗气、声音不太高地笑着。

“开枪！”上士小声喊。

咕——咕——咔！……几条枪一齐响了。

咯——咯——咯！……后面发出了回声。

“你们干什么？”柯晒沃依在松树后面惊骇地叫了起来，又吆喝起马来：“吁！该死的东西！你疯啦？哼，妈的！”他的声音特别扎耳朵。

匈牙利骠骑兵散成一条线，在庄稼地里飞跑起来。那个骑着肥壮的铁青马走在最前面的，朝上打了一枪。落在最后面的一个，趴在马脖子上，左手拿着军帽,回头望着。

"秃子"头一个跳起来,端着步枪,两条腿在黑麦地里磕磕绊绊地朝前跑去。在百十丈远的地方,一匹摔倒的马正在尥蹶子,四条腿乱蹬乱踹,马跟前站着一个没戴帽子的匈牙利骠骑兵,正在揉搓摔疼的膝盖。还离得很远他就喊了几声,并且把两手举了起来,一面不住地回头朝远处跑着的同伴看。

这一切来得非常迅速,直到"秃子"把俘虏带到松树底下,格里高力才回过神来。

"解下来,饭桶!""秃子"很粗暴地把俘虏的大军刀朝怀里一扯,喊叫道。

俘虏慌乱地笑了笑,忙乱起来。他连忙解皮带,但是两只手哆嗦得厉害,怎么都解不开皮带扣。格里高力细心地帮他解了开来,骠骑兵笑着朝他点了点头,表示感谢。这是一个高个子的年轻小伙子,两腮圆圆的,留着短短的小胡子,好像是贴在刮得光光的上嘴唇角上似的。他好像很庆幸他没有死在刀枪之下,一面打量着哥萨克们,一面在口袋里摸了摸,掏出一个皮烟荷包,说了几句叫人听不懂的话,做手势请大家抽烟。

"他请客呢。"上士笑了笑,手已经伸进口袋去摸卷烟纸了。

"抽点外国烟吧。"西兰琪叶夫哈哈笑着说。

哥萨克们卷好烟卷,抽了起来。黑黑的、装烟斗用的烟丝非常厉害,直冲人的脑袋。

"他的枪在哪儿?"上士很带劲儿地抽着烟,问道。

"在这儿。""秃子"把绗得密密的黄皮带从背后拉过来给大家看了看。

"要把他送到连部去。司令部想必很需要一个'舌头'。弟兄们,谁送他去?"上士一面打着呛,用呛得流泪的眼睛扫视着大家,问道。

"我送去。""秃子"应声说。

"好吧,就你去送。"

看样子,俘虏也懂了,他极不自然地笑了笑,是一种可怜的笑;他克制着自己,忙活起来,翻了翻口袋,塞给哥萨克们一把揉得不成样子的、黏糊糊的巧克力糖。

"我是罗西人①……罗西人……不是奥地利人!"他说着很不地道的罗西话,打着可笑的手势,一股劲儿地往哥萨克手里塞香喷喷、揉得不成样子的巧克

① 罗西人就是加里西亚的乌克兰人,现在通称西乌克兰人。

力糖。

“还有什么家伙没有?”上士问道。“你就别唠叨啦,反正我们都听不懂。手枪有没有? 叭! 叭! ——有吗?”上士做了个扣枪机的手势。

俘虏拼命摇晃起脑袋。

“没有! 没有!”

他心甘情愿地让人搜了搜身上,他那圆滚滚的腮蛋子不住地哆嗦着。

跌破了膝盖的马裤里不住地往外流血,那粉红色的皮肉上有一处跌伤。他用手绢扎住伤口,皱着眉头,吧嗒着嘴,不住气地说着话……他的帽子还在死去的马旁边,他要求准许他去拿毯子、帽子和一本日记本,因为日记本里还夹着他全家的照片。上士听了半天都没有听懂他的意思,便无可奈何地摆了摆手,说:

“带走吧。”

“秃子”到柯晒沃依那里牵来自己的马,骑上去,理了理步枪的皮带,用手指了指,说:

“走吧,老总,还算当兵的呢,脓包!”

俘虏看见他笑,也笑了笑,跟马并排走着,甚至带着拉近乎的意味用手拍了拍“秃子”那干瘦的小腿。“秃子”不客气地推开他的手,勒了勒缰绳,叫他在前面走。

“走,妈的! 你还嬉皮笑脸的?”

俘虏连忙表示认错儿,这才一本正经地朝前走去,一面频频地回头看留在后面的哥萨克。他那淡白色的头发雄赳赳地竖立在头顶上。他留在格里高力脑子里的就是这种样子:斜披着绣着彩绦的骠骑兵上衣,淡白色的头发直撅撅地竖立着,步伐坚定而矫健。

“麦列霍夫,你去把他的马鞍解下来。”上士吩咐过,很惋惜地朝烟头吐了一口唾沫,烟头已经烧到手指头了。

格里高力解下死马身上的鞍子,不知为什么又捡起放在不远处的军帽。他闻了闻帽里子,闻到一股冲鼻子的廉价肥皂和汗臭气味。他扛着马鞍,左手里细心地拿着骠骑兵帽,走了回来。哥萨克们蹲在松树下面,翻了翻鞍袋,仔细看了看这种没有见过的马鞍。

“他的烟丝真不坏,应当再向他要一点卷根烟抽。”西兰琪叶夫惋惜地说。

“是的,这话不假,烟丝真不坏。”

“好香啊,就像香油顺着喉咙眼儿往下流……”上士回味起来,叹了一口气,又咽了一口唾沫。

过了几分钟,从松树后面露出一个马头。"秃子"回来了。

"怎么回事儿?……"上士吓得跳了起来。"你放掉啦?"

"秃子"摇晃着鞭子,骑着马来到跟前,下了马,挺直身子,活动着肩膀。

"你把奥地利人弄到哪儿去啦?"上士一面往他跟前走,一面追问道。

"干吗要钉着问?""秃子"顶撞说。"他逃跑……想逃跑……"

"你把他放啦?"

"我们走到小路上,他就想跑……我把他劈啦。"

"你胡扯!"格里高力喝道。"你是平白无故把他杀死的!"

"你嚷什么?干你屁事?""秃子"用咄咄逼人的目光望着格里高力。

"你要——怎——样?"格里高力慢慢欠起身来,用哆哆嗦嗦的两手在周围摸索着。

"用不着你管的事,你少管!懂吗,嗯?少管闲事!""秃子"又厉声厉色地说了一遍。

格里高力一把抓住步枪皮带,一下子把枪端上了肩。

他的手指头直哆嗦,怎么都伸不进枪机,脸都歪成了怪样子,变成了褐色。

"给我住——手!"上士严厉地大喝了一声,朝格里高力跑来。

上士赶在枪响以前,将枪口向上一推,子弹带着长长的啸声飞了出去,打落了不少松针。

"怎么回事儿?"柯晒沃依惊叫了一声。

西兰琪叶夫张大了嘴坐在那里,吓呆了。

上士当胸推了格里高力一把,夺过他的步枪,只有"秃子"没有改变姿势:他还是那样站着,一条腿向前伸着,左手插在腰带上。

"你再来一枪。"

"我宰了你!……"格里高力朝他冲过去。

"你们这是怎么一回事儿?……这是怎么啦?你们想受审,想挨枪子吗?把枪放下!……"上士吼叫着,把格里高力推开,自己站到他们两个中间,大张开两条胳膊,就像钉在十字架上的耶稣。

"你吹牛,你不敢杀我!""秃子"十分镇静地笑着,一面抖动着伸到前面的那条腿。

回去的路上,已是黄昏时候,格里高力头一个看见被杀死在小路上的奥地利人的尸体。他跨到别人前头,跑过去,勒住直打响鼻的马,仔细看了看:死者平平地趴在毛茸茸的青苔上,脸扎进青苔里,一条砍掉了的胳膊摔得远远的。那只手在草丛里发着暗黄色，就像一片秋天的树叶。这一刀很厉害，看样子是从后面砍的，从肩膀斜着劈到腰部，一刀就把俘虏劈成了两半。

“他把他断送啦……”上士从旁边走过，惶恐地斜眼看着死者歪着的脑袋上那乱翘着的淡白色头发，声音低沉地说。

哥萨克们一声不响地朝连队驻地走去。暮色越来越浓。微风从西方吹来一片黑黑的卷层云。不知从何处沼地里吹来淡淡的烂泥、淤水和腐烂气味；鹭鸶咕咕叫着。静得令人昏昏欲睡，只能听到丁当的马具声、马刀偶然碰在马镫上的声音、松针在马蹄下发出的沙沙声。小路上，松树丛中，暗红色的落日余晖渐渐淡了。“秃子”不住地抽烟。那微弱的火光一下一下地照着他那粗粗的手指头，手指头紧紧夹着烟卷儿，黑黑的手指甲鼓凸凸的。

黑云飘到树林上空，投射在大地上的暗沉沉、无限凄凉的暮色越来越黑，越来越浓了。

十三

清早就开始攻城。两翼都有骑兵作后备的步兵队伍，本应该在黎明时从树林里发起进攻。因为在一个地方发生了自相混战，两个团的步兵没有及时开到；步兵二一一团是奉命调来左翼的；就在另一个团进行迂回运动的时候，自己的炮兵连却向二一一团开起炮来；造成十分荒唐的局面，毁灭性的自相混战严重影响了计划，眼看着这次进攻的结局即使不是进攻者全军覆没，也是无论如何非失败不可。步兵还没有调动好，炮兵还没有把夜间不知遵照谁的命令开进了泥沼地的大车和大炮拖出来，第十一师就发起了进攻。在树林和沼泽地区向敌人进攻，拉不开阵势，在有些地段我们的骑兵连只好分成排往前冲。第十二团的第四、第五两个连担任了后备，其余各连都已经卷入了进攻的浪潮，一刻钟之后，轰隆声和震天动地的呐喊声就传进了留下来的人的耳朵。

“乌拉——乌——拉——拉！……”

“咱们的部队进攻啦！”

“开始啦！”

“机关枪好密啊。”

“大概是扫咱们的人呢……”

“没有声音啦，怎么回事儿？”

“就是说，攻到跟前啦。”

“咱们马上也要出动啦。”哥萨克们你一句我一句地说着话。

两个连呆在林中一片空地上。一棵棵高大的松树遮住了视线。一个步兵连几乎是跑着从旁边开过。一个精神抖擞的司务长放慢脚步，让后面几列往前走，他声嘶力竭地喊道：

“跟上队伍！”

这个连脚步杂沓地走着，军用水壶丁当响着，开了过去，消失在一片赤杨树棵子后面。

从很远处，从一片树木的斜坡那边，又传来微弱的阵阵呐喊声：“乌拉——拉！……乌拉——拉！……拉——啊！……”那声音越来越远，忽然像被切断了一样，一下子就不响了。一片寂静。

“现在才到跟前啦！”

“面对面干啦……拼起来啦！”

大家都在紧张地倾听着，但是那边静得一点声息都没有。在右翼，奥地利炮兵正在猛轰进攻的部队，机关枪密密地响着，像缝纫机在细针密缝。

麦列霍夫·格里高力打量着自己这排人。哥萨克们精神都很紧张，马也焦躁不安，就好像有马蝇在咬。“秃子”把军帽挂在鞍头上，在擦红中透青的光头顶上的汗；米沙·柯晒沃依站在格里高力旁边，一个劲儿地在抽黄烟。周围的一切人和物都显得十分清楚，而且格外真切——如果一个人一夜没有睡，往往会有这样的感觉。

担任后备的两个连已经站了有三个钟头。枪炮声渐渐稀疏，又重新猛烈地响起来。不知是哪一方的一架飞机在他们头上轧轧地飞过，又打了几个圈子。飞机在打不到的高空盘旋了一阵子，就向东方飞去，越飞越高；飞机下面的蓝空里迸开一个个榴霰弹爆炸的乳白色烟团：高射炮开炮了。

快到中午的时候，后备队才奉命投入战斗。所带的黄烟已经全部抽光，大家已经等得很难受了,传送命令的骠骑兵才飞跑而来。四连连长马上带领全连走上小路,朝旁边不知什么地方开去(格里高力觉得好像是往回走)。在密林里走了二十来分钟,队伍都走零乱了。交战的各种声音离他们越来越近;在不远的地方,有一个炮兵连正用迅猛的火力从后面进行射击;炮弹带着啸声和呜呜声,穿破厚厚的气层,从他们头顶上飞过。在树林里走得七零八落的连队,零零落落地来到开阔地上。在离他们半俄里的树林边上,匈牙利骠骑兵正在砍杀俄国炮队的炮手。

"弟兄们,排好队伍!"

还没有来得及拉开阵势,就听见:

"弟兄们,马刀准备,冲啊!"

刀光闪闪,好似蓝色的闪电。全连人马越跑越快,变成了飞跑。

五六个匈牙利骠骑兵正在尽边上一门炮的炮车周围乱腾腾地忙活着。其中的一个拉住两匹发脾气的马的嚼子;另一个用刀背在打马,其余几个下了马的骠骑兵扳着车轮的辐条在推炮车,想把大炮拉走。旁边有一名军官,骑着咖啡色的短尾巴骒马,来来回回地跑着。他在发号施令。匈牙利骠骑兵看见哥萨克,就撇下大炮,骑上马就跑。

"到啦,到啦,到啦!"格里高力在心里数着马跑的步数。他的一只脚有一会儿工夫离开了马镫,他觉出自己骑得不稳,就心慌意乱地去找马镫;他弯下身,抓住马镫 ,把脚尖插进去,等他抬起眼睛,就看见一辆六匹马拉的炮车,驭手两条胳膊抱着马脖子,被砍死在车前,穿的军便服上溅满了鲜血和脑浆。马蹄踩在一个炮手的尸体上,发出咯吱声。在翻倒的炮弹箱子旁边还躺着两具尸体,另外还有一具尸体仰面朝天躺在炮架子上。西兰琪叶夫跑着跑着,冲到了格里高力前面。那个骑短尾巴骒马的匈牙利军官几乎是抵着他放了一枪。西兰琪叶夫在马鞍上晃了一下,就跌下马来,张开了两条胳膊,好像是要拥抱蓝色的天空……格里高力扯了扯缰绳,想从顺手的一边绕过去,为的是砍起来方便;那军官发觉他想绕过去,就顺手放了一枪。他朝着格里高力打完一梭子子弹,又抽出大刀。看样子,他刀法娴熟,格里高力劈下的三刀相当厉害,他都毫不费力地架开了。格里高力撇了撇嘴,又向他劈了第四刀。格里高力在马镫上站了起来(他们的马几乎是并排跑着,所以格里高力看见了匈牙利军官那刮得光光的、紧绷绷的、死灰色的脸,还看见了他那制服领子上的番号领章),虚晃一刀,引开了那军官的注意力,然后掉转方向一刀戳去,刀尖戳到了他的身上,又一刀劈在后面脖根上。匈牙利军官将拿刀的手垂了下去,松掉缰绳,挺了挺身子,将胸部一拱,好像被咬了一口似的,就趴在鞍头上了。格里高力感到异常痛快,又照他的头劈了一刀。他看到,这一刀砍进耳朵上面的骨头里,只有刀背露在外面。

格里高力脑后挨了重重的一下,他顿时失去了知觉。他觉得嘴里有一股热辣辣的血的咸味,也明白自己就要倒下去了——到处是麦茬的大地在身旁旋转着,飞速地朝他涌来。

摔倒时猛烈地一撞,撞得他清醒了一小会儿。他睁开眼睛;血流满了眼睛,冲洗着眼睛。耳边有马蹄声和马吃力的喘气声:"呼哧,呼哧,呼哧!"格里高力最后一次睁了睁眼睛,看到的是鼓得大大的、红红的马鼻孔,还有踩在马镫上的不知是谁的一只靴子。"完啦,"一种如释重负的想法像一条小蛇一样滑了过去。轰的一声,接着是漆黑一片。

十四

八月初,叶甫盖尼·李斯特尼次基中尉决意要从御林军阿塔曼团调到普通哥萨克军队中任何一个团去。他打了一份报告,过了三个星期,就接到了去现役军中一个团的委派令。他办好了调遣手续,在离开彼得格勒以前写了一封短信,把自己下的决心告诉父亲:

> 爸爸:我要求从阿塔曼团调到战斗部队里去。今天我接到了委派令,就要去第二军军长麾下听令。您看到我下这样的决心,恐怕会感到惊异,不过这决心我可以说明如下:我所处的环境使我受不了。检阅呀,迎送呀,守卫呀,所有这一切宫廷勤务使我烦腻透啦。所有这一切都使我腻得发呕,我很想干点实在事情……也可以说,想立些功劳。大概我身上沸腾起李斯特尼次基家族的热血,李斯特尼次基家族从卫国战争那时候起,就为俄国军队的

光荣史册增添过不少篇章。我要上前方去了。请您为我祝福吧。上个星期,皇上去大本营之前,我见过圣颜。我对当今圣上十分爱戴。当时我担任宫内守卫。圣上和罗坚柯一起从我面前走过,他笑了笑,用眼睛看着我,用英语说:“看,我的御林军是很像样的,到时候我可以调御林军打破威廉的如意算盘。”我就像个女学生一样爱慕圣上。我对您说出这一点,并不觉得害羞,尽管我已经过了二十八岁。宫里有一些流言飞语,像蛛网一样缠绕着圣上的清名,我听了觉得异常气愤。我不相信,也不可能相信这些流言飞语。前几天,我几乎把格罗莫夫大尉打死,因为他居然当着我的面,说起对当今皇后大不恭敬的话。真是太可恶啦,所以我对他说,只有天生下贱的人,才会卑鄙到编造肮脏的流言。这件事发生的时候还有几个军官在场。我气得发狂,掏出手枪,想对这个下流货开上一枪,但是大家夺下了我的枪。我呆在这种污浊的环境里,越来越觉得受不了。在御林军中,尤其是在军官中间,没有那种真正的爱国热忱,说起来都可怕,甚至不爱戴朝廷。他们不是贵族,是一群败类。这实在就是我离开阿塔曼团的原因。我无法跟我不尊敬的人相处。好啦,大概就这些啦。写得有些零乱,请多多原谅,因为是匆忙中写的,要捆箱子,还要去见见司令。祝您健康,爸爸。我到了部队里再给您写封详细的信。

您的叶甫盖尼

开往华沙的火车是晚上八点钟开出的。李斯特尼次基坐马车来到火车站。彼得格勒那一片蓝灰色的灯火落在了后面。车站上拥拥挤挤,吵吵嚷嚷。大多数是军人。搬运夫把李斯特尼次基的箱子放好,收了钱,就祝他一路平安。李斯特尼次基解下武装带,脱掉军大衣,解开皮带,将一条高加索式花绸被铺在铺位上。下面靠窗的地方,有一个瘦瘦的神甫,脸上带着一副超世厌俗的神情,将一些家常食品摆在小桌上,在吃着。他一面抖搂乱蓬蓬的胡子上的面包渣儿,一面请坐在对面的一个穿学生装的又黑又瘦的姑娘吃东西。

“吃点儿吧。嗯?”

“谢谢您。”

“用不着客气,像您这样的体质,应该多吃点东西。”

“多谢。”

“来吧,就尝尝奶渣饼子好啦。您这位军官先生,是不是也来尝尝?”

李斯特尼次基探下头来。

“您是跟我说话吗?”

“是的,是的。”神甫用忧郁的眼睛盯着他,只有那又短、又细、稀稀拉拉的胡子底下的两片薄薄的嘴唇微微笑着。

“谢谢。我不想吃。”

“应当吃一点。吃一点,没有坏处。您是不是上作战部队去?”

“是的。”

“上帝保佑您。”

李斯特尼次基睡意朦胧中,模模糊糊地听到神甫那沉厚的声音仿佛从远处来到耳畔,并且他已经觉得,这不是神甫用不满的腔调在说话,而是格罗莫夫大尉在说话了。

“……要知道,我家境贫寒。所以现在去做随军神甫。俄国人不能没有信仰。要知道,信仰一年比一年牢固。当然,也有一些人越来越不信,但这是一部分知识分子,庄稼人信仰上帝倒是很牢靠的。是啊……是这样啊……”那个声音叹了一声气,又滔滔不绝地说了起来,不过李斯特尼次基已经听不清楚了。

李斯特尼次基渐渐入睡。最后清清楚楚地进入他的感官的,是板条子钉成的车棚顶上的新鲜油漆气味和窗外的喊声:

“行李房收下啦,我没事儿啦!”

“行李房收下什么啦?”脑子里这样动了一下,不知不觉就断了线,已经两夜没睡了,一场酣睡终于来到。李斯特尼次基醒来时,火车已经离开彼得格勒有四十俄里远了。车轮有板有眼地轧轧响着,车厢被火车头拖得一颠一颠的,不住地摇晃着,旁边的一个单间里有人在小声唱歌,路灯投下斜斜的、紫丁香般的阴影。

李斯特尼次基要调去的那个团,在最近几次作战中损失巨大,已经从作战地区撤出来,抓紧调养马匹,补充人力。

团部驻扎在一个叫别列兹尼亚格的大商业村里。李斯特尼次基在一个无名的小站上下了火车。一支医疗队也在这里下了车。李斯特尼次基向一个医生打听了一下医疗队的去向,才知道这医疗队是从西南战线上调到这一地段,现在就要顺着别列兹尼亚格村——伊万诺顿夫镇——克雷绍文村这条路线移动。大块头、紫脸膛的医生很不客气地批评起自己的顶头上司,骂起师部里的参谋人员,他哆嗦着乱蓬蓬的大胡子,在金边夹鼻眼镜底下忽闪着两只气汹汹的眼睛,对着这个萍水相逢的交谈者发了不少牢骚。

“您能不能把我带到别列兹尼亚格?”李斯特尼次基半路上打断了他的话。

“中尉,请上车。一块儿走吧,”医生答应过,又亲热地摩弄着中尉的军大衣的扣子,在拉近乎,一面用沉着的粗嗓门儿大声说:“中尉,您倒想想看:在装牲口的车厢里颠簸了几百里路,来到这里却无事可干,可是在我们医疗队调离的那一地段,已经血战了两天,留下大批的伤号,需要我们去急救。”医生又用恼怒而动情的声调重复了一下:“血战啊!”重音放在“血”字上。

“为什么要这样颠倒?”中尉出于礼貌,问了一问。

“为什么?”医生带着讥讽的神情将眉毛挑到了夹鼻眼镜上面,吼叫起来:“颠三倒四,乱七八糟,上级人员稀里糊涂,这就是原因！这些坏家伙坐在那里,把什么都搞得乱糟糟的。毫无办事的才干,简直没有健全的头脑。您记得魏列萨耶夫的《医生日记》①吧？就是那样的！我们有过之而无不及!”

李斯特尼次基行了一个军礼,便朝马车走去,怒气冲冲的医生还在他后面说着丧气话:

“中尉,咱们一定要打败仗！咱们叫日本人打败过,可是还是没有学得聪明些。咱们可以投帽御敌②嘛,所以什么都用不着啦……”他跨过一个个泛着霓虹般油光的小水洼,伤心地摇晃着脑袋,顺着铁路走去。

黄昏时候,医疗队才来到别列兹尼亚格村边。风轻轻拨动着黄黄的、像毛刷子一样的麦茬。西方堆起一层一层的云彩。最上面是紫黑色;稍微往下,渐渐失去那怪兽般的颜色,渐渐改变着色调,给天空这块灰暗的画布洒上一片紫丁香般柔和、朦胧的折光;在中间,那形状不定的巨大的云堆,就像流冰壅塞时堆起的冰山,不停地变幻着,一抹橙黄色的夕阳毫不怠慢地从一道云隙里钻了出来。这道阳光像打开的扇子一样扩散开来,迸射着折光,夹带着灰尘,径直射向地面;那道云隙往下,各种各样的色彩交织成绚丽无比的画面。

路旁的沟边,躺着一匹被打死的枣红马。一条后腿直挺挺地向上翘着,上面的马掌已经磨掉了一半。李斯特尼次基一颠一簸地坐在两轮大车上,打量着死马。和他一同坐在车上的一个看护兵朝鼓起的马肚子啐了一口,说:

“吃撑死啦……”他看了中尉一眼,改换了一下口气,“吃得太多啦。”他还想再啐一口,但是出于礼貌,把唾沫咽了回去,用上衣袖子擦了擦嘴。“马死啦,埋都用不着埋……德国人可不像咱们这样。”

---

① 魏列萨耶夫(一八六七——九四五):俄国现实主义作家。《医生日记》是他的代表作,里面描写了官场的腐败情形。

② “投帽御敌”是一句成语。表示人多势大,可以压倒敌人。有一点像中文成语“投鞭断流”。

"你怎么知道?"李斯特尼次基无缘无故恼怒地问道,同时他也无缘无故强烈地憎恨起看护兵那张冷漠的、带有优越和蔑视神气的脸。这是一张灰灰的、毫无生气的脸,就像只剩了庄稼茬子的九月的田野;他从彼得格勒来前方这一路上,迎面碰上和从背后追上成千上万庄稼汉出身的士兵,这张脸跟那些脸毫无不同之处。所有这些脸好像都失去了光泽,不论是灰眼睛、蓝眼睛、淡绿眼睛和其他颜色的眼睛,全都呆呆的,很像老早就铸出来、已经流通了很久的一枚枚铜板。

"战前我在德国呆过三年。"看护兵不慌不忙地回答他。他的声调也带有中尉在他的目光中所看到的那种优越感和蔑视意味。"我在克尼斯堡一家烟厂做过工,"看护兵用皮缰绳结赶着劲壮的小马,带着怀念的意味说。

"住嘴吧!"李斯特尼次基板着脸说了一声,又扭过头去,打量起死马的头,只见马头上的鬃毛耷拉到眼睛上,露在外面的上牙床已经在太阳底下被风吹干了。

那条翘着的马腿,膝部弯着,蹄子被马掌钉钉裂了一点儿,但是蹄壳光溜溜的,闪着瓦灰色的亮光,中尉看到这马腿,看到又细又圆的蹄腕骨,就断定这马还很嫩,而且是良种。

两轮大车在坑坑洼洼的小路上颠簸着往前走去。西方天边的霞光渐渐淡下去,风驱赶着云彩。死马的腿黑黑的,从后面看,像一座无顶的小教堂。李斯特尼次基一直在望着这条马腿,忽然有一缕像圆柱一样的光线投射到马身上,只见那条裹着密密实实的红毛的马腿焕发出绚丽的色彩,就像仙境中一根没有叶子的橙红色树枝。

已经来到别列兹尼亚格村口了,医疗队碰上了运伤兵的车辆。

第一辆大车的车主是一个上了年纪的、脸刮得光光的白俄罗斯人,他把缰绳缠在手上,靠着马走着。一个没戴帽子的哥萨克,头上缠着绷带,用胳膊肘支着身子,躺在车上。他无精打采地闭着眼睛,嚼着面包,又把嚼得稀烂的黑糊糊的面团子不住地往外吐。他的身边有一名步兵脸朝下趴着。步兵屁股上那破得不成样子的裤子高高地鼓着,因为上面的血已经凝结了,裤子皱皱巴巴的。他连头也不抬,狂乱地咒骂着。李斯特尼次基仔细听着他的声调,吓了一跳:虔诚的教徒们祈祷起来就是这样发自肺腑的。第二辆大车上并排躺着六个步兵。其中有一个兴高采烈,眯缝着发烧、发炎的眼睛,在说话:

"……好像他们的皇上派使臣来啦,提出要讲和。主要的——他是一个诚实的人;我希望,他不至于骗人。"

"恐怕不见得。"另外一个人摇了摇害过瘰疬疮的圆脑袋,用怀疑的口气说。

"等等看嘛。菲里普,也许真的来了呢。"还有一个背过身坐着的人,用柔和的伏尔加口音说。

第五辆车上露出几个哥萨克制帽的红帽圈。三个哥萨克舒舒服服地躺在宽宽的大车上，一声不响地看着李斯特尼次基，在他们那罩了一层灰尘的、板着的脸上，一点也没有在部队里常见到的那种尊敬上级的表情。

“老乡，你们好！”中尉向他们问候道。

“祝您健康。”靠近车把式的一个银胡子、浓眉毛的漂亮哥萨克很不带劲儿地回答说。

“你们是哪一团的？”李斯特尼次基一面问，一面想看清楚哥萨克那蓝肩章上的番号。

“十二团。”

“你们团现在在哪儿？”

“这可不知道。”

“那你们在哪儿挂的花？”

“就在这村子附近……不远。”

三个哥萨克小声嘀咕了几句，其中的一个就用好胳膊托着那只用粗麻布裹着的受伤的胳膊，跳下车来。

“大人，稍等一下。”他十分小心地托着那条打伤的、已经开始发炎的胳膊，对李斯特尼次基微笑着，摇摇晃晃地迈动着两只光脚，走了过来。

“您是不是维奥申乡的？是不是姓李斯特尼次基？”

“是的，是的。”

“我们真猜对啦。大人，能不能给点烟抽？给我们一点吧，行行好，我们没有烟抽，快要瘾死啦。”

他扶着上了油漆的大车沿，在一旁走着。李斯特尼次基掏出烟盒。

“您最好给我们十来根。我们是三个人呀。”哥萨克笑着恳求说。

李斯特尼次基把所有的纸烟一起倒在他那深棕色的大手上，问道：

“团里伤号很多吗？”

“有二十来个。”

“损失很大吗？”

“打死了很多。大人，跟您借个火。多谢啦。”哥萨克抽着烟，站了下来，在后面喊道：“离您的庄子不远的鞑靼村的哥萨克，今天死了三个。哥萨克打败啦。”

他挥了挥手，就去追赶自己的大车。风吹得他身上那没有系腰带的草绿色军便服扑扑地抖动。

李斯特尼次基中尉奉命调入的这个团的团长，住在别列兹尼亚格村上一个神甫的房子里。中尉在广场上跟热心让他搭乘医疗队大车的那位医生道过别，便朝前走去，边走边掸衣服上的尘土，遇到人就打听团部的驻地。一个火红色大胡子的司务长带着一名士兵去站岗，迎面走来，他对中尉行了一个礼，没有放慢脚步，回答了问题，并且指了指团部驻的那座房子。团部里很安静，远离前方的任何一个指挥部都是这样的。几个书记趴在一张大桌子上，一位苍老的大尉手握军用电话的话筒，正在跟看不见的对话人一起笑着。苍蝇在宽敞的房子的几扇窗户上嗡嗡乱飞，远处的电话铃声像蚊子叫。一名勤务兵把中尉领进了团长的屋子。团长高高的个子，下巴上有一块三角形伤疤，不知为什么心情不佳，他在堂前接待了李斯特尼次基，显得很不热情。

“我就是团长。”他回答过问询，听中尉说过有幸来他麾下当差，就一声不响，打了个手势，请中尉进屋里去。他已经在关身后的门了，这才用疲惫不堪的姿势撩了撩头发，用温和而单调的声音说：

“昨天旅部已经把这事通知我啦。请坐吧。”

他问到李斯特尼次基以前当差的情形，问到京城的新闻和路上的情形；在他们简短交谈的整个过程中，他没有向交谈者抬过一次眼睛，那眼睛显得疲惫无神，想必是劳累过度。

“大概他是在前方劳累的。看他的样子，真是累得够戗。”中尉打量着上校那高高的、显得智慧过人的额头，十分关切地想道。但是上校好像特意要叫他改变想法，用马刀柄在鼻梁上搔了搔痒，说：

“中尉，您去和各位军官见见面吧，您要知道，我已经三夜没睡啦。在这样的穷乡僻壤，除了喝酒打牌，咱们就无事可干。”

李斯特尼次基行了个礼，把十分瞧不起对方的神情隐藏到微微一笑里。他走了出来，很不愉快地回想着这次见面，一想起上校那疲惫的神态和宽下巴上的伤疤居然不由得引起了自己的敬意，就觉得十分好笑。

十五

这个师奉命强渡司颓尔河,并且要在罗维什契附近挺进敌人后方。

李斯特尼次基几天的工夫就跟团里的军官们混熟了;战斗环境很快将他卷了进去,长期呆在他心中的安逸与和平美梦渐渐被驱散。

强行渡河的战斗,这个师进行得很漂亮。该师对准敌人一个强大兵团的左翼狠狠地一击,就挺进到了敌后。在罗维什契附近,奥地利军队在匈牙利骑兵配合下,试图进行反攻,但是哥萨克的炮兵连用榴霰弹消灭了他们,已经拉开阵势的匈牙利骑兵连也在两翼机关枪火力的夹击下,在哥萨克的追击下,仓皇溃退。

李斯特尼次基跟着自己的团参加了反击战,他们的一个营向退却的敌人猛扑过去。李斯特尼次基率领的第三排有一个哥萨克阵亡,四个哥萨克挂了花。中尉装做十分镇静地从罗肖诺夫身旁走了过去,竭力不去听他那沙哑的、低沉的呼救声。罗肖诺夫是克拉司诺库次克乡的一个年轻的、鹰钩鼻子的哥萨克。他躺在那里,一匹死马压在他身上。他的小胳膊受了伤,一动不动地躺着,咧着嘴向经过他身边的哥萨克们求救:

“弟兄们呀,别把我扔掉啊!救救我吧,好弟兄们……”

低沉、痛苦的呼救声显得非常凄惨,但是经过他身旁的哥萨克们的慌乱的心中却没有产生怜悯,即使出现过的话,理智也要毫不放松地把这种怜悯心按住,压制下去,不允许流露出来。全排小步走了有五分钟,好让跑得气喘吁吁的马喘一口气。离他们半俄里远处是仓皇溃逃的匈牙利骑兵。在骑兵那镶着毛边的漂亮制服中间闪动着步兵的蓝灰色制服。奥军的辎重车队在一道山冈上慢慢爬着。一股股榴霰弹的白烟冒了起来,好像在跟辎重队挥手道别。炮队正用迅猛的火力从左方对辎重队进行轰击。隆隆的炮声在田野上扩散开来,附近树林里发出声势浩大的回声。

率领这个营的萨福罗诺夫中校下令“快跑”，于是三连人马散了开来，拉开阵势，小步跑了起来。马匹在身子底下颠动着，汗沫像红黄色的花朵一样一团一团地往下掉。

这一夜，是在一个小村子里宿营的。

团里的十二名军官挤在一座小茅屋里。大家又累又饿，全都躺下去睡了。半夜里，随军灶车来了。丘鲍夫少尉弄来一锅菜汤，军官们一闻到菜汤的油香味，全都醒了过来，一刻钟以后，睡肿了眼皮的军官们就狼吞虎咽地吃了起来，连话都不说，好好补偿一下这两天战斗中所受的损失。吃过这一顿过时的午饭，睡意也消失了。吃得发胀的军官们都裹着斗篷躺在干草上，抽起烟来。

加尔梅柯夫上尉是一个小个子、圆脸的军官，不仅是他的姓氏，就是他的脸也具有蒙古人的某些特征，他猛烈地打着手势，说：

“这种仗不是我打的。我晚生了四百年。你知道吧，皮特尔，”他对杰尔辛采夫中尉说，因为他把“漂特尔”的“漂”字说得很重，说成了“皮”字，“我活不到这场战争结束的时候啦。”

“不要瞎猜想。”杰尔辛采夫在斗篷底下瓮声瓮气地说。

“一点也不是瞎猜想。这是注定的结局。我喜欢老祖宗那一套，我在这里，真的，一点劲儿都使不上。今天咱们冒着炮火进攻的时候，我气得直打哆嗦。连敌人都看不到，我实在受不了。这种可恶的心情跟害怕是一样的。人家在几俄里以外对你开炮，可是你骑在马上，就像一只野雁在猎人枪口底下晃悠。”

“我在库巴尔卡见过奥地利人的榴弹炮。诸位，你们有谁看见过？”阿塔曼秋柯夫大尉一面舔他那英国式红胡子上的罐头肉末子，一面问道。

“妙极啦！瞄准器和所有的机关都完美无缺。”刚刚把第二锅菜汤喝光的丘鲍夫少尉兴奋地说。

“我看见过，不过我的看法就不多说了。我对大炮一窍不通。照我看嘛，大炮还是大炮，不过嘴大点儿罢咧。”

“我真羡慕当年用土办法打仗的那些人，”加尔梅柯夫又说下去，这会儿已经是对李斯特尼次基说了，“打起仗来规规矩矩，冲到敌人跟前，一刀把敌人劈成两半——这一套我懂，可是现在这他妈的算什么玩意儿！”

“在将来的战争里，骑兵的作用就要等于零啦。”

“不如说，到那时候骑兵本身都不会存在啦。”

“噢，这可不一定！”

“毫无疑问。”

“听我说,杰尔辛采夫,任何机械都代替不了人。这是绝对的。”

“我说的不是人,说的是马。摩托车或者小汽车能够代替马。”

“我看,就要有小汽车连啦。”

“胡扯!”加尔梅柯夫发起火来。“军队还是用得着马。全是荒唐的空想!到两百年、三百年以后怎么样,咱们不知道,可是现在,不管怎么样,骑兵……”

“你这个德米特里·顿斯柯依①等到阵地上到处筑起战壕,那时候你怎么办?嗯?喂,回答呀!”

“突破,袭击,深入敌后——这都是骑兵的事。”

“胡说。”

“好吧,诸位,咱们等着瞧吧。”

“请睡觉吧。”

“听我说,你们别再争啦,已经不早啦,别人还想睡觉呢。”

激烈的争论停止了。有人在斗篷底下发出呼噜声、哨声。一直没有开口的李斯特尼次基仰面躺着,闻着铺在地上的黑麦秸的刺鼻气味,加尔梅柯夫画着十字,在他身旁躺了下来。

“中尉,您跟志愿兵彭楚克谈谈吧,他就在您那一排里,这个小伙子挺有意思!”

“怎么个有意思法?”李斯特尼次基一面问,一面翻过身去,背对着加尔梅柯夫。

“他是一个俄罗斯化了的哥萨克。在莫斯科住过。是一个普通工人,但是各种各样的问题他都懂得。是一个胆大包天的人,也是一个极好的机枪射手。”

“咱们睡觉吧。”李斯特尼次基说。

“睡就睡吧。”加尔梅柯夫一面想着心思,一面答应说;他动了动脚趾,抱歉地皱了皱眉头。“中尉,请您多多担待,我的脚上有那么一股气味……您要知道,已经有两个多星期没有脱鞋袜啦,袜子已经叫汗泡烂啦……您看,这玩意儿真讨厌。应该找弟兄们要一副包脚布来。”

“您去要吧。”李斯特尼次基一面矇眬睡去,一面迷迷糊糊地说。

李斯特尼次基已经忘记了加尔梅柯夫说的话,但是第二天他却无意中遇上

---

① 德米特里·顿斯柯依,十四世纪战功赫赫的莫斯科大公。因为加尔梅柯夫向往古代战争,所以这样戏称他。

了志愿兵彭楚克。天麻麻亮，连长就派他出去侦察，如果可能的话，还要跟左翼仍然在进攻的一个步兵团联络联络。李斯特尼次基在朦胧的晨曦中，在睡满哥萨克的院子里来来回回地走着，寻找本排的上士。

“派五名弟兄跟我去侦察。叫人给我备马。快点。”

过了五分钟，一名个头儿不高的哥萨克来到屋门口。

“大人，”他对正往烟盒里装纸烟的中尉说，“上士不派我去侦察，因为轮不到我。您能让我去吗？”

“你想升官吗？犯过什么错误吗？”中尉一面问，一面在灰蒙蒙的晨曦中仔细辨认着哥萨克的脸。

“什么错误都没有犯过。”

“好吧，你就去一趟……”李斯特尼次基答应过，站起身来。

“喂，你来！”他朝着已经走开的哥萨克的背后喊道。“回来一下！”

那个哥萨克又走了过来。

“去告诉上士……”

“我姓彭楚克。”哥萨克插话说。

“是志愿当兵的吗？”

“是的。”

“请您告诉上士，”李斯特尼次基窘了一小会儿，然后控制着自己，改口说，“叫他……噢，算啦，您去吧，我自己告诉他。”

天渐渐亮了。侦察队来到村外，撇开岗哨和警戒部队，朝着地图上标明的一个村子走去。

走了半俄里左右，中尉让马换成了小步。

“志愿兵彭楚克！”

“有。”

“请过来一下。”

彭楚克让自己那匹平平常常的马跟中尉那匹纯种顿河马走齐了。

“您是哪一个乡的？”李斯特尼次基打量着志愿兵的侧影，问道。

“是诺沃契尔卡斯克的。”

“能不能问问，您为什么要当志愿兵？”

“不用客气。”彭楚克拉长声音而且多少带点嘲笑的意味回答说，又用很不柔和的绿眼睛看了看中尉。那眨都不眨的眼睛里的眼神显得很刚强、很坚定。“我对兵法很感兴趣。很想学到手。”

“学兵法，有军事学校嘛。”

“是有军事学校。”

“那又是怎么一回事儿？”

“我想先在实际战争中取得经验。理论问题到时候就能解决。”

“战争以前您是干什么的？”

“当工人。”

“在哪里做工？”

“在彼得堡，在顿河罗斯托夫，在土拉的兵工厂……我想请求把我调到机枪队去。”

“您对机枪很内行吗？”

“绍士、别尔蒂、马得生、马克辛、高契吉司、白尔曼、维凯尔司、路易斯、施瓦尔次洛兹——这些型号的我都懂。”

“好家伙！我跟团长说说看。”

“请您说说吧。”

中尉又把个头儿不高、然而很结实的彭楚克打量了一番。彭楚克就像顿河岸边的一棵榆树：一点也没有什么特别显眼的地方，一切都很平常，只有那方方的下巴和凌厉逼人的目光使他显得与众不同。

他很少笑，笑起来也只是嘴角动一动，眼睛并不因为笑就变柔和些，依然保持着他那种隐隐约约的光彩，令人觉得很难接近。他外表平淡，冷静沉着——是一棵榆树，是在顿河沿岸很不肥沃的灰色沙地上生长起来的一棵像铁一样硬的巍然耸立的树。

他们一言不发地走了一阵子。彭楚克那两只大手放在掉了油漆的绿鞍头上。李斯特尼次基掏出一根纸烟，就着彭楚克手上的火抽烟，闻到他手上有一股像松香一样的、甜甜的马汗气味。手背上生着一层密密的深棕色汗毛，就跟马鬃一样。李斯特尼次基情不自禁地想去摸一摸。他吞咽着辛辣的烟气，随口说道：

“到了前面的树林子，您和另一个弟兄顺着那条小路往左边走。看见吗？”

“是。”

“如果在半俄里以内看不见咱们的步兵，你们就回来。”

“遵命。”

一齐放马跑去。树林边上是单纯的一小片密密丛丛的小白桦树。小白桦树过去，便是很不悦目的一片又矮、又黄、毫无生气的松树，再就是稀稀拉拉、乱蓬蓬的小树林，还有被奥地利辎重车压得乱七八糟的一丛丛的小树棵子。从右边很远的地方传来震天动地的隆隆炮声,但是这小白桦丛中却是说不出的安静。大地尽情地吸收着露水,各种花草都红红的,全都鲜艳夺目,全都染上了浓浓的秋色,呈现出回光返照的颜色。李斯特尼次基在小白桦树边停下来,用望远镜望着树林后面的高地。一只蜜蜂张着翅膀,落在他的马刀的铜头上。

“好糊涂。”彭楚克惋惜地小声说。他批评蜜蜂落错了地方。

“什么?”李斯特尼次基拿开了望远镜。

彭楚克眼睛动了动,叫他看蜜蜂,李斯特尼次基笑了。

“这蜜蜂酿出来的蜜准是苦的,您以为怎样?”

回答他的不是彭楚克。在远处一丛松树后面,机枪像喳喳叫的喜鹊一样高声叫了起来,一下子把宁静搅乱了,一排嗖嗖响的子弹钻进了小白桦树丛。一根被子弹打断的树枝,转转悠悠,摇摇晃晃,倒在中尉的马脖子上。

他们又吆喝又用鞭子抽,赶着马朝村子里跑去。奥地利人的机枪对着他们的后背把一带子弹一口气全部打光。

后来,李斯特尼次基经常见到志愿兵彭楚克,彭楚克那锐利的眼睛里流露出来的意志力,总使他感到吃惊,他还感到奇怪的是,在这个表面看来很简单的人的脸上,总是像悬着的云彩影子一样,挂着一种令人琢磨不透的深沉表情,真猜不透这后面又隐藏着什么。彭楚克说起话来不知为什么也总是欲言又止,只是在刚强的嘴角上露一点笑意,就好像有意避开只有自己清楚的真相,走弯弯曲曲的小路绕过去。不久把他调进了机枪队。又过了十来天,这一天全团大休息,李斯特尼次基在去找连长的路上赶上了彭楚克。彭楚克正从一座烧毁的棚子跟前路过,晃悠着左手玩儿。

“喂,喂,志愿兵!”

彭楚克转过头来,一面行礼,一面让路。

“您上哪儿去?”李斯特尼次基问。

“上队长那儿去?”

“咱们大概是同路吧?”

“大概是的。”

他们在战火毁坏了的村庄的街道上走着,有一阵子没有说话。在一些院子里,在少数幸存的棚子旁边,有许多人忙活着,不时有骑马的人走过,随军灶车冒着腾腾的热气停在街心里,排队等候领饭的哥萨克们就像一条长尾巴;潮漉漉的水汽从上面直往下扑。

“怎么样,您在研究战争吗?”李斯特尼次基斜眼看了看稍微落在后面的彭楚克,问道。

“是的……也可以说是研究。”

“打完仗以后,您想干什么?”李斯特尼次基看着他那毛茸茸的双手,不知为什么这样问道。

“有人要收获自己种的东西,我嘛……到时候看吧。”彭楚克眯起眼睛。

“怎样来理解您的意思呢?”

“中尉(彭楚克的眼睛眯得更细了),有一句俗话:‘种风的人,收的是风暴’,您知道吗?就是这么回事儿。”

“您顶好别打比喻,把话说清楚一点。”

“这就够清楚啦。再见吧,中尉,我要往左边去啦。”

彭楚克把毛茸茸的手指头往哥萨克帽檐上一放,就转身朝左边走去。

中尉耸了耸肩膀,目送了他老半天。

“他是怎么回事,是故弄玄虚呢,还是这人就是有点古怪?”李斯特尼次基气忿地想着,朝连长那整洁的小屋走去。

十六

第三批入伍的也跟第二批入伍的一起开走了。顿河两岸的村镇上行人稀少,好像整个顿河流域的人都去割草和忙着播种去了。

这一年,国境线上也在忙着播种痛苦:死神忙着抓捕男子汉,到处都有披头散发的妇女在哭灵,在呼天抢地地号叫:“哎呀,我的亲人啊!……你把我撇下,叫我依靠谁呀?……

亲人将头颅抛向四面八方,亲人在洒鲜血,亲人眼睛紧紧闭上,长眠不醒,在炮火哀鸣声中,腐烂在奥地利、波兰、普鲁士……大概东风也不能把爱妻和慈母的哭声送进他们的耳朵了。

哥萨克的花朵抛弃了家园，毁灭在死神怀抱，毁灭在虱子群和恐怖之中。

一个天朗气清的九月天，鞑靼村上空飘着乳白色、又泛着彩虹颜色的蛛丝，细细的，轻柔得像棉纱一样。已经失去威风的太阳扮出一副寡妇般的笑脸，天空湛蓝湛蓝的，又洁净，又高傲，露出一种令人难以接近的意味。顿河对岸开始发黄的树林显出伤心的样子，白杨树失去往日的光泽，橡树不断地掉着稀稀拉拉、带花纹的叶子，只有赤杨一片翠绿，只有赤杨这一片生机吸引着喜鹊的眼睛。

这一天，潘捷莱·普罗柯菲耶维奇·麦列霍夫收到一封来自战斗部队的信。信是杜尼娅从邮政所取回来的。邮政所长在交信的时候，鞠着躬，晃着秃脑袋，卑躬屈膝地摊了摊双手，说道：

"请您千万莫见怪，信我拆啦。请告诉你爹，就说菲尔斯·谢苗诺维奇，如此这般，把信拆开啦。就说他很想知道打仗的事，想知道前方情形怎样……请多多包涵，请您就这样告诉你爹潘捷莱·普罗柯菲耶维奇好啦。"

他一反常态，显出慌乱的样子，并且走出来送杜尼娅，也不管他的鼻子上还沾着墨水。

"您回到家里，对这事要多多担待，千万千万……我是因为咱们都是熟人啊……"他在杜尼娅后面啰里啰嗦地嘟哝着，鞠着躬，她感到这里面有一种警告意味，好像把她猛推了一下。

她回到家时，心情十分慌乱，掏了老半天，都没有把信从怀里掏出来。

"快点，瞧你！……"潘捷莱·普罗柯菲耶维奇摸着哆哆嗦嗦的大胡子，喝叫道。

杜尼娅一面掏信，一面急促地说：

"邮政所长说，他因为想知道前方的事，看过信啦，他说，请爹不要见怪。"

"看过就看过吧！是格里什卡写来的吗？"老头子呼噜呼噜地对着杜尼娅的脸喘着粗气，紧张地问道。"好像是格里高力来的吧？怎么，是彼特罗来的？"

"爹，不是……信上的字是别人写的。"

"你念念吧，别叫人心急啦！"伊莉尼奇娜吆喝着，十分费劲地朝大板凳滚去（她的两条腿肿了，走起路来难得抬一下脚，就好像踩着小轮子在滚）。

娜塔莉亚气喘吁吁地从院子里跑了进来，在炉子跟前站住，两手紧紧按在胸前，歪着因刀伤变得很难看的脖子。一丝笑意像太阳的光点一样在她的嘴唇上一闪一闪地跳动着，她等待着格里什卡对她的问候，即使随便是一下，即使一笔带过，那也可以算是对她的一片深情，对她的忠贞的一点报酬。

“妲丽亚在哪儿?”老奶奶小声问。

“别做声!”潘捷莱·普罗柯菲耶维奇大喝一声(他的样子很凶,眼睛都瞪圆了),又对杜尼娅说:“快念!”

“兹通知阁下……”杜尼娅刚一开口,就哆哆嗦嗦地从大板凳上往下溜,放声叫了起来:“爹!我的爹呀!……哎呀,妈妈呀!咱们的格里沙呀!……哎呀!哎呀!把格里沙……打死啦!”

一只彩条野蜂钻进了萎蔫的天竺葵丛中,朝窗户上乱撞,嗡嗡直叫。一只母鸡心平气和地在院子里咯哒咯哒叫着,远处孩子们那银铃一般的笑声从敞着的门里传了进来。

娜塔莉亚的脸已经抽搐起来,但是刚才那一闪一闪的笑意还没有来得及从嘴角上消失。

潘捷莱·普罗柯菲耶维奇一面站起,一面木木地晃着脑袋,带着大惑不解的神情望着趴在地上打哆嗦的杜尼娅。

兹通知阁下:您的儿子,第十二哥萨克团的哥萨克,格里高力·潘捷莱耶维奇·麦列霍夫,已经在今年九月十五日夜间,在卡敏克—司特鲁米罗窝城下作战时阵亡。您的儿子是英勇牺牲的,这可以算是在不可补偿的损失中对您的一点安慰。遗物将交给他的亲哥哥彼特罗·麦列霍夫。马匹仍留在团里。

第四连连长波尔柯夫尼柯夫上尉·野战军

一九一四年九月十八日

潘捷莱·普罗柯菲耶维奇收到格里高力阵亡的通知以后,一下子就垮了下来。家里人眼看着他一天一天地老下去。他越来越不行了;记忆力衰退了,头脑也糊涂了。他驼着背,脸色像生铁一样黑,在屋子里走来走去;眼睛里有一种像发热病时那样的油光,表现出他精神上的混乱。

他亲自把连长的来信放在神龛下面,一天有好几次跑到门口,招手把杜尼娅叫来。

“你来一下。”

杜尼娅走来。

“把写着格里高力的事的那封信拿来。念一念!”他吩咐说,一面担心地看着正房的门,伊莉尼奇娜就在那扇门里日日夜夜地思念,悲痛万分。“你小声念,就像自己念给自己听那样，”他浑身抽搐着，拿眼睛看着门，挤了挤眼睛示意，“念轻一点，要不然妈妈听到……就糟啦……”

杜尼娅咽着泪水，念完第一句，通常都是蹲在地上的潘捷莱·普罗柯菲耶维奇就竖起一只宽得像马蹄一样的黑手掌。

“别念啦！底下我都知道啦……拿走，放到神龛下头……你轻点儿，要不然你妈妈……”他又极不自然地挤了挤眼睛，一张脸变得歪歪扭扭的，就像火烤过的树皮。

他的头发一片一片地白了，头上很快就出现了许多片耀眼的白发，大胡子里也增添了不少银丝。他不要命地吃东西，吃得很多，而且很讲究。

在举办追荐仪式以后的第九天，把维萨里昂神甫和亲友们都请来参加悼念阵亡的格里高力的追思宴。

潘捷莱·普罗柯菲耶维奇吃得很快，而且狼吞虎咽，一根一根的面条粘在大胡子上。伊莉尼奇娜最近这几天一直带着担心害怕的心情注视着他，这会儿哭了起来：

“老头子，你这是怎么啦？……”

“什么怎么啦？”老头子慌忙问，一面从彩釉碗上抬起他那模糊的眼睛。伊莉尼奇娜把手一摔，就转过脸去，用绣花手绢擦起了眼泪。

“爹，您吃起来，就像三天没吃饭啦！”妲丽亚生气地说，并且忽闪了几下眼睛。

“是说我吃东西吗？哦，是的……是的……是的……我不吃啦……”潘捷莱·普罗柯菲耶维奇发起窘来。他张皇失措地打量了一下坐在桌上的人，咬住嘴唇不做声了。别人问他话，他也不回答，将眉头皱得紧紧的。

“普罗柯菲耶维奇，拿出点丈夫气来。为什么要灰心到这种样子？”追思宴以后，维萨里昂神甫鼓励他说。“他的死是神圣的，老头子，你不要违拗天意。你儿子是为皇上和祖国殉节的，可是你呀……罪过呀，潘捷莱·普罗柯菲耶维奇，你有罪呀……上天是不会饶恕的！”

“我已经，神甫呀……我已经够丈夫气的啦。‘他是英勇牺牲的’嘛，这是连长说的。”

老头子亲了亲神甫的手，就靠在门框上，浑身猛烈地哆嗦着，哭了起来，这是收到儿子阵亡的消息以来第一次哭。

从这一天起，他克制住自己，精神恢复了正常。

每个人都有自己医治创伤的方式。

娜塔莉亚从杜尼娅嘴里听到格里高力的死讯以后，跑到院子里。“上吊！这一下子我什么都完啦！快一点！”这个念头在她心里翻腾着，像有一团火在烧她。娜塔莉亚在妲丽亚的两条胳膊里挣了一阵子，便带着一种轻松愉快的心情渐渐昏迷过去，但愿不再清醒过来，不再清清楚楚地想起发生的事。她昏昏沉沉地过了一个星期，等她完全清醒过来，就变成不言不语、衰弱不堪的另外一个人了……麦列霍夫家里又添了一个形存实亡的死人，活人天天闻着她那种像矢车菊一样的死尸气味。

十七

麦列霍夫家在收到格里高力的死讯以后的第十二天，一下子就收到彼特罗两封信。杜尼娅在邮政所就把两封信都看过了，于是她忽而像旋风吹着的一根小草一样往家里飞跑，忽而摇摇晃晃地在篱笆上靠一靠。她在村里造成不小的惊慌，把无法形容的兴奋带进家里。

“格里沙活着哩！……咱们家的格里沙活着哩！……”还离得很远她就用哭号的声调大叫道。“彼特罗写信来啦！……格里沙挂了花，可是没有死！……活着哩，活着哩！……”

彼特罗在标明九月二十日的一封信中写道：

敬爱的父亲母亲，你们好！我告诉你们，咱们的格里什卡差点儿把命送掉，不过，托天之福，现在他还活着，而且很健壮，我们也希望我主上帝保佑你们这样，愿你们健康和平安。他们那个团曾经在卡敏克—司特鲁米罗窝城下作战，在冲锋的时候，他那一排的哥萨克都看见一个匈牙利骠骑兵砍了他一刀，格里高力落马了，后来的情形我们就一点也不知道了，不管我怎样向他们打听,他们什么都说不上来。后来米沙·柯晒沃依到我团来联络,我才听米沙说,格里高力一直躺到天黑,夜里他苏醒过来,就爬起来。他借星星判断着方向往前爬,碰到了我方一位受伤的军官。这位受伤的军官是龙骑兵团的一名中校,炮弹炸伤了他的肚子和两腿。格里高力背起他,驮着他爬了六俄里。他因此得到了奖赏——乔治十字章,并且升为下士。多有意思!格里什卡的伤不算什么,敌人的刀在他的头上刮了一下,削掉了一块皮;可是他从马上跌下来,跌昏了,米沙说,格里什卡马上就要归队了。请你们原谅,我写得这样潦草。我是在马上写的,摇晃得厉害。

在第二封信里,彼特罗要家里给他寄一点“顿河家乡果园”里的樱桃干去,并要求不要忘记经常写信;他在信上还把格里高力骂了一顿,因为他听别人说,格里高力把马照应得很不好,所以他彼特罗很生气,因为那匹枣红马是他彼特罗的,是他自己的,是他的命根子;他要父亲写信说说格里高力。

“我已经叫别人带话给他,如果他不像照应自己的马一样好好照应那匹马,等我们见了面,我会把他的嘴巴打出血来,别看他现在已经是个挂十字勋章的人了。”彼特罗这样写道,然后是无数的问好,并且透过这封皱皱巴巴、被雨淋湿过的信的字里行间,可以明显地感觉出他的苦闷心情。显然,彼特罗当差也很不称心。

潘捷莱·普罗柯菲耶维奇那种高兴得发了昏的样子,叫人看着觉得实在可怜。他抓过两封信,拿着信在村子里到处跑,见了识字的人就拉住,要他们念——不是念给自己听,老头子是想把迟到的喜讯向全村夸耀一番。

“啊哈!瞧见吗,我的格里什卡怎么样?嗯?”当念信人结结巴巴、一个音节一个音节地念到彼特罗写到格里高力立功的地方,也就是把受伤的中校背了六俄里的地方,老头子就直竖起一只马蹄般的手,这样说。

“这是咱们全村第一颗十字章。”老头子神气地说,然后心疼地把信收回,藏到皱皱巴巴的帽里子里,又朝前走,去找另一个识字的人。

谢尔盖·普拉托诺维奇从商店的小窗户里看见了他,亲自走了出来,还一面脱着帽子。

“请进来吧,普罗柯菲耶维奇。”

他用他那肉嘟嘟的白手握住老头子的手,说:

“好啦,恭喜,恭喜……不简单……有这样的儿子够荣耀的,可是你们还给他举办丧事呢。我在报上看到他立功的消息啦。”

“报上都登出来啦?”潘捷莱·普罗柯菲耶维奇一阵直哆嗦,连气都透不过来了。

“上报啦,我看到啦,看到啦。”

谢尔盖·普拉托诺维奇亲自从货架上拿过三包上等土耳其烟丝,又装了一袋贵重的糖果,称都没称;他把这些东西递给潘捷莱·普罗柯菲耶维奇,说:

“你给格里高力·潘捷莱耶维奇寄东西的时候,请代我问候,这些东西也给他带去。”

“我的天——呀!格里高什卡真争气!……全村都在夸他……我可活到了这一天……”老头子从莫霍夫商店的台阶上往下走着,小声嘟哝说。他擤了擤鼻涕,用小褂袖子擦了擦痒酥酥地在脸上流着的泪水,心里想道:“看起来,我老啦。爱流眼泪啦……唉,潘捷莱呀,潘捷莱,这一辈子怎么轻易就过去啦?以前有多么结实,可以扛八普特重的口袋下船,可是现在呢?格里什卡折腾得我够戗……”

他把一袋糖果紧紧抱在胸前,在街上一瘸一拐地走着,他的思想就像麦鸡在沼地上空打圈儿那样,又绕着格里高力打起转转儿,不时地想起彼特罗信上的一些话。这时亲家公柯尔叔诺夫迎面走了过来,他首先喊住潘捷莱·普罗柯菲耶维奇。

“喂,亲家,等一等!”

自从宣战那天起,他们就没有见过面。自从格里高力离家出走那时候起,他们之间的关系即使不是仇敌关系,那也是十分冷淡、十分尴尬的。米伦·格里高力耶维奇很生娜塔莉亚的气,因为她对格里高力低三下四,盼着他开恩。这也使他米伦·格里高力耶维奇感到好像有点低三下四了。

“不要脸的东西,”他当着家里人骂娜塔莉亚说,“住在娘家好啦,偏要到婆家去住,婆家粮食她觉得好吃些。因为她这个糊涂闺女,当老子的都丑死啦,在人面前都觉得抬不起头来。”

米伦·格里高力耶维奇径直走到亲家公面前,伸过一只长满老斑、弯得像小船一样的手。

“你好啊,亲家!”

“托福托福,亲家。”

“你好像是买东西去的吧?”

潘捷莱·普罗柯菲耶维奇举了举那只空着的右手,摇了摇头,表示不是去买东西的。

“这个吗,亲家,是送给咱们的英雄的礼物。大善人谢尔盖·普拉托诺维奇在报上看到了他的英雄事迹,所以送给他一些糖果和上等烟丝。他说:‘请代我问候咱们的英雄,把这些礼物寄给他,让他今后永远这样了不起。’他连眼泪都流下来啦,懂吗,亲家?”潘捷莱·普罗柯菲耶维奇不着边际地吹嘘起来,并且凝神注视着亲家公的脸,想看看他对此事的反应。

在亲家公那灰白色的眼皮底下出现了亮闪闪的影子,那影子使他那朝下望的眼神变成了冷笑。

“是这——样——啊。”柯尔叔诺夫说了一声,就朝街对过篱笆边走去。

潘捷莱·普罗柯菲耶维奇急忙跟在他后面,一面用拼命打哆嗦的手指头打开糖果袋。

“吃块糖吧,这糖很甜!……”他带着挖苦意味对亲家公说。“请吃点儿吧,这是女婿的糖……你的日子过得不甜,这你也许清楚,儿子吗,也许能挣得这份荣耀,也许不能……”

“我的日子怎样,不用你管。自己的日子自己清楚。”

“尝尝吧,赏个脸吧!”潘捷莱·普罗柯菲耶维奇表现出过分殷勤的样子,跑到亲家公面前去鞠了一躬。他那弯弯曲曲的手指剥开一块薄薄的、银白色的包糖纸,一块糖露了出来。

“我们吃不惯甜东西。”米伦·格里高力耶维奇推开亲家公的手。“我们吃不惯,吃了别人的东西,我们的牙会硌碎。亲家,你不该凭着儿子到处去讨施舍。要是有难处,就来找我好啦。女婿嘛,我应该给……娜塔什卡还在吃你们家的饭嘛。我可以救救你的急。”

“我们家还没有谁去讨过施舍,亲家,你别胡说,别乱嚼舌头!你的牛皮吹得真大,亲家!……太大啦!……也许就因为这样,你才发了财,你女儿才到我们家来的吧?”

“等等!”米伦·格里高力耶维奇正色说。“咱们犯不着吵。我不是来跟你吵嘴的,你火气小一点,亲家。咱们去谈谈,有点事。”

“咱们没什么可谈的。”

“当然有可谈的。走吧。”

米伦·格里高力耶维奇扯住亲家公的小褂袖子,拐进一条小胡同。他们走过许多人家,来到田野上。

“谈什么呢?”潘捷莱·普罗柯菲耶维奇火气下去,已经清醒过来,问了一声。

他斜眼看了看柯尔叔诺夫那张白白的麻脸。柯尔叔诺夫老汉撩了撩常礼服那长长的衣襟,坐在沟边土埂上,掏出一个带穗子的旧式烟荷包。

“你看,普罗柯菲耶维奇,也不知道为什么你像只打架的公鸡一样冲着我来了,这可有点儿不大好。好像不大好吧,嗯?我是想问一问,”他改用另一种强硬、粗鲁的声调说起来,“你儿子拿娜塔莉亚不当人看待,是不是要一直这样下去呢?你告诉我!”

“这事儿你问他去。”

“我用不着去问他,你是一家之主嘛,我要和你说话。”

潘捷莱·普罗柯菲耶维奇手里紧紧攥着剥掉了糖纸的糖,黏糊糊的巧克力糖汁从他的指头缝里流了出来。他在土埂边一块黄土坷垃上擦了擦手,一声不响地卷起烟来。他把一片纸卷成喇叭形,从烟包里倒了一撮土耳其烟丝,又把烟包递给亲家公。米伦·格里高力耶维奇毫不犹豫地接过烟包,也用莫霍夫慷慨赠送的礼物卷了一根烟卷儿。他们抽了起来。他们头顶上高悬着一片像白色泡沫、又像软鼓鼓的酥胸似的云彩,一根柔软无比、被风吹得摇摇摆摆的蛛丝,从地上迅速地朝那片云彩、朝不可思议的高处飞去。

已到向晚时候。初秋时候的寂静有如沉沉入睡的婴儿,又安宁,又甜得没法子形容。天空已经失去夏日那鲜明的色泽,发出的蓝色显得十分暗淡。不知从哪里吹来许多苹果树叶子,小沟上面呈现出一片鲜艳的血红色。蜿蜒起伏的山岭后面有一条四通八达的大道,那大道空自招引人们去走,招引人们到一片翠绿的、朦胧得像梦一样的地平线那边去,到未曾到过的广阔天地里去,可是人们却捆在生活上,捆在家常琐事上,辛辛苦苦地干活儿,拼足力气打场。于是大道,不如说,一道阒无人迹、闷闷不乐的印子,就自个儿向前伸去,穿过地平线,钻进看不见的地方。风在大道上漫游,扬起一股股灰尘。

“这烟没有劲,跟草一样。”米伦·格里高力耶维奇一面喷吐烟团,一面说。

“是没有劲,可是……味道挺好。”潘捷莱·普罗柯菲耶维奇应声说。

“你回答我的话,亲家。”米伦·格里高力耶维奇把烟卷熄了,用和缓的语气请求说。

“这事儿格里高力提都没有提。他现在挂花啦。”

“我听说啦……”

“将来怎么样——我不知道。也说不定他真的会阵亡。那又怎么说呢?”

“怎么能这样说话呢,亲家?……”米伦·格里高力耶维奇慌乱而难受地眨巴起眼睛。“她现在姑娘不像姑娘,媳妇不像媳妇,也算不上一个清白的寡妇,这局面太不光彩啦。要是早知道会出这种事,像你们这种亲家,我连门槛都不许踩一踩，不然怎么会弄成这样呢？唉，亲家呀，亲家……每个人都心疼自己的孩子……骨肉嘛，不能不管……”

“我能有什么办法呢？……”潘捷莱·普罗柯菲耶维奇使出有控制的火力开始反攻。“你来给我说说道理。儿子从家里跑掉，难道我会高兴吗？我会得到什么好处吗？这可真是天大的怪事！”

“你给他写封信，”米伦·格里高力耶维奇闷声闷气地要求说，他手底下的黄土，就像黄黄的涓涓细流一样，随着他的说话声沙沙地往沟里流，“叫他给一个痛快答复。”

“他跟那个娘们儿已经有了孩子啦……”

“这个娘们儿也能生孩子！”米伦·格里高力耶维奇红着脸，叫道。“难道能这样糟蹋活人吗？嗯？……她已经寻过一回短见，现在已经是个残废人啦……非要把她踩到坟墓里不可吗？嗯？……心呀，心呀……”米伦·格里高力耶维奇一只手直抓自己的胸膛，另一只手扯着亲家公的衣襟，换了喑哑的小声说：“难道他的心是狼心吗？”

潘捷莱·普罗柯菲耶维奇哼哧了两声，脸扭向一边。

“……她想他想得都瘦干啦，除了他，她再没有什么想头。她在你家过的是奴婢一样的日子啊！……”

“我们待她比亲闺女还好！你住嘴吧！”潘捷莱·普罗柯菲耶维奇高声说完，站起身来。

他们也没有道别，各自走开了。

十八

生活冲出正常的轨道，往往就要变成无数的支流。很难预料，生活将顺着哪一条支流继续自己那不肯循规蹈矩的、顽皮的行程。生活有时会像小河过滩，会浅下去，今天浅得能看见河底乱糟糟的沉积物，可是明天又是满槽汹涌的河水在奔流了……

不知为什么娜塔莉亚忽然打定主意要到亚戈德庄去找阿克西妮亚，央告和恳求阿克西妮亚把格里高力还给她。她不知为什么觉得一切都取决于阿克西妮亚，只要她去恳求她，格里高力和当初的幸福就会重新回来。她丝毫没有考虑，这种事能不能实现，阿克西妮亚会怎样对待她这种奇怪的要求。不能自制的感情推动着她，她恨不得让自己突然打定的主意早日付诸实现。月底，麦列霍夫家收到格里高力一封来信。在向父母请安问好以后，他也问候了娜塔莉亚·米伦诺芙娜，并向她表示深深的敬意。不管是什么样微妙的原因使得格里高力这样做，但这对娜塔莉亚是一种推动，一到星期天，她就收拾好，要去亚戈德庄。

"你上哪儿去，娜塔莎？"杜尼娅看到娜塔莉亚对着破镜子仔细而又认真地端详自己的脸，就问道。

"回娘家去看看。"娜塔莉亚说了个谎，并且脸红了，因为这时她才第一次明白了，她这是去接受很大的侮辱，去接受重大的精神折磨。

"娜塔莉亚，你呀，这一辈子哪怕能陪我出去玩一回呢，"妲丽亚一面打扮，一面央求说，"怎么样，晚上去，好吗？"

"我不知道，恐怕不一定能去。"

"唉，你呀，真是个小尼姑！男人不在家，就那么死心眼儿！"妲丽亚挤眉弄眼地说着，她那柔软的身子弯成两折，对着镜子端详起淡蓝色新裙子的绣花底边。

自从彼特罗走后，妲丽亚大大地变了样子：丈夫不在家，在她身上产生了明显的后果。在她的眼睛里，在她的一举一动上，都流露出一种烦恼的神情。每个星期天，她总是打扮得格外漂亮，到游戏场玩到很晚才回家，回到家就恨恨地翻着黑眼珠子对娜塔莉亚诉苦：

"好晦气，真够受！……管用的男子汉都弄走啦，村里剩下的全是小孩子和老头子啦。"

"这跟你有什么关系？"

"怎么没有关系？"妲丽亚诧异地问。"到外面都找不到一个人可以玩玩儿。哪怕能让我一个人上磨坊里去走走也好，要不然就只有天天守着公公啦……"

她曾经厚着脸皮开门见山地问娜塔莉亚：

"小乖乖，没有男人，你怎么能忍这样久啊？"

"够啦，不要脸的！"娜塔莉亚一张脸变得通红。

“你就不想吗?”

“看样子,你想啦?”

“想死啦,小奶奶!”妲丽亚哈哈大笑,脸上泛出桃花色,弯弯的眉毛哆嗦着。“老实对你说吧……这会儿我要是能找到个老头子解解馋也行,真的!你想想吧,彼特罗走了已经有两个月啦。”

“你呀,妲丽亚,要倒霉的……”

“算了吧,你这个正人君子!这种不言不语的人,我可清楚透了。大概你是不会承认的。”

“我没有什么好承认的。”

妲丽亚嬉皮笑脸地斜着眼睛看了看娜塔莉亚,用大尖的细牙咬了咬嘴唇,讲了起来:

“前两天在游戏场上,村长的儿子季莫什卡·马内次柯夫凑到我跟前。他坐在那里,一脸都是汗。我看出,他怕开头呢……后来他把一只手悄悄地伸到我的胳肢窝底下,可是他的手不住地打哆嗦。我耐着性子,没有做声,可是我心里好不懊恼,这要是个小伙子有多好,可这是个……不管用的伢子!他不过才十六岁呀,瞧,就剩下这号儿的了……我坐着,不做声,他摸呀,摸呀,后来小声说:‘咱们上我家场院去!……’哎呀,真叫我笑死啦!……”

妲丽亚十分开心地大笑起来,两道眉毛在脸上跳动着,眯起来的眼睛迸射着笑的火花。

“我把他一顿好骂!我跳起来就骂:‘嘿,你这个没出息的!黄口小牙狗!你有本钱对我胡说这种话吗?你才有几天不尿床?’我好好把他教训了一顿!”

她跟娜塔莉亚的关系是亲密无间的。妲丽亚起先对弟媳妇的那种敌意已经没有了,她们两个虽然性格不同,虽然各方面都不一样,但她们很处得来,彼此很和睦。

娜塔莉亚穿好衣裳,走出正房。

妲丽亚在过道里撵上了她。

“今天你不能给我开门吗?”

“我恐怕今天要在娘家过夜。”

妲丽亚想了想,用小梳子在鼻梁上搔了搔痒,摇了摇头。

“好,你去吧。这事儿我本来不愿意去求杜尼娅,现在看来,非求她不可了。”

娜塔莉亚对伊莉尼奇娜说过要回娘家去,就来到街上。集已经散了,一辆辆大车离开广场,人们从教堂里往外走。娜塔莉亚走过两个胡同口,就拐弯向右走。她慌慌忙忙朝山坡上爬去。来到山口上,她回头看了看:山脚下的村庄洒满了阳光,一座座石灰粉过的房子雪白雪白的,阳光照在磨坊那坡度平缓的屋顶上,又反射起来,金星点点,白铁皮光闪闪的,好像熔化的钢铁。

十九

亚戈德庄上也有不少人打仗去了。维尼阿民和季杭都走了,他们一走,更显得冷清、安静和枯寂了。阿克西妮亚接替维尼阿民服侍老将军;永远不见瘦的大屁股鲁凯莉亚担起了厨子和饲养家禽的活儿。萨什卡老爹又当马夫,又兼管园子,只有车夫是新来的——是一个名叫尼基吉奇的老成持重的老哥萨克。

这一年,老爷缩减了种植面积,拿出近二十四匹马去补充军马;只留下一些大走马,再就是家务上离不开的三匹顿河马。老爷常常借打猎来消磨时间,带尼基吉奇去打打野雁,有时也带着猎狗去打猎,在周围闹哄哄地跑上一通。

阿克西妮亚断断续续地收到格里高力的几封短信,信上说他还活着,而且身体很好,当差的事很忙。他是根本不在乎呢,还是不愿意在信上流露出他的脆弱,反正一回也没有说他受不了,没有说苦闷。几封信都显得冷冰冰的,好像是不得已才写的,只有在最后一封信里才露了几句:"……天天在行军打仗,老是打仗,老是把死神背在褡裢里,好像都有些厌了。"在每一封信里他都问到女儿,要求把女儿的情形对他说说:"……来信告诉我,我那丹妮亚长得多高啦,长得好看吗? 不久前我梦见她长得很大了,还穿着红连衣裙。"

阿克西妮亚表面上十分坚强地忍受着别离的痛苦。她把对格里高力的一片深情,全部放到了女儿身上,特别是当她相信这孩子确实是格里高力跟她生的以后。小生命本身在提供着无可辩驳的证据:孩子那深褐色的头发渐渐不见了,长起了新的、黑黑的鬈发;眼睛也渐渐变了颜色,越来越黑,眼缝越来越长。孩子跟父亲越来越像得厉害,就连笑也是麦列霍夫家的,像格里高力那样,有点粗犷。这会儿阿克西妮亚可以毫无疑问地从孩子身上看出孩子的父亲是谁,因此把炽热的感情倾注在孩子身上,再也不像以前那样,每当她走到摇篮跟前,在孩子那睡着的小脸上一发现跟司捷潘那可憎的模样儿有某种似是而非的相似之处或者相似的影子,就摇摇晃晃地退了回去。

日子慢悠悠地过去,每过一天,阿克西妮亚心上就增加一层愁苦。为心上人的生命提心吊胆,就像钢钻在钻她的心,白天想,夜里也想,而且一到夜里,那种郁积在心中、一直拼命压制着的东西就冲破堤防:夜里,她整夜翻来翻去地折腾,不出声地叫喊,流泪,咬手,为的是不吵醒孩子,为了不叫出声来,也为了用肉体的痛楚压制精神上的痛楚。她把太多的眼泪哭到孩子的包布上,一面像小孩子一样天真地想着:“这是格里什卡的孩子,他的心一定会感觉到我在想他。”

她这样折腾一夜之后,早晨起来,就像挨了一顿好打似的:全身酸疼,两边鬓角上就像有很多小银锤儿一个劲儿不停地敲打,在当初像少女那样丰润、如今已经耷拉下来的嘴角上流露着痛苦焦灼的神情。许多痛苦的夜晚使阿克西妮亚老了……

有一个星期天,她给老爷送过早点,走了出来,来到台阶上,看见有一个女人来到大门口。她觉得白头巾下面闪着的那两只眼睛熟悉得不得了……那女人摘下门鼻,走进了院子。阿克西妮亚一认出是娜塔莉亚,脸一下子白了,慢慢迎了上去。她们在院心里相遇了。娜塔莉亚的靴子上落了一层厚厚的路上的尘土。她无神地耷拉着两只干活儿的大手,呼哧呼哧地喘着粗气,站了下来,伸了伸伤残的脖子,却没有伸直;因此她好像是望着旁边什么地方。

“我来找你的,阿克西妮亚……”她用干干的舌头舔着被风吹裂的嘴唇,说道。

阿克西妮亚匆匆地朝几个窗户扫了一眼,就一声不响地朝下房,朝自己住的屋走去。娜塔莉亚在后面跟着。阿克西妮亚那连衣裙的沙沙声刺得她的耳朵非常难过。

“大概太热啦,所以耳朵里疼。”从乱纷纷的许多想法中钻出这样一个想法。

阿克西妮亚把娜塔莉亚让进屋子,就关上了门。她把门一关,就站在屋子当中,把两只手插进白围裙里。她主持起这场比赛。

“你干什么来啦?”她用笼络的语气,几乎像耳语一样地问道。

“我要喝点水……”娜塔莉亚说着,用痛苦的、直直的目光在屋子里扫了一遍。

阿克西妮亚等候着。娜塔莉亚吃力地提了提声音，说起话来：

“你抢走了我的男人……把格里高力还我吧！……你……把我这一辈子毁啦……你看，我成什么样子啦……”

“把男人还你？”阿克西妮亚咬紧了牙，她说的话就像雨点滴在石头上，当当地响。“把男人还你？你这是向谁要男人？你来干什么？……你想要男人已经晚啦！……晚啦！……”

阿克西妮亚身子摇晃着，对直地走了过去，讥讽地笑了起来。

她盯着对手的脸，眼睛里露出嘲笑的神情。现在这个被遗弃的结发妻子终于低声下气、痛苦不堪地站在她的面前了；就是这个女人，曾经使她阿克西妮亚跟格里高力分开过，使她流尽了眼泪，尝到过揪心的痛苦，而且就在她阿克西妮亚朝思暮想、痛苦万分的时候，正是这个女人在恋着格里高力，而且大概还笑话过她这个失败的、被抛弃的情人呢。

“你是来要我把他扔掉吗？”阿克西妮亚憋得都透不过气来了。“哼，你呀，心好毒！……是你先从我手里把格里什卡抢走的！是你抢我的，不是我抢你的……你早就知道他在跟我过，为什么还要嫁给他？我是收回自己原有的，他本来就是我的。我有我跟他生的孩子，可是你……”

她带着强烈的仇恨望着娜塔莉亚的眼睛，双手乱舞，说出来的一句一句的话，就像熔透的铁渣。

“格里什卡是我的，我谁也不给！……是我的！是我的！……你听见吗？是我的！滚出去，不要脸的母狗，给他做老婆，你还不配！你想把孩子的父亲夺去吗？呸！为什么你早不来呢？嗯，为什么早不来？”

娜塔莉亚侧着身子走到板凳跟前，头朝胳膊上一弯，用手捂住脸，坐了下去。

“你把自己的男人扔了……别这样大呼小叫吧……”

“除了格里什卡，我再没有什么男人，世上再没有谁啦……”

阿克西妮亚觉得心中翻腾着一股说不出的恼恨，看了看从娜塔莉亚头巾里耷拉到手上的一绺直直的黑发。

“他能要你吗？瞧吧，你的脖子都歪啦！你以为他能看得上你吗？你还好好儿的时候，他都不要你啦，你残废了，他倒是能看上吗？你想不到格里什卡啦！这是我说的！滚吧！”

阿克西妮亚为了保卫自己的窝儿，像发了疯一样；过去所受的闷气，现在一股脑儿发泄出来。她看到，娜塔莉亚脖子虽然多少有点歪，但还是像过去那样漂亮——腮蛋子和嘴唇还是丰润的，时光并没有给她添上皱纹——可是她阿克西妮亚,难道不是因为这个娜塔莉亚的缘故,眼睛下面过早地出现了蛛网一般的皱纹吗?

“你以为我指望把他要回去吗?”娜塔莉亚抬起难受得像喝醉了一样的眼睛。

“那么你是为什么来的?”阿克西妮亚呼哧呼哧地喘着气问道。

“我想他,就来了。”

阿克西妮亚的孩子被说话声惊醒了,在床上哭起来,身子直动,要起来。妈妈把孩子抱起,转身对着窗户坐下。娜塔莉亚浑身打着哆嗦,朝孩子望了望。一阵寒颤卡住她的喉咙。格里高力的两只眼睛在孩子的脸上带着很懂事的好奇神情望着她。

她大声哭着,摇摇晃晃地走了出去。阿克西妮亚没有出去送她。

过了一会儿,萨什卡爷爷走了进来。

“这娘们儿是什么人?”他问道。看样子,他觉得很纳闷。

“哦,是我们村上一个娘们儿。”

娜塔莉亚离开亚戈德庄有三俄里,在一丛野李子跟前躺了下来。她躺着,什么都不想,心里有说不出的苦闷……孩子脸上那两只闷闷不乐的、格里高力的黑眼睛在她眼前忽闪着,怎么都不肯隐去。

二十

那一夜,格里高力记得非常清楚,清楚得如在眼前。他在天亮前苏醒过来,用手摸了摸,摸到的是扎手的庄稼茬子,觉得头上到处痒酥酥地疼,他哼叫起来。他使劲抬起一只手,伸到额头上,摸了摸硬扎扎、乱蓬蓬、一片血糊糊的头发。他用手指头挨了挨伤口,就好像把一块火炭往上面放了一下。他用劲咬了咬牙,仰面躺下来。在他的头顶上,早霜打过的树叶清脆而凄凉地沙沙响着。树枝的黑黑的轮廓印在深蓝色的天空画布上，显得非常清楚，星星在树枝中间闪烁着。格里高力睁大了眼睛望着，眼睛眨都不眨；他觉得那不是星星，是一些肥大的蓝黄色仙果挂在枝头。

他明白了自己这是怎么一回事，感到一阵恐怖猛烈地涌了上来，就咬紧牙关，四肢着地地爬了起来。有时候疼得非常厉害，有几次他疼得仰面躺下……他觉得自己已经爬了很久很久；强忍着疼，回头看了看——在五十步以外有一棵黑黑的树，他就是在那棵树下失去知觉的。有一次他用两肘撑在一具死尸那凹下去的硬肚皮上，从死尸身上爬了过去。他因为失血过多，恶心得直想呕吐，像个小孩子一样哭起来，为了不再昏过去，嚼起落满露水的、淡而无味的青草。他在一个翻倒的空子弹箱旁边站了起来，摇摇晃晃地站了半天，然后向前走去。他的劲头来了，走起路来稳当些了，已经能认清是在往东走了：北斗星指示着方向。

在树林边上，一个低沉的警告声将他喝住：

“不要往前走，我开枪啦！”

手枪转轮响了一下。格里高力朝发出响声的地方看去：有一个人半躺在一棵松树旁边。

“你是什么人？”格里高力问了一声，听着自己的声音，觉得好像是别人的声音。

“是俄国人吗？我的天！……过来吧！”松树旁边的那人趴到了地上。

格里高力走了过去。

“你弯下身来。”

“不成。”

“为什么？”

“我要是一倒下去，就站不起来啦，我的头上挨了一刀……”

“你是哪一部分的？”

“顿河第十二团的。”

“救救我吧，哥萨克……”

“我会摔倒的，大人。”格里高力看清了那人军大衣上的军官肩章。

“你用手扶扶我也好。”

格里高力扶着军官站了起来。他们一起往前走。但是越往前走，受伤的军官压在格里高力胳膊上的分量越重。他们从一处洼地往上走的时候，军官紧紧抓住格里高力的军便服袖子，断断续续地磕打着牙齿说：

“把我扔下吧，哥萨克……因为我受的是……穿透伤……在肚子上。”

军官的眼睛在夹鼻眼镜底下忽闪着,越来越没有精神,大张着的嘴巴哼哼哧哧地在吸气。他一下子昏了过去。格里高力背起他往前走,跌倒了又爬起来,爬起来又跌倒。两次把他扔下,又两次走回去,把他背起来,迷迷糊糊地往前走。

上午十一点,一支联络队发现了他们,把他们送到了救护站。

过了一天,格里高力偷偷地离开了救护站。他在路上扯下头上的绷带,轻快地摇晃着浸透片片鲜血的绷带,朝前走去。

"你从哪儿来的?"连长说不出的惊讶。

"我归队啦,大人。"

格里高力从中尉那里走出来,看到了本排的上士。

"我的马……我的枣红马在哪儿?"

"马吗,老弟,好好的呢。我们当时就在打跑奥地利人的地方把马抓住啦。你究竟是怎么一回事儿?我们都给你开过吊,祝你在天堂安息啦。"

"你们太性急啦。"格里高力苦笑了一下。

命令摘抄

顿河第十二哥萨克团哥萨克格里高力·麦列霍夫,因救护龙骑兵第九团团长古司塔夫·葛罗兹别尔格中校有功,特提升为下士,并授予四级乔治十字勋章。

他们连已经在卡敏克—司特鲁米罗窝城里驻扎了两天,夜里就准备出发了。格里高力找到了同排哥萨克们的驻地,就去看自己的马。

鞍袋里有两件衬衣和一条毛巾不见了。

"格里高力,有人当面偷东西。"米沙·柯晒沃依抱歉地说。因为马是由他照应的。"这个院子里来过很多步兵,是他们偷去啦。"

"去他们的吧,叫他们用去吧。顶好把头给我缠一缠,绷带都湿透啦。"

"用我的毛巾吧。"

他们正在棚子里说话的时候,"秃子"走了进来。他朝格里高力伸过手来,好像他们之间什么事都不曾有过。

"啊,麦列霍夫!好小子,你还活着吗?"

"马马虎虎还活着。"

"额头上全是血,擦擦吧。"

"我会擦的,来得及。"

“叫我看看,你伤得怎么样。”

“秃子”使劲把格里高力的头往下一扳,鼻子哼了一声。

“干什么要把头发剪掉?嘿,把你弄成这种怪样子!……医生怎么他妈的给你治的,还是让我来给你治治吧。”

他也不问格里高力是不是同意,便从子弹袋里掏出一粒子弹,拧出弹头,把火药倒在黑黑的手掌上。

“米沙,去弄点蜘蛛网来。”

米沙·柯晒沃依用马刀尖从屋梁上绞下来一团蜘蛛网,递过来。“秃子”就用这马刀尖挖了一把土,把土、火药和蜘蛛网掺和到一起,放在嘴里嚼了半天。他用嚼出来的糊把格里高力头上流血的伤口严严实实地糊住,笑着说:

“三天以后就能长好,管保药到病除。你看,我把你照应得多好,可是你……还要开枪打死我呢。”

“多谢你的照应,不过还是打死你好——好使我心上减少一桩罪过。”

“小伙子,瞧你多么天真。”

“是怎么样,就怎么样。我头上的伤怎么样?”

“砍了有两三分深。这是给你留做纪念的。”

“我不会忘记。”

“你想忘都忘不掉。奥地利人不喜欢磨刀,是用钝刀砍你的,这一下子一条凸凸的伤疤就要在你头上呆一辈子啦。”

“算你走运,格里高力,刀滑了过去,不然的话,你就葬身在外国了。”柯晒沃依笑道。

“这军帽我往哪儿放呢?”

格里高力在手里转悠着帽顶已被砍破、染满了血的军帽,不知如何是好。

“扔掉算啦,让狗舔舔去。”

“伙计们,饭来啦,冲啊!”屋子里有人喊起来。

哥萨克都从棚子里走了出来。枣红马翻起眼睛斜看着,跟在格里高力后面叫了起来。

“这马才想你呢,格里高力!”柯晒沃依指了指马。“我起初挺奇怪:连草料都不吃,就这样轻轻地叫。”

“我从那里一路往前爬,就一路呼唤它,”格里高力背过身去,低沉地说,“我心想,它是不会离开我的,别人要逮它也很不容易,这马不服生人管。”

“这话不假,我们费了很大的劲才逮住。是用套马索逮的。”

“这是一匹好马，是我哥哥彼特罗的马。”格里高力又背过身去，藏起动情的眼睛。

他们走进屋子。在堂前的地板上，叶高尔·莎尔柯夫正躺在从床上拖下来的弹簧褥子上打呼噜。难以形容的混乱，无声地在说明：主人是仓促离开家的。破碎的瓷器片、扯碎的纸和书籍、一段段沾了蜂蜜的呢料、儿童玩具、旧皮鞋、撒掉的面粉——这一切都乱糟糟地堆在地板上，呈现出溃灭的气氛。

叶麦里扬·格洛舍夫和普罗霍尔·泽柯夫打扫出一块地方，也在这里吃饭。泽柯夫一看见格里高力，两只和善的牛眼睛瞪得老大。

“格里——什卡！你从哪儿来的？”

“从阴曹里来。”

“你快去给他弄点菜汤来吧。干什么要把眼睛瞪到头顶上？”“秃子”叫道。

“马上就去。灶车就在跟前，在小胡同里。”

普罗霍尔一面嚼着面包，一面朝外跑去。

格里高力就在他坐的地方疲惫无力地坐下来。

“我已经不记得什么时候吃过饭啦。”他抱歉地笑着说。

第三军的队伍正从城里开过。狭窄的街道塞满了步兵，无数的车辆和马队在街上拥拥挤挤，十字路口更是挤得水泄不通，部队开动的轰隆声传进关闭着的屋门。普罗霍尔很快就带着一锅菜汤和一饭袋荞麦粥回来了。

“这粥往哪儿倒呢？”

“这儿有一个带把儿的锅。”格洛舍夫从窗户脚下拉过一个尿罐，不知道这是什么玩意儿。

“你这锅好臊气啊。”普罗霍尔皱了皱眉头说。

“没关系，马虎点吧，这会儿咱们不能太讲究。”

普罗霍尔打开饭袋就倒，稠稠的、香喷喷的荞麦粥冒出腾腾的热气，边上还浮起一层琥珀色的油。大家一面说话，一面吃起来。普罗霍尔吃得油点子往自己那退了色的裤绦上直滴，一面在讲着：

“就在咱们这院子旁边，驻扎着山民骑兵营的一个炮兵连，他们在歇马。他们一个中士看到报上说，协约国真的把德国人彻底粉碎啦。”

“麦列霍夫，你没有赶上，今天早上来慰问我们啦。”“秃子”咕哝着塞满了饭菜的嘴，唠叨说。

“谁来慰问啦？”

“师长封·狄威德中将检阅了我们，并且慰问了我们，感谢我们杀退了匈牙利骠骑兵,救出了自己的炮队。因为他们差一点把大炮拖走。师长说:‘哥萨克都是好样儿的,皇上和国家决不会忘掉你们。’”

“真不简单!”

大街上清脆地响了一枪,又是一枪,密集的机枪声哒哒地响了起来。

“出——来!”大门口有人吆喝起来。

哥萨克们都扔下汤匙,跑到院子里。一架飞机在他们头顶上低低地、平平稳稳地盘旋着。飞机强大的轧轧声惊心动魄。

“在篱笆脚下卧倒! 马上要扔炸弹啦,因为隔壁就是炮兵连!”“秃子”喊道。

“把叶高尔叫醒! 要不然他就死在弹簧褥子上啦!”

“拿步枪来!”

“秃子”仔细瞄了瞄,就在台阶上开起枪来。

步兵在大街上跑着,不知为什么都弯着腰。旁边的院子里传来马的尖叫声和急促的口令声。格里高力打完一梭子子弹,隔着栅栏看了看,看见许多炮兵正忙着把大炮往棚子底下推。因为天空蓝得刺眼,格里高力眯起眼睛,望着轧轧响着向下飞来的铁鸟;就在这时候,有一个东西飞速地从铁鸟上落了下来,在一片阳光中闪着刺目的亮光。一声震天动地的轰隆声,震得房子和卧倒在台阶上的哥萨克们直抖;旁边的院子里,一匹马发出临死前的惨叫声。一股冲鼻子的焦煳的硫磺气味从栅栏那边飘了过来。

“躲起来!”“秃子”一面从台阶上往下跑,一面吆喝。

格里高力也跟着他跑下来,趴到栅栏脚下。铝制的飞机翅膀亮闪闪的;飞机从容地翘着尾巴,转着弯儿。街上一阵一阵的枪声,有猛烈的齐射,也有杂乱而密集的枪声。格里高力刚刚压上一梭子子弹,一声更加猛烈的爆炸把他抛出有一丈远。一大片土落在他的头上,迷住了他的眼睛,沉甸甸地把他压住……

“秃子”把他扶起来。格里高力觉得左眼睛疼得厉害,睁都睁不开;好不容易睁开右眼,他才看见:半边房子被炸毁了,红红的砖乱七八糟地堆着,上面还冒着粉红色的尘烟。叶高尔·莎尔柯夫从炸得不像样子的台阶上爬下来。他那一张脸就等于一片叫声,带血的眼泪从他那凹进去的眼睛里流出来,顺着腮帮子往下淌。他缩着头爬着,喊叫着,那像死人一样发了黑的嘴唇好像张都张不开了:

“哎——哟——哟! 哎——哟——哟! 哎——哟——哟! ……”

在他身后一块薄布片上挂着些皮肉,烧坏的一条裤腿上横拖着一条从大腿根上炸下来的腿,另一条腿不见了。他慢慢掴换着手爬着,嘴里发出的尖细的叫声几乎像小孩子在叫。他忽然停止了哭叫,侧着身子躺了下去,把脸紧紧贴到湿漉漉、到处是马粪和瓦砾、并不可亲的土地上。谁也没有到他跟前去。

“快把他抬走!”格里高力还用手捂着左眼,吆喝了一声。

一群步兵跑进院子,电话兵的一辆大车停在大门口。

“快走,干什么要停下?”一个军官骑马走过,朝电话兵喝道。“畜生,混帐!……”

不知从哪里跑来一个穿着长长的黑色常礼服的老汉和两个女人。一大群人围住了莎尔柯夫。格里高力挤到跟前,看见莎尔柯夫还在猛烈地哆嗦着、噗哧噗哧地喘气。他那像死人一样蜡黄的额头上冒出老大的汗珠子。

“把他抬走!你们是怎么回事儿……你们是人还是鬼?”

“你叫什么?”一个高个子步兵顶撞说。“抬走,抬走,抬到哪儿去?你看,都快断气啦。”

“两条腿都炸掉啦。”

“血淌得太多啦!……”

“救护兵在哪儿?”

“救护兵也没有法子想……”

“可是他还清醒呢。”

“秃子”从后面捅了捅格里高力的肩膀;格里高力回头看了看。

“别动他啦,”“秃子”小声说,“你到这边来看看。”

他紧紧抓住格里高力的军便服袖子,走到另一边去,把跟前的人推开。格里高力看了一眼,就佝偻起身子朝门口走去。莎尔柯夫的肚子下面,流出来的肠子正冒着热气,有粉红色的,也有淡青色的。这嘟嘟噜噜的肠子的一头就落在沙和粪土里,晃来晃去,堆头越来越大。即将死去的莎尔柯夫的一只胳膊斜放着,好像是在划船……

“把他的脸盖起来。”有人说。

莎尔柯夫忽然用手将上身撑起,把头使劲朝后一仰,后脑勺在两个凸起的肩胛骨中间碰了一下,用一种嘶哑的、变了腔的声音喊叫道:

“弟兄们,快叫我死掉吧!弟兄们!……弟兄们!……你们看什——么——呀?……啊哈——哈——哈!……弟兄们……快叫我死掉吧!……”

二十一

车厢轻轻摇晃着,车轮的轧轧声使人昏昏欲睡,车灯亮着,长凳有一半被黄黄的、花花的灯光照着。全身伸得直直的,脱掉靴子,叫两个星期以来一直在靴子里冒汗的脚舒服舒服,再不觉得有什么负担,知道自己的生命没有危险,死神已经离得很远很远——这太惬意啦!听着车轮一下一下的轧轧声,特别快活:因为车轮每转一圈,火车头每拖一步,就会离前方更远一点。格里高力也在躺着,听着,活动着光脚丫的指头,因为今天才换上新衬衣,全身都觉得非常舒服。他觉得好像从身上剥去了一层脏壳子,跨进了一尘不染的另一个天地。

左眼钻心的疼痛有时会破坏宁静、安定的愉快心境。疼痛有时候轻一些,过一阵子忽然又变得厉害,眼睛像火烧一样,眼泪不由得从绷带底下滚出来。在卡敏克—司特鲁米罗窝的随军医院里,一个年纪轻轻的犹太医生检查了格里高力的眼睛,在一小片纸上记了记。

"要把您送到后方去,眼睛伤得很厉害。"

"眼睛会瞎吗?"

"哪里话,不会的,"医生从问话中听出他显然怕了,就亲切地笑着说,"需要治一治,也许还要动手术。我们把您送到后方去,比如说,送到彼得格勒,或者莫斯科。"

"多谢啦。"

"您别害怕,眼睛会好的。"医生拍了拍他的肩膀,把纸片塞到他手里,轻轻地把格里高力推到走廊里。他挽了挽袖子,准备去做手术。

格里高力经过了很多周折,才坐上了救护列车。他躺了几个昼夜,品尝着安宁的滋味。又小又陈旧的火车头使出最大的力气,拖着长长的列车往前走。离莫斯科不远了。

夜间到达莫斯科。重伤号用担架抬着下车;那些不用别人搀扶就能自己走的,登过记以后,就走到站台上。随车医生按照名册把格里高力叫过来,指着他对一个女护士说:

"送到司涅基列夫的眼科医院去！帽子胡同。"

"您的行李都随身带着吗?"护士问道。

"哥萨克有什么行李？一个军用包外加一件军大衣。"

"咱们走吧。"

她一面理着头巾下面的头发,衣裙窸窣响着,朝前走去。格里高力怯生生地迈着步子,跟在她后面。他们上了一辆马车。即将入睡的大城市的喧闹声,电车的铃声,电灯那闪来闪去的蓝光,都使格里高力觉得很不舒服。他坐在车上,仰靠着车背,贪婪地望着夜间依然行人很多的街道,并且感到身边女人身上有一股撩人的热气,觉得非常奇怪。莫斯科已有秋意:街心花园的树上,树叶在灯光下泛着暗黄色,夜里凉气袭人,人行道上的石板潮漉漉、亮闪闪的,在晴朗的天空里,星星又明亮,又带着秋天的寒意。马车从市中心来到一条僻静的胡同里。马蹄在石头路面上嘚嘚响着,车夫在高高的座位上摇晃着;车夫穿着一件蓝呢上衣,那上衣很像神甫的衣服;他用缰绳头抽打着耷拉着耳朵的瘦马。火车头在郊外呜呜叫着。"也许马上有车往顿河上开吧?"格里高力心里想着,只觉思乡的愁绪一阵阵涌了上来,不觉低下了头。

"您不是打盹吧?"女护士问道。

"不是。"

"快到啦。"

"您说什么?"车夫转过身来问道。

"赶你的车吧!"

池塘里的水在铁栅栏里泛着亮光,闪过几座小桥,桥上有栏杆,旁边还停着小船。微风吹来,潮乎乎的。

"连水都给关到铁栏杆里啦,可是顿河……"格里高力迷迷糊糊地想着。树叶在马车的胶皮轮子底下沙沙响了起来。

马车在一座三层楼房跟前停了下来。格里高力一面整理着军大衣,跳下车来。

"扶我一下!"女护士弯下身子。

格里高力握住她那柔软的小手,扶着她下了车。

"您身上有一股当兵的汗臭气,太冲人啦。"打扮得很讲究的女护士轻轻地笑了笑,便走到门口,揿了揿门铃。

"护士小姐,您要是到那儿去一趟,也许您身上的气味更要难闻些。"格里高力用轻微的恼怒语气说。

看门人开了门。他们顺着装了镀金栏杆的豪华楼梯上了二层楼;女护士又揿了揿门铃。一个穿白罩衣的女人把他们让了进去。格里高力在一张小圆桌旁坐了下来,女护士对那个穿白罩衣的女人小声说了几句话,那个女人记了下来。

一条不很宽敞的长走廊,两边是病房,戴着各色眼镜的一些脑袋从病房的门里探出来向外看了看。

"请脱掉军大衣。"穿白罩衣的女人说。

一个工友,也穿着白罩衣,从格里高力手里接过军大衣,领着他进了浴室。

"把衣服全脱掉。"

"干什么?"

"要洗一下澡。"

格里高力还在脱衣服,还在吃惊地打量这间屋子和窗户上的毛玻璃的时候,工友放满了一浴缸水,试了试水温,请他坐进去。

"这盆子跟我真不般配……"格里高力很不好意思地说着,一条黑糊糊、毛茸茸的腿跨了进去。

工友帮着他仔细地洗过了澡,递给他一条被单、一件衬衣、一双拖鞋和一件有带子的灰色睡衣。

"我的衣服呢?"格里高力惊异地问。

"您就穿这衣服啦。您的衣服,等出院的时候再还给您。"

来到穿堂里,从一面挂着的大镜子前面走过的时候,格里高力竟认不出自己了:高个子,黑脸膛,颧骨尖尖的,两个腮尖子通红通红的,穿的是睡衣,绷带像帽子一样缠在黑黑的头发上,跟以前那个格里高力相像的地方实在很少了。上嘴唇已经长出老长的胡子,下巴上也长出弯弯的细毛儿。

"这段时间我不年轻啦。"格里高力苦笑着心里说。

"第六号病房,右边第三个门。"工友指了指。

格里高力一走进雪白的大病房,一位穿睡衣、戴蓝眼镜的神甫欠起身来。

"新邻居吗? 非常欢迎,我再也不会这样寂寞啦。我是扎莱斯克来的。"他很殷勤地招呼着,给格里高力推过一把椅子。

过了几分钟,一个肥胖的、生着一张难看的大脸的女医士走了进来。

“麦列霍夫，请您来一下，去看看您的眼睛。”她用低低的胸音说，说完向旁边一闪，让格里高力来到走廊上。

二十二

在西南战线上的舍维利地区，军团司令部决定组织骑兵发动一次大规模的进攻，冲破敌人的防线，并将大批骑兵部队投入敌人后方，让这批部队沿着战线挺进，沿途破坏交通线，发动突然袭击以瓦解敌军部队。对于有效地实现这一计划，指挥部抱着很大的希望；无数的马队集中到指定的地区；李斯特尼次基中尉所属的哥萨克团，也跟其他许多骑兵团一起调到了这个地区。本来应当在八月二十八日发起攻势，但是因为下雨，推迟到二十九日。

从清早起，这个师的人马就在广大的进攻基地上摆好阵势，准备进攻。

在右翼八俄里的地方，步兵正在进行佯攻，吸引着敌人的火力；有一个骑兵师的队伍也佯装向另外的方向移动。

前面，一眼能看见的地方，根本没有敌人。李斯特尼次基看到，离自己的连队一俄里远处是黑糊糊的、被遗弃的战壕，战壕过去是波浪起伏的黑麦和微风吹拂着的灰白色晨雾。

原来情况有变化。不知是敌军司令部探听出了这次进攻计划，还是预测到了这一计划，反正在二十八日夜间，敌军抛弃了战壕，后退了六俄里，只埋伏下许多机枪，就是这些机枪曾经弄得整个地区与他们对峙的我方步兵心惊胆战。

高处，一簇簇白云后面，冉冉上升的太阳放射着明亮的光辉，可是整个川地上还弥漫着乳黄色的雾气。进攻的命令下来了，各团出动了。千千万万的马蹄发出一片低沉的、好像来自地下的轰隆声。李斯特尼次基紧勒着自己的良种马，不叫马大跑，跑了有一俄里半。排得整整齐齐的进攻队伍来到一片庄稼地跟前。

没腰深的高高的黑麦,到处都缠绕着牵牛花和杂草,马在里面跑起来异常吃力。前面依然是一片波浪翻流的浅褐色黑麦,后面的黑麦已经被马蹄踩踏在地上。跑了三俄里多路,马匹开始打趔趄,浑身冒汗,却还是看不见一个敌人。李斯特尼次基回头看了看连长:大尉的脸上隐隐露出失望的表情……

极其困难地跑了六俄里,马一点力气都没有了,有些马就带着人一起倒了下去,那些最有后劲的也都摇摇晃晃,使出最后的力气往前挣。就在这时候,奥地利人的机枪开火了,一阵一阵的齐射交替着响了起来……迅猛的火力打倒了冲在前面的人马。枪骑兵首先支持不住,转过头就朝后跑,一个哥萨克团溃败了;雨点般的机枪子弹,就像从喷雾器里喷出来的,还有大炮射出的炮弹,一齐向仓皇溃逃的哥萨克撒来。一场规模空前的进攻,由于最高指挥部不可饶恕的疏忽,全盘失败了。有些团损失了一半人马;李斯特尼次基所在的团里死伤了近四百名士兵和十六名军官。

李斯特尼次基的马被打死了,他本人受了两处伤;头上一处,腿上一处。司务长柴博塔列夫跳下马,抱起李斯特尼次基放到鞍上,逃离了阵地。

师参谋长、总参谋部的参谋郭罗瓦乔夫上校拍了几张进攻时的快照,后来拿给军官们看。受伤的契尔维亚柯夫中尉首先照他的脸打了一拳,放声大哭起来。几个哥萨克跑过来,把郭罗瓦乔夫撕成了碎片,对着尸首骂了半天,又把他扔到路边沟里的烂泥里。这场丢尽了脸的进攻就这样结束了。

李斯特尼次基从华沙的随军医院里给父亲写了一封信,说他要借养伤的机会,回到亚戈德庄上父亲身边度假。老人家收到信以后,就一个人关在书房里,直到第二天,才愁容满面地从里面走出来。他吩咐尼基吉奇将大走马套到车上,吃过早饭,就到维奥申镇上。他给儿子电汇了四百卢布,还寄了一封短信。

我的好孩子,你受了炮火的洗礼,我自是十分高兴。你的高贵的天职应该是在战场上,不是在宫廷里。你如果心安理得地侍奉朝廷,本来够荣耀的,而且你也有本事邀宠。不过我们家还没有谁有这种秉性。你的祖父就因此失宠,一直住在亚戈德庄上,从不希冀、从不盼望皇上的恩遇。祝你健康,好孩子,希望你早日恢复健康。你记着,你是我在世上唯一的亲人。姑母问候你,她很健康;关于我自己,没有什么好写的;我怎样生活,你是知道的。前方是怎么回事儿呢?难道就没有一个有头脑的人吗?我不相信报上的消息,那都是彻头彻尾的谎言,我根据以往的例子断定是这样。叶甫盖尼,是不是真的咱们打败了呢?

我急切盼望你回家!

关于李斯特尼次基老爷的生活,的确没有什么可写的,他的生活照旧很单调,没有变化,只是人手短缺了,酒也少了起来。老爷喝酒比以前勤了,脾气比以前大了,更喜欢找茬儿了。有一次,他在规定以外的时间把阿克西妮亚叫了来,说道:

"你做事太不用心啦。为什么昨天送来的早饭是凉的?为什么咖啡杯子没有洗干净?如果再有这样的事,我就把你——你听见吗?——我就把你辞掉。我看不惯邋遢人!"老爷使劲甩了甩手。"你听见吗?我看不惯!"

阿克西妮亚紧紧闭着嘴,忽然哭了起来。

"尼古拉·阿列克塞耶维奇!我的孩子病啦。您放我几天假吧……她不能离开人。"

"孩子怎么啦?"

"喉咙憋得喘不上气来……"

"是猩红热吧?糊涂娘们儿,为什么不早说?哎呀,还不着急呢,真该死!快去告诉尼基吉奇,叫他套上车,到镇上去找大夫。快点!"

阿克西妮亚飞跑出去,老头子还在她后面用洪亮、浑厚的声音像打雷一样地喊叫着:

"糊涂娘们儿!糊涂娘们儿!真糊涂!"

第二天早晨,尼基吉奇把大夫请来了。大夫仔细看了看已经昏迷、浑身滚烫的孩子,也不回答阿克西妮亚的问话,就朝老爷房里走去。老爷站在堂前迎住他,没有伸手给他。

"小孩子怎么样?"老爷只马马虎虎地点了点头回答大夫的问候,便问道。

"是猩红热,老大人。"

"能好吗?有希望吗?"

"恐怕不行啦。孩子要死啦……这么小的年龄嘛。"

"浑蛋!"老爷的脸红了。"你学的本事呢?给我治去!"

砰的一声,他把吓慌了的大夫关到门外,自己就在大厅里踱了起来。

阿克西妮亚敲了敲门,走了进来。

"大夫要马送他回镇上去。"

老头子猛地用鞋后跟一转,转过身来。

"告诉他,就说他是饭桶!告诉他,他不把小孩子给我治好,别想离开这里!

在厢房里给他弄一间屋子,送饭给他吃!"老头子摇晃着瘦骨嶙峋的拳头,叫了起来。"给他喝,给他吃,好好招待他,可是他要走——走……休想!"他猛然顿住,走到窗户跟前,用指头敲了敲窗户,又走到一张放大了的、儿子由奶妈抱着照的相片面前,倒退了两步,眯着眼睛看了半天,好像不认得似的。

孩子病倒的第一天,阿克西妮亚就想起娜塔莉亚的一句很悲痛的话:"你欺负我,早晚会有报应……"她断定这就是上帝在惩罚她,就因为她那时候侮辱了娜塔莉亚。

她为孩子的命担惊害怕,失去了理性,昏昏沉沉地到处跑来跑去,什么事都无心做了。

"上帝真的要把孩子夺走吗?"这个狂乱的念头一直在脑子里跳动,赶都赶不走,可是阿克西妮亚不相信,硬是不相信,她拼命地祈祷,哀求上帝大发慈悲——保全孩子的命。

"主啊,开恩吧!……留下一条命吧!开恩吧,主啊,慈悲慈悲吧!"

小小生命经不住疾病的折腾。孩子直挺挺地躺着,红肿的喉咙眼儿里吃力地、断断续续地发出细微的咝咝声。镇上的大夫就住在厢房里,一天来看孩子三四次,每天晚上他都在下房的台阶上站很久,抽着烟,望着一簇簇秋夜的寒星。

阿克西妮亚通夜跪在床边。听着孩子吃力的咝咝声,她心里如同刀绞。

"妈——妈……"两片烧破的小嘴唇轻轻翻动着。

"乖孩子,我的宝贝儿!"做妈妈的压低声音唤道。"我的心肝儿,别离开我呀,我的好孩子呀!我的乖宝宝,你睁睁眼睛,看看我。醒醒吧!我的黑眼睛宝宝呀……主啊,这是为什么啊?……"

孩子有时睁一睁火烫的眼皮,充满了坏血的小眼睛里射出摇晃不定、几乎觉察不出的目光。妈妈如饥似渴地捕捉这一目光,这目光忧伤、平静,好像一点点退缩回去。

她死在妈妈的怀里。她抽搭着,最后一次张了张发青的小嘴,就哆哆嗦嗦地挺直了小身子;出了冷汗的小脑袋朝后一仰,就从阿克西妮亚手上滚了下去;有点忧郁的麦列霍夫家的小眼睛眯缝起来,露着已死的小眼珠儿,流露出惊讶的神情。

萨什卡老爹在池塘边一棵枝叶繁茂的老杨树底下掘了一个小小的坟坑,用胳膊把小棺材夹到那里,用一种从来不曾有过的快速度把小棺材埋好,又耐心地等了很久,等着阿克西妮亚从小小的土坟堆上站起来。他没有等到,就叭的一声擤了一下鼻子,朝马棚里走去……他从干草棚里拿来一小瓶花露水和半瓶变了

性的酒精,倒在一个大瓶子里掺和起来,他一面摇晃着,欣赏着变出来的颜色,一面说:

“咱们来用酒祭奠祭奠。愿孩子早升天堂。小天使的灵魂早早回宫。”

他喝了一口,呆呆地摇晃着脑袋,吃着压坏的西红柿,动情地看着瓶子说:

“你别忘掉我呀,好孩子,我是不会忘掉你的!”说过就哭了起来。

过了三个星期,叶甫盖尼·李斯特尼次基打来一个电报,说他已经被准了假,并且已经动身回家了。老爷派了一辆三套马车到车站上去接他,仆人们全都忙活起来:杀鸡,宰鹅,萨什卡老爹还剥了一只羊,好像是筹办宾客云集的大宴会似的。

少东家到达的前一天,又派了三匹换班的马到卡敏车站去。少东家是夜里到家的。正下着濛濛细雨,车灯把一道道昏暗的光线投射在一个个小水洼上。马铃铛丁当响着,马车在台阶前停了下来。心情激动、面带笑容的叶甫盖尼从轿车上走了下来。他把热乎乎的雨衣扔到萨什卡老爹手里,便十分明显地拐着腿,走上台阶。老爷急急忙忙从客厅里走了出来,椅子都碰倒了好几把。

阿克西妮亚把晚饭摆到饭厅里,就去请老、少东家吃饭。她从钥匙孔里望了望,看到老头子趴在儿子身上,亲儿子的肩膀;他那老得打了松松的皱褶的脖子轻轻哆嗦着。等了几分钟,阿克西妮亚又朝里面望了望,看到少东家穿着草绿色的制服,敞着怀,跪在一张铺在地上的大地图跟前。

老爷从烟斗里向外喷着乱蓬蓬的烟团,用骨瘦如柴的手指头敲着沙发的扶手,十分愤懑地说:

“是阿列克谢耶夫吗?不可能!我不信。”

叶甫盖尼小声说了半天,说明他说的是真话,并且用手指头在地图上比画着,老头子听了他的话,用镇定的语气低声说:

“这样看来,是最高指挥部不对。眼光太狭窄!哦,你等等,叶甫盖尼,我来给你说一个日俄战争中类似的战例。你听着!……听着,听着!”

阿克西妮亚敲了敲门。

“怎么,饭摆好啦?就来。”

老头子走出来,又带劲儿,又愉快,眼睛里焕发着青春的光彩。他们父子两人喝光了一瓶葡萄酒。葡萄酒是昨天刚从地里挖出来的,长了绿毛的封签上还保留着退了色的文字——一八七九年。

阿克西妮亚服侍他们吃饭,看着他们那高高兴兴的脸,越发觉得自己孤单。心里的苦闷哭不出来,憋在心里特别难受。女儿死后头几天,她很想哭,但是哭不出来。喉咙里的叫声很大,但是没有眼泪,因此痛苦就像石头一样,加倍地沉重。她睡的时间很多(想在昏睡中忘却痛苦),但即使在梦中她仍然能听到孩子那若即若离的呼唤声。她忽而觉得女儿就睡在她身旁,她就向旁边闪一闪,用手在床上摸索一阵;忽而好像听到模模糊糊的低声呼唤:“妈妈,喝水。”

“我的心肝肉儿呀……”阿克西妮亚用冰冷的嘴唇小声呼唤着。

甚至在难挨的清醒时候,她有时都觉得好像小孩子就靠在她的膝边,而且觉得自己正伸着手在抚摩那鬈发的小脑袋。

叶甫盖尼回家后的第三天,在萨什卡老爹的马棚里坐到很晚,听他朴实无华地讲述过去在顿河上自由自在生活的情形和古时候的事情。八点多钟他从马棚里出来。外面刮着风,烂泥巴在脚底下吧唧吧唧响着。云彩缝儿里挂着一弯黄黄的新月。叶甫盖尼借着月光看了看表,便朝下房走去。他在台阶前点着烟,站了一会儿,想了想,后来耸了耸肩,就毅然决然地踏上台阶。他轻轻摘下门鼻,门吱嘎一声就开了。他走进阿克西妮亚的屋子,划着了火柴。

“谁呀?”阿克西妮亚裹紧自己的被子,问道。

“是我。”

“我马上穿衣裳。”

“不要紧。我坐一会儿。”

叶甫盖尼脱掉大衣,坐到床沿上。

“你女儿死啦……”

“死啦。”阿克西妮亚像回声一样应声说。

“你瘦了好多。丢一个孩子,当然不是滋味,这我明白。不过我觉得,你不该白白糟蹋自己身子,哭又哭不活孩子,你还相当年轻,还可以生孩子嘛。真不该这样!不要难受啦,随它去吧……孩子死了,到底孩子只是孩子,你呀,还早着哩,好日子全在后面呢!”

叶甫盖尼攥住阿克西妮亚的一只手,用亲热得不容推托的态度抚摩着她,低声细气地说起话来。他换成了耳语,等他听到阿克西妮亚抽抽搭搭地哭得直打哆嗦,抽搭又变成痛哭的时候,他就吻她那哭湿了的两颊,吻她的眼睛……

女人的心最容易为爱怜和甜言蜜语所融化。痛苦绝望的阿克西妮亚失去了理性,如癫似狂,燃起了早已熄去的欲火,把自己的肉体交给了他。可是等到那股空前凶猛、空前强烈的纵情欢乐的浪潮退下去,她清醒过来,尖声叫了起来,就好像疯了一样,只穿着一件小褂,光着下身跑到台阶上。叶甫盖尼急急忙忙,连门都顾不上关,跟着她走了出来。他一面走,一面穿好大衣,慌慌忙忙地走了一会儿，等他气喘吁吁地走上正房的阳台，他就高兴而满意地笑了。他兴致勃勃，非常快活。他已经躺到床上，摩挲着凸凸的、软软和和的胸膛，想道："在一个正经人看来，这是可耻的，不道德的。格里高力……我偷了他的情人，可是我在前方差点儿把命送掉啊。子弹向右偏一点，把我的脑袋穿个洞，不也是可能的吗？如果那样，这会儿我已经腐烂啦，我浑身都生满了蛆……每一分钟都应当好好地过。我什么事都可以干！"他有一会儿觉得自己的想法非常可怕，但是他又想起进攻时那十分可怕的场面，想起他从死马身上爬起来又中了子弹倒下去的那一刹那。他已经沉沉欲睡了，这才自我安慰地在心里决定说："这事明天再说，现在睡吧，睡吧……"

第二天早晨，等饭厅里只剩下他和阿克西妮亚，他抱歉地笑着，走到她跟前，但是她靠在墙上，伸着手，狠狠地用小声责骂他：

"别靠近我，该死的东西！……"

生活总是用自己的不成文的规则支配着人。过了三天，叶甫盖尼夜里又到阿克西妮亚的屋里来了，阿克西妮亚也没有推却。

二十三

司涅基列夫大夫的眼科医院旁边有一个小小的花园。

在莫斯科郊区的一条条小胡同里，这种狭小的、修剪得整整齐齐的小花园有很多，来到这种小花园里，眼睛并不能摆脱城市里那种像石头一样重的沉闷，看着这种小花园，就会想起那辽阔无边的野生森林，这里的一切就更加刺眼，更叫人看着难受。医院的小花园里已经是一片秋色：小径上落满红铜色的树叶，晨霜打蔫了一朵朵的花儿，剪得整整齐齐的草地罩上一层水濛濛的青色。晴朗的日子，病人们在小径上散步，听着虔诚的莫斯科的悠扬的教堂钟声。天阴下雨的时候(那一年阴雨天特别多),病人们自言自语厌了,互相说话也厌了,就一声不响地躺在床上,或者在各个病房里串来串去。

医院里大多数是普通的病人,有一个病房住的是伤兵;他们一共是五个人:扬·瓦莱伊基司,是一个拉脱维亚人,高个子,红头发,两只浅蓝色的眼睛,络腮胡子剪得短短的;伊万·乌鲁布列福斯基,是一个二十八岁的漂亮龙骑兵,是弗拉基米尔省人;另外就是西伯利亚的神枪手柯塞赫、好动的黄头发步兵布尔金和麦列霍夫·格里高力。九月底,又送来一个伤兵。那天正在喝晚茶的时候,门铃连续不停地响了一阵。格里高力朝走廊里望了望。三个人进了穿堂:一个女护士和一个身穿束腰无领长衣的人,他们搀着另外一个人。想必那个人是刚从车站来的:他那肮脏的、胸前到处是褐色血斑的军便服可以证明这一点。黄昏时就给他做了手术。经过短时间的准备(病房里听见了响声——在煮家什呢)以后,把新来的人送进了手术室。过了几分钟,手术室里传出低低的歌声。医生给伤兵摘除被炮弹片打坏的眼睛的时候,上过麻药的伤兵一直在唱歌和嘟嘟哝哝地咒骂。做过手术以后,把他送进了伤兵住的病房。过了一天一夜,麻药的那股厉害劲儿从脑子里完全消失,他就谈起他自己,说他是在德军前线上的维尔别尔格附近受伤的,他姓贾兰沙,是一个机枪手,是契尔尼戈夫省人。几天的工夫,他就跟格里高力格外要好起来;他们的床是紧挨着的,晚上医生查过病房以后,他们每天都要小声谈上很久。

“喂,哥萨克,你的眼睛咋样?”

“很糟。”

“咋治的?”

“天天去打针。”

“扎过多少次啦?”

“十八次啦。”

“疼不疼?”

“不疼,很舒服。”

“我可以要求要求,把这只眼挖掉算啦。”

“我不愿做独眼龙。”

“是这样啊。”

格里高力这个邻床是个肝火很旺、口齿十分尖刻的人,他对什么都不满意:咒骂政府,咒骂战争,咒骂自己的命运,咒骂医院的伙食、厨子、医生——碰到什么,就骂什么。

"老弟,咱们为啥去打仗?"

"大家为什么,咱们就为什么。"

"你给我说明白些,把话说明白。"

"算了吧!"

"哈!你是个糊涂虫。凡事都得弄个明白。咱们是为资产阶级打仗,明白吗?资产阶级是啥玩意儿?就好比大麻地里的鸟儿。"

他给格里高力解释起一些难懂的字眼儿,他的话里夹杂着许多骂人的、难听的话。

"别唠叨啦!你的南蛮子话我听不懂。"格里高力打断他的话。

"你咋不懂?难道你是莫斯科人,咋能不懂?"

"你说慢一点。"

"小老弟,我说得并不快呀。你也许要说,为沙皇打仗,可沙皇是啥玩意儿?沙皇是个酒鬼,皇后是个骚货,老爷们越打仗越赚钱,可是咱们得到的是……脖子上的套索。明白吗?你瞧吧!工厂老板们喝白干儿,当兵的喂虱子,两方面都很来劲儿……老板赚大钱,工人光屁股,差别就是这么大……你干吧,哥萨克,你干吧!再干下去,还能挣得一副十字架,挺漂亮的硬木十字架……"他说的是乌克兰话,但是有时他激动起来,就说起俄罗斯话,包括许多骂人话在内,说得很地道。

他天天往格里高力脑子里灌输闻所未闻的道理,指明发生战争的真正原因,无情地嘲骂专制制度。格里高力曾经想反驳,但是贾兰沙提了几个简单的要命的问题,就弄得他张口结舌,于是格里高力只好赞成他的说法。

在这方面,最可怕的是,他从心里觉得贾兰沙是正确的,他无法提出反驳,没有理由、也找不到理由来反驳。格里高力惶恐地意识到,这个又聪明又厉害的乌克兰人在一点一点、毫不放松地破坏着他以前关于沙皇、祖国和哥萨克军人天职的一些看法。

贾兰沙来医院后一个月的工夫,格里高力的思想意识所依存的根基都化成了飞灰。这根基原已腐朽,战争的极端荒谬性又像铁锈一样把这种根基侵蚀烂了,只要推一下,就会土崩瓦解。这一下推过了,思想醒来了,醒来的思想搅得格里高力那单纯而朴实的头脑疲惫不堪,搅得他受不了。他想来想去,寻找出路,寻找他无法理解的这种问题的答案,终于在贾兰沙的回答中找到满意的答案。

有一天深夜里,格里高力从床上爬起来,叫醒了贾兰沙。他坐到贾兰沙的床上。九月的月亮的淡绿色光华,透过放下的窗帘,射进窗来。刚刚醒来的贾兰沙的两腮像两个沙坑一样黑黑的,两个黑眼窝潮乎乎的。他打着哈欠,觉得脚冷,又把脚伸进被窝。

“你为啥不睡?”

“睡不着。我一点都不想睡。你还是给我讲讲,为什么战争能使一部分人得到好处,使另一部分人家破人亡……”

“不是这样吗? 啊哈——哈……”贾兰沙打了个哈欠。

“等一等!”格里高力气得红着脸,小声说,“你说,是为了财主们的需要,把咱们赶去送死,那么,全国老百姓又怎样呢? 老百姓都不懂吗? 就没有人能够给大家讲讲吗? 就该有人站出来,说一说:‘弟兄们,你们是在为这个这个流血拼命。’”

“咋能站出来呢? 你怎么,说着玩儿吧? 好吧,我倒要看看,你怎么站出来。咱们在这儿悄悄说话,就像鹅躲在芦苇丛里,只要声音叫大些,一颗子弹就飞过来。老百姓聋得什么都听不见。只有战争能惊醒老百姓。打过焦雷,黑云里才能落下雨来……”

“那又怎么办呢? 你说说吧,坏小子! 你把我的心都搅乱啦。”

“你心里觉得又该咋办呢?”

“我不清楚。”格里高力坦率地说。

“谁把我往山崖下推,我就推谁。要毫不犹豫地掉转枪口。谁把人往火坑里送,就对准谁开枪。你要知道,”贾兰沙抬起身来,咬了咬牙,两手向前一伸,“大风浪一起来,啥东西都能一扫而光!”

“照你的意思,怎么……一切都得弄个天翻地覆吗?”

“对! 要像扔掉烂包脚布一样,把政府推翻。要把老爷们身上的羊皮剥掉,要打烂他们的嘴巴,因为他们打老百姓的嘴巴打够啦。”

“新政府成立后,对战争怎么办? 还是照样要打仗,咱们不打,咱们的孩子们也要打。你有什么法子少打仗呢? 既然自古以来就有战争,战争怎么能消灭得掉呢?”

“对啦,自古以来就有战争,只要世界上还有浑蛋政府,战争就不会消灭。就是这么回事儿! 只有等到每一个国家的政府都在工人手里了,那时候就不会打仗了。这是需要斗一斗的。要把他们这些狗娘养的统统送进棺材! ……一定会这样的! 不管是德国人的政府,不管是法国人的政府——所有国家的政府都要变成工人和农民的政府。到那时候,咱们为啥还要打仗呢? 边界没有啦! 深仇大恨没有啦! 全世界过的是一样美满的日子。嗨!”贾兰沙叹了一口气,咬着胡子尖,忽闪着那只独眼,带着幻想的神情笑了。“格里什卡呀,为了换得这样的日子,我愿意流尽我的血……我的心里就好像有一团火……”

他们一直谈到黎明时候。在灰蒙蒙的晨曦中,格里高力迷迷糊糊地睡去。

早晨,说话声和哭声把他吵醒了。伊万·乌鲁布列福斯基脸朝下趴在床上,抽抽搭搭地哭,不住地擤鼻涕;一位女医生、扬·瓦莱伊基司和柯塞赫都站在他跟前。

“他哭什么?”布尔金从被窝里探出头来,哑着嗓子问道。

“把眼睛打碎啦。他从杯子里往外拿,掉在地上打碎啦。”柯塞赫与其说是带着同情心,不如说是带着幸灾乐祸的心情回答说。

有一个入了俄国籍的德国人,是一个卖人造眼睛的商人,他激于爱国热忱,向士兵们免费赠送人造眼睛。前一天刚给乌鲁布列福斯基挑了一只玻璃眼睛,给他装上去,那是一只做工很细的眼睛,蓝蓝的,十分好看,简直和真的一样。那眼睛做得精巧极了,即使细心观察,也分不出真假。乌鲁布列福斯基十分高兴,跟小孩子一样笑起来。

“等我回到家里,”他用弗拉基米尔省口音说,“随便骗上一个姑娘。等结了婚,我再告诉她,眼睛是假的。”

“他要骗人呢,该打!”布尔金哈哈大笑。他经常哼哼着唱:杜尼娅怎样怎样,蟑螂咬坏了杜尼娅的衣裳。

这真是意想不到的不幸——一个漂亮小伙子,等回到家乡,就成了一个独眼的丑八怪。

“别哭啦,还会再给一只新的。”格里高力安慰他说。

乌鲁布列福斯基抬起他那哭肿了的、带着一只红红的、水汪汪的空眼窝的脸。

“不会给的。一只眼睛要值三百卢布呀。不会再给啦。”

“眼睛实在是一只呱呱叫的眼睛!上面每一根筋都清清楚楚。”柯塞赫赞叹说。

吃过早点,乌鲁布列福斯基跟着女医生到德国人的商店里去了,德国人又给他挑了一只眼睛。

“德国人真比俄国人好!”乌鲁布列福斯基简直高兴疯了。“要是找俄国商人,鸡巴毛都别想要到;可是人家连二话都不说一句。”

九月过去了。时光非常吝啬地打发着日子。呆板、沉闷、无限冗长的日子过得非常慢。每天早上九点钟喝茶。用小碟子给每个病人端来两片薄得透亮的、软不拉唧的法国面包和一块小指头大的奶油。午饭后,病人还是饿着肚子各自散去。晚上也喝茶,为了变变花样儿,要掺着冷水喝。病员时常在变化。“军人病房”(病人都这样称呼伤兵住的这间病房)里首先出院的是西伯利亚人柯塞赫,紧跟着他出院的是拉脱维亚人瓦莱伊基司。十月末,格里高力也出了院。

留着短短的下巴胡、一表人才的院长司涅基列夫大夫测试的结果,认为格里高力的视力是令人满意的。在一间黑屋子里,让格里高力站在一定距离之外,试看了灯光照亮的一些老大的字母和数字。让他出了眼科医院,又把他送到特维尔大街上的后方医院,因为脑袋上已经愈合的伤口又裂开了,而且多少有点化脓了。格里高力在和贾兰沙道别的时候,问道:

“咱们还能见面吗?”

“山跟山是无法相会的,人跟人总有见面的时候……”

“好啦,南蛮子,谢谢你,你使我睁开了眼。现在我的眼睛亮啦,而且……也恨起来啦!”

“等你回到团里,把这方面的道理也给哥萨克们说一说。”

“好的。”

“你要是有机会到契尔尼戈夫省高罗霍夫镇上去的话,就打听铁匠安得利·贾兰沙好啦,我一定欢迎你。再见吧,老弟!”

他们拥抱过,就分别了。在格里高力的脑子里,很久都保留着这个剩了一只严峻的独眼、灰土色的脸上长着一张线条柔和的嘴的乌克兰人的形象。

格里高力在后方医院里住了十来天。他在心里孕育着一些还没有成熟的主张,贾兰沙传给他的愤懑在他身上腾腾欲发。他跟同病房的人很少说话,他的一行一动都带着一种焦躁不安的意味。医院院长在接收格里高力入院的时候,匆匆打量了一下他那张非俄罗斯型的脸,就下了断语:“是个不安分的家伙。”

进来头几天,格里高力发着烧,躺在病床上,听着耳朵里不住地嗡嗡直叫。

这时候,发生了一场风波。

有一位皇亲大人,从沃罗涅日回京路过这里,要光临医院来视察。从早晨起,医院里得到这一消息的全体医务人员,就像着了火的粮仓里的耗子一样,一齐忙活起来。给伤员们换上新睡衣;又把伤员们弄起来,提前换了床单和枕套,一个年轻医生还教伤员怎样回答皇亲大人的问话,跟皇亲说话时应当保持什么样的姿态。这种惶惶不安的情绪也传给了伤员们:有些伤员老早就小声谈了起来。中午时候,小汽车喇叭在门口叫了两声,皇亲大人在众多的侍从陪同下,走进大开了的医院大门。(有一个爱说爱笑的伤兵事后对同伴们说,高贵的客人们来到时，虽然这一天十分晴朗，而且没有风，可是医院的红十字旗突然呼拉拉飘动起来，对面理发店招牌上那个潇洒的鬈发男子也好像在磕头行礼，又好像是屈膝请安。）开始视察病房。皇亲大人提出不少跟他的身份和地位十分相称的荒谬问题；伤员们都按照那位年轻医生的叮嘱，把眼睛瞪得大大的，比在军营里教过的那样子还要大，回答"是这样的，殿下"，或者"的确不是这样"，再加上同样的称号。回答过了，院长再加以解释，并且他的身子不停地扭来摆去，就像一条被叉子叉住的蛇，老远朝他看去，都觉得十分可怜。皇亲大人一张床一张床地走过去，分发着小圣像。身着华贵服装的人群和一股股浓烈的高级香水气味朝格里高力涌了过来。他站在自己床边，瘦瘦的，脸都没有刮，眼睛还发着炎；尖尖的深棕色颧骨轻轻抖动着，说明他十分激动。

"就是他们，就为了他们过得快活，才把我们从家里赶出来，叫我们去送死。哼，全是毒辣的东西！该死的东西！浑蛋东西！就是他们，一个个都是虱子，拼命地在我们的脊梁上咬！……不就是为了这个家伙……我们的马才踩坏别人的庄稼，我们才去杀不相干的人吗？我才在庄稼茬子上爬，才哭叫吗？才担惊受怕吗？才离开家，到兵营里受折腾吗？……"这些念头在他脑子里沸腾着，打着转转儿。他恨得嘴唇直打哆嗦。"他们都吃得肥肥的，都要冒油啦。顶好把你们这些该死的东西也送到前方去！叫你们骑骑马，扛扛枪，喂喂虱子，吃吃臭面包和生蛆的肉！……"

格里高力用眼睛扫了扫那些油头粉面的侍从军官，把阴沉的目光停在皇亲大人那肉嘟嘟的脸上。

"他是顿河哥萨克，得过十字勋章。"院长把腰弯了好几下，指着格里高力说，听他那说话的腔调，觉得好像是他本人得到了勋章似的。

"哪个乡的？"皇亲手拿圣像准备着，问道。

"维奥申乡的，殿下。"

"你因为什么得到十字章？"

皇亲的两只空虚无聊的浅色眼睛里隐隐露出烦闷和厌倦的神情。红红的左眼眉机械地向上抬了抬——这就更明显地显示出皇亲脸上的表情。格里高力顿时觉得胸中闪过一阵冷气和一阵刺疼；这种感觉往往出现在冲锋开始的时候。他的嘴唇忍不住撇了撇，抖动起来。

"我要……我要解手……要解手，殿下……要撒尿……"格里高力摇晃起来，好像打伤了腿一样，做了一个大手势，朝床底下指了指。

皇亲的左眉毛竖了起来，拿着圣像的手半路上停了下来。皇亲大感不解地耷拉下肥厚的嘴唇，转身朝着一位陪伴他的白发将军，说了一句英语。侍从们多少有些慌乱：一个高个子副官，用戴着雪白手套的手擦了擦眼睛；另一个低下了头，第三个带着询问的神情看了看第四个的脸……白发将军恭恭敬敬地笑着，用英语回答了皇亲大人的问话，于是皇亲大人赐恩，把圣像塞到格里高力手里，甚至给予最高的恩典：用手挨了挨他的肩膀。

贵客们一走，格里高力就一下子趴在床上。把头埋到枕头里，肩膀不住地哆嗦着，躺了几分钟；弄不清他是在哭，还是在笑，反正他爬起来时，眼睛干干的，而且亮了起来。医院院长立即把他叫到了办公室。

"你这个流氓！……"他用手揉搓着颜色像掉了毛的兔子皮一样的下巴胡，开口说。

"我不叫你流氓，叫你畜生！"格里高力一面哆嗦着耷拉着的下巴，朝院长走去，一面说。"你们没上过前方！"然后，他压了压火气，换了镇定的语气说："送我回家去吧！"

院长向后倒退着，走到写字台后面，语气稍微缓和些说：

"送你走。滚你的吧！"

格里高力走出来，笑得直哆嗦，眼睛里燃烧着怒火。

因为他在皇亲大人面前行为乖张，不可饶恕，医院当局三天不给他饭吃。同病房的伙伴和一个心肠好、害小肠气的厨子都弄饭给他吃。

二十四

十一月三日夜里，格里高力·麦列霍夫来到下亚布洛诺夫村，这是离开车站以后，进入维奥申乡的第一个哥萨克村庄。离亚戈德庄还有几十俄里。格里高力从稀稀拉拉的人家门前走过，一路上惹得狗汪汪直叫；在河边柳树丛后面，有几个清脆的童声在唱歌：

> 刀枪闪闪出了树林，
> 哥萨克连队向前挺进。
> 年轻的军官一马当先，
> 率领哥萨克冲锋陷阵。

有一洪亮、有力的男高音在领唱：

> 不要怕，弟兄们，跟我冲！

整齐、和谐的童声十分带劲地接唱下去：

> 快朝敌人的鹿砦上冲。
> 谁头一个冲到鹿砦上，
> 谁不得勋章，立头功?!

格里高力唱过多少遍的哥萨克古歌那熟悉的歌词儿，一阵一阵地传进格里高力的耳朵，他感到说不出的亲切和温暖。一股凉气袭来，眼睛觉得疼，胸膛感到闷。格里高力贪婪地闻着一家家烟囱里冒出来的烧牛粪的苦烟，穿过了村庄——歌声跟着他飞了过来：

> 我们一齐来到鹿砦上。
> 子弹纷纷如飞蝗。
> 顿河哥萨克从不胆怯——
> 举起大刀长矛往前闯。

“我老早就唱过这支歌，那时候我是一个自由自在的小伙子，可是现在我的嗓子干啦，生活折腾得我唱不出来啦。这会儿我是到别人的老婆那里去度假，没有家，没有业，就像一只野狼……”格里高力想着，从容不迫，疲惫无力地走着，想到自己变化莫测的生活，不禁发出苦笑。出了村庄，他走上一处斜斜的高地，回头看了看：尽头一户人家的窗户里透出黄黄的挂灯灯光，窗边一架纺车跟前，坐着一个上了年纪的哥萨克妇人。

格里高力离了大路,走上落了轻霜、发出轻轻吱咯声的草地。他决定在旗尔河边遇到村庄就停下来过夜,好在第二天天黑以前赶到亚戈德庄。半夜过后他才来到格拉乔夫村,就在村边一户人家过了夜,等淡紫色的晨曦刚刚透进窗来,他就上路了。

夜里他才来到亚戈德庄上。他轻轻地跳过栅栏,从马棚旁边走过,听到萨什卡老爹老大的咳嗽声。格里高力站下来,喊了一声:

"萨什卡老爹,你没有睡吗?"

"等等,这是谁呀?声音很熟……这又是谁呢?"

萨什卡老爹披上褂子,走了出来。

"老天爷呀,是格里什卡!你这鬼东西是从哪儿钻出来的?真是稀客!"

他们拥抱起来。萨什卡从下面看着格里高力的眼睛,说:

"进来,咱们抽袋烟。"

"不啦,明天再聊吧。我走啦。"

"进来一下,有话对你说。"

格里高力很不情愿地跟着走了进去,坐到板床上,萨什卡老爹在咳嗽,他等了一会儿。

"怎么样,老爹,你还好吧?身子还结实吧?"

"还能活一阵子呢。我就像火石枪。老是不见坏。"

"阿克西妮亚怎么样?"

"阿克西妮亚有什么……阿克西妮亚身子好好的。"

老爹很不自然地咳嗽起来。格里高力听出他的咳嗽是装的,是有话不好意思说出口。

"孩子埋在哪儿啦?"

"埋在花园里,白杨树底下。"

"噢,说下去吧。"

"格里沙,咳嗽真把我折腾死啦……"

"噢!"

"大家都过得好好的。就是老爷喝酒上瘾啦……老是喝,这人好糊涂,一点节制都没有。"

"阿克西妮亚怎么样啊?"

"阿克西妮亚吗?她如今在上房里当差呢。"

“我知道。”

“你还想卷根烟抽吧？嗯？卷根烟吧，我有上等烟丝。”

“我不想抽。你还是快说吧，要不然我就走啦，我觉得，”格里高力沉重地转过身去，板床在他身子底下咯吱响了两声，“我觉得，你有话要说，就好像怀里揣着一块石头，还是扔出来吧。”

“我要扔！”

“扔吧。”

“我来扔。我不能不说，格里沙，不说出来我心里难受。”

“说出来吧。”格里高力带着像石头一样的沉重心情亲热地把一只手放到老爹的肩上，要求说。他弯下腰，等着。

“你养了一条蛇！”萨什卡老爹很别扭地扎煞着两条胳膊，突然用尖尖的假嗓子叫道。“你养的是一条毒蛇！她跟叶甫盖尼搞上啦！这算什么呀？”

“你说的可是真的？”

“我亲眼看见的。他每天夜里都去找她。你去吧，大概这会儿他还在她那儿呢。”

“那好啊……”格里高力攥得指头骨咯吧咯吧直响，弯着腰，抚摩着腮上抽搐得歪歪扭扭的肌肉，坐了半天。耳朵里丁冬响着，就像有很多清脆的小铃铛。

“老娘们儿就是猫：谁要是摩弄摩弄她，她就跟谁亲热。你可别相信，不可信赖呀！”萨什卡老爹说。

他给格里高力卷了一根烟卷儿，点着了，塞到他手里。

“抽一口吧。”

格里高力抽了两口，就用手指头把烟卷儿掐灭，一声不响地走了出来。他在下房的窗户跟前站了下来，深深地和急促地喘着气，几次抬起手要敲窗户，但是手耷拉了下来，就像打断了似的。他很镇定地敲了一下，是弯着一个指头敲的，后来，就忍不住了，身子靠在墙上，用拳头朝窗框上疯狂地擂了半天。窗子上的玻璃丁丁当当乱响，窗框直摇晃，青色的夜光在窗户上闪来闪去。

阿克西妮亚那吓得老长的脸闪了一下。她开了房门，一下子叫了起来。格里高力就在门洞里把她抱住，看着她的眼睛。

“你敲得好带劲儿，可是我睡着啦……真没有想到……我的亲人呀！”

“我冻坏啦。”

阿克西妮亚觉得，格里高力整个魁伟的身躯抖得非常厉害，两只手像火一样热。她表现出过分的忙乱，点着灯，在屋子里跑来跑去，把一条绒毛围巾披到保养得很好的、丰满的肩上，就去生炉子。

“真没想到……你好久没写信啦……我以为你不回来呢……你收到我最近一封信吗？本来想给你寄点东西去，可是后来我想，等等吧，也许会接到你的信呢……”

她偶尔朝格里高力看看。她那红红的嘴唇上一直带着没有笑意的笑容。

格里高力坐在板凳上，也没有脱军大衣。他那胡子拉碴的脸像火烧一样，长耳风帽投下的浓浓的阴影落在低垂的眼睛上。他正要动手解风帽，可是忽然又匆匆忙忙掏出烟荷包，又到口袋里去摸卷烟纸。他带着无比懊恼的心情匆匆打量了一下阿克西妮亚的脸。

在他离开的这段时间里，她倒出奇地漂亮起来了。

在她那好看的头的姿态中，出现了一种新的魅力，只有那毛茸茸的、大大的发卷儿和一双眼睛还和从前一样……她那种勾魂摄魄、使人心醉的美貌不是属于他的了。当然不是，因为她是少爷的情人啦。

“你……不像一个用人，倒像一个女管家啦。”

她用惊骇的眼光瞥了他一下，很不自然地笑了笑。

格里高力带着军用包，朝门口走去。

“你上哪儿去？”

“我出去抽口烟。”

“等会儿抽吧，鸡蛋已经煎好啦。”

“我一下子就回来。”

格里高力来到台阶上，从军用挂包最底下掏出一条用熨过的干净衬衣仔细包着的绣花头巾。这条头巾他是在日托米尔花两个卢布从一个犹太商人手里买来的，一直当宝贝保存着，行军的时候常常掏出来，欣赏欣赏那绚丽夺目的绣花，品味品味他回家以后，将绣花头巾在阿克西妮亚面前展开，她高兴得发狂的那种情景。可怜的礼物呀！讲起礼物，格里高力能跟顿河上游最豪富的地主家的少爷相比吗？格里高力压制住无泪的痛哭，把头巾撕成碎片，塞到台阶的洞眼儿里。把挂包扔到大板凳上，又回到屋里。

“坐下，格里沙，我给你脱掉靴子。”

阿克西妮亚用两只白嫩的、很久没有干活儿的手把沉甸甸的士兵靴从格里高力脚上拉下来，趴到他的膝盖上，不出声地哭了半天。格里高力等她哭过了，问道：

“你哭什么？我回来你不高兴吗？”

他很快就睡着了。

阿克西妮亚不穿外衣,跑到台阶上,在彻骨的寒风里,在北风凄厉的叫声中,抱住湿漉漉的柱子,在台阶上一直站到天亮,连姿势也没有改变。

第二天早晨,格里高力穿上军大衣,朝上房里走去。老爷正站在台阶前,穿着小皮袄,戴着黄黄的羊羔皮帽子。

"嘿,得勋章的英雄来啦! 真有你的,老弟,抖起来——啦!"

他对格里高力行了一个军礼,又把手伸过来。

"你要多住些日子吗?"

"住两个星期,老爷。"

"你的女儿丢掉啦。可惜呀,真可惜……"

格里高力没有做声。叶甫盖尼一面戴手套,一面走到台阶上。

"是格里高力呀? 你打哪儿来?"

格里高力眼里一阵黑,但是他在笑着。

"打莫斯科来,请假回来看看……"

"原来是这样。你的眼睛受伤了吗?"

"是的。"

"我听说啦。他成了多么了不起的一条好汉子呀,是吗,爸爸?"中尉朝格里高力点了点头,就转过脸去朝着马棚:"尼基吉奇,套车!"

老成持重的尼基吉奇套好了车,不很友好地斜眼瞅着格里高力,拉着灰色的老走马来到台阶跟前。蒙上一层薄冰的地面,在轻便马车的轮子下面沙啦沙啦响着。

"少东家,我是您的老赶车的,能让我再给您赶一趟吗?"格里高力带着讨好的神气笑着,对叶甫盖尼说。

"还一点不知道呢,倒霉蛋。"叶甫盖尼十分得意地笑着想,眼睛还在夹鼻眼镜底下忽闪了两下。

"好吧,那就劳驾啦,咱们走吧。"

"你这是怎么啦,刚刚到家,就把年纪轻轻的老婆扔下? 难道你不想她吗?"老爷慈祥地笑着说。

格里高力笑了起来。

"老婆又不是狗熊,不会逃到树林子里去。"

他坐到车夫位子上,把鞭子插到座位下面,理了理缰绳。

"嘿,叶甫盖尼·尼古拉耶维奇,我给您赶起来才快活呢!"

"有本事使出来吧,我给你赏钱。"

"我非常感谢您。光是您养活……我的阿克西妮亚……给她……一碗饭吃……已经够我感激的啦。"

格里高力的声音一下子断了,一种不好的预感在中尉心里动了一下。"难道他知道啦?喂,别瞎想!怎么会知道呢?不可能嘛。"他靠到车座背上,抽起烟来。

"快点儿回来呀!"老爷在他们背后喊。

车轮底下飞起扎脸的冰屑。

格里高力用缰绳扯了扯老走马的嘴,赶着马用最快的速度跑了起来。一刻钟的工夫,他们就翻过了山冈。一到了洼地里,格里高力就从座位上跳下来,并且从座位底下抽出了鞭子。

"你要干什么?……"中尉皱起眉头。

"就干……这个!"

格里高力干脆利落地扬起鞭子,使出猛劲儿朝中尉脸上狠狠地抽了一鞭。他又把鞭子倒过来拿,用鞭把子朝中尉脸上、胳膊上猛打,不叫他回过神来。打碎的眼镜片扎进了他眉毛上头的肉里。血一股一股地往眼睛里流。中尉起初用手遮住脸,但是鞭子像雨点一般落了下来。他怒气冲冲、满脸血糊糊地跳了起来,想要还手,但是格里高力一面向后退着,朝他的手腕子狠狠打了一下,把他的右手打麻了。

"这一下子是为了阿克西妮亚!这一下子是为了我!为了阿克西妮亚!为了阿克西妮亚再给你一下子!为了我再给你一下子!"

鞭子嗖嗖的,打在身上发出噗噗的声音。后来又用拳头把他打倒在硬邦邦的疙疙瘩瘩的土路上,打得他在地上直滚,还用钉着铁后跟的士兵靴子拼命地踢。直到打得没了劲儿,这才坐上马车,大喝一声,赶着马不要命地朝庄上奔去。他把马车扔在大门口,就攥着鞭子,磕磕绊绊地踩着军大衣的大襟,朝下房跑去。

阿克西妮亚听到打雷般的开门声,回头看了看。

"臭娘们儿!……母狗!……"

鞭子嗖的一声,结结实实地打在她的脸上。

格里高力呼哧呼哧地跑了出去;他也不回答萨什卡老爹的问话,就离开了庄园。走了有一俄里半路,阿克西妮亚撵上了他。

她呼哧呼哧地喘着粗气,一声不响地在他旁边走着,手偶尔地碰到格里高力。

来到岔路口上,在一座褐色的野外小教堂旁边,她用疏远、生分的腔调说:

“格里沙,原谅我吧!”

格里高力龇了龇牙,弓着背,把军大衣的领子往上提了提。

阿克西妮亚留在了小教堂后面。格里高力一次也没有回头看,没有看到阿克西妮亚向他伸出的双手。

他在下山坡朝鞑靼村里走的时候,才大惑不解地发现了自己手里的鞭子,把它扔掉,跨着大步走进了小胡同。许多张脸贴到窗户上,对他的来临表示惊讶;迎面走来、认出了他的娘们儿都恭恭敬敬地向他行礼。

来到自己家的大门前,一个瘦瘦的、黑眼睛的漂亮姑娘跑着、叫着扑到他的脖子上,一头扎进他的怀里。格里高力用手捧着她的两腮,扳起她的头来,认出是杜尼娅。

潘捷莱·普罗柯菲耶维奇一瘸一拐地下了台阶,母亲在房里大声哭了起来。格里高力用左手抱住父亲,右手还被杜尼娅拉着在亲呢。

一阵熟悉得不得了的踏板咯吱响过——格里高力上了台阶。老了很多的母亲,像小姑娘一样轻快地跑了过来,用眼泪把军大衣的扣眼儿泡得透透的,她紧紧抱住儿子,不住地嘟囔着,东一句,西一句,表达着言语表达不出来的心情;脸色煞白的娜塔莉亚却难受地笑着,站在门洞里,为了不跌倒,用手扶住门,格里高力那心慌意乱的目光匆匆向她一扫,她跌倒了……

夜里,潘捷莱·普罗柯菲耶维奇捅了捅伊莉尼奇娜的腰,小声说:

“你悄没声儿地去看看,他们是不是睡在一块儿?”

“我给他们铺的床嘛。”

“你去看看嘛,去吧!”

伊莉尼奇娜从门缝儿里朝正房里看了看,就走了回来。

“在一块儿呢。”

“好啊,谢天谢地!谢天谢地!”老头子画了一个十字,用胳膊肘支着身子,抽搭起来。

卷 四

一

一九一六年，十月。夜。又是雨又是风。林木丛生的低洼地带。到处是赤杨树的一片泥沼地。泥沼地边上就是战壕。前面是铁丝网。战壕里面是冰冷的稀泥。监视哨那潮湿的防护板微微闪着光。稀稀拉拉的地下室里的灯火。一位矮墩墩的军官，在一个军官地下室的门口站了一会儿；他用潮漉漉的手指头摸着纽扣，匆匆地解开军大衣，抖了抖领子上的雨水，又在踩得全是烂泥的一捆麦秸上草草地擦了擦靴子，这才推开门，弯下身子走进地下室。

小煤油灯发出的一片黄黄的灯光，一闪一闪地照到来人的脸上。一位敞着制服上衣的军官，在床上支起身子，用手撩了撩乱蓬蓬的斑白头发，打了个哈欠。

"下雨啦?"

"下着呢。"来人一面回答，一面脱下大衣，把大衣和淋得皱巴巴的制服挂在门边一根钉子上。"你们这儿挺暖和。人多热气大呀。"

"我们不久才生起火。糟糕的是，地下水直往外冒。这雨他妈的要是再下，地下室咱们就住不成啦……不是吗？您以为怎样，彭楚克?"

彭楚克搓着手，弯下腰，蹲到小炉子跟前。

"你们铺上地板嘛。我们的地下室里才漂亮呢：可以光着脚在里面走。哦，李斯特尼次基在哪儿?"

"睡觉呢。"

"睡很久了吗?"

"巡逻一回来就睡啦。"

"该把他叫醒了吧?"

"叫醒他吧。咱们一块儿来下棋。"

彭楚克用食指抹了抹又宽又浓的眉毛上的雨点，没有抬头，轻轻地叫道：

“叶甫盖尼·尼古拉耶维奇！”

“睡得好熟啊。”斑白头发的军官叹了一口气，说。

“叶甫盖尼·尼古拉耶维奇！”

“什么事？”李斯特尼次基用胳膊肘支起身子。

“咱们来下盘棋，好不好？”

李斯特尼次基把两条腿耷拉下来，用红红的、软软和和的手掌在鼓鼓的胸脯上搓了半天。

第一盘棋快要下完的时候，第五连的两位军官来了，一位是加尔梅柯夫大尉，一位是丘鲍夫中尉。

“报告一件新闻！”加尔梅柯夫还在门口就喊道。“咱们团大概要撤防啦。”

“这话是从哪儿来的？”斑白头发的上尉梅尔库洛夫不相信地笑了笑。

“你不信吗，彼佳大叔？”

“说实话，我不信。”

“炮兵连连长在电话里说的。他又是从哪里知道的呢？他昨天才从师部回来嘛，自然会知道。”

“能到澡堂里去泡一泡，倒是不坏。”

丘鲍夫装出十分舒服的样子笑着，装着用洗澡刷子在擦屁股。梅尔库洛夫笑了。

“我们的地下室里只要安上一口锅烧烧就行啦，水足够用的。”

“老兄，太潮啦，太潮啦。”加尔梅柯夫打量着木头排成的墙和咕唧咕唧响的地面，抱怨说。

“旁边就是泥沼地嘛。”

“感谢至高无上的上帝吧，呆在泥沼地上，就像是藏在基督的怀里啦，”彭楚克插嘴说，“驻在干净地方的，天天要冲锋陷阵，可是咱们在这儿一个星期只能打一梭子。”

“宁愿冲锋陷阵，不愿在这儿活活地烂掉。”

“彼佳大叔，养活哥萨克，可不是为了叫哥萨克打仗牺牲掉。你别装糊涂。”

“照你看，是为了什么呢？”

“照以往的做法来看，政府在必要的时候还想依靠一下哥萨克呢。”

“你是在说鬼话。”加尔梅柯夫把手一摆，说。

“这怎么是鬼话？”

“就是鬼话。”

“算了吧,加尔梅柯夫!真理是驳不倒的。”

“这算什么真理……”

“这是大家都清楚的嘛。你为什么要装糊涂呢?”

“诸位军官,注意!”丘鲍夫叫道,又像演戏一样向四方鞠着躬,指着彭楚克说:“彭楚克少尉现在按照社会民主党圆梦的书给大家说说。”

“您是在演小丑吗?”彭楚克用眼睛逼住丘鲍夫的目光,冷笑了一声。“不过,您演下去好啦,各有所长嘛。我要说的是,从去年年中起,咱们就没有打过仗。从阵地战一开始那时候起,许多哥萨克团队就分散到隐蔽的地方,储存起来,暂时不用。”

“那么,以后呢?”李斯特尼次基一面收拾棋子,一面问道。

“以后,等前方骚乱起来——这是不可避免的:士兵们已经开始厌恶战争了,开小差的人越来越多,可以证明这一点——到那时就要派哥萨克去镇压、去平息叛乱。政府养活哥萨克军队,就像在棍子上绑一块石头。政府打算在必要的时候,用这块石头打碎革命的脑壳。”

“老兄,你着魔啦!你的推断太靠不住啦。首先,局势的发展,事先无法判断。至于以后要发生骚乱或者别的什么,你又是从哪儿知道的呢?假如事情是这样:协约国打垮了德国人,战争以光辉的结局而结束——到那时候,又叫哥萨克干什么呢?”李斯特尼次基反驳说。

彭楚克微微一笑。

“好像不会有什么结局,尤其不会有什么光辉的结局。”

“已经打了这么久啦……”

“还要打更久呢。”彭楚克断言说。

“你什么时候销的假?”加尔梅柯夫问道。

“前天。”

彭楚克把嘴噘圆了,用舌头顶出一个小小的烟圈儿,把烟头扔掉。

“你上哪儿去啦?”

“上彼得格勒去啦。”

“哦,那儿怎么样?京城里热闹吗?唉,他妈的,要是能让我在那儿住上一个星期,叫我干什么都行。”

“开心的事也不多,”彭楚克字斟句酌地说,“缺粮。在工人区见到的是饥饿、不满和暗暗的反抗。”

“咱们是不能平安无事地从这次战争中爬出去啦。诸位,你们以为怎样?”梅尔库洛夫用询问的目光朝大家扫了一下。

“日俄战争引起了一九〇五年的革命,这次战争也要导致一场新的革命。而且不仅是革命,还要导致国内战争。”

李斯特尼次基听着彭楚克在说话,做了一个含含糊糊的姿势,好像是要半路上拦住彭楚克的话,后来站了起来,皱着眉头,在地下室里走来走去。他按捺着怒火,说:

“使我感到奇怪的事情是,在我们军官当中,会有这样的人。”他朝弓着背的彭楚克指了指。“我所以感到奇怪,因为我至今还弄不清他对祖国、对战争的态度……有一次他在说话时含含糊糊地露了一点,但完全可以清清楚楚地看出,他是希望咱们在这场战争中失败的。我这样理解你的立场,彭楚克,对吗?”

“我是希望失败。”

“那又是为什么呢?照我看,不管你的政治见解如何,反正希望自己的祖国失败,这就是……叛国。任何一个正直的人都认为这是可耻的!”

“你们可记得,布尔什维克党在议会中的代表曾经宣传反对政府,那不就是要促成失败吗?”梅尔库洛夫插嘴说。

“彭楚克,你赞成他们的观点吗?”李斯特尼次基提了一个问题。

“如果我一再表示希望失败的话,那么,可想而知,我是赞成他们的观点的;而且像我这样一个社会民主工党党员,一个布尔什维克,竟会不赞成自己的党代表的观点,那才是笑话呢。叶甫盖尼·尼古拉耶维奇,我倒是更觉得奇怪:你是个有知识的人,政治上却是一窍不通……”

“我首先是一个忠于朝廷的士兵。单是一副‘社会党同志’的样子,就够使我恶心的。”

“你首先是个蠢驴,再就是一个不知天高地厚的大兵。”彭楚克这样想着,敛去了笑容。

“不知天外有天,神外有神……”

“军队里的情况特殊,”梅尔库洛夫好像在表示歉意,插嘴说,“咱们都跟政治无关,咱们是局外人。”

加尔梅柯夫大尉坐着,捋着耷拉下来的胡子,两只火辣辣的蒙古人的眼睛闪着锐利的光芒。丘鲍夫躺在床上,一面听别人说话,一面仔细看着梅尔库洛夫那张贴在墙上的、被烟熏黄了的画:一个半裸女人,一张轻佻的脸,慵懒而狎昵地笑着,看着自己那光光的胸膛。她左手两个指头揪住棕色的奶头,小指头小心地翘着，低垂的眼皮下面有阴影，瞳人发出亲切的亮光。她的一个肩膀微微耸起，拦住朝下溜的内衣，两个肩窝里的光线稀薄而柔和。那女人的姿态是那样从容、优美，那样逼真，那种朦胧的色调是那样动人，所以丘鲍夫不由地微笑着，欣赏起这幅绝妙的画，说话声虽然进了耳朵，但已经进不了他的脑子了。

“真是太——好啦！”他的眼睛离开画，赞叹了一声，但是太不凑巧了，因为彭楚克刚刚说过一句话：

“……你们瞧着好啦，沙皇专制一定要完蛋！”

李斯特尼次基转悠着纸烟，冷冷地笑着，一会儿看看彭楚克，一会儿看看丘鲍夫。

“彭楚克！”加尔梅柯夫唤道。“您等一等，李斯特尼次基！……彭楚克，您听我说说！……比如说，好，就算这场战争会变成国内战争……以后又怎样呢？又比如说，你们能推翻朝廷……照你们的意见，又该成立什么样的衙门？建立什么样的政权呢？”

“无产阶级的政权。”

“怎么，是国会执政吗？”

“那太微不足道啦！”彭楚克笑着说。

“那么又是什么呢？”

“应该是工人阶级专政。”

“是这——样啊！……那么，知识分子和农民算什么角色呢？”

“农民会跟着我们走，有一部分思想进步的知识分子也会跟着走，至于其余的……我们对其余的就这样干……”彭楚克动作麻利地把原来就在他手里的一张纸拧成紧紧的鞭形捻子，挥了几下，透过牙缝说：“就这样干！”

“你们飞得太高啦……”李斯特尼次基冷笑说。

“飞得高高的，再落下来。”彭楚克接话说。

“应当先铺下些干草……”

“您是他妈的为什么志愿上前方来的，而且还升成了军官？这跟你们的见解怎么能相符呢？真出——奇——呀！一个反对战争……嘿嘿……反对毁灭自己那些……阶级弟兄的人——居然升成……少尉啦！”

加尔梅柯夫两手拍了拍靴筒，开心地哈哈大笑起来。

“您率领自己的机枪队，消灭了多少德国的工人呀？”李斯特尼次基问道。

彭楚克从军大衣旁边的口袋里掏出一大卷纸，背对李斯特尼次基站着，在纸卷里翻了半天，然后走到桌子跟前，用鼓着青筋的大手摊开一张旧得发了黄的报纸。

“我打死了多少德国的工人，这……是一个问题。至于我志愿到前方来，因为反正是要抓我来的。我是想，今天在战壕里得到的知识，将来是有用处的……将来用得上。这儿就是这样说的……”于是他念起列宁的文章：

> 就拿现代的军队来说吧。军队是组织的一个好范例。这种组织所以好，就因为它**灵活**，同时又能使千百万人服从**统一的意志**。今天，这千百万人还坐在自己家里，分散在全国各地；明天动员令一下，他们就会在指定地点集合。今天他们还蹲在战壕里，有时得蹲几个月，明天他们就会以别的队形去冲锋陷阵。今天他们避开枪林弹雨创造出奇迹，明天他们又在短兵相接中创造奇迹。今天他们的先头部队在地下埋上地雷，明天他们会按照空中飞行员的指示向前推进几十俄里。受同一意志所感召的千百万人，为了同一目标而改变他们的交往方式和行动方式，改变他们的活动地点和活动方法，改变工具和武器，以适应改变着的形势和斗争的要求——这才是真正的组织。
>
> 工人阶级反对资产阶级的斗争也是这样。如果今天还不具备革命形势……

“‘形势’是什么玩意儿？”丘鲍夫忽然问道。

彭楚克动了一下，好像刚刚从睡梦中惊醒过来，用大拇指的骨节擦了擦那疙里疙瘩的脑门儿，好像没有听清所提的问题。

“我是问，‘形势’这个词儿是什么意思？”

“我懂倒是懂得，可是要解释清楚——我却不能……”彭楚克的脸上露出爽朗、单纯、孩子气的笑容；在他那阴沉的大脸上看到这样的笑容，实在令人觉得稀奇，就好像凄风苦雨的秋天原野上忽然活蹦乱跳地跑过一只活泼泼的小兔儿。“形势——就是情况、局面，反正是这一类的意思。我说得对吗？”

李斯特尼次基含含糊糊地摇了摇头。

“念下去吧。”

> 如果今天还不具备革命形势，还没有激发群众和提高他们积极性的条件，今天交给你选票，你就拿过来，好好地加以组织，用它来打击自己的敌人，而不是为了把那些怕坐监牢而死抓住安乐椅的人送到议会中去享受肥

缺。如果明天剥夺了你的选票而交给你枪支和最新式的速射炮，那你就把这些屠杀和破坏的武器接过来，不要去听信那些害怕战争的多愁善感的颓丧者的话；为了工人阶级的解放，世界上**得**用炮火和刀枪来消灭的东西多着哩；如果群众的仇恨和绝望日益增长，如果有了革命形势，那就着手建立新的组织，**使用**这些十分有利的屠杀和破坏的武器来**反对本国**政府和**本国**资产阶级……①

彭楚克还没有念完，第五连的司务长敲了敲门，走进了地下室。

"大人，"他朝加尔梅柯夫说，"团部来了个传令兵。"

加尔梅柯夫和丘鲍夫穿起大衣，走了出去。梅尔库洛夫吹着口哨，坐下来画画。李斯特尼次基还是那样在地下室里走来走去，捻着小胡子，想着心思。不久，彭楚克也打了一声招呼，走了出来。他用左手按住领口，右手撩着大衣下摆，穿过一片烂泥的交通壕。凛冽的风在狭窄的壕沟里一阵一阵地吹着；吹到凸起的地方，就发出啸声，打起圈圈儿。彭楚克在黑暗中走着，不知为什么隐隐约约地笑着。他回到自己的地下室，浑身又被雨打湿了，浑身都是湿漉漉的赤杨树叶子气味。机枪队长已经睡了。他那黑糊糊、留着黑胡子的脸上有两片青青的印子，那是缺少睡眠的标志（他一连打了三夜牌）。彭楚克在自己以前留下来的士兵挂包里掏了掏，在门口烧毁了一堆文件，往裤子口袋里塞了两筒罐头和好几把手枪子弹，就走了出来。在开门的当儿，风冲进了地下室，吹散了在门口烧毁的文件的纸灰，吹灭了烟气腾腾的小油灯。

彭楚克走后，李斯特尼次基又一声不响地来回走了有五分钟，然后走到桌子跟前。梅尔库洛夫正歪着头在画画。削得尖尖的铅笔正画着一道道朦胧的阴影。方方的白纸上已经出现了彭楚克的脸，脸上还带着他平时那种没有多少笑意的、好像是不得不笑的笑容。

"一副好厉害的嘴脸。"梅尔库洛夫用手举着画说，并且抬眼看了看李斯特尼次基。

"哦，怎么样？"李斯特尼次基问道。

"谁知道他妈的是怎么回事儿！"梅尔库洛夫猜度着问题的实质，回答说。"他是一个奇怪的家伙，现在他表明了身份，很多问题也就清楚了，可是以前我真

① 以上两段译文摘自人民出版社一九七二年版《列宁选集》第二卷，六五九—六六〇页。

不知道他是怎么一回事儿。你要知道,他在哥萨克中间,特别是在机枪手中间,很有威望呢。这一点你没有看出来吗?”

“是的。”李斯特尼次基含含糊糊地回答说。

“机枪手——个个都是布尔什维克。他已经把他们鼓动起来啦。我吃惊的是,他今天居然自己摊了牌。为什么呢?他是有意说的,肯定是这样!他知道,在我们当中没有谁会赞同这些见解,因此他就干脆自己说出来。要知道,他并不是一个急性子人。他是一个危险的家伙。”

梅尔库洛夫在评论彭楚克的奇怪举动的时候,放下了那幅画,并且脱起衣裳。他把潮漉漉的袜子搭在小炉子上,上了上表,又抽了一支烟,就躺下了,很快就睡着了。李斯特尼次基坐到梅尔库洛夫一刻钟以前坐的那张凳子上,就在图画的背面挥笔写了起来,削得尖尖的铅笔头写断了好几次。

大人:

以前我向您报告过的那些推测,今天完全证实了。彭楚克少尉今天在和我团军官(在场的人,除我以外,还有第五连的加尔梅柯夫大尉、丘鲍夫中尉,第三连的梅尔库洛夫上尉)谈话时,清清楚楚地说明,他为了自己的政治信仰在执行一些任务,而且看样子,他是受党的派遣来执行任务的;至于他说这番话的用心,说实话,我还不太清楚。他还带着一卷违禁的文件。例如,他就朗读过在日内瓦出版的他们党的机关报《共产主义者》中的两段。毫无疑问,彭楚克少尉是在我们团里进行秘密活动(据推测,他就是为此才志愿到团里来的),机枪手们就是他争取的直接对象。机枪队已经被分化瓦解了。他的恶劣影响也表现在团里的士气上——拒绝执行战斗命令的事屡有发生,这种情形我已及时报告师部特务处等有关部门。

彭楚克少尉最近度假回来(他到过彼得格勒),带回一大批破坏性的书籍;现在他正加紧活动。

综观上述情况,可以得出结论:(一)彭楚克少尉的罪行已经可以确定(和他谈话时在场的几位军官可以宣誓证明我所报告的事项);(二)为了制止他的革命活动,必须立即把他逮捕,并解送军法处审讯;(三)必须立即清理机枪队,清除特别危险的分子,其余的或者遣送后方,或者分散到各团里去。

请不要忽视我报效祖国和朝廷的耿耿忠心。本信副本并呈斯·特·柯尔普。

大尉叶甫盖尼·李斯特尼次基
一九一六年十月二十日
第七地段

第二天早晨,李斯特尼次基就派一名通信兵把报告送到了师部;吃过早饭以后,他走出地下室。溜滑的战壕胸墙外面的泥沼地上,飘荡着雾气,雾气一片一片地悬挂着,就好像挂在铁丝网的刺上似的。壕底有半俄寸深的稀泥。一股股棕色的水从战壕的枪眼里往下直流。哥萨克们穿着潮湿、肮脏的军大衣蹲着,把步枪靠在墙上,抽着烟,在护板上支着小锅子在烧开水。

"说过多少次啦,不能在护板上烧火嘛!怎么,你们这些混账家伙,不明白吗?"李斯特尼次基恶狠狠地叫着,朝最近的一堆围坐在烟气腾腾的火边的哥萨克走去。

有两个哥萨克很不情愿地站了起来,其余的人依然掖着大衣下摆,蹲在那里,抽着烟。有一个哥萨克,黑脸膛,大胡子,皱巴巴的耳垂上还晃荡着一只银耳环,他一面拿着一把碎柴往锅底下塞,一面回答说:

"我们也情愿不用护板,可是,大人,火怎么能生着呢?瞧,这儿的水有多深!差不多三俄寸啦。"

"马上把护板抽出来!"

"就是说,叫我们在这儿饿肚子吗?!是这——样——啊……"一个宽脸膛的麻子哥萨克皱着眉头,朝一边看着说道。

"我告诉你……把护板抽出来!"李斯特尼次基用靴尖把锅子底下燃烧着的柴禾踢了出去。

戴耳环、留大胡子的哥萨克带着窘急和愤恨的神情笑着,把锅子里的热水泼了出去,小声说:

"弟兄们,茶喝过啦……"

哥萨克们一声不响地目送着大尉在战壕里越走越远。大胡子哥萨克那潮润的眼睛里闪动着火花。

"狗东西,欺人太甚!"

"唉——唉!……"有一个哥萨克往肩上套着步枪的皮带,长长地叹了一口气。

梅尔库洛夫在第四排的防地上追上了李斯特尼次基。他那崭新的皮上衣吱咯吱咯响着,他气喘吁吁地走到跟前,浑身都是冲鼻子的黄烟气味。他把李斯特

尼次基叫到一旁,急匆匆地说:

“听到新闻了吗?彭楚克今天夜里开小差啦。”

“彭楚克?什——么?”

“开小差啦……听明白了吗?机枪队长伊格拿吉奇是和彭楚克住在一个地下室里的,他说,彭楚克离开我们这儿就没有回去。就是说,从我们这儿一出去就溜啦……就是这么一回事。”

李斯特尼次基皱起眉头,把夹鼻眼镜擦了半天。

“你好像心里很慌乱啊?”梅尔库洛夫用疑问的目光望了望他。

“我?你怎么,疯啦?我有啥好慌乱的?只不过这事太突然,叫我惊呆了。”

二

第二天早上,神色慌张的司务长走进了李斯特尼次基的地下室;他踌躇了一会儿,这才报告说:

“大人,今天早晨哥萨克们在战壕里捡到这些碎纸片儿。有点儿不大对头……所以我来报告您。不然的话,恐怕会出什么事儿……”

“什么样的纸片儿?”李斯特尼次基在行军床上欠起身来,问道。

司务长把手里几张揉得皱皱巴巴的纸递过去。四开的廉价纸上清清楚楚地印着一行行打字机打出的字。李斯特尼次基一口气读下去:

全世界无产者联合起来!

士兵同志们!

可恶的战争已经拖了两年了。两年来你们为了维护与你们毫不相干的利益,在战壕里历尽了艰难困苦。两年来各国的工人和农民流了不少鲜血。

千百万人战死或者残废，千百万人成了孤儿、寡妇——这就是这场大屠杀的结果。你们为什么打仗？你们维护的是谁的利益？沙皇政府将几百万士兵赶到炮口下，就是为了夺取新的土地和奴役这些土地上的人民，就像奴役被征服的波兰和其他一些民族那样。世界上的工厂主无法瓜分市场，以倾销他们的工厂产品；无法瓜分利润了，所以才用武力来实行分配；于是你们就糊里糊涂去为他们的利益打仗，去送死，去杀戮那些和你们一样的劳动者。

兄弟相残的血已经流得够多啦！醒醒吧，劳动的人们！你们的敌人不是奥地利和德意志的士兵，他们和你们一样，也是受欺骗的；你们的敌人是本国的沙皇、本国的工厂主和地主。掉转你们的枪口对准他们吧。跟德意志和奥地利的士兵联合起来。穿过把你们当野兽一样隔开的铁丝网，互相伸出手来。你们都是劳动的弟兄，你们手上干活儿磨出的血泡印子都还没有脱掉，你们没有什么好争的。打倒专制！打倒帝国主义战争！全世界劳动者牢不可破的团结万岁！

李斯特尼次基气喘吁吁地把最后一行念完。“就是这么回事儿。来啦！”他想着，心里充满了仇恨，一阵阵预感涌上来，他觉得十分沉重。李斯特尼次基打电话给团长，报告了发生的事情。

“大人，您看怎么办？”最后他问道。

将军的声音像铁块一样，透过蚊子般的哼哼声和远处的电话铃声，从话筒里传了出来：

“立即带着司务长和各排排长进行搜查。挨个儿搜，军官也不能例外。今天我就问问师部，他们想什么时候让本团换防，我催催他们。如果在搜查的时候发现什么的话——火速报告。”

“我认为，这是机枪手们干的事。”

“是吗？我马上下命令叫伊格拿吉奇搜查他手下的哥萨克。就这样吧。”

李斯特尼次基把各排排长召集到自己的地下室里，向他们传达了团长的命令。

“岂有此理！”李斯特尼次基气愤地说。“怎么，要咱们互相搜查吗？”

“李斯特尼次基，头一个先搜查您！”没留胡子的年轻中尉拉兹陀尔采夫叫道。

“咱们来拈阄好啦。”

“还是按姓氏字母顺序吧。”

"诸位,把玩笑放到一边去吧,"李斯特尼次基正色说,"当然,咱们的老头子是太过分啦:咱们团里的军官都和恺撒的妻子①一样。只有一个是例外,那就是彭楚克少尉,可是他已经开小差啦,不过哥萨克还是要搜查搜查的。把司务长叫来。"

司务长来了。这是一个已经不很年轻、得过三级乔治勋章的哥萨克。他咳嗽着,打量了一下军官们。

"你说说,连里有谁有嫌疑?你以为,谁会散发这些传单?"李斯特尼次基问他。

"大人,没有这样的人。"司务长很有把握地回答说。

"不过传单是在咱们连的防地上发现的呀。有外人到战壕里来过吗?"

"没有外人来过。别的连的人也没有来过。"

"咱们挨个儿搜去吧。"梅尔库洛夫把手一摆,朝门口走去。

搜查开始了。哥萨克们的脸上露出各种各样的表情:有的大惑不解地皱着眉头,有的惶恐地望着军官们在哥萨克的寒碜的家当中乱翻,有的微微笑着。有一个胆大的中士侦察员问道:

"你们告诉我,找什么?如果是偷东西的事,说不定有人看见过呢。"

搜查没有得到任何结果。只是在第一排一个哥萨克的大衣口袋里搜出一张揉得皱皱巴巴的传单。

"你看过吗?"梅尔库洛夫问着,故作恐怖地把掏出来的传单扔掉。

"我是捡来卷烟抽的。"那个哥萨克抬都没抬低垂的眼睛,笑着说。

"你笑什么?"李斯特尼次基红着脸朝哥萨克走去,怒冲冲地叫道;他那短短的金黄色睫毛在夹鼻眼镜底下一个劲儿地忽闪着。

哥萨克的脸马上严肃起来,笑容仿佛被风刮跑了似的。

"大人,请饶恕我吧!我识不了几个大字呀!根本看不懂。我捡起来,是因为卷烟纸没有啦,烟还有,纸却用完啦,所以我捡来啦。"

哥萨克说得又委屈又响亮,那腔调中还带着气愤的情绪。

李斯特尼次基啐了一口,就走开了。军官们也都跟着他走了。

过了一天,这个团就从前方撤下来,调到十几俄里以外的后方。从机枪队里

---

① 有人对尤利·恺撒(公元前二世纪罗马的独裁者)的妻子的品行表示怀疑,恺撒回答说:"恺撒的妻子——是不容怀疑的。"这话后来成为谚语。李斯特尼次基引用这话来做比喻。——作者注

逮捕了两个人,送到了军法处,其余的人——一部分编进几个后备团里,一部分编进第二哥萨克师的各个团里。本团休整了几天,整顿得像个样子了。哥萨克们都洗了澡,换了衣服,仔细地刮了刮脸——不像在战壕里那样,常常用简单的办法来清除脸上的硬毛了,那办法简单倒是简单,就是有点疼:用火柴把胡子烧掉,火柴在烧胡子的时候只要一烧到皮肤,就用事先泡湿的毛巾在脸上一抹。这方法叫"剥猪法"。

"是不是用剥猪法给你刮?"不管哪一个排的理发员都会向主顾这样问。

这个团休息了几天,哥萨克们外表漂亮了,也快活起来了,但是李斯特尼次基以及所有的军官们都知道,这种快活心情就像十一月里的晴天:今天晴,明天就阴了。只要提一提出发上前方,他们的脸色马上就变了,低垂的眼皮下面马上就流露出不满和阴沉不快的神色,马上就显得疲惫不堪,浑身无力,而这种疲惫往往导致精神上的动摇。李斯特尼次基十分清楚,一个人在这种状态下要是有什么居心的话,往往是十分可怕的。

一九一五年,他亲眼看到,一连步兵五次冲锋,损失惨重,可是一次又一次接到命令:"发起进攻。"该连残部竟自动从防地上撤下来,朝后方奔去。李斯特尼次基奉命率领本连哥萨克去拦阻他们,等他把本连哥萨克排成一条线,打算拦住去路的时候,步兵就朝他们开起火来。一连步兵只剩了不到六十人,但是他看到,这些人像发了疯一样,勇猛顽强地与哥萨克奋战,在马刀下倒了下去,气息奄奄,可是还不顾一切地往前爬,上前拼命,迎着死亡往前闯,因为他们铁了心,反正死在哪里都是一样。

这件事常常浮上他的脑际,就像是一种可怕的预兆,于是李斯特尼次基惶惶不安地重新打量起哥萨克们的脸,心想:"难道这些人到时候同样也会转身冲过来,而且除了死亡以外,再没有什么能拦住他们吗?"他一看到他们那疲惫、愤恨的目光,就老老实实地得出结论:"他们会冲过来的!"

跟往年相比,哥萨克们完全变了。就连唱的歌子也都换成了新的,都是在战争中编出来的,全带着阴郁凄凉的情调。每天傍晚,李斯特尼次基从本连驻扎的宽敞的厂棚旁边走过,常常听到一支歌子,那支歌缠绵悱恻,说不出的忧伤。往往是三四个人合唱这支歌。在几个浑厚的男低音之中,总有一个唱衬腔的男高音格外清脆,格外嘹亮,那声音高入云天,发着颤音:

啊,我的亲爱的故乡呀,
我再也见不到你啦。

在朝霞中我看不到夜莺，
听不到花园里夜莺的歌声。
你呀，我亲爱的妈妈，
不要为我过分悲伤。
好妈妈，不是所有的人
都死在战场上。

李斯特尼次基常常停下来，听上一阵，并且觉得歌中那发自内心的伤感情调也深深打动了他。跳得越来越快的心上好像有一根弦绷得紧紧的，衬腔的低调在拉着这根弦，拉得这根弦痛苦地打着颤。李斯特尼次基站在离厂棚不远的地方，望着秋天的暮霭，觉得自己的眼睛也湿了，眼泪泡着眼皮，又疼又痛快。

我驰骋在平坦的原野上，
心里有说不尽的感想，
啊，我的心感觉到，预测到：
小伙子再也不能回家乡。

几个男低音的余音未落，衬腔的高音已经凌空飞起，那声音就像飞翔中的白胸脯野雁的翅膀，不住地抖动着，急急忙忙，呼唤着，说着话儿：

子弹在空中嗖嗖响，
子弹穿透了我的胸膛。
我倒在自己的马脖子上，
鲜血流到黑黑的马鬃上……

在休整的日子里，李斯特尼次基只有一次听到哥萨克古歌那令人鼓舞和振奋的歌词。这一天傍晚他照例出来散步，从厂棚旁边走过。他听到了带有酒意的说话声和笑声。李斯特尼次基猜得出来，这是军需员到涅兹维斯镇上去领物品，从镇上带回来私酿酒，在请哥萨克们喝呢。喝黑麦酒喝得已有醉意的哥萨克们，正在争论一件什么事，在笑着。李斯特尼次基散步回来的时候，老远就听到一阵阵雄壮有力的歌声和尖利、嘹亮、但是十分和谐的伴唱的哨声：

谁没有到战场上见过刀兵,
谁就不知道胆寒心惊。
白天汗淋淋,夜里战兢兢,
整夜整夜地不能入梦。

“啡呦呦呦——呦呦呦!啡呦呦呦——呦呦呦!啡呦呦呦!”哨声像连续不断的颤动的气流,盘旋着向上升去,接着,至少有三十个人的声音,盖过哨声,齐声高唱起来:

每日每时,在平坦的田野上
生长着恐怖,收获着悲伤。

有一个调皮鬼,显然是个年轻小伙子,一面嘹亮而清脆地吹着口哨,一面在地板上跳起盘腿舞来。靴后跟十分清脆地哒哒响着,歌声又把哒哒声压了下去:

黑海上波涛翻腾,
战船上灯火通明。
我们要叫灯灭船沉,
我们要消灭土耳其人,
顿河哥萨克要千秋留名!

李斯特尼次基走着,不由得笑起来,特意踏着歌子的拍子往前走。“这种想回家的心情,在步兵中也许没有这样强烈吧,”他想道,但是理智无情地表示反对:“步兵难道不同样也是人吗?毫无疑问,哥萨克长期蹲在战壕里,是格外受不了的,因为由于兵种关系,他们已经习惯于经常调动。可是两年以来,由于多次进攻毫无结果,只好蹲在这里,不能前进。部队从来没有这样衰弱过。现在要是有坚强的领导,大力整顿一番,推动推动,是能振奋起士气的。虽说历史上有过无数先例:每当战争长期拖延下去的时候,最坚定的训练有素的军队的士气都会动摇。连苏沃洛夫都亲身体验过这种滋味……不过哥萨克是能撑得住的。如果跑散的话,那也是最后才跑。这毕竟是一个特殊的小民族,传统上是好战的,并不是工厂或农村里那些乌合之众。”

好像是特意要叫他泄气似的,厂棚里有一个清脆、打颤的声音唱起了《绣球花儿》。很多声音跟着唱了起来，于是李斯特尼次基在离开棚子越来越远的时候，又听到了充溢在歌子中的那种伤感情调：

年轻的军官在祷告上帝。
年轻的哥萨克要求回家去：
啊，年轻的长官呀，
放我回家去吧，
放我回家去吧，
去看看爸爸，
去看看爸爸，看看亲娘。
去看看爸爸，看看亲娘，
还要看看年轻的妻房。

彭楚克从前方跑下来以后，过了三天，在黄昏时候来到前线附近地区的一个商业大镇上。一户一户的人家已经掌上了灯。一阵一阵的寒气，水洼里已经结起薄薄的冰壳子，稀疏的行人脚步声老远就能听得见。彭楚克边走边留神听着，不走明亮的大街，专走僻静的小胡同。他在进镇的时候几乎碰上巡逻队，所以他现在贴着栅栏急急忙忙地走着，右手一直放在军大衣口袋里，那军大衣脏得要命，因为他躲在仓房的糠堆里躺了一天。

军团的供给站就在这个镇上，这儿驻扎着一部分队伍，随时可能碰上巡逻队，因此彭楚克那毛茸茸的手指头一直不离开大衣口袋里的手枪，把鼓鼓棱棱的枪把子都攥热了。

彭楚克顺着一条僻静无人的小胡同，朝着镇的另一头走了半天，他张望着一扇一扇的大门，端详着每一座陋舍的式样。过了二十来分钟，他来到拐角上一座很不像样的小房子跟前，朝护窗缝里张望了一下，便笑了笑，毅然决然地走进了篱笆门。他敲了敲房门，给他开门的是一个上了年纪的戴头巾的妇人。

"鲍里斯·伊万诺维奇住在您家吗？"彭楚克问道。

"是的。请进来吧。"

彭楚克侧着身子从她身旁挤了进去。听到门鼻在后面当地响了一声。低矮的小屋里，点着一盏小油灯，桌旁坐着一个不很年轻的穿军服的人。他眯缝着眼睛仔细看了看，便站了起来，压制着心中的高兴把双手伸给彭楚克。

"从哪儿来？"

“从前方来。”

“噢?”

“瞧这个……”彭楚克笑了笑,用指头尖捅了捅穿军服的人的武装带,含含糊糊地说:“还有屋子吗?”

“有,有。到这边来吧。”

他把彭楚克领进一间更小的屋子;也没有点灯,让彭楚克坐在一把椅子上,关上通旁边小屋的门,放下窗帘,这才说:

“你不再回前方了吧?”

“不回去啦。”

“那儿情况怎么样?”

“万事俱备。”

“弟兄们都可靠吗?”

“当然可靠。”

“我看,你现在把衣服脱脱,咱们等一下子再谈。把你的大衣给我。我马上端洗脸水来。”

彭楚克弯着身子在一个发绿的铜脸盆里洗脸的时候,穿军服的人抚摩着剪成了平头的头发,带着困倦的神情小声说:

“目前他们比咱们强大得多。咱们要做的——就是培植和扩大咱们的影响,毫不松劲地说明战争的真正原因。咱们一定会强大起来——这一点你可以相信。有的东西,他们会渐渐失去,我们会渐渐得到。成年人和小孩子相比,毫无问题要强大得多,但是等到这成年人渐渐衰老,渐渐变成一把干骨头的时候,这个后生就能收拾他了。而且在这种情形下,我们所看到的不仅是衰老和干枯,并且还应该看到整个机体的麻痹状态越来越严重。”

彭楚克洗好了脸,用一条硬邦邦的麻布手巾擦着脸,说道:

“我在离开以前,对军官们说出了我的观点……你要知道,这样就要热闹起来啦……我走了,他们肯定不会放过机枪手们,也许有的兄弟要去受审,但是证据又找不到,又有什么好说的呢?我希望能把他们分散到各个部队里去,这样对咱们有好处:让他们到处去播种……嘿,那儿的弟兄们个个是好样的!全是铁打的!”

“我收到司捷潘一封信。他要求派一个懂军事的小伙子去。你到他那儿去吧。不过证件怎么办?能弄到吗?”

“到他那儿干什么?”彭楚克一面问,一面踮起脚尖,往钉子上挂手巾。

"去训练弟兄们。你怎么老是长不高呢?"主人笑着说。

"没有必要,"彭楚克摇摇手说,"特别是处在我现在的情况下。我最好长得跟豌豆荚儿一样长,那样可以不惹人注意。"

他们一直谈到天麻麻亮。又过了一天,彭楚克换了服装,化装到认不出的程度,带着写明第四一一奥尔山团士兵尼古拉·乌赫瓦托夫因胸部受伤退伍的证件,出了市镇,朝火车站走去。

三

在弗拉基米尔沃伦斯基和科维尔方面,在特别军(原来这个军的番号是第十三军,但是因为"十三"是个不吉利的数字,而大将军们也受了迷信的影响,就把这个军改名为"特别军")的作战区内,九月下旬开始了进攻前的准备。军司令部在离司维纽哈村不远处选定了便于展开攻势的屯兵场,炮兵准备也开始了。

无数的炮队集中到指定的地点。成千上万发各种口径的炮弹,九天以来一直扫荡着两道德军战壕所占据的广阔地带。头一天,刚刚开始猛烈的轰击,德国人就放弃了第一道战壕,只留下了一些监视哨。过了几天,他们又放弃了第二道战壕,转移到第三道战壕。

到第十天,土耳其斯坦军团的步兵部队发起进攻。进攻采用的是法国人的波浪式战术。十六道波浪涌出俄军的战壕。一道道灰色的人浪向前拥去,摇摇晃晃,越来越稀,在乱成一团一团的铁丝网跟前闹腾成一片。从德国人那边,从灰灰的赤杨树林那烧焦的一个个树墩后面,从一座座隆起的沙土坡后面,飞来连续不断的密集的隆隆炮声和嚓嚓的炮火,震天动地,烈焰腾空,荡人魂魄。

呜呜呜呜呜……呜呜呜呜呜……咕!咔!轰隆隆隆——隆!

偶尔传来个别炮兵连的齐射声,那声音又渐渐散开,渐渐逼近,周围很多俄里都响着回声：

呜呜呜呜呜……呜呜呜呜呜……呜呜呜呜呜……

哒哒哒……哒哒哒！——德国人的机枪疯狂地扫射着。

在直径有一俄里、被打得坑坑洼洼的广阔的沙土地上，炮弹爆炸的一根根黑色烟柱像旋风一样腾空而起，进攻的人浪不停地撞击着，翻滚着，像浪花一样从一个个弹坑边散了开来，一个劲儿地爬呀，爬呀……

大地上炮弹爆炸的黑色烈焰越来越密集，带着刺耳的啸声斜刺里飞来的榴霰弹越来越猛烈地朝进攻的人身上泼来，紧贴着地面的机枪火力越来越凶猛。他们集中火力，拦截扑向铁丝网的部队。果然拦截住了。十六道波浪当中只有最后三道滚到了跟前，这三道波浪一碰到乱七八糟、一根根烧焦的桩子飞到了一团团铁蒺藜之中的铁丝网上，就好像碰碎了似的，变成一股股流水、一滴滴水珠儿倒流回来……

第一天，有九千多条生命死在离司维纽哈村不远的阴惨惨的沙土地上。

过了两个钟头，又发起进攻。这次出动的是土耳其斯坦步兵军团第二师和第三师的部队。第五十三步兵师和西伯利亚第三〇七步兵旅，从左面的缝隙中向第一道战壕推进，土耳其斯坦人右翼是第三精锐师的几个营。

特别军团第三十军军长加甫里洛夫中将接到军团司令部的命令，要他调两个师到司维纽哈方面去。夜里把第八十师的第三二〇谦巴团、第三一九布古里敏团、第三一八柴尔诺亚尔团从阵地上撤下来。替换他们的是拉脱维亚的步兵和刚刚开到的民团。几个团都是夜里撤下来的，尽管这样，其中一个团还是从傍晚起就佯装向相反的方向移动，只是在沿着战线移动了十二俄里之后，才得到命令转过头来朝另一方向开拔。许多团都朝同一方向移动，但走的是不同的路线。在第八十师行军路线左方移动的是第七十一师的第二八三巴甫洛格拉得团和第二八四文格洛夫团。紧跟在他们后面的是乌拉尔哥萨克的一个团和第四十四侦察团。

第三一八柴尔诺亚尔团在换防之前，驻扎在司托霍得河畔的索卡里镇地区，离鲁得卡—麦林庄园不远。这个团在开拔了一段路程之后，第二天早晨，就分散到树林中废弃的地下室里，练习法国式进攻战术练习了四天；不是一个营一个营地，而是半个连半个连地列成阵势进攻；掷弹兵学习了快速剪断铁丝网的办法，重新练习了投掷手榴弹。后来这个团又向前开拔。有三天的工夫，都是在树林里、林中空地上、被炮车轮子轧得乱糟糟的荒野小路上走。像棉絮似的稀薄的雾气，被风吹得飘飘荡荡，掠过一棵棵松树的头，在林中空地上飘过，在水汽腾腾的灰绿色沼地上空、在赤杨树中间打圈圈儿,就好像老鹰看见了地上的死鸟兽。天上飘洒着濛濛细雨。行军的人们浑身透湿,心里又恼又烦。三天之后,在距离激战地区不远的大波列克村和小波列克村停了下来。休息一昼夜,为走向死亡做些准备。

这时候,一个哥萨克特别连跟着第八十师师部一起开到了即将开始战斗的地方。鞑靼村第三批入伍的哥萨克都编进了这个连。第二排里是清一色的鞑靼村人,有一条胳膊的阿列克塞·沙米尔的两个弟弟马尔丁和普罗霍尔、莫霍夫机器磨坊里原来的机器师伊万·阿列克塞耶维奇、麻子阿丰卡·奥捷洛夫、原村长马内次柯夫、沙米尔家的留着长头发的跛子邻居叶甫兰琪·加里宁、高得出格的彪形大汉鲍尔晓夫、短脖子熊背的查哈尔·柯洛列夫、全连的活宝贝加甫里拉·李霍维多夫——这人相貌异常凶恶,却经常毫无怨言地挨他那七十岁老妈妈和老婆的打,他老婆相貌平常,却十分风流放荡;还有很多别的人也编进了第二排和本连其他各排。有一部分哥萨克原来在师部担任传令兵,但是十月二日由枪骑兵把他们换了下来,这个连便奉师长基特琴柯将军的命令开赴阵地。

十月三日清晨,连队开进了小波列克村。这时候,第三一八柴尔诺亚尔团第一营正要从这个村出发。步兵们从一座座废弃的残破农舍里往外跑,就在街上站队。一个年纪很轻的黑黑的准尉在最前面一排的旁边踱着步子。他不时地从袋里掏出一块巧克力糖,剥着(他那湿润、鲜红的嘴唇四边已经糊满了巧克力),在队伍前面走来走去,他那长长的、大襟上沾满了干泥巴的军大衣在两腿中间荡来荡去,就像一条绵羊尾巴。哥萨克们走的是街左边。机器师伊万·阿列克塞耶维奇在第二排右面尽边上一行里。他仔细看着脚底下,尽可能把一个个的水洼跨过去。步兵那边有人唤了他一声,他于是扭过头,用眼睛在一列一列的步兵中寻找起来。

“伊万·阿列克塞耶维奇!好伙计!……”

一个矮小的步兵离开队伍,像鸭子一样摇摇晃晃地朝他跑来。他一面跑,一面把步枪背到背后,但是皮带老是往下滑,枪托子碰得水壶发出闷声闷气的响声。

“认不出啦?忘啦?”

跑过来的那个小兵的脸上,直到颧骨都长满了像刺猬一样的烟灰色硬毛,伊万·阿列克塞耶维奇好不容易认出他就是“杰克”。

“你打哪儿来,‘酒瓶’?”

“这不是……我当兵啦。”

“你在哪一团？”

“我在第三一八柴尔诺亚尔团。真没想到……真没想到会遇到自己人。”

伊万·阿列克塞耶维奇用硬邦邦的手掌紧紧握住“杰克”那小小的脏手，又高兴又兴奋地笑着。“杰克”跨着大步跟着他，有时变成小跑，他从下面朝上望着伊万·阿列克塞耶维奇的眼睛，他那离得很近、显得很凶的两只小眼睛里的目光异常柔和，并且是湿润的。

“你看……我们这就去打仗……”

“我们也要去。”

“伊万·阿列克塞耶维奇，怎么样，还好吗？”

“唉，还有什么可说的呢！”

“我也是这样。从一九一四年我就没有爬出过战壕。不要家，不要窝儿，不知是替谁拼命……骡马去干事情，儿马糊里糊涂地跟着。”

“还记得施托克曼吗？我们这个奥西普·达维陀维奇真是宝贝！他要是在这儿，会把什么都给我们说个明明白白。这个人真不简单……不是吗？真了不起……不是吗？”

“他一定能说清楚！”“杰克”摇晃着小小的拳头，笑得皱起了刺猬一样的小脸，高兴得叫了起来。“我当然记得他！我对他，比对我爹还了解。我爹实在算不了什么……你没听到他的消息吗？没有听说吗？”

“他在西伯利亚呢，”伊万·阿列克塞耶维奇叹了一口气，“在蹲监狱。”

“怎么？”“杰克”像只小山雀一样蹦蹦跳跳地跟着高大的伙伴，把尖尖的耳朵凑过去，又问了一遍。

“他在蹲监狱呢。说不定现在已经死啦。”

“杰克”一声不响地走了一阵子，忽而向后朝连队排队的地方看看，忽而看看伊万·阿列克塞耶维奇那凸出的下巴，看看下嘴唇下面正当中那个又深又圆的小坑。

“再见啦！”他一面说，一面把手从伊万·阿列克塞耶维奇那冰凉的大手里往外抽。“恐怕咱们以后见不到啦。”

伊万·阿列克塞耶维奇用右手摘下军帽，弯下身子，抱住“杰克”那干瘦的肩膀。他们就像真的要永别那样，使劲地互相吻了一阵子，“杰克”这才留在了后面。他忽然慌慌忙忙把头缩进两个肩膀，因此军大衣的灰领子上面就只剩了两只黑糊糊、红彤彤的尖耳朵，他伛偻起身子，朝后走去，在平地上不住地打着趔趄。

伊万·阿列克塞耶维奇从队伍里走出来,用打颤的声音呼唤道:

"喂,老弟,好兄弟!你本来是个厉害角色嘛……还记得吗?本来是条硬汉子呀……不是吗?"

"杰克"转过泪水纵横因而显得十分苍老的脸,用拳头捶着敞开的军大衣和破烂的衬衫领子里露出来的黑糊糊、瘦骨嶙峋的胸膛,高声叫喊道:

"本来是的!本来是硬汉子,可是现在不行啦!……叫人家折腾坏啦!……"

他还喊了一些别的话,但是连队已经来到另一条街上,伊万·阿列克塞耶维奇就看不见他了。

"这不是'杰克'吗?"走在伊万·阿列克塞耶维奇后面的普罗霍尔·沙米尔问道。

"是他。"伊万·阿列克塞耶维奇抚摩着肩上相依为命的步枪,嘴唇哆嗦着,低声回答说。

来到村口,就开始遇到伤兵,起初是一个一个的,后来就三个一伙、五个一伙,再往后就是一大群一大群的了。有几辆大车满满地装载着重伤号,走得非常慢。拉车的老马瘦得简直可怕。那尖尖的脊背,因为不断地挨鞭子抽,全都脱了皮,露出了血红斑斑的粉红色骨头,有些地方还粘着一撮撮的毛。马拉着大车,呼哧呼哧地喘着,非常吃力,直流白沫的嘴差点儿就要挨到地面。有时候,一匹马站下来,低下因为瘦显得很大的头,有气无力地鼓几下瘪下去的露出肋骨的两侧。可是一顿鞭子打来,不得不离开原地方,先是朝这边一晃,然后朝那边一晃,又朝前走了起来。许多伤号从四面抓住大车沿,跟着大车走。

"你们是哪一部分的?"连长看准一个面貌和善的,问道。

"土耳其斯坦军团第三师的。"

"你是今天挂花的吗?"

那个兵扭过头去,没有回答。连队离开大道,朝半俄里远处的一片树林开去。后面传来一片沉甸甸的脚步声,第三一八柴尔诺亚尔团的几个连也从村子里开了出来。远处,秋雨冲淡了的阴沉的天空,悬挂着德国人的一个系在地面上的气球,很像一个一动不动的灰黄色点子。

"乡亲们,你们瞧:挂着一个多么奇怪的玩意儿!"

"是一个大气球。"

"可恶的东西,在观察军队调动呢。"

"你以为,吊得那么高,是为了好玩吗?"

“嘿，离这儿好远啊！”

“你以为很近吗？用炮恐怕都打不到哩。”

哥萨克们来到树林里，柴尔诺亚尔团第一连就追了上来。一直到黄昏以前，哥萨克们都蜷缩在水漉漉的松树底下，雨水往领子里直流，脊背直打哆嗦。又不准烤火，而且在雨里生火也很困难。天快黑下来的时候，才进入战壕。战壕不深，只比人的身子稍微高一点，壕底是几寸深的水。到处是烂泥气味，霉烂的树叶子气味，淡淡的、像天鹅绒那样柔和的秋雨气息。哥萨克们都撩起军大衣的下摆，蹲着抽烟，天南海北地闲扯。第二排的哥萨克们在分完出发前发给的烟丝以后，便挤在拐角上，围住排里的上士。上士坐在有人扔掉的一个缠铁丝的轴上，在讲上个星期一阵亡的柯佩洛甫斯基将军的事迹，他在和平时期就在将军那个旅团里当过差。他还没有讲完，就听到排长喊了一声：“持枪！”于是哥萨克们一齐跳了起来，拼命想把手上的烟卷吸完，连手指头都烧疼了。全连又从战壕里爬出来，进了渐渐黑下来的松树林。一面走，一面说着笑话互相打气。还有人吹起了口哨。

在一片不大的林中空地上，遇到了长长的一排死尸。这些死尸一个挨一个地躺着，肩靠着肩，各种各样的姿势都有，那样子大都十分难看，十分可怕。有一个扛着步枪、腰旁挂着防毒面具的步兵在这里来来回回地走着。死尸附近潮湿的土地全都踩成了一片烂泥，看得出很多人的脚印，草地上还留着车轮子压出的一道道很深的车辙。连队在离死尸几步远的地方走着。死尸身上已经发出十分难闻的尸臭味。连长叫哥萨克们停住，自己和几位排长走到那个步兵跟前。他们不知在谈什么。这时候，哥萨克们散了开来，走到死尸跟前，脱下帽子，观看死者，都暗暗怀着战战兢兢的恐怖心情，怀着任何一个活人都想了解死者秘密的那种天生的好奇心。死者全是军官。哥萨克们数了数，死者一共是四十七人，大多数都非常年轻，看样子都在二十岁到二十五岁之间，只有最右边一个戴上尉肩章的是个上了年纪的人。他的嘴张得大大的，好像还发着最后一声喊叫的无声的余音，嘴上那浓浓的黑胡子无精打采地耷拉着，煞白煞白的脸上那宽宽的眉毛皱得完全走了样子。有几个死者穿着粘满泥浆的皮面短上衣，其余的都穿着军大衣。有两三个死者没有戴制帽。哥萨克们对着一个死后样子依然显得很漂亮的中尉看的时间特别长。他仰面躺着，左手紧紧按在胸前，右手伸到一边，死死地攥着手枪把子。看样子，有人想把手枪抽出来，他那黄黄的大手上划了好几道白印子，但是，手枪就好像焊到了手上，抽都抽不掉。淡黄色头发的头上歪戴着军帽，一边脸贴在地上，好像是在跟大地亲热，黄中透青的嘴唇朝一边歪着，流露出悲哀和大惑不解的神情。他的右边,有一个死者脸朝下趴着,军大衣像驼峰一样在背上鼓着,大衣上的扣带已经扯断了,露出了两条强壮的、肌肉紧绷绷的腿,腿上穿着草绿色裤子,脚上穿的是细皮短筒靴,靴后跟歪到了一边。他头上没有了制帽,天灵盖也不见了,完全被炮弹片掀掉了;空空的脑壳四周,是一绺绺湿漉漉的头发;空空的脑壳里,汪着粉红色的水,那是灌进去的雨水。在他后面,是一个矮墩墩的军官,穿着敞开的皮面短上衣和破烂的军衬衣,脸没有了;下巴斜斜地落在裸露的胸膛上,头发底下还剩了窄窄的一条额角,上面还耷拉着烧煳了的、卷成了喇叭形的皮肤,在下巴和额角中间便是碎骨头片和黑红色的血糊。再过去,是杂乱地堆成一堆的残肢碎块、军大衣碎片、放在长头的地方的软绵绵的腿;再往前,那简直是一个小孩子,两片鼓鼓的嘴唇,一张孩子气的椭圆形的脸;一梭子机枪子弹从他的胸膛上横扫过去,军大衣打了四个窟窿,烧煳的棉花从窟窿眼儿里钻了出来。

“这个……这个小伙子在死的时候唤谁的?唤妈妈吗?”伊万·阿列克塞耶维奇磕打着牙齿,结结巴巴地问道,然后猛地转过身,像个瞎子一样走开了。

哥萨克们画着十字,急急忙忙走了开去,连头都没有回。而且后来在穿过一片片狭窄的林中空地的时候,很久都没有说话,想赶快摆脱刚才看到的场面。连队在密密的一排废弃的地下室前面停了下来。军官们和柴尔诺亚尔团团部来的一名传令兵一同走进一个地下室;这时候,麻子阿丰卡·奥捷洛夫才抓住伊万·阿列克塞耶维奇一只手,小声说:

“那个小伙子……最后面那一个……恐怕这一辈子还没有跟女人亲过嘴呢……就把他打死了,这算怎么回事儿啊?”

“他们这是在哪儿死的呀?”查哈尔·柯洛列夫插嘴说。

“他们去进攻的。这是那个看守死尸的兵说的。”鲍尔晓夫沉默了一阵子之后,回答说。

哥萨克们都“稍息”站着。夜幕渐渐把树林罩住。秋风催赶着乌云,渐渐把乌云驱散,让远方的星星射出淡紫色的光芒。

这时候,在全连军官们汇集的那个地下室里,连长把传令兵打发走之后,便打开公文,就着蜡烛头的光先看了看内容,然后念道:

十月三日拂晓,德国人用毒瓦斯毒死了第二五六团三个营的官兵,并且占领了我方第一道防线。兹命令你们进入第二道防线,在同第三一八柴尔诺亚尔团第一营取得联系之后,即行驻守第二道防线的某一地段,以便于今夜即将敌人赶出第一道防线。你们的右翼是第二营的两个连和第三精锐师法拿果里团的一个营。

军官们讨论了一下情况，抽完了一根纸烟，就走了出来。连队又开动了。

哥萨克们在地下室跟前休息的时候，柴尔诺亚尔团第一营赶到了他们前面，并且来到了司托霍得河桥头。一个精锐团的机枪加强哨在守卫着这座桥。司务长向营长报告了情况。于是第一营过了桥就分开了：两个连向右开去，一个连向左开去，还有一个连跟营长在一起，留做后备。几个连都列成散兵线前进。稀疏的树林里已经被打得到处是坑。步兵们小心翼翼地用脚试探着地面向前走，有时候有人跌倒了，就轻轻地小声骂几声娘。"杰克"是右翼靠右边一连里的倒数第六个。他听到"预备"的口令以后，就拉开枪栓，端着步枪前进，刺刀尖不时地划着树棵子或者松树干。两个军官顺着散兵线走着，从他身边走过；他们压低了声音在说话。连长用他那甜润而浑厚的声音诉苦说：

"我的旧伤迸开啦。都怪他妈的树墩子！明白吗，伊万·阿列克塞耶维奇，天这么黑，我一下子撞在树墩子上，把脚碰了一下子。结果旧伤裂开啦，我不能走啦，非得回去不可。"连长的声音停了一小会儿，后来一面往前走，一面又说下去，声音更低了："你来指挥半个连，包格丹诺夫指挥另外那半个连，我……说实话，实在不行啦。非得回去不可啦。"

别里柯夫准尉那尖尖的嗓门儿像狗叫一样嘶哑地回答说：

"真奇怪！只要一打仗，您的旧伤就要开裂。"

"准尉先生，我请您住嘴！"连长提高了嗓门儿。

"算啦，请吧！您就回去吧！"

"杰克"倾听着自己和别人的脚步声，当听到后面一阵匆匆的咯吱咯吱的声响，他明白：连长向后转了。过了一会儿，别里柯夫一面和司务长朝本连的左翼走，一面嘟哝说：

"……有些坏家伙真够机灵！只要情况一严重起来，他们不是生病，就是旧伤复发。你这个初生的牛犊，就得指挥半个连……都是一些不要脸的家伙！这种人去他妈的……还算当兵的呢……"

说话声忽然一齐停了，"杰克"只能听到自己的靴子在潮湿土地上的噗唧声和耳朵里嗡嗡的颤声。

"喂，老乡！"左面有人用沙哑的嗓子小声说。

"怎么？"

“走得动吗?”

“走……走得动。”“杰克”说着,跌了一跤,一屁股坐在灌满了雨水的弹坑里。

“太黑了嘛……”左边那个人说。

又走了一会儿,谁也看不见谁,那个沙哑的声音忽然在“杰克”耳边说起话来:

“咱们一块儿走! 一块儿走不害怕……”

又没有人说话了,只听到鼓膨膨的靴子踩在潮湿土地上的声音。一弯光闪闪的新月,忽然从一片黑云里蹦了出来,又闪着黄黄的鳞光,像鲫鱼一样在波浪似的流云里游了几秒钟,然后钻出来,来到明净的天空里,将朦胧的月光倾泻到大地上;潮湿的松针闪着点点磷光;经月光一照,松针发出的气味好像更浓烈了,潮湿的土地散发出的冷气好像更刺骨了。“杰克”看了看旁边那个人。那人突然站了下来,好像挨了一棒似的,晃了晃脑袋,张大了嘴。

“你瞧!”他嘘了一口气。

有一个人大劈开腿站在离他们三步远的一棵松树旁边。

“是……一个……人。”“杰克”说,或者仅仅是想说。

“什么人?”跟“杰克”一块儿走的那个士兵一下子端起枪来,吆喝道。“是什么人? 我开枪啦! ……”

站在松树底下的那个人一声也不响。他的头就像葵花的头那样,朝一旁耷拉着。

“他睡着啦!”“杰克”哈哈大笑,他浑身打着哆嗦,用不自然的笑声给自己壮着胆子,朝前走去。

他们走到站着的那个人跟前。“杰克”伸出脖子看了看。他的同伴用枪托子捅了捅那个一动不动的灰糊糊的人。

“喂,你这个瞌睡虫——虫呀! 你睡着啦? 老乡! ……”他用讥笑的口吻说。“活宝贝,你这是怎么啦? ……”他忽然顿住了。“是个死人呀!”他叫着,向后退去。

“杰克”磕打着牙齿,跳了开去,站在松树底下的那个人就像一棵被锯断的树一样,一下子倒在刚才他站的地方。他们把死人的身子扳过来,让他脸朝上,这才看出,这人是中了毒气,想逃避死亡,可是肺部已经窒息,所以跑到松树底下就死去了。他是第二五六步兵团三个营中某一个营的士兵。是个高个子、宽肩膀的小伙子。他躺在地上,头很随便地向后仰着,一张脸在倒下去的时候沾满了泥浆,眼睛因为受到毒气侵蚀,黏糊糊的;肿胀的、肉嘟嘟的舌头从咬得紧紧的牙缝里伸了出来，好像一块光溜溜的黑石头。

“咱们走吧。天啊，咱们走吧！让他自个儿躺在这儿吧。”同伴扯着“杰克”的手，小声说。

他们朝前走去，刚走几步，又遇到一具死尸。越往前走，遇到的死人越多。有些地方被毒死的人一堆一堆地躺着，有些人蹲着就僵死了，有几个人四肢着地趴着，好像羊在吃草，通向第二道防线的交通壕进口处有一具死尸，身子缩成了一团，把难受得咬烂了的手塞进了嘴里。

“杰克”和跟他一起的士兵跑步撵上已经走到前面去的队伍；撵上之后，便并排往前走。他们一同跳进弯弯曲曲伸向黑暗中的黑洞洞的战壕，就散了开来。

“应该先到地下室里搜一搜。说不定还有吃的东西呢。”那位同伴迟迟疑疑地对“杰克”说。

“咱们去。”

“你往右，我往左。趁咱们的人还没有过来，咱们先搜一遍。”

“杰克”划着一根火柴，朝前面一个地下室敞着的门里走去，可是马上就从里面飞了出来，就像被弹簧弹出来似的：原来这个地下室里十字交叉地躺着两具尸体。他一连搜了三个地下室，都毫无所获，他用脚踢开第四个地下室的门，就听到一个人用外国话尖利地叫了一声，他吓得差一点儿跌倒。

“是谁？”

“杰克”就像遇到一团火一样，一声不响地往后一跳。

“是你吗，奥托？你怎么到现在才来？”①一个德国兵用肩膀懒洋洋地理着披在身上的军大衣，从地下室里走出来，问道。

“举起手来！把手举起来！投降！”“杰克”放开嗓门儿喝道，并且像听到“射击”口令那样，蹲了下去。

惊骇得说不出话来的德国兵慢慢举起手，侧过身子，用迷惘的眼睛看着对准了他的寒光闪闪的刺刀尖。军大衣从他的肩膀上溜了下去，单排扣的灰绿色制服的腋下皱得像一道一道的波纹，举起来的一双干活儿的大手不住地哆嗦着，手指头直跳动，好像是在弹无形的琴键。“杰克”站在那里，没有改变姿势，打量着这个德国人那高大、健壮的身躯，打量着制服上的铜扣子、两边有缝的短靴子和歪戴着的无檐帽。后来他忽然一下子改变了姿势，晃了两下，好像是要抖搂抖搂

① 原文是德文。以后凡遇到德文，直接译成中文，不再加注。

穿得不舒服的军大衣;他发出一种奇怪的喉音——不知是咳嗽,还是在抽搭;他走到德国人跟前。

“你跑吧!”他用非常干脆的语气说。“你跑吧,德国人! 我对你没有恶意。我不开枪。”

他把步枪靠在战壕的壁上,站直了身子,踮起脚,拉住德国人的右手。他这些表示信任的动作使俘虏放下心来;德国人把两手放了下来,细心地倾听着异国人说话的奇怪语调。

“杰克”毫不犹豫地把自己的硬邦邦、干了二十年活儿弄得伤痕累累的手伸了过去,握了握他那冰凉的、很不自在的手指头,然后把手抬了起来;紫丁香般的新月的亮光照在他的手上,那手又小又黄,到处是疙疙瘩瘩的褐色老茧。

“我是工人,”“杰克”一面说,一面打着哆嗦,就好像是冻的。“我为什么要杀死你? 你跑吧!”他用右手轻轻推了推德国人的肩膀,朝黑魆魆的树林里指了指。“跑吧,别发呆了,要不然我们的人就要……”

德国人一直在看着“杰克”伸着的手,精神十分紧张地看着,身子微微向前倾,猜测着他听不懂的那些话的含意。就这样过了一两秒钟;他的目光碰上了“杰克”的目光,德国人的目光一下子就迸发出喜气洋洋的笑意。德国人向后退了一步,大张开两臂朝前扑来,紧紧握住“杰克”的手摇晃起来,一面十分激动地笑着,弯下身子,望着“杰克”的眼睛。

“你是要放掉我吗? ……噢,现在我明白啦! 你是俄国的工人吗? 你也和我一样,是社会民主党党员吗? 是吗? 噢! 噢! 这真好像是在做梦……好弟兄,我怎么能忘了呢? ……我不知怎样来感谢你……你真是一个了不起的、勇敢的小伙子……我……”

他十分激动地说了这许多德国话,可是“杰克”只听懂了一个熟悉的疑问句:“是社会民主党党员吗?”

“嗯,是的,我是社会民主党党员。你快跑吧……再见啦,好弟兄。来,握握手!”

一个高大,健壮的拜恩人,一个矮小的俄国士兵,凭着感觉互相了解了,互相对望着。拜恩人小声说:

“在将来的阶级战斗中,咱们将是一条战壕里的战友。不是这样吗,同志?”说完,他就像一只灰色大野兽一样跳到战壕沿上。

渐渐来到跟前的散兵线的脚步声在树林里刷刷地响了起来。走在前面的,是一个军官率领着的一小队捷克侦察兵。他们看到这个寻找食物的士兵从地下室里钻出来,差点儿就要开枪。

“自己人!你没看清楚……别胡乱来!”这个士兵一看到黑黑的枪口对准了自己,就吓得叫了起来。

“都是自己人嘛!”他又说了一遍。他像抱小孩子一样,把一大块黑黑的面包紧紧抱在胸前。

一位军士认出了“杰克”,便跳过战壕,用枪托子朝“杰克”的脊背狠狠捅了一下子。

“我揍死你!要狠狠揍你一顿!你上哪儿去啦?”

“杰克”有气无力、软搭搭地走着,捅一枪托子,他也不在乎。使军士吃惊的是,他身子晃了晃之后,竟一反常态,用十分和善的语气回答说:

“我走到前头来啦,你别打人嘛。”

“你不要吊儿郎当!一会儿你掉到后头,一会儿又跑到前头。不懂得军规吗?你是头一年当兵,还是怎的?”他停了一会儿,又问道:“有烟丝吗?”

“就一些碎末子啦。”

“给我点儿吧。”

军士抽着烟,走到排尾去了。

拂晓时候,捷克侦察兵撞上了德国的监视哨。德国人一排齐射,打破了寂静。后来在间隔相同的时间里,又打了两排齐射。一颗红色信号弹在战壕上空升起来,人声喧腾起来,信号弹的红色火花还没有在空中熄灭,德国人那边就开了炮。

轰!轰!……紧跟着头一阵轰隆声,又是两下:轰!轰!

嗖——嗖!……炮弹呼啸着,声音越来越大,像钢钻一样穿透大气,嘎嘎地从前面半个连士兵的头上飞过;一刹那的沉寂之后,在远处,就在司托霍得河渡口边,响起了生气似的爆炸声:砰!……砰!……

第一排齐射以后,在捷克侦察兵后面四十俄丈远近前进的散兵线卧倒了。信号弹射来一片红光;“杰克”借着红光,看到士兵们像蚂蚁一样在树木之间爬着,已经不再嫌烂泥地脏,而是紧紧贴在地上,寻求庇护。大家一遇到沟坎就往里爬,一遇到小土包就趴下来,一遇到小土坑就把头伸进去。但是当机枪子弹像五月的暴雨一样向树林里泼来,打得到处劈啪直响的时候,终于还是支持不住了:大家都向后爬起来,把脑袋拼命往肩膀里缩,像毛虫一样贴着地面爬,手脚都不拱起来,像蛇那样在地上拖,拖得烂泥地上留下一道道印子……有的人跳起来,飞跑起来。一颗颗爆破性的子弹在树林里呼啸着,打得松针乱飞,打得树皮到处飞溅，子弹像蛇叫一样嗞嗞地往泥地里乱钻，在地上乱蹦，到处叭叭地乱炸。

回到第二道战壕，前面那半个连检查人数：损失了十七个人。不远处，特别连的哥萨克们正在调整队伍。他们本来是在前面那半个连的右方前进的。他们事先消灭了德国人的哨兵后，就小心翼翼地前进，本来可以把德国人打一个措手不及的，但是德国兵对捷克侦察兵打了一排齐射之后，整个地段的德国兵一齐惊动起来。一阵乱枪打来，打死两名哥萨克，打伤了一名。哥萨克们把受伤的和打死的都抬了回来，一面整顿队伍，一面七嘴八舌地说话：

“应当把自己弟兄埋好。”

“不用咱们管，自会有人来埋的。”

“多替活人想想吧，死了的用不着多操心啦。”

过了半个钟头，团部的命令来了：“兹命令：在炮轰之后，你营会同哥萨克特别连向敌人发起猛攻，将敌人逐出第一道战壕。”

时紧时松的炮轰一直持续到中午十二点。哥萨克和步兵们除了岗哨以外，都在地下室里休息。正午时候发起猛攻。右方，主要地段上，炮声隆隆——那边也重新发动进攻了。

右翼尽边上是后贝加尔的哥萨克，左面一点是柴尔诺亚尔团和哥萨克特别连，再过来一点是法拿果里精锐团，再过来就是谦巴团、布吉里敏团、第二〇八步兵团、第二一一步兵团、巴甫洛格拉得团、文格洛夫团；第五十三师的各团居中；整个右翼都是第二土耳其斯坦步兵师。整个地段上枪炮声轰轰隆隆，俄军到处在发动进攻。

特别连排成稀疏的散兵线前进着。这个连的左翼紧接着柴尔诺亚尔团的右翼。刚刚能看见战壕胸墙的墙头，德国人就十分凶猛地开起火来。连队朝前奔跑，不喊也不叫；一会儿卧倒了下来，打一阵枪，又重新朝前跑。在距离第一道战壕五十步的地方卧倒了下来，不能前进了。只能打枪，连头也不能抬。德国人沿着战壕栽满了鹿砦和铁丝网。阿丰卡·奥捷洛夫扔出去的两颗手榴弹，从铁丝网上蹦了回来，爆炸了。他微微抬起身子，想扔第三颗，但是一颗子弹从他的左肩下面穿进去，从脊梁骨上穿出来。躺在不远处的伊万·阿列克塞耶维奇看到，阿丰卡微微蜷了蜷腿，就一动不动了。一条胳膊的阿列克塞·沙米尔的弟弟普罗霍尔也中弹死了；第三个倒下去的是原村长马内次柯夫，紧接着一颗子弹又打中了沙米尔家的邻居——头发蓬乱的跛子叶甫兰琪·加里宁。

半个钟头的工夫，第二排就牺牲了八个人。大尉连长也牺牲了，又牺牲了两位排长，连队失去了指挥，于是向后退去。退到火力圈以外，哥萨克们汇集到一起，点了点人数：损失了一半人。柴尔诺亚尔团也退了下来。第一营的损失更为惨重，但团部不顾这一切，又下了命令："立即重新发起进攻，务必将敌人从第一道战壕逐出。全线战斗的最后胜利，取决于能否恢复原有阵地。"

连队排成稀疏的散兵线，又往前冲。碰到德国人凶猛的火力，便在距离战壕一百步的地方卧倒了。队伍又越来越稀，失魂丧魄的人们紧紧贴在地上，躺着，头也不抬，一动也不动，只怕死神降临。

将近黄昏时候，柴尔诺亚尔团的后面那半个连支持不住了，跑了起来。"退呀！"的叫喊声传进哥萨克们的耳朵。哥萨克们爬起来，跌跌撞撞，连滚带爬地向后退去，一路上撞断不少树棵子，丢掉不少枪支。跑到安全地带，伊万·阿列克塞耶维奇倒在一棵被炮弹炸断的松树下，缓了几口气，便看到加甫里拉·李霍维多夫朝他走来。李霍维多夫像醉汉一样甩着两只脚，垂着眼睛，一只手在空中乱抓，另一只手好像在拂拭脸上无形的蛛丝。他的步枪不见了，大刀也不见了，汗湿而笔直的深黄色头发低低地垂到眼睛上。他在一片空地上绕了个圈儿，来到伊万·阿列克塞耶维奇跟前，站了下来，用歪歪斜斜、飘忽不定的目光盯着地面。他的膝部轻轻打着哆嗦，两腿弯曲，伊万·阿列克塞耶维奇觉得，李霍维多夫要蹲下去，好像要起飞似的。

"哦……你这是……"伊万·阿列克塞耶维奇刚刚开口，想说点什么，但是李霍维多夫脸上的筋肉一齐抽搐起来。

"住嘴！"李霍维多夫叫了起来，并且蹲了下去，一面扎煞着手指头，惊骇地四面张望着。"你听着！我来唱支歌儿。有一只神鸟飞来找夜猫子，说起话儿来：

我的夜猫子小姐呀，你说说，
你说说，库普列扬诺芙娜，
你说说，有谁比你大，
有谁比你身份高？
看，老鹰是皇上，
鹞子是少校，
老雕是大尉，
林鸽是乌拉尔哥萨克，
家鸽是近卫军，
斑鸠是向导兵，
椋鸟是加尔梅克佬，

寒鸦是茨冈娘儿们，
喜鹊是阔太太，
灰鸭是步兵，
海雁是摩尔达维亚女人……”

“等一等!”伊万·阿列克塞耶维奇的脸都白了。“李霍维多夫,你这是怎么回事？……你病啦？嗯？”

“你别捣蛋!”李霍维多夫的脸涨得通红,他又努了努嘴,扮出一副呆呆的笑容,仍用那种可怕的朗诵腔调叫喊道：

海雁是摩尔达维亚女人呀，
野鸭是糊涂蛋，
野鹅是莽撞汉，
白嘴鸦是炮队呀，
黑老鸹是巫婆，
鱼鹰是琴师……

伊万·阿列克塞耶维奇跳起来,说道：

“咱们快走,找咱们的人去,不然的话,德国人会把咱们捉去的！听见没有?”

李霍维多夫拼命挣着,慌慌张张,嘴上流着热乎乎的口水,继续叫喊着：

小夜莺是歌手呀，
小燕子是巨人，
仙鹤是光肚子汉，
山雀是税差呀，
麻雀是甲长……

他的声音突然中断了一下之后,又拉长了声音声嘶力竭地唱了起来。他那龇着牙的嘴里发出来的已经不是歌声,而是越来越粗壮的狼嗥了。在他那尖尖的长牙上,唾沫星子闪闪发光,像珍珠一样。伊万·阿列克塞耶维奇看着这个朝夕相处的伙伴的眼睛极不正常地向外歪斜,看着他的头,看着那一绺绺的头发紧紧贴在头上,那两个耳朵像蜡塑的一般,觉得十分害怕。李霍维多夫已经是气势汹汹地在吼叫了：

我们在多瑙河对岸
打败了土耳其苏丹，
解放了基督教徒。
威名远扬，传遍四方。
我们飞呀，飞呀，
就像扑食儿的饿蝗。
顿河哥萨克
一齐把枪放。
把你们的小火鸡、老母鸡
宰个精光。
把你们的老婆、孩子
都掳回家乡。

“马尔丁！马尔丁，你快来！”伊万·阿列克塞耶维奇看见马尔丁在空地上一瘸一拐地走着，就喊着。

马尔丁拄着步枪来到跟前。

“你帮我把他带走。看见吗？”伊万·阿列克塞耶维奇用眼睛瞟了瞟疯了的伙伴。“他吓坏啦。血一齐冲到脑袋里啦。”

马尔丁·沙米尔从内衣上扯下一只袖子，将受伤的腿包扎好；对李霍维多夫看都没有看，就架住他的一条胳膊，伊万·阿列克塞耶维奇架住另一条胳膊，朝前走去。

我们飞呀，飞呀，
就像扑食的饿蝗……

李霍维多夫喊叫的声音已经低些了。马尔丁难过地皱着眉头，央求他说：“你别嚷嚷啦！行行好，别嚷啦！你现在已经飞够啦，别飞啦！”

把你们的小火鸡、老母鸡
宰个精光……

疯子拼命从两个伙伴的手里往外挣,不住气地唱着,只是偶尔用两手按按两边鬓角,牙齿咬得咯吱咯吱直响,耷拉着的下巴不住地哆嗦着,歪着头,头上冒着狂得发了热的热气。

四

司托霍得河下游约四十俄里长的战线上进行着战斗。隆隆的炮声接连不停地响了两个星期。每天夜里,远方紫色的天空被探照灯的灯光划成许许多多的碎块。那探照灯光有如变幻多姿而又不太明亮的闪电,闪来闪去,眨着眼睛,使站在此处观看战争烽烟与火光的人感到无限惊慌。

第十二哥萨克团驻守在一片泥沼的荒凉地段。白天偶尔朝那些在不深的战壕里跑来跑去的奥地利人打几枪,到夜里,靠着泥沼地掩护,就睡大觉或者打牌;只有一些哨兵注视着激战地区那惊心动魄的橙黄色火光。

一个严寒的夜里,远方的火光照耀得天空特别明亮的时候,格里高力·麦列霍夫走出地下室,顺着交通壕爬到战壕后面一座树林子里,那树林子在一座不高的土冈顶上,很像是长在黑头顶上的一撮白毛。他在开阔而芳香的土地上躺了下来。地下室里烟雾腾腾,一片恶臭气,下等烟草的褐色烟雾就像带穗子的桌布,笼罩在一张小桌的上空,桌边围坐着八个哥萨克,正在打牌;可是树林子里,在这小土冈顶上,微风轻轻吹着,轻得就像有一只看不见的鸟儿飞过时翅膀扇出来的;寒霜打过的野草散发着无限忧郁的气息。炮弹打得乱七八糟的树林子上空黑沉沉的,天上一簇一簇的星星闪闪烁烁,有如篝火熄灭后的余火,北斗星躺在天河的旁边,很像是一辆翻倒在地上、斜翘着辕杆的大板车,只有北面的北极星闪着均匀而耀眼的亮光。

格里高力眯起眼睛望着北极星，这不算明亮、但非常刺眼的星星的冷光一接触到眼睛，睫毛底下就涌出了同样冰冷的泪水。

他躺在这土冈上，不知为什么想起了他从下亚布洛诺夫村回亚戈德庄找阿克西妮亚那一夜；也怀着刀搅一样的痛苦心情想起了她。脑海里出现了那张脸的模模糊糊、经过时间磨蚀的无比亲切而又十分陌生的线条。他怀着突然怦怦跳动起来的一颗心，想重新看看他最后一次看到的、疼得歪歪扭扭、腮上还带着红红的鞭痕的那张脸；但是记忆却硬要把另一种样子的脸送上来，那张脸微微偏着，得意洋洋，笑盈盈的。你看，她慢慢转过头来，用火辣辣的黑眼睛又顽皮又多情地从下面盯着你，两片娇艳而妖媚的红嘴唇悄悄地说着无比亲切和热情的话儿，然后又慢慢将目光移开，转过脸去，那黑黑的脖子上晃悠着两个老大的毛茸茸的发卷儿……他以前就喜欢吻这发卷儿……

格里高力哆嗦着。他觉得，有一会儿他闻到了阿克西妮亚的头发那幽雅醉人的香气；他弯起身子，张大鼻孔闻了闻，哦……不是的！这是陈腐的落叶发出的一股冲鼻子的气息。阿克西妮亚那鸭蛋形的脸渐渐暗淡，渐渐隐没。格里高力合上眼睛，把两个手掌放在疙里疙瘩的地面上，眼睛一眨不眨地对着天边的北极星看了半天，那北极星躲在一棵断松树后面，像一只美丽的蓝蝴蝶抖动着翅膀，在原地飞着。

许多零零碎碎的回忆片段渐渐遮住阿克西妮亚的形象。他想起了他和阿克西妮亚决裂以后，在鞑靼村的家里度过的那几个星期；每天夜里，娜塔莉亚都要如饥似渴、毫无保留地跟他亲热，好像是竭力要补偿以前那种处女般的冷淡；白天，家里人无微不至、几乎像讨好一样地关怀他，村里人见到他这第一个获得乔治勋章的人都十分尊敬。格里高力不论到哪里，也包括在家里，到处都遇到旁边射来的尊敬而惊讶的目光，大家都惊异地望着他，好像不相信他就是那个格里高力，就是当年那个吊儿郎当的小伙子。老年人在集市上跟他说话，就像跟平辈人说话一样，见面时都要脱帽向他还礼；姑娘和媳妇们都带着掩饰不住的钦佩神情打量他那雄赳赳、微微有点弯曲的身姿，打量军大衣上那系在绦带上的十字勋章。他看出来，父亲有时同他上教堂或者到操场上去，跟他走在一起，显然觉得脸上十分光彩。所有这些讨好、尊敬、钦佩构成的又复杂又精致的毒素，把贾兰沙在他心里种下的真理的种子渐渐毒死，渐渐从他思想上消除。格里高力从前方回来时是一个人，走的时候又变成了另外一个人了。他从吃娘奶的时候就养成、又培育了二十几年的哥萨克气质，战胜了伟大的人类真理。

“格里什卡，我知道嘛，”潘捷莱·普罗柯菲耶维奇在格里高力要走的时候，喝过几杯酒，摩弄着那一头间有黑斑的银发，激动地说："我早就知道，你会出息成一个好样的哥萨克。在你满一周岁的时候，我就按照哥萨克的老风俗，把你抱到院子里——你还记得不，老婆子？——让你骑到马上。你这个鬼东西用小手一把就抓住了马鬃！……那时候我就猜到，你一定会大有出息。果然出息成人啦。"

格里高力作为一个好样的哥萨克又上了前方；他一面在心里咒骂战争的荒谬，一面忠实地保持着哥萨克的声名。

一九一五年。五月。在奥里霍甫琪克村附近碧绿的草地上，德军第十三钢铁团徒步向俄军攻来。机枪哒哒响着。架在小河边的俄军的一挺重机枪沉重有力地扫射着，第十二哥萨克团投入了战斗。格里高力跟同连的哥萨克们一起排成散兵线前进着，有时回头看看，看到一轮火热的太阳高挂在中午的天空里，又看到另外一个同样的太阳在河湾里，那河湾边上长满一丛丛的藤蔓，好像一张黄黄的羊羔皮。河那边白杨树丛中隐藏着看守马匹的士兵；往前看，便是德国人的散兵线和钢盔上的铜鹰射出的黄黄的亮光。微风吹动着带有野蒿气味的灰白色硝烟。

格里高力不慌不忙地射击着，瞄准瞄得很细心，在射击的间隙里，一面听着排长高喊瞄准的口令，一面从容不迫地把爬到他的军便服袖子上的一只花大姐拂下去。后来就是冲锋……格里高力用包铁皮的枪托子打倒了一个高个子的德国中尉，缴了三个德国兵的枪，并且朝他们的头顶上打了几枪，吓得他们像兔子一样朝河边跑去。

一九一五年七月，他随着一个哥萨克排在拉瓦鲁斯卡雅附近截回了被奥地利人掳去的一个哥萨克炮兵连。就在那一次战斗的时候，他绕到敌人后方，用手提机枪打得进攻的奥地利人四散逃窜。

过了巴扬涅茨以后，他在一次遭遇战中俘虏了一名肥胖的奥地利军官。他把军官像只绵羊一样横放在马上，就朝前跑，一路上闻着军官裤裆里拉的屎散发出的臭烘烘的气味，并且感觉到那吓得浑身是汗的肥胖身体一直在打哆嗦。

格里高力这会儿躺在黑黑的土冈顶上，特别鲜明地想起那一回他跟他的死对头司捷潘·阿司塔霍夫在战场上相遇的情形。那是在第十二团从前线撤下来，调到东普鲁士以后。哥萨克的战马践踏着德国人精耕细作的土地，哥萨克焚烧着德国人的房屋。他们所到之处，火焰红成一片，熏黑的断垣残壁冒着青烟，瓦屋顶劈啪作响。来到司托雷平城下，他们这个团和第二十七顿河哥萨克团一起发动进攻。格里高力仓促中看见瘦了的哥哥、脸刮得很光的司捷潘和其他一些同村的哥萨克。两个哥萨克团打败了。德国人把他们包围起来，十二个连队便一个紧跟着一个勇猛地发起冲锋，想冲破敌人的包围圈，就在这时候，格里高力看见司捷潘从被打死的大青马身上跳下来，像陀螺一样打起转转儿。格里高力被突然来临的可喜的决心激励着，使劲勒住了马，这时候最后一支连队跑了过来，几乎把司捷潘撞倒，等到这一支连队跑过去，格里高力驱马跑到他跟前，喊道：

“抓住马镫！”

司捷潘紧紧抓住马镫的皮带，跟格里高力的马并排跑了有半俄里。

“别跑得太快！行行好，别这样跑！”他气喘吁吁地恳求道。

他们平平安安地冲出了缺口。离冲出重围的连队下马休息的树林子不过一百丈远了，但就在这时候，一颗子弹打在司捷潘的腿上，他把马镫一松，仰面倒在地上。一阵风吹掉了格里高力的制帽，一绺头发耷拉到眼睛上。格里高力撩开头发，回头看了看。司捷潘正一瘸一拐地朝乱树棵子里跑去，把哥萨克制帽扔进树棵子里，又坐下来，急急忙忙地往下脱那带红绦的军裤。德国人的散兵线正一组一组地从高地下面往上跑，格里高力明白：司捷潘是想活，所以才脱掉哥萨克军裤，这样就可以冒充步兵：因为那时候德国人见到哥萨克就打死，绝不生俘……格里高力受良心驱使，掉转马头，朝树棵子跑去，一面跑一面跳下马来。

“骑上去！……”

司捷潘的眼睛匆匆地扬了一下，那是格里高力永远忘不了的。他扶着司捷潘上了马，自己抓住马镫，跟着满身大汗的马跑起来。

啁啁啁……子弹带着火辣辣的啸声飞来，飞过时又发出啸声：嗖嗖！

在格里高力的头顶上，在司捷潘那煞白的脸的上方，在他们的两旁——都是这种钻和刺的声音：啁啁——嗖嗖，啁啁——嗖嗖；后面是枪声，就像熟透了的槐树荚在爆炸：

砰啪！砰啪！哒哒哒哒！

跑到树林子里，司捷潘下了马，疼得歪着嘴；他扔掉马缰，一瘸一拐地走到一旁。左边的靴筒里往外流着血，每走一步，受伤的腿一用劲，脱落的靴底缝儿里就涌出细细的一股樱桃色的血。司捷潘靠在一棵枝叶繁茂的橡树树干上，朝格里高力招了招手。格里高力走了过去。

“靴子里血都流满啦。”司捷潘说。

格里高力没有做声，朝一旁看着。

“格里什卡……咱们今天往前进攻的时候……听见吗，格里高力？”司捷潘说着,用瘪进去的眼睛寻找格里高力的眼睛。“咱们进攻的时候,我从后面打了你三枪……老天爷没有叫打中。”

他们的眼睛碰到了一起。司捷潘那瘪进去的眼窝儿里气汹汹地射出利钻一样的光芒。他几乎没有张开咬紧了的牙齿,说:

“你救了我的命……谢谢……可是阿克西妮亚的事,我不能饶恕你。心里咽不下这口气……你别强求我,格里高力……”

“我不想强求。”格里高力这才回答说。

他们分手了,依然没有和解……

还有……五月里,他们这个团和布鲁西洛夫军团其余各部一起,在卢次克附近冲破敌军防线,到敌后作战,打击敌人,自己也挨了不少打。在里沃夫附近,格里高力擅自率领一个连去进攻,截获了奥地利人的榴弹炮及其炮手。又过了一个月,有一天夜里,他蹚过布戈河去捉“舌头”。他把一个站岗的哨兵打倒在地,那个矮墩墩的、强壮的德国人把光着半截身子、压在他身上的格里高力转悠了半天,拼命地喊叫,怎么都不肯束手就缚。

格里高力微笑着想起了这件事。

在不久以前和很久以前战斗过的战场上,这样的日子过的还少吗?格里高力牢牢地保持着哥萨克的声名,寻找机会表现舍己忘我的勇敢精神,出生入死,奋勇拼搏,乔装以深入奥地利人后方,偷袭敌人岗哨,多次大显身手,他觉得战争初期压在他心中的那种痛惜人的心情已经一去不复返了。他的心变硬了,变得无情了,心就像干旱时候的盐土,水侵不进盐土,怜悯也进不了格里高力的心。他拿别人的生命和自己的生命当儿戏,丝毫也不在乎;因此他成了出名的勇士,得到了四颗乔治十字勋章和四颗奖章。在难得的几次阅兵典礼中,他都站在被多次战争的硝烟熏过的团旗下面;但是他知道,他再也不能像以前那样地笑了;他知道,他的眼睛已经陷下去,两边颚骨已经尖尖地凸了出来;他知道,他很难一面吻着孩子,一面坦然地看着孩子那清亮的眼睛了;格里高力知道,为一大串十字章和几次提升,他付出了什么样的代价。

他趴在土冈上,把大衣的大襟垫在腰底下,用左胳膊肘支住上身。回忆殷勤地捧献出一样一样的往事,那遥远的童年的往事,就像一根细细的蓝纱,总是跟没有多少滋味的片段战争回忆交织在一起。格里高力带着恋恋不舍和感伤的心情凝神想了一会儿童年的事情,随后又想起不久前的事情。在匈牙利人的战壕里有人熟练地弹着曼陀铃。那细细的、被风吹得悠悠荡荡的声音迅速地飞了过来,飞过司托霍得河,轻轻地飘荡在多次洒过人血的土地上。高空的星星更亮些了,夜色更浓了,沼地上已经升起深夜的雾气。格里高力一连抽完两支烟卷,十分亲昵地抚摩了几下步枪皮带,就用左手的手指头撑着,从殷勤好客的土地上站起来,慢慢朝战壕走去。

地下室里还在打牌。格里高力倒在铺上,还想在回忆中沿着熟悉的、铺满往事的小路漫游一番,但是睡劲儿已经上来;他就着躺倒时很不舒服的姿势睡着了,他梦见无边无际、干旱风吹焦了的原野,梦见一丛丛紫红色的蜡菊,梦见没有钉掌的马蹄在毛蓬蓬的紫薄荷丛里踩出的一个个马蹄印子……原野上空空荡荡,静得不得了。格里高力在硬邦邦的沙土地上走着,但是听不到自己的脚步声,因此他害怕起来……格里高力醒了过来,抬了抬头,因为睡得不舒服,腮上印了好几道斜斜的印子,他吧嗒了半天嘴,就好像一匹马刚刚闻到一种特别好闻的草香,忽然这香味又没有了。后来他睡熟了,再没有做梦。

第二天,格里高力起得身来,心里说不出的苦闷。

"你今天怎么愁眉不展的?梦见家乡了?""秃子"问道。

"你猜对啦。梦见草原啦。所以心里闷得慌……能回家去看看才好哩。给皇上当兵真当够啦。"

"秃子"大大咧咧地笑了笑。他一直跟格里高力住在一个地下室里,他对格里高力十分尊敬,就像一只猛兽尊敬跟它一样凶猛有力的野兽那样;自从一九一四年那一次争吵以后,他们之间再没有发生过冲突,而且,"秃子"的影响已经在格里高力的性格和心理上很明显地表现了出来。战争大大地改变了"秃子"的世界观。他慢慢地、但是坚定不移地转到反对战争的立场上,他经常议论卖国的将军们和潜伏在皇宫里的德国人。有一回他无意中说出这样的话:"既然皇后本人就是日耳曼血统,就别想有什么好结果。一旦时机来到,有人出一个铜板,她就能把咱们卖掉……"

有一回格里高力对他说了贾兰沙的主要论点,"秃子"却很不赞成。

"歌儿倒是挺美,就是嗓门儿哑啦。"他嘲讽地笑着,拍着他那灰白色的秃顶说。"米沙·柯晒沃依也像一只站在篱笆上的公鸡,天天在唱这种调调儿。这种革命毫无意思,全是胡闹。你要明白,咱们哥萨克需要的是自己的政府,而不是别人的政府。咱们需要像尼古拉·尼古拉耶维奇①那样刚强的皇帝,咱们跟庄稼

① 尼古拉·尼古拉耶维奇(一八五六——一九二九):大公,第一次世界大战开始,就担任俄军最高司令官。国内战争时期逃亡国外。他在国外受到弗兰格尔和大部分保皇党的支持,成为觊觎俄国皇位的"复辟者"之一。——作者注

佬不能走一条路，猪鹅不能同群嘛。庄稼佬一心想抢夺土地，工人是想给自己增加工资，有什么好处给咱们呢？土地咱们有的是！此外还要什么呢？没有什么好要的，皇上是个昏君，这没有什么好瞒的。他的老子比他强些，他可是胡搞，要搞出像一九〇五年那样的革命，那时候就要把一切弄个天翻地覆。这对咱们没有什么好处。如果他们把皇上赶走了，下一步就轮到咱们了。他们要报旧仇，还要把咱们的土地分给庄稼佬。要当心……"

"你老是往偏处想。"格里高力皱着眉头说。

"你净说没意思的话。你还年轻，没有磨炼出来。你等着瞧吧，等到你吃了大亏，那时候你就知道谁对谁不对啦。"

谈到这里，谈话一般都要结束了。格里高力一声不响，"秃子"找点别的话来说。

那一天，格里高力卷入了一桩很不愉快的事件。那一天中午，跟往常一样，从土冈那边过来的随军灶车停了下来。哥萨克们你追我赶地顺着交通壕朝灶车跑去。米沙·柯晒沃依打的是第三排的饭。他用一根长棍子挑着许多热气腾腾的锅子，一跨进地下室的门，就叫喊起来：

"弟兄们，这样可不行！怎么，难道咱们是狗吗？"

"你说什么？""秃子"问道。

"拿臭东西给咱们吃！"柯晒沃依气愤地叫道。

他使劲一甩头发，把他那像一把乱草似的金发甩到后面，把锅子放到铺上，拿眼睛斜看着"秃子"说：

"你闻闻，这汤什么味道？"

"秃子"趴到自己的锅子上，翻着鼻孔，撇着嘴，柯晒沃依不由地学起他的样子，翕动着鼻孔，脸呆呆地皱了起来。

"臭肉。""秃子"断定说。

他厌恶地把锅子推开，看了看格里高力。

格里高力一下子从铺上站起来，朝菜汤伸了伸本来已经耷拉得够长的鼻子，身子向后仰了仰，懒洋洋地踢了一脚，把前面的一个锅子踢到了地上。

"这是干什么？""秃子"迟疑地说。

"干什么——你没看见吗？你就瞧瞧吧。你不是瞎子吧？这是什么玩意儿？"格里高力指了指在脚底下流了开来的黏糊糊的东西。

"啊啊啊啊！……蛆！蛆！……我的妈呀……我还没看见呢！……这伙食真不赖。这不是菜汤，是面条……拿蛆当起牛杂碎来啦。"

在地上，在像脓血一样红红的肉块旁边，有不少雪白的蛆，直挺挺地躺在许多油点子中间，蛆已经煮死了，一个个鼓膨膨、圆滚滚的。

"一条、两条、三条、四条……"柯晒沃依不知为什么小声数了起来。

有一小会儿大家都没有做声。格里高力从牙缝儿里啐了一口。柯晒沃依把刀拔了出来，说：

"咱们带上这菜汤，找连长去。"

"好！说得对！""秃子"表示赞成。

他忙活起来，一面往下拧刺刀，一面说：

"咱们来押送菜汤，格里高力，你跟在后面。你报告连长。"

"秃子"和米沙·柯晒沃依用刺刀抬着满满一锅菜汤，把大刀也拔出了鞘。格里高力在后面护送，哥萨克们从地下室里跑了出来，跟在格里高力后面，像一道连绵不断的灰绿色波浪，顺着弯弯曲曲的战壕移动着。

"怎么回事儿？"

"有情况吗？"

"是不是有讲和的消息啦？"

"哪儿有这样的好事……你想讲和，不想吃干面包啦？"

"我们押送的是带蛆的菜汤！"

来到军官住的地下室门口，"秃子"和柯晒沃依站了下来，格里高力弯了弯腰，用左手拿着制帽，走进"狐狸洞"。

"别挤！""秃子"回头看着一个在挤他的哥萨克，凶狠地龇了龇牙。

连长走了出来，一面扣着军大衣，一面大惑不解并且有点儿慌乱地回头看着从地下室里跟了出来的格里高力。

"弟兄们，怎么回事儿？"连长用眼睛朝哥萨克们的头顶上扫了扫。

格里高力跨到他前面，在一片寂静中回答说：

"我们押送犯人来啦。"

"什么犯人？"

"就是这个……"格里高力指了指放在"秃子"脚下的一锅菜汤。"这就是犯人……你闻闻吧，人家给您的弟兄们吃的是什么！"

他的眉毛皱成了不等边三角形，微微颤动了两下之后，就舒展开了。连长用询问的目光注视着格里高力脸上的表情；又阴沉着脸，把目光移到锅子上。

"叫我们吃起臭肉来啦！"米沙·柯晒沃依愤怒地叫道。

"把军需撤掉！"

"毒蛇！……"

"坏蛋,自己吃肥啦!"

"牛腰子汤他自己喝足啦……"

"给别人喝带蛆的!"旁边几个人附和说。

连长等到闹哄哄的声音静了下来,这才厉声说:

"安静点儿！现在别说啦！都清楚啦。今天就把军需撤下来。我派一个小组调查他的情况。如果他拿变质的肉……"

"把他送军法处!"后面嗡嗡叫了起来。

又是一阵闹哄哄的叫喊声把连长的声音吞没了。

撤换军需是在行军的路上。骚动起来的哥萨克们押解着菜汤去见连长之后,过了几个钟头,十二团团部就接到命令撤离阵地,并且按照命令中所附的路线,以行军的队形向罗马尼亚移动。夜里,西伯利亚的步兵就来接替了哥萨克的防务。团队在伦维契镇检查了一下马匹,第二天早晨就用强行军的速度向罗马尼亚进发。

为了支援节节失利的罗马尼亚人,调动了大批的部队。这在行军的第一天,从一件事情上就看出来了。黄昏前派出去到行军路程表上拟定的宿营村庄打前站的人,空着手回来了:那个村子里已经住满了步兵和炮兵,也都是朝罗马尼亚边境开拔的。十二团为了找地方宿营,只好多走了八俄里。

走了十七天。马匹吃不到草料,都饿瘦了。靠近前线的地区,遭到战争破坏,是找不到饲料的;居民不是跑到俄罗斯内地,便是躲进了大森林,敞着门的一座座阴郁的茅屋里,只剩下黑黑的、光秃秃的四壁,街道上空空荡荡,哥萨克们难得遇上个愁眉苦脸、恐慌万状的居民,即使遇上了,对方一看到是带枪的,就赶快躲起来。哥萨克们因为连续行军,都弄得疲惫不堪,又因为冻得难受,因为自己受罪,马匹受罪,因为种种不顺心的遭遇,憋着一肚子的怨恨,所以掀掉了许多茅屋的屋顶;遇到劫后幸存的村庄,他们就不客气地抢夺那十分可怜的粮食,不管军官们怎样恐吓,都制止不住他们的抢劫和胡作非为。

已经离罗马尼亚边境不远了,在一个富裕的小村子里,"秃子"从一家仓房里偷了一升大麦。主人当场把他抓住,但是"秃子"把那个挺和善的比萨拉比亚老汉狠狠打了一顿,大麦还是送到了马跟前。排长在拴马桩跟前看到了他。"秃子"把饲料袋挂到马嘴前面,自己在旁边转悠着,用哆哆嗦嗦的手抚摩着露出骨头的马肋,看着马的眼睛,就像对着一个人似的。

"乌留宾！狗杂种,把大麦送回去！你这个混蛋,干这种事儿要枪毙！……"

“秃子”用模糊的眼睛斜着看了看排长，把制帽叭地朝脚下一摔，进团里以来第一次声嘶力竭地大叫起来：

“惩治我吧！枪毙我吧！你就是马上把我打死，大麦也不送还！……怎么，我的马就该饿死吗？嗯？大麦我就是不还！一颗也不还！”

他忽而抓抓自己的脑袋，忽而抓抓大吃大嚼的马的鬃毛，忽而抓抓马刀……

排长一声不响地站了一会儿，看了看瘦得可怕的马后腿，点了点头，说：

“你怎么给跑得发热的马吃起东西来啦？”

他的声音中明显地流露出激动的心情。

“不要紧，马身上已经凉透啦。”“秃子”几乎用说悄悄话儿的声音回答说，一面把饲料袋里掉下来的麦粒儿扫到手掌上，重新放进去。

十一月初，十二团进入了阵地，特兰斯瓦尼亚山上寒风呼啸，山谷里飘荡着冷雾，霜打过的松林发出浓烈的气息，在山里洁白的初雪地上，常常看到野兽的足迹：狼、麋鹿、野山羊，受到战争的惊吓，纷纷离开荒野的山林，向内地逃去。

十一月七日，十二团向三二〇高地发动了进攻。前一天还是奥地利人守在战壕里，可是就在发动进攻的这一天早晨，刚从德法前线上调来的德国人接替了他们。哥萨克们徒步向山坡上爬去，山坡上到处是石头，蒙着一层薄薄的雪。带冰凌的小石头在脚下乱蹦，一股股的雪粉乱飞。格里高力跟“秃子”并排走着，惭愧地、很不好意思地笑着，对他说：

“我今天有点儿怕……好像是头一次打仗。”

“是吗？……”“秃子”觉得很稀奇。

他攥着步枪皮带，提着磨得光溜溜的步枪，咂着胡子上的冰凌。

哥萨克们排成不整齐的散兵线向山上移动着，还没有开枪。敌人战壕的胸墙阴森可怖地沉默着。在山头后面，德国人这边，有一个萨克森①中尉，脸被风吹得红红的，鼻子也脱了皮，整个身子向后仰着，微微笑着，神气活现地对士兵们喊道：

“伙计们！咱们打蓝衣鬼②不是头一回啦！咱们来给他们一点颜色瞧瞧，叫他们知道咱们的厉害。沉住气，暂且不要开枪！”

一支一支的哥萨克连队向前冲去。小石子在脚下哗啦哗啦地乱飞。格里高力一面掖风帽的角儿，一面神经质地笑着。他那瘪下去的两腮和鹰钩鼻子泛着

---

① 萨克森人，俄国人对德国东部一些州的居民的称呼。

② 德国人这样称呼哥萨克。

青黄色，满腮的胡子就像黑黑的庄稼茬子，挂着白霜的眉毛底下，两只眼睛一动不动，就像两块黑炭。他已经失去素有的镇定心情。他克制着突然涌来的可恶的害怕心情，眯着晃动不定的眼睛，凝神望着白白的、雪光闪闪的战壕胸墙，对"秃子"说：

"他们一点动静都没有，是让我们走近些。我害怕，而且也不觉得惭愧……说不定会突然转过身，朝后跑。"

"你今天怎么胡说起来啦？""秃子"气呼呼地说。"老弟，干这种玩意儿就好比打牌：自己信不过自己，就会叫人吃掉。格里什卡，你的脸都黄啦……你也许是病啦，也许……今天你要遭殃。小心点儿！知道吗？"

有一个穿短大衣、戴尖顶钢盔的德国人挺直身子在战壕里站了一下子，又重新趴了下去。

格里高力左边，是叶兰乡的一个淡黄色头发的漂亮哥萨克，他一面走，一面把右手的手套忽而拉下来，忽而又戴上去。他不停地重复着这种动作，匆匆忙忙地走着，两腿很吃力地打着弯儿，故意大声地咳嗽着。"就像是一个人深夜里走路……故意咳嗽，给自己壮胆。"格里高力听着他咳嗽，心里这样想着。这个哥萨克那边，是马克萨耶夫中士的雀斑脸，再过去，是叶麦里扬·格洛舍夫，他紧紧端着步枪，枪上的刺刀尖歪到了一边。格里高力想起来，几天以前，在行军的路上，叶麦里扬就是用这把刺刀撬开仓房的锁，偷了罗马尼亚人一口袋玉米，差不多紧挨着马克萨耶夫的是米沙·柯晒沃依。他一个劲儿地抽烟，不住地擤鼻涕，擤过了，手指头就在军大衣左襟的外面一擦。

"我想喝水。"马克萨耶夫说。

"叶麦里扬，我的靴子夹脚。走起路来真受罪。"米沙·柯晒沃依抱怨说。

格洛舍夫恶狠狠打断他的话头：

"这会儿别谈靴子啦！忍着点吧，德国人的机枪就要扫过来啦。"

一阵枪声响过，格里高力就中了子弹，哎呀一声，倒在地上。他想要绑扎一下受伤的胳膊，就探手到军用袋里去摸绷带，只觉得袖子里有一股热辣辣的血从肘部汩汩地直往外冒，身子就软了下来。他趴在地上，把沉甸甸的脑袋藏到一块石头后面，用干燥的舌头舔了一下毛茸茸的雪团。他用哆哆嗦嗦的嘴唇拼命啜吸松散的雪粉，倾听着尖利刺耳的子弹啸声和一片轰隆轰隆的枪声，感到非常恐怖，全身哆嗦得非常厉害。他抬起头来，就看见同连的哥萨克们在往山下跑，滑滑跌跌，踉踉跄跄，胡乱地朝后或朝上放着枪。一种无法说明、也无法解释的恐怖，使格里高力站起身来，又使他朝下面参差不齐的松林边缘跑去，他们的团就是从那儿发起进攻的。格里高力跑到了搀扶着受伤的排长的叶麦里扬·格洛舍夫前头。叶麦里扬搀着排长在很陡的山坡上跑着，排长的两条腿摇来晃去，像醉汉一样，有时还趴在叶麦里扬的肩膀上，吐几口黑黑的血块子。一支一支的连队像雪崩一样朝松树林滚去。灰灰的山坡上留下一堆堆灰灰的尸体；没来得及带走的伤号就自己往下爬。机枪在后面对着他们扫射。

呜呜呜咔咔咔咔！……密集的枪声一阵猛似一阵。

格里高力由米沙·柯晒沃依搀扶着，走进了松树林。林边一片平缓的斜坡上，子弹乱飞乱蹦。德军左翼有一挺机枪不住气地扫射着。就好像一只有力的手扔出去的石头在刚冻起来的薄冰上跳动着，发出清脆的声音。

呜呜呜呜咔咔咔咔咔！……

“拼命朝咱们打哩！”“秃子”好像很欢迎似的，叫喊道。

他靠在一棵红红的松树干上，懒洋洋地对着在战壕沿上跑来跑去的德国人打起枪来。

“要教训教训那些糊涂蛋！要教训教训！”柯晒沃依一面从格里高力胳膊底下抽自己的胳膊，一面气呼呼地叫道。“狗东西！比狗还坏！等到他们自己流够了血，就明白为什么挨打了。”

“你这是说的什么？”“秃子”眯起眼睛问道。

“聪明人自己能明白，糊涂蛋吗……拿糊涂蛋有什么办法？你拿钉子都揳不进去。”

“你还记得誓词吗？你宣过誓没有？”“秃子”钉着问。

柯晒沃依没有回答，跪了下去，用两只哆哆嗦嗦的手从地上捧起一大捧雪，狼吞虎咽地吃起雪来，身子轻轻抖着，咳嗽着。

五

鞑靼村上空，秋天的太阳在缕缕白云的天上徘徊着。在高空里，微风只是轻轻地吹动着白云，把白云送向西方；可是风在村子里，在暗绿色的顿河河面上，在光秃秃的树林里，却形成强大的气流，吹得柳树和白杨树头歪歪倒倒，吹得顿河波浪滚滚，吹得红叶满街飞舞。贺里散福家的场院上，封顶没有封好的麦秸垛像一头乱发，一阵风恶狠狠地掀掉了垛顶，吹掉了细细的木杆，忽然又卷起一大抱金黄的麦秸，就像用草叉举着一样，吹到了院子上空，又吹到大街上，在空中滴溜溜乱转，很大方地往空荡荡的大路上撒了不少之后，又把乱蓬蓬的一小抱抛到司捷潘·阿司塔霍夫家的屋顶上。贺里散福的老婆光着脑袋跑到院子里，用膝盖夹着裙子，朝狂风呼啸的场院上看了看，又进屋去了。

战争进行到第三年，村子里明显地露出败落景象。在那些没有了男子汉的人家，没有门的棚子、倒了篱笆的院子就好像咧着大嘴，一天一天的败落显示出很难看的痕迹。贺里散福的老婆带着九岁的儿子干活儿；安尼凯的老婆根本不干活儿，因为守活寡就拼命地打歪主意：整天涂脂抹粉，打扮得漂漂亮亮，找不到成年男子，就找十四五岁的男孩子。两扇板门明明白白地证明了这件事，板门上当时抹了不少的松焦油，至今还保留着那揭露丑事的褐色痕迹。司捷潘·阿司塔霍夫家的房子空了，主人在离家以前，用木板把窗户钉了起来，房顶有好几处已经塌了，顶上长满了牛蒡草，门上的锁已经锈了，院子里长满了密密丛丛的荒草和滨藜，闲荡的牲口可以在任何时候走进敞着的大门，找块地方避避炎热或者风雨。伊凡·托米林家的房子有一面墙已经向外倾斜，靠一根埋在地里的带杈的木桩支撑着——看来，命运是对这个挺厉害的炮手进行报复，因为他在当瞄准手的时候，用大炮轰毁了不少德国人和俄国人的房子。

村子里所有的大街上和小巷里全都是这种样子。只有下头尽边上麦列霍夫家的院子真正像个院子：一切都整整齐齐，井井有条。不过并不是处处都这样。仓房顶上的铁公鸡已经锈断了，仓房也倾斜了，有经验的眼睛可以看出，有不少地方缺少人手。老头子一双手照顾不到所有的地方，庄稼种得少了，别的方面更不用说了；只有麦列霍夫家的人数没有减少：彼特罗和格里高力上了前方，可是娜塔莉亚去年秋初一胎生了两个孩子，一下子就把缺额补齐了。她挺会博取公婆的欢心，生了一个男孩，再加一个女孩。娜塔莉亚怀孕期间吃了不少苦，有时两条腿疼得厉害，整天整天地不能走路，她就皱紧眉头，拖着两条腿往前挪，但是她强忍着疼痛，那又黑、又瘦，然而十分幸福的脸上，从来没有流露过疼痛的表情。有时候两条腿抽筋抽得特别厉害，鬓角上渗出一粒一粒的汗珠子；伊莉尼奇娜这时候才能看出来，她摇着头，骂道：

"你躺下去吧，该死的东——西！你想把自己折腾死吗？"

一个晴朗的九月天，娜塔莉亚感觉出快要生了，就朝外面走去。

"你上哪儿去？"婆婆问。

"到河滩上，去看看牛。"

娜塔莉亚匆匆忙忙地来到村外，一面回头望着，哼哼着，用两手抱住肚子，钻进密密的乌荆子丛里，躺了下来。天黑下来的时候，她才走后院回到家里。她用麻布围裙带回一对双生的孩子。

"我的好孩子呀！真该死！你这是怎么回事儿？……你上哪儿去啦？"伊莉尼奇娜大声叫道。

"我怕丑，出去啦……不敢惊动爹……我身子干净啦，妈，孩子我也洗过啦……您抱去吧……"娜塔莉亚脸色苍白地解释说。

杜尼娅跑去找接生婆。妲丽亚忙活起来，赶快铺簸箩，可是伊莉尼奇娜又笑又哭地喊叫起来：

"妲丽亚呀！你别铺簸箩啦！他们又不是小猫儿，簸箩能睡得下吗？……天啊，他们是两个呀！哎呀，天啊，有一个是小厮哩！……娜塔莉亚真好啊！……快给她铺床呀！……"

潘捷莱·普罗柯菲耶维奇在院子里听见儿媳妇一胎生了两个孩子，先是把两手一摊，随后就捋了捋胡子，高兴得哭了起来，而且无缘无故地对着急急赶来的接生婆大叫起来：

"不信就瞧瞧吧，老伙计！"他对着老婆子的鼻子摇晃着指甲老长的手指头。"不信就瞧瞧！麦列霍夫家一下子还不会绝后呢！儿媳妇添了一个哥萨克和一个姑娘。儿媳妇可真是个好媳妇！天啊，我的天呀！这样的情义，这样的好媳妇，我拿什么来报答呀？”

这一年是个丰收年：母牛一胎生了两头小牛，快到米海洛夫节的时候，每只母绵羊都生了两只小羊，母山羊也快要生了……潘捷莱·普罗柯菲耶维奇对这种情况感到很稀奇，自言自语地说：

“今年真是吉利年，鸿运高照！全是双生。现在我们家真是人畜兴旺……不得了！”

娜塔莉亚给孩子喂奶喂到一周岁。九月里给孩子断奶，但是直到深秋时候她的身体还没有复原：在她那瘦下来的脸上，牙齿显得特别亮，因为脸瘦而显得格外大的一双眼睛闪着温暖、亲切的光芒。她把全部精力都放到孩子身上，对自己的一切都马虎了，做家务事以外的全部时间，都用到两个孩子身上：洗澡，洗尿布，打毛衣，缝缝补补，常常是斜靠在床上，耷拉着一条腿，从摇篮里把两个孩子抱起来，摆几下肩膀，把两只胀得鼓鼓的、像两个黄白色大香瓜似的乳房从肥大的内衣里抖搂出来，同时喂起两个孩子。

“他们把你的身子吸干啦，喂得太勤啦！”伊莉尼奇娜拍着孙子孙女那胖得出了褶子的小腿说。

“喂吧！别舍不得奶！你又不能拿人奶做奶油。”潘捷莱·普罗柯菲耶维奇用心疼孙子孙女、不许别人过问的粗暴口气插嘴说。

这几年生活一直在下落，就像顿河里的春水。苦闷难熬的日子一天天不知不觉地过去，总是辛辛苦苦，忙忙碌碌，愁吃愁穿，难得有小欢小乐的时候，时时刻刻为前方的人提心吊胆。很少收到彼特罗和格里高力从作战部队寄来的信。每一封来信的信封都弄得很脏，上面打满了邮戳。格里高力的最后一封信不知被什么人打开过：这封信有一半用紫墨水仔仔细细地描过，灰色信纸的边上还有用墨水做的一个莫名其妙的记号。彼特罗来信比格里高力勤些，并且在给妲丽亚的信里警告她，叫她不要胡搞，看样子，老婆放荡的事已经传到了他的耳朵里。格里高力还随信往家里汇了几次钱，是他的薪金和“十字章奖金”，还说要请假回家看看，但是不知为什么没有回来。兄弟俩走着各自不同的道路：战争使格里高力感到无限痛苦，战争吸尽了他脸上的红晕，给涂了一层焦黄颜色，他一心盼着战争结束；但是彼特罗却迅速而顺利地上升，一九一六年快到秋天的时候，他升为司务长，因为巴结连长有方，得到两枚十字勋章，并且已经在信里一再提到，他正在争取进军官学校去学习。夏天安尼凯请假回家，他托安尼凯带回来一顶德国人的钢盔、一件军大衣和自己的一张照片。他那见老的脸在灰色的硬纸板上显出志得意满的样子,弯弯的两撇灰白胡子向上撅着,翘鼻子下面那闭得紧紧的嘴唇露出熟悉的笑容。彼得罗一帆风顺,他喜欢战争,因为战争为他展开的前景是不平常的:像他这样一个从小就围着牛尾巴转悠的普通哥萨克,怎么能设想当军官和过另一种快活生活呢?可是现在战争来了,在战争的火光中清清楚楚地显露出未来的自在生活……彼特罗的生活只有一面露出一个很不体面的大缺口:老婆在村子里的名声很坏。司捷潘·阿司塔霍夫这一年秋天曾经请假回过一次家,回到团里以后,他在全连到处谝,说他跟彼特罗的老婆睡觉,美极了。彼特罗听到别人告诉他,不肯相信;他只是把脸一沉,笑笑说:

"司捷潘是胡说!他这是因为格里什卡跟他老婆的事,故意刺激我。"

但是有一天,不知是有意的,还是事出偶然,司捷潘从战壕的地下室里走出来,把一条绣花手绢掉到了地上;彼特罗正在他后面走,拾起这条绣得很精致的花手绢,认出手绢是老婆绣的。彼特罗和司捷潘之间的仇恨又结了一个死结。彼特罗瞅着机会,死神瞅着司捷潘。他很可能在头盖骨上带着彼特罗的枪弹长眠在西得维纳河畔。但是不久就发生了一件事:司捷潘自告奋勇前去消灭德国人的岗哨,一去就没有回来。跟他一块儿去的哥萨克们回来说,好像德国哨兵听见他们剪铁丝网的声音,扔了一个手榴弹;哥萨克们不等手榴弹爆炸,快步冲到哨兵跟前,司捷潘一拳把一个德国哨兵打倒在地,可是旁边的副哨开了枪,司捷潘倒了下去。哥萨克们刺死了副哨,把那个被司捷潘的铁拳打昏了的哨兵拖了回来,本来已经把司捷潘扶了起来,想把他带回来的,但是他身子太重,只好把他扔下了。受伤的司捷潘央求说:"弟兄们!别叫我死在这儿呀!弟兄们!你们怎么能扔下我呀?……"但是这时候机枪已经朝着铁丝网扫射过来,哥萨克们撒腿就跑。"弟兄们啊!乡亲们啊!"司捷潘在后面拼命地喊叫,但这时候各人自己逃命要紧,就顾不上他了。彼特罗听到司捷潘的情形以后,心里才轻松了一些,就好像伤口上抹了土拨鼠油,不过他还是打定了主意:"请假回去,收拾一下妲丽亚!我不是司捷潘,我不容许这样……"他本来想杀死她,但是马上打消了这个念头:"要是把这条毒蛇杀死了,为了她,我一辈子也要葬送掉。要去蹲监牢,一切辛辛苦苦都是白费,什么都完啦……"他仅仅决定狠狠打她一顿,但是要打得这个婆娘一辈子再也不敢摇尾巴:"我要把这条毒蛇的眼珠子打出来,那时候鬼才看得上她呢。"彼特罗蹲在离西得维纳河的黄土堤岸不远的战壕里,想了一个这样的主意。

树木和野草都染上了秋色,都被晨霜打枯了,大地渐渐凉了下来,秋夜越来越长,越来越黑了。哥萨克们天天在战壕里值勤,射击敌人,为了棉衣和司务长们争吵,吃饭只能吃个半饱,但是谁的脑子里都没有忘记离陌生的波兰土地很远的顿河土地。

妲丽亚在这个秋天,拼命为自己因没有丈夫受的罪捞本儿。圣母节的第一天,潘捷莱·普罗柯菲耶维奇和平常一样,比所有的人起得都早;他走到院子里,不禁抓住自己的脑袋:不知是谁捣蛋,把大门摘下来,搬到街心里,横放在大路上。这是一种羞辱。老头子马上把大门安回原处,早饭以后,他把妲丽亚叫到夏天的厨房里。他和妲丽亚谈了些什么,谁也不知道,但是杜尼娅看到,过了一会儿,妲丽亚从里面跑出来,披散着头发,头巾落到了肩上,眼里还含着泪水。她从杜尼娅旁边走过时,两个肩膀不住地抽搐,两道倒竖着的弯弯的黑眉毛在她那一片泪痕的、气嘟嘟的脸上直哆嗦。

"等着瞧吧,老东西!……我饶不了你!"她咬着红肿的嘴唇说。

她的上衣背上撕破了一大片,白嫩的皮肉上有一道新鲜的青紫色血痕。妲丽亚摆了摆衣襟,就跑上台阶,进了过道,潘捷莱·普罗柯菲耶维奇一瘸一拐地从厨房里走了出来,一脸的怒气。他一面走,一面折着一根崭新的皮缰绳。

杜尼娅听见父亲用沙哑的喉咙说:

"……你这条母狗,以后还要打狠些!浪娘儿们!……"

家里果然安生了。有几天妲丽亚比谁都老实、比谁都听话,每天晚上比谁睡得都早,遇到娜塔莉亚的同情的目光,她冷冷地笑笑,耸耸肩膀和眉毛,那神气好像是说:"没什么,走着瞧吧。"到第四天就发生了只有妲丽亚和潘捷莱·普罗柯菲耶维奇知道的一件事。事后妲丽亚常常得意地笑,可是老头子有一个星期惶惶不安,失魂落魄,就像一只闯了大祸的小猫;这件事他没有告诉老太婆,甚至在维萨里昂神甫面前忏悔的时候,这件事和事后自己的一些罪恶念头他也都没有说。

事情是这样的。圣母节过后不久,潘捷莱·普罗柯菲耶维奇相信妲丽亚已经彻底悔改,对伊莉尼奇娜说:

"你别心疼妲丽亚!要叫她多干点活儿!有活儿干,就没工夫去闲荡啦,要不然她这匹骒马可不安生……她脑子里就知道上游戏场和上大街。"

就为了这个目的,他叫妲丽亚打扫场院,收拾后院里的旧柴禾堆,他又和她一起打扫堆糠的棚子。已经快到黄昏时候了,他打算把风车从板棚里搬进堆糠的棚子,就唤儿媳妇:

"妲丽亚!"

"爹,什么事?"妲丽亚在糠棚子里答应道。

“来，咱们把风车搬进去。”

妲丽亚一面整理着头巾，抖搂着落进上衣领子里的糠末子，走出糠棚，穿过场院的小门，朝板棚走来。潘捷莱·普罗柯菲耶维奇穿着一件家常的小棉袄和一条破裤子，一瘸一拐地在她前面走着。院子里没有别的人。杜尼娅和妈妈在纺秋天梳下来的羊毛，娜塔莉亚在发面。村后红红的晚霞渐渐暗淡下去，晚祷的钟声已经响了。在透明的天空正当中，有一片一动不动的紫红色云彩，顿河对岸光秃秃的白杨树枝上，落了许多白嘴鸦，好像挂了许多烧焦的黑棉花球儿。在寂无声息、静得使人着急的黄昏时候，每一样声音都显得非常清楚，很容易判断。从牲口院子里传来热烘烘的牲口粪气味和干草气味。潘捷莱·普罗柯菲耶维奇一面哼哧着，和妲丽亚一起把掉了油漆的红红的风车抬进糠棚，放到角落里，用耙子把糠堆上摊下来的糠往堆上耙了耙，便准备往外走。

“爹！”妲丽亚用低低的、像耳语一样的声音唤了他一声。

他走到风车后面，一点也没有疑心，问道：

“这儿怎么啦？”

妲丽亚敞着怀，脸朝他站着；她把两只手举到脑后，理着头发。一缕血红的夕照从糠棚子的墙缝里射到她的身上。

“就这儿，爹，有样东西……你过来，瞧瞧嘛，”她身子朝一旁弯着，像个贼一样隔着公公的肩膀望着敞着的棚子门，说道。

老头子走到她跟前。妲丽亚忽然张开两臂，搂住公公的脖子，把手指头交叉得紧紧的，拖着公公向后退去，一面小声说：

“就这儿，爹……这儿……很软和……”

“你干什么？”潘捷莱·普罗柯菲耶维奇惊骇地问道。

他把头扭来扭去，想让脖子从妲丽亚手里挣脱出来，但是她把他的头拼命朝自己的脸跟前拉，越拉越紧，对着他的大胡子直哈嘴里的热气，嘻嘻笑着，说着悄悄话儿。

“松开手，畜生！”老头子猛地一挣，只觉得碰到了儿媳妇紧绷绷的肚子。

她紧紧搂住他，仰面躺下来，让他压到自己身上。

“妈的！你发昏啦！……松开！”

“不愿意吗？”妲丽亚喘着粗气问道，然后松开手，当胸朝公公推了一把。“不愿意吗？……也许是不行了吧？……那你就别管我！……就这样！”

她跳起来，匆匆理了理裙子，打了打脊背上的麦糠，对直地冲着正在发呆的潘捷莱·普罗柯菲耶维奇喊叫道：

“前几天你为什么打我？怎么，我是老奶奶吗？你年轻时候不也是这样吗？男人已经有一年不见面啦！……怎么，非要叫我去找牙狗不成？瘸鬼，呸！给你这个，咬吧！”

妲丽亚做了一个很下流的动作，就挤眉弄眼地朝门口走去。到了门口她又仔细地把自己身上打量了一遍，掸了掸上衣和头巾上的灰土，眼睛也不看公公，说：

“我没有这个可不成……我就要男子汉，你不愿意，我能找得到，可是你别多嘴！”

她摇摇摆摆，快步向前走去，走到场院门口，就不见了，也没有回头看，可是潘捷莱·普罗柯菲耶维奇还站在红色的风车旁边，咬着大胡子，带着困惑和歉然的心情打量着糠棚子和带补丁的毡靴的尖儿。“莫非她是对的？也许，我真该跟她干那种事儿？”刚才的事情弄得他迷迷糊糊的，在这一刹那间他惘然若失地想道。

六

十一月里，严寒袭来。下了一场早雪。鞑靼村上头对面顿河拐弯的地方已经结了冰。稀少的行人可以踏着灰白色的薄冰过河，但是村子下头只有河边上蒙着一层带白泡的薄冰，河中心急流滚滚，绿色的波浪翻滚出一个个白色的漩涡。在黑土崖对面水深处，鲶鱼早已在十一丈深的烂泥里蛰伏起来，鲶鱼头顶上是浑身黏液的鲤鱼，只有白鱼在顿河里游来游去，还有鲈鱼在水草里乱钻，追逐小鱼小虾。鲟鱼都卧在沙砾上。捕鱼的人希望冷得狠些，厉害些，那时候不论到哪里的冰上用小锄头一砸，就能逮到红红的鱼。

十一月里，麦列霍夫家收到格里高力一封信。信是从罗马尼亚的库文斯克写来的。格里高力在信上说他一打仗就受了伤，子弹打碎了他左胳膊上的骨头，因此把他送到本州的卡敏镇来养伤。紧跟着这封信，另一桩倒霉的事又来到麦列霍夫家。一年半以前，潘捷莱·普罗柯菲耶维奇因为手头困难，以买卖契约的方式，向谢尔盖·普拉托诺维奇·莫霍夫借了一百银卢布。今年夏天，把老头子叫到铺子里，"擦擦"阿杰平把夹鼻眼镜架在鼻子上，从玻璃镜片上面望着麦列霍夫老头子的大胡子，开口说：

"你怎么办，潘捷莱·普罗柯菲耶维奇，是付钱呢，还是怎么样？"

潘捷莱·普罗柯菲耶维奇打量了一下货物不多的货架和旧得发亮的柜台，迟疑了一阵子，才说：

"等等吧，叶梅里扬·康斯坦丁诺维奇，我来想想办法，就还钱。"

话就到这里结束了。老头子却没法子可想。年景很不好，也没有闲着的牲口可卖。于是，民事执行官就好像从天而降，一下子就来了。他把欠款人传去，勒令他：

"立即偿付一百银卢布。"

在客店里，民事执行官住的房间里，桌子上放着一张很长的纸，上面清清楚楚地写着：

执行书

顿河州第七区调解法官遵照一九一六年十月二十七日上谕，审理了商民谢尔盖·莫霍夫状诉下士潘捷莱蒙①·麦列霍夫以买卖契约形式借款一百卢布之民事案，根据民事诉讼法第八十一、第一百、第一百二十九、第一百二十三、第一百四十五等条

缺席裁定如下：

根据一九一五年六月二十一日的买卖契约，裁定原告人商民谢尔盖·普拉托诺维奇·莫霍夫胜诉，应向被告人下士潘捷莱·普罗柯菲耶维奇·麦列霍夫追索一百卢布，另加诉讼费三卢布。本件不是最终裁定；系缺席裁定。

本裁定具有法律效力，根据民事诉讼法第一百五十六条第三款规定，应即付诸执行。顿河州第七区调解法官，根据皇帝的上谕，兹命令：

---

① 潘捷莱蒙是潘捷莱的全称。

> 凡与本案有关的各地方、各界人士，必须正确执行本裁定；各地方机关、警察机关以及军事机关，对执行本裁定的执行官应依法给予协助，不得借故推诿。

潘捷莱·普罗柯菲耶维奇听完执行官的话，请求准许回家，保证今天就交款。他出了客店，就直接朝亲家柯尔叔诺夫家走去。在广场上他碰到一条胳膊的阿列克塞·沙米尔。

"普罗柯菲耶维奇，你一瘸一拐地上哪儿去？"阿列克塞打招呼说。

"有点儿小事。"

"出远门吗？"

"到亲家公家里去。有点儿小事。"

"噢！他们家正开心呢。没听说吗？米伦·格里高力耶维奇的儿子从前方回来啦。都说他们家的米佳回来啦。"

"真的吗？"

"我听到这样传说。"阿列克塞一面说，一面眨巴着一只眼睛，抽动着一边腮帮子，掏着烟荷包，朝潘捷莱·普罗柯菲耶维奇跟前走去。"大叔，咱们来抽根烟！我出纸，你出烟丝。"

潘捷莱·普罗柯菲耶维奇一面抽烟，一面踌躇起来：去呢，还是不去？最后还是决定去，跟阿列克塞作别以后，继续一瘸一拐地朝前走去。

"米佳也戴上十字勋章啦！要赶上你家儿子啦。这会儿咱们村上戴勋章的人就像树枝上的麻雀一样多啦！"阿列克塞在后面大声说。

潘捷莱·普罗柯菲耶维奇不慌不忙地来到村头上；他一面望着柯尔叔诺夫家的窗户，来到门口。亲家公亲自出来迎接他。柯尔叔诺夫老汉的麻脸好像被高兴洗过一遍，显得干净了，不是那样麻了。

"我们家的喜事你听说啦？"米伦·格里高力耶维奇一面跟亲家公握手，一面问道。

"我在路上听阿列克塞·沙米尔说的。我来找你，亲家，是有别的事……"

"别急，别的事先不谈！咱们进屋里去，见见当差的。不瞒你，我们喝了点儿喜酒……我家老婆子特意藏了一瓶御酒呢。"

"不用你说啦，"潘捷莱·普罗柯菲耶维奇抽了抽鹰钩鼻子的鼻孔，笑着说，"我老远就闻到啦！"

米伦·格里高力耶维奇大敞开门，让亲家公走在前面。潘捷莱·普罗柯菲耶维奇一跨进门槛，眼睛就盯住了坐在上席的米佳。

“瞧吧，这就是我们的老总！”格里沙加爷爷一面哭着，一面喊叫着，伏在站了起来的米佳肩上。

“欢迎你回来，好汉子！”

潘捷莱·普罗柯菲耶维奇握住米佳的老长的手，向后退了一步，惊异地打量着他。

“你看什么呀，亲家翁？”米佳微微笑着，用沙哑的粗喉咙说。

“我看着，觉得挺奇怪：送你和格里什卡入伍的时候，你们还是孩子呢，可是现在你瞧……简直像个阿塔曼团的哥萨克啦！”

卢吉尼奇娜一面用水汪汪的眼睛望着米佳，一面往杯子里斟酒，因为没看，斟得酒漫了出来。

“你这浑蛋娘们儿，这样贵重的东西你都斟到外头啦！”米伦·格里高力耶维奇朝她喝道。

“祝你们全家愉快，米特里·米伦内奇，祝你荣归！”

潘捷莱·普罗柯菲耶维奇把发蓝的眼白朝两边转悠了两下，颤动着眉毛，一口气把一只大肚子酒杯里的酒喝下。他用手掌慢慢地擦着嘴唇和胡子，拿眼睛瞟了瞟杯底，把头朝后一仰，把最后一滴酒也倒进张大了的、露出黑牙齿的嘴里，这才缓了一口气，嚼着黄瓜，美滋滋地眯了老半天眼睛。亲家母又给他斟上第二杯，不知怎地老头子一下子就醉得十分好笑。米佳笑嘻嘻地注视着他。米佳的两只猫眼睛忽而眯成像茅草划出的两条绿缝儿，忽而张大，黑暗下去。几年的工夫他变得叫人简直认不出了。三年以前送去入伍的时候，米佳身子细细的，十分匀称，如今成了一个粗壮的黑胡子大汉，原来的样子几乎一点都没有了。他长高了不少，肩膀也宽了，脊背微微有些驼，也胖了，体重恐怕至少有五普特，脸粗糙些了，声音也粗了，相貌显得比实际年龄要老些。只有眼睛还是原来那种样子——闪来闪去，很不安生。这会儿他看着母亲，母亲又笑又哭，不时拿皱皱巴巴、干瘪的手摸摸儿子那直撅撅的、剪得很短的头发和他那白白的狭窄的额头。

“你戴着勋章回来啦？”潘捷莱·普罗柯菲耶维奇醉醺醺地笑着问道。

“哥萨克现在还有不戴勋章的吗？”米佳皱了皱眉头。“克留奇柯夫在司令部里闲荡，还挂了三颗十字勋章呢。”

“我家这小子可是个很傲的家伙，亲家，”格里沙加爷爷急忙说，“他这个坏东西就像我，就像爷爷。他从来不肯弯腰。”

“挂不挂十字勋章，好像不是因为这个。”潘捷莱·普罗柯菲耶维奇皱起眉头，本来想这样说的，但是米伦·格里高力耶维奇把他拉进了内室里，请他坐到柜子上，问道：

“娜塔莉亚和小孩子们怎样？身子结实吗？好，托上帝的福，亲家，你好像说是有事来的吧？你有什么事？说说吧，要不然咱们再喝下去，你就要醉啦。”

“借点儿钱给我。行行好吧！帮帮我吧，要不然，没有钱我就……就倒霉啦。”

潘捷莱·普罗柯菲耶维奇带着醉汉那种表现过度的低声下气的神情恳求着。亲家公截住他的话，问：

“要多少？”

“一百张票子。”

“什么样的票子？票子有各种各样的嘛。”

“一百卢布。”

“这好说。”

米伦·格里高力耶维奇在柜子里翻了翻，掏出一个油污的手帕包，解了开来，哗啦哗啦地数了数，数出十张十卢布钞票。

“多谢，亲家……你解救了我！”

“咦，别见外。自己人嘛，有什么好说的！”

米佳在家里呆了五天，夜里就跟安尼凯的老婆睡，满足了一个女人痛苦难熬的需要，也满足了这个来者不拒的单纯的女人的心。白天他就走亲戚，串门子。又高又大的米佳，只穿一件薄薄的绿上衣，歪戴着制帽，在大街上晃来晃去，夸耀自己不怕冻的劲头儿。有一天快到黄昏时候，他也到麦列霍夫家去过一次。他把寒气和令人难忘的那股士兵身上的酸气带进暖烘烘的厨房里。他坐了一阵子，谈了谈战争，谈了谈村子里的新闻，眯缝着轻佻的绿眼睛对妲丽亚瞟了一会儿，就准备走。当米佳朝外走去，砰的一声把门带上的时候，一直盯着他的妲丽亚就像蜡烛的火苗一样，摇晃了一下，她紧紧抿着嘴唇，正要披上头巾，但是伊莉尼奇娜问道：

“你上哪儿去，妲丽亚？”

“到外面……上茅房。”

“咱们一块儿去。”

潘捷莱·普罗柯菲耶维奇坐着，低着的脑袋抬都没抬，好像没听见她们说话似的。妲丽亚从他面前朝门口走去，低垂的眼皮底下隐隐露出狡黠的亮光；婆婆哼哧哼哧地拖着两条腿跟在她后面。米佳在便门边咳嗽着，踩得靴子咯吱咯吱直响,用手捂着烟在抽。他听到门环响,正要朝台阶这边来。

“米佳,是你吗?莫不是来到生地方迷路啦?”伊莉尼奇娜挖苦他说。“你出去别忘了把门闩插上,要不然,到夜里风把门刮开……你瞧,风多大……”

“没啥,我没有迷路……我插上……”米佳顿了一下后,懊丧地说。他咳嗽了两声,就穿过街道,径直朝安尼凯家走去。

米佳像鸟儿一样,无忧无虑地过着日子:现在还活着——那很好,至于明天怎样——到时候再说。他当兵很不带劲儿,尽管无所畏惧的心激励着他的热血,可是他并不怎么想争取立功受赏,因此他的履历表上就常常出现不顺心的记录:他有两次受到军法制裁——一次是因为强奸一个俄国籍的波兰妇女,一次是因为抢劫;在当兵的三年里,他受过无数次制裁和处分,有一次军法处几乎把他判处枪毙,但是不知怎地米佳巧妙地摆脱了灾难。虽然他在团里的表现是最坏的,但是哥萨克们都喜欢他,喜欢他那种热热闹闹、爱说爱笑的性格,喜欢他唱的那些淫荡歌曲(米佳在这方面可不是低能儿),喜欢他的随和、单纯,军官们则喜欢他的勇猛剽悍。米佳总是笑哈哈地用轻快的狼腿踩得地面冬冬响,而且他有很多地方像狼:走起路来一晃一晃的,一跨就是一大步;那瞳人老大的绿眼睛好像时时刻刻窥伺着人;甚至转动脑袋的样子也很像狼——米佳从来没有扭过他那受过伤的脖子,如果需要回头看的时候,就把整个身子转过去。一块块结实的肌肉紧紧绷在一副宽大的骨头架子上,构成了他的身体,他动作又轻快又利落,浑身散发着一种酸涩的健壮气息——洼地里刚犁起来的黑土发出的就是这种气息。他的生活道路很简单,很直,就像一条垄沟,他大模大样地顺着垄沟往前走就行了。他的思想也极其简单,极其纯朴:饿了的时候,可以去偷,而且应该去偷,哪怕是偷同伴的东西也行,而且在饥饿的时候他就偷过;靴子穿破了,干脆就从德国俘虏的脚上往下剥;犯了错误,应当赎罪,于是米佳就去赎罪:多次出去侦察,多次带回他捉来的半死不活的德国哨兵,多次自告奋勇去干冒险的事情。一九一五年他被敌人捉住,而且被剑砍伤了,可是到了夜里,他把棚子顶弄得稀巴烂,掏了个大洞,逃了出来,还带回了一套挽具作为纪念。所以,米佳有许多关都闯过去了。

到第六天,米伦·格里高力耶维奇把儿子送到米列洛沃,送上了火车。老头子听着绿色的列车轧轧响着,越走越远,听了一阵子,又用鞭把子在站台边的煤渣堆上刨了半天,那垂得低低的、失神的眼睛抬都没有抬。卢吉尼奇娜想儿子想得哭,格里沙加爷爷直哼哼,在上房里直擤鼻涕,擤在手掌上,又在油糊糊的小褂襟上擦手。安尼凯的老婆也哭,因为她想念他那高大的、火辣辣的肉体,也因为老总把淋病传染给了她，觉得很痛苦。

时间一天一天地过去，就像风拨动着一根根的马鬃。快到圣诞节的时候，忽然暖和起来；下了两天雨，顿河旁边山上的水顺着一条条土沟奔流下来；在化尽了雪的山嘴上，去年的小草和一块块石板上的青苔又泛出绿色。顿河边上冒着泡沫，顿河上的冰像死尸一样泛出青色，鼓胀起来。化尽了雪的黑土地发出一种说不出的甜味儿。流水在将军大道上，在旧车辙里冒着泡儿。村外一些黄土岸有不少地方倒塌了。南风从旗尔河畔送来十分难闻的烂草气味，中午时候天边已经像春天那样，晃动着十分柔和的淡蓝色影子。村子里，堆在篱笆脚下的一个个炉灰堆旁边，一个个小水洼闪着粼粼的波光。各家场院上干草垛旁边的土地也融化了，开始腐烂的干草散发出的那种甜得腻人的气息刺得行人的鼻孔痒痒的。白天，结满冰锥的草屋檐上流着松香色的水，喜鹊在篱笆上叽叽喳喳乱叫，在米伦·格里高力耶维奇的院子里过冬的一头公用公牛，因为春情提前萌动，难受得哞哞直叫。它又是用角顶篱笆，又是在虫蛀的橡木柱子上蹭身子，弄得胸前光滑滑的垂肉直晃荡，踩得院子里松松的、水泡泡的雪烂糟糟的。

圣诞节的第二天，顿河开了冻。冰排带着剧烈的咯吱声和嘎啦声在河中心流动着。冰块像一条条昏了头的怪鱼，争着朝岸上爬。顿河对岸，白杨树受到南来暖风的催促，也连忙行动起来，摇来晃去地在原地跑步。

呜呜呜呜呜呜……沙哑低沉的风声从对岸传了过来。

但是，快到半夜的时候，山吼叫起来，乌鸦在广场上呱呱乱叫，贺里散福家的猪衔着一缕干草，从麦列霍夫家门前跑过去，于是潘捷莱·普罗柯菲耶维奇断定："春天缩回去了，明天严寒就要回来。"夜里就转了东风，轻寒又给几天的暖和天气融化了的水洼蒙上一层薄冰。天快亮的时候，就吹起了来自莫斯科方向的风，严寒气势汹汹地扑了过来。又是一片冬天的景象。只有顿河河心里还流动着许多冰块，就像一片片老大的白树叶子，叫人想着刚刚来过的温暖天气，再就是山包上那融尽了雪的土地冒着寒冷的水汽。

圣诞节过后不久，在乡民大会上，乡公所的书记告诉潘捷莱·普罗柯菲耶维奇说，他在卡敏镇看见了格里高力，格里高力托他转告家里人，说自己快要回家了。

七

谢尔盖·普拉托诺维奇·莫霍夫用两只又小又黑、长满稀稀拉拉的油亮的毛的手从各个方面摸索着生活。生活有时候也和他开开玩笑,有时候成为他的负担,就像淹死鬼脖子上的石头。谢尔盖·普拉托诺维奇这一生见过很多世面,遇到过各种各样伤脑筋的事。很久以前,他做粮食生意的时候,曾经用十分便宜的价钱收购过哥萨克们的粮食,可是后来又不得不把四千普特霉烂的小麦拉到村外,倒到了愚人崖的下面。他也记得一九〇五年:有一个秋天的夜里,村里有人用鸟枪打过他。莫霍夫发过财,也用掉不少,最后积攒了六万卢布,把这笔钱存进了伏尔加—卡马银行,但是他凭着敏锐的嗅觉感觉到,大动乱的时代就要到了。谢尔盖·普拉托诺维奇等待着大难的日子,果然不出所料:一九一七年一月,害结核病快要死的教员巴兰达对他说:

"革命来到眼前啦,可是我害这种浑蛋的病、伤心的病,就要死啦。遗憾啊,谢尔盖·普拉托诺维奇!……真遗憾,不能看到分您的资财,也不能看到把您从温暖的窝儿里轰出去啦。"

"这有什么遗憾的?"

"怎么不遗憾呢?您要知道,能看到一切都化为灰烬,总是挺开心的。"

"那可办不到啦,好伙计,你今天死,到明天才轮到我呢!"谢尔盖·普拉托诺维奇暗暗怀着愤恨说。

一月里,各个乡镇和村庄里还流传着京城里关于拉斯普京和皇族的一些议论,可是到三月初,推翻帝制的消息就像当头一棒似的,一下子打到谢尔盖·普拉托诺维奇的头上。哥萨克们对大变动的消息抱着观望和暗暗担心的态度。这一天,在关了门的莫霍夫商店旁边,一直到黄昏时候都聚集着不少老头子和多少年轻些的哥萨克。村长吉留什卡·索尔达托夫(他接替了阵亡的马内次柯夫)是个大个子、红胡子、两眼有点儿向外斜的哥萨克,他垂头丧气,商店旁边热热闹闹的谈话他几乎没有参加,他用斜眼睛在哥萨克们的脸上扫着,偶尔插进几声惊慌失措的慨叹:

“全搞乱啦!……真不得了!……这可怎么办啊?!……”

谢尔盖·普拉托诺维奇从窗户里看到商店旁边的人群,便决意跟老头子们谈谈。他披上貉绒皮袄,拄着嵌有简单的银质缩写字母的棕色手杖,走到正门的台阶上来。商店旁边传来一阵嘈杂的人声。

“喂,普拉托诺维奇,你是一个识字的人,你给我们这些糊涂人讲讲,现在是怎么回事儿,以后又会怎样?”马特维·卡叔林把许多斜斜的皱纹一齐集中到怕冷的鼻子跟前,战战兢兢地笑着问道。

老头子们都恭恭敬敬地摘下帽子,向谢尔盖·普拉托诺维奇答礼,向两边挤了挤,在圈子里让出一块地方。

“以后咱们没有皇上啦……”谢尔盖·普拉托诺维奇犹豫了一下,说道。

老头子们一齐嚷了起来:

“怎么能没有皇上呢?”

“咱们祖祖辈辈在皇上治下过日子,现在就不要皇上了吗?”

“不要头可不行,没有头,脚恐怕也活不下去。”

“要换什么样的政府呢?”

“普拉托诺维奇,你别瞎猜啦!你和我们说说实在话吧……你担心的是什么?”

“他呀,也许自己还不知道呢。”“牛皮大王”阿甫杰伊奇笑着说,因为笑,红红的腮帮子上的两个酒窝变得更深了。

谢尔盖·普拉托诺维奇呆呆地打量了一下自己的旧胶皮套鞋,难受地咬着牙说:

“由国家议会来掌管。今后咱们国家是共和国啦。”

“真是他妈的胡闹!”

“我们当年在先皇亚历山大二世驾前当差的时候……”阿甫杰伊奇正要说下去,但是阴沉的包加推廖夫老汉毫不客气地打断了他的话:

“早听过啦!现在不是说这种话的时候。”

“这么说,哥萨克要遭殃啦?”

“如果咱们这边一罢工,德国马上就能打到圣彼得堡。”

“既然讲平等,那就是说,要把咱们和庄稼佬平等看待啦……”

“说不定他们要抢夺土地了吧? ……”

谢尔盖·普拉托诺维奇强笑着,打量了一下老头子们那一张张惶恐的脸,心里感到泄气和窝囊。他用习惯的动作把红红的大胡子朝两边捋了捋,也不知道是对谁发着狠说:

“诸位老人家,他们把俄国弄成什么样子啦。要叫你们跟庄稼佬平等,要取消你们的特权,还要报旧怨。艰难的时候来到啦……政权落到什么人手里,就得听什么人的,不然的话,就叫你彻底完蛋。”

“咱们要是不死,那咱们以后就看看吧!”包加推廖夫摇了摇头,并且很不信任地从拧成一绺的眉毛底下看了看谢尔盖·普拉托诺维奇。“普拉托诺维奇,你是照自己的情形说的,我们不一样,也许这么一来,我们反倒好过些呢……”

“你们会有什么好过的呢?”谢尔盖·普拉托诺维奇刻薄地问道。

“也许,新政府能把战争停了……这种事是可能的吧? 不是吗?”

谢尔盖·普拉托诺维奇把手一摆,就迈着老态龙钟的步子一跛一跛地朝自己家的浅蓝色漂亮台阶走去。他一面走,一面乱糟糟地想着钱,想着磨坊和越来越不景气的生意,又想到丽莎现在还在莫斯科,想到符拉季米尔不久就要从诺沃契尔斯克回来了。为孩子们操心,没有改变心头的烦乱。他就这样走到台阶跟前,觉得这一天的工夫,生活一下子就暗淡下来,而且就连他本人,也因为心里苦恼,好像老了许多。嘴里好像有一种铁锈的酸味,勾出不少唾沫。谢尔盖·普拉托诺维奇回头看了看商店旁边的老头子们,把唾沫吐到台阶的镂花栏杆外面,就走上阳台,朝屋里走去。安娜·伊万诺芙娜在饭厅里遇上丈夫,用失去神采的眼睛那惯有的平静目光向他的脸上扫了一下,问道:

“喝茶以前,先吃些点心吗?”

“算了吧! 还吃什么点心?!”谢尔盖·普拉托诺维奇厌烦地把手一摆。

他脱衣服的时候,还是觉得嘴里有一股铁锈味,觉得脑子里乱糟糟的一团。

“丽莎有信来啦。”

安娜·伊万诺芙娜用小跑的步子(她从出嫁后担负起繁重家务的第一天起,就是这种走法)走进卧房,拿出一封已经拆开的信。

“这丫头没有头脑,看样子,没有多大出息。”谢尔盖·普拉托诺维奇第一次这样想到女儿,厚实的信封上的香水气味熏得他皱着鼻子。老头子漫不经心地看着信,不知为什么看到“情绪”这个词儿时停了下来,想了半天,寻思这个难懂的词儿的含义。丽莎在信尾要求汇钱去。谢尔盖·普拉托诺维奇脑子里一直带着乱糟糟一团的感觉,看完了最后几行。他忽然想暗暗地哭上一场。天翻地覆的生活让他在这一刹那间看清了赤裸裸的生活真相。

“她不是我女儿,”他想到女儿,这样想道,“我也不是她的父亲。她还拿我当父亲,是因为她需要钱……是一个肮脏姑娘,有好几个相好的……她小时候可是一个挺可爱的金发小姑娘呀……我的天!一切都变化得这么厉害!……我到老来成了个可怜虫,曾经指望将来有好日子过,实际上孤孤单单,无人过问……我发财发得不干净,可是,要干净就发不了财呀!我用尽心计,勒紧肚子攒钱,可是现在你瞧,革命来了,明天我的奴仆就可能把我从家里撵出去……一切都要他妈的完蛋!……孩子吗?符拉季米尔是个糊涂蛋……有什么用处呢?反正一样,随便吧……”

不知为什么他毫无联系地想起了很久以前磨坊里发生的一件事:一个前来磨粉的哥萨克因为磨粉的蚀耗太大吵了起来,并且拒绝付磨钱;谢尔盖·普拉托诺维奇这时候正在机器间里,听见吵闹声走了出来,问清原委以后,就吩咐磅秤工和磨粉工把磨好的面粉扣下来。那个又矮又小、其貌不扬的哥萨克扯着口袋往自己方面拉,身强力壮、膀宽腰圆的磨粉工查瓦尔就往这一边拉。拉着拉着,那个矮小的哥萨克推了查瓦尔一把,查瓦尔一转身,斜握着老大的拳头朝他的额角打去。那个哥萨克倒了下去,后来摇摇晃晃地站了起来;他的左额角上破了一块皮,血往外渗着。他忽然走到谢尔盖·普拉托诺维奇面前,小声呻吟着,上气不接下气地说:

“面粉你拿去吧!撑死你吧!”他哆嗦着肩膀走了出去。

谢尔盖·普拉托诺维奇不知为什么想起了这件事及其后果:那个哥萨克的老婆又来要求把面粉还给她;她拼命往外挤眼泪,希望得到别的磨粉人的同情,又哭又叫地说:

“这算怎么回事儿呀,善人们?这是什么规矩啊?把面粉还给我们吧!”

“走吧,大嫂,趁早走吧,不然我可要揪你的头发啦!”查瓦尔嘲弄她说。

也和那个哥萨克一样瘦弱和矮小的磅秤工“杰克”,看着这件事很不平,很气愤,就冲上去和查瓦尔打了起来,结果被查瓦尔狠狠打了一顿,后来就来要求算账,说是不干了。谢尔盖·普拉托诺维奇折叠着已经看完的信,用视而不见的眼睛朝面前望着,这时候,上述的一切飞快地在脑子里闪过。

这一天在刺痒和隐隐作痛的痛苦中度过。谢尔盖·普拉托诺维奇夜里睡得很不好,在床上翻来翻去,想着一些乱七八糟的念头和一些没有成熟的希望;到下半夜才睡着,早晨,听说叶甫盖尼·李斯特尼次基从前方回到亚戈德庄上来看父亲，就决定去亚戈德庄，去聊聊，了解一下真实情况，以便消除担心的预感在心里投下的痛苦的沉渣。叶麦里扬一面抽烟，一面把劲壮的小马套到城市型的爬犁上，就拉着东家朝亚戈德庄上驰去。

村子上空的太阳像个熟透的橙黄色大杏子，太阳的上方和下方，一片片云彩雾蒙蒙的，泛着淡黄色的亮光。刺骨的寒冷空气里充满浓郁的水果气味。大路上的冰凌在马蹄下清脆地响着，马鼻子里喷出来的热气被风吹得直往后跑，落到马鬃上便成了白霜。因为爬犁跑得很快，因为天很冷，谢尔盖·普拉托诺维奇没有心思去想了，就打起盹来，身子摇摇晃晃，脊梁在爬犁后座的毡上蹭来蹭去。可是这时候在村子里的广场上，穿大皮袄的哥萨克黑压压地站了一大片，妇女们也都紧紧掩着褐色水獭皮镶边的顿河式皮袄，像羊群一样，挤成一堆一堆的。

站在人群当中的是教员巴兰达。他那发青的嘴上捂着一条手帕，小皮袄的扣眼上挂着一条红带，眼睛里放射着火热的光芒，开口说：

"……你们瞧，可恶的君主专制完蛋啦！现在再也不会派你们的儿子用皮鞭去镇压工人啦，你们再也不必为吸血鬼沙皇充当可耻的打手啦。立宪会议将要成为自由的新俄罗斯的主人。立宪会议一定会创建另外一种生活，就是说，一种光明的生活！"

他的姘头在后面扯着他的小皮袄皱褶，小声央求说：

"米佳，算了吧！你要知道，这样对你身体有害处，不能这样！又要吐血啦……米佳！"

哥萨克们听着巴兰达讲话，不好意思地垂下了眼睛，不住地哼哧着，暗暗笑着。没有让他把话说完，前排里有一个同情的声音瓮声瓮气地喊道：

"看样子，生活是要光明起来的，可是，老弟你过不到啦，你顶好还是回家吧，要不然外面太冷啦……"

巴兰达把没有说完的一句话咽了回去，就无精打采地从人群里走了出来。

谢尔盖·普拉托诺维奇来到亚戈德庄园已经是晌午时候。叶麦里扬拉着马笼头把马牵到马棚旁边的喂马簸箩跟前，等东家从爬犁上爬下来，撩起皮袄大襟，把手绢掏出来，他也卸下了马，披好了马衣。谢尔盖·普拉托诺维奇走到台阶边，碰上一条又高又大、带有枣红色斑点的白毛猎狗。那狗用四条劲壮的长腿撑着身子，打着哈欠，迎着生人站了起来；其余的四条像黑链子一样躺在台阶边的猎狗，也都跟着那条狗懒洋洋地站了起来。

"妈的，猎狗这么多！……"谢尔盖·普拉托诺维奇担心地望着，倒退着上了台阶。

在干爽、明亮的堂前有一股难闻的狗臭味和醋味。大柜子旁边有一个鹿角衣架,扎煞着的鹿角上挂着一顶卷毛的羊羔皮军官帽、一顶带银饰的长耳风帽和一件斗篷。谢尔盖·普拉托诺维奇朝那边看了看;有一刹那间他觉得好像有一个黑糊糊、毛茸茸的人站在大柜子上,还大惑不解地耸着肩膀呢。从旁边一个屋子里走出来一个胖胖的黑眼睛女人。她仔细打量了一下正在脱皮袄的谢尔盖·普拉托诺维奇,并没有变换她那黑黑的、漂亮的脸上的严肃表情,问道:

“您是找尼古拉·阿列克塞耶维奇吧?我这就去禀报。”

她没有敲门就走进客厅,随后把门掩上。谢尔盖·普拉托诺维奇好不容易认出这个胖乎乎的黑眼睛漂亮女人就是阿司塔霍夫家的阿克西妮亚。她立刻认出了他,就紧紧抿住樱桃色的嘴唇,很不自然地挺直身子,微微摇晃着两个露在外面的像毛玻璃一样的胳膊肘走了。过了一会儿,老李斯特尼次基跟着她走了出来。他亲切适度地笑着,谦恭地说:

“啊呀!是老掌柜!哪一阵风把您吹来啦?请进……”他向旁边闪了闪,用手势请客人进客厅去。

谢尔盖·普拉托诺维奇用他老早就学会的对大人物的恭敬态度行过礼,便走进客厅。叶甫盖尼·李斯特尼次基眯着夹鼻眼镜底下的眼睛,迎着他走来。

“这好极啦,谢尔盖·普拉托诺维奇,欢迎欢迎!您好啊。您好像老起来啦,这是怎么回事儿?嗯?”

“噢,得啦,叶甫盖尼·尼古拉耶维奇!我还想熬过您呢。您怎么样?安然无恙吗?”

叶甫盖尼微微笑着,露着金牙齿,把客人搀到安乐椅前。他们靠着一张小桌子坐下来,说了几句客套话,互相在脸上寻找别后的变化。老爷吩咐过进茶,也走了进来。他嘴上衔着的一只弯弯的大烟斗冒着烟。他在谢尔盖·普拉托诺维奇的椅子旁边站住,把一只老得露出骨头的大手按到小桌上,问道:

“贵村情形怎样?听到……什么好消息吗?”

谢尔盖·普拉托诺维奇在下面朝上看了看老将军的下巴和脖子上那刮得光光的耷拉下来的皱褶,叹了一口气。

“哪儿有什么好消息?!……”

“这是劫数……”老将军哆嗦了一下喉头,吞下一口烟去。“这一点我在战争一开始就预见到啦。没办法……皇朝是必然要灭亡的啦。我现在想起了梅列日柯夫斯基①……记得吗，叶甫盖尼？想起了他那本《彼得和阿列克塞》。在那本书里，阿列克塞在受过刑讯以后对父亲说，‘我的血是要跟你的后代的血流到一起的’②……”

“我们那儿一点可靠的消息都没有，”谢尔盖·普拉托诺维奇心情激动地说起来；他在安乐椅上转悠了几下，把烟点着，又继续说：“已经有一个星期没收到报纸啦。净是一些顶不可靠的谣言，人心惶惶。乱糟糟的一团！我听说叶甫盖尼·李斯特尼次基请假回来了，就决意到你们这儿来，打听打听那边情形怎样，今后局面又会怎样。”

叶甫盖尼那刮得很干净的白脸上已经没有了笑容，他说道：

“情况十分严重……步兵真的全垮啦，他们不愿意打仗，厌倦啦。说实在的，到今天，名副其实的步兵已经不存在啦。步兵都已经变成明火执仗的强盗，肆无忌惮，为所欲为。就拿我爸爸来说……他是想象不出这种情形的。他想象不到咱们的军队会腐败到这种地步……他们随意离开阵地，抢劫和屠杀老百姓，枪杀军官，在战地上行抢……至于不执行作战命令，现在已经成了家常便饭啦。”

“鱼是从头上腐烂起的。”老李斯特尼次基随着一口烟吐出了这句话。

“我可是不这样说。”叶甫盖尼皱了皱眉头，他那露着青筋的眼皮神经质地抽动了一下。“我不这样说……军队是从下面烂起的，是受了布尔什维克的煽动。就连一些哥萨克部队，尤其是那些常跟步兵接近的，军心也很不稳定啦。都十分厌倦，十分想念家乡……再说，还有布尔什维克的影响……”

“他们究竟想怎样？”谢尔盖·普拉托诺维奇忍不住问道。

“噢呀！……”叶甫盖尼冷冷一笑。“他们想嘛……这比霍乱菌还坏！坏就坏在更容易附到人的身上，更容易钻进广大士兵的心里，我说的是思想，无论用什么办法隔离都没有用。在布尔什维克当中，无疑有一些很有才华的人，我就碰到过一些，有一些简直是狂热的信徒，但是绝大多数都是无法无天、品行不端的分子。这些人关心的不是布尔什维克学说的要义，而是怎样能抢到手，怎样能从前线上跑掉。他们想的是首先把政权抓到手里，无条件结束他们所谓的‘帝国主义战争’，哪怕单独和谈也行，然后把土地分给农民，把工厂交给工人。当然，这既是空想，又非常愚蠢，但是瓦解步兵的就是这种天真的主张。”

叶甫盖尼按捺着心中的愤恨在说着。象牙烟嘴在他的两个指头中间不住地

---

① 梅列日柯夫斯基（一八六五—一九四一），俄国白银时代作家，十月革命后流亡国外。

② 意思是说：彼此休戚相关。

转悠着。谢尔盖·普拉托诺维奇在听着,身子向前倾着,就好像要跳起来似的。老李斯特尼次基在客厅里来回踱着,咬着白中带绿的胡子,毛茸茸的黑毡靴呱唧呱唧直响。

叶甫盖尼说,他怕哥萨克们找他报怨仇,还在政变以前,就从团里逃出来了;彼得格勒发生的事情,他都亲眼看到了。

谈话停了一下。老李斯特尼次基看着谢尔盖·普拉托诺维奇的鼻梁,问道:

"怎么样,你还买秋天看过的那匹灰马吗? 就是'贵妇人'①下的那匹驹儿。"

"尼古拉·阿列克塞耶维奇,这会儿能顾上这个吗?"谢尔盖·普拉托诺维奇可怜巴巴地皱了皱眉头,灰心丧气地摆了摆手。

这时候叶麦里扬在下房里已经暖和过来,正在喝茶,用红红的手帕擦着褐色腮帮子上冒出的汗珠儿,在讲村子里的新闻。阿克西妮亚裹着一条毛织头巾,站在床边,胸膛靠在镂花床背上。

"大概我家的房子已经倒了吧?"她问道。

"没有,哪儿会倒,还好好的呢! 一时还没事儿。"叶麦里扬把声音拉得长长的,回答说。

"我们的邻居麦列霍夫家过得怎样啊?"

"过得还好。"

"彼特罗没有请假回来看看吗?"

"好像没有。"

"格里高力呢? ……他们家的格里什卡呢?"

"格里什卡圣诞节以后回来啦。他的老婆今年生了一对双胞胎……格里高力……不用说,是挂了花回来的。"

"他挂花啦?"

"不然怎么能回来呢? 胳膊打伤啦。身上到处是伤疤,就像爱打架的牙狗:在他身上不知是十字章多,还是伤疤多。"

"格里什卡他是什么样子啊?"阿克西妮亚打着干颤问道,又咳嗽了两声,润一润发干的喉咙。

"还是那个样子……钩鼻子,黑头发,土耳其佬还是土耳其佬,不会改变样子的。"

---

① "贵妇人"是马的名字。

"我不是问这个……他老了些吗?"

"谁他妈的知道:也许,老了一点点儿。老婆生了双胞胎,可见,他还是不怎么老。"

"这里好冷啊……"阿克西妮亚的肩膀哆嗦了两下,说过这话,就走了出去。

叶麦里扬一面倒着第八杯茶,一面目送阿克西妮亚走了出去,就像瞎子移动脚步一样,慢慢地、一个字一个字地说道:

"坏娘们儿,臭娘们儿,简直坏透啦。不久以前还穿着破鞋子在村子里到处跑呢,可是现在不说'这儿',说起'这里'来啦……我才不要这样的娘们儿呢。这样的坏娘们儿去他妈的……活妖精!……'这里好冷啊'……学洋腔洋调呢……臭美!呸!"

他气得连第八杯茶都没有喝完,就站了起来,画了一个十字,朝外走去,一面随意朝四面看着,故意把靴子上的泥巴抹到擦得干干净净的地板上。

回来的一路上,他也和东家一样,一直是闷闷不乐。他把被阿克西妮亚惹出来的火气一齐发泄到马身上,拿鞭梢朝马蛋上直抽,骂马是"吃闲饭的"和"懒虫"。叶麦里扬这一天一反常态,直到进村子都没有和东家说一句话。谢尔盖·普拉托诺维奇也心惊肉跳地保持着沉默。

八

在西南战线上担任后备的某步兵师的第一旅,以及由该旅节制的第二十七顿河哥萨克团,在二月革命以前奉命从前方撤下来,为的是开往京城附近去镇压已经开始的骚乱。该旅开到后方,领了崭新的冬季军装,好酒好肉地吃了一天,第二天就上了火车,朝明斯克方向开去,但是时局跑到了这几个团的前头:在出发的那一天就到处沸沸扬扬地传说着,沙皇已经在最高统帅的大本营里签署了退位的文告。

这个旅在半路上奉命往回开。第二十七哥萨克团在拉兹冈车站接到下车的命令。线路上挤满了列车。许多步兵在站台上走来走去,他们的军大衣上都缠着红袖章,扛着十分精致的俄国式样、然而是英国制造的新步枪。步兵中有不少人情绪异常紧张,很担心地打量着排成一个个连队的哥萨克们。

阴沉的一天已是向晚时候。车站的屋檐上滴答滴答地滴着水,铁路线上到处是水洼,水面上泛着油光,水里倒映着灰灰的、像柔软的熟羊皮似的天空。火车头呜呜地吼叫着,来来回回地调动。全团的人都骑马列队在货物仓库外面迎接旅长。湿漉漉的马腿冒着热气。许多乌鸦毫不胆怯地落在队伍的后面,拨弄着一个个橙黄色的马粪蛋儿大嚼起来。

旅长骑着一匹铁青色的高头大马,由团长陪着,来到哥萨克们面前。他勒住马缰,用眼睛朝各连扫了扫。他开口说话了,好像是用一只光光的手把那些没有把握的、低沉的字句一个一个地扯了开来:

"乡亲们! 顺从民意,当今的皇帝尼古拉二世……嗳嗳嗳……退位啦。现在执掌政权的是国家议会临时委员会。军队,包括你们在内,应当镇定地对待这个……嗳嗳嗳……消息。哥萨克的职责就是保卫祖国,抵御外侮……嗳嗳嗳……就是说,抵御外来的敌人。咱们对刚刚开始的动乱采取旁观态度,让全国国民去选择组织新政府的方式吧。咱们应该旁观! 对于军队来说,战争和政治是不能并立的……在所有的……嗳嗳嗳……所有的根基都这样动荡的时候,咱们都应当刚强,不像……"旅长是一位老迈无能的行伍出身的老将,不善于讲话,一时找不到比喻,顿住了;两道眉毛在他那油光光的脸上焦急而无声地颤动着;一个个的连队都耐心地等候着。"嗳嗳嗳……就像钢铁一样。哥萨克军人的天职就是服从长官的命令。咱们还要和以前一样,英勇地跟敌人作战,至于那里的事……"他歪着身子摆了摆,做了个朝后指的姿势。"让国家议会去决定国家的命运吧。等咱们打完仗,咱们再去参与国内的事情,可是目前咱们……嗳嗳嗳……还不行。咱们不能交出军队……军队里面不能要什么政治!"

过了几天,仍然是在这里的车站上,他们就宣誓拥护临时政府,同乡的人结成一大群一大群地去参加群众大会,跟塞满车站的步兵们不相往来。每次开过大会,大家都要对大会上的讲话议论很久;一面回想,一面顾虑重重地揣摩每一个可疑的字眼儿。不知为什么大家心里都形成了一个信念:如果要自由的话,就必须结束战争。而且那些宣扬俄国一定要把战争进行到底的军官们,想驱除这种牢牢扎下根的信念已经很难了。

军队的上层在革命以后出现的慌乱状态,也反映到了下层:一个旅在半路上搁了浅,师部好像忘记了这个旅的存在。这一旅人下了火车以后,吃完了所带的八天的口粮,步兵们就成群结队地到附近的村庄里去,在集市上可以买到不知从哪里弄来的酒精,在那些日子里,到处可以看见一些下级官兵喝得醉醺醺的。

因为调动摆脱了日常勤务的哥萨克们,住在生火的货车厢里十分苦闷,都在盼着往顿河开拔(听说要把第二批入伍的哥萨克放回家去,这种说法一直在流传着),照料马匹都马虎起来,一天到晚在市场上闲逛,出卖从前线带回来的一些畅销商品,如德国鸭绒被、匕首、小锯、军大衣、皮背囊、烟草之类。

重返前线的命令引起公开的不满。第二连拒绝上车,哥萨克们不准火车头往列车上挂,但是团长威吓说要解除他们的武装,于是骚动才渐渐平息,安定下来。兵车又朝前开去。

“弟兄们,这算怎么一回事儿?天天喊自由,自由,可是又要打仗,这不是又要去流血吗?”

“老一套的压迫又开始啦!”

“推翻沙皇管什么用!”

“咱们在沙皇治下没过好日子,现在还是一个样……”

“裤子还是那条裤子,不过裤裆朝后啦。”

“对,对!”

“究竟要打到什么时候啊?”

“第三年内,你别想放下步枪!”车厢里纷纷议论着。

来到一个枢纽站上,哥萨克们就像事先商量好了一样,纷纷从车上跑了下来,也不听团长的劝告和吓唬,开起了群众大会。军运指挥官和年迈的站长在哥萨克军大衣的灰色海洋里钻来钻去,央求哥萨克们各自回到车厢里,把线路让出来,全是白费口舌。哥萨克们都聚精会神地在听第三连一个中士讲话。他讲过以后,又是一个身材矮小然而体格匀称的哥萨克曼茹洛夫讲话。一句句愤恨的话从他那恨得歪着的灰白色的嘴里很费劲地冲了出来:

“乡亲们!这样不行!又来折腾咱们啦,又要骗人啦!既然发生了革命,既然全体人民都得到了自由,那就应该结束战争,因为人民和我们都不想打仗!我说得在理吗?说得对吗?”

“对!”

“这仗打得毫无意思!”

“大家都讨厌啦!”

“自己都顾不上来啦……打什么仗?!”

“我们不——愿——打——啦！……”

“我们要回家!”

“把火车头摘下来！菲多特,来呀!”

“乡亲们！等一等！乡亲们！弟兄们！妈的,别乱嚷嚷嘛,安静点儿！……弟兄们!”曼茹洛夫声嘶力竭地叫喊着,想把上千人的声音压下去。“等一等！你们别去管火车头！这不干火车头的事,这不过是一场骗局……要叫团长大人把公文给咱们念念:是真的要咱们上前方呢,还是他们在搞阴谋诡计……”

直到紧张得失去自制力的团长哆嗦着嘴唇,高声念完他所收到的师部调这个团上前线的电报,一团人才上了火车。

在一节车厢里坐着六个鞑靼村的人,都是第二十七团的,这六个人是:彼得罗·麦列霍夫,米沙·柯晒沃依的亲叔叔尼古拉·柯晒沃依,安尼凯,菲多特·包多甫斯柯夫,卷毛胡子黑黑的、浅棕色眼睛扫来扫去、很有点像茨冈人的梅尔库洛夫,还有柯尔叔诺夫家的邻居马克西姆·戈里亚兹诺夫——是一个不务正业、风流放荡的哥萨克,战前是名闻全乡的天不怕地不怕的偷马贼。哥萨克们常常取笑戈里亚兹诺夫:“要说梅尔库洛夫喜欢偷马,那还差不多,他太像茨冈人啦……可是他并不偷马。可是你,马克西姆,一看见马尾巴,浑身就发痒啦!”马克西姆就红着脸,眯缝着蓝得像亚麻花一样的眼睛,开开下流的玩笑作为回答:“茨冈佬跟梅尔库洛夫他妈睡过觉,我妈大概也眼馋过,要不然我呀……绝对不会！……”

车厢里吹着穿堂风;马匹都站在马衣临时搭成的马棚里;在车厢当中一堆冻土上,烧着潮湿的木柴,呛人的烟气从门缝里往外钻。哥萨克们都围着火坐在马鞍子上,烘烤臭烘烘、汗渍渍的包脚布。菲多特·包多甫斯柯夫在火边烤两只弓着的光脚丫子。他那高颧骨的、加尔梅克型的脸上浮现出舒服的笑容。戈里亚兹诺夫用麻线马马虎虎地缝着开了绽的鞋底,用抽烟抽哑了的嗓子说着话儿,也不知道是对谁说的:

“……我小时候,冬天,有一回,我爬到炕头上,我奶奶(那时候她已经一百多岁啦)一面在我的头上逮虱子,一面说:‘乖孩子,我的小马克西姆！古时候老百姓过日子可不是这样,那时候十分太平,安安稳稳,老百姓什么灾难都没有。可是你,乖孩子呀,你以后过的年月就更不太平啦,你会看到地上到处都是铁丝网,铁鼻子鸟在蓝天上到处飞,还要啄人,就像老鸹啄西瓜一样……人要闹瘟疫,闹饥荒,兄弟互相残杀,儿子要杀老子……到头来剩不下几个人,就像一场大火后剩下的几根草。'瞧吧,"戈里亚兹诺夫顿了一下子,继续说道:"现在果真是这样啦,现在到处是电话线,你看这不就是铁丝网!铁鸟——那就是飞机。咱们弟兄们叫铁鸟啄死的还少吗?饥荒也要来的。我家的地这几年只能种一半,而且家家都是这样。乡村里只剩下老的和小的,一遇到歉年,就一定要闹饥荒。"

"不过兄弟互相残杀——似乎是瞎说吧?"彼特罗·麦列霍夫一面拨火,一面问道。

"等着瞧吧,大家有一天会这样的。"

"政权建立不起来,就要鬼打架。"菲多特·包多甫斯柯夫插嘴说。

"那咱们还要镇鬼呢。"

"你还是先把德国佬打完再说吧。"柯晒沃依笑道。

"没什么,仗还是能打完的……"

安尼凯故作惊骇地皱起像女人一样的光光的脸,惊叫道:

"我的圣母娘娘呀,究竟到什么时候才能'打完'呢?"

"要打到你的老公嘴上长出毛来的时候。"柯晒沃依嘲弄他说。

坐在火边的人一齐笑了起来。彼特罗叫烟呛了一下,一面咳嗽,拿呛得流泪的眼睛朝安尼凯望着,一面拿指头朝他点着。

"毛发这玩意儿是糊涂蛋……"安尼凯满脸羞臊地嘟哝说。"不该长毛的地方倒长了起来……柯晒沃依,你别卖乖……"

"好啦,够啦!吃饱了撑的!"戈里亚兹诺夫忽然发起火来。"咱们在这儿受罪,喂虱子,咱们家里人在家里挨冻受饿,怎么,忘啦?……割一刀,都流不出血来啦。"

"你为什么气得噘起来啦?"彼特罗咬着小麦色的胡子,用讥笑的语气问道。

"都知道是为什么……"梅尔库洛夫替戈里亚兹诺夫回答说,一面把笑收敛到拳曲的、加尔梅克式的胡子里。"谁都知道,哥萨克都厌啦……想家啦……有时候牛倌把牛群赶出去吃草:太阳还没有把露水晒干的时候,牛挺不错,吃得挺带劲儿,可是等太阳升到橡树那样高,牛虻嗡嗡地飞过来,在牛身上咬起来,这时候……"梅尔库洛夫朝大家挤了挤眼睛,又转过脸对着彼特罗,继续说:"这时候,司务长先生,牛就要发脾气啦。噢,这你是知道的嘛!你好像也不是官宦人家出身嘛!你自己就围着牛尾巴转悠过嘛……通常是有一头小牛把尾巴朝背上一翘,哞哞一叫,撒开腿就跑!于是整个牛群就跟着跑起来。牛倌又跑又吆喝:'啊呀呀!……啊呀呀!……'那怎么行呢?!牛群成散兵线朝前猛冲,不次于我们在聂兹维斯克附近向德国人猛扑的那股劲头儿。有什么办法能拦得住呢?"

“你这是往哪儿绕弯子呀?”

梅尔库洛夫没有马上回答。他把一缕油亮的长胡子绕到手指头上,用劲揪了两下,然后完全敛住笑容,正色说:

“咱们已经打了两年多仗啦……不是吗?把咱们弄进战壕里已经两年多啦。为什么?干什么?谁也不明白……我说的就是,不久就会有那么一个戈里亚兹诺夫或者麦列霍夫从前线上往下跑,然后是整团、整军的人往下跑……行啦!”

“你也跑吧……”

“是要跑!我不是瞎子,我看出来:现在一切就好像吊在一根头发上。这会儿只要有人喊一声:‘散伙!’——就会一下子溜掉,就像旧棉袄从肩膀上溜下来那样。打到第三年,对咱们来说,可算是太阳已经升到橡树那么高啦。”

“你少说点儿吧!”包多甫斯柯夫劝他说。“不然的话,彼特罗就……他可是个司务长啊……”

“我可是从来没碰过同伴们呀。”彼特罗气嘟嘟地说。

“别生气!我是说着玩儿的。”包多甫斯柯夫很不好意思,扭了两下光脚丫上那疙里疙瘩的脚指头,就站起身来,呱唧呱唧地朝马槽走去。

别的村子的哥萨克们,都在角落里靠着装干草的篓子坐着,说着话儿。其中只有两个是卡耳根村的,一个姓法杰耶夫,一个姓卡耳根,其余的八个都是来自不同的村庄和乡镇的。

过了不大一会儿,他们唱了起来。领唱的是旗尔村的哥萨克阿里莫夫。他本来唱起一支跳舞的歌曲,但是有人朝他背上拍了一下,用伤风的喉咙叫道:

“算了吧!……”

“喂,你们这些没人管的孩子,来烤烤火吧!”柯晒沃依朝他们喊道。大家又往火里添了些木片——这是在一个小车站上拆的板墙的碎片。大家烤着火,唱得就更带劲儿了:

鞍辔齐全的战马在长嘶,
在教堂门口等候出征的儿郎。
奶奶跟孙子在教堂里抱头痛哭,
年轻的妻子两眼泪汪汪。
哥萨克全副武装,
走出神圣的教堂。
妻子给他牵过战马,

侄儿递过明晃晃的长枪……

旁边车厢里有一架两组的手风琴，鼓得风箱呼哧呼哧地响着，奏起《哥萨克之妻》。军靴的后跟在车厢底板上吧嗒吧嗒直响，有人用破嗓子大声唱了起来：

又苦又累，苛捐杂税，
沙皇的枷锁有千斤重！
紧紧夹着哥萨克的脖子，
气也不能喘，动也不能动。
普加乔夫在顿河上呼唤，
在贫困的下游号召：
“哥萨克们，好汉们！……”

又一个声音压过前一个声音，用又快又急、十分尖细的怪腔调唱道：

我们忠心耿耿给沙皇当差，
我们想念守活寡的妻房。
能找到娘们儿，就不会再想，
就会为沙皇……争光。
啊，冲呀！啊，杀呀！……
呜呜嘿！呜嘿！呜嘿！哈！
哈哈嘿——嗬——呼——哈哈！

这边的哥萨克们早已不唱了，倾听着旁边车厢里越来越大、毫无顾忌的喧闹声，会心地笑着，互相挤着眼睛。彼特罗·麦列霍夫也忍不住哈哈大笑起来，说：

“他们他妈的真开心！”

梅尔库洛夫那棕色的、迸射着黄色亮光的眼睛里，两个瞳人快活地忽闪着；他一下子站起来，合着拍子，用靴尖踏着细碎的步子跳了一会儿，忽然把脚跺了一下，就像弹簧一样轻快地转着圈儿跳起盘腿舞来。大家轮流跳了一会儿，借活动来暖和暖和身子。旁边的车厢里手风琴声早已停了，那边已经粗声粗气地大吵起来。可是这边还在一个劲儿地跳，闹得马都不安生起来，直到跳上了劲儿的安尼凯在跳一个别出心裁的花样儿的时候，一屁股坐到火上，跳舞才算结束。大家哈哈笑着把安尼凯搀了起来,借着蜡烛头的火光仔细看了看,只见一条崭新的裤子的屁股上烧了一个大洞,棉袄的边儿也烧坏了。

“把袜子脱下来吧!”梅尔库洛夫用惋惜的口气劝他说。

“茨冈佬,你发昏啦? 脱下来我穿什么?”

梅尔库洛夫在背包里翻了翻,掏出来一条女人的粗布衬裙。他们重新把火吹旺。梅尔库洛夫提着衬裙那窄窄的绊带,身子向后仰着,笑得哎哟哎哟的,说:

“瞧! ……哎哟! 哎哟! 我在车站上从栅栏上偷来的……打算做包脚布……哎哟! 我就不……不撕啦……你拿去吧!”

大家硬给乱叫乱骂的安尼凯往身上穿,都非常开心地轰隆轰隆大声笑着,引得旁边车厢里的人十分好奇地探过头来,用羡慕的语气在黑暗处喊叫着:

“你们在那儿干什么?”

“闹哄哄的,就像一群儿马!”

“干吗这样高兴?”

“捡到宝贝啦,傻哥儿们?”

来到下一个车站上,把前面一节车厢里的手风琴手拉了过来,别的一些车厢里的哥萨克也都蜂拥而来,把马槽都挤坏了,大家拥来挤去,把马都挤到了边上。安尼凯在一个很小的圈子里跳着。那白衬裙显然是一个高大女人的,他穿着很长,跳起来很不利索,但是有叫声和笑声给他打气,他跳得格外带劲儿。

浸在血海里的白俄罗斯的上空,星星闪着凄凉的目光。漆黑的夜空像个老大的陷坑,黑洞洞、雾蒙蒙的。冷风在大地上游荡,大地上到处散发着落叶的苦涩气息、湿漉漉的土腥气和三月的残雪气息……

九

过了一昼夜,这个团已经离前线不远了。兵车在一个枢纽站上停下来。各连司务长传达了下车的命令。哥萨克们都匆匆忙忙地顺着跳板把马往下牵,加鞍,到车厢里去拿仓促中忘掉的东西,把乱糟糟的干草篓子往路边潮湿的沙堆上直扔,到处乱腾腾的。

团长的传令兵来叫彼特罗·麦列霍夫。

“到车站上去,团长叫你。”

彼特罗理了理军大衣上的皮带,不慌不忙地朝站台走去。

“安尼凯,你把我的马照应一下。”他央求在马旁边忙活着的安尼凯说。

安尼凯一声不响地对着他的背影看了看,在安尼凯那平淡的、阴郁的脸上,除了一般的愁闷神情之外,又增添了担心神情。彼特罗一面走,一面看着自己的溅满了黄泥巴的靴子,心里琢磨着:“团长叫我去干什么呢?”站台边上一个开水桶旁聚集了一小群人,引起他的注意。他走过去,还离得很远就注意听他们说话。有二十来个步兵围着一个红头发的大个子哥萨克。那个哥萨克背朝水桶站着,样子很不自在,好像是被捕了。彼特罗伸了伸脖子,看了看红头发的阿塔曼团哥萨克那似曾相识的胡子拉碴的脸,看了看蓝色的中士肩章上的番号“五十二”,就断定,自己曾经在什么地方见过这个人。

“您是想什么点子逃出来的?还戴肩章呢……”一个长着一张聪明的雀斑脸的志愿兵,幸灾乐祸地质问红头发的哥萨克。

“怎么一回事儿?”彼特罗捅了捅背朝他站着的一个民团兵的肩膀,好奇地问道。

那个民团兵转过头来,不高兴地回答说:

“抓住一个逃兵……是你们的哥萨克。”

彼特罗拼命回想，希望想起自己是在什么地方见过阿塔曼团哥萨克这张红胡子和红眉毛的大脸的。阿塔曼团的哥萨克且不回答志愿兵那些令人不快的问题，只是一口一口地慢慢喝着用炮弹壳做的铜茶缸里的开水，嚼着在水里泡软的黑面包干。他那两只离得很远的鼓鼓的眼睛眯缝着；他边嚼边喝水，眉毛不住地动着，眼睛不住地朝下和朝两边看。他的旁边站着一个押送他的步兵，这人矮墩墩的，已经上了年纪，手扶着步枪上的刺刀。阿塔曼团的逃兵喝完了茶缸里的水，用疲惫的眼睛朝很不礼貌地盯着他的步兵们的脸上扫了扫，他那像孩子那样天真的浅蓝色眼睛里突然冒出凶光。他匆匆地把嘴里的东西咽下去，舔了舔嘴唇，用很不客气的粗嗓门儿瓮声瓮气地叫道：

“你们觉得稀罕吗？连东西都不叫人吃，讨厌！怎么，你们没看见过人，还是怎的？”

步兵们都哈哈笑了，可是彼特罗一听到逃兵的声音，就像常有的情形一样，一下子就清清楚楚记起来，这个阿塔曼团的哥萨克是叶兰乡鲁别仁村上的，姓佛明，在战前彼特罗和父亲在叶兰乡的年集上从他手上买过一头三岁口的公牛。

“佛明！亚可夫！”他喊着，朝阿塔曼团的哥萨克挤过去。

阿塔曼团的哥萨克很别扭、很慌乱地把茶缸伸到桶里去舀开水；他一面嚼着，一面用很不好意思的笑眼看着彼特罗，说：

“我认不出来啦，大哥……”

“你是鲁别仁村的吗？”

“是的，你也是叶兰乡的吗？”

“我是维奥申乡的，我还记得你。五年以前我和我爹在你手上买过一头牛。”

佛明还是那样慌乱而孩子气地笑着，看样子是在极力回想。

“真的，我眼拙……记不得你啦。”他带着很明显的抱歉神情说。

“你在五十二团吗？”

“是五十二团。”

“这么说，你是开小差啦？你这是怎么搞的，老兄？”

这时候佛明摘下大皮帽，从里面拿出一个破烟荷包。他弯着腰，慢慢地把皮帽夹到腋下，从一片纸上撕下一个斜斜的角儿，这才用严肃的、闪着泪光的眼睛盯住彼特罗。

“受不了啊，大哥……”他含糊地说。

他的目光像针一样扎了彼特罗一下。彼特罗哼哼了两声，把黄黄的胡子塞进嘴里。

“喂,老乡,不要再说啦,要不然我因为你们会倒霉的。”矮墩墩的押送兵叹了一口气,把步枪扛到肩上。“走吧,我的天啊!”

佛明急忙把茶缸塞进军用袋,眼睛朝一边望着,跟彼特罗道过别,就一颠一晃地跨着狗熊似的步子朝卫戍司令部走去。

在车站上,在原来头等候车室的餐室里,团长和两位连长正俯身坐在小桌子旁边。

“麦列霍夫,你叫我们等你老半天了。”团长疲惫无神地眨巴了几下他那气汹汹的眼睛,说道。

彼特罗接到了一个通知:他的连队今后归师部直接指挥,对哥萨克们必须加强监管,发现他们情绪上有任何变化,都必须报告连长。他眼睛眨都不眨,看着团长的眼睛,仔细听着,但是佛明那闪着泪光的眼睛和小声说出的“受不了啊,大哥”却在脑子里不肯退去,就像牢牢粘住了似的。

他从暖烘烘的站房里出来,朝自己的连队走去。本团的二类辎重车队就停在这个车站上。彼特罗快要走到自己的车厢跟前的时候,看见了辎重队的哥萨克和连里的铁匠。彼特罗一看见铁匠,佛明以及跟佛明的谈话就从脑子里消失了,他加快了脚步,想过去和铁匠谈谈换马掌的事(这会儿彼特罗又一心一意想着日常事务和操心事了),但是从红红的车厢的一角后面走出一个娘们儿,披着一条十分漂亮的白色毛围巾,身上穿的也跟这一带地方的人不一样。彼特罗觉得那娘们儿的身姿出奇地熟悉,就仔细注视起来。她忽然朝他转过脸来,快步朝他走来,轻轻摆着肩膀,扭着姑娘般的细腰。彼特罗还没有看清面貌,从这种袅袅娜娜的轻俏步伐上已经猜出是自己的妻子了。一股尖尖的愉快的气流直钻进他的心里。喜事越是出乎意料,越是喜上加喜。彼特罗为了不让注视着他的辎重兵们说他高兴得过了头,故意放慢脚步,迎上前去。他不失仪态地抱住妻子,吻了三下,很想问几句话,但是深藏在内心的一股激动情绪冲了出来,嘴唇轻轻哆嗦起来,舌头好像麻木了。

“真没想到……”他终于结结巴巴地开口说。

“我的亲人啊! 你简直变了样子啦! ……”妲丽亚把两手一扬一拍。“你好像是个生人啦……瞧,我来看你啦……家里人不叫我来,说:‘你上哪儿去呀?’我心想,不行,我一定要去,去看看亲人……”她贴在他的身上,用湿润的眼睛看着他的眼睛,哇啦哇啦地说了起来。

车厢边挤了不少哥萨克,一齐望着他们,嘎嘎地叫着,挤着眼睛,打趣他们。

“彼特罗这一下子快活啦……”

“我那狠心的母狼也不来，跟我分窝儿啦。”

“她那儿不算涅司切尔，还有十个呢！”

“麦列霍夫顶好能把老婆捐给咱们排里睡一晚上……可怜可怜我们……嘿嘿！……”

“咱们走吧，伙计们！看着她跟他那股热乎劲儿，都要眼馋死啦！”

这会儿，彼特罗已经不记得他准备把妻子死打一顿的事了，他当着大家的面跟她亲热起来，用抽烟熏黄的粗大手指头抚摩着她那描成弧形的眉毛，觉得非常高兴。妲丽亚也忘了，两夜以前她还跟一个龙骑兵的兽医睡在火车里。她和那个兽医是同路从哈尔科夫到团里来的。那个兽医还有一部特别柔软、特别黑的胡子呢，不过这一切都是两夜以前的事了，现在她可是含着真正高兴的眼泪拥抱着丈夫，用真挚、清澈的眼睛看着他。

 十

叶甫盖尼·李斯特尼次基大尉休假回来以后，就调到了顿河哥萨克第十四团里。他没有回他原来的那个团，他就是在二月革命前很不体面地离开那个团的。他径自到师部去报到。师参谋长是顿河哥萨克有名的贵族世家出身的一位年轻将军，他毫不费事就给李斯特尼次基调动了工作。

“我知道，大尉，”他等到自己房间里只剩了他们两个人，就对李斯特尼次基说，“您在原来的环境里很难干下去，因为哥萨克们都反对您，他们听到您的名字就很反感，所以，如果您能到十四团里去，那当然是比较合适的。这个团里的军官都是配备得特别好的，而且团里的哥萨克也比较坚定，比较纯正，大部分都是大熊河河口州南部各乡的。您到那里会好一些。您好像是尼古拉·阿列克塞耶

维奇·李斯特尼次基的公子吧?”将军顿了一下,这样问道,得到肯定的答复后,他又继续说下去:“就我来说,我可以保证,我们是很器重像您这样的军官的。在目前这种时候,就连军官当中也大多数是怀有二心的人。没有比改变信仰更容易的事啦,要不然就是同时侍奉两个上帝……”参谋长心情沉重地结束了谈话。

李斯特尼次基欣然从命。当天他就奔赴第十四团驻地德文斯克,过了一昼夜,他就见到了团长贝加陀洛夫上校,而且十分满意地意识到师参谋长的话是正确的:军官们大多数都是保皇派;哥萨克当中掺进了三分之一的霍派尔河河口乡、库梅尔仁乡、戈拉祖诺夫乡和另外几个乡的旧教徒,他们毫无革命倾向,对临时政府宣誓效忠也不是情愿的,他们对周围沸沸扬扬的大事毫无理解,而且也不想去理解;选进团和连委员会的都是一些会拍马屁和驯顺听话的人……李斯特尼次基来到新环境里高兴地舒了一口气。

他在军官当中遇到两个阿塔曼团的老同事,他们跟他不来往;其余的军官都出奇地团结一致,都公开地谈论恢复帝制的事。

这个团在德文斯克驻扎了近两个月,休息好了,整顿过了,变成了一支团结一致的劲旅。在这以前,各个连都归各个步兵师节制,经常在从里加到德文斯克这条战线上跑来跑去,但是在四月里,有一只关心的手把这些连队收拢到一起——这个团就成立了。哥萨克们在军官们的严格监督之下天天出操,喂马,过着有规律的蜗牛式生活,没有受到外界任何影响。

关于这个团的真正使命,哥萨克们都在乱纷纷地猜测,但是军官们却毫不隐讳地说,这个团在不久的将来就要在某人的直接掌握之下重新扭转历史的车轮。

附近的前线上一片混乱。军队像害着致命的寒热病,粮食和弹药都不足;军队好像有许多只手伸向“和平”这个梦幻中的字眼儿;军队对于克伦斯基的共和国临时政府抱着各种各样的态度;在他的歇斯底里叫喊鼓动之下的军队,在六月攻势中一再受挫;已经酝酿成熟的怒潮在军队里翻滚着,沸腾着,就好像是受到地下水冲击的泉水……

可是在德文斯克,哥萨克们却非常安全,非常平静:马肚子里装满了燕麦和豆饼,哥萨克们已经渐渐忘记在前方所受的艰难困苦;军官们按时参加军官会议,有酒又有肉,高谈阔论国家大事……

一直到七月初,都是这样。七月三日来了一道命令:“火速出发。”兵车载着这个团向彼得格勒驶去。七月七日,哥萨克的马蹄已经在木块铺成的鱼鳞状的首都街道上哒哒响了。

团队驻扎在涅瓦大街上。划给李斯特尼次基这个连的是一座空闲的商号用房。首都各政府机关焦急地和高高兴兴地盼望着哥萨克们到来——为哥萨克们安排好的房舍事先已经整修一新,这种精心照料可以雄辩地说明这一点。一面面石灰墙重新粉刷得雪白雪白的,地板都擦洗得明光锃亮,松木新铺板散发着浓郁的松香气息;明亮而整洁的半地下室里也还舒服。李斯特尼次基皱着夹鼻眼镜底下的眉头,在一面面白得耀眼的墙下走了一会儿,仔细视察了住房,断定这地方已经够舒服的,不能指望有更好的了。他视察满意之后,便在市政府派来专门欢迎哥萨克的一个衣冠楚楚、身材矮小的代表陪同下,朝门外走去,但就在这时候发生了一件很不愉快的意外事:他已经抓住门把手,却看见墙上有一幅用尖东西画出来的很刺眼的画——一个龇牙咧嘴的狗头和一把扫帚。看样子,整修房屋的工人中有人知道这房屋是准备给什么人住的。

"这是怎么回事儿?"李斯特尼次基哆嗦了几下眉毛,向陪着他的那位代表问道。

代表用滴溜溜的鼠眼朝画扫了一下,十分惶恐地哼哧起来。他的脸通红通红的,好像把衬衫硬领都映红了……

"请原谅,长官先生……这是有人存心捣蛋……"

"我想,这伊凡雷帝皇卫军的标志该不是在您的授意下画的吧?"

"哪儿话?!哪儿话?!决不是……这是布尔什维克玩的花招……是坏人捣乱!……我马上叫人重新把墙刷一下。鬼知道是怎么一回事儿!……请您原谅……这事真荒唐……请您相信,别人干这种坏事,我都感到羞愧……"

李斯特尼次基着实可怜起这个满面羞臊、窘得无地自容的人来。他把硬邦邦、冷冰冰的语调换成温和的语调,镇定地说:

"作画的人有一点小小的疏忽:忘记了哥萨克们不知道俄国的历史。不过这不能说,这类的情形我们可以原谅……"

代表用他那修剪得很讲究的硬指甲刮起石灰墙上的画,他踮着脚在墙跟前站得笔直,白石灰末子往他那贵重的英国大衣上直落,李斯特尼次基一面擦夹鼻眼镜,一面笑着,但是他心里这一阵子又苦又恼,很不是滋味。

"竟是这样来迎接我们,在好看的外表里边却隐藏着这个!……不过,未必全俄罗斯都把我们看做皇卫军吧?"他一面在心里想着,一面穿过院子朝马棚走去,跟在他后面的代表还在说话,他没有用心去听。

太阳光直射到又深又宽阔的天井里。住户们从高楼的一面面窗户里探出身子,望着满院子的哥萨克。连队的哥萨克正在往马棚里安顿马匹。安顿好马匹的哥萨克一堆一堆地站着,或者蹲在墙根下阴凉处。

“弟兄们，为什么不进屋子里去？”李斯特尼次基问道。

“不着急，大尉老爷。”

“屋子里够戗。”

“等我们把马安顿好，就进去。”

李斯特尼次基看过临时作马棚的仓库，重新挑起原来对陪他的代表的不快情绪，严厉地说：

“您去跟什么人商量商量，还需要你们做一件事情：要给我们再打一个门洞。因为我们有一百二十匹马，不能只有三个门！这样如果有什么情况的话，我们得用半个钟头才能把马牵出去……真出奇！这种情况难道当时就没有考虑到吗？我非得把这事报告团长不可。”

代表毫不怠慢地保证，今天就打门洞，而且不是打一个，要打两个；于是李斯特尼次基就同代表道别，冷冷地谢过代表的关照，吩咐过派出值班人员，然后就朝二楼，朝拨给本连军官的临时住房走去。他边走边解制服上衣，擦着帽檐底下的汗珠子，上了黑色的楼梯，便来到自己住的屋里，觉得屋子里凉丝丝的，十分高兴。屋里除了阿塔尔希柯夫上尉以外，什么人也没有。

“别的人都上哪儿去啦？”李斯特尼次基一面问，一面倒在帆布床上，并且费劲地把穿着脏靴子的两只脚往外伸了伸。

“上街去啦。他们想看看彼得格勒。”

“你怎么不去？”

“噢，你要知道，这没有意思。刚刚进城，就要上街。这不，我在看报，想看看前些天发生的事。没有工夫！”

李斯特尼次基一声不响地躺着，觉得汗湿的衬衫在背上凉凉的，非常舒服，他真懒得起来去洗脸——一路上积累的疲劳现在渐渐表现出来了。他鼓了鼓劲，站了起来，把勤务兵叫了来。换过衬衣，洗脸洗了老半天，一面舒舒服服地喷着鼻子，用毛巾擦着饱满的、落了一层灰土的脖子。

“洗洗脸吧，伊万，”他劝阿塔尔希柯夫说，“洗一洗，就像是从肩膀上卸掉一座山……喂，报上怎么说？”

“也许，真该洗洗脸。你是说，洗洗很舒服吗？……报上怎么说吗？登的是布尔什维克的演讲，政府的措施……你看看吧！”

李斯特尼次基洗过脸以后，高兴起来，拿起报纸正想看，但是团长派人来叫他了。他挺不乐意地爬了起来，穿上一件在路上压得皱皱巴巴、散发着肥皂气味的新制服上衣，挂上马刀，来到大街上。他穿过马路，来到街对面，回过头来，打量了一下连队驻扎的房子。从外表、从造型上来看,这座房子和其他一些房子没有什么不同:一座五层楼房,墙上镶砌着烟色虎皮石,跟同样一些楼房排列得整整齐齐的。李斯特尼次基抽着烟,慢慢地在人行道上走着。密集的人群里,男人的草帽、小礼帽、便帽,讲究的普通女帽和华贵的女帽,像泡沫一样翻滚着。在帽子的海洋里,偶尔出现一顶像个独来独往的绿点儿似的军人制帽,随即又消逝在各种色彩的波浪中。

清新凉爽的微风,一阵阵从海滨吹来,但是一吹到陡立的巨大建筑物上,就变成不均匀的微弱气流。在灰中带紫、不很明亮的天上,云彩向南飘动着。云彩那乳白色的边儿像牙齿一样,尖尖的、凸凸的。整个城市里又闷又热,看样子是要下雨了。到处可以闻到晒热的沥青气味、汽油气味、不远处的海水气味和那种隐隐约约、令人心醉的女人香水气味,还有任何一个人烟稠密的大城市都有的那种难以分清的混合气味。

李斯特尼次基抽着烟,顺着人行道右边慢慢走着,间或地看到迎面走来的人从一旁向他投来敬重的目光。起初他因为自己的军服皱了和帽子旧了,觉得有点不好意思,但是后来他想,上过前方的人用不着为自己的外表感到不好意思,何况他还是今天才下火车呢。

人行道上,轻轻晃动着黄绿色的斑斑点点的阴影,那是商店和咖啡馆门口的帆布篷投下来的。风把晒得发烫的帆布篷吹得摇摇摆摆,不住地抖动,人行道上的阴影也就不停地晃动,老是想从行人沙沙响的脚下躲开。尽管这是午饭后的时候,大街上依然是人山人海。在战争的几年中一直远离城市的李斯特尼次基,怀着高高兴兴的满意心情,倾听着由笑声、汽车喇叭声、报童叫卖声组成的乱糟糟的喧闹声,觉得自己在这一群华衣美食的人中间是自己人、亲人,心里一直在想着:

"你们现在都这样得意,这样高兴,这样幸福——不论是商人、交易所经纪人,不论是各级官吏、地方、贵族华胄,都是这样!可是三四天以前你们又是怎样呢?在那些贱民和大兵像潮水一样拥向街头,塞满大街小巷的时候,你们的样子又是如何呢?凭良心说,我也喜欢你们,也不喜欢。你们平安无事,我不知道是应该高兴,还是不应该……"

他试图分析一下自己的感情,找了找这种感情的根源,毫不费事就得出了结论:他所以这样想和这样感觉,是因为战争和他在战争中经受的一切,使他跟这一伙酒足饭饱、志得意满的人疏远了。

"就拿这个年纪轻轻的胖家伙来说吧,"他的眼睛碰上一个满面红光,没有胡子的胖男子，就想道，“他为什么没有上前方呢？大概是个工厂老板或者商界大亨的儿子，坏家伙，逃避兵役，根本不管国家的兴亡，花天酒地，玩女人，也算是‘为了国防’……”

“但是，究竟我跟谁走一条路呢？”他自己给自己提出这个问题，然后在心里笑着答复说：“哦，当然啦，是跟这些人！他们身上有我的一分子，我是他们这一伙中的一分子……他们身上的好的和坏的东西，在我身上都或多或少地存在着。也许，我身上的膘比这头肥猪薄一点儿，也许因为这样，我对一切才关心些，大概也因为这样，我才忠心耿耿地去打仗，而不是像他那样‘为了国防’，也正是因为这样，冬天我在莫吉廖夫，看见皇上退位后坐着汽车离开大本营，看见他那悲伤的嘴唇，看见他那软弱无力地放在膝盖上的双手的可怜、可叹的样子，我就倒在雪地上，像小孩子一样痛哭起来……所以我实实在在地不能接受革命，无法接受！从心里，从理智上，都不赞成……我要为旧制度拼死作战，把命豁出去，不动摇，不作态，像个真正的军人。可是，是不是会有很多人这样干呢？”

他脸色煞白，历历在目地想起了二月里一个很不平常的傍晚：莫吉廖夫的省长公署，蒙了一层寒霜的铁栅栏，栅栏那边的雪地，低低的、蒙上一层轻烟似的寒雾的太阳将红红的光斑投射在雪地上。缓斜的第聂伯河岸那边，天空呈现着浅蓝色、朱红色、锈黄色，地平线上每一道线条都显得缥缈虚幻，看上去非常晃眼睛。大门口有一小堆大本营的官员，有武官，也有文官……一辆小轿车开了出来。轿车里坐的好像是福列杰里克斯①和靠在车座背上的沙皇。沙皇那憔悴的脸泛着一层紫色。那苍白的额头上有一道斜斜的、黑黑的半圆形皮帽印子，他穿的是哥萨克御林军制服。

李斯特尼次基几乎是跑着从惊愕地望着他的行人身旁往前走。沙皇那还过礼的手从黑色的帽檐上落下去的情景好像还在他眼前，耳朵里好像还响着那开走的汽车的沙沙声和默默为末代皇帝送行的人群那无声的哀叹……

李斯特尼次基顺着团部驻扎的房子的楼梯慢慢往上走。他的两腮还哆嗦着，哭肿了的眼睛红红的，还流着眼泪。他在二楼的楼梯平台上一连抽了两根纸烟，擦了擦眼镜，这才一步两级地跑上三楼。

团长在彼得格勒的地图上画了画，标出李斯特尼次基的连队负责保护的地区，列举了应当保护的机关，详尽地指示了什么机关要在什么时候派岗和换岗，

---

① 福列杰里克斯伯爵是沙皇的宫内大臣。——作者注

最后他说：

“要派人到冬宫里去给克伦斯基站岗……”

“给克伦斯基站岗——别谈！……”李斯特尼次基顿时脸色煞白，高声说。

“叶甫盖尼·尼古拉耶维奇，要沉着……”

“上校，我请您考虑！”

“不过，老弟……”

“请您考虑！”

“您的神经……”

“请问，是不是马上向普梯洛夫工厂派出巡逻队？”李斯特尼次基吃力地喘着气问道。

团长咬着胡子，微微笑着，耸了耸肩膀，回答说：

“马上就去！并且一定要由一名排长带领。”

李斯特尼次基从团部里走出来，因为刚才想起往事，又跟团长谈了这样一番话，精神上沉甸甸的，一点劲儿都没有，差不多就在这座楼房旁边，他看见驻扎在彼得格勒的顿河第四团的哥萨克巡逻队。一名军官骑的浅红色马的笼头上，倒挂着一束开始枯萎的鲜花。军官那生着白胡子的脸上露着笑容。

“祖国的救星万岁！……”一个狂热的老绅士走下人行道，摇晃着帽子喊道。

军官很客气地行了一个军礼。巡逻队便放马朝前跑去。李斯特尼次基看了看那个向哥萨克致敬的绅士的激动的脸和冒唾沫的嘴唇，看了看他那结得十分整齐的花领带，便皱着眉头，弯下腰，快步走进本连驻扎的房子的大门。

 十一

科尔尼洛夫将军被任命为西南战线的总司令，第十四团的军官们都表示热

烈的支持。大家谈起他来，都很尊敬，都很爱戴，认为他是一个具有钢铁性格的人，认为他毫无疑问能够把国家从绝路上拉回来，因为临时政府已经把国家引上了绝路。

特别热烈欢迎这一任命的是李斯特尼次基。他还通过连里的下级军官和跟他接近的弟兄了解了一下哥萨克们对此事的态度，可是得到的反映并不使他高兴。哥萨克们沉默不语，或者冷漠地应付两句：

"对我们反正都是一样……"

"谁知道他怎么样……"

"要是他能早日促成和平，那当然……"

"他当司令，我们反正还是不能升官！"

过了几天，在一些和广大军民接触较多的军官中间就盛传着，好像科尔尼洛夫正在对临时政府施加压力，要求在前方恢复死刑和推行许多关系着军队命运和战争胜败的果断措施。都说，克伦斯基很怕科尔尼洛夫，好像他正在想方设法找一位比较听话的将军来代替科尔尼洛夫的前线总司令职务。大家还纷纷传说着在军界很有名望的几位将军的名字。

七月十九日政府任命科尔尼洛夫为最高统帅的通告，使大家大吃一惊。不久，在军官联合总会里有很多熟人的阿塔尔希柯夫上尉就根据十分可靠的消息说，科尔尼洛夫在准备向临时政府所做的报告的提要中，强调必须实行下列重要措施：在全国范围内对后方的军队和居民实行战地法庭审判法，包括死刑法；恢复军事首长的惩戒权；把各部队里的军人委员会的活动限制在极小的范围内，等等。

就在这一天晚上，李斯特尼次基在和本连以及别的连一些军官谈话的时候，直截了当地、尖锐地提出了一个问题：他们跟着谁走？

"诸位军官！"他压抑着激动的心情说。"咱们在一起生活，就跟一个和睦的家庭一样。咱们都知道，咱们每个人都是什么样的人，但是咱们之间有许多迫切的问题至今没有得到解决。就拿现在来说吧，当咱们的上级和政府的分裂势头已经明明白白地表现出来的时候，咱们必须直截了当地把问题摆出来：咱们跟谁走，拥护什么人呢？咱们来推心置腹地谈谈吧，不要说违心的话。"

阿塔尔希柯夫上尉首先回答：

"我愿意为科尔尼洛夫将军流自己的血，并且率领别人流血！这是一个忠心耿耿的人，只有他能振兴俄罗斯。你们瞧，他在军队里干得多好！多亏了他，军官们才多少放开了一点儿手脚，在这以前军人委员会可是为所欲为，士兵们随意开小差,跟敌军称兄道弟。这还有什么好说的?任何一个体面人都会拥护科尔尼洛夫!”

细腿、宽肩、胸部特别凸出的阿塔尔希柯夫说得慷慨激昂。看样子,所提的问题触动了他的感情。他说完以后,打量了一下桌子周围的军官们,带着等待的神情用烟嘴敲着烟盒。他的右眼的下眼皮上有一颗鼓出的深棕色瘊子,像一粒豌豆。这颗瘊子有点碍事,上眼皮老是合不拢,所以,乍看到阿塔尔希柯夫,会有一种印象,好像他的眼睛总是带着一种谦逊和等待的笑意。

“要是在布尔什维克、克伦斯基和科尔尼洛夫当中挑选的话,那我们当然要挑科尔尼洛夫啦。”

“咱们也很难断定科尔尼洛夫想干什么:是仅仅想恢复俄罗斯的制度呢,还是另外要恢复别的什么……”

“你这是答非所问,不算回答!”

“就是回答!”

“如果算是回答的话,那无论如何这也是很不高明的回答。”

“可是您害怕什么呢,中尉?害怕恢复帝制吗?”

“这我不害怕,相反,我倒是希望这样。”

“那究竟是怎么回事儿呢?”

“诸位!”不久前因为战功从司务长升任少尉的多尔戈夫用坚定的、伤风的嗓门说。“你们吵什么?你们老老实实地说吧,就说咱们哥萨克跟着科尔尼洛夫将军走定啦,就像孩子拉着妈妈的大襟那样。用不着绕什么弯子,干干脆脆地说好啦!咱们一离了他,就要完蛋!俄罗斯就要把咱们像大粪一样扔掉。这事很清楚嘛:他往哪儿去,咱们就往哪儿去。”

“这就对啦!”

阿塔尔希柯夫非常高兴地拍了拍多尔戈夫的肩膀,又拿笑眯眯的眼睛盯住李斯特尼次基。李斯特尼次基微微笑着,激动地抚摩着膝盖上的裤子皱褶儿。

“这样如何,诸位军官先生?”阿塔尔希柯夫提高嗓门儿喊叫道。“咱们就拥护科尔尼洛夫啦?……”

“那当然啦!”

“多尔戈夫的话真是快刀斩乱麻。”

“所有的军官都拥护他!”

“咱们也不想成为例外。”

“敬爱的哥萨克英雄拉甫尔·盖奥尔吉耶维奇万岁!”

军官们都哈哈笑着，碰着杯喝起茶来。谈话不像刚才那样紧张了，大家围绕着最近几天的大事谈了起来。

“咱们倒是一心拥护最高统帅的，不过哥萨克们靠不住……”多尔戈夫迟迟疑疑地说。

“这‘靠不住’是什么意思？”李斯特尼次基问道。

“这没什么好解释的。靠不住，就是靠不住……他们这些狗东西想回家抱老婆去……没有温暖的日子他们过够啦……”

“咱们的职责——就是带领哥萨克！”柴尔诺库陀夫中尉用拳头在桌子上一擂。“要带领他们走！就是因为要带兵，咱们才戴军官肩章的！”

“要耐心地给哥萨克们说说，该跟着谁走。”

李斯特尼次基用茶匙敲了敲玻璃杯，把军官们的注意力吸引过来以后，一板一眼地说：

“诸位，请记住，咱们现在要做的，正如阿塔尔希柯夫所说的，就是要对哥萨克们说明事情的真相。要使哥萨克脱离军人委员会的影响。现在就需要下狠心改变脾气，如果没有更大的狠心的话，那恐怕也要跟二月事变后咱们当中大多数改变的那样。在以前，比如说，在一九一六年，我可以狠狠抽打一个哥萨克，他顶多不过在打仗的时候对着我的后脑勺放上一枪，可是二月以后就不能那么干啦，因为，如果我打了一个浑蛋，他就会在战壕里当场把我打死，用不着等待适当的机会了。现在情形完全不同啦。咱们应该……”李斯特尼次基把“应该”这个词儿说得很重，“跟哥萨克们搞好关系！这是一切事情的关键。你们知道现在第一团和第四团的情形吗？”

“糟透啦！”

“就是这话——糟透啦！”李斯特尼次基继续说下去。“军官们仍旧像往日那样跟哥萨克们互不接近，结果哥萨克们个个都受到布尔什维克的影响，有百分之九十都成了布尔什维克。很清楚，咱们是免不了要遇到严重事态的……七月三日和五日的事情①，只不过是对一切麻木的人发出的一次严重警告……要么咱们拥护科尔尼洛夫，跟革命民主势力进行搏斗，要么就是布尔什维克积蓄好力量并且扩大了自己的影响以后，再来一次革命。他们现在是在休整，在积蓄力量，可是咱们却松松垮垮，一片混乱……能够这样下去吗？！……在今后的大动乱中，

① 一九一七年旧历七月三日和五日，工人和士兵曾经在彼得格勒举行反临时政府的示威运动。

很需要可靠的哥萨克……”

“咱们没有哥萨克，就成了光杆子啦。”多尔戈夫叹了一口气，说。

“说得对，李斯特尼次基！”

“对极啦！”

“俄罗斯的一只脚已经进坟墓啦……”

“你以为我们连这个都不懂吗？我们懂，不过有时候无能为力罢了。‘第一号命令’①和《战地真理报》②正在撒播自己的种子呢。”

“这些种子在出芽，咱们不是把这些幼芽踩烂、烧光，却是在欣赏！”阿塔尔希柯夫喊道。

“不是的，不是在欣赏，我们是无能为力！”

“少尉，你胡说！咱们只是疏忽大意！”

“不对！”

“你们去试试看！”

“诸位，安静点！”

“捣毁《真理报》……克伦斯基事后懊悔了……”

“干什么要这样……乱嚷嚷？不能这样！”

乱糟糟的哄叫声渐渐静了下来。有一位连长，刚才听李斯特尼次基的话听得特别带劲儿，他请求大家注意：

“我建议让李斯特尼次基大尉把话说完。”

“请说吧！”

李斯特尼次基用拳头擦着尖尖的膝盖，继续说下去：

“我是说，到那时候，也就是在今后的战斗中，在国内战争中——我现在才明白，国内战争是不可避免的了——很需要忠实可靠的哥萨克。应当想方设法，把他们从倾向布尔什维克的军人委员会手里争取过来。这是当务之急！要知道，今后一有风吹草动，第一团和第四团的哥萨克就要杀尽自己的军官……”

“这是明摆着的！”

“他们决不会客气！”

---

① 一九一七年三月一日，彼得格勒苏维埃执行委员会在革命群众的推动下发布了“第一号命令”。命令宣布：在军队中通过选举成立各级组织，并由这些组织对旧沙俄军官实行监督。——作者注

② 《战地真理报》是布尔什维克的战地报纸。——作者注

“……他们的教训，可以说，很痛苦的教训，我们应当记取。第一团和第四团的哥萨克——实在说，他们现在还算什么哥萨克？——将来都得统统绞死，要不然就全部枪毙……是莠草就得拔掉！所以，咱们就要防止咱们的哥萨克犯错误，免得他们以后为这些错误付出代价。”

李斯特尼次基说完以后，听他说话听得特别带劲儿的那位连长接着说了起来。这是一个行伍出身的老军官，在团里已经干了九年，在战争中受过四次伤。他说，从前当差是很不容易的。哥萨克军官都得不到重用，很受歧视，难得升级，对于大多数行伍出身的军官来说，能得到中校头衔，就算是到顶了；他认为，在推翻皇朝的时候，哥萨克的上层分子没有积极起来维护朝廷，原因就在这里。但是他说，尽管如此，还是应该千方百计地支持科尔尼洛夫，要通过哥萨克军人联合会和军官联合总会，跟他取得更密切的联系。

“就让科尔尼洛夫来统治吧，他是哥萨克的救星。咱们在他的统治下，也许比在沙皇的统治下还要好些呢。”

时间早已过了半夜。城市上空是一丝丝乱蓬蓬的云彩，夜色苍茫，一如平常。从窗户里可以看见海军部大厦塔楼那黑黑的尖顶和映照成一片的黄黄的灯火。

军官们一直谈到将近黎明时候。他们决定每星期为哥萨克们举行三次政治问题座谈会，责成各排排长每天带领自己的排进行操练和背诵誓词，以便把空闲时间填满，免得哥萨克的脑筋受到有毒的政治气氛的影响。

在散去以前，大家唱了“正教徒的静静的顿河涌起波涛，奔腾咆哮……”丁丁当当地拿茶杯当酒杯碰着，喝完了第十火壶的茶。最后，阿塔尔希柯夫跟多尔戈夫咬了咬耳朵，就喊道：

“现在我们请诸位听一支哥萨克古歌，就算是一道点心吧。喂，安静点儿！顶好把窗户打开，要不然屋子里烟气太大啦。”

两个声音——多尔戈夫那伤风的、沙哑的低音和阿塔尔希柯夫那柔和的、分外悦耳的中音——起初有快有慢，错错落落，各按各的节拍唱，可是后来两个声音紧密地交织到一起，非常优美动听。

……我们的父亲——静静的顿河
一向有志气，从不向异教徒俯首帖耳；
自己怎样生活，也不用去问莫斯科。
见了土耳其人，嘿，就用快刀

照后脑勺一挥，算是见面礼……
我们的母亲——顿河草原
年年叫我们去跟敌人作战，
保卫至高无上的圣母娘娘，
保卫我们的东正教，
保卫波涛滚滚的自由的顿河……

阿塔尔希柯夫把手指头在膝盖上交叉起来，唱起了高音，虽然他唱着花腔，远远压倒了多尔戈夫那浑厚的低音，但是一直唱得很协调；从外表看，他十分严肃，只是快唱完的时候，李斯特尼次基才发现，有一粒闪着冷光的泪珠儿从他眼睛上那颗棕色瘊子上溜了下来。

别的连队的军官们都走了，本连其余的军官也睡下去以后，阿塔尔希柯夫坐到李斯特尼次基的床上，揪弄着鼓鼓的胸膛上的退了色的浅蓝色背带，小声说道：

"你要明白，叶甫盖尼……我喜欢顿河，喜欢世世代代相传的古朴的哥萨克生活方式，喜欢得要命。我喜欢咱们的哥萨克，喜欢哥萨克女人，什么我都喜欢！我一闻到草原上的野蒿气味就想哭……还有，向日葵开花的时候，顿河岸上到处是雨打过的葡萄气味的时候，我更是喜欢得要命……这你应该明白……可是这会儿我在想：咱们是不是在愚弄咱们的哥萨克呢？咱们是不是想把他们往这条小路上引呢？……"

"你说的是什么？"李斯特尼次基警觉地问道。

阿塔尔希柯夫那黑黑的脖子在白白的衬衣领子里愣愣地、憨态可掬地挺着，青色的眼皮吃力地吊在棕色的瘊子上，从侧面可以看见一只半闭的眼睛里闪着泪光。

"我在想：哥萨克们是不是应该这样？"

"在这样的情况下，他们又应该怎样呢？"

"我不知道……可是他们为什么一齐离开咱们呢？革命好像把咱们和他们分成了绵羊和山羊，咱们和他们的利益好像分开啦。"

"你要知道，"李斯特尼次基很谨慎地开口说，"这是因为对于许多大事的看法不同。咱们有比较高的文化，咱们可以批判地估计这种或那种事实，他们就比较粗浅，比较简单。布尔什维克就能把思想灌进他们的脑子，叫他们相信：必须结束战争，说正确一点，就是把战争变成国内战争。布尔什维克能够唆使他们反对我们，就因为他们疲倦啦，他们身上较多的是生物本能，没有我们那种对祖国负有使命和责任的坚强的道德感，所以，不难理解，这就找到了适宜的土壤。对于哥萨克来说，祖国是什么呀？不管怎么说，祖国的概念在他们是很抽象的：‘顿河军区离前线远着呢，德国人又到不了那里。’他们就是这样说的。糟就糟在这里。必须对他们说清楚，把这次战争变成国内战争，将会有什么样的后果。”

李斯特尼次基一面说，一面下意识地感觉到，他的话并没有达到目的，并且感觉到阿塔尔希柯夫马上就要对他关起心灵的大门。

果然这样：阿塔尔希柯夫含含糊糊地嗯了两声，一声不响地坐了老半天，李斯特尼次基尽管也尝试了几次，想弄清不再说话的同事这会儿心里想的是什么，可是办不到了。

“应该让他把话说完就好了……”他很惋惜地想道。

阿塔尔希柯夫道过晚安，就走了，再没有多说一个字。一时间他很想推心置腹地谈谈，把每个人都用来遮盖着自己的那道神秘的黑幕撩开一点边儿，但却打消了这个念头。

李斯特尼次基因为猜不出别人内心的隐秘，感到非常懊恼。他聚精会神地望着灰色棉絮一般的夜空，抽着烟，躺了一会儿，忽然想起了阿克西妮亚，想起了假期里完全消磨在她身上的那些日子。他想着心事，断断续续地想着过去跟他有缘相遇的一些女人，心平气和地睡着了。

十二

李斯特尼次基的连里有一个布堪诺夫乡的哥萨克，名叫伊万·拉古京。在第一次选举的时候，他当选为团革命军事委员会委员，在本团调来彼得格勒以前，他没有表现出任何特别的地方，但是在七月下旬，排长就报告李斯特尼次基说，拉古京常常到彼得格勒工人与士兵代表苏维埃的军事小组去，大概跟苏维埃有了关系，因为发现他经常跟排里的哥萨克进行谈话，对他们施加有害的影响。排里发生过两次拒绝担任守卫和巡逻的事。排长把这些事都记在拉古京的账上，认为这是哥萨克受了他的影响。

李斯特尼次基认为，他无论如何都要进一步了解一下拉古京，摸一摸他的底。公开把一个哥萨克找来问话，是很笨的办法，也是很不谨慎的，因此李斯特尼次基决定等候机会。机会很快就有了。七月末，轮到第三排担任普梯洛夫工厂附近几条街的夜间巡逻任务。

“我跟弟兄们一块儿去，”李斯特尼次基事先就向排长打招呼说，“请您告诉他们，给我备上那匹大青马。”

李斯特尼次基有两匹马，如他自己说的，“以备万一”。勤务兵服侍他把衣服穿好，他便下了楼，来到院子里。一排人上马出发。在烟雾弥漫、交织着一道道灯光的黑暗中走过了几条街道。李斯特尼次基故意留在后面，从后面叫了拉古京一声。拉古京拉了拉自己那很不起眼的马，走了过来，带着等待的神情从旁边看了看大尉。

“你们委员会里有什么新闻吗？”李斯特尼次基问道。

“什么新闻也没有。”

“你是哪一个乡的，拉古京？”

“是布堪诺夫乡的。”

“哪一个村子呢？”

“米佳金村。”

现在他们的马已经是并排走着了。李斯特尼次基借着路灯的光线斜眼看着这个哥萨克那胡子拉碴的脸。拉古京的制帽下面露出直直的鬓发，鼓鼓的两腮上生着短短的、很不整齐的络腮胡子，两只聪明中透露着狡诈的眼睛，深深地嵌在鼓鼓的眉弓里。

“外表很平常，很不精神，可是他心里究竟怎样呢？大概，他非常恨我，恨一切跟旧制度、跟强权有联系的东西……”李斯特尼次基心里这样想道，并且不知为什么他又很想了解一下拉古京的过去。

“有老婆吗？”

“是的。有老婆，还有两个孩子。”

“家业怎么样？”

“我们还有什么家业？”拉古京带着遗憾的语气冷笑说。“日子过得平平常常。一头牛加一个哥萨克,或者是一个哥萨克加一头牛,我们就这样过一辈子……”他想了想,又板着脸补充了一句:“我们的地都是沙土地。”

李斯特尼次基以前上谢列布里亚柯沃车站去,曾经从布堪诺夫乡路过。他清清楚楚地想起了那个远离要道的偏僻的乡。南面是一片平平的、一望无际的草地,旁边环绕着曲曲弯弯的霍派尔河。那时候他在十二俄里以外,在叶兰乡边界的山头上,就看见低洼处那一片绿荫荫的果园,看见一座高大的白色钟楼。

“我们那儿都是一些沙土地。”拉古京叹着气又说了一遍。

“大概很想回家,是吗?”

“当然啦,大尉先生!当然想早点儿回去。打仗受的苦实在不少啦。”

“伙计,恐怕未必很快就能回去……”

“很快就能回去。”

“仗还没有打完啊?”

“快打完啦。回家也快啦。”拉古京硬是坚持自己的看法。

“还要跟自己人打仗呢。你以为怎样?”

拉古京一直望着鞍头,没有抬眼睛,沉默了一会儿之后,问道:

“跟谁打仗呢?”

“要打的人多着呢……至少要跟布尔什维克打。”

拉古京又沉默了老半天,好像是在清脆、轻快的马蹄声中睡着了。他们一声不响地走了有三分钟。拉古京慢慢地、字斟句酌地说:

“咱们跟他们没什么好争的。”

“要是争土地呢?”

“土地够大家种的。”

“你可知道,布尔什维克想干什么吗?”

“听说过一点点儿……”

“要是布尔什维克来打咱们,想夺取咱们的土地,奴役咱们哥萨克,依你看,那又该怎么办呢?你跟德国人打过仗,保卫过俄国呀,不是吗?”

“德国人——那是另外一回事儿。”

“那么布尔什维克呢?”

“大尉先生,布尔什维克又怎样?”拉古京显然已经拿定了主意,就开口说起来,一面抬起眼睛,对直地寻找着李斯特尼次基的目光。“布尔什维克不会把我仅有的一小块土地夺走的。我的土地恰好是一个人的份儿,他们不要我的土地……可是,比如说——您可不要生气!——您爹有一万俄亩土地呢……”

“不是一万，是四千。”

“那反正是一样，就算是四千亩吧，难道还少吗？这难道能说是好章程吗？您再往全国看看，像你爹这样的，还多得很。您就想想看，大尉先生，每一张嘴都要吃。您要吃，别的任何一个人都要吃。没有一个茨冈人训练马不吃草，说，忍一忍，不吃草也行。于是听话的马就忍，忍呀，忍呀，忍到第十天就死去啦……沙皇时代的章程是很不公正的，对于穷苦老百姓太苛刻啦……割给你爹那么一大块好蛋糕，四千亩，可是他也不是用两个嗓子眼儿吃东西，他也跟我们普通人一样，用一个嗓子眼儿吃东西，当然应该替老百姓抱不平啦！……布尔什维克他们看得很准，可是您还说要跟他们打仗呢……”

李斯特尼次基听着他的话，心里很不平静。到最后他已经明白，他无法提出什么有力的反驳了，他觉得，这个哥萨克已经拿普普通通、简单得不得了的道理把他挤到了墙拐儿上，因此，深深隐藏起来的那种意识到自己不对的感觉又翻腾起来，李斯特尼次基有些慌乱，便发起狠来：

“你怎么，是布尔什维克吗？”

“有没有这样的称号，不算什么……”拉古京冷冷笑着拉长声音回答说。“问题不在于称号，而在于正义。人民需要正义，但是大家都在葬送正义，掩埋正义，说正义早就死啦。”

“你这一套是工农兵苏维埃里的哥萨克教给你的……这么看来，难怪你跟他们结成一伙儿。”

“哎呀，大尉先生，生活本身教给我们这些有耐性的人的东西已经够多啦，布尔什维克不过是点了点灯芯罢咧……”

“用不着开场白！这又不是说书唱戏！”李斯特尼次基已经是怒冲冲地在说话了。“你还是回答我：你说到我父亲的土地，总而言之你说的是地主的土地，然而你要知道，这土地是私人财产。如果你有两件衬衣，我一件也没有，依你看，该怎么办，我就该抢你一件吗？”

李斯特尼次基没有看见，但是从拉古京说话的声音上听出来，他是在笑着。

“我会自动交出多余的那一件。而且在前线我就交出过衬衣，而且还不是多余的，是唯一的一件，我就空心穿军大衣，至于我那一点点土地，好像谁都不想来抢夺……”

“你怎么啦，想要土地吗？你的土地不够种吗？”李斯特尼次基提高声音说。

拉古京脸都白了，激动得呼哧呼哧地喘着粗气，几乎是喊叫着回答道：

“你以为我是为自己操心吗？我们到过波兰，那儿的人过的是什么日子呀？

你看见没有？我们周围的庄稼汉过的又是什么日子？……我可是看见啦！叫人实在痛心呀！……怎么，你以为，我能不可怜他们吗？也许，就因为这个，就因为波兰人，我才心里不是滋味，使我发愁的是他们那点可怜的土地。”

李斯特尼次基本想说几句尖刻的话，可是从灰灰的庞然大物普梯洛夫工厂那边传来尖锐的叫喊声：“抓住！”一阵轰隆轰隆的马蹄声。一声扎耳朵的枪响。李斯特尼次基扬了扬鞭子，放马朝前奔去。

他和拉古京同时跑到聚集在十字路口的本排哥萨克们跟前。一些哥萨克纷纷跳下马来，弄得马刀丁当乱响，一个被他们抓住的人正在当中挣扎着。

“怎么啦？怎么回事儿？”李斯特尼次基喊了两声，一面放马朝人群里冲去。

“这个坏家伙骂我们呢……”

“骂了就跑。”

“揍他，阿尔扎诺夫！”

“哼，你这坏小子！你想找死吗？”

排里的中士阿尔扎诺夫从马上探下身子，抓住那个身材不高、穿着没扎进裤腰的黑衬衣的人的领子。三个下了马的哥萨克把他的手倒剪到背后去。

“你是干什么的？”李斯特尼次基气势汹汹地问道。

被抓住的人抬起头来，在他那灰白色的脸上，两片不说话的嘴唇一撇一撇的，紧紧地闭着。

“你是什么人？”李斯特尼次基又问一遍。“你骂我们吗，坏蛋？嗯？不说话吗？阿尔扎诺夫……”

阿尔扎诺夫从马上跳下来，松开被抓住的人的领子，扬手打了他一个耳光。

“揍他！”李斯特尼次基猛地拨转马头，下命令说。

三四个下了马的哥萨克一面把被捆起来的人往地上按，一面抡起了鞭子。拉古京连忙从马鞍上跳下来，走到李斯特尼次基跟前。

“大尉先生！……您这是怎么啦？大尉先生！”他用打哆嗦的手指头死死地抓住大尉的膝盖，高声叫道：“不能这样！……这是个人啊，您这是干什么呀？”

李斯特尼次基扯了扯马缰，没有说话。拉古京跑到哥萨克们跟前，拦腰抱住阿尔扎诺夫，趺趺撞撞，两腿在马刀上绊来绊去，想把他拉开。阿尔扎诺夫不住地挣着，嘟哝着：

“你别这样好心肠！别这样！他拿石头砸咱们，能饶了他？……放开我！……放开，对你说的是规矩话！……”

一个哥萨克弯下身去，扯下身上的步枪，用枪托子照着倒在地上的那人身上打去,打得叭叭直响。过了一会儿,马路上就响起低低的、像牲口那样粗野的喊叫声。

后来是几秒钟的沉默,然后,依然是那人的声音,但已经有气无力、疼得直抽搭了,那声音在挨打后发出的呼哧声的间隙里,断断续续地喊起来:

"土匪!……反革命分子!……你们打吧!哎哟……啊啊啊啊!……"

叭!叭!叭!……又是一阵毒打。

拉古京跑到李斯特尼次基跟前,紧紧靠在他的膝盖上,用手指甲挠着马鞍的边儿,喘着粗气说:

"做做好事吧!"

"走开!"

"大尉!……李斯特尼次基!……听见没有?你要负责任的!"

"我想啐你一口!"李斯特尼次基声嘶力竭地喊了一声,就打着马朝拉古京身上撞。

"弟兄们!"拉古京跑到站在一旁的哥萨克们的面前,高声叫道。"我是团革命军事委员会的委员……我命令你们:把人放了,不许打死人!……你们要……要负责任的!……这不是旧时代啦!……"

李斯特尼次基涌起一股强烈的仇恨,顿时失去了理智,什么都不顾了。他照着马的两耳当中抽了一鞭,就朝拉古京冲去。他用乌黑的、散发着枪油气味的手枪抵着拉古京的脸,尖声大叫道:

"住嘴,奸贼!布尔什维克!我毙——了你!"

他极力克制了一下自己,才把手指头从枪机上挪开,把马勒得直立起来,转过马头,跑了开去。

过了几分钟,三个哥萨克也朝他的方向走去。在阿尔扎诺夫和拉宾的两匹马中间,拖着那个穿着紧贴在身上的潮湿衬衣、连脚步也不能迈的人。他的两条胳膊由两个哥萨克架着,身子轻轻摇晃着,两脚划着马路上的石子。被打得血肉模糊的头向后仰着,在高耸着的尖尖的两肩中间摇来摆去,白白的下巴朝上撅着。第三个哥萨克多少走在前面一点。他看见胡同口路灯下面有一辆马车,便在马镫上站起身子,跑了过去,他简短地说了两句什么,又用鞭子拍拍靴筒吓唬了一下,马车夫就连忙乖乖地把马车赶到停在街心里的阿尔扎诺夫和拉宾跟前。

第二天,李斯特尼次基醒来,意识到他犯了一个无法挽回的大错误。他咬着嘴唇,想起了殴打那个责骂哥萨克的人的场面,也想起了后来他和拉古京之间发生的事。他皱起眉头,心事重重地咳嗽起来。他一面穿衣服,一面想着主意:目前不应该去动拉古京，以免跟团革命军事委员会的关系恶化，最好是等一段时间，等到昨天在场的哥萨克渐渐忘记他跟拉古京的冲突，再悄悄地把拉古京清除掉。

“这就是所说的，跟哥萨克搞好关系……”李斯特尼次基在心里痛苦地嘲笑自己说。并且后来有很多天，他一直很不愉快地想着这件事。

已经是八月初，一个天朗气清、阳光明丽的日子，李斯特尼次基和阿塔尔希柯夫上街闲逛。自从军官们那一天在一起谈过那一次话以后，他们之间出现的隔膜始终没有消除。阿塔尔希柯夫守口如瓶，把没有说出来的那些想法装在心里，李斯特尼次基几次三番想引他推心置腹地谈谈，他都掩着那层厚厚的帷幕，这层帷幕是多数人都很习惯地挂着，用来遮盖自己的真实面貌，不叫别人看出来的。李斯特尼次基常常觉得，有的人在跟别人交往的时候，在外表的里面，往往还隐藏着一个叫人一直摸不透的面貌。他坚决相信，剥去任何一个人的表皮，都会露出真诚的、赤裸裸的、没有任何伪装的心灵。因此他总是非常想了解，在各种各样的人那粗鲁的、严肃的、天不怕地不怕的、蛮横的、心平气和的、愉快的外表里面，究竟隐藏着什么。这一回，他想着阿塔尔希柯夫，只猜测着一点：这个人是在现有的矛盾中苦苦地寻找出路，要在哥萨克和布尔什维克之间求调和。他有了这种推测，就不再设法跟阿塔尔希柯夫接近，倒是跟他疏远起来。

他们在涅瓦大街上走着，偶尔地说几句无关紧要的闲话。

“咱们去吃点东西好吗？”李斯特尼次基用眼睛瞟着饭店的大门，说道。

“好吧。”阿塔尔希柯夫表示同意。

他们走进饭店，四下一望，就无可奈何地站住了：所有的桌子都坐满了。阿塔尔希柯夫已经转过身要走了，但是窗户跟前的小桌上有一位衣冠楚楚、由两位妇人陪伴着的胖绅士，仔细看了看他们，便站了起来，恭恭敬敬地举着帽子，走了过来。

“请赏光！二位是不是可以到我们的桌子上来坐？我们要走啦。”他笑容可掬，露着稀稀拉拉的熏黄的牙齿，用手势请他们过去。“我很高兴为二位军官先生效劳。你们是我们的光荣。”

坐在桌旁的两个妇人都站了起来。一个高高的、黑头发的撩了撩头发，另一个年轻些的玩弄着小伞，等候着。

两位军官对殷勤让座的绅士道过谢，便走到窗户跟前。一丝丝阳光像黄色的针一样透过放下来的窗帘投射在桌布上。酒菜气味压倒了摆在各个饭桌上的鲜花那幽雅醉人的香味。

李斯特尼次基要的是冰鱼羹,在等待的时候,他若有所思地撕扯着从花瓶里抽出来的一枝橙黄色旱金莲。阿塔尔希柯夫用手帕擦着额头上的汗,他那两只疲惫地低垂着的眼睛不住地眨巴着,注视着邻座桌子腿上晃来晃去的太阳光斑。

他们还没有吃完,就有两个军官高声谈着话走进了饭店。

前面的一个在用眼睛找寻空位子的时候,把他那张晒成了均匀的栗色的脸朝李斯特尼次基转了过来。他的两只斜斜的黑眼睛里露出喜色。

“李斯特尼次基!是你呀!……”那个军官一面朝他走来,一面毫不见外、深信不疑地喊叫着。

他的黑胡子下面露出亮闪闪的白牙。李斯特尼次基认出他是加尔梅柯夫大尉,跟着他走过来的是丘鲍夫。他们紧紧地握了握手。李斯特尼次基把两个旧同事给阿塔尔希柯夫介绍过以后,问道:

“哪一阵风把你们吹到这儿来啦?”

加尔梅柯夫捻着胡子,把头向后一仰,斜着眼睛朝两边看了看,说:

“我们是出差来的,详细情形等一会儿我再告诉你。你先说说你自己的事吧,十四团里的情形怎么样?”

……他们一同走出饭馆。加尔梅柯夫和李斯特尼次基走在后头,一到胡同口,就拐了进去,半个小时之后,就离开闹市区,一面走,一面小心地四面张望着,小声说着话儿。

“我们的第三军现在在罗马尼亚前线担任后备,”加尔梅柯夫兴奋地说,“一个半星期以前,我接到团长的手令,叫我把连队交出去,跟丘鲍夫中尉一同到师部听候调遣,有意思,我就交出连队。我们一同来到师部。作战处的M.上校,你是认识他的,他很机密地通知我。要我立即去见克雷莫夫将军。我和丘鲍夫一同来到军部。克雷莫夫接见了我,因为他已经知道给他派来的军官是什么人,就直截了当地说出下面的话:‘政府里都是一些有意把国家引向死路的人——必须撤换政府的上层分子,可能要用军事专制来代替临时政府。’他还说,接任的人可能是科尔尼洛夫。然后就叫我到彼得格勒来,听候军官联合总会调遣。现在这里已经调集了好几百名可靠的军官啦。你明白,咱们的任务是什么吗?军官联合总会正跟咱们的哥萨克军人联合会密切配合,在一些枢纽站上和一些师里组织突击营。都是在不久的将来要使用的……”

“结果究竟会怎样呢?你是怎么看的?”

“这就怪啦!您住在这里,难道没有弄清局势吗?毫无疑问,政府要来一个大变动,科尔尼洛夫要执政。军队都是拥护他的嘛。我们那儿都这样想:只有两种不同的势力——那就是科尔尼洛夫和布尔什维克。克伦斯基不过是夹在两个磨盘中间，不是这种势力，便是那种势力，会把他碾得粉碎。让他在阿丽萨①的床上暂且睡几天吧。他是一个短命皇帝。”加尔梅柯夫停了一下子，然后，一面若有所思地揪弄着马刀的穗子，说：“我们实际上都是棋盘上的小卒，小卒是不知道下棋人的手把它们往哪儿放的……比如说，我就不完全清楚大本营里目前的情形。我知道，在将军们之间，如科尔尼洛夫、鲁科姆斯基、罗曼诺夫斯基、克雷莫夫、邓尼金、卡列金、爱耳迭里和其他许多将军，在他们之间是有一种秘密的联系和协议的……”

“可是，军队……是不是所有的军队都拥护科尔尼洛夫呢？”李斯特尼次基一面问，一面在加快脚步。

“步兵当然不会。我们可以带动他们嘛。”

“克伦斯基在左派的压力之下，打算撤换最高统帅，你知道吗？”

“他不敢！马上就能叫他乖乖的。军官联合会总会已经相当坚决地把总会对此事的态度告诉了他。”

“昨天哥萨克军人联合会派了几个代表去见他，”李斯特尼次基笑着说，“声明说，哥萨克连撤换科尔尼洛夫的念头都不许有。你可知道，他怎么说：‘这是诽谤。这类的事情，临时政府连想都没想。’他这一面安慰大家，那一面却在向工农兵苏维埃执委会送秋波，就像个窑姐儿一样。”

加尔梅柯夫一面走着，一面掏出一个军官用的战地笔记本，念道：

“‘社会活动家会议特向您——俄罗斯军队的最高领袖致敬。会议声明，一切企图破坏您的军队和俄罗斯的威信的行为都是犯罪的，我们的呼声也就是广大军官、乔治十字章获得者和哥萨克们的呼声。在这千钧一发的危难时刻，俄罗斯一切有头脑的人都怀着期望和信任注视着您。在您重建强大的军队以拯救俄罗斯的伟大壮举中，愿上天多多相助！罗坚柯。’大概，你明白了吧？撤换科尔尼洛夫是根本不可能的……哦，我问你，你看见他昨天进京的场面没有？”

“昨天夜里我才从皇村回来。”

加尔梅柯夫一笑，那整整齐齐的白牙齿和结结实实的红牙花子全露了出来。他那窄窄的眼睛眯了起来，眼角上皱起无数蛛网般的细纹。

“真气派！卫队是一个帖金人的骑兵连。一辆辆汽车上都架着机枪。这都

① 阿丽萨就是亚历山德拉·菲多罗芙娜皇后，尼古拉二世的妻子。入宫前是阿丽萨·盖辛斯卡娅郡主。——作者注

是往冬宫去的。毫无疑问这是一种警告……嘿嘿嘿。你要是能看见那场面就好啦。嘿,真值得一看!给人的印象真是与众不同。”

他们两人在莫斯科—纳列夫区兜了一个圈子,就分手了。

“叶甫盖尼,咱们应该经常联系。”加尔梅柯夫在分手的时候说。“荒乱年代来到啦。要站稳脚跟,要不然会跌跤的!”

李斯特尼次基已经渐渐走远了,他扭过身子,在背后喊道:

“忘记告诉你啦,你还记得咱们的梅尔库洛夫吗?就是咱们那位画家。”

“他怎么样?”

“五月里他死啦。”

“不可能!”

“他死得实在意外。这种死法顶没意思啦。一个侦察兵的手榴弹在手里爆炸了,把自己的胳膊齐胳膊肘炸掉,可是把梅尔库洛夫炸飞啦,我们只找到他的一部分内脏和一副炸碎的蔡司望远镜。死神只宽限了三年……”

加尔梅柯夫还喊了几句,可是一阵风吹过,卷起一股老大的灰土,送过来的只是模糊不清的尾音。李斯特尼次基挥了挥手,就朝前走去,偶尔地回头望望。

十三

八月六日,日,最高统帅部的参谋长鲁科姆斯基将军,从大本营的第一后勤司令罗曼诺夫斯基将军那里,接到了把骑兵第三军和屠捷姆师集中到涅维尔—诺沃索科耳尼基—魏里基卢基地区的命令。

“为什么要集中到这个地区?这些部队不是担任罗马尼亚前线的后备吗?”鲁科姆斯基大惑不解地问道。

“亚历山大·谢尔盖耶维奇,这我不知道。我是把最高统帅的命令如实地传达给您。”

“这命令您是什么时候收到的?”

“昨天。夜里十一点钟,最高统帅把我叫了去,命令我今天早上把这事传达给您。”

罗曼诺夫斯基踮着脚,在窗户跟前走了一会儿,后来在一幅占据了鲁科姆斯基办公室的半边墙的中欧战略地图前面停下来,背对着鲁科姆斯基,十分用心地观看着地图,说道:

“您去问问情况好啦……他这会儿正在办公室里呢。”

鲁科姆斯基从桌上拿起命令,推开安乐椅,用所有发福的老年军人特意显示刚健的那种步伐朝外走去。他在门口,一面让罗曼诺夫斯基先出去,一面显然是顺着自己的思路说:

“对,是的。”

有一位鲁科姆斯基不认识的长腿、高个子上校刚刚从科尔尼洛夫的办公室里走出来。他恭恭敬敬地让开路,便顺着走廊走去。两条腿瘸得厉害,受过伤的肩膀又可笑又可怕地抽搐着。

科尔尼洛夫将身子微微向前探着,用两个斜放着的手掌撑在桌子上,正在对站在他面前的一个上了年纪的军官说话:

“……应当等时机成熟。您明白我的意思吗?请您一到普斯科夫就立即通知我。您可以走啦。”

科尔尼洛夫等那位军官走出门去,才轻捷而矫健地坐到安乐椅上,一面把另一张安乐椅推给鲁科姆斯基,一面问道:

“我调动第三军的命令,罗曼诺夫斯基交给您了吗?”

“是的。我就是来谈谈这件事的。为什么您选定该地区做第三军的集中地点?”

鲁科姆斯基仔细看着科尔尼洛夫那张黑黑的脸。这张脸是叫人看不透的、表情恬淡的;两边腮上,从鼻子到下垂的硬邦邦的稀胡子遮着的嘴唇上,还是那些早已熟悉的斜斜的皱纹。只有那不知为什么像小孩子一样耷拉在额头上的一绺头发,破坏了他脸上那强硬、严厉的表情。

科尔尼洛夫用一只小小的、干瘦的手支着下巴,眯缝起炯炯有神的蒙古型的眼睛,用一只手抚摩着鲁科姆斯基的膝盖,回答说:

“我想把骑兵集中起来,并不单单为了北方战线,集中在这个地区,一旦需要,就很容易从这里调往北方战线或者西方战线。我以为,选定的地区最符合这种要求。您的想法不同吗？怎么样？”

鲁科姆斯基不明不白地耸了耸肩膀。

“西方战线没有担心的必要。最好是把骑兵集中到普斯科夫地区。”

“普斯科夫？”科尔尼洛夫把整个身子向前探着，反问了一句，并且皱起眉头。微微张了张没有血色的薄嘴唇，不以为然地摇了摇头。“不行！普斯科夫地区不合适。”

鲁科姆斯基慢腾腾地将两只手放在安乐椅的扶手上，字斟句酌地说：

“拉甫尔·盖奥尔吉耶维奇，我马上就发出调兵的命令，不过我有一种感觉，好像您有话没有说出来……如果一旦有事，需要调骑兵去彼得格勒或者去莫斯科的话，您所选定的地区是很合适的，但对于北方战线来说，这样配置骑兵是很不利的，单就调动困难这一点来看，就十分清楚。如果我没有说错，而且您确实有话没有说出来的话，那么我请求：或者您让我到前线上去，或者把您的预计完全告诉我。参谋长只有在得到首长充分信任的情况下，才能留在自己的位置上。”

科尔尼洛夫低下头，聚精会神地听着，可是他那尖锐的眼睛还是注意到，鲁科姆斯基那看似冷漠的脸上因为激动隐隐出现了一片片淡淡的红晕。他沉思了几秒钟以后，回答说：

“您说得很对。我有一些想法，还没有跟您谈过……请您发布调动骑兵的命令，并且火速把第三军军长克雷莫夫将军请到这里来，等我从彼得格勒回来以后，咱们再来详细地谈谈。亚历山大·谢尔盖耶维奇，请您相信，我什么也不想瞒着您。”科尔尼洛夫把最后一句话说得特别重，并且应着敲门声迅速地转过脸去。“请进。”

进来的是大本营的副政治委员封·维津和一位身材矮小、头发斑白的将军，鲁科姆斯基站了起来；他往外走的时候，听见科尔尼洛夫很生硬地回答封·维津的问题说：

“现在我没有时间审查米列尔将军的案件。怎么？……是的，我要走啦。”

鲁科姆斯基见过科尔尼洛夫回来以后，靠着窗户站了老半天，他捋着白胡子尖儿，若有所思地望着花园里的风梳理着栗树那像头发一样密密的枝条，吹得在阳光下闪闪发光的草一弯一弯的，像波浪一样。

一个小时以后，骑兵第三军军部就收到最高统帅部参谋长发来的准备调防的命令。这一天还收到一封密码电报，曾经按照科尔尼洛夫的意图拒绝调任步兵第十一军军长的骑兵第三军军长克雷莫夫将军，便十万火急地赶到大本营里。

八月九日，科尔尼洛夫便在一个帖金人的骑兵连保卫下，乘专列前往彼得格勒。

第二天，大本营里就传说着撤换最高统帅的消息，甚至说他已经被捕，可是十一日早晨，科尔尼洛夫回到了莫吉廖夫。

他一回来，就立即把鲁科姆斯基请到自己的办公室里。他看完一些电报和情报，细心地理了理跟橄榄色的细手腕形成鲜明对照的雪白的袖口，摸了摸衣领。从这些匆忙而急促的动作上，可以看出他不同于往常的激动心情。

"现在咱们可以把那一天没有说完的话说完啦。"他声音不高地说。"我想回过头说一说促使我把第三军调往彼得格勒方向的一些想法，这些想法是我还没有跟您谈过的。您知道吗，八月三日我在彼得格勒参加政府会议的时候，克伦斯基和萨文柯夫就提醒我，叫我不要涉及重大的防务问题，因为他们认为，阁员中有些人很不可靠。我是最高统帅，我要向政府作报告，可是不能谈作战计划问题，因为不能保证，我说的话过几天不会传到德军司令部里！这能算是政府吗？我能相信这样的政府会拯救国家吗？"科尔尼洛夫迈着坚定的快步走到门口，把门锁上，又走了回来，十分激动地在桌子跟前来回踱着，说："这样一些不争气的人统治着国家，又可悲，又可恨。懦弱无能，优柔寡断，而且往往纯粹是卑鄙无耻——这就是这个所谓'政府'的所作所为。在切尔诺夫和其他一些先生的纵容姑息之下，布尔什维克一定会把克伦斯基除掉的……亚历山大·谢尔盖耶维奇，俄罗斯现在的境况就是这样。这是遵奉您知道的一些原则的，我想保卫国家，避免新的动乱。我调动骑兵第三军，主要是为了在八月底把这个军调往彼得格勒，如果布尔什维克蠢动的话，就狠狠地镇压一下这些卖国奸贼。我把行动的直接指挥权交给克雷莫夫将军。我相信，他在必要的时候会毫不犹豫地把工农兵代表苏维埃的人全部绞死的。临时政府嘛……噢，咱们还要看一看再说……我自己毫无所求。只想拯救俄罗斯……不惜任何代价，无论如何都要拯救俄罗斯！……"

科尔尼洛夫停住脚步，站到鲁科姆斯基面前，生硬地问道：

"您赞同我的主张，只有采取这样的措施才能保全国家和军队的命运吗？您能跟我一起干到底吗？"

鲁科姆斯基动情地紧紧握住科尔尼洛夫一只干瘪的、滚热的手，欠起身来。

"完全赞同您的主张！我一定干到底。应当仔细考虑考虑，斟酌斟酌，然后就动手。拉甫尔·盖奥尔吉耶维奇，把事情交给我吧。"

"我已经作了一个计划。具体细节正由列别杰夫上校和罗仁柯大尉在安排。

因为您，亚历山大·谢尔盖耶维奇，事情太多啦。请相信我，咱们还会有时间把一切都讨论讨论，如果有必要的话，还可以作相应的修改。”

这些天大本营里过得像发狂热病一样。每天都有许多身穿落满灰尘的绿军装、满面风霜的军官从前方各个部队来到莫吉廖夫的省长公馆里，请求效命，军官联合会和哥萨克军人联合会的衣冠楚楚的代表来了，第一个从哥萨克中派任的顿河军区司令官卡列金的急使也从顿河上来了。还来了不少穿便装的人。许多人到这里来，是一心一意想协助科尔尼洛夫恢复在二月里覆灭的旧俄国，但是也有一些兀鹫，老远就闻出了大流血的气味，预测到有一只狠毒的手将要割开国家的大血管，也都飞到莫吉廖夫来，希望能抢到一些好吃的。在大本营里经常提到多布伦斯基、查沃伊克和阿拉金的名字，因为他们跟最高统帅有很密切的关系。在大本营里和在顿河军战地司令部里，悄悄传说着，科尔尼洛夫过于轻信，因此陷入了冒险的境地。但是在广大的军官当中，多数人都认定，科尔尼洛夫是复兴俄罗斯的一面旗帜。怀有复辟狂热的人于是从四面八方纷纷拥到了这面旗帜底下。

八月十三日，科尔尼洛夫赴莫斯科参加国务会议。

这是一个暖和、少云的日子。天空好像是用淡蓝色的铝铸造成的。当头有一片明亮的、镶着淡紫色边儿的云彩，从云彩上飘下斜斜的、在阳光中闪闪发亮的好雨，洒在田野上，洒在隆隆奔驰的火车上，洒在染了童话般秋色的树林上，洒在远处那模糊一片的白桦林上，洒在变成了灰暗颜色的整个的初秋大地上。

火车不停地把大地向后甩去。火车后面的烟像一条橙黄色的拖裙。开着的车窗边坐着一位身材矮小、身穿草绿色军装、挂满十字章的将军。他眯缝起斜斜的、像炭一样黑的眼睛，把头探到窗外，清新的雨滴便很慷慨地洒在他那久经风霜的脸上和下垂的黑胡子上；风摆动和向后梳理着孩子一样耷拉在额头上的那一绺长发。

十四

在科尔尼洛夫到达莫斯科的前一天，李斯特尼次基大尉就受哥萨克军人联合会的重大委托来到莫斯科。他向驻扎在莫斯科的一个哥萨克团团部递交过公文以后，就听说科尔尼洛夫明天可以到达。

李斯特尼次基中午时候来到亚历山大洛夫车站。在头二等车候车室和餐室里，拥挤得水泄不通；大多数是军人。站台上整整齐齐地排列着亚历山大洛夫军事学校组成的仪仗队，栈桥旁边排列着莫斯科女子敢死队。将近下午三点钟，火车开到了。说话声一下子就停了。响起高亢、嘹亮的军乐声和许多人的刷刷的脚步声。挤成一团的人群把李斯特尼次基挤离了地面，挟着他走，把他带到了站台上。他从一堆人里挣出来，就看见最高统帅的车厢边排着两列帖金人。油漆的车厢锃亮锃亮的，清清楚楚地反照出他们那鲜红色的长外衣。科尔尼洛夫由几位军官陪伴着走下车来，开始检阅仪仗队。检阅十字章获得者联合会、陆军和海军军官联合会和哥萨克军人联合会的代表团。

李斯特尼次基在前来欢迎最高统帅的大人物中间认出了顿河军区司令官卡列金和查伊昂契科夫斯基将军，在他周围的几个军官一一叫出了其余一些人物的名字：

“那位是交通部次长基斯里亚柯夫。”

“那位是市长鲁德聂夫。”

“那位是大本营的外交处处长特鲁次柯依公爵。”

“那位是国务会议委员穆欣—普希金。”

“那位是法国大使馆武官凯奥上校。”

“那位是戈里增公爵。”

“那位是曼塞列夫公爵……”几个恭敬而艳羡的声音争先恐后地说。

李斯特尼次基看到，密密层层地站在站台边上的一群衣着华丽的贵妇人，把一束一束的鲜花朝着向他走来的科尔尼洛夫身上掷去。有一枝玫瑰花挂在科尔尼洛夫的肩章上，在肩上耷拉着。科尔尼洛夫有点不好意思地、犹犹疑疑地把玫瑰花拂了下去。一个大胡子的乌拉尔老头子，代表十二个哥萨克军区宣读起欢迎词。李斯特尼次基没有能听完，他被挤到了墙边，挂马刀的皮带也几乎被扯断。在全国议会的议员罗吉切夫致词以后，科尔尼洛夫又在密密层层的人群簇拥下向前走动。许多军官手拉着手，结成一个保护圈，但是他们也被挤散了。几十只手向科尔尼洛夫伸着。有一个头发散乱的肥胖妇人，在他身旁用碎步走着，拼命拿嘴唇去吻他那浅绿色军装的袖子。到了车站出口处，在一片震耳欲聋的欢呼声中，许多人把科尔尼洛夫抬了起来，抬着向前走。李斯特尼次基使劲用肩膀抗了抗，把一位相貌堂堂的绅士挤到一边去，这才抓住了在他眼前闪闪放光的科尔尼洛夫的一只漆皮靴子。他把这只脚抓稳以后，放到了肩上，这一点点重量他觉都不觉得，但是他激动得呼哧呼哧地喘着，只能尽量保持平衡和步调一致，在人群缓缓推动下向前走着，耳朵里填满了轰轰的叫声和响亮的军乐声。他在出口处匆匆地理了理被挤得从腰带里挣了出来的衬衣上的皱褶。下了台阶，便来到广场上。前面又是人群，是一列列草绿色的军队，还有一支排列整齐的哥萨克骑兵连。李斯特尼次基把一只手举到帽檐上，眨巴着湿了的眼睛，极力压制嘴唇的颤动，却怎么也压制不住。他只模模糊糊地记得，照像机咔嚓咔嚓直响，人群如癫似狂，士官生成分列式前进着，体态端庄、精神抖擞、身材矮小、生着一张蒙古型的脸的将军站在那里，看着他们从面前走过。

* * *

过了一天，李斯特尼次基便乘车回彼得格勒。他的位子在上铺；铺好了军大衣，便一面抽烟，一面想着科尔尼洛夫：

“他被俘后冒着生命危险逃出来，好像就知道以后国家如此需要他。他是一张什么样的脸呀！就像是用天然石雕成的，真是完美无缺，气度非凡……性格也是如此。大概他对一切都清清楚楚，有成谋在胸。一旦时机来到，就来领导我们。说来奇怪，我竟不知道他是一个什么样的人，是保皇党吗？恐怕是君主立宪派……如果每一个人都像他这样有自信心就好啦。”

大约也就是在这个时候，在莫斯科，在莫斯科国务会议会间休息的时候，在大剧院的走廊里,有两位将军单独在一块儿。一位身材瘦小,生着一张蒙古型的脸;另一位身体强壮,结结实实地长着一颗剃成平顶的四四方方的头,梳得平平的斑白的鬓角上已经出现秃斑,两只耳朵贴得紧紧的。他们在短木块砌成的地板上来回走着,低声说着话儿。

“宣言的这一项是规定要取消军队里的各种委员会吗?”

“是的。”

“统一战线、团结一致是绝对必要的。如果不实行我所指出的一些措施,那是没有希望的。军队实质上已经不能打仗啦。这样的军队不仅不能取得胜利,而且连稍微大点的打击都经受不住。很大的一部分已经被布尔什维克的宣传瓦解啦。在这里,在后方又怎么样呢?您瞧,工人们对于企图制约他们的一些措施采取什么对策呢?——罢工和示威。国务会议的议员们只得步行……可耻啊!在后方实行军事化、采取严厉的制裁措施、无情地全部消灭布尔什维克这些败类——这就是我们目前最迫切的任务。阿列克塞·马克西莫维奇,今后我依然能得到您的大力支持吗?”

“我是无条件支持您的。”

“我深信这一点。感谢不尽。您瞧吧,现在是需要毅然决然采取行动的时候,政府却只是采取一些敷衍办法和唱唱高调,说什么‘要用铁和血来镇压那些企图像七月里那样觊觎人民政权的人’。不行,咱们向来是先做,然后再说的。他们却颠倒过来。瞧着吧……时候一到,他们的敷衍政策会尝到苦果的。我可是不愿意参加这种不光彩的游戏!我过去主张公开镇压,今后还是这样,我是不喜欢说漂亮话的。”

身材矮小的将军在交谈者面前站了下来,捻着深绿色翻领制服上的铜扣子,激动得有些结结巴巴地说:

“他们摘掉了笼头,这会儿却又害怕起革命民主,要求把可靠的部队从前线调到首都来,可同时又要向民主力量讨好,不敢采取什么实际行动。进一步,又退一步……只有把咱们的力量充分聚集起来,咱们才能用强大的精神压力迫使政府让步,如果不让步,那就试试看!我会毫不犹豫地把前线放弃,让德国人教训教训他们!”

“我跟杜托夫谈过啦。拉甫尔·盖奥尔吉耶维奇,哥萨克军队都是全力支持您的。咱们只要商量商量今后共同行动的问题就行啦。”

“开过会以后,我在住处等着您和其余几位。你们顿河那边的人心怎么样?”

身强体壮的将军把刮得光光的四方形下巴贴到胸膛上,用忧郁的、闷闷不乐

的目光看着自己的前面。嘴角在宽宽的上嘴胡下面不住地哆嗦着,他回答说:

“对于哥萨克我已经不像过去那样看得透啦……总而言之现在人心很难揣测。必须让步:哥萨克必须有所忍让,才能够使外来户跟着自己走。在这方面我们正准备采取一些措施,但是否会有效果,却不敢担保。我怕的是,哥萨克和外来户会因为利益冲突发生破裂……土地嘛……现在不管是哥萨克的心思,还是外来户的心思,都在围着这个轴心转。”

“您手底下要掌握一些可靠的哥萨克部队,以便防范内部可能发生的一切意外事件。我回到大本营以后,就和鲁科姆斯基谈谈,大概我们可以从前方调几个团到顿河上去。”

“那我太感激您啦。”

“就这样吧,今天咱们就商量商量今后共同行动的问题。我深信我们的设想会顺利地实现,但是,将军,天有不测风云啊……如果命运捉弄人,背我而行——那时候我可以指望在你们顿河上找到一席避难之地吗?”

“不仅可以避难,而且可以得到保护。哥萨克自古以来就是以好客出名的呀。”谈话谈到现在,卡列金第一次笑了,他那闷闷不乐的目光中的忧郁疲惫神情也消失了不少。

一个小时之后,顿河军区司令卡列金就对着鸦雀无声的全场听众宣读了“十二个哥萨克军区联合宣言”。

从这一天起,大阴谋的黑线,就像黑色的蜘蛛网一样,在顿河上,在库班,在捷列克河畔、乌苏里江边,在乌拉尔,在所有的哥萨克土地上,在一个一个的哥萨克乡镇里,撒了开来。

十五

距离六月战役的炮火扫平的一座小镇的废墟一俄里远处，在一片树林旁边，弯弯的战壕像蛇一样伸展开去。尽头上的一段由哥萨克特别连防守着。

战壕后面，是一片密密丛丛的赤杨树和小白桦树，再往后，是一片铁锈色的泥炭沼地，在战前曾经采掘过；野蔷薇花开得正欢，像一颗颗红红的果子。右面，凸出的树林一角的外面，是炮弹炸坏了的公路，很像是一条尚无人走的荒野大道。树林边上是被子弹打得乱糟糟的萎蔫的荒草，一个个烧焦的树墩，黄土堆成的胸墙，弯弯的战壕在光秃秃的田野上远远地朝两头伸去。后面，就连被挖得坑坑洼洼的沼地，就连被炸坏的公路，都还保留着生活的痕迹，保留着人类劳动的痕迹，可是在树林边上，大地呈现在人们眼前的是一幅凄凉和悲惨的画面。

这一天，原来莫霍夫磨坊里的机器师伊万·阿列克塞耶维奇到存放一类辎重的附近一个镇上去，快到黄昏时候才回来。他朝自己的地下室走，迎面碰上查哈尔·柯洛列夫。查哈尔几乎是在跑，两只手胡乱甩着，马刀不时地挂在装满了土的麻袋角上。伊万·阿列克塞耶维奇往边上一闪，让开路，但是查哈尔抓住他的军便服扣子，转悠着病态的黄眼珠子，小声说：

"你听说了吗？右面的步兵要走啦！是不是要放弃阵地啦?"

查哈尔那乱糟糟的大胡子就像流着的水一下子冻住了，一动不动的，像用黑铁铸成的，两只眼睛流露着饥饿、贪吃的神气。

"为什么放弃阵地?"

"他们反正是要走，至于为什么，我不知道。"

"也许是换防吧？咱们去找排长，打听打听。"

查哈尔转过身，朝排长住的地下室走去，两只脚在又滑又湿的地上直打滑。

一个小时以后，这个连便由步兵换了下来，向小镇上开去。第二天早晨，大家从看守马匹的弟兄手里牵过马来，就用强行军的速度向后方开去。

下起濛濛的小雨。一棵棵小白桦树垂下头又弯起腰。一条路直插进树林子，马匹一闻到潮湿气味和去年的落叶的枯萎、沉闷、刺鼻的气味，就打起响鼻，走得更欢了。毒莓像粉红色的串球一样挂在一丛一丛的树棵子上，雨水洗过的荷兰翘摇那水泡状的花冠闪着耀眼的白光。风把一颗颗沉甸甸的大雨点从树上抖落到骑马人的身上。军大衣和军帽上出现了一个个的黑点儿，就像是被枪沙子打的。行军队伍的头顶上飘着一股股慢慢消散的黄烟的烟气。

"说走就走，也不知道他妈的上哪儿去。"

"你在战壕里还没有呆够吗？"

"说真的，这是把咱们弄到哪儿去？"

"恐怕是要改编。"

"不大像。"

"喂，老乡们，抽口烟，什么苦恼都能忘掉！"

"我的苦恼装在背包里呢……"

"大尉先生，准许唱支歌吗？"

"怎么，准许啦？……柯尔赫普，你起个头！"

前排有一个人咳嗽了两声，唱了起来：

> 哥萨克退伍回家乡，
> 肩上戴肩章，胸前挂勋章。

几个伤风受寒的嗓子唱了两句，就停住了。跟伊万·阿列克塞耶维奇并排走的查哈尔·柯洛列夫在马镫上站起身来，大声挖苦他们说：

"哎哟，你们这些讨饭的瞎子！这哪儿像个唱歌的样子？你们顶好捧着钵子，到教堂门口唱《讨饭歌》去。瞧你们唱的……"

"那你就来领唱吧！"

"他的脖子太短，没地方安嗓子。"

"吹下大牛，现在又要夹尾巴啦？"

柯洛列夫把黑糊糊、乱糟糟、生了虱子的大胡子攥在手里，闭了一会儿眼睛，接着就使劲抖了抖马缰，领头唱了起来：

喂,勇敢的顿河哥萨克,打起精神来……

一连人好像都被他那高亢、嘹亮的歌声震醒了,一齐放声唱了起来:

要为国争光,奋不顾身!——

歌声飘荡在潮漉漉的树林中,飘荡在林中小路上:

要做个样儿给所有朋友们看一看,
我们怎样拿枪射击敌人!
奋勇杀敌,不能乱阵。
服从指挥,照命令前进。
敬爱的首长往哪里指,
我们就往哪里冲,跟敌人拼!

行军的一路上大家都唱着歌儿,都很高兴逃出了虎口狼窝。傍晚时候上了火车,兵车向普斯科夫开去。火车开了三站路之后,大家才知道这个连是跟骑兵第三军的其他部分一起朝彼得格勒开去,是去镇压刚刚开始的骚乱的。一听到这个消息,谈笑声一下子就没有了。红红的车厢里,老半天没有人说话,就好像大家都睡着了一样。

"才出火坑,又进地狱!"又高又瘦的鲍尔晓夫说出了大多数人心里的话。

伊万·阿列克塞耶维奇从二月到现在一直担任本连的委员会主席,在下一站停车的时候便去找连长。

"大尉先生,弟兄们很有意见。"

大尉对着伊万·阿列克塞耶维奇下巴上一个很深的小坑看了半天,笑着说:

"我的好人啊,我也很有意见呢。"

"把我们调到哪儿去?"

"去彼得格勒。"

"是去镇压?"

"你以为是去帮助骚乱吗?"

"我们不想去帮助,也不愿意去镇压。"

"可是从来就不好好地征求咱们的意见呀。"

“弟兄们……”

“‘弟兄们’又怎么样?”连长已经是很生气地打断了他的话。“我自己知道弟兄们想的是什么。这种差事我就乐意干吗? 把这拿去,在连里念一念。到下一站我跟弟兄们谈谈。”

连长递过一封卷起来的电报,便皱着眉头,带着十分厌恶的神情,嚼起带着一层油点子的罐头肉。

伊万·阿列克塞耶维奇回到自己的车厢里。他手里拿着电报,就好像攥着一块燃烧的木炭头子。

“把别的车厢里的弟兄们也叫来。”

火车已经开动了,可是还有一些弟兄在往这一节车厢里跳,集合了三十来个人。

“连长收到一封电报。刚才我看过啦。”

“喂,电报上说的是什么? 念念吧!”

“念吧,别磨蹭啦!”

“要讲和吗?”

“别嚷嚷啦!”

伊万·阿列克塞耶维奇在一片寂静中念完了最高统帅科尔尼洛夫的号召书。然后,这封带有几个译错的字的电报就在一只只汗污的手里传了开去。

> 最高统帅科尔尼洛夫兹向全国人民声明:基于一个军人的天职、一个自由的俄罗斯公民的自我牺牲精神和对祖国的一片忠诚,在这国家危难时刻,我不能再听从临时政府的调遣,并将继续担任陆海军最高统帅的职务。各前线总司令皆支持我这一决定,我向全俄罗斯人民声明:宁死也不允许撤去我最高统帅的职务。俄罗斯人民的忠实儿子向来就是牺牲在自己的岗位上,向来就是把自己最重要的东西——生命捐献给祖国。
>
> 在这国家存亡的千钧一发时刻,当气焰万丈的敌人步步进逼,两京的大门几乎对敌人敞开着的时候,临时政府竟忘记了国家独立生存的重大问题,把人民置于子虚乌有的①反革命恐怖之中,这种状态正是临时政府指挥无能、管束不力、行动迟缓招致的。

---

① “子虚乌有的”这个词儿可能是错译的。

我是人民的嫡亲儿子，众所周知，我为了忠心耿耿地献身人民，付出了毕生的精力，决不能不保卫我国人民伟大未来的伟大自由①。但是如今，人民的未来正掌握在软弱无力、优柔寡断的人手中。不可一世的敌人正在利用收买和出卖，在我们国家为所欲为，不仅要毁灭自由，而且要毁灭俄罗斯民族。醒来吧，俄罗斯人，睁开眼睛看看面前吧，我们的国家正在向一个无底深渊走去！

为了避免一切动乱，为了防止自己人流血和内讧，为了消除一切仇恨和误会，我公开向临时政府提出：请到我的大本营里来，我发誓保证你们的自由和安全，请来同我一起讨论和制定一个民族保卫的总体规划，以保障民族自由，引导俄罗斯人民走向一个强大的自由民族应走的光辉前程。

科尔尼洛夫将军

兵车在下一站耽搁了很久。哥萨克们在等候开车的时候，都聚集在车厢旁边，纷纷议论着科尔尼洛夫的电报和刚才连长念过的克伦斯基宣布科尔尼洛夫为叛徒和反革命分子的电报。哥萨克们都心慌意乱地交谈着。连长和排长们也都不知如何是好。

“把我脑袋里搞乱了套啦。”马尔丁·沙米尔说。“他们谁对谁不对，鬼才弄得清！”

“他们互相作践，还要作践军队。”

“大头头儿们吃肥了就要作怪！”

“都想当顶天的头儿。”

“老爷打架，奴仆保不住头发。”

“把什么都搅得一塌糊涂……真糟糕！”

一群哥萨克走到伊万·阿列克塞耶维奇面前，要求说：

“你去找连长，问问该怎么办。”

大家一齐去找连长。军官们聚集在自己的车厢里正商量着什么事情。伊万·阿列克塞耶维奇走了进去。

“连长，弟兄们想问问，现在该怎么办。”

“我马上就出去。”

---

① 此处可能有错。

全连的人都集合在最后一节车厢旁边等候着。连长来到哥萨克群里,走到人群当中,扬起一只手来。

"咱们不听克伦斯基的,咱们服从最高统帅,服从咱们的顶头上司。对吗?因此咱们应该无条件执行上级的命令,向彼得格勒方向开。顶多到德诺车站,咱们就可以找顿河第一师师长问问情况,那就什么都清楚啦。我请弟兄们沉住气。咱们现在碰上的就是这种时候嘛。"

连长又把军人天职、祖国、革命之类的话说了半天,安慰大家,不正面回答问题。他达到了自己的目的;就在这时候,火车头挂到了列车上(哥萨克们并不知道,这是他们连的两个军官用手枪逼着站长赶快发车的),于是大家各自回到车厢里。

兵车开了一昼夜,渐渐开近了德诺车站。到夜里为了给乌苏里人和达格斯坦团的兵车让道,又停了下来,哥萨克的兵车调到侧线上。达格斯坦的兵车在茫茫的夜幕中闪烁着灯光从一旁飞驰过去。听得见渐渐远去的重喉音的说话声、悠扬的唢呐声、情调陌生的歌声。

发车的时候已经是半夜。很没有劲儿的火车头在水塔边停了老半天,闪闪发光的火星从锅炉里直往地上落。司机抽着烟卷儿,朝小窗户外面望着,好像是在等候什么。紧靠火车头的车厢里有一个哥萨克,从车门口探出头来,吆喝道:

"喂,加甫里拉,快开车,要不然我们枪毙你!"

司机吐掉烟卷儿,沉默了一会儿,显然是在注视着烟卷儿飞出去时的弧形线;他一面咳嗽着,说:

"你们不能把所有的人都枪毙光。"他说过,离开了小窗户。

几分钟后,火车头就拉动了车厢,缓冲器丁当乱响,马匹因为火车震动,失去平衡,乱踏着蹄子。列车擦过水塔,擦过稀稀拉拉的灯光明亮的方格窗户和路基外面一丛丛黑魆魆的桦树。哥萨克们给马上过料以后,都睡了,也有个别人不睡,靠在半开着的车门口抽烟,望着苍茫的天空,想着心事。

伊万·阿列克塞耶维奇躺在柯洛列夫的旁边,透过门缝,望着闪烁变幻的星群。他经过一天来的周密思考,下定决心,无论如何要阻止连队继续向彼得格勒前进;他躺着,在考虑,怎样才能使大家拥护自己的主张,怎样才能使大家行动起来。

早在见到科尔尼洛夫的电报之前,他就清清楚楚地认识到,哥萨克不能跟科尔尼洛夫走一条路,并且感觉到,克伦斯基也不值得保护;他经过反复思考,决定:不能让连队开到彼得格勒,而且如果要打的话,那也是跟科尔尼洛夫打,但也不是为了克伦斯基,不是拥护他的政府,而是拥护在他之后出现的政府。至于克伦斯基之后会出现一个他所盼望的、真正是自己的政府,这一点他是完全相信的。还在夏天,他去过一次彼得格勒,到过执委会的军事部,那是因为和连长发生了冲突,连里派他去请示的;他看到了执委会干的事情,又跟几位布尔什维克同志谈了谈,就在心里说:“他们是骨头,我们工人是肉,骨头连着肉,这才是好政府!伊万呀,你就是死,也要拥护这样的政府,要像小孩子抓住妈妈奶头那样,紧紧地跟着!”

这一夜,他躺在马衣上,比往常更多地怀着深厚的、前所未有的热爱心情想着那引导他在残酷的生活道路上摸索前进的人。他想着明天要对哥萨克们说的一些话,也想起了施托克曼关于哥萨克的一些话,他经常念叨这些话,就好像要把这些话楔进脑子:“哥萨克实质上都是很守旧的。你要想说服一个哥萨克,使他相信布尔什维克的主张是正确的,就不能忘记这种情况,做起来要小心谨慎、深思熟虑,要善于适应环境。一开头对你还会有成见,就像你和米沙·柯晒沃依开头对待我那样,但是你不要因此就发急。耐心地钻,到最后咱们总是能钻透的。”

伊万·阿列克塞耶维奇估计,他在说服哥萨克们不跟着科尔尼洛夫走的时候,会遇到各方面的一些反对,但是第二天早晨,他在自己的车厢里小心翼翼地说起,应该要求重返前方,不能上彼得格勒去打自己人的时候,哥萨克们都高高兴兴地表示赞成,并且下了最大的决心准备拒绝继续往彼得格勒开。查哈尔·柯洛列夫和车尔尼雪夫乡的一个哥萨克屠里林成了伊万·阿列克塞耶维奇最得力的帮手。他们一整天从这节车厢跑到那节车厢,跟哥萨克们谈话;傍晚时候来到一个小站,火车刚刚放慢速度,第三排的中士普舍尼奇尼柯夫就跑进伊万·阿列克塞耶维奇他们这一节车厢里。

“一到站连队就下车吧!”他十分激动地对伊万·阿列克塞耶维奇高声说。“你要是不知道弟兄们的心情,你算什么样的委员会主席?我们当傻瓜当够啦!我们不往前走啦!……军官们把我们往套索上送,可是你不说长,也不说短。我们就为这个选你的吗?哼,你笑什么呀?”

“早就该这样啦。”伊万·阿列克塞耶维奇笑着说。

车停下来以后,他第一个从车上跳下来,在屠里林陪同下去找站长。

“我们的火车不再往前开啦。我们就在这儿下车。”

“这是怎么回事?”站长茫然失措地问道。“我这里有命令啊……有发车指示……”

“住嘴!”屠里林很不客气地打断他的话。

他们又找到车站委员会。主席是一个强壮有力、头发红红的电报员,他们向他说明了事情的原委,几分钟之后,司机就高高兴兴地把火车开到死岔道上。

哥萨克们连忙搭起跳板,开始把马匹从车厢里往外牵。伊万·阿列克塞耶维奇叉开两条长腿,站在火车头旁边,擦着笑嘻嘻的黑脸上的汗。脸色煞白的连长跑到他跟前,叫道:

“你这是干什么?……你可知道……”

“我知道!”伊万·阿列克塞耶维奇打断他的话。“大尉先生,你别叫啦。”他也脸色煞白,翕动着鼻孔,一个字一个字地说:“你叫够啦,伙计!现在我们不听你这一套啦,就是这么一回事儿!”

“最高统帅科尔尼洛夫……”大尉涨红了脸,正要结结巴巴地说下去,但是伊万·阿列克塞耶维奇望着自己那深深陷进松松的沙堆里的肥大的靴子,轻松地摆了摆手,说:

“你把他挂到脖子上当十字架吧,我们可是不稀罕他啦。”

大尉脚后跟一转,转过身朝自己的车厢跑去。

一个小时以后,这支没有一个军官、但是装备齐全的连队便开出车站,朝西南方向开去。在前头的一个排里,跟机枪手们并排走着的是担任了连队指挥的伊万·阿列克塞耶维奇和他那矮小的副手屠里林。

他们很吃力地查看着从原来的连长手里夺来的地图,带着一连人来到郭列洛叶村,就在这里宿营。大家一起开了个会,决定回前线去,如果遇到阻拦,就开火。

哥萨克们把马腿绊起来,并且派好岗哨以后,就躺下去睡了,也没有生火堆。可以看出来,大多数人的心情是很沉重的,睡前没有像往常那样说说话儿,开开玩笑,而是互相隐瞒着自己的心思。

“他们要是后悔起来,跑回去自首,那可怎么办呢?”伊万·阿列克塞耶维奇一面往身上盖军大衣,一面想着。

屠里林就好像听见了他心里的话,走了过来。

“伊万,睡了吗?”

“还没有。”

屠里林在他的脚边坐下来,抽着烟卷,悄悄地说:

“弟兄们心里很乱腾……头脑热了一下子,这会儿有点怕啦,咱们搞得……有点冒失啦,你以为怎样?”

“到时候就会清楚啦。”伊万·阿列克塞耶维奇镇定地回答说。“你是不是也怕啦?”

屠里林搔着军帽底下的后脑勺,似笑非笑地说:

“说实在的,是有点怕……咱们干起来的时候,我不怕,可是这会心里七上八下的。”

“你真经不住摔打。”

“伊万,还是人家势力大呀。”

他们老半天没有说话。村子里的灯火都已经熄灭。从到处是柳棵子的坑坑洼洼的草甸子上那没有塘埂的水塘里传来鸭子的叫声。

“母鸭子叫呢。”屠里林若有所思地说,说过又不做声了。

草甸子上的夜晚一片寂静,又柔和,又亲切。露水压得青草弯下了腰。阵阵微风,把小水洼、腐烂的芦苇、洼地里的泥土、露水打湿的青草的混合气味送到哥萨克的野营地上。偶尔能听到绊马索的哗啦声、卧倒的马匹打响鼻的声音和沉重的喘气声、哼哼声。然后又是一阵寂静,很远很远隐隐传来一两声野雁沙哑的呼唤,鸭子在稍近些的地方嘎嘎叫上两声,算是回答。不知是什么鸟儿沙沙地拍打着翅膀在黑暗中迅速地飞过。夜沉沉。寂无人声。草甸子上雾蒙蒙、潮漉漉的。西方天边上,一大片深紫色的云彩渐渐升上来。当头,古老的普斯科夫土地的上空,永远启示着人们的银河像一条宽宽的、闪闪发光的大道横穿而过。

连队在黎明时出发。从村子里经过的时候,正把牛往外赶的妇女和孩子们对着他们的背影望了半天。他们走上一座砖红色的、洒满朝霞的土冈。屠里林回头看了看,用脚踢了踢伊万·阿列克塞耶维奇的马镫。

“你回头看看,有几个骑马的人从后面跑来啦……”

三个骑马的人,拖着轻纱似的粉红色灰尘,绕过村子,飞驰而来。

“弟兄们,站住!”伊万·阿列克塞耶维奇下了命令。

哥萨克们以惯有的快速度排成灰色的方队。三个骑马的人离这里还有半俄里左右,让马换成了小跑。其中的一位哥萨克军官,掏出一块手帕,举在头顶上摇晃着。哥萨克们一齐拿眼睛盯着三个骑马人。身穿绿制服的军官走在前面,另外两人穿着山民上衣,走在后面。

“你们干什么?”伊万·阿列克塞耶维奇迎上前去,问道。

“来谈判。”军官行了个军礼,回答说。“你们是谁指挥连队?”

“我。”

“我是顿河哥萨克第一师的全权代表,这两位是屠捷姆师的代表。”那个军官拿眼睛瞟了瞟两个山民军官,紧紧勒着缰绳,用手摩弄了两下汗流如洗的马那湿漉漉、光闪闪的脖子。“如果您愿意谈判的话,请命令连队下马。我要传达师长格列科夫少将的口头命令。”

哥萨克们都下了马。前来谈判的三位代表也下了马。他们钻到哥萨克的队伍里,在正当中站了下来。大家向后退了退,让出一个不大的圈圈儿。

哥萨克军官头一个说话:

“乡亲们!我们到这里来,是劝你们好好考虑考虑,免得你们的行动造成严重后果。昨天师部听说你们受了别人恶意的鼓动,擅自离开火车,所以今天派我们来向你们传达立即返回德诺车站的命令。屠捷姆师和其他一些骑兵部队昨天已经占领了彼得格勒,今天已经收到电报啦。我们的先头部队进了京城,占据了所有的政府机关、银行、电报局、电话局和一切重要据点。临时政府已经跑掉,可以说是已经被推翻啦。乡亲们,好好考虑考虑吧!你们是在往死路上走啊!如果你们不服从师长命令的话,就要派武装力量来对付你们,认为你们的行为是叛变,是拒绝执行战斗任务。你们只有绝对服从命令,才能避免自相残杀。”

当三名代表骑马跑来的时候,伊万·阿列克塞耶维奇考虑到哥萨克们的情绪,就知道避开谈判是不可能的,因为如果拒绝谈判,难免要引起相反的结果。他想了想以后,就命令全连下马,他暗暗地向屠里林递了一个眼色,自己就挤到了代表跟前。在军官讲话的时候,他看见哥萨克们都低下头去,愁眉苦脸地在听,有些人在咬着耳朵说话。查哈尔·柯洛列夫似笑非笑,他那黑黑的大胡子在小褂上擦来擦去,像一块凝结住的生铁;鲍尔晓夫摆弄着鞭子,斜眼朝旁边看着;普舍尼奇柯夫把嘴张圆了,直愣愣地望着讲话的军官;马尔丁·沙米尔用一只脏手在腮上搔着,不住地眨巴眼睛;再过去是巴戈洛夫那发呆的黄脸;机枪手柯拉斯尼科夫带着观望的神情眯缝着眼睛;屠里林呼噜呼噜地喘着气;满脸雀斑的奥布尼佐夫把制帽推到后脑勺上,不住地转悠着满头乱发的头,好像是脖子上戴了牛轭的一头牛;第二排的哥萨克全都低下头站着,好像是在祷告;站成一片的哥萨克们都不做声,都在紧张、沉重地喘着气,一张张脸上闪现着惊慌失措的表情……

伊万·阿列克塞耶维奇明白,哥萨克情绪上转变的因素已经成熟了:再有几分钟,能说会道的军官就会把连队抓到自己的手里。无论如何要消除军官的话所造成的影响,它会动摇哥萨克们还没有说出来、但是已经在心里形成的决心。他举起一只手来,拿睁得大大的、白得出奇的眼睛向全连扫了一遍。

“弟兄们,等一等!”他又转身问那个军官:“您的电报呢?”

“什么电报?”军官惊愕地问。

“占领彼得格勒的电报呀。”

“电报吗?……没有。要电报干什么?”

“噢嗬!没有呀!……”全连的人一齐轻松地出了一口气。

于是很多人抬起了头,一齐用信赖的目光望着伊万·阿列克塞耶维奇。伊万·阿列克塞耶维奇提了提沙哑的嗓门儿,带着嘲笑的语气和充分的信心,声色俱厉地喊了起来,把大家的注意力一齐吸引过来。

“你是说,没有电报吗?我们能相信你吗?你想愚弄人吗?”

“骗——子!”全连轰隆轰隆地出了一口气。

“电报不是打给我的呀!乡亲们!”那军官把两手紧紧贴在胸前,做了一个表示诚恳的姿势。

但是大家已经不听他的话了。伊万·阿列克塞耶维奇感觉到大家的心和信任又转到了自己这方面,就像用金刚石划玻璃一样硬铮铮地说:

“就算你们占领了吧,我们也不能跟你们走一条路!我们不愿意和自己人打仗,我们不去反对人民!你们想挑唆我们吗?办不到!傻瓜都死绝啦!我们不想去扶持将军的政权。就是这样!”

哥萨克们一齐轰隆轰隆嚷了起来,人群里闹闹哄哄,你一声我一句地叫着:

“这就对啦!”

“该给他一点颜色瞧瞧!”

“对——呀!……”

“掐住脖子把这几位先生赶走!”

“想来做媒婆哩,也真是的……”

“在彼得格勒也有三团哥萨克,他们也不一定愿意去打老百姓。”

“喂,伊万!拿棍子揍他们一顿!叫他们滚蛋!”

伊万·阿列克塞耶维奇看了看那三个代表;那个哥萨克军官撇着嘴,耐心地等待着;两个山民军官在他后面肩挨肩地站着:一个身材挺拔的尹古什青年军官,双手十字交叉地放在很漂亮的上衣上,两只眼睛像斜斜的扁桃一样,在黑黑的平顶羊皮帽下面闪闪发光;另一个军官是上了年纪的红头发的奥塞梯人,他很随便地稍息站着,把手放在弯弯的马刀把子上,用讥笑和探询的目光打量着哥萨克们。伊万·阿列克塞耶维奇正想结束谈判,但是哥萨克军官抢先了一步;他和尹古什军官咬了一会儿耳朵,就声音响亮地喊着:

“顿河哥萨克们!能不能允许山民师的代表说几句?”

没有等到同意,尹古什军官就轻轻踏着没有后跟的靴子,走到圈子当中,下意识地理了理带银饰的窄窄的皮带,说起话来:

“哥萨克弟兄们!干什么要这样大叫大嚷呀?应当不发狠地谈谈嘛。你们不愿意跟科尔尼洛夫将军吗?你们愿意打仗吗?那就打吧!咱们就来打一仗。我们不怕!一点也不怕!今天我们就能把你们打垮。两个山民团就跟在你们后面,哼!还有什么好嚷的,嚷什么呀?”开头他说得心平气和,可是快到末了,他就带着老大的火气说起了厉害话,在他那喉音很重、似通不通的话中掺进了不少土话:“你们上这个人当啦,他是布(尔)里希(什)维克,可是你们听他的!哼!齐(岂)有此理!把他抓齐(起)来!枪(毙)了他!”

他毫不客气地拿手指着伊万·阿列克塞耶维奇,并且在狭小的圈子里来来回回地跑着,脸色煞白,拼命地打着手势,煞白的脸一阵一阵地涨成酱紫色。他的同伴,那个上了年纪的红头发奥塞梯军官,保持着冷静沉着的态度;那个哥萨克军官揪弄着残缺不全的马刀穗头。哥萨克们又不做声了,队伍里又惶惶不安,气氛紧张起来。伊万·阿列克塞耶维奇盯着尹古什军官,看着他那一口白牙像野兽一样龇着,看着他左边鬓角上那一道斜斜的灰色印子,心里十分懊恼地想,本来一句话就可以结束谈判,把哥萨克们带走的,却白白地放过了机会。屠里林解了围。他跳到圈子当中,不要命地挥舞着两条胳膊,撕扯着小褂领子上的纽扣,嘴唇哆嗦着,嘴里冒着一团一团的唾沫,声嘶力竭地叫起来:

“毒蛇!……魔鬼!……坏蛋……这三个家伙在诓我们……你们还竖着耳朵听呢!……三个军官老爷想叫你们上圈套呀!……你们在干什么——么呀?!应当把他们砍了,可是你们听他们讲起来啦!……该把他们的脑袋砍下来,给他们放血。他们在这儿发呆的时候,他们就把咱们包围啦!……拿机枪把咱们一扫……在机枪底下就开不成大会啦!……他们是有意蒙哄人,好等他们的军队开到……啊啊啊啊,哎嘿,你们呀,还算哥萨克呢!你们都是软耳朵!”

“上马!……”伊万·阿列克塞耶维奇用沉雷般的声音喊道。

他的喊声就好像在人群上空爆炸了一颗榴霰弹。哥萨克们一齐向马奔去。一会儿工夫,散乱的连队就列成了排纵队。

“乡亲们!你们听着!”哥萨克军官跑过来喊道。

伊万·阿列克塞耶维奇从肩上扯下步枪,果断地把关节粗大的手指头按到枪机上,紧紧勒着撒起欢来的马的笼头,喊道:

“谈判结束啦!如果现在还需要跟您谈的话,那就是用这个来谈啦。”他特意摇了摇步枪。

一个排跟着一个排上了大路。哥萨克们回头看了看,看见三个代表都上了马,正在商量着什么。那个尹古什人眯缝着眼睛,急躁地发表着意见,频频举起一只手来;他那上衣的袖口卷了起来,露出雪白的绸里子。

伊万·阿列克塞耶维奇最后看了一眼,看见了这白得耀眼的绸里子,不知为什么他眼前出现了被旱风吹皱了的顿河水面、层层的碧波和海鸥那斜斜地耷拉下来、用尖儿划着浪尖的白色翅膀。

十六

从八月二十九日收到的克雷莫夫打来的几封电报来看,科尔尼洛夫已经明白,武装政变的事已经吹了。

下午两点钟,克雷莫夫派来的一名传令官来到大本营里,科尔尼洛夫跟他谈了很久,后来又把罗曼诺夫斯基叫了来;他下意识地揉着一张纸,说:

“全完啦!咱们的牌眼看要输啦……克雷莫夫不能准时把第三军调到彼得格勒,时机就要错过。看起来很容易实现的事,却遇上了千万种障碍……结局注定要失败啦……这不是……请您看看吧,军队调动得多慢呀!”他递给罗曼诺夫斯基一张地图,上面注明了第三军和屠捷姆师的兵车刚刚开到地点;一阵痉挛曲曲折折地从他那刚毅的、因失眠显得疲惫不堪的脸上穿过。“铁路上这些坏家伙都在跟我们捣蛋。他们就没有想到,我一旦成功,就会下令把他们绞死,一个不留。请看看克雷莫夫的报告吧。”

趁罗曼诺夫斯基在看报告,科尔尼洛夫用一只大手抚摩着自己的浮肿的、油光光的脸,匆匆草拟了一道电文:

诺沃契尔卡斯克军区司令官阿列克塞·马克西莫维奇·卡列金:

您给临时政府的电报内容我已获悉。光荣的哥萨克集团已经没有耐心再和叛徒、卖国贼进行毫无结果的斗争，眼见祖国难免灭亡，必将拿起武器保卫国家的生存与自由，因为国家正是靠他们的劳动与鲜血成长和壮大起来的。我们的局面在一定时期内仍不易打开。希望您能同我密切配合——有爱国的热忱和哥萨克的荣誉，您必然会这样的。

658.1917.8.29.

科尔尼洛夫将军

“马上把这个电报发出去。”他签好字，交给罗曼诺夫斯基。

“您是否再发一通电报给巴戈拉季昂公爵，催他继续进军？”

“对，对。”

罗曼诺夫斯基沉默了一会儿，沉吟着说：

“拉甫尔·盖奥尔吉耶维奇，我以为，目前我们还没有悲观失望的理由。您总是先想到事情不利的一面……”

科尔尼洛夫急忙扬起手，想逮住在他头顶上飞舞的一只小小的蓝蝴蝶。他用手抓了几下，脸上出现了微微有些紧张和等待的表情。那蝴蝶被气流冲得摇摇晃晃，借翅膀向下滑着，朝开着的窗口飞去。科尔尼洛夫终于还是逮住了蝴蝶，于是他轻松地喘了两口气，靠到安乐椅背上。

罗曼诺夫斯基等着听他对自己的意见的反应，但是科尔尼洛夫却若有所思、愁眉苦脸地笑了笑，说起梦来：

“今天我做了一个梦。好像我是一个步兵师里的一位旅长，领着队伍在喀尔巴阡山里打仗。我带着旅部来到一个畜牧场里。迎接我们的是一个上了年纪的、穿得很讲究的乌克兰人。他给我端来牛奶，一面脱他那白毡帽，一面用地道的德国话说：‘将军，请喝吧！这牛奶特别有补养功能。’我好像就喝了，而且那乌克兰人很亲热地在拍我的肩膀，我也不觉得奇怪。后来我们在山里行军，好像已经不是在喀尔巴阡山里啦，而是在阿富汗的什么地方，走在一条羊肠小道上……是的，就是一条羊肠小道：脚下都是石头和棕色的碎石子，下面有一条峡谷，峡谷过去，便是洒满白色阳光的绚丽多彩的南方景色……”

穿堂的微风吹动着桌子上的纸，从大开着的窗户里穿出去。科尔尼洛夫那迷离的、远眺的目光飞到了第聂伯河对岸，在坑坑洼洼的谷地上、在一片片间有若干黄斑的青铜色草地上游动着。

罗曼诺夫斯基注视了一会儿他的目光，自己也轻轻地吸了一口气，把目光转向泛着云母的光泽的镜子般的第聂伯河面，转向染了淡淡的秋色的雾蒙蒙的田野。

十七

调往彼得格勒的骑兵第三军和屠捷姆师的部队，在八条铁路线上拉开很大的距离：列维尔、维津别尔格、纳尔瓦、亚木堡、加特奇纳、索木里诺、魏里察、丘多沃、戈多夫、诺甫戈洛得、德诺、普斯科夫、卢卡以及其余一切大大小小的中间车站，都挤满了缓缓向前移动，运转失灵的兵车。各个团队都完全脱离了上级指挥人员的约束，分散得七零八落的连队彼此都失去了联系。第三军和受第三军节制的屠捷姆师在行军的路上又扩编为一个军团，这就更加重了混乱，要进行相当大的调动，要把分散的部队集合起来，要重新安排兵车。所有这一切常常造成混乱、指挥不协调甚至互相抵触，加剧了本来已经使神经够紧张的气氛。科尔尼洛夫的军队的许多兵车，在前进的路上不断地遇到工人和铁路工作人员的阻挠。兵车一面克服着障碍，一面向彼得格勒缓缓前进，在枢纽站上拥挤一些时候，又一辆一辆地开出去。

在一节节红色的车厢里，在卸了鞍的半饥饿的马匹旁边，是一堆一堆的半饥饿的人，有顿河的、乌苏里江畔的、阿穆尔河畔的、奥伦堡省的、尼布楚省的哥萨克，有尹古什人、吉尔吉斯人、卡巴尔达人、奥塞梯人、达格斯坦人。兵车等待发车，往往要在站上停几个钟头，车上的人一群一群地跑下车来，像蝗虫一样把车站塞得满满的，线路上也到处都是，把前面过去兵车吃剩的东西吃个精光，偷老百姓的东西，抢粮食仓库。

哥萨克的黄色的和红色的裤绦，龙骑兵的华丽上衣，山兵的服装……在色彩单调的北方大自然里，从来不曾有过这样丰富多彩的色调。

八月二十九日,在巴甫洛夫斯克附近,屠捷姆师的第三旅在加加林公爵指挥下,已经和敌人发生了接触。担任本师先头部队的尹古什团和吉尔吉斯团,发现线路被拆毁,就下了车,轻装向皇村方面进发。尹古什团的侦察队进入了索木里诺车站。两个团慢慢地展开攻势,把御林军打败,等候着本师其余的部队开到。可是其余的部队还在德诺车站等候发车。有些部队连这个站还没有到呢。

屠捷姆师师长巴戈拉季昂公爵驻扎在离车站不远的一座庄园里,等待其余的部队集合,不敢冒险轻装向魏里察进发。

二十八日他曾收到北方前线司令部发来的下述一封电报的抄本:

> 谨将最高统帅的命令转发给第三军军长和顿河第一师、乌苏里师和高加索屠捷姆师诸师长:如果由于某些未能预见的情况,兵车在铁路上行进发生困难的话,最高统帅命令各师以行军方式继续前进。
>
> 一九一七年八月二十七日　代号六四一一　罗曼诺夫斯基

上午九时左右,巴戈拉季昂电告科尔尼洛夫,说早晨六点四十分,收到彼得格勒军区参谋长巴哥拉土尼上校转来的克伦斯基的命令,命令所有的兵车都退回去,并且报告说,本师的兵车已经在加奇克小站至奥列杰什车站的一段线路上受阻,因为铁路上遵照临时政府的命令不肯发车。但是,尽管情况是这样,他还是收到科尔尼洛夫如下的一道指示:

> 巴戈拉季昂公爵:继续乘车前进。如果乘车前进不可能,则以行军方式前往卢卡,抵卢卡后一切悉听克雷莫夫将军指挥——

可是,巴戈拉季昂还是不肯以行军方式前进,而且把军部发出的上车的命令发了下去。

叶甫盖尼·李斯特尼次基以前所在的那个团,正跟编进顿河哥萨克第一师的其他几个团一起,沿着列维尔—维津别尔格—纳尔瓦一线向彼得格勒开拔。二十八日下午五点钟,一列兵车载着该团的两个连到达纳尔瓦车站。兵车司令已经知道,夜里不能往前开了,因为纳尔瓦和亚木布尔格之间有一段线路被破坏了,修路队已经派一部分人去抢修。即使能及时修复的话,也要到第二天早晨才能发车。不管愿意不愿意,兵车司令只好同意这样的安排。他一路上骂着娘,走进自己的车厢里,跟军官们说了这件事,就坐下来喝茶。

黑沉沉的夜幕降了下来，河湾里吹来潮漉漉的冷风。在线路上，各节车厢里，哥萨克们低声说着话儿，再就是被火车汽笛搅得惶惶不安的马匹乱踏着车厢底板。车尾有一个年轻的哥萨克唱了起来，在黑沉沉的夜里不知是对谁倾诉自己的苦衷：

别了，我的故乡，
别了，亲爱的村庄！
别了，浅蓝色的花儿，
啊，别了，年轻的姑娘！
从前呀，我一天到晚
躺在姑娘的手臂上，
如今呀，一天到晚站岗，
手里呀，唉，抱的是步枪……

从灰灰的高大的仓库后面走出一个人来。他仔细倾听着歌声，站了一会儿，朝着昏黄的路灯照耀下的线路打量了一眼，便毅然决然地朝兵车走去。他的脚步声在枕木上轻轻地响着，一走到夯实的黄土地上，就不响了。他经过最后一节车厢时，一个站在车门口的哥萨克停止唱歌，朝他喊了一声：

“哪一个？”

“你要哪一个？”那人不高兴地答应着，继续向前走去。

“半夜三更里你瞎跑什么？真该收拾收拾你们这些小贼！你是想看看什么东西好偷吧？”

那人没有回答，走到列车中部，把头探进一节车厢的门缝里，问道：

“这儿是哪一连？”

“囚犯连。”黑暗中有人哈哈笑着回答。

“我是规规矩矩问的——是哪一连？”

“第二连。”

“第四排在哪儿？”

“从前头数，第六节车厢。”

在第六节车厢旁边有三个哥萨克在抽烟。一个蹲着，两个站在他的旁边。他们都一声不响地望着朝他们走来的那个人。

“你们好呀，乡亲们！”

“托福托福。”其中的一人仔细看着来到跟前的那个人的脸,回答说。

“尼基塔·杜根还活着吗?他在这儿吗?”

“我就是。”那个蹲着的人用唱歌一样的声音回答着,一面站了起来,用靴后跟踩灭了烟卷儿。“我眼拙。你是谁呀?从哪儿来?”他伸过胡子拉碴的脸,仔细打量那个穿着军大衣、戴着皱巴巴的步兵帽的陌生人,忽然惊叫起来:“伊里亚!彭楚克呀?好伙计,是什么风把你刮来啦?”

他用粗糙的手握住彭楚克那毛茸茸的手,把身子探过去,低声说:

“这都是自己弟兄,不必怕他们。你这是打哪儿来?快说说吧!”

彭楚克和另外两个哥萨克握过手,用低沉的声音回答说:

“我从彼得格勒来,找到你们真不容易。找你们有事,要好好地谈一谈。伙计,我看到你还活着,而且很健壮,真是高兴。”

他笑着,在他那张灰灰的、方方的、额头高高的大脸上,露出一嘴白牙,眼睛里闪着亲热、镇定、快活的亮光。

“要谈谈吗?”那个胡子拉碴的哥萨克又用唱歌一样的声音说。“这么说,你虽然当了军官,倒不嫌弃我们哥儿们呀?那好啊,谢谢啦,伊里亚,天啊,要不然我们连句热和话儿都听不到啦……”他的声音中带着亲切的、毫无恶意的嘲笑腔调。

彭楚克也很亲热地开玩笑说:

“算了吧,别扯淡啦!你总是嘻嘻哈哈的!光知道笑话人,没看到自己的胡子都长到肚脐眼儿底下啦。”

“胡子随时都可以刮掉,不过你还是说说,彼得格勒现在情形怎么样?暴动开始了吗?”

“咱们到车厢里去吧。”彭楚克用应允的口气说。

他们走进车厢。杜根用脚把一个人踢了踢,小声说:

“起来吧,伙计们!咱们想找的人找咱们来啦。喂,快起来,老总们,麻利点儿!”

哥萨克们哼哼着爬了起来。有一个人伸出散发着烟草气味和马汗气味的大手,轻轻地放到坐在马鞍上的彭楚克的脸上,摸索着,用瓮声瓮气的粗喉咙问道:

“是彭楚克吗?”

“是我。你是齐卡马索夫吗?”

“是我,是我,你好啊,老朋友!”

“你好。”

“我马上就去把第三排的弟兄们叫来。”

“好呀,好呀!……你就跑一趟吧。”

第三排的人差不多全都来了,只留下两个人看守马匹。哥萨克们走到彭楚克眼前,伸出硬邦邦的大手,弯下腰,借着灯光打量他那张略带愁容的大脸,有的叫他彭楚克,有的叫他伊里亚·米特里奇,有的叫他伊留沙,但是在所有的声音中都流露着亲热的、同志的敬意。

车厢里气闷起来。斑斑点点的灯光在车厢壁上跳动着,乱糟糟的人影子晃来晃去,变得非常大,吊灯灯光朦朦胧胧,就像是一盏神灯。

大家都十分关切地请彭楚克坐到明亮的地方。前面的人都蹲下去,其余的人都站着,围成一个圆圈儿,声音像唱歌一样的杜根咳嗽了两声,说:

“伊里亚·米特里奇,你的信我们前几天收到啦,不过我们还是想听听你的主意:我们下一步怎么办?硬把我们往彼得格勒送,有什么办法呢?”

“瞧,是这么回事儿,米特里奇,”开口说话的是站在门口、皱巴巴的耳垂上戴着耳环的一个哥萨克,他就是因为在护板上烧开水被李斯特尼次基熊了一顿的那个哥萨克,“这会儿各种各样的宣传员都跑到我们这儿来,劝说我们,说,你们别上彼得格勒去;说,咱们都是自己人,没什么好打的,这一类的话说了不少。我们听是听啦,可是不怎么相信他们,都是一些生人嘛。也许他们是想叫我们上圈套呢,谁又说得清?如果不肯走,科尔尼洛夫就要派吉尔吉斯人来打我们,那还是要流血。你就不同啦,你是咱们自己人,是哥萨克,我们都特别相信你,而且很感激你,因为你从彼得格勒又给我们来信,又送报纸给我们……说实在的,这会儿正缺纸呢,你的报纸就来了……”

“你胡说什么,瞎扯什么,糊涂虫?”一个人很气忿地打断他的话。“你不识字,就以为大家跟你一样,都是睁眼瞎吗?好像我们专门是拿报纸卷烟的哩!伊里亚·米特里奇,我们可都是先把报纸从头到尾好好地看了一遍。”

“胡说八道,烂舌头!”

“‘拿报纸卷烟’——亏你说得出口!”

“真是木头脑瓜!”

“弟兄们!我说的不是这个意思,”戴耳环的哥萨克分辩说,“当然,我们都是首先把报纸看过了……”

“你自己看过吗?”

“我没有文化,看不懂……我是说,反正是先看过,然后才拿来卷烟……”

彭楚克微微笑着,坐在马鞍上,看了看哥萨克们;他坐着说话很不得劲儿,便站了起来，背对着车灯，慢慢地、很不自然地说起来：

“你们上彼得格勒毫无必要，那儿根本没有什么暴动。你们知道把你们调去干什么吗？是叫你们去推翻临时政府……就是这么一回事儿！谁领导你们呢？沙皇的将军科尔尼洛夫。他为什么要推翻克伦斯基？因为他自己要坐这个宝座。你们瞧着吧，乡亲们！他们想把你们身上的木枷卸下来，可是如果再给你们戴上的话，那就是钢枷了！遇到两样倒霉事儿，就应当挑选比较轻一点儿的。不是应该这样吗？你们自己想想看：沙皇时代他们打你们的嘴巴，用你们的手去捞油水。克伦斯基掌权了，他们还是用你们的手捞油水，只是不打嘴巴罢了。可是等到克伦斯基下台，将来政权转到布尔什维克手里的时候，情形就完全不同了。布尔什维克不希望打仗。政权一到他们手里，马上就可以不打仗。我不拥护克伦斯基，滚他妈的吧，他们都是一路货！”彭楚克笑了笑，用袖子擦着额头上的汗，继续说：“但是我劝你们不要去叫工人流血。如果科尔尼洛夫掌了权，那时候俄罗斯工人的血就要流成河，政权落到他手里，要想夺过来，交给劳动人民，就更加困难啦。”

“伊里亚·米特里奇，等一等，”一个身材不高、也像彭楚克那样敦实的哥萨克，一面从后排往前走，一面说；他咳嗽了两声，搓了搓两只长长的、很像露在地面上的老橡树根似的手，用两只带笑的、像嫩树叶那样黏黏的浅绿色眼睛看着彭楚克，问道：“你刚才说到套上枷……那么，等布尔什维克掌了权，给我们套上什么样的枷呢？”

“你怎么啦，自己想给自己套上枷吗？”

“怎么是自己？”

“就是自己。因为，等到布尔什维克胜利了，由谁掌权呢？由你，或者杜根，或者这位大叔，选到谁是谁，政府是选出来的，叫苏维埃，懂吗？”

“那么，上头又是谁呢？”

“也是选到谁是谁。选到你，你就在上头。”

“当真吗？米特里奇，你不是瞎扯吧？”

哥萨克们都笑了，大家一齐说起话来，连站在门口的岗哨也走过来，插嘴说了一会儿。

“他们拿土地怎么办？”

“不会夺走咱们的土地吧？”

“能把战争结束掉吗？也许，现在只是嘴上讲讲漂亮话，为的是叫大家举手拥护他们。”

“你还是跟我们说说真心话吧！”

“我们这会儿是在黑地里瞎闯。”

“相信外人的话是危险的。谣言太多啦……”

“昨天还有一个水兵为克伦斯基抱屈呢，我们揪住头发把他从车厢里轰出去啦。”

“他嚷嚷说：‘你们是兀鹰！……’真是个怪家伙！”

“我们不明白这话，不明白这话指的是什么。”

彭楚克把身子朝四面转动着，拿眼睛仔细打量着哥萨克们，耐心地听着大家说话。起初认为自己担当的任务未必能完成的那种想法现在消失了，他看出了哥萨克们的情绪以后，已经非常明白，无论如何是可以把兵车拦在纳尔瓦了。前天，当他参加彼得格勒区党委会，自告奋勇担任宣传员，要来开向彼得格勒的顿河第一师中开展工作的时候，自信是能成功的，但是到了纳尔瓦，他的信心动摇了。他知道，现在必须要用另外一些字眼跟哥萨克们说话，他担心，也许找不到共同语言了，因为在九个月以前他回到工人当中以后，又重新跟工人们结合到一起，讲话已经习惯了，不等他说完，大家就感觉到了，明白了，可是在这里跟同乡人讲话，就需要说另外一种、差不多已经忘记了的土话，还要善于随机应变，要有说服人的好本领，不仅要激起他们的义愤，还要鼓动他们消除千百年来养成的惟命是从和因循守旧的心理，要使他们感觉到自己理直气壮，要叫他们跟着自己走。

开头，他刚刚开口说话的时候，自己听出自己的声音中隐隐露出缺乏信心和做作的意味，好像是在旁边听着自己的毫不精彩的讲话，他很怕自己讲的道理没有说服力，便苦苦地思索，寻找有力、有分量的话，以便把道理说清楚、说透彻……然而他带着说不出的难受心情感觉到，他说出来的话一点分量都没有，就像肥皂泡沫一样，脑子里乱糟糟的，许多念头滑来滑去，没有了头绪。他站在那里，急得满头大汗，很吃力地喘着气。他说着，有一种想法就像钻子在心里直钻：“把这样重要的事交给我，我却亲手把事情弄糟……连话都说不连贯……我这是怎么啦？要是别人来，一定比我会说，说得比我好一千倍……唉，他妈的，我怎么这样笨啊！”

那个生着一双黏脂一样绿眼睛的哥萨克一问到枷锁的事，他倒是从呆呆的迷惘状态中清醒过来；接着便开始了对话，这一下子彭楚克提起了精神，恢复了常态，后来自己都觉得很奇怪，觉得一股特别的劲头一下子就涌了上来，许许多多鲜明有力、精辟、锋利的话一齐冒了出来。他振作起来，表面上依然很镇定，掩盖着心里涌上来的火气,猛烈有力地回击那些十分尖刻的问题,很有信心地引导着大家交谈,就像一个骑手制服了一匹很不驯顺的、跑得浑身大汗的劣马。

“那么,你就说说看:立宪会议有什么不好?”

“你们的列宁是德国人派来的…… 不是吗? 要不然他究竟是从哪儿来的……是柳树上长出来的吗?”

“米特里奇,你是自己要来的呢,还是派你来的?”

“军用土地都要交给谁呢?”

“咱们在沙皇治下,究竟有什么不好?”

“孟什维克不也是为人民吗?”

“咱们有军人的团体、政府又是人民的,还要苏维埃干什么?”哥萨克们纷纷地问。

大家谈到下半夜才散去。决定第二天早上两个连一起开群众大会。彭楚克就留在车上过夜,齐卡马索夫叫彭楚克和他一块儿睡。他一面画十字祈求安眠,打开铺盖,一面提醒说:

“伊里亚·米特里奇,你恐怕一点没提防就睡下了,你可是要多多担待……伙计,我们这儿虱子多极啦。要是爬到你身上去,请不要见怪。我们为了解闷儿,养了一些肥头大肚的虱子,简直可怕极啦! 一个个就像肥壮的母牛那么大。”他停了一会儿,悄悄地问道:“伊里亚·米特里奇,列宁究竟是哪一族的人? 就是说,他是在哪儿出生,在哪儿长大的?”

“列宁吗? 他是俄罗斯人。”

“噢?!”

“真的,是俄罗斯人。”

“伙计,不对! 看样子,他的情形你还摸不清,”齐卡马索夫带着一种自以为优越的语气低声说,“你可知道,他是什么族的? 是咱们一族的。他是顿河的哥萨克,出生在萨尔斯克州大公乡,你明白了吗? 听说他当过炮兵。他的样子也很像,很像顿河下游的哥萨克:颧骨很高,眼睛也很像。”

“你是在哪儿听说的?”

“有些哥萨克在这样说,我听到的。”

“齐卡马索夫,不对! 他是俄罗斯人,是辛比尔斯克省的。”

“不对,我不信。我才不信呢! 普加乔夫是哥萨克吧? 司捷潘·拉辛是不是? 叶尔玛克·季莫菲耶维奇是不是? 就是这么一回事儿! 所有带领穷人反沙皇的人,全都是哥萨克。可是你说,他是辛比尔斯克省的。米特里奇,这种话叫人听着都生气……"

彭楚克笑着问:

"大家都说他是哥萨克吗?"

"他就是哥萨克,只是这会儿不肯亮相罢咧。我要是看到他,一眼就能认出来。"齐卡马索夫抽着烟,朝彭楚克的脸上喷着浓浓的烟气,若有所思地咳嗽了一声。"我就觉得很稀奇,我们在这儿争得差点儿要打起来:如果符拉季米尔·伊里奇他是咱们的哥萨克,是炮兵的话,从哪儿来的这么大的学问呢?听说,好像战争一开始,他就叫德国人俘虏了去,自己就在那里学,学到了各种各样的学问,就开始鼓动他们的工人起来造反,给他们那些有学问的人出难题,他们都怕得要死。就说:'大脑门儿,你快回家去吧,走你的吧,要不然你把我们搅得不得安宁,连日子都过不成啦!'于是就把他送回俄国,怕的是他把工人鼓动起来。噢嗬!他呀,伙计,真是个厉害家伙!"这最后一句话齐卡马索夫是用夸奖的口气说的,并且在黑暗中高兴地笑了起来。"米特里奇,你没有见过他吗?没有吧?真可惜。听说,他的脑袋瓜儿才大呢。"他咳嗽了两声,从鼻孔里喷了一缕红红的烟气,又抽了两口烟,继续说道:"这样的人咱们的老娘们儿多养一些才好呢。是个厉害家伙,了不起!他还不单单是要推倒沙皇呢……"他叹了一口气。"米特里奇,你用不着跟我争:伊里奇呀,他就是哥萨克……这没有什么好瞒的!辛比尔斯克省根本就生不出这样的人物。"

彭楚克没有做声,微微笑着,睁着眼睛躺了老半天。

他没有很快睡着,果然有许多虱子成群结队地爬到他身上,在衬衣里面到处爬了起来,浑身火辣辣、痒酥酥的;齐卡马索夫在旁边一面叹气,一面搔痒,不知是谁的马老是打响鼻,一会儿也不安生,搅得他睡不着。等他刚刚睡着,两匹很不老实的马又打起架来,又是乱踢乱蹦,又是拼命地尖叫。

"真捣蛋,妈的!……吁!吁!该死的东西!……"杜根爬起来,用睡得迷迷糊糊的声音吆喝着,不知用什么东西狠狠打了旁边的马一下子。

彭楚克被虱子咬得受不了,老是睡不着,翻了个身,就懊丧地感觉到,睡意已经完全跑掉,于是干脆考虑起明天开会的事来。他猜想着,军官们不知要用什么方式来反对,不由地冷笑着在心里说:"如果哥萨克们一致反对他们的话,大概他们会跑掉的,不过谁知道他们会出什么鬼门道儿!为了防备万一,我得去跟本地驻军委员会联系联系。"不知怎么他不由地想起战争中的往事,想起一九一五年十月里一次冲锋的场面,随后,记忆好像很高兴把他送上了熟悉的、走惯了的小路,便很顽强地、幸灾乐祸地把往事的片段一一推了上来:死去的俄国和德国士兵的一张张的脸和各种各样难看的姿势，各种口音的说话声，过去看到的、现在已经被时间冲淡的模模糊糊的景物，不知为什么一直保存在心里、没有说出来的一些念头，隐隐在心里响着的炮声，熟悉的机枪嗒嗒声和子弹带的沙沙声，雄壮的旋律，过去他爱过的一个女子那娇媚动人、又有些苍白的嘴唇；然后又是零零星星的战争场面：一个个的死人，一座座塌陷下去的合葬的坟……

彭楚克发起急来；他撑着身子，坐了起来，不知是说出了声音，还是仅仅在想："这些事我到死也忘不了，而且不仅是我，凡是活下来的人都忘不了。你们把一切弄得乱糟糟的，叫人过不成日子！……该死的东西！该死的东西！……你们简直死有余辜！……"

他又想起了一个叫卢莎的十二岁的姑娘，她的父亲是彼得格勒的钢铁工人，在战争中牺牲了，生前是他的好朋友，过去一起在图拉做过工。有一天黄昏时候，他在林阴路上走着。这个瘦弱的、颧骨高高的小姑娘正坐在尽边上一张长椅子上，流里流气地叉着两条细细的腿，在抽纸烟。在她那憔悴的脸上，是一双疲惫无神的眼睛，在她那涂了胭脂、因为早熟显得有些大的嘴唇角上，流露着痛苦的表情。"您不认识我啦，叔叔？"她带着一种受过职业训练的笑容问道，接着便站了起来，完全像个孩子一样伤心地、可怜巴巴地哭了起来，弯起身子，把头紧紧贴到彭楚克的胳膊肘上。

一股仇恨像憋人的毒瓦斯一样涌了上来，他几乎连气都喘不上来；他脸色煞白，咯吱咯吱地咬着牙，哼哼起来。后来他的嘴唇哆嗦着，用手在毛茸茸的胸膛上搓了老半天；他觉得，仇恨在胸膛里凝结了起来，就像一团火红的铁渣，隐隐燃烧着，堵得他喘不上气来，烧得左边心里阵阵作痛。

直到天亮他也没有睡着。天刚刚亮，他就带着一张黄黄的、比往常更加阴郁的脸来到铁路职工委员会，跟他们讲妥，不让哥萨克的兵车开出纳尔瓦，过了一个钟头，他又走出来，去找驻军委员会的委员们。

他往回走的时候已经七点多了。他走着，浑身都感觉出早晨的和煦和清爽，想到此行可能很有结果，看到太阳慢慢从生了锈的仓库房顶后面爬上来，听到不知从哪里传过来的像琴声又像歌声的一个女子的声音，心里隐隐地感到高兴。黎明前下过一阵来势很猛的、短时间的倾盆大雨。铁路边的沙土地被冲洗得干干净净，到处是雨水流过的痕迹，散发着雨水的清淡气息；在沙土的表面，被雨点打过的地方，还保留着密密麻麻、微微有点干的小坑，就好像生过一场天花，留下许许多多的麻子。

一个身穿军大衣、脚登沾满泥浆的高筒皮靴的军官，绕过列车，迎着彭楚克走来。彭楚克认出是加尔梅柯夫大尉，便放慢了脚步，等他走过来。他们走碰了头。加尔梅柯夫站了下来，冷冷地闪动着两只黑黑的斜眼睛。

“是彭楚克少尉吗？你自由啦？对不起，我不能把手伸给你……”

他紧紧闭起嘴，把双手插进军大衣的口袋里。

“我也不打算把手伸给你……你太心急啦。”彭楚克用嘲笑的口吻回敬道。

“你怎么，到这里来逃命吗？还是……从彼得格勒来的？不是克伦斯基派你来的吧？”

“这是干什么，审问吗？”

“这是对于当初开小差的同事的遭际理所当然的探问。”

彭楚克隐藏起冷笑，耸了耸肩膀。

“可以叫你放心：我不是克伦斯基派来的。”

“不过，现在眼看大祸临头了，你们会很好地联合起来的。这么说，你到底算是什么人呢？不戴肩章，又穿的是步兵的军大衣……”加尔梅柯夫忽闪着鼻翼，带着轻蔑而怜悯的神情打量了一下彭楚克那微微有些佝偻的身形。“是政治推销员吗？我猜对了吧？”他不等回答，就转过身去，迈着大步走了。

杜根在自己的车厢旁边迎住彭楚克。

“你怎么才回来？大会已经开始啦。”

“怎么都开始啦？”

“是开始啦。我们的连长加尔梅柯夫大尉本来不在连里，可是今天他坐火车头从彼得格勒回来，就召集哥萨克们开大会。他现在就是去动员他们。”

彭楚克站下来，问了问加尔梅柯夫是什么时候出差上彼得格勒的。听了杜根的回答，他才知道，加尔梅柯夫出差差不多有一个月了。

“这是科尔尼洛夫借口学习投弹技术派到彼得格勒去的反革命刽子手中的一个。就是说，是一个死心塌地的科尔尼洛夫分子。哼，好吧！”他一面和杜根一起往开大会的地方走，一面断断续续地想着。

在仓库的后面，军便服和军大衣连成灰绿色的一大片。加尔梅柯夫由几个军官包围着，站在人群中间一个底朝天放着的木桶上，尖着嗓门儿一个字一个字地叫喊道：

“……一定要取得最后胜利！既然信任咱们，咱们就不能辜负这种信任！现在我就来念念科尔尼洛夫将军给哥萨克们的电报。”

他带着过度急切的神情从制服上衣旁边的口袋里掏出一张皱皱巴巴的纸，和兵车司令咬了咬耳朵。

彭楚克和杜根走过来，跟哥萨克们站到一起。

加尔梅柯夫带着表情，慷慨激昂地念道：

哥萨克们，亲爱的乡亲们！俄罗斯国家的疆土不是在你们祖先的骸骨上扩展和开拓出来的吗？伟大的俄罗斯不是由于你们的刚强无畏，由于你们的伟大功绩、你们的牺牲和英勇奋战而强盛起来的吗？静静的顿河的自由、豪放的儿女们，库班和汹涌奔腾的捷列克河上的豪杰们，乌拉尔、奥伦堡、阿斯特拉罕、谢米列钦和西伯利亚草原与山地、辽远的后贝加尔、阿穆尔和乌苏里等地的勇猛矫健的雄鹰们，你们永远保持着你们的旗帜的光荣和辉煌，俄罗斯大地上到处流传着你们祖祖辈辈的英雄事迹。现在又到了你们为祖国效力的时候。我谴责临时政府优柔寡断，不善于、也没有能力管理国家，纵容德国人在我国肆意横行。嘉桑的爆炸事件可以证明这个问题，这次爆炸毁掉了将近一百万发炮弹和一万两千挺机枪。事情不仅如此。我还要谴责某些政府委员的直接卖国行为，对此我可以提出证据：八月三日我在冬宫参加临时政府的会议时，阁员克伦斯基和萨文柯夫曾经指示我，不要把所有的话都说出来，因为阁员中有些人很不可靠。显然，这样的政府只能把国家引向绝路，因为阁员中有些人很不可靠。显然，这样的政府只能把国家引向绝路，对这样的政府无法信任，靠这样的政府无法拯救苦难深重的俄罗斯……因此，昨天临时政府为了迎合敌人，要求我辞去最高统帅职务的时候，我作为一个哥萨克，基于良心和人格，只能拒绝接受这一要求，宁可死在战场上，不愿受辱和叛卖祖国。哥萨克们，俄罗斯的义士们！你们都已经保证过，一旦我认为有必要，你们就挺身起来跟我一起拯救祖国。时候到了，祖国已经到了生死存亡的关头！我不再服从临时政府的命令，并且为了拯救自由的俄罗斯，我要反对这个政府，反对这个政府里那些毫无责任心的、出卖祖国的官员。哥萨克们，你们要保持英勇无比的哥萨克军人的光荣和名声，这样就可以拯救祖国，拯救被革命夺走的自由。你们听从我的命令，执行我的命令吧！跟着我前进吧！

一九一七年八月二十八日

最高统帅科尔尼洛夫将军

加尔梅柯夫沉默了一会儿之后，一面折叠着电报，一面高声叫道：

“布尔什维克和克伦斯基的奸细在阻挠我们的部队搭乘火车前进。已经接到最高统帅的命令:如果乘车调动已经不可能的话,那就以行军方式向彼得格勒进发。今天咱们就要出发。大家准备下车吧!”

彭楚克不顾一切地用胳膊肘分开人群,钻到人群中心里;他还没有走到军官们站的圈子里,就用洪亮的声音、像做报告似的叫了起来:

“哥萨克同志!我是彼得格勒的工人和士兵派到你们这儿来的。现在是调你们去自相残杀,去镇压革命。如果你们愿意去反对人民,如果你们愿意恢复帝制,你们就去吧!……但是彼得格勒的工人和士兵希望你们不要当杀害自己兄弟的凶手。他们向你们致以热烈的、兄弟般的敬礼,不愿意跟你们为敌,愿意和你们交朋友……”

没有让他把话说完。人群里闹哄哄地叫了起来,暴风雨般的叫声好像把加尔梅柯夫从桶上冲了下来。他向前探着身子,快步朝彭楚克走来;还差几步没有走到,他一扭靴后跟,转了一个身。

“哥萨克们!彭楚克少尉是去年在前线上开小差的,这你们是知道的。怎么,我们能听这个胆小鬼和叛徒的话吗?”

第六连连长苏肯中校用沉雷一样的粗嗓门儿盖过了加尔梅柯夫的声音:

“逮捕他这个坏蛋!我们在前方流血,他却躲到后方去逃命!……把他抓起来!”

“我们不慌着抓!”

“让他说下去。”

“不能堵别人的嘴,让他把自己的意思说清楚。”

“把他抓起来!”

“我们不要开小差的!”

“说下去,彭楚克!”

“米特里奇!说吧,揭揭他们的老底!”

“滚——开!……”

“住嘴吧,狗东西!”

“揭揭他们!揭揭他们,彭楚克!你别理他们那一套!只管讲吧!”

一个身材高大、没戴军帽、露着剃得光光的脑袋的哥萨克,团革命军事委员会的委员,跳到了木桶上。他热烈地呼吁哥萨克们不要听从反革命刽子手科尔尼洛夫的,说了说和人民打内战可能招致的悲惨后果,最后他对着彭楚克说:

“同志,您不要以为,我们会像军官老爷们那样看不起您。我们欢迎和尊重您这个人民的代表,我们尊重您,还因为您以前当军官的时候,没有欺压过哥萨克,待我们像亲兄弟一样。我们没有听见您说过粗暴的话,您可不要以为我们这些大老粗不懂得好歹,亲热的话连畜生都懂得,别说是人啦。我们向您起誓,并且请您转告彼得格勒的工人和士兵们,我们决不打他们!"

就好像敲了一声定音鼓:一片称赞的叫声轰隆轰隆地响到了最高度,又慢慢低下去,最后安静下来。

加尔梅柯夫那挺拔的身子又出现在大木桶上,来来回回地扭动着。他说到古老的顿河的光荣传统和声誉,说到哥萨克军人的历史使命,说到军官们和哥萨克们一起流过血,说得气喘吁吁,脸色像死人一样白。

加尔梅柯夫说过以后,又上去一个身强力壮、淡黄色头发的哥萨克。他那气势汹汹、矛头对准彭楚克的讲话,半路上被打断了,这位演讲人也被拉了下来。齐卡马索夫跳到了桶上。他像劈木柴一样,抡着两条胳膊,大声嚷道:

"我们不去!我们不下火车!电报上说,好像我们答应过支持科尔尼洛夫啦——谁问过我们?我们从来没有答应过他!那是哥萨克军人联合会的军官们答应的!格列科夫将军摇过尾巴,就让他去支持吧!……"

发言的人越来越踊跃。彭楚克低垂着大脑门儿的头站着,脸涨成土红色,脖子上和鬓角上鼓起的筋突突地跳动着。场上的气氛越来越紧张,使人觉得,再有一会,一有什么冒失的行动,紧张气氛就会酿成流血事件。

本地驻军的士兵成群结队地从车站上拥了过来,军官们都离开了会场。

过了半个钟头,杜根气喘吁吁地跑到彭楚克跟前。

"米特里奇,怎么办呀?……加尔梅柯夫在生花样呢。正在把机枪从车上往下卸,还派了一个骑兵联络员不知往什么地方去啦。"

"咱们去看看。去叫二三十个人来!麻利点儿!"

就在兵车司令的那节车厢旁边,加尔梅柯夫和三个军官正把机枪往马上装。彭楚克第一个走过去,回头看了看哥萨克们,把手伸进军大衣口袋里,掏出一支崭新的、擦得锃亮的军官手枪。

"加尔梅柯夫,你被捕啦!把手举起来!……"

加尔梅柯夫从马跟前往旁边一跳,一只手叉着腰,另一只手抓住手枪皮套,但是没来得及把手枪掏出来,一颗子弹就从他头上嗖的一声飞了过去;紧跟着枪声,彭楚克又用凶狠的声音低沉地喊道:

"手举起来!……"

他的手枪机头扳到了一半,连撞针的尖儿都露了出来。加尔梅柯夫眯缝起眼睛注视着他,很费劲儿地举起了手,弹了弹手指头。

几个军官都很不情愿地交出了武器。

“马刀也要摘下来吗?”一个年轻的少尉机枪手恭恭敬敬地问道。

“是的。”

哥萨克们把机枪从马身上卸下来,搬进车厢里。

“派人把他们这几个看起来。”彭楚克对杜根说。“齐卡马索夫去逮捕其余的一些,把他们也带到这儿来。听见吗,齐卡马索夫?咱们两个把加尔梅柯夫送到驻军的革命军事委员会去。加尔梅柯夫大尉,请您在前面走吧。”

“真麻利呀!真麻利!”一个军官一面往车厢里跳,一面目送着渐渐走远的彭楚克、杜根和加尔梅柯夫,赞叹说。

“先生们!可耻呀,先生们!咱们简直跟小孩子一样!咱们谁也没有想到先下手把这个坏蛋干掉!当他把手枪对着加尔梅柯夫的时候,给他一家伙,他就完蛋啦!”苏肯中校气忿地朝军官们打量了一眼,用哆哆嗦嗦的手指头老半天才从烟盒里抽出一支烟来。

“他们足足有一个排呀……会乱开枪的。”少尉机枪手抱愧地说。

军官们都一声不响地抽着烟,偶尔地互相看两眼。事情发展之快,使他们全惊呆了。

加尔梅柯夫咬着黑胡子尖儿,一声不响地走了一阵子。颧骨高高的左腮上有一片红晕,好像是挨过一记耳光。一路上遇到的老百姓都很惊讶地望着,站下来,小声议论着。向晚时候纳尔瓦的阴沉的天空十分晦暗。铁路线上落满了白桦树叶,一片片树叶就像红桃形的金锭——那是八月离开时失落下来的。一只只寒鸦从教堂的绿色圆顶上飞过。车站外面,暮霭沉沉的田野那边,黑夜已经携带着寒气降临大地,然而在没有道路的天上,涂了白铅粉似的暮色中的片片白云,径直地从纳尔瓦向普斯科夫,向卢加方面飘去;黑夜渐渐跨过一道看不见的界线,把黄昏挤走了。

在车站旁边,加尔梅柯夫猛然转过身来,对着彭楚克的脸啐了一口。

“坏——蛋!……”

彭楚克躲开啐过来的唾沫,眉毛向上一挑,用左手紧紧攥住直想往口袋里伸的右手腕子,攥了老半天。

“走!……”他好不容易才说出话来。

加尔梅柯夫不住声地骂着,朝前走去,骂的都是一些非常难听的话。

“你这个奸贼!叛徒!你早晚要受到报应!”他拼命嚷着,还时常站下来,对着彭楚克的脸骂。

“走吧！请你走吧……”彭楚克每一次都是劝他。

于是加尔梅柯夫攥紧拳头，又往前走，他走起来一颠一冲的，就像一匹害了气肿病的马。他们走到水塔跟前。加尔梅柯夫把牙咬得咯吱咯吱响，叫喊道：

“你们不是政党，是一群肮脏的社会渣滓！谁领导你们？——德国的总司令部！布尔什维克呢……哈哈哈！一群狗杂种！你们的党，你们这伙败类，全是人家收买的……下流货！下流货！……你们出卖了祖国！……我要把你们一起绞死……哈哈哈！会有这一天的！……你们的列宁不就是三十个德国马克把俄罗斯卖掉的?！捞上个百十万，就跑掉啦……好一个亡命徒！……”

“给我站到墙跟前！”彭楚克拉长声音、结结巴巴地喊道。

杜根惊骇得发起愣来。

“伊里亚·米特里奇，别急！你干什么？等一等！……”

彭楚克的脸气得变了形，发了青，一下子跳到加尔梅柯夫跟前，照着加尔梅柯夫的额角狠狠打了一巴掌，他踩着加尔梅柯夫头上掉下来的军帽，把他拉到水塔的黑糊糊的砖墙跟前。

“给我站——住！”

“你干什么?！你……你敢?！……你敢打人?！……”加尔梅柯夫挣扎着，吼叫着。

他的脊背咚的一声撞到水塔的墙上，他直起身子，明白了：

“你想打死我呀？”

彭楚克弯下腰，忙乱了一下子，才把手枪抽出来，因为机头挂在口袋里子上了。

加尔梅柯夫向前跨了一步，迅速地把军大衣上的扣子全部解了开来。

“开枪吧，狗崽子！开枪吧！你就看看，俄罗斯的军官死得多么有种……我就是眼看着要死……”

一颗子弹打进他的嘴里。沙哑的回声在水塔后面缭绕着，渐渐向高处飞去。加尔梅柯夫朝前跨了两步，身子就一歪，用左手抱住脑袋，倒了下去……他弯成一个很弯的弧形，把几颗血糊糊的牙齿吐到胸膛上，有滋有味地咂了咂舌头。他的脊背挺了挺，刚刚挨到潮漉漉的石子，彭楚克就又补了一枪。加尔梅柯夫抽搐了几下，把身子侧歪过去，就像一只要睡的鸟儿把头藏到了翅膀底下，又断断续续地抽搭了几声。

到了前面的十字路口，杜根撵上了彭楚克。

“米特里奇……你这是干什么，米特里奇？……你为什么要打死他？”

彭楚克按住杜根的肩膀，用坚定、刚强的目光看着他的眼睛，声音异常镇定、异常平静地说：

“不是他们杀死咱们，就是咱们杀死他们！……没有中间道路可走。血债就要用血来还。问题就在于谁打死谁……明白了吗？像加尔梅柯夫这样的人，就得打死、消灭，像对待毒蛇一样。对那些同情他们的人也要开枪……明白吗？为什么要同情？你要咬住牙！心肠要硬！加尔梅柯夫一旦掌了权，立刻就会把我们打死的，连纸烟也用不着从嘴里拿下来，可是你……唉，真像个小娃子！”

杜根的头抖动了老半天，牙齿不住地磕打着，穿着红红的靴子的两只大脚走起路来也歪歪倒倒的了。

两个人一声不响地在空旷无人的小街上走着。彭楚克偶尔地回头朝后面看看。在他们的头顶上，低低的黑云在天空里翻滚着，向东方涌去。在黑云缝隙里，在小小的一块八月的天上，露出了被昨天的雨水冲洗得干干净净的一弯残月，就像一只斜斜的绿眼睛。不远处的十字路口上，一名士兵和一个披着白披肩的女子紧紧偎依着站在那里。士兵要拥抱那个女子，把她往怀里拉，悄悄说着话儿，那女子用双手推着他的胸膛，把头向后仰着，娇喘吁吁地嘟哝说：“我不信！我不信。”并且低低地哧哧笑着。

十八

八月三十一日，被克伦斯基召了去的克雷莫夫将军在彼得格勒用手枪自杀了。

克雷莫夫部队的代表团和军官们纷纷跑到冬宫里去请罪。不久前还要跟临时政府打仗的人们，现在都十分殷勤地向克伦斯基献媚，让他相信自己的一片忠诚。

士气已经完全垮掉的克雷莫夫的军队还在作最后挣扎：一部分人马还照常缓缓地朝彼得格勒开去，但是这种行动已经失去任何意义，因为科尔尼洛夫的叛乱已经接近了尾声，像烟火一样冒起来的反动火焰已经熄灭，而且共和国的临时执政者——不错，这些天来他那肥嘟嘟的腮上确实掉了不少肉——已经像拿破仑那样抖着裹在皮绑腿里的小腿肚子，在政府的例会上说起“政局完全稳定”之类的话来了。

克雷莫夫自杀的前一天，阿列克塞耶夫将军接到任命他为最高统帅的委任状。为人精细、谨小慎微的阿列克塞耶夫明白自己处于很不光彩的两面人地位，起初坚决拒绝担任这一职务，但是后来接受了这项任命，其目的仅仅是希望能减轻科尔尼洛夫和在不同程度上参与组织反政府叛乱的一些人的厄运。

他在路上就用直通电话跟大本营联系了一下，想弄清科尔尼洛夫对于他接受任命和前来赴任抱什么态度。冗长的对话断断续续地一直进行到深夜。

也就在这一天，科尔尼洛夫召集了一次参谋人员和亲信们的会议。他提出继续同临时政府斗争是否适宜的问题，大多数与会者都主张继续进行斗争。

“亚历山大·谢尔盖耶维奇，请您谈一谈吧。”科尔尼洛夫对一直没有发言的鲁科姆斯基说。

鲁科姆斯基的话说得很审慎，然而十分果断，他表示反对打内战。

“投降吗？”科尔尼洛夫不客气地截住他的话，问道。

鲁科姆斯基耸了耸肩膀。

“事情是明摆着的。”

又谈了有半个钟头。科尔尼洛夫没有再说话，他用极大的毅力克制着自己。不久他就宣布散会，可是一个钟头之后，又把鲁科姆斯基叫到自己的办公室里。

“您的意见很对，亚历山大·谢尔盖耶维奇！”他咯吧咯吧地掰着手指头，用失神的、好像蒙了一层烟灰的灰白色眼睛朝一边看着，无精打采地说：“再反抗下去，是很愚蠢的，也是极不应当的。”

他有老半天用手指头敲着桌子，仔细听着，也许他听的是自己的乱腾腾的思绪；沉默了一阵子之后，问道：

“米哈依尔·瓦西里耶维奇什么时候到？”

“明天。”

九月一日，阿列克塞耶夫到了。就在当天晚上，他遵照临时政府的命令，逮捕了科尔尼洛夫、鲁科姆斯基和罗曼诺夫斯基。在把他们送往羁押这些被捕者的“首都大饭店”以前，阿列克塞耶夫和科尔尼洛夫面谈了二十分钟；科尔尼洛夫从他的房间里走出来,心情十分激动,几乎不能控制自己。罗曼诺夫斯基本来想去看看科尔尼洛夫,但是被科尔尼洛夫的夫人挡驾了。

“对不起!拉甫尔·盖奥尔吉耶维奇不愿意会客。”

罗曼诺夫斯基匆匆看了看她那阴郁的脸,自己的两个腮蛋子顿时发了乌,便激动地眨巴着眼睛,走了开去。

就在第二天,西南战线总司令邓尼金将军、参谋长马尔科夫将军、万诺福斯基将军和特别军团的司令官爱耳迭里将军也都在别尔基柴夫被逮捕了。

逆时而动的科尔尼洛夫反革命阴谋活动,在贝霍夫的一所女子中学里可耻地结束了。这一次是结束了,可是又产生了新的阴谋:未来的国内战争和向革命展开全线进攻的计划的轮廓,不就是在这里产生的吗?

十九

十月末的一个清晨,李斯特尼次基大尉接到团长的一项命令——率领连队徒步到皇宫广场上去。

李斯特尼次基将命令交给司务长以后,自己就匆匆忙忙地穿起了军装。

几个军官也都开始穿衣服,一面打着哈欠,一面互相骂着玩儿。

“怎么回事儿?”

“你问布尔什维克去!”

“诸位,谁把我的子弹拿走啦?”

“往哪儿去?”

“你们听,是在放枪吗?”

“放他妈的鬼的枪!你们都是驴耳朵!”

军官们都来到院子里。全连已经排成纵队站好了。李斯特尼次基率领哥萨克迅速地出了院子。涅瓦大街还空空荡荡的。不知是什么地方确实响着零零落落的枪声。一辆装甲车在皇宫广场上来来回回地开着,一些士官生在巡逻。大街上依然空旷无人,一片寂静。哥萨克们来到冬宫门口,一队士官生和第四连的几名哥萨克军官迎了上来。其中的一位连长,把李斯特尼次基叫到一边去,说:

“您把全连都带来啦?”

“是的。怎么啦?”

“二连、五连和六连都不肯去,拒不执行命令,不过机枪队是跟着我们的。哥萨克们怎么样?”

李斯特尼次基甩了一下手。

“很糟。第一团和第四团怎么样?”

“别提他们啦。他们都不听调。您可知道,今天布尔什维克是不是要动手啦？鬼知道会发生什么事情!”他很烦恼地叹了一口气。“真想一下子回到顿河上,不管这些麻烦事……”

李斯特尼次基领着一连人进了宫院。哥萨克们把步枪架起来以后,就在宽敞得像大操场一样的宫院里溜达起来。军官们都走进远处的厢房里。抽烟。说话儿。

过了一个钟头,又开来一团士官生和一支女子敢死队。士官生就布置在皇宫的走廊里,把机枪也拖到那里去。女子敢死队就聚集在宫院里。闲溜达的哥萨克们不时地走到她们跟前,开一些不三不四的玩笑。中士阿尔扎诺夫拍了拍一个穿着短大衣的矮小妇人的脊背,说:

“大婶子,你顶好还是去养养孩子,怎么干起老爷们的事情来啦?”

“你去养吧!”粗声粗气、很不温柔的“大婶子”顶撞说。

“我的宝贝儿！你们来跟我们一块儿养,好吗?”旧教徒兼色鬼裘柯甫诺夫厚着脸皮对女队员们说。

“揍他们,流氓!”

“劈大腿的英雄们!”

“回家呆着去吧！到外面派不上用场!”

“土造的双筒猎枪,只能在家里凑合着用用!”

“打前头看,像个兵;可是打后头一看,不知道像个神甫,还是像他妈的什么东西……简直叫人恶心!”

“喂,你这个女队员！把屁股收一收,要不然我给你一枪托子!”

哥萨克们望着妇女们,哈哈笑着,十分开心。但是将近晌午时候,快活劲儿不见了。女敢死队队员们分成一排一排的,从广场上抬来一根根老粗的松木,把皇宫的大门垒了起来。指挥她们的是一名又高又大、颇有男子气概的娘们儿,她那挺合身的军大衣上还挂着一枚乔治勋章。那辆装甲车在广场上来回跑得更勤了,士官生们不知从哪里弄来许多装满子弹和机枪弹带的手提箱。

“喂,乡亲们,准备干吧!”

“这么说,咱们要打仗啦?”

“你以为怎样?把你弄到这儿来,你以为是叫你跟女队员吊膀子的?”

拉古京周围聚集了一些同乡,有布堪诺夫村的,也有司拉晓夫村的。他们在商量事情,不停地挪动着位置。军官们都不知跑到什么地方去了。宫院里除了哥萨克和女敢死队员以外,再没有别的人了。有几挺被机枪手扔下的机枪差不多就在皇宫大门口,机枪的护板湿漉漉、黑糊糊的。

傍晚,飘起毛毛细雨。哥萨克们都焦躁不安起来。

“这算什么规矩:把我们领了来,撂在院子里,连饭都不给吃?!”

“应该找李斯特尼次基去。”

“找个屁!他在皇宫里呢,士官生又不放咱们哥儿们进去。”

“应该派人去叫灶车,叫他们送饭来。”

于是派了两个哥萨克去叫灶车。

“你们不要带枪去,如果带了枪,也会叫他们给下掉。”拉古京劝他们说。

等灶车等了两个多钟头。别说灶车,连派出去的人也没有回来。原来是谢苗诺夫团的步兵把已经出了门的灶车拦回去了。天快黑的时候,聚集在宫门旁边的女敢死队员们散成密集的散兵线;她们卧倒在松木下面,开始朝广场对面打枪。哥萨克都没有开枪,在抽烟,觉得挺无聊。拉古京把全连弟兄召集到宫墙跟前,担心地望着宫里一面面的窗户,说道:

“乡亲们,这算什么呀?!咱们在这儿没事可干。应该撤出去,要不然咱们要平白无故地遭殃。要是来进攻皇宫,咱们在这儿怎么办?军官们连影子都不见啦……难道咱们就该死,就该死在这儿吗?咱们干脆回去,这儿没什么好呆的!临时政府嘛……咱们要它有屁用!怎么样,乡亲们?”

“要是往外开,赤卫队会拿机枪扫咱们的。”

“会把咱们脑袋都砍掉!”

“不会吧……”

“那可是很难说清。”

“不行,咱们就呆在这儿听天由命吧。”

“咱们就像小牛犊一样,吃过了就在棚子里呆着吧。”

“谁愿意怎样就怎样,我们排可是要退出去啦!”

“我们也走!”

“派几个人上布尔什维克他们那儿去,叫他们别打咱们,咱们也不打他们。”

第一连和第四连的哥萨克们也都走了过来。大家商量了不大的一会儿。每连推选一个人,三名哥萨克出了宫门,过了一个钟头,领着三个水兵回来了。三个水兵跨过堆在宫门口的松木,装做十分随便的样子,往宫院里走来;走到哥萨克们面前,同大家握手问好。其中有一个,是个黑胡子的漂亮小伙子,敞着蓝呢子水兵制服,帽子戴在后脑勺上,他挤进了哥萨克们的人群当中。

“哥萨克同志们!我们是革命的波罗的海舰队的代表。我们上这儿来,是想建议你们离开冬宫。你们没有必要来保卫与你们不相干的资产阶级政府。让资产阶级的子孙——士官生去保卫他们的政府吧。没有一个步兵战士肯保卫临时政府,而且你们的弟兄——第一团和第四团的哥萨克们——也跟我们联合起来啦。谁愿意跟我们一道走,请站到左边去!”

“等一等,伙计!”第一连的一个十分威武的中士跨到前面。“跟你们一道走,我们很愿意……可是万一赤卫队朝我们开枪呢?”

“同志们!我们代表彼得格勒革命军事委员会,保证你们绝对安全。谁也不会侵犯你们。”

黑胡子水兵旁边还有一个矮墩墩的麻脸水兵。他转悠着粗粗的牛脖子,朝哥萨克们扫了一眼,拍了拍他那紧紧绷在大翻领制服里的鼓鼓的胸脯说:

“我们来护送你们!弟兄们,一点用不着担心,我们不是你们的敌人,彼得格勒的无产者也不是你们的敌人,敌人是那些人……”他用翘着的大拇指朝皇宫方向指了指,并且龇着密密实实的大牙齿笑了笑。

哥萨克们在迟疑不决地踌躇着,有些女敢死队员也走过来,听了听,看了看哥萨克们,又回到宫门旁边。

“喂,大嫂子们!你们也跟我们一块儿走,好不好?”一个满脸胡子的大个子哥萨克喊叫道。

没有得到回答。

“各人拿起枪——准备出发!”拉古京果断地说。

哥萨克们一齐抓起枪来,站好了队。

“把机枪带走,怎么样?”一个哥萨克机枪手向黑胡子水兵问道。

“带走!不能把机枪留给士官生们。”

哥萨克们正要开走，各连的军官一齐出来了。他们挤成一堆站着，眼睛盯着水兵。三个连排好队伍以后，就出发了。机枪队在前面拉着机枪，小轮子轻轻地吱嘎吱嘎响着，在湿漉漉的石子路面上轧轧地滚着。穿蓝呢子制服的水兵和第一连打头的一个排并肩走着。菲多谢耶夫乡的一个头发淡黄、身材高大的哥萨克拉住他的袖子，抱愧和感动地说：

“好兄弟，难道我们愿意反对人民吗？我们是糊里糊涂到这儿来的，如果知道的话，我们会来吗？”并且难受地摇了摇一头乱发的脑袋。“你相信我的话：我们决不来！真的！”

第四连走在最后面。他们在密密麻麻挤满了女敢死队员的皇宫大门口耽搁了一会儿。一个十分魁梧的哥萨克跳到木头上，用告诫的神气意味深长地摇晃着一个黑黑的、指甲老长的手指头，说：

“你们这些女兵们，听我说！现在我们撤走啦，你们凭你们老娘儿们的糊涂劲儿，留下就留下吧。那咱们就这样吧，谁也不碰谁！如果你们敢在背后朝我们开枪，那我们就转回来，把你们都剁成肉酱。我说得明白吗？好啦，就这样。再见吧。”

他从木头上跳下来，大步流星地去追赶自己的人，不时地回头望望。

哥萨克们眼看就要走到广场中央了。一个哥萨克回头看了看，十分激动地说：

“弟兄们，瞧！一个军官追咱们来啦！”

很多人一面走着，一面扭回头去看。一个高个子军官按着马刀，朝广场上跑来。

他在招手。

“这是阿塔尔希柯夫，第三连的。”

“他怎么样？”

“大个头儿，眼睛上还有一颗小瘊子。”

“他想跟咱们走呢。”

“他是一个好小伙子。”

阿塔尔希柯夫大步流星地追赶着连队，老远就可以看到，他一脸都是笑容。哥萨克们纷纷向他招手，哈哈笑着。

“加油，中尉先生！”

“快点儿！”

宫门那边传来一声炸耳朵的枪响。阿塔尔希柯夫两手一扎煞，身子向后仰了仰，仰面倒了下去，两条腿乱蹬乱踹，蹬着地面，想站起来。三个连队就像听到一声口令，一齐面对着皇宫拉开了阵势。机枪掉转了枪口，机枪手们跪下身来。机枪弹带哗哗地响了起来。但是宫门口垒起的松木后面，已经一个人也没有了。一分钟之前还聚集在那里的女敢死队员和军官们，好像都被那一声枪响轰跑了。三个连队又急急忙忙排好队伍，加快了步伐往前走。殿后的一个排里的两名哥萨克也从阿塔尔希柯夫倒下去的地方回到队伍里。其中的一个，为了让全连的人都能听见，大声说：

"子弹打进他的左肩胛骨下面。完啦！"

脚步声越来越响，也整齐了。穿蓝呢子制服的水兵发出口令：

"右转弯……走！……"

三个连队弯弯曲曲地转着弯。寂无声息的皇宫默默地送着他们。

二十

秋意渐渐浓了。时常落雨。贝霍夫的天空难得出现苍白无力的太阳。十月里，鸟儿开始南飞。就连夜里，秋高气爽、黑漆漆的天空里都回荡着凄切动人的鹤唳声。一群群的候鸟急急忙忙地飞过，躲避即将到来的寒冷，躲避高空中刺骨的北风。

因为科尔尼洛夫案件被捕、羁押在贝霍夫的人，等候审判已有一个半月之久了。在这段时间里，他们的狱中生活大致稳定下来，虽说不能完全和平常的生活相比，却也平平安安，别有乐趣。每天早晨，吃过早饭以后，将军们就出去散步；散步回来，就看信看报，接见来访的亲戚和朋友，吃午饭，午睡，午睡以后各人在自己的屋子里做自己的事情，到晚上，通常都是在科尔尼洛夫的屋子里聚会，交谈，商量事情，待上很久。

他们在这座改做监狱的女子中学里,过得倒也自在。

在外面看守的是盖奥尔吉耶夫营的士兵,在里面看守的是帖金士兵。这种看守虽说在一定程度上限制了在押者的自由,但是同时也提供了很大的方便:安排得非常巧妙,如果在押者愿意逃出去的话,随时都很容易平安无事地逃出去。他们在贝霍夫监狱期间,一直毫无阻拦地跟外界保持着联系,对资产阶级舆论施加压力,要求尽快结案,消灭叛乱的罪证,探索军官们的意向,而且准备在不得已时逃跑。

科尔尼洛夫为了笼络忠于他的帖金人的心,便和卡列金联系了一下,卡列金就遵照他的指示,急忙将几火车粮食运往土耳其斯坦,赈济挨饿的帖金人的家属。为了救助参与科尔尼洛夫叛乱的那些军官的家属,科尔尼洛夫给彼得格勒和莫斯科的大银行家写了一封内容十分尖刻的信;银行家们只怕有些事情如果被揭露出来,将对自己不利,就毫不怠慢地汇来几万卢布。在十一月以前,科尔尼洛夫和卡列金之间一直没有中断书信往来。他在十月中旬写给卡列金的一封长信里,问到顿河方面的情形,问到哥萨克们对于他去顿河抱什么态度。卡列金给了他满意的答复。

十月革命撼动了贝霍夫的在押者的立脚点。第二天,各种各样的急使就驰向四面八方,过了一个星期,卡列金便写信给自封为最高统帅的杜霍宁将军,坚决要求把科尔尼洛夫和其他被捕的人取保释放,这说明有些人已经在为被捕的人担心了。哥萨克军人联合会和陆海军军官联合总会也都向大本营提出同样的请求。杜霍宁迟迟不肯行动。

十一月一日,科尔尼洛夫给杜霍宁写过一封信。杜霍宁在信边上做的一些批语,清清楚楚反映出大本营已经软弱无力,这时候实际上已经失去对军队的任何指挥权,已经走上了穷途末路。

尼古拉·尼古拉耶维奇阁下!

主要由于高级指挥人员的优柔寡断和纵容姑息,国家已走上灭亡的方向。命运把您推上了举足轻重的地位,改变历史进程的重担落在您的肩上。您已经面临了这样的时刻,或者敢作敢为,或者退职。否则,亡国的责任和军队彻底瓦解的耻辱就要落到您的身上了。

根据我所得到的片断不全的情报来看,局面是严重的,但还不是没有出路的。但是,如果您纵容布尔什维克掌握了大本营,或者您甘愿服从他们的统治,那就真的没有出路了。

您只掌握一个已经有半数受过宣传煽动的盖奥尔吉耶夫营和一个软弱无力的帖金团,这是远远不够的。

考虑到大局的下一步发展,我认为,您必须立即采取一些切实加强大本营的措施,造成有利环境,以便进一步克服越来越混乱的状态。

我认为必须采取以下措施:

一、立即把一个捷克团和一个波兰的枪骑兵团调往莫吉廖夫。

[杜霍宁批:大本营不认为他们完全可靠。这些部队是第一批同布尔什维克休战的。]

二、抽调前线上的哥萨克炮兵连,加强波兰军各师的炮兵火力,用波兰军占领奥尔沙、斯摩棱斯克、日洛滨和戈麦尔。

[杜霍宁批:为了占领奥尔沙和斯摩棱斯克,已经集中了库班第二师和阿斯特拉罕哥萨克的一个旅。为了被捕人的安全,不能把波兰第一师的一个团从贝霍夫调出来。第一师的部队干部是很弱的,因此不能算是切实可靠的力量。波兰军一定要保持不干涉俄罗斯内部事件的状态。]

三、借口调往彼得格勒和莫斯科,把捷克斯洛伐克军的各部、科尔尼洛夫团和一两个特别坚强的哥萨克师集中到奥尔沙—莫吉廖夫—日洛滨一线上。

[杜霍宁批:哥萨克们的立场很坚定——不和布尔什维克打仗。]

四、把所有英国的和比利时的装甲车都集中到该地区,全部由军官担任炮手。

五、把储备的步枪、子弹、机枪、自动步枪和手榴弹集中到莫吉廖夫及其附近的一个点。加以妥善的看守,以便发给必将在指定地区集中的军官和志愿军人。

[杜霍宁批:这样会招致破坏。]

六、同顿河军、捷列克军和库班军的司令官以及波兰军和捷克斯洛伐克军的委员会建立紧密的联系和切实的合作关系。哥萨克们已经明确地表示拥护复辟,对于波兰人和捷克人来说,俄罗斯能否复辟的问题也就是他们本身的存亡问题。

* * *

传来的消息一天比一天可怕。贝霍夫一些人越来越恐慌。关怀科尔尼洛夫、要求杜霍宁释放被捕者的一些人的小汽车在莫吉廖夫和贝霍夫之间跑来跑去。哥萨克军人联合会甚至还采取了带有威胁意味的手段。

杜霍宁在动荡的局势之下,时常动摇不定。十一月八日,他下令将在押者送往顿河,但马上又撤回了这道命令。

第二天早晨,一辆溅满泥浆的小汽车开到了改做监狱的女子中学大门口。司机带着奴颜婢膝的殷勤神情打开车门,一个体格匀称、不算年轻的军官从汽车里走了出来。他向守卫的军官出示了写明上校参谋库松斯基的证件。

"我是从大本营来的。我要面见在押的科尔尼洛夫将军。警卫队长在哪里?"

警卫队长是帖金团的艾尔加耳德中校,他毫不怠慢地领着来人去见科尔尼洛夫。库松斯基自我介绍过以后,微微带一点装腔作势的意味加重口气说道:

"四个小时以后,大本营就要把莫吉廖夫和平地交出去。杜霍宁将军吩咐我转告您,全部在押人员必须立即离开贝霍夫。"

科尔尼洛夫向库松斯基详细地问过莫吉廖夫的情形以后,便把艾尔加耳德中校请了来。他用左手的指头重重地按着桌子边儿,说道:

"立刻释放各位将军。帖金军准备在夜间十二点以前出发。我同帖金团一起走。"

整个这一天,随军作坊里的风箱呼啦呼啦地响着,熊熊燃烧的煤炭发着红光,铁锤丁当直响,战马在拴马桩边一股劲儿地长嘶。帖金人都在钉马掌,修马具,擦步枪,准备开拔。

白天,将军们一个一个地离开羁押处所。到了万籁无声的半夜里,当偏僻的小城熄灭了灯火,沉沉入睡的时候,帖金团的人马就排成三路纵队,出了贝霍夫女子中学的校园。他们的黑色身影,就像塑成的一般,在钢铁色的天空背景上不住地晃动着。马上的人就像一只只扎煞着羽毛的黑鸟,把高高的皮帽子拉得低低的,瑟瑟缩缩地佝偻着身子,把黑油油的脸藏在皮帽耳朵里。在团纵队的中间,和团长并辔前进的是科尔尼洛夫。他骑的是一匹健壮的高头大马,佝偻着的身子微微摇晃着。回荡在贝霍夫街道上的冷风,吹得他皱起眉头,他把眼睛眯成窄窄的缝儿,望着满天星斗的寒空。

新换过掌的马蹄的嘚嘚声在大街上响了一阵子,就消失在城郊外。

二十一

柯晒沃依他们这个团已经撤退了两天两夜。慢慢后撤,且战且退。在高出地面的土路上,俄军和罗马尼亚军队的辎重车一辆接着一辆。德奥联军正在用深入的侧翼迂回战术包抄后退的军队,打算使包围圈合拢。

向晚时候才发觉,第十二团和附近的一个罗马尼亚旅有被包围的危险。敌人在太阳落山的时候把罗马尼亚人赶出了霍维涅斯基村,并且已经推进到和戈尔什山口接界的"四八〇"高地。

夜里,用山民骑兵营的炮兵连加强了的第十二团,奉命在戈尔什谷地下部一带布成阵势。该团派出警戒哨以后,就准备迎战。

这天夜里,米沙·柯晒沃依和呆头呆脑的同村人阿列克塞·别士尼亚克担任暗哨。他们隐藏在一口荒废崩塌的土井旁边的小沟里,呼吸着寒冷刺骨的空气。缕缕白云的毛茸茸的天上,偶尔飞过迟去的雁群,那警觉的鸣声标明了飞翔的方向。柯晒沃依想起不能抽烟,十分懊恼,低声说:

"阿列克塞,世界上的事情真奇怪呀!……人都像瞎子一样,摸索着走路,有时候走到一块儿,有时候又分开;有时候你踩着我,我踩着你……现在就天天呆在鬼门关跟前,想起来都觉得奇怪,天天这样折腾来折腾去,究竟为了什么呢?依我看,世界上再没有什么比人心更可怕的啦,不管用什么法子都看不透人的心……比如说,这会儿我跟你躺在这儿,可是我不知道你在想什么,而且根本就不会知道,就连你过去的生活怎样,我也不知道;你也不知道我的心思……也许,我这会儿想杀你呢,可是你还给我干粮吃,一点也没有起疑……人往往不怎么了解人。今年夏天我住过后方医院。在我旁边躺的是一个步兵,是莫斯科人。他对哥萨克的生活感到非常稀奇,问了这样,又问那样。他们以为,哥萨克不过就是打人的鞭子，以为哥萨克是野人，以为哥萨克没有心灵，装心的地方装的是玻璃瓶，可是，要知道我们也都是同样的人呀：我们见了娘们儿也动心，见了大姑娘也着迷，有了伤心的事儿就哭，遇到喜事儿就笑……阿列克塞，你怎么样？我呀，伙计，我可是成了一个非常贪生的人啦。我想世界上有那么多漂亮娘们儿，馋得我心里都痒痒！一想到我不能把她们全都爱上一遍，就难受得要哭！我简直成了女人迷啦，恨不得把个个娘们儿都痛痛快快地爱上一爱……顶好能搞短期的，经常轮换轮换，专挑漂亮的……要不然就太不合理啦：就配给你这一个，一直到死，你就守着这一个吧……不会腻烦吗？……偏偏要打仗……”

“你那背上挨抽挨得太少啦，蠢牛！”别士尼亚克毫无恶意地骂道。

柯晒沃依身子向后一仰，没有做声，对着高高的夜空望了很久，浮想联翩地微笑着，激动而亲热地用手抚摩着冰凉的、毫无反应的大地。

在换班以前一个钟头，德国人发现了他们。别士尼亚克放了一枪，就咯吱地咬着牙蹲了下去，蜷缩起来，渐渐死去，因为德国人的刺刀刺进了他的肚子，划破了他的膀胱，而且刺进脊梁骨后，还吃力地转悠了两下。德国人用枪托子把柯晒沃依打倒在地。一个强壮的德国义勇兵背着他走了有半俄里。柯晒沃依苏醒过来，觉得血呛得难受，喘了口气，便鼓了鼓劲儿，没有费多大的事就从德国人的背上挣了下来。德国人朝着他打了一梭子，但是天又黑，又有乱树棵子，所以他跑掉了。

在停止退却、俄军和罗马尼亚军队出了包围圈以后，第十二团就从阵地上撤下来，调到自己防区左面几俄里的后方。向全团宣布了一道命令：负责拦阻逃兵，沿路设置巡逻队，严防逃兵逃往后方，不惜使用武器进行拦阻，捉住逃兵，押送师部。

米沙·柯晒沃依是第一批被派出去执行这种任务的。他和另外三个哥萨克出了村子，根据司务长的吩咐，他们布置在玉米地地头上，离大路不远。一条大路，绕过一座小树林，渐渐消失在起伏不平、阡陌纵横的原野上。他们几个轮流监视。晌午过后，发现一伙步兵，有十来个人，正朝他们走来。他们这样走，显然是想绕过山坡下面的小村子。走到树林子跟前，他们站了下来，抽起烟来，显然是在商量，后来就一个大转弯，向左拐了一个直角，又往前走。

“吆喝他们吗？”柯晒沃依从玉米秸子丛里站起身来，向其余几个人问道。

“朝天上放一枪。”

“喂，你们！站住！”

那一伙步兵离哥萨克们只有几十丈远，听到吆喝声，站了一下子，接着又好像挺不高兴似的朝前走去。

“站——住!”一个哥萨克吆喝着,接连不断地朝天上放了几枪。

哥萨克们端着步枪追上了慢慢走着的步兵们。

“你们他妈的为什么不站住?哪一部分的?往哪儿去?拿证件给我们看看!”哨长柯雷乔夫中士跑过去喊道。

步兵们站了下来。有三个人不慌不忙地摘下了步枪。

顶后面的一个弯下身去,用一截电话线捆了捆开了绽的靴子。他们身上的衣服都异常褴褛,异常肮脏。军大衣的襟上都粘满了鬼针草的棕色种子壳儿,看样子,他们是在树林子里的草丛里过夜的。有两个人戴的是夏天的军帽,其余的人戴的都是肮脏得成了灰色的、结成了球儿的羊羔皮帽子,帽耳朵忽闪着,帽带荡悠着。顶后面的一个看样子是他们的头儿,是一个又高又大、像个老头子一样驼背的步兵,他哆嗦着两边松松的腮帮子,用鼻音恶狠狠地喊道:

“你们要干什么?我们惹你们了吗?你们少管闲事!”

“把证件拿出来!”中士声色俱厉地截住他的话。

一个蓝眼睛、头发像新出窑的砖那样红的步兵,从腰后抽出一个瓶子形的手榴弹,拿手榴弹在中士鼻子前面摇晃着,一面看着同伴们,一面用雅洛斯拉夫口音又快又利落地说:

“老弟,这就是证件!这就是!这执照可是全年的!当心你的小命,要不然我一扔,你的五脏都得分家。明白了吗?明白不明白?明白了吗?……”

“你别胡闹,”中士推着他的胸膛,皱着眉头说,“别胡闹,也别吓唬我们,我们已经吓得够戗啦。不过你们既然是开小差,就请到师部去一趟。到那里自有人收拾你们这样的料。”

步兵们交换了一下眼色,一齐把枪摘了下来。其中有一个,黑黑的胡子,干瘦的脸,样子很像矿工,他用毫不畏惧的眼睛看了柯晒沃依,又看别的几个哥萨克,低声说:

“看我们拿刺刀捅你们!……哼,给我滚!走开!真的,我这就给你们一枪!……”

蓝眼睛的步兵拿手榴弹在头顶上转悠着;这会儿在顶前面的那个又高又大、驼背的步兵用生了锈的刺刀尖抵着中士的呢子军大衣;样子很像矿工的步兵骂着娘,拿枪托对着柯晒沃依乱舞,柯晒沃依的手指头在枪机上哆嗦着;用胳膊肘夹在肋部的枪托也跳动着;一个哥萨克抓住一个小个子步兵的大衣领子,伸着手拖他,并且担心地望着其余的步兵,害怕他们从后面打过来。

干枯的叶子在玉米秸子上沙沙响着。起伏不平的原野那边，是蓝幽幽的山峦。一群黄牛在村边草地上走来走去。风在树林子外面卷起一股股冰凉的灰尘。晦暗的十月天显得安详而又宁静；洒了淡淡阳光的自然景物使人产生一种和平与安静感。可是在离大路不远的地方，一些人却不要命地、气势汹汹地闹腾着，要用自己的血污染吸足了雨水而且已经播种下冬小麦的肥沃土地。

激动的情绪多少有点缓和，步兵们和哥萨克们吵嚷了一阵以后，说话语气平和些了。

“我们从阵地上撤下来才两天多！我们可不是往后方跑！可是你们就要跑啦，真不害臊！你们把自己弟兄都扔掉啦！谁来守阵地？你们这些人啊，哼！……我有一个伙伴，肚子都叫德国人戳通啦，是我跟他一起放暗哨的，可是你们还说，我们连火药味儿都没有闻到。你闻到的，我们也全闻到啦！”柯晒沃依气忿地说。

“没什么好说的！”一个哥萨克截住他的话。“咱们上师部去，用不着啰嗦！”

“哥萨克们，把路让开，要不然，真的，我们开枪啦！”矿工模样的步兵又说了一遍。

中士无可奈何地把两手一摊，说：

“老弟，我们不能这么办啊！你们就是把我们打死了，反正你们也跑不掉：你瞧，我们连就驻在村子里……”

那个高个子、驼背的步兵一会儿吓唬，一会儿劝告，一会儿低声下气地央求。最后他急急忙忙从肮脏的军用包里掏出用草辫子缠着的一瓶酒，带着讨好的神气对柯晒沃依挤着眼睛，小声说：

“哥萨克弟兄们，我们给你们一些钱，还有这……一瓶德国酒……还可以再凑上一点什么……行行方便，放我们走吧……家里有一大堆孩子呢，这你们都明白……折腾够啦，想家想死啦……要折腾到什么时候啊？……天啊！……真的不肯放我们走吗？”他又匆匆忙忙从靴筒里掏出一个小荷包，从里面抽出两张皱皱巴巴的克伦卡①，硬往柯晒沃依的手里塞。“收下，收下吧！嗨，自己人嘛！……你不要多心嘛……我们能凑合过去！……钱吗，这不算什么……没有钱我们能行……拿着吧！还可以再凑一点儿……”

柯晒沃依羞得满脸通红，把手藏到背后，摇着头，躲了开去。一股血猛然涌

---

① “克伦卡”，克伦斯基临时政府发行的纸币，有二十卢布的和四十卢布的。

上他的脸,使他的眼睛里流出了泪水,不由得想道:“我因为别士尼亚克,朝他们出起气来啦……我这是怎么啦……自己反对打仗,可是非要让人家留下来打仗,怎么能这样呢?……我的妈呀,我怎么这样糟呢?这不就成了狗腿子啦?”

他走到中士跟前,把他拉到一边,也不看他的眼睛,说道:

“把他们放了吧?柯雷乔夫,你看怎样?真的,放了吧!……”

中士的眼睛也躲闪着,好像这会儿在做一件丑事,他说:

“让他们走好啦……拿他们他妈的有什么办法?咱们不久恐怕也要走这步路啦……没有什么好瞒的!”

于是他转身对着步兵们,气忿地喝道:

“你们这些不成材的!我们拿你们当规矩人,客客气气,你们倒跟我们讲起钱来啦?怎么,我们少钱用吗?”他红了红脸,说:“把钱收起来吧,要不然就把你们送到师部去……”

哥萨克们都闪到一旁。柯晒沃依远望着村子里空旷的街道,对着渐走渐远的步兵们喊道:

“喂,蠢东西!到处没遮没拦的,你们能跑到哪儿去?那边有一片树林子,白天就在里面躲一躲,到夜里再走吧!要不然遇上别的岗哨,会把你们抓起来!”

步兵们四面望了望,踌躇了一会儿,就像一群狼似的,拉成一条肮脏得成了灰色的链子,一个跟一个地走进了到处是乱蓬蓬的白杨树的一片洼地。

* * *

旧历十一月初,哥萨克们就陆续听到关于彼得格勒闹革命的各种各样的传闻。一向消息灵通的团部传令兵们都肯定地说,临时政府已经逃亡到美国,水兵们捉住了克伦斯基,给他剃光了头,涂了满头满脸的松焦油,把他弄得像个干了丑事的姑娘,拉着他在彼得格勒游了两天街。

后来,等到推翻临时政府和政权转移到工人、农民手里的正式公报一下来,哥萨克们都互相提防起来,不说话了。很多人非常高兴,盼着战争结束,但是暗暗传着的一些消息却使人十分担心,都说骑兵第三军正跟着克伦斯基和克拉斯诺夫将军向彼得格勒进发,卡列金事先已经把一些哥萨克团调集到顿河上,现在也从南面攻了过来。

前线崩溃了。如果说在十月里,步兵们还只是零散地、没有组织的一小伙一小伙地开小差的话,那么到十一月底,就已经是整连、整营、整团地从阵地上撤退了;有些队伍是轻装撤退的,但是大多数都带走团里的物资,打开仓库,打死军官,并且沿路抢劫,就像冲破堤防的汹涌翻滚的洪流,纷纷朝家乡奔去。

情况既然已经成了这样,再让十二团拦阻逃兵,就毫无意义了,于是又重新把这个团调上了前线,想让他们堵住步兵抛弃阵地而造成的缝隙和缺口,然而却是枉费心机,到十二月里,这个团又从阵地上撤下来,开到附近的一个车站,把团里的全部物资、机枪、弹药和马匹装上火车,就向烽烟弥漫的俄罗斯内地开去……

第十二团的兵车经过乌克兰,向顿河开去。在离兹那明卡不远的地方,赤卫队想解除这个团的武装。谈判了半个钟头。柯晒沃依和另外五个哥萨克,都是各连革命军事委员会的代表,要求让他们带着武器过去。

"你们要武器干什么?"车站上的苏维埃代表们追问道。

"去打我们的资产阶级和将军!把卡列金的尾巴斩掉!"柯晒沃依代表大家回答说。

"武器是我们的,是我们部队的,我们不交!"哥萨克们激动起来。

把兵车放了过去。到了克里敏楚克,又要解除他们的武装。直到哥萨克机枪手们把机枪架到敞开的车厢门口,对准了车站,而且有一连散了开来,卧倒在路基后面以后,才同意放他们过去。但是到了叶卡捷琳诺斯拉夫,就是跟赤卫队交了火,也无济于事了——这个团还是被解除了一部分武装:缴掉了机枪、一百多箱子弹、一些军用电话机和几捆电线。要求逮捕军官,哥萨克们没有同意。一路上只干掉了一名军官,那就是团里的副官齐尔科甫斯基,是哥萨克们自己判他死刑,由"秃子"和一名赤卫队水兵执行枪决的。

十二月十七日向晚时候,在西涅耳尼科沃车站上,哥萨克们把副官从车厢里拖了出来。

"就是这家伙出卖了哥萨克吗?"一个带盒子枪和日本式步枪的麻脸黑海水兵开心地问道。

"你以为,我们会认错人吗?不会的,我们不会弄错,把他拉出去!""秃子"气呼呼地说。

副官是个年轻的上尉,他战战兢兢地四面张望着,用汗津津的手抚摩着头发,不论是寒风扑面,还是枪托子乱打,既不感到冷,也不觉得疼了。"秃子"和水兵把他拉到离车厢不远的地方。

"因为这些浑账家伙,大家就得暴动;因为这些家伙,就得闹革命……喂,喂,喂,先生,别抖啦,再抖就抖散啦。""秃子"低声说着,摘下军帽,画了个十字。"别做孬种,上尉先生!”

“好了吗?”水兵玩弄着手枪,龇着白牙顽皮地笑着,向“秃子”问道。

“好——啦!”

“秃子”又画了一个十字,侧眼看着,只见水兵叉开腿,举起盒子枪,聚精会神地眯缝起眼睛,并且冷笑着,打了一枪。

在查蒲林附近,这个团十分偶然地卷入了无政府主义者和乌克兰人之间所发生的一场战斗,损失了三个弟兄,花了很大力气把一个步兵师的兵车占据着的线路清除出来以后,才好不容易冲出了重围。

过了三昼夜,十二团打头的一辆兵车上的人马就在米列洛沃下了车。

其余的人都是在卢干斯克下车的。

这个团有一半人(其余的就在车站分手了)来到卡耳根村。第二天,就拍卖战利品——从前方带回的从奥地利人手里夺来的马匹,分团里的公款和服装。

柯晒沃依和鞑靼村另外几个哥萨克在黄昏时候动身回家。他们登上一座山冈。下面,旗尔河结了冰的灰白色河湾里,便是顿河上游风光最美的卡耳根村。机器磨坊的烟囱里向外冒着腾腾的青烟,就像一个个松散的球儿;广场上是黑压压的人群;晚祷的钟声响着。卡耳根冈的后面,隐隐约约可以看见克里莫夫村的柳树头儿,再过去,在积雪覆盖的蒿灰色地平线后面,便是烟雾朦胧的落日,落日金星点点,红光闪闪,映红了半边天。

十八匹马跑过了一个长着三棵挂满霜雪的野苹果树的小土丘,便换成快跑,鞍头咯吱咯吱响着,朝东北方向跑去。寒冷的夜晚悄悄降临。哥萨克们系紧风帽的耳朵,不时地放开马像冲锋一样飞奔。马蹄咚咚,响声动地。一条大道在马蹄下飞快地向后驰去。两旁的雪地上是不久前的暖和日子里结成的冰壳子,上面冻结着一根一根的枯草,冰壳子经月光一照,像白色的萤火虫一样闪闪发光。

大家一声不响地催赶着马匹。大道向后飞驰着。东面橡树谷里的树林子在转动着。许许多多网眼绣花状的兔子脚印儿从马蹄旁闪过。草原的上空,银河像一条镂花的哥萨克皮带,横束住天空,显得分外好看。

Yilin Classics

МИХАИЛ ШОЛОХОВ

经/典/译/林

ТИХИЙ ДОН

静静的顿河

（中）

[苏联] 米哈依尔·肖洛霍夫 著

力冈 译

译林出版社

图书在版编目（CIP）数据

静静的顿河 /（苏）肖洛霍夫著；力冈译．—南京：译林出版社，2020.5（2025.1重印）
（经典译林）
ISBN 978-7-5447-7751-3

Ⅰ.①静…　Ⅱ.①肖…②力…　Ⅲ.①长篇小说－苏联　Ⅳ.①I512.45

中国版本图书馆 CIP 数据核字（2019）第 078869 号

"Тихий Дон" М. А. Шолохова
На титуле и обложке Произведения Издательство обязуется
проставить оповещение об авторском праве.
本作品中文出版权由尤里·帕夫洛维奇·马诺欣授权，由译林出版社出版。
著作权合同登记号　图字：10-2015-105 号

静静的顿河　[苏联] 肖洛霍夫 / 著　力　冈 / 译

责任编辑　冯一兵
责任印制　颜　亮

原文出版　Издательство «Молодая гвардия», 1980г.
出版发行　译林出版社
地　　址　南京市湖南路 1 号 A 楼
邮　　箱　yilin@yilin.com
网　　址　www.yilin.com
市场热线　025-86633278
排　　版　南京展望文化发展有限公司
印　　刷　南京爱德印刷有限公司
开　　本　880 毫米 × 1230 毫米　1/32
印　　张　46.625
插　　页　12
版　　次　2020 年 5 月第 1 版
印　　次　2025 年 1 月第 13 次印刷
书　　号　ISBN 978-7-5447-7751-3
定　　价　128.00 元

卷 五

一

一九一七年深秋,哥萨克们陆续从前方回家来了。苍老了的贺里散福和跟他一起在五十二团当兵的哥萨克一同回来了。炮兵托米林·伊万和“马掌”亚可夫、依旧是光脸蛋子的安尼凯回来了,他们纯粹是退伍回来的;紧跟着回来的是马尔丁·沙米尔、伊万·阿列克塞耶维奇、查哈尔·柯洛列夫和高得出格的鲍尔晓夫;十二月里,米佳·柯尔叔诺夫突然出现了,又过了一个星期,十二团的哥萨克回来了一大帮,其中有米沙·柯晒沃依、普罗霍尔·泽柯夫、卡叔林老汉的儿子安得列·卡叔林、叶皮番·马克萨耶夫、叶戈皮·西尼林。

有点像加尔梅克人的菲多特·包多甫斯柯夫行军中掉了队,就骑着一匹从奥地利军官手里夺来的非常漂亮的黄骠马,直接从沃罗涅日回家来了,后来他夸马夸了很久,说是全亏了这匹马跑得快,才从已经闹起革命的沃罗涅日省的一个个村子里跑了过来,才从一支支赤卫队的鼻子底下逃脱了。

在他之后,梅尔库洛夫、彼特罗·麦列霍夫和尼古拉·柯晒沃依也从卡敏车站上回来了,他们是从布尔什维克化了的第二十七团里跑出来的。他们给村子里带回来一个消息,说是目前在第二后备团当差的格里高力·麦列霍夫已经投靠了布尔什维克,留在卡敏镇上了。一向不务正业的偷马贼马克西姆·戈里亚兹诺夫也在那里的二十七团里干起来了,他所以喜欢布尔什维克,是因为对天下大乱感到新鲜,能够无拘无束地过日子,据说他弄到一匹马,那马丑得惊人,可是腿脚也快得惊人;据说他那匹马有一道银白色的毛穿过整个脊背,就像一条天生的背带,那马个头儿不高,但是身子很长,毛简直跟牛毛一样红。大家都不怎么谈格里高力的事,都不愿意谈他,因为都知道他已经和村里的人分道扬镳,至于今后还能不能重新走到一块儿,那很难说。

许多哥萨克回到家里，是主人，也是久盼的客人，这些人家就欢天喜地。这种欢乐尤其尖利无情地挑动了那些丧失亲人的人已经受惯了的隐痛。有很多哥萨克不在了，他们死在加里西亚、布柯维纳、东普鲁士、罗马尼亚和喀尔巴阡山区的土地上，横尸田野，在大炮的哀悼声中烂掉，如今一座座高大的合葬坟已经长满荒草，任凭雨打，任凭雪花覆盖。不戴头巾的娇妻不管多少次跑到胡同口，手搭凉棚张望，心上人再也回不来啦！肿胀失神的眼睛不管淌多少眼泪，都冲不掉思念亲人的苦！在生日和忌日里不管怎样失声痛哭，东风也无法把她们的哭声送往加里西亚和东普鲁士，无法送到一座座合葬坟塌陷的坟头上！……

青草会掩没坟墓，时间会掩没痛苦。清风已经舔净出征人的脚印，时间也会舔净那些没有回来、而且永远也不会回来的人留下的痕迹，因为人的一生是短促的，我们每个人能践踏的青草都不多……

可是现在，普罗霍夫·沙米尔的老婆眼看着去世的丈夫的二哥马尔丁·沙米尔回到家里，跟自己的怀孕的老婆亲亲热热，哄着孩子玩儿，并且给孩子们带回礼物，她就拿头在硬邦邦的地上乱撞，拿牙齿啃黄土地。这娘们儿拿头撞着地，全身抽搐着在地上到处爬，孩子们就像羊群一样在旁边挤成一堆，用吓得瞪圆了的眼睛望着妈妈，大声哭号着。

好娘们儿呀，任凭你把仅有的一件小褂领子扯烂吧！任凭你撕扯因为生活艰难、没有欢乐而变得稀稀拉拉的头发，任凭你咬你那已经咬得出血的嘴唇，任凭你捶折到处是老茧的手臂，任凭你在空房门口的土地上撞头吧！反正你的房子里没有男主人啦，你再也见不到丈夫啦，你的孩子们再也见不到爹啦；你记住，再也没有谁来疼你和你的孩子们啦；你干活儿劳累，生活贫苦，再也没有谁来管啦；夜里你累得倒下来，再也没有谁把你的头搂到怀里，再也没有谁像他以前那样对你说："别发愁，阿妮西卡！咱们的日子会好起来的！"今后永远不会有人爱你啦，因为干活、贫穷、孩子已经把你榨干，使你变呆啦；你那些光屁股的不懂事的孩子永远不会有爹啦；你要自己耕地和耙地，自己累得气喘吁吁地把一大抱一大抱的小麦从割麦机上往下卸，又用叉子叉起来往大车上装，就会觉得肚子下面有什么东西直翻腾，于是你就抱住头抽搐起来，血从下面直往外流。

阿列克塞·别士尼亚克的老妈妈一面翻弄儿子的旧衣服，一面哭，滴着痛苦的、已经不多的眼泪，闻着，但只有米沙·柯晒沃依带回来的最后一件衬衣的褶缝里还保留着她儿子的汗味，于是老人家就把头俯到这件衬衣上，摇晃着身子，用哭诉的腔调念叨着，眼泪一滴一滴地落在印着号码的肮脏的棉布衬衣上。

马内次柯夫、阿丰卡·奥捷洛夫、叶甫兰琪·加里宁、李霍维多夫、叶尔玛柯夫和另外一些哥萨克的家里也只剩了孤儿寡妇。

只是司捷潘·阿司塔霍夫没有谁来哭,因为家里已经没有人了。他的房子空空的,门窗钉得死死的,不少地方已经坏了,即使在夏季里,也显得阴森森的。阿克西妮亚住在亚戈德庄上,村子里仍然很少听到她的消息,她也没有到村子里来过,看样子,她不想念这个村子。

顿河上游各乡的哥萨克,都一个乡一个村的结成伙儿,纷纷回家来了。到十二月里,维奥申乡各村在前方的人,几乎全部回到了家里。

白天和黑夜都有人骑马从鞑靼村里经过,人数从十几个到四十多个不等,成群成伙地朝顿河左岸走去。

"老总们,从哪儿来?"老头子们走出门来,问道。

"从黑河上。"

"从吉莫夫纳亚。"

"从杜布洛夫卡。"

"从列舍托夫斯柯依。"

"我们是杜达廖夫乡的。"

"我们是郭洛霍夫乡的。"

"我们是阿里莫夫乡的。"过路的人纷纷回答。

"怎么,打仗打够啦?"老头子们带着挖苦的语气问道。

有些哥萨克很忠厚、很老实,就笑着回答说:

"够啦,老大爷!我们打仗打够啦。"

"受罪受够啦,现在回家啦。"

那些愣头愣脑、脾气不好的,就张口骂人,说:

"你给我滚,老家伙,把尾巴收起来吧!"

"你问这干什么?你想干什么?"

"你们这些老家伙少管闲事!"

冬天就要结束的时候,诺沃契尔卡斯克附近已经出现了内战的苗头,但是在顿河上游的乡村里,依然十分平静。只是在一些人家里时常发生隐秘的、有时也暴露到外面来的家庭纠纷:老头子们和前方归来的人闹意见。

关于顿河军区首府附近的战事,大家只是听到一些传闻;大家模模糊糊地判断着政治形势,等候着事态发展,听着消息。

在一月以前,鞑靼村里的日子过得很太平。前方回来的哥萨克们,都躺在老婆身边睡大头觉,吃得胖胖的,并没有觉察到新的灾难和困苦已经等候在家门口,这新来的还要超过他们在过去的战争中所遭受到的。

二

麦列霍夫·格里高力因为立了战功,于一九一七年一月升为少尉,担任第二后备团的一个排的排长。

九月里,他害过一场肺炎之后,得到了休假的机会;在家里住了一个半月,身体复原了,经过区医务委员会检查以后,又回到了团里。十月革命以后,他担任了连长的职务。他的思想转变就在这时候,他的转变是受了周围发生的一些事件的影响,特别是由于认识了同团的一位军官——叶菲姆·伊兹瓦林中尉。

格里高力回到团里第一天就认识了伊兹瓦林,后来就常常因公或者在公事以外的场合碰到他,于是不知不觉就受到他的影响。

叶菲姆·伊兹瓦林是宫陀洛夫乡一个富裕哥萨克的儿子,在诺沃契尔卡斯克士官学校受的教育,毕业后就被派到前方第十顿河哥萨克团,在那个团里干了将近一年,如他自己所说的,得到了"挂在胸前的一颗军官十字章和钻进体面的地方和不体面的地方的十四块手榴弹片",后来为了服完自己的为期不长的兵役,才来到第二后备团。

伊兹瓦林是一个极有才能的人,无疑他有非凡的天资,他的学识远远超过了一般哥萨克军官所达到的水平,他是一个狂热地主张自治的哥萨克。二月革命使他振奋起来,使他有了施展才能的机会,他联络了不少主张独立自治的哥萨克,进行了十分有力的宣传,呼吁顿河军区完全独立自治,呼吁在顿河上建立沙皇奴役哥萨克以前的原来那种制度。他十分熟悉历史,朝气勃勃,头脑清楚、冷静;他把顿河家乡未来的自由生活描绘得非常美妙动人:到那时候将要由执政团来掌权,到那时候顿河军区内连一个俄罗斯人都不会有,哥萨克要在自己的边境上设置边防哨,跟乌克兰和大俄罗斯平等往来,平等地进行通商贸易,不需要低声下气。伊兹瓦林把头脑简单的哥萨克们和见识甚少的军官们说得晕晕乎乎的。格里高力也受到了他的影响。起初他们也激烈地争论过,但是半文盲的格里高力与自己的论敌相比,就等于手无寸铁,所以伊兹瓦林几句话就驳得他张口结舌。他们一般都是在军营的某一个角落里进行争论,而旁听的人总是赞同伊兹瓦林的见解。伊兹瓦林绘声绘色地描绘未来独立自由生活的情景,有许多话给哥萨克们的印象非常深刻,特别触动了下游富裕哥萨克们的最隐秘、最要紧的心思。

“咱们除了小麦,什么都没有,如果不要俄罗斯,咱们怎么过日子呢?”格里高力问。

伊兹瓦林就很耐心地解释:

“我不是说,就让一个顿河区单独存在 ,与外面完全隔绝起来。咱们要用联邦的方式,也就是联合的方式,和库班的哥萨克、捷列克的哥萨克以及高加索的山民共同生活。高加索的矿藏很丰富,咱们到那里什么都能弄得到。”

“煤炭呢?”

“顿涅茨盆地就在咱们眼底下。”

“可是顿涅茨盆地是俄罗斯的呀!”

“这地方属于谁,究竟在谁的领土上——这还是个有争议的问题。不过即使顿涅茨盆地划归俄罗斯的话,咱们的损失也不大。咱们的联邦不是靠工业立国。就性质来说,咱们是农业地区,既然这样,为解决咱们不多的工业上的用煤问题,咱们可以到俄罗斯去买。而且不光是煤,还有许多别的东西也要到俄罗斯去买,比如木材、钢铁工业产品以及其他等等,咱们可以拿上等的小麦和石油去交换。”

“咱们脱离俄罗斯究竟有什么好处?”

“那是明摆着的。首先可以摆脱政治上的监督,恢复被俄罗斯沙皇废除了的那些制度,把所有的外来户都赶出去。用十年时间,靠国外进口机器,使咱们的经济发展起来,咱们可以富强十倍。这块土地是咱们的,是咱们祖祖辈辈的血泡透了的,是咱们祖祖辈辈的尸骨养肥了的,可是咱们叫俄罗斯征服了以后,四百年来一直在维护俄罗斯的利益,没有想过自己的事。咱们有好几个出海口。咱们可以建立起强大的、能征善战的军队,到那时候,不仅是乌克兰,就连俄罗斯也不敢侵犯我们!”

中等个头儿,体格匀称、肩膀宽阔的伊兹瓦林是一个典型的哥萨克:头发弯弯的、黄黄的,像没有成熟的燕麦;脸色褐中透黄,只是两腮晒黑了,黑印子边儿一直齐到白色的眉毛。他说话用的是一种很高、很习惯的男高音,说话时爱忽上忽下地动弹左眉毛,而且不知为什么总是很特别地抽动他那不大的鹰钩鼻子;这就使人觉得 ,他好像总是在闻什么。矫健的步伐,举止中和褐色眼睛那开朗的目光中流露出来的坚定神情,使他显得与团里其余的军官迥然不同。哥萨克们都十分尊敬他,也许比对团长还要尊敬些。

伊兹瓦林和格里高力谈了不少,格里高力觉得,不久以前还很坚硬的土地又在脚下动摇起来,他的心情又和在莫斯科司涅基列夫眼科医院里遇见贾兰沙时差不多。

十月革命以后不久,他和伊兹瓦林谈过下述的一番话。

格里高力心里矛盾重重,小心翼翼地问起布尔什维克的情况:

"叶菲姆·伊兹内奇,你说说,依你看,布尔什维克的主张对呢,还是不对?"

伊兹瓦林的左眉毛弯成了三角形,带着好笑的神情皱了皱鼻子,嘿嘿了两声,说:

"他们的主张吗?嘿嘿……你呀,老弟,就好像是刚刚生下来的小孩子……布尔什维克有他们自己的纲领、自己的目的和打算。布尔什维克就他们自己的出发点来说,他们的主张是有道理的,可是咱们有咱们的出发点。你可知道,布尔什维克的党叫什么名字吗?不知道吗?唉,你怎么不知道呀?叫俄国社会民主工人党。明白了吗?工人——党啊!现在他们又笼络农民,又笼络哥萨克,可是他们的根本是工人阶级啊。他们要解放工人阶级,要对农民实行新的、也许是更厉害的奴役。人世间就不可能有大家都平等的事情。布尔什维克要是胜利了,工人会过得好,别的人就不会好。要是恢复帝制,地主他们这一类人就会过得好,其余的人就不会好。所以咱们既不要布尔什维克,又不要帝制。咱们搞咱们的,首先要摆脱一切指手画脚管咱们的人——不论是克伦斯基,还是科尔尼洛夫,还是列宁。咱们过咱们的日子,不要这些人能行。天啊,就是朋友够戗;至于敌人,倒是好对付。"

"可是,大多数哥萨克都拥护布尔什维克呀……你知道吗?"

"格里沙老弟,你要明白,这里面有一个主要的原因:哥萨克、农民和布尔什维克现在是同路的。你知道为什么吗?"

"为什么?"

"因为……"伊兹瓦林张大了鼻孔,扭了扭鼻子,笑道:"因为布尔什维克主张和平,主张立即实现和平,哥萨克对打仗也讨厌透啦!"

他叭地朝自己那紧绷绷的黑脖子上一拍,把惊愕得竖起来的左眉毛渐渐放平，叫道：

“所以哥萨克们都带上了布尔什维克气味，而且和布尔什维克步调一致了。不过，哼，等战争一结束，等布尔什维克来夺哥萨克的土地，哥萨克和布尔什维克就要各走各的啦！这是必然的，在历史进程上是不可避免的。今天的哥萨克生活方式和社会主义——布尔什维克革命的最后目的——之间有一道不可逾越的深沟……”

“我是说……”格里高力低声嘟哝道，“我一点都不明白……这些事我实在弄不清楚……就好像大风雪中在草原上迷了路……”

“你这样是不行的！现实会逼着你去弄清楚，而且不仅逼着你弄清楚，还要逼着你朝某一方面走。”

这次谈话是在十月下旬。可是十一月里格里高力无意中遇到了在顿河革命历史上起过不小作用的另一个哥萨克——格里高力遇到了菲道尔·波得捷尔柯夫，于是经过短短的动摇之后，以前领悟到的道理又在他心里占了上风。

这一天，从中午就下起毛毛细雨。傍晚时候天晴了，于是格里高力决定上同乡、二十八团的准尉德洛兹陀夫的住处去。一刻钟之后，他就在垫子上擦着靴子，敲德洛兹陀夫的房门了。屋子里摆着两盆很不旺盛的橡皮树和一些破旧的家具，屋里除了主人以外，还有一个结实、健壮、戴着御林军炮兵司务长肩章的哥萨克，背朝着窗户，坐在一张军官用的行军床上。他弓着脊背，两条穿着黑呢裤子的腿叉得宽宽的，两只宽宽的、长满红毛的手掌放在同样宽宽的、圆滚滚的膝盖上。军便服在两肋上绷得紧紧的，在胳肢窝里皱了起来，在宽阔的、鼓鼓的胸膛上几乎要绷裂开来。听到推门声，他扭了扭血色红润的短脖子，冷冷地打量了一下格里高力，就把瞳人射出的冷光藏到微微肿胀的眼皮底下，藏到窄窄的眼窝里。

“你们认识认识吧。格里沙，这位差不多是咱们的邻居，霍派尔河口乡的，波得捷尔柯夫。”

格里高力和波得捷尔柯夫互相握了握手，都没有说话。格里高力一面坐下去，一面对主人笑着说：

“我把地板都踩脏啦，你不骂吧？”

“不骂，没事儿。女房东会擦的……你要喝茶吗？”

主人个头儿小小的，灵活得像泥鳅一样，他用熏得黄黄的手指甲碰了碰火壶，遗憾地说：

“只好喝凉的啦。”

“我不想喝，别麻烦啦。”

格里高力请波得捷尔柯夫抽纸烟。波得捷尔柯夫用又粗又红的手指头抓了半天，想从那紧紧挤成白白的一排里抓出一根；他不好意思地红着脸，懊恼地说：

“怎么都抓不起来……该死的烟卷儿！”

他终于把一根烟卷儿拨到烟盒盖上，这才抬起笑得眯缝起来、因而显得更小的眼睛，看了看格里高力。格里高力很喜欢他的随随便便，就问道：

“您是哪一个村子的？”

“我是克鲁托夫村的。”波得捷尔柯夫很高兴地说起话来，“我是在那儿长大的，可是近几年我住在克里诺夫河口村。克鲁托夫村您知道吗？大概，你听说过吧？这个村子差不多和叶兰乡搭界。你知道普列沙柯夫村吧？哦，这个村子过去就是马特维耶夫村，紧挨着就是我们乡的裘柯夫诺夫村，再过去就是我们的两个村子了，有上克鲁托夫村和下克鲁托夫村，我就是那里人。”

整个谈话的时间里，他对格里高力一会儿称“您”，一会儿称“你”，说话十分随便，有一次甚至毫不见外地用沉甸甸的大手拍了拍格里高力的肩膀。在他那刮得光光的、有几颗麻子的大脸上，用心卷过的小胡子闪闪有光，蘸了水的头发梳得平平的，到了小小的耳朵旁边蓬松起来，左边微微卷起，有点像发卷儿。如果不是一个很大的翘鼻子和那两只眼睛的话，他的样子是很招人喜欢的。乍一看，那眼睛一点也没有什么特别的地方，但是仔细看去，格里高力就觉得那眼睛凌厉逼人。两只像榴霰弹一样的小眼睛，在窄窄的眼缝里放着光，就像是从碉堡枪眼里发射出来似的，沉甸甸、火辣辣地逼视着，使对面来的目光不敢正视。

格里高力怀着好奇心打量了他一会儿，发现了一个特点：波得捷尔柯夫几乎不眨动眼睛——他在说话的时候，用他那令人不快的目光盯住对方，一面说，一面转悠着眼珠，可是那晒得黄黄的短睫毛一直垂着，动都不动。只是偶尔垂一垂肿胀的眼皮，但是马上就又抬了起来，又拿榴霰弹一样的眼睛瞄着，扫视着周围的一切。

“伙计们，太有意思啦！”格里高力对着主人和波得捷尔柯夫说。“等战争一结束，咱们的情形就大不一样啦。乌克兰要由拉达①来掌权，咱们要由军人联合会来掌权。”

“是卡列金将军掌权。”波得捷尔柯夫小声纠正他的说法。

---

① 拉达，是一九一七——九一九年乌克兰反革命组织的中央机关。

“反正是一样。有什么差别呢?”

“的确没有什么差别。”波得捷尔柯夫说。

“咱们现在对俄罗斯太低声下气啦。”格里高力继续转述伊兹瓦林的话,想试探德洛兹陀夫和这位御林军炮兵出身的壮汉对这个问题的态度。“要有自己的政府,自己的制度。要把南蛮子从哥萨克的土地上赶出去,咱们要划定边界,不准别人进来!咱们要像古时候咱们的祖先那样过日子。我想,革命对咱们是有利的。德洛兹陀夫,你以为怎样?”

德洛兹陀夫一脸都是笑,身子不住地转悠起来。

“当然,会好一点的!过去庄稼佬把咱们的权全夺去啦,跟着他们就没有好日子过。派来的长官都是他妈的德国佬:什么封·达乌别啦,还有什么封·格拉布别啦,都是这样一些家伙!土地都叫这些军官老爷分掉啦……现在咱们就可以喘口气啦。”

“俄罗斯容许这样吗?”波得捷尔柯夫没有对着谁,小声问道。

“想必会容许的。”格里高力说。

“如果那样,情况还是不会改变……换汤不换药。”

“怎么会这样呢?”

“就是这样。”波得捷尔柯夫更灵活地转悠着霰弹一样的眼睛,用沉甸甸的目光正对着格里高力。“各种各样的长官还是要欺压劳动人民,你还是要在各种各样的老爷面前低声下气,他们还是要打你的耳刮子。哼……好日子哩……那是给你往脖子上拴块石头,还要把你从山崖上推下去!”

格里高力站了起来。在狭小的屋子里踱来踱去,几次碰到波得捷尔柯夫那大劈开的两个膝盖,后来在他面前站下来,问道:

“那么怎么办呢?”

“要彻底。”

“怎样算彻底?”

“既然已经开了犁,就要犁完最后一垄。既然打倒了沙皇和反革命,就应当继续奋斗,让政权转到人民手里。至于你说的那些——是神话,是哄小孩子的。古时候是沙皇压迫咱们,现在不是沙皇,那也是另外一些人要骑在咱们头上,甚至更要毒辣些!……”

“波得捷尔柯夫,依你看,究竟该怎么办呢?”

他那难得抬起的榴霰弹一般的眼睛又到处张望起来,好像要在斗室里寻找可以驰骋目力的地方。

“咱们要的是人民政权……选举出来的政权。要是躲到将军的手掌底下,那就是又要打仗,我们可是打够啦。要是在全世界到处都建立起人民政权,没有人压迫人,没有人逼着人上战场去送死,那就好啦!如果不是这样,那又算什么呢?!一条破裤子,你就是把它翻过来,窟窿还是那么多。”波得捷尔柯夫用手叭地在膝盖上一拍,愤恨地冷笑了一下,露出一嘴密密实实的细牙。“咱们决不能搞古代那一套,要不然又要套上枷锁,那枷锁比沙皇的枷锁更要沉重。”

“那么,谁来管咱们呢?”

“自己管自己!”波得捷尔柯夫兴奋起来。“咱们掌好自己的政权——这就是出路。只要稍微松一松咱们身上的绳索,咱们就能把卡列金一伙儿打翻!”

格里高力在蒙着一层水汽的窗前站了下来,对着大街、对着一群正在玩一种动脑筋的游戏的孩子、对着对面房屋的湿漉漉的屋顶、对着花圃里一棵光秃秃的黑杨的灰白色树枝看了老半天,也没有听见德洛兹陀夫和波得捷尔柯夫在争论什么;他苦苦地思索、考虑,想把混乱的思想理出个头绪,得出一个结论。

他站了有十来分钟,一声不响地在窗玻璃上画着自己姓名的头一个字母。窗外,一座小屋屋顶的上方,是渐渐沉落的无精打采的初冬时候的夕阳。夕阳就好像竖着放在铁锈色的屋脊上,湿漉漉、红通通的,眼看着就要从屋顶上滚下来,也许滚到那边去,也许滚到这边来。雨水打湿的树叶从公园那边沙沙地滚了过来,越来越强劲的风从乌克兰,从卢干斯克方向吹来,在镇上发起威来。

三

诺沃契尔卡斯克成了逃避布尔什维克革命的各种亡命徒的集合中心。许多高级将领,已经垮掉的俄国军队原来的主宰者,都纷纷来到顿河下游,希望得到反动的顿河人的支持,妄想依靠这块根据地,对苏维埃俄罗斯发动和展开进攻。

十一月二日，阿列克塞耶夫将军在骑兵上尉沙普龙陪同下来到诺沃契尔卡斯克。他和卡列金交换过意见以后，便着手组织志愿军。从北方逃来的军官、士官生、敢死队员、学生、步兵中的顽固分子、哥萨克中死心塌地的反革命分子，以及不过是寻求惊险刺激和厚禄、能捞到克伦斯基票子也心满意足的一些人——便是未来的志愿军的骨干。

十一月下旬，邓尼金、鲁科姆斯基、马尔科夫、爱耳迭里等将军都来到了。这时候，阿列克塞耶夫手下已经有一千多条枪了。

十二月六日，科尔尼洛夫来到诺沃契尔卡斯克，他是在路上离开自己的帖金人卫队，化装来到顿河地区的。

这时候，卡列金已经把原来罗马尼亚和奥德前线上几乎全部的哥萨克团都撤到顿河上，布置在诺沃契尔卡斯克—契尔特柯沃—罗斯托夫—齐霍列茨克铁路沿线地区。但是哥萨克们打了三年仗，已经厌倦了，从前方回来，都带有革命情绪，不愿意和布尔什维克打仗。各团剩下的人数差不多只有正常人数的三分之一。现有人数最多的几个团——第二十七团、第四十四团和第二后备团——都驻扎在卡敏镇上。御林军阿塔曼团和御林军哥萨克团以前就从彼得格勒调到了这里。从前方调回来的第五十八、第五十二、第四十三、第二十八、第十二、第二十九、第三十五、第十、第三十九、第三十三、第八和第十四团，以及第六、第三十二、第二十八、第十二和第十三炮兵连，都驻扎在契尔特柯沃、米列洛沃、里哈亚、格鲁博克和兹维列沃等乡镇以及矿区。由霍派尔河河口乡和大熊河河口乡等地哥萨克编成的几个团开到菲洛诺沃、乌留平斯克和谢布里亚柯沃等几个车站，在那里驻扎了几天，后来就解散了。

哥萨克们都巴不得回到自己的家园，已经没有什么力量能够阻挡这种自发的回家潮流了。顿河的哥萨克团只有第一、第四和第十四团到过彼得格勒，而且这几个团在那里呆的时间也不长。

卡列金打算把几个特别靠不住的团加以改编，或者用最坚定的部队加以包围，使这几个团与外界隔绝。

十一月底，卡列金第一次试图调动前线的部队去进攻革命的罗斯托夫，哥萨克们开到阿克萨伊斯克，便拒绝进攻，又开了回来。

广泛搜罗散兵游勇的办法，倒是收到了一定的效果：这时候阿列克塞耶夫已经组成了几个坚强的志愿军营，十一月二十七日，卡列金已经能够利用他的兵力作战了。

十二月二日，志愿军攻占罗斯托夫。志愿军组织的中心于是随着科尔尼洛夫转移到罗斯托夫。卡列金一个人留了下来。他把许多哥萨克部队调往本军区的边境,向察里津和萨拉托夫省的边界推动,但是要执行重大、紧迫任务,却只能使用一些军官游击队;虚弱的、一天天垮下去的军政府只能依靠他们了。

为了镇压顿涅茨的矿工,把新征集的部队派了去。柴尔涅曹夫大尉在马凯耶夫区活动,哥萨克第五十八团的正规部队也驻扎在那里。谢米列托夫和格列科夫支队以及各种各样的义勇队也都匆匆忙忙地在诺沃契尔卡斯克成立起来;在北方的霍派尔地区,还由军官和游击队组成了一支队伍,号称“斯捷潘·拉辛支队”。但是赤卫队的几个纵队已经从三面逼近了顿河军区。在哈尔科夫和沃罗涅日正在集结军队,准备进攻。顿河上空笼罩起乌云,越来越浓,越来越黑。头几场战斗的炮声,已经由乌克兰方面来的风传送过来。

四

一朵朵白中带黄的行云,就像一只只挺胸翘头的木船,从诺沃契尔卡斯克的上空静静地飘过。在白云上面的高空里,就在闪闪发光的教堂圆顶正上方,一动不动地高挂着一片灰色的、像卷毛羊羔皮一般的乌云,乌云有一条波浪式的长尾巴低低地垂着,在克里维扬镇的上空放射着红光。

不太明亮的太阳渐渐升了上来,但是将军府的一面面窗子经阳光一照,反射出刺目的亮光。一座座房子的铁顶闪闪发光,叶尔玛克的铜像上,还保留着昨天的雨的潮湿,铜像的一只手向北伸着,举着西伯利亚王冠。

一排哥萨克步兵,正顺着下斜的克列欣街往上走。他们那步枪上的刺刀被阳光照得亮闪闪的。偶尔有稀疏的行人和轧轧响的马车走过,哥萨克们的清晰而轻微的脚步声也没有搅动早晨的清静。

这一天早晨,伊里亚·彭楚克乘火车从莫斯科来到诺沃契尔卡斯克。他最后一个走出车厢。他时不时地拉拉旧夹大衣的衣襟,觉得穿上便衣很不得劲儿,很不习惯。

站台上,一名宪兵和两位年轻姑娘走来走去,两位姑娘不知为什么在笑着。彭楚克腋下夹着一个廉价的、破旧的手提箱,朝城里走去。一直走到城边的街头上,几乎都没有遇到人。半个钟头之后,彭楚克便斜穿过城市,在一座快要倒塌的小房子前面停下来。这座很久没有修缮的小房子显得十分寒伧。处处可以看到年久失修的痕迹。就因为年久失修,屋顶塌陷下去,墙也歪斜了,护窗板摇摇晃晃地耷拉着,窗户也像瘫了一样歪斜着。彭楚克推开院子门,朝房子和狭小的院子激动地打量了一眼,便匆匆地朝台阶走去。

狭小的过道里,一个装满各种破烂儿的大柜子占了一半的地方。因为太黑,彭楚克的膝盖碰到柜子角上,也没有觉得疼,就一把推开屋门。低矮的小堂屋里一个人也没有。他走进另一间屋子,也没有看到一个人,就在门口站住了。他一闻到这房子里所特有的那种异常熟悉的气味,心就怦怦跳了起来。他一眼就看清了所有的陈设:挂在正屋堂前的粗重的圣像框子,一张床,一张小桌,桌子上头挂的一面斑斑驳驳的旧镜子,几张相片,几把破旧的维也纳式椅子,一架缝纫机,炕边还放着一个很久没有用、颜色发了乌的火壶。彭楚克的心忽然猛烈地跳动起来,就像在窒息时那样,用嘴吸着气,转过身去,扔下手提箱,朝厨房里打量了一遍,上过绿漆的大肚子炉子还是显得那样亲切,一只老花猫正从浅蓝色的印花布窗帘后面探出头来张望;猫的眼睛里流露着懂事的、差不多和人一样的好奇神情,可以看出来,来这里的人是很少的。桌子上乱七八糟地放着没有洗的碗碟,旁边的凳子上放着一团毛线,一只未织成的套袜的四个角上还穿着亮闪闪的织针。

八年来,这里什么都没有改变,好像彭楚克昨天才离开这里似的。他跑到台阶上。从院子尽头上的棚子的门里走出来一个老得和劳累得弯腰驼背的老奶奶。“妈妈!……当真是吗?……是她吗?……”彭楚克哆嗦着嘴唇,迎着她跑过去。他扯下头上的帽子,攥在手里。

“您要找谁?您找谁?”老奶奶拿手遮在失去光泽的眉毛上,一动不动,惊愣地问道。

“妈妈!……”彭楚克低沉地喊道。“你怎么,认不出我啦?……”

他跌跌撞撞地朝她走着,看见母亲听到他的叫声,就好像被撞了一下,身子摇晃了两下,看样子,她是想跑过来,但是没有劲跑,于是她一冲一冲地朝前走来,好像是顶着风走。彭楚克一把抱住就要摔倒的母亲,亲她那皱皱巴巴的瘦脸，亲她那因为惊骇和狂喜而模糊了的眼睛，他的眼睛也不由自主地一个劲儿眨巴起来。

“我的伊里亚！……伊留沙！……乖孩子！我都认不出啦……天啊，你是从哪儿来的呀？……”老人家小声嘟哝着，试着直起身子，用两条发软的腿站住。

他们走进房里。经过几分钟的深深激动之后，彭楚克这才又感觉到穿着别人的大衣十分难受——大衣太瘦，把两边胳肢窝勒得紧紧的，一行一动都感到别扭。他轻松地把大衣脱掉，坐到桌子跟前。

“真没想到还能看到你活着回来！……有多少年没见面啦！我的好孩子呀！我怎么能认出你呀，你长得这么高，都老啦！”

“哦，你日子过得怎么样，妈妈？”彭楚克笑着问道。

她东一句西一句地说着话儿，忙活起来：生火做饭，往火壶里添炭，一面在泪汪汪的脸上抹着眼泪和炭灰，一遍又一遍地跑到儿子跟前，摸摸他的手，身子哆哆嗦嗦地靠到他的肩上。她烧热了水，亲自给他洗了头，从柜子底下找出旧得发了黄的干净衬衣，又伺候儿子吃饭，后来一直坐到半夜，眼睛就没有离开儿子，问长又问短，唉声叹气地直点头。

彭楚克躺下睡觉的时候，附近的钟楼上已经敲了两点。他很快就睡熟了，而且他在入睡的时候，已经忘记了现实：他觉得他还是职业学校的顽皮小学生，跑累了，就躺下来，美美地睡了起来，他担心妈妈会从厨房里跑来，推开门，很严厉地问他：“伊留沙，功课做好了吗？”他就这样带着紧张而愉快的笑容睡着了。

在天亮以前，妈妈来看过他好几回，给他掖掖被子，垫垫枕头，亲亲他那耷拉着一绺淡褐色头发的大额头，又轻轻地走开。

过了一天，彭楚克又走了。这天早晨，有一位身穿步兵大衣、头戴新军帽的同志来找他，小声对他说了些什么，彭楚克就忙活起来，匆匆地收拾手提箱，把母亲给他洗过的衬衣放进去，又难受得皱着眉头，把那件大衣穿起来。他匆匆忙忙地和母亲道别，答应过一个月再回来。

“你上哪儿去呀，伊留沙？”

“上罗斯托夫，妈妈，上罗斯托夫。很快就要回来……你……妈妈，你别难过！”他安慰老人家说。

她匆匆忙忙地摘下自己贴身挂的一个小十字架，一面亲着儿子，为他画着十字，一面把十字架挂到他的脖子上。她把十字架的线带往儿子的领子里掖，手指头直哆嗦，彭楚克感觉出她的手冰冷。

“挂上吧，伊留沙。这是圣徒尼古拉·米尔里吉斯基十字架。大慈大悲的圣徒啊，保佑、拯救我的孩子吧，你要给我的孩子除灾除难……我只有这一个孩子呀……”她把红红的眼睛紧紧贴到十字架上，小声嘟哝着。

她一次又一次地紧紧搂抱儿子，十分激动，嘴唇角哆嗦着，痛苦地耷拉了下来。一滴又一滴的热泪，就像春雨一样，滴在彭楚克的毛茸茸的手上。彭楚克把母亲的胳膊从自己的脖子上掰开，便皱着眉头跑到了台阶上。

罗斯托夫车站上熙熙攘攘，非常热闹。地上扔的烟卷头和葵花籽壳能没到踝子骨。当地驻军的士兵在车站广场上出卖公家的制服、烟丝以及偷来的一些东西。这里的人有各种民族的，这在大多数南方滨海城市是常见的。人群慢慢移动着，喧闹着。

“阿司——司——司莫洛夫的烟卷儿，阿司莫洛夫的烟卷儿零卖啦！”卖纸烟的孩子吆喝着。

“贱卖啦，先生……”一个形迹可疑的东方人，很神秘地对着彭楚克的耳朵小声说，并且朝着自己的大衣那鼓鼓的大襟挤了挤眼睛。

“炒葵花籽儿！葵花籽儿！”许多娘们儿和年轻姑娘在车站进口处吱吱哇哇乱叫。

六个黑海水兵在人群里穿过，一面走，一面哈哈笑着，高声说着话儿。他们都穿着水兵制服，戴着水兵帽，纽扣闪着金光，肥大的裤脚扫着尘土。人们都恭恭敬敬地给他们让路。

彭楚克走着，慢慢地在人群里钻着。

“金的?！见他妈的鬼！你这是做火壶的那种金子……怎么，难道我看不出来吗?”一个瘦弱的电报兵冷笑说。

那个卖东西的人摇晃着一条来路不明的、沉甸甸的金链子，十分气忿地大声对他说。

“你看出什么？……是金子！是赤金，不瞒你说，这是从一个调解法官那里弄来的……哼，不识货，去你的吧！你根本没眼力……这样的东西你都不要?”

“轮船不开啦……简直是胡闹！”旁边有人说。

“为什么不开?”

“这是报上登的……”

“快，弄到这儿来！”

“我们赞成五号①。不然就是不行……”

“玉米粥！香喷喷的玉米粥！请尝吧！”

“兵车司令答应啦,他说明天就开车。”

彭楚克找到了党委会的楼房,顺着楼梯上了二楼。一个手持上了刺刀的日本式步枪的工人赤卫队员拦住他,问道:

“同志,您找谁?”

“我要找阿布拉姆逊同志。他在这里吗?”

“左面第三间屋子。”

一个大鼻子、头发黑中夹白、个头儿不高的人,将左手的手指头插在西服上衣的衣襟里,有板有眼地挥动着右手,正在严肃地对一个上了些年纪的铁路工作人员说话。

“这样不行！这可不是组织！用这样的方式去宣传,你们会得到相反的效果!”

从那个铁路工作人员脸上那窘急而抱愧的表情可以看出来,他很想说几句话,解释解释,但是黑头发的人没有让他开口;他显然非常激动,不愿意听对方的话,也不愿看他的眼睛,只顾喊叫:

“您要立即撤销米特琴柯的工作！对你们这里的情形,我们不能熟视无睹。维尔霍茨基要受革命法庭的制裁！把他逮捕了吗?是吗?……我坚决主张把他枪毙!”他声色俱厉地把话说完了,这才朝着彭楚克转过气红了的脸;还没有完全平静下来,就生硬地问道:“您有什么事?”

“您是阿布拉姆逊吗?”

“是的。”

彭楚克把证件和彼得格勒一位负责同志写的介绍信递给他,便在一旁的窗台上坐了下来。

阿布拉姆逊仔细地看完了信,皱着眉头笑了笑(他因为自己刚才大声喊叫,觉得很不好意思),很客气地说:

“请稍微等一下,咱们马上来谈谈。”

他把满脸是汗的铁路工作人员打发走以后,自己也走了出去,过了一小会儿,他领进来一位大个子、脸刮得光光的军人,那人的下巴上有一道刀砍的青伤

---

① “五号”,参加立宪会议选举的布尔什维克候选人名单的号数。——作者注

疤,很有正规军军官的风度。

“这是我们革命军事委员会的委员。你们认识认识吧。这位同志……对不起,我忘记您贵姓啦。”

“我姓彭楚克。”

“……彭楚克同志……您好像当过机枪手吧?”

“是的。”

“这正是我们最需要的!”那位军人笑了。

他那整个的一条伤疤,从耳朵边直到下巴,都因为这一笑变成了粉红色。

“您能不能在尽可能短的时间内,从工人赤卫队中挑选一些人,给我们组织一支机枪队?”阿布拉姆逊问道。

“我尽力去做。问题就在于时间。”

“那么,您需要多少时间?一个星期?两个星期?三个星期?”那个军人朝彭楚克探着身子,带着期待的神气很憨厚地笑着,问道。

“只要几天就行。”

“那好极啦。”

阿布拉姆逊擦了擦额头,带着十分激动的语气说:

“城防部队士气太差,实际上已失去战斗力。彭楚克同志,我们这里也和所有的地方一样,就指望工人啦。水兵是好的,可是步兵……所以,您想必明白,我们就希望自己有一支机枪队。”他扯了扯弯成卷儿的青色大胡子,很关心地问道:“您的吃住还没有安排吧?好,我们就来安排。您今天吃饭了没有?哦,当然没有啦!”

“同志,你究竟挨过多少饿,才一眼看出肚子饿不饿来?你吃过多少苦,担过多少惊,才过早地出现了白发?”彭楚克望着阿布拉姆逊那右边有一块耀眼白斑的头发,心里又热和又感动地想道。他跟着领路的人往阿布拉姆逊的住处去的时候,还一直在想着他:“这小伙子真不错,这才像个布尔什维克!他有火气就发,可是同时又保持着一片好心和人情味。他毫不客气地提出对怠工的维尔霍茨基判处死刑,可是同时又很会爱护同志,关心同志。”

他带着阿布拉姆逊给他的和蔼可亲的印象,来到塔干罗格街头上阿布拉姆逊的住处,在堆满了书的小屋子里休息了一会儿,吃过饭,把阿布拉姆逊写的字条给女房东看了,就在床上躺了下来,睡着了,不记得是怎样睡着的。

五

四天以来,彭楚克从早到晚和党委会派来的一些工人在一起,教他们学机枪技术。工人一共有十六个。他们的职业、年龄,甚至民族都不相同。有两个搬运工人,一个是波尔塔瓦的乌克兰人贺维雷契柯,一个是入了俄罗斯籍的希腊人米哈里季;一个姓司捷潘诺夫的排字工人;八个钢铁工人;一个姓捷林柯夫的巴拉莫诺夫矿的采矿工人;一个姓盖沃尔克扬茨的亚美尼亚人,是个十分瘦弱的面包匠;一个入了俄罗斯籍的德国人姚干尼·列宾得尔,是一个老钳工;两个机车修理厂的工人;而带着第十七封介绍信来的却是一个女的,她穿着一件步兵棉制服,穿着一双很不合脚的大靴子。

彭楚克从她手里接过封着口的信,没有明白她的来意,就问道:

"您回去的时候,可以到司令部去一下吗?"

她笑了笑,很不好意思地理着头巾下披散出来的很大的一绺头发,怯生生地说:

"我是到您这儿来……"她压制着一时的窘急心情,顿了一顿,说:"当机枪手的。"

彭楚克的脸涨得通红。

"他们这是怎么回事,疯了吗?怎么,我这儿是妇女大队?……请您原谅,您干这种事很不合适:这是一种重活儿,需要有男子汉的气力……这怎么行呢?……您不行,我不能收留您!"

他皱着眉头,拆开信封,把介绍信匆匆看了一遍,只见介绍信上简单地写着,介绍党员安娜·波古德柯同志前来听他的指挥,他又把附在介绍信里的阿布拉姆逊的亲笔信看了几遍。

亲爱的彭楚克同志：

我们把安娜·波古德柯这个好同志派给您。我们答应她的热情、坚决的要求，把她派给您，希望您把她训练成一个能征惯战的机枪手。我很了解这个姑娘。我热诚地把她推荐给您，请您注意一个问题：她是一个很可贵的工作人员，但是性子急躁，有一股狂热劲儿（因为她还年轻呀），您要防止她做冒失的事，要爱护她。

毫无疑问，那八名钢铁工人是您的队伍的骨干，是核心；其中应特别看重包高伏依同志，这是一位十分干练、对革命十分忠诚的同志。您的机枪队，从成员上来说，是国际性的，这很好：一定会有较强的战斗力。

请加快训练吧。有消息说，好像卡列金正准备向我们进攻呢。顺致同志的敬礼！

斯·阿布拉姆逊

彭楚克对着站在面前的姑娘看了看。这是在莫斯科街上一幢楼房的地下室里，就是在这里进行训练的。微弱的光线给她的脸涂上一层阴影，使脸的轮廓显得很模糊。

"好吧，有什么办法呢？"他很不热情地说。"如果您自己愿意……阿布拉姆逊又这样要求……您就留下来吧。"

* * *

大家密密层层地围着张大了嘴的"马克辛"机枪，一齐伸着头，后面的人靠在前面的人的背上，用如饥似渴的好奇目光注视着彭楚克怎样用他的一双巧手得心应手地把机枪拆散开来。彭楚克又用准确、有意放慢的动作把机枪装起来，一面讲解着各种零件的构造和作用，教授使用方法，告诉大家怎样瞄准，讲解在弹道上的射程误差和子弹的最远射程。讲授作战时怎样安置机枪，才能避免敌人炮火的轰击；他躺在涂了保护色条纹的护板下面，讲解怎样选择好地势，怎样安置子弹箱。

大家学起来都很顺当，就是面包匠盖沃尔克扬茨不行。他怎么都学不会：拆卸的规则彭楚克不管教他多少次，他怎么都记不住，老是弄不清，手忙脚乱，很不好意思地嘟哝着：

“怎么不行啊？唉，我……搞错啦……这玩意儿应该往这儿安。还是不行！……”他失望地叫道。“为什么呀？”

“还要问‘为什么’呢！”黑脸膛的、额头和两腮上有许多火药炸出的青点子的包高伏依学着他的腔调说。“因为你是个糊涂虫，所以才不行。你好好瞧着！”他很有把握地把一个零件安到本来的地方，做个样子给他看。“我从小就喜欢军事工作，”他在一片哄笑声中，用手指头指了指自己脸上的青色伤瘢，“我做大炮，大炮炸啦，所以我才倒了霉。不过，我现在就可以露一手啦。”

他的确比大家更顺利、更快地学会了装卸和使用机枪。不行的只有盖沃尔克扬茨一个人。常常可以听见他那带哭腔的、懊丧的声音：

“又不对！为什么呀？我真不明白！”

“笨驴，笨——驴！这么笨的，一个省只能找到一个！”脾气很坏的希腊人米哈里季生气地说。

“真是一个少有的糊涂蛋！”一向沉静的列宾得尔也附和说。

“这可不像你做面包！”贺维雷契柯鼻子哼哼着说。大家都毫无恶意地笑了。

只有司捷潘诺夫红着脸，生气地说：

“应该教教自己的同志，不应该龇牙咧嘴的！”

又高又大、胳膊粗壮、上了年纪的机车厂工人克鲁托果洛夫支持他的意见，瞪大了眼睛，摇晃着铁锤一般的拳头，粗声粗气地说：

“你们只顾笑，动都不动，对事情毫无益处！彭楚克同志，你叫这些活怪物安静点儿，或者叫他们滚蛋！革命正受着威胁，可是他们只顾笑话人！”

安娜·波古德柯学得十分带劲儿。她老是缠着彭楚克问这问那，扯着他那难看的夹大衣袖子，时时刻刻不离开机枪。

“如果散热筒里的水冻住，那怎么办？如果遇到大风，误差是不是也大些？那又该怎么办，彭楚克同志？”她问了一个问题，又是一个问题，并且带着期待的神情用两只黑黑的大眼睛看着彭楚克，那眼睛里闪着晃动不定的、暖人的亮光。

她在场的时候，不知为什么他总感到很拘谨；他好像要为这种拘谨对她进行报复，所以对她要求特别严格，样子显得格外冷淡，但是，每天早晨七点整，她瑟瑟缩缩地把两手插在草绿色棉袄的袖筒里，刷刷地拖着两只肥大的步兵靴子，准时走进地下室的时候，他就感到有点激动，有一种很不平常的心情。她的个头儿稍微比他矮一点儿，她的体格也像所有健壮的、一向从事体力劳动的姑娘们那样丰满，背也许稍微有点驼，而且，如果不是那一双有神的大眼睛使她显得光彩照人的话，也许她算不上多么漂亮。

四天的工夫，他都没有看清楚她的面貌。地下室里光线昏暗，而且不好意思、也没有闲工夫仔细去看她的脸。第五天傍晚时候，他们一同走了出来。她在前面走；她走上台阶的最后一级，朝他转过脸来，问一个问题，于是彭楚克借着夕阳的光辉看了看她的脸，心里不禁哎呀了一声。她用习惯的姿势理着头发，微微仰起头，斜着眼睛朝他看着，等候着回答。但是彭楚克没有听清她问的问题；他带着一种甜得醉心的感觉慢慢往上走着。她的两个被夕阳照成了粉红色的鼻孔，因为使劲儿（她没有解下头巾，所以整理头发很不得劲儿）微微抖动着。嘴的线条显得很刚强，同时却又像小孩子一样柔和。微微翘起的小嘴唇上有一层细细的黑茸毛，使不很光滑的白皮肤显得更白。

彭楚克好像被打了一下似的，低下头去，用感慨和开玩笑的口吻说：

"安娜·波古德柯……第二号机枪手，你很漂亮，不知道谁有福气消受啊！"

"胡说！"她很自信地说，并且笑了笑。"彭楚克同志，你胡说！……我是问：咱们什么时候去打靶？"

她这一笑，显得更单纯、更亲切、更容易接近了。彭楚克挨着她站住；他呆呆地望着大街的尽头，太阳还呆在那里，向整个寰宇投射着红红的霞光。他小声回答说：

"打靶吗？明天去。现在你上哪儿去？你住在哪儿？"

她说她住在城郊一条胡同里。他们一同走去。走到十字街口，包高伏依追上了他们。

"喂，彭楚克！明天咱们怎么集合？"

彭楚克一面走，一面告诉他，在清静林外面集合，让克鲁托果洛夫和贺维雷契柯用马车把机枪拉了去，上午八点钟集合。包高伏依同他们一起走了两条街，就分手了。彭楚克和安娜·波古德柯一声不响地走了几分钟。她斜着瞟了他一眼，问道：

"您是哥萨克吗？"

"是的。"

"以前是军官吧？"

"哼，我算什么军官！"

"您是哪儿人？"

"诺沃契尔卡斯克人。"

"到罗斯托夫很久了吗？"

"才来几天。"

“以前在哪儿?”

“在彼得格勒。”

“哪一年入党的?”

“一九一三年。”

“您的家在哪儿?”

“在诺沃契尔卡斯克。”他急急忙忙回答过,就带着请求的神气伸出一只手来。“等一等,让我来问问你吧:你是罗斯托夫人吗?”

“不是的,我是叶卡捷琳诺斯拉夫人,但是这两年住在这儿。”

“现在我再问问……你是乌克兰人吗?”

她踌躇了一下,随后很果断地回答说:

“不是。”

“是犹太人吗?”

“是的。怎么啦?难道从我的口音可以听出来吗?”

“不是的。”

“那你从哪儿看出我是犹太人?”

他一面缩小步子,尽量和她走齐,一面回答说:

“从耳朵,从耳朵的样子和眼睛可以看出来。不过你身上保留的民族特征是很少的……”他想了想,又补充说:“你来到我们这儿,这很好。”

“为什么?”她问道。

“你可知道:大家对犹太人有一种看法,我知道有许多工人就是这样想的,我自己就是工人嘛,”他顺便提了提,“认为犹太人只会支使别人,自己见了危险却不肯上。这种看法是错误的,你现在就是用最好的办法驳斥这种错误的看法。你念过书吗?”

“念过,我是去年中学毕业的。您受过什么教育?我这样问,因为从您的言谈上可以看出,您不是工人出身。”

“我是读过很多书。”

他们慢慢走着。她故意绕着路走,简单地讲了讲自己的身世以后,又向他问起科尔尼洛夫的叛乱、彼得格勒工人的情形和十月革命等问题。

沿河街上传来闷声闷气的步枪声,接着就是断断续续的机枪声打破了寂静。安娜不肯放过机会,问道:

“这是什么型号的?”

“路易斯。”

“子弹带打到哪一部分啦?”

彭楚克没有回答,观赏着停泊在岸边的一艘扫雷艇上射出的一道橙黄色的、像挂了一层绿霜似的探照灯光,那灯光像一条长长的胳膊,一直伸向落日映红了的傍晚时候的天空。

他们在行人稀少的城市里走了三个多钟头,最后在安娜住的房子的大门口分手。

彭楚克回来的路上,心里暖烘烘的,模模糊糊有一种十分满意的感觉。“真是一个好同志,一个聪明姑娘!我和她谈得很投机,所以心里感到很温暖。这些日子我太不近人情了,人和人友好交往还是必要的,要不然干巴巴、冷冰冰的,就像士兵吃的面包干一样,那样可不好……”他这样想着,欺骗着自己,而且自己也知道自己在欺骗自己。

阿布拉姆逊刚刚开完革命军事委员会会议回来,向他问起训练机枪手的情况,又顺便问到安娜·波古德柯:

“她怎么样?如果她不合适的话,我们可以派她去做别的工作,调换调换。”

“不用,你说的什么话!”彭楚克吓了一跳。“她是一个很能干的姑娘。”

他觉得有一种几乎压抑不住的愿望,很想谈一谈她,他拿出很大的劲儿压了压,才忍住了。

六

十一月二十五日中午,卡列金的军队从诺沃契尔卡斯克集结到罗斯托夫城下。开始进攻了。阿列克塞耶夫的军官队,排成稀稀拉拉的散兵线,沿着铁路线,贴着路基的两边向前推进。右翼是身穿灰衣的士官生,队伍稍微密集些。左翼是波波夫将军的志愿军部队,正在通过一道红土深沟。远远看去,就好像一些小小的灰球儿往沟里直蹦；又一个个爬了上来，整了整队形，停了一会儿，又往前进。

布置在纳希契凡区边缘上的赤卫队队伍里，显出慌张和忙乱的样子。很多工人都是头一次拿起枪，觉得很害怕，爬来爬去，弄得黑大衣上沾满秋天的泥泞；有些人伸着头，望着远处变小了的一个个白军的身影。

彭楚克跪在阵地上的机枪旁边，用望远镜观察着。昨天他脱掉不合身的夹大衣，换上了军大衣，觉得穿着军大衣又习惯、又舒服。

很多人没有等到下命令就开枪了。都忍受不了紧张的寂静状态。第一枪刚刚响过，彭楚克就站了起来，又骂，又吆喝："别——打！……"

零乱的步枪声吞没了他的喊声，彭楚克再无他法，只好让机枪火力跟上；他在一片枪声中拼命提高嗓门儿，对包高伏依下了命令："开火！"包高伏依把微微含笑然而带有土色的脸贴到枪机上，把手指头放在后座的把手上。熟悉的机枪连射声震动着彭楚克的耳鼓。他朝着敌人卧倒的散兵线凝神望了一会儿，判断机枪的命中率，然后他跳起来，顺着阵地朝其余的几挺机枪跑去。

"开火！"

"来啦！……哈哈哈哈！"贺维雷契柯把又害怕又高兴的脸转过来朝着他，响亮地回答说。

中间过去第三挺机枪旁边是几个不十分稳当的小伙子。彭楚克朝他们跑去。他一面跑，一面弯着身子用望远镜看了看：透过蒙了一层水汽的镜头，看到许多灰色的人影纷纷在晃动。那边打过来一排整齐、一致的齐射。彭楚克卧倒下来，他趴在地上，就看出第三挺机枪的瞄准不对头。

"放低点儿！妈的！……"他拐来拐去地顺着阵地爬着，一面吆喝着。

子弹在他头顶上发出一阵阵催命的啸声。阿列克塞耶夫的部队就像演习时那样，枪打得很准。

在一挺翘得太高的机枪旁边，直挺挺地趴着几个机枪手：瞄准手希腊人米哈里季瞄得高高的，不住气地扫射着，拼命在浪费子弹；吓得脸色发了青的司捷潘诺夫在他旁边咕咕哒哒地不知叫什么；他们后面是一个铁路工人，是克鲁托果洛夫的朋友，他把头扎到地里，像乌龟一样拱起脊背，两腿大叉着，笔直地撑在地上。

彭楚克推开米哈里季，眯缝着眼睛瞄了半天，等机枪一张嘴，像抽筋一样在他手底下哒哒地响了起来，马上就见效了：一伙跑着往前冲的士官生纷纷从一座土丘上退了回去，光秃秃的黄土坡上还丢下一具尸体。

彭楚克回到自己的机枪跟前。包高伏依脸色煞白,脸上的火药伤斑显得更青了,他侧着身子躺着,骂着娘,绑扎着受伤的腿肚子。

“开枪呀,妈的!”趴在旁边的一个火红头发的赤卫队员,用四肢撑起身子,叫喊道。“开枪啊！你没看见他们攻上来了吗?”

军官队的散兵线,正顺着路基大模大样地跑了过来。

列宾得尔换下了包高伏依。他不慌不忙、巧妙地扫射着,注意节省子弹。

盖沃尔克扬茨像兔子蹦跳似的从左翼跑来,每有子弹从他头上飞过,他就卧倒一下,他哎呀哎呀地叫着跑到彭楚克面前:

“不行啊！……打不出去啦！……”

彭楚克几乎毫不隐蔽地贴着弯弯曲曲的卧倒的散兵线跑了过去。

还离得很远他就看到:安娜正跪在机枪旁边,撩着一绺披散下来的头发,用手搭个棚,望着敌军的队伍。

“卧倒！……”彭楚克为她担心,脸都吓得发青,血直往上涌,吆喝道,“卧倒,对你说呢！……”

她朝他看了看,依旧那样跪着。骂娘的话冲到彭楚克的嘴边,差点儿就骂出来。他跑到她跟前,使劲把她按在地上。

克鲁托果洛夫在护板后面哼哧着。

“卡住啦！打不出去啦!”他哆嗦着,小声对彭楚克说,一面拿眼睛寻找盖沃尔克扬茨,一面打着呛叫喊着:“他跑啦,该死的东西！这个活宝贝跑啦……他哼哼得叫人心烦死啦！……简直叫人没法子干！……”

盖沃尔克扬茨像条水蛇一样,曲曲弯弯地爬了过来。他那毛刷子一样的黑胡子上都粘上了干泥巴。克鲁托果洛夫扭过汗漉漉的牛脖子,对着他看了一小会儿,就大叫起来,叫声盖过了隆隆的枪声:

“你把子弹带放到哪儿去啦?……饭桶！……彭楚克！彭楚克！你叫他滚吧,我可不要他！……”

彭楚克连忙过去修理机枪。一颗子弹十分猛烈地打在护板上,他急忙抽回手,就像被烫了一下似的。

彭楚克把机枪修好以后,就亲自扫射起来。直打得大模大样地往前冲的阿列克塞耶夫的部队卧倒下去,而且用眼睛寻找着掩蔽物,向后爬去。

敌人的队伍越来越近了。从望远镜里可以看到,志愿军的队伍往前冲着,步枪的皮带套在肩上,很少卧倒。他们的火力更加猛烈了。在赤卫队的阵地上,已经有三个人的步枪和子弹被别的同志拿走了——死者不需要武器了……安娜和趴在克鲁托果洛夫的机枪跟前的彭楚克，眼看着阵地上一个年纪轻轻的赤卫队员被一颗子弹打死。他挣扎了半天，哼哼着，拿裹着绑腿的两腿在地上乱蹬，到最后用摊开的两条胳膊撑了一下身子，哼哧了一声，最后吐了一口气，就脸朝下趴倒了。彭楚克从一旁看着安娜。姑娘那睁得老大的大眼睛里闪烁着恐怖的亮光。她直愣愣地望着阵亡的小伙子那两条裹着破旧的步兵绑腿的长腿，没有听见克鲁托果洛夫正对着她喊叫：

“子弹带！……子弹带！……拿来！……姑娘，把子弹带拿来！”

卡列金的队伍用深入的侧翼包抄逼得赤卫队从阵地上败退下来。纳希契凡郊区的街道上到处晃动着败退的赤卫队的黑大衣和军大衣。右面尽边上一挺机枪落到了白军手里。一个士官生用枪口抵着打死了希腊人米哈里季，敌人又像演习时捅稻草人那样，用刺刀捅死了二号机枪手；这一挺机枪的机枪手只有排字工人司捷潘诺夫保全了性命。

直到扫雷艇上飞来一阵阵的炮弹，退却才停止下来。

“散开！……跟我冲！……”和彭楚克很熟识的一位革命军事委员会的委员冲到前面，呼喊道。

排成散兵线的赤卫队又动了起来，参差不齐地向前冲去。彭楚克和克鲁托果洛夫、安娜、盖沃尔克扬茨紧靠在一起。从他们旁边走过去三个人，几乎是肩膀挨着肩膀往前走。其中有一个抽着烟，第二个一面走一面用枪栓敲着膝盖，第三个在聚精会神地打量他那弄脏了的大衣前襟。这个人的脸上和胡子尖上流露着抱歉的笑容——他好像不是去拼命，而是从朋友家的宴会上回家，正瞧着弄脏了的大衣，猜度他那很厉害的老婆会怎样处治他。

“他们就在那儿！”克鲁托果洛夫指着远处的篱笆和在篱笆外面蠕动着的灰色人影。

“把机枪架起来！”彭楚克像熊一样转悠着机枪扫射起来。

猛烈的机枪声震得安娜捂起耳朵。她蹲下去，看到篱笆外面的人不动了，但是过了一会儿，那边就很有规律地打来一阵阵的齐射，子弹纷纷从头上飞过，在灰暗的天幕上钻着看不见的窟窿。

一阵又一阵的齐射声就像冬冬的鼓声，像蛇一样的机枪子弹带咔啦咔啦地响着，很快地缩短。单发的步枪声叭叭地响着，又响亮又清脆。黑海水兵们从扫雷艇上打来的炮弹，从人们头上飞过，发出呜呜的吼声，跟子弹的尖啸声混成一片。安娜看到：有一个赤卫队员，大大的个子，戴着羊羔皮帽，留着英国式的小胡子，见每一颗炮弹飞过，都不由自主地鞠躬欢迎和欢送，一面喊叫着：

“打吧，谢苗，加劲儿打吧，谢苗！照他们多打几炮！”

打出的炮弹真的越来越密了。水兵们经过试射以后，展开了联合炮击。好几堆慢慢后退的卡列金的队伍被密集的榴霰弹硝烟遮盖住。一颗杀伤力很大的炮弹在退却的敌人群中爆炸开来。爆炸的褐色烟柱一升起，敌人立刻七零八落，那烟柱在弹坑上方慢慢下降，渐渐消散。安娜扔掉望远镜，哎呀一声，用肮脏的双手捂起吓红了的眼睛——她在望远镜里十分真切地看到了爆炸的旋风和许多人的死。她的喉咙里酸酸的，哆嗦得气都透不过来。

“怎么啦?”彭楚克探过身子，高声问道。

她咬紧了牙，她那一双大大的眼睛已经模糊了。

“我受不了……”

“勇敢一点！你……安娜，听见吗？听见吗？……这样可不行！……别——这样！……”他的兄长式的呼喊声撞击着她的耳朵。

在右翼，在一片不大的高地的要冲处，敌人的步兵正往一条山沟里集结。彭楚克发现了这一情况，就带着机枪跑到一块更方便的地方，对准高地和山沟扫射起来。

哒哒哒哒哒哒！……哒哒哒哒哒哒！——只听见机枪不很均匀地、断断续续地扫射着。

在二十来步远处，有人怒冲冲地、声嘶力竭地喊叫着：

“担架！……没有担架吗？……担架！……”

“瞄——准……”一个在前方当过兵的排长拉长声音叫喊道。“十八……全排，开枪!”

快到黄昏时候，雪花纷纷扬扬，飘落到寒冷的大地上。过了一个钟头，又湿又黏的雪就覆盖了田野和一具具的死尸，那横七竖八的死尸就像许多黑土块，在打仗的队伍进攻和退却时经过的地方到处都有。

快到黄昏时候，卡列金的部队退走了。

在被新雪映照得白茫茫的这个夜晚，彭楚克一直担任机枪哨。克鲁托果洛夫不知从哪里弄来一件阔气的马衣，将马衣蒙在头上，吃着一块水漉漉的瘦肉，一面吐着，小声骂着。盖沃尔克扬茨也在这里，他躲在旁边一户人家的大门洞里，用烟卷烤着冻得抽筋的发青的手指头；彭楚克坐在一个锌制的子弹箱上，把冻得直哆嗦的安娜裹在军大衣里，有时把她的两只紧紧捂着眼睛的手拿开，亲亲这两只手，嘴里非常费劲儿地说着一些很不习惯的温柔话儿。

“哎，怎么能这样呀？……你一向很刚强嘛……安妮亚，你听着，要好好控制自己！……安妮亚！……好妹妹……好朋友！……这种事你会习惯的……你很要强，你要是不离开队伍，那你以后会不同的。对死人可不能这样看……根本不要理睬！别去胡思乱想，要善于控制。你瞧：虽然你说得很好，可是你还是有女性的弱点。"

安娜没有做声。她的两只手散发着秋天泥土的气息和女人的温暖气息。

纷纷飞舞的雪花像一层不透明的柔和的薄膜，遮住了天空。旁边的院落、附近的田野、隐去的城市，都沉醉在睡乡中。

 七

在罗斯托夫城外和城里一共打了六天。

在街道上，在十字路口，都进行过战斗。赤卫队两次从车站退出来，又两次把车站上的敌人赶走。在六天的战斗中，双方都没有留下一个俘虏。

十一月二十六日傍晚时候，彭楚克和安娜从货车站旁边经过，看到两个赤卫队员正在枪毙一个被俘虏的军官；彭楚克故意带点强硬语气对转过脸去的安娜说：

"这太好啦！应该枪毙他们，要毫不留情地消灭他们！他们对我们是不会留情的，我们也不用留情，一点也用不着可怜他们。去他妈的！把这些妖孽们从地球上清除掉！总而言之，既然是关系到革命命运的问题，就不能感情用事。这些工人干得对！"

到第三天，他生病了。他勉强支撑了一天一夜，觉得非常恶心，越来越难受，浑身一点力气都没有，脑袋嗡嗡直响，沉甸甸的，抬都抬不起来。

十二月二日拂晓，零零落落的赤卫队的队伍从城里撤了出来。彭楚克由安娜和克鲁托果洛夫搀扶着，跟在一辆拉着机枪和伤员的大车后面走着。他十分

吃力地拖着软弱无力的身子，就像在梦里一样迈动着两条生铁似的不听使唤的腿，不时地碰到安娜那仿佛很远的、带有召唤和惊慌神情的目光，听着她那好像从很远处传来的话。

“上车吧，伊里亚。听见没有？你明白我的话吗，伊留沙？请你上车吧，你是病人呀！”

可是彭楚克没有听明白她的话，也不明白自己害了伤寒病，已经病得很厉害了。说话的声音又陌生，又出奇地熟悉，只在外面什么地方响着，却进不了脑子；安娜那两只焦灼和惊慌的黑眼睛也好像在很远的地方忽闪着；克鲁托果洛夫的大胡子一股劲儿摇晃着，转着圈圈儿。

彭楚克抱住头，两只宽大的手掌紧紧贴在烧得通红的脸上。他觉得，好像他的眼睛里正在往外渗血，整个没有边际的、飘摇不定的世界就好像被一层看不见的幕和他隔离开来，又好像竖了起来，好像要从脚下跑走。他的迷迷糊糊的头脑幻想出各种各样千奇百怪的形象。他常常站下来，拼命挣上一阵，不让克鲁托果洛夫把他往车上推。

“不行，等一等！你是什么人？……安娜在哪儿？……给我几块土坷垃……你把这些家伙消灭掉，听我的命令，用机枪扫射！直接瞄准！……等一等！好热呀！……”他沙哑地叫着，手拼命从安娜手里往外抽。

他们硬把他推上了大车。有一会儿工夫他还感到有一股各种各样气味掺合起来的刺鼻气味，怀着害怕的心情想使自己的头脑清醒清醒，一再地使自己镇定，但是镇定不下来。觉得头顶上黑沉沉、空洞洞，一点声音都没有。只有在高高的天上，有一小块白中带蓝的东西放射着夺目的亮光，再就是一些弯弯曲曲的东西和一些圈圈儿交错地闪来闪去，就像是红色的闪电。

八

麦秸染黄了的一条条冰锥从屋檐上纷纷地往下掉，摔在地上发出玻璃的响声。温暖的天气使村子里增添了一个个的水洼和一片片的光地；还没有脱毛的牛在大街上走来走去，拿鼻子到处闻。麻雀像春天里那样叽叽喳叫着，在院子里的柴禾堆里找食儿。马尔丁·沙米尔正在广场上追赶从家里跑出来的吃得饱饱的枣红马。那马直挺挺地撅着像一捆麻似的尾巴，迎风摆动着乱蓬蓬的鬃毛，尥着蹶子，把蹄子上的一团团水雪摔得老远，在广场上兜了几个圈子，在教堂的围墙边停下来，闻了闻墙上的砖；等主人走到跟前，它用那淡紫色的眼睛斜着看了看主人手里的笼头，又把身子挺了挺，就狂跑起来。

一月想讨大地的欢喜，送来不少阴霾而温暖的日子。哥萨克们望着顿河，预料今年会过早地发大水。这一天，米伦·格里高力耶维奇在后院里站了很久，望着积雪很厚的草甸子，望着顿河上那青灰色的冰面，心里想道："瞧吧，今年又要像去年那样发大水啦。瞧那雪，那雪有多厚啊！恐怕土地都叫雪压得吃不消，连气都喘不过来啦！"

米佳只穿着一件绿色军便服，在打扫牛栏。他的后脑勺上怪模怪样地扣着一顶白色皮帽。汗漉漉的、笔直的头发耷拉到额头上。米佳用带有牛粪气味的肮脏的手背撩着头发。牛栏门口有一堆冻结的牛粪块，有一只毛茸茸的山羊正在上面乱踩。有几只绵羊挤在篱笆脚下。一只长得比母羊还高的羊羔想要吃奶，母羊用头牴它，不叫它吃。旁边有一只盘角的黑毛阉羊正在桩子上蹭痒痒。

门上涂了黄泥的一座仓房旁边，躺着一条长嘴巴、黄眉毛的公狗，正在晒太阳。仓房檐下的墙上挂着鱼网；格里沙加爷爷拄着拐杖，望着鱼网，显然他是在想，春天就要到了，鱼网该修补修补了。

米伦·格里高力耶维奇来到场院上,用当家人的眼睛打量着几个干草垛,正要用耙子搂一搂被羊拉乱了的谷草,这时候他却听到外面人的说话声。他便扔下耙子,朝院子里走去。

米佳叉开一条腿,正在卷烟卷,把情人给他绣的一个很漂亮的烟荷包夹在两个手指头中间。在他旁边的是贺里散福和伊万·阿列克塞耶维奇。贺里散福从浅蓝色的阿塔曼团制帽里面掏出一片油污的卷烟纸。伊万·阿列克塞耶维奇靠在院子的篱笆门上,敞着军大衣,正在自己的军装棉裤口袋里摸索。他那刮得光光的、下巴上有一个黑黑的小深洞的脸上,流露出遗憾的表情,看样子,他忘记什么东西了。

"夜里睡得好啊,米伦·格里高力耶维奇!"贺里散福问候道。

"托福托福,老总们!"

"来一块儿抽抽烟吧。"

"不用啦,我刚才抽过。"

米伦·格里高力耶维奇和两个人握过手,摘下他那红顶的三耳皮帽,把竖立起来的白头发拢平了,笑了笑,说:

"阿塔曼团的弟兄们,到舍下有何贵干?"

贺里散福从头到脚把他打量了一遍,没有马上回答。他先伸着像牛那样粗糙的大舌头,往卷烟纸上抹了老半天的唾沫,等到把烟卷好了,这才瓮声瓮气地说:

"来找米佳,有点小事儿。"

格里沙加爷爷从旁边走过,他用手提着鱼网的圈圈儿。伊万·阿列克塞耶维奇和贺里散福都摘下帽子向他问好。格里沙加爷爷把鱼网送到台阶跟前,又走了回来。

"你们怎么啦,老总们,干什么在家里蹲着呀?躲在老娘们儿怀里焐身子吗?"格里沙加爷爷对哥萨克们说。

"要不然又干什么呢?"贺里散福问道。

"贺里斯托什卡①,你算了吧!你真不知道吗?"

"老天爷在上,我不知道!"贺里散福起誓说。"天地良心,爷爷,我不知道!"

"前两天从沃罗涅日来了一个人,是个买卖人,是谢尔盖·普拉托诺维奇·

---

① 贺里斯托什卡是贺里散福的小称。

莫霍夫的朋友,也许是他的亲戚——我不大清楚。那人说,柴尔特柯沃驻着他们布尔什维克的军队。俄罗斯要和咱们打仗啦,你们就躲在家里吗?还有你,米佳,坏小子,听见吗?你怎么不做声?你们在想什么?”

“我们什么也不想。”伊万·阿列克塞耶维奇笑着说。

“你们什么也不想,那才糟呢!”格里沙加爷爷发急地说。“他们会像逮鹧鸪一样把你们逮起来!庄稼佬把你们都抓起来,把你们活活折腾死……”

米伦·格里高力耶维奇矜持地笑着;贺里散福用手摩弄着脸,弄得很久没刮的硬扎扎的大胡子沙沙地响;伊万·阿列克塞耶维奇抽着烟,看着米佳,米佳那像猫一样竖着的瞳人亮闪闪的,使人看不出,他的一双绿眼睛是在笑,还是气汹汹地在冒火。

伊万·阿列克塞耶维奇和贺里散福又说了一小会儿话以后,便说要走,把米佳叫到了便门口。

“昨天你为什么不去开会?”伊万·阿列克塞耶维奇正色问道。

“没有工夫。”

“上麦列霍夫家去就有工夫吗?”

米佳头一低,把皮帽子扣到前额上,暗暗地发着狠,说:

“不去就是不去。咱们有什么好谈的?”

“全村上过前方的人都到啦。彼特罗·麦列霍夫没有到。告诉你……大家决定,村里派代表上卡敏镇去。一月十日那儿要开军人代表大会。大家抽了签,抽签的结果,是咱们三个人去,就是我、贺里散福和你。”

“我不去。”米佳决绝地说。

“为什么?”贺里散福沉下脸,抓住他的军便服扣子。“你不合群吗?不合你的意吗?”

“他跟彼特罗·麦列霍夫走呢……”伊万·阿列克塞耶维奇的脸煞白煞白的,他拉了拉贺里散福的大衣袖子,说。“好啦,咱们走吧。看样子,这是咱们没办法的事……你是不去啦,米佳?”

“不去……我说‘不去’,就是不去。”

“再见吧!”贺里散福歪着脑袋说。

“一路平安!”

米佳的眼睛看着一边,把一只滚烫的手伸给他,便朝房里走去。

“坏蛋!”伊万·阿列克塞耶维奇低低地说了一声,并且一连抖动了几下鼻孔。“坏蛋!”他望着越走越远的米佳那宽阔的脊背,又比较响亮地说了一遍。

他们在回家的路上顺便跑了几家,告诉一些弟兄们,说柯尔叔诺夫不肯去参加军人代表大会,明天只有他们两个去了。

一月八日,天蒙蒙亮,贺里散福和伊万·阿列克塞耶维奇便出发了。“马掌”亚可夫自愿赶着爬犁送他们去。一对好马拉着爬犁很快地出了村庄,爬上山冈。因为天气暖和,路上的雪已经化了不少。走到雪已经化尽的地方,滑木就陷进泥里,爬犁一冲一冲地向前进,两匹马使足了劲儿拉,把缰绳拉得像弦一样直。

两个人都跟在爬犁后面走。清晨是寒冷的,“马掌”的脸冻得通红,他的靴子踩得路上的薄冰咯吱咯吱直响。他的一张脸像火一样红,只有那块椭圆形的伤疤发着死尸一般的青色。

贺里散福贴着路边,踏着已经落实的颗粒状的积雪往山上走,他气喘吁吁,呼吸十分吃力,因为一九一六年他在杜布诺附近呼吸过德国人的毒瓦斯。

山冈上的风很大,也冷些。三个人都不说话。伊万·阿列克塞耶维奇用皮袄领子裹住脸。远处的一座小树林子越来越近了。大路穿过树林,向山冈脊上伸去。风在树林里哗啦哗啦地响着,就像小河里的流水。在一棵棵老橡树的树干上,铁锈色的鱼鳞状树皮闪着黄中带绿的金光。远处有一只喳喳叫的喜鹊。喜鹊歪着尾巴从大路上方飞过。那鸟儿乘着风势,歪斜着身子,忽闪着亮闪闪的翅膀,迅速地飞着。

出了村子就没有说过话的“马掌”,回头朝着伊万·阿列克塞耶维奇,一个字一个字地(大概,这两句话他在脑子里早就想好了)说道:

“你们到会上多出出劲,让大家不要打仗。没有人愿意打仗。”

“那是当然,”贺里散福答应说,一面十分羡慕地看着喜鹊自由自在地在飞,并且在脑子里拿鸟儿的无牵无挂的幸福生活跟人的生活做着比较。

一月十日傍晚时候,他们来到卡敏镇上。一群一群的哥萨克从各条街道上朝这座大镇的中心走去。熙熙攘攘,非常热闹。伊万·阿列克塞耶维奇和贺里散福找到格里高力·麦列霍夫的住处,一问,他却不在家。女房东是一个白眉毛的胖大女人,她说她的这位房客开大会去了。

“大会在哪儿开?”贺里散福问道。

“大概在州公署里,也许是在邮局里。”女房东说着,就冷冷地把门关上,差一点碰着贺里散福的鼻子。

大会开得正热闹。一个有很多窗户的大屋子里挤满了代表。楼梯上,走廊上,旁边的屋子里,都有很多人。

“跟我走。”贺里散福用胳膊肘朝两边推着,朝前走去。

他身后出现一条窄窄的缝儿,伊万·阿列克塞耶维奇迅速地朝缝儿里钻去。快到开会的屋子门口,有一个哥萨克,从口音上来判断,是个顿河下游的人,上前拦住贺里散福。

“你慢点儿钻,泥鳅!”他刻薄地说。

“让我进去!”

“你就在这儿站站吧!你瞧,没地方啦!”

“让开点儿,你这小蚊子,要不然我捏死你。你试试看!”贺里散福说着,轻轻一提,把那个小个子哥萨克提到一边,又向前走去。

“哎呀呀,好一只大狗熊!”

“阿塔曼团的人个个都是大力士!”

“是一条好汉!能驮一门四英寸口径的大炮!”

“瞧,他提一个人多轻巧!”

像羊群似的拥拥挤挤地站在门口的许多人都笑着,不由得都带着敬意打量着比大家都高一头的贺里散福。

他们在后墙根下找到了格里高力。他正蹲在那里抽烟,和三十五团的一个代表说话。他一看见自己村里来的人,那耷拉着的铁青色小胡子就笑得哆嗦起来。

“嘿……哪一阵风把你们刮来啦?伊万·阿列克塞耶维奇,你好!贺里散福小叔,你可结实!”

“结实倒是结实,就是不怎么会结子。”贺里散福嘻嘻笑着,把格里高力整个的手掌都握进他那半俄尺长的大手里。

“咱们村里怎么样?”

“村里都平安。大家都问候你。你爹叫你回家去看看。”

“彼特罗怎么样?”

“彼特罗嘛……”伊万·阿列克塞耶维奇不自然地笑了笑,“彼特罗和我们这些人谈不到一块儿。”

“这我知道。噢,娜塔莉亚怎么样?孩子们好吗?你们常看到他们吗?”

“都很结实,都向你问好。就是你爹还在生你的气……”

贺里散福的脑袋转来转去,打量着坐在桌子旁边的主席团。他虽然在后面,看起什么还是比别人都方便。格里高力利用大会短短的休息时间,继续探问村里的情形。伊万·阿列克塞耶维奇讲了村子里的情形、村子里的一些新闻,又简短地讲了上过前方的人开大会、派他和贺里散福到这里来的事。他正要问问卡敏镇这里的情形，这时候有一个坐在桌旁的人宣布说：

“乡亲们，现在由矿工代表发言。请大家注意听，还要保持秩序。”

一个中等身材的人，把淡褐色的头发向上撩了撩，就说起话来。像蜜蜂叫似的嗡嗡的人声，就像被切断了一样，一下子就静了下来。

他一发言，格里高力和其他的人就感到他那些慷慨激昂、充满激情的话很有说服力。他谈到卡列金煽动哥萨克同俄罗斯的工人阶级和农民去打仗的阴险用心，谈到哥萨克和工人利益的一致，谈到布尔什维克同哥萨克的反革命集团进行斗争的目的。

“我们愿意和哥萨克的劳动人民携起手来，并且希望，在同白卫军匪徒作战中，上过前方的哥萨克会成为我们可靠的盟友。过去为沙皇作战的时候，工人和哥萨克一起流过血，现在和卡列金率领的资产阶级的狗崽子们作战，我们也应该在一起，而且一定能在一起！我们要手挽手地作战，共同来消灭千百年来欺压劳动人民的那些人！”他的洪亮的声音像打雷一样响着。

“他妈的，说得真痛快！……”贺里散福兴高采烈地小声说，并且捏了捏格里高力的胳膊肘，捏得格里高力皱了皱眉头。

伊万·阿列克塞耶维奇微微张着嘴在听，因为听得带劲儿，不住地眨巴眼睛，嘴里嘟囔着：

“对！这话对！”

这个代表发过言以后，又有一个高个子矿工发言，他一面说话，一面摇晃身子，就像风中的白蜡树。他站起来，伸直了身子，好像原来是折叠着的；打量了一遍瞪着许多只眼睛的人群，等候了半天，一直等到嘈杂声安静下去。这个矿工很像船索：肌肉疙疙瘩瘩，十分结实，又瘦又长，浑身泛着青绿色，好像是青铜铸成的。他脸上的汗毛孔里粘满黑黑的煤灰，就像许许多多洗不掉的小黑点儿；因为长期在黑暗中跟地下煤层打交道而变得疲惫无神、失去光彩的一双眼睛，也像煤炭一样黑糊糊的。他抖了抖短短的头发，扬了扬攥成拳头的一双手，就像一镐砸下去那样，说：

“是谁在前方对士兵施行了死刑？是科尔尼洛夫！是谁跟卡列金在一起折腾我们？也是他！”他加快速度，一连声地叫了起来：“哥萨克们！弟兄们！弟兄们！弟兄们！你们究竟跟着谁呢？卡列金是想让咱们互相残杀！不行！不行！他们休想！咱们要叫他们瞧瞧厉害，把他们统统扫掉！把这些害人虫统统扔进汪洋大海！”

“他妈的！……”贺里散福笑得咧着嘴，高兴得手舞足蹈，忍不住哈哈大笑起来:“说得好——好! ……狠狠收拾他们!”

“住嘴! 贺里散福,你怎么啦? 人家会把你赶出去的!”伊万·阿列克塞耶维奇害怕地说。

拉古京是布堪诺夫乡的哥萨克,是第二届全俄中央执行委员会哥萨克事务部的第一主席,他说了一些发自肺腑的、不很连贯、但是十分激动人心的话,哥萨克们听了都很感动。担任主席的波得捷尔柯夫也发了言,接着他发言的是留着英国式小胡子的很英俊的沙简科。

“这是什么人?”贺里散福伸出长胳膊指着,向格里高力问道。

“他是沙简科。布尔什维克的一个指挥员。”

“那一个呢?”

“叫曼德尔什坦。”

“打哪儿来的?”

“莫斯科。”

“那几个是什么人?”贺里散福指着沃罗涅日的代表团问道。

“你安静一会儿吧,贺里散福。”

“我的天,实在太有意思啦! ……你告诉我:那一个细高个儿,跟波得捷尔柯夫坐在一块儿的,他是什么人?”

“他叫克里沃什雷科夫,是叶兰乡戈尔巴托夫村的。在他后面的两个人是咱们乡的,一个是库金诺夫,一个是顿涅茨柯夫。”

“我还问一个……那一个……不是那个! ……是尽边上那一个,头发长长的,是什么人?”

“他叫叶里谢耶夫……我不知道他是哪个乡的。”

贺里散福问过了瘾,就不再问了,他听着一个接一个上去的人讲话,兴趣一直不减退,而且总是首先喊出:“说得好——好! ……”他那厚沉的粗嗓门儿盖过几百人的声音。

一个姓司捷欣的哥萨克布尔什维克发过言以后,第四十四团的代表上去发言。他因为说话很费劲儿,说得很不自然,憋了半天;每说出一个字,就像在空中打一个火印,就歇一下子,用鼻子吸一口气;但是哥萨克们都抱着极大的好感在听他讲话,只是偶尔发出赞许的喊声打断他一下。显然,他说的话在哥萨克当中引起了热烈的反响。

“弟兄们! 咱们的代表大会应当办好这件大事,让大家伙儿都满意,让一切都平平安安地过去!”他像口吃的人一样,把声音拉得很长。“我说的是,要叫咱们避免打仗流血。我们已经在战壕里折腾了三年半啦，比如说，如果还要打仗的话，那就要哥萨克的命啦……”

“说得对——对！……”

“一点不错！”

“我们不愿意打仗！……”

“要和布尔什维克、和哥萨克军人联合会谈判！”

“要讲和，别的办法都不要……没有什么好说的！”

波得捷尔柯夫用拳头敲了敲桌子，吼叫声才静了下去。第四十四团的代表这才一面摸着西伯利亚式的大胡子，一面拉长了声音说下去：

“咱们的代表大会应该派代表上诺沃契尔卡斯克去，好言好语地要求志愿军和各种各样的游击队从这儿撤回去。至于布尔什维克，呆在我们这儿也没有什么意思。对付劳苦大众的敌人，我们自己能行。目前我们还不需要别人来帮助，如果以后需要的话，我们再请他们来帮助。”

“这话离了谱儿啦！”

“说得对——对！”

“等一等，等一等！怎么‘说得对’？比如说，等敌人的刀架到咱们的脖子上，那时候再去请布尔什维克帮助吗？不行，到那时候就晚啦！”

“应当建立自己的政权。”

“母鸡在窝儿里，可是不知道蛋往哪儿下……天啊！大伙儿真糊涂！”

第四十四团的代表发过言以后，拉古京说了不少号召性的热烈的话。他的说话声不时被叫喊声打断。根据一些人的建议，宣布休息十分钟，但是等到刚刚安静下来，波得捷尔柯夫就对着心情激动的人群喊叫起来：

“哥萨克弟兄们！现在咱们在这儿开会，可是劳苦人民的敌人并没有睡大觉。咱们总是希望，狼也能吃饱，羊也能好好儿的，可是卡列金他却不这么想。他发了一道命令，要逮捕参加这次大会的所有人员，我们截获了这道命令。现在就把这道命令念一念。”

念完卡列金所下的逮捕大会代表的命令以后，人群中掀起一阵骚动。大家一齐闹哄哄地嚷了起来，这种叫嚷声比任何集市上的叫嚷声都响亮百倍。

“说干就干，不要光说空话！”

“安静点儿！……嘘嘘嘘！……”

“用不着什么‘安静点儿’！就是要干！”

“罗博夫！罗博夫！……你对他们说说！……”

“稍微等一等！……”

“卡列金他也不是呆子！”

格里高力一声不响地听着，望着代表们乱摇晃的脑袋和胳膊，后来忍不住了，踮起脚来，大声喊叫道：

“大家别嚷啦，妈的！……你们是来赶集的吗？叫波得捷尔柯夫把话说完呀！……”

伊万·阿列克塞耶维奇正和第八团的一个代表争得不可开交。

贺里散福大声吼叫着，反驳持不同意见的同团的一个哥萨克：

“这么说，还要找人保驾呢！你真是……胡扯什么？……够啦！哼，你呀，伙计，算了吧！咱们自己能对付！”

闹哄哄的喧嚷声小了下去（就像一阵强劲的风刮进麦田里，把麦子都刮倒了），这时候克里沃什雷科夫那尖细得像姑娘一样的声音像钻子一样钻透了还没有完全静下来的嘈杂声：

“打倒卡列金！哥萨克革命军事委员会万岁！”

人群里又嗡嗡起来。一阵阵赞成的呼喊声连成震耳的、隆隆的一片。克里沃什雷科夫还举着手站在那里。他的手指头就像树叶子，轻轻摆动着。震耳的呼喊声刚刚停止，克里沃什雷科夫就像被狗追着的狼那样，又尖利、高亢、响亮地叫了起来：

“我提议，由哥萨克选举成立一个哥萨克革命军事委员会！由这个委员会同卡列金进行斗争，并组织……”

“啊啊啊啊啊！……”喊叫声像炮弹爆炸一样炸了开来，震得天花板上的石灰片像弹片一样纷纷落了下来。

大家就开始选举革命军事委员会委员。以四十四团发言的代表和另外几个人为首的一小部分哥萨克，仍然主张和平解决同军政府的争端，但是大多数出席大会的代表已经不支持他们了；哥萨克们听了卡列金要逮捕他们的命令以后，都气得鼓鼓的，主张同诺沃契尔卡斯克的政权进行坚决的斗争。

格里高力没有等到选举结束，因为团部有紧急事情要叫他去。他一面往外走，一面对贺里散福和伊万·阿列克塞耶维奇说：

“等散了会，你们到我这里来。我很想知道，哪些人当选了委员。”

夜里，伊万·阿列克塞耶维奇来了。

“波得捷尔柯夫当选为主席，克里沃什雷柯夫当选为书记！”他一进门就说。

“委员呢？”

"委员有拉古京·伊万、郭罗瓦乔夫、米纳耶夫、库金诺夫,还有另外几个人。"

"贺里散福哪儿去啦?"格里高力问道。

"他跟一些哥萨克去逮捕卡敏乡公所的人去啦。他这人性如烈火,往他身上吐口唾沫,都会烤得吱吱响。真够戗!"

贺里散福黎明时候才回来。他哼哧了半天,一面脱靴子,一面小声嘟哝着。格里高力点上灯,看见他的紫涨的脸上有血,额头上方还有一道子弹擦伤。

"你这是谁打的?……要包一包吧?我就来……等一等,我去找绷带。"格里高力从床上跳下来,去找纱布和绷带。

"没事儿,会长好的。"贺里散福嘴里咕噜咕噜地说。"这是那个军官拿手枪打了我一枪。我们从大门口进去,像客人一样去找他,可是他抵抗起来啦。还打伤了一个哥萨克。我真想把他的心挖出来,看看这个军官的心是用什么做成的,哥萨克们都不叫我这样干,要不然我会狠狠敲他一顿……把他的骨头敲碎!"

九

在卡敏镇召开的哥萨克军人代表大会宣布,政权转入革命军事委员会之手。列宁得知此事之后,就在无线电广播里说:顿河上四十六个哥萨克团宣布成立自己的政府,并且正在同卡列金作战。

哥萨克军人派出自己的代表,到列宁格勒去参加全俄罗斯苏维埃代表大会。列宁在斯莫尔尼宫接见了他们。

"你们要把人民的敌人从地球上清除掉,把卡列金赶出诺沃契尔卡斯克……"全俄苏维埃代表大会向哥萨克们提出了这样的号召。

卡敏镇召开的军人代表大会结束后,第二天,顿河第十哥萨克团就奉卡列金之命开到卡敏镇上，要逮捕参加大会的全体人员和解除最倾向革命的哥萨克部队的武装。

这时候车站上正在开群众大会。很大的一群哥萨克沸沸扬扬地议论着，听着讲话人讲话表现出各种各样的态度。

在台上的波得捷尔柯夫说：

“各位父老兄弟们，我没有参加任何党派，也不是布尔什维克。我只希望一点：希望有公道，希望有幸福，希望所有的劳苦大众亲密团结，希望没有任何压迫，没有富农、资本家和财主，希望大家都能自由自在地过日子……布尔什维克所追求的就是这个，就是在为这个奋斗。布尔什维克就是工人，就是劳苦的人，就和咱们哥萨克一样。不过加入布尔什维克党的工人比咱们更有觉悟：咱们过去糊里糊涂，他们在城市里，比咱们见识多，看问题更清楚。并且，我也可以说是一个布尔什维克，虽然我没有参加布尔什维克党。”

第十团下了火车，就来到大会会场。这个团的骨干有一半是特别高大、衣着华丽的原宫陀洛夫团的哥萨克，他们跟别的一些团的哥萨克混杂到一起，情绪马上发生了急剧的转变。他们拒绝执行团长下达的执行卡列金指示的命令。由于拥护布尔什维克的人们热心宣传，他们中间发生了分化。

这时候，卡敏镇上到处呈现出靠近前线的那种忙乱状态：一支支仓促凑起来的哥萨克队伍调去占领和守护被攻克的车站，兵车一辆一辆地朝兹维列沃—里哈亚方向开去。许多部队里在改选指挥人员。有些不愿意打仗的哥萨克悄悄地离开卡敏镇。有一些村镇的代表在会后才赶了来。大街上显得空前热闹。

一月十三日，白军的顿河政府派来谈判的代表团到达卡敏镇。这个代表团的成员是：军人联合会主席阿盖耶夫和联合会的委员斯维托查洛夫、乌兰诺夫、卡辽夫、巴舍洛夫以及库什纳列夫大尉。

密密层层的人群在车站上迎接他们。由御林军阿塔曼团的哥萨克组成的护卫队把他们送到了邮电局大楼。革命军事委员会的委员和白军政府派来的代表团一起开了一夜的会。

革命军事委员会这方面有十七个人参加了会谈。波得捷尔柯夫首先对阿盖耶夫的发言进行了严厉的驳斥，因为阿盖耶夫指责革命军事委员会背叛顿河哥萨克，同布尔什维克勾结。接着克里沃什雷科夫和拉古京也发了言。库什纳列夫大尉的发言几次被聚集在走廊里的哥萨克的喊声打断。有一个机枪手代表革命的哥萨克要求逮捕代表团。

会议没有得到任何结果。到夜里两点钟，已经很清楚，这次会议不会取得任何协议，于是大家通过了军人联合会委员卡辽夫的建议：由革命军事委员会派代表团赴诺沃契尔卡斯克进行商谈，最后解决政权问题。

白军的顿河政府代表团离开以后，以波得捷尔柯夫为首的革命军事委员会代表团接着就前往诺沃契尔卡斯克。代表团成员是大家一致选出的，有波得捷尔柯夫、库金诺夫、克里沃什雷科夫、拉古京、司卡奇柯夫、郭罗瓦乔夫和米纳耶夫。后来逮捕了一些阿塔曼团的军官，就把他们留在卡敏镇上，作为人质。

十

车窗外面，风雪狂啸。一个个被风吹得光溜溜的，已经落实了的雪堆，埋没了残缺不全的防雪栅栏。高高低低的雪堆顶上，已经印上了奇形怪状的鸟爪印儿。

一根一根的电线杆子、一个一个的小站和无边无际、一片白茫茫的原野迅速地向北方退去。

波得捷尔柯夫穿着一件新的光皮上衣，坐在车窗前。肩膀窄窄的、身子瘦瘦的、像个少年人的克里沃什雷科夫坐在他的对面，用胳膊肘支着下巴，望着窗外。他那像孩子一样清澈的眼睛里流露着担心和期待的神情。拉古京用小梳子梳着稀稀拉拉的淡褐色下巴胡子。身强力壮的大汉米纳耶夫在暖气管子上烤手，在座位上转来转去。

郭罗瓦乔夫和司卡奇柯夫躺在上面铺位上，小声说着话儿。

车厢里相当冷，有不少烟气。代表团的成员们都觉得上诺沃契尔卡斯克没有什么把握。谈话没有劲头儿。默默无语，十分沉闷。里哈亚车站过去了。波得捷尔柯夫说出了大家共同的想法：

“不会有结果的。谈不成的。”

“白去一趟。”拉古京赞同他的看法。

又是老半天没有说话。波得捷尔柯夫的一只手有节奏地摆着，好像是梭子在网眼里穿来穿去。他偶尔望望自己的泛着暗淡的亮光的光皮上衣，玩味着。

离诺沃契尔卡斯克不远了。米纳耶夫看了看地图上从诺沃契尔卡斯克旁边伸展开去的顿河，小声说道：

“从前，哥萨克在阿塔曼团服完了兵役，就可以带着全副装备回家。把箱子、个人的东西、马匹都装上火车。火车开着开着，来到沃罗涅日附近，要在这里第一次跨过顿河，开车的司机就要减低速度，减到最低的速度……司机已经知道即将出现的情形。等火车一开到桥上，我的天啊！……你瞧吧！哥萨克们简直就发了疯：‘顿河啊！我们的顿河呀！静静的顿河呀！生我、养我的父亲河呀！乌拉——拉！’于是把军帽、旧军大衣、旧军裤、枕头套、衬衣和各种各样的零碎东西从车窗里，从铁桥栏杆空隙里往水里抛。服完役回来，要向顿河献礼，以前那时候，你瞧吧，水上到处漂着浅蓝色的阿塔曼团制帽，就好像一只只的天鹅或者一朵朵的花儿……这种风俗是很久以前就传下来的。”

火车慢慢减速，停了下来。大家都站了起来。克里沃什雷科夫一面结军大衣上的皮带，一面似笑非笑地说：

“好啦，现在到家啦！”

“好像对咱们不怎么热情啊！”司卡奇柯夫想开开玩笑。

一个很威武的高个子大尉不敲门就走了进来。他用搜索的目光恶狠狠地把代表团的全体成员打量了一遍，装腔作势地、很粗暴地说：

“我奉命来接你们。布尔什维克先生们，劳驾啦，快点儿下车吧。我不能担保人群里不出问题……不能担保你们的安全。”

他的目光停留在波得捷尔柯夫身上的时间特别长，说得确切一点，是特别注意他那件军官皮上衣；他带着明显的敌意下命令说：

“你们马上下车，快点儿！”

“这就是他们，坏家伙，哥萨克的叛徒！”一个留着长长的上嘴胡的军官在挤满了人的站台上吆喝道。

波得捷尔柯夫的脸色一下子白了，微微带点儿惊慌的神情斜着眼睛看了看克里沃什雷科夫。克里沃什雷科夫跟着他走下车来，一面微笑着，一面小声对他说：

“‘我们不是在一片颂扬声中，而是要在咬牙切齿的痛骂声中听到称赞的声音……’菲道尔，你听见吗？”

波得捷尔柯夫虽然没有听清后面的话,可是他笑了。

一支强大的军官队护送着他们。恨不得对他们下毒手的人群一直把他们送达到州公署,一路上就像发了疯一样。肆意辱骂代表团的不仅有军官和士官生,而且还有一些普通的哥萨克、一些衣着华丽的妇人和学生。

“你们弄得简直不像话!”拉古京十分气愤地对一个护送他们的军官说。

那个军官用敌视的目光打量了他一眼,小声说:

“你能保住一条命,就算不错啦……要是依我的,早把你这该死的下流货……宰啦!”

另一个年轻些的军官用责备的眼光拦住了他。

“这才糟呢!”司卡奇柯夫瞅到一个机会,小声对郭罗瓦乔夫说。

“简直像是押赴刑场。”

拥来的许多人没有进州公署的大厅。前来谈判的代表,按照一个担任招待的中尉的指点,陆续在桌子的一边就坐。这时候,白军政府的委员们也走了进来。

脊背微微有点儿驼的卡列金,由包加叶夫斯基陪伴着,用整个的脚掌迈着稳实的狼步走了过来。他拉了拉自己的椅子,坐了下来,从容地把带白帽徽的绿色军官帽放到桌上,撩平了头发,一面用左手扣着制服旁边一个大口袋的扣子,一面微微弯过身去,朝着和他说话的包加叶夫斯基。他一行一动都表现出从容镇定的自信神态和稳健神态;掌过大权的人的举止行动一般都是这样的,他们多年来养成了与别人不同的特殊风度,头的姿势、走路的姿势都与一般人不同。波得捷尔柯夫的气派倒是能和他旗鼓相当。可是包加叶夫斯基跟仪表堂堂的卡列金坐在一起,就大为逊色了,他显得十分猥琐,面临谈判,显得有些紧张。

包加叶夫斯基的嘴唇在下垂的淡褐色小胡子底下隐隐约约地咕哝着,不知在说什么,他那两只尖尖的斜眼睛在夹鼻眼镜底下不住地忽闪着。他一会儿理理衬衣领子,一会儿轻轻地摸摸摆来摆去的下巴胡,一会儿拧拧那宽宽的眉头上的宽宽的眉毛,这些动作都反映出他的紧张不安的心情。

卡列金坐在中间,军政府的委员们分坐在他的两边。其中有几个人是到过卡敏镇的,如卡辽夫、斯维托查洛夫、乌兰诺夫、阿盖耶夫;另外还有叶拉顿采夫、梅里尼柯夫、博塞、邵什尼科夫和波里亚科夫,他们坐得离中间稍远些。

波得捷尔柯夫听到米特洛方·包加叶夫斯基小声对卡列金说了一句不知什么话。

卡列金眯缝着眼睛对直地朝坐在对面的波得捷尔柯夫看了一眼,说:

“我想,可以开始啦。”

波得捷尔柯夫笑了笑,说明了代表团的来意。克里沃什雷科夫隔着桌子把早已准备好的革命军事委员会的最后通牒递过去,但是卡列金用白皙的手把通牒推过来,很强硬地说:

“政府委员们一个一个地来看,浪费时间,太没有意思啦。劳驾,把你们的通牒念一念吧。念过了,咱们再来讨论。”

“念念吧。”波得捷尔柯夫吩咐说。

他的神态很庄严,但是显然他和代表团其他成员一样,觉得心里没有底。克里沃什雷科夫站了起来。他那像姑娘一样清脆、却又不十分响亮的声音在挤满了人的大厅里回荡起来:

从一九一八年一月十日起,顿河军区指挥军队作战的全部权力,悉归顿河哥萨克革命军事委员会,不再属于军区司令。

一切对抗革命军队的部队均须于本年一月十五日撤离并解除武装,所有志愿国民军、士官学校、尉官学校,均应遵照执行。凡参加此类组织的人员,不属于顿河籍者,一律离开顿河军区,返回原籍。

【注意事项】武器、装备和军装必须交给革命军事委员会的有关人员。离开诺沃契尔卡斯克的通行证由革命军事委员会的有关人员签发。诺沃契尔卡斯克应由革命军事委员会派出的哥萨克部队驻守。

自一月十五日起,取消军人联合会全体会员的合法身份。

军政府派驻顿河地区的工厂和矿山的警察部队,一律撤出。

为避免流血起见,由军政府向顿河全区,向所有的乡镇和村庄宣布自愿放弃统治权,并宣布立即将政权移交给顿河哥萨克革命军事委员会,直到在本区内成立全体人民的正式的劳动政府。

克里沃什雷科夫的声音一落,卡列金就大声问道:

“你们代表哪些部队?”

波得捷尔柯夫和克里沃什雷科夫对看了一眼,就像自言自语似的报起部队番号:

“御林军阿塔曼团、御林军哥萨克团、炮兵第六连、第四十四团、炮兵第三十二连、第十四独立连……”他扳着左手的手指头数着;大厅里嘁嘁喳喳起来,有些人在冷笑。于是波得捷尔柯夫皱起眉头,把生满红毛的两只手放在桌子上,提高了声音："第二十八团、炮兵第二十八连、炮兵第十二连、第十二团……"

"第二十九团。"拉古京小声提示道。

"……第二十团，"波得捷尔柯夫接着报下去，声音更镇定、更响亮了，"炮兵第十三连、卡敏镇地方警备队、第十团、第二十七团、步兵第二营、第二后备团、第八团、第十四团。"

提过一些小问题和简短地交换过一些意见之后，卡列金把胸膛靠到桌子边上，盯着波得捷尔柯夫，问道：

"你们承认人民委员的苏维埃政权吗？"

波得捷尔柯夫喝完一杯水，把玻璃瓶放到盘子上，用袖子擦了擦胡子，非正面地回答说：

"承认不承认，是全体人民的事。"

克里沃什雷科夫怕心直口快的波得捷尔柯夫说走了嘴，就插嘴说：

"哥萨克是不承认那种有'人民自由党'①的代表参加的机关的。我们是哥萨克，我们的政府必须是我们哥萨克的。"

"如果是布尔什维克或者和他们一类的人来掌权，你们又怎样呢？"

"俄罗斯信得过他们，我们就信得过他们！"

"你们要和他们合作吗？"

"是的！"

波得捷尔柯夫带着赞同的神情"嗯"了一声，接话说：

"我们不是看人，是看主张怎样。"

一个军政府的委员直率地问道：

"人民委员苏维埃是为人民办事的吗？"

波得捷尔柯夫用探询的目光朝他看了看。波得捷尔柯夫笑了笑，伸手拿过玻璃瓶，倒了一杯水，大口喝了下去。他觉得十分渴，他好像用清澈的水在浇心中的大火。

卡列金用手指头轻轻敲着桌子，寻根究底地问道：

"你们和布尔什维克有什么共同之点呢？"

"我们要在顿河地区建立哥萨克的自治政权。"

"噢，不过你们大概已经知道，二月四日要召开军人联合会，要改选委员。你

---

① 反革命的立宪民主党又叫"人民自由党"。——作者注

们赞成互相监督的办法吗?"

"不赞成!"波得捷尔柯夫抬起垂着的眼睛,强硬地回答说,"如果你们是少数的话,我们就要让你们服从我们的主张。"

"你们这是强加于人呀!"

"是的。"

米特洛方·包加叶夫斯基把目光从波得捷尔柯夫身上移到克里沃什雷科夫身上,问道:

"你们承认不承认军人联合会呢?"

"那可不一定……"波得捷尔柯夫耸了耸宽宽的肩膀。"顿河地区革命军事委员会将要召开一次人民代表大会。代表大会要在部队的监督下进行工作。如果代表大会不能使我们满意,我们就不予承认。"

"满意不满意,由谁来判断呢?"卡列金扬了扬眉毛。

"由人民!"波得捷尔柯夫很自豪地把头向后一仰;他靠到镂花的椅背上,光皮上衣咯吱咯吱地响了两下。

在短暂的休息之后,卡列金发言了。大厅里鸦雀无声,将军那低沉的、像秋天一样阴郁的声音清清楚楚地在一片静寂的大厅里响着:

"政府不能按照顿河革命军事委员会的要求,放弃自己的统治权。现政府是全体顿河人选举出来的,只有全体顿河人可以要求我们放弃统治权,而不是某些部队。你们要求我们把政权交给你们,是受了布尔什维克罪恶宣传的影响,布尔什维克是想在顿河地区推行他们的制度。你们是布尔什维克手里盲目的工具。你们奉行的是德国仆从们的旨意,你们没有认识到你们对全体哥萨克所担负的重大使命。我劝你们及早地醒悟过来,因为你们走上了同政府分裂的道路,政府是代表全体顿河人心意的,你们要给家乡招来空前的灾难。我不想抓住政权不放。军人联合大会就要召开啦,这次大会将要决定顿河地区的命运,但是在大会召开以前,我必须坚守自己的岗位。我最后一次劝你们及早醒悟。"

他发过言以后,又是哥萨克部队和外来的部队的政府委员发言。社会革命党人博塞的发言很长,他满嘴甜言蜜语,对革命军事委员会的委员们进行了规劝。

拉古京喝住了他的发言:

"我们的要求,就是请你们把政权移交给革命军事委员会!如果军政府想和平解决问题的话,就没有什么好等的……"

包加叶夫斯基笑了笑,问道:

“那么,怎么办? ……”

“……就应该公开声明,政权已经移交给革命军事委员会。等你们的联合会开大会等上两个半星期,那不行! 人民已经满腔怒火,早就忍不住啦。”

卡辽夫慢吞吞地说了很久,斯维托查洛夫提了好几种无法实现的折衷方案。

波得捷尔柯夫十分气忿地听着他们发言。他匆匆地扫视了一下自己人的脸,看到拉古京皱着眉头,脸色煞白,克里沃什雷科夫两眼盯着桌子,郭罗瓦乔夫憋不住要说话。克里沃什雷科夫瞅到个机会,小声对波得捷尔柯夫说:“你说说!”

波得捷尔柯夫好像就等着这句话。他把椅子推开,说了起来,他拼命搜索能够击中要害、具有说服力的字眼儿,因为激动,有时结结巴巴的,说得很费劲儿:

“你们说得不对! 如果人民信任军政府的话,我会高高兴兴地撤回自己的要求……可是人民对你们信不过呀! 挑起内战的不是我们,是你们! 你们为什么容许各种各样亡命的将军在哥萨克的土地上避难? 正因为这样,布尔什维克才向我们静静的顿河进军。我不能听你们的! 决不容忍! 要和你们战斗到底! 我们要叫你们看看事实! 我不相信军政府能给顿河地区什么好处! 你们对不愿服从你们调度的一些部队,采取的是什么措施呢? ……噢,噢,就是这话! 你们为什么派你们的志愿军去镇压矿工? 你们到处作恶! 请你们告诉我:谁能担保军政府不发动内战? ……你们无法回答。人民和上过前线的哥萨克都站在我们一边。”

大厅里响起一阵笑声,就像风吹落叶;又是一阵愤恨的呼喊声,全是对着波得捷尔柯夫的。波得捷尔柯夫把气得通红的脸转过去,朝着叫喊发出的那一边,再也憋不住满腔的怒火,高声说:

“这会儿你们笑吧,将来你们会哭的!”他又转脸朝着卡列金,用逼人的目光盯着他,说:“我们要求你们把政权移交给我们这些劳动人民的代表,并且要求赶走所有的资产阶级和志愿军! ……你们的政府也必须离开!”

卡列金无精打采地把头垂了下去。

“我不打算离开诺沃契尔卡斯克,也不会离开。”

大家休息了一小会儿之后,又继续开会,梅里尼柯夫首先发言:

“赤卫队正在向顿河进攻,要消灭哥萨克! 他们推行极端政策,祸害了俄罗斯,又想来祸害我们顿河! 自古以来就不曾有过,一小撮狂妄之徒和流氓会管理好国家,会造福人民。俄罗斯人会清醒过来,会除掉这些穷光蛋的! 你们受了那些狂妄之徒的迷惑,想从我们手里夺取政权,为的是给布尔什维克打开大门! 办不到！”

“你们把政权交给革命军事委员会，赤卫队就会停止进攻……”波得捷尔柯夫插话说。

得到过四枚乔治十字章的舍因上尉，是由一个普通兵晋升到上尉的，他得到卡列金的允许，从人群里走了出来。他像检阅前那样抻平了军便服的皱褶，马上就慷慨激昂地说了起来：

“乡亲们，别听他们胡说八道！”他把手一挥，就好像砍了一刀，用发命令一样的声音高叫道。“我们不能和布尔什维克走一条路！只有出卖顿河和哥萨克的奸贼才会说把政权交给苏维埃，才会叫哥萨克跟着布尔什维克走！”他转过身来，对直地指着波得捷尔柯夫，对着他喊叫起来：“波得捷尔柯夫，您当真以为，顿河人会跟着您这个一知半解、没有学识的人走吗？如果有人跟着走的话，那也只是一小撮无家无业的穷光蛋！不过，老兄，就连他们也会醒悟过来的，他们也会把你绞死！”

大厅里许许多多的人头晃动起来，就像风吹的向日葵头子；响起一片赞扬声。舍因坐了下去。一个佩戴中校肩章、身穿带褶的小皮袄的高个子军官，很亲热地从后面拍了拍他的肩膀。许多军官拥集到他的周围。一个歇斯底里的女声很激动地、吱吱哇哇地喊道：

“谢谢你，舍因！谢谢！”

“好哇，舍因大尉！好极啦！”一个经常在三等座位上看戏的戏迷用小公鸡一样的嗓门儿大声叫道。他一下子就给舍因上尉升了一级。

军政府里有几个能说会道的人，又对革命军事委员会的代表诱劝了半天。大厅里烟气腾腾，一片灰白色，十分气闷。窗外的太阳即将完成一天的行程。许多挂满霜雪的枫树枝条儿冻结在窗玻璃上。坐在窗台上的人已经听见晚祷的钟声和透过怒吼的风声传过来的火车头的声嘶力竭的叫声。

拉古京再也忍不住了，他打断军政府一个演说家的话，对卡列金说：

“请你们谈正题吧，该结束啦！”

包加叶夫斯基小声挖苦他说：

“拉古京，别激动！这儿有水。激动对于有家眷的人和有可能害心脏病的人是有害的，再说，不管怎样您都不应该打断发言人的话，这儿可不是什么工农兵苏维埃。”

拉古京也回敬了他几句，但是大家的注意力又重新集中到卡列金身上。他仍旧和开头那样，很自信地玩弄着政治把戏，而波得捷尔柯夫的回答，使他又一次碰在简单而又厚实的铁甲上。

“你们说,如果我们把政权交给你们,布尔什维克就会停止向顿河进攻。不过这是你们的想法。可是等到布尔什维克来到顿河上,他们会怎么样,那还不知道呢。”

“我们相信,布尔什维克会证实我的话的。你们就试试看:把政权交给我们,把志愿军从顿河地区赶出去,你们就会看到:布尔什维克马上就不打了!”

过了不大的一会儿,卡列金欠起身来。他的答复是事先定了的:柴尔涅曹夫已经接到集中军队准备进攻里哈亚车站的命令。但是卡列金为了争取时间,在宣布会议结束时,采取了拖延的手段:

“顿河政府将讨论革命军事委员会的建议,明天上午十点钟以前书面答复。”

十一

第二天上午顿河政府交给革命军事委员会代表团的答复内容如下:

顿河军的军政府在讨论了哥萨克革命军事委员会的代表团代表阿塔曼团、御林军哥萨克团、第四十四、第二十八、第二十九、第十、第二十七、第二十三、第八、后备第二及第四十三各团,第十四独立连、御林军炮兵连,第三十二、第二十八、第十二和第十三炮兵连,步兵第二营和卡敏镇警备队等部提出的要求以后,兹声明:军政府是顿河地区全体哥萨克的代表。由全体哥萨克选定的政府,在新的军人联合会召开大会以前,不能放弃自己的统治权。

顿河军的军政府认为必须解散军人联合会的旧机构,必须改选各乡镇和各部队的代表。由全体哥萨克用平等、秘密的直接投票方式自由(有充分的宣传自由)选举出来的军人联合会,在新的领导机构领导之下,将于今年旧历二月四日在诺沃契尔卡斯克召开会议,同时召开非哥萨克人代表大会。只有经过革命的、可以代表顿河全体哥萨克的军人联合会,只有这一合法机构,才有权撤销军政府,改选新的军政府。这次会议将同时讨论军队的管理问题和是否需要保留军队和志愿国民军以保卫政权。至于志愿军的编制及其活动,联合政府早已决定由政府进行监督,并且由顿河区军事委员会参与监督。

关于撤出所谓军政府派驻工厂矿山区的警察部队问题,军政府声明,该问题将提交二月四日的军人联合会审议决定。

军政府声明,地方生活的体制问题,应由地方人民决定,因此军政府认为,必须按照军人联合会的意图,尽最大力量,反抗布尔什维克的武装部队入侵,因为布尔什维克企图强制推行其政治制度。自己的生活应由人民自己安排——这是唯一的办法。

军政府不愿意打内战,军政府将尽一切可能用和平方式解决问题,因此建议革命军事委员会派人参加代表团,同布尔什维克军队进行谈判。

军政府认为,如果本地区以外的军队不侵犯本地区边界,就不会发生内战,因为军政府只保护顿河地区,决不采取任何进攻行动,不想把自己的意志强加于俄罗斯,因此也不希望任何别的人把自己的意志强加于顿河地区。

军政府保证各乡镇和各部队的选举有充分的自由,每一个公民在即将到来的军人联合会的选举中,都可以自由宣传和坚持自己的观点。

为了了解各师的哥萨克的需要,应当立即派出由各部队代表组成的调查委员会。

顿河军的军政府向有代表参加革命军事委员会的一切部队建议,立即恢复保卫顿河地区的正常活动。

军政府决不允许顿河的军队反对顿河的军政府,不允许静静的顿河上发生自相残杀的战争。

革命军事委员会应由选举该委员会的部队宣布解散,此外,各部队都应派代表参加现有的顿河区军事委员会,该委员会是代表本区所有部队的。

军政府要求立即释放革命军事委员会所逮捕的一切人员,为了恢复本地区的正常秩序,行政机关应恢复履行职责。

革命军事委员会仅仅代表少数哥萨克部队,无权代表所有的部队,更无权代表全体哥萨克提出要求。

军政府认为,革命军事委员会同人民委员苏维埃的妥协以及接受其金钱援助,是令人难以容忍的事,因为这意味着在顿河地区扩大人民委员苏维埃的影响,而哥萨克军人联合会和全地区非哥萨克人代表大会都不承认苏维埃政权,乌克兰、西伯利亚、高加索以及所有的哥萨克部队都是这样。

军政府主席、副司令官米·包加叶夫斯基

顿河军代表:叶拉顿采夫

波里亚科夫

梅里尼科夫

卡敏镇来的革命军事委员会委员拉古京和司卡奇柯夫也参加了顿河军政府派出的代表团,前往塔干罗格同苏维埃政权的代表谈判。波得捷尔柯夫和其余的成员暂时被软禁在诺沃契尔卡斯克,可是就在这时候,柴尔涅曹夫就带领一支好几百人的队伍,配备了一个重炮连和两门小炮,用闪电式的突袭攻占了兹维列沃和里哈亚车站,他留下一个连和两门炮担任守卫,便带领主力去进攻卡敏镇。柴尔涅曹夫的部队在北顿涅茨小站附近打垮了担任守卫的革命的哥萨克部队以后,便在一月十七日占领了卡敏镇。可是过了几个小时就得到消息,说是萨布林的赤卫队收复了兹维列沃,接着又收复了里哈亚,赶走了柴尔涅曹夫的留守部队。柴尔涅曹夫立即率兵前往。迎头一击,打垮了莫斯科第三支队,重创哈尔科夫支队,打得赤卫队十分狼狈地退了回去。

里哈亚方面的情况恢复以后,掌握了主动权的柴尔涅曹夫又回到卡敏镇上。一月十九日,从诺沃契尔卡斯克给他调来了增援部队。第二天,柴尔涅曹夫就决定进攻格鲁博克。

在军事会议上,根据林柯夫中尉的建议,决定用迂回运动的战术进攻格鲁博克。柴尔涅曹夫不敢顺着铁路线进攻,因为害怕在这个方向会遇到卡敏镇革命军事委员会的部队和由柴尔特柯沃开来增援的赤卫队的顽强抵抗。

夜里就开始了深入的迂回运动。柴尔涅曹夫亲自率领队伍前进。

拂晓时到达格鲁博克。动作整齐地改变了队形,列成散兵线。柴尔涅曹夫准备下命令进攻前,从马上下来,活动着两条坐麻了的腿,用沙哑的声音对一个连长命令道:

“大尉,用不着客气。您明白我的意思吗?”

他用靴子咯吱咯吱地踩着雪地上硬邦邦的冰凌,把灰色的羊皮帽朝一边推了推,用手套擦着红红的耳朵。因为睡眠不足,他那炯炯逼人的眼睛下面出现了两个蓝圈儿，嘴唇冻得皱了起来，剪得短短的小胡子上凝结着白霜。

他暖和过来以后，又跳上马去，把绿色军官小皮袄上的褶儿抻了抻，拿起撩在鞍头上的缰绳，打了一下白头顶的枣红色顿河马，很自信、很坚强地笑了笑，说：

“开始吧！”

十二

在卡敏镇召开哥萨克军人代表大会以前，伊兹瓦林上尉从团里逃跑了。逃跑的前一天他去看过格里高力，拐弯抹角地暗示自己要离开，他说：

“目前环境是这样，很难在团里再干下去。哥萨克们都在两个极端，在布尔什维克和旧君主制度之间摇来摆去。谁也不愿意支持卡列金的政府，尤其是因为他光是天天空喊平等。我们需要的是刚强的、有魄力的人，需要一个能对付外来户的人……不过我认为，目前最好还是支持卡列金，免得全盘输掉。”他停了一会儿，一面吸烟，一面问道：“你……大概信仰红党了吧？”

“差不多。”格里高力答应说。

“你是真心实意呢，还是像郭鲁博夫一样，想笼络人心呢？”

“我用不着笼络人心，自己能找到出路。”

“你找不到出路，只会碰到墙上。”

“咱们就等着瞧吧……”

“格里高力，我怕咱们以后会以仇敌相见。”

“在战场上是不认朋友的，叶菲姆·伊万内奇。”格里高力笑着说。

伊兹瓦林坐了一会儿就走了，第二天早晨他就不见了，就像石头沉进了大海。

开代表大会的那一天,维奥申乡列别亚希村一个阿塔曼团的哥萨克来看格里高力。格里高力正在擦手枪,往手枪上抹油。这个阿塔曼团的哥萨克坐了一会儿,临走的时候,好像是随口一提,又好像是专门为此事来的(他知道,原阿塔曼团的军官李斯特尼次基夺了格里高力的女人,他偶然在车站上看见了李斯特尼次基,所以特地来警告他),说:

“格里高力·潘捷莱耶维奇,我今天在车站上看到你的朋友啦。”

“哪一个?”

“李斯特尼次基。你认识他吗?”

“什么时候看到的?”格里高力急忙问道。

“一个钟头以前。”

格里高力坐了下来。往日的凌辱就像猎狗的爪子抓住了他的心。他对仇人的憎恨已经不像原来那样强烈,但是他知道,如果现在遇到了,在目前内战已起的条件下,他们之间一定要流血的。他无意中听到李斯特尼次基的消息以后,才知道旧日的创伤并没有随着时间消失;只要三言两语,就会流血。格里高力真想为过去的事痛痛快快地报复一下——就因为这个可恶的家伙插了一脚,他的生活才暗淡无光了,过去的生活十分愉快,充满乐趣,如今只剩下孤寂、苦闷和忧郁。

他沉默了一会儿,觉得脸上的一阵微微的红晕已经渐渐退去,就问道:

“你可知道,他是不是上这儿来的?”

“恐怕不是,大概是上诺沃契尔卡斯克的。”

“噢——噢……”

阿塔曼团的哥萨克又谈了谈代表大会的事和团里的新闻,就走了。他走后一连好几天,格里高力心中痛苦异常,怎么压都压不住。他一天到晚恍恍惚惚的,比往常更多地想起阿克西妮亚,嘴里发苦,心里木木的。他想起娜塔莉亚,想起孩子们,但这种回忆带给他的愉快早已被时间冲淡了,被岁月蚀薄了。他的心还是在阿克西妮亚身上,仍旧像从前一样深沉而强烈地想念着她。

柴尔涅曹夫的部队攻了上来,只好从卡敏镇仓促撤退。顿河革命军事委员会的一些散乱的队伍,一支支残缺不全的连队,有的纷纷登上火车,有的用行军的方式撤退,把一切累赘的和笨重的东西全都扔下。可以明显看得出缺少组织性,缺少一个坚强有力、能够整顿和指挥这股实际上很可观的兵力的人。

最近一些日子不知从哪里钻出来一个郭鲁博夫中校,他在选举出来的指挥员中显得与众不同。他担任了战斗力特别强的第二十七哥萨克团的指挥,并且马上就雷厉风行地进行了整顿。哥萨克们都毫无二话地服从他，认为他在团里有别人所不及的才能：善于团结指挥人员，善于安排，善于领导。郭鲁博夫是个很粗壮的军官，腮帮子鼓鼓的，两只眼睛显得很凶。这会儿他正摇晃着马刀，在车站上对装车动作缓慢的哥萨克吆喝着：

“你们怎么回事儿？是在捉迷藏吗?！他妈的！……快点儿装啊！……我以革命的名义命令你们立即服从！什——么？……这是谁在煽动？我枪毙你，坏蛋！……住嘴！对消极怠工的和暗藏的反革命分子我决不客气!”

于是哥萨克们都服帖了。按照旧的传统，很多人甚至还喜欢这一套，大家都还没有摆脱旧传统。在旧时代，越是厉害，就越是大家心目中的好指挥官。关于郭鲁博夫这样的指挥官，有一种说法：“处罚起你来，会揭掉你的皮；心疼起你来，再给你缝上一张。”

顿河革命军事委员会的部队像潮水一样退出后，一齐拥到了格鲁博克镇。所有的部队实际上已经由郭鲁博夫在指挥。他在不到两天的时间里把溃不成军的队伍集结起来，并采取了相应的措施，以巩固格鲁博克的防务。格里高力·麦列霍夫受他的委派，指挥着由后备第二团的两个连和阿塔曼团的一个连组成的一个营。

一月二十日黄昏时候，格里高力走出自己的住所，去检查设立在铁路线外面的阿塔曼团那个连的岗哨，他在大门口碰上了波得捷尔柯夫。波得捷尔柯夫一下子就认出他来。

“你是麦列霍夫吧?”

“是的。”

“你上哪儿去?”

“查岗去。从诺沃契尔卡斯克回来很久了吗？怎么样?”

波得捷尔柯夫皱起了眉头。

“和人民的死敌是不能谈和平的。他们玩的鬼把戏，你还没看见吗？一面谈判……一面放出柴尔涅曹夫来咬人。卡列金这家伙有多坏呀?！好啦，我很忙，要到司令部有急事。”

他匆匆和格里高力道过别，便大踏步朝镇中心走去。

还在当选为革命军事委员会主席以前，他对待格里高力和其他一些熟人的态度就有了明显的变化，他的声音中已经流露出优越和高傲的语调。这个天性纯朴的人，因为掌了权，头脑就发起昏来。

格里高力把军大衣领子往上拉了拉，加快了脚步。看样子夜里会很冷。风从东南方吹来。天渐渐放晴了。地上的雪冻得很结实,走在上面咯吱咯吱直响。月亮就像一个残废人上楼梯,慢慢地、歪着身子升了上来。郊外的原野蒙起一片淡紫色的暮霭。正是黑夜渐渐降临的时候,这时候一切景物的轮廓、线条、色彩、距离都在渐渐消失;这时候白昼的亮光还同黑夜交织在一起,进行混战,所以一切都显得不像真的,缥缥缈缈,像童话里的东西;这时候就连气味都失去刺激性,带有一种特别的、淡化的成分。

格里高力查完岗哨,回到住所。房东是个铁路职员,一脸的麻子,长相很像一个流氓,他生起火壶,在桌子旁边坐了下来。

"你们要进攻吗?"

"不知道。"

"还是你们等着他们进攻?"

"看来是这样。"

"这很对。我想,你们没有力量进攻,那么,当然最好就是等待。防守是比较有利的。我在和德国打仗时当过工兵,对于战略战术也略知一二……兵力不足呀。"

"算了吧。"格里高力不想谈这个使他不快的问题。

但是房东一面搔着呢子背心底下他那像石斑鱼一样的瘦肚皮,一面在桌子跟前转悠着,一股劲儿地缠着问:

"炮队多不多?有多少门炮?多少门?"

"你当过兵,可是不懂当兵的规矩!"格里高力带着愤怒的神情冷冷地说,并且把眼睛一翻,吓得房东像发晕一样,朝旁边歪一歪。"你当过兵,可是这么不懂规矩!……你怎么能问我们军队的数目和作战计划?我马上把你送去审问审问……"

"长官……先生……好先……好先……"房东脸色煞白,急得喘不上气来,词尾都说不清了,嘴唇半张着,脸上的麻子都发了青。"我太糊……太糊涂!请多多包涵!……"

在喝茶的时候,格里高力无意中看了他一眼,就看到房东的眼睛就像遇到闪电时那样,猛然眨动了一下,可是等眼睛睁开,却露出另一种神情,那是一种亲热的神情,几乎可以说是一种爱慕的神情。房东的妻子和两个成年的女儿在小声说着话儿。格里高力没有喝完第二杯茶,就回到自己房里。

过了不大一会儿,和格里高力住在一所房子里的后备第二团第四连的六个哥萨克也从外面回来了。他们闹哄哄地喝起茶来,又说又笑。格里高力已经矇胧欲睡,只听到他们谈话的片断。有一个人在讲(格里高力从声音上听出是排长巴贺马乔夫,是卢干乡人),其余的人偶尔地插几句话。

“这事儿是我亲眼见到的。郭尔洛夫区第十一号矿有三个矿工跑来说,我们那儿成立了一个组织,需要武器,你们匀给我们一点儿吧。可是革命军事委员会的一个干部说……真的,是我亲自听他说的嘛!”他提高声音,回答不知是谁的插话。“那个干部说:‘同志,你们去找萨布林吧,我们这儿什么也没有。’哪里是什么也没有?我就知道,还有不少多余的步枪呢。不是这么一回事儿……是因为庄稼佬要参加,所以起了小心眼儿。”

“就应该这样!”另外一个人说。“要是给了他们家伙,还不知道他们肯不肯打仗。可是一提起土地,他们就会把手伸得老长。”

“我们可是知道这一套!”还有一个人粗声粗气地说。

巴贺马乔夫若有所思地用茶匙敲起玻璃杯子;他一面合着自己说话的节拍敲着茶匙,一面一个字一个字地说:

“不行,这样不对头。布尔什维克为了全体人民可以忍让,咱们这些布尔什维克却很糟。只要打垮了卡列金,以后再说别的……”

“哎哟,我的老兄呀!”一个孩子般清脆的声音用开导的语气高声说:“你要明白,咱们没有什么可让的呀!像样的地每个人只能摊到一亩半,剩下的都是沙石地、山沟和草场啦。拿什么来让呀?”

“用不着分你的地,有一些人的土地多得很呢。”

“还有军用土地呢?”

“我的天呀!把自己的土地拿出去,再向大爷大娘乞讨吗?……嘿,你呀,真想得出这样的好主意!”

“军用土地军队还要用呢。”

“那当然啦。”

“真是贪心不足!”

“哪能算什么贪心!”

“也许会把上游的哥萨克迁移过来。我们都知道,他们的土地是一片黄沙。”

“就是这话!”

“咱们什么都捞不到。”

“没有酒真不好办。”

“喂,伙计们!前几天这儿打开一座酒库。有一个人掉到酒里,呛死啦。”

“他是想一下子喝光。喝得肚子鼓鼓的。”

格里高力在朦胧中听到，哥萨克们铺着地铺，打着哈欠，挠着痒痒，还在继续谈着土地，谈着分地的事。

快到黎明时候，窗外响起枪声。哥萨克们一齐跳了起来。格里高力拉过军便服，两只胳膊却怎么都伸不进袖子。他抓起军大衣，一面跑着一面把鞋穿上。枪声像炒豆子一样在窗外劈劈啪啪响了起来。一辆大车轰隆轰隆地开了过去。有人在门口慌里慌张地高声喊叫：

“带枪集合！带枪集合！……”

柴尔涅曹夫的部队打得哨兵节节后退，渐渐向格鲁博克镇里冲来。骑兵在灰蒙蒙、阴沉沉的夜色中来来回回地奔驰。步兵咚咚地乱跑。十字路口正在架机枪。有三十来个哥萨克像一条链子似的排成横队向前冲去。有一个小队从小胡同里穿过去。枪栓咔嚓咔嚓地响着，子弹进了枪膛。前面的街上响起高亢而嘹亮的口令声：

“第三连，快！那是谁把队伍搞乱啦？……立正！机枪手，往右翼！准备好了吗？全连注意……”

一个炮兵排轰隆轰隆地开过。马匹大步跑着。炮手们摇晃着鞭子。炮弹箱咔啦咔啦，车轮咕隆咕隆，炮架子咯吱咯吱，同镇边上越来越密集的枪声混成了一片。不远处有几挺机枪一齐吼叫起来。一辆不知往哪里跑的炊事车，跑到附近的街口，撞在小花坛旁边的一根树桩上，一下子就撞翻了。

“瞎鬼！……你没看见吗?！瞎闯什么?”有一个吓得要死的声音十分紧张地吆喝道。

格里高力好不容易集合起一个连，带着这一连人朝镇边上跑去。镇边上已经有许多哥萨克一股一股地败退下来。

“往哪儿去？……”格里高力抓住最前面一个人的步枪，问道。

“松——手！……”那人朝外挣着。“松手，浑蛋！……为什么抓住我？你没看见，都在退吗？……”

“好厉害！……”

“来势好猛……”

“咱们往哪儿去？……上什么地方……上米尔列尔镇，好吗?”好几个人气喘吁吁地说。

格里高力带着一连人来到镇边上一座长长的棚子前，刚要让队伍散开，可是又一股退却的哥萨克跑来把队伍冲乱了。他这个连的哥萨克和退却的人混到了一起，一齐朝后面，朝街道上跑去。

“站住！……不要跑……我开枪啦！……”格里高力气得打着哆嗦吆喝道。

大家都不听他的了。一阵一阵的机枪子弹顺着大街泼来；哥萨克们一堆一堆地在地上趴了一小会儿，朝墙跟前爬了爬，便跑进了几条横街。

“现在控制不住啦，麦列霍夫！”排长巴贺马乔夫从他身边跑过，把脸凑过来看着他的眼睛，高声说。

格里高力咬了咬牙，摇晃着步枪，跟着他向后退去。

部队一片混乱，仓皇地逃出了格鲁博克。差不多把部队的全部物资都扔掉了。到黎明时候，才把各连集合起来，发起反攻。

郭鲁博夫的脸红红的，一脸都是汗，小皮袄敞着怀，他顺着自己的二十七团前进的散兵线来来回回地跑着，用响亮而紧张的嗓门儿高声喊叫着：

“前进！……不要卧倒！冲啊！……冲啊！……”

炮兵第十四连进入阵地，正把大炮从车上往下卸；炮兵连连长站在炮弹箱上，用望远镜观察着。

五点多钟开始战斗。由哥萨克和沃罗涅日的彼特洛夫支队的赤卫队员混合而成的散兵线密密麻麻地向前拥去，许许多多人影在雪地上移动着，好像白底子上挑了许许多多黑黑的花儿。

东方吹来冷风。风把乌云拨开，下面露出一抹红红的朝霞。

格里高力从阿塔曼团的一个连中拨出一半人去掩护炮兵第十四连，率领其余的人去进攻。

试射的第一发炮弹落在柴尔涅曹夫部队的阵地前面很远的地方。爆炸的烟雾升了起来，像一面乱蓬蓬的蓝黄色的大旗。第二发炮弹又清脆地炸了开来。各门炮都逐个儿试射起来。

“嗖——嗖——嗖！……”炮弹朝远处飞去。

一阵令人紧张的寂静，穿插了几排步枪的齐射声，接着便是远处响亮的炮弹爆炸声。超远射以后，炮弹就接二连三地落到阵地近处了。格里高力被风吹得皱起眉头，怀着满意的心情想道：“试射成功啦！”

右翼是第四十四团的几个连。郭鲁博夫领着自己那个团在中央。格里高力在他的左边。格里高力过去，是赤卫队的几个小队，他们在右翼的尽边上。格里高力的队伍配备了三挺机枪。机枪队长是一个矮矮的赤卫队员，一张脸阴沉沉的，两只大手上生满了黑毛，他扫射起来又准又狠，打得进攻的敌人不敢动弹。他的机枪一直跟着阿塔曼团那半个连前进。他手下有一个穿军大衣的健壮的女赤卫队员。格里高力顺着阵地走过时，愤恨地想道：“色鬼！在战场上打仗，还离不开女人。同这种人在一起,能打什么仗?! 再把孩子、鹅毛褥子和各种各样的零碎儿都带来才好哩! ……”机枪队长走到格里高力跟前,理了理胸前的手枪带子,问:

“这支队伍是您指挥吗?”

“是的,是我!”

“我要在阿塔曼团这半个连的阵地上进行阻拦射击。您瞧,咱们进展太慢啦。”

“好吧!”格里高力答应过,听到一挺哑了的机枪那边传来喊叫声,连忙转过头去。

一个身强力壮的大胡子机枪手十分暴躁地喊叫着:

“彭楚克! ……咱们这样打,机枪都要熔化啦! ……怎么能这样啊?”

那个穿军大衣的女子就跪在他身边。她那一双黑黑的眼睛在绒头巾下面忽闪着,格里高力觉得很像阿克西妮亚,这一双眼睛勾起了他的思念,他气也不喘、眼睛眨也不眨地看着她。

晌午时候,郭鲁博夫派传令兵给格里高力送来一张字条。在从行军记事簿上顺手扯下来的一张纸片上歪歪扭扭地写着一些潦草的字:

我以顿河革命委员会的名义命令您,率领您手下两个连离开阵地,以急行军包抄敌人的右翼,你们进袭的地区此处可以看得见,就在风磨稍左一点,顺山沟走……行动要隐蔽(有几个字看不清)……等我们一发动强攻,你们就从侧翼冲过来。

郭鲁博夫

格里高力把两个连撤下来,叫大家上了马,往后开去,尽量不叫敌人判断出他们行军的方向。

他绕着圈子走了有二十俄里。马匹在很深的雪里走得非常吃力。他们走的山沟里积满了雪。有些地方的雪抵到马肚子。格里高力听着一阵一阵的炮声,不时担心地看看表,这表是在罗马尼亚从一个被打死的德国军官手上摘下来的——他很怕误了时间。他还不时地根据指南针校正方向,但还是比指定的方向偏左了一点儿。他们爬上一处宽宽的斜坡,来到开阔的地方。马匹浑身冒着热气,腿窝里水漉漉的。格里高力命令下马,自己第一个跳到高些的地方。马匹留在山沟里,派几个人看守着。哥萨克们都跟着格里高力顺着平缓的斜坡朝前爬去。格里高力回头看了看,看见自己后面有一连多下了马、在积雪的山沟斜坡上散了开来的战士,就觉得自己有了信心和力量。他也和每个人一样,在打仗时有一种很强烈的群体感。格里高力四面看了看,估量了一下情况,心里明白了,因为对路上的困难估计不足,至少迟到了半个钟头。

郭鲁博夫发动了大胆的战略性进攻,差不多已经切断柴尔涅曹夫的退路,他在两翼配备了掩护,用正面突击朝半面被包围的敌军冲去。一阵阵隆隆的炮声。枪声劈劈啪啪地乱响,好像是铁砂子在铁锅里乱滚;坑坑洼洼的敌军阵地上罩起一片榴霰弹的硝烟,炮弹接连不断地落下来。

"成散兵线!……"

格里高力带着自己的两个连从侧翼冲上去。他们就像在射击演习时那样,也不卧倒,直往前冲,但是柴尔涅曹夫的队伍里有一个很灵活的机枪手,他的"马克辛"机枪非常厉害,哥萨克们损失了三个人后,就老老实实地卧倒了。

下午两点多钟,格里高力中了一颗子弹。包着镍皮的灼热的铅弹钻进大腿肌肉里。格里高力觉得火辣辣地疼,觉得出现了失血时那种熟悉的呕吐感,就紧紧地咬住牙。他从阵地上爬下来,急得跳了起来,猛烈地摇了摇被子弹擦伤的脑袋。因为子弹没有钻出来,所以腿部越来越疼得厉害。这颗子弹打到格里高力身上的时候,已经没有多大的劲儿了,所以,穿透了军大衣、军裤和皮肤,到了肉里就停住了。因为疼得像火烧,疼得钻心,行动起来很不方便。格里高力趴在地上,想起了第十二团在罗马尼亚的特兰斯瓦尼亚山地打的那一仗,那一次他的胳膊受了伤。他的眼前清清楚楚地出现了那一次进攻的场面:"秃子",米沙·柯晒沃依的怒冲冲的脸,叶麦里扬·格洛舍夫拖着一个受伤的中尉往山下跑。

格里高力的副手是一个叫刘毕什金·巴维尔的军官,他担任了两个连的指挥。他派两个哥萨克把格里高力送到看守马匹的人那里去。两个哥萨克一面扶着格里高力上马,一面很关切地劝他说:

"请您把伤口包扎包扎吧。"

"有绷带吗?"

格里高力已经上了马,但是想了想,又下了马,脱下裤子,只觉一阵冷气透过汗淋淋的脊背、肚子和两腿,他冷得皱着眉头,匆匆地把火辣辣、血糊糊、好像用铅笔刀割的一道伤口包扎起来。

他骑上马,由自己的传令兵陪着,仍旧绕道朝发起反攻的地方走去。他望着雪地上密密麻麻的马蹄印儿,望着几个钟头以前他带领两个连走过的这道山沟。他昏昏欲睡,高地上发生的事情不知为什么已经变得非常遥远和淡漠了。

可是在那边，步枪声依然乱纷纷地、一阵紧似一阵地响着，敌人支援自己人的重炮轰轰隆隆，而且不时地有咆哮的机枪连续射击一阵子，好像是为总结战果，画着尚未可知的虚线。

格里高力在山沟里走了有三俄里。马匹在雪里越陷越深。

“把马赶到平地上去……”格里高力一面打着马往积雪很厚的山沟斜坡上走，一面对传令兵嘟哝说。

远处有一些稀稀拉拉的尸体，黑糊糊的，就像落在田野上的乌鸦。在地平线尽头处，有一匹没有人骑的马在狂跑，从这里看去，那马显得非常小。

格里高力看到，已经溃乱和变稀了的柴尔涅曹夫的基本核心队伍，冲出了战场，转来转去地朝格鲁博克退去。格里高力放开自己的枣红马飞跑起来。远处零零落落地有很多堆哥萨克。格里高力催马跑到其中一堆哥萨克跟前，看到了郭鲁博夫。郭鲁博夫仰靠在马鞍上。他那两边镶着发了黄的羊羔皮的皮袄敞着怀，皮帽子歪戴着，额头上汗津津的。他捻着司务长式的上翘的小胡子，用沙哑的嗓门儿高叫道：

“麦列霍夫，好样儿的！你好像挂花啦！他妈的！骨头没伤着吧？”他不等回答，就笑着说：“打得痛快！把他们打垮啦！……把军官队打得落花流水。他们夹起尾巴跑啦！”

格里高力要了一根烟，抽了起来。田野上到处都是哥萨克和赤卫队员。一个骑马的哥萨克从前方远处黑压压的一群人那里飞快地跑来。

“俘虏了四十个人，郭鲁博夫！……”他老远就喊起来。“俘虏了四十名军官，还有柴尔涅曹夫本人。”

“你是吹牛吧?!”郭鲁博夫惊骇地在马上转了一下身子，狠狠抽了一下他那匹白腿的高头大马，朝前跑去。

格里高力等了一会儿，也打马跟着他跑去。

密密层层的一群俘虏，由押送队围成一个圈儿押解着，押送队有三十人，是第四十四团和第二十七团的一个连的哥萨克。柴尔涅曹夫走在最前面。他为了逃避追击，扔掉了皮袄，现在只穿着一件很薄的光皮上衣。左肩上的肩章已经扯掉了。脸上靠近左眼的地方有一道新鲜的擦伤还在流血。他走得很快，脚步一点都不乱。他的皮帽子歪戴着，他显得很不在乎、很神气。他那红红的脸上一点害怕的影子也没有：看样子，他有好几天没刮脸了，两腮上和下巴上的淡褐色胡楂闪着金光。柴尔涅曹夫冷冷地、迅速地打量着朝他跑来的哥萨克们；两道眉毛中间出现了一条伤心和痛恨的皱纹。他一面走，一面划着火柴，用红红的、坚硬的嘴角衔住烟卷,抽起烟来。

大多数军官都很年轻,只有几个人满头白发。一个腿部受伤的军官落在了后头,一个大脑袋、小个子、麻脸的哥萨克用枪托子推着他的脊背。有一个很威武的高个子大尉差不多和柴尔涅曹夫并排走着。有两个人,一个是少尉,一个是中尉,面带笑容,挽着胳膊走;在他们后面是一个宽肩膀、鬈发、没戴帽子的士官生。有一个军官披着一件步兵军大衣,上面的肩章是缝死了的。还有一个军官也没有戴皮帽,只戴着红绒线长耳军官风帽,风帽一直压到他那像女子一样清秀的黑眼睛上;风将风帽的长耳朵吹到他的两肩上。

郭鲁博夫跟在后面走了一会儿。他慢慢停下来,对哥萨克们喊叫道:

"你们听着!……你们要遵守革命军事时期的纪律,对俘虏的安全要负责!要把他们安全地送到司令部去!"

他叫过一个骑马的哥萨克来,在马上草草地写了一张字条,折叠起来,交给那个哥萨克,说:

"你跑快点儿!把这交给波得捷尔柯夫。"

他转过身来,问格里高力:

"你也跟着去吗,麦列霍夫?"

郭鲁博夫得到肯定的答复以后,走到格里高力跟前,说:

"你告诉波得捷尔柯夫,就说我要把柴尔涅曹夫保出去!明白了吗?……好,就这样告诉他。你去吧。"

格里高力跑到那群俘虏的前面,一直跑到革命军事委员会的司令部,司令部就设在离一个村子不远的田野上。波得捷尔柯夫正在一辆大车旁边走来走去,车轮子上都结了冰,车上有一挺罩着绿套子的机枪。一些参谋人员、通讯员、传令兵和几位军官也都在这里捯动着脚,弄得鞋后跟叭叭直响。米纳耶夫也和波得捷尔柯夫一样,才从阵地上回来不久。他坐在赶车的位子上吃着上了冻的白面包,嚼得咯吧咯吧直响。

"波得捷尔柯夫!"格里高力骑着马走到一旁。"俘虏马上就要送到啦。你看过郭鲁博夫的条子吗?"

波得捷尔柯夫使劲甩了一下鞭子;他把眼睛垂得低低的,红着脸,叫道:

"我要啐郭鲁博夫一口!……他真是异想天开!对柴尔涅曹夫这样一个强盗和反革命分子,他能担保得了吗?……我不答应!我要全部枪毙,就这样!"

"郭鲁博夫说要保他出去。"

"我不答应!……说不答应,就不答应!就这样,没什么好说的!要由革命法庭对他进行审判,并立即处决。杀一儆百!……你可知道,”他用锐利的目光望着渐渐走近的俘虏群,用比较镇定的口气说,“你可知道,他杀过多少人?多着呢!……单是矿工,他杀过多少?……”说到这里,他的怒火又冒了上来,气汹汹地转起眼珠子。“决不答应!……”

“这没有什么好嚷的!”格里高力也提高了声音,他的胸膛哆嗦着,好像波得捷尔柯夫的火气也传给了他。“你们在这儿当法官的太多啦!你最好还是到阵地上去走走!”他的鼻孔哆嗦着,用手朝后面指了指。“你们这儿指手画脚的人太多啦!”

波得捷尔柯夫在手里揉搓着鞭子,走了开去。他老远地喊叫道:

“我到阵地上去过!你别以为我是怕死躲在大车上。麦列霍夫,你给我住嘴!明白吗?……你跟谁这样说话?……岂有此理!把你那套军官脾气收起来吧!是革命军事委员会做主,而不是随便什么人……”

格里高力拍马走到他的跟前,忘记了自己的伤,从马上跳下来,只觉一阵钻心的疼,仰面跌倒在地上。伤口里火辣辣地冒起血来。他没等别人搀扶就自己爬了起来,勉强支撑着一瘸一拐地走到大车跟前,侧着身子倒在后面的车弓子上。

俘虏们来到跟前。押送队中一部分徒步的哥萨克同传令兵和司令部警卫队的一些哥萨克交谈起来。他们打仗时的热乎劲儿还没有冷下来,眼睛里火星直冒,凶气逼人,互相谈论着作战时的一些详情细节和战果。

波得捷尔柯夫迈着沉甸甸的步子,踩得雪地上一个坑一个坑的,走到俘虏们跟前。站在最前面的柴尔涅曹夫轻蔑地眯缝着炯炯有神、毫不畏惧的眼睛看着他;并且像稍息那样伸出左腿,轻轻摇晃着,又用一排白白的上牙咬住紧紧抿着的粉红色嘴唇。波得捷尔柯夫对直地走到他跟前。波得捷尔柯夫全身哆嗦着,两只眨也不眨的眼睛在坑洼不平的雪地上搜索着,等到这双眼睛抬了起来,就和柴尔涅曹夫那毫不惧怕的、轻蔑的目光交叉到一起,并且用仇恨的力量压倒了柴尔涅曹夫的目光。

“你落网啦……坏蛋!”波得捷尔柯夫用愤怒而低沉的声音说,并且向后退了一步;他的脸似笑非笑地皱出一道印子,好像是用马刀砍的。

“哥萨克的叛徒!下流东西!奸贼!”柴尔涅曹夫咬牙切齿地骂道。

波得捷尔柯夫晃了晃脑袋,好像是躲避打来的耳光;他的两颊发了青,张着嘴吃力地吸着气。

后来的事来得快得惊人。柴尔涅曹夫脸色煞白,龇着牙,两个拳头紧紧贴在胸前，身子朝前探着，朝波得捷尔柯夫走来。他那哆哆嗦嗦的嘴里说出来的话很不清楚，还夹杂着一些骂娘的话。至于他说的是什么，只有慢慢向后退的波得捷尔柯夫能听得清。

“你早晚逃不掉……你明白吗？”柴尔涅曹夫猛然提高了声音。

俘虏的军官们、押送队的哥萨克们和司令部的人员都听清了这两句。

“噢噢噢噢……”波得捷尔柯夫就像憋得透不过气来似的，闷声闷气地叫着，一只手抓住了马刀把子。

马上静了下来。米纳耶夫、克里沃什雷科夫和另外几个人连忙咯吱咯吱地踩着积雪朝波得捷尔柯夫跑去。但是波得捷尔柯夫抢在他们前面，身子向右一扭，向下一蹲，把马刀抽出了鞘，一个箭步冲上前去，使出全身力气照柴尔涅曹夫头上砍去。

格里高力看到，柴尔涅曹夫哆嗦了一下，把左胳膊举到头顶上，护住头；又看到，他的左手被砍断了，砍成了三角形，马刀又无声地落到柴尔涅曹夫那仰着的头上。先是皮帽子掉了下来，然后柴尔涅曹夫就像断秆的麦穗，慢慢地倒了下去，嘴歪成了怪样子，眼睛就像遇到闪电时那样，很难受地眯缝了起来。

波得捷尔柯夫又砍了他一刀，这才迈着沉重、缓慢的步子走了开去，一面走，一面擦着血染红了的扁平的刀面子。

波得捷尔柯夫一下子撞在大车上，他猛地转过身来，朝着押送队的哥萨克们声嘶力竭地喊叫道：

“把他们宰了……他妈的！！全宰了！……一个不留……斩尽杀光！！”

枪声猛烈地响了起来。军官们你碰我撞地乱跑起来。那个戴红绒线风帽、眼睛像女子那样秀气的陆军中尉，双手捂着头在跑。一颗子弹打来，他像跳高栏一样，高高地往上一跳，便跌倒在地，再也没有起来。有两个哥萨克在追杀那个很威武的高个子大尉。他拼命去抓马刀的刀刃，砍得血淋淋的手掌上的血往袖子里直流；他像小孩子一样喊叫着，跪了下去，又仰面倒了下去，头在雪地上乱滚；在他的一张脸上只能看得出一双血糊糊的眼睛，再就是一张拼命喊叫的黑洞洞的嘴。上下飞舞的马刀在他的脸上和黑洞洞的嘴上乱砍，可他还是在喊叫，因为害怕，因为疼，那声音特别尖细。一个身穿撕掉了扣带的军大衣的哥萨克，叉开两腿，对着他放了一枪，才结果了他的性命。鬈发的士官生眼看就要冲出包围圈，一个阿塔曼团的哥萨克追上了他，照后脑勺上一刀，就把他砍死了。一个中尉在飞跑，身上的军大衣被风吹得像翅膀一样张了开来，还是那个阿塔曼团的哥萨克朝他打了一枪，子弹打在两个肩胛骨中间。中尉蹲了下去，拼命用手指头挠胸膛,一直到倒地死去。一个白头发的上尉是就地被砍死的;他快要死的时候,还用脚在雪地上蹬出一个很深的坑,如果不是哥萨克们可怜他,又补了几刀,他还要像一匹好马拴到桩上那样,再蹬上好一阵子。

格里高力在一开始屠杀的时候,就立即离开大车,他用充血的眼睛直盯着波得捷尔柯夫,一瘸一拐地快步朝他走去。米纳耶夫从背后把格里高力抓住,扭住他的胳膊,把手枪夺了下来;他用失神的眼睛盯住格里高力的眼睛,喘着粗气问道:

"你想干什么?"

十三

积雪的山冈脊部,被明丽的阳光和万里无云的蓝天映照得白得耀眼,像白砂糖一样亮晶晶的。山冈下面的赤杨疙瘩村,就像用布头拼成的一条大花被。左边是蓝蓝的司维纽哈河,右边是零零落落的许多小村庄和德国人的居住区,就像许多模糊不清的小点儿,河湾过去,那灰蒙蒙的一片便是捷尔诺夫镇。赤杨疙瘩村东面,有一道小一些的山冈曲曲弯弯地向上游伸去,这道山冈坡度平缓,到处是山沟。山冈上有一排像栅栏一样的电线杆子,是通往卡沙尔去的。

这一天格外晴朗,格外寒冷。太阳周围有许多朦朦胧胧的彩虹般的光带。风从北方吹来。吹得草原上的积雪到处飞舞。但是茫茫的雪原,直到天边,都是明朗的,只有东方,大地尽头处,朦朦胧胧,笼罩着淡紫色的雾气。

潘捷莱·普罗柯菲耶维奇拉着格里高力离开了米列洛沃,决定不在赤杨疙瘩村停留,径直把爬犁赶到卡沙尔,就在那里过夜。他是接到格里高力的电报后从家里出来的,一月二十八日傍晚时候来到米列洛沃。格里高力住在小客店里等着他。第二天一早就出发,大约在十一点左右就过了赤杨疙瘩村。

格里高力在格鲁博克附近作战受伤以后,在米列洛沃的行军医院里住了一个星期,腿部的伤好一点了,就决定回家。同乡的哥萨克已经把马给他送了来。格里高力是带着既遗憾又高兴的复杂心情上路的。遗憾的是,他在为建立顿河区政权而斗争的关键时刻离开了自己的队伍;可是他一想到就要见到家里人,就要回到自己的村里,他又十分高兴;他自己都不肯承认他是想见见阿克西妮亚,但是他时常想着她。

他跟父亲见了面,有些疏远了。潘捷莱·普罗柯菲耶维奇(彼特罗已经在背地里对他叨咕了不少)沉着脸一个劲儿地打量着格里高力,在他那直勾勾、滴溜溜的目光中充满了不满和担心。晚上在客店里住下以后,他向格里高力问起顿河地区发生的一些大事,问了很久,儿子的回答显然使他很不满意。他嚼着发了白的大胡子,看着自己那缝了皮底的毡靴,鼻子眼儿哼哼着。他很不情愿地和儿子争论起来,可是一提卡列金,他就替卡列金分辩,劲头儿就来了,在火气上来的时候,他又像从前那样对格里高力训斥起来,甚至还跺起那只跛脚。

"你别跟我来这一套!卡列金秋天到咱们村上来过!在广场上召开过村民大会,他趴到桌子上,跟老头子们聊了半天,他就像《圣经》上说的那样,预言庄稼佬要来啦,要打仗啦,如果咱们摇摆不定的话,他们就把什么东西都抢去,而且就占住顿河地区不走了。他在那时候就知道要打仗啦。你们他妈的怎么样?他还不如你们有见识吗?他是个有学问的将军,带领过千军万马,见识还能不如你们吗?卡敏镇上那一伙人都像你一样,都是一些没有学识的二百五,只会搅得人心不安。你们那波得捷尔柯夫是什么出身?是个司务长吧?……噢!官衔和我一样嘛。就这么一点儿根底嘛!……赶上这种年头儿……真没办法!"

格里高力和他争论很不带劲儿。他还没有见到父亲的时候,就知道父亲是什么态度了。再说,现在又增添了新的因素:对于砍死柴尔涅曹夫和不经审判就枪杀俘虏的军官,格里高力怎么也不能原谅,怎么也不能忘记。

驾辕的两匹马轻快地拉着像簸箩一样的爬犁前进着。格里高力那匹上了鞍的战马用缰绳拴在爬犁后头,在后头小跑着。一路上经过的都是从小就熟悉的一些村镇:卡沙尔、波波甫卡、卡敏卡、下亚布洛诺夫村、格拉乔夫村、亚辛诺夫卡。直到回到自己的村子,格里高力不知为什么总是毫无头绪地、乱糟糟地想着不久前的事情,他几次要多多少少想一想以后的事,但是一想到回家休息,就再也想不下去了。"等回到家里,休息休息,养养伤,以后……"他想着,并且在心里满不在乎地说:"以后会有办法的。船到桥头自会直……"

他打仗也打厌了。真想远远地离开这个充满了仇恨和敌视的难以理解的世界。过去的一切都稀里糊涂,矛盾重重,探索一条该走的路是很难的;就好像走在一条遍地泥沼的小路上,脚底下的土不住地摇晃着,走着走着,小路又分成了两条,于是就没有把握了,不知道该走哪一条。他拥护过布尔什维克,自己跟着走,还带领别人跟着走过,可是后来他有了一些想法,心渐渐冷了。“真的让伊兹瓦林说对了吗?究竟该依靠谁呢?”格里高力靠在爬犁后背上,模模糊糊地想着这个问题。但是他想到在家乡的情景,想到怎样修理犁耙和大车准备春耕,怎样用柳条儿编牲口簸箩,等土地解冻和晒干之后,就要到田野上去,用老早就想干活儿的手抓住犁把,跟在犁后面走,感觉着铁犁不住地跳动和前进;他想到他就要呼吸到嫩草的芳香和刚刚犁起来、还带着融雪潮气的黑土的香味——想到这一切,心里就暖洋洋的。真想照料照料牲口,堆堆干草垛,闻一闻苜蓿、冰草萎蔫时的气味和牲口粪的臭味。他希望太平,希望安静,因此,格里高力四下里望着,望着马匹,望着父亲那裹在皮袄里的扁平的脊背,严肃的眼睛里就流露出不好意思的喜悦神情。那皮袄上的羊臊味,没有洗刷的马匹那种家常样子,还有村子里那只站在地窖上高声啼叫的大公鸡——这一切都使他想起差不多已经忘掉的往日的生活。这时候他觉得这僻静的村庄里的生活就像一支啤酒花儿,又甜,香味又浓。

第二天傍晚时候来到鞑靼村外。格里高力在山冈上就放眼朝顿河望去:那是老婆沟,沟边的芦苇就像镶上的黑貂皮;那是那棵干杨树,可是渡口已经不在原来的地方了。那是鞑靼村,熟悉的街道、教堂、广场……格里高力一看见自己家的房子,心就猛烈地跳了起来。一件件往事涌上心头。院子里井边的提水吊杆,把它那柳木胳膊举得高高的,好像在招手呢。

“眼睛不发酸吧?”潘捷莱·普罗柯菲耶维奇回头看着,笑着说。格里高力也不装假,坦率地承认说:

“是有些酸……当然要发酸啦!……”

“这就是说,家乡嘛!”潘捷莱·普罗柯菲耶维奇非常满意地叹了一口气。

他把爬犁朝村子中央赶去。几匹马轻快地朝冈下跑,爬犁摇来摆去地往冈下滑。格里高力猜出父亲的用意,但他还是问道:

“干吗要往村子里面赶?一直进咱们的胡同好啦。”

潘捷莱·普罗柯菲耶维奇转了转身,偷偷地笑着,说:

“我送儿子去打仗的时候,儿子还是一个普通的哥萨克,可是现在当上军官啦。怎么,我就不能把头昂得高高的,拉着儿子在村子里转转?叫大家都看看,眼红眼红。伙计,我的心里舒坦呀!”

在大街上,他很沉着地吆喝着马,身子朝一边歪着,晃悠着打着起了毛的鞭子,几匹马感觉到离家近了,就好像没有跑过一百四十里路似的,精神抖擞地、飞快地跑了起来。迎面遇到的哥萨克都对他们行礼,妇女们都手搭凉棚,从院子里和窗户里往外看;一群群的母鸡惊得在大街上咕哒咕哒地乱跑。一切都顺顺当当,就像小说里写的那样。他们穿过了广场。格里高力的那匹马眼睛一斜,看见不知是谁拴在莫霍夫家棚子边的一匹马,就高高地昂起头,叫了起来。村庄的尽头和阿司塔霍夫家的房顶已经可以看得见了……但是这时候,爬犁来到十字路口,发生了一件不愉快的事:一头小猪从街上跑过,慢了一步,落到了马蹄底下,压伤的小猪哼了一声就滚到了一边,一个劲儿地尖叫着,那压断的脊梁骨怎么都挺不起来了。

"哼,你他妈的偏要来捣蛋!……"潘捷莱·普罗柯菲耶维奇骂着,照压伤的小猪抽了一鞭。

糟糕的是,这小猪偏偏是阿丰卡·奥捷洛夫的遗孀安纽特卡的。这娘们儿又泼辣,嘴又厉害。她毫不怠慢地跑了出来,一面披头巾,一面破口大骂起来,骂的话十分难听,潘捷莱·普罗柯菲耶维奇只好勒住马,转过身来。

"住嘴,浑蛋娘们儿!你叫什么?赔你的癞猪好啦!……"

"你这妖魔!……老鬼!瘸狗,你才是癞猪呢!……我送你去见村长!……"她挥舞着双手,大声叫喊着。"我×你娘,我要教训教训你,看你还敢压孤儿寡妇的畜生!……"

潘捷莱·普罗柯菲耶维奇被她骂得上了火,红着脸喊叫道:

"骚娘们儿!"

"该死的土耳其佬!……"安纽特卡立即回骂道。

"母狗,我把你娘×个稀烂!"潘捷莱·普罗柯菲耶维奇提高了他那粗嗓门儿。

但是安纽特卡骂起人来是从来不用打草稿的。

"外来的杂种!老不死的!老贼!偷鸡摸狗!……搞破鞋!……"她就像喜鹊那样吱吱喳喳叫了起来。

"我用鞭子抽你,母狗!……闭上你的狗嘴!"

但是安纽特卡骂的话更难听了,就连潘捷莱·普罗柯菲耶维奇这样一个老于世故的人,都窘得红了脸,并且一下子浑身都冒了汗。

"走吧!……干吗和她骂起来没个完?"格里高力看见街上的人越来越多,而且都很注意地听着麦列霍夫老汉和清白的寡妇安纽特卡之间偶然发生的口角,就很生气地说：

“哼，那舌头……有缰绳这么长！”潘捷莱·普罗柯菲耶维奇使劲吐了一口唾沫，恶狠狠地赶了一下子马，好像要把安纽特卡压死。

已经走过了一个街口，他才提心吊胆地回头看了看。

“一张死嘴骂起人来好厉害！……哼，你这乱咬人的东西……真该把你他妈的压成两截！”他发狠地说。“把你和你的小猪一起压烂！谁要是遇上这种泼辣货，八辈子都倒霉！”

爬犁从自己家蓝蓝的护窗前驶过。彼特罗帽子也没戴，军便服也没有系腰带，就跑出来开了大门。杜尼娅那白白的头巾和忽闪着两只黑眼睛的、笑盈盈的脸从台阶上飞了下来。

彼特罗亲着弟弟，匆匆地对着他看了一眼。

“还好吗？”

“挂花啦。”

“在哪儿挂花的？”

“在格鲁博克。”

“压根儿就用不着在那儿受罪！早就该回家来。”

他亲亲热热地把格里高力摇晃了几下，就让给杜尼娅去亲。格里高力抱住妹妹的丰满、成熟的肩膀，亲过她的嘴唇和眼睛，一面往后仰着，很惊讶地说：

“是你呀，杜尼娅，真认不出来啦！……出落成这么一个大姑娘啦，可是我一直以为你还是那个傻里傻气的毛丫头呢。”

“瞧你说的，小哥！……”杜尼娅被哥哥抱得好疼，挣了开来，也和格里高力一样，龇着一口白牙笑着，走到一边。

伊莉尼奇娜抱着两个孩子走来；娜塔莉亚是跑的，赶到了婆婆的前头。她一下子变得格外有神采，格外漂亮。她那梳得光光的、在脑后挽成一个大鬏儿的黑油油的头发，使她那高兴得发了红的脸显得格外红。她紧紧贴到格里高力身上，用嘴唇慌乱地在他的脸上、胡子上亲了好几下，便急忙从婆婆手里接过儿子，递给格里高力。

“你瞧，儿子长得多好！”她得意洋洋地高声说。

“快让我看看我的儿子！”伊莉尼奇娜十分激动地把她推开。

母亲把格里高力的头扳得低低的，亲了亲他的额头，用粗糙的手一下一下地抚摩着他的脸，又激动又高兴地哭了起来。

“还有女儿哩，格里沙！……给你，抱一抱！……”

娜塔莉亚把裹着头巾的女儿放到格里高力的另一只胳膊上，格里高力没有了主意，不知道该看谁才好：他忽而看看娜塔莉亚，忽而看看妈妈，忽而看看孩子们。眼神抑郁、双眉紧锁的儿子完全是麦列霍夫家的模样：有点儿凌厉逼人的黑眼睛也是那样长长的、细细的，两道眉毛也是离得远远的，眼白也是鼓鼓的、蓝蓝的，皮肤也是黑黑的。他把一只肮脏的小手放在嘴里，歪着头，怯生生地、一个劲儿地盯住父亲。格里高力只看见女儿两只凝神的、也是那样黑的小眼睛，她的脸蛋儿裹在头巾里了。

他抱着两个孩子，正想朝台阶走去，但是腿上一阵钻心的疼痛。

"娜塔莎，把他们抱去吧……"格里高力咬着牙歪着嘴笑了笑，歉疚地说。"要不然我连门槛都跨不过去啦……"

妲丽亚理着头发，站在厨房正中。她满面笑容，十分随便地走到格里高力跟前，合上两只笑盈盈的眼睛，把两片热乎乎的、湿润的嘴唇紧紧贴到他的嘴唇上。

"一股子烟臭味！"她笑嘻嘻地挑了挑那两道弯弯的、好像用墨描成的眉毛。

"来，让我再看看你！唉，我的心肝儿，好孩子呀！"

格里高力笑着，靠在母亲的肩上，心里觉得热辣辣的。

潘捷莱·普罗柯菲耶维奇在院子里卸爬犁，一瘸一拐地在爬犁周围转悠着，他那红红的腰带和红红的帽顶闪来闪去。彼特罗已经把格里高力的战马牵进马棚里，这会儿正把马鞍往过道里送，一面走，一面转过身去和杜尼娅说话，杜尼娅正要去拿爬犁上的煤油桶。

格里高力脱掉衣服，把皮袄和军大衣搭到床背上，又梳了梳头发。他在板凳上坐了下来，便招手叫儿子过来：

"米沙特卡，上我这儿来。来，你怎么，不认识我吗？"

米沙特卡嘴里还是咬着小手，侧着身子走过来，在桌子跟前停了下来。妈妈在炕边上用心爱和得意的目光看着他。她又对着女儿的耳朵小声说了两句话儿，把她从手上放下来，轻轻地推了推她。

"你也去呀！"

格里高力把两个孩子一起搂到怀里，分别放到两个膝盖上，问道：

"两个小东西，你们不认识我吗？波柳什卡，你也不认识爸爸吗？"

"你不是爸爸。"儿子小声说（有妹妹在一起，他的胆子大些了）。

"那我又是什么人呢？"

"你是一个外人。"

"这就热闹啦！……"格里高力哈哈大笑起来。"那你爸爸又在哪儿呢？"

“俺爸爸当兵呢。”女儿歪着头,很有把握地说(她的胆子要大些)。

“孩子们,就别认他!叫他以后记住自己的家。要不然他一年到头在外头跑,叫人都不认识啦!”伊莉尼奇娜故作严厉地插嘴说;她见格里高力在笑,也笑了笑,说:“你老婆差点儿都不要你啦。我们正打算给她招一个女婿呢。”

“你这是怎么回事儿,娜塔莉亚?嗯?”格里高力用开玩笑的口气向妻子问道。

她的脸一红,克制着在家里人面前不好意思的心情,走到格里高力跟前,坐在他身边,用无限幸福的目光把他浑身上下打量了半天,用热乎乎、硬邦邦的手抚摩着他那干瘦的棕色的手。

“妲丽亚,把饭给他端来!”

“他自己有老婆嘛。”妲丽亚笑着说了一声,就袅袅婷婷,还是迈着那样轻盈的步子,朝灶前走去。

她还是那样苗条,那样爱打扮。那细细的秀腿上穿着紧绷绷的淡紫色毛袜,脚上穿着端端正正的短靴,就好像是雕成的;带褶儿的红裙子紧紧绷在身上,绣花围裙白得耀眼。格里高力又转眼去看妻子,就发现她的穿戴有一些变化。她知道他要回家,也换了换衣裳;一件袖口镶着窄窄的花边的天蓝色仿绸女褂勾勒出健美的腰身,柔软的乳房将上衣支得高高的;绣着花边的蓝裙子下部很肥大,上部紧紧裹在身上。格里高力从旁边打量了一下她那圆滚滚的双腿、紧绷绷的肚子和像肥壮的母马那样的大屁股,心里想:“哥萨克娘们儿和所有的娘们儿都不一样。穿衣服有一定的习惯,就是让所有的地方都显露出来,看不看由你。庄稼佬他们的娘们儿不一样,前身后身叫人分不清,就像装在一条麻袋里……”

伊莉尼奇娜发现他在打量妻子,就特意用赞赏的口气说:

“你瞧咱们家两位军官太太穿得多漂亮!连城里的太太们都要眼红啦!”

“妈,瞧您说的!”妲丽亚接话说。“我们哪儿能赶得上城里太太?!你瞧,这耳环子都坏啦,再说,这都是便宜货!”最后一句话她说得很伤心。

格里高力把一只手放在妻子那宽宽的、干惯了活儿的脊背上,第一次这样想:“是个漂亮娘们儿,很招人喜欢……我不在家,她是怎么过的呢?恐怕有些男人眼馋过她,也许她也眼馋过什么人。万一她有不三不四的事,那可怎么办呢?”他忽然想到这一点,心突突地跳起来,脑子里乱了。他用探询的目光看了看她那红扑扑、光油油、散发着香粉气味的脸。娜塔莉亚被他这样盯着看,脸一下子全红了,她克制着不好意思的心情,小声问:

“你干吗这样看我?怎么,你想我了吧?”

“当然想啦!”

格里高力驱走一些不应有的念头,但是这时候对妻子产生了一种不自觉的敌对心情。

潘捷莱·普罗柯菲耶维奇哼哧哼哧地走进门来。他对着圣像祷告了一阵子,快活地说:

“哦,再向你们问一次好!”

“托福托福,老头子……冻坏了吧?我们等着你呢;汤是热的,刚从火上端下来。”伊莉尼奇娜忙活起来,丁丁当当地用勺子在舀汤。

潘捷莱·普罗柯菲耶维奇一面解脖子上的大红围巾,一面跺着冻得硬邦邦的、缝了皮底的毡靴。他脱掉皮袄,把胡子上的冰凌捋下来,靠着格里高力坐下来,说:

“真冻坏啦,可是到了村子里就热和起来啦……把安纽特卡的小猪压坏啦……”

“谁家的小猪?”妲丽亚正在切一大块白面包,她停下来,很带劲儿地问道。

“安纽特卡家的。这个该死的娘们儿,她跑出来,大骂一通!又骂我这个,又骂我那个,又是老贼,又是偷鸡摸狗。我偷谁家的鸡,摸谁家的狗来,真是她娘的胡扯!”

潘捷莱·普罗柯菲耶维奇一一数着安纽特卡送给他的那些外号,只有一点他没有说,那就是她骂他老不正经,搞破鞋。格里高力笑了笑,坐到饭桌前。潘捷莱·普罗柯菲耶维奇想对格里高力解释解释,就又气呼呼地说了几句:

“她骂得非常难听,简直叫人说不出口!我当时真想转回去,拿鞭子抽她一顿,可是有格里高力在场,这样做总是有点儿不大合适。”

彼特罗开了门,杜尼娅用腰带牵进来一头白头顶的红牛犊。

“到油饼节,咱们就能吃到奶油烙饼啦!”彼特罗用脚踢着小牛,快活地叫道。

吃过饭以后,格里高力解开大口袋,把带的礼物分给家里人。

“这是给你的,妈妈……”他递给她一条毛披巾。

伊莉尼奇娜像年轻人那样皱着眉头、红着脸,接过礼物。

她把披巾披到肩上,对着镜子转悠起来,肩膀一个劲儿地扭来扭去,把潘捷莱·普罗柯菲耶维奇都惹火了,他骂道:

“老妖精,也照着镜子臭美起来啦!呸!……”

“爹,这是给你的……”格里高力急忙说,并且当着大家的面,转悠着一顶崭新的哥萨克帽,那帽子的帽顶高高的,还镶着火红的帽箍。

“哦,我的天！我就缺帽子呢。今年铺子里就没卖过帽子……夏天不管怎样都好说……戴一顶旧帽子上教堂简直丑死啦。这顶旧帽子给稻草人戴戴,倒是挺不错,可是我还一直戴着呢……”他用生气的语调说,一面瞅着大家,好像生怕有谁走过来,把儿子送的礼物抢了去。

他本来想到镜子跟前去试帽子,可是伊莉尼奇娜拿眼睛盯住了他。老头子发现了她的目光,来了一个大转身,一瘸一拐地朝火壶走去。他把帽子歪戴在头上,对着火壶照起来。

“你这是干什么,老东西?”伊莉尼奇娜报复说。

但是潘捷莱·普罗柯菲耶维奇涎着脸说:

“哎哟哟！瞧,你真浑！你没看到这是火壶,不是镜子吗？噢,噢,是啰！”

格里高力给妻子的是一段做裙子的呢料;给孩子们一人一盒蜜饯;给妲丽亚的是一副带宝石的银耳环;给杜尼娅的是一段上衣料;给彼特罗的是一盒子纸烟和一磅烟丝。

在女人们嘁嘁喳喳地研究着礼物的时候,潘捷莱·普罗柯菲耶维奇就像黑桃皇后一样在厨房里来来回回地走着,甚至还挺着胸膛说:

“瞧,御林军哥萨克团的哥萨克！得过奖的！皇帝阅兵时得过头奖！得过马鞍和全部军用品！嘿,你瞧瞧！……”

彼特罗咬着小麦色的胡子,欣赏着父亲的高兴样子,格里高力嘻嘻笑着。三个人抽起烟来,潘捷莱·普罗柯菲耶维奇担心地朝窗外看了看,说:

“趁亲戚和街坊都还没有来……你把那边的事讲给彼特罗听听。”

格里高力把手一甩。

“正打着呢。”

“布尔什维克眼下在哪儿?”彼特罗坐舒服些,问道。

“齐霍列茨克、塔干罗格、沃罗涅日——这三方面都有。”

“哦,你们的革命军事委员会有什么打算？为什么让布尔什维克来咱们这地方？贺里散福和伊万·阿列克塞耶维奇回来啦,乱七八糟的话他们说了不少,不过我不相信他们的话。那儿好像有点儿不大对头……”

“革命军事委员会软弱无力。哥萨克们都往家里跑。”

“就是说,因为这样,革命军事委员会就要依靠苏维埃吗?”

“当然,就是因为这样。”

彼特罗沉默了一会儿;他又抽起烟,对直地看了看弟弟,问道:

“你拥护哪一方面呢?”

“我拥护苏维埃政权。”

“混账!”潘捷莱·普罗柯菲耶维奇像火药一样爆炸了。“彼特罗,你教训教训他!”

彼特罗笑了笑,拍了拍格里高力的肩膀。

“他是咱们家的霹雳火,是一匹没有驯服的烈马。爹,你能教训得了吗?”

“我用不着谁来教训!”格里高力生起气来。“我又不是瞎子……咱们村子里当过兵的,有些什么看法?”

“这些当兵的,有什么好说的!像贺里散福这样的糊涂虫,你还不知道吗?他能懂得什么?大伙儿全都迷了路,不知道该往哪儿走……糟透啦!”彼特罗咬起小胡子。“眼看春天就要到啦,一切都还乱糟糟的……咱们在前方也当过一阵子布尔什维克啦,现在该学学聪明啦。‘我不犯人,休来犯我。’——哥萨克应该对一切胆敢侵犯我们的人这样说。你们在卡敏镇搞得很糟。你们和布尔什维克勾勾搭搭,布尔什维克就要推行他们那一套。”

“格里什卡,你要好好想一想。你不是一个糊涂小子。你应该明白,哥萨克既然是哥萨克,就永远是哥萨克。不能叫臭庄稼佬来管咱们。你该知道,外来户这会儿在想什么。他们要把所有的土地按人口平分。这怎么行呢?”

“扎了根的外来户,老早就住在顿河地区的,应该分到土地。”

“分给他们鸡巴!叫他们去啃吧!……”潘捷莱·普罗柯菲耶维奇做了一个瞧不起的手势,把指甲老长的大拇指夹在食指和中指之间,在格里高力的鹰钩鼻子前面摇晃了半天。

台阶上响起咚咚的脚步声。冻上了冰的门槛也哒哒地响了一阵。安尼凯、贺里散福和戴着一顶高得出格的兔皮帽的伊凡·托米林走了进来。

“老总,你好!潘捷莱·普罗柯菲耶维奇,拿酒来!”贺里散福用老大的嗓门儿喊道。

已经在热炕旁边打盹儿的小牛,听了他的喊叫声,吓得哞哞叫起来。小牛滑滑跌跌地用它那还在打颤的四条腿站了起来,用圆滚滚的眼睛望着进来的人,大概是因为害怕,在地上撒了细细的一道尿。杜尼娅轻轻拍了拍小牛的背,小牛才不撒尿了;她扫了扫那一摊尿,放上一口破铁锅。

“你嗓门儿那么大,把小牛都吓坏啦!”伊莉尼奇娜不高兴地说。

格里高力和他们握过手,请他们坐下来。不久,村子的这一头又来了几个人。大家一面说话,一面抽烟,抽得烟雾腾腾,灯光都暗了,小牛都呛得咳嗽起来。

“你们都滚吧!”伊莉尼奇娜骂道:已经是半夜了,她要撵客人了。“你们都给我出去,到外面冒烟去,烟鬼！走吧,走吧！我们家的老总赶了一天路还没有歇歇呢。快滚吧。”

十四

第二天早晨,格里高力醒得很晚。是房檐下和窗外那吱吱喳喳、热闹得像春天一样的麻雀叫声把他吵醒的。一道道金色的阳光从护窗的缝隙里射了进来,照得空气中的灰尘光闪闪的。做弥撒的钟声在响着。格里高力想起今天是礼拜日。娜塔莉亚不在身边,但是褥子上还保留着她身体的热气。看样子,她起身还不久。

“娜塔莎!”格里高力唤了一声。

杜尼娅走了进来。

“什么事,小哥?”

“你把小窗子开开,把娜塔莉亚喊来。她干什么去啦?”

“她在帮妈妈做饭呢,一会儿就来。”

娜塔莉亚走了进来,因为屋里还黑,眯起了眼睛。

“你醒啦?”

她手上还带着刚才和面的气味。格里高力躺着把她抱住,想起夜里的事,笑了,问道:

“你睡好啦?”

“啊哈！昨晚……是太迟啦。”她笑了笑,红着脸,把头扎到格里高力那毛烘烘的胸膛上。

她帮着格里高力扎好绷带,从箱子里拿出一条礼服裤子,问道:

“你穿带十字章的礼服上衣吧？”

“算了吧！”格里高力惊恐地摆了摆手。

但是娜塔莉亚硬是要他穿，说：

“穿上吧！爹会很高兴的。你怎么，十字章是白白地挣来垫箱子底的吗？”

格里高力拗不过她，同意了。他起了床，拿来彼特罗的刮脸刀，刮了刮脸，又洗了脸，洗了脖子。

“后脑勺刮了吗？”彼特罗问道。

“哦，妈的，忘啦！”

“来，坐下，我给你刮刮。”

胰子抹在脖子上冷冰冰的。格里高力在镜子里看到，彼特罗像小孩子那样，把舌头顶在腮帮子上，用刮脸刀刮了起来。

“你的脖子比以前细了一点儿，就像耕完地以后的牛脖子。”彼特罗笑着说。

“吃公家的伙食恐怕是吃不胖的。”

格里高力穿起带少尉肩章和别着一排十字章的制服，到蒙了一层水汽的镜子跟前一照，几乎不认得自己了：在镜子里朝他望着的，是一位高高的、瘦瘦的、像茨冈人一样黑的军官。

“你像一位上校！”彼特罗毫不嫉妒地欣赏着弟弟，兴高采烈地说。

格里高力听了这话，不由得高兴起来。他朝厨房里走去。妲丽亚用赞赏的目光盯着他。杜尼娅惊叫了一声：

“咦，好漂亮！……”

伊莉尼奇娜不由得掉起了眼泪。她用肮脏的围裙擦着眼泪，回答杜尼娅的取笑说：

“鬼丫头，这样的儿子你也生几个看看！至少生两个，还要让个个都有出息！”

娜塔莉亚那含情脉脉、火热的和泪水模糊的眼睛一直不离开丈夫身上。

格里高力披起军大衣，朝院子里走去。他下台阶感到很吃力，受伤的那条腿很不灵便。他扶着栏杆，心里想道：“非拄根拐杖不行了。”

在米列洛沃给他取出了子弹，伤口结了一块棕色的痂，这块痂把皮肤拉得紧紧的，腿不能随便打弯儿。

一只猫在墙根下晒太阳。台阶旁太阳地里的雪已经融化，变成了一片水洼。格里高力高高兴兴地、仔细地打量着院子。在台阶旁边竖着一根柱子，柱子顶上安着一个车轮子。格里高力从小就记得有这个车轮子，这是为女人们的方便装置的:她们不必下台阶,就可以把装牛奶的钵子放在车轮上过夜,白天可以在上面晾家什,在上面晒酱。他看到院子里有一些变化:仓房的门上的油漆原来已经剥落,现在抹上了一层黄泥,棚子上新铺的麦秸还没有变成褐色;堆得高高的那一堆木桩子好像少了一些,想必是修栅栏用去了一部分。地窖上堆起一堆灰;一只像乌鸦一样的黑公鸡,哆哆嗦嗦地蜷着一只腿,站在灰堆上,周围有十来只留着传种的花母鸡。因为冬天风雪多,全部农具都放在棚子里面:一辆牛车的架子竖在里面;一道阳光从棚顶的缝隙里射了进去,照得割麦机上的铁片闪闪放光。马棚边的粪堆上有几只鹅。一只毛茸茸的荷兰鹅很傲慢地斜眼看着从一旁一瘸一拐地走过的格里高力。

格里高力把全部家业都看了一遍,这才回到房里。

厨房里散发着甜甜的炼牛油气味和热烘烘的烤面包气味。杜尼娅在一个花碟子里洗糖渍的苹果。格里高力看了看苹果,很带劲儿地问:

"有腌西瓜吗?"

"娜塔莉亚,你去拿!"伊莉尼奇娜马上吩咐道。

潘捷莱·普罗柯菲耶维奇从教堂回来了。他按照家里的人数,把一个带花纹的小圣饼切成九份,分给大家吃。大家都坐下来吃早饭。彼特罗也穿得齐齐整整,连胡子上都搽了油,靠着格里高力坐下来。妲丽亚坐在他们对面一张小凳子上。一缕阳光照在她那红扑扑的、搽了油膏的脸上。她眯缝着眼睛,很不高兴地垂着她那弯弯的、被阳光照得发亮的黑眉毛。娜塔莉亚在喂孩子们吃烤南瓜,偶尔地笑着看看格里高力。杜尼娅跟父亲坐在一起。伊莉尼奇娜坐在尽头上,离灶很近。

大家都像过节时那样,放开肚子吃,吃得很多。喝过羊肉汤,又吃面条,然后是清炖羊肉、清炖鸡、羊腿冷盘、炸土豆、牛油小米饭、甜粥、奶油烙饼、腌西瓜。格里高力吃得饱饱的,很费劲儿地站了起来,醉醺醺地画了个十字,哼哧哼哧地躺到床上。潘捷莱·普罗柯菲耶维奇还在吃小米饭:他用调羹把米饭按紧,在中间扒出一个坑,他把这叫做井,把琥珀色的油倒进去,用调羹扒着油泡的米饭,正经八百地吃了起来。非常喜欢孩子的彼特罗在喂米沙特卡吃饭;他高兴起来,拿酸奶油往米沙特卡的脸上和鼻子上乱抹。

"伯伯,别胡闹!"

"怎么啦?"

"你往哪儿抹呀?"

"怎么啦?"

“我要告诉妈妈啦!”

“怎么样?”

米沙特卡那两只带有忧郁神气的麦列霍夫家的小眼睛气得不住地忽闪着,懊恼的泪水在眼睛里哆嗦着;他用拳头擦着鼻子,觉得好言好语无效,就大叫起来:

“别抹啦!……糊涂虫!……混账!”

彼特罗高兴得哈哈笑着,又喂起小侄子:一调羹塞进嘴里,再一下子抹到鼻子上。

“简直是个小孩子……闹起来没有完。”伊莉尼奇娜嘟哝说。

杜尼娅坐到格里高力跟前,对他说:

“彼特罗坏透啦,总是出坏点子。前几天他带着米沙特卡在院子里玩儿,米沙特卡想拉屎,就问:‘伯伯,在台阶旁边拉,行吗?’彼特罗说:‘不行。要走远点儿。’米沙特卡就跑远点儿,又问:‘这儿行吗?’‘不行,不行。你到仓房那儿去。’他又叫米沙特卡从仓房跟前跑到马棚跟前,从马棚跟前跑到场院上。米沙特卡跑呀,跑呀,一下子就拉到了裤子里……娜塔莉亚大骂了一顿!”

“算啦,我自个儿吃吧!”米沙特卡的叫声像邮车的铃铛。

彼特罗笑哈哈地哆嗦着小胡子,表示不同意:

“不行啊,伙计!还是我喂你吧。”

“我自个儿吃!”

“咱们家的小猪才自个儿吃呢,你没看见吗?娘们儿拿泔水给猪吃。”

格里高力一面笑嘻嘻地听着他们说话,一面卷烟。潘捷莱·普罗柯菲耶维奇走了过来。

“今天我想上镇上去。”

“去干什么?”

潘捷莱·普罗柯菲耶维奇打了一个嗝儿,打出不少甜粥,捋了捋大胡子。

“去找皮匠有事——我交给他两副马套在修。”

“当天能回来吗?”

“怎么不能回来?天不黑就能回来。”

他休息了一会儿,套上一匹今年瞎了一只眼的老骒马,就赶着爬犁出门了。他走的是草甸子。过了两个钟头,他就来到维奥申镇上。先上邮局去了一下,又去取来马套,然后去找住在新教堂旁边的一个老朋友和干兄弟。主人十分殷勤好客,一再留他吃午饭。

“上邮局去过吗?”主人一面问,一面往杯子里斟着不知是什么。

“去过啦。”潘捷莱·普罗柯菲耶维奇一面拉长了声音回答,一面很稀奇地看着他手里的玻璃瓶,闻着气味,就像猎狗在闻野兽的脚印。

“没听到什么新闻吗?”

“新闻?什么也没有听到。怎么样?”

“卡列金,就是阿列克塞·马克西莫维奇,去世啦。”

“你说什么?!”

潘捷莱·普罗柯菲耶维奇的脸一下子全青了,他忘掉了那可疑的玻璃瓶和气味,一下子仰靠在椅子背上。主人阴沉地眨巴着眼睛,说:

“打来的电报说,前两天他在诺沃契尔卡斯克自杀啦。他是顿河上首屈一指的大将军。是英雄,带领过千军万马。这人很了不起!他要是活着,哥萨克就不会受欺负。”

“等一等,大哥!现在怎么办呢?”潘捷莱·普罗柯菲耶维奇推开酒杯,张皇失措地问道。

“谁知道他是怎么一回事儿。局势越来越严重啦。一个人要是日子好过,恐怕是不会自杀的。”

“他怎么能下这样的狠心呢?”

这个老朋友是一个守旧的人,他恶狠狠地挥了一下手,说:

“当兵的都不听他的,把布尔什维克都放了进来,所以将军自杀啦。像这样的将军能找到几个呢?谁又来保护咱们呢?在卡敏镇上还成立了什么革命军事委员会,当过兵的哥萨克都参加啦……咱们这儿也……你大概听说了吧?他们已经发来命令,要打倒所有当官的,要选举这种革命军事委员会。庄稼佬都昂起头来啦!这全是一些木匠、铁匠、各种各样走街串巷的,这些人在维奥申镇上,就像草地上的小虫儿一样多!”

潘捷莱·普罗柯菲耶维奇耷拉着苍白的头,老半天没有说话;等他抬起头来,他的目光又冷峻,又难看。

“你这瓶子里是什么?”

“酒精。我的侄子从高加索带回来的。”

“来,大哥,咱们来祭奠卡列金,祭奠去世的将军!愿他在天堂安息!”

他们喝起来。主人的女儿,一个高高的、满脸雀斑的姑娘,端上菜来。潘捷莱·普罗柯菲耶维奇开头还不时地看看垂着头站在爬犁旁边的老骒马,但是主人叫他放心,说:

“别记挂马。我叫家里人去饮饮,添点儿草料。”

于是潘捷莱·普罗柯菲耶维奇很起劲地说起话来,喝了起来,很快就忘掉了马,忘掉世上的一切。他东一句西一句地说起格里高力,和已有酒意的干兄弟争论起一件事,争着争着,就忘记争论的是什么了。黄昏时候,他才猛醒过来。尽管主人一再劝他留下来过夜,他还是决意回去。主人的儿子给他把骒马套上,主人亲自把他扶上爬犁,决意送他一程,两个人紧挨着坐在爬犁上,拥抱着。他们的爬犁在大门上撞了一下,以后每到拐角上都要撞一下,直到上了草甸子,才不撞了。这时候干兄弟哭了起来,并且不由自主地从爬犁上跌了下去。他像个虾子一样四肢着地撑了半天,嘴里不住地骂着,可就是站不起来。潘捷莱·普罗柯菲耶维奇赶着爬犁飞跑起来,他没有看见,送了他一程的干兄弟四肢着地在雪地上爬着,鼻子往雪里直拱,快活得哈哈大笑着,并且用沙哑的嗓子恳求着。

“别胳肢我!……别胳肢嘛!”

潘捷莱·普罗柯菲耶维奇的老骒马挨了几鞭子,就快跑起来,但是跑得很不稳当,一个劲儿地瞎跑。马的主人不久酒劲儿就发作,昏昏沉沉,头靠到爬犁背上,一声不响了。幸亏缰绳压在他的身子底下,于是无人鞭打也无人驾驭的老骒马就换成小步朝前走去。一到岔路口,骒马就迷失了方向,走上了通往小格洛姆强诺克村的路,顺着这条路走去。过了几分钟,连这条路也迷失了。骒马在荒地上,在没有路的地方走,隐进了树林边很深的雪里;那马哼哧哼哧地朝一处洼地里走去。爬犁挂在一丛树棵子上,停了下来。爬犁猛地一停,颠得潘捷莱·普罗柯菲耶维奇醒了一下子。他抬起头来,沙哑地吆喝了一声:

“喔,鬼东西!……”马上又睡着了。

老骒马平平安安地过了树林子,很顺利地来到顿河上,迎着送来牛粪块烟味的东风,朝谢苗诺夫村走去。

在顿河左边,离谢苗诺夫村半俄里远处,有一片深水;每年春天春水退落的时候,大水一股劲儿地朝这里涌。附近的沙土岸边还有几股泉水朝上直冒,因此这一片水整个冬天都不结冰,形成了一个碧绿的半圆形大冰窟窿。所以过顿河就要小心翼翼地绕过这片深水,往旁边绕一个很大的弯子。春天,退落的春水汹涌奔腾着经过这片深水回到顿河里的时候,这地方就形成漩涡,河水怒吼,水流上下翻滚,冲刷着河底;整个夏天,鲤鱼都躲在好几丈深的水底下,朝附近岸上倒下来的一棵树底下乱钻。

麦列霍夫家的骒马稀里糊涂地朝着冰窟窿、朝冰窟窿的左边走去。离冰窟窿有二十丈远的时候,潘捷莱·普罗柯菲耶维奇翻了一下身,略微睁了睁眼睛。

他看到黑黑的天上那一颗颗黄绿色的星星就像一树没有成熟的樱桃。“天黑啦……”他迷迷糊糊地想着，狠狠地扯了扯缰绳：

“喔，喔！……我揍死你，老骚货！”

老骒马小步跑了起来。马闻到了不远处水的气味，一下子竖起了耳朵，迟疑不决地朝主人斜了斜那只瞎眼睛。忽然听到波浪拍溅的声音。打了一声尖尖的响鼻，朝旁边一扭，向后退去。底部被水冲得千疮百孔的薄冰，在马蹄下咯吱咯吱地响着，一大块覆盖着白雪的薄冰陷了下去。骒马发出恐怖的、怕死的嘶叫声。那马使劲用后腿撑住，但是两条前腿已经落进了水里，边上的冰被马的后腿踩得咔嚓咔嚓直响。哗啦一声，又一大块冰碎裂开来。骒马掉进了冰窟窿，那马哆哆嗦嗦地抽了一下后腿，朝辕杆上踢了一下。就在这时候，潘捷莱·普罗柯菲耶维奇觉得不对头，便从爬犁上跳下来，朝后面一滚。他看到，爬犁被下坠的马扯得倒竖了起来，露出了被星光照得熠熠发光的滑铁，爬犁滑进黑绿色的深水里，夹杂着冰块的河水发出轻柔的咝咝声，一股波浪几乎溅到他的身上。潘捷莱·普罗柯菲耶维奇飞快地向后爬了爬，这才站稳了身子，大声喊叫起来：

“救命啊，行行好吧！……要——淹——死——啦！……”

他的醉意好像被一棒子打跑了。他跑到冰窟窿跟前。刚刚碎裂的冰块闪闪发光。风和湍急的流水赶着冰块在黑黑的大冰窟窿里转悠着，一阵阵的波浪沙沙响着，摇来晃去，就像一绺绺绿色的头发。周围死气沉沉的，寂无声息。远处村子里的灯火，给黑沉沉的夜幕增添了一些黄点儿。一颗一颗的星星，就像新碾出来的谷粒儿，在天鹅绒一般的天上瑟瑟缩缩，发出夺目的亮光。微风吹起地上松松的雪粉，雪粉咝咝响着，像一把一把的面粉，往冰窟窿那黑黑的大嘴里直飞。冰窟窿微微地冒着热气，黑糊糊的，依然是那样亲切，又是那样可怕。

潘捷莱·普罗柯菲耶维奇这才明白了，这会儿叫喊是愚蠢的，是没有用的。他四下里望了望，明白了自己因为醉酒跑到什么地方来了，并且因为恨自己，恨这件意外事，气得浑身哆嗦起来。他手里还拿着鞭子，他是带着鞭子跳下来的。他一面骂娘，一面拿鞭子照自己的脊背抽了半天，但是一点都不觉得疼，因为有皮袄护着呢，而为这件事就脱掉皮袄，似乎又不值得。他把大胡子揪下来一绺，在脑子里算了算骒马、爬犁、马套和买回的一些东西的价钱，便破口大骂起来，又朝冰窟窿跟前走了走。

“瞎鬼！……”他打着哆嗦，唉声叹气地对着已经沉下去的骒马骂道。“骚货！你自个儿淹死，还差点儿把我搭上！谁叫你他妈的瞎闯?！叫鬼把你套上拉车去吧，鬼可是没有东西抽你！……那就把鞭子也给你们吧！……”他泄气地把手一扬，把鞭子扔到冰窟窿当中。

那鞭子咻的一声，竖着扎进水里，朝水底沉去。

十五

在卡列金的部队打败了革命的哥萨克部队之后，被迫迁移到米列洛沃的顿河革命军事委员会，给正在同卡列金和反革命的乌克兰拉达作战的军队的领导人打了一通电报，内容如下：

> 哈尔科夫。一九一八年一月十九日。发自卢干斯克，第四四九号，十八时二十分。顿河哥萨克革命军事委员会请您将顿河地区的下述决议转给彼得格勒人民委员苏维埃。
>
> 哥萨克革命军事委员会根据在卡敏镇召开的军人代表大会的决议，决定如下：
>
> 一、承认俄罗斯苏维埃共和国的国家中央政权，承认哥萨克、农民、士兵和工人苏维埃代表大会的中央执行委员会，以及由中央执行委员会选出的人民委员苏维埃。
>
> 二、召开哥萨克、农民和工人苏维埃代表大会，成立顿河地区政权。
>
> [附注]顿河地区的土地问题也将由地区代表大会解决。

赤卫队接到这通电报之后，便前来援助革命军事委员会的部队，因而打垮了柴尔涅曹夫的反革命队伍，恢复了原来的局面。革命军事委员会又掌握了主动权。萨布林和彼特洛夫的赤卫队，在占领兹维列沃和里哈亚以后，便在革命军事委员会的部队配合下，展开了攻势，压迫敌人向诺沃契尔卡斯克退去。

在右翼塔干罗格方面，西维尔司①率领的赤卫队在涅克林诺甫克附近被库捷波夫上校的志愿军打败，损失了一门大炮、二十四挺机枪和一辆装甲车，退到了安甫洛西叶夫卡。但是在塔干罗格，就在西维尔司打了败仗和退却的那一天，波罗的工厂里发动了起义。工人们把士官生从城里赶了出去。西维尔司于是重整队伍，发起进攻，节节前进，逼得志愿军朝塔干罗格退去。

苏维埃方面的部队显然取得了优势。这些部队从三面包围了志愿军和卡列金那些残余的"杂牌"部队。一月二十八日，科尔尼洛夫打电报给卡列金，说志愿军要退出罗斯托夫，退到库班去。

二十九日上午九点钟，在将军府里召开了顿河政府委员的紧急会议。卡列金最后一个从自己的住处来到会议厅。他沉重地坐到桌子旁边，把一些文件挪到自己面前。他因为睡眠不足，两边腮帮子的上部变得黄黄的，那抑郁无神的眼睛下面出现了两块青印子；他那消瘦了的脸，就好像挨到了腐烂的东西，被腐蚀黄了。他慢慢地看过科尔尼洛夫的电报，看过正在诺沃契尔卡斯克北面抵挡赤卫队进攻的各部队指挥官的报告。用一只白白的大手仔细把一沓电报摊平，没有抬他那浮肿的、出现了青印子的眼皮，低沉地说：

"志愿军要撤退啦。保护顿河地区和诺沃契尔卡斯克的，只有一百四十七条枪啦……"

他的左眼皮上的青筋跳了几下，紧闭着的嘴唇角哆嗦了一阵子，他又提高了声音说：

"咱们的处境没有希望啦。老百姓不仅不支持咱们，而且对咱们有敌对情绪。咱们无能无力啦，反抗也无益。我不主张无谓的牺牲，无谓的流血。我提议，咱们辞职，把政权交给别人。我辞去司令官的职务。"

米特洛方·包加叶夫斯基正对宽大的窗洞看着，他扶了扶眼镜，也没有转过头来，说：

"我也辞去自己的职务。"

"当然，要辞职，整个政府都要辞职，问题是，咱们把政权交给谁呢？"

"交给市议会。"卡列金干巴巴地回答说。

"应该举行一个仪式。"政府委员卡辽夫不很肯定地说。

---

① 西维尔司原为帝俄军队的步兵准尉，布尔什维克，一九一七年担任《战地真理报》主编。是乌克兰和顿河地区对白卫军和外国干涉者进行武装斗争的领导人之一。一九一八年十二月受重伤而死。——作者注

大家都很伤心、很尴尬地沉默了一会儿。阴沉的一月的早晨的朦胧的亮光，从蒙了一层水汽的窗户里懒洋洋地透了进来。罩着雾气和霜雪的城市寂无声息，好像睡着了一样。听不到平时生活脉搏的跳动。苏林车站附近正在进行战斗，阵阵炮声传来，使一切活动沉寂下来，使整个城市里充满了无声的、说不出的恐怖。

在窗外飞来飞去的乌鸦，一声声地叫着，叫得非常难听。乌鸦在白色的钟楼顶上打着圈圈儿，就好像发现了死尸。教堂的广场上覆盖着淡青色的新雪，除了稀稀拉拉的行人再就是偶尔有搭客的爬犁驰过，后面留下黑黑的辙印。

包加叶夫斯基打破沉寂，提议起草一份向市议会移交政权的交接书。

“应该和他们一起开个会，商讨一下移交的问题。”

“什么时候开会合适？”

“晚一点吧，下午四点。”

政府委员们似乎因为打破了难发一言的沉寂而高兴起来，讨论起移交政权问题和开会的时间问题。卡列金一言不发，用鼓鼓的手指甲有节奏地轻轻敲着桌子。在他那耷拉着的眉毛底下，两只眼睛模模糊糊，光度微弱，像云母石一样。因为过度的疲惫、厌倦和劳累，他的目光流露出烦躁和沉重的神情。

有一个政府委员不知是在反驳谁的意见，他的发言又臭又长。卡列金微微带着怒色，打断了他的话：

“诸位，说简单一点儿吧！时间很紧迫。俄罗斯就是因为说空话亡国的。现在休息半个钟头。你们讨论讨论……等会儿要快点儿讨论好。”

他走回自己的住处。政府委员们分成一小堆一小堆的，小声说着话儿。有一个人说，卡列金气色很不好。包加叶夫斯基站在窗前，听见有人小声说：

“对于阿列克塞·马克西莫维奇这样的人，自杀是唯一可行的办法。”

包加叶夫斯基哆嗦了一下，快步朝卡列金的房里走去。过了不大的一会儿，他就陪着卡列金回来了。

决定在四点钟开会，同市议会商讨移交政权和交接书的问题。卡列金站了起来，其余的人也跟着站了起来。卡列金一面同一位政府要员握手道别，一面拿眼睛注视着扬诺夫，扬诺夫正和卡辽夫小声说话儿。

“什么事？”他问道。

扬诺夫走过来，有点儿不好意思。

“一些政府委员，不是哥萨克的，要求发给他们一些路费。”

卡列金皱起眉头，很生硬地说：

“我没有钱……讨厌!”

大家渐渐散去。包加叶夫斯基听见了这几句对话,把扬诺夫叫到一旁,说:

“请到我房里来一下。您告诉斯维托查洛夫,让他在更衣室里等一等。”

他们跟着佝偻着身子快步往前走的卡列金走了出去。来到包加叶夫斯基的住处,他递给扬诺夫一叠钞票。

“这是一万四千卢布。您交给他们吧。”

在更衣室里等候着扬诺夫的斯维托查洛夫接过钱,道过谢,握过手,就朝门口走去。扬诺夫刚刚从看门人手里接过军大衣,就听见楼梯上咚咚地响,便回头看了看。卡列金的副官莫尔达甫斯基正从楼梯上往下跑。

“找医生! 快!!”

扬诺夫扔下军大衣,朝他奔去。一个值日副官和聚集在更衣室里的几个传令兵一齐围住了跑下来的莫尔达甫斯基。

“怎么回事儿?!”扬诺夫脸色煞白地叫道。

“阿列克塞·马克西莫维奇自杀啦!”莫尔达甫斯基趴在楼梯栏杆上,放声大哭起来。

包加叶夫斯基跑了出来;他的嘴唇一个劲儿地打哆嗦,好像是冻坏了,他结结巴巴地问:

“怎么啦? 怎么啦?”

很多人拥拥挤挤、争先恐后地顺着楼梯朝楼上跑去。奔跑的脚步声轰轰隆隆、叭叭哒哒地响成一片。包加叶夫斯基张大了嘴在吸气,呼哧呼哧地直喘。他头一个砰的一声把门推开,穿过客厅跑进办公室。从办公室进小房间的门大开着。又酸又苦的灰白色轻烟和火药气味从里面往外冒着。

“哎呀! 哎呀! 哎哟! 哎哟! ……阿廖沙呀! ……我的亲人啊……”从里面传出卡列金的妻子的极其可怕的、憋得透不过气来的哭泣声。

包加叶夫斯基好像快要闷死了,他撕扯着衬衣领子,跑了进去。卡辽夫正佝偻着背,紧紧抓住已经不发亮的镀金窗户把手,站在窗户跟前。他的两个肩胛骨,在背后上衣里面一上一下地抽动着,他哆嗦得厉害,每哆嗦一下都要老半天。包加叶夫斯基沙哑地、像野兽一样放声号叫起来,差点儿要站不住了。

卡列金双手放在胸前,直挺挺地躺在一张军官行军床上。他的头微微朝墙那面歪着;白色的枕套,使他那发青的潮湿的额头和贴在枕套上的腮帮子格外显眼。眼睛朦朦胧胧地半闭着,那冷峻的嘴角朝一边歪着,显得很痛苦。他的妻子跪在他的脚边不要命地号哭着。她那声嘶力竭的哭声撕心裂肺。行军床上放着一把手枪。手枪旁边的衬衣上,有一股细细的深红色鲜血曲曲弯弯地流着。

军服上衣整整齐齐地搭在行军床旁边的椅子背上,小桌子上放着手表。

包加叶夫斯基歪歪倒倒地摇晃了几下,跪了下去,把耳朵贴在还热乎和柔软的胸膛上。他闻到一股像醋一样酸的男人汗味。没有听到卡列金的心跳。包加叶夫斯基的全部精神都凝聚到听觉上,他如饥似渴地倾听着,但是他听到的只是小桌子上的手表清脆的嘀嗒声、已死的将军的夫人那嘶哑的哽咽声,再就是窗外的乌鸦那带有不祥意味的、又带劲儿又响亮的呱呱叫声。

十六

彭楚克一睁开眼睛,就看见安娜的黑眼睛里闪着晶莹的泪珠和笑意。

他昏昏沉沉地过了三个星期。三个星期以来,他一直在恍恍惚惚、梦幻般的世界里漫游。十二月二十四日黄昏时候,他恢复了知觉。他用严肃而迷惘的目光对着安娜看了老半天,希望能回想起和她有关的一切;他只想起一小部分,他的脑子还很迟钝,很不听使唤,还有很多事情隐藏在脑子的深处。

"给我点儿水喝……"他自己的声音仍旧像是从很远的地方传进了他的耳朵,因为他高兴起来。彭楚克笑了。

安娜连忙向他走来,她的脸闪闪有光,露出微微的、压抑着的笑容。

"我端着给你喝吧。"她推开彭楚克伸向茶缸的软弱无力的手。

他哆哆嗦嗦,很费劲儿地抬起头来,喝了一阵子,又疲惫无力地倒在枕头上。他朝旁边看了半天,想说几句话,但是一点精神都没有,他又睡着了。

又是和头一次一样,他醒来之后,首先看见的是安娜凝视着他的那一双惊惶不安的眼睛,然后是橙黄色的灯光、灯光在没有油漆的天花板上照出的白圈圈儿。

“安娜，上我这儿来。”

她走过来，握住他的手。他也软弱无力地握住她的手。

“你这会儿觉得怎么样？”

“舌头就像是别人的，脑袋也好像是别人的，腿也是这样，我好像有两百岁啦。”每一个字他都说得很仔细。停了一会儿，他问道：“我是害伤寒吗？”

“是害伤寒。”

他拿眼睛在屋子里扫了扫，含含糊糊地说：

“这是哪儿呀？”

她明白他问的是什么，就笑了笑。

“咱们这是在察里津。”

“你呢……是怎么一回事儿？”

“我一个人留下来陪你的，”她好像是想解释，又好像是想引开他没有说出的念头，赶紧又说道：“不能把你扔在陌生的地方啊。阿布拉姆逊和党委会的几个同志要我照应你……你瞧，真想不到我服侍起你来啦。”

他用眼睛看了看，用手软软地握了握，对她表示感谢。

“克鲁托果洛夫呢？”

“经过沃罗涅日到卢干斯克去啦。”

“盖沃尔克扬茨呢？”

“他……真想不到……他害伤寒病死啦。”

“噢！……”

两个人都沉默了一会儿，好像是在默念死者。

“我原来也很担心你。你前些天很不好。”她小声说。

“还有包高伏依呢？”

“大家都离开啦。有一些人上卡敏镇去啦。噢，你听我说，你老是说话不大好吧？还有，你要不要喝点儿牛奶？”

彭楚克摇了摇头，表示不想喝；他吃力地摆动着舌头，又接着问道：

“阿布拉姆逊呢？”

“一个星期以前上沃罗涅日去啦。”

他很不灵活地翻了一个身，他的头一阵晕，血直往眼睛里冲。他觉得有一只凉丝丝的手按在额头上，就睁开了眼睛。他想起一个问题：昏迷的时候，谁照应他拉屎撒尿呢？难道是她吗？他的脸都有点儿红了；他问道：

“就你一个人服侍我吗？”

“是的，就我一个。”

他把脸转过去朝着墙，小声说：

“他们真好意思……坏透啦！把我丢给你一个人……”

害过伤寒病以后，在听觉上出现了后遗症：彭楚克听觉很差。察里津党委会派来的医生对安娜说，必须等病人完全康复以后，才能治疗耳朵。彭楚克的健康恢复得很慢。他的食欲格外强，但是安娜严格地控制着他的饮食。他们因此常常发生争执。

“再给我一点儿牛奶吧。”彭楚克要求说。

“不能再喝啦。”

“我求你——再给我一点儿！你想让我饿死吗？”

“伊里亚，你该知道，我不能让你超过定量。”

他气得不做声了，转身朝着墙，直叹气，老半天都不说话。她心疼他，压制着自己的脾气。过一阵子，他转过脸来，一副愁眉苦脸的样子，那样子更使她心疼了。他又央求说：

“不能给我一点儿腌白菜吗？哎呀，给我一点儿吧，好安娜！……听听我的嘛……不行吗？……都是医生胡说八道！”

有时候他碰了钉子，就说难听的话来气她：

“你不能这样捉弄我！我自个儿找女房东要！你这个女人毫无心肝，讨人厌！……真的，我都恨你啦。”

“我天天照应你，起早摸黑，你却对我这样！”安娜也忍不住了。

“我又没有求你留下来服侍我！你拿这话责备我，毫无道理。你别自以为了不起。哼，好吧……你就什么也别给我！让我饿死好啦……真会心疼人！”

她的嘴唇哆嗦着，但是她克制着，没有做声；任凭他怎样，她都耐心忍受着。

只有一回，因为她不肯再给他饼吃，高声吵了几句之后，彭楚克转过脸去，她发现他的眼睛里汪着泪水，她的心揪成一团，喊叫道：

“你简直成了小孩子啦！”

她跑到厨房里，端来满满一碟子馅饼。

“吃吧，吃吧，伊留沙，我的好人！好啦，够啦，别发火啦！给你吃吧，刚烙出来的！”她两手哆哆嗦嗦地把一张饼塞到他手里。

彭楚克心里很不痛快，想不要，但是忍不住；一面擦着眼泪，坐起来，接住饼子。他那生满软软的卷胡子的消瘦的脸上，闪过一丝表示歉意的笑容，他用眼睛请求她原谅，说：

“我连小孩子都不如呢……你瞧,我差点儿都哭起来啦……”

她看着他那细得出奇的脖子,看着他那从敞开的衬衣领子里露出来的干瘪下去的、没有血色的胸膛,看着他那皮包骨头的双手;她心里涌起一股以前不曾有过的深深的爱和心疼的感情,情不自禁地第一次真挚而温柔地吻了吻他那焦黄的额头。

又过了两个星期,他才能不用别人搀扶在屋子里走动。瘦得像干草一样的两条腿一拐一拐地走;他重新学起走路来了。

“你瞧,安娜,我能走啦!”他很想自个儿走走,走快点儿,但是两条腿撑不住沉甸甸的身子,地板在脚底下直摇晃。

彭楚克一遇到能靠的东西就靠一下,他像个老头子一样大大咧咧地笑着;皮肤紧紧贴在透亮的腮帮子上,到处是皱纹。他像老头子一样呵呵地笑上一阵,笑得没了劲儿,也走累了,就又倒在床上。

他们住的房子离码头不远。在窗前可以看见一片冰雪的伏尔加河河面和河那边的树林,那树林就像半个老大的灰色圆圈儿;可以看见远处田野那模糊的、曲曲弯弯的轮廓。安娜常常在窗前站上很久,想着自己的奇怪的、骤然变了的生活。彭楚克生了一场病,他们格外亲密了。

起初,她走过漫长而艰苦的路,同他一起来到察里津,觉得异常沉重、异常痛苦。她还是第一次这样近和这样真切地窥探和心爱的人相处的内幕。她咬着牙,给他换身上的衬衣,从他那滚烫的头上往下篦虱子,转动他那重得像石头一样的身体;她浑身像抽筋似的,带着厌恶的神情偷偷看着他那赤裸裸的干瘦的男子身体——那是一张皮壳,宝贵的生命在里面微微跳动着。她的心里乱腾腾的,觉得很厌恶,但是外部的肮脏却没有污染她那深深地、牢牢地埋藏在心底的感情。她曾经在彭楚克严厉的指教之下学会了战胜痛苦和困惑。这一次她也战胜了。到末了只剩了同甘共苦的心情,再就是深深的爱情像泉水一样,腾腾地冲了出来。

有一天彭楚克说:

“这么一来,你讨厌我啦……是吧?”

“这是一种考验。”

“考验什么?是对耐心的考验吗?”

“不,是对感情的考验。”

彭楚克转过脸去,老半天都抑制不住嘴唇的哆嗦。这个问题他们再也没有多说。什么话都是多余的,是相形失色的。

一月中旬，他们离开察里津，前往沃罗涅日。

十七

一月十六日黄昏时候，彭楚克和安娜来到沃罗涅日。他们在这里住了两天，便动身往米列洛沃去，因为就在出发的这一天得到消息，说是顿河革命军事委员会及其所属的部队在卡列金部队的压迫之下，退出了卡敏镇，撤到了米列洛沃。

米列洛沃熙熙攘攘，到处是人。彭楚克在这里待了几个钟头，就乘下一趟火车前往格鲁博克。第二天他接受了领导机枪队的任务，第三天上午他就参加了反击柴尔涅曹夫的部队的战斗。

打垮柴尔涅曹夫以后，他们却意想不到要分手了。有一天上午，又兴奋又有点儿伤感的安娜从司令部里跑了来。

"你知道吧，阿布拉姆逊在这里。他很想见见你。另外还有一个消息：今天我要走啦。"

"上哪儿去？"彭楚克吃惊地问道。

"阿布拉姆逊和我，还有另外几个同志，要到卢干斯克去做宣传工作。"

"你要离开机枪队啦？"彭楚克冷冷地问道。

她笑起来，把通红的脸贴到他的脸上，说：

"你老实说：你难过的不是我离开机枪队，而是我离开你吧！不过这是暂时的离别。我相信，我担任这种工作，比在你身边工作更合适。我对宣传工作，比对机枪业务更熟悉……"她顽皮地挤了挤眼睛，"尽管我的机枪业务是在彭楚克这样有经验的指挥员手下学的。"

过了一会儿，阿布拉姆逊来了。他仍旧是那样热情、朝气勃勃、精神抖擞，他那像涂了松脂一样的黑黄色头发当中仍旧夹杂着不少银光闪闪的白发。他见到彭楚克,打心坎里高兴起来。

“你身体完全好啦？好极——极啦！我们要把安娜带走啦。”他带着已经猜到和话有所指的神气眯缝起眼睛。“你不反对吧？不反对吧？是的,是的……是的,是的,好极——极啦！我所以提出这个问题,是因为你们大概在察里津处热和啦。”

“坦白地说,我舍不得离开她。”彭楚克愁眉苦脸地、很勉强地笑了笑。

“舍不得吧?！单是这一点就够啦……安娜,你听见吗?”

阿布拉姆逊在屋子里走了一会儿,他走着走着,从柜子后面捡起一本落满灰尘的《加林—米海洛夫斯基文集》,又忽然想起一件事,就要走。

“安娜,你马上来,好吗?”

“你先走。我一下子就来。”她在屏风后面回答说。

她换好了内衣,从屏风后面走了出来。她身上穿的是草绿色军便服,系了腰带,军便服的两个口袋被乳房顶得微微鼓了起来;仍旧穿上了那条有好几处补丁的黑裙子,但是裙子已经洗得干干净净的。不久前才洗过的浓密的头发蓬蓬松松的,从头巾里露了出来。她穿起军大衣,一面系腰带,一面问道(刚才的兴奋劲儿不见了,她的声调也沉闷无力了,而且还带着恳求的意味):

“你今天要参加进攻吗?”

“哦,当然喽！我是不能袖手旁观的。”

“我恳求你……听我的,你要多多保重！你为了我,能这样吗？行吗？我再给你留下一双毛袜子。不要冻着,尽量不要让脚受潮。我到了卢干斯克,就给你写信。”

她的眼睛不知为什么一下子就失去了光彩;在告别的时候,她坦率地说:

“你看,我真是舍不得离开你。起初,阿布拉姆逊要我上卢干斯克,我还高兴呢,可是这会儿我觉得,离开你,到了那儿,我会感到无依无靠。用不着多说,这种感情现在是不必要的,感情会妨碍工作……好啦,反正再会吧！……”

他们分别时很镇定、很冷淡,但是彭楚克该明白的,全明白了:她是害怕失去已经下定的决心。

他出来送她。安娜急急忙忙地摆动着肩膀走了,头也不回。他很想唤她一声,但是临别时他发现她那微微斜视的模糊的眼睛里有一种异常的、潮湿的亮光,就克制着自己的心情,装出很高兴的神气,喊道:

“希望咱们在罗斯托夫见面！安娜,一路保重!”

安娜回头看了看,加快了脚步。

安娜走了以后，彭楚克立刻感到非常孤单。他从街上回到屋子里，可是马上就像被烫了一下似的，又从屋子里跑了出去……屋子里每一样东西都表示她曾经在这儿呆过，每一样东西都还保留着她的气味：不论是她忘记带走的手绢，不论是那军用挂包，那铜茶缸，凡是她的手接触过的东西，都是这样。

彭楚克在镇上一直逛荡到黄昏时候，觉得心里从来不曾这样乱，并且有一种感觉，好像有人从他身上割去了一点什么，他怎么都不能适应新的情况。他失神地凝望着一个个陌生的赤卫队员和哥萨克的脸，他认出来一些，有许多人都认出他来了。

走到一个地方，一个在对德战争中和他一起当过兵的哥萨克叫住了他。他把彭楚克拉到自己的住处，请他一块儿打牌。彼特洛夫支队的几个赤卫队员和刚刚开到的几个水兵正围着桌子打“二十一点”。他们笼罩在黄烟的烟雾当中，劈劈啪啪地摔着纸牌，沙啦沙啦地抓着克伦斯基票子，骂着娘，满不在乎地嚷着。彭楚克很想到外面透透空气，便走了出来。

好在一个钟头以后就要发起进攻了。

十八

卡列金自杀以后，诺沃契尔卡斯克的政权便转入顿河远征军司令纳扎洛夫将军之手。一月二十九日，他被参加军人联合会大会的代表们选为顿河军的委任司令官。参加这次大会的只有很小的一部分代表，主要来自南部地区下游各乡镇。这一次的军人联合会就叫“小联合会”。纳扎洛夫在小联合会的支持下，宣布征集十八到五十岁的男子入伍，并且采取了种种威胁恫吓手段，又派出武装部队到各乡镇去强行征集，但是哥萨克们都不愿意出来打仗。

在小军人联合会开始执政的那一天，克拉司诺希柯夫将军的顿河哥萨克第六团在塔青中校率领下，经过长途行军，从罗马尼亚前线回到了诺沃契尔卡斯克。这个团从叶卡捷琳诺斯拉夫开始，就且战且进，冲破布尔什维克部队的层层包围。在皮亚吉哈特卡、梅希瓦、马特维耶夫山冈和许多别的地方都受到拦截，尽管这样，这个团到达诺沃契尔卡斯克时几乎全员，军官无一伤亡。

为这个团举行了盛大的欢迎会。在教堂广场上举行过祈祷仪式之后，纳扎洛夫就对哥萨克们表示感谢，感谢他们保持了良好的纪律、良好的秩序，感谢他们回来保卫顿河。

不久这个团就开上前线，开到苏林车站附近，可是过了两天，诺沃契尔卡斯克就接到十分可怕的消息：这个团受到布尔什维克宣传的影响，自动离开阵地，拒绝保卫军政府。

小联合会的局面打不开。大家都感到同布尔什维克斗争没有什么希望。每次开会，纳扎洛夫这样一个有毅力、有朝气的将军都一手托腮坐在那里，另一只手捂着额头，好像是在苦苦思索什么问题。

最后的希望都化成了灰烬。赤卫队逼近了诺沃契尔卡斯克和罗斯托夫。齐霍列茨克附近已经响起隆隆的炮声。有消息说，红军指挥员阿甫托诺莫夫少尉的部队正从察里津向罗斯托夫推进。

列宁命令南方前线于二月二十三日①拿下罗斯托夫。

契尔诺夫大尉的白卫军，受到西维尔司部队的攻击和戈尼洛夫乡哥萨克的背后包抄，于二月二十二日退进了罗斯托夫。

眼看着守不住了。科尔尼洛夫明白，留在罗斯托夫是很危险的，于是下令撤往奥里根镇。捷美尔尼克的工人对火车站，对军官巡逻队射击了一整天。快到黄昏时候，密密麻麻的科尔尼洛夫的队伍出了罗斯托夫。一大队人马就像一条老粗的黑蛇，渡过顿河，曲曲弯弯地朝阿列克塞爬去。一支支短小的连队，蹚着松软而潮湿的积雪，吃力地前进着。实业学校学生那带有锃亮的纽扣的草绿色学生大衣闪来闪去，但是大多数还是步兵军官的军大衣。担任排长的是一些上校和大尉。当兵的是士官生和军官，从准尉到上校都有。在数不清的辎重车后面，是一群一群的难民。都是一些上了年纪、很有气派的人，穿着很阔气的大衣和套鞋。许多妇女扶着大车，在老深的雪里很费劲地走着，高跟鞋一扭一扭的。

叶甫盖尼·李斯特尼次基大尉也在科尔尼洛夫团的一个连里。和他并肩走

---

① 苏维埃政府决定自一九一八年二月十四日起实行新历。本书以后提到的日期都是新历的日期。——作者注

的,一个是挺有精神的作战部队军官司塔洛别里斯基上尉,一个是苏沃洛夫法拿果里精锐团包察里夫中尉,还有一个是罗维乔夫中校——是一个老掉了牙的作战部队的军官,浑身长着一层红毛,就像一只大狐狸。

暮色越来越浓。渐渐冷起来。从顿河河口吹来带咸味的、潮湿的风。李斯特尼次基习惯地、一步一步地踩着已经踩碎的积雪,注视着一些朝连队前面跑的人的脸。科尔尼洛夫团的团长涅申采夫和御林军普莱奥布拉申斯基团原来的团长库捷波夫从路边走了过去,库捷波夫敞着军大衣,制帽歪戴在平平的后脑勺上。

"团长先生!"罗维乔夫中校熟练地将步枪换了换肩,对涅申采夫叫了一声。

库捷波夫扭了扭宽额头、两只黑眼睛离得远远的、大胡子修成了铲子形的那张牛脸;涅申采夫隔着他的肩膀朝叫他的人看了看。

"请您命令第一连加快步伐! 这种走法准得冻死。我们的脚都湿透啦,还要这样慢腾腾地走……"

"岂有此理!"嗓门儿又大又爱吵的司塔洛别里斯基叫了起来。

涅申采夫没有回答,走了过去。他正和库捷波夫争论着什么事。过了不大的一会儿,阿列克塞耶夫将军赶到了他们前头。将军的车夫赶着两匹肥壮的、扎着尾巴的大青马;雪粉一团一团地从马蹄下朝四处乱飞。阿列克塞耶夫的白胡子向上翘着,那上挑的眉毛也已经白了,一张脸被风吹得通红,他把制帽一直扣到耳朵上,身子斜靠在马车的后背上,瑟瑟缩缩地用左手扶着大衣领子。军官们都含笑目送着他那张大家都熟悉的脸。

被很多只脚踩得稀烂的大路上,渗出不少黄黄的小水洼。走起路来十分费劲,两只脚滑来滑去,雪水往靴子里直钻。李斯特尼次基一面走,一面听前面的人说话。一个声音浑厚、穿着皮上衣、戴着普通哥萨克皮帽的军官说:

"中尉,您看见了吗? 那是国家杜马主席罗坚柯,也在步行呢。"

"俄罗斯在往峨尔峨他①走呢……"

有人咳嗽着,呼噜呼噜地吐着痰,想说说俏皮话:

"上峨尔峨他……跟这不大一样,上峨尔峨他走的是石子路,现在走的是雪地,而且水漉漉的,再加上冷得要冻死人。"

"诸位,知道在哪儿宿营吗?"

---

① 峨尔峨他:耶路撒冷旁边的一座小山。耶稣就是在这里被钉死的。

“在叶卡捷琳诺达尔。”

“我们在普鲁士的时候,有一次行军也是这样……”

“库班总会欢迎咱们吧? ……什么? ……当然,那就是另一回事儿啦。”

“您有烟吗?”郭罗瓦乔夫中尉问李斯特尼次基。

他扯下粗布手套,接过纸烟,道过谢,又像个士兵那样擤了擤鼻涕,在大衣襟上擦了擦手指头。

“中尉,您想学学大众化作风吗?”罗维乔夫中校微微笑着问。

“非得学学不可。您怎么……带了一打手绢准备着用吗?”

罗维乔夫没有回答。他那红中夹白的胡子上结起绿莹莹的冰凌。他偶尔地抽抽鼻子,冷风朝军大衣里直钻,冻得他皱起眉头。

“俄罗斯的精华。”李斯特尼次基十分痛心地打量着一列列的人和曲曲弯弯前进的队伍,心里想道。

好几个骑马的人跑了过来,其中骑在一匹高大的顿河马上的是科尔尼洛夫。他那件两侧带有斜兜的浅绿色皮袄和白色的皮帽在队伍里晃悠了半天。军官大队用浑厚、响亮的“乌拉”声在送他。

“这一切倒不算什么,问题是家里……”罗维乔夫老声老气地哼哧着,斜眼看了看李斯特尼次基的眼睛,好像是在寻找同情。“我的家眷还在斯摩棱斯克呢……”他又说了一遍。“妻子和一个女儿,女儿是个大姑娘啦。圣诞节的时候已经满十七岁啦……这可怎么办啊,大尉?”

“哦——哦……”

“你也有家眷吗? 您是诺沃契尔卡斯克人吗?”

“不是,我是顿河区的。我只有父亲。”

“真不知道对她们该怎么办……我不在家,她们的日子又怎么过。”罗维乔夫又说。

司塔洛别里斯基气忿地打断他的话头,说:

“大家都有家眷留在家里。我真不明白,中校,您哼唧什么? 真少见! 还没有走出罗斯托夫的地界,就……”

“司塔洛别里斯基! 彼得·彼得洛维奇! 塔干罗格那一仗,您参加了吧?”有人在后面隔着一列人叫喊道。

司塔洛别里斯基转过气忿的脸,阴沉地笑了笑。

“哦……符拉季米尔·盖奥尔吉耶维奇,哪一阵风把您刮到我们排里来啦? 调来啦? 跟谁闹别扭啦? 噢……是的,那是当然……您问塔干罗格那次打仗吗?

是的,我参加啦……怎么? 一点不错……他阵亡啦。”

李斯特尼次基漫不经心地听着他们说话,想起自己离开亚戈德庄时的情景,想起了父亲,想起了阿克西妮亚。怀念之情忽然涌上心头,心里憋得发慌。他无精打采地走着,看着一根根上了刺刀的枪筒子在前面晃动,看着戴皮帽、制帽和风帽的许许多多的头随着脚步摆来摆去,心里想道:

“这五千个流亡的人,每个人都和我一样,怀着一股强烈的仇恨和愤怒。下流痞子们,把我们撵出了俄罗斯,又想来这儿称王称霸,等着瞧吧! ……总有一天科尔尼洛夫会带我们上莫斯科!”

这时候他想起科尔尼洛夫那一次去莫斯科,于是高高兴兴地回想起那一天的情景。

后面不远处,大概就在他们这个连的尾部,有一个炮兵连。马匹打着响鼻,炮车轰隆轰隆地响着,连马汗气味都扑了过来。李斯特尼次基马上就闻出这种熟悉而亲切的气味,扭过头去;在前面当驭手的一个青年准尉看了看他,笑了一下,就好像见到了熟人似的。

* * *

三月十一日以前,志愿军的部队就已经集中在奥里根乡地区。科尔尼洛夫暂不下令出发,等候顿河远征军司令波波夫将军到奥里根来,波波夫将军已经率领自己的队伍退出诺沃契尔卡斯克,开到顿河对岸的草原上去,他的队伍大约有一千六百条枪、五门大炮和四十挺机枪。

十三日上午,波波夫由他的参谋长西道林上校和警卫队的几名军官陪着,来到奥里根镇上。

他来到科尔尼洛夫住的房子旁边的操场上,勒住马,扶住鞍头,很吃力地跨下马鞍。一个黑头发、黑脸膛、眼睛像麦鸡一样尖的年轻哥萨克勤务兵,连忙跑过来扶住他。波波夫把缰绳扔给他,便很有气派地朝台阶走去。西道林和几个军官也都下了马,跟在他后面。勤务兵们把几匹马牵进院子。一个上了年纪的跛脚勤务兵还在挂马料袋的时候,那个黑头发、眼睛像麦鸡一样的勤务兵已经和房东家的女仆搭讪起来。他对她说了几句酸溜溜的话。那个女仆——一个面色绯红的姑娘,披着一条十分漂亮的头巾,光光的腿上穿着深筒套靴——就一面笑着,脚下一面打着滑,踩着水洼从他身边跑过,啪哒啪哒地朝棚子里跑去。

派头十足、上了年纪的波波夫走进房子。他在堂前把军大衣交给一个动作麻利的勤务兵，把马鞭子挂在衣架上，大声地擤了半天鼻涕。勤务兵把他和边走边拢头发的西道林领进大厅。

应邀前来开会的将军们已经到齐。科尔尼洛夫坐在桌子旁边，两只胳膊肘撑在一张摊开的地图上；他的右首是白发苍苍、瘦骨嶙峋、腰板笔直、刚刚刮过脸的阿列克塞耶夫。邓尼金忽闪着两只精明而厉害的眼睛，正在和罗曼诺夫斯基说话。远看很像邓尼金的鲁科姆斯基，慢慢地在屋子里踱着，捋着大胡子。马尔科夫站在面向院子的一个窗户跟前，看着勤务兵们喂马，和年轻的女仆挤眉弄眼地说笑。

他们两个新来的，同大家打过招呼，就朝桌子跟前走去。阿列克塞耶夫问了几个无关紧要的问题，问了问路上和由诺沃契尔卡斯克撤退的情形。库捷波夫走了进来，跟他一起来的还有科尔尼洛夫邀来开会的几位作战军官。

科尔尼洛夫对直地看着从容镇定地就座的波波夫，问道：

“将军，请您说说，您手下有多少条枪？”

“一千五百条枪，一个炮兵连，四十挺机枪，都配有机枪手。”

“志愿军被迫撤出罗斯托夫，这情况您已经知道啦。昨天我们开了一个会，决定向库班进军，方向是叶卡捷琳诺达尔，一部分志愿军部队正在这座城市附近活动。我们走这条路线……”科尔尼洛夫用没有削的铅笔头在地图上画了一下，说得快些了：“沿路吸收一些库班的哥萨克，粉碎那些小股的、零散的、没有战斗力的、企图拦阻我们前进的红军部队。”他对着波波夫那眯缝起来、转向一边的眼睛看了看，把最后的话说了出来：“我们向您建议，让您的部队和志愿军联合起来，同我们一起向叶卡捷琳诺达尔进发。力量分散——对咱们不利。”

“我不能这样干！”波波夫坚决而严峻地声明说。

阿列克塞耶夫微微朝他偏了偏身子。

“请问，为什么？”

“因为，我不愿意离开顿河区地界到什么库班去。我们北面有顿河作屏障，可以在越冬地区观望事态的发展。敌人不可能有什么大规模的行动，因为不是今天，就是明天，河面就要开始解冻，不仅炮队不能过河，连马队也不能过河。可是我们在越冬地区，草料和粮食都有充分保证，可以随时随地展开游击战。”

波波夫理直气壮地举出很多理由，驳斥科尔尼洛夫的意见。他缓了一口气，看见科尔尼洛夫要说话，就很执拗地摇了摇头，说：

“请让我把话说完……除此以外，还有一个特别重要的因素，我们这些做将领的，也要加以考虑：就是我们的哥萨克的情绪。”他伸出一只肉嘟嘟的白手，那手上的金戒指嵌进食指的肉里；他一面打量着大家，提高声音继续说下去："如果我们朝库班开拔，军队就有瓦解的危险。哥萨克们就可能不肯去。不应当忘记这样一种情况，那就是，我的部队最根本、最坚定的部分就是哥萨克，然而就士气来说，他们并不怎么可靠，就像……就连您的部队也是这样。他们简直还没有自觉性，说不去，就是不去。整个部队有可能散掉，我可不能冒这个险。"波波夫干脆利落地说，他又不让科尔尼洛夫说，接着说下去，"请您原谅，我对您说出了我们的决定，并且斗胆向您说明：我们不可能改变这个决定。当然，分散力量对咱们是不利的，不过，情况既然已经是这样，只有这个办法了。我认为，根据我刚才提到的情况来看，志愿军最好不要上库班去，库班哥萨克的情绪很使我担心，志愿军最好还是跟顿河军一起到顿河对岸的草原上去。在那儿可以利用休息时间整顿一下队伍，在开春以前，就可以用从俄罗斯自动来的新的骨干力量补充起来……"

"不行！"科尔尼洛夫叫道。昨天他还主张开往顿河对岸的草原上，而且还很坚决地驳斥了阿列克塞耶夫的反对意见。"上越冬地区毫无意义。我们差不多有六千人呢……"

"如果说的是给养问题，大人，那我可以斗胆向您保证，越冬地区完全可以充分供应。并且，您还可以从那儿的私人养马场上弄到一些马匹，可以装备一部分马队。以后您就有条件去进行野地运动战。您是很需要马队的，可是志愿军的马并不多。"

科尔尼洛夫今天对阿列克塞耶夫特别客气，这会儿朝他看了一眼。科尔尼洛夫显然在选择进军方向问题上是动摇不定的，很想得到另外一个有权威的人的支持。大家都十分注意地听完了阿列克塞耶夫的发言。这位老将军解决问题一向干脆、利落、明快，用几句简单明了的话就说清了向叶卡捷琳诺达尔进军的好处。

"走这个方向，我们很容易冲破布尔什维克的包围，同活动在叶卡捷琳诺达尔附近的部队会合。"他最后说。

"米哈依尔·瓦西里耶维奇，这样进军要是失利呢？"鲁科姆斯基很小心地问道。

阿列克塞耶夫咂了咂嘴，用手在地图上画了画。

"退一万步说，如果失利，那我们还可以到高加索山里去，把部队化整为零。"

罗曼诺夫斯基支持他的意见。马尔科夫说了几句热情的话。阿列克塞耶夫的很有分量的理由似乎是无可反驳的了，但是鲁科姆斯基接过话来，把两边的分量拉平了：

“我赞成波波夫将军的意见，”他字斟句酌、不慌不忙地说，“向库班方面进军会遇到很大的困难，其困难在这里是无法估量的。首先，咱们要过两次铁路线……”

参加会议的人的目光都顺着他的手指所指，转向地图。鲁科姆斯基很坚定地继续说下去：

“布尔什维克会千方百计地截击我们，他们会派铁甲车来。我们的辎重队太累赘，伤号又多；我们又不能扔下不管。这一切都使军队行动起来特别困难，不能很快地前进。还有一点我也很不明白，凭什么可以说，库班哥萨克的心是向着我们的呢？就拿顿河哥萨克来说，本来也说是不满意布尔什维克的政权的嘛，所以我们应该抱着格外小心和最大的怀疑态度来看待这一类的说法。库班人也在害那种布尔什维克式的沙眼病，这种病是从以前俄罗斯军队里传染去的……他们会敌视我们的。最后我要再说一遍，我的意见：往东去，往草原上去，到那里养精蓄锐，威胁布尔什维克。”

科尔尼洛夫在手下大多数将领支持下，决定走维里柯克尼亚什以西的路线，在路上给非战斗人员补充一些马匹，然后从那里拐向库班。他宣布散会以后，和波波夫说了几句话，冷冷地道过别，便朝自己的房里走去。阿列克塞耶夫跟着他走进房里去了。

顿河军的参谋长西道林上校碰得刺马针丁当丁当响着，来到台阶上，又响亮又得意地朝勤务兵喊道：

“带马！”

一个留着淡黄色小胡子的青年哥萨克中尉，扶着马刀，蹚着水洼，走到台阶跟前。他在最下面一级旁边站下来，小声问道：

“上校大人，怎么样？”

“不坏！”西道林兴高采烈地小声回答说。“咱们拒绝上库班啦。咱们马上就走。你们准备好了吗，伊兹瓦林？”

“好啦，马来啦。”

勤务兵们骑上马，把马带了过来。那个黑头发、眼睛像麦鸡一样的勤务兵，还在一再地问他的同伴。

“怎么样，她漂亮吗？”他哧哧地笑着问道。

那个上了年纪的勤务兵低声笑了笑。

“不怎么样。”

“如果她叫你去,你怎么样?”

“算了吧,呆子!现在是大斋期。”

格里高力·麦列霍夫的旧同事伊兹瓦林,跳上自己那匹白额头、白鼻子、屁股下垂的战马,对勤务兵吩咐说:

“你们先到街上去。”

波波夫和西道林一面同一位将军道别,一面走下台阶。一名勤务兵勒着马,帮助将军的脚踩上马镫。波波夫晃了晃不算讲究的哥萨克式马鞭,赶着马小跑起来,几个哥萨克勤务兵、西道林和几名军官也都欠身站在马镫上,身子微微前倾,跟着他跑起来。

经过两天的行军,志愿军来到梅契庭镇,这时候科尔尼洛夫又得到有关越冬地区的一些新消息。这些消息都是不太好的。科尔尼洛夫把所有作战部队的指挥官都召集了来,宣布了向库班进军的决定。

他又派一个传令官去见波波夫,再一次建议联合起来。传令官在老伊万诺夫地区追上了部队。他带回了波波夫的回信,回信依然是那样:波波夫很客气、很冷淡地拒绝了科尔尼洛夫的建议,并且在信上说,他的决定是不可能变更的,还说他要暂时在萨尔斯克州驻下来。

十九

郭鲁博夫的队伍绕道去进攻诺沃契尔卡斯克,彭楚克也跟着他的队伍出发了。二月二十三日,他们出了沙合特镇,穿过拉兹道尔乡,夜里就来到美里霍夫镇上。第二天,天麻麻亮,就从镇上开了出来。

郭鲁博夫率领队伍快速前进。矮墩墩的郭鲁博夫走在最前面,他的鞭子不住气地往马屁股上落。夜里穿过了别斯谢尔盖涅夫镇,让战马多少休息了一下,许许多多骑马人又在没有星星的灰蒙蒙的夜幕下晃动起来，黄土大路上的薄冰在马蹄下咯吱咯吱地响了起来。

在克里维扬镇附近走迷了路，可是马上就遇到了自己这方面的部队。天已经开始放亮的时候，他们才来到克里维扬镇上。镇上还没有行人。在井边的空场上，一个哥萨克老汉正在砍水槽里的冰。郭鲁博夫走到他面前，队伍也停了下来。

"您好，老人家。"

老汉把一只戴着无指手套的手慢慢举到帽檐上，很不耐烦地回答说：

"您好。"

"怎么样，老人家，你们镇上的哥萨克都上诺沃契尔卡斯克去了吗？你们这儿征集过了吗？"

老汉急忙拿起斧子，朝家里走去，也不回答。

"前进！"郭鲁博夫一面走，一面骂着，喊了一声。

这一天，小军人联合会正准备撤往康斯坦丁诺夫镇去。新任的顿河远征军司令波波夫将军已经把武装部队拉出了诺沃契尔卡斯克，把武器装备都带走了。这一天早晨得到的消息说，郭鲁博夫的部队正从美里霍夫镇往别斯谢尔盖涅夫镇方向开。小联合会派西沃罗博夫大尉去和郭鲁博夫商谈移交诺沃契尔卡斯克的条件。郭鲁博夫的骑兵一枪未发，就跟着西沃罗博夫进了诺沃契尔卡斯克。郭鲁博夫骑着汗淋淋的马，由一大群哥萨克簇拥着，径奔小联合会的大楼。大门口有几个闲人，还有一个勤务兵，正牵着一匹备好鞍的马在等候纳扎洛夫。

彭楚克跳下马来，端起手提机枪。他跟着郭鲁博夫和别的许多哥萨克跑进小联合会的大楼。在宽敞的大厅里，代表们听到大开着的门响了一声，都转过头来，脸都刷地一下白了。

"站——起——来！"郭鲁博夫就像在检阅时那样，鼓足劲儿发了一声命令，然后就在哥萨克们的簇拥之下，急得磕磕绊绊地朝主席台走去。

小联合会的委员们，听到这一声威严的喊叫，连忙站了起来，座椅发出一片响声，只有纳扎洛夫一个人坐着没动。

"你们怎么敢冲击联合会会场？"他怒冲冲地叫道。

"你们被捕啦！住嘴吧！"郭鲁博夫红着脸，跑到纳扎洛夫跟前，把他的肩章从他那将军服的肩上扯了下来，声嘶力竭地喝道："站起来，对你说哪！把他带走！……就是你！……听见没有?！金肩章的家伙！……"

彭楚克在门口架好机枪。联合会的委员们像羊群一样挤成了一堆儿，哥萨克们把纳扎洛夫、吓得脸色铁青的小联合会主席伏罗申诺夫和另外几个人从彭楚克面前拉了出去。

郭鲁博夫也跟着往外走，他的马刀丁当响着，那褐色的脸一片一片地红着。有一个联合会的委员拉住他的袖子，问：

“上校老爷，请问，我们上哪儿去？”

“我们自由啦？”另外一个人朝他肩膀上探了探贼眉鼠眼的头，问道。

“滚你们的蛋吧！”郭鲁博夫把手一摆，喊了一声，等他走到彭楚克身边，又转过身去朝着小联合会的委员们，跺着脚喊道：“你们都滚吧……我没工夫问你们！滚吧！……”

他那好像伤风的嘶哑的声音，老半天都在大厅里回荡着。

彭楚克在母亲身边过了一夜，第二天，西维尔司的部队攻占罗斯托夫的消息一传到诺沃契尔卡斯克，他就向郭鲁博夫请求调动，次日一早就骑马前往罗斯托夫。

西维尔司在主编《战地真理报》的时候，就和他认识了。他来到西维尔司的司令部里工作了两天，也到革命军事委员会去过，既没有见到阿布拉姆逊，又没有见到安娜。西维尔司的司令部里成立了军事法庭，正在对被俘的白卫军进行严厉的审判和制裁。彭楚克按照革命法庭的指示，参加了几起搜捕，干了一天，到第二天，又跑到革命军事委员会去，已经不抱什么希望了，可是一上楼梯，就听见安娜那十分熟悉的声音。第二间屋子里传出几个人的说话声和安娜的笑声，他放慢步子走了进去，只觉得自己的心扑腾扑腾跳了起来。

这间屋子以前是城防司令的办公室。屋子里烟气腾腾，屋角上有一张妇女用的小桌，桌边有一个人正在写什么。那人身上的军大衣连一个纽扣都没有了，戴着士兵皮帽，帽耳朵扎煞着。有几个战士和穿皮袄或军大衣的工作人员把他团团围住。他们分成一堆一堆的，一面抽烟，一面说话。安娜站在窗边，背对着门，阿布拉姆逊坐在窗台上，手指交叉着抱住弯起的膝盖，有一个高高的、样子很像拉脱维亚人的红军战士歪着头，站在他的身边。红军战士拿开嘴上的纸烟，竖着小手指头，在讲一件事情，看样子，那件事十分可笑：安娜笑得前俯后仰，阿布拉姆逊笑得满脸皱纹，旁边还有几个人都在笑哈哈地听着；在那个红军战士的大脸上，每一根清楚得像用斧头砍成的线条，都流露着聪明、机灵和有点儿厉害的神气。

彭楚克一只手按在安娜肩上。

“你好，安娜！”

她回头一看,脸上涌起一阵红晕,一直红到脖子根,眼睛里流出了泪水。

“你打哪儿来?阿布拉姆逊,你瞧瞧!他来啦,就像一个当当响的银角子,可是你还替他担心呢。”她像个小孩子一样咿咿呀呀地说着,也不抬眼睛,她控制不住自己的窘急心情,就朝门口退了几步。

彭楚克握了握阿布拉姆逊那热乎乎的手,和他说了几句话,感觉出自己脸上有一种傻傻的、无限幸福的笑,也不回答阿布拉姆逊问他的话(他甚至都没有听清问的是什么),就朝安娜走去。她定了定神,带着怪自己不该发窘的笑容迎住他。

“喂,再问一次好。你怎么样?结实吗?什么时候来的?是从诺沃契尔卡斯克来的吗?你是在郭鲁博夫的队伍里吗?原来这样……哦,怎么样?”

彭楚克一面回答她的问话,一面用直勾勾、火辣辣的眼睛盯着她。她的目光受不住他的逼视,转向一旁。

“咱们到外面去走走吧。”安娜说。

阿布拉姆逊把他们唤住,说:

“你们很快就回来吧?彭楚克同志,我有事要和你谈。我们想请你干一项工作。”

“过一个钟头我就回来。”

到了大街上,安娜对直地、温柔地看着彭楚克的眼睛,懊恼地挥了一下手。

“伊里亚,伊里亚,我都发起窘来啦,多不好啊……真像个小姑娘!这是因为,第一,你来得意外;第二,咱们的情况不明不白的。说实在的,咱们俩算什么呢?是情歌里的‘情哥哥和情妹妹’吗?你可知道,在卢干斯克,阿布拉姆逊有一回问我:‘你和彭楚克同居过吗?’我没有承认,然而他是一个有眼力的人,凡是落到他眼底下的事,都瞒不过他。他什么都没有说,但是我从他的眼神看出来,他是不相信的。”

“你还是谈谈你自己吧,你怎么样?”

“哦,我们干得才带劲哩!我们拉起了一支队伍,足足有二百一十条枪。我们干的是组织工作和政治工作……这些事一两句话哪能说得完呢?你来了,我心里乱腾了一阵子,还没有回过神来呢,你在哪儿……在哪儿住?”她停住谈话,问道。

“住在这儿……一个同志家里。”

彭楚克觉得不好直说,就没有说真话:实际上这几夜他都是睡在西维尔司的司令部办公室里。

“你今天就搬到我家去吧。还记得我家住在哪儿吗？你以前还送过我。”

“能找到。不过……恐怕挤得你家很不方便吧？”

“算了吧，一点都不会有什么不方便，而且你根本就不应该说这种话。”

傍晚，彭楚克将所有的衣物装到一只大军用袋里，背到肩上，就朝安娜住的那条郊区小胡同走去。来到一座不大的砖瓦厢房的门口，一位老太太迎住他。她的脸模模糊糊地像安娜：眼睛也是黑中带蓝，鼻子也是有点儿弯，只不过皮肤皱皱巴巴的，而且带黄土色，嘴巴也瘪了进去，显出一副老态。

“您是彭楚克吧？”她问道。

“是的。”

“请您进来吧。您的事，女儿对我说过啦。”

她把彭楚克领进一间小屋里，指点他把东西放下来，她又用害风湿害得直打哆嗦的手指头朝四下里指了指。

“您就住在这儿好啦。这张床您就凑合着睡吧。”

她说话带着很明显的犹太人口音。家里除了她以外，还有一个小姑娘，身子很瘦弱，眼睛也和安娜一样，深凹进去。

过了不大的一会儿，安娜回来了。她一回来，就热闹起来，有了生气。

“没有人上咱们家来吗？彭楚克没来吗？”

母亲用犹太话回答了她两句，安娜就迈着轻盈而矫捷的步子朝门口走去。

“可以进去吗？”

“可以，可以。”

彭楚克连忙站起来迎她。

“嘿，怎么样？你安顿好了吗？”

她用满意的、笑盈盈的目光把他打量了一遍，又问：

“你吃东西了吗？咱们吃去。”

她拉着他的军便服袖子，把他领到另一间屋子里，说：

“妈妈，这是我的同志，”她笑了笑，“您可别委屈了他。”

“哎，瞧你说的，那怎么会呢？……他是咱们的贵客嘛。”

夜里，罗斯托夫城里就像豆荚熟了那样，劈劈啪啪地响了一阵枪声。机枪声也零零落落地响了一阵子，后来什么声音都没有了。于是黑夜，静默的二月之夜，又撒下寂静的幕，笼罩住街道。彭楚克和安娜在他这间收拾得非常整洁的小屋子里坐了很久。

“这屋子是我和小妹妹住的。”安娜说。“你看，我们过得多么简朴，就像修女一样。连一幅廉价的画、一张相片、一样能说明我是个中学生的东西都没有。”

“你们靠什么生活?”彭楚克在谈话中间问道。

安娜流露着自豪的神情回答说:

“以前我在阿司莫罗夫工厂做工,还当家庭教师。”

“那现在呢?”

“妈妈给人家做衣服。她们两个人过日子花不了多少钱。”

彭楚克详细地讲了讲进占诺沃契尔卡斯克的情形,讲了讲兹维列沃和卡敏镇附近的战斗。安娜也讲了在卢干斯克和塔干罗格工作的情形。

十一点钟,妈妈屋里的灯一熄,安娜就走了。

二十

三月里,彭楚克调到顿河革命军事委员会的革命法庭去工作。庭长高高的个子,因为工作劳累和睡眠不足,眼睛无神,身上干瘦干瘦的,他把彭楚克领到自己的办公室的窗户跟前,一面摸着手表(他急着要去开会),一面说:

“你是哪一年入党的? 啊哈,这很好。就这样吧,你就担任我们的执法队长好啦。昨天夜里,我们把原来的执法队长送到‘西天极乐世界’去啦……因为他受贿。他是一个道道地地的残忍家伙,一个胡作非为的家伙,一个败类,我们不能要这样的人。这是一种肮脏的工作,但是必须在这一工作中时刻记住自己对党所负的责任,你要明白我的话,就是要……”他说这句话,特别加重了语气:“保持人性。我们因为革命的需要,可以消灭反革命分子的肉体,但是不能当做儿戏。你明白我的意思吗? 好啦,就这样,你去接手工作吧。”

这一天夜里,彭楚克带着十六个人的一小队红军战士,半夜时候在离城三俄里的地方枪毙了五个被判处死刑的人。其中有两个是格尼罗夫镇的哥萨克,其余的是罗斯托夫的市民。

差不多每天半夜里都要用卡车把被判决的人拉到城外,匆匆忙忙地给他们挖土坑,死刑犯和一部分红军战士一齐动手来挖。彭楚克叫红军战士们排好队,就用生铁一样浑厚的声音喊:

“对准革命的敌人……”他把手枪举了起来,“开枪!……”

一个星期的工夫,他变得又瘦又黑了,脸上好像落了一层灰土。眼睛凹了下去,一个劲儿眨巴的眼皮遮盖不住眼睛里的苦闷神情。安娜只有夜里才能见到他。她在革命军事委员会里工作,每天很晚才回家,但是回来往往还要等,等着他用那熟悉的、一下一下地敲窗户声报告自己回来。

有一天,彭楚克和往常一样,过了半夜才回来。安娜给他开开门,问道:

“你要吃饭吗?”

彭楚克没有回答。他就像喝醉了一样,歪歪倒倒地走进自己的屋子,军大衣、靴子、帽子都没有脱,就一下子倒在床上。安娜走到他跟前,朝他脸上看了看:他的眼睛闭得紧紧的,龇着的两排结实的牙齿缝里冒着唾沫,害伤寒病掉稀了的头发有一绺耷拉在额头上,湿漉漉的。

她挨着他坐下来。她又心疼,又难过。小声问道:

“你很难受吧,伊里亚?”

他紧紧握了握她的手,咬了咬牙,转身朝着墙。他一句话也没有说,就这样睡着了,但是他在梦里含含糊糊地嘟哝着,好像在诉苦,并且拼命要爬起来。他虽然睡着了,可是半闭着的眼睛向上翻着,鼓鼓的眼白在眼皮底下发着黄黄的火光——她看到了,觉得很害怕,不由得吓得哆嗦起来。

“别在那儿干啦!”第二天早晨她劝他说。“你还是上前方去打仗好啦!你瘦得简直没有人样啦,伊里亚!你会死在这种工作上的。”

“住口吧!……”他眨巴着气白了的眼睛,大声叫道。

“别叫呀。我惹你生气啦?”

彭楚克的火气不知怎地一下子就没有了,好像胸中积压的火气都随着一声喊叫跑出来了。他无精打采地看着自己的双手,说:

“消灭人类的败类是一种脏活儿。你该知道,枪毙人对身体和精神都有害处……真是的……”他第一次当着安娜的面骂了几句粗话。“肯干这种肮脏工作的,要么是傻子和野兽,要么就是狂热之徒,是这样吧?大家都希望在鲜花盛开的花园里走走,可是,都他妈的这样行吗?要栽花和栽树,先得要清除垃圾呀!还要施肥嘛!要把手弄脏嘛!”他提高了声音,尽管安娜已经转过脸去,没有做声。“垃圾要清除,可是有些人却厌恶这种活儿!……”彭楚克已经是用拳头擂着桌子,一股劲儿地眨巴着充血的眼睛,在高声叫喊了。

安娜的母亲朝屋子里看了看,彭楚克才镇静下来,声音小些了:

“我决不丢开这项工作!我看到,我感觉到,我这样干有好处!我要把脏东西扫掉!扫到地里做肥料,让土地肥肥的!多长些庄稼!将来有一天,生活在这块土地上的人会是很幸福的……也许,这里面就有我的还没有出生的儿子……”他呵呵地笑起来,笑得很不开心。“这些坏蛋、狗虱子,我枪毙了不少啦……狗虱子是一种小虫儿,咬起人来才狠呢……单是我这双手就打死十来个啦……”彭楚克伸出两只攥得紧紧的、长满了黑毛、像鹰爪子那样瘦骨嶙峋的手,把手放到膝盖上,小声说:“反正他妈的都要宰掉!就是要杀得干脆利落,不能拖泥带水……可是,真的,我太累啦……再过些时候,我就上前方去……你说得对……”

安娜一声不响地听完他的话,小声说:

“你上前方,或者换个工作吧……走吧,伊里亚,不然的话,你要……发疯啦。”

彭楚克转过身,背对着她,敲了敲窗户。

“不会的,我能撑得住……你不要以为有什么天生的铁人。咱们大家都是用一种材料制成的……实际上,没有人打起仗来不害怕,杀起人来不感到……不感到揪心。不过,用不着为那些戴肩章的人悲伤。那些人干什么事都是自觉自愿干的,就像我们一样。可是,昨天枪毙的九个人当中,有三个哥萨克……都是干活儿的人……先解开一个人……”彭楚克的声音越来越低沉,越来越含糊不清,就好像他正离开这里,越走越远了。“我摸了摸他的手,那手就像鞋底一样……硬邦邦的……长满了老茧……手掌黑糊糊的,裂得到处是口子……到处疙疙瘩瘩……噢,我要走啦。”他突然不说了。为了不让安娜看见,悄悄地揉了揉喉咙,喉咙猛烈地抽搐着,就好像被一根细细的套马索勒住了。

他穿起靴子,喝了一杯牛奶,就走了。安娜在过道里追上了他。她两手攥住他的一只沉甸甸的大手,攥了老半天,然后又把他的手朝自己的热辣辣的脸上贴了贴,就跑了出来。

* * *

天气渐渐暖和了。春风从亚速海吹到了顿河上。三月底,乌克兰的红军部队受到乌克兰白军和德国人的压迫,开始往罗斯托夫撤退。罗斯托夫开始出现杀人、抢劫和胡乱征用的事。有的部队已经彻底溃乱,革命军事委员会不得不解除其武装。要解除武装,不能不发生一些冲突和交火事件。诺沃契尔卡斯克附近的哥萨克也蠢动起来。三月里,就像杨树纷纷发芽那样,各乡镇的哥萨克和外来户之间的矛盾纷纷爆发了,有些地方发生了暴动,反革命的阴谋活动嚣张起来。但是罗斯托夫的日子还是过得忙忙碌碌、热热闹闹:一到晚上,一群一群的步兵、水兵和工人,在花园大街上逛来逛去。开大会,嗑葵花籽,往人行道边的流水里乱吐,和妇女们逗乐。人们怀着大大小小的欲望,仍然像以前那样生活、工作,吃、喝、睡觉、病死、出生、谈情说爱、报仇雪恨、呼吸海上吹来的咸咸的风。蕴藏着暴风雨的日子对直地朝着罗斯托夫来了,渐渐逼近了。到处可以闻到春雪融化后的黑土气味,可以闻到即将来临的战争的血腥气味。

这一天,阳光明丽,天气晴和,彭楚克回家比平时都早,他看到安娜也在家里,吃了一惊。

“你都是很晚才回来嘛,今天为什么这样早?”

“我有点儿不舒服。”

她跟着他来到他的屋子里。彭楚克脱掉大衣,兴冲冲地笑着说:

“安娜,从今天起,我不在革命法庭工作啦。”

“你怎么啦?调到哪儿啦?”

“调到革命军事委员会啦。克里沃什雷科夫今天跟我谈过啦,他答应把我调到本区什么地方去。”

他们一起吃过晚饭,彭楚克就躺下睡了。他心情很激动,老半天都睡不着,不停地抽烟,在硬邦邦的床垫子上翻来又翻去,高兴得直呼气。他离开法庭,实在高兴极了,因为他觉得,如果再干上一阵子,他就要支持不住,就要垮了。他在抽第四根烟的时候,就听见门轻轻地吱嘎了一声。他抬起头来,看见了安娜。她光着两条腿,只穿着一件小褂,从门里溜了进来,轻轻地走到他的床边。一道朦胧的、绿莹莹的月光,透过护窗的缝儿,照在她那光光的椭圆形肩头上。她俯下身来,用一只热乎乎的手捂了捂彭楚克的嘴。

“往里靠一靠。别做声……”

她紧挨着躺下来,很不耐烦地撩开耷拉在额头上的一绺沉重得像葡萄嘟噜似的头发,眼睛里闪烁着朦胧的、蓝蓝的火光,有点儿粗鲁地鼓着劲儿小声说:

“不是今天就是明天,又要见不到你啦……咱们好好儿地亲热亲热吧!”她因为自己下了决心,紧张得哆嗦起来:“来吧,快点儿!”

彭楚克吻着她,然而却怀着十分可怕、十分羞惭、羞惭得无地自容的心情感觉到，自己无能为力了。

他的头颤动着，他的脸急得热辣辣的。安娜从他怀里挣了出来，气得一把将他推开，带着厌烦和嫌恶的意味，用瞧不起的口吻气喘吁吁地小声问道：

“你……你没有劲儿啦？还是你……病啦？……噢噢噢，这真窝囊！……放开我吧！”

彭楚克使劲攥住她的手指头，攥得她的手指头轻微地咯吧咯吧响着，自己的眼睛对直地看着她那睁得大大的、黑糊糊的、带着恨意的眼睛，他呆呆地摇晃着脑袋，结结巴巴地问道：

“你凭什么？凭什么责怪我？真的，我的精力已经消耗光啦！现在连这种事儿都干不了啦……我没有病……你要明白，要明白呀，我身子空啦……啊啊啊啊……”

他低声哼哼着，从床上爬了起来，抽起烟来。他好像被打了一顿似的，佝偻着身子在窗户跟前呆了老半天。

安娜从床上下来，一声不响地抱住他，并且像个妈妈一样，心平气和地亲了亲他的额头。

过了一个星期以后，安娜把自己的火辣辣、红扑扑的脸埋到他的胳膊底下，很坦率地说：

“……我原来以为，你只是操劳过度……却不知道，工作把你的精力吸干啦。”

在这之后，彭楚克在很长的一段时间里，不仅受到自己爱人的温存，而且受到她的亲亲热热、无微不至的慈母般的关怀。

没有把他调到外地去。根据波得捷尔柯夫的意见，他仍然留在罗斯托夫工作。这时候，顿河革命军事委员会的工作正十分紧张，准备召开全地区苏维埃代表大会，准备同顿河对岸重新活跃起来的反革命势力进行搏斗。

二十一

青蛙在河边柳丛里唧唧呱呱地乱叫。太阳已经翻到了山冈背后。傍晚时候的凉气在谢特拉柯夫村里渐渐散了开来。一片片大大的、斜斜的阴影从房屋上投到干干的大路上。牧放的牲口从草原上回来了。妇女们从牧场上回来，一面家长里短地说着话儿，一面用树条子赶着牲口。已经晒黑的、光脚丫儿的孩子们在小胡同里做跳背游戏。老头子们一本正经地坐在墙根下。

全村都已经播种完了。只是有的地方还在种黍子和向日葵。

村边一户人家旁边，有几个人坐在一堆橡木上。这一家的主人是一个麻脸的炮兵，他正在讲对德战争中的一件事。和他坐在一起的，一个是街坊上的老头子，一个是老头子的女婿，女婿是一个年轻、鬈发的小个子哥萨克，他们都一声不响地听着。女主人从台阶上走了下来。这是一个高大、漂亮、丰腴、像阔太太一样的女人。她的粉红色女褂掖在裙子里，挽着袖子，露出两条黑黑的、圆滚滚的胳膊。她提着一只桶，迈着只有哥萨克女人才会走的那种潇洒的步子，随随便便地大踏步朝牛棚里走去。她那用白底蓝花头巾包着的头发披散开来（她刚刚往锅膛里添过牛粪块，准备明天生火），两只光脚上穿的靴子呱唧呱唧地响着，踩得院子里长得非常茂盛的嫩绿的杂草一弯一弯的。

坐在橡木上的人，听到了一股股的奶水冲击奶桶的哗哗响声。女主人挤完牛奶，朝屋子里走去；她微微弯着腰，左胳膊很从容地弯曲着，挎着满满的一桶牛奶。

“谢玛，你去找找小牛嘛！”她在门口用唱歌一样的声音喊叫道。

“米佳什卡哪儿去啦？”主人应声说。

“鬼才知道他呢，跑出去啦。”

主人不慌不忙地站起身来,朝胡同口走去。老头子和女婿也朝自己家里走去。主人在胡同口喊道:

"快来看,陀罗菲·加甫里洛维奇!到这儿来!"

老头子和女婿走了过去。主人一声不响地朝草原上指了指。一股灰尘像个红红的球儿一样顺着大道滚了过来,尘土后面是一队一队的步兵、骑兵和辎重队。

"看样子,是军队吧?"老头子惊愕得眯起眼睛,把一只手搭在白了的眉毛上。

"这是怎么回事儿,这是些什么人?"主人慌了。

他的老婆已经披上外衣,从屋里走了出来。她朝草原上看了看,张皇失措地叹了一声气,说:

"这都是些什么人呀?天啊,他们人好多呀!"

"看样子,来的不是好人……"

老头子捯动着脚在原地站了一会儿,就朝自己家里走去,很生气地对女婿喊了一声:

"快回家吧,没什么好看的!"

孩子们和妇女们都朝胡同口跑来,男子汉们也一群一群地走来。草原上,离村庄一俄里远处,大队人马正在大道上走着;隐隐约约的说话声、马嘶声、车轮轰隆声随着一阵一阵的风传了过来。

"这不是哥萨克……不是咱们的人。"那个女人对丈夫说。

丈夫耸了耸肩膀。

"当然啦,不是哥萨克。是不是德国人呀?!不是的,是俄国人……瞧,他们打的是红旗!……噢哈,原来是这么回事儿……"

一个高大的、阿塔曼团的哥萨克走了过来。看样子,他在打摆子:他一脸土黄色,就像害黄疸病,穿着皮袄和毡靴。他把毛茸茸的皮帽子往上推了推,说:

"瞧,他们的旗子是啥样的?……是布尔什维克。"

"是的。"

有几个骑马的人离开队伍。几匹马放开大步朝村子里跑来。男子汉们你看看我,我看看你,一声不响地散了开去,姑娘们和孩子们四处逃窜。几分钟之后,小胡同里就空无一人了。骑马的人一齐跑进了小胡同,来到刚才三个人坐的那堆椽木跟前。这一家的主人正站在大门口。最前面一个骑马的人,看样子是个领头的,骑着一匹栗色的马,戴着库班式皮帽,穿着草绿色军便服,扎着武装带,缠着很宽的一条红绸子,他驱马走到大门口,说:

“您好，掌柜的！请把门打开。”

老炮兵脸上的麻子一齐白了，他摘下帽子，问：

“你们是什么人？”

“快把门打开！……”戴库班式皮帽的人高声说。

栗色马斜着恶狠狠的眼睛，泡沫直翻的嘴里来来回回地咬着马嚼子，用前腿朝篱笆上狠狠踢了一下。主人开了门，几个骑马的人一个跟一个地进了院子。

那个戴库班式皮帽的人很麻利地跳下马来，两腿一撇一撇地快步朝台阶走去。等到其余的人都下了马，他已经坐到台阶上，掏出烟盒来了。他一面点烟，一面请主人抽烟。主人没有接烟。

“你不抽烟吗？”

“谢谢啦。”

“你们这儿信的不是旧教吧？”

“不是的，信的是正教……你们又是什么人？”主人愁眉苦脸地问道。

“我们吗？是红军，社会主义第二军的。”

其余的人下马后，也都牵着马朝台阶走来，把马拴在台阶栏杆上。有一个细高挑儿，头发披散着，像马鬃一样，他径自朝羊圈走去，两腿被马刀碰得磕磕绊绊的。他大模大样地开开羊圈的小门，弯着腰，钻到棚子底下，抓住羊角，从里面拖出一只去势的、尾巴沉甸甸的大绵羊。

“彼得里琴科，来帮帮忙！”他用尖嗓门儿喊叫道。

一个穿着短短的奥地利式军大衣的士兵快步朝他跑去。主人摸了摸大胡子，朝四下里望了望，好像这是在别人家里。他什么也没有说，直到绵羊喉咙上挨了一刀，蜷起了四条细细的腿，他才哼了一声，朝台阶走去。

那个戴皮帽的库班人和另外两个战士——一个是中国人，还有一个是俄罗斯人，这人很像堪察加人——跟着主人朝房里走去。

“掌柜的，你不要生气！”戴皮帽的库班人在跨过门槛的时候，笑嘻嘻地叫道。“我们多给你钱！”

他拍了拍自己的裤子口袋，一阵又一阵地哈哈大笑起来，又忽然停住笑声，拿眼睛盯住女主人。女主人正咬住牙，站在灶前，用惊骇的目光望着他。

戴皮帽的库班人转脸朝着那个中国人，很不放心地四处张望着，说：

“你跟他，跟这位大叔去一下子，”他用手朝主人指了指，“你跟他去，让他给马弄点草料……卖点儿给我们吧。明白吗？我们舍得给钱！红军是不会抢东西的。去吧，掌柜的，嗯？”库班人的声音中带着一种尖尖的腔调。

主人由中国人和另一个人陪着，不住地回头望着，从房子里走了出来。他刚刚走下台阶，就听见老婆带哭腔的声音。他跑进过道，把门一推。小小的门钩儿从门鼻里跳了出来。那个库班人正抓住胖大的女主人的光光的胳膊肘，往黑糊糊的内室里拖。女主人挣扎着，猛撞他的胸膛。他正想拦腰把她抱住，抱到内室里去，但就在这时候门开了。主人大步跨了过来，把老婆护住。他的声音低低的，柔中有刚：

"你到我家来，是客人……为什么欺负老娘们儿来啦？你想干什么？……别这样吧！你有枪，我不怕！东西你想要什么就拿什么好啦，可是老娘们儿你别动！除非你杀死我……妞尔卡，你……"他颤动着鼻孔，转过脸去对老婆说："你出去，上陀罗菲大叔家去。用不着你在这儿！"

库班人一面整理着军便服上的武装带，似笑非笑地说：

"掌柜的，你真爱生气……开开玩笑都不行啦……我在连里是顶喜欢开玩笑的……你不知道吧？……我是闹着玩儿的。我心想，我来逗逗这个娘们儿，谁知她当真起来啦……你给马弄草了吗？没有草吗？别人家有没有？"

他吹着口哨，使劲甩着鞭子，走了出去。过了不大的一会儿，整个队伍都来到村边。这支队伍大约有八百条枪。红军战士们都在村外宿营。看样子，是部队指挥员不愿在村子里宿营，信不过自己手下这些来自不同民族、没受过严格的纪律教育的战士。

乌克兰社会主义第二军吉拉斯波尔支队在同乌克兰白军和进入乌克兰的德国人作战中受到重创，便且战且走，退到顿河上，在舍普杜霍夫车站下了火车，因为再往前去便是德国人了，于是为了开往北面的沃罗涅日省，就用行军的方式通过米古林乡。这支队伍里混进了各种各样的犯罪分子，红军战士们在这些坏分子的影响下，也都不守纪律了，一路上任意胡作非为。四月十六日夜里，队伍在谢特拉柯夫村外宿营后，他们还是不顾司令部的警告和禁令，成群成群地跑到村子里去，到处去宰羊，在村边上强奸了两个妇女，无缘无故地开枪，打伤了自己一个弟兄。夜里哨兵都喝得烂醉如泥（因为每一辆辎重车上都有酒）。就在这时候，村子里派出去的三个骑马的哥萨克，已经在周围一些村子里鼓动暴乱了。

在黑沉沉的夜幕下，哥萨克们备好马，拿起武器，匆匆忙忙地把上过前方的战士和老头子们编成队伍，由各村的军官或司务长率领着，朝谢特拉柯夫村开来，来到红军队伍的周围，埋伏在山沟里或者山冈后面。从米古林镇上，从柯罗杰兹村、包戈莫洛夫村都开来了有半个连的人。上旗尔河村、那波洛夫村、卡林诺夫村、叶亚村、柯罗杰兹村都来了不少人。

天上的北斗星渐渐隐去。天麻麻亮时,哥萨克排成骑兵散兵线呐喊着从四面八方向红军冲了过来。一挺机枪响了一阵子,就不响了,混乱的、零零落落的枪声响了一阵子,也没有声音了,只能听到不很响的劈劈啪啪的砍杀声。

一个钟头就结束了战斗:红军支队全部被歼灭,砍死和枪杀了两百多人,有五百多人做了俘虏。两个各拥有四门大炮的炮兵连、二十六挺机枪、一千支步枪和大量的弹药都落到了哥萨克手里。

过了一天,在全地区的大道和小路上就到处是打着小红旗骑马飞跑的报信人了。各乡镇和村庄一齐闹腾起来。推翻苏维埃,急急忙忙选举乡长、村长。嘉桑乡和维奥申乡的连队开到米古林乡的时候,已经没有仗可打了。

四月下旬,顿河地区上游各乡宣告独立,成立了自己的州,就叫上顿河州。选定维奥申镇为州中心,因为维奥申镇人口众多,是顿河地区的第二大镇,论面积和所属村庄的数目仅次于米海洛夫镇。又将原来的村庄划出来一些,成立了几个新的乡镇。新成立的乡镇有叔米林、卡耳根、博柯夫。于是上顿河州就拥有十二个哥萨克乡镇和一个乌克兰乡,过起了脱离中央的独立生活。加入上顿河州的有原来属于顿涅茨州范围的一些乡镇:嘉桑、米古林、叔米林、维奥申、叶兰、卡耳根、博柯夫和波诺马辽夫等乡镇;有原来属于大熊河河口州的乡镇:霍派尔河河口镇、克拉斯诺库特镇;有原来属于霍派尔州的乡镇:布堪诺夫镇、司拉晓夫镇、菲多谢耶夫镇。大家一致选举查哈尔·阿基莫维奇·阿尔菲洛夫为州长。他是叶兰镇的哥萨克,是陆军大学毕业的一位将军。关于阿尔菲洛夫有一种说法,说他从一个默默无闻的哥萨克小军官一跃而为出人头地的人,全亏了他那又好强又聪明的老婆;据说,阿尔菲洛夫考试三次都落榜,她就揪住不成器的丈夫的耳朵,不让他歇息,直到他第四次考试终于及第,进了陆军大学。

但是这些天来,大家即使谈到阿尔菲洛夫,那也谈得很少。大家都在操心别的事呢。

二十二

春水刚刚开始退落。草场上、菜园子篱笆旁边,露出了褐色的淤泥地,许许多多的冲积物就像镶上的花边:干芦苇、枯树枝、杂草、落叶、浪沫。顿河边淹在水里的柳树开始发青,花穗子像帽缨一样,从树枝上垂了下来。白杨树上的芽儿眼看着就要绽开来了;村子里各家院子旁边,被春水围住的红柳的嫩芽儿已经朝着水面耷拉下来。那黄黄的、毛茸茸的嫩芽儿,就像一只只胎毛未褪的小鸭子,经春风一吹,往波浪里直钻。

黎明时候,大雁、海雁和一群一群的野鸭子都要游到菜园子跟前来找食儿。黎明时候,声音嘹亮的黑鸭子都要在草地上的水洼里嘎嘎地叫。到晌午时候,就可以看到,在春风吹皱了的顿河水面上,波浪追逐和戏弄着一只只白胸脯的小水鸭子。

这一年飞来的候鸟很多。天一亮,葡萄酒一般的霞光染红水面的时候,打鱼人坐着小船去查看鱼网,常常看见一些天鹅待在树丛环绕的水面上休息。但是贺里散福和马特维·卡叔林老头子带回来的一件新闻还是使村里的人感到十分稀罕;他们两个因为家里需要两棵小橡树,就到官林里去挑选,在经过小树林的时候,惊起了一只野山羊,那野山羊还带着一只小羔儿。那瘦瘦的、黄褐色的野山羊,从到处是驴蓟和乌荆子的洼地里跑出来,站在小土包上对着两个来砍树的人看了几秒钟,紧张地捯动着瘦瘦的细腿,小羔儿紧紧地贴在妈妈的身上。野山羊听见贺里散福惊愕的出气声,就在小树林里飞跑起来,两个人就只能看见那亮晶晶的青灰色蹄子壳儿和骆驼色的短尾巴在眼前闪动了。

"这是什么东西?"卡叔林老头子放下斧头,问道。

贺里散福带着不知从哪里来的一股高兴劲儿叫了起来,叫得整个静默无声的树林子里到处发出回声：

“野山羊，肯定是的！是野山羊，一点不错！我们在喀尔巴阡山里看见过！”

“这么看来，这是不是有些地方在打仗，逼得这可怜的畜生跑到咱们草原上来啦？”

贺里散福也只好同意这种说法。

“恐怕是这样。老爹，你瞧瞧那小羔子嘛！多好玩儿……嘿，鬼东西，真招人喜欢！简直像个小孩子！”

回来的一路上他们都在谈着本地从来没有见过的这种野物。马特维老爹最后又怀疑起来：

“说不定，不是野山羊吧？”

“是野山羊。真的，是野山羊，绝没有错儿！”

“也许是吧……不过，如果是野山羊，为什么没有角呢？”

“你问它有角没角干什么？”

“不是我要干什么。我是想问问，如果是野山羊的话……为什么样子一点不像山羊呢？你见过没有角的山羊吗？噢，噢，问题就在这儿。也许是一种野绵羊吧？……”

“马特维老爹，你简直老糊涂啦！”贺里散福生气了。“你到麦列霍夫家去看看。他们家格里高力有一根鞭子，就是用野山羊腿做的。你去认认是不是？”

这一天马特维老爹正好有事到麦列霍夫家去。格里高力的鞭子把儿果然是用野山羊腿上的皮裹的，样子十分精致；而且那小小的蹄子还十分完整地安在鞭把儿的头上，上面还镶了一个精致的铜箍。

在大斋第六个星期的星期三，米沙·柯晒沃依一大早就去查看下在树林子旁边的鱼网。天刚刚放亮，他就从家里出来。早晨还很冷，冻得瑟瑟缩缩的土地上蒙起一层薄冰，冻泥巴在脚下咯吱咯吱响着。米沙穿着小棉袄和短靴子，裤腿掖在白袜筒里，制帽戴在后脑勺上，呼吸着夹带着寒气的空气，闻着河水清淡的潮湿气味，朝前走去。他肩膀上扛着一支很长的桨。他解开小船，站在船上用劲儿把桨一撑，小船就轻快地朝前漂去。

他很快就查完了鱼网，捞出最后一张网里的鱼，又把网放下去，理了理网的两翼，便轻轻地把船划开，决定抽一支烟。朝霞刚刚升起。东方青灰色的天空，好像从下面溅上了一片鲜血。那片鲜血渐渐扩散开，在地平线上面流泻开去，发出金光。米沙看着黑鸭子慢慢地在飞，看了一会儿，就抽起烟来。细细的一缕烟气打着圈圈儿朝一旁树棵子里钻去。他看了看捞到的鱼：三条小鲟鱼、一条有八磅重的鲤鱼、一堆小白鱼，心里想道：

“要卖掉一些。斜眼卢凯什卡会要的，找她换点儿梨干；妈妈有时候要做梨羹吃。”

他一面抽烟，一面朝码头划去。在他常常停船的菜园子篱笆旁边坐着一个人。

“这是谁呢？”米沙很灵活地摇着桨，划着小船，心里想道。

原来是“杰克”蹲在篱笆旁边。

“杰克”正在抽一根用报纸卷的老粗的烟卷。

他那像黄鼠狼一样的尖尖的小眼睛无精打采的，两边腮上长满灰黄色的胡子楂儿。

“你干什么？”米沙喊道。

他的叫喊声像个圆球儿一样在水面上滚了开去。

“你划过来。”

“你要去打鱼吗？”

“我打个屁！”

“杰克”喀喀地咳嗽起来，一连吐了几口痰，懒懒地站了起来。他穿着一件很不合身的老大的军大衣，就像瓜田里稻草人穿的衣服。制帽的帽檐耷拉到尖尖的耳朵上。他不久以前才回到村里，他带回来的是他当了红军这样一个“坏”名声。哥萨克们问他复员以后到哪儿去啦，“杰克”回答起来总是躲躲闪闪的，避而不谈有危险的话。他只是坦率地对伊万·阿列克塞耶维奇和米沙·柯晒沃依说，他在乌克兰的红军队伍里干了四个月，被白军俘虏过，逃出来以后，又参加了西维尔司的队伍，跟着西维尔司在罗斯托夫一带转战了一个时期，现在是请假回来养伤的。

“杰克”摘下帽子，摩平了像刺猬毛一样的短头发；一面四下张望着，朝小船走来，沙哑地说：

“事情很糟……很糟……别打鱼了吧！要不然，天天打鱼，打鱼，把什么事都忘啦……”

“你有什么消息，快说吧。”

米沙用自己的带鱼腥气的手握了握他那只剩了一把骨头的手，很亲切地笑了笑。两个老朋友见了面是很亲热的。

“昨天在米古林镇附近，红军叫人家打垮啦。伙计，全完啦……叫人家打得落花流水！……”

“是哪一部分的?是从哪儿来到米古林镇上的?”

“是从米古林镇上路过的,哥萨克把他们收拾得干干净净……光是送到卡耳根去的俘虏就有老大的一群!那儿已经成立了军事法庭。今天咱们这儿就要动员啦。你听,一大早这就敲起钟来啦。”

米沙拴好小船,把鱼装到口袋里,扛起桨,迈着大步朝前走去。“杰克”像一匹小马一样在他旁边跑着碎步,忽闪着大衣襟,甩着两条胳膊,一个劲儿地朝前冲。

“这是伊万·阿列克塞耶维奇告诉我的。他刚刚换了我的班,磨坊里忙活了整整一夜,来磨粉的人很多。噢,他是听掌柜的说的。谢尔盖·普拉托诺维奇家里来了一个军官,是从维奥申镇上来的。”

“现在怎么办呢?”在米沙那因为打了几年仗而褪掉了孩子气的、成熟了的脸上,掠过一丝惊慌的神情;他斜着眼睛看了看“杰克”,又问了一遍:“现在该怎么办呢?”

“应该离开村子。”

“到哪儿去呢?”

“上卡敏镇去。”

“那儿也有哥萨克呀。”

“再往左边一点儿。”

“上哪儿?”

“上奥布里维去。”

“怎么能过得去呢?”

“你想去,就能过得去!要是不想去,你就留下来,去不去都由你!”“杰克”忽然冒起火来。“你怎么办,上哪儿去,我怎么能知道呢?要是逼得紧的话,你会找到窟窿钻的!拿鼻子拱拱就行啦!”

“你别发急嘛。发急有什么用处呢?伊万是怎么说的?”

“伊万还需要你去鼓动鼓动呢……”

“你的嗓门儿别那么大……那个娘们儿看着咱们呢。”

他们很担心地朝那个年轻娘们儿看了看,那是“牛皮大王”阿甫杰伊奇的儿媳妇,她正把牛从院子里往外赶。他们一走到十字街口,米沙又转过身往回走。

“你上哪儿去?”“杰克”很诧异地问道。

米沙也没有回头,嘟囔着说:“我去把鱼网收回来。”

“干什么?”

“不能让鱼网丢掉嘛。”

“这么说,咱们一块儿走啦?”“杰克”高兴起来。

米沙挥了挥手里的桨,在老远处说:

“你上伊万·阿列克塞耶维奇家去,我把网拿回家,马上就去。”

伊万·阿列克塞耶维奇已经通知过一些亲近的哥萨克。他的小儿子又跑到麦列霍夫家去,把格里高力找了来。贺里散福是自动来的,好像已经感觉出事情不妙了。过了不大的一会儿,米沙也来了,于是开起会来。大家一齐说话,都很着急,觉得马上就要打起来了。

“马上就走!今天就把钓鱼竿收起来!”“杰克”紧张而又着急地说。

“你一定要说个道理出来:咱们为什么要走?”贺里散福问道。

“什么为什么?马上就要动员啦,你以为,你能赖着不去吗?”

“不去就是不去。”

“会拴着你去的!”

“没有那么现成,我又不是他们拴在绳子上的小牛!”

已经把自己的两眼向外斜的老婆支了出去的伊万·阿列克塞耶维奇,很生气地嘟哝说:

“抓是要抓的……‘杰克’说得对。可是上哪儿去呢?难就难在这儿。”

“我刚才就跟他这样说呢。”米沙·柯晒沃依叹了一口气。

“你们这是怎么啦,难道就我最要紧吗?我就一个人走!用不着看风向!三心二意,想过来想过去,拿不定主意……等到把你们抓起来,还要因为赤化坐大牢呢!……这是闹着玩的吗?瞧,这局面不对头啊……咱们干脆他妈的都走吧!……”

格里高力·麦列霍夫心里带着一股很不高兴的劲儿聚精会神地在手里转悠着一根从墙上拔下来的生锈的钉子,冷冷地截住“杰克”的话,说:

“你别一股劲儿催!你当然不同啦:无牵无挂,抬起屁股就可以走。可是我们就得仔细地想一想。我有老婆,还有两个孩子……我闻过的火药味比你多着呢!”他忽闪着两个黑黑的、忽然露出火气的眼睛,恶狠狠地龇着两排密密实实的尖牙齿,大声说:“你完全可以随口胡扯……你原来是‘杰克’,现在反正还是‘杰克’!你除了一件棉袄,反正什么都没有……”

“你放屁!你发起军官脾气来啦?别叫吧!我才不睬你那一套呢!”“杰克”叫了起来。

他那胡子拉碴的脸都气白了,气得眯起来的小眼睛滴溜溜、气汹汹地直转悠,脸上那黄黄的胡子楂儿好像都跳动起来了。

格里高力听伊万·阿列克塞耶维奇说红军队伍侵入了本州,心里不高兴,十分恼火,就把火气一齐发泄到“杰克”身上。“杰克”这一叫,他更火了。他就像被烫了一下子似的,一跳跳了起来,走到在凳了上转来转去的“杰克”跟前,拼命控制着老是想打人的手,说:

“住嘴吧,狗崽子!叫人恶心的东西!人渣!你发什么号令?你滚吧,谁也没有……拦着你!滚远点儿,省得你把这儿熏臭!够啦,够啦,别说啦,要不然我拿拳头送你走……”

“算啦,格里高力!真不像话!”米沙·柯晒沃依插嘴说,他把格里高力的拳头从“杰克”那皱起的鼻子前面拉了开去。

“这种哥萨克的坏脾气要不得……就不觉得丑吗?……麦列霍夫,丑死啦!真丑啊!”

“杰克”站了起来;很不好意思地咳嗽着,朝门口走去。到了门口,他忍不住了,又转过身来,对着正在冷笑的格里高力发狠说:

“你还当过红军呢……简直像个宪兵!……这种人要千刀万剐!”

格里高力也忍不住了,一面把“杰克”往过道里推,踩着他那破军靴的后跟,用恶狠狠的声音说:

“滚出去!我把你的腿揪下来!”

“太不像话啦!怎么搞的,你们简直像小孩子!”

伊万·阿列克塞耶维奇很不以为然地摇了摇头,很不高兴地侧眼看了看格里高力。

米沙·柯晒沃依一声不响地咬着嘴唇,显然他是竭力控制着老是想冲口而出的难听话。

“他凭什么管别人的事?他为什么要发脾气?”格里高力有点儿难为情地解释说。贺里散福用赞许的目光看着他。格里高力看到这赞许的目光,就像个孩子一样很天真地笑了笑,说:“差点儿把他揍一顿!……只怕他经不住打……一巴掌,就没命啦。”

“喂,你们的意见怎样?该正经谈谈啦。”

伊万·阿列克塞耶维奇被发问的米沙·柯晒沃依的目光盯着,只好勉强回答说:

“你问怎么样吗,米沙?……格里高力说得有些道理:怎么能抬起屁股就走呢?咱们都有家嘛……你听我把话说完嘛!……”他看见米沙急着要插嘴,就连忙说。“也许不会有什么事呢……谁又能说得准？一支队伍在谢特拉柯夫被打垮了，别的队伍也许就不会再来啦……咱们先等一等看吧。到时候再看情况。说实在的，我也有老婆孩子，衣服都破破烂烂，面粉也没有啦……怎么能一甩手就走呢？他们在家里怎么过日子呢……”

米沙气忿地扬了扬眉毛，眼睛盯着地面问道：

“你们不想走吗？”

“我想等一等看。要走，什么时候都来得及……你们怎么样，格里高力·潘捷莱耶维奇，还有你，贺里散福……”

“噢，是的……还是先等等看。”

格里高力没想到得到了伊万·阿列克塞耶维奇和贺里散福的支持，劲头儿来了：

“噢，那当然啦，我说的就是这个意思。就为这个我和‘杰克’吵的。这是砍树条子吗？一下，两下，就行了吗？……要好好地想想……我是说，要想想……”

“当——当——当——当！”钟声忽然从钟楼上飞下来，飞向广场，飞向大街小巷；钟声朝着黄褐色的春水水面，向着没有晒干的石灰石山坡滚去，到了树林子里就碎成小扁豆一样的无数小粒儿，嗡嗡响了一阵，就不响了。接着又响了起来，那声音已经是连续不断并且带有惶惶不安的意味了：“当——当——当——当！……”

“听，要集合啦！”贺里散福一个劲儿地眨巴起眼睛。“我马上到小船上去。顺着河这一边，到树林子里去。别想看见我！”

“瞧吧，这可怎么办呢？”米沙像个老头子一样，很费劲儿地站了起来。

“咱们现在不能走。”格里高力替大家回答说。

米沙又扬了扬眉毛，把耷拉下来的一绺沉甸甸的金黄色鬈发从额头上撩了开去，说：

“再见吧……看样子，咱们要各走各的路啦！”

伊万·阿列克塞耶维奇宽厚地笑了笑，说：

“米沙，你年轻，性子太急……你以为咱们就不能走一条路啦？一定会走一条路的！你相信好啦！……”

米沙道过别，走了出来。他出了院子，就朝旁边的场院上走去。“杰克”正缩着身子蹲在水沟旁边。他好像知道米沙一定要到这儿来似的；他站起来，迎着米沙走来，问道：

“怎么样？”

“都不肯走。”

“我早就料到啦，都是些胆小鬼……你的朋友……格里什卡坏透啦！他一点不讲义气。欺负人，坏蛋！仗着他力气大……我身上没带家伙，要是带着，我早就开枪啦……”他用微弱的嗓音说。

米沙和他并肩走着，看了看他那像刺猬毛一样竖着的胡楂子，心想：“真像一只黄鼠狼，他会开枪的！”

他们走得很快，每一下钟声都像鞭子打在他们的身上。

“咱们上我家去，带上点干粮，就走！咱们步行，不骑马。你什么都不带吗？”

“我的东西全在我身上啦，”“杰克”扮了个鬼脸，“高楼大厦还没有盖起来，万贯家产也还没有挣到手……只是还有半个月的工钱没有领。算了吧，就让我们的大肚皮东家谢尔盖·普拉托诺维奇捞点儿便宜吧。我不去领工钱，他会高兴得打哆嗦的。”

钟声停了。清晨那种昏昏沉沉、还没有摆脱睡意的静寂依然没有被搅动。母鸡在路边灰堆里乱刨，吃嫩草吃肥了的牛犊在篱笆跟前走来走去。米沙回头看了看：哥萨克们正纷纷往广场上去开村民大会呢。有的人从家里往外走，一面走一面扣便衣或制服上的扣子。有一个骑马的人从广场上跑过。学校旁边有很多人，那白白的是妇女们的头巾和裙子，那黑黑的、连成一片的是哥萨克们的脊背。

一个挑水的娘们儿不愿意抢路，站了下来，生气地说：

“你们倒是走呀，要不然我可要走啦。”

米沙和她打了个招呼，她那宽宽的眉毛下面的眼睛笑了笑，问道：

“哥萨克们都去开会啦，你们打哪儿来？为什么不去开会，米沙？”

“家里有事。”

他们来到胡同口。看得见米沙家的屋顶了，也看得见那架在一根干樱桃树枝上，被风吹得摇来摇去的椋鸟巢了。小山包上的风车慢悠悠地晃动着，风车翅上有一块被风吹破的帆布忽啦忽啦地响着，风车那尖顶上的铁皮也劈劈啪啪直响。

太阳不很明亮，但是已有暖意。清新的微风从顿河上吹来。街口上是阿尔希普·包加推廖夫的院子。包加推廖夫是个又高又大、脑筋很旧的老头子，曾经在御林军里当过炮兵。他家的院子里有几个娘们儿正在泥他们家那圆圆的大房子，用石灰粉刷，准备过复活节。有一个娘们儿正在用牛粪和泥。她把裙子撩得高高的，转圈儿走着，很吃力地掴动着两条白腿，那肥嘟嘟的腿肚子上有两道红红的印子,那是袜带勒出来的。她用手指头尖捏着撩起的裙子,布袜带捋到了膝盖以上,紧紧勒进肉里。

她是个很爱俏的娘们儿,尽管太阳才升起来不久,可是她已经用头巾蒙住了脸。另外两个年轻媳妇,都是阿尔希普的儿媳妇,她们踩着梯子,爬到盖得很漂亮的芦苇房檐下,在刷石灰。她们把袖子挽到胳膊肘以上,用头巾裹着脸,只露着两只眼睛,石灰刷子在她们的手里摆来摆去,雪白的石灰水往头巾上直溅。几个娘们儿非常合拍、非常整齐地唱着歌儿。守寡的大儿媳妇玛丽亚,经常公开地跑来找米沙·柯晒沃依;她是一个满脸雀斑、然而十分迷人的女子;这会儿她在领唱,她的嗓子在全村是出了名的,声音低沉,浑厚有力,几乎和男子声音一样:

……我的亲人儿在前方……

另外两个女子接着唱下去,于是三个声音十分和谐地唱起这支凄切动人、哀怨真挚的女子的歌儿:

……谁也没有他那样悲伤。
他一面装炮弹呀,
一面把我呀想
……

米沙和“杰克”一面贴着篱笆往前走,一面听她们唱歌,歌声不时地被草场上嘹亮的马嘶声所打断:

……来了一封信,信上还盖着公章,
说我的亲人儿死在战场上,
哎哟,哎哟呀,我的亲人儿呀,
他躺在野树棵子旁……

玛丽亚忽闪着头巾下面那含情脉脉的灰眼睛,回头看着米沙走过,那溅满了白点子的脸亮了起来,她微微笑着,用充满情意的低沉的胸音唱下去:

……他的鬈发呀,那黄黄的鬈发,

叫风吹成了一团乱麻。
他的眼睛呀,那棕色的眼睛,
叫乌鸦啄成了两个坑。

米沙还是像往常对待妇女那样,很亲热地对她笑了笑;又对正在和泥的、招了女婿的皮拉盖雅说:

"你把裙子再撩高点儿,不然隔着篱笆可看不见!"

皮拉盖雅眯着眼睛说:

"你要是想看,就能看见。"

玛丽亚侧歪着身子站在梯子上,四面张望着,曼声问道:

"宝贝儿,上哪儿去了?"

"打鱼去了。"

"别上远处去,咱们到仓房里睡一会儿吧。"

"脸皮真厚,就找你公公好啦!"

玛丽亚吧咂了一下舌头,哈哈大笑起来,将湿漉漉的刷子朝米沙身上一甩。他的衣服和帽子溅上了不少白点子。

"你把'杰克'借给我们也行,总可以帮我们收拾收拾房子!"小儿媳妇在后面喊着,笑得露出了满嘴白砂糖似的细牙。

玛丽亚不知道小声说了两句什么,另外两个女的一齐大笑起来。

"真是个浪荡货!""杰克"皱了皱眉头,加快了脚步,但是米沙懒懒地、亲切地笑着,纠正他的话说:

"不是浪荡,是喜欢说笑。我要走啦,心上的人儿就孤单啦。'心肝肉儿,对不起,再见啦!'"他一面嘟哝着歌子里的话,一面走进自己家的院子。

二十三

米沙走了以后，哥萨克们有一阵子没有说话。村子里到处回荡着钟声，窗户被震得微微地丁丁响着。伊万·阿列克塞耶维奇望着窗外。一片淡淡的、清晨的阴影从棚子上投到地上。一丛丛的嫩草上沾满了露水珠儿，就像是一缕缕的白发。就是隔着玻璃看，天空也是湛蓝湛蓝的。伊万·阿列克塞耶维奇看了看贺里散福那耷拉着的、毛扎扎的头。

“也许，事情就到此为止了吧？米古林乡的哥萨克把红军打垮啦，就不会再来啦……”

“那可不一定……”格里高力浑身哆嗦了一下。“既然开了头，就不会撒手！喂，怎么样，咱们去不去开会？”

伊万·阿列克塞耶维奇伸手去拿帽子。他为了解开自己的疑问，问道：

“伙计们，是不是咱们真的生了锈呢？米沙虽然是个急性子，可是这小伙子有道理……他责备我们呢。”

谁也没有回答他。大家都一声不响地往外走，朝广场上走去。

伊万·阿列克塞耶维奇若有所思地看着脚底下，朝前走去。他心里很不是滋味，因为昧了良心，因为没有按照自己认识到的去做。“杰克”和米沙是对的；应该走，不应该犹疑。自己在心里为自己找的那些理由是没有根据的，心里有一个理智的、嘲笑的声音，把那些理由踩得碎碎的，就像马蹄踩在水洼里的冰壳子上。伊万·阿列克塞耶维奇想定的唯一的办法是，一到战场上就跑到布尔什维克那方面去。他在去开会的路上，想好了这个主意，但是他没有把这个主意告诉格里高力，也没有告诉贺里散福，因为他模模糊糊地感觉到，他们另有一番心思，他心里已经暗暗提防起他们来了。他们三个人一齐拒绝了“杰克”的意见，拿家庭为借口，不肯走，其实他们每个人都知道，这样的借口不值一驳，不能算什么理由。现在他们各自想着心思，感到很不好意思，就好像干了一桩很肮脏、很见不得人的事。他们都一声不响地走着。走到莫霍夫家对面，伊万·阿列克塞耶维奇再也忍受不住这种使人气闷的沉默，就斥责自己和另外两个人说：

“用不着说假话，咱们从前方回来的时候，都是布尔什维克，可是现在咱们都在往树棵子里钻！顶好叫别人替咱们去打仗，咱们就搂着老婆睡大觉……”

“我反正打过仗啦，现在让别人去尝尝滋味吧。”格里高力扭过头来说。

“他们怎么搞的……做起强盗来啦，我们还要跟他们走吗？这算是什么红军？强奸妇女，抢人家的东西。这会儿该仔细看一看啦。如果瞎走的话，一定会碰在墙上的。”

“这事儿你亲眼看见了吗，贺里散福？”伊万·阿列克塞耶维奇厉声问道。

“人家都这样说。”

“噢，噢……是人家说……”

“喂，别说啦！在这地方别愁人家听不见。”

会场上到处闪烁着鲜亮的哥萨克裤綠和制帽，偶尔能看到孤零零的一顶黑黑的毛皮帽。全村的人都来到会场上。没有妇女。全是老头子和到了入伍年龄的、未到入伍年龄的哥萨克。拄着拐杖、站在最前面的是最年长的：陪审员、教会理事、学校董事、教会长老。格里高力用眼睛扫了扫，找到了父亲那白中带黑的大胡子。麦列霍夫老头子和亲家公米伦·格里高力耶维奇站在一起。他们的前面是格里沙加爷爷，他穿着一件灰色制服，挂起了勋章，拄着一根疙疙瘩瘩的拐杖。格里高力的丈人旁边是脸红得像苹果一样的“牛皮大王”阿甫杰伊奇、马特维·卡叔林、阿尔希普·包加推廖夫、戴起哥萨克制帽的“擦擦”阿杰平；再过去，许许多多熟悉的脸排成一道半圆形的栅栏：大胡子叶戈尔·西尼林、“马掌”亚可夫、安得列·卡叔林、尼古拉·柯晒沃依、瘦大个儿鲍尔晓夫、安尼凯、马尔丁·沙米尔、长腿的磨粉工人戈罗摩夫、亚可夫·柯洛维金、格尔库洛夫、菲多特·包多甫斯柯夫、伊凡·托米林、叶皮番·马克萨耶夫、查哈尔·柯洛列夫、“牛皮大王”阿甫杰伊奇的儿子安琪普——是一个蒜头鼻子的矮小的汉子。格里高力穿过会场，在人群的另一边看见了哥哥彼特罗。彼特罗穿着衬衣，佩戴着黄黑两色的十字章绶带，正在和一条胳膊的阿列克塞·沙米尔斗嘴。彼特罗的左面是绿眼睛的米佳·柯尔叔诺夫。米佳正就着普罗霍尔·泽柯夫的烟卷头儿点烟。普罗霍尔瞪着两只牛眼，噘着嘴唇在吹火，帮他点烟。后面是许许多多年轻的哥萨克；人群的当中，有一张摇摇晃晃的小桌子，桌子的四条腿都陷进松软、潮湿的土地里，桌子旁边坐着村革命军事委员会主席纳萨尔，手扶桌沿儿站在他旁边的是格里高力不认识的一位中尉，中尉戴着一顶带帽徽的绿色制帽，穿着带肩章的制服上衣和一条窄窄的草绿色马裤。革命军事委员会主席正在很窘急地对中尉说着不知什么事情，中尉微微弯下身子，把老大的招风耳朵凑在主席的大胡子上听着。会场就像蜂窝一样，一片轻微的嗡嗡声。哥萨克们都说着话儿，开着玩笑，但是所有的人的脸色都很紧张。有人等得不耐烦，尖声尖气地叫道：

“开会吧！还等什么？差不多都到齐啦！”

那位中尉从容地直起身子，摘下制帽，就像在家里一样，很随便地说道：

“诸位老人家和上过前方的哥萨克弟兄们！谢特拉柯夫村发生的事情，你们听说了吗？”

“这是什么人？打哪儿来的？”贺里散福用粗嗓门儿小声问道。

“是维奥申镇上的，打黑河来的，好像是姓索尔达托夫……”有一个人回答说。

“有两天，”中尉继续说，“有一支红军开到谢特拉柯夫。德国人占领了乌克兰，又向顿河军区推进，赶得这支红军离开了铁路线。他们就朝米古林镇方向开来。他们进了谢特拉柯夫村以后，就开始抢夺哥萨克们的财物，强奸妇女，随便乱抓人，这类的事干了不少。这些情形一传到周围一些村庄里，哥萨克们就拿起武器，朝这些强盗扑来。这支队伍有一半被消灭，一半被俘虏。米古林乡人缴获了大量的战利品。米古林乡和嘉桑乡已经推翻了布尔什维克的政权。哥萨克们不分老少都动员起来保卫咱们静静的顿河啦。维奥申镇上的革命军事委员会已经解散，选举了乡长，大多数村庄也都这样干啦。”

中尉说到这里，老头子们嘁嘁喳喳地小声讨论起来。

“到处都在成立队伍。你们上过前方的人，也应该成立一支队伍，来保卫本乡本土，防备成群结伙的野蛮强盗再来侵犯。咱们应该恢复自治！咱们不要红色政权，红色政权只能导致混乱，不能给我们自由！我们决不允许庄稼佬奸污我们的妻子和姐妹，不允许他们嘲弄咱们的正教、糟蹋神圣的寺院。抢夺咱们的财物和家产……不是这样吗，诸位老人家？”

会场上响起一片“对——对呀！”的声音。中尉开始念一份胶印的告民众书。主席不顾桌上还有一些文件，就离开了桌子。大家都静静地听着，一个字也不放过。上过前方的哥萨克们在后面无精打采地交谈着。

中尉一开始念告民众书，格里高力就从人群里走了出来：他不慌不忙地朝回家的方向，向维萨里昂神甫家房子的拐角处走去。米伦·格里高力耶维奇看见他走开去，就用胳膊肘捣了捣潘捷莱·普罗柯菲耶维奇的肋部，说：

“瞧，你的小儿子走啦！”

潘捷莱·普罗柯菲耶维奇一瘸一拐地从人群中走了出来，用央求加命令的口气唤道：

“格里高力！”

格里高力侧过身子，站了下来，没有回头。

“回来吧，孩子！”

“你为什么要走?！回来！”许多声音乱哄哄地喊了起来，许多张脸朝格里高力扭过来，像一面墙一样。

“还当过军官呢！”

“用不着翘鼻子！”

“他就在他们那里面干过！”

“他也喝过哥萨克的血……”

“是个红肚子！”

吆喝声一齐朝格里高力的耳朵里飞来。他咬紧牙齿听着，显然他心里斗争得很激烈；好像再过一会儿，他就要头也不回地走掉了。

格里高力犹豫了一会儿，又垂着眼睛朝人群里走来，潘捷莱·普罗柯菲耶维奇和彼特罗这才轻松地舒了一口气。

老头子们的劲头儿一下子就上来了。马上就毫不怠慢地选举米伦·格里高力耶维奇·柯尔叔诺夫为村长。米伦·格里高力耶维奇激动得白麻子变成了灰色，走到人群当中，很腼腆地从以前的村长手中接过政权的标志——一根铜头的权杖。以前他从来没有当过什么头儿；现在选上了他，他推说自己担当不起这样的重任，说自己文化太低，推托了一阵，谦让了一阵。但是老头子们一阵一阵地吆喝着，表示欢迎他：

“把权杖接下吧！别推辞啦，格里高力耶维奇！”

“你是咱们村子里头一个好当家的！”

“你不会糟蹋村里的财产！”

“可别像谢苗那样，把村子里的款子全喝掉！”

“噢，噢……他才不会哩！”

“他喝掉了也赔得起！”

“那咱们就像剥羊皮一样，把他的家产搞光！……”

这样快速的选举和临战气氛是极不平常的，所以没有怎么特别敦劝，米伦·

格里高力耶维奇就答应了。这次选举和以前不一样。以前选举,乡长要来,要开甲长会议,推举候选人,现在却干脆利落:“谁赞成柯尔叔诺夫,请站到右边去。”于是人群一齐拥到了右边,只有跟柯尔叔诺夫有宿怨的皮匠济诺维一个人站着没动,就像河边滩地上一根烧焦的树桩。

满头冒汗的米伦·格里高力耶维奇的眼睛还没有来得及眨一下,权杖已经塞到他的手里,远处和耳朵边上响起一片吼叫声:

“快摆酒席吧!”

“大家都选你啦!”

“应该庆贺庆贺!”

“把村长抬起来!”

但是那位中尉打断大家的呼喊声,很干练地引导大家来解决实际问题。他提出了选举本村队伍的指挥官问题,他大概在维奥申镇上经常听说格里高力这个人,就奉承格里高力、同时也奉承全村的人说:

“希望能有一位指挥——一位指挥官!有了指挥官,打起仗来,事情就好办,就可以减少损失。不过贵村的英雄好汉实在太多啦。乡亲们,我不能把我的想法强加给你们,可是我愿意向你们推荐麦列霍夫少尉。”

“哪一个麦列霍夫?”

“我们这儿有两个麦列霍夫少尉。”

中尉用眼睛在人群里扫了扫,目光停留在低着头站在后面的格里高力身上。中尉微微笑着,高声说:

“我推荐的是格里高力·麦列霍夫!……你们以为怎样,乡亲们?”

“太好啦!”

“千万别推辞!”

“格里高力·潘捷莱耶维奇!是一条硬汉子!”

“到当中来!过来!”

“老头子们都想看看你哩!”

格里高力被一些人推着,红着脸走到圈子当中,像被逮住的野物似的,朝四面张望了一下。

“你就领导起我们的孩子们吧!”马特维·卡叔林用拐杖敲了敲地面,并且画了一个老大的十字。“你就领着他们,叫他们跟着你,就像很多小鹅跟着一只好公鹅那样,大家结成一伙儿。公鹅要保护小鹅,不准猛兽和人来侵害,你也要这样维护他们!你还能再得四颗十字章,愿上帝保佑你!”

“潘捷莱·普罗柯菲耶维奇,你家儿子有出息!……”

“他的脑袋是金子做的!鬼东西,够机灵的!”

“瘸子鬼,你得请我们喝两杯!”

“哈哈哈哈!……咱们就来——喝……”

“诸位老人家!静一静!咱们是不是不管愿意不愿意,就规定干两年或者三年呢?要是单凭志愿,有些人会去,有些人就不去……”

“就干三年!”

“五年!”

“要招志愿兵!”

“你要去就去嘛,谁拉着你了?”

中尉正在和新任的村长说话,村子上头的四个老头子来到跟前。其中有一个又瘦又小、没有牙齿的小老头儿,外号“瘦猴儿”,一辈子爱打官司出了名。他跑法院跑惯了,所以他家里用的唯一的一匹白骒马也十分熟悉上法院的道路,只要醉醺醺的主人往大车上一倒,用尖尖的嗓门儿喊一声:“上法院去!”——白骒马自己就会顺着大道朝镇上走……“瘦猴儿”攥着帽子,走到中尉面前。其余的三个(其中有一个是大家都很敬重的富户盖拉西姆·包尔德列夫)也都在旁边站了下来。“瘦猴儿”除了别的本事以外,还特别能说会道,他首先捅了捅中尉,说:

“大人!”

“几位老人家,你们有什么事?”中尉很有礼貌地弯下身子,把老大的、肉嘟嘟的耳朵凑过来。

“大人,看样子,您对我们村子里的这个人,就是您选定给我们当指挥官的这个人,恐怕不大了解。我们这几个老头子对您的决定提出异议,我们有权这样做。我们声明反对他!”

“为什么反对?怎么一回事儿?”

“因为我们对他信不过。他自己就干过红军,在红军里当过指挥官嘛,两个月以前因为挂花才回来的。”

中尉的脸刷地一下子红了。他的两只耳朵也因为充血,好像肿了起来。

“这是不可能的!我没有听说这事儿……谁也没有对我说起嘛……”

“是真的,他干过布尔什维克,”盖拉西姆·包尔德列夫很严肃地说,“我们信不过他!”

“不叫他干!知道年轻哥萨克们都怎么说吗?他们说:‘一打起仗来,他就要把我们都卖掉!’”

“诸位老人家!”中尉踮着脚尖站高些,喊叫道;他故意撇开上过前方的哥萨克,专门对老头子们说。“诸位老人家! 咱们选举格里高力·麦列霍夫少尉担任指挥,但这是不是就没有什么问题呢? 现在就有人告诉我,他去年冬天就干过红军。你们能不能把自己的儿子和孙子交给他呢? 还有你们,上过前方的弟兄们,跟着这样的指挥官,能不能放心呢?”

哥萨克们都愣愣的,说不出话来。接着一下子都叫了起来;感叹声和呼喊声交织成一片,连一个字都听不清楚。过了一阵子,等叫声一齐停了,静下来了,眉毛成了绺的包加推廖夫老头子走到圈子当中,对大家摘下帽子,朝四下里看了看。

“我这笨脑袋是这样想的,咱们不能让格里高力·潘捷莱耶维奇担任这一职务。他是有这样的罪过,这是我们大家都知道的。让他先赎赎自己的罪过,取得大家的信任,然后咱们再看情况。他是一条好汉,这我们都知道……可是,有云彩遮着,太阳就放不出光来;我们看不见他的功劳——他给布尔什维克干的事,把我们的眼睛遮住了! ……”

“叫他当兵好啦!”年轻的安得列·卡叔林气冲冲地叫道。

“选彼特罗·麦列霍夫当指挥官!”

“叫格里高力下队当兵!”

“要是选上他,咱们就倒霉啦!”

“我才不稀罕呢! 你们他妈的为什么偏要找我?”格里高力在后面叫道,气得脸都红了;他把手一甩,又说:“我才不干呢! 我他妈的才不稀罕你们哩!”他把手插进很深的裤子口袋;微微弯起腰,跨着仙鹤一样的大步朝家里走去。

背后响起一片叫喊声:

“哼,哼! 别自以为了不起! ……”

“臭美! 钩鼻子翘到天上啦!”

“噢哟哟! ……”

“土耳其佬的血又在他身上作怪啦!”

“他恐怕是不会输嘴的! 他当兵的时候都跟军官顶嘴嘛。要不然……”

“回来! ……”

“哈哈哈哈! ……”

“把他绑起来! 嗬! 呸! 追呀! 追呀! ……”

“你们怎么抬举起他来啦? 要好好儿地处治处治他!”

老半天都没有安静下来。有的人争得上了劲儿,把别人推了一下子,有的人的鼻子被打得流出血来,有一个年轻小伙子眼睛底下突然添了一个大包。等到大家都安静下来,就又开始选举指挥官。大家选举了彼特罗·麦列霍夫。他得意起来,脸都红了。但是接着中尉就像一匹奔腾的快马遇到格外高的高栏一样,遇上了没有预见到的难题:轮到登记志愿兵,竟没有人愿意登记。前方回来的哥萨克们对眼前的一切都不动声色,踌躇不定,不愿意登记,并且互相开玩笑打着岔儿:

"安尼凯,你怎么不登记呀?"

安尼凯就嘟哝着说:

"我还小呢……连胡子还没长出来呢……"

"你别开玩笑啦!你怎么,是在笑话我们吗?"卡叔林老汉对着他的耳朵吼道。

安尼凯就像叫蚊子叮了一口似的,拿手一拂,说:

"叫你们家的安得列去登记吧。"

"他登记过啦!"

"普罗霍尔·泽柯夫!"桌子旁边有人喊道。

"有!"

"你登记吗?"

"我不知道……"

"给你登上啦!"

米佳·柯尔叔诺夫一本正经地走到桌子跟前,一个字一个字地说:

"给我登记上。"

"喂,还有谁愿意登记?……菲多特·包多甫斯柯夫……你呢?"

"诸位老人家,我有小肠气!……"菲多特很斯文地垂下他那外斜的加尔梅克型眼睛,含含糊糊地说。

前方回来的战士们都开心地哈哈大笑起来,笑得直揉肚子,有些喜欢开玩笑的人就瞎说起来:

"你把老婆带着……要是小肠冒出来,叫她给你治。"

"噢哈哈哈!……"后面的人哄哄地笑着,咳嗽着,牙齿和笑得放光的眼睛亮闪闪的。

又一阵说笑声像山雀一样从会场的另一头飞来。

"我们就叫你当炊事员!你要是把菜汤做坏了,就拿菜汤灌你,一直灌到你的小肠从另一头跑出来。"

“带着这种玩意儿往后退,可跑不快。”

老头子们气了,骂了起来:

“够啦！够啦！有什么好开心的?”

“偏要在这种时候瞎胡闹!”

“伙计们,真丑啊!”有一个老头子训诫说。“上帝啊！噢,噢！上帝要怪罪的。那边在死人,可是你们……你们不怕上帝吗?”

“伊凡·托米林。”中尉扭过身体,回头看了看,喊道。

“我是炮兵。”托米林应声说。

“你登记吗？我们也需要炮兵。”

“登上吧……唉,唉!”

查哈尔·柯洛列夫、安尼凯以及另外几个人跟炮兵托米林开起玩笑:

“我们用柳树来给你凿一门大炮!”

“你就拿南瓜当炮弹,用土豆当榴霰弹好啦!”

在一片哄笑和玩笑声中登记了六十个人。最后一个登记的是贺里散福。他走到桌子跟前,从容不迫地说:

“这么说,就把我登上吧。不过我事先要说清楚,打仗我可不干。”

“那你登记干什么?”中尉很气忿地问道。

“军官先生,我去看看。我想去看看。”

“给他登上吧。”中尉耸了耸肩膀。

散会的时候差不多已经晌午了。决定第二天就上米古林乡去增援。

第二天早晨,六十个登了记的人当中,到广场上来集合的只有四十人。穿起军大衣和高筒靴、打扮得漂漂亮亮的彼特罗把哥萨克们打量了一遍。许多人新缝上了蓝色的肩章,肩章上的番号还是以前所属团队的番号,也有一些人没戴肩章。马鞍被行军驮子垫得高高的,鞍袋和挂包里装着干粮、衬衣、从前方带回来的子弹。不是所有的人都有步枪,多数人带的是马刀。

婆娘们、姑娘们、小孩子和老头子们都来到广场上给出征的人送行。彼特罗神气活现地骑着马跑到大家的前面,让自己这半个连排好队伍。他把各种毛色的马和骑在马上的人打量了一遍,看到有的人穿着军大衣,有的人穿着制服,有的人穿着帆布雨衣,他打量过了,就下令出发。这一小队人马就慢步上了山冈,哥萨克们都愁眉苦脸地回头朝村子里张望,殿后的一列里有人放了一枪。到了冈头上,彼特罗戴上手套,捋了捋小麦色的胡子,勒了勒马头,那马就一个劲儿地动着腿,侧歪着身子走起来,他用左手按住军帽,微微笑着,喊道:

“全连注意,听我的命令!……放马前进!……”

哥萨克们都站在马镫上,挥动鞭子,放马快跑起来。风飕飕地吹在脸上,吹得马尾和马鬃乱成一团,看样子要下小雨了。大家说着话儿,开起玩笑。贺里散福骑的铁青色标准马打了一个趔趄。贺里散福抽了一鞭子,骂了两声;那马就弓起脖子,大跑起来,跑到队伍前头去了。

哥萨克们一路上高高兴兴地来到卡耳根镇上。他们完全相信,没有什么仗好打,米古林乡的事件不过是布尔什维克对哥萨克土地偶然的一次进犯。

二十四

薄暮时分他们进了卡耳根镇。镇上已经没有上过前方的哥萨克了,都到米古林乡去了。彼特罗叫大家在列沃琪金商店旁边的广场上下了马,自己就朝乡长家走去。迎接他的是一位又高又大、身体强壮、黑脸膛的军官。那军官穿一件肥大的、长长的衬衣,没戴肩章,腰上系一条高加索皮带,下身穿的是带裤绦的哥萨克裤子,裤腿掖在白毛袜里。那薄薄的嘴唇角上叼着烟斗。那闪闪发光的灰眼睛显得很阴沉、很忧郁。他站在台阶上,抽着烟,看着彼特罗走过来。他那魁伟的身躯,衬衣底下那鼓鼓的、结实得像铁一样的胸部和胳膊上的筋肉,都显示着他有非凡的力气。

“您是乡长吗?”

那军官从耷拉着的小胡子下面吐出几个烟圈儿,瓮声瓮气地说:

“是的,我是乡长。请问,您贵姓?”

彼特罗作了自我介绍。乡长握住他的手,微微低了低头说:

“我是菲道尔·李霍维多夫·德米特里耶维奇。”

菲道尔·李霍维多夫是古森诺—李霍维多夫村的哥萨克,是一个很不平常的人物。他在士官学校上过学,毕业以后,有很长时间不知他的去向。几年以后,他忽然回到村里,得到上级机关的许可,在退伍的哥萨克中招募起志愿兵。他在现在的卡耳根乡一带招募了一连勇猛剽悍的亡命徒,率领这一连人到波斯去了。他带着队伍在波斯呆了一年,担任国王的近卫。在波斯革命的时候,他带着国王逃跑,丢掉了队伍,于是又突然回到了卡耳根乡;他带回来一部分哥萨克,还带回来三匹御马厩里的纯种阿拉伯千里马和大量的财物:贵重的地毯、稀世的装饰品、花色非常美丽的绸缎。他浪荡了一个月,从裤子口袋里掏出不少波斯金币,他骑着一匹雪白的、十分漂亮的马在村子里跑来跑去,那马四条腿细细的,头昂得像天鹅一样;他常常骑着马跨进列沃琪金商店的大门,就在马上买东西,付钱,又骑着马从穿堂的门出来。后来菲道尔·李霍维多夫又像来时那样,突然消失了。跟他一起消失的是他那形影不离的伙伴潘捷柳什卡——是他的随从,是古森诺村的跳舞能手;那几匹马和从波斯带回来的一切东西也都不见了。

半年以后,李霍维多夫又出现在阿尔巴尼亚。他从阿尔巴尼亚的都拉索给朋友们寄来一些明信片,明信片上都印着阿尔巴尼亚蔚蓝色的山景,还盖着奇形怪状的邮戳。后来他又到了意大利,跑遍了巴尔干半岛,到过罗马尼亚和西欧,差一点就到了西班牙。菲道尔·德米特里耶维奇的名字充满了神秘色彩。关于他的行踪,周围一些村子里有各种各样的说法和推测。大家只知道,他接近皇室,在彼得格勒结交了一些高官显宦,加入了“俄罗斯民族团”①,并在其中担任要职,至于他在国外从事什么活动,任何人都一无所知。

菲道尔·李霍维多夫从国外回来以后,在奔萨住了下来,在该省总督手下做事。卡耳根的朋友们看到他的照片,过后都要摇上老半天头,惊愕得直咂嘴巴:“嘿,好家伙!……”“菲道尔·德米特里耶维奇爬得好高呀!”“瞧,跟他在一块儿的都是些什么人呀?”照片上,菲道尔·德米特里耶维奇那塞尔维亚型的钩鼻子脸上带着微笑,正搀扶着总督夫人上马车。总督大人就像对自己家里人一样,对他十分亲切地笑着,一名肩宽背阔的车夫伸着手,轻轻握着缰绳,几匹马咬紧了嚼子,看样子就要拉着车子走了。菲道尔·德米特里耶维奇的一只手很殷勤地将卷毛皮帽子举着,另一只手扶着总督夫人的胳膊肘,就像端着一个碗似的。

几年之后,已经是一九一七年年底,菲道尔·德米特里耶维奇又回到了卡耳根,在卡耳根安了家,好像是要长期定居下来了。他带回了老婆和一个孩子,老

---

① “俄罗斯民族团”是沙皇俄罗斯时代由黑帮分子组成的一个狂热的保皇团体。该团体进行反犹太人的宣传,残酷地迫害犹太人,杀害持不同政见者,接受政府大量的津贴。——原注

婆不知是乌克兰人,还是波兰人;他住在广场上一所有四间屋子的小房子里,住了一个冬天,在酝酿一些令人不解的计划。整个冬天(这一年冬天特别冷,简直不像顿河的冬天!)他家的窗子都是大开着的,他在锻炼自己和老婆孩子,这都使哥萨克们感到惊讶。

一九一八年春天,谢特拉柯夫村的事件发生以后,他被选为乡长。这一下子菲道尔·李霍维多夫的雄才大略才完全施展开来。他下狠劲儿干了起来,过了一个星期,老头子们就晃着脑袋称赞他了。他对哥萨克们管束得很严,他在乡民大会上讲过话以后(李霍维多夫说得很得体,他不仅力气过人,而且脑袋瓜也特别灵活),老头子们就像一大群公牛似的吼叫起来:“就这样干,大人!就请您这样干吧!”“好极啦!”

新乡长一上任就雷厉风行。卡耳根镇上一听说谢特拉柯夫村在打仗,第二天,上过前方的战士就全部开去增援了。外来户(乡上的居民有三分之一是外来户)起初不愿意去,还有一些上过前方的步兵也不肯去,但是李霍维多夫在大会上坚持自己的意见,提议把一切不肯保卫顿河的“庄稼佬”驱逐出去,老头子们通过了他的建议。到第二天,许多步兵就乘着几十辆大车,拉着手风琴,唱着歌儿,朝那波洛夫乡,朝柴尔涅茨克村而去。外来户中只有几个年轻的步兵,由原来在机枪一团当兵的瓦西里·司托洛仁柯率领着,跑到红军里去了。

乡长看到彼特罗走路的姿势,就看出他是一个出身低微的军官。他没有请彼特罗进屋子,用很随便的和善口气说:

“不必啦,老弟,你们用不着上米古林去啦。你们没去,人家已经把事情办妥啦,昨天晚上我们收到电报啦。你们就回去等候命令吧。您要好好儿地给哥萨克们打打气!这样一个大村庄,怎么只出来四十名当兵的?!您对那些坏家伙别客气!这也是他们的身家性命问题嘛!请回吧,一路平安!”

他异常轻快地挺着他那健壮的身躯,朝房里走去,脚上穿的家常靴子的靴底刷刷直响。彼特罗便朝广场上,朝哥萨克们走去。大家争先恐后地问他:

“喂,怎么样?”

“那儿情形怎样?”

“咱们还上米古林去吗?”

彼特罗掩饰不住自己的高兴,笑了笑,说:

“回家吧!咱们不用去啦。”

哥萨克们都笑了,拥拥挤挤地朝拴马的栅栏跟前走去。贺里散福甚至长长地出了一口气,就像从肩膀上卸下一座山,他拍了拍托米林的肩膀,说:

“炮手,这么说,咱们要回家啦!”

“因为娘们儿正在家里想咱们呢。”

“咱们这就回去。”

大家商量了一下,决定不在外面过夜,马上就走。大家乱哄哄地、成群成伙地出了卡耳根镇。如果说,往卡耳根镇上来的时候都很勉强,不愿意赶着马快跑,现在从卡耳根镇上往回走,却都在拼命地赶马,赶着马使足了劲儿往家跑。有时候还要飞跑一阵;因为天旱无雨干得硬邦邦的土地在马蹄下咚咚直响。顿河那边,远处的山冈后面,来来回回地飞驰着蓝蓝的闪电。

半夜时候哥萨克们回到了村里。从山冈上往下走的时候,安尼凯用自己的奥地利步枪放了一枪,接着大家轰轰隆隆地一齐放起枪来,报告自己回家了。回答他们的是村子里响起一片狗叫声;不知是谁的马,感觉出快到家了,哆哆嗦嗦地打着响鼻长嘶起来。进了村子,大家就各自朝家里走去。

马尔丁·沙米尔和彼特罗分手的时候,很轻松地说:

“仗打完啦。这就太好啦!”

彼特罗在黑地里笑了笑,便朝自己家走去。

潘捷莱·普罗柯菲耶维奇出来接过马去。他给马卸了鞍,牵进马棚里。同彼特罗一起朝房里走去。

“不再出去打仗了吧?”

“是的。”

“好,谢天谢地!顶好一辈子没有这种事。”

睡得热乎乎的妲丽亚爬了起来,去给丈夫端来晚饭。格里高力披着衣服从房里走了出来;他搔着长满黑毛的胸膛,眯缝起眼睛,嘲笑哥哥说:

“打了个大胜仗吧?”

“去晚啦,就跟这一样,只能喝喝剩菜汤啦。”

“哼,就凑合着喝吧。特别是如果有我来帮着喝,菜汤咱们能喝得下……”

* * *

在复活节以前,关于打仗的事,一点消息都没有;但是在耶稣受难周的星期六,从维奥申镇上来了一位军使,他把浑身是汗的马扔在柯尔叔诺夫家大门口,跑上了台阶,跑得马刀碰在门槛上丁当直响。

“有什么消息吧?”米伦·格里高力耶维奇在门口迎住他,问道。

“我要找村长。您是村长吗?”

“我是。”

“请您马上把哥萨克们动员起来。波得捷尔柯夫带着红军要从纳郭林乡经过。这是命令。”他把汗漉漉的帽里子和一封信一起翻了出来。

格里沙加爷爷听到说话声,一面往鼻子上架眼镜,一面往外走;米佳也从院子里跑了过来。他们一同看起州长的命令。那位军使靠在镂花的栏杆上,用袖子擦着风尘仆仆的脸上那一片一片的灰尘。

复活节的第一天,村子里的哥萨克们开过斋以后,就出发了。阿尔菲洛夫将军的命令十分严厉,对于不去的人要取消哥萨克身份,因此,这次去迎击波得捷尔柯夫的,已经不是第一次的四十个人,而是一百零八人了,其中还有几个很想和红军较量较量的老头子。冻得直淌鼻涕的马特维·卡叔林就跟儿子走在一起。“牛皮大王”阿甫杰伊奇骑着一匹小小的癞皮马,神气活现地走在前排里,一路上讲着他那些不曾有过的离奇经历,逗得哥萨克们哈哈大笑;一起出发的还有马克萨耶夫老汉和另外几个白胡子老头儿……年轻人很不情愿地走着,老头子们却是一副兴高采烈的样子。

格里高力·麦列霍夫把雨衣的兜帽扣在制帽上,走在最后一列里。愁云密布的天上往下洒着雨点儿。穿起了美丽绿装的草原上空黑云滚滚。高处,有一只老鹰贴着黑云在飞翔。那鹰偶尔扇一扇翅膀,把翅膀伸展开来,兜一兜风,然后就顺着空气的流势,倾斜着身子,闪烁着淡淡的、棕色的亮光,向东方飞去,越飞越远,越来越小。

草原上湿漉漉的,一片碧绿。只是有些地方还能看得见色调不同的去年的艾蒿、红红的黄鼬草,再就是山冈顶上那瓦灰色的瞭望台了。

哥萨克们下山往卡耳根镇上走的时候,遇到一个放牛的少年。那少年摇晃着鞭子,两只光脚丫儿一滑一滑地朝前走着。他看见这许多骑马的人,就站了下来,仔细打量着这些人和溅满了泥水、扎着尾巴的马匹。

“你姓什么?”伊凡·托米林问他。

“姓卡耳根。”那少年在头上蒙着的一件小褂底下笑着,很机灵地回答说。

“你们的哥萨克都走了吗?”

“都走啦,打红军去啦。您没有卷烟卷儿的黄烟吗? 叔叔,有吗?”

“你要黄烟吗?”格里高力勒住了马。

少年走到格里高力跟前。他那卷起的裤腿都湿透了,裤绦红得发亮。他大胆地看着正从口袋里往外掏烟荷包的格里高力的脸,用很流利的童音说:

“你们下了山，就能看到死尸啦。昨天我们的哥萨克押着俘虏的红军往维奥申镇上送，到了这儿就把他们都砍啦……叔叔，我在沙岗跟前放牲口来着，在那儿看着他们砍的。哎呀，好怕人呀！哥萨克们一抡起马刀，红军就高声大叫，到处乱跑……过后我走过去看了看……有一个人的肩膀被砍掉啦，还在一个劲儿地喘气，看样子，心还在胸膛里跳呢，可是肝已经乌青乌青的啦……真怕人啊！”他又重复了一句，因为他心里觉得奇怪，哥萨克们听了他的话并不害怕，至少从格里高力、贺里散福和托米林那毫无表情和冷漠的脸上，他可以看出这一点。

他把烟卷儿点着了，摸了摸格里高力的马那湿漉漉的脖子，说了一声“谢谢”，就朝他放的牛跑去。

大路旁边，春水冲出的一条浅浅的沟里，躺着一具具红军的尸体，上面多少撒了一些黄土。有一具尸体的脸变成了深蓝色，好像用锡铸成的，嘴唇上还带着凝结的血，蓝棉裤筒里有一只光光的脚已经发了黑。

“他们连埋都不耐烦……浑蛋！”贺里散福小声嘟哝说。他忽然朝自己的马猛抽一鞭，跑到格里高力前面，跑下山去。

“瞧吧，在顿河土地上看见血啦。”托米林腮帮子哆嗦着，笑了笑。

二十五

彭楚克手下有一个机枪手，是鞑靼村的哥萨克马克西姆·戈里亚兹诺夫。他在同库捷波夫的部队作战中损失了战马，从此就无节制地喝起酒来，并且沉溺到赌博当中。他骑的那匹毛色像黄牛、脊背上有一道银白色条子的马被打死以后，他就扛起马鞍，一直扛了四俄里，后来他看到白军疯狂地逼上来，自料性命难逃，便扯下很值钱的马胸带，带上马笼头，从战场上开了小差。后来又在罗斯托夫出现，不久，在打“二十一点”的时候，输掉了他从一个被他砍死的大尉身上摘下来的一把银马刀，输掉了他还留着的马具，又输掉了裤子和软羊皮靴，于是光着屁股来到彭楚克的机枪队里。彭楚克给他弄了一身衣服，又批评了他一顿。也许马克西姆要改正错误了，可是在罗斯托夫的要路口上展开的战斗中，一颗子弹钻进了他的脑袋，马克西姆的一只蓝蓝的眼睛淌到衬衣上，鲜血从脑袋里往外直涌，就像打开了的一听罐头。维奥申乡的哥萨克、从前的偷马贼和不久以前的酒鬼戈里亚兹诺夫就这样完了。

彭楚克看了看，马克西姆的身子抽搐着，眼看就要断气了。他仔细擦了擦机枪筒子上的血，血是从打穿的马克西姆的脑袋里溅出来的。

接着就退了下来。彭楚克拖着机枪。马克西姆就留在被炮火烧得发烫的土地上渐渐冷却，他那黑糊糊的脊背朝着太阳，衬衣顶在头上，因为他临死的时候，头往衬衣里直缩，挣扎过一阵子。

有一排红军，全是从土耳其前线回来的步兵，他们就在第一个十字街口筑起了阵地。一个秃了头顶、戴着破烂的过冬皮帽的步兵帮着彭楚克架好机枪，其余的人就横着街道筑成像街垒一样的阵地。

"来试试看吧！"一个大胡子战士望着山冈后面不远处的半圆形地平线，笑着说：

"现在咱们要给他们点厉害的看看！"

"快拆，萨马拉！"一个很有劲的小伙子在拆板墙上的板子，有人催他说。

"他们来啦！往这儿跑呢！"那个秃顶的战士爬到酒库的房顶上，喊了起来。

安娜在彭楚克的身边卧倒下来。红军战士们密密层层地卧倒在临时工事后面。

这时候，右面有八九名红军战士，就像在田埂上跑的沙鸡那样，顺着旁边的小胡同跑到了拐角处一所房子的墙后面。有一个人喊了两声：

"敌人来啦！开枪吧！"

十字路口一眨眼工夫就寂无声息了，过了有一分钟，一个军帽上系着白带子、肋下夹着卡宾枪的哥萨克骑兵，拖着一团团的灰尘，一下子跑了过来。他使劲勒了勒马，勒得马蹲下了后腿。彭楚克连忙用手枪打了一枪。哥萨克骑兵趴到马脖子上，往后跑去。原来在机枪旁边的战士们都犹豫不决地捯动着脚，有两个已经顺着板墙跑过去，卧倒在一个大门口了。

看样子，这些战士马上就要动摇，就要逃跑了。紧张到极点的沉默、惊慌失措的眼神都不是坚定不移的征兆……接着发生的事情，彭楚克只是清楚而真切地记住了一个场面。安娜把头巾往脑后一推，披散着头发，脸上激动得没有了血色,完全变了模样,她一下子跳了起来,端着步枪,一面回头看着,一面用手指着哥萨克骑兵藏到后面去的那所房子,用一种完全变了腔调的尖利声音喊道:“跟我来!”接着就摇摇晃晃、跌跌撞撞地大步朝前跑去。

彭楚克欠起身来。他的嘴歪扭着,含含糊糊地喊了一声。他从旁边一个士兵手里抓过一支步枪,就跟着安娜跑去,他气喘吁吁,觉得两条腿哆嗦得厉害,没有劲儿喊叫,没办法叫她转回来,心里紧张异常,脸都青了。他听到后面有几个跟上来的人的喘气声,他整个身心都感觉到一种悲惨的结局已经临近,感到十分可怕,感到事情已经无法挽回。这时候他心里已经认为,她的行动并不能带动别人,这种行动是没有意义的,是不理智的,是一定没有什么好结果的。

他在离拐角不远处迎头碰上了飞跑而来的一群哥萨克骑兵。一阵零乱的枪声,子弹啸声。安娜像兔子一样的微弱尖细的叫声。接着她就伸直了手,两眼直愣愣的,慢慢倒了下去。彭楚克没有看见哥萨克们已经拨转马头往回跑,原来在他的机枪旁边的十八个人中有一些人受到安娜的热情鼓舞,把哥萨克们打跑了。他的眼睛里只有她一个人,只有她在他脚前抽搐着。他用两只麻木的手把她翻了个身,想把她抱起来,抱到什么地方去,却看见她左肋有一处血糊糊的伤口,伤口周围忽闪着蓝褂子的碎布片,——他明白,这是被爆炸性子弹打的,他明白,安娜必定要死了,而且他已经在她那蒙了一层雾气的眼睛里看到死亡的征候。

有人推开了他。把安娜抬到附近的院子里,放在敞棚下的凉阴里。

秃顶的战士往伤口里塞了几个棉花球儿,又掏了出来,棉花球儿被血泡得鼓鼓的,变成了黑色。彭楚克控制住自己,把安娜的褂子领口解开,把自己身上的衬衣撕下一块来,揉成一个团子,堵在伤口上,他看到,伤口里还不住地往外冒气,冒血泡儿,安娜的脸变成了青灰色,她那发了黑的嘴唇疼得直哆嗦。她的嘴在吸气,肺部呼哧呼哧直喘,因为嘴里和伤口都在进气出气。彭楚克把她的衬衣撕了开来,剥光了她那冒着临死前的汗水的上身。好不容易用棉花球把伤口堵住。过了几分钟,安娜清醒过来。陷下去的眼睛从青黑色的眼圈里朝彭楚克看了看,又哆嗦着眼睫毛,把眼睛闭上了。

“喝水!烧死啦!”她喊道,并且乱动起来,哭了起来。“我要活呀!伊里亚!……亲爱的呀!……啊呀呀!”

彭楚克把肿起的嘴唇贴到她那发烫的腮上,用杯子往她的胸膛上倒水。两边肩窝儿里倒满了水,转眼工夫就干了。安娜正发着死前的高烧。彭楚克不管往她的胸膛上倒多少水,她还是乱动,从他的胳膊里往外挣。

“烧死啦!……像火一样!……”

她挣得没有了劲儿，身子也渐渐凉了一些，口齿清楚地说：

“伊里亚，为什么呀？喂，你瞧，没有什么嘛……你真是怪人！……一点没有什么……伊里亚……亲爱的，你对妈妈可是要……你知道嘛……”她半睁开好像笑得眯缝起来的眼睛，想克制住疼痛和恐惧心情，含含糊糊地说起来，好像被什么东西卡住了：“起初感觉到……又哆嗦，又发烧……全身都要烧坏啦……觉得我要死啦……”她看到他那不以为然的、难受的手势，就皱起了眉头。“别这样，哎呀，我好闷啊！”

在间歇时刻，她老是说话，说得很多，好像是想把难受的感觉全说出来。彭楚克看到她的脸渐渐放起光来，额角越来越黄，越来越透亮，心里十分害怕。他又把目光移到她那贴着身子一动不动地伸直了的胳膊上，看到她的手指甲变成了紫色，就像熟透了的李子。

“水呀……往胸膛上……烧死啦！”

彭楚克急忙跑到屋子里去舀水。他往回跑的时候，已经听不见安娜在棚子底下的呼哧声了。低矮的太阳照在正作最后抽搐的、歪着的嘴上，照在她按着伤口的一只还热乎的、像蜡制模型一样的手掌上。他慢慢地抱住她的肩膀，把她抱起来，对着她那鼻梁上长了几颗小小的黑雀斑的尖鼻子看了一会儿，看到她那两道英俊的黑眉毛下面，两个瞳人已经呆住不动了。她那软绵绵地仰着的头越耷拉越低，在她那细细的姑娘脖子上，青青的血管最后微微地跳动了几下。

彭楚克把嘴唇贴到她那黑黑的、半闭起的眼皮上，唤道：

“朋友！安娜！”他直起身子，陡然转了个身，便朝前走，身子极不自然地挺着，两条胳膊紧紧贴在大腿上，动都不动。

二十六

这些日子,他好像处在伤寒病的昏迷状态中。他照常在走路,做事,吃饭,睡觉,但是这一切都好像是在半睡半醒状态中,昏昏沉沉,迷迷糊糊。他用呆呆的、微微肿起的眼睛迷惘地看着周围的一切,连熟人都认不出来了,他的样子就像一个烂醉的醉汉或者大病初愈的人。从安娜死的那一天起,他的知觉就暂时失去了作用:什么想头也没有,什么也不能考虑了。

“吃饭吧。彭楚克!”同志们叫他吃饭,他就吃饭,懒懒地、吃力地动着下巴,眼睛呆呆地盯着一个地方。

同志们都很关心他,商量着要把他送到医院里去看看。

“你是病了吧?”第二天一个机枪手问他。

“不是。”

“那你是怎么啦? 是想她吗?”

“不是。”

“噢,咱们来抽支烟吧。兄弟,现在没法叫她起死回生啦。这种事是没有办法的。”

到了睡觉的时候,同志们对他说:

“睡觉吧。该睡啦。”

他就躺下来睡觉。

他在这种失神的状态中度过了四天。到第五天,克里沃什雷科夫在街上碰到他,抓住他的袖子。

“啊哈,是你呀,我正在找你呢。”克里沃什雷科夫不知道彭楚克遭遇到不幸,很亲热地拍了拍他的肩膀,很担心地笑了笑。“你这是怎么啦? 不是喝醉了吧?

有一支工作队要上北边几个州去，你听说了吗？已经选定了一个五人小组。由波得捷尔柯夫挂帅。只能指望北边的哥萨克啦。要不然就乱了套啦。真糟！你去吗？我们很需要宣传员。你去不去？”

“我去。”彭楚克很干脆地回答说。

“这就太好啦。明天咱们就出发。你就去找奥尔洛夫老爹好啦，他是咱们的向导。”

彭楚克仍然是在失魂落魄的状态中准备好了行装，到第二天，五月一日，就随着工作队出发了。

这时候，顿河苏维埃政府面临的局势显然十分严重。德国侵略军从乌克兰方面攻了过来，下游各乡镇和各州已经到处掀起反革命暴乱。

波波夫的部队在过冬地区活动着，对诺沃契尔卡斯克虎视眈眈。四月十日到十三日在罗斯托夫召开的全地区苏维埃代表大会中断了好几次，因为叛乱的契尔卡斯人逼近了罗斯托夫，并且在进攻郊区。只有在北边，在霍派尔州和大熊河河口州还保留着革命的温床，于是波得捷尔柯夫和另外一些对下游哥萨克的支持感到失望的人，都不由自主地希望朝这些有温暖的地方跑。动员工作停止了，不久以前当选为顿河人民委员会主席的波得捷尔柯夫，根据拉古京的倡议，决定上北边去，到那里动员三四个团的上过前方的战士，调他们来抵御德国人和镇压下游的反革命暴乱。

成立了一个以波得捷尔柯夫为首的紧急动员五人领导小组。四月二十九日，从地方金库里领了一千万金卢布和尼古拉票子，作为动员的经费，匆匆凑集了一支保护钱箱子的队伍，其中大多数是原来卡敏镇地方保安队的哥萨克，又挑选了几个哥萨克宣传员，五月一日，工作队就冒着德国飞机的扫射，朝卡敏镇方向出发了。

线路上塞满了从乌克兰撤退下来的红军的兵车。叛乱的哥萨克到处拆毁桥梁，颠覆列车。德国飞机每天上午都要在诺沃契尔卡斯克至卡敏镇一段线路上空出现，像鹰群一样打圈圈儿，越飞越低，用机枪猛烈地扫射，红军战士们就乱纷纷地从兵车里往外跑；步枪声砰砰啪啪地乱响，车站上，煤渣气味和战争破坏的焦臭气味混到了一起。飞机渐渐升上步枪火力够不到的高空，但是射手们还要打上老半天，谁要是从列车旁边走，靴子踩到空子弹壳里，会没到脚踝骨。沙土地上到处是空子弹壳，就像十一月里山沟里落的金黄色橡树叶子。

到处都可以看到惨遭破坏的景象：一节节黑黑的、被烧毁和被破坏的车厢歪倒在路堤斜坡上，电线杆子上那雪白的磁瓶上缠着断了的电线。许多房屋被破坏,铁路两边的防雪栅栏好像都叫暴风卷走了……

工作队往米列洛沃走就走了五天。到第六天早晨,波得捷尔柯夫把五人小组的成员召集到自己的车厢里。

“这样坐火车不行！咱们把所有的东西都扔掉,步行吧。”

“你怎么啦?”拉古京惊愕得叫了起来。“等咱们步行走到大熊河河口,白军早跑到咱们前头去啦。”

“是太远啦。”穆雷恒也犹豫不决地说。

不久前才追上工作队的克里沃什雷科夫没有说话,他裹着一件领章退了色的军大衣。他正在打摆子,吃奎宁吃得耳朵里嗡嗡直响,头疼得火辣辣的。他没有参加讨论,弯着腰,坐在一个装糖的口袋上。他的眼睛蒙着一层打摆子时的水膜。

“克里沃什雷科夫!”波得捷尔柯夫眼睛注视着地图,唤了他一声。

“什么事?”

“我们在说什么,你没有听见吗？咱们要步行,要不然敌人追上咱们,就完蛋啦。你觉得怎样？你比我们有学问,你就说说看。”

“步行是可以的,”克里沃什雷科夫从容地说道,但是摆子忽然发作起来,他像狼一样咬得牙齿咯吱咯吱直响,轻轻地哆嗦着,“如果行李少一点儿的话,那也可以。”

波得捷尔柯夫在车门口打开顿河地区的地图。穆雷恒捏住地图的两个角。地图被阴沉的西风吹得噗噗地跳动,呼啦呼啦地老想从手里飞跑。

“咱们就这样走,瞧,就这样!”波得捷尔柯夫用一根熏得黄黄的手指头在地图上斜着画了一下。“看见比例尺吗？大约有一百五十俄里,至多也不过两百俄里。就这样!”

“对,就他妈的这样吧!”拉古京同意了。

“米海依尔,你怎么样?”

克里沃什雷科夫无可奈何地耸了耸肩膀。

“我不反对。”

“我这就去告诉哥萨克们,叫他们下车。要抓紧时间。”

穆雷恒看了看大家,等候反应,没有人表示反对,他就从车上跳了下去。

波得捷尔柯夫率领的工作队所乘的火车,在这个阴雨的早晨,就停在离别拉亚卡里特瓦不远的地方。彭楚克用军大衣蒙着头,躺在自己的车厢里。哥萨克们也在车厢里烧茶,哈哈大笑着,互相开着玩笑。

万卡·包尔德列夫是米古林乡的哥萨克,爱说爱笑,又喜欢取笑人,他正在取笑一个机枪手同志:

“伊格纳特,你是哪一省的?”他用抽烟抽哑了的嗓门儿问道。

“唐波夫省的。”很老实的伊格纳特用和善的语气低声回答说。

“你好像是莫尔山村的吧?”

“不是的,是沙茨克村的。”

“噢噢噢……沙茨克村的人都是好汉子:打起架来七个人对付一个人是不怕的。拿黄瓜把牛犊宰了来上供,这是不是你们村子里干的事?”

“算了吧,你算了吧!”

“哦,是的,我忘记啦,这事儿不是你们村子里干的。你们的教堂好像曾经用饼子包了起来,后来又想把教堂放在豌豆粒儿上推下山去。有没有这回事儿?”

茶壶开了,伊格纳特这才暂时摆脱了包尔德列夫的取笑。但是大家刚刚坐下来吃早饭,包尔德列夫又开起玩笑来:

“伊格纳特,你好像不怎么吃猪肉吧?不喜欢吃吗?”

“不是的,还算喜欢。”

“那就给你这根猪鸡巴。好吃极啦!”

一阵哄堂大笑。有人呛了一下,喀喀地咳嗽了半天。有人走动起来,靴子咚咚地乱响,可是过了一小会儿,伊格纳特气呼呼地说:

“你自己吃吧,他妈的!干什么要拿自己的鸡巴乱塞?”

“不是我的鸡巴,是猪鸡巴。”

“反正他妈的一样,臭东西!”

包尔德列夫用沙哑的嗓门儿毫不在乎地曼声说:

“臭——东——西?你不是疯了吧?复活节还拿来上供呢。你就说你怕破斋好啦……”

包尔德列夫的一个同乡、一个有很漂亮的淡黄色胡子的哥萨克、所有四级十字章全得过的一位勇士,劝道:

“算了吧,万卡!你叫他吃了,就糟啦。吃上了瘾,就非得天天去找公猪不可。在这地方到哪儿找去?”

彭楚克闭上眼睛躺着。别人说话他都没有听见,他想着不久以前的事情,心里依然很痛苦,而且好像痛苦得更厉害了。在他那闭起来的迷惘的眼睛里,草原好像在他面前旋转,草原上到处是雪,还有地平线上远方树林那一片片褐色的侧影;他好像觉得冷风阵阵,看见安娜就在他的身旁,看见她的黑眼睛、她的可爱的嘴上那刚毅而柔和的线条、鼻梁上那小小的雀斑、额头上那若有所思的皱纹……他听不见她嘴里说出来的话:她的话含糊不清,时常被别的什么人的说话声和笑声所打断,但是从她的眼珠子的闪光、从她那弯弯的睫毛的抖动上,他可以猜出她说的是什么……一会儿安娜又换了一个样子;脸色黄中透青,两边腮上带着两道泪痕,鼻子更尖了,嘴角上还有一条痛苦、可怕的皱纹。

他弯下身,去亲她那凹进去的黑糊糊、呆住不动的眼睛……彭楚克哼哼起来,用手捂住自己的嘴,免得哭出声来。安娜一时一刻都不离开他。她的形象一点也没有消失,也没有被时间冲淡。她的脸、身形、走路姿态、手势、表情、眉毛挑动的样子——所有这一切联结到一起,就构成了一个完整的、活生生的安娜。他想起了她的一些充满浪漫主义情调的话,想起他和她共同经历过的一切。由于清清楚楚地想起这一切,他的痛苦增加了十倍。

大家听到下车的命令,就把他叫醒了。他爬了起来,冷漠地收拾好东西,走出车厢,然后又帮着往下卸东西。又带着同样冷漠的表情坐上大车就走。

正飘洒着小雨。道路两旁的小草湿漉漉的。

草原。山冈上,山沟里,狂风阵阵。远远近近的村落。火车头的白烟,红红的方形站房,都已经落在后面。在别拉亚卡里特瓦雇的四十多辆大车,在大路上拉成一长串。马走得很慢。黑黑的黏土被雨水泡透了,实在难走。车轮子上粘满了泥巴,泥巴像黑棉花团一样四处乱飞。前面和后面都是一群一群的别拉亚卡里特瓦地区的矿工。他们是往东边逃,躲避哥萨克的叛乱。他们携儿带女,还拖着破旧的家具。

在格拉奇小站旁边,被打散了的红军罗曼诺夫斯基支队和沙简科支队追上了他们。战士们面色土黄,因为天天打仗,睡不好,吃不饱,一个个显得十分疲惫。沙简科走到波得捷尔柯夫跟前。他那张留着英国式小胡子、生着直直的细鼻子的很漂亮的脸,已经瘦干了。彭楚克从他们旁边走过,看见沙简科的眉毛皱成了一堆,又听见他忿恨地、丧气地说:

“你说的这是什么话?难道我不了解自己的弟兄们?事情很糟,现在又有德国人,真他妈的该死!怎么能把队伍集合起来呢?”

波得捷尔柯夫跟他谈过话以后,带着一副愁眉苦脸和似乎有些惊慌失措的样子,追上了自己的大车,很激动地和欠起身来的克里沃什雷科夫说起话来。彭楚克注视着他们,只见克里沃什雷科夫用一只胳膊肘支着身子,另一只手在空中砍了一下,一口气说了好几句话,于是波得捷尔柯夫就高兴起来,跳上大车,这个六普特重的老炮兵往车沿上一坐,大车咯吱咯吱地响了好几下;赶车的照马身上抽了两鞭,烂泥就一片一片地朝四面飞去。

“赶快点儿!”波得捷尔柯夫喊了一声,眯起眼睛,迎风敞开光皮上衣。

二十七

工作队往顿涅茨州腹地里走了好几天,朝克拉司诺库特镇前进。乌克兰人村庄的居民仍然十分亲热地迎接这支队伍,高高兴兴地出卖食物和草料,腾房子给住宿,但是一提到雇马匹上克拉司诺库特去,乌克兰人就为难起来,直搔后脑勺,怎么都不肯干。

“我们出好价钱,你怎么还不干呢?”波得捷尔柯夫向一个乌克兰人问道。

“因为我的命也很值钱啊。”

“我们不要你的命,你只要把马和车雇给我们就行啦。”

“不行,我不干。”

“为什么不行?”

“你们是往哥萨克那儿去吧?”

“是的,那又怎样?”

“难保不出什么祸事。我能不爱惜自己的性命吗?他们要是把马打死了,那我又咋办?不行啦,大叔,别见怪,我不能去!”

越走近克拉司诺库特地区,波得捷尔柯夫和其余的人越是感到提心吊胆。可以感觉出老百姓心意的变化:如果说在起初走过的一些村庄里老百姓都是高高兴兴地热情相待的话,那么在后来走过的一些村庄里就明显地怀着敌意和防范的态度了。他们出卖食物、草料都很勉强,回答起问题躲躲闪闪。村子里的青年男女也不像先前一些村庄里的那样、像一条花腰带似的把工作队的大车团团围住,都是沉着脸很不友好地隔着窗户看一看,就连忙走开。

“你们是正教徒不是?”工作队的哥萨克们气忿地问道。“你们为什么拿夜猫子一样的眼睛看我们?”

在纳郭林乡的一个村子里,万卡·包尔德列夫因为受到冷遇,简直气坏了,他把帽子往地上一摔,怕有领导人走过来,朝四面张望着,放开嗓门儿叫道:

“你们是人还是鬼?你们他妈的为什么不说话?我们替你们流血,你们连正眼都不看我们一下!哪儿有这样的道理?同志们,现在都平等啦,不分什么哥萨克和南蛮子啦,用不着他妈的见外啦。赶快把鸡呀蛋呀拿出来吧,我们有的是尼古拉票子!”

六个乌克兰人听着包尔德列夫在发脾气,都低着头,就像拉犁的马一样。

他们听了他这些气话,还是一句话也不说。

“你们这些该死的东西,本来是南蛮子,现在还是南蛮子!你们他妈的肥得肚子都要胀破啦!大肚子资产阶级,真拿你们没办法!”包尔德列夫又把自己的破帽子往地上一摔,由于憎恶,脸都气红了。“就是在冬天里,向你们要点儿雪都要不出来!”

“别叫吧!”几个乌克兰人只对他这样说了一声,便各自走开了。

也是在这个村子里,一个上了年纪的乌克兰妇人向一个哥萨克红军战士问道:

“听说你们要把什么东西都抢走,把人都杀光,是真的吗?”

哥萨克红军战士连眼睛也不眨,回答说:

“是真的。杀光倒是不一定,我们要把老头子们都杀了。”

“哎呀,我的天呀!你们为什么要杀老头子呀?”

“我们拿老头子来下饭:如今的羊肉都是草羊肉,不香,要是拿老头子下锅,炖出来的肉汤才香哩……”

“您恐怕是说着玩儿的吧?”

“大娘,他是胡说!瞎扯!”穆雷恒插话说。

他当面把开玩笑的战士狠狠地批评了一顿:

“你要开玩笑,先得看看场合和对象!你开这样的玩笑,小心波得捷尔柯夫打你耳刮子!你干吗要制造混乱?她也许会真的说咱们杀老头子呢?”

波得捷尔柯夫一再地缩短休息和宿营的时间。他心里很焦急,急着要往前面赶。在进入克拉司诺库特地区的前一天,他和拉古京谈了很久,谈了自己的想法:

“伊万,咱们不要走得太远。到了霍派尔河河口镇,咱们就动手搞工作吧!

咱们宣布招兵，薪饷一百卢布，但要自带马匹和装备，咱们不能挥霍人民的钱。咱们从霍派尔河口一直往上游去：经过你们的布堪诺夫乡，到司拉晓夫乡、菲多谢耶夫乡、库梅尔仁乡、革拉祖诺夫乡、斯库里申乡。等咱们到了米海洛夫乡，就有一个师啦！咱们能招得起来吗？"

"招是能招得起来的，只要那边还稳定。"

"你以为那边能闹起来吗？"

"这怎么能知道呢？"拉古京摸了摸稀稀拉拉的下巴胡子，又用微微的埋怨腔调说：

"咱们来晚啦……菲道尔，我怕咱们完不成任务啦。军官们在那边已经有不小的影响。早点儿抓紧才是。"

"这已经抓得够紧的啦。你不要怕！咱们可不能害怕。"波得捷尔柯夫的目光严峻起来。"咱们是领导人，怎么能害怕呢？能完成任务！能冲过去！两个星期以后，就能去打白军和德国人啦！叫他们滚蛋，把他们从顿河土地上赶出去！"他沉默了一会儿，下劲儿抽完了一根烟，这才说出埋藏在心底的想法："咱们恐怕是来晚啦！那咱们就完啦，顿河苏维埃政权也完啦。噢嘿，可别晚了啊！万一军官发动的叛乱赶在咱们前面波及到那里，就全完啦！"

第二天薄暮时候，工作队进入克拉斯诺库特乡。还没有走到阿列克塞耶夫村，跟拉古京和克里沃什雷科夫同坐在前面一辆大车上的波得捷尔柯夫就看见草原上有一群放牧的牲口。

"咱们来问问放牲口的人。"他对拉古京说。

"你们去问问吧。"克里沃什雷科夫表示赞成。

拉古京和波得捷尔柯夫跳下车，朝牲口群走去。洒满阳光的牧场上，褐色的草闪闪发光。草很矮，被牲口踩得乱糟糟的，只有路边的山芥菜开着一小簇一小簇黄黄的花儿，再就是十分茂盛的燕麦草像毛刷子一样沙沙响着。波得捷尔柯夫在手心里揉着一棵老蒿的头儿，闻着老蒿那冲鼻子的苦味儿，走到牧人跟前。

"你好啊，老大爷！"

"托福托福。"

"你在放牲口吗？"

"嗯，放牲口。"

老头子皱着眉头，眼睛从乱蓬蓬的白眉毛底下朝外望着，摇晃着鞭子。

"怎么样，日子过得好吗？"波得捷尔柯夫问了一个很普通的问题。

"还好，靠上天保佑。"

“你们这儿有什么新闻吗?”

“什么新闻也没听到。你们是干什么的?”

“我们是当兵的,现在是回家去。”

“你们是哪儿人?”

“我们是霍派尔河口乡的。”

“那个波得捷尔柯夫不在你们这里面吧?”

“在我们里面。”

老牧人显然害怕起来,脸一下子白了。

“你怎么害怕啦,老大爷?”

“怎么能不怕呢,老乡? 听说你们要把正教徒全杀光嘛。”

“胡说! 这是谁散布这样的谣言?”

“前天村长在大会上说的。也不知道他是听说的,还是收到了什么公文,说是波得捷尔柯夫率领着加尔梅克人要来了,要把人全都杀光。”

“你们这儿已经有了村长啦?”拉古京瞥了波得捷尔柯夫一眼。

波得捷尔柯夫用黄黄的尖牙使劲咬着一根草棍儿。

“前几天选出的村长。苏维埃关门啦。”

拉古京还想再问问,但是旁边有一头老大的白头顶公牛朝一头母牛身上一跳,压到母牛身上。

“该死的东西,要压坏的!”老牧人吆喝了一声,便朝牛群奔去,那股麻利劲儿简直不像个老头子,一面跑还一面吆喝:“娜斯嘉的母牛啊! ……要压坏的! ……白头顶,往哪儿爬?! ……你往哪儿爬?! ……”

波得捷尔柯夫甩开两条胳膊,朝大车走去。细心的拉古京站了下来,很不放心地看着瘦弱的母牛已经被公牛压得趴到地上,这时候不由得想道:“会压坏的,已经压得够戗啦! 这该死的鬼东西!”

等他看出母牛的脊梁骨在公牛身子底下依然安然无恙,这才朝大车走去。“我们怎么办呢? 当真顿河对岸已经是乡村长当家了吗?”他在心里向自己提出了这个问题。但是他的注意力又有一会儿被站在路旁的一头漂亮的种牛吸引住了。那种牛在闻一头大屁股的黑母牛,不住地摇摆着额头很宽的脑袋。那胸前的垂肉一直耷拉到膝盖,身子长长的,直得像弦一样,又结实,又强壮。四条矮粗的腿就像是栽在地上的四根柱子。拉古京不觉欣赏起这头良种公牛,用眼睛亲切地打量着那带白斑的一身红毛,从他那乱纷纷的一大堆惶惶不安的想法中钻出一个想法:“这样的牛能弄到我们镇上去就太好啦。我们那儿种牛太少啦。”这个想法闪了一闪,一下子就过去了。等他朝大车跟前走,看到哥萨克们那一张张发愁的脸,就考虑起现在该走的路线。

* * *

打摆子打得够戗的克里沃什雷科夫——他又是幻想家和诗人——对波得捷尔柯夫说:

"咱们躲反革命的浪头,一心想跑到这股浪头前头去,可是这浪头已经涌到咱们前头啦。看样子,赶不上啦。跑得太快啦,快得就像往低处涌的浪涛。"

在五人小组的成员当中,好像只有波得捷尔柯夫考虑到目前环境的全部复杂性。他坐在车上,身子向前倾着,一个劲儿地催赶车的:

"赶快点儿!"

后面几辆大车上唱起歌来,接着又不唱了。一阵阵哄笑声和叫闹声从后面传来,盖过了车轮的咯吱声。

老牧人报告的情况得到了证实。工作队在路上遇到一个上过前方的哥萨克,他和妻子一同坐车上司维契尼科夫村去。他戴着肩章和帽徽。波得捷尔柯夫向他打听了一下情况之后,脸色更阴沉了。

过了阿列克塞耶夫村,下起雨来。天空黑沉沉的。只有东边黑云缝隙里露出一小块被斜阳映照得十分明亮的蓝湛湛的天。

工作队正要下一座山冈,往塔甫里亚人住的鲁巴什金村里走,这个村子里就有很多人朝相反的方向跑去,有几辆大车也飞跑起来。

"在逃跑呢。怕咱们呢……"拉古京泄气地说,一面打量着其余的人。

波得捷尔柯夫喊道:

"叫他们回来! 大声喊他们嘛,妈的!"

哥萨克们赶着大车朝前奔去,挥舞起帽子。有的哥萨克高声喊了起来:

"喂——咦! ……你们往哪儿去? 等一等! ……"

工作队的车辆飞快地进了村子。风在宽阔的、空旷无人的街道上打着转转儿。在一家院子里,有一个乌克兰老妇人一面吆喝,一面往大车上扔枕头。她的丈夫光着脚,光着头,拉着马笼头。

来到鲁巴什金村才知道,波得捷尔柯夫派出来打前站的人被哥萨克的侦察队俘虏了去,带到山后面去了。显然,哥萨克的队伍就在不远的地方。大家开了个很短的会议,决定往回走。波得捷尔柯夫起初主张往前进,后来也动摇起来。

克里沃什雷科夫没有说话,他的摆子又发作起来了。

“也许,咱们还可以往前走吧?”波得捷尔柯夫向参加会议的彭楚克问道。

彭楚克带着无所谓的表情耸了耸肩膀。对于他来说,反正都是一样:不论往前走,往后走,只要是走,只要能躲开紧紧跟定了他的苦恼就行。波得捷尔柯夫在大车旁边来回踱着,讲起了往大熊河河口方面去的好处。可是一个哥萨克宣传员猛然打断了他的话:

“你简直疯啦!你领着我们上哪儿去?要把我们领到反革命分子那儿去吗?老兄,你别开玩笑啦!往回走吧!我们不想去送死!那是什么?你看见吗?”他朝山冈上指了指。

大家都回过头去,只见山冈上清清楚楚地出现了三个骑马人的身影。

“是他们的侦察兵!”拉古京叫道。

“瞧,还有哩!”

许多骑马的人在冈头上晃动起来。他们集结成一伙一伙的,又分散开去,消失在冈头那边,一会儿又重新出现。波得捷尔柯夫下令往回走。穿过阿列克塞耶夫村。村里的老百姓显然都受到哥萨克的警告,一看见工作队的车辆来了,就纷纷躲藏和逃跑。

天色渐渐黑了下来。飘洒着连绵不断的、细细的冷雨。大家身上都湿透了,打着哆嗦,都在大车两边走着,端着步枪准备着。这条道路绕过一道长长的山坡,伸进一片洼地,穿过洼地,弯弯曲曲地向山冈上爬去。哥萨克的侦察兵在冈头上时隐时现。他们远远地跟踪着工作队,使大家的已经够紧张的情绪更加紧张。

在一道横切洼地的山沟旁边,波得捷尔柯夫从大车上跳下来,简短地对其余的人命令说:“做好准备!”他打开自己的骑兵卡宾枪上的保险机,跟着大车向前走去。山沟里有一道小土堤,留住一池蓝蓝的春水。池塘旁边的淤泥地上,到处是前来喝水的牲口的蹄印子。塌了不少豁口的土堤顶上长满荒草和野牵牛花,下面靠近水的地方,有干枯的芦苇,还有尖叶子的小榛树被雨点打得沙沙直响。波得捷尔柯夫预料这地方有哥萨克的埋伏,但是派到前面去的侦察小组连一个人都没有发现。

“菲道尔,你现在用不着提防。”克里沃什雷科夫把波得捷尔柯夫叫到大车跟前,小声说。“现在他们不会来打的。夜里才会来。”

“我也是这样想。”

二十八

西边的黑云越来越浓，天色越来越黑。远处，顿河沿岸一带，闪电曲曲折折地来回飞驰着，橙黄色的闪光抖来抖去，就像一只受伤的大鸟胡乱扑打翅膀。河那边有一片晚霞，被乌云的边儿一遮，也晦暗下来。草原就像一个盛满了寂静的大碗，一条条山沟里还保留着白昼的暗淡的反光。这天黄昏不知为什么有点儿像秋天。就连那些还没有开过花儿的野花野草，都散发着一种无法形容的腐烂气息。

波得捷尔柯夫一面走，一面闻着被打湿的野草那多种多样、难以分辨的气息。有时候他站下来，刮一刮粘在鞋后跟上的泥巴；然后直起身来，疲惫而吃力地拖着自己的笨重身子往前走，敞着的上衣那湿透了的光皮子咯吱咯吱地响着。

来到波里亚柯沃纳郭林乡的卡拉什尼柯夫村，已经是夜里了。护送队的哥萨克们离开大车，分散到老百姓家去住宿。十分生气的波得捷尔柯夫命令派人放哨，但是哥萨克们来集合都很勉强。有三个人拒绝出去放哨。

“组织同志审判会审判他们！不服从战斗命令，枪毙！”克里沃什雷科夫气忿地说。

提心吊胆的波得捷尔柯夫很难受地摆了摆手，说：

“在路上就垮啦，他们是不会保护咱们的。咱们完啦，米沙！……”

拉古京好不容易集合起几个人，派到村外去放哨。

“弟兄们，不要睡！要是睡着了，人家就把咱们一个个都活捉啦！”波得捷尔柯夫到各家去走走，提醒那些跟他接近的哥萨克说。

他在桌子旁边坐了整整一夜，用手托着脑袋，很费劲儿地、呼哧呼哧地叹着气。快到黎明时候，他把老大的脑袋放到桌子上，刚刚朦胧入睡，但是罗别尔特·福拉申布鲁德尔从旁边一家院子里走来,马上就把他唤醒了。大家就开始准备出发。天已经亮了。波得捷尔柯夫从屋子里走出来。他在过道里碰到挤完牛奶回来的女房东。

“冈头上有马队来啦。”她很平淡地说。

“在哪儿?”

“瞧,就在村子外面。”

波得捷尔柯夫跑到院子里一看:村子上空和村边柳丛之上,笼罩着一片白茫茫的雾气,透过雾气,可以看见冈头上黑压压的哥萨克队伍。他们放开马大跑一阵,又小跑一阵,把村子团团围住,包围圈越拉越紧。

过了一小会儿,护送队的哥萨克们纷纷拥进波得捷尔柯夫住的这一家的院子 ,拥到他的大车跟前。

米古林乡的一个身体结实的长头发哥萨克瓦西里·米洛什尼柯夫来到跟前。他把波得捷尔柯夫叫到一边,垂着眼睛说:

“波得捷尔柯夫同志,是这样……他们刚才来了几个代表,”他朝山冈那边指了指,“他们要我转告你,要咱们马上放下武器,投降。不然的话,他们就发起进攻啦。”

“你!……狗崽子!……你对我说的是什么?”波得捷尔柯夫抓住米洛什尼柯夫的军大衣领子,一把将他推开,便朝大车跟前跑去;抓起步枪,用粗大的嗓门儿对着哥萨克们声嘶力竭地喊叫道:

“投降?……跟反革命分子有什么好说的?咱们和他们拼了!跟我来!成散兵线!”

大家纷纷拥出院子,成群地朝村边跑去。五人小组的成员穆雷恒在村边几户人家门前追上了气喘吁吁的波得捷尔柯夫。

“真丑啊,波得捷尔柯夫!咱们去跟自家的弟兄拼命吗?算了吧!想办法讲和吧!”

波得捷尔柯夫看到护送队的哥萨克只有一小部分跟着他,他清醒地估计到,一打起来,必然惨败,于是一声不响地抽下枪栓,无精打采地挥了一下军帽,说:

“弟兄们,停止!向后转,回村子里去……”

大家都转了回来。全部护送队都集中在三个邻近的院子里。不久,一部分哥萨克就进了村子。山冈上又下来一队有四十多人的骑兵。

波得捷尔柯夫应米留金村几个老头子的邀请,到村外去谈判投降的条件,敌人包围村庄的主力没有离开阵地。彭楚克在胡同口追上了波得捷尔柯夫,拦住

他,问:

“咱们要投降吗?”

“咱们力量不行啊……怎么办? 你说,有什么办法呢?”

“你想找死吗?”彭楚克全身哆嗦起来。

他也不理会那几个陪着波得捷尔柯夫的老头子,用高亢的、变了音的沙嗓子叫道:

“你告诉他们,我们不能交出武器! ……”他猛然转过身,摇晃着握在手里的手枪,就往后走。

他回来,本来想说服哥萨克们往外冲,边打边走,冲到铁路线上去,可是大多数人都一心盼着讲和。有一些人不理睬彭楚克,还有一些人怀着敌意说:

“你这个阿尼卡①,你去打吧,我们可是不和亲弟兄打仗!”

“我们就是没有武器,也能信得过他们。”

“圣复活节到啦,我们还要流血吗?”

彭楚克走到停在仓房边的自己的大车跟前,把军大衣摔到大车底下,躺了下来,手里还握着带凸纹的手枪把子。起初他想逃跑,可是他很憎恶偷着走,很憎恶开小差,于是他打消了这个念头,决定等候波得捷尔柯夫回来。

波得捷尔柯夫过了三个多钟头才回来。敌方有一大群哥萨克跟着他进了村子,有的骑着马,有的牵着马,其余的干脆就步行,簇拥着波得捷尔柯夫和司皮里道诺夫上尉。司皮里道诺夫和波得捷尔柯夫在炮兵连同过事,现在是他率领着这支凑集起来的队伍,来逮捕波得捷尔柯夫的工作队。波得捷尔柯夫把头抬得高高的,笔直地、很费劲地朝前走着,好像是一个喝醉了酒的人。司皮里道诺夫阴险地微微笑着,不知对他在说什么。他身后有一个骑马的哥萨克,胸前抱着一根仓促刨成的旗杆,旗杆上挂着一面大白旗。

工作队停放车辆的街道上和院子里,挤满了进村来的哥萨克。一下子就热闹起来。进村来的哥萨克当中有许多人和波得捷尔柯夫的队伍里的哥萨克同过事。到处是高高兴兴的呼唤声和笑声。

“哎呀,老同学,哪一阵风把你刮来啦?”

“噢呀! 你好,你好呀,普罗霍尔!”

“托福托福。”

---

① 阿尼卡:俄罗斯古代民间诗歌中的英雄,自不量力,向死神挑战,结果自取灭亡。

“咱们差一点儿打起仗来。你还记得,咱们在里沃夫打奥地利人那一回吗?”

“好兄弟,丹尼罗!好兄弟!耶稣复活啦!”

“真是复活啦!”传来很响的亲嘴声:两个哥萨克捋着胡子笑着,你看着我,我看着你,互相拍着肩膀。

旁边是另外一番谈话:

“我们还没有开斋呢……”

“你们是布尔什维克,还有什么开斋不开斋?”

“这不相干,布尔什维克是布尔什维克,可是我们还是信仰上帝。”

“噢!你是扯谎吧?”

“全是实话!”

“你还戴着十字架吗?”

“让你瞧瞧看。”于是一个大脸膛的强壮的哥萨克红军战士翘着嘴巴,解开军便服的领子,把挂在红铜色的毛烘烘的胸膛上的一个发了绿的铜十字架掏了出来。

逮捕“反贼波得捷尔柯夫”的队伍里那些手执叉子和斧头的老头子,都惊愕地你看看我,我看看你,说:

“都说,你们好像不信耶稣教了嘛。”

“好像你们都投靠魔鬼了嘛……”

“听说你们好像还要抢教堂、杀神甫呢。”

“全是胡说!”大脸膛的红军战士理直气壮地驳斥说。“你们听到的全是谣言。我在离开罗斯托夫以前,还上过教堂,领过圣餐呢!”

“真没想到!”一个手执杆子锯掉了一半的短矛的瘦弱的小老头子高兴得拍起手来。

街道上和院子里一片热热闹闹的说话声。但是过了半个钟头,有几个哥萨克,其中有一个是博柯夫乡的乡长,推开紧紧挤成一堆的人群,顺着街道向前走去。

“凡是波得捷尔柯夫队伍的人,请集合起来点名!”他们喊叫道。

司皮里道诺夫上尉身穿草绿色衬衣,戴着绿色肩章;他摘下钉着雪白锃亮的军官帽徽的制帽,向四面转动着身子,喊叫道:

“凡是波得捷尔柯夫队伍里的人,都到左边篱笆跟前去!其余的人都到右边!我们这些和你们一同上过前线的弟兄们,已经和你们的代表商定,你们要把所有的武器都交给我们,因为老百姓害怕你们带着武器。请你们把步枪和其他的武器都放到你们的大车上，我们要把这些武器一起保存起来。我们把你们的队伍送到克拉司诺库特去，你们到那儿的苏维埃去领回你们的全部武器。”

哥萨克红军战士当中掀起一阵低声的抗议浪潮。从一个院子里传出几声喊叫。库穆沙特乡的哥萨克柯洛特柯夫喊道：

“我们不能缴枪！”

挤满了人的街道上和院子里又是一阵低低的、急风骤雨般的嘈杂声。

进村来的哥萨克一齐拥到了右边，于是街心里就剩下了波得捷尔柯夫队伍里的红军战士，一小堆一小堆的，就像被打碎了、拆散了似的。克里沃什雷科夫披着军大衣，惶恐地四面张望着。拉古京撇着嘴。人群中发出一片大惑不解的议论声。

下定决心不缴武器的彭楚克，端着步枪，快步走到波得捷尔柯夫跟前。

“武器不能交！你听见吗?!”

“现在晚啦……”波得捷尔柯夫手里慌乱地揉着一张队伍的名单，小声说。

名单转到了司皮里道诺夫手里。司皮里道诺夫匆匆地把名单看了一遍，问道：

“这名单上是一百二十八人嘛……还有一些人哪儿去了?”

“在路上掉队啦。”

“噢，原来是这样……那好吧。你下命令，让大家解下武器。”

波得捷尔柯夫带头解下装在枪套里的手枪；他在缴出手枪的时候，含含糊糊地说：

“我的马刀和步枪在大车上。”

开始解除武装了。红军战士们无精打采地解下武器，隔着篱笆把手枪扔到院子里，院子里的人走来走去，找地方隐藏武器。

“凡是不缴武器的，我们都要搜查！”司皮里道诺夫开心地咧大了嘴巴笑着，喊叫道。

彭楚克率领的一部分红军拒绝缴枪；用武力解除了他们的武装。

一名机枪手带着机枪闭锁机从村子里跑了出去，引起一阵慌乱。有几个人利用混乱的机会，躲藏起来。但是司皮里道诺夫马上分拨出一支押送队，把波得捷尔柯夫和他身边留下的人全部包围起来，搜查了一遍，又想点名。被俘的人都不愿意回答，有几个人还喊叫起来：

“点什么名，都在这儿啦！”

“把我们送到克拉司诺库特去好啦！”

“弟兄们！别啰嗦啦！”

司皮里道诺夫把钱箱子封起来，派出一支强大的护送队送往卡耳根镇之后，就叫被俘的人排好队，马上改变了口气和态度，命令道：

“成两路纵队！向左——转！左转弯，开步走！不准说话！”

一阵怨恨的嘟哝声在红军行列中滚过。大家很不整齐地、慢慢地朝前走去，过了一会儿队伍就乱了，变成一堆一堆的了。

波得捷尔柯夫终于说服自己的部下缴出武器之后，大概还指望会有什么幸运的结局。但是被俘的人刚刚出了村子，押送他们的哥萨克就用马冲撞尽边上的一些人。彭楚克走在左边尽边上，有一个哥萨克老头子，生着一部火红的大胡子，耳朵上戴着一只旧得发了黑的耳环，无缘无故地抽了他一鞭子。鞭梢在彭楚克的脸上抽出一道血印子。彭楚克握紧拳头，转过身去，但是接着又是更厉害的一鞭，他只得退到人群深处。他受着自卫本能的驱使，不由自主地这样做了，他由密密层层的同志们的身体簇拥着往前走，并且在安娜死后第一次撇着嘴神经质地笑了笑，因为他觉得每个人的生存欲望都是这样强烈、这样顽强，心中暗暗称奇。

开始殴打被俘的人了。老头子们一看见这些敌人没有了武器，便兽性大发，骑着马朝他们冲来，在马上探着身子，用鞭子抽，用刀背砍。每一个挨打的人都不由自主地想朝人群中间挤；大家拥来挤去，一片喊叫声。

顿河下游的一个高大而威武的红军战士举起双手摇晃着，高声喊道：

“要杀，干脆就杀好啦！……你们干什么要侮辱人？”

“你们为什么不守信用？”克里沃什雷科夫叫道。

老头子们住了手。一个俘虏问：“你们要把我们送到哪儿去？”一个年轻的押送兵，看样子是同情布尔什维克的，小声回答说：

“有命令：把你们送到波诺马廖夫村。弟兄们，你们别害怕！我们一点也不会难为你们。”

来到了波诺马廖夫村。

司皮里道诺夫带着两个哥萨克，站在一家小杂货店门口；他叫俘虏一个一个地往里走，他一个一个地问：

“姓什么？叫什么？哪儿人？”他一一记到一本油污的战地笔记本上。

轮到彭楚克了。

“姓什么？”司皮里道诺夫把铅笔尖放在纸上，朝这个红军战士那阴沉的、额头很宽的脸上扫了一眼，看到这个人的嘴咕咕哝哝要吐痰，便把整个身子朝旁边一闪，喝道："进去吧，坏蛋！不报姓名也要死！"

唐波夫人伊格纳特也学彭楚克的样儿，没有回答。还有一个人也想做无名死者，一声不响地跨进门去……

司皮里道诺夫亲自上了锁，派了看押的人。

许多人还在小铺旁边分配从工作队大车上缴来的物品和武器，参加逮捕波得捷尔柯夫的村庄的代表就匆匆忙忙地组成了军事法庭，并且在附近一座房子里开起会来。

担任法庭庭长的是博柯夫乡人瓦西里·波波夫，是一个矮墩墩的、黄眉毛的大尉。他把制帽推到扁平的后脑勺上，两个胳膊肘宽宽地撑在桌子上，坐在一面蒙着手巾的大镜子下面。他那两只温和中带严厉的油亮的眼睛用探询的神情打量着一张张法庭委员们的脸。大家正在讨论惩治的办法。

"诸位老人家，咱们对他们怎样处置呢？"波波夫又把问题重复了一遍。

他歪过身子，小声对坐在他身边的谢宁上尉说了几句话。谢宁上尉连忙点头，表示赞成。波波夫的两个瞳人缩得细细的，眼角上的快活的光芒消失了，两只变了样子的、闪着严峻的冷光的眼睛被稀稀的睫毛微微遮了起来。

"这些背弃家乡的反贼，他们到处抢劫，杀害哥萨克，咱们怎样处置他们？"

米留金镇上一个信仰旧教的老头子菲甫拉廖夫，好像被弹簧弹起来似的，一下子跳了起来。

"枪毙！全部枪毙！"他像个疯子一样摇晃起脑袋；他用凶狠的斜眼睛四面望着，嘴里冒着唾沫，大叫起来："对他们这些出卖耶稣的叛贼，不能饶恕！是罪大恶极的犹大，就该杀！……该杀！……把他们钉到十字架上！……把他们烧死！……"

他那稀稀拉拉的、一根一根的下巴胡哆嗦着，白中带红的头发披散开来。他气喘吁吁地坐下去，脸像砖一样红，嘴上还带着唾沫。

"把他们流放吧。行吗？……"一个法庭委员贾勤科用犹豫不决的口气提了一个建议。

"枪毙！"

"处死刑！"

"我赞成他们的意见！"

"斩首示众！"

"把杂草从田里除掉！"

"把他们处死！"

“当然要枪毙！还有什么好说的？”司皮里道诺夫愤慨地说。

每喊叫一声，波波夫大尉嘴角上的线条就变粗硬一点，渐渐失去他这个保养得很好、对自己和环境十分满意的人刚才那种温和的表情，嘴角耷拉下来，变成两条像石头一样僵硬的曲线。

“枪毙！……记下来！……”他隔着肩膀看着书记官，吩咐道。

“可是，波得捷尔柯夫和克里沃什雷科夫……这样的敌人，也枪毙吗？……太便宜他们啦！”一个很健壮的老哥萨克，坐在窗户跟前，不住地拨着奄奄一息的油灯芯子，气呼呼地叫道。

“把他们这两个罪魁祸首绞死！”波波夫干脆利落地回答说，又对书记官吩咐说：“记上：‘判决书’。我们这些签字人……”

书记官也姓波波夫，是波波夫大尉的一个远房的同族人，他低着梳得光光的、淡黄色头发的头，用钢笔沙沙地写着。

“煤油恐怕不够啦……”有人很遗憾地叹了一口气。

煤油灯眨巴了几下眼睛，灯芯冒起烟来。在一片静寂中，天花板上有一只缠在蜘蛛网上的苍蝇嗡嗡叫着，钢笔在纸上沙沙响着，再就是有一位法庭委员呼噜呼噜地打起鼾来。

判决书

一九一八年四月二十七日（五月十日）由卡耳根、博柯夫和克拉司诺库特乡各村选出的下列人员

瓦西列夫村	马克萨耶夫·司捷潘
博柯夫村	克鲁日林·尼古拉
佛明村	库莫夫·菲道尔
上亚布洛诺夫村	库霍亭·亚力山大
下杜连村	西涅夫·列夫
伊林村	伏洛茨柯夫·谢苗
康柯夫村	波波夫·米海依尔
上杜连村	罗丁·亚可夫
萨沃斯济扬诺夫村	福罗洛夫·亚力山大
米留金镇	菲甫拉廖夫·马克西姆
尼古拉耶夫村	格洛舍夫·米海依尔
克拉司诺库特镇	叶兰金·伊里亚

波诺马廖夫村	贾勤科·伊万
叶甫兰济耶夫村	克里沃夫·尼古拉
马拉霍夫村	叶麦里扬诺夫·卢加
新捷穆采夫村	柯诺瓦洛夫·马特维
波波夫村	波波夫·米海依尔
阿司塔霍夫村	舍郭里柯夫·瓦西里
奥尔罗夫村	契库诺夫·菲道尔
克里姆—菲道罗夫村	楚加林·菲道尔

在瓦·斯·波波夫主持下

判决如下：

一、下列名单中所有与劳动人民为敌的反贼和蛊惑人心的歹徒，共计八十名，均判处枪决，但其中的二名——波得捷尔柯夫和克里沃什雷科夫，系这一团伙的首要分子——应判处绞刑。

二、对米海洛夫村的哥萨克安东·卡里特文曹夫，因罪证不足，宣告无罪。

三、由波得捷尔柯夫的队伍里逃出而在克拉司诺库特乡就擒的人员：康斯坦丁·梅里尼柯夫、加甫里尔·第里尼柯夫、瓦西里·梅里尼柯夫、阿克肖诺夫和维尔希宁——均依照本判决的第一条判刑（死刑）。

四、死刑定于明日，即四月二十八日（五月十一日），上午六时执行。

五、派谢宁上尉负责看守在押犯人，今晚十一时以前，每村各派两名带枪的哥萨克听候其调遣；如不执行本条款，由法庭委员负责；对看押人员的处分，由各村决定；每村派五名哥萨克到刑场执行判决。

判决书原本签字：

军事法庭庭长瓦·斯·波波夫

一九一八年旧历四月二十七日由军事法庭判决死刑的波得捷尔柯夫队伍的人员名单如下：

号数	籍　贯	姓　名	判决
1	霍派尔河河口乡	菲·波得捷尔柯夫	绞首
2	叶兰乡	米·克里沃什雷科夫	绞首
3	嘉桑乡	阿·卡库林	枪决
4	布堪诺夫乡	伊·拉古京	枪决
5	尼日戈罗得市	阿·伊·奥尔诺夫	枪决

6	尼日戈罗得市	叶·米·瓦霍捷里	枪决
7	贝斯特良河河口乡	格·菲济索夫	枪决
8	米古林乡	加·特卡乔夫	枪决
9	米古林乡	巴·阿加丰诺夫	枪决
10	米海洛夫乡	亚·布勃诺夫	枪决
11	卢干乡	加里宁	枪决
12	米古林乡	康·穆雷恒	枪决
13	米古林乡	安·康诺瓦罗夫	枪决
14	波尔塔瓦市	康·基尔斯塔	枪决
15	柯托夫乡	巴·波兹尼亚科夫	枪决
16	米古林乡	伊·包尔德列夫	枪决
17	米古林乡	季·柯雷乔夫	枪决
18	菲立姆—契里亚宾乡	德·伏洛达罗夫	枪决
19	契尔尼舍夫乡	盖·加尔普申	枪决
20	菲立姆—契里亚宾乡	伊·加尔梅柯夫	枪决
21	米古林乡	萨·雷布尼柯夫	枪决
22	米古林乡	波·古罗夫	枪决
23	米古林乡	伊·捷穆里亚科夫	枪决
24	米古林乡	伊·克拉甫曹夫	枪决
25	罗斯托夫市	尼·福罗洛甫斯基	枪决
26	罗斯托夫市	亚·康诺瓦罗夫	枪决
27	米古林乡	彼·魏霍良采夫	枪决
28	科列茨乡	伊·左托夫	枪决
29	米古林乡	叶·巴布肯	枪决
30	米海洛夫乡	彼·斯文曹夫	枪决
31	道布林乡	伊·契洛毕特契科夫	枪决
32	嘉桑乡	克·德罗诺夫	枪决
33	伊罗福林乡	伊·阿维罗夫	枪决
34	嘉桑乡	马·萨克玛托夫	枪决
35	下库尔莫亚尔乡	盖·普布柯夫	枪决
36	捷尔诺夫乡	米·菲甫拉廖夫	枪决
37	赫尔松市	瓦·潘捷莱伊曼诺夫	枪决

38	嘉桑乡	波·留布欣	枪决
39	科列茨乡	德·沙莫夫	枪决
40	菲洛诺夫乡	萨·沙洛诺夫	枪决
41	米古林乡	伊·古巴列夫	枪决
42	米古林乡	菲·阿巴库莫夫	枪决
43	卢干乡	库·戈尔什柯夫	枪决
44	官陀洛夫乡	伊·伊兹瓦林	枪决
45	官陀洛夫乡	米·卡里诺甫采夫	枪决
46	米海洛夫乡	伊·法拉丰诺夫	枪决
47	柯托夫乡	谢·戈尔布诺夫	枪决
48	下旗尔乡	彼·阿拉耶夫	枪决
49	米古林乡	普·奥尔洛夫	枪决
50	卢干乡	尼·舍因	枪决
51	PПTK 技师镇	亚·雅辛斯基	枪决
52	罗斯托夫市	米·波里亚科夫	枪决
53	拉兹道尔乡	德·罗加乔夫	枪决
54	罗斯托夫市	罗·福拉申布鲁杰尔	枪决
55	罗斯托夫市	伊·西林杰尔	枪决
56	萨马拉市	康·叶菲摩夫	枪决
57	车尔尼雪夫乡	米·奥甫琴尼柯夫	枪决
58	萨马拉市	伊·皮卡洛夫	枪决
59	伊罗福林乡	米·考列茨柯夫	枪决
60	库穆沙特乡	伊·柯洛特柯夫	枪决
61	罗斯托夫市	彼·毕留柯夫	枪决
62	拉兹道尔乡	新区伊·卡巴柯夫	枪决
63	卢柯夫乡	季·莫里特维诺夫	枪决
64	米古林乡	安·什维曹夫	枪决
65	米古林乡	司·阿尼金	枪决
66	克列敏乡	库·德契金	枪决
67	巴克拉诺夫乡	彼·卡巴诺夫	枪决
68	米海洛夫乡	谢·谢里万诺夫	枪决
69	罗斯托夫市	阿·伊万琴柯	枪决

70	米古林乡	尼·柯诺瓦洛夫	枪决
71	米海洛夫乡	德·柯诺瓦洛夫	枪决
72	克拉司诺库特乡	彼·雷西柯夫	枪决
73	米古林乡	瓦·米洛什尼柯夫	枪决
74	米古林乡	伊·沃洛霍夫	枪决
75	米古林乡	亚·戈尔杰耶夫	枪决

另外有三个人不肯供出自己的姓名。

书记官抄完了被告人的名单，在判决书后面点了一个大冒号，把钢笔递给旁边一个人，说：

“请签名！”

新捷穆采夫村的代表柯诺瓦洛夫，穿着灰色德国呢子的礼服上衣，领子上还有一条大红翻领，他不好意思地笑着，俯到纸上。他那生满茧子的粗粗的黑手指头硬僵僵地攥住了到处是牙印子的学生钢笔。

“我可是不大会写字……”他说着，就很费劲儿地写起了开头的“柯”字。

接着签字的是罗丁，也是那样死死地攥住钢笔，急得皱起眉头，浑身冒汗。还有一个人，一拿起钢笔，手就哆嗦起来，他匆匆忙忙地签完了，这才把签字时吐出来的舌头缩回去。波波夫十分潇洒地签上了自己的姓名，最后一个字母还带出一道花笔，签完了，他一面用手绢擦着脸上的汗，站了起来。

“要把名单附在判决书上。”他打着哈欠说。

“卡列金在阴间里要感谢咱们的。”谢宁看着书记官把墨水未干的签字名单按到石灰墙上，很轻微地笑了笑，说。

他说过这样一句笑话，不知为什么没有人答腔。大家都一声不响地走出去。

“耶稣保佑吧……”有一个人往外走着，在黑洞洞的过道里叹了一口气。

二十九

这一夜，淡黄色的星星向夜空洒遍了乳白色的亮光，在挤满了人的小杂货铺里，几乎没有人睡觉。简短的谈话声也听不见了。又闷，又提心吊胆，憋得人喘不过气来。

天一黑，就有一个红军战士要求到外面去：

“同志，开一下门！我要解手！……”

他穿的厚棉布衬衣从裤腰里挣了出来，头发乱蓬蓬的，光着脚站着，他把黑糊糊的脸贴到锁眼儿上，又喊道：

“开一下门嘛，同志！”

“狼才是你的同志哩。”终于有一个看押的哥萨克答话了。

“开一下门吧，老哥！”请求外出的人改变了称呼。

那个哥萨克放下步枪，听了听夜里出来打食儿的野鸭子在黑暗中扇动翅膀的声音，把烟卷头儿抽完了，这才把嘴唇凑到锁眼儿上，说：

“就往裤子里撒吧，老弟。反正就是一夜，裤子又泡不坏，等天亮了，就穿着湿裤子上西天好啦……”

“咱们完啦！……”红军战士从门口朝后退了几步，绝望地说。

大家肩靠肩地坐着。波得捷尔柯夫坐在角落里，掏出口袋里的钞票，撕得粉碎，一面小声嘟哝着，骂着娘。撕完了钞票，又脱下鞋袜，推了推躺在旁边的克里沃什雷科夫的肩膀说：

“很清楚，咱们上当啦。受骗啦！他妈的！……可恼呀，米海依尔！我小时候，常常带着我爹的猎枪到顿河对岸去打野物，到树林子里去，树林子就像一顶老大的绿帐篷……往河汊那边去，河汊里落着野鸭子。有时候枪打空了，我就十分懊恼，简直想哭出来。现在我也是十分懊恼，因为我又打空了，失算了：如果早三天从罗斯托夫出来，那就不会在这里送命啦。那咱们可以把所有的反革命分子都打得人仰马翻！”

克里沃什雷科夫很痛苦地龇着牙齿，在黑暗中笑着说：

“去他妈的，就让他们杀好啦！眼下死并不可怕……‘怕只怕，到阴司，咱们互不相识……’咱们到了阴司里，菲道尔，彼此就成了生人啦……可怕呀！”

“算了吧！”波得捷尔柯夫把一双滚热的大手放到克里沃什雷科夫的肩膀上，十分懊恼地、瓮声瓮气地说。“问题不在这里呀……”

拉古京在对别人讲自己村子里的事，还说，因为自己的头很长，爷爷叫他“楔子”，有一次他去偷人家的瓜，爷爷还用鞭子抽他。

这天夜里的谈话是各种各样的，既没有头绪，又不连贯。

彭楚克坐在门口，用嘴贪婪地吸着从门缝儿里透进来的微风。他回想着过去，有一小会儿想起母亲，他就像叫一根烧红的针扎了一下似的，便赶紧驱赶开想母亲的念头，转而去想安娜，去想不久以前过的日子……这使他感到心平气和，感到十分幸福和轻松。他最不害怕死。他不像过去那样，一想到这条命就要完了，就感到有一股莫名其妙的、使人非常难受的冷气从脊梁骨上通过。他准备死，就像走过了一段艰难困苦的路程之后，非常疲乏，浑身酸痛，再也鼓不起劲儿来，正准备作一次很不快活的休息似的。

在离他不远的地方，有人愉快地、也伤感地谈着女人和爱情，谈着爱情带给每个人的大大小小的欢娱。

有人谈起家庭，谈到家里人，谈到亲戚朋友……还谈到今年的庄稼长得很好：白嘴鸦藏到小麦地里，已经看不见了。抱怨没有酒喝，又抱怨失去了自由，骂波得捷尔柯夫。但是睡意用黑色的翅膀蒙住了很多人，这些身体和精神上都疲倦不堪的人渐渐朦胧入睡了，有躺着的，有坐着的，有站着的。

天快亮的时候，有一个人，不知是醒着，还是在睡梦中，放声大哭起来；过了童年便忘记了眼泪咸味的老大的成年男子，哭起来是十分可怕的。睡眠时的寂静一下子就惊破了，有几个人同时喊叫起来：

“别哭啦，该死的！”

“简直成了老娘们儿啦！”

“敲掉你的牙，别——哭——啦！”

“娶了老婆的人，都抹起眼泪啦！……”

“大家都在睡觉，可是他……真不害臊！”

那个哭的人,抽搭着,擤着鼻涕,不哭了。

又完全静了下来。烟卷儿在各个角落里一闪一闪的,但是谁都没有说话。可以闻到男人的汗味、挤成堆的健壮的身体气味、纸烟的烟味和下了一夜的露水的那种淡淡的啤酒气味。

村子里的公鸡报晓了。传来脚步声、铁器的丁当声。

“是谁?”一个看押的人小声问道。

一个年轻的声音咳嗽了一下,老远就兴冲冲地回答说:

“自己人。给波得捷尔柯夫他们一伙儿挖坟去。”

小杂货铺里一下子全都动了起来。

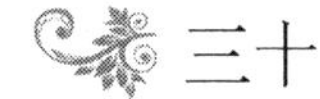

三十

鞑靼村的哥萨克队伍,由彼特罗·麦列霍夫少尉率领着,在五月十一日拂晓时候到达波诺马廖夫村。

村子里到处是旗尔河边的哥萨克,有的牵着马去饮马,有的成群结队地往村头上走。彼特罗叫队伍在村子中央停下,命令下马。有几个人朝他走来。

“乡亲们,你们是打哪儿来的?”有一个人问道。

“鞑靼村的。”

“你们来晚了一点儿……你们没来就把波得捷尔柯夫逮住呀。”

“他们在哪儿? 是不是把他们赶跑啦?”

“就在那儿……”那人挥手指了指小杂货铺的缓缓倾斜的屋顶,哈哈大笑起来,“就像一群母鸡蹲在鸡窝儿里呢。”

贺里散福、格里高力·麦列霍夫和另外几个人也来到跟前。

“那么,把他们送到哪儿去呢?”贺里散福问道。

“送他们上西天。”

“怎么能这样呢？……你胡说什么？”格里高力抓住那人的军大衣的衣襟。

“你才是胡说呢，先生！”那人很不客气地回答说，并且轻轻地从格里高力那抓得紧紧的手指中挣了出来。“瞧，那不是，已经给他们搭好秋千架子啦。”他指了指搭在两棵老柳树中间的绞刑架。

“把马牵到各家院子里去！”彼特罗吩咐说。

乌云遮住了天空。落起了稀稀的小雨。男子汉和妇女们密密麻麻地向村边拥去。波诺马廖夫村的老百姓一听说要在六点钟枪毙人，就都高高兴兴地出来看这难得一见的热闹事。妇女们都打扮了一番，就像过节一样；许多人还带着孩子。人群将村边牧场团团围住，特别拥挤的是绞架旁边和一条长长的、有两俄尺深的土坑旁边。孩子们在土坑一边堆起的潮湿的土堆上乱踩；男子汉们凑成一堆一堆的，很起劲地议论着这次枪毙人；妇女们都很伤心地嘁嘁喳喳交谈着。

睡足了觉的波波夫大尉一本正经地走来了。他龇着大牙，叼着纸烟在抽烟；用沙哑的嗓门儿对负责看押的哥萨克命令道：

“把坑边的闲人赶开！告诉司皮里道诺夫，把第一批带来！”他看了看表，便走到一旁，看着人群被看押犯人的哥萨克赶着从刑场上向后退了退，又像半个花花绿绿的圆圈儿似的把刑场围了起来。

司皮里道诺夫带着一队哥萨克快步朝杂货铺走去。在路上他碰上彼特罗·麦列霍夫。

“你们村子里有愿意干的吗？”

“愿意干什么？”

“执行死刑。”

“没有，不会有的！”彼特罗斩钉截铁地回答过，便从拦住去路的司皮里道诺夫身边绕过去。

但是愿意干的人是有的：米佳·柯尔叔诺夫一面用手理着从帽子里露出来的直撅撅的头发，摇摇摆摆地走到彼特罗跟前，忽闪着眯得细细的绿眼睛，说：

“我去杀……干吗要说‘没有’？我愿意去，”他又垂下眼睛，带着笑容说，“给我一些子弹。我只有一梭子啦。”

自愿要去的有他，有脸色煞白、一脸杀气的安得列·卡叔林，还有相貌有点儿像加尔梅克人的菲多特·包多甫斯柯夫。

当第一批被判决的人在哥萨克们的押解下离开杂货铺的时候，挤得挨肩擦背的广大人群里响起一阵低语声和低低的嗡嗡声。

波得捷尔柯夫走在前面,光着脚,穿一条肥大的黑呢子马裤和一件敞着的光皮上衣。他很坚定地在泥泞中迈动着两只白白的大脚,不住地打着滑,左手微微向前伸着,以保持平衡。脸色煞白的克里沃什雷科夫在他旁边很勉强地向前走着。克里沃什雷科夫的两眼无神,嘴唇痛苦地抽搐着。他裹了裹披在身上的军大衣,两个肩膀直往里缩,好像冷得不得了似的。不知为什么没有剥他们两个的衣服,但是其他的人都被剥得只剩下内衣了。拉古京和脚步沉重的彭楚克在一块儿小步走着。他们俩都光着脚。拉古京的长衬裤破了,露出了黄黄的、毛茸茸的小腿。他很不好意思地提着破了的裤腿,哆嗦着嘴唇。彭楚克从押着他们的哥萨克的头顶上望着云遮雾障的灰蒙蒙的远方。他的两只清醒的、冷冷的眼睛若有所待地、紧张地眨巴着,一只大手伸进敞开的衬衣领子里,抚摩着长满了密密的毛的胸膛。他好像是在盼着一件难以实现的、可喜的事情……有些人脸上保持着毫不在乎的表情;满头白发的布尔什维克奥尔诺夫就带着寻衅的神情挥舞着双手,朝哥萨克们的脚下直啐唾沫;可是有两三个人眼睛里流露出很深的内心痛苦,歪歪扭扭的脸上带着恐怖得不得了的表情,就连押着他们的哥萨克偶尔看到了,也要掉开眼睛,转过脸去。

他们走得很快。波得捷尔柯夫搀扶着跌了一跤的克里沃什雷科夫。在红蓝色制帽的海洋中闪动着一条条白头巾的人群越来越近了。波得捷尔柯夫皱起眉头望着人群,破口大骂着,忽然发现拉古京在一旁看着他,就问道:

"你看什么?"

"你这些天头发都白啦……头上添了好多白头发……"

"大概是要白的,"波得捷尔柯夫沉重地叹了一口气,一面擦着窄窄的额头上的汗,"遇上这样不开心的事,大概是要白的……就是狼,在不顺心的时候毛也会变白的,何况我是一个人。"

他们再也没有多说。眼看就要来到人群跟前了,可以看到右面有一条准备埋人的长长的黄土坑。司皮里道诺夫命令道:

"站住!"

波得捷尔柯夫马上向前跨了一步,用疲惫无神的眼睛扫了扫前面几排的人群,只见前面几排里多数是白胡子和花白胡子的人。前方下来的哥萨克们都躲在后面,觉得不好意思呢。波得捷尔柯夫微微抖动着下垂的小胡子,低沉地、但是清清楚楚地说:

"诸位老人家!请允许我和克里沃什雷科夫看着我们的同志们就义。你们慢点儿绞死我们,我们现在想看看我们的同志和朋友们,给一些勇气不足的同志鼓鼓气。”

一片寂静,能听得见雨点落在制帽上的声音……

波波夫大尉站在后面,笑着,露出了被烟熏黄了的牙根;他没有表示反对;老头子们七嘴八舌地喊叫起来:

“可以答应!”

“就让他们两个多活一会儿吧!”

“把他们两个从坑边拉开!”

克里沃什雷科夫和波得捷尔柯夫往人群里走去,人们纷纷朝两边闪开,给他们让出一条路。他们在不远处站了下来,人们从四面密密层层地围住他们,几百双眼睛紧紧盯住他们。他们看着哥萨克们好不容易使红军战士们背着土坑站成一排。波得捷尔柯夫看得很清楚,克里沃什雷科夫却要伸长他那没有刮过的细脖子,踮起脚尖才能看得见。

站在左边尽边上的是彭楚克。他微微佝偻着身子,很吃力地喘着气,眼睛看着地面,抬都不抬。他这边是拉古京,拉古京弯着身子,拉着衬衣的底边去遮盖破裤腿;第三个是唐波夫人伊格纳特;再过来是万卡·包尔德列夫,他的样子至少老了有二十岁,简直叫人认不出来了。波得捷尔柯夫再看第五个,好不容易才认出那就是嘉桑乡的哥萨克马特维·萨克玛托夫,从在卡敏镇工作那时候起,他和他就同甘苦、共患难了。又有两个人走到坑边,转身背对着坑。彼得·雷西柯夫带着挑衅、逞强的意味笑着,高声骂着娘,对安静下来的人群挥舞着握得紧紧的肮脏的拳头。考列茨科夫一声不响。最后一个人是架过去的。他向后仰着,用死沉沉地耷拉着的两条腿划着地面,用手紧紧抓住拖他的两个哥萨克,摇晃着流满眼泪的脸,挣扎着,声嘶力竭地叫喊着:

“放了我吧,弟兄们!放了我吧,看在我主耶稣面上!弟兄们!好人们!亲弟兄们!……你们这是干什么呀?!我在俄德战争时候得过四颗十字章呢!……我还有孩子呀!……天呀,我没有罪呀!……哎呀,你们为什么呀?……”

一个高大的阿塔曼团的哥萨克用膝盖朝他的胸膛一顶,把他推倒在坑边上。这时候波得捷尔柯夫才认出了这个挣扎的人,不由得吓了一跳:这是一个十分勇敢的红军战士,是一九一〇年宣誓的米古林乡的哥萨克,四个等级的十字章都得过,还是一个留着很漂亮的淡黄色胡子的小伙子。几个人把他架了起来,但是他又倒了下去;他在哥萨克们的脚底下爬,把干裂的嘴唇贴到他们的靴子上,贴到

朝他的脸直踢的靴子上,下气不接上气地、十分恐怖地喊叫着:

“不要杀我呀! 可怜可怜我吧! ……我有三个孩子呀……有个小女儿呢……我的亲弟兄们呀! ……”

他抱住那个阿塔曼团哥萨克的两膝,但是那个哥萨克挣了开来,往后一跳,用钉了铁掌的靴后跟使劲朝他的耳朵踢了一下。一股鲜血从另一只耳朵里涌了出来,流进白色的衣领里。

“让他站好!”司皮里道诺夫怒冲冲地喊道。

几个人好不容易把他架起来,让他站好,几个人才跑了开去。对面的一排刽子手端起枪来做准备。人群里哎呀了几声,就静了下来。有一个娘们儿用难听的声音尖叫起来……

彭楚克很想多看几眼那灰蒙蒙的天空和他漂游了二十九年的愁惨惨的大地。他抬起眼睛,看见在十五步远处站得密密的一排哥萨克:有一个高大的哥萨克,眯缝着绿眼睛,一绺头发从帽子底下耷拉到窄窄的白额头上,往前倾着身子,紧紧闭着嘴巴,对直地瞄着他彭楚克的胸膛。还没有开枪,彭楚克就听到一声尖叫;他转过头去,就看见一个生着雀斑的年轻媳妇从人群里跑了出来,朝村子里跑去,一只手紧紧抱着小孩子,另一只手捂着孩子的眼睛。

一阵很不整齐的齐射之后,站在坑边的人摇摇晃晃地倒了下去,开枪的人也朝坑边跑去。

米佳·柯尔叔诺夫看见他枪毙的那个红军战士还在跳,用牙在咬自己的肩膀,就又补了一枪,小声对安得列·卡叔林说:

“你瞧这家伙,把自己的肩膀都咬出血来啦,这一下子像个狼崽子一样,一声不响地死掉啦。”

又有十个判决的人,被枪托子推着、捣着,站到了土坑边……

第二阵齐射以后,妇女们一齐尖叫起来,纷纷离开人群,拉着孩子们,跌跌撞撞地朝村子里跑去。男子汉们也开始走散了。可憎的杀人场面、临死的人的喊叫声和哼哼声、那些等待枪毙的人的吼叫声——这整个的场面惊心动魄,可怕极了,很多人受不了,纷纷走掉了。剩下的只有上过前线、见过很多死亡场面的哥萨克,再就是一些恨得发了狂的老头子。

一批一批的红军战士被押了过来,他们都光着脚,被剥掉了外衣,刽子手也不断地轮换着,一阵一阵的齐射声,劈啪的单发步枪声。对受伤没死的再补上两枪。第一批死尸在间歇的时候已经匆匆地盖上了一层黄土。

波得捷尔柯夫和克里沃什雷科夫走到那些等待枪毙的人跟前,想给他们鼓鼓气，但是言语已经失去了原有的意义，因为这时候占据在这些人心目中的是另外的东西了，再过一会儿他们的生命就要断掉，就像折断的树叶梗子。

格里高力·麦列霍夫从人群里挤出来，朝村子里走去，迎面碰上了波得捷尔柯夫。波得捷尔柯夫一面往后退着，眯缝起眼睛，说：

“你也在这儿吗，麦列霍夫？”

格里高力的脸一下子变成了青灰色，他站了下来。

“在这儿。你看到了嘛……”

“我看到啦……”波得捷尔柯夫撇着嘴笑了笑，带着一股强烈的仇恨望着格里高力那煞白的脸。“你怎么，来枪毙自己的弟兄们吗？你倒戈啦……原来你是这样的人……”他走到格里高力跟前，小声说，“你又给我们干，又给他们干吗？谁给的好处多些？哼，你这样的！……”

格里高力抓住他的袖子，气呼呼地问道：

“你记得格鲁博克那一仗吗？你该记得，是怎样枪毙那些军官的……是你下命令枪毙的！是吧？现在轮到你啦！好啦，别难过！倒霉的不是你一个人！顿河苏维埃人民委员会主席，你威风够啦！你这个坏家伙，把哥萨克都出卖啦！明白吗？还有什么好说的？”

贺里散福抱住发了狂的格里高力，把他拖到了一边。

“咱们找咱们的马去。回家去！咱们呆在这儿没什么意思。天啊，人对人太残忍啦！……”

他们朝前走去，后来听到波得捷尔柯夫说话的声音，又站了下来。波得捷尔柯夫在上过前方的哥萨克和老头子们的层层包围中，慷慨激昂地高声叫道：

“你们太落后……眼睛都瞎啦！你们都是瞎子！军官们骗了你们，叫你们杀起自己的同胞兄弟！你们以为，把我们杀了，事情就这样了结啦？不会的！今天你们枪毙我们，明天就要枪毙你们啦！苏维埃政权一定会在全国建立起来。你们就记住我的话吧！杀人不会白杀的！你们这些人太糊涂啦！”

“到时那些人我们也要这样收拾！”一个老头子跳出来说。

“老人家，你们是不能把所有的人都杀光的，”波得捷尔柯夫笑着说，“也不能把整个俄罗斯都吊到绞架上去。当心自己的脑袋吧！你们以后会后悔的，不过到那时候就晚啦！”

“你别吓唬我们！”

“我不是吓唬你们，我是指路给你们走。”

“波得捷尔柯夫，你自己才是瞎子哩！莫斯科把你的眼睛糊住啦！”

格里高力没有听完就走了，几乎是跑进了拴马的院子，他的马听见枪声，正在闹腾。格里高力和贺里散福紧了紧马肚带，打着马跑出了村子，他们连头也没回，一口气翻过了山冈。

可是在波诺马廖夫村还在冒着步枪射击的硝烟：维奥申乡、卡耳根乡、博柯夫乡、克拉司诺库特乡和米留金乡的哥萨克在枪杀嘉桑乡、米古林乡、拉兹道尔乡、库穆沙特乡和巴克拉诺夫乡的哥萨克……

土坑填得满满的。盖上黄土，用脚踩结实了。两个戴了黑色面罩的军官抓住波得捷尔柯夫和克里沃什雷科夫，把他们拉到绞架跟前。

波得捷尔柯夫英勇无畏地昂然抬起头来，站到一张凳子上，把黑黑的粗脖子上的衬衣领子解开，连一根筋都没有哆嗦，自己把擦了肥皂的绞索套到脖子上。两个军官把克里沃什雷科夫拉过去以后，其中一个军官推着他站到凳子上，他也套上了绞索。

"请允许我在死前最后说几句话。"波得捷尔柯夫请求说。

"说吧！"

"请说！"上过前方的哥萨克们叫道。

波得捷尔柯夫挥手指了指已经变稀了的人群，说：

"你们看看吧，愿意看我们死的人只剩下很少的几个啦！很多人都还有良心嘛！我们为了劳动人民，为了劳动人民的利益，不顾惜自己的生命，和将军们的狐群狗党作战，现在却要死在你们的手里！但是我们并不痛恨你们！……你们是不幸被欺骗的人！等到革命政权建立起来，你们就会明白，真理在哪一方面。你们埋进这坑里去的都是静静的顿河的优秀儿女……"

忽然人群里的说话声越来越大，波得捷尔柯夫的声音听不清了。一个军官利用这个机会，很麻利地一脚把波得捷尔柯夫脚下的凳子踢开了。波得捷尔柯夫的高大而沉重的身子摇摆了两下，就向下坠去，于是两只脚够到了地面。套在喉咙上的绞索紧紧勒着他，逼得他往上探着身子。他踮起脚，用光脚丫的两个大脚趾踩在潮湿的烂泥地上，张开嘴喘着气，用凸出来的眼珠子扫着安静下来的人群，声音不太高地说：

"你们还没有学会绞人呢……要是我来绞你，司皮里道诺夫，决不会叫你够到地面……"

他的嘴里冒起一团一团的唾沫。戴面罩的两名军官和近处几个哥萨克忙乱了一阵子，好不容易把他那已经没有力气的沉甸甸的身子重新抬上凳子。

没有让克里沃什雷科夫把话说完，凳子就从他的脚下飞开，碰在不知是谁扔下的一把铁锹上了。干瘦而健壮的克里沃什雷科夫摇晃了老半天,时而身子缩成一团,缩得膝盖碰到下巴,时而哆哆嗦嗦地重新伸直开来……直到波得捷尔柯夫脚下的凳子第二次被踢开,克里沃什雷科夫还活着,还在抽搐,还在转动耷拉到一边的黑舌头。波得捷尔柯夫又一次沉甸甸地坠了下去,光皮上衣肩上的缝儿裂了开来,可是脚指头尖又碰到了地面。哥萨克人群里低沉地哎呀了一声。有些人画着十字,开始走散了。大家一下子全没有了主意,一时间都像中了魔法一样呆住了,惶恐地望着波得捷尔柯夫的铁青的脸。

但是他不能出声了,绞索紧紧勒住了喉咙。他只是转悠着眼睛,眼睛里的泪水像小河一样直往下淌,并且撇着嘴,为了减轻痛苦,身子非常难受、非常可怕地向上伸着。

有一个人醒悟过来,用铁锹刨起土地。他急急忙忙地把波得捷尔柯夫脚下的泥土一团一团地往外刨,每刨一下,波得捷尔柯夫的身子就伸直一点儿,脖子也越来越长,头发微微拳曲的脑袋往后仰得越厉害。绳子勉勉强强地吊着六普特重的身子;绞架的横梁咯吱咯吱响着,轻轻摇晃起来,波得捷尔柯夫随着横梁那有节奏的晃动摇摆着,向四面转悠着,好像是要让杀人的凶手们看看他那紫黑色的脸和淌满了一道道热泪和唾沫的胸膛。

三十一

米沙·柯晒沃依和“杰克”等到第二天夜里,才从卡耳根镇上走出来 。雾气弥漫在草原上,缭绕在山沟里,铺满了洼地,遮盖住断崖陡坡。笼罩着雾气的丘冈亮闪闪的。鹌鹑在嫩草丛中叫着。再就是高高的天上飘游着一轮明月,就像边上长满芦苇和榛丛的池塘中的一朵盛开的睡莲花儿。

他们一直走到黎明时候。北斗星已经看不见了。下起了露水。离下亚布洛诺夫村已经很近了。但是就在离村子三俄里的一个冈头上,六个哥萨克追上了他们。六个哥萨克是骑了马跟着他们的脚印追来的。米沙和"杰克"本来已经躲到了一旁,但是草又矮,又有月光……他们被逮住了……哥萨克们赶着他们往回走。一声不响地走了有百十丈远。后来开了一枪……"杰克"就像一匹害怕自己的影子的马一样,脚步杂乱地侧歪着身子走起来。而且也不是跌倒的,好像是脸朝着一丛灰色的野蒿很别扭地躺下去的。

米沙走了有五分钟,觉得身子发麻,耳朵里嗡嗡直响,两只脚在干地上就像粘住了似的。后来他问道:

"你们他妈的为什么不打死我?干吗慢慢折腾我?"

"走吧,走吧,少说废话!"一个哥萨克很和善地说。"我们把那个庄稼佬打死,把你留下。俄德战争的时候你是在十二团吧?"

"在十二团。"

"你还可以到十二团当兵。你这小子还年轻。有点儿迷了路,不过这不要紧。我们能把你治好。"

三天以后,卡耳根镇上的军事法庭就来"治"米沙了。那时候,军事法庭只有两种处治办法:枪毙和打屁股。判处枪决的,到夜里就押到沙土冈后面去执行;认为有希望改造的,就在广场上用树条子当众打屁股。

星期天一大早,刚刚把长板凳放到广场中央,人们就从四面八方来了。广场上挤得满满的,晒台上、棚子旁边堆的木板上、很多屋顶和店铺顶上都站满了人。第一个挨打的是亚历山大洛夫,是格拉乔夫村一个神甫的儿子。他是个很卖力的布尔什维克,论案情,应该枪决,可是他的父亲是大家尊敬的一位好神甫,所以法庭判定对这个神甫的儿子抽打二十下。几个人脱去亚历山大洛夫的裤子,把他按到长板凳上,一个人骑在他的腿上(两条胳膊绑在长板凳底下),两个人手握柳条站在两边。打完了,亚历山大洛夫站起来,抖了抖身上的灰,一面提裤子,一面向四面鞠躬。他因为没有被枪毙,十分高兴,所以又鞠躬,又道谢:

"多谢多谢,诸位老人家!"

"快穿上裤子,请便吧!"有人回答说。

全场响起一阵十分响亮的哄然大笑,就连坐在不远处棚子里的被捕的人也都笑了。

根据判决,也把米沙重重地抽了二十下。但是最使他受不了的不是疼,而是羞辱。全镇的老老少少都看见他挨打了。米沙提起裤子,几乎是带着哭腔对打他的那个哥萨克说:

“很不对头！”

“怎么不对头？”

“思想好坏是脑袋的事，可是要屁股负责任。这一下子一辈子难见人啦。”

“不要紧，怕丑又不是饿肚子，丑不死的，”那个哥萨克安慰他说，并且想叫挨打的人开开心，又说：“你这小子可真够结实的，有两三下子我打得够狠的，想叫你叫唤叫唤……我一看，没门儿，别想使这人叫一声。前天我打过一个人，那位老弟拉了一裤子屎。真是太禁不起打了。”

第二天，根据法庭判决，把米沙送往前线。

“杰克”是两天以后才埋掉的：亚布洛诺夫村村长派的两个哥萨克，挖了一个不深的坟坑，他们把腿耷拉在坑里，抽着烟，坐了老半天。

“这地方的土真硬。”一个说。

“简直像铁一样！从来没有耕过嘛，日久天长就板结了。”

“噢……这小伙子睡的可是一块好地方，还是在高坡上呢……这儿有风，又干燥，又有太阳……不会很快就烂掉的。”

他们对趴在草地上的“杰克”看了看，站起身来。

“脱掉他的靴子吗？”

“当然要脱掉，他的靴子还好好的呢。”

他们按照耶稣教的规矩把他放进坟坑里；头朝东，脚朝西；用厚厚的黑土埋了起来。

“要踩结实吧？”当他们埋得和地面一样平的时候，一个年轻些的哥萨克问道。

“不用啦，就这样吧，”另一个人叹了一口气，“等天使吹起最后审判的喇叭，反正他会更快当地站起来的……”

过了半个月，小小的坟堆上长出了车前草和嫩蒿，野燕麦在上面吐了穗，山芥菜在旁边开起好看的黄花儿，草木樨垂下一条条绒线一样的穗头，还有薄荷、大蓟和珠果的气味。不久，附近的村子里来了一个老头子，在坟前挖了个小坑，栽上了一根新刨的橡木桩子，上面钉着一块供牌。在供牌的三角形水檐下的阴影里，是圣母悲哀的面容。在下面的檐板上写着两行黑黑的斯拉夫花体字：

弟兄们，在荒乱年月里
不要苛责自己的兄弟。

老头子走了,供牌却留在草原上,那无限凄凉的样子使过路的人看了眼睛发酸,在心中勾起一股莫名的忧伤。

还有,五月里,野鸭子在供牌旁边打架,在瓦灰色的野蒿里做窝儿,把附近快要成熟的冰草压成一片绿毡:那是野鸭子厮打的战场,争的是母鸭子,争的是生存、爱情和生儿育女的权利。过了不久,就在这供牌附近,在一个小土包脚下,在乱蓬蓬的老蒿底下,一只母鸭子生下九个蓝中带黄的花蛋,母鸭子便卧在这些蛋上,用自己身体的温暖来孵化,用灿烂有光的翅膀保护着。

卷 六

一

一九一八年四月，顿河地区出现了大分化的局面：北方几个州——霍派尔州、大熊河河口州和上顿河州的一部分——的上过前方的哥萨克，都跟着米洛诺夫和退却的红军走了；下游几个州的哥萨克在争夺每一寸顿河土地，打得他们节节败退，把他们逼到了顿河地区的边境上。

霍派尔州的哥萨克差不多全部跟着红军走了，大熊河河口州跟着走的有一半，上顿河州跟着走的只是一小部分。

到一九一八年，历史才使顿河上游和下游的哥萨克彻底分化了。但是分化的苗头早在几百年前就出现了，那时候北方各州的哥萨克比较穷苦，既没有亚速海滨的肥沃土地，又没有葡萄园，也没有很好的渔场和猎场，他们常常离开契尔卡斯克地方，到俄罗斯土地上到处流荡，成为一切造反者的可靠支柱，从拉辛到谢卡奇，都依靠这些人。

就是在近代，每当整个军队在统治者重压之下暗暗骚动的时候，上游的哥萨克都要公开暴动，由自己的首领率领着，动摇沙皇统治的根基：同沙皇的军队作战，抢劫顿河上的船队，并且跑到伏尔加河上，鼓动已被征服的查波罗什人叛乱。

到四月底，顿河流域已经有三分之二的地区没有了红军。等到明显地出现了建立地区性政权的必要之后，在南方作战的一些白军的头子们就倡议召开军人联合大会。决定于四月二十八日在诺沃契尔卡斯克召开由顿河临时政府委员和各乡镇各部队代表参加的大会。

鞑靼村收到维奥申乡乡长的通知，通知说四月二十二日要在维奥申镇上召开全乡代表大会，选举出席军人联合大会的代表。

米伦·格里高力耶维奇·柯尔叔诺夫在村民大会上宣读了通知，村里就推选他、包加推廖夫老爹和潘捷莱·普罗柯菲耶维奇去参加乡代表大会。

在乡代表大会上,潘捷莱·普罗柯菲耶维奇也和其他一些人一起被选为出席军人联合会的代表。他当天就从维奥申镇上回来了,为了提前赶到诺沃契尔卡斯克,他决定第二天就跟亲家公一起上米列洛沃夫去(米伦·格里高力耶维奇要上米列洛沃买煤油、肥皂和其他的日用品,还想顺便给莫霍夫的磨坊买筛子和轴承合金,弄点外快)。

天一亮他们就动身了。米伦·格里高力耶维奇的两匹大青马拉着四轮大车轻快地跑着。两位亲家紧挨着坐在漆得花花绿绿的车座上。上了山冈,他们就闲聊起来;米列洛沃驻扎着德国人,所以米伦·格里高力耶维奇不免有些担心地问道:

"怎么样,亲家,德国人不会把咱们扣下来吧?他们都是一些凶狠的家伙,落到他们手里就完啦!"

"不会的,"潘捷莱·普罗柯菲耶维奇很有把握地说,"马特维·卡叔林前两天上那儿去过,他说,德国人胆子很小……不敢碰哥萨克。"

"噢!"米伦·格里高力耶维奇在狐狸毛一样的红胡子底下笑了笑;他显然已经放下心来,就换了话题:"你看,该成立什么样的政府呢?"

"要成立军政府!选咱们自己人!选一个哥萨克!"

"但愿这样啊!你们要好好地选一选!要像茨冈人挑马那样,在将军们当中好好地挑一挑。可不能挑有毛病的。"

"能挑出好的来。顿河上的聪明脑袋瓜还不少呢。"

"这话很对,很对,亲家……聪明人和傻瓜都不用栽种,自己就能长出来。"米伦·格里高力耶维奇眯缝起眼睛,他那斑斑点点的脸上出现了愁容。"我本来想把我的米佳培养成材,想叫他上上学,好当军官,可是他连教区小学都没有念完,到第二年冬天他就逃学啦。"

他们有一小会儿没有说话,心里想着不知道跑到哪里去追赶红军的儿子们。四轮大车在坑坑洼洼的大路上颠簸着;右边的大走马磕绊了两下,没有磨光的马掌咔嚓咔嚓地响了几声;大车摇晃起来,紧紧挨在一起的两位亲家就像两条在下子的鱼那样,肋骨跟肋骨磨蹭起来。

"咱们的哥萨克都在哪儿呢?"潘捷莱·普罗柯菲耶维奇叹了一口气。

"顺着霍派尔河往上去啦。加尔梅克佬菲多特从库梅尔仁回来啦,他的马被打死啦。他说,咱们的人好像在朝济山镇方向去呢。"

他们又不做声了。微风吹得脊背冷飕飕的。后面,顿河那边,树林、草地、水泊和光秃秃的田野，经火红的朝霞一照，都神态庄严地、无声无息地闪着红光。一带沙丘就像一摊黄黄的蜂蜜，像驼峰似的一道道波浪隐隐泛着青铜色。

春天的步伐很不整齐。灰中透绿的树林已经换上鲜艳的深绿色盛装，原野上开遍了野花，春水已经退了，只是在河边滩地上留下无数亮闪闪的小水洼；可是在陡坡下面的深沟里，还有温暖日子里没有化尽的残雪紧紧贴在黄土上，亮晶晶的，白得耀眼。

第二天傍晚时候来到米列洛沃，他们就歇在一个熟识的乌克兰人家里，这个乌克兰人就住在一座高大的褐色粮仓旁边。第二天早晨，吃过早饭以后，米伦·格里高力耶维奇就套上车，上铺子里去买东西。他顺利地过了铁路道口以后，就生平第一次看到了德国人。三个德国兵迎着他走来。其中的一个，个头儿小小的，弯弯的栗色大胡子一直长到耳朵边上，摆手打了一下招呼。

米伦·格里高力耶维奇勒住马，带着担心和等待的神情咬着嘴唇。德国兵来到跟前。一个又高大又肥胖的普鲁士人龇着白牙笑着，对他的同伴说：

“这是道地的哥萨克！瞧，还穿着哥萨克制服呢！他的儿子一定跟咱们打过仗。咱们来把他逮起来，送到柏林去。这可是一样顶有意思的展览品！”

“咱们光要他的马，叫他滚蛋好啦！”那个一脸栗色大胡子的小矮子绷着脸回答说。

他小心地从马旁边绕了个圈儿，来到大车跟前。

“下来，老头子！我们要用用你的马——这个面粉厂有一批面粉要运到车站去。快点，下来，快给我下来！回头可以到司令部来领你的马。”德国兵用眼睛瞟了瞟面粉厂，又做了一个不容许怀疑他的话的手势，请米伦·格里高力耶维奇下车。

另外两个德国兵朝面粉厂走去，不住地回头望着，笑着。米伦·格里高力耶维奇的脸一阵红，一阵灰黄。他把缰绳缠到辕杆上，很轻捷地从车上跳了下来，跨到马前面去。

“亲家没有来，”他脑子里闪了一下，心里凉了一会儿，“他们要把马抢走啦！唉，真倒霉！他妈的！”

那个德国兵紧紧闭着嘴唇，抓住米伦·格里高力耶维奇的袖子，打着手势，叫他往面粉厂里去。

“放开！”米伦·格里高力耶维奇的身子往前探了探，脸色更灰白了。“手放规矩点儿，别碰我！我的马不能交给你们！”

德国兵从他的声音猜出了他回答的意思。德国兵忽然露出一脸凶相，张大了嘴,露出白中带青的牙齿,恶狠狠地瞪大了两个眼珠子,气势汹汹地、哇啦哇啦地叫了起来。他一下子抓住挂在肩上的步枪的皮带,就在这一刹那间,米伦·格里高力耶维奇使出年轻时的劲头儿:飞起一拳,几乎连抡都没抡,狠狠打在他的颧骨上。这一拳打得他的头咔嚓晃了一下,下巴上的钢盔皮带叭的一声断了。德国兵平平地倒在地上,正要挣扎着起来,嘴里吐出来一团深红色的血块子。米伦·格里高力耶维奇又补了一拳,这一拳打的已经是后脑勺了;他朝四下里望了望,便弯下身子,飞快地抓起步枪。这时候他的脑子活动得非常快,而且格外清楚。他在掉转马头的时候,就知道这个德国兵不会对着他的脊梁开枪了,怕只怕铁路栅栏外面或者铁路线上的哨兵看见。

两匹大青马就是在赛马的时候也没有这样狂跑过!就是在迎接新娘子的时候,车轮子也不曾转得这样飞快!"主啊,救救我吧!主啊,多多保佑吧!看在天父的面上……"米伦·格里高力耶维奇在心里念叨着,一个劲儿地拿鞭子照马背上抽。他的爱财心差一点儿害了他:他想跑到住处去取他丢下的车毯,但是冷静一想,转了念头,便掉转了方向。他赶着马飞跑了二十俄里,一口气跑到奥列霍村,就像后来他自己说的,比神仙伊里亚的飞车还快。一到奥列霍村,他就跑到一个熟识的乌克兰人家里,失魂落魄地把事情对主人说了一遍,要求主人把他和马掩藏起来。那个乌克兰人藏是让他藏了,可是先把话说明白了:

"我可以把你藏起来,可是如果他们来拷问我,格里高力耶维奇,我还是要说出来的,因为我犯不着!他们会烧房子,会把我逮起来,铐起来的。"

"好人呀,你把我藏起来吧!你要我怎么谢你,就怎么谢你!不管把我藏到什么地方,只要能救我一命,我送你一群羊!送你十只大肥羊!"米伦·格里高力耶维奇一面又是央告又是许愿,一面把大车往棚子底下推。

他害怕追赶,比怕死还厉害。他在乌克兰人家里呆到黄昏时候,天一黑,他就溜了。一出了奥列霍村,他就赶着大车飞跑起来,一团团的汗沫从马的两边直往下掉,大车轰隆轰隆地响着,轮子上有些辐条都绞到了一块儿,快到下亚布洛诺夫村,他才定下神来。快要进这个村子的时候,他从座位底下抽出夺来的步枪,看了看枪上的皮带,皮带里边还有用化学铅笔写的字,他轻松地咯咯了几声,说:

"怎么样,鬼儿子们,你们追上了吗?你们还早着哩!"

他一直也没有给乌克兰人送羊去。秋天他又打那儿路过,看到乌克兰人那盼望的眼神,回答说:

"我家的羊都瘟死啦。真是糟透啦……这不是,我从自家园子里摘了些梨来，酬谢你的一番情意！”他从大车上倒下几十个在路上碰得稀烂的梨子，把狡猾的眼睛转向一旁，说：“我家的梨子好吃极啦……都熟透啦……”说过就走了。

米伦·格里高力耶维奇从米列洛沃飞跑出来的时候，他的亲家公已经到了车站上。一个年轻的德国军官签发了通行证，通过翻译对潘捷莱·普罗柯菲耶维奇盘问了一番，一面抽着廉价的雪茄烟，用关心弱者的口气说：

“您去吧，不过要记住，你们得成立一个开明的政府。选总统也好，选皇帝也好，随你们的便，不过有一个条件，就是这个人管理国家要开明，能够执行正确对待我们国家的政策。”

潘捷莱·普罗柯菲耶维奇非常不高兴地看了看德国军官，不想和他说下去，领到通行证以后，马上就去买票。

诺沃契尔卡斯克的年轻军官多得使他吃惊：他们一群一群地在大街上逛荡，下馆子，带着太太、小姐们玩，在将军府和准备做大会会场的法院大楼旁边溜达。

潘捷莱·普罗柯菲耶维奇在代表宿舍里遇到好几个同乡人，还有一位叶兰乡的朋友。代表中间多数是哥萨克，军官并不多，而乡镇知识分子的代表总共只有几十名。关于选举地区政府问题，各种各样的说法都有。只有一点是很明确的：要成立军政府，选举军区司令。大家在传说着一些有声望的哥萨克将军的名字，议论着候选人。

潘捷莱·普罗柯菲耶维奇在来到的那一天的傍晚时候，喝过茶以后，在自己的屋子里坐下来，正要吃家里带来的干粮。他掏出一截咸鲤鱼，切下一块面包。两个米古林乡的代表挨着他坐了下来，另外几个人也走了过来。开头谈的是前线上的局势，渐渐谈起了选举政府的问题。

“像去世的卡列金——愿他在天堂幸福！——那样的，再也找不到啦！”叔米林乡一个长着灰白色大胡子的代表叹着气说。

“这话不错。”叶兰乡的一个代表赞同他的说法。

有一个参加聊天的上尉是别斯谢尔盖涅夫乡的代表，他有些不服气地说：

“怎么没有像他那样的人呢？诸位，你们怎么啦？克拉斯诺夫将军怎么样？”

“哪一个克拉斯诺夫？”

“什么哪一个？诸位，好意思问吗？鼎鼎大名的将军嘛，第三骑兵军团的司令官，雄才大略，得过十字勋章，是一位英明的统帅。”

上尉这番热情洋溢的捧场话惹火了一个前方部队的代表。

“我给你们说实在的吧：我们可是知道他的本事！是一个饭桶将军！在对德战争中，他的好本事都拿出来啦。如果不是革命的话，他一辈子只能当当旅长啦!”

“您不了解克拉斯诺夫将军,老弟,怎么能这样说呢?再说,对于大家都尊敬的一位将军,怎么能这样不礼貌呢?您大概忘记您是一个普通的哥萨克了吧。”

上尉声色俱厉地慢慢说出这番冷冰冰的话来,那个哥萨克慌了,怕了起来,心慌意乱地嘟哝说:

“大人,我说的是我在他手下当兵那时候……他在奥地利前线上弄得我们团进退两难!所以我们才认为他是个饭桶……谁知道他后来怎样……也许,完全不同啦……”

“他的十字章怎么得的呢?你这混账!”潘捷莱·普罗柯菲耶维奇叫鲤鱼刺卡了一下,咳嗽了一阵子之后,也骂起那个部队的代表。“你们都糊涂透了,什么人都骂,什么人都不合你们的心意……这是什么作风!你们要是少说点儿,还不会弄得这样糟呢,还自以为聪明呢,全是胡说八道!”

契尔卡斯克和下游的代表都拥护克拉斯诺夫。老头子们都看中了这位得过十字章的将军;有很多人在日俄战争中就跟着他打过仗。军官们看重的是克拉斯诺夫的经历:他是御林军出身,是一位高贵的、受过上等教育的将军,在皇宫里担任过沙皇驾前的侍从官。自由主义的知识分子满意的是,克拉斯诺夫不仅是一位将军,不仅是行伍中人,而且好歹是位作家,过去,常常在《涅瓦》杂志副刊上读到他写的取材于军官生活的小说;既然是作家,那自然就是一个文化素养很高的人啦。

各个宿舍里都在热心为克拉斯诺夫宣传。别的一些将军的名字在他的名字面前都相形失色了。一些拥护克拉斯诺夫的军官悄悄地在说阿福里康·包加叶夫斯基的坏话,说包加叶夫斯基和邓尼金是一路货,如果选包加叶夫斯基当军区司令的话,只要他们把布尔什维克一打垮,一跨进莫斯科,他就把哥萨克的一切特权和自治权丢到九霄云外啦。

也有人反对克拉斯诺夫。代表中有一个教员就想破坏将军的声誉,但是没有破坏得了。这个教员在代表住的一些屋子里串来串去,像蚊子一样在哥萨克们长满了毛的耳朵边很恶毒地嗡嗡叫着:

“克拉斯诺夫吗?他是一个坏透了的将军,一钱不值的作家!是宫廷里的绣花枕头,马屁精!可以说,他这个人既想发民族财,又想保持民主的清名。你们等着瞧吧,一旦有人收买,他就会两个铜板把顿河卖掉!他是一个小人。是一个卑劣的政客。应该选阿盖耶夫!阿盖耶夫就完全不同啦。”

但是没有人听这个教员的。于是在五月一日,大会的第三天,会场上响起一片呼喊声：

“请克拉斯诺夫将军上台!”

“我们衷心要求……”

“诚心诚意要求……”

“请上台!”

“请我们敬重的将军上台!”

“让他上台,给我们讲讲实际问题!”整个宽敞的大厅里都轰动起来。

军官们都轻轻地拍着巴掌,哥萨克们望着他们,也都轻轻地、很笨拙地拍起手来。他们的手因为干活儿变得又黑又粗糙,发出来的声音干巴巴的,可以说,很不悦耳,和塞满了走廊和过道的那些小姐、太太、军官、学生们的嫩手所发出的音乐般的柔和声音大不一样。

克拉斯诺夫是一位很有风度的将军,高高的个子,虽然上了年纪,依然十分挺拔,身穿将军服,胸前挂满十字勋章和奖章,佩戴着带穗肩章和别的一些将军标记,当他像检阅时那样,迈着矫健的步伐走上主席台时,会场上响起一阵阵的掌声和欢呼声。掌声和欢呼声混成了一片。暴风雨般的狂呼声一阵一阵地在代表们的行列中滚过。将军带着一副很受感动、很兴奋的面孔威风凛凛地站在台上,许多人从他身上隐隐看到了帝国往日威风的影子。

潘捷莱·普罗柯菲耶维奇流出了眼泪,从帽子里掏出一条红手绢,擤了老半天鼻子。“真是一位了不起的将军!好一表人才!这气派就跟皇上一样,就连相貌也很像。甚至还像先王亚历山大哩!”他十分感动地看着站在脚灯边的克拉斯诺夫,心里这样想。

这一次的军人联合大会,即所谓“顿河救亡联合大会”,开得从容不迫。根据大会主席扬诺夫的提议,通过了佩戴肩章和各种军功章的决议。克拉斯诺夫发表了一篇精心编造的漂亮演说。他很沉痛地说到“被布尔什维克作践得不成样子的俄罗斯”,说到俄罗斯“以往的强盛”,说到顿河的命运。他把当前的局势描述了一番之后,又简单地谈了谈德国人的入侵问题。最后他慷慨激昂地说到在打败布尔什维克以后,顿河地区要独立自治,引起一片热烈的赞扬声。

“要由强大的军人联合会来管理顿河地区!革命解放了的哥萨克,要恢复古代一切美好的哥萨克生活方式。我们也要像古时候我们的祖先那样,放开嗓门儿响当当地说:‘白皇帝,你就在莫斯科的石头城里当你的皇帝,这静静的顿河是我们哥萨克的!’”

在五月三日晚间的会议上,克拉斯诺夫少将以一百零七票赞成,三十票反对、十票弃权当选为军区司令。他没有从大尉手里接司令官的权标,先提出两个条件:必须批准他向联合会提出的基本法案,必须授予他统辖的全权。

“我们的国家已经到了生死存亡的关头！只有在充分信任司令官的条件下,我才能接权标。现在的局势如此,干起事情必须有信心,必须有尽职尽责的愉快感,这就必须知道自己已经获得了顿河人心的集中代表,也就是军人联合会的信任,就不能要布尔什维克那样的散漫和无政府状态,必须实行强有力的法治。”

克拉斯诺夫所提出的一些法令,实际上都是草草修补了一下、多少换了换头面的帝俄时代的旧法令。联合大会怎么能不通过呢？代表们都高高兴兴地通过了。一切东西都和原来的一样,就连那改得很不像样子的军旗也和原来的一样:还是蓝、红、黄三色直条,代表着哥萨克、外来户和加尔梅克人。为了迎合哥萨克的心,只对军徽做了根本性的修改:去掉了那只张开翅膀、伸着爪子的凶猛的双头鹰,换成了一个头戴皮帽,携带马刀、火枪和军用品,骑着马站在酒桶上的裸体哥萨克。

一个喜欢拍马屁的头脑简单的代表为了讨好,提出一个问题:

“也许将军大人要提出什么变更,或者修改已经通过的基本法案呢?”

克拉斯诺夫宽厚地笑着,决定开开玩笑让大家笑笑。他用允诺的目光环视了一遍大会的代表们,用志得意满的腔调说:

“可以修改。第四十八条、四十九条和五十条——关于军旗、军徽和军歌的规定,都可以修改。大家都可以提嘛,什么样的旗子都行,就是不能要红旗;什么样的军徽都行,就是不能要犹太人的五角星或者别的什么共济会的标记;什么样的军歌都行,就是不能要‘国际歌’。”

军人联合会在一片哄笑声中批准了这项法案。过后很久大家还纷纷传说着将军开的玩笑。

五月五日大会闭幕。很多人在闭幕式上发了言。克拉斯诺夫和得力助手、南线兵团的指挥官杰尼索夫上校保证在最短期间内消除布尔什维克的祸害。军人联合大会的代表们,因为军区司令选得很满意,又得到了许多前方消息,一个个都心满意足、高高兴兴地走了。

潘捷莱·普罗柯菲耶维奇怀着十分激动和高兴得要爆炸的心情离开了顿河的首府。他完全相信,权标已经掌握在十分可靠的人的手里,不久就可以打垮布尔什维克,他的两个儿子就可以回家种地了。老头子坐在车窗边,胳膊肘撑在小桌上;耳朵里还响着顿河军歌的余音,一些使人振奋的话激荡着他的心腑,好像真的是“正教徒的静静的顿河涌起波涛,奔腾咆哮”了。

但是,离开诺沃契尔卡斯克只有几俄里,潘捷莱·普罗柯菲耶维奇就在车窗里看到了放哨的德国骑兵。一小队德国骑兵正顺着铁路的路基,迎着火车走来。德国骑兵们大模大样的弓着身子坐在马上,一匹匹肥壮的宽屁股大马摇摆着剪得短短的尾巴,浑身的毛被明媚的阳光照得闪闪发亮。潘捷莱·普罗柯菲耶维奇往前探着身子,难受得拧起眉毛,看着德国人的马的铁蹄毫无顾忌、得意洋洋地践踏哥萨克的土地,看了一会儿,就转过身来,将宽阔的脊背靠在车窗上,丧气地垂下头,鼻子眼儿里哼哧了老半天。

二

一列列红色的火车,从顿河上往乌克兰方向开去,在往德国运送面粉、油、鸡蛋和牛。车厢门口都站着头戴无檐制帽、身穿蓝灰色制服、荷枪实弹的德国兵。

德国人的钉了铁掌的结实的黄皮靴踩实了顿河边的大路,德国骑兵在顿河上饮马……可是在同乌克兰接界的地方,被征集起来、刚刚在派尔西阿诺夫卡受完训的年轻哥萨克,却在同彼特留拉的队伍打仗。重新集合起来的顿河哥萨克第十二团,为了给顿河地区争夺一小块多余的乌克兰领土,几乎有一半人牺牲在斯塔罗别尔斯克城下。

在北方,大熊河河口镇在双方手中转来转去:有时候格拉祖诺夫乡、新亚历山大乡、库梅尔仁乡、斯库里申乡和另外几个乡的哥萨克红军队伍占领这个镇,可是一个钟头以后,阿列克塞耶夫的白卫军军官队又把他们打跑了,于是大街上闪来闪去的都是军官队主要成员——普通中学学生、实业学校学生和教会学校学生的大衣了。

上游的哥萨克成群成伙地往北逃,从这个乡到那个乡,像滚雪球一样。红军朝萨拉托夫省的边境退去。霍派尔州几乎全部放弃了。到夏末时候,由一切能拿起武器的各种年龄的哥萨克拼凑成的顿河军已经来到边境上。顿河军在路上进行了改编,又增加了从诺沃契尔卡斯克来的一些军官,就有点像真正的军队了:各乡派出的少数民兵合编到一起;又和俄德战争中生还的官兵编到一起,恢复了原来的正规团的建制;几个团又合编成师;司令部里的一些尉官也换上了几位久经沙场的上校;各级指挥官也都渐渐更换了。

夏末,由米古林乡、麦什柯夫乡、嘉桑乡和叔米林乡哥萨克连队组成的战斗部队,奉阿尔菲洛夫少将的命令,跨过顿河地区的边界,占领了沃罗涅日省边境的第一个村庄顿涅茨村,并且把包古查尔县城包围起来。

鞑靼村的哥萨克连,在彼特罗·麦列霍夫率领下,经过一个个的村庄和乡镇,往大熊河河口州的北部进军,已经有四昼夜了。红军在他们的右方,没有迎战,急急忙忙向铁路线退去。鞑靼村的哥萨克一直没有遇到敌军。他们每天都不走很远。彼特罗和所有的哥萨克都不谋而合,认为犯不着急急忙忙去送死,每天的行程都不超过三十俄里。

他们在第五天进入库梅尔仁乡。在东杜柯夫村渡过了霍派尔河。草甸子上的小虫儿一群一群的,就像轻纱织成的帷幔。细细的、颤颤悠悠的嗡嗡声一直不停地响着。到处有小虫儿乱飞,乱打圈圈儿,往哥萨克和马的耳朵和眼睛里乱钻。马难受得直打喷嚏,哥萨克们用手驱赶,一个劲儿地抽烟,用烟熏。

“真他妈的捣蛋,该死!”贺里散福用袖子擦着流出泪水的眼睛,哼哧着说。

“怎么,钻进眼睛里啦?”格里高力笑着问道。

“把眼睛叮得疼死啦。八成是一只毒虫儿,他妈的!”

贺里散福掀起红红的眼皮,用粗糙的手指头在眼珠子上摩了摩;翘起嘴唇,用手背揉了老半天眼睛。

格里高力和他并马走着。他们从出发的那一天就一直在一起。最近胖了起来、因而越发像女人的安尼凯,也常常跟他们在一块儿。

这支队伍不足一个连。彼特罗的副手是司务长拉推舍夫,他是在鞑靼村入赘的。格里高力担任第一排排长。他这一排里差不多都是村子下头的哥萨克:贺里散福、安尼凯、菲多特·包多甫斯柯夫、马尔丁·沙米尔、伊凡·托米林、细高个儿鲍尔晓夫和笨得像狗熊一样的查哈尔·柯洛列夫、普罗霍尔·泽柯夫、茨冈佬梅尔库洛夫、叶皮番·马克萨耶夫、叶戈尔·西尼林,另外还有十五个年纪差不多的青年小伙子。

第二排排长是尼古拉·柯晒沃依，第三排排长是亚可夫·柯洛维金，第四排排长是米佳·柯尔叔诺夫，在枪杀波得捷尔柯夫的工作队以后，他很快就被阿尔菲洛夫将军提升为上士。

全连放开马在草甸子上小跑起来。一条大路在草甸子上弯弯曲曲地向前伸去，一会儿绕过积满了水的池沼，一会儿钻进到处是嫩芦苇和河柳的洼地。

“马掌”亚可夫在后面粗声粗气地哈哈大笑，安得列·卡叔林那高亢的嗓门儿也在跟着他笑。安得列的中士头衔也是靠波得捷尔柯夫的战友们的鲜血挣来的。

彼特罗·麦列霍夫和拉推舍夫走在队伍的旁边。他们在小声说着话儿。拉推舍夫摆弄着马刀的新绦带。彼特罗用左手抚摩着马，在马的两耳中间挠着。拉推舍夫那饱鼓鼓的脸笑嘻嘻的，那熏黄的牙齿和蛀坏的牙根在稀稀拉拉的小胡子底下闪着黄澄澄、黑油油的亮光。

“牛皮大王”的儿子安季普·阿甫杰伊奇，也就是“小牛皮大王安季普”，骑着一匹瘸腿的花斑马走在最后面。

有的人在说着话儿，有一些人乱了队伍，五个人一列走起来，其余的人都仔细观看着陌生的地势、草甸子、微波荡漾的水泊、一行行的绿杨和翠柳。从行装上可以看出来，哥萨克们是准备远行的：鞍袋都装得鼓了起来，驮包都填得满满的，每个人都细心地把军大衣捆在鞍后皮带上。而且从马具上也可以判断出来：每一根皮带都用麻线缭过，所有的东西都重新缝过，重新配过、修理过。如果说在一个月以前大家都相信不会打仗的话，那么现在却是怀着无可奈何的悲戚感——感到流血是不可避免的了。“今天还披着这张人皮，说不定明天乌鸦就要在荒野上啄这张皮了。”每个人心里都这样想。

过了克列普茨村，右面闪过稀稀拉拉的芦苇顶的草房。安尼凯从裤子口袋里掏出一块干饼，咬下一半，很不文明地龇出小小的门牙，像兔子一样吧嗒着嘴巴，慌不及待地大嚼起来。

贺里散福侧眼看了看他。

“你饿啦？”

“不饿干吗要吃？……老婆烙的嘛。”

“你真能吃！你的肚子简直跟猪肚子差不多。”贺里散福转脸朝着格里高力，用一种生气和抱怨的语气继续说：“鬼东西，那副馋相太不好看啦！那么多的东西他怎么能塞得下呀？这些天我一直注意他，叫人看着简直觉得可怕：人并不大，可是吃起来，那肚子就像个无底洞。”

"吃自家的东西,就要拼命吃。晚上吃下一只羊,可是不等天亮又想吃啦。咱们什么玩意儿都可以吃,不管什么东西,进了嘴就有好处。"

安尼凯哈哈大笑,指着气得直啐唾沫的贺里散福,朝格里高力挤了挤眼睛。

"彼特罗·潘捷莱耶维奇,你打算在哪儿宿营呀?瞧,马都累坏啦!"托米林喊道。

梅尔库洛夫也支持他的意见,说:

"该宿营啦。太阳要落山啦。"

彼特罗用鞭子指了指。

"咱们到克柳契宿营。也许,咱们还能赶到库梅尔仁镇上呢。"

梅尔库洛夫在黑黑的卷胡子底下笑了笑,小声对托米林说:

"想在阿尔菲洛夫手里升官呢,狗东西!慌着往前跑……"

不知是谁,在给梅尔库洛夫理发的时候,想作弄他,把他的胡子剪去了不少,把一部漂亮的大胡子剪成了小胡子,剪得像一个歪歪的小楔子。梅尔库洛夫的样子完全变了,显得非常滑稽好笑,因此就常常成为大家取笑的对象。这时候托米林也忍不住说:

"你不想升官吗?"

"我怎么想升官?"

"你留了一部将军胡嘛。你大概以为,胡子留得像位将军,就能给你一师人带带啦,是吧?你不想冒尖吗?"

"浑蛋,妈的!我跟你说正经的,你倒胡扯起来啦。"

大家说着笑着进了克柳契村。派出去打前站的安得列·卡叔林在村边一户人家门前迎住了连队。

"我们排——跟我来!第一排——就住这三家,第二排——住街左边,第三排——住有水井的那一家,还有紧挨着那四户人家。"

彼特罗走到他跟前,问:

"没有听到什么消息吧?打听过吗?"

"什么也打听不到。伙计,这儿蜂蜜倒是不少。一个老奶奶就有三百箱。到夜里咱们一定要偷一点儿吃吃!"

"哼,哼,别胡闹!谁偷了,我抽谁!"彼特罗皱起眉头,照马身上抽了一鞭。

大家都分散开住下来。把马料理好。天黑了下来。各家房东弄来晚饭让哥萨克们吃了。连里的哥萨克和本村的哥萨克一堆一堆地坐到各家院子外面去年砍倒的赤杨树堆上。东扯西拉地聊了一阵子,就各自散去睡了。

第二天早晨,从村子里出发。快要到库梅尔仁镇了,一个通讯兵追上了连队,彼特罗打开公文封,在马上摇晃着,看了老半天,伸出来的一只手里很吃力地拿着公文,好像拿着的是一样很沉重的东西。格里高力来到他跟前。

“是命令吗?”

“可不是!”

“命令怎么说?”

“麻烦……命令把连队交出去呢。要把我这么大年纪的都调去,在嘉桑镇建立第二十八团。炮手和机枪手也要去。”

“其余的人上哪儿去呢?”

“这上面写着:‘到阿尔仁诺夫镇,听十二团团长调度。火速前往。’瞧吧!要‘火速前往’呢!”

拉推舍夫走过来,从彼特罗手里接过命令。他拧弯了两道眉毛,咕哝着紧绷绷的厚嘴唇,把命令看了一遍。

“走吧!”彼特罗喊道。

连队慢慢向前走去。哥萨克们一再地扭回头,仔细看着彼特罗,等着他说话。彼特罗在库梅尔仁镇上宣读了命令。年纪大些的哥萨克们都忙活起来,准备往回走。大家决定在镇上休息一天,第二天清早就各奔各的方向。彼特罗这一天一直想找机会跟弟弟谈谈,他来到格里高力的住处。

“咱们上操场上去走走。”

格里高力一声不响地走出大门。米佳·柯尔叔诺夫追上了他们,但是彼特罗冷冷地请求他说:

“你去吧,米佳。我要和弟弟谈谈。”

“那好吧。”米佳带着谅解的神情笑了笑,站了下来。

格里高力侧眼看了看彼特罗,看出彼特罗是有要紧的话要跟他谈。他故意不理会他已经猜出的哥哥的意图,装做很带劲儿地说:

“说起来真奇怪:离开咱们家才一百俄里,可是这儿的人就完全不同啦。说话和咱们不一样,房子的样式也不同,就像是旧教徒的房子。你瞧,大门都用木板盖顶,就像是小教堂。咱们那儿可没有这样的。你再看这儿,”他指了指旁边一座很讲究的房子,“墙脚还镶了板子呢,恐怕是为了不叫墙上的木头烂掉,是不是这样呢?”

“算了吧。”彼特罗皱起了眉头。“别说这些啦……等一等,咱们到篱笆跟前去。很多人在看咱们呢。”

很多从操场上走过的哥萨克和妇女都很好奇地望着他们。有一个老头子，穿着蓝褂子，没有束腰带，哥萨克制帽上的红帽箍旧得变成了粉红色，他站下来，问道：

“你们想住下来吗？”

“想住一天。”

“有麦子喂马吧？”

“有一点儿。”彼特罗回答说。

“要是不够，到我家来，我给你两斗。”

“谢谢啦，老大爷！”

“没什么……来吧。那就是我家的房子，绿铁皮顶的。”

“你想谈点儿什么？”格里高力憋不住，皱着眉头问道。

“什么都要谈一谈。”彼特罗有点儿歉疚和不自然地笑了笑，用嘴角咬住小麦色的胡子。“格里沙特卡，这年头要乱啦，也许咱们再也见不到面啦……”

格里高力本来对哥哥怀着一种不自觉的敌意，可是一看到哥哥那种可怜巴巴的笑，听到哥哥又像小时候那样喊他的小名“格里沙特卡”，敌意一下子就烟消云散了。彼特罗很亲切地望着弟弟，依然是那样呆呆地、很不自然地笑着。他的嘴唇一动，敛去了笑容，板起脸来说：

“你看，人和人都分群啦，妈的！就好像用犁头犁了一下子：有的翻到这一边，有的翻到那一边。日子不像日子，年头不像年头！谁也猜不透谁的心思……就拿你来说吧，”他突然把话头一转，“你是我的亲弟弟，可是我不了解你的心思，实在不了解！我觉得，你离我越来越远……我说得对吗？”他又自己回答说：“说的是实话。你正摇摆不定……我怕你会去投红军……你呀，格里沙特卡，到现在还糊涂着呢。”

“你明白了吗？”格里高力回答说，一面望着红日向轮廓模糊的霍派尔河对岸、向山后落去，望着那火红的晚霞，望着一片片的云彩像着了火的黑棉花球一样从西方飘过来。

“我明白啦，我走的是正道，这条道我走定啦！格里什卡，我决不会像你那样摇摆。”

“噢？”格里高力露出愤恨的笑容。

“我决不摇摆！……”彼特罗气冲冲地卷了卷小胡子，一个劲儿地眨巴起眼睛，好像被阳光照得眼花了。“就是用绳子拴着我，也别想把我拉到红军那边去。哥萨克都反对他们，我也反对他们。我不愿意跟大家不一样，以后也决不会！再说也没有必要……我犯不着去投靠他们,走的不是一条路!”

“别谈这些啦。”格里高力无精打采地要求说。

他头一个朝自己的住处走去,竭力把步子放稳,微微弯起的肩膀轻轻摇晃着。

彼特罗在大门口放慢脚步,问道:

“你说说,我想知道……格里什卡,你说说,你不会去投他们吧?”

“不一定……我也不知道。”

格里高力回答得很不干脆,很勉强。彼特罗叹了一口气,但是没有再问下去。他心情激动地走了,面部都消瘦下去了。不管是他,不管是格里高力,心里都十分清楚:过去连结着他们的心的通路,已经因为想法不同而荒芜了,彼此的心不相通了。就好像山沟旁边有一条平坦的羊肠小道,弯弯曲曲地从斜坡上下来,忽然一转弯伸进了沟底,就像切断了一样,不见了,走不通了,一丛一丛的荒草挡住去路,羊肠小道变成了可恨的绝路。

……第二天,彼特罗带着一半人向后转,回维奥申乡。

其余的年轻哥萨克,由格里高力率领着,向阿尔仁诺夫镇开去。

早晨的太阳就火辣辣的。原野上到处冒着褐色的热气。霍派尔河两岸的青山蓝幽幽的,沙丘就像橙黄色的波浪。大汗淋漓的马在哥萨克们身子底下一步一晃地走着。哥萨克们的脸被晒得失去了红润,变成了褐色。鞍架、马镫和笼头上的铁都被晒得发烫,手都不敢去碰。就连树林里也不凉快,又闷又热,散发着浓烈的大雨前的气息。

格里高力苦闷异常。他一整天在马上晃来晃去,断断续续地想着以后的事情;彼特罗的话就像玻璃项圈里的玻璃珠儿一样,在他脑子里滚来滚去,使他很难受。野蒿浓烈的苦涩气味熏得嘴唇痒酥酥的,大路上冒着腾腾的热气。金褐色的原野平平地躺在太阳底下。干热风一阵一阵地在原野上吹过,吹得茂密的青草一起一伏的,卷起一团一团的黄沙和尘土。

向晚时候,一片透明的雾气遮住太阳。天空渐渐晦暗,变成了灰色。西方出现了大片的云彩。云彩一动不动,耷拉下来的云彩边儿贴到了隐隐约约、像一根细纱似的地平线上。过了一阵子,那云彩被风一吹,就气势汹汹地、低低地拖着褐色的尾巴,圆圆的顶端闪着白砂糖似的亮光,威风凛凛地涌了过来。

这支队伍再一次渡过库梅尔加河,进入绿荫如盖的杨树林。杨树叶子被风一吹,忽闪着白中带青的背面,很和谐地低声沙沙响着。在霍派尔河那边,从雪白的云彩边上往大地上洒下夹杂着冰雹的斜雨,那一片斜雨半腰里有一道彩虹,好像是一条花腰带。

他们在一个荒凉的小村子里住了下来。格里高力把马料理好，就朝养蜂的院子里走去。房东是一个鬈发的老头子，他一面拂着落在胡子上的蜜蜂，一面焦急地对格里高力说：

“这一箱是前几天才买的。弄回来以后，不知为什么幼蜂全死啦。瞧，正在往外拖死蜂呢。”他在一只蜂箱旁边站下来，指了指蜂房的出入口：蜜蜂不停地把死掉的幼蜂往外拖，拖到外面，又叼着死蜂嗡嗡地飞了开去。

房东很惋惜地眯缝着红红的眼睛，痛心地吧嗒着嘴唇。他走起路来一冲一冲的，猛烈而生硬地甩动着两条胳膊。他格外好动，格外粗鲁，动作又迅猛又急促，给人一种惶惶不安的感觉，在养蜂场里他这一切似乎是多余的，因为巨大的蜂群在这里从容不迫、有条不紊地进行着缓慢而有益的工作。格里高力仔细看着他，很有些反感。他所以不由自主地产生反感，是因为这个慌手慌脚的肩宽背阔的老头子说起话来吱吱喳喳的，而且说得非常快：

“今年的蜜收了不少。薄荷花开得很旺，采了不少薄荷花蜜。用养蜂架子，比用蜂箱好。这就是我弄的……”

格里高力喝的茶也掺了蜂蜜，那蜜又浓又黏，就像糨糊一样。蜂蜜散发着薄荷、三叶草和野花的甜甜的气味。给他斟茶的是房东的女儿——一个高高的、很漂亮的风流女子。她的丈夫跟着红军走了，所以房东拼命献殷勤，赔小心。女儿抿着薄薄的、淡红色的嘴唇，从眼睫毛底下一再地向格里高力送秋波，他也不去理会。她伸手来端茶壶，于是格里高力看到了她那黑油油的、弯弯的腋毛。他不止一次碰到她那试探的、脉脉含情的目光，他甚至感觉到，他们的目光一碰到了，她的脸上就浮起两片红云，嘴角就隐隐露出微笑。

“我给您把铺打在上房里。”喝过茶以后，她抱着枕头和垫子从旁边走过，用毫不掩饰的火辣辣的眼睛瞟着格里高力，对他说。她一面抖搂着枕头，一面又含糊又快速、好像随随便便地说：“我睡在棚子里……屋子里太闷啦，又有跳蚤咬……”

格里高力一听到老房东的打鼾声，就脱掉靴子，到棚子里去找她。她在卸掉了前辕的大车上给他让了块地方，把大皮袄往身上拉了拉，两条腿一挨到格里高力的腿，就不做声了。她的嘴唇又干又硬，有一股大葱气和说不出的清爽味儿。格里高力躺在她的黑黑的、细细的胳膊上，一直睡到黎明时候。她一整夜都紧紧把他搂在怀里，如饥似渴地跟他亲热，带笑带玩儿地咬得他的嘴唇出血，他的脖子上、胸膛和肩膀上留下不少她亲他时咬出的红点子和她那又细又尖的牙齿的小小印子。鸡叫三遍以后,格里高力本来想回到上房去睡,可是她不叫他走。

“让我走吧,心肝儿,让我走吧,我的小乖乖!”格里高力的嘴巴在耷拉着的黑胡子底下不出声地笑着,央告说,一面轻轻地往外挣着。

“再睡一会儿……睡一会儿嘛!”

“别人会看见呀！瞧,天快亮啦!”

“看见就看见好啦!”

“要是叫你爹看见呢?”

“我爹知道。”

“他怎么知道?”格里高力吃惊地抖了抖眉毛。

“他是知道……”

“这就怪啦！他怎么能知道呢?”

“是这么回事儿……他昨天对我说:要是这个当官的来找你,你就跟他睡一觉,对他说说,要不然会因为盖拉西姆的事,把咱们的马或者别的什么弄走……盖拉西姆是我的男人,跟着红军走啦……”

“哦,是这——这样啊!”格里高力讪讪地笑了笑,但是心里很不舒服。

她一下子就把不愉快的感觉驱散了。她恋恋不舍地贴在格里高力的胳膊上,哆嗦着说:

“我男人可不像你这样……”

“他又怎样呢?”格里高力用两只清醒的眼睛望着灰白色的苍穹,问道。

“他一点也不中用……没有劲儿……”她很信赖地朝格里高力身上贴了贴,声音中露出了哭腔。“我跟他过得一点都不甜……干床上的事儿他不行……”

一颗陌生的、像孩子那样单纯的心在格里高力面前赤裸裸地打了开来,就像一朵花儿吸饱了露水,一下子绽开了。这使他陶醉,唤起轻微的怜悯心。格里高力一面跟她亲热,温柔地抚摩着临时伴侣的乱蓬蓬的头发,合上了疲倦的眼睛。

已经暗淡的月光从芦苇棚顶的缝隙中透了进来。一颗流星离开天空,飞速地朝地平线滑去,在灰白色的天上留下一道荧光闪闪、一动不动的白印子。池塘里有一只母鸭子呱呱叫了起来,一只公鸭子也用沙哑的喉咙亲亲热热地回答着。

格里高力轻飘飘地拖着筋疲力尽、充满了疲倦的快感的身子回到上房里。他在嘴上咂摸着她的嘴唇那咸咸的味道,脑子里恋恋不舍地回味着她那欲火如焚的身体和身体的气味——那种薄荷蜜、汗和体温的混合气味,不觉睡着了。

过了两个钟头,哥萨克们把他叫醒了。普罗霍尔·泽柯夫给他备好马,牵到大门外。格里高力硬顶住房东那隐隐露出敌意的目光,跟他告过别,对着正往房里走的房东女儿点了点头。她低下头,那薄薄的、抹了淡淡的胭脂的嘴角泛着微笑和隐隐约约的留恋、伤感神情。

格里高力顺着胡同走去,不住地回头看着。胡同像一张弓似的绕过他住宿的人家,于是他看到,他温存过的女子转悠着头,用晒得黑黑的小手在眼睛上搭个凉棚,正隔着篱笆看他呢。格里高力突然涌起一股惆怅心情,也不住地回头望着,希望能回想起她的脸部表情和她的身体,但是回想不起来了。他只看见,那女子的戴着白头巾的头慢慢转悠着,用眼睛注视着他。葵花头儿就是这样转悠着,注视缓缓绕圈儿走的太阳的。

米沙·柯晒沃依像个犯人一样被押出了维奥申镇,被送往前方。他来到菲多谢耶夫镇,这儿的乡长把他扣留了一天,又把他押回维奥申镇。

"为什么又把我送回去?"米沙问乡公所的书记。

"维奥申乡有公事来啦。"书记很勉强地回答说。

原来,米沙的母亲在村民大会上向老头子们下跪求情,老头子们就共同写了一份申请书,说米沙·柯晒沃依是家里唯一的劳动力,要求让他回来当马倌。米伦·格里高力耶维奇亲自带着申请书去找乡长。乡长批准了。

在乡公所里,乡长对立正站在他面前的米沙训斥了一顿,后来放低了嗓门儿,气呼呼地结束了训话:

"保卫顿河的事我们不能交给布尔什维克去干!你到牧场上,去当马倌,以观后效。你给我小心点儿,狗崽子!我是可怜你老娘,要不然啊……滚吧!"

米沙在晒得热烘烘的街道上走着,已经没有人押解了。背包勒得肩膀很疼。走了一百五十俄里的路,两条腿已经累坏了,很不听使唤。天黑前他勉勉强强赶回村子,第二天,母亲大哭了一场,难分难舍地跟他亲热了一阵子,他就到种马牧场上去了,脑子里还一直记挂着母亲那苍老了的脸和他第一次在她头上发现的银丝。

卡耳根镇以南,有一片长二十八俄里、宽六俄里、从未开垦过的公共草原。这片好儿万亩的土地是专门划出来放牧维奥申乡的种马的,所以就叫种马牧场。每年到叶戈尔节的时候,马倌们就把熬过了冬天的种马从过冬马棚里赶出来,从维奥申镇上赶到种马牧场上来。用乡里的公款在牧场当中修造了马棚,旁边还有可以容纳十八匹马的夏季露天马槽,还有木板房,是给马倌、场长和兽医住的。维奥申乡的哥萨克纷纷把骒马送来配种,兽医和场长在接收骒马的时候都非常严格，每匹骒马的个头儿都不能低于两俄尺，年龄都不能小于四岁。把每四十匹健壮的骒马分成一群。每一匹种马都带上自己的一群骒马到草原上去，不准别的公马侵犯自己的骒马群。

米沙骑着家里仅有的一匹骒马出了门。母亲一面送他，一面用围裙擦着眼泪说：

"也许，这骒马还能配上种呢……你要照应好，别累坏了。要是能生一匹马，那就太好啦！"

晌午时候，米沙透过洼地上腾腾上升的蒸气，望见了板房的铁顶和被雨淋成了灰色的马棚木板顶。他照骒马身上抽了两鞭；等他来到冈头上，就清清楚楚地看见了马棚、板房和后面那一大片泛着白浪的牧草。在东边很远很远的地方，晃动着一个枣红色的小点儿，那是一群马正朝池塘跑去；旁边跑着的是一个骑在马上的马倌，就像粘在玩具马上的玩具小人儿。

米沙进了院子，下了马，把马拴在台阶边上，便朝板房里走去。他在宽敞的过道里碰到一个马倌，是一个满脸雀斑、个头儿不高的哥萨克。

"你找谁？"他从头到脚打量着米沙，很不客气地问道。

"我找场长。"

"是找斯特鲁柯夫吗？他不在，出去啦。副场长萨索诺夫在家。左手第二个门……你有什么事？你打哪儿来？"

"我来你们这儿当马倌。"

"不管什么人都往这儿乱塞……"

他嘟囔着，朝门口走去。搭在他肩上的套马索在地上拖着。他打开门，背朝米沙站着，甩了一下鞭子，已经是很亲热地说：

"老弟，我们的活儿可是很重啊。有时候两天两夜都不能下马呢。"

米沙看着他那伸不直的脊背和弯得很厉害的两条腿。这个走了形的哥萨克身上的每一根线条，在门洞里都显得格外明显，格外清楚。这个马倌那弯得像车轮子一样的两条腿，使米沙开心死了。"就好像骑木桶骑了四十年。"他暗暗笑着，心里这样说，一面用眼睛在找左面第二个门的把手。

萨索诺夫见了新来的马倌，又摆架子，态度又冷淡。

不久，场长阿法纳西·斯特鲁柯夫也从外面回来了。他是一个身强力壮的哥萨克，在阿塔曼团当过司务长。他吩咐把柯晒沃依列入编制，就同他一起来到被白热的阳光晒得烫人的台阶上。

"你会驯生马吧？驯过没有？"

“没有驯过。”米沙坦率地说。他马上就看出,场长那热得疲惫无神的脸动了一下,一丝不满意的神情在脸上掠过。

场长弯着厚实的肩膀,搔着汗漉漉的脊背,呆呆地朝米沙的两只眼睛当中看着。

“用套马索套马,你会吗?”

“我会。”

“你爱惜马吧?”

“爱惜。”

“马也和人一样,只不过不会说话罢了。你要爱惜,”他吩咐说,又无缘无故地发着狠,喊叫道:“要爱惜,要不然我拿鞭子抽你!”

场长的脸有一小会儿显得又聪明,又有精神,但是这种精神马上就不见了,每一根线条都表现出呆滞和冷漠,就好像结了一层硬壳子。

“娶老婆没有?”

“还没有。”

“真是傻瓜！娶了老婆就好啦。”场长高高兴兴地随口说。

他带着若有所待的神情沉默了一会儿,朝着敞开怀抱的草原望了望,然后就打着哈欠朝房子里走去。米沙做了马倌以后,有一个多月的时间没有听见他说过一句话。

种马牧场上一共有五十五匹种马。每一名马倌要看管两群到三群马。交给米沙的是一大群,带领这一群的是一匹叫“巴哈尔”的强壮的老种马,另外还有一小群,有二十来匹骒马,带领这一群的种马叫“巴纳里内”。场长把一个叫索尔达托夫·伊里亚的最大胆、最机灵的马倌叫来,交代说:

“这是新来的马倌,叫柯晒沃依·米海伊尔,鞑靼村的。你把巴哈尔和巴纳里内那两群马交给他,给他一条套马索。他就住在你们的帐篷里好啦。你领他去看看。你们去吧。”

索尔达托夫一声不响地把烟卷点着,对米沙点了点头,说:

“咱们走吧。”

来到台阶上,他用眼睛瞟了瞟米沙那匹被太阳晒得懒洋洋的骒马,问道:

“这马是你的吗?”

“是我的。”

“怀驹了吗?”

“没有。”

“叫巴哈尔跟它配一配。巴哈尔是御马场出生的,有一半是英国种。跑起来才快呢!……好,上马吧。”

他们并马而行。两匹马在没膝深的草丛里走着。板房和马棚已经远远落在了后面。前面,缭绕着轻柔的淡蓝色热气的草原肃穆无声。头顶上,太阳闷闷不乐地躲在一片乳白色的云彩后面。晒热了的青草散发着一阵阵浓烈的香气。右面,轮廓模模糊糊的一片洼地过去,便是像珍珠一样笑盈盈闪着白光的希洛夫塘的水。四周,放眼望去,是无边无际的绿色海洋、颤动的热气、笼罩着中午的暑气的天然草原,天边有一座鼓凸凸的灰白色陵墓,显得异常遥远,异常神秘。

青草靠近根部地方的绿颜色又深又浓,上部被太阳照得闪闪放光,泛着铜绿色。嫩绿的羽茅草像乱蓬蓬的头发,上面还缠着一圈一圈的野藤,冰草伸着结了籽的头儿,如饥似渴地在争夺阳光。有些地方可以看到那乱糟糟地紧紧贴在地上的矮矮的马鞭草,偶尔还可以看到细细的鼠尾草,再过去又是像春水一样弥漫开去的横行霸道的羽茅草,羽茅草中间夹杂着各种各样的花草:野燕麦、黄黄的山芥菜、大蓟、陈葛——陈葛是一种很厉害的、不合群的草,一定要把别的草从自己的地盘上挤走。

两个人一声不响地走着。米沙心里感到很久都没有这样宁静过。他连气都不敢喘,生怕惊破了草原的安静和雄伟。他的同伴就像在领圣餐时那样,把两只斑斑点点的手交叉着放在鞍头上,身子俯在马鬃上,就在马上睡着了。

脚底下飞起一只野雁,飞到山谷上空,白色的羽毛在阳光中亮闪闪的。从南方吹来微风,吹得青草一起一伏,也许,这风是今天早晨离开亚速海面的。

半个钟头以后,他们来到白杨塘边的一群马跟前。索尔达托夫醒来,在马上伸着懒腰,懒洋洋地说:

“这是罗马金·潘捷柳什卡看的一群。不知道为什么不见他这个人。”

“这匹公马叫什么名字?”米沙欣赏着一匹长长的浅红色顿河马,问道。

“叫‘福拉捷尔’。这鬼东西凶极啦!瞧那眼睛瞪得多大!眼睛动啦!”

那公马朝旁边走去,骒马就一齐集合起来,跟着它往前走。

米沙接下交给他的两群马,把自己的行李放在帐篷里。在他来以前,帐篷里住着三个人:索尔达托夫、罗马金和杜罗维洛夫。杜罗维洛夫是雇来的一个马倌,是一个不算年轻的、沉默寡言的哥萨克。索尔达托夫是他们的头儿。他很热心地教米沙看管马群,第二天又给米沙讲了讲两匹公马的脾气和习性,并且微微笑着,劝米沙说:

“照规矩,干活儿的时候要骑自己的马,可是如果天天骑着跑来跑去,就会把马累坏。你可以把自己的马放到马群里,骑别人的马,并且经常换着骑骑。"

米沙眼看着他从马群里赶出一匹骒马,放马追去,熟练而又巧妙地用套马索将骒马套住。他将米沙的马鞍移到这匹骒马身上,就把这匹打着哆嗦、后腿直往下蹲的骒马牵到米沙面前。

"骑吧。看样子,这还是一匹生马呢,鬼东西! 骑上去吧!"他用右手使劲拉住缰绳,左手捏住骒马那一鼓一鼓的鼻子,气冲冲地喊道。"你对马要和气点儿。在马棚里你对公马吆喝:'到一边去!'公马就贴到马架子的一边去,可是不能闹着玩儿! 要特别小心巴哈尔,不要靠得太近,它会踢人的。"他拉住马镫,很亲热地拍着捯动着四蹄的骒马那紧绷绷、黑油油的乳房说。

三

米沙一天到晚骑在马上,就这样清闲了一个星期。草原使他着了迷,草原招引他过起原始的、与草木相伴的生活。马群在不远处荡来荡去。米沙不是在马上打盹,就是躺在草地上,无忧无虑地注视着微风吹动着一片片镶了白边儿的云彩在天空飘荡。起初,他很满意这种与世隔绝的状态。他甚至都爱上了这种远离人群的牧场生活。但是过了一个星期,等他已经熟悉了新环境的时候,又产生了一种莫名的恐惧心情。"人家都在那儿为自己和别人的身家性命打仗,我却在这儿放起马来。怎么能这样啊? 一定要离开这儿,不然就完啦。"他清醒地想道。但是又有一种苟且偷安的声音钻进脑子里:"就让他们在那儿打吧,那儿是鬼门关,这儿可是逍遥自在,除了草原,就是蓝天。那儿互相残杀,这儿太平无事。干吗要多管闲事呢? ……"各种想法争先恐后地侵蚀着米沙的宁静心情。因此他又很想去接近接近人,已经不像初来的几天那样了,而是常常主动去找索尔达托夫,想和他接近接近。索尔达托夫现在正带着自己的马群在杜达廖夫塘一带转悠。

看样子，索尔达托夫不觉得孤独有多么难受。他很少在帐篷里过夜，几乎夜夜都跟马群在一起，或者就睡在池塘边。他过着野兽一样的生活，经常自己打食儿吃，而且本事十分高超，好像这一辈子就是专门干这一行的。有一天，米沙看到他用马尾搓细绳儿，觉得很有趣，就问道：

“你搓这玩意儿干什么？”

“钓鱼。”

“哪儿有鱼？”

“塘里就有。有鲫鱼。”

“用虫儿钓吗？”

“也用面包，也用虫儿。”

“鱼炖着吃吗？”

“晒干就能吃。你尝尝！”他从裤子口袋里掏出一条干鲫鱼，很热心地请米沙吃。

有一天，米沙在放马的时候看到一只落进夹子的野雁。旁边有一只做得很像的假雁，还有几只夹子拴在橛子上，用青草巧妙地掩盖着。这天晚上，索尔达托夫用烧红的木炭拌上碎土，把野雁埋在土里烤熟了，请米沙也来吃。他一面撕着香喷喷的雁肉，一面说：

“下一次你别把野雁解下来，不然可要给我坏事。”

“你怎么到这儿来的？”米沙问。

“我要养家呀。”

索尔达托夫沉默了一会儿，忽然又问道：

“你告诉我，大家都说你干过红军，是真的吗？”

米沙没想到他会提出这个问题，有些尴尬。

“没有……这怎么说呢……嗯，我往他们那边跑……被抓回来啦。”

“为什么要往那边跑？你贪图什么？”索尔达托夫小声问道。他的目光越来越冷峻，嚼得也渐渐慢了。

他们坐在一条干涸的山沟沿上，靠着一堆火。干马粪冒着浓烟，灰堆里往外冒着小小的火苗。夜晚的风从他们背后吹来，送来一阵阵干燥的热气和萎蔫的野蒿气味。黑漆漆的天空不时划过流星。有一颗流星划过，留下的一道毛茸茸的白印子亮了老半天，就像是马屁股上留下的鞭痕。

米沙留神地望着索尔达托夫那被火光映黄了的脸，回答说：

“想争得一些权利。”

“为谁争权利?”索尔达托夫的身子猛地动了一下。

“为老百姓。”

“究竟争什么权利?你说说看。”

索尔达托夫的声音低了下来,并且带点儿笼络的味道。米沙犹疑了一会儿——他觉得,索尔达托夫故意往火里添干马粪蛋儿,是为了掩饰自己脸上的表情。后来他下了决心,说:

“争的权利就是:大家要平等!不应该有老爷、有奴仆。明白吗?这种事要打翻过来。”

“你以为,士官生不行了吗?”

“是的,不行啦。”

“原来你想这样……”索尔达托夫喘了一口气,突然站了起来。“狗崽子,你想把哥萨克都卖给犹太佬当奴隶呀?!”他叫得又响又凶。“你……人家收买你,你们这一伙儿想把我们连根铲掉呀?!哼,原来是这么回事儿啊!……是想让犹太佬在我们草原上到处盖工厂吗?想把我们的土地都夺走吗?!”

米沙惊愕得慢慢站了起来。他觉得索尔达托夫好像要打他。他往后退了退,索尔达托夫见他吓得往后退,便真的举手打来。米沙半路上抓住了他的手;紧紧攥着他的手腕子,强硬地说:

“大叔,别来这一套,要不然我可要对你不客气啦!你嚷嚷什么?”

他们在黑暗中面对面站着。火堆已经被他们踩灭了;只有滚到一边去的马粪蛋儿还红红的,冒着烟。索尔达托夫用左手抓住米沙的衬衣领子,攥住领子往上扯,想趁机把右手抽出来。

“别抓我的领子!”米沙扭动着强有力的脖子,沙哑地说:“别抓我!再抓我揍你,听见吗?……”

“哼……哼……你……我揍你……你等着瞧!”索尔达托夫气喘吁吁地说。

米沙掰开他的手,使劲把他推开。米沙哆哆嗦嗦地整理着衬衣,心里恨不得要揍他,把他打倒在地,狠狠揍一顿。

索尔达托夫没有往前来。他咬牙切齿地连骂带叫:

“我去报告!……这就去报告场长!叫你去坐牢!……坏蛋!坏家伙!……布尔什维克!……把你收拾掉,就像收拾波得捷尔柯夫那样!把你吊到树上!绞死!”

“他会去报告……会乱说一通的……会叫我去坐牢……不会再送我上前线

去啦，就是说，我不能跑到自己人那边去啦，完啦！”米沙想到这里，心凉了；他心里想着主意，一颗心拼命翻腾着，就像一条鱼随着退落的春水搁浅了，回不到河里去，就在一个小坑里拼命翻腾起来。“把他干掉！马上掐死他……非这样不可……”他在心里一面思索这个突然冒出来的主意，一面寻找辩护的理由：“我就说，他扑上来打我……我就掐住了他的喉咙……不是故意的……是一时冲动……”

米沙打着哆嗦朝索尔达托夫走去，如果这时候索尔达托夫撒腿一跑，他们两个人就非死即伤。可是索尔达托夫还是在叫骂，于是米沙鼓起来的一股劲儿也消了，只不过两条腿还轻轻哆嗦着，而且背上和胳肢窝里都冒出了汗。

“喂，你等一等……听见吗？索尔达托夫，别这样。别嚷嚷啦。是你先动手的嘛……”

于是米沙低声下气地央求起来。他的下巴打着哆嗦，眼睛张皇失措地转悠着。

“好朋友都免不了要吵几句……我可没有打你……可是你抓住我的领子……噢，我说的话有什么不得了的？有什么好告的？……如果惹你生气了，就多多担待吧……真的！好吗？”

索尔达托夫叫嚷声越来越小，终于不叫了。过了一会儿，他扭过脸去，一面把自己的手从米沙那汗津津的冰凉的手里往外抽，一面说：

“像毒蛇一样转悠起尾巴来啦！哼，那好吧，我不说就是啦。我可怜你这股糊涂劲儿……可是你今后离我远远的，我再也不愿意看见你！你是个下流货！你卖身投靠犹太佬，我不喜欢这种为钱卖身的人。”

米沙在黑暗中低声下气、可怜巴巴地笑着，索尔达托夫却看不见他的脸，也看不见他的拳头攥得紧紧的，而且因为充血鼓得老大。

他们没有再说一句话，就各自走开了。米沙狠狠地抽打着他骑的马，跑去寻找自己的马群。东方电光闪闪，雷声隆隆。

这天夜里，牧场上雷雨交加。快到半夜时候，一阵狂风就像一个害气肿病的人一样，呼噜呼噜地喘着，带着啸声飞驰而过，后面拖着一股浓浓的凉气和呛人的尘土，就好像拖着一条肉眼看不见的长裙。

天空黑沉沉的。一道电光斜斜地划破阴沉欲坠的黑云，静了好一阵子，远处的沉雷就带着报警的意味轰隆轰隆地响了起来。大大的雨点打得青草抬不起头。米沙借着第二次划破天空的电光，看见了遮住半个天空的褐色的、边上像炭一样黑的可怕的阴云和阴云笼罩的大地上那挤成一堆的一匹匹小小的马儿。劈啪啪一个焦雷，一道电光飞向大地。又一声焦雷响过，大雨从云层里泼了下来，草原上风声、雨声、雷声响成了一片，一阵狂风吹来，吹掉了米沙头上的湿漉漉的制帽，猛地一下子吹得他趴在鞍头上。有一小会儿又黑又静，然后又是一道电光在天空划过，电光闪过，越发显得漆黑一团了。紧跟着来的雷声异常猛烈，劈啪啪，咔啦啦，米沙骑的马吓得蹲了下去，接着往上一跳，就用后腿直立起来，打起转转儿。马群里的马都乱腾腾地跺起蹄子。米沙使劲勒着马，大声吆喝起来，想给马群鼓鼓气：

"站住！……得儿儿儿！……"

在曲曲折折，一个劲儿地在云端里飞掣的雪亮的闪电照耀下，米沙看见，马群正迅猛地朝他冲来。一匹匹的马都甩平了前后腿疯狂地跑着，闪闪有光的嘴几乎贴在地上。都张大了鼻孔，呼哧呼哧地喘着气，没有钉掌的马蹄发出一片咕冬声。巴哈尔使足了劲儿，跑在最前面。米沙拨马朝旁边一闪，勉勉强强躲开了。马群冲了过来，在不远处停了下来。米沙不知道被雷雨吓慌了、吓怕了的马群是应着他的吆喝声跑来的，又用更大的嗓门儿吆喝起来：

"站住！别乱跑！"

咕冬咕冬的马蹄声（这时候已经没有电光了）又飞快地朝他冲来。他在惊骇中用鞭子照坐下马的两眼当中抽了一下，可是已经躲不及了。一匹发了疯的马的胸膛撞在他的马的屁股上，于是米沙就像离了弦的弹丸一样，从马鞍上飞了下来。他好歹幸免于难：大群的马从他右边跑了过去，因此没有把他踩坏，只有一匹骒马一蹄子把他的右手踩进了烂泥里。米沙站了起来，不声也不响，小心翼翼地朝一边走去。他听见，马群就在不远处等着他吆喝，好重新向他疯狂地冲过来呢，他还听出了巴哈尔那特殊的、与众不同的呼哧声。

天快亮的时候，米沙才回到帐篷里。

四

五月十五日,大顿河军总司令克拉斯诺夫,在司令部处长会议主席兼外交处长阿福里康·包加叶夫斯基少将、顿河军军需总监基司罗夫上校和库班军区司令菲利蒙诺夫陪伴下,乘轮船抵达马内契镇。

顿河和库班土地上的这几位大老板站在甲板上,闷闷不乐地看着轮船靠上码头,水手们忙活起来,褐色的波浪像开了锅一样,从跳板旁边滚了开去。后来他们上了岸,聚集在码头上的人群的几百双眼睛都注视着他们。

天空、地平线、天色、一缕缕的热气——全是蓝的。就连顿河也泛着不是本色的蓝色,并且像哈哈镜一样,映出一朵朵白云。

微风吹来,送来太阳、干碱土和去年的烂草气息。人群里一片嘁嘁喳喳的说话声。将军们由当地的官员们迎住,乘车朝操场上驶去。

一个小时以后,就在乡长家里开起了顿河政府和志愿军代表会议。代表志愿军前来的是邓尼金将军和阿列克塞耶夫将军,还有军参谋长罗曼诺夫斯基将军、里亚司年斯基和艾瓦里德两位上校。

见面的气氛是非常冷淡的。克拉斯诺夫显得沉闷而矜持。阿列克塞耶夫和到会的人握过手以后,就在桌子旁边坐了下来;用两只干巴巴的白手托住耷拉下来的腮帮子,就带着不闻不问的神情闭长上了眼睛。他坐汽车颠昏了头。他好像因为老,因为经历了动荡的局面,浑身都干瘪了。嘴角上的线条耷拉了下来,露出悲哀的神情,布满青筋的、蓝蓝的眼皮肿了起来,也垂了下来。许许多多细细的皱纹像扇面一样朝鬓角散了开去。手指头紧紧贴在腮帮子的老皮上,指头尖插进剪得短短的、老得枯黄了的头发里。里亚司年斯基上校小心地在桌子上摊着沙沙响的地图,基司罗夫在帮他摊。罗曼诺夫斯基站在旁边,用小指头的指甲按住地图的一个角儿。包加叶夫斯基靠在不很高的窗户上,怀着很难受的心情凝神看看阿列克塞耶夫那疲惫无神的脸。这张脸十分苍白,就像用石膏做成的。“他真老啦!老得好厉害呀!”包加叶夫斯基心里这样说,两只扁桃形的眼睛一直不离开阿列克塞耶夫。到会的人还没有全部坐下来,邓尼金就朝着克拉斯诺夫,很冲动、很激烈地说:

“在开会以前,我要向您声明:有一件事使我们非常吃惊,就是您在进攻巴达伊斯克的作战部署中说,在你们的右翼作战的有一营德国步兵和一个德国炮兵连。可以说,这类合作的事简直使我觉得出奇……请问,您和祖国的敌人——万恶的敌人!——联合起来,并且依靠他们的帮助,究竟打什么主意呢?不用说,您一定知道协约国正准备援助我们吧?……志愿军认为,同德国人联合,就是背叛复兴俄罗斯的事业。同我们站在一起的广大人士,对顿河政府的行动都有这样的看法。请您解释解释。”

邓尼金恶狠狠地拧弯了眉毛,等候回答。

克拉斯诺夫只是由于忍耐和他素有的上流社会风度,才保持了表面的镇静;但愤怒还是一个劲儿要发作出来:他的嘴在白胡子底下不住地哆嗦,哆嗦得都走了样子。克拉斯诺夫很镇定、很有礼貌地回答说:

“当整个事业的成败面临孤注一掷局面的时候,就连往日的敌人的援助,也是不应拒绝的。此外,顿河政府是五百万有自主权的人民的政府,不受任何人监护,是有权独立行动的,只要这种行动符合它所保护的全体哥萨克的利益就行。”

在说这些话的时候,阿列克塞耶夫睁开了眼睛,看样子,他是想聚精会神地仔细听听。克拉斯诺夫看了看神经质地捻着直溜溜的小胡子的包加叶夫斯基,又继续说下去:

“阁下,您的意见,可以说,太迂阔啦。您说了许多义正词严的话,好像我们背叛了俄罗斯的事业,背叛了协约国……不过我想,志愿军从我们这儿弄去的军火,就是德国人卖给我们的,这件事您想必知道吧?……”

“我请您严格区分性质截然不同的问题!你们怎样从德国人手里得到军火,这我不管,我说的是你们接受他们的军队的援助!……”邓尼金气冲冲地耸了耸肩膀。

克拉斯诺夫在话的末尾,顺便地、很小心地、然而十分明确地向邓尼金示意,他现在已经不是邓尼金在奥地利前线所看到的那个小旅长了。

邓尼金打破克拉斯诺夫发言以后出现的尴尬局面,很灵活地把谈话转移到顿河军和志愿军的合编问题以及建立统一指挥的问题上去。但是在这之前发生的冲突，实际上成了他们以后的关系日益恶化的起点，他们后来的关系越来越坏，到克拉斯诺夫下台时就彻底决裂了。

克拉斯诺夫不作正面回答，只建议联合进攻察里津，目的是，第一，可以占领一个重大的战略据点；第二，占稳这个据点以后，就可以和乌拉尔的哥萨克联合起来。

接着是简短的对话：

“……察里津对于我们的重要性，就用不着对您说啦。”

“志愿军会遇到德国人。我不去打察里津。我首先要解救库班人。”

“是的，不过最紧迫的任务还是占领察里津。顿河政府委托我请求阁下协助。”

“我再说一遍：我不能扔掉库班。”

“只有在进攻察里津的前提下，才能谈建立统一指挥的问题。”

阿列克塞耶夫不以为然地吧嗒了几下嘴唇。

“这不可能！如果不把本地区的布尔什维克肃清，库班人是不会外出作战的，而志愿军只有两千五百条枪，其中还有三分之一是不能作战的伤病员。”

在简单就餐的时候，彼此很不带劲地交换了一些无关紧要的意见——大家已经很清楚，不会达成什么协议了。里亚司年斯基上校说了一个有趣也有些可笑的故事，说的是马尔科夫将军手下一个人的事，因为一同吃饭，又听了有趣的故事，紧张的气氛才消散了。可是吃完饭以后，大家一面抽烟，一面各自朝上房走去的时候，邓尼金捅了捅罗曼诺夫斯基的肩膀，用眯缝起来的锐利的眼睛瞟了瞟克拉斯诺夫，小声说：

“本地的拿破仑……其实，是个蠢人……”

罗曼诺夫斯基笑了笑，很快地回答说：

“他想称王称霸，独揽大权哩……这位旅长正在做帝王美梦呢。我看，他就不知道自己有多么可笑……”

大家都怀着敌意和仇恨各自散去。从这一天起，志愿军和顿河政府之间的关系就急剧恶化，志愿军司令部获悉克拉斯诺夫写给德皇威廉的信的内容以后，他们之间的关系就恶化到了极点。在诺沃契尔卡斯克休养的志愿军伤员，都嘲笑克拉斯诺夫一心想独立自治，嘲笑他那种热心恢复哥萨克古代生活的劲头儿，在自己人的圈子里，都很轻蔑地叫他“老板”，把大顿河军叫做“快活无敌军”。顿河独立派为了报复，把志愿军称做“流浪歌手们”、“没有地盘的王公们”。志愿军里面有一个“大人物”，十分刻薄地说顿河政府是“睡在德国人床上的婊子”。杰尼索夫将军接着就回敬说："如果顿河政府是婊子的话，那么志愿军就是依靠这个婊子赚的钱来活命的小猫。"

杰尼索夫这样说，是暗示志愿军依赖顿河政府，顿河政府从德国弄来的军火，都要分给志愿军。

罗斯托夫和诺沃契尔卡斯克成了志愿军的大后方，这两座城市里到处是军官。成千上万的军官在做投机倒把生意，在数不清的后方机关里混差事，寄居在亲戚、朋友家里，拿着伪造的受伤证明书住在医院里……那些最勇敢的都在战场上牺牲了，害伤寒或者受伤死去了，而剩下的这一些，都因为这几年的革命，失去了荣誉心和良心，都像豺狼一样躲在大后方，就像肮脏的浮渣和大粪一样，漂浮在风云变幻时代的表面。这都是一些幸存的、腐败的正规军军官，当年柴尔涅曹夫呼吁保卫俄罗斯的时候，就曾经抨击、揭露和责骂过这些人。他们大多数都是所谓穿着军装的"有思想的知识分子"中最没有出息的一类，他们躲避布尔什维克，可是又没有决心靠拢白军，就苟延残喘地过日子，空谈俄罗斯的命运，挣几个钱养养老婆孩子，并且一心希望战争结束。

对于他们来说，不管是克拉斯诺夫，是德国人，还是布尔什维克，谁管理国家都是一样，只要结束战争就行。

可是天天都有事件发生。在西伯利亚发生了捷克斯洛伐克人的叛乱，在乌克兰，马赫诺和德国人打了起来。高加索、摩尔曼斯克、阿尔汉格尔斯克……整个俄罗斯都笼罩在硝烟中……整个俄罗斯都处在大转变的痛楚中……

六月里，顿河上就像刮起东风那样，到处传说着一个消息，说捷克斯洛伐克人正在进攻萨拉托夫、察里津和阿斯特拉罕，目的是要在伏尔加河流域组成一条东方战线，向德军发起进攻。在乌克兰的德国人只好很不情愿地把一些从俄罗斯跑过来、打着志愿军旗号的军官放了进去。

德军司令部听到要组织东方战线的谣传，十分惊慌，于是派了代表来找顿河政府。七月十日，德军的三位少校——封·郭欣豪津、封·司捷帆尼和封·施列尼茨——来到诺沃契尔卡斯克。

军区司令官当天就在将军府接见了他们，陪同接见的还有包加叶夫斯基将军。

郭欣豪津少校提到，德军司令部正不遗余力，以至使用武装，在援助大顿河军政府同布尔什维克作战，援助大顿河军政府恢复边境。说过这番话之后，就问，如果捷克人对德军进攻的话，顿河政府将采取什么态度。克拉斯诺夫向他保证，哥萨克将严守中立，决不允许把顿河当做战场。封·司捷帆尼少校表示，希望司令官的答复能够用书面形式表示出来。

接见到这里就结束了，第二天，克拉斯诺夫给德皇写了下面一封信：

圣上万岁、万万岁！

呈递本书者——陛下治下大顿河军区济莫夫乡乡长（特使）及其随行人员，系受本顿河军区司令委派，向恩威远扬的大日耳曼皇帝陛下致敬，并奏陈如下：

英勇的顿河哥萨克为祖国的自由进行了两个月的战斗，哥萨克也像同日耳曼民族有血缘关系的布尔人不久前跟英国人作战时那样勇猛，两个月的战斗，已经在我国各条战线上取得完全胜利，现在大顿河军区的土地上，已经有十分之九的地方肃清了红军匪徒。国内秩序已经稳定，已经建立起完整的法纪。仰赖陛下大军的协助，本军区的南部已经完全安定，我已训练好一支哥萨克部队，以维持境内秩序，防止敌人入侵。刚刚建立的国家机构，即现在的顿河军区，是很难单独生存下去的，因此，就和阿斯特拉罕军区和库班军区的首领——上校童杜托夫公爵和菲利蒙诺夫上校——结成密切的同盟，以便在肃清阿斯特拉罕军区和库班军区的布尔什维克之后，可以由大顿河军区、包括斯塔夫罗波尔省的加尔梅克人在内的阿斯特拉罕军区、库班军区以及北高加索各个民族，建立以联邦为基础的巩固的国家体制。以上各地区齐心协力、重新建立的国家，必然与大顿河军区保持一致，因此决不会允许自己的土地变成血战的战场，必将保持完全的中立。兹委托陛下治下的济莫夫乡乡长陈述如下：

请陛下承认大顿河军区的独立权，并承认库班、阿斯特拉罕、捷列克军区和北高加索解放之后的独立权，以及定名为顿河—高加索联邦的整个国家的独立权。

请陛下承认大顿河军区按原来的地理范围和种族分布范围划定的边界，请协助解决乌克兰和顿河军区在塔干罗格问题上的争端，把塔干罗格市和塔干罗格州划归顿河军区，顿河军区统辖塔干罗格已有五百余年，塔干罗格乃顿河军区的特姆塔拉堪区的一部分，特姆塔拉堪乃顿河军区的发祥地。

从战略上考虑，请陛下协助把卡梅申市和察里津市、萨拉托夫省、沃罗涅日市和里斯基、波伏林诺两车站都并入顿河军区，并按照现在于济莫夫镇的地图上标明的界线，划定顿河军区的边界。

请陛下对莫斯科的苏维埃政权施加压力，迫使他们下令撤退大顿河军区以及加入顿河—高加索联邦的各地区的红军匪帮，以便恢复莫斯科和顿河军区之间正常的和平关系。顿河军区的居民、商业和工业因布尔什维克入侵所遭受的损失，应由苏维埃俄罗斯赔偿。

请陛下对我们这新建立的国家供应大炮、枪支、弹药和技术装备，如果陛下认为有利，请在顿河军区境内建立制造大炮、枪支、炮弹和子弹的工厂。

大顿河军区和行将参加顿河—高加索联邦的其他各地区，都不会忘记德国人民的友好援助，早在十七世纪的三十年战争中，哥萨克就和德国人民并肩战斗，那时候就有许多哥萨克团在瓦伦希台因麾下作战，而在一八〇七—一八一三年，顿河哥萨克又跟自己的统帅普拉托夫伯爵，去为德国的自由而作战。现在，在东普鲁士、加里西亚、布柯文纳和波兰的土地上血战了将近三年半，哥萨克和德国人都互相学会了尊重对方军队的勇敢和坚强，如今，又作为两个胸怀高尚的战友，互相携起手来，共同为保卫美好的顿河的自由而战斗。

大顿河军区为了报答陛下的盛情，保证在世界大战时严守中立，决不允许与德国人民为敌的武装力量进入自己境内；阿斯特拉罕军区司令童杜托夫公爵、库班政府以及行将成立的顿河—高加索联邦的其他地区都表示赞同。

大顿河军区给予日耳曼帝国以优先权，优先购买本地区的剩余物资：粮食——谷类和面粉、皮革制品和原料、羊毛、鱼类、植物和动物油以及油类制品、家畜和马匹、烟草及其制品、葡萄酒以及其他果制品和农产品；日耳曼帝国可以供应农业机械、化学产品和制革药品、印刷钞票的设备和相应的原料、呢绒厂、棉织厂、皮革厂、制糖厂、化工厂和其他一些工厂的设备，以及电机器材等，作为交换。

此外，大顿河军政府还为德国产业界向顿河地区工商业投资提供特惠条件，尤其是在开发和经营新的水运线和其他运输线方面。

密切的合作对双方都有利，德国军队和哥萨克在共同战斗中流的鲜血凝成的友谊，必将成为战胜我们的一切敌人的强大力量。

向陛下呈递本书的，不是外交家，不是深谙国际公法的专家，而是一个在光荣的战斗中一向尊重德军威力的士兵，因此，请陛下原谅我不加任何矫饰的直陈，请相信我一片忠诚。

顿河司令官，少将

彼得·克拉斯诺夫敬启

七月十五日，这封信提交司令部外长会议讨论过，尽管大家对这封信都持保留态度，而且包加叶夫斯基和另外几个政府委员甚至明确表示反对，但克拉斯诺夫还是立即将这封信交给了在柏林的济莫夫乡乡长李贺登别尔格斯基公爵，他是和克拉斯诺夫一同上基辅去，又跟着柴里亚楚金将军从基辅上德国去的。

这封信在发出以前，经过包加叶夫斯基的默许，在外交处打印过。这封信的打印本于是就广泛地流传开来，后来又加了一些相应的批注，在哥萨克部队和各乡镇到处流传起来。这封信成了强有力的宣传工具。大家越来越激烈地议论起克拉斯诺夫卖身投靠德国人的事。前线上开始发生骚动。

就在这时候，节节胜利、气焰不可一世的德军，把俄国的柴里亚楚金将军带到了巴黎城下，柴里亚楚金就和德军总参谋部的人员一起，看到了克虏伯重炮的强大威力，看到了英法联军的覆灭。

五

在冰上行军[①]期间，叶甫盖尼·李斯特尼次基受过两次伤：第一次是在攻占拉宾河口镇的战役中，第二次是在清晨进攻叶卡捷琳诺达尔的时候。两次伤势都不重，所以都没有离开队伍。但是在五月里，志愿军在诺沃契尔卡斯克地区作短时间休息的时候，李斯特尼次基感到身体不舒服，就请了两个星期的假。

因为不怎么愿意回家，他就决定在诺沃契尔卡斯克休息休息，免得往返花费

① 科尔尼洛夫一伙把他们从罗斯托夫往库班撤退称为“冰上行军”。——作者注

时间。

和他同排的同事郭尔察柯夫骑兵大尉，也和他一起请假离开队伍。郭尔察柯夫请他到自己家里去住：

"我没有孩子，我老婆一定很欢迎你。她已经从我的信上很熟悉你啦。"

这天中午，像夏天一样炎热和明朗，他们来到车站旁边的一条街上，在一座古老的房子跟前下了马。

"这是我以前的住宅。"黑胡子、长腿的郭尔察柯夫急急忙忙往前走着，回头看着李斯特尼次基说。

他的两只鼓鼓的、黑中透蓝的眼睛，因为高兴和激动湿润了，他那像希腊人一样的肉嘟嘟的鼻子笑得耷拉了下来。他跨着大步，走得绿色马裤那磨得光油油的裤裆嚓嚓响着，走进了房里，房里马上就充满了当兵人身上发出的那股汗酸气。

"廖丽娅[①]在哪儿？奥丽加·尼古拉耶芙娜在哪儿？"他朝着急忙从厨房里跑出来含笑相迎的女仆叫道。"在花园里吗？咱们上花园里去。"

花园里的苹果树下，轻轻晃动着像虎皮一样斑斑点点的阴影，散发着蜂房的气息和干土的气息。阳光照在李斯特尼次基的眼镜上，曲曲折折、像榴霰弹一样散了开去。铁路线上有一辆火车头一个劲儿地呜呜叫着；郭尔察柯夫打破这种单调的吼叫声，唤道：

"廖丽娅！廖丽娅！你在哪儿呀？"

一个身穿鹅黄色衣服的高高的女子，在蔷薇丛里闪了闪，从旁边一条林荫小道上走了出来。

她用惊愕而优美的姿势把两手按在胸前，愣了一小会儿，然后就喊叫着伸出两条胳膊，朝他们奔来。她跑得非常快，所以李斯特尼次基只能看到在她那裙子里面一动一动的圆滚滚的膝盖、窄窄的鞋尖和向后仰着的头上那金光闪闪的头发。

她踮起脚尖，把两条弯弯的、晒得红红的光胳膊搭在丈夫的肩上，吻他那落满灰尘的两腮、鼻子、眼睛、嘴唇、因为风吹日晒变黑了的脖子。快速的吻声劈劈啪啪响着，就像机枪扫射一样。

李斯特尼次基擦着眼镜，闻着洋溢在周围的马鞭草的气息，也在笑着，他自

---

① 廖丽娅是奥丽加的爱称。

己知道,这是一种十分勉强的傻笑。

等到伴有一阵阵冲动的兴奋高潮过去,郭尔察柯夫温柔地、然而毅然决然地掰开紧紧箍住他的脖子的妻子的手指头,抱住她的肩膀,把她的身子轻轻转了过来。

“廖丽娅……这是我的朋友李斯特尼次基。”

“哦,是李斯特尼次基呀!欢迎欢迎!我丈夫经常提到您……”她娇喘吁吁,用两只笑盈盈、高兴得模糊了的眼睛匆匆在他身上扫了一遍。

他们一块儿朝前走去。郭尔察柯夫用一只长着肉刺和脏指甲的毛烘烘的手搂着妻子那姑娘一般的细腰。李斯特尼次基一面走,一面侧眼看着这只手,闻着马鞭草的气息和晒得热烘烘的女人身体的气息,觉得自己就像一个小孩子被别人无缘无故狠狠打了一顿,心里十分委屈。他看了看一缕金黄色鬈发覆盖着的她的粉红色的小耳朵,看了看离他只有一尺远的脸蛋儿那细嫩的皮肤;他的眼睛像蝎虎子一样朝她的胸前开口处溜了溜,看到了不大的、鼓鼓的奶黄色乳房和耷拉着的棕色奶头。奥丽加那浅蓝色的眼睛偶尔朝他看一看,那目光是亲热的、和蔼的,但是当这双眼睛朝郭尔察柯夫那黑黑的脸上望去的时候,发出的是完全不同的亮光,李斯特尼次基心中就涌起一股淡淡的、恼人的惆怅感……

在吃饭的时候,李斯特尼次基才真正看清了女主人的容貌。在她那优美的身段和脸上有一种开始凋谢的、已见亏损的风韵,这种风韵总是隐隐约约地出现在一个年过三十的女子身上。但是在她那一双带有讥笑意味、有点儿冰冷的眼睛里,在她的举止中,还保留着没有消耗尽的青春活力。她的脸可以说是一张顶平常的脸,线条十分柔和,虽不标致,却很迷人。唯有一种鲜明的对照特别惹眼:那火热的、干裂的薄嘴唇是深红色的,只有南方黑头发的女子才有这样的嘴唇,那脸上的皮肤却泛着粉红色,眉毛是黄白色的。她很开心地笑着,但是在她那龇着满口密密实实、整整齐齐的细牙的微笑中,有机械的成分。她的声音低低的,有些沙哑,没有什么抑扬顿挫。两个月以来,除了肮脏的女护士,李斯特尼次基再没有见过女人,因此就觉得她分外漂亮。看着奥丽加·尼古拉耶芙娜姿态高傲、垂着发髻的头,他常常答非所问,不久他就借口身体疲倦,到给他安排好的屋子里去了。

……甜蜜而惆怅的日子就这样一天天过去。后来李斯特尼次基常常怀着敬重的心情去回想这些日子,但是在当时他却像小孩子那样,无缘无故、糊里糊涂地感到烦恼。郭尔察柯夫夫妇常常单独在一起,避免和他见面。他们借口要修理屋子,让他从原来在他们卧室隔壁的那间屋子搬到拐角上一间屋子里去,郭尔察柯夫在说这话的时候，咬着小胡子，他那刮得光光的、变年轻了的脸上的一本正经的表情中露着笑意。李斯特尼次基明白是什么使朋友感到不方便，但是不知为什么他又不愿意搬到别的朋友家去。他天天躺在苹果树下，躲在橙黄色的朦朦胧胧的凉荫里，看那些用粗劣的包装纸草率印成的报纸，或者睡觉，做一些使人烦恼、使人难受的梦。给他解闷消愁的是一只很漂亮的咖啡色白斑猎狗。猎狗见男主人一颗心全放在妻子身上，心里也很不是滋味，就常常来找李斯特尼次基，跟他躺在一块儿，唉声叹气，李斯特尼次基就抚摩着猎狗，动情地小声吟咏起来：

幻想吧，幻想吧……你那金色的眼睛
越来越不能看远，越来越暗淡……

他怀着喜爱的心情回味着他还记得的布宁的一些像薄荷蜜一样芳香而醇厚的诗句，又睡着了……

奥丽加·尼古拉耶芙娜凭着女性特有的敏感，看透了他的苦闷心情。她本来就很慎重，现在跟他相处更加慎重了。有一天傍晚，他们两个从公园里回来（马尔科夫将军团里的几个军官在公园门口拦住了郭尔察柯夫），李斯特尼次基挽着奥丽加·尼古拉耶芙娜的胳膊，紧紧夹着她的胳膊肘，这使她很不高兴。

"您为什么这样看我呀？"她笑着问道。

李斯特尼次基感觉她的低低的声音中似乎有戏谑和挑逗的意味。因此他才大着胆子念了一首哀艳的小诗（这几天他迷上了诗歌，玩味起别人咏出的痛苦）。

他低下头，微微笑着，低声吟道：

一种奇异的亲切感将我紧紧锁住
我朝黑黑的面纱里面凝望——
看见了迷人的海岸
看见了迷人的地方。①

她轻轻地抽出自己的胳膊，用觉得好笑的声调说：

---

① 这是勃洛克的诗《美丽的陌生女郎》中的一节。

“叶甫盖尼·尼古拉耶维奇,我很明白……我不会看不出您对我的态度……您不觉得害羞吗?这不好,很不好!我没有想到您是……这样的人……这算什么呀,咱们以后别这样啦。要不然又难听,又不光彩……干这类的事儿,您可是找错了对象。您是想勾引我吧?算了吧,不要坏了我们的朋友关系,您就别胡来吧。我可不是那个‘美丽的陌生女郎’。明白吗?是他来了吧?您把手给我吧!”

李斯特尼次基装做很委屈很生气的样子,但是到末了,他不再表演生气了,也跟着她哈哈大笑起来。等郭尔察柯夫追上他们之后,奥丽加·尼古拉耶芙娜活跃起来,而且更快活了,但是李斯特尼次基却不做声了,心里狠狠地骂自己,一直骂到家门口。

奥丽加·尼古拉耶芙娜实心实意地相信,把话说明白以后,他们会成为朋友的。表面上李斯特尼次基也能像她所相信的那样,但是他在心里几乎是恨她的,过了几天,他就发觉自己在拼命寻找奥丽加性格和外貌上的缺点,他明白,他这是站在真正的、深厚的爱情的边沿上了。

假期快完了,脑子里还留着莫名的不快感。志愿军经过补充和休整之后,准备进攻了;志愿军又要离开顿河首府,上库班去。不久,郭尔察柯夫和李斯特尼次基就离开了诺沃契尔卡斯克。

奥丽加送过他们。黑绸子衣服衬托出她那淡雅的风韵。她那哭红的眼睛在笑着,肿得很不好看的嘴唇为她的脸增添了激动和孩子气的表情。李斯特尼次基脑子里留下的就是她这种样子。不管在血里,在人生的泥淖中,他的脑海里很久都珍重地保留着她的闪闪发光、永不磨灭的形象,给她的形象罩上一层高不可及的神圣的光环。

六月里,志愿军就参加了战斗。就在第一次战斗中,一块三英寸口径的炮弹皮打烂了郭尔察柯夫的肚子。他们把他抬下了阵地。一个钟头以后,他躺在大车上,流着血和尿,对李斯特尼次基说:

“我不以为我会死……马上就要给我动手术……据说没有麻药……死可不值得。你以为怎样?……不过,为了预防万一……趁我头脑还清醒……叶甫盖尼,我劝你别丢掉廖丽娅……我和她连一个亲人也没有。你是一个正直人、体面人……你娶了她吧……不愿意吗?……”

他带着恳求和仇恨的神情望着李斯特尼次基,因为长满胡楂子发青的腮帮子哆嗦着。他把沾满了血和泥的两只手小心翼翼地放到炸坏的肚子上,一面舔着嘴唇上的粉红色汗珠儿,一面说:

“你答应吗?如果俄罗斯的大兵不把你也这样干一家伙的话……你别扔掉

她。你答应吗？不说话吗？她是一个很好的女子。”他的一张脸很难看地歪了歪。“是屠格涅夫笔下那样的女子……现在可没有这样的女子啦……你不说话吗？”

“我答应。”

“那你就走吧！……再见啦！……”

他抓住李斯特尼次基的手，哆哆嗦嗦地握了握，然后很笨拙地使劲把他拉到自己跟前，因为使劲脸色越来越白，他抬起汗漉漉的头，把干裂的嘴唇贴到李斯特尼次基的手上。李斯特尼次基很激动，急忙用大衣襟遮住脸，掉过头去，在转头的工夫看见郭尔察柯夫的嘴唇打着冷战，腮边有一道灰色的泪痕。

过了两天，郭尔察柯夫死了。又过了一天，李斯特尼次基也被送往齐霍列茨克，因为他的左胳膊和大腿受了重伤。

在柯林诺夫镇外发生了持久而激烈的战斗。李斯特尼次基跟着队伍进行了两次冲锋和反冲锋。到第三次，他们这个营的劲头儿鼓了起来。连长一个劲儿地喊：“不要卧倒！……有种的，冲啊！……为了科尔尼洛夫的事业，冲啊！……”李斯特尼次基在喊声的鼓动下，在没有收割的麦地里很吃力地小步跑着，左手举着工兵锹，遮住脑袋，右手握着步枪。有一次一颗子弹吱的一声在铁锹上滑过，李斯特尼次基重新握紧锹把，心里高兴地说：“没有打着我！”可是后来他的胳膊上挨了很猛烈、很厉害的一下子。手里的铁锹掉了。他带着一股热劲儿，不再护头，又往前跑了十几丈远。他本来想把步枪端起来，可是左胳膊已经抬不起来了。疼痛就像浇版的铅一样，沉甸甸地灌进每一个骨节。他倒在垄沟里，忍不住叫了几声。他躺在地上，又有一颗子弹打在他的大腿上，于是他慢慢地、很不情愿地失去了知觉。

在齐霍列茨克给他锯掉了打坏了的胳膊，取出了大腿里面的碎骨片。他躺了两个星期，伤口又疼，又灰心，又苦闷，很不是滋味。后来把他转送到诺沃契尔卡斯克。又在这儿的医院里度过了三十个难熬的日夜：换药、医生和护士那令人生厌的脸、碘酒和石碳酸的冲鼻子气味……有时候奥丽加·尼古拉耶芙娜来看他。她的两腮泛着黄绿色。她的丧服烘托出哭干的眼睛没有哭尽的悲痛。李斯特尼次基每次都要对着她那失神的眼睛看很久，一声不响，很不好意思地、偷偷地把那只空袖筒藏到被窝里。她好像不愿意打听丈夫死的详细情形，她的目光在病床上扫来扫去，好像心不在焉地听着。李斯特尼次基出了院，就去找她。她在台阶上迎住他，当他把一头剪得短短的淡黄色头发的头垂得低低的，去吻她的手的时候，她把脸转了过去。

他的脸仔细刮过，那套很讲究的绿军服穿在身上还是很有气派，只是那只空袖子叫人看了很不舒服——缠着绷带的那小半截胳膊在里面哆哆嗦嗦地直摆动。

他们走进屋里。李斯特尼次基还没有坐下去，就开口说："鲍里斯临死要求我……要我答应，不要把您扔下……"

"我知道。"

"您从哪儿知道的？"

"从他最后一封信里……"

"他希望咱们能在一块儿……当然，这要看您是否同意，是否愿意和一个残废人结婚……我请您相信……现在谈爱情的话实在是不应该的……不过我诚心诚意希望您幸福。"

李斯特尼次基的窘急的样子和语无伦次的激动的话感动了她。

"这事儿我想过啦……我同意。"

"咱们上我父亲的庄上去吧。"

"好。"

"其余的事以后再办，好吗？"

"行。"

他恭恭敬敬地用嘴亲了亲她那像白瓷一样光滑的手，等他抬起两只柔顺的眼睛，就看见她的嘴上掠过一丝笑意。

爱情和强烈的肉欲使李斯特尼次基离不开奥丽加。他开始天天到她家里来。厌倦了战争生活的一颗心向往起童话式的生活……他像古典小说中的人物那样，常常自己和自己议论，耐心地在自己心里寻找他对谁都不曾有过的高尚感情，也许他是想用这种感情来掩饰赤裸裸的情欲。不过童话有一部分是连着现实的：不光是肉欲，还有一条看不见的线，把他捆到了这个偶然在他的生活中出现的女子身上。他弄不清自己的心情，只是有一点他觉得十分清楚：他这个残废了的、离了队伍的人，依然有一种压抑不住的、兽性的本能——"我要快活"。甚至在奥丽加还十分悲痛的日子里，她心里还十分沉重、十分悲伤的时候，他对死去的郭尔察柯夫的嫉妒心还在燃烧着，就找她睡觉，而且如癫似狂……昏天黑地地过着日子。闻过火药气味、感到世事茫然的人，都是拼命寻欢作乐，如饥似渴，今朝有酒今朝醉。就因为这样，李斯特尼次基才急急忙忙把自己的生活和奥丽加的生活结成一个结儿，也许他已经模模糊糊意识到，他拼死保卫的事业已经注定要完了。

他给父亲写了一封很详细的信，说他要结婚，并且不久就要带着妻子回亚戈德庄上去。

“……该做的事我已经做完了。我本来还可以用一条胳膊来消灭作乱的痞子们，消灭俄罗斯知识分子几十年来为其命运唏嘘流涕的这些该死的‘人民’。但是，说实在的，现在我觉得这已经毫无意义了……克拉斯诺夫和邓尼金在闹意见；在双方的内部也都是互相陷害、倾轧、营私舞弊、钩心斗角。有时候我简直感到十分可怕。有什么办法呢？我要回家去，用现有的唯一的一条胳膊拥抱您，同您生活在一起，在一旁观察局势的发展。我已经不能做战士，而是一个残废人啦，肉体上和精神上都是这样。我疲倦啦，我认输啦。大概，我要结婚，想找块‘安逸之地’，部分原因就在于此。”他用伤心和自嘲的语气在信尾这样写道。

他决定再过一个星期就离开诺沃契尔卡斯克。在动身的前几天，李斯特尼次基就索性搬到奥丽加家里来住。他们睡了一夜以后，奥丽加不知为什么消瘦了，憔悴了。她虽然后来也总是俯就他，但她还是因为既成的局面感到很痛苦，心里感到受了侮辱。李斯特尼次基不了解，也许是不愿意了解，他们在用不同的尺度衡量他们之间的爱情，而又用同样的尺度衡量他们的憎恨。

在动身前几天，李斯特尼次基有时无意中想起阿克西妮亚。他极力拦阻想她的念头，就像用手遮拦阳光那样。但是，不管他愿意不愿意，那段往事就像一缕阳光，一股劲儿地要钻过来，搅得他心神不定。起初他想：“我不和她断绝关系。她会同意的。”但是他又想到要顾体面——决定回家以后，如果有机会，就和她谈谈，跟她一刀两断。

第四天傍晚时候，他们来到亚戈德庄上。老爷在一俄里以外迎接这对新夫妇。叶甫盖尼老远就看见父亲很吃力地从马车的座位上跨了下来，摘下帽子。

“迎接贵客来啦。来，让我看看你们……”他用浑厚的嗓门儿说着，很不灵便地抱住儿媳妇，用他那灰中泛绿、熏焦了的胡子直扎她的脸蛋儿。

“爸爸，坐到我们车上来吧！车把式，走吧！哦，萨什卡老爹，你好啊！还结实吗？爸爸，您坐到我的位子上，我就跟车把式坐在一起。”

老头子坐到奥丽加旁边，用手帕擦了擦胡子，很镇定地、带着似乎很起劲的神气打量了一下儿子。

“喂，怎么样，伙计？”

“我看见您，太高兴啦！”

“你说你残废了吗？”

“有什么办法呢？是残废啦。”

父亲装做一本正经地看着儿子，想用严肃的神情掩饰难受的神情，不去看那只掖在腰带上的草绿色制服的空袖筒。

“没什么，我习惯啦。”叶甫盖尼耸了耸肩膀。

“当然，你会习惯的，”老头子连忙说，“只要脑袋还囫囵就行。总算是胜利归来啦……不是吗？不是胜利，又是什么？我要说，是胜利归来啦。甚至还带回来一个美丽的俘虏呢，不是吗？”

叶甫盖尼欣赏着父亲那种文雅的、多少有点过时的殷勤样子，用眼睛问奥丽加：“喂，老头子怎么样？”不用她说话，他从她那快活的笑容上，从她那热情的眼神上，就看出她很喜欢父亲。

几匹灰马小跑着，拉着大车在长长的山坡上奔驰。在冈头上就看见许多房舍、像抖搂开的马鬃一样的绿色丛林、白墙的主房、遮掩着一面面窗户的槭树。

“真好啊！噢，太好啦！”奥丽加高兴起来。

几只黑黑的猎狗高高地蹦着，从院子里跑了出来。猎狗围住了车子。萨什卡老爹从后面照着一只往车上跳的狗抽了一鞭子，怒喝道：

“会把你压死的，鬼东西！滚开！”

叶甫盖尼背朝马倒坐着；几匹马有时打几声响鼻，风把马鼻涕星子往后吹，洒在他的脖子上。

他微微笑着，望着父亲、奥丽加、撒了许多麦穗的道路和缓缓高起、遮住了远方山岭和地平线的土岗。

“真静啊！多么安静……”

奥丽加含笑目送着一声不响地在大路上方飞过的白嘴鸦，目送着往后跑去的一丛丛野蒿和草木樨。

“都出来迎接咱们啦。”老爷眯起眼睛说。

“谁？”

“下人们呀。”

叶甫盖尼回头一看，还没有看清那一群人的脸，就觉得妇女当中有一个是阿克西妮亚，他的脸刷地一下子红了。他以为阿克西妮亚的脸色一定是很激动的，可是当大车沙沙响着，来到大门口的时候，他惴惴不安地朝右面一望，就看见了阿克西妮亚，只见她的脸镇静而愉快，笑盈盈的，不禁吃了一惊。他心里一块石头落地，放下心来，连忙点头还礼。

“真妖艳！这是什么人？……美得迷人，不是吗？”奥丽加用赞美的目光瞟了瞟阿克西妮亚。

但是叶甫盖尼已经恢复了勇气;他镇定而冷淡地附和说:

"是的,这女人很漂亮。是咱们家的女用人。"

奥丽加的出现,给家里的一切带来了变化。老爷以前在家里总是整天穿着睡衣和毛织的短裤,现在吩咐把散发着樟脑气味的军服上衣和撒裤腿的将军裤从柜子里拿了出来。以前他一切都不讲究,穿着马马虎虎,现在如果发现熨过的衬衣上有一点小褶儿,就要把阿克西妮亚大骂一顿;早晨起来,她递给他的靴子如果没有刷干净,就要狠狠地瞪她两眼。他打扮得漂亮起来,每天都把脸刮得光光的,叶甫盖尼看了又高兴又惊异。

阿克西妮亚好像预感到事情不妙,便千方百计讨取少奶奶的欢心,曲意奉承,百般殷勤。鲁凯莉亚想方设法把饭食做好,使出拿手本领,使菜肴的味道不断翻新。就连老朽不堪的萨什卡老爹,也受到亚戈德庄上发生的变化的影响。有一天,老爷在台阶前碰见他,从头到脚把他打量了一遍,气呼呼地用指头招了招他。

"你这是怎么搞的,狗崽子?嗯?"老爷狠狠地翻着眼睛说。"你的裤子是什么样子,嗯?"

"你说是什么样子?"萨什卡不客气地回嘴说,但是他听到老爷这不同一般的发问和气得发抖的声音,也多少有点儿发窘。

"家里有年轻女人,你这老畜生,想把我气死吗?为什么裤裆不扣好?嗯?!"

萨什卡老爹的肮脏手指头伸到裤裆里,匆匆忙忙地扣起那长长的一排老大的扣子,就好像在按一架无声的手风琴的键盘。他还想对老爷说几句顶撞的话,可是老爷就像年轻时那样狠狠地把脚一跺,跺得那老式尖头靴子的底都开了绽,并且大声喝道:

"上马棚里去吧!给我走!我叫鲁凯莉亚烧点开水把你烫烫!把你那张脏皮剥下来,猪猡!"

叶甫盖尼悠闲自在,天天带着猎枪在干涸的山涧里转悠,在割掉了黍子的地里打打野鸡。只有一件事使他放心不下,就是他和阿克西妮亚的关系问题。但是有一天晚上,父亲把叶甫盖尼叫到自己的屋子里;老头子担心地朝门口望着,不去看儿子的眼睛,开口说:

"我说,你要明白……原谅我过问你的私事。可是我想知道,你和阿克西妮亚的事打算怎么办。"

叶甫盖尼抽烟卷的那种慌乱样子，一下子就使他露了馅儿。他又像回来的那一天一样，脸刷地一下子红了，而且他觉得越来越红，比那一天红得还厉害。

“我不知道……实在不知道……”他坦率地说。

老头子加重语气说：

“可是我知道。你马上就去和她谈一谈。给她些钱，算是赔补，”说到这里，他隐隐约约笑了笑，“请她离开。咱们另外雇一个。”

叶甫盖尼起身就朝下房走去。

阿克西妮亚背朝门站着，正在和面。两个肩膀一晃一晃的，脊梁中间出现一道很明显的沟。两个袖子挽到肘子上，那黑糊糊、圆滚滚的胳膊上的肌肉蹦蹦跳跳的。叶甫盖尼看了看她那毛茸茸的、老大的发鬈儿覆盖着的脖子，说：

“阿克西妮亚，请你出来一下。”

她很快地转过身来，竭力使自己的笑逐颜开的脸带上恭顺和冷漠的表情。但是叶甫盖尼看出，她在放下袖子的时候，手指头直哆嗦。

“我就来。”她担心地朝女厨子看了一眼，再也压抑不住欢喜的心情，就带着幸福和祈求的笑容朝叶甫盖尼走来。

来到台阶上，他对她说：

“咱们上花园里去。有话要谈一谈。”

“走吧，”她高高兴兴服服帖帖地答应说，心里想，这是要恢复旧日关系了。

在路上，叶甫盖尼小声问道：

“你知道我为什么叫你出来吗？”

她在黑暗中笑着，抓住他的手，但是他猛地一下子把手抽了出去，于是阿克西妮亚全明白了。她站了下来。

“叶甫盖尼·尼古拉耶维奇，您想怎样？我不往前走啦。”

“好吧。咱们在这儿谈谈也行。不会有人听见的……”叶甫盖尼急急忙忙地说，说得很乱。“你应该了解我。现在我不能再跟你像以前那样……我不能和你过啦……你明白吗？现在我成家啦，作为一个正直人，我不能去做下贱的事……良心不允许……”他一面说，一面为这些冠冕堂皇的话感到十分羞臊。

黑夜刚刚从黑暗的东方来临。

在西方，落霞映照着的一小片天空还红红的。因为怕“变天”，场院上在点着灯打场，机器轰隆轰隆地响着，雇工们乱哄哄地嚷嚷着；绞板不停地往吃不饱的脱粒机里送麦捆，还沙哑地、高高兴兴地叫着：“干吧！干吧！干——吧！”花园里异常安静。可以闻到大麻、小麦和露水的味道。

阿克西妮亚一声不响。

“你有什么意见？怎么不说话呀，阿克西妮亚？”

“我没有什么话好说。”

“我给你一些钱。你应该离开这儿。我想，你会同意的……我如果天天看到你，会觉得难过。”

“再过一个星期，我就做满一个月啦。可以做满这个月吗？”

“当然可以，当然可以！”

阿克西妮亚沉默了一会儿，后来不知为什么像挨了一顿打一样，畏畏缩缩地侧着身子走到叶甫盖尼跟前，说：

“嗯，好吧，我走……可是，你就不能最后可怜我一次吗？我要男人，就不要脸啦……我难受死啦……你别骂我，小亲亲。”

她的声音又响亮，又干脆。叶甫盖尼实在弄不清她说的是真话，还是在开玩笑。

“你想怎样？”

他懊恼地咳嗽了一声，就忽然感觉到她又怯生生地在摸索他的手……

过了五分钟，他从湿漉漉、香喷喷的醋栗丛里走出来，走到篱笆跟前，抽着纸烟，用手绢擦了半天裤子，因为裤子膝盖部分被嫩草染绿了。

他走上台阶，回头看了看。在下房里，窗前一片黄黄的灯光中晃动着阿克西妮亚那柔美的身影——阿克西妮亚抬起双手，梳理着头发，正对着灯微笑呢……

六

羽茅草长成了。几十里的草原上晃动着一片银白色。风吹得羽茅草歪歪倒倒的，吹得那灰白色的草浪沙沙直响，一起一伏，时而向南倒，时而向西歪。气流经过处，羽茅草都像祷告似的一齐弯下身去，在那白色的浪顶上，很久都留着一道黑黑的印子。

各种各色的野花都开过了。冈头上的野蒿晒得无精打采地垂下了头。短短的夜过得很快。每天夜里，漆黑的天上都闪烁着无数的星星；一弯新月，这哥萨克的小太阳，放射着微弱的白光；宽宽的银河与其他一些星群纵横交错。酸涩的空气浓浓的，风又干，又带有野蒿气味；土地也吸饱了到处称霸的野蒿的苦味，很希望凉爽凉爽。一条条星路不停地闪烁着，一副高傲的神气，因为既没有马蹄践踏，又没有人足去踩；星星就像麦粒儿撒在天空干燥的黑土里，不发芽也不吐穗，撒过就没有了；月亮泛着干碱土颜色，草原上到处干透了，到处是枯萎的野草，到处有鹌鹑闹闹嚷嚷、拼死拼活地打架，还有又尖又响的蝈蝈叫声……

白天里，又热又闷，到处烟雾蒙蒙。淡蓝色的天上，是火辣辣的太阳，万里晴空，再就是像一张棕色铁弓似的张大了翅膀的老鹰。草原上到处是银光闪闪的羽茅草，到处是没有光泽的、像褐色骆驼毛似的、晒得发烫的杂草；老鹰侧歪着身子在蓝天中盘旋，它的巨大的影子在下面草地上无声无息地滑过。

金花鼠懒洋洋地嗄声叫着。土拨鼠在洞口新翻出来的黄黄的土堆上打盹。草原上燥热，然而死静，四周的一切是明净的，一动也不动。就连天边那座古冢也蓝幽幽的，又神秘，又朦胧，就像在梦里一样……

故乡的草原呀！带苦味的风一股劲儿地吹拂着马群里的骒马和公马的马鬃。干燥的马鼻子都被风吹咸了，马闻着又咸又苦的气味，觉得嘴上有风和太阳的味道，就吧嗒起那光溜溜的嘴唇，并且不时地叫上几声。低低的顿河天空下的故乡草原呀！一道道的干沟，一条条的红土崖，一望无际的羽茅草，夹杂着斑斑点点、长了草的马蹄印子，一座座古冢静穆无声，珍藏着哥萨克往日的光荣……顿河草原呀，哥萨克的鲜血浇灌过的草原，我向你深深地鞠躬，像儿子对母亲一样吻你那没有开垦过的土地！

这匹马的头又小又瘦，就像蛇头。两只耳朵又小又灵活。胸部肌肉异常发达。四条腿细细的，非常有力，蹄腕骨十分端正，蹄子光溜溜的，就像河边的小石头。屁股微微下溜，尾巴就像一捆麻。这马是顿河良种马。不但是良种，而且是真正的纯种，血管里连一滴杂血也没有，因此处处都可以看出是纯种马。这马的名字叫“长尾猴”。

在喝水的时候，“长尾猴”为了保护自己的骒马，和另外一匹更强壮的老种马打了一架，尽管种马在牧场上都是不钉马掌的，那匹马还是把"长尾猴"的左前腿踢伤了。两匹马都直立起来，用嘴乱咬，用前腿乱踢，又是扯毛，又是撕皮……

马倌不在旁边。马倌大叉开穿着落满尘土、晒得发烫的靴子的两腿，背对着太阳，趴在草地上睡觉呢。老种马把"长尾猴"踢倒在地上，后来又把"长尾猴"撵得远远的；老种马把流血不止的"长尾猴"撇在那里，自己就带着两群马，顺着"泥沟"朝前走去。

把受伤的"长尾猴"送到马棚里，兽医治好了那条受伤的腿。到第六天，米沙·柯晒沃依来向场长汇报情况，就看见生性强悍的"长尾猴"咬断了缰绳，从马架子里跑了出来，带上在附近吃草的场长、兽医和马倌们骑的几匹骒马，朝草原上跑去，起初是小跑，后来就去咬落后的骒马，催着快跑。场长和马倌们从房子里跑出来，只听见绊马索劈劈啪啪的断裂声。

"叫咱们骑不成马啦，该死的畜生！……"

场长骂着，但是他望着越跑越远的马，心中却在暗暗地称赞。

晌午时候，"长尾猴"领着几匹骒马去喝水。步行赶来的几个马倌才把几匹骒马带开了。米沙给"长尾猴"上了鞍，骑到草原上去，放进了原来的马群。

米沙担任马倌两个月以来，很用心地研究了马在配种时期的生活；研究了马的智慧和高尚的动物习性，并且感到深深的敬佩。骒马就当着他的面跟公马交配；这种自古就有的原始举动是那样朴素自然，那样单纯，使米沙不由地将它们跟人相比，觉得人就不如了。但马在彼此相处中也有许多像人的地方。比如，米沙就发现，老公马巴哈尔对待骒马一向很凶、很粗暴，但是对一匹白额头、火眼睛、四岁口的漂亮的枣红色小骒马却另眼相看。巴哈尔在这匹小骒马跟前总是心神不定、激动异常，总是带着一种特别的、又小心又热情的哼哼声去闻它。巴哈尔在休息的时候，很喜欢把自己那一副凶相的头放到小骒马的屁股上，就这样睡上很久。米沙在一旁看着巴哈尔，就看见巴哈尔那一条条的肌肉在薄薄的一张皮下缓缓蠕动着，米沙就觉得，巴哈尔爱这匹小骒马，就像老年人爱孩子那样，又深沉，又无微不至，又不指望报答。

米沙工作很认真。看样子，他热心工作的事，乡长也知道了。八月初，场长接到通知，说要把米沙·柯晒沃依调到乡公所去。

米沙马上收拾行装，把公家的东西都交还了，当天下午就动身。他不停地抽打自己的骒马。太阳落山的时候，已经过了卡耳根，而且在冈头上撵上了一辆往维奥申方向去的马车。

赶车的乌克兰人赶着两匹汗淋淋的大肥马。这是一辆带弹簧座的轻便马车,座位上半躺着一个体态匀称的宽肩膀男子,穿着一件城里式样的西服上衣,后脑勺上扣着一顶灰色细呢帽。米沙跟在马车后面走了一会儿,望着戴呢帽的人那颠得直哆嗦的耷拉着的肩膀,望着那落满尘土的白领子。那人脚边放着一个黄皮包和一个大口袋,上面盖着一件折叠起来的大衣。米沙还闻到一股刺鼻子的陌生的雪茄烟气味。“一定是个当官的到镇上来有事。”米沙心里这样想着,驱马跟马车走齐了。他侧眼朝呢帽帽檐底下一看,就半张着嘴愣住了,觉得又害怕又惊愕,背上好像有许多蚂蚁乱爬。原来半躺在马车上、眯缝着很厉害的浅色眼睛、不耐烦地咬着黑黑的雪茄烟头的是司捷潘·阿司塔霍夫。米沙不相信自己的眼睛,又朝这位同村人那十分熟悉、然而变得很厉害的脸打量了一遍,这才认准,马车上躺着的确确实实就是司捷潘,他激动得冒出汗,咳嗽一声,问道:

“对不起,先生,您是不是阿司塔霍夫?”

马车上的那人点了点头,这一点头,帽子就摔到了额头上;他扭过头来,抬眼看了看米沙。

“是的,我是阿司塔霍夫。怎么啦?您莫非……等一等,你是柯晒沃依吧?”他欠起身来,只用嘴唇在剪得短短的栗色胡子底下笑着,眼睛里和一张苍老了的脸上保持着不可接近的严肃神情,并且又慌乱又高兴地伸出一只手来。“是柯晒沃依吧?是米沙吧?咱们又见面啦!……真高兴……”

“怎么回事儿呀?怎么搞的呀?”米沙扔掉缰绳,大惑不解地把两手一摊。“都说你死啦。可是我一看:是阿司塔霍夫嘛……”

米沙喜笑颜开,在马鞍上转来转去地坐不住了,可是司捷潘的外表和那低腔低调的一口官话,使米沙觉得很不自在;他改变了称呼,后来在说话时一直称司捷潘为“您”,模模糊糊感觉到他们之间出现了一条无形的分界线。

他们谈了起来。马匹小步走着。西边的晚霞像火一样,淡蓝色的云彩在天上飘着,渐渐投入夜的怀抱。大道旁边的黍子地里,有一只鹌鹑高声叫着,挨过了白天的忙乱和喧嚣、挨到了黄昏时候的草原,渐渐晦暗,渐渐安静下来。在通往楚卡林镇和克鲁日林镇的岔路口上,在淡紫色天空背景上,出现了淡淡的小教堂的侧影;聚拢在一起的一大堆砖红色云块沉甸甸地悬挂在小教堂的上空。

“司捷潘·安得列耶维奇,您这是打哪儿来?”米沙高高兴兴地问道。

“从德国回来。好不容易回来呀。”

“咱们村里有些哥萨克说,亲眼看见司捷潘阵亡啦,那又是怎么回事儿呢?”

司捷潘回答得很沉着,很平静,好像问得他很不痛快:“挂了两处花,可是弟兄们……算什么弟兄们?他们把我扔下啦……我就当了俘虏……德国人给我治好了伤,就送我去做工……”

“好像没接到过您的什么信啊……”

“我没有什么人好写信啦。”司捷潘扔掉烟头,接着又抽起一支雪茄。

“不是有太太吗?您太太还活着呢。”

“我跟她早就不在一起过啦——这事儿大家都知道。”

司捷潘的声音干巴巴的,没有一点儿热和味道。提到妻子,他一点也不动心。

“怎么,您在人家的地方,就不想家吗?”米沙一个劲儿地追问,胸膛几乎要贴到鞍头上了。

“起初是想的,后来就习惯啦。我在那里过得挺好。”他顿了一下,又说:“本来我想永远留在德国,加入德国籍。可是现在又想家啦,就什么都扔下,回来啦。”

司捷潘第一次弯了弯眼角上那僵硬的鱼尾纹,笑了笑。

“可是咱们这儿,您瞧,乱成什么样子啦?……自己人打起来啦。”

“是啊——啊……我听说啦。”

“您走哪条路回来的。”

“我是从法国的马赛——一个老大的城市——坐轮船到诺沃罗西斯克的。”

“会不会也叫您去当兵呢?”

“也许会……村子里有什么新闻吗?”

“一下子哪能全都说得清呢?新鲜事儿多着呢。”

“我的房子还在吗?”

“风吹得直晃荡……”

“街坊邻居呢?麦列霍夫家两个儿子还活着吗?”

“都还活着。”

“我以前的老婆,您听说过吗?”

“她还在亚戈德庄上。”

“格里高力呢……还跟她在一块儿吗?”

“不啦,他跟自己老婆在一块儿。不跟您那阿克西妮亚过啦……”

“原来这样……我还不知道呢。”

他们沉默了一会儿。米沙还在拼命地打量司捷潘。他怀着敬意称赞说:

“看样子,司捷潘·安得列耶维奇,您过得真不坏。您穿得挺阔气,就像个大人物。”

“人家那里都穿得很讲究嘛。”司捷潘皱了皱眉头，捅了捅车把式的肩膀：“喂，快点儿。”

赶车的很不高兴地甩了两鞭，两匹疲劳的马很不整齐地用猛劲儿拉了几下。马车轻轻摇晃着轮子，在坑洼不平的大路上猛烈颠簸起来。司捷潘不想再谈下去，便转过身去，背朝着米沙，问道：

“你是回村子里去吗？”

“不，我到镇上去。”

来到岔路口，米沙往右拐弯，在马镫上站起来，说：

“再见啦，司捷潘·安得列耶维奇！”

司捷潘懒懒地用手指头摸了摸落满尘土的呢帽帽檐，冷冷地回答，就像外国人说俄语一样，每一个音节都说得十分清楚：

“一路平安！”

七

在菲洛诺沃—波沃林诺战线上，出现了僵持的局面。红军在收紧兵力，准备集中力量进行突破。哥萨克部队很不带劲儿地发展着攻势；哥萨克部队十分缺乏弹药，所以不想跨出本地区的边界。在菲洛诺沃前线，双方互有胜负。八月里，局面相对地稳定下来，从前方回来短期休假的哥萨克都说，到秋天就可以讲和了。

这时候，后方各乡各村里都在收割庄稼，人手十分短缺。老头子和妇女们干不了这样的活儿；而且也影响了经常派大车往前方送弹药和粮食的事。

鞑靼村几乎每天都要派五六辆大车到维奥申镇上去，在维奥申镇上装上弹药箱，送到安得洛波夫村的转运站去，有时候因为没有车辆接运，还要再往前送，一直送到霍派尔河畔的村庄里。

鞑靼村里的人一天到晚忙忙碌碌，然而日子过得毫无生气。所有的心都想着远方的前线，大家都怀着恐慌和痛苦的心情等待着哥萨克们的噩耗。司捷潘·阿司塔霍夫的归来，轰动了全村：每一座房子里，每一家的场院上，谈的都是这件事情。早已不在人间、只有老奶奶们还记挂着、而且也只是在"追荐亡灵"的时候才记挂着的一个人，大家差不多已经忘记的一个人，一下子回来了！这不是天大的怪事吗？

司捷潘在安尼凯的老婆家里暂时住下来。他把行李搬进屋里，趁安尼凯的老婆给他烧晚饭，他就去看自己的房子。他迈着沉甸甸的、当家人的步子，在洒满月光的院子里转悠了老半天，钻到快要倒塌的棚子底下看了看，把房子打量了一遍，还摇了摇篱笆桩子……安尼凯的老婆给他煎的鸡蛋在桌上早已经凉了，可是司捷潘还在视察自己的长满荒草的宅院，还咯吧咯吧地掰着手指头，像咬舌头一样，叽里咕噜地不知在嘟哝些什么。

晚上，很多人都来看他，问起他当了俘虏以后的情形。安尼凯家的上房里挤满了妇女和小孩子。他们密密层层地站在那里，张着像黑窟窿一样的大嘴，在听司捷潘讲。司捷潘很不情愿地在讲着，他那苍老了的脸上没有出现过一次笑容。看样子，生活把他折腾坏了，使他变了样子，完全变成了另外一个人。

第二天早晨，司捷潘还在上房里睡着，潘捷莱·普罗柯菲耶维奇就来了。知道司捷潘还没有醒，他把咳嗽的声音放得低低的，还用手捂着嘴。上房里散发出房里土地面那种淡淡的凉气，散发出一种不熟悉的烟草的呛人气味和远行人身上那种风尘气味。

司捷潘醒了，可以听见：他在划火柴抽烟。

"可以进去吗？"潘捷莱·普罗柯菲耶维奇问道，并且像晋见升官一样，慌忙抻平了新衬衣上的褶儿，这衬衣是为了来见司捷潘，伊莉尼奇娜才给他穿上的。

"请进来吧。"

司捷潘一面穿衣服，一面抽着雪茄烟，惺忪的睡眼被烟熏得眯缝着。潘捷莱·普罗柯菲耶维奇怯生生地走了进去，一看见司捷潘那变了模样的脸和他那丝背带上的明晃晃的饰物，吃了一惊，就站了下来，畏畏缩缩地伸出一只黑黑的手。

"你好啊，邻居！平安回来啦……"

"您好！"

司捷潘把背带搭在两个耷拉着的强壮的肩膀上，摆了摆肩膀，神气活现地把一只手放到老头子那粗糙的手里。彼此匆匆打量了一遍。司捷潘的眼睛里冒着蓝蓝的仇恨的火花，麦列霍夫老头子的鼓鼓的斜眼睛里有敬意，也有惊讶中带嘲讽的神情。

"你老了不少，司捷潘……伙计，你苍老啦。"

"是的，老啦。"

"都给你开过吊啦，就像对我家格里什卡那样……"他说到这里，就懊恼地顿住了：这话说得太不是地方了。他试图弥补自己的失言："谢天谢地，你平平安安回来啦……谢谢你啦，主啊！当初也给格里什卡开过吊，可是他就像拉撒路[①]那样，又活过来啦。他已经有两个孩子啦，他老婆娜塔莉亚，托老天爷的福，身体也复原啦。是个很好的娘们儿呀……噢，你，好伙计，怎么样？"

"还好，谢谢。"

"到我家来串串门儿，好吗？赏赏脸，来吧，咱们聊聊。"

司捷潘不肯去，但是潘捷莱·普罗柯菲耶维奇一再地请他去，而且生气了，司捷潘只好答应。他洗过脸，把剪得很短的头发往上梳了梳，老头子问他："你的头发哪儿去啦？掉了吗？"——他只是笑了笑，便满不在乎地把帽子扣到头上，第一个走出门去。

潘捷莱·普罗柯菲耶维奇亲热得似乎有讨好的意味，这就使司捷潘不由地想："他是想解除旧怨呢……"

伊莉尼奇娜时时注意着丈夫的眼睛的无声的指示，很麻利地在厨房里跑来跑去，催促着娜塔莉亚和杜尼娅，亲自往桌上端菜。姑嫂两个偶尔向坐在圣像下面的司捷潘投来好奇的目光，朝他的上衣、领子、银表链和发式打量几眼，又带着掩饰不住的惊讶的笑容互相看看。妲丽亚满面红光地从院子里跑进来；她忸怩地笑着，用围裙的角儿擦着薄薄的嘴唇，眯缝起眼睛，说：

"哎呀，好邻居，我可是不认识您啦。您简直不像哥萨克啦。"

潘捷莱·普罗柯菲耶维奇毫不怠慢，把一瓶家酿的好酒放到桌上，拔掉塞子，闻了闻那又甜又辣的气味，称赞说：

"尝尝吧，自己家里做的。要是把洋火往上一凑，准能冒蓝火，实在话！"

他们东一句西一句地谈了起来。司捷潘本来不怎么愿意喝，但是几杯酒下肚，很快就有了醉意，晕晕乎乎的了。

---

① 拉撒路的故事见《新约全书》中《约翰福音》第十一章。拉撒路死后四天，耶稣又使他复活。

“伙计,现在你应该娶亲啦。”

“瞧您说的!我原来的老婆往哪儿搁?”

“原来的……原来的算什么……原来的老婆,你以为不会用坏吗?老婆就好比骒马:只有满口牙的时候,才好骑……我们来给你找一个年轻的。”

“世道乱啦……顾不上娶亲啊……我打算休息十来天,就到乡公所去报到,恐怕还要上前线呢。”司捷潘说。他渐渐有了醉意,洋腔洋调渐渐没有了。

不久他就走了,妲丽亚用赞赏的目光送了他好一阵子,他走过以后,又争执和议论了老半天。

“这家伙抖起来啦!瞧他说话的那种腔调!就像一位税务官,或者别的什么大人物……我走进去,他正在起身,正往衬衣外面、往肩膀上套绸套带,上面还带着小牌牌儿,真的!套住了他的前胸和后背,就像套马一样。这是干什么呢?这有什么用处呢?这会儿他简直像个有学问的人啦。”潘捷莱·普罗柯菲耶维奇赞赏地说。显然因为司捷潘没有嫌弃他的盛情,没有记仇,居然来了,他心里美滋滋的。

从谈话中知道,等司捷潘服完了兵役,还要回村子里来住,要重修房屋,恢复家业。他顺便提到,他是有钱的,潘捷莱·普罗柯菲耶维奇听了这话,思索了很久,并且不由地起了敬意。

“看样子,他很有钱,”潘捷莱·普罗柯菲耶维奇在他走后说,“这小子,发财啦。别的哥萨克当了俘虏回来,都赤身露体,可是你瞧瞧他,穿得多阔气……他一定是杀了人,或者偷了什么钱。”

头几天司捷潘一直呆在安尼凯家里休息,只是偶尔上街走走。街坊邻居们注视着他,观察他的一行一动,有人甚至去向安尼凯的老婆打听,司捷潘究竟有什么打算。但是她守口如瓶,什么也不说,推说不知道。

等到安尼凯的老婆雇了麦列霍夫家一匹马,星期六一大早就坐上车外出之后,村子里就纷纷议论开了。只有潘捷莱·普罗柯菲耶维奇猜出是怎么一回事儿。“要去接阿克西妮亚呢。”他一面往车上套一匹瘸腿的骒马,一面朝伊莉尼奇娜挤着眼睛说。他没有猜错。这娘们儿就是受司捷潘的委托上亚戈德庄上去的。司捷潘说:“你去问问阿克西妮亚,愿不愿意忘掉旧怨,回到男人家里来?”

司捷潘这一天完全失去了耐心和镇定,一整天都在村子里走来走去,和谢尔盖·普拉托诺维奇、“擦擦”阿杰平一起,在莫霍夫家的台阶上坐了很久,对他们讲德国的事情,讲自己在德国的生活,讲自己经过法国和海上回国一路上的情形。他有时说话,有时听莫霍夫发牢骚,时时都很留心地注视着手表……

安尼凯的老婆黄昏时候才从亚戈德庄上回来。她一面在夏季厨房里做晚饭,一面说着,说阿克西妮亚听到这意外的消息,吓了一跳,问他的情形问了不少,但是坚决不肯回来。

“她犯不着回来,日子过得跟阔太太一样。人胖啦,脸白啦。从来不干重活儿。还要怎样呢?她穿的吗,你连想都想不到。平常日子里,她穿着雪白的裙子,两只手干干净净的……”安尼凯的老婆一面说,一面羡慕地叹着气。

司捷潘的两颊通红,一双低垂的浅色眼睛里,燃烧起愤恨和苦恼的火焰,又渐渐熄灭。他压制着手的哆嗦,用调羹一下一下地喝着瓷碗里的酸牛奶,故作镇定地问道:

“你是说,阿克西妮亚日子过得挺得意吗?”

“当然得意啦!那样过日子谁也没意见。”

“她问我了吗?”

“当然问啦!我一说您回来啦,她的脸都白啦。”

吃过晚饭,司捷潘又来到荒草萋萋的院子里。

短促的八月的黄昏匆匆忙忙地降临,又匆匆忙忙地消失了。风车在潮湿而凉爽的夜空中一个劲儿地响着,传来嘈杂的人声。许多人在黄黄的、朦胧的月光下照常忙碌着:有的在扇白天打下的小麦,有的在把小麦往粮仓里送。屯子里到处是新打的小麦和糠灰那种热烘烘的呛人气味。操场附近有一架蒸汽脱粒机轧轧响着,有几条狗在叫着。远处场院上有人拖着腔在唱歌。从顿河上吹来淡薄的潮气。

司捷潘靠在篱笆上,隔着街道,望着湍急的顿河水,望着月光斜斜地踏出的波光粼粼的“甬道”,望了很久。细碎的、像鬈发一样的波纹曲曲弯弯地顺流而下。顿河对岸的白杨树已经沉沉入睡。一股烦恼慢慢以不可抗拒之势占据他的心头。

天亮时候下过一阵雨,但是太阳一出来 ,云彩就散了,过了两个钟头,只有粘在车轮子上的干泥巴,才使人想到曾经下过雨了。

这天上午,司捷潘来到亚戈德庄上。他很激动地在大门口把马拴好,就快步朝下房里走去。

宽敞的、到处是枯草的院子里一个人也没有。好几只母鸡在马棚旁边的粪堆上乱刨。一只黑得像乌鸦一样的公鸡在歪倒的篱笆上踩来踩去。公鸡一面呼唤母鸡，一面摆好姿势，要啄正在篱笆上爬的红红的花大姐。几条肥壮的猎狗躺在车棚旁边的凉荫里。六只黑花小狗儿把它们的母亲——刚生头胎的一只年轻母狗——按倒在地上，用小腿支着身子在吃奶，把松松的灰色奶头拉得老长。老爷住的房子的铁房顶的背阴的一面还闪着亮晶晶的露水。

司捷潘一面细心地四处打量着，走进了下房，向一个胖胖的女厨子问道：

“我可以见见阿克西妮亚吗？”

“您是什么人？”女厨子用围裙擦着汗津津的麻脸，问道。

“这您用不着问。阿克西妮亚在哪儿？”

“在老爷那儿。您等一等好啦。”

司捷潘坐下来，十分疲惫无力地把呢帽放在膝盖上。女厨子把铁罐子放进炉膛里，用火钳拨弄着，不再理睬这位客人。厨房里充满了奶渣卷儿和啤酒花的酸味。炉壁上，墙壁上，撒满面粉的桌子上，都落了许多苍蝇，就像许多黑黑的小点子。司捷潘聚精会神地听着，等候着。熟悉的阿克西妮亚的脚步声，好像把他从板凳上推了下来。他站了起来，呢帽从膝盖上掉了下去。

阿克西妮亚捧着一摞盘子走了进来。她的脸一下子煞白煞白的，饱满的嘴唇角哆嗦起来。她站了下来，两手软软地把盘子抱在胸前，惊骇的眼睛直盯着司捷潘。后来不知怎地一下子离开原来站的地方，快步走到桌子跟前，把手里的盘子放下。

“你好！”

司捷潘像在梦里一样，慢慢地、深深地喘着气，咧开嘴唇很勉强地笑了笑。一声不响地往前探着身子，把一只手伸给阿克西妮亚。

“上我的屋里去吧……”阿克西妮亚做了一个请他走的姿势。

司捷潘去拾帽子，就像举一件千斤重的东西；血往脑袋里直冲，眼睛都发黑了。两个人一走进阿克西妮亚的屋子，在桌子两边坐下来，阿克西妮亚就舔着发干的嘴唇，哼哼着问道：

“你打哪儿回来？……”

司捷潘像醉汉一样，悠悠忽忽、强装高兴地挥了挥手，嘴唇上还一直挂着那种高兴而痛苦的笑。

“当过俘虏回来的……我找你来啦，阿克西妮亚……”

他有点儿不自然地忙活起来，一下子站起来，从口袋里掏出一个小包，拼命撕扯包布，那哆哆嗦嗦的手指头怎么都不听使唤，好不容易才从里面拿出一只女式银手表和一枚镶着淡蓝色假宝石的戒指……他用汗津津的手掌托着这两样东西递过去，可是阿克西妮亚的眼睛一直不离开他那张低声下气地笑着、因而变得很难看、很陌生的脸。

"拿着吧，这是给你买的……看在咱们以前的情分……"

"我要这干什么？等一等……"阿克西妮亚那煞白的嘴唇嘟哝着。

"拿着吧……别叫我生气……咱们那些糊涂事该忘掉啦……"

阿克西妮亚用手推着，站了起来，朝床边走去。

"都说你死了嘛……"

"我要是死了，你高兴吧？"

她没有回答，这时已经是很镇定地打量着丈夫，从头打量到脚，毫无目的地抻了抻烫得平平的裙子上的褶儿。她把双手放到背后，说：

"是你叫安尼凯的老婆来的吗？……她说，你要叫我回去……住……"

"你去不去？"司捷潘问道。

"不，"阿克西妮亚的声音干巴巴的，"不去，我不回去。"

"这为什么？"

"在这儿过惯啦，再说也有点儿晚啦……晚啦。"

"我可是很想重整家业。我从德国回来的时候，就这么想；就是在德国的时候，也一直在想这事儿……阿克西妮亚，你怎么样？格里高力不要你……你是不是又找了一个呢？听说，好像你和少东家……是真的吗？"

阿克西妮亚的两颊火辣辣地红了，羞得抬不起来的眼睛里涌出了泪水。

"现在是和他过。真的。"

"我不是责备你，"司捷潘吃了一惊，"我是说，你今后怎么过，也许还没有拿定主意吧？他不会跟你过久的，玩玩罢咧……你眼睛底下已经有皱纹啦……他会扔掉你的，玩腻了，就要把你赶走。那时候你依靠谁呢？当牛当马还没有当够吗？你自己瞧瞧吧……我带回来一些钱。等打完了仗，咱们就能过过像样的日子啦。我看，咱们能和好起来。我愿意忘掉从前的事情……"

"我的好司乔巴①，你以前是怎么想的呀？"阿克西妮亚流着快活的眼泪，哆哆嗦嗦地说。她离开床边，对直地走到桌子跟前。"你以前把我的青春当成灰土的时候，又是怎么想的呢？是你把我推到格里什卡怀里的呀……是你让我心冷的呀……你还记得你是怎样对待我的吗？"

---

① 司捷潘的昵称。

"我不是来算旧账的……你……哪里知道？你不知道，为这事我难受死啦。一想起来，过日子心里就不踏实……"司捷潘对着自己放在桌上的两只手端详了老半天，慢慢地说着话，好像每一个字都是从嘴里挖出来的。"我一直想着你……心里很不是滋味……白天黑夜都忘不了你……我在德国跟一个寡妇，一个德国娘们儿过过……日子过得很阔气，可是我把她扔下啦……就是想回家……"

"你想过安稳日子吗？"阿克西妮亚使劲抽动着鼻孔，问道。"你想重整家业吗？大概你还想生儿养女，还想有一个老婆给你洗洗缝缝，伺候你吃喝吧？"她很不高兴、很阴郁地笑了笑。"老天爷啊，不行啦！我老啦，皱纹你也看到啦……孩子也生不出来啦。我现在是当姘头，姘头是不生孩子的……这样的女人你要吗？"

"你现在机灵啦……"

"还不是原来的样子？"

"这么说，你不回去吗？"

"不去，不去你那儿。不去。"

"那就再见吧。"司捷潘站起身来，无可奈何地拿着手表在手里转悠了一会儿，又放到桌子上。"你什么时候回心转意，就告诉我。"

阿克西妮亚把他送到大门口。她对着他的背影看了很久，看着一股股的尘土从车轮下飞起来，渐渐遮住他的宽宽的肩膀。

她忍不住流下懊恼的眼泪。她一下一下地抽搭着，模模糊糊地想着没有如愿的事情，为自己再度无依无靠的生活感到伤心。当她知道叶甫盖尼再也不要她，又听说丈夫已经回来的时候，就决定回到丈夫那里去，以便重整旗鼓，享享不曾有过的清福……她怀着这样的决心盼司捷潘来。但是她一看到他那种低声下气、百依百顺的样子，却激起了她的强烈的好强心，不允许她这个被抛弃的人留在亚戈德庄上的那样一种好强心。控制不住的恼恨心情支配着她的言语和行动。她想起所受的屈辱，还想起她遭受这一切都是由于这个人，由于他那一双拳头，所以尽管她不愿意再分开，心里对自己的做法感到害怕，可她还是气呼呼地说出了很决绝的话："不去，不去你那儿，不去。"

她又对越走越远的大车看了长长的一眼。司捷潘摇晃着鞭子，渐渐隐没到路边那淡紫色的、矮矮的野蒿丛里……

第二天,阿克西妮亚算清了工钱,收拾好行李就走。她跟叶甫盖尼告别的时候,哭着说:

“叶甫盖尼·尼古拉耶维奇,有什么对不起的地方,多多原谅吧。”

“噢,你这是哪儿话,亲爱的!……在各方面我都要感谢你呢。”

他为了掩饰不自在的心情,说话时装得很快活。

她走了。黄昏时候回到了鞑靼村。

司捷潘在大门口迎住阿克西妮亚。

“回来啦?”他含笑问道。“能住下来吗?我能指望你不再走了吗?”

“不走啦。”阿克西妮亚很干脆地回答说,一面怀着一颗紧缩的心打量着快要倒塌的房子和长满了滨藜和黑黑的杂草的院子。

八

在离杜尔诺尔镇不远的地方,维奥申乡的哥萨克团第一次参加了拦击后退的红军部队的战斗。

格里高力·麦列霍夫率领的一个连,快到晌午时候占领了一个杂树丛生的小村子。格里高力命令哥萨克们在一条流过村子、冲出一道浅沟的小溪旁边的柳荫里下了马。不远处,有几股泉水从黑黑的烂泥中咕咕地向外冒着。泉水冰凉,哥萨克们用制帽舀起泉水不要命地喝了一阵子,然后得意洋洋地咯咯叫着把制帽扣在汗淋淋的脑袋上。太阳升到了村庄的当头,村庄热得好像昏迷了似的。大地晒得滚烫,冒着腾腾的热气。青草和柳树叶子被毒热的阳光晒得无精打采地耷拉着,可是在溪边柳荫下却是一片阴凉,牛蒡草和潮湿的土地滋润着的另外一些茂草翠绿翠绿的;小水湾里的浮萍亮闪闪的,就像心爱的姑娘的笑靥;一处大水湾过去,有几只鸭子在泅水和拍打翅膀。马匹打着响鼻,吧唧吧唧地踩着烂泥，扯着人手里的缰绳，拼命往水里跑，一直跑到小溪中心里，把溪水搅得浑浑的，又用嘴去寻找清凉的水流。热风从垂着的马嘴上吹下一大滴一大滴晶莹的水珠儿。马踩得乱糟糟的淤泥和绿肥苔发出一股硫磺气味，那溪水泡烂的柳树根也发出一股又苦又甜的气味……

哥萨克们刚刚说着话和抽着烟，在牛蒡草丛里躺下来，侦察班就回来了。大家一听到侦察班报告说有红军，一齐从地上跳了起来。紧了紧马肚带，又朝溪边走去，把水壶灌满了，又喝了一阵子，看样子每个人心里都在想："这样清清亮亮、像小孩子眼泪一样的泉水，也许还能喝到，也许喝不到啦……"

哥萨克们顺着大路跨过小溪，停了下来。

村外一俄里远处，长满野艾的灰色沙土岗上出现了红军的侦察班。八名红军骑兵正小心翼翼地朝村子方向走来。

"咱们逮他们去！行吗？"米佳·柯尔叔诺夫向格里高力建议说。

他带着半个排绕路出了村子，但是红军侦察班一发现哥萨克，就掉转马头往回走了。

过了一个钟头，同团的另外两个骑兵连一来到，就一齐出发了。侦察兵报告说，红军大约有一千条枪，正迎着他们开来。维奥申团这三个连和在右方前进的第三十三叶兰乡、布堪诺夫乡联合团失去了联系，但是这三个连还是决心迎战。翻过岗头，就都下了马。看守马匹的哥萨克把马都牵到了面向村子的一片宽敞的洼地里。右边不知什么地方，双方的侦察队发生了接触。一挺手提机枪气势汹汹地响着。

不久就出现了红军的稀疏的散兵线。格里高力命令自己的连队在洼地上边散了开来。哥萨克们在长满了像马鬃一样的小树棵子的斜坡顶端卧倒下来。格里高力在一棵矮矮的野苹果树下，用望远镜观察着远处的敌军散兵线。他清清楚楚地看到，在前面前进的是两排散兵线，两排散兵线后面，是黑压压的大队人马拉开阵势，在已经割倒、然而尚未运走的小麦堆中间前进着。

令他和哥萨克们很吃惊的是，在第一排前面骑着一匹高高的白马前进的那个人，看样子是一位指挥官。第二排前面也有两个指挥官各自走着。第三排也由一位指挥官率领着，他的旁边是一面猎猎飘舞的军旗。军旗鲜红鲜红的，在灰黄色的麦茬地衬托下，就像一个小小的血点子。

"人家的委员都打头阵哩！"一个哥萨克叫道。

"呵！真有种！"米佳·柯尔叔诺夫赞赏地哈哈大笑起来。

"伙计们，瞧！红军他们热头不小哇！"

差不多全连的人都欠起身来，互相呼喊着。一个个都把手掌搭到眼睛上遮住太阳。说话声听不到了，于是面临死亡时的肃穆与寂静就像一片云彩影子一样，及时地、悄悄地来到草原和洼地上。

格里高力朝后面看了看。一丛灰灰的柳树后面，村子的一旁，扬起一股尘土；第二连飞跑着朝敌军的侧翼冲去。一道山沟暂时掩护着第二连的行动，但是第二连跑了有四俄里，就散了开来，朝岗头上爬去，于是格里高力在心里判断着距离和第二连能够冲到敌军侧翼的时间。

“卧倒——倒！”格里高力急忙转过身去，把望远镜放进皮套子，命令道。

他走到自己的队伍跟前。哥萨克们那落满灰尘、晒得黑油油、红彤彤的脸一齐朝他转了过来。大家面面相觑，卧倒下去。喊过“预备”的口令以后，枪栓咔嚓咔嚓地响了一阵子。格里高力在上面只能看见一双双叉开的腿、一顶顶制帽的帽顶和一个个穿着沾满尘土的军便服的脊背，还看得清那汗湿透了的脊梁沟和肩胛骨。哥萨克们爬来爬去，寻找可以隐蔽的地方，选择更妥当的地方。有的人在用马刀挖掘干硬的土地。

这时候，一阵微风从红军那边吹来，送来隐隐约约的歌声……

红军的散兵线前进着，曲曲弯弯，有前有后，晃晃悠悠。隐隐约约、在炎热而辽阔的大地上显得很孤单的歌声就从那边传了过来。

格里高力觉得，自己的心一震，然后就猛烈地、时断时续地跳了起来……他以前也听到过这种沉痛的歌声，他在格鲁博克就看见赤卫队的水兵像祷告一样摘下无檐帽，慷慨激昂地闪动着眼睛，唱起一支歌，唱的就是这支歌。格里高力心中突然涌起一种模模糊糊的、很像是恐怖的慌乱不安心情。

“他们喊叫什么呀?”一个年老的哥萨克慌慌张张地转悠着脑袋，问道。

“好像是在念经。”另外一个躺在右边的哥萨克回答说。

“哪儿是他妈的念经，”安得列·卡叔林笑道，他很不客气地望着站在他旁边的格里高力，问道：“潘捷莱耶维奇，你在他们那边干过，你想必知道他们这会儿唱这种歌儿干什么吧？你恐怕也跟他们一起唱过吧?”

“……夺取土地！”①——因为距离太远还是有些含混不清的这一句忽然像欢呼一样高了起来，接着又是一片寂静笼罩住原野。哥萨克们冷笑起来。阵地中心有人放声哈哈大笑。米佳·柯尔叔诺夫沉不住气了：

---

① 这是俄译《国际歌》中的一句。

“喂,你们听见吗?! 他们想夺取土地哩! ……”他又破口大骂了一阵子。“格里高力·潘捷莱耶维奇! 让我把那个骑马的家伙打下马来! 让我放一枪吧?”

不等同意,他就开了一枪。这一枪惊动了那个骑马人。他下了马,把马交给别人,挥舞着出鞘的马刀,带领队伍朝前冲来。

哥萨克们开枪了。红军卧倒了。格里高力命令机枪手开火。机枪打过两梭子以后,第一排的红军站起来,往前跑了一截路。跑了有十来丈,又卧倒了。格里高力看见,红军用铁锹挖起掩体。一团团的灰尘在他们头上升起,阵地前面出现了许多小小的土堆,就像是土拨鼠打洞掏出来的。那边也响起长长的齐射声。双方交火了。大有变成持久战之势。一个钟头之后,哥萨克一方受到了损失:第一排有一个哥萨克被打死,三个受伤的被送到洼地里看守马匹的人那里。第二连在红军的侧翼出现,发起了冲锋。冲锋被机枪火力打退。可以看见,哥萨克们十分狼狈地往后逃窜,时而挤成一团一团的,时而像扇子一样散了开去。第二连退回来以后,整了整队形,不再呐喊,一声不响地又往前冲。又是一阵猛烈的机枪扫射,就像疾风扫落叶一样,把第二连赶了回来。

但是一次又一次的冲锋动摇了红军的坚定性,前面几排乱了,往后退去。

格里高力一面射击,一面命令连队起立。哥萨克们朝前冲去,不再卧倒。起初他们感觉到的那种犹豫和重重的顾虑现在好像消失了。迅速开上阵地的一支炮兵连更加鼓舞了他们的斗志。炮兵第一排准备就绪,开火了。格里高力派人去传达他的命令,叫看守马匹的人把刀带过来。他准备发起冲锋。就在战斗开始他观察红军的那棵野苹果树旁边,第三门炮也从炮车上卸了下来。一个穿着窄腿马裤的高个子军官,一面朝大炮跟前跑,用鞭子抽打着靴筒,一面粗声粗气、恶狠狠地骂着那些动作迟缓的炮手们。

“快点! 嗯?! 你们他妈的都该打! ……”

一位观测员和一位校官,在离炮兵连半俄里的地方下了马,站在坟头上用望远镜观察退却的红军队伍。电话兵在跑着拉电线,连接炮兵连和观测点。炮兵连连长是一位上了年纪的大尉,他用粗大的手指急急忙忙地旋转着望远镜的镜头,有一个手指头上的结婚戒指闪着金光。他无所事事地在第一门大炮旁边转悠着,有时候歪一歪脑袋,躲避嗖嗖飞过的子弹,他每歪一下脑袋,挂在腰侧的旧军用袋都要晃悠几下。

咔啦啦一声响过之后,格里高力观察了一下发射出去的炮弹落下的地方,又回头看了看:炮手们俯着身子,正呼哧呼哧地在移动大炮。第一颗榴霰弹在没有运走的小麦堆上炸了开来,白色的硝烟像棉花团一样,被风吹得飘飘荡荡,在蓝天的背景上飘荡了很久才散去。

四门大炮轮流朝割倒的小麦堆那边发射着炮弹,但是出乎格里高力意料的是,炮火并没有在红军队伍里造成明显的混乱——他们不慌不忙、很有秩序地往后退着,而且已经渐渐走出视线以外,正翻越一处隘口,朝山沟里走去。格里高力明知冲锋毫无意义,但他还是决定和炮兵连长商量商量。他一摇一摆地走过来,用左手摸着被太阳晒得发烫的、红红的、拳曲的胡子尖儿,很亲热地笑了笑,说:

“我想发动一次冲锋。”

“还冲什么锋呀!”大尉执拗地摇了摇头,用手背擦了擦从帽子底下流出来的汗水。“您看,狗崽子们是怎样退的?他们不会输的!而且说起来也是笑话——他们这些队伍里的军官全是正规军的军官。我的老同事谢洛夫中校就在他们这里面……”

“您怎么知道的?”格里高力很惊异地眯起眼睛,问道。

“有人跑过来……停止射击!”大尉发过命令,似乎是要解释一下。“打炮也没有用,炮弹又太少……您是麦列霍夫吧?咱们认识认识:我是波尔塔福采夫。”他把一只汗津津的大手一杵,塞到格里高力的手里,匆匆握了握,就很麻利地把手伸进敞着口的图囊里,掏出纸烟。“请抽烟!”

炮队轰轰隆隆地从洼地里爬了上来。大炮都挂到了前车上。格里高力命令连队上马,就带着自己的连队去追已经翻过岗头的红军。

红军占领了前面的一个村庄,但是又毫不抵抗地退了出去。维奥申乡的三个连和一个炮兵连就在这个村子里驻扎下来。老百姓都吓得不敢出门。哥萨克们挨门挨户地串,寻找可吃的东西。格里高力在村外一户人家门前下了马,走进院子,把马拴在台阶旁边。房东是一个上了年纪的、瘦长的哥萨克,正躺在床上,哼哼着,像鸟头一样的小头在肮脏的枕头上不住地滚动着。

“怎么,你病了吗?”格里高力向他打了个招呼,笑着问道。

“病啦——啦……”

房东是装病,而且他从格里高力那滴溜溜乱转悠的眼神上猜出来,格里高力是不相信他的话的。

“给弟兄们弄点饭吃,好吗?”格里高力正色问道。

“你们几个人?”房东老婆从灶边走过来,问道。

“五个人。”

“那好吧，请这边来，尽家里有的给你们吃点儿吧。”

格里高力和几个哥萨克一同吃过饭，走了出来。

仍处于充分战备状态的炮兵连停在水井旁边。没有卸套的马摇晃着草米袋，正在吃大麦。驭手和炮手们在大炮旁边坐着或躺着，在炮弹箱的凉阴里躲避太阳。一个炮手交叉着两腿，趴在地上睡着了，在睡梦中还不住地抽动肩膀。看样子，他原来是躺在凉阴里的，可是太阳移动了阴影，所以这会儿太阳晒到了他那落了一层草屑的、完全露在外面的鬈发上。

马身上，宽宽的皮马套旁边，鬃毛湿漉漉、亮闪闪的，冒着黄黄的汗沫。军官和炮手们骑的马都拴在篱笆上，无精打采地蜷着腿站着。哥萨克们都满身灰土，汗流浃背，都一声不响地在休息。几个军官和炮兵连连长背靠着井栏杆，在抽烟。在离他们不远处，有几个哥萨克扎煞开两腿，像六角星一样趴在晒干的滨藜上。他们一个劲儿地舀罐子里的酸牛奶喝，偶尔地有人往外吐一吐喝进嘴里的大麦粒儿。

太阳火辣辣地照射着。村子里的几条街道向山冈伸去，街道上几乎没有人影。谷仓旁边，敞棚底下，篱笆脚下，牛蒡草的黄黄的阴影里，到处都有哥萨克在睡觉。没有卸鞍的战马密密层层地站在篱笆旁边，热得难受，也困得难受。一个哥萨克懒洋洋地把鞭子举得和马背一般高，骑着马走了过去。于是街道又像是被人遗忘的草原路，那漆成绿色的大炮，那跑累了、晒乏了、已沉沉入睡的人们，好像都是偶然出现、毫不相干的东西。

格里高力闲得无聊，正要朝住的房子里走去，但是街上出现了别的连的三个骑马的哥萨克。他们押着一小伙被俘的红军。炮兵们都忙活起来，站起身来，拍打着军便服和裤子上的尘土。军官们也站了起来。附近院子里有人高高兴兴地喊道：

“伙计们，押俘虏来啦！……不信吗？快来看看吧！”

睡眼惺忪的哥萨克们急急忙忙从各家院子里跑了出来。俘虏来到跟前——这是八个浑身冒着汗臭气、满脸灰尘的年轻小伙子。大家把他们密密层层地包围了起来。

“在哪儿捉住他们的？”炮兵连连长带着冷峻而好奇的神情打量着俘虏们，问道。

一个押解的哥萨克带着逞能的意味回答说：

“简直是脓包！我们是在村边葵花地里捉住他们的。他们躲在那儿，就像小鸡躲老鹰一样。我们看见他们，放马就追！打死了一个……”

八个红军士兵吓得挤成了一堆。显然,他们是害怕随意摧残。他们的目光失神地在哥萨克们的脸上扫着。只有一个红军士兵,看样子年纪大一些,脸晒成了棕色,颧骨高高的,穿着油糊糊的军便服,打着破烂的裹腿,微微斜着两只黑眼睛从人们头上鄙夷地望着远方,并且紧紧闭着被打出了血的嘴唇。他矮墩墩的,肩膀宽宽的。在他那硬得像马鬃一样的黑黑的鬈发上,扣着一顶军帽,就像一张绿色的饼子,军帽上还留着帽徽的印子,大概,这帽子在对德战争的时候就戴着了。他稍息站着,用黑黑的、指甲上沾着干血的粗手指头摸着敞开的衬衣领口和尖尖的、生满黑毛的喉结。看样子他好像满不在乎,但是他那条稍息站着、因为打了破裹腿直到膝部都粗得很难看的腿,却像打寒战一样轻轻哆嗦着。其余的几个都脸色灰白,面无人色,只有这个人的肩膀那雄壮的姿态和他的鞑靼型的虎虎有生气的脸格外引人注意。也许就因为这样,炮兵连连长朝着他问道:

"你是什么人?"

这个红军士兵的小小的、黑得像煤炭一样的眼睛活动起来,而且他的全身不知不觉地、然而很敏捷地收敛起来。

"我是红军。是俄罗斯人。"

"你是什么地方人?"

"是奔萨人。"

"坏蛋,你是自愿干的吗?"

"才不是呢。我是旧军队的上士。从一九一七年当了红军,一直到现在……"

一个押解的哥萨克插嘴说:

"就是他朝我们开枪的,该杀的!"

"你开枪了吗?"大尉很不满意地皱起眉头,他碰到站在对面的格里高力的眼神,就用眼睛瞟着俘虏,说:"坏蛋!……开枪了吗,嗯?你怎么,没有想到会被捉住吧?现在如果为这事儿把你枪毙,你有什么说的?"

"我是想自卫呀。"那打破的嘴唇撇了撇,露出遗憾的笑容。

"坏家伙!你为什么没有自卫到底呢?"

"子弹打光啦。"

"是——这——样……"大尉的眼神一下子凉了下来,但他带着掩饰不住的满意神情打量了一遍这个士兵。"那你们呢,狗崽子们,是哪儿的?"他已经用快活的眼睛瞟着其余的红军士兵,换了一种腔调问道。

"我们是被抓来当兵的,大人!我们有的是萨拉托夫人……有的是巴拉绍夫人……”一个长脖子、高个子小伙子不住地眨巴着眼睛,挠着红红的头发,很伤心地说。

格里高力异常好奇地打量着这些身穿绿军装的年轻小伙子,打量着他们那一张张朴实的庄稼汉的脸和那不起眼的步兵装束。只有那个高颧骨的士兵激起他的仇恨。他用讥笑和痛恨的口吻对那个红军士兵说:

“你为什么招认呢?你大概在他们那儿领着一个连吧?是连长吧?是共产党员吧?你不是说,你把子弹打光了吗?我们要是为这事把你砍了,又怎样呢?”

那个红军士兵翕动着被枪托子打扁了的鼻子眼儿,更大胆地说:

“我招认也不是为了逞强,我有什么好瞒的呢?既然开了枪,就要承认……我说的对吗?要杀……就杀吧。我不指望……”他又笑了笑,“不指望你们宽待,因为你们是哥萨克嘛。”

周围的人都赞赏地笑起来。格里高力听了这番理直气壮的话,无言对答,就走开了。他看见,俘虏们朝井边走去,要去喝水。有一连哥萨克步兵成排纵队从胡同里开出来。

九

等到他们这个团进入连续作战的地带,等到双方不再是隐约可见,而是摆开阵势作战的时候,格里高力已经是常常与敌军接触,常常离他们很近了,他依然总是对红军,对不知为什么他要和他们打仗的这些俄罗斯士兵,怀着一种十分强烈的、永无满足的好奇心。他似乎还一直保留着在四年大战开始的日子里,站在列士纽甫城外一座小冈上第一次观看奥匈部队和辎重队来回奔忙时产生的那种天真无邪的心情。“这些人是干什么的?他们是一些什么人?”他的生活史上似乎不曾有过在格鲁博克同柴尔涅曹夫的部队打仗那一段。但是那时候他倒是十分清楚敌人的面貌的：他们大多数是顿河的军官，是哥萨克。可是现在他是在和俄罗斯士兵打仗，他们是另外一些人，他们是全力支持苏维埃政权的，而且，他认为，他们还想抢夺哥萨克的土地和好处。

有一次他在战斗中几乎面对面地撞上从山沟的岔沟里冲上来的红军。他带着一个排出来侦察，顺着山沟的沟沿来到岔沟口上，这时候忽然听到喉音很重的俄罗斯口音和杂沓的脚步声。有几个红军士兵——其中有一个是中国人——跳到沟沿上，看见哥萨克，大吃一惊，惊愕得愣了一会儿。

“哥萨克！”其中一个人惊叫了一声，跌了一跤。

那个中国人开了一枪。那个跌倒的灰白头发的士兵也连忙上气不接下气地尖声叫道：

“同志们！‘马克辛’快开火！哥萨克来啦！”

“快开火呀！哥萨克来啦！……”

米佳·柯尔叔诺夫用手枪把那个中国人打倒，就猛地掉转马头，撞开格里高力的马，带头顺着冬冬响的陡立的沟沿跑去，他紧紧握着缰绳，控制着惊慌的马顺着弯弯曲曲的山路奔跑。其余的哥萨克也都跟着他曲曲折折、争先恐后地奔跑起来。机枪在他们背后哒哒地响了起来，子弹打得山坡上和山脚下密密丛丛的乌荆子和野山楂的叶子纷纷往下落，打得沟沿上窟窿累累，碎石乱飞……

还有几次和红军面对面遭遇，他眼看着哥萨克的子弹打得红军脚下的泥土四处乱飞，眼看着红军牺牲在这肥沃的、与他们无关的土地上。

……格里高力渐渐痛恨起布尔什维克来。布尔什维克跟他作对，使他背井离乡！他看出：其余的哥萨克也怀着这样的心情。他们都觉得，这次战争全怪布尔什维克，怪只怪他们侵犯顿河地区。望着那没有运走的小麦堆，望着那没有收割、被马踩倒在地的小麦，望着那空空的场院，每个人都要想起自己家里的土地，想到家里娘们儿在哼哧哼哧地干着力不胜任的活儿，心就硬起来，就狠毒起来。格里高力在战场上有时候觉得，他的敌人——唐波夫省的、梁赞省的、萨拉托夫省的庄稼汉——冲锋陷阵，也是为了保护自己的土地：“我们是为土地打仗，就像为一个姑娘打架一样。”格里高力这样想。

生俘的渐渐少了，杀害俘虏的事渐渐多起来。前线上到处发生抢劫：抢劫有同情布尔什维克嫌疑的人，抢劫红军的家属，剥俘虏的衣服……

什么都抢，从马匹和大车，直到毫无用处的笨重东西，无所不抢。哥萨克们在抢，军官们也在抢。二类辎重车上堆满了抢来的东西。在一辆辆的大车上，什么样的东西都有！有衣服，有火壶，有缝纫机，有马套——凡是能值点儿钱的东西都要。抢来的东西一车一车地运回家去。家里人纷纷赶着大车前来，高高兴兴地给部队送来弹药和给养，又高高兴兴地装上抢来的东西运回家去。一些骑兵团——他们占大多数——干得特别放肆。步兵除了一只军用包，没有地方可以装东西，骑兵就可以把鞍袋塞得满满的，可以捆在鞍后皮带上，他们的马不再像战马，倒是更像驮子了。弟兄们都肆无忌惮地干起来。抢劫在战争中向来对哥萨克是一种最重要的推动力量。格里高力明白这一点，因为他听老年人讲过以前战争中的情形，他也亲身经历过。还是在对德战争的时候，他们的团进入普鲁士的后方，他们的旅长——一位战功赫赫的将军——站在十二个连队前面，用鞭子指着山脚下一座很小的城市，说：

"你们攻下这座城，可以在城里自由行动两个钟头。但是两个钟头以后，再发现有谁抢劫，就枪毙！"

但是不知为什么格里高力干不惯这种事——他只拿点儿吃的东西和马料，心里隐隐地害怕动别人的东西，很憎恶抢劫的行为。他看到自己的哥萨克抢劫，特别反感。他对自己的连管得很严。如果说他的哥萨克也抢过的话，那也是背着他，而且次数很少。他从没有下过命令枪杀俘虏和剥俘虏的衣服。他这种过分的温厚，引起哥萨克和团首长的不满。还把他叫到师部去问原因。一位上司十分粗暴地高声训斥他说：

"少尉，你想把这个连给我搞垮吗？你怎么随意自作主张？你是想留后手吧？你是跟从前一样，脚踩两只船吧？……这怎么能叫人不骂你呢？……好啦，没什么好说的！不懂得军纪吗？怎么，撤换你？我们就撤换你！我命令你今天就把连队交出来！就这样，老弟……别嘟哝啦！"

月底，维奥申团和并排前进的第三十三叶兰乡团的一个连共同占领了响谷村。

下面的谷地里密密丛丛地长满了柳树、白蜡树和白杨树，斜坡上散布着三十来座白墙的房子，一座座房子都围着天然石垒成的低低的院墙。村子上头的小丘上，竖立着一架旧风车，四面八方的风都可以用上。停得死死的风车翅膀，在从山后涌来的一片白云的映衬下，显得黑黑的，就像斜斜的十字架。这一天细雨濛濛，天色晦暗。树叶沙沙地往地上落，风吹落叶在山沟里哗啦哗啦地旋转着，就像是黄色的大风雪。枝叶繁茂的红柳泛着血红色。场院上堆满了一堆堆闪闪有光的干草。轻柔的、深秋的雾气罩住了散发着淡淡泥土气息的土地。

格里高力带着自己的一个排住在分配给他们的一座房子里。房东跟着红军走了。年老而高大的女房东和未成年的女儿对这一排人十分殷勤。格里高力从厨房走到上房,四处打量了一遍。看样子,这一家日子过得挺富裕:地板是油漆过的,椅子是弯背的,有大镜子,墙上挂着几张军人的日常生活照片,黑色镜框里还嵌着一张学生奖状。格里高力把湿漉漉的雨衣挂在壁炉上,抽起烟来。

普罗霍尔·泽柯夫走了进来,他把步枪靠在床上,很平淡地报告说:

“送军火的大车来啦。格里高力·潘捷莱耶维奇,你爹跟着大车来啦。”

“噢?! 别胡扯啦!”

“是真话。除了他以外,好像还有咱们村的六辆大车。快去看看吧!”

格里高力披上军大衣,走了出去。

潘捷莱·普罗柯菲耶维奇正抓住马笼头把马往大门里面牵。妲丽亚裹着一件土制的毡斗篷,坐在大车上。她握着缰绳。她那笑盈盈的眼睛带着温柔的微笑,在湿漉漉的斗篷风帽下面望着格里高力。

“乡亲们,哪一阵风把你们吹来啦?”格里高力喊着,对父亲笑着。

“哦,孩子,你还好好的哩! 我们看你来啦,我们也不问一声就把车赶进来啦。”

格里高力跑上去搂住父亲的宽宽的肩膀,就动手卸马。

“格里高力,你没想到我们会来吧?”

“实在没想到。”

“我们这是运输队……碰巧遇上你。我们是给你们送弹药的,你们只管打吧。”

他们一面卸马,一面东一句西一句地说着话儿。妲丽亚把吃的东西和马料从车上拿下来。

“你怎么来啦?”格里高力问道。

“我跟着爹来的。他有病,打从救主节就觉得不舒服。妈很担心,怕他一个人在生地方出什么事儿……”

潘捷莱·普罗柯菲耶维奇扔给马一大抱绿油油、香喷喷的冰草,就走到格里高力跟前,很不安地睁大了两只黑黑的、眼白充血又带有病态的眼睛,用沙哑的喉咙小声问道:

“喂,怎么样?”

“不坏。正打着呢。”

“我听到谣传,说哥萨克们好像都不愿意打出边界……是真的吗?”

“都是随便说说嘛……”格里高力模棱两可地回答说。

“伙计们,你们这是怎么一回事儿?”老头子好像有点儿疏远、有点儿慌张地说。“怎么能这样呢?我们这些老头子就指望你们呢……除了你们,谁还能保咱们的父母河顿河呢?要是你们不愿意打仗,天呀……那可怎么办呢?你们的辎重兵在瞎说……在散布谣言呢,狗崽子!”

他们走进房里。哥萨克们都拥了进来。谈话先是围绕着村子里的新闻。妲丽亚和女房东咬了咬耳朵,就解开装吃食儿的袋子,去做晚饭。

“听说,你的连长职务撤掉啦?”潘捷莱·普罗柯菲耶维奇用一把骨头小梳子梳着耷拉下来的小胡子,问道。

“我现在是当排长。”

潘捷莱·普罗柯菲耶维奇听了格里高力这淡淡的回答,心里很不舒服。老头子皱起眉头,一瘸一拐地走到桌子跟前,匆匆忙忙地祷告了一下,就用衣襟擦着勺子,很懊恼地问道:

“为什么这样不受重用?是不是没有讨好上级?”

格里高力不愿意当着哥萨克们的面谈这件事,只是很不痛快地耸肩膀,说:

“派来一个新连长……是一个有文化的。”

“孩子,你就好好干干,让他们瞧瞧吧!他们很快就会改变看法的!哼,他们看中文化人啦!你可以说,我在俄德战争中学到了很多,也许比戴眼镜的家伙懂得的还多些呢!”

老头子忿忿不平地在生气,可是格里高力皱着眉头,斜眼瞅着:哥萨克们是不是笑了?

他并没有因为降职感到难受。他高高兴兴地把连队交出去,觉得再也不用对同村人的生命负什么责任了。然而他的自尊心还是受到了伤害,父亲提起这件事,不由地引起他的不痛快。

女房东到厨房里去了,潘捷莱·普罗柯菲耶维奇觉得刚进来的同村人包加推廖夫脸上有支持他的表情,就开口说:

“就是说,你们真的过了边界就不愿意再往前打了吗?”

普罗霍尔·泽柯夫不住地眨巴着和善的牛眼睛,微微笑着,一声也不响。米佳·柯尔叔诺夫蹲在炉子旁边,抽着烟头儿,已经烧着手指头了。还有三个哥萨克在长板凳上坐着或躺着。不知为什么谁也不回答这个问题。包加推廖夫很伤心地把手一甩。

“这种事他们并不多么关心,”他用浑厚的嗓门儿瓮声瓮气地说,“哪怕天塌下来,他们也不管……”

“为什么要再往前打呢?”面带病容、性情和善的哥萨克伊里银懒洋洋地问道。“为什么往外打呢？我老婆死后，留下几个没娘的孩子，我犯不着再去送命……”

“我们把他们从哥萨克的地面上打出去，就回家!”另一个哥萨克很果断地支持他说。

米佳·柯尔叔诺夫单是一双绿眼睛笑着，捻起细细的、毛茸茸的胡子。

“要是依着我，至少再打上五年。我喜欢打仗!”

“出——发！……上马！……”院子里有人叫起来。

“瞧瞧吧!”伊里银灰心丧气地叹道。“瞧吧，爷们儿！我们身上的汗还没有晾干，可是那儿已经在叫‘出发’啦！就是说，又要上阵打仗啦。可是您还说:打出边界！什么打出边界？就是该回家！应该讲和，可是您要说……”

谁知原来是一场虚惊。格里高力气嘟嘟地把马牵进院子，无缘无故用靴子朝马的腿窝里踢了一脚，凶狠地瞪圆了眼睛，叫道:

“你妈的！给我一直走!”

潘捷莱·普罗柯菲耶维奇正在屋门口抽烟。他让哥萨克们进了屋，问道:

“有什么情况?”

“虚惊！……把牛群当成红军啦。”

格里高力脱掉军大衣，在桌边坐了下来。其余的人也都嘟嘟哝哝地脱掉大衣，把马刀和步枪以及子弹袋扔到大板凳上。

等大家都睡下以后，潘捷莱·普罗柯菲耶维奇把格里高力叫到院子里。他们在台阶上坐下来。

“我想和你谈谈。”老头子拍了拍格里高力的膝盖，小声说起来。“一个星期以前，我上彼特罗那儿去过。他们二十八团这会儿在卡拉奇那边……孩子，我到那儿去了一趟，很不坏。彼特罗他很能干，创家立业真是一把好手！他给了我一大包衣服、一匹马、不少糖……马是一匹很好的马……”

“等一等!”格里高力猜到他的来意，十分恼火，冷冷地打断他的话头。“你上这儿来，也是为了这个吧?”

“这有什么?”

“怎么没什么?”

“大家都在拿嘛，格里沙……”

“大家！都在拿!”格里高力找不到适当的话，就发了疯似的重复父亲的话。“家里缺吃少穿吗？你们真下流！因为干这号事儿，在俄德战争中枪毙过不少人！……"

"你别嚷嚷嘛!"父亲冷冷地拦住他的话头。"我不是来向你告乞的。我什么都用不着。我今天活着,也许明天就把腿一伸……你要为自己想想。真没想到,出了你这么一个大财主！家里只剩下一辆大车啦,可是你呀……那些投了红军的人的家里的东西就不能拿一点吗？……拿他们的东西没有错儿！拿回家去连一根树条子都有用处。"

"你别跟我说这些啦！要不然我马上把你撵走！为这号事儿我打过哥萨克的嘴巴,可是我爹现在来叫我去抢人家!"格里高力哆哆嗦嗦,气喘吁吁地说。

"难怪把你的连长撤掉!"父亲很尖刻地挖苦他说。

"我才他妈的不稀罕呢！就连排长我还想辞掉呢！……"

"真了不起！有本事,有本事……"

他们沉默了一会儿。格里高力抽着烟,他在火柴的亮光中瞥见了父亲那窘急和生气的脸。这时候他才完全明白了父亲的来意。他在心里说:"老鬼,就为这,把妲丽亚也带来啦！来收赃呢!"

"司捷潘·阿司塔霍夫回来啦。你听说了吗?"潘捷莱·普罗柯菲耶维奇语气平淡地说。

"怎么一回事儿?"格里高力手里的烟卷儿都掉了下来。

"就是这么一回事儿。原来他当了俘虏,并没有死。现在回来啦,阔气极啦。带回来的衣服和值钱的东西多得不得了！用两辆大车拉回来的。"老头子夸耀中带吹嘘,就好像司捷潘是他的亲人似的。"他把阿克西妮亚接了回来,现在又去入伍啦。给他安了一个肥缺,大概是什么兵站站长,好像是在嘉桑镇上。"

"家里粮食打了不少吧?"格里高力改换了话题。

"有四百斗。"

"两个孩子怎么样?"

"啊呀,两个孩子吗,伙计,好极啦！你要给他们带点礼物回去。"

"前线上有什么礼物好带?!"格里高力很发愁地叹了一口气,心里却在想着阿克西妮亚和司捷潘。

"你有没有用不着的步枪？有多余的吗?"

"你要枪干什么?"

"家里用用。防备野兽,防备坏人。以防万一嘛。我拿了一箱子子弹。我运子弹,就拿了一箱。"

"到辎重队去拿吧。这玩意儿有的是。"格里高力阴沉地笑了笑。"好啦,你去睡吧。我要查岗去啦。”

第二天早晨,这个团的一部分人马从村子里出发了。格里高力出发时深信不疑,父亲听了他的话一定感到羞愧,就要空手回去了。可是潘捷莱·普罗柯菲耶维奇把哥萨克们送走以后,就像个当家人一样,走进仓房里,把马颈圈和皮马套从架子上摘下来,放到自己的大车上。女房东在后面跟着他,满脸流着眼泪,抓住他的肩膀,叫道:

“老爷子!好人呀!你不怕罪过吗?为什么你欺负孤儿寡妇呀?把马套还给我们吧!还给我们吧,看在上帝面上!”

“得啦,得啦,别喊叫上帝啦。”麦列霍夫老头子一瘸一拐地躲着这个娘们儿,一面强词夺理地辩白着。“你们的男人恐怕也抢过我们的东西。你男人大概是个委员吧?既然‘你的,我的,——都是老天爷的’,那你就别嚷嚷,别舍不得啦!”

后来,又把衣柜的锁砸开,在辎重兵的默许下,挑选了几件好些的裤子和上衣,拿到亮处仔细看了看,用短粗的黑手指头攥了攥,就捆成一大包……

快到晌午时候他才动身。妲丽亚抿住两片薄薄的嘴唇,坐在装得满满的大车上,坐在包袱上。车后头,在许多东西上面扣着一口洗澡锅。潘捷莱·普罗柯菲耶维奇是从洗澡间的炉灶上拆下来的,刚刚拿到大车跟前,妲丽亚就不高兴地说:

“爹,您连狗屎都要带上!”

他愤怒地回答说:

“住嘴,浑账!我不能把澡锅白扔给他们!你跟格里什卡这坏小子一样,都是败家货!一口锅我也用得着。就这样!……哼,快走吧!你撇什么嘴?”

他对哭肿了眼睛、在他们身后关大门的女房东亲热地说:

“再见啦,大嫂!别生气。您还可以再买新的嘛。”

十

日子像一条链子……一环连着一环。行军,作战,休息。炎热。阴雨。马汗和晒得滚热的马鞍皮子的混合气味。因为经常处于紧张状态,血管里的血已经不像血,而是像烧热的水银了。因为睡眠不足,脑袋比三英寸口径的炮弹还要重。格里高力真希望能休息休息,美美地睡上一觉!然后就扶着犁把顺着刚刚犁起的松软的犁沟往前走,对着老牛打几声口哨,听听仙鹤那悠远而嘹亮的叫声,轻轻地拂下微风吹到脸上的银色蛛丝,尽情地闻一闻新犁起来的秋天的土地那种葡萄酒一般的气味。

然而却不是这种景象。而是庄稼地被踩成一条条的大路。大路上走着一群群被剥光了衣服、满面尘土、面如死灰的俘虏。连队经过处,道路被马蹄踩得斑斑点点,庄稼被铁掌踩得稀烂。在一个个的村子里,贪心的哥萨克们搜遍那些跟红军退走的人的家,用鞭子抽打他们的妻子和母亲……

苦闷无味的日子一天天过去。这样的日子很快就从记忆中消失,没有一件事,即使是重大的事,能留下痕迹。这次战争中过的日子,好像比上一次战争中的日子更苦闷,也许是因为,所有的滋味以前早就尝过了。而且对待这一次战争本身,所有参加上次战争的人都抱着瞧不起的态度:不论规模、兵力,不论双方的伤亡,与上次战争相比,简直如同儿戏。只有可怕的死神,依然像在普鲁士战场上那样,常常直挺挺地站在面前,使人胆战心惊,逼着人像牲口一样来保全自己的生命。

“这能算是战争吗?只不过学学样子罢咧。以前在对德战争的时候,德国人的大炮一轰,就把几个团扫得光光的。如今一个连里有两个人挂花,就说是大损失啦!”老兵们常常这样议论。

但是这种不像样子的战争也够人受的。越来越使人不满、厌倦和恼恨。连里的哥萨克越来越坚定地说：

“咱们把红军从顿河的土地上打出去，就行啦！咱们不到边界以外去。让俄罗斯过自己的日子，咱们也过咱们自己的日子。咱们用不着把自己的一套硬加给他们。”

在菲洛诺沃一带，整个秋天战事都处于停滞不前的状态。最重要的战略中心是察里津，双方都投入了自己的精锐部队。而在北方战线，双方都不投入过多的兵力。双方都在积蓄力量，准备决战。哥萨克方面的马队比较多，他们就利用这种优势，进行配合作战，包抄两翼，朝后方突进。哥萨克方面占了优势，只是因为和他们作战的是一些新征集来的红军，多数是前线一带的老百姓，是一些军心动摇不定的队伍。萨拉托夫人、唐波夫人成千成万地投降。等到红军指挥部把工人团、水兵队伍和马队调来投入战斗，局势一下子就拉平了，主动权又重新在双方手里转来转去，轮流获得一些局部性的胜利。

格里高力一面参加作战，一面冷漠地注视着战争的进程。他相信：到冬天就不会再打了；他知道，哥萨克们都盼望和平，根本不想长期打下去。团里有时候来报纸。格里高力怀着憎恨的心情拿起用黄色包装纸印成的《上顿河州报》，草草地看着前线的消息，咬得牙齿咯吱咯吱直响。等他给哥萨克们念起那些故作慷慨激昂的豪言壮语，大家都要一齐哈哈大笑：

> 九月二十七日菲洛诺沃方面的战斗双方互有胜负。二十五日夜间，英勇的维奥申团逐出了波德戈尔村的敌军，并且紧追着敌军冲进了鲁琪扬诺夫村。缴获了大量战利品，俘虏了大批敌人。红军部队狼狈逃窜。哥萨克斗志昂扬。顿河英雄们正乘胜前进！

“咱们抓了多少俘虏？大批呀？噢——呵——呵，狗崽子们！只有三十二个人嘛！可是他们……哈哈哈哈！……”米佳·柯尔叔诺夫张大了满口白牙的嘴，用老长的手掌叉住腰，笑得直打滚儿。

哥萨克们也不相信“士官生”在西伯利亚和库班的胜利消息。《上顿河州报》吹得太露骨，太离奇了。奥赫瓦特金是一个长胳膊、大个子的哥萨克，他读过评论捷克人叛乱的文章以后，当着格里高力的面说：

“现在他们镇压捷克人，以后就要把所有的兵力调来对付咱们啦，到那时候够咱们受的……一句话，俄罗斯还是够厉害的呀！”最后他用十分可怕的口气说：

“这是开玩笑的吗?”

“别吓唬人啦! 听这种混账话听得心烦死啦!”普罗霍尔·泽柯夫把手一甩。

可是格里高力手里卷着烟卷,心里暗暗幸灾乐祸地说:“说得对!”

这天晚上,他弯着腰,敞着晒退了色、肩上的绿肩章也晒退了色的军便服的领口,在桌子旁边坐了很久。他的晒得黑糊糊的脸板得紧紧的,有些浮肿。上面的坑坑洼洼和尖尖的颧骨都看不见了。他转悠着又黑又结实的脖子,若有所思地捻着晒得红红的卷胡子尖儿,用这几年变冷了的、恶狠狠的眼睛凝神望着一个地方。他苦苦思索着,从来没有这样费劲儿思索过,后来,他已经躺下要睡的时候,就好像回答大家的问题似的,说:

“没办法啦!”

他一夜都没有睡着。不时地出去看看自己的马,在漆黑漆黑、万籁无声的夜幕下,在台阶上站了很久。

* * *

看来,格里高力那小小的本命星还在亮着,还在静静地、一闪一闪地放射着光辉;看样子,这颗小星离开本位、带着陨落的冷光划过天空、寂然坠地的时刻还没有到。一个秋季格里高力的坐骑被打死了三匹,军大衣被打了五个窟窿。死神好像是在跟他开玩笑似的,只用黑翅膀扑扇了他几下。有一次,一颗子弹打穿了他的马刀的铜顶头,刀穗头就像被咬断了一样,一下子落在马腿上。

“有人在诚心诚意替你祷告呢,格里高力。”米佳·柯尔叔诺夫对他说;看到格里高力很不愉快的笑容,又觉得十分奇怪。

战线移到铁路线北面。辎重车每天都运来一捆一捆的铁蒺藜。每天都有电报连续不断地向前线传送电文:

> 协约国军队日内即将开到。在援军开到之前,务须坚守顿河地区的边境,不惜任何代价阻止红军的进攻。

抓来的民夫用铁棍凿开冻实的土地,挖掘战壕,又围上铁蒺藜。可是一到夜里,等到哥萨克们离开战壕,跑到老百姓家里去取暖,红军侦察兵就来到战壕边,推倒工事,把告哥萨克书挂在生锈的铁蒺藜上。哥萨克们都如饥似渴地看这些传单,就像看家信一样。很清楚,在这种情况下再打下去已经没有什么意义了。

严寒渐渐袭来,有时候暖和几天,有时候大雪纷飞。大雪封住了战壕。在战壕里呆一个钟头都很不容易。哥萨克们都冻得受不了,手和脚都冻肿了。在步兵和步兵侦察队里面,有很多人没有靴子。有些人上阵打仗,就好像去打扫牲口棚,只穿着单鞋和单裤。大家都不相信协约国。有一天,安得列 · 卡叔林就很伤心地说:“他们是骑屎壳郎的!”哥萨克们遇上红军侦察队,常常听到他们大声喊叫:“哎嗨嗨!基督教徒们呀!你们攻我们,好比走烂泥地,我们攻你们好比坐爬犁!你们脚底下抹点儿油吧,我们不久就要上你们那儿串门去啦!”

从十一月中旬起,红军开始反攻。他们顽强地压迫着哥萨克部队向铁路线节节后退,但是战略上的转折出现得还要迟些。十二月十六日,红军的骑兵经过长时间的战斗,打垮了第三十三团,但是在柯洛杰姜村边维奥申团的阵地上,却遇到了顽强的抵抗。维奥申团的机枪手,躲在新雪盖住的场院篱笆后面,用猛烈的火力迎击进攻的红军步兵。右翼一挺机枪掌握在卡耳根乡的哥萨克安琪波夫的老练的手里,他打得又准又狠,打得进攻的步兵死伤累累。一个连阵地上冒着连片的硝烟,左翼两个连已经出动去迂回包抄。

将近黄昏时候,刚刚开上前线的水兵队伍,替换了进展缓慢的红军步兵。水兵们不卧倒,也不喊叫,迎着机枪冲上来。

格里高力不停地打着枪。枪栓已经冒烟了。枪筒子热得烫手。格里高力让步枪凉一凉,又压上一梭子子弹,眯缝起眼睛瞄准了远处黑黑的人影。

水兵们把他们打垮了。哥萨克们骑上马,穿过村庄,飞跑到冈头上。格里高力回头看了看,不觉扔掉缰绳。从冈头上远远望去,看到的是白雪茫茫的原野,还有一片片白雪覆盖的荒草,再就是贴在山沟斜坡上的淡紫色暮霭。原野上,在一俄里的范围内,零零落落地躺着不少被机枪子弹打死的水兵尸体。他们穿着呢制服和皮上衣,在雪地上显得黑漆漆的,就像一大群远飞中落下来的乌鸦……

黄昏时候被进攻冲散的几个连,又和叶兰乡团以及在他们右翼活动的大熊河口州一个有番号的团失去了联系,于是就在布祖卢克河的一条小支流旁边的两个村子里宿营了。

天已经黑下来,格里高力根据连长命令派好岗哨回来,在小胡同里碰上了团长和团部的一位副官。

“第三连在哪儿?”团长勒住马,问道。

格里高力回答过后,他们两个就催马向前走去。

“连里损失很大吗?”副官已经走出一截路之后问道;他没有听清格里高力的回答,又问了一遍:“怎么样?”

但是格里高力走了,没有再回答。

整夜都有辎重队从村子里经过。一支炮兵连在格里高力和他的哥萨克们宿营的人家门前停了很久。骂娘的声音、驭手们的喊叫声、嘈杂声从独扇小窗户里传了进来。有几个炮手和几个不知为什么来到这个村子里的团部传令兵走进屋子来取暖。到半夜里,又闯进来三个炮手,把房东一家人和哥萨克们都吵醒了。他们有一门炮陷在不远处的小河里了,所以决定在这里过夜,明天早晨再用牛把炮拖出来。格里高力也醒了,看了半天,看着炮兵们哼哧哼哧地刮掉冻在靴子上的泥巴,把脚脱光,把湿漉漉的包脚布搭在地炉的烟道上。后来又走进来一个满身泥浆的炮兵军官。他请求在这儿住一宿,就脱掉军大衣,带着毫不在乎的表情,用袖子擦拭溅在脸上的泥浆。

"我们损失了一门炮,"他用柔顺得像疲倦的马眼似的眼睛望着格里高力说,"今天这一仗就像在后娘村那一次一样。才打了两炮,他们就发现了我们的炮位……一炮打来,一下子就打坏了炮轴!这门炮本来是在场院上的,伪装得没办法再好啦!……"他每说一句,都要习惯地、也许是不自觉地插进一句骂人的粗话。"您是维奥申团的吧?您要喝茶吗?大嫂,给我们拿个火壶来,好吗?"

他说起话来没完没了,唠叨得令人生厌,不住气地喝着茶。半个钟头以后,格里高力已经知道,他是普拉托夫乡人,实业学校毕业,参加过俄德战争,结过两次婚,两次都不如意。

"现在顿河军队完啦!"他用尖尖的红舌头舔着刮得光光的嘴唇上的汗珠子说。"战争快到头啦。战线明天就要崩溃,再过两个星期,咱们就要退到诺沃契尔卡斯克。想叫哥萨克光着脚丫子去进攻俄罗斯呢!不是痴心妄想吗?那些正规军军官们全是坏家伙,实在话!您也是哥萨克吧?是吗?他们就是想用你们的手去火中取栗。自己躲在后方坐享其成!"

他一个劲儿地眨巴着一双没有光泽的眼睛,整个高大而健壮的身子靠在桌子上,不住地晃动着,他那拉得很长的大嘴的嘴角阴沉无神地耷拉下来,脸上依然完整地保留着先前那种像折腾够了的驯服的马的表情。

"以前,比如拿破仑那时候,打仗像个打仗的样子!两军相遇,刀对刀枪对枪杀上一阵,就各自散开。既不用设阵地,又不用蹲战壕。可是你看看现在打的仗,鬼都弄不清是怎么一回事儿。如果以前写史的人喜欢添油加醋,那么写这次战争非瞎编不可啦!……这种战争一点不热闹!一点味道也没有。叫人心烦!一句话——没有意思。我要是能办到的话,就把两边的头头儿弄到一块来,对他们说:'列宁先生,这位是司务长,您向他学学使刀用枪。克拉斯诺夫先生,您自然是会的。'就让他们俩像大卫和歌利亚①那样打一场:谁胜谁为王。老百姓反正是过日子,谁为王都一样。少尉先生,您以为怎样?"

格里高力没有回答,只是睡意矇眬地注视着他那肉嘟嘟的肩膀和手的迟钝的动作,注视着他那在嘴里不停地摆动、摆动得令人生厌的红舌头。他很想睡觉,这个唠叨不休、傻里傻气的炮兵军官使他很恼火,那一双汗脚发出的狗臭气味叫人恶心……

格里高力早晨醒来,有一种事情未解决的怅惘感觉。结局是他在秋天就预见到的,然而来得如此突然,他还是感到惊愕。格里高力以前注意到,对战争的不满,起初像是一股股小小的流水,在连里和团里潺潺地流着,后来不知不觉汇合成强大的洪流。如今他看到的只有这股迅猛冲击着前线的洪流了。

春天快到的时候,一个人骑马在草原上走,就有这样的感觉。阳光明媚,周围还是一片没有融化的淡青色的雪。可是在雪底下,却在进行着肉眼看不见的、自古如此的伟大工作——解放大地。太阳侵蚀着积雪,晒出一个个小孔,雪下面渐渐浸满了水。只要有一个温暖的、雾气腾腾的夜晚,第二天早晨雪上结的冰壳子就会沙沙地、咯吧咯吧地纷纷往下陷,大路上、车辙里就会冒出绿色的山水,一团团的融雪从马蹄下向四处乱溅。天气暖和了。沙土岗渐渐露出来,黄土和烂草散发出本来的气味。半夜里,一条条山沟大声吼叫起来,滑坡的积雪轰隆轰隆地往崖头上直落,露出来的黑丝绒一般的秋耕地冒起甜丝丝的热气。黄昏时候,草原上的小河哼哧哼哧地把冰打碎,急急忙忙把冰送走,小河里的水灌得满满的,就像产妇的胀鼓鼓的乳房;行路人见冬天去得这样突然,感到十分惊愕,站在沙土岸上,拿眼睛寻找浅些的地方,拿鞭子抽打满身大汗、直摆耳朵的坐下马。可是周围的雪还是青青的,偏偏不肯协调,不肯参与,还是昏沉沉、白茫茫的冬天……

维奥申团往后退了一整天。大路上奔跑着一辆一辆的辎重车。右方,遮着地平线的一片灰云后面,炮声隆隆,就像山崩地裂声。连队在融化了的、到处是牲口粪的大路上噗唧噗唧地走着,马匹用湿漉漉的尾巴不停地搅拌着水雪。不时有传令兵从路边跑过。披着一身光闪闪蓝羽毛的一只只短尾巴笨乌鸦,不声不响,像步行的骑兵一样,大模大样、一摇一晃地在大路两旁走来走去,像检阅一样,看着退却的哥萨克连队、衣服褴褛的步行侦察队、一辆辆的辎重车从面前走

---

① 《圣经》故事:青年大卫同巨人歌利亚决斗,大卫胜,为犹太王。

过。

格里高力明白,退却就像飞速伸开的发条,怎么都拦不住了。夜里,他下了可喜的决心,自动离开了维奥申团。

“你打算上哪儿去,格里高力·潘捷莱维奇?”米佳·柯尔叔诺夫带着讥笑的神气看着格里高力把雨衣罩在大衣上,又挂上马刀和手枪,便问道。

“你问这干什么?”

“我想问问。”

格里高力咕哝了几下发了红的腮尖子,但是他很快活地挤着眼睛回答说:

“到要去的地方去。明白吗?”

他走了出去。

他的马站在外面,没有卸鞍。

夜里还有寒气,大路上显得雾蒙蒙的,他一口气跑到天亮。“我在家里住几天,然后打听打听,等他们走过去,我再跟上去。”他十分厌烦地想着昨天还同他并肩作战的那些人。

第二天黄昏时候,他就牵着跑了两百俄里、两天来掉了不少膘、累得直摇晃的马,进了自家的院子。

 十一

十一月底,在诺沃契尔卡斯克就听说来了协约国军事代表团。城里盛传,一支强大的英国分舰队已经在诺沃罗西斯克港抛锚,从萨罗尼加调来的大批协约国陆战队好像即将登陆,又说法国的一个黑人步兵军团已经登陆,在不久的将来就要配合志愿军发动进攻。各种流言像雪片一样在城里到处传播着……

克拉斯诺夫命令派出御林军阿塔曼团哥萨克组成的仪仗队。两连年轻的阿

塔曼团哥萨克匆匆地穿上深筒靴，佩上白色武装带，就同一连号兵一起，匆匆赶往塔干罗格。

正在俄罗斯南部的英法军事代表团，为了进行别有用心的政治侦察，决定派几位军官上诺沃契尔卡斯克去。他们的任务是了解顿河上的局势和同布尔什维克继续斗争的前景。代表英国的是彭德大尉和布隆菲尔德、孟罗两位中尉，代表法国的是奥申大尉和久普列、富尔两位中尉。这几个侥幸当了"使节"的协约国军事代表团的小军官的到来，在将军府里引起不小的轰动。

当下极其隆重地把这几位"使节"接到了诺沃契尔卡斯克。百般的恭维和吹捧，冲昏了这几个小军官的头脑，他们觉得自己成了"真正的"大人物，已经开始用庇护者和高高在上的态度看待那些赫赫有名的哥萨克将军和这个有名无实的大共和国的大员们了。

两位法国的年轻中尉，在和哥萨克将军们谈话的时候，透过文雅的举止和法兰西式的殷勤得叫人肉麻的态度，流露出倨傲和高人一等的冷淡语气。

晚上，在将军府里摆下了有一百个席位的盛大筵席。军人合唱队在大厅里唱起典雅的哥萨克歌曲，并有高昂的男声作衬，军乐队隆重地演奏了协约国各国的国歌。"使节们"照例又谦逊又气派地吃着。将军请来的客人们明白此时此刻的历史意义，都暗暗注视着他们。

克拉斯诺夫开始发言：

"各位先生，你们现在是坐在一座具有历史意义的大厅里，一八一二年另一次人民战争的英雄们，正在墙上用眼睛默默地看着你们。我们看到普拉托夫、伊洛瓦依斯基和杰尼索夫，就想起当年巴黎人民欢迎自己的解放者——顿河哥萨克，想起亚历山大一世皇帝在断垣残壁中重建美丽的法兰西的那些神圣的日子……"

"美丽的法兰西"的代表们因为喝了不少齐姆良名酒，已经有些失态，眼睛放出了油光，然而还是仔细听完了克拉斯诺夫的发言。克拉斯诺夫不厌其烦地描述过"受过布尔什维克野蛮压迫的俄罗斯人民"所遭受的重重苦难，就慷慨激昂地结束了发言：

"……俄罗斯人民的优秀儿女在布尔什维克的拷问室里受尽摧残。他们的眼睛注视着你们：他们盼望你们的援助，你们应该援助的是他们，只是他们，而不是顿河。我们可以很自豪地说：我们自由啦！但是我们所想的，我们斗争的目的——是重建伟大的俄罗斯，重建忠实于自己的盟国、维护盟国的利益、能为盟国牺牲自己而现在正十分殷切地盼望盟国援助的俄罗斯。一百零四年前的三月里，法兰西人民欢迎过亚历山大一世皇帝和俄罗斯的御林军。从那一天起，法兰西就开始了一个新时代，从此走上了头等强国的地位。一百零四年以前，我们的首领普拉托夫将军访问过伦敦。我们现在就盼望你们上莫斯科！我们等着你们，以便在胜利进行曲和我们的国歌声中一同走进克里姆林宫，一同享受和平和自由的欢乐！伟大的俄罗斯！我们全部的理想和希望尽在伟大的俄罗斯！"

克拉斯诺夫发过言以后，彭德大尉站了起来。他用英语发言的时候，参加宴会的人保持着死一般的肃静。翻译官用振奋的语调翻译起来：

"彭德大尉以自己的名义，并代表奥申大尉，向顿河军司令声明，他们是协约国正式派来的代表，是来了解顿河地区局势的。彭德大尉保证说，协约国各大国一定要用全部力量和物资，包括军队在内，来援助顿河政府和志愿军同布尔什维克进行英勇的斗争。"

翻译官还没有译完最后一句，高亢响亮、一连重复了三次的"乌拉"声就震动了大厅的四壁。大家在雄壮的军乐声中碰起杯来。为"美丽的法兰西"和"强盛的英吉利"的繁荣昌盛干杯，为"战胜布尔什维克"干杯……顿河啤酒在杯子里冒着泡沫，陈香槟酒金星乱飞，老"灯牌"葡萄酒散发着甜丝丝的气味……

大家等待着协约国的代表说祝酒的话，彭德大尉不要大家多等，便举杯说：

"我为伟大的俄罗斯干一杯，我很想在这儿听听你们那美妙的古老国歌。我们不认为歌词有多大意义，但我很想听听这支歌的乐曲……"

翻译官把这话翻译过来，克拉斯诺夫转过激动得发了白的脸，面朝着客人们，放大了嗓门儿喊道：

"为伟大、统一、不可分割的俄罗斯干杯，乌拉！"

军乐队深沉有力而从容不迫地奏起了《上帝啊，保佑沙皇》。大家都站起来，举杯一饮而尽。白发苍苍的盖尔莫根大主教的脸上哗哗地流着眼泪。"好极啦！"醉醺醺的彭德大尉赞美道。来宾中有一位要员，因为感情激动，用粘满了鱼子的饭巾捂住大胡子，干脆放声大哭起来……

* * *

这天夜里，亚速海上吹来的狂风在城里怒吼、哀号着。第一场风雪吹打着的教堂圆顶更显得死沉沉的……

这天夜里，根据军事法庭的判决，在城外垃圾场上的土沟里枪毙了一些沙赫提的布尔什维克铁路员工。把他们五花大绑着，两个两个地拉到沟边上，用手枪和步枪抵着他们开枪，冷风就像吹香烟的火星那样，一下子就把枪声吹散了……

在将军府的大门口，由御林军阿塔曼团的哥萨克组成的仪仗队在刺骨的寒风中冻得瑟瑟发抖。哥萨克们那握着出鞘的马刀的手冻得发了青，粘到了刀把子上，眼睛冻得流泪，两腿冻僵了……然而醉汉的喊叫声、嘹亮的军乐声、军人合唱队那像号哭一样高亢的颤声，却一阵阵地从将军府里传出来，一直闹腾到天亮……

* * *

可是过了一个星期，就发生了最可怕的事情——战线崩溃了，最先放弃阵地的是布置在卡拉乔夫方面的第二十八团。彼特罗·麦列霍夫就在这个团里。

哥萨克们和第十五英查师师部进行过秘密谈判以后，决定从前线上撤下来，让红军部队顺利地通过上顿河州管辖的地区。眼光短浅、没有多大本领的亚可夫·佛明成了这个叛变的团的首领，但实际上佛明只是一块招牌，而在佛明的背后，是一些倾向布尔什维克的哥萨克在执掌军务和指点佛明。

开了一次闹闹嚷嚷的群众大会，在会上，有几个军官一面担心背后有人开枪，一面很不情愿地说了说打仗的必要性，而哥萨克们却一齐闹哄哄地乱嚷嚷，嚷着那些大家都听腻了的反对打仗、要同布尔什维克讲和的话，会一散，这个团就开拔了。走了一站路，来到索朗加村，到夜里，团长菲里波夫中校就带着大多数军官离开了队伍，到黎明时候就加入了在战斗中损失惨重、正在退却的莫里耶尔伯爵的那个旅。

紧跟着第二十八团抛弃阵地的是第三十六团。这个团全部人马，包括全部军官在内，开到了嘉桑镇上。团长是个又矮又小、贼眉鼠眼的家伙，千方百计地向哥萨克们讨好。他领着一些人骑马来到兵站站长住的房子门前。他摇晃着鞭子，神气活现地走了进去。

“谁是站长?”

“我是副站长。”司捷潘·阿司塔霍夫欠了欠身子，很气派地回答说。“军官先生，请把门带上。”

“我是第三十六团团长，纳乌摩夫中校。嗳……有事打扰……我这个团，需要军装和鞋袜。弟兄们都光着身子、光着脚呢。您听见了吗?”

“站长出去啦。他不在家，我连一双靴子都不能发给您。”

“怎么不能发?”

“就是不能发。”

“你！……你这是和什么人说话？我把你抓起来，他妈的！弟兄们，到他的库里搜去！你这个躲在后方的大老鼠，仓库的钥匙在哪儿？……什——么？”纳乌摩夫用鞭子敲着桌子，气得脸色发了白，一下子把毛茸茸的满洲式皮帽推到脑后。“把钥匙交出来，没什么好啰嗦的！”

半个钟头以后，一捆捆熟皮子的小皮袄、一捆捆的毡靴和皮靴，就带着黄黄的灰尘，从仓库的门里飞到雪地上，飞到挤成一堆一堆的哥萨克手里，一袋一袋的砂糖就手递手地传出来。在广场上，闹闹哄哄、高高兴兴的说笑声很久都没有停息……

就在这时候，第二十八团已经在新团长佛明率领下，开进了维奥申镇。英查师的部队就跟在他们后面，相距有三十俄里左右。红军侦察队这一天已经到了杜布洛夫村。

四天以前，北线总指挥伊万诺夫少将和参谋长臧布尔希次基将军就一同匆匆忙忙地向卡耳根镇撤退。他们的汽车轮子在雪地上直打滑，臧布尔希次基的妻子咬得嘴唇出了血，孩子们哭着……

维奥申镇有几天陷入了无政府状态。有消息说，正在卡耳根镇上集中军队，要来打第二十八团。但是在十二月二十二日，伊万诺夫的一位副官从卡耳根来到维奥申镇上，笑嘻嘻地拿走了当初他忘在司令部驻处的东西：一顶有新帽徽的单军帽、一把头发刷子、一件衬衣和另外一些零碎东西……

红军第八军的部队冲进了北线上形成的一百俄里的大缺口。萨瓦捷耶夫将军的部队一枪不发地朝顿河退去。菲次哈拉乌洛夫将军的几个团也匆匆忙忙地往塔拉和包古查尔方面退。北方有一个星期的工夫格外安静。听不见大炮的轰隆声，也听不见机枪的哒哒声。在北线作战的下游的哥萨克，因为上游几个团的叛变，失去了斗志，都一枪不发地向后退去。红军一面派侦察队在前面的村庄里仔细搜索着，一面小心翼翼地慢慢推进。

顿河政府在北线大败中遇上了一件喜事。十二月二十八日，协约国的军事代表团来到诺沃契尔卡斯克。这里面有英国驻高加索的军事代表团团长普尔将军和参谋长基斯上校，有法国代表福兰西·德·艾司皮烈将军和福凯大尉。

克拉斯诺夫请协约国的代表们视察前线。一个十二月的寒冷的早晨，旗尔车站的站台上摆好了仪仗队。胡子耷拉着、样子像个酒鬼的马孟托夫将军，一向是个不修边幅的人，但是这一次却穿得笔挺，新刮过的两腮放着灰灰的亮光，由一群军官簇拥着，在站台上走来走去，在等候火车。军乐队的吹鼓手们在车站旁边跺着脚，对着冻青了的手指头直呵气。仪仗队里都是下游各乡的哥萨克，各种发色、各种年龄的都有，站在那里，显得非常有趣。没有胡子的小伙子跟白胡子老汉站在一起，中间还夹杂着黑胡子的上过前方的战士。老头子们的军大衣上挂着金十字章、银十字章和奖章，有的是在罗士契战役中得的；有的是在普累文战役中得的；中年的也都密密层层地挂满了十字章，是在格奥克—杰彼、散杰普城下，以及在对德战争中——在皮来梅希里、华沙、里沃夫城下的鏖战中得到的。年轻小伙子们什么也没有挂，但是一个个站得笔直，竭力在各方面模仿年长的。

火车拖着乳白色的蒸汽，轰隆轰隆地开进了车站。软席车厢的门还没有打开，乐队指挥就使劲把手一挥，乐队便响亮地奏起英国国歌。马孟托夫手扶马刀，大步朝车门口走去。克拉斯诺夫像个殷勤好客的主人那样，领着客人经过站得笔直的哥萨克队列前面，向车站走去。

“哥萨克都起来保卫家乡、抗击野蛮的红军匪徒啦。你们看看这三代哥萨克的代表。这些人在巴尔干、日本、奥匈帝国和普鲁士作过战，现在都在为祖国的自由作战。”克拉斯诺夫说着一口漂亮的法语，带着优雅的笑容，气派十足地点着头，瞟着瞪大了眼睛、连气也不敢喘的老头子们。

马孟托夫按照上级指示，费尽心思挑选仪仗队，没有白费力气，现在拿出来了。

协约国的代表视察了前线，很满意地回到了诺沃契尔卡斯克。

“我对您的部队的良好军容、纪律性和战斗精神，感到十分满意。”普尔将军临行前对克拉斯诺夫说。“我马上就下命令，把我们的先头部队从萨罗尼加调到这里来。将军，我请您筹备三千件皮袄、三千双暖靴。我希望，在我们的帮助下，您能彻底消灭布尔什维克。”

……急急忙忙赶着做好了熟皮皮袄，也做好了暖靴。但是不知为什么协约国的陆战队没有在诺沃罗西斯克登陆。普尔回伦敦去了，接替他的是一位又冷淡又高傲的布里格司。他从伦敦带来了新的指示，并且用一个将军的直率态度，生硬地声明说：

“英国政府对顿河志愿军将提供广泛的物资援助，但是不出一兵一卒。”

这样的声明是不用作注解的……

十二

早在帝国主义战争时期,军官和哥萨克之间的敌对情绪,就像无形的犁沟一样,在彼此之间造成很深的隔阂,到一九一八年秋天,这种敌对情绪达到了空前的程度。在一九一七年末,哥萨克部队慢慢朝顿河上开去的时候,枪杀和出卖军官的事还很少见,可是过了一年,这样的事儿乎变成家常便饭了。在进攻的时候,哥萨克们叫军官们学红军指挥员的样子,在队伍的前面走;并且不声不响、悄悄地对着他们的后背开枪。只有像宫陀洛夫乔治十字章团那样一些队伍,还团结得很好,可是在顿河军里,像这样的队伍并不多。

彼特罗·麦列霍夫是个又狡滑又机灵的顽固分子。他早就明白,和哥萨克们作对,就是找死,所以他一开始就费尽心思消除他这个军官和普通哥萨克之间的隔阂。在必要的时候,他也和哥萨克们一样,谈谈打仗的害处;不过他说这种话不是实心实意的,带有很大的虚假成分,但是大家都看不出他的虚假;他装成一个赞同布尔什维克主张的人,自从佛明被推举为团长,他又千方百计地拍佛明的马屁。彼特罗也和其余的人一样,不反对抢劫,咒骂上级,照顾俘虏。可是他心里的仇恨一阵一阵地直往上冲,憋得两只手直打哆嗦,恨不得打人和杀人……在工作上他又柔顺,又随和,不像一个少尉,倒像一块黄蜡!就因为彼特罗骗取了哥萨克们的信任,所以他们认为他能够改变面目。

部队开到索朗加村,纳乌摩夫把军官们带走的时候,彼特罗留了下来。他又老实,又温和,总是不抛头露面,处处随大流,就这样同大家一起来到维奥申镇上。可是到了维奥申镇上以后,只呆了两天,就忍不住了,既没有上团部去,也没有去找佛明,就跑回家了。

这一天,一大早就在维奥申的大操场上,在一座老教堂旁边,开起了群众大会。这个团在等待英查师的代表前来。哥萨克们一群群地在操场上走着,有穿军大衣的,有穿小皮袄的——用军大衣改做的,没有挂面子,有穿皮夹克的,有穿棉袄的。真难相信,这一大群穿着五光十色的衣服的人就是战斗部队,就是第二十八哥萨克团。彼特罗灰心丧气地从这一群人跟前走到那一群人跟前,像看新奇东西似的打量着哥萨克们。以前在前线上,他们的服装并没有多么惹人注目,而且也没有看见过一团人这样密密麻麻地凑在一起。现在彼特罗怀着憎恶的心情咬着乱蓬蓬的白胡子,看着一张张挂了一层白霜的脸,看着戴了各式各样帽子的一个个脑袋,有戴高皮帽的,有戴矮皮帽的,有戴库班式平顶帽的,有戴哥萨克制帽的;他放低眼睛看去,看见的也是五颜六色的玩意儿:破皮靴、烂毡靴、从红军脚上剥下来的皮鞋外加破烂的裹腿。

"一群叫花子!该死的庄稼佬!丢脸!"彼特罗怀着无可奈何的痛恨心情自言自语地说。

板墙上贴着佛明发布的告示。街道上一个老百姓也看不见。整个维奥申镇好像隐藏起来,在等待什么。从胡同口里可以看见白雪皑皑的顿河河面。顿河对岸的树林子黑魆魆的,很像是一幅水墨画。又大又古老的灰色石头教堂旁边,像羊群一样拥拥挤挤地站着许多从各村来看丈夫的娘们儿。

彼特罗穿一件挂了羊皮筒子、胸前有一个大口袋的小袄,戴着一顶该死的羊羔皮军官帽,不久以前他戴着这顶军官帽还觉得挺神气,现在觉得时时刻刻都有冷冷的斜眼投到自己身上。这种眼光穿透他的心,加重了他那已经够惊慌失措的心情。他恍惚中看到,操场当中有一只倒扣着的大木桶上出现了一个矮墩墩的红军,穿一件细呢子军大衣,戴一顶崭新的羊羔皮帽,帽耳朵扎煞着。那个红军用戴着绒线手套的手理了理围在脖子上的灰色兔子毛哥萨克式毛边围巾,朝四面看了看。

"哥萨克同志们!"他那低沉的、伤风的声音钻进彼特罗的耳朵。

彼特罗四下里看了看,看见哥萨克们听到这很不习惯的称呼都十分惊异,你看着我,我看着你,都满怀希望地、神情激动地互相挤着眼睛。那个红军说到苏维埃政权,说到红军以及同哥萨克的相互关系,说了很久。彼特罗记得特别清楚的是,他的话时时被喊叫声打断:

"同志,共耕社是什么玩意儿?"

"是不是也要我们参加?"

"共产党是干什么的?"

那个红军把两手放在胸前,不住地朝四面转动着身子,十分耐心地解释着:

“同志们！干共产党——是自觉自愿的事儿。谁愿意推翻资本家和地主的压迫，把工人和农民解放出来，谁愿意为这一伟大事业而奋斗，都可以自愿参加共产党。”

过了一小会儿，另一个角落里又有人喊道：

“请你讲讲共产党员和委员是怎么一回事儿！”

回答之后，没过几分钟，又有一个粗喉咙大嗓门儿叫道：

“共耕社你说得不怎么清楚，请你说仔细点儿。我们都是大老粗，你用家常话给我们讲讲！”

后来佛明啰里啰嗦地讲了老半天，不管是不是地方，常常说到“撤退”这个词儿，好像是在炫耀学识似的。佛明身边有一个年轻小伙子，戴着学生帽，穿一件很讲究的大衣，很灵活地转来转去。彼特罗听着佛明那语无伦次的发言，想起在一九一七年二月里，就在妲丽亚来看他的那一天，他在开往彼得格勒途中的一个车站上第一次看见佛明的情形。他的眼前又出现了那个身穿军大衣、佩戴着带有番号“五十二”的中士肩章的阿塔曼团逃兵，好像又看到了他那两只离得很远的眼睛的冷冷的目光，看到了他那像狗熊一样的脚步。“受不了啊，大哥！”彼特罗好像又听到了他那含混不清的话。“逃兵，一个像贺里散福一样的浑人，可是这会儿当起团长来啦，我却在这儿受冷落。”彼特罗怒冲冲地眨动着眼睛，想道。

佛明说过话以后，接着上去说话的是一个十字交叉地背着机枪子弹带的哥萨克。

“弟兄们！以前我在波得捷尔柯夫的部队里干过，现在我也许还能去打打士官生呢！”他扎煞着两只胳膊，声嘶力竭地喊叫着。

彼特罗快步朝驻所走去。他正备马，就听见哥萨克们在走出大操场的时候，鸣起枪来，这是按照老习惯向各个村庄报告，当兵的要回家了。

十三

静得可怕的短日子向晚时候显得很长,就像在农忙时候那样。一座座村庄静得像偏僻的荒野。顿河两岸好像什么都死光了,好像是一场瘟疫来到,各乡各村的人都死绝了。使人觉得,好像有一片乌云,像又厚又黑的翅膀似的遮住了顿河两岸,又无声地、阴森森地铺展开来,眼看着就要像旋风一样把白杨树吹弯在地,像焦雷一样劈劈啪啪发作起来,就要摧毁顿河彼岸一片白茫茫的树林,吹得那石灰质山崖上的石头乱飞,发出暴风雨般惊心动魄的怒吼声……

从清早起,鞑靼村的土地上就笼罩着一片浓雾。山嗡嗡响着,报告严寒即将来临。快到晌午时候,太阳从浓雾中渐渐露出脸来,但是天空还是没有亮起来。雾气惘然若失地在顿河两岸的山顶上游荡着,往山崖和山头上直扑,就在那儿消逝,在绿苔斑斑的石板上,在山顶覆盖着白雪的巨石壁上,留下一层湿漉漉的水汽。

每到黄昏时候,黑夜就把一轮老大的火红色月亮从光秃秃的树丛梢头捧上来。月亮就朦朦胧胧地在安静下来的村庄上空泛着战争与大火的血红色亮光。经月亮的冷漠而恒久的亮光一照,人们心里不由地产生一种模模糊糊的恐慌感,牲口也感到烦躁。马和牛都睡不着觉,通夜在院子里荡来荡去。狗在吠叫,离半夜还早,公鸡就闹嚷嚷地打起鸣来。将近黎明时候,潮湿的树枝冻上一层冰。风吹动树枝,树枝丁当乱响,就像铁镫碰击声。就像是一队肉眼看不见的骑兵,在灰白的夜色中,在顿河左岸黑沉沉的树林里奔驰,碰得马刀和铁镫乱响。

原来在北线的鞑靼村的哥萨克,都自动离开了队伍,慢慢朝顿河上来,如今差不多都已经回到了村里。每天都有落在后面的人回来。有的人回来,把武器塞到草垛里,或者藏到棚子底下,为的是永远不再打仗,只等红军来到;有的人却只是推开积雪堵住的篱笆门,把马牵进院子里,补充一些干粮,和老婆睡上一夜,第二天早晨就上了大路,到了冈头上再最后望一望那死静的、一片白茫茫的顿河河面,望一望也许会永远离开的家乡的一处处地方。

谁能躲得开死神?谁又能猜到人生的结局?……马匹难分难舍地离开村子。哥萨克们硬着心肠撕断同家人难分难舍的心情。许多人的心又顺着这条风雪弥漫的道路回到家里。在这条路上想过许许多多沉重的心事……也许,还有咸得像血一样的眼泪顺着马鞍滚下去,落到冰冷的马镫上,落到马蹄踩得斑斑点点的大路上。在这些地方,到春天不是连送别的小黄花和小蓝花都长不出来了吗?

* * *

在彼特罗从维奥申镇上回来的那天夜里,麦列霍夫家里开了一个家庭会议。

"喂,怎么啦?"彼特罗刚刚跨进门槛,潘捷莱·普罗柯菲耶维奇就问道。"仗打完了吗?没有戴肩章回来吗?噢,去吧,去吧,去见见弟弟,叫你妈高兴高兴,你老婆正想你呢……好啊,好啊,彼加沙……格里高力!格里高力·潘捷莱耶维奇,为什么要像地老鼠一样躺在炕上?快下来!"

格里高力耷拉下两只光脚丫,绿裤子上的套带绷得紧紧的。他笑嘻嘻地挠着黑糊糊、毛烘烘的胸膛,看着彼特罗侧歪着身子卸下武装带,又用冻僵的手指头去摸索帽带的结儿。妲丽亚一声不响,笑盈盈地看着丈夫的眼睛,给他解开小皮袄的纽子,又提心吊胆地从他的右边绕过去,因为右边有手枪套子,还有一个灰灰的、亮闪闪的手榴弹挂在腰带上。

杜尼娅跑过来拿腮蛋子往哥哥的挂了白霜的胡子上贴了贴,就跑出去料理马匹。伊莉尼奇娜用围裙在擦嘴唇,准备来亲"大小厮"。娜塔莉亚在灶上忙活着。两个孩子拉着她的裙子,偎在她身上。大家都在等着彼特罗说话,可是彼特罗在门口用沙哑的嗓子说了一句"都好啊!"——就一声不响地脱起衣服来,又用笤帚扫了半天靴子,等他直起腰来,嘴唇忽然可怜巴巴地哆嗦起来,他不知为什么失魂落魄地靠在床背上,大家都出乎意料地看见他的冻青了的腮上流着泪水。

"老总!你这是怎么啦?"老头子用开玩笑的语气掩饰着惊慌和喉咙的哆嗦,问道。

"咱们垮啦,爹!"

彼特罗把嘴撇得老长,哆嗦了几下淡白色的眉毛,垂下眼睛,用一块肮脏的、发着烟臭味的手绢捂着鼻子,擤了半天。

格里高力一把推开正跟他亲热的小猫,哼哧了两声,就从炕上跳下来。妈妈亲着彼特罗那生了虱子的脑袋,哭了起来,但是马上又跑了开去。

“我的乖孩子!可怜的孩子,要喝点儿酸牛奶吗?你快来,吃吧,菜汤要凉啦。恐怕饿坏了吧?”

彼特罗在桌边坐下来,把侄子放在膝盖上哄着,提起了精神;他压抑着心头的激动,把第二十八团从前线上撤退、军官们逃走、佛明的事以及最后一次在维奥申镇上开大会的事说了一遍。

“你究竟怎么想呢?”格里高力一面用黑黑的大手抚摩着女儿的头,一面问道。

“没有什么好想的。明天白天我在家里过一天,夜里我就走。妈妈,您给我弄些干粮。”他转身对妈妈说。

“这么说,要走吗?”

潘捷莱·普罗柯菲耶维奇的三个指头停在烟荷包里,捏着的烟丝往下掉着,就这样愣着,等候回答。

彼特罗站起来,对着模模糊糊、墨画的圣像画着十字,眼睛里露出冷峻和痛苦的神情。

“耶稣救主,我吃饱啦!……你问,是不是要走吗?不走怎么行啊?我怎么能留在家里呢?让红鬼子把我砍死吗?也许,你们能留下来,可是我……我不行,一定要走!他们是放不过军官的。”

“家又怎么办?把家扔掉吗?”

彼特罗听了老头子的问话,只是耸了耸肩膀。但是妲丽亚接着就插嘴说:

“你们都走掉,叫我们留下来吗?你们真不错,都是好样儿的!叫我们来看守你们的家业!……为了你们的家业,也许还要把命都送掉呢!放一把火烧掉算啦!我可是不留下来!

就连娜塔莉亚也说话了,她的叫声盖过了妲丽亚那响亮的声音:

“要是村子里的人都走,我们也不能留下来!我们也走!”

“浑蛋娘们儿!狗东西!”潘捷莱·普罗柯菲耶维奇瞪圆了眼睛,像发了疯似的吼叫起来,并且不由自主地去摸拐杖。“混账,都他妈的给我滚开!该死的娘们儿,给我住嘴!男子汉的事情,她们倒管起来啦……好吧,咱们就什么都扔掉,走他娘的!可是把牲口藏到哪儿去呢?又不能揣到怀里带走。还有房子呢?……”

"你们这两个娘们儿简直昏了头!"伊莉尼奇娜很生气地责备两个媳妇说。"这家业不是你们挣来的,你们要扔掉自然很容易。这是我和老头子起早摸黑挣来的,能这样轻易就扔掉吗?那可不行!"她撇了撇嘴,叹了口气。"你们走吧,我才不走呢。就让他们在家门口把我杀了好啦,总比在人家篱笆脚下饿死好些!"

潘捷莱·普罗柯菲耶维奇拧了拧灯芯子,又哼哼,又叹气。有一会儿大家都没有做声。正在打袜子的杜尼娅抬起头来,小声说:

"牲口可以带走嘛……犯不着为了牲口留下来。"

这一下子又把老头子惹火了。他就像一匹绊住了腿的公马一样,不要命地跺起脚来,一下子碰到躺在炉边的一只小羊羔身上,差一点儿绊倒。他在杜尼娅面前站下来,大声吼道:

"能带走吗?老牛要下犊啦,怎么办?把它带到哪儿去?哼,张嘴说说倒容易!败家鬼!坏东西!死丫头!拼死拼活给你们积攒,可是现在你们说出这种话!……还有羊呢,小羊羔往哪儿搁?……哼,哼,该死的丫头!给我住嘴!"

格里高力斜眼瞅着彼特罗,又像很久很久以前那样,看见哥哥那亲切的棕色眼睛里,流露出顽皮、好笑、同时又表示着恭敬的笑意,又看见小麦色胡子像以前那样抖动起来。彼特罗飞快地挤了挤眼睛,因为憋着笑,憋得全身哆嗦起来。格里高力也很高兴地感觉到,自己心中也出现了这种近几年来不曾有过的想笑的劲儿,就干脆低低地、咯咯地笑起来。

"好啦,就这样!……托老天的福吧……你们有话说过啦!"老头子气嘟嘟地瞪了格里高力一眼,就转身朝着结满毛茸茸的白霜的窗子,坐了下来。

到半夜里才做出一致的决定:男子汉都走,妇女们留下来看家。

离天亮还早,伊莉尼奇娜就生起了火,到吃早饭时候,已经烤好了面包,并且烤好了两口袋干粮。老头子在灯下吃过了早饭,天一亮就去收拾牲口,检查爬犁。他走进谷仓里,把手插进装满了小麦的粮囤里,用手拨弄着饱满的麦粒儿,站了老半天。他走出来,就好像向死人告别似的:帽子拿在手里,轻轻掩上身后黄黄的板门……

他又到棚子底下忙活起来,换爬犁上的坐簸箩,这时候赶着牛去饮水的安尼凯来到小胡同里,他们互相打了个招呼。

"你收拾收拾走吧,安尼凯?"

"我好比光屁股扎腰带,收拾是多余的。我的东西都在我身上,只能捡捡别人的!"

"听到什么消息吗?"

“消息多着呢，大叔！”

“怎么样？”潘捷莱·普罗柯菲耶维奇把斧子插进爬犁的扶手里，惊惶地问道。

“红军就要到啦。快到维奥申镇上啦。有人在大雷村看见的，说他们来意不善。在杀人呢……他们当中有犹太人，还有中国人，该死的东西！以前咱们把这些斜眼鬼打得太轻啦！”

“还杀人？！”

“当然啦，又不是来玩儿的！还有该死的上游哥萨克呢！”安尼凯骂着娘，顺着篱笆朝前走去，一面走，一面又说：“顿河那边的娘们儿给他们弄吃的喝的，省得他们糟蹋老娘们儿，他们喝得醉醺醺的，就跑到别的村子里去折腾。”

老头子安好坐簸箩，又去几个棚子里走了走，看了看他亲手栽的每一根桩子和篱笆。然后拿起干草篓子，一瘸一拐地到场院上去抽路上喂马的干草。他从架子上摘下铁钩子，不过他还是没有感觉到非走不可，又是去抽差一些的、带杂草的干草（好些的干草他总是留到春耕时喂牲口），但是后来改变了主意，心里骂着自己，朝另一垛草走去。可是不知为什么他还是不觉得，他就要离开家和村子到南方去，也许今后就不能回来了。他抽过了干草，又照老习惯伸手去拿草耙子，好把撒的草搂起来，但是又像被烫了一下似的，把手缩了回来，一面擦着帽子底下冒了汗的额头，一面自言自语地说：

“到这时候我还爱惜这些东西干什么？反正他们要扔到马脚下，要么白白糟蹋掉，要么一把火烧掉。”

他把草耙子放在膝盖上，咬了咬牙，一下子折成两截，就端起草篓子，弯腰弓背、老态龙钟地拖着两条腿朝前走去。

他没有进屋子，只是推开门，说：

“准备走吧！我马上就套爬犁。不能太晚了。”

他已经把皮套套到马身上，又把马料袋放到爬犁上，可是两个儿子还是没有出来备马，他心中觉得纳闷，就又朝屋里走去。

屋子里的情形使人奇怪：彼特罗正在气嘟嘟地解那几个准备带走的包袱，把军裤、上衣、值钱的女人衣服往地上直扔。

“这是怎么回事儿？”潘捷莱·普罗柯菲耶维奇十分吃惊地问道，他把帽子都摘了下来。

“就是这么回事儿！”彼特罗用大拇指隔着肩膀指了指妇女们说，“她们哭呢。咱们哪儿也不去啦！要走，大家都走；要不走，谁也别走！说不定红鬼子会强奸她们,咱们倒是跑出去逃命吗?他们要是杀的话,就叫她们看着咱们死吧!"

"爹,把衣服脱了吧!"格里高力微微笑着,脱掉军大衣,解下马刀,正哭着的娜塔莉亚从后面抓住他的手,亲了起来,脸红得像桃花的杜尼娅高高兴兴地拍起巴掌来。

老头子戴上皮帽,但是马上又摘了下来,走到堂前,画了一个老大的十字。他磕了三个头,站起身来,朝大家打量了一遍。

"好吧,既然这样,咱们就不走啦!圣母娘娘,多多保佑我们吧!我去把爬犁卸掉。"

安尼凯跑了进来。他看见麦列霍夫家里一张张脸都笑盈盈的、高高兴兴的,不禁吃了一惊。

"你们怎么啦?"

"我们家的男子汉不走啦!"妲丽亚代表大家回答说。

"是这样啊!改变主意啦?"

"改变主意啦!"格里高力勉强龇了龇青白色的牙齿笑了笑,挤了挤眼睛,"死不用人自己去找,不管在哪儿,都能碰得上。"

"你们当官的不走,我们更要听天由命啦!"安尼凯说完,就冬冬地下了台阶,从窗前跑了过去。

十四

佛明发布的告示在维奥申镇的板墙上呼啦呼啦地响着。人们时时刻刻等候着红军到来。白军的北线司令部还驻扎在离维奥申镇三十五俄里的卡耳根镇上。一月三日夜里,车臣人的队伍开到,于是罗曼·拉查列夫中校就率领这支队伍从别洛卡里特文河口镇出发,用急行军的速度前来讨伐佛明这个叛变的团。

车臣人原定在五日向维奥申镇发动进攻。他们的侦察队已经到了白山村。但是进攻的计划取消了,因为佛明的团里有一个哥萨克投过来,报告说,红军的一支主力部队已经来到高罗霍夫村,一月五日一定要到达维奥申镇上。

正在诺沃契尔卡斯克忙着招待协约国代表的克拉斯诺夫,试图开导一下佛明。他用诺沃契尔卡斯克—维奥申之间的直通线给佛明打来一封电报。电报员先是一个劲儿地呼号“维奥申镇,佛明”,后来就发来了简短的电文:

维奥申镇佛明收。佛明中士,我命令你及早醒悟并率领本团开赴阵地。已派出讨伐队。如执迷不悟,即判处死刑。

克拉斯诺夫

佛明解开皮袄的纽子,借着煤油灯的灯光,看着打满棕色字母的细细的纸条弯弯曲曲地从电报员手里抓出来,他对电报员的后脑勺呵着冷气和酒气,说:

“喂,他在那儿胡说些什么?叫我醒悟?他打完了吗?……你给他回电……什——么?怎么不行?你听我的,要不然我把你的肠子都打出来!”

于是电报机哒哒地响起来:

诺沃契尔卡斯克克拉斯诺夫将军收。滚你妈的吧。佛明。

北线的局面出现了进一步复杂化的趋势,因此克拉斯诺夫决定亲自上卡耳根来,在这里直接指挥讨伐队对佛明发动进攻,而主要的还是想鼓一鼓哥萨克们已经十分低沉的士气。就为了这个目的,他还约请协约国的代表一同到前线上来看看。

在布土尔林诺夫村检阅了刚刚下火线的宫陀洛夫乔治十字章团。检阅完毕,克拉斯诺夫站到团旗下面。他转身朝着右边,高声叫道:

“凡是在第十团、在我手下当过差的,向前一步走!”

宫陀洛夫团的哥萨克差不多有一半跨到队伍的前面。克拉斯诺夫摘下皮帽子,十字交叉地抱住靠近他的一个不算年轻、但很英武的司务长亲了亲。那位司务长用大衣袖子擦了擦刚刚修剪过的胡子,呆呆地瞪大了眼睛,愣住了。克拉斯诺夫和老部下一一接了吻。协约国的代表都很惊愕,都大惑不解地小声议论着。但是惊愕马上就变成了微笑和矜持的赞许神情,因为克拉斯诺夫走到他们跟前,解释说:

“就是这些英雄们跟着我在涅兹维斯打过德国人，在别尔舍茨和柯玛洛夫打过奥地利人，促进了我们的全面胜利。”

……在太阳的两边，有几条彩虹般的、带有白箍的光柱，一动不动的，就像是看守钱柜的卫士。寒冷的东北风在树林里怒吼，在草原上狂奔，汇合成强大的气流，横冲直撞，吹得一丛丛乱蓬蓬的荒草东倒西歪。一月六日向晚时候，旗尔河上已经挂起浓浓的暮霭，克拉斯诺夫陪着英吉利帝国的军官爱德华和奥尔考特、法兰西军官巴尔台罗大尉和爱尔里赫中尉来到卡尔根镇上。协约国的代表们都穿着皮袄，戴着毛茸茸的兔皮帽，缩着脖子，跺着脚，满面笑容地走下汽车，身上发出一阵阵雪茄烟和香水气味。这几位军官在富商列沃琪金的府上暖和了一下身子，喝了几杯茶，就同克拉斯诺夫和北线司令伊万诺夫少将一起朝学校里走去，要在学校里开大会。

克拉斯诺夫对着凝神静听的哥萨克们讲了很久。大家都很用心、很安静地听着。但是当他绘声绘色地讲到布尔什维克在他们占领的乡镇里所干的“种种暴行”的时候，后排里有人在灰灰的烟气中情不自禁地叫道：

“不是这么回事儿！”一下子就冲毁了假象。

第二天早晨，克拉斯诺夫就和协约国的代表们匆匆赶往米列洛沃去了。

北线司令部也匆匆撤走了。车臣人在镇上一直搜查到黄昏时候，到处抓那些不愿意跟着走的哥萨克。夜里烧毁了弹药库。整个上半夜，子弹爆破声劈劈啪啪响成一片，就像一大堆干柴着了火；成千上万发炮弹爆炸开来，发出山崩地裂声。第二天，正在广场上举行撤退前的祈祷仪式，卡耳根镇外的山冈上就响起了机枪声。子弹像春天的冰雹一样在教堂顶上乒乒乓乓乱响起来，于是大家都乱糟糟地朝田野上拥去。拉查列夫的部队和为数不多的哥萨克部队试图掩护撤退的人：步兵成散兵线在风车后面卧倒下来，第三十六卡耳根炮兵连也在卡耳根人菲道尔·波波夫大尉指挥下，用急射的炮火轰击进攻的红军，但是不久就把大炮挂到了前车上。红军的骑兵已经从拉推舍夫村迂回过来，包围了步兵，把步兵逼到了土沟里，并且砍死了其中二十来个被人谑称为“驾前侍从”的卡耳根的老头子。

十五

一旦决定不走了，潘捷莱·普罗柯菲耶维奇就又觉得样样东西都有用处，都很重要了。

傍晚他去喂牲口，已经毫不犹豫地抽那一垛差一些的干草了。他在黑糊糊的院子里转来转去地对着老牛端详了半天，心里很满意地想道："快生啦，肚子还不小呢。也许还是双胞胎呢!"他又觉得什么都可爱、可亲了；他在心里已经抛弃掉的东西，现在又显得重要起来，又有了分量。在黄昏前短短的一小会儿工夫，他已经把杜尼娅狠狠地骂了一顿，因为她在猪食槽旁边撒了不少谷糠，又没有敲开牲口槽里的冰。他还堵好了司捷潘·阿司塔霍夫家的骟猪在篱笆上钻出的窟窿。看到阿克西妮亚出来关护窗，他又向她问起司捷潘：他想不想走？阿克西妮亚一面裹头巾，一面曼声回答说：

"不走，不走，他哪儿能走啊？他在炕上躺着呢，好像是在打摆子……头很热，还说肚子疼。司乔巴病啦。不能走……"

"我家的两个也不走。就是说，我家的人都不走啦。谁他妈的能知道，不走是好还是不好……"

天色渐渐黑了下来。顿河对岸，灰蒙蒙的树林那边，淡青色的天空里出现了亮晶晶的北极星。东方的天边也红了起来。红光渐渐升起，一弯新月出现在乱蓬蓬的黑杨树梢头。雪地上的许多影子渐渐模糊成一片。一个个的雪堆渐渐看不见了。静极了，所以潘捷莱·普罗柯菲耶维奇听见顿河上有人在冰窟窿旁边用铁棍凿冰，大概那是安尼凯。碎冰四面乱迸，发出碎玻璃一样的琤琤声。还有就是老牛在院子里吃干草，发出均匀的咯吱声。

厨房里已经上了灯。窗口闪过娜塔莉亚的影子。潘捷莱·普罗柯菲耶维奇很想到房里暖和暖和。他走进厨房,看见一家人都在这里。杜尼娅刚刚从贺里散福的老婆那里回来。她一面倒碗里的发面头,一面慌不及待地报告新闻,就好像怕别人抢先似的。

格里高力在上房里擦好了步枪、手枪和马刀,上好了油,又用手巾把望远镜包起来,就喊了一声彼特罗,说:

“你的家伙收拾好了吗?去拿来。要藏起来。”

“万一需要自卫,那怎么办?”

“算了吧!”格里高力冷笑说。“小心点儿吧,他们要是发现了,会把你绞死!”

他们走到院子里。不知为什么把武器一件一件地分别藏了起来。但是格里高力却把一支黑黑的、崭新的手枪掖到上房里的枕头底下。

一家人刚刚吃过晚饭,一面无精打采地说着话儿,一面准备去睡觉,这时候,用链子拴着的公狗在院子里声嘶力竭地狂吠起来,并且带着链子直往前扑,被颈圈勒得直打呜噜。老头子走出去看,回来的时候带进一个围巾一直围到眉毛的人来。那人全副武装,勒着一条白皮带,走进门来,画了一个十字;他的嘴上挂了一层白霜,就像是一个白圈圈儿,嘴里冒出一股一股的热气。

“看样子,你们不认识我啦?”

“这是大老表马加尔嘛!”妲丽亚叫了起来。

彼特罗以及其余的人这才认出这位远亲。他叫马加尔·诺加依采夫,是新根村的哥萨克,是远近闻名的一个少见的歌手和酒鬼。

“哪一阵恶风把你刮来啦?”彼特罗笑了笑,但是没有起身。

诺加依采夫捋下胡子上的冰凌,朝门口甩了甩,跺了跺脚上的老大的、缝了皮底的毡靴,不慌不忙地开始脱衣服。

“我一个人走,觉得没味道,我心想,找两个老表一块走好啦。听说你们俩都在家嘛。我对老婆说,我去找麦列霍夫家两个老表一块儿走,总要热闹些。”

他把步枪提过去,和炉叉并排靠在灶上,惹得妇女们嘻嘻哈哈地笑起来。他把弹药盒放到灶门口,却把马刀和鞭子恭恭敬敬地放到床上。这一次马加尔也是满身酒气,瞪得大大的眼睛里露出醉意,湿漉漉、乱蓬蓬的大胡子里露着整整齐齐、白中泛青的牙齿,就像顿河边的贝壳。

“新根的哥萨克都不走吗?”格里高力一面把绣花烟荷包递过去,一面问道。

客人用手推开烟荷包。

“我不抽……你问哥萨克吗?有的已经走啦,有的正在找老鼠洞躲藏。你们走吧?”

“我家男子汉不走啦。你别招引他们啦!”伊莉尼奇娜都害怕了。

“当真你们不走?我才不信哩!格里高力兄弟,是真的吗?伙计,你们不要命啦?”

“随它去吧……”彼特罗叹了一口气,忽然脸色像火一样红了起来,问道:“格里高力!你怎么样?是不是重新想想?也许,咱们还是走吧?”

“不走啦。”

一阵烟气把格里高力罩住,在他那拳曲的松脂色头发上面飘荡了老半天。

“爹把你的马牵进去了吧?”彼特罗前言不搭后语地问道。

老半天没有人说话。只有纺车在杜尼娅脚下像黄蜂一样嗡嗡响着,催人入睡。

诺加依采夫一直坐到东方发白,一直在劝麦列霍夫家两弟兄一同到顿涅茨那边去。这一夜,彼特罗有两次光着头跑出去把马备上,又在妲丽亚威严的目光逼视下两次出去把马鞍卸下来。

天光大亮了,客人要走了。他已经穿好衣服,抓住门环,大声咳嗽着,暗带威胁意味地说:

“局面也许会好转的,不过到那时候,你们不会好过。我们会从那边回来的,我们会记起来,是什么人给红军打开进顿河的大门,是什么人留下来给他们干事情……”

从清晨起纷纷扬扬飘起雪花。格里高力走到院子里,看见黑压压的一大群人正从顿河那边朝渡口拥来。有八匹马拉着一件什么东西,传来说话声、赶马声和骂娘声。透过像雾一样的大雪,看得见灰灰的人影和马影。格里高力凭着四对马拉车这一点猜出:“是一支炮兵连……难道是红军?”他想到这里,心怦怦跳起来,但是仔细一想,又定下心来。

人群散了开来,远远地避开一个黑黑的、张着大嘴的冰窟窿,朝村子走来。但是来到岸边上,最前面的一门炮压碎了岸边的薄冰,一个轮子陷了下去。一阵阵的风送来驭手的吆喝声、冰面碎裂声和慌乱的、直打滑的马蹄声。格里高力走到牲口院子里,很小心地向外张望着。他看清了骑马人军大衣上那落了雪花的肩章,他从外貌上看出那是哥萨克。

过了五六分钟,一位年老的司务长骑着肥壮的高头大马进了大门。他在台阶前下了马,把缰绳拴在栏杆上,大步走进房里。

“谁是当家的?”他打过招呼,问道。

“我是……”潘捷莱·普罗柯菲耶维奇回答过,就心惊胆战地等待着他问下一个问题:为什么你家的哥萨克没有走?

但是司务长用手捋了捋被雪落白了的、像肩章绦一样长的卷胡子,央求说:

“乡亲们!行行好,帮我们把炮拖出来吧!在河边上一直陷到车轴……你们有没有纤绳?这是什么村?我们迷路啦。我们是上叶兰镇去的,可是雪这样大,简直什么都看不清。我们迷了路,红军又紧跟在屁股后面。”

“我不知道,真的……”老头子踌躇起来。

“这有什么知道不知道啊!你家有这样的男子汉嘛……我们需要人帮忙。”

“我有病呀。”潘捷莱·普罗柯菲耶维奇撒起谎来。

“你们怎么搞的,伙计们!”司务长像狼那样不扭脖子,只转悠着眼睛把父子三人打量了一遍。他的嗓门儿好像变年轻了,也舒展开了。“你们不是哥萨克吗?就是说,要让我们的大炮完蛋吗?我是留下来代替连长的,当官的都跑光啦,我有一个星期没下马,都冻死啦,脚趾都冻坏啦,但是我宁可不要命,也不扔掉炮!可是你们呀……真没办法!你们不愿意好说好道,我这就把弟兄们喊来,我们就……”司务长含着眼泪、带着怒气叫道,“就强迫你们去干,狗杂种!布尔什维克!把你们他妈的都收拾掉!把你这个老家伙拴到炮车上,看你老实不老实!你给我去把老百姓都叫来,如果他们不来,我把话说在头里,等我回到这边,就把你们的村子一下子扫平……”

他说这话的神气,就好像自己也没有多大把握似的。格里高力可怜起他来。格里高力抓起帽子,也不去看还在发火的司务长,冷冷地说:

“你别嚷嚷啦。这儿用不着这一套!我们帮你们拖出来,你们就滚蛋吧。”

大家是铺上篱笆片子,把大炮拖上来的。来了不少人。安尼凯、贺里散福、伊凡·托米林、麦列霍夫家父子和十来个妇女,同炮兵们一起推着大炮和炮弹箱子,又帮着马匹往上拉,把大炮一一弄上岸来。炮车轮子已经冻住,不能转动,只能在雪上滑。马匹疲惫不堪,爬小坡都很吃力了。炮手们已经跑掉了一半,剩下这一半也都是步行。司务长摘下帽子,鞠了一个躬,谢过大家的帮助,就在马上转过身去,小声命令道:

“连队,跟我走!”

格里高力怀着又尊敬又惊异不解的心情望着他的背影。彼特罗走过来,咬着胡子,似乎是回答格里高力心里的话,说:

“大家都这样就好啦!就应该这样来保静静的顿河!”

“你说的是那个大胡子吗?是说那个司务长吗?”泥巴一直溅到耳朵的贺里散福走过来,问道。“瞧吧,看样子,大炮还非拖到地点不可呢。妈的,他还朝我抡鞭子呢！一个人在急了眼的时候，是会打人的。我本来不想来，可是后来，说实话，我怕啦。连毡靴也没穿，就来啦。你说，这傻瓜要大炮有什么用？就像癞猪拖木头：又费劲，又没有用，可是偏要拖……”

哥萨克们各自散去，微微笑着，都没有说话。

十六

时间已经过了晌午，在顿河那边很远的地方，有一挺机枪哒哒地打了两梭子，又不响了。

过了半个钟头，一直站在上房窗前的格里高力往后退了两步，一张脸变成了青灰色。

“他们来啦！”

伊莉尼奇娜啊呀一声，就朝窗前奔去。有八个骑马的人拉开距离在街上跑着。他们跑到麦列霍夫家的门口，停了下来，打量了一下顿河对岸的渡口和顿河与山冈之间的一条黑黑的通路，就拨转马头往回走。他们的肥壮的战马摇晃着剪得短短的尾巴，踩得地上的雪一团一团地四处乱飞。这支骑兵侦察队来村子里侦察了一遍，就不见了。过了一个钟头，鞑靼村里就到处是杂沓的脚步声、外路人的说话声和汪汪的狗叫声了。一个步兵团，用爬犁拉着机枪，还带着辎重队和灶车，渡过顿河，来到村子里分散开来。

不管敌军进村的那一刹那有多么可怕，爱笑的杜尼娅这时候还是忍不住要笑：侦察队一拨转马头往回走，她就用围裙捂着嘴噗哧哧笑了一阵，又朝厨房里跑去。娜塔莉亚用惊骇的目光迎住她，问：

“你怎么啦？”

“哎哟哟，娜塔申卡呀！好嫂子呀！……瞧瞧他们骑马的样子呀！往前倒倒,往后歪歪,往前倒倒,往后歪歪……胳膊肘子悠来悠去。一个个就像布条子做的小人儿,身子一个劲儿地直晃荡!"

她学红军在马上晃来晃去的样子,学得十分好笑,逗得娜塔莉亚憋住笑,跑到床边,一头扎到枕头上,免得惹公公发火。

潘捷莱·普罗柯菲耶维奇轻轻地哆嗦着,毫无目的地在耳房的大板凳上拨弄着麻线、锥子和盛靴钉的小罐子,眯缝着眼睛,用惊骇的目光一个劲儿地朝窗外望着。

可是在厨房里,就好像抓紧了最后机会似的,姑嫂们笑得正欢呢。杜尼娅的脸红扑扑的,她笑出了眼泪,亮晶晶的泪珠儿挂在脸上,就好像西红柿上落了露水,她对妲丽亚学着红军骑马的姿势,并且,虽然无意丑化,但是使这种有节奏的动作带上了淫秽意味。妲丽亚笑得两道画得弯弯的眉毛直打哆嗦,她一面大笑,一面沙哑地、下气不接上气地说:

"恐怕裤子都要捣通啦!……这样骑马……连鞍头都要压弯呢!……"

脸色像死人一样的彼特罗从上房里出来,见她们笑得开心,一时间也乐了。

"看到他们骑马觉得稀罕吗?"他问道。"可是他们却不心疼。骑坏了,再换一匹。庄稼佬嘛!"他带着非常瞧不起的神情把手一甩。"也许,连马都是头一回看见呢。'瞧,俺骑马啦,瞧,俺骑着马来啦。'他们的祖宗听见车轮子声音都害怕,可是他们却骑起马来啦!……嘿呀!"他咯吧咯吧地摁了几下手指头,就到上房里去了。

一大群红军顺着大街走来,后来分成一伙一伙的,走进人家的院子。有三个人进了安尼凯家的大门;有五个人,其中有一个骑马的,在阿司塔霍夫家门口站了下来;另外还有五个人顺着篱笆朝麦列霍夫家走来。在前面走的是一个上了年纪、个头儿不高的红军,鼻子扁扁的,鼻孔大大的,脸刮得光光的,身子细细的,十分灵活,一眼就可以看出是一个老兵。他第一个走进麦列霍夫家的院子,在台阶前站下来,低下头,看着拴在链子上的黄狗呼哧呼哧地狂叫,看了一会儿,就从肩上摘下枪来。枪声震得屋檐上落下一团霜粉。格里高力抻了抻勒勃子的领子,就在窗口看见,那狗在雪地上直打滚,染得雪地上鲜血斑斑,那狗正经受着死前的剧疼,乱咬打穿的腰部和铁链子。格里高力回头看了看,看见妇女们那煞白煞白的脸和母亲那发呆的眼睛。他帽子也没戴,就朝过道里走去。

"站住!"父亲用变了腔的声音在背后喊道。

格里高力把门打开。一个子弹壳当啷一声落在门口。落在后面的几个红军也进了大门。

“为什么把狗打死？碍你的事啦？”格里高力在门口站下来，问道。

那个红军用大鼻孔吸了一口气，刮得发了青的薄嘴唇的角儿耷拉下来。他回头看了看，端起了步枪。

“你怎么？心疼吗？可是我送你一颗子弹也不会心疼。你要吗？站住！”

“喂，算啦，亚历山大！”一个大个子、红眉毛的红军一面往前走，一面笑着说。“您好，掌柜的！见过红军吗？让我们住一宿吧。是他把您家的狗打死了吗？真不应该！……同志们，进来吧。”

格里高力最后一个走进房里。红军都高高兴兴地打着招呼，解下背包和弹药盒，把军大衣、棉袄、皮帽都堆到床上。整个房子里马上就充满了当兵人那种浓烈的、像酒精一样的气味，充满了人汗、烟草、廉价肥皂和枪油的混合气味，还有远行人身上的气味。

那个叫亚历山大的红军在桌边坐下来，点起香烟，就好像是接续刚才同格里高力的谈话似的，问道：

“你参加过白军吧？”

“是的……”

“就是这样嘛……我一眼就看出来啦。是白军嘛！是军官，对吗？戴金肩章吧？”

他从鼻孔里喷着一股一股的烟气，用冷冷的、毫无笑意的眼睛盯住靠门框站着的格里高力，用熏黄了的、鼓鼓的手指甲不住地弹着烟灰。

“是军官吧？承认好啦！我从你的样子就看出来啦；我在俄德战争时候就干过嘛。”

“当过军官。”格里高力勉强笑了笑，侧眼看到娜塔莉亚正用惊恐和祈求的目光看着他，就沉下脸来，眉毛也哆嗦了两下。他觉得自己真不该笑。

“真可惜！那颗子弹真不该赏给狗……”

他把烟头扔到格里高力脚下，对另外几个红军挤了挤眼睛。

格里高力又觉得自己不由自主地歪着嘴在笑，是一种负罪和祈求的笑，于是他因为不自觉地、毫不理智地暴露了自己的软弱，羞得脸都红了。“就像一条狗在主人面前摇起尾巴来啦。”他想到这里，羞得无地自容，并且有一小会儿他眼前出现了这样的场面：格里高力他这个掌握生杀大权的主人向打死的那条白胸脯黄狗走去，那狗就仰面躺下，龇出白白的尖牙，摇晃着毛茸茸的红尾巴，咧着黑黑的、柔滑的嘴这样笑……

潘捷莱·普罗柯菲耶维奇又用格里高力没有听见过的那种口气问客人：是

不是要吃晚饭？如果要吃，他就叫家里人去做……

伊莉尼奇娜不等客人回答，就朝灶前跑去。火钳在她手里直哆嗦。装菜汤的铁锅她怎么都端不起来。妲丽亚垂着眼睛，把饭菜端上桌。红军在桌上坐了下来，连十字也不画。老头子望着他们，又害怕，又暗暗感到厌恶。终于，他忍不住，问道：

"这么看，你们不祷告上帝啦？"

这时候，亚历山大的嘴上才好像掠过一丝笑意。他在其余几个人的一片哄笑声中回答说：

"老大爷，我劝你也别祷告啦！我们早把自己的上帝送走啦……"他呛了一下，拧了拧眉毛。"上帝是没有的，可是糊涂蛋偏要信上帝，偏要对着木头祷告！"

"是啊，是啊……有学问的人当然是明白的。"潘捷莱·普罗柯菲耶维奇心惊胆战地附和说。

妲丽亚在每个人面前都摆了一把木调羹，但是亚历山大把自己面前的那把推开，说：

"有没有不是木头的？用这玩意儿还要得传染病呢！这哪儿像调羹？啃得这样乱七八糟！"

妲丽亚火了：

"要是嫌别人家的，就应该自己随身带着。"

"哼，你给我住嘴，小娘们儿，没有调羹了吗？那就给我一块干净手巾，我来擦擦。"

伊莉尼奇娜把菜汤舀到大碗里，亚历山大又对她说：

"老大娘，你先尝一尝。"

"要我尝干什么？是不是太咸啦？"伊莉尼奇娜吓得战战兢兢地说。

"你尝尝，尝尝！看看你是不是给我们下毒药……"

"尝一勺子！听见吗？"潘捷莱·普罗柯菲耶维奇厉声吩咐过，就闭紧了嘴巴。然后他就从耳房里取来修鞋的家什，把一个当做凳子的杨树墩子推到窗口，点上小油灯，就抱着一只旧靴子坐下来，再也没有插嘴说话。

彼特罗躲在上房里一直没有露面。娜塔莉亚也带着两个孩子坐在上房里。杜尼娅靠着炉灶打袜子，后来有一个红军喊她"小姐"，并且请她一起吃晚饭，她也走开了。没有人说话了。红军们吃过晚饭，就抽起烟来。

"你们这儿可以抽烟吗？"红眉毛的红军问道。

"我们家的烟鬼就不少。"伊莉尼奇娜很勉强地说。

红军请格里高力抽纸烟，他没有接。他的五脏六腑都在打哆嗦，一看见那个把狗打死、对他态度蛮横、处处跟他作对的家伙，心就一阵紧缩。看样子，那家伙是想找岔子，时时刻刻找机会刺激格里高力，引他说话。

“军官先生，您在哪一团当过差？”

“在各种各样的团里都干过。”

“我们的人你杀死了多少？”

“在战场上是不点数的。同志，你不要以为我生来就是军官。我是在和德国作战的时候升为军官的。我的肩章是作战有功得来的……”

“我跟军官不是同志！像你这一号儿的，我们是要枪毙的。对不起，我就枪毙过不止一个啦……”

“同志，可是我要告诉你……你的态度很不好：就好像是攻进村子的大英雄。是我们自动放弃阵地，放你们进来的嘛，可是你就像进了被占领国……把狗打死——这不算本事，欺负和杀害没有武器的人，也不算英雄好汉……”

“你别教训我！我们认识你们！‘放弃阵地’呢！如果不是我们狠狠揍你们一顿，你们就不会放弃。我现在对你怎样都可以。”

“算啦，亚历山大！烦死啦！”那个红眉毛的红军说。

但是亚历山大已经走到格里高力跟前，鼻孔鼓得大大的，呼哧呼哧地喘着气。

“军官先生，你最好别惹我，不然你要倒霉的！”

“我没有惹您。”

“不，你惹我啦！”

娜塔莉亚推开门，用急喘喘的声音喊了格里高力一声。格里高力绕过站在面前的红军，朝上房里走去，走到门口，像醉汉似的摇晃起来。彼特罗迎住他，用痛恨的口气小声哼哼着说：

“你干什么？你他妈的跟他吵什么？你跟他有什么好说的？你想把自己和一家人的性命都送掉？坐下！……”他使劲把格里高力推到坐柜上，就朝厨房里走去。

格里高力张大了嘴拼命吸气，黑糊糊的脸上涨出的黑红颜色渐渐退去，眼里的火气渐渐弱了。

“格里沙！格里什卡！我的亲人呀，别跟他吵啦！”娜塔莉亚哆哆嗦嗦地捂住两个想哭的孩子的嘴，恳求说。

“我怎么不走呢？”格里高力十分烦恼地看着娜塔莉亚，问道。“我不吵啦。

别说啦！心里实在憋不住呀！”

后来又来了三个红军。其中有一个戴着高高的黑皮帽，看样子是个首长。他问：

“这一家住几个？”

“七个。”红眉毛的红军代表大家回答，他的声音就像手风琴的声音。

“机枪哨的同志也要住在这儿。你们就挤一挤吧。”

三个人走了。接着大门就吱咯响了起来。两辆大车进了院子。几个人把一挺机枪抬进了过道。有人在黑暗中划着火柴，骂起娘来。有人在棚子底下抽烟，有人在场院里抽干草生火，但是麦列霍夫家里的人谁也没有出去。

“你去看看马吧。”伊莉尼奇娜从老头子面前走过时，小声说。

老头子只是动了动肩膀，却没有出去。屋门乒乒乓乓地响了一整夜。白色的热气挂在天花板底下，落到墙上，就好像下了一层露水。红军在上房里打了地铺。格里高力拿来一条毛毯给他们铺上，又拿自己的小皮袄给他们当枕头。

“我当过兵，知道当兵的甘苦。”他用和善的语气对那个跟他作对的红军笑着说。

但是那个红军的大鼻孔又动了起来，眼睛很不客气地在格里高力身上扫了扫……

格里高力和娜塔莉亚也在这间屋子里的床上躺了下来。红军们把步枪放在靠头的一边，在毛毯上并排躺下来。娜塔莉亚想把灯吹灭，有人厉声问道：

“谁叫你吹灯了？别吹！把灯芯子捻一捻，灯要一直点到天亮。”

娜塔莉亚让两个孩子睡在脚头，自己不脱衣服，靠墙睡下。格里高力两手放在脑后，一声不响地躺着。

“要是我们走掉了，”格里高力咬紧牙，胸口抵在枕头角儿上，心里想道，“要是我们真走了，这会儿他们就把娜塔莉亚按在这张床上，糟蹋她啦，就像那一次在波兰糟蹋福兰妮亚一样……”

红军中有人说起一件事情，但是另外有一个熟悉的声音打断了他的话，那声音在朦胧的灯光下响起来，带着若有所待的间歇：

“唉，没有娘们儿真没味道！难受死啦……可是掌柜的是军官……他们不通人情，不肯把老婆让给当兵的……掌柜的，听见吗？”

红军中有人已经打起呼噜，有人睡意朦胧地笑起来。那个红眉毛的红军用很严厉的口气说话了：

“喂，亚历山大，我说你都说厌啦。每到一家你都要胡闹，耍流氓，败坏红军的名誉。这样不行！我这就去找政委或者连长。你听见吗？要和你好好谈谈！”

屋子里鸦雀无声。只听见那个红眉毛的红军气得哼哧哼哧地在穿靴子。过了一小会儿，他砰的一声把门带上，就出去了。

娜塔莉亚憋不住，大声抽搭起来。格里高力用左手哆哆嗦嗦地抚摩着她的头、她的汗津津的前额和哭湿了的脸。用右手静静地摩弄着自己的胸膛，手指头机械地扣上衬衣的纽扣，又解开。

“别哭，别哭！”他轻轻地对娜塔莉亚说。这时候他心里十分清楚，他精神上已准备好接受任何考验和侮辱，但求保全自己和家里人的性命。

火柴照亮了欠起身子的亚历山大的脸、他的扁扁的鼻子、正在抽烟的嘴。听得见他小声嘟哝着，在一片呼噜声中叹了一口气，就开始穿衣服。

格里高力焦急地仔细听着，心里无限感激那个红眉毛的红军，一听见窗外的脚步声和气忿的声音，高兴得直打哆嗦。

“他老是胡闹……真没办法……够戗……政委同志……”

脚步声进了过道，屋门吱扭一声开了。有一个年轻的、威严的声音命令说：

“亚历山大·裘尔尼柯夫，把衣服穿好，马上离开这儿。到我的房子里睡去，你败坏红军的名誉，我们明天要处分你。”

一个身穿黑皮夹克的人，和红眉毛的红军并肩站在门口，用亲切而锐利的目光望着格里高力。

他看样子很年轻，而且露出年轻人的严肃神情；他那生着少年时期茸毛的嘴唇闭得紧紧的，显示出异常的刚毅。

“同志，遇到一个不安分的客人吧？”他微微笑着，对格里高力说。“好啦，现在睡吧，明天我们就教育教育他。晚安。裘尔尼柯夫，咱们走！”

他们走了，格里高力轻松地舒了一口气。第二天早晨，红眉毛的红军在付房钱和饭钱的时候，故意耽搁了一会儿，说：

“老乡，请不要见怪。我们这个亚历山大头脑有点不大清楚。去年在卢干斯克——他是卢干斯克人——有几个军官当着他的面把他的妈妈和妹妹打死啦。所以他成了这个样子……好啦，谢谢吧。再见吧。哦，差一点把孩子们忘啦！”他从口袋里掏出两块脏得变成灰色的糖，一个孩子手里塞了一块，两个孩子说不出地高兴。

潘捷莱·普罗柯菲耶维奇十分感动地看着孙子和孙女。

“哈，给他们这样好吃的东西！我们已经有一年半没见过糖啦……同志，谢谢你啦！……给叔叔鞠个躬！波柳什卡，快谢谢呀！……好孩子，你怎么犟起来。站着不动啊?”

红军走了出去,老头子又气冲冲地对娜塔莉亚叫道:

“你们真没有家教!哪怕送个面包给他在路上吃吃也好。好心不该好报吗?你们呀!”

“快跑!”格里高力吩咐说。

娜塔莉亚披上头巾,追到门外,追上那个红眉毛的红军。她红着脸,把一个圆圆的面包塞进他那深得像草原上的井一样的军大衣口袋里。

十七

中午时候,第六姆岑斯克红旗团急行军从村子里穿过,从有些哥萨克家里抢走了几匹战马。山后很远的地方响着隆隆的炮声。

“在旗尔河上打起来啦。”潘捷莱·普罗柯菲耶维奇猜测说。

傍晚时候,彼特罗和格里高力都不止一次跑到院子里,顺着顿河可以听见,远处,在霍派尔河河口镇那边,响着低沉的隆隆炮声和哒哒的机枪声,机枪声很低很低,只有把耳朵贴在冰冻的地面上才听得见。

“那边打得不坏!古谢尔希柯夫将军带着宫陀洛夫团在那儿打呢,”彼特罗一面说,一面掸着膝盖和帽子上的雪;接着又前言不搭后语地说:“他们在抢我们的马呢。格里高力,你的马太惹眼,万一他们看见了,要抢的。”

但是老头子醒悟得比他们早。入夜时候,格里高力牵着两匹战马去饮水,一出门,就看见马的前腿一拐一拐的。他牵着自己的马走了几步,看出这马完全瘸了;试了试彼特罗的马——也是这样。他喊来哥哥,说:

“马腿坏啦,真是怪事!你的马瘸了右腿,我的马瘸了左腿。也看不出伤在哪儿……是不是害了风湿?”

在淡紫色的雪地上,两匹马垂头丧气地站在朦胧的星光下,因为没有精神,不撒欢,也不尥蹶子。彼特罗点着马灯,但是父亲从场院上走来,叫他不要点灯。

“掌灯干什么?”

“爹,马瘸啦。恐怕腿有毛病。”

“腿有毛病——不好吗?你愿意庄稼佬来加上鞍,把马牵走吗?”

“这倒是不错……”

“你就去告诉格里什卡吧,马腿的毛病是我弄出来的。我拿小锤子,往脆骨上各钉了一根钉,这么一来,只要咱们这儿还打仗,这两匹马就是瘸的啦。”

彼特罗晃了晃脑袋,咬了咬胡子,就朝格里高力走去。

“把马牵进去吧。这是爹故意弄瘸的。”

幸亏老头子有先见之明。这天夜里又有不少人马闹哄哄地开进了村子。大街上到处是骑兵。一支炮兵连在坑坑洼洼的街道上轰隆轰隆地开过,拐到广场上停了下来。第十三骑兵团在村子里宿营了。贺里散福来到麦列霍夫家,一进门就蹲下来,把烟点着。

“你们家没来吗?那些家伙没来住吗?”

“这一回总算饶了我们。那些人只要一来,满屋子都是庄稼佬的臭气!”伊莉尼奇娜很不高兴地嘟哝说。

“我家住上啦。”贺里散福的声音变成耳语,一只大手擦了擦流出泪水的眼睛。但是贺里散福摇了摇像波兰钢盔一样的大头,哼哧了两声,好像因为流泪感到不好意思了。

“你怎么啦,贺里散福?”彼特罗第一次看见贺里散福流眼泪,就笑着问道。他看见贺里散福流泪,心里倒是高兴起来。

“把我的大青马抢走啦……就是我在俄德战争中骑的那一匹……就是说,共过患难的……就像人一样,甚至比人都懂事……是那家伙自己上的鞍。他说:‘你把马备上,这马不听我的。’我说:‘怎么,我能一辈子给你备马吗?你要骑,就自己侍弄吧。’他备好马,可是人又太矮……简直像个黄瓜头儿!大概只有我的腰这么高,脚够不到马镫……他把马牵到台阶跟前,骑上去……我就像小孩子一样哭起来。对我老婆说:‘天天侍候,喂吃喂喝,可是你瞧……’”贺里散福又换成很快的、带哭腔的低语声,并且站了起来。“连马棚我都不敢去看啦!院子里就像什么都死绝啦……”

“我的马还在。我的坐下马已经死掉三匹,这是第四匹啦,已经不算什么啦……”格里高力仔细听起来。窗外有积雪的吱咯声、马刀丁当声、低低的赶马声。“上我们家来啦。该死的东西,就像猫闻到鱼腥一样!也许是有人指引……”

潘捷莱·普罗柯菲耶维奇慌了,两只手成了多余的,不知道往哪儿搁了。

“掌柜的!喂,出来!”

彼特罗披上棉袄,走了出来。

“你家的马在哪儿?牵出来!”

“我没意见,不过,同志,马腿都有毛病。”

“有什么毛病?牵出来!我们不会白牵走的,你别害怕。我们把自己的马留下来。”

彼特罗一先一后把两匹马从马棚里牵了出来。

“里面还有一匹呢。为什么不牵出来?”一个红军用手电筒照着,问道。

“那是一匹骒马,怀驹啦。是一匹老马,有一百岁啦……”

“喂,把马鞍拿来!……等一等,当真瘸了嘛……我的天啊,这样的瘸马你往哪儿牵?!牵回去吧!……”手拿电筒的红军气呼呼地叫起来。

彼特罗伸手抓住马笼头,闭紧嘴巴,扭过脸来,避开电筒的亮光。

“马鞍在哪儿?”

“今天上午有几位同志拿走啦。”

“你这家伙瞎说!谁拿走啦?”

“真的!……当真有人拿走啦!姆岑斯克团打这儿经过,拿走啦。两副马鞍,还有两副皮套,都拿走啦。”

三个骑兵骂着娘走了。浑身都是马汗气味和马尿气味的彼特罗走了进来。他噘着强硬的嘴唇,带着夸耀的神气拍了拍贺里散福的肩膀。

“就要这样!我说,马瘸啦,马鞍叫人拿走啦……哼,你呀!……”

伊莉尼奇娜把灯吹灭,摸索着到上房里去铺床。

“咱们就摸摸黑吧,要不然鬼又要叫他们来借宿啦。”

* * *

这天夜里,安尼凯家里好不热闹。红军叫把街坊上的哥萨克请来玩儿。安尼凯就来请麦列霍夫家兄弟俩。

“红军?!红军有什么关系?难道他们不是人吗?他们跟咱们一样,也是俄罗斯人。真的嘛。你们愿意信就信,不信就拉倒……我喜欢你们……我怎么啦?

他们当中有一个犹太人,也是人嘛。咱们在波兰杀了不少犹太人……好惨啊!可是这个犹太人给我酒喝。我喜欢犹太人!……去吧,格里高力!彼特罗!听我的……"

格里高力不肯去,但是潘捷莱·普罗柯菲耶维奇劝他去:

"去吧,要不然人家说你看不起人。去吧,别记仇。"

他们来到院子里。夜里很暖和,看样子要下雪了。院子里到处是炉灰气味和烧马粪的烟味。他们一声不响地站了一会儿,然后就朝前走去。妲丽亚在门口跟上了他们。

她的两道描得黑黑的眉毛,像翅膀一样在脸上舒展开来,被云彩里透出来的朦胧月光一照,泛着黑丝绒一般的亮光。

"他们想把我老婆灌醉……可是他们办不到。伙计,我是长眼睛的……"安尼凯嘟哝着,可是一阵酒意上来,他朝篱笆上直撞,有几次离开正路,倒在雪堆上。

松散的雪粒子在脚下像砂糖一样咯吱咯吱响了一阵子。大雪从灰色的天幕上扑了下来。

风吹得烟卷儿上的火星乱飞,吹起一团一团的雪粉。高空的风凶猛地冲击着白羽毛一般的云彩(老鹰追天鹅,就是用鼓鼓的胸脯向天鹅这样冲击的),于是一团一团的鹅毛大雪,就纷纷扬扬向沉沉入睡的大地上飞来,遮住村庄,遮住纵横交错的大路、草原、人和鸟兽的脚印……

在安尼凯家里闷得连气都透不过来。油灯冒着尖尖的、像舌头一样的黑烟苗,烟雾腾腾,谁也看不见谁。一个红军劈开两条长腿,拉着手风琴,奏着《萨拉托夫女郎》,把音箱拉到了最大限度。长板凳上坐着一些红军和街坊上的娘们儿。有一个身强力壮的大汉在调戏安尼凯的老婆。那人穿着绿棉裤和短筒靴,靴上装着一副老大的、好像是从博物馆里偷来的刺马针。一顶灰色羊羔皮帽扣在他脑后的鬈发上,棕色的脸汗淋淋的。一只汗津津的手摸索着安尼凯老婆的脊梁。

这娘们儿已经瘫软了:她的嘴红红的,流出了口水;她想躲开,却没有力气躲开;她看见了丈夫,也看见别的娘们儿含笑的目光,但她就是没有力气把这只强有力的手从脊梁上推下去:她好像一点也不害羞,只是陶醉地、软绵绵地笑着。

桌子上杯盘狼藉,满屋子都是酒气。桌布变成了抹布,第十三骑兵团的一位排长在屋子当中的土地上像个绿鬼一样打着转转儿在跳农家舞。他穿的靴子是细纹皮的,脚上只包着脚布,没穿袜子,马裤是军官呢的。格里高力在门口看着他的靴子和马裤，心里想："这是从一个军官身上剥下来的……"然后把目光移到这个人的脸上：一张脸漆黑漆黑的，满脸都是亮闪闪的汗珠儿，就像大青马的屁股，圆圆的耳壳扎煞着，嘴唇又厚又往下耷拉。"是个犹太人，倒是挺机灵的！"格里高力在心里说。大家也给他和彼特罗斟了酒。格里高力喝得很谨慎，但是彼特罗很快就喝醉了。过了一个钟头，彼特罗已经在土地上跳起哥萨克舞，靴后跟踢得黄土乱飞，他用沙哑的嗓门儿央求手风琴手："拉快点儿，快点儿！"格里高力坐在桌子旁边，嗑着南瓜子。他身边坐着一个高大的西伯利亚人，是个机枪手。这个机枪手皱着孩子般的圆脸，说话声音很柔软，总是把"茨"音说成"嗞"音。

"我们把高尔察克打垮啦。等我们把你们的克拉斯诺夫狠狠揍一顿，就完事啦。就这样！然后就回家去种地，土地有的是，只要有人侍弄，就能长庄稼！土地好比老娘们儿，不会自动找你，要去抓过来。谁碍事，就把谁杀死。我们不要你们的。只求大家都平等……"

格里高力频频点头称是，但他暗暗注视着这个红军。似乎没有担心的必要。大家看着彼特罗，看着他那灵活而优美的舞姿，都带着赞赏的神情在笑。有一个清醒的声音还欢叫起来："真他妈的跳得好！"但是格里高力无意中发现，一个鬈发的红军，是一个准尉，正眯缝着眼睛仔细打量他，于是他警惕起来，酒也不喝了。

手风琴手拉起了波尔卡舞曲。大家纷纷请妇女们跳舞。有一个红军，脊背上蹭了一片白灰，晃晃悠悠，来请贺里散福邻居家一个年轻媳妇跳舞，但是她拒绝了，并且提着带褶儿的裙子下摆，向格里高力跑来。

"咱们来跳！"

"不想跳。"

"来吧，格里沙！我的心肝儿！"

"别闹，我不跳嘛！"

她很不自然地笑着，扯住他的袖子。他皱着眉头，挣着，但是一看见她挤眼睛，就站了起来。他们转了两个圈子，手风琴手的手按到低音键上，她瞅准机会，把头放在格里高力的肩上，悄悄地说：

"他们商量要杀你呢……有人告密，说你是军官……快跑吧……"

她又大声说：

"哎哟，我的头好晕啊！"

格里高力装出一副快活的神气，走到桌子跟前，把一杯酒一饮而尽。他问妲丽亚：

“彼特罗喝醉了吧?”

“差不多啦。已经抵到嗓子眼儿啦。”

“把他搀回家去。”

妲丽亚搀着彼特罗往外走,使出男子汉一般的力气抵挡着他的推搡。格里高力也跟着往外走。

“哪儿去? 哪儿去? 你上哪儿去? 不行! 你别走,让我亲亲小手!”

醉得稀里糊涂的安尼凯缠住格里高力不放,但是格里高力狠狠瞪了他一眼,吓得安尼凯把两手一扎煞,闪到了一边。

“诸位少陪啦!”格里高力在门口摇晃着帽子说。

那个鬈发的红军耸了耸肩膀,勒了勒皮带,跟着他走了出来。他站在台阶上,对格里高力的脸呵着气,忽闪着凶恶而放光的眼睛,小声问道:

“你上哪儿去?”他紧紧抓住格里高力的军大衣袖子。

“回家去。”格里高力没有停下来,一面带着他往前走,一面回答说。他在心里又激动又高兴地说:“办不到,你们别想活逮我!”

鬈发的红军用左手抓住格里高力的胳膊肘,喘着粗气,肩并肩地朝前走去。他们在大门口停了下来。格里高力听见房门吱扭响了一声,红军的右手马上就向腰上一伸,用手指甲抓了几下枪套的盖子。格里高力刹那间看见那人的目光像一把青刀子似的对准了他,于是一个转身,抓住那只正要打开枪套扣子的手。他哼哧一用劲,抓紧那人的手腕子,使出狠劲往自己右肩上一搭,身子一变,用老早就学会的方法把那人的沉甸甸的身子从自己头上摔过去,半空中把那只胳膊往下一扯,只听得咯吧一声,就知道肘关节脱位了。那一头亚麻色鬈发、像羊羔头一样的头撞到雪上,扎进雪堆里。

格里高力弯下腰,贴着篱笆,顺着胡同朝顿河跑去。两条腿像弹簧一样弹动着,把他送到了河边……“只要没有哨兵就好啦,然后……”他站了一小会儿;后面还可以看见安尼凯家的房子。一声枪响。子弹嗖的一声飞过去。又响了几枪。是朝着山下、朝着黑黑的渡口、朝着顿河对岸放的。他已经跑到河心里,一颗子弹哧的一声,钻进他身边一块洁白的、带气泡的大冰块里,冰碴子四处飞溅,溅得他的脖子凉丝丝的。他跑过顿河以后,回头看了看。枪声还像牧人的鞭子一样劈劈啪啪地响着。格里高力并没有因为幸免于难感到高兴,却因为对事情毫不在乎而胡思乱想起来。“简直像吓野兽一样!”他又停下来,不由地想道。“他们不会来搜的,不敢到树林里来……我把他的胳膊整治得不轻。想轻易地逮住哥萨克呢,哼,办不到!”

他朝过冬的干草垛走去，但是因为担心，又走了过来，像出来打食儿的兔子一样，绕圈儿绕了半天，把脚印弄乱。他决定在一堆干香蒲里面过夜。他把香蒲扒了扒。一只水貂从脚下跑过。他连头钻进散发着霉烂气味的干香蒲里，哆嗦了几下子。脑子里空空的。只是偶然无意中想道："是不是明天骑上马，穿过前线，找自己人去？"但是没有想出答案，就睡着了。

天快亮时冷起来。他伸出头来看了看。晨曦在他的头顶上欢快地、颤颤巍巍地闪烁着。在蓝黑色天空的深处，就像在顿河的浅滩上一样，好像露出了底：天顶呈现出黎明前的朦胧的淡蓝色，四边是渐渐熄灭的寥落的晨星。

十八

战线转移过去了。兵荒马乱的日子过去了。最后一天，第十三骑兵团要走的时候，机枪手们把莫霍夫家的留声机放在一架宽背的塔甫里亚式爬犁上，赶着爬犁在村子里各条街道上转悠了很久。留声机哇呀呀叫上一阵，又啪啦啦响几声（因为马蹄蹚起的雪团子不住地往老大的喇叭上落），一个头戴西伯利亚式皮帽的机枪手，大模大样地掸着喇叭里的雪，灵活地转动着带花纹的留声机把手，就像操纵机枪后把手那样沉着。孩子们像一群灰麻雀一样，跟在爬犁后面跑着；抓住爬犁的边儿，一个劲儿地喊叫："叔叔，把这玩意儿转悠转悠，叫得好响啊！转悠转悠嘛，叔叔！"两个很幸运的孩子坐在机枪手的膝盖上，机枪手不转悠把手的时候，就又亲热又严肃地用手套摩弄着一个小家伙的冻脱了皮、兴奋得冒了汗的鼻子。

后来听说，战事正在梅契特卡河口镇一带进行。为南线红军第八军和第九军运送粮食和弹药的辎重车辆，时断时续地从鞑靼村里通过。

第三天，村丁挨家挨户地跑，通知哥萨克去开大会。

“咱们要选克拉斯诺夫当总督啦!”“小牛皮大王”安季普一面从麦列霍夫家里往外走,一面说。

“咱们是去选举他呢,还是把他从台上推下来?”潘捷莱·普罗柯菲耶维奇问道。

“到会上就知道啦……”

格里高力和彼特罗来到会场上,年轻哥萨克都来了。没有老头子。老头子只有“牛皮大王”阿甫杰伊奇一个,他集合起一群喜欢说笑的人,吹了起来,说的是一位红军政委住在他家,并且请他阿甫杰伊奇出任指挥官的事。

“他说:‘我还不知道您是一位老资格的司务长呢,要不然我们早就请您老人家出山啦……’”

“请你担任什么职务? 派你到哪儿去当官儿?”米沙·柯晒沃依龇着牙问道。

很多人都跟着他起哄:

“派他给政委当马倌。给骒马洗屁股。”

“步步高升!”

“哈——哈! ……”

“阿甫杰伊奇! 你听着! 他是要派你到三类辎重队当腌菜官儿呀。”

“你们不了解全面情况……政委在跟他说话的时候,政委的通讯员就趁机会去找他的老伴儿,跟她勾搭上啦。可是阿甫杰伊奇还流着口水,挂着鼻涕,只顾听呢……”

阿甫杰伊奇用愣愣的眼睛看着大家,咽了一口唾沫,问道:

“刚才这话是谁说的?”

“是我!”后面有人很勇敢地回答说。

“你们见过这样的狗杂种吗?”阿甫杰伊奇四面转悠着,寻求同情,同情的人实在不少:

“他是坏蛋,我早就说啦。”

“他们家都是这样的货。”

“我要是年轻的话……”阿甫杰伊奇的脸红得像一嘟噜绣球花似的。“我要是年轻的话,一定要叫你尝尝厉害的! 你就像个南蛮子,只会耍贫嘴,不禁打! 你是纸扎的! 面捏的! ……”

“阿甫杰伊奇,你怎么不跟他干一架啊? 你不行了嘛。”

“看样子,阿甫杰伊奇服输啦……”

“他怕的是,一用劲把肚脐眼儿挣开了……”

一片哄叫声,把神气活现地走了开去的阿甫杰伊奇送出会场。会场上东一堆西一堆到处是哥萨克。格里高力很久没有看见米沙·柯晒沃依了,于是走到他跟前。

“你好啊,老朋友!”

“托福托福。”

“这一阵子你上哪儿去啦?在哪一边干事儿啦?”格里高力握着米沙的手,望着他那蓝蓝的眼睛,笑着问道。

“噢呀!我呀,伙计,在牧场上干过,也在卡拉奇前线的惩戒连里干过。哪儿都去过!好不容易回到家里来。我在前线上想往红军那边跑,可是他们死死看住我,比一个当娘的看守她那未开包的闺女还要严。伊万·阿列克塞耶维奇前几天到我这儿来,披着斗篷,一身行装。他说:‘喂,把枪带上,马上就走!’我刚刚回来呀,就问他:‘你当真要走吗?’他耸了耸肩膀,说:‘叫我走呢。团长指示叫我走。因为我在磨坊里干过,他们把我看上啦。’他告过别,就走啦。我以为他真的跟着走了呢。可是第二天,姆岑斯克团已经离开,我一看:他还在呢……这不是,他来啦!伊万·阿列克塞耶维奇!”

磨坊工人达维德卡和伊万·阿列克塞耶维奇一起来了。达维德卡龇着满嘴白牙,笑得非常开心,就好像拾到了宝贝……伊万·阿列克塞耶维奇用散发着机器油气味的粗大手指头抓住格里高力的手握了握,弹了一下舌头。

“你怎么,格里沙,没走吗?”

“你怎么没走?”

“噢,我吗……我的事情不一样。”

“你指的是我当过军官这件事吗?反正豁出去啦!没有走……差一点儿被打死……在追我、开枪打我的时候,我后悔没有走,可是现在又不后悔啦。”

“为什么盯上你啦?是十三团干的吧?”

“是他们。那天晚上在安尼凯家玩儿。有人告密,说我是军官。不去碰彼特罗,就盯住我……都是肩章惹的事儿。我跑到顿河那边,把一个鬈毛的家伙的胳膊整治得不轻……他们为这事跑到我家里,把我的东西抢得光光的。连裤子、褂子都抢走啦。只有我身上穿的,算是留下来啦。”

“要是在波得捷尔柯夫来以前,咱们就去参加红军就好啦……现在就没有这么多麻烦事儿啦。”伊万·阿列克塞耶维奇似笑非笑地说,抽起烟来。

大家往前凑了凑。从维奥申镇上来的佛明团里的拉普琴科夫准尉宣布开会。

“同志们！乡亲们！苏维埃政权已经在咱们州里成立啦。要建立管理委员会，要选举执行委员会，选举主席和副主席。这是第一。还有第二，我带来了州苏维埃的命令，这命令要立即执行：交出一切发火的和不发火的武器。”

“好家伙！”后面有人恶毒地说。过后有好一阵子全场鸦雀无声。

“同志们，用不着这样大呼小叫！”拉普琴科夫挺直了身子，把帽子放在桌子上。“武器显然是应该交出来的。因为居家过日子用不着这玩意儿。谁愿意去保卫苏维埃，就把武器发给谁。限三天内把枪交来。再就是咱们开始选举。我将责成执委会主席贯彻这项命令，主席还应该把村长的印鉴和村里的公款都接收过来。”

“是他们发给我们的枪吗，凭什么要我们交枪？……”

问话的人还没有把话说完，大家就一齐朝他转过脸来。问话的人原来是查哈尔·柯洛列夫。

“你要枪有什么用？”贺里散福很老实地问道。

“枪我是用不着。不过我们并没有答应过，让红军进我们州里来缴我们的枪。”

“对呀！”

“佛明在大会上说过嘛！”

“马刀是我们自个儿拿钱买的呀！”

“我的步枪是从俄德战场上带回来的，能在这儿交出去吗？”

“干脆说，我们的枪不交！”

“想叫哥萨克赤手空拳呢？没有武器，我又算什么呢？我拿什么护身？要是没有武器，就好比老娘们儿撩起裙子——亮出光屁股啦。”

“我们不交！”

米沙·柯晒沃依很有礼貌地要求说几句话：

“同志们，让我说几句吧！听大家说这样的话，我简直觉得奇怪呢。咱们现在是不是在战争时期？”

“比战争时期还乱呢！”

“既然是战争时期，就不用多说啦。拿出来，交上去！咱们以前攻下乌克兰人的村庄，不也是这样干的吗？”

拉普琴科夫摸了摸皮帽子，斩钉截铁地说：

“谁要是在三天之内不交出武器，就以反革命分子论处，送交军事法庭，枪毙。”

静场一会儿之后，托米林一面咳嗽着，一面用沙哑的喉咙说：

"就请选举政委吧！"

开始推选候选人。喊了十来个人的姓名。有一个年轻小伙子喊道：

"选阿甫杰伊奇当主席！"

但是这个玩笑没有开成。大家首先投票表决伊万·阿列克塞耶维奇。一致通过。

"底下再选就用不着投票啦。"彼特罗·麦列霍夫提议说。

大家都赞成他的意见，于是不用投票，一致选举米沙·柯晒沃依为副主席。

麦列霍夫家兄弟俩和贺里散福还没有走到家，就在半路上碰上了安尼凯。安尼凯的胳肢窝里夹着步枪，还用老婆的围裙包着子弹。他看见他们三个，觉得不好意思，就钻进旁边的一条小胡同里去了。彼特罗看了看格里高力，格里高力又看了看贺里散福。三个人不约而同地笑了起来。

十九

东风在顿河草原上狂吼。大雪掩埋了峡谷。沟沟坎坎都填平了。看不见大路，也看不见小道。四面望去，是一片白茫茫、光秃秃、被风舔得光溜溜的平原。草原好像死去了。偶尔有一只老乌鸦在高处飞过，那乌鸦就像这草原，就像路边那座头戴白雪帽、帽檐上还像镶着海狸皮的爵爷帽那样围着一圈艾蒿的古坟一样老。一只乌鸦飞过，翅膀划得空气发出口哨声，叫声又大又凄厉。风把乌鸦的叫声送得远远的，这声音就在草原上悲怆地响上老半天，就像在寂静的黑夜里无意中碰响了一根低音弦。

然而大雪覆盖下的草原还是在生活着。那白雪皑皑的耕地，就像冻结的浪涛；秋天就耙过的土地，就像僵死的水波；可是就在这些地方，被大雪压倒在地的冬小麦还在生活着,生命力很强的根拼命地往土里钻。绿油油、周身都凝聚着露水珠儿的冬小麦,瑟瑟缩缩地贴在松软的黑土地上,吮吸着土地那肥沃的黑血,等待着春天,等待着太阳,好冲破渐渐融化的像蜘蛛网一样薄的晶亮的冰壳子站起来,好在五月里变成诱人的翠绿色。时间一到,冬小麦要站起来的!那时候鹌鹑就要在小麦地里欢跳,四月里的百灵鸟就要在麦地上空唱歌。太阳会一直照耀着它,春风会一直吹拂着它。直到成熟而饱满的麦穗被狂风和骤雨吹打得垂下那胡子拉碴的头,并且在主人的镰刀下躺下去,再到场院上乖乖地交出饱鼓鼓、沉甸甸的麦粒儿。

整个顿河地区景象都很萧条、沉闷。日子越来越暗淡无光。眼看就要有大事发生。可怕的流言从顿河上游传来,顺着旗尔河、楚茨康河、霍派尔河、叶兰河,顺着流经哥萨克村镇的大大小小的河流传播开去。人们都在说,可怕的不是像波浪一样滚了过去、已经在顿涅茨河边固定下来的战线,而是肃反委员会和革命军事法庭。据说,肃反委员会和军事法庭一两天内就要到附近几个镇上来,又说,好像已经来到米古林镇和嘉桑镇上,正在对干过白军的哥萨克进行严厉的、无理的审判。好像顿河上游哥萨克抛弃阵地这件事不能成为开脱罪责的理由,而且审判程序简单极了:提起公诉,问两个问题,就判决——用机枪一扫完事。据说,在叔米林和嘉桑镇上已经有很多哥萨克死在乱树棵子里,无人收尸……不过老兵们听了只是笑笑,说:“胡扯!这都是军官们瞎编!士官生早就拿红军吓唬过我们啦!”

对于这些谣言,又相信,又不相信。在这以前,各个村子里就流传过各种各样的谣言。谣言吓走了一些胆小的人。但是等到战线移动过去以后,就有更多的人整夜整夜地睡不着觉,觉得枕头烫脑袋,被窝硬邦邦的,觉得娇妻也不可爱了。

有些人已经后悔没有跑到顿涅茨河那边去了,但是过去的事是无法挽回,落在地上的眼泪是不能收起的……

在鞑靼村里,哥萨克们一到晚上就聚集在小胡同里,互相打听消息,然后就一家一家地串门子,喝老酒。村子里的日子过得很平静,很没有味道。开斋节期间只响过一次迎亲的马铃铛;米沙·柯晒沃依把妹妹嫁出去了。而且大家都在尖酸刻薄地议论这个姑娘。

“偏偏在这种时候出嫁!看样子,熬不住啦!”

选举出主席以后,第二天村子里家家户户都交了枪。在革命军事委员会占用的莫霍夫家的房子里,暖和的过道里和走廊里堆满了枪支。彼特罗·麦列霍夫也把自己的和格里高力的两支步枪、两支手枪和一把马刀送了去。弟兄两个把两支军官手枪留了下来，交出的只是从俄德战争中带回来的枪支。

彼特罗轻轻松松地回到家里。格里高力正在上房里，挽着袖子，拆卸和用煤油擦洗两支步枪枪栓的零件。两支步枪就靠在床上。

“这是从哪儿来的？”彼特罗惊愕得连胡子都耷拉下来。

“爹到菲洛诺沃去看我的时候，带回来的。”

格里高力的眯得细细的眼睛亮闪闪的。他用两只沾满煤油的手叉住腰，哈哈大笑起来。他又突然像狼那样把牙齿一咯吱，止住笑声。

“两支步枪是小意思！……你要知道，”虽然屋子里没有别的人，他还是悄悄地说，“爹今天对我说，”格里高力又敛住笑容，“他还有一挺机枪呢。”

“你瞎——说！哪儿来的？怎么一回事儿？”

“他说，是用一口袋酸奶渣从哥萨克辎重兵手里换来的，不过我想，这老家伙是撒谎！一定是偷来的！他就像个屎壳郎，驮不动的东西，拖也要拖回来。他悄悄对我说：‘我有一挺机枪，藏在场院里呢。上面有一根弹簧，可以当螺旋钩子用，不过我还没有动。’我问他：‘你要这玩意儿干什么？’他说：‘我看中了这根值钱的弹簧，也许能有什么用处。这是贵重玩意儿，用铁做的嘛……’”

彼特罗很生气，想到厨房里去找父亲，但是格里高力劝他不要去：

“算啦！帮我擦擦，装起来吧。你问他，能问出什么名堂来？”

彼特罗擦着枪，哼哼了半天，可是后来转念一想，说：

“也许做得对……说不定会有什么用处呢。就放着好啦。”

这一天，托米林·伊凡来报告说，嘉桑镇上枪毙了不少人。他们围着炉子抽着烟，说了一阵子话儿。彼特罗在说话的时候，一直在想着一个问题。他因为不习惯思索，思索起来就特别吃力，急得额头上都冒了汗。托米林一走，他就说：

“我马上到鲁别仁村去找找亚可夫·佛明。我听说，他这会儿在家里。听说，他正在搞什么州革命军事委员会呢，不管怎么说，这总是一张护身符。我去求求他，在必要的时候照应照应咱们。”

潘捷莱·普罗柯菲耶维奇把骡马套到装得满满的爬犁上。妲丽亚裹着一件新皮袄，跟伊莉尼奇娜咬了半天耳朵。她们一同跑进仓房里，从里面拿出来一包东西。

“这是什么？”老头子问。

彼特罗没有做声，伊莉尼奇娜急急匆匆地小声说：

“这是我留起来的奶油，平时是不拿出来的。现在说不上奶油不奶油啦，我把这奶油交给妲丽亚,叫她带去送给佛明的太太,也许对彼特罗有好处。"她说着说着,哭了起来。"当兵,当兵,流血拼命,现在因为他们的肩章,难保不出什么事情……"

"啰里啰嗦,住嘴吧!"潘捷莱·普罗柯菲耶维奇生气地把鞭子往干草上一扔,走到彼特罗跟前,说:"你给他送两口袋麦子去吧。"

"他要麦子有屁用!"彼特罗火了。"爹,您还是到安尼凯家去买点儿老酒,用不着什么麦子!"

潘捷莱·普罗柯菲耶维奇怀里揣回来一大瓶老酒,不住口地夸奖着:

"好酒,他妈的真够味儿!比得过皇家的御酒。"

"老狗,你倒先尝过啦!"伊莉尼奇娜骂道;但是老头子就像没听见似的,像吃饱了的猫一样眯缝着眼睛,哼哼着,用袖子擦着喝酒喝得火辣辣的嘴唇,精神抖擞地朝屋子里走去。

彼特罗出了院子,就像客人一样,让大门大开着。

他是去给有权有势的老同事送礼物:除了老酒以外,还有一段战前出产的哔叽、一双靴子和一斤高级茉莉花茶。那一次第二十八团攻下利斯基车站,全团乱纷纷地抢起火车和仓库,这些东西就是他在那时候抢的……

也是在那一次,他在一列被截住的火车里抢了一网篮女人衣服。父亲那一次上前线去看他,他叫父亲带回家来。于是妲丽亚就神气活现地穿起新颖别致的女装,娜塔莉亚和杜尼娅都眼馋死了。细密的外国料子比雪还白,每一件衣服上都用丝线绣着家徽和姓名的第一个字母。一条衬裤上的花边比顿河上的浪花还要好看。妲丽亚在丈夫回来的头一夜,就是穿着这条衬裤睡的。

彼特罗在熄灯以前,大大咧咧地、开心地笑着说:

"那是男人的裤子嘛,你逮到就穿起来啦?"

"这裤子穿起来又暖和又好看,"妲丽亚带着幻想的神情回答,"再说,也弄不清是男人的,还是女人的。如果是男人的,就应该长一点儿。还有这花边儿……你们男人家要花边儿干什么?"

"大概有身份的男人就穿带花边的衣服。干我屁事?你穿嘛。"彼特罗睡意朦胧地搔着痒痒,回答说。

他并没有特别关心这个问题。但是后来两天,他和老婆睡在一起,都是提心吊胆地保持着距离,不由自主地怀着崇敬和不安的心情看着花边儿,生怕碰着了,并且觉得跟妲丽亚有点儿疏远了。他对这条衬裤一直感到不习惯。到第三天夜里,他狠了狠心,毅然决然地要求说:

"你把这裤子他妈的脱下来吧！老娘们儿不能穿这样的玩意儿，这玩意儿根本不是老娘们儿穿的。你躺在那儿，就像个阔太太！一穿起这玩意儿，简直成了一个外路人啦！"

早晨他醒得比妲丽亚早。他一面咳嗽着，一面皱着眉头穿起衬裤试了试。他小心翼翼地对着裤带、花边和膝盖以下自己的毛烘烘的光腿看了很久。一转身，无意中在镜子里看见自己屁股上的花花绿绿的褶儿，啐了一口，骂了几声，就像狗熊一样往下剥肥大的裤子。一个大脚趾挂在花边上，他差一点儿摔倒在大柜子上，于是他当真生起气来，把裤带一扯，把裤子扯了下来。妲丽亚睡得迷迷糊糊地问道：

"你怎么啦？"

彼特罗别扭得说不上话来，又是哼哼，又是不住地啐唾沫。至于那条弄不清是男裤还是女裤的衬裤，妲丽亚就在这一天叹着气放进了大柜子（那里面还有不少东西，是娘们儿派不上用场的）。这些复杂的玩意儿以后只能给娘们儿做做乳褡。但是有几条裙子妲丽亚却穿起来了；不知为什么这些裙子都很短，但是妲丽亚很有办法，她在上面接上一截，让里面的裙子比外面的裙子长，这样就可以露出宽宽的花边来。于是妲丽亚就用荷兰花边扫着地面，到处谝起来。

现在她跟着丈夫出去做客，就穿得非常阔气，非常体面。上穿顿河式毛皮镶边的皮袄，衬裙的花边露在外面，呢料的外裙又新，质地又好，为的是叫一步登天的佛明太太明白，她妲丽亚不是一个普通的娘们儿，不管怎么说，总是一位军官太太。

彼特罗摇晃着鞭子，吧嗒着嘴唇。背上脱了毛的、怀驹的老骒马拖着爬犁顺着顿河上的爬犁路小跑着。快到晌午时候，来到鲁别仁村。佛明果然在家里。他对彼特罗很客气，请彼特罗用饭，等他看到父亲从彼特罗那罩了一层白霜的爬犁上拿来粘满草屑的大酒瓶，他的红胡子里露出了笑容。

"怎么啦，老同事，很久不见面啊。"佛明用很亲热的口气慢悠悠地低声说，一面斜着两只离得很远的蓝眼睛馋涎欲滴地看着妲丽亚，装模作样地捻着小胡子。

"你知道嘛，亚可夫·叶菲梅奇，天天过军队，不平稳呀……"

"倒也是。老婆子！给我们弄点黄瓜、白菜和顿河干鱼来。"

狭小的屋子里烧得非常热。炕上睡着两个很小的孩子：一个男孩子，很像父亲，两只眼睛也是蓝蓝的，离得也很远，还有一个是女孩子。几杯酒喝过，彼特罗谈起了正题。

"村子里都在传说，好像肃反委员会要来啦，要对付哥萨克呢。"

“第十五英查师的革命法庭已经来到维奥申镇上啦。这又有什么？跟你有什么关系?”

“怎么没有关系？亚可夫·叶菲梅奇,您知道,我是个军官呀。我这个军官,可以说,一眼就能看得出来。”

“看出来又怎样?”

佛明觉得自己成了局势的主宰。几杯老酒下肚,他更觉得自己了不起,自吹自擂起来。他一个劲儿地装腔作势,捋着小胡子,露出一副又阴森、又威风的神气。

彼特罗摸透了他的心理,就装出一副可怜相,低声下气、奴颜婢膝地笑着,但是不知不觉把称呼从“您”换成了“你”。

“我和你一块儿干过。我一直是实心实意对待你。我什么时候对你说过‘不’字？从来没有！老天爷作证,我一向就是维护哥萨克的!”

“这我们都知道。彼特罗·潘捷莱耶维奇,你别多心。所有的人,我们都很清楚。不会碰你的。不过有些人我们是要碰一碰的。有的人要抓起来。隐藏下来的坏家伙很多。他们留下来,别有用心。还藏着武器……你的武器交了吗？嗯?”

佛明突然从慢吞吞的谈话换成追问,弄得彼特罗一时间张皇失措,急得脸都涨红了。

“你交了吗？你究竟怎么啦?”佛明隔着桌子探过身子,钉着问道。

“交啦,当然交啦,亚可夫·叶菲梅奇,你别多疑……我是老老实实的。”

“你老老实实？我可是了解你们……我是本地人嘛。”他挤了挤醉眼,张开大嘴,露出一嘴扁扁的牙齿。“你们用一只手和有钱的哥萨克拉手,另一只手里却拿着刀子,要不然就一刀子戳过去……你们是狗！才不老实呢！我见过的人多着呢。一个个都老奸巨猾！不过你别害怕,不会碰你的。说话算话!”

妲丽亚只吃些冷菜,因为讲礼节,几乎没有吃面包。女主人一直殷勤相让。

到傍晚时候,彼特罗才满怀希望、高高兴兴地动身回家。

* * *

潘捷莱·普罗柯菲耶维奇送走彼特罗以后,就去探望亲家公柯尔叔诺夫。红军要来之前,他到他们家去过一次。那时候卢吉尼奇娜正忙着打发米佳上路,家里又忙又乱。潘捷莱·普罗柯菲耶维奇觉得自己在这里是多余的,就走了。

这一次他决心要打听打听，是不是一切都平安无事，顺便也可以同亲家公一起骂骂当前的时局。

他一瘸一拐，老半天才来到村子的另一头。老态龙钟、已经掉了好几个牙的格里沙加爷爷在院子里迎住了他。这天是礼拜天，老人家正要上教堂去做晚祷。潘捷莱·普罗柯菲耶维奇一看见这位太亲翁就惊呆了：老头子那敞着的皮袄里露出俄土战争中所得到的全部勋章和奖章，旧式制服的硬领上红领章闪闪有光，非常惹眼，带裤绦的裤子像所有的老年人那样朝下嘟噜着，裤腿整整齐齐地塞在白袜筒里，头戴一顶带帽徽的制帽，制帽一直压到黄蜡色的大耳朵上。

"你怎么啦，老人家，太亲翁，你不是疯了吧？谁还在这种时候戴勋章、帽徽？"

"你说什么？"格里沙加爷爷把手掌搭在耳朵上。

"我是说，把帽徽拆下来！把十字章摘下来！为这种事，会把你抓起来。在苏维埃当权的时候，这是不行的，是犯法的。"

"孩子，我忠心耿耿报效过白皇帝。现在的政府不合天意。我不承认他们是政府。我对万岁爷亚历山大宣过誓，没有对庄稼佬宣过誓，就是这么回事儿！"格里沙加爷爷咕哝了几下瘪嘴巴，擦了擦白中泛绿的胡子，用拐杖朝家里指了指。"你是找米伦吧？他在家。我们把米佳送走啦。圣母娘娘，保佑他吧……你家孩子没有走吗？什么？不走可不好……算什么男子汉！都对将军宣过誓了嘛。现在军队正需要人，他们却在家里陪老婆……娜塔莉亚好吗？"

"她很好……太亲翁，你回去，把十字章摘下来！现在不能戴这些玩意儿。天呀，太亲翁，你老糊涂了吗？"

"去你的吧！你教训我，还早着呢！给我滚开！"

格里沙加爷爷对直地朝他走来，他从小路上跨到雪地上，把路让开，一面回头望着，无可奈何地摇着头。

"碰见我们家的老总了吗？真够戗！老天爷都拿他没办法。"近来明显瘦下去的米伦·格里高力耶维奇站起来，迎住亲家公说。"把自个儿的勋章、奖章都挂上，戴上带帽徽的帽子，就走啦。怎么劝也不听。简直成了小孩子，什么都不懂。"

"随他怎样吧，反正活不了多久啦……哦，咱们的孩子们怎么样？我们听说，好像那些家伙找过格里沙的茬子，是吗？"卢吉尼奇娜坐到两亲家公跟前来，很伤心地说。"亲家呀，我们家才倒霉呢……抢走了我家四匹马，只剩下一匹骒马和一匹马驹。倾家荡产啦！"

米伦·格里高力耶维奇就像瞄准时那样,眯起一只眼睛,满腔忿恨地换了一种腔调说:

“为什么天下大乱?这都怪谁?全怪他妈的这个政府!亲家,这个政府就是罪魁祸首。叫大家都平等——这不是荒唐吗?就是要我的命,我也不赞成!我干了一辈子活儿,天天弯腰弓背,浑身流汗,叫我去和那些连手指头都不动一动的人平等,让他们过好日子吗?办不到!等着瞧吧!这个政府容不得规规矩矩干活儿的人。所以我懒得干啦:挣家产有什么用?干活儿又是为谁干的?今天挣来,明天他们一到,一下子就抢光……还有,亲家,前天有一个老同事从穆雷恒村里来,我们聊了很久……现在前线就在顿涅茨河边。是不是能撑得住呢?我说老实话,这种话只有对可靠的人才说:咱们应该尽力配合顿涅茨河那边咱们的人……”

“怎样来配合呢?”潘捷莱·普罗柯菲耶维奇不知为什么带着惊慌的神情小声问道。

“怎样配合吗?把这个政府推翻!让这个政府还回到唐波夫省去。让它跟庄稼佬讲平等去。只要能消灭这些敌人,我可以把全部家产,把一针一线都捐出去。应该这样,亲家,应该教训教训他们!是时候啦!不然可就晚啦……我那个老同事说,他们那儿的哥萨克也很想动手。只要齐心干就行!”他换成急促的、气喘吁吁的耳语:“军队都过去啦,他们还能剩下多少人?有限的几个人!各个村子里只剩下主席啦……砍他们的脑袋——是再容易不过的事。至于维奥申镇上,那也算不了什么……大家齐心协力攻过去,就能把他们打个落花流水!咱们联合起来,不会吃亏……亲家,这事不会错的!”

潘捷莱·普罗柯菲耶维奇站起身来。他字斟句酌,很担心地劝道:

“要当心,一步走错了,就完啦!哥萨克们虽然是在摇摆,可是鬼才知道他们的心究竟向着哪一边。这种事情现在可不能随便对什么人都说……年轻人的心思简直叫人摸不透,一个个好像是在躲猫猫儿。有的走啦,有的就不走。这日子不好过!稀里糊涂,谁也不知道该怎么样。”

“亲家,你放心好啦!”米伦·格里高力耶维奇大大咧咧地笑了笑。“我的话不会错。人群就像羊群:带头羊往哪儿跑,整个羊群都会跟上去。所以就应该给大家指指路。让他们睁开眼看看这个政府。没有云彩,就不会打雷。我要直截了当地对哥萨克们说:要暴动。听说,他们好像已经下了命令,要把哥萨克杀得一个不留。这又怎么说呢?”

米伦·格里高力耶维奇的麻脸都涨红了。

“你说,普罗柯菲耶维奇,这是怎么回事儿?听说,已经开始枪毙人啦……这是什么世道儿?你瞧,这几年什么都搞糟啦!没有煤油,也没有火柴,莫霍夫这一阵子只能卖卖糖果啦……庄稼地又怎样呢?跟以前相比差多少呀?把马都搞光啦。抢走了我的,也抢走了别人家的……抢都会抢,可是谁又来养呢?以前在我们家,我还是小伙子的时候,就养过八十六匹马。你大概还记得吧?有好几匹千里马,连加尔梅克马都赶不上。那时候我家有一匹白斑枣红马。我常常骑着去撵兔子。我加上鞍,骑着到草原上去,轰起草棵子里的兔子,撵不到一百丈远,马就踩到兔子啦。我现在还记得。”米伦·格里高力耶维奇的脸上掠过一丝兴奋的笑容。“有一次我骑着马跑到风磨跟前,就看见一只兔子正冲着我跑来。我也对直朝前冲去,那兔子一转弯,朝坡下,朝顿河对岸跑去。那是在谢肉节时候。风把顿河上的雪吹得光溜溜的,很滑。我只顾撵兔子,没料到马打了个滑,猛地一下子摔倒在地,连头都没有抬一下。我都吓坏啦!我把鞍子卸下来,就跑回家来。我说:‘爹,我把马骑死啦!撵兔子的。’爹问:‘撵上了吗?’我说:‘没有。’爹说:‘坏小子,你骑上大青马,再撵去!’瞧,那时候多有意思!日子过得自在。骑死一匹马,毫不心疼,兔子还是要撵。一匹马值上百卢布,一只兔子不过值一毛钱……唉,有什么好说的!”

* * *

潘捷莱·普罗柯菲耶维奇从亲家公家里出来,心情更加慌乱,心里惶惶不安,十分苦闷。现在他已经充分感觉到,世上有些道理跟过去不同了,跟他格格不入了。如果说,他以前过日子,处世做人,就像驾驭着一匹训练有素的马在崎岖不平的大道上奔跑,那么现在,生活就像一匹跑得满身汗沫的发了狂的马,驮着他在飞跑,他已经驾驭不住这匹马,而是无可奈何地在颠来颠去的马背上摇晃着,只求不跌下去。

面前是一片渺茫。不久以前,米伦·格里高力耶维奇不还是本地最富有的主儿吗?但是最近这三年,他的家道一落千丈。长工们都走了,土地十有八九都荒废了,家里的牛和马卖掉了许多,换来的是天天浮动、大大贬值的钞票。一切都好像是在梦里。一切都像顿河上游动的雾气一样过去了。只剩下一座带花栏杆阳台和退了色的雕花房檐的房子作为纪念。柯尔叔诺夫那像狐狸毛一样的红胡子里过早地出现的一缕银丝,已经转移到鬓角上,并且定居下来,起初是一撮一撮的,就像沙地上的蒺藜,后来就吞没了红颜色,于是两鬓完全白了;而且白颜色顺着又稀又细的头发往上推进,渐渐占领前顶。而且在米伦·格里高力耶维奇身上,也是这两种因素在疯狂地斗争:红色的血在沸腾,鼓动他干活儿,叫他去种地,盖棚子,修农具,挣家产;但是,另一方面,却越来越烦恼:“挣多挣少都没有用。反正是要完蛋!”——于是烦恼把一切都染成冷冷的死白色。两只十分难看的手,不再像以前那样,常常抓抓小锤和小锯,而是无所事事地放在膝盖上,摇晃着生满茧子的肮脏手指头。时运不好,人容易衰老。土地也变硬了。春天,他到地里去,就像去看不可爱的妻子,出于习惯,尽尽责任罢了。挣了钱,也不那么高兴;破了财,也不像以前那样伤心……红军牵走他的马,他连面都没有露。可是在两年以前,因为牛把一堆草踩乱,因为这样的小事,他差一点用叉子把老伴叉死。“柯尔叔诺夫捞足啦,吃饱啦,现在胀得往外吐啦。”街坊们都这样议论他。

潘捷莱·普罗柯菲耶维奇一瘸一拐地回到家里,躺到床上。心口隐隐作痛,喉咙里一冲一冲的,直想呕吐。吃过晚饭,他叫老婆子拿来腌西瓜。他吃了一块,就哆嗦起来,好不容易走到炕边。第二天早晨,他昏迷不醒,发起伤寒病的高烧,完全不省人事了。他的嘴唇烧得都干裂了,脸色蜡黄,白眼珠罩上一层蓝色的油光。德罗兹季哈老奶奶给他放血,从胳膊上的血管里放出两碟子像焦油一样的黑血。但他还是没有恢复知觉,只是脸色变成白中透青,那满口黑牙、呼哧呼哧直吸气的嘴张得更大了。

二十

一月底,伊万·阿列克塞耶维奇接到州革命军事委员会的通知,到维奥申镇上去了。他要在这天黄昏时候回来。大家都在等他。在莫霍夫家的空房子里,财主原来的书房里,在一张有双人床那样宽的书桌后面,坐着米沙·柯晒沃依。从维奥申派来的民警奥里杉诺夫半躺在窗台上(这屋子里只有一把椅子)。他一声不响地抽着烟，吐痰吐得又远又巧妙，每一口痰都吐在壁炉上，一次一块瓷砖。窗外是满天星斗的夜色。寂静，严寒，呼呼的风声。米沙正在搜查司捷潘·阿司塔霍夫家的记录上签字，偶尔望望窗外挂了一层白霜的枫树枝条。

有人从台阶上走过，踩得毡靴发出轻轻的咯吱声。

“回来啦。”

米沙站了起来。但是走廊里却是另外一个人的咳嗽声，另外一个人的脚步声。进来的是格里高力·麦列霍夫，他的军大衣扣得严严实实，脸冻成了褐色，胡子和眉毛上挂了一层白霜。

“我来烤烤火。你好！”

“进来吧，有什么意见提吧。”

“没什么意见。我是来聊聊，再就是顺便说一声：别派我家差啦。我家的马腿有毛病。”

“还有牛呢？”米沙耐着性子斜眼看了看他。

“牛怎么能拉爬犁？路太滑啦。”

一个人冬冬地踩着冻得硬邦邦的木板，大步跨上台阶。伊万·阿列克塞耶维奇披着毡斗篷，像女人一样包着头，闯进了屋子。他身上散发出清新、寒冷的空气味儿，还散发着干草气味和烟臭气。

“伙计们，冻死啦，冻死啦！……格里高力，你好！夜里你出来逛荡什么？……谁他妈的发明了这种斗篷：就像筛子一样，风一个劲儿地往里灌！”

他脱掉斗篷，还没有把斗篷挂好，就开口说：

“噢，我见过主席啦。”伊万·阿列克塞耶维奇满面春风，两眼闪闪有光，走到桌子跟前。他简直憋不住要说一说。

“我走进他的办公室。他和我握了握手，说：‘同志，请坐。’这是一州之长啊！以前又是怎样啊？一位少将呀！在他面前连站站都不敢呢！还是咱们的政府贴心呀！大家都平等！”

他那兴奋、激动的脸色，在桌子旁边那些慌乱的动作，以及这些兴高采烈的话，格里高力都不理解，所以问道：

“阿列克塞耶维奇，你为什么这样高兴呀？”

“什么为什么？”伊万·阿列克塞耶维奇那穿了窟窿的下巴哆嗦了两下。“人家拿我当人看，我怎么能不高兴？人家平等相待，跟我握手，请我坐下……”

“近几年，将军们也穿麻布衬衣啦。”格里高力用手捋了捋小胡子，眯缝着眼睛说。“我看见一位将军的肩章是用化学铅笔画的。他也和普通人握手……”

“将军们是出于无奈，这些人是自觉自愿的。这不同吧？”

“没有什么不同！”格里高力摇了摇头。

“依你看，连政府也一样吗？那为什么要打仗？就说你吧，为什么打仗？为将军们打仗吗？你还说是‘一样’。”

“我是为自己打仗，不是为将军们。如果说实在的，不管是那些人还是这些人，都不合我的心意。”

“究竟谁又合你的心意呢？”

“谁也不合我的心意！”

奥里杉诺夫一口唾沫吐到对面墙上，会心地笑了。看样子，他也觉得谁也不合他的心意。

“你以前好像不是这样想的呀。”

米沙说这话，是有意刺激格里高力的，但是格里高力丝毫没有露出被刺伤的样子。

“我和你——咱们想的不一样……”

伊万·阿列克塞耶维奇想把格里高力打发走，好对米沙详细地说说这次上州里去的情形以及和主席的谈话，但是听了格里高力的话，他激动起来。他在州里见到的和听到的一切都还活生生地留在脑子里，因此他不假思索，急急忙忙插嘴说：

“格里高力，你是来愚弄我们呀！你自己还不知道你想干什么呢？”

“我是不知道。”格里高力心甘情愿地承认说。

“对这个政府你有什么不满意的呢？”

“你又为什么对这个政府这样卖力呢？你又是从什么时候变成红党的？”

“这个问题，在这儿不谈。是怎么样，就怎么样。明白吗？关于政府，也不必多谈，因为我是主席，我跟你争论这个问题，不合适。”

“那咱们就不谈吧。我也该走啦。我是为派差的事来的。至于你的政府，不管你怎样说，反正是个很坏的政府。你给我直截了当地说一句，咱们的话，就算到此结束啦：这个政府对咱们哥萨克有什么好处？”

“对什么样的哥萨克？哥萨克也有各种各样的呀。”

“对所有的哥萨克。”

“让大家自由、平等……你等一等！……别急，你有话……”

“在一九一七年就这样说过啦，现在应该换点儿新花样啦！”格里高力打断了他的话。“要分给土地吗？自由吗？平等吗？……我们的土地够种的。自由不需要再多啦，要不然就要在大街上互相捅刀子啦。以前州长、乡长都是我们自己选的，可是现在都是官派的。那个跟你握手、使你那样高兴的人，谁又选他来？这个政府除了叫哥萨克倾家荡产以外，什么都办不到！庄稼佬的政府，庄稼佬才用得着。不过咱们也用不着将军。不管是共产党，还是将军——都是套脖子的圈套。”

“有钱的哥萨克用不着，可是别人呢？你好糊涂！村子里有钱的只有三户，其余的都很穷。还有工人呢，怎么办？我们决不赞成你的说法！要叫有钱的哥萨克从打饱嗝的嘴里吐出一点儿来，分给饿肚子的人吃吃。要是不肯，就连肉扯出来！当老爷当够啦！他们抢足了土地……”

“不是抢的，是挣来的！我们的祖宗用血浇灌过这些土地，也许就因为这样，我们的黑土才格外长庄稼。”

“反正一样，要和穷人分一分。说平等，就要平等！你只会空转悠转悠车轮子。就像屋顶上的风信旗，风往哪边吹，你就往哪边倒。像你这样的人，只能把什么都搅浑！”

“住嘴吧，你别骂人！因为咱们是老朋友，我才来聊聊，说一说憋在我心里的话。你说，要平等……这是布尔什维克拿来愚弄糊涂老百姓的话。好话一说出来，就有人上钩，就像鱼吃食儿那样！哪儿有什么平等！就拿红军来说吧：他们从村子里开过的。排长穿的是纹皮靴子，小兵打的是裹腿。我见过一个政委，浑身都是皮货，裤子、上衣全是皮的，可是别人连一双皮鞋都穿不上。而且他们掌权才一年呀，等到他们站稳了脚跟，还有什么平等好谈呀？……他们在前线上就说：‘大家一律平等。当官的和当兵的都关一样的饷！……’才不呢！全是骗人话！如果说老爷很坏，那么，奴才变成的老爷还要坏一百倍！大家都知道军官坏，可是如果有谁从小兵升成军官，能把你活活折腾死，没有比这种人再坏的啦！论学问他和普通哥萨克一样：就学过拧牛尾巴，可是你瞧，他一旦爬上台去，就神气活现，要起威风，只要能保住官儿，剥掉别人的皮都行。”

“你这是反革命的话！”伊万·阿列克塞耶维奇冷冷地说，但是没有抬眼看格里高力。“你想叫我听你那一套，是办不到的；我也不想勉强你。我很久没有看到你，没想到你完全变啦。你成了苏维埃政府的敌人！”

“我没有想到你会这样……如果我谈谈政府，我就是反革命？就是士官生啦？”

伊万·阿列克塞耶维奇从奥里杉诺夫手里接过烟荷包，换了比较缓和的口气说：

“我怎么能给你讲清楚呢？这种事要靠自己动脑筋。要自己去体会！我没有文化，识字不多，不会说话。很多道理我也是自己摸索出来的……”

“你们别说啦！”米沙气哼哼地叫道。

他们一同走出执行委员会。格里高力一声不响。伊万·阿列克塞耶维奇因为大家都不说话，觉得很别扭，又不知道别人为什么会胡思乱想，因为他不能理解，因为他观察生活的立场不同，在临别的时候他说：

“你这些想法顶好留在心里。不然的话，虽然你是我的朋友，你家的彼特罗又是我的干亲，我也有办法对付你！不能扰乱人心，人心已经够乱的啦。你不要拦我们的路。当心我们把你踩坏！……再见吧！”

格里高力走着，心里有一种感觉：好像自己跨过了一道门槛，原来模糊不清的东西，忽然一下子清楚起来。他实际上只是一气之下说出了他近来所想的、在他心中渐渐成熟、一直要冲口而出的东西。又因为他站在两方面斗争的边缘，两方面他都反对，所以他无形中产生了压抑不住的火气。

米沙和伊万·阿列克塞耶维奇一起走着。伊万·阿列克塞耶维奇又讲起他和州主席见面的情形，但是才说几句，就觉得没有意思、没有味道了。他想恢复原来的心境，却不能了：有一样东西拦路，使他不能愉快地生活下去，使他不能呼吸清新的空气。这一障碍就是格里高力，就是格里高力的一番话。他想到这一点，就恨恨地说：

“像格里高力这样的人，在斗争中只能做绊脚石。坏透啦！不肯往岸上靠，只是漂来漂去，就像冰窟窿里的牛粪。下一次他再来，我要好好教训教训他！他要是进行煽动，咱们就把他关起来……喂，米沙，你觉得怎样？你看怎么办？”

米沙只骂了两声，算是回答，因为他正想着心事。

又过了一个街口，米沙朝伊万·阿列克塞耶维奇转过脸来，他那像姑娘一样饱满的嘴唇上掠过一丝无可奈何的微笑。

“瞧，阿列克塞耶维奇，政治这玩意儿他妈的好厉害！不管谈别的什么事情，都不会这样动肝火。比如刚才同格里什卡一谈起来……要知道我和他很要好嘛，一块儿在学校里念书，一块儿追姑娘，他就像我的亲哥哥……可是我一听到他胡说八道，心就气得鼓了起来，就好像胸膛里装了一个大西瓜。气得我浑身打哆嗦！就好像他要夺走我最心疼的东西。就好像他要把我的什么都抢光！如果这样再谈下去，会动刀子的。在这场战争中，不认亲戚，也不认兄弟。他已经亮出面目——那就来吧！”米沙压制不住怒火，声音颤抖起来。“他就是夺走我心爱的姑娘，我也不像听了这些话这样生气。简直把我气死啦！”

二十一

雪花纷纷飘着,飘着飘着就融化了。中午时候,土崖上的积雪带着低沉的轰隆声大片大片地往下滑。顿河对岸的树林里哗啦哗啦直响。橡树上的冰雪化了,树干变成了黑色。水滴从树枝上纷纷往下落,穿透积雪,一直落到在腐烂的落叶底下焐得热乎乎的土地上。已经到处是春天融雪的醉人气息,在花园里还可以闻到樱桃树的气息。顿河上出现了一个一个的水洼儿。岸边的冰融化了,一个一个的冰窟窿已经淹没在四面流来的碧绿而清澈的融雪水里。

往顿河沿岸运送弹药的一支辎重队,要在鞑靼村换爬犁。护送的红军都是一些愣头愣脑的小伙子。辎重队长留下来看住伊万・阿列克塞耶维奇;就直截了当地对他说:"我陪你坐一会儿,要不然你说不定会跑掉!"又分派其余的人去找爬犁。需要四十七架双套爬犁。

叶麦里扬来到麦列霍夫家。

"把爬犁套上,有一批军火要运到博柯夫镇上!"

彼特罗连小胡子都没动一下,就嘟哝说:

"两匹马的腿都有毛病,骒马昨天刚往维奥申镇上拉过一趟伤员。"

叶麦里扬一句话不说,就朝马棚里走去。彼特罗光着脑袋跟了出来,喊道:

"你听见吗?等一等……能不能免我们一回?"

"你能不能不糊弄人?"叶麦里扬沉着脸打量了一下彼特罗,又说:"我想去看看你家的马,看看马腿有什么毛病。是不是有意用小锤把骨头节敲坏啦?你别给我使障眼法!我见过的马,有你见过的马粪蛋子那样多。把爬犁套上!马也行,牛也行——随你的便。"

格里高力赶着爬犁去了。在走以前,他跑到厨房里,一面亲着两个孩子,一面匆匆忙忙地说：

“我给你们带好东西回来，你们在家里可不许捣蛋，要听妈妈的话。”又对彼特罗说：“你们都不要替我担心。我不会走远的。要是到了博柯夫还要再往前送，我就把牛扔掉，往回跑。不过我不回村子里啦。我到新根村姑妈家里住些时候……彼特罗，你要常去看看我……我在家里呆着有点儿害怕。”他又笑了笑。“好啦，再见吧！娜塔什卡，别挂念我！”

在改做临时军用仓库的莫霍夫商店门前装上弹药箱，就出发了。

“他们打仗，为的是他们能过好日子，我们过去打仗，也是为自己的好日子。”格里高力在老牛有规律的摇摆中，半躺在爬犁上，用棉袄裹着头，一直在想着这个问题。“世上没有一定的道理。很明显，谁要是能把别人打败，谁就能把别人吃掉……可是我还一直在想糊涂道理呢。想过来，想过去，伤够了脑筋……听说，古时候，鞑靼人侵犯过顿河，来抢夺土地，压迫老百姓。现在是俄罗斯来啦。不行！我不容许！他们是我、是所有哥萨克的敌人。哥萨克现在都要后悔啦。以前放弃了阵地，现在每个人都和我一样啦。唉！后悔来不及啦。”

近处，迎面而来的是路边的荒草、起伏的丘陵、杂树丛生的山沟；再过去，是白雪皑皑的田野，随着爬犁晃晃悠悠地向南伸去。道路长得没有尽头，使人走得心烦，昏昏欲睡。

格里高力懒洋洋地吆喝着牛，打着盹儿，靠在捆扎着的箱子上晃悠着。他抽过一支烟，把头扎进散发着干木樨气味和甜甜的六月里的日晒气息的干草里，不觉睡着了。他梦见自己和阿克西妮亚一起在高高的、沙沙响的麦地里走。阿克西妮亚亲亲热热地抱着一个小孩子，用生怕别人夺去的眼神从旁边注视着格里高力。格里高力听见自己的心跳声，听见麦穗那悦耳的沙沙声，看见田埂上那轻轻摇动的青草，看见那令人神往的蓝天。他心花怒放，感情激荡，又像原来那样如醉如痴地爱起阿克西妮亚，他感到全身以及每一下心跳都是爱情的力量，然而同时他又意识到这不是真的，觉得在他眼前闪来闪去的是一种已经逝去的景象，是一种梦境。可是他很喜欢这样的梦，就把梦当成真的。阿克西妮亚还是五年前那个样子，但是有些矜持了，有点儿冷淡了。格里高力比过去任何时候更清楚、更真切地看到她脖子上的毛茸茸的发卷儿（风吹得发卷儿不住地跳动着），看到那白头巾的角儿……爬犁猛地一颠，他醒了过来，听到有人说话，他完全清醒了。

无数爬犁迎面而来，从旁边擦过去。

“老乡们，你们拉的什么？”包多甫斯柯夫赶着爬犁走在格里高力前面，用沙哑的嗓门儿高声问道。

滑铁哧啦哧啦响着,牛蹄咯吱咯吱地踩着积雪。迎面来的爬犁上很久没有人做声。终于,有一个人回答说:

“拉的死人!害伤寒死的……”

格里高力抬起头来。迎面来的爬犁上躺着一具具穿灰色军大衣的尸体,上面盖着帆布。格里高力的爬犁一摇晃,爬犁沿儿撞在从迎面而过的一架爬犁里扎煞出来的一条胳膊上,那胳膊发出轻轻的丁当声,就像生铁一样……格里高力冷冷地扭过头去。

草木樨那种撩人的、甜甜的气味使人昏昏欲睡,格里高力又慢慢去回想快要遗忘的过去,让自己的心再去碰一碰旧情那锋利的刀尖儿。格里高力感觉疼得又扎心又甜蜜,就又朝爬犁上一躺,腮帮子贴到草木樨那黄黄的枝条上。往事一上心头,心里的血直往外涌,心七上八下地怦怦跳动起来,老半天都没有睡着。

二十二

靠拢村革命军事委员会的有几个人:磨粉工人达维德卡、季莫菲、原来莫霍夫家的车夫叶麦里扬和麻子皮匠菲里加。伊万·阿列克塞耶维奇在日常工作中就依靠他们,他越来越感到自己和村里群众之间有一道无形的墙。哥萨克们都不来开会了,如果来的话,那也是达维德卡和另外几个人挨门挨户地在村子里跑过五六遍之后才来的。来了,又不说话,对什么都表示赞成。来的多数是青年人。但就在这些青年人中间,也看不到赞同的人。伊万·阿列克塞耶维奇每次主持村会,看到的是一张张石头一样的脸,一双双疏远的、不信任的眼睛和阴郁的眼神。他看到这一切,心渐渐凉了,眼神越来越阴沉,说起话来无精打采,没有劲儿,麻子菲里加有一回很不痛快地说:

“科特里亚洛夫同志,咱们和村里人分家啦!一个个都愁眉苦脸,都变成魔鬼啦。昨天我去找爬犁送红军伤员上维奥申,没有一个人肯去。分了家的人很难在一个屋里住下去……”

“天天在喝老酒呢!不要命地喝!”叶麦里扬吧嗒着烟斗,接话说。“家家户户都喝得昏天黑地的。”

米沙·柯晒沃依皱着眉头,不想说出自己的心情,但是他的心情还是露了出来。晚上他要回家的时候,向伊万·阿列克塞耶维奇要求说:

“给我一支枪吧。”

“要枪干什么?”

“瞧你说的!我害怕空着手走路。难道你什么都没有看出来吗?我在想,咱们应该把一些人……应该把格里高力·麦列霍夫、包加推廖夫老汉、马特维·卡叔林和米伦·柯尔叔诺夫抓起来。这些坏家伙,他们天天对哥萨克们嘁嘁喳喳……盼着他们的人从顿涅茨河那边回来。”

伊万·阿列克塞耶维奇心里一怔,很不高兴地把手一摆,说:

“算啦!如果现在就动手铲除,那就得把许多露了头的人都铲除掉。人心很不稳呀……有些人即使同情我们,但是也在看米伦·柯尔叔诺夫的眼色。都害怕他家的米佳从顿涅茨那边回来,那小子心狠手辣。”

生活发生了急剧的变化。第二天,从维奥申来了一名骑马的通讯员,送来一道命令:要向富户征收军款。派给鞑靼村的数字是四万卢布。将数字摊派下去。过了一天,收到两口袋票子,有一万八千多卢布。伊万·阿列克塞耶维奇向州里请示。州里派来三个民警,带着一道命令:“立即将抗交军款的人逮捕并押送维奥申处理。”将四个老头子临时关押在莫霍夫家收藏过冬苹果的地窖里。

村子里一下子乱得像受了惊的蜂窝一样。柯尔叔诺夫死死地抱住已经不值钱的钞票,就是不肯交军款。不过他的好日子已经该到头了。从州里来了两个人:一个是办理地方案件的侦查员,是一个很年轻的维奥申的哥萨克,在第二十八团当过兵;另外一个人穿着皮夹克,外面还穿着大皮袄。他们出示过革命军事法庭的介绍信,就和伊万·阿列克塞耶维奇在办公室里单独谈了起来。和侦查员同来的那一位,是一个上了年纪、脸刮得很光的人,他很严肃地开口说:

“现在州里到处都有发生暴乱的势头。白军的残余势力正在抬头,在煽动哥萨克的劳苦大众。必须消灭那些特别仇视咱们的人。你把军官、神甫、宪兵、财主,把所有死心塌地跟咱们作对的人的姓名开出来。你要协助侦查员。他也知道一些人的情况。”

伊万·阿列克塞耶维奇看了看那张刮得像女人一样光的脸;在报一些人的姓名的时候,提到彼特罗·麦列霍夫,但是侦查员摇了摇头,说:

“这是咱们的人,佛明叫咱们不要动他,他倾向布尔什维克,我们一块儿在第二十八团干过。”

柯晒沃依从练习簿上撕下一张纸,写好了名单,放在桌子上。

几个钟头以后,被捕的人已经在民警的看押下,坐在莫霍夫家宽敞的院子里的橡树上了。他们在等家里人送干粮,等爬犁来装行李。米伦·格里高力耶维奇就像准备好去死似的,穿的一身都是新的:熟皮小袄、毡靴、干干净净的白袜子;他坐在尽边上,跟包加推廖夫老汉和马特维·卡叔林在一起。“牛皮大王”阿甫杰伊奇慌慌张张地在院子里来回走着,时而毫无目的地朝井里望望,时而捡起一块木片,然后又在台阶和大门之间来来回回走起来,一面不住地用袖子擦着红得像苹果一样的、汗津津的脸。

其余的人都一声不响地坐着。都垂着头,用拐杖划着雪地。妇女们气喘吁吁地跑进来,把包袱、提包塞给被捕的人,小声说着话儿。眼睛哭红了的卢吉尼奇娜给老头子扣上皮袄的扣子,又拿一条女人的白头巾给他围住领子,望着他那无神的、像撒上了一层灰似的眼睛,说:

“孩子他爹,你别难过!也许会平平安安过去的。你干吗这样垂头丧气的?老天爷呀!……”她的嘴撇得长长的,扁扁的,看样子就要大哭起来,但是她用劲把嘴收拢了,小声说:“过两天我去看你……带格莉普卡去,你顶心疼她嘛……”

一个民警在大门口喊道:

“爬犁来啦!把东西放上去,走啦!娘们儿都到一边去,用不着流鼻涕淌眼泪啦!”

卢吉尼奇娜生平第一次亲了亲老头子那生满红毛的手,就闪开了。

牛拉着爬犁慢慢地穿过广场,朝顿河上走去。

七个被捕的和两名民警都在爬犁后面走着。阿甫杰伊奇因为结毡靴的带子,落到了后面,又鼓了鼓劲儿撵了上来。马特维·卡叔林和儿子在一块儿走。麦丹尼柯夫和柯洛列夫一面走,一面抽烟。米伦·格里高力耶维奇用手抓着爬犁的坐簸箩。包加推廖夫老汉迈着沉甸甸的庄重的步子走在最后面。迎面的风吹来,吹得他那大主教式的白色大胡子披散开来,胡子尖儿飘到了肩后,披在肩上的围巾的穗头被风吹得摇摇摆摆,就像在告别似的。

也是在这个阴沉的二月的日子里,发生了一桩稀奇的事。

最近这个时期,常常有公务人员从州里到村子里来,大家都见惯了。因此一架双马拉的爬犁,拉着一位冷得缩成一团、跟车夫并肩坐着的乘客来到广场上,没有引起什么人注意。爬犁在莫霍夫家大门口停了下来。乘客下了爬犁,才看出,这是一个上了年纪、动作很从容的人。来人重新勒了勒骑兵军大衣上的步兵皮带,扎起红色哥萨克皮帽上的护耳,按着匣子枪的木匣子,不慌不忙地上了台阶。

伊万·阿列克塞耶维奇和两名民警在革命军事委员会的办公室里。来人没敲门就走了进来,在门口捋了捋间有银丝的短下巴胡,低声说:

“我找主席。”

伊万·阿列克塞耶维奇用睁得像鸟眼一样圆的眼睛望着进来的人,想跳起来,却又呆着不能动。他只是像鱼一样张大了嘴在喘气,用手指头一个劲地挠着安乐椅的扶手。苍老了的施托克曼头戴一顶很难看的红顶哥萨克皮帽,也凝神望着他;那眯得细细的眼睛,因为一时认不出来,一个劲儿地望着伊万·阿列克塞耶维奇,忽然哆嗦了一下,又眨巴了两下,放出光来,眼角上那细细的皱纹一下子绽了开来,一直伸到灰白色的鬓角边。他走到还没有站起来的伊万·阿列克塞耶维奇跟前,很有把握地把他抱住,把湿漉漉的大胡子贴到他的脸上亲着,说:

“我早就料到啦!我想,你要是还活着,一定是鞑靼村的主席啦!”

“奥西普·达维陀维奇,揍我几拳吧!……我真他妈的该死!都不相信自己的眼睛啦!”伊万·阿列克塞耶维奇哭着大声说。

他那黑糊糊的、刚强的脸上哗哗地流起眼泪,流泪流得民警都转过脸去。

“你相信好啦!”施托克曼笑着,轻轻地把手从伊万·阿列克塞耶维奇手里抽了出来,用低低的声音说。“怎么,你这儿连个座位都没有吗?”

“你就坐在这椅子上吧!……你这是打哪儿来?快说说吧!”

“我是跟军团政治部来的。我看,你好像还是不相信我这个人是真的。真有意思!”

施托克曼微微笑着,拍着伊万·阿列克塞耶维奇的膝盖,简略地说起别后的情形:

“老弟,一切都很简单。他们把我从这儿逮走以后,判了刑,后来,在流放中遇上了革命。我和一位同志组织了一支赤卫队,跟杜托夫和高尔察克作战。嘿,老弟,我们在那儿干得才带劲儿呢!现在我们已经把高尔察克赶出了乌拉尔——你知道吧?这么着,我就到你们的战线上来啦。第八军政治部派我到你们州来工作,因为我在这儿住过,就是说,熟悉这儿的环境。我到了维奥申,在革命军事委员会里和一些人谈了谈,我决定首先上鞑靼村来。我想,在你们这儿住些日子，做点儿工作，帮着把工作搞起来，然后再离开。你看，我没有忘掉老交情吧？噢，这些事咱们还是以后再谈吧，现在咱们来谈谈你的事，谈谈工作，你给我谈谈一些人，让我了解了解情况。村里有党支部吗？你手下有些什么人？都有哪些人活下来？好，没什么，同志们……请便吧，让我和主席单独谈一会儿。哼，他妈的！我一进村子，就闻到旧日的气味啦……以前是以前，现在时代不同啦……好，你谈谈吧！”

两三个钟头以后，米沙·柯晒沃依和伊万·阿列克塞耶维奇领着施托克曼去看老房东斜眼卢凯什卡。他们在褐色的大路上走着。米沙时常拉住施托克曼的军大衣袖子，好像是害怕施托克曼突然跑掉，又跑得不见影子，或者像鬼魂似的散掉。

卢凯什卡给老房客端来菜汤，甚至从箱子底拿出了砂糖，那砂糖因为放久了，已经有很多小窟窿眼儿了。

喝过樱桃叶子焙的茶以后，施托克曼在床上躺了下来。他听他们俩东一句西一句地讲着，有时插嘴问一两句，时不时地咬咬烟嘴，到天快亮的时候，不知不觉地睡着了，纸烟落到肮脏的法兰绒衬衫上。可是伊万·阿列克塞耶维奇还继续讲了十来分钟，直到施托克曼用呼噜声回答他的问题，他才猛醒过来，于是踮起脚尖走了出来，因为憋着喉咙里直往外冲的咳嗽，憋得都流出了眼泪。

“心里踏实了吧？”米沙刚刚走下台阶，就像被胳肢了一下似的，轻轻地笑着，问道。

* * *

押送被捕的人上维奥申去的奥里杉诺夫，半夜里坐着同去的爬犁回来了。他敲了老半天窗户，才把伊万·阿列克塞耶维奇叫醒。

“你怎么啦？”睡眼惺忪的伊万·阿列克塞耶维奇走了出来。“你回来干什么？怎么，有公事吗？”

奥里杉诺夫晃悠了两下鞭子。

“把送去的人都枪毙啦。”

“你胡说，浑蛋！”

“我们一送去，马上就审问，天还没黑，就带到松树林子里去啦……我亲眼看见的！”

伊万·阿列克塞耶维奇急得连靴子都没穿上，披上衣服，就跑去找施托克曼。

“我们今天送去的人——都在维奥申枪毙啦！我以为会把他们关起来的，没想到会这样……咱们现在可不能这样干！老百姓会离开咱们的，奥西普·达维陀维奇！……这可是不对头。为什么要杀人呀？这可怎么办呀？”

他以为施托克曼也会和他一样，听到这件事会很着急，害怕以后会出事情，但是施托克曼慢慢地穿衬衣，把头露出来以后，这才说：

“别喊叫吧。你要把女房东吵醒啦……”

施托克曼穿好衣服，把烟点着，叫伊万·阿列克塞耶维奇把逮捕七个人的原因又说了一遍，这才冷冷地开口说：

“这种事你要习惯，要真正习惯起来！离咱们一百五十俄里就是前线。哥萨克的基本群众都仇视咱们。这是因为，你们的富农，富裕的哥萨克，也就是一些乡村长和其他一些上层分子，在哥萨克劳动群众中还有很大的威望，就是说，还很有影响。这是因为什么？可以说，这也是你应该明白的。哥萨克是一个特殊的阶层，是好战的。封建传统养成了他们的等级观念，他们爱‘长官父亲’……军歌里是怎么唱的？‘长官父亲把我们往哪里指，我们就往哪里冲，往哪里砍、杀、劈、刺。’不是这样吗？你瞧瞧！就是这些长官父亲叫他们去镇压工人罢工的……他们把哥萨克蒙蔽了三百年。时间不短啊！影响很大啊！比如说，梁赞省的富农和顿河哥萨克富农的差别就很大！梁赞省的富农，你要是把他逼狠了，他就对苏维埃政府暗地里骂骂，没有力量，只能躲在角落里发发狠。顿河的富农又怎样呢？这是武装的富农。这是阴险毒辣的蛇！他们是有力量的。他们不仅骂我们，不仅如你所说的，像柯尔叔诺夫和其他一些人那样，散布谣言来诬蔑咱们、伤害咱们，而且还要公开地出来和咱们干。当然要干啦！他们会拿起枪打咱们的。要打你的！他们还会想方设法鼓动其余的哥萨克，就是说，鼓动那些中产的，甚至贫苦的哥萨克。富农要用他们的手来杀咱们！就是这么一回事儿！不是已经证明他们有行动反对咱们了吗？那好吧！办法很简单，枪毙！用不着流鼻涕可怜他们，说他们是好人。”

“我才不是可怜他们呢，瞧你说的！”伊万·阿列克塞耶维奇把手一甩。“我是怕其余的人会离开咱们。”

施托克曼本来似乎神态自若地用手摩弄着长了一层灰毛的胸膛，现在一下子发作起来，使劲抓住伊万·阿列克塞耶维奇的衬衣领子，把他拉过来，已经不像是说话，而是压抑着咳嗽，声嘶力竭地在叫了：

“如果向他们说清楚我们有关阶级问题的道理，他们是不会离开的！劳苦的哥萨克只能和咱们走一条路，决不会和富农走一条路！咳，你呀，你呀！……富农靠他们的劳动过日子，剥削他们嘛！靠他们发财嘛！………咳，你呀，好糊涂！你泄气了嘛！你有点儿不大对头……我要把你治一治！你这个木头脑瓜儿！一个工人小伙子，却像知识分子一样脆弱……简直像个糟糕的社会革命党党员啦！伊万，你给我小心点儿！”

他松开衬衣领子，微微笑了笑，摇了摇头，点起纸烟，吸了一口，心平气和地说下去：

“如果在州里不把最凶恶的敌人抓起来，就会发生暴动。如果现在能及时把他们拔掉，暴动就闹不起来。不一定把所有这些人都枪毙。只需要消灭那些死心塌地的，至于其余的，比如说，把他们送到俄罗斯内地去。不过，不管怎么说，对敌人没有什么好客气的！列宁说过：‘戴着手套是不能革命的。’在目前这种局面下，有没有枪毙这些人的必要呢？我看：有必要！也许，不应该都枪毙，但是，像柯尔叔诺夫这样的，用不着姑息！这很清楚嘛！还有麦列霍夫，虽然是暂时的，却总是溜掉啦。最需要抓起来的就是他！他比其他一些人加在一起还危险。你要注意这一点。他在执委会和你谈的那番话——说明他明天就要成为敌人。总而言之，没有什么好伤心的。工人阶级的优秀儿女在前方流血奋战，成千成万地牺牲！我们痛惜的是他们，而不是那些杀害他们或者等候时机朝他们背后打来的人。不是他们杀死我们，就是我们杀死他们！第三条路是没有的。就是这样呀，我的好阿列克塞耶维奇！”

二十三

彼特罗刚刚打扫过牲口棚，一面掸着手套上的干草屑，走进房里。过道里的门环就当啷啷响了几声。

裹着一条黑呢绒头巾的卢吉尼奇娜跨进门来。她也不打招呼，就迈着碎步蹒跚地跑到站在碗橱边的娜塔莉亚跟前，在她面前跪了下来。

“妈妈！好妈妈！你这是怎么啦？”娜塔莉亚用变了音的嗓门儿叫道，一面去拉妈妈那沉重的身子。

卢吉尼奇娜没有回答，只是拿头在地上乱撞，并且闷声闷气地、伤心地哭起了死人：

“我的亲——人——呀！你把我们——撇给谁——呀？！……”

母女两人一齐哭了起来，两个小孩子也哇呀呀地哭了，彼特罗只好抓起锅台上的烟荷包，急忙来到过道里。他已经猜到是怎么一回事儿了。他在台阶上站了一会儿，抽了一袋烟。等到厨房里的哭声停了，彼特罗才带着满脊梁飕飕的凉气走了进来。卢吉尼奇娜用哭得湿漉漉的头巾捂着脸，边哭边说：

“把我们家的米伦·格里高力耶维奇枪毙啦！……好好一个人就完啦！……我们都成了孤儿寡妇啦！……现在连母鸡都敢来啄我们啦！……”她又换成狼嗥似的声音：“他的眼睛合上啦！……再也看不见天日啦！……”

妲丽亚拿凉水往昏迷过去的娜塔莉亚的嘴里灌，伊莉尼奇娜用围裙在擦眼泪。从害病的潘捷莱·普罗柯菲耶维奇睡的上房里，传出咳嗽声和咬牙切齿的呻吟声。

“行行好吧，亲家大哥！看在主的面上，好人呀，你上维奥申去一趟，把他的尸首给我们拉回来吧！”卢吉尼奇娜抓住彼特罗的两条胳膊，像发了疯似的把两条胳膊抱在胸前。“把他拉回来吧……哎呀，圣母娘娘呀！哎呀，我不能让他赤身露体烂在那儿呀！”

“你怎么啦，你怎么啦，亲家母！”彼特罗往后直倒退，就好像躲避一个害瘟疫的人似的。“拉他的尸首——那怎么能行呢？我的命也值钱呀！我又到哪儿去找他呢？”

“别推辞啦，彼特罗！行行好吧！行行好吧！……”

彼特罗咬了一阵子胡子，最后还是答应了。他决定上维奥申去找一个熟人，请他帮着把米伦·格里高力耶维奇的尸首弄出来。他是在夜里动身的。村子里的灯火已经亮了，家家户户都在传着一件新闻：“把哥萨克枪毙啦！”

彼特罗来到新教堂旁边父亲的一位老同事家里，请他帮助把亲家公的尸首起出来。那人很痛快地答应了。

“咱们走吧。我知道那个地方。埋得不深。不过，怎么能找到他呢？那地方可不是他一个。昨天枪毙了十二个刽子手，因为他们在军官当权的时候杀害过我们的人。不过有一个条件:事成后你要给我一瓶老酒。好吗?"

半夜里,他们带上铁锹和抬干粪块的抬筐,顺着镇边,穿过一片坟地,朝松树林走去,死刑就是在松树林边上执行的。飘着稀稀拉拉的雪花。落了一层白霜的红柳条儿在脚下咯吱咯吱地响着。彼特罗倾听着每一下响声,在心里骂自己不该来,骂卢吉尼奇娜,就连已死的亲家公都骂了。来到一片小松树林跟前,那人在一个高高的沙土包后面站了下来。

"就在这附近什么地方……"

又走了一百来步。镇上的一群狗见他们来了,汪汪叫着躲了开去。彼特罗扔掉抬筐,沙哑地小声说:

"咱们回去!去他妈的吧!……他埋在哪儿,还不是一样?唉,我真倒霉……都怪那个霉气鬼缠我!"

"你怎么怕啦?咱们走!"那人笑着说。

他们来到目的地。在一棵乱蓬蓬的老红柳旁边,地上的雪被踩得结结实实,和沙土掺和在一起。人的脚印和狗的爪印像光线一样,从这里散了开去……

……彼特罗凭着红红的大胡子,认出米伦·格里高力耶维奇。他抓住亲家公的腰带,把尸体拖了上来,放到抬筐上。那人一面咳嗽着,把土坑填平;在抓起抬筐的把子时,很不高兴地嘟哝说:

"该把爬犁赶到松林里来。咱们真是糊涂蛋!这头老野猪足足有五普特。这雪地又难走。"

彼特罗拨开再也不能走路的死人腿,也抓起了抬筐把手。

他在那个熟人家里一直喝到黎明时候。裹在白布里的米伦·格里高力耶维奇就在爬犁上等着。彼特罗因为醉糊涂了,也把马拴在爬犁上,那马就一直站在那儿,套在笼头里的头不要命地朝外挣着,打着响鼻,忽闪着耳朵。因为闻到死人气味,连草都不吃了。

太阳刚刚升起来,彼特罗已经回到村里。他赶着爬犁,一口气不歇地在草地上跑着。米伦·格里高力耶维奇的头在后面碰得爬犁的底板冬冬直响。彼特罗有两次停下来,在草地上扯了些干草给他垫了垫头。彼特罗径直把亲家公送回家。给死去的当家人开大门的是他那心爱的女儿格莉普卡,她见了爬犁,就朝旁边一闪,倒在雪堆上。彼特罗像扛一袋面粉似的,把亲家公扛进宽敞的厨房,放到早已铺上长长的麻布的灵床上。卢吉尼奇娜泪如泉涌,光着头,哑着嗓子,在老头子那穿起洁白的寿袜的脚下来来回回地爬着。

"我的当家的呀,我以为你能活着回来呢,谁想到把你拉回来啦。"她的低低的嘟哝声和抽搭声很像一种怪笑。

彼特罗把格里沙加爷爷从上房里搀了出来。老人家浑身摇来晃去，就好像脚底下的地面都松软了似的。但是他硬撑着走到灵床前，在床头站了下来。

“哦，米伦，你好！孩子，没想到咱们会这样见面……”他画了个十字，亲了亲那带着黄泥的冰凉的额头。“我的好米伦啊，我也快啦……”他的声音提高到尖叫的程度。格里沙加爷爷就像害怕说错话似的，急忙用不像老年人的动作，拿手把嘴捂住，趴到灵床上。

彼特罗的喉咙就像被狼爪子抓了一下似的，哆嗦起来。他轻轻地走出房来，朝着拴在台阶边的马走去。

二十四

深深的、平静的顿河水渐渐铺展开来。水流弯弯曲曲，就像鬈发似的。顿河晃晃悠悠地流着，慢慢地、静静地向两边泛着。黑鱼成群结队地在坚硬的沙石河底游来游去；鲟鱼到夜里就来浅水里打食儿，鲤鱼在岸边碧绿的水藻丛里翻滚；灰鱼和鲈鱼追逐着白鱼，鲶鱼往贝壳堆里乱钻，有时鲶鱼会翻起一片绿色的水波，摆动着金光闪闪的尾鳍，在一片月光下露一露面，就又沉下去，把长胡子的大脑袋扎到贝壳堆里，以便在黑黑的、光溜溜的树根丛中睡上一觉，一直睡到天亮。

但是在河道很窄的地方，受到束缚的顿河就要在河堤上冲出很深的缺口，泡沫翻滚的白浪就要带着震耳欲聋的吼声涌出来，流水就要在山嘴后面，在洼地里旋起一个个水涡。流水在这些地方像变魔法似的转着可怕的圈子，叫人看都不敢看。

生活离开风平浪静的宽阔河面，朝缺口涌去。上顿河州乱腾起来了。两股水流冲突起来，哥萨克们分道扬镳，起了旋涡，旋涡不住地旋转起来。年轻的和那些穷苦的,都踌躇不决,沉默不语,一直还在盼望苏维埃政府带来安宁,可是老头子们都已转为进攻,公开宣传说,红军要把哥萨克杀得一个不留。

三月四日,伊万·阿列克塞耶维奇在鞑靼村召开了一次村民大会。到会的人出奇地多。也许是因为,施托克曼已经向革命军事委员会提出建议,要在大会上把跟随白军逃走的几家买卖人的财产分给穷苦人家。在开会以前,跟州里一个干部进行过一场激烈的争吵。这个干部是奉命从维奥申来接收没收的服装的。施托克曼对他说明,现在革命军事委员会还不能把服装交出去,因为昨天才发给运送红军伤病员的车队三十多套冬季服装,这个年轻干部就对施托克曼发起火来,提高嗓门儿尖声说:

"谁叫你把没收的服装发出去?"

"我们一向不征求什么人的许可。"

"那你有什么权力盗窃人民的财产?"

"同志,你别喊叫,也不要胡说八道。谁也没有盗窃什么。我们发给车夫皮袄,都有暂领的收条,他们把红军送到下一站,还要把发出的衣服带回来。红军们几乎是赤身露体,如果让他们穿着单薄的军大衣就走,等于送他们去死,我怎么能不发给他们呢?况且,衣服放在仓库里,又一点用处也没有。"

他是压制着火气说的,这场谈话本来可能和和气气地结束的,但是那个年轻干部用冷冷的声音斩钉截铁地声明说:

"你是什么人?是革命军事委员会主席吗?我要逮捕你!你把工作交给副主席!马上把你解送维奥申。你恐怕已经把这儿的公共财产盗窃了一半,我要……"

"你是共产党员吗?"施托克曼脸色煞白煞白的,侧过眼睛问道。

"你没有资格问!民警!把他抓起来,马上送到维奥申去!把他交给州警察局。"

那个年轻干部用目光把施托克曼掂量了一下。

"到那儿再跟你说话。你这个独断独行的家伙,看你再敢胡作非为!"

"同志!你怎么,疯啦?你要知道……"

"没有什么好说的!住嘴!"

伊万·阿列克塞耶维奇还没有来得及插嘴参加争吵,就看见施托克曼用缓慢而可怕的动作伸手去摘那支挂在墙上的匣子枪。年轻干部的眼睛里露出恐怖的神情。他十分麻利地用屁股把门顶开,倒在地上,脊背擦着台阶的木凳溜了下去,滚进爬犁里,一个劲儿地推着车夫的脊梁,回头望着,显然是害怕追赶,直到过了广场,才放下心来。

在革命军事委员会里,哄笑声震得窗户都响起来。笑得直哆嗦的达维德卡在桌子上打起滚来。但是施托克曼老半天还在哆哆嗦嗦地抖动着眼皮,侧着眼睛。

"哼,坏家伙!妈的,浑蛋!"他用哆哆嗦嗦的手指头卷着烟卷儿,一连骂了好几遍。

他跟柯晒沃依和伊万·阿列克塞耶维奇一同去参加村民大会。会场上挤得水泄不通。伊万·阿列克塞耶维奇的心都惊愕得发起怵来:"他们来开会是别有用意的……全村的人都在这会场上啦。"但是当他摘下帽子,走进圈子当中的时候,他的顾虑消失了。哥萨克们都很客气地给他让开路。大家脸上的表情都很镇静,有些人的眼睛里甚至露出快活的神情。施托克曼把哥萨克们打量了一遍。他想缓和一下紧张的气氛,让大家开口说话。他也学伊万·阿列克塞耶维奇的样子,摘下自己的红顶皮帽,高声说:

"哥萨克同志们!你们这儿成立苏维埃政权,已经有一个半月啦。但是直到现在,我们革命军事委员会觉得,你们对我们有点儿不信任,甚至还有点儿仇视呢。你们常常不来开会,你们中间流传着各种各样荒唐的谣言,说要把哥萨克杀得一个不留,说苏维埃政权要怎样怎样压迫你们。咱们应该开诚布公地谈谈啦,应该互相了解了解啦。革命军事委员会是你们自己选出来的。科特里亚洛夫和柯晒沃依是你们村的哥萨克,在你们之间没有什么不好谈的。首先我要坚决声明,敌人散布的什么大批枪毙哥萨克的谣言——纯粹是诬蔑。他们散布这些谣言的目的是很清楚的:挑拨哥萨克和苏维埃政权的关系,把你们重新推到白军那方面去。"

"你是说,没有枪毙人吗?那七个人弄到哪儿去啦?"后面有人叫道。

"同志们,我不是说,没有枪毙人。我们枪毙过苏维埃政权的敌人,今后还要枪毙,凡是想把地主政权强加给我们的人,都要枪毙。我们推翻沙皇,结束对德战争,解放人民,并不是为了恢复地主政权。对德战争给我们带来什么呢?成千成万的哥萨克死掉,成千成万的孤儿、寡妇,家破人亡……"

"是啊!"

"你这话说得对!"

"……我们主张不要打仗,"施托克曼继续说,"我们主张各族人民团结!但是在沙皇当政时代,却利用你们的手为地主和资本家夺取土地,让那些地主和工厂主靠这个来发财。你们眼前就有一个地主李斯特尼次基。他的祖先因为参加一八一二年的战争，得到了四千俄亩的土地。可是你们的祖先又得到什么呢？他们把头颅抛到了德国土地上！他们的血洒遍了德国土地！”

会场上响起一片嗡嗡声。嗡嗡声慢慢小了下去，可是后来一下子发出一片吼叫声：

“对啊——啊——啊！……”

施托克曼用皮帽子擦了擦秃脑门儿上的汗，又提了提嗓门儿，大声喊叫道：

“凡是要用武力来反对工农政权的人，我们都要消灭！按照革命军事法庭的判决枪毙的你们村那几个哥萨克，都是我们的敌人。这是你们大家都知道的。但是我们和你们这些劳苦的人，和一切同情我们的人，是要肩并肩一同前进的，就像耕地时牛和牛那样。咱们为了能过新生活，要一块儿耕地，耙地，好把那些老的莠草，也就是咱们的敌人，从地里全部清除出去！叫他们再也不能生根！叫他们别妨碍新生活的成长！”

施托克曼从一片低低的嗡嗡声中，从一张张有了生气的脸上猜出来，他的话打动了哥萨克们的心。他果然没有猜错，大家开始说心里的话了。

“奥西普·达维陀维奇！你以前在我们这儿住过，我们很了解你，你就跟我们自己人一样。你别拿我们当外人，好好地对我们说说，你们这个政府想要我们怎样？我们自然是拥护这个政府的，我们的孩子都抛掉了阵地嘛，可是我们都是大老粗，简直弄不清这个政府是怎么一回事儿……”

戈里亚兹诺夫老汉含含糊糊地说了半天，绕过来绕过去，支支吾吾，躲躲闪闪，看样子是怕说错了话。一条胳膊的阿列克塞·沙米尔憋不住了，说：

“我可以说几句吗？”

“说吧！”听了大家的话十分激动的伊万·阿列克塞耶维奇答应说。

“施托克曼同志，你先告诉我，我能不能有啥说啥？”

“说吧。”

“不会逮捕我吧？”

施托克曼笑了笑，一声不响地摇了摇手。

“不过请注意，别生气！我这人是个直筒子：怎么想，就怎么说。”

阿列克塞的弟弟马尔丁在后面拉了拉他的棉袄空袖子，很害怕地小声说：

“算了吧，别莽撞！算啦，别说吧，要不然他们马上会收拾你。会把你记在小本子上的，阿列什卡！”

但是阿列克塞把他推开，不住地抽动着难看的腮帮子，眨巴着眼睛，面对全场站定了。

“诸位哥萨克！我来说说，你们来评评我说得对还是不对。”他拿出军人的姿态，用脚后跟一转，脸朝着施托克曼，诡秘地眨巴起那只眯着的眼睛。“我觉得：实话实说——没有错儿。要说，就要说个痛快！我现在就要说说，我们哥萨克都想些什么，为什么我们怨恨共产党……同志，你刚才说，你们不反对种地的哥萨克，他们不是你们的敌人。好像你们是反对财主，是为穷人撑腰的。那你就说说，我们村里那几个人枪毙得对吗？枪毙柯尔叔诺夫，我不想说什么，——他当过村长，一辈子骑在别人脖子上，可是枪毙‘牛皮大王’阿甫杰伊奇又为什么呢？马特维·卡叔林呢？包加推廖夫呢？麦丹尼柯夫呢？还有柯洛列夫呢？他们和我们一样，也是一些大老粗，头脑简单，稀里糊涂。他们学过抓犁把子，没学过拿书本子。他们有的连一个大字也不识。没有什么学识。如果这些人胡说了几句不好的话，就该抓去枪毙吗？”阿列克塞缓了一口气，往前探了探身子。棉袄的空袖筒在胸前晃悠了几下，嘴撇到了一边。“你们把那些糊里糊涂乱说一气的人抓去，枪毙，可是却不碰那些买卖人！买卖人用钱从你们手里买出了他们的命！我们可是没有钱买命，我们跟泥土打了一辈子交道，发不了大财。枪毙的那些人，也许把最后一头牛赶出去卖掉也是情愿的，只要能保住性命就行，可是你们又不要他们交军款。把他们抓去就杀了。维奥申的情形，我们也都知道嘛。那儿的买卖人、神甫——都活得好好的呢。在卡耳根镇上，恐怕也是这样。四周围的情形，我们都听说啦。好事不出门，坏事传千里嘛！”

“说得对！”孤零零的一声喊叫从后面传来。

响起一阵嘈杂声，淹没了阿列克塞的话，但是阿列克塞等了一会儿，也不去理会施托克曼举起来的那条胳膊，又继续说下去：

“我们也明白，苏维埃政府也许是好的，可是掌权的共产党员们，却一心想把我们淹死在水坑里！他们因为一九〇五年的事，跟我们过不去，这话我们是听一些红军步兵说的。我们中间都这样议论：共产党是想消灭我们，把我们斩尽杀绝。叫顿河上连哥萨克的魂儿都留不下。这就是我要说的！我现在就像一个醉汉：心里想什么，嘴里就说什么。我们变成醉汉，都是因为日子过得太好啦，都是因为心里有气，这是你们，是共产党员造成的！”

阿列克塞钻进密密层层的皮袄当中，会场上有老半天一片寂静，局面十分尴尬。施托克曼开口说话了，但是后面有人喊叫起来，打断了他的话。

“是的！哥萨克们都有气！你们听听，现在一些村子里唱的是什么歌儿。很多人有话不敢说出来，但是可以在歌儿里唱出来，唱唱歌是没有罪过的。就编了这样一支《小苹果》：

火炉噝噝响，鱼在锅里煎，
士官生来了，我们好诉冤。

“就是说，有冤要诉啊！”

有人不合时宜地笑了起来。人群轻轻晃动起来。嘁嘁喳喳声，说话声……

施托克曼气嘟嘟地把皮帽子往额上一拉，从口袋里掏出原来柯晒沃依写的名单，喊道：

“不对，胡说！拥护革命的人没有什么冤屈好诉！枪毙你们村子里那些人，那些苏维埃政权的敌人，因为他们是有罪的。你们听着！”于是他清清楚楚、一个字一个字地念起来：

逮捕并解送第十五英查师革命军事法庭侦查委员会听候处理的苏维埃政权的敌人

名单：

号数	姓　　名	逮捕理由	备　考
1	柯尔叔诺夫·米伦·格里高力耶维奇	前任村长，依靠他人劳动致富的财主	
2	西尼林·伊万·阿甫杰伊奇	宣传煽动推翻苏维埃政权	
3	卡叔林·马特维·伊万诺维奇	同上	
4	麦丹尼柯夫·谢敏·加甫里洛夫	佩戴肩章，沿街叫喊反对苏维埃政权	
5	麦列霍夫·潘捷莱·普罗柯菲耶维奇	军人联合会委员	
6	麦列霍夫·格里高力·潘捷莱耶维奇	旧上尉，思想反动。危险分子	

7	卡叔林·安得列·马特维耶夫	参与枪杀波得捷尔柯夫哥萨克红军的刽子手	
8	包多甫斯柯夫·菲多特·尼基佛洛夫	同上	
9	包加推廖夫·阿尔希普·马特维耶夫	教堂堂长。曾经在更房里进行反政府宣传。捣乱分子和反革命分子	
10	柯洛列夫·查哈尔·列昂季耶夫	拒绝交出武器。不可靠分子	

在麦列霍夫父子和包多甫斯柯夫的备考栏里还有一段文字,施托克曼没有念出来。这段文字是:

这几个苏维埃政权的敌人暂不能逮捕,因为其中两人不在家,参加运输队,运送弹药到博柯夫镇去了。麦列霍夫·潘捷莱正在害伤寒病。两人回来后,立即逮捕并押送州里。另一人则等病愈后逮捕。

会场上有一小会儿鸦雀无声,后来却爆发出一片喊叫声:

"不对!"

"胡说!他们说是反对政府嘛!"

"为这号儿事应该!"

"能对他们客气吗?"

"这是对他们栽诬!"

施托克曼又说了起来。好像大家都很用心听他的话,甚至还有表示赞同的呼喊声,但是到最后,他一提出分配那些跟白军逃走的人的财产问题,回答他的却是一片沉默。

"你们的嘴都叫水给堵住啦?"伊万·阿列克塞耶维奇十分懊恼地问道。

人群像漏出来的枪砂子一样,纷纷朝出口处走去。十分贫苦的谢苗,外号叫

"生铁头"的,迟迟疑疑往前走了几步,但是后来改变了主意,摇了摇无指手套,说:

"等财主们一回来,就麻烦啦……"

施托克曼想叫大家不要走,可是柯晒沃依脸色像面粉一样白,小声对伊万·阿列克塞耶维奇说:

"我说过嘛——他们不会要的。现在这些财产就是烧掉,也比分给他们好……"

二十五

米沙·柯晒沃依心事重重地用鞭子敲打着靴筒,低着头,慢慢走上莫霍夫家的台阶。一进门,看见走廊里地板上放着一堆马鞍。看样子,有人刚刚来到:在一只马镫上,还有骑马人踩的雪块子没有化尽呢;那雪块子被马粪染得黄黄的,下面有小小的水洼儿闪闪发光。这都是米沙在肮脏的阳台上走的时候看到的。他用眼睛扫了扫边上到处是豁口的天蓝色镂花栏杆,扫了扫像一条淡紫色花边似的铺在墙边的毛茸茸的冰霜;还匆匆地对着里面蒙了一层水汽,模糊得像牛尿泡一样的玻璃窗看了一眼。但是他所看到的一切,都没有在他脑子里留下什么印象,而是模模糊糊、悠悠忽忽地滑了过去,就像在梦里一样。对格里高力·麦列霍夫的怜惜和仇恨交替地撞击着米沙的单纯的心……

革命军事委员会的堂屋里弥漫着浓浓的烟草气味、马具气味和融雪气味。莫霍夫家的人都跑到顿涅茨河那边去了,留下看家的女仆生起了荷兰炉子。旁边的屋子里有几个民警在哈哈大笑。"真出奇!有什么开心的?!……"米沙从旁边走过,很懊恼地想道,又很心烦地用鞭子最后抽了一下靴筒子,没有敲门就走进拐角上一间屋子里。

伊万·阿列克塞耶维奇穿着棉袄,敞着怀,坐在一张书桌边。他的黑皮帽子歪戴着,显得很威武,可是那汗津津的脸却显得又疲倦又忧愁。施托克曼还是穿着那件长长的骑兵军大衣,坐在旁边的窗台上。他看见米沙走进来,笑了笑,打了个手势,请米沙坐到他身边。

“喂,怎么样,米沙? 坐下。”

米沙叉开两腿,坐了下来。施托克曼那镇静的询问的声音使他清醒过来。

“我听一个可靠的人说……格里高力·麦列霍夫昨天晚上回家来啦。不过我没有上他家去。”

“你看,这事儿怎么办?”

施托克曼卷着烟卷儿,偶尔侧眼看着伊万·阿列克塞耶维奇,等着他回答。

“把他关到地窖里,还是怎么样?”伊万·阿列克塞耶维奇不住地眨巴着眼睛,犹豫不决地问道。

“你是我们革命军事委员会的主席……你看着办吧。”

施托克曼笑了笑,令人不解地耸了耸肩膀。他就会带着刺激意味这样笑,这样的笑比抽一鞭子还厉害。伊万·阿列克塞耶维奇的下巴都冒汗了。

他咬着牙,很强硬地说:

“我是主席,我就把他们两个,把格里什卡和他哥哥都抓起来,送到维奥申去!”

“抓格里高力·麦列霍夫的哥哥,恐怕没有什么意思。有佛明给他做靠山。有他给他说好话,这你是知道的……格里高力嘛,今天马上就可以抓起来! 明天咱们就把他送到维奥申去,今天就派一个民警骑上马把他的材料先送给革命军事法庭主席。”

“是不是到晚上再去抓格里高力,奥西普·达维陀维奇,你看怎样?”

施托克曼咳嗽起来,等咳嗽过了,才擦着大胡子,问道:

“为什么要到晚上?”

“叫人少说闲话……”

“噢,这个吗,你要明白……这没有什么了不起的!”

“米沙,你带两个人马上去把格里什卡抓起来。把他单独关起来。明白吗?”

米沙从窗台上跳下来,就去找民警。施托克曼沙啦沙啦地拖着灰色的破毡靴,在屋子里来回走了一阵子;他在桌子对面站下来,问:

“最后收起来的一批枪支送走了吗?”

“没有。”

“为什么?”

“昨天没有来得及。”

“为什么?”

“今天就送走。”

施托克曼皱起眉头,但是马上又把眉毛挑起来,急急忙忙地问道:

“麦列霍夫家交的是什么?”

伊万·阿列克塞耶维奇想了想,眯缝起眼睛,笑了笑。

“他们倒是交得挺整齐,两支步枪加两支手枪。不过,你以为这是全部吗?”

“不是吗?”

“哎哟!你真傻!”

“我也是这样想。”施托克曼把嘴微微一撇。“我要是在你的位子上,把他逮捕以后,要在他家里仔细搜查一遍。另外,你还要报告驻军司令部。你想倒是会想,可是除了想以外,还要做呀。”

半个钟头以后,米沙回来了。他急急匆匆地从阳台上跑来,气嘟嘟地把门一推,在门口站下来,呼哧呼哧地喘着气,叫道:

“真他妈的见鬼!”

“怎——怎么啦?!”施托克曼快步迎上去,气势汹汹地瞪圆了眼睛,问道。他那长长的军大衣在两条腿中间晃悠着,下摆碰得毡靴呼哒呼哒直响。

米沙不知是嫌他的嗓门儿太小了呢,还是因为别的缘故,一下子发起火来,大叫起来:

“你别瞪眼睛!……”他骂了一句娘。“他们说,格里什卡到新根村他姑妈家去啦,这能怪我吗?你们又干什么来?都不能操操心吗?真是的!把格里什卡放跑啦!用不着朝我喊叫!我是跑腿的,这号事儿我管不着。可是你们想什么来着?”施托克曼对直地向他走来,他向后退着,脊梁抵到瓷砖炉壁上,就大笑起来。“别再往前来啦,奥西普·达维陀维奇!别往前啦,不然的话,我揍你,真的!”

施托克曼在他跟前站了一会儿,攥得手指头咯吧咯吧直响;他看着米沙那龇出来的白牙,看着他那露出笑意和忠诚的眼睛,一个字一个字地说:

“去新根的路你熟悉吗?”

“我熟悉。”

“那你干什么还要跑回来?你还说跟德国人打过仗呢……没有用!”他故意带着蔑视的神情眯起眼睛。

草原上弥漫着淡蓝色的夜雾。血红的月亮从顿河边的山冈后面升上来。月光淡淡的，都遮不住闪闪烁烁的星光。

六匹马顺着大路朝新根村跑去。马小步快跑着。施托克曼紧挨着米沙，在龙骑兵的马鞍上摇晃着。他骑的一匹高大的枣红色顿河马一直很不老实，时时刻刻想咬他的膝盖。他从容自若地讲了一个十分好笑的故事，米沙趴在鞍头上，像个小孩子一样咯咯地笑着，笑得喘不上气来，直打嗝儿，并且老想瞅瞅长耳风帽底下的施托克曼，瞅瞅他那一双严峻而机警的眼睛。

在新根村进行了仔细搜查，没有得到任何结果。

二十六

格里高力到了博柯夫镇上，又被逼着往车尔尼雪夫镇跑了一趟。过了十来天他才回来。在他回来前两天，把他父亲逮捕了。潘捷莱·普罗柯菲耶维奇害过伤寒以后，刚刚开始走动。

他一场大病害过，头发又白了不少，骨瘦如柴，就像是一具马骷髅。白头发稀稀拉拉，很像是虫子咬坏的羊皮，大胡子乱糟糟的，边上也是一片白了。

民警给他十分钟，让他收拾了一下，就把他带走了。在送往维奥申以前，把潘捷莱·普罗柯菲耶维奇关在莫霍夫家的地窖里。除了他以外，在充满浓浓的茴香苹果气味的地窖里，还有九个老头子和一个陪审官。

格里高力还没有把爬犁赶进大门，彼特罗就向他报告了这个消息，并且劝他说：

“弟弟，你赶紧走吧……他们来问过你，问你什么时候回来。你暖和暖和身子，看看孩子们，然后我把你送到大鱼村去，你在那儿躲几天，避避风头。他们要是来问,我就说,你上新根村姑妈家去啦。咱们村里已经枪毙了七个,你听说了吗? 但愿爹不要走这条路……至于你,那就没有什么好说的啦!”

格里高力在厨房里坐了半个钟头,然后就备上自己那匹马,连夜逃到大鱼村去。那是麦列霍夫家的一个远房亲戚,是一个很热心的哥萨克,他把格里高力藏在一个堆放马粪坯的小棚屋里。格里高力在那里面住了两天,只有到夜里才从自己的小窝儿里爬出来活动活动。

二十七

米沙从新根村回来以后,第二天就上维奥申,想去问问党支部什么时候开会。他、伊万·阿列克塞耶维奇、叶麦里扬、达维德卡和菲里加都要正式加入共产党。

米沙押送着哥萨克们最后交来的一批枪支、在学校的院子里发现的一挺机枪,还带着施托克曼给州革命军事委员会主席的一封信。在去维奥申的路上,在河边滩地上惊起不少兔子。打了几年仗,兔子繁殖了许多,到处乱跑,每走一步都可以碰到。有多少黄黄的莎草穗儿,就有多少兔子。一只白胸脯的灰兔子,听到爬犁吱咯声,跳了起来,摇晃着带黑绦儿的尾巴,朝荒地上跑去。赶爬犁的叶麦里扬撇开缰绳,不要命地喊叫道:

“打呀! 快,把它干掉!”

米沙从爬犁上跳下来,跪下一条腿,对着飞跑的灰球儿打了一梭子,他十分扫兴地看到,子弹打得周围的白雪乱飞,可是那灰球儿加快了速度,一路子蹚得荒草上的雪粉纷纷往下落,很快就钻进了密林里。

……州革命军事委员会里乱糟糟的,十分嘈杂。很多人慌慌张张地跑来跑去,不时有通讯员骑着马跑来,街上的行人少得出奇。米沙不明白惊慌忙乱的原

因,所以感到十分奇怪。副主席心不在焉地把施托克曼的信塞到口袋里,米沙问他,有没有回信,他冷冷地嘟哝说:

"别啰嗦,去你的吧!顾不上你们啦!"

警卫连的红军战士们在广场上来来回回地走着。一辆行军灶车烟雾腾腾地跑了过去。广场上还留着牛肉味和桂树叶子的气味。

米沙来到革命军事法庭,找到熟识的弟兄,把烟点着了,问道:

"你们这儿为什么这样乱糟糟的?"

一个姓格罗莫夫的地方案件侦查员,很勉强地回答他说:

"嘉桑镇上有点儿不太平。不知是白军冲进去了呢,还是哥萨克闹暴动。听说,昨天那儿打起来啦。电话已经切断啦。"

"该派骑兵联络员去看看嘛。"

"派去啦。还没有回来。今天又派一个连上叶兰镇去啦。那儿情况也不大好。"

他们坐在窗前抽烟。革命军事法庭占用的这座高大的商店的玻璃窗外飘起了雪花。

镇外松树林附近,去黑村的方向,响起了低沉的枪声。米沙的脸一下子白了,纸烟也掉到了地上。原来在屋里的人一齐跑到院子里。枪声已经是十分响亮和沉重有力了。一阵猛似一阵的乱枪声压倒了齐射声,子弹嗖嗖地飞来,嚓嚓地往棚子板壁上、往大门上直钻。在院子里打伤了一名红军。格罗莫夫一面揉着文件,往口袋里塞着,一面朝广场上跑去。警卫连留下来的一些战士正在革命军事委员会旁边排队。连长穿着一件短短的皮袄,像织布梭子一样在战士们当中穿来穿去。他领着连队,成纵队小步跑下斜坡,朝顿河上跑去。一下子就乱得不可收拾了。许多人在广场上乱跑起来。一匹鞍辔齐全、没有人骑的马把头昂得高高的,飞跑过去。

吓慌了的米沙,自己也不记得自己怎样来到广场上。他看到,佛明披着斗篷,像一阵黑旋风似的从教堂里冲了出来。他那匹高头大马的尾巴上还拴着一挺机枪。机枪上的轮子来不及转动,飞跑的马就将机枪横拖着,拖得机枪摆来摆去。佛明趴在鞍头上,跑到山脚下去了,身后留下一团团银色的雪粉。

"找马去!"这是米沙的第一个念头。他弯下身子,跑过两个街口,连一口气也没有喘。他的心紧紧缩着,一直跑到歇马的院子里。叶麦里扬正在套爬犁,吓得连皮套都套不到马身上去了。

"怎么啦,米沙?怎么一回事儿?"他磕打着牙齿,嘟嘟噜噜地问。把皮套套上，缰绳又掉了。刚开始拴缰绳，颈圈左边的结子又松了。

他们歇马的那家院子正对着草原。米沙朝松树林望了望，并没有步兵散兵线从里面拥出来，也没有骑兵排成阵势从里面冲出来。不知什么地方在打枪，街道空空荡荡，一切都很正常，很乏味。然而可怕的事情发生了：暴动真的开始了。

叶麦里扬在套爬犁的时候，米沙的眼睛一直没有离开草原。他看到，有一个穿黑大衣的人从小教堂后面跑出来，从十二月里烧毁的无线电台的废墟旁边绕过，朝前跑去。他双手按在胸前，身子向前弯得低低的，使足了劲儿跑着。米沙从大衣上认出那是侦查员格罗莫夫。他又看到，从篱笆后面闪出一个骑马的人影。米沙也认出了这个人。这是维奥申镇上的哥萨克契尔尼奇金，是一个死心塌地的年轻白卫军分子。格罗莫夫在离契尔尼奇金有一百丈远的时候，一面跑着，一面回头看了看，又看了看，便从口袋里掏出手枪来。放了一枪，又放了一枪。格罗莫夫跳到一个小沙包顶上，连放了几枪。契尔尼奇金跑着跑着从马上跳了下来；拉着缰绳，摘下步枪，卧倒在雪堆后面。一声步枪响过，格罗莫夫就用左手乱抓着树条子，侧歪着身子朝前走去。他绕着小沙包转了一个圈儿，就脸朝下栽倒在雪地上。“打死啦！”米沙心里一阵冰冷。契尔尼奇金是一个神枪手，他使用那支从对德战争中带回来的奥地利式卡宾枪，不论打什么目标，不论相隔多远，都是弹无虚发。米沙已经坐上爬犁，出了大门，又看到，契尔尼奇金跑到小沙包跟前，抡起马刀乱砍那件斜斜地铺展在雪地上的黑大衣。

穿过顿河朝巴兹基村去，是很危险的。马和人在一片白的、宽阔的顿河河面上是最好的靶子。

河面上已经躺着两个被流弹打死的警卫连红军战士了。因此叶麦里扬掉转马头，经过小湖，朝树林里走去。冰上的雪已经水漉漉的，水花和雪团子从马蹄下噗哧噗哧地向四面乱飞，爬犁的滑木划出两道深深的犁沟。他们像发了疯似的跑到了村边。但是到了渡口上，叶麦里扬勒住马，转过被风吹红了的脸，对着米沙，问道：

“如果咱们这儿也那样乱起来，那可怎么办？”

米沙的眼睛里露出烦恼的神情。他打量了一下村子。有两个骑马的人顺着紧靠顿河的一条街跑过去。米沙觉得，显然那是民警。

“进村子。咱们没有别的地方好去！”他毅然决然地说。

叶麦里扬无可奈何地赶着马又往前去，过了顿河，来到村口。“小牛皮大王”安季普和村子上头的两个老头子迎着他们跑来。

“哎呀，米沙！”叶麦里扬看见安季普手里有枪，就勒住马，转了个急弯儿。

"站住!"

一声枪响。叶麦里扬手里握着缰绳,倒了下去。两匹马跳了几下,撞在篱笆上。米沙从爬犁上跳下来。安季普拖着穿毡靴的两只脚,滑滑跌跌地朝他跑来,安季普摇晃了两下,就站了下来,端起了步枪。米沙往篱笆上趴倒的时候,看见了一个老头子手里的明晃晃的三齿叉子。

"揍他!"

米沙因为肩膀上一阵疼痛,一声不响地倒了下去,用手捂住眼睛。那个老头子弯下身,喘着粗气,用叉子猛刺了他一下子。

"起来,狗东西!"

以后的事,米沙觉得都好像是在梦里发生的。安季普大哭着,朝他扑来,抓住他的胸膛:

"他把我爹害死啦……好人们,都闪开! 让我把他的心挖出来!"

几个人在拉他。已经聚集起一大群人。有一个声音像伤了风一样低哑地劝道:

"把这小伙子放了吧! 怎么,你们就不带十字架吗? 安季普,算啦! 你又不能叫你爹起死回生,却要害一条性命……伙计们,都走吧! 瞧,那边仓库里在分糖呢。去吧……"

黄昏时候,米沙苏醒过来,依然躺在篱笆脚下。叉子刺伤的肋部火辣辣地疼。叉齿穿过了皮袄和棉袄,所以刺进肉里并不深。但是伤口很疼,伤口上的血都结成了块子。米沙站起来,仔细听了听。看样子,是暴动的哥萨克在村子里到处巡逻。可以听到稀稀拉拉的枪声。狗在狂叫。远处有说话声,那声音越来越近。米沙顺着河边牲口走的小路向前走去。他爬上崖头,用手摸索着雪地上硬邦邦的冰壳子,摇摇摆摆地贴着篱笆往前爬。他认不出地方来了,只是糊里糊涂往前爬。他冻得身子直打哆嗦,两手都冻麻木了。他冻得受不住,便朝一家的后门爬去。米沙推开用树枝顶住的小门,进了后院。左边有一个棚子。他刚刚进棚子,马上就听见有脚步声和咳嗽声。

有人朝棚子里走来,走得毡靴吧哒吧哒响着。"这一下子要把我打死啦。"米沙好像在想别人的事情,木木地想着。那个人在黑糊糊的门口站住了。

"里面是哪一个?"

声音很微弱,好像很害怕似的。

米沙朝墙后面跨了两步。

"是谁?"问话的人已经有些惊慌了,声音也大些了。

米沙听出是司捷潘·阿司塔霍夫的声音，便从棚子里走了出来。

“司捷潘，是我，柯晒沃依……行行好，救救我吧！你能不告诉别人吗？帮帮忙吧！”

“原来是你呀……”司捷潘害过伤寒以后，刚刚起床，说话声音软弱无力。他那因为瘦而变长了的嘴，张得大大的，迟迟疑疑地笑着。“好，没什么，你就呆着吧，呆一天你再上别处去。可是，你怎么跑到这儿来啦？”

米沙没有回答，握了握他的手，就钻进糠堆里。

第二天晚上，天一黑，他就冒险回到家里，敲了敲窗户。妈妈给他开了过道的门，就哭了起来。她的手摸摸索索，搂住米沙的脖子，头在他的胸膛上直撞。

“快走吧！天啊，走吧，好孩子！今天早上来过很多人……把整个院子都翻遍啦，到处找你。‘小牛皮大王’安季普还抽了我一鞭子。他说：‘叫你把儿子藏起来！真可惜，没有一下子把他打死！’”

自己人都到哪里去了，米沙猜想不到。村子里究竟发生了什么事情，他不知道。从妈妈短短的一番话中，他明白了，顿河上所有的村庄里都暴动起来了，施托克曼、伊万·阿列克塞耶维奇、达维德卡和几个民警都逃走了，菲里加和季莫菲昨天中午就在广场上被打死了。

“走吧！在家里他们会找到你的……”

妈妈哭着，但是她那充满忧愁的声音是果断的。米沙多少年以来第一次哭了起来，像小孩子一样抽搭着，嘴里还冒着泡儿。后来就备上那匹正在奶马驹的骒马，也就是他当马倌时骑的那匹骒马，牵到场院上去，小马驹和米沙的妈妈都在后面跟着。妈妈扶米沙上了马，画了一个十字。骒马很不情愿地朝前走去，咴儿咴儿地叫了两次，呼唤小马驹儿。两次都叫得米沙的心往下掉，好像滚到了下面什么地方。但是他平平安安地上了山冈，就顺着将军大道，朝东方，朝着大熊河河口方向，飞跑起来。夜色漆黑漆黑的，正是月黑逃亡夜。骒马一个劲儿地嘶叫，害怕把小马驹儿丢掉。米沙咬着牙，用缰绳头儿抽着骒马的耳朵，时不时地停下来听听，后面或前面是不是有马的奔跑声，马的嘶叫声是不是引起什么人注意。但是周围死沉沉的，静得出奇。米沙只听见，小马驹儿利用停下来的机会，趴在母马那黑黑的乳房上，后腿撑在雪地上，吃起奶来，不住地吧哒着嘴巴，米沙并且从马背上感觉出小马驹儿一口一口地在吸奶。

二十八

在堆马粪坯的棚屋里，闻到的是浓浓的干牲口粪气味、霉烂的麦秸气味、吃剩的干草气味。白天，灰灰的亮光从蒲草棚顶透进来。有时候太阳像穿过筛子那样，穿过树枝编的小门照进来。夜里一团漆黑。老鼠吱吱声。一片寂静……

女主人每天晚上偷偷地给格里高力送一次吃的东西。他身边干马粪上还放着一瓦罐水。一切都过得去。只是烟丝抽完了。格里高力头一天瘾得十分难受，因为实在受不住，第二天一早他就在地上摸索了一阵子，弄到一把干马粪，放在掌心里捻碎了，抽了起来。晚上主人叫老婆送来两张从福音书上撕下来的破纸、一盒火柴和一把混合烟：干木樨和未成熟的自种烟"酒白克"的根。格里高力高兴极了，拼命抽了一阵子，都抽得恶心起来，并且头一次躺在高高低低的粪堆上，把头蒙在衣襟里，就像鸟儿把头藏在翅膀底下那样，美美地睡了一夜。

清晨，主人把他叫醒了。主人跑进来，尖声叫道：

"还在睡呀？快起来吧！顿河闹起来啦！……"他响亮地大笑起来。

格里高力一下子从粪堆上跳下来。垒得方方正正的粪块堆像雪崩一样，跟着他哗啦啦地塌了下来。

"出了什么事儿？"

"叶兰乡和维奥申乡咱们这一边的人都起来啦。佛明和整个政府都从维奥申逃到陶根去啦。好像嘉桑乡、叔米林乡、米古林乡都闹起来啦。你明白是怎么一回事情了吧？"

格里高力额头和脖子上的青筋都鼓了起来，瞳人里冒出绿莹莹的火焰。他掩藏不住自己的喜悦：喉咙哆嗦着，黑黑的手指头毫无目的地来来回回摸索着军大衣的扣子。

“你们村子里呢？怎么样？有什么动静？”

“什么也没有听说。我看见主席啦，他笑着说：‘我反正都是一样，对什么样的神祷告都行，只要是神。’你快从窝儿里爬出来吧。”

他们朝屋里走去。格里高力跨着老大的步子。主人紧跟在他的身旁，对他讲着：

“在叶兰乡，打头儿起事的是红土崖村。前天叶兰镇上有二十个共产党员上柯里夫村和普列沙柯夫村去逮哥萨克，可是红土崖村的人听说这件事，就开了一个会，做出决定：‘咱们要忍受到什么时候？现在抓咱们的老头子，底下就轮到咱们啦。咱们骑上马，去把被捕的人夺回来。’集合了十五个人，都是一些勇猛的小伙子。由一个姓阿特兰诺夫的、打过仗的哥萨克率领着。他们只有两支步枪，有的就拿马刀，有的就拿长矛，还有人拿叉子。他们过了顿河，来到普列沙柯夫村里。共产党员们正在梅里尼柯夫家院子里休息。红土崖村的人就列成阵势骑马朝院子冲去，但是那院子围着石头院墙。他们冲了一下子，就往后跑啦。共产党员们打死了他们一个人，愿他在天堂安息。共产党员们在后面撵着打了一阵枪，他就落了马，倒在篱笆上。普列沙柯夫村的哥萨克把他抬到官马厩里。这位好汉的马鞭子在手里都冻住啦……用劲扯才扯了出来。这时候，苏维埃政权也完蛋啦，狗日的！……”

格里高力在屋子里狼吞虎咽地把剩下来的早饭都吃光了，便同主人一起来到街上。在胡同口上，哥萨克们一堆一堆的，就像过年过节一样。格里高力和主人走到其中一堆人跟前。哥萨克们把手举到帽檐上，很客气地答礼，一面带着好奇和等待的神情打量着格里高力这个陌生人。

“诸位街坊，这是自己人！你们别见外。鞑靼村麦列霍夫一家，你们听说过吗？这就是潘捷莱的小儿子格里高力。他是怕枪毙，来我家里避难的。”主人很自豪地说。

一开口谈话，就有一个哥萨克讲起列舍托夫村、杜布洛夫村和黑村的哥萨克怎样把佛明赶出维奥申的情形，但是这时候，紧靠着陡峭的白色山坡的街头上出现了两个骑马的人。他们顺着大街跑来，在每一堆哥萨克跟前都停一停，转过马头，挥舞着双手，不知在叫喊什么。格里高力急切地等待着他们走近。

“这不是咱们大鱼村的人……不知这是从哪儿来的报信的。”那个哥萨克一面凝神望着，一面说，并且不再讲进攻维奥申的事了。

两个骑马的人过了附近的胡同口，来到跟前。前面的一个老头子，披着棉袄，没有戴帽子，一张脸汗津津的、红红的，灰白的鬈发披散在额头上，他非常刚健地把马勒住；身子拼命向后仰着，把右手伸到前面。

“哥萨克们，你们为什么像老娘们儿一样，站在胡同口上呀?!”他用哭腔喊道。痛恨的泪水使他的嗓子都嘶哑了，红红的两腮激动得直打哆嗦。

他骑的是一匹没有生过驹的四岁口的很漂亮的骒马，全身枣红色，白鼻子，粗尾巴，四条腿瘦劲劲的，就像用钢铁铸的。那马又打响鼻，又咬嚼子，蹲下去，又直立起来，要求放松缰绳，好让它重新龙腾虎跃地奔跑，让风重新吹弯它的耳朵，吹得鬃毛嗖嗖价响，让冻得冬冬响的大地在它那光溜溜的蹄下重新发出呻吟声。骒马那薄薄的皮肤底下，每一条筋、每一条血管都在腾腾跳动。脖子上一条条圆滚滚的肌肉不住地在蠕动，闪闪有光的粉红色鼻孔不住地在哆嗦，那鼓鼓的、红宝石一般的眼睛，转悠着血红的眼珠子，带着恳求和凶狠的神情斜看着主人。

“静静的顿河的子孙们，你们为什么不动啊?!”那个老头子把目光从格里高力身上移到其余的人身上，又叫喊道。“他们在枪杀你们的父老，抢夺你们的财产，那些像犹大一样的政治委员在辱骂你们的教门，你们还有心思嗑葵花子，到游戏场上闲逛吗？你们等着他们拿套索来勒你们的脖子吗？你们天天拉着老娘们儿的裙子，要拉到什么时候？整个叶兰乡，老老少少都起来啦。整个维奥申乡，把红党都打跑啦……可是你们大鱼村的哥萨克动都不动！你们的性命就不值钱吗？你们身上流的不是哥萨克的血，是庄稼佬的克瓦斯吗？干起来吧！拿起枪来！柯里夫村派我们上各村来发动。哥萨克们，上马干吧，不要怠慢！”他那两只疯狂的眼睛碰到了一个熟识的老头子的脸，他十分气忿地叫道：“谢苗·贺里斯托佛洛维奇，你怎么也站在这儿？红军在菲洛诺沃杀死了你的儿子，你也想躲在炕头上吗?!”

格里高力没有把话听完，就朝院子里奔去。他飞跑着从棚屋里拉出自己藏起来的马；他从马粪堆里抠出马鞍子，抠得指甲都出了血，他像疯子一样，骑上马飞跑出大门。

“我走啦！多谢啦！”他急急忙忙对着朝门口走来的主人喊了两声，就朝鞍头上一趴，身子贴在马脖子上，沿街荡起一股旋风似的白茫茫的雪雾，用鞭抽打着马的两肋，叫马使足了劲儿跑起来。他身后的雪雾一团一团地落下，马镫在脚底下直打滑，麻木的两腿在鞍边上擦来擦去。马蹄在马镫下面急匆匆地哒哒响着。他感到非常高兴，高兴得不得了，感到有一股很大的力量和决心，以至于嗓子眼儿里不由自主地发出尖尖的嗞嗞声和哧哧声。他心中压抑着和隐藏着的感情一下子解放了。看样子，从现在起，他该走的路是清清楚楚的了，就像月亮照耀着的大道。

几天来他像野兽一样藏在马粪棚子里，像野兽一样谛听着外面的每一个声音和动静，这样痛苦难熬地过了几天，他的主意完全拿定了，一切都考虑好了。过去那些寻找真理、动摇、转变和内心痛苦斗争的日子，好像他从来不曾有过。

那些日子像云彩影子一样过去了，现在他觉得那些探索是白费心思，没有一点意思。有什么好想的呢？为什么自己的心要像一只被围捕的狼那样，为了寻找出路，解决矛盾，老是撞来撞去？世上的事本来是很好笑、很简单的。现在他觉得，世上根本就没有对任何人都适用的道理，于是他无比恼恨地想：各人有各人的道理，各人有各人的路嘛。为了一块面包，为了一块土地，为了活下去，人和人一直在你争我夺，而且只要还有太阳照耀着，只要人的血管里还流着热血，还要一直争夺下去。应当和那些想要人的命、不叫人活下去的人拼了；要坚决地拼，不能摇来摆去，而深仇大恨和决心也都是斗争斗出来的。只是不能叫爱情受束缚，要想爱谁就爱谁，想怎样爱就怎样爱——那就好了。

哥萨克不能和俄罗斯没有土地的庄稼佬走一条路，不能和工厂工人走一条路。要和他们拼个你死我活。要把哥萨克用鲜血浇灌的、肥沃的顿河土地从他们脚底下夺回来。要像驱逐鞑靼人那样，把他们从顿河土地上赶出去！要拿下莫斯科，叫他们降服！狭路相逢是不能让路的，不是我打倒你，就是你打倒我，反正一定要打。已经试验过啦：把一团一团的红军放到顿河土地上来，结果又怎样呢？现在就是要拿起刀来！

格里高力骑着马在白茫茫的顿河河面上跑着，心里一直怀着盲目的仇恨这样想着。有一会儿他心里发生了矛盾："这是财主和穷人的斗争呀，不是哥萨克和俄罗斯的斗争……米沙·柯晒沃依和科特里亚洛夫也是哥萨克嘛，可是他们从里到外都是红党……"但是他狠了狠心，赶走了这些念头。

已经可以看见鞑靼村了。格里高力扯了扯缰绳，让满身汗沫的马换成小跑。到了村口，又把马一夹，那马用胸膛撞开便门，跑进院子。

二十九

黎明时候,狼狈不堪的柯晒沃依进了大霍派尔河口乡的一个村子。第四后阿穆尔团的岗哨把他拦住。两名红军战士把他带到了团部。一位参谋很不信任地把他盘问了老半天,打算问出一些破绽,提出许多问题,例如:“你们那儿的革命军事委员会主席是谁?为什么没带证明?”以及诸如此类的问题。米沙已经不耐烦答复这些混账问题了。

“同志,你别折腾我啦!哥萨克盘查得还要厉害些,可是也没有得到什么结果。”

他撩起衬衣,亮出被叉子刺伤的肋部和小肚子。他已经想用厉害话来吓唬吓唬这位参谋了,但就在这时候,施托克曼走了进来。

“你这浪荡子!鬼东西!”他用两手抓住米沙的脊梁,粗声粗气地说。“你怎么,同志,盘问起他来啦?这是咱们的小伙子呀!你可是真够糊涂!你派个人去叫我,或者叫科特里亚洛夫同志来,就行嘛,什么都不用问啦……咱们走吧,米沙!你怎么活下来啦?你要给我说说,你是怎么活下来的。我们已经把你从活人名单上除名啦。我们以为,你已经英勇牺牲啦。”

米沙想起哥萨克把他捉住的情形,想起自己毫无戒备,把步枪放在爬犁上,心里很难受,脸红得流出了眼泪。

三十

格里高力回到鞑靼村的那一天,村里已经成立了两个哥萨克连。村民大会上决定,要把所有能拿起武器的人,从十六岁到七十岁,都动员起来。许多人觉得目前这种局面是靠不住的:北面是已经在布尔什维克手下的、敌方的沃罗涅日省和红色的霍派尔州;南面是战线,战线一转,就会以排山倒海之势把叛乱的哥萨克碾碎。有些特别小心谨慎的哥萨克不愿拿起枪来干,但是强迫他们干。司捷潘·阿司塔霍夫就坚决不愿干。

"我不去。你们把马牵去吧,随你们对我怎样好啦,拿枪打仗我是不干的!"早晨格里高力、贺里散福和安尼凯来家里找他,他这样声明说。

"你为什么不愿干?"格里高力翕动着鼻孔,问道。

"不愿干就是不愿干呗!"

"如果红军来攻咱们的村子,你怎么办?是跟我们走呢,还是留下来?"

司捷潘用闪闪放光的眼睛看了格里高力,又看阿克西妮亚,凝神看了半天,沉默了一阵子,然后才回答说:

"到那时候再看……"

"要是这样,给我出去!贺里散福,把他抓起来!我们马上把你毙了!"格里高力不去看靠在锅台上的阿克西妮亚,抓住司捷潘的军便服袖子,把他拉到自己跟前。"咱们走,没什么好啰嗦的!"

"格里高力,别胡闹……放开!"司捷潘脸色煞白,轻轻地挣着。

阴沉下脸的贺里散福从后面把他抱住,嘟哝说:

"你要是有这种心思,那咱们就走吧。"

"弟兄们!……"

“我们不是你的弟兄！走吧，别啰嗦！”

“放开我，我参加连队好啦。我刚害过伤寒，没有力气呀……”

格里高力似笑非笑地笑了笑，松开司捷潘的军便服袖子。

“你去领枪吧！早这样就好啦！”

他把军大衣一掩，没有打招呼就走了出去。贺里散福并没有因为刚才的事感到不好意思，向司捷潘要了些烟丝卷烟卷儿，还坐了半天，说了半天话儿，好像他们之间什么事也不曾有过似的。

傍晚时候，从维奥申镇上运来两车武器：八十四支步枪和一百多把大刀。许多人拿出自己收藏起来的武器。村子里共出兵员二百一十一名。其中一百五十名骑兵，其余的是步兵。

各处暴动的人还没有统一的组织。各个村庄都是单独活动：各自成立连队，在大会上选举勇敢善战的人任连排长，不问军衔，只看战功；暂时都没有外出作战，只是和周围的村庄联络联络，派骑兵侦察队在附近巡逻巡逻。

在格里高力回来以前，鞑靼村就又像一九一八年那样，选举彼特罗·麦列霍夫担任了骑兵连连长。担任步兵连连长的是拉推舍夫。炮兵们由伊凡·托米林领着上巴兹基去了。那里有红军扔下的一门残缺不全的大炮，瞄准镜没有了，轮子也坏了。炮兵们就是去修这门炮的。

这二百一十一人使用的武器，就是从维奥申运来的和在村子里搜集到的一百零八支步枪、一百四十把马刀和十四支猎枪。潘捷莱·普罗柯菲耶维奇也和其他一些老头子一起，从莫霍夫家的地窖里出来了，他把那挺机枪挖了出来。但是却没有子弹带，所以连队并没有使用这挺机枪。

第二天傍晚时候得到消息，说是有一支红军清剿队，有三百支枪、七门大炮、十二挺机枪，由李哈乔夫率领着，从卡耳根镇出发，前来镇压暴动了。彼特罗决定往陶根村方向派出一支强大的侦察队，同时通知了维奥申。

侦察队在黄昏时候出发。这支三十二人的侦察队由格里高力·麦列霍夫率领着。他们出了村子就飞跑起来，一直这样几乎飞跑到陶根村村边。在离村两俄里的地方，大道旁边有一道不很深的沟，格里高力叫大家在这里下了马，在沟里散了开来。看守马匹的人把马牵到洼地里去。洼地里的雪很深。马往洼地里走，肚子都擦到松软的雪上；有一匹公马，因为春情萌动，又咴儿咴儿直叫，又尥蹶子。只好派一个人单独看住这匹马。

格里高力派安尼凯、马尔丁·沙米尔和普罗霍尔·泽柯夫他们三个到村子里去察看。他们让马小步走着。陶根村边的树林在山坡下隐隐地泛着青色，像一条粗粗的曲线似的向东南方伸去。夜色渐渐浓了。草原上罩着低低的云彩。哥萨克们一声不响地坐在沟里。格里高力看着三个骑马的身影朝坡下走去,渐渐和黑黑的道路融合到一起。已经看不见马匹了,只有骑马人的脑袋在晃悠了。后来连人的脑袋也看不见了。过了一小会儿,那儿就哒哒地响起了机枪。然后又有一挺机枪响了起来,声音更高些,看样子是一挺手提机枪。手提机枪打完一梭子,就不响了,可是先前那一挺喘了一口气之后,又很快地打了一梭子。子弹像飞蝗一样在土沟上面,在夜色苍茫的高处飞着。乱飞乱叫的子弹声使人振奋,那声音又快活又尖细。三匹马使足了劲儿跑了回来。

"碰上岗哨啦!"普罗霍尔·泽柯夫老远就喊道。冬冬的马蹄声淹没了他的喊声。

"把马准备好!"格里高力发出命令。

他像跳出战壕那样,一下子跳到沟沿上,也不顾那吱吱地往雪地里直钻的流弹,迎着飞跑而来的三匹马走去。

"没看见什么吗?"

"听见那儿有动静。从声音上听出来,他们人很多。"安尼凯气喘吁吁地说。

安尼凯从马上跳下来,一只靴子的靴尖卡在马镫里出不来,他骂了一声,一只脚跳着,用手扳住马镫,把脚抽了出来。

趁格里高力向他问话的时候,有八个哥萨克从沟里出来,跑到洼地里;找到自己的马,骑上马就跑回家了。

"明天把他们毙了。"格里高力听着开小差的人那越来越远的马蹄声,小声说。

留在沟里的哥萨克又坐了有一个钟头,小心翼翼地保持着肃静,仔细听着。终于有人听见了马蹄声。

"有人骑马从陶根村那边来啦……"

"是侦察队!"

"不会的!"

大家小声交谈着。探出头去看了看,可是夜色漆黑漆黑的,什么都看不见。还是菲多特·包多甫斯柯夫那加尔梅克式的眼睛最先看清楚了。

"来啦。"他一面摘步枪,一面很有把握地说。

他背枪的样子很特别:皮带像十字架的带子那样挂在脖子上,步枪在胸前斜斜地奋拉着。他走路或者骑马,总是把两手放在枪筒子和枪托子上,就像老娘们儿抱着扁担。

有十来个骑马的人,一声不响地、不成队形地顺着大路走来。有一个身穿皮袄、样子很威武的人走在最前面,离大家有半匹马的样子。他那匹长身子、短尾巴的马步伐矫健、昂首挺胸地走着。格里高力在低处往上看,又有灰灰的天空作衬托,所以能清清楚楚地看到马的轮廓、人的身影,甚至还看清了最前面那个人头上戴的平顶库班式皮帽。骑马的人离沟只有十来丈远了;他们离哥萨克们这样近,似乎应该听见哥萨克们呼哧呼哧的喘气声和不住的心跳声了。

格里高力事先就下过命令,没有他的口令,不许开枪。他就像一个埋伏起来的猎人,在细心而慎重地等待着时机。他已经有成谋在胸:对他们大喝一声,等他们吓得乱成一团,就开枪。

大路上的雪清脆地咯吱咯吱响着。马蹄下面迸起黄黄的火星;大概是马掌在光溜溜的石头上滑了一下。

"什么人?"

格里高力像猫一样,十分轻捷地从沟里跳了出来,站直了身子。哥萨克们也跟着他刷刷地从沟里跳了出来。

情形完全不像格里高力所料想的那样。

"你们想找什么人?"最前面的那个人,连一点害怕或惊讶的影子也没有,用沉厚而沙哑的嗓门儿问道。那人掉转马头,冲着格里高力走来。

"你是什么人?!"格里高力没有动地方,悄悄地弯着胳膊把手枪举起来,厉声喝道。

仍旧是那个沉厚的声音愤怒地大声喝道:

"谁叫你在这儿大嚷大叫?我是清剿队队长!受红军第八军司令部委派,前来镇压暴动!你们的首长是哪一个?把他给我叫来!"

"我就是!"

"是你吗?噢——噢……"

格里高力看见那人举起来的手里有一样黑黑的东西,就赶在枪响之前趴了下去;一面跌倒,一面喊叫:

"开火!"

勃朗宁手枪打出的一粒钝头子弹嗖的一声从格里高力头上飞了过去。两边都纷纷开火了。包多甫斯柯夫紧紧抓住毫不畏惧的清剿队长的马缰绳。格里高力隔着包多甫斯柯夫,探过身子,抓住那人的胳膊,用刀背照着库班帽砍了一刀,便把他那高大的身子拉下马来。这一场交手战两分钟就结束了。两名红军被打死,三名逃掉了,其余的都缴了枪。

格里高力用手枪对着被俘的戴库班帽的队长的打破了的嘴，简单地审问了一下：

“坏蛋，姓什么？”

“李哈乔夫。”

“你凭什么敢带着九个人出来？你以为，哥萨克会下跪，会向你求饶吗？”

“你们杀死我好啦！”

“现在还不慌着杀你，”格里高力安慰他说，“证件在哪儿？”

“在挂包里。拿去吧，土匪！……坏蛋！”

格里高力不去理会他的咒骂，亲自把李哈乔夫身上搜了一遍，从他的皮袄口袋里又搜出一支勃朗宁手枪，把他的匣子枪和军用挂包都摘了下来。在旁边的口袋里还搜出一个用彩色兽皮做成的小包，里面装着文件和烟盒。

李哈乔夫一个劲儿地在骂，疼得直哼哼。他的右肩被打穿了，格里高力的马刀又砍得他的脑袋够戗。他的个头儿很高，比格里高力还高，又很粗大，看样子很有力气。在他那刮得光光的、黑黑的脸上，两道又短又宽的黑眉毛像张开的爪子似的威风凛凛地分列在鼻梁的两边。嘴大大的，下巴方方的。他穿的是带褶儿的皮袄，戴的是黑色库班皮帽，皮帽被刀背砍皱了，皮袄里面还整整齐齐地穿着绿制服和肥大的马裤。但是两只脚很小，很秀气，穿着一双很漂亮的漆皮靴子。

“委员，把皮袄脱下来吧！”格里高力命令说。“你够胖的，吃哥萨克的粮食吃肥啦，大概不会冻死的！”

用皮带和缰绳捆住俘虏们的两手，让他们骑在自己的马上。

“跟我走！”格里高力摸了摸挂在自己身上的李哈乔夫的匣子枪，命令说。

他们在巴兹基村过夜。李哈乔夫躺在灶旁地上一张草垫子上，翻来覆去，不住地咬着牙，哼哼着。格里高力就着灯光给他洗了洗肩上的伤口，包扎了一下。但是问他话，他还是不回答。格里高力在桌边坐了老半天，仔细看了李哈乔夫的委任书、逃走的革命军事法庭移交给李哈乔夫的维奥申乡反革命哥萨克的名单、日记本、书信、地图上的一些记号。偶尔地看看李哈乔夫，和他交换一下像刀子一样的目光。在这座房子里过夜的哥萨克一夜都没有睡好，有时出去看马，有时在过道里抽烟，有时就躺着说话儿。

格里高力在天快亮时迷迷糊糊睡着了，但是很快就醒来，从桌上抬起沉甸甸的脑袋。李哈乔夫坐在草垫子上，用牙齿在撕绷带。他用通红的、恶狠狠的眼睛看了格里高力一眼。他的一嘴白牙就像一个人要死时那样，很痛苦地龇露着，眼睛里也露出临死时的烦恼神情，格里高力一看到这种神情，睡意一下子就没有了。

“你想干什么？”他问道。

“叫你……称称心吧！我想死！”李哈乔夫大叫了两声，脸色煞白煞白的，一头栽到草垫子上。

这一夜他喝了有半桶水。直到天亮，他的眼睛合都没合过。

第二天早晨，格里高力派人带着一份简短的报告和搜到的一切文件，用大车把李哈乔夫送往维奥申。

三十一

大车由两个骑马的哥萨克押送着，来到维奥申镇，很快就到了执行委员会的红砖房跟前。李哈乔夫半躺在大车后面，用手扶着吊在血糊糊的绷带上的那条胳膊，站起身来。两个哥萨克下了马，带着他朝房子里走去。

有半连的哥萨克密密层层地拥挤在联合暴动军临时司令苏亚洛夫的办公室里，李哈乔夫用手护着胳膊，挤到桌子跟前。苏亚洛夫正坐在桌边。他的个头儿小小的，样子极其平常，只有那眯得细细的黄眼睛显得特别阴险狡诈。他挺和气地看了李哈乔夫一眼，问道：

“把老弟送来啦？你就是李哈乔夫吗？”

“我就是。这是我的证件。”李哈乔夫把捆成小口袋一样的皮包扔到桌子上，凌厉逼人地看了苏亚洛夫一眼。“很遗憾，我没有完成任务，没有把你们这些坏家伙消灭！但是苏维埃俄罗斯会收拾你们的。请把我枪毙吧。”

他耸了耸打穿的肩膀，扬了扬宽宽的眉毛。

“不会的，李哈乔夫同志！我们就是反对枪毙人才起义的。我们可不像你们，我们不枪毙人，我们要治治你的毛病，也许，你对我们还有用处呢。”苏亚洛夫温和地、但是不住地眨巴着眼睛说。“闲人都出去。喂，快点儿！”

只有列舍托夫村、柴尔诺夫村、乌沙柯夫村和维奥申镇的连长留了下来。他们都靠着桌子坐下来。有人用脚推给李哈乔夫一个凳子，但是李哈乔夫没有坐。他靠在墙上，从他们的头上望着窗外。

“这样吧，李哈乔夫，”苏亚洛夫和连长们对看了一眼，开口说，“请你告诉我们：你的队伍有多少人马？”

“不告诉你们。”

“你不说吗？这不必要。我们可以从你的文件上看出来，或者从你手下的红军嘴里问出来，我们还想请你（苏亚洛夫加重口气说出这个‘请’字）办一件事：给你的队伍写一封信，叫他们上维奥申来。咱们用不着打仗。我们不反对苏维埃政权，我们反对的是共产党员和犹太佬。我们把你的队伍解除武装，叫他们各自回家去。我们也要把你放了，总而言之，请你告诉他们，我们也都是干活儿的人，叫他们别怕我们，我们不反对苏维埃……”

李哈乔夫一口唾沫落在苏亚洛夫的灰白色胡子尖上。苏亚洛夫用袖子擦了擦胡子，脸红了一阵子。有的连长笑了笑，但是没有人出来维护司令官的体面。

“你对我们太不客气啦，李哈乔夫同志！”苏亚洛夫已经是很明显地装腔作势地说。“过去当官的瞧不起我们，对我们吐唾沫，你是共产党员，也吐起唾沫来啦。你们还一个劲儿地说是为了人民呢……喂，那儿有人吗？……把这位委员带走。明天我们把你送到嘉桑去。”

“要不要再考虑考虑？”有一个连长厉声问道。

李哈乔夫拉了拉披在身上的制服上衣，就朝站在门口的押送兵走去。

没有枪毙他。因为暴动者打的旗号就是反对“枪毙人和抢劫”……第二天，就把他送往嘉桑镇。他在押送兵前面走着，轻轻地踩着积雪，皱着又短又宽的两道眉毛。但是到了树林里，从一棵灰白色的小桦树旁边走过时，他高高兴兴地笑了，站下来，往上探了探身子，用那只未受伤的手折下一根树枝来。树枝上那褐色的芽儿已经灌足了三月的甜汁；那种淡淡的、隐隐约约的香气预示着春天的繁荣，预示着太阳转回后生命又要开始。李哈乔夫把饱鼓鼓的芽儿放进嘴里，轻轻嚼着，用泪水模糊了的眼睛望着摆脱了严寒、露出光泽的树木，刮得光光的嘴角上露出了笑意。

他死了，嘴唇上还带着黑黑的嫩芽的碎瓣儿：在离维奥申七俄里的地方，在一片荒凉的、起伏不平的沙地上，几个押送的哥萨克惨无人道地把他砍死了。先是活活地挖掉了他的眼睛,砍掉胳膊,割下耳朵和鼻子,又在他的脸上来来回回划了几刀。他们解开裤子,一面叫骂,一面对着他那高大、英武、健美的身子撒起尿来。他们对着血肉模糊的躯体骂够了,然后一个哥萨克踩住轻轻哆嗦的胸膛,踩住仰面倒在地上的身躯, 斜砍一刀,把头割了下来。

三十二

像洪水泛滥一样的暴动的消息,从顿河彼岸,从顿河上游,从四面八方传来。暴动起来的已经不仅是两个乡了。叔米林乡、嘉桑乡、米古林乡、麦什柯夫乡、维奥申乡、叶兰乡、霍派尔河口乡都很快地拉起队伍,暴动起来了;卡耳根乡、博柯夫乡和克拉斯诺库特乡都很鲜明地站到暴动者方面。暴动有可能扩展到附近的大熊河河口州和霍派尔州去。布堪诺夫乡、司拉舍夫乡和菲多谢耶夫乡也都在酝酿暴动;靠近维奥申乡的阿列克塞耶夫乡的一些村庄也很不安定……维奥申原是本州的首镇,因而也就成了暴动的中心。经过很长时间的争论和协商,决定保留原有的政权形式。选举出州执行委员会,当选的都是很有威望的哥萨克,其中多数是年轻人。担任主席的是炮兵部队的一个姓丹尼洛夫的官员。各乡各村都成立了苏维埃,而且说也奇怪,“同志”这种称呼,原来是当做骂人话的,现在也保留了下来。并且喊出了蛊惑性的口号:“拥护苏维埃政权,但是反对共产党,反对枪杀和抢劫。”因此暴动者帽子上镶的就不是一道白绦或白箍,而是两道:红白交叉……

二十八岁的年轻少尉库金诺夫·巴维尔,接替苏亚洛夫,担任了联合暴动军司令。他得过所有四个等级的十字章,能说会道,精明能干。他性格十分脆弱,在这种风雨飘摇的时代,来掌管一个暴动的州,本来是很不合适的,但是哥萨克们却都很喜欢他的随便和态度和气。而最主要的是,库金诺夫深深扎根于他所出身的哥萨克群众之中,不自高自大,在他身上也看不到许多飞黄腾达的人常有的那种军官架子。他的衣着很朴素,留着长长的、剪成圆圈形的头发,身子微微向前弯,说起话来很快。鼻子长长的,脸瘦瘦的,是一张庄稼汉的脸,毫无惊人之处。

又选举萨方诺夫·伊里亚上尉担任参谋长,之所以选举他,只是因为,他这个小伙子胆子很小,但是写得一手好字,很有学问。在会上选举他时,有人是这样说的:

"叫萨方诺夫在参谋部里干干吧。他带兵打仗不行。他要是带兵,损失就大,保不住哥萨克,连自身也难保。叫他带兵打仗,就好比叫茨冈人当神甫。"

小个子、圆脑袋的萨方诺夫,听到这样的议论,嘴角在他那白了尖儿的黄胡子底下暗暗高兴地笑了笑,欣然同意担任参谋长的职务。

然而库金诺夫和萨方诺夫只是形式上的领导,而事情都是各个哥萨克连自动干的。在指挥方面,他们束手无策,而且,掌握这样众多的人马,还要跟上瞬息万变的局势,也不是他们能够胜任的。

第四后阿穆尔骑兵团,连同加入了这个团的霍派尔河口乡、叶兰乡以及一部分维奥申乡的布尔什维克,边打边前进,通过了许多村庄,跨过了叶兰乡的边界,经过草原,顺着顿河向西推进。

三月五日,一名哥萨克带着一份报告飞马来到鞑靼村。叶兰乡的人十万火急地请求支援。他们没有子弹,没有枪支,几乎是毫无抵抗地在败退。回答他们的稀稀拉拉的枪声的,是后阿穆尔团那暴雨般的机枪火力,还有两个炮兵连的大炮轰击。在这种情势下,已经来不及等待州里的指示了。于是彼特罗·麦列霍夫决定带着自己的两个连出发。

他同时担任了指挥附近几个村庄的另外四个连的任务。清晨,他率领哥萨克们来到一处高地上。照例先是前哨发生了零零星星的接触。到后来战斗才展开。

离开鞑靼村八俄里,来到这块叫红坡的地方,过去格里高力同妻子一起在这里耕过地,他就是在这里第一次坦率地对娜塔莉亚承认他不爱她——在这个晦暗的冬日里,几支哥萨克连队就在这里的雪地上,在几条深沟边下了马,列成阵势,看守马匹的人把马牵到隐蔽的洼地里。红军成三条散兵线从下面一片宽阔的盆地里往上冲来。一片白茫茫的盆地里布满了黑黑的人点子。散兵线后面还有车辆,还有骑兵闪来闪去。哥萨克离敌人还有两俄里,都在不慌不忙地准备迎战。

彼特罗骑着自己那匹养得肥肥的、微微有点儿冒汗的马,从已经散开的叶兰乡那几个连的阵地上,跑到格里高力这边来。他很快活,很兴奋。

“弟兄们,要节省子弹,等我发口令,再开枪……格里高力,把你那半个连往左边移动一百五十丈。麻利点儿!看守马匹的弟兄别堆成一堆!”他又发了几道最后的命令,便掏出望远镜来。“好像他们把炮兵连安在马特维耶夫冈上啦?”

“我早就发现啦:肉眼都能看得见嘛。”

格里高力从他的手里接过望远镜,仔细看了看。在那座四面临风的土冈后面,还有黑黑的车辆,闪动着小小的人影。

鞑靼村的步兵,也就是骑兵戏称的“爬行兵”,不理会那不许堆成一堆的严厉命令,还是凑成一堆一堆的,分子弹,抽烟,互相开玩笑。比别人高出一个头的贺里散福的皮帽子到处晃悠着(他因为没有了马,所以成了步兵),潘捷莱·普罗柯菲耶维奇的三耳皮帽红得耀眼。步兵中多数是老头子和半大小伙子。一片没有砍掉的向日葵地的右边,一里半远处,是叶兰乡的哥萨克。他们的四个连队有六百人,但是几乎有二百人在看守马匹。也就是有三分之一的人跟马一起躲藏在山沟的慢坡上了。

“彼特罗·潘捷莱维奇!”步队里有人喊道。“你注意,打起仗来可别把我们这些步兵扔掉!”

“你们放心好啦!不会扔掉你们。”彼特罗笑着说;他望着缓缓朝高地上移动的红军散兵线,不自觉地玩弄起鞭子。

“彼特罗,到这儿来。”格里高力离开阵地,走到一边,喊道。

彼特罗走了过来。格里高力皱着眉头,带着很不以为然的神情说:

“我看不中这块阵地。应该撇开这几条沟。要不然他们从侧翼包抄咱们,那咱们就糟啦。嗯?”

“你胡扯什么!”彼特罗不耐烦地把手一摆。“他们怎么能包抄咱们?我还留一个连做后备,而且,万一有什么情况,这沟还可以作掩护呢。这沟没有什么坏处。”

“小心点儿吧,伙计!”格里高力用警告的口气说,并且一再用眼睛迅速地打量着地势。

他走到自己的阵地上,打量了一下哥萨克们。很多人的手上已经没有手套了。因为心里着急,把手套脱掉了。有人急得难受:一会儿摸摸马刀,一会儿紧紧腰带。

“咱们的指挥官下马啦。”菲多特·包多甫斯柯夫笑着说,并且带着取笑的神气对着大摇大摆朝阵地走来的彼特罗微微点了点头。

"喂,你这个普拉托夫将军!"只带一把马刀的一条胳膊的阿列克塞·沙米尔放开嗓门儿哈哈大笑起来。"你下命令拿酒犒劳犒劳顿河弟兄们吧!"

"住嘴吧,酒鬼!要是红军砍掉你另一条胳膊,看你用什么往嘴上端!那就得就着猪食盆喝啦。"

"得啦,得啦!"

"喝了酒,才容易送命呢!"司捷潘·阿司塔霍夫叹着气说,并且抬起接着刀把子的那只手,捻起淡褐色的小胡子。

大家在阵地上说着这时候最不该说的话。直到马特维耶夫冈后面的大炮轰隆轰隆地响了起来,说话声才一下子停了。

浓厚而沉重的声音像圆球似的从炮口里冲出来,跟清脆、刺耳的爆炸声混到一起后,就像那白色烟团一样,在草原上老半天才消散掉。炮弹打近了,在离哥萨克阵地半俄里的地方爆炸了。黑烟夹杂着银光闪闪的雪粉,在田野上慢慢盘旋了一阵子,就落了下来,铺展开来,贴到荒草上。红军阵地上有几挺机枪一下子响了起来。机枪哒哒地响着,就像守夜更夫的梆子声。哥萨克卧倒在雪地上、草丛里、割掉了头儿的葵花地里。

"这烟好黑呀!就像用的是德国人的炮弹!"普罗霍尔·泽柯夫回头看着格里高力,喊道。

附近的叶兰乡一个连里发出了哄叫声。风把叫声送了过来:

"米特洛番大哥被打死啦!"

鲁别仁村的红胡子连长伊万诺夫,冒着炮火跑到彼特罗跟前,他擦着额头上的汗,气喘吁吁地说:

"这儿也是雪,那儿也是雪!雪太深啦,连脚都拔不出来!"

"你干什么?"彼特罗皱着眉头,不耐烦地问道。

"麦列霍夫同志,我想出一个主意!你派一个连从下面走,到顿河上去。就从阵地上撤下一个连,派出去。叫他们从下面到村子里去,从那儿绕道去攻打红军的后方。恐怕他们把辎重都扔下啦……哪儿还有人看守辎重?又可以叫他们乱一阵子。"

彼特罗看中了这个"主意",他命令自己的半个连开火,又对直挺挺地站着的拉推舍夫摇了摇手,就摇摇摆摆地走到格里高力跟前。他说清了是怎么一回事儿,就直截了当地命令说:

"你带上半个连。就去抄他们的后路!"

格里高力带着哥萨克离了阵地，在洼地里上了马，飞快地朝村子跑去。

哥萨克们每人打了有两夹子子弹，就停住不打了。红军都卧倒了。机枪不住气地哒哒响着。马尔丁·沙米尔那匹白腿的马被流弹打伤，从看马人的手里挣了出去，狂奔起来，越过鲁别仁村哥萨克的阵地，朝坡下红军的阵地奔去。一排机枪子弹打在马身上，那马高高地撅起屁股，拼足劲儿跳了一下，就栽倒在雪地上。

"打机枪手！"阵地上传着彼特罗的命令。

大家都在瞄准。开枪的只是一些老练的射手，而且也打中了：上柯里夫村一个很不起眼的小个子哥萨克，一枪一个，一连打死了三个机枪手，于是枪筒子里还翻滚着热水的"马克辛"哑了。但是一批新的机枪手接替了阵亡的机枪手。机枪又哒哒响了起来，撒播着死亡的种子。齐射也是接连不断。哥萨克们已经很不好受了，往雪里越钻越深。安尼凯已经贴到土上，还在不住地出洋相。他的子弹打光了（他那生了绿锈的弹夹子里总共只有五发子弹），他偶尔从雪里探出头来，嘴里发出一种声音，很像土拨鼠受惊时发出的尖叫声。

"啊呦呦！……"安尼凯一面学土拨鼠叫，一面带着开玩笑的神气朝阵地上望着。

在他右面的司捷潘·阿司塔霍夫笑得流出了眼泪，在他左面的"小牛皮大王"安季普气得骂了起来：

"算啦，浑蛋！偏要在这种时候开玩笑！"

"啊呦呦！……"安尼凯转过身来朝着他，瞪圆了眼睛，装出很害怕的样子。

红军的炮兵连大概是炮弹不多了：打了三十来发之后，就不打了。彼特罗焦急地朝后面、朝高地的脊上看了看。他已经派两个传令兵到村子里去，叫村子里所有的成年人都带上叉子、长矛、镰刀到高地上来。他想吓唬吓唬红军，也要列成三道散兵线。

不久，密密麻麻的人群就在高地的脊上出现，并且朝坡下拥来。

"瞧吧，黑老鸹出来啦！"

"全村的人都上阵啦。"

"好像还有老娘们儿哩！"

哥萨克们你一句、我一句地叫着，笑着。没有人打枪了。红军那方面也只有两挺机枪在响着，再就是偶尔来一阵齐射。

"真可惜，他们的大炮不响啦。要是朝娘子军开上一炮，那就热闹啦！她们一定会拖着尿湿的裙子往村子里跑！"一条胳膊的阿列克塞开心地说，看样子，他因为没有看到红军朝妇女们打一炮，实在觉得可惜。

人群渐渐走齐了，渐渐散了开去。不一会儿，他们就摆成两道宽宽的散兵线。停了下来。

彼特罗不准他们进入射程以内，不准靠近哥萨克的阵地。不过，单是他们的出现就对红军发生了明显的影响。红军的队伍开始后退，退往盆地的底部。彼特罗同几个连长简单地商量了一下，就把右翼叶兰乡哥萨克的两道散兵线撤下来，让他们骑上马往北，朝顿河上开去，到那里去支援格里高力的袭击。两个连就让红军眼看着在红土沟那边排好队伍，朝顿河开去。

又对着正在后退的红军散兵线打起枪来。

这时候，从妇女、老头子、半大孩子组成的“后备队”里跑出几个大胆的妇女和一群孩子，来到前沿阵地上。妲丽亚也跟着跑来了。

“彼佳，让我对红军放一枪吧！我会使枪嘛。”

她真的拿起了彼特罗的卡宾枪；她跪下一条腿，像男子一样，把枪托子牢牢地抵在胸脯上面窄窄的肩膀上，放了两枪。

“后备队”都冻坏了，又跺脚，又跳，又擤鼻涕。这两道散兵线摇来晃去，就像被风吹的。妇女们的脸和嘴都发了青，寒气毫无礼貌地往肥大的裙子底下直钻。那些衰老的老头子简直冻僵了。其中有很多人，包括格里沙加爷爷在内，都是由别人搀着从村子里爬到这陡峭的土坡上来的。但是来到这四面受风的高地上，冷风一吹，又听到远处的枪声，老头子们的精神倒是振作起来了。他们在阵地上絮絮叨叨地谈起以前的一些战争和战役，又说目前这一次战争很不好，哥哥跟弟弟打仗，老子跟儿子打仗，大炮老远就打起来，远得叫人用肉眼都看不见……

三十三

格里高力带领半个连很顺利地袭击了后阿穆尔团的一支辎重队。八名红军全被砍死。缴获了四大车弹药和两匹战马。他这半个连里只损失了一匹战马，还有一个哥萨克受了一点轻微的擦伤。

但是就在格里高力满怀胜利的喜悦,大模大样地带着截获的辎重,顺着顿河往回走的时候,高地上的战斗已经接近结束了。后阿穆尔团的一支骑兵连,早在战斗开始之前,就出发去绕远路进行包抄,绕了一个十俄里的大圈子之后,突然出现在高地后面,对看守马匹的人发动了袭击。刹时间乱成了一团。看守马匹的人带着马匹纷纷从红土沟里面飞跑出来,有些哥萨克快步接过了战马,其余的哥萨克头上已经闪烁起后阿穆尔人的刀光。许多没有武器的看守马匹的人放掉了马匹,四散奔逃。步兵队的哥萨克因为怕打到自己人,都不敢开枪,于是就像从口袋里倒出来的豆粒儿似的,纷纷滚进沟里,爬到沟那边,乱跑起来。骑兵队的哥萨克(他们占大多数),凡是抓到战马的,都争先恐后地朝村子里奔走,看“谁的马快”。

起初,彼特罗一听见喊叫声,就转过头来,看见有骑兵拉成阵势朝看守马匹的人冲来,就发出口令:

“上马！步队！拉推舍夫！翻过沟去！……”

但是他没有来得及骑自己的马。他的马是一个叫安得留什卡·别司贺列布诺夫的年轻小伙子看着。安得留什卡正骑着一匹马飞速地朝彼特罗跑来;彼特罗的马和非多特·包多甫斯柯夫的马都在他的右边并排跑着。但是有一个身穿敞怀的黄色皮夹克的红军斜刺里朝安得留什卡冲过来,抡起刀朝肩膀上砍来,并且大喊了两声:

“你这狗崽子,我宰了你!……”

但是安得留什卡很走运,他的肩膀上背着一支步枪。马刀没有砍到安得留什卡那围着白围巾的脖子,而是砍到了枪筒子上,当啷一声,那马刀从红军手里飞了出去,在空中画了一个老大的弧形。安得留什卡骑的那匹发了性子的马往旁边一闪,狂跑起来。彼特罗的马和包多甫斯柯夫的马也都跟着跑走了……

彼特罗哎呀了一声,呆了一会儿,脸煞白煞白的,一下子满脸都是汗。他往后看了看:有十来个哥萨克正朝他跑来。

“完啦!”包多甫斯柯夫喊道。他吓得脸色都变了。

“大家都到山沟里去!弟兄们,到山沟里去!”

彼特罗定了定神,头一个跑到山沟跟前,顺着三十丈的陡坡往下滚去。他的皮袄挂了一下,从上面的口袋一直撕到前襟的底边,他爬起来,像狗一样抖搂了一下身子,把身上的雪抖了抖。哥萨克们也都奇形怪状地翻着跟头,打着滚儿,纷纷从上面滚了下来。

一会儿工夫,他们十一个人都滚了下来。加上彼特罗,一共是十二个人。上面还是一片枪声、呐喊声、马蹄声。可是滚到沟底来的哥萨克都在呆呆地掸着帽子上的雪和沙土,有的还揉着碰疼的地方。马尔丁·沙米尔拔出枪栓来,吹了吹枪膛里的雪。一个姓马内次柯夫的小伙子,是已经去世的村长的儿子,吓得浑身直哆嗦,脸上还流着一道一道的眼泪。

“怎么办啊?彼特罗,带我们走吧!眼看是死啦……往哪儿去呀?啊呀,要把咱们打死呀!”

菲多特咬了咬牙,顺着沟底往下,朝顿河上跑去。

其余的人也像羊群一样,都跟着他跑起来。

彼特罗好不容易把他们喊住:

“站住!咱们来商量商量……别跑!他们会开枪的!”

他领着大家走到沟边红土崖上被水冲出的一道槽子底下,他在表面上尽量保持着镇定,结结巴巴地说出自己的主意:

“不能往下面走。咱们跑得再远,他们也追得上……就呆在这儿好啦……分散到几道槽子里去……三个人可以到那边去……咱们可以还枪!……在这儿能撑持过去……”

“咱们完啦!叔叔大爷们!行行好,你们放我走吧!……我不愿意……不想死呀!”早就在哭的白眉毛的小伙子马内次柯夫忽然又叫了起来。

菲多特忽闪了一下加尔梅克型的眼睛,猛然使劲照马内次柯夫的脸上打了一拳。

小伙子的鼻子里一下子涌出血来，脊梁撞到沟壁上，撞得黄土哗哗地往下落，他总算没有跌倒，不过他不再叫了。

“怎么还枪呢?”沙米尔抓住彼特罗的胳膊，问道。“有多少子弹呢？没有子弹啦!”

“他们会扔手榴弹的。咱们完啦!”

“那又该怎么办?”彼特罗的脸色忽然变得铁青，胡子下面的嘴唇上冒起白沫。“卧倒！……听我的，还是听谁的？谁不听，我枪毙!”

他真的拿起手枪在哥萨克们的头上晃了晃。

他轻轻的喝叫声好像激发了他们的士气。包多甫斯柯夫、沙米尔和另外两个人跑到山沟的对面，在一道槽子里卧倒下来，其余的人都和彼特罗在这一边分别卧倒下来。

春天，红红的山水翻滚着大大小小的石块，冲刷着沟底，冲得红土一层一层地往下掉，在沟壁上冲出许多槽子和涵洞。哥萨克们就躲在这里面。

“小牛皮大王”安季普端着步枪，弯着腰站在彼特罗身边，像说梦话一样小声说：

“司潘捷·阿司塔霍夫抓住自己的马尾巴……跑掉啦，我没有跑掉……步兵也不管咱们……伙计们，咱们完蛋啦！……实在话，咱们全完啦！……”

上面传来奔跑的脚步声。雪粉和碎土纷纷往山沟里落。

“他们来啦!”彼特罗小声说着，抓住安季普的袖子，但是安季普使劲把手抽了出去，拿指头按住枪机，朝上面望着。

上面却没有一个人到沟沿上来。

上面传来说话声和吆喝马的声音……

“他们在想点子呢，”彼特罗在心里说；好像身上的毛孔一下子全都大张开来，汗水又顺着脊梁、胸口和脸哗哗流了下来……

“喂，你们听着！快爬上来！反正你们跑不掉!”上面有人喊起来。

一股更浓的雪粉落进沟里，就像是一股白白的奶汁。看样子，有人走到沟沿上来了。

上面又有一个人的声音很肯定地说：

“他们是跑到这儿来啦，这儿有脚印呢。再说，我亲眼看见的嘛!”

“彼特罗·麦列霍夫！出来!”

彼特罗盲目地高兴了一阵子，高兴得浑身热辣辣的。“红军里怎么会有人认识我呢？这是自己人！他们把红军打跑啦！”但是他马上就轻轻哆嗦起来，因为那个声音又说话了：

“我是柯晒沃依·米沙。劝你们乖乖地投降。反正你们跑不掉啦！”

彼特罗擦了擦汗津津的额头，手掌上留下了红红的血和汗的印子。

有一种奇怪的、近似昏迷的淡漠感悄悄来到他的心里。

他猛然又听见包多甫斯柯夫的喊声：

“你们要是答应把我们放了，我们就出去。要是不答应，我们就和你们拼了！来吧！”

“我们放……”上面沉默了一会儿之后，有人回答说。

彼特罗费了很大的劲儿才摆脱了昏沉状态。他觉得这“放”字里面有一种无形的狞笑意味。他低沉地喊了一声：

“回来！”但是已经没有人听他的了。

除了还躲在涵洞里的安季普以外，哥萨克们都攀住能踏脚的地方，爬到上面去了。

彼特罗是最后一个爬上去的。生命就像怀在女人肚子里的小孩子那样，顽强地翻腾着。他因为怀着自卫的心情，所以一面顺着陡坡往上爬，一面还想象着怎样开枪。他的眼睛发乌，心胀得塞满了胸膛。他又闷又难受，就像小时候做噩梦那样。他扯掉军便服的纽扣，撕开肮脏的衬衣领子。汗水流进他的眼睛，他的两手在冰冷的沟坡上乱抓。他哼哧哼哧地爬到了沟边一块踩得平平的雪地上，把步枪往自己脚下一扔，举起手来。比他早爬上来的哥萨克们都挤成了一堆。米沙·柯晒沃依，还有几个骑马的红军，都离开一大群后阿穆尔团的步兵和骑兵，朝他走来……

米沙对直地走到彼特罗跟前，眼睛看着地面，低声问道：

“你不打啦？”等到回答过，他仍然看着彼特罗的脚下，问道：“是你指挥的吗？”

彼特罗的嘴唇哆嗦起来。他的一只手软软地、十分吃力地举到汗津津的额头上。米沙那弯弯的长睫毛抖动起来，那发烧烧烂了的肿胀的上嘴唇噘了起来。米沙浑身抖得厉害，好像就要站不住，就要跌倒了。但是他猛地一下子抬起眼睛，对直地看着彼特罗，用异样的目光盯住他的瞳人，急匆匆地说：

“把衣服脱了！”

彼特罗连忙脱下皮袄，很小心地卷起来，放在雪地上；摘下皮帽子，解下皮带，脱下绿色军便服，又坐到皮袄的襟上，脱起靴子来，脸色一会儿比一会儿白。

伊万·阿列克塞耶维奇跳下马,从旁边走过来,望着彼特罗,咬紧了牙齿,生怕哭出来。

"衬衣别脱啦,"米沙小声说;他哆嗦了一下,忽然又尖声叫道:"你给我快点儿!……"

彼特罗忙乱起来,把脱下来的毛袜子团了团,塞到靴筒里,直起身子,抬起光光的、被雪映照成橙黄色的双脚,从皮袄上走到雪地上。

"亲家!"他微微咕哝了一下嘴唇,唤了伊万·阿列克塞耶维奇一声。伊万·阿列克塞耶维奇一声不响地看着雪在彼特罗的光脚丫子下面慢慢融化。"伊万亲家,你是我的小孩子的干爹……亲家,别杀我呀!"彼特罗央求说,等他看到米沙已经举起手枪,对准了他的胸膛,他就睁大了眼睛,好像要看看一样耀眼的东西似的,并且就像在跳跃之前那样,把头缩进了肩膀。

他没有听见枪声,就像被人猛推了一下似的,仰面倒了下去。

他恍惚中感觉到,米沙那只伸出来的手抓住了他的心,一下子把他心里的血全都挤了出来,彼特罗使足了这一生中最后的力气,好不容易把贴身衬衣的领口敞了开来,露出左边奶头下的弹孔。血从弹孔里慢慢往外渗了一会儿,后来,等到冲开缺口,一股股黏糊糊的黑血就哧哧地向上冒起来。

三十四

黎明时候,派往红土沟方面去的侦察队回来报告说,直到叶兰乡的边界,都没有发现红军,又说,彼特罗·麦列霍夫和十个哥萨克都死在沟沿上了。

格里高力吩咐过派爬犁去把打死的人拉回来,就到贺里散福家里去过夜。家里几个娘们儿对死者又哭又念叨,妲丽亚一个劲儿地哭号,他听着实在受不了。他在贺里散福家的烤炉旁边一直坐到天亮。他拼命地抽了一阵烟,并且,好像害怕自己单独想心思,害怕想念彼特罗似的,又慌不及待地抓起烟袋,一面吞吸着呛人的烟气,一面跟昏昏欲睡的贺里散福说着闲话。

天亮了。早晨就开始化冻。到十点钟,到处是牲口粪的大路上就出现了一个个的水洼儿。屋檐上哗哗地滴着水。几只公鸡感觉到春天来临,大声啼叫起来,不知什么地方有一只母鸡,就像在酷暑的中午那样,很孤单地咯哒咯哒叫着。

老牛在院子里向阳的地方晒着太阳,在篱笆上蹭着痒痒。风吹得春天脱落的牛毛从褐色的牛背上直往下落。到处可以闻到辛香而清新的融雪气息。在贺里散福家的大门旁边,有一只黄肚皮的小山雀儿在光秃秃的苹果树枝上蹦来蹦去,啾啾地叫着。

格里高力站在大门口,等待爬犁从高地上回来,不自自主地把山雀的叫声翻译成从小就熟悉的语言。"磨犁！磨犁!"在这种融雪的日子,山雀就是这样高高兴兴地叫的;到天要冷的时候,格里高力知道,山雀就改变腔调,用的是急促的调门儿,好像是在劝告人:"穿靴子！穿靴子!"

格里高力把目光从大道上移到蹦蹦跳跳的山雀身上。那山雀还在叫着:"磨犁！磨犁!"格里高力无意中想起小时候他和彼特罗一起在草原上放火鸡的情形。那时候彼特罗头发淡白色,翘鼻子总是脱皮,他非常会学火鸡叫,还会把火鸡的叫声翻译成很好玩儿的儿童语言。他常常惟妙惟肖地模仿生了气的火鸡的叫声,尖声尖气地说:"都有靴子,就我没有！都有靴子,就我没有!"并且马上又瞪起两只小眼睛,弯起胳膊,像老火鸡那样侧歪着身子走起来,一面嘟哝着:"咕儿！咕儿！咕儿！咕儿！咱们到集上给淘气鬼买一双靴子!"这时候格里高力笑得十分开心,要他再学学火鸡说话,央求他表演表演,小火鸡在草棵里发现了稀奇的小东西,如小铁片、小布片之类,是怎样急得直叫的……

街口上出现了打头的一架爬犁。一个哥萨克在旁边走着。在第一架爬犁之后,又出现了第二架,第三架。格里高力擦去眼泪,敛去浮上心头的往事引起的微微的笑容,急急忙忙朝自己家的大门口走去:他想在这最可怕的时刻拦住悲痛欲绝的母亲,不让她到拉着彼特罗的尸首的爬犁跟前去。在头一架爬犁旁边走的是光着头的阿列克塞·沙米尔。他用那半截胳膊把皮帽子按在胸前,用右手握着马尾编成的缰绳。格里高力的目光没有在阿列克塞的脸上停留,便移到爬犁上面。那麦秸垫子上,仰面躺的是马尔丁·沙米尔。脸上、草绿色军便服的胸前和瘪下去的肚子上都沾满了凝结起来的血块子。第二架爬犁拉的是马内次柯夫。他那砍坏的脸扎在麦秸里。他的头好像是冻得缩进了肩膀;很漂亮的一刀,把后脑勺削得干干净净,一绺绺黑发,就好像给露出来的头盖骨镶上的穗头儿。

格里高力又看第三架爬犁。他没有看出死者是谁,但是他看到了一条胳膊和像黄蜡一样的、被烟熏得焦黄的手指头。这条胳膊从爬犁上耷拉下来,用死前弯起来画十字的手指头划着融化的雪。这个死者穿着靴子和军大衣,连帽子也放在胸前。格里高力拉住第四架爬犁的马的笼头,很快地把爬犁拉进了自家的院子。不少街坊、小孩子和娘们儿都跟着跑了起来。在台阶旁边围了一大群人。

"看吧,这就是我们的好汉子彼特罗·潘捷莱耶维奇!闯荡了好多年。"有人小声说。

司捷潘·阿司塔霍夫光着头走了进来。格里沙加爷爷和另外三个老头子不知怎么也来了。格里高力茫然失措地四面望了望。

"咱们抬到屋里去吧……"

赶爬犁的人正要去抓彼特罗的两腿,但是这时候人群一声不响地闪到两旁,恭恭敬敬地给从屋里走出来的伊莉尼奇娜让开路。

她朝爬犁上看了看。死人般的灰白颜色像一条带子一样出现在她的额头上,又遮住了鼻子和两颊,然后又移到下巴上。浑身直哆嗦的潘捷莱·普罗柯菲耶维奇搀住她的胳膊。头一个放声大哭的是杜尼娅,一下子村子里四面八方都响应起来。披头散发、哭肿了眼睛的妲丽亚砰地把门一推,跑了出来,一下子扑倒在爬犁上。

"彼求什卡!彼求什卡,亲人呀!你起来呀!起来呀!"

格里高力的眼里一阵黑。

"闪开,妲丽亚!"他昏昏沉沉地、粗野地大叫起来,并且使劲推了一把妲丽亚的胸膛。

她倒在雪堆上。格里高力很快地抓住彼特罗的两条胳膊,赶爬犁的人也抓起光光的脚踝骨,但是妲丽亚四肢着地跟着他们朝台阶上爬去;抓住丈夫那直僵僵的手,拼命亲着。格里高力用脚把她蹬开,觉得自己再有一会儿也要失去控制了。杜尼娅使劲拉开妲丽亚的手,把她那昏迷过去的头搂到自己怀里。

厨房里静得一点声息都没有。彼特罗躺在地上,显得出奇地小,好像全身都干瘪了似的。他的鼻子变尖了,小麦色的胡子变黑了,脸绷得紧紧的,显得漂亮了。两条光光的、毛烘烘的小腿从裤腿里伸了出来。尸体慢慢地在融化,尸体下面已经有一小片红红的水洼儿。夜里冻僵的尸体融化得越厉害,血的咸味和像矢车菊一样甜津津的死尸气味越发浓烈。

潘捷莱·普罗柯菲耶维奇在敞棚底下刨板子做棺材。家里几个女的都在上房里，照应着还没有苏醒过来的妲丽亚。偶尔从上房里传来尖尖的、歇斯底里的哭声，后来娃西丽萨姨妈跑来吊丧，她的哭声哇啦哇啦的，像小河的流水。格里高力坐在哥哥对面的大板凳上，卷着烟卷，望着彼特罗那四边已经发了黄的脸，望着他的手和那发了青的圆指甲。在他和哥哥之间已经出现了很强烈的疏远冷漠感。彼特罗现在已经不是自家人，而是一位住不久的客人，已经到分手的时候了，现在他躺着，心平气和地把脸蛋子贴在土地上，好像在等待什么，小麦色的胡子下面还带着安静而神秘的微笑。可是明天，他的妻子和妈妈就要送他入土了。

傍晚时候，妈妈就给他烧了三锅温水，妻子拿来干净衬衣、最好的裤子和制服上衣。格里高力他这个同胞弟弟就要和父亲一起给他擦洗已经无知无觉、再也不怕裸露的身体。再给他穿得整整齐齐，将他抬到灵床上，然后妲丽亚就要走过来，把当初他们在教堂里围着经台绕圈子的时候，给他们两个照亮的蜡烛，放进昨天还拥抱过她的那双冰冷的大手里——哥萨克彼特罗·麦列霍夫这就诸事齐备，准备上路，准备一去不回，永远不再回到自己家里来了。

“你要是死在普鲁士，比死在这儿，死在妈妈眼前，好多啦！”格里高力带着责备的心情，在心里对哥哥说；他朝尸首看了一眼，脸忽然一下子白了：彼特罗的腮上有一滴眼泪朝着耷拉下来的小胡子滚去。格里高力吓得跳了起来，但是他仔细看了看，就轻松地叹了一口气：那不是死人的眼泪，那是融化了的鬈发上落下来的一滴水，落在彼特罗的额头上，又在腮上慢慢地滚着。

三十五

上顿河州联合暴动军司令任命格里高力·麦列霍夫为维奥申团团长。格里高力率领十个哥萨克连向卡耳根镇出发。司令部命令他无论如何要打垮李哈乔夫那支队伍，并且把他们赶出州界以外，同时还要把坐落在旗尔河边的卡耳根乡和博柯夫乡的一些村庄全部发动起来。

三月七日，格里高力带着哥萨克们出发。高地上的雪已经化了不少，露出一片片的黑土，格里高力在这里站下来，让十个连队到自己前面去。他拉紧缰绳，勒着发了性子的马，微微弯着腰，侧歪着身子站在大道旁边，顿河边各村的哥萨克连成纵队从旁边一一开过：巴兹基村连，白山村连，奥里山村连，梅尔库洛夫村连，大雷村连，谢苗诺夫村连，大鱼村连，水村连，天鹅村连，叶里克村连。

格里高力用手套捋着黑黑的小胡子，抽动着鹰鼻子，扬起两道浓眉，用忧郁而沉重的目光看着每一支连队开过。许许多多的马蹄噗哧噗哧地搅动着褐色的水雪。许多熟识的哥萨克在走过时，都对格里高力笑着。他们的头顶上都缭绕和飘荡着黄黄的烟气。马身上都冒着热气。

格里高力跟上最后一个连。走了有三俄里，一支侦察队迎住他们。率领侦察队的一个中士飞马来到格里高力跟前。

"红军正顺着大道往楚卡林方面退呢！"

李哈乔夫的那支队伍没有迎战。但是格里高力派出三连哥萨克去包抄，自己率领其余的人马猛攻上去，因此红军把车辆和弹药箱全扔在了楚卡林。在楚卡林的出口处，李哈乔夫的炮兵连陷到了一座破败的教堂旁边的小河里。驭手们砍断手套，骑上马，穿过树林子，逃往卡耳根镇去了。

从楚卡林到卡耳根这十五俄里的路上，哥萨克没有遇上什么战斗。右侧，敌方的侦察队在亚辛诺夫卡村外曾经对维奥申的侦察队开过枪。但是开过几枪就跑掉了。哥萨克们已经在开着玩笑说："可以一口气到诺沃契尔卡斯克啦！"

缴获了一个炮兵连的大炮，格里高力非常高兴。"连炮栓都来不及破坏呢。"他在心里十分轻蔑地说。他们用牛把陷在河里的大炮拉了出来。马上就从各个连队里挑选出炮手。大炮用加倍的马拉着走：六对马拉一门炮。还派了半个连掩护炮兵连。

黄昏时候攻进了卡耳根镇。俘虏了一部分李哈乔夫的队伍，缴获了最后的三门大炮和九挺机枪。其余的红军和卡耳根的革命军事委员会委员一起，匆匆忙忙地穿过一些村庄，逃往博柯夫镇方面去了。

下了一整夜的雨。到早晨，洼地里和土沟里都积满了水。道路很难通行了：每一个水洼都是陷坑。雪浸满了雨水，不住地往地面上塌落。马直往泥里陷，人累得直跌跤。

格里高力派出两个连，由巴兹基村的叶尔马柯夫·哈尔兰皮少尉率领着，去追击退却的红军。他们在相连着的拉推舍夫村和维斯罗古佐夫村里抓住近三十个掉队的红军;第二天早晨,把他们带回卡耳根镇上。

格里高力就住在当地大财主卡耳根家的大房子里。把俘虏赶进了他住的院子。叶尔马柯夫走进格里高力的房里,打过招呼,就说:

"抓了二十七名红军。传令兵把马给你牵来啦。怎么,你马上要出去吗?"

格里高力扎好军大衣的皮带,对着镜子梳了梳从帽子里耷拉下来的头发,这才朝叶尔马柯夫转过身来。

"咱们走。马上就去。到广场上开过群众大会,就出发。"

"还等你开群众大会呢!"叶尔马柯夫耸了耸肩膀,笑着说。"他们不用开群众大会就都上马啦。瞧,那不是!这来的可不是咱们维奥申乡人。"

格里高力朝窗外望去。有几个连队,排得整整齐齐,四个人一列,朝这边开来。哥萨克们个个精神抖擞,一匹匹战马又高又壮。

"这是哪儿的?他们是从他妈的哪儿来的呢?"格里高力边跑边挂马刀,一面兴高采烈地嘟哝说。

叶尔马柯夫在大门口追上了他。

最前面的一个连的连长已经来到大门外。他恭恭敬敬地行了个军礼,不敢伸手给格里高力。

"您是麦列霍夫同志吗?"

"我就是。你们是哪儿的?"

"请接收我们吧。我们要加入您的部队。我们连是昨天夜里成立起来的。我们这个连是李霍维多夫村的,另外两个连有一个是格拉乔夫村的,还有一个是阿尔希波夫村和瓦西列夫村的。"

"把哥萨克们带到广场上去吧。马上要在广场上开大会。"

传令兵(格里高力叫普罗霍尔·泽柯夫当他的传令兵)给他把马带过来,甚至还给他抓稳了马镫。叶尔马柯夫特别灵活,几乎连鞍头和马鬃都没有碰,那像铁一样的干瘦的身子向上一翻,就上了马鞍,一面习惯地撩着搭在马鞍上的军大衣开襟,一面走过来,问道:

"俘虏怎么处置?"

格里高力抓住他的大衣纽扣,探过身子,凑到他跟前。格里高力的眼睛里闪烁着红红的火花,但是小胡子底下的嘴巴却在笑着,虽然那是一种狞笑。

"派人把他们送到维奥申去。明白吗?叫他们不要过那座土冈!"他用鞭子朝镇外一座沙土冈指了指,就朝广场走去。

"这是替彼特罗向他们讨还的头一笔债。"他一面放马大跑,一面在心里说,并且无缘无故地在马屁股上狠狠抽了一鞭，抽起一道鼓鼓的白印子。

三十六

从卡耳根向博柯夫进发的时候，格里高力手下已经有三千五百人了。司令部和州执行委员会不断地派通讯兵追着他传送命令和指示。司令部的一位委员在一封私人信里，很委婉地向格里高力请求说：

敬爱的格里高力·潘捷莱耶维奇同志！我们听到一些不很可靠的消息，好像你在残酷地杀害被俘虏的红军。听说遵照你的命令，把哈尔兰皮·叶尔马柯夫在博柯夫附近俘虏的三十名红军砍了，就是说，把他们都杀死了。在这些俘虏当中，据说有一名委员，这正是我们非常需要的人，我们可以从他嘴里获悉他们的实力。亲爱的同志，请你取消不留俘虏的命令吧。这样的命令对我们是极其有害的，而且哥萨克好像都在抱怨这种残酷的做法，害怕红军也要杀害俘虏，焚烧咱们的村庄。俘虏的指挥人员，也要活着送来。我们可以在维奥申或者在嘉桑慢慢收拾他们，你就像普希金的历史小说里的塔拉斯·布尔巴①那样，率领自己的部队前进吧，要横扫一切，还要把哥萨克发动起来。你要慎重行事，不要杀俘虏，要把俘虏送给我们。这对我们的好处，已在上面说了，祝你诸事顺遂。我们向你致敬，静候你的捷报。

格里高力没有看完这封信，就把信撕碎，扔到马蹄下。

---

① 果戈理小说《塔拉斯·布尔巴》里的主人公。这里说成是普希金小说里的人物，是表示写信人的无知。

他又看库金诺夫给他的命令：

> 立即向南方，向克鲁钦基—阿司塔霍沃—格列克沃一线发动攻势。司令部认为必须和士官生的战线联合起来。否则，敌人会包围我们，打垮我们。

格里高力也没有下马，就写了几句回答库金诺夫：

> 我向博柯夫进军，追击逃敌。我不去克鲁钦基，我认为你的命令没有道理。我上阿司塔霍沃去追谁？那儿除了风和南蛮子，什么人也没有。

他和叛军总部之间正式的公文往来到这里就结束了。他把手下的连队分成两个团，就带领这支队伍朝着跟博柯夫搭界的康柯夫村开去。格里高力又是一连三天节节取胜。攻占了博柯夫之后，他又自担风险，向克拉斯诺库特进军。他粉碎了一支拦路的小股部队，但是没有下命令杀俘虏，把俘虏送到了后方。

三月九日，他已经率领两个团来到一个叫契司佳柯夫的大村庄。这时候，红军指挥部已经感觉到从后方来的威胁，就调了几团人马和几个炮兵连来镇压叛乱。红军开到契司佳柯夫村附近，就和格里高力的两个团接了火。打了有三个钟头。格里高力害怕被包围，就撤出阵地，朝克拉斯诺库特方面移动。但是在三月十日早晨的战斗中，维奥申的哥萨克被霍派尔的哥萨克红军打得很惨。顿河两岸的哥萨克在战场上相遇，来来回回地冲杀，毫不留情地拼搏，格里高力在战斗中失去了战马，腮帮子也被砍伤了，便带着两个团撤出战场，退回博柯夫。

晚上，他审问了一个被俘的霍派尔州的哥萨克红军。这个不算年轻的红军是捷别金乡的哥萨克，白眉毛，窄胸脯，军大衣的翻领上缝着红绦。他回答问题很痛快，但是笑得很勉强，有点儿不自在。

"昨天参加战斗的是哪几个团？"

"有我们第三哥萨克团，也叫斯捷潘·拉辛团。这个团里差不多全是霍派尔州的哥萨克。再就是第五后阿穆尔团、第十二骑兵团和第六姆岑斯克团。"

"是谁当总指挥？听说是吉克维捷①指挥的，是吗？"

---

① 吉克维捷·瓦西里·伊西多洛维奇(一八九四——一九一九)是革命家，布尔什维克，师长，国内战争中的英雄。一九一九年二月十一日，在作战中牺牲。——作者注

“不是的,这支混合部队是多姆尼奇同志指挥的。”

“你们的弹药很多吗?”

“多极啦!”

“大炮呢?”

“好像有八门。”

“你们这个团是从哪儿调来的?”

“从卡敏乡的几个村子里。”

“他们说明调你们上哪儿去的吗?”

那个哥萨克迟疑了一下,但还是回答了。格里高力很想了解一下霍派尔人的人心。

“哥萨克们都是怎样说的?”

“都说不愿意来……”

“你们团里都知道我们为什么起义吗?”

“打哪儿知道呢?”

“那你们为什么不愿意来呢?”

“你们也是哥萨克呀！打仗都打厌啦。我们跟着红军,跟到现在啦。”

“你是不是可以在我们这儿干呢?”

那个哥萨克耸了耸窄窄的肩膀。

“随您怎样吧！我不愿意干……”

“好,你走吧。我们放你回家看老婆去……大概想老婆了吧?”

格里高力眯起眼睛,看了看朝外走的哥萨克的背影,唤了一声普罗霍尔。他抽起烟,半天没有做声。后来走到窗前,背朝普罗霍尔站着,很平静地吩咐说:

“告诉弟兄们,把刚才我审问的这个人悄悄带到花园里去。哥萨克红军我一个不留!”格里高力用磨圆的靴后跟一转,猛地转过身来。“马上把他干掉……去吧!”

普罗霍尔走了出去。格里高力折着窗台上的天竺葵的脆枝儿,站了一会儿,后来快步走到台阶上。普罗霍尔正在小声跟坐在仓房边晒太阳的几个哥萨克说话。

“把俘虏放了吧。叫人给他开一个路条。”格里高力也不看他们,说完,就回到房里,在一面旧镜子前面站下来,莫名其妙地摊了一下双手。

他自己也不明白,他为什么要出去吩咐把俘虏放掉。刚才他嘴里笑着说“我们放你回家看老婆去……走吧”,而心里知道自己马上就要唤普罗霍尔,吩咐把霍派尔人带到花园里干掉的时候,他还感到有一种幸灾乐祸的心情,似乎还非常得意呢。

他对自己的怜悯心有点儿气恼——这不是本能的怜悯心,又是什么闯入他的心中,叫他把敌人放掉呢?同时他又感到轻松愉快……这究竟是怎么回事儿呢?他自己也弄不清楚。尤其奇怪的是,昨天他还亲口对哥萨克们说过这样一番话呢:“庄稼佬是敌人,现在跟着红军干的那些哥萨克,更是双重的敌人!对付这样的哥萨克,就像对奸细一样,办法很简单:问上个三言两语,就送上鬼门关。”

格里高力就怀着这种无法解释、惴惴不安的矛盾心情和突然感到自己干的事不对的心情,离开自己住的房子。有人来见他了,来的是旗尔团的团长,是一个高大的阿塔曼团的哥萨克,脸盘小小的,平平常常,毫无惊人之处,和他一起来的还有两个连长。

“又有援军开到啦!”这位团长笑着报告说。“从纳波洛夫,从亚布隆河上,从古森卡又来了三千骑兵,另外还有两连步兵。你把他们安排到哪儿呀,潘捷莱耶维奇?”

格里高力佩带好从李哈乔夫身上缴来的匣子枪和漂亮的军用包,就走了出来。太阳晒得暖洋洋的。天空像夏天那样高,那样蓝,一朵朵像羊羔皮一样的白云,像夏天那样向南方飘去。格里高力把所有的指挥官都召集到胡同口上来开会。来了有三十来个人,坐在一段歪倒的篱笆上,有一个烟荷包在大家手里传起来。

“咱们下一步怎么办呢?怎样来打垮把咱们从契司佳柯夫村赶回来的那几个团呢?走哪一条路线呢?”格里高力问,并且顺便说了说库金诺夫的命令的内容。

“他们有多少人马?从俘虏口里问出来了吗?”沉默了一会儿,有一个连长问道。

格里高力报了报敌方几个团的番号,又大致地说了说敌方的火力配备。大家都没有说话。在会上说话是不能不加考虑、乱说一气的。格拉乔夫村的连长就这样说:

“麦列霍夫,稍微等一会儿!让我们想一想。这不是随口说一说的事。不能乱说。”

后来还是他第一个发言。

格里高力仔细听大家的发言。大多数人的意见是,即使进展顺利,也不要突进得太远,要进行防御战。可是,有一个旗尔人激烈地拥护暴动军司令部的命

令,说:

“咱们用不着在这儿磨蹭。让麦列霍夫领着咱们打到顿涅茨去。你们怎么,都昏了头吗?咱们是一小堆,人家是整个的俄罗斯。咱们怎么能撑得住呢?人家一来打,咱们就完啦!应该冲出去!咱们的子弹虽然很少,但是还可以搞到嘛。应当来一次袭击!你们拿主意吧!”

“不管老百姓啦?把妇女、老头子、小孩子放到哪儿去?”

“让他们呆在家里好啦!”

“你的脑袋瓜儿真聪明,不过装在糊涂蛋脖子上啦!”

坐在篱笆边上的几个连长,本来都小声谈论着即将开始的春耕,还谈论着,如果要往外冲的话,家里的活儿又叫谁来干,现在听了旗尔人的话,都哇啦哇啦大叫起来。这个会一下子就像村民大会那样闹哄起来。纳波洛夫村的一个上了年纪的哥萨克的嗓门儿比别人都高:

“我们可不离开自己的家门口!我首先要带上自己的连队回村子里去!要打,就在家门口打,犯不着去救别人的命!”

“你别冲我嚷嚷!我是说说自己的意见,你倒哇哇叫起来啦!”

“毫无道理嘛!”

“叫库金诺夫自个儿上顿涅茨去吧!”

格里高力等到安静下来,对争论的问题说了几句决定性的话:

“咱们就在这儿打!等咱们拿下克拉斯诺库特,就守在那儿!没有别的地方好去。散会啦。都回连队去!马上咱们就开上阵地。”

过了半个钟头,当密密层层的骑兵队伍络绎不绝地顺着大街走去的时候,格里高力委实感到志得意满:他从来还没有统率过这样多的人马呢。但是除了这种虚荣的高兴心情以外,同时又产生了一种很沉重的担惊害怕、烦闷苦恼的心情:他能不能指挥得了呢?他有没有本事统率几千名哥萨克呢?现在他手下已经不是一个连,而是一个师了。掌握几千人的性命,真正为他们负责,他这个没有什么文化的哥萨克恐怕不一定能胜任。“而主要的是:我带着他们去反对谁呢?反对人民……究竟是谁对呢?”

格里高力咬住牙,目送着接连不断地通过的一支支连队。大权在握那种醉人的劲头儿已经衰退了,已经在眼里暗淡下去。剩下的只是担心和苦恼,担心和苦恼压得他受不住,脊背渐渐弯了下去。

三十七

春天来了,一条条河流开冻了。日子一天比一天暖和,绿莹莹的河水越来越响。太阳明显地发了红,那种衰弱无力的黄色渐渐退去。太阳的光芒已经有些刺人,而且有了暖意。中午时候,已经露出来的田地冒着热气,千疮百孔,像鱼鳞一样的积雪亮得耀眼。饱含着清淡的湿气的空气又浓又芳香。

太阳晒得哥萨克的脊背暖洋洋的。鞍垫也晒得暖和和的,潮湿的风吹得哥萨克那棕色的脸湿润润的。有时候风从积雪的山冈上送来一阵凉气。但是温暖渐渐战胜了冬天。马匹春情萌动,格外活跃,脱落的毛纷纷从身上往下掉,马汗也更刺鼻子了。

哥萨克们已经把乱蓬蓬的马尾巴扎了起来。驼毛风帽在哥萨克的背后荡悠着,已经是多余的了,皮帽子下面的额头都汗津津的,穿着皮袄和棉袄已经觉得热了。

格里高力率领队伍在夏天的大道上走着。远处,一架风车后面,红军的骑兵已经摆好了阵势:战斗就在司维里多夫村边展开了。

像格里高力这样,应当是在一旁指挥的,但是他还不会。他亲自率领维奥申的连队作战,用这些连队堵击最危险的地方。因此打起仗来没有统一的指挥。每个团都不是按照事先商定的计划行事,而是按照情况的变化单独行动。

没有战线,这就有可能展开大规模的运动战。

众多的骑兵(格里高力的队伍里大多数是骑兵)是一种很重要的优越条件。格里高力决定利用这一优越条件,用"哥萨克的方法"作战:包抄两翼,突进到后方,破坏辎重,进行夜袭以惊扰和瓦解红军。

但是在司维里多夫村外,他决定用另外一种方式作战:他带上三个连飞马奔赴阵地，让其中一个连留在村边，叫哥萨克们下了马，埋伏在村边树林里，又叫看守马匹的人把马牵到村子里各家院子里以后，便带上其余两个连跑到离风车半俄里的山包上，渐渐地展开战斗。

跟他对阵的是红军的两个多骑兵连。那不是霍派尔的哥萨克，因为格里高力在望远镜里看到的马不是顿河马，个头儿矮矮的，尾巴剪得短短的，哥萨克是从来不剪马尾巴的，不破坏马的自然美。看样子，那不是第十三骑兵团，就是新开到的部队。

格里高力立马山包上，用望远镜观察地势。他骑在马上，总觉得大地分外辽阔，靴尖一踩到马镫上，他就觉得自己有了信心。

他看到，那三千五百名哥萨克组成的褐色长蛇队，正在旗尔河对岸的高地上移动。长蛇队曲曲弯弯，慢慢地往坡上走，往北方，往叶兰乡和霍派尔河口乡的交界线上开去，要到那里去迎击从大熊河口乡攻过来的敌军，援助已经失去战斗力的叶兰乡哥萨克。

格里高力和已经摆好阵势准备冲锋的红军骑兵之间的距离有一俄里半。格里高力按照老样子，急急忙忙地让两个连队散了开来。不是所有的哥萨克都有长矛，但是有长矛的哥萨克都排在第一排，离开后面的人有十来丈远。格里高力跑到第一排的前面，侧着身子站定，抽出马刀。

"小跑前进！"

刚跑了一会儿，他的坐下马一条腿踩在一个被雪盖住的土拨鼠洞里，几乎摔倒。格里高力坐正了身子，脸都气白了，用马刀平着狠狠地打了马一下子。他骑的马是从一个维奥申人手里要来的，是一匹很好的、久经战阵的快马，但是格里高力对这匹马隐隐怀着一种信不过的心情。他知道，两天的工夫，一匹马是跟他处不熟的，再说，他也没有摸清马的脾气和特性——他很怕这匹生马不能明白他的意图，不能像他那匹在契司佳柯夫村外打死的战马那样，缰绳微微一动，马上就明白了。马刀打了一下，那马发了性子，再也不听约束，大跑起来，格里高力心里一阵冰凉，甚至有点儿慌了。"这一下子送我的命啦！"不由地出现了这样可怕的念头。但是这马越跑，越是跑得平稳，越是听从驾驭着它奔跑的手的轻微动作，格里高力也就越有信心，越是冷静。有一小会儿他的目光离开那拉成长长的阵势迎面扑来的敌方骑兵，看了看马脖子。两只红红的马耳朵紧紧地和发狠地竖着，马脖子像伸出来受刑似的，有节奏地轻轻哆嗦着。格里高力在马上挺起身子，深深地往肺里吸了一口气，把靴子往马镫里又伸了伸，回头看了看。不管有多少次他看到拉开了阵势的人马在自己身后轰隆轰隆地飞奔，第一次面对着往上直涌的一股无法解释的野蛮的、兽性的冲动感，他的心都要吓得紧缩成一团。从他放开战马直到冲到敌方跟前这段时间，是内心变化难以捉摸的时刻。在这一可怕的时刻里，格里高力完全失去了理性、冷静和谨慎，只有兽性的本能牢牢地和不容分说地支配着他的心意。如果有谁能够在冲锋的时刻从旁边看看格里高力的话，大概会以为，他的行动是由冷静而镇定的头脑支配着的。因为从表面上看，他的动作是那样把稳，那样利落，那样准确。

两军之间的距离很快地在缩短。人和马的身形越来越大。原来在两军之间的村边牧场上长满荒草、覆盖着白雪的不大的一块地方，渐渐被马蹄淹没了。格里高力瞥见一个冲在自己队伍前面大约有三匹马之远的骑兵。他骑的那匹深褐色的高头大马像狼那样一纵一纵地跑着。骑在马上的人在空中挥舞着军官指挥刀，银刀鞘不住地晃悠着，碰得马镫丁当直响，在阳光中闪闪烁烁，像火光一样。过了一小会儿，格里高力就认出了这个人。这是卡耳根的共产党员彼得·谢米格拉佐夫，是一个外地人。一九一七年，那时候他还是一个二十四岁的小伙子，他打着一副大家不曾见过的裹腿，第一个从俄德战场上跑了回来；带回了布尔什维克的信念和坚定、顽强的军人性格。他一直是布尔什维克，一直在红军中工作，在这次暴动之前，从部队里到镇上来建立苏维埃政权。就是这个谢米格拉佐夫稳稳地操纵着战马，威风凛凛地挥舞着搜查中得到的那把只有在检阅时才肯用的指挥刀，朝格里高力冲来。

格里高力龇出咬得紧紧的牙齿，往上抖了抖缰绳，马就很听话地加快了速度。

格里高力有一种特殊的手法，是他在冲锋时常常使用的。当他感到或者看到对方是一个劲敌，或者是他想狠狠地一击，无论如何要把对方打死的时候，他就使用这种手法。格里高力从小就是一个左撇子。他连拿调羹、画十字都用左手。潘捷莱·普罗柯菲耶维奇为这事狠狠打过他多次，甚至同年岁的孩子们都管他叫“左撇子格里什卡”。可以说，打和骂对幼小的格里什卡都起了作用。从十岁起，他就改掉了用左手代替右手的习惯，“左撇子”的外号也就没有人叫了。但是直到现在，他还能用左手很灵活地来做右手做的一切事情。甚至他的左手还更有劲儿。格里高力在冲锋时利用这一优势，没有哪一次不成功的。他选定了对手以后，就像所有的人一样，从左边冲上去，以便用右手砍杀；那个将要和格里高力交手的人也准备这样干。可是等到离对方只有十来丈远，对方已经微微偏过身子，举起马刀的时候，格里高力却十分轻巧地陡然一转身，把马刀换到左手里，从右边冲上去。锐气受挫的敌人就改变姿势，但是从右边往左边隔着马头砍起来很不顺手,所以就会失去信心,死神就来到面前了……格里高力就用尽平生之力,一刀劈下去,还要使劲把刀一拉。

自从“秃子”教给格里高力“巴克兰诺夫刀法”,已经过去很久了。格里高力在两次战争中又经受了千锤百炼。使用马刀可不像扶犁把子那样简单。他在用刀方面掌握了很多窍门儿。

他从来不在刀把上拴穗头,为的是容易在很短的瞬间换手。他知道,在用刀劈杀的时候,如果刀的倾斜度不对,刀就会脱手,要不然就是手腕脱臼。他学会了一种很少有人会的妙招儿,只要轻轻一击,就能把敌人手里的武器打掉,或者迅速地微微一碰,就能使胳膊麻木。格里高力懂得了不少用刀用矛杀人的学问。

在砍葡萄藤的时候,如果砍得漂亮,那斜砍下来的藤条儿连颤都不颤,就掉了下来,葡萄架子连晃都不晃一下。削得尖尖的藤条头儿轻轻地扎进沙土里,藤条儿就跟还长着的藤条儿挨在一起。像加尔梅克人一样英武的谢米格拉佐夫,就是这样轻轻地从马鞍上滑下来,用手捂着斜斜地劈开的胸膛,掉到直立起来的马下的。他的身子已经透出死亡的凉气……

格里高力马上就挺起身子,在马镫上站立起来。又有一名红军,已经勒不住马,很莽撞地向他冲来。因为隔着仰得高高的、流着汗沫的马头,格里高力没有看到那人的面孔,但是看到了那抡圆了劈下来的马刀,看到了那黑黑的刀面子。格里高力使劲勒住马,把对方的刀架开,一面收着右面的缰绳,一面举刀朝着那弯下来的、光溜溜的红脖子砍去。

他第一个冲出混战的人群。在他眼睛里是晃来晃去的成堆的骑兵。手掌上觉得一阵刺痒。他把马刀插进鞘里,拔出匣子枪,勒转马头,让马使足劲儿朝后跑去。哥萨克们都跟着他飞跑起来。两个连跑得七零八落,到处都可以看到趴在马脖子上的带白绦的高筒皮帽和三耳皮帽。在格里高力旁边跑的是一个头戴狐皮帽、身穿草绿皮袄的熟识的中士。他的耳朵和腮帮子被砍伤了,一直砍到下巴。他的胸膛上好像压烂了一篮子熟樱桃。牙齿龇着,满嘴都是血。

红军本来已经动摇,并且有一半也已经开始跑了,现在又掉转了马头。他们看见哥萨克退却,又鼓起劲儿,追了上来。有一个掉了队的哥萨克就像被风吹的一样,一下子跌下马来,被乱马踩进雪地里。村庄、黑黑的树丛、山包上的小教堂、宽宽的街道就在眼前了。距离埋伏着一个连队的村边树林不过一百丈远了……一匹匹马的背上流着汗沫,流着血。格里高力一面跑着,一面猛地扳了一下枪机,匣子枪没有响(子弹卡住了),他便把枪塞进套子里,厉声喝道:

“散开!!!”

由两支哥萨克连队汇成的人流，就像河流遇到山崖一样，分成两条支流很从容地流了开去，露出了红军的骑兵线。埋伏在篱笆后面的那个连对红军打出一排齐射，又是一排，又是一排……一阵叫喊！一匹马带着一名红军翻了个跟头。还有一匹马打断了腿，一头扎进雪里，一直没到耳朵根。又有三四名红军被打下马来。在其余的红军狂奔着，拥拥挤挤，掉转马头的时候，哥萨克们又朝他们打了一排枪，就没有再打了。格里高力用迅雷一样的声音刚刚喊过："各连听令……"——上千只马蹄就乱纷纷地踩着地上的雪，掉转方向，追赶过来。但是哥萨克们都不情愿追赶：马匹太累了。追了有一俄里半，就回来了。他们剥掉打死的红军的衣服，下掉打死的马的鞍子。一条胳膊的阿列克塞·沙米尔抓到三名受伤的红军。他叫他们脸朝篱笆站好，挨个儿把他们砍了。过后哥萨克们围着被砍死的红军转悠了半天，抽着烟，细细地观赏这三具尸体。三具尸体有一点是完全相同的：上身都是从锁子骨到腰部斜斜地分成了两半。

"我叫三个人变成六个人啦。"阿列克塞眨巴着一只眼，抽动着一边腮帮子，夸口说。

大家都五体投地地请他抽烟，用十分尊敬的目光望着阿列克塞那不大不小、像小葫芦一样的拳头和鼓鼓的、把棉袄都撑了起来的胸脯。

汗漉漉的马都披着军大衣在篱笆旁边打哆嗦。有的哥萨克在紧马肚带。有的在胡同口井边排着队打水。很多哥萨克牵着疲惫不堪、拖着腿走路的马在遛。

格里高力带着普罗霍尔和另外五个哥萨克跑到前头去了。好像是蒙在他眼睛上的绷带掉了。他又像冲锋之前那样，看到了照耀寰宇的太阳，看到了草垛边快要化尽的雪，听到了满村子闹嚷嚷的麻雀叫声，闻到了已经来到门口的春天的幽幽香气。生命又回到了他身上，生命没有因为刚才流过一场血而暗淡和衰老，而是更有诱惑力了，诱人去享受那微薄和转瞬即逝的欢乐。在化尽了雪的黑黑的土地上，一小块残雪往往白得格外耀眼，格外吸引人……

三十八

暴动像洪水一样翻腾起来，泛滥开去，淹没了顿河沿岸、顿河左岸的草原地区，足足有四百俄里方圆。二万五千名哥萨克上了战马。上顿河州各村庄还出了一万名步兵。

这次战争的打法是前所未有的。顿河白军为了掩护诺沃契尔卡斯克，在顿涅茨附近拉开战线，准备进行决战。跟白军对垒的红军第八军和第九军，被后方的暴动打乱了步骤，控制顿河地区的任务本来就是很艰巨的，现在就更加复杂化了。

四月里，一种威胁十分明显地摆到了共和国革命军事委员会面前：暴动军眼看着就要和白军的战线联合起来了。必须在暴动军从后方推进到红军阵地并且与顿河白军汇合之前，千方百计地把暴动镇压下去。调动了最有战斗力的部队来镇压暴动：参加清剿部队的有波罗的海和黑海的水兵，有几团最可靠的步兵，有装甲兵，有特别英勇善战的骑兵部队。把包古查尔野战师的五个团全部从前线上撤了下来，这五个团有八千支枪、五百挺机枪，还配合着几个炮兵连。四月里，梁赞和唐波夫的训练班学员已经在嘉桑乡的暴动军阵地上英勇顽强地奋战，又过了几天，全俄中央执行委员会军官学校的队伍也开来了，拉脱维亚的步兵也在叔米林镇外同暴动军交手了。

哥萨克们因为缺乏战斗装备，行动很受限制。起初是没有足够的步枪，后来子弹也渐渐用光了。必须要用血作代价去换，要靠冲锋或夜袭去抢夺枪支和子弹。他们抢夺了很多次。到四月里，暴动军已经有了足够的步枪，还拥有六支炮兵连和将近一百五十挺机枪。

在暴动开始的时候，维奥申的军火库里还保留着五百万只空弹壳。州苏维埃把最好的铁匠、钳工和造枪手都动员来了,在维奥申建立了一个制造子弹的作坊,但是却没有铅,没有东西来做弹头。于是各个村庄都遵照州苏维埃的号召,开始收集铅和铜。机器磨坊里储存的铅和锡全部拿了出来。派了不少人骑着马带着简短的呼吁书在各个村子里转悠:

你们的丈夫、儿子和兄弟没有子弹啦!

他们只能靠着从万恶的敌人手里夺取子弹啦。请你们把家里一切可以造子弹的东西拿出来吧。请你们把风车上的铅丝筛子拆下来吧。

一个星期之后,全州没有一架风车装铅丝筛子了。

"你们的丈夫、儿子和兄弟没有子弹啦!……"于是妇女们把一切合用的和不合用的东西都送进了村苏维埃,打过仗的村庄的孩子们纷纷从墙里往外抠铅弹头,挖掘土地找炮弹片。然而在这方面也不完全一致:有些妇女因为穷,不愿意毁掉最后的一两样小家什,被戴上"通红军"的帽子,逮捕起来,送到州里。在鞑靼村,"生铁头"谢苗从部队里回来休假,被几个富裕的老头子打得头破血流,就因为他说了两句不留心的话:"让财主们去拆毁风车吧。他们大概觉得红军比倾家荡产还可怕。"

所有的铅都在维奥申的作坊里熔化,但是铸成的弹头因为没有镍皮,也很容易熔化……一枪打过,土造的弹头熔化成铅块飞出去,带着一种疯狂的呜呜声和噜噜声朝前飞去,但是只能打一百或一百二十丈远。然而这种子弹打出的伤是十分可怕的。红军了解这种情况以后,每次和哥萨克的侦察兵在近距离内遭遇,就大声叫喊:"别放你们那屎壳郎啦……投降吧,反正你们都要完蛋的!"

三万五千名暴动的哥萨克分编成五个师,又根据人数,编成一个第六独立旅。第三师由叶果罗夫率领,在麦什柯夫—谢特拉柯夫—维热一带作战。第四师盘踞在嘉桑—顿涅茨柯耶—叔米林一带。率领这个师的是外表阴沉、打起仗来又勇猛又顽强的康德拉特·梅德维杰夫准尉。第五师由乌沙柯夫率领,在司拉舍夫—布堪诺夫一线作战。梅尔库洛夫司务长率领第二师在叶兰乡的一些村庄—霍派尔河口乡—郭尔巴托夫一带活动。第六独立旅也在这一带,这个旅组织得非常严密,几乎没受到过损失,因为指挥这个旅的是马克萨耶夫乡的哥萨克包加推廖夫准尉,这人又细心又谨慎,从来不冒险,从来不叫人白白地去送死。麦列霍夫·格里高力指挥的第一师分布在旗尔河上。他这个地区是要冲地带,从前线抽调下来的红军部队从南方向他压了过来,但是他不仅顶住了敌军的进攻,而且还抽出一些步兵和骑兵连队,去援助实力较差的第二师。

暴动没有发展到霍派尔州和大熊河口州各乡镇。那里也曾经有过波动,从那边也来过几个代表,要求派部队上布祖卢克和霍派尔河上游去,到那里去发动哥萨克们,但是暴动军司令部不肯让部队跨出上顿河州边界以外,因为知道大多数霍派尔人是拥护苏维埃政权,不愿意拿起枪来的。而且就连那些代表也不敢保证成功,他们很坦率地说,各个村子里对红军不满的人并不怎么多,残留在霍派尔州各个偏僻角落里的军官们也都躲藏起来,要组织大规模的兵力来响应暴动,是不可能的,因为上过前方的人或者躲在家里,或者跟着红军走了,老头子们都被折腾得够戗,就像小牛被关进了牛棚,他们的实力和往日的威信都没有了。

在南方,乌克兰人居住的各乡里,红军把青年人都动员起来,青年们都参加了包古查尔师的各个团,斗志昂扬地在同暴动军作战。暴动被封锁在上顿河州范围以内了。所有的人,包括暴动军司令部在内,越来越清楚,想长期保住家乡这块地盘是办不到的,或早或晚,红军总要从顿涅茨方面掉过头来对他们进攻。

三月十八日,库金诺夫召唤格里高力·麦列霍夫到维奥申去开会。格里高力把指挥任务交给副师长里亚布契柯夫,一大早就带着传令兵到州里去了。

格里高力来到司令部,这时候库金诺夫和萨方诺夫正在跟阿列克塞耶夫乡的一个代表进行谈判。库金诺夫弓着腰,坐在写字台旁边,用干瘦的黑手指头玩弄着自己的高加索皮带的头儿,也不抬那双因为睡眠不足而肿胀和溃烂的眼睛,向坐在他对面的一个哥萨克问道:

“你们自己又怎么样?你们有什么打算?”

“我们吗,别提啦……自己都有点儿不合把子……谁也摸不透别人的心思。你可知道,我们那儿的人都是啥样的?胆子都很小。他们又想干,可是又害怕……”

“‘又想干!’‘又害怕!’”库金诺夫气得脸色灰白,大叫起来,并且就像烫了屁股似的,在椅子上坐不住了。“你们一个个都像大姑娘!又想干,又怕疼,又说妈妈不答应。哼,滚回你们的阿列克塞耶夫乡去吧,去告诉你们那些老头子们,就说,如果你们自己不动手,我们连一个排也不会派去你们乡。就让红军把你们一个个都绞死好啦!”

那人抬起一只红红的手,很费劲儿地把熠熠有光的狐皮帽子向脑后推了推。汗水顺着额上的皱纹,就像春水顺着小沟那样,哗哗地流了下来,短短的灰睫毛一个劲儿地眨巴着,眼睛里带着谄笑和抱愧的神情。

“当然啦,你们也是不得已才来找我们的。但是我们这儿事情刚刚开头。有很多事情暂时还顾不上……”

格里高力正留神听他们说话，看见有一个人不敲门就从走廊里走了进来，便朝旁边闪了闪。来人个头儿不高，黑黑的小胡子，穿一件熟皮子皮袄。他点了点头，跟库金诺夫打过招呼，就用白白的手掌托住腮，在桌子旁边坐了下来。格里高力熟识所有参谋人员的面孔，这个人他却是头一次看见，所以仔细看了看。一张很清秀的脸，黑黑的，但不是风吹日晒的，两手又白又嫩，一副知识分子的风度，——这一切都说明他不是本地人。

库金诺夫用眼睛瞟着来人，对格里高力说：

“麦列霍夫，你来认识认识。这位是盖沃尔吉捷同志。他是……”库金诺夫顿住了。他玩弄了一会儿皮带上发了黑的银环儿，然后欠了欠身，对阿列克塞耶夫乡的代表说：“喂，乡亲，你走吧。我们现在有事情要办。你回去，把我的话转告有关的人吧。”

那个代表站起身来。他那夹杂着黑黑的细毛的火红色狐狸皮帽儿乎碰到天花板。因为他那宽宽的肩膀遮住了亮光，屋子里一下子就显得又小又挤了。

“你是来求救兵的吗？”格里高力问道；他同盖沃尔吉捷握过手，手掌还一直觉得很不舒服。

“是的，是的！是来求救兵的。可是，瞧，结果是这样……”那人高兴地朝格里高力转过脸来，用眼睛寻找支持。他那张跟狐皮帽一样红的脸显得异常慌张，出了很多汗，那耷拉着的红红的小胡子和下巴胡都好像挂满了小小的玻璃珠儿。

“你们也不喜欢苏维埃政权吗？”格里高力装做没有看出库金诺夫不耐烦的样子，继续问道。

“目前还算好，”那人实事求是地小声说，“就是怕以后越来越坏。”

“你们那儿枪毙过人吗？”

“没有，真的！没听说有这种事儿。噢，不过，总而言之，他们抢过马，抢过粮食，噢，当然啦，他们也抓过说反动话的人。一句话，叫人看着可怕。”

“如果我们维奥申的人开到你们那儿去，你们能发动起来吗？所有的人都能发动起来吗？”

那人的小小的、被阳光染成了金色的眼睛很乖巧地眯缝起来，躲开格里高力的眼睛，皮帽子朝额头上爬了爬，这时候额头上也堆起了沉思的皱纹。

“怎么能替所有的人担保呢？……不过，有家有业的人一定会跟着干的。”

“那些穷苦的、无家无业的人呢？”

格里高力盯着他的眼睛，但是一直没有看出他的眼神，现在终于遇到了他的像孩子那样惊愕、率直的目光。

“瞧您说的！……那些二流子凭什么跟咱们干？这个政府就是他们的命根子嘛，实在话！”

“浑蛋，那你来干什么？”库金诺夫再也憋不住怒火，气得叫了起来，他坐的转椅也吱扭吱扭地响了起来。“你干什么来鼓动我们到你们那儿去：怎么，你们那儿都是财主吗？如果一个村子里只有两三户人家参加，那算什么起义？给我滚出去！滚，我叫你滚！烤公鸡①还没有啄到你们的屁股，等啄到你们的屁股，那时候不用我们支援，你们也会起来干的！你们这些家伙躲在别人脊梁后面享清福享惯啦！你们顶好是躺在热炕头上，再用热黍子焐起来……滚吧，快滚吧！别叫我看着你他妈的恶心！”

格里高力皱起眉头，扭过脸去。库金诺夫脸上的红斑越来越红。盖沃尔吉捷捻着胡子，抽了抽好像用斧子削成的鹰钩鼻子。

“既然这样，那就请原谅吧。不过，大人，别骂人，别吓唬人，这是好说好道的事。我们的老头子们的请求，我已经向你们说过啦，你们的答复，我一定会带回去，用不着骂人！骂老百姓要骂到什么时候呢？白军骂，红军骂，现在你又骂，谁都想抖抖自己的威风，还要折腾折腾人……唉，庄稼人过的日子，就像叫癞狗啃过的……”

他怒冲冲地把帽子往下一压，像块大石头一样滚进走廊里，轻轻地把房门掩上；但是到了走廊里怒气一下子就发作起来，狠狠地摔了一下楼房的大门，震得石灰末子哗哗地往地板上和窗台上落了有五分钟。

“真是什么样的人都有！”库金诺夫已经是高高兴兴地笑着说了，一面玩弄着皮带，面色越来越和悦了。“一九一七年春天，我上车站去，那是复活节时候，正赶上春耕。耕地的都是自由的哥萨克，简直都自由得发了昏，把所有的道路都犁啦，就好像嫌土地太少啦！在陶根村外，我把一个耕地的人喊到跟前，问：‘你这家伙，为什么把路都犁啦？’那个小伙子怕了。他说：‘我再也不犁啦，一万个对不起，我还可以把路踩踩平。’我又这样吓唬了两三个小伙子。来到格拉乔夫村外，又有人把路犁啦，这时候正有一个小伙子在耕地。我就唤他：‘喂，到这儿来！’他走了过来。我问：‘你凭什么把路犁啦？’那小伙子十分威武，眼睛亮闪闪的，朝我看了看，就一声不响地转过头，朝牛跟前跑去。他跑到牛跟前，从牛轭上抽出一

① 烤公鸡是白党对红军的诬蔑，因为烤公鸡是红的。

根铁钎子，又朝我跑来。他抓住车沿，踩到踏板上。说：'你算什么东西，你们这些家伙吸我们的血要吸到什么时候？你想不想叫我一下子敲碎你的脑壳儿？'他还拿铁钎子比画了比画。我对他说：'你怎么啦，伊万，我是说着玩儿的呀！'他说：'我现在不是伊万啦，是伊万·奥西佩奇，你这样无礼，我要打你嘴巴子！'真的，我好不容易才挣脱了。这家伙也是这样：又哼哼，又哀求，可是到末了却发起脾气来啦。人都是很要强的。"

"这是他的野蛮劲儿被激起来，发泄出来啦，并不是什么要强。野蛮劲儿得到了发泄的机会，"盖沃尔吉捷很平静地说；也不等别人反驳，就换了话题说："请开会吧。我今天还想到团里去呢。"

库金诺夫敲了敲墙，喊道：

"萨方诺夫！"他又转过脸对格里高力说："你来和我们一块儿商量商量吧。'一个脑袋瓜儿好，两个脑袋瓜儿更厉害。'这句俗话你知道吗？咱们很荣幸，盖沃尔吉捷有机会来到维奥申，现在可以帮助咱们啦。他的军衔是中校，陆军大学毕业的。"

"您怎么留在维奥申啦？"格里高力不知为什么怀着冷冷的、戒备的心情问道。

"从北线撤退的时候，我害了伤寒，就把我留在杜达列夫村啦。"

"您是哪一部分的？"

"我吗？我不是队列军官。我在司令部的特务组。"

"是哪一组？是西特尼科夫将军那一组吗？"

"不是……"

格里高力还想再问几句，但是盖沃尔吉捷中校脸上的表情不知为什么紧张起来，格里高力这才感觉出自己这样寻根问底是不适宜的，于是问了一半就不问了。

过了一会儿，参谋长萨方诺夫、第四师师长康德拉特·梅德维杰夫和红脸白齿的第六独立旅旅长包加推廖夫准尉都来了。会议开始了。库金诺夫根据战报把前线上的情况简要地对参加会议的人报告了一遍。中校第一个要求发言。他把一张三百万分之一的地图慢慢地摊到桌上，口若悬河地、信心十足地说起来，多少带一点儿外地口音：

"首先我认为，必须将第三师和第四师的一部分后备部队调到麦列霍夫师和包加推廖夫准尉的独立旅作战的地区去。根据咱们得到的秘密情报和审讯俘虏的结果，已经可以很清楚地看出来，红军司令部正准备在卡敏镇—卡耳根镇—博柯夫镇地区对我们发动重大攻势。根据投诚和俘虏的红军的供词,可以断定,红军第九军司令部从第十二师抽调的两个骑兵团,还有五个阻击队,配备着三个炮兵连和一些机枪队,已经从奥布里沃和莫洛佐夫镇开过来。粗略地估计一下,这些补充部队,可以使敌方增加五千五百条枪。这样一来,他们毫无疑问已经在数量上占了优势,更不用说他们在武器装备方面的优势了。"

像葵花一样黄的太阳,从南面照进房来,被窗棂画上了不少十字。天花板下面一动不动地悬挂着一大片浅蓝色的烟气。土烟的呛人气味和潮湿的靴子的臭气混成了一片。天花板下面有一只苍蝇被烟气呛得嗡嗡直叫。格里高力迷迷糊糊地望着窗外,他一连两夜没有睡觉了,沉甸甸的眼皮已经肿了起来,睡意和烧得很热的屋子里的暖气往他身上直扑,困倦渐渐使他神志模糊起来。可是窗外吹着一阵阵南来的春风,巴兹基高地上的残雪闪着熠熠的红光,顿河对岸的白杨树在风中一个劲儿地摇晃着,格里高力一看见,就好像听见了树枝的一片沙沙声。

中校那又清楚又强硬的声音引起格里高力的注意。格里高力打起精神,仔细听着,迷迷糊糊的睡意不知不觉消失了,好像是随风飘散了。

"……敌人在第一师前线的活动已经减弱,一直准备在米古林—麦什柯夫一线发动攻势,我们对此必须有所警惕。我认为,库金诺夫同……"中校把"同志"这个词儿咽回去,用他那女人一般白皙的手气势汹汹地做着手势,提高声音说:"库金诺夫总司令在萨方诺夫支持下,把红军的虚假调动当做真的,而采取了削弱麦列霍夫师防地兵力的做法,是犯了极大的错误。诸位,请恕我直言!牵制敌人兵力,以便发动攻势——这是起码的战略常识……"

"可是,麦列霍夫并不需要后备团。"库金诺夫打断他的话。

"正相反!我们应该把第三师的后备部队放在手底下,万一被敌人冲开缺口,就可以用后备部队来堵一堵。"

"看样子,库金诺夫不想问问,我是不是愿意把后备队交给他。"格里高力气冲冲地说。"我是不给的。一个连也不给!"

"哦,这个吗,老兄……"萨方诺夫捋着黄黄的胡子尖儿,笑着,拉长声音说。

"用不着'老兄老弟'的!说不给,就是不给!"

"在作战问题上……"

"你别对我说什么作战问题吧。我的作战地区,我的人马,由我自己来管。"

盖沃尔吉捷中校使这场突然发生的争论停止了。他用手里的红铅笔画了一条虚线,标出受威胁的地区,于是参加会议的人的头一齐凑到地图上,这时候大家才清楚地了解到，红军司令部要发动进攻的话，只有在南部地区，因为该地区离顿涅茨最近，在交通联络方面对他们是有利的。

过了一个钟头，会议结束了。面色阴沉、外表和动作都像狼一样的康德拉特·梅德维杰夫，因为文化水平很低，在会上一直没有说话，快要散会的时候，才皱着眉头望着大家说：

“支援麦列霍夫，我们可以支援。我们的人还有的是。就是有一点，叫人他妈的不放心！要是红军从四面八方攻过来，咱们又往哪儿跑呢？要是把咱们赶到一堆，咱们就像发大水时候的蛇那样，挤到小土包上，乱成一团啦。”

“蛇还会泅水呢，咱们可是不会泅水呀！”包加推廖夫哈哈大笑起来。

“我们想过这一点。”库金诺夫若有所思地说。“就算这样，那也没有什么，到了没有办法的时候，咱们就扔掉一切不能携带的武器，扔掉家眷，边打边撤，往顿涅茨方面靠。咱们力量不算小，有三万人呢。”

“士官生肯收留咱们吗？他们很恨顿河上游的人呢。”

“母鸡在窝儿里，就不愁没有鸡蛋……这个问题没什么好谈的！”格里高力戴上帽子，走了出来。他在门外听见盖沃尔吉捷哗啦哗啦地卷着地图，回答说：

“维奥申人，以及所有的起义部队，如果就这样英勇地和布尔什维克战斗下去，就没有什么对不起顿河和俄罗斯的啦……”

“这家伙嘴里这样说，心里一定在笑！”格里高力听着他说话的声音，心里想道。格里高力又像最初看见这个突然出现在维奥申的军官时那样，感到不放心，感到有一种毫无来由的痛恨心情。

库金诺夫在司令部的大门口追上了他。他们一声不响地走了一阵子。在到处是牲口粪的广场上，风沙沙地吹动着一个个的小水洼儿，水面上泛起一道道的波纹。已是黄昏时候。一朵朵饱鼓鼓的白云，就像在夏天里那样，像天鹅一样慢悠悠地从南方飘过来。融化了的土地的潮湿气息又清新又芬芳。板墙脚下露出来的草已经绿了，而且这会儿风真的把波涛般的杨树摇动声从顿河对岸送了过来。

“顿河快开冻啦。”库金诺夫一面咳嗽着，一面说。

“嗯。”

“谁他妈的知道是怎么一回事儿……烟都抽不到，完蛋啦。一缸子土烟，要四十卢布克伦斯基票子呢。”

“你告诉我，”格里高力边走边转过身来，生硬地问道，“这个吉尔吉斯军官，在你这儿干什么？”

“盖沃尔吉捷吗？是作战处处长。这家伙好脑袋瓜儿！是他在制订作战计划。在战略方面他比咱们都高明。”

“他经常住在维奥申吗?”

“不……不……我们把他放到柴尔诺夫团的辎重队里去啦。”

“那他怎样来管作战工作呢?”

“你这不是看到,他常常来嘛。差不多天天都来。”

“你们为什么不叫他住在维奥申呢?”格里高力想弄清究竟,又追问道。

库金诺夫一面还在用手捂着嘴咳嗽,一面很勉强地回答说:

“叫哥萨克们看着不大好。你不知道弟兄们都是什么样子吗？他们会说:‘又把军官捧上来啦,又要搞老一套啦。当官的又要掌权啦……’以及诸如此类的话。”

“像他这样的人,在军队里还有吗?”

“在嘉桑乡还有两个,也许是三个……格里沙,你不要觉得怎么不舒服。你的心情,我看出来啦。伙计,咱们除了找士官生,没有别的路好走。不是这样吗?难道你想靠十个乡来建立自己的国家吗？这没有什么好说的……咱们要联合起来,要到克拉斯诺夫那儿去认罪,就说:彼特罗·尼古拉伊奇,多多担待吧,我们放弃阵地,错啦……”

“我们错了吗?”格里高力反问道。

“怎么不错呢?”库金诺夫一面带着惊异的神情回答,一面小心地绕过一个水洼。

“可是我有一个想法……”格里高力脸色阴沉下来,强笑着说。“可是我以为,咱们起事,才错了呢……刚才那个阿列克塞耶夫乡代表说的话,你听见了吗?”

库金诺夫没有做声,用探询的目光从旁边看着格里高力。

他们过了广场,在十字路口分了手。库金诺夫经过学校门口,朝自己家里走去。格里高力回到司令部里,招了招手,叫传令兵把马带了过来。他已经上了马,慢慢理着缰绳,理着枪上的皮带,心中却仍然在苦苦思索着,想弄清楚,自己为什么对司令部里突然出现的那位中校怀着一种莫名其妙的敌视心和戒备心,想着想着,忽然心里一震,想道:“万一这是士官生特意叫这些有文化的军官留在我们这儿,为的是在红军后方发动我们,叫这些军官按照他们那一套,也就是用念书人那一套来领导我们,那可怎么办?”而且他在脑子里还幸灾乐祸地、殷勤地端出许多猜测和理由:“他不说自己是哪一部分的……他说话含含糊糊……说是在司令部工作,可是没有什么司令部打这儿经过呀……为什么偏要把他留在杜达列夫村这样偏僻的地方呢？哼,这里面有名堂！我们把事情搞糟啦……”他一面用猜想剖示着生活,一面像个受害者一样,很难受地想:“我们上了念书人的当啦……上了老爷们的当啦！他们叫我们不能好好地过日子,用我们的手去干他们的事情。什么事都不能相信人啦……”

过了顿河,他们就放马飞跑起来。在他后面跑的传令兵是一个勇猛、威武的汉子,是奥里山村的哥萨克。格里高力就挑选这样的人,让他们跟着自己“赴汤蹈火”,他把这样一些在对德战争中就受过考验的人放在自己身边。这个传令兵以前当过侦察兵。他一路上也不说话,一面跑,一面用老大的手掌捂着一团香喷喷、用葵花灰熬过的火绒,用火石打着了火,在风中抽起烟来。他们在下坡往陶根村走的时候,他对格里高力说:

“要是不急着赶路,咱们找地方住下吧。马太累啦,让马喘喘气。”

他们在楚卡林村住下了。吹了一路冷风,来到一座只有两个单间的简陋的小房子里,觉得就像在家里一样温暖和舒适。黄土地面散发着咸咸的牛尿和羊尿的气味,炉子里发出来的好像是垫着白菜帮子烤出来的新鲜面包气味。格里高力很勉强地回答着女房东的问话。女房东是一个老太婆,老头子和三个儿子都参加了暴动军。老太婆说话粗声粗气的,俨然以长者自居,而且一开头就不客气地对格里高力声明说:

“你虽说是个官儿,管着那些哥萨克浑小子,可是你管不着我这个老婆子,你只配给我当儿子。好孩子,你就行行好,跟我聊聊吧。可是你一个劲儿地打哈欠,不愿意跟老娘们儿说说话儿,看不起老娘们儿。你要看得起！我把三个儿子,还有老头子,都送到你们的战场上去啦。你现在指挥他们,可是儿子是我生的,是我奶大的、喂大的,我上瓜园、菜园里去,都要用裙子把他们兜着,我为他们受够了苦。这也不是容易事呀！你别把鼻子翘得老高,别装模作样,你还是好好儿地跟我说说:是不是快太平啦?”

“快啦……老大娘,你去睡吧!”

“快啦就好！可是究竟怎么快法呢？你别管我睡觉不睡觉,在这儿当家的是我,不是你。我还要上院子里去抱羊羔呢。要把羊羔抱到屋里来过夜,羊羔还小呀。复活节以前能太平吗?”

“把红军赶走了,就太平啦。”

“这话才怪哩!”老婆子用腕部肿胀、手指头因为干活儿和风湿变了形的双手拍了拍又瘦又尖的膝盖,很伤心地吧嗒着干瘪得像樱桃树皮一样的嘴唇。“他们碍你们什么事啦？你们干吗要跟他们打仗？你们这些人简直都疯啦……你们这些该死的东西，觉得拿枪打人挺快活，骑在马上挺神气，可是当娘的心里又怎样啊？打死的都是娘生的孩子呀，不是吗？不知是什么人想花样儿要打仗……”

“我们就不是娘养的孩子，是狗养的孩子吗？”格里高力的传令兵听了老婆子的话，气得不得了，十分气忿地哑着嗓子说。“我们天天在死人，可是你偏说‘骑在马上挺神气’！好像当娘比流血牺牲还可怕！你这个糊涂虫，活到头发都白啦，还在这儿胡说八道……唠叨起来像顿河水，像海水，没完没了，叫人连觉都不能睡……”

“鬼东西，你会睡个够的！你瞪什么眼睛？刚才就像个狼一样，闷声不响，可是一下子又气得什么似的。瞧吧！连嗓子都气哑啦。”

“格里高力·潘捷莱耶维奇，咱们睡不成啦！”传令兵失望地哼哼着，掏出烟来，狠狠地打着火石，打得一团一团的火星从火镰底下直往外飞。

就在火绒阴燃、冒烟的时候，传令兵又很刻薄地挖苦起饶舌的老婆子：

“你真是个啰嗦娘们儿！要是你的老头子在前线上被打死的话，他一定会高高兴兴地死去。他会说：‘好啦，谢天谢地，这一下子从老婆子嘴里逃脱出来啦，去她的吧！’”

“死鬼，叫你舌头上长疔疮！”

“老大娘，行行好，睡吧。我们有三夜没睡啦。去睡吧！你要是不叫人睡觉，死的时候连圣餐都领不到啦。”

格里高力好不容易劝他们安静下来。他舒舒服服地感觉着盖在身上的羊皮袄的酸酸的暖气，迷迷糊糊地睡去，矇眬中听见门响了一声，一股冷气和一股热气扑到他的腿上。然后是小羊羔在耳边咩咩地尖叫起来。小小的羊蹄子在地上嘚嘚地乱响起来，干草气味、热乎乎的羊奶气味、夜霜气息、牲口院子里的气息，又清新又好闻……

到半夜里，格里高力睡不着了。他睁着眼睛躺了老半天。在封起来的地炉里，炭火红彤彤的，上面蒙了一层白灰。几只小羊羔挤成一堆，躺在炉门口最热的地方。在万籁无声的静夜里，可以听见小羊羔在睡梦中磨着牙齿，有时还打喷嚏和打响鼻。窗外是一轮远而又远的满月。在黄土地上一片方方的黄色月光中，一只很不安生的黑羊羔又是蹦，又是尥蹶子。在月光中熠熠闪光的一带灰尘斜挂在空中。屋子里的光线黄中透蓝，和白天的光线差不多。壁炉上的破镜子亮闪闪的，只有堂前那镀过银的圣像框子反射的光是微弱的、暗淡的……格里高力又想起在维奥申开的会，想起阿列克塞耶夫乡来的代表；他又想起那位中校，想起他那与众不同的知识分子的外表和说话的气派,感到一阵不痛快和隐隐的激动。一只小羊羔爬到皮袄上,爬到格里高力的肚子上,呆呆地瞅了半天,竖起耳朵,后来胆子大了,蹦了一下,又是一下,然后一下子把毛茸茸的小腿叉了开来。一道细细的羊尿哗哗地从皮袄上流到睡在格里高力身边的传令兵那伸出来的手掌上。传令兵哼哧了两声,醒了过来,在裤子上擦了擦手,无可奈何地摇了摇头。

“撒尿啦,该死的东西……滚!”他快快活活地照着羊羔头上弹了一指头。

小羊羔咩咩地尖叫了几声,从皮袄上跳下去,后来又走过来,用热乎乎、使人痒酥酥的小舌头在格里高力的手上舔了半天。

三十九

施托克曼、柯晒沃依、伊万·阿列克塞耶维奇和几个当民警的哥萨克从鞑靼村里逃出来以后,就参加了第四后阿穆尔团。这个团在一九一八年初,在从俄德战场上撤回来的路上,全部加入了红军队伍,而且在国内战争的各个战场上战斗了一年半之后,还保存了自己的基本骨干。后阿穆尔团装备优良,战马肥壮,而且都受过很好的训练。这个团战斗力强,士气旺盛,战士们都受过很好的马上作战的训练。

暴动一开始,后阿穆尔团就在第一莫斯科步兵团的配合下,几乎是独当一面地顶住了企图冲向大熊河河口地区的暴动军的进攻;后来援军开到,这个团没有分散开,就完全占领了霍派尔河口地区的曲河一带。

三月底,暴动军把红军从叶兰乡打了出去,占领了霍派尔河口乡的一部分村庄。双方相持了一个时期,战线几乎有两个月动都没动。为了从西面掩护霍派尔河口镇,莫斯科步兵团的一个营,在炮兵连的支援下,占领了顿河上的克鲁托夫村。克鲁托夫村往南是顿河边山脉的一条支脉,红军的炮兵连就在高高低低的山脚下,隐蔽在野外场院上,每天从早到晚对准聚集在右岸高地上的暴动军打炮,掩护莫斯科团的阵地,后来又掉转炮口,朝着坐落在顿河对岸的叶兰村轰击起来。榴霰弹爆炸的一个个烟团,高高低低地悬挂在紧紧挨在一起的许多院落上空,又很快地飘散。榴霰弹落到村子里,牲口就吓得撞倒篱笆,满街乱窜,人就吓得弯着身子跑来跑去;有时落在旧教徒的坟地外面,落在风磨附近,落在荒凉无人的沙土岗上,就炸得褐色的、还没有解冻的土地到处乱飞。

三月十五日,施托克曼、米沙·柯晒沃依和伊万·阿列克塞耶维奇离开柴博塔列夫村,赶往霍派尔河口镇,因为听说从暴动地区逃出来的共产党员和苏维埃工作人员正在那里组织志愿国民军。给他们赶爬犁的是一个信仰旧教的哥萨克,生着一张干干净净、像小孩子那样红扑扑的脸,施托克曼看着他,嘴角不由地浮起微笑。这个哥萨克虽然还年轻,可是已经留起一部密密的、拳曲的浅棕色大胡子,胡子底下那鲜红的嘴唇红得就像切开的西瓜,眼睛旁边长着金色的绒毛,不知是因为毛茸茸的大胡子的映衬,还是因为红扑扑的脸的烘托,那一双眼睛显得分外清澈,分外蓝。

米沙一路上哼着歌儿,伊万·阿列克塞耶维奇坐在爬犁后头,把步枪放在膝盖上,愁眉不展地缩着脖子,施托克曼却和赶爬犁的哥萨克聊起了家常。

"同志,身体还好吗?"他问道。

浑身都是力气和青春活力的旧教徒敞开羊皮袄,亲热地笑了笑。

"很好,上帝眼下还没有怪罪。身体怎么会不好呢?从来不抽烟,喝酒也不过量,从小吃的就是小麦面包。打哪儿会生病呢?"

"噢,你当过兵吗?"

"当过一阵子。是士官生抓去的。"

"你怎么没跟着上顿涅茨那边去?"

"同志,你这话真怪!"他扔掉用马鬃编的缰绳,扯下手套,擦了擦嘴,很不高兴地眯缝着眼睛说。"我上那边去干什么?去学新花样儿吗?如果不是士官生逼着我干,我连兵都不会当。你们的政府是好的,不过你们干得也有点儿不对头……"

"怎么不对头?"

施托克曼卷好烟卷儿,把烟点着了,又等了半天,他才回答。

"干吗要抽这种呛人的玩意儿?"赶爬犁的哥萨克把脸扭过去,说。"瞧,这四周围春天的空气多么干净,你却用这种臭烘烘的烟来熏自己的胸膛……我就不赞成！我再来说说你们怎么干得不对头。你们逼得哥萨克没有路走，这种做法很蠢，不然的话，你们的政府是没有话说的。你们里面蠢人太多啦，因此才闹起暴动。”

“怎么太蠢啦？你是不是说，我们干了很多糊涂事？是这样吗？究竟干了些什么样的糊涂事？”

“你大概也知道……你们枪毙了很多人。今天枪毙一个，瞧吧，明天又是一个……谁又高兴等着挨枪毙呢？就是把一条牛拉去宰，牛还要晃晃脑袋呢。比如说，在布堪诺夫镇上……已经可以看到这个镇啦，那是他们的教堂，看见吗？你朝我鞭子指的地方看，看见吗？……哦，听说，他们那儿驻着一支部队，政治委员姓马尔金。你就看看，他怎么样？对待老百姓公道吗？我就来说说看。他把各个村子里的老头子们弄了来，带到树林子里，在树林子里把他们枪毙，事先都剥掉衣服，死后还不准家里人收尸。这些老头子遭殃，是因为以前选他们当过乡陪审官。你要知道，他们又算什么样的陪审官呀？有一个老头子勉勉强强能写出自己的名字，还有一个只会用指头蘸蘸墨水，或者用指头画画十字。以前这种陪审官只是坐在那儿摆摆样子罢了。他们的全部本钱就是那一把长胡子，可是他们已经老得连裤裆都忘记扣啦。追问他们，能问出什么来？就和追问小娃子是一样的。就是这个马尔金，像个上帝一样，随意摆布别人的性命。当时正有一个外号叫‘绳头儿’的老头子从操场上路过。他拿着一副马笼头到自家场院上去，想把骒马套上牵回来，孩子们和他开玩笑说：‘马尔金叫你呢，快去吧。’这个‘绳头儿’画了一个新教的十字——他们那儿都信新教——在操场上就把帽子摘了下来。他心惊胆战地走了进去，说：‘叫我了吗？’马尔金把眼一瞪，双手叉腰，说：‘既然自愿做蘑菇，就进筐吧。本来谁也没叫你，可是你既然来了，就照此办理。同志们，把他带走！按第三类处理。’就这样把他抓起来，带到树林子里去啦。老婆子在家里等啊等啊，就是不见他回来。老头子一出去就没有影子啦。他已经带着马笼头进了天堂啦。还有一个老头子，叫米特罗凡，是安得列扬诺夫村的，马尔金在大街上看到他，把他叫过来，问：‘你是哪儿的？姓什么？’又瞪着眼说：‘哼，你的胡子那么长，就跟狐狸尾巴一样啦！凭你这胡子就像皇上的侍从官。我们想用你这头大肥猪做做肥皂！按第三类处理！’这个老头子倒霉的是，他的胡子确实像一把笤帚。他挨枪毙只是因为胡子留得长，再就是不该碰上马尔金。这不是糟蹋老百姓吗？”

米沙在他一开始讲这些事的时候就不唱歌了，等他讲完了，才忿忿地说：

“大叔，你扯谎扯得不圆！”

“鬼才扯谎哩！你先别忙着说别人扯谎，先去打听打听再说。”

“这些事你确实清楚吗？”

“有人这样说。”

“那都靠不住！有人还说母鸡能挤奶呢，可是母鸡连奶头都没有。你就像个老娘们儿，随着自己的舌头乱扯！”

“那些老头子可都是老实人呀……”

“瞧你说的！都是老实人呀！”米沙很生气地模仿他的口气说。“恐怕暴动就是你说的这些老实老头子发动的，也许这些陪审官家里还埋着机枪呢，可是你说他们挨枪毙是因为胡子长，因为开玩笑……你的胡子那么长，怎么没把你枪毙呢？瞧你的胡子多么长，简直像一只老山羊啦！”

“我是怎么贩来的，就怎么卖。谁他妈的知道，也许是有人扯谎，也许他们有什么反对政府的用心……”赶爬犁的旧教徒很不好意思地嘟哝说。

他从爬犁上跳下来，在化得水漉漉的雪地上呱唧呱唧地走了半天。两只脚一滑一滑的，踩得柔软的、青青的水雪到处乱溅。草原上阳光和煦。浅蓝色的天空气势雄伟地笼罩住周围看似十分遥远的山冈和山口。微风轻轻拂面，似乎已可以闻到春天临近时的芳香气息。东方，在苍茫的、高高低低的顿河两岸群山后面，淡紫色的雾气之中，露出大熊河河口群山的大大小小的山顶。远处，棉絮般的白云像一床老大的、波浪状的棉被，在大地上面铺展开来，一直铺到天边。

赶爬犁的哥萨克又跳上爬犁，他转过那张有点儿生了气的脸，对着施托克曼，又说话了：

“我的爷爷，他现在还活着，已经一百零八岁啦，他说，他说的也是他的爷爷对他说的，说他还记得，也就是我的爷爷的爷爷还记得，彼得大帝往咱们顿河上游派来一个大公，真糟，我记不清啦，反正不是姓‘胳膊长’就是姓‘手长’。这个大公带着兵从沃罗涅日下来，因为哥萨克不信那种尼康派的不洁净的教和不服皇上管辖，把很多哥萨克城镇都烧掉。捉住哥萨克，就割鼻子，有的还绞死，吊在木排上，顺着顿河往下放。”

“你说这些事，是什么意思？”米沙警惕起来，厉声问道。

“我这是说，虽然他叫什么‘胳膊长’，恐怕皇上没有给他这样的权力。比如说，布堪诺夫镇上那个委员乱搞一气，说：‘我要好好收拾你们这些狗崽子，叫你们一辈子忘不了！……’他在布堪诺夫的大会上，当着全镇的人这样喊叫。苏维埃政府给他这样的权力了吗？问题就在这儿嘛！恐怕不会有什么委任状，叫他干这些事，叫他对所有的人都不分青红皂白一样处治。哥萨克也有各种各样的嘛……"

施托克曼腮上的皮肉拧成一团一团的。

"我已经听过你的意见啦,现在你听听我的吧。"

"当然啦,也许我糊涂,说得不对,请多多担待。"

"等一等,等一等……是这样。你刚才说的那个委员的事,确实很不对头。我要去调查调查这件事。如果真是这样,如果他欺压哥萨克,胡作非为,那我们饶不了他。"

"噢呀,不一定做得到呀!"

"不是不一定,而是一定做得到!你们这里还在打仗的时候,一名红军抢了你们村里一个妇女的东西,不是被本部队的红军枪毙了吗?这是你们村里的人告诉我的。"

"是的,是的!他抢的是彼尔菲莉耶芙娜柜子里的东西。是这么回事儿!这是真的。当然是这样……处治很严。你说得很对,是拉到场院外面枪毙的。后来我们还争论了很久,不知该把他埋到什么地方。有人说把他埋到坟地里,还有一些人反对,说这样把坟地都弄脏啦。所以就把这家伙埋到了场院旁边。"

"有过这样的事吧?"施托克曼急忙转悠了一下手里的纸烟。

"有过,有过,我没说没有。"赶爬犁的哥萨克连忙答应说。

"为什么你就以为,如果查明一个委员犯了罪,我们不会处治他呢?"

"好同志呀!恐怕你们没有比他大的官儿啦。先前那是一个兵,这是一个委员呀……"

"对他更是要严些!明白吗?凡是坏人,苏维埃政府都要惩治,苏维埃政府的人员,如果无理地欺压劳动群众,我们要严加惩处。"

三月的原野中午时候静悄悄的,只能听到滑木的哧哧声和呱唧呱唧的马蹄声,忽然响起震天动地的炮声,寂静一下子就被破坏了。第一声炮响过,在间隔相同的时间里又接连响了三声。炮兵连又从克鲁托夫村开始向左岸轰击了。

爬犁上的谈话停止了。隆隆的炮声像一种强有力的、格调不同的音阶,闯入和惊破了在初春的困倦中沉沉入睡的草原的模糊梦境。就连马也跨大了步子,轻快地迈动着四条腿,正经八百地晃动着两只耳朵,走得更快了。

上了将军大道,坐在爬犁上的人望见了顿河对岸茫茫的草原,草原十分辽阔,色彩斑斓,夹杂着一片片化尽了雪的、光秃秃的黄沙,还有一片片柳树和赤杨树林,像楔子,或者像灰灰的小岛。

来到霍派尔河口镇上,爬犁来到革命军事委员会办公处的大门口。莫斯科步兵团的团部也在旁边一座楼房里。

施托克曼在口袋里掏了掏,从荷包里抽出一张四十卢布的克伦斯基票子,递给赶爬犁的哥萨克。那个哥萨克一下子满面春风,湿漉漉的胡子底下露出一嘴黄黄的板牙,很不好意思地推却说:

"您怎么啦,同志,太客气啦!用不着给钱。"

"拿着吧,劳累你的马啦。对于政府,你别怀疑。你记住:我们流血奋斗,为的是建立工人和农民的政府。鼓动你们暴动的是我们的敌人,是富农、官吏和军官们。他们是暴动的根本原因。如果我们的人当中有谁蛮横无理地欺压了同情我们、帮助革命的劳动哥萨克,我们对这样的人一定要严加惩处。"

"同志,你可知道,俗话说:天高海水深呀……你们的海水也是很深呀……跟有劲的人别斗力气,跟有钱的人别打官司,你们可以算是又有力气又有钱的啦。"他很滑稽地龇了龇牙。"瞧你,一下了就给我四十卢布,其实这么一点儿路,给五个卢布就很不错啦。瞧你,太客气啦!"

"这是因为你说的话赏给你的,"米沙从爬犁上跳下来,一面勒着裤子,一面笑着说,"也是因为你这漂亮的大胡子。你这呆子,知道你拉的是什么人吗?他是红军的将军。"

"啊?"

"用不着'啊'啦!你们这些人真也够戗!……给少了,就要到处乱说:'看,我拉了几个同志,才给五个卢布,真不像话!'发牢骚要发上一个冬天。要是给多了,你也要说话:'真是大财主!一下子就给四十卢布。他的钱太多啦……'要是我呀,连屁也不给你!爱怎么抱怨就怎么抱怨好啦。反正怎样都不称你的心。好啦,咱们走……大胡子,再见啦!"

连愁眉苦脸的伊万·阿列克塞耶维奇听着米沙的气话,听到最后都笑了。

一个红军骑兵侦察员骑着一匹西伯利亚长毛小马,从团部的院子里跑了出来。

"爬犁是打哪儿来的?"他勒了勒缰绳,转过马头,喝问道。

"你干什么?"施托克曼问道。

"往克鲁托夫运子弹。来吧!"

"同志,不行,我们要把这爬犁放回去。"

"你们是什么人?"

红军是个很漂亮的年轻小伙子,他对直地朝他们走来。

"我们是后阿穆尔团的。不能扣留爬犁。"

"哦……那好吧,让他走。老头子,你走吧。"

四十

一打听,原来在霍派尔河口镇并没有组织什么志愿国民军。确实组织了一支国民军,不过不是在霍派尔河口镇,而是在布堪诺夫镇,主持组织国民军的正是信旧教的哥萨克在路上谈到的那个委员马尔金,他是红军第九军司令部派到霍派尔河下游各乡镇来的。叶兰乡、布堪诺夫乡、司拉舍夫乡和库梅尔仁乡的共产党员和苏维埃工作人员,又补充了一些红军,就组成了一支相当可观的战斗队伍,拥有二百条枪,还有几十名侦察骑兵。这支国民军暂时驻扎在布堪诺夫镇上,和莫斯科步兵团的一个连共同抵抗打算从叶兰河和集摩夫河上游攻过来的暴动军。

莫斯科团的参谋长原是旧军队的正规军官,是一个脸色阴沉、性情急躁的人;政治委员原是莫斯科米海尔逊工厂的工人;施托克曼和他们谈过以后,决定留在霍派尔河口镇上,参加该团的第二营。在堆满了一捆捆电话线和其他军用物资的一间很干净的小屋子里,施托克曼和政委谈了很久。

"同志,你该明白,"政委慢吞吞地说;他的个头儿不高,急性盲肠炎时常发作,脸色黄黄的,"这种工作很复杂。我这儿的弟兄大多数是莫斯科人和梁赞人,还有少数下戈洛得人。多数都是很坚强的工人同志。原来这里是第十四师的一个骑兵连,他们简直是磨洋工。只好把他们调回大熊河口镇啦……你留下来吧,工作多得很。要向群众做工作,向他们解释。你该明白,这是哥萨克呀……在这儿就要处处谨慎。"

"这种情况我比你还清楚。"施托克曼看着政委那病得发了黄的眼珠子,针对着他那种教导人的语调这样说。"你还是告诉我:布堪诺夫镇上那个委员是怎么搞的?”

政委捋了捋修剪得像一把灰色小刷子似的上嘴胡,偶尔抬抬发青的透明的眼皮,有气无力地回答说:

“他在那里有一阵子搞得过火啦。他倒是一个很好的小伙子,但是不能很好地分析政治形势。不过既然要砍木头,总有碎木片到处乱飞……现在他在动员各乡的男丁往俄罗斯内地撤退……你到管理科去吧,让管理科把你们列入名册,好领生活费。”政委用手按着油污的棉裤腰,痛苦地皱着眉头说。

第二天早晨,一听到紧急集合的号声,第二营就跑步集合,开始点名。一个钟头之后,这个营就成行军纵队朝克鲁托夫村开去。

每四个人一排,在其中一排里,并肩走着施托克曼、米沙和伊万·阿列克塞耶维奇。

先从克鲁托夫村往顿河对岸派出一支侦察队。大队也紧跟着过了顿河。被融化的雪水泡软了、到处是褐色牲口粪的大路上,出现了一个个的水洼儿。顿河上的冰透着模糊的、气泡状的青色。河边上一小截路垫上篱笆片子才能通过。炮兵连从后面山坡上,朝着叶兰村外的杨树林一炮接一炮地轰击着。第二营的任务是,越过哥萨克抛弃的叶兰村,朝叶兰镇方向推进,和从布堪诺夫镇开出来的第一营的一个连取得联系之后,攻占安东诺夫村。根据作战部署,营长应该率领队伍朝别兹包洛道夫村方向走。骑兵侦察队很快就送来报告,说在别兹包洛道夫村方向没有发现敌人,不过在村子后面,大约四俄里的地方,有密集的枪声。

一发发炮弹带着呼啸声和嗡嗡声从高空,从红军队伍头顶上飞过。不远处的炮弹爆炸声震撼着大地。后面顿河上的冰咔嚓裂了一声。伊万·阿列克塞耶维奇回头看了看。

“大概要发水啦。”

“在这种时候过顿河,顶没有意思啦。眼看着就要开冻啦。”怎么都不会像步兵那样把步伐走整齐的米沙很委屈地嘟哝说。

施托克曼看着前面的人那一张张被皮带勒得紧绷绷的脊背,看着那有节奏地晃动着的一条条步枪和枪上那蒙了一层水汽的烟灰色刺刀。他回头看了看,看见战士们那一张张严肃而镇静、各不相同而又无比相像的脸,看见晃来晃去的灰军帽和军帽上的五角红星,看见一件件的灰大衣,有旧得发了黄的,有新些的但也起了毛、成了浅灰色的;听见众多的人的沉甸甸、吧唧吧唧的行军脚步声、低低的谈话声、各种嗓门儿的咳嗽声、水壶丁当声;闻到了湿靴子、土烟和武装带的气味。他半闭起眼睛,尽量不使脚步错乱,心中对这些昨天还不认识、还很陌生的小伙子产生了一种很强烈的亲热感情,心里说:“很好,可是为什么现在我觉得他们特别可亲可爱呢?是什么东西联系着我们呢?哦,是共同的思想……不,恐怕不光是思想,还有共同的事业。还有什么呢?也许,还因为接近了危险和死亡吧?不知为什么就是特别亲热……”他的眼睛笑了笑。“难道是我老了吗?”

施托克曼怀着父亲一般的满意心情,望着他前面一个战士那强壮、挺直而宽阔的脊背,望着领子和帽子中间露出来的一截又红又干净、充满了青春活力的圆滚滚的脖子,望了一会儿,又把目光移到自己旁边一个战士身上。他的脸黑黑的,刮得光光的,两个腮蛋子红红的,薄薄的嘴唇流露着男子汉的气概,个头儿很高,但是十分匀称;他走起路来,连空着的那只手几乎都不摆动,总是像有病一样皱着眉头,眼角上布满了像老头子一样的皱纹。施托克曼很想和他谈一谈。

“同志,你参军很久了吗?”

旁边的战士的浅棕色眼睛用冷淡和探询的神气微微朝施托克曼斜看了一下。

“一九一八年参军的。”他从牙缝里回答说。

施托克曼听了这冷淡的回答,没有泄气。

“你是哪儿人?”

“大叔,你想找老乡吗?”

“要是老乡,我当然很高兴。”

“我是莫斯科人。”

“是工人吗?”

“是的。”

施托克曼朝这个战士的手瞥了一眼。那干钢铁活儿的印子,过了这么久还没有褪掉。

“是钢铁工人吧?”

那一双棕色的眼睛,又扫了扫施托克曼的脸,扫了扫他的有些花白的大胡子。

“是钢铁旋工。你也是吗?”他那冷峻的棕色眼角上好像露出一点儿亲热的神情。

“我是钳工……同志,你这是为什么老是皱着眉头?”

“靴子夹脚,烤得太干啦。夜里我担任潜伏哨,把脚弄湿啦。”

“不是害怕吧?”施托克曼若有所悟地笑了笑。

“怕什么?”

“这很清楚，咱们这是去打仗嘛……”

“我是共产党员。”

“怎么，共产党员就不怕死啦，不也同样是人吗？”米沙插嘴说。

施托克曼旁边的那个战士很熟练地把步枪往上提了提，也不看米沙，想了想，回答说：

“老弟，干这种事你还不行。我是决不能怕的。自己要给自己下命令，明白吗？你别用自己的心来揣测别人的心……我知道我是为什么打仗，和谁打仗，知道咱们一定会胜利，这是最要紧的，其余的都是不值一提的。”他想起了一件什么事，不禁笑了笑，侧眼看着施托克曼，说：“去年我在克拉萨甫采夫的部队里，在乌克兰打过几次仗。我们一直在被迫退却。损失很大。渐渐把伤员都扔掉啦。有一次，在离日梅林卡不远的地方，敌人把我们围上啦。必须在夜里通过白军的阵地，炸毁他们后方一条小河上的桥，使他们的铁甲车不能开过来，我们就可以跨过铁路线。于是号召自动报名去炸桥。却没有人报名。共产党员们——我们党员不多——就说：‘咱们来拈阄，谁拈到谁就去。’我想了想，就自动报了名。我带上大刀、引火绳、火柴，跟同志们道过别，就去了。那一夜很黑，还有雾。我走了有百十丈远，就爬起来。爬过了一片没有收割的麦地，后来又在一条沟里爬了一阵子。我还记得，我从沟里往外爬的时候，有一只鸟扑啦一声从我鼻子底下飞了起来。就这样……我从离岗哨十丈远的地方爬过去，爬到桥跟前。有一个机枪哨兵护着这座桥。我趴了有两个钟头，等待机会。我把刀放下，用衣襟遮着来划火柴，但是火柴是湿的，划不着。因为我是肚子贴着地爬的，身上都叫露水打湿啦，所以火柴头儿全湿透啦。这么一来，大叔，我可是真怕啦。天快亮啦，我的手直哆嗦，汗水往眼睛里直流。我心里想：‘全完了！’又想：‘要是不能把桥炸掉，我就自杀！’折腾来，折腾去，好歹还是把火柴划着了，我点着了引火绳，就朝后跑。等到后面轰的一声爆炸起来，我已经卧倒在路堤这边防护栅栏脚下了。他们那边一片叫声，乱成了一团。两挺机枪哒哒响了起来。很多骑兵从我旁边跑过，可是夜里怎么能找得到人呢？我从防护栅栏那边爬过来，钻进庄稼地里。谁知这时候我的胳膊和腿都发了麻，不能动弹啦，这一下子可完啦！我就躺下去。去的时候很不错，很有勇气，可是往回走，成了这个样子……我呕吐起来，浑身一点劲儿都没有啦！我觉得肚子里什么都吐光啦，可还是一股劲儿地要吐。就这样……当然，我好歹还是爬回自己队伍里啦。”他兴奋起来，那两只闪出火一样光芒的眼睛显得分外亲切，分外好看了。“打完仗以后，第二天早晨，我对同志们讲起昨天夜里火柴怎样出了问题，我的一个好朋友就说：‘谢尔盖，怎么，你把打火机弄丢了吗?'我一摸口袋,打火机还在呢! 我掏出来,打了一下,嘿,一下子就着啦!"

有两只乌鸦被风吹着,从远处一丛白杨树那里迅速地、高高地飞过来。风吹得乌鸦一冲一冲地飞着。乌鸦离队伍已经有一百丈远的时候,停了有一个钟头的大炮又在克鲁托夫山上响了起来,试射的一发炮弹带着越来越响的啸声飞过来,当啸声似乎到达最高度的时候,一只飞得高些的乌鸦忽然像旋风卷起的一片刨花似的,拼命地旋舞起来,并且斜斜地伸开翅膀,像螺旋一样转着圈子,还想撑持住,到末了还是像一片黑黑的大树叶子似的,慢慢掉了下来。

"老鸹碰上死神啦!"施托克曼后面有一个战士很开心地说。"打得它滴溜溜乱转,真带劲儿!"

连长骑着一匹深栗色的高大骒马,从队伍前头跑来,马蹄蹚起一团团水雪。

"成散兵线! ……"

三架拉着机枪的爬犁飞跑过来,溅了一声不响地走着的伊万·阿列克塞耶维奇一身水雪。爬犁跑着跑着,一个机枪手从后面一架爬犁上滚了下来,战士们都十分开心地哈哈大笑起来,一直笑到那个赶爬犁的人骂着娘,猛地勒转马头,滚下来的机枪手一面跑着,一面跳上了爬犁。

四十一

卡耳根镇已经成了暴动军第一师的主要据点。格里高力·麦列霍夫清楚地考虑到在卡耳根附近布阵能造成的战略优势。决定无论如何不放弃这个镇。旗尔河左岸的一些山冈,是很好的制高地,便于哥萨克进行防御战。山下,旗尔河右岸就是卡耳根镇,卡耳根镇过来就是草原,草原像一条柔软的草垫子似的,往南伸出去很远,还有一些横七竖八的山沟和洼地。格里高力亲自在山上选定了一块地方，安置了拥有三门炮的炮兵连。不远处就是一个很好的观测点——一个居高临下的小土包，周围还有橡树林和一道道土岭子掩护着。

卡耳根镇附近每天都发生战斗。红军一般是从两个方面发动进攻：一是从南面，从乌克兰人的阿司塔霍夫村那边，从草原上过来；一是从东面，从博柯夫镇出发，穿过一个连一个的村庄，顺着旗尔河往上推进。哥萨克的阵地就在卡耳根镇外百十丈远的地方，很少还枪。红军猛烈的火力几乎每一次都逼着哥萨克退进镇里，可是随后又顺着狭窄的山沟的沟底回到山上。红军没有足够的兵力进一步压迫他们。在进攻战天天取胜的情况下，红军骑兵不足的弱点就尖锐地表现出来了。如果有足够的骑兵，就可以从侧翼进行迂回活动，迫使哥萨克继续后退，调开哥萨克的兵力，让已经来到镇口上、但是无法继续前进的步兵放开手脚。步兵是不能进行这一类运动战的，因为步兵的灵活性小，不善于迅速活动，还因为哥萨克大多数都是骑兵，骑兵可以随时袭击步兵，使步兵无法完成自己的基本任务。

暴动军还有一点占便宜，那就是他们熟悉地形，一有机会就派骑兵悄悄地顺着山沟突进到红军的侧翼和后方，经常威胁着红军，使红军不能继续推进。

这时候格里高力已经想好了一个狠狠打击红军的计策。他想佯装撤退，以便把红军引进卡耳根镇来，同时却让里亚布契柯夫带领一团骑兵顺着古森山沟从西面绕过来，顺着格拉奇从东面绕过来，插到红军侧翼，将其包围，给予重重的打击。计划做得很周密。在晚间的会议上，各个独立部队的指挥官都得到了详尽的指示和命令。按照格里高力的意图，迂回运动一定要在黎明时候开始，为的是便于隐蔽。一切都像下跳棋那样简单。格里高力在心中仔细估量和考虑了可能发生的一切意外，估量和考虑了事前没有料到、到时候可能会妨碍他的计划实现的一切事态，然后就喝了两大杯老酒，和衣倒在行军床上；他用湿漉漉的大衣襟把头一蒙，就睡得死死的了。

第二天，凌晨四点钟左右，红军部队就开始进攻卡耳根镇。一部分哥萨克步兵佯装败退，跑出卡耳根镇，朝山上跑去；停在镇口的两辆大车急忙掉转马头，大车上的两挺机枪就对准奔跑的哥萨克开起火来。红军慢慢在各条街道上散了开来。

格里高力在小土包后面，站在炮兵连旁边。他看着红军的步兵占领了卡耳根镇并且集结在旗尔河旁边。事先已经约定，第一声炮响过以后，两连埋伏在山下果园里的哥萨克就转入进攻，进行迂回包抄的那个团也在这个时候开始合围。炮兵连连长看见有一辆拉着机枪的大车正在克里摩夫高地上朝着卡耳根飞跑，正要命令对准大车开炮，这时候观测员报告说，在三俄里半远处，下拉推舍夫村的一座桥上，有一门大炮：那是红军同时从博柯夫镇方面发起进攻了。

“用臼炮朝他们开火！”格里高力没有把蔡司望远镜从眼上拿下来，就出主意说。

瞄准手和那位担任炮兵连连长的司务长交换了一下意见之后，很快就瞄准了目标。炮手们准备就绪，于是一门四英寸半口径的、被哥萨克们叫做臼炮的大炮，屁股朝地上一蹲，沉甸甸地怒吼了一声。第一发炮弹就打在桥头上。红军炮兵连的第二门炮这时候刚刚上桥。这一发炮弹把拉炮车的马打坏了，后来查明，六匹马当中只有一匹活了下来，可是骑在这匹马上的驭手被炮弹皮削掉了脑袋。格里高力看到：那门炮前头冒起一团灰黄色硝烟，砰的响了一声，一匹匹被硝烟裹住的马就直立起来，又像被砍了一刀似的，一下子倒了下去；有一些人跌跌撞撞地跑起来。在炮弹下落时正在炮车旁边走的一个骑马的红军，连人带马、带桥栏杆一同飞了起来，摔到了冰上。

炮手们都没有料到，这一炮会打得这样准。土包脚下的大炮旁边有一小会儿静得一点声息都没有；只有不远处的观测员跪下来，喊了两声，并且晃了晃两条胳膊。

紧接着就从下面，从樱桃园和镇边密密的树丛里传来很不整齐的呐喊声和劈劈啪啪的步枪声。格里高力不顾危险，跑到土包顶上。很多红军在街道上跑着，从街道上传来嘈杂的人声、尖利的口令声、猛烈的枪声。一辆拉着机枪的大车本来想朝高地上跑，可是在离坟地不远的地方，一下子来了个大转身，那挺机枪就从时而奔跑、时而卧倒的红军头顶上，扫射起从园子里冲出来的哥萨克。

格里高力望眼欲穿，很想在地平线上看到哥萨克的骑兵散兵线。由里亚布契柯夫率领去进行迂回包抄的骑兵还一直没有出现。原来在左翼的红军，已经朝卡耳根镇和附近的阿尔黑波夫村之间的一座架在萨布隆峡谷上面的桥上跑来，这时候右翼的红军还在镇上乱跑，并且在已经控制了旗尔河边两条街的哥萨克的射击之下纷纷倒下去。

终于，从高地后面出现了里亚布契柯夫的第一连，接着又出现了第二连、第三连、第四连……各个连队拉成骑兵散兵线，猛然向左一转身，拦住斜坡上一群正朝克里摩夫村奔跑的红军。格里高力把手套攥在手里，很激动地注视着战斗的局面。他扔下望远镜，用肉眼观察起来，看到哥萨克骑兵飞速地朝克里摩夫村的大路奔去，看到红军在混乱中转过身，成堆成堆地或者一个一个地朝阿尔黑波夫村的各家院子里跑去，在那儿却遇到正顺着旗尔河往上追击的哥萨克步兵的火力,就又朝大路上飞跑。只有一小部分红军跑进了克里摩夫村。

在高地上不言不语地展开了可怕的白刃战。里亚布契柯夫的几个连把阵势转了过来,对着卡耳根镇,像秋风扫落叶一样,把红军赶了回去。有三十来名红军,跑到萨布隆峡谷的桥边,看到退路已被切断,无处可逃了,就抵抗起来。他们有一挺重机枪,子弹也还有不少。哥萨克的步兵从果园里一露面,机枪就像发了疯似的扫射起来,哥萨克们纷纷卧倒,爬到棚子底下或石头院墙脚下。在山冈上可以看到,一些哥萨克正拖着一挺机枪在卡耳根镇的街道上跑。他们在靠近阿尔黑波夫村的镇边一户人家门前停了一小会儿,然后就进了院子。不久就在这一家的仓房顶上猛烈扫射起来。格里高力用望远镜看了看,连几个机枪手都看清楚了。有一个机枪手的裤腿掖在白袜筒里,他叉着腿,在挡板后面弯着腰,趴在仓房顶上;还有一个机枪手把机枪子弹带缠在腰上,正顺着梯子往上爬。炮兵决定支援步兵,对着那一堆负隅顽抗的红军发射了一连串的榴霰弹。最后一颗榴霰弹在镇外很远的地方爆炸了。

过了一刻钟,萨布隆峡谷边的红军机枪忽然哑了,接着就响起干脆利落的呐喊声。哥萨克骑兵在光秃秃的柳树丛中出现了。

战斗全部结束了。

根据格里高力的命令,卡耳根镇和阿尔黑波夫村的老百姓用钩子和钩竿把被砍死的一百四十七名红军拖到一个大坑里,草草地埋到萨布隆峡谷旁边。里亚布契柯夫缴获了六辆车马齐全的弹药车和一辆机枪车,只是机枪没有枪栓了。在克里摩夫村还截获了四十二架装满军用物资的爬犁。哥萨克阵亡四名,十五人受伤。

这次战斗以后,卡耳根镇上有一个星期非常安静。红军又转过头去进攻暴动军第二师,很快就打得第二师节节败退,红军攻占了米古林乡一个又一个的村庄:已经占领了阿列克塞耶夫村、柴尔涅茨村,并且已经逼近了上旗尔村。

每天天一放亮,就可以听到那边的隆隆炮声,但是关于战况的消息很晚才能传过来,而且这些消息也不能清楚地说明第二师战线上的现状。

格里高力这几天来,为了摆脱一些可怕的念头,为了麻痹自己的意识,不去想周围发生的事和他是参与其事的重要一员的问题,便喝起酒来。如果说暴动军虽有大量小麦,然而非常缺乏面粉的话(磨坊来不及给军队磨粉,所以哥萨克常常煮麦粒儿吃),老酒却是不缺的。老酒源源不断地送来。在顿河那边,杜达列夫村的哥萨克连喝得醉醺醺的,排成骑兵阵势去冲锋,迎头碰上好几挺机枪,被消灭了一半。醉醺醺地去上阵冲锋的事,已经成了家常便饭。很多人殷勤地给格里高力送酒。普罗霍尔·泽柯夫更是特别勤快。卡耳根这一仗打过之后,他遵照格里高力的意思,拉来三坛子老酒,还叫来几个歌手,格里高力就高高兴兴地放开胸怀,抛开现实,抛开一切思虑,同哥萨克们一直喝到天亮。到早晨又喝酒解醉,睡了一天,到晚上又把歌手叫了来,闹闹嚷嚷的说笑声、歌声、舞影——这一切形成了一种似乎真正欢乐的幻象,遮住了真正的、无情的现实。

后来,喝酒很快就上了瘾。格里高力早晨起来一坐到桌上,就觉得非喝酒不可。他喝得很多,但是从来没醉过,脚底下总是站得稳稳的。就是喝上一夜,别的人都吐得狼藉不堪,盖上军大衣或马衣,在桌旁和地上睡了,他还是保持着清醒的神态,只是脸色更白了,眼神显得严峻了,再就是拳曲的头发耷拉了下来,所以不住地用手去摸头。

接连不断地狂饮了四天,他明显地虚胖起来,背也驼了;眼睛底下出现了老大的青色皱褶,眼神中常常透露出一种无名的凶光。

第五天,普罗霍尔·泽柯夫意味深长地笑着,出主意说:

"咱们上李霍维多夫村,去找一个漂亮娘们儿,好吗?喂,去不去?格里高力·潘捷莱耶维奇,可别错过了。那娘们儿就跟西瓜一样甜!虽然我没有亲自尝过,可是我知道。鬼东西,简直是一匹野马!很不安生。叫你一下子是骑不上去的,连摸都不叫摸。可是她做的酒,再好没有啦。在整个旗尔河上,可以算是第一家。她男人跟着军队到顿涅茨那边去啦。"这最后一句好像是随便说说的。

天一黑,他们就上李霍维多夫村去。和格里高力一同去的有里亚布契柯夫、哈尔兰皮·叶尔马柯夫、一条胳膊的阿列克塞·沙米尔,还有从自己的驻地前来的第四师师长康德拉特·梅德维杰夫。普罗霍尔在前面带路。到了李霍维多夫村,他让马放慢了脚步,拐进一条小胡同,推开场院的小门。格里高力在他后面把马一夹,那马跳过门口一个快要化完的大雪堆,前腿陷进了雪里,马喷了喷鼻子,又纵身一跃,跨过了一个堵住大门并且一直埋到篱笆顶的雪堆。里亚布契柯夫下了马,牵着马走。格里高力骑着马跟着普罗霍尔走了有五分钟,先是在一个个的麦秸垛和干草垛之间走,后来又是光秃秃、像玻璃一样丁丁响的樱桃园。天空斜挂着泛着青幽色的一弯金色的新月,星星在瑟瑟发抖,交织成一种迷人的宁静,不论远处的狗叫声,不论清脆的马蹄声,都没有破坏这种宁静,倒是更使人感觉出这种宁静。透过密密的樱桃树丛和横七竖八的苹果树枝,看见一道黄黄的灯光,在星光灿烂的天空的衬托下,一座芦苇顶的大房子的侧影清清楚楚地显露出来。普罗霍尔在马上弯下身子,很殷勤地推开吱扭响的板门。台阶边一个冻住的小水洼里,倒映在里面的月亮晃动了几下。格里高力的马踩碎了小水洼边上的冰,并且站了下来,喘了一口气。格里高力跳下马来,把马拴到台阶栏杆上,便走进黑洞洞的过道。里亚布契柯夫和其他人也都下了马,小声哼着歌儿,闹闹哄哄地跟着走了进去。

格里高力摸到了门把手,走进宽敞的厨房。一个年轻的哥萨克娘们儿背靠炉子站着,正在打毛袜子。这女子个头儿小小的,但是身材十分好看,脸黑黑的,两道黑眉毛就像画的一般。炕上有一个八九岁的白头发小姑娘,摊着两条胳膊在睡觉。

格里高力没有脱大衣,就在桌边坐下来。

"有酒吗?"

"连好也不问一声吗?"那娘们儿也不看格里高力,依然是那样飞快地织着袜子,问道。

"要我问好,我就问,你好!有酒吧?"

她抬起眼睫毛,拿圆圆的深棕色眼睛朝格里高力笑了笑,一面听着过道里的说话声和脚步声。

"酒倒是有。不过,你们来过夜的人很多吧?"

"很多。整整一个师……"

里亚布契柯夫在门口就蹲下身子,用皮帽子拍打着靴筒,拖着马刀,跳起舞来。哥萨克们在门口挤成了一堆;其中一个人敲着木勺子,敲出很好听的跳舞鼓点儿。

大家把军大衣都堆在床上,把武器放在大板凳上。普罗霍尔连忙帮着女主人摆酒端菜。一条胳膊的阿列克塞·沙米尔到地窖里去取腌白菜,不小心从梯子上摔了下去,又从地窖里爬出来,用棉袄大襟兜着破碟子片儿和一团湿漉漉的白菜走了回来。

到半夜时候,喝光了两桶酒,吃了无数的腌白菜,又决定要宰一只羊。普罗霍尔在羊圈里摸到一只小羊羔,哈尔兰皮·叶尔马柯夫也是一个挺不错的刀手,一刀就把羊头砍下来,马上就在棚子底下把羊剥了。女主人生起火,把炖羊肉的铁罐架上去。

又用勺子敲起跳舞的鼓点儿,于是里亚布契柯夫扭着腿跳起舞来,一面用手拼命拍着靴筒,一面用尖尖的、但是很好听的男高音唱道:

现在咱们喝吧,玩儿吧,

不用到外面干活儿啦……

"我要玩儿啦!"叶尔马柯夫吼了一声,想拿马刀试试窗框结实不结实。

一向很喜欢叶尔马柯夫的勇猛出众和哥萨克式的剽悍的格里高力,用铜茶缸敲了敲桌子,对他喝了一声:

"哈尔兰皮,别胡闹!"

哈尔兰皮乖乖地把马刀插进鞘里,便又趴到酒杯上大喝起来。

"只要有酒下肚,纵死也不怕,"阿列克塞·沙米尔说着,坐到格里高力跟前来,"格里高力·潘捷莱耶维奇,你是我们的命根子!我们活在世上,全靠你啦!咱们再来一坛子,好不好?……普罗霍尔,拿酒来!"

没有卸鞍的马都在草跺旁边,都没有拴。有时大家轮流出去看看。

到天快亮时候,格里高力才感觉到自己喝醉了。他好像听到很远的地方有别人的说话声,红红的眼珠子转悠起来非常费劲儿,用很大的意志力才能控制住自己的意识。

"那些戴金肩章的家伙又要欺压咱们啦!他们把政权抓到手里啦!"叶尔马柯夫抱着格里高力,大声叫道。

"什么肩章?"格里高力掰开叶尔马柯夫的胳膊,问道。

"说的是维奥申呀。怎么,你不知道吗?一个高加索的公爵上台啦!一个上校呀!……我要杀了他!麦列霍夫!我们把命交给你,听你摆布,你可不能白糟蹋我们!哥萨克们都很恼火。你带领我们上维奥申去,把什么都打个稀烂,打个粉碎!把伊留什卡·库金诺夫,把上校,全都宰了!他们打咱们耳光打够啦!咱们又要打红军,又要打士官生!我就要这样干!"

"是要把上校杀了。他是特意留下来的……哈尔兰皮!咱们投靠苏维埃政府吧,就说:我们错啦……"格里高力清醒了一会儿,似笑非笑地笑了笑。"我是说着玩儿的,哈尔兰皮,喝吧。"

"麦列霍夫,你开什么玩笑?别开玩笑,这是正经事儿。"梅德维杰夫严肃地说。"我们想把政府推翻。把所有的人都换掉,请你上台。我跟哥萨克们都说过啦,他们都赞成。我们可以好言好语地对库金诺夫和他那一伙儿说:'你们下台吧。我们不要你们啦。'如果他们走,那再好不过;如果他们不走,咱们把一个团往维奥申一开,他们就完蛋!"

"再不许谈这件事!"格里高力怒冲冲地喝道。

梅德维杰夫耸了耸肩膀,离开桌子,酒也不喝了。在角落里,里亚布契柯夫

从大板凳上耷拉下乱蓬蓬的脑袋,用手划着肮脏的地面,如怨如诉地唱了起来:

我的小亲亲,小乖乖,
喂,你把头儿趴下来。
你把头儿趴下来……
快点儿!你趴到右边儿。
趴到右边儿,再趴到左边儿,
再趴到我的白酥酥的胸脯上。

阿列克塞·沙米尔和着里亚布契柯夫那女人般的哀怨动人的男高音,用粗喉咙大嗓门儿唱了起来:

他趴在我的胸脯上,
重重地叹着气……
重重地叹着气,
说出分别的言语:
“咱们断了吧,老相好的,
老相好的,实在叫人烦腻!……”

窗外已经放亮了,女主人这才搀着格里高力进上房。

“你们别再灌他啦!算了吧,鬼东西!你没看见,他已经不行了吗?”她说,一面很吃力地搀着格里高力,用另一只手推开端着一杯酒跟在他们后头的叶尔马柯夫。

“怎么,去睡觉吗?”叶尔马柯夫挤了挤眼睛,身子摇晃着,杯子里的酒直往外泼。

“是的,要去睡觉。”

“你现在别跟他睡啦,他什么也不能干啦……”

“你管不着!你又不是我的公公!”

“你找个管用的吧!”叶尔马柯夫因为醉汉的笑劲儿上来,踉跄了几下,很粗鲁地大笑起来。“咦——咦,不要脸的东西!眼睛都睁不开啦,还说混账话呢!”

她把格里高力搀进房里,让他躺在床上,她在朦胧的晨曦中带着厌恶和怜惜的心情端详着他那张死白的脸和那一双睁得大大的、然而什么也看不见的眼睛。

“你是不是喝点儿果子汤?”

“弄点儿来吧。”

她端来一杯冰凉的樱桃羹,坐到床上,梳理和抚摩着格里高力的一头乱发,直到格里高力沉沉入睡。她自己和小姑娘一起睡在炕上,但是沙米尔却搅得她睡不着。沙米尔的头枕着胳膊肘,像受惊的马一样,不住地打着响鼻,后来就像被推了一下似的,忽然醒来,用沙哑的喉咙唱道:

……当过兵回家乡!
胸前挂呀……挂肩章,
肩上戴呀……十字章……

他把脑袋放到胳膊上,可是过了几分钟,又像发了狂似的四面张望着,唱道:

当过兵回家乡!……

四十二

第二天早晨,格里高力醒来,想起叶尔马柯夫和梅德维杰夫说的话。他已经不像夜里醉得那样厉害了,所以脑子不用怎么费劲儿,就想起有关夺取政权的一番话。他已经明白,带他到李霍维多夫村来喝酒是有明显意图的,那就是鼓动他发动政变。一些思想左倾的哥萨克,与公开表示要上顿涅茨河那边去跟顿河白军联合的库金诺夫完全不同,他们暗中幻想彻底脱离顿河政府,自己建立一个没有共产党员的苏维埃政府。是他们在策划密谋。他们想把格里高力拉到自己一边,并不了解暴动军内部分裂的危险性,并不了解,红军的战线虽然在顿涅茨方面受到冲击,但是每一分钟都可能毫不费力地把他们和他们的“内讧”一同消灭。“简直是儿戏。”格里高力心里想着,轻轻地从床上跳下来。他穿好衣服,把叶尔马柯夫和梅德维杰夫叫醒,把他们叫到上房里,把门紧紧关上。

“听我说,好弟兄:别再提昨天的话啦,别乱说啦,不然对你们可不好!问题不在于谁当头儿。也不在于库金诺夫,要紧的是,咱们已经被包围,就像上了箍的桶。不是今天,就是明天,就要把咱们箍紧。咱们的队伍不是往维奥申开,而是要往米古林开,往克拉斯诺库特开。”他特别加重了语气说,眼睛一直没有离开梅德维杰夫那阴沉、冷漠的脸。“康德拉特,就这样吧,别到处鼓动人啦!你们动动脑筋,就会明白:如果咱们一下子把司令部搞掉,实行各种各样的改革,咱们就要完蛋。咱们要么靠拢白军,要么靠拢红军。站在当中是不行的,他们会把咱们挤碎。”

“要注意,这话可不能张扬出去。”叶尔马柯夫扌过脸去,要求说。

“咱们是同生死的嘛,不过,有个条件,你们不能再鼓动哥萨克啦。库金诺夫和他那一伙又算什么呢?他们没有实权——我对我这个师,想怎么带就怎么带。他们不好,这是肯定的;他们要把我们和士官生重新搞到一起,这是必然的。可是,咱们究竟往哪儿去呢?咱们的活路都被切断啦!”

“倒也是的……”梅德维杰夫勉勉强强表示同意,谈话谈到现在,他这才第一次抬起充满愤恨的、像狗熊一样的小眼睛,看了看格里高力。

这以后,格里高力又在卡耳根附近的村庄里连着喝了两夜,就像醉汉在酒馆里那样,过着放荡的生活。连他的马鞍垫子都沾满了酒气。不少年轻媳妇和已经不是姑娘的姑娘跟格里高力睡过觉,和他做过暂时的伴侣。但是一到早晨,满足了又一次情欲要求以后,格里高力就要像对待别人的事情一样,清醒而又淡漠地想:“活到如今,我什么日子都过过,什么滋味都尝过啦。爱过不少姑娘和媳妇,骑过不少好马……唉!……我在草原上闯荡过,尝过当父亲的甜头,杀过人,自己也送过死,对着青天逞过威。这一辈子还能怎样呢?已经够啦!可以死啦。死也不可怕啦。打仗也不用担惊害怕啦,就像财主赌钱那样,输了也不在乎啦!”

童年就像一个蓝蓝的艳阳天,断断续续地在脑海里浮现出来:石头小屋里的椋鸟,蹚着热乎乎的沙土的格里高力的光脚丫儿,庄严肃静的顿河,还镶着倒映在水里的毛茸茸的绿树,一张张小伙伴们的脸,身段秀美的年轻时的母亲……格里高力用手捂上眼睛,面前就闪过一张张熟悉的脸、一件件往事,有时候闪过很小很小、但是不知为什么记得特别清楚的事,脑子里又响起一些死去的人的已被忘却的声音、他们的片言只语、各种各样的笑声。脑子又把回忆的光芒对准了当年看见过、后来早已忘记的景物,于是许多景物一下子十分鲜明地出来在格里高力面前:辽阔的原野、夏天的大道、牛车、坐在车前的父亲、老牛、金黄色的麦茬地、大路上一只只的黑老鸹……格里高力思绪万千地回想着过去,多次在这一去不返的生活中碰上阿克西妮亚,他心想:"她才是我心上人呢! 怎么都忘不了呀!"于是他厌恶地离开跟他睡在一起的女子,叹着气,焦急地等待天亮。等太阳一开始用红色的花边和金黄色的绦子打扮东方的天空,他就跳起来,洗洗脸,匆匆朝拴马的地方走去。

四十三

暴动就像草原上铺天盖地的野火一样蔓延开来。战线像钢箍一样围住一些不驯服的市镇。人们心头都印上一层厄运的阴影。哥萨克就像扔铜钱赌博那样,赌自己的命,有不少人扔出了"背面"。年轻人拼命地谈情说爱,年纪大些的就昏天黑地地喝老酒,玩纸牌,赌钱,赌子弹(而且子弹的价钱最高),有时回家去看看,哪怕有一分钟,也要把令人生厌的步枪靠到墙上,抓起斧子或者刨子,用芳香的红柳条儿编编篱笆,或者修理修理春天干活儿要用的耙和大车,让心情轻松一阵子。还有不少人,尝过了太平日子的滋味,醉醺醺地回到部队里,等到清醒过来,就怀着愤恨"人生无情"的心情去冲锋陷阵,迎着机枪往上冲,要不然就像疯了一样,放开马不要命地往前跑,去进行夜袭,等抓到俘虏,就残酷地、野蛮地折磨他们,用马刀把他们砍死,连子弹都不肯用。

这一年春天格外绚丽多彩。四月的天气又晴和又像玻璃一样明净。一行行大雁、一群群叫声像铜号的仙鹤,在高高的天空里追赶着白云,飞呀,飞呀,飞向北方。淡绿色的草原上,水塘旁边,一只只落下来打食儿的天鹅,亮闪闪的,就像撒在地上的珍珠。顿河边滩地上又是咯咯声,又是啁啁声,鸟叫声响成一片。在淹了水的草地上，在没有淹水的土垅和土包上，都有鹅在互相召唤，扑打着翅膀要飞；动了春情的公鸭子在河柳丛里一个劲儿地呷呷叫唤。柳树芽儿绿了，杨树上那黏黏的、芳香的芽苞儿鼓了起来。草原刚刚开始发绿，充满了解冻的黑土地的陈腐气息和永远新鲜的嫩草气息，这时候的草原分外迷人。

这一次打暴动仗，好就好在每个人都离自己的家不远。哥萨克如果讨厌了站岗放哨，如果不愿意翻山越岭去进行侦察，就向连长请假回家去，叫自己的老父亲或者未成年的儿子骑上战马去代替自己执行任务。各个连的人数总是满员的，然而也总是流动不定的。但是有的人更会想点子：太阳快要落山的时候，就骑上马离开连队的驻地，放开马拼命跑，一口气跑上三十或者四十俄里，到晚霞消逝的时候，人已经到家了。回来和老婆或者相好的睡上一夜，第二遍鸡叫以后，就骑上马出门，北斗星还没有隐去，人已经回到连里了。

很多风流小伙子顶喜欢在家门口打仗。“死可是划不来！”有些常常回家看老婆的哥萨克就这样开玩笑说。

总司令部特别害怕春耕一开始会有不少人开小差。库金诺夫专门跑到各个部队里，用他平素不曾用过的强硬口气声明说：

“宁可让咱们的田野上什么也不长，宁可一粒种子也不往地里撒，也不能容许哥萨克随便离开部队！凡是自动离开的，一定要杀，要枪毙！”

四十四

格里高力又在克里摩夫村外参加了一次战斗。这一天中午时候，双方在村边几户人家旁边交了火。过了不大的一会儿，红军的散兵线就进了村。穿黑色水兵服的波罗的海舰队的一只军舰上的全体水兵，在左翼很沉着地推进。他们勇猛冲杀，把暴动军卡耳根团的两个连从村子里赶了出去，并且逼着这两个连顺着山沟朝瓦西廖夫村退去。

在红军开始占上风的时候,站在小山包上观察战斗的格里高力,用手套向带着他的马站在一辆弹药车旁的普罗霍尔·泽柯夫招了招,就一面跑着跳上马去;他绕过一片洼地,飞速地朝古森村奔去;他知道,第二团的一个后备骑兵连就藏在古森村边的树林里。他穿过一座座果园,跨过一道道篱笆,朝这个连所在的地方奔去。他一看见那些下了马的哥萨克和拴在桩上的战马,老远就拔出刀来,高声喊道:

"上马!"

二百名骑兵在一分钟之内都上了马。连长迎着格里高力跑来。

"出动吗?"

"早该出动啦!你还发呆呢!"格里高力翻了翻眼睛。

格里高力勒住马,跳下来,好像是怄气似的,狠狠地勒了勒马肚带,因为满身大汗、发了性子的马转来转去,不让他紧那穿过鞍垫的马肚带,又是呼呼喘气,又是打响鼻,又是龇牙咧嘴,还想用前腿踢格里高力的腰,所以耽搁了一会儿。格里高力把马鞍拴结实,又腾身上了马;他也不看倾听着越来越响的枪声、觉得很不好意思的连长,就说:

"这个连由我来带。到村口成排纵队,快跑!"

到了村外,格里高力命令连队拉开阵势;又试了试马刀是不是很容易从鞘里抽出来;他和连队拉开有三十丈的距离,放开马飞快地朝克里摩夫村奔去。来到一座南坡伸出了克里摩夫村的山冈顶上,他勒住马,仔细观察了一小会儿。往后退却的红军骑兵和步兵正在村子里乱跑,大大小小的一类辎重车也在狂跑。格里高力侧过身子,朝着连队喊道:

"拔出刀来!冲啊!弟兄们,跟我来!"他很麻利地拔出马刀,带头呐喊起来:"乌拉——拉!……"他觉得全身有一股凉气和一种熟悉的轻快感,放马猛跑起来。拉得像弦一样紧的缰绳在左手里哆嗦着,举在头上的快刀嗖嗖地劈着迎面的气流。

有一会儿,一片老大的、被春风吹得团团转的白云遮住了太阳,于是一片灰色的阴影似乎很缓慢地在山冈上游动起来,追赶着格里高力。格里高力的目光离开越来越近的克里摩夫村的一户户人家,看着这一大片在潮湿的褐色土地上游动的阴影,看着其中一小片一个劲儿地朝前跑的悦目的浅黄色阳光。不知为什么他忽然不由地想要撵撵那一小片在地上跑的阳光。格里高力把马一夹,让马使足了劲儿跑起来,他拼命赶马,渐渐接近了阴影和阳光之间的摇晃不定的界线。又狂跑了几秒钟，伸出去的马头就洒满了阳光，而且马身上的红毛一下子就泛出明亮耀眼的光泽。就在格里高力跨过云彩影子的模模糊糊的边界的时候，小胡同里的枪声紧了起来。风迅速地把枪声送过来，枪声越来越近，越来越响。又过了一小会儿，格里高力在自己的马蹄嘚嘚声、子弹嗖嗖声和耳朵里呼呼的风声中，已经听不见跟在后面的连队的轰隆声了。两百匹战马那种沉甸甸、轰隆隆、震撼着潮湿的荒野的奔跑声，好像一下子从他的耳朵里掉了出来，好像越来越远，渐渐消逝了。这时候，迎面的枪声突然猛烈起来，就像是火堆里添了干柴；子弹成群成群地飞来。格里高力在慌乱和恐惧中回头看了看。他不禁又慌张又气忿，气得脸上的肉直哆嗦，脸色十分难看。原来那个连已经掉转马头，扔下格里高力，朝后跑了。连长在不远处骑在马上转来转去，像发了狂似的挥舞着马刀，哭着，声嘶力竭地吆喝着。只有两个哥萨克朝格里高力跑来，再就是普罗霍尔·泽柯夫勒转马头，朝连长跑去。其余的人都把马刀插进鞘里，鞭打着坐下马，纷纷朝后面跑去。

格里高力只是有一小会儿工夫让马放慢了速度，他想弄清后面究竟是怎么一回事儿，为什么连队还没有受到损失就突然逃窜起来。但就在这短短的一刹那间，思想还是在督促他：不能回头，不能逃跑，只能向前！他看见，在小胡同里，离他一百丈远处，一道篱笆后面，有七名红军正围着一辆装机枪的大车忙活着。他们想让大车转过身去，好让机枪枪口对准朝他们冲过去的哥萨克，但是胡同很窄，大车显然转不过身去，所以机枪没有响，步枪声也越来越稀疏，格里高力觉得尖利的子弹啸声也不那么刺耳朵了。他拨了拨马头，准备跳过一道原来隔着树林、现在已经倒塌的篱笆，朝那条小胡同里冲去。他的目光一离开篱笆，不知为什么就像拿起了望远镜似的，突然清清楚楚地看到已经在近处忙着卸马的水兵，看到他们那溅了一身泥巴的黑制服和紧紧扣在头上、使他们的脸圆得出奇的水兵帽。有两个人在砍马套，还有一个人缩着头在摆弄机枪，其余的几个都站着或跪着用步枪打格里高力。他一面朝跟前跑，一面看着他们扳枪栓，并且听到了尖利的、对着他打来的枪声。枪声一声接着一声，枪托子飞快地抬起又抵到肩上，浑身大汗的格里高力这一下子倒是高兴了，心定了：“他们打不中的！”

篱笆在马蹄下咯吱响了一声，就落到了后面。格里高力抡起刀来，眯缝起眼睛，看准了最前面的一个水兵。忽然又闪过一个恐怖的念头：“要是直对着打枪……马直立起来……一下子翻倒……我就完啦！……”已经是直对着他打了两枪，接着就是好像来自远处的喊声：“捉活的！”前面是一张刚毅的、高脑门的脸，龇出来的牙齿，随风飘舞的水兵帽飘带，帽箍上退了色的乌暗的金字……格里高力踩紧马镫，抡起刀来，就觉得马刀轻轻地进了这个水兵的柔软的身体。另一个脖子很粗、很强壮的水兵，一枪打穿了格里高力左肩的软肉，可是普罗霍尔·泽柯夫一刀砍去，把脑袋斜斜地劈开，这个水兵马上倒了下去。格里高力听到一旁有枪栓的响声，急忙转过身去。大车后面有一个黑黑的枪口正对准了他的脸。他猛地朝左边一闪，因为用劲太猛，马鞍都活动了，呼哧呼哧直喘、像发了疯一样的马也摇晃了一下，他躲开了已经在头顶上打圈子的死神，并且就在马跳过车辕的当儿，他砍死了那个朝他开枪的水兵，那个水兵的手还没有来得及把第二颗子弹装进枪膛呢。

在短短的瞬间里（后来这一瞬间在格里高力的意识中变成了长得不得了的一段时间）他砍死了四名水兵，而且他不听普罗霍尔·泽柯夫的劝阻，又去追杀躲在胡同拐角上的第五名水兵。幸好及时赶到的那个连长跑到他的前面，抓住了他的马嚼子。

"你哪儿去?！他们会打死你的！……那边棚子后面他们还有一挺机枪呢！"

普罗霍尔和另外两个哥萨克跳下马，跑到格里高力跟前，使劲把他从马上拉了下来。他拼命往外挣着，吆喝着：

"放开我，浑蛋！……我要去杀水兵！……全杀——杀了！……一个不留！……"

"格里高力·潘捷莱耶维奇！麦列霍夫同志！您清醒清醒吧！"普罗霍尔劝道。

"弟兄们，放开我吧！"格里高力已经是用另外一种颓丧的语气请求了。

于是把他放开。那个连长悄悄对普罗霍尔说：

"把他扶上马，送他到古森村去吧，看样子他是病啦。"

连长刚刚走到马前，对连队发出口令：

"上马——马！……"

可是格里高力把皮帽子往雪地上一摔，摇摇晃晃地站了一会儿，忽然咯吱咯吱地咬着牙，很痛苦地哼哼起来，脸色十分难看，撕起自己的军大衣扣子。连长还没来得及朝他走出一步，他就直挺挺地脸朝下栽倒在地上，袒露出来的胸膛贴到雪上。他号啕大哭，哭得浑身直打哆嗦，并且像狗那样大口大口地吞起篱笆脚下的残雪。后来，有一阵子他的神志清醒得出奇，就想站起来，但是站不起来，他扭过眼泪汪汪的、疼得变了形的脸，朝着围在他身旁的哥萨克们，声嘶力竭地叫喊道：

"我杀死的都是一些什么人呀！……"他生平第一次在极大的痛苦中挣扎起

来,喊叫着,随着在嘴唇上团团转的唾沫一起,吐出了这些话。“弟兄们,不要饶恕我!……行行好,千万行行好,把我杀了吧……判我……死罪吧!……”

那个连长跑到他跟前,和一个排长一起把他按住,扯下他的马刀和军用包,捂住他的嘴,压住他的两腿。但是有老半天他还在他们身子底下拱着身子,用两条抽搐的、僵直的腿刨着颗粒状的残雪,一面哼哼着,用头直撞那被马蹄踩得稀烂的、肥沃的、黑油油的土地,他就是在这块土地上出生,又在这块土地上生活,充分领略了生活(痛苦多而欢乐少的生活)为他准备好的一切。

只有生长在大地上的青草,对于阳光和阴雨是不动情的,毫无动情地吮吸着大地的肥厚奶汁,见到风暴袭来,就乖乖地弯下腰去。以后,等到随风把种子撒去,就又毫不动情地死去,还要沙沙地摇动着已经枯黄的叶子,欢迎那放射着死光的秋日的太阳……

四十五

第二天,格里高力把全师的指挥任务交代给手下的一位团长,就带着普罗霍尔·泽柯夫上维奥申去了。

卡耳根镇外有一片很深的洼地,洼地里有一个蒲草塘,塘里密密麻麻地游着许多落下来休息的大雁。普罗霍尔用鞭子朝水塘指了指,笑着说:

“瞧,格里高力·潘捷莱维奇,真该打一只野雁。咱们可以就着雁肉喝喝老酒!”

“等咱们走近些,我来用步枪试试看。以前我的枪打得还不错呢。”

他们来到洼地里。普罗霍尔牵着马站在一处凸出的土崖后面,格里高力脱掉军大衣,把步枪的保险机上好,顺着一道到处是乱蓬蓬的灰色枯黄的浅沟朝前爬去。他爬了老半天,几乎连头都不抬;就像去侦察敌人的暗哨那样爬,就像当年在对德战争中，到司托霍得河边去摸德国人的岗哨那样。退色的草绿色军便服和褐绿色的原野色调差不多；又有浅沟作掩护，所以弯着一条腿站在水边一个春汛冲成的棕色小土包上守望的大雁的眼睛虽尖，却看不见格里高力。格里高力爬到了近距离的射程以内，微微抬起身子。那只守望的大雁扭动着颜色像灰色石头、样子像蛇头的头，很机警地四面张望着。在这只大雁后面的水面上，落了许多大雁，很像是铺上了一方灰黑色的桌布。大雁时而呱呱乱叫，时而把头扎进水里。平静的呱呱声、呷呷声、溅水声一阵阵从水塘里传来。"可以打不动的啦。"格里高力心里想着，怀着怦怦直跳的心把枪托子抵到肩上，瞄准了守望的那只大雁。

放了一枪以后，格里高力跳了起来，雁群的嘎嘎叫声和翅膀扇动声把他的耳朵都震聋了。他打的那只大雁急急忙忙地向上飞去，其余的雁也都飞到水塘上空，像一片浓云一样盘旋着。很泄气的格里高力又对着盘旋的雁群打了两枪，看了看，有没有大雁掉下来，看了两眼，就朝普罗霍尔走去。

"看呀！看呀！……"普罗霍尔跳上马，直立在马上，用鞭子指着在蓝空里越飞越远的雁群，叫了起来。

格里高力扭过头去，因为高兴，因为那种猎人的激动，身子都哆嗦起来：一只大雁离开已经排成行列的雁群，缓慢而不连续地扇动着翅膀，很快地落低了。格里高力踮起脚尖，一只手搭在眼上，注视着那只大雁。那只雁离开大声惊叫的雁群，朝一边飞去，慢慢下降，越飞越没有劲儿，忽然像块石头似的从高空里掉了下来，只有那白色的翅膀边儿在阳光中明晃晃地闪烁了一阵子。

"上马！"

普罗霍尔咧开大嘴笑着，带着格里高力的马跑过来，把缰绳扔给他。他们跑到高地上，又跑了有八十丈远。

"这就是！"

一只大雁伸长脖子，躺在地上，两个翅膀宽宽地伸展开来，好像是要最后拥抱一下这并不亲热的大地。格里高力没有下马，弯下身子，把大雁拾起来。

"打到什么地方啦？"普罗霍尔问道。

原来子弹从雁嘴的下部打了进去，把眼睛旁边的一块骨头打翻出来。所以这只雁飞着飞着就死去，像个三角一样从整齐的雁群中掉出来，掉到了地上。

普罗霍尔把大雁拴到马鞍上，他们就又朝前走。

他们坐小船渡过了顿河，把马留在巴兹基村里。

来到维奥申镇上，格里高力在一个熟识的老头子家里住了下来，吩咐马上把

大雁烧了来吃,自己也不上司令部去,只叫普罗霍尔去打酒。他们一直喝到晚上。主人在谈话中发起牢骚来:

“格里高力·潘捷莱维奇①,我们维奥申的一些官儿太霸道啦。”

“哪一些官儿?”

“那些自封的官儿呀……就是库金诺夫和另外一些人。”

“怎么啦?”

“总是欺压外来户。谁要是跟红军走了,就把谁家的妇女、小孩子和老头子都关进监牢。我的亲家母,就因为儿子的事,被关起来啦。这真是毫无道理!比如,就拿您来说,您要是跟着士官生跑到顿涅茨那边去了,红军就把令尊潘捷莱·普罗柯菲耶维奇关进牢里去,恐怕不对吧?”

“当然不对啦!”

“可是这儿的当权的却在关人。红军来的时候,从不欺压人,可是这些家伙就像狗发了疯,穷凶极恶,谁都管不了他们!”

格里高力站起身来,微微摇晃了一下,就探身去拿搭在床上的军大衣。他只是多多少少有一点儿酒意。

“普罗霍尔!拿刀来!把匣子枪给我!”

“格里高力·潘捷莱维奇,您上哪儿去?”

“不用你管!照我说的办!”

格里高力挂上马刀和匣子枪,扣好军大衣,系上腰带,就径直朝广场,朝监狱走去。站在门口的一个非战斗部队的哥萨克哨兵,上前把他拦住。

“有通行证吗?”

“闪开!你给我到一边去!”

“没有通行证,我谁也不放进去。不准进去。”

格里高力的马刀还没有抽出来一半,那个哨兵就躲到门里面去了。格里高力握着刀把子,跟着他来到走廊里。

“把典狱长给我叫来!”格里高力喝道。

他的脸煞白煞白的,鹰钩鼻子狠狠地弯起来,眉毛拧得紧紧的……

一个担任看守的瘸腿哥萨克跑了来,还有一个当书记的小伙子从办公室里探头朝外看了看。睡眼惺忪的典狱长很快也气冲冲地来了。

---

① 本应是“潘捷莱耶维奇”,这里少一个“耶”,因为讲话人语速快时,常常会“吃”掉个把音。

“不经允许就进来,你知道厉害吗?!”他大叫起来,但是一认出是格里高力,仔细看了看他的脸,他吓得结结巴巴地说:“是您呀,大……麦列霍夫同志。什么事儿呀?”

“把牢房的钥匙拿来!”

“牢房的钥匙吗?”

“怎么,还要我对你重复上四十次吗? 嗯! 把钥匙拿来,狗崽子!”

格里高力朝前跨了两步,典狱长朝后退了两步,但是相当强硬地说:

“我不给钥匙。这事儿您管不着!”

“管——不——着? ……”

格里高力咯吱咯吱地咬着牙,抽出刀来。马刀在他手里嗖嗖响着在低矮的走廊天花板下面画了一个明亮耀眼的圆圈。书记和几个看守都像吓惊了的麻雀似的四处乱窜,典狱长靠在墙上,脸色比墙还白,咬着牙说:

“你去瞎搞吧! 这是钥匙……我要去控告你。”

“我就搞给你看看! 你们在这后方舒服够啦! ……在这儿逞英雄好汉,把妇女和老头子都关起来! ……我把你们全撤掉! 你给我上前方去,坏蛋,要不然我马上就把你劈了!”

格里高力把马刀插进鞘,用拳头照着吓坏了的典狱长的脖子上捶了一下;用膝盖加拳头推着他朝门口走去,一面吆喝着:

“上前方去! ……给我走! ……给我走! ……我日你妈……后方的虱子! ……”

他把典狱长推出大门以后,就听见监狱里面的院子里响起一阵闹声,就回头朝院子里跑去。厨房门口站着三个看守,一个看守拉着三八式步枪的生了锈的枪栓,急冲冲地喊叫着:

“……劫牢啦! ……应该反击! ……原来的条令不是有规定吗?”

格里高力抽出匣子枪,于是几个看守争先恐后地跑进了厨房。

“出——来——吧! ……都回家去吧! ……”格里高力晃动着一大串钥匙,打开一个个挤得满满的牢房,大声喊着。

他把关着的人(有一百人上下)全都放了出来。有些人害怕,不敢出去,他就硬把他们推到街上,又把空牢房一一锁上。

监狱大门口,人越来越多。关押的人出了门,一齐拥到广场上;他们四面张望着,弯着腰,各自回家了。司令部警卫排的哥萨克们都手按马刀,朝监狱跑来;库金诺夫也趺趺撞撞地亲自跑来了。

格里高力最后一个离开放空了的监狱。他穿过拥挤的人群，对那些看热闹的、嘁嘁喳喳的娘们儿骂了几句粗话，就微微弯下腰，慢慢朝库金诺夫走去。他对那些跑到跟前、已经认出了他并且对他行过礼的警卫排哥萨克们喊道：

“回屋里去吧！你们干吗要像公马那样，一个个跑得直喘粗气？回去！”

“麦列霍夫同志，我们还以为是狱里的人反了呢！”

“小书记跑来说：‘闯进来一个黑大汉，把锁都给砸啦！’”

“原来是一场虚惊！”

哥萨克们都说着，笑着，转身回去了。库金诺夫急急忙忙朝格里高力走来，一面走，一面撩着从制帽里奔拉出来的长头发。

“麦列霍夫，你好。是怎么回事儿？”

“库金诺夫，你好！我把你的监狱砸啦。”

“你凭什么？这是怎么一回事儿？”

“我把人都放啦——就是这么一回事儿……嗯，你瞪什么眼睛？你们凭什么把外来户的老娘们儿和老头子都关起来？这又是怎么一回事儿？你给我小心点儿，库金诺夫！”

“你别放肆。这简直是横行霸道！”

“我还要放肆放肆，日日你那死娘呢！我这就从卡耳根调一个团来，把你们他妈的好好收拾收拾！”

格里高力一把抓住库金诺夫那高加索式生皮皮带，摇晃着，拉过来，又搡过去，一面冷冷地、怒冲冲地低声说：

“要不要我马上把部队全部抽回来？要不要我马上把你宰了？哼，你妈的！……”格里高力咯吱咯吱地咬着牙，把微微笑着的库金诺夫放开。“你笑什么？”

库金诺夫理了理腰带，挽住格里高力的胳膊。

“咱们上我那儿去。你干吗要这样冲动？你去对着镜子自己看看：看你气成什么样子啦……老兄，我们正在这儿想你呢。至于监狱的事吗，这是小事情……放了就放了吧，有什么了不起的？……我对弟兄们说说，叫他们真正消消气。要不然我们会把那些男人当了红军的外来户娘们儿全抓进来……不过，你为什么要叫我们下不来台呢？唉，格里高力啊！你多莽撞呀！你要是来说一声：‘如此这般，监狱里别关那么多人，要把某某人、某某人放掉。’我们一定会看看名册，放掉一些人。可是你，一下子全都放啦！幸亏一些要犯都单独关押着，要不然你把他们也放了，那可怎么办？你太冒失啦！”库金诺夫拍了拍格里高力的肩膀，又哈哈笑着说:“你这人呀,要是在这种时候戗着你说,你会杀人的。或者,说不定你会带着哥萨克们暴动……”

格里高力从库金诺夫的手里抽出自己的胳膊,在司令部的门口站了下来。

“你们在我们的背后逞起英雄好汉来啦!把监狱里装得满满的……你要是有本事,到前方施展去!”

“格里沙,我当年本事也不比你差。就说现在,你可以到我的位置上来,我去带带你那个师……”

“那不行,谢谢吧!”

“这就对啦!”

“好啦,我不想跟你多谈啦。我现在要回家去休息个把礼拜。我有点儿病……肩膀还受了一点儿伤。”

“什么病?”

“相思病,”格里高力似笑非笑地笑着说,“心里有点儿乱……”

“真的,别开玩笑,你到底怎么啦?我们有一位很好的大夫,也许还是一位教授呢。是一个俘虏。我们的人是在叔米林镇外捉住他的,他跟水兵在一起。戴一副黑眼镜,挺有气派。是不是叫他给你看看?”

“去他妈的吧!”

“那好吧,你就去休息休息好啦。你把你那个师交代给谁啦?”

“交给里亚布契柯夫啦。”

“你等等嘛,干吗那么心急?你说说,那儿情况怎么样?听说你大杀了一阵,是吗?昨天夜里有人向我报告,说你在克里摩夫村杀了不少水兵。是真的吗?”

“再见吧!”

格里高力走了,但是走了几步,又侧过身子站下来,喊了库金诺夫一声,说:

“喂,我要是听到你们再抓人……”

“不会的,决不会!请放心!好好休息去吧!”

白昼跟随着太阳,渐渐移到西方。从顿河上,从宽宽的河面上,吹来一阵一阵的冷风。一群小水鸭子啾唧啾唧地从格里高力头上飞过去。当低沉的炮声从嘉桑乡方面顺着顿河水自上而下地传来的时候,他已经走进了歇脚的院子。

普罗霍尔很麻利地备好两匹马;他牵着马,问道:

“咱们回家吗?回鞑靼村吗?”

格里高力一声不响地接过缰绳,又一声不响地点了点头。

四十六

鞑靼村因为没有了哥萨克，显得空旷而枯寂。鞑靼村的步兵连一度归第五师的一个团节制，调到了顿河左岸。

有一段时间，红军部队得到从巴拉绍夫和波伏林诺开来的援军的补充，从东北方面展开猛烈的进攻，占领了叶兰乡的许多村庄，而且逼近了叶兰镇。在镇外展开的一场激战中，暴动军取得了胜利。暴动军所以取胜，是因为调来了强有力的援军，帮助了在红军莫斯科团和两个骑兵连压迫之下节节败退的叶兰乡团和布堪诺夫乡团。暴动军第一师的第四团（鞑靼村的哥萨克连就在这个团里）、一个拥有三门炮的炮兵连和两个后备骑兵连，顺着顿河右岸，从维奥申开到了叶兰镇。此外，还有大量援军顺着右岸开到了坐落在叶兰镇对岸三俄里和五俄里处的普列沙柯夫村和马特维耶夫村。在克里夫冈上配备了一个炮兵排。

有一个炮手，是克里夫村的哥萨克，向来就是炮无虚发，这一次第一炮就摧毁了红军的一个机枪点，接连又是几发榴霰弹，打在红柳林中的红军阵地上，打得红军到处躲藏。这一仗暴动军打胜了。暴动军猛攻败退的红军，把他们赶到了叶兰河那边，又派出十一连骑兵去追击，在离萨托格夫村不远的高地上追上了一个红军骑兵连，把他们全部砍死了。

从那时候起，鞑靼村的步兵就在左岸的沙土丘上跑来跑去。连里的哥萨克几乎都没有请假回家。只是到复活节的时候，就像是商量好了似的，一下子几乎有半个连回到了村里。哥萨克们在家里住了一天，解了解馋，换了换衬衣，从家里带上些猪油、干糖和其他吃的，又渡过顿河，就像去朝圣的教徒那样（不过手里拿的不是拐杖，而是步枪），成群结队地朝叶兰镇走去。妻子、母亲、姐妹们站在鞑靼冈上和河边的山上目送着他们。妇女们在哭号，用头巾和披肩的角儿擦着哭红的眼睛,往衬裙的襟上抹着鼻涕……顿河对岸,淹了春水的树林子外面的沙地上,走的是哥萨克们:贺里散福、安尼凯、潘捷莱·普罗柯菲耶维奇、司捷潘·阿司塔霍夫和另外一些人。麻布干糖袋在上着刺刀的步枪上不住地晃悠着,惆怅而悠远的草原歌声随风飘扬,哥萨克们无精打采地说着话儿……他们都闷闷不乐地走着,不过他们都吃得饱饱的,身上也干干净净的了。过节之前妻子和母亲给他们烧了热水,洗掉了身上的污垢,篦净了吃够了当兵人的血的虱子。为什么不在家里舒舒服服地过日子呢? 这不是,需要去送死……于是他们去了。有些刚刚应召参加暴动军的十六七岁的半大小伙子,脱掉了皮靴或毡靴,在暖和和的沙地上走着。不知为什么他们都十分高兴,他们有说有笑,还用正在变腔的、不成熟的嗓门儿唱着歌儿。他们觉得打仗是一件新鲜事,就像小孩子玩游戏一样。他们初上战场,很喜欢听子弹的啸声,还常常从掩体前潮湿的土堆后面探出头来看看。"嫩芦苇!"老兵们都这样轻蔑地称呼他们,手把手地教他们,怎样挖战壕,怎样打枪,在行军时怎样背枪和其他军用品,怎样选择好地势,甚至连用火烤虱子的方法、连怎样用脚布包脚才可以使脚不感到疲劳而且在靴子里活动自如的那一套经验,都传授给这些毛头小伙子。一颗"嫩芦苇",总是用小鸟一样惊奇的眼光看着战场上周围的一切,总是受着好奇心驱使,不时地抬起头来,从掩体里朝外望望,想看看红军是什么样子,直到红军的子弹把他打死。如果一个十六岁的"战士"死了,伸直了身子,怎么都不会看出他有十六岁。那简直是一个大些的小娃子,两只孩子般的大手,两只招风耳朵,细细的、未发育全的脖子上刚刚露出一点喉结头儿。把他送回家乡,送到他的祖宗长眠的坟地里,他的妈妈两手一扎煞,上前迎住他,扯着头上一绺一绺的白发,对死者哭上很久。以后,等到把他葬了,等坟上的黄土干了,衰老了的妈妈,被无休无尽的慈母的悲伤折腾得弯腰弓背的妈妈,就要常常上教堂里,去追荐自己的去世的小万卡或者小谢苗。

有时候,子弹打到某一个小万卡或者小谢苗而没有打死,这时候他才能认识一下战争的无情和冷酷。他那长满黑黑茸毛的嘴唇哆嗦着,撇着。这个"战士"就要用兔子般的孩子声音喊叫:"我的亲娘呀!"并且一颗颗的泪珠儿就会哗哗地从他眼里往下掉。救护车还要拉着他在坑坑洼洼的大路上摇摇晃晃地走,震得伤口一阵阵地疼。再就是有经验的连队医官给他洗子弹或炮弹的伤口,而且笑着,像哄小孩子一样安慰他:"叫小猫疼,叫喜鹊疼,叫小万卡的伤快合缝。"可是"战士"小万卡还是要哭,要回家,要叫娘。不过等伤口长好,他再回到部队里,就学会实实在在地去认识战争了。在部队里,在战斗和肉搏中再过上一两个星期,心就硬了,以后,你瞧吧,还会站在俘虏的红军面前,叉开两腿,朝一旁啐着唾沫,学着某一个挺凶狠的司务长，咬牙切齿，用还没有真正变粗的粗喉咙问：

“哼，庄稼佬，我日你妈，你怎么落到我手里啦？哈哈哈！你想要土地吗？要平等吗？你大概是个共产党吧？坦白坦白吧，坏蛋！”并且，为了显示他的勇敢，为了显示“哥萨克的威风”，他举起枪来，打死那个为苏维埃政权、为共产主义、为使世界上永远不再有战争而生活和战死在顿河土地上的人。

于是在莫斯科省或者在维亚特省，在苏维埃大俄罗斯的某一个偏僻村庄里，一位红军的妈妈接到通知，通知说她的儿子“在为解放劳动人民、反对资本家压迫而同白卫军进行的斗争中牺牲……”——那位妈妈就痛哭起来……一颗妈妈的心从此沉浸在悲痛里，模糊的眼睛从此泪流不止，她将每天每夜，一直到死，永远想念当年在她肚子里、后来在血泊和她的阵阵痛楚中生下来、到头来又在遥远的顿河土地上死在敌人手里的儿子……

从前方私自跑回家的鞑靼村那半个连往回走着。走在起伏不平的沙地上，走在红光闪闪的红柳丛里。年轻的高高兴兴，无忧无虑；那些被人戏称为“山大王兵”的老头子们就长吁短叹，暗暗流着眼泪；耕地、耙地、种地的时候快要到啦；土地要人去侍弄，人日日夜夜思念着土地，可是现在要打仗，呆在别人的村庄里受罪，干不成活儿，担惊害怕，受苦，想家。就因为这样，老头子们都眼泪汪汪，就因为这样，老头子们都愁眉不展。每个人都想起自己扔下的家业、牲口和农具。一切事情都要男子汉去做，没有当家人去管，什么事都干不成。女人能干得了什么呢？等田地一干，还没有种下去，明年就要挨饿。有一句俗语说得好：“一个不中用的老头子，干活儿也胜过年轻的娘们儿。”

老头子们都一声不响地在沙地上走着。直到一个年轻人朝兔子打了一枪，老头子们才打起了精神。因为浪费子弹（暴动军司令部曾经下令严禁浪费子弹），老头子们决定惩罚一下那个小伙子。他们把小伙子打了一顿，把怨气全发泄到他的身上。

“抽他四十下！”潘捷莱·普罗柯菲耶维奇提议说。

“太多啦！”

“那他就走不到地方啦！”

“十六下子吧！”贺里散福叫道。

大家都同意打十六下，这也是双数。于是把那个小伙子按倒在沙地上，扯下裤子。贺里散福哼着歌儿，用小刀割下几根长满毛茸茸的黄芽儿的柳条，由安尼凯来打。其余的人都坐在旁边抽烟。后来大家又往前走。那个挨打的人抹着眼泪，提着裤子，一歪一歪地走在大家的后面。

刚刚走过那一片黄沙,走上灰灰的沙土地,大家就心平气和地说起话儿。

“瞧,多么好的土地,等着人来耕种呢,可是人没有工夫,天天在山冈上跑来跑去,打仗。”一个老头子指着一块干透了的地,叹着气说。

走过一片耕地的时候,每个人都弯下身去,抓起一块干干的、带着春天太阳气味的土坷垃,放在掌心里捻着,胸中觉得连气都透不过来。

“该下地干活儿啦!”

“现在下地正是时候。”

“再过三天,连下种都不行啦。”

“咱们那一边,还早了一点儿。”

“是的,是还早!瞧,顿河边的崖头上还有雪呢。”

后来停下来休息,吃午饭。潘捷莱·普罗柯菲耶维奇请那个挨打的小伙子吃压成了豆腐状的奶渣。(他把奶渣装在麻布袋里,挂在枪筒子上,一路上从麻布袋里渗出来的水直往下滴。安尼凯笑着对他说:“普罗柯菲耶维奇,顺着这条湿印子就能找到你啦,你就像公牛走过去,后面留一条尿印子。”)他一面请小伙子吃,一面老气横秋地说:

“傻小子,你别埋怨我们这些老头子。挨顿打,算得了什么!不吃点苦头,就不能长见识。”

“潘捷莱老爹,要是把你这样打一顿,恐怕你就不唱这个调调儿啦!”

“小伙子,我挨打挨得比这还厉害呢。”

“还要厉害呀?”

“是的,还要厉害。明摆着的事嘛,古时候可不是这种打法。”

“原来过去也打人。”

“当然打啦。小伙子,有一回我爹拿车杠敲我的脊梁,我也撑住啦。”

“用车杠打呀!”

“我说用车杠,就是用车杠。哎,你这呆小子!你吃奶渣好啦,干吗要看着我的嘴?你的勺子都没有把子啦,恐怕是弄断了吧?混账!今天打你这个狗崽子还是打少啦!”

吃过午饭以后,大家决定在令人舒畅的、像葡萄酒一样醉人的春天空气里多少睡一会儿。于是躺下去,脊背朝着太阳,打了一个盹儿,然后又在褐色的原野上放开脚步,不走大路,踩着去年的庄稼茬子,径直地往前走。他们有的穿皮夹克,有的穿军大衣,有的穿棉袄,有的穿小皮袄;脚上穿的有皮靴,有毡靴,有的把裤腿掖进白袜筒里,还有人光着脚丫儿。干粮袋在刺刀上不停地晃悠着。

离队后又回队的这些人的样子太不威武了，所以有几只云雀在蓝空里叫了一阵之后，毫无顾忌地落到了这路过的半连人旁边的草地上。

格里高力·麦列霍夫在村子里没有遇到一个哥萨克。早晨他扶着长高了一些的米沙特卡上了马，叫他到顿河边去饮马，自己就和娜塔莉亚一起去探望格里沙加爷爷和岳母。

卢吉尼奇娜眼泪汪汪地迎住女婿：

“格里什卡，好孩子呀！我们的米伦·格里高力耶维奇一死——愿他在天堂幸福——我们家就完啦……唉，谁又来给我们干地里的活儿呀？满囤的粮食，没有人来种啦。我那苦命的当家人呀！我们都成了孤儿寡妇，谁也不管我们，我们成了没人理、没人问的人啦！……你可瞧瞧，我们的家业败成什么样子啦！两只手简直顾不过来啦……”

家业的确是很快地败落了：老牛撞倒了院子篱笆，有些地方连篱笆桩子都倒了；棚子的土墙被春水一淹，也倒塌了；场院的篱笆没有了，院子也没有人打扫；敞棚底下的转臂收割机已经生了锈，还有一架收割机已经坏了……到处都可以看出荒废和败落的迹象。

“没有当家的，很快就垮下来啦。”格里高力在柯尔叔诺夫家的宅院里巡视了一遍，淡淡地想道。

他回到屋子里。

娜塔莉亚小声和妈妈说着话儿，看见格里高力进来，就不做声了，带着讨好的神气笑了笑。

“格里沙，妈妈想要你……你好像要下地啦……是不是也给她种几亩呢？”

“妈，你们家还种地干什么？”格里高力问道。“你们家囤里的小麦还满满的哩。”

卢吉尼奇娜把两手扎煞开使劲一拍。

“格里什卡呀！那土地又怎么办呀？我们家去世的老头子已经耕好三块地啦。”

“土地有什么事？还会放坏吗？等明年，要是我还活着，再种也不晚。”

“那怎么行呢？土地就白闲着啦。”

“等仗打过了，到那时候再种吧。”格里高力还想说服岳母。

但是她固执己见，甚至好像生格里高力的气了，到末了那两片哆嗦着的嘴唇都噘了起来。

“如果你没有工夫,或是不愿意帮我家的忙,那就算啦……”

“好啦,好啦!明天我就去种自家的,也给你家种上两亩。种这一点就够你们吃的啦……格里沙加爷爷好吗?”

“那就多谢啦,恩人!”卢吉尼奇娜高兴得脸上放出光来。“我这就去告诉格莉普卡,叫她送种子去……爷爷吗?老天爷还一直没来叫他。还活着呢,就是头脑不大听使唤啦。整天整夜地坐着,念《圣经》。有时候说起话来叫人听都听不懂,说的都是教会的话……你去看看他吧。他在上房里呢。”

泪珠儿顺着娜塔莉亚那丰满的腮帮子滚下来。

娜塔莉亚含着眼泪笑着说:

“我刚才上他那儿去,他说:‘鬼丫头!你怎么不来看看我?好孩子呀,我快死啦……等我死了,我到上帝那儿去替你,替我的好孙女多说说好话。我想入土啦,娜塔柳什卡……我该入土啦。到时候啦!’”

格里高力来到上房里。浓浓的神香气味、霉气、腐烂气息、老年人身上肮脏的气味往他的鼻子里直钻。格里沙加爷爷还是穿着那件带红领章的灰军装,坐在木床上。他的肥大的裤子细针密缝地补过了,毛袜子也织补了。照顾爷爷的事已经由未成年的格莉普卡担负起来,而且她也像娜塔莉亚做姑娘时那样,对爷爷十分体贴,十分关心。

格里沙加爷爷把《圣经》放在膝盖上。他从镶着发了绿的铜框子的眼镜底下朝格里高力看了看,就笑着张开了嘴,露出一嘴白牙。

“老总来啦?好好儿的吗?上帝保佑你,没有叫万恶的子弹打着吗?好啊,托老天爷的福呀。坐下吧。”

“爷爷,你还结实吗?”

“你说什么?”

“我是问,你结实吗?”

“你这话真怪!是的,真怪!我这么大年纪,怎么会结实呢?我快到一百岁啦。是的,快一百岁啦……不知不觉就老啦。好像昨天我还是满头黄发,又年轻,又结实。可是今天我一醒,就老啦,老朽啦……人生就像夏天的闪电,一晃就过去啦……我身上一点劲儿没有啦。棺材已经在仓房里放了好多年,可是看样子,上帝把我忘了啦。有时候,我这个有罪的人向上天祷告:‘主呀,你那慈悲的眼睛看看你的奴仆格里沙加吧!我想入土啦,也该入土啦!’……”

“爷爷,你还早着呢。瞧,你满嘴的牙。”

“你说什么?”

“你的牙还没掉呢！”

“牙吗？你真糊涂！”格里沙加爷爷生气了。“灵魂要是想离开肉体的话，用牙齿是咬不住的……你这浪荡鬼，还在打仗吗？”

“还在打仗。”

“我们家的米佳也跟着去啦，恐怕，要吃够苦头。”

“是要吃苦头。”

“我说的就是这话嘛。那你们为什么要打仗呢？你们自己都不明不白嘛！一切都要顺着天意。我们家的米伦为什么死的？就因为他逆天行事，鼓动老百姓反对政府。任何一个政府都奉有天命。即使这个政府是反基督的，总归是上天派的。我那时候就对他说：‘米伦！你别叫哥萨克们造反，别鼓动他们反对政府，别叫他们造孽！’可是他对我说：‘不行，爹，我受不了！要起事，把这个政府消灭掉，这个政府要叫咱们去要饭。以前咱们过得像个人样子，今后就要成叫化子啦。’就这样，他没有忍住。举起来的兵剑，总是要叫别人的剑碰坏的。这是实在话。噢，格里什卡，听人说，你好像做了将军，带领一个师哩。是真的还是假的？”

“是真的。”

“带领一个师吗？”

“嗯，是一个师。”

“你的肩章呢？”

“我们不要肩章。”

“哎，你们这些呆子！不要肩章啦！那你还算什么将军？真糟糕！以前的将军，叫人看着都过瘾：身子肥肥的，肚子大大的，八面威风！可是现在你呀……就这个样子，呸，什么都没有！只有一件油糊糊的军大衣，浑身是泥，既没有带穗头的肩章，胸前也没有挂勋章的白带子。恐怕只有满衣裳缝的虱子啦。”

格里高力哈哈大笑起来。但是格里沙加爷爷很激动地继续说下去：

“你别笑，坏东西！你领着人去送死，叫他们反对政府。你要造大孽，用不着在这儿龇牙！什么？……噢，就是这么回事儿嘛。反正你们要完的，还要把我们都搭上。上帝是留路给你们走的。这《圣经》上说的不就是咱们这混乱的朝代吗？喂，你听着，现在我把先知耶利米说的话念给你听听……”

老人家用黄黄的手指头翻起《圣经》那黄黄的纸页；他慢慢地、一个字一个字地念起来：

“‘你们要在万国中传扬报告，竖立大旗，要报告，不可隐瞒，说：巴比伦被攻取，彼勒蒙羞，米罗达惊惶，巴比伦的神像都蒙羞，他的偶像都惊惶。因有一国从北方上来攻击他，使他的地荒凉，无人居住，连人带牲畜，都逃走了……'[1]格里什卡，明白了吗？现在他们就是从北方来，向你们这些巴比伦人进攻。你再听下去：'耶和华说，当那日子，那时候，以色列人要和犹太人同来，随走随哭，寻求耶和华他们的上帝……我的百姓作了迷失的羊，牧人使他们走岔路，使他们转到山上，他们从大山转到小山……'[2]"

"这是说的什么？什么意思？"不懂教会斯拉夫语的格里高力问道。

"坏东西，这就是说，你们这些作乱的人在山上到处乱跑。再就是说，你们不配做哥萨克的牧人，你们比迷路的羊还不如，你们不明白自己干的是什么……你再听下去：'竟忘了安歇之处。凡遇见他们的，就把他们吞灭……'[3]这说的才对呢！现在虱子不是要把你们都吞灭吗？"

"真是拿虱子没办法。"格里高力承认说。

"这就越说越对啦。再听底下的：'敌人说，我们没有罪，因他们得罪那作公义居所的耶和华，就是他们列祖所仰望的耶和华。我民哪，你们要从巴比伦中逃走，从迦勒底人之地出去，要像羊群前面走的公山羊。因我必激动联合的大国，从北方上来攻击巴比伦。他们要摆阵攻击他，他必从那里被攻取。他们的箭，好像善射之勇士的箭，一支也不徒然返回。迦勒底必成为掠物，凡掳掠他的都必心满意足，这是耶和华说的。抢夺我产业的啊，你们因欢喜快乐……'[4]"

"格里沙加爷爷！你最好用俄语说给我听听，不然我可不明白。"格里高力拦住他说。

"马上就完啦，你听着：'……且像踹谷撒欢的母牛犊，又像发嘶声的壮马。你们的母巴比伦就极其抱愧，生你们的必然蒙羞：他要列在诸国之末，成为旷野、旱地、沙漠。因耶和华的忿怒，必无人居住，要全然荒凉，凡经过巴比伦的，要受惊骇，又因他所遭的灾殃嗤笑。'[5]"

"这究竟说的是什么？"格里高力感到有些不快，又问道。

格里沙加爷爷也不回答，合上《圣经》，躺到木床上。

"很多人就是这样，"格里高力一面从上房里往外走，一面想道，"年轻时候拼

---

① 引自《圣经·旧约全书·耶利米书》第五十章第二、三节。

② 同上第四、六节。

③ 同上第六、七节。

④ 同上第七、八、九、十、十一节。

⑤ 引自《圣经·旧约全书·耶利米书》第五十章第十一、十二、十三节。

命瞎胡闹,又喝酒,又干种种别的坏事,可是,不论年轻时候多么凶恶,到老来都要拿上帝作护身符。就拿格里沙加爷爷来说,也是这样。他的牙齿就像狼牙一样。听说,他年轻时候,当兵回来,村子里的娘们儿都叫他糟蹋完啦,不管是这样的,那样的,全成了他的。可是这会儿……哼,我要是能活到老年,我才不念这种讨厌的玩意儿呢!我就不喜欢《圣经》。"

格里高力从岳母家回来的路上,一直想着格里沙加爷爷说的话,想着《圣经》上那些神秘费解的词句。娜塔莉亚也是一声不响地走着。格里高力这一次回来,她的态度格外冷峻,看样子,他在卡耳根乡各个村子里乱搞女人的事也传到了她的耳朵里。他回来的那一天晚上,她让他睡在上房里的床上,自己却盖上一件皮袄,睡在大柜子上。但是她一句责备的话也没有说,什么也没有问。格里高力也一夜没有说话,认为最好暂时不去问她,为什么他们之间会这样出奇的冷淡……

他们一声不响地在寂静无人的大街上走着,不管什么时候他们之间还没有这样生分过。从南方吹来温暖、和煦的风,西方堆起浓浓的、春日的白云。那蓝白色的云彩边儿缭绕着,变幻着,渐渐向顿河边发了绿的山脚的上空飘来,聚拢到一起。第一声雷响了,村子里到处散发着渐渐绽开的树芽气息、解冻的黑土的清淡气息,使人觉得神清气爽。蓝蓝的河面上游动着一道道白脊的波浪,下游的风送来一阵阵使人振奋的湿气,送来烂树叶子和湿树的酸涩气息。山坡上有一块尖尖的、像块黑绒布补丁似的秋耕地,冒着腾腾的热气,渐渐变成一股流动的蜃气,飘向河边山冈的上空,云雀在大路上空如醉如痴地唱着,在大路上跑来跑去的黄花鼠吱吱叫着。而在这洋溢着伟大的创造力和丰富的生命力的整个世界之上,则是高高的、骄傲的太阳。

村子中心的土沟上有一座桥,山上下来的春水正带着快活的、像小孩子那样的咿呀声朝顿河里流去,娜塔莉亚在桥头停了下来。她弯下身去,好像是要结靴带子,实际上却是为了不让格里高力看到她的脸,她问道:

"你怎么不说话呀?"

"和你说什么呢?"

"有说的……你就说说,在卡耳根怎样喝酒,怎样和一些女的……瞎搞……"

"你已经知道了吗?……"格里高力掏出烟荷包,卷起烟卷来。和土烟掺在一起的木樨草发出甜甜的气味。格里高力抽了一口,又问道:"这么说,你知道啦?听谁说的?"

"我既然说,就是我知道。全村人都知道,总有人告诉我。"

“你既然知道啦，那还有什么可说的？”

格里高力放大了步子朝前走去。在无声无息的春天的寂静中，木桥上清晰地响起他的稀疏的脚步声和急急忙忙跟在他后面的娜塔莉亚的细碎的脚步声。娜塔莉亚擦着往外直涌的眼泪，一声不响地朝桥下走去，后来硬把哭憋回去，抽抽搭搭地问道：

“你又犯老毛病啦？”

“住嘴吧，娜塔莉亚！”

“该死的牙狗，馋狗！为什么你又来折腾我呀？”

“你少听别人胡诌就好啦！”

“你自个儿都承认了嘛！”

“看样子，别人对你胡诌的，比实在的事情多得多。是的，是有一点点儿对不起你……娜塔什卡，全怪这年头儿呀……天天在鬼门关上走来走去，有时就难免走错一步……”

“你的两个孩子都那么大啦！你摸摸良心，不觉得害臊吗？”

“哈！良心！”格里高力龇出一嘴白牙，笑了起来。“我都忘了良心是什么玩意儿啦。人世上的一切都弄成一团糟的时候，还有什么良心可说……我杀人……可是不知道这都是为什么……我怎样来给你说呢？你是不会懂的！你只会发发醋劲儿，根本想不到我有多么痛心，多么难受。就因为这样，我才喝上了酒。前几天有一阵子我很冲动。一时间我的心完全停止了跳动，浑身冰凉……”格里高力脸色阴沉下来，很费劲地把话往外挤：“我太难受啦，因此才想办法消愁，酒也好，女人也好……你等一等！让我说完：我时时刻刻觉得心里难过，心里作痛……生活的路走得不对头，也许这全怪我……现在最好能和红军讲和，并且去打士官生。可是怎么办呢？谁能把我们和红军政府撮合到一起呢？怎样来消除我们的旧怨呢？哥萨克有一半跑到顿涅茨那边，留在这儿的，都发了狂，眼看着自身难保啦……娜塔什卡，我的脑子里全乱啦……刚才格里沙加爷爷念了几段《圣经》，还说我们干得不对头，不应该暴动。还把你爹骂了一顿。”

“爷爷已经糊涂啦！现在又轮到你啦。”

“你就会这样说说别人。不会动脑筋想想别的事……”

“哎哟，你别给我念咒吧！你下流事干足啦，害我害够啦，现在把什么罪过都推到打仗上啦。你们都是这一路货色！因为你这害人的鬼，我受的罪还少吗？我真后悔，那一回我没有一下子死掉……”

“我再没有什么跟你说的啦。你要是心里难受，就哭一阵吧，女人有了痛苦，哭哭总是能轻快些的。我现在无法安慰你啦。我沾的别人的血太多,不管痛惜谁的心都没有啦。就连孩子们,我差不多也不心疼啦;我对我自己,连想都不想啦。战争把我的一切都吸干啦。我自己都害怕自己啦……如果朝我的心里看看,里面黑洞洞的,就像一口枯井……”

他们已经快到家了,从涌上来的一片灰云里落下斜斜的、老大的雨点儿。雨点儿打落大路上那薄薄的、散发着太阳气味的灰尘,打得屋顶劈劈啪啪直响,散发出一股清新气息和使人哆嗦的凉气。格里高力解开军大衣,用一边的衣襟裹住抽抽搭搭在哭的娜塔莉亚,把她抱住。他们就这样裹着一件军大衣,靠得紧紧的,迎着欢快的春雨进了院子。

黄昏时候,格里高力在院子里修了修耠子,又检查了一下播种机的漏斗。“生铁头”谢苗的十五岁的儿子,原来学过铁匠手艺,暴动以后,就成了鞑靼村唯一的铁匠,他好不容易给麦列霍夫家的旧犁安上了犁头。春播的家什都齐备了。牛棚里出来的牛都很肥壮,因为潘捷莱·普罗柯菲耶维奇给牛准备了足够的草料。

格里高力准备第二天早晨就下地干活儿。伊莉尼奇娜和杜尼娅想生起炉子过夜,以便在天亮前给他做好吃的东西。格里高力想干上五六天,给自己家和岳母家各种几亩地,再耕两亩地,准备种瓜、种葵花,然后把父亲从连队里叫回来,叫他再种上几亩。

厨房的烟囱里冒起淡紫色的炊烟,已经完全发育成大姑娘的杜尼娅在院子里跑着,捡生火用的干树枝儿。格里高力看着她那饱满的身腰和饱鼓鼓的乳房,感伤而又烦恼地想:“一下子就长成这样一个大姑娘啦!日子就像一匹快马,一下子就跑过去啦。不久以前杜尼娅还是一个拖鼻涕的小丫头呢;以前她跑起来,两条小辫儿在背上摆来摆去,就像老鼠尾巴,可是现在你看,简直可以马上出嫁啦。我也已经有了白头发,好时候过去啦……格里沙加爷爷说得对:‘人生就像夏天的闪电,一晃就过去啦。’人的生命是这样短促,可是就连这短短的生命都保不住……去他妈的吧,别折腾人啦!要杀,就让他们快点儿杀吧!”

妲丽亚来到他跟前。彼特罗死后,她很快就恢复了常态。起初她很伤心,悲伤得脸都发了黄,甚至好像都苍老了。但是等到春风吹来,太阳刚刚有了暖意,妲丽亚的忧伤就跟着融化的雪一起消失了。她那鸭蛋形的脸上又泛起薄薄的红云,曾经暗淡下去的眼睛又放出光彩,走起路来又像以前那样婀娜和轻盈……而且她也恢复了往日的习惯:她又用墨描起那弯弯的两道细眉,用雪花膏把脸搽得油光光的;她又开起玩笑,说些风流话儿逗弄娜塔莉亚;她的嘴角常常浮现出一种带有盼望意味的迷离的笑……她又高高兴兴地生活起来。

她走到格里高力跟前,含笑站住。她那俏丽的脸上散发着醉人的香脂气味。

“格里什卡,是不是要我帮帮忙呀?”

“用不着。”

“哎哟,格里高力·潘捷莱维奇！瞧你对我这个寡妇多冷淡呀！笑都不笑,甚至连肩膀都不动一下。”

“你去做饭吧,别打哈哈啦!”

“才用不着我做饭呢!”

“你去帮帮娜塔莉亚吧。米沙特卡跑得浑身都是泥。”

“真有意思！你们来养孩子,倒叫我来替你们洗吗？这太不像话啦！你的娜塔莉亚就像一只能生会养的母兔。她还要给你生上十个八个的呢。要是一个个都叫我来洗,我还要把胳膊都累断呢。”

“够啦,够啦！你滚吧!”

“格里高力·潘捷莱维奇！您如今是村子里所有的娘们儿当中的唯一的男子汉啦。您别撵我,让我远远地看看您那迷人的小胡子也好啊。”

格里高力笑起来,把汗漉漉的头发往后甩了甩。

“嘿,你真厉害！彼特罗怎么和你过来着……恐怕谁也拿你没办法。”

“那当然啦!”妲丽亚很得意地承认说;她用滴溜溜直转悠、眯得细细的眼睛看着格里高力,故意带着害怕的样子回头朝房子门口看了看。“哎呀,我觉得好像是娜塔莉亚出来啦……你的老婆醋劲儿才大呢——真够人受的！今天吃午饭的时候,我朝你看了一眼,她的脸色马上就变啦。可是昨天就有几个小媳妇对我说:‘这算什么道理？没有一个男子汉啦,可是你们家的格里什卡回到家里,又一步也不离开老婆。你说,我们又怎么过呢？即使他挂了花,即使他和以前相比只能算半个男子汉,可是我们就跟这半个男子汉过过,也够开心的啦。你告诉他,叫他夜里别在村子里转悠,要不然叫我们抓住了,够他受的!’我就对她们说:‘不行啊,嫂子们,我们家的格里沙只会在别的村子里干干风流事儿,回到家里就扯住娜塔莉亚的裙子不放啦。不久前他成了我们家的圣人啦……’”

“嘿,你这条母狗!”格里高力笑着,不带恶意地说。“你的舌头简直像一把布掸子!”

“我就是这个样子。你那娜塔申卡倒是又漂亮又洁净,可是昨天她没叫你挨她吧？对你这条牙狗,就该这样对付,叫你今后别干不规矩的事儿!”

“嘿,你可真是……你快走吧,妲丽亚。别管别人的事啦。”

"我不是要管。我是说,你那娜塔莉亚真傻。丈夫回来啦,可是她装模作样,扭扭捏捏,睡到柜子上……要是我这会儿见到男子汉,决不放掉！要是落到我手里呀……就是像你这样的勇士,我也要叫他一败涂地!"

妲丽亚咯咯地咬了咬牙,哈哈大笑着朝屋子里走去,一面晃动着两只明晃晃的金耳环,回头望着又笑又发窘的格里高力。

"彼特罗哥哥呀,你死得真走运……"格里高力高兴地想道。"这不是妲丽亚,是个淫鬼！反正早晚你要叫她折腾死!"

四十七

巴贺穆特金村里最后的几处灯火已经熄灭。料峭的春寒给一个个水洼蒙上一层薄薄的冰壳子。村边牧场外面,许多迟来的仙鹤落在去年的庄稼茬子地里过夜。从东北方吹来的微风,把沉着而疲惫的鹤唳声送到村子里。鹤唳声使四月的夜晚显得更加柔和,更加宁静。果园里树影幢幢,不知什么地方有一头老牛哞哞叫了几声,然后一切都静了。有半个钟头悄无声息,只是偶尔能听到夜飞的山鹬的苦闷的叫声和无数野鸭翅膀嗖嗖的扇动声:一群一群的野鸭子匆匆忙忙飞往铺展开的顿河的宽阔河湾里……后来,村边一条街上有了人的说话声,还有烟卷儿闪起红红的火光,响起马的哼哧声、马蹄踩在冻泥巴上的咯吱声。是侦察队回到了这个驻扎着独立第六旅属下两个哥萨克连的村子里。哥萨克们来到村头一户人家的院子里,散了开来,大家说着话儿,把马拴到扔在院心里的一架爬犁上,放好草料。有一个沙哑的粗嗓门儿唱起一支跳舞的歌曲,仔细地吐着词儿,疲惫无力地、慢悠悠地唱道:

我小步走呀,

慢慢地溜达，
又像以前谈情说爱那样
和姑娘说起笑话……

马上就是一个很带劲儿的唱帮腔的男高音，像鸟一样飞了起来，压倒瓮声瓮气的男低音，快快活活地唱起来，有时还带跳音：

姑娘不喜欢开玩笑，
照我脸上——啪！——打了一掌，
我哥萨克的小心肝儿呀
真是一个暴躁的姑娘……

又有几个粗嗓门儿加入了合唱，节拍加快了，活泼了，唱帮腔的男高音拖着高高的尾音，刚强有力、生气勃勃地唱了起来：

我挽起右袖子，
还了姑娘一耳光。
呀，姑娘呆在那儿，
脸红得像红莓一样。

脸红得像红莓一样，
她还一面哭，一面讲：
“你算是我的什么情郎，
你已经爱着七个姑娘，
第八个是个寡妇，
第九个是你的妻房，
第十个才是我呀，你这薄情郎！……”

在风车后面放哨的哥萨克们，听到旷野上的鹤唳声，听到哥萨克们的歌声，也听到了野鸭子翅膀在黑漆漆的夜色中扇动的声音。黑夜里躺在结了薄冰的冰冷的土地上，他们觉得很没有味道。既不能抽烟，又不能说话，也不能借走动或打拳来暖和身子。只能躺在去年的葵花秆子丛里，望着黑洞洞的原野，把耳朵贴到地上听着。十步以外，什么都看不见，可是四月的夜里到处是簌簌声，常常有可疑的声音从黑暗中传来，其中任何一种声音都会使人提心吊胆："是不是红军的侦察兵来啦，是不是他们在爬？"好像从远处传来枯草折断的咔嚓声和压得低低的喘气声……一个姓维普里亚日金的年轻小伙子，用手套擦了擦因为紧张冒出来的汗，用胳膊肘捣了捣旁边的人。旁边那个人把身子弯成弓形，把皮挂包垫在头底下，正在打盹儿；日本式的子弹盒子硌得他的肋骨很难受，但是他懒得重新躺躺舒服，也不愿意让夜间的寒气钻进裹得紧紧的大衣里。枯草的咔嚓声和喘气声越来越大，忽然就在维普里亚日金身边响了起来。他用胳膊肘支起身子，大惑不解地透过乱蓬蓬的枯草仔细看去，好不容易看出一只大刺猬的轮廓。刺猬匆匆忙忙地顺着一条土拨鼠走的路朝前移动，把小小的、猪头形的头放得低低的，一面哼哧，一面用毛扎扎的背擦着干枯的荒草。忽然那刺猬感觉到几步之外有异己之物，便抬起头来，看到了正望着它的人。人轻松地舒了一口气，小声说：

"该死的东西！把人都吓死啦……"

那刺猬很快地把头缩起来，把四条小腿也缩了进去，于是变成了一个毛扎扎的小球儿，这样待了一会儿，然后又慢慢伸展开，又擦着葵花秆子，踩着干枯的野牵牛花蔓，用小腿扒着冰凉的土地，像个滚动的小灰球似的走了起来。又是一片寂静。又像是童话里的夜晚……

村子里的鸡已经叫二遍了。天空放晴了。透过稀稀拉拉的云彩，露出一些星星。后来风吹散了云彩，天空就用无数金色的眼睛凝视着大地了。

就在这时候，维普里亚日金听见前面有清清楚楚的马蹄声、枯草咔嚓声、铁器丁当声，又过了不大的一会儿，连马鞍的咯吱声也听到了。别的哥萨克也都听见了。手指头都按到扳机上。

"做好准备！"副排长小声说。

在满天星斗的夜空的衬托下，露出一个好像用剪子剪成的骑马人的黑影。是一个人骑着马小步朝村子里走。

"站——住！……什么人？……有通行证吗？……"

哥萨克们都跳了起来，准备开枪。那个骑马人举起双手，停了下来。

"同志们，别开枪！"

"通行证！"

"同志们！……"

"有通行证吗？弟兄们准备……"

"别开枪！……我是一个人……是来投诚的！……"

"弟兄们,等一等!别开枪!……咱们来捉活的!……"

副排长跑到骑马人跟前,维普里亚日金上前抓住马缰绳。那个骑马人把一只脚从马鞍上跨过来,下了马。

"你是什么人?是红军吗?哈,弟兄们,是红军!他的皮帽子上还有五角星呢。你落网啦,哈哈!……"

那个骑马人舒展着两条腿,很平静地说:

"请你们带我去见你们的首长。我有非常重要的消息报告他。我是塞尔道布团的团长,我是到这里来谈判的。"

"是团长啊?……弟兄们,打死他这个坏蛋!卢卡,让我来宰了他……"

"同志们!你们随时可以杀我,不过先要让我对你们的首长说明我的来意。我再说一遍:我来是有重要事情的。如果你们怕我跑掉的话,请把我的武器下掉好啦……"

红军的团长就动手解武装带。

"快点儿!快点儿!"一个哥萨克催促他。

解下来的手枪和马刀交给了副排长。

"把这个团长身上搜一搜!"副排长骑上红军团长那匹马,命令说。

把俘虏身上搜了一遍。副排长就和姓维普里亚日金的哥萨克押着俘虏朝村子里走去。俘虏徒步走,维普里亚日金端着奥地利式卡宾枪,走在他旁边,副排长志得意满地骑着马走在后面。

他们一声不响地走了有十来分钟。俘虏常常停下来,用大衣襟遮着在风中摇晃不定的火柴火,点烟抽。维普里亚日金一闻到上等纸烟的气味,就憋不住了。

"给我一支抽抽吧。"他要求说。

"请吧!"

维普里亚日金接过满装纸烟的皮行军烟盒,从里面抽出一支纸烟,却把烟盒装进自己的口袋。团长一句话也没有说,但是过了一会儿,已经进了村子,他问道:

"你们把我带到哪儿去?"

"到那儿你就知道啦。"

"到底上哪儿去呀?"

"去见连长。"

"请你们带我去见旅长包加推廖夫。"

“旅长不在这儿。”

“怎么会不在这儿？我知道，昨天他跟旅部到巴贺穆特金来啦，现在正在这儿。”

“这事儿我们不知道。”

“哼，算了吧，同志们！我都知道，你们不会不知道……这并不是军事秘密，何况你们的敌方都知道啦。”

“走吧！走吧！”

“我走。不过还是请你们带我去见包加推廖夫。”

“住嘴！按照军法，我是不能跟你说话的。”

“那么，把烟盒拿去——这是军法允许的吗？”

“小意思！……给我走，把嘴闭紧，要不然我马上连你的大衣也剥掉。你这人还挺容易动气哩！”

好不容易把连长推醒了。他用拳头擦了半天眼睛。打着哈欠，皱着眉头，怎么都听不明白喜笑颜开的副排长对他说的是什么。

“是什么人？塞尔道布团团长？你不是瞎扯吧？拿证件来！”

过了几分钟，他和红军的团长一同朝旅长包加推廖夫的住处走去。包加推廖夫一听说捉住了塞尔道布团团长，并且已经押到了，霍地跳了起来。他扣好裤子上的纽扣，点上一盏有五根灯芯的油灯，对着笔直地站在门口的塞尔道布团团长问道：

“您是塞尔道布团团长吗？”

“是的，在下就是塞尔道布团团长伏龙诺甫斯基。”

“请坐。”

“谢谢。”

“是怎样把您……是在什么情况下把您逮捕的呢？”

“是我自动到你们这儿来的。我要单独和您谈一谈。请您吩咐别的人都出去。”

包加推廖夫摆了摆手，于是和红军团长一起来的连长以及张大了嘴站在旁边的房东——一个红胡子的旧教徒——都走了出去。包加推廖夫只穿着一件肮脏的内衣，坐在桌边，不住地摩弄着剃得光光的、黑黑的、圆得像西瓜一样的头。他那两腮浮肿、因为睡觉姿势不舒服硌了几道红印子的脸隐隐露出好奇的表情。

伏龙诺甫斯基是个不算高大然而很结实的人，穿一件挺合身的军大衣，结着军官式的武装肩带，他挺了挺笔直的肩膀，那修剪得整整齐齐的黑胡子下面掠过一丝笑容。

“我想，阁下是一位军官吧？请允许我先谈一谈自己的身世，然后就谈谈我的来意……我原来是贵族出身，是沙皇军队里的上尉。在对德战争时期，我在第一百一十七柳博米尔步兵团里当差。一千九百一十八年，根据苏维埃政府的法令，我这个正规军官又进了部队。现在，正如您已经知道的，我在红军里指挥着塞尔道布团。我虽然身在红军当中，可是我早就在找机会跑到你们这边来……跑到这边来，同布尔什维克作战……”

“上尉先生，您找机会找的时间太长啦……”

“是的，不过我想对俄国赎我的罪过，不仅是要自己跑过来（这本来是早就可以做到的），而且还要把红军的队伍带过来，当然啦，这是指那些最健全的分子，那些受了共产党的欺骗、被引诱参加了这场自相残杀的战争的。”

旧上尉伏龙诺甫斯基用离得很近的两只灰眼睛看了看包加推廖夫，看到他的不信任的笑容，就像个姑娘一样红了脸，连忙说：

“当然，包加推廖夫先生，您可能要感到我的话十分可疑……要是我处在您的地位，也会有同样的感觉。请允许我用事实来证明我这话……用不容置疑的事实……”

他把大衣襟翻过来，从绿军装裤口袋里掏出一把小刀，弯下腰去，弯得武装肩带咯吱吱响了起来，用小刀小心地拆起缝得紧紧的大衣边儿。过了一会儿，他就从拆开的衣缝里掏出几张发了黄的证件和一张小小的相片。

包加推廖夫仔细看了看他的证件。其中有一份证明说：“持本件人确系第一一七柳博米尔步兵团中尉，因伤愈后给假两星期，前往斯摩棱斯克省家乡休养。”证件上还盖着公章，还有第十四西伯利亚步兵师第八野战医院主任医师的签字。其余的写有伏龙诺甫斯基的证件，也都证明伏龙诺甫斯基确系军官，包加推廖夫再看那相片，看到的是年轻的伏龙诺甫斯基少尉的两只离得很近的快活的眼睛。那漂亮的绿军服上还挂着军官十字章，那雪白的肩章跟黑糊糊的脸，跟漆黑的小胡子，形成鲜明的对照。

“那你究竟有什么事？”包加推廖夫问道。

“我是来报告您，我已经和我的助手，原中尉伏尔科夫，共同把红军鼓动起来了，整个的塞尔道布团，当然，除了共产党员，都准备随时投到你们这方面来。红军差不多都是萨拉托夫省和萨马拉省的农民。他们都赞成跟布尔什维克打。现在我们需要和你们谈谈本团投诚的条件。我们团现在驻扎在霍派尔河口镇上，差不多有一千二百条枪，共产党的支部有三十八个人，再加上由本地三十名共产党员组成的一个排。我们可以把归我们节制的炮兵连抓到手里,不过恐怕要把炮手都干掉,因为其中大多数是共产党员。红军士兵的家庭都因为征集余粮感到负担过重,所以我手下的红军都感到不满。我们就利用这种情况,把他们争取到哥萨克方面……也就是你们这方面。不过我的弟兄们也有顾虑,就是怕投诚以后,你们会对他们使用暴力……所以就这个问题,——这当然是细节,不过……——我要跟您谈谈。"

"会使用什么暴力呢?"

"比如说,枪毙,抢夺东西……"

"不会的,我们不许这样干!"

"还有一点:战士们都坚决要求保留塞尔道布团的编制,和你们一同对布尔什维克作战,然而却是一个独立的战斗单位。"

"这个问题我以后再……"

"我知道!知道!您还要和您上面的司令部通通气,然后才能告诉我们。"

"是的,我要报告维奥申方面。"

"请原谅,我的时间有限,如果我耽搁的时间多了,团政治委员就可能发觉我离开了。我认为,咱们能够就投诚条件达成协议。您要快点儿把你们司令部的决定通知我。我们团可能要调到顿涅茨前线去,或者补充进一些新的人员,那样的话……"

"是的,我马上就派通讯员上维奥申去。"

"还有:请您吩咐您的哥萨克把武器还我。他们不但解除了我的武装,"伏龙诺甫斯基忽然嗫嚅起来,而且有点儿不好意思地笑了笑,"而且还拿了……我的烟盒。这当然是小事情,不过烟盒是我家祖传的东西,所以我觉得很珍贵……"

"全还您。等我得到维奥申的答复,怎样通知您呢?"

"过两天,从霍派尔河口镇派一个女子到巴贺穆特金村这儿来找您。暗号是……好,咱们就约定为'联合'吧。您就把话告诉她。一定要用口传……"

半个钟头以后,马克萨耶夫连里的一个哥萨克就飞马朝西,朝维奥申镇跑去……

第二天,库金诺夫的一名亲信传令兵来到巴贺穆特金村,找到旅长的住所,连马也没有拴,就走进屋里,交给格里高力·包加推廖夫一封写有"火急。绝密"字样的公文。包加推廖夫急不可待地撕掉火漆印。在上顿河州苏维埃公文纸上,是库金诺夫亲手写的很潇洒的字迹:

您好，包加推廖夫！这是一件可喜的消息。我们委托你和塞尔道布团的人进行谈判，并且不惜任何代价争取他们投诚。我主张对他们让步，答应保留他们的编制，甚至不解除他们的武装。先决条件是，要他们逮捕和交出共产党员、团政委，尤其是我们维奥申乡、叶兰乡和霍派尔河口乡的共产党员。叫他们一定要抓住炮兵连、辎重队和物资供给部队。要千方百计加速实现这件事！你要多调一些部队，开到那个团集结的地方，悄悄把他们包围起来，马上动手解除他们的武装。如果他们反抗，就把他们全部消灭，一个不留。你行动起来要小心，但要坚决，一解除了他们的武装，就把全团一起押送到维奥申来。押送他们要走右岸，因为右岸离前线比较远，而且地势又平坦，如果他们后悔起来，想跑，也跑不掉。押着他们顺着顿河走，从一些村子里走，还要派两连骑兵在后面监押。到了维奥申，我们就把他们三个两个地编到各个连里去，咱们就看看他们怎样打自己人。以后的事就用不着咱们操心了：等咱们和顿涅茨那边咱们的人联合起来，就让他们去审判他们，随他们去处置吧。照我看，就全部绞死也行。不可惜。欣望你成功。要每天派人将情况报来。

库金诺夫

后面还有附笔：

如果塞尔道布团的人把我们本地的共产党员交出来，就派一支强大的押送队把他们押往维奥申，也从各个村子里走。不过先要把塞尔道布团的人押走。要挑选最可靠的人（比较勇猛的和年纪大些的）参加押送队，让他们押送，并且事先广泛地通知老百姓。咱们用不着对他们动手，如果事情做得好、做得巧妙的话，妇女们会用棍子把他们打死的。懂吗？这种办法对咱们比较有利。如果把他们枪毙了，消息传到红军耳朵里，就会说咱们枪毙俘虏；可是这样做就要简单些，叫老百姓来收拾他们，把人的怒气鼓起来，就像放开一只用链子锁着的狗。是老百姓打死的——就完啦。谁也不负责任！

四十八

四月十二日，第一莫斯科团在叶兰乡安东诺夫村外同暴动军进行的一场战斗中，遭受了惨重的损失。

红军的队伍不熟悉地势，边打边进入村子。稀稀拉拉的哥萨克人家，散布在一小块一小块坚硬的黄沙地上，就像在一个个的小岛上，大街小巷都要通过难以下脚的泥沼地，上面都铺了树枝子。这个村子坐落在稠密的赤杨树丛中，坐落在潮湿泥泞的沼地上。小小的叶兰河从村边流过，河水很浅，但是河底淤泥很深。

第一莫斯科团的步兵列成散兵线朝村子里冲去，但是一过了村边几户人家，进入赤杨树林，就发现，成散兵线穿过赤杨树林是不行的。第二营营长是一个很固执的拉脱维亚人，他不听刚刚从泥潭中拉出马来的一个连长的劝告，就下令："前进！"并且带头勇敢地在摇摇晃晃的烂泥地上走起来。本来不想往前走的红军机枪手们，也都提着机枪跟着他朝前走去。他们走了有五六十丈远，陷进没漆深的烂泥里，就在这时候，从右面顺着散兵线传来惊叫声："他们围上来啦！""有哥萨克！""把咱们包围啦！"

确实是暴动军的两个连包围了这个营，从后面攻了上来。

第一营和第二营在赤杨树林中损失了三分之一的人员，退了出来。

在这次战斗中，伊万·阿列克塞耶维奇被暴动军的土造子弹打伤了腿。米沙·柯晒沃依把他抱出来，截住一辆在河堤上飞跑的运子弹的大车，差一点没把赶车的红军刺死，逼着他把伤员放到车上。

这个团打败了，退到了叶兰村。这一次败仗，对于顺着顿河左岸推进的全部红军的进攻的成败，发生了致命的影响。马尔金被迫退出布堪诺夫镇，往北退了二十俄里，退到司拉舍夫镇上；后来又受到发动了猖狂进攻而且在数量上超过他的志愿国民军好多倍的暴动军的压迫，赶在开始流冰的前一天渡河，淹死了几匹马，渡过了霍派尔河，朝库梅尔仁镇开去。

第一莫斯科团因流冰开始，在霍派尔河口受阻，就渡过顿河来到右岸，驻扎在霍派尔河口镇上，等候补充。不久，塞尔道布团也开到这里。这个团的基本成员和第一莫斯科团的基本成员显然不同。莫斯科团的战斗核心力量是莫斯科、图拉和下戈洛得的工人，打起仗来十分勇敢，十分顽强，多次同暴动军进行白刃战，每天都要伤亡几十名战士。直到在安东诺夫村中了暴动军的诱敌之计，这个团才撤出了战斗，但是在撤退的时候，连一辆辎重车、一箱子弹也没有留给敌人。可是塞尔道布团有一个连，在浆果村外的第一次战斗中就没有抵抗住暴动军骑兵的进攻；一看见哥萨克骑兵的散兵线，就纷纷逃窜，如果不是当机枪手的共产党员们用猛烈的机枪火力把敌人打退的话，这个连就全部被砍死了。

塞尔道布团是在塞尔道布城匆匆编成的。战士们全是萨拉托夫省上了年纪的农民，他们的精神状态不佳，士气自然不会高。连队里很多都是不识字的人和各村里出身富农家庭的分子。团里的指挥人员有一半是旧军官；政治委员是一个性格软弱、毫无主见的人，在红军中没有什么威信；而一些叛变分子——团长、参谋长和两个连长——则决意要带领这个团投降，他们通过那些钻进团里来的思想反动的富农分子，就当着视而不见的共产党支部的面，进行瓦解红军的罪恶活动，进行巧妙的反共宣传，散布谣言，叫人不相信镇压暴动能取得胜利，为投降制造舆论。

施托克曼和塞尔道布团的三个战士住在一所房子里，他很担心地注视着这个团的战士们，有一天他和几个人发生过一次激烈的争吵以后，就完全看出，这个团已经处在严重的危险中了。

二十七日那天，已经是黄昏时候，第二连的两个士兵来到他们这里。其中一个姓郭黎加索夫的，连招呼也没打，就带着冷笑望着施托克曼和躺在床上的伊万·阿列克塞耶维奇，说：

“咱们这仗真打够啦！家里在强征咱们的粮食，可是咱们却不知为什么在这儿打仗……”

“你不知道为什么打仗吗?”施托克曼厉声问道。

“是的，不知道！哥萨克也和我们一样，都是庄稼人！他们为什么暴动，我们知道！我们知道……”

“你这败类，知道你说的这是什么人的话吗？这是白军的话！”一向很沉着的施托克曼一下子火了。

“你骂人别太过分了！不然我打你嘴巴！……弟兄们，听见吗？原来他是这样一个家伙！”

“住嘴！住嘴，大胡子！像你们这样的，我们见过的多着呢！”另一个矮小而敦实、像一口袋面粉似的家伙插嘴说。“你以为，你是共产党员，就能卡住我们的喉咙吗？你小心点儿，要不然我们把你的五脏都揍出来！”

他用身子遮住瘦弱的郭黎加索夫，把两条短小有力的胳膊放到背后，闪动着眼睛，朝施托克曼逼上来。

“你们这究竟是怎么啦？……怎么全带上了白军气味？”施托克曼使劲推开朝他逼上来的士兵，气喘吁吁地问道。

那个士兵摇晃了两下，脸涨得通红，想抓施托克曼的胳膊，但是郭黎加索夫把他拦住：

“算啦！”

“这是反革命言论！我们要审判你们这些苏维埃政权的叛徒！”

“你无法把全团都送上军事法庭！”一个和施托克曼同住一所房子的士兵回答说。

几个人都附和他说：

“共产党员又有糖又有纸烟，我们可是什么也没有！”

“瞎说！”伊万·阿列克塞耶维奇在床上欠起身子，高声说。“我们领的东西和你们完全一样！……”

施托克曼没有再说话，穿上衣服，走了出去。那些人没有拦他，但是用一片嘲笑声把他送了出来。

施托克曼到这个团的团部找到团政委。他把政委叫到另一间屋子里，很激动地报告了他和几个士兵争吵的情形，建议把他们逮捕起来。政委听他说完了，搔着火红色的大胡子，犹豫不决地摸着黑玳瑁边的眼镜，说：

“明天我们开一个支部会，把情况讨论讨论。我认为在目前的情况下，逮捕这几个弟兄是不可能的。”

“为什么？”施托克曼厉声问道。

“施托克曼同志，您要知道……我自己也发觉，我们团里有些不对头，大概有一个反革命组织，但是我们还没有摸出底细。团里大多数人都受到这个反革命组织的影响。农民的自发势力嘛，叫人实在没办法！我已经把战士们的思想情况报告了上级，并且建议把这个团调开，进行改编。”

“为什么您认为现在逮捕这些白军的爪牙并把他们送交师的革命法庭是不

可能的？要知道，他们说这样的话——就是叛变！”

“是的，不过，要是这样做，可能会引起意想不到的过火行动，甚至引起暴动。”

“是这样啊？那您既然早已看出大多数人是这样一种思想状况，为什么不早些报告政治部？”

“我对您说过嘛，我已经报告啦。大熊河河口镇方面不知为什么迟迟不肯答复。只要一把这个团调开去，我们就要严惩一切破坏军纪的分子，特别是您刚才所报告的那几个士兵……”政委又皱起眉头，小声说，“我就很怀疑伏龙诺甫斯基和……参谋长伏尔科夫。明天开过支部会以后，我就上大熊河河口镇去。应当立即采取措施来防止这种危险。请您对咱们的谈话保守秘密。”

“可是，为什么不能现在就召开党员会呢？时间很紧迫呀，同志！”

“我明白，但是现在不可能。大多数党员都在站岗，或者放暗哨……我坚持要这样做，因为在这种情况下，让非党人员去干这些事，是很轻率的。而且炮兵连，这个连大多数都是共产党员，今天夜里才能从克鲁托夫开到。就因为团里这样不安定，我才调他们来的。”

施托克曼从团部回来，简单扼要地把他和团政委的谈话对伊万·阿列克塞耶维奇和米沙说了说。

“你走路还不行吧？”他问伊万·阿列克塞耶维奇。

“可以瘸着走。以前我怕伤口破裂，现在顾不得这些啦，不管愿意不愿意，都得走啦。”

夜里施托克曼把塞尔道布团的情况写成一份详细的报告，到半夜里把米沙叫醒。他把报告掖到米沙的怀里，说：

“你马上弄一匹马，上大熊河河口镇去。你就是死，也要把这封信送到十四师政治部……几个钟头能跑到？你打算到哪儿弄马？”

米沙哼哧着，一面拔那双干得很紧的红靴子，一面断断续续地回答说：

“我到侦察队……偷一匹，到大熊河河口镇……顶多……两个钟头。侦察队的马都不好，要不然……一个半钟头就行啦！我干过马倌……我知道，怎样把马的快劲儿……完全挤出来。”

米沙把报告重新掖了掖，掖进大衣口袋里。

“这是为什么？”施托克曼问。

“如果叫他们抓住，就可以很快地掏出来。”

“嗯？”施托克曼还是不明白。

“有什么‘嗯’的！他们要是抓住我，我就掏出来吞下去。”

“好样儿的！”施托克曼微微笑了笑，走到米沙跟前，好像因为此行吉凶难卜，心里很难受，紧紧把他抱住，并且用哆哆嗦嗦的冰凉的嘴唇使劲亲了亲他。“你走吧。”

米沙走出来，很顺利地从拴马桩上解下一匹侦察队的好马，一步一步地通过岗哨，一直用食指按着崭新的骑兵卡宾枪的扳机，过了岗哨。就径直上了大路，这才把卡宾枪的皮带套到肩上，开始把短尾巴的萨拉托夫小马那不曾使出过的快劲儿使劲往外“挤”。

四十九

黎明时候，淅淅沥沥地下起小雨。风呼呼地吹了起来。浓浓的黑云从东方涌上来。天蒙蒙亮，和施托克曼、伊万·阿列克塞耶维奇住在一座房子里的塞尔道布团的人都起了身，走出去了。过了半个钟头，一个姓托尔卡乔夫的共产党员跑来了。他和施托克曼一样，是带着几个同志参加了塞尔道布团的。他推开门，就气急败坏地喊道：

“施托克曼，柯晒沃依，在家吗？快出来吧！”

“怎么回事儿？到这儿来！”施托克曼走进堂屋里，边走边穿大衣。“到这儿来！”

“糟啦！”托尔卡乔夫跟着施托克曼走进堂屋里，小声说。“现在步兵想在镇外……在镇外把从克鲁托夫开来的炮兵连解除武装。双方交了火……炮兵打退了他们的进攻，把炮栓卸下来，坐船渡河到对岸去啦……”

“现在呢，现在怎么样？”伊万·阿列克塞耶维奇一面哼哧着往受伤的脚上穿靴子，一面急急忙忙地问。

“现在正在教堂旁边开大会呢……全团都在那儿……”

“动作麻利点儿!”施托克曼对伊万·阿列克塞耶维奇说,又抓住托尔卡乔夫的棉袄袖子,问道:“政委在哪儿? 其余的共产党员都在哪儿? ……”

“我不知道……有的跑啦,我就到你们这儿来啦。他们已经把电报局占领啦,不许任何人出入……应该跑! 可是怎么跑呢?”托尔卡乔夫把两手往膝盖中间一放,张皇失措地坐到大柜子上。

这时候台阶上响起冬冬的脚步声,六个塞尔道布团的士兵一下子闯了进来。他们的脸色很激动,露出凶狠、强硬的神情。

“共产党员们,开会去! 快点儿!”

施托克曼和伊万·阿列克塞耶维奇交换了一下眼色,冷冷地把嘴一撇,说:

“咱们走!”

“把武器放下。你们不是去打仗!”一个塞尔道布团的士兵说;但是施托克曼就像没听见似的,把步枪背到肩上,第一个走了出去。

一千一百张喉咙在广场上哇哩哇啦地乱叫着。霍派尔河口镇的老百姓一个也看不见。老百姓都躲在家里,害怕闹事(在这前一天,镇上已经到处传着流言,说这个团要和暴动军联合起来,可能要在镇上和共产党员打仗)。施托克曼率先走到嗡嗡叫的塞尔道布团士兵的人群跟前,用眼睛到处扫着,找寻这个团的指挥人员。一些人推着团政委,从旁边走了过去。两个人架着政委的胳膊,后面还有人推搡着,脸色灰白的政委走进了乱糟糟的士兵群里。有几分钟,施托克曼看不见他了,后来又看见他的时候,他已经在人群中心里,站在一张不知从谁家拖来的牌桌子上。施托克曼回头看了看。瘸了腿的伊万·阿列克塞耶维奇拄着步枪,站在身后,那几个叫他们来开会的士兵就站在他旁边。

“红军同志们!”响起政委的软弱无力的声音。“在这种时候,在敌人近在眼前的时候,开这样的大会……同志们!”

没有让他再说下去。许许多多灰色的红军皮帽,像被风吹动了一样,在桌子旁边摇晃起来,像树林一样的青灰色刺刀也摆动起来,一只只攥成拳头的手朝小桌子伸去,广场上到处响起像枪声一样又狠又干脆利落的吆喝声:

“别叫同志啦!”

“把他的皮夹克剥下来!”

“你骗人!”

“你们领我们打的是谁?!”

“扯住腿把他拖下来!”

“揍他!”

“用刺刀捅他!”

“你当政委到头啦!”

施托克曼看到,一个不算年轻的高大的士兵爬到桌子上,用左手揪住政委那红红的大胡子。小桌子摇晃了两下,那个士兵便和政委一起栽倒在桌子周围的人伸出来的胳膊上。刚才放牌桌子的地方,现在翻腾起灰大衣的波浪;政委那孤单、绝望的叫声淹没在一片雷鸣般的人声里。

施托克曼立即朝那里跑去。他狠狠地推撞着一张张穿着灰大衣的、结实的脊背,几乎是大跑着朝刚才政委说话的地方冲去。人们也不拦他,却用拳头和枪托子打他,打他的脊背,打他的后脑勺,把他的步枪扯下来,把他头上的红顶哥萨克皮帽抓了下来。

“你往哪儿钻,妈的? ……”一个士兵的腿被施托克曼踩疼了,他怒冲冲地喊道。

一个矮墩墩的排长,在四脚朝天的小桌子旁边拦住施托克曼的去路。这个排长的灰羊羔皮帽子歪到后脑勺上,敞着军大衣,汗珠儿顺着砖红色的脸往下直滚,两只火辣辣的、气势汹汹的眼睛斜看着。

“你往哪儿钻?”

“我要说话! 我这个普通战士要说话! ……”施托克曼声嘶力竭地喊道,他微微喘了口气,一下子把小桌子扶了起来。甚至于有人扶着他爬上了桌子。但是广场上还滚动着一阵一阵的怒吼声,于是施托克曼使足声带的全部力气大叫起来:“安——静——点儿! ……”过了有半分钟,等喧闹声小下去,他就压制着咳嗽,用难受而紧张的声音说:“红军战士们! 你们好不害羞呀! 你们是在最困难的时刻背叛人民的政权呀! 正需要用坚强的手朝敌人心脏打去的时候,你们却动摇起来啦! 正当苏维埃国家被敌人包围得喘不过气来的时候,你们却开起什么大会来啦! 你们已经站在直接叛变的边缘上啦! 为——什——么呀?! 你们的叛变的长官把你们出卖给哥萨克将军啦! 他们这些旧军官,骗取了苏维埃政府的信任,现在就利用你们的糊涂,想带着这个团投降哥萨克。你们清醒清醒吧! 他们是想用你们的手帮着来绞杀工农政权呀!”

站在离桌子不远处的第二连连长,旧少尉韦斯特敏司特尔,正要端起步枪,但是施托克曼一看到他的动作,就喊叫道:

“你敢! 你要打死我什么时候都行! 一个共产主义战士就是要说话! 我们共产党员早就把自己的生命……把自己的全部热血……点点滴滴……”施托克

曼的声音一下子变成极其强烈的男高音，脸色煞白煞白的，并且抽搐起来，“……都交给了为工人阶级……为受压迫的农民服务的事业。我们面对死亡，已经不在乎啦！你们可以打死我……”

“这一套我们听过啦！”

“骗人的把戏玩够啦！”

“叫他说完！”

“算啦，住嘴吧！”

“……打死我，我还是要说：你们清醒清醒吧！用不着开什么大会，应该去打白军！”施托克曼用眯得细细的眼睛扫了扫安静下去的人群，在离自己不远的地方发现了团长伏龙诺甫斯基。伏龙诺甫斯基同一个士兵肩靠肩站在一起，正很不自然地笑着，小声对那个士兵不知在说什么。“你们的团长……”

施托克曼伸出一只手，指着伏龙诺甫斯基，但是伏龙诺甫斯基把手搭在嘴上，慌慌张张地小声对站在旁边的士兵不知说了一句什么，于是，施托克曼的一句话还没有说完，在吸饱了四月新雨的潮气的湿润空气里，砰的响了一枪。枪声没有多大力量，很低，但是施托克曼用双手捂住胸膛，跪倒下去，垂下了没有戴帽子的、花白了的头……可是他摇晃了两下以后，又马上站了起来。

“奥西普·达维陀维奇！”伊万·阿列克塞耶维奇看见施托克曼一下子又站了起来，就哼哧着，朝施托克曼奔去，但是有人抓住他的胳膊肘，低声说：

“老实点儿！少管闲事！把枪放下来，浑蛋！”

一些人下掉了伊万·阿列克塞耶维奇的枪，搜了搜他的口袋，把他从广场上带走了。广场上四面八方都在下共产党员的枪，抓共产党员。在小胡同里，一座低矮而结实的商人房子旁边，砰砰地响了五六枪——打死了一个不肯交出路易斯机枪的党员机枪手。

可是这时候，施托克曼嘴上冒着红红的血泡儿，哆嗦得打着嗝儿，脸色煞白煞白的，站在牌桌子上，摇晃了一会儿，又使出最后的、越来越弱的力气，把最后的心里话喊了出来：

“……他们把你们领到错路上去啦！……叛徒们……他们是想求饶，想得到新的军官头衔……但共产主义是要活下去的！……同志们！……清醒清醒吧！……”

那个站在伏龙诺甫斯基身旁的士兵又把步枪端到肩上。第二枪打得施托克曼从桌子上仰面栽下去，倒在人群的脚下。有一个大嘴巴、扁牙齿、一脸麻子的士兵腾身跳上桌子，高声大叫道：

“各种各样的好话我们在这儿听到不少啦，但是，亲爱的同志们，这一切纯粹是谎话和吓唬。这位大胡子演说家栽下去，躺在这儿啦，不过既然是狗，就应该像狗一样死掉！这些共产党员，这些劳动农民的敌人，都该死！同志们，亲爱的弟兄们，我要说，咱们现在都睁开眼睛啦。咱们知道应该反对谁啦！比如说，在我们沃里斯克县是怎样说的呢？各族人民平等呀！友爱呀！这些骗人的共产党员说得多么好听……可是实际上又怎样呢？比如，我爹就寄来一封眼泪斑斑的信，说：大白天里就进行疯狂的抢劫！把我们家的粮食全搞走啦，连小石磨都抬走啦，法令上是说这样为劳动农民吗？如果石磨是我父母用汗水挣来的，那么，我就问问你们：这不是共产党在抢劫吗？要把他们杀光宰光！”

这个士兵的话没有说完。暴动军的两个骑兵连从西面飞马冲进了霍派尔河口镇，哥萨克步兵从顿河边山岗的南坡上冲了下来，暴动军第六独立旅旅长包加推廖夫少尉，也在半个连保护之下，带着旅部出发了。

东方涌上来一片乌云，马上就落起倾盆大雨，顿河那边，霍派尔河上空，滚过一阵隆隆的沉雷。

塞尔道布团匆匆忙忙地开始排队，每一行都变成两行。包加推廖夫旅部的一伙人骑着马刚刚在山坡上出现，旧上尉伏龙诺甫斯基就用士兵们还没有听到过的粗大口令声，喉咙里还带着哇哇声，喊叫道：

“团——队！立——正……”

五十

格里高力·麦列霍夫在鞑靼村住了五天，在这几天里，他给自己家和岳母家种了几亩地；后来，想念家业想瘦了而且浑身生满虱子的潘捷莱·普罗柯菲耶维奇一从连队里回来，他就准备回到仍然驻扎在旗尔河边的自己的部队里去。库金诺夫写了一封密信给格里高力，告诉他，已经开始和塞尔道布团的指挥人员谈判，请他回去指挥那一师人。

这一天，格里高力准备回卡耳根镇去。中午时候，动身之前，他牵着马到顿河上去饮，正朝着一直淹到篱笆脚下的河水走去的时候，看到了阿克西妮亚。不知是阿克西妮亚真的故意磨蹭呢，还是格里高力觉得是这样，她懒洋洋地汲着水，好像在等他，于是格里高力不由地加快了脚步，而在他对直地走到阿克西妮亚跟前的短短一会儿时间里，眼前清清楚楚地闪过许许多多令人伤感的往事……

阿克西妮亚应着脚步声转过身来，她的脸上——毫无疑问是假装出来的——露出惊讶的神情，但是相见时的欢喜和长期的思念却使她露了馅儿。她笑着，那笑容又可怜，又慌乱，跟她那张骄傲的脸极不相称，格里高力觉得又怜惜，又心疼，心都颤动起来。他顿时心乱了，件件往事涌上心头，就勒住马，说：

“你好，亲爱的阿克西妮亚！”

“你好。”

在阿克西妮亚那低低的声音里，流露出极其复杂的心情——有惊讶，有恋情，还有痛苦……

“咱们很久没有说过话儿啦。”

“是很久啦。”

“我连你的声音都忘掉啦……”

“太快啦！”

“太快了吗？”

格里高力拉着朝他身上直顶的马的笼头，阿克西妮亚低下头去，用扁担钩子去钩水桶，却怎么也钩不住。他们一声不响地站了一会儿，一只吱吱叫的小水鸭子，像射出去的箭似的从他们的头上飞过去。波浪无休无歇地舔着浅蓝色的石灰岩石板，拍打着陡立的河岸。淹没了树林的广阔河面上，翻滚着白脊的波浪。顿河波涛汹涌地朝下游流去，风吹来一阵阵小小的水星子，吹来一阵阵淡淡的顿河水气味。

格里高力把目光从阿克西妮亚的脸上，移到顿河上。淹了水的白杨树摇晃着光秃秃的树枝；柳树开的花儿就像姑娘的耳环，树枝儿垂在水面上，十分好看，就像是一片片稀奇的绿色薄云。格里高力声音中带着轻微的懊恼和伤心，问道：

“怎么啦？……咱们真的就没有什么话好说了吗？你为什么不做声？”

但是阿克西妮亚控制住了自己；她在回答的时候，她那冷下来的脸上已经是一块肌肉也不哆嗦了：

“咱们要说的话，大概已经说完啦……”

“是这样吗？”

“就是的，肯定是这样！树开花，一年只能有一回……”

“你以为，咱们的花已经谢了吗？”

“怎么没谢呢？”

“这事是有点儿奇怪……”格里高力把马放到水边去，看着阿克西妮亚，很伤感地笑了笑。“可是我呀，阿克秀莎，心里却怎么也忘不掉你。如今我的两个孩子都那么大啦，而且我的头发也白了一半，咱们也分开好几年啦……可是我还是一直想着你。做梦常常梦见你，直到如今我还是爱你。有时候我一想起你来，就想起咱们在李斯特尼次基家过的日子……咱们是那样相亲相爱……想起这些旧事就……有时候，想起我这一辈子，瞧吧，我这一辈子就像一个翻过来的空空的口袋……”

“我也是……我也该走啦……咱们又说起话来啦。”

阿克西妮亚毅然决然地挑起水桶，把两只晒足了春日阳光的手放在压弯了的扁担背上，迈步朝坡上走去，但是忽然扭过脸来朝着格里高力，她的腮上浮起两片薄薄的、淡淡的红云。

“格里高力，咱们相爱，就是在这儿，在这河边开始的呀。你还记得吗？那一天送哥萨克入营。”她笑着说；她那坚强起来的声音里露出愉快的腔调。

“我全记得！”

格里高力把马牵进院子，拴到马槽上。因为要送格里高力，潘捷莱·普罗柯菲耶维奇上午就没有下地，他从敞棚底下走出来，问道：

“怎么样，你马上就动身吧？给马上一点料吗？”

“动身上哪儿去？”格里高力漫不经心地看了父亲一眼。

“出门呀！回卡耳根去嘛。”

“今天我不走啦！”

“这是怎么回事儿？”

“是这样的……我改变主意啦……”格里高力舔了舔因为内热干裂了的嘴唇，用眼睛对天空扫了扫。“云彩上来啦，恐怕要下雨啦，我去淋一身雨，有什么意思呢？”

“是没有意思。”老头子应声说；但是他不相信格里高力的话，因为几分钟以前，他在牲口院子里看见格里高力和阿克西妮亚在河边说话了。“又胡搞起来啦。”老头子很担心地想道。“他和娜塔莉亚好像又有点不对劲儿……唉，格里什卡他妈的这混账东西！他这条牙狗像谁呢？莫非像我吗？”潘捷莱·普罗柯菲耶维奇不再用斧子砍削大车上用的桦树干，朝着走开去的儿子那弯着的脊背看了看，急急忙忙在脑子里搜了搜，想起了自己年轻时的样子，就断定：“他妈的，是像我！狗东西，甚至还超过了老子！真该打他一顿，叫他别再去招惹阿克西妮亚，别再闹得家里六神不安。可是怎么能打他呢？”

如果是在以前，潘捷莱·普罗柯菲耶维奇要是看到格里高力和阿克西妮亚远远避开人单独说话儿，一定会连想都不想，随手抓起什么东西，照他的脊梁就打；可是现在，他没有主意了，什么话也没有说，甚至都没有露出已经猜到格里高力忽然不走的真正原因的表情。这都是因为，现在格里高力已经不是那个冒里冒失的年轻哥萨克“格里什卡”，而是一位师长了，虽说没有肩章，但总是一位带领几千人马的“将军”，而且现在大家都叫他格里高力·潘捷莱耶维奇了。虽说这是他的儿子，可是他潘捷莱·普罗柯菲耶维奇以前不过是个中士，怎么能动手打将军呢？因为地位不同，潘捷莱·普罗柯菲耶维奇对这种事连想都不敢想，他觉得在对待格里高力方面，自己不能那样随便了，觉得彼此有些疏远了。这全怪格里高力升得太高了！就连前天耕地的时候，格里高力厉声吆喝他：“喂，你发什么呆！把犁掉过去！……”潘捷莱·普罗柯菲耶维奇都忍住了，一句话也没有说……近来他们好像掉换了地位：格里高力时常吆喝年老的父亲，父亲听到他的声音，像听到命令似的，就会忙活起来，拐着那条瘸腿，千方百计地去讨他的喜欢……

“怕下雨呢！不会下雨的，刮的是东风，天上只飘着一块云彩，哪儿会有雨！是不是提醒一下娜塔莉亚？”

潘捷莱·普罗柯菲耶维奇猜出了原委，就要朝房里走去，但是又改变了主意；他害怕闹出来很不光彩，就又回到没有砍削好的大车梁木跟前……

且说阿克西妮亚回到家里，一倒掉桶里的水，就走到嵌在炉壁上的小镜子前，很激动地对着自己的有些苍老、但依然很美的脸看了半天。这张脸依然保持着那种娇媚、迷人的美，但是人生的秋天已经给她的两腮抹上暗淡的颜色，染黄了她的眼皮，给她的黑发织进了稀疏的银丝，抹去了眼睛的光彩。眼睛里已经流露出哀伤和疲惫的神情。

阿克西妮亚站了一会儿，后来走到床前，趴到床上哭起来，泪水哗哗地流出来，觉得又轻快，又甜蜜，她很久很久没流过这样的眼泪了。

冬天，冬日的寒风在河边陡峭的山崖上，在俗称“虎头”的凸出的山坡上旋舞，吼叫。风从光秃秃的山冈上吹来一阵阵的雪粉，旋成一个个的雪堆，又一层一层地堆上去。就会有老大的雪堆高挂在悬崖上，在阳光里白亮白亮的，在暮色中蓝蓝的，到清晨就是淡紫色，日出时候是粉红色。这雪堆会静默而冷峻地一直挂在那里，直到解冻的暖气慢慢从下面把它融化掉，或者一阵强烈的风从旁边吹来，把被本身重量压得摇摇欲坠的雪堆猛地一冲。于是雪堆朝下一倒，带着低沉而柔和的轰隆声朝下滚去，一路上撞击着矮矮的乌荆子丛，撞折一棵棵羞答答地挤在山坡上的小山楂树，顿时掀起一大片纷纷扬扬、冲向天空的银色雪雾……

阿克西妮亚积了多年的感情，只需要轻轻一冲就行了。这一冲——就是和格里高力的重逢，就是他的亲热的话："你好，亲爱的阿克西妮亚！"那么他呢，不也是她的亲爱的吗？这些年来，她不是每天、每小时都想着他，千万种思绪，到头来不是都要回到他身上吗？不管她想什么，做什么，脑子里总是始终如一、时刻不离地围着格里高力转悠。就像一匹拉水车的瞎马，拉着浇水轮子转来转去，永远离不开轴心……

阿克西妮亚在床上一直躺到黄昏时候，眼睛都哭肿了，后来从床上爬起来，洗了洗脸，梳了梳头，又像个大姑娘去相亲那样，急不可待地穿戴起来。她穿上干干净净的褂子，系上一条红呢裙子，披上头巾，匆匆对着镜子照了照，就走了出来。

鞑靼村上空笼罩着瓦灰色的暮霭。大雁在宽阔的春水水面上惶惶不安地嘎嘎叫着。苍白的月亮从河边杨树丛里慢慢升上来。水面上铺起一条波光粼粼的淡绿色月光路。天还没黑，牲口群就从草原上回来了。还没有吃够嫩草的老牛在院子里哞哞叫着。阿克西妮亚也不去挤牛奶。她把一条白鼻子牛犊从牛棚里赶出来，赶到母牛跟前，小牛犊就摇着尾巴，用劲伸直了后腿，用嘴巴衔紧干瘪的奶头，贪婪地吸起来。

麦列霍夫家的妲丽亚刚刚挤过牛奶，提着滤奶器和桶朝屋里走去，就听到篱笆外面有人叫她：

"妲莎！"

"是谁呀？"

"是我，阿克西妮亚……你到我家来一下。"

"你找我有什么事呀？"

"有要紧事！来吧！行行好！"

"等我把奶滤过了，就去。"

"好，我就在院子外面等你。"

"好的！"

过了不大一会儿，妲丽亚走了出来。阿克西妮亚就在自己家的大门口等她。妲丽亚身上还带着一股新鲜牛奶的热乎乎的气味和牲口棚里的气味。她看见阿克西妮亚的衣襟没有撩起来，而且打扮得漂漂亮亮，干干净净，就觉得奇怪。

"嫂子，你倒是早早地把事情做完啦。"

"司捷潘不在家，很省事。只有一头牛，我差不多连饭都不做……凑合着吃点儿干粮就行啦……"

"你叫我有什么事？"

"到我屋里来一下。有点儿事……"

阿克西妮亚的声音哆嗦着。妲丽亚模模糊糊地猜度着她这番话的目的，一声不响地跟着她走了进去。

阿克西妮亚也不点灯，一走进上房，就打开柜子，在里面摸了摸，就用自己的干瘦而火热的手抓住妲丽亚的手，急急忙忙地把一枚戒指往她的指头上套。

"你这是干什么？这好像是戒指吧？怎么，是给我的吗？……"

"给你！给你的。我送给你……小意思……"

"是金的吗？"妲丽亚很认真地问道，一面走到窗前，借着朦胧的月光，仔细看着手上的戒指。

"是金的。你戴去吧！"

"哎呀，我的天！……为什么事你送我这样的礼物呀？"

"你给我把……把你们家的格里高力叫来。"

"怎么，又要和他好吗？"妲丽亚很机灵地笑了笑。

"不是，不是！哎，瞧你说的！"阿克西妮亚吓了一跳，脸一下子红到脖子根。"我要和他谈谈司捷潘的事……也许格里高力能给他请几天假……"

"那你怎么不到我们家去找他？既然你找他有事，可以到我们家去和他谈谈嘛。"妲丽亚尖刻地说。

"不，不……娜塔莉亚会以为……反正不大合适……"

"那好吧，我去叫他。我是舍得他的！"

* * *

格里高力吃完了晚饭。他刚刚放下调羹，啜了啜沾在胡子上的菜汤，又用手掌擦了擦，就觉得桌子底下有一只脚在碰他的脚，他用眼睛扫了扫，就看见妲丽亚暗暗朝他挤眼睛。

“如果她想要我来代替去世的彼特罗，敢说出这种话的话，我就揍她！就把她引到场院上，用裙子蒙住她的头，狠狠地打这只母狗！”格里高力恨恨地想；他一直皱着眉头，任凭嫂子挑逗。后来离开桌子，点起烟卷，就不慌不忙地朝门口走去。几乎是同时，妲丽亚也走了出来。

她在过道里从格里高力身边走过的时候，一边走，一边把胸膛靠到他身上，小声说：

“喂，狠心的！去吧……叫你呢。”

“谁叫我？”格里高力急忙问。

“她呀。”

过了一个钟头，娜塔莉亚和孩子们都睡熟了的时候，格里高力穿着扣得紧紧的军大衣，和阿克西妮亚一起出了阿司塔霍夫家的大门。他们一声不响地在黑漆漆的小胡同里站了一会儿，就依然一声不响地朝静得迷人、黑得诱人、嫩草的芳香气味醉人的草原上走去。格里高力敞开军大衣，把阿克西妮亚紧紧搂在怀里，觉得她浑身在打哆嗦，感觉到她的心在小褂底下猛烈地、一下一下地跳动着……

五十一

第二天，格里高力在动身之前，简短地对娜塔莉亚解释了一下。她把他叫到一边，小声问：

“夜里你上哪儿去啦？怎么这样晚才回来？”

“这算晚吗？”

“怎么不晚？我醒过来，鸡已经叫头遍啦，可还是不见你的影子……”

“库金诺夫来啦。我上他那儿去开会，商量我们打仗的事。这不是你们老娘们儿管的事。”

“他怎么不到咱们家来过夜?”

“他赶回维奥申去啦。”

“他在谁家歇的马?”

“在阿博宪科夫家。他们家好像是他的远房亲戚。”

娜塔莉亚没有再问什么。她心里着实有些疑惑,但眼睛里却没有露出什么,因此格里高力一直也不明白,她相信还是不相信。

他匆匆吃过早饭。潘捷莱·普罗柯菲耶维奇去备马,伊莉尼奇娜画着十字,亲着格里高力,急急忙忙地小声说:

“好孩子,你别忘了……别忘了上帝!我们听说,你杀了一些水兵……主啊!格里什卡呀,你醒醒吧!瞧,你的两个孩子长得多么好呀,你杀死的那些人,恐怕也有孩子留下来……唉,怎么能这样啊?你小时候多么招人喜欢、多么可爱呀,可是现在你天天愁眉苦脸的。你瞧,你的心已经变得和狼心一样啦……格里什卡,听听娘的话吧!你也没有仙法护身,人家的刀也会落到你的脖子上……”

格里高力很不愉快地笑了笑,亲了亲妈妈的干瘦的手,走到娜塔莉亚跟前。娜塔莉亚冷冷地拥抱了他一下,就扭过脸去,格里高力在她那干干的眼睛里看到的不是眼泪,而是痛苦和隐忍下来的愤怒……又和孩子们告过别,就走了出来……

他的脚一踩住马镫,手一抓住硬扎扎的马鬃,不知为什么心里想道:“好吧,又要走一段人生新路啦,可是心里还是冷冷的,空空的……看来,现在就连阿克西妮亚也不能填补这种空虚啦……”

他也没有回头看出门送他的家里人,就放马慢步顺着大街走去,在经过阿司塔霍夫家门前的时候,侧眼朝窗户看了看,在上房尽边上一扇窗户里看到了阿克西妮亚。她微微笑着,拿一块绣花手绢朝他招了招,可是马上就把手绢攥成一团,捂到嘴上,捂到因为一夜未睡发了青的眼窝上……

格里高力放开马大步跑了起来。他跑上山坡,就看见,在夏天的大道上,有两个骑马人和一辆牛车慢慢地迎着他走来。他认出骑马人是“小牛皮大王”安季普和村子上头的一个很机灵的黑头发青年哥萨克斯特列勉尼柯夫。格里高力看见牛车,就猜道:“拉的是死人。”不等他们走近,他就问道:

“拉的是谁?”

“阿列克塞·沙米尔、伊凡·托米林和‘马掌’亚可夫。”

“他们死了吗?”

“死啦!”

“什么时候?”

“昨天太阳快下山的时候。”

“炮兵连没事吗?”

“没事。是红军在绣球树园的一户人家里把咱们的炮手包围啦。沙米尔是因为马虎大意……被杀死的!”

格里高力摘下帽子,跳下马来。赶车的是旗尔河上一个不算年轻的哥萨克妇女,她把牛勒住。被杀死的几个哥萨克并排躺在大车上。格里高力还没有走到大车跟前,微风已经带着甜甜的死尸气味向他扑来。阿列克塞·沙米尔躺在当中。他那旧蓝布褂子敞开着,空袖筒掖在劈开的脑袋底下,很多年前被炸断、用破布包着的那半截胳膊,一向是摇来摆去的, 现在却像抽筋一样紧紧贴在已经不喘气的鼓鼓的胸脯上了。阿列克塞那已经僵了的龇着白牙的嘴上永远留下了恶狠狠的恼怒表情,但是那动也不动的眼睛却望着蓝天,望着草原上空静静地、好像是带着重重的心事飘过的白云……

托米林的脸简直叫人认不出来了,而且,说实在的,那已经不是脸,而是被马刀斜斜地削平了的一块红红的肉团子。“马掌”亚可夫侧着身子躺着,他的脸呈红黄色,歪着头,因为他的头差不多已经被砍断了。一根被砍断的白白的锁骨,从敞开的绿军便服领口里露了出来,额头上,一只眼睛上面,有一个黑洞洞、血糊糊的子弹孔。看样子,是有一个红军看到这个哥萨克死得很难受,就可怜他,几乎是抵着他给了他一枪,所以连火药的烧痕和许多黑点子还留在“马掌”亚可夫那僵了的脸上。

“喂,弟兄们,咱们来祭奠祭奠咱们的乡亲们吧,咱们抽袋烟,祝他们安息。”格里高力说过,退到一旁,松开马肚带,解开马笼头,把缰绳缠到马的左前腿上,放马去吃柔软的、刚刚冒出来的嫩草。

安季普和斯特列勉尼柯夫欣然下了马,绊住马腿,放马去吃草。他们躺下,抽起烟来。格里高力一面看着一头长着一绺一绺的长毛、还没有褪毛的公牛伸着头在吃小草,问道:

“沙米尔是怎么死的?”

“真的, 潘捷莱维奇,是怪他自己马虎大意!”

“怎么马虎法?”

“噢,是这么回事儿,”斯特列勉尼柯夫说,“昨天,已经晌午了,我们出发去侦察。是普拉东·里亚布契柯夫亲自派一个司务长带我们去的……安季普,昨天跟咱们去的那个司务长姓什么来着?”

“鬼才知道他姓什么!”

“噢,管他妈的姓什么!我们反正不认识他,是别的连的。噢……我们去的一共是十四个哥萨克,沙米尔也跟我们一块儿去啦。昨天一整天他都高高兴兴的,可见他的心事先一点也没有感觉到什么!我们骑马走着,他晃悠着那半截胳膊,把缰绳扔到鞍头上,说:‘唉,咱们的格里高力·潘捷莱维奇啥时候能回来呀?能和他喝上两盅,再唱唱歌儿,多好啊!’在我们走到拉推舍夫冈以前,他一直都在高声唱着:

我们像蝗虫一样
在山冈上到处飞翔。
顿河哥萨克呀,
放的都是单打一步枪!

我们就这样走下一片洼地(已经快要到烂泥沟啦),司务长说:‘弟兄们,哪儿也看不见红军。他们恐怕还没有从阿司塔霍夫村出动呢。庄稼佬都懒得起早,大概他们还在吃午饭,正在炖南蛮子家的鸡呢。咱们来歇会儿吧,不然咱们的马要汗透啦。’我们说:‘嗯,好吧,歇会儿就歇会儿。’于是我们都下了马,躺在草地上,派一个人到土包上去瞭望。我们躺着,我看见阿列克塞在自己的马跟前蹭来蹭去,在松鞍下的马肚带。我就对他说:‘阿列克塞,你顶好别松马肚带,要不然,万一有什么紧急情况,咱们就得马上出动,你靠一只手,怎么来得及勒马肚带呢?’但是他龇着牙说:‘我比你勒得还快呢!你这个小毛孩子,凭什么教训起我来?’就这样,他松开马肚带,解下马笼头。我们躺着,有的在抽烟,有的讲起故事,还有人在打盹儿。我们的瞭望哨这时候也打起盹儿来啦。他朝土包脚下一躺,就他妈的睡着啦。我就听见,好像远处有马蹄声。我本来也懒得起来,可我终于还是站了起来,从洼地里爬上来,爬到高地方。我一看,在离我们百十丈远处,一队骑马的红军顺着沟底走过来啦。走在最前面的是一个骑枣红马的指挥员。他骑的那匹马就像一头狮子。他们还带着一挺转盘式机枪。我马上连滚带爬回到洼地里,吆喝说:‘红军来啦!上马!’他们大概也看见我啦。我们接着就听见,他们那边也发出了口令。我们上了马,司务长抽出刀来,想发起冲锋。可是我们只有十几个人,他们却有半个连,而且他们还有机枪,还有什么好冲的啊!我们就骑着马飞跑起来,他们就用机枪扫射,可是他们又看到,用机枪打不到我们,因为山沟把我们遮住啦。于是他们就放马追赶我们。但是我们的马快一些,我们跑出一段路,又从马上下来,开始还枪。这时候我们才发现,阿列克塞·沙米尔没有跟我们来。就是说,大家都慌乱起来的时候,他一定也跑到马跟前,用那只好手抓住鞍头,用脚往马镫上一踩,马鞍就溜到马肚子底下去啦。沙米尔没有来得及上马,就落到了红军手底下,可是他的马却跑回了我们这边,跑得鼻子眼儿里直冒烟,马鞍在肚子底下一个劲儿地晃悠着。那马都吓惊啦,简直不叫人靠近,呼哧呼哧直打响鼻,就像个鬼一样!阿列克塞就这样把小命送啦!如果不是松了马肚带,他不会死的,可是你看……”斯特列勉尼柯夫在黑黑的小胡子底下笑了笑,又说:“他前天还在唱呢:

嗨,你这个老妖头,
你来咬死我的小牛,
再把我的脑袋瓜抖搂抖搂……

这一下子可把他的脑袋瓜儿抖搂空啦……连脸都叫人认不出来啦!他在那儿流的血,就有宰掉的一头老牛流出来的那么多……后来,等到把红军打退了,我们跑到那块洼地里去,看到他躺在那儿呢。他身子底下的血有老大的一摊,他都要漂起来啦。”

“喂,咱们该走了吧?”赶车的妇女把包着脸来遮太阳的头巾从嘴上拉了拉,很着急地问道。

“大婶,别着急。马上就到啦。”

“怎么能不急呢?这些死人身上的臭味这样厉害,熏得人站都站不住!”

“死人气味怎么会好闻呢?死人活着的时候,又吃肉,又摸老娘们儿。凡是干这些事情的,还没有死,就开始发出臭味儿啦。听人说,好像那些圣人死后冒的是热气,可是依我看,这纯粹是胡扯。不管是什么样的圣人,死后都要像茅厕坑那样,发出臭烘烘的气味,自古都是这样。圣人也是一样要用肚子装饭,上帝给他们安的肠子也和平常人一样有三十俄尺……”安季普带着深思熟虑的神气说。

可是斯特列勉尼柯夫不知为什么发起火来,高声叫道:

“你管他妈的圣人不圣人干什么?扯起圣人来啦!咱们走吧!”

格里高力和他们道过别,又走到大车跟前去和死去的几位同村人告别,这时候他才发现,他们三个人的靴子都脱掉了,三双靴子的靴筒压在他们的脚底下。

“为什么把他们的靴子都脱啦?”

“格里高力·潘捷莱维奇,这是咱们哥萨克干的事……他们几个死的人穿的靴子都很好,所以,连里的人就打了一个主意:把他们的好靴子脱下来,给几个穿坏靴子的人穿,就把坏靴子带回村子里。因为死的几个人都还有家。就让他们的孩子穿穿坏靴子吧……安尼凯就这样说:‘死了的不用走路啦,也不用骑马啦。把阿列克塞的靴子给我吧,他的靴子底很结实。要不然,等我从红军脚上弄到皮鞋的时候,我已经冻死啦。’”

格里高力走了,走着走着,听到他们两个人争吵起来。斯特列勉尼柯夫用又高又响的声音喊叫着:

“‘小牛皮大王’,你胡吹!你爹就是因为爱吹,才叫‘牛皮大王’!哥萨克当中根本就没有圣人!所有的圣人都是庄稼佬出身。”

“不,出过圣人!”

“你像狗一样瞎吹!”

“不,出过圣人!”

“哪一个?”

“常胜将军叶戈尔不是吗?”

“呸!你妈的,滚远点儿吧!他怎么是哥萨克呢?”

“道道地地的顿河哥萨克,是下游一个乡的人,好像是谢米加拉柯尔乡的。”

“哼,又胡扯啦!你先打听打听再说。他才不是哥萨克呢!”

“不是哥萨克吗?那为什么把他雕在咱们的长矛上?”

底下的话格里高力就听不见了。他放马小跑起来,走下一条山沟,在他跨过将军大道的时候,就看见那辆牛车和两个骑马的人慢慢在下山坡,朝村子里走去。

差不多一直到卡耳根镇,格里高力都是放马小跑。微风拂动着一点汗也没有出的马的鬃毛。一只只长长的棕色黄花鼠在大道上穿来穿去,惶惶不安地吱吱叫着。黄花鼠那报警的尖叫声和草原的静穆出奇地协调。在高地上,在冈头上,不时地从路边飞起公鸨。有一只被太阳照得闪闪放光的雪白的小鸨,急急忙忙地扇动着翅膀,向高处飞去,等飞到高空里,就伸长了那围着一圈结婚花环似的黑色绒毛的脖子,迅速地飞起来,就像在蓝蓝的太空中游泳,越飞越远。可是飞了有百十丈远,就朝下飞来,翅膀扇动得更加频繁,好像停住不动了。快到地面时,在一片绿草的衬托下,那飞速扇动的翅膀又像白色闪电似的最后闪了闪,就不再闪了:小鸨淹没在草丛里,不见了。

到处都可以听到公鸨情急如火的“吱儿吱儿”的叫唤声。格里高力来到旗尔河边一处高地的顶上,在马上看到路边几步远的地方有一块鸨交尾的地方:直径有一俄尺半的一块平平的土地,已经被为争母鸨而打架的公鸨的爪子踩得结结实实的了。这块地方连一根草都没有了;只有一层平平的灰色沙土,上面印满了十字形的爪印儿,再就是路边干枯的荒草和野蒿上挂着不少表面有灰色花纹、里面呈粉红色的鸨毛,鸨毛在风中轻轻摇摆着,这都是在打架时从好斗的公鸨背上和尾巴上撕扯下来的。不远处,从窝里跳出来一只很难看的灰色母鸨。那母鸨像个老奶奶一样驼着背,迅速地抖动着两条腿,在干枯的木樨草丛里来来回回地跑着,没有飞起,隐没在草丛里了。

因为春天到来,草原上到处洋溢着无形的、强大的、蓬蓬勃勃的生机:青草迅猛地生长着;许许多多成双成对的飞禽和走兽,纷纷躲开凶恶的人眼,藏在草原上隐蔽的地方进行交配;耕地上冒出无数尖尖的禾苗芽儿。只有衰亡了的去年的风卷球儿草,在草原各处的古代守望台的斜坡上无精打采地弯下身去,可怜巴巴地贴到地面上,寻求保护,但是清新活泼的春风毫不留情地把它从干枯的根上吹断,吹得它在阳光明媚、恢复了生机的草原上到处乱滚。

格里高力·麦列霍夫来到卡耳根镇,已经快到黄昏时候了。他是蹚水渡过旗尔河的;他在一个哥萨克村子外面拴马的地方找到了里亚布契柯夫。

第二天早晨,格里高力就从他手里接过分驻在各个村子里的第一师各部的指挥权,看过了司令部发来的最近的几份战报,和师参谋长米海依尔·考佩洛夫商量了一下,就决定向南,向阿司塔霍夫村发动进攻。

部队里非常缺乏子弹。必须靠打仗来夺取子弹。这就是格里高力决定发动这次进攻的主要目的。

这一天快到黄昏时候,已经有三个骑兵团和一个步兵团集中到卡耳根镇上。师里有二十二挺手提式机枪和重机枪,决定只带六挺,因为再多带,子弹就不够用了。

清晨,全师出动了。格里高力在路上离开师部,亲自担任了第三骑兵团的指挥,他把骑兵侦察队派出去做前哨,就带领人马向南,向波诺玛廖夫村开去,因为据侦察兵报告,也在准备进攻卡耳根镇的红军步兵第一〇一团和第一〇三团正在那里集中。

在离镇三俄里的地方,一个传令兵追上了他,把库金诺夫的一封信交给了他。

塞尔道布团已经向我们投降啦！全部士兵都已经缴了枪，有二十来个人本来想反抗，包加推廖夫已经收拾了他们，下命令杀掉啦。交给我们四门大炮（不过炮栓已经被该死的共产党员炮手们下掉啦）、二百多发炮弹和九挺机枪。这是咱们的一件大喜事！咱们把红军分编到各个步兵连里，叫他们去打自己人。你那里情况怎么样？哦，我差点儿忘了告诉你：你们村子里的共产党员科特里亚洛夫、柯晒沃依和很多叶兰乡的共产党员都叫我们捉住啦。要在押往维奥申的路上把他们全部收拾掉。如果你很需要子弹的话，就写封信交来人带回，我们可以送去五百箱。

库金诺夫

“传令兵！”格里高力叫道。

普罗霍尔·泽柯夫立刻跑到跟前，但是一看见格里高力的脸色十分难看，就吓得连忙行了一个军礼，说：

“有什么吩咐？”

“叫里亚布契柯夫来！里亚布契柯夫在哪儿？”

“在大队后头。”

“去！赶快把他叫来！”

普拉东·里亚布契柯夫催马大跑着绕过大队人马，朝格里高力跟前跑来。他那淡黄色胡子的脸被风吹得脱了一层皮，小胡子和眉毛被春天的太阳晒得泛着狐狸毛一样的红光。他微微笑着，一面跑，一面抽烟卷。他骑的深枣红马肥肥的，春天这几个月来一点也没有掉膘，那马跑着轻快的溜蹄步，胸带闪闪有光。

“维奥申有信来啦？”里亚布契柯夫看见格里高力身旁有一个传令兵，就喊道。

“有信来。”格里高力镇定地回答说。“你来指挥这个团和这个师吧。我要去一趟。”

“噢，那好，你去吧。不过为什么这样急？信上写的是什么？是谁写的？库金诺夫吗？”

“塞尔道布团在霍派尔河口投降啦……”

“噢——噢？人还都活着吗？你马上就去吗？”

“马上就去。”

“好，去就去吧。等你回来，咱们在阿司塔霍夫村见吧！”

“能活捉住米沙和伊万·阿列克塞耶维奇很好……问清楚是谁把彼特罗打

死的……再把伊万和米沙救出来！要救出来……我们之间流过血，但我们能说是外人吗?!”格里高力心里想，狠狠地照马身上抽了几鞭，飞快地下了山坡。

五十二

暴动军的一些连队刚刚开进霍派尔河口镇，把开大会的塞尔道布团的人包围起来，第六旅旅长包加推廖夫就跟伏龙诺甫斯基和伏尔科夫离开广场去开会。这次会议就在广场旁边的一座买卖人的房子里举行，会开得很短。包加推廖夫连手里的马鞭都没有放下，和伏龙诺甫斯基打过招呼以后，就说：

“一切都很好。这算是你们的功劳。可是你们怎么没把大炮保护好呢?”

“这是意外！少尉先生，这完全是意外！炮兵差不多都是共产党员，我们解除他们武装的时候，他们拼命抵抗；打死了两名弟兄，卸掉炮栓，就跑了。”

“可惜!”包加推廖夫把帽箍上还留着不久前才撕掉的军官帽徽的新鲜印子的绿制帽往桌上一扔，用一块脏手帕擦着剃得光光的脑袋，擦着变成了褐色的脸上的汗，微微笑了笑，说：“好吧，那也罢了。您现在就去告诉您手下的弟兄们……和他们好好地说说，叫他们别这个那个的……别啰嗦……叫他们把全部武器交出来。”

伏龙诺甫斯基听到这个哥萨克军官的长官式的口气，感到厌恶起来，就讷讷地反问道：

“交出全部武器吗?”

“嗯，我不向您说第二遍啦！说是全部，就是一点不能留。”

“不过，少尉先生，您和你们的司令部接受过不解除本团武装的条件呀？怎么能这样呢？……当然，我明白，像机枪、大炮、手榴弹——这些东西我们是要无条件交出来的，至于红军士兵的武器……”

“现在没有红军士兵啦!”包加推廖夫恶狠狠地噘了噘刮得光光的嘴巴,提高了声音,用螺旋形的马鞭抽了一下溅满泥巴的靴筒。“如今再没有红军士兵,只有保卫顿河土地的士兵啦。明——白——吗?……如果他们不肯干,我们会逼着他们去干!没什么啰嗦的!你们在我们的土地上胡作非为够啦,还要谈什么条件!咱们之间没有什么条件!明——白——吗?……”

塞尔道布团的参谋长、年轻的伏尔科夫中尉十分懊恼。他十分激动地用手指头来来回回地摸着黑呢衬衣硬领上的扣子,揪弄着像羊羔皮一样拳曲的黑头发,厉声问道:

“这么说,你们拿我们当俘虏待啦?是这样吗?”

“我没有对你说过这话,所以你没有必要瞎猜!”这位哥萨克旅长粗暴地打断他的话,把称呼变成了“你”,并且那神气已经明显地表现出,对方已经完全处在他的手掌底下了。

屋子里有一会儿十分安静。从广场上传来低沉的嘈杂声。伏龙诺甫斯基在屋子里来回走了几趟,咯吧咯吧地掰了几下手指头,然后把自己的烟色棉上衣的扣子全部扣上,神经质地眨巴着眼睛,对包加推廖夫说:

“您的口气对我们是一种侮辱,而且这不是您这样一位俄国军官应该有的口气!我现在干脆告诉您。你们既然向我们挑战,那我们还要看看再说……要看看你们怎样对待我们……伏尔科夫中尉!我命令您:到广场上去,告诉各级指挥人员,叫他们不论在什么情况下都不能把武器交给哥萨克!您命令全团拿起武器来。我马上就和这位……和这位包加推廖夫先生结束谈话,到广场上去。”

怒气像黑色的爪子抓住了包加推廖夫的脸,这位旅长本来还想说几句什么,但是他已经意识到,他的话说得太过火了,于是压住火气,马上急转直下地改变了态度。他突然把制帽往头上一扣,依然在狠狠地甩着起了毛的马鞭,又说起话来,声音中出现了意想不到的温和与客气的口气:

“两位先生,你们误会了我的意思。我当然没有受过什么特别的教育,没有在士官学校念过书,也许不大会说话,不过,不能过高地要求嘛。咱们总归是自己人嘛!咱们之间不应当闹意见嘛。我怎么说的来着?我只是说,要马上把你们红军中那些对我们和你们特别不可靠的分子解除武装……我说的就是这个!”

“那就对不起啦!应该说清楚些嘛,少尉先生!再说,您要知道,您那种挑战的口气,您的整个行动……”伏龙诺甫斯基耸了耸肩膀,又用比较平和、但是余怒未消的口气继续说,“我们自己本来就想,要把那些动摇分子和不坚定的分子解除武装,交给你们去处置……”

“对对！就是这话！”

“不过我是说，我们决定自己来解除他们的武装。至于我们的战斗核心，那我们是要保留的。我们无论如何都要保留！我本人或者这位伏尔科夫中尉，就是您初见面就称起‘你’的这一位……我们来担任指挥，我们一定会忠实地洗清我们参加过红军的耻辱。您应当给我们这样的机会。”

“你们这个战斗核心有多少支枪？”

“差不多有二百支。”

“好，没什么，就这样吧，”包加推廖夫勉强答应了。他站起来，开了通向走廊的门，高声喊道：“内掌柜的！”等一位上了年纪的、披着厚厚的头巾的妇女来到门口，他吩咐说：“弄点儿新鲜牛奶来！马上给我弄来！”

“我家没有牛奶，请别见怪！”

“红军要，恐怕就有啦；我们要，就没有吗？”包加推廖夫酸溜溜地笑了笑。

屋子里又是一阵很尴尬的沉默。还是伏尔科夫中尉打破沉默：

“我可以走吗？”

“好吧，”伏龙诺甫斯基叹着气回答说，“您去下命令，把我们列入名单的那些人解除武装。名单在郭黎加索夫和韦斯特敏司特尔手里。”

伏龙诺甫斯基上尉只是因为触疼了自己的军官自尊心，才不得不说出“我们还要看看你们怎样对待我们”这样的话来。实际上他十分明白，他的赌注输定了，而且已经没有退路了。根据他得到的情报，军部派来解除叛变的塞尔道布团的武装的队伍已经从大熊河河口出动，并且眼看就要到了。不过包加推廖夫也已经看出来，伏龙诺甫斯基是个可靠的和绝对没有危险的人，而且现在后退已经不可能了。这位旅长就拍拍胸脯，答应把团里最可靠的分子编成一个独立的作战单位。会议就这样结束了。

就在开会的时候，广场上的暴动军不等会议有什么结果，就采取坚决行动，解除塞尔道布团的武装。哥萨克们那贪婪的眼睛盯住团辎重队的大大小小的车辆，拿手到处乱翻，他们不仅争先恐后地乱拿子弹，而且还抢红军的厚底黄皮靴、裹腿、棉袄、棉裤和各种吃的东西。有二十来个塞尔道布团的人眼看着哥萨克这样横行霸道，就想进行反抗。其中有一个，看见一个哥萨克来搜他，并且大模大样地把他的钱包装进自己的口袋，他就用枪托子朝那个哥萨克打去，吆喝道：

“土匪！抢起来啦?！还给我，要不然，我给你一刺刀！”

同伴们纷纷支持他。响起一片愤怒的叫声。

“同志们，拿起枪来！”

“咱们上当啦!”

“不能交枪啊!”

发生了白刃战,反抗的红军被压迫到板墙跟前,暴动军的骑兵在第三骑兵连连长鼓励下,在两分钟以内把他们全砍死了。

由于伏尔科夫中尉来到广场上,解除武装的事干得更顺利了。在倾盆大雨之下,对排成队伍的红军进行搜查。步枪、手榴弹、团电话队的器材、步枪子弹箱和机枪子弹箱就堆在离队伍不远的地方,堆成一堆又一堆……

包加推廖夫骑马来到广场上,他骑在他那匹发了性子的、直蹦直跳的马上,在塞尔道布团士兵的队伍前面四面扭动着身子,威风凛凛地高高扬起粗粗的螺旋形马鞭,喝叫道:

“你们听着!你们从今天起,就要跟共产党坏蛋们和他们的军队打仗啦。谁要是好好地跟着我们干,我们就饶了他,谁要是想捣蛋,就是这样的下场!”他用马鞭指了指那些被砍死的红军士兵,那些死去的士兵已经被剥得只剩了内衣,堆成了乱糟糟的、淋得水漉漉的、白白的一大堆。

红军队伍里像风吹水面一样,响过一阵低低的叽喳声,但是谁也没有大声说一句反对的话,也没有一个人离开行列……

哥萨克的骑兵和步兵成群成伙地到处乱钻。他们密密实实地包围住广场。在教堂围墙旁边,在小土包上,都架起漆成绿色的塞尔道布团的机枪,枪口对准了红军的行列,机枪旁边,护板后面,蹲着淋得透湿的哥萨克机枪手,做好了准备……

一个钟头之后,伏龙诺甫斯基和伏尔科夫根据名单挑选出一批“可靠的人”。他们一共是一百九十四人。新编的队伍名为“暴动军独立第一营”。这个营当天就开往别拉文村一带的前线,从顿涅茨调来的红军第二十三骑兵师的两个团正从那边攻过来。据说,红军的两个团是:第十五团,由贝加陀洛夫率领,第三十二团,由著名的米海依尔·布林诺夫率领。他们所向披靡,打垮了不少抵抗他们的暴动军连队。其中有一个哥萨克连,是霍派尔河口乡一个村庄匆匆编成的,被全部消灭了。于是包加推廖夫决定派伏龙诺甫斯基这个营去抵挡布林诺夫,要在战斗中考验考验这个营的坚定性……

塞尔道布团其余的人,有八百多人,就依照暴动军总司令库金诺夫在给包加推廖夫的信中指示的办法,被押着顺着顿河岸徒步朝维奥申走去。三连骑兵带着塞尔道布团的机枪,走上顿河岸边的高地,跟在他们后面监押着。

包加推廖夫在离开霍派尔河口镇之前,到教堂去做祷告,神甫刚刚念完祈求天赐“爱基督的哥萨克军队”胜利的祷告词，他就走了出来。有人给他牵过马来。他上了马，招了招手，把留在镇上担任后卫的一个连的连长叫过来，从马上弯下身子，对着他的耳朵小声说：

“对共产党员要严加看守，比看守火药库还要小心！明天早晨派可靠的押送队把他们送往维奥申。今天就派人到各个村子里去通知，叫大家都知道咱们押送的是什么人。老百姓会自动处治他们的！”

那个连长领命走了。

五十三

四月里的一天中午，在维奥申乡新根村上空出现了一架飞机。小孩子、妇女和老头子们一听见飞机马达低沉的隆隆声，一齐从屋子里跑了出来；他们仰起头来，手搭凉棚，看着飞机在笼罩着阴云的天空中侧歪着身子，像老鹰那样打着圈子，看了老半天。马达声越来越高，越来越大。飞机在村外牧场上挑好了一块着陆的平地，就朝下飞来。

“马上要扔炸弹啦！当心啊！”一个很机灵的老头子心惊胆战地叫道。

于是拥挤在胡同口的人群四散逃窜。妇女们拖着哇哇叫的孩子们乱跑，老头子们拿出像山羊那样的敏捷和灵活劲儿，跳过一道道篱笆，往村边树林里跑去。小胡同里只剩了一个老奶奶。本来她也跑的，但是不知道是腿吓软了呢，还是在小土墩上绊了一跤，反正她跌倒了，而且起不来了，她毫不害羞地翘起两条干瘦的腿，不要命地喊叫着：

“哎呀，好人呀，救命啊！唉呀，我要死啦！”

谁也没有回来救老奶奶。这时候飞机大大地发起威来，带着凶猛的吼声和啸声从谷仓顶上飞过，有一霎时，飞机翅膀的影子遮住了老奶奶吓得瞪得老大的眼睛前面的光线,飞机飞过去,便用轮子轻轻挨着村边牧场的潮湿的地面,往草原上跑去。这时候老奶奶的裙子都尿湿了。她半死不活地躺在那里,身子底下怎样,周围又怎样,她都感觉不到、听不见了。不用说,她也没有看见,远处有两个身穿黑皮夹克的人,从那只落下来的可怕的大鸟里走了出来,犹豫不决地抖动着脚在原地站了一会儿,朝四面看了看,就朝有人家的地方走来。

但是躲在树林里、趴在去年的黑莓丛里的老奶奶的老伴儿,却是一个勇敢的老头子。虽然他像被逮住的麻雀那样,一颗心怦怦地跳个不停,但他还是有胆量看一看的。他看见两个人朝他家的院子走来,认出其中一个是他的老同事的儿子——军官彼得·包加推廖夫。彼得是暴动军独立第六旅旅长格里高力·包加推廖夫的堂兄弟,跟着白军跑到顿涅茨那边去了。这毫无疑问就是他。

老头子像兔子那样蹲着,耷拉着两只手,仔仔细细端详了一会儿。等他看准,那摇摇摆摆慢慢走的确实就是彼得·包加推廖夫,还是像去年看见他的时候那样,蓝蓝的眼睛,只是因为很久没刮胡子,脸上长了一些胡楂子,于是老头子站起身来,试了试两腿能不能撑得住。两条腿只是膝关节处微微有点儿哆嗦,但还是能撑得住的,于是老头子小跑着走出了树林。

他不是去看吓掉了魂的老奶奶,而是径直朝彼得和他的同伴走去,并且老远就从秃头上摘下他那顶退了色的哥萨克帽。彼得·包加推廖夫也认出了他,朝他招了招手,还笑了笑。他们走到了一起。

"请问,彼得·格里高力耶维奇,这真是您吗?"

"就是我呀,老爹!"

"老天爷叫我老来有眼福,我看见飞机啦!我们刚才见了飞机还害怕呢!"

"附近没有红军吧,老爹?"

"没有,没有,好孩子!已经把他们赶到旗尔河那边去啦,赶到南蛮子那儿去啦。"

"咱们这儿的哥萨克也起事了吗?"

"起事倒是起事啦,不过已经有很多被拉回来啦。"

"怎么回事儿?"

"就是说,打死啦。"

"哦哦……我家里人,我爹,都活着吗?"

"都活着。你们是从顿涅茨那边来的吗?在那儿看见我家的季洪没有?"

"是从顿涅茨那边来的。季洪叫我带好来啦。噢,老爹,你替我们把飞机看一下,别叫小孩子们乱动,我回家去看看……咱们走吧!"

彼得·包加推廖夫和他的同伴走了。那些吓得躲藏起来的人,纷纷从树林里、棚子底下、地窖里和各个隐蔽的角落里走了出来。人群把飞机团团围住,飞机那滚烫的马达还冒着热气,还散发着芳香的汽油味和机器油气味。蒙着帆布的飞机翅膀被子弹和炮弹皮打了许多窟窿。这架从来没有见过的机器一声不响,浑身热乎乎的,就像一匹跑累了的马。

那个首先见到彼得·包加推廖夫的老头子,跑进他那吓坏了的老婆子躲的那条小胡同,想把十二月里跟着州政府跑掉的儿子季洪的消息告诉她,叫她也高兴高兴。老婆子已经不在小胡同里了。她已经回到家里,躲在小屋子里,匆匆忙忙地在换衣服,换了褂子,又换裙子。老头子好不容易找到她,大声叫道:

“彼得·包加推廖夫飞回来啦!季洪托他带好来啦!”他看见他的老婆子在换衣服,气得不得了。“你这老妖婆,怎么打扮起来啦?哼,你妈的!谁还看得上你这个秃鬼?简直成了小媳妇啦!”

……很快就有许多老头子来到彼得·包加推廖夫家里。他们每个人走进来,都是在门口就摘下帽子,对圣像画过十字,然后拄着拐杖,规规矩矩地坐到大板凳上。大家谈了起来。彼得·包加推廖夫一面喝着杯子里没有打过皮的凉牛奶,一面说着,说他是顿河政府派来的,他的任务是要和上顿河州的暴动军取得联系,并且要用飞机运送子弹和军官,支援他们同红军作战。并且告诉大家,顿河军即将展开全线进攻,不久就要同暴动军会师。包加推廖夫还顺便把老头子们数落了一顿,说他们对青年哥萨克的教育太差了,所以他们才放弃阵地,让红军来到自己的土地上。最后他说:

“……但是既然你们已经醒悟过来,把各乡的苏维埃政府赶了出去,顿河政府也就原谅你们啦。”

“彼得·格里高力耶维奇,可是现在还是苏维埃政府呀,不过没有共产党罢咧。我们挂的旗子也不是三色旗啦,是红白两色的。”一个老头子犹疑地说。

“就连称呼,我们这儿的年轻人,这些不听话的狗崽子们,还互相称呼‘同志’哩!”另一个老头子插嘴说。

彼得·包加推廖夫的嘴角在刚刚修剪过的红胡子底下笑了笑,带着嘲笑的神情眯缝起圆圆的蓝眼睛,说:

“你们的苏维埃政府就像春天的冰。太阳微微一晒,就化啦。不过那些在卡拉奇领头抛弃阵地的人,等我们从顿涅茨那边一回来,我们是要收拾他们的!”

“要收拾这些该死的东西,狠狠收拾!”

“就该这样!”

“要收拾！要收拾！”

“要当众抽他们的屁股，要抽得他们尿上一裤子！”老头子们高高兴兴地乱嚷起来。

* * *

傍晚时候，接到通知的暴动军总司令库金诺夫和参谋长萨方诺夫，坐着一辆三匹汗流如洗的马拉的四轮大车，飞也似的来到新根村。

他们因为包加推廖夫来了，高兴得不得了，连靴子和雨衣上的泥巴都没有掸一掸，就几乎是大步跑着进了包加推廖夫家的屋子。

五十四

塞尔道布团出卖给暴动军的二十五名共产党员，由一支强大的押送队押解着，从霍派尔河口镇出发了。想跑是跑不掉的。伊万·阿列克塞耶维奇在俘虏群中一瘸一拐地走着，怀着忧伤和憎恨的心情打量着那些押送的哥萨克的一张张恶狠狠地板着的脸，心里想：“他们是要送我们的命呀！如果私自处置，那我们就完啦！”

押送队里大多数是留大胡子的人。领队的是一个信仰旧教的老头子，是一个阿塔曼团的司务长。一出了霍派尔河口镇，他就命令俘虏不许说话，不许抽烟，不许向押送兵提问题。

“你们做做祷告吧，反基督的奴才们！你们要死啦，剩下的时间别作孽啦！呜呜呜！你们忘掉了上帝！替魔鬼效力！都烙上了敌人的烙印！”他时而扬扬自动手枪，时而拉拉套在脖子上的手枪带子。

俘虏当中只有两名共产党员是塞尔道布团的指挥人员，其余的，除了伊万·阿列克塞耶维奇以外，都是叶兰乡的外来户，都是一些高大而强壮的小伙子，都是在红军来到叶兰乡的时候加入了共产党，有的当民警，有的当村革命军事委员会主席，暴动发生以后，他们都跑到霍派尔河口镇，参加了塞尔道布团。

过去他们差不多都是手艺人：木匠、桶匠、石匠、泥瓦匠、鞋匠、裁缝。其中年纪最大的看样子不过三十五岁，最小的只有二十岁上下。这些又结实又英俊的健壮小伙子，两只大手因为干沉重的体力活儿锻炼得十分有劲儿，肩膀宽宽的，胸脯鼓鼓的，那种样子跟押送队的弯腰弓背的老头子们迥然不同。

"你以为怎样，他们会审判我们吗？"和伊万·阿列克塞耶维奇并肩走的一个叶兰乡的共产党员悄悄问道。

"未必……"

"他们会打死咱们吗？"

"恐怕会的。"

"他们不是不枪毙人吗？哥萨克们就这样说过，你记得吗？"

伊万·阿列克塞耶维奇没有做声，但是希望就像风中的火星那样闪了一下："这话对呀！他们是不能枪毙我们呀。他们这些家伙提出的口号就是：'打倒共产党，反对抢劫和枪毙！'据说，他们只判徒刑……判处鞭笞和做苦工。嗯，这就不可怕了！在监狱里蹲到冬天，到了冬天，顿河一结冰，我们的人又要向他们进攻啦！……"

希望闪了一下，就又像风中火星那样，熄灭了："不对，他们会打死我们的！他们都像魔鬼一样凶狠！这一辈子完啦！……唉，过去真不应该那样！跟他们打仗，心里却可怜他们……真不该可怜他们，应该把他们斩草除根！"

他攥紧拳头，因为愤怒无法发泄恼得耸了耸肩膀，头上马上就挨了后面打来的一鞭，他踉跄了一下，差一点跌倒。

"你攥什么拳头，狼崽子？我问你，你攥什么拳头？"领队的司务长大声喝叫着，驱马朝他身上冲来。

他又抽了伊万·阿列克塞耶维奇一鞭，这一鞭抽在脸上，顿时从眉骨直到中间有一个小坑的饱满的下巴，起了一道斜斜的印子。

"你打谁？打我吧，老爷子！打我吧！他是挂了花的，你别打他，"一个叶兰乡的小伙子带着恳求的笑容，用哆哆嗦嗦的声音喊叫起来，并且从人群里走出来，往前挺了挺饱鼓鼓的、结实的胸膛，把伊万·阿列克塞耶维奇遮住。

"也要打你！乡亲们，揍他们！打共产党啊！"

一鞭子打破了这个叶兰乡小伙子那绿褂子的肩膀,这一鞭十分厉害,打得破布片卷了起来,就像火烧的树叶子。一股黑血从伤口里,从马上鼓起来的鞭印子里流出来,浸透了破布片……

司务长恨得呼哧呼哧直喘,驱马朝俘虏身上乱蹦乱踩,冲进稠密的俘虏群里,用鞭子狠狠地乱抽起来……

又是一鞭子狠狠打在伊万·阿列克塞耶维奇身上。他眼睛里冒起金星,大地摇晃起来,而且对岸沙地上那一片绿色的树林好像要倒下来似的。

伊万·阿列克塞耶维奇用粗大的手抓住马镫,想把兽性大发的司务长拖下马来,但是一刀背砍来,把他击倒在地上,淡淡的、痒酥酥的、呛人的尘土爬进嘴里,鼻子和耳朵里火烧火燎地涌出血来……

押送兵像赶羊一样,把他们赶成一堆,抽打他们,打了老半天,打得很厉害。脸朝下卧在大路上的伊万·阿列克塞耶维奇,好像是在做梦一样,听到一片低沉的叫喊声、周围一片冬冬的脚步声、像疯了似的马的呼哧声。一团热乎乎的马汗沫子落在他的光着的头上,差不多就在同时,在很近的地方,就在他的头顶上,响起短促而可怕的男子哭声、喊叫声:

"他妈的!你们打手无寸铁的人!……哎哟哟……"

一匹马踩到了伊万·阿列克塞耶维奇的受伤的那条腿,磨钝了的马掌铁踩进小腿肚子的肉里,头顶上响起一片轰隆轰隆的、一下紧接一下的鞭打声……过了一会儿,一个沉甸甸、湿漉漉、散发着刺鼻的汗臭味和血腥味的身体,咕冬一声,倒在伊万·阿列克塞耶维奇的身边。他还没有完全失去知觉,所以听见:倒下去的人的喉咙里,就像翻倒的酒瓶那样,咕嘟咕嘟地冒出血来……

后来把他们一起赶到河边,逼着他们把血洗掉。伊万·阿列克塞耶维奇站在没膝深的水里,浸了浸疼得火烧火燎的伤口和被打起来的肿块,用手捧着跟自己的血混在一起的河水,拼命喝了起来,很怕来不及压下难以忍受的干渴。

在路上有一个骑马的哥萨克赶到了他们的前头。他那匹深枣红色的马,因为肥壮和满身大汗,全身明晃晃的,欢蹦乱跳地快步跑着。骑马人跑进了村子,于是,俘虏们还没有走到村边几户人家门前,一群一群的人就迎着他们跑来了。

伊万·阿列克塞耶维奇一看到那些迎面跑来的哥萨克和妇女们,就知道这一下子完了。其余的人也都明白了。

"同志们!咱们完啦!"一个塞尔道布团的共产党员喊道。

手执叉子、锄头、木棒和铁车杠的人群越来越近了……

后来的一切就像一场噩梦。走了三十俄里,经过一个连一个的村庄,在每一个村庄里都受到老百姓拷打。老头子们、妇女们和半大小伙子们，一见到这些被俘的共产党员们，又打，又对着他们那到处是血、到处是青伤和肿块的脸吐唾沫，又扔石头和土坷垃，还拿沙土和煤灰往他们那打肿了的眼睛里撒。妇女们心狠手辣，打起来特别厉害。二十五个遭殃的人通过一处一处的人群，到最后他们变得面目全非，完全不像人的样子了：身体和脸都变成了怪模样，青一块，红一块，黑一块，这儿肿一块，那儿破一块，浑身都是带血的泥巴。

起初这二十五个人当中每个人都想离开押送兵远一点儿，为的是少挨几下打；每个人都尽量往乱了队的俘虏群中间挤，因此挤成紧紧的一团往前走着。但是押送兵总是把他们拉开，推开。于是他们失去了躲避挨打的任何希望，便七零八落地走起来，每个人只有一个执着的愿望：控制住自己，不要倒下去，因为如果倒下去，就再也不能起来了。他们觉得反正无所谓了。起初眼前一闪起草叉铁齿的青光，或者晃动起粗木棒的白白的头儿，每个人都用手护住脸和头，无可奈何地用手捂住眼睛；挨打的俘虏群里发出来的又有求饶声，又有呻吟声，又有骂声，又有发自肺腑的叫疼声。到中午的时候，什么声音都没有了。只有一个顶年轻的叶兰乡人，以前在连里是个爱说爱笑、活泼可爱的人，一打到他的头上，他就哎哟叫上一声。他好像是走在烧得发烫的地面上，一跳一跳的，浑身抽搐着，拖着一条被棒子打断的腿……

伊万·阿列克塞耶维奇在河里洗过身上的血以后，精神上刚强起来。一看见迎面跑来的哥萨克和妇女们，他就和身边的同志告别，小声说：

“没什么了不起的，弟兄们，咱们会打仗，现在也应该会昂着头死去……直到最后一口气，咱们都应当记住一点，咱们有一点可以安慰的，就是：虽然他们能打死咱们，可是苏维埃政府是用棒子打不死的！共产党员们！弟兄们！咱们要死得有种，别叫敌人笑话咱们！”

一个叶兰乡人没有经受得住。等走到包布洛夫村，老头子们又凶狠又毒辣地打他的时候，他像小孩子一样哇哇直叫起来，撕开军便服领子，让哥萨克和妇女们看他那挂在脖子上的小小的贴身十字架，那十字架的吊带因为肮脏和汗污已经变成了黑色。

“同志们！我加入共产党才不久啊！……你们留留情吧！我是信上帝的呀！……我还有两个孩子呀！……行行好吧！你们也有孩子呀！”

“我们跟你算什么‘同志’！住嘴吧！”

“你想起孩子来啦，坏蛋？掏出十字架来啦？后悔啦？可是你在枪毙我们的人，杀我们的人的时候，你没有想到上帝吧？”一个戴耳环的翘鼻子老头子打了他两下，气喘吁吁地问道。不等他回答，老头子又照准他的脑袋，抡起了木棒。

伊万·阿列克塞耶维奇所看到的、听到的和意识到的一切，都是一闪而过，什么都没有引起他特别注意。心好像变成了石头，这颗心仅仅震动过一次。中午时候他们走进袭柯甫诺夫村，穿过街上的人群往前走，遇到的是一片咒骂和乱打。就在这时候，伊万·阿列克塞耶维奇侧眼朝一边看了看，就看见一个六七岁的男孩子紧紧拉着母亲的衣襟，眼泪顺着变了样子的两腮哗哗地往下流，声嘶力竭地尖叫着：

"妈妈呀！别打他啦！哎呀，别打他啦！……我不叫打！我怕！他浑身都是血啦！……"

那个娘们儿已经抡起木棒要打一个叶兰乡人，忽然叫了一声，扔掉木棒，抱起孩子，慌慌忙忙跑进小胡同里去了。伊万·阿列克塞耶维奇被孩子的哭声、孩子的真挚感人的同情心所感动，不由地涌出了眼泪，泪水腌疼了打破了和烧干了的嘴唇。他想起自己的孩子和老婆，微微抽搭了一下，而且因为这像闪电一样突然出现的回忆，产生了一种急切的愿望："但愿不要当着家里人的面把我打死！还希望……快点儿……"

大家都勉勉强强拖着两条腿往前走，因为疲倦，因为一直疼到骨头，都左右摇晃着。在一个村子外面的牧场上看见一口土井，就央求押送队长准许他们喝点水。

"用不着喝水啦！就这样已经多活啦！开步走！"司务长叫道。

但是押送队里有一个老头子替俘虏们说话了：

"行行好吧，阿基姆·萨佐内奇！他们也是人呀。"

"他们算什么人？共产党不是人！你别教训我啦！这押送他们的长官是我，还是你？"

"你们这号儿长官可是太多啦！伙计们，来喝！"

老头子下了马，从井里打上来一桶水。俘虏们把他团团围住，二十五双手一齐向水桶伸过来，打得青肿的眼睛里放出光来，发出一片沙哑而急促的低语声：

"老大爷，给我喝点儿！"

"给我喝点儿吧！……"

"给我喝一口吧！……"

"同志们，不能一齐喝呀！"

老头子不知道先给谁好了。他十分为难地耽搁了一小会儿，便把水倒进一个埋在地里的独木牲口槽里，走到一边，喊道：

“你们干吗像牛一样乱挤！排好队喝吧！”

那水顺着生了青苔、发了霉的槽底流开去，很快就流到被太阳晒得滚烫、散发着潮湿木头气味的槽角里。俘虏们拼命朝木槽拥去。老头子打了一桶又一桶，一共打了十一桶水，看着俘虏们，心酸得皱着眉头，把牲口槽灌得满满的。

伊万·阿列克塞耶维奇跪在地上，喝足了水，等他抬起清爽了的脑袋，就清清楚楚、几乎是丝毫不遗地看见：河边大道上覆盖着一层霜白色的石灰石尘粉，远处耸起的石灰岩山岭有如淡蓝色的幻影，在山岭之上，在水流湍急、波浪滚滚的顿河上空，在一望无际的蓝天上，在高高的空中，有一朵白云。清风吹动着白云，白云展开闪闪有光，像白帆一样的翅膀，迅速地向北方飘去，白云那乳白色的影子倒映在远处的顿河河湾里。

五十五

在暴动军总司令部的一次秘密会议上，决定向顿河政府、向包加叶夫斯基将军求援。

会议决定委托库金诺夫写一封信，对一九一八年底上游哥萨克同红军讲和并抛弃阵地一事表示后悔和遗憾。库金诺夫就写了一封信。他代表顿河上游暴动的全体哥萨克保证，今后一定要坚决同布尔什维克作战，直到最后胜利，并要求用飞机越过前线给暴动军输送指挥军队的正规军官和步枪子弹。

彼得·包加推廖夫就留在新根村，后来又到了维奥申。飞行员就带着库金诺夫的信飞回诺沃契尔卡斯克去了。

从这一天起，顿河政府和暴动军司令部之间就建立了密切的联系。差不多每天都从顿涅茨河那边飞来法国工厂出产的新式飞机，运来军官、步枪子弹和少量三英寸口径的大炮炮弹。飞行员还把那些跟随顿河军撤走的上游哥萨克们的信件带了来，又把家里人给哥萨克们的回信从维奥申带到顿涅茨那边。

顿河军的新司令官西道林将军，为了配合前线的战事和自己的战略计划，开始把司令部制订的作战计划、命令、战报和红军部队向暴动军阵地上调动的情报送给库金诺夫。

库金诺夫只对少数几个人说过他同西道林常有信件往来，对其余的人都严守秘密。

五十六

下午五时左右，把俘虏赶进了鞑靼村。已经接近了转瞬即逝的春天的黄昏，太阳也快要落山了，太阳像一个火红的圆球，已经挨着了弥漫在西方的蓬松的灰云的边缘。

鞑靼村步兵连的哥萨克们在大街上，在高大的公共谷仓的凉荫里坐着或站着。他们是调到顿河右岸去支援抵挡不住红军进攻的叶兰乡各个连队的，在开上前线的路上全连都顺路回到村子里，看一看家里人，并且带上一些吃的东西。

这一天他们本来应该出发的，但是他们听说，要把俘虏的共产党员押往维奥申去，其中就有米沙·柯晒沃依和伊万·阿列克塞耶维奇，而且听说俘虏们眼看就要来到鞑靼村了，所以他们决定等一等。有些哥萨克，跟第一次作战中和彼特罗一起被打死的那些人是一家人，他们特别想见见柯晒沃依和伊万·阿列克塞耶维奇。

步兵连的哥萨克们把枪靠在谷仓的墙上，无精打采地说着话儿，有的站着，有的坐着，有的抽烟，有的嗑葵花子；他们周围是妇女、老头子和孩子们。全村的人都跑到街上来了，有些孩子爬到房顶上，聚精会神地望着：是不是来了？

终于有一个孩子尖声叫道：

“看见啦！来啦！”

步兵连的哥萨克们急忙都站了起来，人们乱动起来，响起一片低沉的、嗡嗡的嘈杂声，孩子们冬冬地迎着俘虏们跑去。阿列克塞·沙米尔的遗孀的心还浸沉在没有平息的悲痛里，她歇斯底里地哭叫起来。

“把仇人押来啦！”一个老头子粗声粗气地说。

“打他们这些魔鬼！你们发什么呆呀，哥萨克们?!”

“把他们送去审判！”

“他们把咱们的人都杀啦！”

“把柯晒沃依和他的伙计都吊死！”

妲丽亚·麦列霍娃和安尼凯的老婆站在一起。她首先在渐渐走近、被打得遍体鳞伤的俘虏群中认出了伊万·阿列克塞耶维奇。

“把你们村里这个人押来啦！你们好好地看着这个狗崽子吧！好好地跟他亲热亲热吧！”押队的司务长在马上伸出一只手，指着伊万·阿列克塞耶维奇，声嘶力竭地叫了起来，他的声音盖过了越来越高的嘈杂声、妇女们的叫声和哭声。

“还有一个在哪儿？柯晒沃依在哪儿?”

“小牛皮大王”安季普朝人群里走来，边走边从肩上摘步枪皮带，晃悠着的步枪的托子和刺刀一下又一下地碰在人身上。

“你们村的人只有一个，另外再没有啦。如果一个人咬一口的话，就这一个也够啦……”司务长说着，用一块红手帕擦着满头的大汗，很吃力地把一条腿从马鞍上跨下来。

妇女们的尖叫声和号哭声越来越高，高到不能再高了。妲丽亚钻到押送兵们跟前，她看见，在离她几步远处，在一个押送兵的汗淋淋的马的后面，是打成了铁青色的伊万·阿列克塞耶维奇的脸。他的头肿成了怪样子，像一只高高竖起的水桶，头上还粘着带血块子的头发。额头上的皮肉肿胀起来，绽了开来，两腮鲜红鲜红的，头顶上有一层胶状的东西，上面还放着两只毛线手套。看样子，他把手套放在头上，是想护住一个连一个的伤口，遮一遮炙人的阳光，防备苍蝇和在空中嗡嗡叫的小虫子叮。手套干在伤口上，就这样粘在头上了……

他张皇失措地四面张望着，用眼睛寻找自己的老婆或小儿子，却又怕看见自己的老婆或小儿子，如果他们在这儿的话，他想求求别人把他们领走。他已经明白，他走不出鞑靼村了，他要死在这儿了，所以他不愿意让家里人看着他死，而他自己却越来越着急地盼望快点儿死。他佝偻着腰，缓慢而吃力地转悠着头，用眼睛扫了扫村里人一张张熟识的脸，他没有看到有一双眼睛露出怜悯或同情的神气——哥萨克们和妇女们的目光都是阴森森、恶狠狠的。

他的退了色的绿褂子硬邦邦的，每转动一下都沙沙直响。褂子上到处都是凝结了的褐色血块子，那绗得密密的红军棉裤上，那光光的大脚、平平的脚掌和弯弯的脚趾上也都是血。

妲丽亚站在他对面。因为仇恨涌到喉咙眼儿里，因为悲痛，因为急切等待着马上就要出现的可怕的情景，她呼哧呼哧地喘着粗气，看着他的脸，怎么都看不出：他是不是看见她、认出她了呢？

伊万·阿列克塞耶维奇依然用一只发了直的眼睛（另一只眼睛已经肿得看不见了）惊慌不安地、紧张地在人群里搜索着，目光忽然停在离他几步远的妲丽亚的脸上，他就像喝醉了一样，恍恍惚惚地朝前走去。他因为失血过多，头发起晕来，渐渐失去知觉，只觉得周围的一切都模模糊糊，脑袋昏昏沉沉，十分难受，眼前发黑，这种眼看要昏迷过去的状况使他十分担心，但他还是费了很大的劲儿撑持住了。

他一看见并且认出了妲丽亚，朝前走了几步，就摇晃起来。他那本来显得很刚强、如今已经十分难看的嘴上，微微露出一点像笑的意味。就是这种似笑非笑的表情，使妲丽亚的心冬冬地、紧张地跳了起来；她觉得自己的心好像已经跳到喉咙眼儿上了。

她对直地朝伊万·阿列克塞耶维奇走去，一个劲儿地呼哧呼哧喘着粗气，脸色越来越白。

"哦，你好啊，干亲家！"

她的响亮而激动的声音，以及这种声音中不平常的语气，人群一听到，都安静下去。

于是在一片寂静中，伊万·阿列克塞耶维奇低沉而又刚强地回答说：

"你好，干亲家母妲丽亚。"

"好一个干亲家！你说说，你是怎样把你的干亲家……把我的男人……"妲丽亚憋得喘不上气来了，她用两手抓住胸膛。她说不出话来了。

一下子完全静了下来，这是一种极其紧张的寂静，在这种带有不祥意味的寂静中，就连最远处的人都听见妲丽亚含含糊糊地问完了她要问的话：

"……你是怎样把我男人彼特罗·潘捷莱维奇杀死的？"

"没有，干亲家母，我没有杀他！"

"你怎么没杀他呢？"妲丽亚那痛苦呻吟的声音更高些了。"不是你和米沙·柯晒沃依把哥萨克们打死的吗？不是你们吗？"

“不是的，干亲家母……不是我们……不是我打死他的……”

“那究竟是谁把他害了的？喂，是谁？你说！”

“那是后阿穆尔团……”

“是你！是你杀的！……哥萨克们说，在坡上看见你来！你还骑着一匹白马！该死的东西，你想赖吗？”

“那一回打仗我也参加啦……”伊万·阿列克塞耶维奇的左手很吃力地举到头上，扶了扶干在伤口上的手套。他声音中明显地带着犹豫的意味，说道：“那一回打仗我是参加了，不过打死你男人的不是我，是米沙·柯晒沃依。是他打死他的。干亲家彼特罗的死，没有我的事。”

“你这个恶鬼，那咱们村子里谁是你打死的？你叫谁家的孩子变成无依无靠的孤儿啦？”“马掌”亚可夫的遗孀在人群里尖叫起来。

于是又响起妇女们歇斯底里的哭声、叫声和不要命地哭死人的号啕声，使本来已经够紧张的气氛越来越紧张了……

事后妲丽亚说，她不记得怎样手里就有了一支骑兵卡兵枪，不记得是怎样来的，不记得是谁塞给她的。反正妇女们哭起来的时候，她就觉得自己手里有一样别人的东西，她看都没看，一摸就知道这是枪。她先是抓住枪筒子，想用枪托子打伊万·阿列克塞耶维奇，但是枪上的准星把她的手掌硌疼了，于是她用手指头抓住枪机，然后把枪掉转过来，举了起来，甚至瞄准了伊万·阿列克塞耶维奇胸膛的右边。

她看见，在他背后的哥萨克们都躲到一边去，露出了谷仓的灰色圆木墙；她听见惊骇的喊叫声：“呸！你发昏啦！杀起自己的人来啦！等一等，别开枪！”她因为人群像野兽那样小心提防着，因为大家的目光一齐集中到她的身上，因为她想为丈夫报仇，还因为突然产生了一种虚荣心，就是说，她突然觉得她现在和其他妇女完全不同了，觉得哥萨克们都带着惊讶以至恐怖的神情看着她，等待着事情的结果，因此她一定要做出一点特别的、不寻常的、能够使大家震惊的事情来，——因为这一切，因为这各种各样的心情驱使着她，她以惊人的速度接近了在思想深处早就拿定了的、她不愿多想、这时候也不可能多想的主意，她小心翼翼地摸着枪机，停顿了一下子，突然，连自己也意想不到地使劲扳了一下枪机。

卡宾枪猛地往后一坐，她猛烈摇晃了两下，枪声震聋了她的耳朵，但是她从眯得细细的眼缝儿里看见，伊万·阿列克塞耶维奇那哆哆嗦嗦的脸顿时变了样子，变得非常厉害，非常可怕，他把双手一摊，又合到一起，好像要从很高的地方往水里跳似的，后来就仰面倒了下去，并且他的头像打寒战一样急促地抽搐起来，张开的两手的指头拼命在地上乱抓……

妲丽亚扔下枪，她还没有清楚地意识到刚才她干下的是什么，就转过身去，背着倒下去的人，用极不自然的、与平时的落落大方很不相同的姿势理了理头巾，撩了撩披散下来的头发。

“他还喘气呢……”有一个哥萨克，一面格外殷勤地给走过的妲丽亚让路，一面说。

她不明白这说的是谁，说的是什么，就回头看了看，只听见一阵深深的、好像不是出自喉咙、而是发自肺腑的哼哼声，哼哼声长长的，没有高低之分，中间夹杂着几声临死前的打哽。这时候她才意识到，这哼哼的是伊万·阿列克塞耶维奇，是她亲手打死的。她轻盈地快步从谷仓旁边走过，朝广场上走去，少数几个人目送着她。

人们的注意力又一齐集中到“小牛皮大王”安季普身上。他好像阅兵演习时那样，踮着脚尖迅速地朝躺着的伊万·阿列克塞耶维奇跑去，不知为什么把拔出来的三八式步枪的刺刀藏在背后。他的动作又干脆又利落。他蹲下来，拿刀尖对准伊万·阿列克塞耶维奇的胸膛，低声说：

“喂，科特里亚洛夫，你咽气吧！”他使劲把刺刀把子一压。

伊万·阿列克塞耶维奇死得很慢，很困难，生命很不情愿离开他那强壮、高大的躯体。一连捅了三刺刀之后，他还张着嘴，从他那龇着的、带血的牙齿缝儿里还发出长长的、沙哑的声音：

“啊——啊——啊！……”

“哎，你这两下子不行，滚你妈的蛋吧！”带领押送队的司务长推开“小牛皮大王”，举起手枪，眯起左眼，仔细瞄了瞄。

一枪响过，就像发了一声信号，那些正在讯问俘虏的哥萨克们动手打起来。俘虏们四处乱跑起来。步枪声劈里啪啦响了起来，夹杂着叫喊声……

过了一个钟头，格里高力·麦列霍夫回到鞑靼村。他拼命地赶马，那匹马从霍派尔河口镇出来，在两个村庄中间的路上倒下去死掉了。格里高力就扛起马鞍，走到附近的一个村子里，在那里要了一匹不怎么好的小马。所以他来迟了……鞑靼村的步兵连已经上了高地，朝着霍派尔河口乡的一些村庄，朝着正在同红军骑兵师的队伍进行战斗的霍派尔河口乡的边界开去。村子里很安静，一个人都没有。黑沉沉的夜色笼罩住周围的山冈、顿河对岸、窃窃私语的杨树和白蜡树……

格里高力进了院子，走进屋子。没有灯火。蚊子在沉沉的黑暗中嗡嗡叫着，堂前的圣像闪着暗淡的金光。格里高力吸了一口从小就熟悉的、使人振奋的自己的家的气味，问道：

“有人在家吗？妈妈！杜尼娅！”

“格里沙！是你吗？”上房里传出杜尼娅的声音。

一阵光脚丫儿的呱唧声，门缝儿里出现了杜尼娅的白色身影，她正匆匆忙忙地扎衬裙的带子。

“你们怎么睡得这样早？妈妈在哪儿？”

“咱们这儿……”

杜尼娅不做声了。格里高力听见她很急促、很激动地喘着气。

“咱们这儿怎么啦？早就把俘虏押过去了吗？”

“打他们啦。”

“怎——么？……”

“哥萨克们打了他们一顿……哎呀，格里沙！咱们家的妲丽亚，这个该死的畜生……”杜尼娅的声音中带着愤怒的哭腔，“……她亲手把伊万·阿列克塞耶维奇打死啦……对他开了一枪……”

“你胡说什么？”格里高力惊骇地抓住妹妹的绣花衬衣领子，叫了起来。

杜尼娅的白眼珠上汪着眼泪，格里高力看到她那发了呆的眼睛里的恐怖神情，就知道自己并没有听错。

“那么米沙·柯晒沃依呢？还有施托克曼呢？”

“他们不在俘虏里面。”

杜尼娅简单地、语无伦次地把摧残俘虏的情形、妲丽亚的情形说了一遍。

“……妈妈害怕，不敢和她睡在一座房子里，到街坊家里去啦，妲丽亚不知道在哪儿喝得醉醺醺地回来啦……醉得跟死猪一样。现在正睡着呢……”

“在哪儿？”

“在仓房里。”

格里高力走进仓房，把门大敞开。妲丽亚毫不害羞地撩起裙子，睡在地上。两条细细的胳膊扎煞着，右腮亮闪闪的，沾满了唾沫，从张开的嘴巴里往外喷着浓烈刺鼻的酒气。她很别扭地歪着头躺在那里，左腮贴在地上，又猛烈又吃力地喘着粗气。

格里高力从来不曾有过这样强烈的杀人的欲望。他在妲丽亚身边站了一小会儿，又哼哧又摇晃，怀着极端厌恶和憎恨的心情打量着这个躺在地上的人体。后来往前跨了一步，用靴子的铁后跟往妲丽亚那生着两道高高的黑柳叶眉的脸上一踩，沙哑地说：

“好——狠——毒——的娘们儿！”

妲丽亚哼哼起来，嘟嘟哝哝地说起醉话，格里高力双手抱住脑袋，刀鞘碰在门槛上丁当响了两下，他就跑到外面来了。

他也没有见母亲，连夜就回前方去了。

五十七

红军第八军和第九军，未能在春汛开始以前摧毁顿河军的抵抗，没有推进到顿涅茨对岸，不过一直还尝试着在一些个别地区发动进攻。这些尝试大多数都失败了。主动权渐渐转移到顿河军指挥部手里。

直到五月中旬，南方战线上一直没有什么显著的变化。不过，这样的变化很快就要出现了。根据前任顿河军总司令杰尼索夫将军及其参谋长波里亚科夫将军早就制订好的计划，陆续把所谓突击兵团集中到卡敏镇和别洛卡里特文河口镇一带。已经集结到这一段战线上的，有受过正规训练的青年军的最强的部队，有久经战阵的下游的一些团，即：宫陀洛夫团、盖奥尔吉耶夫团和另外几个团。根据粗略的估计，所谓突击兵团大约有一万六千条枪、二十四门大炮和一百五十挺机枪。

根据波里亚科夫将军的意图，突击兵团要同菲次哈拉乌洛夫将军的部队一起，向马凯耶夫村方向发动进攻，摧毁红军第十二师，然后向第十三师和乌拉尔师的两翼和后方推进，冲进上顿河州地区，以便和暴动军汇合，然后就进入霍派尔州，去“治一治”那些害了布尔什维克病的哥萨克们。

在顿涅茨河边正积极准备反攻和突进。突击兵团由谢克列捷夫将军指挥。胜利的形势渐渐明显地转到顿河军方面。克拉斯诺夫的走狗杰尼索夫将军下台后,西道林将军担任了顿河军的新司令官。他和新当选的顿河区总司令阿福里康·包加叶夫斯基一样,主张同协约国合作。他们正在同英、法军事代表团的代表们一起,制订向莫斯科进军和在全俄罗斯境内肃清布尔什维克主义的庞大计划。

一艘艘船舰装载着武器朝黑海沿岸的各个港口开来。许多远洋巨舰运来的不仅有英国和法国的飞机、坦克、大炮、机枪和步枪,而且还有拉车的骡子,还有因为同德国媾和而跌了价的粮食和军装。一捆捆深绿色的英国马裤和制服——制服的铜扣子上还铸着直立起来的不列颠狮子——塞满了诺沃罗西斯克的仓库。很多货栈都被美国的面粉、砂糖、巧克力和葡萄酒撑破了。资本主义的欧洲被布尔什维克顽强的生命力吓破了胆,就很慷慨地把炮弹和子弹,把协约国军队没有来得及对德国人打完的炮弹和子弹送到了南俄罗斯。国际反动派前来扼杀已经流了很多血的苏维埃俄罗斯了……英国和法国的军事教官纷纷来到顿河和库班,向哥萨克军军官和志愿军军官们传授驾驶坦克和放英国大炮的技术,他们已经在咂摸进入莫斯科的胜利滋味了……

可是在这时候,顿涅茨方面发生了一些事件,决定了红军一九一九年进攻的胜利。

毫无疑问,红军进攻失利的基本原因,是顿河上游哥萨克的暴动。三个月来,暴动像溃疡一样,侵蚀着红军的后方,因此红军需要经常分出兵力去镇压,前线不能及时得到武器弹药和物资供应,往后方输送伤病员也发生了困难。仅仅从第八军和第九军抽出去镇压暴动的就有两万人左右。

共和国革命军事苏维埃不了解暴动的实际规模,没有及时采取真正有效的措施来镇压暴动。起初调来镇压暴动的只是一些零星部队(比如,全俄中央执委会军官学校抽调了一支二百人的队伍)、一些兵员不足的部队和少数拦击部队。想用杯水扑灭车薪。这些凑集起来的红军部队包围住直径有一百九十公里的暴动地区,都是各自为战,没有统一的作战计划,所以,尽管同暴动军作战的已经有二万五千人,但是并没有取得什么真正的效果。

陆续调来堵截暴动军的有十四个补充连、几十支拦击部队;还从唐波夫、沃罗涅日和梁赞调来一些学生军。一直等到暴动的规模越来越大,等到暴动军用从红军手里夺来的机枪和大炮武装起来的时候,第八军和第九军才各抽了一个扫荡师,都配备了炮队和机枪队。暴动军受到重大损失,但是并没有被打垮。

上顿河州的大火的火星也迸到了邻近的霍派尔州。这里在一些军官的指使下,也发生了几起少数哥萨克暴动的事件。在乌留平镇,阿里莫夫中校拉拢了大量的哥萨克和逃亡军官。本来要在四月三十日夜间发起暴动的,但是阴谋被及时发觉了。阿里莫夫和部分同谋者在普莱奥布拉申乡的一个村子里被抓住,经过革命军事法庭审判,这些人都被枪毙了。因为失去了领头的,所以就没有暴动起来。就这样,霍派尔州的反革命分子没有能够和上顿河州的暴动军联合起来。

五月初,共和国革命军事苏维埃的代表托洛茨基离开莫斯科,前来视察暴动情况。他乘坐专车,从里斯基车站来到柴尔特柯沃车站,这时候全俄中央执委会军官学校的队伍正在这里下车,而且这里原来就驻扎着红军的几个混成团。柴尔特柯沃是东南铁路的终点站之一,接近暴动军战线的西段。这时候,米古林乡、麦石柯夫乡和嘉桑乡的大批哥萨克骑兵正集结在嘉桑乡的边界上,同转入进攻的红军部队进行决战。

托洛茨基在站前广场上对红军和学生军发表演说。队伍排成正方形。左边站的是学生军,他们把步枪都架了起来。红军们都带枪站着,保持着充分的战备状态。他们听完演说,就要立即开赴前线了。

托洛茨基号召迅速、无情地把暴动镇压下去,号召大家同革命的敌人英勇作战,他的话才说到一半,山冈上有一挺机枪响了起来,打了两梭子,就不响了。

车站上传播起谣言,说哥萨克已经包围了柴尔特柯沃,马上就要发起进攻了。所以,尽管离前线至少还有五十俄里,而且前面还有红军部队,如果哥萨克冲过来的话,他们也会送情报来的,尽管是这样,车站上还是慌乱起来。站得整整齐齐的红军队伍晃动起来。教堂后面有人发出响亮的口令声:“持——枪!”人们在大街上乱跑起来。托洛茨基派一个亲随人员先去发电报,自己把原来慷慨激昂的演说压缩了一下,就仓促结束了演说,又进了车站。过了五分钟,共和国革命军事苏维埃代表乘坐的专车,高高地鸣了一声汽笛,就渐渐加快速度,轰隆轰隆地朝里斯基开去。

原来是一场虚惊。是把一支从曼柯沃方面向车站开来的红军骑兵连当成了哥萨克。学生军和两个混成团便出发,朝嘉桑镇方向开去。

过了一天,刚刚开到的喀琅施塔得团就几乎全部被消灭了。

哥萨克和喀琅施塔得团交过一次手之后,到夜里就发动了袭击。喀琅施塔得团不敢冒险去占领哥萨克抛弃的村庄,就派出岗哨和潜伏哨,在草原上宿营了。到半夜里,几个哥萨克骑兵连包围了这个团,猛烈开火了,同时还广泛地使用了不知是什么人想出的虚张声势的手段——敲起老大的响板。暴动军常常在夜间用这些响板冒充机枪:不管在什么情况下,这种响板发出的声音和真正的机枪声几乎毫无差别。

于是,被包围的喀琅施塔得团的红军,在伸手不见五指的黑暗中一听见许多“机枪”的哒哒声、自己的岗哨的杂乱的枪声、哥萨克的呐喊声、越来越近的骑兵散兵线的喧闹声和轰隆声,他们就朝顿河奔去。冲到了河边,但是骑兵一冲过来,就被打垮了。一个团仅仅活下来几个会游水的,他们泅过了春水涨宽了的顿河。

五月里,一批又一批的红军增援部队陆续从顿涅茨向暴动军的战线上开来。第三十三库班师开到了,于是格里高力·麦列霍夫第一次尝到了真正的厉害。库班师毫不松气地追赶起他的第一师。格里高力让出一个又一个的村子,向北方,向顿河退去。他在靠近卡耳根乡的旗尔乡边界上停留了一天,后来,在敌人优势的兵力压迫之下,不仅被迫退出了卡耳根镇,而且要求火速增援了。

康德拉特·梅德维杰夫从自己的师里调了八个骑兵连给他。梅德维杰夫师的哥萨克的装备都很好。他们的弹药充足,都穿着很好的服装和上等的靴子——都是从被俘的红军身上剥下来的。有很多嘉桑乡的哥萨克,尽管天气已经很热了,都还穿着很漂亮的皮夹克,几乎每个人都有盒子枪或者望远镜……嘉桑乡的哥萨克暂时拦住了横冲直闯的第三十三库班师的进攻。格里高力决定利用这个机会,到维奥申去一天,因为库金诺夫一再要求他去开一次会。

五十八

他一大早就来到维奥申镇上。

顿河里的春水已经开始下落了。空气中洋溢着杨树芽儿的甜甜的黏腻气味。河边鲜嫩的墨绿色橡树叶子昏昏欲睡地沙沙响着。已经露出来的田埂冒着热气。田埂上已经长出尖尖的青草,在低洼的地方还留着明晃晃的、没有退尽的春水,水牛哞哞地叫着,虽然太阳已经升上来,可是在充满淤泥和绿苔气味的潮湿空气中,还有一群一群的蚊子嗡嗡叫着。

司令部里有一架旧打字机哒哒地响着,屋子里人很多,烟气腾腾。

格里高力看见库金诺夫正在干一件奇怪的事儿:他也不抬头看轻轻走进来的格里高力,却带着严肃和若有所思的神情,在扯一只被逮住的大绿头苍蝇的腿。他扯一下,攥一下干瘦的拳头,把苍蝇放到耳朵边,歪起脑袋,聚精会神地听听苍蝇忽高忽低的嗡嗡声。

他一看见格里高力,就带着厌恶和恼恨的神情把苍蝇扔到桌子底下,在裤子上擦了擦手,疲惫地靠在磨得发光的椅背上。

"请坐,格里高力·潘捷莱维奇。"

"你好啊,司令!"

"唉,就像俗话说的,好倒是好,就是长不了。噢,你那儿怎么样?他们来势很猛吗?"

"够猛的!"

"你在旗尔河边撑住了吗?"

"能撑多久呢?幸亏嘉桑乡的人来了。"

"是这么回事儿,麦列霍夫,"库金诺夫把自己的高加索式皮带上的生皮小带子缠到指头上,故装凝神地注视着发了黑的银扣环儿,叹了一口气,"看样子,咱们的情况还要越来越糟呢。顿涅茨方面情况有变化。如果那边咱们的人不能把红军狠狠地打一顿,冲破他们的战线,他们一旦明白了咱们是他们的祸根,他们会想方设法把咱们夹死。"

"士官生那边情况如何?最近来的飞机带来什么消息?"

"没什么了不起的消息。老兄,他们是不肯把自己的战略告诉咱们的。西道林是个老谋深算的家伙,想一下子弄清他的心思是办不到的。他们是有这样的计划——突破红军的战线,给我们派援军来,他们是答应帮助我们,但是,诺言往往不是都能兑现的。而且,突破战线也不是一件容易事,我就知道,布鲁西洛夫将军的想法就和他不一样。咱们怎么知道,红军在顿涅茨方面有多少兵力呢?也许,他们从高尔察克那边抽出几个军,调到这方面来了呢?咱们现在是两眼黑!除了自己的鼻子,什么都看不见!"

"你这是想说什么呀?开什么会呀?"格里高力烦闷地打着哈欠,问道。

他并不操心暴动的成败。他听到这些事,几乎无动于衷。他就像一匹天天拉着石滚子在场院上转的马那样，在心里围绕着这个问题想了很久，最后在心里把手一甩："现在没法子跟苏维埃政府讲和啦，他们叫我们、我们叫他们流的血太多啦，至于士官生的政府，现在处处顺着我们，可是以后会戗着我们干的。去他妈的吧！结局怎样，就怎样好啦！"

库金诺夫打开地图，依然不去看格里高力的眼睛，说：

"你没来的时候，我们商量过，决定……"

"你跟谁商量来，跟那位爵爷吗？"格里高力一想起去年冬天在这间屋子里开的那一次会，想起那位高加索中校，就打断他的话。

库金诺夫皱起眉头，脸色阴沉下来。

"他已经不在人世啦。"

"这是怎么一回事儿？"格里高力提起了精神。

"我以前没对你说过吗？盖沃尔吉捷同志被打死啦。"

"哼，他算咱们的什么同志……在他穿光板皮袄的时候，跟咱们是同志。可是咱们要是真的跟士官生联合起来，而且如果他还活着的话，有那么一天，他会连胡子都抹上头发油，娇贵起来，连手都不肯伸给你啦，只给你这样一个小指头。"格里高力伸出又黑又脏的小指头，龇出满嘴白牙，哈哈大笑起来。

库金诺夫的脸色更阴沉了，他的目光和声音中露出很明显的不满、懊恼和强忍着的愤怒。

"这没有什么好笑的，不能嘲笑别人的死。你好像变成大傻子伊万啦。把人都打死啦，可是你还觉得'不够劲儿'！"

格里高力有点儿着恼，却不表露出，是库金诺夫的比喻刺伤了他；他微微笑着，回答说：

"一点不错，这种人即使死了，也还是'不够劲儿'。对于这些白脸和白手的家伙，我一点也不心疼。"

"总归他已经死啦……"

"是在战场上死的吗？"

"怎么说好呢……这事儿糊里糊涂，一时也弄不清真相。他是按照我的命令，呆在辎重队里的。哦，好像他和哥萨克们的关系搞得不大好。在杜达列夫村外打起仗来，他所在的那个辎重队当时离火线有两俄里。盖沃尔吉捷坐在车辕上（这是哥萨克们对我说的），他们说，一颗流弹打在他的鬓角上。好像他连哼都没哼一声……一定是哥萨克这些坏东西把他打死的……"

"把他打死，这干得太好啦！"

“你算了吧！别信口胡说啦。”

“你别生气。我这是开玩笑的。”

“有时候你开的玩笑很不对头……你就像一头牛：在哪儿饿了，就在哪儿吃。怎么，照你的意见，应该把军官都杀死吗？又要‘打倒肩章’吗？格里高力，你是不是应该用用脑筋呢？既然瘸了，就必然有一条腿有毛病！”

“别来这一套啦，说下去吧！”

“没什么可说的啦！我明白，是哥萨克们把他打死的，我就到那儿去，想和他们说说心里话。我就说：‘狗崽子们，你们又玩老把戏吗？你们又开始对军官开枪，不是太早了吗？去年秋天你们也开枪打过军官，可是后来，你们遇到困难，就又要军官啦。是你们亲自跑来，跪着要求：你来担任指挥吧，来领导领导吧！……可是现在你们又要来老一套吗？’于是，我把他们申斥了一顿，骂了一顿。他们都死不承认，说：‘老天爷在上，我们实在没有杀他！’可是我从他们的眼神上看出来：是他们杀的！你拿他们有什么办法呢？你对他们掏出心来，他们却还是守口如瓶。”库金诺夫怒冲冲地把生皮小带子揉成一团，脸涨得通红。“他们把一个有学问的人打死啦，失去了他，我就好比失去了两只手。谁来作计划呢？谁来出谋划策呢？像我和你，咱们只能这样随便谈谈，可是涉及战略策略方面的事，咱们就一窍不通了。幸亏彼得·包加推廖夫来了，要不然连一个可以商量的人都没有啦……唉，真是的，他妈的，够戗呀！现在的问题是：如果顿涅茨方面咱们的人不能把战线突破，那咱们在这儿也守不住。我们决定照以前说过的办法，用咱们所有的三万人马去进行一次突破战。如果打败了，就退到顿河边上。咱们把右岸从霍派尔河口到嘉桑镇一段让给他们，咱们就在顿河边上挖战壕，进行防御战。”

有人砰砰地敲了几下门。

“是谁？进来。”库金诺夫叫道。

进来的是第六旅旅长格里高力·包加推廖夫。他那一张结实的、红红的脸汗淋淋的，那稀稀的淡褐色眉毛气嘟嘟地皱到了一起。他也不摘那顶上都汗湿透了的制帽，就在桌边坐了下来。

“你怎么来啦？”库金诺夫带着持重的笑容望着包加推廖夫，问道。

“发子弹吧。”

“发过啦。你究竟要多少呀？怎么，我这儿开着子弹工厂吗？”

“这怎么能算发子弹？一个弟兄一颗吗？人家用机枪扫我，我只能弯着腰到处躲藏。这怎么能叫打仗？这只能叫……挨打！就是这么回事儿！……”

“你别急,包加推廖夫,我们正在这儿谈要紧的事情,”但是他看见包加推廖夫起身要走,就又说:“等一等,你别走,没有什么要瞒你的……就这样,麦列霍夫,如果咱们在这边守不住,那咱们就突围。扔掉一切不在部队里的人,扔掉全部辎重,叫步兵坐上大车,带上三个炮兵连,向顿涅茨方面冲去。我们想请你打先锋,你不反对吧?”

“我反正都一样。可是咱们的家属又怎么办?小孩子、妇女、老头子都要完啦。”

“这话倒也是的。不过单是他们完蛋,总比我们大家都完蛋好些。”

库金诺夫耷拉下嘴角,半天没有说话,后来从抽屉里拿出一张报纸。

“哦,还有一件新闻呢:他们的总司令来指挥军队啦。听说,现在他不是在米列洛沃,就是在坎捷米洛夫卡。瞧,他们拿出大本钱对付咱们啦!”

“这话是真的吗?”格里高力·麦列霍夫有些不相信。

“是真的,真的!这不是,你看看吧。这是嘉桑人给我送来的。昨天早晨,咱们的侦察队在叔米林镇外碰上两个骑马的人。两个都是红军的学生军。哥萨克们把他们都砍死啦,其中有一个,看样子已经不算年轻啦。据说,可能是一个什么委员。从他的公文包里搜出来这张报纸,叫什么《前进报》,是本月十二日出版的。他们把咱们写得太离奇啦!”库金诺夫把报纸递给麦列霍夫,报纸有一个角已经被撕掉卷烟卷儿了。

格里高力匆匆看了看用化学铅笔标出的一篇社论的标题,就往下看去:

后方的暴动

顿河哥萨克部队的暴动已经持续不少时间了。这次暴动是邓尼金的爪牙——反动军官们鼓动起来的。暴动的主要支柱是哥萨克富农。富农拉拢了很大的一部分哥萨克中农。很可能,哥萨克在这样或那样的场合,受到过苏维埃政权个别代表人物的某些很不合理的对待。邓尼金的爪牙们就巧妙地利用这一点,来煽动叛乱的大火。白卫军的走狗们在暴动地区装做拥护苏维埃政权,是为了更容易骗取哥萨克中农的信任。反革命分子的欺骗、富农的利益和哥萨克群众的愚昧就这样一时间纠合到一起,在南方战线我军的后方掀起这次荒唐的、罪恶的叛乱。军队后方的叛乱,就好比干活人肩上的脓疮。要打仗,要保卫苏维埃国家,要粉碎邓尼金的地主匪帮,就必须有可靠、安定、工农团结一致的后方。因此当前最重要的任务就是肃清顿河地区的叛乱和叛乱分子。

中央苏维埃政府命令要在最短期间内解决这一问题。为了支援正在扫荡卑鄙的反革命叛乱的清剿部队,已经开来并且将陆续开来一些强有力的增援部队。为了解决这一迫切任务,许多优秀的组织工作者也陆续来到这里。

必须扫除叛乱。我们的红军战士必须清清楚楚地了解到,维奥申乡、叶兰乡或者布堪诺夫乡的叛乱分子都是白卫军将军邓尼金和高尔察克的直接帮凶,暴动持续的时间越长,双方的牺牲越大。要减少流血,办法只有一个:给予迅速、严厉的歼灭性打击。

必须扫除叛乱。必须把肩上的脓疮挑开,用烧红的铁烙一烙。只有这样,南方战线才能放开手来,给敌人以致命的打击。

格里高力看完了,阴沉地冷冷一笑。他看了这篇文章,心里十分气忿,十分懊恼。"他们用笔一划,就把我们和邓尼金划到一块儿,我们就成了他的帮凶啦……"

"喂,怎么样,厉害吧?想拿烧红的铁来烙咱们呢。哼,咱们还要看一看,究竟谁烙谁哩!对吗,麦列霍夫?"库金诺夫等待回答,等了一会儿,又转身对包加推廖夫说:"要子弹吗?发给你!每一名骑兵发三十颗,全旅都发。够了吗?……到库里去领吧。叫军需处长给你开条子,你去找他好啦。不过,包加推廖夫,你打仗的时候多用用马刀,多用用计策,没错儿!"

"从癞羊身上就是揪一把毛也是好的!"包加推廖夫十分开心地笑了笑,道过别,就走出去了。

格里高力·麦列霍夫同库金诺夫谈完预料中要向顿河边撤退的事,也要走了。临走时,他问道:

"如果我把全师都带到巴兹基来,坐什么过河呢?"

"亏你想得出!骑兵都可以泅水过河嘛。什么时候看见过骑兵坐船过河?"

"你要知道,在我的队伍里,顿河边上的人不多呀。旗尔那边的哥萨克都不会泅水。他们一辈子都住在草原上,哪儿会泅水?他们一到水里,比斧子还沉。"

"可以跟着马泅过去呀。以前在大演习时跟着马泅过水,在对德作战时也这样干过嘛。"

"我说的是步兵。"

"有渡船。我们准备些小船,你放心吧。"

“老百姓也要坐船呀。”

“我知道。”

“你要保证所有的人都能过河,要不然我宰了你!如果咱们把老百姓留下,可不是好玩儿的。”

“能办到嘛,一定能办到!”

“大炮怎么办?”

“你把臼炮炸掉,把三英寸口径的炮运到这儿来。我们弄几条大船,把炮兵连渡过来。”

格里高力从司令部里走出来,脑子里还一直在想着刚才看过的那篇文章。

“他们说我们是邓尼金的帮凶呢……可我们究竟是什么样的人呢?实际上,就是帮凶,一点儿也不冤枉。真话总是刺耳朵的……”他忽然想起已死的“马掌”亚可夫的话。那还是在卡耳根镇上,有一天晚上,格里高力在回住所的路上,顺便到炮兵住的广场上一座房子里去了一下;他在过道里的笤帚上擦脚的时候,就听见“马掌”亚可夫和人争论,亚可夫说:“你说咱们独立了吗?哪个政府也管不着咱们了吗?哼!你那肩膀上长的不是脑袋,是啃不动的老倭瓜!如果你愿意明白的话,那咱们现在就像是一条丧家狗:有的狗因为主人不喜欢,或者爱淘气,就离开家,可是往哪儿去呢?又不能到狼群里去,觉得可怕,觉得狼是野物;可是又不能回到主人家里去,怕因为淘气挨打。咱们就是这样。你就记住我的话:咱们会夹起尾巴,像根鞭子一样夹在肚子底下,爬到士官生那儿去,说:‘老兄们,做做好事,收下我们吧!’一定会这样的!”

格里高力自从在克里摩夫村那次战斗中砍死几个水兵以后,一直处在一种冷冷的、呆呆的漠然状态中。一天到晚垂着头,一笑也不笑,一点高兴的样子也没有。有那么一两天,他因为伊万·阿列克塞耶维奇的死感到痛心,感到惋惜,可是后来也淡漠了。在他的生命中留下的唯一的东西(至少他觉得是这样),就是重新熊熊燃烧起来的对阿克西妮亚的爱情。只有她招引着他,就像在黑沉沉的寒冷的秋夜里,草原上晃晃跳动的远方火堆的火光招引着行路人。

就是现在,他从司令部回去的路上,又想起了她:“我们现在要去突围了,她又怎么办?”他没有经过反复的思量和过多的考虑,就拿定主意:“让娜塔莉亚带着孩子们和母亲留下来,我把阿克西妮亚带着。给她一匹马,叫她跟我的师部一块儿走。”

他渡过顿河,来到巴兹基村,回到住处,从笔记本上扯下一张纸,写道:

克秀莎！也许我们要撤退到顿河左岸去，你就扔掉你所有的东西，到维奥申来吧。你可以在维奥申找到我，跟我一块儿。

他用樱桃胶汁把信封起来，递给普罗霍尔·泽柯夫，红着脸，皱着眉头，故意装出严肃的样子，掩饰着自己的不好意思，不叫普罗霍尔看出来，说：

“你回鞑靼村去一趟，把这封信交给阿司塔霍夫家的阿克西妮亚。你交给她的时候要注意，不要叫人……比如说，不要叫我家里人看见。明白吗？最好是夜里送给她。不要回信。还有，我给你两天假。好，去吧！”

普罗霍尔朝马走去，但是格里高力又想起家里，把他叫了回来。

“你也上我家里去一趟，告诉我妈或者娜塔莉亚，叫她们趁早把衣服和别的值钱的东西运到顿河那边去。把粮食埋起来，把牲口也赶到河那边去。”

五十九

五月二十二日，整个右岸的暴动军开始撤退了。部队步步为防，且战且退。草原地带各个村庄的老百姓都惊慌万状地朝顿河边跑去。老头子和妇女们把家里所有的马都套到车上，把箱子、家具、粮食和孩子都装上车。从牛群和羊群里挑选出一些牛和羊，顺着路边往前赶。大批的辎重车，赶在军队的前头，朝顿河沿岸的村庄拥去。

步兵依照总司令部的命令，提前一天开始撤退。鞑靼村的步兵和维奥申的外来户民兵，五月二十一日从霍派尔河口乡的柴博塔列夫村开出来，行军四十多俄里，在维奥申乡的大鱼村宿营。

二十二日，从大清早起，灰白色的雾气就遮住天空。雾蒙蒙的天上连一块云彩都没有，只是在南面，在顿河边一处山口的上方，日出之前出现了一小块明亮耀眼的粉红色云彩。那云彩朝东的一面好像血染的一般，放射着红光。太阳从夜露打凉了的左岸的沙丘后面升上来，云彩就消逝得无影无踪了。秧鸡在草地上叫得越来越欢，一只只尖翅膀的鱼鹰，像蓝色棉花团儿似的朝波光粼粼的顿河水里落去，又用凶狠的嘴叼着一条条银光闪闪的小鱼飞起来。

到中午时候，出现了五月里不曾有过的炎热。就像在下雨之前那样，又热又闷。难民的大车队在天亮之前就拉成长龙，顺着顿河右岸，从东往西，朝维奥申走去。将军大道上，大车轮子吱吱嘎嘎地响成一片。马嘶声、牛叫声和人的说话声从山冈上一直传到河边滩地上。

有二百人左右的维奥申外来户民兵队伍，还留在大鱼村。上午十点钟接到维奥申来的命令，叫他们转移到大雷村去，在将军大道和各条街道上布置岗哨，拦截所有往维奥申去的已经达到入伍年龄的哥萨克。

往维奥申去的难民的车辆，像潮水一样朝大雷村涌来。满身灰土、晒得黑黑的妇女赶着牲口，骑马的人走在道路两旁。车轮声、马和羊的喷气声、牛叫声、小孩子的哭声、也跟着逃难的伤寒病人的哼哼声，冲破了这个隐藏在樱桃树丛中的村庄的死水一般的寂静。这种乱七八糟混成一片的嘈杂声平时是听不见的，所以村子里的狗都把喉咙叫哑了，而且已经不像起初那样，见到行人就扑过去，也不因为闲得无聊，跟着大车在大街上跑，跟着跑上很远一段路了。

普罗霍尔·泽柯夫在家里住了两天，把格里高力的信交给了阿克西妮亚·阿司塔霍娃，又把口头吩咐转告了伊莉尼奇娜和娜塔莉亚，二十二日就动身上维奥申。

他指望在巴兹基村遇上自己的连队。但是隐隐传到顿河边的炮声，好像还是从旗尔河边传来的。不知为什么普罗霍尔不想到打仗的地方去，所以决定就走到巴兹基村，就在那里等候格里高力带着他的第一师开到顿河边上来。

一路上，一直到大雷村，普罗霍尔都是慢腾腾地走着，一辆辆难民的大车跑到他前头。他让马不慌不忙地往前走，几乎一直都是走的小步。他用不着着急。从鲁别仁村起，他就跟着不久前才成立的霍派尔河口团团部一起走了。

团部的人分坐在一辆带弹簧座的单辕马车和两辆大板车上。团部的人有六匹上了鞍的马拴在大车后头。有一辆大板车上拉着文件和电话机，带弹簧座的马车上躺着一个受伤的上了年纪的哥萨克，还有一个鹰钩鼻子的人，那人瘦得厉害，头贴在马鞍垫子上，头上戴着灰色羊羔皮军官帽。看样子，他的伤寒刚刚发作过。他躺在车上，裹着军大衣，一直裹到下巴；在他那鼓鼓的苍白的额头上，在他那冒着虚汗的、薄薄的脆骨鼻子上，落满了灰土，但是他还一个劲儿地要求用暖和东西给他包包脚，并且一面用骨瘦如柴、青筋嶙嶙的手擦着额头上的汗，一面骂着：

“混账！畜生！风朝我的脚底下直钻，你们听见没有？波里卡尔普，你听见没有？拿毯子给我盖一盖！我身体好的时候，谁都用得着我，可是现在……”他用所有害重病的病人都会有的一种模糊而冷峻的目光朝两边扫了扫。

那个叫波里卡尔普的人，是个高大而威武的旧教徒，他边走边跳下马来，走到马车跟前。

“您这样容易着凉啊，萨摩伊洛·伊万诺维奇。”

“给我盖上，少啰嗦！”

波里卡尔普乖乖地照他的吩咐做了，又走了开去。

“这是什么人？”普罗霍尔拿眼睛瞟着病人，问道。

“是大熊河河口镇的一位军官。在我们团部里。”

跟团部一起走的还有霍派尔河口乡裘柯夫村、包布洛夫村、克鲁托夫村、集摩夫村和其他一些村庄的难民。

“喂，你们他妈的都上哪儿去？”普罗霍尔向一个逃难的老头子问道，那老头子坐在一辆装得满满的大车上。

“我们想上维奥申去。”

“有命令叫你们上维奥申去吗？”

“老弟，命令倒是没有，不过，谁又愿意死呢？要是眼看着死到临头，恐怕你也会跑的。”

“我是问：你们为什么要往维奥申跑？如果在叶兰镇过河到对岸去，不是更省事吗？”

“坐什么过河？听人说，那儿没有渡船。”

“到维奥申就有船坐吗？会拿船来给你渡这些乱七八糟的玩意儿？把军队扔在岸上，就专门来渡你们和你们的大车吗？真是的，老大爷，你们这些人好糊涂！你们稀里糊涂，不知道往哪儿跑，也不知道为什么要跑。瞧，你把这些东西都堆到车上干什么？”普罗霍尔走到大车跟前，用鞭子指着大大小小的包袱，很恼火地问道。

“这儿可是什么都有！有衣裳，有马套，有面粉，有过日子少不了的各种各样的玩意儿……都不能扔掉。就是跑到一座空房子里，也可以凑合着过啦。我把两匹马和六头牛都套上，把一切能装的东西都装上，叫娘们儿坐上去，我赶着车就走。老弟，这些东西都是靠自己的力气挣来的，都是一把泪一把汗挣来的，能舍得扔掉吗？如果房子能搬得动的话，我连房子都拉走，免得留给红党。叫他们连屁也捞不到！”

“瞧，就比如说，你带着这个大筛子有什么用？还有这些椅子，你带着去干什么呢？红党才不要这些玩意儿呢。”

“可是总不能丢下呀！哎哟，你这人真怪……要是丢下的话，他们不是弄坏，就是烧掉。不行，不能叫他们发我的财。叫他们难受难受好啦！我给他们拉个一干二净！”

老头子朝两匹懒洋洋的大肥马甩了两鞭，转过身去，用鞭把子指着后面第三辆牛车，说：

“那个赶牛车的、包着头巾的姑娘，是我的女儿。她那辆车上有一只母猪和好几只小猪呢。母猪本来怀着崽儿，大概是我们捆它、往车上放的时候，挤压了一下子。到夜里就在车上生起小猪。听见吗，小猪叫得多欢？哼，红党别想发我的财，叫他们连屁都闻不到！”

“老大爷，你可不要在上渡船的时候碰上我！”普罗霍尔恶狠狠地盯着老头子那张汗淋淋的大脸，说。“你可别碰上我，要不然我把你的母猪、小猪和所有的家产都扔到顿河里去！”

“这是为什么呀？”老头子非常惊骇地问道。

“这是因为，别人在流血牺牲，家破人亡，可是你这个老家伙，就像一个蜘蛛，把什么都要拖走！”平时又老实又随和的普罗霍尔一下子叫了起来。“我顶看不惯这样的粪蛆！我简直恨透啦！”

“走你的吧！到一边去吧！”老头子也火了，哼哧哼哧地转过身去。“有什么好神气的，还要把别人的东西扔到顿河里呢……我还把他当成一个好人呢……我儿子就是个司务长，正带着连队抵挡红军呢……请你快走吧！用不着看着别人的东西眼红！你自己要是能多挣点儿，看到别人的东西就不眼馋啦！”

普罗霍尔放马小跑起来。后面有一只小猪用又尖又细的嗓门儿吱吱地叫起来，母猪也惶惶不安地哼哼起来。小猪的尖叫声非常刺耳。

“这是他妈的什么玩意儿？哪儿来的小猪？波里卡尔普！……”躺在马车上的那个军官难受得皱着眉头，几乎是带着哭腔喊道。

“是一只小猪从车上掉下来，叫车轮子把腿压断啦。”波里卡尔普走到跟前，回答说。

“告诉他们……你去，告诉小猪的东家，叫他把小猪宰了。告诉他，这儿有病人……本来就够难受啦，再加上这猪叫。快点儿！快去！”

普罗霍尔来到马车跟前，看到那个鹰钩鼻子的军官皱着眉头，两眼呆呆地听着小猪的尖叫声，用灰色羊羔皮帽子捂耳朵也没有用……一会儿，波里卡尔普又来到跟前。

“萨摩伊洛·伊万诺维奇，他不肯宰掉，他说，它，也就是小猪，会好的，要是不好的话，他说，到晚上再杀掉。”

那军官气得脸都白了，很费劲儿地支起身子耷拉下两条腿，坐在马车上。

“我的勃朗宁在哪儿？把车停下！小猪的东家在哪儿？我马上给他点儿颜色看看……他在哪一辆车上？”

终于还是逼着那个很会精打细算的老头子把小猪宰了。

普罗霍尔微微笑着，又催马小跑起来，跑到霍派尔河口乡大车队的前头。前面一俄里远的大路上，又是许多大车和骑马的人。大车至少有二百辆，骑马的人零零落落地走着，有四十来个。

“这一下子抢渡船要大乱一场啦！”普罗霍尔心里想。

他追上了那一批大车。一个娘们儿，骑着一匹很漂亮的枣红马，从正在行进的车队的前头，迎面朝他跑来。她来到普罗霍尔跟前，把马勒住。她骑的马配着一副华丽的马鞍，胸前银铃和笼头上的银饰闪闪放光，马鞍的两侧一点都没有磨损，马肚带和鞍垫都是光溜溜的上等皮子做的。那娘们儿很熟练、很灵活地骑在马上，用一只强壮的、黑黑的手紧紧握着调理得很好的缰绳，但是那匹高大的战马显然很看不起自己的女主人：它翻滚着血红的大眼珠子，拧着脖子，龇着黄黄的大板牙，老是想蹭一蹭那娘们儿裙子底下露出来的圆滚滚的膝盖。

那娘们儿裹着一块新洗过的淡青色头巾，一直裹到眼睛边上。她把头巾从嘴上推了推，问道：

“大哥，你没有碰见拉伤兵的大车吗？”

“我碰见很多大车呢。有什么事？”

“真糟，”那娘们儿拉长声音说，“找不到我男人啦。他是跟着医疗队从霍派尔河口镇出来的。他的腿受了伤。好像现在伤口化脓啦，所以他叫村里人带信给我，叫我把马给他送来。这就是他的马，”她用鞭子朝汗淋淋的马脖子上拍了拍，“我备好马，跑到霍派尔河口镇，可是医疗队已经不在那儿，离开啦。这不是，我到处跑来跑去，就是找不到他。”

普罗霍尔欣赏着她那俏丽的圆脸，美滋滋地听着她那轻言低语的软绵绵的声音，不禁乐呵呵地说：

“哎呀，大嫂子！干吗还要找你男人？就让他跟医疗队走掉算啦，你长得这样漂亮,还有这样一匹好马做陪嫁,谁都愿意娶你做老婆!连我都愿意斗胆试试看。"

那娘们儿勉强笑了笑,弯下丰满的腰身,把裙子下摆朝露出来的膝盖上拉了拉。

"你别打哈哈,告诉我:没有遇见医疗队吗?"

"就在那一队大车里,有病人,也有伤员。"普罗霍尔叹着气回答说。

那娘们儿扬了扬鞭子,她的马用两条后腿一转,陡地转过身去,腿裆里流着白沫,小跑起来,后来又一颠一颠地渐渐换成大跑。

一辆辆的大车慢慢移动着。老牛懒洋洋地甩打着尾巴,驱赶嗡嗡叫的牛蝇。非常炎热,大雷雨前的空气又燥热又沉闷,路边矮矮的向日葵的嫩叶都卷了起来,并且耷拉下来。

普罗霍尔又跟大车队走在一起了。使他吃惊的是,这里面有很多年轻哥萨克。他们有的是掉了队,有的干脆就开了小差,他们来到家属里面,跟着家属一起朝渡口走去。有些人把战马拴到车上,自己就躺在车上,和娘们儿说着话儿,逗着小孩子玩儿;还有一些人骑在马上,身上还背着步枪和马刀。"他们扔掉部队就跑啦。"普罗霍尔看着哥萨克们,在心里判断说。

到处是马汗和牛汗气味、大车上的木头晒得热烘烘的气味、家具气味、车轮油的气味。老牛吃力地左右摇摆着,垂头丧气地走着。从一条条伸出来的牛舌头上,垂下一道道像彩线似的口涎,一直垂到大路的灰土上。大车队以每小时四至五俄里的速度移动着。一些马拉的大车也没有赶到牛车前头。但是等到一声炮响从南方的远处轻轻传了过来,霎时间一切都紧张起来:两匹马拉的大车和一匹马拉的大车都打乱了序列,从长长的大车队里跨到一边去。马匹小跑起来,鞭子晃动起来,响起各种腔调的吆喝声:"喔,快走!""喔,喔,鬼杂种!""给我走!"树条子和鞭子在牛背上劈劈啪啪响了起来,车轮子咯吱咯吱响得更带劲儿了。一切都因为害怕,加快了动作。一股股热烘烘的尘土,就像是一团团浓浓的灰色乱发,从大路上升起来,向后飘去,不住地打着圈儿,落在庄稼苗和各种各样的野草上。

普罗霍尔骑的矮小而劲壮的战马,边走边吃草,一会儿用嘴扯下一枝草木樨,一会儿扯下一嘟噜黄黄的油菜花儿,一会儿又扯下一小丛芥菜;一面扯一面吃,忽闪着机灵的耳朵,拼命用舌头往外顶哗啦哗啦直响、直磨牙花子的嚼子。但是一声炮响之后,普罗霍尔用靴后跟磕了马一下子,那马就好像明白了现在不是吃草的时候,心甘情愿地小步跑了起来。

连续轰击的大炮声越来越响了。沉甸甸、轰隆隆的炮声响成一片，在闷热的空气中，到处响着沉雷般的轰隆声，就像是颤动的男低音。

“我主耶稣啊！”大车上有一个年轻媳妇画了一个十字，一面把带着亮闪闪的奶水的棕红色奶头从小孩子嘴里抽出来，把鼓膨膨的、黄黄的乳房塞进怀里。

“这炮是咱们的人放的，还是人家放的？喂，老总！”一个赶着牛的老头子朝着普罗霍尔叫道。

“老爹，这是红军！咱们没有炮弹呀。”

“噢，圣母娘娘保佑咱们的人吧！”

老头子放下手里的鞭子，摘下破旧的哥萨克帽；边走边画十字，脸朝着东方。

南边，在长满了尖尖的晚玉米苗儿的一座土冈后面，出现了一片淡淡的黑烟。黑烟占据了半个天边，像一片云雾似的遮住天空。

“你们看呀，好大的火！”车上有人喊道。

“这又是怎么一回事儿？”

“什么地方起火啦？”吱吱嘎嘎的车轮声中响起一片叫喊声。

“是在旗尔河边。”

“红党在旗尔河边放火烧村庄啦！”

“正是大旱天，老天爷可别叫烧下去……”

“瞧，那边黑成一大片啦！”

“这还不是一个村子起火呢！”

“要从卡耳根顺着旗尔河往下烧啦，这会儿就在那儿打仗嘛……”

“也许还要顺着黑河往下烧呢？走吧，伊万！”

“啊呀，好大的火呀！……”

黑烟弥漫开来，渐渐遮住整个辽阔的天空。大炮的吼声越来越猛烈。过了半个钟头，南来的微风，把呛人和使人胆战心惊的焦臭气味，从三十五俄里以外的旗尔河边村庄里黑烟滚滚的火场上吹到将军大道上。

六十

穿过大雷村的这条大路，在一块地方从灰灰的石头围墙旁边经过，然后急转弯朝顿河方面伸去，过一条不深的黄土沟，黄土沟上架着一座木桥。

天旱的时候，沟底是亮闪闪的黄沙和各种各色的石子，到夏天一下暴雨，一股股浑浊的雨水从高地上涌进沟里，一股股流水汇合到一起，像一堵墙似的朝下涌去，冲击和翻滚着大大小小的石头，轰隆轰隆地流入顿河。

在这样的日子，木桥会被淹没，但时间不会长的；过一两个钟头，刚才还冲毁菜园、连篱笆带桩子一齐冲走的凶猛的山洪就跌落下去，沟底就又露出光溜溜、湿漉漉、散发着潮气和石灰气味的石子，沟底两边闪着褐色光泽的是冲来的淤泥。

沟两边是密密丛丛的白杨和柳树。就是在夏天最炎热的时候，树荫里也是凉森森的。

维奥申外来户民兵的岗哨，因为贪图凉快，就布置在木桥旁边。这里的岗哨一共有十一个人。在难民的车辆没有来到村子里之前，民兵们就躺在桥底下打牌，抽烟，有几个人还脱光了衣服，捉衬衣和衬裤缝儿里那些贪吸大兵的血的虱子，还有两个人得到排长准许，到顿河里洗澡去了。

但是休息的时间太短了。不久大车队就向桥边拥来了。大车像接连不断的流水一样来到，在这绿荫匝地的宁静的长廊里，一下子就人声嘈杂，沸沸扬扬，又闷又热，好像草原上那窒人的闷热也跟随着大车队，从顿河边的高地上涌进村里来了。

哨长是民兵第三排的排长，是一个又高又瘦的中士，褐色的下巴胡修剪得整整齐齐，生着两只像小孩子一样的招风耳朵，他把一只手放在磨得发亮的盒子枪套子上,站在桥旁边。他不加阻拦地放过二十来辆大车,但是一看到有一辆大车上坐着一个二十五六岁的年轻哥萨克,就干脆利落地命令说:

“停住!”

那个哥萨克把马勒住,皱起眉头。

“哪一部分的?”排长对直地走到大车跟前,厉声问道。

“干你们什么事?”

“我问你,哪一部分的? 嗯?”

“鲁别仁连的。你们是什么人?”

“下来!”

“你们到底是什么人?”

“下来,少啰嗦!”

排长两个圆圆的耳朵壳一下子涨得通红。他揭开枪套子的盖儿,抽出盒子枪,又把枪换到左手里。那个哥萨克把缰绳塞给老婆,跳下车来。

“为什么离开部队? 你上哪儿去?”排长审问起他来。

“我病啦。现在我是上巴兹基去……跟我家里人一块儿。”

“有病假证明吗?”

“到哪儿去搞病假证明? 连里连个医官都没有……”

“嗯,没有吗? ……好吧,加尔平科,把他带到学校里去!”

“你们究竟是什么人?”

“到那儿去,我们会叫你知道我们是什么人!”

“我还要回自己的队伍去呢! 你没有权力扣留我!”

“我们会送你去的。你带着武器吗?”

“就一支步枪。”

“拿出来,给我麻利点儿,要不然我马上抽你一顿! 算什么年轻人,狗崽子,往老娘们儿怀里钻,躲藏起来啦! 怎么,我们应该来保护你吗?”又带着十分瞧不起的口气对着他的后影说:“真给哥萨克丢脸!”

那个哥萨克把步枪从车毯底下抽出来,抓住老婆的一只手,当着大家的面没好意思亲嘴,只是把老婆的一只硬邦邦的手放在自己手里握了一会儿,小声说了几句话,就跟着一个民兵朝村里的小学走去。

拥挤在桥头的车辆就轰隆轰隆地过了桥。

有一个钟头的工夫,岗哨就扣留了五十多名逃兵。其中有几个人在扣留时反抗过,特别是一个留着老长的上嘴胡、样子很凶猛、不很年轻的叶兰乡下柯里夫村的哥萨克。哨长命令他下车，他却用鞭子抽起马来。两个民兵抓住他的马缰绳，直到桥的那一头才把马勒住。于是这个哥萨克再不多想，从衣襟底下抽出一支美国式来复枪，举起来抵到肩上。

“把路让开！……我打死你，浑蛋！”

“下来！下来！我们有命令，谁不服从扣留就枪毙。我们马上就毙了你！”

“你们这些庄稼佬！……昨天你们还是红党，今天你们就教训起哥萨克来啦？……臭东西！……闪开，我要开枪啦！……”

一个打着崭新的冬季裹腿的民兵，站在大车的前轮子上，经过激烈的搏斗，把来复枪从哥萨克手里夺了过来。那个哥萨克又像猫一样弯下腰去，把手伸到衣襟底下，从鞘里抽出马刀；跪在车上，隔着拴在车上的新漆过的摇床一探身，刀尖差一点儿划着及时跳开去的那个民兵的脑袋。

“季摩沙，算啦，我的季摩沙呀！哎呀，季摩沙呀！……别这样嘛！……别惹事呀！他们会打死你的！……”那个发了威的哥萨克的又丑又干枯的老婆乱舞着两手，哭着喊道。

但是他在车上站直了身子，手握青光闪闪的大刀挥舞了半天，不准民兵靠近大车，他声嘶力竭地骂着娘，眼睛疯狂地四面转悠着。“闪开！……我把你们劈了！”他那黑糊糊的脸抽搐着，那长长的黄胡子底下冒着唾沫，浅蓝色的眼珠子也越来越红了。

好不容易才夺下他的刀，把他按倒在地上，捆了起来。这个勇猛的哥萨克发威的原因原来很简单：民兵在车上搜了搜，搜出一坛子已经开了封的头锅烧酒……

桥头一下子就拥塞起来。车辆紧紧地挤成了一堆，必须把牛和马卸下来，用手拉着大车上桥。车杠和辕杆碰得劈里啪啦直响，马和牛被牛蝇叮得受不了，都恶狠狠地尖声叫着，并且都烦躁得发了性子，不听主人的吆喝，朝篱笆上乱撞。骂娘声、叫喊声、妇女们的哭叫声在桥边又响了很久。后面的一些车辆，都在能够转车的地方转过头去，重新上了将军大道，以便直接朝巴兹基村的顿河边赶去。

民兵押送着被捕的逃兵朝巴兹基走去，但是因为逃兵们都还带着武器，所以民兵们都约束不住他们。一过了桥，民兵和逃兵就动手打起来。过了不大的一会儿，民兵都转了回来，逃兵都有组织地自己朝维奥申走去。

普罗霍尔·泽柯夫在大雷村也被拦住了。他把格里高力·麦列霍夫给他开的准假证拿出来给他们看了看，他们就把他放了，一点也没有为难他。

快到黄昏时候，他才来到巴兹基村。从旗尔河边各个村庄拥来的几千辆大车，塞满了所有的大街和小巷。顿河边出现了言语无法形容的情景。难民们把大车排在岸边，足有两俄里长。五万多人分散在树林子里，等着渡河。

维奥申镇对岸的大渡船正在摆渡炮兵连、指挥部和军用品。用很多小船摆渡步兵。几十条小船在顿河上穿来穿去，每条小船坐三四个人。河边码头上拥挤得水泄不通。担任后卫的骑兵还没有来到。隆隆的大炮声依然不断地从旗尔河边传来，又苦又辣的焦煳气味越来越浓烈，越来越呛人了。

渡河一直持续到天亮以前。夜里十二点钟，第一批骑兵连开到了。等天一亮，他们就要开始渡河了。

普罗霍尔·泽柯夫听说骑兵第一师还没有开到，就决定在巴兹基等候自己的连队。他牵着马，好不容易穿过密密层层地拥挤在巴兹基医院围墙旁边的车辆，也不卸马鞍，就把马拴在不知是谁的大车的车辕上，松开马肚带，自己就在大车当中穿来穿去寻找熟人。

他在堤坝旁边，老远就看见阿克西妮亚·阿司塔霍娃。她胸前抱着一个小包袱，披着一件厚厚的褂子，朝河边走去。她那艳丽夺目的美色，惹起拥挤在岸边的步兵们的注意。他们对她说起下流话儿，一张张落满灰尘、汗津津的脸上笑得露出了白牙，响起一阵阵调笑声和怪叫声。一个高个子、白头发的哥萨克，穿着一件没系带子的衬衣，皮帽子歪戴在后脑勺上，他从后面把她抱住，用嘴去亲她那黑黑的、光溜溜的脖子。普罗霍尔看见，阿克西妮亚猛地把那个哥萨克推开，恶狠狠地龇出牙齿，小声对他说了两句什么。周围哈哈大笑起来，那个哥萨克摘下帽子，用沙哑的嗓门儿瓮声瓮气地说："哎，姑奶奶！叫我尝尝鲜吧！"

阿克西妮亚加快脚步，从普罗霍尔旁边走了过去。她那丰满的嘴上颤动着轻蔑的笑容。普罗霍尔也没有唤她，他用眼睛在人群里搜索着，寻找同村的人。他在伸出辕杆直指天空的大车中间慢慢走着，听见一阵醉汉说话声和笑声。一辆大车下面铺着一块粗麻布，上面坐着三个老头子。一个老头子的两条腿当中放着一坛子酒。三个已经醉醺醺的老头子，用炮弹壳做的铜缸子轮流喝酒，吃着干鱼。饥肠辘辘的普罗霍尔一闻到扑鼻的酒香和腌鱼的咸味，不觉停了下来。

"老总！为了诸事如意，来和我们喝一杯吧！"一个老头子朝他招呼说。

普罗霍尔再不客气，马上坐了下来，画了个十字，就微微笑着，从好客的老头子手里接过斟满了香喷喷的烧酒的铜缸子。

"活一天，就要喝一天！这不是，还有干鱼下酒。小伙子，可别瞧不起老头子。老头子都是聪明人！你们年轻人，还要向我们学学怎样过日子和……怎样喝酒呢。”另一个塌鼻子、上嘴唇一直豁到牙花子的老头子嗡嗡地说。

普罗霍尔喝了一口酒，提心吊胆地侧眼看着那个没有鼻子的老头子。在喝完第二缸子、将要喝第三缸子的时候，他憋不住了，问道：

“老大爷，你的鼻子是玩掉的吗？”

“才不是呢，老弟！这是冻掉的。还是在很小的时候，有一次鼻子冻坏了，所以就成了这个样子。”

“那我有点儿不礼貌啦，我心想：这鼻子不是害风流病烂掉的吗？可别害上这种乱七八糟的玩意儿！”普罗霍尔坦率地说。

他听了老头子的说明，放下心来，这才馋涎欲滴地把嘴唇紧紧贴到缸子上，毫无顾虑地一口气把缸子里的酒喝光了。

“这日子要完蛋啦！怎么不喝喝呢？”酒的主人是个又结实又强壮的老头子，他大声嚷嚷起来。“你们看，我拉来二百普特麦子，可是还有一千普特扔在家里呢。我赶来五对牛，可是现在要扔在这儿啦，就因为不能带着过顿河呀！我挣的家产这一下子全完啦！我要唱歌啦！乡亲们，放开肚子喝吧！”老头子的脸涨得通红，眼睛里充满了泪水。

“别多说啦，特罗菲姆·伊万奇。莫斯科不大相信眼泪。只要咱们能活下去，就还能挣得来。”塌鼻子老头子对老朋友劝道。

“可我怎么能不说呀?!”老头子带着一副哭歪了的面孔，提高了声音。“粮食完啦！牛也要完啦！红党要把房子烧掉啦！我儿子去年秋天就被打死啦！我怎么能不说！我挣家业都为了谁呀？以前，一个夏天里，因为出汗在身上要烂掉十件褂子，可是现在我要落得光屁股、光脚丫儿啦……喝吧！”

普罗霍尔在大家说话的当儿，吃完了一条像炉盖一样大的老大的咸鱼，喝了有七缸子酒，喝得肚子饱鼓鼓的，费了很大的劲儿才站起身来。

“老总！我们的救星！要不要我给你一点儿粮食喂马？你要多少？”

“一口袋！”已经分不清东南西北的普罗霍尔嘟哝着说。

老头子倒给他一草袋上等的燕麦，帮着他扛到肩上。

“要把口袋送来！千万不要忘了！”老头子抱着普罗霍尔，流着醉汉的眼泪，要求说。

“好的，我不送来。我说不送来，就是不送来……”不知为什么普罗霍尔一个劲儿地这样说。

他摇摇晃晃地离开大车朝前走去。草袋子压得他弯下腰，朝两边乱摆。普罗霍尔觉得就像是在结了一层溜滑的薄冰的地上走，两条腿又打滑，又哆嗦，就像是一匹没有钉掌、小心翼翼地踩到冰上的马。他又摇摇晃晃地走了几步,就站住了。他怎么都想不起来:他刚才戴帽子没有? 拴在一辆大车上的一匹白头顶枣红色骟马,闻到燕麦气味,伸过头来就咬口袋,咬破了一个角儿。麦粒儿沙啦沙啦地从小窟窿里流了起来。普罗霍尔觉得轻些了,就又朝前走去。

也许他本来能够把剩下的燕麦扛到自己的马那里去的,但是有一头老大的公牛,在他从旁边走过的时候,忽然发起牛脾气,从旁边踢了他一脚。那牛被牛蝇和蚊子叮得非常难受,因为又热又难受,烦躁得发了疯,不准人靠近。普罗霍尔并不是今天牛发脾气的第一名受害者。他一下子飞到了一边,头撞在轮毂上,马上就睡熟了。

半夜里他醒过来。在他的头顶上,瓦灰色的高空里,一片片铅灰色的云彩不住地翻滚着,迅速地向西方飘去。弯弯的新月有时候在云彩缝儿里露一露脸儿,接着天空就又被云幕完全遮住,并且那料峭的凉风在黑暗中也好像更凉了。

普罗霍尔身旁那辆大车后面很近的地方,有骑兵走过。许许多多钉了铁掌的马蹄,踩得大地在哼哼,在叹气。马匹闻到大雨要来时的气息,不住地打着响鼻;马刀碰得马镫丁当乱响,烟卷儿一下一下地闪着红光。从走过的骑兵身上吹来一股股马汗味和酸酸的皮具气味。

普罗霍尔也和一切当过兵的哥萨克一样,打了多年仗,闻惯了这种骑兵身上特有的混合气味。哥萨克处处带着这种气味,一直从普鲁士和布柯文纳带到顿河草原上,这种骑兵部队少不了的气味,使人觉得分外亲切,分外熟悉,就像是闻到了自己家里的气味。普罗霍尔贪婪地抽了几下短短的鼻孔,就抬起沉甸甸的脑袋。

“这是哪一部分,弟兄们?”

“是骑兵部队……”黑暗中有一个低嗓门儿含含糊糊地回答说。

“我是问,这是谁的队伍?”

“是彼特柳拉的……”还是那个低嗓门儿回答。

“哎呀,妈的!”过了一小会儿,那人又问道:“同志们,是哪一团?”

“博柯夫团。”

普罗霍尔想站起来,但是血直往脑袋里冲,喉咙里直想呕吐。他躺下去,又睡着了。天快亮的时候,从顿河上吹来潮气和凉气。

“没有死吗?”他在睡意朦胧中听见头顶上有人问道。

“有热气呢……还有一股酒气!”有人在普罗霍尔的耳边回答说。

“把他妈的拖开去! 睡得跟死人一样! 哼,要狠狠揍他几下子!”

有一个骑马人用长矛的杆子照着还没有醒过来的普罗霍尔的肋条上狠狠捣了一下子,有两只手抓住他的腿,把他拖到了一边。

“把大车拖开!都睡死啦?在这样的时候还死睡!红军眼看要踩到尾巴啦,这些人还像在家里一样睡大觉!把大车都拖到一边去,炮兵连马上要过河啦!麻利点儿!……把路都堵住啦……瞧,这些人!”一个很威风的声音喊叫着。

睡在大车上和大车底下的难民都动了起来。普罗霍尔跳了起来。他的步枪没有了,马刀也没有了,连右脚上的靴子也没有了,——这都是他昨天喝醉酒以后丢掉的。他大惑不解地四面望了望,就想到大车底下去找一找,但是已经来到跟前的炮兵连的驭手和炮手们从马上跳下来,毫不心疼地把大车连同装在上面的箱子一起推翻了,眨眼工夫就给炮车清出一条通路。

“往——前——开——吧!……”

驭手们又上了马。多股绳拧成的粗粗的套索紧绷绷地哆嗦了几下,就拉直了。蒙着炮衣的大炮的高大的轮子在坑洼里咯吱响了两下。有一辆炮弹车的车轴挂住了一辆大车的辕杆,把辕杆挂断了。

“你们放弃阵地啦?你们这些当兵的,日你们的妈!”昨天晚上和普罗霍尔一起喝酒的那个塌鼻子老头子在大车上嚷道。

炮兵们都一声不响地骑着马匆匆朝渡口奔去。普罗霍尔在朦胧的晨曦中找枪和马找了很久。一直没有找到。他在小船旁边索性把另一只靴子也脱下来,扔到水里,并且把疼得像箍着铁箍似的脑袋扎到水里,浸了老半天。

太阳一出,骑兵开始渡河了。哥萨克们都下了马,把第一连一百五十匹卸了鞍的马赶到一处河湾上面的河边,顿河就是在这里弯成一个直角,向东流去。连长那硬扎扎的红胡子一直长到眼睛上,一个鹰钩鼻子,样子非常凶恶,活像一只野猪。他的左手吊在一条肮脏的、血糊糊的绷带上,右手不停地玩弄着鞭子。

“别让马喝水!往前赶!赶快点儿!你怎么……妈的……妈的……妈的……怎么,你害怕水呀?!往水里去!……你的马又不是糖捏的,不会泡化的!……”他一个劲儿地吆喝着哥萨克们往水里赶马,他那红胡子底下露出老大的白牙。

马匹挤成一堆,很不情愿地朝冰凉的水里走去,哥萨克们吆喝着,用鞭子抽着。头一个泚起水来的是一匹白鼻子、额头上有一块大红斑的铁青马。看样子,这马已经不是头一次泚水了。波浪冲击着后部下垂的马身子,把一捆麻似的尾巴冲向一边,但是脖子和脊背是露在外面的。其余的马也都跟着划开水流,喷着鼻子,轰轰地进入翻滚的水里,泚起水来。哥萨克们分乘六条大船跟在后面。一个护送的人站在船头，手拿套索，以防意外。

“别往前面划！叫马斜着往前泅！别叫水冲跑了！”

连长手里的鞭子往上一扬，画了一个圈子，啪的一声落在沾满石灰的靴筒子上。

激流冲击着一匹匹的马。那匹铁青马在最前面很轻松地泅着水，离开其余的马有两匹马远。铁青马头一个爬上左岸的沙滩。这时候，从黑杨树的乱蓬蓬的枝丛中露出了太阳，红红的阳光照在铁青马身上，那湿得发亮的一身鬃毛霎时间迸射出黑黑的、熊熊的火光。

“注意穆雷恒那匹马！帮帮那匹马！……还戴着笼头呢。快划呀！划呀！……”像野猪一样的连长声嘶力竭地吆喝着。

马匹都平平安安地过了河。哥萨克们已经在对岸等着了。他们牵过自己的马，戴上笼头。河这边开始往对岸运马鞍了。

“昨天什么地方着火啦？”普罗霍尔向一个把马鞍往小船上搬的哥萨克问道。

“在旗尔河边。”

“是炮弹打着的吗？”

“哪儿是什么炮弹！”那个哥萨克冷冷地回答说。“是红党放的火……”

“全都烧光了吗？”普罗霍尔惊骇地问。

“那倒是没——有……烧的是财主家的房子，那些盖了铁顶的，或者是有老大的货房的。”

“烧了哪些村子？”

“从维斯罗古佐夫一直烧到格拉乔夫。”

“你可知道，第一师师部这会儿在哪儿？”

“在楚卡林村。”

普罗霍尔回到难民的大车跟前。在一眼望不到边的临时住宿地上，纷纷用干树枝、拆毁的篱笆和干牲口粪生起火来，微风一吹，到处弥漫着呛人的烟气：妇女们在做早饭了。

夜里又从右岸的草原地区来了好几千难民。

在火堆旁边，在大车上，到处都是像蜜蜂一样嗡嗡的说话声。

“什么时候才轮到咱们过河呀？唉，等得急死人啦！”

“上帝饶恕我吧，我要把粮食扔到河里去啦，免得便宜红党！”

“渡船旁边全是人，黑压压一大片！”

“我的好宝贝儿，咱们怎么能把箱子扔在岸上呢？”

“攒呀,攒呀……主耶稣,我们的恩主呀!”

“要是在自己的村子里过河就好啦……”

“真他妈的不该到维奥申这儿来,唉!”

“听说,雪球树村烧光啦。”

“能坐渡船过去就好啦……”

“哼,要不然他们能饶得了你吗?!”

“他们有命令:要把所有的哥萨克,从六岁到顶老的岁数,都斩尽杀绝。”

“他们要是在河这边追上咱们……那可怎么办?”

“那就要血肉横飞啦!……”

在一辆油漆过的塔甫里亚式大车旁边,有一个很挺拔的白眉毛老头子高声喊叫着,从他的外表和气派可以看出来,他是一个村长,而且掌握村长大印已经不止一年了。

“……我问:‘老百姓就应该死在岸上吗?我们什么时候才能带着自己的东西过河呢?要知道,红党会把我们连根砍掉的!’他们的长官就对我说:‘放心吧,大爷!全体老百姓没有渡河以前,我们会守住阵地,不会放弃的。我们宁可粉身碎骨,决不让妇女、孩子和老头子受伤害!’”

老头子和妇女们纷纷把白眉毛的村长围住。他们聚精会神地听村长讲话,后来就一齐乱嚷嚷起来:

“那为什么炮兵先溜啦?”

“他们拼命朝渡口跑,差点儿把人都踩死啦!……”

“骑兵也跑来啦……”

“听说,格里高力·麦列霍夫也放弃阵地啦。”

“这算什么道理?扔掉老百姓,只顾自己跑吗?……”

“军队倒先跑起来啦!……”

“谁来保护我们呀?”

“瞧,骑兵已经泅水过河啦!……”

“还是自己的命要紧啊……”

“一点儿也不错!”

“把我们全卖掉啦!”

“这一下子要完啦!”

“应该派一些老年人去欢迎红军。也许他们会开恩,不杀咱们。”

在胡同口,在医院的高大的砖瓦房旁边,出现了一名骑兵。他前面的鞍头上挂着步枪，旁边还晃悠着漆成绿色的长矛。

“这是我的米基什卡嘛!”一个裹着头巾的上了年纪的娘们儿高兴得叫了起来。

她跳过一根根的辕杆，擦过挤在一起的车辆和马匹，朝骑马人奔去。有人抓住骑马人的马镫，想叫马停住。骑马人把一个盖有火漆印的灰色公文封举在头上，高声叫道：

“我要到总司令部去送报告！快闪开!”

“我的米基什卡呀！好孩子!”那个上了年纪的娘们儿很激动地喊叫着。她那披散开来的一绺绺夹有银丝的黑发，耷拉到喜气洋洋的脸上。她带着颤动的微笑，全身靠在马镫上，靠在汗漉漉的马身上，问道：

“你到咱们村子里去过吗?”

“去过。现在村子里驻上红军啦……”

“咱家的房子呢？……”

“房子好好儿的，不过菲多特家的房子烧掉啦。咱们家的棚子本来也着了火，可是他们亲自扑灭啦。菲济丝卡从他们那儿跑了来，她说，红军的头头儿说：‘一间穷人的房子也不许烧，只烧财主家的。’”

“噢，那要感谢上帝啦！耶稣保佑他们吧!”那娘们儿画了个十字。

那个很威风的老头子很气忿地说：

“我的好大嫂，你是怎么一回事儿？把街坊的房子烧啦，你还要‘感谢上帝’?”

“鬼才管他们家的事!”那娘们儿带着火气很快地嘟哝着说。“他们家还能盖得起来，可是假如我家房子烧掉了，我拿什么来盖？菲多特藏的金子有一大坛子，可是我那老头子给别人家干活儿干了一辈子，一辈子叫穷鬼牵着走!”

“放开我，妈妈！我还要赶快把公文送去呢!”那个骑兵在马上俯下身来，央求说。

母亲跟着马一起往前走，一面走，一面亲儿子那晒得黑黑的手，朝自己的大车跑去，那个骑兵用少年男子的高嗓门儿吆喝着：

“闪开！我要上总司令部送公文！大家快闪开!”

他的马发着性子，不住地扭着屁股，又蹦又跳。人们很不情愿地让着路，那个骑兵看样子走得很慢，但是不久就被一辆辆的大车，就被牛和马的许多脊背遮住了，只有长矛在许许多多的人头上面轻轻晃动着，朝河边移动。

六十一

一天的工夫,所有的暴动军部队和难民都渡过顿河来到左岸。格里高力·麦列霍夫第一师维奥申团的各个骑兵连是最后过河的。

在黄昏之前,格里高力一直率领十二个精锐的骑兵连抵挡着红军第三十三库班师的进攻。五点钟左右,得到库金诺夫的通知,说军队和难民已经全部过河,于是他才下令撤退。

根据事先制订的计划,顿河沿岸暴动军的各个连队都要渡河,并且每个连队都要布置在自己的村子的对岸。快到中午时候,司令部就陆续收到各个连队的报告。大多数连队都已经在自己村子对面的左岸布置就绪。

司令部又把沿岸草原地带的一些哥萨克连队调去填补各个村庄之间的空隙。克鲁日林村、马克萨耶夫—新根村、卡耳根村的步兵连和拉推舍夫村、李霍维多夫村、格拉乔夫村的骑兵连填补了彼加廖夫村、维奥申镇、列别亚仁村、红沟村之间的空隙,其余的都开到后方,开到杜布洛夫村、黑村、高罗霍夫村等一些离顿河远些的村庄里,按照萨方诺夫的意图,他们就做预备队,以便在突围的时候听候司令部调遣。

沿着顿河左岸,从嘉桑乡尽西边的一些村庄,直到霍派尔河口,暴动军布置了一百五十俄里长的防线。

哥萨克渡河以后,就准备进行阵地战:忙着挖战壕,砍伐白杨、柳树和橡树,搭造掩蔽所和机枪阵地。从难民手里弄来许多空麻袋,全部装上沙土,垒到连成一条线的长长的战壕前面做胸墙。

快到黄昏时候,各处的战壕都挖好了。暴动军的第一和第三炮兵连都在维奥申镇外的松林里隐蔽起来。八门大炮总共只有五发炮弹。步枪子弹也快打完了。库金诺夫派传令兵到处传送严禁开枪的命令。在命令中提出,每个连可选出一至二名枪法最好的射手,发给他们足够的子弹,叫这些弹不虚发的射手狙击红军的机枪手和出现在右岸村庄里街道上的红军。其余的人只准在红军企图渡河的时候开枪。

格里高力·麦列霍夫在苍茫的暮色中就巡视完沿河散开的自己的师的各部,又回到维奥申过夜。

不准在河边滩地上生火。维奥申也没有灯火。整个左岸都笼罩在雪青色的暮霭中。

第二天一大早,巴兹基村外的高地上就出现了红军的先头侦察兵。不久在右岸,从霍派尔河口镇到嘉桑镇,所有的守望台上都出现了侦察兵。红军的战线像巨浪一般朝顿河边滚来。后来侦察兵不见了,一直到中午,所有的山冈都死沉沉的,又空旷,又寂静。

风旋转着灰白色的尘土在将军大道上转圈儿。南面还一直冒着大火的黑红色的烟。被风吹散的黑云又渐渐聚拢起来。高地上有一片游云的影子。一道在白天里雪白的电光闪过。闪电瞬息间给发蓝的黑云镶起一道曲曲弯弯的银边儿,又像一条亮闪闪的长矛似的朝下插去,插到一座古守望台的凸出的顶上。一声巨雷好像劈开了高悬在空中的黑云:大雨从黑云里倾泻下来:风吹得雨丝歪歪斜斜,大雨像一层层翻滚的白浪,落到河边石灰岩的山坡上,落到晒蔫了的葵花上,落到耷拉下头的庄稼上。

大雨一下,那些鲜嫩的、但是因为落满尘土变成衰老的灰色的树叶子又恢复了生气。春苗又绿油油的了,葵花又抬起黄黄的圆头,菜园里散发出南瓜花的蜜一般的味儿。解除了干渴的大地,很长时间都冒着热气……

一座座古代的守望台,就像稀疏的散兵线一样,散布在顿河边的山冈顶上,顺着顿河延伸过去,一直到亚速海边。中午过后,很多守望台上又出现了红军的侦察兵。

站在这些守望台上,瞭望顿河这边夹杂着片片绿洲的黄沙平原,一眼可以望出几十俄里。红军的侦察兵都小心翼翼地开始回村子了。步兵成散兵线从高地上拥了下来。就在当年波洛韦次人和好战的布罗得尼基人用来监视敌人行动的守望台后面,出现了红军的炮兵连。

布置在白山上的一个炮兵连,开炮轰击维奥申了。第一发炮弹在广场上爆炸了,然后,一颗颗炮弹爆炸的灰色硝烟和随风慢慢飘散的一个个乳白色的榴霰弹烟团就笼罩住整个维奥申镇。又有三个炮兵连开始轰击维奥申镇和河边的哥萨克战壕了。

机枪在大雷村猛烈地吼叫起来。两挺“霍契吉斯”急促而清脆地进行点射，一挺粗喉咙的“马克辛”不住气地喷吐着子弹，一齐对准了在顿河这边跑来跑去的一伙一伙的暴动军步兵。辎重队渐渐来到高地上。在荆棘丛生的山坡上挖起掩体。大大小小的车辆在将军大道上吱嘎吱嘎地行进着，后面拖着的灰尘就像盘旋飞舞的长裾。

隆隆的炮声响遍了整个前线。红军的炮兵在顿河边一座座居高临下的山上炮轰顿河对岸，一直炮轰到黄昏以后。在布满了暴动军战壕的河边滩地上，从嘉桑镇一直到霍派尔河口镇，都沉默无声。看守马匹的哥萨克都带着马藏在遍地是芦苇、香蒲和莎草的隐蔽的树丛里。这里没有蚊虫叮马，在这到处是野啤酒花的树丛里也很凉快。有各种树木和高大的白柳密密丛丛地遮着，红军的观测员也看不见。

在一片碧绿的河边草地上，一个人也没有。只是偶尔在草地上出现一两个吓得弯着腰、从离河边很远的地方经过的难民。红军的机枪就对他们打上几梭子，他们一听见子弹的长长的啸声，就吓得趴到地上。他们在密密的草丛里一直趴到天黑下来，这才大步朝树林里跑去，然后头也不回地急急忙忙朝北方，朝那摇晃着密密的赤杨和白桦树棵子亲切相招的洼地里跑去。

* * *

维奥申镇被猛烈的炮火轰击了两天。老百姓都躲在地窖里，不敢出来。只有到夜里，镇上被炮弹打得坑坑洼洼的一条条街道才热闹起来。

总司令部里的人纷纷揣测，认为这样猛烈的炮击是为进攻和渡河作准备。他们担心，红军就在维奥申镇对面开始渡河，以便占领维奥申，在拉成直线的长长的阵地上打进一个楔子，把战线截成两半，然后从加拉奇和大熊河口发动两翼进攻，进行歼灭战。

依照库金诺夫的命令，在维奥申的顿河边集中了十二挺机枪，都配备了足够的子弹。几个炮兵连长接到的命令是，只有在红军开始渡河的时候，才能发射剩下的那几发炮弹。所有的大小船只都集中到维奥申上面的河湾里，派强大的兵力看守着。

格里高力·麦列霍夫觉得司令部里的人的担心是没有根据的。在五月二十四日的一次会议上，他对伊里亚·萨方诺夫及其一伙的揣测嘲笑了一通。

“他们坐什么从维奥申对面过河呢?”他说。“再说,这是渡河的好地方吗?你们瞧瞧:对岸光溜溜的,就像鼓面子一样,沙滩也是平平的,河边没有一块小树林,也没有一丛树棵子。哪一个傻瓜会挑这种地方过河?只有伊里亚·萨方诺夫才会凭自己的聪明往这样的陷坑里爬……在这样光溜溜的河边上,机枪一扫,会把什么人都扫得干干净净。库金诺夫,你别以为红军的指挥官比咱们傻。他们当中有人比咱们高明!他们不会迎头进攻维奥申的,咱们不必等着他们在这儿过河,而是应该料到,他们要么从水浅的地方,从可以蹚水过河的地方,要么从有丘陵、有树林的可以隐蔽的地方。对于这些危险地方要严加监视,特别是在夜里;要提醒哥萨克们,不要疏忽,不要麻痹大意;要事先把后备队调到危险地带,以防万一。”

“你说,他们不会进攻维奥申吗?那他们为什么一天到晚用大炮轰维奥申?”萨方诺夫的一个助手问道。

“这事儿你去问问他们好啦。怎么,他们单单炮轰维奥申吗?他们也在炮轰嘉桑镇,也在炮轰叶兰村,瞧,又在谢苗诺夫山上打起炮来啦。他们到处都在打炮。大概,他们的炮弹比咱们多些。咱们的鸟……炮队只有五发炮弹,而且就连这五发炮弹的壳子还是用橡木刨成的。”

库金诺夫哈哈大笑起来:

“好啊,这一下子打中要害啦!”

“这会儿用不着乱批评!”参加会议的第三炮兵连连长生气了。“这会儿应该谈谈正经事情。”

“你谈呀,谁拉住你的舌头来?”库金诺夫皱着眉头,玩弄起皮带。“对你们他妈的说过不止一次:‘不要随便浪费炮弹,要节约,以备要紧的时候用!’可是你们不听,见什么打什么,遇到辎重队也要开炮。现在到了紧急关头,没有炮弹打啦。听到一点批评,有什么好气的?麦列霍夫挖苦你们的木头大炮,挖苦得好。你们的家伙该当挖苦!”

库金诺夫站到格里高力一边,坚决支持格里高力的意见,也认为应该加强最适合渡河的地点的防务,应该把后备队集中到危险地段的附近。决定从维奥申现有的机枪中抽调几挺机枪到白山村、梅尔库洛夫村和大雷村的连队里去,因为在这些连队防守的地段渡河的可能性最大。

格里高力推测红军不会冒险从维奥申对面过河,而是要选择利于渡河的地方过河,这一推测第二天就证实了。这天早晨,大雷村的连长就来报告说,红军准备渡河了。通夜都可以听见顿河对岸有嘈杂的人声、铁锤丁当声、车轮咯吱声。也不知道从哪里用大车往大雷村拉来许多木板,把木板卸下来,马上就有许多锯子吱啦吱啦响起来,还听见有斧劈和锤子敲打的声音。从这一切可以判断出,红军正在打造什么东西。哥萨克们起初估计这是在做浮桥。有两个大胆的家伙,跑到响着斧锯声音的地方的上游半俄里远处,脱掉衣服,头上插了树枝子作掩护,悄悄地顺水朝下游泅去。他们到了岸边,布置在柳树底下的机枪哨的红军正在离他们不远的地方说着话儿,可以清清楚楚地听见村子里的人声和斧声,但是水上什么东西也没有。如果说红军是在打造什么东西的话,那无论如何也不是造桥。

大雷村的连长对敌方加强了监视。黎明时候,眼睛一直没有离开望远镜的观测员很久都没有看见什么。但是不久,其中有一个哥萨克,在对德战争中就被公认为是团里最出色的射手的,在朦胧的晨曦中发现一名红军牵着两匹上了鞍的马朝河边走来。

“一个红党朝河边来啦。”这个哥萨克小声对同伴说了一声,放下望远镜。

两匹马走进没膝深的水里,喝起水来。

这个哥萨克把拿拉得很长的步枪皮带搭到左胳膊肘上,扳起瞄准尺,仔细瞄了半天……

一声枪响过,一匹马软软地歪倒下去,另一匹朝坡上跑去。红军弯下身去,想把死马身上的鞍子解下来。这边哥萨克又放了一枪,就微微笑起来:那个红军很快地直起身子,想从河边跑开,但是忽然栽倒了。脸朝下栽倒,再也没有起来……

格里高力·麦列霍夫一得到红军准备渡河的消息,就骑上马,前往大雷村连的防地。他出了维奥申镇,骑马蹚过从顿河里伸出来、一直伸到镇边的一个湖汊的窄窄的腰部,进了树林,就放马跑起来。

这条道路要经过草地,但是从草地上走是很危险的,因此格里高力选择了一条绕远的路:穿过树林来到湖汊的尽头,又经过一个个的土墩和白柳丛,来到加尔梅克滩(这是一道窄窄的河沟,连接着牛栏湖和草地上的一个水塘,里面密密丛丛地长满了睡莲、水芹和芦苇),过了泥泞的加尔梅克滩,就勒住马,让马休息几分钟。

从这里到顿河边,直线距离有两俄里。从这里的草地上往战壕那里去,必然会受到枪击。本来可以等到黄昏时候,趁天黑穿过平坦的草地,但是格里高力是个不喜欢等待的人,常常说“世界上最糟糕的事情就是等待和跟在后面赶”,所以决定马上就去。“我打着马拼命跑,他们一定打不到我!”他这样想着,从树棵子里走了出来。

他拨了拨马头，对准了从河边树林伸出来的一带绿茵茵的柳树，举起了鞭子。那马屁股上挨了火辣辣的一鞭子，又听到猛烈的一声吆喝，浑身哆嗦了一下，就抿起耳朵，加快速度，像飞鸟一样朝顿河边奔去。格里高力还没有跑出五十丈远，右岸高地上有一挺机枪就对准他连续不停地扫射起来。“嗖嗖！嗖嗖！嗖嗖！嗖！嗖！”子弹像土拨鼠一样尖叫起来。“打得太高啦，伙计！”格里高力心里说，一面紧紧夹住马，放松缰绳，脸贴在迎风飞舞的马鬃上。在一面白石灰岩山坡上架着一挺重机枪，躺在绿色护板后面的机枪手好像猜到了格里高力的心里，急忙瞄了瞄，放低了枪口扫射起来，一颗颗在空中摩擦热了的子弹，就在马的前蹄旁边有滋有味地吧嗒起嘴，像蛇一样咝咝叫起来。子弹朝春汛过后还没有晒干的潮湿的土地里乱钻，溅起一片片热乎乎的泥巴……“啾！咝咝！啾！啾！”并且在头顶上和马的身旁又响起另一种声音：“嗖！嗖！……嗖呜呜！”

格里高力站在马镫上，身子几乎是趴在伸直了的马脖子上。那一带绿柳飞快地迎面扑来。他已经跑了有一半路的时候，谢苗诺夫山上的大炮开炮了。炮弹的钢铁的啸声震得空气都哆嗦起来。在近处轰隆一声爆炸，震得格里高力在马上晃了两下。弹片的啸声和叫声在他耳朵里还没有消失，附近池塘里被爆炸的气流冲倒后正在沙沙地伸直身子的芦苇还没有完全挺立起来，山上的大炮又轰隆一声响了，格里高力听见越来越近的炮弹的啸声，又俯下身子，紧紧贴在马身上。

他觉得，好像是那撕心裂肺、强烈到极点的啸声顷刻间爆炸开了，并且就在这顷刻间，向上冒起的一片黑烟在他眼前直立起来，大地被这一声巨响震得颤动起来，马的两条前腿好像陷进了什么里……

格里高力在落马的一刹那，头脑完全清醒过来。他在地上摔得很重，绿呢子军装裤的两个膝盖部分都跌破了，裤腿上扎的带子也挣断了。爆炸震起的强大气浪把他冲到离马很远的地方，在摔倒后他又在草地上滑了几丈远，手掌和腮帮子在地上擦得火烧火燎地疼。

摔得头昏脑涨的格里高力站了起来。土块、碎土和连根拔起的草，像黑色雨点一样从上面哗哗落下来……他的马躺在离弹坑有二十步远的地方。马头一动也不动，但是两条落满泥土的后腿、汗漉漉的屁股和微微歪斜的尾巴根还在轻轻抽搐着。

顿河那边的机枪已经不响了。有五六分钟的时间无声无息。水塘上空有几只蓝色的鱼鹰惊慌不安地叫着。格里高力克制着头晕，朝马跟前走去。他的两条腿哆哆嗦嗦,异常沉重。他觉得就好像平时很不舒服地坐了很久之后忽然站起来走路那样,这时候因为血液暂时停止流动而麻木了的两腿就好像成了别人的腿,每走一步浑身都觉得嗡嗡直响……

格里高力把死马身上的马鞍解下来,刚刚走进附近的水塘边被弹片打得乱糟糟的一片芦苇,一挺机枪又节奏均匀地响了起来。但是听不见子弹的啸声。显然,高地上打的已经是新的目标了。

一个钟头之后,他来到连长的掩蔽所里。

"这会儿他们的木匠活儿停啦,"连长说,"可是到夜里一定还要干的。您最好给我们弄点儿子弹来,要不然实在没办法啦:每个弟兄只有一梭子到两梭子子弹。"

"子弹到晚上一定给你们送来。你们可要时刻注意对岸!"

"我们一直在注意。我想在今天夜里找几个有胆量的,叫他们蹚过去,看看他们究竟在那儿打造什么。"

"为什么昨天夜里没派去呢?"

"格里高力·潘捷莱维奇,我派了两个,但是他们没有敢进村子。他们蹚到了岸边,可是要进村子——就怕啦……如今的事,能强迫谁呢?这是危险事儿,只要碰上他们的岗哨,马上就会丧命。在自己的家门口打仗,哥萨克们都没有多大的狠劲儿……以前,在俄德战争的时候,为了一颗十字章去拼命的人多着呢,可是如今,别说是深入敌后侦察,就是放哨,都很难找到人去。这会儿更糟糕的是,有了老娘们儿:她们都跟着自己的男人,就在这战壕里过夜,赶都赶不出去。昨天我想把她们赶走,可是哥萨克们威胁我,说:'叫他放客气点儿,要不然我们好好地收拾收拾他!'"

格里高力走出连长的掩蔽所,往战壕里走去。战壕在树林子里弯弯曲曲地朝两边伸去,离顿河有二十丈左右。一棵棵的小橡树、一丛丛的荆棘、密密的小白杨树棵子掩护着黄土胸墙,遮住红军的视线。有许多交通壕连结着战壕和哥萨克们歇息的掩蔽所。在一些掩蔽所旁边扔了不少灰白色的干鱼刺、羊骨头、葵花子壳儿、烟头、破布片儿;树枝上挂着刚洗过的袜子、粗布衬裤、包脚布、女人褂子和裙子……

有一个睡眼惺忪的年轻媳妇,从前面一个掩蔽所里探出没有披头巾的头来。她擦了擦眼睛,大模大样地把格里高力打量了一遍;就钻进黑黑的门洞里,就像是黄花鼠进了洞。在旁边一个个掩蔽所里有些人在低声唱歌儿。一起唱歌的除了几个男声以外,还有一个压低了的很高、很清脆的女声。在第三个掩蔽所的门口,坐着一个不算年轻的、穿得很整齐的哥萨克妇人。一个留着花白长发的哥萨克的头枕在她的膝盖上。他舒舒服服地侧着身子躺着,正在打盹儿,他的老婆正在很灵巧地给他捉虱子,把一个个黑黑的头虱在木梳子上掐死,一面轰走老伴儿脸上的苍蝇。如果没有顿河那边恶狠狠的机枪声,如果没有从上游,时而从米古林乡,时而从嘉桑乡,顺水传来的隆隆的大炮声,可能会以为,这是割草人在河边扎下了野营——驻守在火线上的暴动军大雷村连,表面上是那样平静。

格里高力打了五年仗,还是第一次看见这样稀奇的战地景象。他忍不住笑,从一个个掩蔽所旁边走过,到处都看到有娘们儿在服侍自己的男人,在缝补哥萨克制服,洗当兵人的衬衣,做饭,或者草草地吃过午饭以后在洗碗碟。

"你们这儿日子过得挺美嘛!够舒服的……"格里高力回到连长的掩蔽所,对连长说。

连长龇着牙笑了笑,说:

"日子过得再好没有啦。"

"已经舒服过头啦!"格里高力皱起眉头。"马上把这些娘们儿赶走!在战场上搞起这一套来啦!……你这儿是赶集,还是卖破烂儿?这算什么玩意儿?红军这就要过河啦,可是你们到时候连听都听不见,没工夫听啦,你们到时候非吃老娘们儿的亏不可……等天一黑,你把这些长尾巴蛆全部赶走!明天我再来,如果我看见有一个穿裙子的,首先把你的脑袋揪下来!"

"这话对嘛……"连长欣然表示同意。"我也反对老娘们儿来,可是你拿哥萨克们有什么办法呢?纪律都破坏啦……老娘们儿都想男子汉,咱们已经打了两个多月了嘛!"

他自己也红着脸,坐到土炕上,用身子遮住扔在炕上的一条红红的女人围裙,并且转身背着格里高力,用威吓的目光朝着用粗布隔起来的掩蔽所的一个角落里瞅了一眼,他的娇妻的笑盈盈的深棕色眼睛正在那里朝外看着呢……

六十二

阿克西妮亚·阿司塔霍娃在维奥申镇上有一个堂房姑母,就住在镇边上,离新教堂不远。她就在这个姑母家里住下来。第一天她就出去找格里高力,可是他还没有到维奥申呢;到第二天,大街上和小巷里从早到晚都有子弹嗖嗖飞着,炮弹爆炸着,阿克西妮亚就没敢出门。

"他把我叫到维奥申来,说要跟我一块儿过,可是他自个儿都不知道跑到什么鬼地方去啦!"她躺在上房里的大柜子上,咬着两片鲜艳、然而已经不那么红润的嘴唇,恨恨地想道。老姑母坐在窗前,打着袜子,每响一声大炮,她就画一个十字。

"哎哟,主耶稣呀!真怕人呀!他们干吗要打仗啊?干吗他们要互相乱咬啊?"

大街上,在离这座房子十五丈远的地方,有一颗炮弹爆炸了。屋子里的窗玻璃很委屈地丁当响着,纷纷落了下来。

"姑妈!你快离开窗户吧,他们会打到你的!"阿克西妮亚说。

老人家带着嘲笑的神情从老花镜里看了看她,不高兴地说:

"哎呀,阿克秀特卡!我看,你真傻。怎么,我是他们的敌人吗?他们凭什么要打我?"

"他们无意中会打死你呀!他们又看不见子弹往哪儿飞。"

"才不会打我呢!才不会看不见呢!他们打的是哥萨克,哥萨克是他们红军的敌人,我是个寡妇老奶奶,他们打我干什么?他们肯定知道该用枪打谁,用炮轰谁!"

中午时候,格里高力趴在马脖子上,在街上跑过,朝下游河湾里跑去。阿克西妮亚在窗口看见他,急忙跑到爬满野葡萄藤的台阶上,喊了一声:“格里沙!”可是格里高力已经拐过弯去不见了,只有他的马蹄扬起的尘土慢慢在向大路上落。追上去也是无济于事。阿克西妮亚站在台阶上,恼恨得哭了起来。

“那跑过去的是司捷潘吗?你干吗要像疯子一样跑出去?”

“不是……那是我们村子里一个人……”阿克西妮亚含着眼泪回答说。

“那你干吗要掉眼泪?”喜欢刨根问底的老奶奶追着问道。

“姑妈,您问这些干什么?这些事您不明白!”

“我怎么会不明白……哼,就是说,相好的跑过去啦。要不然怎么会呢?无缘无故你不会哭的……这种事儿我过去有过,我明白!”

傍晚时候,普罗霍尔·泽柯夫走进屋里来。

“您好啊!老大娘,鞑靼村没有人到您家来吗?”

“普罗霍尔!”阿克西妮亚高兴得叫了一声,从上房里跑出来。

“哼,姑奶奶,你叫我找死啦!为了找你,我两条腿都跑断啦!他又是个什么样的人呀?完全像他爹,火性子。到处在放枪,所有的活物都躲起来啦,可是他一个劲儿地逼我:‘把她找来,要不然我宰了你!’”

阿克西妮亚抓住普罗霍尔的小褂袖子,把他拉到过道里。

“他这该死的东西在哪儿呀?”

“哼……他会跑到哪儿去?他从阵地上走回来啦。他的马今天被打死啦。他回来很凶,就像一条用链子锁着的狗。问:‘找到了吗?’我说:‘我上哪儿去找她?我又不能把她变出来!’可是他说:‘一个人又不是一根针!’他把我大骂一通……真是一只披着人皮的狼!”

“他说什么来着?”

“快收拾收拾,咱们走吧,再没什么啦!”

阿克西妮亚转眼工夫就包好自己的包袱,匆匆忙忙和姑妈告别。

“怎么,司捷潘派来的人吗?”

“姑妈,是司捷潘!”

“好吧,就说我问他好。可是他怎么不亲自来呀?喝碗牛奶也好,这不是,家里还有甜馅饺子呢……”

阿克西妮亚不等听完她的话,就从屋里跑了出去。

直到走到格里高力的住处,她都气喘吁吁,脸色煞白,走得非常快,最后连普罗霍尔都央告她说:

“你听我说!我年轻时候也跟在姑娘后头跑过,可是从来没有像你跑得这样快。你是等不及啦,还是哪儿失了火?我都喘不上气来啦!哼,谁又在地上这样飞?你们两个都有点儿疯啦……"

可是他在心里说:"他们又搞到一块儿啦……哼,这会儿鬼也拆不散他们啦!他们如愿啦,我可是冒着枪林弹雨找来这只母狗呀……可别叫娜塔莉亚知道,万一她知道了,会骂我个狗血喷头……柯尔叔诺夫家的人也不是好惹的!唉,如果不是我嘴馋喝多了酒,把马和枪都丢了的话,我才不会到镇上到处找你呢!你们自己的事,自己去管吧!"

在紧紧关着护窗的上房里,点着一盏烟气腾腾的油灯。格里高力坐在桌边。他刚刚擦完步枪,但是还没有擦完盒子枪的筒子,门就吱扭一声响了。门口站的是阿克西妮亚。她那窄窄的白额头汗淋淋的,在她那煞白的脸上,两只睁得大大的、火辣辣的眼睛含着万种柔情,格里高力一看到她,心就颤动起来。

"你把我骗了来……可是你自个儿……连影子都叫人看不见……"她吃力地喘着,说。

这会儿,她就像很久很久以前,他们刚刚发生关系时那样,觉得除了格里高力,什么都不存在了。若是格里高力不在,她觉得世上的一切就好像死了,他在她身边,世上的一切好像又活了。她当着普罗霍尔的面也不害羞,一头扎到格里高力怀里,像野蛇麻草一样缠在他身上,一面哭,一面吻心上人的胡子拉碴的两腮,往他的鼻子、额头、眼睛、嘴唇上撒了许许多多快吻,还含含糊糊地嘟哝着,抽搭着:

"想——死——我——啦!……我都想出病来啦!格里什卡呀!我的心肝儿!"

"噢,嗯……噢,你看……别急嘛!……阿克西妮亚,别这样……"格里高力不好意思地嘟哝着,转过脸去,不去看普罗霍尔。

他扶着她坐在长板凳上,从她的头上摘下已经歪到后脑勺上的头巾,给她撩了撩披散下来的头发。

"你这算什么样子……"

"我就是这种样子啊!瞧瞧你……"

"真的,你简直疯啦!"

阿克西妮亚把两条胳膊搭在格里高力的肩上,含着眼泪笑了,急急匆匆地小声说:

"哼,怎么能这样呢?你叫我来……我就什么都扔掉,来啦,可是你又不在……你骑马跑过去,我跑出来喊你,可是你一拐弯就不见啦……要是叫他们打死了,那我都不能看你最后一眼啦……”

她又说了许多非常亲热、温柔、絮絮叨叨的傻话,用手一个劲儿地抚摩着格里高力那佝偻着的双肩,用两只百般柔顺的眼睛盯着他的眼睛。

在她的目光中,流露着一种可怜的神情,同时又有一种舍死一拼的发狠神情,就像一只被追捕的野兽那样,这种神情使格里高力看着她很不自在,很心疼。

他用晒得发黄的睫毛遮住眼睛,勉强笑着,一声不响,可是她腮上那热辣辣的红晕越来越红,两只眼睛好像渐渐蒙上一层蓝蓝的薄雾。

普罗霍尔没有打招呼就走了出去,在过道里啐了一口,用脚把唾沫擦了擦。

“简直发疯啦!”他在下台阶的时候,恶狠狠地说,并且为了表示看不惯,把院子门关得很响。

六十三

他们像做梦一样过了两天,不辨日夜,忘记了周围的一切。有时格里高力迷迷糊糊地睡过一阵小觉后醒来,在朦胧中看见阿克西妮亚那紧紧盯着他、好像是在研究他的凝神的目光。她往往是趴在床上,用胳膊肘支着头,用手托着腮,看着他,眼睛几乎眨都不眨。

“你干吗看我?”格里高力问。

“我想看个够……我心里总觉得他们会打死你的。”

“好吧,既然觉得这样,那就看吧。”格里高力笑着说。

第三天,他才第一次外出。这天一大早库金诺夫就接二连三地派人来请他去开会。格里高力也一再地对派来的人说:“我不去,叫他们自己开吧。”

普罗霍尔又从司令部里给他弄到一匹马,牵了来,昨天夜里他就到大雷村的防地上,把扔在那里的马鞍带了回来。阿克西妮亚看见格里高力准备出发,很惊慌地问道：

“你上哪儿去?”

“我想到鞑靼村去一下,看看咱们村的人怎样保卫村子,顺便打听一下家里人在哪儿。”

“你想孩子啦?”阿克西妮亚哆哆嗦嗦地用披巾裹住缓缓下溜的黑黑的肩膀。

“想啦。”

“你别去,好吗?”

“不行,我要去。”

“别去吧!”阿克西妮亚央求说,两只眼睛在她那黑黑的眼窝里激动地闪烁起来。“这么说,你觉得家比我还要紧吗？还要紧吗？这头、那头都放不下吗？那你是不是就把我带到你家里？我和娜塔莉亚会在一块儿凑合着过的……哼,滚吧！你去吧！可是你以后别再找我啦！我不要你。我不愿意这样！……我不愿意!”

格里高力一声不响地走到院子里,上了马。

* * *

鞑靼村的步兵连懒得挖战壕。

“想的是鬼主意,”贺里散福瓮声瓮气地说,“怎么,咱们这是在俄德战场上吗？弟兄们,挖一些普通的掩体,有膝盖那么深就行啦。要把这样硬的地挖一人多深,能办得到吗？就是用洋镐也刨不动,别说用铁锹啦。”

大家都听了他的话,在左岸松软的断崖上挖了一些可以卧倒的掩体,却在树林里搭了一些掩蔽所。

“嘿,这一下子咱们变成土老鼠啦!”从来不知道犯愁的安尼凯说起俏皮话来。“咱们就住在洞里,吃吃野草,免得你们天天吃熏鱼饼啦,肉啦,鲟鱼面啦……木樨草不也很好吃吗?”

红军很少打搅鞑靼村的人。村外也没有炮兵连。只是有一挺机枪偶尔在右岸零零落落地响上一阵子,对着从掩体里探出头来的观测员打上短短的两梭子,然后又是很久没有动静。

红军的工事是在山冈上。山上也只是偶尔地打几枪,不过红军只有夜里才下山到村子里去,而且去的时间也不长。

* * *

格里高力傍晚时候来到自己村子对岸的河边滩地上。

这里的一切他都很熟悉,每一棵小树都引起他的回想……这条道路通过一片叫“女儿地”的林中草地,每年彼得节分过草地以后,哥萨克们都要在这里喝酒。阿列克塞小树林像一个楔子似的伸进河边滩地。很久很久以前,在这片当时还没有名字的小树林里,一群狼咬死了一头牛,那头牛是鞑靼村一个叫阿列克塞的人的。阿列克塞死了,大家把他忘了,墓碑上的字也渐渐模糊不清了,连姓氏也被街坊和乡亲们忘掉了,可是以他的名字为名的小树林却还活着,橡树和榆树向天空伸着一丛丛碧绿的树枝。鞑靼村的人常常砍了来做农活儿上用的家什,但是到春天又从矮矮的树墩上冒出茁壮的芽儿,不知不觉长上一两年,于是阿列克塞小树林夏天里又是枝叶繁茂,一片碧绿,到秋天里,那染过早霜的锯齿形橡树叶子又是一片赤金颜色,好像穿起一身金甲。

夏天,阿列克塞树林里潮湿的土地上到处爬满了有刺的黑莓,羽毛华丽的灰老鸹和喜鹊在老榆树顶上搭巢;秋天,到处散发着又清爽又苦涩的橡实和橡树落叶气味的时候,南飞的山鹬都要在小树林里歇一阵子,到冬天,一片白茫茫的雪地上,就只有一行行像珍珠链子似的圆圆的狐狸爪印子了。格里高力在少年时代,常常到这片树林里来安放狐狸夹子……

他在凉爽的树荫下,顺着去年的道路的长满了杂草的旧车辙走着。他走过了“女儿地”,来到黑土崖前,许多往事涌上心头。他还是小孩子的时候,常常在那三棵白杨树旁边的小水塘里追赶刚刚生出来、还不会飞的小野鸭子,一天到晚在“圆湖”里逮鲤鱼……那不远处有一棵像帐篷一样的雪球树。雪球树孤零零地站在那里,又孤独,又苍老。在麦列霍夫家的院子里就可以看到这棵树,每到秋天,格里高力常常走到自己家的台阶上,欣赏这棵雪球树,好像是老远就被雪球树那红红的火焰包围住了。去世的彼特罗就非常喜欢吃苦丝丝的干雪球花饼子……

格里高力怀着淡淡的伤感心情,环视着从小就熟悉的地方。他的马一面走,一面懒洋洋地用尾巴驱赶着在空中飞舞的密密层层的蠓虫和凶狠的褐色蚊子。绿油油的冰草和梯牧草被风吹得弯下柔软的腰。草地上翻滚着一道道的绿波。

格里高力来到鞑靼村步兵的掩体跟前,派人去叫他的父亲。贺里散福在左翼很远的地方叫道:

“普罗柯菲耶维奇!快去吧,格里高力来啦!……”

格里高力下了马，把缰绳递给来到跟前的安尼凯，老远就看见父亲急急忙忙一瘸一拐地走来了。

“啊，好呀，首长！”

“你好，爹。”

“你来啦？”

“好不容易抽出身来呀！噢，家里人怎么样？我妈和娜塔莉亚在哪儿？”

潘捷莱·普罗柯菲耶维奇挥了一下手，皱着眉头。从他那黑黑的腮帮子上滚下两颗泪珠儿……

“啊，怎么回事儿？她们怎么啦？”格里高力十分惊慌地急忙问道。

“她们没有过河……”

“怎么不过河?!”

“娜塔莉亚有两天不能起床啦。大概是害了伤寒……老婆子不愿意扔下她……不过，孩子，你不要害怕，她们在家里都好好儿的。”

“孩子们呢？米沙特卡呢？波柳什卡呢？”

“都在家里。杜尼娅过河来啦。她怕留在那儿……她是姑娘嘛，知道吗？现在她跟着安尼凯的老婆上沃罗霍夫去啦。我已经到家里去过两次。半夜里坐小船轻轻划过去，一下子就到家啦。娜塔莉亚病得很厉害，不过孩子们都挺好，托老天的福……娜塔莉亚昏迷不醒，浑身发烧，连嘴唇都烧破啦。”

“你怎么不把他们带到这边来呢？”格里高力着急地叫道。

老头子火了，在他的哆哆嗦嗦的声音中，又有气，又有责备的意味：

“你又干什么来着？你就不能先来一趟，把他们带过来吗？”

“我带着一个师呀！我要把一师人都带过来呀！”格里高力气呼呼地反驳说。

“我们都听说你在维奥申干的事啦……这么看，你不要家啦？唉，格里高力呀！即使你不怕人议论，也该想想还有上帝呀！……我不是在这儿过河的，要不然我怎么会不带着他们呢？我这一排是在叶兰镇过河的，等来到这儿，红军已经把村子占啦。”

“我是住在维奥申！……这事儿你管不着……你给我……”格里高力声音都哑了，气得说不出话来。

“我倒没什么！”老头子害怕了，一面不满意地打量着聚集在不远处的哥萨克们。“我说的不是这事儿……你小声点儿，别叫人听见……”他换成耳语。“你也不是小孩子啦，自个儿应该明白嘛；家里的事，你就不要担心啦。娜塔莉亚会好起来的，红军并不难为她们。不错，他们宰了一头一岁口的小牛，这也算不了什么。他们心肠挺好,不乱动……拿了四十斗粮食。打仗嘛,不会不损失点儿!"

"是不是现在把家里人接过来呢?"

"依我看,用不着。比如说,把她这样一个病人放到哪儿去呢?而且这也是危险事儿。他们在家里很好。家产有老婆子照应着,这样我要放心些,村子里着过大火呢。"

"谁家烧啦?"

"操场上全烧啦。多数是买卖人的房子。你丈人柯尔叔诺夫家烧光啦。你丈母娘卢吉尼奇娜现在住在安得洛波夫村里,可是格里沙加爷爷也留在家里看房子。你妈告诉我,格里沙加爷爷说:'除了我的家,我哪儿也不去,那些反基督的人不会上我这儿来,他们害怕十字架。'他已经完全老糊涂啦。可是,看样子,红军并不怕他的十字架,把他的房子和院子全烧啦,至于他自己怎么样,还一点没有听说……他已经到了死的时候啦。二十年前他就自己做好了棺材,可是他还一直活着……烧村子的人就是你的好朋友,这该死的东西!"

"谁?"

"米沙·柯晒沃依呀,日他祖宗!"

"当真是他?!"

"是他,千真万确!他还到咱们家来过,问过你。他对你妈就这样说:'我们一过河到那边去,就把你们家的格里高力头一个绞死。把他吊到顶高的橡树上。我要杀他,都怕弄脏了我的刀!'他也问到我,也发过狠,说:'这个瘸鬼跑到哪儿去啦?怎么不老老实实地呆在家里,坐在炕头上?哼,要是叫我逮到了,我也不打死他,要拿鞭子抽他,一直抽得他三魂出窍!'你看他这个魔鬼有多么凶!他天天在村子里走来走去,放火烧买卖人和神甫的房子,还说:'为了给伊万·阿列克塞耶维奇和施托克曼报仇,我要把整个维奥申都烧了!'你听听这话!"

格里高力又和父亲谈了有半个钟头,后来就朝马跟前走去。老头子在谈话中再也没有说一句涉及阿克西妮亚的话,但是即使这样,格里高力心里还是感到不痛快。"既然我爹都知道啦,一定大家都听说啦。是谁传出来的呢?除了普罗霍尔,还有谁见过我们在一块儿呢?难道司捷潘也知道了吗?"他因为害羞和恨自己,都咯吱咯吱地咬起牙来……

他和哥萨克们聊了一小会儿。安尼凯一个劲儿地在开玩笑,要求给连里送儿桶酒来。

"只要有伏特加,我们连子弹都用不着啦!"他一面说,一面哈哈笑着,挤着眼睛,意味深长地用指甲弹着肮脏的衬衣领子。

格里高力拿出自己带的烟丝请贺里散福和村里其他人抽;已经要走的时候,他看见了司捷潘·阿司塔霍夫。司捷潘走过来,慢吞吞地问了问好,但是没有伸过手来。

格里高力自从暴动以后,还是第一次看见他,很不放心地用探询的目光仔细看了看他:“他知道吗?”可是司捷潘那漂亮的瘦脸上很平静,甚至还很高兴,格里高力这才轻松地舒了一口气,“肯定,他不知道!”

六十四

过了两天,格里高力巡视过自己这一师的阵地,回来了。总司令部已经迁到黑村去了。格里高力在镇外让马休息了有半个钟头,饮了饮,他也没有进镇,就朝黑村走去。

库金诺夫见到他,带着期待的笑容很高兴地看了看他。

“哦,格里高力·潘捷莱维奇,你都看到些什么?谈谈吧。”

“看到哥萨克,看到高地上的红军。”

“你看到的事情真多呀!我们这儿可是来过三架飞机,送来子弹和一些信件……”

“你的大老板西道林将军在信里对你说了些什么?”

“我的老同学吗?”一向很随和的库金诺夫反问了一句,仍然用玩笑的口吻继续说下去,“他在信上说,要我用一切力量守住阵地,不叫红军过河。还说,顿河军就要发动大反攻啦。”

“说得真好听啊。”

库金诺夫正色说:

“顿河军已经出动啦。我只告诉你一个人,要绝对保密!再过一个星期,就要冲破红军第八军的战线。咱们要坚守住。”

“本来就在守嘛。”

“红军正准备在大雷村过河呢。”

“斧子还一直在响吗?”格里高力十分吃惊地问道。

“还在响……噢,你看见一些什么情况?你上哪儿去啦?我想问问,你是不是在维奥申睡大觉啦?也许,你哪儿也没去!前天,我到处找你,把整个维奥申都找遍啦,后来,我派去的一个人回来说:‘麦列霍夫不在家,可是从屋里走出来一个非常漂亮的娘们儿,说:“格里高力·麦列霍夫走啦。”她的眼睛还肿着呢。’所以我就想:也许咱们的师长正在跟情人寻欢作乐,躲着我们吧?”

格里高力皱起眉头。他听了库金诺夫开的玩笑,很不痛快。

“你还是少听乱七八糟的胡扯,挑几个短舌头的当传令兵吧!你要是再派舌头太长的到我那儿去,那我就先用刀把他的舌头割掉……省得他胡说八道。”

库金诺夫哈哈大笑起来,拍了拍格里高力的肩膀。

“有时候你不也喜欢开玩笑吗?好啦,不开玩笑啦!我有正经事要和你谈。咱们需要搞到一个‘舌头’,这是第一;第二就是,要在夜间,在嘉桑乡边界以下,派两连骑兵渡河到对岸去,骚扰一下红军。是不是就在大雷村对面过河,叫他们混乱一场,好吗?你以为怎样?”

格里高力沉默了一会儿,然后回答说:

“这事儿倒是不错。”

“你能不能亲自……”库金诺夫对“亲自”两个字加重了语气,“带两个连去呢?”

“为什么要我亲自去?”

“就因为,需要一个久经战阵的指挥官!需要一个久经战阵、千锤百炼的指挥官,因为这事不是闹着玩儿的。弄不好会吃大亏,一个人也回不来!”

格里高力被奉承得高兴极了,连想都没想,就答应了:

“当然,我去!”

“我们在这儿计划了一下,想这样干,”库金诺夫从凳子上站起来,在上房里咯吱咯吱响的地板上来回踱着,很带劲儿地说了起来,“不必深入到后方去,只要在顿河边上,在两三个村子里骚扰他们一下,叫他们不安生,你们捞他们一些子弹和炮弹,抓几个俘虏,就顺着原路回来。这一切都要在夜里干,不等天亮,就过河回来啦。对吗?就这样吧,你想想看,明天就任你挑选一些哥萨克,你领着他们干去。我们就断定:除了麦列霍夫,谁也干不了这件事!你干好了这件事,顿河军政府忘不了你的功劳。等咱们和咱们的人一会师,我就打个报告给军区司令,把你的功劳都报上去,请求提升……”

库金诺夫朝格里高力看了一眼,话说到一半就顿住了:格里高力原来很平静的脸已经气得发了青,变了模样。

“我是你的什么？……”格里高力急忙把两手放到背后,站起身来。“我是为升官才去吗？……你要雇我吗？……拿升官当条件吗？……可是我呀……”

“你别发急嘛!”

“……我不稀罕你的官儿!”

“别急嘛！你误会我的……”

“……我瞧不起!”

“你误会我的意思啦,麦列霍夫!”

“我没有误会!”格里高力长长地出了一口气,又坐到凳子上。“你找别人去吧,我不带哥萨克上顿河那边去!”

“你不该发脾气。”

“不去就是不去！没有什么好说的!”

“我不强迫你去,也不央求你去。你愿意去就去,不愿去就拉倒。咱们现在的局面十分严重,所以才决定骚扰他们一下,不叫他们好好完成渡河的准备。至于升官的话,我是说着玩儿的嘛！你怎么连开玩笑都不懂啦？刚才提到老娘们儿的事,我就是开玩笑的嘛,后来我看到,你还有点儿火呢,我就想,我再来逗逗他！因为我知道,你是一个未修成的布尔什维克,什么官儿都不愿意当。你以为我是当真吗?”库金诺夫转了弯儿,而且笑得十分自然,甚至格里高力有一小会儿都觉得错怪了他:“也许,他真是闹着玩儿呢?”库金诺夫又接着说:“瞧,你这人呀……哈哈哈哈！……老兄,真是火爆性子！真的,我是说着玩儿的！我想逗逗你……”

“反正我不上顿河那边去啦,我改变主意啦。”

库金诺夫玩弄着皮带头儿,冷冷地沉默了半天,后来说:

“嗯,没什么,你是改变主意,还是怕了——都不要紧。要紧的是,你不支持我们的计划。当然我们还可以派另外的人去。世界上目前还不是你一个人……可是,咱们现在面临的局势是十分严重的,你就自己想想吧。他们有一道新的命令,是今天康德维拉特·梅德维杰夫从叔米林乡送来的。他们调集了不少军队向我们扑来……你还是自己看看吧,要不然你是不会相信的……”库金诺夫从军用包里掏出一张黄黄的、边上还带着斑斑的褐色干血的纸来,递给他。“这是从一个什么国际连的政委身上搜到的。政委是个拉脱维亚人。这个坏家伙一直打完最后一颗子弹,后来就斜握着步枪朝整整一排哥萨克冲来……他们那些信奉什么主义的人当中也有好汉子……康德拉特亲手把他劈了。在他的胸前口袋里搜出这道命令。”

在黄黄的、溅满了血的纸上,印满了黑黑的小号字:

共和国革命军事委员会主席
给清剿部队的命令
(捌字第一〇〇号)

一九一九年五月二十五日

发往包古查尔

在各步兵连、骑兵连、炮兵连和机枪连中宣读

罪恶的顿河暴动的末日到了!

丧钟已经响了!

我们已经做好了一切必要的准备。调集了足够的兵力,以便迎头痛击暴徒和叛贼。这些魔鬼两个多月来一直在背后袭击我南方战线各个战斗部队,现在已经到了彻底清算的时候。所有俄罗斯的工人和农民都怀着憎恶和痛恨的心情注视着米古林、维奥申、叶兰和叔米林的匪徒,这些匪徒打着骗人的红旗,在帮助地主黑帮——邓尼金和高尔察克。

清剿部队的战士、指挥员和政委们!

准备工作已经完成。一切必要的兵力和物资都已经集中。你们的队伍都已经在整装待命。

现在就发出信号:前进!

一定要摧毁那些无耻的暴徒和叛贼的巢穴。一定要把那些恶魔彻底消灭。对于那些顽抗的乡镇丝毫不能留情。只能宽恕那些自动放下武器、向我们投诚的人。对付高尔察克和邓尼金的帮凶们,要用铅弹、钢铁和火!

战士同志们,苏维埃俄罗斯把希望放在你们身上。我们一定要在几天以内扫清顿河地区叛乱的泥污。丧钟已经响了。

大家齐心协力,奋勇前进!

六十五

五月十九日，第九军清剿旅的参谋长古曼诺甫斯基派米沙·柯晒沃依到三十二团团部去送紧急公文。根据古曼诺甫斯基得到的情报，该团团部驻扎在郭尔巴托夫村。

这一天傍晚时候，米沙来到郭尔巴托夫村，但是三十二团团部不在这里。村子里塞满了第二十三师的二类辎重队的许多车辆。这些车辆是从顿涅茨方面来，由两连步兵掩护着，朝大熊河河口方面去的。

米沙在村子里转悠了几个钟头，想打听出三十二团团部驻扎的地方。最后有一个红军骑兵告诉他，三十二团团部昨天驻扎在叶甫兰琪耶夫村，就在博柯夫镇旁边。

米沙喂了喂马，连夜赶到叶甫兰琪耶夫村，可是团部也不在这里。已经过了半夜，米沙在回郭尔巴托夫村的路上，在草原上碰上一支红军的侦察队。

“什么人？”他们老远就对米沙喝问道。

“自己人。”

“哼，你算什么自己人……”头戴白色库班帽、身穿蓝褂子的队长朝跟前走来，用伤风的哑嗓门儿低声说。“哪一部分的？”

“第九军清剿旅。”

“有部队的证件吗？”

米沙掏出证件。侦察队长一面借着月光仔细看那证件，一面带着不信任的口气盘问道：

“你们的旅长是谁？”

“是罗佐甫斯基同志。”

“现在你们旅在哪儿?”

“在顿河那边。同志,你们是哪一部分的? 是三十二团吗?”

“不是。我们是三十三库班师。你这是从哪儿来?”

“从叶甫兰琪耶夫村来。”

“上哪儿去?”

“上郭尔巴托夫村。”

“噢! 郭尔巴托夫村现在住上哥萨克啦。”

“不可能!”米沙惊愕地说。

“我对你说,那儿是住上哥萨克叛匪啦。我们刚才看到的。”

“那我怎么能过得了郭尔巴托夫村呢?”米沙惊慌失措地说。

“那你自个儿看着办吧。”

侦察队长催动他那溜屁股的大青马,朝前走去,但是后来在马上侧转过身子,劝道:

“你跟着我们走吧,要不然他们会砍掉你的脑袋。”

米沙高高兴兴地跟着侦察队走了。当天夜里他跟着侦察队一起来到克鲁日林村,第二九四塔干罗格团驻扎在这里,他把公文交给团长,向他说明为什么没有能够将公文送交指定的部队以后,就要求留在团里参加骑兵侦察队。

第三十三库班师是不久前由塔曼兵团的一部分部队和一些志愿参军的库班人编成,从阿斯特拉罕开到沃罗涅日—里斯基地区来的。其中的一个旅,即塔干罗格团、杰尔宾特团和瓦西里柯夫团组成的旅,被调来镇压暴动。这个旅猛扑麦列霍夫的第一师,将该师赶过了顿河。

这个旅边打边进,以强行军的速度顺着顿河右岸一直从嘉桑乡推进到霍派尔河口乡西边的一些村庄,以右翼占领了旗尔河边的一些村庄,在顿河沿岸停留了两个星期之后,这才转回头来。

米沙参加了进攻卡耳根镇和旗尔河边许多村庄的战斗。五月二十七日上午,在下格鲁申村外的草原上,第二九四塔干罗格团的第三连连长,让战士们在路边站好队,宣读了刚刚接到的命令。于是米沙·柯晒沃依牢牢地记住了一些话:“……一定要摧毁那些无耻的暴徒和叛贼的巢穴。一定要把那些恶魔彻底消灭……”还有:“对付高尔察克和邓尼金的帮凶们,要用铅弹、钢铁和火!”

自从施托克曼被杀害以后,自从伊万·阿列克塞耶维奇和叶兰乡的共产党员们牺牲的消息传到米沙的耳朵里,米沙心里对哥萨克痛恨到了极点。只要有被俘的暴动的哥萨克落到他手里,他再也不加考虑,再也不听那嘟嘟哝哝的哀告声。从那时候起,他没有宽待过一个俘虏。他用蓝蓝的、冷得像冰一样的眼睛看着同乡的哥萨克,问:“你和苏维埃政府打仗打够了吗?”也不等回答,也不去看俘虏那惨白的脸,就把他劈了。他杀起人来毫不留情!他不仅要杀人,还要把“红公鸡”放进暴动军放弃的村庄里的房子。等到吓得发了疯的公牛和母牛冲过着了火的牲口院子篱笆,吼叫着朝胡同里跑去的时候,米沙就对牛开枪。

他同哥萨克的富裕,同哥萨克的背信弃义,同几百年来在那些高大房屋里养成的顽固守旧的生活方式,进行着毫不妥协的、无情的斗争。他的仇恨是施托克曼和伊万·阿列克塞耶维奇的死激起来的,命令上的话只是清清楚楚地说出了米沙没有说出的心情罢了……就在这一天,他和三个同伴把卡耳根镇上的房子烧掉了一百五十多座。他在一家商店的仓库里弄到一桶煤油,用一只黑黑的手攥着一盒火柴,就在广场上转悠起来,他经过哪里,哪里就冒起苦烟和火焰,那些镶了木板、上了油漆、富丽堂皇的商人和神甫的房子、富裕哥萨克的房子,那些“用欺骗煽动愚昧的哥萨克群众掀起叛乱”的人的住宅,就笼罩在一片火海里。

骑兵侦察队总是首先进入敌人抛弃的村子的;不等步兵开到,米沙已经点着了那些最漂亮的房子。他想无论如何要到鞑靼村去,为了伊万·阿列克塞耶维奇和叶兰乡共产党员的死,要找村里人报仇,要烧掉半个村子。他已经在心里拟定了一份该烧的人家的名单,万一他的部队从旗尔河边向维奥申左面进军的话,他决定在夜里单独行动,想方设法要到自己村子里去一趟。

他一定要回鞑靼村去,还有另外一个原因……近两年来,因为时常和麦列霍夫家的杜尼娅见面,他们之间产生了一种用言语说不出的感情。杜尼娅那黑黑的手指头用彩线给米沙绣烟荷包,她在冬天里瞒着家里人送给他一副灰羊毛手套,当初杜尼娅用的一条绣花手绢,米沙还小心翼翼地藏在军便服的胸前口袋里。这条小小的手绢,三个月来在皱褶里一直还保留着隐隐约约、像干草气味一样的姑娘身体气味,他觉得说不出的可亲可爱!每当他独自一人单独掏出手绢来的时候,总要不由自主地想起那使他无法平静的情景:井边一棵挂满霜雪的白杨,昏沉的天空飘舞着雪花,杜尼娅的线条清晰、哆哆嗦嗦的嘴唇,在她那弯弯的睫毛上慢慢融化的雪花闪烁着宝石一般的亮光……

他为回家做了精心的准备。他在卡耳根镇上,从一个商人家的墙上扯下一条花毯子,做了马衣,这马衣真是漂亮得出奇,那鲜艳无比的各种色彩和花纹老远就使人眼花缭乱。从一个哥萨克家的柜子里弄到一条带裤绦的、几乎全新的马裤,弄到六条女人披巾,可以做三副包脚布,还有一副女人的线手套,他暂时放进鞍袋里,因为目前在灰暗的打仗的日子里不能戴,要等到快进鞑靼村的时候才戴。

自古以来就有一种传统:当兵的人回到村子里,一定要穿戴得漂漂亮亮的。米沙还没有摆脱哥萨克的传统,尽管他当了红军,还是一心一意想保持旧日的风尚。

他骑的是一匹白鼻子、枣红色的好马。马原来的主人是霍派尔河口镇的一个哥萨克,米沙在冲锋时把他劈死了。这马就是米沙的了。这马是一匹值得夸耀的马:不论身材、速度、步伐、姿势,都没有说的。可是米沙的马鞍却很不像样子。鞍垫已经磨坏,而且已经打了补丁,后肚带是生皮做的,马镫长满了陈锈,擦都擦不掉。马辔头也十分寒碜,一点装饰也没有。要想想办法,即使装饰一下辔头也好。米沙为了解决这个问题,苦苦思索了很久,终于,他想出一个很好的主意。就在广场上,一座商人的房子旁边,放着一张白镍床,这是商人家的仆人从着火的房子里抢出来的。床的四角有四个白球儿,经阳光一照,亮得耀眼。只要把这几个球儿拆下来或者砸下来,然后往辔头上一挂,辔头就大不一样了。米沙就这样做了:他把四个空心的白球儿从床角上拧下来,用丝带把四个球儿拴到辔头上,两个拴在马嚼子的环儿上,两个拴在鼻带两旁,于是白球儿就像白亮的中午太阳一样,在马头上放起光来。阳光一照,亮得刺眼! 马只要迎着太阳走,就要眯起眼睛,踉踉跄跄,连步子都不敢迈。但是不管马眼睛被白球儿的反光照得多么难受,不管马眼睛被刺得流多少眼泪,米沙连一个球儿也不肯从马辔头上摘下来。不久就到了从烧毁了一半、到处散发着焦糊的砖味和灰烬气味的卡耳根镇出发的时候。

这个团要朝顿河,朝维奥申方面去。所以米沙没有费什么事就向侦察队长请准了一天的探亲假。

队长不仅准了他的短期假,还特意关照他:

“娶老婆没有?”他问米沙。

“没有。”

“有野花儿吧?”

“什么野花儿? ……这是什么意思?”米沙惊愕地问道。

“就是相好的嘛!”

“噢——噢……这倒是没有。有一个爱人,是一个清白的姑娘。”

“你有怀表吗?”

“没有,同志。”

“你呀,真是!”侦察队长是个斯塔夫罗波尔人,以前是个超期服役的中士,在旧军队时不止一次请假回家，根据切身经验他知道，穿得破破烂烂地回家，滋味是不好受的。于是他从宽宽的胸膛上摘下怀表和老粗的表链，说："你是个好战士！给你，戴上回家去，让姑娘们瞧瞧，只要记住我就行啦。我也有过年轻时候，也坏过几个大姑娘，玩过一些娘们儿，我知道……这链子是新的美国金的。如果有人要问，你就这样回答。如果有人死缠住不放，要问成色戳子在哪儿，你干脆就打他嘴巴子！是有那么一些厚脸皮的家伙，对这些家伙就是要打嘴巴，没有什么好说的。过去，在饭馆里或者在窑子里，要是从哪儿跑来一个当店伙或者当账房先生的酸文人，想当众羞辱我，说：'把链子挂在肚子上，倒像是真金的哩……那么请问，这链子上的成色戳子在哪儿？'我从来就不给他想一想的工夫，就说：'成色戳子吗？这就是！'"米沙的好心肠的队长攥起像小孩子脑袋一样大的棕褐色拳头，用老大的猛劲儿抡了抡。

米沙挂好怀表，夜里就着火堆的亮光刮了刮脸，备上马，骑上马就走。黎明时候他进了鞑靼村。

村子依然是原来的样子：砖瓦教堂的低矮的钟楼依然伸着退了色的镀金十字架，直指蓝天，村里的大操场上依然挤满了买卖人家和神甫家的一座座牢固的房子，米沙家快要倒塌的小屋边的白杨树依然在小声说着亲切的话儿……

使他吃惊的，只有那村子里一向少有的一片死沉沉的寂静，寂静像蛛网一样笼罩住大街小巷。街道上一个人也没有。家家的护窗都关得紧紧的，有些人家的门上挂着锁，但是大多数人家的门都大敞着。好像是瘟疫用它那黑脚在村子里走了一遍，带走了所有的院落和街道上的人，把空旷和死寂填进了住人的地方。

听不见一点人声，也听不见牲口叫声和公鸡打鸣声。只有一些麻雀，好像在大雨要来时那样，在棚檐底下和干柴禾堆上很起劲地叫着。

米沙走进自己家的院子。家里没有一个人出来迎接他。进过道的门大敞着，门口有破烂的红军裹腿，血糊糊、皱皱巴巴的绷带，落满了苍蝇、已经臭了的鸡头和鸡毛。看样子，几天以前有红军在这里吃过饭：地上还有破瓦钵子碎片、啃光的鸡骨头、烟头、踩烂的报纸……米沙压制着沉重的叹息，走进房里。房里一切都和以前一样，只有每年秋天储存西瓜的地下室的门好像开了一点缝儿。

米沙的妈妈还喜欢背着孩子们，把苹果干儿藏在地下室里。

米沙想起这样的事，便走到地下室小门跟前。他心里想："妈妈会不等我回来吗？也许，她给我留下什么呢？"他于是抽出马刀，用刀尖把小门一撬。小门吱嘎一声开了。从地窖里冒出一股潮气和霉气。米沙蹲下身子。他的眼睛因为不习惯黑暗,老半天什么都看不清楚,到最后才看见:在铺开来的一块旧桌面上,放着半瓶酒,一个平底锅里还盛着发了霉的煎鸡蛋,还有一块面包,已经被老鼠吃掉了一半;还有一只瓦壶,用一个木碗盖得严严的……这是老人家在等待儿子。就像是等待最高贵的客人！米沙走下地下室的时候,他的心因为沉浸在疼爱和欢喜里,激动得哆嗦起来。这些整整齐齐地摆在干干净净的旧桌布上的东西,都是妈妈那操劳的手在几天以前抚摩过的呀！……这儿的橛子上还挂着一个白白的麻布袋。他急忙把麻布袋摘下来,看见里面是他的一套衬衣,衬衣是旧的,但是缝补得整整齐齐,洗得干干净净。

老鼠已经把吃的东西啃得乱糟糟的,只有牛奶和酒没有动过。米沙喝完了酒和在地下室里放得格外凉的牛奶,拿起衬衣,爬了出来。

妈妈大概也到顿河那边去了。"她不敢留下来,这样也好,不然的话,哥萨克一定会打死她的。就这样,恐怕因为我的事,已经把她折腾得够戗啦……"他这样想着,放慢脚步,走了出去。他解开马,但是没有敢上麦列霍夫家去:他们家就在顿河边上,任何一个枪法好的射手都可以在对岸用暴动军的无壳铅弹把米沙打倒。所以米沙决定先上柯尔叔诺夫家去,到黄昏时候再回到广场上,趁着天黑,把莫霍夫家和其他买卖人家以及神甫家的房子烧掉。

他从后面来到柯尔叔诺夫家宽大的院子跟前,走进敞着的大门,把马拴在栏杆上,正要朝屋里走,恰好格里沙加爷爷来到台阶上。他那雪白的头打着颤,老花的眼睛像瞎子一样眯缝着。那油糊糊的领口上还钉着红领章的、挺结实的哥萨克灰制服扣得整整齐齐的,但是那肥大的裤子老是往下掉,所以老头子不住地用手往上提。

"你好,老人家!"米沙摇晃着鞭子,在台阶前站了下来。

格里沙加爷爷没有做声。在他那冷冷的目光中,有痛恨,也有憎恶。

"我是问,你好!"米沙提高了声音。

"托福托福。"老头子很勉强地回答说。

他依然在看着米沙,目光中那憎恨的神气依然没有减弱。米沙随随便便地叉开两腿,站在那里;玩弄着鞭子,皱着眉头,噘着像姑娘那样饱鼓鼓的嘴唇。

"格里沙加爷爷,你为什么没有跑到顿河那边去呀?"

"你怎么知道我的名字?"

"我是这儿的人嘛,所以我知道。"

"你是谁家的?"

"是柯晒沃依家的。"

“是阿基姆卡的儿子吗？阿基姆卡不就是那个在我们家做过长工的吗？”

“就是的。”

“小东西，就是你吗？在受洗节给你起了个名字叫米沙，不是吗？好啊！真像你爹！以前你爹总是恩将仇报，你大概也是这样吧？”

米沙从手上脱下一只手套，眉头皱得更紧了。

“怎么给我起名字，起的什么名字，这都跟你没关系。我问你，你为什么没有跑到顿河那边去？”

“我不想走，所以就没走。你这是怎么啦？你成了反基督的走狗啦？帽子上戴上红星啦？你这狗崽子，坏蛋，这么说，你跟咱们哥萨克作对吗？跟自己村里人作对吗？”

格里沙加爷爷颤颤巍巍地走下台阶。看样子，自从柯尔叔诺夫一家人跑到顿河那边去以后，他的饭食太差了。他被家里人撇下后，身体异常衰弱，像所有的老头子一样浑身十分肮脏，他面对着米沙站下来，带着惊愕和愤怒的神气望着米沙。

“是要作对，”米沙回答说，“我们跟他们的账还有得算呢！”

“《圣经》上是怎么说的？‘你们愿意人怎样待你们，你们也要怎样待人。’①这话怎么样？”

“老人家，你别拿《圣经》来蒙哄我，我不是来听这个的。现在你马上从家里出去。”米沙沉下脸说。

“这是怎么回事儿？”

“就是这么回事儿！”

“你这是干什么？……”

“什么也不干！你给我出去！……”

“我不能离开自己的家。我知道这是怎么回事儿……你是反基督的走狗，你的帽子上有反基督的符号！《耶利米书》上说到过你们：‘我必将茵陈给这百姓吃，又将苦胆水给他们喝。我要把他们散在列邦中……’②现在就是儿子起来反对老子，兄弟起来反对兄弟啦……”

“老人家，你别糊弄我啦！这不是兄弟间的事情，这笔账很简单：我爹给你们干了一辈子，一直干到死，我在打仗以前也给你们打麦子，我年纪轻轻的，肚子都

---

① 见《圣经·新约全书·路加福音》第六章第三十一节。

② 见《圣经·旧约全书·耶利米书》第九章第十五、十六节。

叫你们家的粮食口袋压伤啦，现在到了算账的时候。你给我从房子里出去，我这就烧房子！你们以前住好房子，现在就跟我们一样，去住住草屋吧。你明白吗，老家伙？”

“噢噢！就是这么回事儿！在《以赛亚书》上就是这样说的：‘他们必出去观看那些违背我人的尸首，因为他们的虫是不死的，他们的火是不灭的，凡有血气的，都必憎恶他们。’①……”

“哼，我现在没工夫跟你啰嗦！”米沙带着愤怒的口气冷冷地说。“你出去不出去？”

“不出去！你滚，坏蛋！”

“就是因为有你们这些老顽固，才打起仗来的！是你们鼓动老百姓，叫他们反对革命……”米沙急急忙忙摘下卡宾枪……

一声枪响过，格里沙加爷爷仰面倒下，清清楚楚地说：

“我……自个儿不愿意死……可是天意要我死……主啊，收留你的奴仆吧……慈悲慈悲吧……”他哼哼起来，白胡子底下冒出血来。

“会收留你的！早就该把你这个老家伙送去啦！”

米沙十分厌恶地绕过直挺挺地躺在台阶前的老头子，跑上台阶。

被风吹进过道里的干刨花冒起红红的火苗，储藏室和过道之间的板墙很快就着了火。火烟冒到天花板上，过堂风一吹，就冲进了屋子。

米沙走了出来，不等他点着棚子和仓房，屋子里的火苗已经蹿了出来，沙沙地舔着松木窗框，像胳膊一样伸向房檐……

米沙走到附近的树林里，在缠满野蛇麻草的乌荆子凉荫下一直睡到黄昏时候。他那匹下了鞍、绊住腿的马，就在这里懒洋洋地扯着嫩绿的梯牧草在吃。到黄昏时候，那马渴了，嘶叫起来，把主人吵醒了。

米沙爬起来，把军大衣捆到鞍后皮带上，就在树林里用井水饮了饮马，然后上了鞍，骑上马朝小胡同里走去。

在已经烧光的柯尔叔诺夫家的宅院里，还有一些黑黑的、已经烧成炭的木桩子冒着烟，呛人的烟气慢慢扩散开去。一座高大的房子只剩了高高的石头房基，再就是那塌掉一半的炉灶，那熏得黑黑的烟囱还指着天空。

米沙径直朝麦列霍夫家走去。

---

① 见《圣经·旧约全书·以赛亚书》第六十六章第二十四节。

伊莉尼奇娜正在棚子底下往围裙里捡引火柴，米沙也没有下马，推开篱笆门，就进了院子。

“您好啊，大婶儿！”他很亲热地问候道。

可是她吓坏了，连一句话也回答不出来，耷拉下两手，引火柴都从围裙里撒了出来……

“您过得好啊，大婶儿！”

“托……托福。”伊莉尼奇娜迟迟疑疑地回答说。

“你活着吗，身体好吗？”

“活是活着，身体好可就说不上啦。”

“你们家的哥萨克都上哪儿去啦？”

米沙下了马，走到棚子跟前。

“上顿河那边去啦……”

“他们是盼士官生来吗？”

“我是女人家……这些事我不知道……”

“叶福杜吉娅·潘捷莱芙娜在家吗？”

“她也上顿河那边去啦。”

“鬼叫他们他妈的都上顿河那边去！”米沙的声音哆嗦了两下，因为愤怒强硬起来。“大婶儿，我要对您说：你儿子格里高力是苏维埃政府最凶恶的敌人。我们一到顿河那边，就把他第一个绞死。可是潘捷莱·普罗柯菲耶维奇真不该跑。他又老又瘸，就应该老老实实蹲在家里……”

“等死吗？”伊莉尼奇娜冷冷地问了一声，又往围裙里捡引火柴。

“哼，他还死不了。也许会多少抽他几鞭子，但还不至于打死他。不过，我自然不是为这些事来的。”米沙提了提胸前的表链，垂下眼睛。“我是来看叶福杜吉娅·潘捷莱芙娜的。我觉得很可惜，她也跑啦。不过，大婶儿，您是她的亲娘，我要对您说说。我要说的就是：我老早就在想她，不过我们现在还没有很多工夫来想姑娘，我们要打反动派，要狠狠地揍他们。可是等我们把反动派完全消灭了，等到全世界都建立起太太平平的苏维埃政权，那时候，大婶儿，我就要请媒人上你们家来向叶福杜吉娅·潘捷莱芙娜求亲啦。”

“现在不是谈这个问题的时候！”

“不，是时候啦！”米沙皱起眉头，他的两道眉毛中间出现了倔强的皱纹。“求亲还不是时候，谈谈这件事是可以的。我再也找不到另外的时间来说说这话啦。今天我在这儿，明天说不定就上顿涅茨那边去。所以我要事先提醒您：不要随便叫杜尼娅嫁人,不然我可要对不起您。如果我的部队里有信来,说我已经死了,那时候您就叫她嫁人好啦,现在可不行,因为我和她有了情意。我没有给她带礼物来,因为没有地方去弄礼物。不过,如果您要什么资产阶级和商人的玩意儿的话,您就说吧,我可以马上去弄来。"

"可别这样!我们从来没要过别人家的东西!"

"噢,那就随您吧。如果您比我先见到叶福杜吉娅·潘捷莱芙娜的话,请您替我向她问好,大婶儿,再会吧,请您别忘了我的话。"

伊莉尼奇娜也不回答,便朝屋子走去,米沙便上了马,朝村子里的大操场走去。

到夜里,红军从山上下来,进了村子。他们的闹闹哄哄的说话声响遍了大街小巷。有三个红军带着手提机枪到河边去放哨,盘问了一下米沙,又看了看他的证件。他在"生铁头"谢苗家的对过又碰上四个红军。其中两个人赶着一辆大车,车上装的是燕麦,另外两个人和谢苗的害痨病的老婆一起,抬着一架脚踩缝纫机,扛着一口袋面粉。

"生铁头"的老婆认出了米沙,跟他打了一声招呼。

"大嫂子,你这是抬的什么?"米沙问道。

"我们这是扶助贫农阶级妇女成家立业:我们把资产阶级的机器和面粉送给她。"一个红军又敏捷又带劲儿地回答说。

米沙一连烧了七家的房子,这七家是逃到顿涅茨那边去的买卖人莫霍夫和"擦擦"阿杰平、维萨里昂神甫、潘克拉季教长和另外三个富裕的哥萨克,把火点着以后,他才出了村子。

他上了山冈,转过马头。下面,鞑靼村里,红红的火焰就像闪闪发光的狐狸尾巴似的,一直翘到黑漆漆的天空里。火焰忽而向高处蹿去,火光照得湍急的顿河水闪着粼粼的金光,时而倒伏下去,倒向西方,贪婪地吞食着一座座的房屋。

从东方吹来一阵轻轻的草原清风。微风吹得火焰越来越旺,并且把一个个黑黑的、闪烁着煤炭般亮光的烟团送得很远很远……

Yilin Classics

МИХАИЛ ШОЛОХОВ

经／典／译／林

ТИХИЙ ДОН

静静的顿河

（下）

[苏联] 米哈依尔 · 肖洛霍夫 著

力冈 译

译林出版社

图书在版编目（CIP）数据

静静的顿河 /（苏）肖洛霍夫著；力冈译．—南京：译林出版社，2020.5（2025.1重印）
（经典译林）
ISBN 978-7-5447-7751-3

Ⅰ.①静…　Ⅱ.①肖…②力…　Ⅲ.①长篇小说－苏联　Ⅳ.①I512.45

中国版本图书馆 CIP 数据核字（2019）第 078869 号

“Тихий Дон” М. А. Шолохова
На титуле и обложке Произведения Издательство обязуется
проставить оповещение об авторском праве.
本作品中文出版权由尤里·帕夫洛维奇·马诺欣授权，由译林出版社出版。
著作权合同登记号　图字：10-2015-105 号

静静的顿河 ［苏联］肖洛霍夫 / 著　力　冈 / 译

责任编辑　冯一兵
责任印制　颜　亮

原文出版　Издательство «Молодая гвардия», 1980г.
出版发行　译林出版社
地　　址　南京市湖南路 1 号 A 楼
邮　　箱　yilin@yilin.com
网　　址　www.yilin.com
市场热线　025-86633278
排　　版　南京展望文化发展有限公司
印　　刷　南京爱德印刷有限公司
开　　本　880 毫米 × 1230 毫米　1/32
印　　张　46.625
插　　页　12
版　　次　2020 年 5 月第 1 版
印　　次　2025 年 1 月第 13 次印刷
书　　号　ISBN 978-7-5447-7751-3
定　　价　128.00 元

卷 七

一

顿河上游的暴动，牵制住南方前线红军的大量兵力，这使顿河军司令部不仅可以在掩护诺沃契尔卡斯克的战线上自由地调动兵力，而且在卡敏镇和别洛卡里特文河口镇地区集中起一个强大的突击兵团，这个突击兵团由一些能征惯战的团队组成，主要是下游的哥萨克和加尔梅克人，其任务是：在适当的时机，会同菲次哈拉乌洛夫将军的队伍，击溃红军第八军所属第十二师，并且向第十三师和乌拉尔师的侧翼和后方挺进，冲向北方，以便和上顿河州的暴动军会合。

前任顿河军总司令杰尼索夫将军和参谋长波里亚科夫将军当初制订的集中突击兵团的计划，到五月底差不多全部实现了。卡敏镇地区已经集中了将近一万六千人马，配备了三十六门大炮和一百四十挺机枪；陆续往这里调的还有最后一批骑兵部队，还有几团精锐的青年军。所谓青年军，就是一九一八年夏天由刚到入伍年龄的青年哥萨克组成的一部分队伍。

这时候，四面被围的暴动军仍然继续在抵挡红军清剿部队的进攻。南面，顿河左岸，暴动军的两个师顽强地守在战壕里，尽管整个战线上红军无数的大炮几乎日夜不停地对他们进行猛烈的轰击，他们还是没有让敌军过河；其余的三个师守住暴动地区的西、北、东三面，遭受了巨大的损失，特别是东北地段损失惨重，但是依然没有退却，一直坚守在霍派尔州的边境上。

驻守在自己村子对面的鞑靼村连，因为闲得无聊，有一天去骚扰了一下红军：黑夜里，一些自告奋勇的哥萨克，乘小船悄悄渡到顿河右岸，出其不意地向红军哨兵发动了袭击，打死了四名红军，缴获了一挺机枪。第二天，红军从维奥申方面调来一个炮兵连，对哥萨克的战壕进行了猛烈轰击。榴霰弹在树林里一爆炸，鞑靼村连就急忙抛弃战壕，离开河边，跑进树林深处。过了一天，红军把炮兵连调走了，鞑靼村连就又回到原来的阵地上。这个连在炮轰中受到的损失是：弹片打死了不久前才补充进来的两个半大小伙子，炮轰之前刚刚从维奥申回来的连长的传令兵受了伤。

后来，相对地安静下来，战壕里的生活又恢复了老样子。妇女们常常来，每天夜里都送面包和老酒来，而且吃的东西哥萨克是不缺的：他们宰了两头迷路的小牛，此外，每天还到小湖泊里去打鱼。贺里散福是打鱼的主将。他用的是一张十丈长的大鱼网，是一个逃难的人扔在岸上，由连里人捡来的。贺里散福打鱼总是"下深水"，并且吹嘘说，草甸子上没有哪一个湖是他没有下过的。他接连不断地打了一个星期的鱼，衬衣和裤子上沾满了风也吹不掉的鱼腥气味，到最后安尼凯都坚决不肯和他住在一个掩蔽所里了，说：

"你身上一股臭鲶鱼气味！要是再和你在这儿住上一天，以后一辈子都不想吃鱼啦……"

从那时候起，安尼凯也不顾蚊子咬，就睡到掩蔽所外面。每天睡觉之前，都要恶心得皱着眉头，用笤帚把撒在地上的鱼鳞和臭鱼肠子扫掉，可是一到早晨，贺里散福打鱼回来，大模大样、神气活现地往掩蔽所门口一坐，就又刮起鱼鳞，把带回来的鲫鱼一一剖了开来。绿苍蝇在他身旁嗡嗡乱飞，凶恶的黄蚂蚁一群一群地爬过来。后来，安尼凯气喘吁吁地跑来，离得老远就大声喊叫：

"你找不到别的地方啦？你他妈的顶好叫鱼刺卡死！喂，行行好，滚到一边去吧！我在这儿睡觉，可是你把鱼肠子扔得到处都是，把四面八方的蚂蚁都招了来，一片腥臭气，就像到了阿斯特拉罕渔场上啦！"

贺里散福在裤子上蹭着自制的小刀子，若有所思地对着安尼凯那张生了气的没有胡子的脸看上半天，心平气和地说：

"安尼凯，你肚子里一定有虫子，所以你闻不惯鱼味儿。你空着肚子吃些大蒜，好不好？"

安尼凯啐着唾沫，骂着，走了开去。

他俩天天吵嘴。但是总的说，全连是过得很和气的。所有的哥萨克都吃得饱饱的，十分开心，不开心的只有司捷潘·阿司塔霍夫一个。

不知是司捷潘从村里人嘴里听说阿克西妮亚在维奥申和格里高力一块儿过，还是他心里猜想到这一点，反正他突然苦闷起来，无缘无故地跟排长大吵了一通，并且坚决拒绝去执勤放哨。

他一天到晚躺在掩蔽所里一张黑黑的车毯上，唉声叹气，拼命地抽烟。后来他听说连长派安尼凯上维奥申去领子弹，他两天以来才第一次走出掩蔽所。他眯缝着因为失眠肿起来的、泪水模糊的眼睛，疑疑惑惑地看了看那轻轻晃动的一丛丛翠绿欲滴的树叶，看了看那随风飘动的一朵朵镶了白边的云彩，听了听树林里飒飒的风声，就经过一个个掩蔽所，去找安尼凯。

当着大家的面他没有说话，而是把安尼凯拉到一边，央求说：

“你到维奥申给我找一下阿克西妮亚，就说我叫她来看看我。就说我浑身长满了虱子，衬衣和脚布都没有洗过，还有，你告诉她……”司捷潘顿了一会儿，小胡子底下露出不好意思的微笑，“就说我很想她，盼她快点儿来。”

夜里安尼凯来到维奥申，找到阿克西妮亚的住处。她自从和格里高力发生过口角以后，仍然住到姑妈家去了。安尼凯把司捷潘的话照实地对她说了，但是为了进一步说服她，又自己添了两句，就说司捷潘说过，如果阿克西妮亚不到连队里去的话，他就要亲自上维奥申来了。

她听了这话，就动手收拾起来。姑妈匆匆忙忙发了一块面，烤了一些奶油面包，过了两个钟头，阿克西妮亚就作为一个俯首帖耳的妻子，跟着安尼凯上鞑靼村连的防地去了。

司捷潘暗暗怀着十分激动的心情迎接妻子。他用探询的目光凝视着她那瘦了的脸，细心地询问了许多事情，但是一句也没有问到，她是不是看到格里高力了。他在谈话中只有一次，垂下眼睛，微微偏过身去，问道：

“你为什么从那边上维奥申去？为什么不从我们村子外面过河？”

阿克西妮亚冷冷地回答说，又不能跟别人家一块儿过河，她又不愿意去求麦列霍夫家的人。她回答过以后，就感觉出，这样一来，好像麦列霍夫家的人不是别人家的人，成了自己家的人了。她想到司捷潘可能要这样理解，不由地发起急来。看样子，他就是这样理解的。他的眉毛底下微微动了两下，脸上好像掠过一片阴影。

他用询问的目光看了看阿克西妮亚，她明白了这个无声的问题，便因为窘急，因为恼恨自己，一下子脸红了。

司捷潘怜惜她，装做什么也没有看出的样子，把谈话转到家务事上，问起她在离家以前收藏起一些什么东西，藏得妥当不妥当。

阿克西妮亚察觉丈夫的宽宏大度，就一一作了回答，但是她心里一直觉得非常不自在，为了叫他相信他们之间发生的一切事情都是毫无根据的，为了掩饰自己心情的激动，她故意说得慢条斯理的，有板有眼，又沉着，又冷静。

他们坐在掩蔽所里，说着话儿。总是有人打搅他们。一会儿这个进来，一会儿那个进来。贺里散福走进来，躺下就睡觉。司捷潘看到，想避开人谈一谈是不可能的，就只好不再说了。

阿克西妮亚很高兴地站了起来，急急忙忙解开包袱，拿出从镇上带来的奶油面包给丈夫吃，把司捷潘挂包里的脏衣服拿出来，到附近的水塘里去洗。

破晓时候的树林里静悄悄的，笼罩着淡蓝色的晨雾。青草被露水压得弯到地上。青蛙在池塘里争先恐后地哇哇乱叫，在离掩蔽所不远处，一丛茂密的槭树棵子后面，还有一只青蛙呱呱地在叫。

阿克西妮亚从槭树棵子旁边走过。那树棵子从树头直到藏在密密的草丛中的树干，都缠满了蜘蛛网。缀满小小露水珠儿的蛛丝，像一串串珍珠似的闪闪放光。青蛙有一小会儿停了叫声，后来，阿克西妮亚的光脚丫儿踩倒的青草还没有直起腰来，青蛙又叫了起来。从水塘里飞起一只麦鸡，凄切地叫了两声，回答青蛙的叫唤。

阿克西妮亚脱掉小褂和碍事的胸衣，走进没膝深的热乎乎的塘水里，洗起衣服来。小蠓虫儿在她的头上乱飞，蚊子嗡嗡直叫。她弯着圆滚滚的、黑黑的胳膊，用手在脸上拂着，驱赶着蚊子。她一个劲儿地想着格里高力，想着他要下连队时他们之间的那一次口角。

“也许，他这会儿又在找我吧？今天夜里我就回镇上去！”阿克西妮亚拿定了主意，她心里一想到就要和格里高力会面并且很快就会和好，不由地就笑了。

说也奇怪：近来，她每想到格里高力，不知为什么她所想象的都不是他实有的外貌。在她眼前出现的不是现在的格里高力，不是这个高大、威武、尝尽人生甘苦、经历了多年风霜的汉子，眼睛也不是疲惫无神地眯缝着，黑胡子尖儿也没有发了红，两鬓也没有过早地出现银丝，额头上也没有那老粗的皱纹——战争的岁月也不曾给他留下历尽艰难困苦的记号；在她眼前出现的还是原来那个格里什卡·麦列霍夫，还是那个鲁莽小伙子，谈起爱情冒里冒失，脖子像小孩子一样又圆又细，经常笑呵呵的嘴唇露出一副无忧无虑的神气。

因为这样，阿克西妮亚对他的爱情更深厚了，几乎成了一种温柔的母爱。

这会儿也是这样：她清清楚楚地想起那张无限可爱的脸，重重地叹了一口气，笑了起来，站直了身子，把没有洗好的丈夫的一件褂子摔到脚下，觉得喉咙里忽然涌上来一团热辣辣的东西，不觉小声说：

“你这该死的东西，叫我一辈子忘不掉啦！”

她流过了眼泪，觉得心里轻松了，但是心情轻松了以后，周围那淡蓝色的清晨的世界好像退了颜色。她用手背擦了擦两腮，撩了撩耷拉到潮湿的额头上的头发，用失神的眼睛呆呆地对着一条灰色的小鱼儿看了半天，看着小鱼儿在水面上游过去，渐渐隐入被风吹得上下翻滚的晨雾的粉红色的镶边儿里。

她洗完衣服，将衣服搭在树枝上，又回到掩蔽所。

已经睡醒的贺里散福坐在门口，动弹着歪歪扭扭、疙疙瘩瘩的脚指头，缠着司捷潘在说话儿，司捷潘躺在车毯上，一声不响地抽着烟，怎么都不回答贺里散福的问话。

“你以为红军不会渡河上这边来吗？你不说话吗？哼，不说就不说好啦。可是我以为，他们一定要想办法从滩上蹚水过河……一定要从滩上过！决不会从别的地方。你是不是以为他们会让马队泅水过河？你怎么不说话呀，司捷潘？这会儿眼看要到最后关头啦，可是你还躺在那儿，像根木头一样！”

司捷潘猛然欠起身来，气嘟嘟地回答说：

“你胡缠什么？有些人真怪！老婆来看我，可是你们缠住不放……啰嗦起来就没有完，不叫人家跟老婆说说话儿！”

“偏要找娘们儿说话儿……”贺里散福很不高兴地站了起来，把破靴子套到光脚丫上，走了出去，脑袋在门框上碰了一下子，碰得很疼。

“不让咱们在这儿说说话儿，咱们上树林子里去。”司捷潘说。

他也不等她同意，就朝门口走去。阿克西妮亚乖乖地跟着他走了。

晌午时候他们才回到掩蔽所里。第二排的哥萨克们躺在赤杨树棵子下的凉荫里，一看见他们，都把牌放下来，一声不响，会心地挤着眼睛，笑嘻嘻的，并且装模作样地在叹气。

阿克西妮亚轻蔑地撇着嘴，从他们面前走过去，一面走，一面理着头上揉皱了的白色绣花头巾。哥萨克们一声不响地让她走过去，但是等到跟在后面的司捷潘刚刚走到大家跟前，安尼凯就站了起来，从躺着的人堆里走了出来。他故意装出恭敬的样子，对司捷潘鞠了一个大躬，高声说：

“恭喜您……开荤啦！”

司捷潘高高兴兴地笑了。他高兴的是，大家看到了他和老婆从树林里回来。这可以在一定程度上消除各种各样有关他们夫妻不和的闲话……他甚至很神气地耸了耸肩膀，很得意地让大家看了看背后衬衣上还没有干的汗。

这么一来，哥萨克们就上了劲儿，一齐哈哈大笑闹哄起来：

“伙计们，这娘们儿好狠呀！折腾得司捷潘都出汗啦……小褂都粘在背上啦！”

“是折腾得他够戗，一身大汗……”

一个年轻小伙子用赞赏的、迷离的目光一直把阿克西妮亚送到掩蔽所跟前，失魂落魄地说：

“说真的，在人世上可找不到这样漂亮的娘们儿！”

安尼凯尖刻地对他说：

“你试着找过吗？”

阿克西妮亚听到这些下流话，脸色微微发白，走进了掩蔽所，想起刚才和丈夫的亲近，又听了他的同伴们不三不四的取笑话，不禁厌恶得皱起眉头。司捷潘一眼就看出她的心情，就宽慰说：

“阿克秀莎，你别生这些公马的气。他们都是因为闷得难受。”

“我用不着生谁的气，”阿克西妮亚小声回答说，一面在自己的麻布口袋里掏着，急急忙忙把带给丈夫的东西都掏出来，又用更小的声音说，“要生气的话，该气我自己，不过已经没有什么好气的啦……”

他们谈话不知为什么总是谈不上劲儿。过了十来分钟，阿克西妮亚站了起来。“我这就告诉他，我要上维奥申去。”她想到这里，忽然想起来，司捷潘的衣服已经晒干了，还没有收进来呢。

她坐在掩蔽所的门口，把丈夫的被汗水浸烂了的小褂和短裤缝补了半天，不住地望着渐渐偏西的太阳。

……这一天她没有走。没有足够的勇气。可是第二天早晨，太阳刚刚出来，她就收拾起来。司捷潘要留她，要她再住一天，可是她坚决拒绝他的要求，他只好不再留她，只是在临别时问道：

“你想住在维奥申吗？”

“暂时在维奥申住住。”

“不能留在我这儿吗？”

“在这儿我受不了，因为……有哥萨克们。”

“倒也是的……”司捷潘表示同意，但是分手时他冷冷的。

刮着很猛烈的东南风。风从远处刮来，到夜里渐渐没有劲儿了，但是到早晨，还是把里海那边沙漠上火一般的热气吹过来，吹到左岸的草滩上，把露水吹干，把雾气吹散，给河边石灰岩的山冈罩上一片闷热的粉红色蒸气。

阿克西妮亚脱掉靴子，用左手撩起裙子下摆（树林里的青草上还有露水），在僻静的林中小道上轻快地走着。潮湿的土地冰得两只光脚丫儿非常舒服，可是干热风却用它那到处乱伸的火热的嘴唇吻着她的光溜溜、圆滚滚的腿肚子和脖子。

来到一片开阔的林中空地上，在一丛盛开的蔷薇花旁边，她坐下来休息。在不远处一个没有干涸的水塘里,有几只野鸭子在芦苇丛中呱呱叫着,有一只公鸭子用沙哑的嗓门儿在呼唤母鸭子。顿河那边的机枪哒哒地响着,机枪声不算密集,但几乎没有间歇;还有稀稀拉拉的大炮声。炮弹在这边爆炸,发出隆隆的滚动声,好像是回声。

后来枪炮声时响时停了,于是在阿克西妮亚面前展现出一个充满了神秘声音的世界:白底绿面的白蜡树叶子和肥茁茁、镂子花似的橡树叶子被风吹得哆哆嗦嗦地沙沙响着;小白杨树丛里传出一片混杂的嗡嗡声;在很远很远的地方,有一只布谷鸟不知在对谁嘟嘟哝哝地和十分伤心地诉说着难熬的岁月;有一只凤头麦鸡在水塘上空飞着,一个劲儿地问:"你是谁? 你是谁?"在离阿克西妮亚两步远的地方,有一只小小的灰雀儿在喝车辙里的水,不时地仰起小脑袋,快活得眯起眼睛;像土黄色丝绒一样的丸花蜂嗡嗡叫着;一只只黑糊糊的野蜜蜂在一朵朵野花儿上轻轻晃悠着。野蜜蜂采得香喷喷的花粉,送到凉阴阴的树洞里去。杨树枝上滴着树汁儿。从野山楂丛中散发出陈腐落叶那种酸涩的和像啤酒一样的气味。

阿克西妮亚一动不动地坐着,贪婪地闻着树林里各种各样的气味。充满了多种多样奇妙声音的树林过着生机勃勃的原始生活。春汛淹过的草地依然被春天的雨水泡得潮漉漉的,所以长满了各种各样好看的花草,看着这野花野草织成的奇异景色,阿克西妮亚简直眼花缭乱了。

她微微笑着,不出声地咕哝着嘴唇,小心翼翼地拨弄着一些朴素的、无名的浅蓝色小花儿,后来她弯下丰满的腰身,想闻一闻,忽然闻到了甜蜜醉人的铃兰花香味。她用手拨了拨,找到了铃兰花。铃兰花就生长在这密密丛丛的树棵子底下。那宽宽的、当初是绿色的叶子还热心地为矮矮的、弯弯的花梗遮着太阳,花梗还擎着雪白的、已经蔫了的花朵。但是挂了一层露水和黄锈色的叶子快要枯死了,而且花朵本身也接近了死亡的边缘:下部两层花瓣儿已经皱了,并且发了黑,只有那挂满了晶莹的露珠儿的上部,经阳光一照,闪出耀眼的、迷人的白光。

不知为什么在这短短的一会儿时间里,阿克西妮亚含泪注视着铃兰花儿,闻着那使人伤感的花香,想起了自己的青春和漫长的、欢乐极少的一生。这么看,阿克西妮亚老啦……一个女子在年轻时候,会因为往事偶然袭上心头流泪吗?

她趴在地上,两手捂着泪汪汪的脸,哭肿了的、湿漉漉的腮帮子紧紧贴在揉皱的头巾上,就这样含着眼泪睡着了。

风越刮越大了,吹得杨树和柳树的树头儿向西倒去。一棵苍白色的白蜡树树干摇来晃去,裹在身上的树叶子像白色旋风一样上下翻滚着,风向低处吹来,吹在阿克西妮亚旁边那一丛开着花儿的野蔷薇上,那蔷薇叶子就像受了惊的一群神话中的绿鸟儿,一齐带着惊慌的沙沙声向上飞去,掉下一片片羽毛似的红红的花瓣儿。阿克西妮亚睡在那里,身上落满了有点儿萎蔫的蔷薇花瓣儿。既听不见凄凄切切的林中风声,也听不见顿河那边又响起来的枪炮声,也没有感觉到升到当头的太阳已经晒到她的没有戴头巾的脑袋。直到听到身旁有人的说话声和马嘶声,她才醒了过来,急忙欠起身来。

她身边站着一个白胡子、白牙齿的年轻哥萨克,手里还牵着一匹上着鞍的白鼻梁的马。他笑嘻嘻的,扭动着肩膀,两条腿像跳舞一样掴动着,用有点儿沙哑然而十分好听的嗓门儿唱起小调儿:

我跌倒在地上,
拿眼睛四面张望。
望望这边儿,
望望那边儿,
没有人扶我起来!
我急忙回头一看——
一个哥萨克站在后面……

"我自个儿能站来!"阿克西妮亚笑着,很麻利地跳了起来,一面抻着压皱的裙子。

"你好啊,我的美人儿!是你的小腿儿走不动了呢,还是您懒得走呀!"那个笑嘻嘻的哥萨克向她问候说。

"刚才是瞌睡来了。"阿克西妮亚很不好意思地回答说。

"你是上维奥申去吗?"

"是上维奥申去。"

"我送你去,行吗?"

"你拿什么送我?"

"你骑马,我地下走。这是便宜事儿嘛……"年轻的哥萨克嬉皮笑脸、意味深长地挤了挤眼睛。

"用不着,你走你的吧,我自个儿能走。"

然而这个哥萨克显示出他是谈情说爱的老手,并且很有一股缠劲儿。他趁着阿克西妮亚披头巾的机会,用一条很短然而很有劲儿的胳膊把她抱住,一下子把她搂到怀里,就想亲嘴。

“别胡闹!”阿克西妮亚喊了一声,并且用胳膊肘子使劲朝他的鼻梁捣了一下子。

“我的小宝贝儿,别打人!你瞧,这四周围多美呀……所有的活物都在配对儿……咱们也来配配对儿,好吗?……”年轻的哥萨克眯起带笑的眼睛,用小胡子扎着阿克西妮亚的脖子,小声说。

阿克西妮亚伸出两只手,虽不凶狠、然而使足了劲儿撑住他那栗色的、汗津津的脸,想挣脱出来,但是他把她抱得紧紧的。

“傻瓜!我有花柳病……放开我!”她想用这种天真的计策摆脱他的纠缠,就气喘吁吁地央求说。

“那……就看谁的病更厉害吧!……”他已经是咬着牙在嘟哝了,并且忽然轻轻地把阿克西妮亚抱了起来。

她顿时意识到,这已经不是在开玩笑,而是真的要坏事了,就使足劲儿朝他那晒成了深棕色的鼻子打了一拳,从紧紧抱住她的两条胳膊里挣了出来。

“我是格里高力·麦列霍夫的老婆!你这狗崽子,看你敢过来!……我要告诉他,叫他收拾你!……”

阿克西妮亚还不相信自己的话会管用,就随手抓起一根老粗的干木棒子。但是年轻哥萨克一下子就泄了气。他用绿衬衣的袖子擦着从两个鼻孔里往胡子上直淌的血,伤心叹气地说:

“浑蛋!哎呀,浑蛋娘们儿!你怎么不早说呢?瞧,流这么多血……我们和敌人打仗流的血还嫌不够,现在自家的娘们儿也来放血啦……”

他的脸色忽然显得很苦闷、很阴沉。趁他捧起路边水洼儿里的水洗脸的时候,阿克西妮亚急急忙忙撇开正路,很快地穿过了那片空地。过了五六分钟,那个哥萨克又追上了她。他一声不响地笑着,侧眼看了看她,正经八百地理了理胸前的步枪皮带,就放马快跑起来。

二

这天夜里，在小雷村附近，红军的一个团乘坐着用木板和原木扎成的木筏渡过了顿河。

大雷村哥萨克连闹了个措手不及，因为这天夜里大多数哥萨克都在喝酒玩乐。天一黑，妻子们就纷纷到连队防地上来探望当差的丈夫。她们都带了吃的东西，还用罐子和桶带来了老酒。到半夜时候全都喝得烂醉如泥。掩蔽所里一片歌声、妇女们醉醺醺的尖叫声、男子汉的哈哈大笑声和口哨声……有二十名哥萨克，本来是站岗放哨的，也参加了吃喝，只留下两名机枪手看守机枪，还给他们留下一桶老酒。

满载着红军的一条条木筏，悄悄地离了顿河右岸。红军一过了河，就拉成散兵线，一声不响地朝着离顿河有五十丈远的一个个掩蔽所走来。

掌管木筏的红军飞速地划着，去接另一批等着渡河的红军。

在左岸上，有五六分钟的工夫，除了时断时续的哥萨克的歌声，什么也听不见。后来，手榴弹轰隆轰隆地爆炸起来，机枪也哒哒地响了，步枪一下子就砰砰啪啪乱响起来，还有远远传开去的、断断续续的呐喊声：“乌拉——啊——啊！乌拉——啊——啊！乌拉——啊——啊！”

大雷村连被打垮了，只是因为在漆黑的夜里无法追击，这个连才没有全军覆灭。

受到少量损失的大雷村连的哥萨克和妇女们一起，失魂落魄地在草地上乱跑，朝维奥申方面跑去。就在这时候，木筏从右岸运来一批又一批的红军，第一一一团第一营的半个连带着两挺机枪，已经在暴动军巴兹基村连的侧翼发起进攻。

新开到的后续连队冲进突破口。但是他们往前推进却异常困难，因为红军都不熟悉地势，有的部队连向导都没有，行动起来像瞎子一样，在漆黑的夜里不是遇到水塘，就是遇到灌满了春水、无法蹚过的河沟。

指挥进攻的旅长决定在天亮以前不再进行追击，以便在天亮前调集预备队，集中在维奥申的进口处，在炮队轰击过以后，再继续进攻。

但是在维奥申，已经在采取紧急措施以堵塞缺口。值班参谋一听到通讯兵跑来报告红军渡河的消息，马上就派人去请库金诺夫和麦列霍夫。把卡耳根团的几个骑兵连从黑村、高罗霍夫村和杜布洛夫村调了来。格里高力·麦列霍夫亲自担任这次战役的总指挥。他调了三百人上叶林村方面去，为的是加强左翼，如果敌军从东面来包围维奥申的话，就可以协助鞑靼村连和列别亚仁村连抵挡敌军的进攻；把维奥申的外来户民兵和旗尔河上一个步兵连调到西面顺河而下的一段，去协助巴兹基村连；在一些危险地段配备了八挺机枪；在夜里两点钟左右，格里高力就亲自率领两连骑兵布置在"焦树林"的边缘上，等候天亮，打算列成骑兵阵势向红军冲锋。

北斗星还没有隐去，朝巴兹基河湾开拔的维奥申外来户民兵在树林里遇上了退却的巴兹基村连，把他们当成了敌人，经过短时间的交火以后，外来户民兵就跑起来。民兵们都慌慌张张地把衣服和鞋袜扔到岸上，泅过维奥申镇和河湾之间的大水塘。不久就发现了这个错误，但是红军已经接近维奥申的消息，却以惊人的速度传播开了。原来躲在地窖里的难民，纷纷从维奥申向北方逃去，于是把消息到处传了开来，说是红军好像已经过了顿河，冲破了防线，正在进攻维奥申呢……

天蒙蒙亮，格里高力得到外来户民兵逃跑的情报，就朝河边跑去。民兵们知道是发生了误会，已经回头往战壕里走了，一面大声谈论着。格里高力走到一堆人跟前，用挖苦的口气问道：

"泅水过塘的时候，沉下去不少吧？"

一个浑身水漉漉的、边走边拧衬衣的民兵很不好意思地回答说：

"泅起水来就像梭鱼一样！哪儿会沉下去……"

"谁都免不了出点儿洋相。"另外一个只穿着短裤头的民兵实事求是地说。"我们的排长就真的差一点儿沉下去。他不愿意脱鞋袜，因为解裹腿很费事，所以就带着裹腿下水了，可是裹腿一到水里就松开，缠住了他的腿……他就大喊救命！恐怕在叶兰镇上都能听得见！"

格里高力找到民兵连的连长克拉姆斯柯夫，吩咐他把民兵带到树林边上去，布置在那里，以便在必要的时候，从侧翼射击红军的散兵线，吩咐过以后，便朝自己带的两个连走去。

在半路上他碰上司令部的传令兵。传令兵勒住呼哧呼哧直喘的马，轻松地舒了一口气，说：

“好不容易找到您呀！”

“你有什么事？”

“司令站要我通知您：鞑靼村连已经抛弃阵地。他们害怕被包围，正在往沙地上退……库金诺夫叫我口头通知您，叫您马上赶到那儿去。”

格里高力率领半排哥萨克，骑着最快的马，出了树林，上了大路。跑了有二十分钟，他们已经来到秃水塘旁边。吓慌了的鞑靼村的哥萨克们在他们左边的草地上乱跑着。有一些老兵和老练的哥萨克不慌不忙地跑着，尽可能离塘边近些，借塘边芦苇来掩护自己；大多数人看样子却只抱着一个念头：赶快跑到树林子里去，所以丝毫不顾那稀稀拉拉的机枪子弹，对直地朝前跑。

“撵上他们！拿鞭子抽！……”格里高力怒冲冲地瞅了两眼，喊了两声，就第一个放马去追同村人。

跑在最后面的是贺里散福，他一瘸一拐、迈着像跳舞似的怪模怪样的步子慢慢跑着。他在头一天晚上打鱼的时候，被芦苇扎破了脚后跟，伤得很重，所以他不能放开两条长腿飞跑了。格里高力把鞭子高高地举到头上，朝他追去。贺里散福听见马蹄声，回头看了看，不觉加快了脚步。

“往哪儿跑?！……站住！……听见没有？给我站住！……”格里高力拼命喊叫。

但是贺里散福根本不想停下来。他更放大了脚步，像脱缰的骆驼一样狂跑起来。

于是，气得发了疯的格里高力哼哧哼哧地骂了两声娘，又对马大喝一声，跑到贺里散福跟前，痛痛快快地照着他那汗淋淋的脊梁抽了一鞭。贺里散福被打得弯起身子，就像兔子躲避追赶那样，猛地朝旁边一跳，坐到地上，不慌不忙、仔细地抚摩起脊梁。

跟随着格里高力的哥萨克们，跑到逃跑的人们的前面，把他们拦住，但是没有用鞭子抽。

“抽他们！……抽！……”格里高力声嘶力竭地喊叫着，摇晃着他那根很漂亮的鞭子。

他骑的马打着转转儿，一再地直立起来，怎么都不肯往前走。格里高力好不容易拨正马头，去追在前面跑的一些人。他在奔跑中瞥见，司捷潘·阿司塔霍夫在一丛树棵子跟前停了下来，还一声不响地笑着；又看见安尼凯笑得蹲下身子，两手作喇叭形，用尖得像女人一样的声音叫道：

"弟兄们！能逃命的，赶快逃吧！红军来啦！……追上来啦！……逮住啦！……"

格里高力又去追赶另一个同村人，那人穿一件棉袄，跑得又快，又不肯停歇。格里高力觉得那微微佝偻着的身形异常熟悉，但是没有工夫去仔细辨认，老远就吆喝起来：

"站住，狗崽子！……站住，我劈了你！……"

那个穿棉袄的人忽然放慢脚步，停了下来，等他一开始转身，一开始用他那特有的、格里高力从小就熟悉的姿势表现他的极其气忿的心情，格里高力还没有看清他的面貌，就认出是父亲。

潘捷莱·普罗柯菲耶维奇的腮帮子像抽筋一样直哆嗦。

"你的亲爹成了狗崽子啦？连你的亲爹都要劈死吗？"他用声嘶力竭的尖嗓门儿叫道。

格里高力一看到他的眼睛里冒着异常熟悉的、狂怒的火焰，自己的火气一下子就冷了下来，便使劲勒住马，高声说：

"背后认不出来嘛！爹，你嚷嚷什么？"

"怎么会认不出来？连亲爹都认不出来啦？！"

老头子发脾气发得很荒唐、很不是地方，所以格里高力就面带笑容，走到父亲跟前，宽解说：

"爹，别生气！你身上的棉袄我没有见过，另外，你跑得那么快，就像一匹被撵急了的马一样，不知为什么连腿都不瘸啦！我怎么能认得出来呢？"

于是又和往常在家里一样，潘捷莱·普罗柯菲耶维奇冷静下来，虽然还在断断续续地喘着粗气，但是火气已经消了，他说：

"你说得对，我身上的棉袄是新的，我把皮袄换下来啦，穿皮袄太累赘；瘸腿吗……这会儿怎么能瘸腿呢？伙计，这会儿顾不得腿瘸啦！……死来到眼前，还管什么腿不腿……"

"哦，离死还远着呢。回去吧，爹！你没有把子弹扔掉吧？"

"回到哪儿去？"老头子又火了。

但是格里高力这一下子提高了嗓门儿，斩钉截铁地命令道：

"我命令你回去！在战场上不听从指挥，按军法该怎样处治，你知道吗？"

这话发生了作用:潘捷莱·普罗柯菲耶维奇摸了摸背上的步枪,就很不情愿地往回走。他跟上一个往回走得比他还慢的老头子,叹着气说:

“瞧这些后生小子们,都成了什么样子啦!没有哪一个儿子肯敬重老子,或者,比如说,保护老子离开战场,而是有意……叫老子去死……噢噢……不,去世的彼特罗,愿他在天堂幸福,就好多啦!他的脾气才好呢,可是格里什卡这个混小子,虽然是个师长,虽然有功劳什么的,却不是个好儿子。脾气坏透了,碰都不能碰。等我老了,这小子一定要折腾得我不能安生!”

没有怎么费事就把鞑靼村的人拦住了……

过了一会儿,格里高力把全连集合起来,带到隐蔽的地方;他也没有下马,就干脆利落地说:

“红军已经渡河,正要进攻维奥申。已经在河边打起来啦。这可不是闹着玩儿的事,我劝你们不要瞎跑。你们要是再跑的话,我就命令驻在叶林村的马队,把你们当做叛兵砍了!”格里高力拿眼睛扫了扫穿着各种各色衣服的同村人,带着明显的蔑视口气说:“你们连里有很多坏家伙,就是他们在造谣生事。你们不要命地跑,吓得拉一裤子屎,算什么当兵的?!还算什么哥萨克?特别是你们这些老头子,给我小心点儿!既然是来打仗,就不能把脑袋藏到裤裆里!现在就排成纵队,跑步到那边去,再从树棵子那儿到河边去。然后顺着河边到谢苗诺夫村连那儿去。和谢苗诺夫村连一起去进攻红军的侧翼。开步走!快!”

鞑靼村的人一声不响地听完他的话,又一声不响地朝树棵子那儿跑去。老头子们都很不高兴地哼哧着,不时地回头看看飞跑起来的格里高力和跟在他后面的哥萨克们。紧跟在潘捷莱·普罗柯菲耶维奇后面的奥布尼佐夫老汉赞叹说:

“上帝送给你一个这样英雄的儿子!一条真正的好汉!他抽贺里散福那一鞭多狠呀!一下子就把一个连收拾好啦!”

潘捷莱·普罗柯菲耶维奇怀着当父亲的得意感,高高兴兴地附和说:

“没说的!这样的儿子天底下难找!满满的一大串十字章,怎么,这是开玩笑的事吗?就拿去世的彼特罗来说,愿他在天堂幸福,虽然他也是我的亲儿子,而且是大儿子,却不是个好儿子!简直太老实啦,不知他妈的怎么搞的,就是不能成器。他的心就像老娘们儿一样软!这一个却完全像我!甚至比我还厉害!”

* * *

格里高力率领原来的半个排朝加尔梅克滩走去。他们走进树林子,认为已经进入安全地带,但是顿河那边的观测哨还是看见了他们。一个炮兵排开了炮。第一发炮弹从柳树顶上飞过去,噗嗤一声落到泥沼地上的树丛里,没有爆炸。第二发炮弹打在路旁一棵老黑杨树露出来的树根上,冒起一片火光,哥萨克们听到轰隆一声,溅了一身黑黑的泥土和烂木片儿。

格里高力的耳朵都震聋了,他不由地用手捂住眼睛,趴到鞍头上,觉得有一种低沉的、很不清脆的拍打声,好像是打在马屁股上。

哥萨克们的马听到这震天动地的爆炸声,就好像听到口令一样,都往下一蹲,朝前冲去;格里高力骑的马却很费劲地直立起来,朝后倒退了两步,就开始慢慢地朝一边歪倒。格里高力急忙跳下马来,抓住马笼头。又飞过去两发炮弹,后来树林边上安静下来。硝烟慢慢地向草地上落下;散发着新翻起的泥土、碎木片、烂木头的气味;远处的密林里有几只喜鹊在惶惶不安地喳喳叫着。

格里高力的马打着响鼻,慢慢蜷起哆哆嗦嗦的后腿。那黄黄的牙床子疼得龇了出来,脖子伸了出去。光溜溜的灰鼻子上冒着红红的血泡儿。马浑身猛烈地抽搐着,枣红色的绒毛下面一阵阵地在哆嗦,像一道道的波浪。

“马不行了吗?”一个哥萨克跑过来高声问道。

格里高力望着越来越没有神的马眼睛,没有回答。他甚至没有去看伤在哪儿,直到那马不知为什么晃晃悠悠地动弹起来,挺起身子,忽然跪了下去,把头垂得低低的,好像有什么事要请求主人饶恕似的,这时候格里高力才多少往旁边闪了闪。那马低声哼哼着,歪倒下去,还想抬起头来,但是,看样子,最后的力气已经在渐渐消失:渐渐不哆嗦了,眼睛渐渐直了,脖子上冒出冷汗。

只有靠近马蹄的毛还微微跳动着。已经磨坏的鞍翅轻轻在抖动。

格里高力侧眼看了看马左边的腹股沟,看到了皮开肉绽的、很深的伤口,热乎乎的黑血像泉水一样朝外直冒,他也没有去擦眼泪,就结结巴巴地对那个下了马的哥萨克说:

“你给它一枪吧!”他把自己的匣子枪递给他。

他骑上那个哥萨克的马,朝自己带的两个连那边跑去。那里已经打起来了。

天一亮,红军就发起进攻。红军的散兵线在一片雾气中站立起来,一声不响地朝维奥申方面走来。右翼,红军在一片灌满了水的洼地旁边耽搁了一小会儿,后来就把子弹带和步枪高高地举在头顶上,蹚过了齐胸深的水。过了不大的一会儿,河边山上的四个炮兵连的大炮整齐而又雄壮地响了起来。一发发炮弹刚刚像扇子一样往树林里落,暴动军就开火了。红军已经不是一步一步往前走,而是端着步枪在跑了。在他们前面半俄里的地方,有一颗榴霰弹在树林里咔啦一声爆炸开来,炸裂的树木纷纷往下落,一团团的白烟朝上飞去。有两挺哥萨克的机枪发出短促的扫射声。红军第一道散兵线里开始有人倒下去。在散兵线里,忽而这里,忽而那里,身背背包卷儿的人被子弹打倒的越来越多,有的趴倒在地上,有的仰面朝天倒下去,但是其余的人并不卧倒,于是他们离树林越来越近了。

在第二道散兵线前面,有一个光着头的高个子指挥员,身子微微向前探着,掖着军大衣的底摆,迈着大步轻快地跑着。散兵线有一小会儿工夫放慢了脚步,但是指挥员一面跑着,一面回过头去,喊叫了两声,于是大家又跑起来,那吵哑而可怖的"乌拉"声越来越高亢了。

这时候,哥萨克所有的机枪都开火了,树林边上也响起猛烈的、不间断的步枪声……格里高力带着两个连站在树林出口处,在他的后面,巴兹基村连的一挺重机枪连续不停地扫射起来。红军的散兵线震动了,卧倒下去,开始还枪。打了有一个半钟头,但是暴动军射击的火力非常猛烈,红军的第二道散兵线支持不住了,站了起来,和渐渐跑到跟前的第三道散兵线混到了一起……不一会儿,草地上就到处是向后乱跑的红军了。于是,格里高力带着两个连飞跑出树林,列成阵势,进行追击。旗尔河那个连全力奔驰过去,切断了红军退向木筏的去路。在沿河的树林外面,在河边,展开了肉搏战。只有一部分红军冲到木筏跟前。他们把木筏挤得满满的,划走了。其余的人都被逼到河边,继续抵抗。

格里高力命令两个连都下了马,又吩咐看守马匹的人不要走出树林,就带领两连哥萨克朝河边冲去。哥萨克们一棵树一棵树地往前跑,离河边越来越近了。有一百五十名红军用手榴弹和机枪打退了逼上去的暴动军步兵。木筏又朝左岸划来,但是巴兹基村连的哥萨克用步枪把划木筏的人差不多都打死了。留在这边的红军的命运已经定了。很多人灰心丧气,扔掉步枪,打算泺水过河。卧倒在岸边的暴动军纷纷用枪打他们。有很多红军因为没有力气泺过河心的急流,淹死了。只有两个人平平安安地泺了过去:其中有一个身穿蓝条子的海军服,看样子,是一个游泳高手,他头朝下从陡立的岸上跳下去,扎进水里,等他露出水面的时候,差不多已经到河中心了。

格里高力藏在一棵枝叶茂密的柳树后面,看着那个水兵三下两下就泺到了对岸。又有一个人平平安安地泺了过去。那人站在齐胸深的水里,放完了所有的子弹,又拿拳头吓唬哥萨克们,喊了两句什么,便斜着身子朝前走去。子弹在他周围嗖嗖直响,但是没有一颗打到这个幸运儿身上。他在过去拴牲口的一块地方上了岸,抖了抖身上的水,就不慌不忙地爬上土崖,朝有人家的地方走去。

其余的红军都卧倒在河边的沙丘后面。有一挺机枪不住气地对他们扫射，一直打到散热筒里的水完全开了。

"跟我来!"等机枪一停，格里高力便小声发出口令，抽出马刀，朝沙丘冲去。

后面，哥萨克们呼哧呼哧地喘着粗气，冬冬地迈动了脚步。

离红军不过五十丈远了。放过三次排枪以后，一个黑脸膛、黑胡子的高个子指挥员从沙丘后面站了起来。一个身穿皮夹克的女子搀着他的胳膊。指挥员受了伤。他拖着打伤的腿，从沙丘上走下来，端正了手里的上着刺刀的步枪，用沙哑的喉咙命令道：

"同志们！前进！打白党!"

勇士们高唱《国际歌》，成群地朝前冲去。决一死战。

在顿河边牺牲的一百一十六人，都是国际连的共产党员。

三

深夜，格里高力从司令部回到住处。普罗霍尔·泽柯夫正在大门口等着他。

"没有听到阿克西妮亚的消息吗?"格里高力故意带着冷淡的口气问道。

"没有。不知道她跑到哪儿去啦，"普罗霍尔打着哈欠回答过，马上就很害怕地想道："糟糕，他又要叫我去找她了……我真他妈的倒霉!"

"打点儿水来洗洗脸。我浑身都是汗啦。喂，快点儿!"格里高力的口气中已经带火了。

普罗霍尔到屋里去打来水，用茶缸往格里高力那握成勺子形的手掌里倒了半天。格里高力痛痛快快地洗了洗脸。又脱掉发出汗臭气的军便服，央求说：

"往背上浇浇。"

冷水往汗淋淋的背上一浇，冰得他哎呀了一声，喷了喷鼻子，使劲把皮带勒疼了的肩膀和毛烘烘的胸膛揉搓了半天。他一面用干净的马衣擦着身上的水，一面用高兴起来的声调吩咐普罗霍尔说：

“明天早上有人给我送马来，你就收下来，刷一刷，喂点儿料。我要是不醒，你别叫我。不过，要是司令部有人来，你要叫醒我。明白吗？”

格里高力来到敞棚底下，躺到一辆大板车上，立刻就进入沉沉的梦乡。黎明时候冷起来，他蜷了蜷腿，把露水打湿了的军大衣往上拉了拉，等太阳出来以后，他又睡着了，到七点钟左右，隆隆的大炮声才把他震醒了。维奥申的上空，蔚蓝而明净的天上，有一架银白色的飞机在打着圈子。顿河那边的大炮和机枪正在对飞机射击。

“也许会打下来呢！”普罗霍尔随口说着，一面用刷子下劲儿地刷那匹拴在桩上的枣红色高大公马。“瞧，潘捷莱维奇，给你送来的马他妈的真不坏！”

格里高力匆匆把马打量了一遍，很满意地问道：

“我看不出这马有几岁口。大概有六岁口吧？”

“是六岁口。”

“嘿，好极啦！四条腿光溜溜、圆滚滚的。好漂亮的马……喂，把鞍上上，我骑上去看看，是谁坐飞机来啦。”

“是好极啦，没说的。谁知道跑起来怎样呢？不过从各方面来看，应该是一匹腿脚很快的马，”普罗霍尔一面勒马肚带，一面嘟哝着说。

飞机旁边又冒起一团榴霰弹爆炸的白烟。

驾驶员选好了着陆地点，就驾着飞机急速地朝下飞来。格里高力出了大门，朝维奥申的官马棚跑去，飞机就降落在马棚的外面。

喂养公马的官马棚，是长长的一排石头房子，就在镇边上。现在里面挤满了八百多名被俘的红军。看守们不放他们出来大小便，里面又没有马桶。马桶旁边一片浓烈难闻的人粪气味。一道道又腥又臊的尿从门底下往外直流；绿头苍蝇一群一群地在上面飞……

在这座死囚牢里，日日夜夜都响着低沉的哼哼声。几百名俘虏由于虚脱和流行在他们中间的伤寒和痢疾死去。有时候人死了一昼夜还不抬走。

格里高力绕过马棚，正要下马，顿河那边的大炮又低沉地响了一声。飞来的炮弹发出一声尖啸，啸声接着就和沉甸甸、轰隆隆的爆炸声混合到一起。

驾驶员和同他一起来的一位军官爬出机舱，一些哥萨克把他们围住。山上所有的大炮马上一齐响了起来。一发发炮弹很准确地落在马棚周围。

驾驶员急忙爬进机舱，但是马达发动不起来了。

“用手推!”从顿涅茨那边飞来的军官大声对哥萨克们吩咐过,就第一个扶住机翼。

飞机摇摇晃晃,轻快地朝松林那边移动。大炮用迅猛的火力追着打来。一发炮弹打中了挤满俘虏的马棚。在一片浓烟、一团团腾空而起的石灰粉尘中,马棚的一角倒塌了。惊骇的红军们发出一片可怕的吼叫声,震得马棚都抖动起来。有三个红军从豁口里跑了出来,有一些哥萨克跑上来抵着他们开枪,在他们身上打了许多窟窿。

格里高力跑到了一边。

“会打死人的! 快到松林里去!”一个面带惧色、翻着白眼珠子的哥萨克从旁边跑过,大声喊道。

“也说不定真的会挨上一炮。这种事他妈的可是很难说。”格里高力心里想着,便不慌不忙地转身回家了。

这一天,库金诺夫没有邀请麦列霍夫,在司令部里召开了一次绝密的会议。坐飞机来的顿河军军官简短地报告说,集中在卡敏镇一带的突击兵团日内就可以突破红军的防线,而且谢克列捷夫将军就要率领顿河军的骑兵师来和暴动军会师。飞来的军官建议尽快准备渡河工具,以便在和谢克列捷夫的队伍会师以后,立即将暴动军的几个骑兵团调到顿河右岸去;他还建议把后备部队调到离顿河更近一些的地方,到会议快要结束的时候,把追击部队的渡河和活动计划都讨论好了以后,他问:

“为什么你们把俘虏都放在维奥申?”

“别处没有地方放呀,各村子里又没有适当的地方。”一个参谋回答说。

那个军官用手绢仔细擦了擦剃得光光的、出了汗的脑袋,把绿制服领口解了开来,叹着气说:

“可以把他们往嘉桑镇上送嘛。”

库金诺夫惊愕得扬了扬眉毛。

“然后呢?”

“再从那儿往维奥申送……”那个军官眯缝着冷冷的蓝眼睛,倨傲地解释说。然后,咬紧嘴唇,生硬地说:“诸位,我真不明白,你们为什么对他们这样客气? 现在似乎不是讲客气的时候。这些坏家伙会传染各种各样的疾病,不论是身体上的疾病,还是社会疾病,所以应当消灭他们。对他们没有什么好客气的! 我要是处在你们的地位,一定会这样干。”

到第二天,把第一批约二百名俘虏押上了沙地。疲惫无力、面色青白的红军俘虏们,像幽灵一样,慢慢拖着两条腿往前走着。押送的马队紧紧包围住他们这乱糟糟地往前走的一大群……从维奥申往杜布洛夫村方向走了有十俄里,二百名俘虏就被砍得一个也不剩了。第二批是在傍晚时候押出去的。押送队接到严厉的命令:对掉队的俘虏只能用刀砍,只有在万不得已的时候才能开枪。这一百五十名俘虏,只有十八人走到了嘉桑镇……其中有一个像茨冈人的年轻红军,在路上疯了。一路上他又是唱歌,又是跳舞,还采了一把香薄荷按在心口上,哭了起来。他常常趴倒在滚热的沙地上,风吹得他那又脏又破的棉布小褂扑扑地抖动,这时候押送的哥萨克们就看到他那瘦骨嶙嶙、只绷着一层皮的脊梁和叉开的两只脚上那黑黑的、开了绽的鞋底。哥萨克们把他搀起来,用水壶里的水往他身上浇浇,于是他睁开流露着发疯神情的黑眼睛,微微笑着,又摇摇晃晃地朝前走去。

在一个村子里,有一些好心肠的娘们儿包围住押送队的哥萨克们,有一个又高大又庄重的老奶奶很严肃地对押送队长说:

"你把这个黑头发的放了吧。他已经疯啦,活不了多久啦,你们要是杀害这样的人,那可是造大孽。"

押送队长是一个很威武的红胡子准尉,他笑了笑,说:

"老大娘,我们已经不怕再造孽啦。反正我们都修不成神仙!"

"你把他放了吧,别拗啦,"老奶奶一再央求说,"你们每个人都有遇上凶险的时候……"

妇女们也一齐跟着央求,于是准尉答应了。

"我舍得他,就交给你们好啦。他现在反正干不了坏事啦。不过要答谢我们的好意,给每个弟兄一碗鲜牛奶。"

老奶奶把疯子带到自己家里,端饭给他吃了,让他睡到上房里。他整整睡了一天一夜,后来醒了,背对窗户站着,小声唱起歌来。老奶奶走进上房,坐在大柜子上,用手托着腮,凝神对着小伙子的瘦脸看了半天,后来低声说:

"听说,你们的人离得不远啦……"

疯子有一小会儿没有做声,并且马上又唱了起来,但是声音更小了。

于是老奶奶正色说:

"我的好孩子,你不要唱啦,别装模作样吧,别糊弄我啦。我活了这么大年纪,不是傻瓜,你骗不了我!你的精神没有毛病,我知道……我听见你在梦里说的话,说得清楚极啦!"

红军还在唱,但是声音越来越小了。老奶奶又说:

“你不要怕我，我不想害你。我有两个儿子和德国人打仗打死啦，顶小的一个这一次打仗也死在契尔卡斯克啦。他们都是我生的呀……我把他们奶大，把他们喂大，他们一生下来我就夜夜睡不好觉……就因为这样，我心疼一切在军队里当兵、在战场上打仗的年轻小伙子……”她沉默了一会儿。

红军小伙子也不做声了。他闭上眼睛，他那黑黑的腮尖子隐隐出现了红晕，那细细的瘦脖子上有一道青筋紧张地跳动起来。

他保持着沉默，若有所思地站了一小会儿，后来睁开黑黑的眼睛。他的眼睛露出清醒的神气和急切等待的神情，老奶奶不由地微微笑了。

“你认识上叔米林的路吧？”

“不认识，老大娘。”红军小伙子微微动了动嘴唇，回答说。

“那你又怎么走呢？”

“不知道……”

“这就难了！那我现在怎么打发你呢？”

老奶奶等待回答等了很久，后来又问道：

“你走得动吗？”

“无论如何我都要走。”

“现在你怎么都不能走。要到夜里走，要走快一点儿，嗯，越快越好！你再住上一天，然后我给你带上点儿吃的东西，叫我孙子带路，叫他领你走，你就走吧！你们的红军就驻扎在叔米林镇外，这我很清楚。你就去找他们吧。不过你不能走大道，要走荒野、山沟和树林子，不要走正路，要不然叫哥萨克碰上了，那就糟啦。就这样吧，我的好孩子！”

第二天，天一黑，老奶奶就对着准备好出门的十二岁的孙子和穿上哥萨克棉袄的红军小伙子画了个十字，正色说：

“你们走吧！不过要小心，别碰上我们的当兵的！……用不着，好孩子，用不着！不用对我行礼，你谢谢上帝吧！不是我一个人这样，凡是我们做娘的，都是好心肠……心疼你们这些傻东西，都心疼死啦！好啦，好啦，你们走吧，主保佑你们！”她砰的一声，关上涂了黄泥的歪斜的房门。

四

每天,天麻麻亮,伊莉尼奇娜就醒来,挤过牛奶,就开始做饭。她没有生房子里的炉灶,而是在夏季厨房里生火做饭,做好饭,就又上屋里去照应两个孩子。

娜塔莉亚害过伤寒以后,身体慢慢好起来。三一节的第二天,她第一次起了床,很吃力地挪动着两条干瘦的腿,在屋子里走了走,在孩子们的床头上找了半天,甚至坐在一个小凳子上,试着给孩子们洗衣服。

她那瘦削的脸上一直带着笑容,那瘪下去的腮帮子上浮现出红晕,病后变得老大的两只眼睛放射着异常明亮、跃跃欲出的亲切光芒,就像刚刚生过孩子一样。

"波柳什卡,我的好孩子!我生病的时候,米沙特卡没有欺负你吧?"她用手抚摩着女儿那一头黑黑的头发,用有气无力的声音,慢吞吞、哆哆嗦嗦地吐着每一个字,问道。

"没有,妈妈!米沙特卡只打过我一回,别的时候我们都玩得很好。"波柳什卡小声回答过,把脸紧紧贴到妈妈的膝盖上。

"奶奶疼你们吗?"娜塔莉亚笑着问。

"疼得很!"

"红军他们没有惹你们吗?"

"他们宰了咱们家一头小牛,该死的东西!"非常像父亲的米沙特卡低声回答说。

"不许骂人,米申卡!小孩子别管这些事!不许说大人的坏话!"娜塔莉亚忍着笑,用教训的口气说。

"奶奶这样骂他们嘛,不信你问问波柳什卡。"米沙特卡闷闷不乐地辩白说。

“是的，妈妈，他们把咱们家的鸡也宰光啦！”

波柳什卡上了劲儿：忽闪着两只黑黑的小眼睛，一五一十地说，红军怎样走进院子，怎样捉鸡捉鸭，奶奶伊莉尼奇娜怎样央求他们把一只冠子冻坏的黄公鸡留下来做种，一个嘻嘻哈哈的红军怎样摇晃着公鸡，回答她说：“老大娘，这只公鸡大喊大叫反对苏维埃政府，所以我们要判它死刑！不管你怎样说，我们都要拿这只鸡来下面条吃，我们给你一双旧靴子作交换。”

波柳什卡又摊开两手，比画着说：

“他留下一双什么样的靴子呀！老大老大的，又全是窟窿！”

娜塔莉亚又笑又哭地跟孩子们亲热着，不住地用赞赏的目光看着女儿，高兴地小声说：

“你呀，我的格里高力耶芙娜！真是格里高力的女儿呀！你浑身上下处处像你爹。”

“我像爹吗？”米沙特卡羡慕地问道，并且羞怯地靠在妈妈身上。

“你也像。不过要小心：等你长大了，可别像你爹那样不正经……”

“他不正经吗？他怎么不正经？”波柳什卡好奇地问道。

娜塔莉亚脸上掠过一片忧伤的阴影。她没有做声，很吃力地从长板凳上站了起来。

也在旁边听他们说话的伊莉尼奇娜凄然地转过脸去。娜塔莉亚已经不再听孩子们说话，站在窗前，对着阿司塔霍夫家关闭着的护窗望了老半天，叹着气，激动地揪弄着自己的退了色的旧褂子的花边儿……

第二天，天一放亮，她就醒了，为了不吵醒孩子们，她轻轻地起了身，洗了洗脸，从柜子里找出干净裙子、褂子和白色遮阳头巾。她十分激动，伊莉尼奇娜看见她穿衣服时的神情，看见她郁郁不快，一声不响，就猜出，儿媳妇是要到格里沙加爷爷的坟上去。

“你这是要上哪儿去？”伊莉尼奇娜为了证实自己的推测，就问道。

“我到爷爷坟上去看看。”娜塔莉亚说，她头也没抬，害怕哭出来。

她已经知道格里沙加爷爷的死，知道柯晒沃依烧了他们家的房子和院子。

“你还没有力气，走不动呀。”

“我走走歇歇，能走到。妈，您和孩子们先吃饭吧，也许我要在那儿多呆些时候。”

“天晓得，你干吗要呆在那儿！在这种不太平的时候，难保不碰上倒霉的事儿，娜塔莉亚，好孩子，你还是不要去吧！”

“不,我要去。”娜塔莉亚皱起眉头,抓住门把手。

“好吧,你等一等,干吗你要饿着肚子去?我马上端点儿酸牛奶来,好吧?”

“不,妈妈,别去吧,我不饿……等我回来,再喝吧。”

伊莉尼奇娜看到儿媳妇坚决要去,就出主意说:

“你最好走河边,从菜园子里走。从那儿走,不容易叫人看见。”

雾气像幕布一样悬挂在顿河上。太阳还没有出来,但是在东方,被杨树遮住的天边已经放射出火红的霞光,已经从云彩缝儿里吹来凉飕飕的晨风。

娜塔莉亚跨过歪倒的、缠满了菟丝子的篱笆,走进自家的果园。她两手按着心口,在一座新坟前站了下来。

果园里长满了茂密的荨麻和杂草。到处是露水打湿的牛蒡草气味、潮湿的泥土气味、水雾的气味。在大火烧过以后、已经干枯了的一棵老苹果树上,孤单单地落着一只凤头椋鸟。坟上的土已经落实了。在已经干了的土块中间,已经冒出尖尖的、绿油油的嫩草。

许多往事涌上心头,娜塔莉亚悲痛欲绝,她一声不响地跪下去,脸贴到冷冰冰的、自古就散发着死人的腐烂气息的土地上……

过了一个钟头,她悄悄地走出果园,怀着一颗疼得像刀绞一样的心,最后一次回头看了看她当年度过了青春年华的地方——那空荡荡的院子里,只剩下黑糊糊的烧焦的板棚柱子、烧剩的炉灶和屋基,异常凄凉——便顺着小胡同慢慢走去。

* * *

娜塔莉亚的身体一天一天地复原了,两条腿渐渐有了力气,肩膀也圆了,身体越来越结实、饱满了。不久就开始帮着婆婆做饭了。她们常常在灶前忙活着,聊上很久。

有一天早晨,娜塔莉亚痛心地说:

“什么时候才能到头呀?我心里苦死啦!”

“你等着吧,咱们的人快从顿河那边回来啦。”伊莉尼奇娜很有信心地说。

“你怎么知道呀,妈妈?”

“我的心能感觉到。”

“但愿咱们家的男子汉都活得好好的。可别叫哪一个阵亡或都挂花。要知道,格里沙是个不顾死活的人呀。”娜塔莉亚叹着气说。

“大概,他们不会出什么事,上帝是慈悲的。咱们家老头子本来说还要过河来看看咱们的,可是看样子,他害怕啦。他要是再来的话,你就跟他过河到咱们人那儿去,躲躲难。咱们村里人就在村子对面,守在那儿。前几天,你还昏迷不醒的时候,天刚亮,我上河边去打水,就听见安尼凯在河那边大声吆喝:‘你好啊,大娘!老头子向你问好呢!’”

“格里沙在哪儿呀?”娜塔莉亚不放心地问道。

“他老远地指挥着他们大家呢。”伊莉尼奇娜很平淡地回答说。

“他在哪儿指挥呢?”

“大概是在维奥申。再不会在别处。”

娜塔莉亚半天没有做声。伊莉尼奇娜朝她看了看,不禁惊骇地问道:

“你这是怎么啦?怎么哭起来啦?”

娜塔莉亚也不回答,把肮脏的围裙捂在脸上,轻轻抽泣起来。

“别哭啦,娜塔什卡。这种事哭没有用。上帝保佑,咱们能看到他们好好儿地回来。你自个儿要多加小心,没有事别上外面去,要不然叫那些反基督的人看见了,放不过你……”

厨房里一下子黑了起来。外面有一个人遮住了窗户。伊莉尼奇娜转过脸去一看,哎呀了一声:

“是他们!是红党!娜塔什卡!快躺到床上去,你就装成病人……可别出事呀……你盖上毯子!”

娜塔莉亚刚刚吓得哆哆嗦嗦地躺到床上,门环就当啷响了一声,一个高个子红军弯着腰走进了厨房。孩子们紧紧抓住脸色发了白的奶奶的衣襟。伊莉尼奇娜本来是站在灶边的,就地坐到大板凳上,把一钵子热牛奶都碰翻了。

红军迅速地把厨房里打量了一遍,高声说:

“你们别害怕。我们不吃人。你们好!”

娜塔莉亚故意哼哼着,用毯子连头盖了起来。米沙特卡却皱着眉头盯着进来的人,并且高高兴兴地报告说:

“奶奶!就是这家伙宰咱们家的公鸡来!记得不?”

红军摘下绿色军帽,咂了一下舌头,笑了。

“你认出来啦,小捣蛋?你还记得那只公鸡呀?不过,老大娘,现在有点事儿:你能不能给我们烤点儿面包?我们有面粉。”

“可以……好吧……我来烤……”伊莉尼奇娜也不看来人,一面擦板凳上的牛奶,一面急急忙忙地说。

红军在门口蹲下来，从口袋里掏出烟荷包，一面卷烟卷儿，一面说起话儿来：

“到晚上能烤好吗？”

“如果你们急着要，到晚上能烤好。”

“老大娘，打仗的时候，什么事儿都是急的。至于公鸡的事，你们就别生气啦。”

“我们没有什么呀！”伊莉尼奇娜害怕了。“这是小孩子不懂事……不该提的事，偏要提！”

“不过，小伙子，你可是个小气鬼……”很喜欢说话的红军亲热地笑着，对米沙特卡说。“你为什么像狼一样看着我？到这儿来，咱们来谈谈你的公鸡的事儿。”

“去吧，好孩子！”伊莉尼奇娜用膝盖推着孙子，小声说。

但是米沙特卡松开奶奶的衣襟，侧着身子朝门口慢慢走，想从厨房里溜出去。红军伸出长胳膊一把把他拉到怀里，问道：

“怎么，还生气吗？”

“不啦。”米沙特卡小声回答说。

“噢，不生气就好。公鸡没什么了不起的。你爹在哪儿？在顿河那边吗？”

“在那边。”

“就是说，他也在和我们打仗啦？”

米沙特卡听了很亲热的话，对红军产生了好感，就高高兴兴地告诉他：

“哥萨克们全是他指挥呢！”

“嘿，你胡扯，小东西！”

“不信你问问奶奶。”

奶奶却因为孙子快嘴快舌十分伤脑筋，只是把两手一扎煞，哼哼起来。

“全是他指挥吗？”大惑不解的红军又问了一遍。

“也许不全是……”米沙特卡看到奶奶那失望的眼神，弄糊涂了，就犹豫不决地回答说。

红军沉默了一小会儿，后来，侧眼看着娜塔莉亚，问道：

“怎么，这位小嫂子有病吗？”

“她害伤寒。”伊莉尼奇娜很勉强地回答说。

两个红军抬着一口袋面粉进了厨房，放在门口。

“老大娘，生火吧！”一个红军说。“到晚上我们来取面包，不过要小心点儿，要把面包烤好，不然可要找你麻烦！”

“尽我的本事烤就是了。”伊莉尼奇娜回答说。她高兴得不得了，因为这两个人一来，危险的谈话停止了，米沙特卡也从厨房里跑出去了。

一个红军朝着娜塔莉亚点了点头，问道：

“她是害伤寒病吗？”

“是的。”

几个红军也不知道小声说了几句什么，就离开了厨房。走在后面的一个还没有拐过弯去，河那边就发出步枪声。

三名红军都弯下腰，跑到一堵倒了一半的石墙跟前，卧倒在墙后，一齐咔嚓咔嚓地拉起枪栓，开始还枪。

吓坏了的伊莉尼奇娜跑到院子里去找米沙特卡。墙后的红军对她喊道：

“喂，老大娘！快回屋里去！会打死你的！”

“我家小孩子在外面哩！米沙特卡！乖孩子！”老奶奶带着哭腔喊道。

她跑到院心里，河那边的枪声立刻不响了。显然，河那边的哥萨克看见她了。等她把跑来的米沙特卡一抱到手上，抱进厨房，枪声又响了起来，直到三名红军离开麦列霍夫家的院子，枪声才停了。

伊莉尼奇娜小声和娜塔莉亚说着话儿，把面发上了，但是她已经不用烤面包了。

到中午时候，驻在村子里的红军机枪队，忽然急急忙忙离开人家的院子，拖着机枪，顺着土沟朝山上开去。

布置在山上工事里的一个连，也排好队伍，以急行军的速度朝将军大道上开去。

不知为什么，整个顿河上一下子就完全安静下来。大炮和机枪都不响了。一辆辆辎重车，一个个炮兵连，顺着大路和长满青草的夏季小道，连绵不断地从各个村子里朝将军大道开去；步兵和骑兵也都排成纵队开走了。

伊莉尼奇娜在窗口看着一些掉队的红军顺着石灰岩山嘴往山上爬，用围裙擦了擦手，十分激动地画了一个十字，说：

“上帝有灵呀，娜塔什卡！红党走啦！”

“噢，妈妈，他们这是从村子里到山上战壕里去，到晚上还要回来呢。”

“那他们为什么急急忙忙直跑呢？是咱们的人把他们打败啦！这些该死的东西是在撤退呢！反基督的东西们跑啦！……”伊莉尼奇娜高高兴兴地说过这话，却又动手和起面来。

娜塔莉亚从过道里走出去，站在门口，手搭凉棚，对着洒满阳光的石灰岩山顶,对着烧成了褐色的山坡,看了老半天。

一团团翻滚的黑云,在大雷雨前的一片肃静中,从山后慢慢升上来。中午的太阳火辣辣地炙烤着大地。黄花鼠在村外草地上吱吱地叫,黄花鼠那带点儿伤心意味的细细的叫声,同百灵鸟那活泼愉快的歌声交织在一起,显得出奇地和谐。娜塔莉亚格外喜欢这隆隆的炮声之后出现的寂静,所以她一动不动,贪婪地倾听着百灵鸟那天真烂漫的歌声,倾听着提水吊杆的吱扭声和充满野蒿苦味的簌簌风声。

这原野上到处流动的东西,又苦又香。风吹来晒得滚烫的黑土的热气,吹来晒得倒下去的各种野草的醉人气息,但是可以感觉出来,大雨就要来了:从顿河上吹来一阵阵清淡的潮气,一只只燕子在空中穿来穿去,那剪刀形的翅膀几乎要划到地面了,有一只草原小鹰在蓝天中飞翔,飞得远远的,躲避即将来临的大雷雨。

娜塔莉亚在院子里走了走。石墙外面,踩得乱糟糟的草地上,有好几堆金黄色的子弹壳儿。玻璃上和白石灰屋墙上都有不少子弹打的窟窿。一只幸存的母鸡,一看见娜塔莉亚,就咯哒咯哒叫着,飞到仓房顶上。

这种使人感到安宁的寂静,没有在村子里久留。刮起了大风,许多没有人住的房子的大敞着的门和护窗乒乒乓乓乱响起来。一片雪白的雹云来势汹汹地遮住太阳,并且向西方飘去。

娜塔莉亚撩着被风吹乱的头发,走到夏季厨房跟前,又站在这里朝山上看了看。在天边,一团团灰尘笼罩在雪青色的烟雾里:一辆辆大车在飞奔,一个个骑马人在狂跑。"这么看,是真的:他们走啦!"娜塔莉亚心情轻松地判断说。

她还没有走进过道,山后很远的地方就响起低沉的、隆隆的炮声,而且,维奥申两座教堂里发出的欢快的钟声也在顿河上飘荡开来,好像是和大炮声相呼应。

在顿河那边,哥萨克密密麻麻地从树林里跑了出来。他们有的拖,有的抬,把小船弄到河边上,放下水去。划船的人站在船尾,迅速地划动双桨。有三十来条小船争先恐后地朝村子这边飞来。

"娜塔什卡!好孩子!咱们的人来啦!……"伊莉尼奇娜从厨房里跑出来,一面哽咽地哭着,一面念叨着。

娜塔莉亚一下子抱起米沙特卡,把他举得高高的。她的眼睛像火一样明亮起来,但是她在气喘吁吁地说话的时候,声音还是上气不接下气的:

"看呀,乖孩子,看呀,你的小眼睛尖……也许,你爹跟哥萨克们一块儿来啦……你认不出来吗?最前头那条船上不是他吧?唉,你往那边看嘛!……"

在河边只接到瘦下去的潘捷莱·普罗柯菲耶维奇。老头子首先问了问牛、粮食和财产有没有受到损失，然后就抱住孙子孙女哭了几声。等他急急忙忙、一瘸一拐地走进自家的院子，脸色一下子变得灰白，跪了下去，画了一个老大的十字，朝东方磕了个头，他那白发苍苍的头，老半天没有从晒得滚烫的土地上抬起来。

五

顿河军的一支三千人的骑兵兵团，配备着六门马拉的大炮和十八挺驮载机枪，在谢克列捷夫将军指挥下，在六月十日用强攻突破了别洛卡里特文河口镇附近的防线，顺着铁路线，朝嘉桑镇方面推进。

第三天清晨，顿河第九团的军官侦察队在顿河边碰上暴动军的战地哨兵。哥萨克们一看见骑兵，就跑进了山沟，但是率领侦察队的哥萨克大尉从衣服上认出他们是暴动军，就挥了挥系在马刀上的手绢，高声吆喝道：

“是自己人！……别跑，乡亲们！……”

侦察队放心地跑到山沟坡下。暴动军的哨长是一个白发苍苍的老司务长，他边走边扣着被露水打湿了的军大衣，走上前来。八个军官都下了马，大尉走到司务长面前，摘下那顶箍上钉着白光闪闪的军官徽章的绿军帽，笑着说：

“你们好啊，乡亲们！好吧，咱们按照哥萨克的老习惯，亲亲嘴巴。”他十字交叉地亲了亲司务长的嘴，用手绢擦了擦自己的嘴唇和胡子，感觉到同伴们都用等待的目光看着自己，就带着意味深长的笑容，曼声问道：

“喂，怎么样，醒悟过来了吗？自己人还是比布尔什维克好吧？”

“是的，大人！我们将功折罪……打了三个月仗，没料到你们会来！”

“虽说晚了点儿，但能够醒悟过来就好。事情已经过去，旧事就不提啦。你们是哪一个乡的?”

“是嘉桑乡的,大人!”

“你们的队伍在顿河那边吗?”

“是的!”

“红军从顿河这儿上哪儿去啦?”

“他们顺着顿河往上去,八成是上顿涅茨镇去啦。”

“你们的马队还没有过河吧?”

“没有。”

“为什么?”

“我弄不清楚,大人。我们是第一批上这边来的。”

“红军在这儿安过炮兵吗?”

“安过两个炮兵连。”

“他们什么时候撤走的?”

“昨天夜里。”

“应该追赶哪! 唉,你们太马虎啦!”大尉用责备的口气说,然后走到自己的马跟前,从军用包里掏出笔记本和地图。

司务长两手贴在裤缝上,直挺挺地站着。哥萨克们聚集在他身后有两步远的地方,带着高兴和惴惴不安的复杂心情打量着军官们,打量着马鞍和一匹匹跑得筋疲力尽的良种马。

军官们都穿着整整齐齐的、带肩章的英国式翻领制服和肥大的马裤。他们舒展着腿,在马旁边来来回回地走着,侧眼看着哥萨克们。他们不管哪一个,都不戴那种用化学铅笔画的自制肩章了,不再像一九一八年秋天那样了。皮靴、马鞍、子弹盒、望远镜以及挂在马鞍上的卡宾枪全是新的,而且不是俄罗斯出产的。只有一位看来年纪最大的军官,穿的是蓝色细呢子山民服,戴的是金黄色的布哈拉羊羔皮库班帽,脚上穿的是没有后跟的山民长靴。他轻轻地迈着步子,第一个走到哥萨克们跟前,从图囊里掏出一盒印着比利时国王亚尔培肖像的很漂亮的纸烟,对哥萨克们说:

“请抽烟,弟兄们!”

哥萨克们都如饥似渴地伸手来拿纸烟。其余的军官也都走了过来。

“喂,你们在布尔什维克统治下过得怎样?”一个大脑袋、宽肩膀的少尉问道。

“不怎么舒服……”一个穿着旧棉袄的哥萨克如饥似渴地抽着纸烟,一面盯着那系在膝盖上、紧紧裹着少尉那老粗的腿肚子的高高的护腿套,很拘谨地回答说。

这个哥萨克脚上拖的是穿得稀烂的毡靴。那补了多次的白色毛袜子和掖在袜筒里的裤子也都破了;所以这个哥萨克眼巴巴地望着那双英国皮靴,特别眼馋那穿不坏的厚皮底和那锃亮的铜扣眼。他忍不住,率真地说出了自己的艳羡心情:

"你们的皮靴真好啊!"

但是少尉不想和和气气地谈一谈,他带着挖苦和挑衅的口气说:

"你们本来不愿意要外国的东西,宁可要莫斯科的树皮鞋嘛,现在就不用看着人家的东西眼红啦!"

"我们错啦。已经认错了嘛……"那个哥萨克很尴尬地回答说,一面回头看着自己的人,希望得到支持。

少尉继续用讥笑的口气说:

"你们的脑袋是牛脑袋。牛总是这样的:先走,然后才站下来想。这么一来就错啦!去年秋天,你们放弃阵地的时候,想什么来着?想当委员!哼,你们这些保卫家乡的好汉!……"

一个年轻的中尉小声对着越说越上劲儿的少尉的耳朵说:"算啦,别说啦!"于是少尉才踩灭了纸烟,啐了一口,大踏步朝马走去。

大尉递给他一张纸条,小声对他说了几句话。

身体笨重的少尉异常轻快地跳上马,让马急转过身去,便朝西方跑去。

哥萨克们都很尴尬地沉默着。大尉走过来,用他那洪亮的嗓门儿低低地撇着腔,快快活活地说:

"从这儿到华尔华林村有几俄里?"

"三十五俄里。"有几个哥萨克同时回答说。

"好。就这样吧,乡亲们,你们去报告你们的首长,叫骑兵不要再耽搁,马上渡河上这边来。我们派一位军官和你们一同到渡口去,由他来带领骑兵。叫步兵往嘉桑镇开。明白了吗?好啦,就是说,你们左转弯,开步走吧!"

哥萨克们挤成一堆,朝坡下走去。大家就像商量好了似的,都一声不响地走了有百来丈远,后来那个穿棉袄的、其貌不扬的哥萨克,也就是受到神气活现的少尉奚落的那一个,摇了摇头,很伤心地叹了一口气,说:

"这就是会师呀,弟兄们……"

另外一个哥萨克马上就接上一句:

"蔓菁也不比萝卜甜啊!"并且又俏皮、又粗野地骂了两句。

六

红军紧急撤退的消息一传到维奥申,格里高力·麦列霍夫就率领两个骑兵团,泅水渡过了顿河,派出几支强大的侦察队之后,就向南方挺进。

顿河边一处高地后面正在进行战斗。大炮声轰轰隆隆连成一片,声音很低沉,好像是在地下一样。

"看起来,士官生真舍得用炮弹!用急射在轰呢!"一个指挥官朝格里高力走来,兴高采烈地说。

格里高力没有做声。他走在大队人马的前面,很留心地四面观察着。从顿河到巴兹基村这三俄里长的一段路上,有几千辆暴动军扔下的大车。树林里到处都是扔掉的东西:破箱子、椅子、衣服、马套、碗碟、缝纫机、一口袋一口袋的粮食,因为当家人十分贪心,在向顿河撤退时拉来的各种各样的东西,在这里应有尽有。大路上有些地方堆着没膝深的金黄色小麦。大路上还有一些臭烘烘的牛马尸体,已经鼓胀起来,腐烂得不成样子了。

"辛辛苦苦,到头来弄成这种样子!"十分震动的格里高力叹了一声,摘下帽子,尽量憋住气,绕过一堆结成了块的粮食,粮食堆上躺着一个摊开四肢、头戴哥萨克帽、身穿血糊糊的棉袄的死老头子。

"老人家看守家产送命啦!真是鬼叫他留在这儿。"一个哥萨克很惋惜地说。

"恐怕是舍不得把麦子扔掉……"

"喂,快走吧!他身上的臭味实在够戗。喂!快走!……"后面有人气呼呼地叫道。

于是连队小跑起来。没有人说话了。只有许许多多的马蹄声和哥萨克佩带的武器的碰击声在树林里很和谐地响着。

……战斗就在离李斯特尼次基家庄园不远处进行。密密麻麻的红军在亚戈德庄园旁边的一条干谷里乱跑。榴霰弹纷纷在他们头顶上爆炸,机枪在他们背后扫射,加尔梅克团的骑兵拉成散兵线,从高地上奔来,拦截他们的退路。

格里高力带着两个团开到的时候,战斗已经结束了。两连红军,本来是掩护零散部队和第十四师辎重队顺着维奥申这边的翻山道路撤退的,现在被第三加尔梅克团打垮并且完全消灭了。还在冈头上,格里高力就对叶尔马柯夫下了命令说:"这儿不要咱们行啦。你去和他们会合,我到这庄子上去一下子。"

"有什么事?"叶尔马柯夫惊愕地问道。

"噢,怎么对你说呢,我年轻时候在这儿当过长工,所以我很想去看看老地方……"

格里高力叫上普罗霍尔,就掉转马头朝亚戈德庄上走去。走了有半俄里,他就看见,打头的一个连的前面,呼啦呼啦地迎风飘舞着一块白布,由一个哥萨克很谨慎地高擎着。

"真好像是去投降!"格里高力眼看着自己的队伍慢慢地、好像是很不情愿地朝干谷里走去,谢克列捷夫的骑兵兵团从草地上径直地迎着他的队伍飞跑而来,不由地带着担心和懊恼的心情这样想道。

等格里高力跨过歪倒的大门,走进长满滨藜的庄园的宅院,就有一种凄凉和空虚感。亚戈德庄园完全变了样子。到处都可以看到无人经营和破坏的可怕痕迹。当年很漂亮的房子不漂亮了,而且好像变矮了。很久没有油漆过的房顶已经是黄锈斑斑,已经坏了的排水管子堆放在台阶旁边,铰链脱落的护窗斜挂在窗框上,风呼呼地往打坏的窗户里直吹,屋子里已经发出一股无人居住的苦涩的霉烂气味。

房子东面的一角和台阶都被三英寸口径的炮弹炸坏了。一棵被炮弹打倒的槭树的树头,伸进了阳台上一扇打坏的威尼斯式窗户。槭树树干的底部埋在从房基炸出来的一堆砖里,槭树就这样躺在那里了。生长极快的野蛇麻草已经爬上枯萎的槭树枝,把树枝缠住,给幸存的窗户玻璃增添了一些奇形怪状的花纹,并且向房檐伸去。

时间和风雨到处留下自己的痕迹。院子里的棚舍都破败不堪,那样子就像已经多年没有勤快的人手摸过了。马棚的石墙已经被春雨淋垮,车棚的顶子也被暴风雨掀掉,只有在像死人一样苍白的棚架和横梁上,有些地方还残留着一束一束的快要腐烂的干草。

下房的台阶上躺着三条已经变野了的猎狗。三条狗一看见人,就跳起来,低

声呜噜着,躲进了过道。格里高力走到大敞着的厢房窗户跟前;他在马上弯下身子,大声问道:

“有人吗?”

厢房里很久没有声音,后来有一个打哆嗦的女人的声音回答:

“对不起,请等一等!我这就出去。”

苍老了的鲁凯莉亚嚓嚓地拖着两只光脚,来到台阶上;她被太阳一照,眯缝起眼睛,对着格里高力看了半天。

“鲁凯莉亚大婶儿,你不认识我了吗?”格里高力一面翻身下马,一面问道。

直到这时候,鲁凯莉亚的麻脸上哆嗦了一下,那呆呆的麻木神情才换成了异常激动的神情。她哭了起来,老半天没有说出一句话来。

格里高力把马拴好,很耐心地等了一会儿。

“我简直吓死啦。可不得了啊……”鲁凯莉亚用肮脏的粗布围裙擦着腮帮子,哭诉起来。“我以为,他们又来了呢……哎呀,格里什卡呀,这儿的事呀……简直没法说啦!……就剩我一个人了呀……”

“萨什卡老爹在哪儿?跟东家一块儿走了吗?”

“他要是走了,也许还能活着呢……”

“怎么,死了吗?”

“把他打死啦……在地窖里放了两天多啦……应当把他埋掉,可是我又生病……好不容易才爬起来……再说我也很怕上他那儿去,怕见死人……”

“为什么打死他?”格里高力没有抬眼睛,低声问道。

“为一匹骒马把他杀啦……咱们的东家走得很急。光把钱带走啦,家里东西差不多全交给了我。”鲁凯莉亚换成小声说。“我连一根线都看守得好好的。埋起来的东西到现在动都没动。东家只带走三匹奥勒尔的儿马,其余的都交给了萨什卡老爹。起事以后,哥萨克也来要,红党也来要。那匹叫‘旋风’的青儿马,也许你还记得吧?一开春就叫红党牵走啦。他们费了很大的劲儿才把鞍子上上。这匹马还从来没有人骑过呢。不过他们骑这匹马没有骑多久,没有骑快活。过了一个星期,卡耳根的哥萨克来啦,是他们说的。他们在冈头上遇上红党,就交手打了起来。哥萨克们有一匹发了春的骒马,恰好在这时候叫了起来。谁又能不叫红党骑的‘旋风’不朝哥萨克这边跑呢?它放开四蹄就朝骒马跑去,那个骑在上面的红党勒也勒不住。他看见已经无法勒住儿马,就想在飞跑的时候从马上跳下来。跳倒是跳下来了,可是一只脚没有从镫里抽出来。‘旋风’一直把他送到哥萨克手里。”

“妙啊！”普罗霍尔高兴得叫起来。

“现在是卡耳根的一个什么准尉骑着这匹儿马。”鲁凯莉亚从容不迫地说。“他答应过，只要东家一回来，就把马送到马棚里。就是说，把所有的马都牵走啦，只剩下叫‘神箭’的那匹骒马，就是‘模范’和‘未婚妻’生的那一匹。这匹马当时正怀着驹儿，所以谁也没有动。这马不久前下了驹儿，萨什卡老爹心疼马驹儿，心疼得就没法说啦！他常常抱着小马驹儿，用奶瓶喂牛奶和一种草汁儿，为的是叫马驹儿的腿长结实些。就这样才出了事儿……第三天，天快黑的时候，跑来三个人。萨什卡老爹正在花园里割草。他们朝他吆喝：‘到这儿来，老家伙！’他扔下镰刀，走过去，和他们打招呼，可是他们连看也不看，一面喝着牛奶，一面问他：‘有马吗？’他就说：‘有一匹，可是这马干不了上阵打仗的事：是一匹骒马，又在奶小马驹儿。’他们当中一个顶凶的家伙嚷起来：‘这号事儿你不懂！把骒马牵出来，老家伙！我的马脊梁打坏啦，我要换一匹！’他要是顺着他们，不维护这匹马就好啦，可是，你知道，他是个犟老头子……他连老爷都要顶撞呢。恐怕你还记得吧？”

“他怎么样，没有给他们吗？”普罗霍尔插嘴说。

“哼，怎么能不给呢？他只是对他们说：‘在你们来以前，来过很多骑兵，把所有的马都牵走啦，可是都知道怜惜这匹马，谁知你们是怎么回事儿……’这一下子他们就火了，嚷嚷起来：‘哼，地主的奴才，你想给地主留着这匹马呀?!’他们把他骂了一通……他们有一个人把骒马牵出来，就给马上鞍，可是小马驹儿跑到肚子底下去吃奶。老爹就央告说：‘你们行行好，别牵走吧！要不然，小马驹儿怎么办呀？’另外一个人说：‘就这么办！’他说着，就把小马驹儿从骒马身边赶开，从肩膀上摘下枪来，对马驹儿开了一枪。我都流眼泪啦……我跑过去，央告他们，拉住老爹，怕他出事儿，可是他朝小马驹儿一看，胡子都哆嗦起来，一张脸像墙一样白，就说：‘既然这样，你把我也打死吧，狗崽子！’他朝他们扑过去，抓住他们，不叫他们上鞍子。他们就火了，这一火，就把他打死啦。他们朝他一开枪，我就吓昏啦……直到眼下我还迷迷糊糊，不知道拿他怎么办。应当给他做一口棺材，可这哪儿是老娘们儿干得了的事儿呀？”

“弄两把铁锹、一块麻布来。”格里高力对她说。

“你想把他葬了吗？”普罗霍尔问道。

“是的。”

“格里高力·潘捷莱维奇，你真是自找麻烦！还是让我马上去找几个人来。他们会给他做一口棺材，挖一个像样儿的坟……”

普罗霍尔显然是不愿意来埋葬老头子,但是格里高力根本不考虑他出的主意。

“咱们自个儿来挖一个坟,把他葬了。这老头子是个好人。你上花园里去,在水池子旁边等我 ,我去看看死去的老人家。”

就在那个长满浮萍的池塘旁边,那棵苍翠的老杨树底下,当年埋葬格里高力和阿克西妮亚的女儿的地方,萨什卡老爹找到了自己最后的归宿地。他们把他那干瘦的身体用一块散发着啤酒花气味的干净粗布裹起来,放进去,用土埋上了。在那个小小的坟堆旁边又出现了一个新坟,用靴子踩得结结实实,把潮湿的新土踩得光溜溜的。

许多往事浮上心头,格里高力闷闷地躺倒在离这块特别可亲的小小坟地不远的草地上,对着头顶上雄伟辽阔的蓝天望了很久。在无边无际的高空里,风在奔驰着,被阳光照得亮闪闪的冷云游动着;而在刚刚接纳了快活的小马驹儿和酒鬼萨什卡老爹的大地上,依然是生机蓬勃:在像碧浪一样一直涌到花园跟前的草原上,在老场院篱笆旁边的野麻丛里,扑啦扑啦地响着一阵阵鹌鹑打架的声音,金花鼠吱吱在叫,蜜蜂嗡嗡在飞,清风吹得青草沙沙在响,百灵鸟在流动的蜃气中唱着歌儿,而为了证明人是万物之灵,在很远很远的干谷里,还有一挺机枪一个劲儿恶狠狠地、低低地嗒嗒响着。

七

谢克列捷夫将军率领司令部的军官和一连哥萨克卫队进入维奥申镇,镇上人鸣钟热烈欢迎。两座教堂里的钟一整天都在响着,就像过复活节那样。下游的哥萨克们骑着劲壮的、跑累了的顿河马在大街上走来走去。他们肩上的肩章蓝得耀眼。广场上,谢克列捷夫将军驻节的那座商人房子前面,聚集着不少传令兵。他们一面嗑葵花子,一面和那些路过的、打扮得花枝招展的镇上的姑娘们搭话。

中午时候,三名加尔梅克骑兵押着十五名被俘虏的红军来到将军的住处。他们后面跟着一辆装满乐器的双套马车。这些红军的服装与众不同:一律是灰呢子裤子和灰呢子上衣,袖口还镶着红绦。一个上了年纪的加尔梅克人走到神气活现地站在门口的传令兵面前,下了马,把他的磁烟斗塞进口袋。

"我们把红军的吹鼓手押来啦。明白吗?"

"这有什么明白不明白的?"一个肥头大脸的传令兵一面往加尔梅克人那落满灰尘的靴子上吐葵花子壳儿,一面懒洋洋地回答说。

"没有什么不什么的,接俘虏吧。吃得肥头大耳,净说废话!"

"噢,噢!你敢再说,臊羊尾巴!"传令兵恼了,但是他去通报押到俘虏的事了。

从大门里面走出一位肥胖的大尉,穿着咖啡色小棉袄,扎着腰带。他叉开两条粗腿,神气活现地叉着腰,把站在一起的红军打量了一遍,粗声粗声地说:

"你们这些唐波夫省的坏蛋,专门吹吹打打给委员们解闷儿!灰制服是从哪儿弄来的?怎么,是从德国人身上剥下来的吧?"

"绝不是的。"一个站在大家面前的红军,不住地眨巴着眼睛,回答说。他又用急促的语调解释说:"还是在克伦斯基时代,在六月攻势以前,我们乐队就穿的是这种服装……从那时候一直穿到现在……"

"我看你再穿!你再穿!看你们再穿!"大尉把剪过毛的库班式皮帽推到脑后,露出光脑袋上一条还没有长好的红红的伤疤,用穿歪了的高高的靴后跟猛然一转,转身朝着加尔梅克人。"你这个窝囊废,把他们送来干什么?你他妈的为什么?不会在路上把他们劈了吗?"

加尔梅克人不由地挺直了身子,很麻利地把两条弯腿并到一起,一只手一直放在绿军帽的帽檐上,回答说:

"连长吩咐要送到这儿来。"

"'要送到这儿来!'"有点儿像花花公子的大尉,轻蔑地撇了撇薄薄的嘴唇,学了一遍;然后沉甸甸地迈动两条肿胀的腿,抖动着肥嘟嘟的屁股,绕着红军走了一圈儿,就像马贩子相马一样,仔细把他们看了半天。

传令兵们都不出声地笑着。三名加尔梅克押送兵的脸上都保持着一贯的冷漠表情。

"开开大门!把他们押进院子里!"大尉吩咐说。

红军们和乱七八糟地装着乐器的大车在台阶旁边停下来。

“谁是队长?”大尉抽着烟,问道。

“没有队长。”几个声音一齐回答说。

“队长在哪儿?跑啦?”

“不是,打死啦。”

“活该,你们没有队长也行。喂,把你们的家伙拿起来!”

红军们走到大车跟前。铜喇叭声在院子里畏畏缩缩、很不整齐地响了起来,和一直没停的教堂钟声混到了一起。

“预备!来一支《上帝呀,保佑沙皇》。”

军乐队员们都一声不响地互相看了看。谁也没有开始吹奏。尴尬局面保持了有一分钟,后来有一个光着脚、但是裹腿打得很整齐的红军,看着地面,说:

“我们谁也不会吹旧国歌……”

“谁也不会吗?有意思……喂,来人呀!来半排传令兵,带上枪!”

大尉用靴尖打着听不见的拍子。传令兵在走廊里排队,卡宾枪碰得丁当乱响。麻雀在花圃外面茂密的洋槐树上吱吱喳喳地叫。院子里热烘烘的,散发着晒热的铁皮棚顶气味和酸酸的人汗味。大尉从太阳地里走到凉荫里,这时候那个光脚的喇叭手很难受地看了看同伴们,低声说:

“大人!我们这些人都是年轻喇叭手。没有吹过旧歌曲……吹的多数是革命歌曲……大人!”

大尉心不在焉地扭着自己的镂花皮带的头儿,没有做声。

传令兵们在台阶旁边排好了队,等候命令。这时候有一个上了年纪、一只眼睛里生着白翳的喇叭手,急忙推开其余的人,从后面走上前来;一面咳嗽着,一面问道:

“让我来吹,好吗?我会吹。”他也不等答应,就把晒得滚烫的巴松管放在哆哆嗦嗦的嘴唇上。

宽敞的商人院子里,响起又单调、又难听、像哭丧一样的嗡嗡声,大尉听着听着就愤怒地皱起眉头。他把手一摆,喝道:

“别吹啦!像叫花子……要饭一样!这算是吹的什么?”

窗口出现了几位参谋和副官的笑脸。

“您叫他们吹一支送葬曲吧!”一个年纪很轻的中尉从窗户里探出半截身子,用小孩子一样的尖嗓门儿嚷道。

那十分卖劲儿的钟声停了一会儿,大尉动了动眉毛,悄悄地问道:

“我希望，你们吹吹《国际歌》，好吗，吹吧！别怕嘛！我叫你们吹，你们就吹。”

在一片静寂中，在中午火热的气流里，忽然又和谐又悲壮地响起慷慨激昂的《国际歌》声，好像是在号召进行战斗。

大尉就像老牛遇到障碍似的，低着头，叉着腿站在那里。他站着，听着。他那紧绷绷的脖子和眯缝起来的眼睛那蓝蓝的眼白渐渐充满了血。

“算啦——啦！……”他忍不住，愤怒地吼叫起来。

乐队一下子就停住了，只有一个弯管铜号慢了一点儿，它那激昂的、未尽的余音又在灼热的空气中回荡了很久。

喇叭手们在舔着干裂的嘴唇，用袖子和肮脏的手擦着嘴。他们的脸色又疲惫又冷漠。只有一个人忍不住涌出了眼泪，泪水顺着落满灰尘的腮帮子往下流，留下两道湿印子……

就在这时候，谢克列捷夫将军在一位日俄战争时代的同事家里吃完了饭，由一位醉醺醺的副官搀扶着，来到广场上。因为天热，他又喝多了酒，头脑昏昏沉沉。走到中学砖瓦房的拐角上，已经没有力气的将军踉跄了一下，脸朝下跌倒在滚热的沙土地上。慌了神的副官想把他搀起来，却怎么也搀不起来。这时候站在不远处的人群里有人急忙跑来帮忙。两个年老的哥萨克恭恭敬敬地挽住将军的胳膊，把他搀扶起来，将军却当众呕吐起来。但是在呕吐的间隙里，他还威风凛凛地摇晃着拳头，想喊叫些什么，大家好不容易说服了他，把他搀回住处。

站在不远处的哥萨克们用眼睛送了他半天，小声议论着：

“这个宝贝醉得够戗！太不庄重啦，还算是将军呢！”

“老酒这玩意儿可不管你将军不将军。”

“不应该，摆上多少，就喝多少……”

“哎，亲家，酒瘾上来，憋不住呀！有的人喝醉了出了洋相，就发誓从今不再喝酒……可是这就像大家常说的：狗发誓不吃屎，可是一见茅厕坑，就什么都忘啦……”

“就是这话！你去吆喝吆喝孩子们，叫他们离远点儿。瞧这些鬼东西，一齐跟着走，拿眼睛盯着他，就好像从来没见过醉汉。”

……镇上的钟一直响到天黑，镇上的人也一直喝到天黑。到晚上，在改做军官俱乐部的一座房子里，暴动军司令部举行了欢迎宴会。

高大而又挺拔的谢克列捷夫，是克拉斯诺库特乡一个村子里的人，是一个地道的哥萨克。他非常爱马，是个超等的骑手、勇猛的骑兵将军。然而他不是个演说家。他在宴会上发表的演说,都是醉后的胡吹,而且结尾又是对上游哥萨克明目张胆的指责和吓唬。

参加宴会的格里高力紧张而气忿地仔细听着谢克列捷夫说话。还没有清醒过来的将军,用手指头扶着桌子,站在那里,香喷喷的酒从杯子里直往外泼洒;他每一句话都说得十分僵硬:

"……不对,不是我们要感谢你们的帮助,而是你们要感谢我们的帮助!正是你们要感谢我们,这是肯定应该说的。如果没有我们,红军早把他们消灭啦。这一点你们自己是十分清楚的。可是如果没有你们,我们早把他们打垮啦。我们要打垮他们,而且,你们记住,我们一直要打到在全俄罗斯把他们肃清。秋天里,你们放弃阵地,把布尔什维克放到哥萨克的土地上来……你们想跟他们和和美美地过日子,可是没有过成!于是你们为了保自己的家产,为了保自己的命,才起事。说干脆点儿,你们是为了保自己的皮和保牛皮。我提起过去的事,并不是想指责你们的错误……你们听了这些话,不要见怪。但是,实话实话,总不会有坏处。我们已经宽恕了你们的叛变。我们像亲兄弟一样,在你们最困难的时候来帮助你们。不过你们的可耻的历史,今后一定要洗刷洗刷。明白吗,诸位军官?你们应该立功赎罪,应该忠诚报效静静的顿河,明白吗?"

"来,为了赎罪,干一杯!"坐在格里高力对面的一个上了年纪的中校,微微笑着说;他不是单独对任何人说的,因此也不等任何人,首先举杯一饮而尽。

他的脸流露着刚强气色,脸上有些碎麻子,褐色的眼睛里露出嘲笑的意味。在谢克列捷夫发言的时候,他的嘴角不止一次隐隐露出难以捉摸的冷笑,这时候他的眼睛就阴沉下来,好像完全变成了黑的。格里高力在观察中校的时候,注意到,他对谢克列捷夫称呼"你",而且对他的态度极其随便,对其他的军官却非常矜持和冷淡。在参加宴会的人当中,只有他那草绿色制服上佩戴着草绿色肩章和科尔尼洛夫部队的袖章。"这是一个有头脑的人。大概是志愿军。"格里高力心里想。中校喝酒,就像马饮水一样。也不吃菜,也不见醉,只是不时地把他那宽宽的英国皮带松一松。

"坐在我对面的这个麻子是什么人?"格里高力小声问坐在旁边的包加推廖夫。

"鬼才认识他呢。"已经有些酒意的包加推廖夫把手一摆。

库金诺夫很舍得拿酒招待客人。不知从哪里弄来一瓶酒精,放到桌子上,谢克列捷夫很吃力地把话说完了,解开绿制服,沉甸甸地坐到椅子上。有一个脸型极像蒙古人的年轻中尉哈下腰,小声对他说了几句话。

“去他妈的!”谢克列捷夫红着脸回答了一声,就端起库金诺夫殷勤地给他斟的一杯酒精,一饮而尽。

“那个斜眼睛的是什么人?是副官吗?”格里高力问包加推廖夫。

包加推廖夫用手捂着嘴,回答说:

“不是的,这是他的养子。他是在日俄战争的时候,从满洲带回来这个孩子。把他抚养大了,就送进士官学校。这个中国孩子很有出息。鬼东西非常勇猛!昨天他在马凯耶夫村外截了红军一个钱箱子。一下子弄到二百万卢布。你瞧,他所有的口袋都塞得鼓起来啦!这小子真走运!简直成了金库啦!你喝呀,干吗你要这样瞧他们?”

库金诺夫在致答词,但是几乎没有人听他的了。大家越喝越上劲儿。谢克列捷夫脱掉上衣,只穿一件贴身衬衣。他那剃得光光的脑袋出汗出得发亮,有他那洁白的亚麻布衬衫一衬,他那张紫红色的脸和晒成了酱紫色的脖子格外惹眼。不知道库金诺夫小声对他说了几句什么,但是谢克列捷夫对他连看也不看,一个劲儿地说:

“不——不——行,对不起!这就对不起了!我们信任你们,是有一定限度的……你们的叛变,我们是不会很快忘记的。凡是去年秋天投靠红军的人,都要好好记住这一点……”

“哼,我们给你们干,也有一定限度!”已经醉了的格里高力怀着冷冷的愤怒心情想着,站起身来。

他没有戴帽子,走到台阶上,带着轻松的心情,深深地吸了一口夜间的新鲜空气。

顿河边,就像大雨要来时那样,青蛙呱呱乱叫,金龟子伤心得直嗡嗡。水鹬在沙滩上很烦恼地互相呼唤着。远处的河边滩地上,有一匹找不到妈妈的马驹儿嘹亮而尖细地嘶叫着。“因为实在没办法,我们才和你们搞到了一块儿,要不然我们连你们的味儿都不想闻。可恶的坏家伙!装腔作势,神气活现,现在指责我们,再过一个星期就干脆来掐我们的脖子啦……到了这种地步!不管往哪儿看,哪儿都走不通。我以前就这样想过嘛……结果就会是这种样子嘛。这会儿哥萨克们真要翻眼睛啦!他们已经不高兴对军官先生们行举手礼和打立正啦。”格里高力一面想着,一面走下台阶,摸索着朝大门口走去。

他的酒劲儿上来,头晕起来,走路摇摇晃晃,脚步异常沉重。他走出大门,摇晃了两下,把帽子扣到头上,就拖着腿,顺着大街向前走去。

他走到阿克西妮亚的姑妈家门口,停了一会儿,想了想,然后毅然决然朝台阶走去。过道的门没有闩。格里高力也没有敲门,就朝上房走去,一眼就看见司捷潘·阿司塔霍夫坐在桌边。阿克西妮亚的姑妈正在灶边忙活着。桌上铺着很干净的桌布,上面放着一瓶没有喝完的酒,碟子里是切成片儿的红红的咸鱼。

司捷潘刚刚喝完一杯酒,看样子正要吃咸鱼,但是一看见格里高力,就把碟子一推,脊背靠到墙上。

格里高力不管怎样醉,他还是看清了司捷潘那煞白煞白的脸和像狼那样露出凶光的眼睛。一见面就惊呆了的格里高力,镇定了一下,沙哑地说:

"你们好啊!"

"托福托福。"女主人惊骇地回答说。无疑她已经知道了侄女和格里高力的关系,料想侄女的丈夫与情夫无意中相会不会有什么好事。

司捷潘一声不响地用左手捋着胡子,用冒火的眼睛盯着格里高力。

格里高力大叉开两腿,站在门口,似笑非笑地笑了笑,说:

"噢,我是来看看……对不起。"

司捷潘一声不响。尴尬局面一直持续到女主人鼓了鼓勇气,请格里高力就座。

"进来吧,请坐。"

现在格里高力已经没有什么好掩饰的了。他到阿克西妮亚住的地方来,这就使司捷潘全明白了。于是格里高力就不顾一切地朝前走去:

"你老婆在哪儿?"

"你是来……看她的吧?"司捷潘低低地、但是很清楚地问道;哆嗦起来的眼睫毛就遮住了眼睛。

"是来看她。"格里高力叹着气承认说。

在这一刹那,他等待着来自司捷潘的一切,并且已经渐渐清醒过来,准备好自卫。但是司捷潘睁开了眼睛(刚才眼睛里的火已经熄灭了),说:

"我叫她打酒去啦,她马上就要回来,请坐,等一等吧。"

又高大又挺拔的司捷潘甚至站了起来,推给格里高力一把椅子;他也不看女主人,就央求说:

"姑妈,请您再拿一只干净杯子来。"又对格里高力说:

"喝一点儿吧?"

"可以多少喝点儿。"

"好,请坐吧。"

格里高力坐到桌边……司捷潘把瓶子里的残酒均匀地倒进两只杯子里,抬起罩着一层雾气的眼睛看着格里高力。

“诸事如意!”

“祝你健康!”

碰过杯,喝过酒。不做声了。像老鼠一样麻利的女主人递给客人一个碟子和把子上有许多豁口的一把叉子。

“吃鱼吧! 这鱼不算咸。”

“谢谢。”

“您用碟子接着吃,快吃吧!”高兴起来的女主人殷勤相让。

她高兴得不得了,因为一切都平平安安地过去,没有打架,没有打碎杯碟,没有把事情吵开。势头不妙的谈话结束了。丈夫和妻子的情夫和和气气地同坐在一张桌子旁。现在他们一声不响地吃着东西,谁也不看谁。殷勤的女主人从柜子里找出一块干净手巾,好像是要把格里高力和司捷潘连结起来似的,把手巾的两头放在两个人的膝盖上。

“你为什么不在连里?”格里高力一面吃鳊鱼,一面问道。

“我也是来看看。”司捷潘沉默了一会儿,回答说,从他的声音上,怎么都判断不出他说的是老实话呢,还是带着刺儿。

“连里的人大概都回家了吧?”

“都回村子里去啦。怎么样,咱们来干一杯?”

“来吧。”

“祝你健康!”

“诸事如意!”

过道里的门环当啷响了一声。已经完全清醒过来的格里高力皱着眉头看了看司捷潘,见他的脸一阵白,就像掠过一阵波浪。

阿克西妮亚披着一条呢子头巾走进来,没有认出格里高力,走到桌边,从旁边一看,她那睁得大大的黑眼睛里顿时露出恐怖的神情。她倒吸了一口气,好不容易才说出话来:

“您好,格里高力·潘捷莱维奇!”

司捷潘放在桌上的两只虬筋盘结的大手忽然轻轻哆嗦起来,格里高力看见这种情形,就一声不响地朝她点了点头,一句话也没有说。

她把两瓶酒往桌上放的时候,又用充满惶恐和暗暗高兴的目光瞥了格里高力一眼,就转身走到黑暗的角落里,坐到大柜子上,用哆哆嗦嗦的两手理了理头发。司捷潘压下心中的怒火,解开勒得他透不过气来的衬衣领子,满满地斟了两

杯酒,转过脸去对妻子说:

"拿一个杯子,坐到桌上来。"

"我不。"

"来坐吧!"

"我不会喝酒嘛,司乔巴!"

"还要我说多少遍吗?"司捷潘的声音哆嗦起来。

"来坐吧,嫂子!"格里高力带着赞同的意味笑了笑。

她带着祈求的神情看了他一眼,很快地走到小橱子跟前。一个小碟子从搁板上掉下来,当啷一声摔得粉碎。

"哎哟,真倒霉!"女主人伤心地把两手一扎煞。

阿克西妮亚一声不响地收拾地上的碎片儿。

司捷潘也给她满满地斟上一杯,他的眼睛里又露出苦恼和痛恨的神情。

"来,咱们喝……"他刚开口,又顿住了。

在一片寂静中可以清楚地听到,坐到桌旁的阿克西妮亚喘得又急,又不均匀。

"……咱们喝,家里的,为了咱们长期分离。怎么,不喝吗?不会喝吗?"

"你知道嘛……"

"我如今全知道……好吧,不为咱们分离!为了贵客格里高力·潘捷莱维奇的健康干一杯吧。"

"为了他的健康我喝一杯!"阿克西妮亚响亮地说,就把一杯酒一口气喝光。

"你真是傻心眼儿呀!"女主人跑到厨房里,小声嘟哝说。

她躲到角落里,用两只手按住胸口,等待着被掀翻的桌子轰隆一声倒在地下,等待枪声砰砰响起来……可是上房里一片死静。只能听见,天花板上的苍蝇被灯光照得嗡嗡叫着,在窗外,镇上的公鸡互相呼应着,报告午夜的降临。

八

顿河上六月的夜晚是很黑的。在黑石板似的天上，因为静得受不了，有时划过金色的闪电，有的星星落下来，映入顿河的急流中。从草原上吹来干爽的和风，把正在开花的薄荷的香甜气味送到人住的地方来；在河边滩地上，散发着清淡的湿草气味、淤泥气味和潮湿气味，青蛙不住声地叫着，河边的树林就像童话里那样，笼罩在银纱一般的夜雾里。

半夜里，普罗霍尔醒来，他问房东：

“我们那一位没回来吗？”

“没有。正和将军们喝着呢。”

“怪不得呢，恐怕这一下子喝足啦！”普罗霍尔馋得叹了一口气，就打着哈欠，开始穿衣服。

“你要上哪儿去？”

“我去饮饮马，再添点儿料。潘捷莱维奇说，天一亮就要上鞑靼村去。回去住上一天，然后就去赶自己的队伍。”

“离天亮还早呢。再睡一会儿吧。”

普罗霍尔不高兴地回答说：

“老大爷，一下子就能看出来，你压根儿就没当过兵！我们当兵打仗，要是不把马喂好，不把马照应好，到时候也许就活不成。骑瘦马能跑得动吗？你骑的马越好，逃起命来就越快。我这个人呀，我才用不着追赶敌人呢，可是如果紧急起来，需要退却，那我就头一个跑！我在枪林弹雨里跑过多少年啦，对这种事讨厌透啦！老大爷，点上灯，要不然脚布都找不到。好，谢谢！是啊，我们的格里高力·潘捷莱维奇想挣十字章，想升官，哪儿打得厉害他往哪儿去，我可不是这种傻瓜,我犯不着。好,好像他来啦,恐怕醉得够戗啦。”

有人轻轻地敲门。

“请进来!”普罗霍尔叫道。

进来的是一个陌生的哥萨克,绿色军便服上佩戴着下士肩章,军帽上还钉着徽章。

“我是谢克列捷夫将军司令部的传令兵。我可以见见麦列霍夫大人吗?”他把手往帽檐上一举,在门口打了个立正,问道。

“他不在。”被受过严格训练的传令兵的姿式和称呼弄得瞠目结舌的普罗霍尔回答说。“你别立正啦,我年轻时候也和你一样,是个呆瓜。我是他的传令兵,你有什么事?”

“我是奉谢克列捷夫将军的命令来请麦列霍夫大人的,请他马上到军官俱乐部去。”

“天一黑他就去了嘛。”

“他去过,可是后来他从那儿回家来啦。”

普罗霍尔吹了一声口哨,朝着坐在床上的房东挤了挤眼睛:

“明白了吗,老大爷?他溜啦,就是说,上他的小宝贝儿那儿去啦……好,你回去吧,老总,我去找他,叫他径直上那儿去!”

普罗霍尔把饮马和上料的事托付给老头子,就朝阿克西妮亚的姑妈家走去。

维奥申镇沉睡在黑漆漆的夜幕里。夜莺在顿河那边的树林里争先恐后地唱着。普罗霍尔不慌不忙地走到那座熟悉的小房子跟前,走进过道,刚刚抓住门把手,就听见司捷潘的沙哑的声音。普罗霍尔心里想:“我真算碰上鬼啦!他要是问我,你来干什么?我可是没有话说。哼,不管这一套,随便怎样吧!我就说是来买酒的,说是街坊上有人叫我上这座房子里来。”

他大着胆子走进上房,一进门就惊呆了,一声不响地张大了嘴:格里高力和阿司塔霍夫两口子同坐在一张桌子前,而且好像什么事儿也没有,格里高力正在喝杯子里的暗绿色老酒。

司捷潘看了看普罗霍尔,强笑着说:

“干吗你把嘴张得老大,连好也不问一声?是不是看到什么西洋景啦?”

“好像是这样……”普罗霍尔还没有回过神来,就倒动着两只脚回答说。

“喂,别害怕,进来吧,请坐。”司捷潘说。

“我没有工夫坐……格里高力·潘捷莱维奇,我是来找你的。叫你马上去见谢克列捷夫将军。”

格里高力在普罗霍尔来以前,就几次想走了。他几次推开酒杯,站起身来,可是马上又坐了下来,他害怕司捷潘会把他的走看做是明显的胆怯的表现。好强心不允许他扔下阿克西妮亚,让位给司捷潘。他喝着,但是酒对他已经不起作用了。格里高力清醒地估计到自己处境的为难,在等待下文。有一刹那他觉得司捷潘要打老婆了,就是在她为他格里高力干杯的时候。但是他错了:司捷潘举起一只手来,用粗糙的手擦了擦晒得黑黑的额头,在短时间的沉默以后,带着赞赏的神气看着阿克西妮亚,说:"不简单,家里的!我就喜欢这种胆量!"

后来普罗霍尔进来了。

格里高力想了想,决定不走,想看看司捷潘怀的是什么心思。

"你上那儿去,就说没有找到我。明白了吗?"他对普罗霍尔说。

"明白是明白啦。不过,潘捷莱维奇,你顶好还是去一下吧。"

"不用你管!走吧。"

普罗霍尔正要朝门口走,但是这时候阿克西妮亚忽然插嘴了。她也不看格里高力,冷冷地说:

"不必啦,不用客气,你们一块儿走吧,格里高力·潘捷莱维奇!您来看看我们,跟我们一块儿坐坐,多谢啦……不过已经不早啦,鸡叫二遍啦。天快亮啦,天一亮我就要和司乔巴回家去……再说你们也喝了不少。别喝啦!"

司捷潘也不挽留,于是格里高力站起身来。在告别的时候,司捷潘把格里高力的手攥在自己的冷冰冰、硬邦邦的手里,好像还想最后说几句话,但是一直没有说,一声不响地用眼睛把格里高力送到门口,就又不慌不忙地伸手去拿没有喝完的酒瓶……

格里高力一走到街上,就感到极其疲倦。他吃力地迈动着双腿,走到第一个十字街口,就向紧紧跟在他后面的普罗霍尔央求说:

"你去备上马,牵到这儿来。我走不动啦……"

"要不要报告一下,说你要走?"

"不用。"

"好吧,你等一下,我很快就来!"

一向慢腾腾的普罗霍尔这一次大步朝住处跑去。

格里高力蹲到篱笆跟前,抽起烟来。脑子里回想着和司捷潘会面的情形,淡漠地想道:"哼,现在他知道啦,没什么了不起的。只要不打阿克西妮亚就好。"后来,他因为疲倦,因为激动劲儿已经过去,不觉躺下去,打起盹儿来。

普罗霍尔很快就回来了。

他们坐船来到顿河右岸，就放马大跑起来。

天一亮，他们就进了鞑靼村。格里高力在自家的大门前下了马，把缰绳扔给普罗霍尔，就怀着激动的心情急急忙忙朝房里走去。

不知为什么娜塔莉亚披着衣服来到过道里。一看见格里高力，她的两只惺忪的眼睛就放射出那样明亮的喜悦光彩，格里高力的心不由地哆嗦了两下，眼睛顿时湿了。娜塔莉亚一声不响地抱住自己唯一的亲人，全身紧紧贴在他的身上，格里高力感觉到她的肩膀在哆嗦着，知道她在哭。

他走进房里，亲过两位老人家和睡在上房里的两个孩子，就在厨房当中站了下来。

“喂，你们怎么熬过来的？一切都平安无事吗？”格里高力激动得呼哧呼哧喘着，问道。

“好孩子，托老天爷的福呗。我们是很害怕，怕他们折腾我们，可是他们没有，”伊莉尼奇娜急急忙忙回答过，侧眼看了看哭起来的娜塔莉亚，就沉下脸吆喝她说：“应当高高兴兴嘛，你倒哭起来啦，傻东西！去吧，别呆站在这儿啦！快弄柴禾生火去……”

她和娜塔莉亚忙着做早饭的工夫，潘捷莱·普罗柯菲耶维奇给儿子拿来一条干净毛巾，说：

“你洗洗脸，我给你胳膊上浇点儿水。浇浇水，脑子可以清爽些……你浑身一股酒气。大概，你是因为喜事，昨天多喝了几杯吧？”

“喝是喝啦。不过现在还不知道：究竟是喜事还是祸事……”

“怎么这样说？”老头子说不出地惊愕。

“谢克列捷夫对咱们太无礼啦。”

“噢，这没什么了不起的。当真他也跟你一块儿喝酒了吗？”

“嗯，是的。”

“你可瞧瞧！格里什卡，你真有福气呀！你和一位真正的将军同坐一桌啦！真不得了！”潘捷莱·普罗柯菲耶维奇十分感动地看着儿子，高兴得咂了咂舌头。

格里高力笑了笑。他怎么也不能分享老头子那天真的狂喜心情。

格里高力郑重地问起牲口和财产是不是都保住了，粮食损失了多少，但是他发觉，父亲对于谈家务事，不像以前那样感兴趣了。老头子脑子里有更重要的事，有事情使他放不下心来。

而且他很快就把心事说了出来：

“格里什卡，现在怎么办呀？难道还要再去当差吗？”

“你这是说的谁?”

“说的是老头子们,比如,就说我吧。”

“眼下还不知道。”

“这么说,还要出去吗?”

“你可以留下来。”

“你这话才对!”潘捷莱·普罗柯菲耶维奇高兴得叫起来,并且兴奋得一瘸一拐地在厨房里走起来。

“你坐下吧,瘸鬼!别蹚得满屋子都是灰!一高兴起来,就到处乱跑,像一条坏狗!”伊莉尼奇娜厉声喝道。

但是老头子丝毫没有理会她的吆喝。他从桌子到炉灶来来回回走了好几趟,一面笑一面搓着手。这时候他提出一个疑问。

“你就能放我回家吗?”

“当然,我能。”

“可以出证明吗?”

“当然可以!”

老头子犹豫了一会儿,但还是问道:

“证明这玩意儿,怎么弄法呢?……没有印啊。莫非你带着印吗?”

“没有印也行!”格里高力笑了笑。

“噢,那就没什么说的啦!”老头子又高兴起来。“上帝保佑你健康!你想什么时候动身?”

“明天。”

“你的队伍开到前面去了吗?是上大熊河河口去了吧?”

“是的。爹,你不用为自个儿担心。反正不久就要把像你这样的老头子都放回家来。你们服役已经服够啦。”

“上帝保佑!”潘捷莱·普罗柯菲耶维奇画了一个十字,看样子,他完全放下心来了。

两个孩子醒了。格里高力把他们抱起来,放在自己的两个膝盖上,轮流亲着他们,笑着,听他们高高兴兴地唠叨了半天。

孩子们的头发气味太好闻了!这里面有太阳气味、青草气味、暖和和的枕头气味,还有一种无限亲切的气味。他们——这都是他的亲骨肉——就像是两只草原上的小鸟儿。抱着他们的父亲的两只大黑手显得多么笨拙呀。他这个暂离鞍马一昼夜的骑士,浑身都是冲鼻子的当兵人气味和马汗气味,还有苦涩的风尘气味和皮带气味——处在这个和平的小天地里,显得多么格格不入呀……

格里高力的眼睛蒙上一层云雾般的眼泪,嘴唇在胡子底下哆嗦着……他有三四次没有回答父亲的问话,直到娜塔莉亚拉了拉他的军便服袖子,他才朝桌子走去。

不对了,不对了,格里高力完全不是原来那个格里高力了!他从来就不是那么容易动感情的人,就连小时候他都很少哭。可是现在,这眼泪,这低沉的、不住的心跳,这喉咙里好像有一口无声的钟在撞击的感觉……不过,这一切也许是因为,他昨天夜里喝多了,而且一夜没有睡吧……

把牛赶进牧场的妲丽亚回来了。她把两片笑盈盈的嘴唇向格里高力伸去,格里高力用开玩笑的姿势捋了捋胡子,把脸凑到她跟前,她就闭上了眼睛。格里高力看见,她的睫毛就像被风刮得似的,哆嗦了几下,有一刹那他闻到她那丰润的腮上的雪花膏香味。

可是你瞧,妲丽亚还是原来那个妲丽亚。看样子,不论什么样的痛苦,不仅不能摧折她,而且也不能把她压弯在地上。她生在人世上,就像红柳条儿:又柔软,又美丽,人人都可以和她亲近。

"你还是这样漂亮吗?"格里高力问。

"就像路边的闹羊花!"妲丽亚眯缝起亮闪闪的眼睛,嫣然一笑。她马上走到镜子前面,撩了撩从头巾里耷拉下来的头发,打扮起来。

妲丽亚就是这个样子,这是没有办法的。彼特罗的死好像抽了她一鞭子,但是她痛苦过一阵子以后,刚刚回过神来,就更加贪恋生活,更注意修饰自己的容貌了……

把睡在仓房里的杜尼亚叫醒了。做过祷告,全家人就围着桌子坐下来。

"哎呀,你老了嘛,小哥!"杜尼娅怜惜地说。"灰沉沉的模样儿,就像狼一样。"

格里高力不说话也不笑,隔着桌子看了看她,然后才说:

"我就应该是这样。我该老啦,你也到了该找对象的时候……不过有一点我要告诉你:从今以后,你对米沙·柯晒沃依连提都别提。如果我听到你以后还想他,我就踩住你一条腿,抓住另一条腿,像撕一只蛤蟆一样,就这么一撕!懂吗?"

杜尼娅的脸一下子红了,红得像罂粟花一样,她含着眼泪看了看格里高力。

他一直用恨恨的目光盯着她,在他的一张发了狠的脸上——从他的胡子底下龇出来的牙齿上,从眯缝起来的眼睛里——更加明显地流露出麦列霍夫家的人生来就有的蛮劲儿。

但是杜尼娅也是麦列霍夫家生的:她在一阵害羞和委屈之后,定下心来,声音虽小然而很果断地说:

“小哥,您知道吗?一个人的心,是没法子改变的呀!”

“心要是不肯改变,就该把这样的心挖出来。”格里高力冷冷地说。

“孩子,这话可不是你应该说的……”伊莉尼奇娜在心里说。

但是这时候潘捷莱·普罗柯菲耶维奇插嘴了。他用拳头在桌上一擂,吼叫起来:

“你这狗丫头,给我住嘴!要不然我就把你的心治一治,把你的头发揪光!你这下流东西!我这就去拿缰绳……”

“爹!咱们家连一根缰绳都没有啦,全叫抢走啦!”妲丽亚带着恭顺的神情截住他的话。

潘捷莱·普罗柯菲耶维奇气势汹汹地瞪了她一眼,声音仍然没有放低,继续发作起来:

“我去拿马肚带,我要把你他妈的……”

“马肚带也叫红党拿走啦!”妲丽亚依然用天真的目光看着公公,不过声音已经大些了。

这一下子潘捷莱·普罗柯菲耶维奇忍不住了。他气得憋红了脸,一声不响地张着大嘴(这时候他很像一条从水里拖出来的青鱼),对儿媳妇看了一会儿,然后声嘶力竭地嚷道:

“住嘴,该死的东西,我日你八辈祖宗!连话都不叫人说!这算怎么回事儿?你,杜尼娅,给我记住:不准有这种事!这是我当老子的对你说的!格里高力说的对:你要是还想那个坏小子,就把你宰了也不多!偏要找上那家伙!偏要叫那个千刀万剐的家伙迷住心窍!那还算是人吗?能叫这样的坏家伙做我的女婿?!这会儿他要是落在我手里,我要亲手把他宰了!你试试看,我去拿树条子,好好抽你一顿……”

“你就是大白天打着灯笼也别想在院子里找到树条子,”伊莉尼奇娜叹着气说,“你就是在院子里跑遍了,连一根生火的小树枝儿也找不到。这过的是什么日子呀!”

潘捷莱·普罗柯菲耶维奇把这番毫无用心的老实话也当做别有用意的。他眼睛一眨也不眨地看了看老伴儿,就像疯子一样跳起来,跑到院子里去了。

格里高力扔下调羹,用手巾捂住脸,不出声地大笑起来,笑得直打哆嗦。他的火气过去了,他笑得很开心,很久没有这样笑过了。除了杜尼娅,大家都在笑。

饭桌上高高兴兴,热闹起来。但是台阶上一响起潘捷莱·普罗柯菲耶维奇的脚步声,大家的脸马上都板了起来。老头子像一阵旋风似的冲了进来,身后拖着一根老长的赤杨树棒子。

"有啦!有啦!足够你们这些该死的长舌头娘们儿受用的啦!你们这些长尾巴妖精!……没有树条子吗?这是什么?你这老妖婆,也要抽你一顿!你们都来给我试试吧!……"

树棒子长得进不了厨房,撞翻了一口铁锅以后,老头子砰的一声把树棒子扔在过道里,他就呼哧呼哧喘着粗气,坐到饭桌前。

他的心情显然坏透了。他哼哧哼哧,一声不响地吃着饭。其余的人也都不做声。妲丽亚看着桌子,不敢抬眼睛,生怕笑出声来。伊莉尼奇娜叹着气,声音极小地说:"啊,主呀,主呀,我们的罪过太重啦!"只有杜尼娅一个人没有心思笑,还有娜塔莉亚,老头子不在的时候她不大自然地笑过一阵,后来就又是一副聚精会神和伤感的样子了。

"拿点儿盐来!拿面包来!"潘捷莱·普罗柯菲耶维奇用一闪一闪的眼睛瞟着家里人,偶尔用威严的腔调吼两声。

这场家庭口角结束得十分出人意料。在大家都不做声的时候,米沙特卡又挑了挑爷爷的怒火。米沙特卡经常听到奶奶在吵架的时候用各种各样难听的话骂爷爷,这一回他看见爷爷要打大家,而且对着一家人嚷嚷,小小的心里就十分生气,于是他哆嗦着鼻孔,忽然十分响亮地说:

"你嚷嚷什么,瘸鬼!该拿棍子敲你脑袋,叫你别再吓唬我们和奶奶!……"

"你这是说我……说爷爷……是吗?"

"就是说你!"米沙特卡毫不含糊地承认说。

"可以对自己的爷爷……说这样的话吗?!……"

"那你干吗要嚷嚷?"

"这小东西成什么样子了?"潘捷莱·普罗柯菲耶维奇捋着大胡子,惊愕地扫了大家一眼。这些话都是从你这老妖婆嘴里听来的!全是你教的!"

"谁又教他来?这个野东西完全像你和他爹!"伊莉尼奇娜气呼呼地辩白说。

娜塔莉亚站起来,打了米沙特卡一耳光,教训说:

"不许这样和爷爷说话!不许这样!"

米沙特卡把脸扎到格里高力两个膝盖中间,大哭起来。可是潘捷莱·普罗柯菲耶维奇非常心疼孙子,他从桌边跳起来,流下眼泪,也不去擦顺着胡子往下直淌的泪水,高高兴兴地大叫起来:

“格里什卡！我的好儿子！你妈有眼力！老奶奶说的话很对！是咱们家孩子！是麦列霍夫家生的！……是不是咱们家的，这一下子就看出来啦！……这小厮谁也不含糊！……好孙子！我的好孩子！……来，来打我这个老浑蛋，想怎么打就怎么打！……揪老浑蛋的胡子！……”于是老头子从格里高力手里接过米沙特卡，把他高高地举到头上。

吃完早饭，大家都离了饭桌。妇女们去洗碗碟，潘捷莱·普罗柯菲耶维奇就抽起烟来，对格里高力说：

“有一点事儿不大好对你说，因为你是客人，不过没有法子……你帮我栽栽篱笆，把场院围起来，要不然什么都糟蹋完啦，如今又不好去求外人。大家的家业都糟蹋得够戗。”

格里高力高高兴兴地答应了，于是两个人一块儿修补起篱笆，整个上午都在干活儿。

老头子一面在菜园里栽篱笆桩子，一面问道：

“不知哪一天才动手割草，我不知道要不要买点儿草。这家业方面的事，你看怎么办？值不值得操心？也说不定，过一个月，红军又来，到那时候什么都是他妈的白干一场吧？”

“爹，我不知道，”格里高力坦白地说，“我不知道这局面会怎么样，不知道谁会打败谁。就这样过下去吧，囤里用不着有多余的粮食，栏里用不着有多余的牲口。如今这种年月，什么东西都没有意思。就拿我丈人来说吧，操劳了一辈子，发了财，耗费了自己的血汗，也耗费了别人的血汗，到头来又剩下什么呢？院子里只剩下一片焦土！”

“伙计，我也是这样想。”老头子压下一声叹息，附和说。

他再也没有谈家业方面的事。到了下午，他看到格里高力一个人很细心地在安装场院的小门，就带着懊恼和明显的伤心意味说：

“马马虎虎安上去算啦，干吗要费那么大的劲儿？这门又不能管一辈子！”

看样子，到现在老头子才认识到自己想叫日子照老样子过下去是白费心机……

太阳快要落山的时候，格里高力扔下活儿，朝房里走去。娜塔莉亚一个人在上房里。她打扮得漂漂亮亮的，就像要过节一样。她系着一条蓝呢裙子，穿一件天蓝色绸褂子，胸前绣着一朵花，袖口还镶着花边，穿在身上显得很协调。她的脸泛着一层淡淡的粉红色，并且因为刚刚用胰子洗过脸，所以有点儿发亮。她正在柜子里找东西，但是一看见格里高力，就把盖子放下，笑盈盈地站起来。

格里高力坐在柜子上，说：

“你来坐一会儿，要不然我明天就要走，咱们就不能说话儿啦。”

她顺从地挨着他坐下来，用多少有点儿害怕的眼睛从旁边看了看他。可是出乎她的意料，他抓住她的一只手，很亲热地说：

“你不瘦嘛，就好像没有生过病。”

“复原啦……我们女人都像猫一样，不容易死。”她羞怯地笑着，低着头说。

格里高力看到她那长着一层茸毛的淡红色的耳朵和后脑勺上头发缝儿里的黄黄的皮肤，就问道：

“掉头发啦？”

“差不多都掉光啦，掉得快成秃子啦。”

“我现在来给你剃剃头，好吗？”格里高力忽然自告奋勇说。

“哎哟！”她害怕地叫道。“那我像什么啦？”

“要剃一剃，要不然头发不肯长。”

“妈妈说要用剪子给我剪呢。”娜塔莉亚不好意思地笑着说，一面很麻利地把一块漂得雪白的头巾披在头上。

她跟他在一块儿了，这是他的妻子，是米沙特卡和波柳什卡的母亲。她打扮得漂漂亮亮，把脸洗得干干净净，都是为了他。她急急忙忙披上头巾，不叫病后很难看的头露出来，她把头微微朝一旁歪着，坐在他旁边，显得十分可怜，样子不美，然而闪耀着一种纯洁的内心美，因此还是很美的。她总是穿高领衣服，为的是不叫他看到当年毁坏了她的脖子的伤疤。这一切都是为了他……一股柔情的激浪冲进格里高力的心里。他想对她说几句温柔、亲热的话儿，但是找不到话儿，就一声不响地把她搂到怀里，吻了吻她那白白的、饱满的额头和忧郁的眼睛。

说实话，他对她还从来没有这样爱怜过呢。阿克西妮亚使她的整个生活失去了光彩。丈夫这种真挚的疼爱使她十分感动，她激动得一张脸通红，抓住他的一只手，放到自己的嘴上。

他们一声不响地坐了一会儿。落日的红光射进上房。孩子们在台阶上嚷嚷。可以听见，妲丽亚在从炉膛里往外掏烤得烫手的铁罐子，她很不满意地对婆婆说：“您恐怕不是天天挤奶。那头老牛出奶少啦……”

牲口从牧场上回来了。老牛哞哞地叫着，孩子们甩得马尾编成的鞭子劈劈啪啪直响。村里的一头公用公牛沙哑地、时断时续地吼着。它那光滑的胸前垂肉和平平的脊梁被牛虻咬得血糊糊的。公牛恶狠狠地摇晃着脑袋；它走着走着，用两只短短的、叉得宽宽的角把阿司塔霍夫家的篱笆牴了一下，把篱笆牴倒，又

朝前走去。娜塔莉亚从窗户里望了望,说:

“这公牛也跑到顿河那边去了呢。妈妈说:村子里枪声一响,这牛就从河边泅水过了顿河,后来就一直躲在河湾里。”

格里高力没有做声,他沉思起来。为什么她的眼神这样忧郁呢?而且这一双眼睛里还有一种神秘的、不可捉摸的东西,忽而出现,忽而消失。她在高兴的时候也这样忧郁,有点儿不可理解……也许,他和阿克西妮亚在维奥申的事,她听说了吧?终于他问道:

“你今天脸色怎么这样阴沉?你心里觉得怎样,娜塔莎?你说说,好吗?”

他以为她一定会流眼泪,会责备他……但是娜塔莉亚惊骇地回答说:

“没有,没有,你觉得是这样,可是我没什么……当然,我身体还没有完全复原。头有点儿晕,低头或者抬头,眼里就发黑。”

格里高力用探询的目光看了看她,又问道:

“我不在家,你没有出什么事儿吧?……没有人怎么样你吧?”

“没有,瞧你说的!我一直在生病嘛。”她理直气壮地看了看格里高力,甚至微微笑了笑。她沉默了一会儿,问道:“明天一早你就动身吗?”

“天一亮就走。”

“再住一天不行吗?”娜塔莉亚的口气中带着没有把握的、微弱的希望。

但是格里高力摇了摇头,表示不行,于是娜塔莉亚叹着气说:

“你现在要……戴肩章了吧?”

“要戴啦。”

“好,那你把衣服脱下来,趁现在还看得见,我给你缝上。”

格里高力嗯了一声,把军便服脱下来。军便服上的汗还没有干。衣服的背上和肩上,被武装带磨得光溜溜的地方,有不少黑黑的湿印子。娜塔莉亚从柜子里找出晒退了色的绿肩章,问道:

“是这个吧?”

“就是的。你还收着吗?”

“我们把柜子埋起来啦。”娜塔莉亚一面往针眼儿里穿线,一面嘟哝着说;她又偷偷地把落满尘土的军便服贴在脸上,使劲儿闻了闻那种异常亲切的咸咸的汗味儿。

“你这是干什么?”格里高力惊异地问道。

“这上面有你身上的味儿……”娜塔莉亚忽闪着眼睛说了一句,就低下头去,想掩饰脸上忽然出现的红晕,接着就很快地缝起来。

格里高力穿上军便服,皱起眉头,耸了耸肩膀。

“你戴上肩章更好看!”娜塔莉亚带着掩饰不住的欢喜神情望着丈夫说。

但是他侧眼朝自己的左肩看了看,叹了一口气,说:

“顶好一辈子别看见肩章。你什么也不懂!”

他们又在上房里的柜子上坐了很久,手拉着手,一声不响地各自想着心事。

后来,天黑下来,房屋的浓浓的雪青色阴影投在冷下来的土地上,他们便到厨房里去吃晚饭。

一夜过去。旱闪一直在天空飞掣到黎明时候,夜莺在樱桃园里一直唱到东方发白。格里高力醒来,闭着眼睛躺了很久,倾听着夜莺那清脆悦耳的歌声,后来,为了尽量不惊醒娜塔莉亚,轻轻地起来,穿上衣服,来到院子里。

潘捷莱·普罗柯菲耶维奇喂过了战马,又很殷勤地说:

“趁现在还没有动身,我牵去洗洗好吗?”

“不用啦。”格里高力因为清晨的潮气冰人,缩了缩脖子,说。

“睡得还好吗?”老头子问道。

“睡得好极啦!就是夜莺把我吵醒啦。吵了一夜,真倒霉!”

潘捷莱·普罗柯菲耶维奇把马料袋从马脖子上摘下来,笑着说:

“伙计,夜莺就是干这种事儿的嘛。有时候你还要羡慕这些自由自在的鸟儿呢……鸟儿不怕打仗,也不怕倾家荡产……”

普罗霍尔骑着马来到大门口。他的脸刮得光光的,仍然和往常一样,高高兴兴,有说有笑。他把马拴在桩子上,朝格里高力走来。他的帆布褂子熨得平平整整的。肩上戴着崭新的肩章。

“你也戴上肩章啦,格里高力·潘捷莱维奇?”他边走边嚷道。“这该死的玩意儿,放了好久啦!这会儿咱们怎么都戴不坏啦!直到死都够戴的啦!我对我老婆说:‘浑蛋娘们儿,你别缝死了!稍微连上一点儿,只要别叫风吹掉就行!’要不然咱们的事儿可难说!万一落到红军手里,他们凭肩章马上就能认出来,虽然我不是军官级别,可也总是一个上士。他们会说:‘你这坏家伙,你当差有两下子,伸脖子挨刀一定也有两下子!’看见吗,我的肩章是怎样缝上的?多有意思!”

普罗霍尔的肩章确实缝的是活针,勉勉强强连在肩上。

潘捷莱·普罗柯菲耶维奇哈哈大笑起来。在他那灰白色的胡子底下,龇出亮闪闪的、一个也没有掉的满嘴白牙。

“瞧你这个当兵的!恐怕一有什么,你就把肩章扯掉吧?”

“你以为怎样呢?”普罗霍尔嘿嘿地笑了笑。

格里高力笑着对父亲说：

“爹，你看见吗，我找的传令兵多好啊？要是和他一块儿遇上危险，那就完啦！”

“不过，格里高力·潘捷莱维奇，就像俗话说的……你死了，我也活不成啊。”普罗霍尔辩白说。他轻轻地把肩章扯下来，掖到口袋里。“等咱们到了前线上，再缝上也不晚。”

格里高力匆匆吃过早饭，就和家里人告别。

“圣母娘娘保佑你吧！”伊莉尼奇娜亲着儿子，十分激动地嘟哝着。“只剩下你这一个儿子啦……”

“好啦，送得越远，流的眼泪越多。再见吧！”格里高力用哆哆嗦嗦的声音说过这话，便走到马跟前。

娜塔莉亚把婆婆的一条黑头巾披在头上，走出大门。两个孩子拉住她的裙子下摆。波柳什卡不住声地大哭着，哭得上气不接下气，央求妈妈说：

“别叫他走呀！别叫他走呀，妈妈！打仗会打死他呀！爹，你别去吧！”

米沙特卡的嘴唇哆嗦着，但是他决不哭。他很勇敢地控制着自己，气哼哼地对妹妹说：

“别胡说，浑蛋东西！打仗又不是把所有的人都打死！”

他牢牢记着爷爷的话：哥萨克从来不哭，哥萨克哭——是最大的耻辱。但是等父亲已经骑在马上，把他抱到鞍上，亲他的时候，他十分惊讶地看到，父亲的眼睫毛湿了。这时候米沙特卡也经受不住考验了：他的眼泪像雹子一样哗哗落起来！他把脸藏到父亲的束了皮带的胸前，叫道：

“叫爷爷去打仗好啦！我们要他干什么？……我不叫你去！”

格里高力小心翼翼地把儿子放在地上，用手背擦了擦眼睛，就一声不响地催动了战马。

有多少次，战马用铁蹄踹着自家台阶前的土地，急转过身去，驮着他顺着大道，或者走没有路的草原，奔向战场，奔向那可怕的死神等候着哥萨克，如哥萨克的歌中所说的，“每日、每时都有恐怖和苦难”的地方，可是不管哪一次，格里高力都没有像在这个可爱的早晨一样，怀着如此沉重的心情离开自己的村庄。

他怀着一种模模糊糊的不好的预感、重重的担心和苦恼心情，把缰绳扔在鞍头上，头也不回地一直走到冈头上。在一个十字路口，一条土路拐向风车的地方，他回头看了看。娜塔莉亚一个人站在大门口，清新的晨风好像要把那条黑黑的、像孝巾一样的头巾从她手里夺走。

* * *

清风吹送着白云，在高高的蓝天上飘呀，飘呀。波浪状的天边上，晃动着一股一股的蜃气。两匹马一步一步地走着。普罗霍尔在马上摇摇晃晃地打着盹儿。格里高力咬紧牙齿，频频地回头看。起初他看到绿色的柳树顶，看到银光闪闪、像一条很别致的弯弯曲曲的带子似的顿河，看到缓缓扇动的风车翅膀。后来大道向南伸去。河边滩地、顿河、风车……都隐藏到践踏得乱糟糟的庄稼后面去了。格里高力嘴里吹着一支歌曲，眼睛牢牢盯住冒出一层小小汗珠儿的金红色马脖子，已经不再在马上转身回头看了……“打就打吧，去他妈的！以前在旗尔河上打过，在顿河上也打过，今后还要在霍派尔河上打，在大熊河上打，在布祖卢克河上打。不管在哪儿叫敌人的子弹打倒在地上，归根到底还不都是一样？”他心里想。

九

战斗在大熊河河口镇附近进行。格里高力从夏天的小路上了将军大道，就听见低沉的炮声。

在大道上到处可以看到红军部队仓促撤退的迹象。扔掉的大小车辆非常多。在马特维耶夫村外的洼地里还扔下一辆炮车，炮轴已经被炮弹打坏，摇架也歪了。炮车上的马套被斜斜地砍断。在离洼地半俄里的一片碱地上，在矮矮的、晒得发烫的草丛里，密密麻麻地躺着许多战士的尸体，都穿着草绿色制服，打着裹腿、穿着笨重的、钉了铁掌的皮鞋。这都是被哥萨克的马队追上来砍死的红军。

格里高力从旁边走过，看到那皱起来的衣服上连成片的干血，看到尸体那横七竖八的样子，很容易就断定了这一点。这些尸体就像割倒的草一样。看样子，只是因为没有停止追击，哥萨克们才没有剥掉他们的衣服。

在一丛山楂树棵子旁边，仰面朝天躺着一个被打死的哥萨克。他那叉得宽宽的裤腿上镶着红红的裤缘。不远处躺着一匹被打死的浅棕色的马，身上还带着一副旧马鞍，鞍架子是上了赭黄色漆的。

格里高力和普罗霍尔的马都走累了。应该喂喂马了，但是格里高力不愿意在不久前发生过战斗的地方停留。他又走了有一俄里，走进一条小峡谷，勒住马。不远处有一个水塘，堤堰已经完全冲坏了。普罗霍尔走到边上的泥土已经干裂的水塘边，但是马上又转了回来。

“你又怎么啦?”格里高力问道。

“你去瞧瞧吧。”

格里高力夹了夹马，走到塘边。冲出的一条沟里躺着一个被打死的女子。她的脸用蓝裙子的下摆蒙着。两条丰满的白腿毫不害羞地叉得宽宽的，腿肚子晒得黑黑的，膝盖上还有窝儿。左胳膊被拧到了脊背底下。

格里高力急忙下了马，摘下帽子，弯下身去，把那女子的裙子拉拉好。那张黑黑的年轻的脸死后还是很美。在疼得弯起来的两道黑眉毛下面，半闭起的两只眼睛还闪着微弱的光。样子很温柔的嘴微微张着，咬得紧紧的两排细牙亮得像珍珠一样。细细的一绺头发遮住紧紧贴在青草上的一边腮帮子。死神已经在腮帮子上投下暗淡的橙黄色阴影，忙忙碌碌的蚂蚁正在上面爬。

“狗崽子们害死一个多么漂亮的娘们儿!”普罗霍尔小声说。

他沉默了一会儿，后来狠狠地啐了一口。

“我要把这些……得便宜的家伙都枪毙！天啊，咱们快离开这儿吧！我不能再看她。我心里受不了!”

“咱们是不是把她埋了?”格里高力问。

“咱们怎么，要包埋所有的死人吗?”普罗霍尔生气了。“在亚戈德庄上埋了一个老头子，到这儿又要埋这个娘们儿……咱们要是见了死人就埋，手上的趼子还不知要磨多厚呢！再说，拿什么来挖坟呢？老兄，马刀可是挖不出坟的，这土地晒硬有一俄尺厚。”

普罗霍尔急急忙忙上马就走，靴尖好不容易插进马镫。

他们又走上高地，这时候，一个劲儿想着心事的普罗霍尔问道：

“怎么样，潘捷莱维奇，流血还没有流够吗?”

“差不多啦。”

“你的意思是说,这仗快打完了吗?”

“等他们把咱们打败了,就算是打完啦……”

“这么一来,快活日子就到啦,就他妈的高兴高兴吧!就叫他们快点儿把咱们打败吧。以前在俄德战争时候,有人不愿当兵,砍断自己一根手指头,就把他放回家啦,可是如今,就是把一只手砍掉,还是要当兵。一只手的都要,瘸子也要,独眼龙也要,害小肠的也要,什么样的家伙都要,只要两条腿能走动就行。难道这场仗能随随便便结束吗?这些人他妈的统统都会被打死!”普罗霍尔灰心绝望地说;他走下大路,下了马,小声嘟哝着,动手解马肚带。

* * *

夜里,格里高力来到离大熊河口镇不远的河湾村。第三团布置在村边上的岗哨拦住了他,但是哥萨克们从声音上辨别出是自己的师长后,就回答格里高力的问话说,师部就驻扎在这个村子里,参谋长考佩洛夫中尉正在焦急地等着他呢。喜欢说话的哨长还派一个哥萨克送格里高力上司令部去;最后又说:

“他们筑的工事太结实啦,格里高力·潘捷莱维奇,恐怕咱们不能很快把大熊河口拿下来。以后,当然,谁又知道呢……咱们的兵力也很充足嘛。听说,好像英国军队从莫罗佐夫斯克开来啦。您没有听说吗?”

“没有。”格里高力夹了夹马,回答说。

师部占用的房子的所有护窗都关得紧紧的。格里高力以为房子里没有人,但是一进走廊,就听见低沉而热烈的说话声。他从黑漆漆的夜幕下走进上房里,天花板上的一盏大灯照得他的眼睛发花,浓烈呛人的黄烟烟气往鼻子眼儿里直钻。

“你到底来啦!”考佩洛夫从缭绕在桌子上方的灰色烟云中钻出来,高兴地说。“老兄,我们等你等得急死啦!”

格里高力和在场的人打过招呼,脱掉大衣,摘下帽子,朝桌边走去。

“瞧你们抽的这烟气!叫人连气都不能喘啦。你们把窗子关得死死的,哪怕开开一扇也好呀!”他皱着眉头说。

坐在考佩洛夫旁边的哈尔兰皮·叶尔马柯夫笑着说:

“我们闻惯了,就不觉得啦。”他用胳膊肘捣破窗玻璃,使劲把护窗推开。

一股新鲜的夜间空气冲进屋子。灯火亮了一下,就灭了。

“太不爱惜东西啦！干吗你要把玻璃捣破？”考佩洛夫不满意地说，一面在桌上摸索着。“谁有火柴？小心点儿，地图旁边有墨水。”

点上灯，又关上一扇护窗，于是考佩洛夫急急忙忙开口说：

“麦列霍夫同志，今天前线上的情况是这样：红军在坚守大熊河口镇，从三面掩护这个镇，兵力大约有四千人。他们的大炮和机枪都很多。他们在教堂附近和别的许多地方都挖了战壕。顿河旁边的一些高地全叫他们占住了。就是说，他们的阵地虽然不能说是铁打的，但无论如何也是很难攻破的。咱们这方面，除了菲次哈拉乌洛夫将军的一个师和两支军官突击队以外，全部开到的就是包加推廖夫的第六旅和咱们第一师了。不过咱们师还未到齐，步兵团还没有到，这个团还在霍派尔河口镇附近，骑兵倒是全到啦，不过各连的人数都差得太多。”

“比如说，我这一团的第三连只有三十八个哥萨克。”第四团团长杜达列夫准尉说。

“以前呢？”叶尔马柯夫问道。

“以前有九十一人。”

“你怎么能容许解散一个连呢？你算是个什么团长？”格里高力皱着眉头，用手指头敲着桌子，问道。

“谁他妈的能拦住他们？他们都回村子看自己的家去啦。不过现在正陆续归队，今天就回来三个。”

考佩洛夫把地图推到格里高力面前，用小指头指着各部所在的位置，继续说：

“咱们还没有发起进攻。只有咱们的第二团昨天在这个地段徒步进攻了一下，但是失败啦。”

“损失大吗？”

“根据团长的报告，他手下昨天共伤亡二十六人。要说双方的兵力，那我们是占优势的，但是我们的机枪少，炮弹不够，无法掩护步兵进攻。他们的军需处长答应过，只要一运到，就拨给咱们四百发炮弹、十五万发子弹。可是什么时候才能运到呀！但是明天就要进攻，这是菲次哈拉乌洛夫将军的命令。他要我们拨一个团去支援突击队。他们昨天冲锋了四次，受的损失很大。打得非常激烈！所以，菲次哈拉乌洛夫提出要加强右翼，把进攻的重点转移到这儿来，看见吗？这儿地势好，可以在一百到一百五十丈距离内接近敌人的战壕。哦，他的副官刚刚才走。他是来传达口头通知，叫咱们明天早上六点钟去开会，商谈共同行动的问题。菲次哈拉乌洛夫将军和他的师部现在就驻扎在大谢宁村。总的目的是，要在敌人的援军从谢布里亚科沃车站开到以前,迅速把敌人打垮。在顿河那边,咱们的军队推进得不怎么快……第四师渡过了霍派尔河,但是红军派出强大的阻截部队,死死地拦住去铁路线的道路。现在红军在顿河上搭了一座浮桥,正在匆匆忙忙从大熊河口镇往外运弹药和武器。”

“哥萨克们都在说,好像协约国的军队开来啦,是真的吗?”

“是有消息说,英国的几支炮兵连和好几辆坦克从车尔尼雪夫镇开来啦。不过有一个问题:他们怎么能让这些坦克渡过顿河呢? 依我看,关于坦克的话是谣言! 坦克的事已经说了很久了嘛……”

上房里静了老半天。

考佩洛夫解开深棕色的军官制服,用两手托住长满栗色胡楂子的鼓鼓的两腮,若有所思地衔着已经熄灭的纸烟吧咂了半天。他那两只离得很远的、圆圆的黑眼睛疲倦得眯缝起来,因为连夜不能睡觉,他那张很漂亮的脸显得十分憔悴。

考佩洛夫以前是教区小学的教员,星期天就到买卖人家里去串串门儿,和女主人调调情,和买卖人打打小牌,弹吉他弹得很好,是一个又风流又随和的年轻小伙子;后来和一个年轻女教员结了婚,本来可以这样在镇上生活下去,一直干到退休,但是战争一来,征集他去服兵役了。他在士官学校毕业以后,被派到西部战线一个哥萨克团里去了。战争没有改变考佩洛夫的性格和外表。他那矮矮的、胖乎乎的身材,那张和善的脸,那挎刀的姿势,他对待下级的态度,都流露着和蔼可亲和很容易接近的意味。他的声音中没有生硬的命令口气;说起话来不像很多军人那样干巴巴的;军服穿在他身上,显得又肥又大;他在战场上过了三年,一直都没有学会那种挺胸傲立的姿势;他身上的一切,都显示着他是一个偶然来到战场上的人。他不大像一个真正的军官,倒像一个穿了军官服的肥胖的普通人,但是,尽管是这样,哥萨克们却都很尊重他,在师部的会议上大家都很注意听他的话,暴动军的指挥官们都很看重他的清醒的头脑、谦逊的性格和那种平时不外露、但在战斗中不止一次表现出来的勇气。

在考佩洛夫以前,格里高力的参谋长是一个不识字也没有本事的少尉克鲁希林。他在旗尔河上的一次战斗中阵亡了,于是考佩洛夫担任了参谋长,把事情办得稳稳当当,清清楚楚,井井有条。他坐在师部里制订作战计划,就像当年批改学生作业那样,又认真又细致,但是在必要的时候,只要格里高力说一声,他就扔下师部的工作,骑上马去,指挥起一个团,带领这个团去作战。

格里高力起初对新参谋长有些偏见,但是过了两个月,对他有了进一步的了解。有一次打过仗以后,格里高力很直率地说:“考佩洛夫,我以前把你想得很坏，现在我看出来，是我错啦，请你多多原谅。”考佩洛夫笑了笑，一句话也没有说，但是他听了这粗率的表白，显然非常高兴。

考佩洛夫不想升官发财，也没有什么固定的政治见解，他把战争看做无法逃脱的灾难，也不指望战争结束。就是现在，他也根本不考虑如何去攻占大熊河口镇，而是想起家里人，想起家乡，心想，能够请上个把月的假回家去看看，倒也不坏……

格里高力看了考佩洛夫半天，后来站了起来。

“好啦，各位长官弟兄们，咱们各自去睡觉吧。怎样拿下大熊河口的问题，用不着咱们伤脑筋。现在有将军们替咱们考虑和决定问题啦。明天咱们上菲次哈拉乌洛夫那儿去，叫他来教导教导咱们这些可怜虫呢……至于第二团，我是这样想的：既然咱们现在还有权，马上就把杜达列夫团长降级，取消他的一切军衔和勋章……”①

“还要取消他的一份伙食。”叶尔马柯夫插嘴说。

“不行，别开玩笑，”格里高力继续说，“马上就把他降为连长，派哈尔兰皮去担任团长。叶尔马柯夫，你马上就去，把这个团接下来，明天早晨等候我们的命令。撤换杜达列夫的命令马上由考佩洛夫写好，你随身带去。我看，杜达列夫不干了。他妈的他什么都不懂，别叫他再带着哥萨克去挨打啦。步兵作战就是这么回事儿……如果团长是个饭桶，就很容易损失人。”

“很对。我赞成撤换杜达列夫。”考佩洛夫表示支持。

“你怎么，叶尔马柯夫，你反对吗？”格里高力看出叶尔马柯夫脸上有一点儿不高兴的神气，就问道。

“没有呀，我没有什么。我连眉毛都不能动动吗？”

“那就好。叶尔马柯夫不反对。他的骑兵团暂时交给里亚布契柯夫。米海依洛·格里高黎奇，你写好命令，就睡吧。六点钟就要起床。咱们上那位将军那儿去。我要带四名传令兵。”

考佩洛夫惊愕得扬起眉毛，说：

“干吗要带这么多传令兵？”

“壮壮声势呗！咱们也不是草包，也带领着一师人嘛。”格里高力笑着耸了耸肩膀，披上大衣，就朝门口走去。

---

① 上文中说杜达列夫是第四团团长，此处又说是第二团团长，显然有误。原文各种版本都是这样。

他在棚子底下铺上马衣，没有脱靴袜，也没有脱大衣，就躺了下来。院子里有几个传令兵嚷嚷了很久，不远处有几匹马打着响鼻，有规律地咀嚼着。可以闻到干马粪的气味和白天晒热了、现在还没有冷下去的土地气味。格里高力曚眬中听见传令兵们的说话声和笑声，听见其中有一个，从声音上判断，是个年轻小伙子，一面上马鞍，一面叹着气说：

“唉，伙计们，真够戗啊！深更半夜里，还要送公文，觉又睡不成，又不得安宁……你给我站好，鬼东西！抬腿！把腿抬起来，鬼东西！……”

另外有一个传令兵用低沉的伤风嗓门儿小声唱了几句：

“当兵这事儿，叫我们厌透啦，烦透啦。把我们的骏马折腾够啦……”又改用普通的急促的央求腔调说：“普罗霍夫，给点儿烟末子吧！你真是小气鬼！我在别拉文还送你一双红军的皮鞋呢，你忘啦？你这家伙！要是别人得到这样的皮鞋，一辈子都忘不了，可是你连一把烟末子都舍不得！”

马嚼子在马牙齿当中丁丁当当直响。那匹马尽力吸了一口气，便朝前走去，马掌踩在像石头一样干硬的土地上，发出清脆的嘚嘚声。“大家都在说呢……当兵的事儿，叫我们厌透啦，烦透啦。”格里高力微微笑着，重复了一遍，马上就睡着了。他一睡着，就做起梦来，这样的梦他以前也做过的：红军的散兵线在褐色的田野上，踩着高高的庄稼茬子前进。最前面一道散兵线长得看不到头。后面还有六七道散兵线。在一片使人焦急的寂静中，进攻的人越走越近了。一个个黑色的人影越来越高，越来越大，已经可以看见，许多头戴双耳皮帽的人一声不响地张着嘴，跌跌撞撞地快步往前进，前进，渐渐进入射程以内，就端着枪跑起来。格里高力躺在一个不深的掩体里，慌慌张张地扳着枪栓，不停地放枪；一个个的红军被他打得仰面朝天倒下去；他又压上一梭子，这时候朝两边看了一下子，就看见：哥萨克们纷纷从旁边的许多掩体里跳出来。他们转身就跑，一个个吓得面无人色。格里高力听见自己的心跳得厉害，他吆喝道：“开枪啊！浑蛋！往哪儿跑?！站住，别跑！……”他使足了劲儿吆喝，但是他的声音出奇地微弱，勉强能听见。他真吓坏了！他也跳起来，站着对一个一声不响地对直朝他冲来的不算年轻的黑脸膛红军放了最后一枪，他看到，这一枪打空了。那个红军的脸上一副激动而严肃的神情，毫无畏惧之色。他跑得十分轻快，几乎是脚不沾地，两道眉毛拧在一起，帽子戴在后脑勺上，掖着军大衣的下摆。格里高力对着跑来的敌人打量了一下子，看到他那炯炯的眼睛和生满拳曲胡楂子的苍白的脸，看到他那肥大的短筒靴子，看到微微朝下的黑黑的枪口和随着奔跑晃来晃去的枪上的黑黑的刺刀尖儿。格里高力害怕得不得了。他扳了扳枪栓，但是枪栓不灵了，卡住了。格里高力把枪栓拼命在膝盖上磕,一点用也没有!那个红军离他只有五步远了。格里高力转身就跑。在他前面,整个光秃秃的褐色田野上,到处是乱跑的哥萨克。格里高力听见在后面追赶的红军的呼哧呼哧的喘气声,听见红军的冬冬的脚步声,他想跑快些,却跑不快。要想叫两条发软的腿跑快些,要拼命使劲才行。终于,他跑到一处破败的、凄凉的坟地边,跳过倒塌的围墙,在塌陷的坟堆、歪斜的十字架和神龛中间跑着了。再加一把劲儿,就脱离危险了。但是这时候后面的脚步声越来越大,越来越响了。后面的红军喘的气吹得格里高力的脖子热乎乎的,就在这时候,他觉得红军揪住了他的军大衣的扣带和衣襟。格里高力低沉地喊了一声,就醒了过来。他仰面躺着。他的两只穿着瘦靴子的脚麻木了,额头上出了冷汗,浑身疼痛,就像挨了打一样。"呸,他妈的!……"他沙哑地说;很高兴地听着自己的声音,还不相信刚才他经历的一切是一个梦。后来他翻了一下身,侧着身子躺着,用军大衣连头蒙住,在心里说:"应该把他放到跟前来,给他一家伙,用枪托子把他打倒,然后再跑……"他把再度出现的梦境思索了一会儿,感到一阵高兴,因为这一切只不过是一个噩梦,而在现实中目前他还没有受到什么威胁。"真怪,为什么梦里的情景要比现实可怕十倍?虽然过去多次遇到危险,但是还从来没有感到这样可怕呢!"他心里想着,舒舒服服地伸了伸麻木的腿,渐渐睡着了。

十

天麻麻亮,考佩洛夫把他叫醒了。

"起来吧,该收拾收拾动身啦!命令我们在六点钟以前赶到嘛。"

参谋长刚刚刮过脸,刷过靴子,穿起一件皱皱巴巴、但是干干净净的制服。看样子,他太着急了:胖乎乎的脸上有两处被剃刀刮破了。但是他整个的外貌却显示出他平素不曾有过的讲究和挺拔。

格里高力用不以为然的眼光从头到脚把他打量了一遍，心里想："瞧，打扮得多漂亮！不愿意穿得马马虎虎的去见将军呢！……"

考佩洛夫好像是看到了他的心思，就说：

"邋邋遢遢的去，不大好。我劝你也收拾收拾。"

"这样去就够客气啦！"格里高力一面伸懒腰，一面嘟哝说。"你说，命令咱们六点钟以前到吗？已经开始对咱们下命令了吗？"

"到什么时候，就要唱什么歌。论级别，咱们应该服从。菲次哈拉乌洛夫是一位将军，总不能叫他来见咱们。"

"这话倒也是的。走到哪一步，算哪一步吧。"格里高力说过这话，就到井边去洗脸。

女房东急忙跑到屋子里，拿出来一块干干净净的绣花手巾，恭恭敬敬地递给格里高力。格里高力用手巾的一头使劲擦了擦被凉水激成了砖红色的脸，对走到跟前的考佩洛夫说：

"你的话倒也是的，不过将军们应该想到一点：革命以来，老百姓完全变啦，可以说，脱胎换骨啦！可是他们还在用老尺子来衡量一切。这把尺子眼看就要断啦……他们转弯真难呀。应该给他们的脑子上点儿大车油，免得吱吱嘎嘎响！"

"你这是说的什么？"考佩洛夫一面吹着落在袖子上的灰尘，一面漫不经心地问道。

"说的是，他们搞的还是老一套。就拿我来说，我从俄德战争时候就是军官级别。这是用血换来的！可是我一到军官的圈子里，就好像只穿一条裤头便从屋子里跑到冰天雪地里。就好像他们有一股冷气扑到我身上，我整个脊梁都觉得冷飕飕的！"格里高力怒冲冲地忽闪着眼睛，不知不觉提高了嗓门儿。

考佩洛夫不满意地朝四面看了看，小声说：

"你小声点儿，别叫传令兵们听见。"

"要问，这是为什么吗？"格里高力压低嗓门儿，继续说，"这是因为，他们认为我是一只白老鸹。他们长的是两只手，我长的是生满老趼的蹄子！他们文质彬彬，我粗里粗气。他们身上一阵阵香胰子气味和各种各样的女人香脂气味，我身上是马尿气味和汗臭气。他们都有学问，我才念完教区小学。我从头到脚和他们不是一路人。原因全在这儿！我从他们那儿出来，总觉得我脸上好像落上了蜘蛛网：又痒痒，又十分不舒服，总想把全身洗一洗才好。"格里高力把手巾扔在井架上,用半截骨头梳子梳了梳头发。在他的黑黑的脸上,没有晒到的额头显得格外白。“他们不愿意明白,老的一套都他奶奶的完蛋啦!”格里高力已经是小声说了。“他们以为,咱们是用另一种面团做成的,是没有学问的人,是没头没脑的人,和牲口差不多。他们以为,我和我这样的人,在军事方面不如他们懂得多。可是红军的指挥官都是一些什么人呢?布琼尼是军官吗?只是旧军队的一个司务长,他不是把总司令部的将军们打得屁滚尿流吗?许多军官团不是因为他,寸步难行吗?古谢尔希柯夫是一个最会打仗、大名鼎鼎的哥萨克将军,去年冬天他不是只穿一条裤头从霍派尔河口逃走的吗?你可知道,是谁打得他狼狈逃窜的?是红军的一位团长,是莫斯科的一个钳工。后来俘虏们一再谈到他。这是应该明白的!咱们这些没有学问的军官领导哥萨克们起事,领导得不也很好吗?将军们对我们有多大的帮助?”

“帮助不少呀。”考佩洛夫别有所指地说。

“是的,也许你们帮助库金诺夫啦,可是我们没得到什么帮助,我打红军,没有依靠别人出主意。”

“你怎么,认为在军事方面没有学问吗?”

“不是的,我认为这里面有学问。但是,老弟,打起仗来,顶要紧的就不是学问了。”

“那又是什么呢,潘捷莱维奇?”

“是为什么打仗的问题……”

“哦,这就是另外的话了……”考佩洛夫警觉地笑着说。“那是当然嘛……思想在这方面自然是最重要的。只有那些明白为什么打仗,而且相信自己干得对的人,才能打胜仗。这是一条老道理,开天辟地以来就有了,你别以为是你的新发现。我拥护旧时代,拥护幸福的旧时代。不然的话,要叫我去打什么仗,我连手指头都不会动一动。凡是跟我们在一起的人,都是想用武力维护自己旧日的特权和镇压造反的老百姓的刽子手。这些刽子手也包括你我在内。我早就在注意你啦,格里高力·潘捷莱维奇,可是我就是不了解你……”

“以后你会了解的。咱们走吧。”格里高力说过这话,就朝棚子走去。

女房东注视着格里高力的每一个动作,为了讨他的好,赶紧说:

“您是不是喝点儿牛奶?”

“谢谢,大娘,没有工夫喝牛奶啦。回头再说吧。”

* * *

普罗霍尔·泽柯夫正在棚子旁边慢条斯理地喝着碗里的酸牛奶。他看着格里高力解马,眼睛连眨都不眨。他用袖子擦了擦嘴,这才问道:

"你要出门吗? 要我跟你去吗?"

格里高力火了,冷冷地、怒冲冲地说:

"你这狗东西,真可恶,不懂得当兵的规矩吗? 为什么不把马解下来? 应该是谁给我牵马? 简直是他妈的饭桶! 光知道吃,怎么都吃不饱! 哼,把勺子扔下吧! 不懂得纪律! ……该死的东西!"

"你发什么火?"普罗霍尔骑上马,很委屈地嘟哝说。"一个劲儿瞎叫。官儿也不大嘛! 怎么,在出发以前我就不能吃点儿东西吗? 哼,嚷嚷什么?"

"你倒训起我来啦,狗东西! 你这是怎么和我说话? 咱们这是上将军那儿去,你要给我小心点儿! ……可不能像平时一样称兄道弟! ……我是你的什么人? 向后退五步,跟着走!"格里高力一面出大门,一面命令说。

普罗霍尔和另外三名传令兵都往后退了退,和考佩洛夫并肩走的格里高力又接起原来的话头,用嘲笑的口气问道:

"噢,你有什么不了解的? 是不是要我解释解释呢?"

考佩洛夫没有觉察格里高力的口气和问题的提法都带有嘲笑意味,就回答说:

"我不了解你在这方面的立场,不了解的就是这个! 从一方面看,你是维护旧时代的战士,可是从另一方面看,请原谅我直率,你有点儿像个布尔什维克。"

"为什么是布尔什维克呢?"格里高力皱起眉头,在马上猛地一动。

"我不是说,你是布尔什维克,是说你有点儿像布尔什维克。"

"那都是一样。我是问:为什么?"

"就从你说到军官们和他们对你的态度的一番话来看的。你想要这些人怎样呢? 你到底又想怎样呢?"考佩洛夫和悦地笑着,玩弄着鞭子,问道。他回头看了看正在激烈争论着什么事的传令兵们,放大声音说起来:"你恼的是,他们不把你当做自己人,不以平等相待,而是以高人一等的态度对待你。但是他们从他们的观点来看,也是有道理的,这一点你应当明白。不错,你是个军官,然而是一个极其偶然闯入军官界的军官。尽管你戴着军官肩章,然而,请恕我直言,你还是一个粗野的哥萨克。你不懂礼节,说话又不讲究又粗鲁,你没有一个文明人必须具备的那些特点。比如说:所有的文明人都用手绢擤鼻涕,可是你用两个手指头擤鼻涕;吃饭的时候,两只手不是在靴筒上擦擦,就是往头发上抹抹;洗过脸以后,就用马衣随随便便地一擦;手指甲不是用牙齿咬咬,就是用马刀削削。还有更好看的:你该记得,去年冬天在卡耳根,有一回我也在场,你和一个有教养的女人说话,就是哥萨克们逮捕了她的丈夫的那一个,你当着她的面就扣起裤裆来……"

"要是我让裤裆敞着,大概就好看了吧?"格里高力阴沉地笑着,问道。

他们的马并辔走着,格里高力侧眼看着考佩洛夫,看着他那和善的脸,不大痛快地听着他的话:

"问题不在这儿嘛!"考佩洛夫急得皱起眉头,叫了一声。"问题是你怎么能只穿一条裤子,光着脚,接待女客人呢?你连上衣都没有披上,这我记得非常清楚!当然,这都是一些小事情,但是这些小事情可以说明你是个……怎么对你说好呢……"

"你就干脆点儿说吧……"

"哦,就说明你是一个一点不懂礼貌的人。你说话又怎样呢?简直够戗!满嘴土话!并且,你也和一切没有文化的人一样,对于一些响亮的外国字眼儿有说不出的爱好,不管是不是地方,到处乱用,完全歪曲了原意,每当司令部开会的时候,如果有人说起一些专门的军事术语,像'布置'、'强行军'、'作战部署'、'集中'等等,你就带着赞赏的神气,我甚至要说,你带着羡慕的神气看着说话的人。"

"噢,你这就是胡说了!"格里高力叫了起来,他的脸上掠过一阵高兴的表情。他在马的两耳之间抚摩着,搔着马鬃下面光溜溜、热乎乎的皮肤,央求说:"好啊,再说下去,狠狠骂一骂你的师长吧!"

"你听听,这怎么是骂呢?你应该明白,你在这方面是有受传染的危险的。除此以外,你还在恼恨军官们对你的态度不平等。在礼貌和文化方面,你是块一窍不通的木头!"考佩洛夫无意中冲口说出这种侮辱性的话,害怕了。他知道格里高力很容易发脾气,他很怕格里高力发作起来,但是他朝格里高力瞥了一眼,马上就放下心来:格里高力在马上仰着身子,从胡子底下龇出亮闪闪的白牙,在不出声地大笑着呢。自己的话产生这样的效果,考佩洛夫实在感到意外,而且格里高力笑得那样开心,他不由地也笑起来,说:"瞧,要是换一个明情理的人,听到这样的责备会哭的,可是你却嘿儿嘿儿直笑……哼,你不是个怪人吗?"

"你说我是木头吗?滚你们的吧!"格里高力笑过以后,说。"我不想学你们那些待人接物的态度和礼节。这些玩意儿我跟老牛打交道一点儿也用不着。如果上帝保佑,我能活下去的话,我就要天天跟老牛在一块儿,我用不着奉承老牛,用不着说:'劳驾,白头顶,请您拉犁吧!对不起,花皮!请允许我给您整一整皮套,好吗？牛大人,牛先生,我诚惶诚恐地请您顺着犁沟走!'对待老牛就要干脆利落:唷,哦,这就是对老牛的部输。”

“不是部输,是部署!”考佩洛夫给他纠正说。

“好,就算是部署吧。不过,你的说法有一点我不同意。”

“哪一点?”

“就是你说我是木头。我在你们这儿是木头,可是你等着瞧,有朝一日,我跑到红军那边去,就会比什么都机灵。到那时候,你们这些有礼貌有学识的寄生虫可别落到我手里！到时候我把你们的肠子都敲出来!”格里高力半真半假地说过这话,照马身上抽了两鞭,那马立刻就大跑起来。

顿河沿岸的早晨异常寂静,好像罩上一片轻纱,每一响声,即使是微弱的响声,都会震破寂静,唤起回声。草原上只有百灵鸟和鹌鹑的鸣声,但是在一个一个的村子里,却一时不停地响着不怎么响亮的轰隆声,这种声音通常是大批军队开过时都会有的。炮车轮子和弹药箱在坑坑洼洼的道路上哐啷哐啷乱响,战马在井边嘶叫,步兵连从村子里开过,响起一片整齐、低沉、柔和的刷刷声,往前线运送武器弹药的大大小小的车辆发出一片辚辚声;一辆辆随军灶车散发着喷香的小米饭气味、蒸肉气味、佐料气味,还有新出炉的面包气味。

在大熊河河口镇外,劈里啪啦地响着密集的步枪互射声,懒懒地、然而高亢地响着稀疏的隆隆炮声。战斗刚刚开始。

菲次哈拉乌洛夫将军正在吃早饭,一个不怎么年轻的形容憔悴的副官报告说:

“暴动军第一师师长麦列霍夫和师参谋长考佩洛夫到啦。”

“请到我屋子里去。”菲次哈拉乌洛夫用青筋嶙嶙的大手推开堆满鸡蛋皮的碟子,不慌不忙地喝完一杯热牛奶,把饭巾整整齐齐地叠好,这才站起身来。

他的个头儿很高,因为上了年纪,又笨重又肥胖,在这间门框歪斜、窗户极小的哥萨克小屋里,显得出奇地高大。将军边走边扣着做工很细的制服的硬领,高声咳嗽着,走进旁边的屋子,对站起来的考佩洛夫和格里高力微微点了点头,也没有伸过手来,只是做了个手势,请他们坐到桌子跟前。

格里高力按着马刀,小心翼翼地坐到凳子边儿上,侧眼看了看考佩洛夫。

菲次哈拉乌洛夫沉甸甸地坐到一把咯吱咯吱响了两声的弯背椅子上,弯起两条粗腿,把两只大手放在膝盖上,用浑厚的、低低的粗嗓门儿开口说:

“二位军官先生,我请你们来,是要商量几个问题……暴动军的游击战结束啦！你们的队伍今后不再是一个独立的单位,而且事实上本来就不是一个独立单位,根本就不是。你们的部队要编进顿河军里来。我们要进行有计划的作战,现在必须认清这一点,必须无条件服从最高指挥部的命令。请问,昨天你们的步兵团为什么没有配合突击营进攻?为什么这个团不听我的命令,不发动冲锋?你们的所谓师长是谁?”

“是我。”格里高力低声回答说。

“就请您回答我的问题。”

“我昨天才回到师里。”

“您上哪儿去来?”

“回家看了看。”

“师长在作战期间回起家去了!师里成了乱摊子!毫无纪律!不成体统!”将军的粗嗓门儿在狭小的屋子里越来越响;副官们已经在门外踮着脚走来走去,小声嘁喳着,相视而笑;考佩洛夫的脸越来越白,格里高力望着将军那涨红了的脸,望着他那攥得紧紧的、肥大的拳头,觉得自己心里压抑不住的怒火也要爆发了。

菲次哈拉乌洛夫异常轻捷地跳起来,抓住椅背,叫喊道:

“你们不是军队,是赤卫军匪徒!……是败类,不是哥萨克!麦列霍夫先生,您不配指挥一个师,只能当一个马弁!……擦擦靴子!您听清楚没有?!为什么不执行命令?没有开士兵大会吗?没有讨论吗?您好好记住:这儿没有你们的同志,我们也不允许推行布尔什维克那一套!……决不允许!……”

“我请您不要对我咋呼!”格里高力低声说过这话,用脚把凳子一踹,站了起来。

“您说什么?!”菲次哈拉乌洛夫隔着桌子探过身来,气得喘着粗气,哼哧哼哧地说。

“请您不要对我咋呼!”格里高力大声重复了一遍。“您请我们来,是为了商量……”他顿了一下,垂下眼睛,盯着菲次哈拉乌洛夫的手,把声音压到几乎像耳语一样低,“如果您这位大人胆敢动我一指头,我就当场劈了你!”

屋子里一下子十分安静,可以清清楚楚地听见菲次哈拉乌洛夫断断续续的喘气声。静了有一分钟左右,屋门轻轻地吱扭响了一声。一名吓坏了的副官从门缝儿里张望了一下。屋门又轻轻关上了。格里高力站着,一只手握着刀把子。考佩洛夫的膝盖轻轻哆嗦着,他的目光在墙上溜来溜去。菲次哈拉乌洛夫沉甸甸地坐到椅子上,老声老气地哼哧了几声,嘟嘟哝哝地说:

“好啊!”他已经完全镇定下来,但是眼睛也不看格里高力。“请坐吧。脾气发过了,就算啦。现在请听着:我命令您把所有骑兵部队立即调到……您坐下嘛!……”

格里高力坐了下来,用袖子擦了擦突然冒出来的一脸的汗。

“……就是说,把所有的骑兵部队立即调到东南地段,并且马上就发起攻势。你们的右翼要和楚玛柯夫中校的第二营相连接……”

“我这个师不上那儿去。”格里高力很不带劲儿地说过这话,就伸手到口袋里去掏手绢。他用娜塔莉亚绣的花手绢又擦了擦额头上的汗,又把话重复了一遍:“我这个师不上那儿去。”

“这是为什么?”

“调动起来很费时间……”

“这您不要管。战斗的胜负有我负责。”

“不,我要管,也不光是您负责……”

“您拒绝执行我的命令吗?”菲次哈拉乌洛夫竭力控制着自己,沙哑地问道。

“是的。”

“既然这样,那就请您把这个师交出来!现在我明白,为什么昨天不执行我的命令了……”

“那就随您的便好啦,不过这个师我是不能交出去的。”

“请问,您这是什么意思?”

“我的意思,已经说过了。”格里高力微微笑了笑。

“我撤您的职!”菲次哈拉乌洛夫提高了嗓门儿,格里高力也立即站了起来。

“您不是我的上司,大人!”

“那您的上司又是谁?”

“噢,我的上司是暴动军总司令库金诺夫。您这些话,我听着都感到奇怪……眼下咱们还是平级的。您指挥一个师,我也指挥一个师。眼下您别对我咋呼……等我什么时候降为连长,您再发威风吧。不过,要是打架的话……”格里高力举起肮脏的食指,同时又笑又愤怒地忽闪着眼睛,接着说,“……打架您也不行!”

菲次哈拉乌洛夫站起来,抻了抻勒得他很难受的领子,哈着腰说:

“咱们再没有什么说的啦。您想怎样就怎样吧。我要立即把您的行动报告军部,我敢向您保证,很快就会有结果的。我们的军事法庭目前还没有关门。”

格里高力没有去理会考佩洛夫那失望的眼神,把帽子往头上一扣,就朝门口走去。在门口他站下来,说:

“您想到哪儿报告就到哪儿报告，不过用不着吓唬我，我不是那种胆小鬼……眼下您别碰我。”他想了想，又加上一句：“不然的话，我怕我手下的哥萨克会伤害您……”他一脚把门踢开，马刀丁当响着，大步走进过道。

非常激动的考佩洛夫在台阶上追上了他。

“你疯啦，潘捷莱维奇！”他失望地攥着双手，小声说。

“带马！”格里高力在手里揉搓着鞭子，高声喊道。

普罗霍尔神气活现地飞跑到台阶前。

格里高力骑马出了大门，回头看了看：有三个传令兵正急急忙忙地扶着菲次哈拉乌洛夫将军骑上一匹备了华丽马鞍的高头大马……

他们一声不响地跑了有半俄里。考佩洛夫不说话，是因为他知道格里高力这会儿没有心思说话，而且这时候和他争论是有危险的。终于，格里高力憋不住了。

“你怎么不说话?”他很生硬地问道。“你是来干什么的？来当见证人吗？来打哑谜吗?”

“喂，老兄，你搞得太过分啦！”

“他不过分吗?”

“可以说，他也不对。他和咱们说话的那种腔调太可恶啦！”

“他哪儿是跟咱们说话？一开口就咋呼起来，就好像在他的屁股上插了一把锥子！”

“不过你也够戗！不服从军衔高的……在作战的情况下，老兄，这是……”

“没有什么这是这不是的！可惜的是，他没敢朝我扑上来！要不然我照他的脑袋劈过去，叫他的天灵盖咯吱一家伙！”

“就这样你已经惹祸啦。”考佩洛夫很不满意地说过这话，就让马换成小步。“从各方面来看，他们现在是要整治整治，你当心吧！”

他们的两匹马打着响鼻，用尾巴驱赶着马蝇，并辔走着。格里高力带着嘲笑的神气把考佩洛夫打量了一遍，问道：

“你干吗要打扮得这样漂亮？大概你以为他们会请你喝茶吧？大概以为会拉着你的白手，请你上桌子吃饭吧？又刮脸，又刷衣服，还把皮靴擦得锃亮……我还看见，你用手绢蘸着唾沫擦膝盖上的泥点子呢！”

“算了吧，别说啦！”考佩洛夫红着脸自卫说。

“你的心思算白费啦！”格里高力挖苦说。“不但没请你，连手都没有伸给你呢。”

“跟你一块儿去,自然不会有好事儿,”考佩洛夫急急忙忙地嘟哝了两句,就眯缝起眼睛,又惊又喜地叫了起来,“瞧呀！这不是咱们的人。是协约国的军队!”

六匹骡子拉着一辆英国炮车,顺着狭窄的小胡同迎面走来。一个英国军官骑着一匹短尾巴枣红马,在旁边跟着。赶前套的一个驭手也穿着英国军装,不过帽箍上钉着俄国军官的帽徽,还佩戴着中尉肩章。

英国军官离格里高力还有几丈远,就把两个手指头放在头盔的檐上,摆了摆头,要格里高力让路。小胡同非常窄,只有双方都让马紧紧贴到石头围墙上,才能错过去。

格里高力腮上鼓起的两个包一动一动的。他咬紧牙齿,对直地朝英国军官冲去。英国军官吃惊地挑了挑眉毛,微微朝一边让了让。而且,直到英国人抬起一条打着紧绷绷的皮裹腿的腿,放到刷得光溜溜的良种马的屁股上,两匹马才好不容易错了过去。

有一个炮手,看样子是一个俄国军官,恶狠狠地把格里高力打量了一遍。

“您大概可以朝旁边让一让！难道在这儿也要显显您的威风吗?”

“你走你的,别多嘴,狗崽子,要不然我就让给你看看！……”格里高力小声说。

那个军官在炮车前头站起来,转过身来,喊道:

“诸位！抓住这个坏小子!”

格里高力威风凛凛地摇晃着鞭子,一步一步地在小胡同里走着,一个个神情疲惫、满面灰尘的炮手,全是没有胡子的年轻军官,都用气忿的目光盯着他,但是没有一个人上来抓他。六门大炮的炮兵连一拐弯,就不见了,这时候考佩洛夫咬着嘴唇,来到格里高力跟前。

“你真胡闹,格里高力·潘捷莱维奇！你简直就像个小孩子!”

“你怎么,又要教训我吗?”格里高力回嘴说。

“你朝菲次哈拉乌洛夫发火,我能理解,”考佩洛夫耸着肩膀说,“可是,这个英国人又碍你什么事？是不是你不喜欢他的钢盔?”

“我不大喜欢他到大熊河口这儿来……他顶好戴着钢盔上别处去……两只狗打架,第三只狗最好别参加,你明白吗?”

“噢！这么说,你是反对外国人干涉吗？不过,依我看,在叫人掐住喉咙的时候,什么样的帮助都应该欢迎。”

“那你就去欢迎吧,可是如果依我的,决不准许他们的脚踏上我们的地面!”

“你看见红军里面有中国人吗?”

“怎么样?”

“那不是一个样吗? 那也是外国的帮助呀。”

“你这是胡扯! 中国人参加红军是自觉自愿的。”

“照你的意思,是强迫这些人上这儿来的吗?”

格里高力想不出话来回答,苦苦思索着,一声不响地走了半天,后来,声音中不免带着懊恼的意味,说:

“你们这些有学问的人,总是这样……就像兔子在雪地上跑,故意兜圈子! 老兄,我能感觉出你说的不对,可是我说不出道理来反驳你……咱们别谈这个问题吧。别折腾我的脑子吧,我脑子里本来已经够乱腾的啦!”

考佩洛夫很不痛快地沉默下来,直到回到住处,他们再也没有说话。只有好奇得憋不住的普罗霍尔曾经追上他们,问:

“格里高力·潘捷莱维奇,大人,请问,士官生拿来拉大炮的牲口是什么玩意儿? 耳朵像驴耳朵,别的地方又像马。这种牲口叫人看着都不舒服……这是他妈的什么种啊,请你说说吧,我们都打了赌啦……”

他在后头跟着走了有五分钟,一直没有得到回答,便不跟着他们两个走了,等到另外三个传令兵和他走齐了,就小声告诉他们:

“伙计们,他们两个都不做声,看样子,他们也很稀奇,也不知道他妈的世界上从哪儿来的这种怪物……”

十一

一些哥萨克连队有四次从不深的掩体里站起来,但是每次都在红军机枪猛烈的扫射下重新卧倒下去。隐蔽在左岸树林里的几支红军炮兵连,天一亮就开始不停地轰击哥萨克的阵地和集结在土沟里的后备队。

顿河岸边的高地上,频频冒起慢慢飘散的乳白色烟团。子弹在弯弯曲曲的哥萨克阵地的前前后后溅起一股股褐色的尘土。

到中午时候,战斗激烈起来,西风顺着顿河把隆隆的炮声送得远远的。

格里高力站在暴动军炮兵连的观测点上,用望远镜观察战斗的进程。他看见,有几支军官连,不顾伤亡,停停跑跑,顽强地朝前冲。每当炮火猛烈起来,他们就卧倒,挖掩体,过一会儿,他们又朝前跑一截路;可是在左面,去教堂的方向,暴动军的步兵怎么都站不起身来。格里高力给叶尔马柯夫写了一个字条,派传令兵送去。

过了半个钟头,气急败坏的叶尔马柯夫跑来了。他在炮兵拴马的地方下了马,呼哧呼哧地喘着粗气,爬到观测点的掩体里。

"我没法子叫哥萨克起来!他们不起来!"他老远就扎煞着两条胳膊,叫了起来。"我们已经损失二十三个人啦!你看见红军的机枪有多猛吗?"

"军官们都在往前冲,你都不能叫弟兄们站起来吗?"格里高力咬着牙说。

"你看看嘛,军官们每个排都有一挺手提机枪,子弹也多得不得了,我们有什么呀?!"

"够啦,你别给我解释啦!你马上带人去冲锋,要不然我砍你脑袋!"

叶尔马柯夫骂着娘,从小山包上跑下去。格里高力也跟着他走下来。他决定亲自率领第二步兵团去冲锋。

走到尽边上一门用山楂树枝伪装得很巧妙的大炮跟前,炮兵连长拦住了他。

"格里高力·潘捷莱维奇,你看看英国人的本事吧。他们马上就要对浮桥开炮啦。咱们到山包上去,好吗?"

用望远镜可以看到,红军工兵在顿河上搭成的浮桥像一条细细的带子。车辆正络绎不绝地从桥上经过。

过了有十来分钟,布置在谷地里的石崖后面的英国炮兵连开炮了。第四发炮弹几乎打在桥的正中,把桥炸断了。来往车辆停止了。可以看见,红军忙忙乱乱地把打坏的车辆和马尸往顿河里扔。

马上就有四条小船满载着工兵离了右岸。但是工兵们还没有铺好炸坏的桥板,英国大炮又发射了一阵炮弹。其中有一发炮弹炸坏了左岸的登陆口,另一发在桥边炸起绿色的水柱,桥上重新动起来的车辆又停止了。

"鬼东西们打得好准呀!"炮兵连长赞赏地说。"现在直到夜里都叫他们过不成河啦。这桥再也修不好啦!"

格里高力一面用望远镜望着,一面问道:

“喂,你们为什么不开炮?应该支持咱们的步兵嘛。瞧,那就是他们的机枪阵地。”

“我倒是愿意开炮,可是一发炮弹也没有了呀!半个钟头以前打完最后一发,就干瞪眼啦。”

“那你们还呆在这儿干吗?套上炮车快滚蛋吧!”

“派人找士官生借炮弹去啦。”

“他们不会给的。”格里高力断然说。

“他们一次不给,就再派人去一次。也许他们会发发善心。再说,我们只要二十发炮弹,就可以把这些机枪打坏。打死咱们二十三个人呢,这可不是闹着玩儿的。谁知还要打死多少呢?你瞧,他们的机枪多凶!……”

格里高力转眼去看哥萨克们的一个个掩体,只见子弹依然在一个个的土堆上溅起一股股的干土。一梭子机枪子弹打过来,就要冒起一长串灰土,就好像有一个看不见的人,像闪电一样顺着一个个的掩体画了一条渐渐溶化的灰线。整个哥萨克阵地上笼罩着一片灰土,就好像在冒烟。

格里高力现在已经不去看英国大炮打得准不准了。他仔细听着不歇气的炮声和机枪声,听了一小会儿,然后就下了山包,追上叶尔马柯夫。

“你先不要去冲锋,等候我的命令。没有炮火支援,咱们打不过他们。”

“我对你说的不就是这话吗?”叶尔马柯夫用责备的口气说着,就跨上因为听到枪炮声和跑了一阵子而发了性子的战马。

格里高力目送着毫不畏惧地冒着枪林弹雨飞跑的叶尔马柯夫,担心地想:“这家伙干吗要一直跑?可别叫机枪扫倒!应该到谷地里去,走谷底爬上去,再从山冈后面走,就可以平平安安回到阵地上啦。”叶尔马柯夫狂跑到谷地跟前,跑下谷地,而且没有在谷地那边出现。“这么说,他明白啦!这一下子能跑到啦。”格里高力轻松地想道。他便在山包脚下躺下来,不慌不忙地卷起烟来。

他的心出奇地冷漠起来!决不干,他决不冒着机枪火力带领哥萨克去冲锋。犯不着。让军官突击队去冲吧。让他们去进攻大熊河口吧。在这里,格里高力躺在山包脚下,头一次避开直接参加战斗。这会儿支配着他的,不是胆怯,不是怕死或者怕无谓的牺牲。不久以前,他既不怜惜自己的性命,也不怜惜他手下哥萨克的性命。可是现在,好像有什么东西破碎了……在这以前,他还从来没有这样清楚地感觉到这场仗打得毫无意思。不知是考佩洛夫和他说的一番话,还是跟菲次哈拉乌洛夫的冲突,也许是两样原因加在一起,使他突然产生了这样的情绪，反正他决定再也不去冒着炮火进攻了。他模模糊糊地想着，他无法使哥萨克和布尔什维克讲和，而且自己心里也不肯和解，可是要保卫那些精神上同他格格不入、非常仇视他的人，保卫菲次哈拉乌洛夫这一类的人，保卫那些非常瞧不起他、他也非常瞧不起的人，他再也不愿意了，再也不肯了。旧日的矛盾又无情地出现在他的面前了。“叫他们去打吧。我在旁边看看。等到把我这个师一接收过去，我就要求离开队伍回后方去。我打够啦！”他心里想着，又想起他和考佩洛夫的争论，觉得自己找到了为红军辩护的理由。“中国人是赤手空拳来找红军，参加红军，为了一点点儿可怜的薪饷天天拼命。而且哪儿是为什么薪饷？薪饷他妈的怎么能买性命？那才划不来呢……可见，这不是贪图什么好处，而是另外一回事儿……可是协约国却派来军官、坦克、大炮，连骡子都派来啦！将来因为这些玩意儿要索取一笔很大的款子。这就大不一样啦！好啊，到晚上咱们就来争论争论这个问题吧！我一回到师部，就把他叫到一边去，对他说：‘就是不一样，考佩洛夫，你别愚弄我啦！’”

但是他们已经没有机会争论了。下午，考佩洛夫到担任后备队的第四团的防地上去，在路上被流弹打死了。两个钟头以后，格里高力才听说这件事……

第二天早晨，菲次哈拉乌洛夫将军的第五师部队攻占了大熊河口镇。

十二

格里高力走后三天，米佳·柯尔叔诺夫回鞑靼村来了。他不是一个人回来的，还有侦缉队的两个同事陪着他。其中有一个是不算年轻的加尔梅克人，不知是哪个乡的马内契村的；另一个是拉斯波平乡的一个其貌不扬的哥萨克。米佳很轻蔑地把加尔梅克人叫“伙计”，却把拉斯波平乡的这个酒鬼和无赖尊称为西兰琪·彼特洛维奇。

看样子，米佳在侦缉队里，为顿河军立了不少功劳：一个冬天的工夫，他就升为司务长，后来又升为准尉，于是他穿着崭新的军官制服神气活现地回到村里来了。可以想见，他跑出去以后，在顿涅茨那边，日子过得不坏；米佳那宽宽的肩膀撑得草绿色单制服鼓鼓的，红红的皮肉那肥嘟嘟的皱褶压得制服硬领紧绷绷的，缝得很贴身的带裤绦的蓝斜纹布马裤的后面差点儿就要撑破了……从米佳的外貌来看，如果不是这次可恨的革命的话，一定能当一名御林军阿塔曼团的战士，住在皇宫里保卫皇帝圣驾。不过，米佳就是这样，日子过得也不坏。他升到了军官阶级，而且他不是像格里高力·麦列霍夫那样，出生入死，拼出自己的头颅挣来的。要在侦缉队里立功，是需要另外一种本事的……在米佳身上，这样的本事是绰绰有余的：他不大信任哥萨克们，总是亲自劈死那些有赤化嫌疑的人；不惜亲自动手，用鞭子或步枪通条惩罚逃兵；在审讯押犯方面，全队就更没有谁比得上他了，就连普里亚尼什尼柯夫中校都耸着肩膀说："不行，诸位，不管你们怎样，想超过柯尔叔诺夫是办不到的！他是一条凶龙，不是人！"米佳还有一手了不起的本事：每当侦缉队不能枪毙某一个被捕的人，而又不愿意放他活命的时候，就判处用树条子抽打的肉刑，交给米佳去执行。于是他就去执行，打过五十下，挨打的人就开始不住地吐血，打过一百下，不用问，只管包到席子里就是了……还从来没有一个挨打的人逃出米佳的手掌。他自己就不止一次笑着说："要是把被我打死的那些红党男女的裤子和裙子都剥下来，全鞑靼村人都够穿的啦！"

米佳从小就养成的残忍性格，在侦缉队里不仅得到了充分发挥的机会，而且因为无人管束，又得到极大的发展。他由于工作关系，和加入侦缉队的一切军官中的败类——吸毒者、暴徒、强盗和各种各样的下流文人——经常在一起，他们出于对红军的仇恨，教给他许多东西，米佳高高兴兴、拿出那种农民的热心劲儿学会了这些东西，而且没有费多大的力气就超过了老师们。有时候，神经脆弱的军官见了别人的血和痛苦受不住了，手软了，米佳却只是把黄黄的、冒着小小火星的眼睛一眯，就继续干下去。

米佳离开哥萨克部队，来到普里亚尼什尼柯夫中校的侦缉队里吃轻快饭以后，就变成这样了。

他进了村子，大模大样地摆着架子，有些妇女向他问候，他只微微点一点头，骑着马一步一步地来到自己的家跟前。他在烧掉了一半、另一半熏得漆黑的大门前下了马，把缰绳递给加尔梅克人，就大踏步走进院子。他由西兰琪陪着，一声不响地绕着房基走了一圈，用鞭子拨弄拨弄被大火熔化了的、像绿宝石一样闪闪发光的玻璃块子，用气哑了的嗓门儿说：

“烧光啦……这房子原来可是够阔气的呀！村子里的头一家。这是我们村子里的人米沙·柯晒沃依烧的。也是他把我爷爷打死的。这么着，西兰琪·彼特洛维奇，我只能看看我家烧成的一堆灰啦……”

“这个柯晒沃依家里还有什么人吗？”西兰琪急切地问道。

“大概有。咱们可以去看看他们……不过现在咱们先去看看我家的亲戚吧。”

在去麦列霍夫家的路上，碰见包加推廖夫家的儿媳妇，米佳问道：

“我妈从顿河那边回来了吗？”

“好像还没有回来，米特里·米伦内奇。”

“我家亲家麦列霍夫在家吗？”

“你问老头子吗？”

“是的。”

“老头子在家，除了格里高力，反正一家人都在家。彼特罗去年冬天被打死啦，你听说了吗？”

米佳点了点头，就放马小跑起来。

他在空旷无人的街道上走着，在他那感到餍足的、冷冷的黄色猫眼睛里，刚才的火气连一点影子也没有了。快到麦列霍夫家门口的时候，他不是单独对任何一个伙伴，低声说：

“我们村子里成这种样子啦！咱们要吃顿饭，就为这也应该去看看亲戚……嗯，嗯，咱们还要好好喝几杯呢！……”

潘捷莱·普罗柯菲耶维奇正在敞棚底下修收割机。他看见有骑马的人，并且认出其中有一个是米佳，就朝大门口走去。

“欢迎欢迎，”他一面开大门，一面亲热地说，“欢迎诸位！欢迎光临！”

“你好啊，亲家公！你身子壮实吗？”

“托福托福，身子还不坏。你怎么，好像当了军官啦？”

“你以为只有你的儿子能戴白军肩章吗？”米佳志得意满地说着，向老头子伸出一只青筋嶙嶙的长手。

“我儿子还不大喜欢肩章呢。”潘捷莱·普罗柯菲耶维奇笑着回答过，就朝前走去，好指地方给他们拴马。

伊莉尼奇娜殷勤地请客人们吃过午饭，饭后便谈了起来。米佳详细地询问了有关他家的一切情形，自己没有说什么话，既没有露出愤怒，也没有露出悲伤。就像是随口问问似的，问了问米沙·柯晒沃依家是不是有人留在村子里，等他听说米沙的母亲带几个孩子留在家里的时候,他迅速地对西兰琪挤了挤眼睛,别人都没有觉察到。

三位客人很快就起身了。潘捷莱·普罗柯菲耶维奇在送他们的时候,问道:

“你想在村子里多住些日子吗?”

“大概要住两三天。”

“要看看你妈吧?”

“看情形再说。”

“噢,那你现在要上远处去吗?”

“随便走走……去看看村子里一些人。我们很快就回来。”

米佳和两个同伴还没有回到麦列霍夫家,村子里已经到处传着:“米佳·柯尔叔诺夫领着两个加尔梅克人回来,把柯晒沃依一家都杀啦!”

什么都还没有听说的潘捷莱·普罗柯菲耶维奇,拿着一把镰刀刚刚从铁匠铺里回来,又打算去修理收割机,但是伊莉尼奇娜唤他了:

“上这儿来,老头子! 快点儿!”

老婆子的声音中有一种掩饰不住的惶恐意味,潘捷莱·普罗柯菲耶维奇吃了一惊,立即朝屋里走来。

娜塔莉亚站在灶前,脸色煞白,哭得泪汪汪的。伊莉尼奇娜用眼睛瞟了瞟安尼凯的老婆,低声问道:

“出事啦,你听说了吗,老头子?”

“哎呀,格里高力出事啦……老天爷保佑吧!”潘捷莱·普罗柯菲耶维奇听了这没头没脑的话,着急地想道。他的脸一下子白了,他又害怕,又因为谁也不说话,他很生气,急得叫起来:

“有话快说嘛,你们都该死! ……嗯,出了什么事? 是格里高力吧? ……”他好像叫得没了劲儿,一屁股坐到板凳上,抚摩着哆哆嗦嗦的双腿。

杜尼娅最先想到,父亲是怕格里高力出了不幸的事,就赶紧说:

“不是的,爹,不是格里高力有什么事。是米佳害了柯晒沃依一家。”

“怎么害啦?”潘捷莱·普罗柯菲耶维奇马上放下心来,可是他还没有明白杜尼娅的话的意思,就又问道:“把柯晒沃依一家怎么啦? 米佳呢?”

跑来报告消息的安尼凯的老婆,语无伦次地讲了起来:

“大叔,我去找小牛,走到柯晒沃依家门口,米佳和另外两个当兵的骑马来到他们家,就朝屋里走去。我就想,小牛不会跑到风车那边去的,正是放牛的时候嘛……”

“老说你他妈的小牛干什么?”潘捷莱·普罗柯菲耶维奇气哼哼地打断她的话。

“……我是说,他们朝屋里走去,”这娘们儿上气不接下气地继续说下去,“我就站着,等着。我心里想:‘他们上这儿来,不会有好事情的。’屋子里喊叫起来,就听见他们在杀人呢。我吓死啦,就想跑,可是刚刚离开篱笆,就听见后面有脚步声;我回头一看,就看见米佳把一条绳子套在老婆子的脖子上,拉着她在地上拖起来,简直像拖一条狗一样,真造孽呀!把她拖到棚子跟前,她一点儿声音也没有,恐怕已经昏过去啦;那个跟米佳一块儿的加尔梅克人,爬到棚梁上去……我看见,米佳把绳子的一头扔给他,吆喝说:‘拉上去,打一个结!’哎呀!我简直吓死啦!眼看着他们把可怜的老婆子勒死啦,后来他们上了马,就往小胡同里走去,恐怕是上村公所去了。我不敢进屋子里去……可是我看见,血从过道里,就从房门底下,一直流到台阶上。天啊,可别叫我再看见这种可怕的事情啦!”

“天啊,偏偏叫咱们碰上这号客人!”伊莉尼奇娜带着若有所思的神情望着老头子说。

潘捷莱·普罗柯菲耶维奇异常气忿地听完安尼凯的老婆的话,一句话也没说,马上就走了出去。

大门口很快就出现了米佳和他的两个伙伴。潘捷莱·普罗柯菲耶维奇很麻利地一瘸一拐迎着他们走去。

“站住!”他老远就喊道。“别把马牵进院子!”

“怎么啦,亲家公?”米佳惊讶地问道。

“你向后转吧!”潘捷莱·普罗柯菲耶维奇对直地走过去,盯着米佳那一闪一闪的黄眼睛,果断地说:“别生气,大侄子,我不愿意你住在我家里。你好好地走吧,想上哪儿,就上哪儿。”

“啊——啊——啊……”米佳明白了,把声音拉得老长,脸一下子白了。“这么说,你是撵我们走吗?……”

“我不愿意叫你弄脏我家的房子!”老头子毫不含糊地重说了一遍。“你今后别再跨进我的家门。我们麦列霍夫家跟刽子手不是亲戚!”

“明白啦!不过,亲家公,你的心肠好得过分啦!”

“哼,你既然杀起妇女和孩子,那就是一点良心都没有啦!唉,米佳,你这一手太不好啦……你爹要是活着,看到你这样,决不会高兴!”

“你这老浑蛋,想叫我对他们客气吗?他们杀死我爹,杀死我爷爷,我就该和他们亲嘴吗?滚你的吧——知道滚到哪儿去吗?……”米佳怒冲冲地扯了扯马缰绳,把马牵出了大门。

“别骂人,米佳,你只配做我的儿子。咱们没什么好说的啦,你走你的吧!”

米佳的脸越来越白,拿鞭子吓唬着,低声吆喝道:

“你别惹我造孽,别惹我!我是可怜娜塔莉亚,不然的话,我把你这个好心肠人……我知道你们是什么货色!看透了你们的心思!你们没有跟着上顿涅茨那边去吧?投靠红党了吧?是的嘛!……应当像对付柯晒沃依一家那样,把你们这一家狗崽子都绞死!咱们走吧,伙计们!哼,你这瘸狗,小心点儿,别落在我手里!别想逃出我的手掌心!你的好心我会记住的!我也用不着这样的亲戚!……”

潘捷莱·普罗柯菲耶维奇用哆哆嗦嗦的两手闩上大门,一瘸一拐地朝屋里走去。

“我把你哥撵走啦。”他也不看娜塔莉亚,说。

娜塔莉亚虽然心里赞成公公的做法,嘴里却没有做声,可是伊莉尼奇娜赶快画了一个十字,高高兴兴地说:

“谢天谢地:恶鬼可走啦!娜塔什卡,原谅我说的话难听,你们家的米佳实在太坏了!他偏要去干那种差事:别的哥萨克都是在正正经经的部队里当差,可是你瞧瞧他!干起了刽子手队!当刽子手,勒死老奶奶,劈死无罪的孩子,这是哥萨克干的事儿吗?米沙干的事,怎么能找他家里人算账呢?要是这样的话,因为格里沙的事,红军早把咱们,把米沙特卡和波柳什卡杀死啦,可是他们没有杀咱们,他们是有善心的!哼,我就看不惯这号人!”

“妈妈,我也看不惯我哥……”娜塔莉亚用头巾的角儿擦着眼泪,只说了这一句。

米佳当天就离开了村子。听说,他好像在卡耳根附近跟上了自己的侦缉队,跟着侦缉队去维护顿涅茨州一些乌克兰村庄的秩序去了,因为那些村庄的老百姓都犯了参加镇压顿河上游暴动的罪。

他走后有一个星期,村子里到处议论纷纷。大多数人都反对杀害柯晒沃依的家属。大家用村里的公款埋葬了死者;本来想把柯晒沃依家的房子卖掉,但是没有买主。根据村长的命令,用木板十字交叉地把护窗钉起来,有很长时间,孩子们不敢靠近这块可怕的地方玩耍,老头子和老奶奶们从这座没有人住的房子旁边经过,都要画十字,祝愿被害人灵魂安息。

后来,到了割草的时候,不久以前发生的大事也就被人忘了。

村子里的人依然天天在干活儿,天天谈前方的消息。那些有牲口的主儿,又发牢骚,又骂娘,套上大车去拉差。几乎每天都要把干活儿的牛和马卸下来,派到镇上去。老头子们一面从割草机上往下卸马,一面一句又一句地咒骂这打不完的仗。但是炮弹、子弹、铁蒺藜、给养还是要往前方送的。于是大家都在送。然而,好像故意叫人着急似的:牧草肥茁茁的,已经长成,天气又格外好,是割草和搂草的时候了。

潘捷莱·普罗柯菲耶维奇准备着割草,而且一个劲儿地在抱怨妲丽亚。她套上两头牛送子弹去了,应该从转运站回来了,可是一个星期已经过去,连她的消息都没有;没有这一对最可靠的老牛,在草原上什么都干不成。

说实在的,真不该叫妲丽亚去……潘捷莱·普罗柯菲耶维奇是硬着头皮把牛交给她的,因为知道她很贪玩,不高兴伺候牲口,但是除了她以外,再找不到人了。杜尼娅是不能去的,因为跟许多陌生的男子汉走远路,这不是大姑娘干的事;娜塔莉亚又有两个小孩子;难道非要老头子亲自去送这些该死的子弹不可吗?何况妲丽亚又自告奋勇要去。她以前就非常喜欢出去到处跑跑:不管上磨坊里,上碾房里,不管出去干别的什么事情,她都愿意,因为一离开家,她就感到说不出地自由。每次外出,她都感到开心和愉快。她一离开公婆的眼睛,就可以和别的娘们儿谈个痛快,或者像她自己说的,和她看中的、机灵的男子汉"随便睡一觉"。可是在家里,就是在彼特罗死后,婆婆还是管得她很严,好像丈夫在世时就常常找外快的妲丽亚非得替死人守节不可似的。

潘捷莱·普罗柯菲耶维奇明知大儿媳妇不会好好地照应牲口,但是没有办法,还是叫她赶着车去了。去是叫她去了,然而他一个星期都心神不定,惶惶不安。他常常在半夜里醒来,难受得叹着气,心里想:"我的牛完了!"

妲丽亚到第十一天的早晨才回来。潘捷莱·普罗柯菲耶维奇刚刚从草原上回来。他和安尼凯的老婆插犋一同割草,他让安尼凯的老婆和杜尼娅留在草原上,自己回村子里来取水和吃的东西。两个老人家和娜塔莉亚正在吃早饭,窗外响起熟悉的车轮轧轧声。娜塔莉亚快步跑到窗前,就看见头巾一直裹到眼睛的妲丽亚正赶着疲惫不堪、瘦了不少的老牛进大门。

"怎么,是她吗?"老头子含着没有嚼好的面包,问道。

"是妲丽亚!"

"想不到还能看到牛!好啊,谢天谢地!这该死的坏娘们儿!总算回来啦……"老头子画着十字,打着饱嗝,嘟哝说。

妲丽亚卸掉牛,走进厨房,把一块叠成四折的粗麻布放在门口,就向家里人问好。

“你真不错，好能干！你再逛一个星期才好哩！”潘捷莱·普罗柯菲耶维奇皱着眉头看了看妲丽亚，也不答理她的问候，气呼呼地说。

“顶好您自个儿去！”妲丽亚一面解头上落满灰土的头巾，一面顶撞说。

“你怎么出去这么久呀？”伊莉尼奇娜怕一见面就顶起来，就插嘴说。

“人家不放我，所以就多跑了几天。”

潘捷莱·普罗柯菲耶维奇不以为然地摇了摇头，问道：

“贺里散福的老婆一到转运站上，人家就把她放回来了，就是不放你吗？”

“就是不放我！”妲丽亚恶狠狠地翻了翻眼睛，“您要是不信，就去问问那个押车的队长。”

“我用不着去问，不过下一回你呆在家里好啦。要派你，只能派你去见死神。”

“您别吓唬我吧！哼，吓唬起人来啦！我还不想去呢！以后您叫我去，我都不去！”

“牛还好吗？”老头子问话的口气已经缓和了。

“还好。您的牛一点事儿也没有……”妲丽亚很不高兴地回答说。她的脸色十分阴沉。

娜塔莉亚心里想：她一定是在路上和一个相好的走散了，所以心里很不痛快。

她常常对妲丽亚和她干的那些不干不净的风流事感到惋惜和憎恶。

吃过早饭，潘捷莱·普罗柯菲耶维奇就套上车要走，但是这时候村长来了。

“我该说一路平安才对，不过，等一等，潘捷莱·普罗柯菲耶维奇，你别走呀。”

“是不是又来要大车呀？”老头子用装出来的和善口气问道，实际上气得连气都喘不上来了。

“不是，这一回是另外的事儿。今天顿河军总司令西道林将军要上咱们这儿来。明白吗？刚才接到乡长的紧急公文，命令老头子和妇女们一个不落都去开大会。”

“他们不是疯了吗？”潘捷莱·普罗柯菲耶维奇叫了起来。“谁又在这种大忙的时候召开大会？你的西道林将军能送干草给我过冬吗？”

“咱们都一样，他是我的，也是你的，”村长心平气和地说，“命令我怎样办，我就怎样办。把车卸了吧！要隆重欢迎呢。顺便告诉你，听说好像还有协约国的将军跟他一块儿来呢。”

潘捷莱·普罗柯菲耶维奇在大车旁边站了一会儿,想了想,就开始往下卸牛。村长看到自己的话发生了效力,高兴起来,就问道:

"你那匹小骡马能不能用一下呢?"

"你要骡马干什么?"

"他娘的,命令要派两辆三套马车到杜尔谷那儿去迎接呢。到哪儿去弄马车和马呀,我简直没主意啦!天不亮我就起来,到处跑,小褂湿透了五六次,总共才弄到四匹马。大家都在干活儿,就是哭也哭不出马来!"

已经没有了火气的潘捷莱·普罗柯菲耶维奇答应拿出马来,甚至还提出可以用他的弹簧小马车。不管怎么说,来的是总司令呀,而且还有外国的将军,潘捷莱·普罗柯菲耶维奇对将军向来是怀着敬畏心情的……

由于村长的努力,总算弄到了两辆三套马车,派到杜尔谷迎接贵宾去了。老百姓都集合在操场上。很多人是扔下割草的活儿,从草原上赶回村子里来的。

潘捷莱·普罗柯菲耶维奇不再去管割草的事,打扮起来,穿上干干净净的褂子,换上一条带裤绦的呢裤子,戴上那一年格里高力带回来作礼物给他的制帽,吩咐过老婆子叫妲丽亚去给杜尼娅送水和吃的东西,他就拿出气派,一瘸一拐地朝会场上走去。

不久,大道上盘旋起浓浓的灰尘,灰尘像流水一样朝村子涌来,灰尘中有一样金属的东西闪闪发光,老远就传来像唱歌一样的汽车喇叭声。客人们乘着两辆崭新的、漆得锃亮的深蓝色小汽车;两辆空着的三套马车远远地跟在后面跑着,赶过一批批从草原上回来的割草人,村长为了表示隆重特地弄来的两个邮铃在车轭下很泄气地响着。操场上的人群里热闹了一阵,人们说起话来,孩子们快快活活地嚷了起来。慌里慌张的村长在人群里钻来钻去,邀集一些年高望重的老头子,要他们担任接待和献礼。村长一眼看见潘捷莱·普罗柯菲耶维奇,就高高兴兴地抓住了他。

"行行好,救救命吧!你是见过大场面的人,懂得礼节……你知道怎样向他们问候和别的什么的……再说,你是军人联合会的委员,你又有那样的儿子……请你担任献礼吧,我不行,我好像有点儿怕,膝盖直哆嗦。"

潘捷莱·普罗柯菲耶维奇遇到这样的荣幸,心里美得不得了,为了表示谦逊,推辞了好几遍,后来不知为什么忽然把脑袋往脖子里一缩,迅速地画了一个十字,就接过铺了绣花手巾的盛着面包和盐的盘子,用胳膊肘拨开众人,朝前走去。

汽车很快地向操场开来,后面跟着一大群叫哑了喉咙的各种毛色的狗。

"你……怎么样？不害怕吗？"脸色发了白的村长小声问潘捷莱·普罗柯菲耶维奇。他还是头一次看见这样的大官。潘捷莱·普罗柯菲耶维奇用发蓝的白眼珠子斜瞟了他一下,用激动得沙哑了的嗓门儿说：

"喂,你端一下子,我要梳梳胡子。端好!"

村长很殷勤地接过盘子,潘捷莱·普罗柯菲耶维奇把上嘴胡和下巴胡都梳了梳,很威武地挺直了胸膛,为了不叫人看出他是瘸子,又把那条瘸腿的脚尖撑在地上,这才重新接过盘子。但是盘子在他手里一个劲儿地哆嗦起来,村长很害怕地问道：

"盘子不会掉下来吧？哎呀,小心点儿!"

潘捷莱·普罗柯菲耶维奇很轻蔑地耸了耸肩膀。怎么会掉下来呢？这人竟说出这样混账的话！他干过军人联合会的委员,在将军府里和所有的人都握过手,现在倒害怕起一位将军来啦？这个小小的村长简直发昏啦！

"我的小老弟,我在军人联合会的时候,还和皇上封的将军一块儿喝过茶呢……"潘捷莱·普罗柯菲耶维奇刚刚开口,就顿住了。

前面的一辆汽车在离他十来步远的地方停下来了。一个头戴宽檐制帽、身穿钉着窄窄的外国肩章的制服、脸刮得光光的司机,很麻利地从车上跳下来,开了车门。两个身穿草绿色军装的人气派十足地从车上走下来,朝人群走来。他们径直地朝潘捷莱·普罗柯菲耶维奇走来,潘捷莱·普罗柯菲耶维奇把身子一挺,就一动也不动了。他猜想,这两个穿得很朴素的人就是将军,那些跟在后面、穿得很漂亮的人,只不过是陪伴他们的随员。老头子目不转睛地望着走过来的客人,他的眼睛里越来越流露出掩饰不住的惊愕神情。垂着穗头的将军肩章在哪儿呀？穗带和勋章在哪儿呀？如果在外表上和普普通通的军队文书一点没有区别的话,又算是什么将军呀？潘捷莱·普罗柯菲耶维奇霎时间感到异常失望。他甚至因为自己盛情准备欢迎,因为这两个人玷辱将军的称号,感到有些懊恼。真他妈的,如果他知道来的是这样的将军,他才不这样仔细打扮呢,也不会这样战战兢兢地等候他们,无论如何,也不会手里端着盘子和不知哪一个肮脏老婆子烤的倒霉面包,像个傻瓜一样站在这儿。说实话,他潘捷莱·麦列霍夫还从来没有叫人笑话过呢,现在就叫人笑话起来了:刚才他就亲耳听见孩子们在他背后嘿嘿直笑,甚至有一个小家伙可着嗓门儿吆喝:"伙计们！都来看呀,瘸子麦列霍夫鞠躬真好看呀！就像鲈鱼咬钩一样!"他在这儿站得笔直,难为这条瘸腿,还要叫人笑话,实在不值得……潘捷莱·普罗柯菲耶维奇气得心里直扑腾。全怪这个该死的胆小鬼村长！跑来胡说一通,把马和车都借了去,呼哧呼哧地满村子乱跑,到处找马车铃铛。真不假,这个人没见过世面,见了叫花子也要欢迎。潘捷莱·普罗柯菲耶维奇当年见过的将军才气派哩!比如说,在皇上阅兵的时候,就有一位将军,满胸膛都是勋章、奖章、金线绣花;看起来多过瘾,简直是圣像,不是将军!可是这两个——一身草绿制服,就像灰老鸹。其中一个戴的还不是规规矩矩的制帽,而是像一口蒙着布的锅子,而且一张脸刮得光溜溜的,就是打着灯笼也别想找到一根毛……潘捷莱·普罗柯菲耶维奇皱着眉头,厌恶得几乎要啐一口,但是这时候有人使劲在他的背上捅了一下子,对着他的耳朵大声说:

"去嘛,献上去!……"

潘捷莱·普罗柯菲耶维奇向前走去。西道林将军隔着他的脑袋匆匆地扫视了一下人群,高声说:

"你们好啊,诸位老人家!"

"祝您健康,大人!"村子里有人七嘴八舌地喊道。

将军亲切地从潘捷莱·普罗柯菲耶维奇手里接过礼物,说了一声"谢谢",就把盘子交给一名副官。

同西道林站在一起的是一位细长的英国上校,他用冷冷的好奇目光从扣得低到眼睛的钢盔底下打量着哥萨克们。他奉大不列颠驻高加索军事代表团团长布里格司将军之命,陪同西道林来视察肃清布尔什维克以后的顿河军区局面,并且通过翻译认真考察哥萨克的情绪,同时也了解了解前线的情况。

上校因为一路奔波,草原景物单调,许多谈话枯燥乏味,一个大国代表的职责又极其复杂,所以感到十分疲惫,但是王国的利益比什么都要紧呀!因此他仔细听着一个维奥申乡代表的讲话,而且差不多都听懂了,因为他懂俄语,只是不叫人知道这一点罢了。他带着道地的不列颠民族的高傲神气,看着这些好战的草原儿女的各种各样的、黑黑的脸,对于这种种族混杂的情况感到十分吃惊——只要一看到哥萨克人群,那是一眼就能看得出的;一个淡黄头发的斯拉夫族哥萨克旁边站着一个道地的蒙古人,蒙古人这边又是一个头发像乌鸦翅膀一样黑的年轻哥萨克,年轻哥萨克的一只手吊在肮脏的绷带上,正在小声和一个白发苍苍、道貌岸然的长者说话,——可以打赌,那个手拄拐杖、身穿老式哥萨克短褂的长者的血管里,流的一定是高加索山民的血……

上校多少懂得一点儿历史;他观察着哥萨克们,心里就想,不仅是这些野蛮人,就是他们的子孙,也不会在一个什么新的普拉托夫率领下去进攻印度了。在打败布尔什维克以后,打内战打得民穷财尽的俄罗斯将长期被排除在列强之外,在今后几十年中都不会对大不列颠的东方领地有什么威胁了。至于打败布尔什维克,上校是坚信不疑的。他是个头脑清醒的人,战前在俄罗斯住过很久,他当然无论如何都不相信,共产主义的空想会在一个不大开化的国家里实现……

妇女们嘁嘁喳喳地大声说话,引起了上校的注意。他连头也没扭,只用眼睛扫了扫她们那些颧骨高高的、风吹日晒的脸,他那闭得紧紧的嘴角上微微露出轻视的冷笑。

潘捷莱·普罗柯菲耶维奇献过礼以后,就钻进人群里。他没有听维奥申镇上一个能说会道的人怎样代表全乡的哥萨克向来宾致欢迎辞,而是绕过人群,朝停在不远处的三套马车走去。

马匹浑身是汗,两肋很吃力地起伏着。老头子走到自己那匹驾辕的骒马跟前,用袖子给马擦了擦鼻孔,叹了一口气。他真想大骂一通,马上把马卸下来,牵回家去,因为他实在失望。

这时候,西道林将军在向鞑靼村的人讲话了。他赞扬了鞑靼村人在红军后方的战斗活动之后,说:

"你们同我们共同的敌人进行了英勇顽强的战斗。你们的功劳,逐渐从布尔什维克的沉重压迫下解放出来的祖国是不会忘记的。我想奖励一下我们已经知道的贵村的同红军武装斗争中特别出色的一些妇女。我请我们这些哥萨克女英雄站到前面来,我们现在就宣布女英雄的名单!"

一名军官把一张短短的名单念了一遍。名单上第一名是妲丽亚·麦列霍娃,其余的也都是暴动一开始就被打死的一些哥萨克的遗孀,她们也都和妲丽亚一样,在塞尔道布团投降后被俘的共产党员来到鞑靼村时,参加过虐杀俘虏的暴行。

妲丽亚没有依照潘捷莱·普罗柯菲耶维奇的吩咐到草原上去。她也上这儿来了,站在妇女群里,打扮得就像过节一样。

她一听见自己的名字,就推开妇女们,大胆地朝前走去,边走边整理着绣花边的白色头巾,眯缝着眼睛,多少有点儿不好意思地笑着。虽然在长途跋涉和多次爱情冒险之后十分疲乏,她依然妖艳无比!在她那没有晒黑的白脸蛋儿的衬托下,一双眯缝起来的滴溜溜的眼睛里射出来的光芒显得格外炽热,从她那描过的、弯得很别致的眉毛中,从那微微含笑的嘴唇的纹丝中,隐隐露出一种诱人的、妖冶的意味。

一名军官背朝人群站着,挡住了她的路。她轻轻地把军官推开,说:

"请让早死人的亲属过去!"她便走到西道林面前。

西道林从副官手里接过一枚挂在绶带上的奖章,很笨拙地动弹着手指头,把奖章别在妲丽亚的上衣胸前的左边，并且含笑对着妲丽亚的眼睛看了看。

“您就是三月里牺牲的麦列霍夫少尉的遗孀吗?”

“是的。”

“现在请您领钱，五百卢布。让这位军官发给您。顿河军区司令阿福里康·彼特洛维奇·包加叶夫斯基和顿河政府都感谢您表现出的高度英勇，并向您表示同情……同情您的痛苦。”

妲丽亚没有全部听懂将军对她说的话。她点了点头，表示感谢，就从副官手里接过钱来，也一声不响地笑着，对直地看了看还不算老的将军。他们俩的个头儿差不多一样高，妲丽亚毫不羞涩地打量着将军那瘦削的脸。“把我的彼特罗看得这样不值钱，还没有一对牛的价钱高呢……不过这位将军样子倒不错，一定很管用。”这时候她怀着她素有的毫不知耻的心情想道。西道林以为她马上就会走，但是妲丽亚不知为什么迟迟不走。站在西道林身后的副官和军官们，都互相挤着眼睛，瞟着这个机灵的寡妇;他们的眼睛里都闪着快活的亮光，就连英国上校也提起了精神，理了理皮带，两只脚捯动了一下，而且在他那板着的脸上出现了有点儿像笑的表情。

“我可以走了吗?”妲丽亚问道。

“可以，可以，当然可以!”西道林连忙答应说。

妲丽亚动作很不自然地把钱塞到上衣的开襟底下，便朝人群里走去。所有的厌倦了演说和繁文缛节的军官们，都凝神注视着她那轻盈柔软的步伐。

已故的马尔丁·沙米尔的老婆迟迟疑疑地朝西道林走去。一颗奖章别在她那旧褂子上的时候，她忽然哭了起来，而且哭得十分伤心，十分悲痛，军官们脸上的快活神气一下子就不见了，脸色严肃起来，露出忧凄的同情神气。

“你的丈夫也牺牲了吗?”西道林皱着眉头问道。

正在哭的娘们儿用两手捂住脸，一声不响地点了点头。

“她的孩子用一辆大车都装不下呢!”有一个哥萨克用粗嗓门儿说。

西道林转脸朝着英国人，大声说:

“我们奖励的妇女，都在同布尔什维克的战斗中表现得特别英勇。她们大多数的丈夫都是在一开始起义反对布尔什维克的时候就牺牲了，这些寡妇为了给丈夫报仇，把一大队本地的共产党员全部消灭了。我奖励的第一名妇女是一位军官夫人，她亲手打死了一个以残忍出名的共产党的政委。”

翻译官说起流利的英语。上校听完了，点了点头，说:

“我很赞赏这些妇女的英勇行为。将军，您是说，她们都和男子并肩参加了战斗吗?”

“是的。”西道林很干脆地回答了一声,就急忙招了招手,请第三个寡妇走过来。

授过奖以后,客人们很快就回镇上去了。操场上的人匆匆忙忙地散去,赶去割草。过了几分钟,等到狗叫着把汽车送走以后,教堂围墙旁边就只剩下三个老头子了。

“这年头真稀奇!”其中一个老头子把两手摊得宽宽地说,“从前打仗的时候,要立下大功劳,要出生入死,才能得到十字章或奖章,那些得奖的又是些什么人呀?那都是一些英雄了得、万夫莫当的好汉!很多人拼死拼活,可是得到十字章的却不太多。难怪俗话说:‘要么戴十字章还乡,要么醉卧沙场。’可是如今给老娘们儿挂起奖章来啦……如果真有什么功劳倒也罢了,可实际上……哥萨克把俘虏赶到村子里来,她们就拿棒子殴打那些手无寸铁的人。这又算什么英雄好汉?说真的,我不懂!”

另外一个老眼昏花、十分虚弱的老头子,叉开腿,不慌不忙地从口袋里掏出一个卷成圆筒形的布烟荷包,说:

“人家在契尔卡斯克当官的,看得比咱们清楚。大概人家是这样考虑的:为了叫大家都振作起精神,好好地打仗,也要给老娘们儿一点儿甜头吃吃。所以又是奖章,又是五百卢布,——哪一个娘们儿见到这样的荣耀会不动心呢?有的哥萨克就是不愿意上前线,想逃避打仗,可是现在还能安安稳稳坐在家里吗?老婆就要天天在他耳朵边嗡嗡叫了!她就要不住地咕噜噜,咕噜噜,就像夜里的布谷鸟!每一个老娘们儿都要想:‘也许我也能挂一颗奖章呢?’”

“你这话不对,菲道尔亲家!”第三个老头子表示反对。“该奖赏,就奖赏。有些娘们儿守了寡,给她们些钱,可以帮她们好好过日子,给她们奖章,那是因为她们勇敢。麦列霍夫家的妲丽亚打头处治了科特里亚洛夫,她做得对!上帝总归是要惩罚他们的,不过老娘们儿惩罚他们也不算错:他们是罪有应得……”

三个老头子一直辩论和争吵到晚祷的钟声响起的时候。等鸣钟人敲起钟来,三个老头子这才站起身来,摘下帽子,画了个十字,恭恭敬敬地朝教堂里走去。

十三

说也奇怪,麦列霍夫家的情形变得好厉害呀!不久以前,潘捷莱·普罗柯菲耶维奇还觉得自己在家里是无上权威的当家人,家里所有的人都毫无二话地服从他,一切都有条有理,共同分担欢乐与痛苦,在各方面都表现出多年来的和睦和融洽。本来是一个十分团结的家庭,可是从春天起,一切都改变了。杜尼娅头一个发生离心力。她并没有对父亲公开表示不服从,但是她干起分配给她的任何活儿,都显得十分勉强,就好像不是给自己家干的,而是受人家雇的;样子也显得孤僻、落落寡合了;现在难得听到无忧无虑的杜尼娅的笑声了。

格里高力上前线去以后,娜塔莉亚也和两位老人家疏远了;几乎所有的时间都和孩子们在一起,只有和孩子们在一起,才高高兴兴地说说话儿,做做事情;好像娜塔莉亚暗暗为什么事感到十分伤心,但是她没有对家里任何人吐露过自己的痛苦,对谁都没有诉说过,而且想方设法掩盖自己的痛苦心情。

妲丽亚就更不用说了:这一次拉差回来,妲丽亚简直完全变了。她经常顶撞公公,根本不把婆婆放在眼里,常常无缘无故对家里人发脾气,借口身体不舒服,不去割草,看她的态度,就好像她在麦列霍夫家里住不了几天了。

潘捷莱·普罗柯菲耶维奇眼看着这一家完了。就剩下他和老婆子两个人在一起了。家庭关系突然很快地破裂了,相互之间的亲热没有了,说话中越来越带着火气和疏远的口气……大家同坐在一张饭桌前,不再像过去那样,是一个和睦一致的家庭,倒像是一些偶然凑在一起的人了。

这一切的根源就是打仗,潘捷莱·普罗柯菲耶维奇很清楚这一点。杜尼娅恨父母,是因为父母永远不准她嫁给米沙·柯晒沃依,而米沙·柯晒沃依是她这颗忠贞不渝的姑娘的心热爱着的唯一的人;娜塔莉亚用她素有的隐忍精神默默地忍受着很深的痛苦,她怕的是,格里高力又要去找阿克西妮亚了。这一切潘捷莱·普罗柯菲耶维奇全都看到,但是要恢复家庭的老样子,他却无能为力了。说实在的,在发生过种种事情之后,他是不能答应自己的女儿和一个狂热的布尔什维克结婚的,再说,即使他答应了,如果这个该杀的新郎官天天在战场上跑来跑去,况且又是在红军部队里,怎么能结婚呢?对于格里高力的事,他也没办法:如果格里高力不是军官阶级,潘捷莱·普罗柯菲耶维奇很快就能制伏他。能治得格里高力今后连斜眼看一看阿司塔霍夫家的院子都不敢。但是打仗把什么都打乱了,老头子再也不能照他想的那样过日子和管自己的家了。打仗打得他破了产,他再也没有原来那种干活儿的劲头儿,大儿子也死了,家里不和睦了,乱套了。他的生活经历了一场战争,就像一片麦地经受一场暴风雨一样,但是暴风雨过后麦子还能站起来,太阳一晒,又生机勃勃的,可是老头子再也站不起来了。他决定什么也不管了:听天由命吧!

妲丽亚得到西道林将军的奖赏以后,高兴起来。那一天她从操场上回来,得意洋洋,喜不自胜。她眼睛里放着光,去让娜塔莉亚看了看奖章。

“为什么给你这玩意儿?”娜塔莉亚惊愕地问道。

“这是因为我枪毙了干亲家伊万·阿列克塞耶维奇,愿这个狗崽子在天堂安息吧!还有这个——是因为彼特罗……”她为了谝一谝,打开一沓沙沙响的顿河政府流通券。

妲丽亚仍然没有下地去。潘捷莱·普罗柯菲耶维奇本来叫她去送饭的,但是妲丽亚坚决不干。

“饶了我吧,爹,我赶路赶得都累死啦!”

老头子皱起眉头。于是,妲丽亚为了缓和一下生硬拒绝的气氛,就半真半假地说:

“在这样的日子里逼着我下地去,您可是罪过。今天我是过节呀!”

“我就自个儿送去吧。”老头子答应了。“噢,那钱怎么样?”

“钱又怎么样?”妲丽亚吃惊地挑了挑眉毛。

“我是问,你把钱放到哪儿?”

“这就是我的事了。想往哪儿放,就往哪儿放!”

“这算怎么一回事儿呢?这钱不是因为彼特罗发给你的吗?”

“他们是发给我的,这钱用不着您管。”

“你是家里的人不是?”

“是家里的人,您又想怎样呢,爹?您想把钱要过去吗?”

“不是想全要，不过，依你看，彼特罗是我们的儿子不是？我和老婆子该不该有一份儿呢？”

公公的口气显然是缺乏信心的，妲丽亚也就一点也不让步了。她用挖苦的口气很镇定地说：

“我一点儿也不给您，连一个卢布也不给！这里面没有您的份儿，要是有的话，就该发给您了。您这是从哪儿想起，这里面有您的份儿呢？这事儿没什么好说的，我的钱您贪不到，您捞不到！”

于是潘捷莱·普罗柯菲耶维奇拿出最后的一招儿：

“你在家里过日子，吃我们的粮食，就是说，咱们的什么东西都是公有的。如果每一个人都来攒私房钱，那又像什么话呀？我不许这样！”他说。

但是妲丽亚也打退了这次企图夺取她的私房钱的进攻。她毫不害羞地笑着说：

“爹，我和您可不是结发夫妻，今天我住在您这儿，明天我就会改嫁，叫您见都见不到影子！我吃的饭，也用不着向您付钱。我给你们家干了十年，腰都累弯啦。”

“你是给自个儿干的，骚母狗！”潘捷莱·普罗柯菲耶维奇气呼呼地叫道。他又嚷嚷了几句，但是妲丽亚连听都不听了，就在他的鼻子前面一转身，裙子一忽闪，朝自己房里走去。“我可不是怕吓唬的！”她冷笑着，小声说。

谈话到此就结束了。真的，妲丽亚不是那种怕老头子发脾气就让步的女人。

潘捷莱·普罗柯菲耶维奇准备下地去，临走时他和老婆子简单地谈了谈。

“你要看着妲丽亚……”他说。

“干吗要看着她？”伊莉尼奇娜吃惊地说。

“因为她可能要走，离开咱们家，会把咱们的东西卷走。我看，她抖搂翅膀，不是无缘无故的……看样子，她是找到了主儿，不是今天就是明天，她就要改嫁。”

“大概是这样，”伊莉尼奇娜叹着气说，“她就像一个当长工的外人，没有一样称她的心，什么都不合她的意……她如今就像一块切下来的面包，切下来的面包，怎么粘都粘不到一块儿。”

“用不着把她往一块儿粘！你注意，老糊涂，如果谈起这事儿，你可别拦她。让她滚吧。我和她缠够啦。”潘捷莱·普罗柯菲耶维奇爬上大车；一面赶牛，一面又说：“她一见干活儿就躲，就像狗见了苍蝇，可是她总想吃香的喝辣的，还要出去玩个快活。彼特罗一死，愿他在天堂安息，咱们家里再也不能留这种娘们儿啦。这不是女人,是祸害!”

两位老人家猜测错了。妲丽亚想都没想过改嫁的事。她不是想改嫁,而是有另外的操心事……

这一天妲丽亚有说有笑,十分高兴。因为钱而引起的口角甚至都没有影响她的情绪。她对着镜子转悠了半天,从各个角度端详那枚奖章,换了五六次衣服,试试什么样的衣服和花绦子绶带最配称,开玩笑说:“现在我最好再搞几颗十字章!”后来她把婆婆叫到上房里,把两张二十卢布的票子塞到她袖子里,用两只滚烫的手把婆婆的两只疙疙瘩瘩的手按在自己胸前,小声说:“这是祭奠彼特罗的……妈妈,您去做一次大道场,多煮些蜜粥……”便哭了起来……但是过了一会儿,眼睛里还带着亮闪闪的泪珠儿,就和米沙特卡玩起来,用自己的漂亮丝围巾蒙他的头,笑得非常开心,就好像从来没有哭过,根本不知道眼泪是咸的似的。

杜尼娅从草原上回来以后,妲丽亚就快活得疯起来。她把自己怎样领奖章的情形一五一十地对杜尼娅说了一遍,又笑哈哈地表演表演了将军怎样庄严地讲话,英国人怎样像木偶一样站着和看着她,然后,调皮而诡秘地对娜塔莉亚挤了挤眼睛,板紧了脸对杜尼娅说,她这个军官遗孀,又得了奖章,也要升成军官了,并且还要指挥一连哥萨克老头子呢。

娜塔莉亚在给孩子们补衣服,忍着笑在听妲丽亚胡吹,听糊涂了的杜尼娅像做祷告一样合起双手,央求说:

“好一个妲丽亚!好嫂子!你行行好,别胡扯吧!要不然我简直弄不清哪些是胡扯,哪些是真话啦。你正经八百地说说吧。”

“你不信吗?哼,你真是个傻丫头!我和你说的全是真话。军官都上前线去啦,谁又来教老头子们下操和当兵的要干的许多别的事儿呢?所以就叫我来指挥他们,我就来治治这些老鬼们吧!我要好好训练训练他们!”妲丽亚为了不让婆婆看见,把通厨房的门掩上,很麻利地把裙子下摆往两腿中间一塞,用一只手从后面把裙子下摆抓住,就摇晃着光溜溜的腿肚子,在上房里开步走了几步,在杜尼娅跟前站下来,用粗嗓门儿喊起口令:“老家伙们,立正!把胡子撅起来!向后转,开步走!”

杜尼娅实在憋不住,用双手捂着脸,扑哧大笑起来,娜塔莉亚笑着说:

“哎呀,你算了吧!你这样疯闹,恐怕没有好事儿!”

“没有好事儿就没有好事儿!再说,你们看见好事儿了吗?如果不逗你们笑笑,你们在这儿还要闷死呢!”

但是妲丽亚的这一股快活劲儿,来得突然,去得也突然。过了半个钟头,她回到自己的屋里,懊恼地从胸前扯下倒霉的奖章,扔进柜子里;两手托着腮,在窗前坐了老半天,到夜里又不知跑到什么地方去,直到鸡叫头遍以后才回来。

在这以后有三四天,她在地里干活儿都很卖力。

割草的事很不顺利。人手不够。一天顶多割两亩。草堆常常叫雨淋湿,又增加了麻烦。因为又要把草堆摊开来晒。不等把晒干的草堆成垛,又下起倾盆大雨,而且像秋雨一样连绵不断,一直从天黑下到第二天天亮。然后雨过天晴,刮起东风,草原上的割草机又轧轧响起来,一个个发了黑的草堆发出一股股又甜又苦的霉味,草原上笼罩着腾腾的蒸汽,透过蓝蓝的蒸汽,隐隐可以看到古守望台的模糊轮廓、青青的山沟和远处水塘边的翠柳。

第四天,妲丽亚准备从草地上直接到镇上去。她在坐下来吃午饭的时候,说出这话来。

潘捷莱·普罗柯菲耶维奇带着不满意和讥笑的口气问道:

"干吗这样着急?不能等到星期日吗?"

"就是说,有事,不能等。"

"就是多等一天也不行吗?"

妲丽亚咬着牙回答说:

"不行!"

"好,既然这样着急,一点都不能等,你就走吧。不过,你到底有什么事这样着急呢?能说说吗?"

"您要是什么事都知道了,会死得快些。"

妲丽亚和往常一样,厉害话随口就来,潘捷莱·普罗柯菲耶维奇气得啐了一口,也就不再寻根问底了。

第二天,妲丽亚从镇上回来,顺路先回到村子里。只有伊莉尼奇娜和两个孩子在家里。米沙特卡跑到伯母跟前,但是她冷冷地用手把他推开,向婆婆问道:

"妈妈,娜塔莉亚在哪儿?"

"她在菜园子里锄土豆呢。你找她干啥?是不是老头子要你来叫她?叫他别发疯吧!你就这样对他说!"

"谁也不叫她,是我想和她说几句话。"

"你走着回来的吗?"

"走着回来的。"

"咱们家快割完了吗?"

"大概明天能完。"

“等等嘛，你急着上哪儿去？草不是叫雨淋坏了吗？”婆婆跟着妲丽亚下台阶，一个劲儿地追着问。

“没有，没淋坏。好啦，我去啦，不然就来不及啦……”

“你从菜园子里回来，给老头子带一件褂子去。听见没有？”

妲丽亚打了一个好像没有听清的手势，就急急忙忙朝牲口院子里走去。走到河边站下来，眯缝起眼睛，打量了一下散发着淡淡的潮湿气味的碧绿而辽阔的顿河，慢慢朝菜园子走去。

风在顿河上轻轻吹着，海鸥扇动着亮闪闪的白翅膀。波浪懒洋洋地拍打着缓斜的岸。笼罩在透明的淡紫色蜃气里的石灰岩山冈，在太阳底下闪着淡淡的白光；顿河对岸的树林经雨水一洗，就像初春时候那样，又青翠，又鲜嫩。

妲丽亚脱下靴子，洗了洗累得酸疼的脚，在岸边晒得滚烫的小石子上坐了半天，用手遮着眼睛，挡住阳光，倾听着海鸥那凄厉的叫声和波浪那均匀的拍溅声。面对着这样的寂静，又听到海鸥那揪心裂肺的叫声，她伤心得流下泪来，那突然降临到她身上的灾难，似乎更沉重，更难忍受了。

娜塔莉亚很吃力地直起腰来，把锄头靠在篱笆上，一看见妲丽亚，就迎着她走来。

“你是来叫我吗，妲莎？”

“我来找你说说自己的苦……”

她俩并肩坐了下来。娜塔莉亚摘下头巾，撩了撩头发，带着等待的神情看了看妲丽亚。这几天妲丽亚脸上的变化使她大吃一惊，两腮瘪了下去，而且发了乌，额头上出现了一道老深的斜皱纹，眼睛里流露出焦急、惶恐的神情。

“你这是怎么啦？你的脸都发乌啦。”娜塔莉亚很关心地问道。

“恐怕是要发乌的……”妲丽亚勉强笑了笑，沉默了一会儿。“你还要锄很久吗？”

“到天黑能锄完。你到底是怎么啦？”

妲丽亚哆哆嗦嗦地咽了一口唾沫，声音又低又快地说道：

“是这么回事儿：我有病啦……我生了脏病……就是我这一回出门染上的……是一个该死的军官传给我的！”

“闹出事情来啦！……”娜塔莉亚又惊骇又伤心地把两手一扎煞。

“是闹出事情来啦……没什么好说的，也怨不得别人……只怪我自己……那个该死的东西害过人，就滚了。牙齿白白的，却原来是个有病的虫……这一下子我完啦。”

“好命苦啊！这可怎么办呀？你现在怎么打算呀？”娜塔莉亚睁大了眼睛看着妲丽亚，妲丽亚控制住自己，望着自己脚底下，已经比较平静地说：

“就是说，我在路上就有感觉了……起初我想：也许这不算什么……你要知道，咱们女人家什么样的毛病都有……今年春天我扛一口袋麦子，月经就来了三个星期。可是，现在我觉得有点儿不对头……有些征候露出来了……昨天我就到镇上去找大夫。真羞死人啦……这一下子全完啦，快活到头啦！”

“应该治一治，这太寒碜啦！听说，这种病能治嘛。”

“不行，傻东西，我的病治不好。”妲丽亚似笑非笑地笑了笑，谈到这里，这才第一次抬起火燥的眼睛。“我这是梅毒。这种病治不好。害这种病，要塌鼻子……就像安得洛妮哈老婆子那样，你看见来着？”

“那你现在怎么办呀？”娜塔莉亚带着哭腔问，并且眼睛里饱含着眼泪。

妲丽亚老半天没有说话。她扯下一朵缠在玉米秆子上的牵牛花，拿到自己的眼跟前。这朵娇弱的、边上粉红色的、几乎轻如无物的小小的喇叭花，竟散发着十分浓重、强烈的晒烫了的土地气味。妲丽亚贪婪而惊异地看着牵牛花，就好像是头一次看见这种平常而又难看的花儿似的；她张大了两个哆哆嗦嗦的鼻孔，闻了闻，然后小心翼翼地放在松软的、被风吹干的土地上，说：

“你问我打算怎么办吗？我从镇上往回走的时候，就想过，掂量过啦……我要自杀，这就是我的办法！自杀是有点儿可惜，不过，看起来，没有别的法子可想了。即使我去治，反正也是一样，村子里的人都要知道，他们会指指点点，躲着我，笑话我……谁还看得起我这样一个女人呢？我不漂亮啦，浑身要瘦干啦，我就要活活地烂掉……我不愿意这样，决不！”她说话的样子，就像自己和自己讨论，根本不理会娜塔莉亚那表示反对的动作。“我还没有上镇上去的时候，我在想，如果我害了脏病，我要治一治。所以我没有把钱给公公，我想，治病就要花钱嘛……可是现在我改变主意了。我什么都讨厌啦！不愿意活啦！”

妲丽亚像男人一样骂了几句十分粗野的话，啐了一口，用手背擦了擦挂在长长的睫毛上的泪珠儿。

“你说的是什么话呀……你不怕上帝吗？”娜塔莉亚小声说。

“对于我来说，现在上帝一点用处也没有啦。就这样，这一辈子上帝已经碍了我不少事啦。”妲丽亚笑了笑，从她的毫不在乎和顽皮的笑容上，娜塔莉亚一时间又看到了原来的妲丽亚。“这又不能干，那又不能干，总是说罪过，总是拿最后审判来吓唬人……却想不到，我自己要对自己作的审判，比那种审判还厉害呢。娜塔莉亚，我什么都厌啦！所有的人我都讨厌啦……我很容易离开人世。我无牵无挂。没有人需要我操心……就这样啦!”

娜塔莉亚很热心地劝起她来,劝她回心转意,不要再去想自杀的事,但是妲丽亚起初只是心不在焉地听着,后来一下子想了起来,就气冲冲地打断她的话头。

“你别说这些啦,娜塔什卡!我到这儿来,不是要你劝我,说服我!我是来对你说说我的苦,并且提醒你,今后你别叫孩子们接近我。大夫说,我这种病很容易传染,我也听别人这样说过,所以千万别叫孩子们传染上,傻东西,明白了吗?还要你去对婆婆说说,我自己还不好意思。不过我……我还不是马上就上吊,不会的,这种事儿不用着急……我还要再活些日子,要好好地看看人世,最后看几眼。要不然,你可知道,咱们真是白活啦!活着的时候,天天跑来跑去,周围的什么都看不见……我这一辈子就是这样过的,就好像是个瞎子,可是这一回我从镇上回来,从河边上走,一想到我很快就要见不到这一切了,我的眼睛好像一下子就睁开啦!我望着顿河,望着河面上的水波,太阳一照,河水简直成了银的,明晃晃的,都不敢拿眼睛去看。我又转了转身,朝四下里一看,天啊,真是太美啦!可是以前我还没有注意到呢……”妲丽亚羞涩地笑了笑,沉默了一会儿,攥紧两手,克制住已经冲到喉咙眼儿里的哭声,又说下去,她的嗓门儿更高也更紧张了。“我一路上已经哭了好几次……来到村边上,我看见一些小家伙在河里洗澡……我看了看孩子们,心里就难受起来,像个傻子一样大哭起来。在沙滩上躺了有两个钟头。要是想想的话,死也不好受……”她从地上站起来,掸了掸裙子上的灰土,用习惯的动作理了理头上的头巾。“不过,一想到死,我也觉得高兴:到阴间里就能和彼特罗见面了……我就说:‘喂,彼特罗·潘捷莱维奇,我的当家的,收留你这个不走正道的老婆吧!’”她又用她常有的那种毫不在乎的玩笑口吻说:“在阴间里他又不能打人,打人就进不了天堂,不是吗?好啦,娜塔什卡,再会吧!别忘了把我的倒霉事儿告诉婆婆。”

娜塔莉亚用窄窄的两只脏手捂住脸,坐在地上。从她的指头缝儿里往外流着晶莹的泪珠儿,就好像松树裂缝里流出的松胶。妲丽亚走到用树枝子编的菜园子篱笆小门跟前,又走了回来,郑重地说:

“从今天起,我就要单独使用一套碗碟。你要把这事告诉婆婆。还有:叫她先别把这事儿告诉公公,不然老头子就会大发脾气,把我从家里赶出去。那我就更受不了啦。我打这儿一直到草地上去了。再会吧!”

十四

第二天，割草的就从田野上回来了。潘捷莱·普罗柯菲耶维奇决定吃过午饭就开始去拉干草。杜尼娅把牛牵到河边去饮，伊莉尼奇娜和娜塔莉亚就忙着摆饭。

妲丽亚最后一个上桌子，坐在尽边上。伊莉尼奇娜在她面前摆了一小钵子菜汤、一把调羹和一块面包；其余的人喝的菜汤，还像往常一样，盛在一个公用的大钵子里。

潘捷莱·普罗柯菲耶维奇惊讶地看了老伴儿一眼，拿眼睛瞟着妲丽亚的钵子，问道：

“这是怎么一回事儿？为什么要单独给她盛一钵子？怎么，她不信咱们的教了吗？”

“你少管闲事！吃你的吧！”

老头子用讥笑的目光看了妲丽亚一眼，笑着说：

“啊哈，我明白了！她一得了奖章，就不愿意吃大锅饭啦。妲什卡，你怎么，觉得我们不配和你合用一个钵子喝汤了吗？”

“不是不配，是不行。”妲丽亚沙哑地回答说。

“那又为什么？”

“我喉咙疼。”

“喉咙疼又有什么？”

“我上镇上去，大夫对我说，吃饭的家伙要分开。”

“我的喉咙也疼过，我也没有分开，托老天爷的福，我的病也没有传染给别人。你这病又是怎么回事儿呢？”

妲丽亚的脸一下子白了，她用手擦了擦嘴，就放下调羹。老头子问来问去，把伊莉尼奇娜惹火了，她朝他吆喝道：

“你干吗和老娘们儿缠个没完？连吃饭都叫人吃不安生！就像苍耳子儿，粘到身上扯都扯不掉！”

“我怎么啦？”潘捷莱·普罗柯菲耶维奇气呼呼地嘟哝说。“你们胀破肚子，也没有我的事。”

他气得把满满一调羹热菜汤往嘴里一倒，烫得嘴生疼，他把汤一齐吐到大胡子上，恶狠狠地嚷道：

“你们这些该死的，连饭都不会摆啦！刚从火上拿下来的汤，怎么能端上桌子?!”

“吃饭的时候少说点儿话，就不会烫着嘴啦。”伊莉尼奇娜挖苦他说。

杜尼娅看到父亲红着脸从大胡子里往外剔白菜和土豆块儿，差一点儿扑哧笑出来，只是因为别人的脸色都很严肃，她也就憋住了，并且把目光从父亲身上移开，很怕不合时宜地笑起来。

吃过午饭以后，老头子和两个儿媳妇赶着两辆大车去拉干草。潘捷莱·普罗柯菲耶维奇用长长的叉子把一捆捆散发着霉味的干草往车上挑，娜塔莉亚就在车上接，往车上装。她和妲丽亚一块儿赶着车往回走。潘捷莱·普罗柯菲耶维奇已经赶着两头脚步矫健的老牛远远走到前面去了。

太阳眼看就要落到山冈后面去。在割过了草的草原上，苦蒿气味到黄昏时候益发浓了，但是比较柔和，比较清爽了，已经不像中午时候那样使人气闷。炎热消失了。两头牛高高兴兴地走着，牛蹄子在夏季道路上蹚起的一股股淡淡的灰尘升起又落下，落在道旁的驴蓟草丛里。开着深红色花儿的驴蓟像一团团的野火。丸花蜂在上面嗡嗡地飞着。几只凤头麦鸡咯咯叫着，朝远处一口草原水塘飞去。

妲丽亚两手托着腮，趴在摇摇晃晃的大车上，偶尔看看娜塔莉亚。娜塔莉亚正望着落日在沉思；她那安详而干净的脸上闪烁着红铜色的霞光。“娜塔莉亚好福气呀，又有丈夫又有孩子，什么也不缺，家里人又喜欢她，可是我呀，成了一个没人要的人啦。就是死了，也没有人叹一声。”妲丽亚心里想着，忽然产生了一个念头：要叫娜塔莉亚伤伤心，叫她也痛苦一下子。为什么就该她妲丽亚一个人灰心绝望，就该她一个人无休无尽地想她的已经完蛋的一生，而且这样痛苦难熬呢？她又匆匆看了娜塔莉亚一眼，便竭力以推心置腹的口吻说：

“娜塔莉亚，我想向你认个错儿……”

娜塔莉亚没有立即答腔。她望着落日，想起很久以前，她还是格里高力的未婚妻的时候，格里高力有一次来看她，她把他送到大门外，那时候也是太阳正要落山，西方天空一片红红的霞光，白嘴鸦在柳树上喳喳直叫……格里高力在马上侧转过身子，慢慢离开，她含着高兴得流出来的眼泪，望着他的背影，两手按在尖尖的姑娘乳房上，觉得心在猛烈地跳动……因为妲丽亚突然打破了沉默，她有些不高兴，于是不大痛快地问道：

"认什么错儿呀？"

"是这样一件错事……你还记得，春天里格里高力从前方回过一趟家吗？记得就在那一天晚上，我挤完牛奶，正要朝房里走，就听见阿克西妮亚叫我。哦，她把我叫了去，送我一枚戒指，硬要给我，就是这一枚，"妲丽亚转悠了一下戴在无名指上的金戒指，"她求我把格里高力叫到她家去……我就什么也不管……告诉他了。他就去了一夜……他说是库金诺夫来了，他陪库金诺夫来着，这话你记得吧？全是扯谎！他在阿克西妮亚那儿呢！"

脸色煞白、发了呆的娜塔莉亚一声不响地在手里掰着干木樨枝儿。

"娜塔莎，你别生我的气。我自己也不高兴这样做，所以才向你认错儿……"妲丽亚讨好地说，一面想看看娜塔莉亚的眼睛。

娜塔莉亚一声不响地吞着眼泪。这又一次的打击是如此突然，如此沉重，她简直没有力气来回答妲丽亚了，只是转过身去，藏起自己的痛苦得变了样子的脸。

已经快到村口了，妲丽亚恼起自己，心里想："我他妈的真不该刺她。这一下子她要哭上整整一个月了！真该让她什么也不知道，就那样过下去。叫她像牛一样糊里糊涂过下去，倒好些。"她想多少消除一下自己的话发生的影响，就说：

"你别太难过嘛。这没什么了不起的！我的苦比你厉害多啦，可是我还不在乎呢。再说，鬼又知道，也许他真的没有去找她，当真去看库金诺夫了呢。我又没有跟着他。没有抓住，就不能算是贼。"

"我早就猜到啦……"娜塔莉亚用头巾的角儿擦着眼泪，小声说。

"既然猜到，你怎么不追问他呢？你真无用！要是我，他就不敢耍花枪！我就要狠狠治他一下子，叫什么样的鬼都受不了！"

"我怕知道这事儿是真的……你以为，这是快活事儿吗？"娜塔莉亚忽闪了几下眼睛，激动得结结巴巴地说。"这是因为你……和彼特罗过得不错……可是我，一想起……一想起许多事情……受的折腾……马上就觉得可怕！"

"哦，那你就忘掉这些事吧。"妲丽亚很天真地劝她说。

“这种事能忘得掉吗?”娜塔莉亚用变了腔的沙哑嗓门儿叫道。

“要是我,早就忘掉啦。有什么不得了的?”

“那你就忘掉自己的病吧!”

妲丽亚哈哈大笑起来。

“我倒是想忘掉,可是这种该死的病总是叫人想起它来!你听我说,娜塔什卡,你要不要我去找阿克西妮亚把事情问清楚?她一定会对我说!肯定会说!没有一个女人能憋得住不说有人爱她和怎么爱她。我自个儿就是这样!”

“我不想劳你的驾了。你对我已经够操心的啦。”娜塔莉亚冷冷地回答说。“我不是瞎子,我看得出你是为什么把这事儿告诉我的。你不是因为心疼我,才说出你怎样拉皮条,是为了叫我难受难受……”

“是呀!”妲丽亚叹了一口气,承认说。“你自个儿想想嘛,不是该我一个人难受吧?”

妲丽亚跳下大车,抓住缰绳,牵着疲惫无力地迈着四条腿的老牛朝坡下走去。到了胡同口,她走到大车跟前,说:

“喂,娜塔什卡!我想问问你……你很爱你男人吗?”

“尽我的心。”娜塔莉亚含含糊糊回答说。

“那就是很爱嘛,”妲丽亚叹着气说,“可是我没有很爱过一个。我像狗那样去爱,马马虎虎,随随便便……如果我现在能重新从头过起,也许我能变成另外一个人吧?”

黑夜接替了短暂的夏天的黄昏。大家摸黑把干草堆在院子里,妯娌们一声不响地干着活儿,妲丽亚甚至对公公的吆喝都没有回嘴。

十五

顿河白军和顿河上游暴动军的联合部队,紧追着从大熊河口镇撤出的敌军,向北方开去。红军第九军被击溃的几个团,企图在大熊河上的沙石金村外拦击哥萨克,但是又被打垮了,于是几乎一直撤退到格里亚齐—察里津铁路线上,都没有进行什么大的抵抗。

格里高力率领自己的一个师参加了沙石金村的战斗,有力地支援了受到侧翼攻击的苏图洛夫将军的步兵旅。叶尔马柯夫的骑兵团,依照格里高力的命令进行冲锋,俘虏了二百来名红军,缴获了四挺重机枪和十一辆子弹车。

将近黄昏时候,格里高力带领第一团的一批哥萨克进入沙石金村。在师部占用的一座房子旁边,密密层层地站着一大群俘虏,由半连哥萨克看守着,俘虏们的衬衣和衬裤白成了一片。他们大多数人的鞋袜都被脱光了,衣服剥得只剩了内衣,在白成一片的人群里只是偶尔能看到一件肮脏的草绿色军便服。

"白得像一群鹅啦!"普罗霍尔指着俘虏们,叫道。

格里高力勒住马,让马侧转过身子;他在哥萨克群里找到叶尔马柯夫,招了招手,叫他过来。

"过来,你干吗要躲到别人脊梁后头?"

叶尔马柯夫用手捂着嘴咳嗽着,骑马走了过来。在他那稀稀的黑胡子底下,破裂的嘴唇上凝结着血块子,右腮肿了起来,有几条黑红色的新鲜擦伤。在冲锋的时候,他的马在飞跑中绊了一下,跌倒了,叶尔马柯夫像石头一样从马上飞了出去,肚子朝下,在坎坷不平的草地上滑了有两丈远。但是他和马又同时站了起来。过了一会儿,浑身是血的叶尔马柯夫又骑在马上,也没戴军帽,但是手里攥着出了鞘的马刀,去撵在斜坡上奔跑的哥萨克骑兵散兵线了……

"我有什么好躲的呀?"他来到格里高力跟前,故作惊讶地问道,然而他很不好意思地把打过仗以后还没有冷下来的、充血的、火辣辣的眼睛转向一边。

"谁干的事情,谁心里有数!你干吗要在后头走?"格里高力十分气忿地问道。

叶尔马柯夫的两片肿起的嘴唇很费劲地笑着,侧眼看了看俘虏们。

"你说的是什么事呀?你别叫我猜谜了,反正我猜不出,我今天从马上栽下来着……"

"这是你干的吧?"格里高力用鞭子指了指红军。

叶尔马柯夫装做头一回看见这些俘虏,装出非常吃惊的样子:

"瞧这些狗崽子们干的好事!哼,真该死!把衣服都剥啦!他们这是什么时候剥的呢……真没想到!我刚刚离开一下子,还严厉命令不许动呢,可是你看,把他们都剥光了,真可怜!……"

"你别糊弄我了!装什么蒜?是你下命令剥的吧?"

"主保佑吧!格里高力·潘捷莱维奇,你不是疯了吧?"

"你还记得命令吗?"

"命令就是说……"

"对,对,就是那道命令!……"

"当然记得。我都能背得出来!就像过去在学校里念过的诗一样。"

格里高力不由地笑了,他在马上弯下腰,抓住叶尔马柯夫的武装带。他很喜欢这个勇猛、剽悍的团长。

"哈尔兰皮!别开玩笑,你搞成什么样子啦?如果派来的那位接替考佩洛夫的新上校一报告,你就要负责任。一有麻烦,追问起来,你就高兴不成了。"

"我忍不住呀,潘捷莱维奇!"叶尔马柯夫严肃而老实地回答说。"他们穿的都是崭新的衣服,都是在大熊河口刚刚发给他们的,可是我的弟兄们都穿得破破烂烂,而且就是家里也没有什么衣服。反正他妈的一样,到了后方也要把他们剥光!我们把他们抓来,倒叫后方那些家伙去剥衣服吗?那不行,还是叫咱们的弟兄们穿穿吧!我负责任好啦,没什么了不起的!请你别和我啰嗦啦。我什么也不懂,这些事儿我一点也不明白!"

他们来到俘虏跟前。俘虏群里低低的说话声停止了。站在边上的俘虏躲着骑马的人,带着愁眉苦脸的担心神情和小心等待的神情望着哥萨克们。有一个红军认出格里高力是首长,径直走过来,用手抓住马镫,说:

"首长同志!请告诉您手下的哥萨克们,哪怕把军大衣还给我们也好。行行好吧！夜里很冷，您看，我们简直光光的啦。”

“这是夏天，你大概不会冻死的，金花老鼠！”叶尔马柯夫厉声说；他用马把那个红军挤开，转身朝着格里高力。“你别操心，我叫人发给他们一些旧衣服好啦。喂，闪开，闪开，你们这些孬种！你们该钻到裤子里去打虱子，不该来和哥萨克打仗！”

师部里正在审问一个被俘的连长。在一张铺着旧漆布的桌子后面，坐着新任参谋长安得列扬诺夫上校。他是一个上了年纪的军官，蒜头鼻子，两鬓已经出现了密密丛丛的白发，一对像小孩子一样的招风大耳朵。红军连长站在他对面，离桌子有两步远。一位参谋，和安得列扬诺夫一同来到师里的苏林中尉，在记录受审人的口供。

红军连长高个子，红胡子，浅灰色的头发剪成了平头；他很别扭地在漆成赭色的地板上捯动着两只光脚，站在那里，偶尔看看上校。哥萨克们只给他留下一件没有漂过的黄棉布士兵内衣，裤子也剥掉了，给他换上一条破破烂烂的哥萨克军裤，裤缘已经退了色，胡乱补了许多补丁。格里高力往桌子跟前走时，看见这个俘虏窘急而匆忙地拉了拉后面破了的裤子，想盖一盖露出来的屁股。

“您说，是奥勒尔省军事委员会动员您的吗?”上校问了一句，从眼镜上面朝俘虏短促地看了一眼，就又垂下眼睛，把眼睛眯起来，开始研究和摆弄手里的一张纸，看样子，是一份证件。

“是的。”

“是去年秋天吗?”

“是秋末。”

“您说谎！”

“我说的是实话。”

“我可以肯定，您是说谎！……”

俘虏一声不响地耸了耸肩膀。上校看了看格里高力，很轻蔑地瞟了瞟受审的人，说：

“请瞧瞧吧：从前沙皇军队里的一位军官，可是现在您看，成了布尔什维克啦。现在被俘了，就瞎编，好像他是偶然到红军里去的，好像是抓他去的，撒谎撒得又离奇又幼稚，就像个小学生，而且以为别人会相信他的话，可是他就是没有足够的勇气承认背叛了祖国……这坏蛋，害怕呢！”

俘虏很费劲儿地咕哝着喉结，说道：

“我看，上校先生，您倒是有足够的勇气来侮辱俘虏……”

“我不想和坏蛋说话!”

“可是现在我非说不可。”

“您小心点儿! 别把我惹火了,我还可以用行动来侮辱您!”

“处在您的地位,这样干不难,主要是没有危险!”

格里高力一声不响地在桌边坐下来,带着同情的笑容望着气得脸色发白、毫不畏惧地反唇相讥的俘虏。“他顶这个上校顶得好!”格里高力高兴地想道,并且带着幸灾乐祸的心情看了看安得列扬诺夫那气得直哆嗦的、红红的、肉嘟嘟的腮帮子。

格里高力从第一次见面,就很不喜欢这位参谋长。有些军官在世界大战期间不上前线,利用一些有势力的亲戚和朋友的关系,千方百计抓住一些没有危险的差事,躲在后方苟且偷安,安得列扬诺夫就属于这一类。安得列扬诺夫上校就在内战时期也是想方设法坐在诺沃契尔卡斯克做保卫工作,直到克拉斯诺夫下台,他才不得不来到前方。

格里高力和安得列扬诺夫在一座房子里住了两夜,就从他的谈话中知道,他是一个非常信神的人,每谈起教堂里的盛大祈祷仪式必然流泪;他说他的妻子是一位最理想的模范妻子,名叫索菲亚·亚历山大洛芙娜,还说皇封的军区司令官封·戈拉贝伯爵曾经追求过她,她都没有答应;此外,上校还很带劲儿、很详细地讲了讲:他的亡父有多大的产业,他安得列扬诺夫怎样升到上校阶级,他在一九一六年和哪些高官显宦一起打过猎;还说,打桥牌最有意思,用兰芹叶子泡的白兰地是最好的饮料,最肥的差事是干军需官。

安得列扬诺夫一听到炮声近了就打哆嗦,他不愿意骑马,说是有肝病;他时时刻刻想扩充师部的警卫队,对待哥萨克怀着一种掩饰不住的敌视态度,因为,照他的话来说,所有的哥萨克在一九一七年都成了叛徒,而且从这一年起,他就不分青红皂白地憎恨起一切“下层阶级”。“只有贵族才能拯救俄罗斯!”这位上校说,并且随口说了说,他是贵族出身,他们安得列扬诺夫家族是顿河上历史最悠久的名门望族。

毫无疑问,安得列扬诺夫的主要毛病是喜欢唠叨。有些喜欢说话的糊涂人,年轻时谈起一切事情都随随便便,信口胡扯,一上了年纪,就会像他这样,絮絮叨叨,喋喋不休,唠叨起来没完没了。

格里高力这一生多次遇到这种像鸟一样喜欢聒噪的人,一向就对这种人怀着深恶痛绝的心情。格里高力在和安得列扬诺夫认识的第二天,就开始躲避他,白天倒是能躲开,但是一驻下来宿营,安得列扬诺夫就来找他,急急忙忙地问:

"咱们住在一块儿吧?"而且不等回答,就唠叨起来:"阁下,您说哥萨克步战不怎么行,可是以前我在一位将军麾下办事的时候……喂,外面有人吗? 把我的提箱和铺盖拿到这儿来!"格里高力仰面躺在床上,闭上眼睛,咬着牙听他讲,后来就不客气地翻过身去,背朝着喋喋不休的说话人,用大衣连头蒙住,暗暗带着愤恨的心情想:"只要一接到调动职务的命令,我要狠狠敲敲他的脑袋,叫他至少一个星期不能说话!"安得列扬诺夫问:"您睡了吗,中尉?"格里高力就低声回答:"我睡啦。"安得列扬诺夫就说:"对不起,我还没有说完呢!"于是又继续讲下去。格里高力迷迷糊糊地想:"他们是有意把这个唠叨鬼塞给我。这一定是菲次哈拉乌洛夫干的好事。哼,怎么能和这样的浑蛋共事呢?"他睡意朦胧中,还听见上校那尖嗓门儿在响着,就像雨点儿打在铁房顶上。

所以,格里高力看见被俘的连长很俏皮地挖苦他的爱唠叨的参谋长,就幸灾乐祸地高兴起来。

安得列扬诺夫有一会儿没有说话,眯着眼睛;两只招风大耳朵红得像红布一样,放在桌上的一只白胖的手哆嗦着,食指上还戴着一枚老大的金戒指。

"您听着,狗杂种!"他用气哑了的嗓门儿说。"我下命令把您带到这儿来,不是为了和您相骂的,您别忘记这一点! 您是逃不掉的,明白吗?"

"我非常明白。"

"您明白就好。归根到底,您参加红军是自愿的,还是被迫的,这我不管。这不要紧,要紧的是,因为您对气节二字理解得不对头,所以不肯招认……"

"很明显,我和您对于气节问题的理解完全不同。"

"这是因为,您连一点儿气节都没有啦!"

"至于您,上校先生,从您对我的态度来看,我觉得您从来不曾有过什么气节!"

"我看,您是想快点儿了结吧?"

"您认为,我希望慢点儿了结吗? 别吓唬我,吓不倒我!"

安得列扬诺夫用哆哆嗦嗦的两手打开烟盒,点起烟来,使劲抽了两口,又对俘虏说:

"这么说,您是拒绝回答问题了?"

"关于自己的情况,我说过了。"

"您见鬼去吧! 您那讨厌的个人情况,我不大感兴趣。请您回答一个问题:哪些部队从谢布里亚科沃车站开到你们那儿去啦?"

"我已经回答过您:我不知道。"

“您知道!”

“好吧,我就叫您满意一下:是的,我知道,但是我不说。”

“我叫人拿通条抽您,您就会说啦!”

“不见得!”俘虏用左手捋了捋胡子,很镇定地笑了笑。

“卡梅申团参加这次战斗了吗?”

“没有。”

“但是你们的左翼有骑兵掩护,那是哪一部分?”

“够啦!我再对您说一遍:这一类的问题我是不会回答的。”

“随你挑选:你这狗东西,要么把真实情况说出来,要么十分钟以后把你枪毙。怎么样?”

于是俘虏突然用高亢、嘹亮的嗓门儿说:

“我讨厌您,老浑蛋!蠢驴!您要是落在我手里,我才懒得审问您哩!……”

安得列扬诺夫的脸一下子白了,他抓住匣子枪套子。这时候格里高力不慌不忙地站起来,摆了摆手,叫他别动。

“噢呀!好,现在够啦!你们谈了半天,行啦。我看,你们的脾气都很暴躁……好啦,谈不到一块儿,就别谈吧,还有什么好谈的呢?他不肯出卖自己的人,他做得对。真的,这是好样儿的!我真没想到!”

“不行,请准许我!……”安得列扬诺夫怒冲冲地说,半天也没有打开枪套子。

“我不准许!”格里高力高高兴兴地说着,径直走到桌子前面,用身子挡住俘虏。“打死一个俘虏——是很无聊的事。对他这样的人使厉害,您好意思吗?一个人没有了武器,又做了俘虏,连衣服都被剥光了,可是您还要向他发威风……”

“毙了他!这个坏蛋还侮辱我呢!”安得列扬诺夫使劲推开格里高力,拔出匣子枪来。

俘虏立刻转身朝着窗户,就像怕冷似的,耸了耸肩膀。格里高力含笑看着安得列扬诺夫,可是安得列扬诺夫的手攥住骨骨棱棱的匣子枪把子,不知为什么胡乱把枪挥舞了一下,然后就耷拉下枪口,转过身去。

“我不愿意弄脏我的手……”他嘘了一口气,舔了舔干燥的嘴唇,沙哑地说。

格里高力忍不住笑,胡子底下龇着直冒唾沫的牙齿,说:

“想弄脏也弄不脏!瞧,您的手枪是空的。还是在宿营的地方,早晨我醒来,从椅子上拿过这支枪看了看……看到里面连一颗子弹也没有,而且看样子有两个月没擦啦!您对自己的武器保管得太差了!”

安得列扬诺夫垂下眼睛,用大拇指拨了拨转轮,笑着说:

"他妈的!是没有啦……"

苏林中尉一直带着讥笑的神气一声不响地注视着面前的一切,现在把审讯记录卷起来,愉快地说:

"谢苗·波里卡尔波维奇,我不止一次对您说过,您太不注意武器啦。今天的事——更是证明了这一点。"

安得列扬诺夫皱起眉头,喊道:

"喂,下面有人吗?到这儿来!"

两个传令兵和警卫队长从堂前走了进来。

"把他带走!"安得列扬诺夫朝俘虏摆了摆头。

俘虏转身朝着格里高力,一声不响地对他行了一个礼,就朝门口走去。格里高力觉得,俘虏那红胡子底下的嘴唇好像动了动,隐隐露出感谢的笑容……

等到脚步声消失以后,安得列扬诺夫无精打采地摘下眼镜,用一块麂皮仔细擦了擦,恼恨地说:

"您千方百计保护这个坏蛋,这是您的信仰问题,可是您当着他的面说我的枪怎样怎样,叫我下不了台,请问,这又是怎么回事儿?"

"这没有什么了不起的嘛。"格里高力用和解的口气回答说。

"不,反正不应该。您知道吧,我本来可能要打死他的。这是一个可恶的家伙!在您来以前,我已经和他搞了有半个钟头。他一个劲儿在这儿扯谎,胡说八道,躲躲闪闪,供了一些莫名其妙的假材料——简直可恨透了!等到我把他揭穿了,他就干脆闭口不回答。您看见吗,他要守住一个军官的气节,不肯向敌人暴露军事秘密呢。这狗崽子,在他投靠布尔什维克的时候,却不想想一个军官该有的气节……我认为,应当把他和另外两名指挥人员不声不响地毙掉。想从他们口里得到我们所需要的情报,那不可能:他们都是怙恶不悛、不可救药的坏蛋,因此,对他们没有姑息的必要。您以为怎样?"

"您怎么知道他是连长呢?"格里高力没有回答,反而问他说。

"是他手下一名红军供出来的。"

"我认为,应该枪毙这个红军,留下连长!"格里高力带着等待的神气看了看安得列扬诺夫。

安得列扬诺夫耸了耸肩膀,笑了笑,就好像觉得对方开的玩笑并不好笑。

"不,说规矩话,您以为怎样?"

"就照我对您说的这样。"

“但是，请问，这又是什么道理呢？”

“什么道理吗？这是为了保持俄罗斯军队的纪律和秩序。昨天，咱们躺下睡觉的时候，上校先生，您说得很有道理，您说在打败布尔什维克以后，要在军队里建立很好的秩序，以便消除青年人中的红色细菌。我完全赞成您的意见，您记得吗？”格里高力捋了捋胡子，注视着上校脸部表情的变化，义正词严地说。“可是现在您是怎么想的呢？您想这样来废弛纪律吗？就是说，要让士兵来出卖自己的首长吗？您这是教士兵学什么呀？如果咱们有朝一日遇到这样的情形，那怎么办？不行，对不起，我坚持自己的意见！我反对。”

“随您的便吧。”安得列扬诺夫冷冷地说，并且仔细看了看格里高力。他原来就听说这位暴动军师长很刚愎，很古怪，但是没想到会是这个样子。他只是又补充了几句：“我们对待俘虏的红军军官，特别是以前的军官，一向是这样办的。您这是新办法……您对待这种似乎无可争议的问题的态度，我实在不大理解。”

“可我们一向是在打仗时才杀他们，能杀就杀；但是对于俘虏，没有必要是不杀的！”格里高力红着脸回答说。

“那么好吧，咱们就把他们送到后方去。”安得列扬诺夫表示同意。“现在有一个问题：有一部分俘虏是被动员当兵的萨拉托夫省农民，他们表示愿意参加咱们的部队。咱们的第三步兵团还缺三百人。您认为，能不能仔细挑选一下，把一部分志愿参加的俘虏编到这个团里？在这方面，咱们是有军部的明确指示的。”

“一个庄稼佬我也不要。我的部队的缺额，要由哥萨克来补充。”格里高力斩钉截铁地说。

安得列扬诺夫还想说服他：

“听我说，咱们不必争论。我明白您是希望师里都是清一色的哥萨克，不过兵员很难补充，所以我们不要嫌弃俘虏。就是在志愿军里，有几个团也是由俘虏补充的。”

“他们愿意怎么办就怎么办，我可是不接受庄稼佬。这个问题咱们不多谈啦。”格里高力断然说。

过了不大的一会儿，他就出去安排押送俘虏的事。吃午饭的时候，安得列扬诺夫很激动地说：

“看样子，咱们很难合作下去了……”

“我也是这样想。”格里高力很冷淡地回答说。他也不理睬苏林的笑，用手拿起盘子里的一块烧羊肉，像狼一样咯吱咯吱地啃着硬邦邦的脆骨，苏林就像挨了一棒似的，疼得皱起眉头，甚至闭了一会儿眼睛。

* * *

过了两天,萨里尼柯夫将军的突击兵团来追击撤退的红军了,十万火急地把格里高力召到兵团司令部里去。参谋长是一位仪表堂堂的上了年纪的将军,他让格里高力看过顿河军司令下达的改编暴动军的命令以后,就直截了当地说:

"在和红军进行游击战的时候,您指挥一个师指挥得很好,可是现在我们不仅不能叫您指挥一个师,也不能叫您指挥一个团了。您没有受过军事教育,在战线扩大的情况下,在进行现代化战争的时候,您指挥不了一个庞大的军事单位。您同意这个看法吗?"

"我同意,"格里高力回答说,"我早就想辞掉师长职务啦。"

"这很好,您没有过高估计您的才能。在今天的青年军官中,有这种品质的人是很少的。就这样吧:根据前线总司令的命令,您担任第十九团第四连连长。这个团现在正在进军,离这里有二十俄里,在乌亚兹尼柯夫村附近。您今天就去,最迟是明天。您好像有什么话要说吧?"

"我希望把我派到后勤部队去。"

"这不行。您一定要上前方。"

"我在两次战争中受过十四次伤了。"

"这没有什么关系。您年轻,身体很结实,还可以打仗。至于受伤,哪一个军官没有受过伤呢?您可以走了。再见吧!"

大概是为了预防在改编暴动军时必然要在顿河上游哥萨克中引起的不满,所以在攻下大熊河口镇以后,马上给暴动中立有战功的许多普通哥萨克戴上了军官肩章,几乎全部司务长都升为准尉,参加暴动的军官都升了级,得了奖。

对格里高力也是这样:把他提升为中尉,并通令全军表彰他在和红军作战中的卓越战功,宣布给予嘉奖。

用几天的工夫进行了改编。把没有文化的师长和团长都撤下来,换上了将军和上校,任命一些有经验的军官为连长;炮兵连的指挥人员和各级参谋人员也全部换了,把普通哥萨克都调去补充那些在顿涅茨方面作战中损失惨重的顿河军正规团。

将近黄昏时候,格里高力把哥萨克们都召集起来,宣布本师开始改编,他向大家告别,说:

"乡亲们,我有什么不周到的地方,请多多担待吧!咱们在一块儿当兵打仗,也是不得已的，从今天起，咱们就要各奔前程啦。最要紧的是，要保护好自己的脑袋，别叫红军把脑袋打成窟窿。咱们的脑袋瓜儿虽然笨，可是也犯不着白白送去挨枪子儿。咱们还要拿脑袋来想事情，要好好地想想今后怎么办……”

哥萨克们都灰心丧气地沉默着，后来一下子就七嘴八舌地低声嚷嚷起来：

“又要来老一套啦？”

“现在要把咱们弄到哪儿去？”

“他们拿老百姓想怎么搞就怎么搞，他妈的！”

“我们不愿改编！这算什么新章程？！”

“哼，弟兄们，咱们会师倒霉啦！……”

“老爷们又要来折腾咱们啦！”

“这一下子要够受啦！要把咱们的骨头节都拉直啦……”

格里高力等大家安静下来，说：

“别乱说啦。可以讨论讨论命令、反对反对首长的那种自由日子过去啦。大家各自回住处，少说废话吧，要不然在这种时候，他们也不用把你们送到基辅，就送军事法庭和囚犯连行啦。”

哥萨克们一个排一个排地走过来，和格里高力握手告别，一面说：

“再见吧，潘捷莱维奇！你对我们也要多多担待。”

“我们去跟着人家当兵，没有好日子过！”

“你真不该把我们交给他们去折腾。你不答应交出这个师多好啊！”

“我们喜欢你，麦列霍夫。他们那些军官也许比你有文化，但是我们不会因为他们有文化就舒服点儿，反而会多受些罪，糟就糟在这儿！”

只有一个纳波洛夫村的哥萨克，是连里最喜欢说笑话、说俏皮话的，他说：

“格里高力·潘捷莱维奇，你别信他们的话。跟自己人干也好，跟人家干也好，如果干得不称心，一样不舒服！”

* * *

格里高力同叶尔马柯夫和另外几个指挥人员喝了一夜老酒，第二天早晨，他就带上普罗霍尔·泽柯夫去追赶第十九团。

他还没有下连队同连里人见面，团长就派人来叫他。这时候天还早。格里高力检查了一下马匹，耽搁了一会儿，过了半个钟头才去。他以为，一向对下属很严厉、很苛刻的团长要对他训话，但是团长却十分客气地和他握手问好，问他：

“喂,您觉得这个连怎么样? 连里的人还行吗?”也不等回答,就不再看格里高力,望着别处,说:

“是这样,老弟,我要告诉您一个很悲痛的消息……您府上出了十分不幸的事。今天夜里接到维奥申打来的电报。我给您一个月的假期去处理家里的事。去吧。”

“请把电报给我。”格里高力脸色煞白,说道。

他接过叠成四折的电报,打开来,看了一遍,把电报攥在顿时汗水淋淋的手里。他用了很大的劲儿,控制住自己,等他开口说话的时候,只是微微有点儿结巴了:

“是的,我没有想到,那我就走啦,再见。”

“别忘了拿准假证。”

“是,是。谢谢,忘不了。”

他习惯地按着马刀,沉着而矫健地迈着步子,来到过道里,但是他从高高的台阶上往下走的时候,忽然听不见自己的脚步声了,顿时觉得一阵剧疼像刺刀一样扎进他的心里。

他在台阶的最下一级上摇晃了一下,用左手抓住摇摇晃晃的栏杆,用右手迅速解开军便服的领口。他深深地、急促地喘着气,站了一会儿,但是就这一会儿工夫,他好像喝足了痛苦的酒,醉了,等他的手松开栏杆,朝拴在大门口的马走去的时候,他的脚步已经沉甸甸的,而且有点儿摇摇摆摆的了。

十六

娜塔莉亚和妲丽亚谈过那一次话以后,有好几天,觉得就像在梦里一样,做着一个十分可怕的噩梦,没有法子醒过来。她在寻找妥当的借口,以便去找普罗霍尔·泽柯夫的老婆,向她打听打听,格里高力在撤退的时候在维奥申是怎样过的,是不是常在那里和阿克西妮亚会面。她想证实一下丈夫的罪过,她对妲丽亚的话将信将疑。

天黑了很久以后,她若无其事地摇晃着一根树条子,来到泽柯夫家门前。普罗霍尔的老婆已经做完家里的事情,正坐在大门口。

"你好啊,大嫂!没看见我们家的小牛吧?"娜塔莉亚问道。

"托福托福,嫂子!没有,没看见。"

"该死的东西,乱跑,在家里怎么都呆不住!到哪儿去找呀,我真没有法子了。"

"算啦,你歇会儿吧,小牛会回来的。嗑嗑葵花子儿吧!"

娜塔莉亚走过去,坐了下来。说起妇女们的家常话儿。

"你家当兵的有消息吗?"娜塔莉亚问道。

"一点儿消息也没有。这该死的,就像掉到水里去啦!你那当家的也许有信来吧?"

"没有。格里沙答应写信回来的,可是不知为什么一直没有信来。听人说,好像咱们的人已经过了大熊河口,别的就没有听说啦。"娜塔莉亚把话题转到不久前撤退到顿河那边时的事情上,小心翼翼地问起,当兵的人当时在维奥申的情形怎样,村子里有哪些人和他们在一块儿。有心眼儿的普罗霍尔的老婆猜出了娜塔莉亚的来意,所以回答得很谨慎,很冷淡。

她已经从丈夫的嘴里知道了格里高力的事情,但是,虽然舌头有点儿痒痒,却不敢说出来,因为她还记着普罗霍尔的嘱咐:"要记住:你要是露出去一句,我就把你的脑袋放到劈柴墩子上,把你的臭舌头拉出来一尺长,剁下来。如果这种话传到格里高力耳朵里,他连眉头都不用皱一皱,就把我杀死!你那张臭嘴,唠叨起来够人受的。明白吗?别多嘴多舌,把嘴闭得死死的!"

"你们家的普罗霍尔在维奥申没有看见阿司塔霍夫家的阿克西妮亚吗?"娜塔莉亚再也憋不住,单刀直入地问道。

"他哪儿会见到她呀?他们在那儿哪能顾上这些事?真的,我一点也不知道,娜塔莉亚,你问我这些事是白问。从我那个白毛鬼嘴里别想听到一句正正经经的话。他只会说:端饭来,把碗收了。"

更加烦恼、更加焦急的娜塔莉亚什么也没有打听到,就这样走了。但是她再也不能糊里糊涂过下去了,因此,她又去找阿克西妮亚。

因为是邻居,这几年她们常常见面,往往是一声不响地互相点点头,有时也说上几句话。原来她们见面不打招呼，只是互相恨恨地瞪上两眼，现在已经不是那样了；她们之间强烈的仇恨已经缓和了，所以娜塔莉亚在去找阿克西妮亚的时候，断定阿克西妮亚不会赶她出来，她就可以扯东扯西，扯到格里高力身上去。她的推测果然没有错。

阿克西妮亚掩饰不住惊愕的神情，把她让进上房，放下窗帘，点上灯，问道：

"有什么好消息吗？"

"我来就不会有什么好消息……"

"就说说不好的消息吧。是格里高力·潘捷莱维奇出了什么事吗？"

阿克西妮亚的问话中流露出发自肺腑、掩饰不住的担惊心情，娜塔莉亚一听，全明白了。这一句话，说出了阿克西妮亚的全部心情，说明了她关心的是什么，怕的是什么。说实在的，有了这一句话，用不着再去问她和格里高力的关系了，不过娜塔莉亚没有走；她顿了一会儿，回答说：

"不是，我男人活得好好儿的呢，你别害怕。"

"我才不害怕呢，你这是打哪儿说起呀？他的身体你应当关心，我有我的操心事。"阿克西妮亚说得很自然，但是却觉得有一股血冲上她的脸，连忙走到桌子旁边，背朝客人站着，把本来就很旺的油灯剔了半天。

"你家的司捷潘有什么消息吗？"

"不久以前托人带好来啦。"

"他身体很好吗？"

"大概不坏。"阿克西妮亚耸了耸肩膀。

这一下子她装不了假，掩饰不住自己的感情了：在她的回答中明显地流露出对丈夫的死活漠不关心，娜塔莉亚不由地笑了笑。

"看样子，你对他并不怎么操心嘛……当然啦，这是你自个儿的事情。我来你家，是因为村里有人说，好像格里高力又找你啦，好像他每次回家，都要和你会面。这是真的吗？"

"偏偏问起我来啦！"阿克西妮亚用嘲笑的口气说。"让我来问问你，这事儿是不是真的？"

"你怕说实话吗？"

"不，我不怕。"

"那你就告诉我，叫我明白，免得难受。干吗要白白折腾我呀？"

阿克西妮亚眯起眼睛，两道黑黑的眉毛微微动了动。

"我反正不会可怜你，"她不客气地说，"咱们俩就是这样：我难受，你就好受；

你难受,我就好受……咱们总不能把他一个人分成两半吧?好,我就把实话告诉你,叫你早点儿明白。这一切都是真的,村里人不是凭空胡说。我又把格里高力抓过来啦,而且现在再也不放手啦。哼,这么一来,你又怎么办呢?你想打碎我屋里的玻璃呢,还是拿刀子杀我?”

娜塔莉亚站起来,把柔软的树条子挽成一个结,扔到炉子跟前,她一反常态,强硬地回答说:

“现在我不会怎么样你。等格里高力回来,我和他谈谈,然后看咱们俩怎么办。我有两个孩子,我会为孩子们、为自己说话的!”

阿克西妮亚笑着说:

“这么说,眼下我可以平安无事了?”

娜塔莉亚不理睬她的冷笑,走到她跟前,拉了拉她的袖子。

“阿克西妮亚!你欺了我一辈子,但是我现在不再像过去那样央求你了。记得吧,那时候我还年轻,还很糊涂,我想,去求求她,她会可怜我,发发慈悲,会离开格里沙的。现在我才不这样呢!有一点我是知道的:你并不爱他,你是水性杨花,才勾引他。你什么时候像我一样爱过他呀?恐怕没有。你和李斯特尼次基乱搞,你这破鞋,和什么人不搞呀?要是真爱的话,就不会这样。”

阿克西妮亚的脸一下子白了,她用手把娜塔莉亚推开,从大柜子上站起身来。

“他都没有拿这话骂过我,你倒来骂我啦?这跟你有什么相干?得啦!我是坏女人,你是好女人,又怎么样呢?”

“那就得了。你别生气。我这就走。谢谢你说了实话。”

“不值得谢,用不着你谢,用不着我说,你也会知道的。你等一下,我和你一块儿出去关护窗。”阿克西妮亚在台阶上站下来。“我很高兴,咱们和和气气地分手,没有打起来,不过,我的好嫂子,我要最后告诉你:你要是有本事的话,就好好地抓住他,不然的话,可别怪我。我也不会好好儿就扔掉他的。我的年纪也不小啦,虽然你骂我是破鞋,我可不像你们家的妲丽亚那样,不是朝三暮四的……你虽然有孩子,可他是我……”阿克西妮亚的声音哆嗦了两下,变小了,低了,“是我在世上唯一的亲人!头一个,也是最后一个。你明白吗?咱们别再谈他了。如果圣母娘娘能够保佑他不死,活着回来,让他自个儿挑选吧……”

娜塔莉亚一夜没有睡,第二天早晨就和婆婆一块儿到瓜地里去锄草。她干起活儿倒是轻松些。她想得少了,只是拿锄头一下一下地锄着晒得干干的、很容易松散的沙土块,偶尔直一直腰,歇一下子,擦擦脸上的汗,喝点儿水。

被风撕碎的一片片白云在蓝蓝的天上飘游着，消散着。阳光炙烤着滚烫的大地。一片雨云从东方慢慢涌过来。娜塔莉亚不用抬头，背上就能感觉出有云彩飘来遮住了太阳；顿时就觉得凉快些，顿时就有灰色的影子落到冒热气的褐色土地上，落到一条条的西瓜蔓上，落到高高的葵花杆子上。灰灰的影子遮住斜坡上一片片的瓜地，遮住晒蔫了的青草，遮住一丛丛的野山楂和耷拉着落满鸟粪的叶子的刺花李。鹌鹑叫得更带劲儿了，百灵鸟那好听的歌声更好听了，就连那拂动着热乎乎的青草的风好像也不怎么热了。可是后来太阳斜穿过向西方飘去的云彩的白得耀眼的边儿，钻了出来，又把亮闪闪的金光投射到大地上。在很远很远的地方，在河边山冈的青青的山坡上，还有追随着云彩的影子在地上游动着，可是瓜地上已经是一片晶亮的、黄黄的午时阳光，腾腾的蜃气在天边颤动着，翻滚着，土地和土地养育的青草散发出更加闷热的气味。

中午，娜塔莉亚到土沟里的一口土井里去汲来一桶冰凉的井水。她和婆婆喝了不少水，洗了洗手，就坐在太阳地里吃午饭。伊莉尼奇娜把围裙铺在地上，仔细地把面包切开，从手提包里掏出两把调羹和一个碗，又把怕太阳晒、用褂子盖着的装酸牛奶的一个小口罐子拿出来。

娜塔莉亚吃得很勉强，于是婆婆问道：

“我早就看出来，你有点儿不大对劲……是不是你和格里高力闹别扭啦？”

娜塔莉亚的两片被风吹干的嘴唇轻轻哆嗦起来。

“妈妈，他又和阿克西妮亚在一块儿啦。”

“这是……打哪儿知道的？”

“我昨天上阿克西妮亚家去来。”

“这个贱货，她承认了吗？”

“是的。”

伊莉尼奇娜沉默了一会儿，想了想。在她那皱皱巴巴的脸上和嘴角上出现了很深的皱纹。

“这该死的娘们儿，也许是胡吹吧？”

“不是，妈妈，是真的，这没有什么好吹的……”

“你没有看住他嘛……”婆婆小心翼翼地说。“对这号儿男人就要时时刻刻钉着。”

“能看得住他吗？我是拿出良心对待他……能把他拴到我的裙子上吗？”娜塔莉亚苦笑了一下，又小声说：“他又不是米沙特卡，可以把他关住。头发都白了一半啦，可是老毛病不改……”

伊莉尼奇娜把调羹洗了洗，揩了揩，把碗也涮了涮，把家伙都放进提包里，这才问道：

“就这点儿事情吗?”

“妈妈，您是怎么啦……就这已经够受啦，活在人世上够没有意思的啦!”

“你打算怎样呢?”

“我还能怎样呢？我要带着孩子，回娘家去。我再也不能和他过下去了。叫他把她领到家里来吧，叫他和她一块儿过吧。就这样我已经受够啦。”

“我年轻时候也这样想过，”伊莉尼奇娜叹着气说，“我男人也不是好东西。他叫我受的罪，说也说不完。可是离开自己的丈夫也很不容易，而且也用不着。你好好想一想，就明白了。再说，叫孩子们离开亲爹，那怎么行呢？不行，你这是胡说。别这样想了，我也不答应!”

“不行，妈妈，我不跟他过啦，您别多说话啦!”

“我怎么能不说呢?”伊莉尼奇娜很生气地说。“再说你，怎么，不是我的亲人吗？你们这些该死的东西，我对你们心疼不心疼呢？你就对我这个当娘的老婆子说这种话吗？告诉你：丢开这种想头，就这样，没什么好说的。瞧你想的：‘离开这个家!’你上哪儿去？你娘家还有谁养活你？你爹死啦，房子烧光啦，你妈在人家篱笆下面凑合着过，你想到那儿去挤，还要把我的孙子孙女拖到那儿去吗？不行，孩子，我办不到！等格里什卡回来，咱们再看看拿他怎么办，现在你别对我说这种话，我不许说，连听都不愿听!”

在娜塔莉亚心中郁积了很久的痛苦，忽然爆发为一阵嚎啕大哭。她哼哼着把头上的头巾扯下来，脸朝下趴在干干的、并不亲热的土地上，把胸膛往地上贴得紧紧的，嚎啕大哭着，没有眼泪。

伊莉尼奇娜这个贤明而又刚强的老人家，连动也没有动。她用褂子仔细把装着剩下的酸牛奶的罐子包好，放到阴凉地方，然后倒了一碗凉水，走过来，坐在娜塔莉亚身旁。她知道，这样的痛苦，用言语是解除不了的；她还知道，流流眼泪，比眼睛干着，比闭紧嘴唇要好些。伊莉尼奇娜让娜塔莉亚哭够了，这才把干活儿干得很粗糙的一只手放在儿媳妇的头上，看着她那光溜溜的一头黑发，严厉地说：

“好，行啦！眼泪是哭不干的，留着下一回哭吧。来，给你，喝点儿水吧。”

娜塔莉亚不哭了。只是肩膀偶尔跳几下，浑身轻微地抽搐一阵子。她突然跳起来，推开给她端着一碗水的婆婆，转过身去朝着东方，把眼泪打湿的两个手掌合在一起，又急又快、抽抽搭搭地喊道：

“主啊！他把我折腾得好苦啊！我没法活下去啦！主啊，惩罚他这个该死的东西吧！把他打死在战场上吧！叫他别再活啦，别再折腾我啦！”

一团滚滚的黑云从东方涌过来。一阵低沉的雷声响过。一道白得刺眼的闪电穿过圆圆的云端，曲曲折折地在天空滑过。风吹得青草沙沙地向西倒去，从大道上吹来一股股呛人的尘土，被种子盘压得受不住的葵花差不多要弯到地面了。

风吹得娜塔莉亚的头发乱蓬蓬的，吹干了她脸上的眼泪，吹得她那家常的灰裙子的宽宽的下摆围着腿乱转悠。

有一刹那，伊莉尼奇娜望着儿媳妇，露出迷信的恐怖神情。在涌上半空的一片黑黑的阴云映衬下，儿媳妇显得非常陌生，非常可怕。

黑云很快涌了上来。暴风雨前的寂静持续的时间不长。一只青鹰斜斜地往下飞着，仓皇地叫了起来，黄花鼠最后叫了几声，就钻进洞穴，一阵狂风往伊莉尼奇娜的脸上撒了不少细碎的沙土，就在草原上呼啸起来。老人家很吃力地站了起来。她的脸像死人一样灰白，她在来到眼前的暴风雨的怒吼声中，嘶哑地叫道：

“你别发昏啦！上帝宽恕你吧！你这是咒谁死呀？！”

“主啊，治治他吧！主啊，惩罚他吧！”娜塔莉亚喊叫着，用发狂的眼睛望着天上。天空中狂风卷着乌云，白亮刺眼的闪电照耀着乌云，乌云威风凛凛、气势汹汹地涌了过来。

草原上空咔嚓一声焦雷。吓坏了的伊莉尼奇娜画了一个十字，摇摇晃晃地走到娜塔莉亚跟前，抓住她的肩膀。

“跪下！听见吗，娜塔什卡？！”

娜塔莉亚用迷惘的眼睛看了看婆婆，不由地跪了下去。

“你央求上帝宽恕！”伊莉尼奇娜威严地吩咐说。“你央求上帝，不要把你的祷告当真的。你这是咒谁死呀？咒起自己的孩子的亲爹来啦。哎呀，真是大罪过……快画十字！磕头。你说：‘主啊，饶恕我这个罪人，饶恕我的罪过吧。’”

娜塔莉亚画了个十字，用灰白的嘴唇小声祷告了几句，就咬紧牙齿，很别扭地朝一边倒下去。

* * *

暴雨洗过的草原分外翠绿。一道弯弯的明亮的彩虹，从远处的水塘边一直跨到顿河上。西方还响着低沉的雷声。浑浊的山水朝山沟里冲去，发出像老鹰那样的叫声。山下,斜坡上,瓜地里,一道道流水急急匆匆朝顿河奔去。流水夹带着被雨打落的树叶、从土里冲出来的草根、打断的黑麦穗儿。冲得肥肥的沙土在瓜地里到处流,埋住西瓜蔓和甜瓜蔓;哗啦哗啦的雨水顺着夏季道路流着,把车辙冲得老深。在远处一条山沟里,有一垛被雷火烧着的干草已经快烧完了。一道淡黄色的烟柱升得高高的,烟柱的顶端差不多要挨到架在天上的彩虹了。

婆媳二人把裙子掖得高高的,光着脚小心翼翼地在泥泞、溜滑的道路上走着,下坡朝村子走去。伊莉尼奇娜说:

"你们年轻人的脾气大着哩,实在话!稍微有一点儿什么,你们就发疯啦。你要是过过我年轻时候过的日子,那又怎么办呢?格里什卡从来还没有动过你一手指头,就这样你还不满意,还要生怪花样:又想扔下他,又要发糊涂咒他,又这样又那样,就连上帝遇上你们这些乱七八糟的事,头脑都要发昏呢……你来说说,好孩子,这样好吗?我那个瘸腿老浑蛋,年轻时候常常无缘无故把我打个半死;我从来就没有干过对不起他的事情。他干下流事,还要拿我出气。那时候他常常天亮才回家,只要我一哭,一说他,他就拿拳头照我死打……有时一个月身上都是青的,浑身青得像铁一样,可是我也熬过来了,把孩子们也拉扯大了,从来就没有打算离开家。我不是说格里什卡有多么好,可是跟这样的男人还是能过下去的。如果不是那个妖精的话,他会是村子里头一个好男子汉。是她把他缠住啦,就是这么回事儿。"

娜塔莉亚一声不响地想着心思,走了半天,后来说:

"妈妈,这事儿我不想多谈了。等格里高力回来,到那时候再看我该怎么办……也许,我自个儿走,也许,他把我撵出去,不过现在我决不离开你们家就是了。"

"早说这话就好了!"伊莉尼奇娜高兴起来。"上帝保佑,什么事都会好起来的。他怎么也不会把你撵出去,你也别胡思乱想!他又心疼你,又心疼孩子们,他怎么会干这种事儿呢?不会,不会!他不会扔掉你去要阿克西妮亚,他干不出这种事儿!唉,一家人当中什么事儿不会有呢?只要他能活着回来就好……"

"我不愿他死……刚才我说的那些全是气话……您别生我的气……我心里是撇不开他的,不过这样过下去实在难受啊!……"

"我的好孩子,亲孩子!我哪能不知道呢?不过莽撞事儿可不能干。说实在的,咱们不谈这事儿吧!你现在千万别对老头子说什么。这事儿用不着叫他知道。"

"我想和您说一件事儿……我今后能不能跟格里高力过下去,眼下还不知道,不过我不愿意再给他生孩子了。对这两个孩子我还不知道该怎么办呢……可是我现在又怀了,妈妈……”

“很久了吗?”

“两个多月了。”

“那你又怎么办呢?愿意不愿意,都要生出来呀。”

“我不想生。”娜塔莉亚毅然决然地说。“今天我就去找卡皮东诺芙娜大娘。她能给我打下来……她给有些娘们儿打过。”

“这是要把胎儿弄死吗?你就昧着良心说这种话吗?”伊莉尼奇娜十分气忿地在路当中站了下来,把两手一扎煞。她还想说点儿什么,但是后面传来轧轧的车轮声、马蹄踩在烂泥里的咕唧声和吆喝马的声音。

婆媳二人跨到路边,一面走,一面放下掖起的裙子。从地里回来的菲里普·阿盖耶维奇·别司贺列布诺夫老汉,赶着车来到她们跟前,勒住腿脚很快的骒马。

“上车吧,老街坊,我把你们带回去,别在烂泥里走啦。”

“多谢了,阿盖耶维奇,要不然,真滑得够戗。”伊莉尼奇娜很高兴地说着,头一个爬上宽宽的大车。

* * *

吃过午饭,伊莉尼奇娜想和娜塔莉亚谈谈,对她说说,用不着打胎;她一面洗碗盏,一面寻思着自以为是最有说服力的理由,甚至想把娜塔莉亚打的主意告诉老头子,让他也帮着劝劝伤心得发了疯的儿媳妇别做这种蠢事,但是就在她洗家伙的时候,娜塔莉亚悄悄地收拾收拾,就出去了。

“娜塔莉亚在哪儿?”伊莉尼奇娜问杜尼娅。

“拿着一个小包袱出去了。”

“上哪儿去啦?她说什么来着?什么样的包袱?”

“我怎么知道呀,妈妈?她包上一条干净裙子,还有一点儿什么东西,就走了,什么也没有说。”

“可怜的孩子呀!”伊莉尼奇娜伤心地哭起来,坐到大板凳上,杜尼娅吃了一惊。

“您怎么啦,妈妈?主保佑您,您哭什么呀?”

“别问啦,死丫头!这不是你问的事!她说什么来着?她收拾要走,你怎么不告诉我?”

杜尼娅很懊恼地回答说:

“您真是的!我怎么知道该把这事儿告诉您呢?她又不是一去不回来!八成是回娘家去看看,您有什么好哭的呢,我真不明白!”

伊莉尼奇娜提心吊胆地等候着娜塔莉亚回来。她决定不告诉老头子,怕他责骂。

太阳落山了,牲口从草原上回来了。短促的夏季黄昏降临了。村子里亮起稀疏的灯火,可是还不见娜塔莉亚回来。麦列霍夫家里的人坐下来吃晚饭。急得脸色发了白的伊莉尼奇娜把加了素油炒葱花的面条端上桌来。老头子拿起调羹,把一些干面包末子扫到调羹里,倒进胡子拉碴的嘴里,然后漫不经心地向坐在桌上的人扫了一眼,问道:

“娜塔莉亚在哪儿?怎么不叫她来吃饭?”

“她不在家。”伊莉尼奇娜小声回答说。

“上哪儿去啦?”

“恐怕是回娘家,坐住啦。”

“她去得太久啦。应该懂规矩……”潘捷莱·普罗柯菲耶维奇不满意地嘟哝说。

他和往常一样,吃得有滋有味,十分带劲儿;有时候把调羹底朝天放在桌子上,侧着眼睛很满意地看看坐在他旁边的米沙特卡,有点儿粗鲁地说:“坏东西,把脸扭一扭,我来给你擦擦嘴。你妈不知到哪儿浪去啦,不管你们啦……”于是用又粗糙又黑的大手擦起孙子那红红的、娇嫩的小嘴。

大家一声不响地吃过晚饭,站起身来。潘捷莱·普罗柯菲耶维奇吩咐说:

“把灯吹了。油不多啦,不要白白糟蹋油。”

“把门闩上吗?”伊莉尼奇娜问道。

“闩上。”

“娜塔莉亚要是回来呢?”

“她回来,会敲门。也许,她要玩到天亮呢?也学起坏样子来了……你也不管管她,老东西!夜里去串起门子来啦……明天早晨我来治治她。她是在学妲丽亚的样儿……”

伊莉尼奇娜躺在床上,衣服也没有脱。躺了有半个钟头,不声不响地来回翻着身,叹着气,刚刚想起身上卡皮东诺芙娜家去看看,就听见窗外响起擦擦的、很没有力气的脚步声。老人家拿出她这种年纪难得的麻利劲儿跳起来,急忙跑到过道里,把门打开。

脸色像死人一样白的娜塔莉亚正扶着栏杆,很吃力地在上台阶。一轮满月清清楚楚地映照出她的瘦下去的脸、陷下去的眼睛和疼得皱起来的眉毛。她摇摇晃晃地走着,像一只受了重伤的野兽,在她的脚踩过的地方,留下黑糊糊的血印子。

伊莉尼奇娜一声不响地抱住她,把她扶进过道。娜塔莉亚背靠在门上,沙哑地小声说:

"家里人都睡了吗? 妈妈,扫扫我后面的血吧……您看,我留下很多印子……"

"你自个儿折腾成什么样子啦?!"伊莉尼奇娜憋住哭,低声叫道。

娜塔莉亚想笑一笑,但是脸上出现的不是笑,而是一副非常难看的可怜相。

"妈妈,您别嚷嚷……不然会把家里人吵醒……我把胎打掉啦。现在我心里松快了……就是血流得太多……就像挨了一刀,血从我身上直往外冒……妈妈,您拿手扶着我……我的头发晕。"

伊莉尼奇娜把门闩上,就像进了别人家的房子,用哆哆嗦嗦的手摸索了半天,在黑暗中怎么也摸不到上房的门把手。她踮着脚,把娜塔莉亚扶进宽大的上房里;把杜尼娅叫醒,叫她去喊妲丽亚,把灯点上。

通厨房的门是开着的,从那里传来潘捷莱·普罗柯菲耶维奇的均匀而粗大的鼾声;小波柳什卡在梦里有滋有味地吧咂着嘴唇,说着梦话。小孩子一睡着了就很熟,什么都不能惊醒!

伊莉尼奇娜在铺被窝,打松枕头,娜塔莉亚就坐到大板凳上,软弱无力地把头放在桌子边上。杜尼娅想走进上房来,但是伊莉尼奇娜严厉地说:

"你去吧,不怕丑的东西,别上这儿来! 这儿没有你的事儿。"

妲丽亚皱着眉头,拿起一块湿抹布,到过道里去了。娜塔莉亚很吃力地抬起头来,说:

"您把床上的干净被子拿下来……给我铺上一块麻布……我反正是要弄脏……"

"住嘴吧!"伊莉尼奇娜厉声说。"把衣服脱了,躺下。你很难受吧? 要不要给你弄点儿水来?"

"我一点劲儿都没有啦……给我拿件干净褂子,弄点儿水来。"

娜塔莉亚好不容易站起来,摇摇晃晃地走到床前。这时候伊莉尼奇娜才发现,娜塔莉亚的裙子浸透了血,沉甸甸地耷拉着,粘在两腿上。她战战兢兢地看着,娜塔莉亚就像淋了雨回来那样,弯了腰拧了拧裙子下摆,才开始脱衣服。

“你流了那么多血呀!”伊莉尼奇娜抽抽搭搭地哭起来。

娜塔莉亚闭起眼睛,上气不接下气地呼哧呼哧喘着,在脱衣服。伊莉尼奇娜朝她看了看,便果断地朝厨房里走去。她好不容易把老头子推醒,对他说:

“娜塔莉亚病了……病得很厉害,说不定会死……你赶快套上车,到镇上请大夫去。”

“净出鬼花样儿!她怎么啦?病啦?夜里少出去逛逛就好了……”

伊莉尼奇娜简要地说了说是怎么一回事儿。老头子怒冲冲地跳起来,边走边扣着裤子,朝上房里走去。

“哼,这害人精!哼,这狗娘们儿!这是干的什么,嗯?!偏要这样干!……我这就去教训教训她!……”

“该死的,你疯啦?!你上哪儿去?……别上那儿去,她顾不上听你的啦!……别把孩子们吵醒了!快上院子里去套车吧!……”伊莉尼奇娜想拦住他,但是他听都不听,走到上房门口,一脚把门踢开。

“狗娘们儿,干的好事!”他站在门口,叫了起来。

“不行!爹,别进来!千万别进来!”娜塔莉亚用脱下来的内衣盖住乳房,尖声叫道。

潘捷莱·普罗柯菲耶维奇不住嘴地骂着,开始寻找外衣、帽子和马套。他耽搁了老半天,杜尼娅忍不住,冲到厨房里来,含着眼泪责骂起父亲:

“快点儿去吧!你干吗要像屎壳郎刨大粪一样,慢慢磨蹭?娜塔莉亚要死啦,可是你还要收拾上老半天!真也是的!还算当爹的呢!你要是不愿意去,你就说!我去套车,我去!”

“呸,你发昏啦!怎么,轮到你啦?还不到听你的话的时候,臭丫头!你也对老子嚷嚷起来啦,该死的东西!”潘捷莱·普罗柯菲耶维奇扬了扬外衣,对女儿做了个要打的姿势,就小声咒骂着,朝院子里走去。

他走了以后,家里人都觉得自由些了。妲丽亚擦地板,拖得椅子和板凳哐啷哐啷响;老头子走了以后,伊莉尼奇娜准许杜尼娅进了上房;杜尼娅就坐在娜塔莉亚床头上,给她扶枕头,端水;伊莉尼奇娜有时去看看睡在厢房里的孩子们,然后又回到上房里,用手托着腮,难受地摇着头,对着娜塔莉亚看上半天。

娜塔莉亚一声不响地躺着,脑袋在枕头上滚来滚去,头发被汗水湿成一绺一绺的。她的血不住地往外流。每过半个钟头,伊莉尼奇娜都要小心翼翼地抬一下她的身子,抽出湿透的垫子,再换上一块。

娜塔莉亚越来越没有精神。半夜过后,她睁开眼睛,问:

“天快亮了吗?”

“还早着呢。”伊莉尼奇娜让她放心休息,但是老人家心里想:看样子,她不行了!她是怕看不见孩子们就昏迷过去……

就好像要证实她的猜想似的,娜塔莉亚小声央求说:

“妈妈,您把米沙特卡和波柳什卡叫醒……”

“孩子,你怎么啦!干吗半夜三更里把他们叫醒?他们看见你,会害怕的,会哭起来……干吗要叫醒他们?”

“我想看看他们……我觉得不大好。”

“主保佑你,你说的什么话呀?你爹马上就把大夫请来了,大夫能把你治好。你睡吧,好孩子,嗯?”

“我怎么睡得着呀!”娜塔莉亚微微带点儿烦恼口气说。这以后她有很久没做声,呼吸均匀些了。

伊莉尼奇娜悄悄走到台阶上,哭了起来。东方微微发白,她就带着一张红肿的脸回到上房里。娜塔莉亚听到门响,睁开眼睛,又问道:

“天快亮了吗?”

“亮了。”

“给我脚上盖上皮袄……”

杜尼娅把一件羊皮袄盖在她的脚上,把棉被的两边掖了掖。娜塔莉亚用眼睛看了看她,表示感谢,然后把婆婆叫过来,说:

“妈妈,您坐到我跟前来,你,杜尼娅,还有你,妲丽亚,都出去一下子,我想和妈妈单独说几句话……她们出去了吧?”娜塔莉亚闭着眼睛问道。

“出去啦。”

“爹还没有回来吧?”

“快回来了。怎么,你觉得难受吗?”

“不是,反正是这么回事儿了……我是想说……妈妈,我快死了……我的心能感觉出来。我流的血太多了!您告诉妲丽亚,叫她生上火,多烧点儿水……您亲自给我洗洗身上,我不愿意叫别人……”

“娜塔莉亚,别说了,我的好孩子!你干吗说起死呀?上帝是慈悲的,你会好起来。”

娜塔莉亚有气无力地摆了摆手,叫婆婆不要说,自己又说:

“您别打我的岔……我说话已经很费劲了,可是我想说说……我的头又发晕了……我对您说过要烧水了吗？看起来，我还算结实的……卡皮东诺芙娜早就给我打了，一吃过午饭，我一去，她就动手了……她自个儿都害怕了……哎呀，我流的血好多呀……恐怕只能活到早晨了……要多烧一点儿水……我想死得干干净净……妈妈，您给我穿上那条绿裙子，就是有绣花边的那一条……格里沙喜欢我穿这条裙子……还要穿那件毛葛褂子……就放在大柜子上面，右角上，用一条围巾盖着……我要死的时候，把孩子们带走，送到我娘家去……您把我妈叫来，叫她马上就来……我该和她告别了……您把我身子底下换一换。都湿透了……”

伊莉尼奇娜托着娜塔莉亚的脊梁，把垫子抽出来，好不容易又换上一条。娜塔莉亚又小声说了一句：

“您把我身子……侧过来！”马上就昏迷过去了。

淡青色的晨曦透进窗来。杜尼娅洗净了罐子，上院子里去挤牛奶。伊莉尼奇娜打开窗子，一股新鲜、清爽的夏日清晨的凉风，涌进充满了鲜血腥气和煤油灯气味的上房里。风把樱桃树叶子上的露水珠儿洒到窗台上；传来最早的鸟鸣声、牛的哞哞声、放牛人劈劈啪啪的鞭子声。

娜塔莉亚苏醒过来，睁开眼睛，用舌尖舔了舔干干的、没有血色的、黄黄的嘴唇，说要喝水。她已经不问孩子们，也不问母亲了。她的神志渐渐在消失，看样子，就要最后消失了……

伊莉尼奇娜关上窗子，走到床前。一夜的工夫，娜塔莉亚的样子变得好厉害呀！一昼夜以前，她像一棵鲜花盛开的茂盛的苹果树，又美丽、又健康、又结实，现在她的两腮比顿河边山上的石灰岩还白，鼻子也尖了，嘴唇失去了不久以前的鲜艳色彩，变薄了，好像好不容易包住往外突的牙花子。只有娜塔莉亚的眼睛还保留着原来的光亮，但是眼神已经不同了。每当娜塔莉亚有什么要求而说不出来，偶尔抬一抬发青的眼皮，拿眼睛在上房里扫一扫，在伊莉尼奇娜身上停一刹那的时候，她的目光中就飘过一种陌生、可怕的异样神情……

太阳出山的时候，潘捷莱·普罗柯菲耶维奇回来了。大夫睡眼惺忪，因为没完没了地医治伤寒病人和伤兵，因为夜里常常不能睡觉，十分疲倦。他伸着懒腰，下了车，从座位上拿起一个小包，就朝房里走来。他在台阶上脱掉帆布雨衣，在栏杆边弯下腰，把两只毛茸茸的手洗了半天，皱着眉头看了看用水桶往他的手上倒水的杜尼娅，甚至还朝她挤了两下眼睛。后来他进了上房，先叫大家都出去，他在娜塔莉亚床前呆了有十来分钟。

潘捷莱·普罗柯菲耶维奇和伊莉尼奇娜坐在厨房里。

“嗯,怎么样?”妇女们一从上房里走出来,老头子就小声问道。

“很不好……”

“她这样干,事先没对谁说吗?”

“是她自个儿打的主意……”伊莉尼奇娜没有正面回答。

“拿热水来,快点儿!”大夫从门里探出乱发蓬松的脑袋,吩咐说。

在烧开水的时候,大夫来到厨房里。对老头子无声的询问,摇了摇手,表示没希望了。

“顶多活到吃午饭的时候,失血太多了,一点儿办法也没有啦!还没有通知格里高力·潘捷莱维奇吗?”

潘捷莱·普罗柯菲耶维奇没有回答,急急忙忙一瘸一拐地朝过道里走去。妲丽亚看见,老头子走到敞棚底下,躲到割草机后面,把头扎在一堆干牲口粪上,抽抽搭搭地哭起来……

大夫又呆了有半个钟头,坐在台阶上,在冉冉上升的朝阳下打了一会儿盹,后来,等水开了,又走进上房,给娜塔莉亚打了一针樟脑剂,就走出来要牛奶喝。他好不容易压住哈欠,喝了两杯牛奶,说:

“请你们现在就送我走吧。我在镇上还有很多病人和伤员,再说,我在这儿也没有什么用处了。一点儿忙也帮不上。我实心实意愿意为格里高力·潘捷莱维奇效劳,可是说老实话:我无能为力了。我们的本事是有限的:我们只会治病,还没有学会起死回生的本领。你们家媳妇已经叫人家弄得没法子活啦……子宫全弄坏啦,弄得稀烂。看样子,老婆子是用铁钩子钩的。真愚昧呀,简直就没法子说啦!”

潘捷莱·普罗柯菲耶维奇在车上铺了些干草,就对妲丽亚说:

“你去送吧。走到河边的时候,别忘了把马饮一饮。”

他要给大夫钱,但是大夫坚决不要,而且说得老头子很不好意思:

“你真好意思,潘捷莱·普罗柯菲耶维奇,讲起钱来啦。都是自己人,你还要给什么钱。不要,不要,别以为我就是要钱!有什么好谢的?这事儿没什么好说的!如果我能把您的儿媳妇治好,那就是另外一回事儿了。”

早晨六点来钟,娜塔莉亚觉得好多了。她洗了洗脸,杜尼娅拿着镜子,她照着镜子梳了梳头,并且拿有点儿异样的明亮的眼睛打量着家里的人,很吃力地笑着说:

“哦,现在我就要好啦!可是我刚才都害怕了……我以为我完了……噢,为什么孩子们睡了这么久啊?你去看看,杜尼娅,他们醒了没有?”

卢吉尼奇娜带着格莉普卡来了。老人家一看见女儿,就哭起来,但是娜塔莉亚很生气地、一个劲儿地说:

“妈妈,您哭什么?我还不是那么厉害呢……您是不是给我送殡来啦?唉,真是的,您哭什么呀?”

格莉普卡悄悄捅了捅母亲,母亲明白过来,连忙擦去眼泪,安慰说:

“你怎么啦,好孩子,我没什么,是一时糊涂掉泪啦。我一看见你,心里就难受……你的样子变得太厉害了……”

娜塔莉亚听见米沙特卡的说话声和波柳什卡的笑声,脸上浮起淡淡的红晕。

“叫他们上这儿来!快叫他们来!……”她央求说。“让他们等一下子再穿衣裳好啦!……”

波柳什卡头一个走进来,站在门口,用小拳头擦着惺松的眼睛。

“妈妈病啦……”娜塔莉亚笑着说。“到我这儿来,我的乖孩子!”

波柳什卡惊异地打量了一本正经坐在板凳上的一个个大人,走到母亲跟前,很难受地问道:

“你怎么不把我叫醒呀?他们都来这儿干什么?”

“他们是来看我的……我干吗要叫醒你呀?”

“我可以给你端水嘛,还可以陪着你……”

“好吧,你去洗洗脸,梳梳头,做做祷告,然后再来陪我吧。”

“你能起来吃饭吗?”

“我不知道。大概,起不来。”

“那我就给你端来,好吗,妈妈?”

“真像她爹,不过心不像他,比他好……”娜塔莉亚仰了仰头,颤颤巍巍地把被子往腿上拉了拉,软弱无力地笑着说。

过了一个钟头,娜塔莉亚的情况又坏了。她招了招手,把孩子们叫到跟前,搂住他们,对他们画了个十字,吻了吻他们,就叫母亲把他们带回家去。卢吉尼奇娜叫格莉普卡把孩子们带走,自己还留下来守着女儿。

娜塔莉亚闭上眼睛,好像是在昏迷中说:

“这样一来,我就再也见不到他了……”后来好像想起什么事情似的,突然在床上欠起身来。“把米沙特卡叫回来。”

眼泪汪汪的格莉普卡把米沙特卡推进上房,自己走进厨房,低声抽搭着。

愁眉苦脸的米沙特卡瞪着不很亲热的麦列霍夫家的眼睛,怯生生地走到床前。因为母亲的脸变得太厉害,他几乎认不出母亲了,母亲几乎成了陌生人。娜塔莉亚把儿子拉到怀里,觉得米沙特卡的小小心脏急促地冬冬跳动着,就像一只被逮住的麻雀。

“把耳朵凑近来,孩子! 凑近点儿!”娜塔莉亚说。

她对着米沙特卡的耳朵悄悄说起话来,后来把他推开,用探问的目光看了看他的眼睛,闭了闭打哆嗦的嘴唇,很费劲儿地笑出一副又可怜又痛苦的笑容,问道:

“不会忘了吧? 会说吗?”

“我忘不了……”米沙特卡抓住母亲的食指,紧紧攥在滚热的小手里,攥了一会儿才放开。他从床前走开的时候,不知为什么踮着脚尖,两条胳膊垂得直直的……

娜塔莉亚用眼睛一直把他送到门口,就一声不响地翻过身去朝着墙。

中午,她死了。

十七

在从前方回家乡路上的两天两夜里,格里高力反复思量和回想了很多事情……为了免得一个人在草原上苦恼,免得老是去想娜塔莉亚,他把普罗霍尔·泽柯夫带上。他们一离开连队驻地,格里高力就谈起战争,谈起当年在奥地利战场上在第十二团当差的情形,怎样向罗马尼亚进军,怎样和德国人打仗。他不住嘴地说话,讲着同团一些人的各种各样可笑的事,笑着……

憨头憨脑的普罗霍尔起初大惑不解地侧眼看着格里高力,对于他这种少有的唠叨劲儿感到奇怪,后来就猜到,格里高力拼命回想过去的事,是为了不去想现在的悲痛事,于是他也热心地加入了谈话,甚至都热心得过了头。普罗霍尔详详细细地讲起当年住在契尔尼戈夫军事医院里的情形,讲着讲着,无意中朝格里高力看了一眼,就看见他那黑黑的脸上哗哗地流着眼泪……因为谦让,普罗霍尔的马落后了有几丈远,在后面走了有半个钟头,后来又走齐了,想试着谈谈别的一些无关紧要的事儿,但是格里高力不插嘴了。他们就一声不响,两匹马并排,马镫挨着马镫,一直跑到中午时候。

格里高力放开马拼命地跑。尽管天气炎热,他还是让马时而大步走,时而大步跑,只是偶尔地让马换成小步走一会儿。只有晌午时候,直射的阳光烤得人和马实在受不住了,格里高力才在山沟里停下来,卸下马鞍,放马去吃草,自己也走到阴凉地方,趴到地上,一直趴到炎热的势头过去。他们给马喂了一次燕麦,但是格里高力并不按规定时间喂马。就连他们这两匹一向奔跑惯了的战马,一昼夜跑下来,也瘦了很多,跑起来已经没有一开头那种不怕累的快劲儿了。普罗霍尔气得在心里嘀咕起来:"这样可不难把马骑死。谁又这样骑马呀?他妈的他倒没有什么,骑坏了一匹,随便什么时候都可以再换一匹,可是我到哪儿去弄呀?我的马要是跑坏了,到鞑靼村这样远的道儿,就非得步行或者搭大车不可了,他妈的!"

第二天早晨,来到菲多谢耶夫乡一个村子外面,普罗霍尔实在忍不住了,对格里高力说:

"从来还没有像你这样骑马的……哼,谁又这样,连歇都不歇,日日夜夜飞跑?你瞧瞧,马累成什么样子啦,哪怕到天快黑的时候,咱们把马好好喂一喂也好。"

"走吧,跟上。"格里高力漫不经心地回答说。

"我可跟不上你,我的马已经累坏啦。咱们是不是歇会儿?"

格里高力没有做声。他们又跑了半个钟头,一句话也没有说,后来普罗霍尔毅然决然地说:

"咱们就叫马多少喘口气吧!我不能这样再跑下去了!你听见吗?"

"跑吧,跑吧!"

"要跑到什么时候呀?非要等到马跑死才算完吗?"

"别说话!"

"行行好吧,格里高力·潘捷莱维奇!我不愿意我的马完蛋,眼看就要完啦……"

"好吧,就停一停,见你的鬼!去看看哪儿的草好一点儿。"

* * *

那封电报,因为到处寻找格里高力,在霍派尔州各乡镇辗转了很久,所以收到的时候已经很晚了……格里高力到家的时候,已经是娜塔莉亚葬后第三天了。他在门口下了马,一面走,一面抱住哭着从家里跑出来的杜尼娅,皱着眉头对她说:

"好好地把马牵过去……别哭嘛!"又转身对普罗霍尔说:"你回家去吧。用到你的时候,再去叫你。"

伊莉尼奇娜搀着米沙特卡和波柳什卡的手,走到台阶上来迎接儿子。

格里高力一把搂住两个孩子,用哆嗦的声音说:

"别哭!别流泪!我的好孩子!这么说,成了没娘的孩子啦?唉唉……唉唉……妈妈把咱们撇下啦……"

他自己使出很大的劲儿压制住号哭,走进房里,向父亲问好。

"我们没把她看护好……"潘捷莱·普罗柯菲耶维奇说过,立刻就一瘸一拐地走到过道里去了。

伊莉尼奇娜把格里高力领进上房,把娜塔莉亚的情形讲了半天。老人家本来不想把事情全说出来,但是格里高力问道:

"为什么她拿定主意不生孩子,你知道吗?"

"我知道。"

"为什么?"

"在这以前,她去找过你那个……阿克西妮亚把什么事儿都告诉她了……"

"噢……是这样吗?"格里高力的脸变得通红,垂下眼睛。

他从上房里走出来,面色苍白,一下子老了很多;他无声地咕哝着哆哆嗦嗦、发青的嘴唇,坐在桌子旁边,把两个孩子放在膝盖上,抚摩了很久,后来从挂包里掏出一块粘满了灰土的糖,放在手掌上,用小刀切了开来,歉疚地笑着说:

"这就是带给你们的礼物了……瞧你们的爹成了什么样子……好啦,到院子里去吧,把爷爷叫来。"

"你到坟上去吗?"伊莉尼奇娜问道。

"以后再去吧……死人是不会见怪的……米沙特卡和波柳什卡怎样?还好吧?"

"头一天哭得厉害,特别是波柳什卡……现在他们两个好像商量好了,当着我们的面不提母亲的事了,可是昨天夜里我听见米沙特卡悄悄地哭呢……他把头钻到枕头底下,好叫人听不见他哭……我走过去,问他:'你怎么啦,乖孩子?

跟我睡好不好?'可是他说:'没啥,奶奶,我一定是在做梦……'你跟他们说说,跟他们亲热亲热吧……昨天早晨,我听见他们在过道里说话来着。波柳什卡就说:'她会回来的。她还年轻,年轻人就根本不会死。'都还是不懂事的孩子,可是就像大人一样伤心……你大概饿了吧?我这就去给你做点儿吃的,你怎么不说话呀?"

格里高力走进上房。他就像头一回来到这里,仔细打量了一下四壁,目光停留在铺得整整齐齐、放着两个打松的枕头的床上。娜塔莉亚就是死在这张床上,在这儿说过最后的话……格里高力想象着娜塔莉亚怎样和孩子们告别,她怎样亲他们,也许还画过十字,于是,他又像刚刚看到报告她的死讯的电报时那样,感到一阵钻心的剧痛,耳朵里嗡嗡直响。

房里每一样小东西,都使他想起娜塔莉亚。没法子不想她,想起她是十分痛心的。格里高力不知为什么把整个房间巡视了一遍,就急急忙忙走出来,几乎是跑到台阶上。他心里痛楚得越来越厉害了。额头上冒出汗来。他走下台阶,惊慌地用手按住胸膛的左面,想道:"看样子,心实在受不住了……"

杜尼娅在院子里遛马。那马在仓房边挣着停下来,在地上闻着,伸直脖子,翻起上嘴唇,龇出黄黄的两排牙齿,后来打起响鼻,很别扭地弯下前腿。杜尼娅拉了拉缰绳,但是那马不听话,就想卧下去。

"别叫它卧下!"潘捷莱·普罗柯菲耶维奇在马棚里喊道。"你没看见,它还带着鞍子嘛!为什么不把鞍子卸下来,糊涂东西?!……"

格里高力不慌不忙,一面还在听着自己心脏的跳动,一面走到马跟前,卸下鞍来,镇定了一下,笑着对杜尼娅说:

"爹还喜欢嚷嚷吗?"

"和以前一样。"杜尼娅也笑着回答。

"再把马遛一会儿吧,妹妹。"

"马已经没有汗了,好吧,再遛一会儿。"

"要卧就叫它卧吧,别管它。"

"好吧,小哥……你难受吧?"

"你以为怎样呢?"格里高力叹着气回答说。

杜尼娅心疼起哥哥,亲了亲他的肩膀,不知为什么窘得流出眼泪,急忙转过身去,牵着马往牲口院子里走去。

格里高力朝父亲跟前走去。父亲正很带劲儿地把马棚里的粪往外扒。

"我给你的战马打扫一块地方。"

“你怎么不说一声？我自个来打扫嘛。”

“瞧你说的！我怎么，干不动了吗？伙计，我还结实着呢。一时还摔打不坏！还可以动弹动弹。明天我就想去割大麦。你能多呆些日子吗？”

“一个月的假。”

“那太好啦！咱们下地去，好吗？干起活儿，你要轻快些……”

“我也是这么想。”

老头子放下耙子，用袖子擦了擦脸上的汗，口气中带着很深沉的意味说：

“咱们上屋里去，你该吃饭啦。这种痛苦是免不了的……逃也逃不掉，躲也躲不了……恐怕就是这样……”

伊莉尼奇娜摆好饭菜，放上一块干净手巾。格里高力心里又想：“以前是娜塔莉亚给我端饭……”他为了不露出自己的激动心情，就很快地吃起来。父亲从贮藏室里拿来一坛子用干草裹着的老酒，他带着感谢的神情看了看父亲。

“咱们来祭奠祭奠亡灵吧，愿她在天堂安息。”潘捷莱·普罗柯菲耶维奇刚强地说。

他们各自干了一大杯。老头子又连忙斟满了，叹了一口气，说：

“一年的工夫，咱们家死了两口人……死神看上咱们家啦。”

“咱们别谈这个吧，爹！”格里高力说。

他又一口气喝完第二杯，把一块咸鱼嚼了半天，他一直盼望自己的脑袋醉昏过去，不再去想那些摆脱不掉的念头。

“今年黑麦很好！咱们家的跟别人家的相比，更是好极啦！”潘捷莱·普罗柯菲耶维奇夸口说。在这种夸耀中，在他说话的口气中，格里高力听出有故意装出的成分。

“小麦呢？”

“小麦吗？多少受了一点儿冻，不过，不要紧，每亩能收三十五到四十普特。别人家种的荞麦才好呢，可是咱们不走运，没有种荞麦。不过我也不怎么可惜！在这样荒乱的年头，打了粮食往哪儿搁呀？帕拉莫诺夫粮栈又不收，囤里又装不下。等打仗一打到这儿来，那些家伙把什么都要抢得光光的。不过你别担心，咱们家今年就是颗粒不收，粮食也足够吃两年的。托老天的福，咱们囤里的粮食还满满的哩，再说，别的地方还有呢……”老头子诡秘地挤了挤眼睛，说：“你问问妲丽亚，我们为了预防荒乱，藏了多少粮食啊！我们掘了一个坑，有你的个头儿这样深，一搂半宽，装得满满的！是这种该死的年头把咱们搞得穷了一点儿，要不然咱们也是财主呢……”老头子说过这句笑话，醉醺醺地笑起来，但是过了不大一会儿，很庄重地捋了捋胡子，已经是认真而严肃地说："也许你还操心你岳母吧，那我就告诉你，我没有忘了她，而且已经帮过她啦，有一回，没等她开口，我就装了一车粮食，连量都没量，送去啦。去世的娜塔莉亚一听说这事儿。十分高兴，都高兴得流泪啦……孩子，咱们再来一杯吧？现在能叫我高兴的，只有你啦！"

"好吧，来！"格里高力答应着，伸过酒杯。

这时候，米沙特卡侧着身子，畏畏缩缩地走到桌子跟前。他爬到父亲的膝盖上，腼腆地用左手搂住他的脖子，使劲亲了亲他的嘴。

"你这是怎么啦，孩子？"格里高力很感动地问道，一面看着泪水模糊了的孩子眼睛，憋住气，免得把酒气喷到孩子的脸上。

米沙特卡低声回答说：

"妈妈躺在房里的时候……她还活着的时候，把我叫过去，叫我对你说：'你爹回来，你替我亲亲他，告诉他，叫他心疼你们。'她还说了一些别的话，可是我忘了……"

格里高力放下酒杯，转脸朝着窗户。屋子里有老半天静得叫人难受。

"咱们干了这一杯吧？"老头子小声问道。

"我不想喝了。"格里高力把儿子从膝盖上放到地上，站起身来，急急忙忙朝过道里走去。

"等一等，孩子，怎么不吃肉呀？还有炖鸡和烤饼哩！"伊莉尼奇娜连忙朝灶前跑去，但是格里高力已经砰地把门一带，出去了。

格里高力毫无目的地在院子里转悠着，看了看牲口院子，看了看马棚；他看着马，心里想："该把马洗洗了。"然后走到敞棚底下。在已经收拾好的割麦机旁边，他看见堆在地上的松木片儿、刨花和锯下来的木板头儿。"是爹给娜塔莉亚做的棺材。"格里高力想道。他又急急忙忙朝台阶走去。

潘捷莱·普罗柯菲耶维奇听从儿子的主张，匆匆忙忙收拾了一下，把马套到割麦机上，带上一桶水；夜里他和格里高力一块儿下地去了。

十八

格里高力感到十分悲痛,不仅是因为他对娜塔莉亚也自有其爱,不仅因为共同生活了六年彼此熟悉了,而且还因为觉得自己对娜塔莉亚的死是有责任的。如果娜塔莉亚生前真的赌起气来,带着孩子回娘家去,如果她对不忠实的丈夫怀着强烈的仇恨而且不肯饶恕,就那样死在娘家,格里高力也许不会感到这样沉痛,不会有这样揪心裂肺的悔恨心情。可是他从伊莉尼奇娜的话里,知道娜塔莉亚宽恕了他的一切,而且直到最后一分钟还是爱他,想着他的。这就加重了他的悲痛,使他的良心受到强烈的谴责,迫使他重新考虑过去和过去自己的所作所为……

过去有一段时间,格里高力对妻子一点感情也没有,不光是冷淡,甚至还有点儿仇视;但是近几年来,他对她的态度改变了,他对娜塔莉亚的态度改变的基本原因,就是有了孩子。

起初,格里高力对孩子们也没有像后来这样深厚的父爱。有时他从前方回家住几天,哄哄孩子们,和他们亲热亲热,只是尽尽义务,叫老母亲也喜欢喜欢,自己则不仅不觉得有这种要求,而且看着娜塔莉亚,看着她表现出那样强烈的母爱,不免有些大惑不解。他不理解,怎么会这样狂热地爱这两个吱哇乱叫的小东西,而且在妻子还在给孩子喂奶的时候,他不止一次在夜里带着烦躁和嘲笑的口气对她说:“你干吗要像个疯子一样跳起来?孩子还没有哭两声,你就爬起来啦。哼,就让他们哭好啦,叫好啦,大概不会哭死的!”那时候孩子们对他的态度也同样冷淡,但是他们渐渐长大,他们对父亲的眷恋之情也在渐渐增长。孩子的爱激发了格里高力的相应的爱,于是这种爱像火一样,延烧到娜塔莉亚身上。

格里高力和阿克西妮亚决裂以后,从来没有认真想过要和妻子分离;就是在和阿克西妮亚重新和好以后,他也从来没想过要她代替他的孩子的母亲。他不妨爱她们两个,对她们的爱法各不相同就是了;但是他丧妻以后,忽然觉得对阿克西妮亚也疏远了,后来产生了一种隐隐的愤恨心情,恨她说出了他们的关系,因此才促成娜塔莉亚的死。

格里高力下地以后,不管怎样想方设法忘记自己的悲痛,脑子总是免不了去想这些事情。他希望干活儿干得筋疲力尽,几个钟头不下割麦机,可还是一再地想起娜塔莉亚;脑子里一个劲儿地想着很久以前的事,想着共同生活中各种各样、往往是十分琐碎的细节、谈话。只要稍微放松一下勤快的脑子,笑盈盈、活生生的娜塔莉亚就出现在他的眼前。他想起她的身段、走路的样子、梳头的姿势、她的音容笑貌……

第三天,开始割大麦。有一回在半晌里,等老头子一勒住马,格里高力就从割麦机的后座上跳下来,把短叉子放到架板上,说:

“爹,我想回家去一下。”

“干吗?”

“我有点儿想孩子们……”

“好,去吧,”老头子高高兴兴地答应说,“我们可以趁这个时候把麦子堆一堆。”

格里高力马上把自己那匹马从割麦机上卸下来,骑上去,让马小步在黄黄的麦茬地上走着,朝大道走去。他的耳朵里响着娜塔莉亚的声音:“告诉他,叫他心疼你们!”格里高力闭上眼睛,撩起缰绳,沉浸到回忆里,任凭马乱走起来。

在湛蓝湛蓝的天上,被风吹散的稀疏的白云几乎动都不动。白嘴鸦在麦茬地里摇摇摆摆地走着,成群成群地落在麦堆上;老鸦嘴对嘴地喂那些刚刚长出羽毛、还不怎么会飞的小鸦。在割过了的麦地里,白嘴鸦的叫声响成一片。

格里高力的马一心要在路边走,一边走,一边时不时地啃几口木樨草,嚼着,嚼得铁嚼子哗啦哗啦直响。有两次,这马看见远处的马,停下来嘶叫,这时候格里高力才清醒过来,赶一赶马,用迷惘的眼睛望望草原、灰尘飞扬的大路、黄黄的麦堆、一块块尚未成熟的褐绿色黍子地。

格里高力一回到家里,贺里散福就来了。他的样子很阴沉,虽然天气很热,却穿着一件英国式呢子上衣和一条肥大的马裤。他拄着一根新刨的粗大的白蜡木棍子,走了进来,和格里高力握了握手。

“我来看看你。听说你们家出了事儿。娜塔莉亚·米伦诺芙娜已经下葬了吧?”

“你是怎么从前方回来的?”格里高力装做没有听见他的问话,很高兴地打量着粗笨而有点儿驼背的贺里散福,问道。

“我挂了花,叫我回来休养的。一下子就有两颗子弹横穿进我的肚子。这两颗该死的子弹到现在大概还呆在肠子旁边。所以我现在拄起拐棍来啦。看见吗?”

“你是在哪儿挂花的?”

“在巴拉绍夫。”

“拿下巴拉绍夫了吗?你究竟怎样挂花的?”

“我们打冲锋来着。巴拉绍夫和波伏林诺都拿下来了。我也参加了。”

“那你说说,你和谁在一块儿,在哪个部队里,村里人有谁和你在一块儿!来坐下,这儿有烟。”

格里高力很高兴有人来,因为可以谈谈与他的痛苦心境无关的旁的事情。贺里散福这一回相当机灵,他一猜到格里高力并不需要他的慰问,就兴高采烈、但又慢腾腾地讲起进攻巴拉绍夫和自己挂花的情形。他抽着一根老大的烟卷儿,用浑厚的粗嗓门说起来:

“我们成步兵队形,从葵花地里往前冲。他们就用机枪和大炮打我们,当然啦,也用步枪。我这个人目标大,在散兵线里,就像鸡群里的一只大鹅,不管我怎样弯腰,都能看到我,所以子弹就找上了我。可是幸亏我的个头儿高,如果矮一点儿,就打在我的脑袋上啦!大概这两颗子弹已经没有劲儿啦,可是打在我身上还是够戗,打得我肚子里咕噜噜直叫,而且每一颗子弹都他妈的滚烫,就像从炉子里飞出来的一样……我拿手摸了摸这块地方,觉得子弹还在我身上,就像两个肉瘤一样,在肉里乱咕哝,两颗子弹相隔有二寸半远。这么着,我用指头揉了揉,就倒在地上啦。我想:这真是开的混账玩笑,这种玩笑别他妈的再开啦!顶好还是躺下来,要不然再有一颗厉害点儿的子弹飞过来,还要把我打个透明窟窿呢。所以,这么着,我就躺下啦。我憋不住又摸了摸子弹。两颗子弹还在那儿,离得很近。可是我怕起来,心想:要是该死的子弹在肚子里动起来,那可怎么办呀?要是在肠子缝儿里钻来钻去,大夫怎么能找得到呢?再说,那也够我受的。一个人的身体,就是我这样的身体,也是很不结实的,要是子弹钻到大肠里去,那时候走起路来就要丁丁当当,像邮车铃铛一样了。那就糟透啦。我就躺在那儿,拧下一个葵花子盘来,嗑起葵花子儿,可是心里非常害怕。咱们的散兵线上前去了。等到把巴拉绍夫拿下来,把我也送了去。我住在齐山的医院里。那儿有一个大夫,就像麻雀一样机灵。他老是劝我:‘把子弹取出来吧!’可是我心里在嘀咕……就问:‘大夫,子弹会钻到肠子里去吗?’大夫说:“不会,不会钻肠子。’于是我就想:不能取出来!这一套我很清楚!一旦把子弹取出来,不等刀口长好,就又叫你归队啦。我就说:‘不用,大夫,不取吧。我觉得留在身上挺有意思。我想带回家去,叫老婆看看,再说,分量又不重,不碍我的事。’他把我大骂一通,可是给了我一个星期的假。”

格里高力笑着,听完这一番率真的叙述,问道:

“你编到哪儿去啦,是哪一团?”

“第四混成团。”

“咱们村里人有谁跟你在一块儿?”

“咱们村里人不少:不长胡子的安尼凯、别司贺列布诺夫、柯洛维金·阿基姆、米洛什尼柯夫·谢姆卡、郭尔巴乔夫·季洪。”

“哥萨克们怎么样?不抱怨吗?”

“不用说,大家都恼恨军官们。派来一些浑蛋家伙,简直叫人受不了。差不多都是俄罗斯人,没有哥萨克。”

贺里散福一面讲,一面拉扯着上衣的短袖子,并且好像不相信自己的眼睛似的,很吃惊地打量着和抚摩着在膝盖上起了毛的细呢子英国裤子。

“简直就找不到合我的脚的皮鞋,”他若有所思地说,“在那么大的英国,他们的人都没有这样大的脚……咱们种的是小麦,吃的是小麦,他们大概和俄罗斯一样,全是吃大麦。他们哪能长出这样大的脚呢?给全连的人都发了衣服、鞋袜,还送来香烟,不过,反正不好……”

“什么不好?”格里高力问道。

贺里散福笑了笑,说:

“外表很好,内里很糟。你要知道,哥萨克们又不愿意打仗啦。恐怕这一次战争不会有什么好结果。都说,到霍派尔州边界上,就不往前打了……”

格里高力送走贺里散福以后,经过短时间思索,拿定主意:“再住上一个星期,就回前方去。在这儿会愁闷死的。”他在家里一直呆到黄昏时候。他回忆起小时候的情景,用芦苇给米沙特卡做了一个风车,用马尾做了几个逮麻雀的套儿,很巧妙地给女儿做了一辆小小的马车,轮子还能转悠,车辕装饰得非常好看,又想用布头儿做一个洋娃娃,但是怎么也做不好;在杜尼娅的帮助下才把洋娃娃做成了。

格里高力以前从来没有对孩子们这样关心过,孩子们起初听说他要做这做那,抱着疑惑的态度,但是后来一会儿也不离开他了。到黄昏时候,格里高力要下地去，米沙特卡憋着眼泪，声明说：

“你老是这样！刚来一会儿，就又要把我们扔下啦……把你的套儿、风车和呱哒板全拿走吧！我不要啦！”

格里高力把儿子的两只小手握在自己的大手里，说：

“要是这样的话，那咱们有办法：你是男子汉，你就跟我下地去，咱们去割大麦，堆大麦，你跟爷爷坐在割麦机上，你可以赶马。草丛里的蝈蝈儿才多呢！山沟里各种各样的鸟儿有的是！波柳什卡就留在家里跟奶奶做事。她也不会生咱们的气。姑娘家的事就是擦地板，用小桶从顿河里给奶奶挑水，她们女人家的事还少得了吗？你赞成吗？”

“那敢情好！”米沙特卡欢天喜地地叫了起来。他一想到出去的快乐，眼睛都放起光来。

伊莉尼奇娜却表示反对。

“你带他上哪儿去？活见鬼，瞎出花样儿！叫他在哪儿睡？到那儿谁又来照应他？难保不出事儿，要么，离马近了叫马踢着，要么，叫蛇咬着。别跟你爹去，乖孩子，留在家里吧！”她对孙子说。

但是米沙特卡那眯得细细的眼睛忽然发出凶光（就和爷爷潘捷莱发怒的时候一模一样），他攥起小拳头，用高高的哭腔叫喊道：

“奶奶，住嘴吧！……反正我要去！爹，我的好爹，别听她的……”

格里高力笑着把儿子抱起来，宽慰母亲说：

“就叫他跟我睡。我们从家里骑马慢慢走，总不会让他摔下来吧？妈妈，你给他拿件衣裳吧，别害怕，我保证他好好儿的，明天晚上我就把他送回来。”

格里高力和米沙特卡的感情就这样建立起来了。

格里高力在鞑靼村度过的两个星期当中，只见过阿克西妮亚三次，而且都是一闪即过。她凭她素有的聪明和精细，知道她最好别叫格里高力看到，所以尽量避免和他见面。凭着女性的敏感，她猜透了格里高力的心情，她知道，她对他的感情如果有任何不小心或者不合时宜的表现，都会引起他的反感，在他们的关系上留下一种伤痕。她等着格里高力自动开口和她说话。她等的事儿在格里高力动身上前方的前一天出现了。他赶着拉麦子的大车从地里回来，已经很晚了，在苍茫的暮色中，在靠近草原的尽边上一条胡同口上遇上了阿克西妮亚。她老远就鞠了一个躬，微微笑了笑。她的笑容有期待的意味，也有担心的意味。格里高力回了个礼，但是他不能一声不响地走过去了。

“你好吗？”他问了一声，不觉勒了勒缰绳，让马放慢了脚步。

“还好,谢谢,格里高力·潘捷莱维奇。”

“怎么老是看不见你呀?”

“下地去啦……就我一个人干活儿呢。”

米沙特卡和格里高力一块儿坐在大车上。也许是因为这样,格里高力才没有勒住马,没有和阿克西妮亚多说话。他走过有几丈远了,听见呼唤声,又转过身去。阿克西妮亚还站在篱笆旁边。

“你在村子里还要呆些日子吗?”她激动地撕着揪下来的一朵野菊花,问道。

“一两天就走。”

阿克西妮亚踌躇了一会儿,看样子,她还想问点儿什么。但是不知为什么她没有问,只是挥了挥手,就急急忙忙朝牧场上走去,连头都没有回一下。

十九

天空布满了乌云。蒙蒙细雨飘洒着,就像用筛子筛的。鲜嫩的再生草、野蒿和遍野的荆棘棵子都闪闪有光。

普罗霍尔因为提前离开家,心里十分不痛快,一声不响地走着,一路上没有和格里高力说过一次话。他们来到塞瓦斯济扬诺夫村外,遇到三个骑马的哥萨克。三个哥萨克并马走着,用靴后跟踢着马,很起劲儿地说着话儿。其中有一个上了年纪的,红红的胡子,穿一件老布的灰褂子,他老远就认出了格里高力,大声对两个同伴说:“伙计们,这是麦列霍夫嘛!”于是走到跟前来,勒住高大的枣红马。

“你好啊,格里高力·潘捷莱维奇!”他向格里高力问候说。

“你好!”格里高力一面回答,一面回想他在哪儿见过这个外表阴沉的红胡子哥萨克,可是怎么都想不起来。

看样子，这个哥萨克是不久前才升为准尉的，他为了表示他不是普通的哥萨克，就把崭新的肩章缝在褂子上。

“不认识我了吗？”他径直地来到跟前，伸出长满了红毛的大手，喷着浓烈的酒气，问道。这位新任准尉的脸上一副呆板的自满神情，小小的蓝眼睛亮闪闪的，红胡子底下的嘴唇咧开来笑着。

格里高力一看见这位穿褂子的军官的怪模样，非常开心。带着嘲笑的口气回答说：

“是认不出来啦。大概我见过你，那时候你还是普通哥萨克呀……你升成准尉还没有多久吧？”

“一下子就猜中啦！才升了一个星期。咱们在库金诺夫的司令部里见过面，好像是在报喜节的时候。那一回你救了我，记得吗？喂，特里丰！你们先走吧，我随后追上去！”红胡子哥萨克对两个在不远处停下来的伙伴喊道。

格里高力好不容易想起是在什么场合见到这个红胡子准尉的，也想起他的名字叫谢玛克，还想起库金诺夫对他的评语：“这个该死的东西，打起枪来百发百中！能打飞跑的兔子，打仗也很勇猛，又是一个很好的侦察兵，可是头脑就像个小孩子。”谢玛克在暴动的时候指挥着一个连，出了问题，库金诺夫想处治他，但是格里高力替他说了话，因此谢玛克没有受处分，而且继续担任连长职务。

“你从前方下来吗？”格里高力问。

“是的，我是请假从诺沃霍派尔斯克回来。我绕了一下圈子，走了有一百五十俄里，到司拉晓夫去了一下，那儿有我的一房亲戚。格里高力·潘捷莱维奇，我一直记着你的恩情！我想请请你，你别推却，好吗？我的挂包里还有两瓶酒精，咱们就来喝掉好吗？”

格里高力断然拒绝了，但是收下了他送的一瓶酒精。

“没说的！哥萨克和军官们发财都发足啦！”谢玛克夸耀说。“我也到过巴拉绍夫。我们把巴拉绍夫一拿下来，首先就朝铁路上跑去，那儿停了很多火车，所有的线路都挤满啦。有的车厢装的是糖，有的装的是服装，有的装的是各种各样的玩意儿。有些哥萨克拿了几十套衣服！后来，去搞犹太佬，才有意思哩！我这半个连里有一个家伙动作非常麻利，从犹太佬身上搜了十八块怀表，其中有十块是金的；这小子把表在胸膛上挂了一大串，简直成了顶阔气的商人啦！他的宝石戒指和金戒指，数也数不清！每一个指头都戴两三枚……”

格里高力指了指谢玛克的马鞍两边的鼓鼓囊囊的袋子，问道：

“你这是什么东西？”

“这个吗……各种各样的玩意儿。”

“也是抢的吗?”

“哎,你干吗要说抢……不是抢的,是拿的,拿是合法的。我们的团长就说:‘打下一个城市,你们可以自由行动两天!’我怎么,比别人还坏吗?我拿的是落到我手边的公家的东西……别人干的比我要坏些。”

“你们都是好汉!”格里高力十分厌恶地打量了一下发了洋财的准尉,说:“像你这号儿的,顶好是在要道上,或者蹲在桥底下打杠子,用不着打仗!借打仗行起抢来啦!哼,你们这些下流东西!干起这种玩意儿来啦!你以为,将来就不会有人为这种事儿收拾你们和你们的团长吗?”

“为什么事儿呀?”

“就为这事儿!”

“谁又会来收拾我们呢?”

“你们的上级。”

谢玛克冷笑了一下,说:

“他们自己也是这样嘛!我们不过是用鞍袋装,或者用大车拉,可是他们派整个车队一趟一趟地往家里送。”

“你看见了吗?”

“不光是看见!我就押送过一个这样的车队上亚雷仁镇上去。全是银器,满车都是银碗、银调羹!有些军官跑过来问:‘拉的是什么?喂,拿出来看看!’我就说,这是某某将军私人的东西,他们就一声不响地走开了。”

“这将军是哪一个?”格里高力眯着眼睛,哆哆嗦嗦地拨弄着缰绳,问道。

谢玛克滑头地笑了笑,回答说:

“我忘记他姓什么了……让我想想看,他姓什么来着?哎呀,真忘了,想不起来啦!格里高力·潘捷莱维奇,你这是白骂。说实在话,大家都这样干呀!我跟别人相比,就像羊羔跟狼相比啦;我是顺手拿一点儿,可是别人就在大街上剥人的衣服,干脆就当众强奸妇女!我可是没干过这种事儿,我家里有老婆,而且是个很好的娘们儿!真的,你不该生我的气。等等,你上哪儿去?”

格里高力点了点头,冷冷地和谢玛克分了手,对普罗霍尔说:

“跟上我!”说着就放马跑了起来。

在路上他们碰到的骑马回家休假的哥萨克越来越多了,有的是一个一个的,有的是三五成群。时常遇到双套大车,车上的东西都用帆布或麻布盖着,捆扎得很结实。车辆后面,都有哥萨克站在马镫上小跑着,他们穿着崭新的夏季军便服和红军的草绿色军裤。哥萨克们的落满灰尘、晒得黑黑的脸都很兴奋,很快活,但是这些当兵的一碰上格里高力,就像听到口令似的,把手举到帽檐上,一面尽量让马加快脚步,一声不响地错过去,直到走出相当长的一段距离之后,才重新说起话来。

"买卖人来啦!"普罗霍尔老远看见有骑马人押着装满抢来的东西的大车过来,就要用嘲笑的口气这样说。

然而,回家探望的人并不都是发了洋财的。他们来到一个村子里,在井边停下来饮马,格里高力听见旁边院子里有人在唱歌。从那孩子般清脆、嘹亮的嗓门儿可以断定,唱歌的是一些年轻哥萨克。

"大概是给当兵的送行呢。"普罗霍尔一面用桶汲水,一面说。

那一瓶酒精昨天晚上已经喝完了,他很想有机会再喝一点儿,因此,他急急忙忙饮过马,笑嘻嘻地说:

"怎么样,潘捷莱维奇,咱们是不是上那儿去一下?也许,到送行席上咱们也能捞两杯喝喝呢!房子虽然是芦苇顶的,可是看样子,是个大户人家呢。"

格里高力同意去看看,是怎样给"嫩芦苇"送行的。他们把马拴在篱笆上,就朝院子里走去。敞棚底下一个圆圆的马槽旁边站着四匹上着鞍的马。从仓房里走出一个半大孩子,端着一个装满燕麦的铁斗。他匆匆朝格里高力看了一眼,就朝嘶叫起来的几匹马走去。唱歌的就在屋角后面。有一个打颤的高嗓门儿唱道:

那一条道儿
以前没人走……

有一个吸烟吸哑了的浑厚的粗嗓门儿,重复了一下后面的一句,就和那个高嗓门儿合唱起来,后来又有两个很和谐的嗓门儿加入了合唱,于是歌声显得又雄壮、又豪放、又凄切动人了。格里高力不愿意前去打断他们唱歌;他拉了拉普罗霍尔的袖子,小声说:

"等一等,别过去,让他们唱完。"

"这不是送行。叶兰乡的人就喜欢这样唱。他们就是这种唱法。他妈的,唱得真好呀!"普罗霍尔称赞过,又很丧气地啐了一口:看样子,他那喝酒的指望落空了。

那个好听的高嗓门儿唱的是一个哥萨克在战场上疏忽大意的事,一直唱完了：

人的脚印、马的蹄印都没有。
一个哥萨克团打这儿开过。
一匹骏马跑在团后头。
漂亮的马鞍溜到了一旁，
皮笼头挂在右耳朵上，
丝缰缠在马腿上。
一个年轻顿河哥萨克在后面撵，
对着他的好马儿叫喊：
“等一等，我的好马儿，你站一站，
你别扔下我不管，
没有你我逃不脱车臣人追赶……”

格里高力脊背靠着房子的白墙站着，听得入了迷，既听不见马嘶声，也听不见从胡同里经过的一辆牛车的咯吱声。

屋角那边，有一个唱歌的人唱完歌以后，咳嗽了一声，说：

“唱得不怎么好！就这样啦，反正尽我们的本事就是了。不过，老大娘们，你们还要给我们这几个当兵的弄点儿东西在路上吃。这顿饭我们吃得很好，感谢基督，可是在路上吃的东西我们还一点儿也没有呢……”

格里高力回过神来，从屋角后面走了出来。在台阶的最下面一级上坐着四个年轻哥萨克；从附近人家里跑来的媳妇、老婆子、小孩子把他们团团围住。妇女们听得都抽搭起来，又擤鼻子，又用头巾角儿擦眼泪；在格里高力朝台阶跟前走的时候，有一个老婆子，身材高高的，眼睛黑黑的，衰老的脸上还留着圣母般端庄而美丽的痕迹，她在慢条斯理地说：

“我的好孩子们呀！你们唱得多么好、多么伤心呀！你们每个人家里恐怕都有妈妈，妈妈一想起儿子，想到儿子也许要死在战场上，恐怕眼泪都要哗哗往下流……”她拿黄黄的眼白朝着向她问候的格里高力瞪了一眼，忽然恨恨地说：“你这个当官的，要把这些好孩子带去送死吗？你要把他们断送在战场上吗？”

“老大娘，连我们也要断送呢。”格里高力愁眉苦脸地回答说。

几个哥萨克见一位陌生军官来了，非常窘急，连忙站了起来，一脚踢开放在台阶上、还盛着残剩食物的盘子，一面整理着军便服、步枪皮带和武装带。他们唱歌的时候,连步枪都没有从肩上卸下来。看样子最大的一个也不过二十五岁。

“你们是哪儿的?”格里高力打量着他们的年轻的、生气勃勃的脸,问道。

“从部队里回来……”其中一个蒜头鼻子、笑眯眯的眼睛的,迟迟疑疑地回答说。

“我是问:你们是哪儿的人,是哪一个乡的? 不是本地人吧?”

“我们是叶兰乡的,是请假回家,大人。”

格里高力从声音上听出他就是那个领唱的,就笑着问道:

“是你领唱的吗?”

“是我。”

“噢,你的嗓子真好! 你们为什么唱起歌儿来啦? 怎么,是因为高兴吗? 看你们的样子,好像也没有喝过酒。”

一个高个子、亚麻色头发的小伙子,梳得很神气的头发因为落满灰土变成了灰白色,黑黑的脸上泛起两片浓浓的红晕,他侧眼看着老婆子们,很不好意思地笑着,有点儿勉强地回答说:

“哪儿有什么高兴的事儿……我们是没办法才唱的呀! 什么也不为,就因为这地方的人舍不得给东西吃,就给一块面包。所以我们就动脑筋,唱起歌儿来。我们一唱起来,娘们儿就纷纷跑来听;我们唱起一支伤心的歌儿,好啦,她们一感动,就纷纷送东西来,有的拿猪油,有的端来牛奶,有的就拿别的吃的……”

“我们就像神甫一样,中尉先生,唱一个歌儿,募化一点儿吃的!”那个领唱的小伙子对同伴们挤着眼睛,把笑眯眯的眼睛眯缝起来说。

一个哥萨克从胸前口袋里掏出一张油糊糊的纸来,递给格里高力。

“这是我们的休假证。”

“干吗要给我看?”

“也许您会多心, 我们可不是开小差……”

“你们还是在遇上侦缉队的时候,给他们看吧,”格里高力很不痛快地说,但是临走时还是劝他们说:“你们还是在夜里走,白天可以找地方歇歇。你们的证明不管用,带着是白带着……这证明没有盖印吧?”

“我们连里没有印。”

“噢,如果你们不愿意挨加尔梅克佬的枪托子,那就听听我的话吧!”

走出这个村子有三俄里,离一片紧靠大路的小树林还有一百五十丈远,格里高力又看见有两个骑马的人迎面而来。他们停了一会儿,打量了一下,然后就陡转过马头,进了树林。

“这是没有证明的，”普罗霍尔推断说，“看见吗，他们拐进树林啦？偏要他妈的在大白天走！”

又有几个人，一看见格里高力和普罗霍尔，就拐下大路，急急忙忙躲藏起来。一个偷着回家的上了年纪的哥萨克步兵，钻进葵花地里躲起来，就像兔子躲进了麦地里。普罗霍尔从他身旁走过，站在马镫上，吆喝道：

“喂，老乡，你没有藏好！脑袋藏起来了，可是屁股还露着哩！”他忽然故意用很凶的口气大声喝道：“喂，出来！拿证明来看看！”

等那个哥萨克跳起来，弯着腰，在葵花地里跑起来，普罗霍尔就可着嗓门儿哈哈大笑起来，他把马一夹，就想追上去，可是格里高力拦住了他。

“别胡闹！让他去吧，就这样跑，够他戗的啦。你再来一下子，他还要吓死呢……”

“得啦！就是带上猎狗也别想追上他啦！他这一口气要跑上十俄里。看，他在葵花地里窜得有多快！一个人在这种时候从哪儿来的这股快劲儿，我真觉得稀奇。”

普罗霍尔反正对逃兵没有好印象，他说：

“简直是成群结队往家跑。就好像从口袋里抖搂出来的一样！瞧着吧，潘捷莱维奇，要不了多久，就要剩下咱们两个来守阵地了……”

格里高力离前线越近，顿河军腐败的可憎场面越是广泛地展现在他的眼前。这种腐败恰恰是在暴动军补充进顿河军之后，在北线取得巨大胜利的时候开始的。这时候，顿河军已经不仅不能进行决定性的进攻和摧毁敌军的抵抗，而且都经受不住重大的进攻了。

在驻扎着近距离后备队的各市镇和各村庄里，军官们都日以继夜地酗酒；各种辎重队的车辆都装满了抢来的、还没有运到后方去的财物；各个部队的兵员都剩下不到百分之六十；哥萨克们任意离队去休假，由加尔梅克人组成的侦缉队在草原上到处巡逻，也阻止不住大批开小差的浪潮了。哥萨克进入被占领的萨拉托夫省的许多村庄里，就像侵略者到了外国的土地上：抢劫财物，奸淫妇女，烧粮食，宰牲口。把许多半大孩子和五十多岁的老头子都抓来补充军队。在一些补充连里，很多人公开表示不愿打仗，在向沃罗涅日方面调动的一些队伍里，哥萨克们干脆不服从军官的命令。听说，在前沿阵地上常有打死军官的事。

已经离巴拉绍夫不远了，天黑下来，格里高力在一个小村子里停下来住宿。由老年哥萨克组成的第四独立后备连和塔干罗格团工兵连把村子里所有住房都占了。格里高力找住宿的地方找了半天。他们本来可以像往常一样，在田野上过夜，但是看样子夜里要下雨，而且普罗霍尔又打起摆子来了，所以必须要在屋子里过夜。村口上，在白杨树环绕着的一座大房子旁边，有一辆被炮弹打坏的装甲汽车。格里高力从旁边走过，看了看汽车的绿色铁甲上还没有涂掉的标语："打死白狗子！"下面是装甲车牌名："勇猛号"。在院子里的拴马桩旁边有几匹马在打响鼻，还听到一些人的说话声；房后果园里生着一堆火，一棵棵绿树顶上缭绕着青烟；火堆旁边人影幢幢。风从火堆上吹来一阵阵燃烧的干草气味和烧焦的猪鬃气味。

格里高力下了马，朝房子里走去。

"这儿掌柜的是哪一位？"他走进一间低矮的、挤满了人的屋子，问道。

"我就是。您有什么事？"一个矮矮的汉子，靠在炉子上，没有改变姿势，打量了一下格里高力，说。

"能让我们在这儿过一夜吗？我们只有两个人。"

"我们在这儿挤得已经和西瓜里的籽儿一样了。"躺在大板凳上的一个上了年纪的哥萨克很不高兴地嘟哝说。

"我倒是没什么，不过我们这儿的人实在太挤了。"房东解释说。

"我们凑合着住一下吧。我们总不能在雨里过夜吧？"格里高力坚持说，"我的传令兵在生病呢。"

那个躺在大板凳上的哥萨克咯咯了两声，耷拉下两条腿来，看了看格里高力，已经换了口气说：

"大人，我们和掌柜家的人一共是十四口，住了两间屋子，可是一个英国军官和他的两个护兵就占了另外一间屋子，还有我们的一个军官也和他们在一块儿。"

"您是不是可以上他们那儿住一下！"另外一个佩戴上士肩章、大胡子白了不少的哥萨克很热心地说。

"不用，我最好就在这儿。我要不了多少地方，就睡在地上，不会挤你们。"格里高力脱掉军大衣，用手撩了撩头发，在桌边坐下来。

普罗霍尔就出去看马。

隔壁屋子里大概听见了这边的谈话。过了五六分钟，走进来一个穿得很讲究的小个子陆军中尉。

"您是找住宿的地方吗？"他对格里高力说；瞥了一眼格里高力的肩章，就带着殷勤的笑容央请说："请您上我们那间屋里去住吧，中尉。我和英军中尉堪贝尔先生请您搬过去，您在那边会方便些。我姓歇格洛夫。您贵姓？"他握了握格里高力的手,又问:“您是从前方来吗?噢,是休假回来呀!咱们走吧,走吧!我们欢迎您。您大概饿了,我们那儿还有吃的呢。”

陆军中尉那浅绿色上等呢子制服上挂着一枚军官十字章,小小脑袋上的头发梳得光溜溜的,靴子擦得锃亮,他那一张刮得光光的、黑糊糊的脸,他那整个端正的身体,都显得干净利索,并且散发着一股浓浓的花露水气味。他在过道里很小心地把格里高力让到前头,说:

“门在左面。小心点儿,这儿有箱子,您别碰上。”

一个魁梧而健壮的青年中尉迎着格里高力站了起来。他留着一撮黑黑的、毛茸茸的小胡子,遮住了斜着划开的上嘴唇,两只灰眼睛离得很近。陆军中尉把格里高力介绍给他,说了几句英语。英国中尉握了握客人的手,时而望着客人,时而望着陆军中尉,说了几句话,打手势请客人坐下。

屋子中间并排放着四张行军床,角落里堆着箱子、旅行包、皮包。在大柜子上放的是:格里高力还没有见过的一种手提机枪、一个望远镜套子、几盒子弹和一支卡宾枪,枪托子黑糊糊的,深灰色枪筒子是崭新的,还没有磨出光来。

英国中尉很亲切地打量着格里高力,用愉快的低嗓门儿说了几句话。格里高力不懂这种听起来很别扭的外国话,但是,他猜到他们谈的是他,所以觉得有点儿尴尬。陆军中尉在一个包里翻着,含笑听着,后来他说:

“密斯特堪贝尔说,他很尊敬哥萨克,他认为哥萨克都是了不起的骑手和战士。您大概要吃点儿东西吧?您喝酒吗?他说,危险越来越近了……唉,妈的,他老是说废话!”陆军中尉从皮包里拿出几听罐头、两瓶白兰地,又弯下腰去翻皮包,一面继续翻译着:“他说,在大熊河口哥萨克军官们对他都很热情。他们在那儿喝了一大桶顿河葡萄酒,他们都喝得烂醉,和中学里的一些女学生玩得非常快活。哼,这事儿就不用说了!他认为,用同样的盛情报答对他的盛情,是一种愉快的责任。所以您应当接受这种盛情。他说,他很喜欢您……您会喝酒吗?”

“谢谢。我会喝。”格里高力说,一面偷偷打量着因为一路风尘和握马缰弄得很脏的自己的两只手。

陆军中尉把罐头放在桌子上,很熟练地用刀子开着罐头,叹着气说:

“您可知道,中尉,这个英国猪可把我折腾坏啦!从早上一直喝到深夜。不住气地灌,简直没有对手!您要知道,我也是个能喝酒的,可是像这样牛饮,实在受不了。而且,这家伙……”陆军中尉含笑望了望英国中尉,出乎格里高力意料地骂了两句娘,“也不管空不空肚子,一个劲儿死灌!”

英国中尉笑了笑,点了点头,用半通不通的俄语说:

“对,对!……大大地好……要喝你的健康一杯!”

格里高力笑了起来,抖搂了一下头发。他很喜欢这两个小伙子,他觉得这个笑得很纯真、说俄语说得很好笑的英国中尉挺好。

陆军中尉一面擦着杯子,一面说:

“我跟他泡了两个星期啦,够戗不够戗?他在第二军节制的坦克部队里担任教官,派我给他当翻译。我的英语说得好,所以就倒了霉……咱们的人也喝酒,不过不是这种喝法。可是这家伙,谁知道他妈的是怎么一回事儿!您可以看看,他有多大的酒量!一天他至少要喝四五瓶白兰地。一有空儿就喝,就是喝不醉,而且喝了那么多还照样干活儿。他把我都整死啦。我的胃都有点儿疼起来啦,这些天我的情绪坏透啦,我浑身都泡在酒精里,现在我都怕到油灯跟前坐啦……谁他妈的知道这是怎么回事儿!”他说着,拿起白兰地把两只杯子斟得满满的,却只给自己倒了一点点儿。

英国中尉拿眼睛瞟着杯子,笑着,很起劲儿地说起话来。陆军中尉带着求饶的神气把一只手按在心口上,沉着地笑着,回答他的话,只是那和善的黑眼睛里偶尔冒一下愤怒的火星。格里高力端起杯子,和两位好客的主人碰了碰杯,就一饮而尽。

“噢!”英国人称赞说,于是也把自己杯子里的酒喝干,然后很轻视地看了看陆军中尉。

英国中尉的两只又大又黑的劳动的手放在桌上,手背上的汗毛孔里都是黑黑的机器油,手指头因为常常接触汽油,都脱了皮,还有一些斑斑点点的老伤疤,但是一张脸却很娇嫩,胖乎乎的,红红的。手和脸竟是这样不同,有时候格里高力简直觉得这个英国中尉好像是个假面人儿。

“您真是救了我。”陆军中尉说着,把两只杯子斟得满满的。

“怎么,他一个人不喝酒吗?”

“问题就在这儿呀!早晨起来他可以一个人喝,到晚上就不行啦。好吧,来,咱们喝。”

“这玩意儿是厉害……”格里高力把杯子里的酒喝了不多的一点儿,但是一看见英国人那惊异的目光,就把其余的酒一下子倒进嘴里。

“他说,您是好汉子。他很喜欢您的喝法。”

“咱们俩来换一换位置得啦。”格里高力笑着说。

“我相信,您过上两个星期,就不干啦。”

“不干这种好差事吗?”

“这种好差事,我无论如何都不想干啦。”

“上前方更坏。”

“这儿也等于前方。在前方可能叫子弹或炮弹打死,也可能打不死,可是在这儿我靠得住要变成酒疯子。请尝尝这罐头水果吧。不吃点儿火腿吗?”

“谢谢,我吃。”

“英国人搞这些玩意儿有两下子。他们军队的给养可不像咱们的那样。”

“咱们能算是发给养吗?咱们的军队是就地吃草。”

“很遗憾,这是实情。不过,用这种办法对待士兵,特别是如果让士兵任意抢劫老百姓的话,就不会长远……”

格里高力留心看了看陆军中尉,问道:

“您想走长远吗?”

“咱们是一条路的嘛,您这是问的什么?”陆军中尉一不留心,英国中尉拿起酒瓶,给他斟了满满的一杯。

“这一下子您非得喝干不可了。”格里高力笑着说。

“够戗!”陆军中尉看了看酒杯,叫了一声苦。他的脸上泛起一阵淡淡的红晕。

三个人一声不响地碰了碰杯,喝干了。

“咱们走的是一条路,不过各有各的走法……”格里高力又开口说,一面皱着眉头,想用叉子叉住在碟子里滚来滚去的一个杏子,却怎么也叉不住。“有的走不远就下了马,有的就像坐火车一样,要跑得远远的……”

“您难道不想坐到最后一站吗?”

格里高力觉得有了酒意,不过他还是十分清醒的;就笑着回答说:

“我的盘缠不够坐到最后一站啦。您呢?”

“噢,我的情形不一样:就是把我赶下车来,我也要顺着路基步行走到最后一站!”

“那就祝您一路平安吧!来干一杯!”

“以后会好的。凡事起头难嘛……”

英国人和格里高力、陆军中尉碰着杯,一声不响地喝着,几乎连菜都不吃。他的脸成了砖红色,眼睛亮了起来,一举一动中露出有意放慢的意味。还没有喝完第二瓶,他就站起沉重的身子,稳稳地走到皮包跟前,掏出三瓶白兰地,拿过来。他把三瓶酒放在桌上,用嘴角笑了笑,低声说了几句话。

“密斯特堪贝尔说,要好好地高兴高兴。这位密斯特真他妈的要命!您怎么样？”

“好吧，可以好好高兴高兴。”格里高力答应说。

“好的，不过他的酒量太大了！在这个英国人身上有俄国商人的灵魂。我大概已经不行啦……”

“从您的样子还看不出来嘛。”格里高力故意逗他说。

“见鬼吧！我现在就像大姑娘一样，浑身酥啦……不过还可以应付两下子，对对，可以应付，完全可以应付！”

陆军中尉又喝了一杯以后，显然有点儿发呆了：他那黑眼睛泛出油光，而且开始有点儿斜了，脸上的肌肉松弛了，嘴唇几乎不听摆布了，颧骨上的青筋一下一下地抽动着。下了肚的白兰地在他身上发作起来，弄得他昏昏沉沉。陆军中尉的表情，就像一头牛在屠宰以前头上挨了十斤重的一锤子。

“您还早着哩。您喝惯啦，喝这点儿酒一点儿事也没有。”格里高力肯定地说。他也显然有了酒意，但是觉得还能喝上很多。

“真的吗？”陆军中尉高兴起来。“是的，是的，我起初有点儿软不唧唧的，可是这会儿，不吧，要喝多少都行！一点不错：要喝多少都行！我很喜欢您，中尉。说实在话，您这人有两下子，对人又真诚。我就喜欢这些。咱们来为他这个浑蛋和酒鬼的祖国干一杯吧。他虽然像畜牲一样蠢，可是他的祖国很好。‘海上霸王，不列颠呀！’咱们喝吧？不过别干杯啦！来，为了您的祖国，密斯特堪贝尔！”陆军中尉使劲皱了皱眉头，喝了一口，吃起火腿。“那真是个了不起的国家呀，中尉！您是想象不出来的，我可是在那儿住过……来，咱们喝！”

“不管是什么样的母亲，总是比外人亲呀。”

“咱们不抬杠，喝吧！”

“咱们喝。”

“应该用铁和火把咱们国家的腐朽东西都铲除掉，可是咱们无能为力了。这么一来，咱们的国家就完了。哼，去他妈的吧！堪贝尔就不相信咱们能打得赢红军。”

“他不相信吗？”

“是的，他不相信。他认为咱们的军队很坏，他夸奖红军很好。”

“他参加过战斗吗？”

“当然参加过！红军差一点儿把他抓住。这白兰地好厉害呀！”

“是够厉害！这玩意儿和酒精一样吧？”

“多少差一点儿。是骑兵把堪贝尔救出来了，要不然就把他捉去了。那是在茹柯夫村外。那一次红军夺去咱们一辆坦克……您好像很伤心呀。是怎么一回事儿?”

“我老婆不久前死了。”

“这真是不幸!留下孩子了吗?”

“有孩子。”

“为您的孩子们喝一杯!我没有孩子,也可能有,不过即使有的话,他们大概也是在什么地方跑着卖报呢……堪贝尔在英国有一个未婚妻。他每星期给她写两封信,从不间断。写的大概都是各种各样的混账话。我差不多都嫉恨他了。您说什么?”

“我什么也没有说。可是,他为什么尊重红军呢?”

“谁说他‘尊重’来着?”

“您说的。”

“没有的话!他不会尊重他们,不可能尊重他们,您弄错了!不过,我可以问问他。”

堪贝尔仔细听过脸色灰白、醉醺醺的陆军中尉问的话,便说了老半天。格里高力不等他说完,就问道:

“他叽里咕噜说些什么?”

“他看见,他们都穿着树皮鞋,排成步队向坦克冲锋。这简单吗?他说,人民是打不垮的。糊涂蛋!您别信他的。”

“怎么能不信呢?”

“反正不能信。”

“嗯,为什么?”

“他喝醉了,是在胡扯。怎么能说人民是打不垮的呢?可以把他们当中的一部分消灭,叫其余的人执行……我怎么说来着?不对,不是叫他们执行,是叫他们服从。咱们这是喝第几瓶啦?”陆军中尉把脑袋放在手上,胳膊肘子弄翻了一听罐头,胸膛趴在桌子上,不住地喘着粗气,坐了有十来分钟。

窗外的夜色黑漆漆的。密密的雨点不住地敲打着护窗。远处有隆隆的声音,格里高力弄不清那是雷声,还是炮声。堪贝尔笼罩在雪茄烟的青青的烟雾里,慢慢斟着白兰地。格里高力推醒陆军中尉,摇摇晃晃站起来,说:

“喂,你问问他:为什么红军会打败咱们?”

“算了吧!”陆军中尉嘟哝说。

“不行,你问问。”

“算了吧！他妈的算了吧！”

“你问问，我要你问！”

陆军中尉呆呆地朝着格里高力看了一会儿，后来对仔细听着的堪贝尔说了几句话，又把头趴在握成勺子形的手掌上。堪贝尔带着轻视的笑容望了望陆军中尉，拉了拉格里高力的袖子，用动作解释起来：他把一个杏核拨到桌子当中，把自己的大手竖着放在杏核旁边，好像是在和杏核对比，然后弹了一下舌头，一下子把手压到杏核上。

“亏你想得出！不用你说，我也明白……”格里高力沉思着说。他摇晃了两下，抱住好客的英国中尉，很费劲地用手指了指桌子，行了一个礼。“谢谢你的款待！再见吧！你可知道，我要对你说什么吗？趁着这儿还没有把你的脑袋揪掉，你赶快回家吧。我这是实心实意对你说的。明白吗？用不着你们来干涉我们的事情。明白吗？请你走吧，不然的话，你在这儿要挨揍的！”

英国中尉站起来，行了个礼，很起劲儿地说起话来，时不时地带着遗憾的神情望望已经睡着了的陆军中尉，很亲热地拍着格里高力的肩膀。

格里高力好不容易摸到了门把手，摇摇晃晃地走到台阶上。斜斜的雨丝洒在脸上。一道道闪电照耀着宽敞的院子、水漉漉的篱笆、果园里亮晶晶的树叶。格里高力下台阶的时候，滑了一下，跌倒了，等他爬起来的时候，听见有人在说话：

“那几个军官还在喝吗？”有一个人在过道里划着火柴，问道。

一个伤了风的沙哑嗓门儿，用压低了的不客气口吻说：

“他们要喝下去的……他们非喝得出洋相不可！”

二十

顿河军打出霍派尔州边界以后,又和一九一八年那时候一样,失去了前进的锐气。顿河上游暴动的哥萨克和霍派尔州的部分哥萨克仍旧不愿意到顿河地区以外去打仗;红军部队得到新的补充,现在又是在民心向着红军的地区活动,所以抗击力量加强了。尽管在这个地区的兵力方面白军还是占优势:在战斗中受到很大损失的红军第九军只有一万一千名步兵、五千名骑兵,拥有五十二门炮,而几个哥萨克军却一共有一万四千四百名步兵、一万零六百名骑兵,拥有五十三门炮,——可是哥萨克部队有时也打起防御战,而且顿河军司令部不论想什么办法,都不能使哥萨克们拿出不久前在本地区作战时那种顽强劲儿了。

最激烈的战斗发生在两翼方面,也就是南方库班志愿军部队活动的地区。志愿军部队在弗兰格尔将军指挥下,在向乌克兰内地顺利推进的同时,还在猛烈地压迫着红军第十军,迫使第十军节节后退,志愿军边战边朝萨拉托夫省推进。七月二十八日,库班骑兵横冲直撞地攻进了卡梅申,俘虏了一大半守军。红军第十军部队进行反攻,也被打退了。来势凶猛的库班和捷烈克哥萨克混合骑兵师有可能来包抄右翼,因此第十军军部把部队转移到博尔津柯沃—拉推舍夫—红土崖—卡敏镇—班诺叶一线上。这时候第十军部队共拥有一万八千名步兵、八千名骑兵、一百三十二门炮;和第十军作战的库班志愿军拥有七千六百名步兵、一万零七百五十名骑兵、六十八门炮。此外,白军还有几支坦克部队,还有不少飞机担任侦察工作和参加作战。但是不管是法国的飞机,还是英国的坦克和大炮,都帮不了弗兰格尔的忙了;他到了卡梅申,再也不能往前推进了。在这个地区展开顽强的持久战,战争只有一些很小的变化。

七月底,红军开始准备在南线的整个中心地带转入大规模的进攻。为此,第九军和第十军合并为一个突击兵团,由绍林指挥。从东线调来的第二十八师和原喀山地区的一个守备旅,第二十五师和原萨拉托夫地区的一个守备旅,都要担任突击兵团的后备队。此外,南线指挥部还把一些担任前线后备队的部队和第五十六步兵师调来加强突击兵团的力量。第八军和由第八军节制的、从东线撤下来的第三十一步兵师和第七步兵师要在沃罗涅日方面发动助攻。

定于八月一日至十日之间转入全面进攻。根据红军总指挥部的计划,第八军和第九军的进攻要以侧翼部队的包抄活动来配合,而其中特别重要、特别复杂的任务就落在第十军肩上,第十军应当顺着顿河左岸推进,截击从北高加索方面来的敌军主力。在西面,第十四军的一部分队伍要向查蒲林诺—洛佐瓦亚一线发动声势浩大的佯攻。

就在红军在第九军和第十军的地区内进行必要的调动的时候,白军指挥部为了打破敌军的进攻计划,扩编了马孟托夫的一个军,打算冲破防线,将这个军投入红军后方去进行深入的袭击战。弗兰格尔的军队在察里津方面取得胜利后,该军的战线向左伸展开去,因此缩短了顿河军的战线,所以就从顿河军里抽出了几个骑兵师。八月七日,在乌留平镇上集中了六千名骑兵、二千八百名步兵和三个各拥有四门炮的炮兵连。八月十日,重新改编过的、由马孟托夫指挥的一个军,在红军第八军和第九军交接的地方冲破防线,从新霍派尔斯克向唐波夫挺进。

根据白军指挥部原来的意图,除了马孟托夫的一个军外,康诺瓦罗夫将军的一个骑兵军也要挺进到红军后方去,但是因为在康诺瓦罗夫这个军占据的地区内发生了战斗,这个军没有从前方撤下来。由于这种情况,马孟托夫担负的任务缩小了,不是责成他一个劲地往前打,打到莫斯科,而是叫他破坏过敌军后方和交通线以后,重新来会合;然而当初却是命令他和康诺瓦罗夫用全部骑兵冲垮中心地带红军的侧翼和后方,然后以强行军的速度向俄罗斯内地进军,一面用那些具有反苏维埃思想的人来补充兵力,一面继续向莫斯科挺进。

红军第八军使用了该军的后备队,才恢复了左翼的形势。第九军的右翼溃乱得更要厉害些。突击兵团的总指挥绍林千方百计使两军的内翼连接起来,但是也没有拦住马孟托夫的骑兵。第五十六后备师奉绍林的命令,从基尔桑诺夫赶来迎击马孟托夫。该师的一个营坐着大板车来到桑堡车站,遇上了马孟托夫的一支侧翼部队,一交手就被打垮了。第三十六步兵师所节制的一个骑兵旅,调去掩护唐波夫至巴拉绍夫一段铁路,也落得同样的结果。该旅遇到了马孟托夫的全部骑兵主力,经过短时间的战斗,就被击溃了。

八月十八日，马孟托夫袭占了唐波夫。尽管情况如此，尽管为了和马孟托夫作战，还从绍林的突击兵团中抽出去几乎有两个师，但是绍林突击兵团的主力还是发动了进攻。同时在南线的乌克兰地区也发动了进攻。

在北方和东北方，战线几乎成直线从老奥司考尔一直拉到巴拉绍夫，然后朝察里津一拐，这条战线开始稳定下来。许多哥萨克团在敌军的优势兵力压迫下，向南方退去，但是时常进行反击，而且步步为防。一进入顿河地面，他们又恢复了失去的战斗力；开小差的事也大大减少了；从顿河中游各乡里开来不少补充队伍。绍林突击兵团的队伍越是深入顿河区的内地，遇到的抵抗就越顽强、越猛烈。在上顿河州暴动的各乡里，哥萨克们自动发起开大会，宣布全体总动员，大家做过祷告，就立即开上前线。

绍林的突击兵团，因为在向霍派尔河和顿河方面推进中不停地作战，不断地遇到白军的顽强抵抗，又因为来到了大多数老百姓都痛恨红军的地区，所以渐渐失去进攻的锐气。就在这时候，白军的司令部已经在卡察林乡和柯特鲁班车站一带，成立了一个由三个库班军和六个步兵师组成的强大的机动兵团，以便迎击所向披靡的红军第十军。

二十一

一年的工夫，麦列霍夫家的人口减少了一半。潘捷莱·普罗柯菲耶维奇有一次说死神看上了他们家，这话说对了。刚刚把娜塔莉亚埋葬过，麦列霍夫家宽敞的上房里又散发出神香和矢车菊的气味。格里高力离家上前方以后十来天，妲丽亚在顿河里淹死了。

星期六，她从地里回来，就和杜尼娅一同去洗澡。她们在菜园边上脱掉衣服，在柔软的、被脚踩倒的青草上坐了半天。还是从清晨起，妲丽亚就心神不定，说是头疼,身子不舒服,偷偷地哭了好几次……在下水以前,杜尼娅把头发挽成一个鬏儿,用头巾包起来,侧眼朝妲丽亚看了看,很心疼地说:

"妲什卡,看你瘦成什么样子啦,所有的青筋都露出来啦!"

"很快就要胖起来了!"

"你的头不疼了吗?"

"不疼啦。嗯,咱们下水吧,天不早啦。"她在头里跑着下了水,连头扎进水里,后来又钻出水来,打着响鼻,朝河中心游去。急流卷住了她,冲着她往前漂去。

杜尼娅欣赏着妲丽亚那像男人一样大划着两臂的游泳姿势,她也走进齐腰深的水里,洗了洗脸,泡了泡胸膛和晒得黑黑的、结实而丰润的两条胳膊。在旁边的菜园里,奥布尼佐夫家的两个儿媳妇在浇白菜。她们听见杜尼娅笑着在唤妲丽亚:

"回来吧,妲什卡!别叫鲶鱼把你拖走了!"

妲丽亚掉转身来,泅了有三丈远,后来从水里跳出半截身子,把两只手举起来,喊道:"姊妹们,我走啦!"然后就像石头一样沉入水里。

过了有一刻钟,脸色煞白的杜尼娅只穿着一条衬裙,跑回家里。

"妈妈,妲丽亚淹死啦!……"她气喘吁吁地说。

直到第二天早晨,才用大鱼网的钩子把妲丽亚捞了上来。鞑靼村最有经验的老渔夫阿尔希普·皮司科瓦特柯夫黎明时候在妲丽亚淹死的地方的下游,下了六张大鱼网,然后和潘捷莱·普罗柯菲耶维奇一同去检查鱼网。岸上站着一大群孩子和妇女,其中也有杜尼娅。当阿尔希普用桨柄挑着第四根网绳,离开河岸有十丈远的时候,杜尼娅清清楚楚地听见他小声说:"大概,这就是……"于是他使劲拉着直往下坠的网绳,小心翼翼地把网往上提。后来有一个白白的东西出现在右岸边,两个老头子就弯下身去,小船的边上进了一点儿水,于是安静下来的人群听见尸体低沉地响了一声,上了小船。人群里齐声出了一口气。有一个娘们儿低声抽搭起来。站在不远处的贺里散福大声吆喝孩子们:"喂,你们都滚远点儿!"杜尼娅含着眼泪,看着阿尔希普站在船尾,熟练而无声地划着桨,朝岸边划来。小船沙沙地、咯吱咯吱地轧着岸边的石灰质砂石,靠了岸。妲丽亚软绵绵地弯着腿躺着,一边腮帮子贴在水漉漉的船底上。她那白白的身体微微有些发青,泛着一种淡紫色,身上有几处很深的窟窿,那是钩子钩的。在一条又瘦又黑的腿肚子上,膝盖下面一点儿、在洗澡前忘记解下的袜带旁边,有一条新鲜的红印子,还隐隐渗着血。那是鱼网钩子的尖儿在腿上划了一下,划出了一道斜斜的血印子。杜尼娅哆哆嗦嗦地揉着围裙，头一个走到妲丽亚跟前，用一条拆开来的麻袋把她盖上。潘捷莱·普罗柯菲耶维奇急急忙忙一本正经地挽起裤腿，把小船往上拖了拖。很快就来了一辆大车，把妲丽亚拉到麦列霍夫家里。

杜尼娅克制着害怕和厌恶的心情，帮着母亲擦洗还保留着河底深水凉气的冷冰冰的死人身子。妲丽亚那微微肿起的脸上，那被河水泡得失去光彩的眼睛的暗淡反光中，有一种陌生而严肃的神气。她的头发里夹杂着不少银光闪闪的河底流沙，脸上粘着一条条潮湿的青苔，而那两条摊了开来、软软地从板床上耷拉下来的胳膊，却显出心灰意冷的样子，杜尼娅看了一眼，就连忙离开她，因为又惊愕又害怕，觉得这死去的妲丽亚简直不像那个不久前还有说有笑、热爱生活的人了。后来有很长时间，杜尼娅一想到妲丽亚那冰凉的乳房和肚子，一想到那软绵绵、动也不动的四肢，就浑身打哆嗦，希望能快些忘掉这一切。她很怕夜里会梦见死去的妲丽亚，有一个星期都和妈妈睡在一张床上，而且临睡前要祷告上帝，在心里央告："主啊！别叫我梦见她呀！保佑我吧，主啊！"

如果不是奥布尼佐夫家的两个儿媳妇说出她们曾经听见妲丽亚喊叫："姊妹们，我走了！"就会顺顺当当地把淹死的人埋葬掉的，但是维萨里昂神甫一听说妲丽亚死前曾经这样喊叫，而这种喊叫显然表明妲丽亚是有意寻死的，所以神甫就毅然决然声明，他不能为寻死的人念经祈祷。潘捷莱·普罗柯菲耶维奇气忿地说：

"你怎么能不给念经呢？怎么，她不是教徒吗？"

"我不能给寻死的人举行葬仪，照规矩不能这样。"

"那又怎样来葬她呢？照你说，把她像狗一样埋掉吗？"

"照我说，你愿意怎样埋就怎样埋，愿埋在哪儿就埋在哪儿，只是不能埋在公共坟地里，因为那儿葬的都是清白的基督教徒。"

"不行，请你做做好事吧！"潘捷莱·普罗柯菲耶维奇换成哀求的语气，"我们家还从来没出过这种丢脸的事呢。"

"我不能答应。潘捷莱·普罗柯菲耶维奇，我很尊敬你，你是个模范教民，但是我不能答应。要是有人报告到教区监督司祭那里去，我就免不了倒霉。"神甫很固执地说。

这是很丢脸的事。于是潘捷莱·普罗柯菲耶维奇想方设法来劝说倔犟的神甫，答应多给一些钱，而且要给顶可靠的尼古拉票子，还说要送一只刚生过一胎的母羊，但是到末了，看到劝说无效，就威胁说：

"我不能把她埋在坟地外面。她不是和我不相干的人，是我的亲儿媳妇。她的丈夫是和红军作战牺牲的,他是军官身份,媳妇本身也得过十字章,可是你要给我找麻烦吗?!不行,神甫,你办不到,想不叫下葬呢,怪事!就让她躺在屋里好啦,我这就去报告乡长。他会和你说话的!"

潘捷莱·普罗柯菲耶维奇从神甫家里走了出来,临走不但没有道别,甚至还气呼呼地把门摔了一下。不过吓唬生效了:过了有半个钟头,维萨里昂神甫派人来说,他马上就来念经。

按照常规,把妲丽亚葬到了坟地里,跟彼特罗挨着。在挖坟的时候,潘捷莱·普罗柯菲耶维奇也给自己看好了一块地方。他一面挖坟,一面张望,心里估量,比这儿好的地方再也找不到了,也用不着再去找了。不久前才栽的一棵白杨树在彼特罗的坟头上沙沙地摇晃着嫩枝儿;即将来临的秋天,已经把杨树顶上的叶子染成凄凉的枯黄色。小牛跨过倒塌的围墙,在坟墓之间踩出一条条的小路;围墙外面有一条路通向风磨;关切死者的亲人们栽种的树木,有枫树、杨树、槐树,还有茂密的刺花李,都碧绿碧绿的,显得又亲切,又有生气;树旁生长着一丛丛的牵牛花,晚芥菜开着黄花,燕麦草和冰草都结了穗儿。一个个十字架,从上到下都缠满了可爱的、蓝蓝的旋花儿。这地方实在很舒服,很干爽……

老头子挖着坟,常常扔下铁锹,坐在潮乎乎的黄土上,抽着烟,想着死的事情。但是,看样子,年头不对了,恐怕很难平平安安地老死在自己家里,安葬在祖祖辈辈长眠的地方了……

安葬了妲丽亚以后,麦列霍夫家里更加冷清了。收割庄稼,打场,采摘瓜地里的丰收的瓜。天天盼望格里高力的消息,但是他一去就没有音讯。伊莉尼奇娜不止一次说:"也不写封信来问问孩子们好不好,该死的东西!老婆一死,他根本不问我们的事啦……"后来当兵的哥萨克回鞑靼村探望的多了起来。带回来一些传闻,说是哥萨克在巴拉绍夫打败了,所以往顿河上撤退过来,为的是利用顿河为屏障,固守到冬天。可是到冬天又怎么样呢?关于这一点,所有的老兵都毫不隐讳地说:"等顿河一结冰,红军就把咱们赶进海里啦!"

潘捷莱·普罗柯菲耶维奇勤勤恳恳地在打场,似乎不怎么理会流传在顿河两岸的消息,但是他对于局势并不是无动于衷。他听说快要打过来了,就常常对伊莉尼奇娜和杜尼娅吵骂,火气更大了。他常常修理一些农活儿上用的东西,但是只要一不顺手,他就怒冲冲地把活儿扔下,一面啐着、一面骂着跑到场院上去,到那里去冷一冷自己的火气。杜尼娅不止一次看见他发这种脾气。有一次他修牛轭,干得不顺手,突然发起火来的老头子就抓起斧子,把牛轭砍成了一堆碎木头片。有一次修马套也是这样。那一天晚上,老头子在灯下纫上麻线,就缝起裂了口的马套来;不知是麻线霉烂了,还是老头子太性急,反正麻线接连断了两次,这就不得了啦:老头子狠狠地骂了两声,跳了起来,把凳子踢翻,又一脚踢到灶前,又像狗一样呜噜呜噜叫着,用牙齿撕咬起马套上的皮贴边,然后把马套扔到地上,像公鸡一样跳着,用脚踩起马套来。伊莉尼奇娜早已睡下,听见喧闹声,吓得跳了起来,但是一看是这么回事儿,就忍不住骂起老头子:

“该死的东西,都这么大年纪了,你疯啦?!马套哪儿得罪你了?”

老头子拿发了疯的眼睛瞪了瞪老伴儿,吼了起来:

“你住嘴——嘴,浑蛋娘们儿!!!”又抓起破马套,朝老伴儿扔过来。

杜尼娅笑得喘不过气来,赶快跑到过道里去了。老头子发过一阵子疯,就安静下来,请老伴儿原谅他在火头上说的一些气话,并且要搔着后脑勺子嘟哝上老半天,望着已经撕成碎片的倒霉的马套,心里盘算着:这玩意儿还能派什么用场?他这样发火已经不止一次了,但是伊莉尼奇娜却从痛苦的经验中吸取了教训,采取了另外一种对策:等老头子一开口大骂,毁坏起什么家什,伊莉尼奇娜就很温顺然而十分响亮地说:“砸吧,老头子!砸得烂烂的!咱们还能挣回来嘛!”并且还做样子要帮他砸一砸。这么一来,老头子马上就没有了劲儿,用发呆的眼睛对着老伴儿看上一会儿,然后就把哆哆嗦嗦的手伸到口袋里,掏出烟荷包,很不好意思地坐到一边去抽起烟来,平息平息激动的神经,心里咒骂着自己的脾气,估计一下这一次的损失。一只三个月的小猪跑进菜园子里,也成了老头子发泄怒气的对象。他用铁棍打断了小猪的脊梁骨,可是过了五分钟,他一面用钉子帮着拔宰掉的小猪身上的鬃毛,一面用讨好的目光歉疚地看着愁眉苦脸的伊莉尼奇娜,说:

“这小猪简直是祸害……反正他妈的是要死。这会儿正是流行猪瘟的时候;宰了吃掉最好,免得白白糟蹋掉。老婆子,你说是吗?嗯,你干吗愁眉苦脸呀?这该死的小猪,坏透啦!小猪不像小猪,简直像个猪妖怪!一点儿都经不住打!可是又拼命祸害人!一下子就刨了四十窝土豆!”

“园子里的土豆总共不过三十窝嘛。”伊莉尼奇娜小声反驳说。

“哼,要是有四十窝的话,它会糟蹋四十窝的,就是这种东西!谢天谢地,这一下子叫它糟蹋不成啦!”潘捷莱·普罗柯菲耶维奇连想都不用想,就回答说。

孩子们送走了父亲以后,非常想念他。伊莉尼奇娜忙于家务,没有很多时间照应他们,于是两个没人管的孩子就整天在园子里或者场院上玩耍。有一天,吃过午饭米沙特卡就不见了,直到太阳落山的时候才回来。伊莉尼奇娜问他上哪儿去来,米沙特卡回答说,跟孩子们在河边玩来着,但是波柳什卡马上就揭了他

的底:

“他扯谎呢,奶奶! 他上阿克西妮亚婶婶家去啦!”

“你怎么知道的?”伊莉尼奇娜听到这件事很惊愕,很不痛快,就问道。

“我看见他从他们家爬篱笆过来的。”

“怎么,你是上她家去了吗? 嗯,说嘛,乖孩子,怎么脸红啦?”

米沙特卡对着奶奶的眼睛看了看,回答说:

“奶奶,我说谎啦……是的,我不是在河边玩儿,是上阿克西妮亚婶婶家去啦。”

“你干吗上她家去?”

“她叫我去,我就去了。”

“那你为什么撒谎,说是和孩子们一块儿玩呢?”

米沙特卡踌躇了一会儿,但是后来抬起诚实的眼睛,小声说:

“我怕你要骂……”

“我干吗要骂你呀? 不骂……她干吗叫你去呀? 你在她家干什么来?”

“什么事也没干。她看见我,就喊:‘上我这儿来!’我就走过去,她把我领进屋里,抱我坐在椅子上……”

“怎么样?”伊莉尼奇娜细心地掩饰着激动的心情,焦急地追问道。

“……她给我吃了几块凉饼子,后来又给我这个。”米沙特卡从口袋里掏出一块糖来,很得意地舔了舔,又藏到口袋里。

“她对你说什么来? 也许问你什么了吧?”

“她说,叫我常到她家去玩儿,要不,她一个人在家里很闷,还答应送我好东西……她叫我别说到她家去过。她说,奶奶知道了要骂的。”

“是这样啊……”伊莉尼奇娜因为憋着怒气,憋得气喘吁吁地说,“噢,她怎么,问你什么了吗?”

“问啦。”

“她问什么来着? 你说说吧,乖孩子,别怕!”

“她问:你想不想你爹? 我说:想。她又问他什么时候回来,有没有听说他怎样,我就说,我不知道,说他在前方打仗呢。后来她抱我坐在她的膝盖上,还给我讲了个故事。”米沙特卡的眼睛很兴奋地放起光来,他笑了起来。“故事才好听呢! 说的是一个小瓦尼亚,骑着天鹅到处飞,还说了一个老妖婆。”

伊莉尼奇娜撇着嘴,听完了米沙特卡的自白,就很严厉地说:

“孩子,再别上她家去啦,不许去。她给你什么,你都别要,不许要,要不然,爷爷知道了,要打你!万一叫爷爷知道了,把你的皮都揭下来!好孩子,千万别去了!"

但是,尽管有严厉的禁令,过了两天,米沙特卡又上阿克西妮亚家去了。伊莉尼奇娜一看见米沙特卡的小褂子,就知道了这件事:小褂的袖子原来是破了,早晨起来她没有抽出工夫来补,现在却补得好好的了,而且领子上添了一颗崭新的白贝壳扣子。伊莉尼奇娜知道正忙着打场的杜尼娅白天是没有工夫给孩子补衣服的,就带着责备的口气问道:

"你又上她家去啦?"

"又去啦……"米沙特卡惊慌地说,并且马上又补充说,"我再也不去了,奶奶,你可别骂我……"

于是伊莉尼奇娜决意和阿克西妮亚谈谈,对她说清楚,叫她不要碰米沙特卡,不要拿送东西、讲故事来收买孩子的心。伊莉尼奇娜在心里说:"这该死的娘们儿,害死了娜塔莉亚,现在又在孩子身上打主意,想通过孩子把格里什卡缠住。哼,真是一条毒蛇!自己的男人还活着,就要当我们家儿媳妇……休想!再说,造下这样的孽以后,格里什卡还会要你吗?"

格里高力在家时避免和阿克西妮亚见面的情形,是逃不过当母亲的那敏锐而嫉恨的眼睛的。她明白,格里高力这样做,并不是怕人说闲话,而是他认为娜塔莉亚的死和阿克西妮亚是有关系的。伊莉尼奇娜暗下希望,娜塔莉亚的死能够使格里高力和阿克西妮亚一刀两断,希望阿克西妮亚永远不要成为麦列霍夫家的人。

就在这一天傍晚,伊莉尼奇娜在河边看见阿克西妮亚,就唤她说:

"喂,上我这儿来一下,我要和你谈谈……"

阿克西妮亚放下水桶,心平气和地走过来,问了一声好。

"是这样,他婶子,"伊莉尼奇娜用试探的目光看着女邻居那漂亮而可憎的脸,开口说,"你干吗要勾引人家的孩子呀?你把孩子叫到你家去干什么呀?谁请你给他补衣裳,谁请你送他这样那样东西来?你怎么,以为孩子死了娘就没人管了吗?没有你就不行吗?你的良心真好,真不要脸!"

"我做了什么坏事儿啦?大婶子,您骂什么呀?"阿克西妮亚红了脸,问道。

"什么坏事儿不坏事儿?你害死了娜塔莉亚,凭什么又来招惹她的孩子?"

"您怎么啦,大婶子!住嘴吧!谁害死她来?她是自个儿死的嘛。"

"不就是因为你吗?"

"哼,那我就不知道了。"

“可是我知道!”伊莉尼奇娜激动地叫起来。

“您别嚷嚷,大婶子,我不是您的儿媳妇,用不着您来管。我有我的男人。”

“我把你看透啦!看透了你的心思!你不是儿媳妇,可是想做儿媳妇!你是想先勾引孩子,然后缠上格里什卡,是吧?”

“我可不想做你们家的儿媳妇。您疯啦,大婶子!我男人还活着呢。”

“就是你男人活着,你还要死乞白赖地缠别的男子汉呢!”

阿克西妮亚的脸一下子变得煞白,她说:

“我不知道,您为什么要这样骂我、糟蹋我……我从来就没赖缠过什么人,而且今后也不想赖缠什么人,要说把您的孙子叫到我家来,这有什么不好的呢?您也知道,我没有孩子,我喜欢别人的孩子,有别人的孩子也要好过些,所以我叫他来玩儿……你以为我是收买他呀!给孩子一块糖,这就是收买啦?我收买他干什么呀?天知道您胡说些什么!……”

“他娘活着的时候,你从来没叫他去过!娜塔莉亚一死,你就充起好人来啦!”

“娜塔莉亚活着的时候,他也常上我家里来玩儿。”阿克西妮亚微微笑了笑,说。

“你别胡说,不要脸的东西!”

“您先去问问他,然后再看是不是胡说。”

“哼,不管怎么样,你以后别再叫孩子到你家去了。你别以为,这样格里高力就更喜欢你。你做不了他的老婆,你记着吧!”

阿克西妮亚的脸气得都变了样子,她沙哑地说:

“你住嘴吧!他的事用不着问你!你少管闲事!”

伊莉尼奇娜还想说几句,但是阿克西妮亚一声不响地扭过身去,走到水桶跟前,猛地把扁担往肩上一搭,就顺着小路飞快地朝前走去,颠得桶里的水直往外泼洒。

从这时候起,她见到麦列霍夫家的任何人都不打招呼,而是鼓起鼻孔,带着又气又骄傲的神气从旁边走过去;但是她要是在什么地方看见米沙特卡,就慌慌张张地四下里望一望,如果附近没有人,她就跑到他跟前,弯下身去,把他搂在怀里,吻着他那晒得黑糊糊的小额头和阴郁的、麦列霍夫家的小黑眼睛,又是笑,又是哭,没头没脑地小声说着:“我的亲亲的小格里高力呀!我的好孩子呀!我是多么想你呀!你的阿克西妮亚婶婶真傻呀……唉,多么傻呀!”过后她的嘴唇还要哆哆嗦嗦地笑上很久,潮湿的眼睛放射着幸福的光芒,就像一个年轻的姑娘。

八月底，潘捷莱·普罗柯菲耶维奇又被征集入伍了。鞑靼村里一切能拿起武器的人都和他同时上了前线。村里的男丁只剩下一些残废人、半大孩子和很老的老头子。这一次是普遍征集，除了严重残废者以外，没有一个人得到体检委员会的免征证明。

潘捷莱·普罗柯菲耶维奇从村长手里接到要他到集合点报到的命令，就匆匆地和老伴儿、孙子、孙女、杜尼娅道别，哼哧哼哧地跪在地上，磕了两个头，对圣像画着十字，说：

“我走啦，我的亲人们呀！看样子，咱们难见面了，恐怕要完啦。我要嘱咐你们的是：你们要连日连夜地打场，要在下雨以前打完。要是来不及，就雇个人，帮你们一下，要是到秋天我不能回来，你们别等我，就自个儿干吧；过冬地能耕多少就耕多少，大麦能种一亩也好。你记住，老东西，要好好干活儿，别松手！不管我和格里高力能不能回来，在你们来说，粮食总是顶要紧的。打仗是打仗，可是没有粮食还是没法活下去。好吧，主保佑你们！”

伊莉尼奇娜把老头子送到广场上，最后看了一眼，看见他正一瘸一拐地和贺里散福一起去追赶大车，然后她就用围裙擦了擦哭肿的眼睛，连头也不回，就朝家里走去。场上还有没打完的小麦，牛奶还在炉子上，孩子们从早晨起来还没有吃过东西，她的操心事还多得不得了，所以她急急忙忙朝家里走着，一停也不停，有时遇到妇女，她就一声不响地打个招呼，也不插嘴说话，如果有熟识的人很同情地问她：“怎么，你去送当兵的来吗？”她也只是点点头。

过了几天，伊莉尼奇娜天一亮就挤过牛奶，把牛赶到胡同里去，刚想朝家里走，就听见一阵低低的、沉沉的轰隆声。她四下里看了看，没看到天上有一点云彩。过了一会儿，又是一阵轰隆声。

“大嫂子，听见这唱歌的声音了吗？”一个正在集合牛群的老头子问道。

“什么唱歌的声音？”

“就是这老粗的嗓门儿唱的。”

“我听是听见了，可是不明白这是什么声音。”

“你很快就明白了。等他们从河那边朝村子里一开炮，你马上就明白了！这是在放炮呀。要把咱们的老头子们的五脏六腑都打出来呢……”

伊莉尼奇娜画了一个十字，一声不响地朝家里走去。

从这一天起，炮声连续不停地响了四昼夜。到天亮时候声音特别清楚。但是在刮东北风的时候，就是在中午，也能听得见远处打仗的声音。场院上的活儿有时停一会儿，妇女们想起亲人，小声祷告着，画几个十字，重重地叹几口气，然后石磙又在场院上低沉地轰隆轰隆响起来，孩子们赶着马和牛，风车轧轧响着，一天的劳动照常进行着。八月底的天气分外晴朗，分外干爽。风吹得糠灰满村子乱飞，打过的黑麦麦秸散发着甜丝丝的气味，太阳还有些灼人，但是在各方面都已经可以感觉出，秋天快要到了。牧场上，开过花的灰蒿泛着暗淡的白色，顿河对岸的杨树叶子黄了，果园里的晚熟苹果香味更浓了，遥远的天边已经像秋天那样明朗起来，在割净了庄稼的田野上已经出现了第一批南飞的鹤群。

在将军大道上，天天有拉着军用物资的车队，从西往东，朝顿河的各个渡口奔去，顿河沿岸的许多村庄里已经出现了难民。难民们说，哥萨克边战边退；有些人却说，这种撤退似乎是有预谋的，为的是引诱红军深入，以便加以包围和消灭。鞑靼村里有人悄悄地准备逃难了。他们把牛和马喂得饱饱的，到夜里就挖坑埋粮食和装着金银细软的箱子。一度沉寂的炮声，又重新猛烈地响了起来，而且现在已经很清楚、很凶猛了。战事正在鞑靼村的东北方向进行着，离顿河有四十俄里。过了一天，在西方，在顿河的上游，也响起了炮声。战线以不可抗拒之势朝顿河上移动过来。

伊莉尼奇娜听说村子里大多数人都准备逃难，就叫杜尼娅也走。伊莉尼奇娜觉得心慌意乱，六神无主，不知道该怎样处置这家业和房屋：是该把这一切都扔掉、跟大家一起逃难呢，还是该留在家里。潘捷莱·普罗柯菲耶维奇在上前线以前，谈到打场、耕地和牲口的事，可是一句也没有提到，如果打到了鞑靼村，家里人该怎么办。为了预防万一，伊莉尼奇娜就这样决定：叫杜尼娅带上孩子们和贵重东西跟着村里人去逃难，她自己留下来看家，即使红军进了村子，她也不离开。

九月十六日夜里，潘捷莱·普罗柯菲耶维奇突然回到了家里。他是从嘉桑镇附近步行回来的，又疲乏，情绪又坏。他休息了半个钟头，就坐上饭桌，狼吞虎咽地大吃起来，伊莉尼奇娜这一辈子还没见过他这种吃法：把能装半桶的一铁锅素菜汤全灌下去，然后就拼命吃起小米饭。伊莉尼奇娜惊愕得把两手一扎煞，说：

"主啊，你这是怎么吃法呀，老头子！你简直就像是三天没吃饭啦！"

"老东西，你以为我吃过吗？整整三天三夜连一颗米粒儿也没有进口！"

"怎么，不管你们吃饭吗？"

"管他妈的个屁！"潘捷莱·普罗柯菲耶维奇嘴里填得满满的，像猫一样呜噜呜噜地回答说。"搞到什么，就吃什么，可是我还没有学会做贼。年轻人干这种事儿都很拿手，他们的良心连两个铜板都不值啦……他们在这场该死的战争中，把做贼的本事学到了家,我觉得稀奇,很稀奇,后来就不稀奇了。他们都是见什么,就拿什么,偷什么,抢什么……这不是打仗,是明火执仗!”

“你别一下子吃得太饱了,可别把肚子撑坏了。瞧你那肚子鼓的,简直像蜘蛛一样啦!”

“住嘴吧。拿牛奶来,用大钵子!”

伊莉尼奇娜看着饿得要死的老头子,都哭了起来。

“怎么,你回来不走了吗?”等老头子吃饱了,把身子向后一仰,她才问道。

“再看吧……”他含含糊糊地回答说。

“大概把你们这些老头子放回家了吧?”

“一个也没有放。红军眼看要打到顿河上来啦,还往哪儿放? 我是自个儿跑回来的。”

“这事儿不会有什么麻烦吧?”伊莉尼奇娜担心地问道。

“要是叫他们抓到了,恐怕很麻烦。”

“那你是不是躲一躲呢?”

“你以为我会上游戏场,或者去串门子吗? 呸,糊涂透了!”潘捷莱·普罗柯菲耶维奇气得啐了一口,但是老伴儿还是不肯罢休:

“唉,真造孽呀! 他们要是把你抓住了,咱们又要大祸临门啦……”

“哼,就叫他们抓去坐监牢吧,比扛着枪在草原上到处跑要好得多,”潘捷莱·普罗柯菲耶维奇无精打采地说,“天天要跑几十俄里,又要挖战壕,又要去冲锋,又要在地上爬,又要躲枪子儿,我受不了! 枪子儿他妈的怎么能躲得了呢? 我有一个老同事,是曲河那边的人,一颗子弹打在他的左肩下面,连腿也没动弹一下,就完了。干这种事儿实在没什么快活的!”

老头子把步枪和子弹盒都拿出去,藏到糠棚子里,后来老伴儿问他,那件粗呢褂子哪儿去了,他皱着眉头,很不高兴地回答说:

“丢啦。说实在的:扔啦。在叔米林镇外,红军来势很猛,我们把什么都扔掉,像疯子一样跑起来。那时候顾不上什么褂子啦……有的人还穿着小皮袄呢,连皮袄也扔掉啦……你问这干什么,褂子他妈的顶什么用? 又不是一件好褂子,是一件叫花子行头……”

其实那是一件很结实的新褂子,但是,凡是他丢掉的东西,照他说来,都是毫无用处的东西。这已经成了他自己安慰自己的习惯。老伴儿知道这一点,因此也没有和他争论褂子的好坏问题。

夜里,在家庭会议上决定:老俩口带着孩子们留在家里,看守家产,把打好的粮食埋起来，叫杜尼娅套上两头老牛，拉着箱子，到旗尔河上拉推舍夫村一个亲戚家去避难。

这项计划没能够全部实现。早晨送走了杜尼娅，可是到了中午，就有一支萨尔斯克的哥萨克和加尔梅克人组成的侦缉队进了鞑靼村。大概，村子里有人看见潘捷莱·普罗柯菲耶维奇回家了；侦缉队进村后有一个钟头，就有四个加尔梅克人骑着马朝麦列霍夫家奔来。潘捷莱·普罗柯菲耶维奇一看见骑马的人，就又麻利又灵活地爬上了阁楼；伊莉尼奇娜出去迎接客人。

"你家老头子在哪儿？"一个上了年纪、身材挺拔、佩戴着上士肩章的加尔梅克人问了一声，就下了马，从伊莉尼奇娜身边朝大门口走来。

"在前线上呢。他还能在哪儿呀？"伊莉尼奇娜很生硬地回答说。

"上屋里去，我要搜一搜。"

"你找什么呀？"

"找你的老头子，哼，真不要脸！这么大岁数啦，还扯谎！"十分神气的上士摇着头说，并且龇出了密密的白牙。

"你别龇牙，脏鬼！告诉你没有，就是没有！"

"少废话，带我们进去！要不，我们就自个儿进去啦。"怒冲冲的加尔梅克人厉声说，并且毅然决然地迈着两只八字脚，大踏步朝台阶走来。

他们到各个房间里仔细看了看，用加尔梅克话商量了一阵子，然后有两个人到院子里去搜，有一个人，个头儿小小的，鼻子扁扁的，一张麻脸黑漆漆的，勒了勒带裤绦的肥大的裤子，走到过道里，伊莉尼奇娜从敞着的门洞里看见，这个加尔梅克人纵身一跃，两手抓住横木，很灵活地翻身上去。过了五分钟，他又很灵活地从上面跳了下来；满身灰土、胡子上粘满蜘蛛网的潘捷莱·普罗柯菲耶维奇，也哼哧哼哧、小心翼翼地跟着他爬了下来。他看了看闭紧了嘴的老伴儿，说：

"找到啦，该死的东西！这么看，是有人告密……"

把潘捷莱·普罗柯菲耶维奇押往卡耳根镇，那儿有军事法庭。然而伊莉尼奇娜只哭了几声，就听见重新响起来的炮声和顿河那边清晰可闻的机枪声，便朝仓房里走去，想多多少少藏起一点儿粮食。

二十二

有十四名被捉住的逃兵在等候审判。审判是干脆利落的，是严厉的。审判长是一位年事很高的大尉，他问过受审人的姓、名、父称、级别和部队番号，问明受审人在逃有多少时间，然后和两位审判官——一位独臂的少尉和一位吃轻快饭吃胖了的、留着小胡子、肥头大脸的司务长——小声交谈几句，就宣布判决。大多数逃兵都是被判处鞭笞的肉刑，由加尔梅克人在一间专门拨出的空屋子里执行。在好战的顿河军里，如今开小差的太多了，没办法像一九一八年那样公开地当众鞭笞了……

按照名单，潘捷莱·普罗柯菲耶维奇是第六个被叫进去的。他站在审判桌前，心情激动，脸色煞白，两手紧紧贴着裤缝。

“姓什么？”大尉也不看受审的人，问道。

“麦列霍夫，大人。”

“名字？父称？”

“潘捷莱·普罗柯菲耶维奇，大人。”

大尉的眼睛离开文件，抬了起来，仔细看了看老头子。

“您是哪儿人？”

“是维奥申乡鞑靼村的，大人。”

“您是麦列霍夫·格里高力的父亲吧？”

“就是的，是他的父亲，大人。”潘捷莱·普罗柯菲耶维奇觉得他的老身子可以免除鞭笞了，一下子就有了精神。

“我问您，您怎么不知道丑呀？”大尉用凌厉的目光盯着潘捷莱·普罗柯菲耶维奇的瘦下来的脸，问道。

这时候潘捷莱·普罗柯菲耶维奇不顾法庭纪律，把左手放在胸前，用哭腔说：

"大人，大尉先生！您开开恩，做做好事吧，别叫人打我呀！我有两个成了家的儿子呢……大儿子叫红军打死啦……还有孙子呢，像我这样不中用的老头子还要挨打吗？"

"我们也要教训教训老头子，叫他们知道应该怎样当兵。你以为，因为开小差会赏给你十字章吗？"那个独臂的少尉插嘴说，他的嘴角气得哆嗦了几下。

"我要十字章干什么……请你们把我送到队伍里去，我要老老实实地、好好地干……我自己也不知道我怎么开了小差，大概是叫鬼迷住了……"潘捷莱·普罗柯菲耶维奇又没头没脑地说了说没有打完的庄稼，说了说自己的瘸腿和丢下的家业，但是大尉摇了摇头，不叫他说下去。大尉弯过身去，对着少尉的耳朵小声说了几句。少尉点点头，表示同意，于是大尉朝潘捷莱·普罗柯菲耶维奇转过脸来。

"好。您的话说完了吗？我认识您的儿子，想不到他会有这样的父亲。您什么时候从队伍里跑出来的？一个星期以前吗？您怎么，想让红军占领你们的村庄，让他们欺压你们吗？您想叫年轻人学您这种样子吗？按照军法，我们应该判处您肉刑，但是为了尊重您的儿子的军官身份，我免除您这种羞辱。您是普通士兵吗？"

"是的，大人。"

"什么军衔？"

"是下士，大人。"

"取消军衔！"大尉把称呼改为"你"，提高了声音，粗暴地命令说："你马上回队伍里去！告诉你们的连长，就说军事法庭已经判决撤消你的下士军衔。在这次战争里，或者在以前的战争里，你得过奖吗？……去吧！"

潘捷莱·普罗柯菲耶维奇得意忘形地走了出来，对着教堂的圆顶画了一个十字，就径直地跨过山冈，忙不择路地朝家里走去。"哼，这会儿我再也不用躲藏了！就是来三连加尔梅克人，我也不怕他们他妈的搜啦！"他心里想着，一瘸一拐地在长满了杂草的庄稼茬子地里走着。

他在田野上决定：最好还是到路上走，免得引起过路人注意。"说不定有人还以为我是逃兵呢。要是碰到什么当兵的，也许会不问情由就拿鞭子抽呢。"他把心里想的说出声来，从麦茬地里拐上一条长满车前草的荒凉小道，并且不知为什么已经认为自己不是逃兵了。

他离顿河越近,遇到的难民大车越多。春天里暴动军向顿河左岸撤退时的那种情景又一次出现了:草原上四面八方都是装满了各种家什的牛车和马车,一群群的牛马吼叫着,羊群蹚起一股股的尘土,就像是骑兵在进军……车轮咯吱声、马嘶声、人的吆喝声、众多的牲口蹄声、咩咩的羊叫声、孩子哭声——这一切使宁静而辽阔的草原上充满了一片嘈杂、惶惶不安的闹声。

"你上哪儿去,老大爷?回去吧,我们后面有红军!"迎面来的一辆大车上有一个头上缠着绷带的陌生哥萨克喊道。

"别胡说啦!红军在哪儿?"潘捷莱·普罗柯菲耶维奇惊慌失措地站了下来。

"在顿河那边。快到维奥申了。你要去找他们吗?"

潘捷莱·普罗柯菲耶维奇放下心来,继续往前走,太阳快落山的时候来到鞑靼村外。他一面下山坡,一面仔细张望着。村子里静得出奇。街道上一个人也没有。一座座没有了人的、紧闭着护窗的房子静悄悄的。既听不见人的说笑声,也听不见牲口的叫声,只是顿河岸边有一些人很紧张地穿来穿去。潘捷莱·普罗柯菲耶维奇走近以后,很容易就认出那是一些全副武装的哥萨克,他们正在把许多小船往岸上拉,往村子里拖。鞑靼村的人都跑了,这一点潘捷莱·普罗柯菲耶维奇一下子就看出来了。他小心翼翼地走进自己的胡同,朝家里走去。老伴儿和孩子们正坐在厨房里。

"爷爷回来啦!"米沙特卡高高兴兴地叫了一声,就扑到爷爷的脖子上。

伊莉尼奇娜高兴得哭了起来,流着泪说:

"没想到还能看见你呀!你听着,老头子,随你怎样吧,我再也不愿意留在这儿啦!就让一把明火把什么都烧掉吧,反正我不想看守空房子啦。村里人差不多全走啦,只有我和孩子们坐在这儿,像傻瓜一样!你这就套上那匹骒马,咱们随便跑到哪儿都行!把你放回来了吗?"

"放回来了。"

"没事儿了吗?"

"只要不来抓,就没事儿了……"

"唉,你在家里还是藏不住呀!今天早晨红军在河那边放起枪来,真可怕呀!放枪的时候,我带着孩子们一直躲在地窖里。现在把他们赶走了。哥萨克来了,要了些牛奶,还劝我们离开这儿。"

"不是咱们村的哥萨克吧?"潘捷莱·普罗柯菲耶维奇注视着窗框上新打的子弹窟窿,问道。

"不是,是别处的,好像是霍派尔那边的。"

“这么看，是应该走啦。”潘捷莱·普罗柯菲耶维奇叹着气说。

天快黑的时候，他在干粪堆里挖了一个大坑，倒进去七口袋小麦，又仔细用干粪盖好，等天一黑下来，他就把骒马套到车上，放上两件皮袄、一口袋面粉、一口袋小米，还把一只羊捆起来放在车上，把两头牛拴在车后头，叫老伴儿和孩子们都坐上去，说：

“好，现在——上帝保佑吧！”他把车赶出了院子，把缰绳递给老伴儿，自己回身关上大门，便跟在大车旁边朝前走去，一直到山冈脚下，都在不停地擤鼻涕，用粗呢褂袖子擦眼泪。

二十三

九月十七日，绍林的突击兵团的队伍一口气挺进了三十俄里，一直来到顿河边。从十八日凌晨起，从大熊河口直到嘉桑镇，红军炮兵部队的大炮一齐响了起来。经过短时间的炮轰以后，步兵占领了顿河沿岸的许多村庄以及布堪诺夫镇、叶兰镇、维奥申镇。一天的工夫，就扫清了左岸一百五十多俄里范围内的白军。一支支哥萨克连队，有秩序地渡过顿河，撤退到事先就安排好的阵地上。所有的渡河工具都在哥萨克手里，但是维奥申桥差一点儿被红军占领。哥萨克事先在桥边堆了不少干草，往桥板上浇了许多煤油，以便在撤退后把桥烧掉，而且已经在准备烧了，这时候却跑来一个通讯兵，说有第三十七团的一个连正从皮列沃兹村朝维奥申开来，要过桥。就在红军步兵已经进入维奥申镇的时候，这支掉队的连队飞马来到了桥边。哥萨克伤亡了十来个人和十来匹马，终于还是冒着机枪火力从桥上跑了过来，随后把桥烧掉了。

一直到九月底，红军第九军第二十二和第二十三师的各团都据守在顿河左岸他们所占领的许多村镇里。敌对的双方只有一河之隔，而这时候的河面最宽处不超过八十丈,有些地方只有三十丈,红军没有采取积极的渡河行动;只是在有些地方试着蹚水过河,但是都被打退了。在这一地区的整个战线上,有两个星期的工夫,双方的枪炮连续不停地进行着激烈的对射。哥萨克占领着右岸一些居高临下的要地,便于射击向顿河渡口集中的敌军,使敌军白天无法向岸边靠近;但是因为这一地区的哥萨克连队都是最没有战斗力的新编部队(其中都是一些老头子和十七岁至十九岁的毛头小伙子),所以他们也不想渡河去打红军和向左岸发动进攻。

哥萨克们退到顿河右岸以后,第一天就预料着红军占领的村庄里会有房子燃烧起来,但是使他们万分惊异的是,右岸连一股烟也没有冒;不但这样,夜里从对岸跑过来的老百姓还说,红军什么东西都不抢,凡是他们要的东西,就连西瓜和牛奶,都要拿很多苏维埃票子来买。这使哥萨克们茫然,使他们大惑不解。他们原以为,在暴动以后,红军一定要把暴动的村镇全部烧光;他们预料,红军要把留下来的那些老百姓,至少把所有的男子,杀得一个不留;但是,根据确实的消息知道,红军对于和平居民一个也没有动,而且从各方面来看,他们根本就不想报仇。

在十八日夜里,在维奥申对面放哨的一些霍派尔州的哥萨克,决定探一探敌军这种奇怪举动的意图;一个大嗓门儿的哥萨克把两手做成喇叭形,喊道:

"喂,红肚子鬼们!你们怎么不烧我们的房子呀?你们没有火柴吧?那你们就泅到我们这儿来,我们送给你们!"

黑暗中有人响亮地回答他说:

"可惜没有把你们当场抓住,要不然就把你们连房子一起烧掉啦!"

"你们太穷了吧?没有东西点火吗?"一个霍派尔人用挑衅的口气喊道。

对岸用平静而快活的口气回答他说:

"你上这边来吧,白窑姐儿,我们往你裤裆里放点儿火炭。叫你抓一辈子痒痒!"

双方的岗哨互相骂了半天,说了许多挖苦话,又打了一阵枪,后来就没有声音了。

十月初,集结在嘉桑镇—巴甫洛夫斯克地区的有两个军的顿河军主力开始反攻了。拥有八千名步兵和六千名骑兵的顿河军第三军,在离巴甫洛夫斯克不远处强渡顿河,打退红军第五十六师,就乘胜向东推进。不久康诺瓦罗夫的第二军也渡过了顿河。这个军拥有大量骑兵,因此能够深入敌方,并能连续给敌军以沉重打击。原来担任前线预备队的红军第二十一步兵师参加战斗以后,多少阻挡了一下顿河第三军的推进，但是在两个哥萨克军的联合压迫之下，这个师也只好后退了。十月十四日，顿河第二军在激战中把红军第十四步兵师击溃，并且几乎全部消灭。一个星期的工夫，就把顿河左岸直到维奥申镇的红军全部打退。顿河军占领了广大的战略基地，把红军第九军的部队压迫到卢捷沃—什林金—沃罗比约夫卡一线上，迫使第九军的第二十三师匆匆忙忙在维奥申镇以西至克鲁格洛夫村一带构筑了阵地。

集结在科列茨镇一带的顿河军第一军，几乎和康诺瓦罗夫将军的第二军同时，在自己的那一段上强渡过顿河。

红军左翼的第二十二和第二十三师有被包围的危险。红军东南战线指挥部考虑到这一点，命令第九军撤退到伊考列茨河口—布土尔林诺夫卡—乌斯平镇—济山镇—库梅尔仁镇一线上。但是这个军也没有守住这条战线。普遍征兵征来的许许多多零散的哥萨克连队，从顿河右岸纷纷过了河，和顿河第二军的正规部队联合起来，继续压迫着红军第九军迅速向北方退去。十月二十四日到二十九日，白军攻占了菲洛诺沃、波伏林诺两个车站和新霍派尔斯克城。但是，顿河军在十月里的胜利不管有多么大，哥萨克们的思想上已经没有春天里向顿河地区北方边境胜利推进时鼓舞着他们的那种信心了。大多数老兵都明白，这种胜利只是暂时的，他们撑不过今年冬天了。

不久，南线的局势就发生了急剧的变化。志愿军在奥勒尔—克洛姆方面的决战中失败，布琼尼的骑兵在沃罗涅日地区取得辉煌战果，这就决定了斗争的结局：十一月里，志愿军向南仓皇溃退，暴露出顿河军的右翼，使顿河军也不得不撤退。

二十四

潘捷莱·普罗柯菲耶维奇带着家里人在拉推舍夫村平平安安地住了两个半星期,他一听说红军已经撤离了顿河,就动身回家了。离村子还有五六俄里,他就毅然决然地从车上跳下来,说:

“这样一步一步慢慢走,我真受不了!有这两头该死的奶牛,别想走快。咱们干吗他妈的要带上这两头奶牛?杜尼娅!把你的车停一停!把奶牛拴到你的车上去,我要快点儿跑回家。家里这会儿也许只剩下一堆灰啦……”

他因为着急得不得了,又把两个孩子从自己的车上抱到杜尼娅的宽大的牛车上,把一些重东西也搬过去,便赶着轻快的马车在坎坷不平的道路上飞跑起来。才跑了一俄里,骒马就满身大汗了;东家还从来没有这样无情地对待过它:他不住地摇着鞭子,一个劲儿地赶着马。

“你要把马赶死啦!你干吗要像疯子一样往前跑?”伊莉尼奇娜两手抓着车沿,颠得难受地皱着眉头,说。

“反正也不指望它以后去给我上坟……喔,喔,该死的东西!你都出汗啦!……家里的房子也许成了一堆炭了……”潘捷莱·普罗柯菲耶维奇咬紧牙齿慢慢地嘟哝说。

他的担心不符合事实:房子还是好好的,不过窗户玻璃几乎全打碎了,门也从框上掉了下来,墙上被子弹打了很多窟窿。院子里呈现出一片荒废和凄凉的景象。马棚有一个角被炮弹炸毁了,还有一发炮弹在井边炸了一个不深的坑,把井架炸倒,把提水吊杆炸成了两截。潘捷莱·普罗柯菲耶维奇躲避的战争,却自动光临了他的院子,留下乱糟糟的破坏痕迹。不过,在村子里只停了一下子的霍派尔哥萨克却使家产遭到更大的损失:他们在牲口院子里推倒篱笆,挖了一道有一人深的战壕;他们贪图方便,拆掉仓房的板墙,用木头做战壕里的挡板;拆毁石头围墙,构筑机枪阵地;放马任意糟蹋,毁掉了半垛干草;把篱笆也烧掉了,把夏天的厨房里弄得乱七八糟的……

潘捷莱·普罗柯菲耶维奇看过了房屋和院子里的棚舍,用手直抓脑袋。这一次他与往常不同,不用贬低损失的东西的价值的办法了。他妈的,他总不能说,他挣来的全部家业一钱不值,只能叫人来破坏吧?仓房可不是一件褂子,盖仓房要花不少钱呢。

“就跟没盖仓房一样了!”伊莉尼奇娜叹着气说。

“仓房盖倒是盖了……”潘捷莱·普罗柯菲耶维奇很快地答腔说,但是没有把话说完,把手一挥,就朝场院上走去。

一面面屋墙被子弹和炮弹片打得坑坑点点,像麻子一样,显得又难看,又凄凉。风在屋子里呼呼直叫,桌上和板凳上都落了老厚的一层灰土……要想把一切都重新收拾好,需要很多时间。

第二天,潘捷莱·普罗柯菲耶维奇骑上马到镇上去,好不容易向一位熟识的大夫要了一张证明,证明哥萨克麦列霍夫·潘捷莱因为腿有病不能走路,需要治疗。有了这一张证明,潘捷莱·普罗柯菲耶维奇就可以不上前方了。他把证明交给村长,而且在上村公所去的时候,为了进一步证实他的腿有病,他还拄着棍子,两只脚倒换着一瘸一拐地往前走。

鞑靼村过的日子,还从来没有像这次逃难回来以后这样忙碌和混乱过。人们纷纷跑去认那些被霍派尔哥萨克拖得到处都是的东西,在草原上和山沟里到处寻找丢失的牛。鞑靼村遭到炮轰的第一天,村子上头足有三百头的一群羊就不见了。放羊的人说,当时羊群在吃草,有一颗炮弹在羊群前面爆炸了,一只只羊就摇晃起尾巴,吓得朝草原上跑去,跑得没了影子。村里人回到荒凉的村子里一个星期以后,才在离村子有四十俄里的叶兰乡地面上找到了这群羊,等到把这群羊赶回来,让大家认领,却发现羊群里有一半是人家的羊,耳朵上还带着人家做的记号,本村的羊却少了五十多只。麦列霍夫家的菜园子里有一架缝纫机,是包加推廖夫家的,潘捷莱·普罗柯菲耶维奇也在安尼凯家场院上找到了他家仓房顶上的白铁皮。附近一些村庄里的情形也是这样。顿河沿岸远近各村的人过了很久还到鞑靼村里来找牲口;过了很久还有人见了面就问:“有一头红毛牛,额头上有一块白斑,左角是断的,您没有看见吗?”“请问,有一头一岁口的小牛,栗色的,没有跑到你们那儿去吧?”

大概,在哥萨克的军用锅里和随军厨房里炖了不只一头小牛,但是很多小牛的主人一直还抱着希望,满以为丢失的小牛能找到,在草原上找了很久。

潘捷莱·普罗柯菲耶维奇获准不去当差以后,就加劲地整修起棚舍和围墙。场院上还有几堆庄稼没有打完,贪嘴的老鼠在里面钻来钻去,但是老头子也没有去打场。如果院子连围墙都没有,仓房也没了影子,整个家业呈现出一片乱糟糟的破败景象,怎么还能去打场呢?再说,今年秋天十分晴朗,也不用慌着去打场。

杜尼娅和伊莉尼奇娜把房子的墙重新泥了,粉刷了,并且尽力帮着老头子垒临时的院墙和干其他一些事。好不容易弄到一些玻璃,安到窗户上,把厨房打扫干净了,把井也淘了淘。是老头子亲自下井淘的,看样子,是在井下受了凉,有一个星期的工夫,又咳嗽,又打喷嚏,小褂一天到晚湿漉漉的。但是后来他一口气喝了两瓶老酒,又在热炕头上睡了睡,他的病一下了就好了。

很久都得不到格里高力的消息,直到十月底,潘捷莱·普罗柯菲耶维奇才在无意中听说,格里高力还好好的,正跟着自己的团驻扎在沃罗涅日省的什么地方呢。这是和格里高力同团的一个伤兵,从村子里路过时告诉他的。老头子高兴起来,高兴得把最后一瓶用红辣椒泡的治病的老酒也喝掉了,而且这样一来,就一天到晚不住嘴了,神气得像小公鸡一样,一见到过路人,就上前拦住,说:

“听说了吗?我家的格里高力把沃罗涅日拿下来啦!听说,他又升啦,他这会儿好像又带着一个师,也许是一个军啦。像他这样的好汉子,实在少啊!大概,你知道吧……”老头子憋不住要说一说自己的高兴事儿,憋不住要吹一吹,就瞎编起来。

“你儿子真英雄。”同村的人对他说。

潘捷莱·普罗柯菲耶维奇就得意地挤挤眼睛,说:

“他能像谁呢,怎么会不英雄呀?一点儿也不吹牛,我年轻时候也不比他差!就是这一条腿碍事,要不然就是现在我也不含糊!即便带不了一个师,带一个连还不成问题!如果在前方多一点儿像我们这样的老头子,早把莫斯科拿下来啦,可是现在却在原地踏步,怎么都打不垮庄稼佬……”

这一天潘捷莱·普罗柯菲耶维奇见到的最后一个人是别司贺列布诺夫老汉。他从麦列霍夫家门前经过,于是潘捷莱·普罗柯菲耶维奇毫不怠慢,上前把他拦住:

“喂,等一等,菲里普·阿盖耶维奇!你好啊!你来一下,咱们聊聊。”

别司贺列布诺夫走过来,向他问了声好。

“你听说我家格里什卡的事了吗?”潘捷莱·普罗柯菲耶维奇问道。

“什么事呀?”

“又叫他带一个师啦！他带领好多人马呀！”

“带领一个师啦？”

“是一个师呀！”

“真有两下子！”

“就是这话呀！你以为怎样，不是随便什么人都能带一个师吧？”

“那当然。”

潘捷莱·普罗柯菲耶维奇得意洋洋地打量了一下对方，把称心如意的甜滋滋的谈话继续下去：

“儿子是一个不寻常的儿子。满满的一胸膛十字章，你说这简单吗？他挂了多少次花呀？要是别人，老早就死了，可是他什么事儿也没有，伤在他身上，就好像水落在鹅身上。说实在的，在静静的顿河上，好样儿的哥萨克还没有断根呢！”

“断根是没有断根，不过他们不大中用。”不怎么喜欢说话的别司贺列布诺夫老汉沉思说。

“哎，怎么不大中用？你瞧，他们都把红军打跑啦，已经过了沃罗涅日，快到莫斯科啦！”

“他们那么久还没有到呀！……”

“不能快呀，菲里普·阿盖耶维奇。你要明白，打仗的事一点儿也不能急呀。着急就要坏事嘛。这些事儿就要慢慢来，按照地图，按照他们各种各样的计划……俄罗斯的庄稼佬很多很多呀，咱们哥萨克有多少呢？只有一小撮呀！”

“这话倒也是的，不过，恐怕咱们的人撑不了多久。到冬天，他们就又要来啦，很多人都这样说。”

“如果这会儿拿不下他们的莫斯科，那他们是要来的，你这话说得对。”

“你以为能拿得下来吗？”

“应该能拿得下来，可是究竟怎样，还不知道。难道咱们打不过他们吗？十二个哥萨克军区都起事了，还打不过他们吗？”

“谁他妈的知道呢。你怎么，不去打仗了吗？”

“我怎么能去当兵打仗呀？如果不是我的腿有病，我一定要做个样子给他们看看，应该怎样和敌人打仗！我们这些老头子都是呱呱叫的呢。”

“听说，这些呱呱叫的老头子在顿河那边叫红军撵得才狼狈呢，连一件小皮袄都没有啦，跑着跑着，把身上的衣服全都脱光，扔掉啦。很多人在说笑话，说是因为皮袄扔得太多，就好像整个黄黄的草原上开遍了天蓝色的花儿！”

潘捷莱·普罗柯菲耶维奇侧眼看了看别司贺列布诺夫，冷冷地说：

“依我看,这全是胡说！当然,也许有人为了减轻分量,把衣服扔掉,但是不该把事情夸大一百倍！一件褂子,噢,不,就算一件皮袄,算得了什么?！我问你,性命是不是比衣服更值钱些？再说,老头子穿着衣服也跑不快。打这种该死的仗,得有像猎狗那样的快腿才行,拿我来说,哪有那样的腿呢？所以,菲里普·阿盖耶维奇,你还心疼什么呀？这些皮袄,有他妈的屁用？问题不在于皮袄,或者褂子,要紧的是赶快把敌人打垮,我说得对吗？噢,再会吧,要不然我光顾和你说话,把事情都耽误了。怎么样,你的小牛找到了吗？还在找吗？没有消息吗？哼,也许是霍派尔人宰掉吃啦,叫他们噎死吧！不过,打仗的事你别疑惑:咱们一定能打垮庄稼佬!”于是潘捷莱·普罗柯菲耶维奇大模大样地一瘸一拐朝台阶走去。

但是,看样子,打垮“庄稼佬”并不那么容易……哥萨克近来的进攻也不是没有损失。一个钟头之后,潘捷莱·普罗柯菲耶维奇的良好心境就被不愉快的消息破坏了。他在砍井架上的一根桩子的时候,听见女人的号哭声和念叨死人的声音。哭声越来越近。他叫杜尼娅去打听打听。

“快去看看,是哪一个死啦。”他把斧子往木头上一扎,说。

杜尼娅很快就回来了,说是从菲洛诺沃前线上拉回来三个阵亡的哥萨克:安尼凯、贺里散福,还有村子那一头的一个十七岁的小伙子。潘捷莱·普罗柯菲耶维奇听到这个消息,吓了一跳,连忙摘下帽子,画了一个十字。

“愿他们在天堂安息！多么结实的汉子呀……”他想起贺里散福,想起不久前他和贺里散福一起从鞑靼村上集合站的情形,很伤心地说。

他的活儿再也干不下去了。安尼凯的老婆哭得撕心裂肺,潘捷莱·普罗柯菲耶维奇觉得受不了。为了不听这种声嘶力竭的女人的哭号,他躲进房里,把门紧紧关上。杜尼娅在上房里抽抽搭搭地对伊莉尼奇娜讲着:

“……我一看,我的娘呀,安尼凯的头差不多没有啦,只剩了烂糊糊的一堆。哎呀,真可怕呀！他身上的臭味,在一里路以外都能闻得到……干吗要把他们拉回来呀,我真不懂！贺里散福躺在车上,把大车塞得满满的,大衣底下的两条腿还在车后头耷拉着……贺里散福身上干干净净,雪白雪白的！就是右眼下面有一个窟窿眼儿,小小的,有小银角子那么大,还有一只耳朵后面,我看见有干血块子。”

潘捷莱·普罗柯菲耶维奇狠狠地啐了一口,又走到院子里,拿起斧子和船桨,一瘸一拐地朝顿河边走去。

“你告诉奶奶,就说我要到河那边去砍树条子。听见吗,好孩子?”他一面走,一面朝着正在夏天的厨房旁边玩耍的米沙特卡说。

河那边的树林里已经是一片寂寥而宁静的秋色。干枯的杨树叶子沙沙地往下落。一丛丛的野蔷薇就好像是着了火，那一串串红红的蔷薇果在稀稀的叶丛里，就像是红红的火舌。潮湿的橡树皮那种格外浓烈的苦味在树林里到处回荡着。密密丛丛的黑莓爬得遍地都是；一嘟噜一嘟噜熟透了的烟灰色的黑莓，很巧妙地藏在一丛丛的枝蔓下面躲避太阳。背阴处的枯草上一直到中午还有露水，挂满露水珠儿的蜘蛛网闪烁着银光。搅动这一片宁静的只有啄木鸟那认真的啄木声和画眉的啁啾声。

树林里的安宁而肃静的美好气氛，对潘捷莱·普罗柯菲耶维奇起了镇静作用。他蹚着一堆堆潮湿的落叶，慢慢地在树棵子中间走着，心里想："人生在世就是这样：不久以前还活蹦乱跳，可是现在完啦。贺里散福又是多么强壮的一条汉子呀！在捞妲丽亚的时候，他还站在河边，还来看我们，好像还没有几天呀。唉，贺里散福呀，贺里散福！你也没逃脱敌人的子弹……还有安尼凯……是个多么快活的人呀，又喜欢喝酒，又喜欢说笑话，可是现在完了，死了……"潘捷莱·普罗柯菲耶维奇想起杜尼娅的话，脑子里异常清楚地出现了安尼凯那张笑嘻嘻的、没有胡子的脸，怎么都想象不出现在的安尼凯那种断了气的、焦头烂额的样子。他想起他和别司贺列布诺夫老汉说的话，在心里责备起自己："我不该去触怒上帝，不该拿格里高力来胡吹。也许这会儿格里高力中了子弹躺在什么地方呢？可别这样啊！那样的话，我们老两口依靠谁呀？"

一只棕色的山鹬突然从一丛树棵子底下飞出来，潘捷莱·普罗柯菲耶维奇吓得哆嗦了一下。他漫不经心地看了看斜刺里迅速飞过的鸟儿，又继续往前走。他在一个小小的水塘旁边看好了几丛树条子，就动手砍了起来。他干起活儿，尽可能什么都不去想。一年的工夫，死了那么多的亲人和熟人，只要一想起他们，他的心里就十分沉痛，就觉得天地无光，好像整个天地都罩在一层黑幕里。

"要把这一丛砍下来。都是好树条子！可以拿来编篱笆。"他为了摆脱沉痛的心思，自言自语地说出声来。

潘捷莱·普罗柯菲耶维奇干了一阵活儿以后，就脱掉上衣，在砍倒的一堆树条子上坐了下来，贪婪地吮吸着酸涩的落叶气味，望着缭绕着淡蓝色烟雾的遥远的天边，望着远处那一片片被秋色染成金黄色、炫耀着最后的娇艳的小树林，望了老半天。不远处有一丛黑枫树，在寒冷的秋日阳光照耀下，闪闪有光，显得分外好看，那缀满了通红的叶子的茂密的树枝扎煞开来，就像神话中的鸟儿展开翅膀要从地上起飞。潘捷莱·普罗柯菲耶维奇欣赏了老半天，后来无意中朝水塘看了看,看到了平静而透明的水里一条条老大的鲤鱼那黑黑的脊背,鲤鱼离水面非常近,鱼鳍和摇来摆去的红尾巴都看得很清楚,鲤鱼一共有八条,有时躲到绿色的睡莲叶底下,有时又钻出来,去咬沉入水里的湿柳树叶子。水塘到了秋天,差不多要干了,逮鲤鱼不是多么难的事,潘捷莱·普罗柯菲耶维奇找了一会儿,在旁边一个水泊边找到一只没有底的篮子,又回到水塘边,脱掉裤子,冷得缩着脖子,哼哧着,逮起鱼来。他把水弄浑以后,就踩着没膝深的烂泥,在水塘里慢慢走起来,把篮子放进水里,让篮子边儿贴着塘底,然后把一只手伸进篮子里,等待着大鱼啪的一声溅起水来。他的努力取得了可观的成绩:他扣住了三条各有十斤重的大鲤鱼。他也不能再逮了,因为他那条瘸腿冻得抽起筋来。他觉得逮这么多也算不错了,就从水塘里爬了出来,用香蒲擦了擦腿,穿上衣服,又砍起树条子,为的是暖和暖和身子。不管怎么说,这是不小的收获。一下子就捞了将近一普特重的鱼,这可是件难得的事!他一心想着捞鱼,也就不去想那些痛心的事了。他把破篮子藏好,准备下一次再来捞剩下的一些鱼;又很担心地朝四下里看了看,看看刚才是不是有人看到他把肥得像小猪一样的金色大鲤鱼往塘边上扔;然后这才扛起捆好的树条子,拎起穿在柳条子上的鲤鱼,不慌不忙地朝河边走去。

他带着得意的笑容,把捞到大鱼的高兴事儿对伊莉尼奇娜讲了一遍,并且又欣赏了一下泛着红铜色的大鲤鱼,但是老伴儿无心分享他的欢喜。她去看过死人,回来的时候,泪流满面,心里十分难受。

"你不去看看安尼凯吗?"她问道。

"我不去。我怎么,没见过死人还是怎的?我见的死人多着呢,够啦!"

"你顶好去看看。不去可不大好,人家会说你连告别都不去!"

"住嘴吧,为了基督!我和他又不是干亲,我用不着和他告别!"老头子气势汹汹地顶撞说。

他也没有去送殡,大清早他就过了河,在那里呆了一整天。他在树林里听到送葬的钟声,摘下帽子,画起十字,可是后来他甚至恼恨起神甫:干吗要敲上老半天呢?比如说,敲上一两下,就行了,却偏要敲上整整一个钟头。这种敲法又有什么意思呢?只能敲得叫人心里难受,再就是叫人多想想死。不用敲钟,秋天里能使人想到死的景物有的是:那落叶,那在蓝空中飞过的、长鸣的雁群,那死沉沉地倒在地上的枯草……

不管潘捷莱·普罗柯菲耶维奇怎样怕去想各种各样痛心的事情,可是不久他又经受了一次震动。有一天吃午饭的时候,杜尼娅朝窗外看了看,说:

“瞧,又从前方拉回死人来啦！大车后头就跟着一匹上了鞍的战马,拴在车上呢,走得不很快……有一个人赶车,死人用大衣盖着呢。赶车的人背朝着我们,我看不出他是不是咱们村里的……”杜尼娅仔细看了看,脸刷地一下子白了。“哎呀,这是……这是……”她含含糊糊地嘟哝了两句,就一下子尖声叫了起来:“拉的是格里沙呀！……是他的马呀！”她大声哭号着跑了出去。

伊莉尼奇娜在饭桌上站也站不起来,用手捂起了眼睛。潘捷莱·普罗柯菲耶维奇很吃力地从板凳上站起来,像瞎子一样把两手伸到前面,朝门口走去。

普罗霍尔·泽柯夫开开大门,朝着从台阶上跑下来的杜尼娅瞥了一眼,很不开心地说:

“我们回来啦……没有想到吧?”

“我的亲人呀！小哥呀!”杜尼娅扎煞着两条胳膊,哼哼起来。

普罗霍尔看了看她那泪汪汪的脸,看了看一声不响地站在台阶上的潘捷莱·普罗柯菲耶维奇,这才明白过来,说:

“别害怕,别害怕！他活着哩。他是在害伤寒。”

潘捷莱·普罗柯菲耶维奇软软地把脊梁靠在门框上。

“活着呀!!!”杜尼娅又哭又笑地朝着他叫喊起来。“格里沙活着呀！你听见了吗!?他是生了病送回来的！你快去告诉妈妈！喂,你干吗站着呀?!”

“别害怕,潘捷莱·普罗柯菲耶维奇！我拉回来的是活的,至于身体好坏吗,就不必问啦。”普罗霍尔一面拉着马笼头把马往院子里牵,一面急急忙忙地说。

潘捷莱·普罗柯菲耶维奇摇摇晃晃地走了几步,又在台阶上坐了下来。杜尼娅像一阵风似的从他身边跑进屋里,去宽慰母亲。普罗霍尔在台阶前把马勒住,对潘捷莱·普罗柯菲耶维奇看了一眼。

“你干吗坐在这儿?拿条车毯来,咱们把他抬进去。”

老头子一声不响地坐着。泪水从眼睛里哗哗地往下流,可是一张脸木木的,脸上的肌肉一动都不动。他把手往上举了两次,想画个十字,可是又放了下来,因为没有力气举到额头上。他的喉咙里又咕噜又哼哧,不知想说什么。

“看样子,你是吓掉了魂啦。”普罗霍尔抱歉地说。“我怎么就没想到事先派个人来对你们说一声呀?我真糊涂,实在糊涂！喂,起来吧,普罗柯菲耶维奇,要把病人抬进去呀。你们家的车毯在哪儿?就用手抬吗?”

“等一下……”潘捷莱·普罗柯菲耶维奇沙哑地说。“我的腿就好像锯掉了一样……我以为他死了呢……谢天谢地……真没想到……”他把他那件旧褂子领子上的扣子扯掉,把领子敞开,张大了嘴使劲吸着空气。

"起来,起来,普罗柯菲耶维奇!"普罗霍尔催促说,"除了咱们俩,不是没有人抬他吗?"

潘捷莱·普罗柯菲耶维奇费了很大的劲儿才站了起来,走下台阶,掀开军大衣,弯下身看了看昏迷不醒的格里高力。他的喉咙里又咕噜起来,但是他控制住自己,转身对普罗霍尔说:

"你抬他的腿。咱们抬进去。"

把格里高力抬进上房,给他脱掉靴子和衣服,放到床上去。杜尼娅却在厨房里慌张地叫了起来:

"爹!妈妈不好了……快来呀!"

伊莉尼奇娜躺在厨房里的地板上。杜尼娅跪在旁边,在往她的发了青的脸上洒水。

"去把卡皮东诺芙娜大娘叫来,跑快点儿!她会放血。就说,要给你妈放放血,叫她带着家伙来!"潘捷莱·普罗柯菲耶维奇吩咐说。

杜尼娅这样一个没有出嫁的大姑娘,是不能光着头在村子里乱跑的;她抓起头巾,一面匆匆忙忙地扎头巾,一面说:

"把孩子们都吓死啦!天啊,怎么这样倒霉呀……爹,你看着他们点儿,我一下子就回来!"

也许杜尼娅本来要对着镜子匆匆照一下的,但是已经回过神来的潘捷莱·普罗柯菲耶维奇瞪了她一眼,她就慌忙跑出了厨房。

杜尼娅一跑出大门,就看见阿克西妮亚。阿克西妮亚那煞白的脸上连一点血色也没有。她靠在篱笆上,软软地耷拉着两条胳膊,站在那里。在她那模糊的黑眼睛里没有眼泪,但是流露出很深的痛苦和默默祈祷的神情,杜尼娅不由地站了一下子,连自己也意想不到地对她说:

"他活着,活着呢!他是害伤寒。"然后用两手按着直跳直颤的高高的乳房,顺着小胡同飞快地朝前跑去。

许多想看看究竟的娘们儿,从四面八方向麦列霍夫家跑来。她们看见,阿克西妮亚不慌不忙地离开麦列霍夫家大门口,可是后来忽然加快了脚步,弯下腰去,并且用双手捂住了脸。

二十五

过了一个月，格里高力的病好了。他在十一月下旬第一次从床上起来，晃动着他那高高的、瘦得像骨头架子一样的身子，摇摇摆摆地在屋子里走了几步，在窗前站了下来。

地上和麦秸棚子顶上，铺上了一层薄薄的白雪。胡同里已经有爬犁经过的印子。挂在篱笆上和树上的淡蓝色的霜雪，闪闪放光，经夕阳一照，泛着霓虹般的光彩。

格里高力若有所思地微笑着，用骨瘦如柴的手捋着胡子，朝着窗外望了很久。他好像还从来没见过这样美好的冬天。他觉得一切东西都很不平凡，都很新鲜、很有意思。生过一场病以后，他的视觉好像敏锐起来了，于是他开始在周围环境中发掘新的东西，在他早就熟悉的东西中寻找变化。

在格里高力的性格中，突然产生了以前他不曾有过的好奇心，对村子里和家里的一切事物都产生了浓厚的兴趣。他觉得生活中的一切都有了一种神秘的新意义，一切都引起他的注意。他用有点儿惊奇的眼神望着他重新看到的世界，他的嘴上常常挂着天真而稚气的微笑，这种微笑出奇地改变了他那严峻的面容和凶野的眼神，使嘴角上强硬的纹丝变柔和了。有时候他打量起从小就熟悉的一样家什，紧张地活动着眉毛，流露出极其惊奇的神情，就好像是一个人从遥远的外国来，第一次看见这种玩意儿。有一天，伊莉尼奇娜看到他十分用心地打量纺车，感到说不出的奇怪。她一走进来，格里高力就离开纺车，还显得有点儿不好意思呢。

杜尼娅看着他那瘦成了一把骨头的高个儿，常常憋不住要笑。他常常穿着衬衣，用手提着直往下溜的衬裤，伛偻着腰，颤颤巍巍地挪动着两条干瘦的长腿，在屋子里走走;要坐下去的时候,一定要用手抓住一样什么东西,害怕跌倒了。他那在生病期间长得老长的黑头发脱落了不少,夹杂着不少白丝的拳曲的额发乱成了一团。

在杜尼娅帮助下,他自己剃了剃头,等他朝妹妹转过脸来,杜尼娅不由地把剃刀掉在地上,捧住肚子,倒在床上,笑得连气都透不过来。

格里高力耐心地等着她的笑劲儿过去,但是后来忍不住了,就用有气无力,颤抖的尖嗓门儿说:

“小心点儿,这样会笑出毛病来的。再说,你都该做新娘子啦,也不知道害羞。”他的声音中微微带着气恼的意味。

“哎呀,小哥呀!哎呀,好哥哥呀!我还是快走吧……我没有劲儿啦!哎呀,你像什么呀!简直像菜园子里的稻草人儿啦!”杜尼娅在一阵阵的大笑声中好不容易说出话来。

“等你害过伤寒,我也来看看你是什么样子,把剃刀拾起来,嗯?!”

伊莉尼奇娜袒护起格里高力,很生气地说:

“真是的,有什么好笑的?你真是傻丫头,杜恩卡!”

“你看看嘛,妈妈,他像什么啦!”杜尼娅擦着眼泪说。“满头的疙瘩,头圆得和西瓜一样,又黑糊糊的……哎呀,我简直忍不住呀!”

“拿镜子来!”格里高力说。

他对着一小片破镜子照了照,自己也不出声地笑了很久。

“孩子,你干吗要剃呀,不剃头倒好些。”伊莉尼奇娜不满意地说。

“照你说的,最好是变成个秃子了?”

“唉,简直难看死啦。”

“你们都别说啦!”格里高力用小刷子搅着肥皂沫,烦恼地说。

他因为出不去门,就常常和孩子们在一块儿玩。他和孩子们什么都谈,只是不提娜塔莉亚。但是有一天,波柳什卡一面跟他亲热,一面问道:

“爹,妈妈还会回家来吗?”

“不会,好孩子,到了那儿就不能回来啦……”

“到哪儿去啦?到坟里去了吗?”

“反正人死了,就不能回来了……”

“她真的死了吗?”

“啊,怎么不是真的呢?是的,是死啦。”

“可是我想,她有时候想我们,会回来的……”波柳什卡用很小很小的声音说。

“你别想她了,我的乖孩子,不要想。”格里高力低声说。

“怎么能不想她呀?人死了就不能回来看看吗?看一下子也行。不能吗?”

“不能。好啦,你去和米沙特卡玩吧。”格里高力转过脸去。看来,他生了一场病,心软了;他的眼里涌出了泪水,为了不叫孩子们看见,他把脸贴在窗户上,在窗前站了很久。

他不喜欢和孩子们谈打仗的事,可是米沙特卡在世界上最感兴趣的就是打仗。他常常缠着父亲问,怎样打仗,红军是什么样子,用什么打红军,为什么打红军。格里高力就沉下脸,烦恼地说:

“哼,缠得人心烦死啦!你老问打仗干什么!咱们还是谈谈夏天怎样钓鱼吧。你要钓竿吗?我这就上院子里去,马上就用马尾给你捻一根钓鱼绳儿。”

米沙特卡每次提起打仗的问题,他都在心里感到羞惭:他怎么都回答不了孩子的既简单又平常的问题。谁知道为什么打仗呢?不就是因为他自己也没有想通这些问题吗?但是要避开米沙特卡的询问并不那么容易:米沙特卡听父亲讲钓鱼的事好像也很用心,但是听完了却又问:

“爹,你在打仗的时候杀过人吗?”

“别问啦,缠起来没完!”

“杀人的时候害怕吗?杀的时候流血吗?流很多血吧?比杀鸡、杀羊流的血还要多吧?”

“我对你说过了,别问这些事嘛!”

米沙特卡有一小会儿没有做声,后来又若有所思地说:

“才不久我看见爷爷杀羊来着。我不害怕……也许有一点点儿怕,可是不要紧!”

“你把他撵远点儿!”伊莉尼奇娜很烦恼地吆喝道。“又出了一个杀人凶手!简直是小土匪!就听到他天天说打仗,别的什么话他都不会说啦。好孩子,怎么能老是问可恨的打仗的事儿呢?到这儿来,给你块饼子吃吃,就住一住嘴吧。”

但是战争天天都要使人想起它,从前方回来的哥萨克们,常常来看望格里高力,告诉他,石库洛和马孟托夫已经被布琼尼的骑兵打垮了,在奥勒尔附近的战事节节失利,各条战线上都开始撤退了。在格里班诺夫卡和卡尔达伊洛附近的战役中,又有两名鞑靼村的哥萨克阵亡了;把挂了花的盖拉西姆·阿贺瓦特金送回来了;德米特里·郭洛希柯夫害伤寒病死了。格里高力在心中逐个地想了想在两次战争中村子里死掉的人,就发现,在鞑靼村里没有一家不死人的。

格里高力还没有出过门,村长就把乡长的通知送来了,通知说要叫麦列霍夫中尉立即到医务委员会进行复查。

“你告诉他,我一能走动,就自动去报到,用不着他们催。”格里高力气忿地说。

战线离顿河越来越近了。村子里又谈起撤退的事来。不久就在村民大会上宣布了州长的命令,命令要求所有成年的哥萨克都撤退。

潘捷莱·普罗柯菲耶维奇从会场上回来,对格里高力说了说命令的事,就问道:

“咱们怎么办呢?”

格里高力耸了耸肩膀,说:

“有什么办法?是要撤退。就是没有命令,大家也要走。”

“我问的是咱们:咱们是不是一块儿走呢?”

“咱们没法子一块儿走。过两天我骑马到镇上去,打听打听哪一支部队从镇上经过,我就随便加入一支什么部队。你不一样,你是逃难。也许,你是不是想参加部队?”

“去他娘的吧!”潘捷莱·普罗柯菲耶维奇惊骇地说。“那我就和别司贺列布诺夫老汉一块儿走吧,前两天他约我和他作伴儿走。他是个老实人,他的马也很好,我们就可以把马套在一块儿。我家的骒马也够肥的。这该死的东西吃得膘又厚,又爱尥蹶子,简直够戗!”

“好吧,那你就跟他一块儿走。”格里高力高高兴兴地表示赞同。“咱们先来谈谈你们走的路线,因为说不定我也许会走那条路。”

格里高力从图囊里掏出一张南俄罗斯的地图,详细地对父亲说了说,应该经过哪些村子,并且已经开始把一些村庄的名字往纸上记了,但是一直恭恭敬敬地望着地图的老头子说:

“等一等,别记吧。当然,这些事你比我懂得多,地图也是正正经经的玩意儿,地图不会撒谎,能指出直路,但是如果这不合适的话,我怎么能照着走呢?你说,首先要经过卡耳根镇,我明白,走那儿要直些,可是我在那儿非绕个弯儿不可。”

“你干吗要绕弯儿?”

“因为,拉推舍夫村是你堂姑姑家,我到她家可以吃饭,还可以喂马,到别处就得自己花钱。再往前:你说,按照地图要走阿司塔霍夫村,那样走要直些,可是我要走马拉霍夫村;那儿也有一家远亲,还有一个老同事;到那儿也可以不吃自己的草,吃别人的。你要知道,总不能带上一垛干草,到了外乡外土,也许不仅要不到一根草,甚至花钱都买不到。"

"在顿河那边你没有亲戚吗?"格里高力用挖苦的口气问道。

"在那边也有。"

"那你是不是就上那边去?"

"你别给我他妈的胡说八道!"老头子火了。"跟你谈正经的,别开玩笑! 在这种时候开玩笑,也真是的,就数你聪明!"

"你用不着到处去找亲戚。逃难就是逃难,不是走亲访友,不是请你去过谢肉节!"

"哼,你别教训我,我该往哪儿去,自个儿知道!"

"既然知道,那你爱上哪儿就上哪儿吧!"

"我非按照你的计划走不可吗? 只有喜鹊才一直飞呢,这话你听说过吗? 我要是糊里糊涂走到他妈的什么地方去,也许那儿冬天里连道路都没有呢。你这样信口胡说,好好地想过没有,亏你还带过一个师呢!"

格里高力和老头子争吵了很久,但是后来格里高力全面地想了想,觉得父亲的话有很多地方是对的,就用和解的口气说:

"别生气啦,爹,我不是一定要你照我的路线走,你愿意怎么走,就怎么走吧。到顿涅茨那边,我尽可能去找你。"

"早这样说就好啦!"老头子高兴起来。"要不然你只顾这样那样的计划和路线,就不明白,计划是计划,可是马没有草料哪儿也去不成。"

还在格里高力生病的时候,老头子就悄悄地准备起逃难的事了:他加意地喂养那匹骒马,修好了爬犁,定做了一双新毡靴,并且亲自缝上了皮底,免得在雨雪天浸水;事先装好了几口袋上等的燕麦。他就是准备逃难,在这方面也算得上一个好当家的;在路上可能要用得着的东西,他都事先准备得好好的。斧子、手锯、凿子、补靴子的家什、线、备用的靴掌、钉子、锤子、一小捆皮带、绳子、一块松香,一直到马掌和马掌钉子,所有这一切都用一块帆布包得好好的,一眨眼工夫就可以放到爬犁上。潘捷莱·普罗柯菲耶维奇甚至还带上一杆秤,伊莉尼奇娜问他为什么路上还要秤,他用责备的口气说:

"你这老娘们儿,真是越老越糊涂。这样平常的事儿你也不明白吗? 我跑到外面去,买干草或者买糠,能不用秤吗? 到那儿总不会用尺子量干草吧?"

"到那儿就没有秤吗?"伊莉尼奇娜惊愕地问道。

"你怎么知道,那儿是什么样的秤呢?"潘捷莱·普罗柯菲耶维奇气呼呼地说。"也许那儿的秤都是假的,给咱们这些人称不够分量。就是这么回事儿！咱们可是知道,那儿都是一些什么样的人！你买三十磅,可是要付出一普特的现钱。要是我每到一处地方都要吃这样的亏,那我就不如自个儿带上一杆秤,也许就不会上当！你们在这儿不用秤也能过;你们要秤有他妈的屁用？军队打这儿过,他们抢草又不用过秤……他们只管糟蹋就是了。我见过他们这些不长角的魔鬼,我很清楚！"

潘捷莱·普罗柯菲耶维奇起初还想连大车都装到爬犁上,到春天就可以坐自己的大车,免得再花钱雇车,但是后来他想了想,就打消了这个不高明的主意。

格里高力也开始做准备了。他擦了擦匣子枪、步枪,磨了磨他一直随身佩带的马刀;身体康复后过了一个星期,他去看自己的马;看着油光光的马屁股,才知道,老头子不仅是喂肥了自己的骒马。他好不容易骑上直撒欢的战马,放开马尽情地跑了一阵子,在回家的时候,他看见——也许只是他觉得——好像有人在阿司塔霍夫家窗口向他摇白头巾……

在村民大会上,鞑靼村的哥萨克决定全村一齐走。接连两天两夜,妇女们在给哥萨克们准备各种各样路上吃的东西。决定在十二月十日出发。头一天傍晚,潘捷莱·普罗柯菲耶维奇就把干草和燕麦装到爬犁上,到早晨,天刚刚放亮,他就穿起大皮袄,扎上腰带,把皮手套掖在腰带上,对着圣像祷告过,就和家里人告别了。

长长的大车队很快就出了村子,朝山冈走去。在村口送行的妇女们对着出门人摇了老半天头巾,后来原野上刮起了风,把地上的雪吹了起来,在滚滚的雪雾里,既看不见慢慢上山的大车,也看不见跟着大车走的哥萨克了。

格里高力在上维奥申以前,去和阿克西妮亚见了一下面。

这一天黄昏,村子里已经掌灯的时候,他去找她。阿克西妮亚正在纺线。安尼凯的老婆坐在她身边,一面打袜子,一面说话儿。格里高力看见有外人,就简单地对阿克西妮亚说:

"你跟我出来一下子,有事。"

来到过道里,他把手搭到她的肩上,问道:

"跟我一块儿走,好吗?"

阿克西妮亚半天没有做声,在考虑怎样回答,后来小声说:

"家里东西怎么办呢？房子怎么办?"

"可以托付给别人嘛。应该走呀。"

"什么时候动身?"

“明天我来叫你。”

阿克西妮亚在黑暗中笑着说：

“你该记得，我早就对你说过，跟你上天边我也去。我现在还是这样。我对你是永不变心的。我走，什么都不管！你什么时候来？”

“天一黑就来。你别带很多东西，多带点儿衣服和吃的东西就行了。好，再会吧。”

“再会。你能不能等会儿再来？……她一会儿就走。我好像有一百年没看见你啦……格里什卡，我的亲爱的！我还以为你……不！我不说了。”

“不行，我不能来。我现在要上维奥申去，再会吧。明天我来。”

格里高力已经出了过道，走到大门口，可是阿克西妮亚还站在过道里，微笑着，用手掌揉搓着热辣辣的两腮。

* * *

维奥申的地方机关和兵站仓库已经开始撤退了。格里高力到州长公署里去打听前方的情况。一个担任副官的年轻少尉对他说：

“红军现在在阿列克塞耶夫镇附近。我们不知道什么部队要从维奥申经过，不知道是不是有军队经过。您自己该看到：大家都是什么也不知道，都在慌着逃跑……我劝您现在别找自己的部队了，还是上米列洛沃去，到那儿很快就能打听到部队的驻地。不管怎样，你们那个团一定会顺着铁路线走。到了顿河边就能把敌人拦住吗？哼，我看，不行。敌人不用打，就会把维奥申占领，肯定会这样。”

格里高力深夜回到家里。伊莉尼奇娜一面做饭，一面说：

“你的普罗霍尔来啦。你走了有一个钟头，他就来了，他说还要来，可是不知为什么到现在还没来。”

格里高力听了十分高兴，匆匆吃完了饭，就去找普罗霍尔。普罗霍尔带着很不开心的笑容迎住他，说：

“我还以为你径直从维奥申走了呢。”

“你他妈的从哪儿来的？”格里高力拍着他的忠实的传令兵的肩膀，笑着问道。

“还用问，从前方来嘛。”

“偷跑的吧？”

“天啊，你这是什么话！我这样的英雄好汉，会偷跑吗？我回来是有手续的，我不愿意离开你去另攀高枝儿。咱们一块儿造过孽，咱们就该一块儿去接受最后审判。咱们的情况糟透啦，你知道吗？”

“我知道。你还是说说，部队里是怎么放你回来的？”

“说起来话长，以后再说吧。”普罗霍尔躲躲闪闪地回答说，并且脸色更阴沉了。

“咱们团在哪儿？”

“谁他妈的知道这会儿在哪儿。”

“你什么时候离开团里的？”

“两个星期以前。”

“这些天你上哪儿去来？”

“你怎么啦，真是的……”普罗霍尔不满意地说，并且侧眼瞟了瞟妻子。“又是上哪儿去啦，又是干什么、为什么啦……不管上哪儿去过，反正现在我已经不在那儿了。我说以后再说，就是以后再说。喂，孩子他娘！你有酒吗？跟长官见了面应该喝两盅。有酒没有？没有吗？那你快去弄点儿来，麻利点儿！丈夫不在家，军纪军规都忘记啦！马虎起来啦！”

“你这是发什么疯呀？”普罗霍尔的老婆笑着问道。“你少对我咋呼吧，你在这儿可算不上什么当家的，一年才在家里呆两天。”

“什么人都可以对我咋呼，可是我，除了你，又能咋呼谁呢？等着吧，等我当了将军，那时候就能咋呼别的人了，可是眼下你得忍着点儿，还要快点儿穿上你那行头，并且跑快点儿！”

普罗霍尔等老婆穿好衣服，走了出去，就用责备的目光看了看格里高力，说：

“潘捷莱维奇，你连一点眼色都看不出来……我不能当着老婆的面把什么事儿都说出来呀，可是你一个劲儿地问怎么啦，干什么啦。噢，你怎样，害过伤寒以后，身体全好了吗？”

“我倒是好了，你说说自个儿的事吧。你这鬼东西，有的事儿还瞒着呢……你说说吧：干过什么坏事儿？怎样逃跑的？”

“这事儿比逃跑还糟呢……你生病我把你送回来以后，我又回到部队里。把我编到本连第三排里。我是非常喜欢打仗的！我打过两次冲锋，可是后来我想：‘我也要装装孬啦！要找个窟窿钻一钻，不然的话，普罗霍尔呀，你就要完蛋啦！’这时候，就好像特意要给点儿颜色瞧瞧似的，仗打得特别厉害，弄得我们气都喘不过来！哪儿有决口，就把我们塞上去；哪儿顶不住了，又把我们团调了去。一个星期的工夫，连里有十一个哥萨克就像叫牛舌头舔去了一样！这么着，我心里就发起闷来,甚至都闷得身上长起了虱子。”普罗霍尔把烟点着了,把烟荷包递给格里高力,又不慌不忙地说下去。“有一回在利斯基附近,派我出去侦察。我们一共去了三个人。我们在冈头上跑着,朝四面望着。看见从沟里爬出来一个红军,两只手向上举着。我们朝他跑去,他就喊:‘乡亲们!我是自己人!别杀我,我要投到你们这边儿来!’我简直他妈的糊涂啦:不知从哪儿来了一股火气,我跑到他跟前,说:‘你这狗东西,既然来打仗,就不应该投降!你这家伙真没有出息。你怎么,没看见我们眼看就支持不住了吗?你想投降,又来加强我们的力量吗?!’我说着,就在马上用刀鞘照他的脊梁砍了一家伙。和我在一块儿的两个哥萨克也对他说:‘像这样打仗,跑过来跑过去,有什么好处呢?要是干起来都心齐些,仗早就打完啦!’谁他妈的能知道,这个跑过来的家伙会是一个军官呢?可是他恰恰就是一个军官!我在气头上用刀鞘打他的时候,他的脸一下子白了,小声说:‘我是军官,你们不能打我!我以前是骠骑兵,我参加红军是征集来的,请你们带我去见你们的首长,到那儿我可以对他说清楚。’我们说:‘把你的证件拿来。’可是他很神气地说:‘我不愿意和你们说话,带我去见你们的首长!’”

“这种事儿你怎么就不愿意当着老婆的面说呀?”格里高力很诧异地打断他的话头。

“当着我老婆不能讲的事,我还没有说到呢,请你别打我的岔嘛。我们就决定把他送到连里去,这一下子糟啦……我们要是就地把他杀了,就没事儿了。可是我们却规规矩矩地把他送去了,谁知过了一天,我们一看,竟派他担任了我们的连长。这可怎么办啊?这就麻烦啦!过了两天,他把我叫去,问:‘狗崽子,你是为统一的、不可分割的俄罗斯打仗吗?你在俘虏我的时候,对我说的是什么,你还记得吗?’我好说歹说,他都不肯饶我,因为他一想起我用刀鞘打他,就气得浑身打哆嗦!他说:‘你知道我是骠骑兵大尉和贵族,你这坏蛋怎么敢打我?’他一次又一次地把我叫去,净找我的麻烦。他叫排长派我站岗和放哨,不许换我的班,一件一件的勤务就像从桶里往外倒豌豆那样,接二连三地落到我的头上:一句话,这个畜生不住气地整我!在俘虏他的时候和我一同去侦察的那两个哥萨克,也在挨他的折腾。他们两个忍了又忍,后来受不住了,有一次把我叫过去,说:‘咱们来把他杀了吧,要不然他实在叫咱们活不下去!’我想了想,决定把这一切报告团长,要杀他却于心不忍。在俘虏他的时候,杀也就杀掉了,可是过后我就有点儿下不了手了……我老婆杀鸡,我还要闭一闭眼睛呢,何况这是杀人……”

“究竟把他杀了没有?”格里高力又打断他的话。

“等一等嘛，底下就明白了。于是我报告了团长，全对他说了，可是他笑起来，说：‘泽柯夫，你用不着委屈，因为你打过他呀，他在执行纪律上是正确的。他是个很有学问的好军官。’我就这样从他那儿回来了，可是我心里想：‘你就把这个好军官挂在脖子上当十字架吧，我可是不愿意和他在一个连里干下去了！’我要求把我调到别的连里去，也不行，不肯把我调出去。于是我就想方设法离开队伍。怎么能离开呢？这时候把我们调到附近的后方休息一个星期，于是我他妈的不知怎么又打起了糊涂主意……我想：我只有弄上一点儿小小的淋病，那样就可以上军医站去，就会准许我离开，那就行了。于是我干起从来没干过的事儿，——找起娘们儿，仔细打量，看哪一个娘们儿像是有病的。可是怎么能看得出来呢？哪一个娘们儿的额头上都没有写着她是有病的，这就难了！”普罗霍尔使劲地啐了一口，仔细听了听：老婆是不是回来了。

格里高力用手捂住嘴，想藏住笑，忽闪着笑得眯缝起来的眼睛，问道：

“搞上了吗？”

普罗霍尔用泪汪汪的眼睛看了看他。那眼神显得很忧伤、很平静，就像一条活到了年纪的老狗的眼睛。他沉默了不大的一会儿，就说：

“你以为很容易就能搞上吗？不想生病的时候，一阵风都能把病吹到身上；想生病的时候，病却没了影子，找都找不到，吆唤都吆唤不来！”

格里高力把身子侧过去，不出声地笑了一会儿，后来把手从脸上拿下来，用笑得接不上气的声音问道：

“天啊，别叫人着急了！到底搞上了没有呀？”

“当然，你要笑啦……”普罗霍尔生气地说，“幸灾乐祸可不是好事儿，我是这样看的。”

“我不笑就是了……后来怎样呢？”

“后来我就去找房东的姑娘。这是一个四十岁的老姑娘，也许不到四十岁。满脸的粉刺，那相貌，一句话，丑得吓死人！邻居们悄悄告诉我，不久前她常常去找大夫。我心想：‘从她身上一定能搞上病！’于是我就像只小公鸡一样围着她转悠起来，对她说起各种各样的甜言蜜语……这些话是从哪儿来的，我自己也不知道！”普罗霍尔遗憾地笑了笑，并且好像因为想起那些话还有点儿高兴。“我答应娶她，还说了别的许多肉麻话……终于把她挑动了，勾搭上了，马上就要干那种事儿了，可是她忽然哭了起来！我这样说，那样说，问她：‘也许你有病吧？这没有关系，甚至还好些呢。’不过我有些害怕：这是夜里，可别有人听见我们的声音跑到糠棚子里来。我就说：‘别哭了，千万别哭！你就是有病，也不用害怕，我实在太爱你了,不管怎样我都爱你!'可是她说:'我的亲亲的普罗申卡呀!我什么病也没有。我是一个没有破身的姑娘,干这种事儿我怕疼。'格里高力·潘捷莱维奇,你也许不信,我一听她说这话,浑身出的冷汗就像雨淋的一样!我心想:'主耶稣啊,我怎么碰上这种事儿呀!怎么这样倒霉呀!……'我用气得变了音的嗓门儿问她:'你这该死的东西,那你去找大夫干什么?干吗要骗人?'她说:'我是去要一种治脸的药。'我马上抓住她的脑袋,对她说:'起来,马上给我滚吧,你这该死的东西,可恶透啦!我不要你这种没有开包儿的,我也不娶你了!'"普罗霍尔更加使劲地啐了一口,很不痛快地继续说下去:"我花了半天力气算是白费啦。我回到屋里,拿起自己的东西,当天夜里就搬到另一家去住了。后来还是弟兄们给我指点,我才从一个寡妇身上搞到了我要的东西。不过这一回我来得干脆,我问:'你有病吗?'她说:'有一点儿。'我说:'行啦,我也要不了许多。'我给了她二十卢布的克伦斯基票子,到第二天,我就很得意地带着自己的成绩,跑到军医站去,就从那儿一直回家来了。"

"你没有骑马回来吗?"

"怎么能不骑马呢?把马和全部装备都带回来了。马是弟兄们给我送到军医站去的。不过问题不在这上面;你帮我出出主意:我怎么对我老婆说呢?或许,为了免得造孽,是不是到你家里去过一夜呢?"

"用不着,没事儿!就在家里睡好啦。你就说打伤啦。有绷带吗?"

"有一个急救包。"

"行,就包起来好啦。"

"她不信呀。"普罗霍尔忧虑地说,不过他还是站了起来。他在军用包里掏了掏,便走进上房里去了,在上房里低声说:"她来了,你和她说说话儿,我马上就弄好!"

格里高力一面卷烟卷儿,一面考虑走的事。"套上两匹马,我们坐爬犁走,"他打定主意,"要在天黑时候动身,免得家里人看见我带着阿克西妮亚走。尽管这事儿他们早晚要知道……"

"那个连长的事我还没有说完呢。"普罗霍尔一瘸一拐地从上房里走出来,坐到桌子旁边。"我上军医站的第三天,弟兄们就把他打死了。"

"真的吗?"

"千真万确!在打仗的时候从后面打了他两枪,就完啦。就是说,我是白白糟蹋了自己,实在可惜!"

"没找到开枪的人吧?"格里高力因为一心想着马上要走的事,所以心不在焉地问道。

“才没有工夫找呢！开始紧急转移了,顾不上他的事了。我老婆这是跑到哪儿去啦？我还真想喝酒哩。你想什么时候走?”

“明天。”

“不能再过一天吗?”

“过一天干什么?”

“至少可以把虱子打扫打扫,带着虱子走路可没有多大意思。”

“你在路上打扫吧。情况不允许再等啦。红军离维奥申只有两站路啦。”

“咱们一早就走吗?”

“不,等天一黑就走。咱们只赶到卡耳根,就在那儿过夜。”

“红军不会抓住咱们吧?”

“是要提防着点儿。我想……我想带上阿克西妮亚·阿司塔霍娃。你没有意见吧?”

“我有什么？你就是带着两个阿克西妮亚,我也不管……就是马吃不消。”

“没有多大分量。”

“跟娘们儿走可不大方便……你干吗要带上她呀？要是光咱们两个,多省事呀!”普罗霍尔叹了一口气,望着一边说。“我就知道你要拖着她走。你太多情啦……唉,格里高力·潘捷莱维奇,你挨鞭子挨少啦!”

“哼,这事儿你少管,”格里高力冷冷地说。“这事儿你别对你老婆乱说。”

“我以前乱说过吗？你别没有良心！还有,她把房子交给谁呢?”

过道里响起脚步声,普罗霍尔的老婆走了进来,她那灰色绒头巾上落了一层亮晶晶的雪花。

“下雪了吗?”普罗霍尔从碗橱里拿出两个酒杯,这才问:“你弄到什么了吗?”

他的脸色绯红的老婆从怀里掏出两只带着水汽的瓶子,放到桌子上。

“来,为咱们一路平安,干一杯!”普罗霍尔很带劲儿地说。他闻了闻,根据酒的气味判断说:“好酒！够劲儿!”

格里高力喝了两小盅,就推说太累了,回家去了。

二十六

“哼,仗打完啦! 红军这一下子要把咱们撵到海边,叫咱们的屁股泡到咸水里了。”普罗霍尔在上了山冈的时候说。

山下面,鞑靼村笼罩在蓝色的烟雾里。太阳已经落到镶了粉红色雪边儿的地平线后面。雪在爬犁的滑铁下面咯吱咯吱响着。两匹马一步一步地走着。格里高力半躺在双马爬犁的后座上,脊背靠在马鞍子上。阿克西妮亚裹着镶边的顿河式皮袄,坐在他的身边。她的两只黑眼睛在白绒毛头巾下面亮闪闪的,放射着喜悦的光彩。格里高力侧眼看了看她,看到她那冻得红扑扑的脸。浓密的黑眉毛和挂了霜花的弯弯的睫毛下面那发亮的蓝眼白。阿克西妮亚带着兴奋的好奇心情打量着大雪覆盖、到处是雪堆的草原,打量着磨得发亮的爬犁路,打量着远方渐渐沉入黑暗中的地平线。很少出门的阿克西妮亚觉得一切都很新鲜,很不平常,一切都引起她的注意。但是她有时垂下眼睛,感受着睫毛上的霜花那使人痒酥酥的、很舒服的凉气,笑上一阵子,因为她很久以来念念不忘的幻想突然很离奇地实现了——她跟格里高力一同离开鞑靼村,离开这可亲又可恨、她受了很多苦的地方,离开她和没有爱情的丈夫过了半辈子、发生过一件件痛苦的往事的地方。因为切切实实感觉到格里高力的存在,她笑了,既不去想她花了什么样的代价才换得这样的幸福,也不去想将来的日子,尽管将来的日子还蒙在黑沉沉的烟雾里,就像远处那隐隐约约的大草原的地平线。

普罗霍尔无意中回头看了看,看见阿克西妮亚那冻得红肿了的嘴唇一动一动地在笑,他很烦恼地问道:

“哼,你龇什么牙呀? 简直成了新媳妇啦! 你从家里跑出来,还高兴呀?”

“你以为我不高兴吗?”阿克西妮亚响亮地回答说。

“这种事还高兴呢……你真是个傻娘们儿！还不知道这戏怎么收场呢，你别笑得太早了，把你的牙收起来吧。”

“我不会碰到更坏的事儿了。”

“我一看见你们就想吐……”普罗霍尔气嘟嘟地抽了马一鞭。

“那你就转过脸去，再把手指头杵到嘴里去。”阿克西妮亚笑嘻嘻地说。

“你又说傻话了！我能嘴里含着手指头一直跑到海边吗？真是好主意！”

“你不是想吐吗？”

“住嘴吧！你把你男人往哪儿搁？粘上野汉子就跟着跑！要是司捷潘现在回到村子里，那可怎么办？”

“听我说，普罗沙，你别管我们的事，”阿克西妮亚央告说，“要不然，你也不会有什么快活事儿。”

“我才不管你们的事儿呢，你们的事儿跟我有屁关系！我不能说说我的看法吗？我给你们赶爬犁，就只能跟马说说话儿吗？有这样的道理！休想，阿克西妮亚，你生气也好，不生气也好，反正该拿树条子结结实实地抽你，抽你还不叫你哭！说什么快活事儿吗，你别吓唬我，我身上就带着快活事儿。我的快活事儿很特别，唱也不叫人唱，睡也不叫人睡……喔，该死的东西！大耳朵鬼，你们老是想慢腾腾的！”

格里高力含笑听着，后来用调解的口气说：

“你们别慌着吵嘴吧。咱们的路还长着呢，以后吵嘴还来得及。普罗霍尔，你干吗跟她瞎缠？”

“我就是要跟她吵，”普罗霍尔恶狠狠地说，“因为她要跟我顶嘛。我现在认为，世界上再没有什么比女人更坏的！她们简直是得势的小人……老兄，上帝最坏的创造物就是女人！要是依着我，就把她们这些害人的恶鬼统统铲除掉，叫她们再也不能在人世上招摇！我现在简直对她们恨死啦！你笑什么呀？幸灾乐祸可没有什么好事儿！把缰绳给你，我要下去一会儿。”

普罗霍尔徒步行了很久，后来又上了爬犁，再也没有说话。

他们在卡耳根过夜。第二天早晨，吃过早饭就上路，到天黑时候，走了六十俄里。

大队大队的难民爬犁络绎不绝地向南拥去。格里高力他们离开维奥申乡越远，找住宿的地方越困难。在莫洛佐夫镇附近遇到第一批哥萨克队伍。骑兵一共有三四十人，辎重队的爬犁却一眼看不到头。很多村庄里的房子一到晚上就住得满满的，不仅找不到住宿的地方，连拴马的地方都找不到。来到一个塔甫里亚人的村子里,格里高力为了找房子住宿,白跑了老半天,最后只好在棚子里过夜。到夜里,在下雪时湿透了的衣服冻成了冰,皱了起来,一行一动都要嘎啦嘎啦响。格里高力、阿克西妮亚和普罗霍尔几乎一夜都没有睡,在天亮以前,在院子外面生起一堆火,身子才暖和过来。

第二天早晨,阿克西妮亚畏畏缩缩地提议说:

"格里沙,是不是在这儿住上一天?咱们挨了一夜冻,差不多一点儿觉也没有睡,是不是多少歇一歇?"

格里高力同意了。他好不容易找到一小块空地方。天一亮,辎重队就走了,但是有一支带着一百多名伤病员的随军医疗队也住下来休息了。

在一间小屋里,在肮脏的土地上睡了十来个哥萨克。普罗霍尔把车毯和装干粮的口袋拿进来,在门口铺了些麦秸,抓住一个睡得很死的老头子的腿,把他往一边拖了拖,用一种粗鲁的亲热口气说:

"躺下吧,阿克西妮亚,你折腾得都没有人样子啦。"

到夜里,这个村子里又住上许许多多人。整个一夜,一条条胡同里烧着火堆,人的说话声、马嘶声、爬犁的咯吱声一直没有断。天刚麻麻亮,格里高力就叫醒普罗霍尔,小声说:

"套上爬犁。该动身了。"

"干吗这么早?"普罗霍尔打着哈欠问。

"你听嘛。"

普罗霍尔从鞍垫上抬起头来,听到了远处低沉的隆隆炮声。

他们洗过脸,吃了点猪油,就从闹哄哄的村子里往外走。胡同里停着一排一排的爬犁,不少人来来回回地跑着,在朦胧的晨曦中有人沙哑地叫着:

"不行,你们自己把他们埋了吧!等我们掘好六个人的坟,就要到晌午啦!"

"那就该俺们来埋他们吗?"另一个人用平和的口气问道。

"恐怕,你们会埋的!"那个沙哑的嗓门儿叫道。"你们要是不愿意埋,就让他们躺在这儿,让他们在你们这儿发臭,我才不管呢!"

"您这是怎么啦,大夫先生?要是路过的人死了都叫俺们来埋,那俺们就别干别的事儿了。你们是不是还是自己来埋?"

"你这糊涂虫,去你妈的吧!你怎么,想叫我把医疗队丢给红军吗?"

格里高力一面赶着爬犁绕着满街的爬犁往前走,一面说:

"谁也不管死人啦……"

"这会儿连活人都顾不上了,谁还管死人?"普罗霍尔应声说。

顿河北部各乡的人都在往南逃。无数难民的爬犁跨过察里津—里哈亚铁路,朝马内契一带奔去。格里高力在路上走了一个星期,不断地打听鞑靼村人的消息,但是在他们经过的许多村庄里一直没见到鞑靼村人的影子;很可能,他们是从左面走,不走乌克兰人的村庄,走的是哥萨克村庄,朝奥布里夫镇方向去了。直到第十三天,格里高力才发现同村人的行踪。已经过了铁路线,他在一个村子里无意中听说,维奥申乡有一个害伤寒病的哥萨克躺在旁边一家的房子里。格里高力想去问问这个病人是哪一个村里的,一走进矮矮的茅草房,就看见躺在地上的奥布尼佐夫老汉。奥布尼佐夫老汉告诉他,鞑靼村的人是前天从这个村子里过去的,其中有很多人害了伤寒,有两个已经死在路上,他奥布尼佐夫是自己要求留在这儿的。

“要是我能好起来,要是红军同志开恩,不杀我的话,我不管怎样也要回家去,要不然会死在这儿的。死在哪儿都是一样,在外面也不比家里舒服……”老汉在和格里高力道别的时候这样说。

格里高力问了问父亲的健康情况,但是奥布尼佐夫说,他一点也不知道,因为他是在最后一架爬犁上的,离了马拉霍夫村以后,就没有看见过潘捷莱·普罗柯菲耶维奇了。

来到下一个住宿的地方,格里高力很走运:他走进第一家,要求借宿,就碰上几个上旗尔村的熟识的哥萨克。他们挤了挤,格里高力就在灶旁铺了一块地方。屋子里并排躺着十五个难民,其中有三个伤寒病人,有一个是冻伤的。几个哥萨克做好了小米猪油干饭,很热诚地请格里高力他们吃。普罗霍尔和格里高力有滋有味地吃起来,阿克西妮亚却不吃。

“你怎么,不饿吗?”普罗霍尔问道。近几天他不知不觉改变了对阿克西妮亚的态度,对她有点儿粗暴,但是非常关心。

“我有点儿恶心……”阿克西妮亚披上头巾,到院子里去了。

“她不是病了吧?”普罗霍尔朝格里高力问道。

“谁知道她是怎么回事儿。”格里高力放下饭碗,也来到院子里。

阿克西妮亚站在台阶旁边,一只手按着胸口。格里高力搂住她,很担心地问道:

“你怎么啦,阿克秀莎?”

“恶心,头也很疼。”

“咱们上屋里去,你躺一会儿吧。”

“你去吧,我一下子就来。”

她的声音低低的，一点劲儿也没有，动作软弱无力。等她走进烧得暖烘烘的屋子，格里高力用探询的目光看了看她，看见她的两腮烧得红红的，眼睛里的闪光也很不正常。他的心急得揪成了一团：阿克西妮亚显然是病了。他想起来，昨天她就说头晕，身上发冷，天快亮的时候还出过一身大汗，她那脖子上的发鬈儿都湿得像洗过澡一样，他在黎明时醒来后看到这种情形，眼睛盯着还在睡的阿克西妮亚看了很久，不愿意起来，免得惊醒她的好梦。

阿克西妮亚一直很要强地忍受着路上的困苦，她甚至还常常给普罗霍尔打气，因为普罗霍尔不止一次说："这算打的他妈的什么仗，是谁想出来的主意？走上一整天，到头来连个住的地方都没有，谁知道咱们充军要充到哪儿去。"但是这一天阿克西妮亚也支持不住了。夜里躺下来睡觉的时候，格里高力觉得她好像是在哭。

"你这是怎么啦？"他小声问道。"你哪儿难受？"

"我病啦……咱们现在怎么办呀？你要把我扔掉吧？"

"哼，你真浑蛋！我怎么会把你扔掉呢？别哭了，也许你是在路上受凉了，可是你就吓成了这样。"

"格里什卡，这是伤寒呀！"

"别瞎说了！一点都看不出来嘛；你的额头是凉的，也许，不是伤寒。"格里高力宽慰她说，但是在心里认定，阿克西妮亚害的是斑疹伤寒，并且在苦苦思索着，如果她病倒的话，究竟该把她怎么办。

"哎呀，这样走下去真够受呀！"阿克西妮亚靠在格里高力的身上，小声说。"你瞧，这样多的人挤在一块儿睡！虱子要把咱们吃掉啦，格里沙！我有时想看看自己身上，可是连块地方都找不到，到处是男人……我昨天走到棚子里去，脱了脱衣服，身上的虱子呀……天啊，我从来没见过这么多！我一想起来就恶心，什么也不想吃了……昨天你看见睡在大板凳上的那个老头子身上的虱子有多少吗？棉袄面子上都爬满啦！"

"你别想虱子啦，唠叨起他妈的虱子来啦！哼，虱子，虱子，当兵的时候是不数虱子的。"格里高力生气地小声说。

"我浑身都痒痒啊。"

"大家身上都痒痒，现在有什么办法呢？忍一忍吧。等咱们到了叶卡捷琳诺达尔，在那儿洗洗澡。"

"别想穿干净衣裳啦，"阿克西妮亚叹着气说，"咱们要叫虱子咬死啦，格里沙！"

“睡吧，明天还要起早赶路呢。”

格里高力老半天没有睡着。阿克西妮亚也没有睡。她用皮袄大襟蒙住头，哭了好几次，后来又翻腾了很久，不住地叹气，直到格里高力转过脸来抱住她，她才睡去。半夜里，格里高力被猛烈的敲门声惊醒了。有人拼命地敲门，大声吆喝：

“喂，开门！要不然我们砸门啦！该死的东西，都睡死啦！……”

房东是一个上了年纪的和善的哥萨克，他走到过道里，问：

“什么人？你们要干什么？要是想借宿，我们这儿可没有地方了，已经满满的了，连转身的地方都没有。”

“开门，少给我啰嗦！”院子里的人吆喝道。

把门开了以后，有五个武装的哥萨克冲进了堂屋。

“你家住的是什么人？”其中有一个冻成了铁青色的哥萨克，很费劲地张着冻僵了的嘴唇，问道。

“都是难民，你们是什么人？”

其中的一个，也不回答，径直走进上房，喊道：

“喂，你们这些家伙！睡得真舒服！马上给我滚出去！这儿要住军队啦。起来，起来！快点儿，要不然我们马上把你们轰出去！”

“你是什么人，干吗这样咋呼？”格里高力用睡得沙哑了的嗓门儿问道，并且慢慢站了起来。

“我叫你看看我是什么人！”一个哥萨克朝格里高力走来，他手里的手枪筒子在昏暗的煤油灯光下闪闪发光。

“你挺麻利嘛……”格里高力夸了他一句。“来，把你的小玩意儿给我吧！”他飞快地抓住这个哥萨克的手腕子，使劲一攥，攥得他哎呀了一声，松开手指头。手枪吧嗒一声落在车毯上。格里高力把他推开，急忙弯下腰，拾起手枪，放进口袋里，镇定地说：“现在咱们来谈谈吧。你是哪一部分的？像这样机灵的你们有多少？”

这个哥萨克半天才回过神来，喊道：

“弟兄们！快来呀！”

格里高力走到门口，站在门槛上，脊背靠着门框，说：

“我是顿河第十九团的中尉。住嘴！别叫啦！这是谁在那儿嚷嚷？好乡亲们，你们这是咋呼什么？你们要把谁轰出去？谁给你们这样的权力？哼，你们给我出去！”

“你嚷嚷什么?”一个哥萨克大声说。“什么样的中尉我们都见过！怎么,叫我们睡在院子里吗？快把屋子腾出来！我们有命令:把所有的难民都从屋子里赶出去。你们明白吗？哼,你倒咋呼起来了！像你这样的,我们见过!”

格里高力对直地走到说这话的人跟前,咬着牙,从牙缝里说：

“这样的你还没有见过。要不要把你这一个浑蛋变成两个？那我就来变变看！你别朝后退嘛！这不是我的手枪,这是缴的你们的。给你吧,你交给他,不过你们还是趁我还没有揍你们,快点儿滚出去,要不然我好好地收拾你们一顿!”格里高力轻轻推着他转过身去,把他推到门口。

“揍他一顿吗?”一个用驼毛风帽包着脸的强壮的哥萨克犹豫不决地问道。他站在格里高力背后,一面捯动着两只脚,捯动得两只缝了皮底的毡靴咯吱咯吱响着,一面仔细打量着格里高力。

格里高力朝他转过身来,已经忍不住攥起了拳头,但是这个哥萨克却举起一只手来,很和善地说：

“你听我说,大人,不知你贵姓,你别急,不要动手！我们就走,不和你吵。但是在如今这时候,你不要对哥萨克们太过分了。现在又像一九一七年那样,严重的时候到啦。你要是碰到一些不要命的家伙,他们不仅会叫你变成两个,说不定还会叫你变成五个！我们看出来,你是一个有胆量的军官,而且从你说话上看出来,你好像和我们哥儿们是一路人,那你的态度就放规矩点儿,免得自找麻烦……”

那个被格里高力缴了手枪的哥萨克气呼呼地说：

“你别给他唱赞美歌了！咱们上旁边一户人家去吧。”他头一个朝门口走去。他从格里高力面前经过的时候,侧眼看了看他,很遗憾地说:“军官先生,我们是不愿意和你缠,要不然早把你敲啦!”

格里高力轻蔑地撇了撇嘴,说：

“那你怎么不敲呢？趁我没有把你的裤子剥下来,滚吧,滚吧！还充好汉哩！可惜,把手枪还给你了,像你这样的笨家伙,真不配挎手枪,只能带带羊角梳子!”

“咱们走吧,弟兄们,别理他吧！不搅就不发臭气了!”有一个没有说过话的哥萨克温和地笑着说。

哥萨克们一面骂着,一面冬冬地踏着上了冻的靴子,一齐拥进了过道。格里高力厉声对房东吩咐说：

“再不许开门！他们敲一会儿就会走的,要是不走,你把我叫醒。”

旗尔河上游的哥萨克们都被吵醒了,小声议论起来。

“简直不成体统啦!”一个老头子很伤心地叹了一口气。“这些狗崽子,他们这是怎样和军官说话呀……这要是在旧时代还得了吗?那就得蹲监牢!”

“还不光是说话呢!你没看见,还想动手打呢?‘揍他一顿吗?’这是一个家伙说的,就是戴风帽、像棵没修过的杨树的那一个。这些家伙,都这样不顾死活啦!”

“格里高力·潘捷莱维奇,你怎么轻易饶了他们呢?”一个哥萨克问道。

格里高力盖上军大衣,带着和悦的笑容听着大家说话,这时候便回答说:

“拿他们怎么办呢?他们现在一点也不服管,谁也不服从啦;他们成群结伙地走,不要长官,谁能管得了他们,谁又是他们的头儿呢?谁狠些,谁就是他们的头儿。恐怕,他们的队伍里连一个军官都没有了。我见过这样一些根本就没有人管的军队!好啦,咱们睡觉吧。”

阿克西妮亚小声说:

“你干吗要和他们吵呀,格里沙!行行好,你别惹这些人吧!他们是些疯子嘛,会杀人的。”

“睡吧,睡吧,明天咱们还要起早呢。噢,你身上觉得怎么样?是不是轻快点儿了?”

“还是那样。”

“头疼吗?”

“疼。看样子,我起不来啦……”

格里高力用手摸了摸阿克西妮亚的额头,叹了一口气,说:

“你的头好烫啊,就好像火烧的。噢,不要紧,别害怕!你是个结实娘们儿嘛,会好的。”

阿克西妮亚没有做声。她很口渴,她到厨房里去了好几次,喝了一些很难喝的温水,然后克制着恶心和头晕,又在车毯上躺下来。

夜里又来过四起寻宿的人。他们用枪托子捣门,打开护窗,乒乒乓乓地敲窗子,直到房东按照格里高力的教导,一面骂,一面在过道里喊:“你们滚开!这儿驻的是旅部!”他们才走。

天麻麻亮,普罗霍尔和格里高力就套好了爬犁。阿克西妮亚好不容易穿好衣服,走了出来。太阳就要出山了。烟囱里一缕灰色的炊烟直指蓝天。天空高挂着一朵红云,下部已经被阳光照得亮闪闪的。篱笆上、棚子顶上落了一层很厚的霜。马身上冒着热气。

格里高力扶着阿克西妮亚上了爬犁,问道:

“你是不是躺下来？这样要舒服些。”

阿克西妮亚点头表示同意。格里高力很体贴地把她的两腿盖好，她默默地用感谢的眼神看了看他，就合上了眼睛。

到了晌午，来到离大道两俄里的新米海洛夫村喂马，这时候阿克西妮亚已经不能从爬犁上爬下来了。格里高力把她搀进屋里，让她躺在女房东很热心地腾出来的床上。

“你很难受吧，亲爱的？”他俯下身看着脸色煞白的阿克西妮亚，问道。

她好不容易睁开眼睛，用模糊的眼神看了看，就又陷入昏沉状态。格里高力用哆哆嗦嗦的手把她的头巾解下来。阿克西妮亚的两腮冰凉冰凉的，额头却火辣辣的，冒过汗的两鬓结了小小的冰锥。到黄昏时候，阿克西妮亚昏迷过去。在昏迷以前，她曾要求喝水，小声说：

“我就要凉水，雪水。”她沉默了一会儿，又清清楚楚地说：“把格里沙叫来。”

“我在这儿呢。你要什么，阿克秀莎？”格里高力抓住她的一只手，很别扭、很不好意思地抚摩着。

“别把我扔掉呀，格里什卡！”

“不会扔掉你。你这是从哪儿说起呀？”

“别把我扔在外乡外土呀……我会死在这儿的。”

普罗霍尔端了水来。阿克西妮亚急忙把烧裂了的嘴唇凑到铜茶缸沿儿上，喝了几口，又哼哼着把头落到枕头上。过了五分钟，她断断续续、含含糊糊地说起了胡话，坐在旁边的格里高力只听清了几个字：“要洗洗……弄点儿蓝靛来……还早呢……”她的含糊不清的说话声又变成小声耳语。普罗霍尔摇了摇头，用责备的口气说：

“我对你说过，别带着她走嘛！哼，现在咱们可怎么办？这一下子真够咱们饯啦！咱们在这儿过夜吗？怎么，你是聋子吗？我问你呢，咱们在这儿过夜，还是再往前走？”

格里高力一声也不响。他弯着腰坐在那儿，眼睛盯着阿克西妮亚那煞白的脸。女房东是一个热心和善良的娘们儿，她用眼睛瞟着阿克西妮亚，小声问普罗霍尔：

“是他的老婆吧？有孩子吗？”

“孩子也有，什么都有，我们就是没有好运气。”普罗霍尔嘟囔说。

格里高力走到院子里，坐到爬犁上，抽了老半天烟。阿克西妮亚必须留在这个村子里，如果再往前走，她非死不可。格里高力很明白这一点。他走进屋里，又坐在床前。

“怎么样，咱们住下来吗？”普罗霍尔问道。

“好吧。也许，明天咱们还不能走呢。”

过了一会儿，房东回来了。房东是一个小个头儿、瘦弱的汉子，一双眼睛滴溜溜的，显得十分狡诈。他用一条木腿（有一条腿从膝盖地方截去了）冬冬地捣着地面，一瘸一拐地很快走到桌子跟前，脱掉外衣，不怀好意地侧眼看了看普罗霍尔，问道：

“来客人了吗？打哪儿来的？”他不等回答，就吩咐妻子：“快给我弄点儿吃的，我饿死啦！”

他狼吞虎咽地吃了半天。他那滴溜溜的眼睛时常停在普罗霍尔身上，停在一动不动地躺着的阿克西妮亚身上。格里高力从上房里走出来，和房东打了个招呼。房东一声不响地点了个头，问道：

“你们是撤退吗？”

“是撤退。”

“仗打完了吗，大人？”

“差不多啦。”

“怎么，这是您的家眷吗？”房东用头朝阿克西妮亚点了点。

“是我的家眷。”

“你怎么让她睡在床上？咱们自个儿在哪儿睡？”他很不高兴地对老婆说。

“她有病呀，万尼亚，不管怎样也要照顾照顾她。”

“照顾照顾！他们这样的人可是太多了，照顾不了那么多！你们挤得我们没办法了，大人……”

格里高力把一只手放在胸前，用他从来不曾用过的央告口气，几乎是祈求的口气，对房东两口子说：

“善人啊！看在基督面上，请你们帮我渡渡难关吧。不能再带着她走啦，她会死的，请你们答应把她留下吧。我给你们钱，请你们照料，你们要多少都行，我一辈子也忘不了你们的恩情……行行好，别推辞吧！”

房东起初坚决不答应，说是没有工夫照料病人，而且也没有地方给病人住，可是后来，吃过饭以后，他说：

“自然嘛，谁也不愿意白照料病人。您能出多少看护费呢？我们辛辛苦苦，您给多少钱呢？”

格里高力把口袋里所有的钱全掏出来，交给房东。房东迟迟疑疑地接过一

沓顿河流通券,用手指头蘸着唾沫,把票子数了数,又问:

“您没有尼古拉票子吗?”

“没有。”

“也许有克伦斯基票子吧?这流通券太不可靠啦……”

“也没有克伦斯基票子。是不是把我的马给您留下?”

房东想了半天,后来踌躇不决地回答说:

“不。当然,我是想要马,我们干庄稼活儿,最要紧的是马,不过在如今这种时候,这不合适,反正不是白军,就是红军,早晚要抢走,轮不到我来使用。我只有一匹腿脚不行的骒马,就这样我还提心吊胆,生怕连这马都叫他们拉走呢。”他沉思了一会儿,又好像解释似的,补充说:“您千万别以为我是个贪心不足的人!大人,您倒是想想看:她也许要躺上一个月,也许还要长些,要给她端这个,拿那个,还要给她弄吃的,面包呀,牛奶呀,又是鸡蛋呀,肉呀,这都要钱啊,我说得对吗?还要给她洗衣服,洗身子,还有很多别的事情……我老婆管家务就够忙的了,可是还要伺候她。这种事儿不容易呀!您就别舍不得了,再给点儿什么吧。我是个残废人,您该看见,我少一条腿,我能挣什么钱,能干什么呀?我们只能靠天吃饭,过过穷日子……”

格里高力憋着一肚子火说:

“你这个善人啊,我不是舍不得呀。我所有的钱全给你了,我都没有钱过日子啦。你还要我给你什么呢?”

“您的钱就这么一点点儿吗?”房东不以为然地冷笑说。“照您的薪水来说,恐怕有好几口袋票子呢。”

“你说痛快的吧,”格里高力脸色煞白地说:“你愿意不愿意把病人留下?”

“不行,您既然这样会打算盘,我们就没法让她留下。”房东的口气中显然有气了。“再说,这事儿也容易出麻烦……军官太太嘛,街坊们知道了,麻烦着呢,以后红军紧跟着你们来了,一听说这事儿就要追查……不行,既然这样,您就把她弄走吧,也许街坊上会有人答应收留。”他带着非常舍不得的神情把钱还给格里高力,就掏出烟荷包,卷起烟来。

格里高力穿起军大衣,对普罗霍尔说:

“你看着她点儿,我去找地方。”

他已经抓住门把手,房东又把他叫住:

“等一等,大人,您干吗这样着急呀?您以为我不怜惜有病的女人吗?我还怜惜得很呢,再说,我也当过兵,我很敬重您的身份和地位。除了这些钱以外,您就不能再添点儿什么吗?”

这时候普罗霍尔忍不住了。他气得脸通红,大声吼了起来:

“你这个阴毒的瘸鬼,还要给你添什么?! 给你添两棍子,把你那条腿也敲断! 格里高力·潘捷莱维奇! 你让我把这个狗东西狠狠揍上一顿,然后咱们拉着阿克西妮亚就走,这王八羔子,日他妈的八辈子祖宗! ……”

房东听完了普罗霍尔气呼呼说的一番话,没有插一句;到末了,他才说:

“老总,您是白骂我! 这是讲交情的事儿,咱们用不着骂,也用不着吵。哼,你这人啊,干吗要对我这样呀? 你以为我说的是钱吗? 我说的才不是添钱呢! 我是说,你们也许有什么多余的武器,比如说,步枪啦,或者用不着的手枪啦……你们有没有这些东西,反正都一样,可是对于我们来说,在这种时候,这玩意儿比什么都要紧。要护家一定要有武器! 我说的就是这个! 你们把刚才给我的钱还给我,另外再添一条步枪,咱们就一言为定,你们就把病人留下来,我们就来照应她,一定要像照应亲姐妹一样,可以向你们起誓!”

格里高力看了看普罗霍尔,小声说:

“把我的步枪和子弹都给他,然后你就去套爬犁。就让阿克西妮亚留下吧……我就听天由命好啦,但是我不能拉着她去送死!”

二十七

日子更加沉闷无味了。把阿克西妮亚留下以后,格里高力一下子就对周围的一切失去了兴趣。每天早晨坐上爬犁,在无边无际、大雪覆盖的草原上跑上一天,到晚上一找到住宿的地方,就躺下睡觉。就这样一天一天地过去。格里高力对于渐渐南移的战事不闻不问。他明白,真正的、重大的抵抗已经没有了,大多数哥萨克已经失去保卫乡土的斗志,从各方面来看,白军已经走上穷途末路,在顿河上守不住,到库班就更守不住了……

战争快要结束了。形势急转直下。成千上万的库班哥萨克抛弃阵地,纷纷回家。顿河哥萨克已经被打垮。志愿军因为连续作战和伤寒肆虐,亏损很大,减少了四分之三的兵员,已经无力单独抵挡所向披靡的红军的进攻。

难民们纷纷传说,在库班地区,因为邓尼金将军残酷地杀害库班"拉达"的一些委员,不满情绪日益增长。据说,库班地区正准备发动起来打志愿军,而且好像已经在和红军的代表进行谈判,打算让苏维埃军队一枪不发地开进高加索。有些人还凿凿有据地说,在库班和捷列克的一些乡里,就像仇视志愿军一样仇视顿河哥萨克,好像在考林诺夫镇一带,顿河的一个师和库班步兵已经打过一次大仗。

格里高力常常留心听别人说话,越来越相信白军彻底失败是不可避免的了。不过有时他还抱着一种模模糊糊的希望,认为零散、溃乱、互相为敌的白军队伍在危险关头会联合起来,可以抵挡和打垮乘胜前进的红军部队。但是在罗斯托夫失陷以后,他连这一希望也失掉了;又听说在巴泰斯克附近一场鏖战之后,红军已经开始退却,但是他已经不相信了。他因为无事可干,非常苦闷,想要参加一支部队,但是等他把这个意思向普罗霍尔一说,普罗霍尔却表示坚决反对。

"格里高力·潘捷莱维奇,看样子,你简直疯啦!"他愤恨地说。"咱们为什么他妈的要往这种窟窿里钻呀?你该看到,事情已经没办法了,咱们干吗要白白地去送死?你是不是以为,咱们两个就能救他们的命呢?趁着没有人碰咱们,没有逼着咱们参加部队,咱们应该赶快跑远点儿,免得遭殃,可是你却说起这种鬼话!不行,咱们还是老老实实,像老头子们那样逃难吧。咱们打仗打了五年,已经打够了,现在让别人去试试吧!我搞上淋病,就为了再上战场吗?算了吧!我才不干呢!这种仗我打够了,到现在我一想起来就恶心!你想去就去吧,我可是不去。那我就上医院去,我够啦!"

格里高力老半天没有做声,后来说:

"就依你的吧。咱们上库班去,到那儿再说。"

普罗霍尔照旧自行其事:他到每一个大村镇里都要去找医生,拿些药面或者药水回来,但是并不真正热心来治自己的病;格里高力问他,为什么只吃一包药面,而把其余的都踩到雪里故意糟蹋掉,他就回答说,他不想治好,只想减轻一下病情,因为这样,在军医复查的时候,他就可以很容易避免被送到部队里去。在大公镇上,有一个害过淋病的哥萨克告诉他,可以用鸭掌熬汤来治疗。从这时候起,普罗霍尔每来到一个村镇,一见人就问:"请问,你们这儿有鸭子吗?"等到大惑不解的当地人摇摇头，说因为附近没有水，养鸭子也无利可图，所以没有鸭子的时候，普罗霍尔就非常轻蔑地咬着牙说："你们这儿住的简直不是人！恐怕你们出娘胎以来就没有听见过鸭子叫！全是土包子！"然后他带着难受而遗憾的神情对格里高力说："咱们真倒霉！没有一样顺心的事儿！比如说，要是他们这儿有鸭子，那就可以买一只，花多少钱都舍得，或者偷一只也行，那我的病就会好起来，可是现在我的病却越来越厉害了！起初不过是开开玩笑，只是在路上不能打盹儿，可是现在，这该死的病，简直成了刑罚了！在爬犁上坐都坐不住！"

普罗霍尔得不到格里高力的同情，就老半天不做声，有时候走上几个钟头，一句话都不说，眉头皱得紧紧的。

格里高力觉得，路上的日子长得使人难受，漫长的冬夜更是分外长。他有足够的时间思索目前的事和回顾往事。他把自己这变幻莫测、不如人意的一生中已经度过的岁月一一回想了很久。他坐在爬犁上，用模糊的目光望着千里雪封的死寂的草原，或者在夜里，闭着眼睛、咬着牙躺在气闷的、挤满了人的小屋里，他总要想到，病倒的、昏迷不醒的阿克西妮亚还留在偏僻的小村子里，家里人还留在鞑靼村……在顿河那里已经建立起苏维埃政权，所以格里高力常常怀着担心和忧虑的心情问自己："他们会因为我的事来折磨妈妈和杜尼娅吗？"他马上又安慰起自己，想起自己在路上不止一次听说，红军经过的地方都很安宁，他们对待占领地区的老百姓都很好。他的担心渐渐消失了，他觉得原来那种担心老母亲会因为他的事遭殃的想法是不对头的、荒谬的、毫无根据的了。他一想起孩子们，心里就难过一阵子；他害怕家里人看护不好，孩子们会害伤寒，同时，因为他十分爱孩子，他觉得再没有什么不幸的事比娜塔莉亚的死更使他伤心的了……

在萨尔斯克的一个过冬地区里，他和普罗霍尔决定让马休息休息，在这里住了四天。在这几天里他们不止一次谈起下一步怎么办。在来到过冬地区的第一天，普罗霍尔就问：

"咱们的队伍要在库班坚守阵地呢，还是要退到高加索去？你以为怎样？"

"我不知道。你还管这些干什么？"

"瞧你说的！我怎么能不管呢？这样不是要把咱们撵到伊斯兰教的土地上，到土耳其去，到那儿去受罪吗？"

"你别把我当做邓尼金，你别问我把咱们撵到哪儿去。"格里高力不高兴地回答说。

"因为我听说，好像在库班河上又要打防御战了，到春天就可以回家了，所以我才问你。"

“谁来打防御战呢?”格里高力冷笑道。

“当然是哥萨克和士官生嘛,除此以外还有谁?”

“净说傻话!你疯啦,没看见四周围的情形吗?大家都想跑快点儿,谁还来打防御战?”

“唉,伙计,我也看出来了,咱们的事糟透啦,不过我总是有点儿不大相信……”普罗霍尔叹了一口气。“比如说,如果一旦有心要泅水或者像虾子一样爬到外国去,你怎么样?去吗?”

“你呢?”

“我是这样:你上哪儿,我就上哪儿。如果大家都走的话,我也不会一个人留下。”

“我也是这样想。既然咱们已经加入了羊群,那就要跟着公羊跑……”

“公羊有时候他妈的瞎跑呀……算啦,你别说俏皮话了!你说正经的吧!”

“你别钉着问了!到时候再看吧。咱们怎么能未卜先知呢?”

“哼,算了!我再也不问你什么了。”普罗霍尔答应说。

但是到第二天,他们去喂马的时候,普罗霍尔又谈起原来的话题。

“你听说绿军①了吗?”普罗霍尔装做好像是仔细看着三齿叉的把儿,小心翼翼地问。

“听说了,怎么样?”

“怎么又出了这样一种绿军?他们是拥护谁的?”

“他们拥护红军。”

“干吗他们要叫绿军呢?”

“谁他妈的知道呢,也许因为他们躲在树林子里,所以叫绿军。”

“咱们是不是可以参加绿军呢?”普罗霍尔想了半天之后,很不大胆地提议说。

“我不想参加。”

“除了绿军以外,还有没有一种军队,能够叫我快点儿回家呢?不管是绿的,蓝的,或者是什么蛋黄色的,我都他妈的一样,只要他们反对打仗,能够把当兵的放回家去,什么颜色的我都拥护……”

“耐心等等吧,也许会出这样的军队。”格里高力劝他说。

---

① 白军把南方的红军游击队叫做“绿军”。

一月底，在一个雾蒙蒙的融雪的中午，格里高力和普罗霍尔来到白土村。一万五千难民拥挤在这个村子里，其中有一大半是害斑疹伤寒的。许多穿着短短的英国军大衣、皮袄和棉袄的哥萨克在大街上走来走去，找住处和找马料，还有许多骑马人和爬犁在大街上奔跑着。有几十匹瘦马停在一些人家的马槽边，无精打采地嚼着干草；大街小巷到处都是扔掉的爬犁、大车和弹药箱。在从一条街上路过的时候，普罗霍尔仔细打量打量了拴在栅栏上的一匹高大的枣红马，就说：

"这是干亲家安得列的马嘛！大概，咱们村里的人也在这儿。"他连忙从爬犁上跳下来，进屋里去打听。

过了几分钟，普罗霍尔的干亲和邻居安得列·托波里斯柯夫披着军大衣，从屋子里走了出来。他由普罗霍尔领着，很庄重地走到爬犁跟前，把一只带着马汗气味的黑糊糊的手伸给格里高力。

"你是和村里的人一块儿走的吗？"格里高力问道。

"一块儿受罪。"

"噢，路上怎么样？"

"路上就不用提啦……每到一处地方都要丢下些人和马……"

"我家老头子还结实吧？"

托波里斯柯夫不看格里高力，看着别处，叹了一口气，说：

"不幸啊，格里高力·潘捷莱维奇，很不幸呀……祭奠祭奠令尊吧，昨天晚上他归天啦，去世啦……"

"已经埋了吗？"格里高力脸色煞白，问道。

"我说不上来，今天我还没有上那儿去过。咱们去吧，我指给你们地方……亲家，往右拐弯，拐过去右手第四家。"

普罗霍尔赶着爬犁来到一座高大的铁顶房子跟前，在栅栏外面把马勒住，但是托波里斯柯夫叫他把爬犁赶进院子。

"这儿也很挤，有二十来个人，但是你们马马虎虎还能住得下。"他说过这话，就跳下爬犁，去开大门。

格里高力头一个走进烧得热烘烘的屋子。很多熟识的同村人或躺或坐地挤在地板上。有人在修靴子或马套，有三个人坐在饭桌上吃粥，其中有一个是别司贺列布诺夫老汉，他是和潘捷莱·普罗柯菲耶维奇同坐一架爬犁的。哥萨克们一看见格里高力都站起来，齐声回答他的简短的问候。

"我爹在哪儿？"格里高力摘下帽子，一面在屋子里到处打量着，一面问道。

“我们不幸啊……潘捷莱·普罗柯菲耶维奇已经去世啦。”别司贺列布诺夫老汉回答过,用棉袄袖子擦了擦嘴,放下调羹,画了一个十字。“昨天晚上咽气的,愿他在天堂安息。”

“我知道。已经埋了吗?”

“还没有。我们打算今天埋他,现在他还在这儿,我们把他抬进了一间冷屋子。你上这儿来吧。”别司贺列布诺夫老汉推开旁边一间屋子的门,好像请求原谅似的,说:“大家都不愿意和死人睡在一间屋子里,气味太难闻了,再说,他停在这儿也好些……这儿没有生火。”

在宽敞的上房里有一股很浓烈的大麻籽气味和老鼠屎气味。屋角堆满了谷子和大麻籽;大板凳上放着盛面粉和盛油的木桶。潘捷莱·普罗柯菲耶维奇躺在屋子当中一张车毯上。格里高力把别司贺列布诺夫老汉往旁边一推,走进屋里,在父亲旁边站了下来。

“他病了两个星期啦,”别司贺列布诺夫老汉小声说,“在梅契特卡他就害上伤寒啦。没想到你爹却在这儿升天……咱们的命就是这样啊……”

格里高力俯下身去,看着父亲。父亲的脸害病害得变了样子,简直不像原来的样子了,很难认出了。潘捷莱·普罗柯菲耶维奇那干瘪下去的苍白的两腮上长满了白色的毛楂子,小胡子耷拉在凹进去的嘴上,眼睛半闭着,像玻璃球一样的蓝眼白已经失去了生气和光彩。老人家那耷拉着的下巴上缠着一条红围巾,那拳曲的灰白色长胡子经红围巾一衬,更显得像银子一样白了。

格里高力跪了下来,想最后一次仔细看看和记住父亲的脸,但是因为害怕和厌恶不由地哆嗦了一下:虱子在潘捷莱·普罗柯菲耶维奇那像蜡一样的苍白的脸上乱爬,眼窝里和脸上的皱纹里都爬满了虱子。虱子就像一块会活动的纱布似的把脸盖住,在胡子里乱钻,在眉毛里乱咕哝,蓝棉袄的硬领子爬满了灰灰的一层……

* * *

格里高力和两个哥萨克用铁钎子在冻得像铁一样硬的黄土地上挖了一个坟坑,普罗霍尔用木板马马虎虎钉了一口棺材。太阳落山的时候,就把潘捷莱·普罗柯菲耶维奇抬去,埋在异乡斯塔夫罗波尔的土地上了。过一个钟头,村子里已经掌灯的时候,格里高力就离了白土村,朝新波柯洛夫镇方向走去。

来到柯林诺夫镇上,他觉得身上不舒服。普罗霍尔找了老半天医生,总算找

到一个喝得半醉的军医,好不容易说服了他,把他领到住的地方来。医生没有脱军大衣,给格里高力看了看,摸了摸脉,就断定说:

"这是回归伤寒。中尉先生,我劝您别再走了,要不然您会死在路上的。"

"等着红军来吗?"格里高力似笑非笑地笑了笑。

"噢,恐怕红军还远着呢。"

"早晚要来的……"

"这我相信。但您最好还是留下来。在两种灾难当中,我看还是留下来好,因为这样危险性小一些。"

"不行,我无论如何也要走。"格里高力毅然决然地说过这话,就穿起军便服。"您能给我些药吗?"

"您走就走吧,这是您的事。我应该把意见告诉您,可是听不听就由您了。至于说药吗,那最好的药还是休息和护理;我本来也可以给您开点儿什么药,可是药房也撤走了,我那里除了麻药、碘酒和酒精,什么也没有。"

"给我点儿酒精也好!"

"我可以给。您在路上反正是要死的,所以酒精一点用处也没有。让您的护兵跟我去吧,我给您一千克酒精,我好说话……"军医行了一个军礼,摇摇晃晃地走了出去。

普罗霍尔把酒精拿了来,不知从哪儿弄来一辆双套大车,把马套上去,走进屋里来,带着很不痛快的讥诮口气报告说:

"大人,轿车预备好啦!"

日子更加痛苦难熬了。

性急的南方的春天渐渐从山前地带来到库班。大平原上的雪迅速地融化,露出一片片黑油油的土地,一道道的融雪水像银铃一样哗啦哗啦淌着,道路上出现了一个个的水洼儿,蔚蓝色的远方已经泛出春日的光辉,辽阔的库班天空显得更高、更蓝、更温暖了。

过了两天,冬小麦就见到太阳了,田野上冒起白色的雾气。马匹已经是在化净了雪的道路上噗唧噗唧地蹚着没距毛深的烂泥走了,四条腿常常陷在泥洼里,脊背使劲弓着,浑身直冒汗气。普罗霍尔细心地把马尾巴缠起来,常常从车上跳下车,非常吃力地蹚着烂泥,在车旁边走,嘴里嘟哝着:

"这不是泥,说实在的,这是粘胶!马身上的汗始终就没有干过。"

格里高力躺在车上,瑟瑟缩缩地裹在皮袄里,一声也不响。但是普罗霍尔没有人说话,实在太闷了;他有时捅捅格里高力的腿或者拉拉他的袖子,说:

"这泥真稠呀！你下来试试看！偏偏要生病！"

"滚你的吧！"格里高力用极其微弱的声音说。

普罗霍尔不管遇到什么人，都要问：

"再往前去，泥还要稠些呢，还是和这儿一样？"

很多人都笑哈哈地拿他开开玩笑，算是回答，但是普罗霍尔也就满意了，因为总算有人和他说话了；有时候他一声不响地往前走，时不时地勒住马，擦一擦自己那棕色额头上的老大的汗珠子。有时有骑马的人从后面追上他们，普罗霍尔忍不住，把骑马的人拦住，问候一声，就问他们上哪儿去，是什么地方人，最后他说：

"你们别走啦。再往前不能走啦。为什么吗？因为迎面来的人都说，前面的泥太深啦，能抵到马肚子，大车轮子都不能转悠啦，小个儿的步行人简直就能掉到泥里淹死。我不是胡说，秃尾巴狗才胡说呢！我们为什么走吗？我们不走不行啊，我拉的是一位有病的大主教，他怎么都不能跟红军住在一块儿呀……"

大多数骑马的人都毫无恶意地对普罗霍尔骂上几句，就继续往前走，也有人临走时对他仔细看上两眼，说：

"顿河上的傻蛋们也跑啦？你们乡里的人都像你这样吗？"

或者说一些类似的话，都是一些挖苦人的话。只有一个离了群的库班人，因为普罗霍尔拦住他说瞎话，当真生起气来，拿起鞭子劈头就朝普罗霍尔打来，但是普罗霍尔十分麻利地跳到大车上，从车毯底下抽出卡宾枪，架到膝盖上。库班人骂着娘走开了，普罗霍尔却可着嗓门儿哈哈大笑着，在他背后高声喊道：

"你这不是在察里津跟前，可以往玉米地里钻啦！人渣子，溜啦！喂，回来，孬种！还想打人呢？把你那长袍子掖一掖吧，要不然掉到泥里去啦！还扎煞翅膀呢，饭桶！不顶打的玩意儿！我没有鸟子弹啦，要不然我给你一家伙！把鞭子扔了吧，听见没有?!"

普罗霍尔因为烦闷和无聊发了昏，就拼命想法子消遣。

可是格里高力从开始生病的那一天起，就好像是在梦里一样。有时候昏迷过去，随后又清醒过来。有一会儿，他昏迷了很久以后苏醒过来，普罗霍尔俯下身去看了看他。

"你还活着吗？"普罗霍尔很关切地望着格里高力的无神的眼睛，问道。

他们的头顶上是明亮的太阳。一只只黑翅膀的大雁，时而排成圆阵，时而排成黑丝绒般的人字形，嘎嘎叫着在蓝湛湛的天上飞过。晒热了的土地和草芽儿散发着醉人的气息。格里高力频频地喘着气，贪婪地吸着清爽的春天的空气。

他勉勉强强能听见普罗霍尔的声音,而且周围的一切都显得缥缥缈缈,显得出奇的小,出奇的遥远。后面响着隆隆的炮声,因为离得很远,炮声很低沉。不远处有铁车轮子均匀而有节奏地响着,有马嘶声和打响鼻的声音,有人的说话声;还有浓烈的烤面包气味、干草气味、马汗气味。这一切进入格里高力的模糊的意识里,都好像是来自另一个世界。他使足劲儿听了听普罗霍尔的说话声,好不容易才明白了,普罗霍尔是在问他:

"你要喝牛奶吗?"

格里高力微微动了动舌头,舔了舔烧裂了的嘴唇,就觉得有一种很稠的、带着一股很熟悉的淡淡的味儿的凉汁儿在往他的嘴里流。他喝了几口以后,就咬紧了牙齿。普罗霍尔把军用水壶的口塞好,又俯到格里高力身上,格里高力不是听到,而是从普罗霍尔那被风吹干了的嘴唇的动作上,猜出了普罗霍尔问他的话:

"是不是把你留在镇上呢?你很难受吧?"

格里高力的脸上露出痛苦和担心的神情;他又一次鼓了鼓劲儿,小声说:

"只要我没死……就带我走……"

他从普罗霍尔脸上的表情猜出来,普罗霍尔听见他的话了,于是他放心地闭上眼睛,就像要轻松一下似的,渐渐失去知觉,进入黑沉沉的昏迷状态,离开这闹嚷嚷、乱哄哄的世界……

二十八

直到阿宾镇,这一路上格里高力只记得一件事:在一个黑漆漆的夜里,他被一阵猛烈的、刺骨的寒气冻得清醒过来。大路上有好几排大车行进着。从说话的声音和连续不断的、低沉的车轮声来判断,大车是很多的。格里高力的这辆大车在许多车辆的中间。两匹马一步一步地走着。普罗霍尔吧咂着嘴唇,有时用伤风的嗓子吆喝两声:“喔,喔,伙计!”并且抽上两鞭。格里高力听到皮鞭尖尖的啸声,感觉到车轮子猛地一动,马用劲拉直了套绳,车子走得快些了,有时候辕杆的顶头会碰到前面的车的后挡板上。

格里高力很费劲儿地把皮袄大襟往身上拉了拉,仰面躺着。在黑糊糊的天上,风吹着一团团的云彩往南飘去。难得有一颗孤零零的星,在小小的云彩缝儿里露一下面,放射一点儿黄黄的亮光,然后草原上又是漆黑一团。风吹得电线很凄凉地叫着,稀稀的、像小珠子一样的小雨从天空落下,洒在大地上。

一队骑兵从道路的右边走过来。格里高力听见早就熟悉的哥萨克装备的那种和谐的、有节奏的丁当声,听见许许多多马蹄踩在烂泥里那种低沉的、也很和谐的噗唧声。过去了至少有两个连,可是马蹄声还在响着;大概,从路边开过的是一个团。忽然在前面,在寂静的草原上,有一个领唱的雄壮而粗犷的声音像鸟一样腾空飞起:

嗨,弟兄们,当年在卡马河上,
在萨拉托夫那美好的原野上……

于是,好儿百个声音声势浩大地唱起了这支哥萨克古歌,而高出一切声音的是唱衬腔的男高音,那声音格外有力,格外好听。那个嘹亮而震撼人心的男高音压倒许多渐渐低下去的低音,还在黑暗中颤动着,那个领唱的声音又唱下去:

那儿住着自由的人——哥萨克,
有顿河的、格列宾的,还有亚伊克的……

格里高力的胸中好像有什么东西碎了……他忽然想大哭一场,憋得他浑身直哆嗦,喉咙抽搐起来。他吞着眼泪,急切地等待着领唱的人再唱下去,并且他也不出声地跟着领唱的人唱起他从小就熟悉的歌儿:

他们的头领是叶尔马克·季莫菲耶维奇,
他们的大尉是阿司塔什卡·拉甫连济耶维奇……

一唱起歌来,一辆辆大车上哥萨克说话的声音一下子就停了,赶马的声音也听不见了，上千的车辆在没有杂声的一片静默中前进着；在领唱的人很带劲儿地唱出起头的句子的时候，只能听见车轮的咯吱声和马蹄踩在烂泥里的噗唧声。黑沉沉的草原上，只有这一支经历了几百年的古歌回荡着了。这支歌用朴素无华的词句歌唱了当年英勇抗击沙皇军队的自由哥萨克的祖先；歌唱他们乘着轻捷的贼船在顿河和伏尔加河上活动；歌唱他们抢劫沙皇的鹰船，袭击商人、贵族和将军，远征西伯利亚……这些在反对俄罗斯人民的不光彩的战争中被打垮了、正在败退的自由哥萨克的后代子孙们，在一片伤心的沉默中倾听着这支雄壮的古歌……

一团人开过去了。唱歌的人走到大车队前面，走远了。但是大车队又在沉醉的静默中走了很久，既听不到大车上的说话声，又听不到吆喝疲乏的马的声音。而歌声又从黑暗的远处传来，歌声雄浑开阔，就像春汛时候的顿河。

他们只有一个共同的思想：
等过了夏天，暖和的夏天，
就是冬天，弟兄们，寒冷的冬天。
咱们怎样过冬，过冬到什么地方？
要上亚伊克去，路又太长，
要在伏尔加河上游荡，又脱不掉贼名，
要上喀山城里去，那儿又有沙皇，
伊凡·瓦西里耶维奇可是个残暴的君王……

很多唱歌的声音已经听不见了，然而那一个唱衬腔的声音还响着，忽而低下去，忽而又高起来。大家依然聚精会神、闷闷不语地听着。

……格里高力还模模糊糊地记得：他在一间暖和的屋子里清醒过来，他没有睁眼睛，浑身感觉到有一种穿上干净睡衣的舒服滋味，还有一股酸涩的药味冲进他的鼻子。起初他以为是住在军医院里，但是从旁边的房间里传来毫不拘束的男子汉的哈哈大笑声、碗碟丁当声，还有醉醺醺的说话声。有一个熟悉的粗嗓门儿说：

"……你这笨蛋！应该打听打听咱们的队伍在哪儿，我们也可以帮帮忙啊。来，喝吧，你他妈的干吗要噘着嘴？！"

普罗霍尔用醉醺醺的哭腔回答说：

"我的天呀，我怎么能知道呢？你们以为我伺候他很容易吗？要把东西嚼烂了,像喂小孩子一样喂他,牛奶要一口一口地灌,真的呀!我把面包嚼烂了,再往他嘴里填,真的嘛!还要用刀尖把牙齿撬开……有一回我往他嘴里灌牛奶,他呛了一下,差点儿没憋死……你们想想有多难呀!"

"昨天给他洗过澡吗?"

"澡也洗过啦,还用推子给他理了理发,买牛奶把钱也花完啦……我可不是心疼钱,钱他妈的算个屁!可是嚼了又用手喂他,这容易吗?你以为这简单吗?你别说这简单,要不然我揍你,我才不管你的官儿有多大呢!"

普罗霍尔,哈尔兰皮·叶尔马柯夫,灰羊羔皮帽戴在后脑勺上、脸红得像萝卜一样的彼特罗·包加推廖夫,普拉东·里亚布契柯夫和另外两个不熟识的哥萨克一同走进屋来看格里高力。

"他睁开眼睛啦!!!"叶尔马柯夫一面摇摇晃晃地朝格里高力走着,一面发狂地叫了起来。

豪放而乐观的普拉东·里亚布契柯夫摇晃着酒瓶,又是哭,又是喊叫:

"格里沙!我的好伙计呀!你该记得,咱们在旗尔河上玩得多快活呀!那时候的仗打得多漂亮呀?咱们的威风哪儿去啦?将军们把咱们搞成什么样子啦?把咱们的军队搞成什么样子啦?日他们的娘,日他们的奶奶!你又活了吗?来,喝吧,你马上就会好起来的!这是纯粹的酒精!"

"好不容易找到你呀!"叶尔马柯夫闪烁着黑黑的小眼睛,非常高兴地嘟哝说。他沉甸甸地坐到格里高力的床上,压得床朝下弯了弯。

"咱们这是在哪儿?"格里高力吃力地转悠着眼睛,打量着哥萨克们的熟识的脸,用极其微弱的声音问道。

"咱们把叶卡捷琳诺达尔占领啦!很快就要往前推进啦!喝吧!格里高力·潘捷莱维奇!我们的好伙计!起来吧,我看不惯你躺在这儿!"里亚布契柯夫趴到格里高力的腿上,但是一声不响地笑着而且看样子比大家都清醒些的包加推廖夫抓住他的腰带,把他轻轻提起,小心地放到地上。

"把他的瓶子拿过来!酒都要洒完了!"叶尔马柯夫担心地喊道,并且带着满脸醉汉的笑容对格里高力说:"你知道,我们为什么大喝吗?因为不痛快呀,哥萨克在外乡外地过起日子来啦……我们砸了一个酒库,免得落到红军手里……那儿的酒好多呀……做梦也梦不到这样的好事儿!大家用步枪打酒罐,打了很多窟窿,酒精就哗啦哗啦地往外流。把酒罐打得像蜂窝一样,每个人都站在一个窟窿旁边,接起酒来,有的用帽子,有的用水桶,有的用水壶,还有一些人干脆就用手捧着喝起来……把两个看守酒库的志愿军给劈死了,嘿,这一下子行了,热闹了！我亲眼看见一个哥萨克爬到酒罐上面，想用饮马水桶直接从上面汲一桶，一不小心掉下去就淹死了。洋灰地上淌的酒精一下子就没到膝盖，大家就蹚着酒精走，很多人弯下腰去干脆就在脚底下喝，就像马在河里喝水那样，有的人当场就醉倒了……又好笑，又造孽！有些人醉得简直都要死啦。我们也在那儿捞了一把。我们也不要多：弄了五桶，就够啦。喝吧，好伙计！反正静静的顿河要完蛋啦！普拉东在那儿差点儿没有淹死。很多人把他撞倒在地上，拿脚踩他，他呛了两次，眼看就要完了。我费了好大的劲儿才把他从那儿拖出来……"

他们这几个人身上都带着很浓烈的酒精气味、大葱气味、黄烟气味。格里高力觉得有点儿恶心和头晕，就带着很勉强的微笑，闭上了眼睛。

他在叶卡捷琳诺达尔住了一个星期，住在包加推廖夫熟识的一位医生家里，慢慢调理着病后的身体，后来，正如普罗霍尔说的，"修理好了"，于是格里高力自从撤退以来在阿宾镇第一次骑上了马。

* * *

诺沃罗西斯克的人正在撤退。一艘艘轮船载着俄罗斯的富商、地主、将军和政界要人的家眷往土耳其开去。码头上日日夜夜都在装船。士官生干起了装卸队，不停地把军用物资和那些逃难的要人的箱子、行囊往船舱里装。

志愿军的队伍跑到了顿河人和库班人前头，首先到达诺沃罗西斯克，已经开始上轮船了。志愿军司令部为了预防万一，已经搬到开进港来的英国主力舰"印度皇帝号"上。唐涅里纳亚附近在进行战斗。成千上万的难民塞满了诺沃罗西斯克的街道。军队不断地开来。一个个码头上都拥挤得无法形容。几千匹被扔掉的战马一群一群地在周围的石灰岩山坡上乱跑。在靠近码头的一些街道上，哥萨克们的马鞍、武器和军用物资堆得和山一样。这些东西已经没有人要了。城里到处传说着，轮船要专门运送志愿军，顿河人和库班人只能用行军的方式上格鲁吉亚去。

三月二十五日早晨，格里高力和普拉东·里亚布契柯夫到码头上去打听，顿河第二军的队伍是不是要上船，因为前一天哥萨克们传说着，好像邓尼金将军下了命令：把所有还保留着武器和马匹的顿河人都运送到克里米亚去。

码头上挤满了萨尔斯克州的加尔梅克人。他们从马内契和萨尔赶来一群一群的马和骆驼，把他们的小木屋也拖到了海边来。格里高力和里亚布契柯夫在人群里闻够了淡淡的羊油气味，来到停在码头上的一艘大轮船的跳板跟前。跳板由马尔科夫师一支加强的军官守卫队把守着。旁边拥挤着许多顿河哥萨克炮兵,等着上船。船尾有几门大炮,都用绿帆布盖着。格里高力好不容易挤到前面,向一个挺神气的黑胡子司务长问道:

“这是哪一个炮兵连,乡亲?”

司务长侧眼看了看格里高力,很勉强地回答说:

“第三十六炮兵连。”

“是卡耳根的炮兵连吗?”

“就是的。”

“谁在这儿指挥上船?”

“那位上校,就是站在栏杆旁边那一位。”

里亚布契柯夫拉了拉格里高力的袖子,恨恨地说:

“咱们走吧,让他们见鬼去吧!这会儿找他们管什么劲?打仗的时候,用得着咱们,现在他们觉得咱们一点用处也没有啦……”

司务长笑了笑,朝着排好了队的炮兵们挤挤眼睛,说:

“你们这些炮兵真走运呀!连军官先生们都上不了船呢。”

那位指挥上船的上校在跳板上很迅速地走着;一位穿着敞怀的贵重皮袄的秃头文官,跌跌撞撞地跟在他后面跑着。那文官像做祷告一样把海狗皮帽子按在胸前,不知在说着什么,他那汗津津的脸上和近视的眼睛里都露出死乞白赖的哀求神情,所以上校发起火来,一再地躲他,粗暴地吆喝道:

“我已经一再地对您说过啦!别缠了,要不然我叫人把您押到岸上去!您疯啦!您那些破烂玩意儿叫我们他妈的往哪儿放啊?您怎么,瞎了吗?没看见这儿是什么情形吗?唉,您就滚远点儿吧!请您快走吧,行行好,您就是找邓尼金将军来也不行!我说不行,就是不行,您不懂俄国话吗?!”

他为了躲避那个死皮赖脸的文官,从格里高力面前走过的时候,格里高力上前把他拦住,行了个军礼,很激动地问道:

“有几名军官可以上船吗?”

“上这条船是不行了,没有地方了。”

“那该上哪条船呢?”

“请到后送站去问问吧。”

“我们上那儿去过,谁都是什么也不知道。”

“我也不知道,请让我过去吧!”

“可是您在让第三十六炮兵连上船啊!为什么就没有我们的地方?”

“请您让——开，少啰嗦！我这儿不是问事处！”上校想把格里高力轻轻地推到一边，但是格里高力脚跟站得牢牢的。蓝蓝的火花在他的眼睛里时明时灭。

“现在你们用不着我们了吗？你们以前用过我们吧？把您的手收回去，您别想推我！”

上校对着格里高力的眼睛看了看，又回头看了看；站在跳板上的马尔科夫师的军官们正把步枪交叉起来，很费劲地拦阻着直往上挤的人群。上校看着一边，不看格里高力，无精打采地问道：

“你们是哪一部分的？”

“我是顿河第十九团的，另外几个是别的团的。”

“你们一共有几个人？”

“十个人。”

“不行。没有地方。”

里亚布契柯夫看见格里高力在小声说出下面的话的时候鼻孔哆嗦了几下：

“你卖什么乖，坏蛋？躲在后方的虱子！马上放我们上船，要不然呀……”

“格里沙马上要宰他了！”里亚布契柯夫又恨又痛快地想道，但是一看见有两个马尔科夫师的军官用枪托子在人群中开着路，急急忙忙赶来搭救上校，他就机警地拉了拉格里高力的袖子，说：

“别跟他缠了，潘捷莱维奇！咱们走吧……”

“您是蠢猪！您要为自己的行为负责！”脸都气白了的上校说，他又指了指格里高力，对来到跟前的两个军官说：“二位！把这个疯子带走！要把这儿的秩序维持好！我还有急事要上卫戍司令部去，可是在这儿叫各种各样的人胡缠起来啦……”他匆匆地从格里高力身边溜了过去。

一个高个子军官，蓝大衣上钉着陆军中尉肩章，留着整整齐齐的英国式小胡子，他对直地走到格里高力面前，问：

“您要干什么？为什么扰乱秩序？”

“我要的是轮船上的坐位！”

“你们的队伍在哪儿？”

“我不知道。”

“您的证件呢？”

另一个军官是一个厚嘴唇、戴夹鼻眼镜的年轻小伙子，他用还没有完全变粗的嗓门儿说：

“该把他带到警卫处去。您别浪费时间啦，维索茨基！”

陆军中尉仔细看过证件，把证件还给格里高力。

“请您去找自己的队伍吧。我劝您离开这儿，别妨碍装船。我们有命令：逮捕一切不守纪律、妨碍装船的人，不问他们的级别高低。”中尉紧紧闭住嘴唇，等了几秒钟，然后侧眼看着里亚布契柯夫，朝格里高力弯下身子，小声说：“我给您出个主意，您去和第三十六连连长谈一谈，算在他们的队伍里，你们就可以上船了。”

里亚布契柯夫听到陆军中尉的耳语，就高高兴兴地说：

“你去找卡耳根连，我马上去把伙计们叫来。除了装东西的口袋，你的东西还有什么需要带上？”

“咱们一块儿走吧。”格里高力冷冷地说。

他们在路上遇到一个熟人——谢苗诺夫村的一个哥萨克。他赶着一辆军用大车往码头上去，车上装着一大堆面包，上面盖着帆布。里亚布契柯夫把这位同乡唤住：

“菲道尔，你好！你这是往哪儿拉？”

“哦——哦，普拉东，格里高力·潘捷莱维奇，你们好呀！这是给我们团准备路上吃的面包。好不容易才烤出来，要不然在路上只有吃面糊了……”

格里高力走到停下来的大车跟前，问：

“你这面包过过秤吗？或者是不是数过？”

“谁他妈的数过呀？你们怎么，要面包吗？”

“要。”

“拿吧！”

“能拿多少？”

“要拿多少就多少，反正我们够吃的！”

里亚布契柯夫吃惊地看着格里高力一块又一块地往下拿，忍不住问道：

“你拿这么多干啥？”

“需要。”格里高力简短地回答说。

他向赶车人要了两个口袋，把面包装进去，谢过赶车人的好意，道过别，对里亚布契柯夫说：

“扛起来，咱们带回去。”

“你是不是打算在这儿过冬呀？”里亚布契柯夫把一个口袋扛上肩，用嘲笑的口气问道。

“这不是我吃的。”

“那又是给谁吃?”

“给马吃。”

里亚布契柯夫急忙把口袋扔在地上,茫然失措地问道:

“你是说着玩儿吧?”

“不,是真话。”

“这么说,你……你这是打的什么主意,潘捷莱维奇?你想留下来,我猜得对吗?”

“你猜得很对。好啦,把口袋扛起来,咱们走吧。马总要喂喂,不然马就只能啃啃槽帮子了。马还有用处嘛,咱们总不能去当步兵……”

里亚布契柯夫一路上再没有说话,嘴里不住地哼哧着,口袋在肩上一颠一颠的;走到大门口,他问:

“你告诉大伙儿吗?”他也不等回答,就带着轻微的懊恼口气说:“你打的主意倒是好……可是我们怎么办呢?”

“随你们的便吧。”格里高力装做很淡漠地回答说。“不叫咱们上哩,挤不下哩——咱们也用不着!咱们找他们干屁用,跟他们缠够啦!咱们就留下。试试运气吧。你进去呀,干吗在门口愣着?”

“听到你这种话,不能不发愣……我连大门都看不见啦。哼,真是的!格里沙,你就像是当头打了我一棒,简直把我打昏了。所以我刚才还在想:‘他要这些面包他妈的干啥呀?’现在咱们那些伙计们要是知道了,会急得跳起来的……”

“噢,你怎么样?不留下来吗?”格里高力问道。

“哪能留下来呀?!”里亚布契柯夫惊骇地叫起来。

“你想一想吧。”

“没什么好想的!只要能上船,当然要走。我加入卡耳根炮兵连,就跟着走。”

“不应该走。”

“真了不起!老兄,可是我的脑袋更值钱呀。我还不大愿意叫红军拿我的脑袋来试刀呢。”

“哎呀,你想一想吧,普拉东!这种事儿……”

“你别说了!我马上就走。”

“好,随你的便吧,我不拦你。”格里高力很烦恼地说过这话,便头一个朝石头台阶走去。

叶尔马柯夫、普罗霍尔、包加推廖夫都不在屋里。女房东是一个上了年纪的亚美尼亚女人,她说,哥萨克们都出去了,说是很快就要回来的。格里高力也不脱衣服,把面包切成一大片一大片的,拿到棚子里去喂马。他把面包分均匀了,倒给自己的马和普罗霍尔的马。他刚刚提起水桶,想去打水,里亚布契柯夫就来到门口。里亚布契柯夫用大衣襟小心翼翼地兜着切成大片的面包。他的马一闻到主人的气味,短短地嘶叫了两声;他一声不响地从低声笑着的格里高力面前走过去,把面包片倒进槽里,也不看格里高力,说:

“请你别笑吧!既然事情是这样,那我也要喂喂马……你以为我愿意走吗?我才不愿意上这该死的轮船呢,是没有办法呀!因为我实在害怕呀……肩膀上不是只有一个脑袋吗?要是把这个脑袋砍掉了,就是到圣母节也不会再长出一个来……”

普罗霍尔和其余几个人快到黄昏时候才回来。叶尔马柯夫带回来一大瓶酒精,普罗霍尔扛回来一口袋封得很严、装着浓浓的黄色液体的玻璃罐儿。

“这是我们赚的外快!够喝一夜的了,”叶尔马柯夫带着夸耀的神气指了指瓶子,又解释说:“我们碰上一位军医,他要我们帮他把医药用品从仓库里搬到码头上去。码头工人都不干了,只有一些士官生在从仓库里往外搬,我们就去帮他们搬了。军医就送我们这瓶酒精,算是酬劳,不过这些玻璃罐儿可是普罗霍尔偷来的,真的,这不是瞎说!”

“这里面装的是什么?”里亚布契柯夫问道。

“伙计,这比酒精还要好呢!”普罗霍尔把一个玻璃罐晃了晃,对着亮光看了看,只见浓浓的黄色液体在黑糊糊的玻璃罐里面冒着泡儿,他很得意地说:“这是一种顶顶值钱的外国葡萄酒呀。是给病人喝的,这是一个会说英国话的士官生告诉我的。等咱们上了轮船,拿来喝喝解解闷儿,唱一唱《我的亲爱的家乡》,一直喝到克里米亚,然后把空罐儿往海里一扔。”

“你快去上船吧,不然的话,轮船会因为你耽误啦,不能开船啦。他们会说:‘普罗霍尔·泽柯夫这位了不起的英雄哪儿去啦?没有他我们可不能开船呀!’”里亚布契柯夫用嘲笑的口气说。顿了一会儿,又用熏得黄黄的手指头指着格里高力说:“他不想走啦,我也不走了。”

“是吗?”普罗霍尔哎呀了一声,惊讶得几乎把手里的玻璃罐掉在地上。

“这是怎么回事儿?你们这是打的什么主意?”叶尔马柯夫皱着眉头,盯着格里高力,问道。

“我们决定不走了。”

“为什么?”

“因为轮船上没有咱们的地方。”

“今天没有,明天会有的。”包加推廖夫很有把握地说。

“你到码头上去过吗?”

“去过又怎样?”

“你看见那儿的情形了吗?”

“嗯,我看见啦。”

“还‘嗯’呢!既然看见了,还有什么说的。他们只能带我和里亚布契柯夫两个人,就这样还是一个志愿军说的,叫我们混到卡耳根炮兵连里去,不然也不行。”

“这个炮兵连还没有上船吗?”包加推廖夫连忙问道。

他听说炮兵们正排着队等候上船,就急忙收拾起来:把内衣、备换的裤子、军便服都装进军用包里,又装上两块面包,就向大家告别。

“别走吧,彼特罗!”叶尔马柯夫劝他说。“咱们没有必要散伙呀。”

包加推廖夫也不回答,只把一只汗津津的手伸给他,在门口又行了个礼,说:

“祝你们健康!要是老天爷开恩的话,咱们还会见面的!”便跑出去了。

他走过以后,屋子里静了半天,大家心里很不痛快。叶尔马柯夫到厨房里去向女房东要了四个杯子,一声不响地把酒精斟到一个个的杯子里,把一只装着凉水的大铜壶放在桌子上,把猪油切了切,仍然一声不响地在桌边坐下来,将两个胳膊肘撑在桌子上,呆呆地朝着自己的脚底下看了有好几分钟,然后对着壶嘴喝了一阵子凉水,沙哑地说:

“在库班,哪儿的水都有煤油味儿。这是怎么搞的呢?”

谁也没有回答他的话。里亚布契柯夫用一块干净的布片在擦蒙了一层水汽的马刀刃,格里高力在翻自己的小箱子,普罗霍尔心不在焉地望着窗外,望着到处是马群的光秃秃的山坡。

“请坐到桌前来,咱们喝吧,”叶尔马柯夫不等大家坐定,就把半杯酒精倒进嘴里,又喝了一口水,然后一面嚼着粉红色的猪油,用快活起来的眼睛望着格里高力,问道:

“红军同志不会杀咱们吧?”

“总不能把所有的人都杀掉。这儿留下有好几万人呢。”格里高力回答说。

“我不操心所有的人,”叶尔马柯夫笑起来,“我担心的是自个儿的命……”

等到酒喝多了,谈话也就渐渐上劲儿了。可是过了不久,冻得脸色发青、愁眉苦脸的包加推廖夫突然回来了。他在门口把一捆崭新的英国军大衣往地上一摔,就一声不响地脱起衣服来。

“欢迎您驾到!”普罗霍尔一面鞠着躬,一面用挖苦的口气说。

包加推廖夫恨恨地朝他瞪了一眼,叹着气说:

“就是邓尼金一伙儿和所有别的浑蛋都来请我,我也不走了!我站了半天队,冻得就像雪里的狗一样,可是白站了。恰好到我这儿就挡住了。在我前面站着两个人,把一个人放过去了,另一个就不放了。有半个炮兵连没有走掉,哼,这算什么道理呀?”

“把你们哥儿们作弄得好苦呀!”叶尔马柯夫哈哈大笑起来,他一面把瓶子里的酒精往外泼洒着,给包加推廖夫斟了满满的一杯。“来,喝一杯消消你的霉气吧!你是不是还等着他们来请你呀?你朝窗户外头看看:那不是弗兰格尔将军来请你了吗?”

包加推廖夫一声不响地呷着酒精,他毫无心思来说笑。可是叶尔马柯夫和里亚布契柯夫不仅自己已经醉了,还把房东老大娘灌得烂醉,并且已经在商量到什么地方去找个手风琴手来。

“你们顶好到车站上去,”包加推廖夫出主意说,“那儿正在抢火车。满满的一火车军装。”

“咱们要军装有屁用!”叶尔马柯夫叫道。“你扛来的这些军大衣够咱们穿的了。多余的反正要叫人抢走。彼特罗!狗崽子!我们正在这儿商量参加红军呢,明白吗?咱们是哥萨克不是?如果红军留咱们活命,咱们就去给他们干!咱们是顿河哥萨克!是地地道道的,一点儿也没有掺假!咱们就是管砍杀。你见过我砍杀吗?就像砍白菜一样!你站住,我来用你的脑袋试试看!噢,噢,你怕啦?咱们反正是一样,不管杀谁,只要有人可杀就行。麦列霍夫,我说得对吗?”

“算了吧!”格里高力无精打采地把手一摆,说。

叶尔马柯夫歪了歪血红的眼睛,想去拿他那放在柜子上的马刀。包加推廖夫心平气和地把他推开,说:

“你别胡闹,别充好汉,要不然我马上叫你老实老实。规规矩矩地喝吧,你总是个军官嘛。”

“我才不稀罕这种官儿呢!我当这个官儿,就好比猪戴上了枷。别提啦!你也是这样嘛。让我把你的肩章扯掉好吗?彼佳,我的好伙计,你等着,等着,我来给你扯下来……”

“现在还不是时候,要扯还来得及。”包加推廖夫一面推着发酒疯的朋友,一面笑着说。

他们一直喝到天亮。天刚黑的时候就来了几个不熟识的哥萨克,其中有一个还带着手风琴。叶尔马柯夫跳起哥萨克舞来,一直跳到躺在地上才算完。别人把他拖到大柜子跟前,他大叉开两腿,很别扭地仰着脑袋,马上就在光光的地上睡着了。这一场不开心的酒宴一直持续到天亮。一个前来参加酒宴的偶然相识的上了年纪的哥萨克醉醺醺地哭着说:“我是库穆沙特人!……就住在镇上!从前我们那儿的牛又高又大,叫你连角都够不到!从前的马就和狮子一样!可是现在家里还剩下什么呀?只剩下一条癞皮狗啦!而且就连这条狗也快要死了,没东西喂呀……”有一个穿破棉袄的库班人叫手风琴手拉起一支《纳乌尔舞曲》,他十分潇洒地扎煞开两条胳膊,异常轻快地在屋子里旋转起来,格里高力觉得这个库班人那无后跟的靴底子简直就好像挨不到肮脏而不平的地面似的。

半夜里,有一个哥萨克不知从哪儿弄来两个高高的小口瓦罐子;上面还贴着黑糊糊的、烂掉了一半的商标,瓶塞子用火漆封着,樱桃红色的火漆印下面还有老大的铅封印。普罗霍尔把一个瓦罐子拿在手里转悠了半天,很费劲儿地咕哝着嘴唇,想认出商标上的外国字。才醒过来不久的叶尔马柯夫从他手里夺过罐子,放在地上,抽出马刀来。普罗霍尔还没来得及叫一声,叶尔马柯夫就斜着举起马刀,把罐子口剁成四瓣,高声喊道:“快拿家伙来接!”

浓浓的、香味扑鼻、带有酸涩味道的葡萄酒在几分钟内就喝完了,喝过了以后,里亚布契柯夫还有滋有味地吧唧了半天舌头,嘟囔着说:“这不是酒,这是玉液琼浆!这种酒只有在临死以前才能喝到,而且不是所有的人都能喝到,只有那些一辈子不赌钱、不抽烟、没有沾过女人的人才能喝到……一句话,只有主教才能喝!”这时候普罗霍尔想起来,他的口袋里还有好多罐治病的酒哩。

“等一等,普拉东,你慢点儿夸吧!我还有比这更好的酒呢!这不过是马尿,我从仓库里弄来的那一些,才是真正的好酒呢!简直是蜜做的香水,也许还要好些!伙计,这酒连主教都不能喝,只有皇帝才能喝!以前是皇帝喝的,现在轮到咱们啦……”他一面吹着,一面把一个玻璃罐打了开来。

嘴馋的里亚布契柯夫一下子就把浓浓的、黄糊糊的东西喝下去半杯,一张脸立刻就变成灰白色,并且瞪大了眼睛。

“这不是酒,是石碳酸!”他嘶哑地说,并且气冲冲地把剩下的半杯泼到普罗霍尔的褂子上,摇摇晃晃地朝过道里走去。

“他是胡说,浑蛋!这是英国酒!是上等货!伙计们,别信他的!”普罗霍尔大叫起来,想压倒醉汉们的喧闹声。他一口气把一杯喝光了,一张脸立时变得比里亚布契柯夫还要白。

“喂,怎么样?”叶尔马柯夫鼓着鼻孔,望着普罗霍尔两只发了呆的眼睛,问道。“这皇帝喝的御酒怎么样?有劲儿吗?好喝吗?你说呀,妈的,要不然我拿这罐子往你的脑袋上砸啦!”

普罗霍尔摇着脑袋,难受得说不出话来,后来打了个嗝儿,急忙跳起来,也跟着里亚布契柯夫跑了出去。叶尔马柯夫笑得喘不上气来,他幸灾乐祸地朝格里高力挤了挤眼睛,便朝院子里走去。过了一会儿,他回到屋子里。他那响亮的大笑声压倒了一切声音。

“你这是怎么啦?”格里高力疲惫无神地问道。“你干吗傻笑?拾到宝贝啦?”

“哎哟,伙计,快去看看吧,他们吐得把肠子都翻过来啦!你知道他们喝的是什么吗?”

“是什么?”

“是英国的灭虱油!”

“你胡说!”

“是真的!我也到仓库里去过,我起初也以为这是酒,可是后来我问那个医官:‘医官先生,这是什么?’他说:‘这是药。’我又问:‘请问,这玩意儿不能治各种愁闷病吗?不能当酒喝吗?’他说:‘那可不行,这是协约国给咱们送来的灭虱油。这种外用药,无论如何不能喝到嘴里去!’”

“你这坏蛋,怎么不告诉他们呀?”格里高力气得责骂他说。

“叫他们在完蛋以前清清肠子吧,反正又不会喝死!”叶尔马柯夫擦了擦笑出来的眼泪,又幸灾乐祸地说,“再说,以后他们就不那么嘴急了,要不然为他们收拾酒杯都来不及呢。嘴馋的人就应该这样教训教训!喂,怎么样,咱们现在喝呢,还是等一等?来为咱们的完蛋干一杯吧?”

天快亮的时候,格里高力走到台阶上,用哆哆嗦嗦的手卷了一根烟卷,抽了起来,脊梁靠在雾气打湿了的墙上,站了老半天。

屋子里,醉汉的叫声、手风琴的呜噜声、起劲的口哨声响成一片;有几个舞迷的靴后跟不停地发出嗒嗒的声音……风从港口送来一阵粗壮而低沉的轮船汽笛声;码头上人声鼎沸,闹闹哄哄,夹杂着响亮的口令声、马嘶声、火车汽笛声。在唐涅里纳亚车站方向还在进行战斗。大炮低沉地隆隆响着,在炮声的间隙里还能隐隐听到激烈的机枪嗒嗒声。在马尔霍特山口后面高高地升起一颗光芒四射的信号弹。有几秒钟的工夫,可以看见被幻影般的绿光照亮了的一条条弯弯的山脊,可是后来三月之夜的沉沉黑幕又罩住了群山,而且大炮的齐射声更清楚、更密集了,差不多连成了一片。

二十九

从海上吹来咸咸的、浓重的冷风。风把陌生的异乡气味送到岸上来。但是，对于顿河人来说，不仅是风，而且这座沉闷的、到处是穿堂风的滨海城市里的一切都是陌生的、很不亲切的。顿河人成堆成堆地站在防波堤上，等候上船……冒着泡沫的绿色波浪在岸边翻腾着。没有暖意的太阳透过云彩照射在大地上。有几艘英国和法国的驱逐舰在港口里冒着烟；一艘主力舰像一座威严的灰色大山似的高耸在水面上。主力舰上方铺开一大片黑黑的浓烟。码头上是一种带有不祥意味的肃静。不久前那艘最后的运输船靠在码头上摇晃的地方，现在漂着军官的马鞍、提箱、毛毯、皮袄、包着红绒布的椅子，还有一些匆匆忙忙从跳板上扔到水里去的零碎东西……

格里高力早晨就骑马来到码头上；他把马交给普罗霍尔以后，在人群里来来回回地走了老半天，寻找熟人，听着断断续续、惶惶不安的谈话声。他亲眼看见一个不能上船的上校在“圣光荣号”的跳板旁边自杀了。

这位上校个头儿小小的，满脸灰色胡楂子，慌里慌张的，有了肉囊的眼睛哭得红红的，而且肿了起来，他在几分钟以前还抓着守卫队长的武装带，可怜巴巴地央告着，擤着鼻涕，用肮脏的手绢擦着熏黄的小胡子、眼睛和打哆嗦的嘴巴，可是后来不知为什么一下子就下了决心……一个眼疾手快的哥萨克马上就从死者那热乎乎的手里抽出闪着镍光的勃朗宁手枪，很多只脚像踢木头一样，把穿着浅灰色军官大衣的死尸踢到一堆箱子跟前，跳板旁边的人越来越拥挤了，等候上船的人群里打架打得越来越厉害了，难民们那声嘶力竭的、发狠的吆喝声越来越响了。

在最后一艘轮船摇摇晃晃离开码头的时候，人群里响起妇女的号哭声、歇斯底里的叫喊声、咒骂声……那短促而粗大的轮船汽笛声还没有停息，一个头戴狐皮帽的年轻加尔梅克人就跳进水里，跟在轮船后面泅起水来。

“他忍不住啦！”一个哥萨克叹着气说。

“就是说，他怎么都不能留下来，”站在格里高力旁边的一个哥萨克说，“就是说，他对待红军手太狠啦……”

格里高力咬紧了牙，望着泅水的加尔梅克人。泅水的人的两条胳膊划得越来越慢，两个肩膀越来越往下沉。湿透了的棉袄直往下坠。一个浪头扑到加尔梅克人的头上，把他的红红的狐皮帽打到了后头。

“这该死的异教徒，要淹死的！”一个穿棉袄的老头子很惋惜地说。

格里高力陡然转过身来，朝自己的马走去。普罗霍尔正在很起劲儿地和骑马来到他跟前的里亚布契柯夫和包加推廖夫说话。里亚布契柯夫一看见格里高力，就在马上坐不住了，焦急地用靴后跟踢了踢马，喊道：

“你快点儿嘛，潘捷莱维奇！”他不等格里高力走到跟前，老远就叫起来。“趁现在还不晚，咱们走吧。咱们这儿凑集了有半连哥萨克，我们想上盖林治克去，再从那儿上格鲁吉亚。你怎么样？”

格里高力把两手深深地插在军大衣口袋里，一声不响地用肩膀分开无可奈何地拥挤在码头上的哥萨克们，慢慢走过来。

“你走不走？”里亚布契柯夫对直地走到他跟前，钉着问道。

“不，我不走。”

“有一位中校加入了我们这一伙儿。他非常熟悉这儿的道路，他说：‘我闭着眼睛也可以把你们带到第比利斯！’咱们走吧，格里沙！从那儿上土耳其去，好吗？无论如何要逃命呀！眼看要完啦，可是你闷声不响，动也不动……”

“不，我不走。”格里高力从普罗霍尔手里接过马缰，像个老头子一样很费劲地骑到马上。“我不走。犯不着走。而且也有点儿晚啦……你瞧！”

里亚布契柯夫回头一看，因为绝望和愤怒把马刀上的穗头揉成一团，揪了下来；红军的散兵线从山上下来了。在水泥厂旁边，机枪疯狂地响了起来。铁甲车上的大炮朝着红军的散兵线开炮了。第一发炮弹在阿司兰尼及面粉厂附近爆炸了。

“咱们回住处去，伙计们，跟我走！”格里高力高兴起来，并且不知为什么挺起身子，吩咐说。

但是里亚布契柯夫抓住格里高力的马缰绳，惊骇地喊叫道：

“不行！咱们就呆在这儿吧……你要知道，大家伙儿在一起，死也不可怕……”

“唉,见鬼,走吧!哪儿会死呢?你瞎说什么?”格里高力烦恼得还想说几句什么,但是从海上传来的巨雷般的炮声把他的声音淹没了。英国主力舰“印度皇帝号”慢慢离开盟邦俄罗斯的海岸,转过头去,用十二英寸口径的大炮发射了一阵炮弹。英国军舰为了掩护出港的轮船,朝着向城关拥来的红军游击队轰击了一阵子,又掉转炮口去轰击山口,因为山口出现了红军的炮兵。英国炮弹带着沉重的咯咯声和啸声从拥挤在码头上的哥萨克们的头上飞过去。

包加推廖夫紧紧勒着马缰,勒着直往下蹲的马,在一片轰轰的炮声中喊叫道:

“英国大炮别一个劲儿狂叫啦!他们是白惹红军生气!他们打炮一点用处也没有,只能凑凑热闹……”

“他们要惹就惹吧!咱们现在反正都是一样。”格里高力笑着夹了夹马,顺着大街走去。

从拐角上跑出六个骑马人,手握出鞘的马刀朝他飞奔而来。最前面一个骑马人胸前挂着像血一样鲜红鲜红的布条子。

卷 八

一

温暖的南风刮了两昼夜。田野上的残雪化净了。泡沫滚滚的雪水流尽了，草原沟里和小河里的流水不再翻腾了。第三天清晨，风息了，草原上下起浓雾，一丛丛打湿了的去年的羽茅草闪着银光，山冈、洼地、市镇、钟楼的尖顶、直指天空的高高的白杨树都隐没在一片白茫茫的雾气中。蔚蓝色的春天来到了辽阔的顿河草原上。

在这个雾蒙蒙的早晨，阿克西妮亚病后第一次走出屋子，如醉如痴地呼吸着甜蜜醉人的清新的春天空气，在台阶上站了很久。她压制着恶心和头晕，走到果园里的一口井边，放下水桶，坐在井栏杆上。

她觉得眼前的世界不同了，变得出奇地新鲜和迷人了。她用闪闪发光的眼睛激动地朝四下里望着，像小孩子一样拨弄着衣服的皱褶。那笼罩在雾气中的远方，果园中那泡在融雪水里的苹果树，那水漉漉的围墙，墙外的大路和那冲得很深的去年的车辙——她觉得都格外美，觉得一切景物都闪烁着又浓又温柔的色彩，就像是洒满了阳光。

透过雾气露出来一小片蓝天，那冷冷的蓝色照得她的眼睛发花；那霉烂的干草气味和化冻的黑土气味又亲切又好闻，阿克西妮亚禁不住深深地吸了一口，嘴角笑了笑；从雾蒙蒙的草原上传来百灵鸟天真无邪的歌声，不觉勾起她的惆怅。这在异乡听到的歌声，使阿克西妮亚的心加速跳动起来，使她的眼睛里冒出两颗小小的泪珠儿……

阿克西妮亚心情恬静地品味着又回到她身上来的生命，非常想用手把什么都摸摸，用眼睛把什么都看看。她想去摸摸那一丛潮湿得发了黑的醋栗，想把脸贴到那长了一层灰白色绒毛的苹果树枝儿上，想跨过那一段倒在地上的篱笆，到泥泞地上去走走，不走大路，径直地往前去，穿过一块宽宽的洼地，到那一片碧绿的、渐渐和雾蒙蒙的远方融合在一起的冬小麦地里去……

阿克西妮亚等了好几天，以为格里高力很快会来的，但是后来她从到房东家来串门的街坊们的嘴里听说，仗还没有打完，有很多哥萨克从诺沃罗西斯克走海路上克里米亚去了，那些留下来的哥萨克都参加了红军，到矿山上去了。

周末，阿克西妮亚拿定主意要回家去，而且这时候很快就来了一个同伴。有一天傍晚，一个驼背的小老头子不敲门就走进屋里来。他一声不响地鞠了个躬，就脱起他身上穿的那件又肥又大、衣缝都开了绽的肮脏的英国军大衣。

"好人呀，你这是怎么啦，连'好'也不问，就要住宿吗?"房东惊讶地打量着这位不速之客，问道。

小老头子很麻利地脱下军大衣，在门口抖了抖，细心地挂到钩子上，这才抚摩着剪得短短的白胡子，笑着说：

"善人呀，看在基督面上，多多担待吧，我是在如今这年头儿学会了这一手：先脱衣服，然后再请求住宿，要不然是不叫进门的。如今的人都不讲礼貌，不欢迎客人了……"

"我们哪儿有地方让你住呀？你看，我们够挤的了。"房东已经是比较和气地说。

"我有一点点儿地方就行。就在这门口，蜷一蜷身子就能睡。"

"你是干什么的呀，老大爷？是逃难的吗?"女房东问道。

"是的，是的，是逃难的。逃啊，逃啊，一直逃到海边，可是这会儿是慢慢往回走了，逃难逃够啦……"喜欢说话的老头子一面回答，一面在门口蹲下来。

"你是什么人？什么地方的?"房东又问道。

老头子从口袋里掏出来一把裁缝用的大剪刀，在手里转悠了几下，嘴上依然带着原来那种笑容，说：

"这就是我的身份证，我就是凭着这家什从诺沃罗西斯克一直往回走；我的家还很远呢，我是维奥申乡的。我现在就是喝够了海边的咸水，回家乡去。"

"我也是维奥申乡的呀，老大爷!"阿克西妮亚高兴得脸都红了。

"真没想到呀!"老头子叫了起来。"在这儿会遇到同乡！不过如今这种事儿不算稀奇啦：咱们如今就像犹太佬一样，跑得到处都是了。在库班就是这样：你扔出棍子去打狗，可是打到的却是顿河的哥萨克。到处都能碰到顿河哥萨克，多得数都数不清，可是埋到地里的还要多些。善人呀，这一次逃难，我可是各种各样的事情都见过。老百姓受的什么样的罪，就没法子说啦！前天我坐在火车站上，有一个戴眼镜的有身份的女子坐在我身旁，透过眼镜看着自己身上的虱子。虱子在她身上到处爬。她就用手指头把虱子往下捏，眉头皱得紧紧的，就好像在尝又酸又涩的野苹果。她在掐那可怜的虱子的时候，眉头皱得还要厉害些，把一张脸都皱歪了，她真是厌恶透了！可是有些心狠的家伙就是杀人也不皱眉头，连嘴都不歪一歪。我亲眼看见一个这样的好汉，一口气劈死三个加尔梅克人，然后把马刀在马鬃上擦了擦，掏出香烟抽起来，走到我跟前，问道：'老大爷，你瞪什么眼睛？想要我把你的脑袋砍下来吗？'我说：'瞧你说的，孩子，上帝保佑你吧！你把我的脑袋砍掉，那我怎么吃饭呀？'他笑起来，就走开了。"

"有的人杀人杀惯了，杀一个人，比掐死一个虱子还容易。革命革得人不值钱了。"房东很深沉地插话说。

"这话一点儿不假！"老头子表示赞成这话。"人不是畜生，干什么都能习惯。噢，我就问那个女人：'您是什么人？看样子，您好像不是普通人呀。'她看了看我，就流起泪来，说：'我是戈列奇欣少将夫人。'我心里想，管你什么将军，管你什么夫人，身子的虱子像癞猫身上的虼蚤一样啦！我就对她说：'夫人，您要是这样整治您身上这些小虫儿，对不起，您就是到圣母节也逮不完。还要把手指甲都硌烂呢。您顶好一下子都弄死！'她问：'怎么弄法呢？'我就出主意说：'您把衣服脱下来，铺在一块硬地方，用瓶子来压。'我一看：这位将军夫人收拾收拾，就朝水塔后面跑去；我又一看：她正拿一只绿玻璃瓶在衬衣上滚呢，而且滚得那样巧妙，就好像干这种事儿干了一辈子！我看了她一阵子，心里就想：上帝管得真宽，他叫有身份的人身上也长长这种小虫儿，说，叫这些小虫儿也吸吸他们的甜血吧，不能光叫它们吸干活人的血……上帝真有眼！上帝是通情理的。有时候上帝管人管得非常公正，简直好得没法子再好了……"

这位老裁缝不住气地说着，他看到房东两口子都很用心听他说话，就很巧妙地暗示说，他还有不少有趣的事儿可以说说呢，不过他太饿了，饿得直想睡觉。

吃过晚饭以后，他一面打铺睡觉，一面问阿克西妮亚：

"老乡，你想在这儿多住些日子吗？"

"我正想回家呢，老大爷。"

"好啊，那咱们就一块儿走吧，有人做伴儿总要热闹些。"

阿克西妮亚高高兴兴地同意了，第二天早晨，他们和房东两口子告过别，就离开了这荒凉的草原村庄新米海洛夫村。

* * *

第十一天的夜里,他们来到米留金镇上。在一个看样子很富裕的大户人家借宿。第二天早晨,老裁缝决定在镇上住一个星期,休息休息,养一养他那已经磨出血来的一双脚。他已经走不动了。这户人家也有裁缝活儿要他干,于是很想干干活儿的老裁缝很带劲儿地在窗前坐了下来,掏出剪刀和用小绳子拴着的眼镜,很麻利地拆起一件破衣服。

这个爱说爱笑的老头子在和阿克西妮亚道别的时候,对她画了一个十字,并且一下子就流起泪来,但是他马上擦去眼泪,用他平时常用的玩笑口气说:

“穷苦不是亲娘,可是穷苦能叫人亲近起来……我真舍不得你……可是,没有法子,你就一个人走吧,好孩子,你这领路人这一下子不能走了,非得找个地方糊糊口不可了……不用说,咱们赶路赶得太猛了,简直够我这个七十多岁的人受的。要是有机会,你告诉我家的老婆子,就说老头子还活着,身子还结实呢,受过各种各样的折腾,可是还活得好好的,在路上给行善的人家做裤子呢,还说不定哪一天才能回家……你就告诉她:老浑蛋不再逃难了,已经在往回走了,就是不知道哪一天才能回到家里……”

阿克西妮亚又在路上走了好几天。在博柯夫镇上搭上一辆顺路大车,一直坐到鞑靼村。天黑时候,她走进大开着的自己家的大门,朝麦列霍夫家看了看,一股泪水猛然涌到喉咙眼儿里,憋得喘不过气来……她在很久没有人的空厨房里把积了很久的痛苦的女人眼泪全部哭了出来,然后到顿河上去挑了一担水,生起炉子,在桌边坐下来,两手放在膝盖上。她沉思起来,竟没有听见门响,直到伊莉尼奇娜走进来,小声说:

“噢,你好啊,他嫂子!你在外乡待了很久呀……”

阿克西妮亚这才回过神来,惊恐地看了她一眼,站起身来。

“你怎么拿眼睛瞪着我,不说话呀?是不是带回来什么不好的消息了?”伊莉尼奇娜慢慢走到桌子跟前,在大板凳边上坐了下来,一直用探询的目光盯着阿克西妮亚的脸。

“不是,我会有什么消息……没想到您来,我正在想事情,没听见您进来……”阿克西妮亚慌乱地说。

“你瘦了,身子很虚嘛。”

“我害过伤寒……”

“我家格里高力……他怎样……你们在哪儿分手的?他还活着吗?”

阿克西妮亚简要地说了一遍。伊莉尼奇娜一字不漏地听完了,到最后问道:

“他离开你的时候，不是病着走的吧？”

“没有，他没有病。”

“你后来再没有听到他的消息吗？”

“没有。”

伊莉尼奇娜轻松地舒了一口气，说：

“嗯，好吧，谢谢你这番吉利话。可是村里人提到他，有各种各样的说法……”

“说什么呀？”阿克西妮亚小声问道。

“没什么，都是乱说……不能什么话都听嘛。咱们村里的人只回来万卡·别司贺列布诺夫一个。他在叶卡捷琳诺达尔看见格里沙生病呢，别人的话我都不信！”

“别人都怎么说呀，大婶子？”

“我们这儿有人说是听到新根村的一个哥萨克说，好像红军在诺沃罗西斯克城里把格里沙砍死了。我这个做娘的心里实在受不住，就到新根村去了一趟，找到了那个哥萨克。他说他没有说过这话。他没有看见，也没有听说过。还有一种说法，说是好像他进了监牢，在牢里害伤寒病死了……”

伊莉尼奇娜垂下眼睛，看着自己那虬筋盘结的、很不灵活的两只手，老半天没有做声。老人家那松弛的脸上表情很平静，嘴唇闭得紧紧的，但是不知为什么她那两个黑糊糊的腮帮子上忽然涌现出一阵樱桃色的红晕，眼皮轻轻哆嗦起来。她用干燥、狂热的眼睛看了看阿克西妮亚，沙哑地说：

“我才不信呢！我就剩下这一个儿子了，不会死的！上帝没有来由这样惩罚我……我已经没有多少日子好活了……我反正活不久了，就是没有这种事，我的苦也够受的了！……格里沙活着呢！我的心里没有什么不好的感觉，就是说，我的儿子活着呢！”

阿克西妮亚一声不响地转过身去。

厨房里静了很久，后来风把通向过道里的门吹了开来，于是可以听见，春水在河那边杨树林里低沉地吼叫着，大雁在河湾里惶惶不安地互相呼唤着。

阿克西妮亚把门关上，身子靠在炉灶上。

“您不要为他难受，大婶子，”她小声说，“他那样的人还怕病吗？他结实着呢，简直就像是铁打的。这样的人死不了。一路上那样冷，他连手套都不戴呢……”

“他想孩子们吗？”伊莉尼奇娜无精打采地问道。

“他也想您，也想孩子们。孩子们都好吗？”

“都很好，孩子们没有事。可是我家潘捷莱·普罗柯菲耶维奇死在逃难的路上啦。只剩下我们这几口啦……”

阿克西妮亚一声不响地画了一个十字，心里觉得非常奇怪：伊莉尼奇娜说到丈夫的死，竟是那样平静。

伊莉尼奇娜扶着桌子，很吃力地站了起来。

“我在你这儿坐住啦，天已经很黑了。”

“您坐一会儿吧，大婶子。”

“家里只有杜尼娅一个人，我该走了。”她一面理头巾，一面把厨房里打量了一遍，皱了皱眉头，说：“炉子里冒烟啦。你走的时候，就该找个人来住住嘛。好啦，再见吧！”她已经抓住门把手，也不回头看，又说：“等你把家里事料理好了，到我们家来玩吧。你要是听到格里高力的什么消息，就告诉我。”

从这一天起，麦列霍夫家和阿克西妮亚之间的关系一下子就改变了。因为都在为格里高力的生命担心，所以她们也就亲近起来。第二天早晨，杜尼娅一看见阿克西妮亚在院子里，就唤了她一声，并且走到篱笆跟前，抱住阿克西妮亚的瘦瘦的肩膀，又亲热又真挚地对她笑了笑。

“噢呀，阿克秀莎，你瘦了好多呀！就剩下一把骨头了。”

“过这种日子，那是要瘦的。”阿克西妮亚暗暗羡慕地打量着她那洋溢着成熟的美的红红的姑娘的脸，笑着回答说。

“我妈昨天上你家来了吗？”杜尼娅不知为什么小声问道。

“来过。”

“我就想，她是上你家来了。她问格里沙了吗？”

“是的。”

“她没有哭吗？”

“没有，她是个很刚强的老人家。”

杜尼娅很信任地望着阿克西妮亚，说：

“她要是哭哭倒好些，心里总会轻快些……阿克秀莎，你要知道，她打从冬天以来变得很古怪，跟以前很不一样了。她听到我爹死的消息，我以为她心里要难受死了，我非常担心，可是她连一滴眼泪也没有掉。只是说：‘愿他在天堂安息，我的亲人受罪受到头了……’直到天黑，她和谁都没说过一句话。我找她说这样，说那样，可是她摆摆手，一声也不响。那一天我真害怕呀！晚上我把牲口料理好了，走进屋里，问她：‘妈妈，晚饭咱们做什么吃呢？’她的心情平定了，才开口说起话来……”杜尼娅叹了一口气，若有所思地隔着阿克西妮亚的肩膀望着别处，问道：

“我家格里高力死了吗？这话是真的吗？”

“我不知道，好妹妹。”

杜尼娅用探问的目光侧眼看了看阿克西妮亚，更加深沉地叹了一口气，说：

“唉，妈妈想他简直想疯啦！她一个劲儿地唤他：‘我的小儿子呀！’她怎么都不相信他会死。阿克秀莎，你要知道，她要是知道格里沙真的死了，她自个儿也会难受死的。她已经到了风烛残年，她唯一的指望就是格里高力了。她对孙子孙女也不那么关心了，干活儿也没有劲儿了……你想想看，一年的工夫，我家少了四口啊……”

阿克西妮亚心中涌起一股怜惜之情，她隔着篱笆探过身子，抱住杜尼娅，使劲亲了亲她的脸蛋子。

“好妹妹，你要想法子分分你妈的心，别叫她太难过了。”

“能想什么法子呢？”杜尼娅用头巾的角儿擦了擦眼睛，央求说：“你上我们家玩玩，跟她聊聊吧，她总会轻快点儿。你不用躲着我们！”

“我要去的，一定去！”

“明天我要下地去。和安尼凯的老婆插犋，想种两亩小麦。你不想种点儿吗？”

“我还种什么地呀？”阿克西妮亚很不开心地笑了笑。“又没有牲口，再说也用不着。我一个人吃不了多少，马马虎虎能过得去。”

“你家司捷潘有什么消息吗？”

“没有，”阿克西妮亚淡淡地回答说，并且又意想不到地说：“我才不怎么想他呢。”这无意中冲口而出的自白，使她发起窘来，她为了掩饰自己的窘态，便急急忙忙地说：“好，再见吧，小妹，我要上屋里去收拾收拾了。”

杜尼娅装做没有看出阿克西妮亚的窘态，望着一边，说：

“等一下子，我还有话想对你说：你能不能帮我们干干活儿？地都要干了，我怕我们种不下去，可是全村的男子汉只剩下两个了，而且都还是残废。”

阿克西妮亚高高兴兴地答应了，于是杜尼娅也满心欢喜地去准备下地。

杜尼娅准备下地十分认真地准备了一整天：安尼凯的老婆帮着她把麦种筛了筛，她又凑合着把耙修了修，往车轮上加了油，把播种机也调理好了。傍晚时候，她包了一头巾干净麦子，拿到坟地上，撒在彼特罗、娜塔莉亚和妲丽亚的坟上，好叫鸟儿明天一早就飞到亲人的坟头上。她的一颗孩子般纯真的心完全相信，死者会听见悦耳的鸟叫声，会高兴的……

* * *

快到黎明时候，顿河沿岸才安静下来。在淹了水的树林里，流水小声低语着，冲刷着灰绿色的青杨树，有节奏地摇动着淹没在水里的小橡树和小白杨树棵子的树头儿；在灌满了水的湖泊里，被流水冲弯的一丛丛芦苇沙沙响着；从水湾里、河汊里，从春水映照着朦胧的星光、像入了迷似的一动不动的地方，传来海雁的隐隐约约的呼唤声、公鸭子的懒洋洋的叫声，有时还传来停在开阔的水面上过夜的路过的天鹅那银喇叭一样的声音。有时候能听见水里的游鱼在黑暗中溅水的声音。在金光闪闪的水面上，粼粼的水波远远地荡漾开去，一只惊慌的鸟儿发出的报警声顺着水面传了过来。顿河沿岸又静了下来。但是黎明时候一道道石灰岩山岭刚刚隐隐露出粉红色，下游来的风就刮了起来。又猛又强劲的风迎着水流吹来。顿河上掀起一丈高的波浪，树林里的水疯狂地沸腾起来，树木摇来晃去，发出痛苦的呻吟声。大风怒吼一整天，到深夜才停息。一连好几天都是这样的天气。

原野上一片淡紫色的烟尘。土地越来越干，草也停止生长了，耕过的土地上吹起一道道沙土丘。耕地眼看着被风吹干了，可是鞑靼村的田野上几乎看不到人的影子。全村只剩下几个很老的老头子，逃难回来的男子汉不是冻伤，就是害病，都不能干活儿；在地里干活儿的只有妇女和半大孩子。风在行人稀少的村子里吹得灰尘滚滚，吹得一家家的护窗乒乒乓乓直响，吹得棚顶上的麦秸到处乱飞。老头子们说："今年没有粮食吃了。只有老娘们儿在地里干活儿，而且三四家才有一家种地。地不种是不会长庄稼的……"

下地的第二天，太阳快落山的时候，阿克西妮亚赶着牛到塘边去饮水。奥布尼佐夫家的一个十来岁的男孩子，牵着一匹上着鞍的马站在塘边。那马吧咂着嘴，水珠儿从灰灰的、光滑的马嘴上一滴一滴地往下落，下了马的小骑手正在玩着：往水里扔土坷垃，看着水上的圈圈儿渐渐扩展开去。

"你这是要上哪儿去，万尼亚特卡？"阿克西妮亚问道。

"给妈妈送饭。"

"噢，村子里有什么事儿吗？"

"没什么。盖拉西姆爷爷昨天夜里用网逮了一条老大老大的鲤鱼。还有，菲道尔·梅里尼柯夫回来了。"

小男孩踮起脚来，给马上了嚼子，两手抓住马鬃，十分敏捷地跳上马去。他离开塘边，像个谨慎的当家人似的，让马一步一步地朝前走去，但是过了不大的一会儿，他回头看了看阿克西妮亚，就放马大跑起来，跑得退了色的蓝褂子在背后鼓了起来。

牛在喝水，阿克西妮亚在塘边躺了下来，并且当即拿定主意到村子里去一趟。梅里尼柯夫是个当兵的哥萨克，想必知道格里高力的下落。阿克西妮亚把牛赶到停车的地方以后，就对杜尼娅说：

“我要到村子里去一下，明天一早我就来。”

“有事儿吗？”

“有事儿。”

第二天早晨，阿克西妮亚回来了。她走到正在套牛的杜尼娅跟前，漫不经心地摇晃着树条子，但是眉头皱得紧紧的，嘴角上出现了痛苦的纹丝。

“菲道尔・梅里尼柯夫回来了。我去找他打听格里高力的消息，他一点也不知道。”她简短地说了说，就陡地转过身去，朝播种机走去。

种过地以后，阿克西妮亚就干起自家的事情：在园子地里种了些西瓜，把房子泥了泥，刷了刷，尽自己的本事用剩下的麦秸把棚子顶缮了缮。她在忙碌中打发着日子，但是却无时无刻不在为格里高力的生命担心。阿克西妮亚不愿意提到司捷潘，不知为什么她总觉得他不会回来了，但是每当有哥萨克回到村子里来的时候，她总是首先问：“你没有看见我家的司捷潘吗？”然后才小心翼翼地慢慢问到格里高力身上去。村里的人都知道他们的关系。就连顶喜欢说闲话的娘们儿都不说他们的事了，但是阿克西妮亚还是不好意思表露自己的感情，只是有时候，有的当兵的不大爱说话，一直不提格里高力的事，她才眯缝着眼睛，带着非常害羞的神气问：“你没碰到我家的邻居格里高力・潘捷莱维奇吗？他娘想他想死了，人都想瘦了……”

自从顿河军在诺沃罗西斯克投降以后，本村的哥萨克谁也没有看见过格里高力和司捷潘。直到六月底，才有司捷潘的一个柯隆达耶夫村的同事要从这儿过河，顺路来看了看阿克西妮亚。他告诉她：

“我对你说实在话，司捷潘上克里米亚去了。我亲眼看见他上的轮船。没来得及和他说话。挤得不得了，要从人头上才能走过去。”问他有没有见到格里高力，他回答得很含糊。“我在码头上见过他，他还戴着肩章，后来就没有看见他了。把许多军官都送到莫斯科去了，谁知道他这会儿在哪儿呀……”

过了一个星期，受了伤的普罗霍尔・泽河夫回来了。是一辆拉差的大车从米列洛沃镇上把他送回来的。阿克西妮亚一听说他回来,连牛奶也不挤了,把小牛往母牛跟前一推,就一面扎着头巾,几乎是跑着,急急忙忙朝泽柯夫家走去。“普罗霍尔是知道的,他一准知道!可是如果他说格里高力已经不在人世了,怎么办呀?那我可怎么办啊?”她一路上这样想着,把一只手按在胸口上,害怕听到不祥的消息,脚步不觉渐渐慢了下来。

普罗霍尔把一只断胳膊藏在背后,满面春风地在上房里把她迎住。

“你好啊,老搭档!你好啊!又看见你活着啦!我们还以为你把小命丢在那个小村子里了呢。噢呀,你病得好厉害呀……喂,怎么样,你是怎样好起来的?可是你瞧,波兰白军把我搞成什么样子啦,日他们的奶奶!”普罗霍尔把挽成结儿的绿色军便服的空袖筒给她看了看。“我老婆一看见,就淌起眼泪,我就对她说:‘别哭了,糊涂蛋,别人脑袋掉了,都不难受呢,掉一条胳膊,有什么了不起的?马上就可以装一只木头的。木头胳膊至少不怕冷,砍上一刀,也不会流血。’糟糕的是,我还没有学会用一只手做事情呢。我连裤子都扣不起来,真够戗!从基辅回家这一路上,我的裤裆都是敞着的。真不好意思!如果你看见我有什么不礼貌的地方,就请原谅吧……噢,进来吧,请坐,你是客人嘛。趁我老婆还没回来,咱们先谈谈吧。我叫她打酒去了。男人断了胳膊回来,可是她都没东西慰劳慰劳。丈夫不在家,你们都是这种样子,对你们这些湿尾巴鬼,我才摸透了呢!”

“你快说说吧……”

“我知道,我这就说。他叫我问候你呢,”普罗霍尔很滑稽地行了一个礼,抬起头来,很惊愕地拧了拧眉毛,“你这是怎么啦?你哭什么呀,傻娘们儿?你们这些老娘们儿都是泪包子。打死了,你们哭;活下来,也要哭。快擦擦吧,擦擦吧,干吗淌起鼻涕来啦?我告诉你吧,他活着呢,而且很壮实,把一张脸都吃圆了!我和他在诺沃罗西斯克一块儿参加了布琼尼同志的骑兵队伍,编进第十四师。咱们的格里高力·潘捷莱维奇指挥一个连,也就是一个骑兵连,我当然也在他的手下,我们朝基辅方面开去。我们把那些波兰白军打得屁滚尿流!我们在往那儿开的时候,格里高力·潘捷莱维奇就说:‘我砍过德国人,也拿各种各样的奥地利人试过刀,难道波兰人的脑壳儿就结实些吗?我看,他们的脑袋比咱们俄国人的脑袋更要好砍些,你以为怎样?’并且朝我挤了挤眼睛,笑了笑。他的样子大变了,自从参加了红军,他就快活起来,胖得像匹骗马一样了。噢,我们也免不了要吵吵嘴……有一回我走到他跟前,和他说着玩儿:‘该休息了,麦列霍夫大人同志!’他就瞪了我一眼说:‘你少给我开这种玩笑,要不然你要倒霉的。’晚上他有事把我叫去,我他妈的又忘了,叫了他一声‘大人’……他一下子就抓起匣子枪来！他脸色煞白，像狼一样龇出牙齿，满嘴的牙都龇了出来，至少有一百颗。我连忙钻到马肚子底下，才躲开了。差一点儿把我打死，真他妈的危险！”

“他是不是可以请请假……”阿克西妮亚讷讷地说。

“休想！”普罗霍尔断然说。“他说，要一直干到把过去的罪过赎回来才算完呢。他这是能做得到的，干傻事儿是不难的……在一个小镇跟前，他带领我们去冲锋。我亲眼看见他劈死四名敌人的枪骑兵。他从小就是个左撇子，所以从两面都可以劈到敌人……打过仗以后，布琼尼还在队伍前面亲自和他握了握手，并且向连队、向他表示感谢。你的潘捷莱维奇呀，他干起来就是这样不要命！”

阿克西妮亚听着他的话，就像在做梦一样……等她走到麦列霍夫家门口，才回过神来。杜尼娅正在过道里滤牛奶，也没有抬头，问道：

“你是来拿发面头吧？我说要送去的，可是忘了。”但是她一看见阿克西妮亚那哭湿了的、喜气洋洋的眼睛，不等说话就全明白了。

阿克西妮亚把热辣辣的脸蛋子贴在杜尼娅的肩膀上，兴奋得气喘吁吁地小声说：

“他活着呢，而且很壮实……带好来啦……你快去！快去告诉妈妈！”

二

快到夏天的时候，撤退的哥萨克中有三十来个回到了鞑靼村里。其中大多数是老头子和上了年纪的当兵的，至于青年和中年的哥萨克，除了生病的和受伤的以外，几乎都没有回来。他们有一部分参加了红军，其余的都加入弗兰格尔的各个团里，躲在克里米亚，准备重新向顿河进攻。

大多数撤退的人永远留在异乡了：有些人死于伤寒，有些人在库班的最后几场战斗中战死，有几个人脱离了撤退的队伍，在马内契的草原上冻死了，有两个人被红绿军俘了去,不知去向……鞑靼村里有很多哥萨克不见了。妇女们在又紧张又担心的盼望中过着日子,每一次在村口迎接回来的牛群,都要站上很久,把手搭在眼上朝远处眺望:在笼罩着淡紫色暮霭的大道上,是不是有迟归的出门人呢?

一个衣服褴褛、满身虱子、骨瘦如柴、但是家里人盼了很久的当家人回到家里,家里都要欢欢喜喜地乱忙一阵子:给身上脏得发了黑的当兵人烧水洗澡,孩子们争先恐后地为父亲效劳,注视着他的一举一动,高兴得不知如何是好的女主人一会儿端饭拿酒,一会儿跑到柜子跟前去给丈夫拿干净衬衣。偏偏衬衣又需要修补,可是女主人那哆哆嗦嗦的手指头怎么也不能把线穿进针眼儿里……在这欢天喜地的时刻里,就连那老远就认出主人、舔着主人的手一直跟到门口的狗也准许进屋子了;孩子们打碎碗碟或者洒掉牛奶也不挨打了,而且不管怎样淘气都没有事了……回来的当家人洗过澡以后还没有穿好衣服,屋子里已经挤满了妇女。她们来打听亲人的下落,战战兢兢而又如饥似渴地倾听着当兵人的每一句话。过一会儿,就会有妇女用手捂着眼泪汪汪的脸跑到院子里去,像瞎子一样踉踉跄跄地朝小胡同里走去,于是在一座房子里又有一个新寡妇哭起了死人,还有尖细的孩子们的哭声伴随着。在那些日子里,鞑靼村里就是这样:欢乐进入一家的时候,往往给另一家带来无法忍受的悲痛。

第二天早晨,脸刮得干干净净、显得年轻了的当家人天一亮就起身,在家里到处看上一遍,看看首先需要干什么。吃过早饭,他就干起来。在棚子底下,凉荫里,响起欢快的刨子哧哧声,或者丁丁的斧子声,好像是在告诉大家,这一家又有勤快而能干的男子汉在干活儿了。可是在昨天听到丈夫和父亲的噩耗的人家里,房子里和院子里都是一片死静。悲痛欲绝的女主人一声不响地躺着,一夜之间就成了大人的孤儿们挤成一堆,围在她的身旁。

伊莉尼奇娜一听说村子里有人回来,就要说:

“咱们家的人啥时候回来呀?人家都回来了,可是咱们家的人连一点儿音信都没有。”

“不叫年轻哥萨克回来嘛,妈妈,您怎么连这都不明白呀!”杜尼娅不耐烦地说。

“怎么不叫回来?季洪·盖拉西莫夫不是回来了吗?他比格里沙还小一岁呢。”

“他挂花了嘛,妈妈!”

“他算挂的什么花!”伊莉尼奇娜反驳说。“昨天我在铁匠铺旁边看见他,他走起路来精神抖擞的。没见过这种挂花的。”

“他是挂花来,这会儿是在休养呢。”

“咱们格里沙挂的花还少吗？他全身都是伤疤,照你说的,他不也需要休养吗?”

杜尼娅想方设法要对妈妈说明白,指望格里高力回来现在是不可能的,但是说服老人家不是一件容易的事。

“住嘴吧,混账丫头!”她厉声对杜尼娅说。“我知道的事儿不比你少,你想教训妈妈,还早着呢。我说他能回来,就是能回来。滚吧,滚吧,少给我啰嗦!”

老人家急不可待地盼望儿子回来,并且不论遇到什么事都会想起他来。米沙特卡一不听她的话,她就吓唬他说:“你等着吧,小毛崽子,等你爹回来,我要告诉他,叫他好好收拾你!”她要是看见从窗外路过的大车的车帮子是新的,就要叹气,而且一定要说:“看样子,人家的男子汉在家里呢,可是我们家的就是不知道回来……”伊莉尼奇娜一向不喜欢抽烟的气味,常常把抽烟的从厨房里撵出去,可是最近这个时候,她在这方面也变了。她不止一次对杜尼娅说:“去把普罗霍尔叫来,叫他来这儿抽抽烟,要不然这儿有一股死尸臭味儿。等格里沙当完兵回来,那时候咱们家就有男子汉的活人气味了……”每天做饭,她都要多做些,吃过饭以后,她还要把盛菜汤的铁罐子放进炉膛里。杜尼娅问她,这是干什么,她很惊异地回答说:“不放进去怎么行呢？咱们家当兵的也许今天回来,那他马上就能吃热的,要不然等到热好了,又这样又那样,恐怕他都饿坏了……”有一天,杜尼娅从瓜地里回来,看见厨房里的钉子上挂着格里高力的一件旧衣服,还有帽箍退了色的一顶制帽。杜尼娅用询问的目光看了看老人家,老人家就带着不好意思和可怜巴巴的笑容说:“杜尼娅什卡,这是我从柜子里拿出来的。从外面走进来,看见了,心里不知怎么就觉得好受些……好像他已经在家了……”

天天没完没了地谈格里高力,杜尼娅都觉得厌烦了。有一天,她忍不住数落起母亲来:

“妈妈,您天天唠叨过来,唠叨过去,不觉得烦吗？您这样唠叨,谁听了都烦。就听见您叨咕:格里沙,格里沙……”

“我说自个儿的儿子,怎么会烦呢？你自个儿生一个看看,那时候就知道了……”伊莉尼奇娜小声回答说。

这以后,她把格里高力的衣服和帽子从厨房里拿到自己住的上房里去了,而且有好几天她没有提到儿子。但是快到开镰割草的时候,她对杜尼娅说:

“我一提格里沙,你就生气,可是咱们没有他,日子怎么过呢？这事儿你想过没有,糊涂东西?眼看要割草了,可是连个修修耙子的人都没有……你看,家里什么都乱糟糟的,咱们两个可是没法子弄好。没有当家人,连东西也受罪……"

杜尼娅没有做声。她十分明白,母亲并不多么操心家业方面的事,这只不过是要说说格里高力、说说心里话的借口。伊莉尼奇娜更加想念儿子了,而且也无法掩饰这一点了。有一天晚上,她没有吃晚饭,杜尼娅问她是不是病了,她很勉强地回答说:

"我老啦……我想格里沙想得心里难受死了……难受得不得了,觉得什么都不亲,眼睛什么都怕看了……"

然而到麦列霍夫家来当家干活儿的却不是格里高力……就要开镰割草的时候,米沙·柯晒沃依从前方回到村里来了。他在远房亲戚家里住了一夜,第二天早晨到麦列霍夫家里来了。伊莉尼奇娜正在做饭,米沙很有礼貌地敲了敲门,因为没有人应声,就一直走进厨房,摘下破旧的军帽,对伊莉尼奇娜笑了笑。

"你好啊,伊莉尼奇娜大婶儿!没想到我会来吧?"

"你好。你是我的什么人,会叫我想到你来?跟我们家沾什么边儿?"伊莉尼奇娜气嘟嘟地望着她十分痛恨的米沙的脸,很不客气地回答说。

米沙受到这种对待,毫不在乎,又说:

"说什么边儿不边儿……不管怎么说,总是熟人吧。"

"也就是这样嘛。"

"我是来看看,再没有别的意思。我不是上你们家来住。"

"想住还够不上呢。"伊莉尼奇娜说过,也不看客人,又做起饭来。

米沙也不理会她的话,仔细打量着厨房说:

"我来看看,看看你们日子过得怎样……咱们已经有一年多没见面了。"

"我们可不怎么想见你。"伊莉尼奇娜气呼呼地在炉膛里掏着铁罐子,嘴里嘟哝说。

杜尼娅正在上房里收拾东西,一听见米沙的声音,脸一下子就白了,一声不响地把两手一扎煞。她坐到大板凳上,一动也不动,仔细听着厨房里的谈话。杜尼娅的脸上忽而浮起一阵浓浓的红晕,忽而泛起一阵灰白,直到那细细的鼻梁上出现两道长长的白条子。她听见,米沙在厨房里冬冬地走了一阵子,就在椅子上坐下来,坐得椅子咯吱咯吱响了两声,然后就划起火柴。一阵纸烟的烟气冲进上房里。

"听说,老头子去世啦?"

"去世了。"

“格里高力呢?”

伊莉尼奇娜半天没有做声,后来十分勉强地回答说:

“当红军呢。也和你一样,帽子上戴上这号儿星了。”

“他早戴上这号儿星就好了……”

“那就是他的事了。”

米沙的声音中带着十分惴惴不安的意味,问道:

“叶福杜吉娅·潘捷莱芙娜呢?”

“她在收拾屋子呢。你这个客人来得太早了,好人是不会一大早就出门的。”

“就算是坏人吧。我很想她,所以就来了。这用不着挑选吉日良辰。”

“哼,米沙,你别叫我生气吧……”

“大婶儿,我有什么叫您生气的呢?”

“有的!”

“您究竟气的是什么?”

“气的就是你说的这话!”

杜尼娅听见米沙重重地叹了一口气。她再也忍不住了:一下子跳起来,理了理裙子,就朝厨房里走去。脸色焦黄、瘦得变了样子的米沙坐在窗前,抽着纸烟头儿。他一看见杜尼娅,无神的眼睛顿时放射出光彩,脸上浮现出一层淡淡的红晕。他连忙站起来,沙哑地说:

“哦,你好啊!”

“你好……”杜尼娅小声说。

“你挑水去吧。”伊莉尼奇娜匆匆看了女儿一眼,立刻吩咐说。

米沙耐心地等着杜尼娅回来。伊莉尼奇娜没有说话。米沙也不做声。后来他捻灭了烟头儿,问道:

“大婶儿,您怎么这样恨我呀?是我碍您的事了,还是怎的?”

伊莉尼奇娜就像叫蜂子蜇了一下似的,在灶门口猛地转过身来。

“你怎么有脸上我们家来呢,你这没良心的东西?!”她说。“你还好意思问我呢?!你这刽子手……”

“我怎么是刽子手呀?”

“就是刽子手!是谁打死彼特罗?不是你吗?”

“是我。”

“那就行了!你打死了人,不是刽子手,又是什么呢?你还上我家来……坐在那儿,就像是……”伊莉尼奇娜气得喘不上气来,顿住了,但是缓了缓气,又继续说:“我是他的亲娘不是?你怎么还有脸来见我?”

米沙的脸煞白煞白的。他正等着她说这种话呢。他激动得有点儿结结巴巴地说:

“我做的事没什么见不得人的!要是彼特罗把我抓住了,他会怎样呢?你以为他会亲我的脑袋瓜儿吗?他也会把我打死嘛。我们不是在山坡上打着玩儿的!打仗就是要死人嘛。”

“那柯尔叔诺夫亲家公呢?打死一个老实巴交的老头子,那也是打仗吗?”

“怎么不是呢?”米沙惊异地说。“当然是打仗!我可是知道这些老实人!这种老实人坐在家里,手里提着裤子,可是干的坏事,比有的人在战场上干的还要多……格里沙加老爹就是这样的人,他鼓动哥萨克反对我们。就因为他们,才打起仗来!是谁散布谣言反对我们?就是他们这些老实人!你还说什么‘刽子手’……哪儿有这样的刽子手?以前我连羊和猪都不敢杀,就是现在,我知道,还是不敢杀。我连杀畜生都下不得手。以前别人宰畜生,我都要把耳朵捂起来,跑得远远的,怕听到,也怕看到。”

“可是你把亲家公……”

“别提您那亲家公吧!”米沙不耐烦地打断她的话。“他的好处就像山羊的奶那样少,可是害处就多了。我对他说:你从屋里出去,你要是不走,要叫你躺在这儿。我恨死了这些老家伙!我虽然不敢杀畜生,可是如果恨起来的话,对不起,像你家亲家公那样的坏蛋,或者别的什么敌人,我杀多少都可以!对付那些在世上活着无益的敌人,我的手是很辣的!”

“就因为你手辣,浑身都瘦干啦。”伊莉尼奇娜挖苦说。“亏了良心,恐怕心里不会舒坦……”

“才不是呢!”米沙和善地笑了笑。“我的良心才用不着为这样的老坏蛋难受呢。我是打摆子,把我折腾坏了,要不然呀,妈妈……”

“我是你的什么妈妈?”伊莉尼奇娜火了。“你去叫母狗妈妈吧!”

“哼,你对我别太过分了!”米沙低声说,并且恶狠狠地眯起了眼睛。“我不能担保忍受你的一切。大婶儿,我老实对你说吧:你不要因为彼特罗的事恨我。他是自作自受。”

“你是刽子手!刽子手!给我滚出去,我见不得你!”伊莉尼奇娜又一次声明说。

米沙又点起一根烟,很镇静地问道:

“你们家的亲戚米佳·柯尔叔诺夫不是刽子手吗?格里高力又是什么呢?

你不说你的儿子,可是他才是真正的、道道地地的刽子手呢!"

"你别胡说!"

"我从来就不胡说。那么,依你看,他是什么呢?他杀了我们多少人,你知道吗?就是这么回事儿呀!大婶儿,如果你把这种外号送给所有打过仗的人,那我们就都是刽子手了。问题是为什么杀人和杀的是什么人。"米沙意味深长地说。

伊莉尼奇娜没有做声,但是看到客人还是不想走,就冷冷地说:

"够了!我没有工夫和你说话,你回家去吧。"

"我的家就像兔子的窝一样了,到哪儿,哪儿就是家。"米沙冷冷一笑,站起身来。

想用这一套和这样的话把他赶出去,那是休想!米沙才不是那种感情脆弱的人,才不理会气得发了疯的老婆子那些很不客气的言语举动呢。他知道,杜尼娅是爱他的,至于其他,包括老婆子在内,他全不放在心上。

第二天早晨,他又来了,就像什么事都不曾有过似的,问了问好,就在窗前坐下来,用眼睛注视着杜尼娅的每一个动作。

"你倒成了常客了……"伊莉尼奇娜也不回答米沙的问候,随口说。

杜尼娅的脸一下子红了,用生气的目光看了看母亲,就垂下眼睛,一句话也没有说。米沙冷笑着回答说:

"我不是来看你的,伊莉尼奇娜大婶儿,你用不着生气。"

"你顶好压根儿别上我们家来。"

"那我又上哪儿去呢?"米沙正色问道。"多亏你家的亲戚米佳,我剩了孤单单一个人,就像独眼龙的眼睛,在空房子里就是狼也呆不住。大婶儿,您愿意也好,不愿意也好,我反正是要上你家来。"他说完了,又把两腿叉了开来,坐舒服些。

伊莉尼奇娜仔细看了看他。是的,看样子,这样的人是不那么容易撵走的。米沙那微微弯着的身子,那歪着的脑袋,那闭得紧紧的嘴唇,都显示出一种像牛那样的倔劲儿……

等他走了以后,伊莉尼奇娜把孩子们支到院子里,对杜尼娅说:

"叫他以后别进咱家的门。明白吗?"

杜尼娅眼睛连眨都不眨,看了看母亲。麦列霍夫家的人都有的那种神气霎时出现在她那气得眯缝起来的眼睛里,她好像咬着每一个字说:

"不!他要来的!您拦不住!他要来!"她再也憋不住,用围裙捂住脸,跑到过道里去了。

伊莉尼奇娜重重地喘着气,在窗前坐了下来,坐了很久,一声不响地摇着头,用视而不见的眼睛望着草原上的远方,远方有一道由嫩蒿镶成的、被太阳照得银光闪闪的边儿,把天和地分了开来。

快到黄昏时候,还没有和解而且都不说话的杜尼娅和妈妈在河边菜园里栽已经倒掉的篱笆。米沙走了过来。他一声不响地从杜尼娅手里接过铁锹,说:

"挖得太浅了。风一刮,你家的篱笆又要倒了。"于是他把坑挖深些,栽好桩子,帮着把篱笆竖起来,捆在桩子上,然后才走。第二天早晨,他拿来两把刚刚刨好的耙子和一根草叉把子,放在麦列霍夫家的台阶旁边;他向伊莉尼奇娜问过好,就一本正经地问道:

"要上草甸子上去割草吧?人家已经过河去了。"

伊莉尼奇娜没有做声。杜尼娅替妈妈回答说:

"我们没法子过河。小船从秋天就放在棚子底下,都开缝了。"

"春天就应该把船放到水里去嘛。"米沙用责备口气说。"要不要塞塞船缝呢?你们没有船可不方便。"

杜尼娅用恭顺和等待的目光看了看妈妈。伊莉尼奇娜一声不响地在和面,装出不理睬的样子,好像这些话都和她无关。

"你们家有麻吗?"米沙微微笑着,问道。

杜尼娅到储藏室里去,抱来一捆麻披子。

快到吃午饭的时候,米沙把小船收拾好了,来到厨房里。

"行了,我把船放到水里去了,在水里泡泡吧。还要把船锁在桩子上,要不然会叫人拖走的。"他又问:"大婶儿,割草的事怎么样呢?是不是要我帮你们割割?反正我闲着没事儿干。"

"你去问她吧。"伊莉尼奇娜用头朝杜尼娅点了点。

"我要问当家的呀。"

"看来,我在这儿当不了家了……"

杜尼娅哭起来,跑进上房去了。

"那我就来帮帮忙吧。"米沙哼哧了两声,就毅然决然地说。"你们家的木匠家什在哪儿?我想给你们做两把耙子,要不然旧耙子太不好用了。"

他走到敞棚底下,一面吹着口哨,一面刨起耙齿来。小米沙特卡在他身边转悠着,带着央求的神气望着他的眼睛,说:

"米沙叔叔,给我做一把小耙子吧,要不然没有人给我做呀。奶奶不会做,姑姑也不会做……就是你会做,你做得很好!"

“我给你做，咱们俩同名嘛，真的，我做，不过你要离远一点儿，别叫刨花迸到你眼睛里去，”米沙一面笑哈哈地劝他，一面惊讶地想道：“嘿，这小东西长得真像……跟他爹一模一样！眼睛也像，眉毛也像，上嘴唇也是那样往上翘……真是一个模子里倒出来的！”

他开始做小孩子玩的小耙子，但是还没有做好，他的嘴唇就发了青，黄黄的脸上就露出恶狠狠的、同时又是服服帖帖的表情。他不吹口哨了，把刀子放下，肩膀瑟瑟缩缩地抖了起来。

“米沙特卡，同名字的人，给我拿块麻布来，我要躺一躺。”他央求说。

“干什么？”米沙特卡问。

“我要病啦。”

“干吗要生病？”

“唉，你干吗钉着问起来没有完……唉，到了生病的时候，就要生病嘛！快去拿来！”

“那我的耙子呢？”

“等会儿就做好。”

米沙浑身抖得厉害了。他咯咯地磕打着牙齿，躺在米沙特卡拿来的一块麻布上，摘下帽子，用帽子盖住脸。

“你这是已经病起来了吗？”米沙特卡很难受地问道。

“是的，病起来了。”

“那你干吗老是哆嗦呀？”

“我打摆子嘛。”

“你干吗要磕打牙齿呀？”

米沙用一只眼睛从帽子底下看了看问起来没有完的小小的同名人，微微笑了笑，不再回答他的问题了。米沙特卡很害怕地看了看他，就朝屋里跑去。

“奶奶！米沙叔叔在棚子底下躺下了，他使劲哆嗦，使劲哆嗦，哆嗦得要跳起来啦！”

伊莉尼奇娜朝窗外看了看，便走到桌子旁边，沉思起来，老半天没有做声……

“你干吗不说话呀，奶奶？”米沙特卡扯着她的小褂袖子，焦急地问道。

伊莉尼奇娜转过脸来朝着他，硬邦邦地说：

“乖孩子，去拿条被子给这个坏小子，给他盖上。他这是打摆子，是这样一种病。你能把被子拿去吗？”她又走到窗前，朝院子里看了看，急忙说：“你等等，等等！别拿了,不用了。”

杜尼娅正拿自己的羊皮袄往米沙身上盖,并且弯下身子在对他说话呢……

等摆子发作过以后,米沙为准备割草一直忙活到天黑。他很没有力气了。他的动作又缓慢,手又不听使唤,但是他还是把米沙特卡的小耙子做好了。

黄昏时候,伊莉尼奇娜摆好了晚饭,叫孩子们在桌边坐下来后,也不看杜尼娅,说:

“去,叫那个……叫他什么呢……来吃晚饭。”

米沙也不画十字,无精打采地弯下身子,在桌边坐了下来。他那黄黄的、一道道肮脏的干汗迹的脸上显出十分疲惫的神情,他把调羹往嘴里送的时候,手还在轻轻地打哆嗦。他小口小口地吃,吃得很勉强,偶尔淡淡地打量一下坐在桌旁的人。但是伊莉尼奇娜很惊异地看到,这个“刽子手”在看米沙特卡的时候,那无神的眼睛就显得热和起来,有了精神,一种欢喜和亲切的光彩在眼睛里亮了一会儿,又熄灭了,但是在嘴角上有老半天还隐隐荡漾着微笑。后来,他把目光移到别处,他的脸又罩上一层像阴影一样的呆呆的冷淡神情。

伊莉尼奇娜偷偷观察起米沙,这时候才看到,他生病生得太瘦了。在那脏得变成了灰色的军便服底下,半圆形的肩胛骨又尖又凸出,瘦成了尖角形的宽肩膀头耸得高高的,那长满红胡楂子的喉结在细得像小孩子一样的脖子上显得十分奇怪……伊莉尼奇娜对这个“刽子手”那佝偻着的身子、对他那蜡黄的脸看得越仔细,她的心里越是不自在,心里越是矛盾得厉害。忽然在伊莉尼奇娜心中不由地萌发了对她痛恨的这个人的怜惜之情,这种炽烈的母性怜惜心连最刚强的女人都能征服。她无法克制这种新的感情了,就把满满的一碗牛奶推给米沙,说:

“为了上帝,你多吃点儿吧！看你瘦成什么了,叫我看着都恶心……还想做女婿呢！”

三

村子里开始议论柯晒沃依和杜尼娅的事了。有一天，一个娘们儿在河边遇到杜尼娅，公然带着讥笑的神气问道："你家是不是雇米沙当长工啦？他好像都不出你们家的院子了……"

女儿好说歹说，伊莉尼奇娜都坚决不答应："不管你怎样求我，我就是不把你嫁给他！我才不给你们祝福呢！"直到杜尼娅声称，她要到柯晒沃依家去，并且马上就动手收拾自己的衣服，伊莉尼奇娜才改变了主意。

"你别发疯了！"她惊骇地叫道。"我一个人和孩子们怎么过？要送我们的命吗？"

"您要明白，妈妈，我不想叫村子里的人笑话我。"杜尼娅一面继续从柜子里往外翻自己做姑娘时的衣物，一面小声说。

伊莉尼奇娜的嘴唇无声地咕哝了半天，然后她吃力地迈动着两条腿，朝堂前走去。

"那就好吧，孩子……"她一面摘圣像，一面小声说，"你既然已经拿定了主意，那就请上帝保佑你，来吧……"

杜尼娅连忙跪下。伊莉尼奇娜给她祝过福，用哆哆嗦嗦的声音说：

"你那去世的姥姥就是拿这圣像给我祝福的……唉，这会儿要是你爹看到你……你还记得你爹说到你找女婿的话吗？上帝知道，我多么难受呀……"然后她一声不响地转过身去，朝过道里走去。

不管米沙费多大劲儿劝说未婚妻不要举行教堂结婚仪式，倔犟的姑娘还是坚持自己的主张。米沙只好硬着头皮同意了。他在心里娘天娘地地咒骂着，准备到教堂去举行结婚仪式，就像准备上断头台似的。夜里，维萨里昂神甫在空荡荡的教堂里给他们举行了结婚仪式。仪式完毕之后，他向新夫妇道过喜，就用教训的口气说：

“您瞧，年轻的苏维埃同志，世上就有这种事儿：去年您亲手烧了我的房子，就是说，把房子火葬了，可是今天我居然给您举行结婚仪式……俗话说得好，别往井里吐唾沫，井水还用得着嘛。不过我还是很高兴的，打心眼儿里高兴，因为您醒悟过来，终于进基督教堂来了。”

这一下子米沙再也忍不住了。他一直因为自己迁就感到不好意思，十分恼恨自己，在教堂里没有说一句话，可是这时候他怒冲冲地斜眼看了看不忘旧仇的神甫，为了不叫杜尼娅听见，小声回答说：

“可惜，那时候你跑掉了，要不然我把你这个长毛狗连房子一块儿烧掉！嗯，你明白吗？”

惊得目瞪口呆的神甫不住地眨巴着眼睛，看着米沙，可是米沙拉了拉自己的年轻妻子的袖子，冷冷地说：“咱们走！”便冬冬地迈动着两只军靴，朝门口走去。

在这次很不热闹的婚礼上，既没有喝酒，又没有扯着嗓子唱歌。在结婚时当傧相的普罗霍尔·泽柯夫，第二天发了半天牢骚，对阿克西妮亚诉苦说：

“哼，姑奶奶，这算什么婚礼呀！米沙在教堂里把神甫骂了一顿，把老头子的嘴都气歪啦！你可知道，晚饭吃的是什么？烧鸡加酸牛奶……连一滴酒也没有，他妈的！要是格里高力·潘捷莱维奇看见他的小妹这样出嫁，才有意思呢！……他一准会大哭一场！真的，姑奶奶，实在够戗！现在我再也不想参加这种新式婚礼了。狗配对儿比这还要热闹些，狗配对儿至少也要互相咬咬毛，闹哄一阵子，可是这种婚礼既不喝酒，又不打闹，真他妈的没意思！说实在的，我参加过这种婚礼，心里真不舒服，一夜都没有睡着，躺在床上，浑身都痒痒，就好像有人往我的小褂里放了一把虼蚤……”

米沙在麦列霍夫家里住下来以后，家里的一切都走上新的轨道：他在短短的时间里就修好了围墙，把草甸子上的干草拉到场院上，垛了起来，垛得又整齐又光溜；为了准备收割庄稼，他改装了收割机上的板子和叶片，仔细清扫了打谷场，修好了旧风车，又修补好了马套，因为他心里很想用一对牛换一匹马，并且已经不止一次对杜尼娅说：“咱们应该养一匹马。用这种长角大仙拉车真够戗。”有一天他无意中在储藏室里发现了一小桶白色颜料和一些靛青，马上就决定把旧得变成灰色的护窗油漆一下。等到麦列霍夫家的房子用浅蓝色的窗户做眼睛望着世界，整个房子好像都变年轻了……

米沙是个勤奋的当家人。尽管他还有病，仍然不停地干着活儿。不管干什么,杜尼娅都帮着他干。

婚后没有过多少日子,杜尼娅就变得更好看了,肩膀和臂部好像更饱满了。她的眼神、她走路的姿势,以至撩头发的姿态都显示出一种新的韵致。以前她的动作中的莽撞劲儿和孩子气的粗率与活泼都不见了。她常常微微含笑、十分安详地用含情脉脉的眼睛望着丈夫,周围的什么都看不见了。新婚的幸福是不用眼睛的……

可是伊莉尼奇娜越来越明显,越来越厉害地感觉到有一种孤独感渐渐进入她的心中。她在这个几乎过了一辈子的家里,成了一个多余的人。杜尼娅和丈夫那种干活儿的样子,就像是在空地上创立他们的窝儿。他们在着手做家里什么事的时候,一点也不和她商量,也不征求她的同意;不知为什么他们对老人家连句亲热的话儿都没有。只有坐下来吃饭的时候,他们才和她说几句无关紧要的话,然后又是伊莉尼奇娜一个人愁思闷想起来。女儿的幸福没有使她高兴起来,因为家里添了一个外人(她依然把女婿当外人),她心里很不是滋味。她觉得整个日子过得都不是滋味。一年的工夫,死了那么多她心疼的亲人,她悲伤得憔悴了,人也老了,样子很可怜了。她忍受了很多痛苦,可以说是太多的痛苦。她已经无力抵挡痛苦,心里充满迷信的预感,觉得曾经一再光顾他们家的死神,还会不止一次登临麦列霍夫家这座老房子的门。伊莉尼奇娜答应杜尼娅出嫁以后,只剩了一点希望:等格里高力回来,把孩子们交给他,然后自己就永远闭上眼睛。她度过了漫长而苦难的一生,有权利休息休息了。

漫长的夏日显得格外长。太阳火辣辣地照射着。但是炙人的阳光已经晒不暖伊莉尼奇娜的身子了。她常常在台阶上的太阳地里坐上很久,动也不动,对周围的一切毫不关心。他已经不是以前那个忙忙碌碌、勤快的当家人了。她什么也不想做了。她觉得这一切都没有用处,没有必要,也没有意思了,而且她也没有力气再去像以前那样干活儿了。她常常看着干了多年活儿变得很难看的自己的两只手,心里说:"我的手干活儿已经干了不少啦……该歇歇了……我已经活到这么大岁数,够了……只要等到格里什卡回来就好了……"

伊莉尼奇娜以前那种乐观心情只回来过一回,而且没有维持多久。普罗霍尔从镇上回来,顺路到他们家来,老远就喊叫:

"请客吧,伊莉尼奇娜大婶儿!我带回来你儿子的信啦!"

老人家的脸一下子白了。她以为这封信必然又是报告不幸消息的。普罗霍尔念了念这封信,信上有一半是问候家里人的话,只是在信的末尾才说,他,也就是格里高力,尽可能在秋天回来看看,伊莉尼奇娜听他念完了,高兴得老半天说不出话来。一颗颗像珍珠一样的小小的泪珠儿，从她那棕色的脸上和腮上那很深的皱纹里哗哗地滚下来。她低下头，用小褂袖子和粗糙的手掌擦着眼泪，眼泪还是一个劲儿地从脸上往下流，落到围裙上，把围裙湿得斑斑点点的，好像下了一场密密的好雨。普罗霍尔不仅看不惯，而且简直忍受不了女人的眼泪，因此他皱着眉头，带着掩饰不住的恼恨神气说：

“大婶儿，你这是怎么搞的！你们老娘们儿的眼泪真多……应该高兴高兴嘛，用不着哭。好，我走了，再见吧！我真不高兴看着你。”

伊莉尼奇娜这才清醒过来，连忙把他拉住。

“这样好的消息，谢谢你……我怎么能这样呢……你等一等，请你喝两盅……”她前言不搭后语地嘟哝着，从柜子里拿出一瓶藏了很久的老酒。

普罗霍尔坐了下来，把胡子往两边分了分。

“你也来和我一块儿喝喝这喜酒吧？”他问道。但是他马上又很担心地想道：“唉，我又他妈的胡说了！这酒只够我一个人喝的，万一她真喝怎么办……”

伊莉尼奇娜没有喝。她小心翼翼地把信叠起来，放到神龛里，但是后来想了想，又拿出来，在手里攥了一会儿，便揣到怀里，紧紧贴在心口上。

杜尼娅从地里回来，把信看了半天，后来笑了笑，叹着气说：

“唉，他能快点儿回来就好了！不然的话，妈妈，您都要愁坏了。”

伊莉尼奇娜就像害怕别人抢去似的，把信从杜尼娅手里拿了回来，又揣到怀里，一面笑着，一面用眯缝起来的、闪闪放光的眼睛望着女儿，说：

“我已经没有了人样子，连狗都不朝我叫了，可是我的小小厮还想着娘呢！他写得多好啊！还称呼我的父名伊莉尼奇娜呢……还说，问候亲爱的妈妈，问候亲爱的孩子们，也没有忘了你呀……哼，你笑什么？你这傻丫头，杜尼娅什卡，你真是傻丫头！”

“怎么，妈妈，我连笑都不能笑啦？您这是要上哪儿去？”

“上菜园子里去，锄锄土豆。”

“我明天就去锄，您在家里歇歇吧。您老是说身子不舒服，可是这会儿又要干活儿啦。”

“不，我要去……我心里很高兴，想一个人去一下子。”伊莉尼奇娜说过这话，就像年轻人那样很麻利地披好了头巾。

在上菜园子里去的时候，她顺路来到阿克西妮亚家里，为了礼貌起见，先谈了谈别的事情，然后就把信掏了出来。

“我家孩子写信回来了，问候妈妈呢，还说要回来看看。给你，他嫂子，你念念吧，我也想再听一遍。”

从这时候起，阿克西妮亚就常常念这封信了。伊莉尼奇娜一到晚上就上她家来，把仔仔细细包在手绢里的黄色信封拿出来，叹着气央求说：

“你念念吧，阿克秀什卡，现在我心里很糊涂，在梦里梦见他还是小孩子，好像他还在上学呢……”

时间久了，用化学铅笔写的字就模糊了，而且有很多字根本认不出了，但是阿克西妮亚念起来并不困难，因为她念了许多遍，已经背熟了。而且，直到薄薄的信纸已经变成碎片，阿克西妮亚依然能十分流畅地念到最后一行。

过了两个星期，伊莉尼奇娜觉得身子不大好。杜尼娅正忙着打场，伊莉尼奇娜不愿意叫她停下活儿，但是自己却没有力气做饭了。

“我现在起不来了。家里事你一个人凑合着干吧。”她对女儿说。

“您哪儿不舒服，妈妈？”

伊莉尼奇娜抻了抻自己的旧褂子上的皱褶，也没抬眼睛，说：

“浑身都难受……就好像我的五脏都坏了。以前，年轻时候，你那死去的爹一发起火来就要打我……他那拳头就跟铁的一样……我常常躺上一个星期，动都不能动。所以现在就这样了：浑身到处都疼，就好像打碎了一样……”

“是不是叫米沙去请个大夫来？”

“用不着请大夫，我不管怎样还能爬起来。”

第二天，伊莉尼奇娜果真起来了，在院子里走了走，但是到傍晚又躺下了。她的脸有点儿肿了起来，眼睛底下出现了水肿的肉囊。一夜之间她有好几次用胳膊撑着身子，从高高的枕头上抬起头来，呼哧呼哧地喘气，因为她闷得喘不过气来。后来，不气闷了。她可以安安静静地躺着，甚至可以下床了。她在一种安详的与世隔绝和宁静状态中过了几天。她很想一个人呆着。有时候阿克西妮亚来看她，问她什么，她总是简单地回答三言两语，阿克西妮亚一走，她就轻松地舒一口气。她高兴的是，孩子们大部分时间都在外面玩，杜尼娅也很少进来，很少拿各种各样的问题打搅她。她已经不需要任何人的体贴和安慰了。现在她很需要一个人呆着，想想自己一生中的许多事情了。于是她半闭起眼睛一连几个钟头一动不动地躺着，只有那肿胀的手指头摩弄着被子的褶儿，在这几个钟头里，整个的一生从她眼前飘过去。

使她吃惊的是，这一生是多么短促，多么没意思，而在这一生中，艰难的事、痛心的事、她不愿去回想的事又是那样多。不知为什么在她的回想和思念中出现得最多的是格里高力。也许是因为，自从开始打仗，这几年她一直在为他的生死担心，而且现在她只剩了他这条命根子。也许是因为，对大儿子和老伴儿的怀念已经过去，时间久了，已经淡了。反正她很少想起死去的人，即使想起来，她觉得他们也好像是在一片灰蒙蒙的烟雾里。她很勉强地想了想年轻时候，想了想自己的婚后生活。这一切简直是多余的，已经离得那样远了，想起来既不愉快，又不轻松。她在回想过去这许多事的时候，心里冷冷的、空空的。然而在她脑海里出现的“小小断”却极其清楚，几乎是纤毫毕现。但是只要一想到他，她马上就听见自己的心扑腾扑腾直跳。然后就闷得透不过气来，脸也发青，她就要昏昏沉沉地躺上半天，但是等她缓过气来，就又想起他来。她无法忘记自己最后一个儿子呀……

有一天，伊莉尼奇娜躺在上房里。窗外，中午的太阳照耀着。在南边的天上，耀眼的蓝空里，风卷着一朵一朵的白云气势雄伟地飘动着。只有蝈蝈那单调的、使人昏昏欲睡的叫声打破这一片寂静。窗外墙脚下还有一些没有晒枯的杂草，有萎蔫的滨藜，还有燕麦草和冰草，蝈蝈就藏在这里面，在这里叫着。伊莉尼奇娜听着蝈蝈不住气的叫声，闻到扑进上房里来的一股晒热了的青草气息，在她眼前有一会儿就像出现了幻影一样，出现了骄阳如火的八月的草原、金黄色的麦茬地、笼罩着一层灰雾的灼热的蓝天……

她清清楚楚地看见在田埂上野蒿丛里吃草的老牛，看见一辆撑着车篷的牛车，听见蝈蝈吱咯吱咯的叫声，闻到浓烈的野蒿苦味……她也看见自己——一个高高的、美丽的年轻媳妇……她正急急忙忙朝停车的地方走去。麦茬子在她脚底下沙沙响着，扎得她的光腿肚子痒痒的，热风吹干了她脊梁上汗湿的、掖在裙子里的小褂，吹得她的脖子热乎乎的。她的脸上涌起一阵一阵的红晕，因为血往上涌，耳朵里轻轻地响着。她弯着一只胳膊，托着沉甸甸、紧绷绷、涨满了奶的乳房，一听见孩子哭得直打呛的声音，就加快脚步，一面走，一面解小褂的领口。

当她把黑黑的小格里沙特卡从吊在大车上的摇篮里抱出来的时候，她那被风吹干的嘴唇哆嗦着，笑了起来。她用牙齿咬住贴身十字架的汗湿的带子，急急忙忙把奶头塞给他，透过咬着的牙缝儿小声说：“我的小宝贝儿，好孩子！我的乖孩子！妈妈把你饿坏啦……”格里沙特卡一面还在很委屈地抽搭着，一面吸起奶来，用小牙齿把奶头咬得紧紧的。格里沙特卡的年轻的、黑胡子的父亲就站在旁边打磨镰刀。她从垂下的睫毛底下看见他的笑容和他那笑眯眯的眼睛的蓝蓝的眼白……她热得喘不过气来，汗水从额头上直往下流，腌得腮蛋子痒酥酥的，眼前的一切越来越暗淡，越来越暗淡……

她醒了过来，用手摸了摸流泪流湿了的脸，然后躺了老半天，有时气闷得非常难受,有时陷入昏迷状态。

天黑以后,杜尼娅和丈夫都已经睡了,伊莉尼奇娜使出最后的力气,爬了起来,走到院子里。阿克西妮亚寻找放牛时走失的母牛寻找了很久,回家的时候,就看见伊莉尼奇娜摇摇晃晃,慢慢走着,走到场院上。“她这个病人干吗要上那儿去呀?”阿克西妮亚很惊愕地想着,就小心翼翼地走到和麦列霍夫家场院搭界的篱笆跟前,朝场院上看了看。一轮满月照得场院上雪亮。从草原上吹来一阵阵的轻风。麦秸垛的浓浓的阴影投射在光光的、被石磙压得结结实实的打麦场上。伊莉尼奇娜手扶篱笆站在那里,望着草原,望着割麦人点起的火堆像可望不可及的远方的星星那样闪闪烁烁的地方。阿克西妮亚清清楚楚地看到了伊莉尼奇娜那洒满淡青色月光的水肿的脸,还看到了从黑黑的老年人头巾里耷拉下来的一绺头发。

伊莉尼奇娜对着夜色苍茫的草原望了半天,后来就用不太高的声音,就好像儿子站在她身边那样,唤道:

“格里什卡! 我的好孩子!”她停了一会儿,又用另外一种低低的、沙哑的声音说:“我的心肝宝贝儿呀! ……”

阿克西妮亚顿时觉得说不出的难受和害怕,浑身都哆嗦起来,于是急忙离开篱笆,朝屋里走去。

这天夜里,伊莉尼奇娜明白自己就要死了,死神已经来到她的床头。黎明时候,她从柜子里拿出格里高力的一件褂子,叠了叠,放在枕头底下;把自己咽气以后应该穿的寿衣也都拿了出来。

早晨,杜尼娅和往常一样来看妈妈。伊莉尼奇娜把叠得整整齐齐的格里高力的褂子从枕头底下拿出来,一声不响地递给杜尼娅。

“这是干什么?”杜尼娅惊愕地问道。

“这是格里沙的褂子……给你男人,叫他穿吧,他身上那件旧褂子已经叫汗水浸烂了……”伊莉尼奇娜小声说。

杜尼娅看见放在柜子上的妈妈的黑裙子、褂子和一双布靴子,这一切都是在送终时给死人穿的,她一看见,脸刷地一下子白了。

“妈妈,您干吗把寿衣都拿出来了? 为了基督,您快收起来吧! 主保佑您,您死还早着呢。”

“不,我到时候了……”伊莉尼奇娜小声说,“轮到我了……在格里沙回来以前,你要把孩子们看好,照应好……看样子,我等不到他回来了……唉,见不到他了!”

为了不让杜尼娅看到她的眼泪,她转脸朝着墙,并且用手帕把脸捂住。

过了三天,她死了。几个老奶奶给她洗净了身子,穿上寿衣,抬到上房里的灵床上。晚上,阿克西妮亚来为死者送别。她从这个死去的小老太太那安详而冷峻的脸上,好不容易才认出以前那个又要强又刚毅的伊莉尼奇娜的面貌。阿克西妮亚把嘴唇贴到死者那黄黄的、冰凉的额头上,就看到她很熟悉的、从白头巾里扎煞出来的一绺不服帖的白头发和又小又圆、完全像年轻人那样的耳朵唇。

阿克西妮亚得到杜尼娅的同意,把孩子们领到自己家里。孩子们一声不响,奶奶的死把他们吓呆了。她做饭给他们吃,带他们一块儿睡。她搂着她的亲人的两个一声不响、紧紧贴在她身子两边的孩子,就感到有一种奇怪的感情。她小声给他们讲起自己小时候听来的故事,想方设法给他们解闷,使他们不去想奶奶的死。她轻轻地用唱歌的声调给他们讲一个可怜的孤儿小瓦尼亚的故事:

天鹅呀,好天鹅,
快让我骑上,
你的白翅膀。
飞呀飞,飞呀飞,
飞到好地方,
送我回家乡……

她还没有讲完,就听见孩子们均匀的呼吸声。米沙特卡躺在边上,小脸紧紧贴在她的肩上。阿克西妮亚用肩膀正了正他那朝后仰的脑袋,忽然她心里涌起一股说不出的、揪心的惆怅,喉咙不由地抽搐起来。她很难受、很伤心地哭了起来,哭得浑身直打哆嗦,但是她连眼泪都没法子擦,因为格里高力的两个孩子睡在她的两条胳膊上,她不愿意惊醒他们。

四

伊莉尼奇娜死了以后,成了家里唯一的和主持一切的当家人的米沙,似乎应该更带劲儿地来重整家业、振兴家业了,然而事实上却不是这样。米沙干活儿越来越不带劲了,往外跑的时间越来越多了,天天晚上要在台阶上坐到很晚,抽烟,想心事。杜尼娅不会看不出丈夫的变化。她不止一次惊愕地看到,以前干起活儿不要命的米沙,会忽然扔下斧子或者刨子,坐到一边去休息。在地里种黑麦的时候也是这样:种上两垄,米沙就勒住牛停一停,卷一根烟卷儿,抽着烟,在地里坐上半天,眉头皱得紧紧的。

继承了父亲的精明能干的杜尼娅,十分担心地想:"他太没有常性了……也许是有病,也许干脆就是发懒。我跟这种男人过日子才够饿呢!他简直就像住在别人家里:抽半天烟,搔半天痒痒,就不用干活儿了……为了不惹他发火,要慢慢地和他谈谈,不然的话,他拿这种劲头干活儿,别想把穷神从家里请出去……"

有一天,杜尼娅小心翼翼地问道:

"你好像有点不大对劲儿,米沙,是不是病了呀?"

"哪儿有什么病?没有病就够心烦的了。"米沙烦恼地回答过,又赶动了牛,跟着播种机向前走去。

杜尼娅认为再问下去就不妥当了,教训丈夫到底不是女人家的事。谈话就这样结束了。

杜尼娅猜错了。米沙干活儿不像原来那样带劲儿,唯一的原因是他认为他回村子里安居乐业太早了,而且这种想法与日俱增。米沙每次在地方报纸上看到前方的战报,或者在晚上听到复员的红军哥萨克讲的一些情况,都要很懊恼地想:"我搞家业搞得太早了,太心急了……"但是特别使他担心的还是村里人的人心:村里有些人公然说,苏维埃政府到冬天就要完蛋了,说弗兰格尔已经从塔甫里亚出动,同马赫诺会合,已经逼近了罗斯托夫,还说协约国的大批陆战队已经在诺沃罗西斯克登陆……一个比一个荒唐的消息在村子里传播着。从集中营里和从矿山上回来的哥萨克们,吃家里饭一个夏天都吃胖了,这会儿态度十分暧昧,每天夜里喝老酒,说自己的一套话,一见到柯晒沃依,就故装淡漠地问:"你常看报,柯晒沃依,你给我们谈谈外面的情况,快把弗兰格尔打垮了吧?听说协约国又来进攻咱们了,这是真的,还是谣言?"

一个星期六晚上,普罗霍尔·泽柯夫来了。米沙刚刚下地回来,正站在台阶旁边洗脸。杜尼娅正拿罐子往他手上浇水,笑眯眯地看着丈夫那晒得黑黑的瘦脖子。普罗霍尔打了一声招呼,就坐在台阶的最下面一级上,问道:

"没听到格里高力·潘捷莱维奇的什么消息吗?"

"没有,"杜尼娅回答说,"他没有信来。"

"你想他吗?"米沙擦干了脸和手,毫无笑意地看了看普罗霍尔的眼睛。

普罗霍尔叹了一口气,拉了拉小褂的空袖子。

"当然想啦。我们一直在一块儿干嘛。"

"你们还想一块儿干吗?"

"这是什么意思?"

"哦,一块儿当兵嘛。"

"我们当兵已经当够时候啦。"

"不过我想,你一心盼望他回来,是想再去干,"米沙依然毫无笑意地说,"再去反对苏维埃政府……"

"哼,你这可是瞎说,米沙。"普罗霍尔很委屈地说。

"怎么是瞎说?村子里传着的各种各样的话,我都听到啦。"

"我说过这种话吗?你在哪儿听我说来?"

"不是你,是像你和格里高力这样一些盼望'自己人'回来的人。"

"我才不盼望那些'自己人'呢,我觉得什么人都是一样。"

"你觉得什么人都是一样,那才糟哩。咱们上屋里去吧,你别生气,我是说着玩儿的。"

普罗霍尔很不开心地上了台阶,进了过道以后,说:

"伙计,你这玩笑可是叫人不怎么开心……以前的事情应该忘掉嘛。我已经将功补过了呀。"

"以前的事情不能全部都忘掉。"米沙冷冷地说着,在桌边坐下来。"请坐,在我家吃饭吧。”

“谢谢。当然,不是什么事都能忘掉的。就比如我少了一条胳膊,我很希望忘掉,可就是忘不掉,每时每刻都要想起来。”

杜尼娅也不看丈夫,一面端饭菜,一面问道:

“怎么,照你的意思,凡是参加过白军的人,就一辈子得不到宽大吗?”

“你以为怎样呢?”

“我是这样想,就像俗话说的,谁要是记旧仇,谁就要瞎掉眼睛。”

“哼,也许,《圣经》上是这样说的,”米沙冷冷地说,“不过,依我说,一个人要永远为自己干的事情负责任。”

“政府对这种事儿没有说过什么呀。”杜尼娅轻轻地说。

她很不愿意当着外人的面前跟丈夫拌嘴,但是她在心里很生米沙的气,因为她觉得他和普罗霍尔开的玩笑很不对头,还因为他公开表示仇恨她的哥哥。

“政府没有对你说什么,政府没有什么要对你说的,不过,在白军里干过的,是要受苏维埃法律制裁的。”

“我也要受制裁吗?”普罗霍尔问道。

“你不过像头老牛,吃饱了就到棚子里睡大觉。当当勤务兵没有事儿,可是等格里高力回到家里,那就不同了。我们要问问他暴动的事儿。”

“怎么,你要问他的罪吗?”杜尼娅翻了翻眼睛,把一碗牛奶放在桌子上。

“我也要问问。”米沙很平静地回答说。

“这事儿不用你管……这种事没有你也够受了。他在红军里当差,能得到宽大……”

杜尼娅的声音哆嗦着。她用手指头摸着裙子的皱褶,在桌边坐下来。米沙就好像没有看见妻子的激动样子,仍然很平静地说:

“我也要问问。至于能不能宽大,还要等等看,还要看看他干得怎样。他叫我们的人流的血不少。还要掂量掂量,他叫谁的血流得多些……”

这是他和杜尼娅共同生活以来第一次发生口角。厨房里一片寂静,局面十分尴尬。米沙一声不响地喝着牛奶,偶尔用手巾擦擦嘴唇。普罗霍尔抽着烟,看着杜尼娅。后来他谈起农活儿上的事。他又坐了有半个钟头。临走时他问道:

“基里尔·格罗莫夫回来了。听说了吧?”

“没有。他打哪儿来?”

“从红军里回来。他也在骑兵第一师。”

“他是在马孟托夫手下干过吧?”

“他干过。”

“是个好家伙呀。”米沙冷笑着说。

“没办法再坏了！抢东西算头一个。他干这号儿事很有两下子。”

“有人谈到过他,说他杀起俘虏毫不留情。为一双军靴就杀人。杀人只是为了要靴子穿。”

“听说有这样的事。”普罗霍尔说。

“对他也应该宽大喽?”米沙用讥诮口气问道。“上帝不是说要宽待敌人并且叫我们宽待敌人吗?”

“这要看怎么说了……不过又能把他怎样呢?”

“哼,要是我呀……”米沙眯起眼睛。“我能治得他今后乖乖的！他是逃脱不掉的。维奥申就有顿河肃反委员会,会治治他的。”

普罗霍尔笑了笑,说:

“俗话说得对:山河易改,本性难移呀。他从红军里回来,也带回来不少抢来的东西。他老婆还对我老婆谝呢,说他给她带回来一件女式皮大衣,还有很多衣服和各种各样别的东西。他是在马斯拉克旅里,从那儿回来的。他肯定是开小差,把家伙都带回来啦。”

“什么家伙?”米沙问道。

“不用问嘛:一支截短的卡宾枪,噢,一支手枪,也许还有别的家伙。”

“他到苏维埃去登记过吗?你不知道吧?”

普罗霍尔大笑起来,摇了摇手,说:

“你就是用绳套套着他,也别想把他拉到苏维埃去。我看,他就是开小差。不是今天,就是明天,他就要从家里溜掉。从各方面来看,这个基里尔还想和红军打,可是你倒说起我来了。才不呢,伙计,我打够了,这种好饭我已经吃到嗓子眼儿啦。”

普罗霍尔不久就走了。过了不大的一会儿,米沙也到院子里去了。杜尼娅伺候孩子们吃过饭,刚刚铺好了床,米沙就走了进来。他手里抱着一麻袋卷东西。

“你滚到哪儿去啦?”杜尼娅气嘟嘟地问道。

“去拿我的嫁妆来。”米沙嘻嘻地笑着说。

他打开麻袋卷,拿出裹得很好的一支步枪、一个鼓鼓囊囊的子弹盒,一支手枪和两颗手榴弹。他把这一切都放到大板凳上,又小心翼翼地把煤油倒在一个碟子里。

“这是打哪儿弄来的?”杜尼娅挑了挑眉毛,瞟着这些家伙问道。

“这是我的家伙,从前方带回来的。”

“你藏在哪儿来?”

“不管藏在哪儿,反正都在这儿了。”

“你原来心思那样深,什么也不说一声,连老婆都要瞒着吗?”

米沙装做毫不在意地笑着,带着很明显的讨好意味说:

“你要知道这种事儿干啥,杜妞什卡?这不是老娘们儿的事儿。就让这份家当摆着吧,姑奶奶,这玩意儿在家里又不碍事。”

“那你干吗要拿进屋里来?你是懂国法的人,什么都知道嘛……你这样不会犯法吗?”

米沙正色说:

“你真糊涂!基里尔·格罗莫夫把家伙带回来,对苏维埃政府是有害的,可是我带回来,除了对苏维埃政府有好处,别的什么事儿都不会有。你懂吗?我犯什么法呢?天知道你瞎说些什么,快睡吧,睡吧!”

他得出他认为是唯一正确的结论:如果白军的余党带着武器回来,那么他就得提高警惕。他把步枪和手枪仔细擦了擦,第二天,天一亮,他就步行上维奥申去了。

杜尼娅一面给他往挂包里装干粮,一面很烦恼、很伤心地叹着气说:

“你什么事儿都瞒着我!你告诉我,你要去多久,去干什么?你是过的什么鬼日子呀!人要出门了,可是连话都不说一句!……你是我的男人,还是外来搭伙儿的?”

“我上维奥申,到医务委员会去,还有什么好对你说的呢?等我回来,你就全知道了。”

米沙一只手按着挂包,快步走到河边,坐上小船,迅速地朝对岸划去。

* * *

在维奥申,医务委员会的医生给米沙检查过身体以后,很干脆地对他说:

“好同志,您不能到红军队伍里去当兵。您害疟疾害得身体太虚了。要治一治,要不然可不好。红军可不要这样的人。”

“那红军究竟要什么样的人?我干了两年了,现在就不要了吗?”

“首先要的是健康的人,等您健康起来就要您了。把这张药方拿去,到药房里去拿点儿奎宁吧。”

“是这样啊……我明白了。”米沙往身上穿军便服，就像给一匹脾气很坏的马上皮套一样，好不容易才把头套进领口里，便径直朝州党委会走去，扣裤裆已经是在街上了。

……米沙回鞑靼村的时候，已经是村革命军事委员会的主席了。他匆匆地和妻子打了一下招呼，就说：

“哼，现在我们就看看吧！”

“你这是说的什么事儿？”杜尼娅惊愕地问道。

“还是那事儿嘛。”

“什么事儿呀？”

“派我当主席啦。明白吗？”

杜尼娅很伤心地把两手一扎煞，她想说几句什么，但是米沙不再听她的了。他对着镜子理了理退了色的军便服上的皮带，就上村苏维埃去了。

从冬天起，米海耶夫老汉就担任革命军事委员会主席。他又聋，眼力又差，担任主席简直是受罪，听到柯晒沃依说要接他的班，实在高兴极了。

“我的好伙计，这是公文，这是村苏维埃的印，为了基督，你接下吧。”他画着十字，搓着手，打心眼儿里高兴地说。“我七十多岁了，从来就没当过什么官差，可是到了老年倒干上了……这完全是你们年轻人的事儿，我哪儿能干得了呀？我眼又花，耳朵又聋……到了见上帝的时候啦，可是派我当起主席来了……”

米沙草草地看了看乡革命军事委员会送来的指示和命令，就问道：

“秘书在哪儿？”

“什么？”

“唉，见鬼，我是问，秘书在哪儿？”

“秘书吗？种黑麦去了。他呀，真该天打五雷轰，一星期才上这儿来一趟。有时候乡里来了公文，需要念一念，可是就是带上狗也找不到他。有时候很重要的公文就摆上好多天也没有人念。我又识不了几个大字，唉，不识字呀！连签个名字都很费劲儿，念东西根本不行，我只会盖盖印……”

米沙皱起眉头，打量打量了革命军事委员会的空荡荡的办公室，办公室里只有一些落满苍蝇屎的旧标语。

老头子因为意想不到地卸了任，高兴得不知如何是好，他甚至开起了玩笑：在把包在破布里的印交给米沙的时候，他说：

“这就是村子里的全部家当，公款是没有的，村子的权杖在苏维埃当权的时候又用不着。如果你要的话,我可以把我这个老头子用的拐杖交给你。”他并且张开没有牙的大嘴笑着,把一根磨得光溜溜的白蜡木拐杖递过来。

但是米沙却没有心思开玩笑。他又把很寒碜的革命军事委员会办公室打量了一遍,皱起眉头,叹着气说:

“老人家,就算我接下你的工作了。现在你就离开这儿,想上哪儿就上哪儿去吧。”并且拿眼睛朝门口瞟了瞟,示意叫他走。

然后他在桌边坐下来,把胳膊肘子撑得宽宽的,咬紧牙齿,把下巴往前伸着,一个人坐了很久。我的天呀,他一天到晚在地里忙活,头也不抬,也不认真看看周围发生的事情,他多么浑蛋呀……米沙恨透了自己和周围的一切,从桌边站起来,理了理军便服,望着空荡荡的屋子,依然咬着牙,说:

“伙计们,我要叫你们看看,苏维埃政府是什么样子!”

他把门带上,挂好门钩,便穿过广场朝家里走去。他在教堂旁边遇到奥布尼佐夫家的一个半大小伙子,漫不经心地点了点头,就走了过去,可是忽然想起一个问题,就转过身来,唤道:

“喂,安得留什卡！等一等,你过来!”

很腼腆的淡黄色头发的半大小伙子,一声不响地走到他面前。米沙就像对成年人一样,和他握了握手,就问道:

“你上哪儿去来？上那边去来吗？噢,噢,是去玩吧？是有事呀？我是想问问你:你好像上过高小吧？上过吧？那很好。你会办公事吧?”

“什么样的公事?”

“噢,就是一般的公事。各种各样收收发发的公事,你会办吧?”

“你说的是什么,柯晒沃依同志?”

“噢,我说的是日常来往的公文。你会办吗？比如说,有的是发出的,有的是其他各种各样的。”米沙扳了扳手指头,表示还有很多种类,并且不等回答,就果断地说:“如果不会,以后可以学会。我现在是村革命军事委员会主席,我就任命你这个识字的小伙子当秘书。你就上革命军事委员会的办公室里去吧,到那儿去把公文看一看,公文全在桌子上,我一会儿就回来。明白吗?”

“柯晒沃依同志!”

米沙摆了摆手,不耐烦地说:

“这个问题咱们以后再谈,你去上班吧。”他便慢慢地、从容不迫地顺着大街朝前走去。

他在家里换上一条新裤子,把手枪放到口袋里,一面很仔细地对着镜子戴军帽，一面对妻子说：

“我现在要到一个地方去办点儿事。如果有人来问主席在哪儿，你就说很快就回来。”

干主席就要有点儿主席的样子……米沙走得又慢又有气派；他的步伐与平时大不相同，村里有些人遇到他就不由地要停下来，含笑望望他的背影。普罗霍尔·泽柯夫在小胡同里遇到他，故意装出毕恭毕敬的样子，退到篱笆跟前，问道：

“你这是怎么啦，米沙？在平常日子把所有的好行头都穿上，就像去参加检阅一样……是不是又要去相亲呀？”

“差不多吧。”米沙意味深长地抿了抿嘴唇，回答说。

来到格罗莫夫家大门口，他一面往里走，一面伸手到口袋里掏烟荷包，警惕地打量了一遍宽大的院子、院子里的棚舍、房子的窗户。

基里尔·格罗莫夫的母亲刚刚从过道里走出来。她的身子向后仰着，手里端着一盆切成碎块的喂牲畜的南瓜。米沙恭恭敬敬地和她打了个招呼，就上了台阶。

“基里尔在家吗，大婶儿？”

“在家，在家，你进去吧。”老奶奶一面让路，一面说。

米沙走进黑糊糊的过道，摸到了门把手。

基里尔亲自给他开了上房的门，往后退了一步。他的脸刮得干干净净，面带笑容，微微有些醉意。他用迅速的、探索的目光打量了米沙一下，就从容不迫地说：

“又是一个当兵的人！进来吧，柯晒沃依，请坐，来喝一杯。我们正在这儿喝一点儿，就是说，小饮呢……”

“殷勤的款待呀。”米沙一面和主人握手，一面打量着坐在桌子旁边的客人。

他来得显然太不是时候了。坐在上座的一个宽肩膀的、米沙不认识的哥萨克，用询问的目光匆匆地看了看基里尔，就推开了酒杯。坐在桌子对面的、柯尔叔诺夫家的远亲阿贺瓦特金·谢苗，一看见米沙，就皱起眉头，把目光转向一边。

主人请米沙坐到桌旁去。

“谢谢你的盛情啦。”

“别这样，请坐，不要见外，跟我们喝一杯吧。”

米沙在桌边坐了下来。他从主人手里接过一杯酒，点了点头，说：

“祝你平安回家，基里尔·伊万诺维奇！”

“谢谢。你早就离开部队了吧？”

“早就离开了。已经安好家了。”

“听说你也安家了,也娶亲了,是吗?你干吗要做假呀?放开量喝嘛!”

“我不想喝,我找你有点事儿。”

“这可不行!你别来这一套!今天我不谈什么事情。今天我要和朋友们好好地喝一喝。你要是有事儿,明天再来吧。”

米沙从桌旁站起来,很镇静地笑着,说:

“事情倒是小事情,不过不能等。咱们上外面去一下吧。”

基里尔抚摩着精心卷过的黑胡子,沉默了一会儿,后来站了起来。

“你是不是可以在这儿说说呢?咱们干吗要败大家的兴呀?”

“不行,咱们还是出去谈吧,”米沙沉着然而固执地说。

“你就跟他出去吧,有什么讨价还价的?”米沙不认识的那个宽肩膀的哥萨克说。

基里尔很不高兴地往厨房里走去。他对正在灶边忙活着的妻子小声说:

“你上外面去,卡捷琳娜!”然后他坐到板凳上,冷冷地问:“有什么事?”

“你回家几天了?”

“怎么样?”

“我是问,你在家里住了几天了?”

“好像是第四天。”

“到革命军事委员会去过吗?”

“还没有去过。”

“你是想上维奥申的军事委员部去吧?”

“你这是什么意思?你说是有事情,就谈正经事吧。”

“我谈的就是正经事。”

“那就滚你的蛋吧!你算什么官儿,凭什么我要向你报告?”

“我是革命军事委员会主席。你把部队的证明拿出来看看。”

“是这——样——啊!”基里尔拉着长声说,并且用清醒过来的刀子一样的眼睛望着米沙的眼珠子。“原来是这么一回事儿呀!”

“就是这么回事儿。把证明拿来!”

“今天我就上苏维埃去,我带去。”

“现在就拿来!”

“我不知道放到哪儿去了。”

“去找一找。”

“不行,现在我不找。你回家去吧,米沙,别闹得咱们都不痛快。”

“咱们之间没什么痛快的……”米沙一只手伸进右边的口袋。“把衣服穿上!”

“算了吧,米沙!你顶好别碰我……”

“咱们走吧,你给我走!”

“上哪儿去?”

“上革命军事委员会去。”

“可是我不想去呀。”基里尔脸色一下子白了,可是他带着嘲弄的意味笑着说。

米沙朝左边歪了歪身子,从口袋里掏出手枪,扳起机头。

“你走不走?”他小声问。

基里尔一声不响地朝上房里走去,但是米沙拦住他的去路,拿眼睛瞟了瞟过道的门。

“伙计们!”基里尔装做毫不在意地喊道。“我现在好像是被捕了!你们自己喝吧,不必等我了!”

上房的门一下子敞开了,阿贺瓦特金刚刚迈出门槛,但是一看见对准了他的手枪,就连忙退到了门框后面。

“走!”米沙命令基里尔说。

基里尔摇摇摆摆地朝门口走去,懒洋洋地抓住门把手,忽然飞身一跃,跨出了过道,猛地把外面的门一关,就跳下了台阶。他在弯着腰穿过院子朝园子里跑的时候,米沙朝他打了两枪,都没有打中。米沙叉开两腿,把手枪筒子架在弯起的左胳膊肘上,仔细瞄了瞄。第三枪响过,基里尔好像打了个趔趄,但是他挺了挺身子,很轻巧地跳过了篱笆。米沙跑下台阶。在他身后的房子里响起猛烈而急促的步枪声。一颗子弹打在前面棚子的白墙上,嚓的一声,打落了一片灰灰的石头末子。

基里尔跑得很轻松,很快。他那弯着的身子在绿色的苹果树枝丛中闪动着。米沙跳过篱笆,卧倒下来,又对着逃跑的人打了两枪,然后转过脸朝着房子。房门大开着。基里尔的母亲站在台阶上,一只手在眼睛上搭着凉棚,朝园子里望着。米沙呆呆地想道:“真应该什么话也不说,当场把他打死!”米沙在篱笆脚下又躺了几分钟,注视着房子,一面机械地、一下一下地刮着粘在膝盖上的泥巴,然后才爬起来,很不带劲儿地爬过篱笆,垂下枪口,朝房子里走去。

五

阿贺瓦特金和米沙在格罗莫夫家看见的那个不认识的哥萨克,都和基里尔·格罗莫夫一起不见了。夜里又有两个哥萨克从村子里跑掉了。顿河肃反委员会的一小支队伍从维奥申来到鞑靼村。逮捕了一些哥萨克,把四名没有证明、私自离开队伍的哥萨克送到了维奥申的惩戒连里。

米沙天天呆在革命军事委员会里,天黑了才回家。他把上好子弹的步枪放在床边,把手枪掖在枕头底下,睡觉也不脱衣服。在和基里尔发生冲突以后的第三天,他对杜尼娅说:

“咱们睡到过道里去。”

“干什么?”杜尼娅惊愕地问。

“他们会对着窗户开枪。床就靠着窗户嘛。”

杜尼娅一声不响地把床搬到过道里,可是晚上她问道:

“怎么,咱们就一直这样像兔子一样过下去吗?等冬天到了,咱们也躲在过道里吗?”

“到冬天还早着呢,暂时凑合着住住。”

“要凑合到什么时候呢?”

“等我把基里尔打死就行了。”

“他才不会伸出脑袋来叫你打呢!”

“会伸出来的。”米沙很有把握地回答说。

但是他的打算没有实现:基里尔·格罗莫夫和他的朋友一起跑到顿河那边去了。他听说马赫诺的队伍要来了,就过河到顿河右岸,跑到克拉斯诺库特镇去了,因为听说马赫诺匪帮的前哨部队已经到了那里。夜里他到村子里来过,在街上无意中碰到普罗霍尔，就叫普罗霍尔转告米沙，说他格罗莫夫向他问候，并说一定要来拜访。第二天早晨，普罗霍尔就把见到基里尔的事以及他说的话告诉了米沙。

“好啊，让他来吧。上一次跑掉了，下一次他跑不掉。他教会了我怎样和他们这些家伙打交道，就因为这一点也应该谢谢他。”米沙听了普罗霍尔的话以后说。

马赫诺确实到了上顿河州的境内。在康柯夫村附过，经过短时间的战斗，把从维奥申派出去迎击他的一个步兵营打垮了。但是他没有向州中心进军，而是向米列洛沃车站方面开去，在车站北面跨过铁路线，朝斯塔罗别尔斯克去了。那些死心塌地的白军哥萨克都加入了他的队伍，但是大多数哥萨克都还待在家里观望。

米沙依然过着时时提防的日子，细心注视着村子里的情况。村子里的情形实在不怎么景气。哥萨克们因为买不到东西，一个劲儿地咒骂苏维埃政府。不久前成立的合作社的小铺子里几乎什么都没有。肥皂、糖、盐、煤油、火柴、烟丝、车轮油——这些最急需的东西都没有卖的。在空空的货架子上只摆着一些昂贵的阿司莫洛夫工厂的纸烟和一些小五金商品，这些东西几个月都没有买主。

因为没有煤油，夜里点的是放在碟子里的炼过的牛油或者猪油。没有烟丝，大家抽的全是自制的土烟。没有火柴，所以又广泛地使用起火石和铁匠匆匆打成的火镰。为了容易引火，还将火绒加了葵花秆子灰放在开水里煮过，但是因为不习惯，取火还是非常困难。有好几次，米沙晚上从革命军事委员会回来，看见许多抽烟的人在胡同口围成一堆，一齐在用火石打火，小声骂着娘，说：“苏维埃政府，给点儿火吧！”终于，有人打出的火星落在干燥的火绒上，燃烧起来，于是大家一齐就着火抽起烟来，一声不响地蹲下去，聊起天来。卷烟的纸也没有了。把教堂更房里的一些诗韵书都偷了出来，等到把这些书抽完了，于是家家户户把什么都拿来卷烟了，从小孩子的旧教科书到老头子的《圣经》，无一幸免。

普罗霍尔·泽河夫常常上原来的麦列霍夫家里来，向米沙要卷烟的纸，有一次很伤心地说：

“我老婆的箱子盖上糊着的旧报纸，我都撕下来抽掉了。有一本《新约》，这可是圣书，我也抽掉了。旧约也抽掉了。这些圣人写的圣书实在太薄了……我老婆有一本家谱，上面都是亲属的名字，有活人的，有死人的，我也抽掉了。怎么，非要叫我拿白菜叶子或者牛蒡叶子卷烟不可吗？不行啊，米沙，不管怎样，你要给我点儿报纸。我不抽烟可不能过日子。在俄德战争的时候，有一回我拿口粮换了八根烟卷儿呢。”

这一年秋天，鞑靼村里的日子过得很不愉快……没有油的大车轮子吱嘎吱嘎地叫着，没有抹松香的皮套和皮靴都干得裂了缝，但是最难受的还是没有盐吃。鞑靼村的人用几只大肥羊到维奥申换了五斤盐，回来的一路上又是咒骂苏维埃政府，又是咒骂荒乱的年头。米沙为了这该死的盐伤够了脑筋……有一天，有几个老头子到村苏维埃来了。他们很有礼貌地和主席打过招呼，摘下帽子，坐到长板凳上。

“盐没有啦，主席老爷。”一个老头子说。

“现在没有老爷啦。”米沙给他纠正说。

“请原谅，这是因为原来叫惯了……没有老爷能过日子，可是没有盐不行啊。”

“诸位老人家，你们想怎样呢？”

“你是主席，要想想法子运点儿盐来。我们不能用老牛从马内契往这儿运盐呀。”

“我已经把这事儿报告州里了，州里已经知道了，大概不久就能运来。”

“要等到哪一年呀？”一个老头子看着地面说。

米沙火了，从桌边站了起来。他气得满脸通红，把口袋翻了过来。

“我也没有盐呀。你们看见吗？我身上也没有驮着盐，又不能从手指头上给你们挤出盐来。明白吗，诸位老人家？”

“那些盐都跑到哪儿去了呢？”冷了一会儿场之后，独眼的老头子丘玛科夫带着惊奇的神气用一只眼睛看着大家，问道。“以前，在旧政府那时候，从来没有人谈过盐的事，盐到处堆得像山一样，可是这会儿连一小撮都弄不到了……”

“这跟我们的政府没关系，”米沙已经比较镇静地说，“要怪只能怪你们原来的士官生政府！是他们造成这样的混乱，弄得连盐都没法子运！所有的铁路都破坏了，火车也破坏了不少……”

米沙对老头子们讲了半天，讲白军在撤退时如何破坏国家财产，如何炸工厂、烧仓库。有些事情是他在打仗时亲眼见到的，有些是他听说的，还有一些是他一时心血来潮编造的，唯一的目的是想叫他们不要对可爱的苏维埃政府不满。为了维护苏维埃政府，不妨撒点儿谎，使使小点子，他在心里说：“就是我诬赖坏蛋们几句，也没有多大了不起的，反正他们是坏蛋，他们也不会因此受到损失，可是这对我们却有好处……”

“怎么，你们以为，他们这些资产阶级都是呆子吗？他们才不傻呢！他们把全俄罗斯的糖和盐,都搜刮了来,有好多万普特呢,都事先运到克里米亚去了,在那儿又装上轮船,运到外国卖去了。”米沙眨动着眼睛说。

“怎么,他们连大车油也运走了吗?”独眼的丘玛科夫带着不相信的口气问道。

“老人家,你以为他们会给你留下吗?他们不管劳动人民的死活,也用不着心疼你。就是大车油他们也能找到买主!如果可能的话,他们会把什么都弄走,叫这儿的老百姓都饿死呢。”

“这话倒也是的。”一个老头子表示赞同说。“财主全是吸血鬼。自古以来都是这样:人越是有钱,就越是贪心。维奥申有一个商人,在第一次逃难的时候,把什么东西都往大车上装,把东西全装上,连一针一线也舍不得丢下,这时候红军已经离得很近了,可是他还没有出院子,穿着皮袄在房子里跑来跑去,用钳子拔墙上的钉子。他说:‘我连一根钉子也不想留给他们那些可恶的家伙!’这么看,他们把大车油运走,也不算稀奇了。”

“那我们没有盐吃,究竟怎么办呀?”谈到最后,马克萨耶夫老汉很和善地问道。

“我们的工人很快就能挖出新盐来,目前也可以用马车到马内契去拉嘛。”米沙小心翼翼地出主意说。

“老百姓都不愿意上那儿去。那儿有加尔梅克人捣蛋,不让到湖上去拉盐,还要把牛抢去。我有一个朋友只拿着一根鞭子从那儿回来了。夜里,在维里柯克西亚什镇那边,来了三个带枪的加尔梅克人,把牛抢去,还指着他的喉咙说:‘不许出声,要不然你不得好死……’所以谁也不敢上那儿去啦!”

“只好等一等了。”丘玛科夫叹着气说。

米沙和老头子们总算马马虎虎谈好了,但是在家里,又因为盐的事,他和杜尼娅谈得很不愉快。总的来说,他们的关系有点儿不大协调了……

这是从米沙当着普罗霍尔的面谈到格里高力的那一天开始的,那一次小小的争执竟没有被忘掉。有一天吃晚饭的时候,米沙说:

“你的菜汤没有盐呀,内当家的。是不是像俗话说的,淡了还有办法,咸了怕挨打呢?”

“如今有这个政府,做菜咸不了。你知道咱们还剩多少盐吗?”

“还有多少?”

“还有两把。”

“真糟糕。”米沙叹着气说。

“有很多人夏天就到马内契去拉盐了,可是你总是没工夫去想这些事。”杜尼娅用埋怨的口气说。

“我哪儿有牲口去拉盐呢?牛又不行,出嫁头一年就把你套上,又不大像话……”

“你先别开玩笑吧!等你吃够了没盐的东西,再开玩笑吧!”

“你干吗要向我发脾气呀?说实在的,我到哪儿给你弄盐去?你们女人家就是这样……我要是能吐出盐来,那我吐给你们。如果吐不出盐来,叫我他妈的怎么办呢?”

“人家都赶着牛车上马内契去过。人家这会儿盐也有了,什么都有了,可是咱们就只能吃又淡又酸的东西了……”

“杜尼娅,咱们马马虎虎能熬过去。大概很快就能运盐来。我们还缺这玩意儿吗?”

“你们什么都多得很。”

“这‘你们’,指的是谁?”

“我说的是红军。”

“那你是什么人?”

“就是你看见的这样一个人。你们吹呀,吹呀,说什么:‘我们什么都要有很多很多,还要过又平等又富裕的日子……’瞧,这就是你们的富裕日子:做菜汤都没有盐放啦!”

米沙惊骇地看了看妻子,脸色都白了。

“杜尼娅,你这是怎么啦?你怎么说这种话?能这样说吗?”

但是杜尼娅来了性子:她的脸气得和恼得也发了白,换成喊叫的声音说:

“可是,能这样过日子吗?你瞪什么眼睛?你这个主席,知道不知道,人不吃盐就要肿牙花子?你知道不知道,很多人拿什么当盐吃?他们跑到涅恰耶夫冈那边,到碱地里去挖碱土,就把碱土放到菜汤里……这事儿你听说了吗?”

“别发急,别吵嘛,我听说过……这又怎样呢?”

杜尼娅把两手一扎煞,说:

“还有什么怎样不怎样呀?”

“无论怎样总要凑合着熬过去吧?”

“哼,你去熬吧!”

“我是可以熬过去的,可是你……你们麦列霍夫家的本性都在你身上露出来啦……”

“什么样的本性?”

“反动的本性,就是这种东西!”米沙低沉地说过这话,就从桌边站了起来。他看着地面,也不抬眼看妻子;他的嘴唇轻轻哆嗦着,说道:“你要是再说这种话,咱们就没法在一块儿过了,你要明白!你说的话是敌人的话……”

杜尼娅还想反驳,但是米沙侧眼看了看她,并且举起了攥成拳头的手。

“住嘴!……”他低沉地说。

杜尼娅并不害怕,她带着掩饰不住的好奇神情仔细打量了他一下,过了一会儿,就又镇静又快活地说:

“唉,得了吧,咱们干吗要谈这些鬼事情……咱们没有盐也能过得去!”她沉默了一会儿,就带着米沙一向很喜欢的微笑,说:“别生气,米沙!要是对我们女人家什么事儿都生气的话,气还不够用的呢。因为脑子糊涂,什么话都能说得出来……你想喝果子汤,还是给你端点儿酸牛奶来?”

杜尼娅虽然年轻,却已经有了丰富的生活经验,她懂得,在夫妻争吵的时候,什么时候应该坚持下去,什么时候应该忍让……

在这以后,过了有两个星期,收到格里高力的一封信。信上说,他在和弗兰格尔的部队作战中受了伤,又说,等伤愈后,很可能要复员回家。杜尼娅把信的内容对丈夫说了说,小心翼翼地问道:

“等他回家来,米沙,那时候咱们怎么过法呢?”

“咱们搬到我家里去。叫他一个人住在这儿。把家产分开。”

“咱们和他一块儿过,恐怕不行。从各方面来看,他会把阿克西妮亚接过来。”

“就算是行的话,我也不愿意和你哥哥同住在一座房子里。”米沙很决绝地声明说。

杜尼娅惊愕地动了动眉毛。

“为什么,米沙?”

“你知道嘛。”

“是因为他在白军里干过吗?”

“是的,是的,就因为这个。”

“你不喜欢他呀……你和他本来是好朋友嘛!”

“我要他这种朋友干他妈的什么?我会喜欢他?以前是朋友,可是早就绝交啦。”

杜尼娅坐在纺车后面。纺车有节奏地嗡嗡响着。纺的线一下子断了。杜尼

娅用手把纺车停住,也不看丈夫的脸,一面捻断线,一面问:

“他要是回来,因为干白军的事会把他怎么样呢?”

“要上法庭。要判罪。”

“究竟会判他什么罪呢?”

“那我就不知道了,我又不是法官。”

“会判枪毙吗?”

米沙朝米沙特卡和波柳什卡睡的床上望了望,听到他们的均匀的呼吸声,就放低了声音,回答说:

“会的。”

杜尼娅再也没有问什么。第二天早晨,她挤完牛奶,就去找阿克西妮亚。

“格里沙快回来了,我来叫你高兴高兴。”

阿克西妮亚一声不响地把装满水的铁罐放在炉台上,两手紧紧按在胸前。杜尼娅看着她的火红的脸,说:

“你可不要太高兴了。我那一口子说,他脱不了要吃官司。天知道会判他什么罪呀。”

在阿克西妮亚那含泪的、闪闪发光的眼睛里,闪过一阵恐怖的神情。

“因为什么?”她上气不接下气地问道,然而她还无法收住嘴唇上来迟了的笑。

“因为暴动的一些事情。”

“胡说!才不会判他罪呢。你的米沙什么也不懂,还要充万事通!”

“也许不会判罪。”杜尼娅沉默了一会儿,后来把一声叹息压下去,说:“他恨我小哥……所以我心里十分难受,说又不能说!我小哥真可怜呀!他又挂花了……他这一辈子真不顺心呀……”

“只要他能回来就行:我们可以带上孩子们逃到别处去。”阿克西妮亚激动地说。

她不知为什么把头巾扯下来,接着又披上去,并且毫无目的地挪动着搁板上的碗碟,怎么都压制不住十分强烈的激动心情。

杜尼娅看出,阿克西妮亚坐到板凳上,在膝盖上抚摩破旧的围裙皱褶的时候,两只手打着哆嗦。

一股泪水涌到杜尼娅的喉咙眼儿里。她真想一个人大哭一场。

“妈妈没有等到他啊……”她小声说。“好,我走了。要去生炉子了。”

阿克西妮亚在过道里又急促又羞涩地亲了亲她的脖子,又抓住她的手亲了亲。

“你高兴吗?”杜尼娅上气不接下气地小声问道。

“是的,有点儿,一点点儿……”阿克西妮亚这样回答,是想用开玩笑和哆哆嗦嗦的微笑掩饰已经涌出来的眼泪。

六

在米列洛沃车站,因为格里高力是一位复员的红军指挥员,所以给他派了一辆大车。在回家的路上,他在每一个乌克兰大村庄里都要换马。走了一天一夜,就来到上顿河州的边境。就在第一个哥萨克村庄里,担任革命军事委员会主席的一个刚从部队里回来的年轻红军说:

“指挥员同志,您非得坐牛车不可了。我们全村只有一匹马,就连这匹马也还是用三条腿走路。所有的马都在逃难的时候丢在库班了。”

“是不是可以凑合着用用这匹马呢?”格里高力用手指头在桌子上敲着,用试探的目光望着这位精明的主席那愉快的眼睛,问道。

“不能用。用这匹马走上一个星期,您也到不了家!不过请您放心,我们有很好的牛,腿脚很快,我们反正要派一辆大车到维奥申去送电话线,因为这次仗打过以后,把电线都堆在我们这儿了;您也用不着换车了,可以把您一直送到家。”主席眯缝起左眼,一面笑一面意味深长地挤着眼睛,说:“我们给您几头顶好的牛,还派一个年轻寡妇给您赶车……我们这儿有一个很漂亮的娘们儿,就是做梦也找不到比她更好的啦!有她在一块儿,您不知不觉就到家了。我当过兵,知道当兵人喜欢的种种玩意儿……”

格里高力一声不响地在脑子里盘算了一阵子。等顺路的马车又靠不住,步行又太远,只有同意坐牛车走了。

过了一个钟头，来了一辆破牛车。车轮子吱扭吱扭响着；车后挡板没有了，插着几块木头片，胡乱垫上的干草一绺一绺地耷拉着。格里高力很厌恶地看着这辆破牛车，心里想："打仗打到这种地步啦！"赶车的女子摇着鞭子，跟牛并排走着。她确实很漂亮，身材也很匀称。只有那大得和个头儿不相称的乳房显得有点儿不大协调，再就是那圆圆的下巴上有一道斜疤，给她的脸增添了老于世故的神气，并且使她那张黑糊糊、红扑扑的年轻的脸显得好像老了一点儿；鼻梁上还有一些像米粒儿一样小小的金色雀斑。

她一面理头巾，一面眯缝起眼睛，仔细打量了一遍格里高力，问道：

"就是送你吧？"

格里高力从台阶上站了起来，掩上军大衣。

"是送我。你装上电线了吗？"

"就该我这个倒霉的给他们装车吗？"这个哥萨克女子大声嚷了起来。"天天赶车，天天干活儿！怎么，就是我好说话吗？他们自个儿会把电线装上去的，要不然我就赶着空车走了！"

她往车上搬着电线，大声和主席骂着玩儿，偶尔侧眼用探索的目光瞟一瞟格里高力。主席一直在笑着，喜滋滋地望着年轻寡妇。有时候他朝格里高力挤挤眼睛，好像是在说："你看我们这儿的娘们儿多漂亮！可是你还不相信呢！"

村外，色调暗淡的、褐色的秋日原野远远地铺展开去。一股灰白色的烟气从耕地上慢慢升起来，从大路上飘过去。耕地的人在烧灰，烧的是一蓬一蓬的干黄鼠狼草、开过花的多纤维的长齿草。这烟味儿在格里高力心中勾起惆怅的回忆：当年他格里高力也在安静的秋天原野上耕过地，夜里常常眺望满天星斗的夜空，倾听高空里飞过的雁群的呼唤声……他很不平静地在干草上转悠起来，侧眼看了看赶车的女子。

"你多大岁数啦，大嫂子？"

"快六十岁啦。"她只用眼睛笑着，娇声娇气地回答说。

"说真的，别开玩笑。"

"二十一岁。"

"守寡了吗？"

"守寡啦。"

"你男人怎么死的？"

"阵亡啦。"

"很久了吗？"

"已经一年多了。"

"是在暴动的时候吧?"

"是在暴动以后,快到秋天的时候。"

"噢,你的日子过得怎样?"

"凑合着过。"

"寂寞吗?"

她仔细看了他一眼,把头巾往嘴唇上拉了拉,遮住笑容。她再说起话来的时候,她的声音低些了,而且声音中出现了一种新的语调:

"干起活儿来,就不觉得寂寞了。"

"没有男人总寂寞吧?"

"我家里还有婆婆,家务活儿多得很。"

"没有男人怎么过呀?"

她转过脸来朝着格里高力。她那黑糊糊的脸上泛起一阵红晕,眼睛里冒起一阵红红的火花,又熄灭了。

"你这是什么意思?"

"就是那个意思。"

她把头巾从嘴唇上推开,拉着长声说:

"唉,这话就别问了!世界上还有的是人嘛……"她沉默了一会儿,又继续说:"我和我男人还没有过到什么甜日子,结婚才一个月,就把他抓去当兵了。没有他,我凑凑合合能过得去。这会儿好些了,年轻哥萨克都回到村里来了,要不然可够受。喔,白头顶!喔!老总啊,就是这样呀!我就是这种命呀。"

格里高力不做声了,他觉得完全不应该用开玩笑的腔调谈这种事。他有些后悔了。

几头又大又肥的公牛依然跨着均匀的、大摇大摆的步子往前走着。有一头公牛右边的角曾经断过,长出来的新角斜斜地歪到额头上。格里高力用胳膊肘子撑着身子,半闭着眼睛,躺在车上。他想起小时候以及后来长大成人后干活儿用过的那些老牛。那些牛的毛色、个头儿、脾气各不相同,甚至每一头牛的角都各有各的样子。以前麦列霍夫家有一头公牛,角也是歪到了一边,非常难看。那头牛又凶又狡猾,总是转悠着布满血丝的白眼珠子斜着眼看人,看见有人从后面走来,就要踢人;在农忙时候,到夜里放它去吃草,它总想朝家里跑,或者,更糟糕的是,跑到树林里或者很远的山沟里去。格里高力常常要骑着马整天整天地在草原上到处寻找,等到找得泄了气,认为再也找不到走失的公牛了,却忽然又在山沟里，在密密丛丛的荆棘棵子里，或者在一棵枝叶茂密的老野苹果树的树荫里发现了它。那一头独角魔鬼还很会脱笼头，夜里常常用角顶开牲口院子的门钩，跑出去，泅过顿河，跑到草甸子上去。那头牛当时给格里高力找了不少麻烦，使他伤了很多脑筋……

“这头断角的牛怎样，老实吗？”格里高力问道。

“很老实。怎么样？”

“我是随便问问。”

“如果再没有别的话说，‘随便问问’倒是好话。”赶车的女子冷笑着说。

格里高力不做声了。他想想过去的事，想想太平日子，想想干活儿，想想一切和战争无关的事情，就觉得非常愉快，因为这一连打了七年的仗，使他厌恶透了，只要一想起打仗，一想起和当兵有关的任何一件事情，他都感到心里极其厌烦，并且暗暗感到忿恨。

他不再打仗了。打仗打够了。他现在是回家去，终于可以干活儿了，可以和孩子们、和阿克西妮亚在一块儿过过日子了。还在前方的时候，他就打定主意要把阿克西妮亚接到家里来，让她抚养孩子们，让她天天在他身旁。这事儿也要解决，而且越快越好。

格里高力美滋滋地幻想着，他回到家里怎样脱去军大衣和皮靴，穿上肥大的布靴子，按照哥萨克的习惯，把裤腿掖进白毛袜筒里，把粗布外套套到棉袄上，就下地干活儿去。手扶犁把，跟着犁顺着潮乎乎的垄沟往前走，拿鼻子拼命吸着犁起来的泥土那淡淡的潮湿味儿和犁断的青草那种苦丝丝的味儿，真是痛快极了。在外乡外地，就是泥土气味、青草气味也和家乡的不一样。他在波兰，在乌克兰，在克里米亚，不止一次把灰灰的野蒿头儿放在掌心里揉烂了，闻一闻，就很惆怅地想：“不对，这不是那种味道，是另外一种味道……”

可是赶车的女子感到寂寞了，想说说话儿了。她不赶牛了，坐舒服些，拿手揪弄着鞭梢儿，偷偷地把格里高力，把他那张聚精会神的脸和半闭着的眼睛打量了半天。“他虽然有了白头发，可是并不怎么老，而且真有点儿怪，”她想道，“老是把眼睛眯缝着，他干吗要眯缝眼睛呀？他好像疲乏得要命，就好像拉过老重的大车……他的长相倒不错。就是白头发多了一点儿，瞧，连胡子也差不多都白了。不过样子还是挺漂亮的。他一个劲儿在想什么呢？起初他好像是想开开玩笑，可是后来就不声不响了，只问了一句什么牛的事儿。怎么，他没有什么要谈的了吗？也许，是不是不好意思？不像。他的眼神很镇定嘛。是的，是一个很漂亮的哥萨克，就是有点儿古怪。哼，你就不开口吧，罗锅子鬼！我才不巴结你哩，真的！我也会不开口！一心想回家找老婆呢。哼，你不开口就不开口吧！”

她把脊梁靠在车厢板上，小声唱起歌来。

格里高力抬起头来，看了看太阳。天还很早。闷闷不语地守卫着大道的去年的蓟草的影子只有半步长；从各方面看来，这时候至多不过下午两点钟。

草原就像沉醉了似的，静得连一点声息也没有。太阳也不灼人。微风无声地拂动着红红的枯草。四周既听不见鸟鸣声，也听不见金花鼠的叫声。寒冷的、蔚蓝色的天上也没有老鹰打圈子。只有一次，一道灰灰的影子从大路上滑过去，格里高力还没有抬起头来，就听见老大的翅膀那沉重有力的扇动声：一只银灰色的、翅膀腋部在阳光中闪着白光的大雁飞了过来，落在远处一座古守望台旁边，那边有一片太阳晒不到的洼地，洼地和雾蒙蒙的淡紫色的远方融合在一起了。以前，只有在深秋时候，格里高力才会在草原上看到这种凄凉而肃穆的寂静，这时候他好像都能听见在草原上、在前面很远很远的地方滚着的风卷球儿在枯草上滚动的沙沙声。

大路好像没有尽头，弯弯曲曲地经过一面长长的山坡，就进了一条山沟，然后又朝一道土冈顶上爬去。四下里望去，依然是望不到边的、肃静的大草原。

格里高力欣赏起一丛生长在山沟斜坡上的鞑靼槭树。早霜打过的槭树叶子呈现出一片灰红色，就好像撒上了一层还没有熄灭的火炭灰。

“你叫什么名字，大哥？”赶车的女子用鞭把子轻轻捅了捅格里高力的肩膀，问道。

他哆嗦了一下，转过脸来朝着她。她望着一边。

“我叫格里高力。你叫什么？”

“我叫‘无名氏’。”

“那你就闭嘴吧，‘无名氏’。”

“闭嘴闭够了！半天不说话，嘴里都发干了。你怎么这样不开心呀，格里沙大哥？”

“我有什么可开心的呢？”

“你现在回家去，应该很开心嘛。”

“我开心的年岁过去啦。”

“嘿，也充起老头子来了。你这样年轻，怎么头发都白了？”

“你倒是什么事儿都想知道……白了头，不用说，是因为日子过得太好了嘛。”

“你娶过亲吗，格里沙大哥？”

“娶过。‘无名氏’,你也应该快点儿嫁人。”

“为什么要快点儿?”

“你太风流了……”

“这不好吗?”

“有时候不好。我认识一个这样风流的女人,也是个寡妇,风流来,风流去,后来她的鼻子就塌下去了……”

“哎哟,天啊,好可怕呀!”她故装惊骇地叫道,但是马上又十分认真地说:“我们寡妇的事儿就是这样,如果怕狼,就别上树林子里去。”

格里高力看了她一眼。她咬着细碎的白牙,不出声地笑着。她那翘着的上嘴唇笑得哆嗦着,一双眼睛在下垂的睫毛里面很调皮地闪烁着。格里高力不由地笑了笑,把一只手放在她那热乎乎、圆滚滚的膝盖上。

“你的命真苦,真可怜呀,‘无名氏’!”他很怜惜地说。“你才二十来岁,就过起这种日子来了……”

忽然她的快活神气一下子就不见了。她冷冷地推开他的手,皱起眉头,脸涨得通红通红的,连鼻梁上那小小的雀斑都看不出来了。

“等你回到家里,去可怜你老婆吧,我不用你可怜也行了!”

“你别生气,别发急嘛!”

“去见你的鬼吧!”

“我说这话是好心好意的呀。”

“你和你那好心肠都滚你妈的蛋吧……”她像男子一样又老练又娴熟地骂着,忽闪着阴暗下去的眼睛。

格里高力扬了扬眉毛,窘得咯咯了两声,说:

“你骂起来好狠啊！你真没有家教。”

“你又怎么样呢？那你就是穿着爬满虱子的军大衣的圣人了！我才认识你们这些家伙呢！快嫁人吧,还有这个那个的,哼,你变成这样的好人才多久啊?”

“是的,没有多久。”格里高力笑着说。

“那你干吗教训起我来了？这种事儿自有我婆婆来管。”

“哎,算了吧,你这傻娘们儿,干吗要生气呀？我不过随口这样说说罢了。”格里高力用妥协的口气说。“你瞧,咱们只顾说话,牛都离开正路啦。”

格里高力在车上躺舒服些,匆匆地朝这个风流寡妇瞥了一眼,就看到她的眼里含着泪水。“这真是莫名其妙！这些女人家总是这样……”他想道,并且觉得心里很不自在、很烦恼。

他躺在车上,用大衣襟蒙住脸,很快就睡着了,在天快黑的时候才醒过来。苍白的黄昏时候的星星在天空闪烁着。干草的气味又清新又好闻。

“该喂喂牛啦。”她说。

“好,就在这儿歇吧。”

格里高力亲自把牛卸下来,从军用包里掏出面包和一听肉罐头,搂了一大抱干枯的野草,抱过来,在离大车不远的地方生起一堆火来。

“来,坐下吃饭吧,‘无名氏’,别生气了。”

她靠着火堆坐下来,从布袋里抖搂出一块面包和一块陈得长了毛的猪油。吃饭的时候,他们说的话很少,也很和气。后来她在车上躺了下来;格里高力为了不让火熄灭,往火堆里扔了几块干牛粪,就像行军时那样,在火堆旁边躺下了。他枕着军用包,躺了半天,望着满天星斗的夜空,断断续续地想着孩子们,想着阿克西妮亚,后来刚刚朦胧入睡,就被甜甜的女人声音唤醒了:

“你睡着了吗,老总?睡着了没有?”

格里高力抬起头来。他的女伴正用胳膊肘撑着,从车上探下身来。她的脸被尚未熄灭的火堆那晃晃不定的火光一照,显得又红又娇艳,牙齿和头巾的花边儿白得耀眼。就好像他们从来没有争吵过一样,她又笑盈盈的,挑动着眉毛,说:

“我怕你在那儿冻坏。地上很凉。你要是觉得冷的话,到我这儿来吧。我的皮袄才暖和哩!过来,好吗?”

格里高力想了想,就叹着气回答说:

“谢谢啦,大嫂子,我不想去。不像一两年以前那样了……我在火堆旁边大概冻不坏。”

她也叹了一口气,说:

“那就随你的便吧。”说过,便用皮袄连头蒙了起来。

过了不大的一会儿,格里高力爬起来,收拾起自己的东西。他决定步行回家,好在天亮以前赶到鞑靼村。他这样一个退伍回来的指挥员,大白天里坐牛车回家是不大像样子的。这样回家会惹得很多人笑话和议论……

他把赶车的女子叫醒,说:

“我要走着回去了。你一个人呆在野地里不害怕吧?”

“不怕,我不是胆小鬼,再说,这儿离村庄很近。你怎么,等不及了吗?”

“你猜对了。好吧,再见,‘无名氏’,如有不周到的地方,请多多担待!”

格里高力走上大路,把军大衣领子向上提了提。刚刚飘下的小小的雪花落在他的睫毛上。风从北方刮来,在一阵阵的冷风中,格里高力闻到了又熟悉又亲切的雪的气味。

* * *

米沙到镇上去了,黄昏时候才回来。杜尼娅在窗口看到他来到大门口,就连忙把头巾披到肩上,走出来迎他。

“格里沙今天早晨回来了。”她站在大门口,带着担心和等待的神气看着丈夫,说。

“恭喜你呀。”米沙用镇定和有点儿讥讽的口气回答说。

他咬紧嘴唇,进了厨房。他的颧骨下面有两个大包不住地咕嘟着。波柳什卡坐在格里高力的膝盖上,姑姑给她穿起干干净净的衣服,把她打扮得很漂亮。格里高力小心地把孩子放在地上,就面带笑容,伸出一只黑黑的大手,上前迎接妹夫。他本来想拥抱米沙,但是一看见那没有笑意的眼睛里的冷冰冰的、敌视的神色,就煞住了。

“你好啊,米沙!”

“你好。”

“咱们好久没见面啦! 好像有一百年了。”

“是的,是很久了……恭喜你平安回来。”

“谢谢。这么说,咱们成了亲戚啦?”

“是的……你的腮上怎么出血啦?”

“噢,没事儿,是剃刀划破的,刮脸刮急了。”

他们在桌边坐下来,一声不响地互相看着,都感到生分和别扭。他们需要严肃地谈一谈,但是现在还不是时候。米沙还是能沉得住气的,于是他心平气和地谈起家常,谈起村里的变化。

格里高力望着窗外那盖了一层淡蓝色新雪的大地,望着光秃秃的苹果树枝。他没有想到和米沙的会面是这样的……

不一会儿,米沙就走了出去。他在过道里的石头上把小刀仔细磨了磨,对杜尼娅说:

“我想找个人来宰一只羊。应该好好招待招待当家人。你快去弄酒来。别急嘛,是这样:你上普罗霍尔家去,叫他把地挖一挖,把酒挖出来。他干这种事儿比你快当。叫他来吃晚饭。”

杜尼娅高兴得满脸放出光来,带着感谢的神气一声不响地看了看丈夫……

“也许,一切都能平平安安地过去……本来嘛,仗都打完了,他们之间还有什么过不去的呢？但愿他们都能聪明起来!”她满怀希望地想着,朝普罗霍尔家里走去。

不到半个钟头,普罗霍尔就气喘吁吁地跑来了。

“格里高力·潘捷莱维奇！……我的好伙计呀！……真没想到还能看见你呀！……”他用很高的哭腔叫了起来,并且在门槛上绊了一下子,差一点儿把酒坛子打碎。

他抱住格里高力哭了一阵子,用拳手擦了擦眼睛,又捋了捋泪水打湿了的胡子。格里高力的喉咙眼儿也哆嗦了一阵子,但是他憋住了,他又感动又粗鲁地朝他的忠心的传令兵的背上拍了一掌,前言不搭后语地说：

“咱们又见面了……唉,我见到你很高兴,普罗霍尔,我太高兴了！你怎么,成了老头子啦,流起眼泪来啦？心肠软啦？没有那股硬劲儿啦？你的胳膊怎么样了？另一条胳膊没有叫你老婆打断吧？”

普罗霍尔用劲擤了一下鼻涕,把皮袄脱了下来。

“我和我老婆过得才亲热呢。另一条胳膊,你瞧,好好的呢,就连波兰佬砍掉的这一条,又要长出来啦,实在话！再过一年,就要长手指头了。”他晃荡着空袖筒子,依然带着以往那种快快活活的神气说。

战争使他们学会了用笑掩饰真实的心情,将辛酸掺和到玩笑里;因此格里高力也用玩笑的口吻继续问道：

“日子过得怎样,老山羊？蹦得怎样？”

“像老头子一样,慢慢地蹦。”

“离开我以后,你没有再搞上什么吧？”

“你这是说的什么？”

“噢,伙计,就是去年冬天你搞的那种事儿……”

“潘捷莱维奇呀！不行啦！如今我哪有那种本钱啊？我这一条胳膊的人还能搞到什么呀？这是你干的事情了,你又年轻,又是光棍儿……我的家什只能给老娘们儿当刷子去刷锅了……”

他们这两个战壕里的老伙伴一下子见了面,都十分高兴,笑哈哈的,互相对看了半天。

“你这次回来,不走了吧？”普罗霍尔问。

“不走啦。复员啦。”

“你干到什么级别啦？”

“当了副团长。”

“干吗要早早地放你回来?”

格里高力脸色阴沉下来,简短地回答说:

“用不着我了。”

“这是为什么?”

“不知道。大概是因为历史问题。”

“军官特别管理处的审查组已经审查过你的问题了嘛,还有什么历史问题呢?”

“问题少不了。”

“米沙在哪儿?”

“在院子里。喂牲口呢。”

普罗霍尔坐近些,压低声音说:

“一个月以前,把普拉东·里亚布契柯夫枪毙了。”

“你说什么?”

“说的是实话!”

过道的门吱扭响了一声。

“咱们以后再谈吧,”普罗霍尔小声说,然后又大声说:“首长同志,遇到这样高兴的事儿,咱们来好好喝两盅吧?把米沙喊来吧?”

“你去喊吧。”

杜尼娅把菜端了上来。她真不知道怎样来款待哥哥才好:给他膝盖上铺了一条干净手巾,又把一碟子腌西瓜推给他,把酒杯擦了有五六遍……格里高力并且含笑注意到,杜尼娅对他称呼起“您”来了。

起初,米沙在桌上一声也不响,仔细听着格里高力说话。他喝得很少,很勉强。可是普罗霍尔却是一杯一杯地干,不过脸红一红,再就是不住地用手捋着灰白色的小胡子。

杜尼娅给孩子们吃过饭,并且服侍他们睡下以后,把一大盘子烧羊肉端上桌来,小声对格里高力说:

“小哥,我去叫阿克西妮亚来,您没有意见吧?”

格里高力一声不响地点了点头。他以为谁也没有看出,他整个晚上都处在紧张的等待状态中,但是杜尼娅却看到,他一听到门响就竖起耳朵,仔细听听,并且还要侧眼朝门口看看。这种情形是逃不过杜尼娅那尖得出奇的眼睛的……

“那个姓捷列欣柯的库班人还在当排长吗?”普罗霍尔嘴里问着,手里还端着杯子,好像是怕人抢走似的。

“在里沃夫附近阵亡啦。”

“噢,愿他在天堂安息。是一个很好的骑兵呀!”普罗霍尔连忙画了一个十字,喝了一口酒,也没有理会米沙的冷笑。

“还有那个姓很奇怪的家伙呢?就是在右翼作过战的那个家伙,他妈的,姓什么来着,好像是姓‘五月的大胡子’吧?是个南蛮子,是个胖乎乎、爱热闹的家伙,在布罗迪劈死一个波兰军官的,他怎么样,还好吗?”

“他结实着哩!把他调到骑兵机枪连里去了。”

“你的马给了谁啦?”

“我已经又换过一匹了。”

“你那匹白头顶哪儿去啦?”

“叫炮弹打死了。”

“打仗的时候打死的吗?”

“我们驻在一个镇上。敌人打炮,就在拴马桩上打死了。”

“哎呀,多可惜呀!多么好的一匹马呀!”

普罗霍尔叹了一口气,就又喝了起来。

过道里的门环当啷响了一声。格里高力哆嗦了一下。阿克西妮亚跨进门来,含含糊糊地说:“好啊!”就开始解头巾,一面不住地喘着,一面用睁得大大的、喜气洋洋的眼睛盯着格里高力。她走到桌前,挨着杜尼娅坐了下来。一片片小小的雪花在她的眉毛上、睫毛上和煞白的脸上慢慢融化。她皱起眉头,用巴掌擦了擦脸,长长地叹了一口气,这才镇定下来,用深情的、激动得模糊了的眼睛看了格里高力一眼。

“老搭档!阿克秀莎!咱们一块儿逃过难,一块儿喂过虱子……我们虽然把你扔在库班,可是那时候我们有什么办法呀?”普罗霍尔把杯子往前伸了伸,杯子里的酒直往外泼洒。“来为格里高力·潘捷莱维奇喝一杯吧!恭喜他平安回来……我对你说过,他会囫囵个儿回来的,现在你瞧,你就是敲他二十棒子也没事儿!结实着哩!”

“阿克秀莎,他已经喝醉了,你别听他的。”格里高力笑着,拿眼睛瞟了瞟普罗霍尔。

阿克西妮亚对格里高力和杜尼娅点了点头,这才从桌上端起杯子,端得很低。她怕大家看见她的手在打哆嗦。

“恭喜您平安回来,格里高力·潘捷莱维奇,也恭喜你,杜尼娅,恭喜你高兴。”

“那该恭喜你什么呢？恭喜你伤心吗？”普罗霍尔哈哈大笑起来，捅了捅米沙的腰侧。

阿克西妮亚的脸一下子通红通红的，连她的小小的耳朵唇也变成了透明的粉红色，但是她刚强地狠狠看了普罗霍尔一眼，回答说：

“也恭喜我高兴吧……非常高兴！”

普罗霍尔见她这样干脆，也就没什么说的了，不再取笑了，就说：

“好吧，你喝，把酒喝干。你说话干脆，喝酒也要干脆！谁要是剩下酒，就好比往我心上插刀子。”

阿克西妮亚坐的时间不长，她认为这样可以不失体面。在这段时间里，她对自己的心上人只看过几眼，而且每次都是匆匆一瞥。她总是强迫自己去看其他的人，避开格里高力的目光，因为她既不能装成冷冰冰的，又不愿意在旁人面前流露自己的感情。格里高力所看到的只有她在门口那一眼，那一眼直勾勾的，充满了情意和忠心，实际上，那一眼把什么都说明了。后来他出去送阿克西妮亚，醉醺醺的普罗霍尔在他们后面喊道：

“你别出去太久！我们可要把酒喝光啦！”

格里高力在过道里一声不响地亲了亲阿克西妮亚的额头和嘴唇，问道：

“喂，怎么样，阿克秀莎？”

“唉，一言难尽啊……你明天来吧？”

“我去。”

她急急忙忙朝家里走去，走得非常快，就好像家里有很紧急的事情，走到自家的台阶前才放慢了脚步，小心翼翼地走上咯吱咯吱响的台阶。她很想快点儿一个人去想想自己的心事，想想这来得如此突然的幸福。

她急急忙忙脱掉上衣，扯下头巾，也不点灯，就走进上房。护窗没有关，浓浓的淡紫色夜光从窗户里透进房来。一只蟋蟀在锅台后面吱吱地叫着。阿克西妮亚习惯地对着镜子照了照，虽然在黑暗中看不见自己的面容，然而她还是理好了头发，把胸前府绸小褂的皱褶抻平了，后来她走到窗前，十分疲惫地坐在板凳上。

在她这一生中，有很多次希望和心愿都落了空，没有实现，也许正因为这样，刚才的高兴心情没有了，又换成了时时提心吊胆的心情。现在她的日子又怎么过呢？她今后又会怎样呢？一个苦命女人的幸福是不是来得太晚了呢？

她激动了一个晚上，很疲乏了，把腮贴在结满霜花的冰凉的玻璃上，坐了很久，一面用沉静而多少有些伤感的目光望着只有新雪的反光的黑黑的夜色。

* * *

格里高力在桌边坐下来,自己斟了满满的一杯酒,一口气喝下去。

“酒好吗?”普罗霍尔问道。

“我尝不出来。很久不喝酒了。”

“说实话,简直跟皇封御酒一样!”普罗霍尔肯定不疑地说,他摇晃了两下,搂住米沙。“米沙,喝酒的事儿你不懂,小牛喝水比你还在行些,论喝酒我可是老行家!什么样的酒我都喝过!有这样一种酒,不等把瓶塞子拔出来,就从瓶子里冒出泡来啦,就像疯狗吐的唾沫一样,老天爷在上,我不是撒谎!在波兰,有一回我们冲破防线,跟着谢苗·米海洛维奇去截击波兰白军,我们占领了一座地主庄园。里面的楼房有两三层,牲口院子里的牲口挤得满满的,各种各样的家禽满院子乱跑,连吐口唾沫的地方都没有。一句话,这个地主的日子过得跟皇上一样。我们排骑着马冲进这座庄园的时候,一些军官正在和地主大喝呢,没想到我们会来。我们把他们全砍死在花园里和楼梯上,只捉住了一个活的。那是一个很有气派的军官,可是一叫我们捉住,他的胡子就耷拉下来,浑身都吓软了。当时因为有急事把格里高力·潘捷莱维奇叫到司令部去了,我们就成了当家的,走进楼下的屋子,里面有老大的一张桌子,桌子上什么样的酒菜没有呀!虽然我们都饿得要命,可是有些怕,所以都故意装模作样不肯先吃。我们想:“哼,要是这些东西都下了毒怎么办?’我们的俘虏像个鬼一样看着我们。我们就命令他:‘你吃!’他就吃起来。虽然很勉强,可是他还是吃了。‘你喝!’他又喝起来。我们叫他把每一个盘子里的菜都吃一些,每个瓶子里的酒都喝一杯。我们眼看着这个该死的家伙吃得肚子胀了起来,我们都馋得流口水。后来我们看到这个军官并没有死,我们也吃了起来。我们拼命吃,拼命喝那些冒泡沫的酒。可是一瞧,那个军官又是吐又是泻。我们想,‘哎呀,这一下子完啦!这个坏家伙是吃了下过毒的东西而且还骗了我们。’我们都拔出刀来要杀他,可是他苦苦哀求起来。‘诸位老爷,我这是承你们的盛情,吃得太多了,诸位别多心,这酒菜都是好的呀!’于是我们又拿过酒来!只要把瓶子一拍,瓶塞子就像步枪打出来的子弹一样飞出来,那泡沫咕嘟咕嘟直往外冒,在旁边看着都觉得可怕!因为喝了那种酒,那一夜我从马上摔下来好几回!一骑到马上就要摔下来,就好像大风吹的。那样的酒如果每天能空着肚子喝上一两杯,准能活到一百岁,可是喝咱们这样的酒,能活到一百岁吗?这能算是酒吗?这是洗脚水,不是酒!喝了这种泔水,要提前上西天……”普罗霍尔对着酒坛子点了点头……自己又斟了满满的一杯。

杜尼娅到上房里去陪孩子们睡了，过了一会儿，普罗霍尔也站了起来。他摇摇晃晃地披上皮袄，说：

“坛子我不带了。我才不愿意带着空坛子回去呢……我一回到家里，老婆就要骂我。她骂得才难听呢！她从哪儿学来那么多脏话呀？我真不明白！我一喝醉了酒回去，她就要骂：‘醉牙狗，一条胳膊的、没出息的、死不要脸的醉牙狗！’我就心平气和地慢慢和她说理，我说：‘你这个母狗，魔鬼，你在哪儿见过醉狗，而且是一条胳膊的醉狗？世界上根本就没有这种玩意儿嘛。’我反驳她一回，她又骂我第二回，我反驳过第二回，她又骂我第三回，我们就这样对骂到天亮……有时候我听她骂听厌了，就跑到棚子里去睡；也有时候我喝醉了回来，她一声不响，也不骂，说真的，我连觉都睡不着呢！我觉得好像少了一点儿什么，浑身都痒痒，怎么都睡不着！于是我就去挑我老婆，她就又骂起我来，把我骂个狗血喷头！我老婆是魔鬼转世的，拿她没办法，让她有火就发吧，发过了，干活儿更带劲些，我说得对吗？好，我走了，再见吧！我是不是今天就睡在马槽里，省得惊动她呢？”

“你能走回家吗？”格里高力笑着问。

“我就是像螃蟹一样地爬，也要爬回家！怎么，我不是哥萨克吗，潘捷莱维奇？我听到你这话就有气。”

“好，那你走吧！”

格里高力把他送出大门，又回到厨房里。“怎么样，米沙，咱们谈谈吧？”

“好吧。”

他们在桌子两边面对面坐下来，都不开口说话。后来还是格里高力说：

“咱们好像有点不对劲儿……从你的样子可以看出来，是不对劲儿！我回来，是不是不称你的心意？还是我猜错了呢？”

“没错，你猜对了，是不称我的心意。”

“为什么？”

“多添了麻烦。”

“我想自己养活自己。”

“我说的不是这个。”

“那又是什么呢？”

“咱们彼此是敌人……”

“以前是的。”

“以前是，看样子，以后还会是。”

“我不明白。为什么？”

"你是个靠不住的人。"

"你这是瞎说。纯粹是瞎说!"

"不是,不瞎说。为什么在这种时候叫你复员回家呢?你能坦白地说说吗?"

"我不知道。"

"不,你知道,就是不愿说!是信不过你,对吗?"

"如果信不过我,就不会叫我带一个连了。"

"起初是这样,可是现在既然不叫你留在队伍里,那么,事情就很清楚了,老兄!"

"那你是不是信得过我呢?"格里高力盯着他问道。

"信不过!不论把狼喂得多好,狼还是要往树林子里跑。"

"你今天喝多了,米沙。"

"你别来这一套!我喝得不比你多。在外面信不过你,在这儿也不会多么信得过,你就明白吧!"

格里高力没有做声。他懒懒地从碟子里拿起一块腌黄瓜,嚼了嚼,又吐了出来。

"杜尼娅把基里尔·格罗莫夫的事告诉你了吧?"米沙问道。

"告诉我了。"

"他回家来,我也是觉得不对劲儿的。我一听说了,就在当天……"

格里高力的脸一下子白了,他气忿得瞪圆了眼睛。

"你怎么,把我当基里尔·格罗莫夫吗?"

"你别咋呼。你哪一点比他好些?"

"哼,你该知道……"

"我没有什么知道不知道的,早就什么都知道了。难道以后米佳·柯尔叔诺夫回来,我也要欢迎吗?哼,你们最好别回村子里来。"

"是你觉得我不回来好些吧?"

"我觉得好,老百姓也觉得好,都可以放心些。"

"你别拿我跟他们摆在一起!"

"我已经对你说过,格里高力,这没什么委屈的:你不比他们好,你还要更坏,更危险。"

"究竟什么地方更坏?你胡说些什么?"

"他们是普通当兵的,可是你指挥过整个的暴动。"

"我没有指挥整个暴动,我是当过师长。"

“这还小吗?”

“是小是大,问题不在这上面……如果不是那一次大家玩儿的时候红军想杀我的话,也许我不会参加暴动的。”

“如果你不是军官的话,谁也不会碰你。”

“如果不逼着我去当兵的话,我也不会当军官的……哼,这歌儿长着呢!”

“又长,又糟糕。”

“现在无法重唱了,晚了。”

他们一声不响地抽起烟来。米沙一面用指甲弹着烟灰,说:

“我知道你那些英雄事迹,听说过。你杀了我们很多战士,所以我看到你,心里痛快不了……这种事儿是忘不掉的。”

格里高力冷笑了一下。

“你的记性太好了!你把我哥哥彼特罗打死,这事儿我还没有对你提过呢……如果什么事儿都记着的话,人就要像狼那样过日子了。”

“哼,那有什么,是我杀的,我不否认!那时候我要是逮到你的话,也会那样处置你!”

“可是我,一听说在霍派尔河口把伊万·阿列克塞耶维奇抓起来了,就急急忙忙赶来,我怕你也在那里面,怕哥萨克们把你杀了……看来,我当时真不该急急忙忙赶回来。”

“好一个善心人!如果这会儿是士官生掌权,如果你们打胜了,真不知道你要怎样对待我呢。恐怕会用皮带抽我的脊梁!现在你倒成了大好人了……”

“也许会有人用皮带抽你,可是我才不会为了你来弄脏我的手呢。”

“这样看,咱们俩是不一样的……为了处置敌人,我从来就不怕弄脏我的手,就是现在,如果有必要的话,我连眼睛都不会眨一眨。”米沙把坛子里的残酒斟到两个杯子里,问道:“你喝吗?”

“咱们来喝,要不然太清醒了,跟咱们说的这些话很不相称……”

他们一声不响地碰过杯,把酒喝了。格里高力胸膛趴在桌子上,捻着胡子,眯缝着眼睛,看着米沙。

“你怎么,米沙,是害怕吗?怕我再起来暴动反对苏维埃政府吗?”

“我一点也不怕,不过我想:如果一有什么风吹草动,你就会投到另一方面去。”

“我本来可以投到波兰人那边去嘛,你说是不是?我们有不少部队投了他们嘛。”

“你没有来得及吧?”

“不,是我不愿意。我当兵当厌了,再也不想给任何人干了。这一辈子打仗已经打够了,心里厌透了。不论是革命还是反革命,我都讨厌。就让这整个的……让这一切都去他妈的吧!我想和自己的孩子们一块儿过过日子,干干活儿,就心满意足了。米沙,请你相信吧,我这是说的真心话!”

但是,不管他说得怎样恳切,米沙都不相信了。格里高力明白了这一点,就不做声了。他忽然对自己恼得不得了。他干吗他妈的要解释、要表白呀?干吗要说这些醉话和听米沙的混账教训啊?去他妈的吧!格里高力站了起来。

“咱们别说这些没用的话了!够了!有一点我要最后告诉你:如果政府不来逼我,我决不反对政府。如果逼得我没有办法,我就要自卫!不管怎么说,因为暴动的事砍我的脑袋,就像对付普拉东·里亚布契柯夫那样,我是不干的。”

“这是什么意思?”

“这意思很明白,可以让我再到红军里去当兵,可以再像以前那样挂花,也可以因为暴动的事坐监牢,但是为了这事把我枪毙,那我可不干!未免太过分了!”

米沙撇着嘴冷笑了一下,说:

“你想得真新鲜!革命军事法庭或者肃反委员会是不会问你愿意怎样和不愿意怎样的,不会和你讨价还价的。既然犯了罪,那就是罪有应得。欠了债,必须偿清!”

“好,那咱们等着瞧吧。”

“当然,等着瞧吧。”

格里高力解下腰带,脱掉褂子,哼哧哼哧地脱起靴子。

“咱们要分家吗?”他一面仔细打量着开了绽的靴底,问道。

“咱们分家很简单:我修好自己的房子,就搬过去。”

“好,咱们就想法子分开吧。咱们在一块儿是过不下去的。”

“是过不下去。”米沙很强硬地说。

“真没想到,你对我会有这样的看法……哼,好吧……”

“我是说干脆的。怎么想,就怎么说。你什么时候上维奥申去?”

“尽可能在最近几天去。”

“不是尽可能,而是明天就得去。”

“我步行了差不多有四十俄里,太累了,明天要休息一下,后天我去登记。”

“命令上是说:要立即登记。你明天就去吧。”

“不能休息一天吗?我又不会逃走。”

“谁他妈的知道你的心思呢。我不能为你担保。”

“你怎么坏成这样啦,米沙!”格里高力惊讶地打量着老朋友那板得紧紧的脸,说。

“你别骂人!我听不惯这一套……”米沙喘了一口气,提高声音说:“你要明白,你这种军官习气该扔掉啦!明天你就去,如果你不好好去的话,我就派人押着你去。明白吗?”

“现在全明白了……”格里高力恨恨地看了看正朝外走的米沙的脊背,就和衣躺到床上。

好吧,该是怎样,就怎样了。为什么就该对他格里高力是另一样呢?说实在的,凭什么他以为,在红军里真心诚意地干了很短的一段时期,就能赎回自己的全部罪过呢?也许,米沙说不能全都宽大,说欠债必须偿清,这话是对的吧?

……格里高力在梦中看到一片辽阔的草原,看到一团人已经拉开阵势,准备进攻。已经从远处传来拉长了声音的口令声:“冲啊……”这时候他想起来,他的马肚带松开了。他使劲往左边的马镫上一踩,马鞍就滑到了马肚子底下……他又羞臊又害怕,便从马上跳下来,想勒一勒马肚带,就在这时候他听到一下子响起轰隆轰隆的马蹄声,马蹄声迅速地远去。

一团人马向前冲去,他掉队了……

格里高力翻了翻身,还迷迷糊糊地听到自己的沙哑的哼哼声。

窗外刚刚有点儿蒙蒙亮。大概夜里风把护窗吹开了,透过结满霜花的玻璃,可以看见一弯残月那绿幽幽的光圈儿。格里高力摸到烟荷包,抽起烟来。他的心还在不住地冬冬跳动着。他仰面躺下来,笑着想:“做这样的怪梦!仗也没打成……”他在这黎明前的时刻里,却没有想到,他还要在梦里和在现实中进行不止一次拼搏呢。

七

杜妮娅因为要挤牛奶,起得很早。格里高力小心翼翼地在厨房里来回走着,不时地咳嗽两下。杜妮娅给孩子们掖了掖被子,很快地穿好衣服,来到厨房里。格里高力正在扣军大衣。

"您这么早要上哪儿去,小哥?"

"想在村子里走走,看一看。"

"吃过早饭再出去吧……"

"我不想吃,头疼。"

"您回来吃早饭吗?我这就生火。"

"不用等我了,我一下子回不来。"

格里高力来到街上。一到早晨,冰雪就有些融化了。从南方吹来的风又湿润又暖和。掺和着雪的泥巴一片一片地粘到靴后跟上。格里高力慢慢朝村子中心走着,就像来到生地方似的仔细打量着从小就熟悉的一座座房屋和棚舍。广场上是一片黑黑的烧焦的废墟,那是去年米沙烧掉的商人房屋和店铺;失修的教堂围墙露出一个个的豁口。格里高力淡漠地想道:"把砖都弄去修炉子啦。"教堂依然是那样矮小,就像栽在地里似的。很久没有油漆的教堂铁顶已经生了黄锈,墙上到处是一道道褐色的流水印子,那些掉了石灰的地方,露出来的砖鲜红鲜红的。

一条条街上都没有行人。有两三个睡眼惺忪的娘们儿在离井不远的地方遇到格里高力。她们就像见了陌生人一样,一声不响地对格里高力行了个礼,等到他走过去以后,她们才站下来,对着他的后影看了半天。

"应该到坟上去,看看妈妈和娜塔莉亚。"格里高力心里想着,就拐进一条小胡同,朝坟地走去,但是走了没有几步,就停了下来。他心里已经够难受、够乱的了。“还是下次再去吧。”他拿定主意,就朝普罗霍尔家里走去。“我到不到坟上去,反正她们都一样。她们现在在那儿很安宁。什么事儿都没有。坟上落上了雪。地里的土恐怕是很凉的……他们都不在了,真是一眨眼工夫,就像一场梦。都躺在一块儿,一个挨着一个:妻子、母亲、彼特罗、妲丽亚……全家都上那儿去了,都躺在一块儿。他们都安宁了,可是父亲还一个人留在外乡呢。他在外乡人当中太寂寞了……”格里高力已经不朝四面看了,他一面走,一面看着脚底下那融化得有点儿潮湿的、柔软的白雪,那雪太柔软了,他的脚踩上去一点都感觉不出来,而且几乎一点儿响声也没有。

后来格里高力又想起孩子们。他们都变得有些拘谨和沉默寡言了,不像小孩子,不像母亲活着的时候那样了。母亲的死给他们的打击太大了。他们都吓坏了。为什么波柳什卡昨天一看见他就哭起来了呢?小孩子见了亲人是不会哭的,这完全不像小孩子了。她想的是什么呢?他把她抱起来的时候,为什么她的眼睛里流露着恐怖神情呢?也许,她一直以为父亲已经不在人世,永远不会回来了,所以一看见父亲就害怕了吧?不管怎么说,他格里高力还没有什么对不起孩子的地方。只是要对阿克西妮亚说说,叫她心疼孩子们,尽可能使他们感觉她就是母亲……也许,他们会和继母亲近起来的。她是一个和蔼、善良的女人嘛。因为她爱他,一定也会爱他的孩子。

想想这事儿也是很伤心、很痛苦的。这些事儿也不是那么简单。所有的事儿都不像他不久以前所设想的那样简单。他原来糊里糊涂、像孩子一样天真地想,只要回到家里,脱掉军大衣,换上粗呢褂子,就万事如意了:谁也不会对他说什么,谁也不会责备他,一切都顺顺当当,他就可以做一个老老实实的庄稼人,做一个像样儿的当家人了。不行啊,事实上这一切都不那么简单。

格里高力小心翼翼地推开泽柯夫家那只剩了一个铰链的板门。普罗霍尔穿着一双穿圆了的旧毡靴,三耳皮帽一直扣到眉毛上,他正无忧无虑地晃悠着一只空牛奶桶,朝台阶走去。一滴一滴的白牛奶,落在雪地上就分不清了。

“你睡得好啊,首长同志!”

“托福托福。”

“应该喝点儿解醉酒才好,要不然脑袋空荡荡的,就像这桶一样了。”

“喝解醉酒,可以;不过,为什么桶是空的?怎么,你亲自去挤牛奶了吗?”

普罗霍尔把脑袋一甩,把三耳皮帽甩到后脑勺上,这时候格里高力才看清了老朋友的异常阴沉的脸。

“他妈的，怎么不是我亲自挤奶呀？哼，我替这该死的娘们儿挤起牛奶来啦。她喝了我挤的奶非闹肚子不可！……”普罗霍尔气得把桶一扔，简短地说：“进屋里去。”

“你老婆呢？”格里高力疑疑惑惑地问道。

“见她妈的鬼去啦！深更半夜里就起来，上克鲁日林村摘野李子去了。我从你们家回来，她就骂起我来！骂呀骂呀，什么好听的话都骂出来了，后来忽然一下子爬起来，说：‘我要摘野李子去！今天马克萨耶夫家的儿媳妇去了，我也去！’我想：‘你去吧，你去摘梨子，我也不管！’我就起来，生上炉子，去挤牛奶。哼，挤是挤了。你想，一只手能干得好这种事儿吗？”

“你该找一个妇女来嘛，你这怪物！”

“公羊才是怪物呢，公羊一直到圣母节都要吃母亲的奶，我可从来就不是怪物。我想，我自个儿能干得了！哼，我干得才好呢。我像螃蟹一样在牛身子底下爬呀爬呀，可是该死的牛就是不好好地站着，四条腿乱踢蹬。为了不叫牛害怕，我把皮帽子都摘了，还是一个样。等我挤完了牛奶，我的小褂都汗湿透了。等我伸过手去，想把桶从牛身子底下拿出来，牛就踢了起来！把桶踢到那边，把我踢到这边。这就是我挤了一场牛奶。这不是母牛，是长角的魔王！我朝它的脸上啐了一口，就出来了。我没有牛奶也能过日子。咱们来喝点儿酒吧？”

“有酒吗？”

“有一瓶，挺厉害的。”

“好，足够了。”

“进去吧，你是客人。煎两个鸡蛋吧？我一下子就煎好。”

格里高力把猪油切开，又帮着主人生起火来。他们一声不响地看着一块块红红的猪油吱吱啦啦地响着在锅子里荡来荡去慢慢化开。后来普罗霍尔从神龛里拿出落满了灰尘的一瓶酒。

“这是瞒着我老婆藏在那儿的秘密玩意儿。”他简单地解释说。

他们在烧得暖暖和和的小屋里吃着，喝着，小声说着话儿。

格里高力除了和普罗霍尔，又能和谁说说知心话儿呢？他叉开两条强劲有力的长腿，坐在桌子旁边，用有点儿沙哑的粗嗓门儿低沉地说：

“……在部队里和回来的一路上，我都在想，等我回到家乡，就可以在家里安安稳稳地过过日子，不再这样他妈的东跑西颠了。七八年没有离开马鞍，这事儿是好玩儿的吗，差不多每夜都梦见这种好事儿：不是我杀人家，就是人家杀我……可是，普罗霍尔，看样子，不能遂我的心愿了……看样子，别人可以种种地,侍弄侍弄庄稼,我是不能了……”

“昨天你和米沙谈过吗?”

“谈得才痛快呢。”

“他究竟怎么样?”

格里高力把手指头交叉起来。

“我们的交情算完啦。他怪我给白军干过,以为我还怀恨新政府,以为我怀里揣着刀子。他怕我再起来暴动,可是我他妈的才不干这种事儿呢,他简直是个浑蛋,怎么都不明白。”

“他也对我说过这话。”

格里高力忧郁地冷笑了一下。

“我们在往波兰开的时候,有一个乌克兰人向我们要枪,说要保护村庄。因为常常有土匪上他们那儿,又抢东西,又宰牲口。我听见我们的团长说:‘给你们枪,你们就去干土匪了。’那个乌克兰人哈哈大笑,说:‘同志,您只要把我们武装起来,我们不但不叫土匪进村,连你们也不会放进来。’现在我的想法也和那个乌克兰人一样:如果能既不让白军又不让红军进鞑靼村,那就再好没有了。依我看,不管是我的亲戚米佳·柯尔叔诺夫,还是米沙·柯晒沃依,都是一个价钱。米沙以为我对白军忠心耿耿,离了他们就不能过日子。真是笑话!当然啦,我对他们才忠心哩!不久前,我们开到克里米亚的时候,在作战中遇到科尔尼洛夫手下的一个军官,是一个很神气的上校,鼻孔下面留着两小撮英国式的小胡子,就像拖着两条鼻涕似的,我就十分忠心地给了他一刀,简直痛快得心都跳了出来!可怜的上校只剩了半个脑袋和半边军帽……军官白帽徽也飞了……这就是我的全部忠心!他们折腾我也折腾够了。我用血挣来这该死的军官军衔,可是在军官当中还好像是一只白老鸹。他们那些浑蛋们从来就没把我当人待,连手都不愿意伸给我,就这样还想叫我替他们干呢……去他娘的蛋吧!连说说这种事都觉得恶心!还想叫我再去保护他们的政府吗?还想叫我请菲次哈拉乌洛夫将军那一伙儿来吗?这种事我已经尝试过一回了。后来打了一年嗝儿,够了,我聪明些了,什么滋味都尝够了!”

普罗霍尔一面拿面包蘸着热猪油,一面说:

“什么样的暴动都不会有了。首先,哥萨克剩下的已经不多了,就连活下来的,也都学乖了。叫自己的同胞流够了血,哥萨克们都变老实、变聪明了,这会儿就是用绳子拉着他们去参加暴动,他们也不去了。再说,如今大伙儿都巴不得要过过太平日子。你真该看看今年夏天大家干活儿那种劲头儿:把干草堆成了山,庄稼收割得一粒不掉，虽然累得直哼哼，可还是耕呀，种呀，就好像每个人都要活一百岁似的！真的，暴动连谈也别谈了。那都是一些蠢话。不过，谁他妈的知道，他们那些哥萨克是怎么搞的呢……"

"什么他们怎么搞的？你这是说的什么？"

"咱们邻近的哥萨克搞起来了嘛……"

"噢？"

"就叫你'噢噢'吧。在沃罗涅日省，包古查尔那边，暴动起来啦。"

"这是谣言！"

"怎么是谣言，这是一个熟识的民警昨天告诉我的。好像要把他们调到那儿去。"

"是在哪些地方？"

"蒙那斯台利地区、干顿涅茨、老卡里特瓦和新卡里特瓦，还有一些别的地方。他说，暴动的规模不小呢。"

"你这家伙，这事儿你怎么昨天不说呢？"

"我不愿意当着米沙的面说，而且说这种事儿也没有什么痛快的。顶好是一辈子别听到这种玩意儿。"普罗霍尔很不开心地回答说。

格里高力的脸色阴沉下来。他沉思了很久以后，说：

"这消息很不好。"

"这跟你没关系。让那些南蛮子去想吧。等到红军把他们的屁股打疼了，他们就知道闹暴动是什么滋味了。这跟咱们毫不相干。我才用不着为他们操心呢。"

"我现在就不好过了。"

"这是为什么？"

"这还用问'为什么'？如果州政府对我的看法也和米沙一样，那我就免不了要坐监牢。邻近地区发生暴动，而我是个旧军官，又参加过暴动……你懂吗？"

普罗霍尔停止了咀嚼，沉思起来。可是他怎么都弄不通这个问题。脑子已经醉得不听使唤了，思考起来很慢、很迟钝了。

"这跟你有什么关系呀，潘捷莱维奇？"他大惑不解地问道。

格里高力很懊丧地皱了皱眉头，没有做声。他听到这个消息十分焦灼不安。普罗霍尔递给他一杯酒，但是他推开主人的手，毅然决然地说：

"我不再喝了。"

"咱们是不是再喝一杯呢？喝吧，格里高力·潘捷莱维奇，咱们不醉不休。

眼下只能喝酒解愁了。”

“你就一个人去醉吧。就是不醉,脑袋已经够糊涂的了,再这样糊涂就要完蛋了。我今天就要上维奥申去登记。”

普罗霍尔凝神看了看他。格里高力那张久经风吹日晒的脸泛着浓浓的褐红色,只有那向后梳的头发的根上的皮肤呈现着无光泽的白色。这个见过世面,多年和普罗霍尔同生死、共患难的战士是镇定的。他那两只肿起来的眼睛流露着忧郁和冷冷的疲惫神情。

“你是不是就是怕……怕坐牢呀?”普罗霍尔问道。

格里高力回过神来。

“伙计,我就是怕这个呀!从来还没坐过牢呢,我觉得坐牢比死还要可怕。可是看样子,非尝尝这个滋味不可了。”

“你不应该回家来。”普罗霍尔很遗憾地说。

“那我上哪儿去呢?”

“应该在城里找个地方躲一躲,等到这种风头过去,你再回来。”

格里高力把手一摆,笑着说:

“这不是我干的事!等待和跟在后面撵,是我最讨厌的。我又能扔掉孩子到哪儿去呢?”

“瞧你说的,孩子们没有你不是也活得好好的吗?再说,你还可以把孩子们和你的相好的接出去嘛。噢,我忘了告诉你啦!战前你和阿克西妮亚在他们家干活儿的那个财主家,父子俩都死了。”

“是李斯特尼次基父子吗?”

“就是他们。我的干亲家查哈尔在逃难的时候给李斯特尼次基少爷当过护兵,他说:老爷在莫罗佐夫斯克害伤寒死了,少爷逃到叶卡捷琳诺达尔,他的老婆在那儿和波克洛夫斯基将军勾搭上了,他忍受不下去,气得自杀了。”

“哼,滚他们的蛋吧,”格里高力冷漠地说,“要惋惜的是那些死掉的好人,可是没有人会为他们这些人伤心。”他站起身来,穿起军大衣,已经抓住门把手了,又深沉地说:“不知道他妈的怎么搞的,我总是很羡慕像李斯特尼次基少爷和咱们的柯晒沃依那样的人……他们一开头就什么都明明白白,可是我到如今还是糊里糊涂。他们两个都走的是直路,都有自己的目的,可是我从一九一七年起就走的是弯来弯去的路,就像醉汉一样摇来摆去……离开白军,可是又不靠拢红军,荡来荡去,就像冰窟窿里的粪蛋子……你看,普罗霍尔,我真是,真该在红军里一直干到底,那样的话也许我什么都顺顺当当的。起初,你也知道,我实心实意为苏维埃政府干,可是后来就一下子变了……在白军里面,在他们的司令部里,我是一个外人,他们始终对我不信任。怎么会不这样呢? 我是一个庄稼汉的儿子,是一个没有文化的哥萨克,怎么能和他们是一伙儿的呢? 他们当然信不过我! 可是后来在红军里也是这样。我又不是瞎子,我看出政委和连里的共产党员们是怎样注意我的……在作战时都盯着我,注视着我的一举一动,大概心里在想:'哼,这个坏家伙,白党,哥萨克军官,我们可别上他的当。'我一看见这情形,心马上就凉了。后来我再也忍受不了这种不信任的态度。如果一个劲儿地挨火烧,连石头也会爆炸的,所以,叫我复员倒好些。总是离结局近些了。"他低低地咳嗽了两声,沉默了一会儿,也没有回头看普罗霍尔,已经换了一种口气,说:"谢谢你的款待,我走了,再见吧。我要是在天黑以前能回来,我再来一下。把瓶子收起来吧,要不然你老婆回来,就要拿煎锅把子敲你的脊梁了。"

普罗霍尔送他出来,在过道里小声说:

"嗯,潘捷莱维奇,当心点儿,别叫他们在那儿把你扣起来。"

"我会当心的。"格里高力很沉着地回答说。

他也不回家,径直走到河边,解下不知是谁家的一只小船,用手把船里的水都捧了出来,然后从篱笆上拔下一根桩子,把四周的薄冰敲碎了,便朝对岸划去。

顿河上,风吹着泡沫飞溅的碧绿色波浪向西方滚去。在岸边静水里,波浪拍打着松脆而透明的薄冰,冲得一缕缕绿色的水苔摇来摆去。岸边是一片薄冰碎裂的清脆的丁零声、河水冲刷岸边石子的轻柔的沙沙声,而在河心里,在水流又急又平稳的地方,格里高力听到的只是低沉的溅水声和波浪打在小船左舷上的哗啦声,再就是岸边树林里的风那一刻不停的、又低沉又粗大的吼声。

格里高力把小船的一半拖到岸上,便坐了下来,脱掉靴子,仔细地裹了裹包脚布,为的是走起路来轻快些。

快到晌午时候,他来到维奥申镇上。

在州军事委员部里,人又多,又嘈杂。电话铃丁零零直叫,门乒乒乓乓乱响,带枪的人进进出出,有的屋子里传出打字机的单调的嗒嗒声。走廊里有二十来个红军,围住一个身材矮小、穿着有褶的旧式皮袄的人,争先恐后地谈着什么事,哈哈大笑着。格里高力顺着走廊往前走的时候,有两名红军从远处一间屋里拖出来一挺重机枪。机枪小轮子在坑洼不平的地板上轻轻地轧轧响着。一个又胖又高大的机枪手开玩笑地吆喝着:"快闪开,惩戒连,要不然我把你们压死啦!"

"看样子,当真要去镇压暴动了。"格里高力想道。

他在军事委员部登记处没有耽搁多久。秘书匆匆看过他的证件,就说:

“请您到顿河肃反委员会的政治局①去一下。因为您以前当过军官，还须上他们那儿去登登记。”

“是。”格里高力行了一个军礼，一点也没有流露出他的激动心情。

他在广场上站下来，沉思起来。应该到政治局去，但是他的整个身心都在痛苦地抵制。他心里有一个声音对他说：“会把我扣起来的！”他害怕和厌恶得哆嗦了两下。他站在学校围墙旁边，用视而不见的眼睛望着到处是马粪的地面，好像已经看见自己的双手被捆了起来，正顺着肮脏的楼梯往地下室里走，身后还有一个人紧紧握着带花纹的手枪把子。格里高力攥紧拳头，看了看鼓起来的一道道青筋。要把这双手捆起来吗？浑身的血都朝他的脸上涌来。不行，今天他不上那儿去！明天再去吧，今天他要回村子里去，和孩子们过上一天，看看阿克西妮亚，明天早晨再回维奥申来。这条腿真要命，走起路来有点儿疼了。他只回家去待一天，明天就回来，一定回来。明天随它怎样吧，今天反正不去了！

“啊啊，麦列霍夫！好久不见啦……”

格里高力转过脸去。彼特罗的老同事、顿河军叛变的第二十八团团长亚可夫·佛明朝他走来。

这已经不是当年格里高力看到的那个衣着马马虎虎、很不起眼的阿塔曼团士兵了。两年的工夫，他的样子大变了：他穿着一件很合身的骑兵军大衣，保养得很好的淡黄色小胡子很神气地向上翘着，而且从他的全身，从他那装模作样的雄赳赳的走路姿势中，从他那志得意满的笑容里，都流露出一种优越感和与众不同的神气。

“哪一阵风把你吹到我们这儿来了？”他握住格里高力的手，用自己那离得很远的蓝眼睛望着格里高力的眼睛，问道。

“我复员了。上军事委员部去登记……”

“早就回来了吗？”

“昨天才回来。”

“我时常想起令兄彼特罗·潘捷莱维奇。他是一个很好的哥萨克，死得真可惜……我和他是知心朋友。去年你们不应该参加暴动啊，麦列霍夫。你们错啦！”

因为必须要说点儿什么，格里高力就说：

---

① 政治局——这里指的是一九二〇——一九二一年间肃反委员会的州或县的工作机关。——作者注

“是啊,哥萨克们都错了……”

“你在哪一部分来?”

“骑兵第一师。”

“什么职务?”

“骑兵连连长。”

“真巧呀!我现在也带一个骑兵连。就是咱们维奥申这儿的守备连。”他四下里看了看,就压低声音说:“咱们走一走,你陪我走一会儿,要不然这儿的人多,咱们说话很不方便。”

他们朝大街上走去。佛明侧眼看着格里高力,问道:

“你想住在家里吗?”

“我能住到哪儿去呢?当然住在家里。”

“想干干家里活儿吗?”

“是啊。”

佛明遗憾地摇了摇头,叹了一口气,说:

“麦列霍夫,你挑选的时候可不好,唉,太不好了……你应该过一两年再回家才好。”

“为什么?”

佛明抓住格里高力的胳膊肘,微微弯下身来,小声说:

“咱们州里很不安定。哥萨克对余粮征集制很不满意。包古查尔县已经暴动起来了。现在我们就要前去镇压。伙计,你最好还是离开这儿,而且越快越好。我和彼特罗是好朋友,所以我劝你:快走吧!”

“我没有地方好去呀。”

“嗯,你要小心!我这样说,是因为政治局已经开始逮捕军官了。这一个星期的工夫,从杜达列夫村押来三名准尉,从列舍托夫村押来一名,从顿河那边押来好几批军官,就连那些没有官衔的普通哥萨克也开始逮捕了。你自个儿想想吧,格里高力·潘捷莱维奇。”

“谢谢你的忠告,不过我没什么地方可去呀。”格里高力固执地说。

“这就是你自个儿的事情了。”

佛明谈起州里的情形,谈起他和州里一些领导人以及州军事委员沙哈耶夫的关系。格里高力一心想着自己的事,没有用心听他的话。他们走过三个街口,佛明停了下来。

“我要上一个地方去。回头见吧。”他把手往库班式皮帽上一举,冷冷地跟格里高力告过别,就朝小胡同里走去,身上的新武装带咯吱咯吱直响,身子挺得笔直,那副神气样子实在好笑。

格里高力目送了他一会儿,就转身往回走。他在踏着石阶登上政治局的二层楼房的时候,心里想:“要完蛋,就快点儿完蛋吧,没什么好拖的!格里高力,你敢做,就要敢当!”

八

早晨八点来钟,阿克西妮亚把灶膛里的炭火搂成堆,用围裙擦着红扑扑、汗津津的脸,在板凳上坐了下来。她天不亮就起来了,为的是早点儿把饭做好。她已经下好了鸡汤面,烙好了饼子,往甜馅饺子里倒了不少奶油,又把饺子煎过了;她知道格里高力很喜欢吃煎饺子,她做了不少好吃的东西,希望她心爱的人上她这儿来吃饭。

她很想找个什么借口上麦列霍夫家去,哪怕是在那里呆一会儿,哪怕是对格里高力看上一眼。他近在眼前而又看不到他,这实在是不可想象的事。但是她还是克制住这种愿望,没有去。真的嘛,她又不是小姑娘了。她这样的年岁,举动可不能轻率。

她比平时更仔细地洗了洗脸和手,穿上一件干干净净的衬褂和一条带花边的新衬裙。她站在打开的柜子前面反复想了很久:外面究竟穿什么呢?在平常日子里盛装打扮又不大合适,但是她也不愿意仍旧穿普通的家常衣服。阿克西妮亚真不知道该穿什么才好,皱起眉头,漫不经心地抚摩着一条条熨得好好的裙子。最后,她毅然决然地拿起一条藏青色裙子和一件几乎没有穿过的镶了黑色花边的天蓝色上衣。这是所有的衣服中最好的一套了。街坊上对她有什么看法,反正不就是那么一回事儿?就让他们拿今天当平常日子吧,她今天可是过节。她急急忙忙打扮好了，走到镜子前面。一丝惊愕的笑容从她的唇边掠过：那是谁的年轻的、火一样的眼睛带着询问和愉快的神气朝她望着？阿克西妮亚又仔细又严格地打量了一番自己的脸，这才轻松地舒了一口气。没有，她的美貌还没有衰退！还会有不少男子遇到她就停下来，拿发呆的眼睛盯着她！

她在镜子前面理着裙子，不由地把心里的话说出声来："喂，格里高力·潘捷莱维奇，看你敢不喜欢！……"她觉得自己的脸红了，就轻轻地小声笑了起来。尽管这样，她还是细心在鬓角上找到几根银丝，拔了下来，格里高力不应该看到这种能够使他想到她的年纪的东西。她希望自己在他眼里仍然像七年以前那样年轻。

她在家里勉勉强强挨到吃中饭时候，但是后来再也憋不住了，便披上白羊毛披巾，朝麦列霍夫家走去。只有杜尼娅一个人在家。阿克西妮亚打过招呼，就问道：

"你们还没有吃饭吗？"

"跟这些不要家的人在一块儿，别想按时吃饭！当家的上村苏维埃去了，格里沙到镇上去了。孩子们已经吃过了，我在等他们两个大人。"

阿克西妮亚表面上很镇定，言语和举动都没有表露出失望的心情，只是说：

"我还以为，你们都在家呢。什么时候格里沙……格里高力·潘捷莱维奇回来？今天能回来吗？"

杜尼娅迅速地朝打扮得漂漂亮亮的女邻居瞥了一眼，很不开心地说：

"他是去登记。"

"他说过什么时候回来吗？"

杜尼娅的眼睛里涌出泪水；她用责备的口气讷讷地说：

"真是的，偏在这种时候……打扮起来了……你还不知道，也许他根本不会回来了呢。"

"怎么，不回来啦？"

"米沙说，到镇上就会把他扣起来……"杜尼娅流起了不轻易流的、懊恼的眼泪，一面用袖子擦着眼睛，一面叫起来："这种日子真叫人恨死了！这些事儿什么时候才到头呀？他一走，孩子们就好像是疯了，老是缠着我问：'我爹上哪儿去啦，什么时候回来呀？'可是我怎么知道呀？我这会儿叫他们到外面玩去了，可是我心里实在不是滋味……这是多么该死的日子呀！一点儿也不得安宁，真没有办法！……"

"要是到夜里他不回来，明天我到镇上去打听打听。"阿克西妮亚说这话的口气十分淡漠，好像在谈一件顶平常的、一点儿也不值得操心的事情。

杜尼娅对她的镇静感到奇怪，叹了一口气，说：

“看样子，他这一下子不会回来了。他这次回家真是受罪呀！”

“眼下还什么都不清楚！你别哭了，要不然孩子们会以为……再见吧！”

* * *

格里高力在天黑时候才回到家里。他在家里呆了不大的一会儿，就上阿克西妮亚家来了。

她担心了一整天，这种担心冲淡了见面时的高兴心情。阿克西妮亚到天黑时候觉得浑身沉甸甸的，就好像弯腰弓背地干了一整天活儿。她等得又焦急又疲倦，躺到床上，不觉迷迷糊糊地睡着了，但是一听到窗外的脚步声，就像小姑娘那样敏捷地跳了起来。

“你上维奥申去，怎么不告诉我呀？”她抱住格里高力，一面给他解大衣扣子，一面问道。

“走得很急，没来得及告诉你。”

“我和杜尼娅都急死了，我们还以为你不回来了呢。”

格里高力镇定地笑了笑。

“不，还不到这一步。”他沉默了一会儿，又说：“眼下还不到这一步。”

他一瘸一拐地走到桌子跟前，坐了下来。从开着的门里，可以看见上房，可以看见角落里那一张宽大的木床和那一只大柜子，柜子上的铜包皮已经不怎么发亮了。这儿的一切依旧，依然是当年他这个小伙子乘司捷潘不在家常常跑来的时候那种样子；他几乎没有看出任何变化，就好像时光从旁边过去了，没有进这间屋子；甚至还保留着以前的气味：新鲜的啤酒花儿气味，擦得干干净净的地板气味和隐隐约约的干薄荷气味。就好像上一次格里高力在黎明时候离开这里没有几天，可是事实上这一切已经过去很久很久了啊……

他压制住叹息，不慌不忙地卷起烟来，但是不知为什么手在打哆嗦，把烟丝撒到膝盖上。

阿克西妮亚急忙摆饭。冷了的面条还要重新热一热。气喘吁吁、脸色微微有些灰白的阿克西妮亚跑到棚子里去抱来木柴，就在灶膛里生起火来。她一面吹着直冒火星的炭火，一面看着一声不响地弯着腰抽烟的格里高力。

“你上那儿办的事情怎样？都办好了吗？”

“都很顺当。”

“杜尼娅为什么说,一定会把你扣起来呢？她真叫我吓死了。”

格里高力皱起眉头,懊恼得把烟卷一扔。

“这都是米沙对她说的。这都是他想出来的,希望我倒霉。”

阿克西妮亚走到桌子跟前。格里高力抓住她的手。

“不过你要知道,”他在下面朝上望着她的眼睛,说,“我现在的情形不怎么好。我自个儿也以为,我一进政治局,就别想从那儿出来了呢。不论怎么样,我带过一个师,还有个中尉官衔……如今是放不过这样的人的。”

“他们对你说什么来?”

“他们叫我填一张履历表,就是一张纸,要把干过的事情都写上。我又不大会写字。从来没写过那么多的字。坐了有两个钟头,才把我的经历都写上去。后来又进来两个人,问的都是暴动的事。还好,两个人都很和气。那个级别高的还问:‘您不喝茶吗？不过只能放糖精了。’我想,还喝什么茶！只要能囫囵着离开你们这儿就行了。”格里高力沉默了一会儿,又好像是在说别人一样,很轻蔑地说:“一想到要受处置,就软了……害怕了。”

他痛恨自己,因为他在维奥申害怕了,因为没有战胜害怕的心情。他尤其懊恼的是,他的担心原来是多余的。现在看来,他那样提心吊胆,又可笑,又可耻。他这样想了一路,也许,正因为这样,他现在谈起这一切,用的是自我嘲笑的口气,而且有点儿夸大了当时的害怕心情。

阿克西妮亚仔细听完了他的话,然后轻轻地抽出手来,朝灶前走去。她一面拨火,一面问道:

“底下怎么办呢?”

“过一个星期,还要再去正式登记。”

“你以为,还会把你抓起来吗?”

“看样子,是的。早晚要抓起来。”

“那咱们怎么办呢？这日子怎么过法呢,格里沙?”

“我也不知道。这事儿咱们回头再谈吧。有水给我洗洗脸吗?”

他们坐下来吃晚饭,阿克西妮亚又像早晨那样,感到幸福美满了。格里高力就在这儿,跟她在一块儿了;可以一个劲儿地看着他,不用担心旁人窥视她的目光了;可以用眼睛尽情地传递心意,不用隐藏,不用怕羞了。主啊,她是多么想念他呀,她的身体多么渴望、多么急切地等待这双粗糙的大手来抚摩呀！她几乎没有吃东西;她微微向前探着身子,看着格里高力狼吞虎咽地吃着,用泪水模糊了的眼睛亲热地看着他的脸,看着那裹在制服硬领里的紧绷绷、黑糊糊的脖子,看着那宽宽的肩膀和重重地放在桌上的两条胳膊……她拼命吸着他身上出来的那种酸涩的男人汗气和烟草的混合气味,那种气味格外亲切、格外好闻,只有他一个人才有。她把眼睛蒙上,单凭气味,也能从上千个男子中闻出她的格里高力来……她的腮上泛起浓浓的红晕,心不住地冬冬跳着。在这天晚上,她无法做一个照应周到的女主人了,因为除了格里高力,周围的什么她都看不见了。不过格里高力也不需要她照应:他自己切面包,又拿眼睛找了找,找到了锅台上的盐碟子,自己又盛了一碗面条。

“我真像饿狗一样了。”他好像是解释似的,笑着说。“从早上到现在,我还没吃过东西呢。”

这时候阿克西妮亚才想起自己这个女主人的职责,连忙跳了起来。

“哎呀,我的脑子好糊涂!我把甜馅饺子和饼子都忘啦!请吃鸡肉吧!下劲儿吃吧,我的亲人呀!……我马上都端上来。”

但是他怎么吃了那样长时间,吃得那样带劲儿呀!就好像整整一个星期没有吃饭了。一点儿也用不着劝他吃。阿克西妮亚耐心地等着,可是后来还是忍不住了:坐到他身旁来,用左手把他的头搂到自己怀里,右手拿起一条干净的绣花手巾,亲手给心爱的人擦了擦油糊糊的嘴唇和下巴,然后她眯起眼睛,眯得眼睛在黑暗中迸射出橙黄色的火花,她连气也不喘,使劲把自己的嘴唇贴到他的嘴唇上。

实际上,一个人要幸福,需要的东西并不多。不管怎样,阿克西妮亚这天晚上是很幸福的。

九

格里高力和米沙见面觉得很不舒服。他们的关系在他回来的第一天就决定了,他们再没有什么好谈的了,而且也用不着谈了。从各方面来看,米沙也不高兴看到格里高力。他请了两个木匠,木匠匆匆忙忙地修了修他家的房子:换过了房顶上快要腐烂的椽子,翻修了一面倾斜了的墙,换上了新的门框、窗框和房门。

格里高力从维奥申回来以后,就上村革命军事委员会去,把军事委员部盖过印的部队证件交给柯晒沃依,也没有道别就走出来了。他带上两个孩子和自己随身用的东西,搬到了阿克西妮亚家里。杜尼娅在送他去新住处的时候,哭了起来。

"小哥,别生我的气吧,我没有做对不起您的事啊。"她用祈求的目光望着哥哥,说。

"你这是怎么啦,杜尼娅?不,不,你别这样。"格里高力安慰她说。"你常到我们这儿来玩吧……我就剩下你这一个亲人了,我一向心疼你,现在还是心疼你……嗯,你的男人吗,那就是另外一回事儿了。咱们兄妹的情分是不会断的。"

"我们很快就从家里搬出去了,您别生气吧。"

"不用这样嘛!"格里高力懊恼地说。"你们在家里住吧,到春天再说。你们不碍我的事,我和孩子们在阿克西妮亚那儿能住得下。"

"你要娶她吗,格里沙?"

"这事儿不用着急。"格里高力含含糊糊地说。

"你娶了她吧,小哥,她挺好的。"杜尼娅很果断地说。"妈妈在世的时候说过,要你一定娶她做老婆。她后来十分喜欢她,在去世以前常常上她家去。"

"你好像是在劝我嘛,"格里高力笑着说,"除了她,我还能娶谁呢?总不能娶安得洛妮哈老奶奶吧?”

安得洛妮哈是鞑靼村里最老的一位老奶奶。她早就过了一百岁。杜尼娅一想起她那小小的、弯到了地面的样子,就笑了起来:

“瞧你说的,小哥!我不过随口问问嘛。这事儿你一直不说,所以我才问问。”

“不管娶谁,总要请你吃喜酒的。”格里高力笑哈哈地拍了拍妹妹的肩膀,就带着轻松的心情从自己家里走了出来。

说实在的,他住在哪里都是一样,只要能安安宁宁过下去就行。可是他就是得不到这种安宁……他烦闷地、无所事事地过了几天。他试着做了做阿克西妮亚家里的活儿,可是他立刻就感觉出来,他什么都做不成。他对什么都没有兴趣。因为怀着一种沉重的前途未卜的心情,他感到十分痛苦,没法子好好过下去;他时时刻刻都在想着,可能要把他逮捕,关进监牢,这还算好的,说不定还要枪毙呢。

阿克西妮亚在夜里醒来,常常看到他没有睡。他常常仰面躺着,双手放在脑袋后头,朝模模糊糊的黑暗中望着,他的眼神又冷又忿恨。阿克西妮亚知道他在想什么。她一点也不能帮助他。她看到他那样难受,想到她那盼望共同生活的心愿又将成为泡影,她也非常痛苦。她什么也没有问他。让他自己去决定一切吧。只有一回,她在夜里醒过来,从旁边看见红红的纸烟火,就说:

“格里沙,你老是睡不着……你是不是离开村子到外面去呆一阵子呢?或者咱们一块儿上什么地方去躲一躲?”

他很体贴地用被子给她盖了盖脚,很勉强地回答说:

“我想想看。你睡吧。”

“等这儿都太平了,然后再回来,好吗?”

他好像什么主意也没有拿定似的,又含含糊糊地回答说:

“看看底下怎样吧。你睡吧,阿克秀莎。”他又小心又温柔地用嘴亲了亲她那光光的、像绸子一样凉丝丝的肩膀。

可是实际上他已经拿定了主意:他再也不上维奥申去了。让政治局里上一次接待他的那个人白等吧。上一次那人披着军大衣坐在桌旁,骨节咯吧咯吧响地伸着懒腰,听着格里高力讲暴动的事,还故意打着哈欠。他再也别想听什么了。没有什么好讲的了。

格里高力决定就在应该再去政治局的那一天离开村子,如果有必要的话,就长期离开。上哪儿去,他自己还不知道,但是要离开是肯定的。他既不愿意死,又不愿意坐牢。他已经做好了抉择,但是他不愿意事先把这事儿告诉阿克西妮亚。犯不着在这最后几天里使她难过,他们已经够不痛快的了。他决定在最后一天把这事儿告诉她。现在让她把脸埋在他的胳肢窝里,安安稳稳地睡吧。在这几夜里,她常常说:“我在你的翅膀底下睡得好舒服呀。”好,就让她好好睡吧。这个苦命的娘们儿能够贴在他身边的时间不多了……

格里高力每天早晨哄孩子们玩一会儿,然后就毫无目的地在村子里走走。有人在一块儿,他要愉快些。

有一天普罗霍尔叫他上尼基塔·梅里尼柯夫家里去,和年轻的哥萨克同事们一块儿喝喝酒。格里高力坚决谢绝了。他从村里人的谈话中知道,大家对余粮征集制很不满意,在喝酒的时候难免要谈起这种事。他不想招嫌疑,就是遇到熟人,也不谈政治。他一听到政治就够了,政治已经叫他吃够苦头了。

谨慎实在是很必要的,尤其是因为征集余粮的情况很不好,就因为这样,把三个老头子抓去做人质,由两个武装征粮队员押到维奥申去了。

第二天,在合作社小铺门口,格里高力看到才从红军中回来的、从前的炮兵查哈尔·克拉姆斯柯夫。他已经喝得烂醉,摇摇晃晃地走着,但是他走到格里高力跟前,便把粘满了白土的上衣扣好,沙哑地说:

“你好啊,格里高力·潘捷莱维奇!”

“你好。”格里高力握了握这个短粗而又像榆树一样结实的炮兵那宽大的手掌。

“你还认得我吗?”

“当然认得。”

“你还记得,去年在博柯夫镇,我们的炮兵连怎样救了你吗?如果没有我们,你的马队就够受的。那一回我们打死的红军真不少啊!我们又是放大炮,又是放榴霰弹……那是我当第一门炮的瞄准手!是我呀!”查哈尔拿拳头冬冬地擂了擂自己的宽宽的胸膛。

格里高力侧眼朝两边看了看,看到站在不远处的几个哥萨克正看着他们,在听他们说话。格里高力的嘴角哆嗦了几下,恼得龇出一嘴密密实实的白牙。

“你喝醉啦,”他咬紧牙齿小声说,“回去睡觉吧,别胡说八道了。”

“不,我没有醉!”醉醺醺的炮兵大声叫了起来。“也许,我是愁醉了!我回到家里,可是在家里过的这算鸡巴日子!哥萨克过不成日子了,哥萨克要全完了!摊派四十普特粮食,这算什么道理?他们要粮食,是他们种的吗?他们知道庄稼是靠什么长出来的吗?”

他用两只无表情的、充血的眼睛望着，忽然摇晃了两下，像狗熊一样用大手抓住格里高力，喷了格里高力一脸浓浓的酒气。

“你为什么穿没有裤绦的裤子？你成了庄稼佬啦？不许你这样！我的小乖乖呀，格里高力·潘捷莱维奇！这仗还要再打！还要像去年这样：打倒共产党，苏维埃政府万岁！”

格里高力猛地把他推开，小声说：

“回家去吧，醉鬼！你可明白，你说的是什么?！”

克拉姆斯柯夫把一只扎煞着熏黄的手指头的手伸到前面，嘟哝说：

“如果说得不对，就多多担待。请担待吧，不过我说的是实在话，因为你是我的首长嘛……我还是要对我的亲首长说：这仗还要再打！”

格里高力一声不响地转过身去，穿过广场，朝家里走去。一直到天黑，他都在想着这次尴尬的会面，想着克拉姆斯柯夫那醉醺醺的叫声，想着哥萨克们那表示赞同的沉默神情和笑容，心里想：“不行，要赶快走！不会有好事儿……”

应该在星期六上维奥申去。再过三天，他就要离开自己的村子了，但是事情发生了变化：星期三夜里，格里高力已经上床了，有人砰砰地敲起门来。阿克西妮亚走到过道里。格里高力听见她问：“谁呀？”他没有听见回答，但是他心里暗暗惊慌起来，便从床上爬起来，走到窗户跟前。过道里门钩响了一声。杜尼娅在头里走进房来。格里高力看到她的脸煞白煞白的，他还什么也没有问，就从大板凳上拿起皮帽子和军大衣。

“小哥……”

“什么事？”他一面套大衣袖子，一面小声问道。

杜尼娅急急忙忙、上气不接下气地说：

“小哥，你马上走吧！镇上有四个骑马的人上我们家来了。坐在上房里呢……他们说话声音很小，可是我听见了……我站在门外，全听见了……米沙说，要把你抓起来……他正在对他们说你的事情呢……你快走吧！”

格里高力快步走到她跟前，抱住她，使劲亲了亲她的腮。

“谢谢你，妹妹！你回去吧，要不然他们会发现你出来了。再见吧。”他转身朝着阿克西妮亚说：“拿面包来！快点儿！不要整的，一大块就行！”

他短暂的安宁生活就这样结束了……他又像作战时那样又迅速、又镇定地行动起来；走进上屋，小心翼翼地亲了亲两个睡着的孩子，抱住阿克西妮亚。

“再见吧！我很快就来信，普罗霍尔会告诉你的。要把孩子们看好。把门闩上。他们要是来问，你就说，我上维奥申去了。好，再见吧，别难过，阿克秀莎！”

他亲着她,感觉出她的嘴唇上有咸咸的、热乎乎的泪水。

他没有时间来安慰阿克西妮亚和听她那些有气无力、前言不搭后语的心腹话了。他轻轻掰开抱住他的那两只手,走到过道里,仔细听了听,就一把拉开外面的房门。从顿河上吹来的一阵冷风扑到他的脸上。他闭了一会儿眼睛,让眼睛习惯一下黑暗。

阿克西妮亚起初听见,雪在格里高力的脚底下咯吱咯吱响着。他每走一步,就好像尖尖的针往她的心上扎一下。后来脚步声没有了,篱笆门响了一下。后来什么声音也没有了,只有风在顿河那边的树林里吼叫着。阿克西妮亚想在呼呼的风声中听出一点儿什么声音,但是什么也听不见了。她觉得身上冷起来。她走进厨房里,把灯吹灭了。

 十

一九二〇年深秋,因为余粮征集工作很不顺利,组织了武装征粮队,这时候顿河哥萨克老百姓当中有些人就暗暗骚动起来。在顿河上游各乡里,如叔米林乡、嘉桑乡、米古林乡、麦石柯夫乡、维奥申乡、叶兰乡、司拉晓夫乡和其他一些乡里,出现了一小股一小股的武装匪帮。这是哥萨克富农和一部分富裕的哥萨克对建立武装征粮队和苏维埃政府在征集余粮方面的一些强硬措施的反抗。

每股匪帮拥有五至二十条枪。其中大多数都是当地哥萨克老百姓中以前那些最积极的白卫军分子。其中有在一九一八、一九一九年干过侦缉队的人,有逃避九月里的下级士官动员令的一些原顿河白军的军士、司务长和准尉,有在上顿河州去年的暴动时期作战很卖力或枪杀过红军俘虏的暴动分子,一句话,都是一些和苏维埃政府不共戴天的人。

他们在各个村子里袭击征粮队,拦截运粮食的车辆,杀害共产党员和忠于苏

维埃政府的党外哥萨克。

驻扎在维奥申和巴兹基村的上顿河州守备营担负了肃清匪徒的任务。但是，消灭散布在本州广大地区的匪帮的一切尝试，都没有收到成效。因为，第一，当地老百姓都向着匪帮，供给他们粮食和红军移动的情报，并且掩护他们；第二，营长卡帕林是沙皇军队的旧上尉和社会革命党员，他不愿意消灭在顿河上游出现不久的反革命势力，就千方百计地从中作梗。他只是有时候在州党委会主席的督促之下短时间地出动一下，接着就借口他不能分散兵力去进行毫无意义的冒险，使维奥申以及州的一些机关和仓库失去保护，又回到维奥申镇上。这个营有四百来条枪，三十挺机枪，担负着卫戍任务：红军战士们的工作是看守在押犯，挑水，到树林里砍柴，还要进行义务劳动——从橡树叶子上采集五倍子，制造墨水。这个营给许多州机关供应了大量的木柴和墨水，可是同时州里小股匪帮的数量也急剧地增多了。直到十二月里，和上顿河州接界的沃罗涅日省包古查尔县境内发生了大规模的暴动，才不得不停止了砍柴和采集五倍子的义务劳动。顿河军区司令部命令这个营的三个连和一个机枪排，会同骑兵守备连、第十二征粮团第一营和两支不大的拦阻部队，前去镇压这次暴动。

在进攻干顿涅茨村的战斗中，维奥申的骑兵守备连在亚可夫·佛明指挥下，从侧翼对暴动分子的阵地发动进攻，打跨了他们，打得他们四散逃窜，守备连在追击中砍死一百七十来人，连里只损失了三个战士。这个连里，除了极少数以外，都是顿河上游各乡的哥萨克。他们就是在这时候，仍然不肯改变几百年来的哥萨克传统：战斗结束以后，也不顾连里两个共产党员的反对，几乎有一半战士脱下自己的旧军大衣和棉袄，换上了从砍死的暴动分子身上剥下来的上等熟皮皮袄。

把暴动镇压下去以后，过了几天，这个连调到了嘉桑镇上。佛明因为打仗吃了苦，要捞捞本儿，就拼命在嘉桑镇上寻欢作乐。他是个色迷，是个又风流又喜欢交游的浪荡鬼，他整夜整夜地在外面，天亮以前才回住处。和佛明关系亲密的战士们，傍晚时候一看见自己的连长穿着锃亮的靴子在街上转悠，就会心地挤挤眼睛，说：

“喂，咱们的公马又去找风流娘们儿了！这一下子不到天亮别想看见他。”

连里一些熟识的哥萨克一对佛明说，他们那里有酒，要喝酒了，佛明就瞒着政委和指导员上他们的住处去。常常有这种事儿。但是不久这位挺神气的连长苦闷起来，脸色也阴沉了，差不多完全忘掉了不久前寻欢作乐的事。每天傍晚他也不那样带劲儿地去擦那双讲究的高筒皮靴了，也不天天刮脸了，只不过偶尔上本连几个同村人的住处去坐坐，喝几杯酒，但是在谈话的时候他的话不多了。

佛明性格的变化，是从支队指挥员收到维奥申的一份通报的时候开始的：顿河肃反委员会政治局的简短通报中说，在邻近的大熊河口州的米海洛夫村里，有一个守备营在营长瓦库林率领下叛变了。

瓦库林是佛明的老同事和好朋友。他们当年一同在米洛诺夫兵团里当过兵，一同从萨兰斯克开到顿河上，在布琼尼的骑兵包围了叛变的米洛诺夫兵团的时候，他们一同缴械投诚的。直到最近他们还保持着友谊关系。不久前，就在九月初，瓦库林还上维奥申来过，那时候他就咬牙切齿，对老朋友抱怨说："委员们横行霸道，实行余粮征集制，弄得庄稼人倾家荡产，国家要完了。"佛明在心里是赞成瓦库林的说法的，但是，他的态度很谨慎，虽然生来不算聪明，但却有些滑头。他一向就是个小心谨慎的人，从来不莽撞，遇事不置可否。但是自从听说瓦库林那个营叛变以后，他那一向小心谨慎的性格很快就改变了。在连队就要回维奥申以前，有一天晚上，连里有些人在排长阿尔菲洛夫的住处喝酒。大木桶里的酒满满的，大家在酒席上谈得非常热闹。佛明也参加了这次狂饮，他一声不响地听着大家说话，一声不响地喝着老酒。但是当一个战士谈起在干顿涅茨村外怎样发起进攻的时候，佛明就若有所思地捻着胡子，打断他的话，说：

"弟兄们，咱们杀南蛮子杀得很痛快，可是很快就要轮到咱们自己不痛快了……等咱们回到维奥申，要是征粮队把咱们家里的粮食全搞光了，那怎么办？嘉桑的人就恨死了这些征粮队。他们把粮食囤扫得光光的，就像用扫帚扫的……"

屋子里立刻静了下来，佛明把连里的人打量了一遍，强带着笑容说：

"我这是说着玩儿的……你们注意，别乱说，别因为说说笑话出他妈的什么事。"

他在回维奥申的路上，带领半个排回鲁别仁村自己家里去了一趟。他来到村子里，没有骑马进自己的院子，在门口下了马，把缰绳扔给一个战士，便朝房里走去。

他冷冷地朝妻子点了点头，对老妈妈鞠了一个大躬，恭恭敬敬地和她握了握手，又抱了抱孩子们。

"我爹在哪儿？"他坐在凳子上，把马刀放在两腿中间，问道。

"上磨坊里去了。"老妈妈回答过，看了看儿子，严肃地吩咐说："把帽子摘下来，你这不敬神的东西！怎么能戴着帽子坐在圣像下面呀？哎呀，亚可夫，你要倒霉的……"

佛明勉强笑了笑，摘下帽子，但是没有脱衣服。

“你怎么不脱衣服？”

“我是顺路来看你们一下，只呆一会儿，当差总是没什么工夫呀。”

“我知道你当的什么差……”老妈妈严厉地说，她这话指的是儿子在维奥申乱搞女人的不正经行为。

这事儿早就传到了鲁别仁村。

脸色苍白、形容憔悴、过早地衰老了的佛明的妻子惊骇地看了婆婆一眼，就朝灶前走去。为了巴结丈夫，为了讨取他的欢心，希望他哪怕对自己亲热地看上一眼，她从锅膛里拿起一块破布，跪在地上，弯下身去，擦起粘在佛明的靴子上的厚厚的泥巴。

“你穿的靴子真好呀，亚可夫……粘了那么多泥巴……我来擦擦，一下子就干净了！”她跪在丈夫的脚下爬来爬去，也不抬头，低声下气地说。

他已经很久没有跟她一起过了，对于他年轻时候曾经爱过的这个女人，除了有一点儿淡淡的、带有轻蔑意味的怜悯心外，早就什么感情也没有了。但是她却一直爱着他，并且暗地里希望他有朝一日还回到她身边来，她什么都不计较。多年来她辛辛苦苦地操持家务，抚养孩子，想方设法讨取脾气古怪的婆婆的欢心。农活儿的重担全部落在她的瘦瘦的两肩上。因为劳累，因为生产第二胎以后留下来的病，她的身体一年不如一年了。她越来越瘦，脸上也没有血色了。因为过早地衰老，脸上的皱纹已经像蜘蛛网一样了。眼睛里出现了一些有病的聪明畜生常有的那种战战兢兢的驯顺表情。她自己也没有觉察自己老得这样快，没有觉察自己的身体一天不如一天，她一直还怀着希望，在难得的见面的时候，她总是羞答答地怀着深情和欢喜的心情望着自己的英俊的丈夫……

佛明从上面朝下看着妻子那可怜巴巴地弯着的脊背和褂子底下那瘦得尖起来的肩胛骨，看着她那一双哆哆嗦嗦的大手细心地在擦他的靴子上的泥巴，心里想：“真难看，够戗！我以前还跟这么丑的娘们儿睡觉呢……她老得太厉害了……老成什么样子啦！”

“你算了吧！反正还是要脏的。”他一面把两只脚从妻子的手里往外抽，一面烦恼地说。

她很费劲儿地直了直腰，站起身来。她那黄黄的脸上泛起淡淡的红晕。她那两只湿润的眼睛含着无限深情和百依百顺的神情看着丈夫，看得他转过脸去，向母亲问道：

“你们日子过得怎样？”

“就这个样子。”老妈妈阴郁地回答说。

“征粮队到村子里来过吗?”

“昨天才离开这儿,到下柯里夫村去了。”

“弄走咱们的粮食了吗?”

“弄走了。他们弄走了多少,达维杜什卡?”

也生着离得远远的两只蓝眼睛、非常像父亲的十四岁的半大小伙子回答说:

“爷爷看着他们弄走的,他知道。好像是十口袋。”

“是这……”佛明站起身来,匆匆看了儿子一眼,理了理武装带。他的脸微微有些发白,问道:“你们对他们说过,他们弄的这是谁家的粮食吗?”

老妈妈把手一摇,有点儿幸灾乐祸地笑了笑,说:

“他们好像不大认识你呀!他们的头头儿说:‘不论是谁家,都要把余粮交出来。别说是佛明家的,就算是州主席家的,多余的粮食我们都要弄走!’他们就到囤里弄去了。”

“妈妈,我去找他们算账,一定要和他们算账!”佛明低沉地说过这话,就匆匆和家里人告别,走了出来。

在回过这趟家以后,他就开始小心翼翼地试探连里战士们的情绪,没有怎么费事就弄清楚了:战士们大多数都不满意余粮征集制。他们的妻子、家里人和亲戚常常从村镇里来看望他们,告诉他们,征粮队到处搜粮食,除了留下种子和口粮以外,其余的粮食全部弄走。就因为这样,一月底在巴兹基村召开的驻防军大会上,州军事委员沙哈耶夫做报告的时候,骑兵连里有些人就公开表示反对了。他们在队伍里嚷嚷起来:

“取消征粮队!”

“停止征粮!”

“打倒粮食委员!”

守备连的红军也大声叫喊回答他们:

“你们是反革命!”

“解除这些坏蛋的武装!”

大会开得很长、很乱。骑兵连的少数共产党员中有一个很气忿地对佛明说:

“佛明同志,你应该说话!瞧,你的骑兵成什么样子啦!”

佛明暗暗地笑了笑,说:

“我是个非党干部呀,他们会听我的吗?”

他沉默了一会儿,不等大会结束,就早早地和营长卡帕林一块儿走了。他们在回维奥申的路上,谈起目前的局面,很快就谈到一块儿了。过了一个星期,卡帕林来到佛明的住处,两个人单独在一起,卡帕林对他说:

"要么咱们马上就起来干,要么咱们就永远别干,你要明白这一点,亚可夫·叶菲莫维奇!应该抓紧时机,现在时机很合适,哥萨克们都拥护咱们。你在州里很有威望,现在的民心再好没有了。你怎么不做声呀?快拿主意吧!"

"还能有什么主意?"佛明皱着眉头,慢腾腾地拖着腔说。"主意是拿定了的。就是要好好筹划筹划,要考虑周密,免得出问题。咱们就来谈谈这事儿吧。"

佛明和卡帕林之间的可疑的关系,并不是没有人发觉。营里的几个共产党员对他们进行了监视,并且把可疑的形迹报告了顿河肃反委员会政治局长阿尔捷姆耶夫和军事委员沙哈耶夫。

"不要草木皆兵,"阿尔捷姆耶夫笑着说,"这个卡帕林是个胆小鬼,他敢怎么样吗?对佛明是要多留心,我们早就注意他了,不过他也未必敢出来干。都没有什么大不了的。"他毫不犹豫地下断语说。

可是现在留心已经晚了:阴谋分子已经筹划好了。要在三月十二日上午八时举行暴动。他们商量好,这一天佛明率领骑兵连全副武装去上早操,随后就突袭驻扎在镇边的一个机枪排,夺取机枪,然后就帮助守备连"清扫"州的各个机关。

卡帕林还有疑虑,认为一营人未必全部支持他。有一次他把这种揣测告诉了佛明。佛明仔细听完他的话,就说:

"只要能把机枪抓到手,咱们一下子就能叫你那个营乖乖的……"

对佛明和卡帕林布置了严密监视,可是一点也没有用处了。他们很少见面,而且都是有公事才见面,只是在二月底的一天夜里,巡逻队看见他们两个人在街上。佛明牵着一匹上着鞍的马,卡帕林和他并肩走着,问他们口令,卡帕林回答:"自己人。"他们就上卡帕林的住处去了。佛明把马拴在台阶栏杆上。他们在屋里没有点灯。下半夜三点多钟佛明才出来,骑上马回自己的住处去了。这就是观察到的情况。

州军事委员沙哈耶夫把自己对佛明和卡帕林的怀疑,用密电报告了顿河军区司令员。过了几天,收到司令员的回电,回电中说,同意解除佛明和卡帕林的职务并逮捕他们。

在州党委常委会议上决定:以军区的名义命令佛明到诺沃契尔卡斯克去,叫他把骑兵连交给副连长奥甫琴尼柯夫;当天就借口嘉桑乡出现了土匪,把骑兵连调到嘉乡镇上去,然后就在夜里逮捕阴谋分子。决定把骑兵连调出去,是因为怕这个连听说逮捕佛明,会暴动起来。还责成守备营第二连连长、共产党员特卡琴科把可能暴动的事通知营里的共产党员和各排排长,叫驻扎在镇上的第二连和机枪排做好战斗准备。

第二天早晨,佛明接到命令。

“嗯,好吧,连队就交给你了,奥甫琴尼柯夫。我要上诺沃契尔卡斯克去了,”他很镇定地说,“你要看看表册吧?”

排长奥甫琴尼柯夫不是党员,没有接到任何人的警告,一点儿也没有起疑,就埋头看起表册。

佛明瞅了个机会,给卡帕林写了个字条:“今天就起事。他们撤了我的职。速作准备。”他在过道里把字条交给自己的传令兵,小声说:

“把字条衔在嘴里。不慌不忙地……明白吗?……不慌不忙地到卡帕林那儿去。如果路上有人拦住你,就把字条吞下去。把字条交给他,你马上就回来。”

奥甫琴尼柯夫接到出发上嘉桑镇的命令,就率领骑兵连在教堂广场上排好队伍准备出发。佛明骑马来到他跟前,说:

“让我和连队告告别。”

“请吧,不过说简单点儿,别耽误我们的时间。”

佛明勒住撒欢的马,在连队前面站下来,对战士们说:

“同志们,你们是了解我的。你们知道我一向的主张,我一向和你们站在一起。可是现在他们在抢劫哥萨克,抢劫一切庄稼人,我实在忍受不下去了。就因为这样,把我撤了。他们要把我怎样,我是知道的。所以我想和你们告告别……”

连里的嚷嚷声和叫喊声把他的话打断了一会儿。他在马镫上站起身子,提高嗓门儿尖声喊道:

“如果你们不愿意叫他们抢劫,就把征粮队赶远点儿,把征粮委员穆尔佐夫和军事委员沙哈耶夫这一伙儿都宰了!他们到咱们顿河上来……”

嚷嚷声淹没了佛明后面的话。他等了一会儿,就大声发出口令:

“从右向左成三列,右转弯,开步走!”

骑兵连听从了他的命令。奥甫琴尼柯夫眼见这种情形,惊得目瞪口呆,骑马走到佛明跟前,问:

“佛明同志,你们上哪儿去?”

佛明连头也不扭,用嘲弄的口气回答说:

“我们去绕着教堂转个圈儿……”

这时候奥甫琴尼柯夫才明白了这短短的几分钟内所发生的一切。他走出队伍;指导员、副政委和一名红军也跟着他走了出来。他们走出有二百来步,佛明发觉他们离开了队伍,便转过马头,喊道:

"奥甫琴尼柯夫,站住!……"

四匹马从小跑换成了大跑。一团一团的水雪从他们的马蹄下往四面乱飞。佛明命令说:

"开枪!抓住奥甫琴尼柯夫!第一排!……追!……"一阵乱枪响过。第一排有十五六个人放马前去追赶。同时佛明把其余的人分成两组:一组由第三排排长率领,去缴机枪排的械;另一组由佛明亲自率领,直扑驻扎在镇北原公马厩里的守备第二连。

第一组挥舞着马刀和向空中放着枪,顺着大街跑去。这些叛变分子在路上砍死了遇到的四个共产党员以后,就在镇边上急急忙忙拉开阵势,不声不响地朝着从房子里跑出来的机枪排的红军战士冲去。

机枪排驻扎的房子在镇外。这座房子离镇边上几户人家不过一百丈远。叛变分子遇到迎头打来的机枪火力,急忙拨转马头往回跑。其中有三个人还没有跑到最近的胡同,就被子弹打下马来。想出其不意地夺取机枪的计策没有成功。叛变分子也没有作第二次尝试。第三排排长丘玛柯夫率领他这一组人马躲藏起来;他没有下马,从石头房子的墙角上小心翼翼地朝外看了看,说:

"嘿,又拖出两挺'马克辛'来了。"然后用皮帽子擦了擦汗漉漉的额头,转身对士兵们说:"向后转吧,弟兄们!……叫佛明自个儿来抓机枪手吧。咱们有几个人留在雪地上了,是三个吧?哼,算了,让他自个儿来试试吧。"

镇东面一响起枪声,连长特卡勤科就从住处跑了出来,一面穿着衣服,一面朝营房跑去。有三十来名红军已经在营房前面排好了队。他们一见到连长,就大惑不解地问:

"谁放枪?"

"怎么一回事儿?"

他也不回答,一声不响地指挥着纷纷从营房里跑出来的红军站到队伍里去。州机关的几个党员干部几乎和他同时跑到了营房,也站到了队伍里。

镇上到处响着零零落落的枪声。镇西面轰隆一声爆炸了一颗手榴弹。特卡勤科一看见有五十来个骑马的,高举马刀,朝营房奔来,就不慌不忙地抽出匣子枪。他还没有来得及发口令,队伍里的说话声就一下子停了,战士们都举起枪,做好了准备。

“这跑的是咱们自己人嘛！瞧，那是咱们的营长卡帕林同志！”有一个战士喊道。

那五十来个骑马人离开街道，就像听到口令一样，一齐趴到马脖子上，朝营房冲来。

“不叫他们过来！”特卡勤科厉声喊道。

砰砰一阵齐射，淹没了他的声音。在整整齐齐的红军队列前面一百步远处，有四个骑马人掉下马来，其余的人都乱糟糟地散了开来，掉转马头朝后跑去。枪声在他们后面劈劈啪啪直响。有一个骑马的，看样子受了轻伤，从马鞍上滚了下来，但是没有放掉手里的缰绳。飞跑的马拖了他有十来丈远，可是他后来又跳了起来，抓住马镫，又抓住后鞍头，一眨眼工夫就又上了马。他使劲扯了扯缰绳，一面跑一面急转弯，躲进了最近的一条胡同。

第一排的十五六名骑兵没有追上奥甫琴尼柯夫，便回到镇上。搜捕军事委员沙哈耶夫也毫无结果。在空荡荡的军事委员部里和他的住处都没有搜到他。他听到枪声，就朝顿河跑去，从冰上过了河，跑进了树林，又从树林里跑到了巴兹基村，第二天，就在离维奥申五十俄里的霍派尔河口镇上了。

大多数领导干部都及时躲起来了。搜捕他们不是没有危险的，因为机枪排的红军已经带着手提机枪来到镇中心，把通向中心广场的各条街道都控制在机枪火力之下了。

骑兵连停止搜捕，来到河边，又飞马跑到当初开始追赶奥甫琴尼柯夫的教堂广场上。不久，佛明所有的人马都来这里集合了。他们又排起队伍。佛明吩咐派出岗哨，叫其余的士兵各回住处，但是不准卸马鞍。

佛明、卡帕林和几个排长单独来到镇边一座小房子里。

“全输了！”卡帕林软软地坐到板凳上，绝望地叫道。

“是啊，没有把全镇拿下来，恐怕咱们在这儿还呆不住呢。”佛明小声说。

“亚可夫·叶菲莫维奇，应该在州里到处转悠转悠。咱们现在还有什么好怕的呢？不到时候反正死不了。咱们把哥萨克们都鼓动起来，那时候维奥申就是咱们的了。”丘玛柯夫出主意说。

佛明一声不响地看了看他，转脸对卡帕林说：

“你泄气了吗，先生？别做孬种！咱们一不做，二不休。既然一块儿干起来，就要一块儿干下去……依你看，怎么样，是离开维奥申呢，还是再来试一下子？”

丘玛柯夫厉声说：

“让别人去试吧！我才不想拿头往机枪上冲呢！这样干毫无意义。”

“我没有问你,住口吧!”佛明瞪了丘玛柯夫一眼,丘玛柯夫垂下眼睛。

沉默了一会儿之后,卡帕林说:

“是的,自然,现在再干已经没有意思了。他们的武器比咱们强。他们有十四挺机枪,咱们连一挺也没有。他们的人也多些……应该撤出去,组织哥萨克起事。不等他们的援军开到,起事的哥萨克就能把整个州占住。只有这一点希望了。只能这样了!”

沉默了老半天之后,佛明说:

“好吧,就这样决定吧。各位排长!马上检查一下装备,数一数每个人手里有多少子弹。严禁浪费子弹。谁要是不听,我就亲手把他劈了。就这样传达给战士们。”他沉默了一下,用老大的拳头狠狠在桌上一敲。“唉,机……机枪啊!都怪你呀,丘玛柯夫!要是能缴下四五挺机枪就好了!现在他们当然可以把咱们从镇上打出去……好吧,散会!如果他们不来打咱们,咱们就在镇上过夜,明天拂晓出发,在州里到处转一转……”

这一夜平平安安地过去。镇这头驻的是叛变的骑兵连,另一头是守备连和加入这个连的共产党员、共青团员。敌对双方只隔着两条街,但是哪一方都没有敢发动夜间袭击。

第二天早晨,叛变的骑兵连一枪不发地离开维奥申,朝东南方开去。

十一

格里高力从家里逃出来以后,头三个星期住在叶兰乡下柯里夫村一个熟识的哥萨克同事家里。后来又到了郭尔巴托夫村,那儿有阿克西妮亚的一个远亲,在他家里住了一个多月。

他整天整天地躺在上房里,只有夜里才到院子里去,很像是在坐牢。格里高力闷得难受,也闲得难受。他非常想回家看看孩子们,看看阿克西妮亚。他多次在夜里睡不着的时候穿起军大衣,下决心要回鞑靼村去,可是每一次仔细一想,又把大衣脱掉,叹着气趴到床上去。到最后,他觉得实在不能这样过下去了。主人是阿克西妮亚的表叔,很同情格里高力,但是他无法让这样一位客人在家里长期住下去。有一天,吃过晚饭以后,格里高力回到自己屋里,听到有说话声。女主人用恨得尖起来的声音问:

"什么时候才能到头呀?"

"什么?你说的是什么?"主人用低低的粗嗓门儿反问道。

"你什么时候把这个吃白饭的打发走呀?"

"住嘴!"

"我就要说说!咱们的粮食只剩一点点儿了,可是你还要养着这个罗锅子鬼,天天给他吃给他喝。我问你,这要到什么时候才算完呀?万一村苏维埃知道了呢?要杀咱们的头,孩子们就要成孤儿了!"

"住嘴吧,阿芙多济娅!"

"我就是要说说!咱们有孩子呀!咱们的粮食不到二十普特了,可是你还要把这个吃白饭的养在家里!他是你的什么人?是亲兄弟?是亲家公?还是干亲?他和你不沾亲,也不带故!一百竿子也打不着,可是你要养活他,给他吃,给他喝。哼,你这秃鬼!住嘴吧,别吓唬我了,要不然我明天就上苏维埃去,就说你在家里养着一朵好花儿!"

第二天,主人走进格里高力的屋里,望着地面,说:

"格里高力·潘捷莱维奇!不管你怎样见怪,我再也不能留你住下去了……我很尊敬你,去世的令尊我也认识,也很尊敬他,但是我现在实在很难养活你这个吃闲饭的……再说我也怕政府知道你在这儿。你随便上哪儿去吧。我还有家小呢。我不愿意为了你掉脑袋。多多担待吧,行行好,请你离开我家吧……"

"好吧,"格里高力很干脆地说,"谢谢你,谢谢你的招待。你的一切我都要感谢。我也看出来,你很为难,但是我又上哪儿去呀?我真没有路走了。"

"随你到哪儿吧。"

"好的,我今天就走。阿尔塔蒙·瓦西里耶维奇,多多拜谢了。"

"不必了,不值得谢。"

"我不会忘记你的大恩。也许我以后有机会报答你。"

主人很感动,拍了拍格里高力的肩膀,说:

"别说这种话了!依着我,你再住两个月也行,可是我老婆这该死的娘们儿不肯,天天和我吵!格里高力·潘捷莱维奇,我是哥萨克,你也是哥萨克,咱们都反对苏维埃政府,所以我还要帮助你:你今天就上红莓村去吧,那儿有我的一位亲家,他会收留你的。你就说我说的:阿尔塔蒙叫他收留你,只要他还有饭吃,叫他当亲儿子养活你。以后我再酬谢他。不过你今天就要离开我家。我再也不能多留你了,老娘们儿吵得实在心烦,另外我也怕村苏维埃知道了……你住了一些日子,格里高力·潘捷莱耶维奇,也行了。我的脑袋也值钱呀……"

深夜,格里高力从村子里走了出来,还没有走到冈头上的风车跟前,就有三个骑马的人,好像从地里钻出来似的,一下子把他拦住:

"站住,狗崽子!你是什么人?"

格里高力心里哆嗦了一下。他一声不响地站了下来。跑是没有用的。路旁连一道沟、一丛树棵子都没有,田野上空空荡荡,光秃秃的。他连两步都跑不出去。

"是共产党吗?回去,你妈的别找死!喂,快点儿!"

另一个人骑着马朝格里高力身上冲来,喝道:

"手举起来!把手从口袋里抽出来!抽出来,要不然我把你的脑袋砍下来!"

格里高力一声不响地把手从军大衣口袋里抽出来,他还没有完全弄明白这是怎么回事儿以及这拦住他的是些什么人,就问道:

"上哪儿去?"

"上村子里去。向后转。"

一个骑马人押着他往村子里走去,另外两个人在牧场上走了开去,上了大道。格里高力一声不响地走着。等到走上路,他放慢了脚步,问道:

"请问,大哥,你们是什么人?"

"走吧,走吧,别说话!把手放到背后来,听见吗?"

格里高力一声不响地照着做了。过了一会儿,他又问:

"真的,你们到底是什么人呀?"

"是正教徒。"

"我也不是旧教徒。"

"噢,那你就高兴高兴吧。"

"你把我送到哪儿去?"

"去见首长。走吧,你这坏小子,要不然我把你……"押送的人用刀尖轻轻地戳了戳格里高力。磨得锋利的冰凉的钢刀尖恰好戳在格里高力那大衣领子和皮帽子之间的光脖子上,一阵恐怖的感觉在他心中一闪,接着就换成无可奈何的愤

怒心情。他提起领子,侧眼看了看押送的人,咬着牙说:

“别胡闹!听见吗?要不然我把你这玩意儿夺过来……”

“走,坏小子,别说话!我叫你夺夺看!把手背到后头!”

格里高力一声不响地走了几步,后来又说:

“我不说就不说,你别骂人。别以为自己真了不起……”

“别回头!”

“我没有回头。”

“住嘴,走快点儿!”

“是不是可以快跑呢?”格里高力一面拂着落在眉毛上的雪花,一面问道。

押送的人一声不响地把马一夹。因为出汗和夜间潮湿变得水漉漉的马胸膛一下子撞到格里高力的脊梁上,一只马蹄子噗唧一声踩进他脚边的水雪里。

“你慢点儿!”格里高力一面用手抓住马鬃,站稳身子,一面喊道。

押送的人把马刀举得和脑袋平了,低声说:

“你给我走,狗东西……别说话,要不然我就不用把你送去了。我要杀你很方便。住嘴,一句话也不许说!”

他们都一声不响地来到村边上。押送的人在村边一户人家门前勒住马,说:

“就进这个门去。”

格里高力走进敞着的大门。院心里是一座高大的铁皮顶房子。不少马在敞棚下打着响鼻,大声嚼着草料。台阶边站着五六个全副武装的人。押送的人把刀插进鞘里,一面翻身下马,一面说:

“进屋里去,上了台阶一直往前走,左手第一个门。走吧,别东张西望,对你说过多少次了,日你奶奶!”

格里高力慢慢踏着台阶往上走。站在栏杆边的一个头戴布琼尼式军帽、身穿骑兵长大衣的人问道:

“怎么,是抓来的吗?”

“是抓来的,”那个押送的人用格里高力已经熟悉的沙哑嗓门儿很不高兴地回答说,“在风车旁边抓来的。”

“是党支部书记,还是别的什么人?”

“谁他妈的知道,反正是个坏家伙,究竟是什么人,等会儿就知道了。”

“要么这是土匪,要么这是维奥申的肃反人员用的计策,故意装的。完了!糊里糊涂地完了。”格里高力想着,故意在过道里磨蹭起来,要集中思想考虑一下。

开了门以后,他头一个看到的是佛明。佛明坐在桌边,周围站着很多格里高力不认识的、身穿军服的人。床上堆着不少军大衣和皮袄,大板凳上并排靠着好几支卡宾枪;大板凳上还乱七八糟地堆着马刀、子弹袋、挂包和马鞍袋。人身上、军大衣上、武器装备上都散发着浓浓的马汗气味。

格里高力摘下帽子,低声说:

“你们好啊!”

“麦列霍夫呀!这真是有缘千里来相会啊!咱们又见面了!你这是打哪儿来?把衣服脱了,请坐吧。”佛明站了起来,伸着一只手,走到格里高力跟前。“你怎么逛荡到这儿来了?”

“我来有事。”

“什么事?你逛的可真远呀……”佛明用探询的目光打量着格里高力。“你照实说吧,是在这儿躲难,是不是?”

“是这样。”格里高力很勉强地笑着回答说。

“我的弟兄们在哪儿抓住你的?”

“在村外。”

“你上哪儿去?”

“随便走走……”

佛明又仔细看了看格里高力的眼神,笑了起来。

“我看出来,你是以为我们抓住你,要把你送到维奥申去,是吗?不会的,老弟,那条路我们也不走了……你别怕!我们不给苏维埃政府当差了。跟它分家了……”

“离婚啦。”一个在炉边抽烟的不算年轻的哥萨克低声说。

坐在桌边的一个人大声笑了起来。

“有关我的事儿,你一点儿也没有听说吗?”佛明问道。

“没有。”

“好吧,请坐,咱们来谈谈。给咱们的客人端菜汤和肉上来!”

格里高力对佛明的话一句也不相信。他脸色煞白,态度镇静,脱掉大衣,在桌边坐了下来。他很想抽烟,但是想起已经有两天没有烟丝了。

“有烟吗?”他问佛明。

佛明很殷勤地递过一个皮烟盒来。佛明看到格里高力的手指头在拿纸烟的时候还轻轻哆嗦着,他的嘴唇又在波浪式的红胡子底下笑了笑。

“我们起事反对苏维埃政府啦。我们支持老百姓,反对征集余粮,反对委员们。他们愚弄了我们很久,现在我们要叫他们尝尝滋味了。你明白吗,麦列霍夫?"

格里高力没有做声。他抽起烟来,急急忙忙地一连抽了好几口。他的头有点儿晕了,并且觉得有些恶心。最近这一个月来,他吃的饭食很差,现在他才感觉出,近来他的身体太弱了。他掐灭了纸烟,狼吞虎咽地吃起东西来。佛明简单地谈了谈起事的经过,谈了谈头些天在州里到处跑来跑去的情形,把自己的流窜说成是"进军"。格里高力一声不响地听着,吞着面包和没有炖烂的肥羊肉,几乎连嚼都不嚼。

"你出来过瘦了。"佛明亲热地笑着说。

格里高力一面打着饱嗝,一面嘟哝说:

"又不是在丈母娘家里嘛。"

"这话不错。那你就下劲儿吃吧,多吃点儿,能吃多少就吃多少。我们这些东家可不小气。"

"谢谢。现在我要抽烟了……"格里高力接过递给他的纸烟,走到放在板凳上的铁锅跟前,掀开木盖子,舀了一碗水。水很凉,而且有点咸味儿。吃得饱饱的格里高力大口大口地喝了两大碗水,这才有滋有味地吸起烟来。

"哥萨克们并不十分欢迎我们,"佛明往格里高力跟前坐了坐,继续说,"去年暴动的时候他们挨打挨怕了……不过,愿意干的人还是有的。已经有四十来个人参加了。但是我们要的不是这一点点儿。我们要把全州都发动起来,还要叫邻近的霍派尔州和大熊河口州都支持我们。到那时候我们再和苏维埃政府好好地谈谈!"

桌子周围一些人在大声说话。格里高力一面听佛明谈话,一面偷偷地打量他的伙伴们。一个熟识的人也没有!他仍然不相信佛明的话,以为佛明是故弄玄虚,为了小心起见,没有做声。但老是不做声也不行。

"佛明同志,如果你说的这些都是真话,那你们究竟想怎样呢?想发动新的战争吗?"格里高力竭力克制着涌上来的睡意,问道。

"这话我已经对你说过了嘛。"

"要推翻政府吗?"

"是的。"

"要建立什么样的政府呢?"

"建立哥萨克自己的政府!"

"自选乡长、村长吗?"

"噢,乡村长的事,多少等一等再说。反正老百姓选什么样的,就成立什么样的。不过这事还不用着急,再说,政治方面的事我也是外行。我是一个军人,我的任务是消灭那些委员和共产党员,有关政府的事,让我的参谋长卡帕林给你说说。这事儿他很内行。他这个人很聪明,很有学问。"佛明朝格里高力俯下身来,小声说:"他是以前沙皇军队里的一位上尉。这会儿在上房里睡着呢,有点儿病,恐怕是不大习惯,我们天天在行军呀。"

过道里响起嚷嚷声、脚步杂沓声、呻吟声、不太高的闹声和压低了的吆喝声:"把他宰了!"桌子周围的说话声一下子就停了。佛明警觉地朝门口看了看。有人一下子把门推开。一团白色的水汽贴着地面涌进屋里来。一个身体魁梧、没戴帽子、身穿绗得密密的草绿棉袄、脚穿灰毡靴的人,因为背上被人猛地一捣,身子向前倾着,踉踉跄跄地跑了几步,冬的一声,肩膀撞在炉壁上。在关上门之前,有人在过道里高高兴兴地喊道:

"又抓来一个!"

佛明站了起来,勒了勒军便服上的皮带。

"你是什么人?"他威风凛凛地问道。

穿棉袄的人喘着粗气,用手摸了摸头发,想舒展舒展两个肩膀,但是疼得皱起眉头。他的脊梁骨被一样重东西,大概是枪托子,捣得很疼。

"你怎么不说话?舌头掉了吗?我问你,是什么人?"

"我是红军。"

"哪一部分的?"

"第十二征粮团的。"

"哈哈,这可太巧了!"坐在桌边的一个人笑着说。

佛明继续盘问:

"你在这儿干什么?"

"我们是拦阻部队……派我们来……"

"明白了。你们有多少人在这个村子里?"

"十四个人。"

"其余的人在哪儿?"

红军不做声了,很费劲儿地张开嘴。他的喉咙里有什么东西咕咕响了几下,一股细细的鲜血从左嘴角流到下巴上。他用手擦了擦嘴唇,看了看手掌,在裤子上把手擦了擦。

"你们那个坏家伙……"他吞着血,用咕噜咕噜的声音说,"把我的肺打坏了……”

“没事儿！我们来给你治治！”一个矮墩墩的哥萨克从桌旁站起来，朝其余的人挤着眼睛，用嘲弄的口气说。

“其余的人在哪儿？”佛明又问了一遍。

“跟着车队上叶兰镇去了。”

“你是哪儿的？什么地方人？”

红军用眨动得非常快的蓝眼睛看了佛明一眼，把一团血块子吐在脚底下，已经是用清脆、响亮的粗嗓门儿回答说：

“普斯科夫省的。”

“普斯科夫人、莫斯科人……我们都听说过……”佛明用嘲笑的口气说。“伙计，你跑这么远来抢别人的粮食呀……好，就谈到这儿吧！我们怎么处置你呢，嗯？”

“应该把我放了。”

“你真是个天真的小伙子……弟兄们，咱们是不是真的把他放了呢？你们觉得怎样？”佛明暗暗笑着，转脸向坐在桌边的人问道。

一直在仔细观察着这一切的格里高力，看到一张张风尘仆仆的褐色的脸上隐隐露出会意的笑容。

“叫他在咱们这儿干上两个月，然后再放他回家去看老婆。”佛明手下的一个人说。

“你是不是真的在我们这儿干干呢？”佛明问道；他想忍住笑，可是怎么都忍不住。“我们给你马，给你鞍，还给你一双新的高筒靴子，把你的毡靴换下来……你们的首长给你们的穿戴太差了，这能算是靴子吗？外面已经化冻了，可是你还穿毡靴呢。给我们干干，好吗？”

“他是庄稼佬，出娘胎以来还没有骑过马呢。”一个哥萨克故意用尖细的声音怪腔怪调地说。

红军战士没有做声。他背靠在炉壁上，用炯炯有神的眼睛打量着大家。他时不时地疼得皱一皱眉头，有时候呼吸困难，就微微张一张嘴。

“你留在我们这儿，还是怎样？”佛明又问道。

“你们是什么人？”

“我们吗？”佛明把眉毛扬得高高的，用手捋了捋胡子。“我们是维护劳动人民的战士。我们反对委员和共产党的压迫，我们就是这样的人。”

这时候格里高力忽然看见红军的脸上出现了笑容。

“原来你们是这样的人……可是我还在想：这是一些什么人呢？”俘虏笑了笑，露出血糊糊的牙齿，他说话的神气，好像听到了新鲜事儿又惊又喜，但是他的口气中却另有一种意味，使大家都警觉起来。“依你们说，你们是维护人民的战士，是吗？噢，噢。可是依我们说，你们不过是土匪。想叫我给你们干吗？哼，你们真会开玩笑！”

“我看你呀，你也是个挺有趣的小伙子嘛……”佛明眯缝起眼睛，简短地问道：“是共产党员吗？”

“不是，我哪儿够呀？我是非党的战士。”

“不像。”

“实在话，我是非党的战士！”

佛明咳嗽了两声，转身朝着桌子。

“丘玛柯夫！把他干掉。”

“你们杀我算不了英雄，一点也没有用。”红军小声说。

没有人答腔。丘玛柯夫是一个矮墩墩的漂亮哥萨克，穿一件英国式的皮坎肩。他很不高兴地站了起来，抿了抿往后梳得已经够平的淡黄色头发。

“我都讨厌干这种事儿了，”他从放在板凳上的一堆马刀中抽出自己的马刀，一面用大拇指试着刀刃，一面提起精神说。

“不一定亲自动手，告诉外面的弟兄们就行了。”佛明说。

丘玛柯夫冷冷地把红军从脚到头打量了一遍，说：

“在前头走吧，伙计。”

红军离开炉子，弯下腰，慢慢朝门口走去，地板上留下一个个潮湿的毡靴印子。

“上这儿来，也不把脚擦一擦！来一趟，给我们留下这么多脚印子，弄得这么脏……老弟，你真是太邋遢了！”丘玛柯夫装出很不满意的样子说着，跟着俘虏朝外走去。

“告诉他们，叫他们把他带到胡同里或者场院上。别在院子里干，要不然房东会生气的！”佛明在后面对着他们喊道。

佛明走到格里高力身边，挨着坐了下来，问道：

“我们审判干脆吗？”

“很干脆。”格里高力避开他的目光，回答说。

佛明叹了一口气。

“什么记录也用不着。现在就应该这样。”他还想说点儿什么，但是台阶上响起冬冬的脚步声，有人喊叫，又砰的响了一枪。

"外面他妈的怎么回事儿?"佛明烦躁地叫道。

一个坐在桌边的人跳了起来，一脚把门踢开。

"外面怎么一回事儿?"他朝黑暗中叫道。

丘玛柯夫走了进来，很带劲儿地说：

"这家伙真够机灵的！日他奶奶！他从顶上头一级台阶上往下一跳，就跑起来。只好浪费一颗子弹。弟兄们正在结果他呢……"

"叫他们把他从院子里拖到胡同里。"

"我已经说过了，亚可夫·叶菲莫维奇。"

屋子里静了一会儿。后来有人压制着哈欠，问道：

"丘玛柯夫，天气怎么样？外面放晴了吗?"

"有云彩。"

"要是下一阵雨，就能把残雪冲干净了。"

"你要雨干什么?"

"我倒不是要雨，是不喜欢在烂泥里走。"

格里高力走到床前，拿起自己的帽子。

"你上哪儿去?"佛明问。

"去解解手。"

格里高力来到台阶上。从云彩里钻出来的月亮放射着朦胧的月光。宽敞的院子、一座座棚子的顶、一棵棵直指天空的光秃秃的金字塔形的白杨树、一匹匹披着马衣站在拴马桩边的马——一切都笼罩在一片幻影般的淡蓝的夜色中。在离台阶几丈远的地方，躺着被杀死的红军，脑袋泡在熠熠闪光的融雪水洼里。有三个哥萨克在死人身边弯着腰，小声说着话儿。不知他们在死人身边干什么。

"他还喘气哩，真的!"一个哥萨克懊恼地说。"你这不中用的家伙，怎么搞的？我对你说，要往脑袋上砍嘛！唉，真是饭桶!"

一个声音沙哑的哥萨克，也就是押送格里高力的那一个，回答说：

"快死了！打几个响嗝就完了……你把他的头提起来嘛！怎么也脱不下来。抓住头发往上提，这就对了。好，现在提好别动。"

水洼里的水哗啦响了一声。站在死人旁边的一个人直起身子。那个哑嗓门儿的家伙蹲在地上，哼哧着，在剥死人的棉袄。过了一会儿，他说：

"是我手气不好，所以他一下子死不了。以前我在家里杀猪……你提好嘛，别松手！噢，妈的！……嗯，以前我杀猪，把喉咙管全割断，一直割到颈窝里，可是该死的猪还要站起来,满院子乱跑。一跑就跑上老半天!浑身都是血,可还是又跑又哼哼。气都不能喘了,可还是死不了。这都是因为我手气不好。好了,放下吧……还在喘气吗?真是怪事。我差不多都砍到脖子根了嘛……”

另外一个哥萨克伸开两条胳膊,把从红军身上剥下来的棉袄抻开,说:

“左边沾上血了……黏糊糊的,呸,真糟糕!”

“能洗掉。这又不是猪油。”那个哑嗓门儿的哥萨克心安理得地说过这话,又蹲了下去。“洗洗或擦擦都行。不碍事。”

“你怎么,还想剥他的裤子吗?”原来那个提头发的哥萨克很不满意地问道。

那个哑嗓门儿的哥萨克不客气地说:

“你要是着急的话,就去看看马吧,我们这儿不要你也行!总不能让东西白白丢掉吧?”

格里高力猛地转过身来,朝屋里走去。

佛明用迅速的、探询的目光迎住他,站起身来。

“咱们到上房里谈谈吧,这儿太嘈杂了。”

宽敞的上房里烧得很暖和,有老鼠屎气味,还有大麻籽气味。一个不算高大、身穿草绿制服的人,摊开四肢睡在床上。他那稀稀的头发乱蓬蓬的,粘了一层细毛和小小的羽毛。他一边腮紧紧贴在肮脏的、只剩下芯子的枕头上。一盏挂灯照着他那很久没有刮过的苍白的脸。

佛明推醒了他,说:

“起来吧,卡帕林,咱们有客人来了。这是咱们的人——格里高力·麦列霍夫,以前的中尉,你来认识认识。”

卡帕林从床上耷拉下腿来,用手搓了搓脸,爬了起来。他微微弯着腰握了握格里高力的手,说:

“欢迎欢迎。我是卡帕林上尉。”

佛明很殷勤地推给格里高力一把椅子,自己坐在大柜子上。他大概从格里高力的脸上看出来,杀害红军使格里高力心里很不痛快,所以就说道:

“你不要以为,我们对待所有的人都这样狠。这是个怪物嘛,是征粮队的嘛。对于这些人和各种各样的委员我们是不能放过的,对其余的人我们是很宽大的。比如说,我们昨天抓住三个民警,把他们的马、马鞍和武器留下来,把人都放走了。杀死他们有他妈的什么意思?”

格里高力没有做声。他把两手放在膝盖上,想着心事,就像在梦里一样听着佛明说话:

“……我们眼下就这样打着，”佛明继续说，“我们想无论如何把哥萨克们发动起来。我们听说，到处都在打仗。在西伯利亚，在乌克兰，甚至在彼得格勒，到处都有起事的。有一个要塞里的整个舰队都起事了，那个要塞叫什么名字来着？……”

“是在喀琅施塔得。”卡帕林提醒说。

格里高力抬起头来，用没有表情、好像是什么也看不见的眼睛看了佛明一下，就把目光移到卡帕林身上。

“来，抽烟吧，”佛明递过烟盒来，“就是说，已经把彼得格勒拿下来了，正在向莫斯科进军呢。到处都打得很热闹！咱们也不能一点不动啊。咱们要把哥萨克发动起来，推翻苏维埃政府，将来如果有士官生帮助咱们，那咱们就百事如意了。让他们那些有学问的人来建立政府吧，咱们辅佐他们。”他沉默了一会儿，然后问道：“麦列霍夫，你以为怎样：如果士官生从黑海那边打过来，咱们就和他们会师，能不能因为咱们首先在后方起事，将功折罪呢？卡帕林说，一定可以折罪。比如说，还要因为我在一九一八年带领二十八团离开前线，又给苏维埃政府干了两年，再来找我的麻烦吗？”

格里高力不由地笑了笑，心里想：“原来你真正操心的是这个！虽然人很蠢，可是真狡猾……”佛明等着回答。看样子，他还实在担心这个问题呢。格里高力很勉强地说：

“这事儿一两句话是说不清的。”

“当然，当然，”佛明高高兴兴地附和说，“我这是随便说说。以后的事以后再说吧，现在咱们是要行动起来，消灭后方的共产党。咱们不管怎样都不能叫他们过安稳日子！他们叫步兵坐上大车，想追赶咱们呢……叫他们试试看吧。等到他们把马队调来，咱们已经把全州闹翻过来啦！”

格里高力又看着自己的脚底下，想着。卡帕林道过歉，躺到床上去了。

“我太累了。咱们行起军来像疯子一样，觉睡得太少了。”他无精打采地笑着说。

“咱们也该睡了。”佛明站起来，把一只沉甸甸的手搭在格里高力的肩膀上。“好样儿的，麦列霍夫，幸亏你听了当时我在维奥申说的话！你那时候如果不躲起来，就倒霉了。这会儿恐怕要躺在维奥申的雪堆里，连指甲都烂掉了……这种事儿我看得比什么都清楚。嗯，你拿的是什么主意呢？你说说吧，咱们也要睡觉了。”

“说什么呢？”

“是不是跟我们一块儿干呀？总不能在别人家里躲一辈子嘛。”

格里高力知道他要提这个问题。他必须选择选择：要么继续在各个村子里流浪，过着吃不饱、无家可归的日子，愁闷得要死，还要时时担心主人向政府报告；要么到政治局去自首；要么就跟着佛明干。于是他选择好了。他这天晚上第一次正对着佛明的眼睛看了看，似笑非笑地笑着说：

“我现在挑选，就像童话里的英雄一样：往左边走，就会失掉马；往右边走，就会被杀死……就是这样：三条路，没有一条好路……”

“你还是正正经经挑选一下吧。童话咱们以后再讲。”

“无路可走呀，就这样选定了吧。”

“怎么样？”

“加入你的匪帮吧。”

佛明很不高兴地皱了皱眉头，咬了咬胡子。

“你别提这种外号吧，这怎么是匪帮？这是共产党给咱们的外号，你可不应该这样说。咱们就叫起义军，又简单，又明白。”

他的不高兴很快就过去了。他见格里高力下定了决心，显然是非常高兴的，而且他简直掩饰不住自己的高兴心情；他兴奋得搓着两手说：

“咱们兴旺起来啦！你听见吗，上尉？麦列霍夫，我给你一个排，如果你不愿意带一个排，就和卡帕林一起掌管司令部里的事。我把我的马送给你，我还有一匹备用的马呢。”

十二

天亮前，有点儿霜冻。水洼里结了灰白色的薄冰。雪变硬了，咯吱咯吱响起来。在没有践踏过的亮闪闪的雪地上，马蹄留下一个个模模糊糊、慢慢在下陷的圆印子;在昨天的暖气把雪舔掉了的地方,那露出来的铺着去年的枯草的土地,只是在马蹄下微微向下凹一凹,并且在向下凹的时候,轻轻地冬冬响着。

佛明的队伍在村外排成行军纵队。在远远的大路上,晃悠着派到前面去的先头侦察队的六名骑兵。

“你瞧瞧我的队伍吧!”佛明骑马走到格里高力跟前,笑着说。“领着这样的弟兄们,什么人他妈的都不在话下!”

格里高力打量了队伍一眼,心里很感慨地想:“你要是带着这些人马遇上我带的那个布琼尼的骑兵连,有半个钟头我们就能把你们砍成肉酱!”

佛明用鞭子指了指,问道:

“他们的样子怎么样?”

“他们砍杀俘虏很有本事,剥死人衣服也有两下子,可是他们打仗怎么样,我还不知道呢。”格里高力冷冷地回答说。

佛明在马上转过身去背着风,把纸烟点着了,又说:

“到打仗的时候你就看看他们吧。我的人都是当过多年兵的,打仗也不含糊。”

六辆双套马车载着子弹和粮食排在纵队当中。佛明跑到前面,下令开动。到了冈头上,他又来到格里高力跟前,问道:

“喂,我的马怎么样?听使唤吗?”

“是一匹好马。”

他们马镫挨着马镫,并排走了很久,后来格里高力问道:

“你不打算上鞑靼村去吧?”

“想家了吗?”

“很想回去看看。”

“可能也要去。现在我想到旗尔河上去转一转,鼓动鼓动哥萨克们,叫他们行动起来。”

但是各地的哥萨克们都不怎么愿意“行动”……几天的工夫,格里高力就看清了这一点。每当占领一个村庄或市镇,佛明都要下令召开群众大会。多数是他在大会上发言,有时候卡帕林代替他发言。他们号召哥萨克们拿起武器,大谈“苏维埃政府强加在庄稼人身上的沉重负担”,又说什么:“如果不把苏维埃政府推翻,一定会彻底倾家荡产。”佛明说得不像卡帕林那样漂亮,那样有条理,但是他说得很通俗,哥萨克们容易懂。他结束讲话照例都是用同样几句背熟了的句子:“我们从今天起,就取消强加给你们的余粮征集制了。你们再也不用把粮食运到收粮站去了。不必再去养活那些吃白饭的共产党了。他们吃你们的粮食都吃肥了,但是这些外来佬完蛋了。你们都是自由的人啦!拿起枪来,拥护我们的政府吧!哥萨克,乌拉!"

哥萨克们都看着地面,愁眉苦脸,一声不响;可是妇女们却拼命地嚷嚷。一句句尖刻的问话、一声声恼怒的喊叫乱纷纷地从密密层层的妇女群里飞出来:

"你的政府很好,你给我们弄肥皂来了吗?"

"你把你的政府挂在哪儿呀,捆在鞍后皮带上吗?"

"你们又吃谁的粮食呢?"

"大概你们要挨门挨户去讨饭吧?"

"他们有刀。他们连问也不用问就把鸡脑袋剁掉啦!"

"不送粮食那怎么行呢?你们今天在这儿,到明天就是带上狗也找不到你们了,要我们倒霉吗?"

"不叫我们的男人跟着你们走!你们要打仗,就自个儿打吧!"

妇女们往往还要恶狠狠地喊许多别的话;打了几年仗,她们对什么都信不过了,就害怕再打仗,死死地抓住自己的丈夫,再也不肯放手。

佛明满不在乎地听着她们乱嚷嚷,知道她们嚷嚷没什么了不起的。他等到安静下来,就又对哥萨克们说话。这时候哥萨克们便干脆而又慎重地回答说:

"佛明同志,不要强迫我们吧,我们打仗打够了。"

"我们在一九一九年暴动过,已经尝过滋味啦!"

"没有本钱暴动,暴动也没有意思了!眼下不必要了。"

"快到种地的时候了,不能打仗了。"

有一次,后排里有人喊道:

"你现在说得真甜呀!一九一九年我们起事的时候,你在哪儿来着?"

格里高力看到,佛明的脸变了颜色,但终于还是忍住了,什么也没有说。

头一个星期,佛明在大会上听到哥萨克们反驳他,听到他们干脆利落地拒绝响应他的号召,总的来说他还能沉住气;就是听到妇女们叫喊和咒骂,他也不动火。他常常暗暗笑着,很自信地说:"没什么,我们总会把他们说服的!"可是等到看清楚哥萨克群众绝大多数都是反对他的以后,他对参加大会的人的态度一下子就变了。他说话的时候,连马也不下,而且与其说是劝说,不如说是恐吓了。不过结果仍然和以前一样:他想依靠的哥萨克们,一声不响地听过他的讲话,又一声不响地散了开去。

在一个村子里,他讲过话以后,有一个哥萨克妇女出来答话了。这是一个身材高大、肥胖、骨架子十分宽大的寡妇,说起话来声音几乎像男子一样粗大,而且像男子那样又急促又猛烈地挥舞着两条胳膊。她那一张老大的麻子脸上满是恶狠狠的怒气,那向外翻的大嘴唇一直在撇着,轻蔑地笑着。她用红肿的手指头指着像石头一样呆坐在马上的佛明,她那一句句尖刻的话几乎就像喷出来的一样:

"你在这儿捣什么乱?你想把我们的哥萨克推到哪儿,推到哪儿的火坑里去?打这种该死的仗,我们妇女变成寡妇的还少吗?孩子们变成孤儿的还少吗?你想再叫我们遭殃吗?鲁别仁村怎么出了你这样一个救世皇帝呀?你顶好还是把家里料理料理,别再让家里破落下去,然后再来教训我们怎样过日子,要什么样的政府、不要什么样的政府吧!要不然你老婆在家里当牛当马就没有头啦,这我们很清楚!你还到处抖威风,骑着马跑来跑去,鼓动老百姓造反呢。看看你自己家里,房子要是没有风撑着的话,早就倒掉啦。倒是教训起我们来啦!你怎么不说话呀,红胡子丑鬼,难道我说的不对吗?"

人群里嗞嗞地响起一阵轻轻的笑声。像微风一样嗞嗞地响了一阵子,就没有声音了。佛明左手放在鞍头上,慢慢拨弄着马缰,因为憋着火气,脸憋得发了青,但是他没有说话,在脑子里寻思着摆脱这种尴尬局面的适当办法。

"你这个政府算什么东西,你叫人支持它什么?"说得上了劲儿的寡妇又气冲冲地说。

她双手叉腰,扭着大屁股慢慢朝佛明走来。哥萨克们都掩藏着笑容,垂下笑眯眯的眼睛,纷纷给她让路。他们就像要让出个圈子跳舞一样,你推我挤,朝四面退了退……

"你的政府除了你,什么也剩不下。"寡妇用低低的粗嗓门儿说。"你的政府就拖在你屁股后头,在一个地方连一个钟头都呆不住!'今天骑在马上神气,明天就成一摊烂泥!'你就是这样,你的政府也是这样!"

佛明使劲用腿夹了夹马的两肋,马朝人群里冲去。人群朝四面退去。在老大的圈子当中只剩了寡妇一个人。她是见过各种各样世面的,因此她十分镇定地望着佛明那龇牙咧嘴的马,望着佛明那气得煞白的脸。

佛明一面驱马往她身上撞,一面高高地举起了鞭子。

"住嘴,麻脸畜生!……你干吗在这儿造谣惑众?!"

龇牙咧嘴、仰得高高的马头就在这个毫不畏惧的寡妇的头顶上。一团淡绿色的唾沫从马嚼子上飞下来,落在寡妇的黑头巾上,又从头巾上流到腮上。寡妇用手擦了擦,向后退了一步。

"你能说话,我们就不能说话吗?"她用放射着怒火的滚圆的眼睛盯着佛明,大声叫道。

佛明没有打她。他摇晃着鞭子，吼道：

“你这个赤化的坏娘们儿！我要治治你的糊涂劲儿！我马上叫人撩起你的裙子，用通条抽你一顿，你一下子就老实了！”

寡妇又向后退了两步，突然转身背朝着佛明，弯下腰去，把裙子撩了起来。

“你没见过这玩意儿吧，吹大牛的好汉？”她喊叫了两句，又十分麻利地站直了身子，转过脸朝着佛明。“打我呀?！要打人呢?！你还不够格！……”

佛明狠狠地啐了一口，勒了勒缰绳，想勒住直往后倒退的马。

“住嘴，不生驹的骒马，你嫌你身上的肉太多了吧？”他大声说着，拨转马头，竭力要保持住脸上的威严表情，却怎么也保持不住。

人群里响起一阵低低的笑声，佛明手下一个人，想给首长挽回面子，跑到寡妇跟前，抡起卡宾枪托子，但是有一个比他高两个头的彪形大汉用宽宽的胸膛护住了寡妇，轻轻地、然而语气很重地说：

“别动！”

又有三个村里的人走过来，把寡妇推到后面。其中有一个年轻的、头发蓬乱的，小声对佛明手下那个人说：

“干吗打起人来啦，嗯！打老娘们儿不算本事，你有本事到冈头上施展施展去，跟老娘们儿斗，不算英雄好汉……”

佛明一步一步地退到篱笆跟前，在马镫上站起身子。

“哥萨克们！你们好好地想想吧！”他对着慢慢散去的人群叫道。“现在我们好言好语劝你们，可是过一个星期我们再回来，话就是另一样说法了！”

不知为什么他忽然快活起来，一面笑着，一面勒着在原地直蹦的马，喊道：

“我们不是胆小鬼！你们别拿这些老娘们儿的那个……（接着做了几个猥亵的表情）来吓唬我们吧！麻脸的和各种各样的娘们儿我们都见过！等我们回来，要是你们没有人自愿参加我们的队伍，那我们就强制所有的年轻哥萨克都参加。你们就记住吧！我们没有工夫跟你们客气、赔你们的小心了！”

停了一会儿，人群里响起笑声和热热闹闹的说话声。佛明依然在笑着，发出口令：

“上马！……”

格里高力因为憋着笑，憋得脸红红的，夹了夹马，朝自己的一排人跑去。

佛明的队伍在泥泞的道路上拉成一条线，爬上山冈，已经看不见这个很不好客的村庄了，可是格里高力还不时地笑上一阵子，心里想：“好就好在我们哥萨克都是快活人。开玩笑的时候比愁眉苦脸的时候多得多,要是什么事都那么当真,过这种日子早就该上吊了!”他这种愉快心情保持了很久,直到休息的时候,他才又担心又痛苦地想,看样子哥萨克是发动不起来了,佛明的一切打算注定非失败不可了。

十三

春天到了。阳光越来越暖和。山冈南坡上的雪融化了,铺满了枯草的红红的大地在中午时候已经笼罩起透明的淡紫色蜃气。土包上、坟头上、从黏土里露出来的石头缝儿里,都冒出刚刚出头的、碧绿的、尖尖的草芽儿。耕地露出来了。白嘴鸦从不再有人走的冬季道路上纷纷飞到场院上、飞到泡在融雪水里的麦地里。洼地里和山沟里的雪蓝蓝的,一直到上面都浸透了水;这些地方还散发着一阵阵冰人的冷气,但是一股股看不见的融雪水已经在土沟里的雪底下发出细细的、唱歌一样的声音,树林里的杨树枝干已经完全像春天的样子,泛出隐隐的嫩绿色。

春耕时候一天天近了,佛明匪帮的人数也一天天少了。每次宿营以后,到第二天早晨都要少一两个人,有一天几乎有半个排一下子就不见了:八个人都带着马和武器到维奥申投诚去了。要去耕地、种地了。土地等着人,要人去干活儿,于是佛明手下有很多人,认清了干下去毫无好处以后,就悄悄地离开匪帮,散伙回家去了。剩下的都是一些罪大恶极的人,他们不能回家,因为他们对苏维埃政府犯的罪太大,不可能得到宽大。

到四月初,佛明匪帮只剩下八十六个人了。格里高力也留在匪帮里。他没有勇气回家。他认定佛明的事已经输了,匪帮早晚要被打垮。他知道,只要和红军的任何一支正规骑兵部队认真一交手,他们就会被击溃。可是他还在给佛明当帮凶，暗地里希望能拖到夏天，到时候带上匪帮中两匹最好的马，乘夜间回到鞑靼村去，带上阿克西妮亚，一同去南方。顿河草原是很大的，没有去过的地方和没有走过的道路是很多的；夏天里到处都有路可走，到处都可以安身……他打算把马扔到什么地方，和阿克西妮亚步行到库班的山前地带去，离家乡远远的，在那里度过这荒乱的年月，他觉得再也没有别的办法了。

佛明听从卡帕林的主意，决定在开始流冰之前渡过顿河到左岸去。在和霍派尔州搭界的地方有许多树林子，希望在必要的时候可以到树林子里去躲避追击。

匪帮在大鱼村上游渡过了顿河。在一些水流湍急的地方，冰块已经在流动了。河水在明亮的四月的阳光下闪着鱼鳞般的银光，但是在堆积得高出冰面一俄尺的冬天道路通过的地方，河面还是一动不动的。他们在边上铺上篱笆片子，把马一匹一匹地牵过去，在顿河那边排好了队，派出前哨后，便朝叶兰镇方向开去。

过了一天，格里高力遇到同村的独眼龙丘玛科夫老汉。他是上戈里亚兹诺夫村来走亲戚的，就在离村子不远的地方遇上了匪帮。格里高力领着老汉从大路上走到一边去，问道：

“老人家，我的孩子们都好吗？”

“上帝保佑，格里高力·潘捷莱维奇，孩子们都好好的呢。”

“老人家，我拜托你：替我向孩子们和我妹妹杜尼娅问好，还向普罗霍尔·泽柯夫问好，还要请你告诉阿克西妮亚·阿司塔霍娃，叫她等着我，不久我就回去。不过，除了他们以外，你不要对任何人说看见我了，行吗？”

“我办得到，乡亲，一定办到！别多虑，我一定转告。”

“村子里有什么新闻吗？”

“什么也没有，一切照旧。”

“还是柯晒沃依当主席吗？”

“还是他。”

“没有难为我家的人吗？”

“我一点儿也没有听说，大概没有难为。干吗要难为他们呢？一人做事一人当嘛……”

“村子里对我的事是怎样说的？”

老汉擤了擤鼻涕，用红红的围巾擦了老半天胡子，然后含含糊糊地回答说：

“谁知道他们怎么说呢……说法都不一样，谁想怎么说就怎么说。你们快和苏维埃政府讲和了吧?”

格里高力又能回答他什么呀?他勒着直想去追赶已经走出很远的队伍的马,笑着说:

“老人家,我不知道。眼下还一点也看不出来。”

“怎么看不出来呢?咱们和吉尔吉斯人打过,和土耳其人打过,都讲和了,你们都是自己人,无论如何自己人不能再打了……不好啊,格里高力·潘捷莱维奇,说实在的话,不好啊!仁慈的上帝是什么都能看得到的,他是不会饶恕你们这种事的,你记着我的话吧!唉,都是俄罗斯人,都是信正教的,可是自己人打起来就没有完,这不是怪事吗?要是多少打一阵子,倒也罢了,可是你们已经打了三年多了呀。我这个老头子都知道:该打完了!”

格里高力和老汉道过别,就急忙去追赶自己的一排人。丘玛科夫老汉拄着拐杖,用袖子擦着直流泪水的瞎眼眶子,站了老半天。他用那只像年轻人一样敏锐的独眼望着格里高力的背影,欣赏着他那漂亮的骑马姿势,小声说:

“是一个好哥萨克!什么都好,态度和各方面都好,就是不走正道……走迷了路啦!他要是和吉尔吉斯人打仗,一定是好样的,可是现在他干起这种事情来啦!他要这个政府有屁用?他们这些年轻哥萨克是怎么想的呢?谁也拿格里什卡没办法,他们家都是这种不走正路的种……去世的潘捷莱也是这样的犟头,我还记得普罗柯菲老汉……那也是个不服帖的家伙……别的哥萨克是怎么想的,天啊,我就不明白了!”

* * *

佛明进入各个村庄,已经不再召开村民大会了。他知道宣传已经没有用了。只要能留住现有的人马就不错了,谈不到招募新兵了。他显然发起愁来,说话也少了。他开始借酒浇愁,他只要一住下来,就要狂饮解愁。手下人看到他的样子,也都喝起酒来。纪律没有了,抢劫的事多起来。有些苏维埃工作人员,因为匪帮来了都躲了起来,就把他们家的东西,凡是马能驮得动的,全部抢走。很多士兵的马鞍袋都装得鼓膨膨的。有一天,格里高力看见自己排里一个士兵抢了一架手摇缝纫机。他把缰绳搭在鞍头上,用左胳膊夹着缝纫机。格里高力用鞭子抽,那个士兵才把缝纫机丢下了。这天晚上,佛明和格里高力之间发生了一场很激烈的争吵。屋里只有他们两个人。喝得脸都浮肿了的佛明坐在桌边,格里高力大步在屋子里来来回回地走着。

"你坐下吧,别在我眼前晃来晃去。"佛明烦恼地说。

格里高力不理睬他的话,在狭小的哥萨克式上房里踱了很久,后来说:

"佛明,我真讨厌这种事儿!请你制止抢劫和酗酒吧!"

"你今天做的梦不好吧?"

"别开玩笑了……老百姓都在说咱们的坏话了!"

"你该看见,没法子管住弟兄们呀。"佛明很不高兴地说。

"你什么法子都没有用嘛!"

"哼,你别教训我吧!你那些老百姓不配说好话。咱们为他们这些坏家伙吃苦,可是他们呀……我为自个儿想想,就行了。"

"你为自个儿也没有好好地想。天天喝酒没有工夫想了。你已经四天四夜没有清醒了,其余的人也都在喝。就连夜里放哨的人也喝。你想干什么呢?是想让人家在村子里把咱们这些醉鬼一网打尽,斩尽杀绝吗?"

"你以为咱们能逃脱得了这一天吗?"佛明冷笑道。"早晚都是要死的,瓦罐离不了井上破嘛……你懂吗?"

"那咱们明天就自动上维奥申去,把两手举起来,说:把我们押起来吧,我们投降了。"

"不行,咱们还要快活一阵子呢……"

格里高力叉开两腿,在桌子对面站下来。

"你要是不把纪律整顿好,不制止抢劫和酗酒,我就扔下你,把一半人带走。"他小声说。

"你试试看。"佛明用威吓的口气拉着长声说。

"不用试就行!"

"你……你别吓唬我!"佛明把一只手放到手枪套子上。

"别摸抢套子,要不然我隔着桌子一下子就够到你了!"格里高力脸色煞白,把马刀抽出一半来,迅速地说。

佛明把手放到桌子上,笑了笑。

"你干吗跟我瞎缠起来了?没有你缠,我的脑袋都要炸了,可是你还在这儿说糊涂话呢。快把刀插进鞘去!怎么,跟你开开玩笑都不行吗?瞧你,一本正经的样子!简直像个十六岁的大姑娘了……"

"我已经对你说过我想怎样了,你要好好地记住。我们的心情不是都和你一样。"

"我知道。"

“知道就要记住！明天你就下命令，叫大家把马鞍袋子都倒空。咱们是骑兵队伍，不是驮子队。叫他们再别干这种事儿！还算是维护老百姓的战士呢！一个个用马驮着抢来的东西，在各个村子里到处叫卖，就像以前的货郎担子……真丑死了！我怎么他妈的跟你们搞到一块儿来了？”格里高力啐了一口，转脸朝着窗户，因为又气又恨，脸都白了。

佛明笑了起来，说：

“还从来没有马队追击过咱们呢……吃饱了的狼，遇到骑马人追赶，在跑的时候会把吃下的东西全吐出来的。我手下这些畜生也是这样：如果有人把咱们赶急了，他们会把什么都扔掉的。不要紧，麦列霍夫，你别发急，我能搞好！我这是有点儿泄气，所以放松了马缰，可是我还可以勒紧嘛！咱们可是不能分家，有难同当嘛。”

他们的话没有说完，女主人端着一钵子热气腾腾的菜汤走进来，随后丘玛柯夫手下的一群哥萨克一下子拥了进来。

不过谈话还是发生了作用。第二天早晨，佛明下令把鞍袋倒空，并且亲自检查执行命令的情况。有一个抢劫成性的家伙，在检查鞍袋的时候进行抗拒，不愿意扔掉抢来的东西，佛明用手枪当场把他枪毙了。

“把这个坏小子拖走！”他踢了死人一脚，很镇静地说，又把队伍打量了一遍，提高声音说：“狗崽子们，再不许翻箱倒柜啦！我带你们反对苏维埃政府，不是干这种事儿！你们可以把打死的敌人身上的衣服全剥下来，如果不嫌肮脏的话，剥裤头子也可以，但是不能动敌人的家眷。咱们不是跟老娘们儿打仗。谁要是不听，就跟他一样下场！”

队伍里响起一阵嘁喳声，后来就没有声音了……

纪律似乎恢复了。佛明匪帮在顿河左岸活动了三四天，消灭了遭遇到的几支小小的地方自卫队。

在叔米林镇，卡帕林建议转移到沃罗涅日省去。他的理由是，他们到那里可能会得到老百姓的广泛支持，因为那里不久前还发生过反对苏维埃政府的暴动。但是等佛明把这个意见向哥萨克们一宣布，哥萨克们都异口同声地说：“我们不到州外去！”匪帮举行了群众大会，改变了决定。有四天的工夫，匪帮一个劲儿地向东方开去，也不迎战，因为从嘉桑镇开始就有一支骑兵队伍跟踪而来，要打他们。

想掩盖自己的行踪是不容易的，因为田野上到处都在进行春耕，就连最偏僻的地方都有人活动。他们都是在夜里行军，可是到天亮时候他们一停下来歇马，不远处就会出现敌人的骑兵侦察队,手提机枪嗒嗒地响了起来,佛明匪帮就又冒着机枪火力匆匆地备起马来。在维奥申乡的梅里尼柯夫村外,佛明使用了一个计策,才瞒过了敌人,逃脱了。佛明从自己的侦察兵的报告中了解到,率领这支骑兵队伍的是布堪诺夫镇的哥萨克叶果戈·茹拉甫廖夫,此人精明强干,精通军事;佛明还了解到,这支骑兵队伍的人数几乎超过匪帮一倍,有六挺手提机枪,还有许多没有经过长途行军的生气勃勃的马。就因为这样,佛明不敢迎战,想叫自己的人马休息休息,以后,在可能的时候,也不公开交战,而是采取突然袭击的方式,把这支骑兵打垮,这样就可以摆脱这种紧跟不放的追击了。他想,这样还可以捞到敌人的机枪和步枪子弹呢。不过他的如意算盘没有实现。格里高力所担心的事,四月十八日在司拉晓夫橡树林边上发生了。前一天夜里,佛明和大多数士兵在谢瓦司济扬诺夫村里喝得烂醉,黎明时候从村子里开出来。夜里几乎谁也没睡,所以现在有很多人在马上打起盹来。快到上午九点钟的时候,在离奥若根村不远的地方停下来休息。佛明派出警戒哨以后,就吩咐拿燕麦喂马。

一阵阵的大风从东方吹来,像褐色云雾似的沙土遮住了地平线。浓浓的灰土把草原罩住。太阳被高高扬起的灰尘遮得朦朦胧胧的。风吹得大衣襟、马尾和马鬃摇来摇去。马匹都背对着风,在林边稀稀拉拉的野山楂丛旁边避风。眼睛被沙土迷得直流泪水,就是在不远的距离内也很难看清东西。

格里高力细心地给自己的马擦了擦鼻子和泪汪汪的眼睛,挂上草料袋,便走到正用大衣襟兜着麦子喂马的卡帕林跟前。

“偏要挑这个地方歇马!”他用鞭子指着树林子,说。

卡帕林耸了耸肩膀。

“我对这个浑蛋说过了,可是他怎么都不听人劝!”

“应该在草原上或者在村边上休息。”

“您是担心敌人会从树林子里来袭击吧?”

“是的。”

“敌人还远着呢。”

“也许敌人已经很近了,他们又不是步兵。”

“树林子光秃秃的。要是有什么情况,咱们能看得见。”

“没有人看呀,差不多都睡了。我怕连警戒哨都睡了。”

“他们喝了一夜,站都站不稳了,这会儿别想把他们叫醒。”卡帕林皱起眉头,就好像很疼似的,小声说:“咱们跟着这样的领导人,一定要完蛋。他又无知又愚蠢,蠢得简直像木头!您为什么不愿意担任总指挥呢?哥萨克们都很尊重您。

他们都心甘情愿跟着您干。”

“我不要这玩意儿,我在你们这儿是临时做客。”格里高力淡淡地回答过,就朝马跟前走去,心里很懊悔自己不小心无意中说出了心里话。

卡帕林把衣襟里剩下的麦粒儿撒到地上,跟在格里高力后面。

“您要知道,麦列霍夫,”他一面走,一面折下一根山楂树枝,扯着胀鼓鼓的芽儿说,“如果咱们不加入一支大些的反苏维埃部队,比如,在顿河地区南部活动的马斯拉克旅,我看,咱们撑不久了。应该到那儿去,要不然咱们在这儿说不定哪一天就要被消灭。”

“现在河水涨了,过不去顿河了。”

“不是马上就走,等河水落下去,就走。您以为怎样?”

格里高力沉思了一会儿,回答说:

“对,应该离开这儿,在这儿没办法了。”

卡帕林提起了精神。他详细谈起,指望哥萨克支持是不行的,现在应该想方设法说服佛明,叫他不要在州里毫无目的地转圈子了,要下决心和比较强大的队伍联合起来。

格里高力不耐烦听他的唠叨,一心注意着自己的马,等马一把草料吃完,他就摘下草料袋,给马套上笼头,勒紧了马肚带。

“咱们还不会马上就出发,您不用这样着急。”卡帕林说。

“您顶好去把马备好吧,要不然到时会来不及备马的。”格里高力回答说。

卡帕林仔细看了看他,便朝自己的马走去,他的马在一辆辎重车旁边。

格里高力牵着马走到佛明跟前。佛明叉开两腿躺在铺好的斗篷上,正在懒洋洋地啃一只烧鸡翅膀。他挪动了一下身子,打了个手势,请格里高力坐到他身旁。

“坐下,跟我一块儿吃吧。”

“要离开这儿,不能在这儿吃饭。”格里高力说。

“把马喂好了,咱们就动身。”

“可以等些时候再喂。”

“你干吗这样心急呀?”佛明扔掉啃光的鸡骨头,在斗篷上擦了擦手。

“咱们在这儿会遭到袭击的。这地方不好。”

“谁他妈的袭击咱们呀?刚才侦察兵回来说,冈上空空的。看样子,茹拉甫廖夫不知道咱们哪儿去了,要不然他这会儿还吊在咱们的尾巴上呢。布堪诺夫镇上也不会有人来。那儿的军事委员米海依·巴甫洛夫倒是个喜欢打仗的小伙子，不过他的兵力有限，未必敢出来欢迎咱们。咱们好好地休息一下，等这风多少小一些，然后咱们就往司拉晓夫镇方向开。你坐下，吃点儿鸡肉，你干吗催着人走呀？麦列霍夫，你怎么成了胆小鬼啦，你简直成了惊弓之鸟，见到树棵子都要绕圈儿飞了！”佛明用手画了一个大圈子，哈哈大笑起来。

格里高力在心里骂了几句，便走了开去，把马拴到树棵子上，就在旁边躺了下来，把大衣襟盖在脸上挡风。他在呼呼的风声中，在头顶上高高的枯草那细细的、悦耳的沙沙声中，迷迷糊糊地睡着了。

长长的一梭子机枪子弹打来，格里高力跳了起来。一梭子还没有打完，他已经把马解了下来。佛明用压倒一切声音的嗓门儿吼叫：“上马！”又有两三挺机枪从右面的树林里打来。格里高力骑到马上，迅速地判断了一下情况。右面树林的边上，在一片灰尘中隐隐约约有五十来名红军，列成骑兵散兵线向前冲来，切断了去山冈的退路。那在朦胧的阳光下闪着青光的大刀，在他们头顶上冷飕飕地、异常熟悉的闪动着。几挺机枪在树林里，在杂树丛生的土包上，像发了疯似的嗒嗒响着，打完一梭子，又是一梭子。左面也有半连红军骑兵，挥舞着大刀，一声不响地冲了过来，一面拉成长线，想使包围圈合拢。只剩了一条出路：冲过从左面冲上来的稀疏的队伍，朝顿河边退去。格里高力朝佛明喊了一句：“跟我来！”便抽出马刀，放马朝前跑去。

他跑出有二十丈以后，回头看了看。佛明、卡帕林、丘玛柯夫，另外还有几个士兵，都跟在后面飞跑着，离他有十来丈远。树林里的机枪不响了，只有右面尽边上的一挺，还在凶猛而急促地扫射着在辎重车附近乱跑的士兵们。但是最后这一挺机枪一会儿也停了，于是格里高力明白了，红军已经到了刚才他们休息的地方，后面已经砍杀起来了。听到那低沉的绝望的喊叫声，听到那断断续续、稀疏的自卫的枪声，他猜到了这一点。他没有工夫回头看了。他离迎面而来的骑兵散兵线越来越近，他一面飞快地跑着，一面挑选目标。迎面来的是一个身穿熟皮小袄的红军。他骑的是一匹不很快的灰马。就像在打闪时候那样，一眨眼工夫格里高力又看到了那胸前有一片白斑、浑身是汗沫的马，又看到了马上的人那一张红扑扑的年轻的脸，又看到了马上人身后那一大片伸向顿河边的阴沉的草原……再一眨眼的工夫，他就应该躲开刀砍，并且轮到自己砍了。在相距五丈远的地方格里高力猛然闪到左边，就听见马刀嗖的一声在头上闪过，于是他飞速地在马上挺起身子，只用刀尖划了一下已经错过去的红军的脑袋。格里高力的手几乎没有感觉出劈到什么，但是他回头一看，就看见红军已经耷拉下脑袋，慢慢从马上溜了下去，那黄黄的皮袄背后有一大片很稠的鲜血。那匹灰马已经乱了步子，大步狂跑起来，而且把头仰得高高的，侧歪着身子，就好像害怕自己的影子似的……

格里高力趴到马脖子上，习惯地垂下马刀。子弹带着尖利刺耳的啸声从他的头顶上飞过。抿得紧紧的马耳朵不住地哆嗦着，耳朵尖上冒出一颗颗的汗珠子。格里高力只听到后面朝他打来的子弹的嗖嗖叫声和自己的马的急促而猛烈的喘息声。他又回头看了看，看见了佛明和丘玛柯夫，在他们后面五十丈远处是落后了的卡帕林，再远处只有第二排的一个士兵，那是瘸子司捷尔里亚德尼柯夫，他一面跑，一面反抗追上来的两名红军。其余的跟着佛明跑的八九个人都被砍死了。那些没有人骑的马都在大风中扎煞着尾巴，朝四面乱跑，红军在拦截、捉拿这些马。只有一匹高大的枣红马，是佛明手下士兵普里贝特柯夫的，呼哧呼哧打着响鼻，和卡帕林的马挨在一块儿跑着，后面拖着落马时没有从镫里抽出脚来的已死的主人。

格里高力在一个沙土丘后面勒住马，跳下马来，把刀插进鞘里，用几秒钟的工夫让马卧倒下去。这种很简单的本事是格里高力用一个星期的工夫训练出来的。他在掩蔽物后面打了一梭子，但是因为瞄准时太心急、太慌张，只有最后一枪才把一个红军骑的马打倒了。这么一来，第五个佛明分子才逃脱了追击。

“上马！你要倒霉的！”佛明来到格里高力跟前，叫道。

* * *

一下子全完了。匪帮只剩下五个人。红军一直把他们追到安东诺夫村，直到这五个亡命徒躲进村子周围的树林，才停止了追击。

在奔跑的全部时间里，五个人谁也没说过一句话。

卡帕林的马在一条小河边倒了下去，再也起不来了。其余的人骑的马也都疲惫不堪，摇摇晃晃，勉强迈着四条腿，一团团浓浓的白汗沫直往地上掉。

“你不能指挥队伍，只能看看羊群！”格里高力也不看佛明，一边下马，一边说。

佛明一声不响地下了马，就动手卸鞍，可是后来又走到一边去，鞍子也没有卸下来，就坐到一个长满了青苔的土墩上。

“没办法，只好把马扔掉了。”他惊慌地朝四面打量着说。

“扔掉马干什么呢？”

“咱们好步行蹚过小河去。”

"上哪儿去?"

"咱们在树林子里等到天黑,趁天黑渡过顿河,先在鲁别仁村躲几天,村里我有很多亲戚本家。"

"又说蠢话了!"卡帕林气忿地叫道。"你以为到那儿就找不到你了吗?这会儿正在你们村里等着你呢!你是怎么想的呀?"

"噢,那咱们又上哪儿去呀?"佛明茫然失措地问道。

格里高力从鞍袋里把子弹和一块面包都掏出来,说:

"你们还有时间慢慢商量吗?走吧!把马拴起来,把鞍卸了,快走,要不然就要抓住咱们了。"

丘玛柯夫把鞭子扔在地上,用脚踩进泥里,用打哆嗦的声音说:

"咱们变成步兵了……咱们的弟兄们全完了……圣母娘娘,把咱们打得真惨呀!我没想到今天还能活下来……刚才眼看着就要死了……"

他们一声不响地卸掉马鞍,把四匹马都拴在一棵赤杨树上,像狼那样一个跟着一个,朝顿河边走去,手里抱着马鞍,尽量拣树棵子密的地方走。

十四

春天里,顿河涨了水,春水淹没了整个河边滩地的时候,鲁别仁村对面高高的左岸有不大的一片地方仍然淹不到水。

春天里,站在顿河边的山上,可以远远地看到一片大水中有一个岛子,岛上生长着密密丛丛的小柳树、小橡树和茂盛的灰白色五蕊柳棵子。

夏天里,那里的树上一直到树顶都缠满了野蛇麻草,下面的地上到处爬满了使人难以下脚的刺莓,一丛丛的树棵子上爬满了浅蓝色的旋花儿,在不多的林中空地上,吸足了肥沃土壤的乳汁的茂草长得比人还高。

夏天里,就是在中午时候,树林里也很安静,很阴暗,很凉爽。打破寂静的只有黄鹂的叫声,再就是布谷鸟争先恐后地不知在对谁诉说难熬的岁月。到冬天里,树林里就空荡荡、光秃秃、一片死静了。参差错落的树头在灰白色的冬日天空映衬下,显得阴沉沉、黑魆魆的。只有狼崽子年年拿密林做可靠的藏身之地,白天就躲在大雪埋住的荒草丛里。

佛明、格里高力·麦列霍夫以及其他几个幸存的佛明匪帮分子就在这个岛上住了下来。他们凑凑合合生活着:吃的是佛明的一个堂弟每天夜里用小船给他们送来的一些可怜的食物,只能吃个半饱,不过睡觉倒是可以枕着鞍垫睡个够。夜里轮流站岗。因为害怕被人发现他们隐藏的地方,所以也不敢生火。

大水绕过小岛,急匆匆地向南流去。大水带着可怕的吼声,穿过一排拦路的老杨树,又带着轻轻的、唱歌般的、安静的淙淙声,摇晃着淹在水里的树棵子枝头。

格里高力对这种一时不停的、很近的水声很快就习惯了。他常常在冲刷得很陡的岸边躺上很久,望着宽阔的水面,望着笼罩在淡紫色阳光中的顿河沿岸的灰白色山岭。在山岭那边,就是自己的村子、阿克西妮亚、孩子们……他的愁闷的心朝那边飞去。他一想起亲人,就心疼如绞,就暗暗地痛恨米沙,但是他尽量压制这种心情,尽量不去看顿河沿岸的山岭,免得又想起来。用不着一个劲儿地去想那些不幸的事。就是不想那些事,他已经够难受的了。就是不想那些事,他的心已经够疼的了。有时候他简直觉得,他的心好像被扎了一刀,心好像都不跳了,直往外流血呢。看来,多次负伤、战争中的苦难和伤寒都在感情上留下了创伤:格里高力每分钟都能听见可厌的心跳了。有时候胸口疼得不得了,疼得嘴唇一下子就干了,他费很大的劲才能忍住,不哼哼出来。不过他想出了一个止疼的好办法:他把左胸压在潮湿的土地上,或者用冷水把小褂打湿,这样疼痛就会慢慢地、好像很不情愿似的离开他的身体。

这些日子天朗气清,风和日丽。在晴朗的天空里,只是偶尔飘过被高空的风撕得蓬蓬松松的白云,白云的影子像一群群天鹅似的在宽阔的水面上滑过,一挨到远处的河岸,就消失了。

如果能看看疯狂旋转的急流在岸边翻腾,听着流水各种腔调的喧闹声,而什么也不想,尽量不去想那些使人痛苦的事情,那倒是很好的。格里高力有时一连几个钟头看着流水旋出的各种各样、千变万化的波纹。水面时时刻刻都在变化形状:有的地方,刚才水平如镜,水面上漂着断芦苇、枯树叶和草根,过一会儿,就会出现一个奇怪的旋涡儿,拼命把旁边漂过的一切东西往里吸,可是再过一会儿,在打旋涡的地方,水又向上冒了起来,翻滚出一个个浑浊的水圈儿,忽而吐出一截黑黑的芦草根,忽而吐出一片伸展开的橡树叶,忽而吐出也不知从哪儿来的一束干草。

傍晚,西方天空燃烧着红得像樱桃一般的晚霞。月亮从高高的杨树后面升上来。月光像冷冷的白色火焰似的流泻在河面上,在微风吹起细细水波的地方,月光粼粼,在黑暗中闪闪跳动着。夜里,无数北飞的雁群也在岛的上空不停地叫着,雁叫声和水声交织成一片。没有人惊动的禽鸟常常落在岛的东边。在静水里,在淹了水的树林里,公水鸭在呼唤,母水鸭在应和,海雁和大雁也轻轻地咯咯叫着,互相召唤。有一天,格里高力一声不响地走到岸边,看见离岛不远处有很大的一群天鹅。太阳还没有升上来,远方的丛林后面已经露出红红的朝霞。河水经霞光一照,变成了粉红色,这些停在平静的水面上、把高傲的头转向日出的地方的庄严的大鸟也变成了粉红色。天鹅一听见岸上的沙沙声,就用嘹亮的嗓门儿大声叫着,飞了起来,等飞到树林上空,天鹅翅膀那一片雪白耀眼的亮光把格里高力的眼睛都刺花了。

佛明和他的同伴们消磨时间的方法各不相同:很会过日子的司捷尔里亚德尼柯夫把瘸腿盘得舒舒服服的,一天到晚在补衣服,修鞋子,细细地擦枪擦刀;卡帕林因为不习惯在潮湿地方睡觉,就天天躺在太阳地里,用小皮袄连头蒙住,不停地低声咳嗽着;佛明和丘玛柯夫不知疲倦地在玩用纸画成的自制纸牌;格里高力天天在岛上走来走去,在岸边一坐就是半天。他们彼此很少说话,因为要说的话早就说完了,只有在吃饭的时候和晚上等候佛明的堂弟来的时候,他们才凑到一块儿。他们都十分苦闷,来到岛上的整个时间里,只有一次,格里高力看见,丘玛柯夫和司捷尔里亚德尼柯夫不知为什么忽然高兴起来,摔起跤来。他们在一个地方闹腾了半天,不住地哼哧着,互相说着简短的玩笑话,他们的脚都踩进白沙里齐踝子骨那么深。瘸子司捷尔里亚德尼柯夫的力气显然大一些,但是丘玛柯夫却比他灵活。他们用的是加尔梅克式的摔跤法,弯着腰,肩膀向前探着,聚精会神地注视着对方的腿。他们脸上的神情都很专注,紧张得脸都白了,呼吸又急促又猛烈。格里高力兴致勃勃地看着他们摔跤。他看到,丘玛柯夫瞅了个机会,突然仰面倒下去,把对方拖倒,然后两腿一弓,就把对方从自己身上翻过去。转眼工夫,像黄鼠狼一样又灵活又敏捷的丘玛柯夫就压到了司捷尔里亚德尼柯夫的身上,并且把他的两个肩膀拼命往沙里按,而气喘吁吁和哈哈大笑着的司捷尔里亚德尼柯夫就高声喊叫:“哼,你真浑蛋!咱们可没有说过……可以从头上翻过去……”

“你们像小公鸡一样斗起来了,算了吧,可别打起架来。”佛明说。

他们根本不想打架。他们和和气气地互相搂着,坐到沙地上,丘玛柯夫用低沉然而很好听的粗嗓门儿唱起一支快拍子的跳舞歌来:

啊,严寒呀,严寒!
严寒的三九天呀,
冻死了芦苇里的大灰狼,
冻坏了小屋里的好姑娘……

司捷尔里亚德尼柯夫用尖细的高嗓门儿跟着唱起来,他们唱得非常和谐,分外好听:

好姑娘走到台阶上,
手里拿着黑色皮大氅,
给马上的战士穿到身上……

司捷尔里亚德尼柯夫再也憋不住:他跳起来,一面弹着手指头,在沙地上拖着那条瘸腿,跳起舞来。丘玛柯夫一面唱着歌,一面拿起马刀,在沙地上挖了一个不深的坑,这才说:

“等一等,瘸鬼!你一条腿短,在平地上跳起来不方便……你要么在斜坡上跳跳,要么把一条长些的腿放在坑里,另一条腿就在外面。就把长腿放到这坑里吧,来吧,瞧,这样有多好……好,跳起来吧!”

司捷尔里亚德尼柯夫擦了擦额头上的汗,很听话地把那条好腿放进丘玛柯夫挖的坑里。

“真不错,这样舒服多了。”他说。

丘玛柯夫笑得喘着粗气,拍起手来,用快拍子唱起来:

等你回来,亲爱的,就上我家来,
你来了,我好好地和你亲亲……

于是司捷尔里亚德尼柯夫的脸上保持着所有跳舞的人都有的那种认真表情,很灵活地跳起舞来,甚至还试着蹲下跳了一阵子……

天天过着一模一样的日子。天一黑,他们就急不可待地盼望佛明的堂弟到来。五个人都聚集在岸边,小声说着话儿,用大衣襟遮着纸烟的火光抽烟。他们决定在岛上再住一个星期,然后乘夜间渡河到右岸去,弄几匹马,到南方去。听说,马斯拉克匪帮正在本州的南部活动呢。

佛明嘱托自己的亲戚去打听,附近哪一个村子里有可以骑的马匹,并且叫他们每天都把州里的情形报告给他。他们得到的消息是令人放心的:红军在左岸搜寻过佛明,也到鲁别仁村来过,但是在佛明家里搜查了一遍以后,马上就走了。

“应该快点儿离开这儿。干吗他妈的老蹲在这儿呀?咱们明天就走,好吗?”有一天吃早饭的时候,丘玛柯夫提议说。

“首先要把马的事儿摸清楚。”佛明说。“咱们急什么呀?既然有东西给咱们吃,这种日子过到冬天也可以。你们看,这四周围景致多美呀!等咱们休息好了,再去干事情。叫他们去找咱们吧,咱们是不会落到他们手里的。我很后悔,因为我糊涂,把咱们打垮了,当然很难过,不过咱们还没有全完。咱们还能集合起人来!只要咱们一上马,在附近一些村子里一转悠,过一个星期,咱们就有五六十人,也许上百人了。真的,咱们的人会多起来的!”

“胡说八道!糊涂自信!”卡帕林气忿地说。“哥萨克们已经背叛了咱们,过去没有跟着咱们干,今后也不会跟着咱们干。应该有勇气正视现实,不能一味地抱着糊涂希望。”

“他们怎么会不跟着咱们干呢?”

“既然起初不跟着咱们干,现在更不会跟着咱们干了。”

“哼,那咱们还要瞧瞧看呢!”佛明不服气地说。“我决不放下武器!”

“这都是空话。”卡帕林无精打采地说。

“浑蛋!”佛明发起火来,高声叫道。“你干吗要惑乱人心?我讨厌透了你的眼泪!当初你为什么要干?干吗要起事?你既然这样没有种,干吗要充好汉?是你第一个鼓动我起事的,这会儿就想做孬种啦?你干吗不做声了?”

“我和你没有什么好说的了,滚你妈的吧,浑蛋!”卡帕林气急败坏地叫了几句,就冷得把皮袄裹了裹,支起领子,走了开去。

“你们这些高贵的人,都是这样经不住折腾。只要有一点儿波折,就要缩进头去了……”

佛明叹着气说。

他们一声不响地坐了一阵子,倾听着河水均匀而强大的喧闹声。一只母鸭子被两只公鸭子追逐着,紧张地嘎嘎叫着,从他们的头顶上飞过去。一小群欧椋鸟很带劲儿地啾啾叫着,朝空地上飞来,但是一看见有人,就像一条黑带子似的在空中绕了个弯儿,向上飞去。

过了一会儿,卡帕林又走了过来。

“我想今天上村子里去一下。”他看着佛明,不住地眨巴着眼睛说。

“去干什么?”

“你问得好怪!你没有看见,我伤风很厉害,几乎站都站不住了吗?”

“哼,那又怎样?到村子里去,你的伤风就好了吗?”佛明不动声色地问道。

“我至少要在暖和地方睡上几夜才行。”

“你哪儿也别去。”佛明强硬地说。

“怎么,我非得死在这儿不可吗?”

“随你怎样。”

“为什么我不能上村子里去呢?在凉地上睡了这些天,快要了我的命啦!”

“要是在村子里把你抓住呢?这一点你想过没有?那就要了我们大家的命了。我还不了解你这个人吗?只要一审问,你就会把我们供出来!也许不等审问,在去维奥申的路上就把我们出卖了。”

丘玛柯夫笑了起来,并且点了点头表示同意。他完全赞成佛明的话。但是卡帕林执拗地说:

“我一定要去。凭你那些神经过敏的推测,说服不了我。”

“我对你说过了:坐下吧,别莽撞。”

“可是你要明白,亚可夫·叶菲莫维奇,我再也不能过这种野兽的生活了!我得了胸膜炎,也许还是肺炎呢!”

“你会好起来的。晒晒太阳,就好了。”

卡帕林生硬地说:

“反正今天我要走,你没有权力拦我,不管怎样我都要走!”

佛明带着可疑的神气眯起眼睛,看了看卡帕林,又朝丘玛柯夫挤了挤眼睛,从地上站了起来。

“卡帕林,你好像是真的有病啊……你大概烧得很厉害呀……来,来,让我来试试:你的脑袋热不热?”他伸出一只手,朝卡帕林走了几步。

显然,卡帕林从佛明的脸上看出他不怀好意,便向后退了几步,厉声叫道:

“滚开!”

“别咋呼!你咋呼什么?我不过是要试试。你干吗发起急来?”佛明一个箭步,掐住卡帕林的喉咙。“想投降吗,坏蛋?”他低声嘟哝着,并且使出全身的力气,要把卡帕林推翻到地上。

格里高力费了很大的劲儿,好不容易才把他们拉开。

吃过午饭以后,格里高力正在把洗过的衣服往树棵子上搭,卡帕林走到他跟前,说:

“我想单独和您谈一谈……咱们坐下来吧。”

他们坐到被大风吹倒的一棵腐烂的杨树上。

卡帕林低声咳嗽着,问道:

“您对这个蠢猪的疯狂举动是怎样看的?我打心里感谢您的帮助。您见义勇为,不愧是一个军官。不过这事儿太可怕了!我再也不能忍受了。咱们就跟野兽一样……咱们已经有多少天不吃热东西了,还要睡在潮湿地上……我伤风了,肋部疼得要命。我大概生肺炎了。我真想烤烤火,在暖和的屋子里睡睡,换换衣服……我做梦都想着干净的新衬衣、新床单呀……不行呀,我受不了呀!”

格里高力笑了笑。

“您是想舒舒服服地打仗吗?”

“您听我说,这算打的什么仗?”卡帕林很快地接话说。“这不是打仗,这是没完没了的流浪,杀几个苏维埃干部,然后就逃跑。只有等老百姓都拥护咱们,闹起暴动来的时候,那才叫打仗,现在这不是打仗,不是,决不是打仗!”

“咱们没有别的出路呀。咱们总不能投降吧?”

“是啊,可是又有什么办法呢?”

格里高力耸了耸肩膀。他说出了他躺在这小岛上不止一次想过的话:

“不舒服的自由,还是比舒服的监牢好一些。您该知道,老百姓有句俗话:监牢虽然结实,可是只有魔鬼才喜欢它。”

卡帕林用小树枝在沙上画了一些图形,沉默了很久以后,又说:

“不一定投降,不过应该寻找新方式和布尔什维克斗争。应该和这些下贱的家伙分手。您是一个知识分子……”

“哼,我算什么知识分子呀,”格里高力冷笑道,“我连说话都很费劲儿呢。”

“您是军官嘛。”

“这是意外的事。”

“不是,别开玩笑,您是军官,在军官界厮混过,见过一些像样的人,您不是像佛明那样的暴发户,您应该明白,咱们留在这儿没有意思,这等于自杀。他已经叫咱们在橡树林里挨了一次好打,要是咱们还把自己的命运和他捆在一起的话,还要叫咱们挨上好多次打。他是个下流货,又是个大蠢猪!咱们跟着他,就要完蛋！”

“这么说，不是投降，而是要离开佛明了？上哪儿去？去投马斯拉克吗？”格里高力问道。

“不是。这同样也是冒险，不过规模大一点儿罢了。现在我有另外一个看法了。不是去投马斯拉克……”

“那又上哪儿去呢？”

“上维奥申。”

格里高力懊恼地耸了耸肩膀。

“这叫做：重投罗网。这主意我看不中。”

卡帕林用尖锐闪光的眼睛看了看他。

“您没有明白我的意思，麦列霍夫。我可以对您信得过吗？”

“完全可以。”

“您这是一个军官的真心话吗？”

“是一个男子汉的真心话。”

卡帕林朝着在宿营地方晃动着的佛明和丘玛柯夫那边看了看，尽管离他们相当远，他们无论如何都听不见这里的谈话，他还是压低了声音。

“我明白您和佛明以及其他人之间的关系。您也和我一样，在他们当中是异物。您反对苏维埃政府的原因，我不想知道。如果我说得不错的话，您是因为历史问题，害怕逮捕，不是这样吗？”

“您已经说过，不想知道原因嘛。”

“是的，是的，我这是随口说说，现在我就来谈谈我自己。我以前是个军官，也是一个社会革命党党员，后来我又坚决改变了政治主张……认为只有帝制才能拯救俄罗斯。只能实行帝制！是上天给咱们的国家指明了这条道路。苏维埃政府的国徽是锤子和镰刀，对吧？”卡帕林用树枝在沙上写出“锤子、镰刀”两个词儿，然后用狂热地眨动着的眼睛盯住格里高力的脸：“您倒过来念念。念过了吗？您明白了吧？只有‘皇帝登基’①，才能结束革命和布尔什维克政府！您可知道，当我看出这一点的时候，我觉得简直神秘得可怕！我浑身直哆嗦，因为，可以说，这是天意，指出咱们这样流窜是根本不行了……”

卡帕林激动得喘不上气来，就不做声了。他那两只尖尖的、隐隐带着发狂神

---

① 俄文里的锤子和镰刀分别是 молот 和 cépп，如果倒过来连着念，就成了 прéс толом，意为“皇帝登基”。

情的眼睛一直盯着格里高力。但是格里高力听了这种启示以后,一点也没有哆嗦,也没有感到神秘得可怕。他看待一切事物一向很清醒,把一切看得很平淡,所以就回答说:

“这不是什么天意。您在俄德战争时期上过战场吗?”

卡帕林被问得窘住了,过了一阵子才回答说:

“说实在的,为什么您要问这个问题呀?没有,我没有直接上战场。”

“战争时期您是在哪儿过的?在后方吗?”

“是的。”

“全部时间都是在后方吗?”

“是的,就是说,虽然不是全部时间,但是也差不多。您为什么要问这个问题?”

“我可是从一九一四年直到今天,都在战场上,中间只有很短的间断时间。那我就来说说天意不天意……要是连上帝都没有的话,还会有什么天意呢?我早就不信这些胡扯的话了。从一九一五年起,我看清了战争的真相以后,也就看出来,上帝是没有的。什么神也没有!要是有的话,就不该让人搞得这样乱七八糟。我们上过战场的人早就不信上帝了,让那些老头子和老奶奶去信吧。让他们找点儿安慰吧。什么天意也没有,恢复帝制也是不可能的。老百姓再也不要帝制了。您刚才搞的这玩意儿,把几个字母倒过来念念,请原谅我直说,这不过是小孩子玩的玩意儿。我有点儿不明白:您说这话是什么意思呢?您对我说干脆些、说简单些吧。我虽然当过军官,可是没有进过士官学校,没有什么文化。如果我有点儿文化的话,也许不会像被大水困住的狼一样,和您坐在这荒岛上了。”他说最后几句话,带着十分遗憾的口气。

“这不要紧,”卡帕林急忙说,“您信不信上帝,不要紧。这是您的信仰问题,您的良心问题。您是保皇党,还是立宪民主党,或者只是一个主张自治的哥萨克——这都没有关系。要紧的是,咱们对苏维埃政府的态度是一致的。您同意这个看法吗?”

“往下说吧。”

“咱们曾经指望发动哥萨克都起来暴动,是吧?这个指望落空了。现在应该摆脱这种处境。以后还可以和布尔什维克斗争,而且也不一定靠什么佛明来领导。要紧的是现在要保全自己的性命,所以我想和您结成同盟。”

“什么样的同盟?反对谁?”

“反对佛明。”

“我不明白。”

“一切都很简单。我想请您一块儿干……”卡帕林十分激动,说话已经是上气不接下气了。“咱们杀死这三个家伙,就上维奥申去。明白了吗?这样咱们就可以得救。咱们给苏维埃政府立下这样的功劳,就会得到宽大。咱们就能活下来!您要明白,咱们能活下来!……能保住自己的性命!当然啦,将来有机会咱们还是要起来反对布尔什维克的。不过到那时候要认真地干,不能像这样跟着这个倒霉的佛明冒险了。您赞成吗?您要知道,这是咱们摆脱困境的唯一出路,而且是光明的出路。”

“可是怎样下手呢?”格里高力愤怒得浑身直打哆嗦,但是极力压制着自己的感情,问道。

“我什么都想好了:咱们在夜里用刀把他们杀了,第二天夜里等那个给咱们送吃食儿的哥萨克来了,咱们就可以渡过顿河,就平安无事了。非常简单,一点儿也不麻烦!”

格里高力装出很亲热的样子,笑着说:

“这太妙了!卡帕林,您告诉我,早上您要上村子里去暖和暖和的时候……您就是想上维奥申去吧?佛明猜对了您的意思了吧!”

卡帕林仔细看了看很亲热地笑着的格里高力,他也笑了,微微带点儿不好意思和不快的神情。

“坦白地说,是的。您要知道,涉及自己的性命问题的时候,是不能好好地选择手段的。”

“您是想出卖我们吗?”

“是的,”卡帕林坦率地承认说,“不过要是在这个岛子上抓住你们的话,我会尽力保护您一个人的。”

“为什么您不一个人把我们干掉呢?夜里干这种事儿很容易嘛。”

“太冒险了。要是枪一响,其余的人就……”

“把家伙放下!”格里高力很沉着地说,一面拔手枪……“放下,要不然我当场把你打死!我现在站起来,用脊背把你遮住,不叫佛明看见,你把手枪扔到我脚底下。听见吗?你别想开枪!你只要一动,我就打死你。”

卡帕林坐在地上,脸色像死人一样白。

“别打死我呀!”他咕哝着煞白的嘴唇,小声说。

“不打死你。要把你的家伙下了。”

“您会把我的事儿说出去的……”

眼泪顺着卡帕林那胡子拉碴的两腮流了下来。格里高力又厌恶又可怜他，不禁皱起眉头，提高嗓门儿说：

“把手枪扔下！我不说出去，不过实在应该说出去！哼，你原来是条毒蛇！哼，真毒呀！”

卡帕林把手枪扔到格里高力脚下。

“还有勃朗宁呢？把勃朗宁也拿出来。就在你的上衣口袋里嘛。”

卡帕林把闪着镍光的勃朗宁手枪也掏出来，扔在地上，用双手捂住脸。他哭得直打哆嗦。

“别哭了，坏蛋！”格里高力使劲压制着要打他的心情，厉声说。

“您会把我的事儿说出去的……我完了。”

“我对你说过，我不说出去嘛。不过只要咱们从岛子上一过了河，你就随便上哪儿去吧。谁也不要你这样的人。你自个儿去找地方安身吧。”

卡帕林把手从脸上放下来。他的一张脸泪汪汪的、红红的，两眼肿了起来，下巴直打哆嗦，那副模样实在可怕。

“那您为什么……为什么缴我的枪呢？”他结结巴巴地问道。

格里高力很不高兴地回答说：

“这是为了——免得你在背后朝我开枪。你们这些有学问的人，什么事都干得出来……还一个劲儿地说什么天意、皇帝、上帝呢……你这人有多么狡猾呀……”

格里高力也不看卡帕林，时不时地啐着直想吐的唾沫，慢慢朝宿营的地方走去。

司捷尔里亚德尼柯夫用麻线在缝马鞍的连接带，轻轻地吹着口哨。佛明和丘玛柯夫躺在马衣上，照常在打牌。

佛明匆匆看了格里高力一眼，问道：

“他对你说了什么？你们谈什么来？”

“他不满意这种日子呢……胡扯一通……”

格里高力守信用，没有把卡帕林的事说出来。不过到了晚上，人不知鬼不觉地把卡帕林的步枪大栓卸掉，藏了起来。“谁知道他妈的夜里他会想什么坏主意……”他在躺下睡觉的时候，心里想道。

第二天早晨，佛明把他叫醒了。佛明弯下腰，小声问道：

“卡帕林的家伙是你拿了吗？”

“什么？什么家伙？”格里高力抬起身来，很费劲儿地舒展了一下肩膀。

他在黎明之前才睡着,在黎明时候冻得够戗。他的大衣、帽子、靴子都湿漉漉的,因为太阳一出,雾气一齐凝成水落了下来。

"他的家伙不见了。你拿了吗？你醒醒吧,麦列霍夫!"

"嗯,是我。怎么回事儿?"

佛明一声不响地走开了。格里高力爬起来,抖了抖军大衣。丘玛柯夫在不远的地方做早饭:他涮了涮他们那唯一的一只钵子,把面包按在胸膛上,切成很均匀的四块,把罐子里的牛奶倒到钵子里,又把一大团小米干饭掰碎了,然后朝格里高力看了看。

"麦列霍夫,你今天睡得好香啊。瞧,太阳都升到什么地方啦?"

"良心干净的人,睡觉总是很香的,"司捷尔里亚德尼柯夫一面在大衣襟上擦着洗干净的木勺子,一面说,"可是卡帕林一夜都没有睡,一个劲儿地翻来翻去……"

佛明一声不响地笑着,看着格里高力。

"请坐下吃饭吧,众位好汉!"丘玛柯夫说。

他头一个舀了一勺子牛奶,啃了一大口面包,格里高力拿起自己的勺子,一面仔细打量着大家,问道:

"卡帕林在哪儿?"

佛明和司捷尔里亚德尼柯夫一声不响地吃着,丘玛柯夫仔细看了看格里高力,也没有说话。

"你们把卡帕林弄到哪儿去了?"格里高力模模糊糊地猜测着夜里的事情,问道。

"卡帕林这会儿已经离得很远了。"丘玛柯夫不动声色地笑着回答说。"他洑水朝罗斯托夫方面去了。这会儿恐怕已经在霍派尔河口漂着了……你瞧,他的皮袄还搭在那儿呢。"

"你们真的把他杀了吗?"格里高力朝卡帕林的皮袄瞥了一眼,问道。

这事儿本来用不着问了,不问也完全清楚了,但是不知为什么他还是问了。大家没有立即回答他,于是他又问了一遍。

"噢,明摆着的事儿嘛,把他杀啦。"丘玛柯夫用睫毛遮住像女人一样清秀的灰眼睛说。"是我杀的。我就干这种杀人的差事……"

格里高力仔细看了看他。丘玛柯夫那黑中透红、干干净净的脸上的神情很平静,甚至很愉快。他那泛着金光的黄白色胡子,在晒得黑黑的脸上显得异常分明,使黑黑的眉毛和向后梳的头发显得格外黑。这个佛明匪帮中杀人如麻的刽

子手,外表确实很漂亮、很文雅……他把勺子放在帆布上,用手背擦了擦胡子,说:

“麦列霍夫,你谢谢亚可夫·叶菲莫维奇吧,是他救了你的命,不然的话,你这会儿也和卡帕林一块儿在顿河里漂着了……”

“这是为什么?”

丘玛柯夫慢慢地、从容不迫地说起来:

“看样子,卡帕林是想投降,昨天和你谈了半天,不知谈的是什么……所以我和亚可夫·叶菲莫维奇就想把他收拾掉,省得他造孽。可以全部告诉他吗?”丘玛柯夫用询问的目光看了看佛明。

佛明点头表示同意,于是丘玛柯夫一面咯吱咯吱地嚼着夹生的小米饭,一面说下去:

“天一黑,我就准备好一根橡树棒子,对亚可夫·叶菲莫维奇说:‘今天夜里我把卡帕林和麦列霍夫他们两个都干掉。’可是他说:‘你把卡帕林结果了吧,别动麦列霍夫。’我们就这样商量定了。我注视着卡帕林,等他睡着了,我听了听,你也睡着了,还打呼噜呢。我就爬过去,照他的脑袋就是一棒子。咱们的上尉连腿都没有动弹一下!舒舒服服地把身子一伸,小命就完了……我们悄没声地在他身上搜了搜,然后就抓住他的胳膊和腿,拖到岸边,脱掉靴子、上衣和皮袄,把他扔到水里。可是你还一个劲儿在睡呢,睡得什么也不知道……麦列霍夫,昨天夜里死神可是离你很近哩!死神已经站在你头顶上了。虽然亚可夫·叶菲莫维奇说不要动你,可是我想:‘他们白天谈了些什么呢?五个人里面有两个人躲得远远的去说秘密话儿,就不会有好事情……’我悄悄走到你身边,已经想一棒子砸下去了,可是我一想:砸一棒子,可是你是个很结实的家伙,要是一棒子砸不死,你就要跳起来,开枪……这时候又是佛明把我拦住了。他走过来,小声说:‘别动他,他是咱们的人,可以信得过他。’不管怎么说,有一点我们就是不明白:卡帕林的家伙哪儿去了呢?我就这样离开了你。嘿,你睡得可是真死呀,根本不知道可能会倒霉!”

格里高力很平静地说:

“你这浑蛋,打死我可真冤枉!我可是没有和卡帕林串通。”

“那为什么他的家伙在你手里呢?”

格里高力笑着说:

“白天我就把他的两支手枪缴来了,步枪大栓是在晚上卸下来,藏在鞍垫底下的。”

他把昨天和卡帕林谈的话以及卡帕林的主意说了一遍。

佛明很不满意地问道：

“这事儿你为什么昨天不说呢？”

“我有点儿可怜这个没出息的家伙。”格里高力坦白地承认说。

“噢呀，麦列霍夫呀，麦列霍夫！”着实吃惊的丘玛柯夫叫了起来。“你该把你的怜悯心收起来，跟卡帕林的枪栓一起藏到鞍垫底下，要不然你会因为怜悯心倒霉的！”

“你别教训我吧，我的事儿我知道。”格里高力冷冷地说。

“我为什么要教训你吗？你想想，如果因为你这种怜悯心，昨天夜里糊里糊涂把你送上西天，那可怎么办呢？”

“那也算活该。”格里高力想了想，小声回答说。后来又说了两句，与其说是说给别人听的，不如说是自言自语：“在清醒的时候死，是很可怕的；在睡着了的时候死，一定很舒服……”

十五

四月底的一天夜里，他们坐小船渡过了顿河。下柯里夫村的一个年轻哥萨克亚历山大·柯舍辽夫，正在鲁别仁村的岸边等候着他们。

“我要跟你们干，亚可夫·叶菲莫维奇，我在家里呆不下去。”他一面和佛明打招呼，一面说。

佛明用胳膊肘捣了捣格里高力，小声说：

“看见吗？我说的嘛……不等咱们从岛子上过来，这不是，就有人等着了！这是我的朋友，是一个能征惯战的哥萨克。好兆头啊！这么看，事情大有希望呢！”

从口气上来判断,佛明够开心的。他因为来了新同伙,显然十分高兴。因为顺利地过了河,而且马上就有人来参加,他一下子就提起了精神,增添了新的希望。

"嘿,你不光有步枪和手枪,还有马刀和望远镜啊?"他在黑暗中打量着、摸索着柯舍辽夫的家伙,很满意地说。"真是一个好哥萨克! 一下子就可以看出来,是真正的哥萨克,一点儿也没有掺假!"

佛明的堂弟把一辆套着一匹小马的大车赶到岸边。

"把马鞍都放到车上吧,"他小声说,"快点儿,为了基督,时候已经不早了,咱们的路还不近呢……"

他很着急,一个劲儿地在催促佛明,可是佛明从岛上来到岸上,一踏上自己村子的土地,就觉得心里踏实起来,觉得不妨回家去看一下,也看看村里的一些熟人……

天亮以前,他们在红莓村旁边的马群里挑选了几匹好些的马,上了鞍。丘玛柯夫对看马的老汉说:

"老大爷,你不要因为马的事儿太难过。这几匹马也算不上多么好,我们不过凑合着骑骑罢了,等我们弄到好些的,就把这马归还原主。如果原主问:是谁把马赶走的? 你就说:克拉司诺库特镇的民警弄走啦。就让马的主人上那儿去要吧……你就说,我们骑上赶土匪去了!"

他们和佛明的堂弟道过别,就上了将军大道,后来向左拐弯,五个人就放开马朝西南奔去。听说,马斯拉克匪帮最近在麦石柯夫镇附近出现过。佛明决定去加入这个匪帮,所以就径奔西南方。

* * *

他们为了寻找马斯拉克匪帮,在右岸的草原道路上游荡了三天,避开大的村庄和市镇。在和卡耳根乡搭界的塔甫里亚人的村子里,弄到几匹又肥又壮、脚步很快的马,把原来那几匹不大好的马换了下来。

第四天早晨,在离维沙村不远的地方,格里高力头一个发现远处的山口上有一队正在行进的骑兵。在大道上行进的至少有两个骑兵连,前面的两侧还有几小队侦察兵。

"也许是马斯拉克,也许是……"佛明拿起望远镜。

"也许是雨,也许是雪,也许是,也许不是。"丘玛柯夫用嘲笑的口气说。"你还是好好地看看吧,亚可夫·叶菲莫维奇,如果那是红军,咱们还要赶快向后转呢!”

“这么远,谁他妈的能看得清他们!”佛明很懊丧地说。

“你们瞧!他们看见咱们了!有一队侦察兵正朝这儿跑呢!”司捷尔里亚德尼柯夫叫道。

的确已经看见他们了。在右侧行进的一队侦察兵转了一个陡弯,飞马朝他们奔来。佛明急忙把望远镜放进套子里,但是格里高力笑着在马上探过身子,抓住佛明的马笼头。

“先别急!让他们走近一点儿。他们只有十二个人。咱们先看清楚再说,如果不对头,要跑也来得及。咱们骑的是新换的马,你怕什么?拿望远镜仔细看看!”

十二名骑兵越走越近,他们的身形越来越大。在生满嫩草的山坡绿色的背景上,他们的身形已经显得非常清楚了。

格里高力和其余几个人都焦急地看着佛明。佛明那拿着望远镜的两手轻轻哆嗦着。他非常紧张地眺望着,紧张得有一滴眼泪顺着那朝太阳的一边腮帮子流了下来。

“是红军!帽子上有星!……”终于佛明低声喊道,并且立即拨转了马头。

他们飞跑起来。零零落落的枪声在他们背后响起来。格里高力和佛明一块儿跑着,偶尔回头望望,跑出有四俄里。

“咱们会合得真不坏!……”格里高力用嘲笑的口气说。

佛明沮丧得一声不响。丘玛柯夫轻轻地勒了勒马,叫道:

“应该避开村子!咱们到维奥申乡牧场上去,那儿僻静些。”

他们又疯跑了几俄里,马渐渐没有力气了。伸得长长的马脖子上冒出一团团的汗沫,显出一道道很深的皱纹。

“要跑慢点儿!把马勒一勒!”格里高力说。

后面的十二个骑兵只剩下九个了,其余几个落在老后面了。格里高力用眼睛打量了一下他们之间的距离,就喊道:

“站住!咱们来把他们打退!……”

五个人都让马换成了小跑,一面跑一面下了马,摘下步枪来。

“拉紧缰绳!瞄准尽左边一个……开火!”

他们各打了一梭子,打死了一名红军骑的马,他们又上马跑起来。红军已经不怎么想追赶他们了,时不时地远远地打上几枪,后来就不再追了。

“要饮饮马了,那儿有一个水塘。”司捷尔里亚德尼柯夫用鞭子指着远处泛着一片碧色的一个草原水塘,说。

现在他们已经是让马一步一步地走了。他们细心地注视着迎面的洼地和山沟,尽量拣地势不平、可以隐蔽的地方走。

他们在水塘里饮过了马,又上路了,起初是一步一步地走,过了一会儿就小跑起来。晌午时候,他们在一片斜穿草原的很深的谷地的斜坡上停下来喂马。佛明吩咐柯舍辽夫步行到附近一个土冈上去,趴在那里担任警戒。如果草原上有什么地方出现骑兵,柯舍辽夫就发信号,并且立即跑到喂马的地方来。

格里高力把自己的马腿绊起来,放马去吃草,自己就在不远处的斜坡上挑选了一块干地方,躺了下来。

在这谷地的向阳坡上,嫩草长得又高又稠密。晒热的黑土那种淡淡的气息,压不倒快要凋谢的野紫罗兰那种幽雅的香气。紫罗兰生长在荒废的耕地上,从干木樨草丛中钻出来,或者像花边一样生长在早已无人走的田埂的两边,甚至在硬得像石头一样的荒地上,枯草丛中也露出一朵朵的紫罗兰花儿,就像一只只蓝蓝的、明净的小孩子眼睛。紫罗兰在这僻静而辽阔的草原上逞艳的时候快要过去了,不过在谷地斜坡上、在碱地上,鲜艳夺目的郁金香已经对着太阳伸展开自己的红的、黄的和白的花瓣,起来接替紫罗兰了,而微风就把各种花香掺和到一起,把香味在草原上散得远远的。

在向北的陡坡上,因为悬崖遮住了太阳,还有一片片湿漉漉的积雪。积雪散发着一阵阵的冷气,不过经冷气一吹,快要凋谢的紫罗兰的香气更醉人了,那香气隐隐约约,令人留恋难舍,就好像珍贵的、早已过去的往事……

格里高力把两腿叉得宽宽的,用胳膊肘支着上身,趴在地上,用迷恋的眼睛望着笼罩在一片阳光中的草原,望着远方天边一座座蓝幽幽的古守望台,望着斜坡边上那腾腾的蜃气。他闭了一会儿眼睛,听见远处和近处百灵鸟的歌唱声,听见正在吃草的马轻微的走动声和打响鼻的声音、马嚼子的哗啦声、微风拂动嫩草的沙沙声……他全身贴在硬邦邦的土地上,就感到有一种奇怪的脱离尘世和高枕无忧的心情。这是他早已熟悉的一种心情。这种心情往往是在经过一度惊恐以后出现,这时候格里高力好像是重新看到了周围的一切。他的视觉和听觉好像格外敏锐了,原来引不起注意的东西,在一度激动之后,引起了他的注意。他现在看着一只老鹰呼的一声斜斜地飞过,在追赶一只小鸟,看着一只黑黑的甲虫慢慢地、很吃力地在他格里高力撑开的两肘之间爬着,看着那像少女一样艳丽的紫红色的郁金香被风吹得轻轻摇晃着,都觉得很有意思。郁金香离得很近,就在一个塌陷了的田鼠洞的边上。只要一伸手，就可以摘到，可是格里高力一动不动地趴着，如醉如痴地默默欣赏着小小的花儿和茎上那肥茁茁的、还在皱褶里仔细保留着闪闪有光的清晨的露水珠儿的叶子。后来他掉转目光，无思无虑地对着在天空、在一大片荒废的田鼠洞上方盘旋的老鹰看了半天……

过了两个钟头，他们又上了马，打算在天黑以前赶到叶兰乡的几个熟识的村庄。

大概红军的侦察兵已经把他们的行踪用电话通知了各地。他们一来到卡敏村的村口，一阵步枪子弹就从小河那边朝他们迎面打来。佛明一听到子弹那像唱歌一样的啸声，急忙转头就跑。他们冒着步枪火力顺着村边跑去，很快就来到维奥申乡的牧马地带。在烂泥沟村外，有一小队民警想拦截他们。

“咱们从左面绕过去。”佛明提议说。

“咱们往前冲，”格里高力果断地说，“他们九个人，咱们五个人。可以冲过去！”

丘玛柯夫和司捷尔里亚德尼柯夫都赞成他的意见。他们都抽出马刀，放开疲倦的马，快跑起来。民警们没有下马，不住地打着枪，后来跑到了一边，没有迎战。

“这是一支不经打的队伍。他们抄抄册子很在行，可是认真打起仗来就不行了！”柯舍辽夫用嘲笑的口气高声说。

等到紧跟不放的民警开始逼上来，佛明和其余的人就一面还枪，一面向东跑去，就像被猎狗追着的狼那样：只是偶尔龇一龇牙，几乎连头也不回。在一次对射当中，司捷尔里亚德尼柯夫受了伤。子弹打穿了他的左腿肚子，打伤了骨头。司捷尔里亚德尼柯夫脸色煞白，腿上疼得他直哼哼，说：

“打在腿上啦……偏偏就打在这条瘸腿上……这不是故意捣蛋吗？”

丘玛柯夫身子往后一仰，可着嗓门儿哈哈大笑起来。他都笑出了眼泪。他一面扶着靠在他的胳膊上的司捷尔里亚德尼柯夫在马上坐稳，一面笑得打着哆嗦，说：

“嘿，他们这是怎么挑的呀？这是他们故意往这儿打的……他们看见：一个瘸子在跑呢，所以就想，把瘸腿干脆给他打断吧……唉，司捷尔里亚德尼柯夫呀！唉，我的好乖乖呀！……你的腿又要短一截了……这一下子你可怎么跳舞呀？现在我非得给你那条好腿挖一尺深的坑不可了……”

“住嘴吧，废话大王！我没心思听你的废话了！行行好，住嘴吧！”司捷尔里亚德尼柯夫疼得皱着眉头，央告说。

过了半个钟头，等他们从无数山沟中的一条山沟里钻出来，上了一道长长的山坡，他央求说：

“咱们停一停，休息一会儿吧……我要把伤口扎一扎，不然的话，血要流满靴筒子了……”

大家停了下来。格里高力牵着几匹马，佛明和柯舍辽夫时不时地对远处的民警开上两枪。丘玛柯夫帮着司捷尔里亚德尼柯夫脱下靴子。

“血真的流得太多了……”丘玛柯夫皱着眉头说着，把靴子里的红红的鲜血倒到地上。

他想用马刀把被血浸得湿漉漉并且冒着热气的裤腿截掉，但是司捷尔里亚德尼柯夫不同意。

“我的裤子是条好裤子，不能弄坏了。”他说着，两手撑在地上，抬起受伤的腿来。“把这条裤腿扯下来，不过要轻点儿。”

“你有绷带吗？”丘玛柯夫摸索着口袋，问道。

“要他妈的绷带干什么？不要绷带也行。”

司捷尔里亚德尼柯夫仔细看了看伤口，然后用牙齿把一颗子弹的头拔下来，把火药倒在手掌上，先用唾沫和了一点儿泥，把火药和泥掺在一起，拌和了半天。他用这种泥巴把打通的枪伤的两个伤口糊得严严的，很满意地说：

“这法子很管用！等伤口一干，过两天就长好了。”

他们一直不停地跑到旗尔河边。民警们一直在后面保持着相当的距离，只是偶尔对他们打上几枪。佛明不住地回头看着，说：

“他们是钉咱们的梢……是不是等待援军？他们远远地跟着咱们不是没有用意的……”

他们在维斯罗古佐夫村蹚水过了旗尔河，一步一步地上了一面平缓的山坡。马已经十分疲倦了。他们下坡的时候还能勉勉强强骑着马小跑，可是再上坡的时候就牵着马走了，而且还一面用手擦着汗漉漉的马的两肋和屁股上那一团团哆哆嗦嗦的汗沫子。

佛明果然猜中了：在离维斯罗古佐夫村五俄里的地方，有七个人骑着新换的、跑得飞快的马朝他们追来。

“他们要是这样换着班追咱们，咱们可就糟了！”柯舍辽夫愁眉苦脸地说。

他们不走正路，在草原上跑着，轮流开枪抵抗：两个人卧倒在草丛里打枪，其余的人就跑出二百丈远，下马来，向敌人开枪，好让先前的两个人向前跑出四百丈远，再卧倒下来，准备开火。他们把一个民警打死了，也许是打成了重伤，把另外一个民警的马打死了。不久,丘玛柯夫的马也被打死了。他抓住柯舍辽夫的马镫,跟着马跑起来。

影子渐渐长了。太阳快要落山了。格里高力建议大家不要分散,所以他们都在一块儿一步一步地走着。丘玛柯夫跟着他们在步行。后来他们看见冈头上有一辆双马拉的大车,他们就上了大道。赶车的是一个上了年纪的大胡子哥萨克,赶着车飞跑起来,但是他们开了两枪,大车就停了下来。

“砍死这个下流货！叫他尝尝逃跑的滋味……”柯舍辽夫咬牙切齿地说着,就使劲抽了马一鞭子,朝前冲去。

“别动他,萨什卡①,不许动他!”佛明制止他说,并且老远就喊道:“老大爷,把马卸下来,听见吗？要想活命,就快卸下来!”

他们也不听老头子那眼泪汪汪的央告,亲自动手卸下皮套,解下颈套和肚带,很快地把鞍上好了。

“把你们的马换一匹给我也好啊!”老头子哭着央求说。

“你是不是想挨耳刮子了,老家伙?”柯舍辽夫问道。“我们的马还有用处呢!留你一条活命,就该谢天谢地了……”

佛明和丘玛柯夫上了新换的马。不久又有三个人加入了跟踪他们的那六个人当中。

“要跑快点儿！快点儿吧,伙计们!”佛明说。“天黑前咱们要是能赶到柯里夫草甸子上,那就有活路了……”

他把自己的马抽了几鞭,跑到前头。他把第二匹马的缰绳挽得短短的,让它在左边跑着。被马蹄踩断的红红的郁金香,像一大滴一大滴鲜血似的,往四面乱飞。格里高力在佛明后面跑着,看到这种红花飞溅的情景,不禁闭上了眼睛。不知为什么他头晕起来,一阵熟悉的刺疼钻进心里……

马使出最后的力气跑着,由于不停的奔跑和饥饿,人也疲乏了。司捷尔里亚德尼柯夫已经在马上摇晃起来,脸色像纸一样白了。他流血流得太多了。他又干渴,又恶心,吃了一点儿干硬的面包,但是马上就吐出来了。

黄昏时候,在离柯里夫村不远处,他们跑进了从草原上回来的一大群马当中,又最后一次朝着追赶的人开了几枪,他们很高兴地看到,追赶的人不赶了。那九个骑马的人在远处凑到一块儿,看样子是商量了一下,后来就拨转马头回

---

① 萨什卡是亚历山大的爱称。

去了。

* * *

他们来到柯里夫村，在佛明熟识的一个哥萨克家里住了两天。主人日子过得很富裕，对他们招待得很好。安置在黑暗的棚子里的马匹，吃足了燕麦，过了两天，因为疯跑累坏了的马匹就完全休息过来了。大家轮流着看守马匹，挤在一座到处是蜘蛛网的、很凉爽的糠棚子里睡觉，放开肚子大吃大喝，为在岛上过的那些半饥饿的日子好好地捞捞本儿。

本来第二天就可以离开这个村子的，但是司捷尔里亚德尼柯夫使他们耽搁下来：他的伤口发炎了，早晨，伤口四周红肿起来，傍晚时候，一条腿都肿了，他并且昏迷过去。他觉得非常干渴。整个夜里，只要一清醒过来，就要喝水，他拼命地喝，每次都喝很多。一夜的工夫喝了差不多有一桶水，但是即使别人搀扶着，他也站不起来，动一动就觉得疼得不得了。他就躺在地上撒尿，不住声地直哼哼。为了让他的哼哼声不那么吵人，把他抬到棚子里远些的角落里，但还是没有用。有时候他哼哼的声音非常大，在他昏迷过去的时候，就大声说胡话和乱叫。

只好轮流守着他。给他端水，用水浸他那发烫的额头，在他呻吟或说胡话声音太高的时候，还要用手或帽子捂他的嘴。

第二天傍晚，他苏醒过来，说他觉得好些了。

“你们什么时候离开这儿呀？”他招了招手，把丘玛柯夫叫到跟前，问道。

“今天夜里。”

“我也走。行行好，你们别把我扔在这儿呀！”

“你怎么行呀？”佛明小声说。“你连动都不能动了。”

“我怎么不行？你瞧瞧看！”他使足劲儿欠了欠身子，可是马上又躺了下去。他的脸通红通红的，额头上冒出一颗颗小小的汗珠儿。

“我们带你走，”丘玛柯夫果断地说，“我们带你走，请你别害怕！把眼泪擦擦吧，你又不是老娘们儿。”

“这是汗。”司捷尔里亚德尼柯夫小声说，并且把帽子往眼睛上拉了拉……

“我们倒很想把你留在这儿，可是掌柜的不同意。你别害怕，瓦西里！你的腿会好起来的，咱们还要在一块儿打仗和跳哥萨克舞呢。你泄什么气呀，嗯？伤虽然很重，可是不要紧，没事儿！”

一向对人很冷漠很蛮横的丘玛柯夫，这番话却说得十分亲热，口气中带着异常温柔体贴的意味，格里高力不禁十分惊讶地看了看他。

他们离开村子的时候，离天亮不久了。好不容易把司捷尔里亚德尼柯夫扶上了马，可是他已经不能独自骑马了，一会儿倒到这边，一会儿又倒到那边。丘玛柯夫用右胳膊搂着他，和他并马走着。

“真是个累赘……应该把他扔掉。”佛明走到格里高力身旁，伤心地摇着头，小声说。

“把他打死吗？”

“嗯，有什么办法，守着他受罪吗？咱们带着他能跑到哪儿去呢？”

他们一步一步地走了很久，都不说话。格里高力换了丘玛柯夫的班，后来又换上柯舍辽夫。

太阳出来了。下面的顿河上，还有一团一团的雾气，可是在高地上，草原的远方已经很清澈，很明净了，而且天空也越来越蓝，天空中那蓬松的白云一动也不动。草地上落了厚厚一层露水，就像用银线绣的，马走过的地方，留下一条黑黑的、像水流过似的印子。草原上肃穆而宁静，只能听到百灵鸟的叫声。

司捷尔里亚德尼柯夫随着马的脚步不由自主地晃悠着脑袋，小声说：

“哎呀，好难受呀！”

“别说了！”佛明很粗暴地打断他的话。“我们服侍你也不舒服呀！”

在离将军大道不远的地方，有一只小鸨从马蹄边飞了起来。司捷尔里亚德尼柯夫一听到小鸨翅膀那细细的、颤抖的啸声，从昏沉状态中清醒过来。

“弟兄们，请你们扶我下马……”他央求说。

柯舍辽夫和丘玛柯夫小心翼翼地架着他下了马，让他躺在湿漉漉的草地上。

“让我们来看看你的腿怎样了。来，把裤子解开！”丘玛柯夫蹲下来，说。

司捷尔里亚德尼柯夫的腿肿得非常厉害，把一只肥大的裤腿撑得紧绷绷的，一点皱褶都没有了。皮肤一直到大腿都泛着深紫色，油亮油亮的，而且有许多摸起来很柔滑的黑点子。在黑黑的、瘪下去的肚皮上也出现了这样的黑点子，只不过颜色淡一些。伤口和干在裤子上的褐色的血已经发出恶臭的腐烂气味，丘玛柯夫用手指头捏住鼻子，皱着眉头，好不容易压住涌上来的一股恶心感，仔细把伙伴的腿看了看。然后他又仔细看了看司捷尔里亚德尼柯夫那垂下的、发了青的眼皮，和佛明交换了一下眼色，说：

“好像成了坏疽了……嗯，嗯……瓦西里·司捷尔里亚德尼柯夫，你的情况很糟啊……简直是要命的事儿呀！……唉，瓦夏呀，瓦夏，你怎么这样倒霉呀……”

司捷尔里亚德尼柯夫急促地、频频地喘着气，一句话也没有说。佛明和格里高力就像听到口令似的，一齐下了马，从上风头走到司捷尔里亚德尼柯夫跟前。司捷尔里亚德尼柯夫躺了一会儿，便用手撑着坐了起来，用模糊的、决意离开人世的眼神打量了大家一遍。

“弟兄们，把我打死吧……我已经不能活了……浑身都难受，一点劲儿也没有了……”

他又仰面躺下去，闭上了眼睛。佛明和其余的人都知道，他会有这种要求的，而且都在等着他这种要求。佛明迅速地向柯舍辽夫挤了一下眼睛，便转过身去，柯舍辽夫二话不说，就从肩上摘下步枪来。他看了看走到一旁去的丘玛柯夫的嘴唇，与其说是听到，不如说是猜到丘玛柯夫在说：“开枪吧！”但是司捷尔里亚德尼柯夫又睁开眼睛，很刚强地说：

“请朝这儿打，”他抬起手来，指了指自己的鼻梁。“这样一下子就能死了……你们要是上我们的村子里去，就把我的事告诉我老婆……叫她别再盼我了。”

柯舍辽夫令人不解地摆弄了半天枪栓，迟迟不开枪，于是司捷尔里亚德尼柯夫垂下眼皮，又说了最后几句话：

“我只有老婆……没有孩子……她生过一个孩子，可是孩子死了……以后再没有生过……”

柯舍辽夫两次举起枪来，又两次放下去，脸色越来越灰白……丘玛柯夫气呼呼地用肩膀把他往旁边一抗，把他手里的步枪夺了过来。

“你不行，就别干，狗崽子……”他沙哑地叫了两句，就摘下帽子，拢了拢头发。

“快点儿！”佛明一只脚踏上马镫，吩咐说。

丘玛柯夫一面考虑着要说的话，一面慢慢地、轻轻地说：

“瓦西里，永别了，为了基督，请你宽恕我和我们大家吧！咱们到了阴间里还会见面的，我们也要到阴间里受审判……我们一定会把你的话告诉你老婆。”他等候回答，但是司捷尔里亚德尼柯夫却等着死，一句话也不说，脸色越来越白。只有晒成焦黄色的睫毛哆嗦着，好像是被风吹的，再就是左手的指头轻轻动着，不知为什么还想扣上胸前军便服上的一个破扣子。

格里高力这一生中见过很多人死，可是这一次他不能看了。他使劲拉着缰绳，牵着自己的马，走到前面去。他等待枪声的那种心情，就好像有人要朝他的肩胛骨当中开枪……他等着开枪，他的心紧张地跳动着，但是等到后面的枪声猛烈而急促地一响，他的两腿都软了，好不容易才勒住直立起来的马……

他们走了有两个钟头，一声不响。到休息的时候，丘玛柯夫才第一个开口说话。他用手捂住眼睛，低沉地说：

“我他妈的干吗要朝他开枪呀？要是把他扔在草原上，心里也许不会这样难受。就好像他还站在我眼前……”

“你一直就没有干惯吗？”佛明问道。“你杀了那么多人，还是不能习惯吗？你根本没有心了，你的心成了一块锈铁啦……”

丘玛柯夫的脸刷地白了，他怒冲冲地盯住佛明。

“现在你别惹我，亚可夫·叶菲莫维奇！”他小声说。“你别刺我的心，要不然我也可以把你敲了……这很简单！”

“我惹你干啥呀？没有你，我的操心事儿就够多了。”佛明用和解的口气说过这话，就在阳光下眯起眼睛，舒舒服服地伸着懒腰，仰面躺下去了。

十六

出乎格里高力意料的是，一个半星期的工夫，居然又有四十来个哥萨克入了他们的伙。这都是被击溃的许多小股匪帮的残余分子。他们失掉自己的头领之后，就在州里到处游荡，于是都高高兴兴地来投佛明。他们觉得不管跟谁干，不管是杀什么人，反正都是一样，只要能过逍遥自在的游荡生活，只要能见什么抢什么就行。这都是一些不可救药的家伙，连佛明看到他们，都很轻蔑地对格里高力说：“哼，麦列霍夫，到咱们这儿来的都是些渣滓，不是人……就好像专门挑选的，都是该上绞刑架的！”佛明在心灵深处还一直认为自己是“维护劳动人民的战士”，虽然不像以前那样常说，但有时候还是说：“我们是哥萨克的解放者……”他一直顽固地抱着这种愚蠢的希望……他又对伙伴们的抢劫装糊涂了，认为这都是不可避免的坏事,必须听之任之,认为他以后会除掉这些抢劫分子的,早晚他要成为起义大军的真正统帅,而不是小股匪帮的一个头目……

但是丘玛柯夫却毫不客气地把所有的佛明分子都叫做“匪徒”,而且为了让佛明明白,他佛明也不是别的什么人,而是拦路抢劫的土匪,常常争论得喉咙都哑了。在没有旁人的时候,他们常常争论得非常激烈。

“我是有理想的反苏维埃政府的战士!”佛明气得红着脸,叫道。“你他妈的偏要这样作践我!你明白吗,浑蛋,我是为理想而奋斗?!”

“你别愚弄我吧!”丘玛柯夫反驳说。“你别蒙哄我。别拿我当小孩子吧!哪有你这样有理想的战士?你是地地道道的土匪,一点儿也不掺假。你怎么这样怕这个称号呢?我真不明白!”

“为什么你要这样侮辱我?为什么就非说丧气话不可呢?我是起义反对政府,同政府作战的。我怎么是土匪……”

“就因为你反对政府,所以才是土匪。土匪总是反对政府的,自古以来就是这样。不管苏维埃政府是什么样的政府,总是个政府,从一九一七年就是这个政府了,谁要是出来反对政府,谁就是匪。”

“你的脑袋真糊涂!这么说,克拉斯诺夫和邓尼金将军也是匪了?”

“不是匪又是什么?不过是佩戴将军肩章的匪罢了……再说,将军肩章也算不了什么。咱们也可以戴嘛……”

佛明又擂桌子,又啐唾沫,可是又找不到令人信服的理由,只好停止这种无益的争论。想说服丘玛柯夫是不可能的……

大多数新加入佛明匪帮的人武器都很齐全,服装也很整齐。几乎所有的人骑的马都很好,可以连续行军,一天跑一百俄里毫不困难。有几个人还有两匹马:骑着一匹,另一匹轻装跟在旁边,叫做“后备马”。在必要的时候,可以倒换着骑两匹马,让马轮流休息,有两匹马的人一昼夜可以跑二百俄里。

佛明有一天对格里高力说:

“如果咱们一开头每个人都有两匹马,谁他妈的也追不上咱们!民警或者红军都不能抢老百姓的马,他们不便这样干,可是咱们什么都可以干,应该使每个人都有一匹多余的马,这样就永远别想追上咱们了!老年人都说,古时候,鞑靼人在行军打仗的时候,每个人都有两匹马,有的还有三匹呢。谁能追上这样的人呢?咱们也应该这样干。我就喜欢鞑靼人的这种好办法!”

他们很快都增添了马匹,这样一来,在起初一段时候,的确很难追上他们了。在维奥申重新整编过的民警骑兵队来追捕他们,就没有追上。人数不多的佛明匪帮,因为有了后备马匹,很容易就甩开敌人,往前跑出好几站路,避免冒险作战。

但是在五月中旬,人数几乎为匪帮的四倍的民警骑兵队,用计把佛明匪帮压迫在离霍派尔河口乡包布洛夫村不远处的顿河边上。不过经过短时间的战斗,佛明匪帮还是冲了出来,顺着顿河河岸跑掉了,死伤了八个人。在这以后不久,佛明就提出要叫格里高力当参谋长。

“咱们需要一个有学问的人,也好依照计划、依照地图行动,要不然什么时候再堵住咱们,咱们又要挨打了。格里高力·潘捷莱维奇,你就担任这个职务吧。”

“为了抓几个民警和砍他们的脑袋,用不着什么参谋长。”格里高力皱着眉头回答说。

“任何军队都要有参谋长,你别说废话吧。”

“如果你没有参谋长不能过日子的话,就叫丘玛柯夫干这个差事吧。”

“你为什么不愿意干呢?”

“对这种事儿我一窍不通。”

“丘玛柯夫就通吗?”

“丘玛柯夫也不通。”

“那你他妈的为什么偏要我叫他干呢?你是军官,应该在行,应该懂得战术和其他等等的玩意儿。”

“我成了军官,就和你现在成了司令一样!咱们的战术只有一条:在草原上到处逛荡,再就是要多回头看看……”格里高力用嘲笑的口气说。

佛明朝格里高力挤了挤眼睛,并且用手指头点了点。

“我看透你啦!你总是想躲在凉快地方吧?是想呆在凉阴里吗?老弟,这没有用!当排长,当参谋长,都是一回事儿。你以为,要是把你抓住了,当排长就处置轻些吗?你等着瞧吧!”

“我才不这样想呢,你别瞎猜。”格里高力仔细打量着马刀的穗头说。“我不懂的事儿,就不愿意去干……”

“你不愿意干,就算了,你不干我们也能凑合过去。”佛明很不痛快地说。

州里的局势发生了急剧的变化,那些大户人家,以前佛明受到热情款待的那些地方,现在到处都把大门关得紧紧的,主人一看见匪帮进了村,就一齐逃了开去,躲进果园里或树林里。巡回革命法庭来到了维奥申乡,严惩了许多以前热情接待过佛明的哥萨克。这个消息在各乡里广泛地传了开去,这对那些曾经公开表示同情匪帮的人发生了很大的影响。

两个星期的工夫，佛明在上顿河州各乡里转了一个很大的圈子。匪帮里已经有一百三十来人了，跟踪追击他们的已经不是匆匆改编成的民警骑兵队，而是从南方调来的第十三骑兵团的几个连了。

最近这些天来投靠佛明的人，有很多是从远处来的。他们到顿河上来的途径各不一样：有些是从押解的路上、从监狱里或集中营里逃出来的犯人，但主要的则是一伙脱离了马斯拉克匪帮的几十个人，还有被打垮的库罗契金匪帮的一些残余分子。马斯拉克匪帮的人都心甘情愿地分散开，到各个排里去了，但是库罗契金匪帮的人却不愿意分散。他们所有的人成立了一个独立排，紧紧抱在一起，行动也和其余的人不大一样。在作战中和在休息的时候，他们的行动都很一致，互相维护，要是抢了哪里的合作社或者仓库，全排都把抢的东西放到一堆，然后再平分，严格遵守平等的原则。

有几个是捷列克和库班的哥萨克，穿的都是破烂的束腰无领的袍子；有两个维里柯克尼亚日乡的加尔梅克人，有一个拉脱维亚人，穿的都是靴筒齐大腿的猎人皮靴；还有五个无政府主义的水兵，穿的是蓝白条衬衫和晒退了色的呢制服。这样一来，本来就衣着五光十色、成员十分复杂的佛明匪帮，就更显得光怪陆离了。

“哼，现在你还要抬杠，说你的人不是土匪，说这些人是什么……有理想的战士吗？”有一天丘玛柯夫用眼睛瞟着拉得长长的行军纵队，向佛明问道。“咱们这儿就差革职的神甫和穿裤子的猪了，要不然就成了圣母娘娘大庙会了……”

佛明没有做声。他唯一的愿望是：在自己手下尽可能多集合一些人。只要有人愿意参加，他什么也不管。凡是有人表示愿意在他手下干，他亲自问过，就很干脆地说：

“你可以当兵，我收下你。你去找我的参谋长丘玛柯夫吧，他会把你编进队伍里，发给你枪。”

在米古林乡的一个村子里，有一个穿得很好的鬈发的黑脸小伙子来找佛明，他说他要加入匪帮。佛明问清楚了，这个小伙子是罗斯托夫人，不久前因为持枪抢劫被判了刑，但是他从罗斯托夫的监狱里跑了出来，一听到佛明的消息，就跑到上顿河州来了。

“你是哪一族的人？是亚美尼亚人还是保加利亚人？”佛明问道。

“不，我是犹太人。”小伙子犹豫了一下之后，回答说。佛明听到这意外的回答，茫然不知所措，老半天没有说话。他不知道，在这样意外的情形下该怎么办。他动了动脑筋，重重地叹了一口气，说：

“好，没什么，犹太人就犹太人吧。我们也不嫌这样的人……反正又多了一个人。你会骑马吗？不会吗？能学会的！先给你一匹老实的小骒马，以后你就学会了。你去找丘玛柯夫吧，叫他把你编到队伍里。”

过了几分钟，怒冲冲的丘玛柯夫骑马来到佛明跟前。

“你是发了昏，还是开玩笑？”他一面勒着马，一面喊叫道。

“你派给我一个犹太佬干他妈的什么？我不收！叫他滚远点儿吧！”

“收下吧，收下他吧，总是多一个人嘛。”佛明心平气和地说。

但是丘玛柯夫嘴上冒着唾沫，吼了起来：

“我不收！我要打死他，决不收！哥萨克们都在埋怨了，你自个儿去和他们谈谈吧！”

在他们争吵的时候，哥萨克们已经在辎重车旁边把犹太小伙子的绣花衬衫和大裤管的呢裤子剥了下来。一个哥萨克一面试着衬衫，一面说：

“喂，你看见村外那一丛老蓬蒿吗？你快跑到那儿去，在里面躺下来。一直躺到我们离开这儿，等我们走了，你就起来，随便上哪儿去。再别上我们这儿来，我们会打死你的，你最好还是上罗斯托夫找你妈妈。打仗的事儿不是你们犹太佬干的。上帝教过你们做生意，没教你们打仗。没有你们我们能行，能把这口饭吃下去！”

他们没有收留犹太人，可是就在这一天，却笑哈哈地开着玩笑，把维奥申乡各村都闻名的大傻子巴沙编进了第二排。是在草原上把他抓住的，把他带到村子里，给他穿上从一个被打死的红军身上剥下来的一身很漂亮的军装，教他怎样使用步枪，又教了半天使用马刀的方法。

格里高力本来想去拴马桩前看自己的马，但是一看见旁边有一大堆人，就朝人群走去。他听到一阵哈哈大笑声，不由地加快了脚步，接着就在一片肃静中听见有人用教导的、慎重其事的口气说：

“这样不行，巴沙！怎么能这样劈人？这样只能劈柴，不能劈人。应该这样，懂了吗？如果逮住一个人，你马上就叫他跪下去，要不然劈站着的人很不得劲儿……等他跪下了，你就这样，从后面，照他的脖子上砍……不过可别一直砍下去，要往自己怀里一拉，让刀刃斜着划一下子……”

被一群匪徒团团围住的大傻子站得笔直，紧紧握着出鞘的马刀。他听着一个哥萨克的教导，傻笑着，得意地眯着鼓出来的灰眼睛。他的嘴角上就像马嘴那样，冒着一团团的白沫，唾沫顺着红铜色的胡子直往胸膛上流……他舔了舔肮脏的嘴唇，含糊不清地、讷讷地说：

“全懂了,大哥……我就这样干……就叫他跪下,砍他的脖子……使劲砍!你们发给我裤子、褂子、靴子……可是我还没有军大衣呢……你们顶好再给我一件大衣,我就给你们干!我使劲干!”

“等你杀死一个委员,就有大衣穿了。现在你还是说说,去年怎样给你娶的老婆吧。”一个哥萨克说。

傻子那睁得大大的、蒙着一层模糊的网膜的眼睛里,闪过一阵像牲口那样的恐怖神情。他狠狠地骂了几句,就在一片哄笑声中,讲了起来。这一切都令人恶心,格里高力不由地浑身一阵哆嗦,急忙走了开去。“我怎么跟这样一些人搞到一块儿了……”他十分苦闷,十分伤心,恨自己,恨这种可厌的生活,心中不由地想道。

他在拴马桩旁边躺下来,竭力不去听傻子的喊叫和哥萨克们的哄笑。“我明天就走。该走啦!”他看着自己那两匹精神饱满的肥壮的马,下定了决心。他一直很细心、很周到地准备着从匪帮里逃出去。他从一个被砍死的民警身上搜到几张填写着乌沙柯夫这个姓氏的证明文件,把这些文件缝到了军大衣里子里。还在两个星期以前,他就开始对马加意照料,好使马能够经得住短时间的、但是非常迅速的猛跑。他按时饮马,细心刷马,过去服役时从来都没有这样仔细洗刷过,在住宿的时候千方百计为自己的马弄粮食吃。所以他的两匹马比其他人的马都长得好,特别是那匹带黑斑的塔甫里亚灰马。那匹马浑身光油油的,身上的毛在阳光下闪闪发光,就像高加索的黑银子。

骑上这样的马,毫无问题可以逃脱任何人追赶。格里高力站起来,朝附近一户人家走去。仓房的门槛上坐着一个老婆子,他很有礼貌地问她:

“老大娘,您有镰刀吗?”

“有是有呀,不过鬼才知道镰刀在哪儿呢。你要镰刀干啥?”

“我想到你家园子里给马割点儿青草。行吗?”

老婆子想了想,然后说:

“你们什么时候才能让我们松口气呀?一会儿要这个,一会儿要那个……有些人来了,就要粮食,还有一些人来了,见什么就拿什么。我不给你镰刀!随你怎么样,我都不给。”

“怎么,好大娘,你连青草都舍不得吗?”

“依你说,青草就不需要地来长吗?以后我拿什么来喂牛呢?”

“草原上的草不是很多吗?”

“那你就带着马到草原上去吧,好汉子。草原上的草很多嘛。”

格里高力很懊恼地说：

“老大娘，还是把镰刀借给我吧。我只割一点儿，其余的都还是你的，要不然我们把马往园子里一放，就全糟蹋了！”

老婆子冷冷地看了格里高力一眼，掉过头去。

“你自个儿去拿吧，大概是挂在棚子底下。”

格里高力在敞棚底下找到一把残缺的旧镰刀，当他从老婆子旁边走过的时候，清清楚楚地听见她嘟哝说：“你们这些该死的东西，怎么死不绝呢！”

格里高力受不了这种情形，他早就看出，各个村子里的老百姓是怀着什么样的心情迎接他们的。“他们的看法是对的。”他心里想着，小心翼翼地割着草，尽量割干净，免得糟蹋。“他们要我们干他妈的什么呀？谁也用不着我们，有了我们，大家都不能好好地过日子，好好地干活儿。这种事儿不能再干了，够了！”

他想着心事，站在自己的马旁边，看着两匹马用柔滑的黑嘴巴贪婪地吃着一把把柔软的嫩草。一个正在变嗓子的小伙子的声音使他从沉思中惊醒过来：

“这马真漂亮呀，简直像天鹅！”

格里高力朝说话的人看了看，那是一个刚加入匪帮的阿列克塞耶夫乡的年轻哥萨克，正在看那匹灰马，带着羡慕的神情晃着脑袋。他用着了迷的眼睛盯着马，围着马转了好几圈，还咂了咂舌头。

“怎么，是你的马吗？”

“你问这干什么？”格里高力冷冷地回答说。

“咱们来换换吧！我有一匹枣红马，是纯种顿河马，什么障碍都能跳得过去，腿脚很快，快得不得了！像闪电一样！”

“去你的吧！”格里高力不客气地说。

小伙子沉默了一会儿，伤心地叹了口气，在不远处坐了下来。他对着灰马端详了半天，后来说：

“你这匹马有气肿病。它都喘不过气来了。”

格里高力一声不响地用草秆子剔着牙。他喜欢起这个天真的小伙子来了。

“你不换吗，大哥？”他用恳求的目光望着格里高力，小声问道。

“我不换。就是搭上你，我也不换。”

“你这马是从哪儿来的？”

“是我自个儿制造的。”

“请你说实在的！”

“都是那个门儿里出来的：骒马生的嘛。”

“干吗偏跟这样的傻瓜说话。”小伙子气嘟嘟地说过这话，便走到一边去了。

在格里高力面前，是空荡荡的、好像死绝了人的村子。除了佛明的人，周围一个人也没有。扔在胡同里的牛车、院子里的劈柴墩子和匆匆剁在上面的斧子、扔在旁边的没有砍削好的木板、懒洋洋地在街心里啃小草的没人管的老牛、井栏杆旁边翻倒的水桶——这一切都说明，村子里的和平生活突然被破坏了，村子里的人都扔下没有做好的活儿，不知藏到什么地方去了。

当年哥萨克军队在东普鲁士进军的时候，格里高力也见过这种荒凉情景和这种老百姓匆忙逃跑的迹象。现在他又在自己的故乡看到了这种情形……当年的德国人和现在的上顿河州老百姓都用同样忧郁和憎恨的目光迎接他。格里高力想起刚才和老婆子谈的一番话，解开衬衣领口，苦闷地朝四面望了望。心里又痛楚起来……

太阳晒得大地热烘烘的。小胡同里散发着淡淡的尘土气味，滨藜气味和马汗气味。在村边树林里，白嘴鸦在架满窝巢的高高的柳树上喳喳叫着。一条草原小溪，在一片谷地上面吸足了泉水之后，缓缓地从村子里流过，把村子分成两半。小溪两边是一座宽敞的哥萨克院落，一户户人家都深藏在茂密的果树丛中，有遮掩着窗户的樱桃树，有枝叶繁茂的苹果树，苹果树伸展着一丛丛绿叶和一嘟噜一嘟噜嫩苹果在迎接太阳。

格里高力用模糊了的眼睛望着一座长满拳曲的车前草的院子，望着关闭着黄黄的护窗的麦秸顶房子，望着高高的提水吊杆……场院旁边，一根旧篱笆桩子上，挂着一具马头骨，已经被雨水冲洗得发了白，两个空眼窝黑洞洞的。一条翠绿的南瓜蔓也像螺旋似的爬到这根篱笆桩子上，去迎接阳光。南瓜蔓已经爬到桩子顶上，那毛茸茸的须子缠住了马头骨的凸出部位，缠住了死马的牙齿，茸拉下来的瓜蔓头儿正在寻找可以依附的东西，已经快要够到不远处一丛绣球花枝儿了。

这一切格里高力是在梦里还是在遥远的童年时代看见过？他心中突然涌起一股痛苦的惆怅情绪，便脸朝下趴在篱笆脚下，用手捂住脸，直到远处传来拖长声音的口令声：“备马！……”他才站了起来。

夜里行军的时候，他从队伍里走出来，停了下来，装做重新系马鞍的样子，后来仔细听了听渐渐走远和越来越小的马蹄声，他又跳上马去，离了大道朝一旁飞速地跑去。

他打着马一刻不停地跑了有五六俄里，然后才让马换成小步，仔细听了听：后面是不是有人追赶？草原上静悄悄的。只有山鹬在沙丘上如怨如诉地互相呼唤着，再就是从很远很远的地方传来隐隐约约的狗吠声。

黑黑的天上，布满了金光闪闪的星星。草原上一片寂静，只有微风送来一阵阵又亲切又苦涩的野蒿气味……格里高力在马上直了直身子，轻松地、深深地舒了一口气……

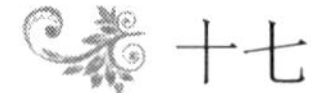

十七

离天亮还早，格里高力就来到鞑靼村对面的草甸子上。他在村子以下顿河水浅的地方把衣服脱光，把衣服、靴子和枪都捆在马头上，用牙齿叼着子弹盒，和马一同泅起水来。河水冰得他实在够戗。他竭力撑持着，用右手迅速地划着水，用左手紧紧握着缠在一起的两根马缰，小声给一面泅水，一面直哼哧和打响鼻的两匹马鼓劲儿。

他在岸上匆匆穿好衣服，勒了勒马肚带，为了让马暖暖身子，打着马飞快地朝自己的村子跑去。因为军大衣浸了水，马鞍两侧水漉漉的，衬衣也湿了，所以他身上非常冷。他的牙齿磕打着，背上一阵一阵地打着寒噤，浑身都在哆嗦着，但是因为跑得很快，他一会儿就暖和过来了，在离村子不远的地方，让马放慢了脚步，他朝四下里张望着，仔细听着。他决定把马放在一条深沟里，便从乱石丛中朝沟底走去。乱石在马蹄下乒乒乓乓直响，马掌踢得火星到处乱飞。

格里高力把马拴在一棵从小就熟悉的枯榆树上，便朝村子里走去。

那是麦列霍夫家的老房子，那黑糊糊的是一棵棵的苹果树，那是直指北斗星的提水吊杆……格里高力激动得喘着粗气，走到河边，小心翼翼地爬过阿司塔霍夫家的篱笆，走到没有关护窗的窗户跟前。他只听见心在激烈地跳动，还听见血在脑子里嗡嗡地翻腾。他轻轻地敲了敲窗棂，轻得几乎连自己都听不见敲击声。阿克西妮亚一声不响地走到窗前，仔细看了看。他看到她把双手按到胸前，听见她嘴里发出含含糊糊的哼哼声。格里高力打了一个手势,叫她把窗户打开,便摘下步枪。阿克西妮亚把两扇窗子都打了开来。

“小声点儿！你好！别开门,我爬窗户进去。”格里高力小声说。

他站到墙根上。阿克西妮亚的光光的胳膊搂住了他的脖子。胳膊哆嗦得厉害,在他的肩膀上直跳,这胳膊是那样亲,所以它的哆嗦也传到了格里高力身上。

“阿克秀莎……等一等……把枪接过去。”他结结巴巴地小声说。

格里高力用手按住马刀,跨进了窗户,把窗子关上。

他本想拥抱阿克西妮亚,但是阿克西妮亚沉甸甸地在他面前跪了下来,抱住他的双腿,把脸贴在他的湿漉漉的大衣上,因为憋着哭,憋得浑身直打哆嗦。格里高力把她扶起来,让她坐在板凳上。阿克西妮亚俯在他身上,把脸埋在他的怀里,一声不响,只是不住地哆嗦着,用牙齿咬住军大衣领子,免得哭出声来,免得惊醒孩子们。

看样子,像她这样刚强的女子,也痛苦得受不住了。看样子,这几个月她过得日子很不是滋味……格里高力抚摩着她那披散到背上的头发和那热烘烘、汗津津的额头。他让她尽情地哭了一阵子,然后才问:

“孩子们都好吗?”

“都很好。”

“杜尼娅呢?”

“杜尼娅也好……好好的……很结实。”

“米沙在家吗？别哭吧！别哭了,我的小褂都叫你哭湿了……阿克秀莎！我的亲爱的,哭够啦！时间很少,没有工夫哭了……米沙在家吗?”

阿克西妮亚把脸上的泪擦了擦,用两只湿手捂住格里高力的两腮。她含泪笑着,用眼睛盯着自己的心上人,小声说:

“我不哭了……再不哭了……米沙不在家,已经上维奥申有一个多月了,在一个部队里当差,你来看看孩子们吧！哎呀,我们真没想到你来呀！……”

米沙特卡和波柳什卡摊开手脚,躺在床上。格里高力俯下身去看着他们,站了一会儿,便踮着脚走开去,一声不响地挨着阿克西妮亚坐了下来。

“你怎么样?”阿克西妮亚很亲热地小声问道。“你怎么回来的？你在哪儿呆着的？要是抓住你怎么办?”

“我是来接你的。大概,不会抓住我！你走吗?”

“上哪儿去?”

“跟我走。我是从匪帮里跑出来的,我原来在佛明手下,你没听说吗?”

“听说了。可是我跟你上哪儿去呢?”

“上南方去。上库班,或者上更远的地方。咱们能过下去,凑凑合合能养活自己,不是吗?不管干什么活儿都累不倒我。我这双手应该干活儿,不应该打仗。这几个月,我心里难受死了……噢,这话以后再说吧。”

“孩子们呢?”

“留给杜尼娅,以后看情形再说,以后也可以把他们接出去嘛。怎么样?你走吗?”

“格里沙……格里什卡……”

“别这样!不要哭。够了!以后咱们再哭吧,还有时间哭……收拾收拾吧,我的马在沟里等着呢。怎么样?走吗?”

“你以为我怎样呢?”阿克西妮亚忽然大声说,接着便惊骇地用手捂住自己的嘴,看了看孩子们。“你以为我会不走吗?”她已经换成小声问道。“我一个人在家里舒服吗?我走,格里什卡,我的心肝儿!我步行也行,跟着你爬也行,反正我再也不一个人留下来了!我离开你就没法子活……你就是把我杀了,也不要再把我扔下!……”

她使劲把格里高力搂在怀里。他亲了亲她,侧眼朝窗外望了望。夏夜是很短的。要抓紧走。

“你是不是睡一会儿呢?”阿克西妮亚问。

“瞧你说的!”他惊骇地叫道。“天快亮了,该动身了。你穿上衣服,去把杜尼娅叫来。咱们和她商量商量。咱们要在天亮前赶到干谷。白天就在那儿的树林里躲上一天,到夜里再走。你能骑马吧?”

“天啊,不管怎么走都行,别说是骑马了!我总在想:我这不是在做梦吧?我常常梦见你呀……做过各种各样的梦呢……”阿克西妮亚用牙齿咬着头发夹子,匆匆忙忙地梳着头,一面含糊不清地小声说着话。她很快穿好衣服,便朝门口走去。

“把孩子们叫醒吗?你看他们一眼也好啊。”

“不,不要。”格里高力断然说。

他从帽子里掏出烟荷包,卷起烟来,但是等阿克西妮亚一走出门去,他就急急忙忙走到床前,亲了孩子们半天,后来又想起娜塔莉亚,想起自己的艰难的一生中的许多事情,哭了起来。

杜尼娅一跨进门槛,就说:

“唉,你好啊,小哥!你回来啦?你在草原上浪荡到什么时候呀?……”她换成了哭腔。“孩子们总算盼到爹了……爹还活着,可是孩子都跟孤儿一样了……”

格里高力抱住她,严肃地说:

“小声点儿,别把孩子们吵醒!你别这样吧,妹妹。我听够这种腔调了!我自个儿的眼泪和痛苦已经够我受的了……我叫你来,不是要你哭的。你能把孩子们领回去扶养吗?”

“你要上哪儿去?”

“我要带着阿克西妮亚到外面去。你能把孩子们领回去等我找到活儿干,再把孩子们接去?”

“好吧,我不管谁管!既然你们俩都要走,我就带回去。总不能把他们扔在街上,也不能把他们丢给外人吧……”

格里高力一声不响地亲了亲杜尼娅,说:

“多谢你了,妹妹!我知道你不会推托的。”

杜尼娅一声不响地坐到大柜子上,问道:

“你们什么时候走?马上就走吗?”

“是的。”

“房子怎么办?家里的东西呢?”

阿克西妮亚犹犹豫豫地回答说:

“你看着办吧。或者叫人来住,或者随便怎么样。家里留下的衣服和别的一些东西,你就拿去吧……”

“我怎么对别人说呢?别人要是问起你上哪儿去了,我怎么说呢?”杜尼娅问道。

“你说,什么也不知道,就行了。”格里高力转过身朝着阿克西妮亚。“阿克秀莎,快点儿收拾收拾吧。东西不要多带,带上一件厚褂子、两三条裙子,带几件内衣和头两天吃的东西,就行了。”

等到格里高力和阿克西妮亚跟杜尼娅告过别,亲过一直没有醒的孩子们,走到台阶上的时候,天刚蒙蒙亮。他们来到河边,顺着河边走到拴马的沟里。

“以前咱们到亚戈德庄上去,就是这样走的,”格里高力说,“不过那时候你拿的包袱大一点儿,而且咱们都还年轻……”

心花怒放的阿克西妮亚从旁边看了格里高力一眼。

“可是我还害怕:这恐怕是做梦吧?把你的手给我,叫我摸摸看,要不然我还不相信呢。”她轻轻地笑起来,一面走,一面靠在格里高力的肩膀上。

他看到她那哭肿了的眼睛闪着幸福的光芒，看到她的两腮在朦胧的晨曦中泛着灰白色。他亲热地笑着，心里想："说走就走，就像是去串门子一样……她什么也不怕，真是一个好样的女子！"

阿克西妮亚好像是在回答他心里的话，说：

"你看，我就是这样……你就像是对一只小狗吹了一声口哨，我就跟着你跑了。格里沙，我这样听话，因为我爱你、想你呀……我就是舍不得孩子们，就我自己来说，我连哼都不会哼一声。你上哪儿，我就上哪儿，就是去死我也情愿！"

两匹马听见他们的脚步声，轻轻嘶叫起来。天很快要放亮了。东方天边已经隐隐露出粉红色。顿河上升起晨雾。

格里高力解下马来，扶着阿克西妮亚上了马。马镫系得长了一些，阿克西妮亚的脚踩上去很不稳实。他恨自己事先想得不周到，把马镫皮带挽了挽，就跳上另一匹马。

"跟我走，阿克秀莎！咱们出了沟，就放马快跑。颠一点儿，不要紧。你别松缰绳。你骑的这匹马不大喜欢松缰绳。小心膝盖。这马有时候淘气，会咬膝盖。好，走吧！"

离干谷有八俄里。不大的一会儿工夫，他们就跑完了这段距离，太阳出山的时候，他们已经来到树林旁边。格里高力在树林边上跳下马来，又扶着阿克西妮亚下了马。

"喂，怎么样？没有骑惯马，乍一骑够戗吧？"他笑着问道。

跑得满脸通红的阿克西妮亚眨了眨两只黑眼睛。

"挺好嘛！比步行好多了。不过我的腿……"她不好意思地笑了笑。"你转过脸去，格里沙，我要看看我的大腿。腿上的皮有点儿疼呢……恐怕是磨破了。"

"没关系，会好的。"格里高力安慰她说，"你多少活动活动，要不然腿要打哆嗦的……"他带着亲热的开玩笑神气眯缝起眼睛说，"嘿，你真不简单呀！"

他在洼地里选定了不大的一块空地，说：

"这就是咱们的宿营地了，来吧，阿克秀莎！"

格里高力卸了马鞍，绊起马腿，把马鞍和武器放到树棵子底下。青草上落了密密的一层露水，青草因为罩上了露水，变成了灰白色，但是在朦胧的晨雾还没有散尽的斜坡上，青草还泛着幽暗的蓝色。橙黄色的野蜂在半开的花苞上打盹。百灵鸟在草原上空歌唱，鹌鹑在庄稼地里，在芳香的野花丛里一声声地高叫："该睡了！该睡了！该睡了！"格里高力把一丛小橡树棵子旁边的青草踩了踩，头枕着马鞍，躺了下来。鹌鹑打架的一阵阵叫声、百灵鸟那使人沉醉的歌声、从顿河那边一夜没有凉下来的沙地上吹来的暖风——这一切都在催人入睡。一连几夜没有睡的格里高力,实在该睡了。鹌鹑劝他睡,他也实在困了,于是闭上了眼睛。阿克西妮亚坐在旁边,一声不响,若有所思地用牙齿撕着香甜的淡紫色花瓣。

"格里沙,这儿不会有人来抓咱们吧?"她用野花的秆儿划着格里高力那胡子拉碴的腮帮子,小声问道。

他好不容易从昏睡中醒过来,沙哑地说:

"草原上一个人也没有。这会儿正是没有人的时候。我要睡一会儿,阿克秀莎,你看着马。等会儿你再睡,我困死了……要睡了……已经四天四夜没睡了……以后再说话吧……"

"睡吧,心肝儿,好好睡吧!"

阿克西妮亚俯下身去看着格里高力,把披散在他的额头上的一绺头发撩开,轻轻亲了亲他的腮帮子。

"我的心肝儿,格里什卡,你头上这么多白头发呀……"她小声说。"你大概是老了吧?不久以前你还是一个小伙子呀……"她带着想笑又笑不出的忧郁神情仔细看了看格里高力的脸。

他睡着,微微张着嘴,均匀地呼吸着。他那尖儿晒成了焦黄色的黑睫毛微微哆嗦着,上嘴唇轻轻动着,露出密密实实的白牙。阿克西妮亚仔细看了看他,这才发现,分别了这几个月,他的模样变得太厉害了。在她的心上人的眉毛中间那儿道很深的横纹里,在嘴唇的纹丝里,在尖尖的颧骨上,都流露着一种冷峻的、几乎是残酷的表情……于是她才第一次想到,他在打仗的时候,骑着,拿着出鞘的马刀,那样子一定是很可怕的。她垂下眼睛,瞥了一眼他那一双虬筋盘结的大手,不知为什么叹了一口气。

过了不大的一会儿,阿克西妮亚轻轻地站起来,把裙子撩得高高的,尽量不让草上的露水打湿裙子,然后跨出小片空地向前走去。不远处有一条小溪淙淙流着,冲得石头哗哗响着。她走到洼地的最低处,这里到处是绿苔斑斑的石板,她喝了一通冰凉的溪水,洗了洗脸,用头巾把红扑扑的脸擦干了。她的嘴角一直荡漾着无声的微笑,眼睛放射着喜悦的光芒。格里高力又和她在一起了呀!神秘的未来又用梦幻般的幸福招引着她……阿克西妮亚在不眠的夜里流过多少眼泪,这几个月她忍受了多少痛苦呀。还是在昨天白天,在菜园子里,附近几个锄土豆的妇女唱起一支怨女歌,她的心就痛得揪成了一团,她不由地听了起来:

灰鹅呀,灰鹅,快回家吧,

你们洑水还不够吗?
你们洑水还不够吗,
我这个女人都哭够啦……

一个高高的女声在领唱,倾诉自己的苦命,阿克西妮亚再也忍不住,泪水从眼睛里往外直涌。她想干干活儿,好把什么都忘掉,把心里翻腾起来的痛苦压下去,但是泪水模糊了眼睛,一颗颗的泪珠子滴在碧绿的土豆叶子上,滴在已经没有力气的手上,她已经什么也看不见,活儿也干不下去了。她扔下锄头,躺到地上,两手捂住脸,让眼泪尽情地流出来……

昨天她还在咒骂自己过的日子,觉得周围一片阴暗,一片凄凉,就像阴天那样;可是今天,她觉得整个世界都喜气洋洋,一片光明了,就像是夏天里下过了一场及时好雨。"我们也会有好日子过的!"她漫不经心地看着在初升的太阳那斜斜的光线下闪闪发光的镂花状的橡树叶子,心中想道。

树棵子旁边向阳的地方,开满了五颜六色的芬芳的野花。阿克西妮亚采了一大抱野花,小心翼翼地在离格里高力不远的地方坐下来,回想着自己年轻的时候,编起了花环。她编的花环绚丽多彩,十分好看。阿克西妮亚对着花环欣赏了老半天,然后又插上几朵玫瑰花儿,把花环放在格里高力的头前。

九点钟左右,格里高力被马嘶声惊醒了,他惊骇地坐起来,用手在身旁摸索着,寻找武器。

"没有人,"阿克西妮亚小声说,"你怕什么呀?"

格里高力擦了擦眼睛,眯着惺忪的睡眼笑了。

"像兔子一样过日子过惯了。就是在睡梦里,也要睁开一只眼睛看着,一有什么动静,就要打哆嗦……这种习惯一下子是改不了的。我睡了很久吗?"

"没有。你是不是再睡一会儿呢?"

"要是依着我睡,那我得睡上几天几夜。咱们还是来吃早饭吧。面包和小刀在我的马鞍袋里,你去拿吧,我去饮饮马。"

他站起身来,脱下军大衣,舒展了一下肩膀。太阳晒得热烘烘的。风吹得树叶子沙沙直响,树叶子一响起来,就听不见淙淙的流水声了。

格里高力走到小溪边,用树枝和石头垒了一道埝子,用马刀刨了些土,把土填到石头缝儿里。等到他做的小池子灌满了水,他就把马牵过来,让马喝了一通水,然后又摘下马笼头,放马去吃草。

在吃早饭的时候,阿克西妮亚问:

“咱们打这儿上哪儿去呢?”

“上莫罗佐夫斯克去。咱们骑马走到普拉托夫,以后就步行。”

“马怎么办?”

“把马扔掉。”

“可惜呀,格里沙!这样好的马,那匹灰马简直好看极了,也要扔掉吗?这匹马你是从哪儿弄来的?”

“弄来的呗……”格里高力不高兴地冷笑了一下。“是从一个塔甫里亚人手里抢来的。”

他沉默了一会儿以后,又说:

“不管可惜不可惜,都要扔掉……咱们又不能卖马。”

“你干吗要带着枪走呀?咱们要枪有什么用?万一叫人看见了,咱们还要倒霉呢。”

“夜里谁会看见咱们呢?我留着枪是护身的。没有枪,我就有点儿害怕……咱们要扔掉马,也要扔掉枪。那时候就用不着枪了。”

吃过早饭以后,他们躺在铺开的军大衣上。格里高力竭力克制着睡意,可是怎么都克制不住;阿克西妮亚用胳膊肘支着头,对他讲着他不在家时她的日子是怎样过的,这几个月来她是多么痛苦。格里高力在克制不住的迷糊状态中听得见她那平和的声音,却怎么也抬不起沉重的眼皮。有时候他完全听不见她的声音。她的声音渐渐远去,越来越小,以至完全消失。格里高力哆嗦两下,醒了过来,可是过几分钟,又闭上眼睛。他很想听听,竭力克制睡意,可是实在太疲倦了。

“……他们很想你,常常问:我爹上哪儿去啦?我想法子哄他们玩儿,跟他们亲热。他们后来习惯了,跟我亲热起来,不再常去找杜尼娅了。波柳什卡很文静,很听话。我用布片子给她做个洋娃娃,她就抱着洋娃娃坐在桌子底下玩起来。有一回,米沙特卡从街上跑回来,浑身直打哆嗦。我问他:‘你怎么啦?’他就哭起来,哭得十分伤心。‘孩子们都不跟我玩了,他们说:你爹是土匪。妈妈,他当真是土匪吗?土匪是什么样子?’我就对他说:‘你爹才不是土匪呢。他是个……落难的人。’他就一个劲儿地缠着我问:为什么是落难的人,落难是怎么一回事儿?我怎么都对他说不明白……格里沙,是他们自个儿喊我妈妈的呀,别以为是我教他们的。米沙对他们也不错,挺亲热。他跟我不打招呼,见了面就扭过头,从旁边走过去,可是有两回他还从镇上给孩子们带了糖来呢。普罗霍尔一直在为你伤心。他说,这个人完了。上个星期他还来过,一说起你,他都流泪了……他们还上我这儿搜过,想找枪呢:又在房檐下搜,又到地窖里搜,到处都搜……”

格里高力没有听她讲完,就睡着了。在他的头顶上,有一棵小榆树的叶子在风中簌簌低语着。黄黄的光斑在他脸上晃来晃去。阿克西妮亚把他的闭着的眼睛亲了半天,后来她把脸贴在格里高力的胳膊上,也睡着了,在梦里还笑着。

* * *

深夜里,月亮升上来的时候,他们离开了干谷。过了两个钟头,他们从高地上下来,来到旗尔河边。秧鸡在草地上吱吱喳喳,青蛙在芦苇荡里呱呱乱叫,野鸭子在远处低声哼哼。

河边是一大片果园,在夜雾中显得阴森森、黑沉沉的。

格里高力在离小桥不远处勒住马。村子里静悄悄的。格里高力用靴后跟踢了踢马,把马头拨向一旁。他不想从桥上过去。他怀疑这种寂静,怕这种寂静。他们在村边蹚水过了河,刚刚拐进一条小胡同,就从沟里冒出来一个人,接着又出来三个人。

“站住!什么人?”

格里高力听到吆喝声,就像挨了一棒似的,哆嗦了一下,就勒住了马。他迅速地镇定了一下,就大声回答说:“自己人!”接着就一面急转马头,一面小声对阿克西妮亚说:“向后转!跟我跑!”

这是刚来到这里宿营的一支征粮队的四名哨兵。四个人一声不响、不慌不忙地朝他们走来。有一个人站下来抽烟,划着了火柴。格里高力使劲抽了阿克西妮亚的马一鞭。那匹马往前一冲,就飞跑起来。格里高力趴到马脖子上,跟在后面跑起来。有几秒钟静得叫人难受,接着就是一阵像打雷一样的乱枪声,一闪一闪的火光划破了黑暗。格里高力听到的是猛烈的子弹啸声和拉得长长的吆喝声:

“开枪——枪!……”

格里高力在离小河一百丈远的地方追上了大步飞跑的灰马,等两匹马跑齐了,他大声喊道:

“趴下,阿克秀莎!趴低点儿!”

阿克西妮亚勒了勒缰绳,就朝后仰了仰,向一边倒去。格里高力急忙扶住她,要不然她就跌下去了。

“你受伤了吗？伤在哪儿？快说嘛……”格里高力沙哑地问道。

她一声也不响，越来越沉重地朝他的胳膊上倒下去。格里高力一面跑着，把她搂到自己怀里，一面气喘吁吁地小声说：

“我的天啊！你说一句话也好啊！你这是怎么啦?!”

但是他没听到默默无言的阿克西妮亚说一个字，没听到她哼一声。

在离村子有两俄里的地方，格里高力急转弯离开大路，来到一条沟里，下了马，抱起阿克西妮亚，小心翼翼地放在地上。

他脱下她身上的厚布褂子，撕开她胸前的印花布小褂和汗衫，摸到了伤口。子弹打进了阿克西妮亚的右肩胛骨，打碎了骨头，又斜着从右锁子骨下面穿了出来。格里高力用血糊糊的、哆哆嗦嗦的手从鞍袋里掏出自己的一件干净衬衣和一个急救包。他抱起阿克西妮亚，用膝盖支住她的脊背，给她包扎起伤口来，想堵住锁子骨下面往外直涌的血。衬衣布片和绷带很快就黑糊糊的，湿透了。阿克西妮亚那半张着的嘴里也往外冒血，喉咙里咕噜咕噜直响。格里高力吓得要死，他明白，一切都完了，他这一生中能够发生的最可怕的事情已经发生了……

他抱着阿克西妮亚，顺着陡峭的沟波，顺着荒草萋萋、到处是羊屎的小路，小心翼翼地朝沟底走去。她那软软地耷拉下来的头趴在他的肩膀上。他听得见阿克西妮亚的咝咝的、直打呛的呼吸声，感觉得出一股股热血从她的身上流出来，嘴里的血往他的胸膛上直流。两匹马也跟着他来到沟底。它们打着响鼻，丁丁当当地晃荡着嚼子，吃起肥茁茁的青草。

黎明以前不久，阿克西妮亚死在格里高力的怀里。她一直没有清醒过。他一声不响地亲了亲她那冰凉的、流血流咸了的嘴唇，小心翼翼地把她放在草地上，站了起来。好像冥冥中有一种力量当胸撞了他一下，他往后倒退了几步，仰面栽倒了，但是他马上惊骇地跳了起来。他又一次栽倒，光脑袋冬的一声碰在石头上。后来他索性跪着，从鞘里抽出马刀，挖起坟坑来。土地湿乎乎的，很容易挖。他急着要挖好，可是喉咙里憋得喘不上气来，他为了好喘气，把身上的小褂撕开。黎明前的凉气冰得他的汗漉漉的胸膛凉丝丝的，他挖起来不那么吃力了。他用手和帽子把土往外捧，一分钟也不休息，但是等他挖成一个齐腰深的坟坑，还是费了不少时间。

他在明媚的朝阳下，把自己的阿克西妮亚埋葬了。在坟坑里，他把她那两条已经泛出死白色的黑糊糊的胳膊十字交叉地放在胸前，又用头巾盖住她的脸，免得土粒落进她那半睁着的、一动不动地望着天空、已经昏暗了的眼睛。他和她告了别，心里认定，他们离别不会很久了……

他用手掌把坟包上的黄土仔细拍平了，低下头，轻轻摇晃着身子，在坟前跪了老半天。

现在他不必着忙了。一切都完了。

在灰尘弥漫的旱风中，太阳渐渐升到土沟的上空。阳光把格里高力的没戴帽子的头上那密密的白发染成银色，阳光在他的灰白的、僵得十分可怕的脸上不停地晃动着。他抬起头来，好像是从一场噩梦中醒来，看到头顶上是黑黑的天空和亮得耀眼的黑黑的太阳。

十八

初春时候，等积雪化尽，在雪下埋了一个冬天的枯草也干了，草原上常常烧起春天的野火。春风吹着野火像一条条流水似的流开去，贪婪地吞食着干枯的梯牧草，掠过一片片高高的驴蓟，横扫褐色的艾蒿，在洼地上弥漫开来……过后很久，草原上烧焦和干裂的土地都散发着焦糊气味。四周的嫩草绿油油的，无数百灵鸟在草原上空的蓝天里歌唱，北飞的大雁在嫩绿的草地上打食儿，前来过夏天的小鸨在做窝儿。可是在野火烧过的地方，烧焦的、死沉沉的土地还是黑不溜秋的。鸟儿不在这里做窝儿，野兽走到这里要绕着走，只有到处游荡的疾风从这儿飞过，把灰白色的灰烬和焦糊的黑尘土刮得远远的。

格里高力的生活就像野火烧过的草原一样黑了。他失去了他心爱的一切。残酷的死神夺去了他的一切，毁坏了他的一切。只剩了两个孩子。但是他还战战兢兢地撑持着，好像他那实际上已经毫无意义的生命对于他和别人还有些价值似的……

他埋葬了阿克西妮亚以后，毫无目的地在草原上流浪了三天三夜，既不回家，也不上维奥申去自首。到第四天，他把马扔在霍派尔河口乡的一个村子里，渡过顿河，徒步朝司拉晓夫橡树林走去，四月里佛明匪帮就是在这里的树林边上第一次被打垮的。那时候他就听说橡树林里住着很多逃兵。格里高力因为不愿意回到佛明那里，所以就去找逃兵。

他在大树林里游荡了好几天。他饿得难受，但是又不敢到有人家的地方去。阿克西妮亚一死，他失去了理性，也失去了胆量。他听到树枝折断声、密林里的窸窣声、夜里的鸟叫声，都会感到恐怖和惊慌。格里高力吃的是没有熟的草莓、一些很小的蘑菇、榛树叶，实在饿得够戗。第五天晚上，他在树林里遇上几个逃兵，逃兵把他带到他们住的土窑里。

他们一共有七个人。都是附近几个村子里的老百姓，从去年秋天开始征兵的时候，就在树林里住下来了。他们住在一座很大的土窑里，就像居家过日子一样，差不多什么东西都不缺。夜里他们常常回家去看看；回来的时候，就带些面包、干粮、小米、面粉、土豆，有时候就去别的一些村子里偷一两头牲口，所以吃肉也不困难。

有一个逃兵，以前在第十二哥萨克团里当过兵，认识格里高力，所以没费什么周折就把他收留下来了。

* * *

格里高力算不清过了多少苦闷、冗长的日子。在十月以前，他在树林里马马虎虎能过得下去，可是等到落起秋雨，接着又冷起来，他就空前强烈地想念起孩子和家乡……

为了凑合着打发日子，他整天整天地坐在土炕上，用木头剜勺子，做木碗，用软石头雕刻玩具小人和动物。他尽量什么都不去想，尽量不让毒害心情的乡愁闯入心中。白天他能够这样，但是在漫长的冬夜里，他不能不愁思苦想，百感交集。他在土炕上翻来翻去，往往很久不能入睡。白天里，土窑里的人谁也没听到他说过一句苦恼的话，但是夜里他常常打着哆嗦醒来，用手在脸上不住地擦着：他的两腮和半年没刮过的浓浓的大胡子都湿漉漉的，流满了眼泪。

他常常梦见孩子们，梦见阿克西妮亚、母亲和其他几个已经不在人世的亲人。格里高力的一生已经过去，而过去的一生就像一场短短的噩梦。“要是能再回家乡一趟，看看孩子们，那时候就是死也不怕了。”他常常这样想。

快到春天的时候，有一天，丘玛柯夫忽然来了。他身上直到腰部都湿透了，但是他依然精神抖擞，忙手忙脚的。他在炉旁把衣服烤干了，也烤了烤身子，便爬到炕上挨着格里高力坐了下来。

"麦列霍夫,自从你离开我们以后,我们可是逛荡够了!到过阿斯特拉罕,也到过加尔梅克草原……逛遍了东南西北!杀的人就没有数了。他们把亚可夫·叶菲莫维奇的老婆抓了去当人质,把他的家产也没收了,所以他就发了疯,下命令要杀一切给苏维埃政府当差的人。于是就接连不断地杀起人来:教师也杀,各种各样的大夫也杀,农艺师也杀……什么他妈的人都杀!可是现在我们完了,全完了。"他还冷得缩着脖子,叹着气说。"头一次是在济山镇附近打垮我们的,一个星期以前,又在索伦内附近收拾了我们。夜里从三面包围了我们,只留下通山上的路,可是山上的雪齐马肚子深……天蒙蒙亮就用机枪一扫,全完了……把所有的人都扫光了。只有我和佛明的儿子两个人逃脱了性命。佛明从去年秋天就把达维德卡带在身边了。亚可夫·叶菲莫维奇本人也阵亡了……我亲眼看着他死的。头一颗子弹打在他的腿上,打穿了膝盖,第二颗子弹打在头上,从头上划过去。他从马上摔下来三次。我们停下来,把他扶起来,扶上马去,可是他跑了没有多远,就又摔了下来。第三颗子弹又打中了他,打在腰上……我们就把他扔下。我跑出有一百丈远,回头看了看,有两个骑马的人正在用马刀砍躺在地上的佛明呢……"

"这不稀奇,必然是这种下场。"格里高力冷淡地说。

丘玛柯夫在他们的土窑里住了一夜,第二天早晨就向他们告别。

"你上哪儿去?"格里高力问道。

丘玛柯夫笑着回答说:

"去找便宜活儿干干。你是不是跟我一块儿去?"

"不,你一个人去吧。"

"是啊,咱们过不到一块儿呀……麦列霍夫,你干的活儿,剜勺子剜碗,我可是看不中,"丘玛柯夫用嘲笑的口气说,又摘下帽子,鞠了个躬,说:"耶稣救主,诸位老老实实的绿林好汉,谢谢你们的盛情,谢谢你们的招待。叫上帝赏给你们一些快活日子吧,不然的话,你们这儿可是太没有味道了。你们住在树林里,对着破车轮子祷告,这算过的什么日子呀?"

格里高力在他走了以后,又在树林里过了一个星期,然后就收拾收拾要走。

"要回家吗?"一个逃兵问他。

格里高力微微笑了笑,这是他来到树林里以后第一次笑。

"回家。"

"等到春天再走吧。五月一号要大赦了,那时候咱们再散伙吧。"

“不,我不能等了。”格里高力说过,就和他们告别了。

第二天早晨,他来到鞑靼村对面的顿河边。他朝着自家的院子望了半天,因为又高兴又激动,脸都白了。然后摘下步枪和挂包,从挂包里掏出针线包、麻线、一瓶擦枪油,不知为什么还数了数子弹。子弹一共是十二夹子,另外还有二十六颗零散的。

在一处陡崖边,岸边的冰已经化了。碧绿的河水拍打着河岸,冲击着周围针刺状的冰凌。格里高力把步枪和手枪都扔到水里,然后把子弹撒出去,又在大衣襟上仔细擦了擦手。

在村子下面,他踩着已经化得千疮百孔的三月的青色残冰,过了顿河,大踏步朝自己的家走去。他老远地看见米沙特卡在河边的斜坡上,好不容易控制住自己,才没有朝米沙特卡跑去。

米沙特卡正在敲石头上的水溜,扔着玩儿,仔细看着青青的碎冰往坡下滚。

格里高力走到坡前,气喘吁吁地、沙哑地唤了唤儿子:

“米申卡!……好孩子!……”

米沙特卡惊骇地看了看他,就垂下了眼睛。他认出这个满脸胡子,样子很可怕的人就是他的父亲……

格里高力在树林里夜间想起孩子们的时候小声说过很多温柔、亲热的话,现在那些话全从脑子里飞走了。他跪下来,亲着儿子的冰凉的、红红的小手,只是用结结巴巴的声音一遍又一遍地喊:“好孩子……好孩子……”

然后格里高力抱起儿子,用干干的、热辣辣的眼睛如饥似渴地看着儿子的脸,问道:

“你们在家里怎么样?……姑姑、波柳什卡都好吗?”

米沙特卡还是没有看父亲,小声回答说:

“杜尼娅姑姑很好,可是波柳什卡秋天就死了……害白喉病死的。米沙叔叔当兵去了……”

还算好,格里高力在不眠之夜里幻想的不多的一点儿东西,现在得到了。他站在自家的大门口,手里抱着儿子……

这就是他这一生仅剩的东西,有了这东西,他还感到大地,感到这广阔的、在寒冷的阳光下闪闪发光的世界是亲切的。

授　奖　词

瑞典皇家学院院士　**安德斯·奥斯特林**

今年的诺贝尔文学奖,众所周知,授予了俄罗斯作家米哈依尔·肖洛霍夫,他生于一九〇五,今年六十岁。他的童年是在顿河哥萨克地区度过的。他喜欢当地人民的特有气质和那里的茫茫原野,正是这种感情使他和这一地区结下不解之缘。他亲眼看到他的故乡经历了革命和内战的各个阶段。他在莫斯科干过一段时间的体力活儿之后,不久就专门从事写作,写出了一系列描述顿河流域战事的短篇。后来他成为写这一题材的名手。肖洛霍夫开始写作史诗性小说《静静的顿河》(一九二八—一九四〇)的第一部时,年仅二十一岁,这足以证明战争时期一代人的早熟。此书的英译名是《静静地流吧,顿河》,俄文原书名就是《静静的顿河》,然而肖洛霍夫这部杰作中写的却是风雨飘摇、动乱不宁的局面,因此,毫无疑问其中暗暗含有讽刺意味。

肖洛霍夫创作这一巨著,花费了十四年的心血。小说以悲剧性的哥萨克暴动为主线,囊括了第一次世界大战、革命、国内战争等各个时期。这一长篇巨著的几大部,是在一九二八至一九四〇年这段相当长的时间中先后发表的,受到苏联批评家的长期关注。这些批评家出于政治上的原因,很难全盘接受肖洛霍夫对待哥萨克起义、反抗中央集权这一主题的客观、求实的态度;肖洛霍夫如实地描述了哥萨克反对征服、维护独立的反抗精神,在客观上维护了这种精神,对此,批评家们也不会轻易接受。

看到小说主题引起的争议,不难断定:肖洛霍夫写这部小说,就是迈出了勇敢的一步,这一步的迈出,说明在他的创作生涯中良心已经取得了胜利。

《静静的顿河》在瑞典已经是家喻户晓,在这里作介绍似乎是多余的。这部作品以卓越的现实主义手法,描绘了哥萨克特有的性格,描绘了既是骑兵、又是农民,似乎互为水火、实则水乳交融、构成一个统一的整体的这样一种传统性格。书中没有对任何东西进行美化。哥萨克性格中粗鲁、野蛮的一面,在书中也详尽无遗地表现出来,毫不掩盖,毫不矫饰,但与此同时,又能感觉出作者对人的一切的尊重。肖洛霍夫无疑是一个坚定的共产主义者,但是他不在书中进行任何意识形态方面的说教。我们看到,他写的战争血泪斑斑,然而是一幅笔力雄浑、气势磅礴的画卷。

哥萨克格里高力一再地从红军倒向白军、被迫违心地进行拼搏,这种拼搏以绝望告终,他既是英雄,又是受难者。他所继承的荣誉观念经受了最严峻的考验。他被历史的必然所击败,历史的必然在这里起了与古典文学中复仇女神一样的作用。然而,我们却同情格里高力,也同情两位令人难忘的女性:他的妻子娜塔莉亚和他的情人阿克西妮亚。她俩都因为他而遭受灾难。最后,他用马刀挖坟,埋葬了阿克西妮亚,回到自己村子里的时候,已经满头白发,除了一个年幼的儿子以外,他这一生中的一切都丧失了。

书中的人物或者置身于人与人的关系中,或者活跃在战争风云中,而在整个人物画廊的背景上,展开的是一幅绚丽多彩、气象万千的乌克兰风景画:变化多端的草原四季风光,村庄周围草香四溢的牧场和吃草的马群,随风起伏的青草,陡立的河岸和河水永不停息的歌唱。肖洛霍夫永不厌倦地描绘着俄罗斯的大草原。有时候,他会中断故事的叙述,来倾吐自己的赞赏之情:“低低的顿河天空下的故乡草原呀!一道道的干沟,一条条的红土崖,一望无际的羽茅草,夹杂着斑斑点点、长了草的马蹄印子,一座座古冢静穆无声,珍藏着哥萨克往日的光荣……顿河草原呀,哥萨克的鲜血浇灌过的草原,我向你深深地鞠躬,像儿子对母亲一样吻你那没有开垦过的土地!”

可以说,肖洛霍夫在艺术创作中并没有什么创新,他用的是使用已久的现实主义手法,这一手法同后来小说创作艺术中出现的一些模式相比,也许会显得简单而质朴。但是,这一主题确实无法用其他手法来表现。他的波澜壮阔、洋洋洒洒的如潮之笔,使《静静的顿河》成为一部名副其实的“长河小说”。

肖洛霍夫后来的作品《被开垦的处女地》(一九三二、一九五九),是一部描写强制性集体化和介绍集体农庄的小说,显示了肖洛霍夫喜爱充满喜剧色彩和富有同情心的人物,这部小说也具有永恒的艺术生命力。但毫无疑问,仅凭《静静的顿河》这部作品,肖洛霍夫获得这一奖赏就当之无愧。直到今天才享受这一荣誉,实在过晚了。但令人高兴的是,我们终于将当代一位最杰出的作家的名字列入了诺贝尔文学奖获奖者的名册。

瑞典皇家学院赞同这一评选决定时,指出了“肖洛霍夫在描写俄罗斯人民生活中一个历史阶段的顿河史诗中所表现的艺术力量和正直”。

先生,这一奖赏是褒奖正直和表示感谢,感谢您对当代俄罗斯文学的重大贡献,在我国和在全世界都十分清楚这一贡献。请允许我代表瑞典皇家学院向您表示祝贺,并请您接受国王圣驾颁发的今年的诺贝尔文学奖。

受 奖 演 说

米哈依尔·肖洛霍夫

在这隆重的大会上,我认为应当有幸再一次向授予我诺贝尔奖金的瑞典皇家学院表示感谢。

我已经有机会公开表示过,我对此感到高兴,不仅仅是因为,我在事业上的成就和我在文学创作中的特点得到国际上的承认,我还因为这一奖金授予了一个苏联俄罗斯作家而感到自豪。我在这里代表的是我的祖国的广大的作家队伍。

我已经说过,我还感到高兴的是,这种奖赏又是对长篇小说体裁的一种间接的肯定。近来常常可以听到一些实在使我吃惊的言论,这些言论说长篇小说的形式已经过时了,不符合时代的要求了。其实,只有通过长篇小说,才能最全面地概括现实世界,并将自己对现实、对现实中的迫切问题的态度以及同道者的态度表现出来。

可以说,长篇小说最能够使人深刻地认识我们周围广大的现实,而不是叫人把自己的小"我"想象成世界的中心。这种体裁实质上是现实主义艺术家最广阔的活动场地。许多新的艺术流派都不赞成现实主义,说现实主义似乎已经不适用了。我不怕有人指责我保守,现在声明,我坚持相反的观点,我是坚决拥护现实主义艺术的。

现在常常谈到所谓文学的先锋派,认为这主要是在形式方面的最时髦的尝试。依我看,真正的先锋乃是那些在自己的作品中揭示出代表当代生活特征的新内容的艺术家们。整个现实主义和现实主义的小说,扎根于过去艺术大师们的艺术经验,但是在发展中却获得了在实质上很新的、深刻的当代特点。

我说的现实主义,包含革新现实、改造现实以造福人类的思想在内。当然,我说的现实主义,就是我们现在叫的社会主义现实主义。其特点是,所反映的世界观,不是消极的,不是脱离现实的,而是号召人们为人类进步而奋斗,指出千百万人向往的目标是可能达到的,并为千百万人照亮奋斗的道路。

人类不像飞出地球引力以外的宇航员那样,成为一个个在失重状态下飘浮着的个人和个体。我们生活在地球上,服从地球的支配,正如福音书上说的,我们天天有关心的事,天天有操心事和要求,还有对美好的明天的希望。地球上广大的居民阶层都有一致的愿望和共同的利益，共同的利益使人联合的可能性，远远超过分裂的可能性。

用自己的手和脑创作一切的人，就是劳动的人。我也和许多作家一样，认为能够不受任何限制地用自己的笔为劳动人民服务，这是自己的崇高荣誉和崇高自由。

一切都从这一点出发。对于我这个苏联作家来说，一个艺术家在当今世界上的地位如何，结论只能从这一点去考虑。

我们生活在不太平的年代，但是地球上没有一个民族希望有战争。有一种势力，想把整个整个的民族投入战火。战争的灰烬，第二次世界大战漫天大火的灰烬，怎能不撞击一个作家的心灵？一个正直的作家，怎能不反对那些妄图让人类自我毁灭的人？

一个艺术家，如果认为自己不是脱离乱世、不问人间疾苦、高踞于奥林波斯山上的神仙，而是人民的儿子、人类的一个小分子的话，那他的使命是什么，他的任务是怎样的呢？

要诚恳地向读者说话；要向人说实话，实话有时候是冷酷的，但总是勇敢的；要增强人们心中的信念，使人们相信未来，相信自己有力量创造未来。要做为世界和平而奋斗的战士，并要用自己的语言在影响所及的地方培养这样的战士。要使人们团结在人类正常的、高尚的追求进步的愿望之中。艺术具有影响人的智慧和心灵的强大力量。我以为，那些运用这种力量去创造人的心灵美、去为人类造福的人，才有资格称为艺术家。

我国人民在自己的历史道路上前进，走的不是平常的道路，这是生活的开拓者和先驱者走的路。我一直认为，我这个作家的任务是，以我过去写的和今后写的一切，贡献给这样的劳动人民、从事建设的人民、英雄的人民，因为这样的人民不侵犯任何人，但是一向能够庄严地捍卫自己的创造的成果，捍卫自己的自由和荣誉，捍卫按照自己的选择建设自己的未来的权利。

我希望我的作品能帮助人变得更好，心灵更纯洁，能唤起对人的爱，唤起积极为人道主义和人类进步的理想而奋斗的愿望。如果我在某种程度上做到了这一点，我就是幸福的。

我感谢这个大厅里所有的人，感谢因为我获得诺贝尔奖金所有向我表示祝贺和道喜的人。

经典译林

Yilin Classics

书名	单价	书名	单价
癌症楼	78.00 元	艾青诗集	35.00 元
爱的教育	39.00 元	爱丽丝漫游奇境	29.00 元
安娜·卡列尼娜	65.00 元	安徒生童话选集	42.00 元
傲慢与偏见	36.00 元	奥德赛	92.00 元
八十天环游地球	32.00 元	巴黎圣母院	42.00 元
白洋淀纪事	39.00 元	百万英镑	35.00 元
包法利夫人	38.00 元	悲惨世界（上、下）	98.00 元
背影	28.00 元	被侮辱与被损害的人	39.00 元
边城	36.00 元	变色龙：契诃夫中短篇小说集	39.00 元
彼得·潘	35.00 元	变形记 城堡	38.00 元
草叶集：惠特曼诗选	39.00 元	茶馆	32.00 元
茶花女	35.00 元	查拉图斯特拉如是说	38.00 元
沉思录	29.00 元	城南旧事	29.00 元
吹牛大王历险记（插图版）	35.00 元	大卫·科波菲尔（上、下）	79.00 元
当代英雄	45.00 元	稻草人	29.00 元
地心游记	32.00 元	飞鸟集·新月集：泰戈尔诗选	39.00 元
飞向太空港	39.00 元	福尔摩斯探案集	58.00 元
复活	42.00 元	傅雷家书	49.00 元
富兰克林自传	36.00 元	钢铁是怎样炼成的	39.00 元
高老头	39.00 元	格列佛游记	35.00 元

书名	单价	书名	单价
格林童话全集	49.00 元	给青年的十二封信	38.00 元
古希腊悲剧喜剧集（上、下）	118.00 元	海底两万里	38.00 元
海蒂	35.00 元	红楼梦	69.00 元
红与黑	49.00 元	呼兰河传	35.00 元
呼啸山庄	39.00 元	基督山伯爵（上、下）	108.00 元
纪伯伦散文诗经典	42.00 元	寂静的春天	35.00 元
假如给我三天光明	32.00 元	简 · 爱	39.00 元
金银岛	35.00 元	经典常谈	29.00 元
荆棘鸟	45.00 元	静静的顿河	128.00 元
镜花缘	49.00 元	局外人 · 鼠疫	38.00 元
菊与刀	35.00 元	克雷洛夫寓言	32.00 元
快乐王子：王尔德童话全集	32.00 元	宽容	32.00 元
昆虫记	39.00 元	老人与海	32.00 元
理想国	45.00 元	聊斋志异	55.00 元
了不起的盖茨比	38.00 元	列那狐的故事	39.00 元
猎人笔记	38.00 元	林肯传	39.00 元
柳林风声	36.00 元	鲁滨逊漂流记	39.00 元
鲁迅杂文选集	36.00 元	绿野仙踪	32.00 元
绿山墙的安妮	36.00 元	论人类不平等的起源和基础	35.00 元
罗马神话	16.80 元	罗生门	39.00 元
骆驼祥子	32.00 元	美丽新世界	35.00 元
秘密花园	36.00 元	名人传	39.00 元
木偶奇遇记	35.00 元	拿破仑传	49.00 元
呐喊	29.00 元	牛虻	38.00 元

书名	单价	书名	单价
欧·亨利短篇小说选	36.00 元	欧也妮·葛朗台	32.00 元
彷徨	32.00 元	培根随笔全集	38.00 元
飘（上、下）	88.00 元	普希金诗选	42.00 元
骑鹅旅行记	36.00 元	乞力马扎罗的雪	39.80 元
热爱生命·海狼	38.00 元	人间草木：汪曾祺散文精选	49.00 元
伊索寓言：555 则	36.00 元	人性的弱点	39.00 元
人类群星闪耀时	36.00 元	儒林外史	42.00 元
日瓦戈医生	68.00 元	三国演义	59.00 元
三个火枪手	59.00 元	莎士比亚喜剧悲剧集	49.00 元
沙乡年鉴	42.00 元	神秘岛	48.00 元
少年维特的烦恼	28.00 元	十日谈	68.00 元
神曲（共三册）	128.00 元	双城记	45.00 元
世说新语（上、下）	89.00 元	受戒：汪曾祺小说精选	46.00 元
四世同堂（上、下）	78.00 元	水浒传	69.00 元
苔丝	39.00 元	宋词三百首	39.00 元
谈美书简	36.00 元	谈美	35.00 元
汤姆叔叔的小屋	45.00 元	汤姆·索亚历险记	32.00 元
堂吉诃德	78.00 元	唐诗三百首	39.00 元
童年	38.00 元	天方夜谭	42.00 元
瓦尔登湖	36.00 元	童年·在人间·我的大学	49.00 元
乌合之众	35.00 元	我是猫	39.00 元
雾都孤儿	44.00 元	物种起源	42.00 元
西游记	62.00 元	西顿野生动物故事集	38.00 元
悉达多	32.00 元	希腊古典神话	49.00 元

书名	单价	书名	单价
乡土中国	36.00 元	小妇人	45.00 元
小王子	29.00 元	星星离我们有多远	35.00 元
喧哗与骚动	58.00 元	雪国　古都	39.00 元
羊脂球	38.00 元	一个陌生女人的来信	39.00 元
一间自己的房间	36.00 元	一九八四	36.00 元
伊利亚特	82.00 元	尤利西斯	58.00 元
约翰·克利斯朵夫（上、下）	98.00 元	月亮和六便士	45.00 元
战争论	45.00 元	战争与和平（上、下）	108.00 元
朝花夕拾	22.00 元	中国民间故事	39.00 元
子夜	49.00 元	最后一课	36.00 元
罪与罚	66.00 元